Leo Tolstoi
Krieg und Frieden

Leo Tolstoi

Krieg und Frieden

ROMAN

Aus dem Russischen von
Hermann Röhl

Anaconda

Titel der russischen Originalausgabe: *Vojna i mir* (Moskau 1868/69)
Die Übersetzung von Hermann Röhl wurde erstmals 1916
im Insel Verlag in Leipzig veröffentlicht.

Die Deutsche Nationalbibliothek verzeichnet diese Publikation
in der Deutschen Nationalbibliographie;
detaillierte bibliographische Daten sind im Internet unter
http://dnb.d-nb.de abrufbar.

Umschlagmotiv: »Napoleons Rückkehr aus Moskau«, Lithographie
nach einem Gemälde von Jan Chelminski, © Bettmann/Corbis
Umschlaggestaltung: dyadesign, Düsseldorf, www.dya.de
Satz und Layout: Roland Poferl Print-Design, Köln
Printed in Czech Republic 2009
ISBN 978-3-86647-176-4
www.anacondaverlag.de
info@anaconda-verlag.de

Inhalt

Erster Band

ERSTER TEIL

I

»Nun, sehen Sie wohl, Fürst: Genua und Lucca sind weiter nichts mehr als Apanagen der Familie Bonaparte. Nein, das erkläre ich Ihnen auf das bestimmteste: Wenn Sie mir nicht sagen, daß der Krieg eine Notwendigkeit ist, wenn Sie sich noch länger erlauben, all die Schändlichkeiten und Gewalttaten dieses Antichrists in Schutz zu nehmen (wirklich, ich glaube, daß er der Antichrist ist), so kenne ich Sie nicht mehr, so sind Sie nicht mehr mein Freund, nicht mehr, wie Sie sich ausdrücken, mein treuer Sklave. – Jetzt aber guten Tag, guten Tag! Ich sehe, daß ich Sie einschüchtere; setzen Sie sich und erzählen Sie!«

So sprach im Juni 1805 Fräulein Anna Pawlowna Scherer, die hochangesehene Hofdame und Vertraute der Kaiserinmutter Maria Feodorowna, indem sie den durch Rang und Einfluß hervorragenden Fürsten Wasili begrüßte, der sich als erster zu ihrer Soiree einstellte. Anna Pawlowna hustete seit einigen Tagen; sie hatte, wie sie sagte, die Grippe (»Grippe« war damals ein neues Wort, dessen sich nur einige wenige feine Leute bedienten). Die Einladungsschreiben, die sie am Vormittag durch einen Lakaien in roter Livree versandt hatte, hatten alle ohne Abweichungen folgendermaßen gelautet:

»Wenn Sie, Graf (oder Fürst), nichts Besseres vorhaben und die Aussicht, den Abend bei einer armen Patientin zu verbringen, Sie nicht zu sehr erschreckt, so werde ich mich sehr freuen, Sie heute zwischen sieben und neun Uhr bei mir zu sehen. Anna Scherer.«

»Mein Gott, was für eine hitzige Attacke!« antwortete der soeben eingetretene Fürst, ohne über einen derartigen Empfang im geringsten in Aufregung zu geraten, mit einem heiteren Ausdruck auf seinem flachen Gesicht.

Er trug die gestickte Hofuniform, Schnallenschuhe, Strümpfe und mehrere Orden und sprach jenes auserlesene Französisch, welches unsere Großväter nicht nur redeten, sondern in dem sie auch dachten, und zwar mit dem ruhigen, gönnerhaften Ton, wie er einem hochgestellten, im Verkehr mit der besten Gesellschaft und in der Hofluft alt gewordenen Mann eigen ist. Er trat zu Anna Pawlowna heran, küßte ihr die Hand, wobei er ihr den Anblick seiner parfümierten, schimmernden Glatze darbot, und setzte sich dann in aller Seelenruhe auf einen Lehnsessel.

»Vor allen Dingen, liebe Freundin, sagen Sie mir, wie es mit Ihrer Gesundheit steht, und beruhigen Sie Ihren Freund«, sagte er, ohne seine

Stimme zu verändern, und in einem Ton, bei dem man durch alle Höflichkeit und Anteilnahme doch seine innere Gleichgültigkeit und sogar ein wenig Spott hindurchhörte.

»Wie kann ich körperlich gesund sein, wenn ich seelisch leide? Wer, der überhaupt Gefühl in der Brust hat, kann denn in unserer Zeit seine seelische Ruhe bewahren?« sagte Anna Pawlowna. »Ich hoffe, Sie bleiben den ganzen Abend bei mir?«

»Und die Fete beim englischen Gesandten? Heute ist Mittwoch; ich muß mich dort zeigen«, erwiderte der Fürst. »Meine Tochter wird herkommen und mich dorthin begleiten.«

»Ich glaubte, die heutige Fete sei abgesagt worden. Ich muß gestehen, alle diese Feten und Feuerwerke werden einem allmählich unerträglich.«

»Wenn der Gesandte geahnt hätte, daß dies Ihr Wunsch sei, so hätte er gewiß die Fete absagen lassen«, antwortete der Fürst; er redete eben gewohnheitsmäßig, wie ein aufgezogenes Uhrwerk, etwas hin, wovon er selbst nicht erwartete, daß es jemand glauben werde.

»Spannen Sie mich nicht auf die Folter. Welcher Beschluß ist denn nun infolge von Nowosilzews Depesche gefaßt worden? Sie wissen ja doch alles.«

»Wie soll ich Ihnen darauf antworten?« erwiderte der Fürst in kühlem, gelangweiltem Ton. »Sie wollen wissen, wie man die Sachlage auffaßt? Man ist der Ansicht, daß Bonaparte seine Schiffe hinter sich verbrannt hat, und es hat den Anschein, daß wir uns anschicken, mit den unsrigen das gleiche zu tun.«

Fürst Wasili sprach immer in trägem, lässigem Ton, etwa wie ein Schauspieler eine schon oft von ihm gespielte Rolle spricht. Dagegen sprühte Anna Pawlowna Scherer trotz ihrer vierzig Jahre von Lebhaftigkeit und Leidenschaftlichkeit.

Die Rolle der Enthusiastin war ein wesentliches Stück ihrer gesellschaftlichen Stellung geworden, und manchmal gab sie sich, auch wenn ihr eigentlich nicht danach zumute war, dennoch als Enthusiastin, nur um die Erwartung der Leute, die sie kannten, nicht zu täuschen. Das leise Lächeln, das beständig auf Anna Pawlownas Gesicht spielte, obwohl es eigentlich zu ihren verlebten Zügen nicht paßte, dieses Lächeln besagte, ähnlich wie bei verzogenen Kindern, daß sie sich ihrer liebenswürdigen Schwäche dauernd bewußt sei, aber nicht beabsichtige, nicht imstande sei und nicht für nötig halte, sich von ihr freizumachen.

Als das Gespräch über die politische Lage einige Zeit gedauert hatte, wurde Anna Pawlowna hitzig.

»Ach, reden Sie mir nicht von Österreich! Mag sein, daß ich nichts davon verstehe, aber Österreich hat den Krieg nie gewollt und will ihn auch jetzt nicht. Österreich verrät uns. Rußland muß allein der Retter Europas werden. Unser Wohltäter auf dem Thron kennt seinen hohen Beruf und wird diesem Beruf treu bleiben. Das ist das einzige, worauf ich mich verlasse. Unserm guten, herrlichen Kaiser ist die größte Aufgabe in der Welt zugefallen, und er ist so reich an trefflichen Eigenschaften und Tugenden, daß Gott ihn nicht verlassen wird. Unser Kaiser wird seinen hohen Beruf erfüllen, die Hydra der Revolution zu erwürgen, die jetzt in der Gestalt dieses Mörders und Bösewichts noch entsetzlicher erscheint als vorher. Wir allein müssen das Blut des Gerechten sühnen. Auf wen könnten wir denn auch rechnen, frage ich Sie? England mit seinem Krämergeist hat kein Verständnis für die ganze Seelengröße Kaiser Alexanders, und kann ein solches Verständnis nicht haben. Es hat sich geweigert, Malta zu räumen. Es will erst noch sehen und findet in allem, was wir tun, einen Hintergedanken. Was haben die Engländer auf Nowosilzews Anfrage geantwortet? Nichts. Sie haben kein Verständnis gehabt, können kein Verständnis haben für die Selbstverleugnung unseres Kaisers, der nichts für sich selbst will und in allem nur auf das Wohl der ganzen Welt bedacht ist. Und was haben sie versprochen? Nichts. Und was sie versprochen haben, selbst das werden sie nicht zur Ausführung bringen! Preußen hat bereits erklärt, Bonaparte sei unüberwindlich und ganz Europa vermöge nichts gegen ihn. Und ich glaube diesen beiden, Hardenberg und Haugwitz, kein Wort, das sie sagen. Diese vielgerühmte Neutralität Preußens ist weiter nichts als eine Falle. Ich glaube nur an Gott und an die hohe Bestimmung unseres geliebten Kaisers. Er wird Europa retten!« Sie hielt plötzlich inne mit einem spöttischen Lächeln über die Hitze, in die sie hineingeraten war.

»Ich glaube«, erwiderte der Fürst gleichfalls lächelnd, »hätte man Sie an Stelle unseres lieben Wintzingerode hingeschickt, Sie hätten die Zustimmung des Königs von Preußen im Sturm errungen. Sie besitzen eine erstaunliche Beredsamkeit. Darf ich Sie um eine Tasse Tee bitten?«

»Sogleich. Apropos«, fügte sie, nachdem sie sich wieder beruhigt hatte, hinzu, »es werden heute zwei sehr interessante Persönlichkeiten bei mir sein: der Vicomte Mortemart (er ist durch die Rohans mit den Montmorencys verwandt; die Mortemarts sind eine der besten Familien Frankreichs; das ist einer der wirklich achtungswerten Emigranten, einer von der echten Art) und dann der Abbé Morio. Kennen Sie diesen tiefen Geist? Er ist vom Kaiser empfangen worden; Sie wissen wohl?«

»Ah! Das wird mich außerordentlich freuen«, antwortete der Fürst. »Sagen Sie«, fügte er, als ob ihm soeben etwas einfiele, in besonders lässigem Ton hinzu, obgleich das, wonach er fragen wollte, der Hauptzweck seines Besuches war, »ist es richtig, daß die Kaiserinmutter die Ernennung des Baron Funke zum ersten Sekretär in Wien wünscht? Dieser Baron ist doch allem Anschein nach ein wertloses Subjekt.« Fürst Wasili hegte den Wunsch, daß sein eigener Sohn diese Stelle erhalten möge, welche andere Leute auf dem Weg über die Kaiserinmutter Maria Feodorowna dem Baron zu verschaffen suchten.

Anna Pawlowna schloß die Augen beinahe vollständig, um zu verstehen zu geben, daß weder sie noch sonst jemand sich ein Urteil über das erlauben dürfe, was der Kaiserinmutter beliebe oder genehm sei.

»Baron Funke ist der Kaiserinmutter durch ihre Schwester empfohlen worden«, begnügte sie sich in melancholischem, trockenem Ton zu erwidern. In dem Augenblick, wo Anna Pawlowna von der Kaiserinmutter sprach, nahm ihr Gesicht auf einmal den Ausdruck einer tiefen, innigen Ergebenheit und Verehrung, gepaart mit einer Art von Traurigkeit, an, ein Ausdruck, der bei ihr jedesmal zum Vorschein kam, wenn sie im Gespräch ihrer hohen Gönnerin Erwähnung tat. Sie äußerte dann noch, Ihre Majestät habe geruht, dem Baron Funke großes Wohlwollen zu bezeigen, und wieder zog dabei ein Schatten wie von Traurigkeit über ihren Blick.

Der Fürst machte ein Gesicht, als ob ihm die Sache gleichgültig sei, und schwieg. Anna Pawlowna hatte mit der ihr eigenen höfischen und weiblichen Gewandtheit und schnellen Erkenntnis dessen, was taktgemäß war, dem Fürsten etwas dafür auswischen wollen, daß er sich erdreistet hatte, über eine von der Kaiserinmutter protegierte Persönlichkeit so abfällig zu urteilen; nun aber wollte sie ihn doch auch wieder trösten.

»Um auf Ihre Familie zu kommen«, sagte sie, »wissen Sie wohl, daß Ihre Tochter, seit sie Gesellschaften besucht, das Entzücken der gesamten höheren Kreise bildet? Man findet sie schön wie den Tag.«

Der Fürst verneigte sich zum Zeichen der Verehrung und Dankbarkeit.

»Ich denke oft«, fuhr Anna Pawlowna nach einem kurzen Stillschweigen fort (sie rückte dabei dem Fürsten näher und lächelte ihm freundlich zu, als wollte sie damit andeuten, daß die Unterhaltung über Politik und Angelegenheiten der Gesellschaft nun beendigt sei und jetzt ein vertraulicheres Gespräch beginne), »ich denke oft, wie ungerecht manchmal das Glück im Leben verteilt ist. Warum hat Ihnen nur das Schicksal zwei so prächtige Kinder gegeben (Anatol, Ihren jüngeren Sohn, schließe ich dabei aus; ich mag ihn nicht«, schaltete sie in einem Ton ein, als dulde sie keinen Widerspruch, und zog dabei die Augenbrauen in die Höhe), »so entzückende Kinder? Wahrhaftig, Sie wissen deren Wert weniger zu schätzen als alle anderen Leute, und daher verdienen Sie nicht, solche Kinder zu haben.«

Ihr Gesicht war wieder von dem ihr eigenen enthusiastischen Lächeln verklärt.

»Was ist da zu machen? Lavater würde sagen, daß mir der Kopfhöcke der elterlichen Liebe fehlt«, erwiderte der Fürst.

»Scherzen Sie nicht darüber. Ich wollte ernsthaft mit Ihnen reden. Wissen Sie, ich bin mit Ihrem jüngeren Sohn nicht zufrieden. Unter uns gesagt« (hier nahm ihr Gesicht wieder einen trüben Ausdruck an), »es wurde bei Ihrer Majestät von ihm gesprochen, und Sie wurden bedauert.«

Der Fürst antwortete nicht; sie aber blickte ihn schweigend und bedeutsam an und wartete auf eine Antwort. Der Fürst runzelte die Stirn.

»Was soll ich denn dabei machen?« sagte er endlich. »Sie wissen, ich habe für die Erziehung meiner Söhne alles getan, was ein Vater nur tun kann, und doch haben Sie sich beide übel entwickelt. Ippolit ist wenigstens nur ein ruhiger Narr, aber Anatol ein unruhiger. Das ist der einzige Unterschied«, sagte er und lächelte dabei gekünstelter und lebhafter als gewöhnlich, wobei mit besonderer Schärfe in den um seinen Mund liegenden Falten ein überraschend roher, unangenehmer Zug hervortrat.

»Warum werden solchen Männern, wie Ihnen, Kinder geboren? Wenn Sie nicht Vater wären, hätte ich gar nichts an Ihnen zu tadeln«, sagte Anna Pawlowna, nachdenklich aufblickend.

»Ich bin Ihr treuer Sklave, und Ihnen allein kann ich es gestehen: Meine Kinder sind die Fesseln meines Daseins. Das ist eben mein Kreuz. So fasse ich es auf. Was soll ich da tun?« Er schwieg und drückte durch eine Gebärde seine Ergebung in dieses grausame Schicksal aus. Anna Pawlowna überlegte.

»Haben Sie nie daran gedacht, Ihrem Anatol, diesem verlorenen Sohn, eine Frau zu geben?« sagte sie dann. »Es heißt immer, alte Jungfern hätten eine Manie für das Ehestiften. Ich verspüre diese Schwäche noch nicht an mir; aber ich habe da ein junges Mädchen, das sich bei ihrem Vater sehr unglücklich fühlt, eine Verwandte von uns, eine Tochter des Fürsten Bolkonski.«

Fürst Wasili antwortete nicht, gab jedoch mit jener schnellen Auffassungsgabe, wie sie Leuten von Welt eigen ist, durch eine Kopfbewegung zu verstehen, daß er diese Mitteilungen zum Gegenstand seines Nachdenkens mache.

»Wissen Sie wohl, daß mich dieser Anatol jährlich vierzigtausend Rubel kostet?« sagte er dann, anscheinend nicht imstande, von seinem trüben Gedankengang loszukommen. Dann schwieg er wieder eine Weile.

»Was soll daraus werden, wenn es noch fünf Jahre so weitergeht? Das ist der Segen davon, wenn man Vater ist. Ist sie reich, Ihre junge Prinzessin?«

»Der Vater ist sehr reich und geizig. Er lebt auf dem Land. Wissen Sie, es ist der bekannte Fürst Bolkonski, der noch unter dem hochseligen Kaiser den Abschied erhielt; er hatte den Spitznamen ›der König von Preußen‹. Er ist ein sehr kluger Mensch, hat aber seine Sonderbarkeiten und ist schwer zu behandeln. Das arme Kind ist kreuzunglücklich. Sie hat noch einen Bruder, der bei Kutusow Adjutant ist; er hat vor einiger Zeit Lisa Meynen geheiratet. Er wird heute bei mir sein.«

»Hören Sie, liebe Annette«, sagte der Fürst, indem er plötzlich die Hand der Hofdame ergriff und in etwas wunderlicher Weise nach unten zog. »Arrangieren Sie mir diese Sache, und ich werde für alle Zeit Ihr treuester Sklave sein (›Sklafe‹, wie mein Dorfschulze immer in seinen Berichten an mich schreibt, mit einem f). Sie ist von guter Familie und reich. Das ist alles, was ich brauche.«

Und mit jenen ungezwungenen, familiären, graziösen Bewegungen, die ihn auszeichneten, ergriff er die Hand des Fräuleins, küßte sie und schwenkte dann diese Hand hin und her, während er sich in den Sessel zurücksinken ließ und zur Seite blickte.

»Warten Sie einmal«, sagte Anna Pawlowna überlegend. »Ja, ich will gleich heute mit Lisa, der Frau des jungen Bolkonski, reden. Vielleicht läßt sich die Sache arrangieren. Ich werde bei Ihrer Familie anfangen, das übliche Gewerbe der alten Jungfern zu erlernen.«

II

Anna Pawlownas Salon begann sich allmählich zu füllen. Die höchste Noblesse Petersburgs fand sich ein, Menschen, die an Lebensalter und Charakter höchst verschieden waren, aber doch etwas Gleichartiges hatten durch die gesellschaftliche Sphäre, in der sie alle lebten. Da kam die Tochter des Fürsten Wasili, die schöne Helene, die ihren Vater abholen wollte, um mit ihm zusammen zu der Fete des Gesandten zu fahren; sie war in Balltoilette und trug als Abiturientin des Fräuleinstiftes eine Brosche mit dem Namenszug der Kaiserin. Dann kam die als »die reizendste Frau Petersburgs« bekannte, junge, kleine Fürstin Bolkonskaja, die sich im letzten Winter verheiratet hatte und, weil sie sich in anderen Umständen befand, größere Festlichkeiten nicht mehr besuchte, während sie an kleinen Abendgesellschaften noch teilnahm. Es erschien Fürst Ippolit, der Sohn des Fürsten Wasili, zusammen mit dem Vicomte Mortemart, den er vorstellte; auch der Abbé Morio fand sich ein, und viele andere.

»Haben Sie meine liebe Tante noch nicht gesehen, oder sind Sie vielleicht noch gar nicht mit ihr bekannt?« fragte Anna Pawlowna die eintreffenden Gäste und führte sie sehr feierlich zu einer kleinen alten Dame mit einem Kopfputz von hochragenden Bandschleifen, welche, sobald die Gäste begonnen hatten sich einzufinden, aus dem anstoßenden Zimmer zum Vorschein gekommen war. Anna Pawlowna nannte die Namen der einzelnen Gäste, indem sie langsam ihre Augen von dem betreffenden Gast zu der Tante hinüberwandern ließ, und trat darauf ein wenig zurück. Alle Gäste machten die Begrüßungszeremonie mit dieser lieben Tante durch, die niemandem bekannt war, niemanden interessierte und mit niemandem irgendwelche Beziehungen hatte. Anna Pawlowna beaufsichtigte mit wehmütig feierlicher Teilnahme diese Begrüßungen, wobei sie ein beifälliges Stillschweigen beobachtete. Die Tante sprach mit jedem Gast in denselben Ausdrücken von seinem Befinden, von ihrem eigenen Befinden und von dem Befinden Ihrer Majestät, welches heute, Gott sei Dank, besser sei. Alle Gäste, die die Tante begrüßt hatten, traten dann mit einem Gefühl der Erleichterung, wie nach Erfüllung einer schweren Pflicht, höflichkeitshalber jedoch, ohne irgendwelche Eile merken zu lassen, von der alten Dame wieder fort, um nunmehr den ganzen Abend über auch nicht ein einziges Mal mehr zu ihr heranzukommen.

Die junge Fürstin Bolkonskaja hatte sich in einem samtenen, goldgestickten Beutelchen eine Handarbeit mitgebracht. Ihre hübsche Oberlippe mit dem leisen Schatten eines schwärzlichen Schnurrbärtchens war etwas zu kurz für die Zähne; aber um so reizender sah es aus, wenn sie sich öffnete, und noch mehr, wenn sie sich manchmal ausstreckte und zur Unterlippe hinabsenkte. Wie das immer bei hervorragend reizenden Frauen der Fall ist, erschien ihr Mangel, die Kürze der Lippe und der halbgeöffnete Mund, als eine besondere, nur ihr eigene Schönheit. Es war für alle ein herzliches Vergnügen, diese hübsche, von Gesundheit und Lebenslust erfüllte Frau anzusehen, die bald Mutter werden sollte und ihren Zustand so leicht ertrug. Die alten Herren und die blasierten, finsterblickenden jungen Leute hatten die Empfindung, als würden sie selbst ihr ähnlich, wenn sie ein Weilchen in ihrer Nähe geweilt und sich mit ihr unterhalten hatten. Wer mit ihr sprach und bei jedem Wort, das er sagte, ihr strahlendes Lächeln und die glänzend weißen Zähne sah, die fortwährend sichtbar wurden, der konnte glauben, daß er heute ganz besonders liebenswürdig sei. Und das glaubte auch ein jeder.

Die kleine Fürstin ging in schaukelndem Gang, mit kleinen, schnellen Schritten, den Arbeitsbeutel in der Hand, um den Tisch herum, setzte sich auf das Sofa, nicht weit von dem silbernen Samowar, und legte vergnügt ihr Kleid in Ordnung, als ob alles, was sie nur tun mochte, eine Erheiterung für sie selbst und für ihre gesamte Umgebung sei.

»Ich habe mir eine Handarbeit mitgebracht«, sagte sie, sich an alle zugleich wendend, während sie ihren Ridikül auseinanderzog.

»Aber hören Sie mal, Annette«, wandte sie sich an die Wirtin, »solche häßlichen Streiche dürfen Sie mir nicht spielen. Sie haben mir geschrieben, es wäre bei Ihnen nur eine ganz kleine Abendgesellschaft. Und nun sehen Sie, in was für einem Aufzug ich hergekommen bin.«

Sie breitete die Arme auseinander, um ihr elegantes graues, mit Spitzen besetztes Kleid zu zeigen, um welches sich ein wenig unterhalb der Brust an Stelle eines Gürtels ein breites Band schlang.

»Seien Sie unbesorgt, Lisa, Sie sind doch immer die Netteste von allen«, antwortete Anna Pawlowna.

»Sie wissen, daß mein Mann mich verlassen wird«, fuhr sie, zu einem General gewendet, in demselben Ton fort. »Er will sich totschießen lassen. Sagen Sie mir, wozu nur dieser abscheuliche Krieg?« sagte sie zu dem Fürsten Wasili und wandte sich dann, ohne dessen Antwort abzuwarten, zu seiner Tochter, der schönen Helene.

»Was ist diese kleine Fürstin für ein allerliebstes Wesen!« sagte Fürst Wasili leise zu Anna Pawlowna.

Bald nach der kleinen Fürstin trat ein plumpgebauter, dicker junger Mann ein, mit kurzgeschorenem Kopf, einer Brille, hellen Beinkleidern nach der damaligen Mode, hohem Jabot und braunem Frack. Er war ein unehelicher Sohn des Grafen Besuchow, der einst unter der Kaiserin Katharina einer der höchsten Würdenträger gewesen war und jetzt in Moskau im Sterben lag. Dieser dicke junge Mann war noch nie im Staatsdienst tätig gewesen, war soeben erst aus dem Ausland, wo er erzogen worden war, zurückgekehrt und befand sich heute zum erstenmal in Gesellschaft. Anna Pawlowna begrüßte ihn mit derjenigen Art von Verbeugung, mit welcher die auf der hierarchischen Stufenleiter am niedrigsten stehenden Besucher ihres Salons sich zu begnügen hatten. Aber trotz dieses niedrigsten Grades von Begrüßung prägte sich beim Anblick des eintretenden Pierre auf Anna Pawlownas Gesicht eine Unruhe und Furcht aus, wie man sie etwa beim Anblick eines übergroßen Gegenstandes empfindet, der nicht an seinem richtigen Platz ist. Obwohl aber Pierre tatsächlich etwas größer war als die andern im Zimmer befindlichen Männer, so konnte doch diese Furcht nur durch den klugen und zugleich schüchternen, beobachtenden und ungekünstelten Blick seiner Augen veranlaßt sein, durch den er sich von allen anderen in diesem Salon Anwesenden unterschied.

»Sehr liebenswürdig von Ihnen, Monsieur Pierre, daß Sie eine arme Patientin besuchen«, sagte Anna Pawlowna zu ihm, indem sie mit der Tante, zu der sie ihn hinführte, einen ängstlichen Blick wechselte. Pierre murmelte etwas Unverständliches und fuhr fort, etwas mit den Augen zu suchen. Mit frohem, vergnügtem Lächeln verbeugte er sich vor der kleinen Fürstin wie vor einer guten Bekannten und trat dann zu der Tante hin. Anna Pawlownas Furcht erwies sich als nicht unbegründet, da Pierre, ohne die Äußerungen der Tante über das Befinden Ihrer Majestät zu Ende zu hören, von ihr wieder zurücktrat. Erschrocken hielt ihn Anna Pawlowna mit den Worten auf: »Sie kennen den Abbé Morio wohl noch nicht? Er ist ein sehr interessanter Mann …«

»Ja, ich habe von seinem Plan gehört, einen ewigen Frieden herzustellen, und das ist ja auch sehr interessant, aber allerdings schwerlich ausführbar.«

»Meinen Sie?« erwiderte Anna Pawlowna, um nur überhaupt etwas zu sagen und sich dann wieder ihren Aufgaben als Wirtin zuzuwenden; aber Pierre beging nun die andere Unhöflichkeit. Vorher war er von einer Dame weggegangen, ohne das, was sie zu ihm sagte, bis zu Ende anzuhören, und jetzt hielt er eine Dame, die von ihm fortgehen wollte, durch sein Gespräch zurück. Den Kopf herabbiegend, die dicken Beine breit auseinanderstellend, begann er der Hofdame zu beweisen, warum er den Plan des Abbé für eine Schimäre halte.

»Wir wollen das nachher weiter besprechen«, sagte Anna Pawlowna lächelnd.

Damit verließ sie den jungen Mann, der so gar keine Lebensart hatte, und nahm ihre Tätigkeit als Wirtin wieder auf. Sie hörte aufmerksam zu und ließ ihre Augen überall umherschweifen, bereit, an demjenigen Punkt Hilfe zu bringen, wo etwa das Gespräch ermattete. Wie der Herr einer Spinnerei, nachdem er den Arbeitern ihre Pläne angewiesen hat, in seiner ganzen Fabrik umhergeht, und, sobald er merkt, daß eine Spindel stillsteht oder einen ungewöhnlichen, kreischenden, überlauten Ton von sich gibt, eilig hinzutritt und sie anhält oder in richtigen Gang bringt: So wanderte auch Anna Pawlowna in ihrem Salon hin und her, trat hinzu, wo eine Gruppe schwieg oder zu laut redete, und stellte durch ein Wort, das sie hinzugab, oder durch eine Veränderung der Plätze wieder einen gleichmäßigen, anständigen Gang der Gespräche her. Aber mitten in dieser geschäftigen Tätigkeit konnte man ihr immer eine besondere Befürchtung in betreff Pierres anmerken. Besorgt beobachtete sie ihn, als er herantrat, um zu hören, was in der um Mortemart herumstehenden Gruppe geredet wurde, und dann zu einer anderen Gruppe hinging, wo der Abbé das Wort führte. Für Pierre, der im Ausland erzogen worden war, war diese Soiree bei Anna Pawlowna die erste, die er in Rußland mitmachte. Er wußte, daß hier die Vertreter der Intelligenz von ganz Petersburg versammelt waren, und seine Augen liefen, wie die Augen eines Kindes im Spielzeugladen, bald hierhin, bald dorthin. Immer fürchtete er, es möchte ihm irgendein kluges Gespräch entgehen, das er mitanhören könne. Wenn er die selbstbewußten, vornehmen Gesichter der hier Versammelten betrachtete, erwartete er immer etwas besonders Kluges zu hören. Endlich trat er zu Morio. Das Gespräch interessierte ihn, er blieb stehen und wartete auf eine Gelegenheit, seine eigenen Gedanken auszusprechen, wie das junge Leute so gern tun.

III

Die Unterhaltung auf Anna Pawlownas Soiree war in vollem Gang. Die Spindeln schnurrten auf allen Seiten gleichmäßig und unausgesetzt. Abgesehen von der Tante, neben welcher nur eine bejahrte Dame mit vergrämtem, magerem Gesicht saß, die sich in dieser glänzenden Gesellschaft etwas sonderbar ausnahm, hatte sich die ganze Gesellschaft in drei Gruppen geteilt. In der einen, welche vorwiegend aus Herren bestand, bildete der Abbé den Mittelpunkt; in der zweiten, wo namentlich die Jugend vertreten war, dominierten die schöne Prinzessin Helene, die Tochter des Fürsten Wasili, und die hübsche, rotwangige, aber für ihr jugendliches Alter etwas zu volle, kleine Fürstin Bolkonskaja. In der dritten Gruppe waren Mortemart und Anna Pawlowna das belebende Element.

Der Vicomte war ein nett aussehender junger Mann mit weichen Gesichtszügen und angenehmen Umgangsformen, der sich offenbar für etwas Bedeutendes hielt, aber infolge seiner Wohlerzogenheit der Gesellschaft, in der er sich befand, bescheiden anheimstellte, seine Persönlichkeit zu genießen, soweit es ihr beliebe. Anna Pawlowna betrachtete ihn augenscheinlich als eine Art von Extragericht, das sie ihren Gästen anbot. Wie ein geschickter Maitre d'hôtel dasselbe Stück Rindfleisch, das niemand essen möchte, der es in der schmutzigen Küche sähe, als etwas ganz außergewöhnlich Schönes präsentiert, so servierte bei der heutigen Abendgesellschaft Anna Pawlowna ihren Gästen zuerst den Vicomte und dann den Abbé als etwas ganz besonders Feines. In der Gruppe um Mortemart drehte sich das Gespräch sogleich um die Ermordung des Herzogs von Enghien. Der Vicomte bemerkte, der Herzog von Enghien habe seinen Tod seiner eigenen Großmut zu verdanken und der Ingrimm Bonapartes gegen ihn habe seine besonderen Gründe gehabt.

»Ach, bitte, erzählen Sie uns dieses, Vicomte!« sagte Anna Pawlowna erfreut; sie hatte dabei das Gefühl, daß der Ausdruck: »Erzählen Sie uns dieses, Vicomte!« wie eine Reminiszenz an Ludwig XV. klang.

Der Vicomte verbeugte sich zum Zeichen des Gehorsams und lächelte höflich. Anna Pawlowna wirkte darauf hin, daß sich ein Kreis um den Vicomte bildete, und forderte alle auf, seine Erzählung anzuhören.

»Der Vicomte ist mit dem Herzog persönlich bekannt gewesen«, flüsterte Anna Pawlowna dem einen zu. »Der Vicomte besitzt ein bewundernswürdiges Talent zum Erzählen«, sagte sie zu einem andern. »Wie man doch sofort einen Mann aus der guten Gesellschaft erkennt!« äußerte sie zu einem Dritten, und so wurde der Vicomte in der besten und für ihn vorteilhaftesten Beleuchtung der Gesellschaft präsentiert wie ein mit allerlei Gemüse garniertes Roastbeef auf einer heißen Schüssel.

Der Vicomte wollte nun seine Erzählung beginnen und lächelte fein.

»Kommen Sie doch hierher zu uns, liebe Helene«, sagte Anna Pawlowna zu der schönen Prinzessin, welche etwas entfernt saß und den Mittelpunkt einer anderen Gruppe bildete.

Die Prinzessin Helene lächelte; sie erhob sich mit ebendemselben unveränderlichen Lächeln des vollkommen schönen Weibes, mit welchem sie in den Salon eingetreten war. Mit ihrem weißen Ballkleid, das mit Efeu und Moos garniert war, leise raschelnd und von dem weißen Schimmer ihrer Schultern und dem Glanz ihres Haares und ihrer Brillanten umleuchtet, ging sie zwischen den auseinandertretenden Herren hindurch. Sie blickte dabei keinen einzelnen an, lächelte aber allen zu und schien in liebenswürdiger Weise einem jeden das Recht zuzuerkennen, die Schönheit ihrer Gestalt, der vollen Schultern, des nach damaliger Mode sehr tief entblößten Busens und Rückens zu bewundern; es war, als ob sie in ihrer Person den vollen Glanz eines Balles in diesen Salon hineingetragen hätte. So schritt sie geradewegs zu Anna Pawlowna hin. Helene war so schön, daß an ihr auch nicht die leiseste Spur von Koketterie wahrzunehmen war; ja im Gegenteil, sie schien sich vielmehr gewissermaßen ihrer unbestreitbaren und allzu stark und siegreich wirkenden Schönheit zu schämen. Es war, als ob sie den Eindruck ihrer Schönheit abzuschwächen wünschte, es aber nicht vermöchte.

»Welch ein schönes Weib!« sagte jeder, der sie sah. Gleichsam überrascht von etwas Ungewöhnlichem, zuckte der Vicomte zusammen und schlug die Augen nieder, als sie sich ihm gegenüber niederließ und auch ihn mit ebendemselben unveränderlichen Lächeln anstrahlte.

»Ich fürchte wirklich, daß einer solchen Zuhörerschaft gegenüber mich meine Fähigkeit im Stich läßt«, sagte er und neigte lächelnd den Kopf.

Die Prinzessin legte ihren entblößten vollen Arm auf ein Tischchen und fand es nicht nötig, etwas zu erwidern. Sie wartete lächelnd. Während der ganzen Erzählung saß sie aufrecht da und blickte ab und zu bald auf ihren vollen, runden Arm, der von dem Druck auf den Tisch seine Form veränderte, bald auf den noch schöneren Busen, an dem sie den Brillantschmuck zurechtschob; einige Male ordnete sie die Falten ihres Kleides, und sooft die Erzählung eindrucksvoll wurde, schaute sie zu Anna Pawlowna hinüber und nahm sofort denselben Ausdruck an, den das Gesicht des Hoffräuleins aufwies, um gleich darauf wieder zu ihrem ruhigen, strahlenden Lächeln überzugehen. Nach Helene kam auch die kleine Fürstin vom Teetisch herüber.

»Warten Sie noch einen Augenblick, ich möchte meine Handarbeit vornehmen«, sagte sie. »Nun? Wo haben Sie denn Ihre Gedanken?« wandte sie sich an den Fürsten Ippolit. »Bringen Sie mir meinen Ridikül.«

So führte die Fürstin, lächelnd und zu allen redend, auf einmal einen Aufenthalt herbei und ordnete, als sie nun zum Sitzen gekommen war, vergnügt ihren Anzug.

»Jetzt habe ich alles nach Wunsch«, sagte sie, bat, mit der Erzählung zu beginnen, und griff nach ihrer Arbeit. Fürst Ippolit hatte ihr ihren Ridikül geholt, war hinter sie getreten, hatte sich einen Sessel dicht neben sie gerückt und sich zu ihr gesetzt.

Der »charmante« Ippolit überraschte einen jeden durch die auffällige Ähnlichkeit mit seiner schönen Schwester und noch mehr dadurch, daß er trotz dieser Ähnlichkeit in hohem Grad häßlich war. Die Gesichtszüge waren bei ihm die gleichen wie bei seiner Schwester; aber bei dieser glänzte das ganze Gesicht von einem lebensfrohen, glücklichen, jugendlichen, unveränderlichen Lächeln, und die außerordentliche, wahrhaft antike Schönheit des Körpers steigerte diese Wirkung noch; bei dem Bruder dagegen war dasselbe Gesicht von einem trüben Stumpfsinn wie von einem Nebel umschleiert und zeigte unveränderlich einen Ausdruck selbstgefälliger Verdrossenheit, dazu kam ein dürftiger, schwächlicher Körper. Augen, Nase und Mund, alles war gleichsam zu einer einzigen verschwommenen, mürrischen Grimasse zusammengedrückt, und seine Hände und Füße nahmen stets eine absonderliche Haltung ein.

»Es wird doch keine Gespenstergeschichte sein?« sagte er, während er sich neben die Fürstin setzte und eilig seine Lorgnette vor die Augen hielt, als ob er ohne dieses Instrument nicht reden könnte.

»Ganz und gar nicht«, erwiderte erstaunt der Erzähler mit einem Achselzucken.

»Ich frage nämlich deswegen, weil ich Gespenstergeschichten nicht leiden mag«, sagte Fürst Ippolit in einem Ton, aus dem man merken konnte, daß er erst nachträglich, nachdem er jene Worte gesprochen hatte, sich über ihren Sinn klargeworden war.

Aber infolge der Selbstgefälligkeit, mit welcher er sprach, kam es niemandem recht zum Bewußtsein, ob das, was er gesagt hatte, etwas sehr Kluges oder etwas sehr Dummes war. Er trug einen dunkelgrünen Frack, Beinkleider, deren Farbe er selbst als »Lende einer erschreckten Nymphe« bezeichnete, sowie Strümpfe und Schnallenschuhe.

Der Vicomte erzählte in allerliebster Weise eine damals kursierende Anekdote: Der Herzog von Enghien sei heimlich nach Paris gereist, um dort ein Rendezvous mit der Schauspielerin Georges zu haben, und sei dort mit Bonaparte zusammengetroffen, der sich gleichfalls der Gunst der berühmten Schauspielerin erfreut habe. Bei dieser Begegnung mit dem Herzog habe Napoleon einen Ohnmachtsanfall gehabt, ein bei ihm nicht selten auftretendes Leiden, und sich auf diese Art in der Gewalt des Herzogs befunden. Der Herzog habe diesen günstigen Umstand nicht benutzt; Bonaparte aber habe sich später für diese Großmut durch die Ermordung des Herzogs gerächt.

Die Erzählung war sehr hübsch und interessant; besonders bei der Stelle, wo die beiden Rivalen einander plötzlich erkannten, schienen auch die Damen in Aufregung zu sein.

»Reizend!« sagte Anna Pawlowna und blickte dabei die kleine Fürstin fragend an.

»Reizend!« flüsterte die kleine Fürstin und steckte ihre Nadel in ihre Handarbeit hinein, wie um damit anzudeuten, daß ihr lebhaftes Interesse für die reizende Erzählung sie daran hindere weiterzuarbeiten.

Der Vicomte wußte dieses stillschweigende Lob zu schätzen, lächelte dankbar und sprach dann weiter. Aber in diesem Augenblick bemerkte Anna Pawlowna, die die ganze Zeit über ab und zu einen Blick nach dem ihr so unangenehmen jungen Menschen hingeworfen hatte, daß er zu laut und hitzig mit dem Abbé sprach, und eilte, um Hilfe zu bringen, nach dem gefährdeten Punkt. Pierre hatte es wirklich zustande gebracht, mit dem Abbé ein Gespräch über das politische Gleichgewicht anzuknüpfen, und der Abbé, dessen Interesse der junge Mann durch seinen treuherzigen Eifer erregt zu haben schien, entwickelte ihm seine Lieblingsidee. Beide benahmen sich beim Reden und Hören gar zu lebhaft und ungezwungen, und eben dies hatte nicht Anna Pawlownas Beifall.

»Das Mittel dazu ist das europäische Gleichgewicht und das Völkerrecht«, sagte der Abbé. »Es braucht nur ein mächtiges Reich, zum Beispiel das als barbarisch verschriene Rußland, in uneigennütziger Weise an die Spitze eines Staatenbundes zu treten, der sich das Gleichgewicht Europas zum Ziel gesetzt hat, und dieses Reich wird der Retter der Welt sein.«

»Aber wie wollen Sie denn ein solches Gleichgewicht zustande bringen?« begann Pierre; jedoch in diesem Augenblick trat Anna Pawlowna heran, und mit einem strengen Blick auf Pierre fragte sie den Italiener, wie ihm das hiesige Klima bekomme. Das Gesicht des Italieners veränderte sich mit einem Schlag und nahm den geradezu beleidigend heuchlerischen, süßlichen Ausdruck an, der ihm anscheinend im Gespräch mit Frauen zur Gewohnheit geworden war.

»Ich bin von dem glänzenden Verstand und der hohen Bildung der Gesellschaft, in die ich das Glück gehabt habe, aufgenommen zu werden, namentlich auch der weiblichen Gesellschaft, dermaßen bezaubert, daß ich noch keine Zeit gehabt habe, an das Klima zu denken«, erwiderte er. Anna Pawlowna ließ jedoch den Abbé und Pierre nicht mehr los, sondern nahm sie zwecks bequemerer Beaufsichtigung mit in den allgemeinen Kreis.

IV

In diesem Augenblick trat eine neue Person in den Salon. Diese neue Person war der junge Fürst Andrei Bolkonski, der Gatte der kleinen Fürstin. Fürst Bolkonski war ein sehr hübscher junger Mann, von kleiner Statur, mit kantigem magerem Gesicht. Alles an seiner Figur, von dem müden, gelangweilten Blick bis zu dem ruhigen, gemessenen Gang, bildete den entschiedensten Gegensatz zu seiner kleinen, lebhaften Frau. Er schien alle im Salon Anwesenden nicht nur zu kennen, sondern ihrer auch so überdrüssig zu sein, daß es ihm höchst widerwärtig war, sie auch nur zu sehen und reden zu hören. Unter allen Gesichtern aber, die ihn so langweilten, war ihm das Gesicht seiner hübschen Frau anscheinend am meisten zuwider. Mit einer Grimasse, die sein hübsches Gesicht entstellte, wandte er sich von ihr ab. Er küßte der Wirtin die Hand und musterte mit halb zugekniffenen Augen die ganze Gesellschaft.

»Sie machen sich fertig, um in den Krieg zu ziehen, Fürst?« fragte Anna Pawlowna.

»General Kutusow hat mich zu seinem Adjutanten bestimmt«, antwortete Bolkonski; er legte, als ob er Franzose wäre, den Ton auf die letzte Silbe »sow«.

»Und Lisa, Ihre Frau?«

»Sie geht aufs Land.«

»Aber machen Sie sich denn gar kein Gewissen daraus, uns Ihrer reizenden Gattin zu berauben?«

»Andrei«, sagte seine Frau, indem sie zu ihrem Mann in demselben koketten Ton sprach, dessen sie sich auch Fremden gegenüber bediente, »was für eine reizende Geschichte uns da eben der Vicomte von Mademoiselle Georges und Bonaparte erzählt hat!«

Fürst Andrei drückte die Augen zu und wandte sich ab. Pierre, der, seit Fürst Andrei in den Salon getreten war, ihn unverwandt mit frohen, freundlichen Blicken angesehen hatte, trat zu ihm heran und ergriff ihn an der Hand. Fürst Andrei verzog, ohne sich umzusehen, sein Gesicht zu einer Grimasse, welche seinen Ärger darüber zum Ausdruck brachte, daß da jemand seine Hand berührte; aber sobald er Pierres lächelndes Gesicht erblickte, breitete sich über sein eigenes Gesicht ein gutmütiges, freundliches Lächeln, wie man es ihm gar nicht zugetraut hätte.

»Nun sieh mal an! Auch du in der vornehmen Welt?« sagte er zu Pierre.

»Ich wußte, daß Sie hier sein würden«, antwortete Pierre. »Ich werde zum Abendessen zu Ihnen kommen«, fügte er leise hinzu, um den Vicomte nicht zu stören, der in seinen Erzählungen fortfuhr. »Ist es gestattet?«

»Nein, es ist nicht gestattet«, antwortete Fürst Andrei lachend und gab jenem durch einen Händedruck zu verstehen, daß er danach doch nicht erst zu fragen brauche. Er wollte noch etwas sagen; aber in diesem Augenblick erhob sich Fürst Wasili nebst seiner Tochter, und die Herren standen auf, um ihnen Platz zu machen.

»Entschuldigen Sie mich, mein lieber Vicomte«, sagte Fürst Wasili zu dem Franzosen, den er gleichzeitig freundlich am Ärmel auf den Stuhl niederzog, damit er nicht aufstände. »Dieses unselige Fest bei dem Gesandten beraubt mich eines großen Vergnügens und schafft Ihnen eine unangenehme Unterbrechung. – Es ist mir äußerst schmerzlich, Ihre entzückende Soiree verlassen zu müssen«, sagte er dann zu Anna Pawlowna.

Seine Tochter, Prinzessin Helene, ging, den Rock ihres Kleides ein wenig zusammenraffend, zwischen den Stühlen hindurch, und das Lächeln erstrahlte noch heller auf ihrem schönen Gesicht. Mit ganz entzückten Augen, ja beinahe erschrocken, sah Pierre das schöne Mädchen an, als es an ihm vorbeiging.

»Sehr schön«, sagte Fürst Andrei.

»Ja, sehr schön«, antwortete Pierre.

Als Fürst Wasili an Pierre vorbeikam, ergriff er dessen Hand und wandte sich an Anna Pawlowna:

»Machen Sie mir diesen Bären zu einem gebildeten Menschen«, sagte er. »Da wohnt er nun schon einen Monat lang bei mir, und heute sehe ich ihn zum erstenmal in Gesellschaft. Nichts ist einem jungen Mann so nötig als der Umgang mit klugen Frauen.«

Anna Pawlowna lächelte und versprach, sich mit Pierre alle Mühe geben zu wollen, der, wie sie wußte, väterlicherseits mit dem Fürsten Wasili verwandt war. Die bejahrte Dame, welche bisher bei der Tante gesessen hatte, stand eilig auf und holte den Fürsten Wasili im Vorzimmer ein. Der bisher erheuchelte Schein eines Interesses an den Vorgängen im Salon war vollständig von ihrem Gesicht verschwunden. Dieses gute, vergrämte Gesicht drückte jetzt nur Unruhe und Angst aus.

»Nun, was können Sie mir wegen meines Boris sagen, Fürst?« fragte sie, sobald sie ihn im Vorzimmer eingeholt hatte. (Sie sprach den Namen Boris mit einem besonderen Akzent auf dem o.) »Ich kann nicht länger in Petersburg bleiben. Sagen Sie mir, welchen Bescheid darf ich meinem armen Jungen bringen?«

Obgleich Fürst Wasili die ältliche Dame sichtlich nur ungern und beinahe unhöflich anhörte und sogar seine Ungeduld nicht verbarg, blickte sie ihn mit freundlichem, rührendem Lächeln an und faßte ihn bei der Hand, damit er nicht fortgehe.

»Sie brauchen ja nur dem Kaiser ein Wort zu sagen, und mein Sohn wird ohne weiteres zur Garde versetzt«, bat sie.

»Seien Sie überzeugt, Fürstin, daß ich alles tun werde, was ich kann«, erwiderte Fürst Wasili. »Aber es ist für mich nicht so leicht, dem Kaiser eine solche Bitte vorzulegen. Ich würde Ihnen raten, sich durch Vermittlung des Fürsten Golizyn an Rumjanzew zu wenden; das wäre das klügste.«

Die ältliche Dame war eine Fürstin Drubezkaja und gehörte somit zu einer der besten Familien Rußlands; aber sie war arm, hatte sich schon lange von dem Verkehr mit der vornehmen Welt zurückgezogen und so ihre früheren Konnexionen verloren. Jetzt war sie nach Petersburg gekommen, um für ihren einzigen Sohn die Versetzung zur Garde zu erwirken. Lediglich um den Fürsten Wasili zu treffen, hatte sie sich der Hofdame Anna Pawlowna aufgedrängt und war zu ihrer Soiree gekommen; lediglich zu diesem Zweck hatte sie die Erzählung des Vicomtes mitangehört. Über die Worte des Fürsten erschrak sie heftig, und auf ihrem ehemals schönen Gesicht prägte sich das Gefühl schmerzlicher Kränkung aus; aber das dauerte nur einen Augenblick. Sie lächelte wieder und faßte die Hand des Fürsten Wasili mit festerem Griff.

»Hören Sie mich an, Fürst«, sagte sie. »Ich habe Sie nie um etwas gebeten und werde Sie nie wieder um etwas bitten; ich habe Sie nie an die Freundschaft erinnert, die zwischen meinem Vater und Ihnen bestand. Aber jetzt beschwöre ich Sie bei Gott, tun Sie dies für meinen Sohn, und ich werde Sie für unsern Wohltäter halten«, fügte sie hastig hinzu. »Nein, werden Sie nicht zornig, sondern versprechen Sie es mir. Golizyn habe ich schon gebeten; aber er hat es mir abgeschlagen. Seien Sie der gute, liebe Mensch, der Sie früher waren«, sagte sie mit einem Versuch zu lächeln, obgleich ihr die Tränen in den Augen standen.

»Papa, wir werden zu spät kommen«, sagte die Prinzessin Helene, die an der Tür wartete, und wandte ihren schönen Kopf auf den antiken Schultern zurück.

Aber der Einfluß ist in den vornehmen Kreisen ein Kapital, mit dem man haushälterisch umgehen muß, damit es einem nicht unter den

Händen verschwindet. Fürst Wasili wußte das, und da er sich ein für allemal gesagt hatte, daß, wenn er für alle diejenigen bitten wollte, die ihn bäten, es ihm bald unmöglich sein würde, für sich selbst zu bitten, so machte er von seinem Einfluß nur selten Gebrauch. In der Angelegenheit der Fürstin Drubezkaja fühlte er jedoch nach diesem ihrem erneuten Appell etwas wie Gewissensbisse. Woran sie ihn erinnert hatte, das war die Wahrheit: Daß ihm die ersten Schritte auf seiner dienstlichen Laufbahn leicht geworden waren, hatte er allerdings ihrem Vater zu verdanken gehabt. Außerdem ersah er aus ihrem ganzen Benehmen, daß sie eine von den Frauen und speziell von den Müttern war, die, wenn sie sich einmal etwas in den Kopf gesetzt haben, nicht ablassen, ehe man ihnen nicht ihren Wunsch erfüllt, und im entgegengesetzten Fall es fertig bringen, einem täglich, ja stündlich zuzusetzen und einem sogar ärgerliche Szenen zu bereiten. Diese letztere Erwägung ließ ihn doch schwankend werden.

»Liebe Anna Michailowna«, sagte er in dem Ton, in welchem er fast immer sprach, einer Mischung von Vertraulichkeit und Mißmut, »es ist mir beinahe unmöglich, das zu tun, was Sie wünschen; aber um Ihnen zu zeigen, wie hoch ich Sie schätze und wie sehr ich das Gedächtnis Ihres seligen Vaters in Ehren halte, werde ich das Unmögliche tun: Ihr Sohn soll zur Garde versetzt werden; hier meine Hand darauf! Sind Sie nun zufrieden?«

»Liebster Freund, Sie sind unser Wohltäter! Ich habe auch nichts anderes von Ihnen erwartet; ich wußte ja doch, was Sie für ein gutes Herz haben.«

Er wollte nun weggehen:

»Warten Sie, nur noch ganz wenige Worte! Wenn er dann aber zur Garde versetzt ist …« Sie stockte. »Sie sind ja mit Michail Ilarionowitsch Kutusow gut bekannt … empfehlen Sie ihm doch Boris zum Adjutanten. Dann würde ich beruhigt sein, und dann würde …«

Fürst Wasili lächelte.

»Nein, das verspreche ich nicht. Sie haben keine Ahnung, wie Kutusow von allen Seiten bestürmt wird, seit er zum Oberkommandierenden ernannt ist. Er hat selbst zu mir gesagt, alle Moskauer Damen hätten sich verabredet, ihm ihre sämtlichen Söhne zu Adjutanten zu geben.«

»Nein, versprechen Sie es mir doch! Ich lasse Sie nicht los, mein teurer Wohltäter!«

»Papa«, sagte die schöne Helene noch einmal in demselben Ton, »wir werden zu spät kommen.«

»Nun, also auf Wiedersehen, leben Sie wohl. Sie sehen, ich muß fort.«

»Also morgen werden Sie mit dem Kaiser darüber reden?«

»Ganz bestimmt; aber mit Kutusow zu reden, das verspreche ich nicht.«

»Aber nein, nein, versprechen Sie es mir, Wasili!« rief Anna Michailowna ihm mit dem Lächeln einer jungen Kokette nach, das ihr einstmals wohl einen eigenen Reiz verliehen haben mochte, jetzt aber zu ihrem ausgemergelten Gesicht schlechterdings nicht paßte. Sie hatte offenbar ihre Jahre ganz vergessen und brachte gewohnheitsmäßig all die althergebrachten weiblichen Hilfsmittel zur Anwendung. Aber sowie Fürst Wasili hinausgegangen war, nahm ihr Gesicht wieder denselben kalten, verstellten Ausdruck an, den es vorher getragen hatte. Sie kehrte zu der Gruppe zurück, in welcher der Vicomte zu erzählen fortfuhr, und gab sich wieder den Anschein, als höre sie zu, während sie doch nur auf die Zeit des Aufbruchs wartete, da ihre Angelegenheit nun erledigt war.

V

»Aber wie finden Sie diese ganze letzte Krönungskomödie in Mailand?« fragte Anna Pawlowna. »Und nun ist eine neue Komödie gefolgt: Die Bevölkerung von Genua und Lucca trägt Herrn Bonaparte ihre Wünsche vor. Und Herr Bonaparte sitzt auf dem Thron und erfüllt die Wünsche der Völker! Oh, das ist ein entzückendes Schauspiel! Nein, man könnte den Verstand darüber verlieren. Man möchte glauben, daß die ganze Welt den Kopf verloren hat.«

Fürst Andrei blickte der Sprechenden geradewegs ins Gesicht und lächelte.

»Gott gibt mir diese Krone; wehe dem, der sie antastet!« sagte er (die Worte, welche Bonaparte beim Aufsetzen der Krone gesprochen hatte). »Es heißt, er soll einen schönen Anblick dargeboten haben, als er diese Worte sprach«, fügte er hinzu und wiederholte diese Worte noch einmal auf italienisch: »Dio mi la dona, guai a chi la tocca!«

»Ich hoffe«, fuhr Anna Pawlowna fort, »daß dies endlich der Tropfen ist, der das Gefäß zum Überlaufen bringt. Die Souveräne können diesen Menschen, der alles Bestehende bedroht, nicht länger dulden.«

»Die Souveräne! Ich rede nicht von Rußland«, sagte der Vicomte in artigem, aber hoffnungslosem Ton. »Die Souveräne! Aber was haben sie für Ludwig XVI., für die Königin und für Madame Elisabeth getan? Nichts!« fuhr er, lebhafter werdend, fort. »Und glauben Sie mir, sie werden ihre Strafe dafür erleiden, daß sie die Sache der Bourbonen im Stich gelassen haben. Die Souveräne! Sie schicken Gesandte hin, um den Thronräuber zu beglückwünschen!«

Mit einem Seufzer der Geringschätzung änderte er seine Haltung. Fürst Ippolit, der den Vicomte lange durch seine Lorgnette betrachtet hatte, drehte sich plötzlich bei diesen Worten mit dem ganzen Körper zu der kleinen Fürstin um, erbat sich von ihr eine Nadel und begann, indem er mit der Nadel auf dem Tisch zeichnete, ihr das Wappen der Condés darzustellen. Er erläuterte ihr dieses Wappen mit so wichtiger Miene, als ob die Fürstin ihn darum gebeten hätte.

»Ein Schild mit schmalen, roten und blauen gezähnten Streifen, das ist das Haus Condé«, sagte er. Die Fürstin hörte lächelnd zu.

»Wenn Bonaparte noch ein Jahr auf dem französischen Thron bleibt«, fuhr der Vicomte in seiner begonnenen Darlegung mit der Miene eines Menschen fort, der auf andere nicht hört, sondern bei einem Gegenstand, der ihm besser bekannt ist als allen übrigen, nur seinen eigenen Gedankengang im Auge hat, »so wird ein nie wiedergutzumachendes Unheil angerichtet sein. Durch Intrigen, Gewalttaten, Verbannungen und Hinrichtungen wird die Gesellschaft, ich meine die gute französische Gesellschaft, für immer vernichtet sein, und dann ...«

Er zuckte die Achseln und breitete die Arme auseinander. Pierre setzte gerade an, um etwas zu sagen, da ihn das Gespräch interessierte; aber Anna Pawlowna, die ihn überwachte, ließ ihn nicht zu Wort kommen.

»Kaiser Alexander«, sagte sie in dem wehmütigen Ton, dessen sie sich stets bediente, wenn sie von der kaiserlichen Familie sprach, »hat erklärt, daß er es den Franzosen selbst anheimstelle, sich die Form ihrer Regierung zu wählen. Und ich meine, es kann gar nicht zweifelhaft sein, daß die ganze Nation sich von dem Usurpator befreien und sich ihrem legitimen König in die Arme werfen wird.« Anna Pawlowna beabsichtigte, mit diesen Worten dem Emigranten und Royalisten eine Liebenswürdigkeit zu erweisen.

»Das dürfte denn doch zweifelhaft sein«, bemerkte Fürst Andrei. »Der Herr Vicomte hat durchaus recht mit seiner Anschauung, daß die Sache sich schon zu weit entwickelt hat. Ich glaube, es wird schwer sein, zu den alten Zuständen zurückzukehren.«

»Soviel ich gehört habe«, mischte sich Pierre, seinen Versuch erneuernd, mit lebhaftem Erröten in das Gespräch, »ist fast der ganze Adel bereits auf Bonapartes Seite getreten.«

»Das sagen die Bonapartisten«, entgegnete der Vicomte, ohne Pierre anzusehen. »Es ist jetzt schwer, über die Ansichten der besseren Kreise Frankreichs ins klare zu kommen.«

»Bonaparte selbst hat das gesagt«, warf Fürst Andrei lächelnd ein. (Es war deutlich, daß ihm der Vicomte nicht gefiel, und daß seine Bemerkung, obwohl er den Vicomte dabei nicht anblickte, gegen diesen gerichtet war.)

»›Ich habe ihnen den Weg des Ruhmes gezeigt‹«, fuhr er nach kurzem Stillschweigen, wieder Worte Napoleons zitierend, fort, »›aber sie haben ihn nicht gehen wollen; ich habe ihnen meine Vorzimmer geöffnet, und sie sind in Scharen herbeigeeilt …‹ Ich weiß nicht, bis zu welchem Grade er ein Recht hatte, so zu sprechen.«

»Gar kein Recht hatte er dazu«, entgegnete der Vicomte. »Nach der Ermordung des Herzogs haben selbst seine getreuesten Anhänger aufgehört, einen Helden in ihm zu sehen. Und wenn er wirklich für manche Leute ein Held war«, fuhr der Vicomte, zu Anna Pawlowna gewendet, fort, »so kann man doch sagen: Nach der Ermordung des Herzogs gibt es im Himmel einen Märtyrer mehr und auf Erden einen Helden weniger.«

Anna Pawlowna und manche ihrer Gäste hatten noch nicht Zeit gefunden, ihre Bewunderung für diese Worte des Vicomtes durch ein Lächeln zu bezeigen, da stürzte sich schon Pierre von neuem in das Gespräch, und obgleich Anna Pawlowna ahnte, daß er etwas Unpassendes vorbringen werde, war sie doch nicht mehr imstande, ihn zurückzuhalten.

»Die Hinrichtung des Herzogs von Enghien«, sagte Pierre, »war eine politische Notwendigkeit, und ich betrachte es geradezu als ein Zeichen von Seelengröße, daß Napoleon sich nicht gescheut hat, die Verantwortung für diese Tat ganz allein auf sich zu nehmen.«

»Mein Gott!« flüsterte Anna Pawlowna ganz entsetzt.

»Sie billigen einen Mord … ? Wie, Monsieur Pierre, Sie sehen in einem Mord ein Zeichen von Seelengröße?« sagte die kleine Fürstin, indem sie ihre Handarbeit lächelnd näher an ihre Brust hielt.

»Ah! Ah!« riefen verschiedene Stimmen.

»Vorzüglich!« sagte Fürst Ippolit auf englisch und schlug sich ein paarmal mit der flachen Hand aufs Knie. Der Vicomte zuckte nur mit den Achseln.

Pierre blickte triumphierend über seine Brille weg die Zuhörer an.

»Ich spreche so«, fuhr er kühnen Mutes fort, »weil die Bourbonen vor der Revolution davongelaufen sind und das Volk der Anarchie preisgegeben haben; Napoleon war der einzige, der es verstand, die Revolution richtig zu beurteilen und sie zu besiegen, und deshalb durfte er, wo es sich um das allgemeine Wohl handelte, nicht vor dem Leben eines einzelnen haltmachen.«

»Mögen Sie nicht an den Tisch dort drüben mit herüberkommen?« sagte Anna Pawlowna. Aber Pierre fuhr, ohne ihr zu antworten, in seiner Meinungsäußerung fort.

»Nein«, sagte er, immer lebhafter werdend, »Napoleon ist ein großer Geist, weil er sich über die Revolution gestellt und ihre Auswüchse vertilgt hat, während er alles Gute, das sie gebracht hatte, beibehielt: die Gleichheit aller Bürger und die Freiheit des Wortes und der Presse; nur durch dieses Verfahren hat er die Macht erlangt.«

»Ja, wenn er die Macht, nachdem er sie erlangt hatte, nicht zum Mord mißbraucht, sondern in die Hände des legitimen Königs gelegt hätte«, entgegnete der Vicomte, »dann würde ich ihn einen großen Mann nennen.«

»Das hätte er gar nicht tun können. Das Volk hatte ihm die Macht nur zu dem Zweck gegeben, damit er es von den Bourbonen befreien möchte, und weil es in ihm einen großen Mann sah. Die Revolution ist eine große Tat gewesen«, fuhr Monsieur Pierre fort und bekundete durch die unnötige Hinzufügung dieser verwegenen, herausfordernden These seine große Jugendlichkeit und seinen Eifer, alles möglichst schnell herauszureden.

»Revolution und Königsmord eine große Tat ...! Wenn jemand so redet ... Aber wollen Sie nicht an den Tisch dort drüben mit herüberkommen?« wiederholte Anna Pawlowna ihre Aufforderung.

»Rousseaus Gesellschaftsvertrag«, sagte der Vicomte mit sanftem Lächeln.

»Ich spreche nicht vom Königsmord; ich spreche von den Ideen.«

»Jawohl, von den Ideen des Raubes, des Mordes und des Königsmordes«, unterbrach ihn wieder eine ironische Stimme.

»Das waren tadelnswerte Ausschreitungen, versteht sich. Aber nicht darin liegt die eigentliche Bedeutung der Revolution; sondern ihre Bedeutung liegt in der Anerkennung der Menschenrechte, in der Ablegung von Vorurteilen, in der Gleichstellung aller Bürger. Und alle diese Ideen hat Napoleon in ihrer ganzen Kraft beibehalten,«

»Freiheit und Gleichheit«, entgegnete der Vicomte geringschätzig, als ob er sich endlich entschlossen hätte, diesem jungen Menschen ernsthaft die ganze Torheit seines Geredes zu beweisen, »das sind hochtönende Worte, die schon längst in Verruf gekommen sind. Wer sollte nicht Freiheit und Gleichheit lieben? Schon unser Heiland hat Freiheit und Gleichheit gepredigt. Sind denn etwa die Menschen nach der Revolution glücklicher geworden? Im Gegenteil. Wir wünschten die Freiheit; aber Bonaparte hat sie vernichtet.«

Fürst Andrei sah lächelnd bald Pierre, bald den Vicomte, bald die Wirtin an. Bei Pierres exzentrischen Reden hatte Anna Pawlowna im ersten Augenblick trotz ihrer gesellschaftlichen Routine einen gewaltigen Schreck bekommen; aber als sie sah, daß bei den von Pierre ausgestoßenen gotteslästerlichen Reden der Vicomte nicht außer sich geriet, und als sie ferner sah, daß ein Vertuschen dieser Reden nicht mehr möglich war, da nahm sie ihren Mut zusammen, ergriff die Partei des Vicomtes und machte einen Angriff auf den dreisten Redner.

»Aber mein lieber Monsieur Pierre«, sagte Anna Pawlowna, »wie können Sie nur jemand für einen großen Mann erklären, der den Herzog –

oder sagen wir überhaupt schlechtweg einen Menschen – ohne ordentliches Gericht schuldlos hat hinrichten lassen?«

»Ich möchte fragen«, sagte der Vicomte, »wie man den achtzehnten Brumaire auffassen soll. War das etwa kein Betrug? Das war eine Gaunerei, die mit der Handlungsweise eines großen Mannes ganz und gar keine Ähnlichkeit hat.«

»Und die Gefangenen in Afrika, die er ermorden ließ?« fügte die kleine Fürstin hinzu. »Das ist doch entsetzlich!« Sie zuckte mit den Schultern.

»Er ist ein Emporkömmling; da kann man nun sagen, was man will«, bemerkte Fürst Ippolit.

Monsieur Pierre wußte nicht, wem er antworten sollte, sah ringsumher alle an und lächelte. Sein Lächeln war von anderer Art als bei anderen Menschen; es war nicht eine Verschmelzung von Ernst und Heiterkeit, sondern, sobald sich bei ihm ein Lächeln einstellte, verschwand sofort, im gleichen Augenblick, das ernste und sogar etwas mürrische Gesicht vollständig, und es erschien ein anderes, kindliches, gutmütiges, sogar etwas einfältiges Gesicht, das gewissermaßen um Verzeihung bat.

Dem Vicomte, der ihn zum erstenmal sah, wurde klar, daß dieser Jakobiner durchaus nicht so fürchterlich war wie seine Reden. Alle schwiegen.

»Wie soll er es denn anfangen, allen auf einmal zu antworten?« sagte dann Fürst Andrei. »Übrigens muß man, wo es sich um Taten eines Staatsmannes handelt, unterscheiden, was er als Mensch und was er als Heerführer oder Kaiser getan hat. Das scheint mir notwendig.«

»Ja, ja, selbstverständlich!« rief Pierre schnell, erfreut über die Hilfe, die ihm plötzlich kam.

»Es läßt sich nicht leugnen«, fuhr Fürst Andrei fort, »daß Napoleon als Mensch sich bei manchen Anlässen groß gezeigt hat: auf der Brücke von Arcole, in den Lazaretten von Jaffa, wo er den Pestkranken die Hand gab; aber freilich ... andere seiner Taten sind schwer zu rechtfertigen.«

Fürst Andrei, der offenbar beabsichtigt hatte, den unangenehmen Eindruck von Pierres ungeschickten Reden zu mildern, stand auf, um wegzufahren, und gab seiner Frau ein Zeichen.

*

Plötzlich sprang Fürst Ippolit auf, hielt durch Zeichen mit den Armen alle zurück und bat sie, sich noch einmal hinzusetzen; dann begann er:

»Ach, heute habe ich eine reizende Geschichte aus Moskau erzählen hören; die muß ich Ihnen zum besten geben. Verzeihen Sie, Vicomte, daß ich sie auf russisch erzähle; sie würde sonst den richtigen Geschmack verlieren.« Und nun fing Fürst Ippolit an, russisch zu reden, mit einer Aussprache und Grammatik, welche an die von Franzosen erinnerte, die sich etwa ein Jahr lang in Rußland aufgehalten haben. Alle waren dageblieben; so eifrig und dringend hatte Fürst Ippolit um Aufmerksamkeit für seine Geschichte gebeten.

»In Moskau lebt eine Dame. Und sie ist sehr geizig. Sie mußte zwei Lakaien für ihre Kutsche haben. Und sehr groß gewachsene. Das war ihr Geschmack. Und sie hatte ein Dienstmädchen, die noch größer war. Da sagte sie ...« Hier dachte Fürst Ippolit nach; augenscheinlich überlegte er mit Anstrengung, wie die Geschichte weiterging.

»Sie sagte ... ja, sie sagte: ›Mädchen, zieh Livree an und fahr mit mich aus, hinten auf das Wagen, Besuche machen.‹«

Hier prustete Fürst Ippolit los und lachte weit früher als seine Zuhörer, was einen für den Erzähler unvorteilhaften Eindruck machte. Viele lächelten jedoch, darunter die ältliche Dame und Anna Pawlowna.

»Die Dame fuhr. Auf einmal wurde ein starke Wind. Das Mädchen verlor den Hut, und die lange Haare wurden los ...«

Hier konnte er sich nicht mehr halten, begann stoßweise zu lachen und sagte zwischen diesen Lachanfällen nur noch:

»Und alle Leute merkten ...«

Damit war die Geschichte zu Ende. Obgleich nicht zu verstehen war, wozu er sie eigentlich erzählt hatte, und weshalb es unbedingt notwendig gewesen war, sie russisch zu erzählen, so waren doch Anna Pawlowna und andere dem Fürsten Ippolit dankbar für die weltmännische Liebenswürdigkeit, mit der er die unerfreulichen, schroffen Meinungsäußerungen dieses Monsieur Pierre in so hübscher Weise abgeschnitten hatte. Nach dem Vortrag dieser Anekdote zersplitterte die Unterhaltung in kleine, unbedeutende Plaudereien über den letzten Ball und über den demnächst bevorstehenden und über das Theater und darüber, wann und wo man sich wieder treffen werde.

VI

Die Gäste bedankten sich bei Anna Pawlowna für den »entzückenden Abend« und begannen sich zu entfernen.

Pierre zeigte sich recht unbeholfen. Von ungewöhnlicher Körpergröße, dick und breit gebaut, mit mächtig großen, roten Händen, verstand er, wie man sich ausdrückt, nicht, in einen Salon einzutreten, und noch weniger verstand er, einen Salon zu verlassen, das heißt, vor dem Hinausgehen etwas besonders Liebenswürdiges zu sagen. Außerdem war er augenblicklich auch noch zerstreut. Beim Aufstehen ergriff er statt seines Hutes einen Dreimaster mit Generalsplumage und hielt ihn, an den Federn zupfend, so lange in der Hand, bis der General ihn sich zurückerbat. Aber seine Zerstreutheit und seine Unkenntnis der Art, wie man einen Salon zu betreten, darin zu reden und schließlich wegzugehen hat, dies alles wurde durch den gutmütigen, einfachen, bescheidenen Ausdruck seines Gesichts wieder wettgemacht, so daß man ihm nicht böse sein konnte. Anna Pawlowna wandte sich zu ihm, nickte ihm mit christlicher Sanftmut zum Zeichen der Verzeihung für seine Hitzköpfigkeit zu und sagte:

»Ich hoffe, Sie bald wiederzusehen; aber ich hoffe auch, daß Sie Ihre Ansichten ändern werden, mein lieber Monsieur Pierre.«

Als sie dies zu ihm gesagt hatte, antwortete er keine Silbe; er verbeugte sich nur und ließ alle Anwesenden noch einmal sein Lächeln sehen, welches nichts weiter sagte als etwa nur dies: »Meinungen sind eben Meinungen; aber seht nur, was für ein gutmütiger, prächtiger Bursche ich bin.« Und Anna Pawlowna sowie alle ihre Gäste empfanden das unwillkürlich.

Fürst Andrei trat in das Vorzimmer hinaus, und während er seine Schultern dem Diener hinhielt, der ihm den Mantel umlegte, hörte er gleichgültig dem Geplauder seiner Frau mit dem Fürsten Ippolit zu, der ebenfalls in das Vorzimmer herausgekommen war. Fürst Ippolit stand bei der hübschen, schwangeren Fürstin und blickte sie starr und unverwandt durch seine Lorgnette an.

»Gehen Sie wieder hinein, Annette, Sie werden sich noch erkälten«, sagte die kleine Fürstin, sich von Anna Pawlowna verabschiedend. »Also abgemacht!« fügte sie leise hinzu.

Anna Pawlowna hatte bereits Zeit gefunden, mit Lisa über die Heirat zu sprechen, die sie zwischen Anatol und der Schwägerin der kleinen Fürstin zustande bringen wollte.

»Ich rechne auf Sie, liebe Freundin«, sagte Anna Pawlowna gleichfalls leise. »Schreiben Sie also an sie, und teilen Sie mir dann mit, wie der Vater über die Sache denkt. Auf Wiedersehen!« Damit ging sie aus dem Vorzimmer hinaus.

Fürst Ippolit trat zu der kleinen Fürstin, beugte sein Gesicht nahe zu ihr herab und begann ihr etwas beinahe im Flüsterton zu sagen.

Zwei Diener, von denen der eine der Fürstin, der andre ihm gehörte, standen mit dem Schal der Fürstin und dem Mantel Ippolits hinter ihnen, warteten, bis sie aufhören würden zu reden, und hörten dem ihnen unverständlichen französischen Gespräch mit einer Miene zu, als ob sie alles, was da geredet wurde, verständen und dies nur nicht zeigen wollten. Die Fürstin sprach, wie immer, lächelnd und hörte lachend zu.

»Ich bin sehr froh, daß ich nicht zu dem Gesandten gefahren bin«, sagte Fürst Ippolit. »Furchtbar langweilig da … War ein sehr netter Abend hier, nicht wahr, sehr netter Abend?«

»Es heißt, der Ball werde heute dort ganz prächtig sein«, antwortete die Fürstin und zog die kleine Oberlippe mit dem Schnurrbärtchen in die Höhe. »Alle schönen Frauen aus der guten Gesellschaft werden dasein.«

»Nicht alle, da Sie nicht dasein werden; nicht alle!« sagte Fürst Ippolit vergnügt lachend. Dann nahm er dem Diener das Schaltuch ab, stieß ihn energisch beiseite und legte der Fürstin das Tuch um.

Aus Unbeholfenheit oder absichtlich (das hätte niemand entscheiden können) ließ er längere Zeit die Arme nicht wieder sinken, als der Schal bereits herumgelegt war, und umarmte gewissermaßen auf diese Art die junge Frau.

Mit einer anmutigen Bewegung machte sie sich frei, behielt aber ihre lächelnde Miene bei; dann drehte sie sich um und blickte zu ihrem Mann hin. Fürst Andrei hielt die Augen geschlossen; er schien müde und schläfrig zu sein.

»Sind Sie fertig?« fragte er seine Frau, an ihr vorbeisehend. Fürst Ippolit zog eilig seinen Mantel an, der ihm nach der neuen Mode bis an die Hacken reichte, und sich mit den Füßen in ihn verwickelnd, lief er die Stufen vor der Haustür hinab der Fürstin nach, welcher der Diener beim Einsteigen in den Wagen behilflich war.

»Auf Wiedersehen, Fürstin!« rief er und verwickelte sich dabei mit der Zunge ebenso wie mit den Beinen.

Die Fürstin faßte ihr Kleid zusammen und setzte sich in dem dunklen Wagen zurecht; ihr Mann brachte seinen Säbel in Ordnung, um auch einzusteigen; Fürst Ippolit gab sich den Anschein, als wolle er gute Dienste erweisen, war aber nur hinderlich.

»Erlauben Sie, mein Herr«, sagte Fürst Andrei auf russisch trocken und unfreundlich zu dem Fürsten Ippolit, der ihn behinderte vorbeizukommen.

»Ich erwarte dich, Pierre!« rief dann dieselbe Stimme des Fürsten Andrei in freundlichem, herzlichem Ton aus dem Wagen heraus.

Der Vorreiter setzte sich in Bewegung, und der Wagen fuhr davon. Fürst Ippolit brach in sein stoßweises Lachen aus, während er auf den Stufen vor der Haustür stand und auf den Vicomte wartete, dem er versprochen hatte, ihn nach Hause zu bringen.

*

»Nun, mein Teuerster«, sagte der Vicomte, nachdem er sich mit Ippolit in den Wagen gesetzt hatte, »Ihre kleine Fürstin ist ja allerliebst! Ganz allerliebst!« Er küßte seine Fingerspitzen. »Und vollständig, vollständig wie eine Französin!«

Ippolit prustete und lachte laut los.

»Und wissen Sie, Sie sind ja ein ganz gefährlicher Mensch mit Ihrer Unschuldsmiene«, fuhr der Vicomte fort. »Ich bedaure den armen Ehemann, diesen kleinen Wicht von Offizier, der sich ein Air gibt, als wäre er ein regierender Herr.«

Ippolit prustete immer noch und sagte mühsam während des Lachens: »Und da haben Sie gesagt, die russischen Damen seien im Vergleich mit den Französinnen doch rückständig. Aber man muß die Sache nur richtig anzufassen wissen.«

Pierre, der den Wagen des Fürsten Andrei überholt hatte, ging als Freund des Hauses in das Arbeitszimmer des Fürsten Andrei, legte sich dort sofort seiner Gewohnheit nach auf das Sofa, nahm aus einem Regal das erstbeste Buch, das ihm in die Hände kam (es waren die Kommentare Cäsars), stützte sich auf den Ellbogen und begann irgendwo in der Mitte zu lesen.

»Wie hast du nur der armen Anna Pawlowna mitgespielt? Sie wird jetzt gewiß ganz krank davon sein!« sagte Fürst Andrei, ins Zimmer tretend, und rieb sich die kleinen, weißen Hände.

Pierre wälzte sich mit dem ganzen Körper herum, so daß das Sofa knarrte, wendete sein lebhaft erregtes Gesicht dem Fürsten Andrei zu, lächelte und machte eine Handbewegung, die ungefähr besagte: »Ach Gott, Anna Pawlowna!«

»Nein«, sagte er, »dieser Abbé ist wirklich ein sehr interessanter Mann; nur hat er eine falsche Auffassung der Sache, mit der er sich beschäftigt ... Möglich ist meiner Ansicht nach der ewige Friede; aber ich weiß nicht, wie ich mich ausdrücken soll ... indessen gewiß nicht durch das politische Gleichgewicht.«

Fürst Andrei schien sich für derartige abstrakte Gespräche nicht zu interessieren.

»Man darf nicht an jedem Ort alles sagen, was man denkt, mein Lieber. – Nun, wie ist's?« fragte er dann nach einem kurzen Stillschweigen. »Hast du dich nun endlich für irgendeinen Beruf entschieden? Willst du zur Gardekavallerie gehen oder Diplomat werden?«

Pierre setzte sich auf dem Sofa aufrecht hin, indem er die Beine unter den Leib schob.

»Können Sie sich das vorstellen? Ich weiß es immer noch nicht. Von diesen beiden Berufen gefällt mir der eine so wenig wie der andre.«

»Aber du mußt dich doch für irgend etwas entscheiden. Dein Vater wartet darauf.«

Pierre war in seinem zehnten Lebensjahr mit einem Abbé, der ihn erziehen sollte, ins Ausland geschickt worden, wo er bis zu seinem zwanzigsten Jahr gelebt hatte. Als er nach Moskau zurückgekehrt war, hatte sein

Vater den Abbé entlassen und zu dem jungen Mann gesagt: »Fahr du jetzt nach Petersburg, sieh dich um und wähle. Ich bin mit allem einverstanden. Da hast du einen Brief an den Fürsten Wasili, und hier hast du Geld. Schreibe mir über alles; ich werde dir in allen Dingen behilflich sein.« Nun wählte Pierre schon drei Monate lang einen Beruf und tat nichts. Und über diese Wahl beabsichtigte Fürst Andrei jetzt mit ihm zu reden. Pierre rieb sich die Stirn.

»Aber er wird wohl Freimaurer sein«, sprach er; er sprach von dem Abbé, den er auf der Abendgesellschaft kennengelernt hatte.

»Das ist ja alles Torheit«, unterbrach ihn Fürst Andrei wieder in seinem Gedankengang. »Laß uns doch lieber von etwas Ernstem reden! Bist du in der Gardekavalleriekaserne gewesen?«

»Nein, ich bin nicht dagewesen. Aber da ist mir etwas durch den Kopf gegangen; das wollte ich Ihnen sagen. Wir haben jetzt Krieg gegen Napoleon. Wäre das ein Krieg für die Freiheit, dann würde ich für ihn Verständnis haben und würde der erste sein, der in den Kriegsdienst träte; aber den Engländern und Österreichern gegen den größten Mann der Welt beizustehen … das ist nicht schön.«

Fürst Andrei zuckte zu Pierres kindlichen Reden nur die Achseln. Er machte ein Gesicht, welches besagte, daß man auf solche Dummheiten eigentlich nicht antworten könne; und wirklich war es schwer, auf diese naive Äußerung etwas anderes zu erwidern als das, was Fürst Andrei zur Antwort gab:

»Wenn alle Menschen nur nach Maßgabe ihrer Überzeugungen Krieg führten, so würde es keinen Krieg geben«, sagte er.

»Das wäre ja aber wunderschön«, erwiderte Pierre.

Fürst Andrei lächelte.

»Wunderschön wäre es vielleicht; aber dahin wird es niemals kommen.«

»Nun, warum ziehen Sie denn in den Krieg?« fragte Pierre.

»Warum ich in den Krieg ziehe? Das weiß ich nicht. Ich muß eben. Außerdem ziehe ich in den Krieg …« Er stockte. »Ich ziehe in den Krieg, weil das Leben, das ich hier führe, nicht nach meinem Geschmack ist.«

VII

Im Nebenzimmer raschelte ein Frauenkleid. Wie wenn er plötzlich aus dem Schlaf aufwachte, schüttelte sich Fürst Andrei, und sein Gesicht nahm denselben Ausdruck an, den es in Anna Pawlownas Salon gehabt hatte. Pierre schob seine Beine vom Sofa herunter. Die Fürstin trat ein. Sie hatte sich bereits umgezogen und trug jetzt ein Hauskleid, das aber ebenso elegant und frisch war. Fürst Andrei stand auf und rückte ihr höflich einen Sessel heran.

»Ich denke oft darüber nach«, begann sie, wie immer auf französisch, indem sie sich eilig und eifrig in dem Lehnstuhl zurechtsetzte, »warum Annette sich eigentlich nicht verheiratet hat. Wie dumm ihr Herren doch alle seid, daß ihr sie nicht geheiratet habt. Nehmt es mir nicht übel, aber Frauen könnt ihr absolut nicht beurteilen ... Was sind Sie für ein Kampfhahn, Monsieur Pierre!«

»Auch mit Ihrem Mann streite ich mich immerzu; ich verstehe nicht, warum er in den Krieg ziehen will«, sagte Pierre, zu der Fürstin gewendet, ohne jede Künstelei, die doch im Verkehr eines jungen Mannes mit einem jungen weiblichen Wesen etwas ganz Gewöhnliches ist.

Die Fürstin zuckte zusammen; offenbar hatten Pierres Worte bei ihr einen empfindlichen Punkt berührt.

»Ach, ganz dasselbe sage ich ja auch!« antwortete sie. »Ich verstehe nicht, verstehe schlechterdings nicht, warum die Männer nicht ohne Krieg leben können. Woher kommt es, daß wir Frauen keine Wünsche haben, deren Erfüllung uns Lebensbedürfnis wäre? Nun, seien Sie einmal selbst Richter! Ich sage immer zu ihm: Hier ist er Adjutant bei seinem Onkel, eine glänzende Stellung. Jeder Mensch kennt ihn und schätzt ihn hoch. Erst neulich hörte ich bei Aprarins, wie eine Dame sagte: ›Ist das nicht der berühmte Fürst Andrei?‹ Mein Ehrenwort darauf, so hat sie sich ausgedrückt.« Sie lachte. »Er ist überall so beliebt. Selbst Flügeladjutant könnte er mit größter Leichtigkeit werden. Sie wissen, der Kaiser hat sehr gnädig mit ihm gesprochen. Ich habe mit Annette darüber geredet; es ließe sich sehr leicht erreichen. Wie denken Sie darüber?«

Pierre sah den Fürsten Andrei an, und da er bemerkte, daß dieses Gespräch seinem Freund nicht behagte, so antwortete er nicht.

»Wann reisen Sie ab?« fragte er.

»Ach, reden Sie mir nicht von dieser Abreise, reden Sie nicht davon! Ich mag davon gar nichts hören!« sagte die Fürstin in demselben launischen, scherzenden Ton, dessen sie sich im Salon dem Fürsten Ippolit gegenüber bedient hatte, der aber in den Familienkreis, zu welchem auch Pierre gewissermaßen als Mitglied gehörte, augenscheinlich nicht hineinpaßte. »Als ich heute daran dachte, daß ich diesen ganzen mir so lieb gewordenen Verkehr aufgeben muß ... Und dann, weißt du, Andrei?« Sie blinzelte ihrem Mann bedeutsam zu. »Ich ängstige mich, ich ängstige mich!« flüsterte sie und krümmte wie schaudernd den Rücken zusammen.

Ihr Mann blickte sie mit einem Gesicht an, als ob er erstaunt wäre zu bemerken, daß sich außer ihm und Pierre noch jemand im Zimmer befinde, und sagte zu ihr mit kühler Höflichkeit und fragender Miene:

»Wovor fürchtest du dich, Lisa? Ich kann das nicht verstehen.«

»Ja, da sieht man recht, was für Egoisten die Männer sind; alle, alle sind sie Egoisten! Aus reiner Laune, Gott weiß warum, verläßt er mich und verbannt mich auf das Land, wo ich ganz allein bin.«

»Mein Vater und meine Schwester sind da bei dir; das solltest du nicht vergessen«, sagte Fürst Andrei leise.

»Allein bin ich da doch, da ich von *meinen* Freunden fern bin ... Und da will er, daß ich mich nicht ängstigen soll!«

Ihr Ton war jetzt mürrisch und zänkisch; die Oberlippe zog sich in die Höhe, was dem Gesicht in diesem Fall keinen fröhlichen Ausdruck verlieh, sondern den eines erregten Eichhörnchens. Sie schwieg und deutete dadurch an, daß sie es unpassend finde, in Pierres Gegenwart über ihre Schwangerschaft zu sprechen, was doch den eigentlichen Kern der Sache bilde.

»Ich habe dich immer noch nicht verstanden. Wovor ängstigst du dich?« fragte Fürst Andrei langsam, ohne die Augen von seiner Frau wegzuwenden. Die Fürstin errötete und hob wie in Verzweiflung die Arme in die Höhe.

»Nein, Andrei, du hast dich so sehr verändert, so sehr verändert ...«

»Dein Arzt verlangt, daß du dich früher schlafen legen sollst«, sagte Fürst Andrei. »Du solltest zu Bett gehen.«

Die Fürstin erwiderte nichts; aber auf einmal fing ihre kurze Oberlippe mit dem Schnurrbärtehen an zu zittern. Fürst Andrei stand auf, zuckte mit den Achseln und ging im Zimmer hin und her.

Pierre sah mit naivem Erstaunen durch seine Brille bald ihn, bald die Fürstin an und rührte sich, als ob er gleichfalls aufstehen wollte, besann sich dann aber doch eines anderen.

»Was mache ich mir daraus, daß Monsieur Pierre zugegen ist«, sagte die kleine Fürstin plötzlich, und ihr hübsches Gesicht verzog sich zu einer weinerlichen Grimasse. »Ich habe dir das schon lange sagen wollen, Andrei: Warum hast du dich mir gegenüber so sehr verändert? Was habe ich dir getan? Du gehst zur Armee, und mit mir hast du kein Mitleid. Warum bist du so zu mir?«

»Lisa!« sagte Fürst Andrei nur; aber in diesem Wort lag eine Bitte und eine Drohung und vor allem die Versicherung, daß sie selbst ihre Worte bereuen werde. Sie jedoch redete eilig weiter:

»Du behandelst mich wie eine Kranke oder wie ein Kind. Ich merke das alles. Vor einem halben Jahr warst du ein ganz anderer!«

»Lisa, ich bitte Sie aufzuhören«, sagte Fürst Andrei noch nachdrücklicher.

Pierre, der während dieses Gespräches in immer größere Aufregung gekommen war, stand auf und trat zu der Fürstin hin. Es machte den Eindruck, als ob er den Anblick von Tränen nicht ertragen könne und selbst nahe daran sei loszuweinen.

»Beruhigen Sie sich, Fürstin. Das scheint Ihnen nur so, weil ... Aber ich versichere Ihnen, ich weiß aus seinem eigenen Mund ... Weswegen denn ...? Weil ... Nein, entschuldigen Sie, ein Fremder ist hier überflüssig. Nein, beruhigen Sie sich ... Adieu!«

Fürst Andrei hielt ihn am Arm zurück und sagte:

»Nicht doch, bleibe hier, Pierre. Die Fürstin hat ein so gutes Herz, daß sie mich nicht wird des Vergnügens berauben wollen, den Abend mit dir zuzubringen.«

»Nein, er denkt immer nur an sich selbst!« murmelte die Fürstin, ohne die Tränen des Zornes zurückzuhalten.

»Lisa!« sagte Fürst Andrei streng, indem er den Ton derart in die Höhe zog, daß es deutlich war: Seine Geduld war erschöpft.

Plötzlich ging der zornige Eichhörnchenausdruck des hübschen Gesichtchens der Fürstin in einen reizenden, mitleiderregenden Ausdruck von Furcht über; sie blickte mit ihren schönen Augen ihren Mann schräg von untenher an, und auf ihrem Gesicht zeigte sich jener schüchterne, um Verzeihung bittende Ausdruck, welchen man häufig bei einem Hund beobachten kann, der schnell, aber nur ganz leise mit dem herabhängenden Schwanz wedelt.

»O mein Gott, o mein Gott!« murmelte die Fürstin, und indem sie mit der einen Hand den Rock ihres Kleides zusammenfaßte, trat sie an ihren Mann heran und küßte ihn auf die Stirn.

»Gute Nacht, Lisa«, sagte Fürst Andrei, stand auf und küßte ihr höflich wie einer fremden Dame die Hand.

VIII

Die beiden Freunde schwiegen. Weder der eine noch der andere mochte zu reden anfangen. Pierre warf ab und zu einen Blick zum Fürsten Andrei hin; Fürst Andrei rieb sich mit seiner kleinen Hand die Stirn.

»Komm, wir wollen Abendbrot essen«, sagte er endlich seufzend, stand auf und schritt zur Tür.

Sie traten in das geschmackvoll, neu und luxuriös eingerichtete Speisezimmer. Alles, von den Servietten bis zum Silbergerät, dem Porzellan und dem Kristall, trug jenes besondere Gepräge der Neuheit an sich, welches in der Wirtschaft junger Ehegatten das gewöhnliche ist. Mitten während des Abendessens stützte Fürst Andrei sich mit dem Ellbogen auf den Tisch: Er machte den Eindruck eines Menschen, der lange etwas auf dem

Herzen gehabt hat und nun plötzlich den Entschluß faßt, sich auszusprechen. Mit einer nervösen Erregung, wie sie Pierre noch nie auf dem Gesicht seines Freundes gesehen hatte, sagte er:

»Heirate niemals, mein Freund, niemals. Oder ich will meinen Rat so formulieren: Heirate nicht eher, als bis du alles geleistet hast, wozu deine Kräfte dich befähigen, und nicht eher, als bis du die Frau, die du dir ausgewählt hast, aufgehört hast zu lieben, nicht eher, als bis du ein völlig klares Urteil über sie hast; andernfalls begehst du einen Fehler, der sich grausam rächt und sich nicht wiedergutmachen läßt. Heirate, wenn du ein Greis bist, der zu nichts mehr taugt. Sonst wird alles, was in dir Gutes und Hohes wohnt, zugrunde gehen. Alles wird für nichtigen Kram verausgabt werden. Ja, ja, ja! Sieh mich nicht so verwundert an! Wenn du gehofft hattest, in der Zukunft etwas zu sein und zu leisten, so wirst du als Ehemann auf Schritt und Tritt spüren, daß für dich alles zu Ende ist, daß dir jede Arena verschlossen ist, außer dem Salon, wo du dann mit einem lakaienhaften Höfling und einem Idioten auf gleicher Linie stehen wirst ... Ein schöner Genuß!«

Er machte eine energische, wegwerfende Bewegung mit der Hand.

Pierre nahm seine Brille ab, was seinem Gesicht einen andern Ausdruck verlieh, insofern es jetzt noch gutherziger aussah, und blickte seinen Freund erstaunt an.

»Meine Frau«, fuhr Fürst Andrei fort, »ist ein vortreffliches Weib. Sie ist eine jener seltenen Frauen, bei denen man für seine Ehre unbesorgt sein kann; aber großer Gott, was würde ich jetzt nicht darum geben, wenn ich unverheiratet wäre! Du bist der erste und einzige Mensch, dem ich das sage, und ich sage es dir, weil ich dich in mein Herz geschlossen habe.«

Während Fürst Andrei dies sagte, war er noch weniger als vorher jenem Bolkonski ähnlich, der sich auf Anna Pawlownas Lehnsesseln hingerekelt und, den Mund kaum öffnend, mit halb zugekniffenen Augen, französische Phrasen von sich gegeben hatte. Sein mageres Gesicht zitterte in allen Teilen infolge der nervösen Erregung eines jeden Muskels, und die Augen, in denen vorher alle Lebensglut erloschen zu sein schien, strahlten jetzt in hellem, leuchtendem Glanz. Es war deutlich, daß er in solchen Augenblicken der Gereiztheit um so energischer war, je schlaffer er für gewöhnlich zu sein schien.

»Du begreifst nicht, woher es kommt; daß ich so spreche«, fuhr er fort. »Ja, da liegt eine ganze Lebensgeschichte zugrunde. Du sprichst von Bonaparte und seiner Laufbahn«, sagte er, obgleich Pierre von Bonaparte gar nicht gesprochen hatte, »du sprichst von Bonaparte; aber Bonaparte, wenn er arbeitete, sah, daß er Schritt für Schritt seinem Ziel näherkam; er war frei, er hatte sich um nichts zu kümmern als um sein Ziel, und er hat sein Ziel erreicht. Aber binde dich an eine Frau, und du verlierst wie ein in Ketten geschmiedeter Sträfling jede Freiheit. Und alles, was an Hoffnungen und Kräften in dir steckt, das alles lastet lediglich mit schwerem Druck auf dir und quält dich mit steter Reue. Salons, Klatschgeschichten, Bälle, Eitelkeit, nichtiges Treiben, das ist der verhexte Kreis, aus dem ich nicht herauskommen kann. Ich gehe jetzt in den Krieg, in den größten Krieg, den es je gegeben hat; aber ich verstehe nichts vom Krieg und bin zu nichts zu gebrauchen. Ich bin ein guter Plauderer und habe eine scharfe Zunge«, fuhr Fürst Andrei fort, »und in Anna Pawlownas Salon hört man zu, wenn ich rede. Und diese dumme sogenannte gute Gesellschaft, ohne die meine Frau nicht leben kann, und diese Frauen … Wenn du nur wüßtest, was alle diese vornehmen Damen für eine Art von Menschen sind, und die Frauen überhaupt! Mein Vater hat ganz recht: Selbstsucht, Eitelkeit, Beschränktheit, Hohlheit in jeder Hinsicht, das ist das wahre Wesen der Frauen, wenn sie sich so zeigen, wie sie wirklich sind. Wenn man sie im geselligen Verkehr sieht, so möchte man meinen, daß etwas an ihnen dran wäre; aber nichts, nichts, nichts! Nein, heirate nicht, mein Teuerster, heirate nicht!« schloß Fürst Andrei.

»Es scheint mir wunderlich«, erwiderte Pierre, »daß Sie, gerade Sie sich für einen untauglichen Menschen und Ihr Leben für ein verfehltes Leben halten. Eine große, reiche Zukunft liegt vor Ihnen, und Sie werden noch …«

Er sprach diesen Satz »Sie werden noch« nicht zu Ende; aber schon der Ton dieser Worte zeigte, wie hoch er seinen Freund schätzte und wieviel er von ihm in der Zukunft erwartete.

»Wie kann er nur so reden«, dachte Pierre. Er hielt den Fürsten Andrei namentlich deswegen für den Inbegriff aller Vollkommenheiten, weil Fürst Andrei im höchsten Grad alle diejenigen guten Eigenschaften in sich vereinigte, die ihm selbst mangelten, und die man am zutreffendsten mit dem Wort »Willenskraft« zusammenfassend bezeichnen kann. Pierre bewunderte immer die Fähigkeit des Fürsten Andrei, mit Menschen aller Art in ruhigen Formen zu verkehren, ferner sein außerordentliches Gedächtnis, seine Belesenheit (er hatte alles gelesen, kannte alles, hatte für alles Verständnis), und vor allem seine Fähigkeit zu arbeiten und zu lernen. Und wenn Pierre nicht selten darüber erstaunt war, daß dem Fürsten Andrei die Befähigung für hochfliegende philosophische Spekulationen abging (wozu Pierre eine besondere Neigung hatte), so sah er auch darin nicht sowohl einen Mangel als vielmehr ein Zeichen von Kraft. Selbst in den besten, aufrichtigsten Freundschaftsverhältnissen ist Schmeichelei oder Lob unentbehrlich, gerade wie für Wagenräder die Schmiere notwendig ist, damit sie sich ordentlich drehen.

»Ich bin ein abgetaner, erledigter Mensch«, sagte Fürst Andrei. »Wozu sollen wir über mich noch reden? Wir wollen lieber über dich sprechen«, fuhr er nach kurzem Stillschweigen fort und mußte selbst über dieses Trostmittel, das ihm in den Sinn kam, lächeln. Dieses Lächeln spiegelte sich in demselben Augenblick auf Pierres Gesicht wider.

»Aber was ist von mir zu sagen?« erwiderte Pierre, indem er den Mund zu einem sorglosen, fröhlichen Lächeln verzog. »Was bin ich für ein Mensch? Ein illegitimer Sohn bin ich.« Sein Gesicht überzog sich auf einmal mit einer dunklen Röte. Es war klar, daß es ihn große Anstrengung gekostet hatte, dies auszusprechen. »Ich habe keinen Namen, kein Vermögen ... Na, was liegt daran; ich möchte wirklich ...« Er sprach den Satz nicht zu Ende. »Ich bin vorläufig frei, und es geht mir ganz gut. Ich weiß nur absolut nicht, was ich anfangen soll. Daher wollte ich Sie in allem Ernst bitten, mir einen Rat zu geben.«

Fürst Andrei sah ihn mit seinen guten Augen an. Aber in seinem freundlichen, wohlwollenden Blick kam doch das Bewußtsein seiner eigenen Überlegenheit zum Ausdruck.

»Du bist mir ganz besonders deshalb lieb und wert, weil du der einzige frische, natürliche Mensch in unserem ganzen Gesellschaftskreis bist. Du bist gut daran. Wähle, welchen Beruf du willst, das wird keinen Unterschied machen: Es wird dir in jedem Beruf gutgehen, da du in jedem Beruf ein guter, tüchtiger Mensch sein wirst. Nur eins: Geh nicht mehr zu diesen Kuragins, und gib diese Lebensweise auf. Sie paßt auch gar nicht für dich: alle diese Gelage, und die dummen Streiche, und was sonst noch alles damit zusammenhängt.«

»Was ist da zu machen?« antwortete Pierre achselzuckend. »Die Weiber, lieber Freund, die Weiber!«

»Das verstehe ich nicht«, entgegnete Andrei. »Anständige Frauen, das wäre eine andere Sache; aber Frauen in Kuragins Geschmack, ›Weiber und Wein‹, das verstehe ich nicht.«

Pierre wohnte bei dem Fürsten Wasili Kuragin und beteiligte sich an dem ausschweifenden Leben seines Sohnes Anatol, desselben, den man zu seiner Besserung mit der Schwester des Fürsten Andrei zu verheiraten beabsichtigte.

»Wissen Sie«, sagte Pierre, als ob ihm ganz unerwartet ein glücklicher Gedanke gekommen wäre, »im Ernst, ich habe mir das auch schon lange gesagt. Bei dieser Lebensweise kann ich keine ordentliche Überlegung anstellen und keinen Entschluß fassen. Ich habe immer Kopfschmerzen und kein Geld. Er hat mich zu heute wieder eingeladen; aber ich will nicht hingehen.«

»Gib mir dein Ehrenwort, daß du nicht hingehst!«

»Mein Ehrenwort!«

IX

Ein Uhr nachts war schon vorüber, als Pierre aus dem Haus seines Freundes trat. Es war eine Petersburger Juninacht, in der es nicht dunkel wird. Pierre setzte sich mit der Absicht, nach Hause zu fahren, in eine Droschke. Aber je mehr er sich dem Ziel seiner Fahrt näherte, um so stärker empfand er die Unmöglichkeit, in dieser Nacht einzuschlafen, die mehr einem Abend als einem Morgen ähnlich war. In den menschenleeren Straßen konnte man weit entlangsehen. Unterwegs erinnerte sich Pierre, daß sich an diesem Abend der Abrede gemäß die gewöhnliche Spielgesellschaft bei Anatol Kuragin hatte versammeln sollen; nach dem Spiel pflegte man dann tüchtig zu zechen und zuletzt mit Pierres Lieblingsamüsement zu schließen.

»Es wäre doch recht nett, wenn ich zu Kuragin führe«, dachte er. Aber sofort fiel ihm auch das Ehrenwort ein, das er dem Fürsten Andrei gegeben hatte, sich heute nicht zu Kuragin zu begeben.

Aber im nächsten Augenblick überkam ihn, wie das bei labilen Menschen so zu gehen pflegt, ein so leidenschaftliches Verlangen, diese ihm so wohlbekannten Ausschweifungen noch einmal durchzukosten, daß er sich doch entschloß hinzufahren. Und sogleich schoß ihm auch der Gedanke durch den Kopf, daß das gegebene Ehrenwort ja nichts zu bedeuten habe, da er schon vor dem Gespräch mit dem Fürsten Andrei dem Fürsten Anatol gleichfalls sein Ehrenwort gegeben hatte, zu ihm zu kommen. Und endlich sagte er sich, daß all solche Ehrenworte eigentlich doch nur konventionelle Dinge ohne rechten vernünftigen Sinn seien, namentlich wenn man erwäge, daß er vielleicht morgen schon sterben oder ihm sonst etwas Außerordentliches zustoßen werde, so daß es dann für ihn nichts Ehrenhaftes oder Unehrenhaftes mehr gebe. Derartigen Überlegungen, durch die all seine Entschlüsse und Vorsätze über den Haufen gestoßen zu werden pflegten, gewährte Pierre nicht selten Raum. Er fuhr zu Kuragin.

Als er nicht weit von der Gardekavalleriekaserne bei dem großen von Anatol bewohnten Haus vorgefahren war, stieg er die erleuchteten Stufen vor dem Portal und dann im Haus die Treppe hinauf und trat in die offene Tür. Im Vorzimmer war niemand; leere Flaschen, Mäntel und Überschuhe bildeten einen wüsten Wirrwarr; es roch nach Wein; von weiterher war Reden und Geschrei zu hören.

Das Spiel und das Abendessen waren schon beendet; aber die Gäste noch nicht gegangen. Pierre warf seinen Mantel ab und trat in das erste Zimmer, wo noch die Überreste des Abendessens auf dem Tisch standen und ein Diener, in dem Glauben, daß ihn niemand sehe, heimlich austrank, was noch in den Gläsern war. Aus dem dritten Zimmer erscholl wüster Lärm, Lachen, das Geschrei bekannter Stimmen und das Gebrüll eines Bären. Acht junge Männer drängten sich, aufgeregt redend, um ein geöffnetes Fenster. Drei andere tollten mit einem jungen Bären umher, welchen einer an der Kette hierhin und dorthin schleppte, um die andern zu erschrecken.

»Ich wette hundert für Stevens!« rief einer.

»Aber nicht festhalten!« rief ein anderer.

»Ich wette auf Dolochow!« schrie ein dritter. »Schlag durch, Kuragin!«

»Na, nun laßt doch den Bären; hier wird gewettet.«

»Aber ohne abzusetzen, sonst hat er verloren«, schrie ein vierter.

»Jakow, gib eine Flasche Rum her!« rief der Hausherr selbst, ein großgewachsener, hübscher junger Mann, der in Hemdsärmeln, das feine Hemd auf der Brust geöffnet, mitten in dem Schwarm stand. »Warten Sie, meine Herren! Da ist er, unser Pierre, unser lieber Freund!« wandte er sich zu Pierre.

Eine andere Stimme, die eines Mannes von mäßigem Wuchs, mit klaren, blauen Augen, eine Stimme, die mitten unter allen diesen betrunkenen Stimmen namentlich dadurch auffiel, daß man ihr die Nüchternheit anhörte, rief vom Fenster her: »Komm hierher und schlage die Wette durch!« Dies war Dolochow, ein Offizier vom Semjonower Regiment, ein berüchtigter Spieler und Raufbold, der mit Anatol zusammenwohnte. Pierre lächelte und blickte vergnügt ringsum.

»Ich verstehe nichts. Um was handelt es sich denn?« fragte er.

»Wartet mal, er ist nicht betrunken. Gib eine Flasche her!« sagte Anatol, nahm ein Glas vom Tisch und trat auf Pierre zu. »Vor allen Dingen trinke erst mal!«

Pierre trank ein Glas nach dem andern, betrachtete, schräg nach der Seite hinblickend, die betrunkenen Gäste, die sich wieder bei dem Fenster zusammendrängten, und horchte auf ihr Gespräch. Anatol goß ihm fortwährend Wein ein und erzählte ihm, Dolochow habe mit dem Engländer Stevens, einem Seemann, der hier anwesend sei, gewettet, er, Dolochow, werde eine Flasche Rum austrinken, während er hier im dritten Stockwerk mit nach außen hängenden Beinen im Fenster sitze.

»Na, trink die Flasche ganz aus!« sagte Anatol und goß Pierre das letzte Glas ein. »Anders lasse ich dich nicht los!«

»Nein, ich mag nicht«, erwiderte Pierre, schob Anatol zurück und trat ans Fenster. Dolochow hielt die Hand des Engländers in der seinen und wiederholte klar und deutlich die Bedingungen der Wette, wobei er sich vornehmlich an Anatol und Pierre wandte.

Dolochow war ein Mann von Mittelgröße, mit krausem Haar und hellen, blauen Augen. Er war fünfundzwanzig Jahre alt. Er trug, wie alle Infanterieoffiziere, keinen Schnurrbart, und sein Mund, das auffallendste Stück seines Gesichtes, war vollständig zu sehen. Die Linien dieses Mundes waren überaus fein geschwungen. In der Mitte senkte sich die Oberlippe mit einem energischen Ausdruck keilförmig zu der kräftigen Unterlippe herab, und in den Mundwinkeln bildete sich beständig eine Art von doppeltem Lächeln, auf jeder Seite eins. Das Gesicht in seiner Gesamtheit, namentlich auch mit Einschluß des festen, frechen, klugen Blickes, machte einen solchen Eindruck, daß es einem jeden mit Notwendigkeit auffallen mußte. Dolochow war unbemittelt und ohne alle Konnexionen. Und trotzdem Anatol gewaltige Summen verbrauchte, wohnte Dolochow mit ihm zusammen und hatte sich eine solche Position zu schaffen gewußt, daß alle ihre gemeinsamen Bekannten ihn höher schätzten als den großartig auftretenden Anatol. Dolochow verstand alle Spiele, die es gab, und gewann fast immer. Er mochte trinken, soviel er wollte, er behielt immer einen klaren Kopf. Kuragin und Dolochow waren zu jener Zeit zwei Berühmtheiten in den Kreisen der Taugenichtse und Zecher Petersburgs.

Die Flasche Rum wurde gebracht. Zwei Diener versuchten, den Fensterrahmen herauszubrechen, der das Sitzen auf der äußeren Böschung des Fensters unmöglich machte; sie bemühten sich offenbar nach Kräften, waren aber durch die Ratschläge der um sie herumstehenden Herren und das Anschreien ganz konfus geworden.

Anatol trat mit seiner Siegermiene zum Fenster. Er hatte die größte Lust, irgend etwas zu zerbrechen. Die Diener zurückstoßend, riß er an dem Rahmen; aber der Rahmen gab nicht nach. Anatol zerschmetterte eine Fensterscheibe.

»Na, nun probier du mal; du Kraftmensch!« rief er Pierre zu.

Dieser packte das Fensterkreuz und zog es mit solcher Gewalt an sich, daß der eichene Rahmen krachend teils zerbrach, teils sich loslöste.

»Heraus mit dem ganzen Rahmen!« sagte Dolochow. »Sonst denkt womöglich einer, daß ich mich festhalte.«

»Der Engländer prahlt, er werde gewinnen ... Nun? Alles in Ordnung?« sagte Anatol.

»Alles in Ordnung!« antwortete Pierre und blickte Dolochow an, der, die Rumflasche in der Hand, zum Fenster schritt. Durch das Fenster sah man den hellen Himmel und wie Abendröte und Morgenröte an ihm ineinanderflossen. Dolochow sprang mit der Rumflasche in der Hand auf das Fensterbrett.

»Aufgepaßt!« rief er, auf dem Fensterbrett stehend und sich nach dem Zimmer hinwendend. Alle wurden still. »Ich wette« (er sprach französisch, damit ihn der Engländer verstehen könnte, war aber dieser Sprache nicht recht mächtig), »ich wette auf fünfzig Imperials ... oder wünschen Sie auf hundert?« fügte er, zu dem Engländer gewendet, hinzu.

»Nein, auf fünfzig«, antwortete der Engländer.

»Schön, auf fünfzig Imperials, daß ich eine ganze Flasche Rum, ohne sie vom Mund abzusetzen, austrinken werde, und zwar indem ich außerhalb des Fensters, hier auf dieser Stelle« (er beugte sich nieder und zeigte auf den abschüssigen Mauervorsprung draußen vor dem Fenster) »sitzen werde, ohne mich an etwas festzuhalten ... Stimmt es?«

»Jawohl, stimmt!« antwortete der Engländer.

Anatol wandte sich zu dem Engländer und begann, indem er ihn an einem Frackknopf festhielt und von oben auf ihn heruntersah (der Engländer war von kleiner Statur), ihm auf englisch die Bedingungen der Wette zu wiederholen.

»Warte mal!« rief Dolochow und klopfte mit der Flasche auf das Fenster, um die Aufmerksamkeit auf sich zu ziehen. »Warte mal, Kuragin! Hören Sie, meine Herren! Wenn einer von Ihnen dasselbe macht, so bezahle ich ihm hundert Imperials. Verstanden?«

Der Engländer nickte mit dem Kopf, ohne deutlich zu machen, ob er diese neue Wette anzunehmen gesonnen sei oder nicht. Anatol ließ den Engländer nicht los, und obwohl dieser durch Kopfnicken zu verstehen gab, daß er alles richtig erfaßt habe, übersetzte ihm Anatol Dolochows Worte ins Englische. Ein schmächtiger junger Mensch, Leibhusar, der an diesem Abend im Spiel sein ganzes Geld verloren hatte, stieg auf das Fensterbrett, bog sich hinaus und blickte nach unten.

»Ui ...! ui ...! ui ...!« machte er, als er draußen unter dem Fenster das Steinpflaster des Trottoirs erblickte.

»Achtung!« rief Dolochow und zog den Offizier vom Fenster herunter. Dieser sprang, mit den Sporen anstoßend, ungeschickt ins Zimmer.

Dolochow stellte die Flasche auf das Fensterbrett, um sie bequem erreichen zu können, und stieg sachte und vorsichtig in das Fenster. Indem er die Beine hinaushängen ließ und sich mit beiden Armen auf den Rand des Fensters stützte, probierte er den Platz aus, setzte sich hin, ließ die Arme los, rückte noch ein wenig nach rechts und nach links und langte sich die Flasche. Anatol brachte zwei Kerzen und stellte sie auf das Fensterbrett, obwohl es schon ganz hell war. Dolochows Rücken in dem weißen Hemd und sein kraushaariger Kopf waren von beiden Seiten beleuchtet. Alle standen dichtgedrängt beim Fenster, der Engländer in der vordersten Reihe. Pierre lächelte, ohne etwas zu sagen. Einer der Anwesenden, älter als die andern, drängte sich auf einmal mit erschrokkenem, ärgerlichem Gesicht nach vorn und wollte Dolochow am Hemd ergreifen.

»Meine Herren, das sind Dummheiten; er wird herunterstürzen und sich das Genick brechen!« sagte dieser Vernünftigere.

Anatol hielt ihn zurück.

»Rühr ihn nicht an; du erschreckst ihn, und er fällt herunter. Na, und was sagst du dann, he?«

Dolochow drehte sich um, richtete sich gerade auf und stemmte sich wieder auf die Arme.

»Wenn mich noch einmal jemand stört«, sagte er, indem er die Worte einzeln zwischen den zusammengepreßten feinen Lippen herausdrückte, »so werfe ich ihn sofort hier hinunter … Also jetzt!«

Als er »Also jetzt!« gesagt hatte, drehte er sich wieder um, nahm die Arme aus der Stützstellung, faßte die Flasche, führte sie an den Mund, legte den Kopf zurück und hob, um das Gleichgewicht herzustellen, die freie Hand in die Höhe. Ein Diener, welcher angefangen hatte, die Scherben der Fensterscheibe aufzusammeln, verharrte unbeweglich in seiner gebückten Haltung, ohne die Augen vom Fenster und von Dolochows Rükken wegzuwenden. Anatol stand gerade aufgerichtet mit weitgeöffneten Augen da. Der Engländer streckte die Lippen vor und blickte zur Seite. Derjenige, der die Sache zu verhindern gesucht hatte, lief in eine Ecke des Zimmers und legte sich auf ein Sofa, mit dem Gesicht nach der Wand zu. Pierre hatte sich die Augen mit den Händen bedeckt; ein schwaches Lächeln war wie infolge einer Vergeßlichkeit auf seinem Gesicht zurückgeblieben, während dieses doch jetzt den Ausdruck des Schreckens und der Angst trug. Alle schwiegen. Pierre nahm die Hände wieder von den Augen. Dolochow saß noch in derselben Stellung da; nur war sein Kopf weiter zurückgebogen, so daß das krause Nackenhaar den Hemdkragen berührte, und die Hand mit der Flasche hob sich zitternd und mit Anstrengung immer höher und höher. Die Flasche leerte sich offenbar, und in demselben Maß hob sie sich und zwang zu weiterem Zurückbiegen des Kopfes. »Wie kann das nur so lange dauern?« dachte Pierre. Es kam ihm vor, als sei schon mehr als eine halbe Stunde vergangen. Auf einmal machte Dolochow mit dem Rücken eine Bewegung nach rückwärts, und sein Arm begann nervös zu zittern; dieses Zittern war ausreichend, um den ganzen Körper des auf der abschüssigen Böschung Sitzenden zu verschieben. Dolochow bewegte sich von der Stelle, und sein Arm und sein Kopf zitterten vor Anstrengung noch stärker. Der eine Arm streckte sich bereits aus, um nach dem Fensterbrett zu greifen, zog sich aber wieder zurück. Pierre schloß von neuem die Augen und nahm sich vor, sie nicht wieder zu öffnen. Auf einmal merkte er, daß alles um ihn herum in Bewegung geriet. Er machte die Augen auf und sah hin: Dolochow stand auf dem Fensterbrett; sein Gesicht war blaß, aber vergnügt.

»Leer!«

Er warf die Flasche dem Engländer zu, der sie geschickt fing. Dolochow sprang vom Fenster herab. Er roch stark nach Rum.

»Ausgezeichnet! Ein famoser Kerl! Das war mal eine Wette! Donnerwetter noch einmal!« wurde von allen Seiten geschrien.

Der Engländer holte seine Börse hervor und zählte das Geld hin. Dolochow kniff die Augen zusammen und schwieg. Pierre sprang plötzlich auf das Fensterbrett.

»Meine Herren, wer will mit mir wetten? Ich mache dasselbe!« rief er. »Oder es ist auch gar keine Wette nötig; ich mache es einfach so. Laß mir nur eine Flasche Rum geben, Anatol ... Ich werde es machen ... Her mit der Flasche!«

»Laßt es ihn nur versuchen! Immerzu!« sagte Dolochow lächelnd.

»Was redest du? Bist du verrückt geworden? Das lassen wir nicht zu! Du wirst ja schon auf einer Leiter schwindlig!« riefen alle durcheinander.

»Ich werde austrinken! Gebt mir eine Flasche Rum!« schrie Pierre, schlug mit der Hartnäckigkeit eines Betrunkenen heftig auf den Tisch und stieg ins Fenster. Mehrere ergriffen ihn an den Armen; aber er war so stark, daß er alle, die ihm zu nahe kamen, durch seine Stöße zurücktaumeln ließ.

»Nein, so ist er nicht zurückzuhalten, absolut nicht!« sagte Anatol. »Wartet, ich werde ihn schon auf andere Weise herumkriegen. Hör mal, ich will mit dir wetten, aber erst morgen; jetzt wollen wir alle zu den *** fahren.«

»Jawohl, jawohl!« schrie Pierre. »Da wollen wir hinfahren! Und den Bären nehmen wir auch mit!« Er packte den Bären, umfaßte ihn, hob ihn in die Höhe und tanzte mit ihm im Zimmer herum.

X

Fürst Wasili erfüllte das Versprechen, das er auf der Soiree bei Anna Pawlowna der Fürstin Drubezkaja gegeben hatte, von der er gebeten worden war, sich für ihren einzigen Sohn Boris zu verwenden. Er trug die Sache dem Kaiser vor, und der junge Mann wurde aus besonderer Gnade als Fähnrich in das Semjonower Garderegiment versetzt. Zu Kutusows Adjutanten wurde aber Boris denn doch nicht ernannt, trotz aller Bemühungen und Intrigen von seiten Anna Michailownas. Bald nach jener Abendgesellschaft bei Anna Pawlowna kehrte Anna Michailowna wieder nach Moskau zurück, und zwar gleich wieder in das Haus ihrer reichen Verwandten, der Rostows, bei denen sie sich gewöhnlich in Moskau aufhielt, und bei denen auch ihr vor kurzem in einem Linienregiment zum Fähnrich beförderter und dann sogleich zur Garde versetzter Sohn, ihr vergötterter Boris, von seiner Kindheit an erzogen war und viele Jahre gelebt hatte. Die Garde hatte Petersburg schon am 10. August verlassen, und der neue Gardefähnrich, der zum Zweck seiner Equipierung noch in Moskau geblieben war, sollte sie auf dem Weg nach Radsiwilow einholen.

Bei Rostows feierten zwei Familienmitglieder, welche beide Natalja hießen, ihren Namenstag: die Mutter und die jüngere Tochter. Vom Vormittag an war bei dem großen, in ganz Moskau bekannten gräflich Rostowschen Haus in der Powarskaja-Straße ein beständiges Kommen und Abfahren von Equipagen mit Gratulanten. Die Gräfin saß mit ihrer schönen älteren Tochter und den fortwährend einander ablösenden Gästen im Salon.

Die Gräfin hatte ein mageres Gesicht von orientalischem Typus; sie war etwa fünfundvierzig Jahre alt und offenbar durch die Entbindungen, deren sie zwölf durchgemacht hatte, stark mitgenommen. Die von ihrer Kraftlosigkeit herrührende Langsamkeit ihrer Bewegungen und ihrer Sprache verlieh ihr ein vornehmes Wesen, welches Respekt einflößte. Die Fürstin Anna Michailowna Drubezkaja saß, als zum Haus gehörig, gleichfalls im Salon und war beim Empfang und bei der Unterhaltung der Besucher behilflich. Die Jugend hatte es nicht für nötig befunden, sich an der Entgegennahme der Visiten zu beteiligen, sondern befand sich in den hinteren Zimmern. Der Graf dagegen empfing die Gratulanten, begleitete sie wieder hinaus und lud alle zum Diner ein.

»Sehr, sehr dankbar bin ich Ihnen, meine Teuerste oder mein Teuerster« (»meine Teuerste« oder »mein Teuerster« sagte er zu allen Besuchern ohne Ausnahme, sowohl zu denen, welche höher als er, wie auch zu denen, die tiefer standen), »für meine eigene Person und im Namen meiner beiden Angehörigen, welche heute ihren Namenstag begehen. Haben Sie doch die Güte, heute zum Mittagessen zu uns zu kommen. Eine Ablehnung würde mir gar zu schmerzlich sein, mein Teuerster. Ich bitte Sie herzlich im Namen der ganzen Familie, meine Teuerste.« Diese Worte sagte er ohne Variationen zu allen ohne Ausnahme, mit dem gleichen Ausdruck in dem vollen, vergnügten, sauber rasierten Gesicht, mit dem gleichen kräftigen Händedruck und mit den gleichen, mehrmals wiederholten kurzen Verbeugungen. Sobald der Graf einen Gast hinausbegleitet hatte, kehrte er zu den Besuchern oder Besucherinnen zurück, welche noch im Salon waren, rückte sich einen Sessel heran, setzte sich, und indem er mit der Miene eines Mannes, dem es Freude macht zu leben und der auch zu leben versteht, forsch und munter die Beine auseinanderspreizte, die Hände auf die Knie legte und sich bedeutsam hin und her wiegte, stellte er Vermutungen über das Wetter auf und tauschte gute Ratschläge über die Gesundheit aus, und zwar bald auf russisch, bald in sehr schlechtem, aber zuversichtlich vorgebrachtem Französisch. Und dann stand er wieder von neuem auf, um mit der Miene eines zwar ermüdeten, aber mit treuer Festigkeit seine Pflicht erfüllenden Mannes Gästen das Geleit zu geben, wobei er sich die spärlichen grauen Haare auf der kahlen Platte zurechtstrich und immer wieder zum Mittagessen einlud. Bisweilen ging er, bei der Rückkehr aus dem Vorzimmer, durch das Blumenzimmer und das Geschäftszimmer nach dem großen Marmorsaal mit heran, wo eine Tafel zu achtzig Gedecken bereitet wurde, sah einen Augenblick den Dienern zu, welche Silber und Porzellan herbeitrugen, die Tische zurechtstellten und die Damasttischtücher auflegten, rief seinen Dmitri Wasiljewitsch, einen Mann von adliger Herkunft, der ihm sämtliche geschäftlichen Angelegenheiten besorgte, zu sich heran und sagte: »Na ja, lieber Dmitri, sieh nur zu, daß alles recht schön wird. Gut so, gut so«, bemerkte er beifällig, indem er mit Vergnügen den riesigen Ausziehtisch betrachtete. »Die Hauptsache ist immer die Ausstattung der Tafel. Ja, ja …« Und dann ging er mit einem kleinen selbstgefälligen Seufzer wieder in den Salon.

»Marja Lwowna Karagina nebst Tochter!« meldete mit seiner Baßstimme ein hünenhafter Rostowscher Lakai, indem er in die Tür des Salons trat. Die Gräfin überlegte einen Augenblick lang und schnupfte aus einer goldenen Dose, die auf dem Deckel das Bild ihres Mannes trug.

»Diese Visiten haben mich schon ganz krank gemacht«, sagte sie. »Nun, diese will ich noch annehmen; das soll dann aber auch die letzte sein. Die Dame ist gar zu förmlich und würde es mir übelnehmen … Ich lasse bitten!« sagte sie zu dem Diener in so traurigem Ton, als ob sie sagen wollte: »Nun, dann tötet mich nur vollends!«

Eine Dame von hoher, stattlicher Figur und stolzem Gesichtsausdruck und ihr rundköpfiges, lächelndes Töchterchen traten, mit den Kleidern raschelnd, in den Salon.

»Es ist schon sehr lange her … Gräfin … Sie ist krank gewesen, das arme Kind … Auf dem Ball bei Rasumowskis … Die Gräfin Apraxina … Ich habe mich so sehr gefreut …«, so ließen sich nun lebhafte weibliche Stimmen vernehmen; eine unterbrach immer die andere, und mit dem Ton der Stimmen vermischte sich das Rascheln der Kleider und das Geräusch der Stühle, die zurechtgerückt wurden. Dann begann ein Gespräch von jener Art, wie man es anscheinend nur anknüpft mit der Absicht, bei der ersten eintretenden Pause wieder aufzustehen, mit den Kleidern zu rascheln, zu sagen: »Ich habe mich sehr, sehr gefreut … Mamas

Befinden … Die Gräfin Apraxina …«, um dann wieder, mit den Kleidern raschelnd, in das Vorzimmer zu gehen, den Pelz oder Mantel anzuziehen und wegzufahren.

Das Gespräch behandelte auch die wichtigste Neuigkeit, die es damals in Moskau gab, die Krankheit des alten Grafen Besuchow, bekannt als Krösus und als einer der schönsten Lebemänner zur Zeit der Kaiserin Katharina; so kam man auch auf seinen natürlichen Sohn Pierre, der sich auf einer Soiree bei Anna Pawlowna Scherer so unpassend benommen haben sollte.

»Ich bedaure den armen Grafen außerordentlich«, sagte die Besucherin. »Sein Befinden ist so schon so schlecht, und nun noch dieser Kummer über den Sohn. Das wird sein Tod sein!«

»Was ist denn eigentlich geschehen?« fragte die Gräfin, als ob ihr der Vorfall, von dem die Besucherin sprach, unbekannt wäre, wiewohl sie doch bereits ungefähr fünfzehnmal die Ursache von Graf Besuchows Kummer gehört hatte.

»Da haben wir die Folgen der heutigen Erziehung! Und noch dazu der Erziehung im Ausland!« sagte die Besucherin. »Dieser junge Mann ist vollständig sich selbst überlassen gewesen, und jetzt hat er, wie man hört, in Petersburg so schreckliche Dinge begangen, daß ihn die Polizei aus der Stadt ausgewiesen hat.«

»Unerhört!« sagte die Gräfin.

»Er ist in einen schlechten Bekanntenkreis hineingeraten«, mischte sich die Fürstin Anna Michailowna in das Gespräch. »Der eine Sohn des Fürsten Wasili, er und ein gewisser Dolochow sollen ganz tolle Geschichten angestellt haben. Nun haben sie dafür ihre Strafe bekommen. Dolochow ist zum Gemeinen degradiert, und Besuchows Sohn ist nach Moskau verwiesen. Was Anatol Kuragin betrifft – für den hat der Vater auf irgendeine Weise eine Milderung der Strafe erwirkt. Aber Petersburg hat er auch verlassen müssen.«

»Aber was haben sie denn getan?« fragte die Gräfin.

»Ganz ruchlose Menschen müssen das sein, namentlich dieser Dolochow«, antwortete die Besucherin. »Er ist ein Sohn von Frau Marja Iwanowna Dolochowa, einer so hochachtbaren Dame, und nun so etwas! Können Sie sich das vorstellen: Die drei haben sich irgendwo einen Bären verschafft, haben sich mit ihm in einen Wagen gesetzt und ihn in die Wohnung von Schauspielerinnen mitgenommen. Die Polizei kam eilig herbei, um dem Unfug Einhalt zu tun; da haben sie den Reviervorsteher ergriffen, ihn Rücken an Rücken mit dem Bären zusammengebunden und den Bären in den Moika-Kanal geworfen; der Bär schwamm im Wasser, und der Reviervorsteher auf ihm drauf.«

»Eine hübsche Figur muß der Reviervorsteher dabei gemacht haben, meine Teuerste!« rief der Graf, der vor Lachen beinahe sterben wollte.

»Ach, es ist ja doch eine ganz entsetzliche Handlungsweise! Was ist dabei nur zu lachen, Graf?«

Aber unwillkürlich lachten die Damen ebenfalls.

»Nur mit Mühe gelang es, den Unglücklichen zu retten«, fuhr die Besucherin fort. »Auf eine so löbliche Weise amüsiert sich der Sohn des Grafen Kirill Wladimirowitsch Besuchow!« fügte sie hinzu. »Und dabei hieß es, er wäre so gut erzogen und so verständig! Da sieht man, wohin diese ganze ausländische Erziehung führt! Hoffentlich wird ihn hier trotz seines Reichtums niemand empfangen. Es wollte ihn mir jemand vorstellen; aber ich habe mich entschieden geweigert; ich habe Töchter, auf die ich Rücksicht nehmen muß.«

»Warum sagen Sie, daß dieser junge Mann so reich sei?« fragte die Gräfin; sie bog sich von den jungen Mädchen weg, die sich auch sogleich den Anschein gaben, als ob sie nicht zuhörten. »Graf Besuchow hat doch nur illegitime Kinder. Und wie es scheint, ist auch Pierre ein solches.«

Die Besucherin deutete durch eine Handbewegung an, wie arg es damit stände, und bemerkte: »Ich glaube, er hat zwanzig illegitime Kinder.«

Hier griff wieder die Fürstin Anna Michailowna in das Gespräch ein; sie wünschte offenbar an den Tag zu legen, was für hohe Verbindungen sie besitze, und wie gut sie über alle Vorgänge in den höheren Gesellschaftskreisen orientiert sei.

»Die Sache verhält sich so«, sagte sie beinahe im Flüsterton mit wichtiger Miene. »Das Renommee des Grafen Kirill Wladimirowitsch ist ja allgemein bekannt. Wieviel Kinder er hat, weiß er wohl selbst nicht; aber dieser Pierre war sein Lieblingskind.«

»Wie schön der alte Mann war!« sagte die Gräfin. »Noch im vorigen Jahr! Ich habe nie in meinem Leben einen schöneren Mann gesehen.«

»Jetzt sieht er sehr verändert aus«, erwiderte Anna Michailowna. »Also ich wollte sagen«, fuhr sie fort, »durch seine Frau ist Fürst Wasili der rechtmäßige Erbe des ganzen Vermögens; aber diesen Pierre hat der Vater sehr geliebt, er hat sich angelegentlich um seine Erziehung gekümmert und eine Eingabe an den Kaiser gemacht, so daß niemand weiß, wenn er stirbt (und es steht mit ihm so schlecht, daß das jeden Augenblick erwartet wird; auch Doktor Lorrain ist aus Petersburg hergerufen worden), wem dann dieses riesige Vermögen zufällt, ob dem jungen Pierre oder dem Fürsten Wasili. Vierzigtausend Seelen und viele Millionen Rubel. Ich weiß das ganz sicher, weil es mir Fürst Wasili selbst gesagt hat. Auch ist Kirill Wladimirowitsch durch meine Mutter mit mir als Onkel dritten Grades verwandt. Er ist auch der Taufpate meines Boris«, fügte sie so leichthin hinzu, als ob sie diesem Umstand keine besondere Wichtigkeit beilegte.

»Fürst Wasili ist gestern nach Moskau gekommen«, bemerkte die Besucherin. »Ich habe gehört, er befinde sich auf einer Inspektionsreise.«

»Ja, aber das ist, unter uns gesagt, nur ein Vorwand«, entgegnete die Fürstin. »Eigentlich ist er wegen des Grafen Kirill Wladimirowitsch hergekommen, weil er erfahren hat, daß es so schlecht mit ihm steht.«

»Aber, meine Teuerste, das war doch ein famoser Streich«, sagte der Graf; und als er merkte, daß die ältere Besucherin nicht hinhörte, wandte er sich zu den beiden jungen Damen. »Ich kann mir vorstellen, was für einen hübschen Anblick der Reviervorsteher dabei dargeboten hat!«

Und indem er mimisch veranschaulichte, was für Bewegungen der Reviervorsteher mit den Armen gemacht haben mochte, brach er wieder in ein herzhaftes, tieftönendes Lachen aus, das seinen gesamten vollen Körper erschütterte, so wie Leute lachen, die immer gut gegessen und besonders immer gut getrunken haben. »Also haben Sie die Güte, heute bei uns zu Mittag zu speisen!« sagte er.

XI

Es trat eine Pause im Gespräch ein. Die Gräfin blickte ihre Besucherin freundlich lächelnd an, ohne indes zu verbergen, daß sie sich ganz und gar nicht grämen würde, wenn diese jetzt aufstehen und weggehen wollte. Die Tochter der Besucherin machte bereits ihr Kleid zum Aufstehen zurecht und blickte fragend ihre Mutter an, da wurde plötzlich aus dem Nebenzimmer hörbar, wie eine ganze Anzahl männlicher und weiblicher Füße zur Tür gelaufen kamen und ein angestoßener Stuhl mit Gepolter umfiel, und ins Zimmer herein kam ein dreizehnjähriges Mädchen gestürzt, das etwas in den Falten ihres kurzen Musselinkleides versteckt hielt und mitten im Zimmer stehenblieb. Es war klar, daß sie ohne Absicht, weil sie sich in ihrem schnellen Lauf nicht hatte hemmen können, so weit gestürmt war. In der Tür erschienen in demselben Augenblick ein Student in seiner Uniform mit dem himbeerroten Kragen, ein Gardeoffizier, ein fünfzehnjähriges Mädchen und ein dicker, rotbackiger Knabe in kurzer Jacke.

Der Graf sprang auf, und sich hin und her wiegend, umfing er das so eilig hereingekommene Mädchen mit weit ausgebreiteten Armen.

»Ah, da ist sie ja, das liebe, kleine Persönchen, das heute seinen Namenstag hat!« rief er lachend.

»Mein liebes Kind, man muß sich immer schicklich benehmen«, sagte die Gräfin mit erkünstelt strenger Miene zu ihrem Töchterchen; und ihrem Mann machte sie dann den Vorwurf: »Du verwöhnst sie immer, lieber Ilja.«

»Guten Tag, mein Herzchen, und meinen Glückwunsch zum Namenstag!« sagte die Besucherin, und sich zur Mutter wendend, fügte sie hinzu: »Welch ein reizendes Kind!«

Das schwarzäugige, nicht schöne, aber muntere Mädchen, mit dem großen Mund, mit den unbedeckten, schmalen Kinderschultern, die sich infolge des schnellen Laufens zuckend in ihrem Mieder bewegten, mit den schwarzen, unordentlich zurückgeworfenen Locken, mit den dünnen, nackten Armen, mit den kleinen Beinen in den Spitzenhöschen und den zierlichen Füßchen in den ausgeschnittenen Schuhchen, stand in jenem liebenswürdigen Alter, wo das junge Mädchen kein Kind mehr und das Kind noch kein junges Mädchen ist. Aus den Armen des Vaters herausschlüpfend, lief sie zu der Mutter, verbarg, ohne sich um den erhaltenen strengen Verweis im geringsten zu kümmern, ihr heißes, rotes Gesichtchen in deren Spitzenmantille und brach in ein lautes Gelächter aus. Sie erzählte in abgebrochenen Worten unter fortwährendem Lachen etwas von ihrer Puppe, die sie aus den Falten ihres Kleidchens hervorholte.

»Seht ihr wohl … ? Meine Puppe … Mimi … seht nur …« Natascha* konnte nicht weitersprechen; die Sache erschien ihr gar zu lächerlich. Sie warf sich wieder gegen die Mutter und lachte so laut und herzlich, daß alle, sogar die sehr förmliche Besucherin, unwillkürlich mitlachten.

»Nun geh aber, geh weg mit deinem häßlichen Balg«, sagte die Mutter und schob, ärgerlich tuend, die Tochter von sich. »Das ist meine Jüngste«, bemerkte sie entschuldigend, sich zu der Besucherin wendend. Natascha hob für einen Augenblick ihr Gesicht von dem spitzenbesetzten Busentuch ihrer Mutter auf, blickte von unten durch Tränen des Lachens zu ihr in die Höhe und verbarg ihr Gesicht wieder.

Die Besucherin, die diese Familienszene mitansehen mußte, hielt für nötig, sich irgendwie daran zu beteiligen.

»Sagen Sie doch, mein Herzchen«, begann sie, zu Natascha gewendet, »wie ist denn diese Mimi eigentlich mit Ihnen verwandt? Sie ist wohl Ihre Tochter?«

Dem kleinen Mädchen mißfiel der Ton, in welchem die Dame zu ihr sprach, diese herablassende Nachahmung kindlicher Redeweise. Sie antwortete nicht und blickte die Besucherin ernsthaft an.

* Koseform für Natalja. Anmerkung des Übersetzers.

Inzwischen hatte die gesamte jugendliche Generation, nämlich: der Fähnrich Boris, der Sohn der Fürstin Anna Michailowna, dann der Student Nikolai, der älteste Sohn des Grafen, ferner eine fünfzehnjährige Nichte des Grafen, namens Sonja, und endlich der kleine Petja, der jüngste Sohn, diese alle hatten sich im Salon hier und da niedergelassen und gaben sich offenbar große Mühe, die Munterkeit und Lustigkeit, die sich in ihren Mienen aufs deutlichste aussprach, in den Grenzen des Anstandes zuhalten. Zweifellos hatten sie in den Hinterzimmern, von wo sie alle mit solchem Ungestüm nach dem Salon gelaufen waren, vergnüglichere Gespräche geführt, als diejenigen waren, die sie nun hier über Stadtklatsch, über das Wetter und über die Gräfin Apraxina zu hören bekamen. Ab und zu sahen sie sich untereinander an und konnten dann kaum das Lachen zurückhalten.

Die beiden jungen Männer, der Student und der Offizier, seit ihrer Kindheit miteinander befreundet, waren von gleichem Alter und beide hübsch, hatten aber miteinander keine Ähnlichkeit. Boris war ein hochgewachsener Jüngling, mit blondem Haar, regelmäßigen, feinen Zügen und einem ruhigen Gesichtsausdruck. Nikolai war nur mittelgroß, kraushaarig, mit offener Miene. Auf seiner Oberlippe zeigten sich schon schwarze Härchen, und sein ganzes Gesicht trug das Gepräge des Ungestüms und der Schwärmerei. Nikolai wurde rot, als er in den Salon trat; man konnte ihm anmerken, daß er nach etwas suchte, das er sagen könnte, aber nichts fand. Boris dagegen fühlte sich sofort in seinem Fahrwasser und erzählte in ruhigem, scherzendem Ton, er habe diese Puppe Mimi schon gekannt, als sie noch ein kleines Mädchen und ihre Nase noch nicht abgestoßen gewesen sei; aber in den fünf Jahren, auf die er sich zurückbesinnen könne, sei sie recht gealtert und habe jetzt einen Sprung über den ganzen Schädel. Nach diesen Bemerkungen sah er Natascha an. Natascha wandte sich von ihm weg und blickte zu ihrem jüngeren Bruder hin, der mit zusammengekniffenen Augen vor lautlosem Lachen am ganzen Leib zitterte. Bei diesem Anblick war Natascha nicht imstande, sich länger zu beherrschen; sie sprang auf und lief, so schnell ihre flinken Beinchen sie nur tragen konnten, aus dem Zimmer. Boris war ganz ruhig geblieben und hatte nicht gelacht.

»Sie wollten ja wohl auch ausfahren, Mamachen?« fragte er lächelnd seine Mutter. »Möchten Sie jetzt den Wagen haben?«

»Ja, geh nur, geh nur und laß den Wagen bereitmachen«, antwortete sie ebenfalls lächelnd. Boris verließ ruhigen Schrittes den Salon und folgte dann der kleinen Natascha nach; der dicke Knabe lief ärgerlich hinter ihnen her, als sei er empört darüber, daß nun sein Amüsement ein Ende gefunden habe.

XII

Von dem jungen Volk waren nun, das zu Besuch anwesende Fräulein und die älteste Tochter der Gräfin nicht mitgerechnet (diese war vier Jahre älter als ihre Schwester und hielt sich schon für erwachsen), im Salon nur Nikolai und die Nichte Sonja zurückgeblieben. Sonja war eine kleine, schmächtige Brünette, mit weichblickenden, von langen Wimpern beschatteten Augen; das dunkle Haar war in einen schweren Zopf geflochten, der zweimal ihren Kopf umschlang; die Haut hatte im Gesicht und namentlich an den entblößten, mageren, aber graziösen und muskulösen Armen sowie auch am Hals einen gelblichen Farbton. Mit der Geschmeidigkeit ihrer Bewegungen, der weichen Biegsamkeit ihrer kleinen Gliedmaßen und ihrem listig zurückhaltenden Wesen erinnerte sie an ein hübsches, aber noch nicht ausgewachsenes Kätzchen, das später einmal eine prächtige Katze werden wird. Sie hielt es wohl für ein Gebot der Höflichkeit, durch ein Lächeln ihr Interesse für das allgemeine Gespräch zu bekunden; aber wider ihren Willen blickten ihre Augen unter den langen, dichten Wimpern hervor mit einer so leidenschaftlichen, mädchenhaften Schwärmerei nach dem Vetter hin, der demnächst zur Armee abgehen sollte, daß ihr Lächeln niemand auch nur einen Augenblick lang täuschen konnte; es war ganz klar, daß das Kätzchen sich nur in der Absicht hingesetzt hatte, bald einen noch kräftigeren Sprung zu tun und ihr Spiel mit dem Vetter von neuem zu beginnen, sowie sie nur, wie Boris und Natascha, aus diesem Salon würden wieder herausgekommen sein.

»Ja, meine Teuerste«, sagte der alte Graf zu der Besucherin, indem er auf seinen Nikolai wies, »sein Freund Boris ist Offizier geworden, und aus Freundschaft will er sich nun nicht von ihm trennen. Er läßt die Universität und mich alten Mann im Stich und tritt in das Heer ein. Und es war schon eine Stelle in der Archivverwaltung für ihn in Bereitschaft und auch sonst alles geregelt. Das nennt man Freundschaft, nicht wahr?« schloß der Graf in fragendem Ton.

»Es heißt ja, daß der Krieg schon erklärt ist«, sagte die Besucherin.

»So heißt es schon lange«, erwiderte der Graf. »Es wird davon geredet und geredet, und weiter wird nichts. Ja, sehen Sie, meine Teuerste, das nennt man Freundschaft!« sagte er noch einmal. »Er tritt bei den Husaren ein.«

Da die Besucherin nicht wußte, was sie sagen sollte, so wiegte sie den Kopf hin und her.

»Ich tue es ganz und gar nicht aus Freundschaft«, entgegnete Nikolai; er war dunkelrot geworden und rechtfertigte sich wie gegen eine kränkende Verleumdung. »Ganz und gar nicht aus Freundschaft, sondern einfach, weil ich den Beruf zum Soldaten in mir fühle.«

Er sah sich nach seiner Kusine und dem zu Besuch gekommenen Fräulein um; beide blickten ihn beiläufig lächelnd an.

»Heute wird der Kommandeur des Pawlograder Husarenregimentes, Oberst Schubert, bei uns zum Diner sein. Er ist auf Urlaub hier in Moskau gewesen und nimmt unsern Sohn gleich mit. Was soll man dagegen tun?« sagte mit Achselzucken der Graf, welcher in scherzendem Ton über eine Angelegenheit sprach, die ihm offenbar viel Kummer machte.

»Ich habe Ihnen doch schon gesagt, lieber Papa«, erwiderte der Sohn, »daß ich, wenn Sie mich nicht weglassen mögen, hierbleiben werde. Aber ich weiß, daß ich zu nichts anderem tauge, als zum Soldaten; ich bin weder Diplomat noch Beamter; ich verstehe es nicht, meine Empfindungen zu verbergen«, sagte er, wobei er fortwährend mit der bei jungen, hübschen Leuten gewöhnlichen Koketterie zu Sonja und der andern jungen Dame hinblickte.

Das Kätzchen wandte kein Auge von ihm und schien jeden Augenblick bereit, das Spiel von neuem zu beginnen und seine ganze Katzennatur zu betätigen.

»Na, na, laß nur gut sein!« sagte der alte Graf. »Er wird immer gleich hitzig. Dieser Bonaparte hat ihnen allen den Kopf verdreht; nun denken sie alle daran, wie der aus einem einfachen Leutnant Kaiser geworden ist. Na, Gott geb's!« fügte er hinzu, ohne das spöttische Lächeln der Besucherin zu bemerken.

Die Erwachsenen gerieten nun in ein Gespräch über Bonaparte hinein. Julja, die Tochter der Frau Karagina, wandte sich an den jungen Rostow.

»Wie schade, daß Sie Donnerstag nicht bei Archarows waren. Ich habe Sie recht sehr vermißt«, sagte sie mit einem entgegenkommenden Lächeln. Der geschmeichelte junge Mann setzte sich mit dem koketten Lächeln der Jugend an sie heran und ließ sich mit der lächelnden Julja in ein besonderes Gespräch ein, ohne auch nur zu ahnen, daß dieses sein unwillkürliches Lächeln das Herz der errötenden und gekünstelt lächelnden Sonja mit Messerstichen der Eifersucht zerfleischte. Mitten im Gespräch sah er zufällig einmal zu ihr hin. Sonja warf ihm einen Blick voll heißer Leidenschaft und lodernden Zornes zu, stand auf und verließ das Zimmer, da sie kaum mehr die Tränen in den Augen zurückhalten und das gekünstelte Lächeln auf den Lippen bewahren konnte. Nikolais ganze Lebhaftigkeit war mit einem Schlag verschwunden. Er paßte die erste Pause, die im Gespräch eintrat, ab und ging mit verstörtem Gesicht aus dem Zimmer, um Sonja aufzusuchen.

»Wie durchsichtig doch die Geheimnisse all dieser jungen Leute sind!« bemerkte Anna Michailowna, auf den hinausgehenden Nikolai deutend. »Ja, Vettern und Kusinen, das ist ein gefährlich Ding!« fügte sie hinzu.

»Ja«, sagte die Gräfin, nachdem der Sonnenstrahl, der mit dieser jungen Generation Eingang in den Salon gefunden hatte, nun wieder verschwunden war, und es klang, als antwortete sie damit auf eine Frage, die niemand an sie gerichtet hatte, die sie aber unaufhörlich beschäftigte, »wieviel Leid und Sorge hat man durchmachen müssen, um sich jetzt der Kinder zu freuen! Und auch jetzt hat man mehr Angst als Freude, das ist sicher. Immer schwebt man in Furcht, immerzu! Es ist gerade das Alter, das für die Mädchen und für die Knaben am gefährlichsten ist.«

»Es kommt dabei alles auf die Erziehung an«, meinte die Besucherin.

»Ja, da haben Sie recht«, fuhr die Gräfin fort. »Bis jetzt bin ich, Gott sei Dank, die Freundin meiner Kinder gewesen und besitze ihr volles Vertrauen.« (Sie teilte eben die Illusionen vieler Eltern, welche fest glauben, daß ihre Kinder vor ihnen keine Geheimnisse haben.) »Ich weiß, daß ich immer die erste Ratgeberin meiner Töchter sein werde, und daß unser Nikolai, auch wenn er infolge seines hitzigen Temperamentes einmal dumme Streiche machen sollte (ohne das geht es ja bei jungen Männern nicht ab), doch ein ganz anderer Mensch werden wird als diese Petersburger Herren.«

»Ja, es sind prächtige, prächtige Kinder!« fügte der Graf bekräftigend hinzu, welcher verwickelte Fragen, die ihm Schwierigkeiten machten, immer dadurch entschied, daß er alles prächtig fand. »Was soll man machen? Er will nun einmal Husar werden! Ja, was ist da zu tun, meine Teuerste!«

»Was ist aber Ihre Jüngste für ein allerliebstes Wesen!« äußerte die Besucherin. »Welch eine sprühende Lebhaftigkeit!«

»Jawohl, eine sprühende Lebhaftigkeit«, sagte der Graf beistimmend. »Sie artet nach mir. Und was sie für eine Stimme hat! Obgleich sie meine Tochter ist, muß ich doch wahrheitsgemäß sagen: Sie wird eine bedeutende Sängerin werden, eine zweite Salomoni. Wir lassen ihr von einem Italiener Unterricht geben.«

»Ist das nicht etwas früh? Es heißt doch, es wäre der Stimme schädlich, wenn man in diesem Lebensalter schon Gesangstunden nimmt.«

»O nein, wie sollte das zu früh sein!« entgegnete der Graf. »Unsere Mütter haben ja doch im Alter von zwölf, dreizehn Jahren sogar schon geheiratet!«

»Sie ist schon jetzt in Boris verliebt! Was sagen Sie dazu?« bemerkte die Gräfin, indem sie mit einem leisen Lächeln die Mutter des jungen Boris anblickte, und fuhr dann, offenbar in Verfolgung eines Gedankens, der sie dauernd beschäftigte, fort: »Sehen Sie, wenn ich streng gewesen wäre und es ihr verboten hätte … Gott weiß, was die beiden dann heimlich getan haben würden« (die Gräfin meinte damit, daß sie sich dann vielleicht geküßt hätten); »aber jetzt weiß ich jedes Wort, das über Nataschas Lippen kommt. Ganz von selbst kommt sie abends immer zu mir gelaufen und erzählt mir alles. Vielleicht verwöhne ich sie etwas; aber das scheint doch wirklich immer noch besser zu sein als das Gegenteil. Die Älteste habe ich streng gehalten.«

»Ja, ich bin ganz anders erzogen worden«, sagte die älteste Tochter, die schöne Gräfin Wjera, lächelnd. Aber durch dieses Lächeln wurde Wjeras Gesicht nicht verschönert, wie es doch bei den meisten Menschen der Fall ist; ihr Gesicht bekam dabei vielmehr etwas Unnatürliches und deshalb Unangenehmes. Die älteste Tochter Wjera war hübsch, sie war klug, hatte in der Schule vortrefflich gelernt, war gut erzogen, hatte eine angenehme Stimme; was sie da soeben gesagt hatte, war richtig und passend; aber merkwürdig: Sowohl die Besucherin als auch die Gräfin sahen sie an, als wenn sie erstaunt wären, wozu sie das gesagt habe, und hatten dabei eine unbehagliche Empfindung.

»Mit den ältesten Kindern stellt man immer allerlei Experimente an«, sagte die Besucherin. »Man will immer aus ihnen etwas Besonderes machen.«

»Ich muß allerdings gestehen, meine Teuerste: Meine liebe Frau hat mit Wjera herumexperimentiert«, sagte der Graf. »Na, aber trotzdem: Sie ist doch ein prächtiges Mädchen geworden«, fügte er hinzu, indem er der Tochter beifällig mit den Augen zuzwinkerte.

Die beiden Besucherinnen standen auf und entfernten sich, nachdem sie versprochen hatten, zum Diner wiederzukommen.

»Was das für eine Manier ist! Sie haben ja eine Ewigkeit dagesessen!« sagte die Gräfin, nachdem sie den Besuch ins Vorzimmer begleitet hatte.

XIII

Als Natascha den Salon so eilig verlassen hatte, war sie nur bis in das Blumenzimmer gelaufen. Hier blieb sie stehen, horchte auf das Gespräch im Salon und wartete darauf, daß Boris herauskommen werde. Sie begann schon ungeduldig zu werden, stampfte mit dem Füßchen und war schon nahe daran, in Tränen darüber auszubrechen, daß er nicht sofort kam, als sie die wohlanständigen, weder zu langsamen noch zu schnellen Schritte des jungen Mannes hörte. Schnell sprang Natascha zwischen die Blumenkübel und versteckte sich.

Boris blieb mitten im Zimmer stehen, sah sich um, entfernte mit der Hand einige Stäubchen vom Ärmel seiner Uniform, trat dann an den Spiegel und betrachtete sein hübsches Gesicht. Natascha, die sich mäuschenstill verhielt, lugte aus ihrem Versteck hervor, in Erwartung, was er nun wohl tun werde. Er stand ein Weilchen vor dem Spiegel, lächelte und schritt dann zur Ausgangstür hin. Natascha wollte ihn zuerst anrufen, besann sich aber dann eines anderen.

»Mag er mich suchen«, sagte sie sich. Kaum war Boris fort, als durch die andere Tür Sonja hereintrat; ihr Gesicht war dunkelrot, die Tränen standen ihr in den Augen, und sie flüsterte zornig etwas vor sich hin. Nataschas erste Bewegung war, hervorzustürzen und zu ihr hinzueilen; aber sie beherrschte sich noch, blieb in ihrem Versteck und sah nun wie unter einer Tarnkappe zu, was da im Zimmer vorging. Sie empfand dabei ein ganz neues, eigenartiges Vergnügen. Sonja murmelte etwas Unverständliches und sah dabei nach der Tür, die zum Salon führte. Durch diese Tür kam jetzt Nikolai in das Blumenzimmer,

»Sonja, was hast du? Wie kannst du nur so sein?« rief Nikolai und eilte zu ihr hin.

»Nichts, nichts, lassen Sie mich!« schluchzte Sonja.

»Nein, ich weiß, was du hast.«

»Nun, wenn Sie das wissen, dann ist es ja schön! Dann gehen Sie nur zu ihr!«

»So-o-onja! Hör nur ein Wort! Wie kannst du nur mich und dich um eines solchen Hirngespinstes willen quälen?« sagte Nikolai und ergriff sie bei der Hand. Sonja entriß ihm ihre Hand nicht und hörte auf zu weinen.

Ohne sich zu rühren, mit angehaltenem Atem und leuchtenden Augen verfolgte Natascha aus ihrem Versteck diesen Vorgang. »Was wird nun weiter geschehen?« dachte sie.

»Sonja, ich frage nichts nach der ganzen Welt! Du bist mein ein und alles!« sagte Nikolai. »Ich will es dir beweisen.«

»Ich kann es nicht ertragen, wenn du mit einer andern so redest wie vorhin.«

»Nun, ich werde es nicht wieder tun; aber nun verzeih mir auch, Sonja!« Er zog sie an sich und küßte sie.

»Ach, wie schön!« dachte Natascha, und als Sonja und Nikolai aus dem Zimmer hinausgegangen waren, ging sie ihnen nach und rief Boris zu sich.

»Boris, kommen Sie doch mal hierher!« sagte sie mit wichtiger schlauer Miene. »Ich muß Ihnen etwas sagen. Hierher, hierher!« Damit führte sie ihn in das Blumenzimmer zu der Stelle zwischen den Blumenkübeln, wo sie sich versteckt gehalten hatte. Boris folgte ihr lächelnd.

»Nun, was wird denn das für eine wichtige Mitteilung sein?« fragte er. Sie wurde verlegen, sah sich rings um und erblickte ihre Puppe, die sie auf einen Blumenkübel geworfen hatte; sie nahm sie in beide Hände.

»Küssen Sie doch mal meine Puppe!« sagte sie.

Boris betrachtete ihr erregtes Gesicht mit prüfendem, freundlichem Blick und antwortete nichts.

»Wollen Sie das nicht? Nun, dann kommen Sie hierher«, fuhr sie fort, ging tiefer in das Dickicht der Gewächse hinein und warf die Puppe hin. »Näher, noch näher!« flüsterte sie. Sie faßte den jungen Offizier mit beiden Händen an dem einen Ärmelaufschlag, und auf ihrem erröteten Gesicht prägten sich ein feierlicher Ernst und eine gewisse Bangigkeit aus.

»Aber mich, wollen Sie mich küssen?« flüsterte sie kaum hörbar und blickte ihn mit gesenkter Stirn von unten herauf an, lächelnd und gleichzeitig vor Aufregung beinahe weinend.

Boris errötete.

»Aber wie komisch Sie sind!« murmelte er, beugte sich zu ihr herab und errötete noch stärker, aber ohne etwas zu unternehmen; er wartete, was etwa noch weiter kommen würde.

Plötzlich sprang sie auf einen Blumenkübel hinauf, so daß sie höher mit dem Kopf war als Boris, umarmte ihn, so daß ihre beiden dünnen, bloßen Ärmchen ihn oberhalb des Halses umschlangen, warf mit einer ruckartigen Kopfbewegung ihr Haar nach hinten zurück und küßte ihn gerade auf den Mund.

Dann schlüpfte sie zwischen den Blumentöpfen hindurch nach der andern Seite der Blumengruppe und blieb dort mit gesenktem Kopf stehen.

»Natascha«, sagte er, »Sie wissen, daß ich Sie liebhabe, aber ...«

»Lieben Sie mich?« unterbrach ihn Natascha.

»Ja, ich liebe Sie; aber ich bitte Sie, wir wollen das nicht wieder tun, was Sie jetzt eben ... Noch vier Jahre ... Dann werde ich Sie um Ihre Hand bitten.« Natascha dachte nach.

»Dreizehn, vierzehn, fünfzehn, sechzehn ...«, zählte sie an ihren feinen Fingerchen. »Nun schön! Also abgemacht?« Und ein Lächeln der Freude und Beruhigung erhellte ihr erregtes Gesichtchen.

»Abgemacht!« erwiderte Boris.

»Für immer«, fragte das kleine Mädchen. »Bis zum Tod?«

Sie faßte ihn unter den Arm und ging mit glückstrahlendem Gesicht langsam an seiner Seite nach dem Sofazimmer.

XIV

Die Gräfin war von den vielen Besuchen, die sie empfangen hatte, dermaßen ermüdet, daß sie Befehl gab, niemand weiter anzunehmen; der Portier wurde angewiesen, alle, die noch zum Gratulieren kommen würden, ausnahmslos einfach zum Diner einzuladen. Die Gräfin hatte den innigen Wunsch, sich mit der Fürstin Anna Michailowna, ihrer Freundin von den Tagen der Kindheit her, mit der sie seit deren Rückkehr aus Petersburg noch nicht ordentlich zusammen gewesen war, unter vier Augen auszusprechen. Anna Michailowna mit ihrem vergrämten, aber angenehmen Gesicht rückte näher an den Sessel der Gräfin heran.

»Dir gegenüber werde ich völlig aufrichtig sein«, sagte Anna Michailowna. »Wie wenige von uns alten Freundinnen sind jetzt noch übrig! Daher lege ich auch so hohen Wert auf deine Freundschaft.«

Anna Michailowna blickte wiederholt nach Wjera hin und schwieg dann. Die Gräfin drückte ihrer Freundin die Hand.

»Wjera«, sagte die Gräfin zu ihrer ältesten Tochter, der sie offenbar weniger Liebe zuwendete als der jüngeren, »daß ihr Kinder manchmal so schwer begreift! Merkst du denn nicht, daß deine Anwesenheit hier unerwünscht ist? Geh zu den andern oder …«

Die schöne Wjera lächelte geringschätzig, fühlte sich aber anscheinend nicht im geringsten gekränkt.

»Wenn Sie mir das vorhin gesagt hätten, liebe Mama, wäre ich sofort gegangen«, erwiderte sie und verließ den Salon, um in ihr Zimmer zu gehen.

Aber als sie durch das Sofazimmer kam, sah sie, daß dort an den beiden Fenstern symmetrisch zwei Paare saßen. Wieder geringschätzig lächelnd blieb sie stehen. Sonja saß dicht neben Nikolai, der ihr von einigen Versen, den ersten, die er jemals verfertigt hatte, eine Abschrift machte. Boris und Natascha saßen an dem andern Fenster und brachen bei Wjeras Eintritt ihr Gespräch ab. Sonja und Natascha blickten mit schuldbewußten, glückseligen Gesichtern Wjera an.

Es war eigentlich vergnüglich und rührend, diese beiden verliebten Mädchen zu sehen; aber bei Wjera erweckte ihr Anblick offenbar keine angenehmen Empfindungen.

»Wie oft habe ich euch nicht schon gebeten, meine Sachen nicht zu nehmen«, sagte sie. »Ihr habt ja doch euer eigenes Zimmer.« Mit diesen Worten nahm sie ihrem Bruder Nikolai das Tintenfaß weg.

»Gleich, gleich!« rief er und tauchte schnell noch einmal ein.

»Ihr benehmt euch doch fortwährend unschicklich«, schalt Wjera weiter. »Vorhin kamt ihr in den Salon in einer Weise hereingestürmt, daß wir alle uns für euch schämen mußten.« Obwohl oder gerade weil das, was sie sagte, durchaus richtig war, antwortete ihr niemand, und alle vier wechselten nur untereinander Blicke. Wjera, das Tintenfaß in der Hand haltend, zögerte noch, das Zimmer zu verlassen.

»Und wie könnt ihr denn in eurem Lebensalter Heimlichkeiten miteinander haben, Natascha mit Boris, und ihr beiden andern? Immer nur Dummheiten!«

»Sollst du dich denn darum kümmern, Wjera?« erwiderte als Verteidigerin der vier Getadelten Natascha mit leiser, sanfter Stimme. Sie schien heute gegen alle Menschen noch gutmütiger und freundlicher gesinnt zu sein, als sie sonst schon immer war.

»Ein dummes Benehmen ist das!« sagte Wjera. »Ich schäme mich für euch. Was sind das für Heimlichkeiten?«

»Jeder hat seine besonderen Heimlichkeiten. Wir machen dir ja auch keine Vorwürfe wegen deines Herrn Berg«, versetzte Natascha, die nun hitzig wurde.

»Das will ich meinen, daß ihr das nicht tut und nicht tun könnt«, erwiderte Wjera. »An meinem Verhalten wird nie jemand etwas Ungehöriges finden können. Aber ich werde Mama erzählen, wie du mit Boris umgehst.«

»Natalja Iljinischna geht mit mir sehr gut und freundlich um«, bemerkte Boris. »Ich kann mich nicht beklagen.«

»Reden Sie nicht so, Boris«, sagte Natascha, »Sie sind ja ein arger Diplomat« (dem Wort »Diplomat« hatten die Kinder eine besondere Bedeutung beigelegt und gebrauchten es in dieser Bedeutung sehr häufig). »Das ist ja unerträglich«, fuhr sie fort, und ihre Stimme zitterte im Gefühl der erlittenen Kränkung. »Warum fängt sie immer mit mir an?«

»Du wirst dafür nie ein Verständnis haben«, sprach sie, zu Wjera gewendet, weiter, »weil du nie jemand geliebt hast; du hast kein Herz; du bist nur eine Madame de Genlis«* (diesen Spitznamen, der als eine schwere Beleidigung betrachtet wurde, hatte Nikolai seiner Schwester Wjera beigelegt), »und für dich ist es das größte Vergnügen, anderen Menschen Unannehmlichkeiten zu bereiten. Aber du, du darfst natürlich mit Herrn Berg kokettieren, soviel du Lust hast!« Sie hatte schnell und hastig gesprochen.

»Jedenfalls werde ich nicht vor den Augen fremder Gäste einem jungen Mann nachlaufen …«

»Na, nun hat sie erreicht, was sie wollte!« griff jetzt Nikolai in das Gespräch ein. »Sie hat uns allen Kränkendes gesagt und uns allen die Laune verdorben. Kommt, wir wollen in das Kinderzimmer gehen!« Wie ein aufgescheuchter Vogelschwarm erhoben sich alle vier und verließen das Zimmer.

»Ihr habt mir Kränkendes gesagt, ich niemandem«, entgegnete Wjera.

»Madame de Genlis! Madame de Genlis!« riefen lachende Stimmen noch von der andern Seite der Tür zurück.

* Eine französische Schriftstellerin; sie schrieb Lustspiele, in denen keine Männerrollen und keine Liebesintrigen vorkommen, sowie eine Menge von pädagogischen Büchern. Anmerkung des Übersetzers.

Die schöne Wjera, durch deren Reden sich alle so unangenehm berührt und gereizt fühlten, lächelte; anscheinend ohne daß das, was ihr gesagt worden war, irgendeinen Eindruck auf sie gemacht hätte, trat sie an den Spiegel und brachte ihre Schärpe und ihre Frisur in Ordnung; während sie ihr schönes Gesicht betrachtete, schien sie immer kühler und ruhiger zu werden.

*

Im Salon nahm das begonnene Gespräch seinen Fortgang.

»Ach ja, meine Teuere«, sagte die Gräfin, »auch in meinem Leben ist nicht alles voller Rosen. Ich kann nicht blind dagegen sein, daß bei dem ganzen Zuschnitt unseres Lebens unser Vermögen nicht mehr lange vorhalten wird! Und das Schlimmste dabei ist der Klub und meines Mannes Gutherzigkeit. Selbst wenn wir auf dem Land wohnen, führen wir kein stilles, ruhiges Leben: Da finden Theateraufführungen und Jagden und Gott weiß was alles statt. Aber wozu sprechen wir von mir? Wie hast denn du eigentlich deine ganzen Angelegenheiten zurechtgebracht? Ich bewundere dich oft, liebe Anna, wie du bei deinen Jahren so ganz allein weite Strecken im Reisewagen auf der Landstraße hin und her jagst, wie du bald nach Moskau, bald nach Petersburg fährst, zu allen Ministern, zu allen vornehmen Leuten gehst und alle zu behandeln verstehst; ich bewundere dich! Nun, wie hat sich denn alles einrichten lassen? Siehst du, ich, ich verstehe mich auf all solche Dinge nicht.«

»Ach, liebes Herz«, antwortete die Fürstin Anna Michailowna, »Gott wolle verhüten, daß du je erfährst, wie schwer es ist, als Witwe ohne Stütze zurückzubleiben und für einen heißgeliebten Sohn sorgen zu müssen. Aber man lernt schließlich alles«, fuhr sie mit einem gewissen Stolz fort. »Mein Prozeß hat mich in mancher Hinsicht klug gemacht. Wenn ich eins dieser großen Tiere notwendig sprechen muß, so schreibe ich ihm ein Billett: »Die Fürstin Soundso wünsche Herrn Soundso zu sprechen« und fahre persönlich in einer gewöhnlichen Droschke nötigenfalls zweimal, dreimal, viermal zu ihm hin, bis ich erreicht habe, was ich brauche. Was so einer dann von mir denkt, ist mir ganz gleichgültig.«

»Nun, wen hast du denn für deinen Boris um seine Verwendung gebeten?« fragte die Gräfin. »Dein Sohn ist ja jetzt schon Gardeoffizier, und unser Nikolai tritt erst als Junker ein. Er hat keinen hohen Fürsprecher. An wen hast du dich denn gewendet?«

»An den Fürsten Wasili. Er war überaus freundlich und sofort zu allem bereit; er hat die Sache dem Kaiser vorgetragen«, berichtete die Fürstin Anna Michailowna ganz entzückt; all die Demütigungen, denen sie sich hatte unterziehen müssen, um ihr Ziel zu erreichen, vergaß sie dabei vollständig.

»Der sieht wohl auch schon recht alt aus, der Fürst Wasili?« fragte die Gräfin. »Ich habe ihn, seit wir bei Rumjanzews zusammen Theater spielten, nicht mehr wiedergesehen. Ich denke mir, er hat mich vergessen. Er machte mir damals die Cour.« Die Gräfin lächelte bei dieser Erinnerung.

»Er ist immer noch derselbe«, antwortete Anna Michailowna. »In Liebenswürdigkeiten und Gefälligkeiten kann er sich gar nicht genugtun. Seine hohe Stellung hat in seinem Wesen keine Veränderung herbeigeführt. ›Es tut mir leid, daß ich nur so wenig für Sie tun kann, liebe Fürstin‹, sagte er zu mir; ›aber verfügen Sie ganz über mich.‹ Wirklich, er ist ein prächtiger Mensch, ein außerordentlich guter Verwandter. Aber du kennst meine Liebe zu meinem Sohn, Natalja. Ich weiß nichts, was mir zu schwer wäre, um sein Glück zu fördern. Aber meine pekuniären Verhältnisse sind so schlecht«, fuhr Anna Michailowna mit trauriger Miene und leiser Stimme fort, »so schlecht, daß ich mich jetzt in der allerschrecklichsten Lage befinde. Mein unseliger Prozeß frißt alles auf und kommt nicht vom Fleck. Kannst du dir das vorstellen: Ich habe manchmal nicht zehn Kopeken in meinem Besitz und weiß jetzt nicht, wie ich die Equipierung meines Boris bezahlen soll.« Sie nahm das Taschentuch heraus und fing an zu weinen. »Ich brauche fünfhundert Rubel und besitze gerade noch einen einzigen Fünfundzwanzigrubelschein. Ich bin in einer solchen Lage, daß ... Meine einzige Hoffnung beruht jetzt auf dem Grafen Kirill Wladimirowitsch Besuchow. Wenn der sich nicht geneigt zeigt, sein Patenkind zu unterstützen (er ist ja der Taufpate meines Boris) und ihm eine Summe zu seinem Unterhalt auszusetzen, so sind alle meine bisherigen Bemühungen zwecklos gewesen: Ich habe kein Geld, um ihn zu equipieren.«

Der Gräfin traten vor Mitgefühl die Tränen in die Augen; sie schwieg, in Überlegungen versunken.

»Ich denke oft«, fuhr die Fürstin fort, »es ist ja vielleicht Sünde, aber ich denke oft: Da lebt nun Graf Kirill Wladimirowitsch Besuchow ganz einsam und allein ... so ein riesiges Vermögen ... und wozu lebt er? Ihm ist das Leben nur noch eine Last, Boris dagegen fängt eben erst an zu leben.«

»Er wird deinem Boris gewiß etwas hinterlassen«, sagte die Gräfin.

»Gott weiß, ob er das tut, liebe Freundin! Diese reichen, hohen Herren sind so entsetzlich egoistisch. Aber ich will doch gleich jetzt mit Boris zu ihm fahren und ihm offen sagen, wie es steht. Mögen die Leute von mir denken, was sie wollen; mir ist das wirklich ganz gleichgültig, wenn das Schicksal meines Sohnes davon abhängt.« Die Fürstin erhob sich. »Jetzt ist es zwei Uhr, und um vier beginnt bei euch das Diner. Da habe ich noch Zeit hinzufahren.«

Und als praktische Petersburgerin, die die Zeit auszunutzen weiß, ließ Anna Michailowna ihren Sohn rufen und ging mit ihm ins Vorzimmer.

»Adieu, mein Herz!« sagte sie zu der Gräfin, die ihr bis zur Tür das Geleit gab. »Wünsche mir guten Erfolg«, fügte sie, mit Rücksicht auf den Sohn, flüsternd hinzu.

»Sie wollen zum Grafen Kirill Wladimirowitsch, meine Teuerste?« fragte der Graf vom Speisesaal aus und kam ebenfalls ins Vorzimmer. »Wenn es ihm besser geht, so laden Sie doch Pierre zum Diner bei uns ein. Er hat ja früher in unserm Haus verkehrt und mit den Kindern getanzt. Vergessen Sie ja nicht, ihn dringend einzuladen, meine Teuerste. Na, nun wollen wir mal sehen, ob unser Koch Taras uns heute Ehre macht. Er sagt ja, daß es nicht einmal beim Grafen Orlow jemals ein solches Diner gegeben hat, wie unseres heute sein wird.«

XV

»Lieber Boris«, sagte die Fürstin Anna Michailowna zu ihrem Sohn, als die Equipage der Gräfin Rostowa, in der sie saßen, auf der mit Stroh belegten Straße hinfuhr und nun in den weiten Hof des Grafen Kirill Wladimirowitsch Besuchow einbog. »Lieber Boris«, sagte die Mutter, indem sie ihre Hand unter der alten Saloppe hervornahm und sie mit einer schüchternen, freundlichen Bewegung auf die Hand des Sohnes legte, »sei recht freundlich und liebenswürdig. Graf Kirill Wladimirowitsch ist doch dein Pate und von ihm hängt dein künftiges Schicksal ab. Vergiß das nicht, lieber Sohn, und sei recht liebenswürdig, wie du es ja zu sein verstehst.«

»Wenn ich wüßte, daß dabei etwas anderes für uns herauskommt als Demütigungen …«, antwortete der Sohn kalt. »Aber ich habe es Ihnen versprochen und werde es Ihnen zu Gefallen tun.«

Mutter und Sohn traten, ohne sich anmelden zu lassen, geradewegs in die durch hohe Glasfenster erhellte, rechts und links durch je eine Reihe von Statuen in Nischen flankierte Vorhalle; aber der Portier musterte die beiden, und obwohl sie in einer feinen Equipage gekommen waren, die nun vor dem Portal hielt, so fragte er doch nach einem bedeutsamen Blick auf die alte Saloppe, zu wem sie zu gehen wünschten, ob zu den Prinzessinnen oder zu dem Grafen; und als er hörte, daß sie zu dem Grafen wollten, erwiderte er, das Befinden Seiner Erlaucht sei heute schlechter und Seine Erlaucht nähmen niemand an.

»Dann wollen wir doch wieder zurückfahren«, sagte der Sohn auf französisch.

»Lieber Sohn«, erwiderte die Mutter in flehendem Ton und berührte wieder die Hand des Sohnes, als ob diese Berührung ihn beruhigen oder anregen könnte.

Boris entgegnete nichts und blickte, ohne den Mantel abzulegen, seine Mutter fragend an.

»Lieber Freund«, sagte Anna Michailowna mit außerordentlich sanfter Stimme zu dem Portier, »ich weiß, daß Graf Kirill Wladimirowitsch sehr krank ist … eben deswegen bin ich gekommen … ich bin eine Verwandte von ihm … Wenn es ihm so schlecht geht, werde ich ihn nicht belästigen … Dann möchte ich nur den Fürsten Wasili Sergejewitsch sprechen; der logiert ja hier. Bitte, melde uns bei ihm an.«

Der Portier zog mürrisch die nach dem oberen Stockwerk hinaufgehende Schnur und wendete sich von den beiden Besuchern ab.

»Die Fürstin Drubezkaja zu dem Fürsten Wasili Sergejewitsch«, rief er dem Diener in Frack, Schuhen und Kniehosen zu, der von oben heruntergelaufen kam und von dem Treppenabsatz aus herunterblickte.

Die Mutter legte die Falten ihres aufgefärbten Seidenkleides zurecht, betrachtete sich in dem venezianischen, aus einer einzigen großen Scheibe bestehenden Wandspiegel und stieg tapfer in ihren schiefgetretenen Schuhen die mit einem Teppich belegte Treppe hinan.

»Lieber Sohn, du hast mir versprochen …«, wandte sie sich wieder an ihren Sohn und suchte ihn wieder durch eine Berührung seiner Hand zu einem ihren Wünschen entsprechenden Verhalten zu bewegen. Boris ging mit niedergeschlagenen Augen ruhig hinter ihr her.

Sie traten in einen Saal, aus welchem eine Tür in die dem Fürsten Wasili angewiesenen Gemächer führen sollte.

Mutter und Sohn gingen bis in die Mitte des Saales und wollten gerade einen alten Diener, der bei ihrem Eintritt aufgesprungen war, fragen, wohin sie sich zu wenden hätten, da drehte sich an einer der Türen der Bronzegriff, und Fürst Wasili, in einem mit Samt bezogenen Pelz, mit nur einem Ordensstern, also im Hausanzug, erschien in der Tür und begleitete einen schönen Herrn mit schwarzem Haar hinaus. Dieser Herr war der berühmte Petersburger Arzt Dr. Lorrain.

»Es ist also sicher?« fragte der Fürst.

»Errare humanum est, Fürst; aber …«, antwortete der Arzt; er schnarrte dabei das r und sprach die lateinischen Worte mit französischer Aussprache.

»Gut, gut!«

Als Fürst Wasili die Fürstin Anna Michailowna und ihren Sohn bemerkte, trennte er sich mit einer Verbeugung von dem Arzt und trat schweigend, aber mit fragender Miene, auf sie zu. Der Sohn bemerkte, wie die Augen seiner Mutter auf einmal einen Ausdruck tiefen Grames annahmen, und lächelte leise.

»Ja, unter was für traurigen Umständen müssen wir uns wiedersehen, Fürst … Nun, wie geht es unserm teuren Kranken?« fragte sie, als ob sie den beleidigend kalten Blick, mit dem der Fürst sie ansah, nicht bemerkte.

In dem fragenden Blick, welchen Fürst Wasili auf die Mutter und dann auf den Sohn richtete, lag sein höchstes Erstaunen über die Anwesenheit der beiden hier. Boris verbeugte sich höflich. Ohne die Verbeugung zu erwidern, wandte sich Fürst Wasili zu Anna Michailowna und antwortete auf ihre Frage durch eine Bewegung des Kopfes und der Lippen, welche zu verstehen gab, daß für den Kranken nicht mehr viel zu hoffen sei.

»Also wirklich?« rief Anna Michailowna. »Ach, das ist ja schrecklich! Ein furchtbarer Gedanke … ! Dies ist mein Sohn«, fügte sie, auf Boris weisend, hinzu. »Er wollte Ihnen persönlich seinen Dank sagen.« Boris verbeugte sich nochmals höflich.

»Seien Sie überzeugt, Fürst, daß mein Mutterherz nie vergessen wird, was Sie für uns getan haben.«

»Ich freue mich, daß ich Ihnen habe eine kleine Gefälligkeit erweisen können, liebe Anna Michailowna«, erwiderte der Fürst, indem er sein Jabot in Ordnung brachte; seine Gebärden und sein Ton hatten der von ihm protegierten Anna Michailowna gegenüber hier in Moskau noch weit mehr von vornehmer Würde an sich als in Petersburg auf der Soiree bei Annette Scherer.

»Bemühen Sie sich, Ihren Dienst ordentlich und pünktlich zu tun und sich der Ihnen gewordenen Auszeichnung würdig zu zeigen«, fügte er, zu Boris gewendet, in strengem Ton hinzu. »Es freut mich … Sie sind auf Urlaub hier?« fuhr er in seinem gleichgültigen Ton fort.

»Ich warte auf Befehl, Euer Durchlaucht, um mich zu meiner neuen Bestimmung zu begeben«, antwortete Boris. Er ließ weder Verdruß über den scharfen Ton des Fürsten noch den Wunsch, mit diesem in ein Gespräch zu kommen, merken, sondern sprach so ruhig und respektvoll, daß der Fürst ihn aufmerksam anblickte.

»Sie wohnen bei Ihrer Frau Mutter?«

»Ich wohne bei dem Grafen Rostow«, antwortete Boris und fügte wieder hinzu: »Euer Durchlaucht.«

»Das ist jener Ilja Rostow, welcher Natalja Schinschina geheiratet hat«, bemerkte Anna Michailowna.

»Ich weiß, ich weiß«, erwiderte Fürst Wasili mit seiner eintönigen Stimme. »Es ist mir immer unbegreiflich gewesen, wie Natalja sich hat entschließen können, diesen widerwärtigen Tölpel zu heiraten. Ein ganz dummes, lächerliches Subjekt. Überdies auch noch ein Spieler, wie man hört.«

»Aber ein guter Mensch, Fürst«, erwiderte Anna Michailowna mit herzgewinnendem Lächeln; der Sinn war: Auch sie wisse recht wohl, daß Graf Rostow ein solches Urteil verdiene; sie bäte aber, mit dem armen alten Mann nicht zu streng ins Gericht zu gehen.

»Was sagen die Ärzte?« fragte die Fürstin nach einem kurzen Stillschweigen, und wieder wurde auf ihrem vergrämten Gesicht jener Ausdruck tiefer Traurigkeit sichtbar.

»Es ist wenig Hoffnung«, antwortete der Fürst.

»Und ich hätte so gern dem *Onkel* noch einmal für alle die Wohltaten gedankt, die er mir und meinem Boris erwiesen hat. Er ist sein Taufpate«, fügte sie in einem Ton hinzu, als ob diese Nachricht dem Fürsten Wasili die größte Freude bereiten müßte.

Fürst Wasili schwieg nachdenklich und runzelte die Stirn. Anna Michailowna merkte, daß er in ihr eine Rivalin um die Erbschaft des Grafen Besuchow zu finden fürchtete; sie beeilte sich, ihn darüber zu beruhigen.

»Wenn ich nicht eine so innige Liebe und Verehrung für den Onkel hegte …«, sagte sie und sprach dabei das Wort Onkel mit besonderer Selbstverständlichkeit und Achtlosigkeit aus; »ich kenne ja seinen edlen, geraden Charakter. Aber es ist jetzt niemand bei ihm als die Prinzessinnen; und diese sind noch recht jung.« Sie neigte den Kopf und fügte flüsternd hinzu: »Hat er auch seine letzte Pflicht erfüllt, Fürst? Diese letzten Augenblicke sind kostbar, sie dürfen nicht unbenutzt bleiben. Man darf nicht warten, bis sich sein Zustand noch mehr verschlimmert; er muß notwendigerweise vorbereitet werden, wenn es so schlecht mit ihm steht. Wir Frauen, Fürst«, hier lächelte sie sanft, »wissen immer, wie man über solche Dinge mit einem Kranken sprechen muß. Ich muß ihn unter allen Umständen sehen. Und wenn es mir auch noch so schmerzlich ist … aber ich bin ja schon gewohnt zu leiden.«

Der Fürst verstand offenbar ihre Absicht und sagte sich, gerade wie auf der Abendgesellschaft bei Annette Scherer, daß es schwer sein würde, Anna Michailowna loszuwerden.

»Wenn dieses Wiedersehen ihn nur nicht zu sehr angreifen wird, liebe Anna Michailowna«, sagte er. »Wir wollen doch damit bis zum Abend warten; die Ärzte haben erklärt, es stehe eine Krisis bevor.«

»Aber wir dürfen nicht warten, Fürst, bei der kurzen Spanne Zeit, die ihm vielleicht nur noch vergönnt ist. Bedenken Sie, es handelt sich um die Rettung seiner Seele. Ach! Es ist ein schreckliches Ding um die Pflicht eines Christen …«

Eine nach den inneren Zimmern führende Tür öffnete sich, und eine der Prinzessinnen, welche die Nichten des Grafen waren, trat ein, eine Dame mit mürrischem, kaltem Gesicht und einer im Verhältnis zu den Beinen auffallend langen Taille.

Fürst Wasili wandte sich zu ihr.

»Nun, wie befindet er sich?«

»Es ist immer derselbe Zustand. Und es ist ja auch nicht anders zu erwarten; dieser ewige Lärm ...«, erwiderte die Prinzessin und blickte dabei Anna Michailowna an, als ob sie sie absolut nicht kenne.

»Ah, meine Teuerste! Ich hatte Sie gar nicht erkannt!« sagte Anna Michailowna mit einem glückseligen Lächeln und ging mit leichten, hurtigen Schritten zu der Nichte des Grafen hin. »Ich bin hergekommen, um Ihnen bei der Pflege meines lieben Onkels beizustehen. Ich kann mir vorstellen, was Sie haben durchmachen müssen!« fügte sie, teilnahmsvoll die Augen zur Decke richtend, hinzu.

Die Prinzessin antwortete nicht, lächelte auch nicht einmal und ging sofort aus dem Zimmer. Anna Michailowna zog sich die Handschuhe aus, setzte sich, wie in einer eroberten Position, bequem in einem Lehnstuhl zurecht und forderte den Fürsten Wasili auf, sich neben sie zu setzen.

»Boris«, sagte sie lächelnd zu ihrem Sohn, »ich werde zu dem Grafen, meinem Onkel, gehen, und du, lieber Sohn, geh doch unterdessen zu Pierre. Und vergiß nicht, ihm die Einladung von Rostows zu bestellen. – Sie laden ihn für heute zum Diner ein; aber ich möchte meinen: Er wird nicht hingehen?« sagte sie, zu dem Fürsten gewendet.

»O doch, doch!« erwiderte der Fürst, der sichtlich schlechter Laune geworden war. »Ich würde sehr froh sein, wenn Sie mich von diesem jungen Mann befreiten. Er sitzt hier nur herum. Der Graf hat noch nicht ein einziges Mal nach ihm gefragt.«

Er zuckte die Achseln. Ein Diener führte den jungen Boris hinunter und eine andere Treppe wieder hinauf zu Pierre oder, wie er hier hieß, zu Pjotr Kirillowitsch.

XVI

Pierre war in Petersburg nicht dazu gekommen, sich einen bestimmten Beruf zu erwählen, und war wirklich wegen der begangenen Exzesse nach Moskau verwiesen worden. Die Geschichte, die beim Grafen Rostow erzählt wurde, hatte sich tatsächlich so zugetragen. Pierre hatte bei dem Zusammenbinden des Reviervorstehers mit dem Bären mitgewirkt.

Jetzt nun war er vor einigen Tagen in Moskau angekommen und hatte, wie immer, bei seinem Vater Wohnung genommen. Obgleich er sich dachte, daß seine Skandalgeschichte wohl schon in Moskau bekannt sei, und daß die Damen, welche seinen Vater umgaben, bei ihrer ihm von jeher übelwollenden Gesinnung diesen Vorfall dazu benutzen würden, den Grafen gegen ihn aufzubringen, so begab er sich doch noch am Tag seiner Ankunft nach der Zimmerflucht, welche sein Vater bewohnte. Als er den Salon, den gewöhnlichen Aufenthaltsort der Prinzessinnen, betrat, begrüßte er die drei Damen, von denen zwei am Stickrahmen beschäftigt waren, während die dritte ihnen aus einem Buch vorlas. Die Vorleserin war die Älteste, ein peinlich sauber gekleidetes, strengblickendes Fräulein mit langer Taille, dieselbe, von deren Begegnung mit Anna Michailowna oben erzählt wurde; die beiden jüngeren stickten, zwei rotwangige, hübsche Mädchen, die sich untereinander nur dadurch unterschieden, daß die eine einen Leberfleck auf der Oberlippe hatte, der ihr Gesicht besonders nett und interessant erscheinen ließ. Pierre fand einen Empfang, als ob er ein Gespenst oder ein Pestkranker wäre. Die Älteste brach plötzlich mit dem Vorlesen ab und blickte ihn schweigend mit erschrockenen Augen an; die zweite, die ohne Leberfleck, zeigte genau den gleichen Gesichtsausdruck; die jüngste jedoch, die mit dem Leberfleck, ein Mädchen von heiterem, lachlustigem Wesen, beugte sich über den Stickrahmen hinab, um ihr Lächeln über die wahrscheinlich bevorstehende Szene, deren Komik sie vorhersah, zu verbergen. Sie zog den Wollfaden nach unten und bückte sich, als wollte sie das Muster genau betrachten, hielt aber nur mit Mühe das Lachen zurück.

»Guten Tag, liebe Kusinen«, sagte Pierre. »Sie erkennen mich wohl nicht?«

»Ich erkenne Sie nur zu gut, nur zu gut!« erwiderte die Älteste.

»Wie steht es mit dem Befinden des Grafen? Kann ich ihn wohl sehen?« fragte Pierre in unbeholfener Weise, wie immer, aber ohne irgendwelche Verlegenheit.

»Der Graf ist körperlich und seelisch leidend, und wie es scheint, haben Sie sich alle Mühe gegeben, ihm noch mehr seelische Leiden zu bereiten.«

»Kann ich den Grafen sehen?« fragte Pierre noch einmal.

»Hm …! Wenn Sie ihn töten, vollständig töten wollen, dann können Sie ihn sehen. Olga, geh doch einmal hin und sieh nach, ob die Bouillon für den Onkel fertig ist; es ist bald Zeit«, fügte sie hinzu, um dadurch Pierre zu verstehen zu geben, daß sie beschäftigt seien, und zwar beschäftigt mit der Pflege seines Vaters, während er offenbar nur darauf ausgehe, ihn seelisch zugrunde zu richten.

Olga ging hinaus. Pierre blieb noch ein Weilchen stehen, blickte die Schwester an und sagte schließlich mit einer Verbeugung: »Dann werde ich also wieder auf mein Zimmer gehen. Sobald ich ihn sehen kann, lassen Sie es mir, bitte, sagen.« Er ging hinaus, und ein hellklingendes, aber nur leises Lachen der Schwester mit dem Leberfleck ertönte hinter ihm.

Am folgenden Tag kam Fürst Wasili an und logierte sich gleichfalls im Haus des Grafen ein. Er ließ Pierre zu sich rufen und sagte zu ihm:

»Mein Lieber, wenn Sie sich hier so betragen wollen, wie Sie es in Petersburg getan haben, so wird es mit Ihnen ein böses Ende nehmen. Darauf können Sie sich verlassen. Der Graf ist sehr, sehr krank; es wäre ganz unzweckmäßig, wenn Sie sich vor ihm zeigten.«

Seitdem war Pierre von niemand inkommodiert worden und saß den ganzen Tag allein oben auf seinem Zimmer.

In dem Augenblick, als Boris zu ihm hereintrat, ging Pierre gerade in seinem Zimmer auf und ab; mitunter blieb er in dieser oder jener Ecke stehen, wobei er drohende Gebärden gegen die Wand machte, als wollte er einen unsichtbaren Feind mit einem Degen durchbohren, und grimmig über seine Brille wegblickte; dann begann er seine Wanderung von neuem, murmelte undeutliche Worte, zuckte mit den Achseln und breitete die Arme auseinander.

»Mit England geht es zu Ende ... jawohl, zu Ende!« stieß er mit gerunzelter Stirn hervor. Er zeigte mit dem Finger auf jemand. »Mister Pitt wird als Verräter an der Nation und am Völkerrecht zum Tod ...« Er glaubte in diesem Augenblick Napoleon in eigener Person zu sein, hatte in der Gestalt dieses seines Heros bereits die gefährliche Überfahrt über den Pas de Calais bewerkstelligt und London eingenommen, wurde nun aber, gerade als er dabei war, das Urteil über Pitt zu fällen, unterbrochen: denn er erblickte einen jungen, hübschen, schlanken Offizier, der zu ihm ins Zimmer trat. Pierre blieb stehen. Er hatte Boris als vierzehnjährigen Knaben zum letztenmal gesehen und besaß schlechterdings keine Erinnerung mehr an ihn; aber trotzdem drückte er ihm in der raschen, treuherzigen Art, die in seinem Wesen lag, die Hand und lächelte ihn freundlich an.

»Erinnern Sie sich meiner?« fragte Boris ruhig mit einem angenehmen Lächeln. »Ich bin mit meiner Mutter hergekommen, um dem Grafen einen Besuch zu machen; aber er scheint ja recht krank zu sein.«

»Ja, das ist er, wie es scheint. Man macht ihm gar zu viel Unruhe«, erwiderte Pierre und strengte sein Gedächtnis an, um herauszubringen, wer dieser junge Mann wohl sei.

Boris merkte, daß Pierre ihn nicht erkannte, hielt es aber nicht für nötig, seinen Namen zu nennen, und blickte ihm, ohne die geringste Verlegenheit zu empfinden, gerade ins Gesicht.

»Graf Rostow läßt Sie bitten, heute zum Diner zu ihm zu kommen«, sagte er nach einem ziemlich langen und für Pierre unbehaglichen Stillschweigen.

»Ah, Graf Rostow!« rief Pierre freudig. »Also Sie sind sein Sohn Ilja. Denken Sie nur, ich hatte Sie im ersten Augenblick nicht erkannt. Erinnern Sie sich noch, wie wir mit Madame Jacquot eine Partie nach den Sperlingsbergen machten? Es ist freilich schon lange her.«

»Sie irren sich«, antwortete Boris ohne besondere Eile mit einem frischen, ein wenig spöttischen Lächeln. »Ich bin Boris, der Sohn der Fürstin Anna Michailowna Drubezkaja. Graf Rostow, der Vater, heißt Ilja, sein Sohn aber Nikolai. Und eine Madame Jacquot habe ich nie gekannt.«

Pierre schlug mit dem Kopf und den Armen hin und her, als ob ein Schwarm Mücken oder Bienen über ihn hergefallen wäre.

»Ach, was habe ich da gemacht! Lauter Konfusion! Ich habe aber auch so viele Verwandte hier in Moskau! Sie sind Boris ... ja. Nun, jetzt sind wir also miteinander einig. Also wie denken Sie über die Boulogner Expedition? Meinen Sie nicht auch, daß es den Engländern schlimm ergehen wird, wenn Napoleon über den Kanal setzt? Ich glaube, daß die Expedition sehr wohl durchführbar ist. Wenn nur Villeneuve nicht den rechten Augenblick verpaßt!«

Boris wußte nichts von der Boulogner Expedition. Er las keine Zeitungen und hatte von Villeneuve bisher noch nie etwas gehört.

»Wir hier in Moskau interessieren uns mehr für Diners und Klatschgeschichten als für Politik«, sagte er in seinem ruhigen, spöttischen Ton. »Ich weiß von diesen Dingen nichts und habe darüber kein Urteil. Moskaus Interesse geht so gut wie ganz in Stadtklatsch auf. Jetzt spricht man von Ihnen und von dem Grafen.«

Pierre lächelte in seiner gutherzigen Weise, wie wenn er um des andern willen besorgt sei, dieser könne etwas sagen, was gesagt zu haben ihm nachher leid tun würde; aber Boris sprach mit vollem Bedacht, klar und bestimmt weiter, indem er Pierre gerade in die Augen blickte:

»Die Moskauer haben nichts weiter zu tun als zu klatschen. Alle Leute hier erörtern eifrig die Frage, wem der Graf sein Vermögen hinterlassen wird. Und dabei wird er vielleicht uns alle überleben, und ich wünsche ihm das von Herzen ...«

»Ja, das ist alles sehr schmerzlich«, fiel Pierre schnell ein, »sehr schmerzlich!« Er fürchtete noch immer, dieser junge Offizier könne unversehens auf ein Thema zu sprechen kommen, das dann ihm, dem Redenden, selbst peinlich sein würde.

»Sie müssen wohl zu der Vorstellung kommen«, sagte Boris mit leisem Erröten, aber ohne Stimme und Haltung zu ändern, »Sie müssen wohl zu der Vorstellung kommen, daß das Trachten aller nur darauf gerichtet sei, etwas von dem reichen Mann zu erhalten.«

»Ganz richtig!« dachte Pierre.

»Aber gerade das wollte ich Ihnen zur Vermeidung von Mißverständnissen sagen, daß Sie sich sehr irren, wenn Sie mich und meine Mutter mit zu diesen Leuten zählen. Wir sind sehr arm; aber (wenigstens kann ich das von mir sagen) der Umstand, daß Ihr Vater reich ist, bildet für mich keinen Grund, mich für seinen Verwandten zu halten, und weder ich noch meine Mutter werden ihn jemals um etwas bitten oder etwas von ihm annehmen.«

Pierre konnte lange nicht begreifen, was der andere eigentlich wollte; aber als er es begriffen hatte, sprang er vom Sofa in die Höhe, ergriff Boris mit der ihm eigenen Raschheit und Unbeholfenheit von untenher bei der Hand und begann, noch weit stärker als Boris errötend, in einem aus Scham und Ärger gemischten Gefühl zu reden:

»Das ist ja sonderbar. Habe ich etwa … Und wie dürfte überhaupt jemand denken … Ich weiß sehr wohl.«

Aber Boris unterbrach ihn.

»Ich freue mich, daß ich mir alles vom Herzen geredet habe. Wenn es Ihnen vielleicht unangenehm gewesen ist, so verzeihen Sie mir«, sagte er, seinerseits bemüht, Pierre zu beruhigen, statt sich von diesem beruhigen zu lassen. »Aber ich hoffe, daß ich Sie nicht gekränkt habe. Es ist mein Grundsatz, alles frei herauszusprechen. Was soll ich denn nun also bestellen? Werden Sie zu Rostows zum Diner kommen?«

Dem jungen Offizier wurde ganz leicht zumute, als habe er eine schwere Pflicht erledigt, und in dem Gefühl, daß er selbst aus einer unbehaglichen Lage herausgekommen sei und einen andern in eine solche versetzt habe, wurde er wieder ganz munter und unbefangen.

»Nein, hören Sie«, sagte Pierre, sich allmählich einigermaßen beruhigend. »Sie sind ein merkwürdiger Mensch. Was Sie da soeben gesagt haben, ist sehr schön, wirklich sehr schön! Es ist ja ganz natürlich, daß Sie mich nicht kennen; wir haben so lange keine Beziehungen zueinander gehabt … wir waren damals noch Kinder … Sehr erklärlich, daß Sie von mir die Vorstellung hatten … Ich verstehe Sie, verstehe Sie vollkommen. Ich für meine Person hätte das nicht fertiggebracht; ich hätte nicht den Mut dazu gefunden; aber es war von Ihnen ganz ausgezeichnet. Ich freue mich sehr, Sie kennengelernt zu haben. Sonderbar«, fügte er nach einem kurzen Stillschweigen lächelnd hinzu, »was Sie von mir für eine Vorstellung gehabt haben!« Er lachte auf. »Nun aber, was tut's? Wir werden einander besser kennenlernen. Ich bitte Sie darum.« Er drückte Boris die Hand. »Wissen Sie, ich bin noch gar nicht bei dem Grafen gewesen. Er hat mich nicht rufen lassen ... Er tut mir schon vom rein menschlichen Standpunkt aus herzlich leid ... Aber was ist zu tun?«

»Und Sie glauben, daß es Napoleon gelingen wird, mit seiner Armee überzusetzen?« fragte Boris lächelnd.

Pierre verstand, daß Boris das Gespräch auf ein anderes Thema bringen wollte. Er war damit ganz einverstanden und begann die günstigen und ungünstigen Momente, die bei dem Boulogner Unternehmen in Betracht kamen, darzulegen.

Ein Diener kam, um Boris zur Fürstin zu rufen. Die Fürstin wollte wegfahren. Pierre versprach, zu dem Diner zu kommen, um mit Boris noch näher bekanntzuwerden, drückte ihm kräftig die Hand und blickte ihm durch seine Brille freundlich in die Augen. Nachdem Boris gegangen war, schritt Pierre noch lange in seinem Zimmer hin und her; aber er durchbohrte keinen unsichtbaren Feind mehr mit dem Degen, sondern lächelte bei der Erinnerung an diesen liebenswürdigen, verständigen, charakterfesten jungen Mann.

Wie es oft bei Menschen der Fall ist, die sich noch in den Zeiten der ersten Jugend befinden, und namentlich bei solchen, die allein dastehen, empfand er für diesen jungen Mann eine Zärtlichkeit, von der er sich nicht ganz Rechenschaft geben konnte, und faßte den Vorsatz, unbedingt Freundschaft mit ihm zu schließen.

Fürst Wasili begleitete die Fürstin hinaus. Die Fürstin hielt das Taschentuch an die Augen, und ihr Gesicht war von Tränen überströmt.

»Es ist schrecklich, schrecklich!« sagte sie. »Aber so schwer es mir auch werden mag, ich werde meine Pflicht erfüllen. Ich werde herkommen und die Nacht hier zubringen. So darf es nicht mit ihm bleiben. Jeder Augenblick ist kostbar. Ich begreife nicht, warum die Prinzessinnen noch länger zaudern. Vielleicht hilft mir Gott ein Mittel finden, um ihn vorzubereiten ...! Leben Sie wohl, Fürst, Gott verleihe Ihnen Kraft ...«

»Adieu, meine Liebe«, antwortete Fürst Wasili und wandte sich von ihr weg.

»Ach, er ist in einem schrecklichen Zustand!« sagte die Mutter zu dem Sohn, als sie wieder im Wagen saßen. »Er erkennt fast niemand mehr.«

»Ich bin mir darüber nicht klar, Mamachen: Wie steht er eigentlich mit Pierre?« fragte der Sohn.

»Das Testament wird darüber Auskunft geben, lieber Sohn. Von diesem Testament hängt auch unser Schicksal ab.«

»Aber warum meinen Sie, daß er uns etwas hinterlassen wird?«

»Ach, lieber Sohn, er ist so reich und wir so arm!«

»Nun, das ist noch kein ausreichender Grund, Mamachen.«

»Ach, mein Gott, mein Gott! Wie krank er ist!« rief die Mutter.

XVII

Nachdem Anna Michailowna mit ihrem Sohn zu dem Grafen Kirill Wladimirowitsch Besuchow gefahren war, saß die Gräfin Rostowa längere Zeit still für sich da und drückte das Taschentuch gegen die Augen. Endlich klingelte sie.

»Was stellt das vor, meine Liebe?« sagte sie ärgerlich zu dem Stubenmädchen, das einige Minuten auf sich hatte warten lassen. »Sie wollen wohl Ihren Dienst nicht weiter verrichten, wie? Dann werde ich Ihnen einen andern Platz anweisen.«

Die Gräfin fühlte sich durch den Kummer und die demütigende Armut ihrer Freundin tief ergriffen und war deshalb schlechter Laune, was sich bei ihr immer dadurch äußerte, daß sie zu dem Stubenmädchen »meine Liebe« sagte und sie mit »Sie« anredete.

»Ich bitte um Verzeihung«, sagte das Mädchen.

»Ich lasse den Grafen bitten, zu mir zu kommen.«

Der Graf trat herein und näherte sich mit seinem watschelnden Gang seiner Frau; er machte, wie immer, eine etwas schuldbewußte Miene.

»Nun, meine liebe Gräfin, was das für ein ausgezeichnetes Haselhuhn-Sauté mit Madeira werden wird, meine Teuerste! Ich habe es gekostet; ich muß sagen: Die tausend Rubel, die ich für unsern Koch Taras gegeben habe, waren nicht weggeworfen; er ist wirklich das Geld wert!«

Er setzte sich neben seine Frau, stützte in jugendlich unternehmender Haltung die Hände auf die Knie und fuhr sich mit den Fingern durch das graue Haar.

»Was befehlen Sie, meine liebe Gräfin?«

»Lieber Freund, ich möchte … Aber was hast du da für einen Fleck?« fragte sie, indem sie auf seine Weste zeigte. »Das ist gewiß von dem Sauté«, fügte sie lächelnd hinzu. »Also höre, lieber Graf, ich brauche Geld.«

Ihr Gesicht nahm einen trüben, schmerzlichen Ausdruck an.

»Ah, das ist es, meine liebe Gräfin!« Der Graf holte seine Brieftasche heraus, wurde aber sehr verlegen.

»Ich brauche viel Geld, Graf; ich brauche fünfhundert Rubel.« Sie zog ihr batistenes Taschentuch hervor und rieb damit an der Weste ihres Mannes.

»Sofort sollen Sie das Geld haben, sofort! – Heda! Wer gerade da ist!« rief er mit so lauter, befehlender Stimme, wie nur jemand ruft, der überzeugt ist, daß diejenigen, die er ruft, Hals über Kopf auf seinen Ruf herbeistürzen werden. »Sag mal zu Dmitri, er möchte zu mir kommen!«

Dmitri, jener junge Edelmann, der im Haus des Grafen erzogen worden war und jetzt die Verwaltung der sämtlichen geschäftlichen Angelegenheiten unter sich hatte, trat mit leisen Schritten ins Zimmer.

»Hör mal, mein Lieber«, sagte der Graf zu dem respektvoll dastehenden jungen Mann. »Bring mir mal ...« Er überlegte. »Ja, bring mir mal siebenhundert Rubel. Ja! Aber bring nicht wieder so zerrissene, schmutzige Scheine wie das letztemal, sondern recht hübsche, für die Gräfin.«

»Ja, lieber Dmitri, bitte, recht saubere!« sagte die Gräfin mit einem traurigen Seufzer.

»Zu wann befehlen Euer Erlaucht das Geld?« fragte Dmitri. »Sie wissen ja, daß ... Indessen seien Sie ganz unbesorgt«, fügte er hinzu, da er bemerkte, daß der Graf schwer und hastig zu atmen begann, was immer ein Vorzeichen nahenden Zornes war. »Ich hatte beinah vergessen ... Befehlen Sie das Geld sofort?«

»Jawohl, jawohl, bring es nur her. Gib es der Gräfin.«

»Mein Dmitri ist doch wirklich ein Prachtmensch«, fügte der Graf hinzu, als der junge Mann hinausgegangen war. »Ein ›Unmöglich‹ gibt es bei ihm gar nicht. Und so etwas kann ich für meine Person auch durchaus nicht leiden. Möglich ist alles.«

»Ach, das Geld, Graf, das leidige Geld! Wieviel Kummer rührt davon auf der Welt her!« seufzte die Gräfin. »Aber diese Geldsumme brauche ich ganz notwendig.«

»Ja, Sie sind eine Verschwenderin, meine liebe Gräfin; das ist bekannt«, sagte der Graf; er küßte seiner Frau die Hand und ging wieder in sein Zimmer.

Als Anna Michailowna vom Grafen Besuchow zurückkehrte, lag bereits neben dem Platz, wo die Gräfin Rostowa saß, das Geld, lauter neue Banknoten, auf einem Tischchen unter einem Taschentuch, und Anna Michailowna bemerkte, daß die Gräfin über irgend etwas unruhig war.

»Nun, wie steht es, liebe Freundin?« fragte die Gräfin.

»Ach, er befindet sich in einem schrecklichen Zustand! Er ist gar nicht wiederzuerkennen, so schlecht steht es mit ihm, so entsetzlich schlecht! Ich bin nur einen Augenblick bei ihm gewesen und habe kaum ein paar Worte zu ihm gesprochen ...«

»Annette, ich bitte dich recht herzlich, schlage es mir nicht ab«, sagte die Gräfin auf einmal und errötete dabei, was sich auf ihrem ältlichen, mageren, würdevollen Gesicht recht wunderlich ausnahm; sie nahm unter dem Tuch das Geld hervor. Anna Michailowna verstand sofort, um was es sich handelte, und beugte sich schon nieder, um im richtigen Augenblick die Gräfin geschickt zu umarmen.

»Da ist etwas von mir für Boris, zu seiner Equipierung ...«

Anna Michailowna umarmte sie sofort und weinte. Die Gräfin weinte ebenfalls. Sie weinten beide darüber, daß sie so eng befreundet waren, und darüber, daß sie beide so gute Menschen waren, und darüber, daß zwei Jugendfreundinnen sich mit einem so unwürdigen Gegenstand abgeben mußten, wie es das Geld ist, und darüber, daß ihre Jugend dahin war ... aber die Tränen der beiden Frauen waren angenehme, wohltätige Tränen.

XVIII

Die Gräfin Rostowa saß mit ihren Töchtern und mit einer großen Anzahl von Damen, die sich bereits eingefunden hatten, im Salon. Die Herren hatte der Graf in sein Zimmer geführt und bot ihnen seine türkischen Pfeifen an, deren er aus besonderer Liebhaberei eine ganze Sammlung besaß. Von Zeit zu Zeit ging er in den Salon zu seiner Frau und erkundigte sich, ob »sie« noch nicht angekommen sei. Die Erwartete war Marja Dmitrijewna Achrosimowa, die in der Gesellschaft den Spitznamen »der schreckliche Dragoner« hatte, eine Dame, die nicht infolge von Reichtum oder Vornehmheit, wohl aber wegen ihres gesunden Verstandes und der ungeschminkten Naivität ihres Benehmens sich einer gewissen Berühmtheit erfreute. Ganz Moskau und ganz Petersburg, ja selbst die kaiserliche Familie kannten diesen »Dragoner« Marja Dmitrijewna; die Angehörigen der höheren Gesellschaftskreise beider Residenzen schüttelten zwar oft verwundert über sie den Kopf, machten sich im stillen über ihre Grobheit lustig und erzählten sich Anekdoten von ihr; aber trotzdem empfanden alle vor ihr Respekt und hatten vor ihr Furcht.

In dem von Tabaksrauch erfüllten Herrenzimmer bildeten den Gegenstand des Gespräches der Krieg, der durch ein Manifest des Kaisers erklärt war, und die Aushebung. Gelesen hatte das Manifest noch niemand; aber alle wußten, daß es erschienen war. Der Graf saß auf einer Ottomane zwischen zwei Herren, welche rauchten und eifrig konversierten. Der Graf selbst rauchte nicht und redete nicht, sondern neigte den Kopf bald nach der einen, bald nach der andern Seite, blickte die beiden Raucher zu seiner Linken und zu seiner Rechten mit sichtlichem Vergnügen an und hörte ihrem Gespräch zu; übrigens hatte er selbst sie vorher aufeinandergehetzt.

Der eine der beiden Redenden war ein Zivilist, mit runzligem, verbissenem, magerem, glattrasiertem Gesicht, schon in ziemlich hohem Alter, obwohl er wie ein ganz junger Mensch nach der neuesten Mode gekleidet war. Er hatte, wie wenn er hier zu Hause wäre, die Füße unter sich auf das Sofa gezogen, hatte sich die Bernsteinspitze seitwärts tief in den Mund geschoben, zog ruckweise den Rauch ein und kniff die Augen zusammen. Es war ein alter Junggeselle namens Schinschin, ein Vetter der

Gräfin; in den Moskauer Salons hieß es von ihm, er habe eine böse Zunge. Den Herrn, mit dem er jetzt redete, schien er mit nachsichtiger Herablassung zu behandeln. Dieser andere war ein frischer Gardeoffizier, mit rosigem Teint, tadellos sauber gewaschen, wohlfrisiert, den Uniformrock bis oben zugeknöpft; er hielt die Bernsteinspitze in der Mitte des Mundes, zog mit seinen roten Lippen sachte einen kleinen Schluck Rauch ein und ließ ihn in kleinen Ringen wieder aus seinem hübschen Mund hinaus. Dies war ein Leutnant im Semjonower Regiment, namens Berg, mit welchem Boris demnächst zum Regiment abgehen sollte, eben jener Leutnant Berg, mit welchem Natascha ihre ältere Schwester Wjera geneckt hatte, indem sie ihn als deren Courmacher bezeichnet hatte. Der Graf saß zwischen beiden und hörte ihrem Gespräch aufmerksam zu. Nächst dem Bostonspiel, das er leidenschaftlich liebte, kannte der Graf kein größeres Vergnügen als die Rolle des Zuhörers zu übernehmen, namentlich wenn es ihm gelungen war, zwei eifrige Disputanten aufeinanderzuhetzen.

»Nun gewiß, Väterchen, mon très honorable Alfons Karlowitsch«, sagte Schinschin in spöttischem Ton (er mischte ganz gewöhnliche Ausdrücke der russischen Volkssprache und gewählte französische Phrasen durcheinander, was eine besondere Eigentümlichkeit seiner Redeweise bildete), »vous comptez vous faire des rentes sur l'état, Sie möchten, daß von Ihrer Kompanie so nebenbei ein bißchen was für Sie abfällt?«

»Nicht doch, Pjotr Nikolajewitsch, ich will nur nachweisen, daß der Dienst bei der Infanterie gegenüber dem Dienst bei der Kavallerie mancherlei Vorteile bietet. Machen Sie sich jetzt nur meine Lage klar, Pjotr Nikolajewitsch ... Berg sprach immer sehr präzis, ruhig und höflich und redete immer nur von sich und seinen Angelegenheiten. Er pflegte zu schweigen, solange das Gespräch sich um Dinge drehte, die in keiner direkten Beziehung zu seiner eigenen Person standen. Auf diese Weise schwieg er manchmal stundenlang, ohne daß er selbst dabei ein unangenehmes Gefühl empfunden oder bei anderen hervorgerufen hätte. Aber sobald das Gespräch eine solche Wendung bekam, daß es ihn persönlich betraf, begann er in längeren Ausführungen und mit sichtlichem Vergnügen zu sprechen.

»Machen Sie sich nur meine Lage klar, Pjotr Nikolajewitsch. Wenn ich bei der Kavallerie wäre, so würde ich als Leutnant nicht mehr als zweihundert Rubel alle vier Monate bekommen; jetzt aber bekomme ich zweihundertdreißig Rubel«, sagte er mit einem vergnügten, angenehmen Lächeln, indem er Schinschin und den Grafen ansah, als wäre es für ihn eine ausgemachte Sache, daß sein Wohlergehen stets das wichtigste Ziel der Wünsche aller übrigen Menschen bilden werde.

»Außerdem, Pjotr Nikolajewitsch«, fuhr Berg fort, »befinde ich mich infolge meiner Versetzung zur Garde an einer Stelle, wo ich beachtet werde; auch sind die Vakanzen bei der Gardeinfanterie weit häufiger. Und dann, bitte, überschlagen Sie sich das einmal selbst, wie gut ich mit zweihundertdreißig Rubeln auskommen kann; ich lege sogar noch etwas zurück und schicke es meinem Vater«, fuhr er fort und ließ einen Rauchring aus dem Mund.

»Gut kalkuliert, das muß man sagen. Ja, ja, der Deutsche drischt sein Getreide auf dem Beilrücken, wie es im Sprichwort heißt«, sagte Schinschin und schob, dem Grafen zuzwinkernd, die Bernsteinspitze nach dem andern Mundwinkel hinüber.

Der Graf lachte laut auf. Andere Gäste, welche sahen, daß Schinschin da mit jemand disputierte, traten näher heran, um zuzuhören. Ohne auch nur im geringsten die Spötteleien seiner Zuhörer oder ihren Mangel an Interesse zu bemerken, erzählte Berg ausführlich weiter, daß er durch seine Versetzung zur Garde vor seinen Kameraden vom Kadettenkorps her schon einen Grad voraus habe; der Kompaniechef könne im Krieg fallen, und er, der dann der rangälteste Offizier in der Kompanie sein werde, könne sehr leicht in die Stelle des Kompaniechefs einrücken; im Regiment könnten ihn alle sehr gut leiden, und sein lieber Papa sei über ihn ganz glücklich. Dem jungen Offizier machte es offenbar das allergrößte Vergnügen, dies alles vorzutragen, und er schien gar keine Ahnung davon zu haben, daß andere Leute gleichfalls ihre persönlichen Interessen haben könnten. Aber alles, was er vortrug, war so nett und ehrbar, und die Naivität seines jugendlichen Egoismus war so handgreiflich, daß seine Zuhörer ihm nicht böse sein konnten.

»Na, Väterchen, Sie werden überall, bei der Infanterie wie bei der Kavallerie, eine gute Karriere machen; das prophezeie ich Ihnen«, sagte Schinschin, indem er ihm auf die Schulter klopfte und die Beine von der Ottomane herunternahm. Berg lächelte vergnügt. Der Graf und ihm folgend die Gäste verließen das Herrenzimmer und begaben sich in den Salon.

*

Es war diejenige Zeit vor dem Diner, wo die bereits versammelten Gäste in der Erwartung, bald an das Büfett mit den kalten Vorspeisen gebeten zu werden, kein langes Gespräch mehr anknüpfen, dabei aber doch für notwendig erachten, sich zu bewegen und nicht stumm zu sein, um zu zeigen, daß sie durchaus nicht etwa ungeduldig darauf warten, sich an die Tafel setzen zu können. Der Hausherr und die Hausfrau blicken von Zeit zu Zeit nach der Tür und wechseln mitunter Blicke miteinander. Die Gäste bemühen sich, aus diesen Blicken zu erraten, auf wen oder auf was noch gewartet wird: ob auf einen sich verspätenden vornehmen Verwandten oder auf ein Gericht, das noch nicht gar ist.

Pierre war kurz vor dem Beginn des Diners angekommen und saß unbeholfen in der Mitte des Salons auf dem erstbesten Lehnstuhl, den er gerade gefunden hatte, und versperrte allen den Weg. Die Gräfin wollte ihn zum Sprechen veranlassen; aber er blickte ungeniert durch seine Brille rings um sich, als ob er jemand suchte, und antwortete auf alle Fragen der Gräfin sehr wortkarg. Er war lästig und unbequem, und dabei war er der einzige, der dies nicht merkte. Viele der Gäste, die seine Geschichte mit dem Bären kannten, betrachteten neugierig diesen großen, dicken Menschen, der sich so still verhielt, und konnten sich nicht genug wundern, wie ein so schwerfälliges, harmloses Individuum es fertiggebracht habe, mit dem Reviervorsteher ein so tolles Stück anzustellen.

»Sie sind erst vor kurzem hier in Moskau eingetroffen?« fragte ihn die Gräfin.

»Ja, ja, ja«, antwortete er und blickte um sich.

»Sie haben meinen Mann noch nicht gesehen?«

»Nein, noch nicht.«

Er lächelte, obwohl dazu gar kein Anlaß war.

»Sie sind ja wohl kürzlich in Paris gewesen? Ich denke mir das höchst interessant.«

»Ja, es ist höchst interessant.«

Die Gräfin tauschte einen Blick mit Anna Michailowna aus. Anna Michailowna verstand dies richtig dahin, daß sie gebeten wurde, diesen jungen Mann zu beschäftigen; so setzte sie sich denn zu ihm und begann von seinem Vater zu reden; aber wie der Gräfin, so gab er auch ihr nur einzelne, abgerissene Worte zur Antwort. Die Gäste waren alle in eifriger Unterhaltung miteinander begriffen.

»Bei Rasumowskis … Oh, es war ganz allerliebst … Sie sind sehr gütig … Die Gräfin Apraxina …«, so summte es von allen Seiten durcheinander. Die Gräfin stand auf und ging nach dem Vorsaal hinaus.

»Marja Dmitrijewna?« hörten die im Salon Befindlichen sie draußen sagen.

»Sie selbst«, antwortete eine derbe Frauenstimme, und gleich darauf trat Marja Dmitrijewna, von der Gräfin geleitet, in den Salon. Alle jungen Mädchen und sogar die verheirateten Damen, nur die ältesten ausgenommen, erhoben sich von ihren Plätzen. Marja Dmitrijewna blieb in der Tür stehen, reckte ihren fünfzigjährigen, mit grauen Locken geschmückten Kopf gerade aufrecht, ließ von der Höhe ihrer wohlbeleibten Gestalt herab ihre Blicke über die Gäste schweifen und brachte langsam die weiten Ärmel ihres Kleides in Ordnung, was den Eindruck machte, als ob sie sie aufstreifen wollte. Marja Dmitrijewna sprach immer russisch.

»Meinen Glückwunsch der lieben Hausfrau und ihrem Töchterchen, die heute ihren Namenstag feiern!« sagte sie mit ihrer lauten, tiefen, alles übertönenden Stimme. »Nun, wie geht es dir, du alter Sünder?« Mit diesen Worten wandte sie sich zu dem Grafen, der ihr die Hand küßte. »Es ist dir hier wohl zu langweilig in Moskau? Zu Hetzjagden findest du hier wohl keine Gelegenheit? Aber was ist da zu machen, mein Lieber? Wenn diese Vögelchen heranwachsen«, sie zeigte auf die jungen Mädchen, »dann muß man Bräutigame für sie suchen, ob es einem nun paßt oder nicht.«

»Na, und wie steht es mit dir, mein Kosak?« (Marja Dmitrijewna nannte Natascha gern so) sagte sie, indem sie mit der Hand Natascha liebkoste, die fröhlich und ohne Schüchternheit zu ihr herangetreten war, um ihr die Hand zu küssen. »Ich weiß, daß dieses Mädchen ein richtiges Unkraut ist; aber ich habe sie doch gern.«

Sie holte aus ihrem riesigen Ridikül ein Paar Ohrringe mit birnförmigen Saphiren daran heraus, reichte sie der freudestrahlenden, errötenden Natascha hin und wandte sich dann sofort von ihr ab und redete Pierre an.

»Heda, heda, lieber Freund! Komm doch mal her!« sagte sie mit gekünstelt sanfter, hoher Stimme. »Komm mal her, lieber Freund!« Dabei streifte sie, gleichsam drohend, ihre Ärmel noch höher auf.

Pierre trat heran und blickte sie durch seine Brille ohne Verlegenheit an.

»Komm nur heran, immer näher, lieber Freund. Auch bei deinem Vater bin ich die einzige gewesen, die ihm die Wahrheit sagte, als er hoch in Gunst stand; und nun fühle ich mich vor Gott verpflichtet, sie auch dir zu sagen.« Sie machte eine kleine Pause. Alle schwiegen in dem Gefühl, daß dies nur die Vorrede gewesen war, und in Erwartung dessen, was noch weiter kommen werde. »Ein nettes Bürschchen, das muß man sagen, ein nettes Bürschchen! Sein Vater liegt auf dem Sterbebett, und er amüsiert sich, indem er einen Reviervorsteher rittlings auf einen Bären setzt! Schäme dich, Verehrtester, schäme dich! Du würdest besser tun, in den Krieg zu gehen.«

Sie wandte sich von ihm weg und schob ihren Arm in den Arm des Grafen, der kaum das Lachen unterdrücken konnte. »Na also, wie ist's? Zu Tisch? Ich glaube, es ist Zeit!« sagte Marja Dmitrijewna.

Voran gingen der Graf und Marja Dmitrijewna; dann folgte die Gräfin, welche der Husarenoberst führte, ein Mann, der für die Familie von hoher Wichtigkeit war, da Nikolai mit ihm zusammen das Regiment einholen sollte; hierauf Anna Michailowna mit Schinschin. Berg hatte Wjera den Arm gereicht; die lächelnde Julja Karagina ging mit Nikolai zu Tisch. Hinter ihnen kamen in langer Reihe, die sich durch den ganzen Saal hinzog, die andern Paare, und ganz zum Schluß, einzeln gehend, die Kinder, der Hauslehrer und die Gouvernante. Die Diener gerieten in Bewegung; mit lautem Geräusch wurden die Stühle gerückt; auf der Galerie setzte die Musik ein, und die Gäste verteilten sich auf ihre Plätze. Die Töne des gräflichen Hausorchesters verstummten dann und wurden abgelöst von dem Klappern der Messer und Gabeln, dem Gespräch der Gäste und den leisen Schritten der Diener. An dem einen Ende des Tisches saß obenan die Gräfin, rechts von ihr Marja Dmitrijewna, links Anna Michailowna; dann schlossen sich daran die andern Damen. Am andern Ende saß der Graf, links von ihm der Husarenoberst, rechts Schinschin; weiterhin die übrigen Herren. An der einen Seite des langen Tisches hatte die schon erwachsene Jugend ihre Plätze erhalten: Wjera neben Berg, Pierre neben Boris; auf der andern Seite saßen die Kinder, der Hauslehrer und die Gouvernante. Der Graf blickte hinter den kristallenen Karaffen und den kristallenen Fruchtschalen hervor hin und wieder hinüber zu seiner Frau und ihrer hohen Haube mit den blauen Bändern; er goß seinen Nachbarn eifrig Wein ein, ohne sich selbst dabei zu vergessen. Die Gräfin warf ebenfalls hinter den prächtigen Ananas hervor, ohne die Pflichten der Wirtin zu vergessen, bedeutsame Blicke zu ihrem Mann hin, dessen Glatze und Gesicht, wie es ihr vorkam, durch ihre Röte immer schärfer von den grauen Haaren abstachen. An demjenigen Ende, wo die Damen saßen, war ein gleichmäßiges Geplauder im Gang; bei den Herren dagegen erschollen die Stimmen immer lauter und lauter, besonders die Stimme des Husarenobersten, welcher, immer röter werdend, so viel aß und trank, daß der Graf ihn schon den andern Gästen als Muster hinstellte. Berg sprach, zärtlich lächelnd, mit Wjera davon, daß die Liebe keine irdische, sondern eine himmlische Empfindung sei. Boris nannte seinem neuen Freund Pierre die am Tisch sitzenden Gäste und wechselte Blicke mit Natascha, die ihm gegenübersaß. Pierre redete nur wenig, betrachtete die neuen Gesichter und aß sehr viel. Von den beiden Suppen (er hatte sich für die Schildkrötensuppe entschieden) und der Fischpastete an bis zu den Haselhühnern ließ er kein einziges Gericht vorübergehen und ebenso keinen der Weine, die der Haushofmeister in sorgsam mit Servietten umwickelten Flaschen geheimnisvoll hinter der Schulter des Tischnachbarn zum Vorschein brachte, indem er dazu »Dry Madeira« oder »Ungarwein« oder »Rheinwein« murmelte. Pierre hielt das erstbeste der vier mit dem Monogramm des Grafen versehenen Kristallgläser hin, die bei jedem Gedeck standen, und trank mit Genuß; und je mehr er trank, mit um so freundlicherer Miene betrachtete er um sich her die andern Gäste. Natascha, die ihm gegenübersaß, blickte Boris so an, wie dreizehnjährige Mädchen eben einen jugendlichen Angehörigen des anderen Geschlechts anblickten, mit dem sie sich kurz vorher zum erstenmal geküßt haben und in den sie verliebt sind. Diesen selben Blick richtete sie mitunter auch auf Pierre, und unter dem Blick dieses lachlustigen, lebhaften jungen Mädchens bekam er selbst Lust zu lachen, ohne zu wissen worüber.

Nikolai saß ziemlich weit von Sonja neben Julja Karagina und unterhielt sich wieder mit ihr über irgend etwas mit demselben unwillkürlichen Lächeln. Sonja lächelte um der Etikette willen, wurde aber offenbar von arger Eifersucht gequält: Sie wurde bald blaß, bald rot und strengte ihr Gehör aufs äußerste an, um etwas von dem aufzufangen, was Nikolai und Julja miteinander sprachen. Die Gouvernante blickte unruhig um sich, als ob sie sich zur Gegenwehr bereitmachte, falls jemand sich beikommen ließe, den Kindern etwas zuleide zu tun. Der deutsche Hauslehrer gab sich Mühe, die Namen der einzelnen Gerichte und Weine sowie der verschiedenen Arten von Dessert seinem Gedächtnis einzuprägen, um seinen Angehörigen in Deutschland brieflich alles recht genau schildern zu können, und fühlte sich sehr beleidigt, daß der Haushofmeister mit einer Flasche in der Serviette an ihm vorbeiging. Der Deutsche zog ein finsteres Gesicht und suchte durch seine Miene anzudeuten, es habe ihm eigentlich gar nichts daran gelegen, von diesem Wein zu bekommen; aber es war ihm ärgerlich, bei niemand ein Verständnis für seine Versicherung zu finden, daß er Wein überhaupt nicht trinke, um den Durst zu stillen, nicht aus Gierigkeit, sondern aus reiner Wißbegierde.

XIX

An demjenigen Ende des Tisches, wo die Herren saßen, wurde das Gespräch immer lebhafter. Der Oberst erzählte, daß das Manifest über die Kriegserklärung in Petersburg bereits erschienen und ein Exemplar, welches er selbst gesehen habe, heute durch einen Kurier dem Oberkommandierenden von Moskau zugestellt worden sei.

»Wozu plagt uns denn der Teufel, mit Bonaparte Krieg zu führen?« sagte Schinschin. »Er hat den Österreichern schon ihren Dünkel benommen, und ich fürchte, jetzt kommen wir an die Reihe.«

Der Oberst war ein großgewachsener, stämmiger, vollblütiger Deutscher, offenbar mit Leib und Seele Soldat und ein guter Patriot. Er fühlte sich durch Schinschins Worte verletzt.

»Warum wir das tun, mein Herr?« sagte er; man hörte seiner Aussprache des Russischen den Deutschen an. »Ganz einfach, weil unser Kaiser es will. Er hat in dem Manifest gesagt, er könne der Gefahr gegenüber, welche Rußland bedrohe, nicht gleichgültig bleiben, und durch die Rücksicht auf die Sicherheit und Würde des Reiches und auf die Heiligkeit der Bündnisse …« (er legte auf das Wort Bündnisse einen ganz besonderen Nachdruck, als ob darin der eigentliche Kern der Sache läge. Und mit seinem unfehlbaren Gedächtnis in Dienstsachen zitierte er den einleitenden Satz des Manifests weiter) »sowie durch den das einzige und unverrückbare Ziel Seiner Majestät des Kaisers bildenden Wunsch, den Frieden Europas auf feste Fundamente zu gründen, sehe er sich heute veranlaßt, einen Teil seiner Kriegsmacht über die Grenze rücken zu lassen und neue Anstrengungen zur Erreichung dieser seiner Absicht zu machen. Sehen Sie: darum, mein Herr!« schloß er, goß zu größerer Bekräftigung ein Glas Wein hinunter und blickte den Grafen an, um diesen zu einer Beifallskundgebung zu veranlassen.

»Kennen Sie das Sprichwort: ›Bleib zu Hause, dann passiert dir nichts‹?« erwiderte Schinschin, indem er die Stirn runzelte und zugleich lächelte. »Das paßt auf uns ganz ausgezeichnet. Ich denke da an Suworow: Auch dem ist es schließlich schlimm genug gegangen, und wo haben wir jetzt Heerführer, wie er einer war, frage ich Sie?« sagte er, indem er unaufhörlich vom Russischen ins Französische und vom Französischen wieder ins Russische übersprang.

»Wir müssen kämpfen bis zum letzten Blutstropfen«, erwiderte der Oberst, kräftig auf den Tisch schlagend, »und ster-r-rben für unsern Kaiser; dann wird alles gut werden. Und mit unserm eigenen Kopf urteilen, sollen wir mö-ö-öglichst wenig«, er zog das Wort möglichst unnatürlich in die Länge und wandte sich beim Ende dieses Satzes wieder zum Grafen hin. »So denken wir alten Husaren, und damit basta! Und wie denken Sie darüber, Sie junger Mann und junger Husar?« fügte er, zu Nikolai gewendet, hinzu, der, sobald er hörte, daß vom Krieg die Rede war, das Gespräch mit seiner Nachbarin abgebrochen hatte und mit leuchtenden Augen den Oberst anschaute und jedes seiner Worte verschlang.

»Ich bin vollständig derselben Ansicht wie Sie«, antwortete Nikolai. Er war blutrot geworden, drehte an seinem Teller und stellte seine vier Gläser mit so grimmiger, entschlossener Miene in andere Ordnung, als ob er schon in diesem Augenblick einer großen Gefahr gegenüberstände. »Nach meiner Anschauung müssen die Russen siegen oder sterben«, sagte er, hatte aber, gleich nachdem er diese Worte gesprochen hatte, ebenso wie die Hörer, die Empfindung, daß dieser Satz unter den vorliegenden Umstanden zu schwärmerisch und zu schwülstig und darum nicht recht angebracht war.

»Ganz vortrefflich! Was Sie soeben gesagt haben, ist ganz vortrefflich!« sagte die neben ihm sitzende Julja mit einem Seufzer der Bewunderung. Sonja hatte, während Nikolai sprach, zu zittern angefangen und war bis an die Ohren, hinter den Ohren und bis zum Hals und den Schultern rot geworden. Pierre hatte die Reden des Obersten aufmerksam mitangehört und beifällig mit dem Kopf genickt.

»Vorzüglich gesprochen«, bemerkte er.

»Nun, Sie sind ein echter Husar, junger Mann!« rief der Oberst und schlug wieder auf den Tisch.

»Worüber redet ihr denn da, daß ihr solchen Lärm macht?« erscholl plötzlich vom andern Ende des Tisches her Marja Dmitrijewnas tiefe Stimme. »Warum haust du so auf den Tisch?« wandte sie sich an den Husaren. »Auf wen bist du denn so grimmig? Du meinst wohl, du hättest hier schon die Franzosen vor dir?«

»Ich rede die Wahrheit«, erwiderte der Husar lächelnd.

»Wir reden hier immer nur vom Krieg!« rief der Graf über die ganze Länge des Tisches hin. »Mein Sohn geht ja auch in den Krieg, Marja Dmitrijewna, mein Sohn geht auch hin.«

»Ich habe vier Söhne bei der Armee; aber aufregen tue ich mich darüber dennoch nicht. Es geschieht alles nach Gottes Willen: Man kann sterben, wenn man auf dem Ofen liegt, und umgekehrt kann Gott in der Schlacht Erbarmen mit einem haben«, so tönte Marja Dmitrijewnas kräftige Stimme ohne jede Anstrengung vom andern Ende des Tisches herüber.

»So ist es!«

Und dann bildeten sich in der Unterhaltung wieder zwei geschlossene Kreise; die Damen redeten unter sich an dem einen Ende des Tisches, die Herren unter sich am andern.

»Du wirst doch nicht fragen«, sagte der kleine Bruder zu Natascha, »du wirst doch nicht fragen.«

»Ich werde doch fragen«, antwortete Natascha.

Ihr Gesicht erglühte plötzlich, und es prägte sich auf ihm eine kühne, heitere Entschlossenheit aus. Sie erhob sich ein wenig, forderte durch einen Blick den ihr gegenübersitzenden Pierre auf, zuzuhören, und wandte sich an ihre Mutter.

»Mama!« tönte ihre kindliche Bruststimme über den ganzen Tisch.

»Was hast du?« fragte die Gräfin erschrocken; aber da sie dann an dem Gesicht der Tochter merkte, daß diese nur einen ausgelassenen Streich vorhatte, so winkte sie ihr streng mit der Hand und machte eine drohende, verbietende Bewegung mit dem Kopf.

Das Gespräch verstummte überall.

»Mama, was gibt es heute als süße Speise?« rief Nataschas helles Stimmchen in noch entschlossenerem, festerem Ton.

Die Gräfin wollte ein finsteres Gesicht machen, aber es gelang ihr nicht. Marja Dmitrijewna drohte der Kleinen mit ihrem dicken Finger.

»Ei, ei, Kosak!« rief sie tadelnd.

Die meisten Gäste wußten nicht recht, wie sie diese Keckheit aufnehmen sollten, und blickten nach den älteren und vornehmeren hin.

»Na, warte du nur!« sagte die Gräfin.

»Mama! Was gibt es als süße Speise?« rief Natascha nun schon ganz kühn und mit lustigem Eigensinn, da sie vorhersah, daß ihre Keckheit gut aufgenommen werden würde.

Sonja und der kleine dicke Peter versteckten ihre Gesichter, weil sie das Lachen nicht unterdrücken konnten.

»Siehst du wohl, ich habe doch gefragt!« flüsterte Natascha ihrem kleinen Bruder und ihrem Gegenüber Pierre zu, auf den sie wieder ihren Blick richtete.

»Es wird wohl Eis geben; aber du wirst nichts davon bekommen«, sagte Marja Dmitrijewna. Natascha sah, daß sie keine Angst zu haben brauchte, und fürchtete sich darum auch vor Marja Dmitrijewna nicht.

»Marja Dmitrijewna! Was für Eis? Sahneeis mag ich nicht!«

»Mohrrübeneis!«

»Nein, was für welches? Marja Dmitrijewna, was für welches?« wiederholte Natascha fast schreiend. »Ich will es wissen!«

Marja Dmitrijewna und die Gräfin fingen an zu lachen, und ihrem Beispiel folgten alle Gäste. Alle lachten nicht über Marja Dmitrijewnas Antwort, sondern über die unbegreifliche Keckheit und Gewandtheit dieses kleinen Mädchens, das so mit Marja Dmitrijewna umzugehen verstand und umzugehen wagte.

Natascha hörte erst dann mit ihren hartnäckigen Fragen auf, als man ihr sagte, es werde Ananaseis geben.

Vor dem Eis wurde Champagner gereicht. Die Musik setzte wieder ein; der Graf und die Gräfin küßten sich, und die Gäste standen auf, gratulierten der Gräfin und stießen über den Tisch weg mit dem Grafen, mit den Kindern und miteinander an. Wieder kamen die Diener herbeigelaufen, die Stühle wurden gerückt, und in derselben Reihenfolge, aber mit röteren Gesichtern, kehrten die Gäste in den Salon und in das Herrenzimmer zurück.

XX

Die Bostontische wurden ausgezogen, die einzelnen Partien fanden sich zusammen, und die Gäste des Grafen verteilten sich in die beiden Salons, das Sofazimmer und die Bibliothek.

Der Graf, dem es recht schwerfiel, sich das gewohnte Schläfchen nach Tisch versagen zu müssen, breitete auf den Spieltischen die Karten fächerartig aus und lachte über alles mögliche. Das junge Volk versammelte sich auf Anregung der Gräfin um das Klavier und die Harfe. Zuerst trug auf allgemeines Bitten Julja auf der Harfe ein Musikstück mit Variationen vor und richtete dann ihrerseits im Verein mit den andern jungen Mädchen an Natascha und Nikolai, die als sehr musikalisch bekannt waren, die Bitte, etwas zu singen. Natascha, an die sie sich mit dieser Aufforderung wie an eine Erwachsene wandten, war offenbar darauf sehr stolz, zugleich aber doch auch ein wenig ängstlich.

»Was wollen wir singen?« fragte sie.

»Den ›Quell‹«, antwortete Nikolai.

»Nun, dann wollen wir gleich anfangen. Boris, kommen Sie hierher, an diesen Platz«, sagte Natascha. »Aber wo ist denn Sonja?« Sie blickte sich nach allen Seiten um, und als sie sah, daß ihre Freundin nicht im Zimmer war, lief sie weg, um sie zu suchen.

Natascha lief zuerst in Sonjas Zimmer und, als sie ihre Freundin dort nicht fand, in das Kinderzimmer; aber auch dort war Sonja nicht. Da sagte sie sich, Sonja würde wohl im Korridor sein, auf dem Schlafkasten. Dieser Schlafkasten auf dem Korridor war der Ort, wo die jüngere weibliche Generation des Rostowschen Hauses immer ihr Leid hintrug. Und wirklich lag Sonja in ihrem leichten rosa Kleid, das dabei arg verdrückt wurde, mit dem Gesicht nach unten auf dem schmutzigen gestreiften Federbett der Kinderfrau auf dem Schlafkasten; die Hände vor das Gesicht haltend, weinte sie unter lautem Schluchzen, und ihre kleinen entblößten Schultern zuckten krampfhaft. Nataschas Gesicht, das heute im ganzen Verlauf ihres Namenstages so lebhaft und heiter gewesen war, veränderte sich plötzlich: Ihre Augen wurden starr; dann ging ein Zucken über ihren breiten Hals, und ihre Mundwinkel zogen sich nach unten.

»Sonja! Was hast du denn …? Was fehlt dir? Hu-hu-hu!« Und Natascha machte ihren großen Mund weit auf, wodurch sie ganz häßlich wurde, und heulte los wie ein kleines Kind, ohne selbst einen Grund dazu zu wissen, lediglich weil Sonja weinte. Sonja wollte den Kopf aufheben und ihr antworten; aber sie war dazu nicht imstande und versteckte ihr Gesicht nur noch mehr. Natascha kauerte sich weinend auf dem blauüberzogenen Bett nieder und umarmte ihre Freundin. Sonja nahm nun alle Kraft zusammen, richtete sich ein wenig auf und begann ihre Tränen abzuwischen und zu erzählen.

»Nikolai reist in acht Tagen ab, seine … Order … ist gekommen … er hat es mir selbst gesagt. Trotzdem würde ich nicht weinen; aber du kannst dir gar nicht vorstellen« (sie zeigte der Freundin ein Blatt Papier, das sie in der Hand hielt: Es waren die Verse, die Nikolai ihr aufgeschrieben hatte) »… und niemand kann sich vorstellen … was er für eine herrliche Seele hat …«

Und nun fing sie von neuem an darüber zu weinen, daß Nikolai eine so herrliche Seele hatte.

»Bei dir ist alles in bester Ordnung … ich bin nicht neidisch … ich liebe dich und deinen Boris auch«, sagte sie, nachdem sie einigermaßen wieder zu Kräften gekommen war, »er ist ein sehr liebenswürdiger Mensch … für euch gibt es keine Hindernisse. Aber Nikolai ist mein Vetter … da würde es nötig sein … daß der Metropolit selbst … und auch dann geht es nicht. Und dann, wenn es unserer lieben Mama« (Sonja betrachtete die Gräfin als ihre Mutter und nannte sie auch so) »… sie wird sagen, daß ich Nikolais Karriere verderbe, und daß ich kein Herz habe, und daß ich undankbar bin; aber wahrhaftig … bei Gott …« (sie bekreuzte sich), »ich habe Mama so lieb, und euch alle; bloß Wjera ist immer so zu mir … Warum eigentlich? Was habe ich ihr getan? Ich bin euch so dankbar, daß ich mit Freuden alles für euch hingeben möchte; aber ich habe ja nichts …«

Sonja war nicht mehr imstande weiterzusprechen und verbarg wieder ihren Kopf in den Händen und in dem Bett. Natascha begann zwar schon etwas ruhiger zu werden; aber an ihrem Gesicht war deutlich zu sehen, daß sie den Kummer ihrer Freundin in seiner ganzen Größe zu würdigen wußte.

»Sonja«, sagte sie auf einmal, wie wenn sie nun die wahre Ursache der Traurigkeit ihrer Kusine erraten hätte, »gewiß hat Wjera nach dem Diner mit dir gesprochen, ja?«

»Ja, diese Verse hat mir Nikolai selbst aufgeschrieben, und ich hatte mir noch andere abgeschrieben; und Wjera hat sie in meiner Stube auf dem Tisch gefunden und hat gesagt, sie würde es Mama sagen; und dann hat sie noch gesagt, ich wäre undankbar, und Mama würde ihm niemals erlauben, mich zu heiraten, sondern er werde Julja heiraten. Du siehst ja auch, daß er den ganzen Tag über mit ihr zusammen ist … Natascha! Womit habe ich das verdient …?«

Sie begann wieder zu weinen, noch bitterlicher als vorher. Natascha richtete sie in die Höhe, umarmte sie und suchte, unter Tränen lächelnd, sie zu beruhigen.

»Sonja, glaube ihr kein Wort, mein Herzchen, glaube ihr kein Wort. Erinnerst du dich noch, wie wir beide und Nikolai im Sofazimmer über die Sache gesprochen haben? Erinnerst du dich wohl? Es war einmal nach dem Abendessen. Da haben wir ja doch alle drei festgesetzt, wie es werden soll. Wie es im einzelnen war, das weiß ich nicht mehr recht; aber du besinnst dich wohl noch, daß alles wunderschön war und alles ganz leicht ging. Sieh mal, ein Bruder von Onkel Schinschin ist ja doch auch mit seiner Kusine verheiratet, und Nikolai ist ja gar nicht einmal dein richtiger Vetter. Boris sagt auch, es würde gewiß gehen. Weißt du nämlich, ich habe ihm alles gesagt. Und der ist ein so kluger Mensch und ein so guter Mensch«, sagte Natascha. »Und nun weine nur nicht mehr, Sonja, du meine liebe, süße Sonja!« (Sie küßte sie lachend.) »Wjera ist ein Ekel; Gott verzeihe es ihr! Und es wird schon alles gut werden, und sie wird nichts zu Mama sagen. Nikolai wird es ihr selbst sagen, und an Julja hat er überhaupt nie gedacht.«

Sie küßte Sonja auf den Kopf. Sonja richtete sich in die Höhe, und das Kätzchen wurde wieder ganz lebendig, seine Äuglein glänzten, und es war, wie es schien, jeden Augenblick wieder bereit, mit dem Schwänzchen hin und her zu schlagen, auf die weichen Pfötchen zu springen und das Spiel mit dem Wollknäuel von neuem zu beginnen, wie das so in seiner Art lag.

»Meinst du? Wirklich? Glaubst du das wahrhaftig?« sagte sie und brachte schnell ihr Kleid und ihr Haar in Ordnung.

»Wirklich und wahrhaftig!« antwortete Natascha und schob ihrer Freundin eine kleine widerspenstige Haarsträhne unter den Zopf. Und beide brachen in ein helles Gelächter aus.

»Nun komm, wir wollen den ›Quell‹ singen.«

»Ja, komm.«

»Weißt du, dieser dicke Pierre, der mir gegenübersaß, ist so furchtbar komisch«, sagte Natascha auf einmal und blieb stehen. »Ach, ich bin so vergnügt!« Und sie rannte den Korridor entlang.

Sonja schüttelte sich die Federchen vom Kleid, schob sich das Blatt mit den Versen oben beim Hals mit den hervorstehenden Schlüsselbeinen in den Kleiderausschnitt und lief mit leichten, munteren Schritten, das Gesicht freudig gerötet, hinter Natascha her den Korridor entlang nach dem Sofazimmer. Auf die Bitte der Gäste sangen die jungen Leute ein Quartett »Der Quell«, welches allgemeinen Beifall fand; darauf sang Nikolai noch ein anderes Lied, das er neu eingeübt hatte:

»In tiefer Nacht, beim Schein der Sterne,
Bin ich mit Wonne mir bewußt:
Jetzt denket mein in weiter Ferne

Ein edles Herz in treuer Brust;
Jetzt stimmen holde Lippen leise
Ein Lied wohl an zum Harfenklang:
›Komm heim!‹ so tönt die süße Weise,
Mich rufend, ach, so sehnsuchtsbang.
Doch eh' des Glückes Stunde schlägt,
Hat mich der Tod ins Grab gelegt.«

Er hatte noch nicht die letzten Worte gesungen, als im Saal die Jugend sich schon zum Tanzen anschickte und die Musikanten mit Gepolter auf die Galerie gingen und sich räusperten.

*

Pierre saß im Salon, wo Schinschin, veranlaßt dadurch, daß Pierre erst vor kurzem aus dem Ausland zurückgekommen war, mit ihm ein für Pierre recht langweiliges Gespräch über Politik führte, an dem sich auch andere beteiligten. Sowie jedoch die Musik zu spielen begann, trat Natascha in den Salon, ging geradewegs auf Pierre zu und sagte lachend und errötend: »Mama hat mir befohlen, Sie zum Tanz zu bitten.«

»Ich fürchte nur, daß ich Unordnung in die Figuren bringen werde«, erwiderte Pierre. »Aber wenn Sie meine Lehrerin sein wollen …« Damit reichte er dem kleinen, zierlich gebauten Mädchen seinen dicken Arm, den er tief herunterhalten mußte.

Während sich die Paare aufstellten und die Musikanten ihre Instrumente stimmten, setzte sich Pierre mit seiner kleinen Dame hin. Natascha war selig: Sie tanzte mit einem Erwachsenen, und noch dazu mit einem, der eben aus dem Ausland zurückgekommen war. Sie saß vor aller Augen da und unterhielt sich mit ihm wie eine erwachsene Dame. In der Hand hatte sie einen Fächer, den ihr eine der tanzenden jungen Damen zum Halten gegeben hatte. Sie nahm eine elegante Pose an, die durchaus den Regeln der feinsten Etikette entsprach (Gott mochte wissen, wo und wann sie das gelernt hatte), gestikulierte mit dem Fächer, lächelte über ihn hinweg und machte mit ihrem Kavalier Konversation.

»Was sagen Sie nur zu der hier? Sehen Sie nur, sehen Sie nur!« sagte die alte Gräfin, die mit ein paar andern Damen durch den Saal ging, und zeigte dabei auf Natascha. Natascha wurde rot und lachte.

»Nun, aber was denn, Mama? Was meinen Sie denn eigentlich? Was ist denn hier so Wunderbares?«

*

Während die dritte Ecossaise getanzt wurde, wurden in dem Salon, wo Marja Dmitrijewna und der Graf Karten spielten, die Stühle gerückt, und die meisten der vornehmen und älteren Gäste erhoben sich, reckten nach dem langen Sitzen die Glieder, steckten die Brieftaschen und Geldbörsen in die Tasche und begaben sich nach dem Saal, in dem getanzt wurde. Voran gingen Marja Dmitrijewna und der Graf, beide mit vergnügten Gesichtern. Der Graf bot mit scherzhafter Höflichkeit, etwa wie beim Ballett, Marja Dmitrijewna seinen rundgebogenen Arm. Er richtete sich ganz gerade auf; sein Gesicht leuchtete ordentlich von einem eigenartig schlauen, unternehmenden Lächeln, und sowie die letzte Figur der Ecossaise zu Ende getanzt war, klatschte er in die Hände, um sich den Musikanten bemerkbar zu machen, und rief, sich an die erste Violine wendend, zur Galerie hinauf: »Semjon, den Danilo Kupor! Weißt du wohl?«

Dies war des Grafen Lieblingstanz; er hatte ihn getanzt, als er noch ein junger Mann gewesen war. Der Danilo Kupor war eigentlich nur eine einzelne Figur der Anglaise.

»Nein, sehen Sie nur unsern Papa!« rief Natascha durch den ganzen Saal hin; sie hatte ganz vergessen, daß sie mit einem Erwachsenen tanzte, bog ihr Lockenköpfchen bis zu den Knien herunter und brach in ein helles weitschallendes Lachen aus. Und wirklich, alle, die im Saal anwesend waren, blickten mit fröhlichem Lächeln nach dem vergnügten alten Herrn, der da neben seiner Dame, der stattlichen Marja Dmitrijewna, die ihn an Größe überragte, sich gar wunderlich gebärdete. Er krümmte die Arme bogenförmig, schüttelte sie nach dem Takt, reckte die Schultern, stellte die Füße auswärts, stampfte ein wenig mit ihnen und bereitete durch ein Lächeln, das immer glänzender sein rundliches Gesicht überzog, die Zuschauer auf das, was nun kommen sollte, vor. Sowie die heiteren auffordernden Klänge des Danilo Kupor ertönten, die eine große Ähnlichkeit mit der Melodie des lustigen Bauerntanzes Trepak hatten, erschienen auf einmal in allen Saaltüren die lächelnden Gesichter auf der einen Seite des männlichen, auf der andern des weiblichen Hausgesindes, welches herbeigelaufen war, um zu sehen, wie fidel der Herr des Hauses tanzte.

»Nein, unser Väterchen! Wie ein Hirsch!« sagte laut von der einen Tür her die Kinderfrau.

Der Graf tanzte gut und war sich dessen bewußt; seine Dame hingegen konnte nicht gut tanzen und strebte auch gar nicht danach, etwas Besonderes zu leisten. Ihr kolossaler Körper stand gerade, während die mächtigen Arme schlaff herabhingen (ihren Ridikül hatte sie der Gräfin übergeben); es tanzte eigentlich nur ihr ernstes, aber hübsches Gesicht. Was bei dem Grafen in seiner ganzen rundlichen Figur zum Ausdruck kam, sprach sich bei Marja Dmitrijewna nur in dem allmählich immer deutlicher lächelnden Gesicht und in der sich immer mehr in die Höhe hebenden Nase aus. Aber wenn der Graf, der immer mehr in Zug kam, die Zuschauer durch die überraschende Gewandtheit seiner Fußstellungen und die behenden Sprünge seiner geschmeidigen Beine entzückte, so brachte demgegenüber Marja Dmitrijewna trotz des nur sehr geringen Eifers, den sie in den Bewegungen der Schultern oder in der runden Haltung der Arme bei Umdrehungen und beim Aufstampfen bewies, doch einen nicht minderen Eindruck hervor, indem ein jeder bei der Würdigung ihrer Leistungen verdientermaßen ihre Beleibtheit und ihr sonst so ernstes Wesen berücksichtigte. Der Tanz wurde immer lebhafter. Ein den beiden vis-à-vis tanzendes Paar konnte auch nicht für einen Augenblick die Aufmerksamkeit auf sich ziehen und versuchte es nicht einmal. Das allgemeine Interesse konzentrierte sich auf den Grafen und Marja Dmitrijewna. Natascha zupfte alle in der Nähe Stehenden an den Ärmeln und Kleidern, obgleich diese auch so schon kein Auge von den Tanzenden wandten, und verlangte, sie sollten doch ihr Papachen ansehen. In den kurzen Pausen des Tanzes schöpfte der Graf mit Anstrengung wieder Luft, aber er winkte den Musikanten und rief ihnen zu, sie sollten schneller spielen. Immer schneller und schneller, immer kunstvoller und kunstvoller drehte und schwenkte sich der Graf; bald tanzte er auf den Fußspitzen, bald auf den Hacken um Marja Dmitrijewna herum. Endlich drehte er seine Dame so um, daß sie wieder auf ihren ursprünglichen Platz zu stehen kam, und führte den letzten Pas aus, indem er sein geschmeidiges Bein nach hinten in die Höhe hob, den von Schweiß bedeckten Kopf mit dem lächelnden Gesicht tief hinabbeugte und mit dem rechten Arm eine große runde Bewegung machte – unter lautschallendem Händeklatschen und Lachen der Zuschauer, wobei sich Natascha besonders hervortat. Die beiden Tanzenden standen still, rangen mühsam nach Atem und trockneten sich mit ihren Batisttüchern das Gesicht.

»Ja, ja, so tanzte man zu unserer Zeit, meine Teuerste!« sagte der Graf.

»Ein famoser Tanz, dieser Danilo Kupor!« erwiderte Marja Dmitrijewna, indem sie schwer und langsam aus- und einatmete, und streifte sich die Ärmel in die Höhe.

XXI

Während im Saal bei Rostows nach den Klängen der vor Ermattung falsch spielenden Musikanten die sechste Anglaise getanzt wurde und die müden Diener und Köche das Abendessen herrichteten, erlitt Graf Besuchow einen sechsten Schlaganfall. Die Ärzte erklärten, es bestände keine Hoffnung auf Genesung mehr. Dem Kranken wurde die Beichte in der Weise abgenommen, daß er dem Geistlichen nur durch Zeichen antwortete, und darauf das Abendmahl gereicht; dann traf man die nötigen Vorbereitungen zur Letzten Ölung, und es herrschte im Haus ein geschäftiges Treiben und eine erwartungsvolle Unruhe, wie sie eben in solchen Augenblicken das Gewöhnliche sind. Außerhalb des Hauses, vor dem Torweg, drängten sich, vor den heranrollenden Equipagen sich verbergend, die Sargmacher, welche eine gewinnbringende Bestellung für das Begräbnis des reichen Grafen erwarteten. Der Oberkommandierende von Moskau, der sonst immer seine Adjutanten geschickt hatte, um sich nach dem Befinden des Kranken erkundigen zu lassen, kam an diesem Abend persönlich, um von dem berühmten Würdenträger aus der Zeit der Kaiserin Katharina, dem Grafen Besuchow, Abschied zu nehmen.

Das prächtige Wartezimmer war voller Menschen. Alle standen respektvoll auf, als der Oberkommandierende, nachdem er ungefähr eine halbe Stunde allein bei dem Kranken gewesen war, von dort wieder herauskam; er erwiderte die Verbeugungen nur durch ein leises Neigen des Kopfes und bemühte sich, möglichst schnell an den auf ihn gerichteten Blicken der Ärzte, Geistlichen und Verwandten vorbeizukommen. Fürst Wasili, der in diesen Tagen recht blaß und mager geworden war, gab dem Oberkommandierenden das Geleit und sagte einige Male leise etwas zu ihm.

Nachdem er den Oberkommandierenden hinausbegleitet hatte, setzte Fürst Wasili sich im Saal ganz allein auf einen Stuhl, legte das eine Bein hoch über das andere, stützte den Ellbogen auf das Knie und bedeckte die Augen mit der Hand. Nachdem er so eine Zeitlang gesessen hatte, stand er auf und ging mit ungewöhnlich raschen Schritten, sich mit ängstlichen Augen nach allen Seiten umsehend, den langen Korridor hinunter nach den hinteren Zimmern des Hauses, zu der ältesten Prinzessin.

Die Personen, die in dem schwach beleuchteten Wartezimmer anwesend waren, sprachen in ungleichem Flüsterton miteinander, verstummten aber jedesmal und blickten mit fragenden, erwartungsvollen Augen nach der Tür, die in das Zimmer des Sterbenden führte und einen schwachen Ton vernehmen ließ, sooft jemand durch sie herauskam oder hineinging.

»Jedem Menschenleben«, sagte ein bejahrter Geistlicher zu einer Dame, die sich neben ihn gesetzt hatte und ihm kindlichgläubig zuhörte, »jedem Menschenleben ist seine Grenze gesetzt, die man nicht überschreiten kann.«

»Hoffentlich ist es noch nicht zu spät, um ihm die Letzte Ölung zu geben?« fragte die Dame mit Hinzufügung des geistlichen Titels des Angeredeten, als ob sie darüber keine eigene Meinung hätte.

»Das Sakrament, meine Liebe, ist etwas Hohes und Großes«, erwiderte der Geistliche und strich sich mit der Hand über die Glatze, auf der einige zurückgekämmte, halbergraute Haarsträhnen lagen.

»Wer war denn das? War das nicht der Oberkommandierende selbst?« wurde am andern Ende des Zimmers gefragt. »Was er für ein jugendliches Aussehen hat!«

»Und dabei ist er doch schon in den Sechzigern. Ob das wahr ist: Es heißt, daß der Graf niemand mehr erkennt? Man wollte ihm schon die Letzte Ölung geben.«

»Ich habe einen gekannt, der siebenmal die Letzte Ölung erhalten hat.«

Die zweite Prinzessin kam mit verweinten Augen aus dem Zimmer des Kranken und setzte sich neben den Doktor Lorrain, der in einer graziösen Pose, mit dem Ellbogen auf den Tisch gestützt, unter dem Porträt der Kaiserin Katharina saß.

»Sehr gut«, antwortete der Arzt auf die Frage, wie ihm das Moskauer Wetter gefalle. »Es ist ein vorzügliches Wetter, ein ganz vorzügliches Wetter, Prinzessin, und dazu kommt noch, daß man hier in Moskau die Empfindung hat, man wäre auf dem Land.«

»Nicht wahr?« sagte die Prinzessin mit einem Seufzer. »Darf er jetzt trinken?«

Doktor Lorrain überlegte.

»Hat er die Medizin eingenommen?«

»Ja.«

Der Arzt sah nach seiner Breguetschen Uhr.

»Nehmen Sie ein Glas abgekochtes Wasser, und tun Sie eine Prise« (er zeigte mit seinen schlanken Fingern, was das Wort Prise bedeutete) »Cremor tartari hinein.«

»Es ist mir noch nie ein Fall vorgekommen«, sagte der deutsche Arzt in sehr mangelhaftem Russisch zu einem Adjutanten, »daß jemand nach dem dritten Schlaganfall am Leben geblieben wäre.«

»Er ist aber auch ein außerordentlich lebenskräftiger Mann gewesen«, erwiderte der Adjutant. »Wem wird nun dieser Reichtum zufallen?« fügte er flüsternd hinzu.

»Dazu wird sich schon ein Liebhaber finden«, antwortete der Deutsche lächelnd.

Alle blickten wieder nach der Tür, die ihren knarrenden Ton hören ließ: Die zweite Prinzessin, welche das von Doktor Lorrain verordnete Getränk bereitet hatte, trug es dem Kranken hin. Der deutsche Arzt trat zu Doktor Lorrain.

»Vielleicht zieht es sich doch noch bis morgen vormittag hin?« fragte der Deutsche auf französisch, aber mit schlechter Aussprache.

Doktor Lorrain zog die Lippen in den Mund und bewegte mit strenger Miene den Zeigefinger vor seiner Nase hin und her.

»Heute nacht, nicht später!« sagte er leise mit einem wohlanständigen Lächeln der Selbstzufriedenheit darüber, daß er den Zustand des Kranken so klar erkenne und sich mit solcher Bestimmtheit darüber äußern könne. Darauf verließ er das Zimmer.

Inzwischen öffnete Fürst Wasili die Tür, welche in das Zimmer der ältesten Prinzessin führte.

In dem Zimmer war es halbdunkel; es brannten nur zwei Lämpchen vor den Heiligenbildern, und es roch schön nach Räucherpapier und Blumen. Das ganze Zimmer war mit kleinen Möbelstücken vollgestellt: Chiffonnieren, Schränkchen und Tischchen. Hinter einem Bettschirm waren die weißen Decken eines hohen Federbettes sichtbar. Ein Hündchen fing an zu bellen.

»Ah, Sie sind es, Kusin!«

Sie stand auf und strich sich über das Haar, das bei ihr immer, auch jetzt, so außerordentlich glatt anlag, als wäre es mit dem Kopf aus einem Stück gemacht und dann überlackiert.

»Nun, ist etwas vorgefallen?« fragte sie. »Ich habe einen solchen Schreck bekommen.«

»Nein, es ist nichts geschehen; der Zustand bleibt unverändert. Ich bin nur hergekommen, Catiche*, um mit dir über die vorliegende wichtige Angelegenheit zu sprechen«, sagte der Fürst und ließ sich müde auf den Lehnstuhl nieder, von dem sie aufgestanden war. »Wie warm du ihn gesessen hast«, fuhr er fort. »Nun, setze dich hin und laß uns miteinander reden.«

»Ich glaubte schon, es wäre etwas vorgefallen«, sagte die Prinzessin, setzte sich mit ihrer unveränderlichen Miene steinernen Ernstes dem Fürsten gegenüber und schickte sich an zu hören. »Ich hatte schlafen wollen, Kusin, aber ich bin nicht dazu imstande.«

»Nun, wie steht's, meine Liebe?« sagte Fürst Wasili, ergriff die Hand der Prinzessin und zog sie, wie er sich das nun einmal angewöhnt hatte, nach unten.

Es war klar, daß sich dieses »Wie steht es?« auf mancherlei Dinge bezog, von denen sie beide auch ohne nähere Bezeichnung wußten, daß sie gemeint waren.

Die Prinzessin mit ihrer im Verhältnis zu den Beinen unförmlich langen, hageren, geraden Taille blickte mit ihren vorstehenden grauen Augen den Fürsten offen und ohne Aufregung an. Sie wiegte den Kopf hin und her und schaute mit einem Seufzer nach den Heiligenbildern hin. Man konnte ihre Gebärde sowohl als Ausdruck des Leidens und der Er-

* = Katerina. Anmerkung des Übersetzers.

gebung als auch als Ausdruck der Müdigkeit und der Sehnsucht nach baldiger Erholung auffassen. Fürst Wasili nahm diese Gebärde nur als Ausdruck der Müdigkeit.

»Meinst du etwa, daß ich es leichter habe?« sagte er. »Ich bin abgehetzt wie ein Postpferd; aber ich muß doch mit dir sprechen, Catiche, und zwar sehr ernsthaft.«

Fürst Wasili schwieg; seine Wangen fingen nervös zu zucken an, bald auf der einen, bald auf der andern Seite, und verliehen seinem Gesicht einen unangenehmen Ausdruck, den es sonst niemals trug, wenn er in einem Salon war. Auch seine Augen sahen anders aus als gewöhnlich: Bald blickten sie dreist und spöttisch, bald scheu und ängstlich umher.

Die Prinzessin, die mit ihren dürren, mageren Händen das Hündchen auf dem Schoß festhielt, blickte dem Fürsten Wasili aufmerksam in die Augen; aber es war klar, daß sie das Schweigen nicht durch eine Frage unterbrechen würde, und wenn sie bis zum Morgen schweigen müßte.

»Also siehst du, meine liebe Prinzessin und Kusine Katerina Semjonowna«, fuhr Fürst Wasili fort, der sich offenbar nicht ohne einen inneren Kampf dazu entschloß, seine angefangene Rede wiederaufzunehmen, »in solchen Momenten, wie die jetzigen, muß man alles erwägen. Wir müssen an die Zukunft denken, an euch denken. Ich liebe euch alle wie meine eigenen Kinder, das weißt du.«

Die Prinzessin blickte ihn ebenso trübe und starr an wie vorher.

»Schließlich muß ich doch auch an meine Familie denken«, redete Fürst Wasili, ohne die Prinzessin anzusehen, weiter und stieß ingrimmig ein neben ihm stehendes Tischchen von sich weg. »Du weißt, Catiche, daß ihr drei Schwestern Mamontow und dazu noch meine Frau, daß ihr vier die einzigen rechtmäßigen Erben des Grafen seid. Ich weiß, ich weiß, wie schwer es dir wird, von derartigen Dingen zu reden oder auch nur daran zu denken. Und mir wird das wahrlich nicht leichter. Aber, meine Beste, ich bin ein hoher Fünfziger; da muß man auf alles gefaßt sein. Weißt du wohl, daß ich Pierre habe rufen lassen müssen, weil der Graf geradezu auf sein Bild gezeigt und verlangt hat, er solle zu ihm kommen?«

Fürst Wasili blickte die Prinzessin fragend an, konnte aber nicht ins klare darüber kommen, ob sie über das, was er ihr gesagt hatte, nachdachte oder ihn, ohne etwas zu denken, ansah.

»Ich bitte Gott unablässig nur um das eine, Kusin«, antwortete sie, »daß er sich seiner erbarmen und seine herrliche Seele ruhig aus dieser Zeitlichkeit hinscheiden lassen wolle ...«

»Jawohl, ganz gewiß«, fuhr Fürst Wasili ungeduldig fort, indem er sich die Glatze rieb und ärgerlich das vorhin weggestoßene Tischchen wieder zu sich heranzog. »Aber schließlich ... es handelt sich schließlich darum … du weißt ja selbst, daß der Graf im vorigen Winter ein Testament abgefaßt hat, in dem er mit Übergehung der rechtmäßigen Erben, die wir doch sind, sein ganzes Vermögen diesem Pierre vermacht.«

»Er hat ja eine ganze Menge Testamente gemacht!« antwortete die Prinzessin mit aller Seelenruhe. »Aber Pierre konnte er nichts vermachen; Pierre stammt nicht aus einer richtigen Ehe.«

»Meine Liebe«, sagte Fürst Wasili und drückte das Tischchen fest an sich; er wurde lebhafter und begann schneller zu sprechen, »wie aber, wenn der Graf eine Eingabe an den Kaiser abgefaßt hat und ihn bittet, Pierre zu legitimieren? Du kannst dir wohl denken, daß mit Rücksicht auf die Verdienste des Grafen diese Bitte Beachtung finden würde …«

Die Prinzessin lächelte wie jemand, der überzeugt ist, eine Sache besser zu verstehen als der, mit dem er redet.

»Ich will dir noch mehr sagen«, fuhr Fürst Wasili fort und ergriff sie bei der Hand. »Geschrieben ist die Eingabe, aber nicht abgeschickt, und der Kaiser hat von ihr erfahren. Die Frage ist nur, ob diese Eingabe wieder vernichtet worden ist oder nicht. Wenn nicht, so wird, sobald alles zu Ende ist« (hier seufzte Fürst Wasili und gab dadurch zu verstehen, was er mit den Worten »sobald alles zu Ende ist« meinte) »und die Papiere des Grafen untersucht worden sind, das Testament mit der Eingabe dem Kaiser zugestellt werden, und das Gesuch des Grafen wird dann unfehlbar erfüllt. Dann erhält Pierre als legitimer Sohn das ganze Vermögen.«

»Aber kann ihm denn unser Anteil zufallen?« fragte die Prinzessin ironisch lächelnd, als ob alles andere passieren könne, nur das nicht.

»Aber, liebe Catiche, das ist doch alles sonnenklar. Er allein ist dann der legitime Erbe der ganzen Hinterlassenschaft, und ihr bekommt auch nicht so viel! Du wirst ja wissen, meine Liebe, ob das Testament und die Eingabe nach ihrer Abfassung wieder vernichtet sind. Und wenn sie aus irgendeinem Grund in Vergessenheit geraten sein sollten, so wirst du ja wissen, wo sie sich befinden, und mußt sie heraussuchen, da …«

»Das sollte mir fehlen!« unterbrach ihn die Prinzessin spöttisch lächelnd, ohne daß sich der Ausdruck ihrer Augen geändert hätte. »Ich bin eine Frau, und ihr Männer glaubt ja, daß wir Frauen alle dumm sind; aber so viel weiß ich denn doch, daß ein unnatürlicher Sohn nicht erben kann … Un bâtard!« fügte sie hinzu, in dem Glauben, durch diese Übersetzung dem Fürsten die Unrichtigkeit seiner Anschauung zwingend zu beweisen.

»Aber wie ist es nur möglich, Catiche, daß du das nicht verstehst! Du bist doch so klug; du mußt das doch begreifen: Wenn der Graf eine Eingabe an den Kaiser geschrieben hat, in der er ihn bittet, seinen Sohn als legitim anzuerkennen, dann wird infolgedessen Pierre nicht mehr Pierre, sondern Graf Besuchow sein und erbt dann aufgrund des Testaments das ganze Vermögen. Wenn nun das Testament und die Eingabe nicht vernichtet sind, so bleibt dir außer dem tröstlichen Bewußtsein, an dem Grafen ein gutes Werk getan zu haben, und andern schönen Dingen von gleichem Wert nichts, aber auch rein gar nichts. Das ist völlig sicher.«

»Ich weiß, daß das Testament abgefaßt ist; aber ich weiß auch, daß es ungültig ist; Sie scheinen mich ja für eine vollständige Idiotin zu halten, Kusin«, sagte die Prinzessin mit der Miene, mit welcher Frauen zu sprechen pflegen, wenn sie etwas recht Scharfsinniges und Kränkendes zu sagen glauben.

»Meine liebe Prinzessin Katerina Semjonowna!« begann Fürst Wasili ungeduldig von neuem. »Ich bin nicht zu dir gekommen, um mich mit dir herumzustreiten, sondern um mit dir als meiner Verwandten, einer guten, trefflichen, echten Verwandten, über deine eigenen Interessen zu sprechen. Ich sage dir zum zehntenmal: Wenn die Eingabe an den Kaiser und das zu Pierres Gunsten abgefaßte Testament in den Papieren des Grafen vorhanden sind, so erbst du, meine Beste, mit deinen Schwestern gar nichts. Wenn du mir nicht glaubst, so glaube sachverständigen Männern: Ich habe soeben mit Dmitri Onufriitsch« (dies war der Advokat des Hauses) »gesprochen; er hat genau dasselbe gesagt.«

Offenbar ging jetzt plötzlich irgendeine Veränderung in dem Denkapparat der Prinzessin vor. Ihre schmalen Lippen wurden blaß (die Augen dagegen blieben, wie sie gewesen waren), und als sie zum Sprechen ansetzte, klang ihre Stimme so rauh und zornig, wie sie es anscheinend selbst nicht erwartet hatte.

»Das wäre ja noch schöner!« rief sie. »Ich habe nichts für mich gewollt und will nichts für mich.« Sie warf das Hündchen vom Schoß herunter und strich sich den Rock ihres Kleides glatt. »Das ist also sein Dank und seine Erkenntlichkeit Leuten gegenüber, die für ihn alles geopfert haben! Vortrefflich! Sehr schön! Ich verlange für mich nichts, Fürst!«

»Gewiß, aber du bist nicht allein, du hast Schwestern«, antwortete Fürst Wasili. Aber die Prinzessin hörte nicht auf ihn.

»Ich habe es schon längst gewußt, aber ich hatte es wieder vergessen, daß ich in diesem Haus nichts anderes als Gemeinheit, Betrug, Neid, Intrigen und Undank, schwärzesten Undank zu erwarten hatte ...«

»Weißt du oder weißt du nicht, wo sich dieses Testament befindet?« fragte Fürst Wasili mit noch stärkerem Zucken der Wangen als vorher.

»Ja, ich bin dumm gewesen; ich glaubte noch an Menschen und liebte sie und opferte mich für sie auf. Aber Erfolg haben in der Welt nur diejenigen, die schändlich und nichtswürdig sind. Ich weiß, wessen Intrigen dahinterstecken.«

Die Prinzessin wollte aufstehen, aber der Fürst hielt sie an der Hand zurück. Die Prinzessin hatte das Aussehen eines Menschen, der sieht, daß er sich im ganzen Menschengeschlecht getäuscht hat; voll Ingrimm blickte sie den Fürsten an.

»Es ist noch nichts verloren, meine Beste. Bedenke doch, Catiche, daß er dies alles in der Übereilung getan hat, in einem Augenblick des Zornes, in einem Augenblick körperlicher Zerrüttung; und nachher hat er es vergessen. Unsere Pflicht ist es, meine Liebe, den von ihm begangenen Fehler wiedergutzumachen und ihm seine letzten Augenblicke dadurch zu erleichtern, daß wir ihn nicht bei dieser Ungerechtigkeit verbleiben lassen, daß wir ihn nicht sterben lassen mit dem schrecklichen Bewußtsein, diejenigen unglücklich gemacht zu haben, die …«

»Die alles für ihn zum Opfer gebracht haben«, fiel die Prinzessin ein und wollte wieder aufspringen; jedoch der Fürst hinderte sie daran. »Aber er hat dieses Opfer nie zu schätzen gewußt. Nein, Kusin«, fügte sie mit einem Seufzer hinzu, »nun weiß ich, daß man auf dieser Welt keinen Lohn für gute Taten zu erwarten hat, und daß es auf dieser Welt keine Ehrenhaftigkeit und keine Gerechtigkeit gibt. Auf dieser Welt muß man listig und schlecht sein.«

»Nun, nun, so beruhige dich doch nur; ich weiß ja, was du für ein gutes, edles Herz hast.«

»Nein, ich habe ein böses Herz.«

»Ich kenne dein Herz«, widersprach der Fürst, »und lege hohen Wert auf deine Freundschaft und wünsche lebhaft, daß du gegen mich die gleiche Gesinnung hegen mögest. Beruhige dich und laß uns vernünftig miteinander reden, solange es noch Zeit ist – vielleicht haben wir noch einen Tag lang Zeit, vielleicht auch nur eine Stunde. Teile mir alles mit, was du von dem Testament weißt, und namentlich, wo es sich befindet; du mußt das doch wissen. Wir wollen es dann nehmen und dem Grafen zeigen. Er hat es sicher schon ganz vergessen und wird den Wunsch haben, es zu vernichten. Du wirst mich ja verstehen: Mein einziger Wunsch ist, seinen Willen gewissenhaft zu erfüllen; nur deshalb bin ich ja auch hergekommen. Der einzige Zweck meines Hierseins ist ihm und euch zu helfen.«

»Jetzt habe ich alles durchschaut. Ich weiß, wessen Intrigen dahinterstecken; jetzt weiß ich es«, sagte die Prinzessin.

»Darum handelt es sich doch aber nicht, meine Teure!«

»Es ist Ihr Protegé, Ihre liebe Fürstin Anna Michailowna Drubezkaja, ein Frauenzimmer, das ich nicht als Stubenmädchen haben möchte, diese garstige, widerwärtige Person!«

»Wir wollen doch keine Zeit verlieren.«

»Ach, es ist gar nicht zu sagen! Im vorigen Winter hat sie sich hier eingedrängt und dem Grafen so schändliche, abscheuliche Dinge über uns alle gesagt, besonders über Sofja – wiederholen kann ich es gar nicht –, daß der Graf ganz krank wurde und uns zwei Wochen lang nicht sehen wollte. Ich weiß, daß er in dieser Zeit jenes schändliche, unwürdige Schriftstück abgefaßt hat; aber ich habe gedacht, dieses Schriftstück hätte weiter keine Bedeutung.«

»Das ist gerade der Kernpunkt; warum hast du mir denn nicht schon früher davon gesagt?«

»In dem Mosaikportefeuille ist es, das er unter seinem Kopfkissen liegen hat; jetzt weiß ich es«, sagte die Prinzessin, ohne auf die Frage zu antworten. Dann fuhr sie mit ganz verändertem Wesen beinahe schreiend fort: »Ja, wenn eine Sünde, eine große Sünde an mir ist, so ist es der Haß gegen dieses abscheuliche Weib! Warum drängt sie sich hier ein? Aber ich werde ihr schon noch einmal die Wahrheit sagen; das werde ich tun. Es wird schon der richtige Zeitpunkt dafür kommen!«

XXII

Während solche Gespräche im Wartezimmer und in dem Zimmer der Prinzessin geführt wurden, fuhr der Wagen mit Pierre, nach welchem geschickt worden war, und mit Anna Michailowna, die für nötig erachtete, mit ihm zu fahren, in den Hof des Besuchowschen Hauses ein. Als die Räder der Equipage weich in dem Stroh raschelten, das unter den Fenstern ausgebreitet war, wandte sich Anna Michailowna mit tröstenden Worten an ihren Begleiter, mußte sich aber überzeugen, daß er in seiner Wagenecke eingeschlafen war, und weckte ihn auf. Wieder zu sich gekommen, stieg Pierre hinter Anna Michailowna aus dem Wagen, und jetzt erst fiel ihm das Wiedersehen mit dem sterbenden Vater wieder ein, das ihn erwartete. Er bemerkte, daß sie nicht bei dem Hauptportal, sondern bei dem hinteren Eingang vorgefahren waren. In dem Augenblick, wo er vom Wagentritt stieg, liefen zwei Männer in Handwerkerkleidung eilig von der Haustür weg und stellten sich in den Schatten der Mauer. Pierre blieb stehen und unterschied rechts und links im Schatten des Hauses noch mehrere Männer von ähnlichem Aussehen. Aber weder Anna Michailowna noch der Diener noch der Kutscher, die diese Männer doch auch gesehen haben mußten, schenkten ihnen irgendwelche Beachtung. Es wird also wohl so in der Ordnung sein, dachte Pierre und ging hinter Anna Michailowna her. Anna Michailowna stieg mit schnellen Schritten die schwach beleuchtete, schmale Steintreppe hinan und forderte auch den etwas zurückbleibenden Pierre zur Eile auf. Pierre begriff zwar nicht, wozu es überhaupt nötig sei, daß er zum Grafen gehe, und noch weniger, warum er die Hintertreppe hinaufgehen mußte; aber angesichts der Energie und Raschheit der Fürstin Anna Michailowna sagte er sich, das werde wohl unumgänglich nötig sein. Auf der Mitte der Treppe wurden sie beinahe von ein paar Dienern mit Eimern umgerannt, die, mit den schweren Stiefeln polternd, ihnen entgegen heruntergelaufen kamen. Die Leute drückten sich an die Wand, um Pierre und Anna Michailowna vorbeizulassen, und zeigten sich bei ihrem Anblick nicht im mindesten verwundert.

»Kommen wir hier zu den Zimmern der Prinzessinnen?« fragte Anna Michailowna einen von ihnen.

»Jawohl«, antwortete der Diener mit dreister, lauter Stimme, als ob er sich jetzt schon alles mögliche erlauben dürfte. »Die Tür links, Mütterchen!«

»Vielleicht hat der Graf mich gar nicht rufen lassen«, sagte Pierre, als er auf den Vorplatz gelangte. »Ich möchte lieber nach meinem eigenen Zimmer gehen.«

Anna Michailowna blieb stehen, um ihn ganz herankommen zu lassen.

»Ach, mein Freund«, sagte sie mit derselben Gebärde wie am Morgen zu ihrem Sohn. »Glauben Sie mir, mein Schmerz ist nicht geringer als der Ihrige; aber seien Sie ein Mann.«

»Soll ich wirklich zu ihm hingehen?« fragte Pierre und blickte Anna Michailowna freundlich durch seine Brille an.

»Vergessen Sie, mein Freund, worin man Ihnen gegenüber nicht recht gehandelt hat; bedenken Sie: Er ist Ihr Vater … und vielleicht seinem Ende nahe.« Sie seufzte. »Ich habe Sie sogleich so liebgewonnen wie ich meinen eigenen Sohn liebe. Haben Sie zu mir Vertrauen, Pierre. Ich werde mich Ihrer Interessen eifrig annehmen.«

Pierre verstand von alledem nichts; aber er hatte wieder, und in noch stärkerem Maß, das Gefühl, es müsse wohl alles notwendigerweise so sein, und so ging er denn gehorsam hinter Anna Michailowna her, die bereits die Tür geöffnet hatte.

Diese Tür führte in das zu dem hinteren Korridor gehörige Vorzimmer. In einer Ecke saß der alte Diener der Prinzessinnen und strickte an einem Strumpf. Pierre war noch nie in diesem Teil des Hauses gewesen und hatte von dem Vorhandensein dieser Zimmer überhaupt keine Ahnung gehabt. Anna Michailowna erkundigte sich bei einem Stubenmädchen, das, ein Tablett mit einer Wasserkaraffe in der Hand, sie überholte, nach dem Befinden der Prinzessinnen, wobei sie sie mit »Meine Liebe« und »Täubchen« anredete, und zog Pierre weiter den steinernen Korridor entlang. Aus diesem Korridor führte die erste Tür links in die Wohnzimmer der Prinzessinnen. Das Stubenmädchen mit der Wasserkaraffe hatte in der Eile (wie denn in dieser Zeit alles in diesem Haus in Eile geschah) die Tür nicht zugemacht und Pierre und Anna Michailowna blickten im Vorbeigehen unwillkürlich in das Zimmer hinein, wo die älteste Prinzessin und Fürst Wasili dicht beieinander saßen und angelegentlich zusammen sprachen. Als Fürst Wasili die beiden Vorübergehenden sah, machte er eine Bewegung des Unwillens und lehnte sich nach hinten zurück; die Prinzessin aber sprang auf und warf mit wütender Miene aus Leibeskräften mit lautem Knall die Tür zu.

Dieses Benehmen paßte so wenig zu der sonstigen steten Ruhe der Prinzessin, und die ängstliche Verlegenheit, die sich auf dem Gesicht des Fürsten Wasili malte, stand in einem solchen Widerspruch zu der ihm eigenen vornehmen Würde, daß Pierre stehenblieb und seine Führerin fragend durch die Brille anblickte. Anna Michailowna jedoch zeigte sich ganz und gar nicht erstaunt; sie lächelte nur leise und seufzte, wie um anzudeuten, daß sie das alles erwartet habe.

»Seien Sie ein Mann, mein Freund; ich werde jetzt über Ihre Interessen wachen«, sagte sie als Antwort auf seinen Blick und schritt noch schneller den Korridor entlang.

Pierre verstand nicht, um was es sich handelte, und noch weniger, was es bedeutete, daß Anna Michailowna »über seine Interessen wachen« wollte; aber er meinte wieder im stillen, das müsse eben wohl alles so sein. Auf dem Korridor gelangten sie zu dem halberleuchteten Saal, der an das Wartezimmer des Grafen stieß. Dieser Saal war einer jener kalt aussehenden, luxuriös eingerichteten Räume, die Pierre von dem Hauptportal her kannte. Aber auch dieser Saal bot jetzt einen eigenartigen Anblick: Mitten darin stand eine leere Badewanne, und auf dem Teppich war Wasser verschüttet. In der Tür begegneten ihnen, auf den Fußspitzen gehend, ohne sie zu beachten, ein Lakai und ein Kirchendiener mit einem Räucherfaß. Pierre und Anna Michailowna gingen durch den Saal in das dem ersteren wohlbekannte Wartezimmer mit den zwei italienischen Fenstern, einem Ausgang nach dem Wintergarten, einer großen Büste der Kaiserin Katharina und einem Porträt derselben in ganzer Figur. Hier im Wartezimmer saßen noch dieselben Personen wie vorher, fast in derselben Haltung, und flüsterten miteinander. Aber nun verstummten alle plötzlich und blickten nach der eintretenden Anna Michailowna mit ihrem vergrämten, blassen Gesicht hin und nach dem dicken, großen Pierre, der mit gesenktem Kopf ihr gehorsam folgte.

Auf Anna Michailownas Gesicht prägte sich das Bewußtsein aus, daß der entscheidende Augenblick gekommen sei; mit dem Benehmen einer in Dingen des praktischen Lebens gewandten Petersburgerin trat sie, ohne Pierre aus ihrer Nähe wegzulassen, ins Zimmer, noch kühner und mutiger als am Nachmittag. Sie war überzeugt, daß, da sie in Begleitung des jungen Mannes kam, den der Sterbende zu sehen gewünscht hatte, auch sie mit Sicherheit zu ihm gelassen werden würde. Mit einem schnellen Blick musterte sie alle im Zimmer Anwesenden, und als sie unter ihnen den Beichtvater des Grafen bemerkte, trippelte sie (ohne sich eigentlich zu bücken, war ihre Gestalt plötzlich bedeutend kleiner geworden) mit kleinen, eiligen Schritten zu ihm hin und nahm ehrerbietig zuerst seinen Segen, dann den Segen eines andern neben ihm stehenden geistlichen Herrn in Empfang.

»Gott sei Dank«, sagte sie zu dem Beichtvater, »daß Sie noch zur Zeit gekommen sind, hochwürdiger Herr. Wir Verwandten waren alle schon so voll Sorge. Dieser junge Mann hier ist der Sohn des Grafen«, fügte sie leiser hinzu. »Ein schrecklicher Augenblick!«

Nachdem sie das zu dem Geistlichen gesagt hatte, trat sie zu dem Arzt.

»Lieber Doktor«, sagte sie zu ihm, »dieser junge Mann ist der Sohn des Grafen. Ist noch Hoffnung vorhanden?«

Der Arzt zog schweigend mit einer schnellen Bewegung die Schultern in die Höhe und richtete die Augen nach der Zimmerdecke. Anna Michailowna machte mit Schultern und Augen genau das gleiche, wobei sie die Augen fast gänzlich schloß; dann seufzte sie und trat von dem Arzt weg wieder zu Pierre. Sie benahm sich gegen ihn besonders respektvoll und mit einer Art von wehmütiger Zärtlichkeit.

»Vertrauen Sie auf Gottes Barmherzigkeit«, sagte sie. Dann wies sie ihm ein Sofa an, wo er sich hinsetzen und auf sie warten sollte, und ging selbst geräuschlos zu der Tür hin, nach welcher alle hinblickten; nach einem kaum vernehmbaren, leisen Knarren dieser Tür verschwand sie hinter ihr.

Pierre, der sich vorgenommen hatte, seiner Ratgeberin in allen Stücken zu gehorchen, ging nach dem Sofa hin, das sie ihm angewiesen hatte. Sowie Anna Michailowna verschwunden war, bemerkte er, daß die Blicke aller im Zimmer Anwesenden mit einem Interesse auf ihn gerichtet waren, das über die gewöhnliche Neugier und Teilnahme weit hinausging. Er bemerkte, daß alle miteinander flüsterten und dabei mit den Augen zu ihm hindeuteten, mit einer Art von ängstlicher Scheu, die sogar etwas von kriecherischer Unterwürfigkeit an sich hatte. Sie legten einen Respekt vor ihm an den Tag, wie er dem jungen Mann noch nie entgegengebracht worden war. Eine ihm unbekannte Dame, die auf dem Sofa saß und mit dem Geistlichen sprach, stand von ihrem Platz auf und bot ihn ihm an; der Adjutant hob den Handschuh auf, welchen Pierre hatte hinfallen lassen, und reichte ihn ihm; die Ärzte unterbrachen respektvoll ihr Gespräch, als er an ihnen vorbeiging, und traten zur Seite, um ihm Raum zu machen. Pierre wollte sich zuerst auf einen andern Platz setzen, um die Dame nicht zu stören, und wollte seinen Handschuh selbst aufheben und um die Ärzte herumgehen, die ihm eigentlich gar nicht im Weg standen; aber er hatte auf einmal das Gefühl, daß das nicht passend sein würde; er hatte das Gefühl, daß er in dieser Nacht eine Persönlichkeit sei, der es obliege, eine furchtbare, von allen erwartete Zeremonie zu vollziehen, und daß er deshalb die Dienste aller andern Leute anzunehmen habe. Er nahm schweigend den Handschuh von dem Adjutanten entgegen, setzte sich auf den Platz der Dame, wobei er in der wunderlichen Haltung einer ägyptischen Statue seine großen Hände auf die symmetrisch gestellten Knie legte, und verblieb bei der Anschauung, daß dies alles genau so und nicht anders sein müsse, und daß er an diesem Abend, um nicht konfus zu werden und Dummheiten zu machen, nicht nach seinem eigenen Urteil handeln dürfe, sondern sich vollständig dem Willen der Leute, die ihn beraten würden, unterordnen müsse.

Es waren noch nicht zwei Minuten vergangen, als Fürst Wasili in einem langschößigen Rock, mit drei Ordenssternen, in imponierender Haltung, mit hochaufgerichtetem Haupt ins Zimmer trat. Er schien im Laufe dieses Tages magerer geworden zu sein; seine Augen waren größer als sonst, als er sie im Zimmer umherwandern ließ und Pierre anblickte. Er trat zu ihm, ergriff seine Hand (was er früher nie getan hatte) und zog sie nach unten herunter, wie wenn er versuchen wollte, ob sie auch fest säße.

»Verzagen Sie nicht, mein Freund, lassen Sie nicht den Mut sinken. Er hat Sie rufen lassen. Das ist gut … Damit wollte er weitergehen; aber Pierre hielt es für nötig zu fragen:

»Wie ist denn das Befinden … Er stockte, weil er nicht wußte, ob es für ihn passend sei, den Sterbenden als den »Grafen« zu bezeichnen; ihn »Vater« zu nennen war ihm peinlich.

»Vor einer halben Stunde hat ihn wieder der Schlag gerührt. Aber verlieren Sie nicht den Mut, mein Freund.«

Pierre befand sich in einem solchen Zustand geistiger Verwirrung, daß ihm bei dem Wort »Schlag« der Gedanke an den Schlag irgendeines Körpers kam. Er sah den Fürsten Wasili verständnislos an und besann sich erst einige Augenblicke nachher, daß »Schlag« der Name einer Krankheit ist. Fürst Wasili sagte noch im Vorbeigehen ein paar Worte zu Doktor Lorrain und ging dann auf den Fußspitzen zur Tür hin. Aber er verstand sich nicht darauf, auf den Fußspitzen zu gehen, und hüpfte bei jedem Schritt unbeholfen mit dem ganzen Körper auf. Hinter ihm her ging die älteste Prinzessin; dann kamen die Geistlichen und die Kirchendiener;

auch einige von der Dienerschaft gingen mit hinein. Im Wartezimmer war durch die Tür hindurch zu hören, wie sich die Menschen dort hin und her bewegten, um den richtigen Platz zu finden, und schließlich kam Anna Michailowna eilig heraus; ihr Gesicht zeigte noch dieselbe Blässe wie vorher; aber man sah ihr an, daß sie fest entschlossen war, ihre Pflicht zu erfüllen. Sie berührte Pierres Hand und sagte:

»Gottes Barmherzigkeit ist unerschöpflich. Die Letzte Ölung beginnt soeben. Kommen Sie!«

Pierre ging über den weichen Teppich hin nach der Tür und bemerkte, daß auch der Adjutant und die unbekannte Dame und noch dieser und jener von der Dienerschaft ihm folgten, als ob man jetzt nicht mehr um die Erlaubnis zu bitten brauchte, in dieses Zimmer einzutreten.

XXIII

Pierre kannte dieses sehr geräumige, durch eine Säulenreihe mit einer großen Bogentür in zwei Teile geteilte, ganz mit persischen Teppichen behangene Zimmer recht wohl. Der jenseits der Säulen gelegene Teil des Zimmers, wo auf der einen Seite das hohe Mahagonibett mit seidenen Vorhängen und auf der andern ein gewaltig großer Schrein mit Heiligenbildern stand, war mit rotem Licht hell erleuchtet, wie es in den Kirchen beim Abendgottesdienst gebräuchlich ist. Unterhalb der glänzenden Verzierungen des Heiligenschreins stand ein großer, tiefer Lehnstuhl, mit schneeweißen, unzerdrückten, offenbar soeben erst frisch überzogenen Bettkissen belegt, und auf diesem Lehnstuhl lag, bis zur Mitte des Körpers mit einer hellgrünen Decke zugedeckt, die dem eintretenden Pierre wohlbekannte mächtige Gestalt seines Vaters, des Grafen Besuchow, mit derselben grauen, löwenähnlichen Haarmähne über der breiten Stirn und mit denselben starken Falten, die dem schönen, rötlichgelben Gesicht einen ausgesprochen vornehmen Charakter verliehen. Er lag unmittelbar unter den Heiligenbildern; die beiden dicken, großen Hände hatte man ihm unter der Decke hervorgeholt, und sie lagen nun auf ihr. In die rechte Hand, die mit der Innenseite nach unten dalag, hatte man ihm zwischen den Daumen und den Zeigefinger eine Wachskerze gesteckt, die ein alter Diener, von hinten sich über den Lehnstuhl beugend, in der Hand des Sterbenden festhielt. Neben dem Lehnstuhl standen die Geistlichen in ihren prächtigen, glänzenden Gewändern, auf die am Nacken ihr langes Haupthaar herüberfiel, mit brennenden Kerzen in den Händen, und sprachen mit feierlicher Langsamkeit die vorgeschriebenen Gebete. Ein wenig weiter zurück standen die beiden jüngeren Prinzessinnen, welche

Taschentücher in den Händen hielten und an die Augen führten, und vor ihnen die älteste, Catiche, mit ingrimmiger, entschlossener Miene; sie wendete die Augen keinen Augenblick von den Heiligenbildern weg, wie wenn sie allen Anwesenden damit sagen wollte, daß sie nicht für sich einstehe, wenn sie anderswohin sähe. Anna Michailowna, mit dem Ausdruck milder Traurigkeit und alles verzeihender Liebe auf dem Gesicht, und die unbekannte Dame standen bei der Bogentür. Fürst Wasili stand an der andern Seite der Tür, nahe bei dem Lehnsessel des Grafen, hinter einem geschnitzten, mit Samt bezogenen Stuhl. Diesen hatte er mit der Lehne nach sich hingewendet, stützte den linken Arm, mit dem er die Kerze hielt, mit dem Ellbogen darauf und bekreuzte sich mit der rechten Hand, wobei er jedesmal, wenn er die Finger an die Stirn legte, die Augen nach oben wandte. Sein Gesicht drückte ruhige Andacht und Ergebung in den Willen Gottes aus und schien zu den Anwesenden zu sagen: »Es ist eure Schuld, wenn ihr für diese Gefühle kein Verständnis habt.«

Hinter ihm standen der Adjutant, die Ärzte und die männliche Dienerschaft; wie in der Kirche hatten sich Männer und Frauen getrennt. Alle schwiegen und bekreuzigten sich; man hörte nur das Verlesen der Kirchengebete, tiefen Baßgesang mit gedämpften Stimmen, und in Augenblicken, wo diese Töne schwiegen, das Geräusch umgestellter Füße oder leiser Seufzer. Anna Michailowna ging mit ernster, wichtiger Miene, welche zeigte, daß sie genau wisse, was sie tue, durch das ganze Zimmer zu Pierre hin und reichte ihm eine Kerze. Er zündete sie an und begann, ganz verwirrt durch alles, was ihn umgab, sich mit derselben Hand zu bekreuzen, in der er die Kerze hielt.

Die jüngste Prinzessin, die rotwangige, lachlustige Sofja, die mit dem Leberfleck, betrachtete ihn. Sie lächelte, verbarg ihr Gesicht hinter dem Taschentuch und ließ es lange nicht wieder sichtbar werden; aber als sie dann von neuem zu Pierre hinblickte, lächelte sie abermals. Sie fühlte sich offenbar außerstande, ihn ohne Lachen anzusehen, konnte sich aber doch nicht enthalten, zu ihm hinzublicken, und trat, um der Versuchung zu entgehen, sachte hinter eine der Säulen.

Mitten in der feierlichen Handlung verstummten die Stimmen der Geistlichen und der Sänger auf einmal; die Geistlichen redeten flüsternd etwas untereinander; der alte Diener, der die Hand des Grafen hielt, richtete sich auf und wandte sich an die Damen. Anna Michailowna trat vor, beugte sich über den Kranken und winkte hinter dessen Rücken den Doktor Lorrain zu sich heran. Der französische Arzt (er stand ohne brennende Kerze an eine Säule gelehnt da, in der respektvollen Haltung eines Ausländers, welche zeigen soll, daß er trotz der Verschiedenheit des Glaubens für die ganze Wichtigkeit der sich vollziehenden heiligen Handlung

Verständnis besitzt und ihr sogar seine Verehrung zollt) trat mit dem leisen Gang eines im kräftigsten Lebensalter stehenden Mannes zu dem Kranken hin, nahm mit seinen weißen, schlanken Fingern dessen freie Hand von der grünen Decke auf, fühlte, sich abwendend, den Puls und stand dann einen Augenblick überlegend da. Man reichte dem Kranken etwas zu trinken, und es entstand ein unruhiges Treiben um ihn herum; dann traten alle wieder an ihre Plätze zurück, und die heilige Handlung nahm ihren Fortgang.

Während dieser Unterbrechung hatte Pierre bemerkt, daß Fürst Wasili hinter seiner Stuhllehne hervorkam und mit eben jener Miene, die da besagte, er wisse, was er tue, und wenn die andern das nicht verständen, so sei es ihre Schuld, nicht etwa zu dem Kranken hintrat, sondern an ihm vorbei zu der ältesten Prinzessin ging und sich mit ihr zusammen in den Hintergrund des Schlafzimmers begab, zu dem hohen Bett unter den seidenen Vorhängen. Von dem Bett sich wieder entfernend, verschwanden dann der Fürst und die Prinzessin durch eine Hintertür, kehrten aber noch vor Beendigung der gottesdienstlichen Handlung einer nach dem andern wieder an ihre Plätze zurück. Pierre beachtete diesen Umstand nicht mehr als alles andere, was vorging, da er sich ein für allemal gesagt hatte, alles, was sich um ihn herum an dem heutigen Abend zutrage, müsse wohl unumgänglich so geschehen.

Die Töne des kirchlichen Gesanges schwiegen jetzt, und man hörte die Stimme des Geistlichen, der den Kranken respektvoll zum Empfang des Sakramentes beglückwünschte. Der Kranke lag immer noch in gleicher Weise da, ohne sich zu regen oder sonst ein Zeichen des Lebens zu geben. Um ihn herum kam nun alles in Bewegung; man hörte Schritte und Geflüster, woraus das Flüstern Anna Michailownas besonders scharf hervorklang.

Pierre hörte, wie sie sagte:

»Er muß unbedingt wieder nach dem Bett herübergetragen werden; hier kann er unter keinen Umständen länger bleiben.«

Die Ärzte, die Prinzessinnen und die Diener umdrängten den Kranken in so dichtem Schwarm, daß Pierre jenes rötlichgelbe Gesicht mit der grauen Mähne nicht mehr sah, das er während der ganzen gottesdienstlichen Handlung, obwohl er auch andere Gesichter gesehen hatte, dennoch auch nicht eine Sekunde aus den Augen verloren hatte. Pierre erriet aus den behutsamen Bewegungen der Diener, die den Lehnstuhl umringten, daß sie den Sterbenden aufhoben und herübertrugen.

»Faß meine Hand an; sonst läßt du ihn noch fallen«, hörte er einen der Diener erschrocken flüstern. »Von unten … Noch einer …«, sagten verschiedene Stimmen, und die schweren Atemzüge und unsicheren Tritte der Leute wurden hastiger, als ob die Last, die sie trugen, über ihre Kräfte ginge.

Die Tragenden, mit denen auch Anna Michailowna ging, kamen an dem jungen Mann vorüber, und für einen Augenblick wurde ihm über die Rücken und Nacken der Leute hinüber die entblößte, hohe, fleischige Brust des Kranken sichtbar und die mächtigen Schultern, welche die Leute, ihn unter den Achseln fassend, in die Höhe hoben, und der graue, kraushaarige Löwenkopf. Dieses Gesicht mit der auffallend breiten Stirn, den starken Backenknochen, dem schönen, sinnlichen Mund und dem imponierenden, kalten Blick war durch die Nähe des Todes nicht entstellt worden. Es war noch immer so, wie Pierre es vor drei Monaten gesehen hatte, als er sich vor seiner Reise nach Petersburg von dem Grafen verabschiedete. Aber jetzt schaukelte dieser Kopf bei den ungleichmäßigen Schritten der Träger hilflos hin und her, und der kalte, teilnahmslose Blick vermochte nicht irgendwo haftenzubleiben.

Um das hohe Bett herum gab es einige Minuten lang eine unruhige Geschäftigkeit; hierauf traten die Diener, die den Kranken getragen hatten, zurück. Anna Michailowna aber berührte Pierres Hand und sagte zu ihm: »Kommen Sie!«

Pierre trat mit ihr an das Bett heran, auf welches der Kranke in einer sozusagen feiertäglichen Körperhaltung hingelegt war, die offenbar mit der soeben vollzogenen sakramentalen Handlung in Beziehung stand. Sein Kopf war durch Kissen hochgerichtet; die Hände hatte man ihm symmetrisch auf die grüne seidene Decke gelegt, mit den Flächen nach unten. Als Pierre hinzutrat, blickte der Graf ihm gerade ins Gesicht; aber dieser Blick war von einer solchen Art, daß niemand seinen Sinn und seine Bedeutung verstehen konnte. Entweder besagte dieser Blick nichts weiter, als daß, solange man Augen hat, man mit ihnen notwendigerweise irgendwohin sehen muß; oder aber er war überaus vielsagend. Pierre blieb stehen, da er nicht wußte, was er nun tun sollte, und sah fragend seine Beraterin Anna Michailowna an. Anna Michailowna gab ihm schnell ein Zeichen mit den Augen, indem sie auf die Hand des Kranken deutete, und bewegte die Lippen wie bei einem Kuß. Pierre streckte mit Anstrengung den Hals aus, um nicht an die Decke zu streifen und sie zu verschieben, und befolgte ihren Rat: Er drückte seinen Mund auf die breitknochige, fleischige Hand des Kranken. Aber weder die Hand noch ein Gesichtsmuskel des Grafen zuckte. Pierre richtete wieder einen fragenden Blick auf Anna Michailowna, was er jetzt zu tun habe. Anna Michailowna wies mit den Augen auf einen neben dem Bett stehenden Sessel hin. Gehorsam setzte sich Pierre auf diesen und fragte mit den Augen weiter, ob er auch das Richtige getan habe. Anna Michailowna nickte bejahend mit dem Kopf. Pierre nahm wieder die wunderliche symmetrische Haltung einer ägyptischen Statue an; er bedauerte anscheinend, daß sein ungeschlachter dicker Körper soviel Raum einnahm, und strengte seine gesamten Geisteskräfte an, um möglichst klein auszusehen. Er sah den Grafen an. Der Graf blickte nach der Stelle hin, wo Pierres Gesicht gewesen war, solange er aufrecht gestanden hatte. Anna Michailowna brachte durch ihre ganze Haltung zum Ausdruck, daß sie ein volles Verständnis für das Rührende und Bedeutungsvolle dieses letzten Augenblickes des Zusammenseins von Vater und Sohn habe. Das dauerte zwei Minuten, die dem still dasitzenden Pierre wie eine Stunde vorkamen. Plötzlich ging durch die kräftigen Muskeln und Falten im Gesicht des Grafen ein Zucken. Dieses Zucken wurde stärker; der schöne Mund zog sich schief (erst jetzt begriff Pierre, wie nahe sein Vater dem Tod war), und aus dem verzerrten Mund drang ein undeutlicher, heiserer Laut. Anna Michailowna blickte mit angestrengter Aufmerksamkeit in die Augen des Kranken und zeigte in dem Bemühen, zu erraten, was er wünschte, bald auf Pierre, bald auf das Getränk, bald nannte sie flüsternd in fragendem Ton den Namen des Fürsten Wasili, bald deutete sie auf die grüne Decke. Die Augen und Mienen des Kranken drückten Ungeduld aus. Er machte eine Anstrengung, um den Diener anzusehen, der, ohne sich zu rühren, am Kopfende des Bettes stand.

»Der Graf will auf die andere Seite gedreht werden«, flüsterte der Diener und trat herum, um den schweren Körper des Grafen mit dem Gesicht nach der Wand hinzudrehen.

Pierre stand auf, um dem Diener zu helfen.

Während sie den Grafen umdrehten, fiel der eine Arm hilflos nach hinten zurück, und der Kranke machte eine vergebliche Anstrengung, ihn wieder herüberzuziehen. Ob nun der Graf den erschrockenen Blick bemerkt hatte, mit welchem Pierre nach diesem leblosen Arm hingesehen hatte, oder ob irgendein anderer Gedanke in diesem Augenblick dem Sterbenden durch den Kopf huschte, wer konnte das wissen? Aber er blickte auf seinen unbotmäßigen Arm, auf den Ausdruck des Schrekkens in Pierres Gesicht, dann wieder auf seinen Arm, und auf seinem Gesicht zeigte sich ein schwaches, leidvolles Lächeln, das so gar nicht zu seinen Zügen paßte und gewissermaßen wie ein Spotten über seine eigene Kraftlosigkeit aussah. Beim Anblick dieses Lächelns fühlte Pierre unvermutet ein Zucken in der Brust, ein Zwicken in der Nase, und Tränen verschleierten ihm die Augen. Der Kranke war nun auf die Seite gedreht worden, nach der Wand zu. Er seufzte.

»Er ist eingeschlummert«, sagte Anna Michailowna, als sie bemerkte, daß die mittelste Prinzessin herankam, um sie abzulösen. »Wir wollen gehen.«

Pierre ging mit ihr hinaus.

XXIV

Im Wartezimmer befand sich niemand mehr als Fürst Wasili und die älteste Prinzessin, welche unter dem Porträt der Kaiserin Katharina saßen und angelegentlich miteinander redeten. Aber sowie sie Pierre mit seiner Führerin erblickten, verstummten sie. Die Prinzessin versteckte etwas, wie es Pierre vorkam, und flüsterte:

»Dieses Weib ist mir unausstehlich!«

»Catiche hat im kleinen Salon Tee servieren lassen«, sagte Fürst Wasili zu Anna Michailowna. »Sie sollten hingehen und sich ein wenig stärken, meine arme Anna Michailowna; sonst halten Sie diese Anstrengungen nicht aus.«

Zu Pierre sagte er nichts, er drückte ihm nur gefühlvoll den Arm etwas unterhalb der Schulter. Pierre und Anna Michailowna gingen in den kleinen Salon.

»Nichts stellt die Kräfte nach einer durchwachten Nacht so gut wieder her wie eine Tasse von diesem ausgezeichneten russischen Tee«, sagte Doktor Lorrain im Ton gedämpfter Lebhaftigkeit. Er stand in dem kleinen runden Salon an einem Tisch, der mit Teegerät und kaltem Abendbrot gedeckt war, und schlürfte Tee aus einer dünnen, henkellosen chinesischen Tasse. Um diesen Tisch hatten sich alle, die diese Nacht im Haus des Grafen Besuchow zugebracht hatten, versammelt, um sich wieder ein wenig zu stärken. Pierre erinnerte sich recht wohl an diesen kleinen runden Salon mit den vielen Spiegeln und den kleinen Tischen. Wenn im Haus des Grafen Bälle stattfanden, dann hatte Pierre, der nicht tanzen konnte, gern in diesem kleinen Spiegelzimmer gesessen und beobachtet, wie die Damen in ihren Balltoiletten, mit den Brillantkolliers und den Perlenschnüren um den entblößten Hals, beim Hindurchgehen durch dieses Zimmer sich in den hellerleuchteten Spiegeln betrachteten, die ihr Bild mehrere Male zurückwarfen. Jetzt war dieses selbe Zimmer durch zwei Kerzen nur notdürftig beleuchtet, und mitten in der Nacht standen hier auf einem der kleinen Tische Teegeschirr und kalte Speisen unordentlich durcheinander, und allerlei Leute in nicht festlicher Kleidung saßen in diesem Zimmer und redeten flüsternd miteinander und ließen durch jede Bewegung, durch jedes Wort merken, daß sie alle an das dachten, was jetzt im Schlafzimmer vorging und für die nächste Zukunft zu erwarten war. Pierre aß nichts, obgleich er starken Hunger verspürte. Er blickte fragend zu seiner Ratgeberin hin und sah, daß sie auf den Fußspitzen wieder hinausging nach dem Wartezimmer, wo Fürst Wasili mit der ältesten Prinzessin zurückgeblieben war. Pierre nahm an, daß auch dies so sein müsse, und nach kurzem Zögern folgte er ihr. Anna Michailowna stand neben der Prinzessin, und beide redeten aufgeregt im Flüsterton durcheinander.

»Gestatten Sie mir, Fürstin, selbst zu beurteilen, was notwendig oder nicht notwendig ist«, sagte die Prinzessin, die sich augenscheinlich wieder in demselben aufgeregten Zustand befand wie einige Zeit vorher, als sie die Tür ihres Zimmers so heftig zuschlug.

»Aber, liebe Prinzessin«, versetzte Anna Michailowna in sanftem, überredendem Ton, indem sie der Prinzessin den Weg nach dem Schlafzimmer vertrat und sie nicht hineinließ, »wird das den armen Onkel nicht gar zu sehr angreifen, in diesen Augenblicken, wo er die Erholung doch so nötig hat? Ein Gespräch über weltliche Dinge in diesen Augenblicken wo seine Seele schon vorbereitet ist, vor Gott zu treten ...«

Fürst Wasili saß auf einem Lehnstuhl in einer zwanglosen Haltung, die er gern annahm: das eine Bein hoch über das andre gelegt. Seine Wangen zuckten heftig und waren schlaff herabgesunken, so daß sie nach unten zu dicker erschienen; aber er tat, als ob ihn das Gespräch der beiden Damen wenig interessiere.

»Nicht doch, meine liebe Anna Michailowna«, warf er dazwischen. »Lassen Sie Catiche nur machen, wie sie es für gut hält. Sie wissen, wie gern sie der Graf hat.«

»Ich weiß gar nicht, was in diesem Schriftstück steht«, sagte die Prinzessin, zu dem Fürsten Wasili gewendet, und zeigte dabei auf das Mosaikportefeuille, das sie in der Hand hielt. »Ich weiß nur, daß das richtige Testament in seinem Schreibtisch liegt; dies hier ist ein Schriftstück, das der Graf längst vergessen hat ...«

Sie wollte um Anna Michailowna herumgehen; aber diese machte einen kleinen Sprung und versperrte ihr wieder den Weg.

»Ich weiß es, meine liebe, gute Prinzessin«, sagte Anna Michailowna und faßte dabei das Portefeuille mit solcher Energie an, daß man merken konnte, sie werde es nicht so bald wieder loslassen. »Liebe Prinzessin, ich bitte Sie, ich beschwöre Sie, schonen Sie ihn ...« Die Prinzessin schwieg. Es war nichts zu hören als das Geräusch des angestrengten Ringens um das Portefeuille. Der Prinzessin war anzusehen, daß, wenn sie gesprochen hätte, sie ihrer Gegnerin keine Schmeicheleien gesagt haben würde. Anna Michailowna hielt an dem Portefeuille mit kräftigem Griff fest; aber trotzdem behielt ihre Stimme durchaus den süßen, milden, ruhigen Klang bei.

»Pierre, kommen Sie her, mein Freund«, sagte sie. »Ich glaube, er ist bei einem Familienrat keine überflüssige Person. Nicht wahr, Fürst?«

»Warum schweigen Sie denn, Kusin?« rief auf einmal die Prinzessin so laut, daß es die nebenan im Salon Anwesenden hörten und über ihre Stimme einen Schreck bekamen. »Warum schweigen Sie, während sich hier Gott weiß wer erlaubt, sich einzumischen und an der Schwelle des

Sterbezimmers eine häßliche Szene zu machen? Intrigantin!« flüsterte sie wütend und zog das Portefeuille aus Leibeskräften an sich; aber Anna Michailowna tat ein paar Schritte vorwärts, um das Portefeuille nicht loszulassen, und faßte wieder fester zu.

»Oh, oh!« sagte Fürst Wasili vorwurfsvoll und erstaunt. Er stand auf. »Das ist ja lächerlich. Lassen Sie jetzt beide los; ich muß sehr darum bitten.« Die Prinzessin ließ los.

»Sie auch!«

Anna Michailowna hörte nicht auf ihn.

»Lassen Sie los! sage ich. Ich will die ganze Sache selbst übernehmen. Ich werde zu ihm gehen und ihn fragen. Ich selbst. Das könnte Ihnen genügen.«

»Aber, Fürst!« versetzte Anna Michailowna. »So lassen Sie ihm doch eine Minute Ruhe, nachdem er soeben das hochheilige Sakrament empfangen hat. Aber Sie, lieber Pierre, sollten uns doch auch Ihre Meinung sagen«, wandte sie sich an den jungen Mann, der nun, ganz nah herantretend, erstaunt das ingrimmige, an kein Gebot des Anstandes sich mehr haltende Gesicht der Prinzessin und die zuckenden Wangen des Fürsten Wasili betrachtete.

»Vergessen Sie nicht, daß Sie für alle Folgen haften werden«, sagte Fürst Wasili in strengem Ton. »Sie wissen nicht, was Sie tun.«

»Nichtswürdiges Weib!« schrie die Prinzessin, stürzte unerwartet auf Anna Michailowna los und entriß ihr das Portefeuille.

Fürst Wasili senkte den Kopf und hielt die Arme auseinander, als ob er sagen wollte: »Welch ein Benehmen!«

In diesem Augenblick wurde die Tür, jene schreckliche Tür, nach welcher Pierre vorhin so lange hingeblickt hatte, und die damals immer so behutsam geöffnet worden war, plötzlich schnell und geräuschvoll aufgerissen, so daß sie gegen die Wand schlug. Die mittelste der Prinzessinnen stürzte von dort herein und schlug verzweifelt die Hände zusammen.

»Was tut ihr hier!« rief sie in größter Aufregung. »Er stirbt, und ihr laßt mich bei ihm allein!«

Die älteste Prinzessin ließ das Portefeuille fallen. Anna Michailowna bückte sich schnell, ergriff das Streitobjekt und lief damit in das Schlafzimmer. Sobald Fürst Wasili und die älteste Prinzessin ihre Gedanken wieder gesammelt hatten, gingen sie ihr nach. Einige Minuten darauf kam zuerst die älteste Prinzessin von dort wieder heraus; ihr Gesicht sah blaß und starr aus, und sie biß sich auf die Unterlippe. Bei Pierres Anblick trat ein Ausdruck unbeherrschbarer Wut auf ihr Gesicht.

»Ja, nun können Sie sich freuen!« sagte sie. »Darauf haben Sie ja nur gelauert!« Und aufschluchzend verbarg sie das Gesicht im Taschentuch und lief aus dem Zimmer.

Nach der Prinzessin kam Fürst Wasili wieder aus dem Sterbezimmer heraus. Schwankend schritt er nach dem Sofa hin, auf welchem Pierre saß, ließ sich darauf niederfallen und bedeckte die Augen mit der Hand. Pierre bemerkte, daß er blaß war, und daß sein Unterkiefer zuckte und zitterte wie beim Fieber.

»Ach, mein Freund«, sagte er und faßte Pierre am Ellbogen; seine Stimme klang so aufrichtig und so matt, wie es Pierre früher noch nie bei ihm gehört hatte. »Wie oft sündigen wir! Wie oft suchen wir andere Menschen zu täuschen! Und wozu das alles? Ich bin ein hoher Fünfziger, mein Freund … Ich werde ja bald … Und mit dem Tod ist alles zu Ende, alles. Der Tod ist etwas Schreckliches.« Er weinte.

Anna Michailowna war die letzte, die wieder zurückkam. Mit leisen, langsamen Schritten ging sie auf Pierre zu.

»Pierre!« sagte sie.

Pierre blickte sie fragend an. Sie küßte den jungen Mann auf die Stirn, die dabei von ihren Tränen benetzt wurde. Sie schwieg einen Augenblick.

»Er ist nicht mehr …«

Pierre sah sie durch seine Brille an.

»Kommen Sie nur, ich will Sie führen. Versuchen Sie zu weinen; nichts erleichtert so wie Tränen.«

Sie führte ihn in einen dunklen Salon, und Pierre war froh, daß da niemand sein Gesicht sah. Anna Michailowna verließ ihn, und als sie wieder zurückkam, schlief er fest, den Arm unter den Kopf gelegt.

Am andern Morgen sagte Anna Michailowna zu Pierre:

»Ja, mein Freund, das ist für uns alle ein großer Verlust, von Ihnen gar nicht zu reden. Aber Gott wird Ihnen Kraft verleihen, ihn zu tragen; Sie sind jung, und Sie sind jetzt, wie ich hoffe, Herr eines gewaltigen Vermögens. Das Testament ist noch nicht eröffnet. Ich kenne Sie hinreichend und bin überzeugt, daß Ihnen dieser Umschwung nicht den Kopf verdrehen wird; aber es werden Ihnen dadurch auch Pflichten auferlegt, und da müssen Sie sich als Mann zeigen.«

Pierre schwieg.

»Später einmal werde ich Ihnen vielleicht erzählen, daß, wenn ich nicht am Platz gewesen wäre, wohl Gott weiß was geschehen wäre. Sie wissen, daß der liebe Onkel mir noch vorgestern versprochen hatte, für Boris etwas zu tun, daß er aber nicht mehr dazu gekommen ist. Ich hoffe, mein Freund, Sie werden diesen Wunsch Ihres Vaters erfüllen.«

Pierre verstand nichts von dem, was sie sagte, und blickte die Fürstin Anna Michailowna schweigend mit verlegenem Erröten an. Nach diesem Gespräch mit Pierre fuhr Anna Michailowna zu Rostows und legte sich schlafen. Nachdem sie am Vormittag ausgeschlafen hatte, erzählte sie der Familie Rostow und allen Bekannten Einzelheiten vom Tod des Grafen Besuchow. Sie sagte, der Graf sei so gestorben, wie sie selbst einmal zu sterben wünschen würde; sein Ende sei nicht nur rührend, sondern auch erbaulich gewesen. Besonders sei das letzte Zusammensein von Vater und Sohn so ergreifend gewesen, daß sie nicht ohne Tränen daran denken könne; sie wisse nicht, wer sich in diesen furchtbaren Augenblicken schöner benommen habe: der Vater, der in seinen letzten Minuten noch an alles und an alle so freundlich gedacht und so rührende Worte zu seinem Sohn gesprochen habe, oder Pierre, den man gar nicht ohne das tiefste Mitgefühl habe ansehen können, wie niedergeschmettert er gewesen sei, und wie er trotzdem sich bemüht habe, seinen Schmerz zu verbergen, um nicht dem sterbenden Vater das Hinscheiden noch schwerer zu machen. »Es war schmerzlich«, sagte sie, »aber doch auch erhebend; man hat das Gefühl, in reinere Sphären entrückt zu sein, wenn man solche Männer sieht wie den alten Grafen und seinen würdigen Sohn.« Von dem Benehmen der Prinzessin und des Fürsten Wasili erzählte sie gleichfalls, mit ihrer Mißbilligung nicht zurückhaltend, aber nur flüsternd und unter dem Siegel des tiefsten Geheimnisses.

XXV

In Lysyje-Gory, dem Gut des Fürsten Nikolai Andrejewitsch Bolkonski, wurde täglich die Ankunft des jungen Fürsten Andrei und seiner Gemahlin erwartet; aber durch diese Erwartung wurde die regelmäßige Ordnung, nach der sich das Leben im Haus des alten Fürsten abspielte, nicht gestört. Der General en chef Fürst Nikolai Andrejewitsch, der in den höheren Gesellschaftskreisen den Spitznamen »der König von Preußen« führte, wohnte, seitdem er unter der Regierung des Kaisers Paul aus den Residenzen verwiesen war, auf seinem Gut Lysyje-Gory, ohne es jemals zu verlassen, und mit ihm seine Tochter, Prinzessin Marja, und deren Gesellschafterin Mademoiselle Bourienne. Auch unter der neuen Regierung war er, obgleich ihm die Erlaubnis zur Rückkehr in die Residenzen erteilt worden war, beständig auf dem Land wohnen geblieben; er sagte, wer etwas von ihm wolle, der werde auch die hundertfünfzig Werst von Moskau nach Lysyje-Gory fahren; er selbst aber brauche niemand und nichts. Er war der Ansicht, alle Fehler der Menschen entsprängen nur aus zwei Quellen: Müßiggang und Aberglauben; und ebenso gebe es nur zwei Tugenden: Fleiß und Klugheit. Die Erziehung seiner Tochter hatte er selbst übernommen; er gab ihr, um diese beiden

Tugenden bei ihr zur Entwicklung zu bringen, immer noch, obgleich sie schon zwanzig Jahre alt war, Unterricht in der Algebra und der Geometrie und hatte ihre ganze Zeit so eingeteilt, daß immer eine Beschäftigung die andere ablöste. Er selbst war unaufhörlich tätig: Bald schrieb er an seinen Memoiren, bald beschäftigte er sich mit Aufgaben aus dem Gebiet der höheren Mathematik, bald drechselte er Tabaksdosen auf der Drehbank, bald arbeitete er im Garten und beaufsichtigte die Bauten, die auf seinem Gut niemals aufhörten. Da die wichtigste Voraussetzung beim Fleiß die Ordnung ist, so war auch die Ordnung in seiner Lebensweise bis aufs äußerste getrieben. Sein Erscheinen zu den Mahlzeiten erfolgte stets in genau derselben, unveränderlichen Weise, und nicht nur zu derselben Stunde, sondern sogar zu derselben Minute. Mit den Personen seiner Umgebung, von der Tochter angefangen bis zu der Dienerschaft, verkehrte der Fürst in scharfem Ton und stellte an einen jeden hohe Ansprüche, von denen er nie abging; so kam es, daß er, ohne grausam zu sein, allen eine Furcht und einen Respekt eingeflößt hatte, wie sie selbst der grausamste Haustyrann nicht leicht hätte hervorrufen können. Obwohl er nicht mehr im Dienst war und jetzt keinerlei Einfluß auf die Regierungsangelegenheiten besaß, so hielt es doch jeder Chef des Gouvernements, in welchem das Gut des Fürsten lag, für seine Pflicht, sich ihm vorzustellen, und wartete geradeso wie der Baumeister und der Gärtner und die Prinzessin Marja in dem hohen Geschäftszimmer auf den Zeitpunkt, für welchen der Fürst sein Erscheinen in Aussicht gestellt hatte. Und jeder empfand in diesem Geschäftszimmer das gleiche Gefühl des Respektes, ja sogar der Furcht, wenn sich nun die gewaltig hohe Tür des Arbeitszimmers öffnete und die ziemlich kleine Gestalt des alten Herrn erschien, mit gepuderter Perücke, mit den kleinen, dürren Händen und den grauen, überhängenden Brauen, die manchmal, wenn er sie zusammenzog, den Glanz seiner klugen und noch ganz jugendlich blitzenden Augen verdeckten.

Am Vormittag desjenigen Tages, an welchem die Ankunft des jungen Ehepaares nachher wirklich stattfand, betrat Prinzessin Marja wie gewöhnlich zu der für den Unterricht angesetzten Stunde das Geschäftszimmer zum Zweck der Morgenbegrüßung, bekreuzte sich mit einer gewissen Bangigkeit und sprach im stillen ein Gebet. So trat sie täglich hier herein und betete täglich, daß diese Begegnung glücklich vonstatten gehen möge.

Der alte, gepuderte Diener, der im Geschäftszimmer saß, stand leise auf und sagte flüsternd: »Haben Sie die Güte einzutreten.«

Durch die Tür war das gleichmäßige Geräusch einer Drehbank zu hören. Die Prinzessin zog schüchtern an der leicht und glatt sich öffnenden

Tür und blieb an der Schwelle stehen. Der Fürst arbeitete an der Drehbank; er sah sich um und fuhr in seiner Tätigkeit fort.

Das ungewöhnlich große Arbeitszimmer war mit lauter Gegenständen angefüllt, die augenscheinlich fortwährend benutzt wurden. Ein großer Tisch, auf welchem Bücher und Pläne lagen, hohe, mit Büchern vollgestellte Glasschränke, in deren Türen die Schlüssel steckten, ein Stehpult, auf dem ein aufgeschlagenes Heft lag, eine Drehbank, auf der die nötigen Instrumente handgerecht geordnet waren und um die ringsherum der Boden mit Abfallspänen bedeckt war: Alles zeugte von einer beständigen, mannigfaltigen, wohlgeordneten Tätigkeit des Bewohners. Und aus den Bewegungen des kleinen Fußes, den ein silbergesticktes tatarisches Stiefelchen umschloß, sowie aus dem festen Andrücken der sehnigen, mageren Hand konnte man ersehen, daß in dem Fürsten noch die zähe, widerstandsfähige Kraft eines frischen Greisenalters steckte. Nachdem er das Rad noch ein paar Umdrehungen hatte machen lassen, nahm er den Fuß vom Trittbrett der Drehbank herunter, wischte den Drehstahl ab, warf ihn in eine an der Drehbank angebrachte Ledertasche, ging an den Tisch und rief seine Tochter heran. Er segnete seine Kinder niemals; so hielt er ihr denn nur seine stachlige, an diesem Tag noch nicht rasierte Wange hin, musterte sie mit einem prüfenden Blick und sagte in strengem Ton, aus dem aber doch eine gewisse Zärtlichkeit herauszuhören war: »Wohl und munter? Nun, dann setz dich!« Er griff nach einem von ihm eigenhändig geschriebenen Geometrieheft und zog sich mit dem Fuß seinen Sessel heran.

»Für morgen!« sagte er, indem er schnell eine Seite aufschlug und mit seinem harten Nagel von einem Paragraphen bis zu einem andern einen Strich als Zeichen eindruckte. Die Prinzessin beugte sich über den Tisch und das Heft.

»Warte; da ist ein Brief für dich«, sagte der alte Mann, holte aus einer oberhalb des Tisches befestigten Tasche einen Brief, dessen Adresse eine weibliche Hand erkennen ließ, und warf ihn auf den Tisch.

Beim Anblick des Briefes erschienen auf dem Gesicht der Prinzessin rote Flecke. Eilig griff sie nach ihm und bückte sich über ihn.

»Von deiner Héloïse?« fragte der Fürst kühl lächelnd, wobei seine starken, gelblichen Zähne sichtbar wurden.

»Ja, von Julja«, antwortete die Prinzessin; sie blickte den Vater schüchtern an und lächelte zaghaft.

»Noch zwei Briefe will ich durchlassen; aber den dritten werde ich lesen«, sagte der Fürst in strengem Ton. »Ich fürchte, ihr schreibt einander viel dummes Zeug. Den dritten Brief werde ich lesen.«

»Sie können ja auch diesen schon lesen, Väterchen«, antwortete die Prinzessin, noch stärker errötend, und reichte ihm den Brief hin.

»Den dritten; ich habe gesagt: den dritten!« rief der Fürst kurz und stieß den Brief zurück. Dann stützte er den Ellbogen auf den Tisch und zog das Heft mit den geometrischen Figuren näher heran.

»Nun, mein Fräulein«, begann der Alte, beugte sich dicht neben seiner Tochter über das Heft und legte den einen Arm auf die Lehne des Sessels, auf dem die Prinzessin saß, so daß diese sich von allen Seiten von einer ihr schon längst bekannten Atmosphäre, gemischt aus Tabaksgeruch und jener scharfen Hautausdünstung, wie sie alten Leuten eigen ist, umgeben fühlte. »Nun, mein Fräulein, diese Dreiecke sind einander ähnlich; du siehst: Der Winkel A B C ...«

Die Prinzessin blickte ängstlich nach den so nahe neben ihr blitzenden Augen des Vaters; rote Flecke erschienen auf ihrem Gesicht, und es war klar, daß sie nichts verstand und sich dermaßen fürchtete, daß diese Angst sie auch hindern würde, alle weiteren Darlegungen des Vaters zu begreifen, mochten sie an sich auch noch so klar sein. Ob nun die Schuld an dem Lehrer lag oder an der Schülerin, genug, jeden Tag wiederholte sich derselbe Vorgang: Es wurde der Prinzessin dunkel vor den Augen, sie sah und hörte nichts mehr, sie fühlte nur in ihrer nächsten Nähe das hagere Gesicht des strengen Vaters, sie empfand seinen Atem und seinen Geruch und hatte nur den einen Gedanken, wie sie wohl am schnellsten aus dem Arbeitszimmer des Vaters herauskommen und auf ihrer eigenen Stube sich die Aufgabe in Ruhe zum Verständnis bringen könne. Der Alte geriet in Erregung, schob den Sessel, auf dem er saß, mit Gepolter vom Tisch zurück und wieder heran, suchte sich zu beherrschen, um nicht heftig zu werden, und wurde es doch fast jedesmal, schalt und schleuderte manchmal ärgerlich das Heft auf den Tisch.

Die Prinzessin hatte eine falsche Antwort gegeben.

»Na, du bist aber doch auch zu dumm!« rief der Fürst, stieß das Heft von sich und wandte sich schnell ab. Im nächsten Augenblick stand er auf, ging ein paarmal im Zimmer hin und her, berührte leise mit den Händen das Haar der Prinzessin und setzte sich wieder hin.

Er rückte seinen Sessel an den Tisch heran und fuhr in seinen Erläuterungen fort.

»Ja, das muß sein, Prinzessin, das muß sein«, sagte er, als die Prinzessin das Heft mit den Aufgaben für das nächste Mal genommen und zugemacht hatte und bereits im Begriff war wegzugehen. »Die Mathematik ist eine wichtige Sache, mein Fräulein. Ich möchte nicht, daß du unsern dummen jungen Damen ähnlich bist. Nur Ernst und Ausdauer; dann gewinnt man die Sache lieb.« Er streichelte ihr mit der Hand die Wange. »Die Mathematik macht den Kopf klar.«

Sie wollte hinausgehen; aber er hielt sie durch eine Handbewegung zurück und nahm von dem Stehpult ein neues, unaufgeschnittenes Buch herunter.

»Da ist noch ein Buch mit dem Titel ›Der Schlüssel des Geheimnisses‹; das schickt dir deine Héloïse. Sie ist wohl sehr religiös. Nun, ich lasse jeden Menschen glauben, was er will, und menge mich da nicht ein. Ich habe nur ein wenig hineingesehen. Nimm! Nun, dann geh nur, geh!«

Er klopfte ihr auf die Schulter und machte selbst hinter ihr die Tür zu.

Prinzessin Marja kehrte mit der trüben, verschüchterten Miene, die nur selten von ihr wich und ihr an sich schon unschönes, kränkliches Gesicht noch unschöner machte, in ihr Zimmer zurück und setzte sich an ihren Schreibtisch, auf dem eine Menge kleiner Porträts standen und Hefte und Bücher in Massen umherlagen. Die Prinzessin war ebenso unordentlich, wie ihr Vater ordentlich war. Sie legte das Geometrieheft hin und erbrach ungeduldig den Brief. Der Brief kam von der besten Jugendfreundin der Prinzessin; diese Freundin war jene selbe Julja Karagina, die am Namenstag bei Rostows gewesen war.

Julja schrieb auf französisch:

»Liebe, teure Freundin!

Es ist doch etwas Schreckliches, etwas Entsetzliches, voneinander getrennt zu sein. Ich mag mir noch so oft sagen, daß Sie die Hälfte meines Daseins und meines Glückes bilden und daß trotz der Entfernung, die uns trennt, unsere Herzen durch unauflösliche Bande verknüpft sind, dennoch bäumt sich mein Herz gegen das Schicksal auf, und trotz der Vergnügungen und Zerstreuungen, die mich umgeben, bin ich nicht imstande, eine gewisse heimliche Traurigkeit zu überwinden, die ich seit unserer Trennung im tiefsten Grunde meines Herzens empfinde. Warum sitzen wir nicht mehr wie in diesem Sommer in Ihrem großen Zimmer zusammen auf dem blauen Sofa, dem ›Sofa der vertraulichen Bekenntnisse‹? Warum kann ich nicht mehr wie vor drei Monaten neue seelische Kraft aus Ihrem so sanften, ruhigen, tiefdringenden Blick schöpfen, aus diesem Blick, den ich so sehr liebte, und den ich jetzt, wo ich an Sie schreibe, vor mir zu sehen glaube!«

Als Prinzessin Marja bis zu dieser Stelle gelesen hatte, seufzte sie und betrachtete sich in dem Trumeau, der rechts von ihr stand. Der Spiegel zeigte ihr einen unschönen, schwächlichen Körper und ein mageres Gesicht. Ihre Augen, auch sonst immer traurig, blickten jetzt mit dem Ausdruck ganz besonderer Hoffnungslosigkeit auf ihr Spiegelbild. »Sie will mir schmeicheln«, sagte die Prinzessin zu sich selbst, wandte sich vom Spiegel ab und fuhr fort zu lesen. Jedoch hatte Julja ihrer Freundin wirklich keine leere Schmeichelei geschrieben: Die großen, tiefen, leuchtenden Augen der Prinzessin, die mitunter geradezu ganze Garben eines warmen Lichtes auszustrahlen schienen, waren tatsächlich so schön, daß trotz der Unschönheit des ganzen übrigen Gesichtes diese Augen oft reizvoller wirkten als es ein schönes Gesicht vermocht hätte. Aber die Prinzessin bekam diesen schönen Ausdruck ihrer Augen nie zu sehen, diesen Ausdruck, welchen sie in den Augenblicken annahmen, wo sie gar nicht an sich selbst dachte. Wie bei allen Menschen erhielt ihr Gesicht einen gespannten, unnatürlichen, häßlichen Ausdruck, sobald sie sich im Spiegel betrachtete. Sie las weiter:

»Ganz Moskau spricht nur vom Krieg. Von meinen beiden Brüdern befindet sich der eine schon im Ausland; der andere steht bei der Garde, die jetzt ihren Marsch nach der Grenze antritt. Unser teurer Kaiser hat Petersburg verlassen, und wie man behauptet, beabsichtigt er, sein kostbares Leben selbst den Wechselfällen des Krieges auszusetzen. Gott wolle geben, daß das korsische Ungeheuer, das die Ruhe Europas stört, durch den Engel niedergeschmettert werde, den Er, der Allmächtige, in Seiner Barmherzigkeit uns zum Herrscher gegeben hat. Ganz abgesehen von meinen Brüdern hat mich dieser Krieg eines Umganges beraubt, der meinem Herzen besonders teuer war. Ich meine den jungen Nikolai Rostow, der in seiner Begeisterung es nicht hat ertragen können, untätig zu bleiben, und die Universität verlassen hat, um in die Armee einzutreten. Ja, liebe Marja, ich will es Ihnen gestehen, daß, obwohl er noch ein sehr, sehr junger Mensch ist, sein Abgang zur Armee mir ein großer Schmerz gewesen ist. Dieser junge Mann, von dem ich Ihnen schon im Sommer erzählte, besitzt eine edle Gesinnung und eine echt jugendliche Frische, wie man sie nur so selten in unserem Jahrhundert antrifft, wo wir unter zwanzigjährigen Greisen leben. Besonders hervorzuheben sind sein Freimut und seine Herzhaftigkeit. Sein ganzes Denken ist so rein und poetisch, daß meine Beziehungen zu ihm, so flüchtig sie auch waren, dennoch eine der süßesten Freuden meines Herzens bildeten, das schon so viel gelitten hat. Ich werde Ihnen später einmal erzählen, wie wir voneinander Abschied nahmen, und Ihnen alles mitteilen, was wir dabei gesprochen haben. Jetzt ist das alles noch zu frisch. Ach, meine teure Freundin, Sie können sich glücklich schätzen, daß Sie diese Freuden und diese qualvollen Leiden nicht kennen. Jawohl, glücklich; denn die letzteren sind gewöhnlich viel stärker! Ich weiß sehr wohl, daß Graf Nikolai zu jung ist, als daß er mir jemals mehr als ein Freund werden könnte. Aber diese süße Freundschaft, dieses reine, poetische Verhältnis ist meinem Herzen ein Bedürfnis gewesen. Aber sprechen wir nicht mehr davon.

Die große Tagesneuigkeit, die ganz Moskau beschäftigt, ist der Tod des alten Grafen Besuchow und seine Hinterlassenschaft. Denken Sie sich, die drei Prinzessinnen haben nur ganz wenig bekommen, Fürst Wasili gar nichts, und Monsieur Pierre hat alles geerbt und ist obendrein als legitimer Sohn anerkannt worden, somit jetzt Graf Besuchow und Besitzer des größten Vermögens in ganz Rußland. Es heißt, Fürst Wasili habe in dieser ganzen Angelegenheit eine recht häßliche Rolle gespielt und sei mit sehr langem Gesicht nach Petersburg zurückgefahren.

Ich muß Ihnen gestehen, mein Verständnis von diesen Testamentsangelegenheiten ist nur ein sehr geringes; aber seit der junge Mann, den wir alle unter dem simplen Namen Monsieur Pierre kannten, Graf Besuchow und Herr eines so gewaltigen Vermögens geworden ist, ist es für mich ein köstliches Amüsement, bei den mit heiratsfähigen Töchtern gesegneten Müttern und bei diesen jungen Damen selbst zu beobachten, wie sich ihr Ton und ihr ganzes Benehmen diesem jungen Mann gegenüber geändert haben, der mir, beiläufig gesagt, immer als ein herzlich unbedeutendes Individuum erschienen ist. Wie die Leute schon seit zwei Jahren ihr Vergnügen darin finden, mich mit jungen Männern zu verloben, die ich meistens gar nicht kenne, so macht mich jetzt der Moskauer Heiratsklatsch zur Gräfin Besuchowa. Aber Sie können sich leicht denken, daß mein Streben nicht im entferntesten dahin geht, es zu werden. Da ich aber gerade vom Heiraten rede: Was sagen Sie dazu, daß mir vor kurzem die ›Allerweltstante‹ Anna Michailowna unter dem Siegel des tiefsten Geheimnisses ein Heiratsprojekt für Sie anvertraut hat? Und zwar handelt es sich um nicht mehr und nicht weniger als um den Sohn des Fürsten Wasili, Anatol, der durch die Heirat mit einem reichen, vornehmen Mädchen wieder in geordnete Verhältnisse gebracht werden soll; und da ist nun die Wahl seiner Eltern auf Sie gefallen. Ich weiß nicht, wie Sie die Sache ansehen werden; aber ich habe es für meine Pflicht gehalten, Sie davon in Kenntnis zu setzen. Es heißt, er sei ein sehr schöner junger Mann, aber ein arger Taugenichts; das ist alles, was ich über ihn habe in Erfahrung bringen können.

Aber nun genug mit diesem Geplauder! Ich bin schon am Ende des zweiten Briefbogens angelangt, und Mama läßt mich rufen, da wir zu Apraxins zum Diner müssen.

Lesen Sie das mystische Buch, das ich Ihnen gleichzeitig schicke; es macht hier bei uns gewaltiges Aufsehen. Obgleich in diesem Buch Dinge stehen, an die der schwache Menschenverstand kaum heranreicht, so ist es dennoch ein bewundernswürdiges Buch, dessen Lektüre auf die Seele beruhigend und erhebend wirkt. Adieu! Richten Sie bitte meine Empfehlungen an Ihren Herrn Vater und meine Grüße an Mademoiselle Bourienne aus. Ich umarme Sie in herzlicher Zuneigung. *Julja.*

PS: Schreiben Sie mir doch, wie es Ihrem Bruder und seiner reizenden kleinen Frau geht.«

Die Prinzessin sann ein Weilchen mit einem schwermütigen Lächeln nach, wobei ihr Gesicht, von den strahlenden Augen erhellt, sich völlig verklärte; dann stand sie schnell auf und ging mit ihren schweren Schritten an den Tisch. Sie holte sich Briefpapier hervor, und ihre Feder begann schnell darüber hinzufahren. Die Prinzessin schrieb folgende Antwort:

»Liebe, teure Freundin!

Ihr Brief vom 13. hat mir eine große Freude bereitet. Sie lieben mich also immer noch, meine poetische Julja. Die Trennung, von der Sie so viel Böses sagen, hat also auf Sie ihre gewöhnliche Wirkung nicht ausgeübt. Sie klagen darüber, daß Sie von diesem und jenem getrennt sind – was müßte ich erst sagen, wenn ich überhaupt wagte, mich zu beklagen, ich, die ich aller derjenigen beraubt bin, die mir teuer sind? Ach, wenn wir nicht die Religion hätten, um uns zu trösten, so wäre das Leben doch gar zu traurig. Warum setzen Sie bei mir eine strenge Beurteilung voraus, wenn Sie mir von Ihrer Neigung zu dem jungen Mann schreiben? In solchen Dingen bin ich gegen niemand streng als gegen mich selbst. Ich habe für diese Gefühle bei anderen Verständnis, und wenn ich ihnen auch nicht eigentlich Beifall zollen kann, da ich sie nie selbst empfunden habe, so verurteile ich sie doch nicht. Nur bin ich der Ansicht, daß die christliche Liebe, die Nächstenliebe, dieLiebe zu unseren Feinden verdienstlicher, süßer und schöner ist als die Empfindungen, welche die schönen Augen eines jungen Mannes bei einem poetisch veranlagten, der Liebe zugänglichen jungen Mädchen, wie Ihnen, hervorrufen können.

Die Nachricht von dem Tod des Grafen Besuchow war uns schon vor Ihrem Brief zugegangen, und mein Vater war davon tief ergriffen. Er sagt, das sei der vorletzte Repräsentant jenes großen Jahrhunderts gewesen, und nun komme er selbst an die Reihe; indes werde er tun, was in seinen Kräften stehe, um erst möglichst spät daranzukommen. Gott wolle uns vor diesem furchtbaren Unglück bewahren!

Ihre Meinung über Pierre, den ich schon gekannt habe, als wir noch Kinder waren, vermag ich nicht zu teilen. Er schien mir immer ein vortreffliches Herz zu besitzen, und das ist die Eigenschaft, die ich an den Menschen am höchsten schätze. Was seine Erbschaft anbelangt und die Rolle, die Fürst Wasili dabei gespielt hat, so ist das für alle beide recht traurig. Ach, liebe Freundin, das Wort unseres göttlichen Erlösers, es sei leichter, daß ein Kamel durch ein Nadelöhr gehe, als daß ein Reicher in das Reich Gottes komme, dieses Wort ist ebenso wahr als furchtbar; ich beklage den Fürsten Wasili, aber noch mehr bedauere ich Pierre. So jung noch und dabei mit diesem Reichtum belastet, welche Versuchungen wird er da nicht durchzumachen haben! Wenn man mich fragte, was ich mir auf der Welt am meisten wünschte, so wäre mein Wunsch der, ärmer zu sein als der ärmste Bettler. Tausend Dank, liebe Freundin, für das mir freundlichst übersandte Werk, das bei Ihnen so großes Aufsehen erregt. Da Sie mir indessen schreiben, es enthalte neben mancherlei Gutem auch anderes, an das die schwache menschliche Vernunft nicht heranreicht, so scheint es mir ziemlich zwecklos, sich mit einer unverständlichen Lektüre zu beschäftigen, die eben deshalb keinerlei Vorteil gewähren kann. Unbegreiflich ist mir immer die Passion mancher Leute gewesen, sich die eigene Denkkraft dadurch zu verwirren, daß sie sich mit mystischen Büchern abgeben, die nur Zweifel im Geist des Lesenden erregen, seine Phantasie überreizen und seinem ganzen Wesen etwas Übertriebenes geben, das zu der christlichen Einfalt im schroffsten Widerspruch steht. Wir tun besser, die Schriften der Apostel und die Evangelien zu lesen. Aber auch da sollen wir nicht den Versuch machen, in das einzudringen, was sie Mysteriöses enthalten; denn wie könnten wir elenden Sünder uns erdreisten, in die furchtbaren, heiligen Geheimnisse der Vorsehung eindringen zu wollen, solange wir diese fleischliche Hülle an uns tragen, die zwischen uns und dem Ewigen gleichsam eine undurchdringliche Scheidewand errichtet? Begnügen wir uns lieber damit, die erhabenen Weisungen in uns aufzunehmen, die unser göttlicher Erlöser uns für unser irdisches Leben hinterlassen hat; suchen wir, uns nach ihnen zu bilden und ihnen zu folgen; lassen wir uns von der Überzeugung durchdringen, daß, je weniger freien Spielraum wir unserm schwachen menschlichen Geist verstatten, er um so angenehmer dem Allmächtigen ist, der alle Weisheit verwirft, die nicht von Ihm kommt, und daß, je weniger wir das zu ergründen suchen, was unserer Kenntnis zu entziehen Ihm gefallen hat, Er um so eher es uns durch Seinen Heiligen Geist wird erkennen lassen.

Von einem Bewerber um meine Hand hat mir mein Vater nichts gesagt; er hat mir nur mitgeteilt, er habe einen Brief vom Fürsten Wasili erhalten und erwarte dessen Besuch. Hinsichtlich des mich betreffenden Heiratsprojektes muß ich Ihnen, liebe, teure Freundin, sagen, daß die Ehe meiner Ansicht nach eine göttliche Einrichtung ist, der wir uns fügen müssen. Sollte der Allmächtige mir jemals die Pflichten einer Gattin und Mutter auferlegen, so werde ich, mag es mir auch noch so schwer werden, sie so treu, wie ich nur irgend kann, zu erfüllen suchen, ohne vorher eine ängstliche Prüfung meiner Gefühle gegen denjenigen vorzunehmen, den Er mir zum Gatten geben wird.

Von meinem Bruder habe ich einen Brief erhalten, in dem er mir seine und seiner Frau baldige Ankunft in Lysyje-Gory in Aussicht stellt. Aber es wird nur eine kurze Freude sein; denn er verläßt uns, um an diesem unglückseligen Krieg teilzunehmen, in den wir, Gott weiß wie und warum, uns haben hineinziehen lassen. Nicht nur dort bei Ihnen, im Mittelpunkt des geschäftlichen und gesellschaftlichen Lebens, bildet der Krieg das einzige Gesprächsthema; auch hier inmitten dieser ländlichen Arbeiten und dieses stillen Friedens der Natur, der nach der gewöhnlichen Vorstellung der Städter auf dem Land herrscht, macht sich das Geräusch des Krieges hörbar und in schmerzlicher Weise fühlbar. Mein Vater redet nur noch von Märschen und Kontremärschen, Dingen, von denen ich nichts verstehe, und als ich vorgestern bei meinem gewöhnlichen Spaziergang durch die Dorfstraße kam, wurde ich Zeugin einer herzzerreißenden Szene. Es war ein Trupp Rekruten, die bei uns ausgehoben waren und nun zum Heer abgehen sollten. Es war entsetzlich zu sehen, in welchem Zustand sich die Mütter, die Frauen und die Kinder der abmarschierenden Männer befanden, entsetzlich zu hören, wie die Zurückbleibenden und die Wegziehenden schluchzten! Man möchte sagen, die Menschheit habe die Gebote ihres göttlichen Erlösers vergessen, der uns doch geheißen hat, einander zu lieben und Beleidigungen zu verzeihen, und suche nun ihr größtes Verdienst in der Kunst, sich wechselseitig zu morden.

Adieu, liebe, gute Freundin! Mögen unser göttlicher Erlöser und Seine allerheiligste Mutter Sie in ihren heiligen, mächtigen Schutz nehmen.

Marja.«

»Ah, Sie sind dabei, einen Brief für die Post zurechtzumachen, Prinzessin; ich habe den meinigen schon fertiggestellt. Ich habe an meine arme Mutter geschrieben«, sagte rasch mit angenehmer, vollklingender Stimme, das r etwas schnarrend, die lächelnde Mademoiselle Bourienne; sie brachte in die bedrückende, trübe, ernste Atmosphäre der Prinzessin gleichsam einen Hauch aus einer ganz anderen Welt, etwas Leichtlebiges, Vergnügtes, Selbstzufriedenes.

»Ich muß Sie warnen, Prinzessin«, fügte sie mit leiserer Stimme hinzu; »der Fürst hat einen Wortwechsel« (das Wort »Wortwechsel« sprach sie ganz besonders schnarrend und hatte offenbar ihr Vergnügen daran, sich selbst zu hören), »einen Wortwechsel mit Michail Iwanowitsch gehabt. Er ist sehr übler Laune, sehr mißgestimmt. Seien Sie also gewarnt; Sie wissen ja …«

»Oh, liebe Freundin«, erwiderte die Prinzessin Marja, »ich habe Sie gebeten, niemals mit mir darüber zu sprechen, in welcher Laune sich mein

Vater befindet. Ich erlaube mir nicht, über ihn zu urteilen, und mag nicht gern, daß andere es tun.«

Die Prinzessin sah nach der Uhr, und als sie bemerkte, daß bereits fünf Minuten von der Zeit verstrichen waren, die sie auf das Klavierspiel verwenden sollte, ging sie mit erschrockener Miene nach dem Sofazimmer. Die Zeit von zwölf bis zwei Uhr widmete nach der festgesetzten Tagesordnung der Fürst der Ruhe und Erholung, und die Prinzessin hatte unterdessen Klavier zu spielen.

XXVI

Der hochbejahrte Kammerdiener Tichon saß im Geschäftszimmer und horchte im Halbschlummer auf das Schnarchen des Fürsten im benachbarten geräumigen Arbeitszimmer. Von einem entfernten Teil des Hauses her hörte man durch die geschlossenen Türen die wohl zwanzigmal wiederholten schwierigen Passagen einer Dussekschen Sonate.

Um diese Zeit fuhren bei dem Portal eine Equipage und eine Britschke vor. Aus der Equipage stieg Fürst Andrei aus, half seiner kleinen Frau beim Aussteigen und ließ sie vorangehen. Der greise Tichon, den Kopf mit einer Perücke bedeckt, schob sich aus der Tür des Geschäftszimmers heraus, meldete flüsternd, daß der Fürst ruhe, und machte eilig die Tür hinter sich zu. Tichon wußte, daß weder die Ankunft des Sohnes noch sonstige außergewöhnliche Ereignisse die Tagesordnung stören durften. Fürst Andrei wußte das offenbar ebensogut wie Tichon; er blickte auf seine Uhr, als ob er kontrollieren wollte, ob sich die Gewohnheiten seines Vaters in der Zeit, wo er ihn nicht gesehen hatte, auch nicht verändert hätten, und nachdem er sich überzeugt hatte, daß dies nicht der Fall war, wandte er sich an seine Frau:

»In zwanzig Minuten wird er aufstehen«, sagte er. »Wir wollen unterdessen zu Prinzessin Marja gehen.«

Die kleine Fürstin war in der letzten Zeit noch stärker geworden; aber ihre Augen und die sich hinaufziehende kurze Oberlippe mit dem Schnurrbärtchen und dem Lächeln, wenn sie zu sprechen begann, nahmen sich noch ebenso lustig und allerliebst aus.

»Aber das ist ja ein wahrer Palast!« sagte sie, sich umblickend, zu ihrem Mann, mit demselben Gesichtsausdruck, mit dem man auf einem Ball sich dem Hausherrn gegenüber bewundernd äußert. »Nun, dann wollen wir schnell hingehen!« Um sich blickend, lächelte sie alle an, den Kammerdiener Tichon und ihren Mann und den sie geleitenden Diener.

»Das ist wohl Marja, die da übt? Wir wollen leise gehen und sie überraschen.«

Fürst Andrei folgte ihr mit höflicher, aber trüber Miene.

»Du bist alt geworden, Tichon«, sagte er zu dem Greis, der ihm die Hand küßte.

Vor dem Zimmer, aus dem das Klavierspiel ertönte, kam aus einer Seitentür die hübsche, blonde Französin herausgestürzt. Mademoiselle Bourienne schien vor Entzücken ganz närrisch zu sein.

»Ah, welche Freude für die Prinzessin!« rief sie aus. »Endlich! Ich muß sie benachrichtigen!«

»Nein, nein, bitte nicht! Sie sind Mademoiselle Bourienne; ich weiß schon von Ihnen durch meine Schwägerin, die Ihnen so sehr zugetan ist«, sagte die Fürstin und küßte sich mit der Französin. »Sie erwartet uns wohl nicht?«

Sie gingen auf die Tür des Sofazimmers zu, aus dem immer ein und dieselbe Passage in steter Wiederholung zu hören war. Fürst Andrei blieb stehen und machte ein finsteres Gesicht, als ob er irgendeine Unannehmlichkeit erwartete.

Die Fürstin trat ein. Die Passage brach jäh in der Mitte ab; man hörte einen Aufschrei, die schweren Schritte der Prinzessin Marja und den Ton von Küssen. Als dann auch Fürst Andrei hineintrat, hielten sich die Prinzessin und die Fürstin, die einander vorher nur einmal bei Fürst Andreis Hochzeit kurze Zeit gesehen hatten, mit den Armen umschlungen und preßten immer noch die Lippen auf dieselben Gesichtsstellen, die sie im ersten Augenblick der Begegnung gerade getroffen hatten. Mademoiselle Bourienne stand neben ihnen, drückte die Hände gegen das Herz und lächelte andächtig, offenbar ebenso bereit zum Weinen wie zum Lachen. Fürst Andrei zuckte die Achseln und runzelte die Stirn, etwa wie jemand, der musikalisches Gehör besitzt und eine falsche Note hört. Die beiden Frauen ließen einander nun los; aber dann griffen sie eilig, als ob sie etwas zu versäumen fürchteten, eine jede nach den Händen der andern und begannen einander die Hände zu küssen und einander die Hände zu entziehen, und dann küßten sie einander wieder ins Gesicht und brachen, für Fürst Andrei völlig unerwartet, in Tränen aus und fingen darauf wieder an, sich zu küssen. Mademoiselle Bourienne weinte gleichfalls. Dem Fürsten Andrei wurde die Sache augenscheinlich unbehaglich; den beiden Frauen aber erschien es als etwas ganz Natürliches, daß sie weinten; sie schienen es sich gar nicht denken zu können, daß sich dieses Wiedersehen in anderer Form abspielen könne.

»Ach, meine Liebe …! Ach, Marja!« fingen beide auf einmal an und lachten auf. »Diese Nacht hat mir geträumt … Du hattest uns also heute nicht erwartet … Ach, Marja, du bist aber mager geworden … Und du hast zugenommen …«

»Ich habe die Fürstin sofort wiedererkannt«, warf Mademoiselle Bourienne dazwischen.

»Und ich hatte keine Ahnung!« rief die Prinzessin Marja. »Ach, Andrei, ich habe dich ja noch gar nicht gesehen!«

Fürst Andrei küßte seine Schwester, indem er ihr gleichzeitig die Hand drückte, und sagte zu ihr, sie sei noch dieselbe Tränentraufe, die sie immer gewesen sei. Prinzessin Marja betrachtete nun ihren Bruder, und durch die Tränen hindurch ruhte der liebevolle, warme, sanfte Blick ihrer großen und in diesem Augenblick schönen, strahlenden Augen auf dem Gesicht des Fürsten Andrei.

Die Fürstin redete ohne Unterbrechung. Die kurze Oberlippe mit dem Schnurrbärtchen zog sich fortwährend für einen Augenblick nach unten, berührte sich an der gehörigen Stelle mit der roten Unterlippe, und dann öffneten sich die Lippen wieder zu einem Lächeln mit blitzenden Zähnen und Augen. Die Fürstin erzählte von einem Unfall, der ihnen auf dem Heilandsberg begegnet war und ihr bei ihrem Zustand hätte gefährlich werden können, und unmittelbar darauf teilte sie mit, daß sie alle ihre Kleider in Petersburg gelassen habe und nun hier in Gott weiß was für einem Aufzug herumgehen müsse, und daß Andrei sich vollständig verändert habe, und daß Kitty Odynzowa die Frau eines ganz alten Mannes geworden sei, und daß sich ein Bewerber für die Prinzessin Marja gefunden habe (ganz im Ernst!), und daß sie darüber später noch eingehender reden würden. Prinzessin Marja sah noch immer schweigend ihren Bruder an; Liebe und Traurigkeit lagen in dem Blick ihrer schönen Augen. Es war deutlich, daß sich in ihrem Kopf jetzt ein besonderer Gedankengang vollzog, unabhängig von dem Gerede ihrer Schwägerin. Mitten in der Erzählung der Fürstin über das letzte Petersburger Fest wandte sich Marja an ihren Bruder.

»Und das steht nun endgültig fest, daß du in den Krieg gehst, Andrei?« fragte sie seufzend.

Lisa seufzte ebenfalls.

»Ich reise sogar schon morgen ab«, antwortete der Bruder.

»Er läßt mich hier allein, und Gott weiß warum, da er doch auch ohne das ein gutes Avancement haben konnte …« Prinzessin Marja hörte nicht nach ihr hin; ihren eigenen Gedankenfaden weiterspinnend, wandte sie sich zu ihrer Schwägerin und fragte, mit freundlichem Blick auf deren Leib deutend:

»Ist es denn sicher?«

Der Gesichtsausdruck der Fürstin veränderte sich. Sie seufzte.

»Ja, es ist sicher«, antwortete sie. »Ach, das ist so furchtbar …«

Lisas Lippe senkte sich herab. Sie näherte ihr Gesicht dem Gesicht ihrer Schwägerin und brach unerwartet wieder in Tränen aus.

»Sie muß sich erholen«, sagte Fürst Andrei mit finsterer Miene. »Nicht wahr, Lisa? Führe sie in dein Zimmer; ich will unterdes zu unserm Vater gehen. Wie geht es ihm? Alles unverändert?«

»Jawohl, alles unverändert; wenigstens meine ich, daß es auch dir so vorkommen wird«, antwortete die Prinzessin in freudigem Ton.

»Immer noch dieselbe Stundeneinteilung, dieselben Spaziergänge in den Alleen? Auch die Drehbank?« fragte Fürst Andrei mit einem kaum wahrnehmbaren Lächeln, welches zeigte, daß er bei all seiner Liebe und Achtung für seinen Vater doch dessen Schwächen kannte.

»Dieselbe Stundeneinteilung und die Drehbank und auch seine Beschäftigung mit der Mathematik und meine Geometriestunden«, erwiderte Prinzessin Marja fröhlich, als ob diese Geometriestunden zu ihren angenehmsten Erlebnissen gehörten.

Als die zwanzig Minuten um waren, die noch bis zum Aufstehtermin des alten Fürsten gefehlt hatten, kam Tichon, um den jungen Fürsten zu seinem Vater zu rufen. Der Ankunft des Sohnes zu Ehren ließ der alte Fürst in seiner gewöhnlichen Lebensordnung nun doch insofern eine Abweichung eintreten, als er den Sohn in der Zeit, wo er sich zum Mittagessen ankleidete, in sein Zimmer kommen ließ. Der Fürst war bei der altväterischen Tracht geblieben: dem langschößigen Kaftan und dem gepuderten Haar. Als Fürst Andrei bei seinem Vater eintrat (nicht mit dem mürrischen Gesicht und Benehmen, das er in den Salons annahm, sondern mit der lebhaften Miene, die er bei dem Gespräch mit Pierre gehabt hatte), saß der alte Herr im Pudermantel auf einem breiten, mit Saffian überzogenen Lehnsessel und hatte seinen Kopf den Händen Tichons anvertraut.

»Aha! Der Krieger! Also den Bonaparte willst du bekriegen?« sagte der Alte und schüttelte seinen gepuderten Kopf, soweit das der Zopf gestattete, welchen Tichon gerade zum Flechten in den Händen hielt. »Dann nimm ihn dir nur gehörig vor, sonst macht er bald auch uns noch zu seinen Untertanen. Sei willkommen!« Er hielt ihm seine Backe hin.

Der Alte befand sich jetzt, da er vor Tisch geschlafen hatte, in guter Laune. (Er pflegte zu sagen, der Schlaf nach Tisch sei Silber, der Schlaf vor Tisch Gold.) Vergnügt richtete er unter seinen dichten, buschigen Brauen hervor einen schrägen Blick auf den Sohn. Fürst Andrei trat heran und küßte den Vater auf die Stelle, die dieser ihm angewiesen hatte. Auf das Lieblingsthema des Vaters, Spötteleien über die Kriegsleute der Gegenwart und namentlich über Bonaparte, ging er nicht ein.

»Ich habe Ihnen, lieber Vater, auch meine Frau mit hergebracht, die sich in anderen Umständen befindet«, sagte Fürst Andrei und verfolgte mit lebhaften, respektvollen Blicken jede Bewegung in den Gesichtszügen seines Vaters. »Wie steht es mit Ihrem Befinden?«

»Krank, mein Sohn, sind nur Dummköpfe und Schlemmer. Mich aber kennst du ja wohl: Ich habe vom Morgen bis zum Abend meine Beschäftigung und lebe mäßig; nun, da bin ich denn auch gesund.«

»Gott sei Dank!« sagte der Sohn lächelnd.

»Gott hat damit nichts zu schaffen. Aber nun erzähle«, fuhr er, auf sein Steckenpferd zurückkommend, fort; »ihr habt ja da eine neue Wissenschaft, die sogenannte Strategie, und die Deutschen sind darin eure Lehrmeister; wie werdet ihr also nun mit Bonaparte kämpfen?«

Fürst Andrei lächelte.

»Lassen Sie mich nur erst nach der Reise zur Besinnung kommen, lieber Vater«, antwortete er, und sein Lächeln zeigte, daß die Schwächen des Vaters seine Liebe und Verehrung für diesen nicht beeinträchtigten. »Ich habe mich ja noch nicht einmal einlogiert.«

»Unsinn, Unsinn!« rief der Alte, schüttelte sein Zöpfchen, um zu probieren, ob es auch fest geflochten sei, und ergriff den Sohn bei der Hand. »Die Wohnung für deine Frau steht bereit. Prinzessin Marja wird sie hinführen und ihr alles zeigen und ein langes und breites mit ihr schwatzen. Das werden alles die Weiber unter sich besorgen. Ich freue mich, daß wir deine Frau hier haben. Na, nun setz dich her und erzähle. Was die Michelsonsche Armee bezweckt, verstehe ich; auch die Tolstoische … eine gleichzeitige Landung. Aber was soll die Südarmee tun? Preußen hält sich neutral … das weiß ich. Wie steht es mit Österreich?« Während er so sprach, war er von seinem Lehnsessel aufgestanden und ging im Zimmer auf und ab, wobei Tichon hinter ihm herlief und ihm die einzelnen Stükke seines Anzuges zureichte. »Und wie wird sich Schweden verhalten? Wie werden sie durch Pommern hindurchkommen?«

Da Fürst Andrei sah, daß der Vater hartnäckig auf seinem Verlangen bestand, so begann er, anfangs nur ungern, aber dann allmählich lebhafter werdend (dies zeigte sich auch darin, daß er mitten in der Erzählung unwillkürlich vom Russischen zu dem ihm geläufigeren Französischen überging), den Operationsplan des bevorstehenden Feldzuges auseinanderzusetzen. Er berichtete, eine Armee von neunzigtausend Mann solle Preußen bedrohen, um es zur Aufgabe seiner Neutralität zu veranlassen und es in den Krieg mit hineinzuziehen; ein Teil dieser Truppen solle sich in Stralsund mit den schwedischen Truppen vereinigen; zweihundertzwanzigtausend Österreicher nebst hunderttausend Russen seien für die Operationen in Italien und am Rhein bestimmt; fünfzigtausend Russen und fünfzigtausend Engländer würden in Neapel landen; so würden im ganzen fünfhunderttausend Mann von verschiedenen Seiten auf die Franzosen losgehen. Der alte Fürst bekundete auch nicht durch das geringste Zeichen ein Interesse für diese Darlegung, als ob er gar nicht danach hinhörte, und während er fortfuhr, sich im Auf- und Abgehen anzukleiden, unterbrach er den Redenden dreimal in recht unerwarteter Weise. Das erstemal zwang er ihn innezuhalten, indem er rief:

»Die weiße, die weiße!«

Dies bedeutete, Tichon habe ihm nicht die Weste gegeben, die er anziehen wolle. Das zweitemal blieb er stehen und fragte:

»Steht ihre Entbindung bald bevor?« Und auf Fürst Andreis bejahende Antwort sagte er: »Schlimm, schlimm! Aber sprich nur weiter!«

Das drittemal fing der Alte, als Fürst Andrei seine Auseinandersetzung beendigt hatte, mit seiner Greisenstimme und mit mancher falschen Note an zu singen: »Marlborough s'en va-t-en guerre; dieu sait quand reviendra.«

Der Sohn lächelte nur.

»Ich sage nicht, daß dieser Plan mir besonders gut schiene«, sagte der Sohn. »Ich habe Ihnen nur berichtet, was man tatsächlich beabsichtigt. Napoleon hat gewiß auch schon seinen Feldzugsplan fertig, und der wird nicht schlechter sein als der unsrige.«

»Na, Neues hast du mir nichts gesagt.« Und dann murmelte der Alte, sich seinen Gedanken überlassend, schnell vor sich hin: »Dieu sait quand reviendra.«

»Geh nur jetzt ins Eßzimmer«, fügte er laut hinzu.

XXVII

Zur bestimmten Stunde trat der alte Fürst, gepudert und rasiert, in das Eßzimmer, wo ihn seine Schwiegertochter, die Prinzessin Marja, sein Sohn, Mademoiselle Bourienne und der Baumeister erwarteten, welcher letztere zufolge einer sonderbaren Laune des alten Herrn zur Tafel zugelassen war, obgleich er nach seiner unbedeutenden sozialen Stellung in keiner Weise auf eine solche Ehre einen Anspruch hatte. Der Fürst, der sonst streng auf die Standesunterschiede hielt und sogar hohen Gouvernementsbeamten nur selten einen Platz an seinem Tisch vergönnte, hatte auf einmal an der Person des Baumeisters Michail Iwanowitsch, der sich immer in der Zimmerecke in sein kariertes Taschentuch schneuzte, den Beweis führen wollen, daß alle Menschen gleich seien, und seiner Tochter gegenüber wiederholentlich betont, daß Michail Iwanowitsch in keiner Hinsicht etwas Geringeres sei als sie und er, der Fürst, selbst. Und bei Tisch wandte sich der Fürst besonders oft an diesen schweigsamen Michail Iwanowitsch.

Im Eßzimmer, das wie alle Zimmer im Haus von gewaltiger Höhe war, erwarteten den Eintritt des alten Fürsten die Hausgenossen sowie die hinter einem jeden Stuhl stehenden Diener; der Haushofmeister, eine Serviette in der Hand, musterte das Arrangement der Tafel, winkte den Dienern mit den Augen und ließ seinen unruhigen Blick beständig zwischen der Wanduhr und der Tür hin und her gehen, durch die der alte Fürst erscheinen mußte. Fürst Andrei betrachtete ein gewaltig großes, in einen goldenen Rahmen eingefaßtes, ihm noch unbekanntes Bild, welches den Stammbaum der Fürsten Bolkonski darstellte, gegenüber hing ein ebenso großes, ebenso eingerahmtes Gemälde, das schlecht gemalte, offenbar von der Hand eines leibeigenen Malers herrührende Porträt eines regierenden Fürsten mit einer Krone auf dem Haupt; dies sollte ein Nachkomme Ruriks und der Ahnherr des Bolkonskischen Geschlechtes sein. Fürst Andrei betrachtete den Stammbaum und wiegte den Kopf mit einer solchen lächelnden Miene hin und her, wie man sie beim Beschauen eines lächerlich ähnlichen Porträts zu machen pflegt.

»Darin erkenne ich ihn ganz und gar!« sagte er zu der Prinzessin Marja, die zu ihm trat.

Prinzessin Marja blickte ihren Bruder erstaunt an. Sie begriff nicht, worüber er lächelte. Alles, was ihr Vater tat, erweckte bei ihr eine unbegrenzte, jede Kritik ausschließende Ehrfurcht.

»Jeder Mensch hat eben seine Achillesferse«, fuhr Fürst Andrei fort. »Daß er mit seinem gewaltigen Verstand so etwas Lächerliches begeht!«

Der Prinzessin war diese kühne Kritik, die sich der Bruder erlaubte, ganz unfaßbar, und sie schickte sich an, ihm etwas zu erwidern, als sich vom Arbeitszimmer her die erwarteten Schritte hören ließen und der Fürst raschen Schrittes und mit heiterer Miene eintrat; so pflegte er immer zu gehen, wie wenn er absichtlich durch sein eiliges Wesen einen Gegensatz zu der strengen Hausordnung schaffen wollte. In demselben Augenblick schlug die große Uhr zwei, und mit hellem Stimmchen antwortete vom Salon her eine andere. Der Fürst blieb stehen; unter den überhängenden, dichten Brauen hervor musterten seine lebhaften, blitzenden, strengen Augen alle Anwesenden und blieben schließlich auf der jungen Fürstin haften. Die junge Fürstin machte in diesem Augenblick dasselbe Gefühl durch, welches die Hofleute beim Eintreten des Kaisers überkommt, ein Gefühl der Ängstlichkeit und der Ehrfurcht; denn ein solches rief dieser Greis bei allen, die mit ihm in Berührung kamen, hervor. Er streichelte der Fürstin den Kopf und klopfte ihr dann mit einer ungeschickten Bewegung auf den Nacken.

»Ich freue mich, ich freue mich«, sagte er dabei; dann blickte er ihr noch fest in die Augen, trat schnell von ihr weg und setzte sich auf seinen Platz. »Setzt euch, setzt euch! Michail Iwanowitsch, setzen Sie sich!«

Er wies der Schwiegertochter ihren Platz neben sich an. Ein Diener rückte den Stuhl für sie zurecht.

»Hoho!« rief der Alte, indem er einen Blick auf ihre stark gewordene Taille warf. »Du hast dich ja beeilt; das ist nicht gut!«

Er lachte in einer trockenen, kalten, unangenehmen Manier, so wie er immer lachte, nur mit dem Mund, nicht mit den Augen.

»Du mußt gehen, möglichst viel gehen, möglichst viel«, setzte er noch hinzu.

Die kleine Fürstin hatte seine Worte nicht gehört oder nicht hören wollen. Sie schwieg und schien verlegen zu sein. Der Fürst befragte sie nach ihrem Vater, und nun begann die Fürstin zu reden und zu lächeln. Er erkundigte sich bei ihr nach gemeinsamen Bekannten: Die Fürstin wurde noch lebhafter; sie begann zu erzählen, bestellte dem Fürsten Grüße und trug Stadtneuigkeiten vor.

»Die Gräfin Apraxina, die Ärmste, hat ihren Mann verloren und sich fast die Augen darüber ausgeweint«, sagte sie mit immer steigender Lebhaftigkeit.

Aber in dem Maß, in welchem sie lebhafter wurde, blickte der Fürst sie immer strenger und strenger an, und auf einmal, als ob er sie nun hinreichend kennengelernt und sich ein klares Urteil über sie gebildet habe, wandte er sich von ihr ab und zu Michail Iwanowitsch hin.

»Nun, hören Sie mal, Michail Iwanowitsch, unserm Bonaparte wird es schlecht ergehen. Wie mir Fürst Andrei« (so nannte er seinen Sohn stets, wenn er zu andern von ihm sprach) »erzählt hat, werden ganz gewaltige Streitkräfte gegen ihn zusammengebracht! Und wir beide haben ihn immer für einen einfältigen Kerl gehalten!«

Michail Iwanowitsch wußte zwar absolut nicht, wann denn »wir beide« so etwas über Bonaparte gesagt haben sollten; aber er begriff wenigstens so viel, daß diese an ihn gerichteten Worte als Einleitung zu dem Lieblingsgespräch des alten Fürsten dienen sollten, und blickte verwundert auf den jungen Fürsten hin, da ihm noch nicht klar war, wie die Sache sich weiter gestalten werde.

»Ich habe da nämlich einen großen Taktiker!« sagte der alte Fürst zu seinem Sohn, indem er auf den Baumeister wies.

Das Gespräch drehte sich nun wieder um den Krieg, um Bonaparte und die jetzigen Generäle und Staatsmänner. Der alte Fürst schien fest überzeugt zu sein, daß die hochgestellten Männer der Jetztzeit sämtlich dumme Jungen seien, die nicht einmal die ersten Elemente der Kriegs-

und Staatswissenschaft verständen, und daß Bonaparte ein armseliges Französlein sei, das seinen Erfolg nur dem Umstand zu verdanken habe, daß es jetzt keine Potjomkins und Suworows gebe, die man ihm entgegenstellen könnte. Ja, er war sogar überzeugt, daß gar keine politischen Schwierigkeiten in Europa vorhanden seien, daß keine wirklichen Kriege geführt würden, sondern das Ganze nur eine Art von Puppenkomödie sei, die die jetzigen Menschen aufführten, um den Schein zu erwecken, daß sie etwas Ernstes täten.

Fürst Andrei ertrug die Spötteleien des Vaters über die Männer der Neuzeit mit gutem Humor, reizte ihn mit offensichtlichem Vergnügen zu weiteren Auslassungen und hörte ihm aufmerksam zu.

»Alles, was früher gewesen ist, erscheint einem als gut«, erwiderte er. »Aber ist nicht dieser selbe Suworow in die ihm von Moreau gestellte Falle gegangen, aus der er dann nicht wieder herauszukommen verstand?«

»Wer hat dir das gesagt? Wer hat dir das gesagt?« schrie der Fürst. »Suworow!« (Er schleuderte den Teller von sich, den Tichon noch flink auffing.) »Suworow …! Überlege, was du sprichst, Fürst Andrei! Zwei große Feldherrn hat's gegeben: Friedrich und Suworow … Moreau! Moreau wäre gefangengenommen worden, wenn Suworow freie Hand gehabt hätte; aber dieser Hofkriegswurstschnapsrat hielt ihm die Hände fest. Mit dieser schönen Einrichtung kann der Teufel selbst nichts leisten. Geht nur hin; ihr werdet diese Hofkriegswursträte schon kennenlernen! Suworow ist mit ihnen nicht zurechtgekommen; wie soll es da Michail Kutusow zustande bringen? Nein, lieber Freund«, fuhr er fort, »ihr und eure Generäle kommt gegen Bonaparte nicht auf; dazu muß man Franzosen nehmen, damit die Franzosen durch Franzosen geschlagen werden. So hat man ja auch diesen Pahlen nach Amerika, nach New York, geschickt, um den Franzosen Moreau herzuholen.« (Er deutete damit darauf hin, daß in diesem Jahr an Moreau eine Einladung ergangen war, in russische Dienste zu treten.) »Aber zu wunderlich, daß ihr die Deutschen zu Lehrmeistern nehmt! Sind denn etwa die Potjomkins, die Suworows, die Orlows Deutsche gewesen? Nein, mein Lieber, entweder habt ihr alle den Verstand verloren, oder ich bin vor Alter schwachsinnig geworden. Gott gebe euch alles Gute; aber wir werden ja sehen. Bonaparte ist in den Augen dieser Menschen ein großer Feldherr geworden! Hm …!«

»Daß auf unserer Seite alle Anordnungen vortrefflich wären, will ich nicht behaupten«, entgegnete Fürst Andrei. »Aber wie Sie so über Bonaparte urteilen können, das ist mir unbegreiflich. Lachen Sie, soviel Sie wollen; aber ein großer Feldherr ist Bonaparte doch!«

»Michail Iwanowitsch!« rief der alte Fürst dem Baumeister zu, der sich mit dem Braten auf seinem Teller beschäftigte und gehofft hatte, es würde niemand mehr an ihn denken. »Ich habe es Ihnen doch gesagt, daß Bonaparte ein großer Taktiker ist? Sehen Sie wohl, der hier sagt es auch.«

»Gewiß, Euer Durchlaucht«, antwortete der Baumeister.

Der Fürst lachte wieder in seiner kalten Manier.

»Bonaparte ist ein Glückspilz. Die Soldaten, die er hat, sind ausgezeichnet. Da hat er nun zuerst mit den Deutschen zu tun gehabt; na, und um die Deutschen nicht zu besiegen, dazu muß einer schon ein besonders schlapper Kerl sein. Solange die Welt steht, sind die Deutschen noch von allen ihren Gegnern geschlagen worden. Sie aber haben niemand geschlagen. Nur sich untereinander. Bei denen hat er sich seinen Ruhm geholt!«

Und nun machte sich der Fürst daran, alle Fehler zu erörtern, die Bonaparte, nach seiner Auffassung, in allen seinen Kriegen und selbst in seiner politischen Tätigkeit begangen hatte. Der Sohn erwiderte nichts; aber es war klar, daß er, mochten ihm auch noch so viele Beweise angeführt werden, ebensowenig imstande war, seine Meinung zu ändern, wie seinerseits der alte Fürst. Fürst Andrei hörte, sich jedes Widerspruchs enthaltend, einfach zu; aber er staunte unwillkürlich darüber, wie dieser alte Mann, der doch schon so viele Jahre allein für sich auf seinem Gut saß, ohne es jemals zu verlassen, es möglich machte, über alle kriegerischen und politischen Ereignisse, die die letzten Jahre in Europa gebracht hatten, so detailliert und so genau Bescheid zu wissen.

»Du denkst wohl, daß ich alter Mann die jetzige Situation nicht verstehe?« schloß er. »Doch, doch; siehst du, das kommt daher: Ich schlafe nachts wenig. Also, wie steht es denn nun mit deinem großen Feldherrn? Wo hat er sich als solcher gezeigt?«

»Das läßt sich nicht so kurz sagen«, antwortete der Sohn.

»Dann geh nur hin zu deinem Bonaparte. Mademoiselle Bourienne, da ist noch ein Bewunderer Ihres Helden, dieses Kaiser gewordenen Troßknechtes!« rief er auf französisch in bester Aussprache.

»Sie wissen, Fürst, daß ich keine Bonapartistin bin.«

»Dieu sait quand reviendra …«, sang der Fürst; sein Singen klang falsch, aber sein Lachen noch falscher; dann stand er vom Tisch auf und ging hinaus.

Die kleine Fürstin hatte während des ganzen Streites geschwiegen und ängstlich bald die Prinzessin Marja, bald ihren Schwiegervater angesehen. Als sie vom Tisch aufgestanden waren, schob sie ihren Arm in den ihrer Schwägerin und ging mit ihr in ein anderes Zimmer.

»Was ist dein lieber Vater doch für ein geistvoller Mann!« sagte sie. »Das wird auch wohl der Grund sein, weshalb er mir solche Furcht einflößt.«

»Ach, er ist so gut, so gut!« erwiderte die Prinzessin.

XXVIII

Am folgenden Tag abends wollte Fürst Andrei abreisen. Der alte Fürst war, ohne von seiner Tagesordnung abzuweichen, nach dem Mittagessen auf sein Zimmer gegangen. Die kleine Fürstin befand sich bei ihrer Schwägerin. Fürst Andrei, in einem Reiserock ohne Epauletten, beschäftigte sich in den ihm angewiesenen Zimmern unter Beihilfe seines Kammerdieners mit Packen, besichtigte dann persönlich die Kalesche, revidierte, ob die Koffer ordentlich aufgeladen waren, und befahl anzuspannen. Im Zimmer waren nur noch diejenigen Sachen zurückgeblieben, die Fürst Andrei immer bei sich führte: eine Schatulle, ein großes, silbernes Reisenecessaire, zwei türkische Pistolen und ein türkischer Säbel, ein Geschenk seines Vaters, der diese Waffen als Beutestücke von der Erstürmung von Otschakow mitgebracht hatte. Alle diese Reiseutensilien hielt Fürst Andrei gut in Ordnung: Alles war sauber, wie neu, und steckte in Tuchfutteralen, die sorgsam mit Bändern zugebunden waren.

Im Augenblick einer Abreise, mit der eine Veränderung der Lebensgestaltung verbunden ist, überkommt alle Menschen, die ihre Handlungen zu überdenken fähig sind, gewöhnlich eine ernste Stimmung; sie pflegen in einem solchen Augenblick einen prüfenden Rückblick auf die Vergangenheit zu werfen und Pläne für die Zukunft zu machen. Fürst Andreis Miene war sehr nachdenklich und mild. Die Hände auf den Rücken gelegt, ging er im Zimmer schnell von einer Ecke nach der andern, blickte gerade vor sich hin und wiegte tief in Gedanken den Kopf. War ihm bange davor, in den Krieg zu gehen? Schmerzte ihn die Trennung von seiner Frau? Vielleicht sowohl das eine wie das andere; aber da er anscheinend nicht wünschte, von jemand in dieser Stimmung gesehen zu werden, nahm er, sowie er Schritte auf dem Flur hörte, eilig die Arme vom Rükken, blieb beim Tisch stehen, als ob er damit beschäftigt sei, den Überzug der Schatulle zuzubinden, und gab seinem Gesicht den gewöhnlichen ruhigen, undurchdringlichen Ausdruck. Es waren die schweren Schritte der Prinzessin Marja.

»Man sagt mir, daß du Befehl zum Anspannen gegeben hast«, begann sie ganz außer Atem (sie war offenbar rasch gelaufen), »und ich wollte so gern noch mit dir ein paar Worte unter vier Augen sprechen. Gott weiß, auf wie lange Zeit wir uns wieder trennen. Du bist mir doch nicht böse, daß ich hergekommen bin? Du hast dich sehr verändert, Andruscha*«, fügte sie wie zur Erklärung dieser Frage hinzu.

* Koseform für Andrei. Anmerkung des Übersetzers.

Sie lächelte, als sie das Wort Andruscha aussprach. Augenscheinlich war es ihr selbst ein sonderbarer Gedanke, daß dieser ernste, schöne Mann jener selbe Andruscha sein sollte, jener magere, ausgelassene Knabe, der Gespiele ihrer Kindheit.

»Wo ist denn Lisa?« fragte er, indem er auf ihre Frage nur mit einem Lächeln antwortete.

»Sie war so müde, daß sie in meinem Zimmer auf dem Sofa eingeschlafen ist. Ach, Andrei! Welch einen Schatz besitzt du an dieser Frau«, sagte sie und setzte sich ihrem Bruder gegenüber auf das Sofa. »Sie ist noch vollständig ein Kind, und ein so liebenswürdiges, heiteres Kind. Ich habe sie sehr liebgewonnen.«

Fürst Andrei schwieg; aber die Prinzessin bemerkte den ironischen, geringschätzigen Ausdruck, den sein Gesicht angenommen hatte. »Aber mit ihren kleinen Schwächen muß man Nachsicht haben; wer hätte keine Schwächen, Andrei! Vergiß nicht, daß sie mitten im Getriebe des gesellschaftlichen Lebens aufgewachsen und erzogen ist. Und dann ist auch ihre Lage jetzt keine rosige. Man muß sich in die Lage eines jeden hineinversetzen. ›Alles verstehen heißt alles verzeihen.‹ Bedenke nur, wie schwer es der Ärmsten nach dem Leben, das sie gewohnt war, werden muß, sich von ihrem Mann zu trennen und so allein auf dem Land zu bleiben, und noch dazu in ihrem Zustand. Das ist eine sehr schwere Aufgabe.«

Fürst Andrei lächelte, während er seine Schwester ansah, so wie man zu lächeln pflegt, wenn man Menschen reden hört, die man bis auf den Grund ihrer Seele zu kennen glaubt.

»Du lebst ja doch auch auf dem Land und findest dieses Leben nicht so schrecklich«, sagte er.

»Mit mir ist das eine andere Sache. Von mir ist da weiter nicht zu reden. Ich wünsche mir kein anderes Leben und kann es mir auch gar nicht wünschen, weil ich ein anderes Leben eben nicht kenne. Aber bedenke, Andrei, was das für eine junge Frau, die am gesellschaftlichen Leben ihre Freude gehabt hat, besagen will, wenn sie sich in den besten Jahren des Lebens auf dem Land vergraben soll. Und allerdings wird sie sich hier sehr einsam fühlen; denn Papa ist immer beschäftigt, und ich –: Du kennst mich, wie wenig ich einer Frau zu bieten vermag, die an bessere Gesellschaft gewöhnt ist. Nur Mademoiselle Bourienne …«

»Sie mißfällt mir recht sehr, eure Mademoiselle Bourienne«, sagte Fürst Andrei.

»O nicht doch! Sie ist sehr lieb und gut, und was die Hauptsache ist, sie ist ein bedauernswertes Mädchen. Sie hat so gar niemand, keinen Menschen. Die Wahrheit zu sagen, ich habe gar nicht das Bedürfnis, sie um mich zu haben; es ist mir sogar oft peinlich. Ich bin, wie du weißt, immer etwas menschenscheu gewesen und bin es jetzt in noch höherem Grad als früher. Ich fühle mich am wohlsten, wenn ich allein bin. Aber unser Vater hat sie gern. Sie und Michail Iwanowitsch, das sind die beiden Menschen, gegen die er immer freundlich und gütig ist, weil er ihnen beiden Wohltaten erwiesen hat; denn wie Sterne sagt: ›Wir lieben die Menschen nicht sowohl um des Guten willen, das sie uns getan haben, als um des Guten willen, das wir ihnen getan haben.‹ Unser Vater hat sie als vaterlose Waise geradezu von der Straße in sein Haus genommen, und sie ist ein sehr gutes Wesen. Und dem Vater sagt ihre Art vorzulesen zu. Sie liest ihm abends vor. Sie liest ausgezeichnet.«

»Nun meinetwegen; aber sage einmal offen, Marja, ich meine, es muß dir bei dem Charakter des Vaters doch manchmal schwer werden, mit ihm auszukommen?« fragte Fürst Andrei unvermittelt.

Prinzessin Marja war zunächst erstaunt, dann aber ganz erschrocken über diese Frage.

»Mir …? Mir …? Mir sollte es schwer werden?« erwiderte sie.

»Er war ja immer rauh und schroff; aber jetzt ist es, wie mir scheint, besonders schwer, mit ihm zu verkehren«, sagte Fürst Andrei; er sprach, wie es schien, absichtlich in so leichtfertiger Art über den Vater, um seine Schwester in Erstaunen zu versetzen oder sie auf die Probe zu stellen.

»Du bist sonst in jeder Hinsicht ein so guter Mensch, Andrei; aber du bist zu stolz auf deinen Verstand«, erwiderte die Prinzessin, die mehr ihrem eigenen Gedankengang als dem Gang des Gesprächs folgte, »und das ist eine große Sünde. Darf man denn überhaupt über den eigenen Vater sich ein Urteil erlauben? Und wenn man es dürfte, wie könnte ein solcher Mann wie unser Vater ein anderes Gefühl erwecken als Ehrfurcht? Und ich bin so zufrieden, so glücklich in dem Zusammenleben mit ihm. Ich möchte nur wünschen, daß ihr alle euch ebenso glücklich fühltet, wie ich es tue.«

Der Bruder schüttelte ungläubig den Kopf.

»Es ist nur eines, was mir das Herz bedrückt (ich will es dir offen sagen, Andrei): das ist des Vaters Denkungsart in religiösen Dingen. Ich begreife nicht, wie es möglich ist, daß ein Mann mit einem so enormen Verstand das nicht sieht, was doch sonnenklar ist, und wie er in solche Irrtümer hineingeraten kann. Siehst du, das ist mein einziges Leid. Aber auch auf diesem Gebiet scheint sich in der letzten Zeit eine leise Besserung anzubahnen. In der letzten Zeit sind seine Spötteleien nicht mehr so scharf und beißend gewesen wie früher, und er hat sogar den Besuch eines Mönches empfangen und lange mit ihm geredet.«

»Liebe Marja, ich fürchte, daß du und der Mönch euer Pulver unnütz vergeudet«, erwiderte Fürst Andrei spöttisch, aber freundlich.

»Ach, lieber Bruder, ich bete zu Gott und hoffe, daß Er mich erhören wird … Andrei«, fügte sie schüchtern nach kurzem Stillschweigen hinzu, »ich habe eine große Bitte an dich.«

»Was denn, meine Gute?«

»Nein, versprich mir erst, daß du es mir nicht abschlagen wirst. Es wird dir keinerlei Mühe machen, und es liegt nichts darin, was deiner unwürdig wäre. Aber du wirst mir damit eine Beruhigung verschaffen. Versprich es mir, Andruscha«, bat sie, indem sie die Hand in ihren Ridikül steckte und etwas darin erfaßte, was sie aber noch nicht zeigte, wie wenn das, was sie in der Hand hielt, den Gegenstand der Bitte bildete und sie dieses Ding nicht aus dem Ridikül herausholen dürfte, ehe sie nicht das Versprechen empfangen hätte, daß ihre Bitte werde erfüllt werden.

Sie blickte ihren Bruder schüchtern mit flehenden Augen an.

»Selbst wenn es mir große Mühe machen sollte …«, antwortete Fürst Andrei, der wohl schon erraten mochte, um was es sich handelte.

»Du kannst ja darüber denken, wie du willst! Ich weiß, du bist darin ebenso wie unser Vater. Denke darüber, wie du willst; aber tu es mir zuliebe. Bitte, tu es! Schon der Vater unseres Vaters, unser Großvater, hat es in allen Kriegen getragen …« (Sie zog den Gegenstand, den sie in der Hand hatte, immer noch nicht aus dem Ridikül hervor.) »Also du versprichst es mir?«

»Gewiß. Um was handelt es sich denn also?«

»Andrei, ich möchte dich mit einem Heiligenbild segnen, und du mußt mir versprechen, daß du es niemals ablegen wirst. Versprichst du es mir?«

»Wenn es nicht zwei Pud schwer ist und mir den Hals nicht herunterzieht … Um dir eine Freude zu machen …«, sagte Fürst Andrei; aber im selben Augenblick tat es ihm auch schon leid, so geantwortet zu haben, da er an dem Gesicht seiner Schwester sah, daß dieser Scherz sie verletzt hatte. »Sehr gern werde ich es tun, wirklich sehr gern, liebe Marja«, fügte er hinzu.

»Auch wenn du nicht daran glaubst, wird der Heiland dich erretten und Sich deiner erbarmen und dich zu Sich zurückführen; denn in Ihm allein ist Wahrheit und Friede«, sagte sie mit einer vor innerer Erregung zitternden Stimme und hielt mit feierlicher Gebärde in beiden Händen ein ovales, altertümliches Christusbildchen, mit schwarz gewordenem Gesicht, in silbernem Rahmen, an einem fein gearbeiteten silbernen Kettchen, dem Bruder entgegen.

Sie bekreuzte sich, küßte das Bildchen und reichte es dem Fürsten Andrei hin.

»Bitte, Andrei, mir zuliebe …«

Ihre großen, guten, schüchternen Augen strahlten ein schönes helles Licht aus. Diese Augen verklärten das ganze kränkliche, magere Gesicht und machten es schön. Der Bruder wollte das Heiligenbild hinnehmen, aber sie hielt ihn zurück. Andrei verstand sie, bekreuzte sich und küßte das Bild. Sein Gesicht zeigte gleichzeitig zärtliche Rührung und leisen Spott.

»Ich danke dir, lieber Bruder!«

Sie küßte ihn auf die Stirn und setzte sich wieder auf das Sofa. Beide schwiegen.

»Um was ich dich schon gebeten habe, Andrei«, begann dann die Prinzessin: »Sei gut und großherzig, wie du es immer gewesen bist, und sei nicht zu streng gegen Lisa. Sie ist so lieb und gut und befindet sich jetzt in einer sehr schweren Lage.«

»Ich habe doch wohl nichts zu dir gesagt, Marja, als ob ich meiner Frau irgendeinen Vorwurf zu machen hätte oder mit ihr unzufrieden wäre. Warum sagst du mir also das alles?«

Auf dem Gesicht der Prinzessin Marja erschienen rote Flecke, und sie schwieg, wie wenn sie sich schuldig fühlte.

»Ich habe dir nichts gesagt, und doch ist dir schon etwas gesagt worden. Und das betrübt mich.«

Die roten Flecke traten auf der Stirn, dem Hals und den Wangen der Prinzessin Marja noch stärker hervor. Sie wollte etwas sagen, war aber nicht imstande, es herauszubringen. Aber der Bruder erriet den Hergang: Die kleine Fürstin hatte nach dem Mittagessen geweint, hatte gesagt, sie ahne eine unglückliche Entbindung und fürchte sich davor, und hatte sich über ihr Schicksal, über ihren Schwiegervater und über ihren Mann beklagt; nachdem sie sich ausgeweint hatte, war sie dann eingeschlafen. Dem Fürsten Andrei tat seine Schwester leid.

»Eines kann ich dir versichern, Marja: Ich kann meiner Frau keinen Vorwurf machen, habe ihr nie einen Vorwurf gemacht und werde niemals in die Lage kommen, es zu tun; auch mir selbst habe ich mit Bezug auf sie nichts vorzuwerfen; und das wird stets so bleiben, in welcher Lage auch immer ich mich befinden mag. Aber wenn du die Wahrheit wissen willst … wenn du wissen willst, ob ich glücklich bin: nein! Ob sie glücklich ist: nein! Und woher das kommt: Ich weiß es nicht …«

Nach diesen Worten stand er auf, trat zu seiner Schwester, beugte sich nieder und küßte sie auf die Stirn. Aus seinen schönen Augen leuchteten Verstand und Herzensgüte in ungewöhnlichem Glanz; aber er blickte nicht die Schwester an, sondern über ihren Kopf hinweg in das Dunkel der offenstehenden Tür.

»Wir wollen zu ihr gehen; ich muß Abschied nehmen. Oder geh du allein und wecke sie; ich komme sofort nach … Peter!« rief er dem Kammerdiener zu. »Komm her und nimm die Sachen. Dies hier kommt unter den Sitz, und dies auf die rechte Seite.«

Prinzessin Marja stand auf und ging nach der Tür hin; aber sie blieb noch einmal stehen.

»Andrei, wenn du gläubig wärest, dann hättest du dich im Gebet an Gott gewendet, daß Er dir die Liebe verleihen möge, die du in deinem Herzen nicht empfindest, und dein Gebet wäre erhört worden.«

»Ja, das mag sein!« erwiderte Fürst Andrei. »Geh, Marja, ich komme auch gleich.«

Auf dem Weg nach dem Zimmer seiner Schwester, in der Galerie, die die beiden Teile des Hauses miteinander verband, stieß Fürst Andrei auf die freundlich lächelnde Mademoiselle Bourienne, die ihm schon zum drittenmal an diesem Tag mit ihrem schwärmerischen, kindlich-naiven Lächeln in einsamen Gängen begegnete.

»Ah, ich glaubte, Sie wären in Ihrem Zimmer«, rief sie, wobei sie ohne erkennbaren Grund errötete und die Augen niederschlug.

Fürst Andrei warf ihr einen strengen Blick zu und machte ein zorniges Gesicht. Er sagte kein Wort zu ihr, sondern blickte, ohne ihr in die Augen zu sehen, nur nach ihrer Stirn und ihrem Haar mit einem so verächtlichen Ausdruck, daß die Französin errötete und sich schweigend entfernte. Als er zu dem Zimmer seiner Schwester kam, war die Fürstin schon aufgewacht, und er vernahm durch die offenstehende Tür ihr vergnügtes, mit großer Geschwindigkeit plauderndes Stimmchen. Sie redete und redete, als ob sie nach langer Enthaltung die verlorene Zeit wieder einbringen wolle.

»Nein, stelle dir das nur einmal vor: die alte Gräfin Subowa mit falschen Locken und den Mund voll falscher Zähne, als ob sie sich ihren Jahren zum Trotz jung machen wollte. Hahaha, liebste Marja!«

Genau dieselbe Äußerung über die Gräfin Subowa und dasselbe Lachen hatte Fürst Andrei schon fünfmal in Gegenwart anderer von seiner Frau zu hören bekommen. Er trat leise in das Zimmer. Die Fürstin, mit ihrer vollen Gestalt und den roten Wangen, eine Handarbeit in den Händen, saß in einem Lehnstuhl und redete ohne Unterbrechung, indem sie Petersburger Erinnerungen und sogar Petersburger Phrasen auskramte. Fürst Andrei trat zu ihr, strich ihr mit der Hand über den Kopf und fragte sie, ob sie sich nun von der Reise erholt habe. Sie antwortete ihm und fuhr dann in demselben Gespräch fort.

Die mit sechs Pferden bespannte Kalesche stand vor dem Portal. Es war eine dunkle Herbstnacht; der Kutscher konnte nicht einmal die Deichsel des Wagens sehen. Beim Portal waren Leute mit Laternen in eifriger Tätigkeit. Die großen Fenster des kolossalen Gebäudes waren hell erleuchtet. Im Vorzimmer drängte sich die Dienerschaft, die dem jungen Fürsten Lebewohl sagen wollte; im Saal standen alle Hausgenossen: Michail Iwanowitsch, Mademoiselle Bourienne, Prinzessin Marja und die Fürstin. Fürst Andrei war zu seinem Vater in dessen Arbeitszimmer gerufen worden; denn dieser wollte allein von ihm Abschied nehmen. Alle warteten darauf, daß die beiden in den Saal kommen würden.

Als Fürst Andrei in das Arbeitszimmer kam, saß der alte Fürst am Tisch und schrieb; er hatte seine altväterische Brille aufgesetzt und war in seinem weißen Schlafrock, in dem er niemand empfing als seinen Sohn. Als er ihn eintreten hörte, drehte er sich zu ihm um.

»Fährst du jetzt?« fragte er und schrieb dann wieder weiter.

»Ich bin gekommen, um von Ihnen Abschied zu nehmen.«

»Küsse mich dahin«, er zeigte auf seine Backe. »Ich danke dir, ich danke dir!«

»Wofür danken Sie mir?«

»Dafür, daß du nicht zögerst, in den Krieg zu gehen, dich nicht an einen Weiberrock hängst. Der Dienst muß allem vorgehen. Ich danke dir, ich danke dir!« Er schrieb wieder weiter, und mit solchem Eifer, daß Tintenspritzer von der kreischenden Feder flogen. »Wenn du etwas zu sagen hast, so sprich nur. Ich kann diese beiden Sachen zugleich erledigen«, fügte er hinzu.

»Über meine Frau möchte ich ein Wort sagen ... Es ist mir peinlich, daß ich sie Ihnen zur Last fallen lasse ...«

»Unsinn! Sage einfach, was du wünschst.«

»Wenn die Entbindung meiner Frau herankommt, dann lassen Sie, bitte, einen Arzt aus Moskau kommen ... Ich möchte, daß ein Arzt dabei ist.«

Der alte Fürst hielt mit dem Schreiben inne und heftete, als ob er nicht verstanden hätte, seine strengblickenden Augen auf den Sohn.

»Ich weiß, daß niemand helfen kann, wenn die Natur sich nicht selbst hilft«, fuhr Fürst Andrei, sichtlich verlegen, fort. »Ich gebe zu, daß unter einer Million von Fällen nur einer unglücklich abläuft; aber das ist nun einmal so eine fixe Idee bei ihr und bei mir. Man hat ihr etwas eingeredet, und sie hat etwas geträumt; nun fürchtet sie sich.«

»Hm ... hm«, murmelte der alte Fürst weiterschreibend vor sich hin. »Ich werde es tun.«

Er setzte mit raschem Zug seinen Namen unter das Geschriebene, wendete sich schnell zu dem Sohn um und lachte auf.

»Ein schlimm Ding, he?«

»Was ist schlimm, lieber Vater?«

»Die Frau!« erwiderte der alte Fürst kurz und nachdrücklich.

»Ich verstehe Sie nicht«, antwortete Fürst Andrei.

»Ja, da ist weiter nichts zu machen, lieber Freund«, sagte der Alte. »Sie sind alle von derselben Sorte; sich scheiden lassen kann man nicht. Sei unbesorgt, ich sage es niemandem; und du selbst weißt ja, wie es steht.«

Er ergriff mit seiner knochigen, kleinen Hand die des Sohnes, schüttelte sie, blickte ihm mit seinen lebhaften Augen, die einen Menschen durch und durch zu sehen schienen, gerade ins Gesicht und lachte wieder in seiner kalten Manier.

Der Sohn seufzte und gestand mit diesem Seufzer, daß der Vater seine Lage richtig beurteilt hatte. Der Alte war jetzt damit beschäftigt, seinen Brief zu falten und zu siegeln: Mit seiner gewöhnlichen Raschheit ergriff er nach Erfordernis das eine oder andere Stück, Papier, Siegellack, Petschaft, und warf es wieder hin.

»Was ist zu machen? Schön ist sie ja! Ich werde alles ausführen. Du kannst beruhigt sein«, sagte er in abgerissenen Sätzen während des Siegelns.

Andrei schwieg. Es war ihm lieb und auch wieder unlieb, daß der Vater seine Lage durchschaut hatte. Der Alte stand auf und gab dem Sohn den Brief.

»Höre«, sagte er, »um deine Frau mach dir keine Sorgen; was getan werden kann, wird getan werden. Nun höre: Diesen Brief gib an Michail Ilarionowitsch Kutusow ab. Ich habe ihm geschrieben, er soll dich für ordentliche Aufgaben verwenden und dich nicht zu lange als Adjutanten behalten; das ist eine garstige Stellung. Sag ihm, daß ich ihn in gutem Andenken habe und ihm zugetan bin. Und schreibe mir, wie er dich aufnimmt. Wenn er sich gut und freundlich gegen dich benimmt, dann diene ihm. Aber um in Gunst zu kommen, darf der Sohn des Fürsten Nikolai Andrejewitsch Bolkonski niemandem dienen. Nun, jetzt komm hierher.«

Er redete mit solcher Schnelligkeit, daß er nicht die Hälfte der Worte vollständig aussprach; aber der Sohn war schon daran gewöhnt, ihn trotzdem zu verstehen. Er führte den Sohn an den Schreibtisch, schlug den Deckel zurück, zog einen Kasten auf und nahm ein Heft heraus, das mit seinen kräftigen, langen, engstehenden Buchstaben vollgeschrieben war.

»Wahrscheinlich werde ich vor dir sterben. Also sieh: Da sind meine Memoiren, die übergib nach meinem Tod dem Kaiser. Und nun hier: ein Wertpapier und ein Brief; das ist ein Preis, den ich für denjenigen aussetze, der eine Geschichte der Feldzüge Suworows schreiben wird; das übersende der Akademie. Hier sind gelegentliche Bemerkungen, die ich aufgezeichnet habe; wenn ich tot bin, so lies sie still für dich; du wirst davon Vorteil haben.«

Andrei sagte seinem Vater nicht, daß er doch gewiß noch lange leben werde. Er wußte, daß er dergleichen nicht sagen durfte.

»Ich werde alles ausführen, lieber Vater«, erwiderte er.

»Nun, also dann leb wohl!« Er reichte dem Sohn die Hand zum Kuß und umarmte ihn. »Das eine halte dir gegenwärtig, Fürst Andrei: Wenn du im Krieg fällst, so wird das für mich alten Mann ein Schmerz sein …« Hier schwieg er unerwartet und fuhr dann plötzlich mit schreiender Stimme fort: »Aber wenn ich erfahren sollte, daß du dich nicht so geführt hast, wie es sich für den Sohn Nikolai Bolkonskis geziemt, dann wird das für mich eine Schmach sein!« Die letzten Worte kamen kreischend heraus.

»Das hatten Sie nicht nötig mir zu sagen, lieber Vater«, erwiderte der Sohn lächelnd.

Der Alte schwieg.

»Ich habe an Sie noch eine Bitte«, fuhr Fürst Andrei fort. »Wenn ich fallen sollte und wenn mir ein Sohn geboren wird, dann lassen Sie ihn, bitte, nicht aus Ihrer Hut, wie ich Sie schon gestern bat, damit er bei Ihnen hier aufwächst. Darum bitte ich Sie.«

»Deiner Frau soll er also nicht überlassen werden?« sagte der Alte und lachte.

Schweigend standen sie einander gegenüber. Die lebendigen Augen des alten Fürsten waren gerade auf die Augen des Sohnes gerichtet. Da ging ein Zucken über den unteren Teil des Gesichtes des Vaters.

»Nun haben wir voneinander Abschied genommen … nun geh!« sagte er plötzlich. »Geh!« schrie er mit lauter, zorniger Stimme und öffnete die Tür des Arbeitszimmers.

»Was ist denn? Was gibt es?« fragten die Fürstin und die Prinzessin, als sie den Fürsten Andrei und die für einen Augenblick zum Vorschein kommende Gestalt des laut und zornig schreienden alten Mannes, im weißen Schlafrock, ohne Perücke und mit der altväterischen Brille, erblickten.

Fürst Andrei seufzte und gab keine Antwort.

»Nun«, sagte er zu seiner Frau gewendet.

Dieses »nun« klang wie kalter Spott, als ob er sagen wollte: »Jetzt mache du deine törichten Mätzchen!«

»Andrei, schon?« sagte die kleine Fürstin, die ganz blaß wurde und voll Angst ihren Mann anblickte.

Er umarmte sie. Sie schrie auf und sank bewußtlos gegen seine Schulter.

Vorsichtig zog er die Schulter, an der sie lag, weg, sah ihr ins Gesicht und setzte sie behutsam auf einen Lehnstuhl.

»Adieu, Marja«, sagte er leise zu seiner Schwester; sie küßten sich, einander gleichzeitig die Hand drückend, und er ging mit schnellen Schritten aus dem Zimmer.

Die Fürstin lag auf dem Lehnstuhl, Mademoiselle Bourienne rieb ihr die Schläfen. Prinzessin Marja stützte ihre Schwägerin, blickte mit den schönen, verweinten Augen immer noch nach der Tür, durch die Fürst Andrei hinausgegangen war, und machte das Zeichen des Kreuzes hinter ihm her. Aus dem Arbeitszimmer hörte man, wie der alte Herr sich mehrmals grimmig und sehr laut schneuzte; es klang fast wie wiederholte Pistolenschüsse. Sobald Fürst Andrei hinausgegangen war, wurde die Tür des Arbeitszimmers schnell geöffnet, und es erschien die Gestalt des strengblickenden Alten im weißen Schlafrock.

»Ist er abgefahren? Nun, dann ist's gut!« sagte er, warf einen ärgerlichen Blick auf die ohnmächtig daliegende kleine Fürstin, schüttelte unzufrieden den Kopf und schlug die Tür wieder zu.

ZWEITER TEIL

I

Im Oktober 1805 besetzten russische Truppen nicht wenige Dörfer und Städte des Erzherzogtums Österreich, und immer neue Regimenter langten aus Rußland an und schlugen, die Einwohner durch die Einquartierung arg bedrückend, bei der Festung Braunau ein Lager auf. In Braunau war das Hauptquartier des Oberkommandierenden Kutusow.

Am Morgen des 11. Oktober* 1805 war eines der soeben bei Braunau eingetroffenen Infanterieregimenter, in Erwartung der Besichtigung durch den Oberkommandierenden, eine halbe Meile vor der Stadt aufmarschiert. Obgleich das Regiment sich im Ausland befand, wo die Landschaft einen nichtrussischen Charakter trug (Obstgärten, steinerne Einfassungsmauern, Ziegeldächer, ferne Bergzüge) und eine nichtrussische Bevölkerung das fremde Militär neugierig betrachtete, so hatte das Regiment doch genau dasselbe Aussehen wie jedes russische Regiment, welches sich irgendwo im Innern Rußlands zur Besichtigung bereitgemacht hat.

Am vorhergehenden Abend, nach Zurücklegung des letzten Tagemarsches, war eine Order eingegangen, der Oberkommandierende wünsche das Regiment auf dem Marsch zu besichtigen. Obgleich der Wortlaut der Order dem Regimentskommandeur unklar erschienen war und sich die Frage erhoben hatte, wie der betreffende Ausdruck der Order zu verstehen sei, ob marschmäßig oder nicht, so war doch in einer mit den Bataillonskommandeuren abgehaltenen Beratung beschlossen worden, das Regiment parademäßig vorzustellen, aufgrund der Regel, daß es immer besser ist, in Achtungsbezeigungen zu viel als zu wenig zu tun. So hatten denn die Soldaten nach einem Marsch von dreißig Werst die ganze Nacht über kein Auge geschlossen; sie hatten ihre Sachen ausgebessert und gereinigt; die Adjutanten und Kompanieführer hatten ihre Berechnungen für die Aufstellung gemacht und die Leute abgezählt, und am Morgen bildete das Regiment statt eines langgezogenen, unordentlichen Haufens, wie es sich tags zuvor auf dem letzten Marsch präsentiert hatte, eine wohlgeordnete Masse von zweitausend Mann, von denen ein jeder seinen Platz und seine Obliegenheit kannte, und bei denen an dem Anzug eines jeden jeder Knopf und jeder Riemen an seiner Stelle war und vor Sauberkeit glänzte. Und nicht nur die Außenseite der Leute war in guter

* Alten Stils; so stets. Nach dem Gregorianischen Kalender sind 12 Tage hinzuzurechnen. Anmerkung des Übersetzers.

Ordnung; sondern wenn es dem Oberkommandierenden beliebt hätte, einen Blick auch unter die Uniformen zu tun, so würde er bei jedem Mann ohne Ausnahme ein reines Hemd und in jedem Tornister die vorschriftsmäßige Zahl von Gegenständen, den »ganzen Kommißplunder«, nach soldatischer Bezeichnung, gefunden haben. Es gab nur einen Punkt, in betreff dessen niemand beruhigt sein konnte: das Schuhzeug. Mehr als die Hälfte der Leute hatte zerrissene Stiefel. Aber an diesem Mangel war der Regimentskommandeur schuldlos; denn trotz seiner wiederholten Forderungen hatte ihm die österreichische Intendantur kein Leder geliefert, und das Regiment war tausend Werst marschiert.

Der Regimentskommandeur war ein schon ältlicher General, dessen Augenbrauen und Backenbart bereits zu ergrauen begannen, ein vollblütiger, stämmiger Mann, von der Brust zum Rücken gemessen breiter als von einer Schulter zur andern. Er trug eine nagelneue Uniform, die aber vom Transport Quetschfalten aufwies, und dicke goldene Epauletten, von denen, wie es beinah scheinen konnte, seine fleischigen Schultern nicht sowohl nach unten als vielmehr nach oben gezogen wurden. Das Benehmen des Regimentskommandeurs machte den Eindruck, als ob er ganz glückselig eine der bedeutsamsten Handlungen seines Lebens vollzöge. Er schritt vor der Front auf und ab und zuckte bei jedem Schritt zusammen, indem er den Rücken ein wenig krümmte. Man sah, daß dieser Regimentskommandeur in sein Regiment verliebt war, daß der Anblick desselben ihn glücklich machte, daß zur Zeit seine gesamte Denktätigkeit einzig und allein auf das Regiment gerichtet war; und doch konnte man aus seinem zuckenden Gang entnehmen, daß außer den militärischen Interessen auch das gesellschaftliche Leben und der Umgang mit dem weiblichen Geschlecht ihm von großer Wichtigkeit waren.

»Nun, lieber Michail Mitritsch«, wandte er sich an einen Bataillonskommandeur (der Bataillonskommandeur trat lächelnd vor; man konnte beiden ansehen, daß sie sich glücklich fühlten), »heute nacht haben wir ein schweres Stück Arbeit gehabt. Aber es scheint ja leidlich zurechtgekommen zu sein; das Regiment sieht nicht gerade übel aus ... Wie?«

Der Bataillonskommandeur verstand die fröhliche Ironie und lachte.

»Sogar auf dem Petersburger Paradeplatz würde es Ehre einlegen«, erwiderte er.

»Nicht wahr?« sagte der Regimentskommandeur.

In diesem Augenblick erschienen auf dem Weg von der Stadt her, auf welchem in Abständen Signalposten aufgestellt waren, zwei Reiter. Es waren ein Adjutant und ein hinter ihm reitender Kosak.

Der Adjutant war aus dem Hauptquartier hergesandt, um dem Regimentskommandeur einen Punkt besonders einzuschärfen (es war gerade derjenige, der in der gestrigen Order undeutlich ausgedrückt gewesen war!), nämlich daß der Oberkommandierende das Regiment ganz in dem Zustand zu sehen wünsche, in dem es angelangt sei, in Mänteln, mit Tschakoüberzügen und ohne alle Vorbereitungen.

Bei Kutusow war am vorhergehenden Abend ein Mitglied des Hofkriegsrats aus Wien eingetroffen mit der dringenden Aufforderung, möglichst schnell aufzubrechen und sich mit der Armee des Erzherzogs Ferdinand und des Generals Mack zu vereinigen, und Kutusow, der diese Vereinigung nicht für vorteilhaft hielt, beabsichtigte nun, neben anderen Beweisen für die Richtigkeit seiner Anschauung, dem österreichischen General den traurigen Zustand vor Augen zu führen, in welchem die Truppen aus Rußland einträfen. Zu diesem Zweck wollte er jetzt hinauskommen und das Regiment in Empfang nehmen; je übler also der Zustand des Regimentes war, um so angenehmer mußte es dem Oberkommandierenden sein. Diese Einzelheiten waren dem Adjutanten zwar nicht bekannt; aber er überbrachte dem Regimentskommandeur den strikten Befehl des Oberkommandierenden, die Leute sollten in Mänteln und Tschakoüberzügen antreten; andernfalls werde der Oberkommandierende sehr ungehalten sein. Als der Regimentskommandeur diese Weisung hörte, ließ er den Kopf hängen, zog schweigend die Schultern in die Höhe und breitete erregt und beinah verzweifelt die Arme auseinander.

»Na, da haben wir eine schöne Dummheit gemacht!« murmelte er vor sich hin. Dann wandte er sich in vorwurfsvollem Ton an den Bataillonskommandeur: »Sehen Sie wohl, ich habe es Ihnen ja gleich gesagt: Bei einer Besichtigung auf dem Marsch wird in Mänteln angetreten ... Ach du lieber Gott!« fügte er hinzu und trat dann in entschlossener Haltung näher an die Front. »Die Herren Kompanieführer!« rief er mit seiner geübten Kommandostimme. »Die Feldwebel!« ... »Wird Seine Exzellenz bald erscheinen?« fragte er den Adjutanten aus dem Hauptquartier mit einer respektvollen Höflichkeit, die sich augenscheinlich auf die Person bezog, von der er sprach.

»Ich denke, in einer Stunde.«

»Ob wir wohl noch Zeit haben, die Leute sich anders anziehen zu lassen?«

»Das kann ich nicht beurteilen, General ...«

Der Regimentskommandeur trat selbst an die Reihen heran und ordnete an, es sollten die Mäntel wieder angezogen werden. Die Kompanieführer liefen bei ihren Kompanien hin und her, die Feldwebel beeilten sich (die Mäntel waren nicht völlig in Ordnung), und die vorher in regelmäßigen Figuren schweigend dastehenden Karrees gerieten alle in demselben Augenblick in Bewegung, zogen sich auseinander und ließen ein summendes Stimmengeräusch vernehmen. Überall liefen Soldaten zur

Seite und dann wieder heran, hoben die eine Schulter nach hinten in die Höhe, zogen die Tornister über den Kopf, machten die Mäntel los und steckten die hoch aufgehobenen Arme in die Ärmel.

Nach einer halben Stunde war alles wieder in die frühere Ordnung gekommen; nur hatten sich die schwarzen Karrees in graue verwandelt. Der Regimentskommandeur ging wieder mit seinem zuckenden Gang vor der Front entlang und musterte das Regiment von weitem.

»Was ist denn das da noch? Was stellt das vor?« schrie er stehenbleibend. »Der Kompaniechef von der dritten Kompanie soll herkommen!«

»Der Kompaniechef von der dritten Kompanie zum General! Der Kompaniechef zum General, von der dritten Kompanie zum Kommandeur!« So schwirrten Stimmen durch die Glieder, und der Regimentsadjutant eilte hin, um den noch nicht erscheinenden Offizier zu suchen.

Als die Rufe der eifrigen Stimmen, die bereits Konfusion verursachten und »Der General zur dritten Kompanie!« riefen, an ihre Bestimmung gelangten, trat der verlangte Offizier aus seiner Kompanie heraus und begab sich, obgleich er schon ein älterer Mann und des Laufens ungewohnt war, im Trab zum General, wobei er ungeschickt mit den Fußspitzen stolperte. Auf dem Gesicht des Hauptmanns malte sich derselbe Ausdruck von Angst wie auf dem eines Schülers, der seine Lektion nicht gelernt hat und sie nun aufsagen soll. Auf seiner offenbar vom Trunk geröteten Nase traten dunkle Flecken hervor, und er vermochte nicht, die Lippen in ruhiger Stellung zu halten. Der Regimentskommandeur sah den Hauptmann, während dieser atemlos herankam, aber, je mehr er sich näherte, seine Schritte immer mehr verlangsamte, vom Kopf bis zu den Füßen an.

»Nächstens werden Sie Ihren Leuten wohl noch Damenkleider anziehen! Was stellt das da vor?« schrie der Regimentskommandeur, indem er den Unterkiefer vorstreckte und in den Reihen der dritten Kompanie auf einen Soldaten zeigte, dessen Mantel durch sein feineres Tuch und durch seine Farbe von den übrigen Mänteln abstach. »Und wo haben Sie selbst denn gesteckt? Der Oberkommandierende wird erwartet, und Sie entfernen sich von Ihrem Platz? He …? Ich werde Sie lehren, den Leuten zur Besichtigung Phantasiekostüme anzuziehen! He?«

Der Kompanieführer drückte, ohne die Augen von seinem Vorgesetzten wegzuwenden, die beiden Finger immer fester an den Mützenschirm, als ob er in diesem Andrücken jetzt seine einzige Rettung sähe.

»Nun, warum schweigen Sie? Wer ist das da in Ihrer Kompanie, der als Ungar herausgeputzt ist?« spottete der Regimentskommandeur in scharfem Ton.

»Euer Exzellenz …«

»Was heißt ›Euer Exzellenz‹? ›Euer Exzellenz, Euer Exzellenz!‹ Aber was nun kommen soll, das weiß kein Mensch!«

»Euer Exzellenz, es ist Dolochow, der Degradierte«, sagte der Hauptmann leise.

»Na, ist er zum Feldmarschall degradiert oder zum Gemeinen? Wenn er zum Gemeinen degradiert ist, dann muß er sich auch kleiden wie alle, reglementsmäßig.«

»Euer Exzellenz haben es ihm für die Dauer des Feldzugs selbst gestattet.«

»Ich habe es gestattet? Ich habe es gestattet? Ja, so seid ihr immer, ihr jungen Leute«, erwiderte der Regimentskommandeur, sich ein wenig beruhigend. »Ich habe es gestattet? Wenn man zu euch nur eine Silbe sagt, dann denkt ihr gleich …« Der Regimentskommandeur schwieg ein Weilchen. »Wenn man zu euch nur eine Silbe sagt, dann denkt ihr gleich … Was erlauben Sie sich?« fuhr er, wieder zornig werdend, fort. »Sorgen Sie dafür, daß Ihre Leute anständig angezogen sind …«

Der Regimentskommandeur blickte sich nach dem Adjutanten aus dem Hauptquartier um und ging dann mit seinem zuckenden Gang näher an das Regiment heran. Es war klar, daß seine Heftigkeit ihm selbst Vergnügen machte, und daß er, am Regiment entlanggehend, noch einen neuen Vorwand zum Zorn suchte. Nachdem er einen Offizier wegen eines nicht blank genug geputzten Ordens und einen andern wegen unordentlicher Aufstellung seiner Leute heruntergemacht hatte, gelangte er zur dritten Kompanie.

»Wi-i-ie stehst du da? Wo ist dein Bein? Wo dein Bein ist?« schrie der Regimentskommandeur in einem Ton, als ob er einen furchtbaren Schmerz empfände, als er noch fünf Mann zwischen sich und Dolochow hatte, der einen bläulichen Mantel trug.

Dolochow streckte das gebogene Bein langsam gerade und schaute mit seinem hellen, frechen Blick dem General unverwandt ins Gesicht.

»Was soll der blaue Mantel? Weg damit … Feldwebel! Der Mann soll einen andern Mantel bekommen … So ein nichtswür–« Er kam nicht dazu, das Wort zu Ende zu sprechen.

»General«, fiel ihm Dolochow rasch ins Wort, »ich bin verpflichtet, Befehle zu erfüllen, aber nicht verpflichtet, mir Beleidigungen …«

»Mund halten im Glied! Mund halten! Mund halten!«

»Nicht verpflichtet, mir Beleidigungen gefallen zu lassen«, vollendete Dolochow seinen Satz mit lauter, klangvoller Stimme.

Die Blicke des Generals und des Gemeinen begegneten einander. Der General schwieg und zog zornig seine straffsitzende Schärpe nach unten.

»Bitte, kleiden Sie sich um«, sagte er dann und ging weiter.

II

»Er kommt!« rief in diesem Augenblick der Signalposten.

Der Regimentskommandeur, dunkelrot im Gesicht, lief zu seinem Pferd, ergriff mit zitternden Händen den Steigbügel, brachte mit einem Schwung seinen Körper auf das Pferd, setzte sich im Sattel zurecht, zog den Degen und machte sich mit glückstrahlender, entschlossener Miene, den Mund auf der einen Seite öffnend, bereit, loszuschreien. Durch das Regiment ging eine schütternde Bewegung, wie wenn ein Vogel sein Gefieder schüttelt; dann stand alles starr und regungslos.

»Still-ll-ll gestanden!« schrie der Regimentskommandeur mit gewaltig schmetternder Stimme, die zugleich seine persönliche Freude, seine Strenge gegen das Regiment und seinen Respekt vor dem sich nähernden Vorgesetzten zum Ausdruck brachte.

Auf der breiten, mit Bäumen eingefaßten, großen, ungepflasterten Landstraße kam, leise in den Federn klirrend, in raschem Trab eine hohe, blaue, vierspännige Wiener Kalesche gefahren. Hinter der Kalesche folgte zu Pferd die Suite und eine aus Kroaten bestehende Eskorte. Neben Kutusow saß ein österreichischer General in weißer Uniform, die von den schwarzen russischen Uniformen sonderbar abstach, Der Wagen hielt bei dem Regiment. Kutusow und der österreichische General redeten flüsternd etwas miteinander, und während Kutusow, schwer auftretend, mit Benutzung des Wagentrittes ausstieg, lächelte er leise vor sich hin, als ob diese zweitausend Soldaten, die mit angehaltenem Atem auf ihn und auf ihren Regimentskommandeur blickten, gar nicht vorhanden wären.

Ein Kommandoruf erscholl; wieder ging ein klirrendes Zucken durch das Regiment: Das Regiment präsentierte das Gewehr. In der Totenstille ertönte die schwache Stimme des Oberkommandierenden, der das Regiment begrüßte. Das Regiment brüllte: »Wir wünschen Ihnen Gesundheit, Euer E-e-enz!« und wieder wurde alles starr und regungslos. Während des Präsentierens und der Begrüßung war Kutusow an einem Fleck stehengeblieben; aber nun begann er an der Seite des weißen Generals, zu Fuß, gefolgt von der Suite, an den Reihen entlangzugehen.

Aus der Art, wie der Regimentskommandeur vor dem Oberkommandierenden salutierte, kein Auge von ihm verwandte, Front machte und zu ihm heranschlich, wie er vornübergebeugt, seine zuckende Bewegung nur mangelhaft unterdrückend, hinter den beiden Generalen an den Reihen entlangging, wie er bei jedem Wort und jeder Bewegung des Oberkommandierenden zusprang, aus alledem ließ sich erkennen, daß er seine Pflichten als Untergebener mit noch größerem Genuß erfüllte als seine Pflichten als Vorgesetzter.

Das Regiment befand sich dank der Strenge und Sorgfalt seines Kommandeurs, mit anderen zu gleicher Zeit in Braunau anlangenden Regimentern verglichen, in einem ausgezeichneten Zustand. Die Nachzügler und Kranken beliefen sich nur auf zweihundertundsiebzehn Mann. Und alles war in Ordnung, mit Ausnahme des Schuhzeugs.

Während Kutusow an den Reihen entlangging, blieb er ab und zu stehen und sagte ein paar freundliche Worte zu Offizieren, die er vom türkischen Krieg her kannte, mitunter auch zu Gemeinen. Beim Anblick des Schuhwerks schüttelte er einige Male trübe den Kopf und machte den österreichischen General darauf aufmerksam, mit einer Miene, als wolle er niemandem einen Vorwurf daraus machen, müsse aber doch konstatieren, daß das eine recht üble Sache sei. Der Regimentskommandeur lief dabei jedesmal etwas nach vorn, näher an die Generäle heran, aus Furcht, irgendein auf das Regiment bezügliches Wort des Oberkommandierenden zu überhören. Hinter Kutusow, in einem solchen Abstand, daß man jedes auch nur leise gesprochene Wort hören konnte, ging die aus ungefähr zwanzig Personen bestehende Suite. Die Herren von der Suite unterhielten sich miteinander und lachten mitunter. Am nächsten von allen hinter dem Oberkommandierenden ging ein Adjutant von hübschem Äußern. Dies war Fürst Bolkonski. Neben ihm ging sein Kamerad Neswizki, ein hochgewachsener, dicker Stabsoffizier mit einem gutmütig lächelnden, hübschen Gesicht und feuchten Augen; Neswizki konnte kaum das Lachen unterdrücken, zu dem er sich durch einen neben ihm gehenden schwarzhaarigen Husarenoffizier gereizt fühlte. Dieser Husarenoffizier blickte, ohne zu lächeln und ohne den Ausdruck seiner regungslosen Augen zu verändern, mit ernster Miene auf den Rücken des Regimentskommandeurs hin und ahmte jede seiner Bewegungen nach. Jedesmal wenn der Regimentskommandeur zusammenzuckte und sich nach vorn bog, zuckte genau ebenso, aufs Haar ebenso auch der Husarenoffizier zusammen und bog sich nach vorn. Neswizki lachte und stieß die andern an, damit auch sie den Spaßmacher ansähen.

Mit langsamen, müden Schritten ging Kutusow an den Tausenden von Augen vorbei, die fast aus ihren Höhlen springen wollten, während sie auf den hohen Besuch hinblickten. Als er zur dritten Kompanie gekommen war, blieb er auf einmal stehen. Die Suite, die dieses plötzliche Stehenbleiben nicht hatte voraussehen können, geriet unwillkürlich näher an ihn heran.

»Ah, Timochin!« sagte der Oberkommandierende, als er den Hauptmann mit der roten Nase erkannte, dem es wegen des blauen Mantels so schlecht ergangen war.

Man hätte meinen sollen, daß es unmöglich sei, sich noch strammer auszurecken, als es Timochin zu der Zeit getan hatte, wo ihn der Regimentskommandeur tadelte. Aber in diesem Augenblick, wo sich der Oberkommandierende zu ihm wendete, reckte sich der Hauptmann dermaßen gerade, daß es schien, wenn der Oberkommandierende ihn noch eine Weile ansähe, so würde der Hauptmann sich Schaden tun; und deshalb wandte sich Kutusow schnell von ihm ab, da er augenscheinlich die Situation des Hauptmanns begriff und ihm alles Gute wünschte. Über Kutusows volles, durch eine Narbe entstelltes Gesicht flog ein ganz leises Lächeln.

»Noch ein Kamerad von der Erstürmung Ismaïls her«, sagte er. »Ein tapferer Offizier! Bist du mit ihm zufrieden?« fragte Kutusow den Regimentskommandeur.

Der Regimentskommandeur, der, ohne daß er davon eine Ahnung hatte, in dem ihn kopierenden Husarenoffizier sein Spiegelbild fand, zuckte zusammen, trat weiter vor und antwortete: »Sehr zufrieden, Euer hohe Exzellenz!«

»Es hat ja jeder von uns seine Schwächen«, bemerkte Kutusow lächelnd im Weitergehen. Er war selbst ein großer Verehrer des Bacchus.

Der Regimentskommandeur erschrak, da er nicht recht wußte, ob das nicht etwa ein Vorwurf für ihn selbst sein sollte, und antwortete nichts. In diesem Augenblick bemerkte der Husarenoffizier das Gesicht des Hauptmanns mit der roten Nase und dem eingeschnürten Bauch und ahmte seine Miene und Haltung so täuschend ähnlich nach, daß Neswizki das Lachen nicht unterdrücken konnte. Kutusow drehte sich um. Aber hier konnte man von neuem beobachten, daß der Husarenoffizier die Fähigkeit besaß, sein Gesicht so zu gestalten, wie er nur wollte: In dem Augenblick, wo Kutusow sich umdrehte, nahm der Husarenoffizier, der soeben eine solche Grimasse geschnitten hatte, die ernsteste, respektvollste, unschuldigste Miene von der Welt an.

Die dritte Kompanie war die letzte; Kutusow schien etwas zu überlegen und sich auf etwas besinnen zu wollen. Fürst Andrei trat aus der Suite vor und sagte zu ihm leise auf französisch:

»Sie haben befohlen, Sie an den degradierten Dolochow in diesem Regiment zu erinnern.«

»Wo ist hier Dolochow?« fragte Kutusow.

Dolochow, der seinen blauen Mantel bereits mit einem grauen Soldatenmantel vertauscht hatte, wartete nicht erst, bis er vorgerufen wurde. Die schlanke Gestalt des blonden Soldaten mit den hellen, blauen Augen trat vor die Front. Er schritt auf den Oberkommandierenden zu und präsentierte das Gewehr.

»Eine Beschwerde?« fragte Kutusow und runzelte ein wenig die Stirn.

»Es ist Dolochow«, erwiderte Fürst Andrei.

»Ah!« machte Kutusow. »Nun, ich hoffe, daß dich diese Lektion bessern wird; halte dich brav. Der Kaiser ist gnädig. Auch ich werde an dich denken, wenn du dich dessen würdig zeigst.«

Die blauen, hellen Augen blickten den Oberkommandierenden ebenso dreist an wie vorher den Regimentskommandeur, als wenn sie durch ihren Ausdruck die konventionelle Scheidewand durchbrechen wollten, die den Oberkommandierenden vom gemeinen Soldaten so weit trennt.

»Ich habe nur eine Bitte, Euer hohe Exzellenz«, sagte er ohne Eile mit seiner klangreichen, festen Stimme. »Ich bitte, mir Gelegenheit zu geben, mein Vergehen wiedergutzumachen und meine Ergebenheit für Seine Majestät den Kaiser und für Rußland zu beweisen.«

Kutusow wandte sich ab. Über sein Gesicht huschte dasselbe leise Lächeln wie vorher, als er sich von dem Hauptmann Timochin abgewandt hatte. Er wandte sich ab und runzelte die Stirn, als ob er damit ausdrükken wollte, daß er alles, was Dolochow ihm gesagt habe, und alles, was er ihm noch weiter sagen könne, schon längst, längst wisse, daß dies alles ihm bereits bis zum Ekel zuwider sei, und daß dies alles gar nicht das Richtige sei. Er wandte sich ab und ging wieder zu seinem Wagen.

Das Regiment löste sich in Kompanien auf und begab sich nach den angewiesenen Quartieren nicht weit von Braunau, wo es Schuhwerk und Kleidung zu erhalten und sich nach den schweren Märschen zu erholen hoffte.

»Sie haben mir doch nichts übelgenommen, Prochor Ignatjitsch?« sagte der Regimentskommandeur, als er zu Pferde die nach ihrem Bestimmungsort marschierende dritte Kompanie eingeholt hatte und zu dem an ihrer Spitze gehenden Hauptmann Timochin gelangt war. (Das Gesicht des Regimentskommandeurs zeigte den unbezwingbaren Ausdruck seiner Freude über den glücklichen Verlauf der Besichtigung.) »Dienst ist eben Dienst … Es geht nicht anders … Man schimpft wohl manchmal vor der Front … Aber nun bitte ich auch um Entschuldigung; Sie kennen mich ja … Er hat sich sehr anerkennend geäußert!« Er streckte dem Kompanieführer die Hand entgegen.

»Aber ich bitte Sie, General, wie dürfte ich denn etwas übelnehmen!« antwortete der Hauptmann, dessen Nase noch röter wurde, lächelnd; bei dem Lächeln wurde das Fehlen zweier Vorderzähne sichtbar, die ihm beim Angriff auf Ismaïl mit einem Gewehrkolben ausgeschlagen waren.

»Und teilen Sie auch Herrn Dolochow zu seiner Beruhigung mit, daß ich ihn nicht vergessen werde. Sagen Sie mir doch, ich wollte Sie schon immer danach fragen, was ist er denn eigentlich für ein Mensch, wie macht er sich, und überhaupt …«

»Seinen Dienst tut er durchaus ordnungsmäßig, Euer Exzellenz … Aber sein Charakter …«, erwiderte Timochin.

»Nun, was denn? Was ist denn mit seinem Charakter?« fragte der Regimentskommandeur.

»Er hat Tage, an denen ein böser Geist über ihn kommt, Euer Exzellenz«, antwortete der Hauptmann. »Mal ist er klug und verständig und gutmütig, und dann mal wieder wie eine wilde Bestie. In Polen hat er einen Juden beinahe totgeschlagen, wie Sie ja wissen …«

»Nun ja, nun ja«, sagte der Regimentskommandeur, »aber man muß doch mit so einem jungen Menschen in seinem Unglück Mitleid haben. Er hat ja auch gute Konnexionen … Also da werden Sie … hm …«

»Zu Befehl, Euer Exzellenz«, erwiderte Timochin und gab durch sein Lächeln zu verstehen, daß er die Wünsche seines Vorgesetzten verstanden hatte.

»Nun schön, schön.«

Der Regimentskommandeur hatte in den Reihen Dolochow herausgefunden und hielt sein Pferd bei ihm an.

»Verdienen Sie sich im ersten Gefecht die Epauletten wieder!« sagte er zu ihm.

Dolochow wendete sich nach ihm hin; aber er sagte nichts und änderte auch nicht den Ausdruck seines spöttisch lächelnden Mundes.

»Nun, also abgemacht!« fuhr der Regimentskommandeur fort. »Die Leute sollen jeder ein Glas Branntwein auf meine Kosten bekommen«, fügte er laut hinzu, damit die Soldaten es hörten. »Ich danke euch allen! Es ist ja alles, Gott sei Dank, gutgegangen!« Er ritt an der Kompanie vorbei und zu einer andern hin.

»Das muß man sagen, er ist wirklich ein guter Mensch; man kann ganz gern unter ihm dienen«, meinte Timochin zu einem neben ihm gehenden Leutnant.

»Gewiß! Wie sollte denn auch der Herzenkönig« (dies war der Spitzname des Regimentskommandeurs) »kein gutes Herz haben?« erwiderte der Leutnant lachend.

Die heitere Stimmung, in welcher sich die Vorgesetzten nach der Besichtigung befanden, war auch auf die Gemeinen übergegangen. Die Kompanien marschierten fröhlich einher. Überall hörte man die Soldaten munter untereinander reden.

»Wie konntet ihr bloß sagen, daß Kutusow auf einem Auge nicht sehen kann?«

»Na, ist es etwa nicht so? Er ist einäugig.«

»Nein, Bruder, der kann besser sehen als du. Die Stiefel und die Fußlappen, alles hat er sich beguckt …«

»Wie der mir auf die Füße sah, Bruder … na, ich dachte …«

»Aber der andre, der Österreicher, der mit bei ihm war, der sah doch ganz aus wie mit Kreide beschmiert. Wie weißes Mehl. Ich denke bloß, was mag das für eine Arbeit sein, die Uniform zu reinigen!«

»Hör mal, Fjodor! Hat er gesagt, wann der Kampf losgehen wird? Du standst ja dichter dran. Es heißt ja, der Bunaparte steht selbst in Brunow.«

»Der Bunaparte in Brunow! Schwatz nicht solchen Unsinn, du Narr! Was du nicht alles weißt! Jetzt rebelliert der Preuße. Also da wird ihn der Österreicher zur Räson bringen. Wenn der wird Frieden machen, dann fängt der Krieg mit dem Bunaparte an. Und da redest du, Mensch, der Bunaparte steht in Brunow! Da sieht man mal, wie dumm du bist. Hör besser zu, wenn was gesagt wird.«

»Nein, diese verdammten Quartiermacher! Sieh mal bloß, die fünfte Kompanie schwenkt schon in ein Dorf ein; die kochen nun gleich ihre Grütze, und wir sind noch lange nicht in unserm Quartier.«

»Gib mir ein Stück Zwieback, du Kerl, du.«

»Aber hast du mir gestern von deinem Tabak abgegeben? Siehst du wohl, Bruder! Na, da hast du, in Gottes Namen.«

»Hätten sie uns doch wenigstens Rast machen lassen; aber so können wir noch fünf Werst laufen, ehe wir was zu essen kriegen.«

»Das wäre eine schöne Sache, wenn uns die Deutschen Kutschen anspannen ließen. Dann könntest du großpreislich fahren!«

»Aber hier sind wir doch zu einem ganz närrischen Volk gekommen, Bruder. Vorher, das waren lauter Polen, die gehörten wenigstens noch zum russischen Reich; aber hier, Bruder, hier sind überall bloß Deutsche, nichts als Deutsche.«

»Die Sänger nach vorn!« ertönte das Kommando des Hauptmanns.

Aus den einzelnen Gliedern traten im ganzen etwa zwanzig Mann heraus und liefen an die Spitze der Kompanie. Der Vorsänger, ein Trommler, wendete sich mit dem Gesicht zu den Sängern zurück, schwenkte den Arm und stimmte die getragene Melodie des Soldatenliedes an, welches anfängt: »Brüder, wenn die Sonne morgens rot und goldig sich erhebt« und mit den Worten schließt: »Und mit Väterchen Kamenski wird uns hoher Ruhm zuteil.« Dieses Lied war ehemals in der Türkei gedichtet und wurde nun jetzt in Österreich gesungen, nur mit der Änderung, daß statt der Worte »Väterchen Kamenski« eingesetzt wurde: »Väterchen Kutusow«.

Indem der Trommler, ein hagerer, hübscher Mensch von ungefähr vierzig Jahren, bei diesen letzten Worten in soldatischer Manier kurz abbrach, bewegte er die Arme, als ob er etwas auf die Erde schleuderte, warf den andern Sängern einen strengen Blick zu und kniff die Augen zusammen. Dann, nachdem er sich überzeugt hatte, daß alle Augen auf ihn gerichtet waren, machte er eine Gebärde, als ob er vorsichtig mit beiden Händen einen unsichtbaren, wertvollen Gegenstand über seinen Kopf in die Höhe höbe, ihn einige Sekunden lang so hielte und auf einmal mit Energie auf die Erde würfe:

»Ach, du mein Häuschen klein«, sang er.

»Mein neues Häuschen ...«, fielen zwanzig Stimmen ein, und der Löffelmacher sprang trotz seines schweren Gepäcks ausgelassen nach vorn, ging vor der Kompanie rückwärts, bewegte die Schultern hin und her und drohte dem einen und dem andern mit seinen Löffeln. Die Soldaten schlenkerten nach dem Takt des Liedes mit den Armen und gingen, unwillkürlich Takt haltend, mit weit ausgreifenden Schritten. Da wurde hinter der Kompanie Räderrollen, das Knistern von Wagenfedern und Pferdegetrappel hörbar. Kutusow kehrte mit seiner Suite nach der Stadt zurück. Der Oberkommandierende gab ein Zeichen, daß die Leute ohne Honneur weitermarschieren möchten, und ihm und seiner gesamten Suite war an den Gesichtern deutlich anzusehen, wieviel Vergnügen ihnen die Klänge des Liedes und der Anblick des tanzenden Soldaten und der frisch und fröhlich dahinmarschierenden Kompanie machte. Im zweiten Glied, auf der rechten Flanke, wo die Kutsche die Kompanie überholte, fiel einem jeden unwillkürlich der blauäugige Gemeine Dolochow auf, der besonders flott und munter nach dem Takt des Gesanges marschierte und den Vorbeifahrenden und Vorbeireitenden mit einer solchen Miene ins Gesicht sah, als ob er alle bedauerte, die in diesem Augenblick nicht mit der Kompanie marschierten.

Der Husarenkornett in Kutusows Suite, der dem Regimentskommandeur nachgeäfft hatte, blieb hinter der Kutsche zurück und ritt zu Dolochow heran.

Der Husarenkornett Scherkow hatte eine Zeitlang in Petersburg zu der wilden, tollen Gesellschaft gehört, deren Matador Dolochow war. Im Ausland war Scherkow dem zum Gemeinen degradierten Dolochow wiederbegegnet, hatte aber nicht für nötig befunden, ihn zu erkennen. Jetzt nun, nachdem Kutusow mit dem Degradierten gesprochen hatte, wandte er sich mit der erfreuten Miene eines alten Freundes zu ihm:

»Nun, wie geht es dir, liebster Freund?« fragte er in den Gesang hinein und paßte den Gang seines Pferdes dem Schritt der Kompanie an.

»Wie es mir geht?« antwortete Dolochow kühl. »Wie du siehst.«

Der flotte Gesang verstärkte gleichsam noch den Ton scheinbar ungezwungener Fröhlichkeit, in welchem Scherkow gefragt hatte, und ließ den Ton beabsichtigter Kälte, in welchem Dolochow geantwortet hatte, um so stärker abstechen.

»Nun, wie stehst du mit deinen Vorgesetzten?« fragte Scherkow weiter.

»Oh, ganz gut; es sind brave Leute. Wie hast du es denn zuwege gebracht, in den Stab zu kommen?«

»Ich bin dazu abkommandiert. Ich habe Dejourdienst.«

Beide schwiegen ein Weilchen.

»Und aus dem rechten Ärmel ließ
Sie ihren Falken fliegen«,

lautete in diesem Augenblick der Text des gesungenen Liedes, das unwillkürlich bei allen Hörern ein frisches, fröhliches Gefühl erweckte. Das Gespräch der beiden hätte wahrscheinlich einen anderen Charakter getragen, wenn sie nicht bei den Klängen des Liedes miteinander gesprochen hätten.

»Ist es wahr, daß die Österreicher geschlagen sind?« fragte Dolochow.

»Wissen tut es niemand; aber gesagt wird es.«

»Freut mich!« antwortete Dolochow kurz und deutlich, wie es wegen des Gesanges notwendig war.

»Wie ist's? Komm doch mal abends zu uns und spiele mit uns Pharo«, sagte Scherkow.

»Seid ihr denn jetzt so gut bei Gelde?«

»Komm nur hin.«

»Geht nicht. Habe es verschworen. Ich trinke nicht und spiele nicht, ehe ich nicht befördert bin.«

»Nun gut, dann müssen wir also bis zum ersten Gefecht warten.«

»Das wird sich dann zeigen.«

Wieder schwiegen sie beide.

»Wenn du irgendeinen Wunsch hast, dann wende dich nur an uns; wir beim Stab werden dir immer helfen«, sagte Scherkow.

Dolochow lächelte.

»Beunruhige dich darüber nicht. Was ich haben will, darum bitte ich nicht; das nehme ich mir selbst.«

»Gewiß, gewiß; ich meinte ja auch nur …«

»Jawohl, und ich meinte auch nur.«

»Leb wohl!«

»Adieu.«

»Er aber flog hoch in der Luft
Zur Heimat hin, der fernen …«

Scherkow gab seinem Pferd die Sporen. Dieses trat zuerst in der Erregung von einem Huf auf den andern, ohne zu wissen, mit welchem es ansetzen sollte; dann fand es sich zurecht und jagte, die Kompanie hinter sich lassend, gleichfalls im Takt des Gesanges der Kalesche nach.

III

Als Kutusow von der Truppenbesichtigung zurückgekehrt war, begab er sich, von dem österreichischen General begleitet, in sein Arbeitszimmer, rief seinen Adjutanten und beauftragte ihn, ihm gewisse Papiere, die sich auf den Zustand der eintreffenden Truppen bezogen, sowie die von dem Erzherzog Ferdinand, dem Befehlshaber der Vorhut, eingegangenen Brief zu bringen. Fürst Andrei Bolkonski trat mit den verlangten Schriftstükken in das Arbeitszimmer des Oberkommandierenden. Vor einer auf dem Tisch ausgebreiteten Landkarte saßen Kutusow und das österreichische Mitglied des Hofkriegsrates.

»Ah …«, sagte Kutusow, indem er sich nach Bolkonski umwandte, wie wenn er durch diesen Laut den Adjutanten auffordern wollte, noch ein wenig zu warten, und fuhr in dem begonnenen, auf französisch geführten Gespräch fort.

»Ich möchte nur das eine bemerken, General«, sagte Kutusow mit jener vollendeten Eleganz der Ausdrucksweise und Betonung, welche den Hörer zwang, ein jedes der langsam gesprochenen Worte genau zu beachten (es war übrigens nicht zu verkennen, daß auch Kutusow selbst sich mit Vergnügen reden hörte), »ich möchte nur das eine bemerken, General, daß, wenn die Sache von meinem persönlichen Wunsch abhinge, der Wille Seiner Majestät des Kaisers Franz längst ausgeführt wäre. Ich hätte meine Truppen schon längst mit denen des Erzherzogs vereinigt. Und glauben Sie meinem Ehrenwort, daß es mir persönlich eine große Freude gewesen wäre, den Oberbefehl über die Armee einem erfahreneren und geschickteren General, als ich (und an solchen trefflichen Generalen ist Österreich ja so außerordentlich reich), zu übergeben und diese ganze schwere Verantwortung von meinen Schultern abzuwälzen. Aber die Verhältnisse sind leider mitunter stärker als wir, General.«

Kutusow lächelte mit einem Gesichtsausdruck, als ob er sagen wollte: »Sie sind berechtigt, mir nicht zu glauben, und es ist mir sogar ganz gleichgültig, ob Sie mir glauben oder nicht; aber Sie haben keine Möglichkeit, mir das zu sagen. Und gerade darauf kommt es an.«

Der österreichische General machte ein unzufriedenes Gesicht, sah sich aber genötigt, in ähnlich verbindlicher Form zu antworten, wie Kutusow gesprochen hatte.

»O nicht doch«, sagte er in mürrischem, ärgerlichem Ton, der zu dem schmeichelhaften Sinn der von ihm gebrauchten Redewendungen in schroffem Widerspruch stand, »o nicht doch, Seine Majestät legt den allergrößten Wert auf die Mitwirkung Eurer Exzellenz bei der gemeinsamen Sache; aber wir sind der Meinung, daß durch die gegenwärtige Verzögerung den ruhmreichen russischen Truppen und ihrem Oberkommandierenden die Lorbeeren entgehen werden, welche sie in den Schlachten zu ernten gewohnt sind.« So schloß er seine offenbar vorher zurechtgelegte Phrase.

Kutusow verbeugte sich, unverändert weiter lächelnd.

»Ich bin aber überzeugt«, sagte er, »und nehme aufgrund des letzten Briefes, mit dem Seine Kaiserliche Hoheit der Erzherzog Ferdinand mich beehrt hat, als sicher an, daß die österreichische Armee unter dem Kommando eines so geschickten Unterfeldherrn, wie General Mack, jetzt bereits einen entschiedenen Sieg errungen hat und unserer Unterstützung nicht mehr bedarf.«

Der österreichische General runzelte die Stirn. Obgleich positive Nachrichten über eine Niederlage der Österreicher noch nicht vorlagen, so waren doch zu viele Umstände vorhanden, durch welche die allgemein verbreiteten schlimmen Gerüchte bestätigt zu werden schienen; daher klang Kutusows Annahme von einem Sieg der Österreicher sehr nach Spott. Aber Kutusow lächelte ruhig und freundlich, immer mit derselben Miene, die besagte, daß er zu seiner Annahme berechtigt sei. Und in der Tat meldete der letzte Brief, der ihm von Macks Armee zugegangen war, einen Sieg und berichtete von der strategisch überaus vorteilhaften Stellung der Armee.

»Reich mir doch einmal den Brief her«, sagte Kutusow, zu dem Fürsten Andrei gewendet. »Hier, bitte, sehen Sie selbst.«

Und mit einem spöttischen Lächeln in den Mundwinkeln las Kutusow auf deutsch dem österreichischen General folgende Stelle aus dem Brief des Erzherzogs Ferdinand vor:

»Unsere Streitkräfte sind vollständig konzentriert, nahe an siebzigtausend Mann, um den Feind, wenn er den Lech passiert, angreifen und schlagen zu können. Wir können, da wir bereits Herren von Ulm sind, den Vorteil, auch Herren beider Donauufer zu sein, behaupten, können mithin auch jeden Augenblick, wenn der Feind den Lech nicht passiert, über die Donau gehen, uns auf seine Kommunikationslinie werfen, die Donau unterhalb nochmals überschreiten und, wenn der Feind vorhaben sollte, sich mit seiner ganzen Macht gegen unsere treuen Verbündeten zu wenden, diese Absicht alsbald vereiteln. Auf diese Weise werden wir mutig den Zeitpunkt abwarten, wo die Kaiserlich Russische Armee vollständig gerüstet sein wird, und dann gemeinschaftlich leicht die Möglichkeit finden, dem Feind das Schicksal zu bereiten, das er verdient.«

Kutusow stieß einen schweren Seufzer aus, als er diesen unbeholfenen Passus verlesen hatte, und blickte dem Mitglied des Hofkriegsrates aufmerksam und freundlich ins Gesicht.

»Aber Euer Exzellenz kennen die weise Regel, daß man gut tut, immer den schlimmeren Fall anzunehmen«, erwiderte der österreichische General, der augenscheinlich diesen Späßen ein Ende zu machen und zur Sache zu kommen wünschte.

Unwillkürlich sah er sich nach dem Adjutanten um.

»Entschuldigen Sie, General«, unterbrach ihn Kutusow und wandte sich ebenfalls zu dem Fürsten Andrei hin. »Hör mal, mein Lieber, laß dir doch von Koslowski alle Berichte unserer Kundschafter geben. Und hier sind zwei Briefe vom Grafen Nostitz, und da der Brief Seiner Kaiserlichen Hoheit des Erzherzogs Ferdinand; und dann noch dieses hier«, sagte er und reichte ihm eine Anzahl von Papieren. »Und aus dem allem stell doch ein recht sauberes französisches Memorandum zusammen, ein Exposé, das übersichtlich alle die Nachrichten enthält, die uns über die Operationen der österreichischen Armee zugegangen sind. Na ja, mach das so, und dann stelle es Seiner Exzellenz zu.«

Fürst Andrei machte eine Verbeugung mit dem Kopf, zum Zeichen, daß er von den ersten Worten an nicht nur das verstanden habe, was gesagt worden war, sondern auch das, was Kutusow ihm wohl gern gesagt hätte. Er nahm die Papiere zusammen, machte eine allgemeine Verbeugung und ging mit leisen Schritten über den Teppich in das Wartezimmer.

Obwohl noch nicht viel Zeit vergangen war, seit Fürst Andrei Rußland verlassen hatte, war doch schon in seinem Wesen eine große Veränderung vorgegangen. In seinem Gesichtsausdruck, in seinen Bewegungen, in seinem Gang war von der früheren Manieriertheit, Müdigkeit und Schlaffheit so gut wie nichts mehr zu bemerken; er sah aus, als habe er keine Zeit, daran zu denken, was er auf andere für einen Eindruck mache, und sei vollständig mit angenehmen, interessanten Dingen beschäftigt. Man konnte ihm vom Gesicht ablesen, daß er mit sich und seiner Umgebung zufrieden war; sein Lächeln und sein Blick waren heiterer und ansprechender geworden.

Kutusow, den er noch in Polen eingeholt hatte, hatte ihn sehr freundlich aufgenommen, ihm versprochen, daß er ihn nicht vergessen werde, ihn vor den übrigen Adjutanten ausgezeichnet, mit nach Wien genommen und ihm einige Aufträge von ernsterer Bedeutung erteilt. Aus Wien hatte Kutusow an seinen alten Kameraden, den Vater des Fürsten Andrei, geschrieben:

»Ihr Sohn erweckt die begründete Hoffnung, daß er sich zu einem durch Kenntnisse, Energie und Pünktlichkeit ausgezeichneten Offizier entwikkeln wird. Ich schätze mich glücklich, einen solchen Untergebenen um mich zu haben.«

Im Stab Kutusows, bei seinen näheren Kameraden und in der Armee überhaupt fand Fürst Andrei, gerade wie in den Petersburger gesellschaftlichen Kreisen, zwei voneinander stark verschiedene Beurteilungen. Die einen, und dies war die Minderzahl, waren der Ansicht, daß Fürst Andrei vor ihnen und vor allen anderen Menschen gewisse besondere Vorzüge besitze, erwarteten von ihm hervorragende Leistungen, hörten achtsam auf seine Äußerungen, waren von ihm entzückt und eiferten ihm nach; im Verkehr mit diesen benahm sich Fürst Andrei ungekünstelt und liebenswürdig. Die anderen, die Mehrzahl, mochten ihn nicht leiden und hielten ihn für einen hochmütigen, kalten, unangenehmen Menschen; aber auch mit diesen wußte Fürst Andrei sich so zu stellen, daß sie ihn respektierten und sogar fürchteten.

Als Fürst Andrei aus Kutusows Arbeitszimmer in das Wartezimmer trat, ging er mit den Papieren zu seinem Kameraden Koslowski, dem dejourierenden Adjutanten, hin, der mit einem Buch am Fenster saß.

»Nun, Fürst, was gibt es?« fragte Koslowski.

»Ich soll ein Exposé machen, warum wir nicht vorrücken.«

»Wozu?«

Fürst Andrei zuckte mit den Achseln.

»Sind keine Nachrichten von Mack da?« fragte Koslowski.

»Nein.«

»Wenn es wahr wäre, daß er geschlagen ist, so würde doch schon Nachricht hier sein.«

»Wahrscheinlich«, antwortete Fürst Andrei und ging auf die Ausgangstür zu.

Aber in diesem Augenblick kam, ihm entgegen, eilig jemand in das Wartezimmer herein und warf die Tür hinter sich geräuschvoll wieder zu; es war ein offenbar eben erst angelangter österreichischer General von hohem Wuchs, im Überrock, ein schwarzes Tuch als Binde um den Kopf, den Maria-Theresia-Orden am Hals. Fürst Andrei blieb stehen.

»Ist der General en chef Kutusow da?« fragte der Ankömmling hastig auf französisch mit scharfer deutscher Aussprache; er sah sich nach rechts und links um und ging, ohne sich weiter aufzuhalten, auf die Tür des Arbeitszimmers zu.

»Der General en chef ist beschäftigt«, sagte Koslowski, indem er rasch zu dem unbekannten General hintrat und ihm den Weg zur Tür versperrte. »Wen darf ich melden?«

Der unbekannte General sah den kleinen Koslowski geringschätzig von oben bis unten an, als ob er sich darüber wunderte, daß ihn jemand nicht kenne.

»Der General en chef ist beschäftigt«, sagte Koslowski noch einmal in ruhigem Ton. Der General runzelte die Stirn, seine Lippen zuckten und zitterten. Er zog ein Notizbuch hervor, schrieb darin rasch etwas mit Bleistift, riß das Blatt heraus, gab es dem Adjutanten hin, ging mit schnellen Schritten zum Fenster, ließ sich dort auf einen Stuhl niederfallen und blickte die im Zimmer Anwesenden an, wie wenn er fragen wollte: Warum seht ihr mich so an? Dann hob der General den Kopf in die Höhe und reckte den Hals, als ob er etwas zu sagen beabsichtigte; aber im nächsten Augenblick brachte er, wie wenn er anfinge, gedankenlos vor sich hin zu singen, ein sonderbares Geräusch hervor, welches sofort wieder abbrach. Die Tür des Arbeitszimmers öffnete sich, und Kutusow erschien auf der Schwelle. Der General mit dem verbundenen Kopf ging zu Kutusow in gebückter Haltung mit so großen, schnellen Schritten seiner hageren Beine hin, als ob er vor einer Gefahr flüchtete.

»Sie sehen den unglücklichen Mack vor sich«, sagte er auf französisch mit fast versagender Stimme.

Das Gesicht Kutusows, der in der Tür des Arbeitszimmers stand, blieb einige Augenblicke lang völlig starr. Dann lief gleichsam eine Art von Welle über sein Gesicht hin, bei der sich seine Stirn runzelte; aber seine Stirn glättete sich sofort wieder; er neigte respektvoll den Kopf, schloß einen Augenblick lang die Augen, ließ schweigend Mack an sich vorbeigehen und machte selbst hinter ihnen beiden die Tür zu.

Das schon vorher verbreitete Gerücht über eine Niederlage der Österreicher und über die Kapitulation ihrer ganzen Armee bei Ulm erwies sich als richtig. Eine halbe Stunde darauf wurden schon nach verschiedenen Richtungen Adjutanten mit Befehlen abgeschickt, aus denen hervorging, daß nun auch die russischen Truppen, die sich bis dahin untätig verhalten hatten, bald mit dem Feind zusammenstoßen sollten.

Fürst Andrei war einer der wenigen Stabsoffiziere, die ihr Hauptinteresse dem Gesamtgang der kriegerischen Operationen widmeten. Nachdem er Mack gesehen und die Einzelheiten seiner Katastrophe erfahren hatte, begriff er, daß der Feldzug schon zur Hälfte verloren war, erkannte die schwierige Lage der russischen Truppen in ihrem ganzen Umfang und stellte sich lebhaft vor, was dem Heer bevorstand und welche Rolle er selbst beim Heer werde zu spielen haben. Unwillkürlich empfand er ein Gefühl freudiger Aufregung bei dem Gedanken an die Beschämung, die dem allzu selbstbewußten Österreich zuteil geworden war, und bei der Aussicht, daß es ihm vielleicht in einer Woche beschieden sein werde, einen Zusammenstoß zwischen Russen und Franzosen, den ersten seit Suworow, mit anzusehen und selbst daran teilzunehmen. Aber er fürchtete das Genie Bonapartes, das sich vielleicht als stärker erweisen würde als alle Tapferkeit der russischen Truppen, und doch brachte er es auch wieder nicht übers Herz, seinem Helden eine schmähliche Niederlage zu wünschen.

Durch diese Gedanken in aufgeregte und gereizte Stimmung versetzt, wollte Fürst Andrei nach seinem Zimmer gehen, um an seinen Vater zu schreiben, dem er täglich einen Brief sandte. Auf dem Korridor traf er mit seinem Stubenkameraden Neswizki und dem Possenreißer Scherkow zusammen; wie immer lachten die beiden über irgend etwas.

»Warum bist du denn so verdrießlich?« fragte Neswizki, als er bemerkte, wie blaß das Gesicht des Fürsten Andrei war und wie seine Augen funkelten.

»Zum Vergnügtsein haben wir keinen Anlaß«, erwiderte Bolkonski.

In demselben Augenblick, wo Fürst Andrei mit Neswizki und Scherkow zusammengetroffen war, kamen ihnen vom andern Ende des Korridors her zwei österreichische Generale entgegen: der General Strauch, der in Kutusows Hauptquartier stationiert war, um die Verpflegung der russischen Armee zu überwachen, und das am vorhergehenden Abend angekommene Mitglied des Hofkriegsrates. Auf dem breiten Korridor war Raum genug, daß die Generale bequem an den drei Offizieren vorbeikommen konnten; aber Scherkow stieß mit der Hand Neswizki zurück und rief wie atemlos:

»Sie kommen ...! Sie kommen ...! Treten Sie an die Seite, Platz! Bitte, Platz!«

Es war den Generalen anzusehen, daß sie auf die lästigen Ehrenbezeigungen gern verzichtet hätten; aber der Spaßmacher Scherkow verzog plötzlich sein Gesicht zu einem einfältigen Lächeln, als ob er sich vor Freude gar nicht halten könne.

»Euer Exzellenz«, sagte er auf deutsch, indem er vortrat und sich an denjenigen General wandte, der ihm der nächste war, »ich habe die Ehre zu gratulieren.«

Er machte eine Verbeugung mit dem Kopf und begann ungeschickt, wie Kinder, die tanzen lernen, abwechselnd mit dem einen und mit dem andern Bein Kratzfüße zu machen.

Der General (es war der Herr vom Hofkriegsrat) sah ihn mit einem strengen Blick an; aber da ihm das einfältige Lächeln echt zu sein schien, glaubte er, dem Redenden Gehör für einen Augenblick nicht verweigern zu sollen. Er kniff die Augen ein wenig zusammen, als sei er bereit zuzuhören.

»Ich habe die Ehre zu gratulieren; General Mack ist eingetroffen, ganz gesund; nur hier hat er ein bißchen was abbekommen«, fügte er mit strahlendem Lächeln hinzu und zeigte dabei auf seinen Kopf.

Der General machte ein finsteres Gesicht, wandte sich ab und ging weiter.

»Gott, wie naiv!« sagte er ärgerlich, als er einige Schritte entfernt war.

Neswizki umarmte laut lachend den Fürsten Andrei; aber dieser, der noch blasser geworden war als vorher, stieß ihn mit zorniger Miene zurück und wandte sich an Scherkow. Die nervöse Gereiztheit, in die er durch den Anblick Macks, durch die Nachricht von dessen Niederlage und durch die Gedanken an das, was der russischen Armee bevorstand, versetzt worden war, suchte einen Ausgang und fand ihn in der Entrüstung über Scherkows unpassenden Scherz.

»Mein Herr«, begann er mit scharfer Stimme, wobei ihm der Unterkiefer leise zitterte, »wenn Sie ein Hanswurst sein wollen, so kann ich Ihnen das nicht verwehren; aber ich sage Ihnen, wenn Sie sich noch einmal unterstehen sollten, in meiner Gegenwart solche albernen Possen zu treiben, so werde ich Sie lehren, wie Sie sich zu benehmen haben.«

Neswizki und Scherkow waren über diese Schroffheit so erstaunt, daß sie Bolkonski schweigend mit weitaufgerissenen Augen ansahen.

»Na aber, ich habe ihnen ja nur gratuliert«, brachte Scherkow heraus.

»Ich scherze nicht mit Ihnen; schweigen Sie!« rief Bolkonski, faßte Neswizki bei der Hand und ging mit ihm von Scherkow weg, der vergebens nach einer Antwort suchte.

»Na, was hast du denn aber eigentlich, Bruder?« sagte Neswizki begütigend.

»Welche Frage!« erwiderte Fürst Andrei und blieb vor Aufregung stehen. »Mach dir das doch nur klar: Entweder sind wir Offiziere, die ihrem Kaiser und dem Vaterland dienen und sich über einen Erfolg der gemeinsamen Sache aller freuen, über einen Mißerfolg trauern, oder wir sind weiter nichts als Bediente, die sich um das Wohl und Wehe der Herrschaft nicht kümmern.« Hier ging er zum Französischen über, als ob er dadurch seine Meinung noch besser bekräftigen könne: »Vierzigtausend Mann sind niedergemacht, und die Armee unserer Verbündeten ist vernichtet, und da bringt ihr es fertig zu lachen! Das mag für einen unbedeutenden Burschen passen, wie dieses Subjekt, das du deiner Freundschaft würdigst, aber nicht für dich, nicht für dich.« Er sprach wieder russisch weiter: »Nur freche Buben« (diesen beleidigenden Ausdruck sprach Fürst Andrei mit französischer Klangfärbung, und zwar sehr deutlich, da er bemerkt hatte, daß Scherkow seine Worte noch hören konnte) »können sich in dieser Weise amüsieren.«

Er wartete einen Augenblick, ob der Kornett etwas darauf antworten werde. Aber dieser wendete sich weg und verließ den Korridor.

IV

Das Pawlograder Husarenregiment lag zwei Meilen von Braunau im Quartier; die Eskadron, in welcher Nikolai Rostow als Junker stand, war in dem deutschen Dorf Salzeneck untergebracht. Dem Eskadronchef, Rittmeister Denisow, welcher in der ganzen Kavalleriedivision unter dem Namen Waska* Denisow bekannt war, war das beste Quartier im Dorf zugeteilt; der Junker Rostow wohnte die ganze Zeit her, seit er das Regiment in Polen eingeholt hatte, mit dem Eskadronchef zusammen.

Am 11. Oktober, an eben dem Tag, an welchem im Hauptquartier alles durch die Nachricht von Macks Niederlage in unruhige Bewegung versetzt worden war, ging im Quartier jener Eskadron das Lagerleben noch in der alten Weise weiter. Denisow, der die ganze Nacht Karten gespielt hatte, war noch nicht nach Hause gekommen, als Rostow am frühen Morgen zu Pferde vom Furagieren zurückkehrte. Rostow ritt an die Stufen vor der Haustür heran, schwang, seinem Pferd einen Stoß versetzend, mit einer jugendlich geschmeidigen Bewegung das Bein herüber, blieb noch einen Augenblick im Steigbügel stehen, als ob er sich noch gar nicht von seinem Pferd trennen möchte, sprang endlich herunter und rief seinen Burschen.

»He, Bondarenko, lieber Freund!« rief er, und der Husar kam nun Hals über Kopf zu dem Pferd gelaufen. »Führ ihn umher, mein Lieber«, sagte er mit jener brüderlichen, heiteren Freundlichkeit, mit welcher gutherzige junge Leute, wenn sie sich glücklich fühlen, sich gegen alle Menschen benehmen.

»Zu Befehl, Euer Erlaucht«, antwortete der Kleinrusse mit vergnügtem Kopfnicken.

»Gib gut acht und führe ihn recht ordentlich herum.«

Ein anderer Husar kam ebenfalls auf das Pferd zugestürzt; aber Bondarenko hatte dem Tier schon den Zügel über den Kopf geworfen. Es war leicht zu sehen, daß der Junker gute Trinkgelder zu geben pflegte, und daß es vorteilhaft war, ihm Dienste zu leisten. Rostow streichelte dem Pferd den Hals, dann die Kruppe und blieb auf den Stufen stehen.

»Famos! Das wird ein prächtiges Pferd werden!« sagte er lächelnd zu sich selbst und lief, den Säbel festhaltend, sporenklirrend die Stufen weiter hinan. Der deutsche Besitzer des Hauses, in wollener Jacke und Zipfelmütze, die Mistgabel in der Hand, mit der er den Mist ausgeräumt hatte, sah aus dem Kuhstall heraus. Das Gesicht des Deutschen wurde auf einmal freundlich sowie er den jungen Rostow erblickte. Er lächelte ver-

* Koseform für Wasili. Anmerkung des Übersetzers.

gnügt und rief, mit den Augen blinzelnd: »Schönen guten Morgen! Schönen guten Morgen!« Es machte ihm offenbar Vergnügen, den jungen Mann zu begrüßen.

»Schon so fleißig?« rief Rostow auf deutsch mit demselben harmlosen, frohen Lächeln, das auf seinem munteren Gesicht heimisch war. »Hoch die Österreicher! Hoch die Russen! Kaiser Alexander hoch!« rief er dem Deutschen zu; er wiederholte damit Worte, die der deutsche Hauswirt oft gesprochen hatte.

Der Deutsche fing an zu lachen, trat ganz aus der Tür des Kuhstalles heraus, riß sich die Mütze ab, schwenkte sie über seinem Kopf und schrie:

»Und die ganze Welt hoch!«

Ebenso wie der Deutsche seine Zipfelmütze, schwenkte auch Rostow seine Dienstmütze über dem Kopf und schrie lachend: »Vivat die ganze Welt!« Zwar hatten weder der Deutsche, der seinen Kuhstall ausgemistet, noch Rostow, der mit einem Beritt Husaren Heu geholt hatte, irgendeinen Grund zu besonderer Freude; aber doch blickten diese beiden Menschen einander ganz glückselig, ordentlich mit einer Art von Bruderliebe an, nickten sich zum Zeichen ihrer wechselseitigen Zuneigung zu und gingen dann lächelnd auseinander, der Deutsche in seinen Kuhstall und Rostow in die Stube, die er mit Denisow zusammen bewohnte.

»Was macht dein Herr?« fragte er Lawrenti, den im ganzen Regiment als durchtriebener Patron bekannten Burschen Denisows.

»Er ist seit gestern abend noch nicht wieder hier gewesen. Jedenfalls hat er verloren«, antwortete Lawrenti. »Ich kenne das schon: Wenn er gewinnt, kommt er zeitig wieder nach Hause, um damit zu prahlen; aber wenn er bis zum Morgen nicht da ist, dann haben sie ihn gehörig ausgebeutelt, und wenn er dann kommt, ist er fuchswild. Befehlen Sie Kaffee?«

»Jawohl, bringe nur her!«

Nach zehn Minuten brachte Lawrenti den Kaffee. »Der Herr kommt!« sagte er. »Nun wird es schlimm.« Rostow sah durchs Fenster und erblickte den nach Hause zurückkehrenden Denisow. Denisow war von kleiner Statur und hatte ein rotes Gesicht, funkelnde, schwarze Augen, einen borstigen Schnurrbart und struppiges Kopfhaar. Er trug einen aufgeknöpften Dolman und weite, faltig herunterhängende Hosen; eine ganz verdrückte Husarenmütze saß ihm im Nacken. Mit finsterem Gesicht und gesenktem Kopf kam er zur Haustür.

»Lawrenti!« schrie er laut und zornig, mit der ihm eigenen undeutlichen Aussprache des r. »So komm doch und nimm mir die Sachen ab, du Tölpel!«

»Das tue ich ja schon ganz von selbst!« hörte Rostow den Burschen antworten.

»Ah, du bist schon aufgestanden!« sagte Denisow, ins Zimmer tretend.

»Schon lange«, erwiderte Rostow. »Ich habe schon Heu geholt und Fräulein Mathilde gesehen.«

»Na so was! Und mich haben sie gestern ausgeplündert, Bruder – wie ein Schindluder haben sie mich behandelt!« schrie Denisow. »So ein Pech! So ein vermaledeites Pech! Sowie du weg warst, da ging die Geschichte los … Heda! Tee!«

Denisow verzog stirnrunzelnd sein Gesicht zu einer wunderlichen Art von Lächeln, bei dem seine kurzen, kräftigen Zähne sichtbar wurden, und wühlte mit den kurzen Fingern beider Hände in dem schwarzen, wirren Dickicht seines Haares.

»Mußte mich auch der Teufel plagen, zu dieser Ratte« (dies war der Spitzname eines Offiziers) »hinzugehen«, redete er weiter und rieb sich mit beiden Händen Stirn und Gesicht. »Kannst du dir das vorstellen: Auch nicht eine Karte, keine einzige Karte hat er mich gewinnen lassen.«

Denisow nahm die ihm gereichte, angerauchte Pfeife, preßte die Faust fest herum, stieß mit der Pfeife auf den Fußboden, so daß das Feuer verschüttet wurde, und fuhr fort zu schreien:

»Simple gewinne ich, Paroli schlägt er; Simple gewinne ich, Paroli schlägt er!«

Er sah, daß das Feuer verschüttet war, zerbrach die Pfeife und warf sie weg. Ein Weilchen schwieg Denisow; dann sah er auf einmal mit seinen funkelnden, schwarzen Augen Rostow lustig an: »Wenn es hier wenigstens noch Weiber gäbe! Aber so kann man hier nichts weiter tun als trinken. Käme es nur bald zum Losschlagen …! Na, wer ist denn da?« fragte er, sich zur Tür hinwendend, da er hörte, wie die Schritte schwerer Stiefel mit klirrenden Sporen vor der Tür haltmachten und jemand sich respektvoll räusperte.

»Der Wachtmeister«, antwortete Lawrenti.

Denisows Gesicht wurde wieder ganz finster.

»Verfluchte Geschichte!« murmelte er vor sich hin und warf eine Börse, in der sich einige Goldstücke befanden, auf den Tisch. »Lieber Rostow, zähle doch mal nach, wieviel noch drin ist, und stecke die Börse unter mein Kopfkissen.« Damit ging er hinaus zu dem Wachtmeister.

Rostow nahm das Geld, schichtete mechanisch alte und neue Goldstücke in kleine Häufchen auf, die er in gerader Front ordnete, und zählte sie durch.

»Ah, Teljanin! Guten Morgen! Gestern haben sie mich gut ausgebeutelt«, hörte man Denisows Stimme von draußen.

»Bei wem denn? Bei Bykow, der Ratte …? Das dachte ich mir gleich«, sagte eine andere, hohe Stimme, und gleich darauf trat der Leutnant Teljanin ins Zimmer; er gehörte zu derselben Eskadron und war von kleiner Gestalt.

Rostow schob die Börse unter das Kopfkissen und drückte die ihm entgegengestreckte kleine, feuchte Hand. Teljanin war vor dem Feldzug zur Strafe für irgend etwas, was er begangen hatte, von der Garde zu diesem Regiment versetzt worden. Er hielt sich hier durchaus tadellos; aber er war nicht beliebt, und namentlich Rostow konnte seinen eines greifbaren Grundes ermangelnden Widerwillen gegen diesen Offizier weder bezwingen noch verbergen.

»Nun, junger Kavallerist, wie macht sich bei Ihnen mein ›Rabe‹?« fragte Teljanin. »Rabe« war der Name des Extrapferdes, welches Teljanin an Rostow verkauft hatte.

Der Leutnant blickte demjenigen, mit dem er sprach, nie in die Augen; seine Augen liefen beständig von einem Gegenstand zum andern umher.

»Ich sah Sie, wie Sie heute vorbeiritten«, fügte er noch hinzu.

»Nun, es ist nichts dagegen zu sagen; es ist ein gutes Pferd«, antwortete Rostow, trotzdem das Pferd, für welches er siebenhundert Rubel gegeben hatte, nicht die Hälfte dieses Preises wert war. »Es hat auf dem linken Vorderfuß etwas zu lahmen angefangen«, fuhr er fort.

»Der Huf hat einen Riß bekommen! Das hat nichts zu bedeuten. Ich werde Ihnen zeigen, wie man da ein Niet macht.«

»Ja, bitte, zeigen Sie mir das«, erwiderte Rostow.

»Gewiß, das will ich tun; ein Geheimnis ist es nicht. Und für das Pferd werden Sie mir noch dankbar sein.«

»Dann werde ich also das Pferd vorführen lassen«, sagte Rostow, der gern von Teljanins Gesellschaft loskommen wollte, und ging hinaus, um anzuordnen, daß das Pferd gebracht werden sollte.

Im Hausflur saß Denisow, mit einer andern Pfeife, zusammengekrümmt auf der Schwelle; vor ihm stand der Wachtmeister und rapportierte etwas. Als Denisow den Junker erblickte, runzelte er die Stirn, zeigte mit dem Daumen über die Schulter nach dem Zimmer, in welchem Teljanin saß, und schüttelte sich voll Widerwillen.

»Ich kann diesen Burschen nicht leiden«, sagte er, ohne sich wegen der Gegenwart des Wachtmeisters Zwang aufzuerlegen.

Rostow zuckte die Achseln, wie wenn er sagen wollte: »Es geht mir ebenso; aber was ist zu tun?« und kehrte, nachdem er die erforderliche Anweisung gegeben hatte, zu Teljanin zurück.

Teljanin saß in derselben lässigen Haltung da, in der ihn Rostow verlassen hatte, und rieb sich die kleinen, weißen Hände.

»Was es doch für widerwärtige Physiognomien gibt«, dachte Rostow, als er in das Zimmer trat.

»Nun, haben Sie das Pferd bringen lassen?« fragte Teljanin, indem er aufstand und mit gleichgültiger Miene um sich blickte.

»Ich habe es angeordnet.«

»Ach, wir wollen lieber gleich selbst hingehen. Ich bin eigentlich nur mit herangekommen, um Denisow nach der gestrigen Order zu fragen. Haben Sie sie bekommen, Denisow?«

»Nein, noch nicht. Wohin gehen Sie denn jetzt?«

»Ich will dem jungen Mann zeigen, wie der Huf seines Pferdes behandelt werden muß«, sagte Teljanin.

Sie traten vor die Haustür und gingen in den Pferdestall. Der Leutnant zeigte, wie das Niet angebracht werden müsse, und ging weg nach Hause.

Als Rostow wieder ins Zimmer zurückkehrte, stand eine Flasche Branntwein auf dem Tisch, und eine Wurst lag dabei. Denisow saß am Tisch und schrieb kritzelnd mit einer Feder auf einem Blatt Papier. Er blickte dem jungen Rostow mit düsterer Miene ins Gesicht.

»Ich schreibe ihr«, sagte er.

Er stützte sich, die Feder in der Hand haltend, mit dem Ellbogen auf den Tisch, und offenbar froh über die Möglichkeit, das, was er schreiben wollte, schneller mündlich zu sagen, teilte er seinem Junker den beabsichtigten Inhalt seines Briefes mit.

»Siehst du wohl, mein Freund«, sagte er, »solange wir nicht lieben, schlafen wir, sozusagen. Wir sind Kinder des Staubes; aber wenn man sich verliebt, wird man ein Gott; man wird rein, wie am ersten Tag nach der Geburt … Wer ist denn da schon wieder? Jag ihn zum Teufel! Ich habe keine Zeit!« schrie er seinem Burschen Lawrenti zu, der ohne eine Spur von Schüchternheit zu ihm trat.

»Nun, wer wird es denn sein? Sie haben es ja selbst befohlen. Der Wachtmeister ist gekommen, um das Geld zu holen.«

Denisow runzelte die Stirn, wollte eine Erwiderung herausschreien, schwieg aber doch still.

»Verdammte Geschichte!« murmelte er dann vor sich hin. »Wieviel Geld war denn noch in der Börse drin?« fragte er Rostow.

»Sieben neue und drei alte.«

»Ach herrje, verdammte Geschichte! Na, was stehst du da wie ein Ölgötze? Ruf den Wachtmeister herein!« schrie Denisow seinen Burschen an.

»Bitte, Denisow, nimm von mir Geld, wenn du welches brauchst; ich habe ja«, sagte Rostow errötend.

»Ich mag nicht von meinen Freunden borgen; ich mag das nicht«, brummte Denisow.

»Du kränkst mich, wenn du nicht von mir Geld annimmst, wie das unter Kameraden Sitte ist. Ich habe wirklich hinreichend Geld.«

»Nein, nein!«

Denisow trat an das Bett, um die Börse unter dem Kopfkissen hervorzuziehen.

»Wo hast du sie hingelegt, Rostow?«

»Unter das untere Kissen.«

»Da ist sie nicht.«

Denisow warf beide Kissen auf den Fußboden. Die Börse war nicht da.

»Na, das ist doch aber seltsam!«

»Warte mal, hast du sie auch nicht mit den Kissen heruntergeworfen?« sagte Rostow, hob die Kissen einzeln auf und schüttelte sie.

Er nahm auch das Deckbett ab und schüttelte es. Die Börse war nicht da.

»Habe ich auch nicht etwa vergessen, wo ich sie hingelegt habe?« sagte Rostow. »Aber nein, ich dachte noch, daß du die Börse wie einen Schatz unter dem Kopf liegen haben wolltest. Hier habe ich die Börse hingelegt. Wo ist sie nun?« wandte er sich an Lawrenti.

»Ich bin nicht ins Zimmer gekommen. Wo Sie sie hingelegt haben, da muß sie auch noch sein.«

»Aber sie ist nicht da!«

»Ja, so sind die Herren immer; sie werfen ihre Sachen irgendwohin und vergessen es dann. Sehen Sie doch einmal in Ihren Taschen nach!«

»Nein, wenn ich nicht an den Schatz gedacht hätte«, erwiderte Rostow; »aber so besinne ich mich ganz bestimmt, daß ich sie hierher gelegt habe.«

Lawrenti durchwühlte das ganze Bett, er sah auch unter die Bettstelle und unter den Tisch, er durchsuchte das ganze Zimmer und blieb schließlich mitten im Zimmer stehen. Denisow hatte schweigend alle Bewegungen Lawrentis mit den Augen verfolgt, und als nun Lawrenti in ratlosem Staunen die Arme auseinanderbreitete und erklärte, die Börse sei nirgends zu finden, da richtete er seinen Blick auf Rostow.

»Rostow, mach keine törichten Späße!«

Rostow fühlte Denisows Blick auf sich gerichtet, blickte auf und schlug in demselben Augenblick die Augen wieder nieder. Alles Blut, das irgendwo unterhalb der Kehle eingeschlossen gewesen war, drang ihm plötzlich ins Gesicht und in die Augen.

Er war nicht imstande Atem zu holen.

»Und im Zimmer ist ja doch niemand gewesen als der Leutnant und Sie selbst. Sie muß doch also hier irgendwo sein«, sagte Lawrenti.

»Nun, du verfluchter Kerl, dann rühr dich und such!« schrie Denisow plötzlich und stürzte mit drohender Gebärde auf den Burschen los. »Die Börse muß gefunden werden, oder ich lasse dich totpeitschen. Alle lasse ich totpeitschen!«

Rostow vermied es, Denisow anzusehen, knöpfte sich die Jacke zu, schnallte den Säbel um und setzte die Mütze auf.

»Ich sage dir, die Börse muß gefunden werden!« schrie Denisow, indem er den Burschen an den Schultern schüttelte und ihn gegen die Wand stieß.

»Laß ihn, Denisow; ich weiß, wer sie genommen hat«, sagte Rostow und ging, ohne aufzublicken, nach der Tür hin.

Denisow stand einen Moment regungslos und dachte nach; dann, nachdem er offenbar verstanden hatte, worauf Rostow hindeutete, ergriff er ihn bei der Hand.

»Unsinn!« schrie er so heftig, daß ihm die Adern an Hals und Stirn anschwollen. »Ich sage dir, du bist verrückt geworden. Ich dulde das nicht. Die Börse ist hier. Ich werde diesem Schurken das Fell abziehen, dann wird sie schon zum Vorschein kommen.«

»Ich weiß, wer sie genommen hat«, sagte Rostow noch einmal mit bebender Stimme und ging zur Tür.

»Und ich sage dir: Untersteh dich nicht, das zu tun!« schrie Denisow und stürzte auf den Junker los, um ihn zurückzuhalten.

Aber Rostow riß seinen Arm los und blickte ihm mit solchem Ingrimm gerade und fest ins Gesicht, als ob Denisow sein Todfeind wäre.

»Verstehst du auch, was du sagst?« sprach er mit zitternder Stimme. »Außer mir war niemand im Zimmer als er. Also, wenn er es nicht gewesen ist, so ... Er war nicht imstande, den Satz zu Ende zu sprechen, und lief aus dem Zimmer.

»Ach, hol dich der Teufel! Euch alle soll der Teufel holen!« Das waren die letzten Worte, die Rostow hörte.

Rostow kam zu Teljanins Quartier.

»Der Herr ist nicht zu Hause; er ist nach dem Quartier des Regimentsstabes geritten«, sagte Teljanins Bursche zu ihm. »Ist etwas passiert?« fragte der Bursche, verwundert über das verstörte Gesicht des Junkers.

»Nein, gar nichts.«

»Wenn Sie ein klein wenig früher gekommen wären, hätten Sie ihn noch getroffen«, sagte der Bursche.

Das Quartier des Regimentsstabes befand sich drei Werst von Salzeneck. Ohne erst noch einmal nach seiner Wohnung zurückzukehren, nahm sich Rostow ein Pferd und ritt dorthin. In dem Dorf, in dem der Stab lag, war ein Wirtshaus, in dem die Offiziere verkehrten. Als Rostow bei dem Wirtshaus anlangte, erblickte er vor der Tür das Pferd Teljanins.

Im zweiten Zimmer des Wirtshauses saß der Leutnant bei einem Teller mit Bratwürstchen und einer Flasche Wein.

»Ah, Sie sind auch hergekommen, junger Mann!« sagte er lächelnd und zog die Augenbrauen in die Höhe.

»Ja«, antwortete Rostow, als ob es ihn eine große Anstrengung kostete, dieses Wort herauszubringen, und setzte sich an den benachbarten Tisch.

Beide schwiegen; im Zimmer saßen außer ihnen noch zwei Deutsche und ein russischer Offizier. Aber auch diese redeten nicht, und es war weiter nichts zu hören als das Klappern des Messers und der Gabel auf dem Teller des Leutnants und das Geräusch seines Kauens. Als Teljanin mit seinem Frühstück fertig war, zog er eine Doppelbörse aus der Tasche, schob mit seinen nach oben gekrümmten, kleinen, weißen Fingern die Ringe zurück, zog ein Goldstück heraus und gab es, die Augenbrauen hochziehend, dem Kellner.

»Bitte, möglichst schnell«, sagte er.

Das Goldstück war ein neues. Rostow stand auf und trat zu Teljanin hin.

»Erlauben Sie mir, die Börse anzusehen«, sagte er so leise, daß es kaum zu hören war.

Teljanin, dessen Augen im Zimmer umherhuschten, während seine Brauen in die Höhe gezogen blieben, reichte die Börse hin.

»Ja, es ist eine hübsche Börse ... Ja ... ja«, sagte er und wurde auf einmal blaß. »Besehen Sie sie sich, junger Mann«, fügte er hinzu.

Rostow nahm die Börse in die Hand und besah sowohl die Börse als auch das darin befindliche Geld und richtete dann seinen Blick auf Teljanin. Der Leutnant ließ nach seiner Gewohnheit seine Augen wieder nach allen Seiten umherschweifen und schien plötzlich sehr heiter zu werden.

»Wenn wir erst in Wien sind, werde ich mein Geld bis auf den letzten Groschen verjubeln; aber jetzt in diesen elenden Nestern hier weiß man gar nicht, wie man es ausgeben soll«, sagte er. »Nun, dann geben Sie wieder her, junger Mann; ich möchte gehen.«

Rostow schwieg.

»Und was wollen Sie anfangen? Wollen Sie auch frühstücken? Man bekommt hier ganz gut zu essen«, fuhr Teljanin fort. »Geben Sie her.«

Er streckte die Hand aus und faßte die Börse an; Rostow ließ sie los. Teljanin nahm die Börse und schob sie in die Tasche seiner Reithose; seine Brauen zogen sich lässig in die Höhe, und sein Mund öffnete sich ein wenig, wie wenn er sagen wollte: »Ja, ja, ich stecke meine Börse in die Tasche; das ist eine ganz natürliche, einfache Sache und geht niemand etwas an.«

»Nun, junger Mann?« sagte er tief atmend und blickte unter den hinaufgezogenen Brauen hervor dem jungen Rostow in die Augen.

Eine Art von Lichtschein lief mit der Geschwindigkeit eines elektrischen Funkens aus Teljanins Augen in die Augen Rostows hinüber und wieder zurück, und nochmals hin und zurück, alles in einem Moment.

»Kommen Sie hierher«, sagte Rostow leise, ergriff Teljanin bei der Hand und führte oder zog ihn vielmehr an ein Fenster. »Dieses Geld gehört Denisow; Sie haben es genommen«, flüsterte er dicht an dessen Ohr.

»Was …? Was …? Wie können Sie es wagen? Was?« erwiderte Teljanin undeutlich.

Aber diese Worte klangen wie ein kläglicher, verzweifelnder Aufschrei und wie ein Flehen um Verzeihung. Sowie Rostow diese Stimme hörte, schwand ihm jeder Zweifel, und es fiel ihm ein schwerer Stein vom Herzen. Er empfand Freude; aber zu gleicher Zeit ergriff ihn ein tiefes Mitleid mit dem unglücklichen Menschen, der da vor ihm stand. Jedoch mußte er zu Ende führen, was er begonnen hatte.

»Die Leute hier können sich ja Gott weiß was für Gedanken machen«, murmelte Teljanin, griff nach seiner Mütze und ging voran in ein kleines, leeres Zimmer. »Wir müssen uns miteinander aussprechen …«

»Ich weiß es, und ich werde es beweisen«, sagte Rostow.

»Ich …«

In Teljanins blassem, erschrockenem Gesicht begannen alle Muskeln zu zucken; die Augen liefen noch ebenso unstet umher wie vorher, aber jetzt am Boden, und er schlug sie nicht zu Rostows Gesicht auf. Ein schluchzender Ton wurde vernehmbar. »Graf … Stürzen Sie einen jungen Menschen nicht ins Verderben … Da ist das unselige Geld; nehmen Sie es hin …« Er warf die Börse auf den Tisch. »Ich habe einen alten Vater, eine Mutter …«

Rostow nahm das Geld, wobei er Teljanins Blick vermied, und ging, ohne ein Wort zu sagen, zur Tür. Aber an der Tür blieb er stehen und wandte sich wieder um. »Mein Gott«, sagte er mit Tränen in den Augen, »wie konnten Sie das nur tun?«

»Graf …«, begann Teljanin und näherte sich dem Junker.

»Rühren Sie mich nicht an!« sagte Rostow und wich ihm seitwärts aus. »Wenn Sie in Not sind, so nehmen Sie dieses Geld hier.« Er warf ihm seine eigene Börse hin und verließ eilig das Wirtshaus.

V

Am Abend desselben Tages führten in Denisows Quartier die zu seiner Eskadron gehörenden Offiziere untereinander ein sehr lebhaftes Gespräch.

»Und ich sage Ihnen, Rostow, daß Sie den Regimentskommandeur um Entschuldigung bitten müssen«, sagte ein hochgewachsener Vizerittmeister mit schon ergrauendem Haar, gewaltigem Schnurrbart und grobgeschnittenem, runzligem Gesicht zu dem jungen Rostow, der einen dunkelroten Kopf hatte und sich in höchster Aufregung befand.

Dieser Vizerittmeister Kirsten war zweimal wegen seiner Ehrenhändel zum Gemeinen degradiert worden und hatte sich zweimal wieder heraufgearbeitet.

»Ich lasse mir von niemand sagen, daß ich lüge!« rief Rostow. »Er hat zu mir gesagt, ich lüge, und ich habe zu ihm gesagt, daß er lügt. Und dabei bleibt es. Meinetwegen kann er mir alle Tage Strafdienst aufpacken und mich in Arrest setzen; aber um Entschuldigung zu bitten, dazu kann mich niemand zwingen; denn wenn er als Regimentskommandeur es seiner für unwürdig hält, mir Satisfaktion zu geben, so ...«

»Nun warten Sie mal, lieber Freund, und hören Sie mich an«, unterbrach ihn der Vizerittmeister mit seiner tiefen Baßstimme und strich sich ruhig seinen langen Schnurrbart glatt. »Sie haben in Gegenwart anderer Offiziere zu dem Regimentskommandeur gesagt, ein Offizier hätte gestohlen ...«

»Ich kann nichts dafür, daß das Gespräch in Gegenwart anderer Offiziere diese Wendung nahm. Es mag sein, daß ich in ihrer Gegenwart nicht hätte davon sprechen sollen; aber ich bin eben kein Diplomat. Gerade darum bin ich Husar geworden, weil ich dachte, daß man in dieser Stellung keine subtilen Rücksichten zu nehmen braucht. Aber er hat zu mir gesagt, ich lüge ... und da verlange ich Satisfaktion ...«

»Alles sehr schön; niemand glaubt, daß Sie feige wären; aber darum handelt es sich gar nicht. Fragen Sie einmal Denisow, ob das jemals dagewesen ist, daß ein Junker vom Regimentskommandeur Satisfaktion verlangt.«

Denisow hörte, auf den Schnurrbart beißend, mit finsterer Miene das Gespräch mit an und hatte augenscheinlich keine Lust, sich daran zu beteiligen. Auf die Frage des Vizerittmeisters schüttelte er verneinend den Kopf.

»Sie haben dem Regimentskommandeur in Gegenwart anderer Offiziere gesagt, daß eine solche Gemeinheit vorgekommen wäre«, fuhr der Vizerittmeister fort. »Bogdanowitsch« (so wurde der Regimentskommandeur Karl Bogdanowitsch Schubert genannt) »hat Ihnen deswegen einen Verweis erteilt.«

»Er hat mir nicht einen Verweis erteilt, sondern gesagt, ich spräche die Unwahrheit.«

»Nun ja, und da haben Sie ihm sehr ungehörig geantwortet und müssen nun um Entschuldigung bitten.«

»Um keinen Preis!« rief Rostow.

»Ein solches Benehmen hätte ich nicht von Ihnen erwartet«, sagte der Vizerittmeister in ernstem, strengem Ton. »Sie wollen nicht um Entschuldigung bitten, und doch haben Sie, lieber Freund, sich nicht nur gegen ihn, sondern auch gegen das ganze Regiment, gegen uns alle, arg vergangen. Und das will ich Ihnen klarmachen. Sie hätten die Sache doch ordentlich überlegen und Kameraden um Rat fragen sollen, wie Sie sich in dieser Angelegenheit verhalten müßten; aber statt dessen rufen Sie ohne weiteres in Gegenwart von Offizieren einen solchen Skandal hervor. Was soll der Regimentskommandeur jetzt tun? Soll er den betreffenden Offizier vor Gericht stellen und über das ganze Regiment Unehre bringen? Um eines Nichtswürdigen willen das ganze Regiment an den Pranger stellen? Das ist ja wohl Ihre Meinung, nicht wahr? Aber unsere Meinung ist das nicht. Bogdanowitsch ist ein braver, tüchtiger Mann; er hat Ihnen gesagt, Sie sprächen die Unwahrheit. Das ist ja unangenehm; aber da ist weiter nichts zu machen, lieber Freund: Sie haben sich das durch Ihren Übereifer selbst zugezogen. Jetzt aber, wo man die Geschichte still beilegen will, weigern Sie sich aus eigensinnigem Dünkel, um Entschuldigung zu bitten, und wollen die Sache breittreten. Sie empfinden es als ein Unrecht, daß Sie Strafdienst bekommen und daß Sie einen alten, ehrenhaften Offizier um Entschuldigung bitten sollen! Mag Bogdanowitsch im übrigen sein, wie er will, aber jedenfalls ist er ein ehrenhafter, tapferer, alter Oberst. Also das erscheint Ihnen als ein Unrecht; aber das Regiment an den Pranger zu stellen, daraus machen Sie sich kein Gewissen!« Die Stimme des Vizerittmeisters begann zu zittern. »Sie, lieber Freund, geben ja bei unserm Regiment nur eine Art Gastrolle; heute sind Sie hier, morgen werden Sie irgendwo anders Adjutant; was scheren Sie sich darum, wenn man nachher sagt: ›Unter den Pawlograder Offizieren gibt es Diebe!‹ Uns aber ist das nicht so gleichgültig. Nicht wahr, Denisow, uns ist das nicht gleichgültig?«

Denisow schwieg noch immer, rührte sich nicht und blickte nur ab und zu mit seinen blitzenden schwarzen Augen Rostow an.

»Ihnen geht Ihr Dünkel über alles, und darum wollen Sie nicht um Entschuldigung bitten«, fuhr der Vizerittmeister fort; »aber uns alten Offizieren, die wir im Regiment aufgewachsen sind und, so Gott will, auch darin sterben werden, uns liegt die Ehre des Regiments am Herzen, und das weiß Bogdanowitsch. Ja, sehr, sehr liegt sie uns am Herzen, lieber Freund! Aber wie Sie handeln, das ist nicht schön, nicht schön! Ob Sie es mir nun übelnehmen oder nicht: Ich sage immer die Wahrheit geradeheraus. Es ist nicht schön!«

Der Vizerittmeister stand auf und wandte sich von Rostow ab.

»Hol's der Teufel, er hat recht!« schrie Denisow aufspringend. »Na also, Rostow! Na!«

Abwechselnd errötend und erbleichend, sah Rostow bald den einen, bald den andern der Offiziere an.

»Nein, meine Herren, nein … Glauben Sie das nicht von mir … Ich sehe sehr wohl ein … Sie tun mir mit Ihrem Urteil über mich unrecht … Ich … um meinetwillen … ich werde für die Ehre des Regiments … Nein, ich werde es im Kampf zeigen, daß auch für mich die Ehre der Fahne … Nun ja, ich gebe es zu, es ist richtig, ich habe einen Fehler begangen …!« Die Tränen standen ihm in den Augen. »Ich habe einen Fehler begangen, einen argen Fehler …! Nun, was verlangen Sie noch weiter?«

»Sehen Sie, so ist's recht, Graf!« rief der Vizerittmeister, indem er sich wieder zu ihm umdrehte und ihm mit seiner großen Hand auf die Schulter schlug.

»Ich habe es dir ja gesagt«, schrie Denisow, »er ist ein prächtiger Bursche!«

»Das ist brav von Ihnen, Graf«, sagte der Vizerittmeister noch einmal, wie wenn er Rostow für sein Eingeständnis durch die Anrede mit dem Titel belohnen wollte. »Gehen Sie hin und bitten Sie um Entschuldigung, Euer Erlaucht; vorwärts!«

»Meine Herren, ich werde alles tun, niemand soll von mir auch nur ein Wort weiter über diese Sache hören«, sagte Rostow in flehendem Ton, »aber um Entschuldigung bitten kann ich nicht; bei Gott, das kann ich nicht; machen Sie mit mir, was Sie wollen! Ich kann doch nicht wie ein Knabe um Entschuldigung und um Verzeihung bitten!«

Denisow fing an zu lachen.

»Sie werden den Schaden davon haben«, sagte Kirsten. »Bogdanowitsch trägt einem dergleichen nach; Sie werden für Ihren Eigensinn büßen.«

»Bei Gott, es ist von mir nicht Eigensinn! Ich kann Ihnen nicht beschreiben, was es für ein Gefühl ist; aber …«

»Na, tun Sie, was Sie wollen«, sagte der Vizerittmeister. »Wo ist denn aber dieser schändliche Mensch geblieben?« fragte er Denisow.

»Er hat sich krank gemeldet; es ist Order da, ihn morgen aus der Liste zu streichen«, antwortete Denisow.

»Es muß bei ihm Krankheit gewesen sein; anders ist es gar nicht zu erklären«, meinte der Vizerittmeister.

»Krankheit oder nicht, aber mir soll er nicht unter die Augen kommen … ich schlage ihn tot …«, schrie Denisow blutdurstig. Da trat Scherkow ins Zimmer.

»Wie kommst du hierher?« fragten die Offiziere sofort den Ankömmling.

»Es geht los, meine Herren. Mack mit seiner ganzen Armee hat kapituliert.«

»Du schwindelst uns etwas vor!«

»Ich habe ihn selbst gesehen.«

»Wie? Du hast Mack lebendig gesehen? Mack in eigener Person?«

»Es geht los! Es geht los! Gebt ihm eine Flasche Wein für diese Nachricht. Wie kommst du aber eigentlich hierher?«

»Wegen dieses dummen Kerls, des Mack, bin ich wieder zum Regiment zurückgeschickt worden. Ein österreichischer General hat sich über mich beschwert. Ich hatte ihm zu Macks Ankunft Glück gewünscht ... Was ist denn mit dir, Rostow? Du siehst ja so rot aus, als ob du eben aus dem Schwitzbad kämst?«

»Hier ist eine sehr widerwärtige Geschichte passiert, Bruder.«

Der Regimentsadjutant trat ein und bestätigte die von Scherkow gebrachte Nachricht. Für morgen war der Aufbruch befohlen.

»Es geht los, meine Herren!«

»Nun, Gott sei Dank! Wir haben schon zu lange stillgelegen.«

VI

Kutusow zog sich in der Richtung auf Wien zurück und brach dabei die Brücken über den Inn bei Braunau und über die Traun bei Linz hinter sich ab. Am 23. Oktober überschritten die russischen Truppen die Enns. Der russische Train, die Artillerie und die Truppenkolonnen zogen am Mittag durch die Stadt Enns, die auf beiden Seiten des überbrückten Flusses liegt.

Es war ein warmer, regnerischer Herbsttag. Die weite Aussicht, die sich von der Anhöhe erschloß, wo die zum Schutz der Brücke dienenden russischen Batterien standen, wurde bald unvermutet von dem dünnen Schleier eines schräg fallenden Regens verhüllt, bald eröffnete sie sich wieder ebenso unvermutet, und beim hellen Schein der Sonne wurden bis in weite Ferne die wie lackiert aussehenden Gegenstände deutlich sichtbar. Unten zu ihren Füßen sahen die Artilleristen das Städtchen mit seinen weißen Häusern und roten Dächern, mit der Kirche und mit der Brücke, auf deren beiden Seiten die russischen Truppen in dichtgedrängten Massen einherzogen. An einer Krümmung der Donau sah man Schiffe und eine Insel und ein Schloß mit einem Park, bespült von den Gewässern der dort in die Donau sich ergießenden Enns. Man sah das felsige, mit Fichtenwald bedeckte linke Donauufer und darüber hinaus in geheimnisvoller Ferne grüne Berghöhen und bläuliche Schluchten. Auch die Türme eines Klosters waren sichtbar; sie ragten aus einem anscheinend von keinem Menschen betretenen, wilden Fichtenwald hervor. Und in der Ferne nach vorn zu, auf dem Berg jenseits der Enns, erblickten die Artilleristen die Tirailleure des Feindes.

Auf der Anhöhe stand zwischen den Geschützen ganz vorn der die Arrieregarde befehligende General mit einem Offizier à la suite und betrachtete die Gegend durch ein Fernglas. Etwas weiter zurück saß auf einer Lafette Neswizki, der vom Oberkommandierenden mit einem Auftrag zur Arrieregarde geschickt worden war. Von dem Kosaken, der ihn begleitete, hatte er sich eine Tasche und eine Flasche reichen lassen und traktierte nun die Offiziere mit Pastetchen und echtem Doppelkümmel. Die Offiziere umgaben ihn fröhlich; die einen knieten, andere saßen mit untergeschlagenen Beinen auf dem feuchten Rasen.

»Ja, dieser österreichische Fürst war kein Dummkopf, daß er sich hier ein Schloß gebaut hat«, sagte Neswizki. »Eine herrliche Lage …! Aber warum essen Sie nicht, meine Herren?«

»Ich danke gehorsamst, Fürst«, antwortete einer der Offiziere, dem es ein besonderes Vergnügen war, sich mit einem so hohen Offizier vom Stab unterhalten zu dürfen. »Es ist eine wunderschöne Lage. Wir sind dicht am Park vorbeigekommen. Wir haben zwei Hirsche gesehen; und das Gebäude ist großartig!«

»Sehen Sie nur, Fürst«, sagte ein anderer, der die größte Lust hatte, noch ein Pastetchen zu nehmen, sich aber genierte und deshalb tat, als betrachte er die Gegend. »Sehen Sie nur, unsere Infanterie ist da schon eingedrungen. Da, da, auf der kleinen Wiese hinter dem Dorf, da schleppen drei Mann etwas. Die werden sich das Schloß gehörig vornehmen«, sagte er mit sichtlicher Billigung.

»Wahrhaftig, Sie haben recht«, antwortete Neswizki. »Aber, wissen Sie, ich würde mir etwas anderes wünschen«, fügte er hinzu, während er, die hübschen, feuchten Lippen bewegend, an einem Bissen Pastete kaute; »daß wir das Gebäude da gehörig vornehmen könnten.«

Er zeigte auf das Kloster mit den Türmen, das auf dem Berg sichtbar war. Er lächelte, seine Augen zogen sich zusammen und fingen an zu blitzen.

»Das wäre fein, meine Herren!«

Die Offiziere lachten.

»Wenn wir nur diesen Nönnchen ein bißchen angst machen könnten. Es heißt, es wären junge Italienerinnen darin. Wahrhaftig, fünf Jahre meines Lebens gäbe ich darum!«

»Die langweilen sich doch gewiß dadrin«, meinte lachend ein andrer Offizier in noch dreisterem Ton.

Unterdessen zeigte der weiter vorn stehende Offizier à la suite dem General etwas; der General blickte durch das Fernrohr.

»Na ja, es ist so, es ist so«, sagte der General zornig, indem er das Fernrohr von den Augen nahm und die Achseln zuckte. »Es ist so; sie werden

den Brückenübergang beschießen. Warum sich unsere Leute nur nicht mehr beeilen?«

Auf der anderen Seite des Flusses war schon mit bloßem Auge der Feind und eine feindliche Batterie zu sehen, aus der sich ein milchweißes Wölkchen loslöste. Nach dem Erscheinen des Wölkchens ertönte ein ferner Schuß, und man konnte sehen, wie unsere Truppen an der Brücke auf einmal zu eilen anfingen.

Neswizki stand stöhnend auf und trat mit lächelnder Miene zu dem General hin.

»Wäre es Euer Exzellenz nicht gefällig, einen Bissen zu essen?« fragte er.

»Eine üble Geschichte!« sagte der General, ohne ihm zu antworten. »Die Unsrigen haben sich zu viel Zeit gelassen.«

»Soll ich vielleicht hinreiten, Euer Exzellenz?« fragte Neswizki.

»Ja, bitte, reiten Sie hin«, antwortete der General und wiederholte ihm den Befehl, den er schon einmal mit allen Einzelheiten hatte hinmelden lassen. »Und sagen Sie den Husaren, sie sollen als die letzten über die Brücke gehen und die Brücke in Brand stecken, wie ich befohlen habe; auch sollen die Brennstoffe auf der Brücke vorher noch einmal revidiert werden.«

»Sehr wohl«, antwortete Neswizki.

Er rief seinen Kosaken mit dem Pferd, befahl ihm, die Tasche und die Flasche in Verwahrung zu nehmen, und schwang seinen schweren Körper behend in den Sattel.

»Ich will den Nönnchen einen Besuch machen, wahrhaftig«, sagte er zu den Offizieren, die ihn lächelnd ansahen, und ritt auf einem gewundenen Fußpfad bergab.

»Wir wollen mal sehen, wie weit unsere Geschütze tragen, Hauptmann; fangen Sie an zu schießen!« sagte der General, zu dem Batteriechef gewendet. »Machen Sie sich ein Amüsement, damit Sie sich nicht gar zu sehr langweilen.«

»Die Mannschaft an die Geschütze!« kommandierte der Offizier.

Im nächsten Augenblick kamen die Artilleristen von den Feuern, bei denen sie gesessen hatten, fröhlich herbeigelaufen und luden die Kanonen.

»Erstes Geschütz, Feuer!« ertönte das Kommando.

Mit einem energischen Ruck sprang die Kanone zurück. Sie erdröhnte von einem betäubenden metallischen Klang, und über die Köpfe all der Unsrigen, die sich am Fuß der Anhöhe befanden, flog pfeifend eine Granate; sie erreichte den Feind bei weitem nicht; ein Wölkchen ließ die Stelle erkennen, wo sie niederfiel und krepierte.

Die Gesichter der Offiziere und Soldaten waren bei diesem Ton heiter geworden; alle waren aufgestanden und beobachteten gespannt die Bewegungen unserer Truppen da unten, die wie auf einem Präsentierteller zu sehen waren, sowie gegenüber die Bewegungen des heranrückenden Feindes. Gerade in diesem Augenblick trat die Sonne völlig aus den Wolken heraus, und der prächtige Klang des einzelnen Schusses und der helle Glanz der Sonne wirkten zusammen, um alle Herzen kühn und froh zu machen.

VII

Schon waren zwei feindliche Kanonenkugeln über die Brücke hinweggeflogen, und auf der Brücke war ein gewaltiges Gedränge. In der Mitte der Brücke stand Fürst Neswizki, der vom Pferd gestiegen war und nun seinen dicken Leib dicht an das Geländer preßte. Lachend blickte er zu seinem Kosaken zurück, der, die beiden Pferde am Zügel haltend, einige Schritte hinter ihm stand. Sowie Fürst Neswizki den Versuch machte, vorwärtszukommen, wurde er jedesmal von Soldaten und Fuhrwerken sofort wieder zurückgedrängt und gegen das Geländer gedrückt, und es blieb ihm nichts weiter übrig als zu lächeln.

»Aber hör mal, Brüderchen!« sagte der Kosak zu einem Trainsoldaten mit einem Fuhrwerk, der rücksichtslos auf die Infanterie losfuhr, welche ganz dicht die Räder und Pferde umdrängte. »Aber hör mal! So warte doch ein bißchen; du siehst doch, daß ein General hindurch will.«

Aber der Trainsoldat achtete gar nicht auf den Generalstitel, sondern rief den Soldaten, die ihm den Weg versperrten, zu:

»Heda! Liebe Landsleute, haltet euch links, wartet mal!«

Aber seine lieben Landsleute marschierten Schulter an Schulter gedrängt, so daß die Bajonette gegeneinanderstießen, ohne sich aufhalten zu lassen, in einer einzigen, festgeschlossenen Masse über die Brücke. Fürst Neswizki sah über das Geländer und erblickte unter sich die schnellen, rauschenden, kleinen Wellen der Enns, welche Schaumkrönchen bildeten, zusammenflossen, von den Brückenpfählen zurückprallten und eine die andere weitertrieben. Und als er dann wieder nach der Brücke hinschaute, sah er die ebenso gleichförmigen, lebenden Wogen der Soldaten, die Tschakos mit den Überzügen, die Schnüre an den Tschakos, die Tornister, die Bajonette, die langen Gewehre, und unter den Tschakos die Gesichter mit den breiten Backenknochen, mit den eingefallenen Wangen und dem sorglosen, müden Ausdruck, und dann die Beine, die sich rastlos in dem klebrigen Schmutz weiterbewegten, der die Brückenbohlen überzog. Zuweilen drängte sich zwischen den gleichförmigen Wogen der Soldaten, wie ein weißer Schaumfleck auf den Wellen der Enns, ein

Offizier mit vorwärts, in einem Pelerinenmantel und mit einer von den Soldatengesichtern abstechenden Physiognomie; manchmal wurde, wie ein auf dem Fluß tanzendes Holzspänchen, von den Wogen der Infanterie ein zu Fuß gehender Husar, ein Offiziersbursche oder ein Ortsbewohner über die Brücke getragen; manchmal schwamm, wie eine auf dem Fluß treibende Holzklobe, eine von allen Seiten dicht umdrängte Fuhre mit Kompanie- oder Offiziersbagage, hochbepackt und mit Lederbezügen bedeckt, über die Brücke.

»Nu seh einer, das ist ja eine Flut wie bei einem Dammbruch«, sagte der zum Stillstehen gezwungene Kosak ganz verzweifelt. »Kommen denn noch viele von euch?«

»Eine Million, weniger einen Mann!« antwortete ein dicht an ihm vorbeikommender lustiger Soldat in einem zerrissenen Mantel und zwinkerte dabei mit den Augen; dann verschwand er sofort wieder in dem weiterflutenden Menschenstrom. Hinter ihm kam ein andrer, schon älterer Soldat.

»Wenn er« (»er« war der Feind) »jetzt anfängt, auf die Brücke loszupfeffern, dann brauchst du dir nie wieder den Kopf zu kratzen«, sagte der alte Soldat finster, zu einem Kameraden gewendet.

Auch dieser ging vorüber. Hinter ihm fuhr ein anderer Soldat auf einem Fuhrwerk.

»Wo hast du denn nur die Fußlappen hingestopft, nichtswürdiger Kerl?« sagte ein Offiziersbursche, der eilig hinter dem Wagen herging und hinten in ihm herumwühlte.

Auch dieser zog mit dem Fuhrwerk vorüber. Hinter ihm kamen fröhliche, offenbar angetrunkene Soldaten.

»Nein, Bruder, wie er dem Kerl ohne weiteres mit dem Kolben in die Zähne schlug ...«, sagte lustig ein Soldat mit hoch aufgeschürztem Mantel und machte dabei eine weit ausholende Bewegung mit dem Arm.

»Ja, ja, es war aber auch ein prachtvoller Schinken«, antwortete ein anderer lachend.

Sie gingen vorbei, so daß Neswizki nicht erfuhr, wem in die Zähne geschlagen worden war, und in welcher Beziehung der Schinken dazu stand.

»Was lauft ihr denn so, Kerle!« sagte ein Unteroffizier ärgerlich und vorwurfsvoll. »Weil er eine ganz gewöhnliche kalte Kanonenkugel abgefeuert hat, da denkt ihr gleich, ihr werdet alle erschossen.«

»Wie die Kanonenkugel so an mir vorbeiflog, Onkelchen«, sagte ein junger Soldat mit übergroßem Mund, indem er sich halbtot lachen wollte, »da wurde ich ganz starr vor Schreck. Wahrhaftigen Gottes, ich habe einen furchtbaren Schreck bekommen, einen ganz gewaltigen Schreck!« Er prahlte förmlich mit der Angst, die er gehabt hatte.

Auch dieser ging vorüber. Hinter ihm folgte ein Wagen von ganz anderem Aussehen als alle, die vorher vorbeigefahren waren. Es war ein mit zwei Pferden bespannter Leiterwagen, hochbeladen, wie es schien, mit der ganzen Einrichtung eines Hauses; hinter dem Wagen, den ein daneben gehender Deutscher lenkte, war eine schöne, bunte Kuh mit gewaltigem Euter angebunden. Auf den Federbetten saß eine Frau mit einem Säugling, eine Alte und ein junges, gesund aussehendes, rotbakkiges deutsches Mädchen. Offenbar wurden diese fortziehenden Einwohner aufgrund einer besonderen Erlaubnis herübergelassen. Die Augen aller Soldaten richteten sich auf die Frauen, und solange der Wagen, der nur Schritt vor Schritt vorwärtskam, über die Brücke fuhr, bezogen sich alle Bemerkungen der Soldaten nur auf die beiden jüngeren weiblichen Wesen. Auf allen Gesichtern lag fast das gleiche Lächeln, welchem unanständige Gedanken mit Bezug auf diese Frauen zugrunde lagen.

»Seht mal, der Wurstmacher* macht sich auch davon!«

»Verkauf uns deine Frau!« sagte ein andrer Soldat, sich an den Deutschen wendend; dieser ging, die Augen auf den Boden gerichtet, zornig und ängstlich mit großen Schritten weiter.

»Hat die Junge sich aber herausgeputzt! Das sind ein paar Racker!«

»Bei denen müßtest du in Quartier liegen, Fedotow.«

»Alles schon dagewesen, Bruder.«

»Wohin fahrt ihr?« fragte ein Infanterieoffizier, der einen Apfel aß und gleichfalls mit leisem Lächeln das hübsche Mädchen ansah.

Der Deutsche schloß die Augen und deutete dadurch an, daß er nichts verstände.

»Wenn du magst, nimm ihn«, sagte der Offizier und reichte dem Mädchen den Apfel hin.

Das Mädchen lächelte und nahm den Apfel. Neswizki, wie alle die auf der Brücke waren, verwandte kein Auge von den Frauen, solange diese vorbeifuhren. Als der Wagen mit den Frauen vorbei war, kamen wieder Soldaten der gleichen Art, mit denselben Gesprächen, und endlich blieben sie alle stehen. Wie das häufig so vorkommt, waren am Ausgang der Brücke die Pferde eines Kompaniewagens störrisch geworden, und die ganze Menschenmasse mußte warten.

»Warum gehen die da vorn denn nicht weiter? Es ist keine Ordnung drin!« sagten die Soldaten. »Was drängst du, Kerl! Du kannst wohl nicht warten? Es wird noch schlimmer kommen, wenn er die Brücke in Brand schießt. Seht mal, ein Offizier ist da auch eingekeilt.« So redeten die Sol-

* Eine den Russen geläufige geringschätzige Bezeichnung für die Deutschen. Anmerkung des Übersetzers.

daten hier und da in der zum Stehen gekommenen Masse; alle sahen einander an, und alle drängten nach vorn zum Ausgang.

Während Neswizki von der Brücke herab auf das Wasser der Enns blickte, hörte er auf einmal einen ihm noch unbekannten Ton, wie wenn ein großer Gegenstand sich schnell näherte und ins Wasser plumpste.

»Nun seht mal, wie weit er schon reicht!« rief ärgerlich ein in der Nähe stehender Soldat, der sich nach dem Geräusch umwandte.

»Er ermuntert uns, schneller herüberzugehen«, sagte ein anderer beunruhigt.

Die Menge setzte sich wieder in Bewegung. Neswizki begriff, daß der große Gegenstand eine Kanonenkugel gewesen war.

»Heda, Kosak, bring mir mein Pferd her!« rief er. »Na ihr! Ausweichen, ausweichen! Platz gemacht!«

Nur mit größter Anstrengung arbeitete er sich zu seinem Pferd durch. Unaufhörlich schreiend ritt er vorwärts. Die Soldaten drängten sich zur Seite, um ihm Platz zu machen, drängten dann aber wieder von neuem so stark gegen ihn, daß sie ihm das Bein quetschten, doch konnten die nächsten nichts dafür, da sie selbst noch heftiger gedrängt wurden.

»Neswizki! Neswizki! So höre doch, Mensch!« ertönte in diesem Augenblick von hinten eine heisere Stimme.

Neswizki wandte sich um und erblickte in einer Entfernung von fünfzehn Schritten Waska Denisow, der durch die lebendige, sich fortbewegende Infanteriemasse von ihm getrennt war; sein Gesicht unter dem schwarzen, zerzausten Haar war dunkelrot, die Mütze saß im Nacken, der Dolman hing keck auf der einen Schulter.

»Befiehl doch diesen verdammten Kerlen, daß sie Platz machen!« schrie Denisow; er befand sich augenscheinlich in einem Wutanfall: Blitzend fuhren seine kohlschwarzen, blutunterlaufenen Augen nach allen Seiten umher; in der kleinen, unbehandschuhten Faust, die ebenso rot war wie sein Gesicht, hielt er den in der Scheide steckenden Säbel und fuchtelte mit ihm wild umher.

»Sieh da! Waska!« antwortete Neswizki erfreut. »Aber warum bist du denn so grimmig?«

»Die Eskadron kann nicht durch«, schrie Waska Denisow, zornig seine weißen Zähne zeigend, und gab seinem schönen Vollblutrappen, dem »Beduinen«, die Sporen, welcher, sich an den Bajonetten stoßend, unruhig die Ohren bewegte, schnob, weißen Schaum vom Gebiß um sich spritzte, mit den Hufen dröhnend auf die Brückenbohlen schlug und willens schien, über das Brückengeländer zu springen, wenn es ihm sein Reiter erlaubt hätte.

»Was soll das heißen? Wie die Hammel! Geradezu wie die Hammel! Weg da! Macht Platz! Halt da, du mit der Fuhre! Verfluchter Kerl! Ich haue dich mit dem Säbel in Stücke!« schrie er, zog wirklich blank und schwang den bloßen Säbel.

Die Soldaten drängten sich mit erschrockenen Gesichtern zusammen, und Denisow gelangte zu Neswizki.

»Wie kommt denn das, daß du heute nicht betrunken bist?« fragte Neswizki den Rittmeister, als dieser zu ihm heranritt.

»Nicht einmal zum Trinken wird einem heute Zeit gelassen!« antwortete Waska Denisow. »Den ganzen Tag wird das Regiment bald hierhin, bald dahin gehetzt. Wenn wir fechten sollen, na gut, dann wollen wir fechten. Aber was dieses Umherschicken vorstellen soll, das mag der Teufel wissen!«

»Wie elegant du heute aussiehst!« bemerkte Neswizki, der den neuen Dolman und die neue Satteldecke Denisows erstaunt betrachtete.

Denisow lächelte, zog aus der Säbeltasche ein Taschentuch, das einen Parfümgeruch verbreitete, und hielt es dem Fürsten Neswizki unter die Nase.

»Ja, das muß so sein. Ich komme ins Gefecht; da habe ich mich vorher rasiert, mir die Zähne geputzt und mich parfümiert.«

Die stattliche Gestalt des von seinem Kosaken begleiteten Neswizki und das energische Auftreten Denisows, der mit dem Säbel umherfuchtelte und ein wildes Geschrei machte, wirkten doch so, daß sie sich nach dem andern Ende der Brücke durchzwängten und dort nun die Infanterie aufhalten konnten. Neswizki fand an diesem Ende der Brücke den Oberst, dem er den Befehl zu überbringen hatte, richtete seinen Auftrag aus und ritt wieder zurück.

Nachdem Denisow den Weg freigemacht hatte, hielt er am Anfang der Brücke an. Lässig seinen Hengst zurückhaltend, der den andern Pferden entgegenstrebte und mit dem Huf schlug, betrachtete er die ihm entgegenkommende Eskadron. Jetzt ertönten auf den Brückenbohlen die hellen Hufschläge (es klang, als ob einige Pferde galoppierten), und die Eskadron, mit den Offizieren an der Spitze, in einer Breite von vier Mann, zog sich über die Brücke und betrat das jenseitige Ufer.

Die zurückgehaltenen Infanteristen drängten sich in dem zerstampften Schmutz bei der Brücke und betrachteten mit jenem besonderen mißgünstigen Gefühl der Fremdheit und des Spottes, welches verschiedene Truppengattungen gewöhnlich im Verkehr miteinander bekunden, die sauberen, eleganten Husaren, die in guter Ordnung an ihnen vorbeizogen.

»Wie die Kerlchen geputzt sind! Auf das Podnowinskoje* gehören sie hin!«

»Aber was bringen sie für Nutzen? Die werden ja nur zum Staat gehalten!« meinte ein andrer.

* Ein Boulevard in Moskau. Anmerkung des Übersetzers.

»Die Infanterie soll nicht solchen Staub machen!« witzelte ein Husar, dessen Pferd tänzelnd hin und her trat und dabei einen Infanteristen mit Schmutz bespritzte.

»Wenn du mit dem Tornister ein paar Tagemärsche machtest, dann würden deine Schnüre schön abgerieben sein!« erwiderte der Infanterist und wischte sich mit dem Ärmel den Schmutz aus dem Gesicht. »Wer so auf dem Pferd sitzt, ist eigentlich gar kein Mensch, sondern so eine Art Vogel!«

»Ja, dich müßte man auf ein Pferd setzen, Sikin; du würdest dich da nett ausnehmen!« scherzte ein Gefreiter über den mageren, von der Last des Tornisters krumm gebogenen kleinen Soldaten.

»Nimm einen Stock zwischen die Beine, dann hast du auch ein Pferd!« rief der Husar.

VIII

Die noch übrige Infanterie drängte sich am Zugang der Brücke trichterförmig zusammen und marschierte dann eilig hinüber. Endlich hatten alle Fuhrwerke die Brücke passiert, das Gedränge nahm ab, und das letzte Bataillon betrat die Brücke. Nur die Husaren der Denisowschen Eskadron und die einer anderen seitwärts auf Vorposten befindlichen sowie einige Kosaken waren auf dem jenseitigen Ufer dem Feind gegenüber zurückgeblieben. Der Feind, den man von dem gegenüberliegenden Berg aus in der Ferne sehen konnte, war von unten, von der Brücke aus, noch nicht zu sehen, da für die im Flußtal Befindlichen der Horizont durch eine nicht mehr als eine halbe Werst entfernte vorliegende Anhöhe begrenzt wurde. Nach dem Feind zu lag eine freie, ansteigende Fläche, auf welcher sich hier und da kleine Trupps plänkelnder Kosaken bewegten. Plötzlich erschienen oben auf jener Anhöhe, da wo der Weg über sie hinführte, Truppen in blauen Kapotmänteln und Geschütze. Das waren die Franzosen. Die Kosakenpatrouillen zogen sich im Trab den Abhang hinunter zurück. Sämtliche Offiziere und Mannschaften der Denisowschen Eskadron gaben sich zwar alle Mühe, von anderen Dingen zu reden und nach rechts und links zu blicken; aber dabei dachten sie doch unaufhörlich einzig und allein an das, was dort auf dem Berg vorging, und wandten ihre Augen fortwährend nach den am Horizont auftauchenden Flekken hin, die sie als feindliche Truppen erkannten. Das Wetter hatte sich nach dem Mittag wieder aufgehellt; die Sonne senkte sich in klarem Glanz über der Donau und den sie umgebenden dunklen Bergen herab. Die Luft war still, und von der Anhöhe, die der Feind besetzt hatte, klangen mitunter Hornsignale und Geschrei zu den Unsrigen herüber. Zwischen der Eskadron und den Feinden befand sich jetzt niemand mehr als einige kleine Patrouillen. Ein freier Raum von etwa achthundert Schritten lag zwischen der Eskadron und den Franzosen. Der Feind schoß nicht mehr, und nur um so deutlicher machte sich jene strenge, drohende, unnahbare und dabei undefinierbare Grenzlinie fühlbar, welche zwei feindliche Heere voneinander trennt.

»Einen Schritt über diese Grenze, diese mahnende Grenze hinaus, welche die Lebenden von den Toten trennt, und – man kennt kein Leid mehr, ist tot. Und was ist dort? Wer ist dort? Dort hinter diesem Feld und dem Baum und dem von der Sonne beschienenen Dach? Niemand weiß es, und doch möchte es jeder wissen; jeder fürchtet sich, diese Grenze zu überschreiten, und doch möchte er es tun; er weiß, daß er sie früher oder später wird überschreiten müssen und erfahren wird, was dort, jenseits dieser Grenze ist, ebenso wie er unweigerlich erfahren wird, was dort, jenseits des Grabes ist. Aber dabei ist man doch sowohl selbst stark und gesund und froh und erregt, als auch von ebenso gesunden, erregten, lebensfrohen Menschen umgeben.« So denkt jeder Mensch, der sich dem Feind gegenüber befindet, oder wenn er nicht so denkt, so fühlt er wenigstens so, und dieses Gefühl verleiht allen Vorgängen in solchen Augenblicken einen besonderen Glanz und dem Eindruck, den sie hervorbringen, eine froh stimmende Schärfe.

Auf dem Hügel bei den Feinden erschien ein Rauchwölkchen von einem Schuß, und eine Kanonenkugel flog pfeifend über die Köpfe der Husareneskadron hin. Die Offiziere, die zusammengestanden hatten, ritten an ihre Plätze. Die Husaren bemühten sich eifrig, ihre Pferde in Reih und Glied zu halten. Alles schwieg in der Eskadron. Alle blickten nach vorn auf den Feind und auf den Eskadronchef, in Erwartung seines Kommandos. Eine zweite, eine dritte Kugel flog vorbei. Es war offenbar, daß der Feind auf die Husaren zielte; aber die Kugeln flogen mit gleichmäßigem, schnellem Pfeifen über die Köpfe der Husaren weg und schlugen irgendwo hinter ihnen ein. Die Husaren sahen sich nicht um; aber bei jedem Ton einer vorüberfliegenden Kugel hob sich wie auf Kommando die ganze Eskadron mit ihren bei aller Verschiedenheit doch so gleichförmigen Gesichtern, den Atem anhaltend, solange die Kugel flog, ein wenig in den Steigbügeln in die Höhe und ließ sich dann wieder zurücksinken. Ohne den Kopf zu drehen, schielten die Soldaten einer nach dem andern hin und beobachteten neugierig, welchen Eindruck die Sache auf die Nebenmänner machte. Auf jedem Gesicht, von Denisow bis zum Hornisten, zeigte sich um Lippen und Kinn herum ein und derselbe gemeinsame Zug, ein Ausdruck von Kampflust, Spannung und Erregung. Der Wachtmeister sah die Soldaten mit finsterem Gesicht an, wie wenn er ihnen eine Strafe androhte. Der Junker Mironow bückte sich jedesmal, wenn eine Kugel vorüberflog. Rostow war auf dem linken Flügel der Eskadron und saß auf seinem »Raben«, dessen Beine zwar nicht recht zuverlässig waren, der aber recht stattlich aussah; der junge Mann machte ein so glückliches Gesicht wie ein Schüler, der in Gegenwart eines großen Publikums beim Examen aufgerufen wird und bestimmt weiß, daß er sich auszeichnen wird. Mit heller, heiterer Miene blickte er rings um sich alle an, wie wenn er sie bitten wollte, darauf zu achten, wie ruhig er den Kugeln zum Trotz dastand. Aber auch auf seinem Gesicht zeigte sich in der Mundpartie unwillkürlich eben jener Zug, der auf ein neuartiges, ernstes Gefühl schließen ließ.

»Wer bückt sich da? Junker Mironow! Das paßt sich nicht! Sehen Sie auf mich!« schrie Denisow, der nicht auf einem Fleck bleiben konnte und vor der Front der Eskadron hin und her sprengte.

Waska Denisows Gesicht mit der aufgestülpten Nase und dem schwarzen Haar und seine gesamte kleine, kräftige Gestalt mit der sehnigen, kurzfingrigen, behaarten Faust, in der er den Griff des blank gezogenen Säbels hielt, das alles sah ganz genau ebenso aus wie immer, namentlich abends, wenn er seine zwei Flaschen Wein getrunken hatte. Er war nur noch röter als gewöhnlich, und nachdem er seinen zottigen Kopf, wie Vögel beim Trinken, in die Höhe gereckt und mit seinen kleinen Füßen dem braven »Beduinen« schonungslos die Sporen in die Seite gedrückt hatte, galoppierte er, mit dem Oberkörper nach hinten fallend, nach dem andern Flügel der Eskadron und schrie mit heiserer Stimme, die Leute sollten ihre Pistolen noch einmal nachsehen. Er kam in die Nähe des Vizerittmeisters Kirsten. Dieser ritt auf seiner breit gebauten, kräftigen Stute dem Rittmeister im Schritt entgegen. Der Vizerittmeister mit seinem langen Schnurrbart war ernst wie immer; nur seine Augen glänzten stärker als gewöhnlich.

»Was hilft das alles!« sagte er zu Denisow. »Zum Schlagen kommt es doch nicht. Du wirst sehen, wir müssen wieder zurückgehen.«

»Weiß der Teufel, was sie für Geschichten machen!« brummte Denisow. »Ah, Rostow!« rief er dem Junker zu, als er dessen fröhliches Gesicht bemerkte. »Na, nun ist's da, worauf du so lange gewartet hast.«

Er lächelte beifällig, offenbar erfreut über die Haltung des Junkers. Rostow fühlte sich völlig glücklich. In diesem Augenblick erschien ein höherer Kommandeur auf der Brücke. Denisow galoppierte zu ihm hin.

»Exzellenz! Erlauben Sie, daß wir attackieren! Ich werde sie in die Flucht jagen!«

»Was reden Sie von Attackieren!« erwiderte der höhere Kommandeur in verdrießlichem Ton und zog das Gesicht in Falten, wie wenn ihn eine

Fliege belästigte. »Wozu halten Sie denn hier noch? Sie sehen ja, daß die Tirailleure sich zurückziehen. Führen Sie die Eskadron zurück!«

Die Eskadron überschritt die Brücke und kam außer Schußweite, ohne auch nur einen Mann verloren zu haben. Hinter ihr ritt auch die zweite Eskadron, welche auf Vorposten gewesen war, herüber, und auch die letzten Kosaken räumten das jenseitige Ufer.

Die beiden Pawlograder Eskadronen gingen, nachdem sie die Brücke überschritten hatten, eine hinter der andern wieder bergauf zurück. Der Regimentskommandeur Karl Bogdanowitsch Schubert ritt zu Denisows Eskadron heran und kam im Schritt nicht weit von Rostow vorüber, ohne ihn im geringsten zu beachten, obwohl sie nach dem Renkontre in der Teljaninschen Affäre sich jetzt zum erstenmal wiedersahen. Rostow, der sich hier in der Front in der Gewalt des Mannes fühlte, gegen den er sich, wie er jetzt urteilte, vergangen hatte, verwandte kein Auge von dem herkulischen Rücken, dem blonden Hinterkopf und dem roten Hals des Regimentskommandeurs. Mitunter hatte Rostow die Vorstellung, daß Bogdanowitsch sich nur so stelle, als ob er ihn gar nicht beachte, und daß seine ganze Absicht jetzt darauf hinauslaufe, zu sehen, wie es mit seiner, des Junkers, Tapferkeit stehe; und dann richtete Rostow sich gerade auf und blickte fröhlich um sich. Bald wieder kam es ihm so vor, als ob Bogdanowitsch absichtlich in seine Nähe komme, um ihn seine, des Regimentskommandeurs, Tapferkeit sehen zu lassen. Und dann wieder kam ihm der Gedanke, sein Feind werde die Eskadron jetzt absichtlich in eine tollkühne Attacke hineinschicken, um ihn, Rostow, zu bestrafen. Und dann wieder malte er es sich aus, wie nach der Attacke der Regimentskommandeur zu ihm treten und ihm, dem Verwundeten, großmütig die Hand zur Versöhnung reichen werde.

Die den Pawlogradern wohlbekannte Gestalt Scherkows mit den hochgezogenen Schultern (der Kornett war vor einigen Tagen zum zweitenmal aus dem Regiment ausgeschieden) näherte sich zu Pferd dem Regimentskommandeur. Scherkow war, nachdem man ihn aus dem Hauptquartier weggejagt hatte, nur kurze Zeit beim Regiment geblieben. Er hatte gesagt, er würde doch nicht so dumm sein und sich im Frontdienst abplagen, während er beim Stab, ohne etwas zu tun, ein besseres Avancement haben könne, und hatte es einzurichten verstanden, daß er beim Fürsten Bagration Ordonnanzoffizier geworden war. Nun kam er zu seinem früheren Regimentskommandeur mit einem Befehl von dem Kommandeur der Arrieregarde.

»Oberst«, sagte er mit finsterem Ernst, indem er sich zu Rostows Feind wandte und dabei seinen Blick auch über seine früheren Kameraden schweifen ließ, »es ist befohlen worden, haltzumachen und erst die Brükke anzuzünden.«

»Wer hat das befohlen?« fragte der Oberst ingrimmig.

»Das weiß ich nicht, Oberst, wer das befohlen hat«, antwortete der Kornett ernst. »Ich kann nur sagen, daß mir der Fürst befohlen hat: ›Reite hin und sage dem Obersten, die Husaren sollten schleunigst wieder umkehren und die Brücke anzünden.‹«

Gleich nach Scherkow kam ein Offizier à la suite mit demselben Befehl zu dem Husarenobersten herangesprengt. Und unmittelbar nach dem Offizier à la suite kam auf einem Kosakenpferd, das ihn im Galopp nur mit Anstrengung tragen konnte, der dicke Neswizki herbei.

»Aber was soll denn das heißen, Oberst?« schrie er, ehe er noch heran war. »Ich habe Ihnen doch gesagt, Sie sollten die Brücke in Brand stecken, und nun ist das wie in den Wind gesprochen! Die Herren vom Stab sind außer sich; kein Mensch weiß sich die Geschichte zu erklären.«

Ohne sich zu übereilen, ließ der Oberst das Regiment haltmachen und wandte sich zu Neswizki.

»Sie haben mir etwas von den Brennstoffen gesagt«, erwiderte er. »Aber davon, daß ich die Brücke anzünden sollte, haben Sie mir nichts gesagt.«

»Aber Väterchen«, entgegnete Neswizki, der sein Pferd angehalten hatte, die Mütze abnahm und sich mit seiner dicken Hand die schweißtriefenden Haare zurechtstrich, »wie sollte ich denn nichts vom Anzünden der Brükke gesagt haben, wenn doch die Brennstoffe schon zurechtgelegt waren?«

»Ich bin für Sie kein ›Väterchen‹, Herr Stabsoffizier, und Sie haben mir nicht gesagt, daß ich die Brücke in Brand stecken soll! Ich kenne den Dienst und bin gewohnt, einen Befehl genau auszuführen. Sie haben mir gesagt, die Brücke solle angesteckt werden; aber wer sie anstecken solle, das ist mir vom Heiligen Geist nicht offenbart worden.«

»Na ja, immer dieselbe Geschichte!« sagte Neswizki und schwenkte dabei den Arm, als ob er sagen wollte: Gegen solchen Unverstand ist man machtlos ... »Wie kommst du denn hierher?« wandte er sich an Scherkow.

»Zu demselben Zweck wie du. Aber du bist ja ganz durchnäßt; erlaube, ich werde dich auswringen.«

»Sie sagten, Herr Stabsoffizier ...«, fuhr der Oberst in gekränktem Ton fort.

»Oberst«, unterbrach ihn der Offizier à la suite, »Sie müssen sich beeilen, sonst bringt der Feind seine Artillerie so nah heran, daß er Sie mit Kartätschen beschießen kann.«

Der Oberst blickte schweigend den Offizier à la suite, den dicken Stabsoffizier und Scherkow an und zog ein finsteres Gesicht.

»Ich werde die Brücke in Brand stecken«, sagte er in feierlichem Ton, wie wenn er dadurch zum Ausdruck bringen wollte, daß er trotz aller ihm angetanen Kränkungen dennoch tun werde, was erforderlich sei.

Mit seinen langen, muskulösen Beinen schlug er sein Pferd so heftig, als wäre dieses an allem schuld, ritt vor die Front und erteilte der dritten Eskadron, eben derjenigen, in welcher Rostow unter dem Rittmeister Denisow diente, den Befehl, nach der Brücke umzukehren.

»Es ist also richtig«, dachte Rostow. »Er will mich auf die Probe stellen.« Sein Herz zog sich krampfhaft zusammen, und das Blut stürzte ihm ins Gesicht. »Mag er mich beobachten, ob ich ein Feigling bin«, dachte er.

Wieder trat auf allen Gesichtern bei der Eskadron an die Stelle der Heiterkeit jener ernste Zug, der vorhin auf ihnen gelegen hatte, als die Eskadron den Kanonenkugeln ausgesetzt war. Rostow blickte, ohne die Augen einen Moment wegzuwenden, auf seinen Feind, den Regimentskommandeur, in dem Wunsch, auf dessen Gesicht eine Bestätigung seiner Vermutungen zu finden; aber der Oberst sah ihn auch nicht ein einziges Mal an; sein Gesicht war, wie immer, wenn er vor der Front stand, streng und feierlich. Ein Kommando ertönte.

»Rasch, rasch!« hörte Rostow einige Stimmen in seiner Nähe sagen.

Mit den Säbeln an den Zügeln hängenbleibend und mit den Sporen klirrend, stiegen die Husaren eilig ab, ohne selbst zu wissen, was sie nun zu tun hatten. Sie bekreuzten sich. Rostow sah nicht mehr nach dem Regimentskommandeur hin; dazu hatte er jetzt keine Zeit. Er fürchtete, fürchtete mit Herzbeklemmung, er würde vielleicht mit den Husaren nicht schnell genug mitkommen können. Seine Hand zitterte, als er sein Pferd einem Pferdehalter übergab, und er fühlte, wie ihm das Blut laut pochend zum Herzen strömte. Denisow ritt, den Oberkörper nach hinten zurücklegend und irgend etwas schreiend, an ihm vorbei. Rostow sah nichts als die Husaren, die rings um ihn nach der Brücke zu liefen und dabei mit den Sporen anhakten und mit den Säbeln rasselten.

»Die Tragbahren!« rief eine Stimme von hinten.

Rostow dachte nicht darüber nach, was es zu bedeuten habe, daß jetzt Tragbahren verlangt wurden; er lief, einzig und allein bemüht, allen vorauszukommen; aber dicht bei der Brücke geriet er, da er nicht vor seine Füße sah, in zähen, auseinandergetretenen Schmutz, glitt aus und fiel auf die Hände. Die andern liefen an ihm vorbei.

»An den Seiten, rechts und links, Rittmeister«, hörte er den Regimentskommandeur sagen, der vorwärts geritten war und nun nicht weit von der Brücke mit feierlicher, aber heiterer Miene hielt.

Während sich Rostow die beschmutzten Hände an den Hosen abwischte, sah er sich nach seinem Feind um und lief dann weiter, in der Meinung, je weiter er vorwärts laufe, um so besser sei es. Aber Bogdanowitsch, der nur flüchtig hinsah und Rostow nicht erkannte, schrie ihn an:

»Wer läuft denn da mitten auf die Brücke? Auf die rechte Seite! Zurück, Junker!« schrie er zornig und wandte sich zu Denisow, der, mit seiner Tapferkeit paradierend, auf die Brückenbohlen hinaufritt.

»Es hat ja keinen Zweck, sich der Gefahr auszusetzen, Rittmeister. Sie sollten lieber absteigen«, sagte der Oberst.

»Ach was! Wen's treffen soll, den trifft's«, antwortete Waska Denisow, sich im Sattel umwendend.

Unterdessen standen Neswizki, Scherkow und der Offizier à la suite außer Schußweite beieinander und blickten bald nach diesem kleinen, an der Brücke eifrig tätigen Häuflein von Husaren in gelben Tschakos, dunkelgrünen, mit Schnüren besetzten Jacken und blauen Reithosen, bald nach der gegenüberliegenden Seite, nach den in der Ferne sich nähernden blauen Kapotmänteln und den mit Pferden untermischten Gruppen, die man leicht als Artillerie erkennen konnte.

»Ob sie wohl die Brücke in Brand bekommen werden oder nicht? Wer wohl zuerst seine Absicht erreicht: Ob die Unsrigen noch rechtzeitig hinkommen und die Brücke anzünden, oder die Franzosen vorher auf Kartätsch-Schußweite heranrücken und sie über den Haufen schießen?« Diese Fragen legte sich beklommenen Herzens unwillkürlich jeder einzelne Mann in der großen Truppe vor, die diesseits der Brücke auf der Anhöhe stand und bei dem hellen Abendlicht auf die Brücke und die Husaren und jenseits auf die heranrückenden blauen Kapotmäntel mit den Bajonetten und Kanonen hinblickte.

»O weh, den Husaren wird es schlimm ergehen!« sagte Neswizki. »Jetzt ist der Feind schon auf Kartätsch-Schußweite heran.«

»Es war ein Fehler von ihm, so viele Leute hinzuführen«, sagte der Offizier à la suite.

»Allerdings«, erwiderte Neswizki. »Zwei tüchtige Burschen hätte er hinschicken sollen; das hätte dieselben Dienste getan.«

»Ach, Euer Durchlaucht«, mischte sich hier Scherkow in das Gespräch, der unverwandt nach den Husaren hinunterblickte; er sprach in seiner gewöhnlichen ungenierten Manier, bei der man nicht erraten konnte, ob er im Ernst redete oder nicht. »Ach, Euer Durchlaucht! Wie können Sie über die Sache nur so urteilen! Zwei Mann hätte der Oberst hinschicken sollen? Aber wer hätte ihm dann den Wladimirorden am Band verliehen? Aber so, wenn wir auch einige Verluste haben, kann er doch in seinem Bericht die Eskadron rühmend erwähnen und selbst ein Bändchen bekommen. Unser Bogdanowitsch weiß, wie es gemacht wird.«

»Sehen Sie«, sagte der Offizier à la suite, »da sind die Kartätschen!«

Er zeigte auf die französische Artillerie, welche abprotzte und schnell zurückfuhr.

Auf der französischen Seite, in den Gruppen, wo sich die Geschütze befanden, erschien ein Rauchwölkchen, dann ein zweites und mit ihm fast gleichzeitig ein drittes, und in demselben Augenblick, als der Knall von dem ersten Schuß herübergelangte, erschien ein viertes. Dann hörte man zwei Knaller unmittelbar nacheinander, und dann noch einen.

Die französischen Geschütze wurden schnell wieder geladen und gaben eine zweite und eine dritte Salve.

»Oh, oh!« stöhnte Neswizki wie infolge eines starken körperlichen Schmerzes und griff nach der Hand des Offiziers à la suite. »Sehen Sie nur, da ist einer gefallen, gefallen, gefallen!«

»Zwei, wie es scheint.«

»Wenn ich Kaiser wäre, würde ich nie Krieg führen«, sagte Neswizki und wandte sich ab.

Jetzt setzte sich die französische Infanterie in ihren blauen Kapotmänteln im Laufschritt nach der Brücke in Bewegung.

Wieder, aber in verschiedenen Abständen, zeigten sich Rauchwölkchen, und die Kartätschen prasselten und knatterten auf die Brücke nieder. Aber diesmal war Neswizki nicht imstande zu sehen, was bei der Brücke vorging. Von der Brücke erhob sich dicker Rauch. Es war den Husaren bereits gelungen, die Brücke anzuzünden, und die französischen Geschütze schossen nach ihnen nicht mehr in der Absicht, das Anzünden zu verhindern, sondern weil die Kanonen nun einmal gerichtet waren und Feinde da waren, nach denen sie schießen konnten.

Die Franzosen hatten dreimal feuern können, bevor die Husaren zu ihren Pferden zurückkehrten. Die beiden ersten Salven waren schlecht gezielt gewesen, und die ganzen Kartätschladungen waren darüber hinweggegangen; bei der letzten dagegen fuhren die Kugeln mitten in das Häufchen Husaren hinein und warfen drei Mann zu Boden.

Rostow, dem fortwährend seine Beziehungen zu Bogdanowitsch im Kopf herumgingen, war auf der Brücke stehengeblieben, ohne zu wissen, was er nun tun solle. Zum Niederhauen (wie er sich immer einen Kampf vorgestellt hatte) war kein Gegner zur Stelle; beim Anzünden der Brücke konnte er gleichfalls nicht helfen, weil er nicht, wie die andern Soldaten, eine Strohfackel mitgenommen hatte. Er stand da und blickte um sich, als es auf einmal auf der Brücke prasselte, wie wenn Nüsse daraufgeschüttet würden, und einer der Husaren, der ihm gerade von allen am nächsten stand, stöhnend gegen das Geländer fiel. Rostow lief mit anderen zu ihm hin. Wieder rief jemand: »Eine Tragbahre!« Vier Mann faßten den Verwundeten von unten und machten sich daran, ihn aufzuheben.

»Oh, oh, oh, oh …! Laßt mich liegen, um Christi willen«, schrie dieser; aber sie hoben ihn dennoch auf und legten ihn auf die Bahre.

Nikolai Rostow wandte sich ab und blickte, wie wenn er etwas suchte, in die Ferne, nach dem Wasser der Donau, nach dem Himmel, nach der Sonne. Wie schön sah der Himmel aus, so blau, so ruhig und so tief! Wie hell und majestätisch die sinkende Sonne! Wie freundlich schimmerte und glänzte das Wasser der fernen Donau! Und noch schöner sahen jenseits der Donau die fernen, bläulichen Berge aus und das Kloster und die geheimnisvollen Schluchten und die bis zu den Wipfeln von Nebel umflossenen Fichtenwälder. So still alles, so glücklich.

»Nichts, nichts wollte ich weiter wünschen, wenn ich nur dort wäre«, dachte Rostow. »In meiner Seele und in diesem Sonnenschein wohnt so viel Glück; aber hier ist nichts als Stöhnen, Leiden, Furcht und diese Ungewißheit, dieses Hasten … Da wird wieder etwas gerufen, und wieder laufen alle irgendwohin zurück, und ich laufe mit ihnen, und da, da ist er, der Tod, er schwebt über mir, um mich … Ein Augenblick nur, und ich werde nie mehr diese Sonne und dieses Wasser und diese Schluchten sehen …«

In diesem Augenblick verbarg sich die Sonne hinter dunklen Wolken; Rostow erblickte noch andere Bahren vor sich, die getragen wurden. Und die Furcht vor den Tragbahren und vor dem Tod, und die Liebe zur Sonne und zum Leben, alles floß zu einer einzigen schmerzlichen, beunruhigenden Empfindung zusammen.

»Herr Gott! Du, der du in diesem Himmel wohnst, rette mich und vergib mir und beschütze mich!« flüsterte Rostow vor sich hin.

Die Husaren waren zu ihren Pferden gelangt; die Stimmen wurden wieder lauter und ruhiger; die Tragbahren waren nicht mehr zu sehen.

»Nun, Bruder, hast du Pulver gerochen?« hörte Rostow dicht neben sich Waska Denisow schreien.

»Die Gefahr ist vorbei; aber ich bin ein Feigling, ja, ein Feigling!« dachte Rostow, nahm mit einem schweren Seufzer aus den Händen des Pferdehalters seinen »Raben« in Empfang, der den einen Fuß seitwärts gestellt hatte, und stieg auf.

»Was war denn das? Kartätschen?« fragte er Denisow.

»Und ganz gehörige!« rief Denisow. »Unsere Leute haben ihre Aufgabe wacker erledigt! Aber es war eine widerwärtige Aufgabe! Eine Attacke, das ist eine vergnügliche Sache; da kann man einhauen. Aber dies hier war eine verteufelte Geschichte; sie schossen ja nach uns wie nach der Scheibe.«

Damit trennte sich Denisow von Rostow und ritt auf eine nicht weit entfernt stehende Gruppe zu; es waren der Regimentskommandeur, Neswizki, Scherkow und der Offizier à la suite.

»Es scheint aber, daß es niemand gemerkt hat«, dachte Rostow mit Bezug auf sein Verhalten. Und wirklich war niemandem etwas aufgefallen, weil jedem das Gefühl bekannt war, das ein Junker durchmachen muß, wenn er zum erstenmal ins Feuer kommt.

»Na, nun werden wir aber mal einen Bericht über Sie machen«, sagte Scherkow. »Sie sollen sehen, es wird auch für mich etwas dabei abfallen, die Beförderung zum Sekondeleutnant.«

»Melden Sie dem Fürsten, daß ich die Brücke in Brand gesteckt habe«, sagte der Oberst in heiterem, feierlichem Ton.

»Und wenn nach den Verlusten gefragt wird?«

»Unbedeutend!« antwortete der Oberst mit seiner Baßstimme. »Zwei Husaren verwundet und einer zur Strecke gebracht«, sagte er mit sichtlicher Freude und außerstande, ein glückseliges Lächeln zu unterdrücken, während er die schöne Wendung »zur Strecke gebracht« klangvoll aussprach.

IX

Verfolgt durch eine französische Armee von hunderttausend Mann unter Bonapartes Kommando, mißgünstig aufgenommen von einer feindlich gesinnten Bevölkerung, ihren Verbündeten nicht mehr vertrauend, an Proviant Mangel leidend und genötigt, ohne alle Vorausberechnung, lediglich aufs Geratewohl zu operieren, zog sich die unter Kutusows Befehl stehende russische Armee in einer Stärke von fünfunddreißigtausend Mann eilig donauabwärts zurück; sooft der Feind sie einholte, machte sie halt und schlug ihn durch Nachhutgefechte nur so weit zurück, als notwendig war, um ohne den Verlust der Bagage weiterziehen zu können. Es fanden Gefechte bei Lambach, Amstetten und Melk statt; aber trotz der von dem Feind selbst anerkannten Tapferkeit und Standhaftigkeit, mit der sich die Russen schlugen, war die Folge dieser Kämpfe nur ein noch schnelleres Zurückweichen. Diejenigen österreichischen Heeresteile, die bei Ulm der Gefangennahme entgangen waren und sich bei Braunau mit Kutusow vereinigt hatten, trennten sich jetzt von dem russischen Heer, und Kutusow sah sich lediglich auf seine eigenen schwachen, erschöpften Truppen angewiesen. Wien noch weiter zu schützen, daran war überhaupt nicht mehr zu denken. Statt eines nach den Gesetzen der Strategie, dieser neuerfundenen Wissenschaft, tiefsinnig erdachten Angriffskrieges, zu welchem dem russischen Feldherrn während seines Aufenthaltes in Wien der Plan von dem österreichischen Hofkriegsrat eingehändigt worden war, statt dessen bestand jetzt das einzige, aber fast unerreichbare Ziel, das sich Kutusow setzte, darin, die Armee vor einem Schicksal, wie es die Macksche bei Ulm erlitten hatte, zu bewahren und sich mit den aus Rußland kommenden Truppen zu vereinigen.

Am 28. Oktober ging Kutusow mit dem Heer auf das linke Donauufer hinüber und machte, nachdem er die Donau zwischen sich und die Hauptstreitkräfte der Franzosen gebracht hatte, zum erstenmal Rast. Am 30. Oktober griff er die auf dem linken Donauufer befindliche Division Mortier an und brachte ihr eine völlige Niederlage bei. Bei diesem Kampf wurden zum erstenmal Trophäen erbeutet: Eine Fahne, eine Anzahl von Geschützen und zwei feindliche Generale fielen den Russen in die Hände. Zum erstenmal nach einem zwei Wochen dauernden Rückzug waren die russischen Truppen stehengeblieben und hatten nach dem Kampf nicht nur das Schlachtfeld behauptet, sondern auch die Franzosen in die Flucht gejagt. Trotzdem die Truppen abgerissen, entkräftet und durch den Abgang der Nachzügler, Kranken, Verwundeten und Gefallenen auf ein Drittel ihrer ursprünglichen Stärke reduziert waren; trotzdem die Kranken und Verwundeten auf dem andern Donauufer hatten zurückgelassen werden müssen, mit einem Brief Kutusows, in dem sie der Humanität des Feindes empfohlen wurden; trotzdem in Krems die großen Hospitäler und die in Lazarette umgewandelten Privathäuser all die Kranken und Verwundeten nicht mehr fassen konnten: Trotz alledem hob der Aufenthalt in Krems und der Sieg über Mortier den Mut der Truppen ganz bedeutend. In der gesamten Armee und im Hauptquartier waren die erfreulichsten, wiewohl unzutreffenden Gerüchte über die vermeintliche Annäherung großer Heeressäulen aus Rußland, über einen von den Österreichern errungenen Sieg und über den Rückzug des bestürzten Bonaparte verbreitet.

Fürst Andrei hatte sich während des Kampfes in der Umgebung des österreichischen Generals Schmidt befunden, der in diesem Treffen fiel. Dem Fürsten wurde das Pferd unter dem Leib verwundet, und er selbst erhielt einen leichten Streifschuß an der Hand. Zum Zeichen besonderer Gunst schickte ihn der Oberkommandierende mit der Nachricht von diesem Sieg an den österreichischen Hof, der sich nicht mehr in dem von den französischen Truppen bedrohten Wien, sondern in Brünn befand. Als Fürst Andrei in der Nacht nach dem Kampf, aufgeregt, aber nicht ermüdet (trotz seiner anscheinend nur schwachen Konstitution konnte er körperliche Anstrengungen weit besser ertragen als die stärksten Leute), mit dem Rapport Dochturows zu Kutusow nach Krems geritten war, wurde er noch in derselben Nacht als Kurier nach Brünn gesandt. Die Entsendung als Kurier gab, auch abgesehen von den augenblicklichen Auszeichnungen, eine gute Anwartschaft auf Beförderung.

Die Nacht war dunkel, obgleich die Sterne sichtbar waren; der Weg hob sich schwarz von dem weißen Schnee ab, der tags zuvor, am Tag des Treffens, gefallen war. Indem er bald die Erlebnisse des hinter ihm liegenden

Kampfes noch einmal vor seinem geistigen Auge vorbeiziehen ließ, bald mit stillem Genuß sich den Eindruck ausmalte, den er durch die Siegesnachricht hervorbringen werde, in Erinnerung daran, mit welcher Freude ihn als den Überbringer dieser Nachricht der Oberkommandierende Kutusow und die Kameraden empfangen und wie herzlich sie von ihm Abschied genommen hatten – so jagte Fürst Andrei in einer leichten Postkutsche dahin. Es war ihm zumute wie jemandem, der auf ein Glück lange und sehnlich gewartet und nun endlich den Anfang desselben erreicht hat. Sobald er die Augen schloß, klangen ihm in den Ohren Gewehrknattern und Kanonendonner und flossen mit dem Rasseln der Räder und dem Gedanken an den Sieg zu einer einzigen Empfindung zusammen. Einigemal entstand in seinem Gehirn die Wahnvorstellung, die Russen seien in die Flucht geschlagen und er selbst getötet; aber dann erwachte er sofort mit einem Gefühl der Glückseligkeit, wie wenn er eben erst erführe, daß nichts davon geschehen sei und vielmehr die Franzosen geflohen seien. Von neuem rief er sich alle Einzelheiten des Sieges ins Gedächtnis zurück, und was für eine Ruhe und Mannhaftigkeit er selbst während des Kampfes bewiesen hatte; und beruhigt schlummerte er dann wieder ein ... Auf die dunkle Nacht mit dem sternbesäten Himmel folgte ein heller, heiterer Morgen. Der Schnee taute in der Sonne; die Pferde trabten schnell dahin, und gleichförmig zogen rechts und links immer neue, mannigfaltige Wälder, Felder und Dörfer vorüber.

Auf einer der Stationen überholte er eine Anzahl von Wagen mit russischen Verwundeten. Der russische Offizier, der den Transport leitete, hatte sich auf dem vordersten Wagen bequem ausgestreckt und schrie einem Soldaten unter groben Schimpfworten etwas zu. Auf langen Leiterwagen, die auf dem steinigen Weg entsetzlich stoßen mochten, lagen je sechs oder auch noch mehr Verwundete, mit blassen Gesichtern, nur notdürftig verbunden und mit Schmutz bedeckt. Einige von ihnen redeten miteinander (er hörte, daß sie russisch sprachen), andere aßen Brot; die Schwerverwundeten blickten mit schmerzlicher, ergebungsvoller Miene und mit einem kindlichen Interesse zu dem vorbeijagenden Kurier hin.

Fürst Andrei ließ seinen Postillion anhalten und fragte einen der Verwundeten, in welchem Kampf sie verwundet worden seien.

»Vorgestern, an der Donau«, antwortete dieser. Fürst Andrei zog seine Börse heraus und gab ihm drei Goldstücke.

»Für alle«, bemerkte er, zu dem jetzt herantretenden Offizier gewendet. »Macht nur, daß ihr bald wieder gesund werdet, Kinder«, sagte er zu den Verwundeten. »Es gibt noch viel zu tun.«

»Nun, Herr Adjutant, was gibt es Neues?« fragte der Offizier, der augenscheinlich ein Gespräch anknüpfen wollte.

»Gute Nachrichten! Vorwärts!« rief er dem Postillion zu und jagte weiter.

Es war bereits ganz dunkel, als Fürst Andrei in Brünn einfuhr. Er sah sich von hohen Häusern umgeben; von den Laternen, den erleuchteten Kaufläden und den Fenstern der Häuser ging eine schöne Helligkeit aus; über das Pflaster rasselten elegante Equipagen: Kurz, er befand sich auf einmal in dem Milieu einer großen, belebten Stadt, das für einen Kriegsmann nach dem Lagerleben immer einen ganz besonderen Reiz hat. Trotz der schnellen Fahrt und der schlaflos verbrachten Nacht fühlte Fürst Andrei, als er zum Schloß fuhr, sich noch frischer und munterer als tags zuvor. Nur seine Augen leuchteten in einem fieberhaften Glanz, und in seinem Kopf lösten die Gedanken, bei außerordentlicher Klarheit, einander mit großer Geschwindigkeit ab. Schnell traten ihm wieder alle Einzelheiten des Gefechts vor die Seele, nicht mehr in undeutlicher, sondern in bestimmter Form, in einer gedrängten Darstellung, die er in Gedanken dem Kaiser Franz vortrug. Schnell vergegenwärtigte er sich die Zwischenfragen, die an ihn gerichtet werden konnten, und die Antworten, die er darauf geben würde. Er nahm an, er werde sofort beim Kaiser vorgelassen werden. Aber an dem großen Portal des Schlosses kam ein Beamter zu ihm herausgelaufen, und als er in ihm einen Kurier erkannte, führte er ihn nach einem anderen Eingang.

»Vom Korridor, bitte, nach rechts; dort finden Euer Hochgeboren den diensttuenden Flügeladjutanten«, sagte der Beamte zu ihm. »Er wird Sie zum Kriegsminister führen.«

Der diensttuende Flügeladjutant, der den Fürsten Andrei empfing, bat ihn, einen Augenblick zu warten, und ging zum Kriegsminister. Nach fünf Minuten kehrte der Flügeladjutant zurück und führte ihn, sich mit besonderer Höflichkeit verbeugend und dem Fürsten Andrei den Vortritt lassend, über den Korridor nach dem Arbeitszimmer des Kriegsministers, wo dieser, wie der Adjutant sagte, anwesend und beschäftigt war. Es machte den Eindruck, als wolle der Flügeladjutant durch seine gesuchte Höflichkeit sich vor einem etwaigen Versuch unerwünschter Familiarität seitens des russischen Adjutanten schützen. Die freudige Stimmung des Fürsten Andrei hatte, als er zur Tür des Arbeitszimmers des Kriegsministers gelangte, eine erhebliche Abschwächung erfahren. Er fühlte sich gekränkt, und dieses Gefühl der Kränkung ging in demselben Augenblick, ohne daß er selbst sich dessen bewußt geworden wäre, in ein Gefühl der Geringschätzung über, das eigentlich keine rechte Begründung hatte. Jedoch zeigte ihm sein findiger Verstand in demselben Augenblick den Standpunkt, von welchem aus er ein Recht hatte, den Adjutanten und den Kriegsminister geringzuschätzen. »Diesen Herren, die kein Pulver zu riechen bekommen, erscheint es wohl als eine sehr leichte Sache, Siege davonzutragen!« dachte er. Er kniff die Augen geringschätzig zusammen und trat mit betonter Langsamkeit in das Zimmer des Kriegsministers hinein. Dieses Gefühl wurde noch stärker, als er den Kriegsminister sah, der an einem großen Tisch saß und während der ersten zwei Minuten den Eingetretenen nicht beachtete. Der Kriegsminister hielt seinen kahlen, an den Schläfen von grauem Haar bedeckten Kopf zwischen zwei Wachskerzen herabgebeugt und las irgendwelche Papiere, auf die er mit einem Bleistift Bemerkungen setzte. Als die Tür aufging und Schritte hörbar wurden, las er, ohne den Kopf in die Höhe zu heben, das betreffende Schriftstück erst zu Ende.

»Nehmen Sie dies, und geben Sie es ab«, sagte der Kriegsminister zu seinem Adjutanten, indem er ihm die Papiere hinreichte; dem Kurier schenkte er immer noch keine Beachtung.

Fürst Andrei sagte sich, entweder habe der Kriegsminister wirklich unter allen Angelegenheiten, die ihn beschäftigten, gerade für die Operationen der Kutusowschen Armee das allergeringste Interesse, oder er halte für nötig, dies den russischen Kurier glauben zu machen. »Nun, mir kann's völlig einerlei sein«, dachte er. Der Kriegsminister schob die zurückgebliebenen Papiere zusammen, stieß sie mit den Kanten auf den Tisch, damit die Ränder genau übereinander zu liegen kämen, und hob den Kopf in die Höhe. Sein Gesicht ließ auf einen guten Verstand und einen festen Charakter schließen. Aber in demselben Augenblick, wo er sich zum Fürsten Andrei wandte, änderte sich dieser kluge, feste Gesichtsausdruck, und zwar offenbar gewohntermaßen und wissentlich; auf dem Gesicht des Kriegsministers blieb ein dummes, erheucheltes und aus seiner Heuchelei kein Hehl machendes Lächeln zurück, ein Lächeln, wie man es häufig bei Männern findet, welche viele Bittsteller einen nach dem andern zu empfangen haben.

»Von dem Generalfeldmarschall Kutusow?« fragte er. »Hoffentlich gute Nachrichten? Hat ein Zusammenstoß mit Mortier stattgefunden? Ein Sieg? Es war auch Zeit!«

Er nahm die Depesche, die an ihn adressiert war, und begann sie mit trüber Miene zu lesen.

»O mein Gott! Mein Gott! Schmidt!« sagte er auf deutsch. »Welch ein Unglück, welch ein Unglück!«

Nachdem er die Depesche durchflogen hatte, legte er sie auf den Tisch und blickte den Fürsten Andrei an; offenbar überlegte er etwas.

»Ach, welch ein Unglück! Der Sieg, sagen Sie, war ein zweifelloser? Mortier ist aber doch nicht gefangengenommen.« Er dachte nach. »Es freut mich sehr, daß Sie gute Nachrichten gebracht haben, wiewohl Schmidts Tod ein teurer Preis für den Sieg ist. Seine Majestät wird Sie wahrscheinlich zu sehen wünschen, aber nicht mehr heute. Ich danke Ihnen; erholen Sie sich. Finden Sie sich morgen nach der Parade zur Cour ein. Übrigens werde ich Sie noch näher benachrichtigen.«

Das dumme Lächeln, das während des Gesprächs verschwunden gewesen war, erschien wieder auf dem Gesicht des Kriegsministers.

»Auf Wiedersehen; ich bin Ihnen sehr dankbar. Seine Majestät der Kaiser wird aller Wahrscheinlichkeit nach den Wunsch haben, Sie zu sehen«, sagte er noch einmal und machte mit dem Kopf eine Verbeugung.

Als Fürst Andrei aus dem Schloß heraustrat, fühlte er, daß er das ganze Gefühl freudiger Erregung, das der Sieg in ihm hervorgerufen hatte, gleichsam fortgegeben und in die Hände dieser kühlen, gleichgültigen Leute, des Kriegsministers und des höflichen Adjutanten, gelegt hatte. Seine gesamte Anschauungsweise hatte sich in dieser kurzen Zeit verändert: Das Treffen erschien ihm wie ein längst vergangenes, für die Erinnerung weit zurückliegendes Ereignis.

X

Fürst Andrei stieg in Brünn bei dem russischen Diplomaten Bilibin ab, mit dem er bekannt war.

»Ah, lieber Fürst! Ein erwünschterer Gast konnte mir gar nicht kommen«, sagte Bilibin, der auf die Meldung von der Ankunft des Fürsten diesem entgegenkam. »Franz, bring das Gepäck des Fürsten in mein Schlafzimmer!« wandte er sich an den Diener, welcher Bolkonski hereingeführt hatte. »Nun, sind Sie ein Siegesherold? Wunderschön! Und ich sitze hier als Kranker, wie Sie sehen.«

Nachdem sich Fürst Andrei gewaschen und umgekleidet hatte, trat er in das luxuriös ausgestattete Arbeitszimmer des Diplomaten und setzte sich zu dem für ihn zubereiteten Diner nieder. Bilibin nahm gemächlich am Kamin Platz.

Nicht nur im Gegensatz zu seiner Reise, sondern auch im Gegensatz zu dem ganzen Feldzug, währenddessen er alle Bequemlichkeiten hatte entbehren müssen, welche Reinlichkeit und Komfort gewähren, empfand Fürst Andrei ein behagliches Gefühl der Erholung inmitten dieser luxuriösen Lebenseinrichtung, an die er von seiner Kindheit an gewöhnt war. Außerdem war es ihm nach dem Besuch bei den Österreichern angenehm, wenn auch nicht russisch (denn sie sprachen französisch), aber doch wenigstens mit einem Russen reden zu können, der, wie er voraussetzte, die allgemeine Abneigung der Russen gegen die Österreicher teilte, eine Abneigung, die Fürst Andrei gerade jetzt besonders lebhaft empfand.

Bilibin war ein Mann von etwa fünfunddreißig Jahren, unverheiratet und derselben Gesellschaftssphäre angehörig wie Fürst Andrei. Sie waren schon in Petersburg miteinander bekannt gewesen, und diese Bekanntschaft war während des letzten Aufenthaltes des Fürsten Andrei in Wien, wo er mit Kutusow gewesen war, eine noch vertrautere geworden. Wie Fürst Andrei ein junger Mann war, der Aussicht hatte, eine gute militärische Karriere zu machen, so Bilibin im diplomatischen Fach, sogar noch mit größerer Sicherheit. Er war noch ein junger Mann, aber kein junger Diplomat mehr, da er schon im Alter von sechzehn Jahren in den Dienst getreten und bereits in Paris und in Kopenhagen tätig gewesen war. Jetzt nun hatte er in Wien einen recht wichtigen Posten inne. Sowohl der Kanzler als auch unser Gesandter in Wien kannten ihn genau und wußten ihn zu schätzen. Er gehörte nicht zu der großen Zahl derjenigen Diplomaten, die, um als sehr gute Diplomaten zu gelten, nur von gewissen Fehlern frei zu sein, gewisse Dinge zu unterlassen und französisch zu sprechen brauchen; er war einer von den Diplomaten, die zum Arbeiten Lust und Fähigkeit besitzen, und obwohl er eigentlich von Natur träge war, brachte er gar manche Nacht am Schreibtisch zu. Er arbeitete gleichmäßig gut, von welcher Art auch immer die Arbeit war. Ihn interessierte nicht die Frage »wozu?«, sondern die Frage »wie?«. Um welche diplomatische Angelegenheit es sich handelte, war ihm ganz gleichgültig; aber ein Zirkular, ein Memorandum oder einen Bericht geschmackvoll, akkurat, elegant abzufassen, das machte ihm das größte Vergnügen. Abgesehen von solchen schriftlichen Arbeiten wurden Bilibins dienstliche Leistungen auch wegen seiner Geschicklichkeit, sich in den höchsten Sphären zu bewegen und mit den höchsten Persönlichkeiten zu sprechen, hoch bewertet.

Bilibin fand, wie an einer schriftlichen Arbeit, so auch an einem Gespräch nur dann Vergnügen, wenn das Gespräch elegant und geistreich war. In Gesellschaft wartete er stets eine Gelegenheit ab, wo es ihm möglich war, etwas Bemerkenswertes zu sagen, und beteiligte sich an dem Gespräch überhaupt nur unter solchen Umständen. Dem, was er sagte, pflegte er in Gestalt von eigenartigen, geistreichen, formvollendeten, allgemein interessierenden Aussprüchen beständig gleichsam besondere Lichter aufzusetzen. Diese Aussprüche präparierte Bilibin, wenn er sie in dem Laboratorium seines Geistes herstellte, absichtlich derart, daß sie die Eigenschaft leichter Faßlichkeit besaßen, damit schwach befähigte Mitglieder der vornehmen Gesellschaft sie bequem im Gedächtnis behalten und von einem Salon zum andern weitertragen konnten. Und wirklich wurden »Bilibins Geistesblitze« in den Wiener Salons viel kolportiert und hatten häufig Einfluß auf sogenannte »Angelegenheiten von hoher Wichtigkeit«.

Sein mageres, ausgemergeltes, gelbliches Gesicht war ganz von großen Falten überzogen, die immer so sauber und reingewaschen aussahen wie die Fingerspitzen nach einem Bad. Sein Mienenspiel bestand fast nur in den Bewegungen dieser Falten. Bald bedeckte sich seine Stirn mit breiten Runzeln, und die Augenbrauen zogen sich in die Höhe; bald zogen sich die Augenbrauen nach unten, und es bildeten sich große Falten auf den Backen. Seine kleinen, tiefliegenden Augen blickten immer geradeaus und hatten einen heiteren Ausdruck.

»Na, nun erzählen Sie uns von Ihren Großtaten«, sagte er.

Bolkonski berichtete in der bescheidensten Weise, ohne auch nur ein einziges Mal seine eigene Person zu erwähnen, von dem Gang des Treffens und von seinem Empfang beim Kriegsminister.

»Sie haben mich mit meiner Nachricht aufgenommen wie einen Hund, der auf die Kegelbahn gerät«, schloß er mit einer französischen Redewendung.

Bilibin lächelte, wobei sich seine Hautfalten auseinanderzogen.

»Aber, mein Lieber«, sagte er, indem er von weitem seine Fingernägel betrachtete und die Haut über dem linken Auge zusammenzog, »trotz aller Hochachtung, die ich vor dem rechtgläubigen russischen Kriegsheer habe, muß ich doch gestehen, daß euer Sieg keiner von den glänzendsten ist.«

Wie bisher, so sprach er auch weiter französisch und schob nur dann russische Worte ein, wenn er einem Begriff eine geringschätzige Färbung verleihen wollte.

»Wie? Ihr mit eurer ganzen Truppenmacht seid über den unglücklichen Mortier mit seiner einen Division hergefallen, und dieser Mortier ist euch dann doch aus den Händen entschlüpft? Wie kann man das einen Sieg nennen?«

»Aber, um ernsthaft zu reden«, entgegnete Fürst Andrei, »wir können doch ohne Prahlerei sagen, daß dies etwas besser gewesen ist als Ulm ...«

»Warum habt ihr uns nicht einen, wenigstens einen einzigen Marschall gefangen?«

»Weil sich nicht alles so ausführen läßt, wie man es sich wohl vornimmt, und es im Kampf nicht so regelrecht zugeht wie auf der Parade. Wie ich Ihnen schon sagte, nahmen wir an, wir würden dem Feind um sieben Uhr morgens in den Rücken fallen können, und waren um fünf Uhr nachmittags noch nicht so weit gekommen.«

»Aber warum, warum seid ihr denn um sieben Uhr morgens nicht so weit gekommen? Ihr mußtet eben um sieben Uhr morgens da sein«, sagte Bilibin lächelnd. »Ihr mußtet um sieben Uhr morgens so weit kommen.«

»Warum habt ihr denn nicht Bonaparte auf diplomatischem Weg zu der Überzeugung gebracht, daß es für ihn das beste sei, Genua aufzugeben?« erwiderte Fürst Andrei in demselben Ton.

»Ich weiß«, unterbrach ihn Bilibin, »Sie meinen, es sei sehr leicht, Marschälle gefangenzunehmen, wenn man auf dem Sofa am Kamin sitzt. Das ist ja richtig; aber dennoch: Warum habt ihr ihn nicht gefangengenommen? Da wundert euch nicht, wenn weder der Kriegsminister noch auch der Allerhöchste Kaiser und König Franz über euren Sieg sonderlich glücklich ist; ja auch ich, ein unglücklicher Sekretär der russischen Gesandtschaft, verspüre keinen Drang in mir, meinem Franz als Ausdruck meiner Freude einen Taler zu schenken und ihn mit seinem Liebchen nach dem Prater gehen zu lassen ... Ach so, hier ist ja kein Prater.«

Er sah dem Fürsten Andrei gerade ins Gesicht und ließ auf einmal die zusammengezogene Haut von der Stirn nach unten sinken.

»Jetzt bin ich an der Reihe, Sie nach dem ›Warum?‹ zu fragen, mein Lieber«, sagte Bolkonski. »Ich bekenne Ihnen, daß ich eines nicht verstehe; vielleicht stecken da diplomatische Feinheiten dahinter, die über meinen schwachen Verstand hinausgehen; aber eines verstehe ich nicht: Mack verliert seine ganze Armee; der Erzherzog Ferdinand und der Erzherzog Karl verharren in völliger Untätigkeit und machen Fehler über Fehler; Kutusow ist der einzige, der endlich einen wirklichen Sieg erringt, den Zauber der Franzosen bricht – und der Kriegsminister interessiert sich nicht einmal dafür, die Einzelheiten zu erfahren.«

»Gerade dies ist der Grund, mein Lieber. Sehen Sie, bester Freund, ihr da beim Kutusowschen Heer ruft: ›Ein Hurra für den Zaren, für Rußland, für den Glauben!‹ Alles ganz schön und gut; aber was gehen uns, ich meine den österreichischen Hof, eure Siege an? Bringen Sie uns eine nette Nachricht von einem Sieg des Erzherzogs Karl oder des Erzherzogs Ferdinand (Sie wissen: Ein Erzherzog ist gerade soviel wert wie der andere), und wäre es auch nur die Nachricht von einem Sieg über eine Feuerwehrkompanie bei Bonapartes Truppen: Dann werden unsere Kanonen Viktoria schießen. Aber was Sie uns da, wie mit besonderer Absicht, melden, das kann uns nur verdrießen. Der Erzherzog Karl tut gar nichts; der Erzherzog Ferdinand bedeckt sich mit Schmach. Wien gebt ihr auf und schützt es nicht mehr, als wenn ihr zu uns sagen wolltet: ›Gott stehe uns und euch und eurer Hauptstadt bei!‹ Der einzige General, den wir alle gern hatten, war Schmidt; den führt ihr in den Kugelregen, wo er fällt, und dann beglückwünscht ihr uns zu dem Sieg! Das müssen Sie doch selbst sagen: Etwas, wodurch der Hof sich schlimmer gereizt fühlen könnte als durch die Nachricht, die Sie bringen, kann man sich gar nicht ausdenken. Dieses Ereignis macht gewissermaßen den Eindruck der Absichtlichkeit. Außerdem, selbst wenn ihr einen wahrhaft glänzenden Sieg davongetragen hättet, ja selbst wenn dies dem Erzherzog Karl gelungen wäre: Inwiefern würde dadurch der allgemeine Gang der Dinge beeinflußt werden? Jetzt käme das alles doch zu spät, da Wien von den französischen Truppen besetzt ist.«

»Besetzt, sagen Sie? Wien besetzt?«

»Und nicht bloß das; sondern es ist auch schon Bonaparte in Schönbrunn, und der Graf, unser lieber Graf Wrbna, begibt sich zu ihm, um seine Befehle einzuholen.«

Bolkonski merkte, daß die Reise und der Besuch beim Minister und namentlich das Diner ihn doch dermaßen ermüdet und seine geistige Kraft gelähmt hatten, daß er die ganze Bedeutung der soeben gehörten Worte nicht verstand.

»Heute morgen war Graf Lichtenfels bei mir«, fuhr Bilibin fort, »und zeigte mir einen Brief, in dem die Parade der Franzosen in Wien ausführlich beschrieben war. Prinz Murat und alles, was drum und dran hängt ... Sie sehen, daß Ihr Sieg keineswegs besonders erfreulich ist, und daß man Sie nicht als Retter empfangen kann ...«

»Wirklich, die Art des Empfanges ist mir ganz gleichgültig, völlig gleichgültig«, sagte Fürst Andrei, der zu verstehen begann, daß seine Nachricht von einem Kampf in der Nähe von Krems angesichts solcher Ereignisse, wie es die Besetzung der österreichischen Hauptstadt war, in der Tat nur eine sehr untergeordnete Bedeutung hatte. »Wie ist es denn aber zugegangen, daß Wien eingenommen wurde?« fragte er. »Und wie ist es mit der Brücke und dem berühmten Brückenkopf und dem Fürsten Auersperg? Bei uns hieß es doch, Fürst Auersperg werde Wien verteidigen.«

»Fürst Auersperg steht auf dieser Seite der Donau, auf der unsrigen, und beschützt uns; ich glaube zwar, daß er nur ein schlechter Schutz für uns ist, nun, aber er beschützt uns doch. Wien aber liegt auf der andern Seite. Sie fragen nach der Brücke; nein, die Brücke ist noch nicht genommen und wird auch, wie ich hoffe, nicht genommen werden, weil Minen darin gelegt sind und Befehl gegeben ist, sie in die Luft zu sprengen. Andernfalls wären wir schon längst in den böhmischen Gebirgen, und Sie und Ihre Armee hätten eine böse Viertelstunde zwischen zwei Feuern durchzumachen gehabt.«

»Aber das soll doch nicht heißen, daß der ganze Feldzug beendet wäre?« fragte Fürst Andrei.

»Ich meine allerdings, daß er beendet ist. Und derselben Ansicht sind auch die großen Schlafmützen hier; sie wagen nur nicht, es auszusprechen. Es tritt eben ein, was ich gleich zu Beginn des Feldzuges gesagt habe: Nicht durch euer Scharmützel bei Dürrenstein wird die Sache entschieden und überhaupt nicht durch das Pulver, sondern durch die Leute, die das Pulver erfunden haben«, sagte Bilibin, eines seiner Witzworte wiederholend. Er zog die Haut auf der Stirn auseinander und hielt einen Augenblick inne. »Die Frage ist nur, was die Zusammenkunft des Kaisers Alexander mit dem König von Preußen in Berlin für einen Erfolg hat. Wenn Preußen in die Allianz eintritt, dann hat Österreich nicht mehr freie Hand, und der Krieg geht weiter. Wenn nicht, dann kommt es nur darauf an, zu verabreden, wo die Präliminarien für ein neues Campo Formio aufgestellt werden sollen.«

»Aber welch eine erstaunliche Genialität!« rief auf einmal Fürst Andrei, indem er seine kleine Hand zur Faust ballte und damit auf den Tisch schlug. »Und was für ein Glück dieser Mensch hat!«

»Buonaparte?« erwiderte Bilibin in fragendem Ton; er runzelte die Stirn und gab damit zu verstehen, daß sogleich eine pointierte Wendung kommen werde. »Buonaparte?« sagte er und legte dabei einen besonderen Nachdruck auf den Vokal u. »Ich möchte doch meinen, daß, wenn er jetzt dem österreichischen Kaiserstaat von Schönbrunn aus Gesetze vorschreibt, man ihn von seinem u befreien sollte. Ich führe entschlossenen Mutes eine Neuerung ein und nenne ihn künftig schlechtweg Bonaparte.«

»Nein, nun ohne Scherz«, sagte Fürst Andrei. »Sind Sie wirklich der Ansicht, daß der Feldzug zu Ende ist?«

»Meine Ansicht ist diese. Österreich hat die Zeche bezahlen müssen; aber daran ist dieser Staat nicht gewöhnt. Er wird es uns wiedervergelten. Die Zeche bezahlt hat Österreich insofern, als seine Provinzen verwüstet sind (man sagt, die rechtgläubigen Truppen verständen sich auf das Plündern in einer entsetzlichen Weise), seine Armee geschlagen und seine Hauptstadt vom Feind besetzt, und das alles um der schönen Augen Seiner sardinischen Majestät willen. Und daher (unter uns, mein Lieber) glaube ich zu wittern, daß Österreich uns betrügt; ich glaube zu wittern, daß es Verhandlungen mit Frankreich angeknüpft und einen Friedensschluß, den Abschluß eines geheimen Separatfriedens, ins Auge gefaßt hat.«

»Das ist nicht möglich!« rief Fürst Andrei. »Das wäre ja schändlich!«

»Qui vivra, verra«, erwiderte Bilibin und zog die Stirnhaut wieder auseinander, woraus zu ersehen war, daß er dieses Gespräch als beendet betrachtete.

Als Fürst Andrei in das für ihn zurechtgemachte Zimmer kam und sich in frischer Wäsche auf Federbetten und parfümierte, gewärmte Kissen legte, da hatte er die Empfindung, als ob das Treffen, von dem er die Nachricht hergebracht hatte, weit, weit hinter ihm läge. Das Bündnis mit Preußen, die Verräterei Österreichs, der neue Triumph Bonapartes sowie morgen die Parade und die Cour und die Audienz beim Kaiser Franz, das war's, was seine Gedanken beschäftigte.

Er schloß die Augen; aber in demselben Augenblick ging auch in seinen Ohren das Donnern der Kanonen, das Knattern des Gewehrfeuers, das Rasseln der Räder seines Postwagens los, und da stiegen wieder von dem Berg in lang ausgedehnten Linien die Musketiere herab, und die Franzosen schossen, und er fühlte, wie sein Herz zu zucken begann, und er ritt neben dem General Schmidt vorwärts, und die Kugeln pfiffen lustig um ihn herum, und er empfand das Gefühl einer verzehnfachten Lebensfreude, wie er sie seit seiner Kindheit nicht mehr gekannt hatte.

Er erwachte.

»Ja, das ist wirklich alles geschehen ...!« sagte er mit einem glücklichen, kindlichen Lächeln zu sich selbst, und dann versank er in einen festen, jugendlichen Schlaf.

XI

Am nächsten Morgen erwachte er erst spät. Indem er sich die Ereignisse des vergangenen Tages ins Gedächtnis zurückrief, erinnerte er sich vor allem daran, daß er sich heute dem Kaiser Franz vorstellen sollte, und weiter erinnerte er sich an den Kriegsminister, an den höflichen österreichischen Flügeladjutanten, an Bilibin und an das Gespräch, das er mit diesem am vorhergehenden Abend geführt hatte. Nachdem er zu der Fahrt nach dem Schloß volle Paradeuniform angelegt hatte, was bei ihm schon lange nicht mehr dagewesen war, trat er frisch und munter, eine hübsche Erscheinung, mit verbundener Hand in Bilibins Arbeitszimmer. Hier waren vier Herren vom diplomatischen Korps anwesend. Den Fürsten Ippolit Kuragin, welcher Gesandtschaftssekretär war, kannte Bolkonski bereits; mit den übrigen machte ihn Bilibin bekannt.

Diese Herren, die bei Bilibin zu Besuch waren, sämtlich lebenslustige, vornehme, reiche junge Männer, bildeten hier in Brünn, wie schon vorher in Wien, einen besonderen Zirkel, welchen Bilibin, sozusagen der Vorsitzende desselben, »die Unsrigen«, les nôtres, nannte. Dieser fast ausschließlich aus Diplomaten bestehende Klub hatte augenscheinlich seine eigenen Interessen, die mit Krieg und Politik nichts gemein hatten; diese Interessen drehten sich um Ereignisse in der höheren Gesellschaft, um Beziehungen zu gewissen Damen und um die bureaumäßige Seite des Dienstes. Diese Herren empfingen den Fürsten Andrei in ihrem Kreis allem Anschein nach gern, wie einen der Ihrigen, eine Ehre, die sie nur wenigen erwiesen. Aus Höflichkeit, und um dadurch das Gespräch in Gang zu bringen, richteten sie an ihn einige Fragen über das Heer und das Treffen; dann aber löste sich das Gespräch in Scherze und Plaudereien auf, die sich locker aneinanderreihten.

»Aber das schönste dabei war«, sagte einer, der von dem Mißgeschick eines diplomatischen Kollegen erzählte, »das schönste dabei war, daß der Kanzler ihm geradezu sagte, seine Ernennung nach London sei eine Beförderung, und als solche möge er sie auch ansehen. Können Sie sich vorstellen, was er dabei für eine Figur machte?«

»Was jedoch das allerschlimmste ist, meine Herren«, fügte ein anderer hinzu, »ich muß Kuragin vor Ihnen anklagen: Jener arme Kerl sitzt in der Patsche, und dieser Don Juan hier macht sich das zunutze; so ein entsetzlicher Mensch!«

Fürst Ippolit lag auf einem bequemen Lehnstuhl und streckte die Beine über die Seitenlehne.

»Das könnte wohl zutreffen«, sagte er.

»Oh, Sie Don Juan, Sie Schlange!« riefen mehrere Herren.

»Sie wissen nicht, Bolkonski«, wandte sich Bilibin an den Fürsten Andrei, »daß alle Schreckenstaten der französischen Armee (beinahe hätte ich gesagt: der russischen) nichts sind im Vergleich mit dem Unheil, das dieser Mensch unter den Frauen angerichtet hat.«

»Das Weib ist die Genossin des Mannes«, bemerkte Fürst Ippolit und betrachtete seine hochliegenden Füße durch die Lorgnette.

Bilibin und die »Unsrigen« lachten beim Anblick seines Gesichts laut los. Fürst Andrei merkte, daß dieser Ippolit, auf den er (er konnte es nicht ableugnen) beinahe wegen seiner Frau eifersüchtig geworden wäre, in dieser Gesellschaft die Stelle eines Hansnarren einnahm.

»Nein, ich muß Ihnen Kuragin in seiner ganzen Glorie zeigen«, sagte Bilibin leise zu Bolkonski. »Er ist unbezahlbar, wenn er über Politik spricht; diese Wichtigtuerei müssen Sie sehen.«

Er setzte sich neben Ippolit, legte seine Stirn in die üblichen Falten und begann mit ihm ein Gespräch über Politik. Fürst Andrei und die andern umringten die beiden.

»Das Berliner Kabinett kann seine Ansicht über ein Bündnis nicht aussprechen«, begann Ippolit und blickte dabei alle bedeutsam an, »ohne auszusprechen … wie in seiner letzten Note … Sie verstehen … Sie verstehen … Übrigens, wenn Seine Majestät der Kaiser nicht dem Grundgedanken unseres Bündnisses untreu wird …«

»Warten Sie, ich bin noch nicht fertig«, sagte er zum Fürsten Andrei und ergriff dessen Hand. »Ich bin der Ansicht, daß eine Intervention stärker sein wird als die Unterlassung derselben. Und …« Er schwieg einen Augenblick. »Man kann unmöglich die Sache durch die Nichtannahme unserer Depesche vom 28. Oktober für beendet halten. So wird der Ausgang der ganzen Sache sein.«

Er ließ Bolkonskis Hand wieder los und deutete damit an, daß er nun wirklich ganz fertig sei.

»Demosthenes, ich erkenne dich an dem Kieselstein, den du in deinem goldenen Mund versteckt hältst«, sagte Bilibin, dem sich vor Vergnügen der ganze Haarschopf auf dem Kopf verschob.

Alle lachten, und Ippolit am lautesten von allen. Es machte ihm offenbar physischen Schmerz, und er konnte kaum Atem holen; aber er war nicht imstande, dieses heftige Lachen zu hemmen, bei dem sich sein sonst immer unbewegliches Gesicht in die Länge zog.

»Hören Sie einmal zu, meine Herren«, sagte Bilibin. »Bolkonski ist mein Gast sowohl in meiner Wohnung als auch hier in Brünn, und ich möchte ihn, soweit es in meinen Kräften steht, mit allen Lebensgenüssen, die hier zu haben sind, regalieren. Wenn wir in Wien wären, so wäre das eine leichte Sache; aber hier in diesem häßlichen mährischen Loch ist es schwieriger, und ich bitte Sie alle um Ihren Beistand. Wir müssen ihm Brünn von der besten Seite zeigen. Sie nehmen das Theater auf sich, ich die Gesellschaft, Sie, Ippolit, selbstverständlich die Weiber.«

»Wir müssen ihm Amélie zeigen, dieses reizende Wesen!« sagte einer der »Unsrigen«, indem er seine Fingerspitzen küßte.

»Überhaupt müssen wir diesen blutdürstigen Krieger zu einer humaneren Anschauungsweise bringen«, meinte Bilibin.

»Ich werde von Ihren gastfreundlichen Anerbietungen kaum Gebrauch machen können«, sagte Bolkonski, und mit einem Blick auf die Uhr fügte er hinzu: »Und jetzt ist es Zeit, daß ich wegfahre.«

»Wohin denn?«

»Zum Kaiser.«

»Oh! Oh! Oh!«

»Na, dann also auf Wiedersehen, Bolkonski! Auf Wiedersehen, Fürst. Kommen Sie ja recht früh zum Mittagessen«, redeten die Herren durcheinander. »Wir rechnen auf Sie.«

»Nehmen Sie, wenn Sie mit dem Kaiser reden, darauf Bedacht, die gute Ordnung in der Lieferung des Proviants und der Transportmittel soviel wie irgend möglich zu loben«, sagte Bilibin, während er seinen Gast bis ins Vorzimmer begleitete.

»Ich würde es gern loben; aber nach meiner Kenntnis der Verhältnisse kann ich es nicht wahrheitsgemäß tun«, antwortete Bolkonski lächelnd.

»Nun, reden Sie überhaupt soviel wie möglich. Audienz zu geben ist seine besondere Passion; aber selbst zu sprechen, das liebt er nicht und versteht er auch nicht, wie Sie sehen werden.«

XII

Bei der Cour blickte Kaiser Franz dem Fürsten Andrei, der an dem ihm angewiesenen Platz zwischen den österreichischen Offizieren stand, nur starr ins Gesicht und nickte ihm mit seinem langen Kopf zu. Aber nach der Cour teilte dem Fürsten Andrei der ihm vom vorhergehenden Tage bekannte Flügeladjutant in sehr höflicher Weise mit, daß der Kaiser den Wunsch habe, ihm Audienz zu erteilen. Kaiser Franz empfing ihn mitten im Zimmer stehend. Ehe das Gespräch begann, war Fürst Andrei überrascht, zu sehen, daß der Kaiser gewissermaßen verlegen war, nicht wußte, was er sagen sollte, und errötete.

»Sagen Sie, wann hat das Treffen angefangen?« fragte er dann hastig.

Fürst Andrei antwortete. Auf diese Frage folgten andere von ebenso einfachem Inhalt: ob Kutusow gesund sei; wie lange es her sei, daß er, Fürst Andrei, aus Krems abgefahren sei, usw. Der Kaiser sprach in einem Ton, als ob seine ganze Absicht nur darin bestände, eine gewisse Anzahl von Fragen zu stellen. Die Antworten auf diese Fragen aber vermochten (das war nur zu offensichtlich) kein Interesse bei ihm zu erwecken.

»Um welche Stunde hat das Treffen angefangen?« fragte der Kaiser.

»Ich kann Euer Majestät nicht Auskunft geben, um welche Stunde das Treffen in der Front begonnen hat; aber in Dürrenstein, wo ich mich befand, begannen unsere Truppen den Angriff zwischen fünf und sechs Uhr abends«, antwortete Bolkonski lebhafter werdend; diese Frage brachte ihn zu dem Glauben, er werde nun die Möglichkeit haben, die in seinem Kopf bereits fertige, wahrheitsgemäße Schilderung alles dessen, was er wußte und zum Teil selbst gesehen hatte, vorzutragen.

Aber der Kaiser lächelte und unterbrach ihn:

»Wieviel Meilen?«

»Von wo bis wohin, Euer Majestät?«

»Von Dürrenstein bis Krems.«

»Drei und eine halbe Meile, Euer Majestät.«

»Die Franzosen haben das linke Ufer verlassen?«

»Wie die Kundschafter meldeten, sind die letzten in der Nacht auf Flößen übergesetzt.«

»Ist genug Furage in Krems?«

»Die Furage war nicht in derjenigen Quantität geliefert …«

Der Kaiser unterbrach ihn:

»Um wieviel Uhr ist General Schmidt gefallen?«

»Ich glaube, um sieben Uhr.«

»Um sieben Uhr. Sehr traurig! Sehr traurig!«

Der Kaiser sagte, er sei ihm dankbar und verbeugte sich. Fürst Andrei ging hinaus und sah sich sofort von allen Seiten von Hofleuten umringt. Von allen Seiten blickten ihn freundliche Augen an und wurden freundliche Worte an ihn gerichtet. Der Flügeladjutant von gestern machte ihm Vorwürfe, daß er nicht im Schloß Quartier genommen habe, und stellte ihm seine eigene Wohnung zur Verfügung. Der Kriegsminister trat zu ihm heran und beglückwünschte ihn zu dem Maria-Theresia-Orden dritter Klasse, den ihm der Kaiser verliehen hatte. Ein Kammerherr der Kaiserin brachte ihm eine Einladung zu Ihrer Majestät. Die Erzherzogin wünschte ebenfalls, ihn zu sehen. Er wußte gar nicht, wem er zuerst antworten sollte, und brauchte einige Augenblicke, um seine Gedanken zu sammeln. Der russische Gesandte faßte ihn an der Schulter, führte ihn an ein Fenster und begann ein Gespräch mit ihm.

Ganz gegen Bilibins Voraussagung wurde die Nachricht, welche Fürst Andrei gebracht hatte, sehr freudig aufgenommen. Ein Dankgottesdienst wurde angeordnet. Kutusow wurde mit dem Großkreuz des Maria-Theresia-Ordens belohnt; auch viele Offiziere und Mannschaften wurden mit Dekorationen bedacht. Bolkonski empfing von allen Seiten Einladungen und sah sich genötigt, den ganzen Vormittag über bei den höheren österreichischen Würdenträgern Visiten zu machen. Als er gegen fünf Uhr nachmittags mit seinen Besuchen fertig geworden war, machte er sich auf den Weg nach Hause, zu Bilibin, und entwarf unterwegs in Gedanken einen Brief an seinen Vater über das Treffen und über seine Reise nach Brünn. Vor der Tür des Hauses, in welchem Bilibin wohnte, stand eine bereits zur Hälfte mit Gepäck beladene Britschke, und Franz, Bilibins Diener, trat gerade, mühsam einen Koffer schleppend, aus der Haustür.

Ehe Fürst Andrei wieder zu Bilibin fuhr, war er noch in einer Buchhandlung gewesen, um sich für den Feldzug mit Büchern zu versorgen, und hatte sich dort unvermerkt etwas länger aufgehalten.

»Was gibt es denn?« fragte Bolkonski.

»Ach, Durchlaucht«, antwortete Franz, indem er den Koffer mit Anstrengung auf die Britschke hob. »Wir ziehen noch weiter. Der Bösewicht ist schon wieder hinter uns her!«

»Was bedeutet das? Was ist los?« fragte sich Fürst Andrei und ging eilig hinein.

In der Wohnung kam ihm Bilibin entgegen. Auf seinem sonst immer so ruhigen Gesicht prägte sich doch eine ziemliche Erregung aus.

»Nein, nein, das müssen Sie doch selbst zugeben«, sagte er, »daß diese Geschichte mit der Taborbrücke« (eine Brücke in Wien) »geradezu köstlich ist. Sie sind hinübergekommen, ohne irgendwelchen Widerstand zu finden.«

Fürst Andrei verstand ihn nicht.

»Aber wo kommen Sie denn her, daß Sie nicht wissen, was bereits jeder Kutscher in der Stadt weiß?«

»Ich komme von der Erzherzogin. Da habe ich nichts gehört.«

»Und haben Sie nicht gesehen, daß überall gepackt wird?«

»Nein, ich habe nichts gesehen … Aber was ist denn eigentlich geschehen?« fragte Fürst Andrei ungeduldig.

»Was geschehen ist? Die Franzosen haben die Brücke passiert, die Auersperg verteidigen sollte, und die Brücke ist nicht in die Luft gesprengt worden, so daß Murat in diesem Augenblick schon auf der Chaussee nach Brünn dahinjagt und heute oder morgen hier sein wird.«

»Hier? Aber warum ist denn die Brücke nicht in die Luft gesprengt worden, da sie doch unterminiert ist?«

»Das frage ich Sie. Das weiß kein Mensch, nicht einmal Bonaparte selbst.«

Bolkonski zuckte die Achseln.

»Aber wenn sie die Brücke passiert haben, so ist damit unsere Armee verloren; sie wird abgeschnitten werden«, sagte er.

»Das ist ja bei diesem schlauen Streich auch die Absicht«, antwortete Bilibin. »Hören Sie zu. Die Franzosen rücken in Wien ein, wie ich Ihnen schon erzählt habe. Alles sehr schön. Am andern Tag, das heißt gestern, steigen die Herren Marschälle Murat, Lannes und Belliard zu Pferd und reiten nach der Brücke. (Bitte zu beachten, daß sie alle drei aus der Gascogne stammen.) ›Meine Herren‹, sagt einer von ihnen, ›Sie wissen, daß die Taborbrücke unterminiert ist, und daß sich an ihrem jenseitigen Ende ein furchtbarer Brückenkopf befindet und fünfzehntausend Mann, welche Befehl haben, die Brücke in die Luft zu sprengen und uns nicht hinüberzulassen. Aber unserm Kaiser Napoleon wird es angenehm sein, wenn wir diese Brücke nehmen. Wir wollen alle drei hinüberreiten und diese Brücke nehmen.‹ – ›Schön, reiten wir hinüber!‹ sagen die andern; und sie überschreiten die Brücke und nehmen sie und befinden sich jetzt mit ihrer ganzen Armee auf dieser Seite der Donau und rücken gegen uns und gegen euch und eure Verbindungen vor.«

»Lassen Sie die Späße«, sagte Fürst Andrei ernst und traurig.

Diese Nachricht war für den Fürsten Andrei betrübend, eröffnete ihm aber doch zugleich eine erwünschte Aussicht.

Sowie er gehört hatte, daß sich die russische Armee in so gefährlicher Lage befinde, war ihm auch sofort der Gedanke durch den Kopf geschossen, er, gerade er sei dazu prädestiniert, die Armee aus dieser Lage zu retten; hier sei sein Toulon, das ihn aus der Masse der unbekannten Offiziere herausheben und ihm den Eintritt in die Ruhmeslaufbahn ermöglichen werde. Während er Bilibin zuhörte, stellte er es sich bereits vor, wie er nach seiner Rückkehr zur Armee im Kriegsrat seinen Plan, das einzige Mittel zur Rettung der Armee, vorlegen und wie man ihn allein mit der Ausführung dieses Planes beauftragen werde.

»Lassen Sie die Späße«, sagte er.

»Das sind keine Späße«, fuhr Bilibin fort. »Nichts kann wahrer und trauriger sein. Diese drei Herren reiten ganz allein auf die Brücke und heben weiße Tücher in die Höhe; sie versichern, es sei ein Waffenstillstand abgeschlossen, und sie, die Marschälle, kämen, um mit dem Fürsten Auersperg das Erforderliche zu besprechen. Der wachhabende Offizier läßt sie in den Brückenkopf hinein. Sie erzählen ihm tausend Gascogner Schwindelgeschichten, sagen, der Krieg sei beendet, Kaiser Franz habe mit Bonaparte eine Zusammenkunft verabredet, und sie selbst hätten den Wunsch, mit dem Fürsten Auersperg zu reden, und was solcher Gasconaden mehr sind. Der Offizier schickt zu Auersperg, um diesen holen zu lassen; die Herren Marschälle umarmen die Offiziere, scherzen und setzen sich auf die Kanonen; unterdessen aber rückt ein französisches Bataillon unbeachtet auf die Brücke, wirft die Säcke mit Brennstoffen ins Wasser und nähert sich dem Brückenkopf. Endlich erscheint der Generalleutnant selbst, unser lieber Fürst Auersperg von Mautern. ›Liebenswürdiger Gegner! Perle des österreichischen Heeres, Held der Türkenkriege! Die Feindschaft ist beendet; wir können einander die Hand reichen. Der Kaiser Napoleon brennt vor Verlangen, den Fürsten Auersperg kennenzulernen.‹ Mit einem Wort, diese Herren, die nicht umsonst Gascogner sind, überschütten Auersperg derartig mit schönen Worten, und dieser ist so entzückt über seine schnell entstandene Intimität mit den französischen Marschällen, so geblendet von dem Anblick des Mantels und der Straußfedern und der Brillantagraffe Murats, daß er nur das Feuer der Edelsteine sieht und nicht an das Feuer denkt, das er auf die Feinde geben lassen müßte.« (Trotz der Lebhaftigkeit seiner Darstellung vergaß Bilibin nicht, nach diesem Witzwort einen Augenblick innezuhalten, um seinem Zuhörer Zeit zu lassen, es gebührend zu bewundern.) »Das französische Bataillon dringt im Laufschritt in den Brückenkopf ein, vernagelt die Kanonen, und die Brücke ist genommen. Nein, und was das allerschönste ist«, fuhr er fort, und es schien, als ob der Reiz seiner eigenen Erzählung ihm zu einer gewissen Beruhigung von seiner Aufregung verhülfe, »der Sergeant, der bei der Kanone aufgestellt war, auf deren Signalschuß die Mine angezündet und die Brücke in die Luft gesprengt werden sollte, dieser Sergeant wollte, als er sah, daß das französische Militär auf die Brücke gelaufen kam, schon den Signalschuß abgeben, aber Lannes hielt ihm den Arm zurück. Der Sergeant, der augenscheinlich klüger war als sein General, tritt zu Auersperg heran und sagt: ›Fürst, man betrügt Sie; da kommen die Franzosen!‹ Murat sieht, daß sie ihr Spiel verloren haben, wenn sie den Sergeanten weiterreden lassen. Mit erheucheltem Staunen (der echte Gascogner!) wendet er sich zu Auersperg: ›Ich werde irre an der in der ganzen Welt so gepriesenen österreichischen Disziplin‹, sagt er; ›Sie erlauben Ihrem Untergebenen in dieser Weise zu Ihnen zu reden?‹ Das war wahrhaft genial! Der Fürst Auersperg fühlt sich in seiner Ehre gekränkt und läßt den Sergeanten in Arrest setzen. Nein, da müssen Sie aber doch zugeben, daß diese ganze Geschichte von der Taborbrücke reizend ist. Das ist weder Dummheit noch Feigheit …«

»Vielleicht ist es Verrat«, sagte Fürst Andrei und stellte sich lebhaft die grauen russischen Soldatenmäntel, die Wunden, den Pulverqualm, das Knattern des Gewehrfeuers und den Ruhm vor, der ihn erwartete.

»Auch das nicht. Der Hof kommt dadurch in eine sehr üble Lage«, fuhr Bilibin fort. »Es ist weder Verrat noch Feigheit noch Dummheit; es ist dieselbe Geschichte wie bei Ulm …« Er schien nachzudenken, wie wenn er nach einem Ausdruck suchte. »Es ist Mack in neuer Auflage. Wir sind ›gemackt‹«, schloß er in dem Gefühl, ein Witzwort gesagt zu haben, ein neues Witzwort, und zwar von der Art, daß sich hoffen ließ, es werde weiterkolportiert werden.

Die Falten, die seine Stirn bisher bedeckt hatten, zogen sich schnell auseinander, ein deutliches Anzeichen des Vergnügens, das ihm sein Bonmot machte; leise lächelnd begann er seine Nägel zu betrachten.

»Wohin wollen Sie?« fragte er plötzlich den Fürsten Andrei, der aufstand und nach seinem Zimmer zu ging.

»Ich will fort.«

»Wohin?«

»Zur Armee.«

»Aber Sie wollten doch noch ein paar Tage bei uns bleiben?«

»Jetzt halte ich für notwendig, sogleich abzureisen.«

Fürst Andrei ordnete das Erforderliche für seine Abreise an und begab sich auf sein Zimmer.

»Wissen Sie was, mein Lieber«, sagte Bilibin, der bald darauf zu ihm ins Zimmer trat. »Ich habe über Sie nachgedacht. Warum wollen Sie eigentlich hinreisen?«

Und wie zum Beweis der Unbestreitbarkeit des Arguments, das er vorbringen wollte, verschwanden alle Falten von seinem Gesicht.

Fürst Andrei sah seinen Wirt fragend an und antwortete nichts.

»Warum wollen Sie hinreisen? Ich weiß, Sie halten es für Ihre Pflicht, jetzt zur Armee zu eilen, weil die Armee in Gefahr ist. Ich verstehe das, mein Lieber; das ist Heroismus …«

»Keineswegs«, erwiderte Fürst Andrei.

»Aber Sie sind ein Philosoph; so seien Sie es denn auch ganz, und betrachten Sie die Dinge auch von der andern Seite; dann werden Sie einsehen, daß Ihre Pflicht vielmehr darin besteht, sich selbst zu erhalten. Überlassen Sie es anderen, die zu nichts anderem taugen, unter den vorliegenden Umständen weiterzukämpfen … Sie haben keinen Befehl, zurückzufahren, und von hier sind Sie nicht entlassen; folglich können Sie bleiben und mit uns fahren, wohin uns unser unglückliches Schicksal führen wird. Es heißt, wir gehen nach Olmütz. Olmütz ist eine sehr angenehme Stadt. Wir beide können bequem zusammen in meinem Wagen fahren.«

»Hören Sie auf mit Ihren Scherzen, Bilibin«, sagte Bolkonski.

»Ich rede zu Ihnen so, wie ich denke, und als Freund. Erwägen Sie selbst: Wohin und wozu wollen Sie jetzt wegfahren, während Sie doch bei uns bleiben können? Eines von zwei Dingen erwartet Sie mit Bestimmtheit« (er zog die Haut über der linken Schläfe in Falten): »Entweder kommen Sie gar nicht bis zur Armee, und es wird schon vorher Friede geschlossen, oder Niederlage und Schmach wird mit der ganzen Kutusowschen Armee auch Ihnen zuteil.«

Hier zog Bilibin die Haut wieder auseinander, überzeugt, daß sein Dilemma unwiderleglich sei.

»Erwägungen darf ich hierbei nicht anstellen«, antwortete Fürst Andrei kühl und dachte: »Ich fahre hin, um die Armee zu retten.«

»Mein Lieber, Sie sind ein Held«, sagte Bilibin.

XIII

Bolkonski machte dem Kriegsminister einen Abschiedsbesuch und fuhr dann noch in derselben Nacht zur Armee ab, obwohl er selbst nicht wußte, wo er sie finden könne, und Gefahr lief, auf dem Weg nach Krems von den Franzosen abgefangen zu werden.

In Brünn war der Hof nebst der gesamten Hofgesellschaft mit Einpacken beschäftigt, und das schwerere Gepäck war bereits nach Olmütz abgegangen. Bei Hetzelsdorf gelangte Fürst Andrei auf die Landstraße, auf der sich mit der größten Eile und in der größten Unordnung die russische Armee fortbewegte. Die Straße war von Fuhrwerken, die sich aufstauten, dermaßen angefüllt, daß es für den Fürsten ein Ding der Unmöglichkeit war, in seinem Wagen weiterzufahren. Er ließ sich daher von einem Kosakenoffizier ein Pferd und einen Kosaken geben und ritt, die langen Wagenzüge überholend, hungrig und müde auf der Landstraße hin, um den Oberkommandierenden und seinen eigenen Reisewagen zu suchen. Schon unterwegs hatte er die schlimmsten Gerüchte über den Zustand der Armee zu hören bekommen, und der Anblick dieser unordentlich und hastig dahinziehenden Massen bestätigte jene Gerüchte.

»Dieser russischen Armee, die das englische Gold vom äußersten Ende der Welt hergeführt hat, werden wir das gleiche Schicksal bereiten« (nämlich wie der Armee von Ulm): An diese Worte aus einem Armeebefehl Bonapartes vor dem Beginn des Feldzuges erinnerte sich Fürst Andrei, und diese Worte erweckten in seinem Innern gleichzeitig ein Gefühl der Bewunderung für die Genialität dieses Helden und die Empfindung gekränkten Stolzes und die Hoffnung, sich Ruhm zu erwerben. »Aber wenn mir nun nichts weiter übrigbleibt als zu sterben?« dachte er. »Nun gut; wenn's sein muß! Ich werde es nicht schlechter machen als andre.«

Mit schmerzlicher Geringschätzung blickte Fürst Andrei auf diese endlosen, ungeordneten Truppenmassen, Trainfuhrwerke, Munitionswagen, Geschütze und wieder Fuhrwerke, Fuhrwerke und Fuhrwerke von allen möglichen Arten, die einander überholten und in drei, vier Reihen nebeneinander die schmutzige Landstraße versperrten. Von überall her, von hinten und von vorn, soweit nur das Ohr reichte, hörte man das Knarren der Räder, das Rumpeln der schweren und leichteren Fuhrwerke und der Lafetten, das Getrappel der Pferde, Peitschenschläge und Geschrei beim Antreiben, Schimpfworte der Soldaten, der Offiziersburschen und der Offiziere. An den Rändern der Straße sah man fortwährend bald gefallene Pferde, teils abgehäutet, teils unabgehäutet, bald zerbrochene Fuhrwerke, bei denen einzelne Soldaten saßen und auf irgend etwas warteten, bald Soldaten, die sich von ihren Abteilungen getrennt hatten und sich in einzelnen Trupps in die nächsten Dörfer begaben oder schon aus den Dörfern Hühner, Schafe, Heu oder Säcke mit irgendwelchem Inhalt herbeischleppten. Wo die Straße anstieg oder sich senkte, wurde das Gedränge noch dichter, und es gab dort ein ununterbrochenes Stöhnen und Schreien. Soldaten, bis an die Knie im Schmutz watend, packten mit den Händen die Geschütze und Wagen, um sie vom Fleck zu bringen; die Peitschenhiebe hagelten, die Hufe glitten aus, die Stränge rissen; alle schrieen, soviel die Lunge hergab. Die Offiziere, die den Marsch zu beaufsichtigen hatten, ritten zwischen den Wagenreihen bald vorwärts, bald zurück. Ihre Stimmen waren inmitten des allgemeinen Getöses nur schwach hörbar, und es war ihnen am Gesicht anzusehen, daß sie an der Möglichkeit, diese Unordnung zu beheben, verzweifelten.

»Das ist also das liebe, rechtgläubige Kriegsheer«, dachte Bolkonski, in Erinnerung an einen von Bilibin gebrauchten Ausdruck.

In der Absicht, einen von diesen Menschen zu fragen, wo der Oberkommandierende sei, ritt er an einen solchen Wagenzug heran. Dabei stieß er gerade auf ein seltsames, einspänniges Fuhrwerk, das augenscheinlich von ungeschickten Soldatenhänden zurechtgemacht war und eine Art Mittelding von Bauernwagen, Kabriolett und Kalesche bildete. Gelenkt wurde der Wagen von einem vorn daraufsitzenden Soldaten, und innen, unter dem ledernen Verdeck, hinter dem Spritzleder, saß eine ganz in Tücher gewickelte Frau. Fürst Andrei ritt heran und wendete sich schon mit einer Frage an den Soldaten, als das verzweifelte Geschrei der innen im Wagen sitzenden Frauensperson seine Aufmerksamkeit auf sich zog. Der Offizier, der den Wagenzug beaufsichtigte, hatte nach dem Soldaten auf dem Kutschersitz dieses Wägelchens geschlagen, weil er andere Wagen hatte überholen wollen, und die Peitsche hatte das Spritzleder des Gefährtes getroffen. Die Frau begann entsetzlich zu kreischen. Als sie den Fürsten Andrei erblickte, bog sie sich hinter dem Spritzleder heraus und schrie, indem sie die mageren Arme aus ihrem Schaltuch herausstreckte und mit ihnen winkte:

»Adjutant! Herr Adjutant ...! Ich bitte Sie um Gottes willen ... Schützen Sie mich ... Was soll nur aus mir werden ...? Ich bin die Frau des Arztes vom siebenten Jägerregiment ... Sie lassen uns nicht durch ... Wir sind zurückgeblieben und haben die Unsrigen verloren ...«

»Ich schlage dich zu Brei! Kehr um!« schrie der Offizier wütend den Soldaten an. »Kehr um mit deiner Vogelscheuche!«

»Herr Adjutant, schützen Sie mich! Mein Gott, mein Gott!« schrie die Doktorenfrau.

»Bitte, lassen Sie doch diesen Wagen weiterfahren. Sie sehen ja doch, daß eine Frau darinsitzt«, sagte Fürst Andrei, zu dem Offizier heranreitend.

Der Offizier blickte ihn an und wandte sich, ohne zu antworten, wieder zu dem Soldaten: »Ich werde dir das Überholen anstreichen ... Zurück ...!«

»Lassen Sie den Wagen weiterfahren, sage ich Ihnen«, wiederholte Fürst Andrei noch einmal und preßte die Lippen zusammen.

»Was bist du denn für einer?« fuhr ihn plötzlich der Offizier mit der Wut, in welche Betrunkene oft geraten, an. »Was bist du für einer? Du« (er legte einen besonderen Nachdruck auf das Du) »bist wohl ein hoher Vorgesetzter, wie? Hier bin ich der Vorgesetzte, und nicht du. Zurück, du da!« rief er von neuem. »Ich schlage dich zu Brei!«

Dieser Ausdruck mußte dem Offizier wohl besonders gut gefallen.

»Der ist dem feinen Adjutanten gehörig über das Maul gefahren«, rief jemand von hinten.

Fürst Andrei sah, daß sich der Offizier in jenem bekannten Zustand der Trunkenheit befand, in welchem die Leute ohne Anlaß Wutanfälle bekommen und nicht mehr wissen, was sie sagen. Er sah, daß sein eigenes Eintreten für die Doktorenfrau mit einer gewissen Lächerlichkeit behaftet war (und gerade das war es, was er am meisten in der Welt fürchtete); aber sein natürliches Gefühl warf hier solche Erwägungen über den Haufen. Der Offizier hatte das letzte Wort noch nicht zu Ende gesprochen, als Fürst Andrei mit wutverzerrtem Gesicht dicht an ihn heranritt und die Kosakenpeitsche erhob.

»Lassen Sie den Wagen weiterfahren!«

Der Offizier machte eine Handbewegung im Sinne von: »Meinetwegen; so viel liegt mir nicht daran!« und ritt schleunigst davon.

»Diese Kerle, diese hohen Offiziere, stören doch immer nur die Ordnung«, brummte er. »Na, tut, was ihr wollt.«

Fürst Andrei ritt eilig, ohne aufzublicken, von der Doktorenfrau weg, die ihn ihren Retter nannte, und indem er voll Widerwillen noch einmal die Einzelheiten dieser unwürdigen Szene sich vergegenwärtigte, ritt er so schnell als möglich nach dem Dorf hin, wo, wie man ihm sagte, sich der Oberkommandierende befand.

Als er zu dem Dorf gekommen war, stieg er ab und ging auf das erste Haus los, in der Absicht, sich wenigstens einen Augenblick zu erholen, etwas zu essen und alle diese widerwärtigen, peinigenden Gedanken zur Klarheit zu bringen. »Das ist ein Haufe Gesindel, aber kein Heer«, dachte er, während er auf die Tür des ersten Hauses zuging. Da rief eine ihm bekannte Stimme seinen Namen.

Er blickte um sich. Aus einem der kleinen Fenster steckte Neswizki sein hübsches Gesicht heraus. Mit vollem Mund lebhaft kauend und mit den Händen winkend, rief er den Fürsten Andrei heran.

»Bolkonski, Bolkonski, hörst du nicht? Komm schnell!« rief er.

Als Fürst Andrei in das Haus trat, sah er Neswizki und noch einen andern Adjutanten mit einem kalten Imbiß beschäftigt. Eilig wandten sie sich zu Bolkonski mit der Frage, ob er etwas Neues wisse. Auf ihren ihm so wohlbekannten Gesichtern las Fürst Andrei den Ausdruck der Besorgnis und Unruhe. Dieser Ausdruck war besonders auffällig auf Neswizkis sonst immer lachendem Gesicht.

»Wo ist der Oberkommandierende?« fragte Bolkonski.

»Hier, in dem Haus, dort«, antwortete der andere Adjutant.

»Nun, ist es denn wahr, daß eine Kapitulation stattfindet und Friede geschlossen wird?« fragte Neswizki.

»Danach möchte ich euch fragen. Ich weiß nichts, als daß ich mich mit größter Mühe zu euch durchgearbeitet habe.«

»Aber bei uns, Bruder, das ist ein Zustand! Schauderhaft! Ich muß mich schuldig bekennen, Bruder: Über Mack haben wir gelacht; aber uns selbst geht es jetzt noch schlimmer«, sagte Neswizki. »Aber setz dich doch und iß einen Bissen.«

»Ihren Reisewagen werden Sie jetzt nicht finden, Fürst«, sagte der andere Adjutant. »Zu finden ist überhaupt nichts. Ihr Pjotr ist Gott weiß wo.«

»Wohin wird denn das Hauptquartier gelegt?«

»In Znaim werden wir übernachten.«

»Ich habe mir alles, was ich brauche, auf zwei Pferde packen lassen«, sagte Neswizki, »und die Leute haben die Packlasten ganz vorzüglich eingerichtet. Damit könnten wir sogar durch die böhmischen Berge Reißaus nehmen. Es ist eine schlimme Geschichte, Bruder. Aber was hast du denn? Du bist wohl krank, daß du so zuckst?« fragte er, da er bemerkte, daß Fürst Andrei zusammenfuhr, wie bei der Berührung einer Leidener Flasche.

»Mir fehlt weiter nichts«, erwiderte Fürst Andrei.

Er hatte gerade an die Szene denken müssen, die er kurz vorher mit der Doktorenfrau und dem Trainoffizier gehabt hatte.

»Was tut denn der Oberkommandierende hier?« fragte er.

»Ich weiß es nicht«, antwortete Neswizki.

»Das eine weiß ich, daß die ganze Sache greulich ist; greulich, greulich!« sagte Fürst Andrei und ging nach dem Haus, wo sich der Oberkommandierende aufhielt.

Nachdem Fürst Andrei an Kutusows Equipage, an den abgetriebenen Reitpferden der Suite und an einigen in lauter Unterhaltung begriffenen Kosaken vorbeigekommen war, trat er in den Hausflur. Kutusow selbst befand sich, wie dem Fürsten Andrei gesagt wurde, in der Stube mit dem Fürsten Bagration und Weyrother zusammen. Weyrother war der österreichische General, der an die Stelle des gefallenen Schmidt getreten war. Im Hausflur hockte der kleine Koslowski in kauernder Stellung vor einem Schreiber. Der Schreiber hatte die Ärmel seines Uniformrocks zurückgeschlagen und schrieb eilig auf einer umgestürzten Bütte. Koslowskis Gesicht sah matt und welk aus; er hatte augenscheinlich gleichfalls in der Nacht nicht geschlafen. Er sah den Fürsten Andrei an, nickte ihm aber nicht einmal mit dem Kopf zu.

»Zweite Linie ... Hast du das geschrieben?« fuhr er, dem Schreiber diktierend, fort: »Das Kiewer Grenadierregiment, das Podolsker ...«

»Ich kann nicht mitkommen, Euer Hochwohlgeboren«, sagte der Schreiber in respektlosem, ärgerlichem Ton, indem er zu Koslowski aufblickte.

In diesem Augenblick war durch die Tür zu hören, wie Kutusow mit erregter, unzufriedener Stimme etwas sagte und eine andere, unbekannte Stimme ihn unterbrach. An dem Ton dieser Stimmen, an der Achtlosigkeit, mit der ihn Koslowski angesehen hatte, an der Unehrerbietigkeit des ermüdeten Schreibers sowie daran, daß der Schreiber und Koslowski in so geringer Entfernung von dem Oberkommandierenden auf dem Fußboden neben einer Bütte saßen, und daran, daß die Kosaken, welche die Pferde hielten, dicht vor dem Fenster des Hauses so laut lachten: An alledem merkte Fürst Andrei, daß etwas Schlimmes von großer Bedeutung bevorstand.

Fürst Andrei wandte sich mit Fragen an Koslowski, obwohl er sah, daß diesem die Störung unwillkommen war.

»Sofort, Fürst«, antwortete Koslowski. »Disposition für Bagration.«

»Und die Kapitulation?«

»Es findet keine Kapitulation statt; es sind Anordnungen zum Kampf getroffen.«

Fürst Andrei ging auf die Tür zu, durch die die Stimmen zu hören waren. Aber in dem Augenblick, als er die Tür öffnen wollte, schwiegen die Stimmen im Zimmer, die Tür öffnete sich ohne sein Zutun, und Kutusow mit seiner Adlernase in dem aufgedunsenen Gesicht erschien auf der Schwelle. Fürst Andrei stand unmittelbar vor ihm; aber an dem Ausdruck des einzigen sehenden Auges des Oberkommandierenden war zu merken, daß seine Gedanken und Sorgen ihn so stark beschäftigten, daß sie ihm geradezu die Sehkraft beeinträchtigten. Er blickte seinem Adjutanten gerade ins Gesicht, ohne ihn zu erkennen.

»Nun, wie ist's? Bist du fertig?« wandte er sich an Koslowski.

»Im Augenblick, Euer hohe Exzellenz.«

Bagration, dessen festes, unbewegliches Gesicht einen orientalischen Typus aufwies, ein Mann von kleinem Wuchs, hager, noch nicht bejahrt, trat hinter dem Oberkommandierenden aus dem Zimmer.

»Ich habe die Ehre, mich zurückzumelden«, sagte Fürst Andrei ziemlich laut zu Kutusow und überreichte ihm einen Brief.

»Ah, aus Wien? Schön. Nachher, nachher!«

Kutusow trat mit Bagration auf die Stufen vor der Haustür hinaus.

»Nun, Fürst, lebe wohl«, sagte er zu Bagration. »Christus sei mit dir. Ich segne dich zu einem großen Werk.«

Auf einmal wurde Kutusows Miene weich, und auf seinen Wangen erschienen Tränen. Mit der linken Hand zog er Bagration an sich heran, und mit der rechten, an der er einen Ring trug, bekreuzte er ihn mit einer ihm offenbar sehr geläufigen Bewegung. Hierauf hielt er ihm seine fleischige Wange hin; indessen küßte Bagration ihn nicht auf die Wange, sondern auf den Hals.

»Christus sei mit dir!« sagte Kutusow noch einmal und ging zu seinem Wagen. »Fahr mit mir«, forderte er den Fürsten Andrei auf.

»Euer hohe Exzellenz, ich würde wünschen, mich hier nützlich zu machen. Gestatten Sie mir, bei der Abteilung des Fürsten Bagration zu bleiben.«

»Fahr nur mit«, wiederholte Kutusow, und als er bemerkte, daß Bolkonski zauderte, fügte er hinzu: »Gute Offiziere habe ich selbst nötig, sehr nötig.«

Sie stiegen in den Wagen und fuhren einige Minuten lang schweigend.

»Wir haben noch viel Schweres vor uns, recht Schweres«, sagte Kutusow mit dem Scharfblick des erfahrenen Alters, wie wenn er alles durchschaut hätte, was in Bolkonskis Seele vorging. »Wenn von Bagrations Abteilung morgen der zehnte Teil davonkommt, dann will ich Gott danken«, fügte er wie im Selbstgespräch hinzu.

Fürst Andrei sah zu Kutusow hin, und unwillkürlich haftete sein Blick in einer Entfernung von nicht viel mehr als einem Fuß auf den sauber gewaschenen Falten der Narbe an Kutusows Schläfe, wo ihm beim Sturm auf Ismaïl eine Kugel in den Kopf gedrungen war, und auf dem ausgelaufenen Auge des Oberkommandierenden. »Ja, er hat ein Recht, so ruhig von dem bevorstehenden Untergang dieser Menschen zu sprechen«, dachte Bolkonski.

»Eben deswegen bat ich, mich dieser Abteilung zuzuweisen«, sagte er.

Kutusow antwortete nicht. Er schien schon wieder vergessen zu haben, was er soeben gesagt hatte, und saß in tiefen Gedanken da. Aber fünf Minuten darauf schaukelte Kutusow sich gemächlich auf den weichen Sprungfedern des Polstersitzes und wandte sich zu dem Fürsten Andrei. Auf seinem Gesicht war keine Spur von Erregung mehr zu bemerken. Mit feinem Spott erkundigte er sich bei dem Fürsten Andrei nach den Einzelheiten seiner Begegnung mit dem Kaiser, nach der Aufnahme, die die Nachricht von dem Treffen in der Nähe von Krems bei Hof gefunden habe, und nach einigen Damen aus ihrem gemeinsamen Bekanntenkreis.

XIV

Kutusow hatte durch einen seiner Kundschafter am 1. November eine Nachricht erhalten, die ihm die Lage der von ihm kommandierten Armee als beinah hoffnungslos erscheinen ließ. Der Kundschafter berichtete, daß die Franzosen nach Überschreitung der Brücke bei Wien mit gewaltigen Streitkräften auf die Verbindungslinie zwischen Kutusow und den aus Rußland kommenden Truppen anrückten. Entschloß sich Kutusow nun, in Krems zu bleiben, so schnitt die hundertfünfzigtausend Mann starke Armee Napoleons ihn von allen Verbindungen ab, umringte sein nur vierzigtausend Mann starkes, erschöpftes Heer, und er befand sich dann in derselben Lage wie Mack bei Ulm. Entschloß sich Kutusow aber, die Straße zu verlassen, die zur Vereinigung mit den aus Rußland kommenden Truppen führte, so mußte er ohne ordentliche Wege in das unbekannte Gebiet der böhmischen Gebirge ziehen, sich dabei gegen einen an Streitkräften überlegenen Feind verteidigen und jede Hoffnung auf Vereinigung mit Buxhöwden aufgeben. Und drittens, wenn sich Kutusow dafür entschied, sich auf dem Weg von Krems nach Olmütz zurückzuziehen, um sich mit den Truppen aus Rußland zu vereinigen, so lief er Gefahr, daß die Franzosen, nach Passierung der Brücke bei Wien, ihm auf diesem Weg zuvorkamen und er auf diese Weise gezwungen wurde, einen Kampf auf dem Marsch anzunehmen, mit dem gesamten Train und Troß und gegenüber einem Gegner, der ihm dreifach überlegen war und ihn von zwei Seiten einschloß.

Kutusow entschied sich für diesen letzten Plan.

Die Franzosen zogen, wie der Kundschafter meldete, nach Passierung der Brücke bei Wien in Eilmärschen nach Znaim, welches an der Straße lag, auf welcher Kutusow sich zurückzog, und zwar mehr als hundert Werst vor ihm. Erreichte er Znaim vor den Franzosen, so konnte er gute Hoffnung hegen, daß ihm die Rettung seines Heeres gelingen werde; ließ er zu, daß ihm die Franzosen in Znaim zuvorkamen, so war eines von zwei traurigen Dingen sicher: Entweder mußte er über seine ganze Armee dieselbe Schmach ergehen lassen, die das Macksche Heer bei Ulm betroffen hatte, oder er mußte seine ganze Armee dem Untergang weihen. Aber den Franzosen mit der gesamten Armee einfach durch Schnelligkeit zuvorzukommen, war unmöglich. Der Weg der Franzosen von Wien nach Znaim war kürzer und besser als der Weg der Russen von Krems nach Znaim.

Nach Empfang jener Nachricht schickte Kutusow noch in der Nacht die viertausend Mann starke Vorhut unter Bagration nach rechts über die Berge, von der Krems-Znaimer Straße nach der Wien-Znaimer hinüber. Bagration sollte diesen Übergang, ohne unterwegs zu rasten, ausführen, dann, wenn es ihm gelungen wäre, den Franzosen zuvorzukommen, mit der Front nach Wien und dem Rücken nach Znaim haltmachen und sie aufhalten, solange er irgend könnte. Kutusow selbst zog, auch mit der gesamten Bagage, nach Znaim.

Nachdem Bagration mit seinen hungrigen, barfüßigen Soldaten, ohne Weg, über die Berge, in Nacht und Sturm fünfundvierzig Werst zurückgelegt und dabei ein Drittel seiner Leute als Marode eingebüßt hatte, gelangte er nach Hollabrunn an der Wien-Znaimer Straße einige Stunden früher als die Franzosen, die von Wien nach Hollabrunn marschiert waren. Kutusow brauchte mit seinem Troß noch volle vierundzwanzig Stunden, um Znaim zu erreichen, und daher sollte, um die Armee zu retten, Bagration mit seinen viertausend hungrigen, entkräfteten Soldaten ganze vierundzwanzig Stunden lang die gesamte feindliche Armee, die in Hollabrunn mit ihm zusammenstieß, aufhalten – was offenbar ein Ding der Unmöglichkeit war. Aber eine eigentümliche Fügung des Schicksals machte das Unmögliche möglich. Das Gelingen jenes Betruges, der ohne allen Kampf die Wiener Brücke den Franzosen in die Hände geliefert hatte, gab dem Prinzen Murat den Gedanken ein, in gleicher Weise auch Kutusow zu täuschen. Als Murat auf der Znaimer Straße auf die schwache Abteilung Bagrations stieß, glaubte er, daß dies die ganze Armee Kutusows sei. Um diese Armee mit Sicherheit niederwerfen zu können, wollte er erst die Truppen erwarten, die noch auf dem Weg von Wien zurückgeblieben waren, und bot zu diesem Zweck einen Waffenstillstand auf drei Tage an, mit der Bedingung, daß die beiderseitigen Truppen ihre Stellungen nicht verändern und ihre Standorte nicht verlassen dürften. Murat versicherte, die Friedensunterhandlungen seien bereits im Gang, und deshalb schlage er zur Vermeidung unnützen Blutvergießens den Waffenstillstand vor. Der österreichische General Graf Nostitz, der auf Vorposten stand, traute den Worten des Muratschen Parlamentärs und zog sich zurück, wodurch er Bagrations Abteilung bloßgab. Ein anderer Parlamentär Murats ritt nach der russischen Vorpostenkette, um dieselbe Nachricht über die Friedensverhandlungen mitzuteilen und den russischen Truppen einen dreitägigen Waffenstillstand vorzuschlagen. Bagration antwortete, er sei weder befugt, einen Waffenstillstand anzunehmen noch zurückzuweisen, und schickte einen seiner Adjutanten mit einem Bericht über den ihm gemachten Vorschlag zu Kutusow.

Der Waffenstillstand war für Kutusow das einzige Mittel, um Zeit zu gewinnen, damit die erschöpfte Abteilung Bagrations sich erholen könnte und der Train und Troß (dessen Bewegungen den Franzosen verborgen blieben) wenigstens um einen weiteren Tagesmarsch näher an Znaim herankäme. Der Vorschlag eines Waffenstillstandes gewährte die einzige und ganz unerwartete Möglichkeit, das Heer zu retten. Sobald Kutusow diese Nachricht erhalten hatte, schickte er unverzüglich den bei ihm bediensteten Generaladjutanten Wintzingerode in das feindliche Lager. Wintzingerode sollte nicht nur den Waffenstillstand annehmen, sondern auch Vorschläge über die Bedingungen einer Kapitulation machen; gleichzeitig aber schickte Kutusow mehrere Adjutanten nach rückwärts, um die Bewegung des Trains der ganzen Armee auf der Krems-Znaimer Straße soviel als irgend möglich zu beschleunigen. Nur die entkräftete, hungrige Abteilung Bagrations sollte, um gleichsam als Wand diese Bewegung des Trains und des ganzen Heeres zu verdecken, regungslos vor dem achtmal stärkeren Feind stehenbleiben.

Kutusows Erwartungen gingen in Erfüllung, sowohl in bezug darauf, daß die zu nichts verpflichtenden Kapitulationsvorschläge einem ziemlichen Teil des Trains Zeit gaben, vorbeizukommen, als auch in bezug darauf, daß Murats Irrtum sehr bald als solcher erkannt werden mußte. Sobald Bonaparte, der sich in Schönbrunn, fünfundzwanzig Werst von Hollabrunn, befand, Murats Bericht empfangen und von dem Projekt eines Waffenstillstandes und einer Kapitulation Kenntnis erhalten hatte, durchschaute er sofort die Täuschung und schrieb an Murat den nachstehenden Brief:

»An den Prinzen Murat. Schönbrunn, den 25. Brumaire 1805, acht Uhr morgens.

Ich finde keine Worte, um Ihnen meine Unzufriedenheit auszudrükken. Sie kommandieren nur meine Avantgarde und haben kein Recht, ohne meinen Befehl einen Waffenstillstand abzuschließen. Durch Ihre Schuld komme ich jetzt um die Früchte eines ganzen Feldzuges. Brechen Sie den Waffenstillstand sofort, und rücken Sie gegen den Feind vor. Lassen Sie ihm die Erklärung zugehen, daß der General, der diese Kapitulation unterzeichnet hat, dazu nicht berechtigt war, und daß einzig und allein der Kaiser von Rußland dazu berechtigt ist.

Wenn übrigens der Kaiser die besagte Konvention ratifizieren sollte, so werde auch ich sie ratifizieren; aber das Ganze ist nur eine List. Gehen Sie drauflos, und vernichten Sie die russische Armee ... Sie haben die Möglichkeit, den Russen ihre Bagage und ihre Artillerie wegzunehmen.

Der Generaladjutant des Kaisers von Rußland ist ein ... Die Offiziere haben nicht das geringste zu bedeuten, wenn sie keine Vollmacht haben, und dieser hatte keine ... Die Österreicher haben sich mit dem Übergang über die Wiener Brücke düpieren lassen, und Sie lassen sich durch einen Adjutanten des Kaisers düpieren. *Napoleon.*«

Ein Adjutant Bonapartes jagte, was nur sein Pferd laufen konnte, mit diesem strengen Brief zu Murat. Bonaparte selbst, der sich auf seine Generale nicht verlassen mochte, brach mit der ganzen Garde nach dem Kampfplatz auf, in Besorgnis, daß ihm das schon sicher geglaubte Schlachtopfer doch noch entschlüpfen könne; die viertausend Mann starke Abteilung Bagrations aber zündete sich fröhlich im Freien tüchtige Feuer an, trocknete sich, wärmte sich, kochte zum erstenmal seit drei Tagen sich wieder ihre Grütze, und niemand von den Leuten dieser Abteilung wußte, was ihm bevorstand, oder dachte überhaupt daran.

XV

Um vier Uhr nachmittags kam Fürst Andrei, der mit seiner Bitte bei Kutusow doch noch durchgedrungen war, in dem Dorf Grund an und meldete sich bei Bagration. Der Adjutant Bonapartes war noch nicht bis zu dem Muratschen Korps gelangt, und der Kampf hatte daher noch nicht begonnen. In Bagrations Abteilung wußte man nichts von dem Gang der Dinge im großen; man sprach vom Frieden, glaubte aber eigentlich nicht an die Möglichkeit desselben. Man sprach von einem Kampf und glaubte gleichfalls nicht, daß er nahe bevorstehe. Bagration, welcher wußte, daß dieser Adjutant Bolkonski in besonderem Maß die Gunst und das Vertrauen des Oberkommandierenden besaß, empfing ihn mit besonderer Auszeichnung und mit der leutseligen Herablassung eines Vorgesetzten, teilte ihm mit, es werde wahrscheinlich heute oder morgen ein Kampf stattfinden, und stellte ihm völlig frei, ob er während des Kampfes sich in seiner Umgebung aufhalten wolle oder bei der Arrieregarde, um dort die Ordnung des Rückzuges zu überwachen, »was gleichfalls von hoher Wichtigkeit ist«.

»Übrigens wird es heute wahrscheinlich noch nicht zum Kampf kommen«, sagte Bagration, wie wenn er den Fürsten Andrei damit beruhigen wollte.

»Ist er einer der gewöhnlichen Gecken von der Suite«, dachte Bagration, »die nur zur Truppe geschickt werden, um einen Orden zu bekommen, so wird er zur Arrieregarde gehen, wo er ja zu einer solchen Dekoration gleichfalls gelangen kann; will er aber bei mir bleiben, nun, so mag er das tun; wenn er ein tapferer Offizier ist, wird er mir gute Dienste leisten können.« Fürst Andrei bat, ohne hinsichtlich der ihm freigestellten Wahl eine Antwort zu geben, um die Erlaubnis, die Stellung abzureiten und sich die Aufstellung der Truppen anzusehen, um im Fall eines Auftrages zu wissen, wohin er zu reiten habe. Der Offizier du jour bei der Abteilung, ein schöner Mann, der in seiner Kleidung etwas Stutzerhaftes hatte, einen Brillantring am Zeigefinger trug und schlecht, aber mit besonderer Vorliebe französisch sprach, erbot sich, den Fürsten Andrei zu führen.

Überall sahen sie vom Regen durchnäßte, trüb blickende Offiziere, die den Eindruck machten, als ob sie etwas suchten, und Soldaten, die aus dem Dorf Türen, Bänke und Zaunpfähle herbeischleppten.

»Sehen Sie, Fürst, bei diesem Volk können wir kein korrektes Verhalten erzielen«, sagte der Stabsoffizier, auf diese Soldaten weisend. »Die Schuld liegt an den Offizieren, die keine rechte Aufsicht führen und ihnen alles durchgehen lassen. Aber hier«, er zeigte auf ein in der Nähe aufgeschlagenes Marketenderzelt, »hier finden sie sich zusammen und sitzen wer weiß wie lange. Erst heute morgen habe ich sie alle hinausgejagt; aber Sie werden sehen, das Zelt ist schon wieder voll. Wir müssen hinreiten, Fürst, und ihnen einen Schreck einjagen. Wir brauchen dazu nur einen Augenblick.«

»Schön, reiten wir hin; ich will mir auch gleich bei dem Marketender ein Stück Käse und eine Semmel kaufen«, sagte Fürst Andrei, der noch nicht dazu gekommen war, etwas zu genießen.

»Aber warum haben Sie mir das nicht gesagt, Fürst? Ich hätte Ihnen von meinem Mundvorrat angeboten.«

Sie stiegen von den Pferden und traten in das Marketenderzelt. Offiziere mit geröteten, müden Gesichtern saßen dort an Tischen, tranken und aßen.

»Aber meine Herren, was soll das heißen!« rief der Stabsoffizier in einem vorwurfsvollen Ton, dem man es anhörte, daß er dieselbe Ermahnung schon wiederholt ausgesprochen hatte. »Sie dürfen sich doch nicht in dieser Weise von Ihren Leuten entfernen. Der Fürst hat verboten, daß sich jemand hier aufhält. Nun sehen Sie nur, Herr Hauptmann«, wandte er sich an einen kleinen, schmutzigen, mageren Artillerieoffizier, der ohne Stiefel (er hatte sie dem Marketender zum Trocknen gegeben), nur in Strümpfen, vor den beiden Eintretenden aufgestanden war und ein wenig lächelte, was aber nicht recht natürlich herauskam. »Schämen Sie sich denn gar nicht, Hauptmann Tuschin?« fuhr der Stabsoffizier fort. »Sie als Artillerist sollten doch eigentlich anderen ein gutes Beispiel geben, und nun haben Sie nicht einmal Stiefel an! Wenn Alarm geschlagen wird, werden Sie ohne Stiefel eine sehr hübsche Figur machen.« Der Stabsoffizier lächelte. »Wollen die Herren sich auf ihre Posten begeben, alle, alle!« fügte er im Ton des befehlenden Vorgesetzten hinzu.

Fürst Andrei mußte beim Anblick des Hauptmanns Tuschin unwillkürlich ebenfalls lächeln. Schweigend und lächelnd und von einem stiefellosen Fuß auf den andern tretend, blickte Tuschin mit seinen großen, klugen, guten Augen bald den Fürsten Andrei, bald den Stabsoffizier fragend an.

»Die Soldaten pflegen zu sagen: Ohne Stiefel geht man bequemer«, sagte Hauptmann Tuschin dann schüchtern und immer noch lächelnd; er wünschte offenbar, sich durch den scherzenden Ton aus seiner unbehaglichen Situation herauszuhelfen.

Aber er hatte den Satz kaum zu Ende gesprochen, als er merkte, daß sein Scherz ordnungswidrig war und nicht gut ankam. Er wurde verlegen.

»Bitte, auf Ihre Posten, meine Herren!« sagte der Stabsoffizier wieder und gab sich alle Mühe, ernst zu bleiben.

Fürst Andrei betrachtete noch einmal die kleine Gestalt des Artillerieoffiziers. Sie hatte etwas Eigentümliches, ganz und gar nicht Militärisches, einigermaßen Komisches, aber doch außerordentlich Anziehendes.

Der Stabsoffizier und Fürst Andrei stiegen wieder zu Pferd und ritten weiter.

Als sie aus dem Dorf herausgekommen waren, trafen sie fortwährend, überholend oder begegnend, auf hierhin oder dorthin gehende Soldaten und Offiziere verschiedener Waffengattungen und erblickten linker Hand im Bau begriffene Schanzen, die von der frisch ausgehobenen Tonerde eine rötliche Färbung hatten. Mehrere Bataillone Soldaten, trotz der kalten Witterung in Hemdsärmeln, wimmelten wie weiße Ameisen auf diesen Schanzen umher; hinter einem Wall hervor wurden von unsichtbaren Händen unablässig Schaufeln voll roter Tonerde herausgeworfen. Die beiden Reiter ritten an eine Schanze heran, besichtigten sie und setzten dann ihren Weg fort. Unmittelbar hinter der Schanze stießen sie auf ein paar Dutzend Soldaten, bei denen eine fortwährende Ablösung stattfand, indem manche zur Schanze zurückliefen und andere von dort kamen. Die beiden Reiter mußten sich die Nasen zuhalten und ihre Pferde in Trab setzen, um aus der verdorbenen Atmosphäre hinauszukommen.

»Ja, das sind so die Annehmlichkeiten des Lagerlebens, Fürst«, sagte der Stabsoffizier du jour.

Sie ritten die gegenüberliegende Anhöhe hinan. Von dieser Anhöhe aus konnte man schon die Franzosen sehen. Fürst Andrei hielt sein Pferd an und sah prüfend um sich.

»Sehen Sie, dort haben wir eine Batterie stehen«, sagte der Stabsoffizier und wies nach dem höchsten Punkt. »Sie wird von eben dem wunderlichen Gesellen befehligt, der ohne Stiefel im Marketenderzelt saß; von dort oben ist alles zu sehen; lassen Sie uns hinreiten, Fürst.«

»Ich bin Ihnen sehr dankbar; aber ich reite nun wohl allein weiter«, erwiderte Fürst Andrei, der den Stabsoffizier gern loswerden wollte. »Bitte, bemühen Sie sich nicht mehr.«

Der Stabsoffizier trennte sich von Fürst Andrei, und dieser ritt allein weiter.

Je weiter er nach vorn, näher an den Feind heran, kam, um so ordentlicher und munterer wurde das Aussehen der Truppen. Die schlimmste Unordnung und Niedergeschlagenheit hatte bei jener Abteilung des Trains geherrscht, die Fürst Andrei am Vormittag auf der Krems-Znaimer Landstraße getroffen hatte und die von den Franzosen zehn Werst entfernt war. Auch in dem Dorf Grund machte sich eine gewisse Unruhe und Ängstlichkeit fühlbar. Aber je mehr sich Fürst Andrei der französischen Vorpostenkette näherte, um so mehr Zuversicht und Selbstvertrauen kam in der ganzen Erscheinung unserer Truppen zum Ausdruck. In Reih und Glied aufgestellt, standen die Soldaten in ihren

Mänteln da, und die Feldwebel und Kompaniechefs zählten ihre Leute durch, wobei sie immer dem letzten Mann einer jeden Abteilung mit dem Finger auf die Brust tippten und ihn die Hand in die Höhe heben ließen; andere schleppten, sich in der ganzen Umgegend zerstreuend, Brennholz und Buschwerk herbei und bauten unter eifriger Unterhaltung und fröhlichem Gelächter kleine Hütten; wieder andere saßen, mehr oder minder bekleidet, um offene Feuer, trockneten ihre Hemden und Fußlappen oder besserten ihre Stiefel und Mäntel aus; viele drängten sich um die Kessel, wo die Köche die Grütze kochten. In einer Kompanie war das Mittagessen gerade fertig, und mit begierigen Gesichtern blickten die Soldaten nach den dampfenden Kesseln und warteten auf die Begutachtung der Probe, die der Kapitän d'armes in einem Holznapf dem auf einem Baumklotz vor seiner primitiven Hütte sitzenden Offizier brachte.

In einer anderen, noch glücklicheren Kompanie (da es Branntwein nicht bei allen Kompanien gab) standen die Soldaten dichtgedrängt um den pockennarbigen, breitschultrigen Feldwebel herum, der in die ihm der Reihe nach hingereichten Deckel der Feldflaschen, jedesmal das Fäßchen ein wenig biegend, jedem sein Quantum eingoß. Mit andächtiger Miene führten die Soldaten die Flaschendeckel zum Mund, tranken sie aus, spülten den Branntwein im Mund umher, wischten sich den Mund mit dem Mantelärmel ab und traten mit vergnügten Gesichtern wieder von dem Feldwebel zurück. Die Gesichter aller waren so ruhig, als ob dies alles nicht angesichts des Feindes und vor einem Kampf stattfände, bei dem voraussichtlich mindestens die Hälfte der Truppe auf dem Platz bleiben mußte, sondern irgendwo in der Heimat, wo ihnen ein ruhiges Quartier in Aussicht stand. Nachdem Fürst Andrei bei einem Jägerregiment vorbeigeritten war, kam er zu den Kiewer Grenadieren, stattlichen, gutaussehenden Leuten, die in denselben friedlichen Beschäftigungen begriffen waren; dort gelangte er nicht weit von der Baracke des Regimentskommandeurs, die sich durch ihre Höhe vor den übrigen auszeichnete, vor die Front einer Grenadier-Korporalschaft, vor der ein Mann mit entblößtem Oberkörper auf der Erde lag. Zwei Soldaten hielten ihn fest, und zwei andere schwangen biegsame Gerten und schlugen taktmäßig auf den nackten Rücken los. Der Gezüchtigte schrie mörderisch. Ein dikker Major ging vor der Front auf und ab und sagte, ohne sich um das Geschrei zu kümmern, fortwährend:

»Stehlen ist für den Soldaten eine Schande. Der Soldat soll ehrlich, anständig und tapfer sein. Wenn aber einer seinen Kameraden bestiehlt, dann hat er keine Ehre im Leib; so einer ist ein Lump. Immer weiter, immer weiter!«

Und das Klatschen der schwanken Gerten und das schreckliche, aber heuchlerisch übertriebene Geschrei dauerten fort.

»Immer weiter, immer weiter!« sagte dazu der Major.

Ein junger Offizier trat mit einer Miene des Staunens und des Schmerzes von dem Gezüchtigten weg und blickte den vorüberreitenden Adjutanten fragend an.

Nun war Fürst Andrei an die vorderste Reihe gelangt und ritt an der Front entlang. Unsere Vorpostenkette und die feindliche standen auf dem linken und auf dem rechten Flügel weit voneinander entfernt; aber im Zentrum, an der Stelle, wo am Vormittag die Parlamentäre herangekommen waren, standen die Linien einander so nahe, daß die Gegner die Gesichter unterscheiden und ein Gespräch herüber führen konnten. Außer denjenigen Soldaten, die an dieser Stelle auf Posten waren, stand hier auf beiden Seiten aus Neugier noch eine Menge anderer Soldaten, welche lachend die ihnen sonderbar und fremdartig erscheinenden Feinde betrachteten.

Obwohl jede Annäherung an die Vorpostenkette verboten war, waren doch die dortigen Offiziere vom frühen Morgen an außerstande gewesen, die Neugierigen abzuwehren. Die Soldaten aber, die auf Vorposten standen, benahmen sich wie Leute, die dem Publikum irgendeine Rarität zeigen: Sie selbst blickten gar nicht mehr nach den Franzosen hin, sondern stellten statt dessen an den Herbeikommenden ihre Beobachtungen an und warteten gelangweilt auf die Ablösung. Fürst Andrei hielt an, um nach den Franzosen hinüberzublicken.

»Nu sieh mal, sieh mal«, sagte ein Soldat zu seinem Kameraden und zeigte auf einen russischen Gemeinen von den Musketieren, der mit einem Offizier an die Vorpostenkette herangetreten war und mit einem französischen Grenadier ein erregtes Gespräch führte. »Nein, was der flink plappert! Da kommt ja der Franzose selbst kaum mit. Na, du solltest doch auch mal mitreden, Sidorow!«

»Warte, laß mich mal hören! Ei ja, das geht flink!« antwortete Sidorow, der in dem Ruf stand, französisch sprechen zu können.

Der Gemeine, auf den die beiden Lacher hinwiesen, war Dolochow. Fürst Andrei erkannte ihn und hörte seinem Gespräch zu. Dolochow war zusammen mit seinem Kompaniechef vom linken Flügel, wo ihr Regiment stand, in die Vorpostenkette gekommen.

»Na, immer weiter, immer weiter!« hetzte der Kompaniechef und beugte sich vor, um nur ja keins der ihm doch unverständlichen Worte zu verlieren. »Schnell, schnell, bitte. Was hat er denn gesagt?«

Dolochow antwortete dem Kompaniechef nicht; er war mit dem französischen Grenadier in einen hitzigen Streit geraten. Sie redeten, wie es nicht anders sein konnte, vom Krieg. Der Franzose behauptete, indem er die Österreicher mit den Russen verwechselte, die Russen hätten bei Ulm teils sich ergeben, teils wären sie geflohen; Dolochow behauptete, die Russen hätten sich nicht ergeben, sondern die Franzosen geschlagen.

»Und sobald wir hier Befehl erhalten, euch wegzujagen, jagen wir euch auch hier weg«, sagte Dolochow.

»Nehmt euch nur in acht, daß wir euch nicht mitsamt allen euren Kosaken in die Tasche stecken«, erwiderte der Grenadier.

Die französischen Zuschauer und Zuhörer lachten los.

»Wir werden euch schon tanzen lehren, wie euch Suworow hat tanzen lassen«, sagte Dolochow.

»Was redet er da?« fragte einer der Franzosen.

»Alte, abgetane Geschichten«, antwortete der andre, der wenigstens so viel erriet, daß Dolochow von früheren Kriegen sprach. »Der Kaiser wird eurem Suwara schon ebenso wie allen andern zeigen, was eine Harke ist.«

»Bonaparte …«, begann Dolochow, aber der Franzose unterbrach ihn.

»Es gibt keinen Bonaparte; es gibt nur einen Kaiser. Sacré nom …«, schrie er wütend.

»Der Teufel soll euren Kaiser holen!« Dolochow fügte auf russisch ein paar grobe Soldatenschimpfworte hinzu, warf sein Gewehr herum und trat zurück.

»Kommen Sie mit, Iwan Lukitsch«, sagte er zu seinem Kompaniechef.

»Na, der hat mal schön französisch geredet!« meinten die Soldaten in der Vorpostenkette. »Na, nun du mal los, Sidorow!«

Sidorow kniff die Augen zusammen, wandte sich nach den Franzosen hin und begann, schnell, ganz schnell sinnlose Worte zu plappern:

»Kari, mala, tafa, safi, muter, kaskà«, schrie er und bemühte sich dabei, seiner Stimme eine energische, wechselnde Klangfarbe zu verleihen.

»Ho, ho, ho! Ha, ha, ha! Huch, huch, huch!« erscholl bei den russischen Soldaten eine laute Salve eines gesunden, fröhlichen Gelächters, das unwillkürlich über die Vorpostenkette hinüber auch auf die Franzosen überging. Auf ein solches Gelächter konnte, wie es schien, nichts anderes folgen, als daß man aus den Gewehren die Ladungen herausnahm und alle Soldaten sofort auseinandergingen und in ihre Heimat zurückkehrten.

Aber die Gewehre blieben geladen; die Schießscharten an den Häusern und Schanzen blickten ebenso drohend nach vorn wie vorher, und die abgeprotzten Kanonen standen noch ebenso gegeneinander gerichtet da.

XVI

Nachdem Fürst Andrei die ganze Truppenlinie vom rechten bis zum linken Flügel abgeritten hatte, ritt er zu der Batterie hinauf; von der man nach der Angabe des Stabsoffiziers das ganze Terrain überblicken konnte. Hier stieg er vom Pferd und blieb bei dem letzten der vier abgeprotzten Geschütze stehen. Vor den Geschützen ging ein Artillerist als Wachtposten auf und ab; er wollte vor dem Offizier Front machen und salutieren; aber auf ein ihm von diesem gegebenes Zeichen nahm er seine gleichmäßige, langweilige Wanderung wieder auf. Hinter den Geschützen standen die Protzkästen; noch weiter zurück sah man die Biwakfeuer der Artilleristen und die Pferde, die an Seilen angebunden waren, welche zwischen eingegrabenen Pfählen gespannt waren. Links, nicht weit von dem letzten Geschütz, befand sich eine neue, aus Baumzweigen geflochtene Hütte, aus der ein lebhaftes Gespräch mehrerer Offiziere zu hören war.

Oben bei der Batterie erschloß sich in der Tat eine weite Umsicht: Man übersah fast die gesamte Stellung der russischen Truppen und einen großen Teil der feindlichen Stellung. Der Batterie gerade gegenüber, am oberen Saum der gegenüberliegenden Anhöhe, war das Dorf Schöngrabern sichtbar; links und rechts davon konnte man an drei Stellen, inmitten rauchender Lagerfeuer, Abteilungen französischer Truppen erkennen, während die Hauptmasse sich offenbar im Dorf selbst und jenseits des Berges befand. Links vom Dorf, in dem Rauch, schien etwas zu sein, was wie eine Batterie aussah; aber mit bloßem Auge war es nicht mit Sicherheit zu erkennen. Unser rechter Flügel war auf einer ziemlich steilen Anhöhe postiert, von wo aus er die französische Stellung beherrschte. Über diese Anhöhe hin war unsere Infanterie verteilt, und weiterhin, am äußersten Rand, waren die Dragoner sichtbar. Im Zentrum, wo sich die Tuschinsche Batterie befand, von welcher aus Fürst Andrei die Stellung betrachtete, war der steilste und kürzeste Abstieg nach dem Bach zu, der uns von Schöngrabern trennte. Links lehnten sich unsere Truppen an einen Wald, wo die Biwakfeuer unserer holzfällenden Infanterie rauchten. Die französische Aufstellung dehnte sich weiter aus als die unsrige, und es war klar, daß die Franzosen uns mit Leichtigkeit auf beiden Flügeln umgehen konnten. Hinter unserer Stellung befand sich eine tiefe, steile Schlucht, welche zu passieren bei einem Rückzug für die Artillerie und Kavallerie schwierig gewesen wäre. Fürst Andrei holte sein Notizbuch heraus, stützte sich mit dem Ellbogen auf eine Kanone und zeichnete sich für seinen eigenen Gebrauch einen Plan der Truppenstellung. An zwei Stellen machte er mit dem Bleistift Bemerkungen, die er dem Fürsten Bagration mitzuteilen beabsichtigte. Er wollte zweierlei vorschlagen, erstens, die ganze Artillerie im Zentrum zu vereinigen, und zweitens, die Kavallerie zurückzunehmen und auf der anderen Seite der Schlucht aufzustellen. Da Fürst Andrei sich beständig in der Umgebung des Oberkommandierenden befunden, die Bewegungen der gesamten Truppenmassen und die allgemeinen Dispositionen eifrig verfolgt, auch beständig historische Schlachtberichte studiert hatte, so überlegte er auch für den bevorstehenden Kampf den zu erwartenden Gang der militärischen Operationen unwillkürlich nur in großen Zügen. Er vergegenwärtigte sich im Geist nur die das Ganze betreffenden Möglichkeiten, und zwar folgendermaßen: »Wenn der Feind einen Angriff auf den rechten Flügel macht«, sagte er zu sich selbst, »so müssen das Kiewer Grenadierregiment und das Podolsker Jägerregiment ihre Stellung so lange behaupten, bis die Reserven aus dem Zentrum heranrücken; in diesem Fall können die Dragoner den Feind in der Flanke fassen und in die Flucht schlagen. Für den Fall dagegen, daß der Angriff sich gegen das Zentrum richtet, stellen wir auf dieser Anhöhe eine große Zentrumsartillerie auf, ziehen dann unter ihrem Schutz den linken Flügel zusammen und gehen in Echelons bis an die Schlucht zurück.« So legte er sich das in Gedanken zurecht.

Die ganze Zeit über, während er bei der Batterie an dem Geschütz stand, hörte er zwar ununterbrochen die Stimmen der Offiziere, die in der Hütte miteinander redeten, verstand aber, wie das häufig vorkommt, mit seinen Gedanken beschäftigt, kein Wort von dem, was sie sagten. Plötzlich fiel ihm eine dieser Stimmen durch ihren warmen, von Herzen kommenden Ton dermaßen auf, daß er unwillkürlich hinhorchte.

»Nein, mein Bester«, sagte die angenehme Stimme, die dem Fürsten Andrei bekannt vorkam, »ich bin überzeugt, wenn wir von unserem Zustand nach dem Tod Kenntnis haben könnten, dann würde niemand von uns den Tod fürchten. Ganz bestimmt nicht, mein Bester!«

Eine andere, jugendlicher klingende Stimme unterbrach ihn:

»Ob man sich nun fürchtet oder nicht, entgehen kann man dem Tod doch nicht.«

»Fürchten tut man sich doch! Ach, ihr klugen Leute!« sagte eine dritte, sehr mannhaft klingende Stimme, welche die beiden ersten unterbrach. »Ja, ja, ihr Artilleristen, eure große Klugheit kommt davon her, daß ihr alles mögliche mitführen könnt, Schnaps und Mundvorrat!«

Und der Besitzer der mannhaften Stimme, offenbar ein Infanterieoffizier, lachte kräftig.

»Ja, fürchten tut man sich doch«, fuhr die erste, bekannte Stimme fort. »Man fürchtet sich vor dem Unbekannten; das ist es. Und wenn man auch noch so oft sagt: Die Seele kommt in den Himmel. Wir wissen ja doch, daß es keinen Himmel gibt, sondern nur eine Atmosphäre.«

Von neuem unterbrach die mannhafte Stimme den Artilleristen.

»Na, spendieren Sie mir ein Gläschen von Ihrem Kräuterschnaps, Tuschin«, sagte diese Stimme.

»Ah! Das ist der Hauptmann, der im Marketenderzelt ohne Stiefel dastand«, dachte Fürst Andrei, und es machte ihm Vergnügen, die angenehme, philosophierende Stimme als die jenes Hauptmanns wiederzuerkennen.

»Ein Kräuterschnäpschen können Sie haben«, erwiderte Tuschin. »Aber ich muß doch sagen, zu erkennen, wie es mit dem künftigen Leben steht ...«

Er sprach nicht zu Ende. In diesem Augenblick ließ sich in der Luft ein Pfeifen vernehmen, immer näher und näher, immer schneller und lauter, lauter und schneller; und in diesem Ton plötzlich innehaltend, wie jemand, der beim Reden mitten im Satz abbricht, klatschte eine Kanonenkugel nicht weit von der Hütte auf die Erde nieder. Ein Sprühregen von Lehm und Sand wurde mit ungeheurer Gewalt in die Luft geschleudert, und die Erde stöhnte gleichsam auf unter dem furchtbaren Schlag.

In demselben Augenblick sprang, früher als alle andern, der kleine Tuschin aus der Hütte heraus; eine kleine Tabakspfeife hing ihm im Mundwinkel; sein gutes, kluges Gesicht sah ein wenig blaß aus. Hinter ihm trat der Besitzer der mannhaften Stimme heraus, ein frischer, kräftiger Infanterieoffizier, und lief zu seiner Kompanie, indem er sich im Laufen den Rock zuknöpfte.

XVII

Fürst Andrei hielt zu Pferd bei der Batterie und spähte nach dem Rauch des Geschützes, aus dem die Kugel abgefeuert war. Er ließ seine Augen in dem weiten Raum umherschweifen. Er sah nur, daß die vorher an ihren Plätzen verharrenden Massen der Franzosen in Bewegung geraten waren, und daß sich zur Linken tatsächlich eine Batterie befand. Von hier war der Schuß gekommen: Das Rauchwölkchen über der Batterie hatte sich noch nicht verteilt. Zwei französische Reiter, wahrscheinlich Adjutanten, sprengten auf der Anhöhe einher. Eine deutlich erkennbare kleine feindliche Abteilung marschierte bergab, wohl zur Verstärkung der Vorpostenkette. Noch hatte sich der Rauch von dem ersten Schuß nicht verzogen, als ein zweites Rauchwölkchen sich zeigte und ein Schuß ertönte. Der Kampf begann. Fürst Andrei wandte sein Pferd und ritt in scharfem

Tempo nach Grund zurück, um den Fürsten Bagration aufzusuchen. Er hörte, wie hinter ihm die Kanonade häufiger und lauter wurde. Offenbar hatten die Unsrigen angefangen zu antworten. Unten, in der Gegend, wo am Vormittag die Parlamentäre erschienen waren, erscholl Gewehrfeuer.

Sowie Lemarrois mit dem streng tadelnden Brief Bonapartes nach scharfem Ritt bei Murat eingetroffen war, setzte Murat, der sich schämte und seinen Fehler wiedergutmachen wollte, seine Truppen sofort zum Angriff auf das Zentrum und zur Umgehung der beiden Flügel in Bewegung, in der Hoffnung, es werde ihm noch vor dem Abend und vor der Ankunft des Kaisers gelingen, die unbedeutende Abteilung, die ihm gegenüberstand, zu erdrücken.

»Es hat angefangen! Nun ist es da!« dachte Fürst Andrei und fühlte, wie ihm das Blut in größeren Wellen zum Herzen strömte. »Aber wo und wie wird sich mein Toulon zeigen?«

Während er zwischen den Kompanien dahinritt, die noch vor einer Viertelstunde ihre Grütze gegessen und ihren Schnaps getrunken hatten, sah er überall die gleichen, schnellen Bewegungen der sich aufstellenden und ihre Gewehre bereitmachenden Soldaten und erkannte auf allen Gesichtern das gleiche Gefühl lebhafter Erregung, von dem sein eigenes Herz erfüllt war. »Es hat angefangen! Nun ist es da! Furchtbar und lustig zugleich!« stand gleichsam auf dem Gesicht jedes Soldaten und Offiziers geschrieben.

Er hatte die im Bau begriffene Verschanzung noch nicht erreicht, als er in der abendlichen Beleuchtung des trüben Herbsttages eine Anzahl von Reitern erblickte, die ihm entgegenkamen. Der vorderste, der einen Filzmantel und eine Mütze mit einem Besatz von Lämmerfell trug, ritt einen Schimmel. Dies war Fürst Bagration. Fürst Andrei machte halt und erwartete ihn. Fürst Bagration hielt gleichfalls sein Pferd einen Augenblick an, und als er den Fürsten Andrei erkannte, nickte er ihm mit dem Kopf zu. Er fuhr fort, gerade vor sich hin zu blicken, während Fürst Andrei ihm berichtete, was er gesehen hatte.

Der Gedanke: »Es hat angefangen! Nun ist es da!« war auch auf dem festen, braunen Gesicht des Fürsten Bagration mit den halbgeschlossenen, trüben, verschlafenen Augen zu lesen. Mit besorgter Neugier betrachtete Fürst Andrei dieses regungslose Gesicht und hätte gern gewußt, ob dieser Mann in diesem Augenblick etwas dachte und fühlte, und was er dachte und fühlte. »Geht überhaupt hinter diesem regungslosen Gesicht irgendeine Geistesarbeit vor?« fragte sich Fürst Andrei, während er ihn ansah. Fürst Bagration neigte den Kopf zum Zeichen des Einverständnisses mit dem, was ihm Fürst Andrei dargelegt hatte, und sagte: »Gut, gut!« mit einer Miene, als ob alles, was vorging und was ihm mitgeteilt wurde, genau das sei, was er bereits vorhergesehen habe. Fürst Andrei, der von dem schnellen Ritt außer Atem gekommen war, hatte hastig geredet. Fürst Bagration dagegen brachte jene Worte mit seiner orientalischen Aussprache ganz besonders langsam heraus, wie wenn er hervorheben wollte, daß zur Eile kein Anlaß sei. Indessen setzte er doch sein Pferd in Trab, und zwar in Richtung auf die Batterie Tuschins zu. Fürst Andrei ritt mit der Suite hinter ihm her. Die Suite bildeten ein Offizier à la suite, der persönliche Adjutant des Fürsten, Scherkow, ein Ordonnanzoffizier, der Stabsoffizier du jour auf einem hübschen anglisierten Pferd und ein Zivilbeamter, ein Auditeur, der sich aus Neugierde die Erlaubnis erbeten hatte, mit ins Treffen reiten zu dürfen. Der Auditeur, ein wohlbeleibter Mann mit vollem Gesicht, sah sich mit einem naiven, fröhlichen Lächeln nach allen Seiten um, schwankte auf seinem Pferd hin und her und bot in seinem Kamelotmantel auf einem Trainsattel mitten unter den Husaren, Kosaken und Adjutanten einen höchst sonderbaren Anblick.

»Er möchte sich gern den Kampf mit ansehen«, sagte Scherkow zu Bolkonski, indem er auf den Auditeur zeigte. »Aber er hat jetzt schon Herzbeklemmungen.«

»Ach, was Sie alles reden!« entgegnete der Auditeur mit einem strahlenden, naiven und gleichzeitig schlauen Lächeln, als wenn er sich geschmeichelt fühlte, als Stichblatt für Scherkows Späße zu dienen, und als wenn er sich absichtlich Mühe gäbe, dümmer zu scheinen, als er wirklich war.

»Ein schnurriger Kauz, mon monsieur prince«, sagte der Stabsoffizier du jour. Er erinnerte sich, daß im Französischen bei der Anrede mit dem Titel Fürst irgendein besonderer Sprachgebrauch zu beachten sei, konnte aber damit nicht zurechtkommen.

In diesem Augenblick waren sie alle bereits der Tuschinschen Batterie nahe gekommen, und vor ihnen schlug gerade eine Kanonenkugel ein.

»Was ist da hingefallen?« fragte naiv lächelnd der Auditeur.

»Ein französischer Pfannkuchen«, antwortete Scherkow.

»Also mit solchen Dingern wird geschossen?« fragte der Auditeur. »Eine sonderbare Passion!«

Er schien gar nicht zu wissen, wo er sich vor Vergnügen lassen sollte. Kaum hatte er ausgeredet, als plötzlich wieder ein furchtbares Pfeifen ertönte, das auf einmal wie mit einem Schlag in etwas Feuchtes, Weiches abbrach, und sch-sch-sch-schwapp ein Kosak, der ein wenig rechts hinter dem Auditeur ritt, mit seinem Pferd zu Boden stürzte. Scherkow und der Stabsoffizier du jour bückten sich über ihre Sättel und wandten ihre Pferde weg. Der Auditeur hielt vor dem Kosaken an und betrachtete ihn mit neugieriger Aufmerksamkeit. Der Kosak war tot, das Pferd schlug noch mit den Beinen.

Fürst Bagration drehte sich, die Augen zusammenkneifend, um, und als er die Ursache der eingetretenen Verwirrung erkannte, wandte er sich gleichmütig wieder ab, wie wenn er sagen wollte: »Ich habe keine Lust, mich mit euren Dummheiten abzugeben!« Dann hielt er mit dem geschickten Griff eines guten Reiters sein Pferd an, bog sich etwas zur Seite und brachte seinen Degen in Ordnung, der sich in den Filzmantel verwickelt hatte. Es war ein altertümlicher Degen, nicht von der Art, wie sie damals getragen wurden. Fürst Andrei erinnerte sich an eine Erzählung, Suworow habe in Italien seinen Degen dem Fürsten Bagration geschenkt, und diese Erinnerung erschien ihm in diesem Augenblick besonders reizvoll. Sie gelangten nun zu eben der Batterie, bei der Bolkonski kurz vorher gestanden und das Terrain des bevorstehenden Kampfes betrachtet hatte.

»Wer kommandiert die Batterie?« fragte Fürst Bagration den Feuerwerker, der bei den Munitionskästen stand.

Er hatte gefragt: »Wer kommandiert die Batterie?«, aber der eigentliche Sinn seiner Frage war: »Ihr werdet hier doch keine Furcht haben?« Und das fühlte auch der Feuerwerker richtig heraus.

»Hauptmann Tuschin, Euer Exzellenz!« rief der rothaarige, im Gesicht ganz mit Sommersprossen bedeckte Feuerwerker in munterem Ton.

»Richtig, richtig«, sagte Bagration, wie wenn er nachdächte, und ritt an den Protzen vorbei zu dem letzten Geschütz.

In dem Augenblick, als er herankam, donnerte aus diesem Geschütz ein Schuß, der ihn und seine Suite für einen Moment betäubte, und man sah in dem Rauch, der das Geschütz plötzlich umgab, die Artilleristen, die die Kanone packten und mit eiliger Anstrengung wieder auf den früheren Platz schoben. Der breitschultrige, herkulisch gebaute Soldat Nummer Eins mit dem Stückwischer sprang, die Beine weit auseinander spreizend, zum Rad zurück. Nummer Zwei schob mit zitternder Hand die Ladung in den Lauf. Eine kleine Gestalt mit gebückter Haltung, der Hauptmann Tuschin, kam, über den Lafettenschwanz stolpernd, nach vorn gelaufen, ohne den General zu bemerken, und blickte unter seiner kleinen Hand weg nach dem Ziel hin.

»Gib noch zwei Linien zu; dann wird es genau stimmen!« rief er mit seiner hohen, dünnen Stimme, der er einen zu seiner Gestalt nicht passenden, mannhaften Klang zu geben versuchte. »Zweites Geschütz!« rief er in quiekendem Ton. »Medwjedjew, Feuer!«

Bagration rief den Hauptmann an, und dieser trat zu dem General heran, wobei er mit einer verlegenen, ungeschickten Bewegung, ganz und gar nicht in der Weise, wie Militärpersonen zu salutieren pflegen, sondern eher ähnlich wie Geistliche den Segen erteilen, drei Finger an den

Mützenschirm legte. Obwohl Tuschins Geschütze eigentlich dazu bestimmt waren, das Tal zu bestreichen, beschoß er mit Brandkugeln das gegenüberliegende Dorf Schöngrabern, aus welchem große Massen von Franzosen herausströmten.

Wohin er feuern solle und mit welcher Art von Geschossen, darüber hatte Tuschin von niemandem Befehl erhalten; sondern er hatte sich mit seinem Feldwebel Sachartschenko, vor dessen Sachkenntnis er großen Respekt hatte, beraten und war zu der Ansicht gelangt, daß es zweckmäßig sei, das Dorf in Brand zu schießen. »Gut!« sagte Bagration auf den Rapport des Hauptmanns und betrachtete das ganze, offen vor ihm daliegende Schlachtfeld, wie wenn er etwas überlegte. Auf der rechten Seite waren die Franzosen näher herangekommen als anderwärts. Unterhalb der Anhöhe, auf der das Kiewer Regiment stand, im Tal des Baches ertönte ein beängstigendes, ununterbrochen knatterndes Gewehrfeuer, und noch erheblich weiter rechts, über die Dragoner hinaus, machte der Offizier à la suite den Fürsten auf eine französische Kolonne aufmerksam, die unsern Flügel umging. Zur Linken war die Aussicht durch den nahen Wald beschränkt. Fürst Bagration gab Befehl, daß zwei Bataillone aus dem Zentrum zur Verstärkung nach rechts gehen sollten. Der Offizier à la suite wagte es, dem Fürsten gegenüber das Bedenken zu äußern, daß bei dem Abzug dieser Bataillone die Geschütze ohne Bedeckung bleiben würden. Fürst Bagration wandte sich zu dem Offizier à la suite um und blickte ihn mit seinen trüben Augen schweigend an. Fürst Andrei war der Ansicht, daß die Bemerkung des Offiziers à la suite durchaus zutreffend sei, und daß sich wirklich nichts darauf erwidern lasse. Aber in diesem Augenblick kam ein Adjutant von dem im Tal stehenden Regimentskommandeur herbeigaloppiert mit der Meldung, daß gewaltige Massen von Franzosen hinabgestiegen seien, daß das Regiment stark gelitten habe und sich zu den Kiewer Grenadieren zurückziehe. Fürst Bagration neigte den Kopf zum Zeichen des Einverständnisses und der Billigung. Im Schritt ritt er nach rechts und schickte den Adjutanten zu den Dragonern mit dem Befehl, die Franzosen anzugreifen. Aber der dorthin gesandte Adjutant kam nach einer halben Stunde mit der Nachricht zurück, der Regimentskommandeur der Dragoner habe sich bereits hinter die Schlucht zurückgezogen, da die Feinde gegen ihn ein starkes Feuer gerichtet hätten, durch das er nutzlos seine Leute verloren habe; er habe daher die Schützeneskadron im Wald absitzen lassen.

»Gut!« sagte Bagration.

In dem Augenblick, als er von der Batterie wegritt, hörte man zur Linken im Wald ebenfalls schießen, und da es bis zum linken Flügel zu weit war, als daß er selbst noch hätte rechtzeitig hinkommen können, so schickte Fürst Bagration Scherkow dorthin und ließ durch diesen dem rangältesten General (demselben, welcher bei Braunau dem Oberkommandierenden Kutusow sein Regiment vorgeführt hatte) sagen, er möge sich so schnell als möglich hinter die Schlucht zurückziehen, da der rechte Flügel wahrscheinlich nicht imstande sein werde, den Feind lange aufzuhalten. An Tuschin und die Bedeckung für dessen Batterie schien er nicht mehr zu denken. Fürst Andrei lauschte eifrig auf den Verkehr des Fürsten Bagration mit den Kommandeuren und auf die von ihm erteilten Befehle und bemerkte zu seiner Verwunderung, daß Fürst Bagration Befehle, im strengen Sinn des Wortes, eigentlich kaum erteilte, sondern sich vielmehr nur das Ansehen zu geben suchte, daß alles, was aus Notwendigkeit oder zufällig oder nach dem Willen der einzelnen Kommandeure geschehen war, daß dies alles, wenn auch nicht auf seinen Befehl, so doch in Übereinstimmung mit seinen Absichten geschehen sei. Und weiter bemerkte Fürst Andrei, daß trotz jener Zufälligkeit der Ereignisse und trotz ihrer Unabhängigkeit von dem Willen des Oberbefehlshabers dennoch dank des Taktes, welchen Fürst Bagration bewies, seine Anwesenheit außerordentlich viel wirkte. Die Kommandeure, die mit verstörten Gesichtern zum Fürsten Bagration herangeritten kamen, gewannen ihre Ruhe wieder; die Soldaten und Offiziere begrüßten ihn fröhlich, wurden durch seine Anwesenheit frischer und lebhafter und paradierten augenscheinlich vor ihm mit ihrer Tapferkeit.

XVIII

Nachdem Fürst Bagration zu dem höchsten Punkt unseres rechten Flügels hinaufgeritten war, ritt er wieder bergab, nach der Gegend hin, aus der das unaufhörliche Knattern des Infanteriefeuers zu hören war, wo man aber vor Pulverrauch nichts sehen konnte. Je näher sie beim Hinabreiten der Sohle des Tales kamen, um so weniger konnten sie sehen, aber um so stärker machte sich die Nähe des eigentlichen Schlachtfeldes bemerkbar. Verwundete kamen ihnen entgegen. Einen derselben, mit blutigem Kopf, ohne Mütze, hatten zwei Soldaten unter die Arme gefaßt und schleppten ihn so weiter; er röchelte und spuckte Blut; die Kugel hatte ihn offenbar in den Mund oder in die Kehle getroffen. Ein andrer, der ihnen begegnete, ging tapferen Mutes allein, ohne Gewehr; er stöhnte laut und schwenkte vor unerträglichem Schmerz den Arm, aus dem das Blut wie aus einer Flasche auf seinen Mantel floß; seine Miene war mehr erschrocken als leidend; er war erst eine Minute vorher verwundet worden. Sie ritten quer über einen Fahrweg und nun steil den Abhang hinunter;

auf dem Abhang sahen sie eine Anzahl von menschlichen Körpern liegen. Es begegnete ihnen ein Haufe Soldaten, unter denen sich auch Unverwundete befanden; die Soldaten gingen, schwer atmend, bergauf; ohne sich um den General zu kümmern, redeten sie laut miteinander und ließen die Arme schlenkern. Geradeaus, in dem Pulverrauch, wurden nun schon Reihen von grauen Mänteln sichtbar, und ein Offizier lief, als er Bagration erblickte, schreiend jenem abziehenden Soldatenhaufen nach und befahl den Leuten umzukehren. Bagration ritt an die Reihen heran, in denen bald hier, bald dort Schüsse knallten, von denen jedes Gespräch und selbst die Kommandorufe übertönt wurden. Die ganze Luft war dick von Pulverrauch. Alle Soldaten hatten rauchgeschwärzte, erregte Gesichter. Einige von ihnen stampften mit den Ladestöcken die Ladung in die Läufe; andere schütteten Pulver auf die Pfannen und holten Patronen aus den Patronentaschen; wieder andere schossen. Aber auf wen sie schossen, das war bei dem Pulverrauch, den kein Wind forttrieb, nicht zu sehen. Oft wurden die unangenehmen Töne des Sausens und Pfeifens hörbar. »Was stellt das hier vor?« dachte Fürst Andrei, als er an diese Schar von Soldaten heranritt. »Eine Vorpostenkette kann es nicht sein; denn sie bilden einen Haufen. Eine Attacke wird auch nicht gemacht; denn sie bewegen sich nicht vorwärts. Ein Karree kann es auch nicht sein; danach stehen sie nicht.«

Der Regimentskommandeur, ein hagerer, dem Anschein nach schon schwächlicher alter Mann, dessen altersmüde Augen mehr als zur Hälfte von den Lidern bedeckt waren, was seinem Gesicht einen sanften Ausdruck verlieh, kam mit einem angenehmen Lächeln auf den Fürsten Bagration zugeritten und begrüßte ihn wie ein Hausherr einen werten Gast. Er berichtete dem Fürsten Bagration, die Franzosen hätten eine Kavallerieattacke auf sein Regiment gemacht; die Attacke sei allerdings zurückgeschlagen worden, aber das Regiment habe mehr als die Hälfte seiner Leute verloren. Der Regimentskommandeur sagte zwar, daß die Attacke zurückgeschlagen sei; aber er sann sich diesen militärischen Ausdruck nur aus zur Bezeichnung dessen, was mit seinem Regiment vorgegangen war; in Wirklichkeit wußte er selbst nicht, was in dieser halben Stunde die ihm anvertraute Truppe durchgemacht hatte, und konnte nicht mit Sicherheit sagen, ob die Attacke zurückgeschlagen oder sein Regiment bei der Attacke geschlagen war. Er wußte nur, daß am Anfang des Kampfes auf einmal Kanonenkugeln und Granaten überall im Regiment eingeschlagen waren und die Leute getötet hatten, und daß dann jemand gerufen hatte: »Die Reiterei!« und die Unsrigen angefangen hatten zu schießen, und daß sie nun seitdem schossen, nicht mehr auf die Kavallerie, die wieder verschwunden war, sondern auf französische Infanterie, die im Tal erschienen war und auf die Unsrigen schoß. Fürst Bagration neigte den Kopf, um damit zu verstehen zu geben, daß alles dies genau so sei, wie er es gewünscht und vorausgesetzt habe. Dann wandte er sich an den Adjutanten und befahl ihm, zwei Bataillone des sechsten Jägerregiments, bei denen sie soeben vorbeigeritten waren, von der Anhöhe herbeizuholen. Fürst Andrei war in diesem Augenblick ganz überrascht von der Veränderung, welche in dem Gesicht des Fürsten Bagration auf einmal vorgegangen war. Sein Gesicht drückte eine feste, fröhliche Entschlossenheit aus, wie wenn jemand an einem heißen Tag sich fertig gemacht hat, um ins Wasser zu springen, und nun den letzten Anlauf nimmt. Seine Augen sahen nicht mehr verschlafen und trübe aus; seine Miene zeigte nicht mehr das verstellte tiefe Nachdenken: Die runden, hellen Habichtsaugen blickten voll lebhaften Eifers und etwas geringschätzig nach vorn, augenscheinlich ohne auf einem einzelnen Gegenstand haftenzubleiben. Nur seine Bewegungen waren ebenso langsam und gemessen geblieben wie vorher.

Der Regimentskommandeur wandte sich an den Fürsten Bagration und bat ihn inständig, doch wegzureiten, da es hier gar zu gefährlich sei. »Ich bitte Euer Durchlaucht um alles in der Welt, ich bitte dringend!« sagte er und blickte, um sich die Notwendigkeit seiner Mahnung bestätigen zu lassen, nach dem Offizier à la suite hin, der sich von ihm wegwandte. »Da! Bitte, sehen Sie selbst!« Er machte auf die Kugeln aufmerksam, die unaufhörlich um sie herumsausten, zischten und pfiffen. Er redete in dem gleichen Ton vorwurfsvoller Bitte, in welchem wohl ein Zimmermann zu dem vornehmen Bauherrn spricht, der das Beil zur Hand nimmt: »Unsereiner ist ja diese Arbeit gewohnt; aber Sie werden an Ihren zarten Händen Schwielen bekommen.« Er redete, als könnten ihn selbst diese Kugeln nicht treffen, und seine halbgeschlossenen Augen verliehen seinen Worten noch mehr Überredungskraft. Der Stabsoffizier schloß sich den Mahnungen des Regimentskommandeurs an; aber Fürst Bagration antwortete ihnen nicht, sondern gab nur Befehl, das Feuer einzustellen und so Aufstellung zu nehmen, daß die beiden heranrückenden Bataillone Platz fanden. Während er sprach, wurde, wie von unsichtbarer Hand, durch einen sich erhebenden Wind der Rauchvorhang, der das Tal verbarg, von rechts nach links weggezogen, und vor ihren Blicken erschloß sich die Aussicht auf den gegenüberliegenden Berg mit den Franzosen, die auf seinem Abhang im Anrücken begriffen waren. Unwillkürlich richteten sich die Augen aller auf diese französische Kolonne, die gegen uns heranmarschierte und in Windungen, wie es die Abstufungen des Terrains nötig machten, ihren Weg verfolgte. Schon waren die zottigen Pelzmützen der Soldaten zu erkennen; schon konnte man die Offiziere von den Gemeinen unterscheiden; es war zu sehen, wie die Fahne der Truppe um die Stange flatterte.

»Prachtvoll marschieren sie!« sagte jemand in Bagrations Suite.

Die Tete der Kolonne hatte jetzt bereits die Talsohle erreicht. Der Zusammenstoß mußte auf dem diesseitigen Abhang erfolgen.

Auf unserer Seite ordneten die Überreste des Regimentes, das soeben in Aktion gewesen war, sich eiligst wieder und traten nach rechts; von ihrer Rückseite her kamen, diese Überreste zur Seite drängend, in guter Ordnung die beiden Bataillone des sechsten Jägerregimentes heran. Sie waren noch nicht bis zu Bagration gelangt; aber schon war der schwere, wuchtige Schritt einer so großen, im Takt marschierenden Menschenmasse zu hören. Auf dem linken Flügel der Truppe, dem Fürsten Bagration näher als alle andern, ging ein Kompaniechef, ein stattlicher Mann, mit einem dummen, glückseligen Ausdruck auf dem runden Gesicht, eben der, welcher aus Tuschins Hütte herausgekommen war. Er dachte in diesem Augenblick offenbar an weiter nichts, als daß er beim Vorbeimarsch sich dem Fürsten als recht schneidiger Offizier präsentieren müsse.

Mit jener Selbstzufriedenheit, die viele Offiziere vor der Front ihrer Leute zeigen, schritt er so leicht, als ob er dahinschwömme, auf seinen muskulösen Beinen einher und hielt sich ohne die geringste Anstrengung völlig gerade; durch diese Leichtigkeit zeichnete er sich sehr vor den schwer auftretenden Soldaten aus, die mit ihm Tritt hielten. Er legte den entblößten, dünnen, schmalen Säbel (einen gekrümmten, kleinen Säbel, der gar nicht wie eine Waffe aussah) salutierend an seinen Fuß und blickte, ohne aus dem Tritt zu kommen, indem er sich mit seiner ganzen kräftigen Gestalt geschmeidig drehte, bald zu seinem hohen Vorgesetzten hin, bald nach seinen Leuten zurück. Es schien, daß er alle seine Geisteskräfte nur darauf gerichtet hatte, in bester Haltung an seinem Chef vorbeizugehen, und daß er in dem Bewußtsein, diese Aufgabe gut zu erfüllen, sich vollkommen glücklich fühlte. »Linken … linken … linken …«, schien er bei jedem zweiten Schritt im stillen zu sagen, und nach diesem Takt bewegte sich mit einförmig ernsten Gesichtern auch die Mauer der mit Tornister und Gewehr belasteten Soldatengestalten, wie wenn ein jeder unter diesen Hunderten von Soldaten in Gedanken bei jedem zweiten Schritt sagte: »Linken … linken …« Ein dicker Major lief schnaufend und aus dem Tritt kommend um einen am Weg stehenden Strauch herum; ein zurückgebliebener Soldat holte atemlos, mit erschrockener Miene wegen seiner Unordnung, seine Kompanie im Trab wieder ein. Eine Kanonenkugel flog, die Luft niederdrückend, dicht über den Fürsten Bagration und seine Suite hin und schlug in die nach dem Takt »Linken … linken« marschierende Kolonne ein. »Schließt die Reihen!« ertönte die geziert klingende Stimme des Kompaniechefs. Die Soldaten umgingen im Bogen die Stelle, wo die Kugel niedergefallen war; ein alter, mit Ehrenzeichen geschmückter Flügelunteroffizier, der einen Augenblick bei den Getöteten zurückgeblieben war, holte seine Reihe wieder ein, wechselte mittels eines kleinen Sprunges den Schritt, kam wieder in Tritt und blickte grimmig um sich. »Linken … linken … linken …«, schien es aus dem drohenden Schweigen des Unteroffiziers und aus dem einförmigen Schall der gleichzeitig auf die Erde schlagenden Beine herauszutönen.

»Ihr seid tüchtige Leute, Kinder!« sagte Fürst Bagration.

»Mit Freuden … hum-hum-hum-hum!«* scholl es aus den Reihen der Soldaten zurück. Ein finster blickender Soldat, der an der linken Flanke ging, blickte, während er mitschrie, den Fürsten Bagration mit einer Miene an, als ob er sagen wollte: »Das wissen wir selbst«; ein anderer sah gar nicht zu dem Fürsten hin, wie wenn er fürchtete, sich zu zerstreuen, stimmte mit weitgeöffnetem Mund in den gemeinsamen Ruf ein und marschierte vorüber.

Es wurde befohlen, haltzumachen und die Tornister abzunehmen.

Bagration holte die Reihen, die an ihm vorbeimarschiert waren, wieder ein und stieg vom Pferd. Er gab einem Kosaken die Zügel, zog seinen Filzmantel aus, warf auch diesen dem Kosaken hin, reckte die Beine gerade und schob sich die Mütze zurecht. Die Tete der französischen Kolonne mit den vorausgehenden Offizieren erschien vom Fuß des Berges her.

»Mit Gott!« rief Fürst Bagration mit fester, lauter Stimme, wandte sich für einen Augenblick nach der Front um und ging, ein wenig mit den Armen schlenkernd, mit dem ungeschickten Gang eines Kavalleristen, wie wenn es ihn besondere Mühe kostete, über das unebene Feld voran. Fürst Andrei hatte eine Empfindung, als würde er selbst von einer unwiderstehlichen Gewalt vorwärtsgezogen, und fühlte sich hochbeglückt.**

Die Franzosen waren bereits ziemlich nahe; schon konnte Fürst Andrei, der neben Bagration ging, die Bandeliers, die roten Schulterstücke und sogar die Gesichter der Franzosen deutlich erkennen; er sah genau, wie ein alter französischer Offizier mit auswärts gesetzten Füßen, in Stiefeletten, sich an den Sträuchern festhaltend, mühsam den Berg hinanstieg. Fürst Bagration gab keinen neuen Befehl und schritt immer in gleicher Weise schweigend vor den Reihen dahin. Plötzlich knallte bei den Fran-

* Die vollständige Soldatenantwort: »Mit Freuden bemühen wir uns.« Anmerkung des Übersetzers.

** Es ging hier jene Attacke vor sich, von welcher Thiers sagt: »Die Russen bewiesen große Tapferkeit, und man sah (was im Krieg nur selten vorkommt) zwei Infanteriemassen entschlossen aufeinander losgehen, ohne daß eine von beiden vor dem Zusammenstoß gewichen wäre«; und Napoleon sagte auf St. Helena: »Einige russische Bataillone zeigten eine rühmliche Unerschrockenheit.« Anmerkung des Verfassers.

zosen ein einzelner Schuß, dann ein zweiter, ein dritter ... und nun knatterte aus der gesamten in Unordnung geratenen feindlichen Linie das Gewehrfeuer, und der Pulverrauch breitete sich überall aus. Mehrere der Unsrigen fielen, darunter auch der Offizier mit dem runden Gesicht, der so vergnügt und eifrig marschiert war. Aber in demselben Augenblick, wo der erste Schuß fiel, drehte sich Bagration um und schrie: »Hurra!«

»Hurra-a-a-a!« verbreitete sich das langgedehnte Geschrei über unsere ganze Linie, und den Fürsten Bagration sowie einander überholend, liefen die Unsrigen in ungeordnetem, aber froh und lebhaft erregtem Schwarm bergab auf die aus Reih und Glied gekommenen Franzosen los.

XIX

Der Angriff des sechsten Jägerregiments sicherte den Rückzug des rechten Flügels. Im Zentrum wurde das Vorrücken der Franzosen durch die energische Tätigkeit der vergessenen Batterie Tuschins aufgehalten, die das Dorf Schöngrabern bereits in Brand geschossen hatte. Die Franzosen beschäftigten sich damit, die Feuersbrunst zu löschen, die durch den Wind weitere Ausdehnung gewonnen hatte, und ließen so den Unsrigen Zeit, sich zurückzuziehen. Der Rückzug des Zentrums über die Schlucht vollzog sich in großer Hast und mit vielem Lärm; indessen wurden die sich zurückziehenden Truppen nicht durch unnötige Befehle in Verwirrung gebracht. Aber der linke Flügel, aus dem Asower und dem Podolsker Infanterieregiment und dem Pawlograder Husarenregiment bestehend, welcher gleichzeitig von überlegenen französischen Streitkräften unter dem Kommando des Marschalls Lannes angegriffen und umgangen wurde, geriet in arge Unordnung. Bagration schickte Scherkow zu dem General, der den linken Flügel kommandierte, mit dem Befehl, sich ungesäumt zurückzuziehen.

Hurtig gab Scherkow, ohne die Hand vom Mützenschirm zu nehmen, seinem Pferd die Sporen und jagte davon. Aber kaum war er von Bagration weg, als ihm die seelische Kraft untreu wurde. Es überkam ihn eine unbezwingliche Furcht, und er war nicht imstande nach einer Stelle zu reiten, wo es gefährlich war.

Als er sich den Truppen des linken Flügels genähert hatte, ritt er nicht nach vorn, wo das Schießen stattfand, sondern er suchte den General und die übrigen Kommandeure da, wo sie nicht sein konnten, und bestellte daher den Befehl Bagrations gar nicht.

Das Kommando über den linken Flügel stand nach dem Dienstalter dem Kommandeur eben jenes Regimentes zu, welches bei Braunau von

Kutusow besichtigt worden war und in welchem Dolochow als Gemeiner diente. Das Kommando über den äußersten Teil des linken Flügels war dem Kommandeur des Pawlograder Regimentes zugefallen, bei welchem Rostow stand. Hieraus ergaben sich arge Mißhelligkeiten. Die beiden Kommandeure befanden sich in sehr gereizter Stimmung gegeneinander, und zu der Zeit, als auf dem rechten Flügel der Artilleriekampf schon längst im Gange war und die französische Infanterie bereits zum Angriff vorrückte, waren diese beiden Kommandeure in einem Wortwechsel begriffen, dessen Zweck war, einander zu beleidigen. Ihre Regimenter aber, sowohl das Kavallerieregiment als auch das Infanterieregiment, waren für den bevorstehenden Kampf sehr wenig vorbereitet. Die Angehörigen dieser Regimenter, vom Gemeinen bis zum General, erwarteten keinen Kampf und beschäftigten sich in aller Seelenruhe mit friedlichen Dingen: die Kavallerie mit dem Füttern der Pferde, die Infanterie mit der Beschaffung von Brennholz.

»Er ist ja allerdings im Rang über mir«, sagte der deutsche Husarenoberst, vor Erregung errötend, zu dem Adjutanten, den der Infanteriegeneral zu ihm geschickt hatte. »Also mag er seinerseits tun, was er will. Aber meine Husaren kann ich nicht aufopfern. Trompeter! Blase zum Rückzug!«

Aber die Sache wurde brenzlig. Kanonenschüsse und Gewehrfeuer donnerten und knatterten bunt durcheinander vom rechten Flügel und vom Zentrum her, und die französischen Schützen des Marschalls Lannes in ihren Kapotmänteln hatten bereits den Damm des Mühlenteiches passiert und nahmen diesseits in doppelter Flintenschußweite Aufstellung. Der Kommandeur des Infanterieregiments ging mit seinem zukkenden Gang zu seinem Pferd, schwang sich hinauf, setzte sich sehr gerade und hoch aufgerichtet hin und ritt zu dem Pawlograder Kommandeur. Beide näherten sich einander mit höflichen Verbeugungen und mit heimlichem Ingrimm im Herzen.

»Ich muß mich noch einmal an Sie wenden, Oberst«, sagte der General. »Ich kann doch nicht die Hälfte meiner Leute im Wald umkommen lassen. Ich bitte Sie, ich bitte Sie«, sagte er noch einmal, »Ihre Stellung einzunehmen und sich zur Attacke fertigzumachen.«

»Und ich muß Sie bitten, sich nicht in Dinge zu mischen, die Sie nicht verstehen«, erwiderte der Oberst hitzig. »Wenn Sie Kavallerist wären ...«

»Kavallerist bin ich nicht, Oberst; aber ich bin russischer General, und wenn Ihnen das nicht bekannt sein sollte ...«

»Das ist mir sehr wohl bekannt, Euer Exzellenz«, schrie plötzlich der Oberst, welcher dunkelrot wurde und seinem Pferd die Sporen gab. »Haben Sie die Güte, sich mit mir in die Vorpostenlinie zu bemühen; dann werden Sie sehen, daß diese Position ganz ungeeignet ist. Ich habe keine Lust, mein Regiment zu Ihrem Vergnügen aufreiben zu lassen.«

»Sie vergessen sich, Oberst. Mein Vergnügen habe ich dabei nicht im Auge und lasse mir dergleichen von niemand sagen.«

Der General nahm die Einladung des Obersten zu einem Wettstreit in der Tapferkeit an; er drückte die Brust heraus, machte ein finsteres Gesicht und ritt mit ihm nach der Vorpostenkette hin, als ob ihre ganze Meinungsverschiedenheit dort, in der Vorpostenkette, im Kugelregen, mit Notwendigkeit zur Entscheidung kommen werde. Sie gelangten zu der Vorpostenkette; einige Kugeln flogen über sie weg, und sie hielten schweigend ihre Pferde an. Zu sehen war in der Vorpostenkette eigentlich nichts Besonderes, da es schon von der Stelle aus, wo sie vorher gestanden hatten, völlig klar gewesen war, daß auf dem von Buschwerk und Schluchten durchzogenen Terrain die Kavallerie nicht operieren konnte, und daß die Franzosen den linken Flügel umgingen. Der General und der Oberst blickten einander grimmig und bedeutsam an, wie zwei Hähne, die sich zum Kampf bereitmachen, und ein jeder wartete vergebens auf ein Anzeichen von Feigheit bei dem andern. Beide bestanden die Prüfung. Da weiter nichts zu sagen war und keiner dem andern Anlaß zu der Behauptung geben wollte, er sei zuerst aus dem Schußbereich weggeritten, so würden sie dort noch lange gehalten und wechselseitig ihre Tapferkeit erprobt haben, wenn nicht in diesem Augenblick im Wald, beinahe in ihrem Rücken, Gewehrknattern und wirres Durcheinanderschreien hörbar geworden wären. Die Franzosen hatten die Soldaten, die im Wald mit der Beschaffung von Brennholz beschäftigt waren, überfallen. Nunmehr war es den Husaren unmöglich, sich mit der Infanterie zusammen zurückzuziehen. Sie waren von der Rückzugslinie zur Linken durch die französische Vorpostenkette abgeschnitten. Jetzt also war, mochte das Terrain noch so ungeeignet sein, eine Attacke notwendig, um sich einen Weg zu bahnen.

Sowie die Eskadron, bei welcher Rostow diente, aufgesessen war, stellte sie sich sofort mit der Front nach dem Feind zu auf. Wieder, wie an der Ennsbrücke, befand sich niemand zwischen der Eskadron und dem Feind, und zwischen beiden lag, sie trennend, dieselbe furchtbare Linie der Ungewißheit und der Angst, gleichsam eine Linie, welche die Lebenden von den Toten trennt. Alle fühlten diese Linie, und die Frage, ob sie diese Linie überschreiten würden oder nicht, und wie sie sie überschreiten würden, versetzte alle in Erregung.

Der Oberst kam an die Front herangeritten, gab auf die Fragen der Offiziere ärgerlich Antwort und erteilte ihnen mit der Miene eines Menschen, der den Umständen zum Trotz auf seinem Willen bestehen möchte, einen Befehl. Etwas Bestimmtes hatte bei Rostows Eskadron noch niemand gesagt; aber die Leute redeten davon, daß wohl eine Attacke stattfinden werde. Es erscholl das Kommando: »Richt't euch!« Dann fuhren die Säbel rasselnd aus den Scheiden. Aber noch immer bewegte sich niemand von seinem Platz. Die Truppen des linken Flügels, sowohl die Infanterie als auch die Husaren, fühlten, daß ihre Kommandeure selbst nicht wußten, was sie tun sollten, und die Unentschlossenheit der Vorgesetzten teilte sich den Mannschaften mit.

»Nur schnell, nur schnell!« dachte Rostow, der sich sagte, daß nun endlich der Augenblick gekommen sei, wo er den Hochgenuß einer Attacke kennenlernen sollte, über den er von seinen Kameraden, den anderen Husaren, soviel gehört hatte.

»Mit Gott, Kinder!« erscholl Denisows Stimme. »Trab, Marsch!«

In der Reihe vor Rostow begannen die Kruppen der Pferde zu schaukeln. »Rabe« zog die Zügel aus und setzte sich von selbst in Bewegung.

Vorn und rechts sah Rostow die ersten Reihen der Husaren, und noch weiter nach vorn erblickte er eine dunkle Linie, die er nicht deutlich erkennen konnte, aber für den Feind hielt. Schüsse waren hörbar, aber in weiter Entfernung.

»Galopp!« erscholl das Kommando, und Rostow fühlte, wie sein »Rabe«, in Galopp fallend, das Hinterteil stärker hob.

Er hatte diese Bewegung vorhergesehen, und es wurde ihm nun immer fröhlicher und fröhlicher zumute. Er bemerkte nicht weit vor sich einen einzelnen Baum. Dieser Baum hatte sich anfangs vor ihm mitten auf der Linie befunden, die ihm so furchtbar erschienen war. Und nun überschritten sie diese Linie bereits, und es war nicht nur nichts Furchtbares da, sondern es war im Gegenteil alles immer vergnüglicher und munterer geworden. »Oh, wie ich auf den Feind einhauen werde!« dachte Rostow und preßte die Hand fest um den Griff seines Säbels.

»Hur-r-a-a-a!!« brauste dumpf der vielstimmige Ruf. »Wehe dem, der mir jetzt vor die Klinge kommt!« dachte Rostow, gab dem »Raben« die Sporen und setzte ihn, die andern überholend, in volle Karriere. Vorn war bereits der Feind zu sehen. Auf einmal war es, als ob die Eskadron mit einem breiten Rutenbesen einen Schlag erhielte. Rostow hob den Säbel in die Höhe und machte sich zum Einhauen fertig; aber in diesem Augenblick entstand zwischen ihm und dem vor ihm galoppierenden Husaren Nikitenko ein Zwischenraum, und Rostow hatte wie im Traum eine Empfindung, als ob er fortführe, sich mit gewaltiger Schnelligkeit vorwärts zu bewegen, und dabei doch an demselben Fleck bliebe. Von hinten stieß der ihm wohlbekannte Husar Bondartschuk im Galopp gegen ihn und warf ihm einen grimmigen Blick zu. Bondartschuks Pferd scheute einen Augenblick, dann jagte sein Reiter an ihm vorbei.

»Wie geht es denn zu, daß ich nicht vorwärts komme? Ich bin gestürzt, ich bin getötet!« so fragte sich Rostow, und so beantwortete er in demselben Augenblick seine Frage. Er war bereits allein mitten im Feld. Statt der dahinsprengenden Pferde und der Rücken der Husaren sah er rings um sich den unbeweglichen Erdboden und das mit Stoppeln bedeckte Feld. Warmes Blut war unter ihm. »Nein, ich bin nur verwundet, und das Pferd ist getötet.« »Rabe« machte einen Versuch, sich auf die Vorderfüße zu erheben, fiel aber wieder nieder und quetschte dabei seinem Reiter das Bein. Aus dem Kopf des Pferdes rann Blut; das Tier schlug mit den Füßen um sich und war nicht imstande aufzustehen. Rostow wollte sich erheben, fiel aber gleichfalls wieder hin: Seine Säbeltasche hatte sich am Sattel festgehakt. Wo die Unsrigen waren, wo die Franzosen waren, das wußte er nicht. Rings um ihn war niemand.

Nachdem er sein Bein freigemacht hatte, richtete er sich auf. »Wo, auf welcher Seite ist jetzt die Linie, die die beiderseitigen Truppen so scharf voneinander schied?« fragte er sich, konnte aber diese Frage nicht beantworten. »Ist mir etwas Schlimmes zugestoßen? Kommt so etwas öfter vor, und was muß man in solchen Fällen tun?« fragte er sich, während er aufstand, und fühlte in diesem Augenblick, daß etwas Überflüssiges an seinem linken, taub gewordenen Arm hing. Seine Hand kam ihm wie etwas Fremdes vor. Er besah den Arm von allen Seiten und suchte vergebens an ihm Blut. »Na, da kommen ja Leute«, dachte er erfreut, als er einige Menschen erblickte, die auf ihn zugelaufen kamen. »Die werden mir helfen!« Der vorderste von diesen Leuten war ein Mensch mit einem sonderbaren Tschako und einem blauen Mantel, mit schwarzem Haar, gebräuntem Gesicht und gebogener Nase. Hinter ihm liefen noch zwei und dann noch eine ganze Anzahl. Einer von ihnen rief etwas Fremdartiges, das kein Russisch war. In einer weiter hinten befindlichen Gruppe ebensolcher Leute mit ebensolchen Tschakos stand ein einzelner russischer Husar. Ein paar hielten ihn bei den Armen gefaßt; hinter ihm hielten andere sein Pferd.

»Gewiß ist das einer von den Unsrigen, den sie gefangengenommen haben … Ja. Ob sie wirklich auch mich gefangennehmen werden? Was sind das für Leute?« dachte Rostow weiter, der seinen Augen gar nicht traute. »Sind das wirklich Franzosen?« Er blickte nach den herankommenden Franzosen hin, und obwohl er wenige Augenblicke vorher nur in der Absicht dahingejagt war, diese Franzosen zu erreichen und niederzuhauen, erschien ihm ihre Nähe jetzt doch so schrecklich, daß er glaubte, seine Augen täuschten ihn. »Was sind das für Menschen? Warum laufen sie so? Haben sie es wirklich auf mich abgesehen? Und was wollen sie von mir? Wollen sie mich töten? Mich, den alle Menschen so lieb haben?« Es kam ihm die Erinnerung, wie lieb seine Mutter, seine übrigen Angehörigen, seine

Freunde ihn hätten, und eine Absicht der Feinde, ihn zu töten, erschien ihm als etwas ganz Unmögliches. »Aber vielleicht wollen sie mich doch töten!« Er stand länger als zehn Sekunden da, ohne sich vom Fleck zu rühren und ohne zu einem Verständnis seiner Lage zu gelangen. Der vorderste Franzose, der mit der gebogenen Nase, kam jetzt so nahe an ihn herangelaufen, daß Rostow bereits seinen Gesichtsausdruck unterscheiden konnte. Und die erregte, fremdartige Physiognomie dieses Menschen, der mit gefälltem Bajonett, den Atem anhaltend, leichten Ganges auf ihn zugelaufen kam, flößte dem jungen Rostow einen furchtbaren Schreck ein. Er griff nach seiner Pistole; aber statt sie abzufeuern, warf er damit nach dem Franzosen und lief, so schnell er nur konnte, auf das Gebüsch zu. Er lief nicht mit jenem Gefühl des Zweifels und inneren Kampfes, mit dem er auf die Ennsbrücke gegangen war, sondern mit dem Gefühl des Hasen, der vor den Hunden davonläuft. Das eine einzige, ungemischte Gefühl der Furcht für sein junges, glückliches Leben erfüllte seine ganze Seele. Schnell über die Grenzraine springend, mit derselben Hast, mit der er als Knabe gelaufen war, wenn sie Greifen spielten, flog er über das Feld dahin; ab und zu wandte er sein blasses, gutes, jugendliches Gesicht zurück, und ein kalter Schauer lief ihm über den Rücken. »Nein, ich will mich lieber nicht umsehen«, dachte er; aber als er dem Gebüsch nahe gekommen war, wandte er sich doch noch einmal um. Die Franzosen waren zurückgeblieben, und in dem Augenblick, als Rostow sich umsah, hatte der vorderste sogar soeben aufgehört zu laufen, ging im Schritt weiter und rief, sich umdrehend, dem hinter ihm gehenden Kameraden laut etwas zu. Rostow blieb stehen. »Es ist doch wohl nicht so«, dachte er; »unmöglich können sie mich töten wollen.« Aber unterdessen war ihm der linke Arm so schwer geworden, als ob ein gewaltiges Bleigewicht daran hinge. Er war nicht imstande weiterzulaufen. Der Franzose blieb gleichfalls stehen und zielte. Rostow kniff die Augen zusammen und bückte sich. Eine Kugel flog summend an ihm vorbei, dann eine zweite. Er nahm seine letzten Kräfte zusammen, hielt den linken Arm mit dem rechten fest und lief vollends bis an das Gebüsch. In dem Gebüsch standen russische Schützen.

XX

Die im Wald überfallenen Infanterieregimenter waren fliehend aus dem Wald herausgestürzt, und die Mannschaften der einzelnen Kompanien waren durcheinandergeraten und zogen in unordentlichen Haufen weiter. Einer der Soldaten stieß in seiner Angst die im Krieg so schrecklichen, in diesem Fall sinnlosen Worte: »Wir sind abgeschnitten!« aus, und diese Worte verbreiteten sich, zusammen mit dem Gefühl der Furcht, durch die ganze Masse der Fliehenden.

»Wir sind umgangen! Wir sind abgeschnitten! Wir sind verloren!« riefen sie durcheinander.

In demselben Augenblick, als der Regimentskommandeur das Schießen und Schreien hinter sich hörte, war er sich auch darüber klar, daß mit seinem Regiment etwas Schreckliches geschehen sei, und der Gedanke, daß er, ein musterhafter Offizier, der so viele Jahre gedient und sich nie etwas hatte zuschulden kommen lassen, von seinem Vorgesetzten der Nachlässigkeit oder eines Mangels an Umsicht schuldig befunden werden könne, dieser Gedanke wirkte auf ihn so gewaltig, daß er in demselben Augenblick den ungehorsamen Kavallerieobersten und seine Generalswürde und namentlich auch die Gefahr und den Selbsterhaltungstrieb vollständig vergaß, sich am Sattelbogen festhielt, seinem Pferd die Sporen gab und unter einem Hagel von Kugeln, die ihm um den Kopf pfiffen, ihn aber glücklicherweise nicht trafen, zu seinem Regiment hinjagte. Er hatte nur einen Wunsch: zu erfahren, was geschehen war, und zu helfen und um jeden Preis den Fehler, wenn ein solcher auf seiner Seite war, wiedergutzumachen und, nachdem er zweiundzwanzig Jahre gedient und nie einen Verweis erhalten hatte, sondern allen ein Vorbild gewesen war, nun nicht als Schuldiger dazustehen.

Nachdem er glücklich an den Franzosen vorbeigaloppiert war, sprengte er nach dem hinter dem Wald gelegenen Feld, über welches die Unsrigen flüchteten und, ohne auf ein Kommando zu hören, bergab liefen. Es war jetzt jener Moment seelischen Schwankens gekommen, der das Schicksal der Schlachten entscheidet, und die Frage war: Werden diese in Unordnung geratenen Soldatenhaufen auf die Stimme ihres Kommandeurs hören, oder werden sie sich nach ihm nur umsehen und doch weiterlaufen? Aber mochte der vorher von den Soldaten so gefürchtete Kommandeur sie mit grimmiger Stimme noch so verzweifelt anschreien, mochte sein wütendes, blaurotes, ganz entstelltes Gesicht noch so drohend aussehen, mochte er noch so wild mit dem Degen in der Luft umherfahren: Die Soldaten liefen sämtlich weiter, redeten untereinander, schossen in die Luft und hörten auf kein Kommando. Das seelische Schwanken, welches das Schicksal der Schlachten entscheidet, hatte hier augenscheinlich einen Ausschlag nach der Seite der Furcht hin zum Resultat gehabt.

Der General geriet infolge seines Schreiens und des Pulverdampfes ins Husten hinein und hielt in voller Verzweiflung sein Pferd an. Alles schien verloren. Aber in diesem Augenblick liefen die Franzosen, die den Unsrigen nachsetzten, auf einmal ohne erkennbare Ursache zurück und verschwanden aus dem Bereich des Waldes, und im Wald zeigten sich russische Schützen. Es war dies die Kompanie Timochins, die als die einzige sich im Wald in guter Ordnung gehalten, sich am Wald in einen Graben gelegt und die Franzosen unerwartet angegriffen hatte. Timochin war mit so wütendem Geschrei auf die Franzosen losgestürzt und hatte sich wie ein Trunkener mit einer so rasenden Kühnheit, nur den Degen in der Hand, auf den Feind geworfen, daß die Franzosen gar nicht zur Besinnung kamen, sondern ihre Gewehre wegwarfen und davonliefen. Dolochow, der bei diesem Angriff neben Timochin gelaufen war, hatte einen Franzosen aus nächster Nähe getötet und als der erste einen französischen Offizier am Kragen gepackt, der sich dann ergeben mußte. Nun kehrten die fliehenden Russen um, die Bataillone sammelten sich wieder, und die Franzosen, die den linken Flügel beinahe in zwei Teile auseinandergesprengt hatten, wurden für einen Augenblick zurückgedrängt. Die Reserveabteilungen hatten nun Zeit heranzukommen. Der Regimentskommandeur hielt mit Major Ekonomow an einer Brücke und ließ die abziehenden Kompanien an sich vorübermarschieren, als ein Soldat an ihn herantrat, seinen Steigbügel erfaßte und sich beinahe gegen sein Bein lehnte. Der Soldat trug einen bläulichen Mantel von feinem Tuch, keinen Tornister und keinen Tschako; um den Kopf hatte er einen Notverband; über der Schulter hing ihm eine französische Patronentasche; in der Hand hielt er einen Offiziersdegen. Der Soldat saß blaß aus; seine blauen Augen blickten dem Regimentskommandeur frech ins Gesicht; aber sein Mund lächelte. Obgleich der Regimentskommandeur gerade damit beschäftigt war, dem Major Ekonomow einen Befehl zu erteilen, sah er sich genötigt, diesem Soldaten seine Aufmerksamkeit zuzuwenden.

»Euer Exzellenz, hier sind zwei Trophäen«, sagte Dolochow, indem er auf den französischen Degen und die französische Patronentasche wies. »Ich habe einen Offizier zum Gefangenen gemacht. Ich habe die Kompanie zum Stehen gebracht.« Dolochow konnte vor Erschöpfung nur mühsam Atem holen und sprach in einzelnen Absätzen. »Die ganze Kompanie kann es bezeugen. Ich bitte Euer Exzellenz, sich dessen zu erinnern!«

»Gut, gut!« antwortete der Regimentskommandeur und wandte sich wieder zum Major Ekonomow.

Aber Dolochow ging noch nicht weg; er band das Tuch, das er um den Kopf trug, auf, nahm es ab und zeigte auf das geronnene Blut in seinem Haar.

»Eine Wunde von einem Bajonettstich; aber ich bin trotzdem in der Front geblieben. Erinnern Sie sich dessen, Euer Exzellenz!«

*

Tuschins Batterie war vergessen worden, und erst ganz am Ende des Kampfes schickte Fürst Bagration, als er die noch immer fortdauernde

Kanonade im Zentrum hörte, den Stabsoffizier du jour und dann den Fürsten Andrei hin, mit dem Befehl an die Batterie, sie solle sich so schnell wie möglich zurückziehen. Die Bedeckung, die bei Tuschins Kanonen gestanden hatte, war mitten im Kampf auf irgend jemandes Befehl hin abmarschiert; aber die Batterie fuhr fort zu feuern und wurde nur deswegen von den Franzosen nicht genommen, weil der Feind nicht annehmen konnte, daß da vier völlig ungeschützte Kanonen die Dreistigkeit haben könnten, ihn so lange zu beschießen. Wegen der energischen Tätigkeit dieser Batterie war der Feind vielmehr des Glaubens, hier im Zentrum seien die Hauptstreitkräfte der Russen konzentriert, und versuchte zweimal diesen Punkt anzugreifen, wurde aber beidemal durch das Kartätschenfeuer der auf dieser Anhöhe vereinsamt dastehenden vier Geschütze zurückgetrieben.

Bald nachdem Fürst Bagration weggeritten war, war es dem Hauptmann Tuschin gelungen, das Dorf Schöngrabern in Brand zu schießen.

»Seht nur, wie sie durcheinanderkribbeln! Es brennt! Sieh mal den Rauch! Das war geschickt! Vorzüglich! Nein, der Rauch, der Rauch!« redete die Bedienungsmannschaft in lebhafter Erregung.

Alle Geschütze waren ohne Befehl auf die Feuersbrunst gerichtet. Als wenn sie einander antreiben wollten, schrien die Artilleristen bei jedem Schuß: »Das war geschickt! So ist's recht, so ist's recht! Siehst du wohl … Ausgezeichnet!« Das Feuer, vom Wind weitergetragen, breitete sich schnell aus. Die französischen Kolonnen, welche schon aus dem Dorf herausmarschiert waren, zogen sich wieder zurück. Aber wie wenn er sich für diese arge Schädigung rächen wollte, stellte der Feind rechts vom Dorf zehn Geschütze auf und begann aus ihnen auf Tuschin zu feuern.

In ihrer kindlichen Freude über die Feuersbrunst und in ihrem Eifer, recht tüchtig in die Franzosen hineinzupfeffern, bemerkten unsere Artilleristen diese Batterie erst dann, als zwei Kugeln und nach diesen noch vier andere zwischen den Geschützen einschlugen, von denen eine zwei Pferde niederwarf und eine andre einem Munitionsfahrer das Bein wegriß. Aber das lebhafte Treiben, das nun einmal in Gang gekommen war, wurde dadurch nicht beeinträchtigt; es erhielt nur eine andre Stimmung. Die Artilleristen ersetzten die Pferde durch andre von einer Reservelafette, trugen den Verwundeten beiseite und wendeten ihre vier Geschütze gegen die zehn Kanonen der feindlichen Batterie. Der andere Offizier, Tuschins Kamerad, fiel gleich zu Anfang dieses Artilleriekampfes, und im Verlauf einer Stunde wurden von den vierzig Mann der Bedienung siebzehn kampfunfähig; aber die übrigen blieben ebenso munter und eifrig, wie sie vorher gewesen waren. Zweimal bemerkten sie, daß nicht weit von ihnen, unten am Fuß des Berges, sich Franzosen zeigten, und beschossen sie dann mit Kartätschen.

Der kleine Mann mit den schwächlichen, ungeschickten Bewegungen ließ sich fortwährend von seinem Burschen »noch ein Pfeifchen bei der Arbeit« geben, wie er sich ausdrückte, und dann lief er nach vorn, wobei er in seinem Eifer das Feuer aus der Pfeife wieder verschüttete, und sah unter seiner kleinen Hand hervor nach den Franzosen hinüber.

»Feuer, Kinder!« kommandierte er einmal nach dem andern und griff selbst mit in die Räder der Geschütze und drehte die Schrauben auf.

Mitten in dem Pulverdampf, halbtaub von den unaufhörlichen Schüssen, bei denen er jedesmal zusammenzuckte, lief Tuschin, ohne sein Stummelpfeifchen aus dem Mund zu lassen, von einem Geschütz zum andern, indem er bald visierte, bald die Ladungen zählte, bald die Beseitigung getöteter und verwundeter Pferde und die Anschirrung anderer anordnete, und mit seiner schwachen, hohen, unsicheren Stimme dabei schrie. Sein Gesicht wurde immer munterer und lebhafter. Nur wenn jemand von seinen Leuten getötet oder verwundet wurde, machte Tuschin ein finsteres Gesicht, wandte sich von dem Getroffenen ab und schrie zornig die Mannschaften an, die, wie sie das immer tun, zauderten, den Verwundeten oder den Leichnam aufzuheben. Die Soldaten, größtenteils hübsche, stramme Burschen (wie das bei der Artillerie immer der Fall ist), zwei Köpfe größer und noch einmal so breit als ihr Hauptmann, blickten, wie Kinder in schwieriger Lage, alle auf ihren Kommandeur, und der Ausdruck, den sein Gesicht zeigte, spiegelte sich unverändert auf den ihrigen wider.

Infolge dieses furchtbaren Lärmes und Getöses und der Notwendigkeit, aufzupassen und tätig zu sein, verspürte Tuschin nicht das geringste unangenehme Gefühl von Furcht, und der Gedanke, daß er getötet oder schwer verwundet werden könne, kam ihm gar nicht in den Sinn. Im Gegenteil, es wurde ihm immer fröhlicher zumute. Der Augenblick, wo er den Feind zuerst gesehen und den ersten Schuß abgefeuert hatte, schien ihm schon weit zurückzuliegen, beinah als ob es gestern gewesen wäre, und das Stückchen Feld, auf dem er hier postiert war, kam ihm wie ein längst bekannter, vertrauter Platz vor. Obgleich er an alles Nötige dachte, alles richtig erwog und alles tat, was nur der beste Offizier in seiner Lage tun konnte, befand er sich doch in einem Zustand, der mit dem eines Fieberkranken oder Berauschten Ähnlichkeit hatte.

Aus dem betäubenden Donner seiner Geschütze, der bald rechts, bald links von ihm erscholl, aus dem Pfeifen und Einschlagen der feindlichen Geschosse, aus dem Anblick seiner Mannschaft, die mit geröteten, schweißbedeckten Gesichtern hastig an den Geschützen hantierte, aus dem Anblick des Blutes der Menschen und der Pferde, aus dem Anblick der Rauchwölkchen bei der Batterie des drüben stehenden Feindes (nach deren Erscheinen jedesmal eine Kugel herübergeflogen kam und entweder sich in den Erdboden einbohrte oder einen Menschen, ein Geschütz oder ein Pferd traf), aus alledem hatte er sich in seinem Kopf eine Art von Phantasiewelt zurechtgemacht, an der er in dieser Zeit seine Freude hatte. Die feindlichen Kanonen waren in seiner Phantasie nicht Kanonen, sondern Tabakspfeifen, aus denen ein unsichtbarer Raucher in einzelnen Wölkchen den Rauch in die Luft gehen ließ.

»Sieh mal, da hat er wieder einen Zug getan«, flüsterte Tuschin vor sich hin, als von dem gegenüberliegenden Berg ein Rauchwölkchen aufstieg und durch den Wind in Form eines Streifens nach links getrieben wurde. »Jetzt haben wir so einen kleinen Ball zu erwarten und müssen auch einen zurückwerfen.«

»Was befehlen Euer Wohlgeboren?« fragte der Feuerwerker, der neben ihm stand und hörte, daß er etwas murmelte.

»Ach, nichts Besonderes; nimm eine Granate …«, antwortete er.

»Na, nun kommt unsere Matwjewna heran«, sagte er vor sich hin. Matwjewna hatte er in seiner Phantasie eine große Kanone von altmodischem Guß getauft, die an dem einen Ende der Batterie stand. Die Franzosen bei ihren Geschützen erschienen ihm als Ameisen. Der Kanonier Nummer Eins beim zweiten Geschütz, ein hübscher Bursche und arger Trunkenbold, hieß in Tuschins Welt »der Onkel«; Tuschin blickte nach ihm häufiger hin als nach den andern Leuten und freute sich über jede seiner Bewegungen. Der Klang des bald ersterbenden, bald wieder stärker werdenden Gewehrfeuers am Fuß des Berges erschien ihm wie das Atmen eines Menschen, und er horchte darauf, wie diese Töne leiser wurden und wieder anschwollen.

»Sieh mal an, jetzt atmet er wieder kräftig, recht kräftig!« sagte er vor sich hin.

Er selbst kam sich wie ein starker Riese vor, der den Franzosen mit beiden Händen Kanonenkugeln zuschleuderte.

»Nun, Matwjewna, Mütterchen, laß es nicht an dir fehlen!« sagte er, von dem Geschütz zurücktretend, als dicht über ihm eine fremde, ihm unbekannte Stimme erscholl:

»Hauptmann Tuschin! Hauptmann!«

Erschrocken sah Tuschin sich um. Es war derselbe Stabsoffizier, der ihn in Grund aus dem Marketenderzelt herausgejagt hatte. Dieser schrie ihm atemlos zu:

»Was machen Sie denn? Haben Sie den Verstand verloren? Zweimal ist Ihnen befohlen worden, sich zurückzuziehen, aber Sie …«

»Na, warum schilt der mich denn?« dachte Tuschin und sah den Vorgesetzten ängstlich an.

»Ich … ich habe nichts …«, stotterte er, indem er zwei Finger an den Mützenschirm hielt. »Ich …«

Der Oberst wollte noch etwas sagen, kam aber nicht dazu, es auszusprechen. Eine in nächster Nähe vorbeifliegende Kanonenkugel veranlaßte ihn, sich zu ducken und auf das Pferd hinabzubiegen. Er schwieg und wollte gerade von neuem ansetzen, als noch eine Kugel ihn einhalten ließ. Er wandte sein Pferd um und jagte davon.

»Zurückgehen! Alle zurückgehen!« rief er von weitem.

Die Soldaten lachten laut auf. Eine Minute darauf kam ein Adjutant mit demselben Befehl angesprengt.

Dies war Fürst Andrei. Das erste, was er erblickte, als er auf das Plateau geritten kam, auf welchem Tuschins Kanonen standen, war ein ausgespanntes Pferd mit durchschossenem Bein, das neben den angespannten Pferden wieherte. Aus seinem Bein floß das Blut wie aus einer Quelle. Zwischen den Protzwagen lagen mehrere Tote. Während er heranritt, flog eine Kanonenkugel nach der andern über ihm vorbei, und er fühlte, wie ihm ein nervöses Zittern den Rücken entlanglief. Aber der bloße Gedanke, daß er ja Furcht habe, genügte, um seinen Mut wiederzubeleben. »Ich, ein Mann wie ich, darf keine Furcht haben«, sagte er sich und stieg zwischen den Geschützen langsam vom Pferd. Er überbrachte den Befehl, ritt aber dann nicht von der Batterie weg. Er hatte den Entschluß gefaßt, persönlich zuzusehen, wie die Geschütze ihre Stellung verließen und sich zurückzogen. Mit Tuschin zusammen trat er über die Leichen hinweg und ließ unter dem furchtbaren Feuer der Franzosen die Geschütze zum Rückzug fertigmachen.

»Eben war schon ein andrer Offizier hier«, sagte der Feuerwerker zum Fürsten Andrei. »Aber der hat sich schnell wieder davongemacht; nicht so wie Euer Wohlgeboren.«

Fürst Andrei redete nicht mit Tuschin. Sie waren beide so beschäftigt, daß sie einander gar nicht zu sehen schienen. Die beiden Geschütze, die von den vieren noch heil geblieben waren, wurden aufgeprotzt (eine Kanone und eine Haubitze, beide zerschossen, wurden zurückgelassen), und als sie sich bergab in Bewegung setzten, ritt Fürst Andrei zu Tuschin heran.

»Nun, also auf Wiedersehen!« sagte er und streckte dem Hauptmann die Hand hin.

»Auf Wiedersehen, bester Herr«, sagte Tuschin. »Sie liebe Seele! Leben Sie wohl, bester Herr!« Die Tränen traten ihm plötzlich in die Augen, er wußte selbst nicht recht warum.

XXI

Der Wind hatte sich gelegt; schwarze Wolken hingen tief auf das Schlachtfeld herab und verschwammen am Horizont mit dem Pulverrauch. Es war dunkel geworden, und um so deutlicher hob sich an zwei Stellen der rote Schein von Feuersbrünsten ab. Das Geschützfeuer war schwächer geworden; aber das Knattern des Kleingewehrs war hinten und rechts noch häufiger und näher zu hören. Kaum war Tuschin mit seinen Geschützen, um die am Boden liegenden Verwundeten herumfahrend, mitunter auch an sie anstoßend, aus dem Schußbereich hinausgelangt und in die Schlucht hinabgefahren, als ihm eine Anzahl von höheren Offizieren und Adjutanten begegnete, darunter auch der Stabsoffizier und Scherkow, welcher letztere zweimal nach Tuschins Batterie hingeschickt, aber nie bis zu ihr hingelangt war. Alle diese Herren, von denen immer einer dem andern ins Wort fiel, überbrachten ihm Befehle und gaben ihm eigene, wie und wohin er fahren sollte, machten ihm Vorwürfe und erteilten ihm Verweise. Tuschin traf gar keine Anordnungen mehr und ritt schweigend auf seinem Artilleriegaul hinter seinen Geschützen her; er fürchtete sich, zu sprechen, weil er bei jedem Wort nahe daran war, loszuweinen, er wußte selbst nicht weshalb. Obgleich Befehl gegeben war, die Verwundeten sich selbst zu überlassen, schleppten sich dennoch viele von ihnen hinter den Truppen her und baten um ein Plätzchen auf den Geschützen. Jener frische, stramme Infanterieoffizier, der vor dem Kampf aus Tuschins Hütte herausgestürzt war, war mit einer Kugel im Unterleib auf die Lafette der Matwjewna gelegt worden. Am Fuß des Berges trat ein blasser Husarenjunker, der seinen einen Arm mit dem andern festhielt, an Tuschin heran und bat um die Erlaubnis, aufzusteigen.

»Hauptmann, ich bitte Sie um Gottes willen, ich habe eine Kontusion am Arm«, sagte er schüchtern. »Um Gottes willen, ich kann nicht weitergehen. Um Gottes willen!«

Es war deutlich, daß dieser Junker schon zu wiederholten Malen um die Erlaubnis aufzusteigen gebeten und überall abschlägige Antworten erhalten hatte. Er bat mit unsicherer, kläglicher Stimme.

»Befehlen Sie, daß die Leute mich aufsteigen lassen, um Gottes willen.«

»Laßt ihn aufsteigen, laßt ihn aufsteigen«, sagte Tuschin.

»Leg ihm einen Mantel unter, Onkel«, wandte er sich an den Soldaten, dem er besonders gewogen war. »Aber wo ist denn der verwundete Offizier geblieben?«

»Den haben wir heruntergenommen; er war gestorben«, antwortete einer der Leute.

»Laßt ihn aufsteigen. Setzen Sie sich hin, lieber Freund, setzen Sie sich hin. Breite ihm einen Mantel unter, Antonow.«

Der Junker war Rostow. Er hielt den einen Arm mit dem andern fest, war ganz blaß im Gesicht, und sein Unterkiefer bebte in einem Anfall von Schüttelfieber. Es wurde ihm ein Platz auf der Matwjewna angewiesen, auf eben dem Geschütz, von welchem der tote Offizier heruntergenommen worden war. An dem untergelegten Mantel war Blut, wovon Rostows Hosen und Hände befleckt wurden.

»Wie ist das? Sind Sie verwundet, mein Lieber?« fragte Tuschin, indem er an das Geschütz herankam, auf dem Rostow saß.

»Nein, ich habe eine Kontusion.«

»Woher rührt denn das Blut an der Lafettenwand?« fragte Tuschin.

»Das ist von dem Offizier, Euer Wohlgeboren«, antwortete ein Artillerist, als ob er sich wegen des unsauberen Zustandes, in welchem sich das Geschütz befand, entschuldigen wollte, und wischte das Blut mit dem Mantelärmel weg.

Nur mit Mühe und unter Beihilfe der Infanterie brachten sie die Geschütze auf die Anhöhe hinauf und machten, als sie das Dorf Guntersdorf erreicht hatten, halt. Es war schon so dunkel geworden, daß man die Uniformen der Soldaten auf zehn Schritt nicht mehr unterscheiden konnte. Das Gewehrfeuer verstummte allmählich. Plötzlich ertönte aus der Nähe, von rechts her, wieder Geschrei und Schießen. Die Schüsse blitzten jetzt schon in der Dunkelheit. Es war dies der letzte Angriff der Franzosen, und die Soldaten, die in den Häusern des Dorfes lagerten, antworteten darauf. Wieder stürzte alles aus dem Dorf heraus; Tuschins Geschütze aber konnten nicht vom Fleck, und die Artilleristen, Tuschin und der Junker blickten sich untereinander schweigend an und erwarteten ihr Schicksal. Indessen beruhigte sich das Schießen wieder, und aus einer Seitenstraße strömte eine Anzahl von Soldaten heraus, die in lebhaftem Gespräch begriffen waren.

»Bist du heil geblieben, Petrow?« fragte einer.

»Wir haben es ihnen gehörig gegeben, Bruder; jetzt werden sie sich nicht wieder herantrauen!« sagte ein andrer.

»Man konnte gar nicht mehr sehen. Wie die auf ihre eigenen Leute losgepfeffert haben! Gar nichts war zu sehen; alles war dunkel, Bruder. Habt ihr nicht etwas zum Trinken?«

Die Franzosen waren zum letztenmal zurückgeschlagen. In vollständiger Finsternis bewegten sich Tuschins Geschütze wieder vorwärts, von der lärmenden Infanterie dicht umgeben; wohin es ging, wußte der Hauptmann nicht.

Es war, als wälzte sich da im Dunkeln ein unsichtbarer, finsterer Strom dahin, immer in derselben Richtung, ein Strom, in welchem laute und leise Menschenstimmen und das Geräusch der Hufe und Räder sich zu einem dumpfen Brausen vereinigten. In dem allgemeinen Getöse hob sich aus allen andern Lauten am deutlichsten das Stöhnen und Schreien der Verwundeten in der nächtlichen Finsternis ab. Ihr Stöhnen schien diese ganze Finsternis, welche die Truppen umgab, zu erfüllen; ihr Stöhnen und die Finsternis dieser Nacht, das war gleichsam ein und dasselbe. Nach einiger Zeit entstand in der sich dahinwälzenden Menschenschar eine gewisse Aufregung. Es ritt jemand, von einer Suite begleitet, auf einem Schimmel vorbei und sagte etwas im Vorbeireiten.

»Was hat er gesagt? Wohin gehen wir jetzt? Wir sollen wohl haltmachen? Er hat uns wohl gedankt?« fragten die Soldaten auf allen Seiten eifrig, und die ganze in Bewegung befindliche Menschenmasse drängte sich in sich selbst zusammen (offenbar waren die vordersten stehengeblieben), und es verbreitete sich das Gerücht, es sei Befehl gegeben, haltzumachen. Alle blieben stehen, wo sie gerade gingen, mitten auf der schmutzigen Straße.

Es wurden Feuer angezündet, und die Gespräche wurden lauter. Nachdem Hauptmann Tuschin für seine Mannschaft das Erforderliche angeordnet hatte, schickte er einen seiner Leute aus, um für den Junker einen Verbandsplatz oder einen Arzt zu suchen, und setzte sich an ein Feuer, das die Soldaten auf der Straße angemacht hatten. Rostow schleppte sich gleichfalls zu dem Feuer hin. Schmerz, Kälte und Nässe hatten ihn in einen solchen Fieberzustand versetzt, daß sein ganzer Körper zitterte. Eine furchtbare Müdigkeit hatte ihn überkommen; aber doch konnte er vor schrecklichen Schmerzen in dem beschädigten Arm, welcher keine passende Lage fand, nicht einschlafen. Bald schloß er die Augen, bald sah er in das Feuer, das ihm glühend rot vorkam, bald blickte er nach der gebückten, dürftigen Gestalt Tuschins hin, der mit untergeschlagenen Beinen neben ihm saß. Tuschins große, gute, kluge Augen waren teilnahmsvoll und mitleidig auf ihn gerichtet. Rostow sah, daß Tuschin von ganzem Herzen ihm zu helfen wünschte, aber keine Möglichkeit dazu hatte.

Von allen Seiten hörte man die Schritte und das Reden vorübergehender und vorüberreitender Soldaten und der ringsherum lagernden Infanterie. Die Töne der Stimmen, der Schritte und der im Schmutz umhertretenden Pferdehufe und das nahe und ferne Prasseln des brennenden Holzes: Alles floß zu einem einzigen wogenden Getöse zusammen.

Jetzt floß nicht mehr, wie vorher, in der Finsternis ein unsichtbarer Strom dahin, sondern hier war gleichsam ein finsteres Meer, das nach dem Sturm noch wallte und nun allmählich wieder zur Ruhe kam. Rostow sah und hörte gedankenlos, was vor ihm und um ihn herum vorging. Ein Infanterist trat zum Feuer, kauerte sich daneben nieder, hielt die Hände nach dem Feuer hin und wandte das Gesicht ab.

»Ist es erlaubt, Euer Wohlgeboren?« sagte er, indem er sich fragend an Tuschin wandte. »Ich habe meine Kompanie verloren, Euer Wohlgeboren; ich weiß gar nicht, wo sie ist. Eine dumme Geschichte!«

Gleichzeitig mit dem Soldaten war ein Infanterieoffizier mit verbundener Wange an das Feuer getreten; er bat Tuschin, die Geschütze ein klein wenig beiseite rücken zu lassen, damit er mit einem Bagagewagen vorbei könne. Nach diesem Kompaniechef kamen zwei Soldaten zum Feuer gelaufen. Sie schimpften einander grimmig und prügelten sich, indem einer dem andern einen Stiefel zu entreißen suchte.

»Natürlich! Von der Erde hast du ihn aufgehoben! Sieh, wie schlau!« schrie der eine mit heiserer Stimme.

Dann trat ein hagerer, blasser Soldat heran, den Hals mit einem blutigen Fußlappen verbunden, und verlangte in zornigem Ton von den Artilleristen Wasser.

»Was denkt ihr? Soll ich etwa krepieren wie ein Hund?« sagte er.

Tuschin befahl, ihm Wasser zu geben. Darauf kam ein lustiger Soldat herbeigelaufen, der um ein Feuerscheit für die Infanterie bat.

»Bitte um ein hübsch brennendes Feuerscheit für die Infanterie! Gott gebe auch alles Gute, liebe Landsleute! Wir danken auch schön für das Feuer, wir werden es euch mit Zinsen zurückerstatten«, sagte er und trug das rotbrennende Scheit irgendwohin weg in die Dunkelheit.

Nach diesem Soldaten gingen vier Soldaten am Feuer vorbei, die etwas Schweres auf einem Mantel trugen. Einer von ihnen stolperte.

»Na, so was! Mitten auf den Weg haben die verfluchten Kerle Holz hingeworfen«, brummte er.

»Er ist gestorben; wozu sollen wir ihn noch tragen?« sagte ein zweiter.

»Na wartet, ich werde euch …«

Und sie verschwanden mit ihrer Last in der Dunkelheit.

»Nun? Tut es weh?« fragte Tuschin flüsternd den Junker Rostow.

»Ja.«

»Euer Wohlgeboren möchten zum General kommen. Der Herr General hat hier in dem Bauernhaus Quartier genommen«, sagte, zu Tuschin herantretend, der Feuerwerker.

»Gleich, lieber Freund.«

Tuschin stand auf, knöpfte sich den Mantel zu und ging, sich unterwegs das Haar zurechtstreichend, von dem Feuer weg.

Nicht weit von dem Feuer der Artilleristen saß in einer für ihn hergerichteten Stube eines Bauernhauses Fürst Bagration beim Mittagessen, im Gespräch mit mehreren ihm unterstellten Kommandeuren, die sich bei ihm versammelt hatten. Da war jener alte Mann mit den halbgeschlossenen Augen, der gierig an einem Hammelknochen nagte; da war jener General, der zweiundzwanzig Jahre lang tadellos gedient hatte; von einem Gläschen Schnaps und dem Essen hatte er einen ganz roten Kopf bekommen; da war der Stabsoffizier mit dem Brillantring, und Scherkow, dessen Augen unruhig bei allen Anwesenden umhergingen, und Fürst Andrei, blaß, mit zusammengepreßten Lippen und fieberhaft glänzenden Augen.

In der Stube stand, in eine Ecke gelehnt, eine erbeutete französische Fahne; der Auditeur mit dem naiven Gesicht betastete das Gewebe der Fahne und schüttelte, wie verwundert, den Kopf, vielleicht weil er sich wirklich für das Aussehen der Fahne interessierte, vielleicht auch weil es ihm peinlich war, hungrig einem Essen zuzusehen, bei welchem für ihn kein Gedeck vorhanden war. In der anstoßenden Stube befand sich ein von den Dragonern gefangengenommener französischer Oberst. Viele von unseren Offizieren drängten sich um ihn und betrachteten ihn. Fürst Bagration sprach den einzelnen Kommandeuren seinen Dank aus und erkundigte sich nach den Einzelheiten des Kampfes und nach den Verlusten. Jener Regimentskommandeur, der bei Braunau die Besichtigung durchgemacht hatte, berichtete dem Fürsten, er habe sich gleich bei Beginn des Kampfes aus dem Wald zurückgezogen, die Holzfäller gesammelt, sie nach hinten an sich vorbeipassieren lassen, mit zwei Bataillonen einen Bajonettangriff gemacht und die Franzosen zurückgeschlagen.

»Als ich dann sah, Euer Durchlaucht, daß das erste Bataillon stark gelitten hatte, da stellte ich mich am Weg hin und dachte: ›Ich will diese nach hinten zurücknehmen und dem Feind mit einem Dauerfeuer entgegentreten.‹ Und so habe ich es denn auch gemacht.«

Der Regimentskommandeur wünschte so lebhaft, dies getan zu haben, und bedauerte so tief, nicht imstande gewesen zu sein es zu tun, daß er sich einbildete, es sei alles genau so zugegangen. Und vielleicht war es sogar tatsächlich so gewesen? Hatte man etwa in diesem Wirrwarr erkennen können, was geschah und was nicht geschah?

»Dabei muß ich noch bemerken, Euer Durchlaucht«, fuhr er fort, da ihm Dolochows Gespräch mit Kutusow und seine eigene letzte Begegnung mit dem Degradierten einfielen, »daß der zum Gemeinen degradierte Dolochow vor meinen Augen einen französischen Offizier gefangengenommen und sich besonders ausgezeichnet hat.«

»Auf diesem Flügel, Euer Durchlaucht, habe ich die Attacke der Pawlograder mit angesehen«, mischte sich hier, unruhig umherblickend, Scherkow in das Gespräch, der an diesem Tag überhaupt keinen Husaren gesehen, sondern nur aus dem Mund eines Infanterieoffiziers von ihnen gehört hatte. »Sie haben zwei Karrees niedergeritten, Euer Durchlaucht.«

Bei Scherkows Worten lächelten manche, da sie, wie stets, von ihm einen Witz erwarteten; aber als sie merkten, daß das, was er sagte, ebenfalls auf den Ruhm unserer Waffen und des heutigen Tages abzielte, nahmen sie wieder eine ernste Miene an, obgleich viele von ihnen recht wohl wußten, daß das, was Scherkow sagte, eine Lüge ohne jeden tatsächlichen Untergrund war. Fürst Bagration wandte sich zu dem alten Regimentskommandeur.

»Ich danke Ihnen allen, meine Herren; alle Truppenteile haben heldenhaft gekämpft: die Infanterie, die Kavallerie und die Artillerie. Wie ist es aber zugegangen, daß im Zentrum zwei Geschütze zurückgelassen sind?« fragte er, indem er nach jemanden mit den Augen suchte. (Nach den Geschützen des linken Flügels erkundigte sich Fürst Bagration nicht; er wußte bereits, daß dort gleich zu Anfang des Kampfes alle Kanonen im Stich gelassen worden waren.) »Ich meine, ich hatte Sie gebeten, den Rückzug der Batterie zu veranlassen«, wandte er sich an den Stabsoffizier du jour.

»Das eine war zerschossen«, antwortete der Stabsoffizier du jour; »was das andere anlangt, so ist es mir unverständlich; ich bin selbst die ganze Zeit über dagewesen, habe das Erforderliche angeordnet und bin eben erst zurückgekommen … Es ging dort in der Tat heiß her«, fügte er bescheiden hinzu.

Einer der Offiziere sagte, Hauptmann Tuschin befinde sich hier in ebendiesem Dorf, und es sei schon nach ihm geschickt worden.

»Sie sind ja auch dort gewesen«, sagte Fürst Bagration, sich an den Fürsten Andrei wendend.

»Gewiß, wir waren ja eine Weile gleichzeitig da«, sagte der Stabsoffizier du jour und lächelte dem Fürsten Andrei freundlich zu.

»Ich habe nicht das Vergnügen gehabt, Sie zu sehen«, erwiderte Fürst Andrei kurz und kalt.

Alle schwiegen. Auf der Schwelle erschien Tuschin, der schüchtern hinter dem Rücken der Generale herum einen Weg suchte. Als er in dem engen Zimmer um die Generale herumging, beachtete er, verlegen wie immer in Gegenwart von Vorgesetzten, die Fahnenstange nicht und stolperte darüber. Manche lachten laut.

»Wie ist es zugegangen, daß die Geschütze zurückgelassen wurden?« fragte Bagration und machte ein finsteres Gesicht, nicht sowohl wegen des Hauptmanns als wegen der Lacher; am lautesten von allen war unter diesen Scherkows Stimme zu hören gewesen.

Erst jetzt, beim Anblick des strengen Vorgesetzten, trat dem Hauptmann Tuschin seine Schuld und Schande in ihrem ganzen Umfang vor die Seele: daß er zwei Geschütze verloren hatte und selbst am Leben geblieben war. Er war fortwährend in einer solchen Aufregung gewesen, daß er bis zu diesem Augenblick noch keine Zeit gehabt hatte, daran zu denken. Das Gelächter der Offiziere brachte ihn noch mehr aus der Fassung. Er stand vor Bagration mit zitterndem Unterkiefer da und brachte kaum die Worte heraus:

»Ich weiß nicht … Euer Durchlaucht … es waren keine Leute da, Euer Durchlaucht.«

»Dann hätten Sie welche aus der Bedeckungsmannschaft nehmen können.«

Daß keine Bedeckungsmannschaft dagewesen war, das sagte Tuschin nicht, obgleich es die reine Wahrheit war. Er scheute sich, dadurch einem andern, einem Vorgesetzten, die Schuld zuzuschieben, und blickte schweigend mit starren Augen dem Fürsten Bagration gerade ins Gesicht, wie ein verwirrt gewordener Schüler seinem Examinator in die Augen sieht.

Dieses Schweigen dauerte ziemlich lange. Fürst Bagration, der offenbar nicht streng verfahren wollte, wußte nicht recht, was er sagen sollte; die übrigen wagten nicht, sich in das Gespräch einzumischen. Fürst Andrei warf einen schrägen Blick nach Tuschin hin, und seine Finger gerieten in nervöse Bewegung.

»Euer Durchlaucht«, unterbrach Fürst Andrei das Schweigen mit seiner scharfen Stimme, »beliebten, mich zu der Batterie des Hauptmanns Tuschin zu senden. Ich war dort und habe zwei Drittel der Mannschaft und der Pferde verwundet oder getötet gefunden; zwei Geschütze waren zerschossen, und eine Bedeckungsmannschaft war nicht vorhanden.«

Fürst Bagration und Tuschin blickten jetzt beide in gleicher Weise den mit zurückgehaltener Aufregung sprechenden Bolkonski starr an.

»Und wenn Euer Durchlaucht mir gestatten, meine Meinung auszusprechen«, fuhr er fort, »so muß ich sagen, daß wir den glücklichen Ausgang dieses Tages in erster Linie dieser Batterie und der heldenhaften Standhaftigkeit des Hauptmanns Tuschin und seiner Leute zu verdanken haben.« Nach diesen Worten stand Fürst Andrei, ohne auf eine Antwort zu warten, sofort auf und trat vom Tisch weg.

Fürst Bagration sah Tuschin an; er mochte augenscheinlich keinen Zweifel an der Richtigkeit von Bolkonskis so entschiedenem Urteil zum Ausdruck bringen, fühlte sich aber gleichzeitig außerstande, demselben vollen Glauben zu schenken; so neigte er denn den Kopf und sagte zu Tuschin, er könne gehen. Fürst Andrei ging hinter ihm her hinaus.

»Ich danke Ihnen, danke Ihnen; Sie haben mir herausgeholfen, bester Herr«, sagte Tuschin zu ihm.

Fürst Andrei sah Tuschin an und ging, ohne ein Wort zu sagen, von ihm weg. Er fühlte sich traurig und bedrückt. Alles dies war so sonderbar, so gar nicht dem ähnlich, was er gehofft hatte.

*

»Wer sind diese Leute? Wozu sind sie hier? Was wollen sie? Und wann wird das alles ein Ende nehmen?« dachte Rostow, indem er nach den dunklen Gestalten hinblickte, die einander vor seinen Augen fortwährend ablösten. Der Schmerz im Arm wurde immer ärger. Die Müdigkeit wurde unwiderstehlich, vor den Augen hüpften ihm rote Ringe, und die Aufregung, in die ihn diese Stimmen und diese Gesichter versetzten, und das Gefühl der Verlassenheit flossen mit dem Gefühl des Schmerzes zu einer einzigen Empfindung zusammen. Und diese Menschen da, diese Soldaten, die verwundeten und die unverwundeten, diese Menschen da würgten ihn und lasteten auf ihm und drehten ihm die Sehnen heraus und verbrannten ihm das Fleisch in seinem gelähmten Arm und in seiner gelähmten Schulter. Um sich von ihnen zu befreien, schloß er die Augen.

Für einen Augenblick verlor er das Bewußtsein der Wirklichkeit; aber in dieser kurzen Zeitspanne der Selbstvergessenheit träumte er von zahllosen Dingen: von seiner Mutter und ihrer großen, weißen Hand, von Sonjas schmächtigen Schultern, von Nataschas Augen und von ihrem Lachen, und von Denisow mit seiner eigentümlichen Aussprache und seinem Schnurrbart, und von Teljanin, und von der ganzen unangenehmen Geschichte, die er mit Teljanin und mit Bogdanowitsch gehabt hatte. Diese ganze Geschichte war ein und dasselbe wie dieser Soldat da mit der scharfen Stimme, und diese ganze Geschichte und dieser Soldat peinigten ihn furchtbar dadurch, daß sie seinen Arm hartnäckig festhielten und drückten und immer nach einer Seite zogen. Er versuchte, sich von ihnen freizumachen; aber sie wichen auch nicht um ein Haarbreit und nicht für eine Sekunde von seiner Schulter. Die Schulter würde ihm nicht weh tun, sie würde gesund sein, wenn die beiden nur nicht immer daran zögen; aber es war ihm unmöglich, sich von ihnen zu befreien.

Er öffnete die Augen und blickte in die Höhe. Der schwarze Schleier der Nacht hing tief herab, und der Lichtschein der glimmenden Kohlen reichte nur wenige Fuß nach oben. In diesem Lichtschein flogen feine Schneestäubchen, die zur Erde sanken. Tuschin war nicht zurückgekehrt, ein Arzt nicht gekommen. Er war allein; nur ein kleiner Soldat saß jetzt nackt an der andern Seite des Feuers und wärmte seinen mageren, gelben Körper.

»Niemand kümmert sich um mich!« dachte Rostow. »Niemand hilft mir, niemand hat mit mir Mitleid. Und doch war auch ich einmal zu Hause und war kräftig und vergnügt, und alle hatten mich gern.« Er seufzte, und mit dem Seufzer verband sich unwillkürlich ein Stöhnen.

»Oh! Tut Ihnen etwas weh?« fragte der kleine Soldat, indem er sein Hemd über dem Feuer schüttelte; und ohne eine Antwort abzuwarten, fügte er, nachdem er sich geräuspert hatte, hinzu: »Wie viele, viele Menschen heute etwas abbekommen haben; schauderhaft!«

Rostow hörte gar nicht, was der Soldat sagte. Er blickte nach den Schneeflocken, die über dem Feuer flatterten, und dachte an den russischen Winter mit dem warmen, hellen Haus, dem dichten Pelz, dem schnellen Schlitten, dem gesunden Körper und mit all der Liebe und Pflege, die er bei seiner Familie genossen hatte. »Warum bin ich hierhergegangen?« dachte er.

Am andern Tag erneuerten die Franzosen den Angriff nicht, und die Überreste der Bagrationschen Abteilung vereinigten sich wieder mit der Armee Kutusows.

DRITTER TEIL

I

Seine Pläne sorgsam zu durchdenken, das lag nicht in der Art des Fürsten Wasili. Noch weniger war er darauf bedacht, anderen Leuten Übles zu tun, um selbst einen Vorteil zu erlangen. Er war eben nur ein Weltmann, der durch das Leben in den höheren Gesellschaftskreisen etwas erreicht hatte und dem es zur Gewohnheit geworden war, in dieser Weise etwas zu erreichen. In seinem Kopf bildeten sich fortwährend je nach den Umständen und je nachdem er mit diesem oder jenem in nähere Beziehungen kam, allerlei Pläne und Kombinationen, von denen er sich selbst nicht genauer Rechenschaft gab, die aber doch den ganzen Inhalt seines Daseins ausmachten. Und von solchen Plänen und Kombinationen waren in seinem Kopf nicht etwa nur einer oder zwei gleichzeitig im Gang, sondern Dutzende, von denen die einen in seinem Geist eben erst auftauchten, andere in der Ausführung begriffen waren und eine dritte Klasse sich bereits wieder in nichts auflöste. So zum Beispiel sagte er nicht etwa zu sich: »Dieser Mann besitzt jetzt großen Einfluß; daher muß ich mir sein Vertrauen und seine Freundschaft erwerben und mir durch seine Vermittlung die Auszahlung einer einmaligen Unterstützung erwirken«, oder: »Dieser Pierre ist reich; daher muß ich ihn dazu verleiten, meine Tochter zu heiraten, und mir von ihm die vierzigtausend Rubel leihen, die ich notwendig brauche.« Sondern die Sache ging so zu: Er kam mit dem einflußreichen Mann in Berührung, und in demselben Augenblick flüsterte ihm sein Instinkt zu, daß dieser Mann ihm nützlich sein könne, und nun näherte Fürst Wasili sich ihm, und sobald sich eine Möglichkeit dazu bot, ohne alle Vorbereitungen, lediglich durch seinen Instinkt geleitet, schmeichelte er ihm, wurde mit ihm intim und sprach dann mit ihm von dem, was ihm am Herzen lag.

Und ähnlich mit Pierre. Diesen hatte Fürst Wasili in Moskau unter seine Obhut genommen, hatte ihm die Ernennung zum Kammerjunker verschafft, was damals dem Rang eines Staatsrates gleichkam, und darauf bestanden, daß der junge Mann mit ihm zusammen nach Petersburg fuhr und in seinem Haus Wohnung nahm. In einer Art von Zerstreuung und Absichtslosigkeit und dabei doch mit der zweifellosen, instinktiven Sicherheit, daß er so handeln müsse, tat Fürst Wasili alles, was erforderlich war, um eine Heirat zwischen Pierre und seiner Tochter zustande zu bringen. Hätte Fürst Wasili seine Pläne im voraus sorgsam durchdacht, so wäre es um seine Harmlosigkeit und Unbefangenheit im Verkehr geschehen gewesen und er hätte sich nicht allen Leuten gegenüber, mochten sie nun über oder unter ihm stehen, so schlicht und natürlich benehmen können. Ein innerer Trieb zog ihn beständig zu den Leuten hin, die ihn an Einfluß oder an Reichtum übertrafen, und die Natur hatte ihn mit der seltenen Geschicklichkeit begabt, immer gerade den Augenblick zu ergreifen, wo es möglich und angebracht war, von den Leuten Vorteil zu ziehen.

Als Pierre in so unerwarteter Weise ein reicher Mann und ein Graf Besuchow geworden war, fand er sich, nachdem er noch bis vor kurzem ganz für sich und ganz unbekümmert gelebt hatte, nun dermaßen von Menschen umringt und in Anspruch genommen, daß er nur noch im Bett die Möglichkeit hatte, mit seinen Gedanken allein zu sein. Er mußte Schriftstücke unterzeichnen und mit Gerichts- und Verwaltungsbehörden verhandeln, ohne daß er von dem Inhalt der Schriftstücke und dem Sinn der Verhandlungen einen klaren Begriff gehabt hätte, mußte nach diesem und jenem den Oberadministrator fragen, auf das in der Nähe von Moskau gelegene Gut fahren und eine Menge von Leuten empfangen, die früher nicht einmal von seiner Existenz etwas hatten wissen wollen, jetzt aber sich sehr gekränkt und verletzt gefühlt haben würden, wenn er ihren Besuch nicht angenommen hätte. Alle diese verschiedenartigen Personen: Geschäftsleute, Verwandte, Bekannte, alle waren sie in gleicher Weise gegen den jungen Erben gut und freundlich gesinnt; alle waren sie sichtlich und zweifellos von Pierres vortrefflichen Eigenschaften überzeugt. Fortwährend bekam er Redewendungen zu hören wie: »Bei Ihrer außerordentlichen Güte«, oder: »Bei Ihrem vortrefflichen Herzen«, oder: »Sie selbst sind ein so reiner Charakter, Graf«, oder: »Wenn er Ihren Verstand besäße« usw., so daß er allen Ernstes an seine außerordentliche Güte und an seinen außerordentlichen Verstand zu glauben anfing, um so mehr da er im Grunde seiner Seele immer schon der Ansicht gewesen war, daß er tatsächlich ein sehr guter und ein sehr kluger Mensch sei. Sogar solche Personen, die ihm früher übel gesinnt gewesen waren und ihm mit unverhohlener Feindschaft gegenübergestanden hatten, wurden jetzt freundlich und herzlich gegen ihn. Die früher auf ihn so ergrimmte älteste Prinzessin mit der langen Taille und dem, wie bei einer Puppe, glatt anliegenden Haare kam nach der Beerdigung in Pierres Zimmer. Mit niedergeschlagenen Augen und unter beständigem Erröten sagte sie ihm, sie bedauere lebhaft die zwischen ihnen vorgekommenen Mißverständnisse und fühle sich jetzt nicht berechtigt, um irgend etwas zu bitten; höchstens möchte sie um die Erlaubnis bitten, nach dem schweren Schlag, von dem sie betroffen worden sei, noch einige Wochen in dem Haus bleiben zu dürfen, das ihr so lieb geworden sei und wo sie so viele schwere Opfer gebracht habe. Sie vermochte sich nicht zu beherrschen und brach bei diesen Worten in Tränen aus. Ganz gerührt darüber, daß die sonst so starre, kalte Prinzessin sich so hatte verändern können, ergriff Pierre ihre Hand und bat sie um Verzeihung, er wußte selbst nicht wofür. Gleich noch an diesem Tag begann die Prinzessin, für Pierre einen gestreiften Leibgurt zu stricken, und war nun gegen ihn ganz wie umgewandelt.

»Tue das für sie, mein Lieber; sie hat doch von dem Seligen viel zu leiden gehabt«, sagte Fürst Wasili zu ihm, indem er ihm ein zugunsten der Prinzessin ausgestelltes Schriftstück zur Unterschrift vorlegte.

Fürst Wasili war zu der Ansicht gelangt, man müsse der armen Prinzessin diesen Knochen, einen Wechsel über dreißigtausend Rubel, hinwerfen, damit es ihr nicht in den Sinn komme, über seine, des Fürsten Wasili, Beteiligung an der Geschichte mit dem Mosaikportefeuille anfangen zu reden. Pierre unterschrieb den Wechsel, und seitdem wurde die Prinzessin gegen ihn noch liebenswürdiger. Auch die beiden jüngeren Schwestern waren freundlich gegen ihn, namentlich die jüngste, die hübsche, die mit dem Leberfleck, und sie setzte Pierre oft durch ihr Lächeln und ihre Verlegenheit bei seinem Anblick selbst in Verlegenheit.

Daß alle Menschen ihn gern hatten, fand Pierre so natürlich, und es wäre ihm so unnatürlich vorgekommen, wenn ihn jemand nicht hätte leiden können, daß es ihm nicht beikam, an der Aufrichtigkeit der Menschen, die ihn umgaben, irgendwie zu zweifeln. Außerdem hatte er gar keine Zeit, sich die Frage nach der Aufrichtigkeit oder Unaufrichtigkeit dieser Menschen vorzulegen. Er hatte beständig zu tun und fühlte sich beständig im Zustand einer milden, vergnüglichen Trunkenheit. Er fühlte sich sozusagen als den Mittelpunkt einer bedeutsamen, allgemeinen Bewegung; er fühlte, daß man von ihm beständig etwas erwartete, und daß, wenn er es nicht tat, er viele kränkte und in ihrer Erwartung täuschte; er hoffte aber, wenn er dies und das tue, dann werde alles gut sein; und so tat er denn, was man von ihm verlangte; freilich blieb der erhoffte Erfolg, daß dann alles gut sein werde, immer aus.

Noch mehr als alle andern hatte in dieser ersten Zeit Fürst Wasili sich nicht nur der Angelegenheiten Pierres, sondern auch der Person desselben bemächtigt. Seit dem Tod des Grafen Besuchow ließ er Pierre nicht aus seinen Händen. Fürst Wasili machte dabei den Eindruck, als sei er von Geschäften überbürdet, ermüdet und erschöpft, könne es aber trotzdem aus Mitleid nicht übers Herz bringen, Pierre dem blinden Zufall und allerlei Gaunern preiszugeben, ihn, den hilflosen Jüngling, den Sohn seines Freundes und, schließlich, den Besitzer eines so gewaltigen Vermögens. In den wenigen Tagen, die Fürst Wasili nach dem Tod des Grafen Besuchow noch in Moskau zubrachte, ließ er Pierre häufig auf sein Zimmer kommen oder ging selbst in Pierres Zimmer und gab ihm über alles, was er tun müsse, Anweisungen in einem solchen Ton der Müdigkeit und der eigenen Überzeugtheit von der Richtigkeit dieser Anweisungen, wie wenn er jedesmal dazu sagte: »Du weißt, daß ich mit Geschäften überhäuft bin und mich nur aus reiner Liebe deiner annehme, und du weißt ferner recht wohl, daß das, was ich dir vorschlage, das einzig mögliche ist.«

»Nun, mein Freund, morgen reisen wir endlich ab«, sagte er eines Tages zu ihm, indem er die Augen zusammenkniff und mit den Fingern leise an Pierres Ellbogen trommelte, und er sagte es in einem Ton, als ob das, was er sagte, schon längst zwischen ihnen eine ausgemachte Sache wäre und man darüber gar nicht andrer Ansicht sein könnte. »Morgen reisen wir; ich gebe dir einen Platz in meinem Wagen. Ich freue mich sehr. Hier ist nun alles, was für uns von Wichtigkeit war, erledigt. Ich für meine Person hätte ja freilich schon längst fort gemußt. Hier, das habe ich vom Kanzler für dich erhalten. Ich hatte ihn in deinem Interesse darum gebeten; du bist nun dem diplomatischen Korps aggregiert und zum Kammerjunker ernannt. Jetzt steht dir die diplomatische Laufbahn offen.«

Obwohl der Ton der Müdigkeit und eigenen Überzeugtheit, mit welchem diese Worte gesprochen wurden, eine Art Zwang auszuüben schien, wollte Pierre, der so lange über seine künftige Laufbahn nachgedacht hatte, etwas erwidern. Aber Fürst Wasili unterbrach ihn in jenem zärtlichen, tiefen Ton, der jede Möglichkeit, dazwischenzureden, ausschloß; dieses Tones pflegte sich Fürst Wasili zu bedienen, wenn es ihm notwendig schien, bei jemandem eine wirklich vollständige Überzeugung zu erwecken.

»Aber, mein Lieber, ich habe das für dich getan, weil es mir Gewissenssache war, und da brauchst du mir nicht zu danken. Noch nie hat sich jemand darüber beklagt, daß die Leute ihn allzu gern hätten. Und dann, du bist ja dein freier Herr; wenn du willst, kannst du dich ja all dieser Ehren morgen wieder entäußern. Du wirst ja in Petersburg selbst sehen, wie es mit allen diesen Dingen steht. Auch hättest du dich schon längst von den schrecklichen Erinnerungen hier losmachen sollen.« Fürst Wasili seufzte. »Ja, ja, ich habe recht, mein Bester … Und mein Kammerdiener mag in deinem Wagen fahren. Ach ja, das hätte ich beinah vergessen«, fügte Fürst Wasili noch hinzu: »Du weißt, mein Lieber, daß der Verstorbene und ich pekuniäre Beziehungen miteinander hatten; da ist denn aus dem Rjasaner Gut etwas an mich gezahlt worden, und ich möchte das zunächst behalten. Du brauchst es ja nicht. Wir beide rechnen schon noch miteinander ab.«

Was Fürst Wasili »etwas aus dem Rjasaner Gut« nannte, waren einige tausend Rubel Pachtzins, die er für sich behalten hatte.

Wie in Moskau, so sah sich Pierre auch in Petersburg von einer großen Menge Menschen umgeben, die ihm freundlich gesinnt und liebevoll zugetan waren. Es war ihm unmöglich, auf das Amt oder richtiger gesagt, auf den Titel (denn zu tun hatte er nichts), den ihm Fürst Wasili verschafft hatte, zu verzichten; der Bekanntschaften, Einladungen und gesellschaftlichen Vergnügungen waren so viele, daß Pierre in noch höherem Grad als in Moskau das Gefühl einer gewissen Benommenheit und unruhigen Hast hatte; es war ihm zumute, als ob etwas, was ihn beglücken sollte, immer im Herannahen begriffen sei, aber nie zur Wirklichkeit werde.

Von dem Junggesellenkreis, in welchem er früher verkehrt hatte, waren viele Genossen zur Zeit nicht in Petersburg: Die Garde war ins Feld gezogen, Dolochow war degradiert, Anatol stand bei einem Regiment in der Provinz. Und Fürst Andrei war im Ausland. So konnte denn Pierre weder die Nächte in der Weise verbringen, wie er sie früher zu verbringen geliebt hatte, noch auch ab und zu durch ein vertrauliches Gespräch mit dem älteren, verehrten Freund sich einen wahren Herzensgenuß verschaffen. Seine ganze Zeit verging bei Diners und Bällen und vor allem, sobald er sich im Haus des Fürsten Wasili befand, in der Gesellschaft der dicken Fürstin, der Frau desselben, und der schönen Helene.

Auch Anna Pawlowna Scherer brachte, ebenso wie alle andern Leute, durch ihr Benehmen Pierre gegenüber zum Ausdruck, daß in seiner gesellschaftlichen Stellung jetzt eine gewaltige Veränderung eingetreten war.

Früher hatte Pierre in Anna Pawlownas Gegenwart beständig das Gefühl gehabt, daß das, was er sagte, unpassend, taktlos, verfehlt sei, und daß seine Reden, die ihm klug erschienen, solange er sie sich im Kopf zurechtlegte, dumm wurden, sobald er sie laut aussprach, während die albernsten Äußerungen des Fürsten Ippolit für klug und hübsch erachtet wurden. Aber jetzt wurde alles, was er sagte, als »charmant« betrachtet. Selbst wenn Anna Pawlowna das nicht geradezu aussprach, sah er doch, daß sie es eigentlich sagen wollte und es nur aus zarter Rücksicht auf seine Bescheidenheit unterließ.

Zu Anfang des Winters von 1805 auf 1806 erhielt Pierre von Anna Pawlowna das übliche rosa Briefchen mit einer Einladung; zu der Einladung hatte sie noch die Bemerkung hinzugefügt: »Sie werden bei mir die schöne Helene finden, die anzuschauen man nie müde wird.«

Als Pierre diesen Satz las, fühlte er zum erstenmal, daß sich zwischen ihm und Helene eine Art von Beziehung gebildet hatte, die von anderen Leuten gewissermaßen als rechtmäßig anerkannt wurde. Einerseits hatte dieser Gedanke für ihn etwas Schreckhaftes, als würde ihm da eine Verpflichtung auferlegt, der er nicht imstande sei gerecht zu werden; andrerseits gefiel ihm die Sache recht gut, da die Voraussetzung einer solchen Beziehung etwas Amüsantes hatte.

Die Soiree bei Anna Pawlowna war von derselben Art wie die erste, nur war das neue Gericht, mit welchem Anna Pawlowna ihre Gäste regalierte, diesmal nicht Mortemart, sondern ein Diplomat, der aus Berlin gekommen war und die neuesten Einzelheiten über den Aufenthalt des Kaisers Alexander in Potsdam mitgebracht hatte; er berichtete, wie die beiden hohen Freunde dort einander geschworen hätten, in unverbrüchlichem Bund die gerechte Sache gegen den Feind des Menschengeschlechtes zu verteidigen. Anna Pawlowna begrüßte Pierre mit einem leisen Beiklang von Traurigkeit, die sich offenbar auf den frischen Verlust beziehen sollte, der den jungen Mann betroffen hatte, also auf den Tod des Grafen Besuchow (wie denn alle es beständig für ihre Pflicht hielten, Pierre zu versichern, daß er über das Hinscheiden seines Vaters, den er doch in Wirklichkeit kaum gekannt hatte, sehr betrübt sei), und diese Traurigkeit war genau von derselben Art wie jene wehmütige Traurigkeit, welche Anna Pawlowna bei Erwähnung der erhabenen Kaiserinmutter Maria Feodorowna zum Ausdruck zu bringen pflegte. Pierre fühlte sich dadurch geschmeichelt. Mit der ihr geläufigen Kunstfertigkeit teilte Anna Pawlowna in ihrem Salon die Gäste in Gruppen. Die größere Gruppe, in welcher sich Fürst Wasili und einige Generale befanden, genoß den Diplomaten; die zweite Gruppe saß am Teetisch. Pierre wollte sich zu der ersteren gesellen; aber Anna Pawlowna, die sich in demselben Zustand der Aufregung befand wie ein Feldherr auf dem Schlachtfeld, wenn ihm viele, viele neue glänzende Ideen kommen, die er kaum Zeit finden wird alle zur Ausführung zu bringen, Anna Pawlowna berührte, sobald sie Pierres Absicht bemerkte, seinen Ärmel mit einem Finger.

»Warten Sie, ich habe für diesen Abend mit Ihnen meine besonderen Absichten.« Sie blickte zu Helene hin und lächelte ihr zu. »Meine liebe Helene, Sie müssen an meiner armen Tante, die Sie mit einer wahren Schwärmerei verehrt, ein gutes Werk tun. Gehen Sie zu ihr hin, und leisten Sie ihr zehn Minuten lang Gesellschaft. Und damit Sie sich nicht allzusehr langweilen, so nehmen Sie hier unsern liebenswürdigen Grafen mit; er wird sich nicht weigern, Sie zu begleiten.«

Die schöne Helene begab sich zu der Tante; aber den jungen Mann hielt Anna Pawlowna noch bei sich zurück, mit einer Miene, als müßte sie noch eine letzte notwendige Anordnung treffen.

»Nicht wahr, sie ist entzückend?« sagte sie zu Pierre, indem sie auf das in leichtem, schwebendem Gang sich entfernende majestätisch schöne

Mädchen deutete. »Und welch ein Anstand! Ein so junges Mädchen, und welch ein feines Taktgefühl besitzt sie, wie meisterhaft weiß sie sich zu benehmen! Das kommt von ihrem prächtigen Herzen her! Glücklich wird der Mann sein, dem sie als Gattin angehören wird! Selbst wenn er persönlich kein Weltmann sein sollte, würde er doch an ihrer Seite ganz von selbst die glänzendste Stellung in der Gesellschaft einnehmen. Nicht wahr? Ich wollte nur Ihre Ansicht kennenlernen.« Damit ließ Anna Pawlowna nun auch Pierre gehen und begleitete ihn selbst zu der Tante.

Pierre gab auf Anna Pawlownas Frage, betreffend Helenens vollendete Kunst sich zu benehmen, mit voller Aufrichtigkeit eine bejahende Antwort. Wenn er manchmal an Helene gedacht hatte, so hatte er namentlich an zwei ihrer Eigenschaften gedacht: an ihre Schönheit und an die außerordentliche, ruhige Geschicklichkeit, mit der sie in Gesellschaft eine schweigsam würdige Haltung beobachtete.

Die Tante empfing die beiden jungen Leute in ihrem Eckchen mit dem üblichen Lächeln, schien aber ihre schwärmerische Verehrung für Helene absichtlich verbergen und vielmehr ihre Furcht vor Anna Pawlowna zum Ausdruck bringen zu wollen. Sie blickte ihre Nichte an, wie wenn sie fragen wollte, was sie denn eigentlich mit diesen beiden jungen Leuten anfangen solle. Als Anna Pawlowna von ihnen zurücktrat, berührte sie noch einmal mit der Fingerspitze Pierres Rockärmel und sagte leise:

»Ich hoffe, Sie werden nun nicht mehr sagen, daß man sich bei mir langweilt.« Dabei richtete sie ihren Blick auf Helene.

Helene lächelte mit einer Miene, welche besagte, sie halte es für unmöglich, daß jemand sie ansehe, ohne von ihr entzückt zu sein. Die Tante räusperte sich, schluckte den Speichel hinunter und sagte auf französisch, sie freue sich sehr, Helene zu sehen; dann wandte sie sich mit derselben Begrüßung und mit derselben Miene zu Pierre. Während des langweiligen, wiederholt stockenden Gesprächs blickte Helene einmal nach Pierre hin und lächelte ihn mit jenem klaren, schönen Lächeln an, mit dem sie alle anzulächeln pflegte. Aber Pierre war dieses Lächeln so gewohnt und fand darin so wenig ihn persönlich Angehendes, daß er es gar nicht weiter beachtete. Die Tante sprach unterdessen gerade von einer Dosensammlung, die Pierres seliger Vater, Graf Besuchow, besessen habe, und zeigte dabei ihre eigene Tabaksdose. Die Prinzessin Helene bat um die Erlaubnis, das Porträt des Gemahls der Tante besehen zu dürfen, das auf der Dose angebracht war.

»Es ist wohl von Wines gemalt«, sagte Pierre, indem er den Namen eines bekannten Miniaturmalers nannte. Er beugte sich dabei über den Tisch, um die Dose in die Hand zu nehmen, horchte aber nach dem Gespräch am andern Tisch hin.

Er erhob sich ein wenig, in der Absicht, um den Tisch herumzugehen; aber die Tante reichte ihm die Dose gerade über Helene weg, hinter ihrem Kopf. Helene beugte sich nach vorn, um Raum zu geben, und blickte lächelnd um sich. Sie trug, wie stets bei Abendgesellschaften, ein nach damaliger Mode vorn und hinten sehr tief ausgeschnittenes Kleid. Ihre Büste, die auf Pierre immer den Eindruck des Marmorartigen gemacht hatte, befand sich in so geringem Abstand von seinen Augen, daß er trotz seiner Kurzsichtigkeit unwillkürlich ihre Schultern und ihren Hals als etwas von reizvollem Leben Erfülltes erkannte, und so nah an seinen Lippen, daß er sich nur ein wenig zu bücken brauchte, um sie zu berühren. Er empfand die Wärme ihres Körpers, roch den Duft ihres Parfüms und hörte das Knistern des Korsetts bei ihren Bewegungen. Er sah jetzt nicht ihre marmorartige Schönheit, die mit dem Kleid zusammen ein einheitliches Ganzes bildete; sondern er sah und fühlte den ganzen Reiz ihres Leibes, dem der Anzug lediglich als Hülle diente. Und nachdem er einmal zu dieser Art des Sehens gelangt war, war er nicht mehr imstande in anderer Weise zu sehen, so wie wir in eine einmal aufgeklärte Täuschung uns nicht wieder zurückversetzen können.

»Hatten Sie denn bisher noch nicht bemerkt, wie schön ich bin?« schien Helene zu fragen. »Hatten Sie gar nicht bemerkt, daß ich ein Weib bin? Ja, ich bin ein Weib, das jedem angehören kann, auch Ihnen«, sagte ihr Blick. Und in diesem Augenblick hatte Pierre das Gefühl, daß Helene seine Frau nicht nur werden könne, sondern werden müsse, unter allen Umständen werden müsse.

Er war davon in diesem Augenblick so fest überzeugt, als ob er schon mit ihr vor dem Altar stünde. Wie und wann es geschehen werde, darüber war er sich nicht klar; er war sich nicht einmal darüber klar, ob es ihm zum Segen gereichen werde (er hatte sogar die Empfindung, daß es aus irgendeinem Grund nicht gutgehen werde); aber daß es geschehen werde, das wußte er.

Pierre schlug die Augen nieder, hob sie wieder in die Höhe und wollte in der Prinzessin Helene von neuem nichts weiter als das ihm fernstehende, ihm fremde schöne Mädchen sehen, das er bisher täglich in ihr gesehen hatte; aber dies zu tun, war er nicht mehr imstande. Er war dazu ebensowenig imstande wie jemand, der im Nebel einen Steppengrashalm gesehen und für einen Baum gehalten hat, nachher, nachdem er gesehen hat, daß es ein Halm ist, von neuem in ihm einen Baum sehen kann. Sie stand ihm auf einmal so nahe, daß ihm beklommen wurde; sie hatte schon Gewalt über ihn. Und zwischen ihm und ihr bestanden jetzt keinerlei Schranken mehr außer denen, die sein eigener Wille errichtete.

»Gut, ich lasse Sie in Ihrem kleinen Winkel. Ich sehe, daß Sie sich da ganz wohl befinden«, hörte er auf einmal Anna Pawlowna sagen.

Pierre überlegte ängstlich, ob er auch nicht irgend etwas Unpassendes getan habe, errötete und blickte rings um sich. Es kam ihm vor, als wüßten alle geradeso gut wie er selbst, was mit ihm geschehen war.

Als er einige Zeit darauf zu der größeren Gruppe trat, sagte Anna Pawlowna zu ihm:

»Ich höre, daß Sie Ihr Haus in Petersburg verschönern lassen.«

Dies war richtig. Der Baumeister hatte ihm gesagt, daß das durchaus notwendig sei, und so ließ denn Pierre, ohne selbst recht zu wissen wozu, sein riesiges Haus in Petersburg neu und schön herrichten.

»Das ist ganz verständig von Ihnen; aber ziehen Sie nicht von dem Fürsten Wasili weg. Es ist gut, einen solchen Freund zu haben, wie es der Fürst ist«, sagte sie und lächelte dem Fürsten Wasili zu. »Ich habe etwas davon gehört. Nicht wahr? Und Sie sind noch so jung. Sie können guten Rat gebrauchen. Seien Sie mir nur nicht böse, daß ich mich der Privilegien bediene, welche alte Frauen nun einmal haben.«

Sie hielt inne, wie ja Frauen, wenn sie sich als alt bezeichnet haben, immer eine Pause machen und auf etwas warten. »Wenn Sie sich verheirateten, dann wäre es freilich eine andere Sache.« Bei diesen Worten faßte sie die beiden mit einem Blick zusammen. Pierre sah Helenen nicht an, und sie nicht ihn. Aber sie stand ihm noch immer in ebenso beängstigender Weise nahe. Er murmelte etwas vor sich hin und errötete.

Als Pierre nach Hause zurückgekehrt war, konnte er lange nicht einschlafen und dachte über das nach, was mit ihm geschehen war. Was war denn mit ihm geschehen? Nichts. Er war nur zu der Erkenntnis gelangt, daß dieses Mädchen, diese Helene, die er schon als Kind gekannt hatte, von der er manchmal gedankenlos gesagt hatte: »Ja, sie ist schön«, wenn ihm andere gesagt hatten, Helene sei eine Schönheit, er war zu der Erkenntnis gelangt, daß dieses Mädchen ihm gehören könne.

»Aber sie ist dumm; ich habe selbst oft gesagt, daß sie dumm sei«, überlegte er. »Es liegt in dem Gefühl, das sie in meiner Seele erweckt hat, etwas Widerwärtiges, etwas Verbotenes. Es ist mir erzählt worden, ihr Bruder Anatol sei in sie verliebt gewesen und sie in ihn; es sei ein richtiger Skandal gewesen, und Anatol sei deswegen aus dem Haus geschickt worden. Und auch Ippolit ist ihr Bruder. Und Fürst Wasili ist ihr Vater. Schlimm, schlimm!« dachte er; aber während er diese Überlegungen anstellte (sie waren noch nicht zu einem Abschluß gelangt), ertappte er sich bei einem Lächeln und merkte, daß eine andere Gedankenreihe durch die erste hindurch zum Vorschein kam, daß er gleichzeitig an Helenens geistige Geringwertigkeit dachte und sich ausmalte, wie sie sein Weib sein werde, wie sie ihn liebgewinnen könne, wie sie eine ganz andere werden könne, und wie alles, was er über sie gedacht und gehört habe, vielleicht unwahr sei. Und dann sah er in ihr wieder nicht mehr die Tochter des Fürsten Wasili, sondern er sah ihren ganzen Körper, nur von einem grauen Kleid verhüllt.

»Aber warum ist mir denn dieser Gedanke früher nie in den Sinn gekommen?« Und wiederum sagte er sich, daß er Helenen nicht zur Frau nehmen könne; es schien ihm in dieser Heirat etwas Häßliches, Widernatürliches, Unehrenhaftes zu liegen. Er erinnerte sich an Helenens frühere Worte und Blicke sowie an die Worte und Blicke derjenigen, die ihn und Helenen zusammen gesehen hatten. Er erinnerte sich an die Worte und Blicke Anna Pawlownas, als sie mit ihm von seinem Haus sprach; er erinnerte sich an tausend derartige Anspielungen von seiten des Fürsten Wasili und anderer Leute, und ein Schrecken überkam ihn, ob er sich auch nicht etwa schon durch irgend etwas zur Ausführung einer Tat verpflichtet habe, die offenbar nicht zum Guten ausschlagen werde und die er nicht ausführen dürfe. Aber zur gleichen Zeit, wo er sich selbst alle diese Erwägungen vorhielt, tauchte von der andern Seite her in seiner Seele ihr Bild, dieses Ideal weiblicher Schönheit, auf.

II

Im November des Jahres 1805 sollte Fürst Wasili vier Gouvernements bereisen, um dort Revisionen vorzunehmen. Er hatte darauf hingewirkt, daß ihm dieser Auftrag erteilt wurde, um erstens dabei zugleich seine in üblem Zustand befindlichen Güter zu besuchen, und zweitens um seinen Sohn Anatol aus der Garnison seines Regiments abzuholen und mit ihm zu dem Fürsten Nikolai Andrejewitsch Bolkonski heranzufahren, in der Absicht, eine Heirat zwischen seinem Sohn und der Tochter dieses reichen alten Mannes zustande zu bringen. Aber bevor er abreiste und diese neue Sache in die Wege leitete, hielt Fürst Wasili für notwendig, die Angelegenheit mit Pierre zur Entscheidung zu bringen, der allerdings in der letzten Zeit ganze Tage zu Hause, das heißt im Haus des Fürsten Wasili, bei dem er wohnte, zugebracht und sich bei Helenens Anwesenheit so lächerlich, aufgeregt und dumm benommen hatte, wie sich das eben für einen Verliebten gehört, aber doch immer noch nicht dazu geschritten war, ihr einen Antrag zu machen.

»Alles sehr schön und gut; aber die Sache muß zum Ende kommen«, sagte eines Morgens Fürst Wasili mit einem trüben Seufzer zu sich selbst; er konnte es sich nicht verhehlen, daß Pierre, der ihm doch in so hohem Grad zu Dank verpflichtet war, in dieser Sache sich nicht ganz angemessen benahm. »Nun, Gott verzeihe es ihm …! Jugend … Leichtsinn … nun ja, man darf es ihm nicht zu schwer anrechnen«, dachte Fürst Wasili und wurde sich mit Vergnügen seiner eigenen Herzensgüte bewußt; »aber die Sache muß zum Ende kommen. Übermorgen ist Helenens Namenstag; ich werde ein paar Leute dazu einladen, und wenn er dann noch nicht versteht, was er zu tun hat, so werde ich selbst die Sache in die Hand nehmen. Jawohl, ich werde die Sache in die Hand nehmen. Ich bin der Vater!«

In der schlaflosen, aufregungsvollen Nacht nach der Abendgesellschaft bei Anna Pawlowna war Pierre schließlich zu der Überzeugung gelangt, daß eine Heirat mit Helene ein Unglück sein würde, und hatte den Entschluß gefaßt, sie zu meiden und wegzureisen; aber seitdem waren anderthalb Monate vergangen, und er war nicht vom Fürsten Wasili weggezogen und fühlte mit Schrecken, daß das Band, das ihn mit Helene verknüpfte, in den Augen der Leute täglich fester werde, daß es ihm ganz unmöglich sei, zu seiner früheren Art, sie anzusehen, zurückzukehren, daß er sich nicht von ihr losreißen könne, und daß, so schrecklich es sei, er sein Schicksal mit dem ihrigen werde verknüpfen müssen. Vielleicht hätte er noch einige Zurückhaltung üben können; aber es verging kein Tag, wo nicht beim Fürsten Wasili (der sonst selten Gäste bei sich gesehen hatte) eine Abendgesellschaft stattfand, an welcher Pierre teilnehmen mußte, wenn er nicht die Erwartung aller enttäuschen und das allgemeine Vergnügtsein stören wollte. Kam Fürst Wasili in den wenigen Minuten, die er zu Hause zubrachte, an Pierre vorbei, so zog er ihn in seiner wunderlichen Manier an der Hand nach unten, hielt ihm zerstreut seine rasierte, faltige Wange zum Kuß hin und sagte entweder: »Auf morgen!« oder: »Iß bei uns zu Mittag, sonst bekomme ich dich heute gar nicht mehr zu sehen«, oder: »Ich bleibe um deinetwillen zu Hause« usw. Nun sprach zwar Fürst Wasili, auch wenn er (wie er sagte) um Pierres willen zu Hause geblieben war, mit ihm doch immer nur wenige Worte; aber trotzdem fühlte sich Pierre außerstande, seine Erwartung zu enttäuschen. Täglich sagte er sich ein und dasselbe: »Ich muß doch endlich über ihr wahres Wesen ins klare kommen und mir darüber Rechenschaft geben, von welcher Beschaffenheit sie eigentlich ist. Habe ich mich früher getäuscht, oder täusche ich mich jetzt?« – »Nein, sie ist nicht dumm; nein, sie ist ein herrliches Mädchen!« gab er sich selbst manchmal zur Antwort. »Nie passiert ihr in irgendwelcher Hinsicht ein Irrtum; nie hat sie etwas Dummes gesagt. Sie spricht wenig; aber was sie sagt, ist immer schlicht und klar. Also ist sie nicht dumm. Nie ist sie unruhig oder verlegen geworden, und sie ist auch jetzt nicht unruhig und verlegen. Also ist sie nicht schlecht!« Es kam, wenn er mit ihr zusammen war, nicht selten vor, daß er Erörterungen über allgemeine Gegenstände anstellte, sozusagen laut dachte; dann antwortete sie ihm jedesmal entweder mit einer kurzen, aber im richtigen Augenblick vorgebrachten Bemerkung, die zeigte, daß der betreffende Gegenstand sie nicht interessierte, oder schweigend mit einem Lächeln und einem Blick, wodurch es ihm nachdrücklicher als auf jede andre Art zum Bewußtsein gebracht wurde, daß sie den Vorrang vor ihm in Anspruch nehmen konnte. Er sah ein: Sie hatte ganz recht, wenn sie alle Erörterungen im Vergleich mit diesem Lächeln für Unsinn erachtete.

Sie wandte sich jetzt immer zu ihm mit einem heiteren, vertraulichen, ihm allein geltenden Lächeln, in welchem eine tiefere Bedeutung lag als in dem für alle bestimmten Lächeln, das ihr Gesicht beständig zierte. Pierre wußte, daß alle nur darauf warteten, daß er endlich ein bestimmtes Wort sage, eine gewisse Linie überschreite, und er wußte, daß er früher oder später diese Linie überschreiten werde; aber eine Art von unbegreiflicher Furcht ergriff ihn schon bei dem bloßen Gedanken an diesen schrecklichen Schritt. Tausendmal im Verlauf dieser anderthalb Monate, in denen er sich immer näher und näher zu diesem ihm so furchtbaren Abgrund hingezogen fühlte, hatte Pierre zu sich gesagt: »Aber was soll denn das heißen? Hier ist entschlossenes Handeln notwendig. Bin ich denn dessen unfähig?«

Er wollte einen festen Entschluß fassen; aber er wurde sich mit Schrekken bewußt, daß es ihm in diesem Fall an der Entschlossenheit mangelte, die er doch sonst an sich kannte und die er auch tatsächlich besaß. Pierre gehörte zu denjenigen Menschen, die nur dann stark sind, wenn sie sich völlig rein fühlen. Aber seit dem Tag, wo sich seiner jenes Gefühl der Begehrlichkeit bemächtigt hatte, das auf Anna Pawlownas Abendgesellschaft bei der Zureichung der Tabaksdose in seiner Seele wach geworden war, seitdem wurde seine Energie durch ein unbewußtes Gefühl der Schuldhaftigkeit dieses Verlangens gelähmt.

An Helenens Namenstag war beim Fürsten Wasili eine kleine Gesellschaft, der engste Kreis, wie die Fürstin sagte, zum Souper geladen, nur Verwandte und Freunde. Allen diesen Verwandten und Freunden war zu verstehen gegeben, daß sich an diesem Tag das Schicksal der Tochter des Hauses, deren Namenstag man feiere, entscheiden werde. Die Gäste saßen bei Tisch. Die Fürstin Kuragina, eine korpulente, ehemals schöne, stattliche Dame, saß auf dem Platz, der ihr als Hausfrau zukam; ihr zu beiden Seiten saßen die vornehmsten Gäste: ein alter General, seine Frau, Anna Pawlowna Scherer und andere; am anderen Ende des Tisches hatten die an Alter und Rang geringeren Gäste ihre Plätze, und ebendort saßen die Hausangehörigen, und zwar Pierre und Helene nebeneinander. Fürst Wasili aß nicht mit, er wanderte am Tisch umher, in fröhlichster Stimmung, und setzte sich bald zu diesem, bald zu jenem seiner Gäste auf ein Weilchen hin. Für einen jeden hatte er ein paar flüchtige, freundliche Worte, mit Ausnahme von Helene und Pierre, deren Anwesenheit er gar nicht zu bemerken schien. Fürst Wasili war das belebende Element der ganzen Gesellschaft. Hell brannten die Wachskerzen; es glänzte das Silber- und Kristallgerät der Tafel, die Schmucksachen der Damen, das Gold und Silber der Epauletten; um den Tisch herum liefen die Diener in roten, langschößigen Röcken; man hörte das Geräusch der Messer, Gläser und Teller und das Stimmengeschwirr der Gespräche, die am Tisch im Gange waren. Man hörte, wie an dem einen Ende der Tafel ein alter Kammerherr einer alten Baronin beteuerte, daß er sie glühend liebe, und wie sie darüber lachte; am andern Ende wurde von dem Mißerfolg einer Sängerin Marja Viktorowna gesprochen. In der mittleren Partie der Tafel bildete Fürst Wasili den Mittelpunkt der Aufmerksamkeit. Er erzählte den Damen mit einem spöttischen Lächeln auf den Lippen von der letzten Mittwochssitzung des Reichsrates, in welcher der neue militärische Generalgouverneur von Petersburg, Sergei Kusmitsch Wjasmitinow, ein von der Feldarmee her eingegangenes Reskript des Kaisers Alexander Pawlowitsch zur Verlesung gebracht hatte. In diesem damals Aufsehen erregenden Reskript hatte der Kaiser, sich an Sergei Kusmitsch wendend, gesagt, er erhalte von allen Seiten Ergebenheitsadressen seines Volkes, und unter diesen sei ihm die Adresse der Stadt Petersburg besonders willkommen; er sei stolz auf die Ehre, das Haupt einer solchen Nation zu sein, und werde sich bemühen, sich dieser Ehre würdig zu zeigen. Das Reskript begann mit den Worten: »Sergei Kusmitsch! Von allen Seiten gehen mir Nachrichten zu« usw.

»Also über ›Sergei Kusmitsch‹ ist er nicht hinausgekommen?« fragte eine der Damen.

»Nein, weiter brachte er fast kein Wort heraus«, antwortete Fürst Wasili lachend. »›Sergei Kusmitsch … von allen Seiten. Von allen Seiten, Sergei Kusmitsch …‹ Weiter konnte der arme Wjasmitinow absolut nicht kommen. Mehrere Male nahm er den Brief von neuem in Angriff; aber sowie er gesagt hatte ›Sergei‹, fing er an zu schlucken … ›Ku… smi… tsch‹, da kamen ihm die Tränen, und die Worte ›von allen Seiten‹ wurden schon ganz von Schluchzen erstickt, und weiter konnte er überhaupt nichts herausbringen. Er benutzte sein Taschentuch und begann wieder: ›Sergei Kusmitsch, von allen Seiten‹, und da liefen ihm wieder die Tränen … Schließlich ersuchte man einen andern, das Reskript vorzulesen.«

»›Kusmitsch … von allen Seiten‹, und da liefen ihm die Tränen …«, wiederholte einer der Gäste lachend.

»Seien Sie doch nicht so boshaft!« sagte Anna Pawlowna vom oberen Ende des Tisches her und drohte mit dem Finger. »Er ist doch ein so braver, ausgezeichneter Mann, unser guter Wjasmitinow …«

Alle lachten herzlich. Auch am oberen Ende des Tisches, auf den Ehrenplätzen, schienen alle heiter zu sein und sich in angeregter Stimmung zu befinden, was sich in verschiedener Weise äußerte; nur Pierre und Helene saßen, beinah am untersten Ende des Tisches, schweigend nebeneinander; auf den Gesichtern beider lag ein strahlendes Lächeln, das sie vergebens zu unterdrücken suchten und das nichts mit Sergei Kusmitsch zu tun hatte, ein Lächeln verschämter Scheu vor ihren eigenen Gefühlen. Und was die andern Tischgenossen anlangte, mochten sie auch noch so eifrig reden und lachen und scherzen, mochten sie auch mit noch so großem Genuß den Rheinwein schlürfen und Ragout und Gefrorenes genießen, mochten sie auch mit ihren Blicken dieses Paar vermeiden und äußerlich gleichgültig und achtlos in bezug auf dasselbe scheinen: Dennoch merkte man an den Blicken, die ab und zu nach den beiden hinüberflogen, daß die Anekdote über Sergei Kusmitsch und das Lachen und das Schmausen alles nur Heuchelei war, und daß die Aufmerksamkeit dieser gesamten Gesellschaft sich mit aller Kraft nur auf dieses Paar, Pierre und Helene, richtete. Fürst Wasili brachte mimisch zur Darstellung, wie Sergei Kusmitsch geschluchzt hatte, aber gleichzeitig huschte sein Blick zu seiner Tochter hin; und während er lachte, sagte der Ausdruck seines Gesichtes: »Recht so, recht so; alles geht gut; heute wird alles zur Entscheidung kommen.« Anna Pawlowna drohte ihm mit dem Finger wegen seiner Spötteleien über »unsern guten Wjasmitinow«; aber in ihren Augen, welche dabei mit schnellem Aufblitzen Pierre streiften, las Fürst Wasili ihren Glückwunsch zu dem künftigen Schwiegersohn und zu der guten Partie, die die Tochter mache. Die alte Fürstin bot mit einem trüben Seufzer ihrer Nachbarin Wein an und sagte mit diesem Seufzer, indem sie ärgerlich nach ihrer Tochter hinblickte, gewissermaßen: »Ja, meine Liebe, uns alten Damen bleibt jetzt nichts weiter übrig als süßen Wein zu trinken; jetzt ist für diese jungen Leute die Zeit gekommen, in so dreister, herausfordernder Weise glücklich zu sein.« Und jener auch hier anwesende Diplomat dachte, während er die glücklichen Gesichter der beiden Liebesleute ansah: »Wie dumm ist doch alles das, was ich da erzähle, indem ich tue, als ob ich dafür Interesse hätte! Da, das da ist das wahre Glück!«

Inmitten der kleinlichen, nichtigen, erkünstelten Interessen, die das verknüpfende Band innerhalb dieser Gesellschaft bildeten, war ein schlichtes, einfaches Gefühl zum Vorschein gekommen: Zwei hübsche, gesunde junge Leute, Mann und Weib, begehrten einander. Und dieses rein menschliche Gefühl schlug siegreich alles andere nieder und schwebte hoch über all dem gekünstelten Geschwätz der übrigen Tischgenossen. Die Scherze waren matt, die Neuigkeiten uninteressant, die ganze Lebhaftigkeit sichtlich nur gespielt. Nicht nur die Tischgenossen fühlten das, sondern sogar die bei Tisch aufwartenden Diener hatten dieselbe Empfindung und begingen hier und da Versehen in ihren dienstlichen Obliegenheiten, weil sie gar zu viel nach der schönen Helene mit dem strahlenden Antlitz und nach dem roten, dicken, glücklichen und aufgeregten Gesicht Pierres hinschauten. Selbst das Licht der Kerzen schien sich nur auf diese beiden glücklichen Gesichter zu konzentrieren.

Pierre fühlte, daß er der Mittelpunkt des Ganzen war, und diese Situation machte ihm zwar Freude, doch war sie ihm auch peinlich. Er befand sich in dem Zustand eines Menschen, der in irgendeine Beschäftigung ganz vertieft ist. Er war außerstande, etwas anderes klar zu sehen, zu hören oder zu verstehen. Nur ab und zu tauchten in seiner Seele plötzlich Bruchstücke von Gedanken und Empfindungen aus der Wirklichkeit auf.

»Also nun ist alles abgemacht!« dachte er. »Wie ist das nur alles gekommen? So schnell! Jetzt weiß ich, daß dies nicht allein um Helenens willen, nicht allein um meinetwillen, sondern um aller willen mit Notwendigkeit zur Ausführung kommen muß. Sie alle sind so fest davon überzeugt, daß es geschehen wird, und warten mit solcher Sicherheit darauf, daß es mir unmöglich, geradezu unmöglich ist, ihre Erwartung zu täuschen. Aber wie wird es geschehen? Das weiß ich nicht; aber geschehen wird es, geschehen wird es unbedingt!« dachte Pierre und blickte dabei auf diese Schultern, die dicht vor seinen Augen schimmerten.

Dann wieder überkam ihn auf einmal eine Art von Schamgefühl. Es war ihm unbehaglich, daß er allein die Aufmerksamkeit aller auf sich zog, daß er in den Augen der andern als ein Glücksprinz dastand, daß er trotz seines unschönen Gesichtes gewissermaßen der Paris war, welcher Helena gewann. »Aber das ist gewiß immer so und muß so sein«, tröstete er sich selbst. »Und übrigens, was habe ich denn eigentlich dazu getan, es so weit zu bringen? Wann hat es denn angefangen? Ich bin mit dem Fürsten Wasili zusammen aus Moskau hierhergefahren. Damals bestand noch nichts. Dann habe ich bei ihm Wohnung genommen, und warum hätte ich das auch nicht tun sollen? Dann habe ich mit ihr Karten gespielt und ihr ihren Ridikül aufgehoben und bin mit ihr spazierengefahren. Aber wann hat dieses Verhältnis begonnen, wann hat dies alles sich herausgebildet?« Und da saß er nun neben ihr, beinah schon als ihr Bräutigam; er hörte, er sah, er fühlte ihre Nähe, ihren Atem, ihre Bewegungen, ihre Schönheit. Und dann wieder schien es ihm auf einmal, als ob nicht sie, sondern er selbst so auffallend schön wäre, daß ihn alle deswegen ansähen; und beglückt durch die allgemeine Bewunderung, warf er sich in die Brust, hob den Kopf in die Höhe und freute sich über sein Glück.

Plötzlich hörte er eine Stimme, eine ihm bekannte Stimme, die etwas zu ihm schon zum zweitenmal sagte. Aber Pierre war mit seinen Gedanken so beschäftigt, daß er nicht verstand, was zu ihm gesagt wurde.

»Ich frage dich, wann du einen Brief von Bolkonski erhalten hast«, wiederholte Fürst Wasili zum drittenmal. »Wie zerstreut du bist, mein Lieber!«

Fürst Wasili lächelte, und Pierre sah, daß alle, alle ihn und Helenen anlächelten.

»Nun gut; wenn ihr es denn wisst ...«, dachte Pierre. »Nun gut; es ist ja auch die Wahrheit.« Und er selbst lächelte in einer sanften, kindlichen Art, und Helene lächelte ebenfalls.

»Wann hast du denn einen Brief bekommen? War er aus Olmütz?« fragte Fürst Wasili noch einmal; anscheinend lag ihm zur Entscheidung eines Streites daran, dies zu wissen.

»Wie kann jemand nur an solche Kleinigkeiten denken und davon reden!« dachte Pierre.

»Ja, aus Olmütz«, antwortete er mit einem Seufzer.

Nach dem Souper führte Pierre seine Dame hinter den andern Paaren her in den Salon. Die Gäste begannen sich zu empfehlen, und manche gingen fort, ohne von Helenen Abschied zu nehmen. Manche traten zwar zu ihr, aber nur für einen Augenblick, als möchten sie sie nicht gern von ihrer wichtigen Beschäftigung abhalten; dann entfernten sie sich schleunigst, und wenn Helene sich anschickte, sie hinauszubegleiten, so baten sie sie ausdrücklich, dies nicht zu tun. Der Diplomat verließ den Salon schweigend und in trüber Stimmung; er mußte daran denken, wie nichtig und unbefriedigend doch seine ganze diplomatische Karriere sei im Vergleich zu Pierres Glück. Der alte General brummte seine Frau ärgerlich an, als sie ihn fragte, wie es mit seinem Bein ginge. »Ach, du alte Schraube!« dachte er. »Wenn man dagegen diese Helene nimmt, die wird auch noch, wenn sie fünfzig Jahre alt ist, eine Schönheit sein.«

»Ich glaube, ich darf Ihnen gratulieren«, flüsterte Anna Pawlowna der Fürstin zu und küßte sie mit bedeutsamer Herzlichkeit. »Wenn ich nicht meine Migräne hätte, wäre ich gern noch geblieben.«

Die Fürstin antwortete ihr nicht; der Neid auf das Glück ihrer Tochter peinigte sie.

Während die Gäste hinausbegleitet wurden, blieb Pierre lange Zeit in dem kleineren Salon mit Helene allein; sie setzten sich beide dorthin. Er war auch früher in diesen anderthalb Monaten oft mit Helene allein geblieben, hatte aber nie zu ihr von Liebe gesprochen. Jetzt fühlte er, daß das notwendig war; aber er konnte sich zu diesem letzten Schritt schlechterdings nicht entschließen. Er schämte sich, und es kam ihm vor, als nähme er hier neben Helene einen Platz ein, der nicht ihm, sondern einem andern zukäme. »Dieses Glück ist nicht für dich«, sagte ihm eine innere Stimme. »Dieses Glück ist für Leute, die das nicht besitzen, was du hast.«

Aber schließlich mußte er doch etwas sagen, und so begann er denn ein Gespräch. Er fragte sie, ob sie mit dem heutigen Abend zufrieden sei. Sie antwortete, wie immer, schlicht und einfach, der heutige Namenstag sei für sie einer der angenehmsten gewesen, die sie je begangen habe.

Einige der nächsten Verwandten waren noch dageblieben. Sie saßen in dem größeren Salon. Fürst Wasili trat mit lässigen Schritten zu Pierre heran. Pierre stand auf und sagte, es sei schon recht spät. Fürst Wasili blickte ihn ernst und fragend an, als ob das, was er gesagt hatte, so sonderbar wäre, daß man sich gar nicht daraus vernehmen könne. Aber gleich darauf änderte sich dieser ernste Ausdruck; Fürst Wasili faßte Pierre an der Hand, wobei er diese nach unten zog, veranlaßte ihn, sich wieder zu setzen, und lächelte freundlich.

»Nun, wie geht es dir, Helene?« wandte er sich dann sofort an seine Tochter in jenem lässigen Ton altgewohnter Zärtlichkeit, wie er Eltern eigen ist, die ihre Kinder von klein auf immer mit größter Freundlichkeit behandelt haben; beim Fürsten Wasili indessen beruhte es nur auf Nachahmung anderer Eltern, daß er diesen Ton so gut traf.

Darauf wandte er sich wieder an Pierre.

»›Sergei Kusmitsch, von allen Seiten ...‹«, sagte er und knöpfte sich den obersten Westenknopf auf.

Pierre lächelte; aber aus der Art seines Lächelns war zu ersehen, daß er das Interesse, welches Fürst Wasili in diesem Augenblick für die Anekdote von Sergei Kusmitsch zu haben schien, als fingiert erkannte; und Fürst Wasili merkte, daß Pierre dies durchschaute. Fürst Wasili brummte etwas vor sich hin und ging hinaus. Pierre hatte den Eindruck, daß sogar Fürst Wasili verlegen sei. Der Anblick der Verlegenheit dieses alten Weltmannes hatte für Pierre etwas Rührendes; er blickte zu Helenen hin auch sie schien verlegen zu sein und ihm mit ihrem Blick zu sagen: »Nun ja, daran sind Sie selbst schuld.«

»Ich muß notwendig den entscheidenden Schritt tun; aber ich kann es nicht, ich kann es nicht«, dachte Pierre und begann wieder von gleichgültigen Dingen zu reden, von Sergei Kusmitsch, indem er sich erkundigte, was denn bei dieser Geschichte so komisch gewesen sei, da er nicht danach hingehört habe. Helene antwortete lächelnd, sie wisse es auch nicht.

Als Fürst Wasili in den größeren Salon zurückkam, redete die Fürstin leise mit einer ältlichen Dame über Pierre.

»Gewiß, es ist ja eine glänzende Partie«, sagte die Fürstin. »Aber, meine Liebe, das Glück …«

»Die Ehen werden im Himmel geschlossen«, antwortete die ältliche Dame.

Fürst Wasili ging, wie wenn er die Damen nicht hörte, nach einer entfernten Ecke und setzte sich dort auf ein Sofa. Er schloß die Augen und schien zu schlummern. Der Kopf fiel ihm auf die Brust; da kam er wieder zu sich.

»Aline«, sagte er zu seiner Frau, »sieh doch einmal nach, was sie tun.«

Die Fürstin begab sich nach der Tür hin, ging mit ernster, gleichgültiger Miene an ihr vorbei und warf dabei einen Blick in den kleineren Salon. Pierre und Helene saßen noch ebenso da wie vorher und unterhielten sich miteinander.

»Immer noch dasselbe«, antwortete sie ihrem Mann.

Fürst Wasili runzelte die Stirn und zog den Mund in Falten nach der Seite; seine Wangen zuckten mit dem ihm eigenen unangenehmen, rohen Ausdruck; er schüttelte sich, stand auf, warf den Kopf zurück und ging mit entschlossenen Schritten an den Damen vorbei in den kleineren Salon. Schnell und freudig trat er auf Pierre zu. Das Gesicht des Fürsten war so ungewöhnlich feierlich, daß Pierre, als er ihn erblickte, erschrocken aufstand.

»Dem Allmächtigen sei Dank!« sagte er. »Meine Frau hat mir alles gesagt!« Er legte den einen Arm um Pierre, den andern um seine Tochter. »Meine liebe Helene! Ich bin sehr, sehr erfreut.« Seine Stimme zitterte. »Ich bin deinem Vater ein treuer Freund gewesen … und sie wird dir eine gute Frau sein … Gott segne euch!«

Er umarmte seine Tochter, dann Pierre und küßte ihn mit seinem übelriechenden Mund. Seine Wangen waren wirklich von Tränen benetzt.

»Fürstin, komm doch her!« rief er.

Die Fürstin kam herein und brach ebenfalls in Tränen aus. Auch die ältliche Dame fuhr sich mit dem Taschentuch über das Gesicht. Pierre wurde geküßt, und er küßte mehrere Male der schönen Helene die Hand. Nach einiger Zeit ließ man das Paar wieder allein.

»Alles das hat wohl so sein müssen und konnte nicht anders sein«, dachte Pierre. »Daher hat es keinen Zweck, zu überlegen, ob es gut oder übel sei. Gut ist es jedenfalls insofern, als die Sache entschieden ist und der frühere qualvolle Zustand des Zweifelns ein Ende hat.« Pierre hielt schweigend die Hand seiner Braut in der seinigen und blickte nach ihrem sich hebenden und senkenden schönen Busen.

»Helene!« sagte er laut, stockte aber sogleich wieder.

»Die Leute pflegen doch bei solchen Gelegenheiten irgend etwas Besonderes zu sagen«, dachte er; aber er konnte sich schlechterdings nicht besinnen, was man eigentlich bei solchen Gelegenheiten zu sagen pflegt. Er blickte ihr ins Gesicht. Sie bewegte sich näher zu ihm heran. Ihr Gesicht überzog sich mit einer leisen Röte.

»Ach, nehmen Sie sie doch ab ... wie heißt es ... diese ...«, sie zeigte auf die Brille.

Pierre nahm die Brille ab, und seine Augen hatten, auch abgesehen von dem sonderbaren Aussehen, das man allgemein bei Leuten findet, die die Brille abgenommen haben, einen erschrockenen, fragenden Ausdruck. Er wollte sich über ihre Hand beugen und sie küssen; aber mit einer schnellen, unfeinen Bewegung des Kopfes fing sie seine Lippen auf und brachte sie mit den ihrigen zusammen. Ihr Gesicht überraschte Pierre durch seinen veränderten Ausdruck: Sie schien verwirrt und befangen zu sein, und das wirkte unangenehm.

»Jetzt ist es schon zu spät; nun ist alles abgemacht; und ich liebe sie ja auch«, dachte Pierre.

»Ich liebe Sie!« sagte er, da ihm nun eingefallen war, was man bei solchen Gelegenheiten sagen müsse; aber diese Worte klangen so armselig, daß er sich darüber schämte.

Nach anderthalb Monaten wurde er getraut und wohnte nun, wie allgemein gesagt wurde, als der glückliche Besitzer einer wunderschönen Frau und vieler Millionen in dem großen, neu hergerichteten Petersburger Haus der Grafen Besuchow.

III

Der alte Fürst Nikolai Andrejewitsch Bolkonski erhielt im November 1805 von Fürst Wasili einen Brief, worin ihm dieser seinen und seines Sohnes bevorstehenden Besuch ankündigte. »Ich mache eine Revisionsreise«, schrieb er, »und da sind mir selbstverständlich hundert Werst kein Umweg, um Sie, hochverehrter Gönner, zu besuchen. Mein Sohn Anatol begleitet mich und geht demnächst zur Armee ab; und ich hoffe, daß Sie ihm erlauben werden, Ihnen persönlich die tiefe Verehrung zu bezeigen, die er nach dem Vorbild seines Vaters für Sie hegt.«

»Ei, ei, wir brauchen Marja gar nicht in Gesellschaft zu bringen; die Bewerber kommen von selbst zu uns hergefahren«, sagte die kleine Fürstin unbedachtsam, als sie von dem bevorstehenden Besuch hörte.

Fürst Nikolai Andrejewitsch runzelte die Stirn und antwortete nicht.

Vierzehn Tage nach Eingang dieses Briefes kam eines Abends zunächst die Dienerschaft des Fürsten Wasili an, und am andern Tag sollte er selbst mit seinem Sohn eintreffen.

Der alte Bolkonski hatte von jeher eine geringe Meinung von dem Charakter des Fürsten Wasili gehabt, und ganz besonders in der letzten Zeit, wo Fürst Wasili in dem neuen Verwaltungssystem unter Kaiser Paul und Kaiser Alexander es zu hohen Ehren und Würden gebracht hatte. Jetzt nun ersah er aus den Andeutungen des Briefes und der Äußerung der kleinen Fürstin, worauf es abgesehen war, und die geringe Meinung von Fürst Wasili ging in der Seele des Fürsten Nikolai Andrejewitsch geradezu in ein Gefühl der Feindseligkeit und Verachtung über. Er stieß beständig prustende, schnaubende Töne aus, wenn er von ihm sprach. An dem Tag, wo Fürst Wasili ankommen sollte, war Fürst Nikolai Andrejewitsch ganz besonders mißgestimmt und übelgelaunt. Ob er nun deswegen übelgelaunt war, weil Fürst Wasili ankommen sollte, oder ob er über die Ankunft des Fürsten Wasili deswegen besonders mißgestimmt war, weil er übelgelaunt war, das war schwer zu sagen; aber jedenfalls war er übelgelaunt, und Tichon hatte schon am Morgen dem Baumeister davon abgeraten, mit seinem Bericht zum Fürsten hineinzugehen.

»Hören Sie nur, wie er geht«, sagte Tichon, indem er den Baumeister auf den Klang der Schritte des Fürsten aufmerksam machte. »Er tritt mit dem ganzen Hacken auf … dann wissen wir immer schon …«

Indessen verließ der Fürst wie gewöhnlich zwischen acht und neun Uhr sein Zimmer, um in seinem Samtpelz mit dem Zobelkragen, den Kopf mit einer Mütze von gleicher Art bedeckt, seinen Spaziergang zu machen. Am Abend vorher war Schnee gefallen. Der schmale Weg, auf welchem Fürst Nikolai Andrejewitsch nach den Treibhäusern ging, war gesäubert; die Spuren des Besens waren auf dem auseinandergefegten Schnee sichtbar, und eine Schaufel war in den lockeren Schneewall hineingestoßen, der sich auf beiden Seiten des schmalen Weges hinzog. Der Fürst wanderte durch die Treibhäuser, durch das Leutehaus und in den Neubauten umher, immer mürrisch und schweigsam.

»Ist Schlittenbahn?« fragte er den Verwalter Alpatytsch, der ihm bis zum Haus das Geleit gab; es war ein ehrwürdig aussehender alter Mann, der im Gesicht und Benehmen mit seinem Herrn eine gewisse Ähnlichkeit hatte.

»Es liegt tiefer Schnee, Euer Durchlaucht. Ich habe schon in der Allee fegen lassen.«

Der Fürst trat mit gesenktem Kopf auf die Stufen vor der Haustür. »Gott sei Dank!« dachte der Verwalter. »Das Unwetter ist vorbeigezogen!«

»Es war schwer durchzukommen, Euer Durchlaucht«, fügte der Verwalter noch hinzu. »Und da wir gehört hatten, Euer Durchlaucht, daß Euer Durchlaucht Besuch von einem Minister erhalten …«

Der Fürst drehte sich zum Verwalter um und starrte ihn mit finsteren Augen an.

»Was? Von einem Minister? Von was für einem Minister? Wer hat fegen lassen?« rief er mit seiner scharfen, harten Stimme. »Für die Prinzessin, meine Tochter, habt ihr den Weg nicht zurechtgemacht, aber für einen Minister tut ihr's! Ich weiß nichts von Ministern!«

»Euer Durchlaucht, ich dachte ...«

»Du dachtest«, schrie der Fürst, indem er die Worte immer hastiger und polternder hervorstieß. »Du dachtest ... Schurken! Halunken ...! Ich werde dich denken lehren!« Er hob seinen Stock in die Höhe, holte damit gegen Alpatytsch aus und hätte ihn geschlagen, wenn der Verwalter nicht unwillkürlich dem Schlag ausgewichen wäre. »Du hast gedacht ... Ihr Halunken ...«, schrie er hastig.

Alpatytsch näherte sich zwar, selbst erschrocken darüber, daß er die Dreistigkeit gehabt hatte, dem Schlag auszuweichen, dem Fürsten sofort wieder und senkte gehorsam vor ihm seinen kahlen Kopf; aber trotzdem, oder vielleicht auch gerade deswegen, erhob der Fürst, der fortwährend schrie: »Halunken. Schüttet den Weg wieder zu!« den Stock nicht zum zweitenmal, sondern lief ins Haus und in sein Zimmer.

Vor dem Mittagessen standen die Prinzessin und Mademoiselle Bourienne, welche wußten, daß der Fürst übelgelaunt war, im Eßzimmer und warteten auf ihn: Mademoiselle Bourienne mit einem strahlenden Gesicht, das besagte: »Ich weiß von nichts und bin ganz so wie immer«, Prinzessin Marja dagegen blaß, mit ängstlicher Miene und niedergeschlagenen Augen. Am meisten litt Prinzessin Marja darunter, daß sie zwar wußte, es sei in solchen Fällen zweckmäßig, sich so zu benehmen wie Mademoiselle Bourienne, sich aber doch außerstande fühlte, es zu tun. Sie sagte sich: »Tue ich, als ob ich es gar nicht merkte, so wird er denken, daß ich keine Anteilnahme für ihn besitze; und benehme ich mich selbst verdrossen und mißgestimmt, dann wird er, wie schon öfters, sagen, ich sei eine Kopfhängerin.«

Der Fürst erblickte beim Eintreten das ängstliche Gesicht seiner Tochter und schnob.

»Dummheit! Albernheit!« murmelte er vor sich hin.

»Und die andre ist gar nicht da! Der haben sie schon etwas geklatscht«, dachte er mit Bezug auf die kleine Fürstin, die nicht im Eßzimmer anwesend war.

»Wo ist die Fürstin?« fragte er. »Versteckt sie sich?«

»Sie fühlt sich nicht ganz wohl«, erwiderte Mademoiselle Bourienne, heiter lächelnd, »und möchte deswegen auf ihrem Zimmer bleiben. Das ist ja in ihrer Lage sehr begreiflich.«

»Hm, hm! Kch, kch!« brummte und räusperte sich der Fürst und setzte sich dann an den Tisch.

Sein Teller kam ihm nicht ganz sauber vor; er wies auf einen Fleck und schleuderte den Teller fort. Tichon fing ihn behende auf und reichte ihn dem Büfettdiener.

Die kleine Fürstin fühlte sich nicht unwohl; aber sie hatte vor dem alten Fürsten eine so unüberwindliche Angst, daß sie auf die Nachricht hin, er sei übler Laune, sich dafür entschieden hatte, ihr Zimmer nicht zu verlassen.

»Ich fürchte für das Kind«, hatte sie zu Mademoiselle Bourienne gesagt. »Wenn ich erschrecke, kann ja das Kind Gott weiß was für Schaden nehmen.«

Überhaupt wurde die kleine Fürstin in Lysyje-Gory ein Gefühl der Furcht und der Abneigung dem alten Fürsten gegenüber keinen Augenblick los; der Abneigung wurde sie sich allerdings nicht recht bewußt, weil die Furcht dermaßen überwog, daß sie die Abneigung nicht so deutlich empfinden konnte. Seinerseits hatte der Fürst gleichfalls eine Abneigung gegen sie, die aber von einem Gefühl der Geringschätzung in den Hintergrund gedrängt wurde. Die Fürstin hatte, nachdem sie die Bewohner von Lysyje-Gory näher kennengelernt hatte, besonderes Gefallen an Mademoiselle Bourienne gefunden; sie hatte sie am Tag viel um sich, bat sie, nachts mit ihr zusammen zu schlafen, und redete mit ihr häufig über ihren Schwiegervater, wobei sie aus ihrem ungünstigen Urteil kein Hehl machte.

»Wir werden ja Besuch bekommen, Fürst«, sagte Mademoiselle Bourienne, während sie mit ihren rosigen Fingern die weiße Serviette auseinanderfaltete. »Seine Exzellenz Fürst Kuragin mit seinem Sohn, wenn ich recht unterrichtet bin?« sagte sie in fragendem Ton.

»Hm … diese Exzellenz ist ein dummer Junge … ich habe ihn noch auf die Schule gebracht«, erwiderte der Fürst in gereiztem Ton. »Und was sein Sohn hier soll, das begreife ich nicht. Die Fürstin Lisaweta* Karlowna und Prinzessin Marja mögen das vielleicht wissen; ich für meine Person weiß nicht, wozu er seinen Sohn mitbringt. Ich habe kein Verlangen nach ihm.« Er blickte seine Tochter an, die rot geworden war. »Ist dir nicht wohl? Vielleicht aus Furcht vor diesem Minister, wie den Menschen dieser Tölpel, der Alpatytsch, heute nannte?«

»Nein, lieber Vater, mir ist ganz wohl.«

Wenn auch Mademoiselle Bourienne bei der Wahl des ersten Gesprächsthemas arg fehlgegriffen hatte, so verstummte sie darum doch nicht, sondern plauderte über die Treibhäuser, über die Schönheit einer

* = Lisa. Anmerkung des Übersetzers.

neuen Blume, die soeben aufgeblüht war, und der Fürst war nach der Suppe etwas sanfter geworden.

Nach dem Essen ging er zu seiner Schwiegertochter. Die kleine Fürstin saß an einem Tischchen und plauderte mit dem Stubenmädchen Mascha. Als sie ihren Schwiegervater erblickte, wurde sie blaß.

Die kleine Fürstin hatte sich in ihrem Äußern sehr verändert und war jetzt eher häßlich zu nennen als schön. Die Wangen waren schlaff geworden, die Oberlippe hatte sich hinaufgehoben, die Augen hatten sich nach unten gezogen.

»Ich fühle mich so müde und schwer«, antwortete sie auf die Frage des Fürsten nach ihrem Befinden.

»Hast du einen Wunsch?«

»Nein, danke, lieber Vater.«

»Nun, schön, schön.«

Er ging wieder hinaus; als er in das Geschäftszimmer kam, stand dort Alpatytsch mit gesenktem Kopf.

»Ist der Weg wieder zugeschaufelt?«

»Jawohl, Euer Durchlaucht; verzeihen Sie mir, ich bitte Sie inständig … Ich habe nur aus Dummheit …«

Der Fürst unterbrach ihn und lachte in seiner unnatürlichen Weise.

»Nun, gut, gut.«

Er streckte ihm die Hand hin, welche Alpatytsch küßte, und ging in sein Arbeitszimmer.

Am Abend traf Fürst Wasili ein. In der Mitte kamen ihm Kutscher und Diener entgegen und halfen mit vielem Geschrei seine Schlitten auf dem geflissentlich mit Schnee beschütteten Weg nach dem Seitenflügel schaffen.

Fürst Wasili und Anatol waren jeder in einem besonderen Zimmer untergebracht worden.

Anatol hatte sich den Rock ausgezogen und saß, die Arme in die Seiten gestemmt, an einem Tisch, auf dessen Ecke er seine schönen, großen Augen unverwandt gerichtet hielt; er lächelte zerstreut. Er betrachtete sein ganzes Leben als eine ununterbrochene Reihe von Amüsements, die irgend jemand aus irgendeinem Grund für ihn zu veranstalten verpflichtet sei. So faßte er auch jetzt seinen Besuch bei dem bösen alten Mann und der reichen, häßlichen Erbin auf. Die ganze Sache konnte, wie er annahm, einen sehr hübschen, vergnüglichen Ausgang haben. »Warum soll ich sie nicht heiraten, wenn sie sehr reich ist? Geld zu haben, das kann einem niemals schaden«, dachte Anatol.

Er rasierte und parfümierte sich mit der Sorgfalt und Eleganz, die ihm zur Gewohnheit geworden waren, und trat, den schönen Kopf hoch aufgerichtet, mit dem gutmütigen, sieghaften Gesichtsausdruck, den ihm die Natur verliehen hatte, in das Zimmer seines Vaters. Um den Fürsten Wasili waren seine beiden Kammerdiener eifrig beschäftigt, ihn anzukleiden; er selbst blickte munter und lebhaft um sich und nickte dem eintretenden Sohn heiter zu, wie wenn er sagen wollte: »Recht so! So hatte ich dich auch haben wollen.«

»Nein, aber nun ohne Scherz, Papa, ist sie wirklich sehr häßlich? Ja?« fragte er auf französisch wie in Fortsetzung eines auf der Reise mehrfach geführten Gesprächs.

»Hör auf mit diesen Torheiten! Die Hauptsache ist: Gib dir rechte Mühe, dich dem alten Fürsten gegenüber respektvoll und vernünftig zu benehmen.«

»Wenn er aber zu schimpfen anfängt, mache ich, daß ich davonkomme«, sagte Anatol. »Alte Leute von der Sorte kann ich nicht ausstehen.«

»Vergiß nicht, daß für dich hiervon alles abhängt.«

Unterdessen war im Zimmer der Stubenmädchen nicht nur die Ankunft des Ministers und seines Sohnes bekanntgeworden, sondern es hatte auch bereits eine detaillierte Schilderung der äußeren Erscheinung der beiden Gäste stattgefunden. Prinzessin Marja aber saß allein in ihrem Zimmer und suchte vergeblich ihre Aufregung zu bewältigen.

»Warum ist mir davon geschrieben worden? Warum hat mir Lisa davon gesagt? In welche Lage komme ich dadurch!« sagte sie zu sich selbst, während sie in den Spiegel blickte. »Wie kann ich nun in den Salon gehen? Selbst wenn er mir gefiele, könnte ich mich jetzt ihm gegenüber nicht so geben, wie ich wirklich bin.« Schon der Gedanke an den Blick ihres Vaters versetzte sie in Angst.

Die kleine Fürstin und Mademoiselle Bourienne hatten bereits alle erforderlichen Nachrichten von dem Stubenmädchen Mascha erhalten: Der Sohn des Ministers sei ein hübscher junger Mann mit roten Backen und schwarzen Augenbrauen; sein Papa habe sich nur mühsam mit seinen Beinen die Treppe hinaufgeschleppt, er aber sei wie ein Hirsch hinter ihm hergelaufen gekommen, immer drei Stufen mit einem Schritt. Als sie diese Nachrichten erhalten hatten, gingen die kleine Fürstin und Mademoiselle Bourienne nach dem Zimmer der Prinzessin, welche die lebhaft redenden Stimmen der beiden schon vom Korridor her hörte.

»Marja, sie sind angekommen, weißt du schon?« sagte die kleine Fürstin, ging mit dem watschelnden Gang, zu dem ihr Zustand sie nötigte, auf einen Lehnstuhl zu und ließ sich schwerfällig in ihn hineinsinken.

Sie trug nicht mehr den Morgenrock, in welchem sie vorher auf ihrem Zimmer gesessen hatte, sondern hatte eines ihrer besten Kleider angelegt; ihr Kopf war sorgfältig frisiert, und auf ihrem Gesicht lag der Ausdruck einer fröhlichen Lebhaftigkeit, die jedoch die erschlafften und blaß gewordenen Gesichtszüge nicht verbergen konnte. Bei dieser Toilette, die sie gewöhnlich auf Gesellschaften in Petersburg zu tragen pflegte, wurde es noch augenfälliger, wie sehr die kleine Fürstin an Schönheit verloren hatte. Auch Mademoiselle Bourienne hatte bereits an ihrem Anzug diese und jene leise Vervollkommnung angebracht, was ihrem hübschen, frischen Gesicht noch mehr Reiz verlieh.

»Nun, und Sie bleiben, wie Sie gerade waren, Prinzessin?« sagte sie. »Es wird uns gleich gemeldet werden, daß die Herren im Salon sind; wir müssen dann hinuntergehen, und Sie machen nicht einmal ein ganz klein bißchen Toilette!«

Die kleine Fürstin stand von ihrem Lehnstuhl auf, klingelte dem Stubenmädchen, entwarf fröhlich und eilig einen Plan für die Toilette der Prinzessin Marja und begann ihn zur Ausführung zu bringen. Prinzessin Marja hatte die Vorstellung, daß die Erregung, in welche die Ankunft dieses Bewerbers sie versetzte, ihrer eigenen Würde nicht entspreche, und dies war ihr peinlich; noch peinlicher aber war es ihr, daß ihre beiden Freundinnen eine derartige Erregung für ganz selbstverständlich hielten. Hätte sie ihnen gesagt, wie sehr sie sich wegen ihrer eigenen Gemütsverfassung und für sie beide schäme, so hätte sie damit ihre Erregung verraten; überdies hätte ein Sträuben gegen die ihr vorgeschlagene bessere Toilette nur zu längeren Neckereien und hartnäckigem Zureden geführt. Sie wurde rot, ihre schönen Augen trübten sich, ihr Gesicht überzog sich mit Flecken, und mit jener unschönen Miene eines Opferlammes, die ihr Gesicht am allerhäufigsten trug, gab sie sich ganz in die Gewalt ihrer Gesellschafterin und ihrer Schwägerin. Beide bemühten sich mit vollster Aufrichtigkeit, sie schön zu machen; denn sie war so häßlich, daß keine von beiden auf den Gedanken an die Möglichkeit einer Rivalität kommen konnte. Daher machten sich beide mit vollster Aufrichtigkeit daran, sie zu putzen, in der naiven, festen Überzeugung der Frauen, daß die Toilette ein Gesicht schön machen kann.

»Nein, wirklich, meine Liebste, Beste, dieses Kleid taugt nichts«, sagte Lisa, indem sie aus einiger Entfernung von der Seite her die Prinzessin betrachtete. »Du hast ja ein dunkelrotes, das laß dir geben. Wirklich! Wer weiß, vielleicht entscheidet sich dadurch das Schicksal deines Lebens. Aber dieses ist zu hell, das taugt nichts, nein, das taugt nichts!«

Der Fehler lag nicht an dem Kleid, sondern an dem Gesicht und der ganzen Gestalt der Prinzessin; aber dafür hatten Mademoiselle Bourienne und die kleine Fürstin kein Verständnis; sie meinten, wenn sie zu dem hinaufgekämmten Haar ein blaues Band hinzutäten und eine blaue Schärpe über das dunkelrote Kleid herabfallen ließen und mehr dergleichen, dann werde alles gut sein. Sie vergaßen, daß das ängstliche Gesicht und die ganze Gestalt sich eben nicht ändern ließen; und daher blieb, mochten sie auch in der Umrahmung und dem Schmuck dieses Gesichtes noch so viele Änderungen vornehmen, doch das Gesicht selbst kläglich und unschön. Nach zwei oder drei Umänderungen, denen Prinzessin Marja sich gehorsam fügte, war man fertig: Das Haar war nach oben gekämmt (eine Frisur, die das Gesicht der Prinzessin völlig veränderte und entstellte) und um das elegante, dunkelrote Kleid eine blaue Schärpe geschlungen. Die kleine Fürstin ging ein paarmal im Kreis um die Prinzessin herum, legte mit ihrer kleinen Hand hier eine Falte am Kleid in Ordnung, zupfte dort an der Schärpe und betrachtete mit schiefgehaltenem Kopf das Werk bald von der einen, bald von der andern Seite.

»Nein, es geht nicht!« sagte sie in entschiedenem Ton und schlug die Hände zusammen. »Nein, Marja, das steht dir entschieden nicht. Du gefällst mir weit besser in deinem einfachen grauen Alltagskleid. Bitte, tue es mir zuliebe! Katja«, sagte sie zu dem Stubenmädchen, »bringe der Prinzessin das graue Kleid! Und dann sollen Sie sehen, Mademoiselle Bourienne, wie ich es zurechtstutzen werde«, sagte sie lächelnd, im Vorgeschmack der Künstlerfreude.

Aber als Katja das verlangte Kleid brachte, saß Prinzessin Marja, ohne sich zu rühren, vor dem Spiegel und blickte ihr Gesicht an, und Katja sah im Spiegel, daß der Prinzessin die Tränen in den Augen standen, und daß ihr Mund zitterte und sie nahe daran war, loszuschluchzen.

»Bitte schön, Prinzessin«, sagte Mademoiselle Bourienne, »jetzt nur noch eine kleine Anstrengung.«

Die kleine Fürstin nahm das Kleid dem Stubenmädchen aus den Händen und trat damit zur Prinzessin Marja.

»Jetzt wollen wir aber die Sache ganz einfach und doch allerliebst machen«, sagte sie.

Die Stimmen der Fürstin, der Gesellschafterin und des Stubenmädchens, die über etwas lachte, flossen zu einem munteren Gezwitscher zusammen, ähnlich dem Durcheinander von Vogelstimmen.

»Nein, laßt mich!« antwortete die Prinzessin.

Ihre Stimme klang so ernst und leidvoll, daß das Vogelgezwitscher sofort verstummte. Die kleine Fürstin und Mademoiselle Bourienne blickten in diese großen, schönen, mit Tränen angefüllten Augen, welche die Gedanken der Prinzessin erkennen ließen und mit dem deutlichen Ausdruck flehender Bitte auf sie gerichtet waren, und sie sahen ein, daß alles weitere Zureden nutzlos, ja grausam sein würde.

»Ändere wenigstens die Frisur«, sagte die kleine Fürstin. »Ich habe es Ihnen ja gesagt«, fügte sie, zu Mademoiselle Bourienne gewendet, vorwurfsvoll hinzu. »Marja hat eine Figur, zu der diese Art von Frisur absolut nicht paßt. Absolut nicht, absolut nicht. Bitte, bitte, ändere die Frisur, ja?«

»Laßt mich, laßt mich, mir ist das alles ganz gleichgültig«, antwortete Prinzessin Marja, und es war ihrer Stimme anzuhören, daß sie nur mit Mühe die Tränen zurückhielt.

Mademoiselle Bourienne und die kleine Fürstin mußten sich im stillen bekennen, daß Prinzessin Marja in dieser Toilette sehr häßlich war, häßlicher als sonst; aber es war nun schon zu spät. Sie blickte die beiden mit einem Ausdruck an, den diese auf ihrem Gesicht recht wohl kannten: Dieser Ausdruck sprach von vielem Denken und von tiefer Traurigkeit. Dieser Gesichtsausdruck flößte ihnen zwar keine Furcht vor Prinzessin Marja ein (dieses Gefühl erweckte sie überhaupt bei niemandem); aber sie wußten, daß, sobald sich auf ihrem Gesicht dieser Ausdruck zeigte, sie ganz schweigsam wurde und sich in ihren Entschlüssen nicht wankend machen ließ.

»Du wirst die Frisur noch ändern, nicht wahr?« sagte Lisa und verließ, als Prinzessin Marja keine Antwort gab, das Zimmer.

Prinzessin Marja blieb allein. Lisas Wunsch ließ sie unerfüllt; sie unterließ es nicht nur, ihre Frisur zu ändern, sondern blickte auch überhaupt nicht mehr in den Spiegel. Mit niedergeschlagenen Augen und kraftlos herabhängenden Armen saß sie schweigend da und dachte nach. Sie dachte sich einen Mann, ein starkes, ihr in allem überlegenes Wesen von unbegreiflicher Anziehungskraft, und dieser Mann würde sie dann plötzlich in seine eigene, völlig andersartige, glückselige Welt versetzen. Und sie dachte sich ein eigenes Kind an ihrer eigenen Brust, ein solches Kind, wie sie gestern eines bei der Tochter ihrer Amme gesehen hatte; und der Mann würde daneben stehen und sie und das Kind zärtlich anblicken. »Aber nein, es ist nicht möglich; ich bin zu häßlich«, dachte sie.

»Bitte, zum Tee; Seine Durchlaucht der Fürst werden sogleich in den Salon kommen«, meldete das Stubenmädchen, die Tür ein wenig öffnend.

Sie kam von ihren Träumereien wieder zu sich und erschrak über ihre Gedankengebilde. Sie stand auf, trat, ehe sie nach unten ging, vor den Heiligenschrein, richtete ihre Augen auf das von einem Lämpchen beleuchtete, schwarz gewordene Antlitz eines großen Christusbildes und blieb einige Minuten lang mit gefalteten Händen vor ihm stehen. Ein qualvoller Zweifel erfüllte schon seit längerer Zeit ihre Seele. War für sie die Freude der Liebe, der irdischen Liebe zu einem Mann, möglich? Bei ihren Gedanken an die Ehe träumte Prinzessin Marja ja auch von Familienglück und Kindern; aber das wesentlichste, wichtigste, geheimste Stück ihrer Träumereien war doch die irdische Liebe. Dieses Gefühl war um so stärker geworden, je mehr sie es vor andern und sogar vor sich selbst zu verbergen gesucht hatte. »Mein Gott«, sagte sie jetzt bei sich, »wie kann ich nur in meinem Herzen diese mir vom Teufel eingegebenen Gedanken ersticken? Wie soll ich es anfangen, mich auf immer von solchen bösen Wünschen freizumachen, um mit ruhiger Seele Deinen Willen zu erfüllen?« Und kaum hatte sie diese Frage gestellt, als ihr auch schon Gott durch ihr eigenes Herz die Antwort darauf gab: »Wünsche nichts für dich selbst; suche nicht, beunruhige dich nicht, sei nicht neidisch. Das zukünftige Schicksal der Menschen und deine eigene Bestimmung müssen dir unbekannt bleiben; aber lebe so, daß du zu allem bereit bist. Wenn es Gott gefallen sollte, dich in den Pflichten des Ehestandes zu prüfen, so sei bereit, Seinen Willen zu erfüllen.« Mit diesem beruhigenden Gedanken (aber doch mit der Hoffnung auf Erfüllung ihres verbotenen irdischen Wunsches) bekreuzte sich Prinzessin Marja seufzend und ging hinunter; sie dachte nun weder an ihr Kleid, noch an ihre Frisur, noch daran, wie sie eintreten und was sie sagen solle. Wie unwichtig war das alles im Vergleich mit der Vorherbestimmung Gottes, ohne dessen Willen kein Haar von dem Kopf eines Menschen fällt!

IV

Als Prinzessin Marja in den Salon trat, waren Fürst Wasili und sein Sohn dort bereits anwesend und in einer Unterhaltung mit der kleinen Fürstin und mit Mademoiselle Bourienne begriffen. Als sie mit ihrem schweren Gang (sie trat mit den Hacken auf) hereinkam, erhoben sich die Herren und Mademoiselle Bourienne, und die kleine Fürstin stellte sie den Herren mit den Worten vor: »Da ist Marja.« Prinzessin Marja blickte sämtliche anwesenden Personen aufmerksam an und beobachtete an ihnen mancherlei Einzelheiten: Sie sah das Gesicht des Fürsten Wasili, das bei ihrem Anblick noch einen Augenblick lang ernst blieb und dann sofort lächelte, und das Gesicht der kleinen Fürstin, die neugierig von den Gesichtern der Gäste abzulesen suchte, welchen Eindruck Marja auf sie mache; sie sah auch Mademoiselle Bourienne mit ihrem Band im Haar und mit ihrem hübschen Gesicht und dem ganz ungewöhnlich lebhaften Blick, den sie auf »ihn« richtete; aber »ihn« konnte sie nicht sehen: Sie sah nur etwas Großes, Leuchtendes, Schönes, das sich auf sie zubewegte, als sie ins Zimmer trat. Zuerst trat Fürst Wasili zu ihr heran, und sie küßte seinen kahlen Kopf, der sich über ihre Hand beugte, und antwortete auf seine Bemerkung, daß sie sich seiner wohl nicht mehr erinnere, sie erinnere sich seiner im Gegenteil sehr wohl. Dann trat Anatol zu ihr. Sie sah ihn noch immer nicht. Sie fühlte nur eine weiche Hand, welche mit festem Griff die ihrige faßte, und berührte kaum mit ihren Lippen die weiße Stirn unterhalb des schönen, blonden, pomadisierten Haares. Als sie ihn dann schließlich doch anblickte, war sie von seiner Schönheit überrascht. Anatol hatte den Daumen der rechten Hand hinter einen zugeknöpften Knopf seiner Uniform gesteckt, drückte die Brust heraus, zog den Rücken ein, wiegte sich auf dem einen seitwärts gestellten Bein und hielt den Kopf ein wenig geneigt: In dieser Stellung hielt er schweigend und heiter die Augen auf die Prinzessin gerichtet, aber es machte den Eindruck, als ob er überhaupt nicht an sie denke. Anatol besaß nicht die Gabe der Geistesgegenwart, hatte keine schnelle Fassungskraft und bei der Unterhaltung keine gewandte Zunge; aber dafür besaß er die im gesellschaftlichen Leben sehr wertvolle Eigenschaft der Ruhe und ein durch nichts zu erschütterndes Selbstvertrauen. Wenn jemand, der des Selbstvertrauens ermangelt, bei der ersten Bekanntschaft verstummt und merken läßt, daß er sich der Unschicklichkeit dieses Schweigens bewußt ist und angestrengt nach einem Gesprächsthema sucht, so wirkt das ungünstig; Anatol aber wiegte sich, während er schwieg, auf einem Bein und betrachtete mit vergnügter Miene die Frisur der Prinzessin. Es war deutlich, daß er imstande war, so noch sehr lange in Seelenruhe zu schweigen. »Wenn euch dieses Stillschweigen unbehaglich ist, nun, dann redet; ich für meine Person habe keine Lust dazu«, schien seine Miene zu sagen. Außerdem hatte Anatol im Verkehr mit Frauen eine Manier an sich, die in ganz besonderem Grad geeignet ist, bei diesen Neugier, Furcht und sogar Liebe zu erwecken: Er brachte seine Geringschätzung der Frauen und das Bewußtsein seiner eigenen Überlegenheit stark zum Ausdruck. Er sagte gleichsam durch sein Benehmen zu ihnen: »Ich kenne euch, kenne euch genau; aber wozu soll ich mich mit euch abgeben? Ja, das würde euch freuen, wenn ich's täte!« Möglich, daß er das gar nicht dachte, wenn er mit Frauen zusammen war (und es war sogar wahrscheinlich, daß er es nicht tat, da er überhaupt nur sehr wenig dachte); aber sein Äußeres und sein Benehmen machten diesen Eindruck. Die Prinzessin fühlte das heraus, und wie um ihm zu zeigen, daß sie es nicht im entferntesten darauf anlege, sein Interesse zu erwecken, wandte sie sich zum Fürsten Wasili. Es kam ein lebhaftes, gemeinsames Gespräch in Gang, namentlich durch das Verdienst der kleinen Fürstin mit dem munteren Stimmchen und der Oberlippe mit dem Schnurrbärtchen, die sich hinaufzog, so daß die weißen Zähne sichtbar wurden. Sie brachte dem Fürsten Wasili gegenüber jene scherzhafte Gesprächsart zur Anwendung, deren sich vergnügte, plauderlustige Leute häufig bedienen, und welche darin besteht, daß man so tut, als beständen zwischen einem selbst und dem andern, mit dem man in dieser Weise verkehrt, schon längst scherzhafte Beziehungen und amüsante, den anderen Zuhörern zum Teil unbekannte, gemeinsame Erinnerungen, während doch in Wirklichkeit dergleichen Beziehungen und Erinnerungen gar nicht existieren, wie denn auch zwischen der kleinen Fürstin und dem Fürsten Wasili keine vorhanden waren. Fürst Wasili ging gern auf diesen Ton ein; die kleine Fürstin zog in diese Erinnerungen komische Vorgänge hinein, die sich niemals ereignet hatten, sowie auch die Person Anatols, den sie fast gar nicht kannte. Auch Mademoiselle Bourienne beteiligte sich an diesen gemeinsamen Erinnerungen, und sogar Prinzessin Marja fühlte sich mit Vergnügen in dieses lustige Geplauder hineingezogen.

»Jetzt werden wir Sie wenigstens voll und ganz genießen können, lieber Fürst«, sagte die kleine Fürstin, natürlich auf französisch, zu dem Fürsten Wasili. »Hier ist es anders als auf unsern Abendgesellschaften bei Annette, wo Sie immer sehr bald weglaufen; denken Sie wohl noch an unsere liebe Annette?«

»Gewiß! Aber reden Sie nur nicht mit mir über Politik, wie Annette!«

»Und denken Sie noch an unsern Teetisch?«

»O ja!«

»Warum haben Sie denn nie bei Annette verkehrt?« fragte die kleine Fürstin Anatol. »Ah, ich weiß, ich weiß«, fuhr sie, mit den Augen zwinkernd, fort. »Ihr Bruder Ippolit hat mir von Ihnen Geschichten erzählt, Geschichten! Oh!« Sie drohte ihm mit dem Finger. »Ich weiß von den Streichen, die Sie noch zuletzt in Paris verübt haben.«

»Hat dir Ippolit nicht erzählt, wie es ihm ergangen ist?« sagte Fürst Wasili, zu seinem Sohn gewendet, und ergriff dabei die Fürstin an der Hand, als ob sie ihm hätte weglaufen wollen und es ihm noch gerade gelungen wäre, sie festzuhalten. »Hat er dir nicht erzählt, wie er, Ippolit, vor Leidenschaft für die liebenswürdige Fürstin ganz krank war, und wie sie ihn aus dem Haus wies?«

»Oh! Sie ist die Perle der Frauen, Prinzessin!« wandte er sich an Prinzessin Marja.

Mademoiselle Bourienne ihrerseits ließ bei dem Wort Paris die Gelegenheit nicht unbenutzt, sich an dem gemeinsamen Gespräch über Erinnerungen auch zu beteiligen.

Sie erlaubte sich die Frage, ob es schon länger her sei, daß Anatol Paris verlassen habe, und wie ihm diese Stadt gefalle. Anatol antwortete der Französin mit großem Vergnügen und unterhielt sich, indem er sie lächelnd ansah, mit ihr von ihrem Vaterland. Anatol hatte sich gleich, sowie er dieses hübsche Fräulein erblickt hatte, gesagt, daß es auch hier in Lysyje-Gory nicht langweilig sein werde. »Sehr nett«, dachte er jetzt, während er sie betrachtete; »diese Gesellschafterin ist wirklich sehr nett. Ich hoffe, daß die Prinzessin sie mitnimmt, wenn sie meine Frau wird; die Kleine ist allerliebst.«

Der alte Fürst kleidete sich in seinem Zimmer an, ohne sich zu beeilen, und überlegte mit finsterer Miene, was er zu tun habe. Die Ankunft dieser Gäste ärgerte ihn. »Was habe ich mit dem Fürsten Wasili und seinem Söhnchen zu schaffen? Fürst Wasili ist ein hohler Prahlhans; na, und sein Sohn wird wohl auch ein nettes Bürschchen sein«, brummte er vor sich hin. Er ärgerte sich darüber, daß die Ankunft dieser Gäste in seiner Seele eine Frage wiederaufleben ließ, die er nie hatte entscheiden mögen, sondern, sooft sie in ihm laut wurde, beständig übertäubt hatte, eine Frage, in betreff deren der alte Fürst sich immer einer Selbsttäuschung hingab. Diese Frage bestand darin, ob er sich jemals entschließen werde, sich von Prinzessin Marja zu trennen und sie einem Mann zur Frau zu geben. Der Fürst hatte sich diese Frage noch nie geradezu vorlegen mögen, da er vorherwußte, daß er eine gerechte Antwort darauf geben würde; diese gerechte Antwort aber widerstritt nicht nur seiner Empfindung, sondern in noch höherem Grad seiner gesamten Lebenseinrichtung. Ein Leben ohne Prinzessin Marja, das konnte Fürst Nikolai Andrejewitsch, so wenig er auch seine Tochter anscheinend schätzte, sich gar nicht vorstellen. »Und wozu soll sie heiraten?« dachte er. »Wohl um unglücklich zu werden. Da hat Lisa nun Andrei geheiratet (ein besserer Mann dürfte jetzt schwer zu finden sein), und ist sie etwa mit ihrem Schicksal zufrieden? Und wer wird Marja aus Liebe nehmen? Sie ist häßlich und unbeholfen. Wer sie heiratet, nimmt sie nur um der Konnexionen und des Geldes willen. Und es leben doch so viele als alte Jungfern und sind dadurch eher noch glücklicher.« So überlegte Fürst Nikolai Andrejewitsch, während er sich ankleidete; aber dabei verlangte die immer beiseite geschobene Frage nun unverzügliche Entscheidung. Fürst Wasili hatte seinen Sohn offenbar in der Absicht mitgebracht, um Marjas Hand anzuhalten, und es war zu erwarten, daß er heute oder morgen eine klare Antwort verlangen werde. Name und gesellschaftliche Stellung waren anständig. »Meinetwegen, ich habe nichts dagegen«, sagte der Fürst zu sich selbst; »aber er muß ihrer würdig sein. Und daraufhin müssen wir ihn uns erst einmal ansehen.«

»Daraufhin müssen wir ihn uns erst einmal ansehen!« sagte er laut vor sich hin. »Daraufhin müssen wir ihn uns erst einmal ansehen!«

Er ging wie immer mit energischen Schritten in den Salon, musterte rasch mit einem Blick alle Anwesenden, bemerkte den Kleiderwechsel der kleinen Fürstin und das Haarband der Mademoiselle Bourienne und die häßliche Frisur der Prinzessin Marja und das Lächeln der Mademoiselle Bourienne und Anatols und die Vereinsamung seiner Tochter bei dem allgemeinen Gespräch. »Sie hat sich wie eine Närrin aufgeputzt«, dachte er und sah seine Tochter zornig an. »Schämt sich nicht; und er will gar nichts von ihr wissen!«

Er trat zum Fürsten Wasili.

»Nun, willkommen, willkommen; ich freue mich, dich zu sehen.«

»Für einen lieben Freund kommt's einem auf einen Umweg von ein paar Werst nicht an«, sagte Fürst Wasili in seiner gewöhnlichen Weise: schnell, selbstbewußt und in familiärem Ton. »Das hier ist mein Zweiter; wenden Sie ihm, bitte, Ihr freundliches Wohlwollen zu.«

Fürst Nikolai Andrejewitsch musterte Anatol aufmerksam.

»Ein hübscher Bursche, ein hübscher Bursche!« sagte er. »Na, komm her und küsse mich.« Er hielt ihm die Wange hin.

Anatol küßte den Alten und sah ihn neugierig und mit größter Seelenruhe an; er wartete darauf, ob er bald irgendeine Wunderlichkeit begehen werde, worauf ihn sein Vater vorbereitet hatte.

Fürst Nikolai Andrejewitsch setzte sich auf seinen gewöhnlichen Platz in der Sofaecke, zog einen Sessel für den Fürsten Wasili zu sich heran, wies einladend mit der Hand daraufhin und begann sich nach den neuesten politischen Ereignissen zu erkundigen. Er schien den Bericht des Fürsten Wasili aufmerksam anzuhören, sah aber fortwährend zu Prinzessin Marja hin.

»So lautet die neueste Nachricht aus Potsdam?« sagte er, die letzten Worte des Fürsten Wasili wiederholend; dann stand er plötzlich auf und trat zu seiner Tochter.

»Hast du dich für die Gäste so herausgeputzt, he?« fragte er. »Hübsch siehst du aus, sehr hübsch. Du hast dich für die Gäste auf eine neue Manier frisiert; ich aber sage dir in Gegenwart der Gäste: Untersteh dich nicht wieder, ohne meine Erlaubnis deine Toilette zu ändern.«

»Daran bin ich schuld, lieber Vater«, sagte die kleine Fürstin errötend zur Verteidigung ihrer Schwägerin.

»Sie selbst können tun und lassen, was Sie wollen«, sagte Fürst Nikolai Andrejewitsch und machte vor seiner Schwiegertochter einen Kratzfuß. »Für meine Tochter aber hat es keinen Zweck, sich zu verunstalten; sie ist so schon häßlich genug.«

Damit setzte er sich wieder auf seinen Platz, ohne seine Tochter weiter zu beachten, der die Tränen in den Augen standen.

»Aber nicht doch! Diese Frisur steht der Prinzessin außerordentlich gut«, sagte Fürst Wasili.

»Nun, mein Freundchen, junger Fürst, wie heißt du denn?« wandte sich Fürst Nikolai Andrejewitsch zu Anatol. »Komm mal her, wir wollen ein bißchen miteinander reden, uns kennenlernen.«

»Aha, nun geht der Spaß los!« dachte Anatol und setzte sich lächelnd näher an den alten Fürsten heran.

»Nun also, was ich sagen wollte: Sie sind, wie ich höre, im Ausland erzogen, lieber Freund. Anders als ich und dein Vater; uns hat der Küster Lesen und Schreiben gelehrt. Sagen Sie mir, mein Lieber, Sie sind jetzt bei der Gardekavallerie?« fragte der Alte und blickte dabei aus geringer Entfernung dem jungen Mann unverwandt ins Gesicht.

»Nein, ich bin zur Linie übergegangen«, antwortete Anatol, der kaum imstande war, das Lachen zu unterdrücken.

»Ah! Aller Ehren wert! Sie wollen doch gewiß dem Kaiser und dem Vaterland Ihre Kräfte widmen, lieber Freund? Es ist eine kriegerische Zeit. Ein so kräftiger junger Mann muß dienen, muß dienen. Nun? Stehen Sie im Frontdienst?«

»Nein, Fürst. Unser Regiment ist ausgerückt. Aber ich werde jetzt bei einem anderen Regiment nur in der Liste geführt … Bei welchem Regiment werde ich doch geführt, Papa?« wandte sich Anatol lachend an seinen Vater.

»Eine prächtige Art zu dienen, eine prächtige Art! Bei welchem Regiment werde ich geführt! Hahaha!« sagte Fürst Nikolai Andrejewitsch lachend.

Anatol lachte noch lauter als vorher. Auf einmal machte Fürst Nikolai Andrejewitsch ein finsteres Gesicht.

»Nun, dann kannst du wieder gehen«, sagte er zu Anatol.

Anatol ging lächelnd wieder zu den Damen.

»Du hast sie im Ausland erziehen lassen, Fürst Wasili, nicht wahr?« wandte sich der alte Fürst an den Fürsten Wasili.

»Ich habe für ihre Ausbildung getan, was ich nur konnte; und ich kann Ihnen versichern, daß die dortige Erziehung weit besser ist als die bei uns.«

»Ja, heutzutage ist alles anders, alles neumodisch. Ein frischer Bursche, das muß man sagen! Na, dann wollen wir in mein Zimmer gehen.«

Er faßte den Fürsten Wasili unter den Arm und führte ihn in sein Arbeitszimmer.

Sobald Fürst Wasili mit ihm allein war, eröffnete er ihm sofort, was er wünsche und hoffe.

»Was denkst du dir denn?« erwiderte der alte Fürst ärgerlich. »Meinst du, daß ich sie hier festbinden will? Daß ich mich nicht von ihr trennen kann? Törichte Ideen von euch!« rief er zornig. »Meinetwegen morgen! Nur das sage ich dir: Ich will meinen Schwiegersohn erst genauer kennenlernen. Du kennst meinen Grundsatz: Offenheit und Klarheit in allen Dingen! Ich will meine Tochter morgen in deiner Gegenwart fragen;

wenn sie ihn will, so mag er eine Weile hier bei uns wohnen. Dann werde ich ihn mir ansehen.« Der Fürst schnob durch die Nase. »Mag sie ihn heiraten; mir ganz gleich!« schrie er mit ebenso scharfer, kreischender Stimme wie damals, als er von seinem Sohn Abschied nahm.

»Ich will gegen Sie ganz offen sein«, erwiderte Fürst Wasili in dem Ton eines schlauen Menschen, der überzeugt ist, daß bei dem Scharfblick seines Gegenübers Kniffe und Pfiffe doch nutzlos sein würden. »Sie sehen ja doch die Menschen durch und durch. Anatol ist kein Genie, aber ein ehrlicher, braver Bursche, ein vortrefflicher Sohn und Bruder.«

»Nun, nun, gut, wir wollen sehen.«

Wie alle in der Abgeschiedenheit lebenden Frauen, die lange ohne männliche Gesellschaft gewesen sind, so hatten bei Anatols Erscheinen auch die drei Damen im Hause des Fürsten Nikolai Andrejewitsch das Gefühl, daß ihr Leben bisher eigentlich kein wahres Leben gewesen sei. Bei ihnen allen hatte sich die Kraft, zu denken, zu empfinden, zu beobachten, augenblicklich verzehnfacht, und ihr bisher gleichsam in Finsternis verbrachtes Leben wurde auf einmal von einem neuen, bedeutungsvollen Licht erhellt.

Prinzessin Marja dachte jetzt mit keinem Gedanken mehr an ihr Gesicht und an ihre Frisur. Das hübsche, offene Gesicht des Mannes, der vielleicht bald ihr Gatte wurde, nahm ihre ganze Aufmerksamkeit in Anspruch. Er erschien ihr gutherzig, tapfer, energisch, mannhaft und hochherzig. Von der Richtigkeit dieses Urteils war sie überzeugt. Tausend lokkende Bilder eines künftigen Familienlebens stellte ihre Phantasie ihr unermüdlich vor Augen. Aber sie wies diese Bilder von sich und suchte sie zu verdecken.

»Aber bin ich auch nicht zu kalt gegen ihn?« dachte Prinzessin Marja. »Ich suche mich zurückzuhalten, da ich in der Tiefe meiner Seele die Empfindung habe, daß ich ihm schon gar zu nahe gerückt bin. Aber er weiß ja nichts von alledem, was ich über ihn denke, und glaubt vielleicht, daß er mir unangenehm sei.«

Und nun bemühte sich Prinzessin Marja, gegen den neuen Gast liebenswürdig zu sein; aber auf diese Kunst verstand sie sich nicht. »Das arme Mädchen! Sie ist nichtswürdig häßlich«, dachte Anatol.

Mademoiselle Bourienne, die gleichfalls durch Anatols Ankunft in einen hohen Grad von Aufregung versetzt war, hatte Gedanken von anderer Art. Dieses schöne junge Mädchen, das keine feste Stellung in der Gesellschaft, keine Verwandten und Freunde und nicht einmal eine Heimat besaß, dachte natürlich nicht daran, ihr ganzes Leben dem Dienst beim Fürsten Nikolai Andrejewitsch, der Tätigkeit als seine Vorleserin und der Freundschaft mit Prinzessin Marja zu weihen. Mademoiselle Bourienne wartete schon lange auf den russischen Fürsten, der auf den ersten Blick zu würdigen wissen werde, wie weit sie den häßlichen, schlecht angezogenen, unbeholfenen russischen Fürstentöchtern überlegen sei, sich in sie verlieben und sie entführen werde; und nun war dieser russische Fürst endlich erschienen! Mademoiselle Bourienne hatte eine Geschichte im Kopf, die sie einmal von einer Tante gehört und selbst mit einem Schluß versehen hatte, und die sie sich in Gedanken gern immer wieder erzählte. In dieser Geschichte kam vor, wie vor ein verführtes Mädchen plötzlich ihre arme Mutter, sa pauvre mère, hintrat und ihr Vorwürfe machte, weil sie sich ohne Ehe einem Mann hingegeben hatte. Mademoiselle Bourienne wurde oft bis zu Tränen gerührt, wenn sie in Gedanken »ihm«, dem Verführer, diese Geschichte erzählte. Und nun war dieser »er«, ein echter russischer Fürst, erschienen; der werde sie entführen, und dann werde die arme Mutter erscheinen, und der Fürst werde sie heiraten. So legte sich Mademoiselle Bourienne im Kopf ihr ganzes zukünftiges Leben zurecht, während sie gleichzeitig sich mit »ihm« über Paris unterhielt. Mademoiselle Bourienne ließ sich dabei nicht durch besondere Berechnungen leiten (sie dachte nicht einmal einen Augenblick darüber nach, was sie nun zu tun habe), sondern sie hatte ihr gesamtes Verhalten schon längst sozusagen gebrauchsfertig daliegen und brachte es jetzt einfach bei dem auf der Bildfläche erschienenen Anatol zur Anwendung, dem sie so viel als möglich zu gefallen wünschte und sich bemühte.

Der kleinen Fürstin aber ging es wie einem alten Kavalleriepferd, das den Klang der Trompete hört und zum Galopp ansetzt: Ohne sich dessen bewußt zu werden und ohne an ihren Zustand zu denken, griff sie zu den gewohnten Künsten der Koketterie, ohne jeden Hintergedanken und ohne die Absicht, mit jemand um den Preis zu ringen, lediglich in harmloser, leichtsinniger Fröhlichkeit.

Trotzdem Anatol sich in weiblicher Gesellschaft gewöhnlich das Ansehen gab, als seien ihm die eifrigen Bemühungen der Frauen um ihn zuwider, fühlte er doch bei der Wahrnehmung des Eindrucks, den er auf diese drei Damen gemacht hatte, seine Eitelkeit angenehm gekitzelt. Außerdem begann sich bei ihm der hübschen, herausfordernden Mademoiselle Bourienne gegenüber jenes leidenschaftliche, animalische Gefühl zu regen, das ihn immer mit außerordentlicher Schnelligkeit überkam und zu den ärgsten und tollkühnsten Handlungen hinriß.

Die Gesellschaft begab sich nach dem Tee ins Sofazimmer, und man bat die Prinzessin, doch etwas auf dem Klavier vorzuspielen. Anatol stand, sich auf das Klavier stützend, ihr gegenüber, neben Mademoiselle Bourienne, und seine fröhlichen, lachenden Augen blickten die Prinzessin Marja an. Prinzessin Marja merkte mit qualvoller und zugleich freudiger Erregung, daß seine Blicke auf sie gerichtet waren. Durch ihre Lieblingssonate fühlte sie sich in eine poetische Welt seelischen Empfindens versetzt, und der Blick, den sie auf sich ruhen fühlte, verlieh dieser Welt einen noch höheren poetischen Reiz. Indessen bezog sich Anatols Blick, obgleich er auf die Prinzessin gerichtet war, gar nicht auf diese, sondern auf die Bewegungen von Mademoiselle Bouriennes Füßchen, das er gleichzeitig unter dem Klavier mit seinem Fuß berührte. Auch Mademoiselle Bourienne sah die Prinzessin an, und in ihren schönen Augen lag ebenfalls ein der Prinzessin Marja neuer Ausdruck, ein Ausdruck erschrockener Freude und erwachender Hoffnung.

»Wie lieb sie mich hat!« dachte Prinzessin Marja. »Wie glücklich bin ich jetzt, und welch ein Glück steht mir noch bevor mit einer solchen Freundin und einem solchen Gatten! Wird er wirklich mein Gatte werden?« dachte sie und wagte ihm nicht ins Gesicht zu blicken, da sie immer diesen selben Blick auf sich gerichtet fühlte.

Nach dem Abendessen, als die Gesellschaft auseinander ging, küßte Anatol der Prinzessin die Hand. Sie wußte selbst nicht, wie sie den Mut dazu fand, aber sie blickte ihm gerade in sein schönes Gesicht, das ihren kurzsichtigen Augen nahe kam. Nach der Prinzessin trat er auch zu Mademoiselle Bourienne und küßte ihr die Hand (dies war unpassend; aber er tat alles mit der größten Sicherheit, als müßte es so sein); Mademoiselle Bourienne wurde rot und blickte die Prinzessin erschrocken an.

»Wie zartfühlend sie ist!« dachte die Prinzessin. »Denkt Amélie« (so hieß Mademoiselle Bourienne) »wirklich, ich könnte eifersüchtig werden und ihre reine Zärtlichkeit und Anhänglichkeit an mich nicht zu schätzen wissen?« Sie ging zu Mademoiselle Bourienne hin und küßte sie herzlich. Anatol trat auch zu der kleinen Fürstin, um ihr die Hand zu küssen.

»Nein, nein, nein! Wenn Ihr Vater mir schreiben wird, daß Sie sich gut betragen, will ich Sie meine Hand küssen lassen. Aber nicht vorher.« Sie hob lächelnd den Zeigefinger in die Höhe und verließ das Zimmer.

V

Alle begaben sich auf ihre Zimmer; aber mit Ausnahme Anatols, der sofort einschlief, sowie er sich ins Bett gelegt hatte, schlief in dieser Nacht niemand lange.

»Wird er wirklich mein Gatte werden? Gerade *er,* dieser fremde, schöne, *gute* Mann? Was die Hauptsache ist: dieser gute Mann!« dachte Prinzessin Marja, und eine Ängstlichkeit, die sonst fast nie über sie kam, befiel sie heute. Sie fürchtete sich, um sich zu blicken; es kam ihr vor, als stehe jemand da hinter dem Bettschirm, in der dunklen Ecke. Und diese Gestalt war der Teufel, nein, er, der Mann mit der weißen Stirn und den schwarzen Augenbrauen und dem roten Mund.

Sie klingelte nach dem Stubenmädchen und bat sie, bei ihr im Zimmer zu schlafen.

Mademoiselle Bourienne ging an diesem Abend noch lange im Wintergarten auf und ab; sie wartete vergeblich auf jemand und lächelte bald jemandem zu, bald rührte sie sich selbst bis zu Tränen, indem sie sich die Worte der pauvre mère vergegenwärtigte, die ihr über ihren Fehltritt Vorwürfe machte.

Die kleine Fürstin schalt auf ihr Stubenmädchen, weil sie das Bett nicht ordentlich gemacht habe. Sie konnte weder auf der Seite noch auf dem Rücken liegen. Alles war ihr drückend und unbequem. Ihr Leib war ihr lästig. Er war ihr gerade heute lästiger als sonst je, weil Anatols Gegenwart sie lebhaft in eine andere Zeit zurückversetzte, wo dies alles noch nicht gewesen war und sie sich immer leicht und froh gefühlt hatte. Sie saß in Nachtjacke und Nachthaube auf einem Lehnstuhl. Katja, mit verschlafenem Gesicht und unordentlich sitzenden Zöpfen, schüttelte schon zum drittenmal das schwere Unterbett auf und wendete es um, wobei sie etwas vor sich hinredete.

»Ich sage dir, es waren überall dicke Stellen und Vertiefungen«, wiederholte die kleine Fürstin. »Ich würde selbst gern einschlafen; also kann ich nichts dafür.« Ihre Stimme zitterte wie die eines Kindes, das nahe daran ist loszuweinen.

Auch der alte Fürst schlief nicht. Tichon, der im Halbschlummer dasaß, hörte, wie sein Herr nebenan ärgerlich umherging und durch die Nase schnob. Der alte Fürst hatte die Empfindung, daß er in der Person seiner Tochter beleidigt sei. Diese Beleidigung war die allerschlimmste, weil sie nicht ihm, sondern einem andern angetan war, seiner Tochter, die er mehr als sich selbst liebte. Er hatte sich vorgenommen gehabt, diese ganze Angelegenheit gründlich zu überlegen, um zu erkennen, welche Handlungsweise Gerechtigkeit und Pflicht von ihm verlangten; aber statt dessen ereiferte er sich immer mehr.

»Der erste beste kommt angereist, und gleich ist der Vater und alles vergessen, und sie läuft nach oben und frisiert sich und kokettiert und verleugnet ganz und gar ihr wahres Wesen! Freut sich darauf, vom Vater loszukommen! Und dabei wußte sie, daß ich es bemerken würde. Frr … frr … frr …« (Er schnob.) »Und ich sehe ja doch, daß dieser dumme Junge nur für die Bourienne Augen hat! Wegjagen müßte ich das Frauenzimmer! Daß Marja nicht so viel Stolz besitzt, um zu begreifen, daß dieser Mensch für sie nicht taugt! Und gibt sie ihm nicht um ihrer selbst willen den Laufpaß, wenn sie nun einmal keinen Stolz besitzt, so sollte sie es wenigstens um meinetwillen tun. Ich muß ihr zeigen, daß dieser Lümmel an sie überhaupt nicht denkt und nur zu der Bourienne hinsieht. Sie hat keinen Stolz; aber ich werde ihr das zeigen …«

Der alte Fürst wußte, wenn er seiner Tochter sage, daß sie in einem Irrtum befangen sei und Anatol nur der Bourienne den Hof zu machen beabsichtige, dann werde dadurch das Ehrgefühl der Prinzessin Marja gereizt werden und er werde dann gewonnenes Spiel haben, d.h. sein Wunsch, sich von seiner Tochter nicht zu trennen, werde in Erfüllung gehen. Daher beruhigte er sich über die Sache einigermaßen.

Er rief Tichon und begann sich auszukleiden.

»Der Teufel hat die beiden Kerle hergebracht!« dachte er, während Tichon ihm das Nachthemd über seinen hageren, alten, auf der Brust mit grauen Haaren bewachsenen Körper zog. »Ich habe sie nicht gerufen. Sie sind hergekommen, um mir mein Leben zu zerstören. Viel übrig ist davon sowieso nicht.«

»Hol sie der Teufel!« rief er in dem Augenblick, als sein Kopf noch mit dem Hemd bedeckt war.

Tichon kannte die Gewohnheit des Fürsten, manchmal seine Gedanken laut auszusprechen, und begegnete daher dem ärgerlich fragenden Blick des Gesichts, das nun aus dem Hemd zum Vorschein kam, mit unveränderter Miene.

»Haben sie sich hingelegt?« fragte der Fürst.

Tichon spürte, wie alle guten Diener, instinktmäßig, welche Richtung die Gedanken seines Herrn nahmen. Er erriet, daß die Frage sich auf den Fürsten Wasili und seinen Sohn bezog.

»Sie haben sich hingelegt und das Licht ausgelöscht, Euer Durchlaucht.«

»Lag uns gar nichts dran, lag uns gar nichts dran …«, sagte der Fürst rasch vor sich hin, steckte die Füße in die Pantoffeln und die Arme in den Schlafrock und ging zu dem Sofa hin, auf dem er zu schlafen pflegte.

Obgleich Anatol und Mademoiselle Bourienne sich nicht mit Worten gegeneinander ausgesprochen hatten, so verstanden sie einander dennoch vortrefflich in bezug auf den ersten Teil der Geschichte, bis zum Auftreten der pauvre mère. Sie hatten das Gefühl, daß sie einander vieles im geheimen zu sagen hatten, und suchten daher gleich frühmorgens eine Gelegenheit, sich unter vier Augen zu sehen. Als die Prinzessin zur gewöhnlichen Stunde zu ihrem Vater gegangen war, trafen sich Mademoiselle Bourienne und Anatol im Wintergarten.

Prinzessin Marja näherte sich an diesem Tag der Tür des Arbeitszimmers mit besonderem Herzklopfen. Es kam ihr vor, als wüßten alle Leute nicht nur, daß heute die Entscheidung über ihr Lebensschicksal fallen sollte, sondern als wüßten sie auch, was sie selbst darüber dächte. Sie las das auf dem Gesicht Tichons und auf dem Gesicht des Kammerdieners des Fürsten Wasili, der ihr mit heißem Wasser auf dem Korridor begegnete und sich tief vor ihr verbeugte.

Der alte Fürst benahm sich an diesem Morgen außerordentlich freundlich und rücksichtsvoll gegen seine Tochter. Diesen Ausdruck von Rücksichtnahme kannte Prinzessin Marja an ihm recht wohl. Es war dies der Ausdruck, der auf seinem Gesicht dann zu erscheinen pflegte, wenn sich seine mageren Hände aus Ärger darüber, daß Prinzessin Marja eine arithmetische Aufgabe nicht begriff, zur Faust ballten und er aufstand und von ihr wegging und mit leiser, sanfter Stimme mehrmals ein und dieselben Worte wiederholte.

Er begann das Gespräch und kam sogleich zur Sache; hierbei nannte er seine Tochter zunächst Sie.

»Es ist mir da ein Vorschlag in bezug auf Sie gemacht worden«, sagte er mit gekünsteltem Lächeln. »Ich denke mir, Sie haben schon erraten«, fuhr er fort, »daß Fürst Wasili nicht um meiner schönen Augen willen hierhergekommen ist und seinen Zögling mitgebracht hat.« (Aus einem nicht recht verständlichen Grund bezeichnete Fürst Nikolai Andrejewitsch den Sohn des Fürsten Wasili als dessen Zögling.) »Es ist mir gestern ein Vorschlag in bezug auf Sie gemacht worden. Und da Sie meine Grundsätze kennen, so können Sie sich denken, daß ich die Sache von Ihrer Entscheidung abhängig gemacht habe.«

»Wie soll ich das verstehen, lieber Vater?« fragte die Prinzessin, abwechselnd rot und blaß werdend.

»Welche Frage!« rief der Vater ärgerlich. »Fürst Wasili hat Lust, dich zur Schwiegertochter zu bekommen, und hält für seinen Zögling um deine Hand an. So ist das zu verstehen. ›Wie soll ich das verstehen‹ …!? Und nun frage ich dich, wie du darüber denkst.«

»Ich weiß nicht, wie Sie, lieber Vater …«, begann die Prinzessin fast flüsternd.

»Ich? Ich? Was habe ich damit zu tun? Mich lassen Sie dabei aus dem Spiel. Ich nehme keinen Mann, ich nicht. Was meinen Sie dazu? Das möchte ich wissen.«

Die Prinzessin merkte, daß ihr Vater die Sache nicht mit wohlwollenden Augen ansah; aber im gleichen Augenblick kam ihr der Gedanke, jetzt oder niemals werde sich ihr Lebensschicksal entscheiden. Sie schlug die Augen nieder, um den Blick nicht zu sehen, unter dessen Einwirkung sie (das wußte sie) nicht denken, sondern nur gewohnheitsgemäß gehorchen konnte, und sagte:

»Ich wünsche nur eines: Ihren Willen zu erfüllen. Aber wenn es erforderlich sein sollte, daß ich einen eigenen Wunsch ausspreche ...«

Sie konnte nicht zu Ende sprechen; der Fürst unterbrach sie.

»Famos!« rief er. »Er wird dich mit deiner Mitgift nehmen, und es trifft sich dann sehr schön, daß er auch Mademoiselle Bourienne mitbekommt. Die wird seine Frau sein, und du ...«

Der Fürst hielt inne. Er bemerkte den Eindruck, den diese Worte auf seine Tochter gemacht hatten. Sie ließ den Kopf sinken und war nahe daran zu weinen.

»Nun, nun, das war ja nur Scherz, nur Scherz«, sagte er. »Vergiß nicht, Prinzessin: Ich halte an meinem Grundsatz fest, daß ein Mädchen das Recht hat, selbst zu wählen. Ich lasse dir volle Freiheit. Vergiß das nicht: Von deiner Entscheidung hängt dein Lebensglück ab. Ich komme dabei gar nicht in Betracht.«

»Aber ich weiß ja nicht, lieber Vater ...«

»Keine unnützen Worte mehr! Ihm wird befohlen, wen er heiraten soll; er nimmt dich, er nimmt auch eine beliebige andre; aber du hast freie Wahl ... Geh auf dein Zimmer, überlege dir die Sache und komm in einer Stunde wieder zu mir und sage mir in seiner Gegenwart: ja oder nein. Ich weiß, du wirst beten. Na, meinetwegen, bete. Aber besser wär's, gründlich nachzudenken. Nun geh. – Ja oder nein, ja oder nein, ja oder nein!« schrie er noch, als schon die Prinzessin, der es wie ein Nebel vor den Augen hing, schwankenden Schrittes das Zimmer verlassen hatte.

Sie sagte sich, ihr Schicksal habe sich entschieden, und glücklich entschieden. Aber was der Vater da von Mademoiselle Bourienne gesagt hatte, diese Andeutung war entsetzlich. Es war ja allerdings wohl sicher unwahr; aber entsetzlich war es doch, und sie mußte wider ihren Willen daran denken. Sie ging geradewegs vor sich hin durch den Wintergarten, ohne etwas zu sehen und zu hören, als plötzlich das wohlbekannte Flüstern der Mademoiselle Bourienne sie aus ihren Gedanken auffahren ließ. Sie sah auf und erblickte zwei Schritte von sich entfernt Anatol, der die Französin in den Armen hielt und ihr etwas zuflüsterte. Anatol blickte sich mit einem drohenden Ausdruck auf dem schönen Gesicht nach der Prinzessin Marja um und ließ in der ersten Sekunde die Taille der Mademoiselle Bourienne noch nicht los. Diese letztere hatte die Annäherung der Prinzessin noch nicht bemerkt.

»Wer ist da? Was wollen Sie? Nehmen Sie sich in acht!« schien Anatols Miene zu sagen. Prinzessin Marja sah schweigend die beiden an. Sie war noch immer verständnislos. Endlich stieß Mademoiselle Bourienne einen Schrei aus und lief hinaus. Anatol verbeugte sich vor der Prinzessin Marja mit heiterem Lächeln, wie wenn er sie auffordern wollte, über diesen sonderbaren Vorfall zu lachen, und ging dann achselzuckend durch diejenige Tür hinaus, durch die der Weg nach seinem Zimmer führte.

Eine Stunde darauf kam Tichon zu Prinzessin Marja, um sie zum Fürsten zu rufen. Er fügte hinzu, daß auch Fürst Wasili Sergejewitsch dort sei. In dem Augenblick, als Tichon kam, saß die Prinzessin in ihrem Zimmer auf dem Sofa und hielt die weinende Mademoiselle Bourienne in ihren Armen. Prinzessin Marja streichelte ihr leise den Kopf. Die schönen Augen der Prinzessin, die wieder ganz so ruhig und glänzend waren wie vorher, blickten mit zärtlicher Liebe und herzlichem Mitleid auf das hübsche Gesichtchen der Gesellschafterin.

»Nein, Prinzessin, ich habe den Platz, den ich in Ihrem Herzen einnahm, für immer verloren«, sagte Mademoiselle Bourienne.

»Aber warum? Ich liebe Sie mehr als je«, antwortete Prinzessin Marja, »und werde alles, was in meiner Macht steht, tun, damit Sie glücklich werden.«

»Aber Sie verachten mich; Sie, die Sie so rein sind, werden niemals eine solche Verirrung der Leidenschaft verstehen können. Ach, ich muß an meine arme Mutter denken …«

»Ich verstehe alles«, erwiderte Prinzessin Marja mit trübem Lächeln. »Beruhigen Sie sich, liebe Freundin. Ich muß zu meinem Vater gehen«, sagte sie und verließ das Zimmer.

Fürst Wasili saß, das eine Bein hoch über das andere gelegt, die Tabaksdose in der Hand, bei dem alten Fürsten und machte eine Miene, als sei er tief ergriffen, bedaure und verspotte aber selbst seine Empfindsamkeit. Als die Prinzessin Marja eintrat, zeigte sein Gesicht ein gerührtes Lächeln. Er führte noch schnell eine Prise Tabak zur Nase.

»Ah, meine Liebe, meine Liebe«, sagte er, indem er aufstand und ihre beiden Hände ergriff. Er seufzte und fuhr dann fort: »Das Schicksal meines Sohnes liegt in Ihren Händen. Entscheiden Sie, meine gute, liebe, süße Marja, die ich immer wie eine Tochter geliebt habe.«

Er trat von ihr zurück. In seinen Augen erschien eine wirkliche Träne.

»Frr … frr …«, schnob Fürst Nikolai Andrejewitsch durch die Nase.

»Der Fürst macht dir im Namen seines Zöglings … seines Sohnes einen Antrag. Willst du die Frau des Fürsten Anatol Kuragin werden oder nicht? Sage: ja oder nein«, schrie er, »und ich behalte mir das Recht vor, dann auch meine Meinung zu sagen. Ja, meine Meinung, nur meine Meinung«, fügte Fürst Nikolai Andrejewitsch, zum Fürsten Wasili gewendet, als Antwort auf dessen bittende Miene hinzu. »Ja oder nein?«

»Mein Wunsch, lieber Vater, ist, Sie niemals zu verlassen, mein Leben niemals von dem Ihrigen zu trennen. Ich will nicht heiraten«, sagte sie in festem Ton und blickte mit ihren schönen Augen den Fürsten Wasili und ihren Vater an.

»Unsinn, Dummheiten! Unsinn, Unsinn, Unsinn!« schrie Fürst Nikolai Andrejewitsch mit grimmigem Gesicht, faßte seine Tochter am Arm, so daß sie sich zu ihm beugen mußte; aber ohne sie zu küssen, neigte er nur seine Stirn zu der ihrigen, berührte sie und drückte ihr den Arm, den er festhielt, so stark, daß sie die Stirn runzelte und aufschrie.

Fürst Wasili erhob sich.

»Meine Liebe, ich muß Ihnen sagen, daß dies ein Augenblick ist, den ich nie, nie vergessen werde. Aber, meine Beste, mögen Sie uns nicht ein wenig Hoffnung geben, daß es uns doch noch gelingen könnte, dieses gute, großmütige Herz zu rühren? Sagen Sie, daß vielleicht später ... Die Zukunft ist so lang. Sagen Sie: vielleicht später.«

»Fürst, was ich soeben sagte, ist die ganze Empfindung meines Herzens. Ich danke Ihnen für die Ehre, die Sie mir mit Ihrem Antrag erwiesen haben; aber ich werde niemals die Frau Ihres Sohnes werden.«

»Na, dann ist die Sache ja abgetan, mein Lieber. Habe mich sehr gefreut, dich zu sehen; habe mich sehr gefreut, dich zu sehen. Geh auf dein Zimmer, Prinzessin, geh«, sagte der alte Fürst. »Habe mich sehr gefreut, sehr gefreut, dich zu sehen«, wiederholte er, indem er den Fürsten Wasili umarmte.

»Mein Beruf ist ein anderer«, dachte Prinzessin Marja bei sich, »mein Beruf ist, in anderer Art glücklich zu werden: durch selbstverleugnende Liebe. Um jeden Preis will ich es zu erreichen suchen, daß die arme Amélie glücklich wird. Sie liebt ihn so leidenschaftlich. Sie bereut so tief. Ich werde alles tun, was in meinen Kräften steht, um ihre Heirat mit ihm zustande zu bringen. Wenn er nicht reich ist, so will ich ihr die nötigen Mittel geben; ich will den Vater bitten, ich will Andrei bitten. Ich werde so glücklich sein, wenn sie seine Frau wird! Sie ist so unglücklich, so fremd, so einsam, so hilflos! Und dann, o Gott! Wie leidenschaftlich muß sie ihn lieben, wenn sie sich so weit vergessen konnte! Vielleicht hätte ich dasselbe getan!« dachte Prinzessin Marja.

VI

Die Familie Rostow hatte lange keine Nachrichten von Nikolai gehabt; erst in der Mitte des Winters erhielt der Graf einen Brief, auf dessen Adresse er die Handschrift seines Sohnes erkannte. Erschrocken und eilig und bemüht, von niemand bemerkt zu werden, lief der Graf auf den Zehen mit dem Brief in sein Arbeitszimmer, machte die Tür zu und begann zu lesen. Anna Michailowna, die gehört hatte, daß der Graf einen

Brief bekommen habe (wie sie denn alles erfuhr, was im Haus geschah), kam mit leisen Schritten zum Grafen ins Zimmer und fand ihn mit dem Brief in der Hand schluchzend und zugleich lachend.

Anna Michailowna war, obwohl ihre Verhältnisse sich gebessert hatten, bei Rostows wohnen geblieben.

»Nun, mein lieber Freund?« fragte sie in wehmütigem Ton, zu jeder Art von Anteilnahme bereit.

Der Graf schluchzte noch heftiger.

»Unser lieber Nikolai ... ein Brief ... er ist ver... verwundet gewesen ... meine Beste ... verwundet ... Was wird die Gräfin ... Er ist Offizier geworden ... Gott sei Dank ... Wie sollen wir das nur der Gräfin beibringen?«

Anna Michailowna setzte sich zu ihm, wischte ihm mit ihrem Taschentuch die Tränen aus den Augen, wischte auch die Tropfen weg, die auf den Brief gefallen waren, trocknete ihre eigenen Tränen, beruhigte den Grafen und sprach dann ihre Ansicht dahin aus, sie wolle beim Mittagessen und beim Tee die Gräfin vorbereiten und nach dem Tee mit Gottes gnädigem Beistand ihr alles mitteilen.

Während des Mittagessens sprach Anna Michailowna von Kriegsnachrichten und von Nikolai; sie fragte zweimal, wann der letzte Brief von ihm angekommen wäre, obwohl sie es selbst wußte, und bemerkte, es sei doch sehr leicht möglich, daß heute noch ein Brief von ihm einträfe. Jedesmal jedoch, wenn die Gräfin bei diesen Andeutungen anfing unruhig zu werden und ängstlich bald den Grafen, bald Anna Michailowna anzusehen, lenkte diese das Gespräch ganz unmerklich auf gleichgültige Gegenstände. Natascha, die von der ganzen Familie am meisten die Gabe besaß, die verschiedenen Nuancen im Klang der Stimme, im Blick und im Gesichtsausdruck herauszufühlen, hatte gleich beim Beginn des Mittagessens die Ohren gespitzt und gemerkt, daß zwischen ihrem Vater und Anna Michailowna ein geheimes Einverständnis bestand, und daß es sich dabei um ihren Bruder handelte, und daß Anna Michailowna die Mutter auf etwas vorbereitete. Aber da Natascha wußte, wie sehr es ihrer Mutter immer ans Herz ging, wenn das Gespräch auf Nachrichten von Nikolai kam, so erlaubte sie sich trotz all ihrer Dreistigkeit nicht, bei Tisch eine Frage zu stellen; sie aß vor Unruhe nichts und rückte auf ihrem Stuhl hin und her, ohne auf die tadelnden Bemerkungen ihrer Gouvernante zu hören. Nach dem Mittagessen stürzte sie Hals über Kopf hinter Anna Michailowna her, holte sie im Sofazimmer ein und warf sich ihr im vollen Lauf um den Hals.

»Tantchen, liebes, bestes Tantchen, sagen Sie mir doch, was es gibt!«

»Nichts, liebes Kind.«

»Nein, mein Herzenstantchen, Liebste, Trauteste, Goldene, ich lasse Sie nicht los; ich weiß, daß Sie etwas wissen.«

Anna Michailowna wiegte den Kopf hin und her.

»Sieh mal an, was du für ein Schlaufuchs bist, mein Kind«, sagte sie.

»Wohl ein Brief von Nikolai? Gewiß!« rief Natascha, da sie auf Anna Michailownas Gesicht die bejahende Antwort las.

»Aber nimm dich um Gottes willen recht in acht: Du weißt doch, was für ein Schreck so etwas deiner Mama einjagen kann.«

»Ich werde mich schon in acht nehmen; aber erzählen Sie! Sie wollen es nicht erzählen? Dann gehe ich gleich hin und sage es Mama.«

Anna Michailowna setzte Natascha mit kurzen Worten von dem Inhalt des Briefes in Kenntnis, machte ihr aber zur Bedingung, es niemandem zu sagen.

»Mein heiliges Ehrenwort!« sagte Natascha, sich bekreuzend. »Ich werde es niemandem sagen!« Und sofort lief sie zu Sonja.

»Nikolai … verwundet … ein Brief …«, sagte sie triumphierend und glückselig.

»Nikolai!« Weiter brachte Sonja nichts heraus und wurde einen Augenblick ganz blaß.

Erst jetzt, als Natascha sah, welchen Eindruck die Nachricht von der Verwundung ihres Bruders auf Sonja machte, kam ihr der Gedanke an die traurige Seite dieser Nachricht.

Sie stürzte auf Sonja zu, umarmte sie und brach in Tränen aus.

»Die Verwundung war nicht bedeutend; aber er ist zum Offizier befördert worden. Er ist jetzt gesund; er schreibt selbst«, sagte sie weinend.

»Da sieht man's wieder, was ihr Weibsleute alle für eine weinerliche Bande seid«, sagte der kleine Petja, indem er mit großen, energischen Schritten im Zimmer auf und ab ging. »Ich dagegen freue mich sehr, ich freue mich wirklich sehr, daß mein Bruder sich so ausgezeichnet hat. Aber ihr seid alle Memmen! Ihr versteht nichts davon.«

Natascha lächelte durch ihre Tränen hindurch.

»Du hast den Brief nicht selbst gelesen?« fragte Sonja sie.

»Nein, selbst gelesen habe ich ihn nicht; aber Anna Michailowna hat mir gesagt, es wäre alle Gefahr vorbei, und er wäre schon Offizier.«

»Gott sei Lob und Dank!« sagte Sonja, sich bekreuzend. »Aber vielleicht hat sie es dir nur vorgeredet. Komm, wir wollen zu Mama gehen.«

Petja war ein paarmal schweigend im Zimmer auf und ab gegangen; nun sagte er:

»Wenn ich an Nikolais Stelle gewesen wäre, dann hätte ich noch mehr von diesen Franzosen getötet. Was sind das für Halunken! Ich hätte so viele niedergehauen, daß es ein ganzer Haufe geworden wäre.«

»Sei still, Petja, du bist ein Dummrian!« sagte Natascha.

»Ich bin kein Dummrian; aber Mädchen, die über jede Kleinigkeit heulen, das sind dumme Trinen«, erwiderte Petja.

»Kannst du dich auf ihn besinnen?« fragte Natascha nach einem Stillschweigen, das wohl eine Minute lang gedauert haben mochte.

Sonja lächelte.

»Ob ich mich auf Nikolai besinnen kann?«

»Nein, Sonja, ich meine, ob du dich auf ihn so besinnst, daß du dich ganz genau besinnst, daß du dich auf alles besinnst«, sagte Natascha mit eifrigen Handbewegungen, offenbar bemüht, ihren Worten den vollsten, umfassendsten Sinn zu verleihen. »Ich, ich besinne mich auf Nikolai; auf den besinne ich mich«, sagte sie. »Aber auf Boris besinne ich mich nicht; das kann man gar nicht ›sich besinnen‹ nennen.«

»Wie? Du besinnst dich nicht auf Boris?« fragte Sonja erstaunt.

»Versteh mich nur recht: Ich weiß, wie er aussieht; aber ich besinne mich doch nicht so auf ihn wie auf Nikolai. Wenn ich mich auf den besinnen will, so brauche ich nur die Augen zuzumachen, dann besinne ich mich auf ihn. Aber mit Boris geht das nicht.« (Sie schloß die Augen.) »Richtig, es ist nichts da!«

»Ach, Natascha«, sagte Sonja und blickte dabei ihre Freundin mit einer so ernsten Begeisterung an, als ob sie sie nicht für würdig hielte, das zu hören, was sie jetzt zu sagen beabsichtigte, und als ob sie es zu einem andern sagte, mit dem niemand scherzen kann. »Ich habe deinen Bruder einmal liebgewonnen, und was auch immer ihm und mir zustoßen mag, ich werde mein ganzes Leben lang nie aufhören, ihn zu lieben.«

Natascha blickte erstaunt mit neugierigen Augen Sonja an und schwieg. Sie fühlte, daß das, was Sonja sagte, die Wahrheit war, und daß es diese gewaltige Liebe, von welcher Sonja sprach, wirklich gab; aber Natascha hatte noch keine derartigen Empfindungen kennengelernt. Sie glaubte, daß es so etwas geben könne; aber sie begriff es nicht.

»Wirst du an ihn schreiben?« fragte sie.

Sonja wurde nachdenklich. Die Frage, ob sie an Nikolai schreiben solle, und wie sie es tun solle, war eine Frage, die sie schon lange quälte. Jetzt nun, wo er bereits Offizier und ein verwundeter Held war, würde es da von ihrer Seite richtig gehandelt sein, wenn sie ihn an ihre Person und sozusagen an die Verpflichtung erinnerte, die er ihr gegenüber eingegangen war?

»Ich weiß es nicht; ich glaube, wenn er an mich schreibt, werde ich auch an ihn schreiben«, sagte sie errötend.

»Und wirst du dich nicht schämen, an ihn zu schreiben?« fragte Natascha.

Sonja lächelte.

»Nein.«

»Aber ich würde mich schämen, an Boris zu schreiben, und ich werde auch nicht an ihn schreiben.«

»Warum würdest du dich denn schämen?«

»Einen Grund kann ich eigentlich nicht sagen; aber ich würde mich genieren und schämen.«

»Ich weiß, warum sie sich schämen würde«, sagte Petja, der sich noch durch den Ausdruck gekränkt fühlte, mit welchem Natascha ihn vorhin bezeichnet hatte. »Weil sie in den Dicken mit der Brille verliebt war« (damit bezeichnete Petja seinen Namensvetter Pierre, den neuen Grafen Besuchow), »und weil sie jetzt in diesen Sänger verliebt ist« (Petja meinte den Italiener, bei dem Natascha Gesangsunterricht hatte). »Darum würde sie sich schämen.«

»Petja, du bist dumm«, sagte Natascha.

»Nicht dümmer als du, meine Verehrteste!« erwiderte der neunjährige Petja so energisch, wie wenn er ein alter Unteroffizier wäre.

Die Gräfin war durch die Andeutungen, welche Anna Michailowna während des Mittagessens gemacht hatte, bereits hinreichend vorbereitet. Nach Tisch ging sie auf ihr Zimmer, setzte sich in einen Lehnstuhl und blickte unverwandt das Miniaturporträt ihres Sohnes an, das auf ihrer Tabaksdose angebracht war; dabei kamen ihr die Tränen in die Augen. Anna Michailowna, mit dem Brief in der Tasche, näherte sich auf den Fußspitzen dem Zimmer der Gräfin und blieb vor der Tür stehen.

»Kommen Sie nicht mit hinein«, sagte sie zu dem alten Grafen, der ihr gefolgt war. »Erst nachher.« Sie ging hinein und machte die Tür hinter sich zu.

Der Graf legte das Ohr ans Schlüsselloch und horchte.

Anfangs hörte er, daß die beiden Frauen sich in gleichmütigem Ton unterhielten; dann war nur die Stimme Anna Michailownas zu vernehmen, die ziemlich lange allein sprach; dann folgte ein Aufschrei und hierauf Stillschweigen; dann redeten wieder beide Stimmen abwechselnd in fröhlichem Ton; darauf hörte er Schritte, und Anna Michailowna öffnete ihm die Tür. Ihr Gesicht zeigte die stolze Miene eines Chirurgen, der eine schwere Operation beendet hat und nun das Publikum hineinläßt, damit es seine Kunstfertigkeit bewundern könne.

»Das ist gemacht!« sagte sie zu dem Grafen und wies mit triumphierender Gebärde auf die Gräfin, die in der einen Hand die Tabaksdose mit dem Porträt, in der andern den Brief hielt und bald das Porträt, bald den Brief an die Lippen drückte.

Als sie den Grafen erblickte, streckte sie ihm die Arme entgegen, umfaßte seinen kahlen Kopf, sah über diesen hinweg wieder nach dem Brief und dem Porträt und schob dann, um diese Gegenstände an die Lippen zu drücken, den kahlen Kopf ihres Mannes sachte wieder von sich. Nachdem auch Wjera, Natascha, Sonja und Petja gerufen waren und sich eingefunden hatten, wurde der Brief vorgelesen. Nikolai schilderte darin in Kürze den Feldzug und die beiden Treffen, an denen er teilgenommen hatte, berichtete von seiner Beförderung zum Offizier und schrieb, er küsse seiner Mama und seinem Papa die Hände und bitte um ihren Segen, und er küsse auch Wjera, Natascha und Petja. Außerdem ließ er Herrn Schelling und Madame Schoß und die Kinderfrau grüßen und bat, auch die teuere Sonja zu küssen, die er noch ebenso lieb habe und an die er viel denke. Als Sonja das hörte, errötete sie so stark, daß ihr die Tränen in die Augen kamen. Und außerstande, die auf sie gerichteten Blicke zu ertragen, lief sie in den Saal, nahm einen Anlauf, wirbelte sich um sich selbst herum, so daß ihr Kleid sich wie ein Ballon aufblähte, und setzte sich dann mit gerötetem, lächelndem Gesicht auf den Fußboden.

Die Gräfin weinte.

»Worüber weinen Sie denn, Mama?« fragte Wjera. »Was er schreibt, ist ja alles zum Freuen und nicht zum Weinen.«

Das war vollkommen richtig; aber doch blickten der Graf und die Gräfin und Natascha sie alle drei vorwurfsvoll an. »Von wem sie nur diese Anschauungsweise geerbt hat?« dachte die Gräfin.

Nikolais Brief wurde wohl hundertmal vorgelesen, und diejenigen, die für würdig geachtet wurden, ihn zu hören, mußten zu der Gräfin kommen, die ihn nicht aus den Händen gab. Es kamen der Hauslehrer und die Kinderfrau und der Geschäftsführer Dmitri und viele Bekannte, und die Gräfin las den Brief jedesmal mit neuem Genuß vor und entdeckte jedesmal dabei neue Vorzüge und Tugenden ihres lieben Nikolai. Wie seltsam, überraschend und hocherfreulich war es ihr, daß ihr Sohn, eben der Sohn, der sich vor zwanzig Jahren mit seinen winzigen Gliedern kaum merkbar in ihrem Leib gerührt hatte, eben der Sohn, über den sie fortwährend ihren Streit mit dem Grafen gehabt hatte, der ihn verhätschelte, eben der Sohn, der merkwürdigerweise das Wort »Birne« früher sprechen gelernt hatte als das Wort »Bubanz«, daß dieser Sohn jetzt dort im fremden Land, in fremder Umgebung, als ein tapferer Krieger, allein, ohne Hilfe und Leitung, wacker seine Mannespflicht tat! Die gesamte, für die ganze Welt geltende, jahrtausendealte Erfahrung, welche lehrt, daß Kinder von der Wiege an in unmerklicher Fortentwicklung zu Männern werden, diese Erfahrung existierte für die Gräfin einfach nicht. Das Heranwachsen ihres Sohnes war für sie auf jeder Stufe so überraschend, als ob es nicht zu allen Zeiten Millionen und aber Millionen von Menschen gegeben hätte, die ebenso herangewachsen wären. Wie sie vor zwanzig Jahren nicht hatte glauben mögen, daß das kleine Wesen, das da irgendwo in ihr unter ihrem Herzen lebte, dereinst schreien und die Brust nehmen und sprechen werde, so schien es ihr auch jetzt unglaublich, daß dieses kleine Wesen der starke, tapfere, allen Söhnen und allen Menschen vorbildliche Mann sein könne, der er, wie dieser Brief zeigte, jetzt doch wirklich war.

»Was für ein Stil, wie allerliebst er zu schildern versteht!« sagte sie, wenn sie den beschreibenden Teil des Briefes las. »Und was für eine herrliche Seele! Über sich selbst schreibt er nichts … gar nichts. Da schreibt er von einem gewissen Denisow, und dabei ist er selbst doch gewiß tapferer als all diese Leute. Von seinen Leiden und Schmerzen schreibt er nichts. Was für ein gutes Herz! Daran erkenne ich ihn ganz wieder! Und wie er an alle denkt! Niemanden hat er vergessen. Ich habe es aber immer gesagt, immer, schon als er noch so klein war; ich habe es immer gesagt …«

Mehr als eine Woche lang wurden von allen Hausgenossen Briefe an Nikolai zuerst im Konzept hergestellt und dann ins reine geschrieben. Unter Oberleitung der Gräfin und geschäftiger Mitwirkung des Grafen wurden mancherlei zur Equipierung und Ausstattung des neugebackenen Offiziers nötige Dinge, namentlich auch Geld, beschafft und zusammengepackt. Anna Michailowna, als praktische Frau, hatte es verstanden, sich und ihrem Sohn bei der Feldarmee Protektionen wie in anderer Hinsicht so auch sogar für die Korrespondenz zu verschaffen; sie hatte die Möglichkeit, ihre Briefe an den Großfürsten Konstantin Pawlowitsch zu schicken, der die Garde kommandierte. Rostows waren nun der Ansicht, eine Angabe auf der Adresse wie: »Russische Garde im Ausland« sei hinreichend klar, und wenn der Brief auf diese Art an den Großfürsten gelange, der die Garde kommandierte, so werde er mit Sicherheit auch weiter an das Pawlograder Regiment gelangen, das da in der Nähe sein müsse; es wurde daher beschlossen, die Briefe und das Geld durch einen Kurier des Großfürsten an Boris zu schicken, und Boris sollte dann alles Nikolai zustellen. Die Briefe waren von dem alten Grafen, von der Gräfin, von Petja, von Wjera, von Natascha und von Sonja; beigefügt waren sechstausend Rubel zur Equipierung und allerlei Sachen, die der Graf seinem Sohn sandte.

VII

Am 12. November machte sich die Kutusowsche Armee, die bei Olmütz lagerte, zu einer Truppenschau vor den beiden Kaisern, dem russischen und dem österreichischen, für den nächsten Tag zurecht. Die Garde, die soeben aus Rußland eingetroffen war, übernachtete fünfzehn Werst von

Olmütz entfernt und sollte sich am andern Tag direkt von dort zu der auf zehn Uhr angesetzten Truppenschau nach dem Olmützer Feld begeben.

Nikolai Rostow erhielt an diesem Tag von Boris eine kurze Zuschrift, worin er benachrichtigt wurde, daß das Ismaïler Regiment fünfzehn Werst vor Olmütz übernachten werde, und daß er ihn dort erwarte, um ihm einen Brief und Geld einzuhändigen. Geld brauchte Rostow jetzt besonders nötig; denn das Lager, in welchem das Heer nach der Rückkehr vom Feldzug jetzt bei Olmütz lag, war voll von Marketendern, die mit allerlei Gaumengenüssen wohlversehen waren, und von österreichischen Juden, welche verführerische Dinge aller Art anboten. Bei den Pawlograder Husarenoffizieren folgte ein Gelage auf das andere, da doch die im Feldzug erhaltenen Dekorationen und stattgefundenen Avancements nachträglich gefeiert werden mußten; oft ritten sie auch nach Olmütz zu der Ungarin Karoline, die dort kürzlich angekommen war und ein Restaurant mit weiblicher Bedienung eröffnet hatte. Rostow hatte vor kurzem seine Beförderung zum Kornett gefeiert, hatte von Denisow ein Pferd, den »Beduinen«, gekauft und steckte bei seinen Kameraden und bei den Marketendern tief in Schulden. Nachdem er das Briefchen von Boris erhalten hatte, ritt er mit einem Kameraden nach Olmütz, aß dort zu Mittag, trank eine Flasche Wein und ritt dann allein weiter nach dem Lager der Garde, um dort seinen Jugendfreund aufzusuchen. Rostow hatte noch nicht die Möglichkeit gefunden, sich zu equipieren. Er trug eine schon stark abgenutzte Junkerjacke, an welcher das Georgskreuz derjenigen Klasse hing, die den Unteroffizieren und Gemeinen verliehen wird, ferner ebensolche, mit abgescheuertem Leder besetzte Reithosen und einen Offizierssäbel mit Troddel; das Pferd, auf dem er ritt, war ein donisches, das er während des Feldzuges von einem Kosaken gekauft hatte; seine zerdrückte Husarenmütze hatte er keck nach hinten und zur Seite geschoben. Als er sich dem Lager des Ismaïler Regiments näherte, freute er sich darauf, wie er Boris und dessen sämtliche Kameraden von der Garde durch seine kriegerische Erscheinung, die von manchem mitgemachten Kampf zeugte, in Erstaunen versetzen werde.

Die Garde hatte den ganzen Marsch wie einen Spaziergang zurückgelegt und sich dabei auf ihre Sauberkeit und ihre Manneszucht nicht wenig zugute gehalten. Die Tagesmärsche waren klein gewesen; die Tornister waren auf Fuhrwerken mitgeführt worden; für die Offiziere hatten die österreichischen Behörden an allen Orten, wo übernachtet wurde, schöne Diners veranstaltet. Die Regimenter waren mit klingendem Spiel in die Städte eingerückt und ebenso wieder ausmarschiert, und während des ganzen Marsches waren die Soldaten (darauf war die Garde besonders stolz) auf Befehl des Großfürsten im Tritt gegangen, die Offiziere zu

Fuß an ihren Plätzen. Boris war die ganze Zeit über mit Berg, der jetzt bereits Kompaniechef war, zusammen marschiert und hatte mit ihm zusammen gewohnt. Berg, der während des Marsches seine Kompanie bekommen hatte, hatte sich seitdem schon durch seine Pünktlichkeit und Sorgfalt das Vertrauen seiner Vorgesetzten erworben und seine finanzielle Lage auf das vorteilhafteste geordnet; und Boris hatte während des Marsches die Bekanntschaft vieler Leute gemacht, die ihm nützlich sein konnten, und war unter andern auch durch einen Empfehlungsbrief, den ihm Pierre geschickt hatte, mit dem Fürsten Andrei Bolkonski bekanntgeworden, durch dessen Vermittlung er eine Stelle in dem Stab des Oberkommandierenden zu erhalten hoffte.

Berg und Boris, die sich von dem letzten Tagesmarsch schon erholt hatten, saßen sauber und ordentlich gekleidet in dem reinlichen Quartier, das ihnen angewiesen war, an einem runden Tisch und spielten Schach. Berg hielt eine lange, brennende Pfeife zwischen den Knien. Boris stellte mit der ihm eigenen Akkuratesse die bereits genommenen Schachfiguren mit seinen weißen, schlanken Fingern in Form einer Pyramide auf und wartete auf Bergs Zug; er blickte nach dem Gesicht seines Partners hin und dachte offenbar über das Spiel nach, wie er denn immer nur an das dachte, womit er gerade beschäftigt war.

»Wollen mal sehen, wie Sie sich aus dieser Klemme ziehen«, sagte er.

»Ich will es versuchen«, antwortete Berg und berührte einen Bauer, zog aber die Hand schnell wieder zurück.

In diesem Augenblick öffnete sich die Tür.

»Da ist er ja endlich!« rief der eintretende Rostow. »Und Berg auch hier! Weißt du noch: ›Petits enfants, allez coucher dormir‹?« rief er, indem er den allabendlichen Satz der Kinderfrau wiederholte, über den er ehemals mit Boris zusammen oft gelacht hatte.

»Herr Gott, wie du dich verändert hast!« rief Boris.

Boris stand auf und kam Rostow entgegen, vergaß aber beim Aufstehen nicht, einige umgefallene Schachfiguren, die hinunterzurollen drohten, festzuhalten und wieder auf ihre Plätze zu stellen. Er wollte seinen Freund umarmen; aber Nikolai wich von ihm zurück. Es ist ja eine bekannte Eigenheit der Jugend: Sie scheut die ausgefahrenen Geleise und möchte, statt anderen Leuten nachzuahmen, lieber auf eine neue, ihr eigene Weise ihre Gefühle zum Ausdruck bringen, nur nicht so, wie es, zum Teil heuchlerisch, ältere Leute tun; und so wollte auch Nikolai bei dem Wiedersehen mit seinem Freund gern irgend etwas Besonderes tun: Er hatte Lust, Boris zu kneifen, ihm ein paar Püffe zu versetzen, aber nur nicht sich mit ihm zu küssen, wie das alle Leute tun. Boris hingegen umarmte seinen Freund ruhig und freundschaftlich und küßte ihn dreimal.

Sie hatten einander fast ein halbes Jahr nicht gesehen, und wie das in jenem Alter natürlich ist, in welchem junge Leute die ersten Schritte auf dem Lebensweg unternehmen, entdeckte jeder von ihnen an dem andern gewaltige Veränderungen und fand zu seiner größten Überraschung, daß der andere in gar manchen Punkten sich der gesellschaftlichen Umgebung angeglichen hatte, die der Schauplatz seiner ersten Schritte geworden war. Beide hatten sich seit ihrem letzten Zusammensein sehr verändert, und beide empfanden das Bedürfnis, sich möglichst schnell gegeneinander über die mit ihnen vorgegangenen Veränderungen auszusprechen.

»Ach, ihr verdammten Salonmenschen! Sehen die Kerle nicht so sauber und frisch aus, als ob sie von der Promenade kämen? Anders als wir armseligen Linienoffiziere!« sagte Rostow, auf seine mit Schmutz bespritzte Reithose weisend; seine Stimme hatte einen Baritonklang, der seinem Freund Boris neu war, und seine Gebärden beim Sprechen waren von der Art, wie sie wohl bei der Linie üblich sein mochten.

Die deutsche Hauswirtin steckte infolge von Rostows lautem Sprechen den Kopf durch die Tür.

»Wie steht's? Ist sie hübsch?« fragte er, mit den Augen zwinkernd.

»Schrei doch nicht so! Du jagst ja den Leuten einen Schreck ein«, sagte Boris. »Heute hatte ich dich eigentlich noch gar nicht erwartet«, fügte er hinzu. »Ich habe meinen Brief erst gestern an dich abgeschickt, durch Vermittlung eines Bekannten von mir, des Fürsten Bolkonski, der bei Kutusow Adjutant ist, und hatte gar nicht geglaubt, daß er dir so schnell zugehen würde … Nun also, was machst du? Wie geht es dir? Bist du schon ins Gefecht gekommen?« fragte Boris.

Ohne zu antworten, schüttelte Rostow das Georgskreuz, das an dem Schnurwerk seiner Uniform hing, und zeigte auf seinen verbundenen Arm, wobei er Berg lächelnd anblickte.

»Wie du siehst«, sagte er.

»Na, so etwas! Ja, ja!« sagte Boris lächelnd. »Dafür haben wir einen ganz prächtigen Marsch gemacht. Du weißt ja, Seine Hoheit ist beständig mit unserm Regiment geritten, so daß wir alle erdenklichen Bequemlichkeiten und Vorteile hatten. Was es in Polen für Gastereien und Diners und Bälle gegeben hat, das läßt sich gar nicht alles erzählen. Und der Großfürst war gegen uns Offiziere alle überaus gnädig.«

Und die beiden Freunde erzählten einander, der eine von seinen Zechgelagen mit den anderen Husaren und von seinem Kriegsleben, der andere von den Annehmlichkeiten und Vorteilen des Dienstes unter dem Kommando hochgestellter Persönlichkeiten usw.

»O diese Garde!« rief Rostow. »Aber weißt du was, laß doch Wein holen.«

Boris runzelte die Stirn.

»Wenn du es durchaus willst«, erwiderte er.

Er trat an sein Bett, holte unter den reinen Kopfkissen eine Börse hervor und gab Befehl, Wein zu holen.

»Ja, und hier hast du das Geld und den Brief«, fügte er hinzu.

Rostow nahm den Brief, warf das Geld auf das Sofa, stützte sich mit beiden Ellbogen auf den Tisch und fing an zu lesen. Er las ein paar Zeilen und warf Berg einen ärgerlichen Blick zu. Als aber ihre Blicke einander trafen, verbarg Rostow sein Gesicht hinter dem Brief.

»Sie haben ja eine gehörige Menge Geld geschickt bekommen«, sagte Berg im Hinblick auf die schwere Börse, die das Sofapolster niederdrückte. »Unsereiner schlägt sich so mit seinem Gehalt durch. Ich kann Ihnen, was mich selbst anbelangt, sagen ...«

»Wissen Sie was, mein liebster Berg«, sagte Rostow, »wenn Sie einmal einen Brief von zu Hause bekommen und mit einem guten Freund wieder zusammentreffen, den Sie über allerlei Dinge ausfragen möchten, und wenn ich dann dabei bin, dann werde ich sofort weggehen, um Sie nicht zu stören. Hören Sie, gehen Sie weg, ich bitte Sie darum, irgendwohin, irgendwohin ... meinetwegen zum Teufel!« schrie er. Aber sofort faßte er ihn auch an der Schulter, sah ihm freundlich ins Gesicht und fügte in dem sichtlichen Bemühen, die Grobheit seiner Worte zu mildem, hinzu: »Sie kennen mich ja, seien Sie mir nicht böse, Liebster, Bester; ich rede frisch von der Leber weg, wie zu einem alten Bekannten.«

»Ach, ich bitte Sie, Graf, ich finde es sehr verständlich«, erwiderte Berg mit seiner gutturalen Aussprache und stand auf.

»Sie könnten ja zu den Wirtsleuten gehen; Sie sind ja von denen eingeladen, zu ihnen zu kommen«, fügte Boris hinzu.

Berg zog einen ganz saubern Rock, ohne das geringste Fleckchen oder Stäubchen, an, bürstete vor dem Spiegel das Haar an den Schläfen nach oben, so wie es der Kaiser Alexander Pawlowitsch trug, und nachdem er aus Rostows Blick die Überzeugung gewonnen hatte, daß sein feiner Rock gebührend beachtet war, verließ er mit einem angenehmen Lächeln das Zimmer.

»Ach, was bin ich für ein Rindvieh!« sagte Rostow, während er den Brief las, vor sich hin.

»Wieso denn?«

»Ach, was bin ich für ein Schurke, daß ich kein einziges Mal geschrieben und sie durch mein Schweigen so geängstigt habe. Ach, was bin ich für ein Schurke!« sagte er noch einmal und errötete plötzlich. »Na also, schicke doch deinen Gawriil nach Wein! Wollen eins trinken!« sagte er.

Den Briefen seiner Angehörigen lag ein Empfehlungsschreiben an den Fürsten Bagration bei, welches sich die alte Gräfin auf Anna Michailownas Rat durch Vermittlung von Bekannten verschafft und ihrem Sohn geschickt hatte, mit der Bitte, es an den Adressaten gelangen zu lassen und es nach Möglichkeit auszunutzen.

»So ein Unsinn! Dessen bedarf ich auch gerade!« rief Rostow und warf den Brief unter den Tisch.

»Warum wirfst du denn das da weg?« fragte Boris.

»Es ist ein Empfehlungsbrief. Hol das Ding der Teufel!«

»Wie kannst du so reden?« sagte Boris, der den Brief aufhob und die Adresse las. »Dieser Brief ist für dich außerordentlich wertvoll.«

»All so etwas hat für mich keinen Wert; ich will bei niemandem Adjutant werden.«

»Warum denn nicht?« fragte Boris.

»Das ist ein Lakaiendienst.«

»Du bist, wie ich sehe, immer noch derselbe Idealist«, sagte Boris kopfschüttelnd.

»Und du bist immer noch derselbe Diplomat. Na, aber darüber wollen wir jetzt nicht reden; wie geht es dir denn eigentlich?« fragte Rostow.

»Nun, das siehst du ja. Bis jetzt geht es mir ganz gut; aber ich muß dir gestehen, ich möchte sehr gern Adjutant werden und nicht im Frontdienst bleiben.«

»Warum?«

»Nun, wenn man einmal die militärische Laufbahn einschlägt, dann muß man sich doch bemühen, eine möglichst glänzende Karriere zu machen.«

»So, so, deshalb!« sagte Rostow, der augenscheinlich an etwas anderes dachte.

Er blickte seinem Freund unverwandt und fragend in die Augen; er suchte offenbar vergeblich eine Antwort auf eine ihm vorschwebende Frage.

Der alte Gawriil brachte Wein.

»Sollen wir jetzt nicht Alfons Karlowitsch wieder herrufen lassen?« fragte Boris. »Er kann dann mit dir trinken; ich für meine Person bin dazu nicht imstande.«

»Schön, schön, laß ihn rufen! Was ist dieser Deutsche denn eigentlich für ein Patron?« fragte Rostow mit geringschätzigem Lächeln.

»Er ist ein sehr, sehr guter, ehrenhafter und angenehmer Mensch«, antwortete Boris.

Rostow blickte ihm noch einmal forschend in die Augen und seufzte. Berg kehrte zurück, und bei der Flasche Wein wurde das Gespräch der drei Offiziere bald lebhafter. Die beiden Gardeoffiziere erzählten dem jungen Rostow von ihrem Marsch, wie man sie in Rußland, in Polen und im Ausland fetiert habe. Sie berichteten auch mancherlei über die Ausdrucksweise und das Benehmen ihres Kommandeurs, des Großfürsten, und erzählten Anekdoten von seiner Herzensgüte und seinem auffahrenden Wesen. Berg schwieg wie gewöhnlich, solange das Gespräch ihn nicht persönlich betraf; aber anläßlich der Geschichten von der Heftigkeit des Großfürsten erzählte er mit großem Behagen, wie er in Galizien das Glück gehabt habe, mit dem Großfürsten zu reden, als dieser an den Regimentern vorbeigeritten sei und sich über die Unregelmäßigkeit des Marschierens geärgert habe. Mit einem freundlichen Lächeln auf dem Gesicht erzählte Berg, wie der Großfürst, sehr zornig, zu ihm herangeritten sei und geschrien habe: »Ihr Arnauten!« (»Arnauten« war das Lieblingsschimpfwort des hohen Herrn, wenn er grimmig war) und den Kompaniechef vorgerufen habe.

»Können Sie es glauben, Graf, ich war nicht im geringsten erschrocken denn ich wußte, daß ich nichts falsch gemacht hatte. Wissen Sie, Graf, ich kann, ohne mich zu rühmen, sagen, daß ich alle Regimentsbefehle auswendig kann und auch das Reglement so gut kenne wie das Vaterunser. Nachlässigkeiten kommen daher in meiner Kompanie nicht vor, Graf. Mein Gewissen konnte vollkommen ruhig sein. Ich trat also vor ihn hin.« (Berg stand auf und stellte schauspielerisch dar, wie er mit der Hand am Mützenschirm vor den Großfürsten hingetreten war. In der Tat hätte nicht leicht jemand in seinem Gesicht mehr Respekt und mehr Selbstzufriedenheit zum Ausdruck bringen können.) »Da hat er mich nun heruntergemacht, heruntergemacht, heruntergemacht; wie man zu sagen pflegt: In Grund und Boden hat er mich heruntergemacht; ›Arnauten‹ und ›nichtswürdige Kerle‹ und ›nach Sibirien‹, das prasselte nur so«, erzählte Berg mit schlauem Lächeln. »Aber ich wußte, daß ich nichts falsch gemacht hatte, und darum schwieg ich; tat ich daran nicht ganz recht, Graf? ›Bist du stumm? Was?‹ schrie er. Ich schwieg immer noch. Und was meinen Sie, Graf? Am andern Tag war die Sache im Tagesbefehl überhaupt nicht erwähnt; so wertvoll ist es, wenn man sich nicht aus der Fassung bringen läßt. Ja, so ist es, Graf«, schloß Berg, rauchte seine Pfeife an und blies Rauchringe in die Luft.

»Ja, das haben Sie vorzüglich gemacht«, antwortete Rostow lächelnd.

Aber Boris, der merkte, daß Rostow vorhatte, sich über Berg lustig zu machen, lenkte geschickt das Gespräch auf einen andern Gegenstand. Er bat Rostow, zu erzählen, wie und wo er verwundet worden sei. Diese Aufforderung war Rostow willkommen, und so begann er denn zu erzählen und geriet während der Erzählung immer mehr in Eifer. Er erzählte seinen Zuhörern von dem Kampf bei Schöngrabern in derselben Weise, in welcher Leute, die an Kämpfen teilgenommen haben, gewöhnlich von diesen Kämpfen erzählen, das heißt so, wie sie wünschen würden, daß die Sache gewesen wäre, so, wie sie es von andern Erzählern gehört haben, so, wie es in der Erzählung sich schön ausnimmt, aber ganz und gar nicht so, wie es sich wirklich zugetragen hat. Rostow war ein wahrheitsliebender junger Mann und hätte um keinen Preis absichtlich eine Unwahrheit gesagt. Er begann seine Erzählung mit der Absicht, alles genau so darzustellen, wie es geschehen war; aber unmerklich, unabsichtlich und unvermeidlich geriet er in eine unwahre Darstellung hinein. Hätte er diesen Zuhörern, die, wie er selbst, schon unzählige Male Schilderungen von Attacken gehört und sich danach eine bestimmte Vorstellung von dem Wesen einer Attacke im Kopf zurechtgemacht hatten und nun eine dieser Vorstellung genau entsprechende Erzählung von ihm erwarteten, hätte er denen die Wahrheit gesagt, so hätten sie ihm entweder nicht geglaubt, oder sie hätten, was noch schlimmer gewesen wäre, gedacht, Rostow sei selbst schuld daran gewesen, daß er nicht dasselbe erlebt hatte, was Erzähler von Kavallerieattacken sonst gewöhnlich erlebt haben. Er durfte ihnen nicht einfach erzählen, daß sie alle Trab geritten waren, und daß er vom Pferd gefallen war, sich den Arm gequetscht hatte und dann aus Leibeskräften von den Franzosen weg in den Wald gelaufen war. Außerdem hätte er, um einen wirklich wahrheitsgemäßen Bericht zu liefern, sich mit Anstrengung dazu zwingen müssen, nur das tatsächlich Geschehene zu erzählen. Die Wahrheit zu erzählen ist sehr schwer, und junge Leute sind dessen selten fähig. Seine Zuhörer erwarteten von ihm eine Erzählung, wie eine glühende Kampflust ihn gepackt habe, wie er, kaum von sich selbst wissend, einem Sturmwind gleich, auf das Karree losgeflogen sei, wie er in dasselbe hineingebrochen sei und nach rechts und links dreingehauen habe, wie sein Säbel Menschenfleisch gekostet habe, und wie er selbst endlich erschöpft vom Pferd gesunken sei, und mehr dergleichen. Und so erzählte er ihnen denn lauter solche Dinge.

Mitten in seiner Erzählung, in dem Augenblick, als er gerade sagte: »Du kannst dir gar keine Vorstellung davon machen, was für ein seltsames Gefühl rasender Wut man im Augenblick einer Attacke empfindet«, trat Fürst Andrei Bolkonski ins Zimmer, welchen Boris erwartet hatte. Da Fürst Andrei es liebte, mit jungen Leuten gönnerhaft zu verkehren, und sich geschmeichelt fühlte, wenn sich jemand an ihn mit der Bitte um seine Protektion wandte, und da er gegen Boris freundlich gesinnt war, der es tags zuvor verstanden hatte, ihm zu gefallen, so war er geneigt, den Wunsch des jungen Mannes zu erfüllen. Er war jetzt gerade mit Schriftstücken von Kutusow zum Thronfolger geschickt worden und kam zu dem jungen Mann mit heran, in der Hoffnung, ihn allein zu treffen. Als er ins Zimmer trat und einen Husaren von der Linie erblickte, der Kriegsabenteuer erzählte (eine Sorte von Menschen, die Fürst Andrei nicht ausstehen konnte), lächelte er Boris freundlich zu, sah Rostow stirnrunzelnd mit halb zugekniffenen Augen an und ließ sich nach einer leichten Verbeugung müde und lässig auf das Sofa nieder. Er fühlte sich unbehaglich, weil er in schlechte Gesellschaft hineingeraten zu sein glaubte. Rostow, der dies merkte, wurde dunkelrot; indes nahm er sich das nicht weiter zu Herzen, da es ja ein fremder Mensch war. Aber als er einen Blick auf Boris warf, sah er, daß auch dieser sich des Husaren von der Linie gewissermaßen schämte. Trotz des unangenehm spöttischen Tones des Fürsten Andrei, trotz der starken Geringschätzung, die Rostow von seinem Standpunkt als Linienoffizier gegen alle diese Herren Adjutanten vom Stab hegte, zu denen offenbar auch der soeben Eingetretene gehörte, fühlte sich Rostow doch verlegen, errötete und schwieg. Boris erkundigte sich, was man beim Stab Neues wisse, und was, wenn es nicht indiskret sei, danach zu fragen, über unsere Pläne verlaute.

»Wahrscheinlich werden wir vorrücken«, antwortete Bolkonski, der augenscheinlich in Gegenwart Fremder nicht mehr sagen mochte.

Berg benutzte die Gelegenheit, um mit besonderer Höflichkeit zu fragen, ob, wie das Gerücht gehe, die Kompaniechefs bei der Linie künftig doppelte Furagegelder bekommen würden. Hierauf antwortete Fürst Andrei lächelnd, in so wichtige Staatsangelegenheiten sei er nicht eingeweiht, und Berg lachte fröhlich.

»Über Ihre Angelegenheit«, wandte sich Fürst Andrei wieder an Boris, »reden wir ein andermal« (er blickte zu Rostow hin). »Kommen Sie nach der Truppenschau zu mir; wir werden alles tun, was in unsern Kräften steht.«

Er sah sich rings im Zimmer um und wandte sich nun auch an Rostow; er würdigte dessen kindische, unbezwingbare Verlegenheit, die in Ingrimm überging, keiner Beachtung und sagte:

»Sie erzählten ja wohl gerade von dem Kampf bei Schöngrabern? Sind Sie dabeigewesen?«

»Ja, ich bin dabeigewesen«, erwiderte Rostow grimmig, als ob er dadurch den Adjutanten zu kränken beabsichtigte.

Bolkonski bemerkte die Stimmung des Husaren recht wohl, und sie kam ihm komisch vor. Ein leises, geringschätziges Lächeln spielte um seinen Mund.

»Über diesen Kampf hört man jetzt vielerlei Erzählungen«, sagte er.

»Ja, vielerlei Erzählungen«, antwortete Rostow mit erhobener Stimme und sah mit wütenden Blicken bald Boris, bald Bolkonski an, »ja, vielerlei Erzählungen; aber unsere Erzählungen, die Erzählungen derjenigen, die selbst im feindlichen Feuer gewesen sind, unsere Erzählungen sind zuverlässig, anders als die Erzählungen der jungen Helden vom Stab, welche Auszeichnungen einheimsen, ohne etwas getan zu haben.«

»Und zu denen gehöre Ihrer Ansicht nach auch ich?« fragte Fürst Andrei in ruhigem Ton und mit einem besonders freundlichen Lächeln.

Ein sonderbar gemischtes Gefühl, ein Gefühl der Erbitterung und zugleich der Hochachtung vor der ruhigen Sicherheit dieses Mannes wurde in Rostows Seele rege.

»Von Ihnen rede ich nicht«, sagte er. »Ich kenne Sie nicht und habe, offengestanden, auch gar nicht den Wunsch, Sie kennenzulernen. Ich rede im allgemeinen von den Offizieren beim Stab.«

»Nun, hören Sie einmal zu, was ich Ihnen sagen werde«, unterbrach ihn Fürst Andrei im Ton ruhiger Überlegenheit. »Sie wollen mich beleidigen, und ich gebe gern zu, daß das eine sehr leichte Sache ist, wenn Sie nicht die genügende Selbstachtung besitzen; aber Sie müssen selbst sagen, daß Zeit und Ort dazu sehr übel gewählt sind. In den nächsten Tagen werden wir alle bei einem großen, ernsteren Duell mitzuwirken haben; und außerdem kann doch Drubezkoi, der sagt, daß er ein alter Freund von Ihnen sei, nichts dafür, daß mein Gesicht das Unglück gehabt hat, Ihnen zu mißfallen. Übrigens«, sagte er, indem er aufstand, »kennen Sie ja meinen Namen und wissen, wo ich zu finden bin. Vergessen Sie aber nicht«, fügte er hinzu, »daß ich weder mich noch Sie irgendwie für beleidigt halte, und als der ältere von uns beiden würde ich Ihnen raten, in dieser Sache nichts weiteres zutun. Also auf Freitag, nach der Truppenschau; ich erwarte Sie, Drubezkoi; auf Wiedersehen!« rief Fürst Andrei; den beiden andern Anwesenden machte er eine Verbeugung und verließ das Zimmer.

Dem jungen Rostow fiel erst, als der Fürst schon weg war, ein, was er ihm hätte antworten sollen. Und daß er nicht darauf gekommen war, ihm dies zu sagen, machte ihn noch zorniger. Er ließ sich sogleich sein Pferd bringen und ritt, nach einem trockenen Abschied von Boris, wieder nach seinem Quartier zurück. Sollte er morgen nach dem Hauptquartier reiten und diesen Maulhelden von Adjutanten fordern oder die Sache wirklich auf sich beruhen lassen? Diese Frage quälte ihn auf dem ganzen Heimweg. Bald dachte er ingrimmig daran, mit welcher Lust er die Angst dieses kleinen, schwächlichen, hochmütigen Menschen der Mündung seiner Pistole gegenüber beobachten werde, bald wurde er sich mit Erstaunen bewußt, daß er von allen Menschen, die er kannte, keinen so lebhaft zum Freund zu haben begehrte, wie diesen verhaßten Adjutanten.

VIII

Am Tage nach dem Wiedersehen zwischen Boris und Rostow fand die Truppenschau über die österreichischen und über die russischen Truppen statt, und zwar, die letzteren anlangend, sowohl über die frischen, soeben aus Rußland eingetroffenen als auch über diejenigen, die mit Kutusow aus dem Feldzug zurückgekehrt waren. Diese Truppenschau über die verbündete achtzigtausend Mann starke Armee wurde von beiden Kaisern abgehalten; dem russischen Kaiser stand der Thronfolger, dem österreichischen der Erzherzog zur Seite.

Vom frühen Morgen an rückten die Truppen, die sich mit peinlicher Sorgfalt gesäubert und geputzt hatten, heran und nahmen auf dem weiten Feld vor der Festung Aufstellung. Hier bewegten sich Tausende von Menschenbeinen und Bajonetten mit wehenden Fahnen heran, machten auf das Kommando der Offiziere halt, schwenkten ein, gingen um andere, ähnliche Infanteriemassen in anderen Uniformen herum und stellten sich in bestimmten Abständen voneinander auf; dort kam unter gleichmäßigem Getrappel der Pferdehufe und Klirren der Waffen die schmucke Kavallerie, in blauen, roten und grünen gestickten Uniformen, mit den noch bunteren Musikern an der Spitze, auf Rappen, Füchsen und Grauschimmeln; dort kroch in lang ausgedehntem Zug, unter dem metallischen Getön der auf ihren Lafetten zitternden, wohlgesäuberten, glänzenden Kanonen und mit dem Geruch ihrer Luntenstöcke die Artillerie in den Zwischenraum zwischen Infanterie und Kavallerie hinein und ordnete sich an den ihr angewiesenen Plätzen. Nicht nur die Generale in voller Paradeuniform, die dicken und dünnen Taillen soviel als nur irgend möglich zusammengeschnürt, die roten Hälse von hohen Kragen umschlossen, mit Schärpen und sämtlichen Orden, nicht nur die pomadisierten, geschniegelten Offiziere, sondern auch jeder Soldat mit dem frisch gewaschenen und rasierten Gesicht und den bis zur äußersten Grenze der Möglichkeit blankgeputzten Ausrüstungsstücken, ja jedes Pferd, so sorgsam behandelt, daß sein Fell wie Atlas schimmerte und in der feuchten Mähne ein Härchen neben dem andern lag: Alle hatten sie das Gefühl, daß etwas Ernstes, Wichtiges, Feierliches vorgehen solle. Jeder General und jeder Soldat wurde sich seiner eigenen Unbedeutendheit bewußt, kam sich wie ein Sandkörnchen in diesem Meer von Menschen vor und hatte doch gleichzeitig das Gefühl seines eigenen Wertes, indem er sich sagte, daß er ein Teil dieses gewaltigen Ganzen sei.

Am frühen Morgen hatte diese angestrengte, eifrige Geschäftigkeit begonnen, und um zehn Uhr war alles so in Ordnung gekommen, wie es verlangt war. Alles stand auf dem gewaltigen Feld in Reih und Glied. Die ganze Armee war in drei Linien aufgestellt: vorn die Kavallerie, dahinter die Artillerie, noch weiter nach hinten die Infanterie. Zwischen je zwei Linien war eine Art von Straße.

Scharf unterschieden sich in dieser Armee voneinander drei Teile: erstens das Kutusowsche Heer (auf dessen rechtem Flügel in der vordersten Linie die Pawlograder standen), zweitens die soeben aus Rußland gekommenen Linien- und Garderegimenter, und drittens das österreichische Heer. Aber alle standen sie in denselben drei Linien und unter demselben Oberbefehl und in derselben Ordnung.

Wie ein Wind durch die Blätter fährt, so pflanzte sich durch die Menschenreihen ein aufgeregtes Flüstern fort: »Sie kommen, sie kommen!« Man hörte einzelne ängstliche Zurufe, und wie eine Welle ging durch die ganze Truppenmasse eine von den letzten Vorbereitungen hervorgerufene unruhige Bewegung.

Vorn, aus der Richtung von Olmütz her, wurde eine sich nähernde Reitergruppe sichtbar. Und gerade in diesem Augenblick lief, obwohl es sonst ein windstiller Tag war, ein leichter Windhauch über das Heer hin und ließ die Lanzenfähnchen flattern und die entrollten Fahnen ein wenig gegen ihre Stangen schlagen. Es war, als ob die Armee selbst durch diese leise Bewegung ihre Freude über das Herannahen der Kaiser zum Ausdruck bringen wolle. Eine einzelne Stimme rief: »Stillgestanden!« Dann wiederholten, wie Hähne in der Morgenfrühe, viele Stimmen an verschiedenen Stellen dasselbe Kommando. Und alles wurde still.

In der Totenstille hörte man nur das Trappeln von Pferden. Das waren die Kaiser mit ihrer Suite. Die Kaiser ritten zu dem einen Flügel hin, und es ertönten die Trompeten des ersten Kavallerieregiments, die den Generalmarsch bliesen. Es war, als ob da nicht die Trompeten bliesen, sondern als ob das Heer selbst, über die Annäherung der Kaiser erfreut, wie ein einziger Organismus diese Töne hervorbrachte. Durch diese Töne hindurch erscholl vernehmlich eine einzelne jugendliche, freundliche Stimme, die Stimme des Kaisers Alexander. Er sprach den üblichen Gruß, und das erste Regiment schrie: »Hurra!« so betäubend, langgedehnt und freudig, daß die Leute selbst über die gewaltige Zahl und Stärke der Masse, die sie bildeten, einen Schreck bekamen.

Rostow stand in den ersten Reihen des Kutusowschen Heeres, an welches der Kaiser zuerst heranritt, und war von denselben Empfindungen erfüllt wie jeder Mann dieses Heeres: von einem Gefühl der Selbstvergessenheit, von einem stolzen Machtbewußtsein und von einer leidenschaftlichen Begeisterung für den, welcher die Ursache dieser feierlichen Veranstaltung war.

Er fühlte, daß es nur eines einzigen Wortes aus dem Mund dieses Mannes bedurfte, und diese gewaltige Menschenmasse (auch er selbst, der, ein winziges Sandkorn, zu ihr gehörte) würde sich ins Feuer und ins Wasser stürzen, zu Verbrechen schreiten, in den Tod gehen oder die glorreichsten Taten vollbringen, und es kam ihn ein Zittern an, das Herz wollte ihm stillstehen angesichts dieses herannahenden Wortes.

»Hurra! Hurra! Hurra!« klang es donnernd aus zahllosen Kehlen, und ein Regiment nach dem andern empfing den Kaiser mit den Klängen des Generalmarsches; wieder »Hurra!« und Generalmarsch, und wieder »Hurra!« und »Hurra!«. Und diese Töne flossen, immer stärker anschwellend, zu einem betäubenden Getöse zusammen.

Jedes Regiment glich, solange der Kaiser noch nicht bis zu ihm gelangt war, in seiner Stummheit und Regungslosigkeit einem leblosen Körper; sowie aber der Kaiser sich ihm näherte, gewann es Leben und rief laut und kräftig seinen Gruß, indem es in den donnernden Ruf der ganzen Linie einstimmte, an der der Kaiser bereits entlanggeritten war. Bei dem furchtbaren, betäubenden Ton dieser Stimmen bewegten sich zwischen diesen Truppenmassen, die ohne sich zu regen wie versteinert in ihren Karrees dastanden, lässig, aber in symmetrischen Gruppen und vor allem frei und unbehindert die mehrere hundert Reiter zählende Suite und an ihrer Spitze zwei Männer: die beiden Kaiser. Auf diese beiden konzentrierte sich ungeteilt die leidenschaftliche, aber äußerlich beherrschte Aufmerksamkeit dieser ganzen Menschenmasse.

Dem schönen, jugendlichen Kaiser Alexander, in der Uniform der Chevaliergardisten, auf dem Kopf den Dreimaster mit aufgeschlagenen Krempen, mit seinem freundlichen Gesicht und der wohlklingenden, mäßig lauten Stimme, fiel von dieser allgemeinen Aufmerksamkeit der Löwenanteil zu.

Rostow stand nicht weit von der Regimentsmusik; mit seinen scharfen Augen hatte er den Kaiser schon von weitem erkannt und verfolgte sein Herankommen. Als sich der Kaiser bis auf zwanzig Schritt genähert hatte und Nikolai das schöne, jugendliche, glückstrahlende Gesicht des Herrschers deutlich in allen Einzelheiten erkennen konnte, da wurde in seiner Seele ein Gefühl der Rührung und der Begeisterung wach, wie er es bisher noch nie gekannt hatte. Alles an dem Kaiser schien ihm bezaubernd, jeder Gesichtszug, jede Bewegung.

Als der Kaiser vor die Front des Pawlograder Regiments gelangt war, hielt er an, sagte zu dem Kaiser von Österreich etwas auf französisch und lächelte.

Rostow, der dieses Lächeln sah, begann unwillkürlich selbst zu lächeln und fühlte, wie die Liebe zu seinem Kaiser in seinem Herzen noch stärker anschwoll. Gern hätte er seine Liebe zum Kaiser irgendwie zum Ausdruck gebracht. Er wußte, daß das ein Ding der Unmöglichkeit war, und hätte beinahe losgeweint. Der Kaiser rief den Regimentskommandeur vor und sagte zu ihm einige Worte.

»O Gott, wie würde mir zumute sein, wenn der Kaiser mich anredete!« dachte Rostow. »Ich würde sterben vor Glückseligkeit.«

Der Kaiser wandte sich auch an die Offiziere:

»Ihnen allen, meine Herren« (jedes Wort klang Rostow wie ein Ton vom Himmel), »danke ich von ganzem Herzen.«

Wie glücklich wäre Rostow gewesen, wenn er jetzt hätte für seinen Zaren sterben können.

»Sie haben Ihre Georgsfahnen verdient und werden sich ihrer auch künftig würdig zeigen.«

»Könnte ich nur für ihn sterben, für ihn sterben!« dachte Rostow.

Der Kaiser sagte noch etwas, was Rostow nicht deutlich verstand, und die Husaren schrien so kräftig: »Hurra!«, als ob sie sich die Brust auseinandersprengen wollten.

Rostow schrie, sich auf den Sattel niederbeugend, gleichfalls aus voller Kraft mit und hätte sich mit diesem Schreien sogar gern Schaden getan, wenn er nur seine Begeisterung für den Kaiser so recht hätte dokumentieren können.

Der Kaiser hielt noch einige Sekunden vor der Front des Husarenregiments, wie wenn er über etwas, was er tun wollte, unschlüssig wäre.

»Wie kann der Kaiser unschlüssig sein?« dachte Rostow; aber dann erschien ihm sogar diese Unschlüssigkeit als etwas Majestätisches und Bezauberndes, wie eben alles, was der Kaiser tat.

Die Unentschlossenheit des Kaisers hatte nur einen Moment gedauert. Sein Fuß berührte mit der schmal zulaufenden Stiefelspitze, wie man sie damals trug, die Flanke der anglisierten braunen Stute, die er ritt; seine Hand im weißen Handschuh faßte die Zügel fester, und er entfernte sich, begleitet vom unordentlich wogenden Meer der Adjutanten. Weiter und weiter ritt er, bei andern Regimentern anhaltend, davon, und schließlich konnte Rostow nur noch seinen weißen Federbusch aus der Suite, die die Kaiser umgab, herauserkennen.

Unter den Herren in der Suite hatte Rostow auch Bolkonski bemerkt, der lässig und schlaff auf seinem Pferd saß. Es war ihm sein gestriger Streit mit dem Adjutanten eingefallen, und er legte sich nun die Frage vor, ob es angemessen sei, ihn zum Duell zu fordern oder nicht. »Natürlich ist es nicht angemessen«, war jetzt Rostows Anschauung. »Wie kann man an dergleichen denken und von dergleichen reden in einem Augenblick wie der jetzige? In einem Augenblick, wo man von einem solchen

Gefühl der Liebe, der Begeisterung und Selbstverleugnung erfüllt ist, was bedeuten da alle unsere Zänkereien und wechselseitigen Beleidigungen? Jetzt liebe ich alle Menschen und verzeihe allen Menschen«, dachte Rostow.

Nachdem der Kaiser fast bei allen Regimentern entlanggeritten war, zogen die Truppen bei ihm im Parademarsch vorüber, und Rostow ritt auf dem »Beduinen«, den er dem Rittmeister Denisow kürzlich abgekauft hatte, als Schließender seiner Eskadron, das heißt allein und dem Kaiser frei sichtbar.

Als er noch nicht ganz bis zum Kaiser gelangt war, gab Rostow, ein vorzüglicher Reiter, seinem »Beduinen« zweimal die Sporen und brachte ihn glücklich zu der wilden Trabart, die der »Beduine«, auf diese Weise gereizt, oft anschlug. Das Tier bog das schäumende Maul gegen die Brust, spreizte den Schweif ab und schien, indem es die Beine hoch hinaufwarf und graziös wechselte, in der Luft zu fliegen, ohne die Erde zu berühren; so kam der »Beduine«, der ebenfalls zu fühlen schien, daß der Blick des Kaisers auf ihm ruhte, vorzüglich vorbei.

Rostow selbst streckte die Beine nach hinten, zog den Bauch ein, und sich eins mit seinem Pferd fühlend, ritt er mit finsterem, aber glückseligem Gesicht »wie ein wahrer Satan«, nach Denisows Ausdruck, an dem Kaiser vorüber.

»Brave Burschen, die Pawlograder!« sagte der Kaiser.

»O Gott, o Gott, wie glücklich wäre ich, wenn er mir befehlen würde, mich jetzt auf der Stelle ins Feuer zu stürzen«, dachte Rostow.

Als die Truppenschau beendet war, traten die Offiziere, sowohl die neu angekommenen als auch die Kutusowschen, zu einzelnen Gruppen zusammen und unterhielten sich miteinander über Orden und Beförderungen, über die Österreicher und deren Uniformen und militärische Leistungen, über Bonaparte, und wie schlecht es ihm jetzt ergehen werde, namentlich wenn noch das Essensche Korps herankomme und Preußen auf unsere Seite trete.

Aber am häufigsten redeten sie in allen Gruppen vom Kaiser Alexander; sie machten einander von jedem seiner Worte, von jeder seiner Bewegungen Mitteilung und waren davon entzückt und begeistert.

Alle hatten nur einen Wunsch: unter Führung des Kaisers recht bald gegen den Feind vorzurücken. Unter dem persönlichen Kommando des Kaisers mußten sie ja siegen, wer auch immer ihnen gegenüberstand; so dachten nach der Truppenschau Rostow und die allermeisten Offiziere.

Alle glaubten nach der Truppenschau mit größerer Zuversicht an einen bevorstehenden Sieg, als sie es nach zwei gewonnenen Schlachten hätten tun können.

IX

Am Tag nach der Truppenschau legte Boris seine feinste Uniform an und ritt, von den besten Wünschen seines Kameraden Berg für guten Erfolg begleitet, nach Olmütz zu Bolkonski, in der Absicht, sich dessen wohlwollende Gesinnung zunutze zu machen und sich eine recht angenehme Stellung zu verschaffen, am liebsten eine Adjutantenstelle bei irgendeiner hochgestellten Persönlichkeit; denn eine solche Stelle erschien ihm als die verlockendste in der ganzen Armee. »Ja«, dachte er, »dieser Rostow, der von seinem Vater fortwährend Summen von vielen tausend Rubeln geschickt bekommt, der hat gut reden, daß er sich vor niemand bücken und niemandes Lakai werden wolle. Aber ich, der ich nichts besitze als meinen Kopf, muß eifrig für meine Karriere sorgen und darf günstige Gelegenheiten nicht ungenutzt lassen.«

In Olmütz traf er an diesem Tag den Fürsten Andrei nicht an. Aber der Anblick dieser Stadt, wo sich das Hauptquartier und das diplomatische Korps befanden, und wo die beiden Kaiser mit ihren Suiten, mit dem Hofstaat und mit den sonstigen ihnen nahestehenden Persönlichkeiten wohnten, ließ seinen Wunsch, auch zu dieser höheren Welt zu gehören, nur noch lebhafter und stärker werden.

Er kannte hier niemand, und trotz seiner eleganten Gardeuniform standen, wie es schien, alle diese hohen Herren, teils Hofleute, teils Militärs, die mit Federbüschen, Orden und breiten Ordensbändern in prächtigen Equipagen eilig durch die Straßen rollten, so unermeßlich hoch über ihm, dem simplen Gardefähnrich, daß sie sich um seine Existenz nicht kümmern mochten, ja auch wohl gar nicht konnten. In dem Quartier des Oberkommandierenden Kutusow, wo er nach Bolkonski fragte, sahen ihn alle diese Adjutanten und sogar die Burschen so an, als ob sie ihm zu verstehen geben wollten, solche Offiziere wie er trieben sich hier massenhaft umher und seien ihnen schon zum Überdruß geworden. Trotzdem, oder vielmehr gerade deswegen, ritt er am folgenden Tag, dem 15., nach dem Mittagessen wieder nach Olmütz, ging in das von Kutusow bewohnte Haus und fragte nach Bolkonski. Fürst Andrei war zu Hause, und Boris wurde in einen großen Saal geführt, der wahrscheinlich früher als Tanzsaal gedient hatte, jetzt aber fünf Betten und verschiedene andere Möbel enthielt: einen Tisch, Stühle und ein Klavier. Ein Adjutant saß nicht weit von der Tür in einem persischen Schlafrock am Tisch und schrieb. Ein anderer, ein dicker Mensch mit rotem Gesicht (es war Neswizki) lag auf einem Bett, hatte die Hände unter den Kopf gelegt und unterhielt sich lachend mit einem andern neben ihm sitzenden Offizier. Ein dritter spielte auf dem Klavier einen Wiener Walzer, und ein vierter lag auf dem Klavier und sang dazu. Bolkonski war nicht anwesend. Obwohl diese Herren den eintretenden Boris bemerkten, sah sich doch keiner von ihnen veranlaßt, seine Haltung zu ändern oder seine Beschäftigung zu unterbrechen. Der, welcher schrieb und an den sich Boris wandte, drehte sich ärgerlich nach ihm um und sagte ihm, Bolkonski habe Dejour; wenn er ihn sprechen wolle, so möge er durch die Tür links in das Wartezimmer gehen. Boris bedankte sich und ging in das Wartezimmer. In dem Wartezimmer befanden sich etwa zehn Offiziere, darunter auch einige Generale.

In dem Augenblick, als Boris eintrat, hörte Fürst Andrei gerade, die Augen geringschätzig halb zukneifend (mit jener eigenartigen Miene höflicher Müdigkeit, welche deutlich sagt: »Wenn es nicht meine Pflicht wäre, würde ich keinen Augenblick länger mit Ihnen reden«), einen alten, mit Orden geschmückten russischen General an, der in strammer Haltung, beinah auf den Fußspitzen, mit dem Ausdruck einer sonst nur bei den untersten Rangstufen üblichen Unterwürfigkeit auf dem blauroten Gesicht ihm etwas meldete.

»Sehr schön, haben Sie die Güte ein wenig zu warten«, sagte er zu dem General auf russisch, aber mit jener französischen Klangfärbung, deren er sich zu bedienen pflegte, wenn er geringschätzig sprechen wollte. Nun bemerkte er Boris, nickte ihm zu und ging ihm freundlich lächelnd entgegen, ohne sich weiter um den General zu kümmern, der ihm nachlief und ihn flehentlich bat, ihm noch einen Augenblick Gehör zu schenken.

Bei diesem Anblick wurde sich Boris völlig klar über etwas, was er auch schon früher vermutet hatte, daß nämlich in der Armee außer derjenigen Subordination und Disziplin, von der das Reglement handelte, und die im Regiment bekannt war, und die auch er kannte, noch eine andere, wichtigere Subordination existierte, diejenige Subordination, die diesen General mit der festumschnürten Taille und dem blauroten Gesicht zwang, respektvoll so lange zu warten, wie der Hauptmann Fürst Andrei größeres Vergnügen daran fand, sich mit dem Fähnrich Drubezkoi zu unterhalten. Mit größerer Entschiedenheit als je vorher faßte Boris jetzt den Entschluß, künftighin nicht auf der Grundlage jener im Reglement festgesetzten Subordination, sondern auf der Grundlage dieser ungeschriebenen zu dienen. Er war sich jetzt bewußt, daß er, einzig und allein infolge der Empfehlung an den Fürsten Andrei, bereits auf einmal höher stand als ein General, der unter andern Umständen, nämlich bei der Truppe, ihn, den Gardefähnrich, hätte geradezu vernichten können.

Fürst Andrei trat zu ihm und ergriff seine Hand.

»Es tut mir außerordentlich leid, daß Sie mich gestern verfehlt haben. Ich habe den ganzen Tag über mit den Deutschen meine Plackerei gehabt. Ich war mit Weyrother hingeritten, um die Disposition nachzuprüfen. Na, und wenn die Deutschen erst mit ihrer Gründlichkeit anfangen, da ist kein Ende zu finden.«

Boris lächelte, als hätte er Verständnis für das, was Fürst Andrei wie etwas allgemein Bekanntes andeutete. Aber er hörte den Namen Weyrother und sogar das Wort Disposition in diesem Sinn zum erstenmal.

»Nun also, mein Lieber, haben Sie noch den Wunsch, Adjutant zu werden? Ich habe diese Zeit her wiederholt an Sie gedacht.«

»Ja, ich dachte den Oberkommandierenden darum zu bitten«, antwortete Boris mit unwillkürlichem Erröten. »Fürst Kuragin hat an ihn einen Empfehlungsbrief für mich geschrieben. Ich wollte nur deswegen darum bitten«, fügte er wie zur Entschuldigung hinzu, »weil ich fürchte, daß die Garde nicht ins Gefecht kommt.«

»Schön, schön! Wir wollen über all das noch genauer reden«, sagte Fürst Andrei. »Erlauben Sie nur, daß ich zuerst diesen Herrn anmelde; dann stehe ich vollständig zu Ihren Diensten.«

Während Fürst Andrei zu Kutusow hineinging, um den General mit dem blauroten Gesicht anzumelden, fixierte dieser General, der offenbar Boris' Ansicht über die Vorzüge der ungeschriebenen Subordination nicht teilte, den dreisten Fähnrich, der ihn gehindert hatte, sein Gespräch mit dem Adjutanten zu Ende zu bringen, so hartnäckig, daß es diesem unbehaglich wurde. Er wandte sich ab und wartete ungeduldig auf des Fürsten Andrei Rückkehr aus dem Arbeitszimmer des Oberkommandierenden.

»Sehen Sie, mein Lieber, ich habe über Ihre Angelegenheit nachgedacht«, sagte Fürst Andrei, nachdem sie in den großen Saal mit dem Klavier gegangen waren. »Daß Sie zum Oberkommandierenden gehen, hat keinen Zweck; er wird Ihnen einen Haufen Liebenswürdigkeiten sagen, wird Sie zum Diner einladen« (»Das wäre noch nicht so übel für mein künftiges Dienen auf der Grundlage jener Subordination«, dachte Boris); »aber weiter wird dabei für Sie nichts herauskommen; wir Adjutanten und Ordonnanzoffiziere werden bald ein ganzes Bataillon sein. Aber wir wollen die Sache so machen: Der Generaladjutant Fürst Dolgorukow, ein ganz vortrefflicher Mensch, ist ein guter Freund von mir. Nun wissen Sie das zwar vielleicht noch nicht, aber die Sache ist tatsächlich die, daß jetzt Kutusow mit seinem Stab und wir alle nichts mehr zu sagen haben; alle Fäden laufen jetzt beim Kaiser zusammen. Also da wollen wir uns an Dolgorukow wenden; ich muß sowieso zu ihm hingehen und habe mit ihm schon von Ihnen gesprochen; wir wollen sehen, ob er eine Möglichkeit findet, Sie bei sich oder irgendwo dort in der Nähe der Sonne unterzubringen.«

Fürst Andrei wurde immer besonders lebhaft und rege, wenn er in die Lage kam, einem jungen Mann Anleitung zu geben und ihm in der gesellschaftlichen Sphäre zu Erfolg zu verhelfen. Unter dem Vorwand, für einen andern eine Hilfe zu erbitten, die er für sich selbst aus Stolz niemals angenommen hätte, trat er gern in nähere Berührung mit jenen Kreisen, von denen aller Erfolg abhing, und die auf ihn eine starke Anziehungskraft ausübten. So nahm er sich denn des jungen Boris mit großem Vergnügen an und ging mit ihm zum Fürsten Dolgorukow.

Es war schon spätabends, als sie in das Olmützer Schloß hineingingen, wo die Kaiser und ihr Gefolge wohnten. An ebendiesem Tag hatte ein Kriegsrat stattgefunden, an welchem sämtliche Mitglieder des Hofkriegsrates und beide Kaiser teilgenommen hatten. Bei dieser Beratung war gegen die Ansicht zweier bejahrter Herren, nämlich Kutusows und des Fürsten Schwarzenberg, beschlossen worden, unverzüglich anzugreifen und Bonaparte eine Hauptschlacht zu liefern. Als Fürst Andrei, von Boris begleitet, in das Schloß kam, um den Fürsten Dolgorukow aufzusuchen, war der Kriegsrat soeben beendet. Jedermann im Hauptquartier stand noch unter dem starken Eindruck der heutigen, für die Partei der Jüngeren siegreichen Sitzung. Die Stimmen der Zauderer, welche geraten hatten, noch einige Zeit mit dem Angriff zu warten, waren so einmütig übertönt und ihre Gründe durch so unzweifelhafte Beweise von der Vorteilhaftigkeit eines Angriffs widerlegt worden, daß das, worüber im Kriegsrat gehandelt war, nämlich die bevorstehende Schlacht und der zweifellose Sieg, nicht mehr als etwas der Zukunft, sondern als etwas der Vergangenheit Angehöriges erschien. Alle Vorteile waren auf unserer Seite: Gewaltige Streitkräfte, denen die Napoleons unzweifelhaft nicht gleichkamen, waren an einem Punkt zusammengezogen; die Truppen waren durch die Anwesenheit der Kaiser begeistert und brannten vor Kampfbegierde; der strategische Punkt, auf dem gekämpft werden sollte, war dem österreichischen General Weyrother, der die Truppen führte, bis in die kleinsten Einzelheiten bekannt (es erschien als ein glücklicher Zufall, daß die österreichischen Truppen im vorigen Jahr ein Manöver gerade auf dem Terrain abgehalten hatten, auf dem jetzt die Schlacht mit den Franzosen stattfinden sollte), und genaue Karten des Terrains waren an alle Beteiligten verteilt; und Bonaparte, der sich offenbar schwach fühlte, unternahm nichts.

Dolgorukow, einer der eifrigsten Vertreter der Ansicht, daß man angreifen müsse, war soeben aus der Sitzung zurückgekommen, ermüdet und erschöpft, aber doch lebhaft erregt und stolz auf den errungenen Sieg. Fürst Andrei stellte ihm den von ihm protegierten Offizier vor; aber Fürst Dolgorukow drückte diesem zwar höflich und mit Wärme die

Hand, redete ihn jedoch nicht an; es drängte ihn offenbar unwiderstehlich, die Gedanken auszusprechen, die ihn in diesem Augenblick stärker als alles andere beschäftigten. Er wandte sich an den Fürsten Andrei und sagte auf französisch mit Lebhaftigkeit und in abgerissener Redeweise:

»Nun, mein Lieber, was haben wir für einen Kampf zu bestehen gehabt! Gott gebe nur, daß derjenige Kampf, der die Folge davon sein wird, ebenso siegreich ausgehe. Aber, mein Lieber, ich muß bekennen, daß ich den Österreichern, und namentlich diesem Weyrother, nicht das Wasser reiche. Welch eine Akkuratesse, welch eine Durchdringung der Einzelheiten, welch eine Kenntnis der Örtlichkeit, welch ein Vorhersehen aller Möglichkeiten, aller Umstände, aller, auch der kleinsten Details! Nein, mein Lieber, günstigere Umstände als die, in denen wir uns jetzt befinden, könnte man sich mit aller Mühe nicht ausdenken. Eine Vereinigung österreichischer Sorgsamkeit und russischer Tapferkeit – was will man mehr?«

»Also ist der Angriff definitiv beschlossen?« fragte Bolkonski.

»Und wissen Sie, mein Lieber, mir scheint, daß Bonaparte tatsächlich mit seinem Latein am Ende ist. Sie wissen, daß der Kaiser heute einen Brief von ihm bekommen hat.« Dolgorukow lächelte bedeutsam.

»Ei, so etwas! Nun, was schreibt er denn?« fragte Bolkonski.

»Was kann er denn schreiben? Wischiwaschi, alles nur mit der Absicht, Zeit zu gewinnen. Ich sage Ihnen: Wir haben ihn vollständig in der Hand; das ist sicher! Aber was das Amüsanteste ist«, fuhr er fort und lachte dabei gutmütig, »wir konnten absolut keine angemessene Fassung der Adresse für die Antwort finden. Wenn man nicht: ›An den Konsul‹ adressieren wollte und selbstverständlich auch nicht: ›An den Kaiser‹, so empfahl es sich, wie mit schien: ›An den General Bonaparte‹ zu schreiben.«

»Aber ob man ihm den Kaisertitel vorenthält oder ihn so schlechtweg als General Bonaparte bezeichnet, dazwischen ist doch ein großer Unterschied«, meinte Bolkonski.

»Das ist's ja eben!« unterbrach ihn Dolgorukow schnell und lachte von neuem. »Sie kennen Bilibin; er ist ein sehr kluger Mensch; der schlug vor, zu adressieren: ›An den Usurpator und Feind des Menschengeschlechtes‹.« Dolgorukow lachte vergnügt.

»Nichts Schlimmeres?« bemerkte Bolkonski.

»Aber dann hat Bilibin doch im Ernst einen passenden Titel für die Adresse gefunden. Er ist ein scharfsinniger, kluger Mensch.«

»Nun, welchen denn?«

»›An das Oberhaupt der französischen Regierung, au chef du gouvernement français‹«, sagte Fürst Dolgorukow ernst und mit Behagen. »Nicht wahr, das ist gut?«

»Ja, aber ihm wird es sehr mißfallen«, bemerkte Bolkonski.

»Oh, sehr, sehr! Mein Bruder kennt ihn; der hat in Paris mehrere Male bei ihm, dem jetzigen Kaiser, gespeist und hat mir gesagt, er habe nie in seinem Leben einen schlaueren, listigeren Diplomaten kennengelernt. Wissen Sie: eine Vereinigung französischer Gewandtheit und italienischer Verstellungskunst. Kennen Sie die Geschichte von Bonaparte und dem Grafen Markow? Graf Markow, das war der einzige, der mit ihm umzugehen wußte. Sie kennen die Geschichte von dem Taschentuch? Die ist allerliebst!«

Und nun erzählte der redselige Dolgorukow, indem er sich bald an Boris, bald an den Fürsten Andrei wandte, wie Bonaparte, um unsern Gesandten Markow auf die Probe zu stellen, vor ihm stehend absichtlich sein Taschentuch habe fallen lassen und ihn dann, doch wohl in der Erwartung eines Gefälligkeitsdienstes von seiten Markows, angesehen habe, und wie Markow sogleich sein eigenes Taschentuch habe daneben fallen lassen und das seinige aufgehoben habe, aber nicht das Tuch Bonapartes.

»Sehr nett«, sagte Bolkonski. »Aber was ich sagen wollte, Fürst, ich bin als Fürsprecher für diesen jungen Mann zu Ihnen gekommen. Bitte, sehen Sie zu, ob …«

Aber Fürst Andrei konnte seinen Satz nicht zu Ende sprechen, da ein Adjutant ins Zimmer trat und den Fürsten Dolgorukow zum Kaiser rief.

»Ach, wie ärgerlich!« sagte Dolgorukow, stand schnell auf und drückte dem Fürsten Andrei und Boris die Hand. »Sie wissen, daß ich mich sehr freue, für Sie und für diesen liebenswürdigen jungen Mann alles zu tun, was in meinen Kräften steht.« Er drückte Boris noch einmal die Hand mit dem Ausdruck gutmütiger Aufrichtigkeit und munterer Harmlosigkeit. »Aber Sie sehen … Ein andermal!«

Den jungen Fähnrich Boris regte der Gedanke auf, wie nah er sich in diesem Augenblick der höchsten Instanz befand. Hier fühlte er sich in Berührung mit jenen Triebfedern, von welchen alle jene gewaltigen Massen in Bewegung gesetzt wurden; wenn er dagegen bei seinem Regiment war, so hatte er die Empfindung, daß er nur ein kleiner, gehorsamer, unbedeutender Teil dieser Massen sei. Fürst Andrei und er traten nach dem Fürsten Dolgorukow ebenfalls auf den Korridor hinaus und begegneten dort einem Herrn, der aus derselbenTür zu dem Zimmer des Kaisers herauskam, in welche Dolgorukow hineinging. Er trug Zivil, war von kleiner Statur, noch jung und hatte ein kluges Gesicht, das durch den vorstehenden Unterkiefer einen strengen, scharfen Zug erhielt; aber dieser Zug entstellte sein Gesicht nicht, sondern ließ dasselbe vielmehr besonders lebhaft und ausdrucksfähig erscheinen. Dieser kleine Herr nickte dem Fürsten Dolgorukow wie einem guten Bekannten zu; den Fürsten Andrei sah er mit einem kalten Blick starr an, ging gerade auf ihn zu und erwartete offenbar, daß Fürst Andrei ihn grüßen oder ihm Platz machen werde. Fürst Andrei jedoch tat weder das eine noch das andere; er machte ein ärgerliches Gesicht, und der junge Mann wandte den Kopf weg und ging mehr nach der Seitenwand des Korridors zu an ihnen vorüber.

»Wer war das?« fragte Boris.

»Das ist einer von den einflußreichsten, aber mir unangenehmsten Menschen. Es ist der Minister der auswärtigen Angelegenheiten, Fürst Adam Czartoryski. Das sind die Leute«, sagte Bolkonski, während sie aus dem Schloß hinausgingen, mit einem Seufzer, den er nicht unterdrücken konnte, »das sind die Leute, die das Schicksal der Völker entscheiden.«

Am andern Tag setzten sich die Truppen in Marsch, und Boris fand vor der Schlacht bei Austerlitz keine Zeit mehr, den Fürsten Bolkonski oder den Fürsten Dolgorukow aufzusuchen, und blieb daher vorläufig noch im Ismaïler Regiment.

X

In der Morgenfrühe des 16. November brach Denisows Eskadron, in welcher Nikolai Rostow stand und die zur Abteilung des Fürsten Bagration gehörte, aus ihrem Quartier auf. Es hieß, sie werde ins Gefecht kommen; aber nachdem sie, hinter anderen Kolonnen einherziehend, ungefähr eine Werst zurückgelegt hatte, erhielt sie Befehl, sich neben der Chaussee aufzustellen. Rostow sah, wie eine Kosakenabteilung an seiner Eskadron vorbei weiterzog, desgleichen die erste und zweite Eskadron seines Husarenregiments, und Infanteriebataillone und Artillerie, und wie die Generale Bagration und Dolgorukow mit ihren Adjutanten vorbeiritten. All die Furcht, der er an diesem Tag, ebenso wie früher, vor dem Gefecht unterworfen gewesen war, der ganze innere Kampf, mittels dessen er diese Furcht überwunden hatte, all seine Phantasien, in denen er sich ausgemalt hatte, wie er sich so recht husarenmäßig in diesem Gefecht auszeichnen wolle: Das alles war nun vergebens gewesen. Seine Eskadron wurde in der Reserve zurückbehalten, und Nikolai Rostow verbrachte diesen Tag in recht langweiliger, verdrießlicher Weise. Zwischen acht und neun Uhr vormittags hörte er von vorn her Schießen und Hurrarufen, sah, wie Verwundete zurücktransportiert wurden (es waren ihrer nicht viele), und schließlich, wie inmitten einer Kosakeneskadron eine ganze Abteilung gefangener französischer Kavalleristen vorbeigeführt wurde. Offenbar war das Gefecht beendet, und es war augenscheinlich nicht groß, aber glücklich gewesen. Die auf dem Rückmarsch vorbeikommenden Soldaten und Offiziere erzählten von einem glänzenden Sieg, von der

Einnahme der Stadt Wischau und von der Gefangennahme einer ganzen französischen Eskadron. Nach einem starken Nachtfrost war es ein klarer, sonniger Tag geworden; zu dem heiteren Glanz des Herbsttages kam nun noch die Siegesnachricht, die man nicht nur aus den Erzählungen der Teilnehmer am Kampf erfuhr, sondern auch durch die frohen Mienen der Soldaten, Offiziere, Generale und der nach der einen und nach der andern Seite vorbeisprengenden Adjutanten bestätigt fand. Um so schmerzlicher zog sich Nikolais Herz zusammen, der die ganze Furcht, die bei ihm immer einem Kampf vorherging, vergeblich durchgemacht hatte und diesen heiteren Tag in Untätigkeit hatte verbringen müssen.

»Komm her, Rostow, wir wollen unsern Kummer vertrinken!« rief Denisow, der sich am Rand der Chaussee bei einer Flasche und einem kalten Imbiß niedergelassen hatte.

Die Offiziere versammelten sich im Kreis um Denisows Proviantkorb, aßen und redeten miteinander.

»Da bringen sie noch einen!« sagte einer von ihnen und zeigte auf einen gefangenen französischen Dragoner, den zwei Kosaken zu Fuß vorbeitransportierten.

Der eine von ihnen führte das dem Gefangenen abgenommene große, schöne französische Pferd am Zügel.

»Verkaufe doch das Pferd!« rief Denisow dem Kosaken zu.

»Gern, Euer Wohlgeboren ...«

Die Offiziere standen auf und umringten die Kosaken und den gefangenen Franzosen. Der französische Dragoner war ein junger Bursche, ein Elsässer, der Französisch mit deutscher Färbung sprach. Er war vor Aufregung ganz außer Atem und hatte ein gerötetes Gesicht, und als er die Offiziere Französisch sprechen hörte, redete er sie schnell an, indem er sich bald an diesen, bald an jenen wendete. Er sagte, er würde sich nicht haben gefangennehmen lassen; daß er gefangengenommen sei, daran sei nicht er schuld, sondern sein Korporal, der ihn weggeschickt habe, um die Pferdedecken zu holen, obgleich er ihm gesagt habe, daß die Russen schon da seien. Alle Augenblicke sagte er dazwischen: »Ich bitte nur, daß meinem lieben, guten Pferd nichts zuleide getan wird«, und streichelte sein Pferd. Es war augenscheinlich, daß er sich nicht recht klar darüber war, wo er sich eigentlich befand. Bald entschuldigte er sich, daß er sich hatte gefangennehmen lassen, bald hatte er die Vorstellung, daß er seine Vorgesetzten vor sich habe, und suchte seine soldatische Pünktlichkeit und seinen Diensteifer ins rechte Licht zu setzen. So brachte er die eigentümliche Atmosphäre des französischen Heeres, die den Russen so fremd war, in ihrer ganzen Frische mit sich in unsere Vorhut hinein.

Die Kosaken verkauften das Pferd für zwei Dukaten, und Rostow, der jetzt, wo er Geld bekommen hatte, der reichste von den Offizieren war, kaufte es.

»Ich bitte nur, daß meinem lieben, guten Pferd nichts zuleide getan wird«, sagte der Elsässer gutherzig zu Rostow, als das Pferd einem Husaren übergeben wurde.

Lächelnd beruhigte Rostow den Dragoner darüber und gab ihm etwas Geld.

»Allö! Allö!« sagte der eine Kosak und berührte den Gefangenen am Arm, damit er weiterginge.

»Der Kaiser! Der Kaiser!« wurde plötzlich unter den Husaren gerufen.

Alles lief und hastete, und Rostow erblickte von hinten her auf dem Weg einige sich nähernde Reiter mit weißen Federbüschen. In einem Augenblick waren alle auf ihren Plätzen und warteten.

Rostow hatte gar kein Bewußtsein und Gefühl davon, wie er an seinen Platz lief und sich auf sein Pferd setzte. Verschwunden war augenblicklich sein schmerzliches Bedauern darüber, daß er nicht hatte am Kampf teilnehmen können, verschwunden die Alltagsstimmung, in der er sich inmitten der ihm schon so langweilig gewordenen Gesichter befunden hatte, verschwunden sofort jeder Gedanke an seine eigene Person: Sein Herz war ganz erfüllt von der Glücksempfindung, die die Nähe des Kaisers in ihm hervorrief. Schon allein durch diese Nähe fühlte er sich für den Verlust des heutigen Tages entschädigt. Er war glücklich wie ein Verliebter, dem die ersehnte Begegnung endlich zuteil wird. Er wagte nicht, in Reih und Glied den Kopf zu drehen; aber er empfand mit dem Instinkt der Begeisterung die Annäherung des Kaisers. Und zwar merkte er das nicht nur an dem Klang der Hufschläge der sich nähernden Kavalkade, sondern er fühlte es daran, daß, je näher sie herankam, um so heller, freudiger, bedeutsamer, festtäglicher alles um ihn herum wurde. Immer mehr und mehr näherte sich ihm diese Sonne, Strahlen milden, majestätischen Lichtes um sich verbreitend, und nun fühlte er sich schon von diesen Strahlen umflossen, er hörte die Stimme des Kaisers, diese freundliche, ruhige Stimme, die zugleich so majestätisch und so schlicht klang. Eine Totenstille war eingetreten, wie es auch nach Rostows Empfindung gar nicht anders sein konnte, und in dieser Stille ertönte die Stimme des Kaisers.

»Die Pawlograder Husaren?« sagte er im Ton der Frage.

»Die Reserve, Euer Majestät«, antwortete eine andere Stimme, eine recht menschenartige Stimme nach jener einer höheren Welt angehörigen Stimme, die gesagt hatte: »Die Pawlograder Husaren?«

Der Kaiser war nun bis zu Rostow gelangt und hielt an. Das Gesicht Alexanders war noch schöner als bei der Truppenschau vor drei Tagen. Es glänzte von einer solchen Heiterkeit und Jugendfrische, von einer so unschuldsvollen Jugendfrische, daß es an die ausgelassene Munterkeit eines vierzehnjährigen Knaben erinnerte, und doch war es dabei zugleich das Antlitz eines majestätischen Herrschers. Während der Kaiser einen musternden Blick über die Eskadron gleiten ließ, begegneten seine Augen zufällig den Augen Rostows und blieben nicht länger als zwei Sekunden auf ihnen haften. Ob der Kaiser erkannte, was in Rostows Seele vorging, war wohl schwer zu sagen (Rostow war der Meinung, daß der Kaiser alles erkenne); aber er blickte ihm zwei Sekunden lang mit seinen blauen Augen, denen ein mildes, sanftes Licht entströmte, ins Gesicht. Dann zog er auf einmal die Brauen in die Höhe, stieß mit einer scharfen Bewegung des linken Fußes das Pferd an und galoppierte weiter in der Richtung nach vorn.

Der junge Kaiser hatte dem Wunsch, bei dem Kampf zugegen zu sein, nicht widerstehen können, hatte trotz aller Gegenvorstellungen seiner Umgebung um zwölf Uhr die dritte Kolonne, die er bis dahin begleitet hatte, verlassen und war in scharfer Gangart zur Vorhut geritten. Aber noch ehe er zu den Husaren gelangt war, waren ihm einige Adjutanten mit der Nachricht von dem glücklichen Ausgang des Kampfes entgegengekommen.

Das Treffen, das eigentlich nur darin bestanden hatte, daß eine französische Eskadron besiegt worden war, wurde als ein glänzender Sieg über die Franzosen dargestellt, und daher waren der Kaiser und die ganze Armee (namentlich solange sich der Pulverrauch noch nicht von dem Kampfplatz verzogen hatte) des Glaubens, die Franzosen seien besiegt und auf einem unfreiwilligen Rückzug begriffen. Einige Minuten, nachdem der Kaiser vorbeigeritten war, wurde auch diese Eskadron der Pawlograder nach vorn beordert. In dem kleinen deutschen Städtchen Wischau sah Rostow den Kaiser noch einmal. Auf dem Marktplatz, wo vor der Ankunft des Kaisers ein ziemlich heftiges Schießen stattgefunden hatte, lagen einige Gefallene und Verwundete, die man noch nicht Zeit gefunden hatte wegzuschaffen. Der Kaiser, von seiner militärischen und nichtmilitärischen Suite umgeben, ritt ein anderes Pferd als bei der Truppenschau, eine anglisierte Fuchsstute; sich zur Seite herabbiegend, hielt er mit einer anmutigen Bewegung seine goldene Lorgnette vor die Augen und betrachtete durch sie einen Soldaten, der mit dem Gesicht nach unten, ohne Tschako, mit blutigem Kopf dalag. Der verwundete Soldat sah so unsauber, plump und garstig aus, daß sich Rostow von dessen Anwesenheit in nächster Nähe des Kaisers peinlich berührt fühlte. Rostow sah, daß die herabgebeugten Schultern des Kaisers wie von einem durch sie hinlaufenden Schauder zusammenzuckten; er sah, daß der linke Fuß des Kaisers krampfhaft mit dem Sporn das Pferd in die Seite stieß, daß aber das dressierte Tier sich gleichmütig umsah und sich nicht von der Stelle rührte. Ein Adjutant stieg vom Pferd, faßte den Soldaten unter die Arme und schickte sich an, ihn auf eine schnell herbeigebrachte Tragbahre zu legen.

»Sachte, sachte, geht es denn nicht sachter?« sagte der Kaiser, der offenbar mehr litt als der sterbende Soldat, und ritt weiter.

Rostow sah, daß dem Kaiser die Tränen in den Augen standen, und hörte, wie er im Weiterreiten auf französisch zu Czartoryski sagte:

»Der Krieg ist doch etwas Furchtbares, etwas ganz Furchtbares!«

Die zur Vorhut gehörigen Truppen lagerten sich vor Wischau, gegenüber der feindlichen Vorpostenkette, die während dieses ganzen Tages stets vor den Unsrigen zurückgewichen war, sobald diese auch nur einige wenige Schüsse abgegeben hatten. Der Vorhut wurde der Dank des Kaisers ausgesprochen, es wurden ihr Belohnungen in Aussicht gestellt, und an die Mannschaften wurden doppelte Rationen Branntwein verteilt. Noch lustiger als in der vorhergehenden Nacht knisterten die Biwakfeuer und tönten die Lieder der Soldaten. Denisow feierte in dieser Nacht seine Beförderung zum Major, und gegen Ende des Gelages brachte Rostow, der schon ziemlich viel getrunken hatte, einen Toast auf den Kaiser aus, aber »nicht auf Seine Majestät, unsern Allergnädigsten Kaiser und Herrn, wie es bei offiziellen Diners heißt«, sagte er, »sondern auf die Gesundheit unseres lieben, guten Kaisers, des bezaubernden, herrlichen Menschen; trinken wir auf seine Gesundheit und auf den sicheren Sieg über die Franzosen!«

»Wenn wir uns schon früher brav geschlagen haben«, sagte er, »und, wie bei Schöngrabern, uns von den Franzosen nichts haben gefallen lassen, wie wird es nun erst jetzt gehen, wo er an unserer Spitze ist? Wir alle werden gern für ihn sterben, werden mit Wonne für ihn sterben. Nicht wahr, meine Herren? Vielleicht treffe ich nicht die richtigen Ausdrücke; ich habe viel getrunken; aber das ist meine Empfindung, und gewiß auch die Ihrige. Auf die Gesundheit Alexanders des Ersten! Hurra!«

»Hurra!« riefen die Offiziere in hoher Begeisterung.

Auch der alte Rittmeister Kirsten schrie begeistert mit und nicht minder herzlich als der zwanzigjährige Rostow.

Als die Offiziere ausgetrunken und ihre Gläser zerschlagen hatten, goß Kirsten andere Gläser voll und ging, nur in Hemd und Hose, mit einem Glas in der Hand, zu den Biwakfeuern der Mannschaften hin. In imponierender Haltung, den rechten Arm hoch erhoben, mit seinem langen, grauen Schnurrbart und der behaarten Brust, die unter dem offenstehenden Hemd sichtbar wurde, blieb er im Schein eines Feuers stehen.

»Kinder, auf die Gesundheit Seiner Majestät des Kaisers und auf den Sieg über die Feinde, Hurra!« rief er mit seiner trotz des Alters immer noch frisch und jugendlich klingenden Husarenstimme, einem hübschen Bariton.

Die Husaren drängten sich um ihn und antworteten alle zugleich mit lautem Geschrei.

Als spät in der Nacht alle Teilnehmer des Zechgelages sich entfernt hatten, klopfte Denisow mit seiner kurzfingerigen Hand seinem Liebling Rostow auf die Schulter.

»Nun sehe mal einer diesen Burschen an! Weil er in dem Feldzug niemand hat, in den er sich verlieben könnte, hat er sich in den Zaren verliebt«, sagte er.

»Denisow, darüber darfst du nicht spotten!« rief Rostow. »Das ist ein so hohes, so schönes Gefühl, ein so …«

»Ich glaube es, ich glaube es, Freundchen, und ich teile dieses Gefühl und billige es durchaus …«

»Nein, du hast kein Verständnis dafür!«

Rostow stand auf und schlenderte zwischen den Lagerfeuern umher und erging sich in Träumereien darüber, welch ein Glück es wäre zu sterben, nicht als Lebensretter des Kaisers (davon wagte er gar nicht zu träumen), sondern einfach nur vor den Augen des Kaisers. Er war tatsächlich in den Kaiser verliebt und in den Ruhm der russischen Waffen und in die Hoffnung auf den bevorstehenden Sieg und Triumph. Und er war nicht der einzige, den dieses Gefühl in jenen denkwürdigen Tagen erfüllte, die der Schlacht bei Austerlitz vorhergingen; neun Zehntel der russischen Armee waren damals, wenn auch weniger enthusiastisch als er, in ihren Zaren und in den Ruhm der russischen Waffen verliebt.

XI

Am folgenden Tag blieb der Kaiser in Wischau. Sein Leibarzt Villiers wurde mehrere Male zu ihm gerufen. Im Hauptquartier und bei den in der Nähe lagernden Truppenteilen war die Nachricht verbreitet, dem Kaiser sei nicht wohl. Er hatte, wie aus seiner Umgebung verlautete, nichts gegessen und die letzte Nacht schlecht geschlafen. Der Grund dieses Unwohlseins lag in dem starken Eindruck, den der Anblick der Verwundeten und Getöteten auf das weiche Herz des Kaisers gemacht hatte.

Am frühen Morgen des 17. November wurde von den Vorposten ein französischer Offizier, der mit einer Parlamentärsflagge gekommen war und gebeten hatte, den Kaiser von Rußland sprechen zu dürfen, nach Wischau geleitet. Dieser Offizier war Savary. Der Kaiser war eben erst eingeschlafen, und daher mußte Savary warten. Um Mittag wurde er beim Kaiser vorgelassen, und eine Stunde darauf ritt er zu den Vorposten der französischen Armee zurück, begleitet von dem Fürsten Dolgorukow.

Wie man hörte, bestand der Zweck der Sendung Savarys darin, dem Kaiser Alexander den Vorschlag zu einer Zusammenkunft mit Napoleon zu machen. Eine persönliche Zusammenkunft war von Kaiser Alexander zur großen Freude und stolzen Genugtuung des ganzen Heeres abgelehnt worden; statt dessen wurde nun Fürst Dolgorukow, der Sieger von Wischau, mit Savary zusammen abgesandt, um mit Napoleon zu verhandeln, falls dem Verlangen desselben nach Verhandlungen wider Vermuten wirklich der Wunsch, Frieden zu schließen, zugrunde liegen sollte.

Am Abend kehrte Dolgorukow zurück, begab sich direkt zum Kaiser und blieb lange mit ihm allein unter vier Augen.

Am 18. und 19. November rückten die russischen Truppen noch zwei weitere Tagesmärsche vor, und die feindlichen Vorposten wichen zurück, nachdem wenige Schüsse gewechselt waren. In den höheren Rängen der Armee hatte am Morgen des 19. eine lebhafte Tätigkeit und unruhige Geschäftigkeit begonnen, die sich bis zum Morgen des folgenden Tages, des 20. November, fortsetzte, an welchem die so denkwürdige Schlacht bei Austerlitz geschlagen wurde.

Bis zum Mittag des 19. beschränkte sich diese Bewegung, die lebhaften Gespräche, das Hin- und Herlaufen, das Senden von Adjutanten, auf das Hauptquartier der Kaiser; am Nachmittag desselben Tages übertrug sich die Bewegung auf das Hauptquartier Kutusows und auf die Stäbe der Unterbefehlshaber. Am Abend wurde durch Adjutanten diese Bewegung nach allen Enden und Teilen der Armee hin verbreitet, und in der Nacht vom 19. zum 20. brach die achtzigtausendköpfige Masse des verbündeten Heeres aus ihren Quartieren auf, ein Stimmengebraus erhob sich, und wogend wie eine riesige, neun Werst lange Leinwandbahn rückte sie vorwärts.

Die innerste Bewegung, die am Vormittag im Zentrum, dem Hauptquartier der Kaiser, begonnen und den Anstoß zu der gesamten weiteren Bewegung gegeben hatte, war der ersten Bewegung des Mittelrades einer großen Turmuhr ähnlich. Langsam hat sich das eine Rad in Bewegung gesetzt; nun dreht sich ein zweites, ein drittes, und immer schneller und schneller beginnen sich die Räder, die Rollen, die Walzen zu drehen, das Glockenspiel erklingt, die Figuren springen heraus, und gemessen rükken die Zeiger vor, die das Resultat der Bewegung anzeigen.

Auch in dem Mechanismus des Kriegswesens setzt sich ebenso unaufhaltsam wie in dem Mechanismus einer Uhr die einmal hervorgerufene Bewegung bis zum letzten Resultat fort, und in ebenso teilnahmsloser

Ruhe verharren bis unmittelbar zu dem Augenblick, wo ihnen die Bewegung mitgeteilt wird, diejenigen Teile des Mechanismus, bis zu denen die Aktion noch nicht gelangt ist. Die Räder quietschen auf ihren Achsen und greifen mit den Zähnen ineinander; es pfeifen infolge der schnellen Umdrehung die Walzen; aber das benachbarte Rad bleibt so ruhig und regungslos, als ob es vorhätte, jahrhundertelang so ohne Bewegung dazustehen; nun jedoch ist der Augenblick gekommen, ein Hebel greift ein, und dieser Einwirkung gehorchend, beginnt das Rad knarrend sich zu drehen und schließt sich der allgemeinen Tätigkeit an, deren Resultat und Ziel ihm unbekannt sind.

Wie bei der Uhr das Resultat der komplizierten Bewegung der zahllosen verschiedenen Räder und Walzen nur die langsame, gleichmäßige Bewegung der Zeiger ist, die die Zeit angeben, ebenso war auch bei den Menschen das Resultat all der komplizierten Bewegungen dieser hundertundsechzigtausend Russen und Franzosen (das Resultat all der Leidenschaften, Wünsche, Sinnesänderungen, Demütigungen, Leiden, Äußerungen des Stolzes und der Furcht und der Begeisterung) nur der Verlust der Schlacht bei Austerlitz, der sogenannten Dreikaiserschlacht, das heißt, die langsame Fortbewegung des Zeigers der Weltgeschichte auf dem Zifferblatt der Geschichte des Menschengeschlechtes.

Fürst Andrei hatte an diesem Tag Dejour und befand sich dauernd um die Person des Oberkommandierenden.

Zwischen fünf und sechs Uhr abends kam Kutusow in das Hauptquartier der Kaiser, und nachdem er eine kurze Zeit bei dem Kaiser von Rußland gewesen war, begab er sich zu dem Oberhofmarschall Grafen Tolstoi.

Bolkonski benutzte diese Zeit, um zu Dolgorukow zu gehen und sich bei ihm nach den Einzelheiten der militärischen Operationen zu erkundigen. Er hatte gemerkt, daß Kutusow über etwas verstimmt und mit etwas unzufrieden war, und daß man auch im Hauptquartier mit dem Oberkommandierenden nicht zufrieden war, und daß alle diese Herren vom kaiserlichen Hauptquartier demselben gegenüber einen Ton anschlugen, als wüßten sie etwas, was andere Leute nicht wüßten. Darum lag dem Fürsten Andrei daran, mit Dolgorukow zu sprechen.

»Nun, seien Sie willkommen, mein Lieber«, sagte Dolgorukow, der mit Bilibin beim Tee saß. »Morgen gibt's einen großen Festtag. Was macht denn Ihr alter Herr? Er ist wohl übler Laune?«

»Daß er übler Laune wäre, kann ich nicht gerade sagen; er hat wohl nur den Wunsch, gehört zu werden.«

»Man hat ihn ja im Kriegsrat angehört, und man wird ihn auch weiter anhören, wenn er sich entschließt, vernünftig zu reden; aber jetzt zu zögern und noch auf irgend etwas zu warten, jetzt, wo Bonaparte vor nichts solche Furcht hat wie vor einer Entscheidungsschlacht, das ist geradezu unmöglich.«

»Sie haben ihn ja wohl gesehen«, sagte Fürst Andrei. »Nun, was ist dieser Bonaparte für ein Mann? Was für einen Eindruck hat er auf Sie gemacht?«

»Ja, ich habe ihn gesehen und die Überzeugung gewonnen, daß er vor nichts in der Welt solche Furcht hat wie vor einer Entscheidungsschlacht«, sagte Dolgorukow noch einmal, der auf diese allgemeine Folgerung, die er aus seiner Zusammenkunft mit Napoleon zog, offenbar großen Wert legte. »Wenn er sich nicht vor einer Schlacht fürchtete, was hätte er dann für Grund gehabt, eine Unterredung zu verlangen, Unterhandlungen einzuleiten und, was die Hauptsache ist, zurückzuweichen, obgleich doch das Zurückweichen der gesamten Methode seiner Kriegführung zuwiderläuft? Glauben Sie mir: Er hat Furcht, Furcht vor einer Entscheidungsschlacht. Sein Stündlein hat geschlagen; das kann ich Ihnen mit Sicherheit sagen.«

»Aber erzählen Sie doch: Was ist er für ein Mann? Wie benimmt er sich?« fragte Fürst Andrei noch einmal.

»Er trug einen grauen Rock und wünschte lebhaft, daß ich ›Euer Majestät‹ zu ihm sagen möchte; aber ich habe ihn zu seiner großen Kränkung mit keinem Titel angeredet. So ein Mensch ist das; weiter ist über ihn nichts zu sagen«, antwortete Dolgorukow und sah Bilibin lächelnd an.

»Trotz meiner vollkommenen Hochachtung vor dem alten Kutusow«, fuhr er fort, »muß ich doch sagen: Wir wären alle gar zu töricht, wenn wir jetzt auf etwas warten wollten und ihm damit die Möglichkeit gäben, davonzugehen oder uns zu täuschen, während wir ihn jetzt sicher in unserer Gewalt haben. Nein, wir dürfen Suworow und seinen Grundsatz nicht vergessen: nicht die Rolle dessen, der angegriffen wird, zu übernehmen, sondern selbst anzugreifen. Glauben Sie mir: Im Krieg zeigt die Energie der jüngeren Leute oft richtiger den Weg als alle Erfahrung der alten Zauderer.«

»Aber wenn wir ihn angreifen wollen, gegen welche Position sollen wir denn dann unsern Angriff richten?« sagte Fürst Andrei. »Ich bin heute bei den Vorposten gewesen; aber es war unmöglich, zu erkennen, wo er eigentlich mit seiner Hauptmacht steht.«

Er hätte gern dem Fürsten Dolgorukow den Angriffsplan entwickelt, den er selbst entworfen hatte.

»Ach, das ist ganz gleichgültig«, erwiderte Dolgorukow schnell, stand auf und breitete eine Landkarte auf dem Tisch aus. »Es sind alle Möglichkeiten vorhergesehen: Wenn er bei Brünn steht …«

Und Fürst Dolgorukow setzte eilfertig und in unklarer Weise Weyrothers Plan einer Flankenbewegung auseinander.

Fürst Andrei wollte Einwendungen machen und seinen eigenen Plan darlegen, der ja auch vielleicht ebensogut war wie Weyrothers Plan, aber den Fehler hatte, daß Weyrothers Plan bereits genehmigt war. Sowie Fürst Andrei angefangen hatte, die Nachteile jenes Planes und die Vorzüge seines eigenen zu erörtern, hörte Fürst Dolgorukow ihm nicht mehr zu und blickte zerstreut nicht mehr auf die Landkarte, sondern nach dem Gesicht des Fürsten Andrei.

»Übrigens wird heute noch bei Kutusow ein Kriegsrat abgehalten«, sagte Dolgorukow. »Da können Sie das ja alles vortragen.«

»Das werde ich auch tun«, sagte Fürst Andrei und trat von der Karte zurück.

»Worüber machen Sie sich denn eigentlich Sorgen, meine Herren?« sagte Bilibin, der bisher mit heiterem Lächeln ihrem Gespräch zugehört hatte und sich jetzt offenbar anschickte, einen Scherz zu machen. »Ob es nun morgen einen Sieg oder eine Niederlage gibt, der Ruhm der russischen Waffen ist außer Gefahr. Abgesehen von unserm Kutusow ist kein einziger höherer russischer Truppenführer dabei. Die Führer sind: der Herr General Wimpffen, Graf Langeron, Fürst Liechtenstein, Fürst Hohenlohe und endlich Prischprschiprsch, wie ja alle polnischen Namen klingen.«

»Still, still, was haben Sie für eine böse Zunge!« sagte Dolgorukow. »Es ist übrigens nicht wahr; es sind schon jetzt außer Kutusow noch zwei Russen dabei, Miloradowitsch und Dochturow, und es würde auch noch ein dritter dabei sein, Graf Araktschejew, wenn er nicht so schwache Nerven hätte.«

»Aber ich glaube, Michail Ilarionowitsch ist vom Grafen Tolstoi wieder herausgekommen«, sagte Fürst Andrei. »Ich wünsche Ihnen Glück und Erfolg, meine Herren«, fügte er hinzu, drückte dem Fürsten Dolgorukow und Bilibin die Hand und ging hinaus.

Bei der Heimfahrt konnte sich Fürst Andrei nicht enthalten, den schweigsam neben ihm sitzenden Kutusow zu fragen, was er über die morgige Schlacht denke.

Kutusow blickte seinen Adjutanten finster an und antwortete nach kurzem Schweigen:

»Ich glaube, daß wir die Schlacht verlieren werden, und das habe ich auch dem Grafen Tolstoi gesagt und ihn gebeten, es dem Kaiser mitzuteilen. Nun, und was meinst du, hat er mir geantwortet? ›Mein lieber General, ich habe mich um den Reis und die Koteletts zu kümmern; die Kriegsangelegenheiten, das ist Ihre Sache.‹ Ja, so hat man mir geantwortet.«

XII

Zwischen neun und zehn Uhr abends kam Weyrother mit seinen schriftlichen Plänen in Kutusows Quartier, wo ein Kriegsrat angesetzt war. Alle höheren Offiziere waren aufgefordert worden, zum Oberkommandierenden zu kommen, und außer dem Fürsten Bagration, der ausrichten ließ, daß er nicht kommen könne, waren alle zur bestimmten Stunde erschienen.

Weyrother, der die gesamte Disposition für die bevorstehende Schlacht entworfen hatte, bildete mit seiner Lebhaftigkeit und Raschheit einen scharfen Gegensatz zu dem verstimmten, schläfrigen Kutusow, der nur ungern die Rolle des Vorsitzenden und Leiters im Kriegsrat übernommen hatte. Weyrother fühlte sich offenbar als das Haupt der Bewegung, die bereits eine unaufhaltsame geworden war. Er hatte Ähnlichkeit mit einem eingespannten Pferd, das mit einer Fuhre bergab läuft. Ob er zog oder vorwärts gedrängt wurde, wußte er selbst nicht; aber er jagte mit größtmöglicher Schnelligkeit dahin, ohne daß er jetzt noch Zeit gehabt hätte, zu überlegen, wohin diese Bewegung führen werde. Weyrother war an diesem Abend zweimal zum Zweck persönlicher Rekognoszierung bei der feindlichen Vorpostenkette gewesen, zweimal bei den Kaisern von Rußland und von Österreich, um ihnen Bericht zu erstatten und die nötigen Mitteilungen zu machen, und dann noch in seiner Kanzlei, wo er die Disposition in deutscher Sprache diktiert hatte. Sehr erschöpft kam er jetzt zu Kutusow.

Er war offenbar so sehr mit seinem Plan beschäftigt, daß er sogar den schuldigen Respekt gegen den Oberkommandierenden vergaß: Er unterbrach ihn mehrmals und sprach hastig und undeutlich, ohne ihm ins Gesicht zu sehen und ohne auf die Fragen, die jener an ihn richtete, zu antworten. Auch war er mit Schmutz bespritzt und sah leidend, angegriffen und zerstreut, dabei aber doch selbstbewußt und stolz aus.

Kutusow bewohnte ein kleines, einem Edelmann gehöriges Schloß bei Ostralitz. In dem großen Salon, der zum Arbeitszimmer des Oberkommandierenden umgestaltet war, waren Kutusow selbst, Weyrother und die übrigen Mitglieder des Kriegsrates versammelt. Sie tranken Tee und warteten nur noch auf den Fürsten Bagration, um die Beratung zu beginnen. Aber statt Bagration kam einer seiner Ordonnanzoffiziere mit der Nachricht, der Fürst könne nicht kommen. Fürst Andrei ging in das Sitzungszimmer, um dies dem Oberkommandierenden zu melden, und Gebrauch machend von der Erlaubnis, die ihm Kutusow vorher erteilt hatte, bei dem Kriegsrat anwesend zu sein, blieb er im Zimmer.

»Da Fürst Bagration nicht kommt, können wir anfangen«, sagte Weyrother, erhob sich rasch von seinem Platz und trat an den Tisch, auf dem eine gewaltige Karte der Umgegend von Brünn ausgebreitet war.

Kutusow saß in aufgeknöpfter Uniform, aus welcher, wie nach Freiheit trachtend, sein fetter Hals über den Kragen hervorquoll, auf einem Lehnstuhl, hatte seine dicken, alten Hände symmetrisch auf die Armlehnen gelegt und schlief beinah. Beim Ton von Weyrothers Stimme öffnete er mit Anstrengung sein einziges Auge.

»Ja, ja, bitte; es wird sonst gar zu spät«, sagte er, nickte mit dem Kopf, ließ ihn von neuem hinabsinken und schloß wieder die Augen.

Wenn die Mitglieder des Kriegsrates zunächst gedacht hatten, daß Kutusow sich nur schlafend stelle, so bewiesen die Töne, die er während der nun folgenden Vorlesung mit der Nase hervorbrachte, daß es sich in diesem Augenblick für den Oberkommandierenden um etwas weit Wichtigeres handelte, als um den Wunsch, seine Geringschätzung für die Schlachtdisposition oder für sonst irgend etwas zum Ausdruck zu bringen; es handelte sich für ihn um die unabweisbare Befriedigung eines menschlichen Bedürfnisses: des Schlafes. Er schlief wirklich. Weyrother warf, wie wenn er viel zu sehr beschäftigt wäre, als daß er auch nur einen Augenblick Zeit verlieren dürfte, einen schnellen Blick auf Kutusow, und als er sich überzeugt hatte, daß dieser schlief, begann er mit lauter, eintöniger Stimme die Disposition für die bevorstehende Schlacht vorzulesen, unter der Überschrift, die er gleichfalls vorlas:

»Disposition zum Angriff auf die feindliche Position hinter Kobelnitz und Sokolnitz, den 30. November 1805.«

Die Disposition war sehr kompliziert und sehr schwer zu verstehen. Eine Stelle darin lautete wörtlich folgendermaßen:

»Da der Feind mit seinem linken Flügel an die mit Wald bedeckten Berge lehnt und sich mit seinem rechten Flügel längs Kobelnitz und Sokolnitz hinter die dort befindlichen Teiche zieht, wir im Gegenteil mit unserem linken Flügel seinen rechten sehr debordieren, so ist es vorteilhaft, letzteren Flügel des Feindes zu attackieren, besonders wenn wir die Dörfer Sokolnitz und Kobelnitz im Besitz haben, wodurch wir dem Feind zugleich in die Flanke fallen und ihn auf der Fläche zwischen Schlapanitz und dem Turaser Wald verfolgen können, indem wir den Defileen von Schlapanitz und Bellowitz ausweichen, welche die feindliche Front dekken. Zu diesem Endzweck ist es nötig … Die erste Kolonne marschiert … die zweite Kolonne marschiert … die dritte Kolonne marschiert …« usw. So las Weyrother vor.

Die Generale hörten, wie es schien, die schwierige Disposition nur widerwillig mit an. Der blonde, hochgewachsene General Buxhöwden stand, mit dem Rücken an die Wand gelehnt, da, richtete die Augen starr auf eine brennende Kerze und schien nicht zuzuhören, ja nicht einmal zu wollen, daß die anderen dächten, er höre zu. Dem lesenden Weyrother gerade gegenüber, die glänzenden, weitgeöffneten Augen unverwandt auf ihn geheftet, saß in kriegerischer Haltung, die Hände mit auswärts gekehrten Ellbogen auf die Knie gestützt, der rotwangige Miloradowitsch mit hinaufgestrichenem Schnurrbart und emporgezogenen Schultern. Er schwieg hartnäckig, sah Weyrother ins Gesicht und wandte die Augen nur dann von ihm weg, wenn der österreichische Generalstabschef einmal schwieg. In solchen Augenblicken ließ Miloradowitsch seine Augen mit ernstem Ausdruck bei den anderen Generalen umherwandern; aber ob er mit der Disposition einverstanden war oder nicht, sie billigte oder nicht, das war aus diesen ernsten Blicken nicht zu entnehmen. Am nächsten von allen bei Weyrother saß Graf Langeron; ein feines Lächeln wich während der ganzen Dauer der Vorlesung nicht von seinem südfranzösischen Gesicht; er blickte auf seine schlanken Finger, die eine goldene, mit einem Porträt verzierte Tabaksdose an den Ecken rasch herumdrehten. In der Mitte einer der längsten Perioden hemmte er die rotierende Bewegung der Dose und hob den Kopf in die Höhe; in den äußersten Winkeln seiner schmalen Lippen erschien der Ausdruck einer unangenehm wirkenden Höflichkeit; er unterbrach Weyrother und wollte etwas sagen; aber der österreichische General runzelte, ohne im Vorlesen innezuhalten, ärgerlich die Stirn und machte eine Bewegung mit den Ellbogen, wie wenn er sagen wollte: »Nachher! Nachher können Sie mir Ihre Gedanken sagen; jetzt, bitte, sehen Sie auf die Karte, und hören Sie zu.« Langeron hob mit dem Ausdruck höchster Verwunderung die Augen nach der Zimmerdecke empor und blickte dann Miloradowitsch an, wie wenn er eine Erklärung für dieses Verhalten suchte; als er jedoch dessen ernstem, aber nichtssagendem Blick begegnete, schlug er mit trüber Miene die Augen nieder und begann wieder, seine Tabaksdose herumzudrehen.

»Eine Geographiestunde«, sagte er wie für sich, aber laut genug, um gehört zu werden.

Przebyszewski bog, indem er eine respektvolle, aber würdige Höflichkeit an den Tag legte, sein Ohr mit der Hand zu Weyrother hin und gab sich das Aussehen, als höre er mit gespannter Aufmerksamkeit zu. Der kleine Dochturow saß mit bescheidener, eifriger Miene Weyrother gerade gegenüber und prägte sich, über die ausgebreitete Karte gebeugt, gewissenhaft die Disposition und das ihm unbekannte Terrain ein. Ein paarmal, wenn er nicht genau verstanden hatte, bat er Weyrother, die betreffenden Worte, besonders auch schwierige Namen von Dörfern, zu wiederholen. Weyrother erfüllte seinen Wunsch, und Dochturow machte sich Notizen.

Als das Vorlesen, das mehr als eine Stunde gedauert hatte, beendet war, hielt Langeron seine Tabaksdose wieder still und bemerkte, ohne Weyrother oder sonst jemand einzeln anzusehen, es werde doch seine Schwierigkeiten haben, eine solche Disposition durchzuführen, bei der die Stellung des Feindes als bekannt vorausgesetzt werde, während sie uns vielleicht in Wirklichkeit unbekannt sei, da der Feind sich in Bewegung befinde. Langerons Einwendung war begründet; aber es war offensichtlich, daß der Hauptzweck dieser Einwendung der war, dem General Weyrother, der seine Disposition mit solcher Selbstgefälligkeit vorgelesen hatte, als ob Schulknaben vor ihm säßen, zum Bewußtsein zu bringen, daß er nicht etwa lauter Dummköpfe, sondern Männer vor sich habe, von denen auch er in Kriegssachen etwas lernen könne.

Als der einförmige Klang der Stimme Weyrothers verstummt war, hatte Kutusow die Augen aufgemacht, wie ein Müller, der aufwacht, sobald der einschläfernde Ton der Mühlenräder eine Unterbrechung erfährt. Er horchte auf Langerons Äußerung hin, und als ob er sagen wollte: »Habt ihr immer noch diese Dummheiten vor?« schloß er schnell wieder die Augen und ließ den Kopf noch tiefer hinabsinken.

In der Absicht, Weyrother in seinem Stolz auf den von ihm entworfenen Schlachtplan recht tief zu verletzen, wies Langeron nach, daß Bonaparte, statt sich angreifen zu lassen, leicht selbst angreifen und dadurch diese ganze Disposition völlig wertlos machen könne. Weyrother antwortete auf alle Einwürfe mit einem überlegenen, geringschätzigen Lächeln, das er offenbar schon im voraus für jeden Einwurf in Bereitschaft hielt, ganz gleich, was jemand zu ihm sagen werde.

»Wenn er uns angreifen könnte, hätte er es heute getan«, sagte er.

»Sie meinen also, daß er nicht genug Streitkräfte besitzt?« fragte Langeron.

»Er kann höchstens vierzigtausend Mann haben«, antwortete Weyrother mit dem Lächeln eines Arztes, dem ein Quacksalber ein Heilmittel empfiehlt.

»Dann wird er also wohl unseren Angriff abwarten und seinem Verderben nicht entgehen«, erwiderte Langeron mit einem feinen, ironischen Lächeln und blickte wieder zum nahe bei ihm sitzenden Miloradowitsch hin, als suche er dessen Beistimmung.

Aber Miloradowitsch dachte in diesem Augenblick offenbar an nichts weniger als an das, worüber sich hier die Generale stritten. »Ei nun«, sagte er, »morgen auf dem Schlachtfeld werden wir über all diese Dinge ins klare kommen.«

Weyrother verzog wieder das Gesicht zu einem Lächeln, welches besagte, daß es ihm seltsam und komisch vorkomme, auf Einwendungen bei den russischen Generalen zu stoßen und ihnen Dinge beweisen zu müssen, von deren Richtigkeit er nicht nur selbst vollkommen überzeugt sei, sondern auch die Kaiser überzeugt habe.

»Der Feind hat seine Biwakfeuer ausgelöscht, und es ist von seinem Lager her ein ununterbrochenes Getöse zu hören«, sagte er. »Was bedeutet das? Entweder entfernt er sich (und das wäre das einzige, was wir zu fürchten hätten), oder er ändert seine Stellung.« Er lächelte. »Aber selbst wenn er eine Stellung bei Turas einnehmen sollte, würde er uns nur viel Mühe und Umstände ersparen, und alle unsere Anordnungen würden bis auf die geringsten Kleinigkeiten dieselben bleiben.«

»Wieso denn ...?« fragte Fürst Andrei, der schon lange auf eine Gelegenheit gewartet hatte, seine Bedenken auszusprechen.

Da wachte Kutusow auf, hustete und räusperte sich stark und blickte die Generale um sich herum an.

»Meine Herren, die Disposition für morgen, oder richtiger für heute, da es ja schon nach Mitternacht ist, kann nicht mehr geändert werden«, sagte er. »Sie haben sie gehört, und wir alle werden unsere Pflicht tun. Vor einer Schlacht ist aber nichts wichtiger ...« (er schwieg einen Augenblick) »als sich ordentlich auszuschlafen.«

Er machte Miene aufzustehen. Die Generale verbeugten sich und gingen. Auch Fürst Andrei ging weg.

*

Der Kriegsrat, bei dem es dem Fürsten Andrei nicht gelungen war, seine Meinung, wie er doch gehofft hatte, auszusprechen, hinterließ bei ihm eine peinliche Unklarheit und eine starke Unruhe. Wer recht hatte, Dolgorukow und Weyrother oder die Gegner des Angriffsplanes, Kutusow, Langeron und andere, das wußte er nicht. Aber war es denn wirklich dem Oberkommandierenden Kutusow nicht möglich gewesen, dem Kaiser direkt seine Meinung darzulegen? War das wirklich ein Zustand, an dem sich nichts ändern ließ? »Muß wirklich«, dachte er, »um solcher höfischen und persönlichen Rücksichten willen das Leben so vieler Tausende von Menschen und auch mein, mein eigenes Leben aufs Spiel gesetzt werden?«

»Ja, sehr gut möglich, daß ich morgen falle«, sagte er sich. Und bei diesem Gedanken an den Tod wurde plötzlich eine ganze Reihe von Erinnerungen, von weit zurückliegenden, ihm überaus teuren Erinnerungen in seiner Seele wach: Er dachte an seinen letzten Abschied von seinem Vater und von seiner Frau; er dachte an die ersten Zeiten seiner Liebe zu ihr! Er dachte an ihre Schwangerschaft, und er bedauerte seine Frau und sich selbst. In einem Zustand nervöser Rührung und Aufregung verließ er die Stube, in welcher er mit Neswizki wohnte, und ging vor dem Haus auf und ab.

Die Nacht war neblig, und durch den Nebel drang das Licht des Mondes geheimnisvoll hindurch. »Ja, morgen, morgen!« dachte er. »Morgen wird vielleicht das alles für mich zu Ende sein; alle diese Erinnerungen werden für mich nicht mehr vorhanden sein; alle diese Erinnerungen werden für mich keine Bedeutung mehr haben. Vielleicht werde ich morgen, ja, sicher werde ich morgen (das ahnt mir) zum erstenmal endlich die Möglichkeit haben zu zeigen, was ich leisten kann.« Und lebhaft vergegenwärtigte er sich die Schlacht und die schlimme Wendung, die sie nimmt, und die Konzentrierung des Kampfes auf einen Punkt und die Ratlosigkeit aller Befehlshaber. Und da ist nun endlich für ihn jener glückliche Augenblick gekommen, jenes Toulon, auf das er so lange gewartet hat. Fest und klar setzt er seine Meinung Kutusow und Weyrother und den Kaisern auseinander. Alle sind sie überrascht von der Richtigkeit seiner Kombination; aber niemand getraut sich, sie auszuführen; und da nimmt er nun ein Regiment, eine Division, macht aber zur Bedingung, daß niemand sich in seine Anordnungen einmischen dürfe; und nun führt er seine Division nach dem entscheidenden Punkt und erringt allein, er allein, den Sieg. »Aber der Tod und die Leiden?« fragte eine andere Stimme. Aber Fürst Andrei antwortete dieser Stimme nicht und schritt in Gedanken auf der Bahn des Erfolges weiter fort. Die Disposition der nächsten Schlacht entwirft er ganz allein. Der äußeren Stellung nach ist er erster Adjutant bei Kutusow; aber in Wirklichkeit wird alles von ihm allein ausgeführt. Diese nächste Schlacht gewinnt er auf diese Art ganz allein. Kutusow wird seines Amtes enthoben; an seine Stelle wird er ernannt ... »Nun, und dann?« fragte wieder die andere Stimme. »Und dann, wenn du nicht vorher zehnmal verwundet, getötet oder um den Preis deiner Mühen betrogen bist, was dann?« – »Nun dann«, gab Fürst Andrei sich selbst zur Antwort, »ich weiß nicht, was dann weiter kommen wird; ich will es nicht wissen, und ich kann es nicht wissen; aber wenn ich nach solchen Zielen strebe, wenn ich nach Ruhm strebe, wenn ich von den Menschen gekannt, von den Menschen geliebt zu werden wünsche, so ist es ja doch nicht meine Schuld, daß ich danach strebe, einzig und allein danach strebe, einzig und allein dafür lebe. Ja, einzig und allein dafür! Ich werde das nie jemand sagen; aber, mein Gott, was soll ich dann anfangen, wenn ich nun einmal keinen andern Wunsch habe, als mir Ruhm und die Liebe meiner Mitmenschen zu erwerben? Tod, Wunden, der Verlust meiner Angehörigen, nichts kann mich schrecken. Und wie lieb und teuer mir auch viele Menschen sind (als die teuersten mein Vater, meine Schwester, meine Frau), dennoch, mag es auch noch so entsetzlich und unnatürlich klingen, dennoch würde ich sie alle sofort hingeben für eine Minute des Ruhmes, würde sie alle hingeben, wenn ich dafür Menschen beherrschen und von Menschen geliebt werden könnte, die ich nicht kenne und nie kennenlernen werde, von Menschen geliebt werden könnte, wie diese hier«, dachte er, indem er nach einem Gespräch hinhorchte, das auf dem Hof von Kutusows Quartier geführt wurde.

Die Redenden waren Burschen und Diener Kutusows, die mit Einpakken beschäftigt waren. Einer von ihnen, wohl ein Kutscher oder Reitknecht, neckte den alten, dem Fürsten Andrei wohlbekannten Koch Kutusows, namens Tit, und sagte:

»Tit, he, Tit!«

»Was ist?« antwortete der Alte.

»Tit, Tit, Tit! Hast du Appetit, tit, tit?« sagte der Spaßmacher.

»Hol dich der Teufel!« rief der Gefoppte, dessen Stimme aber von dem Gelächter der Burschen und Diener fast übertönt wurde.

»Und doch ist das Ziel meiner Wünsche und meines Strebens nur die Herrschaft über all diese Menschen, und als das einzig Wertvolle erscheint mir die Macht und der Ruhm, die geheimnisvoll hier in diesem Nebel über meinem Haupt schweben.«

XIII

Rostow stand in dieser Nacht mit einem Beritt in der Vorpostenkette vor der Abteilung Bagrations. Seine Husaren waren paarweise auf einer ziemlich langen Linie verteilt; er selbst ritt an dieser Linie entlang, bemüht, den Schlaf von sich abzuwehren, dem er kaum mehr widerstehen konnte. Hinter sich erblickte er, über einen gewaltigen Raum ausgedehnt, die Lagerfeuer unseres Heeres, deren Glutschein im Nebel nur undeutlich zu sehen war; vor ihm lag neblige Dunkelheit. Soviel auch Rostow in diese neblige Ferne hineinspähte, er sah nichts: Bald schien da etwas Graues oder Schwarzes vorhanden zu sein, bald schienen da, wo der Feind sein mußte, Lichter aufzublitzen, bald wieder meinte er, daß das alles nur ein Flimmern in seinen Augen sei. Mitunter fielen ihm die Augen zu, und dann führte ihm seine Einbildungskraft bald den Kaiser vor, bald Denisow, bald Moskauer Erinnerungen, und schnell riß er die Augen wieder auf und erblickte nahe vor sich den Kopf und die Ohren des Pferdes, auf dem er saß, und manchmal die schwarzen Gestalten seiner Husaren, wenn er auf sechs Schritt an sie herangekommen war, und in der Ferne immer dieselbe neblige Dunkelheit. »Warum nicht?« sagte Rostow, mit halbgeschlossenen Augen phantastische Gedanken ausspinnend, zu sich selbst. »Leicht möglich, daß der Kaiser, wenn er mich trifft, mir einen Auftrag gibt, wie er es ja auch bei andern Offizieren öfters tut. Er wird zum Beispiel sagen: ›Reite mal hin und bringe in Erfahrung, was da los ist.‹ Es gibt viele Geschichten darüber, wie er auf diese Weise ganz zufällig irgendeinen Offizier kennengelernt und ihn dann in seine Nähe gezogen hat. Wie, wenn er so auch mich in seine Nähe zöge! Oh, wie wollte ich ihn behüten und ihm die reine Wahrheit sagen und alle, die ihn zu betrügen suchen, entlarven!« Und um sich seine Liebe und Treue gegen den Kaiser recht lebhaft zu vergegenwärtigen, stellte sich Rostow einen Feind oder einen betrügerischen Deutschen vor, den er mit Hochgenuß nicht nur tötete, sondern auch vor den Augen des Kaisers ohrfeigte. Plötzlich schreckte ein fernes Geschrei Rostow aus seinem Halbschlaf auf. Er fuhr zusammen und öffnete die Augen.

»Wo bin ich? Ja, bei den Vorposten; Losung und Parole: Deichsel, Olmütz. Wie ärgerlich, daß unsere Eskadron morgen in der Reserve bleibt!« dachte er. »Ich will bitten, mich am Kampf teilnehmen zu lassen. Das ist vielleicht für mich die einzige Möglichkeit, den Kaiser zu sehen. Jetzt wird es nicht mehr lange hin sein bis zur Ablösung. Ich will noch einmal entlangreiten, und wenn ich zurückkomme, will ich zum General gehen und ihm meine Bitte vorlegen.« Er setzte sich auf dem Sattel zurecht und trieb sein Pferd an, um noch einmal seine Husaren zu revidieren. Es kam ihm vor, als ob es heller geworden wäre. Zur Linken war ein vom Monde beschienener sanfter Abhang und ein ihm gegenüberliegender schwarzer Hügel zu sehen, der steil wie eine Wand erschien. Auf diesem Hügel war ein weißer Fleck, aus welchem Rostow nicht recht klug werden konnte: War es eine vom Mond beschienene Lichtung im Wald oder liegengebliebener Schnee oder weiße Häuser? Es wollte ihm sogar scheinen, als ob sich auf diesem weißen Fleck etwas bewegte. »Wahrscheinlich ist es Schnee, dieser Fleck; ein Fleck, une tache … tache … tache … Natascha … Natascha, meine Schwester, mit den schwarzen Augen. Die liebe Natascha. (Die wird sich wundern, wenn ich ihr erzähle, daß ich den Kaiser gesehen habe!) Natascha … Die Tasche, da nimm die Säbeltasche …« – »Bitte, mehr rechts, Euer Wohlgeboren; sonst geraten Sie ins Gebüsch«, sagte die Stimme eines Husaren, neben dem der im Einschlafen begriffene Rostow vorbeiritt. Rostow hob den Kopf in die Höhe, der ihm schon bis auf die Mähne des Pferdes hinabgesunken war, und hielt vor dem Husaren an. Der Schlaf überkam ihn unwiderstehlich, wie man es bei kleinen Kindern sieht. »Ja, ja, woran dachte ich doch noch? Das möchte ich nicht vergessen. Wie ich mit dem Kaiser reden werde? Nein, das war es nicht; das kommt erst morgen. Ja, ja! Auf die Tasche treten, darüber fallen … überfallen, uns überfallen, wen? Die Husaren. Husaren und Schnurrbärte … Bei uns in Moskau in der Twerskaja-Straße, da ritt so ein Husar mit einem Schnurrbart; ich habe noch neulich an ihn gedacht, gerade gegenüber dem Gurjewschen Haus … Der alte Gurjew … Ja, Denisow ist doch ein prächtiger Mensch! Aber das alles sind ja Kleinigkeiten. Die Hauptsache ist jetzt, daß der Kaiser hier ist. Wie er mich ansah; er wollte etwas sagen, aber er wagte es nicht. Nein, der es nicht wagte, das war ich. Aber das ist Unsinn; die Hauptsache ist: Ich darf nicht vergessen, was ich Wichtiges gedacht habe, ja. Auf die Tasche, darüber fallen, uns überfallen, ja, ja, ja. So ist's in Ordnung.« Er fiel wieder mit dem Kopf auf den Hals des Pferdes. Plötzlich schien es ihm, als würde auf ihn geschossen. »Was ist das? Was ist das …? Einhauen! Was ist das …?« rief Rostow, zu sich kommend. In dem Augenblick, wo er die Augen öffnete, hörte er vor sich, dort, wo der Feind stand, ein langgezogenes, tausendstimmiges Geschrei. Sein eigenes Pferd und das des Posten stehenden Husaren, neben dem er noch immer hielt, spitzten bei diesem Geschrei die Ohren. An der Stelle, von der das Geschrei herübertönte, leuchtete ein Lichtschein auf und erlosch wieder, dann ein zweiter, und in der ganzen Linie der französischen Truppen auf dem Berg flammten Feuer auf, und das Geschrei wurde immer stärker und stärker. Rostow hörte den Klang französischer Worte, konnte sie aber nicht verstehen. Es tönten zu viele Stimmen durcheinander. Man hörte nur: aaaa! und rrrr!

»Was ist das? Was meinst du dazu?« wandte sich Rostow an den neben ihm haltenden Husaren. »Das ist doch beim Feind?«

Der Husar gab keine Antwort.

»Na, hörst du es denn etwa nicht?« fragte Rostow wieder, nachdem er ziemlich lange auf eine Antwort gewartet hatte.

»Wer kann wissen, was das ist, Euer Wohlgeboren?« antwortete der Husar endlich gezwungen.

»Nach der Gegend zu urteilen, muß es wohl der Feind sein?« setzte Rostow seine Fragen fort.

»Vielleicht ist er's, vielleicht auch nicht«, sagte der Husar. »Bei Nacht ist das so eine Sache … Na! Ruhig!« rief er seinem Pferd zu, das sich unter ihm regte.

Rostows Pferd wurde gleichfalls unruhig, schlug mit dem Huf gegen die gefrorene Erde, horchte auf die Töne und blickte nach den Feuern. Das Geschrei der vielen Stimmen wuchs immer stärker an und floß in ein allgemeines Gebrause zusammen, wie es nur ein Heer von vielen tausend Köpfen hervorbringen konnte. Die Feuer verbreiteten sich immer weiter und weiter, wahrscheinlich an der ganzen Linie des französischen Lagers entlang. Rostows Schläfrigkeit war verschwunden. Das frohe, triumphierende Geschrei im feindlichen Heer machte ihn wach und munter. »Vive l'empereur, l'empereur!« konnte Rostow jetzt deutlich hören.

»Es kann nicht weit sein, wahrscheinlich gleich jenseits des Baches«, sagte er zu dem Husaren.

Der Husar seufzte nur, antwortete nichts und räusperte sich verdrießlich. Längs der Vorpostenlinie der Husaren war ein herantrabender Reiter zu hören, und aus dem nächtlichen Nebel hob sich plötzlich, einen Augenblick lang einem gewaltigen Elefanten gleich, die Gestalt eines Husarenunteroffiziers heraus.

»Euer Wohlgeboren, die Generale!« sagte der Unteroffizier zu Rostow heranreitend. Rostow ritt mit dem Unteroffizier, indem er sich dabei immer noch nach den Feuern und dem Geschrei umsah, einer Anzahl von Reitern entgegen, die an der Vorpostenkette entlanggeritten kamen. Einer ritt auf einem Schimmel. Es waren Fürst Bagration und Fürst Dolgorukow nebst ihren Adjutanten; sie waren ausgeritten, um nach dieser seltsamen Erscheinung im feindlichen Lager, den Feuern und dem Geschrei, Ausschau zu halten. Rostow ritt an Bagration heran, stattete seinen Rapport ab und schloß sich dann den Adjutanten an, um zu hören, was die Generale sagen würden.

»Glauben Sie mir«, sagte Fürst Dolgorukow, zu Bagration gewendet, »das Ganze ist weiter nichts als eine List: Er hat sich zurückgezogen und die Arrieregarde angewiesen, Feuer anzuzünden und Lärm zu machen, um uns zu täuschen.«

»Schwerlich«, erwiderte Bagration. »Ich habe sie noch abends auf jenem Hügel gesehen; zöge der Feind sich zurück, so wären sie auch von dort schon verschwunden ... Herr Offizier«, wandte sich Fürst Bagration an Rostow, »stehen dort noch seine Vorposten?«

»Am Abend standen sie noch da; wie es jetzt ist, weiß ich nicht, Euer Durchlaucht. Wenn Sie befehlen, werde ich mit ein paar Husaren hinreiten«, erwiderte Rostow.

Bagration hielt an; ohne zu antworten, suchte er in dem Nebel Rostows Gesicht zu erkennen.

»Nun gut, sehen Sie einmal zu«, sagte er nach kurzem Stillschweigen.

»Zu Befehl.«

Rostow gab seinem Pferd die Sporen, rief den Unteroffizier Fedtschenko und noch zwei Husaren herbei, befahl ihnen, hinter ihm herzureiten, und ritt im Trab bergab auf das immer noch fortdauernde Geschrei zu. Es war ihm ängstlich und froh zugleich zumute, wie er da so allein mit seinen drei Husaren dahinritt in diese geheimnisvolle, gefährliche, neblige Ferne, wo vor ihm noch niemand gewesen war. Bagration rief ihm von oben her noch nach, er solle nicht weiter als bis an den Bach reiten; aber Rostow tat, als hätte er diese Weisung nicht mehr gehört, und ritt, ohne anzuhalten, weiter und weiter, wobei er sich fortwährend irrte, indem er

Büsche für Bäume und Wasserrinnsale für Menschen hielt, und dann fortwährend seines Irrtums innewurde. Als er im Trab am Fuße des Berges angelangt war, sah er weder die Lagerfeuer der Unsrigen noch die der Feinde mehr, hörte aber das Schreien der Franzosen lauter und deutlicher. Im Talgrund erblickte er etwas vor sich, was wie ein Fluß aussah; aber als er hingelangt war, sah er, daß es ein Fahrweg war. Er ritt auf den Weg und hielt unschlüssig sein Pferd an: Sollte er den Weg verfolgen oder ihn kreuzen und über das schwarze Feld bergauf reiten? Auf dem im Nebel hellschimmernden Weg zu reiten war minder gefährlich, weil es hier eher möglich war, menschliche Gestalten zu unterscheiden. »Mir nach!« kommandierte er, kreuzte den Weg und ritt im Galopp bergauf nach dem Ort hin, wo am Abend ein französisches Pikett gestanden hatte.

»Euer Wohlgeboren, da ist er«, sagte hinter ihm einer der Husaren.

Und Rostow hatte noch nicht Zeit gehabt, einen schwärzlichen Gegenstand, der plötzlich im Nebel sichtbar wurde, zu erkennen, als ein Feuerschein aufblitzte, ein Schuß knallte und die Kugel mit einer Art von klagendem Pfeifen oben durch den Nebel flog und sich aus der Hörweite verlor. Ein zweites Gewehr ging nicht los; es blitzte nur das Pulver auf der Zündpfanne auf. Rostow warf sein Pferd herum und ritt im Galopp zurück. Noch vier Schüsse ertönten in verschiedenen Zeitabständen, und mit verschiedenartig singenden Tönen flogen die Kugeln irgendwo durch den Nebel. Rostow hielt sein Pferd zurück, das, ebenso wie er selbst, durch die Schüsse in eine fröhliche Erregung gekommen war, und ritt im Schritt weiter. »Schießt nur immer weiter, immer weiter!« sagte eine vergnügte Stimme in seinem Innern. Aber es erfolgten keine weiteren Schüsse mehr.

Erst als er sich dem Fürsten Bagration näherte, setzte Rostow sein Pferd wieder in Galopp und ritt, die Hand an den Mützenschirm legend, zu ihm heran.

Dolgorukow hatte inzwischen immer noch hartnäckig seine Ansicht verfochten, daß die Franzosen abgezogen wären und nur um uns zu täuschen Feuer angezündet hätten.

»Was beweist denn das?« sagte er gerade in dem Augenblick, als Rostow zu ihnen herangeritten kam. »Sie werden abgezogen sein und ein paar Piketts zurückgelassen haben.«

»Es scheint doch, daß sie noch nicht alle abgezogen sind, Fürst«, erwiderte Bagration. »Warten wir bis morgen früh; morgen werden wir über alles ins klare kommen.«

»Euer Durchlaucht, das Pikett steht auf dem Berg immer noch an derselben Stelle, wo es am Abend stand«, meldete Rostow sich vorbeugend und die Hand an den Mützenschirm haltend; er war nicht imstande, ein fröhliches Lächeln zu unterdrücken, das sein Rekognoszierungsritt und besonders das Pfeifen der Kugeln auf seinem Gesicht hervorgerufen hatten.

»Gut, gut«, antwortete Bagration. »Ich danke Ihnen, Herr Offizier.«

»Euer Durchlaucht«, sagte Rostow, »gestatten Sie mir eine Bitte.«

»Nämlich?«

»Meine Eskadron ist morgen zur Reserve bestimmt; gestatten Sie mir die Bitte um Abkommandierung zur ersten Eskadron.«

»Wie ist Ihr Name?«

»Graf Rostow.«

»Ah, schön. Sie können als Ordonnanzoffizier bei mir bleiben.«

»Ein Sohn von Ilja Andrejewitsch?« fragte Dolgorukow.

Aber Rostow gab ihm keine Antwort.

»Also darf ich hoffen, Euer Durchlaucht?«

»Ich werde Befehl geben.«

»Morgen kann es leicht so kommen«, dachte Rostow, »daß ich mit irgendeiner Meldung zum Kaiser geschickt werde. Gott sei Dank!«

*

Das Geschrei und die Feuer in der feindlichen Armee waren dadurch veranlaßt worden, daß, während den Truppen der Tagesbefehl Napoleons vorgelesen wurde, der Kaiser selbst durch ihre Biwaks hindurchritt. Sobald die Soldaten den Kaiser erblickten, zündeten sie Strohbüschel an und liefen ihm mit dem Ruf: »Vive l'empereur!« nach. Der Tagesbefehl Napoleons lautete folgendermaßen:

»Soldaten! Die russische Armee zieht gegen uns, um die Niederlage zu rächen, die wir der österreichischen Armee bei Ulm beigebracht haben. Dies sind dieselben Bataillone, die ihr bei Hollabrunn geschlagen und seitdem ununterbrochen bis zu diesem Punkt verfolgt habt. Die Positionen, die wir innehaben, sind stark, und wenn die Feinde versuchen sollten, mich auf der rechten Seite zu umgehen, so werden sie mir ihre Flanke zum Angriff darbieten! Soldaten! Ich selbst werde eure Bataillone führen. Ich werde mich außerhalb des Feuers halten, wenn ihr mit eurer gewohnten Tapferkeit Unordnung und Verwirrung in die Reihen der Feinde tragen werdet; sollte aber der Sieg auch nur für einen Augenblick zweifelhaft werden, so werdet ihr euren Kaiser unter den Vordersten sich den Streichen des Feindes aussetzen sehen; denn der Sieg darf nicht ins Schwanken kommen, namentlich an einem Tag, an dem es sich um die Ehre des französischen Infanteristen handelt, die für die Ehre der Nation so notwendig und unentbehrlich ist.

Niemand darf Reih und Glied verlassen unter dem Vorwand der Wegschaffung Verwundeter! Möge ein jeder sich ganz von dem Gedanken durchdringen lassen, daß wir diese Mietlinge Englands besiegen müssen, die von solchem Haß gegen unsere Nation erfüllt sind. Dieser Sieg wird unsern Feldzug beendigen, und wir werden in die Winterquartiere zurückkehren können, wo die neuen französischen Truppen zu uns stoßen werden, welche ich jetzt in Frankreich formieren lasse; und dann wird der Friede, den ich schließen werde, meines Volkes und euer und meiner selbst würdig sein. *Napoleon.*«

XIV

Um fünf Uhr morgens war es noch ganz dunkel. Die Truppen des Zentrums, die Reserven sowie der von Bagration kommandierte rechte Flügel verharrten noch regungslos; aber auf dem linken Flügel war schon Leben. Die dort stehenden Infanterie-, Kavallerie- und Artilleriekolonnen, welche als die ersten von den Höhen hinabsteigen sollten, um den rechten Flügel der Franzosen anzugreifen und der Disposition gemäß in die böhmischen Berge zurückzuwerfen, rührten sich bereits und erhoben sich von ihrem Nachtlager. Der Rauch von den Lagerfeuern, in die sie alles Überflüssige hineinwarfen, biß in die Augen. Es war kalt und dunkel. Die Offiziere tranken eilig ihren Tee und frühstückten; die Soldaten kauten ihren Zwieback, trampelten umher, um sich zu erwärmen, und drängten sich um die Feuer, in denen sie Stühle, Tische, Räder, Fässer, Reste von den Baracken, kurz alles verbrannten, was nicht mitgenommen werden konnte. Höhere österreichische Offiziere eilten zwischen den russischen Truppen umher und konnten als Vorboten des Aufbruchs dienen. Sowie ein solcher österreichischer Offizier sich bei dem Quartier eines Regimentskommandeurs gezeigt hatte, geriet das Regiment in hastige Bewegung: Die Soldaten liefen von den Feuern weg, steckten ihre Tabakspfeifen in die Stiefelschäfte, legten die Brotbeutel auf die Fuhrwerke, brachten ihre Gewehre in Ordnung und stellten sich auf. Die Offiziere knöpften die Uniformen zu, legten Degen und Ränzchen an und gingen, ab und zu einen Soldaten anschreiend, an den Reihen entlang; die Fuhrleute und Burschen spannten an, luden die Gepäckstücke auf und banden sie fest. Die Adjutanten, die Bataillons- und Regimentskommandeure stiegen zu Pferd, bekreuzten sich, erteilten den zurückbleibenden Fuhrleuten die letzten Befehle, Anweisungen und Aufträge, und nun ertönte der gleichmäßige, stampfende Tritt mehrerer tausend Füße. Die Kolonnen marschierten ab, ohne zu wissen wohin, und infolge der sie umgebenden Kameraden und des Rauches und des zunehmenden Nebels sahen sie weder die Örtlichkeit, die sie jetzt verließen, noch die, nach der sie hinzogen.

Der Soldat wird auf dem Marsch von seinem Regiment ebenso umgeben, beschränkt und mitgezogen, wie der Seemann von dem Schiff, auf dem er sich befindet. Wie weit er auch fortmarschieren, in welche fremdartigen, unbekannten, gefährlichen Gegenden er auch gelangen mag, um sich hat er (wie der Seemann immer und überall dasselbe Verdeck, dieselben Masten und Taue seines Schiffes) immer und überall dieselben Kameraden, dieselben Reihen, denselben Feldwebel Iwan Mitritsch, denselben Kompaniehund Schutschka, dieselben Vorgesetzten. Der Soldat hat nur selten den Wunsch, die Breiten kennenzulernen, in denen sich sein »Schiff« befindet; aber am Tag einer Schlacht macht sich, Gott weiß wie und woher, in der Gedankenwelt der Truppen gleichsam ein einheitlicher, ernster Ton vernehmbar, der das Herannahen von etwas Entscheidendem, Feierlichem zu bedeuten scheint und bei ihnen eine Neugier erweckt, die ihnen sonst fremd ist. Am Tag einer Schlacht suchen die Soldaten in lebhafter Erregung die enge Interessensphäre ihres Regiments zu überschreiten, sie horchen umher, blicken sich um und erkundigen sich eifrig nach dem, was um sie herum vorgeht.

Der Nebel hatte sich so verdichtet, daß man, obwohl es schon Tag geworden war, nicht zehn Schritte weit vor sich sehen konnte. Sträucher sahen aus wie riesige Bäume, Ebenen wie Abhänge und Schluchten. Überall, auf allen Seiten, konnte man mit dem auf zehn Schritte unsichtbaren Feind zusammenstoßen. Aber schon lange marschierten die Kolonnen immer in demselben Nebel dahin, bergab und bergauf, an Gärten und Feldern vorbei, durch eine neue, unbekannte Gegend; und nirgends stießen sie auf den Feind. Vielmehr nahmen die Soldaten bald vorn, bald hinten, auf allen Seiten, wahr, daß da russische Kolonnen in derselben Richtung marschierten. Jedem Soldaten war es ein angenehmes Gefühl, zu wissen, daß ebendahin, wohin er selbst ging, wiewohl das Ziel ihm unbekannt war, noch viele, viele andere der Unsrigen gingen.

»Nun sieh mal an, die Kursker sind auch vorbeimarschiert«, wurde in den Reihen gesagt.

»Es ist gar nicht zu glauben, Bruder, was für eine Unmasse von unsern Truppen hier zusammengekommen ist. Ich habe es mir am Abend angesehen, als die Feuer angezündet wurden: Es war kein Ende davon zu erblicken. Ordentlich wie Moskau!«

Obgleich keiner der höheren Kommandeure an die Reihen heranritt und zu den Soldaten sprach (die höheren Offiziere waren, wie wir beim Kriegsrat gesehen haben, verstimmt und mit der in Aussicht genommenen Aktion unzufrieden und beschränkten sich daher darauf, die Befehle auszuführen, ohne sich um die Aufmunterung der Soldaten zu bemühen), marschierten die Soldaten dennoch in heiterer Stimmung, wie immer, wenn es zum Kampf und namentlich zum Angriff geht. Aber nachdem sie ungefähr eine Stunde, immer im dichten Nebel, marschiert waren, mußte ein großer Teil der Truppen haltmachen, und es verbreitete sich in den Reihen das unangenehme Gefühl, daß etwas in Unordnung gekommen sei und die Dispositionen nicht stimmten. Auf welche Weise ein solches Gefühl sich verbreitet, ist sehr schwer festzustellen; aber jedenfalls verbreitet es sich, einmal aufgekommen, mit außerordentlicher Sicherheit und sickert schnell immer weiter, unmerklich und unaufhaltsam, wie Wasser, das einen Abhang hinabläuft. Wären die russischen Truppen für sich allein gewesen, ohne Verbündete, so hätte es vielleicht noch längere Zeit gedauert, bis dieses Gefühl von einer Unordnung zur allgemeinen Überzeugung geworden wäre; aber jetzt schob man, als müßte das so sein, diese Unordnung den verdrehten Deutschen in die Schuhe, und alle waren überzeugt, daß da eine nachteilige Konfusion entstanden sei, an der diese Wurstmacher schuld wären.

»Warum haben wir haltgemacht? Ist der Weg versperrt? Oder sind wir schon auf die Franzosen gestoßen?«

»Nein, es ist nichts zu hören. Dann würde doch geschossen werden.«

»Da haben sie es nun so eilig gehabt mit unserm Ausmarsch, und nun sind wir ausmarschiert und stehen hier ohne Sinn und Zweck mitten auf dem Feld; diese verfluchten Deutschen richten immer nur Verwirrung an. Solche verrückten Kerle!«

»Ja, wenn's auf mich ankäme, ich würde sie ins Vordertreffen stellen; aber die, da kann man sicher sein, die drücken sich nach hinten zusammen. Da müssen wir nun stehen, ohne etwas Ordentliches im Leib zu haben!«

»Na? Geht's bald wieder weiter? Es heißt, die Kavallerie versperrt uns den Weg«, sagte ein Offizier zu einem andern.

»Ach, diese verdammten Deutschen! Kennen ihr eigenes Land nicht!« antwortete der.

»Von welcher Division sind Sie?« schrie ein Adjutant, der herangeritten kam.

»Von der achtzehnten.«

»Warum sind Sie denn dann hier? Sie müßten schon längst vorn sein! Jetzt kommen Sie vor Abend nicht durch!«

»Das kommt von den törichten Anordnungen; die hohen Herren finden selbst nicht darin zurecht«, sagte der eine Offizier und ritt weg.

Dann kam ein General geritten und rief zornig etwas, aber nicht auf russisch.

»Tafa-lafa; was der da schimpft, kann unsereiner nicht verstehen«, sagte ein Soldat, indem er dem fortreitenden General nachäffte. »Totschießen möchte ich sie, die Kanaillen!«

»Vor neun Uhr sollten wir an Ort und Stelle sein, und nun haben wir noch nicht einmal die Hälfte des Weges hinter uns. Das sind nette Anordnungen!« wurde von verschiedenen Seiten räsoniert.

Und der Kampfeswille, mit welchem die Truppen zum Gefecht aufgebrochen waren, fing an in Ärger und Zorn über die sinnlosen Anordnungen und über die Deutschen überzugehen.

Die Ursache der Verwirrung lag darin, daß während des Vorrückens der österreichischen Kavallerie auf dem linken Flügel die oberste Leitung gefunden hatte, unser Zentrum sei doch gar zu weit vom rechten Flügel entfernt, und daher der ganzen Kavallerie Befehl erteilt hatte, auf die rechte Seite hinüberzugehen. So zogen denn mehrere tausend Mann Kavallerie vor dem Fußvolk vorbei, und das Fußvolk mußte warten.

Bei der Tete der Infanterie kam es zu einem harten Zusammenstoß zwischen einem höheren österreichischen Offizier und einem russischen General. Der russische General verlangte, zornig schreiend, die Reiterei solle anhalten; der Österreicher wies darauf hin, daß nicht er, sondern die oberste Leitung daran schuld sei. Inzwischen standen die Truppen da, bekamen Langeweile und ließen den Mut sinken. Nach einem einstündigen Aufenthalt konnten sie sich endlich wieder in Bewegung setzen und begannen bergab zu marschieren. Der Nebel, der sich oben auf der Anhöhe zerteilt hatte, breitete sich in den Tälern, in die die Truppen hinabstiegen, nur um so dichter aus. Vorn erscholl im Nebel ein Schuß, ein zweiter; anfangs fielen die Schüsse unregelmäßig, in verschieden langen Zeitabständen: »Tratta … tat«, dann immer regelmäßiger und häufiger, und es entspann sich das Gefecht am Goldbach.

Da die Russen nicht damit gerechnet hatten, unten am Bach dem Feind zu begegnen, sondern im Nebel unvermutet auf ihn gestoßen waren, da von seiten der höheren Vorgesetzten keine ermunternden Worte an sie gerichtet wurden, da ferner unter den Truppen das Gefühl verbreitet war, sie seien schon zu spät gekommen, hauptsächlich aber, da sie in dem dichten Nebel nichts vor sich und um sich sahen: Aus diesen Gründen erwiderten sie das Feuer des Feindes nur lässig und langsam; bald rückten sie vorwärts, bald blieben sie wieder stehen, weil sie nicht rechtzeitig die nötigen Weisungen von den höheren Vorgesetzten und Adjutanten erhielten, die sich bei dem Nebel in dem unbekannten Terrain verirrten und die betreffenden Truppenteile nicht fanden. So begann der Kampf für die erste, zweite und dritte Kolonne, die ins Tal hinabgestiegen waren. Die vierte Kolonne, bei der sich Kutusow selbst befand, stand auf den Höhen von Pratzen.

In der Tiefe, wo der Kampf begonnen hatte, herrschte überall noch dichter Nebel. Oben hatte es sich ja aufgeklärt, aber trotzdem konnte man nichts von dem sehen, was weiter vorn vorging. Ob wirklich alle Streitkräfte des Feindes, wie auf unserer Seite angenommen wurde, zehn Werst von uns entfernt waren, oder ob der Feind dort, in diesem Nebelstrich stand, das wußte vor neun Uhr niemand.

Jetzt war es neun Uhr. In der Tiefe lag der Nebel ausgebreitet wie ein zusammenhängender Meeresarm; aber bei dem Dorf Schlapanitz, auf der Anhöhe, auf welcher Napoleon, von seinen Marschällen umgeben, stand, war es völlig hell. Über ihm war klarer, blauer Himmel, und der gewaltige Sonnenball schien wie ein großer, hohler, dunkelroter Angelkorken auf der Oberfläche des milchweißen Nebelmeeres zu schaukeln. Die gesamten französischen Truppen und auch Napoleon selbst mit seinem Stab befanden sich nicht jenseits der Bäche und Täler der Dörfer Sokolnitz und Schlapanitz, d. h. der Dörfer, die wir erst hinter uns zu bringen beabsichtigten, um dort eine Position einzunehmen und den Kampf zu beginnen, sondern diesseits, und zwar so nahe an unseren Truppen, daß Napoleon mit bloßem Auge Reiter und Fußsoldaten voneinander unterscheiden konnte. Napoleon hielt, ein wenig vor seinen Marschällen, auf einem kleinen, grauen, arabischen Pferd, in einem blauen Mantel, demselben, in dem er den italienischen Feldzug durchgemacht hatte. Schweigend schaute er nach den Hügeln hin, welche inselartig aus dem Nebelmeer herausragten und auf denen in der Ferne die russischen Truppen einherzogen, und horchte auf die Töne des Gewehrfeuers im Tal. In seinem damals noch mageren Gesicht bewegte sich kein Muskel; die blitzenden Augen waren starr nach einer Stelle hin gerichtet. Seine Voraussetzungen erwiesen sich als richtig. Die russischen Truppen waren teils schon in das Tal zu den Teichen und Seen hinabgezogen, teils hatten sie wenigstens schon die Pratzener Anhöhen verlassen, die er anzugreifen beabsichtigte, da er sie für die Schlüsselposition hielt. Er sah durch den Nebel, wie in einer Senkung, die bei dem Dorf Pratzen von zwei Bergen gebildet wird, die russischen Kolonnen mit ihren blitzenden Bajonetten sich immer in derselben Richtung nach dem Tal zu bewegten und eine nach der andern in dem Nebelmeer verschwand. Aus den Nachrichten, die ihm am Abend zugegangen waren, aus dem Geräusch von Rädern und Schritten, das die Vorposten in der Nacht gehört hatten, aus der unordentlichen Art, in der die russischen Kolonnen marschierten, aus alledem ersah er klar, daß die Verbündeten ihn weit vor sich glaubten, daß die Kolonnen, die sich in der Nähe von Pratzen bewegten, das Zentrum der russischen Armee bildeten, und daß das Zentrum bereits hinreichend geschwächt war, um es mit Erfolg angreifen zu können. Aber dennoch begann er den Kampf immer noch nicht.

Es war für ihn heute ein festlicher Tag: der Jahrestag seiner Krönung. Vor Tagesanbruch hatte er einige Stunden geschlafen und war dann, gesund, heiter, frisch und in jener glücklichen Gemütsverfassung, in der einem alles möglich scheint und alles gelingt, zu Pferd gestiegen und ins Feld hinausgeritten. Jetzt hielt er nun, ohne sich zu regen, und blickte nach den Anhöhen, die aus dem Nebel herausragten; und auf seinem kalten Gesicht lag jener besondere Ausdruck des Selbstgefühls und des Bewußtseins, sein Glück zu verdienen, wie er auf dem Gesicht eines verliebten, glücklichen, sehr jungen Menschen nicht selten anzutreffen ist. Die Marschälle hielten hinter ihm und wagten nicht, seine Aufmerksamkeit abzulenken. Er blickte bald nach den Anhöhen von Pratzen, bald nach der aus dem Nebel auftauchenden Sonne.

Als die Sonne sich völlig aus dem Nebel herausgehoben hatte und ihren blendenden Glanz über die Felder und über den Nebel ergoß, da zog er, wie wenn er nur auf diesen Moment gewartet hätte, um den Kampf zu beginnen, den Handschuh von seiner schönen weißen Rechten, gab den Marschällen einen Wink und erteilte den Befehl zur Eröffnung der Schlacht. Die Marschälle jagten, von ihren Adjutanten begleitet, nach verschiedenen Seiten davon, und einige Minuten darauf rückten die Hauptstreitkräfte der französischen Armee nach jenen Anhöhen von Pratzen vor, welche stetig von den russischen Truppen geräumt wurden, die nach links in das Tal hinunterzogen.

XV

Um acht Uhr ritt Kutusow nach Pratzen, an der Spitze der vierten, von Miloradowitsch kommandierten Kolonne, die an die Stelle der Przebyszewskischen und Langeronschen Kolonnen treten sollte, die schon bergab marschiert waren. Er begrüßte die Mannschaften des vordersten Regiments, erteilte das Kommando: »Marsch!« und gab damit zu verstehen, daß er diese Kolonne selbst zu führen beabsichtige. Als er zum Dorf Pratzen gelangt war, machte er halt. Zu der außerordentlich großen Zahl derjenigen, die die Suite des Oberkommandierenden bildeten, gehörte auch Fürst Andrei, welcher hinter ihm hielt. Fürst Andrei fühlte sich erregt und nervös, zeigte aber dabei doch die Ruhe und Selbstbeherrschung, wie sie beim Herannahen eines längst ersehnten Augenblicks nicht selten ist. Er war fest überzeugt, daß der heutige Tag ihm sein Toulon oder seine Brücke von Arcole bringen werde. Wie sich das zutragen werde, das wußte er nicht; aber daß es geschehen werde, davon war er fest überzeugt. Die Örtlichkeit und die Stellung unserer Truppen waren ihm soweit bekannt, wie sie überhaupt jemandem in unserer Armee bekannt sein konnten. An seinen eigenen strategischen Plan dachte er nicht mehr: Von dessen Ausführung konnte offenbar unter den jetzigen Umständen gar nicht die Rede sein. Jetzt hatte sich Fürst Andrei in den Weyrotherschen Plan hineingedacht, überlegte die Eventualitäten, die sich ergeben konnten, und ersann neue Kombinationen, bei denen dann sein schneller Blick und seine Entschlossenheit zum guten Gelingen erforderlich sein würden.

Links unten, im Nebel, hörte man das Gewehrfeuer, das zwischen unsichtbaren Truppen stattfand. »Dort«, dachte Fürst Andrei, »wird sich der Kampf konzentrieren; dort wird es zu einer kritischen Situation kommen, und dorthin werde ich mit einer Brigade oder einer Division geschickt werden, und dort werde ich, eine Fahne in der Hand, meinen Leuten vorangehen und alles niederschmettern, was mir entgegensteht.«

Fürst Andrei war nicht imstande, die Fahnen der vorbeiziehenden Bataillone mit Gleichmut anzusehen. Sobald er eine Fahne erblickte, kam ihm jedesmal der Gedanke: »Vielleicht ist gerade dies die Fahne, mit der ich unseren Truppen vorangehen werde.«

Der nächtliche Nebel hatte am Morgen auf den Höhen nur Reif zurückgelassen, der dann in Tau übergegangen war; aber in den Tälern breitete sich der Nebel noch wie ein milchweißes Meer aus. Nichts war in jenem Tal zur Linken sichtbar, in welches unsere Truppen hinabstiegen und von wo das Schießen herauftönte. Über den Höhen war tiefer, klarer Himmel, und zur Rechten stand der gewaltige Sonnenball. Vorn, in der Ferne, auf dem jenseitigen Ufer des Nebelmeeres, waren herausragende, bewaldete Hügel sichtbar, auf denen die feindliche Armee sich befinden mußte und auch wirklich irgend etwas Undeutliches zu erblicken war. Zur Rechten rückte gerade die Garde in den Bereich des Nebels ein: Man hörte das Trappeln der Pferde und das Rollen von Rädern und sah ab und zu Bajonette blitzen; zur Linken, jenseits des Dorfes, rückte ebenfalls eine Kavalleriemasse heran und verschwand in dem Nebelmeer. Vorn und hinten marschierte Infanterie. Der Oberkommandierende hielt am Ausgang des Dorfes und ließ die Truppen an sich vorbeipassieren. Kutusow schien an diesem Morgen müde und reizbar zu sein. Die an ihm vorbeiziehende Infanterie blieb ohne Befehl stehen, offenbar weil sie vorn durch irgend etwas aufgehalten wurde.

»So ordnen Sie doch endlich an, daß sie sich in Bataillonskolonnen formieren und um das Dorf herumgehen«, sagte Kutusow zornig zu einem herbeireitenden General. »Begreifen Euer Exzellenz denn nicht, daß beim Anmarsch gegen den Feind die Truppen sich nicht in langer Linie durch dieses Defilee der Dorfstraße hindurchziehen dürfen!«

»Ich beabsichtigte, die Aufstellung vorzunehmen, sowie wir das Dorf hinter uns hätten, Euer hohe Exzellenz«, antwortete der General.

Kutusow lachte bitter auf.

»Das wird eine nette Geschichte werden, wenn Sie Ihre Front angesichts des Feindes entwickeln, eine sehr nette Geschichte!«

»Der Feind ist noch fern, Euer hohe Exzellenz. Nach der Disposition ...«

»Was kümmert Sie die Disposition!« schrie Kutusow grimmig. »Wer hat Ihnen davon etwas gesagt? Tun Sie gefälligst, was ich Ihnen befehle!«

»Zu Befehl.«

»Mein Lieber«, flüsterte Neswizki dem Fürsten Andrei zu, »der Alte ist ja aber hundsschlechter Laune!«

Ein österreichischer Offizier, in weißer Uniform, mit grünem Federbusch, kam zu Kutusow herangejagt und fragte im Auftrag des Kaisers, ob sich die vierte Kolonne in den Kampf begeben habe.

Ohne ihm zu antworten, wandte sich Kutusow von ihm weg und sein Blick fiel zufällig auf den hinter ihm haltenden Fürsten Andrei. Als er diesen sah, wurde der zornige, ingrimmige Ausdruck seines Blickes milder; Kutusow schien sich zu sagen, daß sein Adjutant ja doch an dem, was da vorging, keine Schuld habe. Und ohne dem österreichischen Adjutanten eine Antwort zu geben, wandte er sich an Bolkonski:

»Sieh doch einmal zu, mein Lieber, ob die dritte Kolonne schon das Dorf passiert hat. Sage ihr, sie solle haltmachen und auf meinen Befehl warten.«

Fürst Andrei war schon im Fortreiten, als er ihn noch zurückhielt.

»Und frage auch, ob Tirailleurs vorgeschickt sind«, fügte er hinzu. »Was da für Dinge gemacht werden, was da für Dinge gemacht werden!« redete er dann vor sich hin; dem Österreicher hatte er immer noch nicht geantwortet.

Fürst Andrei sprengte davon, um den Auftrag auszuführen.

Nachdem er die vor ihm marschierenden Bataillone überholt hatte, brachte er die dritte Kolonne zum Stehen und überzeugte sich, daß tatsächlich vor ihrer Spitze keine Tirailleurkette aufgestellt war. Der Kommandeur des vordersten Regiments war sehr erstaunt über den ihn vom Oberkommandierenden erteilten Befehl, Tirailleure ausschwärmen zu lassen. Der Regimentskommandeur, der nun dort haltgemacht hatte, war der festen Überzeugung, daß er noch andere russische Truppen vor sich habe, und daß der Feind noch mindestens zehn Werst entfernt sei. Und wirklich war vorn nichts zu sehen als ein menschenleeres Terrain, das sich nach vorn senkte und von dichtem Nebel bedeckt war. Nachdem Fürst Andrei ihm im Namen des Oberkommandierenden befohlen hatte, das Versäumte nachzuholen, ritt er eilig wieder zurück. Kutusow hielt noch immer an derselben Stelle; er hatte seinen alten, wohlgenährten

Körper auf dem Sattel zusammensinken lassen und gähnte krampfhaft, wobei er die Augen schloß. Die Truppen bewegten sich nicht mehr, sondern standen Gewehr bei Fuß.

»Gut, gut«, sagte er zum Fürsten Andrei, der sich zurückmeldete, und wandte sich zu einem General, der mit der Uhr in der Hand bemerkte, es sei wohl Zeit, sich in Marsch zu setzen, da alle Kolonnen des linken Flügels bereits ins Tal hinabgestiegen seien.

»Wir haben noch Zeit, Euer Exzellenz«, antwortete Kutusow, der immerzu gähnte. »Wir haben noch Zeit!« sagte er noch einmal.

In diesem Augenblick erscholl hinter Kutusow in der Ferne das bekannte Geschrei, mit dem die Regimenter einen Vorgesetzten begrüßen, und dieses Geschrei, das sich durch die ganze, lang ausgedehnte Linie der heranrückenden russischen Kolonnen fortpflanzte, kam rasch näher. Es war deutlich, daß der, dem der Gruß galt, sehr schnell ritt. Als die Soldaten desjenigen Regiments zu schreien anfingen, vor welchem Kutusow hielt, ritt dieser ein wenig zur Seite und sah sich stirnrunzelnd um. Auf dem Weg von Pratzen kam anscheinend eine ganze Eskadron buntfarbiger Reiter herangejagt. Zwei von ihnen ritten in scharfem Galopp nebeneinander vor den übrigen. Der eine, in schwarzer Uniform mit weißem Federbusch, ritt einen anglisierten Fuchs; der andre, in weißer Uniform, saß auf einem Rappen. Es waren die beiden Kaiser mit ihrer Suite. Kutusow, die Manieren eines im Frontdienst alt gewordenen Offiziers annehmend, gab dem dastehenden Regiment das Kommando: »Stillgestanden!« und ritt salutierend dem Kaiser entgegen. Seine ganze Gestalt und sein gesamtes Benehmen hatten sich auf einmal verändert. Er gab sich das Aussehen eines Untergebenen, der sich jedes eigenen Urteils begibt. Mit besonders herausgekehrter Ehrerbietung, wovon Kaiser Alexander offenbar unangenehm berührt war, ritt er auf ihn zu und salutierte vor ihm.

Aber der unangenehme Eindruck lief nur, wie ein leichter Nebeldunst am klaren Himmel, über das jugendliche, glückliche Gesicht des Kaisers hin und verschwand schnell wieder. Er war, nach seinem Unwohlsein, an diesem Tag etwas magerer als auf dem Olmützer Feld, wo ihn Bolkonski zum erstenmal im Ausland gesehen hatte; aber seine schönen, grauen Augen wiesen dieselbe bezaubernde Vereinigung von majestätischer Würde und sanfter Güte auf, und seine feinen Lippen zeigten dieselbe Fähigkeit zum Ausdruck mannigfaltigster Empfindungen, wobei eine gutherzige, jugendliche Harmlosigkeit vorherrschte.

Bei der Olmützer Truppenschau war er majestätischer gewesen; hier war er heiterer und energischer. Durch einen Galopp über drei Werst war sein Gesicht etwas gerötet; nachdem er nun sein Pferd angehalten hatte, schöpfte er, sich erholend, tief Atem und blickte sich nach seiner Suite um, deren Gesichter ebenso jugendlich und ebenso lebhaft waren wie das seinige. Czartoryski und Nowosilzew und Fürst Wolkonski und Stroganow und andere, sämtlich reich gekleidete, heitere junge Männer auf schönen, gutgepflegten, frischen, nur wenig in Schweiß geratenen Pferden hielten, in lächelnder Unterhaltung miteinander begriffen, hinter dem Kaiser. Kaiser Franz, ein rotwangiger junger Mann mit einem langen Gesicht, saß in sehr gerader Haltung auf einem schönen Rappen und blickte, wie mit ernsten Gedanken beschäftigt, langsam um sich. Er rief einen seiner weißen Adjutanten herbei und fragte ihn etwas. »Er fragt gewiß, zu welcher Stunde sie ausgeritten sind«, dachte Fürst Andrei, der in Erinnerung an seine Audienz seinen alten Bekannten, den Kaiser, mit einem Lächeln betrachtete, das er nicht unterdrücken konnte. In der Suite der Kaiser befanden sich auserlesene, schneidig aussehende Ordonnanzoffiziere, Russen und Österreicher, aus Garde- und Linienregimentern. Dazwischen führten Reitknechte schöne kaiserliche Reservepferde mit gestickten Decken.

Wie wenn durch ein geöffnetes Fenster auf einmal die frische Luft der Felder und Wiesen in eine dumpfige Stube hineinweht, so brachte diese glänzende, junge Schar, die so munter herangaloppiert war, in die unfrohe Umgebung Kutusows einen Hauch von Jugendlichkeit, Energie und Vertrauen auf gutes Gelingen hinein.

»Warum fangen Sie denn nicht an, Michail Ilarionowitsch?« wandte sich Kaiser Alexander mit einer raschen Bewegung an Kutusow, blickte aber gleichzeitig höflich den Kaiser Franz an.

»Ich warte noch, Euer Majestät«, antwortete Kutusow, nachdem er sich zuvor ehrfurchtsvoll verbeugt hatte.

Der Kaiser beugte sich mit dem Ohr nach ihm hin, indem er ein wenig die Stirn runzelte und durch seine Miene andeutete, daß er nicht recht verstanden habe.

»Ich warte noch, Euer Majestät«, sagte Kutusow noch einmal. (Fürst Andrei bemerkte, daß Kutusows Oberlippe in dem Augenblick, als er dieses »Ich warte noch« sprach, in seltsamer Weise zuckte.) »Es sind noch nicht alle Kolonnen zusammen, Euer Majestät.«

Der Kaiser hatte jetzt deutlich verstanden; aber diese Antwort gefiel ihm offenbar nicht; er zuckte die vorgebeugten Schultern und blickte den neben ihm haltenden Nowosilzew an, wie wenn er sich mit diesem Blick über Kutusow beklagen wollte.

»Wir sind ja doch nicht auf der Zarizyn-Wiese, Michail Ilarionowitsch, wo man die Parade nicht eher anfängt, als bis alle Regimenter angekommen sind«, sagte der Kaiser und blickte wieder nach dem Gesicht des Kaisers Franz, als ob er ihn auffordern wolle, an dem Gespräch teilzunehmen, oder doch wenigstens anzuhören, was er sage; aber Kaiser Franz fuhr fort sich umzusehen und hörte nicht.

»Eben darum fange ich nicht an, Euer Majestät«, erwiderte Kutusow mit kräftiger Stimme, als wollte er der Möglichkeit, nicht verstanden zu werden, vorbeugen, und wieder zuckte etwas in seinem Gesicht. »Eben darum fange ich nicht an, Euer Majestät, weil wir nicht bei einer Parade und nicht auf der Zarizyn-Wiese sind.« Er hatte klar und deutlich gesprochen.

In der Suite des Kaisers blickte man sich wechselseitig einen Augenblick an, und auf allen Gesichtern konnte man Mißbilligung und Unwillen lesen. »Wenn er auch ein alter Mann ist, aber so durfte er denn doch nicht reden; das durfte er unter keinen Umständen«, besagten die Mienen aller.

Der Kaiser blickte dem Oberkommandierenden unverwandt und aufmerksam ins Gesicht und wartete, ob er noch etwas sagen werde. Aber Kutusow hielt den Kopf respektvoll geneigt und schien ebenfalls zu warten. Dieses Schweigen dauerte etwa eine Minute lang.

»Indessen, wenn Euer Majestät befehlen«, sagte Kutusow endlich aufblickend, jetzt wieder in dem früheren Ton eines stumpfsinnigen Generals, der ohne eigenes Denken mechanisch gehorcht.

Er setzte sein Pferd in Gang, rief den Kommandeur der Kolonne, Miloradowitsch, zu sich und erteilte ihm den Befehl zum Angriff.

Die Truppen setzten sich wieder in Bewegung, und zwei Bataillone des Nowgoroder Regiments und ein Bataillon des Apscheroner Regiments marschierten in der Richtung auf den Feind zu am Kaiser vorüber.

Während dieses Apscheroner Bataillon vorbeimarschierte, sprengte der rotwangige Miloradowitsch, ohne Mantel, im bloßen Uniformrock, mit vielen Orden geschmückt, auf dem Kopf einen schräggesetzten Hut mit aufgeschlagener Krempe und gewaltigem Federbusch, im Galopp vor und parierte, stramm salutierend, sein Pferd vor dem Kaiser.

»Mit Gott, General«, sagte der Kaiser zu ihm.

»Euer Majestät, ich versichere, daß wir tun werden, was in unseren Kräften steht«, antwortete er in heiterem Ton, rief aber trotzdem bei den Herren der Suite des Kaisers durch seine schlechte französische Aussprache ein spöttisches Lächeln hervor.

Miloradowitsch warf sein Pferd kurz herum und nahm ein wenig hinter dem Kaiser Aufstellung. Die Apscheroner, durch die Gegenwart des Kaisers angefeuert, marschierten in strammem, flottem Schritt an den Kaisern und ihrer Suite vorbei.

»Kinder!« rief Miloradowitsch laut in selbstbewußtem, vergnügtem Ton; der Schall der Schüsse, die Erwartung des Kampfes und der Anblick der kraftvollen, mutigen Apscheroner, die noch unter Suworow seine Kameraden gewesen waren und nun in so prächtiger Haltung an den Kaisern vorbeimarschierten, dies alles hatte ihn offenbar dermaßen begeistert, daß er die Anwesenheit des Kaisers völlig vergaß. »Kinder! Ihr werdet heute nicht zum erstenmal ein Dorf zu stürmen haben!« rief er.

»Mit Freuden bemühen wir uns!« schrien die Soldaten.

Das Pferd des Kaisers scheute bei dem unerwarteten Geschrei. Dieses Pferd, das den Kaiser schon bei den Truppenschauen in Rußland getragen hatte, trug ihn auch hier auf dem Schlachtfeld von Austerlitz; ruhig ertrug das Tier es, wenn sein Reiter es in der Zerstreuung mit dem linken Fuß stieß, und spitzte die Ohren bei dem Schall der Schüsse, so wie es das auf der Zarizyn-Wiese getan hatte; es verstand weder, was die Schüsse, die es hörte, bedeuteten, noch, warum der Rappe des Kaisers Franz sein Nachbar war, noch, was der, welcher auf ihm ritt, an diesem Tag redete, dachte und fühlte.

Der Kaiser wandte sich lächelnd zu einem der Herren in seiner Umgebung und sagte etwas zu ihm, indem er auf die wackeren Apscheroner zeigte.

XVI

Kutusow, von seinen Adjutanten begleitet, ritt im Schritt hinter den Karabiniers her.

Nachdem er ungefähr eine halbe Werst an der Queue der Kolonne zurückgelegt hatte, machte er bei einem einzeln stehenden, verfallenen Haus, wahrscheinlich einem ehemaligen Wirtshaus, halt. Dort gabelte sich der Weg; beide Fortsetzungen führten bergab, und auf beiden marschierten Truppen.

Der Nebel begann sich zu zerteilen und man konnte bereits, wenn auch nur undeutlich, in einer Entfernung von zwei Werst feindliche Truppen auf den gegenüberliegenden Höhen sehen. Links unten wurde das Schießen vernehmlicher. Kutusow hielt und redete mit einem österreichischen General. Fürst Andrei, der ein wenig dahinter hielt, beobachtete die beiden; dann wandte er sich an einen Adjutanten und bat diesen, ihm sein Fernrohr zu leihen.

»Sehen Sie nur, sehen Sie nur«, sagte dieser Adjutant und blickte dabei nicht nach den fernen Truppen, sondern vor sich nach dem nahen Fuß des Berges. »Da sind Franzosen!«

Die beiden Generale und die Adjutanten griffen nach dem Fernrohr und rissen es einander beinah aus den Händen. Alle Gesichter waren auf einmal verändert, und auf allen malte sich Schrecken und Bestürzung. Man hatte angenommen, die Franzosen seien zwei Werst von uns entfernt, und nun erschienen sie auf einmal unerwartet ganz nah vor uns.

»Ist das der Feind …? Nein …! Ja, sehen Sie nur, er ist es wahrhaftig … Wie geht das zu?« riefen viele durcheinander.

Fürst Andrei sah mit bloßem Auge, wie unten rechts eine dichte Kolonne Franzosen den Apscheronern entgegen bergauf marschierte, nicht weiter als fünfhundert Schritte von dem Ort entfernt, wo Kutusow hielt.

»Da ist der entscheidende Augenblick; nun ist er gekommen! Jetzt ist's an mir!« dachte Fürst Andrei, versetzte seinem Pferd einen Schlag und ritt an Kutusow heran.

»Die Apscheroner müssen zurückgehalten werden, Euer hohe Exzellenz!« rief er.

Aber in demselben Augenblick bedeckte sich alles mit Rauch; nahes Gewehrfeuer erscholl, und zwei Schritte vom Fürsten Andrei entfernt schrie ein Soldat in naivem Entsetzen: »Alles ist verloren, Brüder!« Und dieser Ruf wirkte wie ein Kommando. Auf diesen Ruf hin warfen sich alle in die Flucht.

Verwirrte, immer wachsende Scharen liefen zurück nach dem Platz, wo die Truppen fünf Minuten vorher vor den Kaisern vorbeigezogen waren. Es war nicht nur unmöglich, diese Menge zurückzuhalten, es war sogar schwer, selbst stehenzubleiben und nicht von ihr mit fortgerissen zu werden. Bolkonski blickte bestürzt um sich; er vermochte gar nicht zu fassen, was da vor seinen Augen vorging. Neswizki, dessen Gesicht ganz rot geworden war und arg entstellt aussah, rief in erregtem Ton dem Oberkommandierenden zu, wenn er sich nicht sogleich von dort entferne, werde er mit Sicherheit gefangengenommen werden. Aber Kutusow blieb an derselben Stelle stehen und zog, ohne zu antworten, sein Taschentuch heraus. Aus seiner Wange tröpfelte Blut. Fürst Andrei drängte sich zu ihm durch.

»Sie sind verwundet?« fragte er; er konnte kaum das Zittern seines Unterkiefers hemmen.

»Die Wunde ist nicht hier, sondern dort!« antwortete Kutusow, indem er das Tuch gegen die verwundete Wange drückte und auf die Fliehenden wies.

»Haltet sie auf!« schrie er, versetzte gleichzeitig, da er wahrscheinlich sah, daß ein Aufhalten unmöglich war, seinem Pferd einen Schlag und ritt nach rechts.

Eine neu heranflutende Schar von Fliehenden erfaßte ihn und zog ihn mit sich.

Die Truppen flohen in so dichtem Schwarm, daß, wer einmal in diesen Schwarm hineingeraten war, sich nur schwer wieder herausarbeiten konnte. Der eine schrie: »So mach doch, daß du weiterkommst! Was hältst du uns auf?« Ein andrer wandte sich um und schoß sein Gewehr in die Luft ab. Ein dritter versetzte dem Pferd, auf dem Kutusow saß, einen Schlag. Mit der größten Anstrengung arbeitete sich Kutusow aus dem Strom der Fliehenden nach links hinaus und ritt mit seiner um mehr als die Hälfte zusammengeschmolzenen Suite dahin, von wo nahes Geschützfeuer ertönte.

Fürst Andrei, der sich gleichfalls durch die Masse der Flüchtlinge hindurchgedrängt hatte und bemüht war, nicht hinter Kutusow zurückzubleiben, sah, wie am Abhang des Berges im Pulverrauch eine russische Batterie noch feuerte und die Franzosen gegen sie heranstürmten. Etwas höher hinauf stand russische Infanterie, die weder vorrückte, um der Batterie zu Hilfe zu kommen, noch in gleicher Richtung mir den Fliehenden zurückging. Ein General zu Pferd löste sich von dieser Truppe und ritt zu Kutusow heran. Von Kutusows Suite waren nur noch vier Personen übriggeblieben; alle waren blaß und sahen einander an.

»Halten Sie diese Halunken auf!« sagte, vor Wut fast erstickend, Kutusow zu dem Regimentskommandeur und zeigte auf die Fliehenden; aber in demselben Augenblick kam, gleichsam zur Strafe für diese Worte, wie ein Vogelschwarm eine Menge Kugeln pfeifend auf das Regiment und Kutusows Suite zugeflogen.

Die Franzosen hatten die Batterie angegriffen und, als sie Kutusow erblickten, auf diesen geschossen. Bei dieser Salve griff der Regimentskommandeur nach seinem Bein; mehrere Soldaten fielen, und der Fähnrich, der mit der Fahne dagestanden hatte, ließ sie aus den Händen sinken; die Fahne schwankte und fiel, wobei sie an den Gewehren der nächststehenden Soldaten hängenblieb. Die Soldaten begannen zu schießen, ohne ein Kommando abzuwarten.

»O-o-oh!« stöhnte Kutusow mit einer Miene der Verzweiflung und blickte um sich. »Bolkonski«, flüsterte er, und seine Stimme bebte in dem niederdrückenden Bewußtsein der Kraftlosigkeit des Alters, »Bolkonski«, flüsterte er und wies auf das in Auflösung begriffene Bataillon und auf die Feinde, »wie ist das möglich?«

Aber bevor er diese Worte zu Ende gesprochen hatte, war schon Fürst Andrei, welcher fühlte, wie ihm Tränen der Scham und des Zornes in die Kehle kamen, vom Pferd gesprungen und lief zur Fahne hin.

»Vorwärts, Kinder!« rief er; seine Stimme gellte schrill wie die eines Knaben.

»Nun ist es da!« dachte Fürst Andrei, ergriff die Fahnenstange und horchte mit Wonne auf das Pfeifen der Kugeln, die offenbar ganz besonders auf ihn gerichtet waren. Mehrere Soldaten fielen.

»Hurra!« rief Fürst Andrei, der die schwere Fahne kaum mit den Händen halten konnte, und lief vorwärts, in der festen Überzeugung, daß das ganze Bataillon ihm folgen werde.

Und wirklich brauchte er nur wenige Schritte allein zu laufen. Es setzte sich ein Soldat in Bewegung, dann ein zweiter, und mit dem Ruf: »Hurra!« lief das ganze Bataillon vorwärts und überholte ihn. Ein Unteroffizier kam herbeigelaufen und ergriff die Fahne, die infolge ihres Gewichtes in den Händen des Fürsten Andrei schwankte, wurde aber sofort erschossen. Fürst Andrei erfaßte die Fahne wieder und lief mit dem Bataillon, indem er die Fahnenstange am Boden nachschleifen ließ. Vor sich sah er unsere Artilleristen, von denen die einen kämpften, andere aber die Kanonen im Stich ließen und ihm entgegenliefen; er sah auch französische Infanteristen, welche die Artilleriepferde am Zügel faßten und die Kanonen umdrehten. Fürst Andrei war mit dem Bataillon schon bis auf zwanzig Schritte an die Geschütze herangekommen. Er hörte über seinem Kopf das beständige Pfeifen der Kugeln, und fortwährend stöhnten rechts und links von ihm Soldaten auf und fielen zu Boden. Aber er sah nicht zu ihnen hin; er blickte nur auf das, was vor ihm vorging, bei der Batterie. Er sah schon deutlich die Gestalt eines rothaarigen Artilleristen mit schiefsitzendem Tschako; der Artillerist hielt einen Stückwischer an dem einen Ende gepackt und zog ihn an sich, während ein Franzose am andern Ende zog. Fürst Andrei sah schon deutlich den ratlosen und zugleich ingrimmigen Gesichtsausdruck der beiden Soldaten, die sich offenbar nicht recht klar darüber waren, was sie taten.

»Was tun die beiden?« dachte Fürst Andrei, nach ihnen hinblickend. »Warum läuft der rothaarige Artillerist nicht weg, wenn er doch keine Waffen hat? Warum sticht ihn der Franzose nicht nieder? Sowie er anfängt wegzulaufen, wird dem Franzosen einfallen, daß er ja ein Gewehr mit einem Bajonett hat, und er wird ihn niederstechen.«

Wirklich kam ein anderer Franzose mit gefälltem Bajonett zu den beiden Ringenden hingelaufen, und das Schicksal des rothaarigen Artilleristen, der immer noch nicht begriff, was ihm bevorstand, und triumphierend seinem Gegner den Stückwischer aus den Händen riß, mußte sich jetzt entscheiden. Aber Fürst Andrei sah nicht, wie die Sache endete. Er hatte die Empfindung, als ob einer von den zunächst befindlichen Soldaten ihn mit einem starken Knüttel mit voller Wucht auf den Kopf schlüge.

Der Schmerz war nicht besonders groß; das Unangenehmste dabei war, daß dieser Schmerz seine Gedanken in Anspruch nahm und ihn hinderte, das zu sehen, wonach er soeben hingeblickt hatte.

»Was ist das? Falle ich? Die Knie knicken mir ja ein!« dachte er und fiel rücklings auf die Erde. Dann öffnete er wieder die Augen, in der Hoffnung, zu sehen, welchen Ausgang der Kampf der beiden Franzosen mit dem Artilleristen genommen habe, ob der rothaarige Artillerist getötet sei oder nicht; auch hätte er gern gewußt, ob die Kanonen genommen oder gerettet waren. Aber er sah nichts mehr als über sich den Himmel, den hohen Himmel, der jetzt nicht klar, aber doch unermeßlich hoch war, mit ruhig über ihn hingleitenden grauen Wolken. »Wie still und ruhig und feierlich das ist«, dachte Fürst Andrei. »Das hat so gar keine Ähnlichkeit mit unserm Laufen, Schreien und Kämpfen; das stille Dahingleiten der Wolken an diesem hohen, unendlichen Himmel hat so gar nichts gemein mit dem Ringen des Franzosen und des Artilleristen, die mit erregten, grimmigen Gesichtern einander den Stückwischer zu entreißen suchten. Wie ist es nur zugegangen, daß ich diesen hohen Himmel früher nie gesehen habe? Und wie glücklich bin ich, daß ich ihn endlich kennengelernt habe. Ja, alles ist nichtig, alles ist Irrtum und Lug, außer diesem unendlichen Himmel. Es gibt nichts, nichts außer ihm. Aber auch er ist nicht vorhanden; es gibt nichts als Stille und Ruhe. Und dafür sei Gott Dank …!«

XVII

Auf dem rechten Flügel, welchen Bagration kommandierte, hatte um neun Uhr der Kampf noch nicht begonnen. Da Bagration einerseits dem Verlangen Dolgorukows, daß er den Kampf beginnen solle, nicht willfahren und andrerseits jede Verantwortlichkeit von sich abwälzen wollte, so schlug er dem Fürsten Dolgorukow vor, zu dem Oberkommandierenden hinzuschicken und diesen zu befragen. Bagration wußte, daß bei dem fast zehn Werst betragenden Abstand des einen Flügels vom andern der Abgesandte, wenn er nicht erschossen wurde (was sehr wahrscheinlich war), und selbst wenn er den Oberkommandierenden fand (was sehr schwer war), nicht vor dem Nachmittag zurück sein konnte.

Bagration musterte seine Suite mit seinen großen, ausdruckslosen, schläfrigen Augen, und unwillkürlich erregte Rostows kindliches, vor Aufregung und Hoffnung starres Gesicht zuerst seine Aufmerksamkeit. Es bestimmte ihn für diese Sendung.

»Aber wenn ich Seine Majestät früher treffe als den Oberkommandierenden, Euer Durchlaucht?« fragte Rostow, die Hand am Mützenschirm.

»Dann können Sie Seiner Majestät die Anfrage vorlegen«, sagte Dolgorukow eilig, ohne Bagration zu Wort kommen zu lassen.

Rostow hatte, nach seiner Ablösung vom Vorpostendienst, vor Tagesanbruch noch die Möglichkeit gehabt, ein paar Stunden zu schlafen; er fühlte sich jetzt munter, unternehmungslustig und energisch; dank der Elastizität seiner Bewegungen, dem Vertrauen auf sein Glück und seiner frohen Gemütsstimmung schien ihm alles leicht, vergnüglich und ausführbar.

Alle seine Wünsche waren an diesem Morgen in Erfüllung gegangen: Es wurde eine Entscheidungsschlacht geliefert, und er nahm an ihr teil; und damit nicht genug, war er auch Ordonnanzoffizier bei einem hervorragend tapferen General; und endlich ritt er mit einem Auftrag zu Kutusow, vielleicht sogar zum Kaiser selbst. Der Morgen war klar, das Pferd, das er ritt, tüchtig. Ihm war froh und glückselig zumute. Nachdem er den Auftrag erhalten hatte, trieb er sein Pferd an und sprengte an der Schlachtlinie entlang. Anfangs ritt er an der Front der Truppen Bagrations hin, die noch nicht in den Kampf eingetreten waren und dastanden, ohne sich zu rühren; dann kam er zu derjenigen Strecke, die von Uwarows Kavallerie ausgefüllt wurde, und hier bemerkte er schon eine gewisse Bewegung und Anzeichen von Vorbereitungen auf den Kampf; als er aber an der Uwarowschen Kavallerie vorbei war, da hörte er schon deutlich den Ton von Geschütz- und Gewehrfeuer vor sich. Und das Schießen nahm immer mehr zu.

In der frischen Morgenluft ertönten jetzt nicht mehr, wie vorher, in unregelmäßigen Zwischenräumen je zwei oder je drei Flintenschüsse und dann ein oder zwei Kanonenschüsse; sondern auf den Bergabhängen vor Pratzen erscholl ein unaufhörliches Geknatter von Gewehrfeuer, welches von so häufigen Kanonenschüssen unterbrochen wurde, daß manchmal mehrere Kanonenschüsse nicht mehr voneinander zu unterscheiden waren, sondern in ein einziges allgemeines Dröhnen zusammenflossen.

Man konnte sehen, wie die kleinen Rauchwölkchen der Gewehre an den Bergabhängen gleichsam hinliefen, einander jagten und einholten, und wie die großen Rauchwolken der Geschütze wirbelnd aufstiegen, sich ausbreiteten und miteinander zusammenflossen. Man konnte in den Lücken des Rauches marschierende Infanteriemassen sehen, die an dem Blitzen der Bajonette kenntlich waren, und die schmalen Streifen der Artillerie mit den grünen Munitionswagen.

Rostow hielt auf einem Bergvorsprung sein Pferd einen Augenblick an, um das, was da vorging, zu betrachten; aber wie sehr er auch seine Aufmerksamkeit anstrengte, er konnte die Vorgänge nicht verstehen und nicht daraus klug werden: Es bewegten sich da im Rauch allerlei Menschen, es bewegten sich allerlei Truppenkolonnen vorwärts und rückwärts; aber wozu? Wer? Wohin? Das war nicht zu begreifen. Aber dieser Anblick und diese Töne riefen bei ihm nicht etwa ein Gefühl der Niedergeschlagenheit oder der Angst hervor, sondern sie steigerten vielmehr seine Energie und Entschlossenheit.

»Nun, immer noch mehr, immer kräftiger!« sagte er in Gedanken zu diesen Tönen und sprengte wieder an der Linie entlang, wobei er immer weiter in den Bereich derjenigen Truppen kam, die bereits in den Kampf eingetreten waren.

»In welcher Weise sich die Sache abspielen wird, das weiß ich nicht«, dachte Rostow; »aber jedenfalls wird alles gut werden.«

Nachdem Rostow an einigen österreichischen Truppenteilen vorbeigeritten war, bemerkte er, daß der darauffolgende Teil der Schlachtlinie (es war die Garde) bereits im Kampf stand.

»Um so besser! Dann sehe ich es mir aus der Nähe an«, dachte er.

Er ritt fast an der vordersten Linie entlang. Eine Anzahl von Reitern kam, in der Richtung auf ihn zu, angejagt. Es waren unsere Leibulanen, die in aufgelösten Reihen von der Attacke zurückkehrten. Rostow kam nahe an ihnen vorbei, bemerkte unwillkürlich, daß einer von ihnen blutig war, und sprengte weiter.

»Das kümmert mich nicht!« dachte er. Er war nach dieser Begegnung noch nicht ein paar hundert Schritte weitergeritten, als sich links von ihm über die ganze Ausdehnung des Feldes hin eine gewaltige Masse Kavallerie, auf Rappen, in weißen, glänzenden Uniformen, zeigte, welche eine auf der seinigen senkrecht stehende Richtung verfolgte und im Trab gerade auf ihn zukam. Rostow ließ sein Pferd die schnellste Gangart anschlagen, um diesen Reitern aus dem Weg zu kommen, und dies wäre ihm auch gelungen, wenn sie immer in demselben Tempo weitergeritten wären; aber sie steigerten ihre Geschwindigkeit fortwährend, so daß manche Pferde schon galoppierten. Immer deutlicher und deutlicher hörte Rostow die Hufschläge der Pferde und das Klirren der Waffen; immer genauer sah er die Pferde und die Gestalten der Reiter und sogar ihre Gesichter. Es waren unsere Chevaliergardisten, die zur Attacke auf die französische Kavallerie vorgingen, welche gegen sie heranrückte.

Die Chevaliergardisten ritten in scharfem Tempo, verhielten aber ihre Pferde noch. Rostow sah schon ihre Gesichter und hörte das Kommando: »Marsch, marsch!«, das ein Offizier erteilte, indem er sein Vollblut in vollen Galopp versetzte. Rostow, der in Gefahr war, überritten oder in die Attacke auf die Franzosen mit hineingezogen zu werden, jagte vor der Front entlang, was sein Pferd nur laufen konnte; aber dennoch schien es, daß es ihm nicht gelingen werde, an ihnen vorbeizukommen.

Der Flügelmann der Chevaliergardisten, ein riesenhaft großer, pokkennarbiger Kerl, runzelte grimmig die Stirn, als er Rostow vor sich sah, mit dem er unfehlbar zusammenstoßen mußte. Dieser Chevaliergardist hätte Rostow mitsamt seinem »Beduinen« zweifellos über den Haufen gerannt (Rostow selbst kam sich gar so klein und schwach vor im Vergleich mit diesen gewaltigen Männern und Pferden), wenn Rostow nicht auf den Gedanken gekommen wäre, mit der Kosakenpeitsche dem Pferd des Chevaliergardisten auf die Augen zu schlagen. Der schwere, große Rappe legte die Ohren zurück und bäumte sich; aber der pockennarbige Chevaliergardist stieß ihm, weit ausholend, die gewaltigen Sporen in die Seite, und das Pferd, mit dem Schweife schlagend und den Hals ausstrekkend, stürmte noch schneller dahin. Kaum waren die Chevaliergardisten an Rostow vorbei, als er ihren Ruf: »Hurra!« hörte; er blickte sich um und sah, daß ihre vordersten Reihen sich mit fremden, also doch gewiß französischen Kavalleristen mit roten Epauletten vermengt hatten. Weiter aber konnte er nichts sehen, da unmittelbar darauf irgendwo in der Nähe eine heftige Kanonade begann und alles von Rauch bedeckt wurde.

Als Rostow die Chevaliergardisten, die an ihm vorbeigeritten waren, in dem Rauch aus den Augen verloren hatte, schwankte er, ob er ihnen nachjagen oder dahin reiten sollte, wohin seine Order lautete. Es war dies jene glänzende Attacke der Chevaliergardisten, die selbst den Franzosen imponierte. Für Rostow war es einige Zeit nachher eine furchtbare Empfindung, als er hörte, daß von diesem gesamten, nur aus großen, schönen Leuten bestehenden Regiment und von all diesen vornehmen, reichen, jungen Offizieren und Junkern, auf Pferden für tausend Rubel, daß von diesem ganzen Regiment, das an ihm vorbeigeritten war, nach der Attakke nur achtzehn Mann übriggeblieben waren.

»Ich brauche sie nicht zu beneiden; die Stunde des Kampfes wird auch für mich kommen. Und vielleicht sehe ich jetzt gleich den Kaiser!« dachte Rostow und jagte weiter.

Als er zur Gardeinfanterie gelangte, bemerkte er, daß über sie hinweg und um sie herum Kanonenkugeln flogen; und zwar wurde er darauf nicht dadurch aufmerksam, daß er den Ton der Kugeln hörte, sondern weil er auf den Gesichtern der Soldaten eine gewisse Unruhe und auf den Gesichtern der Offiziere einen gekünstelten, martialischen Ernst wahrnahm.

Während er hinter einem der in der Schlachtlinie stehenden Gardeinfanterie-Regimenter vorbeiritt, hörte er, daß ihn jemand beim Namen rief.

»Rostow!«

»Was gibt es?« rief er zurück, ohne Boris zu erkennen.

»Was sagst du dazu? Wir sind in die erste Linie gekommen! Unser Regiment ist zur Attacke vorgegangen!« sagte Boris und lächelte so glückselig, wie das junge Männer, die zum erstenmal ins Feuer gekommen sind, zu tun pflegen.

Rostow hatte sein Pferd angehalten.

»Nun sieh einmal an!« sagte er. »Nun, wie ist es denn gegangen?«

»Wir haben den Feind zurückgeschlagen!« erwiderte Boris lebhaft und wurde nun sehr redselig. »Stell dir nur vor …«

Und Boris begann zu erzählen, wie die Garde, die ruhig auf ihrem Platz gestanden und vor sich Truppen gesehen habe, diese für Österreicher gehalten habe und plötzlich durch Kanonenkugeln, die von diesen Truppen her zu ihr herübergeflogen seien, belehrt worden sei, daß sie in der vordersten Linie stehe, und wie sie nun unerwarteterweise habe in den Kampf eintreten müssen. Rostow ließ Boris seine Erzählung nicht zu Ende bringen, sondern trieb sein Pferd wieder an.

»Wohin willst du?« fragte Boris.

»Zu Seiner Majestät, mit einem Auftrag.«

»Da ist er«, sagte Boris, der verstanden hatte, Rostow wolle zu Seiner Hoheit, statt zu Seiner Majestät.

Er zeigte ihm mit der Hand den hochschultrigen Großfürsten, der hundert Schritt von ihnen, im Koller der Chevaliergardisten, den Helm auf dem Kopf, mit zusammengezogenen Brauen einem weißgekleideten österreichischen Offizier, der ganz blaß aussah, etwas zurief.

»Aber das ist ja der Großfürst, und ich muß zum Oberkommandierenden oder zum Kaiser«, sagte Rostow und wollte sein Pferd wieder antreiben.

»Graf, Graf!« rief da Berg, der von einer andern Seite herbeigelaufen kam und in ebenso lebhafter Erregung zu sein schien wie Boris. »Graf, ich bin an der rechten Hand verwundet worden« (er zeigte seine blutige Hand, die mit einem Taschentuch verbunden war), »aber ich bin doch bei der Truppe geblieben. Graf, ich halte nun den Degen in der linken Hand; in meiner Familie, in der Familie von Berg, Graf, hat es von jeher nur tüchtige Kriegsleute gegeben.«

Berg sagte noch etwas; aber Rostow ritt schon, ohne zu Ende zu hören, weiter.

Nachdem Rostow bei der Garde vorbei und dann durch einen leeren Zwischenraum geritten war, nahm er, um nicht wieder wie bei der Attakke der Chevaliergardisten in die erste Linie hineinzugeraten, seinen Weg an der Linie der Reserven entlang, in weiter Entfernung von der Gegend, wo das stärkste Gewehr- und Geschützfeuer ertönte. Plötzlich hörte er vor sich und hinter unseren Truppen, in einer Gegend, wo er in keiner Weise Feinde vermuten konnte, nahes Gewehrfeuer.

»Was kann das sein?« dachte Rostow. »Feinde im Rücken unserer Truppen? Unmöglich!« Aber auf einmal überkam ihn eine Angst für seine eigene Person und um den Ausgang der ganzen Schlacht. »Was es auch sein mag«, sagte er sich, »Umwege zu machen, dazu habe ich jetzt keine Zeit. Ich muß hier den Oberkommandierenden suchen, und wenn alles verloren ist, dann will auch ich mit zugrunde gehen.«

Die böse Ahnung, die ihn auf einmal befallen hatte, bestätigte sich immer mehr und mehr, je weiter er in das hinter dem Dorf Pratzen gelegene Terrain hineinkam, das von unordentlichen Haufen verschiedenartiger Truppenteile angefüllt war.

»Was gibt es hier? Was bedeutet das? Auf wen wird geschossen? Wer schießt da?« fragte Rostow, als er auf russische und österreichische Soldaten stieß, die in buntgemischtem Schwarm quer zu seiner eigenen Wegrichtung dahinliefen.

»Weiß der Teufel! Alle sind erschossen! Alles ist verloren!« wurde ihm auf russisch, auf deutsch und auf tschechisch aus den Haufen der Fliehenden geantwortet; diese verstanden ebensowenig wie er selbst, was hier vorging.

»Schlagt die Deutschen tot!« schrie einer.

»Hol sie der Teufel, die Verräter!«

»Zum Henker diese Russen …!« brummte ein Deutscher vor sich hin.

Auch einige Verwundete kamen auf demselben Weg vorüber. Ihr Stöhnen floß mit dem Schimpfen und Schreien zu einem allgemeinen, wirren Getöse zusammen. Das Schießen war verstummt; wie Rostow später erfuhr, hatten russische und österreichische Soldaten aufeinander geschossen.

»Mein Gott! Wie ist es nur möglich, daß sie so fliehen?« dachte Rostow. »Und noch dazu hier, wo sie jeden Augenblick der Kaiser sehen kann …! Aber nein, es sind gewiß nur einige Lumpen. Das ist eine vorübergehende Erscheinung; das ist kein wahres Bild der Sache; es ist nicht möglich!« dachte er. »Ich will nur recht schnell, recht schnell an ihnen vorbeireiten!«

Sein ganzes Wesen sträubte sich gegen den Gedanken an Niederlage und Flucht des Heeres. Obgleich er französische Geschütze und französische Truppen auf den Höhen von Pratzen erblickte, also gerade da, wo er den Oberkommandierenden aufsuchen sollte, konnte und wollte er nicht daran glauben.

XVIII

Rostow hatte Befehl, Kutusow und den Kaiser in der Nähe des Dorfes Pratzen zu suchen. Aber dort war keiner von beiden und überhaupt kein höherer Offizier, sondern nur buntscheckige Haufen, Reste aufgelöster Truppenteile. Er trieb sein bereits müde werdendes Pferd an, um möglichst schnell an diesen Haufen vorbeizukommen; aber je weiter er kam, um so ärger wurde der Zustand der Zerrüttung. Auf der breiten Landstraße, auf die er nun gelangte, drängten sich Fuhrwerke aller Art, russische und österreichische Soldaten aller Waffengattungen, Verwundete und Unversehrte. Alles das drängte in wildem Durcheinander und mit lautem Getöse vorwärts, unter der schrecklichen Begleitmusik der Kanonenkugeln, die von den Batterien auf den Höhen von Pratzen herübergeflogen kamen.

»Wo ist der Kaiser? Wo ist Kutusow?« fragte Rostow alle, deren er habhaft werden konnte; aber er erhielt von niemand Antwort.

Endlich hielt er einen Soldaten am Rockkragen fest und zwang ihn, ihm zu antworten.

»Ach, Bruder! Die sind alle schon lange nach da zu; die sind zuerst ausgerissen!« antwortete ihm der Soldat lachend und riß sich los.

Rostow ließ von diesem offenbar betrunkenen Soldaten ab, hielt das Pferd eines Offiziersburschen (es mochte auch der Reitknecht irgendeiner hohen Persönlichkeit sein) an und fragte diesen aus. Der Bursche erzählte ihm, der Kaiser sei vor einer Stunde in einem Wagen, was die Pferde nur laufen konnten, auf dieser selben Landstraße davongefahren; er sei gefährlich verwundet.

»Das ist unmöglich«, sagte Rostow. »Es ist gewiß irgendein anderer gewesen.«

»Ich habe ihn selbst gesehen«, erwiderte der Bursche mit einem selbstbewußten Lächeln. »Ich werde doch den Kaiser kennen; wie oft habe ich ihn nicht in Petersburg aus nächster Nähe gesehen. Ganz blaß, ganz blaß saß er in seiner Kutsche. Er jagte nur so an uns vorbei; Donnerwetter, was griffen die vier Rappen aus! Ich werde doch die Pferde des Zaren und Ilja Iwanowitsch kennen; mit einem andern als mit dem Zaren fährt der Kutscher Ilja überhaupt nicht.«

Rostow ließ das Pferd des Burschen, das er bis dahin festgehalten hatte, los und wollte weiterreiten. Ein vorbeigehender verwundeter Offizier redete ihn an.

»Zu wem wollen Sie?« fragte der Offizier. »Zu dem Oberkommandierenden? Der ist von einer Kanonenkugel getötet worden; in die Brust hat sie ihn getroffen, in der Nähe unseres Regiments.«

»Er ist nicht getötet, sondern nur verwundet«, verbesserte ihn ein andrer Offizier.

»Wer denn? Kutusow?« fragte Rostow.

»Nein, Kutusow nicht, sondern … wie heißt er doch gleich? Na, es ist ja ganz gleich; am Leben sind überhaupt nicht viele geblieben. Reiten Sie nur dorthin, sehen Sie, dort nach dem Dorf; da haben sich alle Kommandeure zusammengefunden«, sagte dieser zweite Offizier, auf das Dorf Hostieradek weisend, und ging vorbei.

Rostow ritt jetzt im Schritt; er wußte nicht, zu wem er jetzt reiten sollte, und was es noch für Zweck habe. Der Kaiser war verwundet, die Schlacht verloren. Es schien unmöglich, daran noch zu zweifeln. Rostow ritt nach der Richtung, die ihm gezeigt worden war, und in der er schon in der Ferne eine Kirche mit Turm sah. Wozu sollte er sich jetzt noch beeilen? Was sollte er jetzt noch zum Kaiser oder zu Kutusow sagen, selbst wenn sie noch am Leben und unverwundet waren?

»Reiten Sie auf diesem Weg hier, Euer Wohlgeboren!« rief ihm ein Soldat zu. »Auf dem da geradeaus werden Sie totgeschossen. Jawohl, totgeschossen!«

»Ach, was redst du da!« sagte ein andrer, »Warum soll er denn hier reiten? Dort ist es näher.«

Rostow überlegte einen Augenblick lang und ritt dann absichtlich auf dem Weg, von dem ihm gesagt war, daß er dort totgeschossen werden würde.

»Jetzt ist schon alles gleich«, dachte er. »Wenn der Kaiser verwundet ist, wozu soll ich mich dann noch in acht nehmen?« Er gelangte jetzt an einen freien Platz, auf welchem eine ganz besonders große Anzahl derjenigen, die sich auf der Flucht aus Pratzen befunden hatten, vom Verderben ereilt worden war. Die Franzosen hatten diesen Platz noch nicht besetzt, und diejenigen Russen, die am Leben geblieben oder nur leicht verwundet waren, hatten ihn schon längst verlassen. Auf dem Feld lagen, wie Getreidemandel auf einem guten Acker, zehn, fünfzehn Tote oder Verwundete auf jedem Hektar Landes. Die Verwundeten krochen zu Gruppen von zweien oder dreien zusammen, und man hörte ihr schreckliches, mitunter, wie es Rostow schien, übertriebenes Schreien und Stöhnen. Rostow setzte sein Pferd in Trab, damit er nicht alle diese leidenden Menschen länger zu sehen brauche, und es wurde ihm beklommen zumute. Er fürchtete nicht für sein Leben, sondern für seine Mannhaftigkeit, deren er jetzt so dringend bedurfte, und die (das fühlte er) bei dem Anblick aller dieser Unglücklichen ihm untreu zu werden drohte.

Die Franzosen hatten aufgehört gehabt, dieses mit Toten und Verwundeten übersäte Feld zu beschießen, weil kein unverletzter Gegner auf ihm mehr vorhanden war; aber als sie den darüber hinreitenden Adjutanten erblickten, richteten sie die Geschütze auf ihn und schossen ein paar Kugeln herüber. Diese furchtbaren, pfeifenden Töne und der Anblick der ihn umgebenden Leichen wirkten zusammen, um in Rostows Seele ein Gefühl des Schreckens und des Mitleides mit sich selbst wachzurufen. Es fiel ihm der letzte Brief seiner Mutter ein. »Wie würde ihr zumute sein«, dachte er, »wenn sie mich jetzt hier auf diesem Feld sähe, wie die Geschütze auf mich gerichtet sind?«

In dem Dorf Hostieradek befanden sich die russischen Truppen, die vom Kampfplatz abgezogen waren, zwar gleichfalls in Verwirrung, aber doch in etwas besserer Ordnung. Die französischen Geschütze reichten noch nicht bis hierher, und der Schall des Schießens klang nur von fern herüber. Hier waren sich alle bereits darüber klar und sprachen es auch aus, daß die Schlacht verloren war. Aber Rostow mochte sich wenden, an wen er wollte, niemand konnte ihm sagen, wo der Kaiser oder wo Kutusow wäre. Die einen behaupteten, das Gerücht von einer Verwundung des Kaisers sei zutreffend; andere dagegen bestritten es und suchten die Entstehung des unwahren Gerüchtes, das sich verbreitet habe, so zu erklären: Der Oberhofmarschall Graf Tolstoi, der mit den anderen Herren der kaiserlichen Suite auf das Schlachtfeld hinausgeritten sei, sei tatsächlich in dem Wagen des Kaisers mit blassem, verstörtem Gesicht von dort in größter Eile wieder zurückgefahren. Von einem Offizier hörte Rostow, er habe hinter dem Dorf links einen der höheren Kommandeure gesehen, und Rostow ritt dorthin, nicht weil er noch gehofft hätte, jemand zu finden, sondern nur zur Beruhigung seines eigenen Gewissens. Nachdem er drei Werst geritten war und die letzten russischen Truppen hinter sich gelassen hatte, erblickte er in der Nähe eines Obstgartens, der mit einem Graben umgeben war, zwei Reiter, die nicht weit von dem Graben, diesem zugewendet, hielten. Der eine, mit einem weißen Federbusch auf dem Hut, kam Rostow bekannt vor, ohne daß er eigentlich wußte warum; der andere ihm unbekannte Reiter, der auf einem schönen Fuchs saß (hier glaubte Rostow nun wieder das Pferd zu kennen), ritt an den Graben heran, gab dem Pferd die Sporen, ließ ihm die Zügel und setzte leicht und behend über den Graben. Nur etwas Erde stießen die Hinterhufe des Pferdes von der Böschung hinunter. Dann warf er sein Pferd kurz herum, sprang wieder über den Graben zurück und wandte sich respektvoll an den Reiter mit dem weißen Federbusch; offenbar forderte er ihn auf, dasselbe zu tun. Der erste Reiter, dessen Gestalt Rostow bekannt vorgekommen war und unwillkürlich seine Aufmerksamkeit fesselte, machte mit dem Kopf und der Hand eine verneinende Gebärde, und an dieser Gebärde erkannte Rostow augenblicklich seinen beweinten, angebeteten Kaiser.

»Aber er kann es nicht sein, hier so ganz allein mitten auf diesem menschenleeren Feld!« dachte Rostow. In diesem Augenblick wendete Alexander den Kopf, und Rostow erblickte die geliebten Züge, die sich so tief seinem Gedächtnis eingeprägt hatten. Der Kaiser war blaß; seine Wangen waren eingefallen; die Augen lagen tief in ihren Höhlen; aber um so milder und anziehender erschienen seine Züge. Rostow war glücklich, sich überzeugt zu haben, daß das Gerücht von einer Verwundung des Kaisers unzutreffend war. Er war glücklich, ihn zu sehen. Er wußte: Erdurfte, ja mußte sich unmittelbar an ihn wenden und an ihn ausrichten, was Fürst Dolgorukow ihm auszurichten befohlen hatte.

Aber wie ein verliebter Jüngling zittert und bangt, wenn der lang ersehnte Augenblick endlich gekommen ist und er »ihr« unter vier Augen gegenübersteht, und wie er nicht wagt, das auszusprechen, was er sich in schlaflosen Nächten zurechtgelegt hat, sondern erschrocken um sich blickt und Hilfe oder eine Möglichkeit des Aufschubs und der Flucht sucht: So wußte auch Rostow jetzt, wo er das erreicht hatte, was sein größter Wunsch auf der Welt gewesen war, nicht, wie er sich dem Kaiser nähern sollte, und es traten ihm tausend Gründe entgegen, weshalb dies unangemessen, unpassend und unmöglich sei.

»Nein! Es würde ja scheinen, als freute ich mich, diese Gelegenheit benutzen zu können, wo er allein und niedergeschlagen ist. Die Anwesenheit jeder fremden Person muß ihm in diesem Augenblick des Kummers unangenehm und peinlich sein; und dann: Was könnte ich jetzt zu ihm sagen, wo mir schon bei seinem bloßen Anblick der Herzschlag aussetzt und Lippen und Gaumen trocken werden?« Von all den zahllosen Ansprachen an den Kaiser, die er sich in Gedanken zurechtgelegt hatte, kam ihm jetzt keine einzige ins Gedächtnis. Diese Ansprachen sollten unter ganz anderen Verhältnissen gehalten werden; sie sollten größtenteils in Augenblicken des Sieges und Triumphes gesprochen werden, und ganz besonders, wenn er infolge der empfangenen Wunden auf dem Sterbebett liegen und der Kaiser ihm für sein heldenhaftes Verhalten danken würde; dann wollte er ihm sterbend seine durch die Tat bekräftigte Liebe aussprechen.

»Und dann: Wie könnte ich jetzt noch den Kaiser nach seinen Befehlen für den rechten Flügel fragen, wo es doch schon drei Uhr vorbei und die Schlacht verloren ist? Nein, ich darf unter keinen Umständen zu ihm heranreiten. Ich darf ihn in seinen trüben Gedanken nicht stören. Lieber tausendmal sterben als einen zürnenden Blick von ihm erhalten und eine üble Meinung bei ihm erwecken!« sagte sich Rostow und ritt mit Trauer und Verzweiflung im Herzen fort, indem er sich beständig nach dem Kaiser umblickte, der noch immer in derselben unentschlossenen Haltung bei dem Graben zu Pferd saß.

Während Rostow diese Erwägungen anstellte und dann traurigen Herzens von dem Kaiser fortritt, kam zufällig der Hauptmann von Toll zu Pferd in dieselbe Gegend, ritt, sobald er den Kaiser erblickte, geradewegs auf ihn zu, bot ihm seine Dienste an und war ihm behilflich, den Graben zu Fuß zu überschreiten. Der Kaiser, der sich unwohl fühlte und sich zu erholen wünschte, setzte sich unter einen Apfelbaum, und Toll blieb neben ihm stehen. Rostow sah von weitem mit Neid und Reue, wie von Toll lange und eifrig zum Kaiser sprach, und wie der Kaiser, der offenbar in Tränen ausbrach, die Augen mit der Hand bedeckte und dem Hauptmann die Hand drückte.

»Und ich hätte an seiner Stelle sein können!« dachte Rostow bei sich, und kaum imstande, die Tränen des Mitleids mit dem Schicksal des Kaisers zurückzuhalten, ritt er in voller Verzweiflung weiter, ohne zu wissen, wohin er ritt, und was sein Ritt jetzt noch für einen Zweck hatte.

Seine Verzweiflung war um so heftiger, da er fühlte, daß lediglich seine eigene Schwachmütigkeit an seinem Kummer schuld war.

Er hätte zum Kaiser heranreiten können … er hätte es nicht nur tun können, nein, es wäre sogar seine Pflicht gewesen. Dies war nun die einzige Gelegenheit gewesen, dem Kaiser seine Ergebenheit zu bezeigen, und diese Gelegenheit hatte er nicht benutzt … »Was habe ich getan?« dachte er. Er wendete sein Pferd und jagte wieder nach der Stelle zurück, wo er den Kaiser gesehen hatte; aber es war niemand mehr jenseits des Grabens. Nur Militärfuhrwerke und Equipagen fuhren auf der Landstraße. Von dem Lenker eines der ersteren erfuhr Rostow, daß Kutusows Stab sich nicht weit davon in dem Dorf befinde, wohin die Fuhrwerke fahren würden. Rostow ritt hinter ihnen her.

Vor ihm ging ein Reitknecht Kutusows, der mehrere mit Decken versehene Pferde führte. Hinter dem Reitknecht fuhr ein Fuhrwerk, und hinter dem Fuhrwerk ging ein alter Leibeigener, mit krummen Beinen, in einem Halbpelz, eine Mütze auf dem Kopf.

»Tit, he, Tit!« sagte der Reitknecht.

»Was willst du?« erwiderte der Alte gedankenlos.

»Tit, Tit, Tit! Hast du Appetit, tit, tit?«

»Schäm dich was, du Dummrian, pfui!« sagte der Alte und spuckte ärgerlich aus. Es verging einige Zeit, in der sie schweigend weiterzogen; dann wiederholte sich derselbe Spaß.

*

Um fünf Uhr war die Schlacht überall verloren. Mehr als hundert Geschütze der Verbündeten befanden sich bereits in der Gewalt der Franzosen.

Przebyszewski mit seinem Korps hatte die Waffen gestreckt. Die anderen Abteilungen hatten ungefähr die Hälfte ihrer Leute verloren und zogen sich in ungeordneten, buntgemischten Haufen zurück.

Die durcheinandergeratenen Überreste der Truppen Langerons und Dochturows drängten sich auf den Dämmen und an den Ufern der Teiche bei dem Dorf Aujesd.

Nach fünf Uhr war nur noch bei dem Damm von Aujesd eine heftige, unbeantwortete Kanonade der Franzosen zu hören, welche eine aus vielen Geschützen bestehende Batterie auf dem Abhang der Pratzener Höhen aufgestellt hatten und von dort unsere auf dem Rückzug befindlichen Truppen beschossen.

In der Arrieregarde sammelten Dochturow und andere Führer ihre Bataillone und verteidigten sich durch Gewehrfeuer gegen die französische Kavallerie, welche die Unsrigen verfolgte. Die Abenddämmerung senkte sich herab. Auf dem schmalen Damm bei Aujesd, auf welchem so viele Jahre lang friedlich der alte Müller, die Zipfelmütze auf dem Kopf, mit seiner Angel gesessen hatte, während sein Enkel mit aufgestreiften Hemdsärmeln in der Gießkanne unter den silberglänzenden, zappelnden Fischen umhergriff, auf diesem Damm, auf dem so viele Jahre lang friedlich die mährischen Bauern, in blauen Jacken, mit zottigen Mützen auf ihren zweispännigen, mit Weizen beladenen Fuhrwerken zur Mühle gefahren und, mit Mehl bepudert, mit weißer Ladung von der Mühle weggefahren waren: Auf diesem schmalen Damm drängten sich jetzt zwischen Wagen und Kanonen, unter den Pferden und zwischen den Rädern eine Menge Menschen, die Gesichter von Todesangst entstellt, erdrückten einander, starben, schritten über Sterbende hinweg und töteten einander, nur um nach wenigen Schritten selbst in gleicher Weise getötet zu werden.

Alle zehn Sekunden fühlte man, wie die Luft zusammengedrückt wurde, und es fiel entweder eine klatschende Kanonenkugel oder eine platzende Granate mitten in diese dichtgedrängte Menschenmasse hinein, tötete einen oder mehrere und bespritzte die Nächststehenden mit Blut. Dolochow, der an der Hand verwundet war, ging mit etwa einem Dutzend Soldaten seiner Kompanie (er war bereits wieder Offizier) zu Fuß; sie und der Regimentskommandeur, der zu Pferd saß, bildeten den gesamten Rest des Regiments. Von dem Gewühl mit fortgezogen, hatten sie sich in den Eingang zum Damm hineingedrängt und mußten jetzt, von allen Seiten gepreßt, stehenbleiben, weil weiter vorn ein Pferd von der Bespannung einer Kanone gefallen war und die Menge sich bemühte, es aus dem Weg zu ziehen. Eine Kanonenkugel tötete jemand hinter ihnen; eine andere schlug vor ihnen ein, so daß Dolochow mit Blut bespritzt wurde. Die Menge drängte wie rasend vorwärts, preßte sich zusammen, rückte einige Schritte vor und mußte dann wieder stehenbleiben.

»Komme ich noch diese hundert Schritte vorwärts, so bin ich wahrscheinlich gerettet; bleibe ich hier noch zwei Minuten stehen, so ist mein Untergang so gut wie sicher«, dachte ein jeder.

Dolochow, der mitten in der Menschenmasse stand, drängte sich, zwei Soldaten umstoßend, an den Rand des Dammes und lief auf das glatte Eis, das den Teich bedeckte.

»Lenkt hierher!« schrie er, auf dem Eis in die Höhe springend, das unter ihm knisterte. »Lenkt hierher!« schrie er der Mannschaft des Geschützes zu. »Es hält ...!«

Das Eis trug ihn; aber es bog sich und knisterte, und es war klar, daß es bald unter ihm brechen werde und nun gar für ein Geschütz oder eine größere Menschenmenge bei weitem nicht stark genug war. Die Leute blickten zu ihm hin und drängten sich an das Ufer, mochten sich aber noch nicht entschließen, auf das Eis zu gehen. Der Regimentskommandeur, der zu Pferd am Eingang zum Damm hielt, hob den Arm in die Höhe und öffnete den Mund, um Dolochow etwas zuzurufen. Plötzlich pfiff eine Kanonenkugel so niedrig über die Menge hin, daß alle sich duckten. Es klatschte etwas in eine feuchte, weiche Masse, und der General mit seinem Pferd sank in eine sich sofort bildende Blutlache nieder. Niemand sah zu ihm hin, niemand kam es in den Sinn, ihn aufzuheben.

»Geht doch aufs Eis! Geht doch übers Eis! Vorwärts! Lenk doch aufs Eis! Hörst du denn nicht! Vorwärts!« riefen auf einmal, nachdem die Kanonenkugel den General getroffen hatte, zahllose Stimmen, ohne daß die Leute selbst wußten, was und warum sie schrien.

Eines der hinten befindlichen Geschütze machte, als es auf den Damm kam, Anstalten, auf das Eis zu lenken. Die Soldaten begannen scharenweise vom Damm auf den zugefrorenen Teich zu laufen. Unter einem der vordersten von ihnen brach das Eis, und er fuhr mit dem einen Bein in das Wasser; bei dem Versuch, wieder zurechtzukommen, sank er bis an den Gürtel ein. Die nächsten Soldaten schraken zurück, und der Vorderreiter des Geschützes hielt sein Pferd an; aber von hinten her wurde immer noch geschrien: »Geht doch aufs Eis! Was steht ihr? Vorwärts! Vorwärts!« Schreckensrufe wegen der Kanonenkugeln ertönten aus der Menge. Die Artilleristen, die das Geschütz umgaben, schwenkten die Arme gegen die Pferde und schlugen sie, damit sie seitwärts abbögen und dann leichter vorwärts kämen. Die Pferde gingen vom Ufer hinunter. Das Eis, das die Fußgänger noch getragen hatte, brach in weiter Ausdehnung ein; etwa vierzig Menschen, die sich an dieser Stelle auf dem Eis befanden, stürzten, um sich zu retten, teils vorwärts, teils zurück, zogen sich gegenseitig ins Wasser und ertranken.

Die Kanonenkugeln kamen fortwährend mit vollständiger Regelmäßigkeit pfeifend herangeflogen und fielen klatschend auf das Eis, ins Wasser und am häufigsten in die Menschenmenge, die den Damm, den Teich und das Ufer bedeckte.

XIX

Auf der Höhe von Pratzen, an derselben Stelle, wo er mit der Fahne in der Hand gefallen war, lag Fürst Andrei Bolkonski; er verlor viel Blut und stöhnte, ohne sich dessen selbst bewußt zu sein, leise und kläglich nach Art eines Kindes.

Gegen Abend hörte er auf zu stöhnen und wurde vollständig still. Er wußte nicht, wie lange dieser Zustand der Bewußtlosigkeit gedauert hatte; aber plötzlich fühlte er wieder, daß er lebte und daß ihn ein brennender Schmerz quälte; es war ihm, als wäre ihm etwas im Kopf zerrissen.

»Wo ist er, dieser hohe Himmel, den ich bisher nicht gekannt hatte und heute zum erstenmal gesehen habe?« Das war sein erster Gedanke. »Auch diesen Schmerz hatte ich bisher nicht gekannt«, dachte er. »Ja, ich habe bisher nichts gekannt, gar nichts. Aber wo bin ich?«

Er begann zu horchen und vernahm das Geräusch sich nähernder Hufschläge und Stimmen, die Französisch sprachen. Er öffnete die Augen. Über ihm war wieder derselbe hohe Himmel mit den Wolken, die sich noch höher hinaufgezogen hatten und leise dahinzogen, und zwischen denen er hineinblickte in die blaue Unendlichkeit. Er drehte den Kopf nicht um und sah die Menschen nicht, die, nach dem Klang der Hufschläge und der Stimmen zu urteilen, zu ihm herangeritten kamen und in der Nähe anhielten.

Die herbeigekommenen Reiter waren Napoleon und zwei ihn begleitende Adjutanten. Bonaparte, der das Schlachtfeld beritt, gab die letzten Befehle über die Verstärkung der Batterien, die den Damm von Aujesd beschossen, und besichtigte die Gefallenen und Verwundeten, die auf dem Schlachtfeld geblieben waren.

»Prächtige Leute!« sagte Napoleon, indem er einen getöteten russischen Grenadier betrachtete, der, das Gesicht in die Erde gedrückt, den sonnengebräunten Nacken nach oben, auf dem Bauch dalag und den einen Arm, der schon starr geworden war, weit von sich streckte.

»Die Munition der Positionsgeschütze ist erschöpft, Sire!« meldete in diesem Augenblick ein Adjutant, der von den Batterien herübergeritten kam, welche die Gegend von Aujesd beschossen.

»Lassen Sie die von der Reserve herbeischaffen«, antwortete Napoleon, ritt einige Schritte weiter und hielt dicht vor dem Fürsten Andrei, der auf dem Rücken dalag mit der hingesunkenen Fahnenstange neben sich (die Fahne selbst hatten die Franzosen schon als Trophäe mitgenommen).

»Ein schöner Tod!« sagte Napoleon, indem er den Fürsten Andrei betrachtete.

Fürst Andrei merkte, daß dies mit Bezug auf ihn gesagt wurde, und daß der Redende Napoleon war; er hatte gehört, daß derjenige, der diese Worte gesprochen hatte, Sire genannt worden war. Aber er hörte diese Worte so achtlos, wie wenn er das Summen einer Fliege hörte. Er interessierte sich nicht für diese Worte, ja, er merkte nicht einmal darauf, sondern vergaß sie sofort wieder. Der Kopf brannte ihm; er fühlte, wie sein Blut dahinfloß, und er sah über sich den fernen, hohen, ewigen Himmel. Er wußte, daß der Mann, der da vor ihm zu Pferd hielt, Napoleon war, sein Held; aber in diesem Augenblick erschien ihm Napoleon als ein so kleiner, nichtiger Mensch im Vergleich mit alledem, was jetzt zwischen seiner Seele und diesem hohen, unendlichen Himmel mit den darüber hinziehenden Wolken vorging. Es war ihm in diesem Augenblick vollkommen gleichgültig, wer da vor ihm stand, und was er von ihm sagte; nur darüber freute er sich, daß Menschen bei ihm standen, und er wünschte nur, daß diese Menschen ihm helfen und ihn dem Leben wiedergeben möchten, das ihm so schön erschien, weil er es jetzt so ganz anders verstand als früher. Er nahm alle seine Kräfte zusammen, um sich zu bewegen und einen Laut von sich zu geben. Er regte ein wenig das Bein und stieß ein schwaches, schmerzliches Stöhnen aus, das ihn selbst rührte.

»Ah, er lebt noch!« sagte Napoleon. »Lassen Sie den jungen Mann aufheben und zum Verbandsplatz bringen.«

Nach diesen Worten ritt Napoleon weiter, dem Marschall Lannes entgegen, der, den Hut in der Hand, lächelnd herbeigeritten kam und den Kaiser zu seinem Sieg beglückwünschte.

Für das, was sich weiter ereignete, hatte Fürst Andrei nachher keine Erinnerung: Er hatte das Bewußtsein verloren infolge des furchtbaren Schmerzes, den ihm das Hinauflegen auf die Tragbahre, die Stöße während des Transportes und das Sondieren der Wunde auf dem Verbandsplatz verursachten. Er kam erst am Ende des Tages wieder zu sich, als er nebst anderen verwundeten und gefangenen russischen Offizieren in das Hospital geschafft wurde. Auf diesem Transport fühlte er sich ein wenig besser und war imstande, sich umzusehen und sogar zu reden.

Die ersten Worte, die er hörte, als er wieder zur Besinnung gekommen war, waren die Worte des den Transport leitenden französischen Offiziers, der hastig sagte:

»Wir müssen hier haltmachen; der Kaiser kommt sogleich vorbei, und es wird ihm Vergnügen bereiten, diese gefangenen Herren zu sehen.«

»Es sind heute so viele, fast die ganze russische Armee wurde gefangengenommen, daß ihm die Sache gewiß schon langweilig geworden ist«, sagte ein anderer Offizier.

»Na, wollen es trotzdem tun! Dieser hier ist, wie es heißt, der Kommandeur der ganzen Garde des Kaisers Alexander«, sagte der erste und wies auf einen verwundeten russischen Offizier in der weißen Uniform der Chevaliergarde.

Bolkonski erkannte den Fürsten Repnin, mit dem er in Petersburg auf Gesellschaften zusammengetroffen war. Neben ihm stand ein anderer, gleichfalls verwundeter Offizier der Chevaliergarde, ein junger Mensch von neunzehn Jahren.

Bonaparte kam im Galopp herangesprengt und hielt sein Pferd an.

»Wer ist der höchste im Rang?« fragte er, die Gefangenen musternd.

Man bezeichnete ihm als solchen den Obersten Fürst Repnin.

»Sie sind der Kommandeur des Chevaliergarde-Regiments des Kaisers Alexander?« fragte Napoleon.

»Ich habe eine Eskadron kommandiert«, antwortete Repnin.

»Ihr Regiment hat ehrenhaft seine Schuldigkeit getan«, sagte Napoleon.

»Das Lob eines großen Feldherrn ist der schönste Lohn für einen Soldaten«, erwiderte Repnin.

»Ich spreche Ihnen mit Freuden meine Anerkennung aus«, sagte Napoleon. »Wer ist der junge Mann neben Ihnen?«

Fürst Repnin nannte den Leutnant Suchtelen.

Napoleon blickte ihn an und sagte lächelnd:

»Er hat in sehr jungen Jahren mit uns angebunden.«

»Die Jugend hindert niemanden, tapfer zu sein«, antwortete Suchtelen mit stockender Stimme.

»Eine vortreffliche Antwort!« sagte Napoleon. »Sie werden es noch einmal weit bringen, junger Mann!«

Um die Siegestrophäen zu vervollständigen, war auch Fürst Andrei in der vordersten Reihe der Gefangenen dem Kaiser zur Schau gestellt und fesselte unwillkürlich dessen Aufmerksamkeit. Napoleon erinnerte sich offenbar, daß er ihn auf dem Schlachtfeld gesehen hatte, und bediente sich jetzt, wo er sich zu ihm wandte, derselben Bezeichnung »junger Mann«, unter der sich Bolkonski beim erstenmal seinem Gedächtnis eingeprägt hatte.

»Nun, und Sie, junger Mann?« redete er ihn an. »Wie fühlen Sie sich, mon brave?«

Obwohl Fürst Andrei fünf Minuten vorher imstande gewesen war, zu den Soldaten, die ihn trugen, einige Worte zu sagen, schwieg er jetzt, die Augen gerade auf Napoleon gerichtet.

Alle die Interessen, die den Kaiser beschäftigten, erschienen ihm in diesem Augenblick so nichtig, sein Held selbst kam ihm so unbedeutend vor mit dieser kleinlichen Eitelkeit und Siegesfreude im Vergleich mit jenem hohen, gerechten, guten Himmel, den er gesehen und verstanden hatte, daß er es nicht vermochte, ihm zu antworten.

Und überhaupt erschien ihm alles, alles so wertlos und nichtig gegenüber jener ernsten, erhabenen Gedankenreihe, welche die Abnahme seiner Kräfte infolge des Blutverlustes, der Schmerz und der Hinblick auf den nahen Tod in seiner Seele hervorgerufen hatten. Während Fürst Andrei dem Kaiser Napoleon in die Augen sah, dachte er an die Nichtigkeit menschlicher Größe und an die Nichtigkeit des Lebens, dessen Sinn und Bedeutung niemand begreifen kann, und an die noch größere Nichtigkeit des Todes, dessen wahres Wesen kein Lebender zu verstehen und einem andern zu erklären vermag.

Der Kaiser wandte sich, nachdem er vergebens auf eine Antwort gewartet hatte, ab und sagte, ehe er wegritt, noch zu einem der höheren Offiziere:

»Veranlassen Sie, daß für diese Herren gut gesorgt wird und daß sie in mein Biwak gebracht werden; mein Arzt Larrey soll ihre Wunden untersuchen. Auf Wiedersehen, Fürst Repnin!« Er gab seinem Pferd die Sporen und galoppierte weiter.

Sein Gesicht glänzte von Selbstzufriedenheit und von Freude über sein Glück.

Die Soldaten, die den Fürsten Andrei getragen und ihm das silberne, einst von der Prinzessin Marja ihrem Bruder umgehängte Heiligenbildchen abgenommen hatten, das ihnen vor die Augen gekommen war, beeilten sich jetzt, es ihm wiederzugeben, da sie sahen, mit welcher Freundlichkeit der Kaiser die Gefangenen behandelte.

Fürst Andrei sah nicht, von wem und wie es ihm wieder umgehängt war; aber auf einmal befand sich das Heiligenbild an der feinen silbernen Kette auf seiner Brust über der Uniform.

»Ja, es wäre schön«, dachte Fürst Andrei, während er dieses Heiligenbild betrachtete, das ihm seine Schwester in so tiefer Empfindung und inniger Frömmigkeit umgehängt hatte, »es wäre schön, wenn alles so klar und einfach wäre, wie es sich meine Schwester Marja denkt. Wie schön wäre es, wenn man wüßte, wo man in diesem Leben Hilfe suchen kann, und was man nach diesem Leben dort jenseits des Grabens zu erwarten hat. Wie glücklich und ruhig würde ich sein, wenn ich jetzt sagen könnte: Herr, erbarme dich meiner ...! Aber zu wem soll ich das sagen? Ist jene unbestimmte, unbegreifliche Kraft, an die ich mich nicht wenden, ja, die ich nicht einmal mit Worten bezeichnen kann, das große All oder das große Nichts, ist das wirklich jener Gott, den Marja hier auf dieses Weihrauchkissen festgenäht hat? Es gibt nichts Gewisses, nichts Gewisses, als daß alles, was ich begreifen kann, nichtig ist, und daß etwas Unbegreifliches gewaltig groß, ja das Allerwichtigste ist!«

Die Tragbahre wurde in Bewegung gesetzt. Bei jedem Stoß fühlte er wieder einen unerträglichen Schmerz; das Fieber wurde schlimmer, und er begann irre zu reden. Gedanken an seinen Vater, an seine Frau, an seine Schwester und an seinen erhofften Sohn, dann die zärtlichen Empfindungen, die ihn in der Nacht vor der Schlacht erfüllt hatten, ferner die Gestalt Napoleons, dieses kleinlichen, nichtigen Menschen, und über dem allem der hohe Himmel: Das waren die Hauptgegenstände seiner Fieberphantasien.

Das stille Leben und das ruhige Familienglück in Lysyje-Gory stellte sich seinem geistigen Blick dar. Schon schickte er sich an, dieses Glück zu genießen, da erschien plötzlich der kleinliche Napoleon mit seinem Egoismus, seinem beschränkten Gesichtskreis und seiner aus dem Unglück anderer Menschen erwachsenden Freude, und dann begannen die Zweifel und die Qualen, und nur der Himmel versprach Beruhigung. Gegen Morgen vermengten sich alle diese Phantasien miteinander und flossen zu einem dunklen Chaos der Bewußtlosigkeit und Selbstvergessenheit zusammen, ein Zustand, von welchem Napoleons Arzt Larrey meinte, es sei wahrscheinlicher, daß er mit dem Tod, als daß er mit der Genesung enden werde.

»Er ist ein nervöses, galliges Individuum«, sagte Larrey. »Er wird nicht durchkommen.«

Fürst Andrei wurde dann mit anderen hoffnungslos Verwundeten der Fürsorge der Einwohner überlassen.

Zweiter Band

ERSTER TEIL

I

Zu Anfang des Jahres 1806 kehrte Nikolai Rostow auf Urlaub nach Hause zurück. Denisow fuhr ebenfalls nach seiner Heimat, nach Woronesch, und Rostow hatte ihn überredet, mit ihm nach Moskau zu fahren und bei ihnen zu logieren. Auf der vorletzten Station hatte Denisow einen Kameraden getroffen, mit ihm drei Flaschen Wein getrunken und lag nun, als sie sich Moskau näherten, trotz des holperigen Weges in festem Schlaf auf dem Boden des Postschlittens. Neben ihm saß Rostow, der, je näher sie seiner Vaterstadt kamen, immer mehr in ungeduldige Aufregung geriet.

»Sind wir denn noch nicht bald da? Oh, diese unerträglich langen Straßen, diese Kaufläden, Bäckereien, Laternen und Droschken!« dachte Rostow, als sie bereits am Schlagbaum sich als beurlaubt eingetragen hatten und in Moskau einfuhren.

»Denisow, wir sind da! Er schläft!« sagte er und bog sich mit dem ganzen Leib nach vorn, wie wenn er durch diese Haltung die Bewegung des Schlittens zu beschleunigen hoffte.

Denisow antwortete nicht.

»Da ist die Straßenecke, wo immer der Droschkenkutscher Sachar seinen Stand hatte. Und da ist auch Sachar selbst, und er hat immer noch dasselbe Pferd! Und da ist auch der Laden, wo wir uns Pfefferkuchen zu kaufen pflegten. Nur schnell, nur schnell!«

»Nach welchem Haus?« fragte der Postkutscher.

»Da ganz am Ende, nach dem großen Haus, siehst du es? Das ist unser Haus«, sagte Rostow. »Ja, das ist unser Haus! Denisow! Denisow! Wir sind gleich da!«

Denisow hob den Kopf in die Höhe und räusperte sich, gab aber keine Antwort.

»Dmitri«, wandte sich Rostow an den Diener, der auf dem Schlittenrand saß. »Da ist ja bei uns Licht?«

»Jawohl, gewiß; auch der Herr Papa hat Licht in seinem Zimmer.«

»Sie haben sich also wohl noch nicht hingelegt? Was meinst du? Daß du mir ja nicht vergißt, mir gleich meinen neuen Dolman auszupacken« fügte Rostow hinzu und befühlte seinen neuen Schnurrbart.

»Na, nun fahr doch tüchtig zu!« trieb er den Kutscher an. »Aber so wach doch auf, Waska!« rief er seinem Reisegefährten zu, der schon wieder den Kopf sinken ließ. »Fahr schnell, du bekommst drei Rubel Trinkgeld, schnell!« rief Rostow, als der Schlitten nur noch drei Häuser weit von der Tür seines elterlichen Hauses entfernt war. Es kam ihm vor, als ob die Pferde nicht vom Fleck kämen. Endlich bog der Schlitten nach rechts zur Haustür ab; Rostow erblickte über seinem Kopf das bekannte Gesims mit dem abgebröckelten Stuck; er erblickte die Stufen vor der Haustür und den Prellpfahl beim Trottoir. Noch im Fahren sprang er aus dem Schlitten und lief in den Hausflur hinein. Das Haus blieb ohne ein Zeichen freundlicher Bewillkommnung steif und starr stehen, als machte es sich gar nichts aus seiner Ankunft. Im Flur war niemand. »Mein Gott, es wird doch nichts Schlimmes passiert sein?« dachte Rostow, machte mit beklommenem Herzen einen Augenblick halt, lief dann aber sofort weiter durch den Flur und die ihm so wohlbekannten schiefgewordenen Stufen hinan. Die Türklinke, über deren Unsauberkeit die Gräfin so oft schalt, war noch unverändert und bewegte sich beim Öffnen der Tür noch ebenso lautlos wie früher. Im Vorzimmer brannte ein einziges Talglicht.

Der alte Michail lag auf dem Schlafkasten und schlief. Prokofi, der Wagenlakai, der so stark war, daß er die Kutsche am Hintergestell aufheben konnte, saß und flocht Schuhe aus Tuchkanten. Er blickte nach der sich öffnenden Tür hin, und seine gleichgültige, schläfrige Miene verwandelte sich auf einmal in eine erschrockene und entzückte.

»Alle lieben Heiligen! Der junge Graf!« rief er, den jungen Herrn erkennend. »Wie geht das denn zu? Liebster, bester Herr!« Und Prokofi stürzte, vor Aufregung zitternd, nach der Tür zu den inneren Räumen, offenbar um im Salon Meldung zu machen; aber dann wurde er, wie es schien, anderen Sinnes, kehrte wieder um und küßte seinem jungen Herrn die Schulter und die Hand.

»Sind sie alle gesund?« fragte Rostow und entzog ihm seine Hand.

»Jawohl, Gott sei Dank; alle gesund, Gott sei Dank! Sie haben eben Abendbrot gegessen. Lassen Sie sich doch einmal ansehen, Euer Erlaucht!«

»Und alles im gewohnten Gleise?«

»Jawohl, Gott sei Dank, Gott sei Dank!«

Seinen Freund Denisow hatte Rostow völlig vergessen; er wollte nicht, daß seine Ankunft den Seinigen vorher gemeldet würde, warf daher seinen Pelz hin und lief auf den Zehen in den großen Saal, in welchem kein Licht war. Alles war unverändert: dieselben Lombertische, derselbe Kronleuchter in seiner Umhüllung. Aber offenbar hatte doch jemand den jungen Herrn gesehen; denn er war noch nicht durch den Saal bis zum Salon gelaufen, als ungestüm wie ein Sturmwind etwas aus einer Seitentür herausgeflogen kam, ihn umarmte und sein Gesicht mit Küssen bedeckte. Noch ein zweites, ein drittes derartiges Wesen sprang aus einer andern und einer dritten Tür heraus; noch mehr Umarmungen, noch mehr Küsse, noch mehr Freudenrufe und Freudentränen! Er konnte nicht unterscheiden, wo und wer der Papa war, wer Natascha war, wer Petja. Alle schrien, redeten und küßten ihn gleichzeitig. Nur die Mutter war nicht darunter; dessen war er sich bewußt.

»Und ich wußte gar nicht … Lieber Nikolai … Mein Bester!«

»Da haben wir ihn wieder … unsern lieben Nikolai …! Du Guter, Lieber …! Aber wie hast du dich verändert! Aber es ist ja kein Licht da! Bringt doch Licht! Und sorgt auch für Tee!«

»Küß mich doch!«

»Mein Herzensnikolai … mich auch!«

Sonja, Natascha, Petja, Anna Michailowna, Wjera und der alte Graf umarmten ihn; auch die Diener und die Stubenmädchen hatten sich im Saal und in den Nebenzimmern eingefunden und gaben durch Worte und Interjektionen ihrer Freude Ausdruck.

Petja hängte sich an die Beine seines Bruders.

»Mich auch!« schrie er.

Natascha zog seinen Kopf zu sich herunter und küßte ihn herzlich ab; dann sprang sie von ihm zurück und hüpfte, sich an einem Schoß seines Dolmans haltend, wie eine Ziege immer auf demselben Fleck und kreischte durchdringend.

Ringsum sah er Augen voller Liebe, von Freudentränen glänzend, ringsum Lippen, die ihn zu küssen verlangten.

Sonja, rot wie eine Mohnblume, hielt ebenfalls eine seiner Hände gefaßt, richtete ihren von Glückseligkeit strahlenden Blick nach seinen Augen hin und wartete darauf, daß er sie ansehen werde. Sonja war jetzt bereits sechzehn Jahre alt geworden und war sehr hübsch, namentlich in diesem Augenblick glückseliger, entzückter Erregung. Sie schaute zu ihm hin, ohne die Augen von ihm abzuwenden, lächelnd und mit angehaltenem Atem. Er sah sie dankbar an; aber er wartete immer noch auf jemand und sah sich um. Die alte Gräfin war noch nicht hereingekommen. Aber da ließen sich hinter einer Tür Schritte hören. Indes waren diese Schritte so schnell, daß es nicht die Schritte seiner Mutter sein konnten.

Aber doch war sie es, in einem neuen, dem Sohn unbekannten Kleid, das sie sich während seiner Abwesenheit hatte machen lassen. Alle ließen von ihm ab, und er eilte zu seiner Mutter hin. Als sie beieinander waren, sank sie schluchzend an seine Brust. Sie war nicht imstande, ihr Gesicht in die Höhe zu heben, und drückte es nur gegen das kalte Schnurwerk seines Dolmans. Denisow, der, von niemand bemerkt, ins Zimmer getreten war, stand nicht weit davon und wischte sich bei dem Anblick der beiden die Augen.

»Wasili Denisow, ein Freund Ihres Sohnes«, sagte er, sich dem Grafen vorstellend, der ihn fragend anblickte.

»Seien Sie uns willkommen! Ich kenne Sie bereits«, sagte der Graf, indem er Denisow umarmte und küßte. »Nikolai hat uns viel von Ihnen geschrieben ... Natascha, Wjera, das ist er, Nikolais Freund Denisow.«

Dieselben glückseligen, entzückten Gesichter wandten sich jetzt Denisow zu, und alle umringten ihn.

»Liebster, bester Denisow!« schrie Natascha, die vor Freude gar nicht wußte, was sie tat, sprang zu ihm, umarmte ihn und gab ihm einen Kuß. Alle waren über ein solches Benehmen Nataschas äußerst verlegen. Auch Denisow errötete; aber er lächelte, ergriff Nataschas Hand und küßte sie.

Denisow wurde in ein schnell für ihn zurechtgemachtes Zimmer geleitet; die ganze Familie Rostow aber versammelte sich im Sofazimmer um Nikolai.

Die alte Gräfin saß neben ihm und ließ seine Hand nicht los, die sie alle Augenblicke küßte; die übrigen drängten sich um die beiden, ließen sich nichts von Nikolais Bewegungen, Worten und Blicken entgehen und wandten ihre liebevollen, entzückten Augen nicht von ihm ab. Sein Bruder und seine Schwestern machten sich die Plätze in seiner nächsten Nähe streitig und suchten sie einander wegzukapern; sie zankten sich darum, wer ihm seinen Tee, sein Taschentuch und seine Pfeife bringen solle.

Rostow war sehr glücklich über die Liebe, die ihm bezeigt wurde; aber der erste Augenblick des Wiedersehens war so selig gewesen, daß sein jetziges Glück ihm gering erschien und er immer noch auf etwas Weiteres wartete, das hinzukommen sollte.

Am andern Morgen schliefen die Angekommenen infolge der Ermüdung von der Reise bis gegen zehn Uhr.

In dem davorliegenden Zimmer lagen in bunter Unordnung Säbel, Patronentaschen, Säbeltaschen, geöffnete Koffer und schmutzige Stiefel umher. Zwei Paar geputzte Stiefel mit Sporen waren soeben an die Wand gestellt worden. Die Diener brachten Waschbecken, warmes Wasser zum Rasieren und die gesäuberten Kleider. Es roch nach Tabak und Männern.

»He, Grigori, die Pfeife!« rief Waska Denisows heisere Stimme. »Rostow, steh auf!«

Rostow rieb sich die zusammenklebenden Lider und hob den strubbeligen Kopf vom warmen Kissen in die Höhe.

»Ist es denn schon spät?«

»Jawohl, bald zehn Uhr!« antwortete Nataschas Stimme, und im Nebenzimmer wurde das Rascheln gestärkter Kleider und das Lachen von Mädchenstimmen hörbar, und durch die ein klein wenig offenstehende Tür schimmerte etwas Blaues, Bänder, schwarze Haare und fröhliche Gesichter. Es waren Natascha, Sonja und Petja, welche gekommen waren, um in Erfahrung zu bringen, ob Nikolai schon aufgestanden sei.

»Nikolai, steh auf!« ertönte wieder Nataschas Stimme an der Tür.

»Gleich, gleich!«

Inzwischen hatte Petja im ersten Zimmer die Säbel erblickt und einen davon ergriffen. Er empfand dabei jenes Entzücken, das Knaben im Hinblick auf einen älteren militärischen Bruder zu empfinden pflegen, und vollständig vergessend, daß es sich für die beiden jungen Mädchen nicht schickte, entkleidete Mannspersonen zu sehen, öffnete er die Tür.

»Ist das dein Säbel?« schrie er.

Die Mädchen sprangen zurück. Denisow versteckte mit erschrockenen Augen seine haarigen Beine unter der Bettdecke und blickte hilfesuchend zu seinem Kameraden. Auf Rostows energischen Zuruf kam Petja ins Zimmer herein und machte die Tür hinter sich zu. Von draußen erscholl Gelächter.

»Nikolai, komm doch im Schlafrock heraus«, rief Nataschas Stimme.

»Ist das dein Säbel?« fragte Petja. »Oder der Ihrige?« fügte er hinzu, indem er sich mit ehrfurchtsvollem Respekt an den schnurrbärtigen, schwarzhaarigen Denisow wendete.

Rostow fuhr eilig in die Schuhe, zog den Schlafrock an und ging hinaus. Natascha hatte einen der Sporenstiefel angezogen und stieg gerade in den anderen hinein. Sonja wirbelte sich herum, so daß sich ihr Kleid aufblähte, und wollte sich eben niederhocken, als er hereinkam. Beide Mädchen trugen die gleichen neuen blauen Kleider, beide waren sie frisch, rotwangig und lustig. Sonja lief davon; Natascha aber faßte ihren Bruder unter den Arm und führte ihn ins Sofazimmer, und dort begannen sie nun beide ein eifriges Gespräch. Sie hatten am vorhergehenden Abend noch keine Zeit gefunden, über tausenderlei Kleinigkeiten, die nur für sie beide Interesse haben konnten, einander zu befragen und einander Auskunft zu geben. Natascha lachte bei jedem Wort, das er sagte und das sie sagte, nicht weil das, was sie sagten, lächerlich gewesen wäre, sondern weil ihr fröhlich zumute war und sie ihre Freude nicht zu beherrschen vermochte, die sich dann eben durch Lachen äußerte.

»Ach, wie schön, wie herrlich!« sagte sie zu allem.

Rostow fühlte, wie unter der Einwirkung der warmen Strahlen dieser Liebe zum erstenmal seit einem halben Jahr in seiner Seele und auf seinem Gesicht einer Knospe gleich jenes kindliche Lächeln wieder aufblühte, das ihm seit seinem Abschied aus dem Elternhaus völlig ferngeblieben war.

»Nein, hör mal«, sagte sie. »Bist du jetzt wirklich ganz und gar ein Mann? Ich freue mich furchtbar, daß du mein Bruder bist.« Sie berührte seinen Schnurrbart. »Ich möchte gern wissen, was ihr Männer eigentlich für Menschen seid. Ebensolche wie wir? Nein?«

»Warum ist denn Sonja weggelaufen?« fragte Rostow.

»Ja, das ist eine wunderliche Geschichte! Wie wirst du denn zu Sonja sagen, ›Du‹ oder ›Sie‹?«

»Wie es sich gerade machen wird«, antwortete Rostow.

»Bitte, sage ›Sie‹ zu ihr. Ich werde dir den Grund ein andermal erklären.«

»Was ist denn eigentlich los?«

»Nun, ich kann es dir auch gleich sagen. Du weißt, daß Sonja meine Freundin ist; ich habe sie so lieb, daß ich mir den Arm für sie verbrannt habe. Da, sieh her!«

Sie streifte ihren Musselinärmel auf und zeigte ihm an ihrem langen, magern, zarten Arm unterhalb der Schulter, ziemlich hoch über dem Ellbogen (an einer Stelle, die selbst bei Ballkleidern bedeckt ist), ein rotes Mal.

»Das habe ich mir eingebrannt, um ihr meine Liebe zu beweisen. Ich habe einfach ein Lineal im Feuer heiß gemacht und es dagegengedrückt.«

Sie saßen in ihrem ehemaligen Unterrichtszimmer auf dem Sofa mit den Polsterlehnen, und während Rostow in Nataschas lebenssprühende Augen blickte, fühlte er sich wieder in sein Kinderleben in der Familie zurückversetzt, das niemandem als ihm selbst wichtig und bedeutungsvoll erschienen war, ihm aber die schönsten Genüsse seines Lebens gewährt hatte; und das Verbrennen des Armes mit dem Lineal als Beweis der Liebe erschien ihm nicht als sinnlos: Er verstand es und wunderte sich nicht darüber.

»Aber was denn nun weiter? Ist das alles?« fragte er.

»Na, also solche Freundinnen sind wir, die besten Freundinnen! Na ja, das mit dem Lineal, das war ja eine Dummheit; aber wir sind Freundinnen fürs ganze Leben. Wenigstens sie, wenn sie jemand liebgewinnt, dann ist das auf immer; aber ich bekomme das nicht fertig; ich vergesse immer alles gleich wieder.«

»Nun, und weiter?«

»Ja, so liebt sie mich und dich.«

Natascha wurde auf einmal rot.

»Na, du besinnst dich wohl noch, vor deiner Abreise … Also sie sagt jetzt, dir stehe es frei, das alles zu vergessen … Sie hat zu mir gesagt: ›Ich werde ihn immer lieben; aber er soll frei sein.‹ Hab ich nicht recht, daß das edel und vornehm gedacht ist? Nicht wahr? Nicht wahr? Sehr vornehm? Ja?« fragte Natascha ernst und aufgeregt; es war zu merken, daß sie das, was sie jetzt sagte, schon früher unter Tränen gesagt hatte.

Nikolai schwieg ein Weilchen, in Gedanken vertieft.

»Ich nehme ein gegebenes Wort niemals zurück«, sagte er dann. »Und außerdem ist Sonja ein so reizendes Wesen, daß nur ein Tor auf ein solches Glück verzichten könnte.«

»Nein, nein«, rief Natascha. »Ich habe darüber schon mit ihr gesprochen. Wir wußten, daß du das sagen würdest. Aber das geht nicht; denn, verstehst du, wenn du so redest, dich durch dein Wort für gebunden hältst, dann käme es ja so heraus, als hätte sie das absichtlich gesagt. Es hätte dann den Anschein, als heiratetest du sie nur gezwungen; es wäre dann alles nicht so, wie es sein sollte.«

Rostow sah ein, daß die beiden Mädchen das alles wohl erwogen hatten. Sonja hatte ihn schon gestern durch ihre Schönheit überrascht. Und heute, wo er sie nur flüchtig gesehen hatte, war sie ihm noch schöner erschienen. Sie war ein reizendes sechzehnjähriges Mädchen, das ihn offenbar leidenschaftlich liebte (daran zweifelte er keinen Augenblick). Warum sollte er sie da nicht jetzt lieben und später sogar heiraten? dachte Rostow. Aber jetzt hatte er freilich noch so viele andere Freuden und Beschäftigungen! »Ja, die beiden Mädchen haben das alles wohl erwogen«, dachte er. »Ich muß frei bleiben.«

»Na schön«, sagte er. »Wir wollen ein andermal weiter darüber reden. Ach, wie freue ich mich, wieder mit dir zusammen zu sein!« fügte er hinzu. »Aber wie steht es mit dir? Bist du deinem Boris auch nicht untreu geworden?«

»Ach, Dummheiten!« rief Natascha lachend. »Ich denke weder an ihn noch sonst an jemand und will von niemand etwas wissen.«

»Nun, sieh einmal an! Was ist denn eigentlich mit dir?«

»Mit mir?« erwiderte Natascha, und ein glückseliges Lächeln verklärte ihr Gesicht. »Hast du Duport gesehen?«

»Nein.«

»Den berühmten Duport, den Tänzer, hast du nicht gesehen? Nun, dann wirst du mich auch nicht verstehen. Sieh einmal her, was ich kann!«

Natascha faßte, die Arme kreisförmig biegend, ihr Kleid, so wie das die Ballettänzerinnen tun, lief einige Schritte weg, wirbelte herum, machte einen Entrechat, schlug mit den Beinen aneinander und ging einige Schritte auf den äußersten Spitzen der Füßc.

»So stehe ich! Siehst du wohl?« sagte sie; aber sie konnte sich nicht lange so auf den Zehen halten. »Siehst du, das kann ich! Ich werde nie heiraten, sondern Tänzerin werden. Aber du darfst es niemand sagen.«

Rostow lachte so laut und lustig los, daß Denisow in seinem Zimmer ordentlich neidisch wurde. Auch Natascha konnte sich nicht bezwingen und lachte mit ihm zugleich.

»War es aber nicht gut?« fragte sie mehrmals dazwischen.

»Gewiß! Sehr gut! Also Boris willst du nicht mehr heiraten?«

Natascha wurde dunkelrot.

»Ich will niemand heiraten. Das will ich auch ihm selbst sagen, sobald ich ihn wiedersehe.«

»Na, nun sieh einmal an!« sagte Rostow.

»Aber das ist alles nur dummes Zeug«, plauderte Natascha weiter. »Sag mal, ist Denisow nett?« fragte sie.

»Jawohl, sehr nett.«

»Na, jetzt auf Wiedersehen! Zieh dich nur schnell an. Er ist wohl ein Mensch, vor dem man sich fürchten muß, dieser Denisow?«

»Warum sollte man sich vor ihm fürchten?« fragte Nikolai. »Nein, Waska ist ein prächtiger Mensch.«

»Du nennst ihn Waska? Wie komisch! Also er ist sehr nett?«

»Jawohl, sehr nett.«

»Na, dann komm nur recht bald zum Teetrinken. Es sind schon alle beisammen.«

Natascha hob sich wieder auf die Zehenspitzen und ging in der Manier der Ballettänzerinnen aus dem Zimmer; aber ihr Lächeln war von der Art, wie nur glückliche fünfzehnjährige Mädchen lächeln.

Als Nikolai im Salon mit Sonja zusammentraf, errötete er. Er wußte nicht, wie er mit ihr verkehren sollte. Gestern hatten sie sich in der ersten Freude des Wiedersehens geküßt; aber heute hatten sie die Empfindung, daß sie dies nicht länger tun durften; er fühlte, daß alle, sowohl die Mutter als auch die Schwestern, ihn fragend ansahen und darauf gespannt waren, wie er sich gegen Sonja benehmen werde. Er küßte ihr die Hand und nannte sie »Sie«. Aber seine und ihre Augen sagten, wenn sie einander trafen, »Du« zueinander und küßten sich zärtlich. Sie bat durch ihren Blick um Verzeihung dafür, daß sie gewagt hatte, ihn durch ihre Abgesandte, Natascha, an sein Versprechen zu erinnern, und dankte ihm für seine Liebe. Er dankte ihr durch seinen Blick dafür, daß sie ihm die Freiheit angeboten hatte, und sagte ihr, daß er weder so noch so jemals aufhören werde, sie zu lieben, weil er eben gar nicht anders könne, als sie lieben.

»Wie sonderbar ist es doch«, bemerkte Wjera, einen Augenblick, wo alle schwiegen, benutzend, »daß Sonja und Nikolai sich jetzt ›Sie‹ nennen und miteinander wie Fremde verkehren.«

Wjeras Bemerkung war richtig, wie alle ihre Bemerkungen, machte aber, wie das häufig der Fall war, wenn Wjera ihre Ansichten aussprach, auf alle Hörer einen peinlichen Eindruck. Das war nicht nur bei Sonja, Nikolai und Natascha zu merken, sondern sogar die alte Gräfin, die befürchtete, ihr Sohn könne sich durch diese Liebe zu Sonja um eine glänzende

Partie bringen, errötete wie ein junges Mädchen. Da trat gerade Denisow in den Salon, und zwar zu Rostows Erstaunen in einer neuen Uniform, pomadisiert und parfümiert, kurz: ebenso stutzerhaft, wie er bei Gefechten zu erscheinen pflegte, und benahm sich gegen die Damen als ein so liebenswürdiger Kavalier, wie es Rostow nie von ihm erwartet hätte.

II

Als Nikolai Rostow jetzt von der Armee nach Moskau zurückgekehrt war, wurde er von seinen Angehörigen als der beste Sohn und Bruder, als tapferer Held und überhaupt als der liebe, prächtige Nikolai aufgenommen. Seinen übrigen Verwandten erschien er als ein netter, angenehmer junger Mann von respektvollem Benehmen. Und das Urteil seiner Bekannten war: ein hübscher Husarenleutnant, ein flotter Tänzer und einer der besten Heiratskandidaten von ganz Moskau.

Die Rostowsche Familie war mit ganz Moskau bekannt. Geld hatte in diesem Jahr der alte Graf hinreichend, da er wieder neue Hypotheken auf alle seine Güter aufgenommen hatte, und daher verbrachte Nikolai seine Zeit in sehr vergnüglicher Weise; unter anderm hatte er sich einen eigenen Traber angeschafft sowie ganz moderne Reithosen von besonderer Art, wie sie noch niemand in Moskau hatte, und moderne Stiefel mit ganz schmalen Spitzen und kleinen silbernen Sporen. Nach seiner Rückkehr in das Elternhaus kostete er nun das angenehme Gefühl aus, sich nach einer längeren Zwischenzeit wieder in die alten Lebensverhältnisse hineinzufinden. Er hatte die Vorstellung, daß er sehr mannhaft geworden und körperlich und geistig sehr gewachsen sei. Seine ehemalige Verzweiflung über das Nichtbestehen der Prüfung in der Religion, seine kleinen Anleihen bei Gawriil für Droschkenfahrten, die heimlichen Küsse mit Sonja; alles das erschien ihm bei der Rückerinnerung wie Kindereien, die schon unendlich weit hinter ihm lagen. Jetzt war er ein Husarenleutnant mit silbernen Schnüren am Dolman und mit dem Georgskreuz; er fuhr seinen Traber zum Wettrennen ein, zusammen mit bekannten Sportsmännern, älteren, vornehmen Herren. Er war mit einer am Boulevard wohnenden Dame bekannt, die er abends zu besuchen pflegte. Er dirigierte die Mazurka auf dem Ball bei Archarows, unterhielt sich mit dem Feldmarschall Kamenski über den Krieg, verkehrte im Englischen Klub und duzte sich mit einem vierzigjährigen Obersten, mit dem ihn Denisow bekanntgemacht hatte.

Seine Leidenschaft für den Kaiser hatte in Moskau ein wenig nachgelassen. Aber da er ihn nicht sah und keine Möglichkeit hatte, ihn zu sehen, so erzählte er dafür häufig von dem Kaiser und von seiner Liebe zu ihm, wobei er durchblicken ließ, daß er noch nicht alles erzähle, und daß es mit seiner Liebe zum Kaiser noch eine besondere Bewandtnis habe, die andern Leuten nicht verständlich sei; und von ganzer Seele teilte er das zu jener Zeit in Moskau allgemeine Gefühl unbeschränkter Verehrung für den Kaiser Alexander Pawlowitsch, dem man damals in Moskau den Beinamen »der Engel in Menschengestalt« gegeben hatte.

In der kurzen Zeit, die Rostow in Moskau blieb, ehe er wieder zur Armee reiste, kam er Sonja nicht näher, sondern wurde ihr vielmehr fremder. Sie war sehr schön und nett und offenbar leidenschaftlich in ihn verliebt; aber er befand sich gerade in jener Phase des Jugendalters, wo ein junger Mann meint, so viel zu tun zu haben, daß ihm keine Zeit bleibe, sich mit solchen Dingen zu beschäftigen, wo er fürchtet, sich zu binden, wo er seine Freiheit über alles schätzt, die er seiner Ansicht nach zu so vielem andern nötig hat. Wenn er während dieses Aufenthaltes in Moskau an Sonja dachte, dann sagte er sich: »Ach was! Solche jungen Mädchen wird es noch viele, viele geben, und gibt es auch anderwärts viele, viele, die ich noch nicht kenne. Mit der Liebe kann ich mich immer noch abgeben, sobald ich Lust dazu bekomme; aber jetzt habe ich keine Zeit.« Außerdem empfand er den Umgang mit weiblichen Wesen als eine Art Herabwürdigung seiner Männlichkeit. Er besuchte ja Bälle und verkehrte in Damengesellschaft, stellte sich aber dabei, als tue er das nur widerwillig. Die Pferderennen, der Englische Klub, die Trinkgelage mit Denisow, die Besuche bei der Dame am Boulevard, das war etwas anderes; das paßte für einen flotten jungen Husaren!

Anfang März war der alte Graf Ilja Andrejewitsch Rostow damit beschäftigt, ein Diner im Englischen Klub zu Ehren des Fürsten Bagration zu arrangieren.

Der Graf ging im Schlafrock im Saal auf und ab und erteilte dem Ökonomen des Englischen Klubs und dem berühmten Küchenchef des Klubs, Feoktist, seine Anweisungen über manches, was für dieses Diner nötig war: Spargel, frische Gurken, Erdbeeren, Kalbfleisch und Fische. Der Graf war seit dem Tag der Gründung des Klubs Mitglied desselben und gehörte zum Vorstand. Es war gerade ihm vom Klub das Arrangement des Festessens für Bagration übertragen worden, weil kaum ein anderer ein Diner so großzügig und opulent zu veranstalten verstand wie er, und namentlich auch, weil kaum ein anderer so wie er bereit war, Geld aus eigener Tasche zuzulegen, wenn es zur schöneren Ausgestaltung des Festessens erforderlich schien. Der Koch und der Ökonom hörten mit vergnügten Gesichtern die Anweisungen des Grafen an, weil sie wußten, daß es bei niemandem leichter möglich war, an einem Diner, das einige tausend Rubel kostete, selbst etwas Erkleckliches zu profitieren.

»Vergiß nur ja nicht, Hahnenkämme an die Schildkrötensuppe zu tun, du weißt doch!«

»Also kalte Speisen soll es drei geben?« fragte der Koch.

Der Graf überlegte. »Weniger dürfen es nicht sein; ja, drei ... Erstens Majonnaise«, sagte er, indem er einen Finger einbog.

»Also befehlen Sie, daß wir die großen Sterlets nehmen?« fragte der Ökonom.

»Was soll man machen? Wenn der Fischhändler nichts ablassen will, dann nimm sie so. Ja, und dann, lieber Freund, das hätte ich beinah vergessen: wir brauchen ja noch ein zweites Entree ... Ach herrje!« Er griff sich an den Kopf. »Wer wird mir denn Blumen besorgen? Dmitri! He! Dmitri!« Auf seinen Ruf trat der Geschäftsführer ein. »Reite doch einmal schnell vor die Stadt auf unser Gut, Dmitri, und sage dem Gärtner Maxim, er soll sofort alle Bauern zur Arbeit kommandieren. Sag ihm, er soll alle Blumen aus den Gewächshäusern herschaffen; er soll sie in Filzdecken einschlagen. Zweihundert Blumentöpfe muß ich morgen, Freitag, hier haben.«

Nachdem er immer noch neue und neue Befehle erteilt hatte, wollte er gerade zur Gräfin gehn, um sich zu erholen, als ihm noch etwas Notwendiges einfiel; er kehrte um, rief auch den Ökonomen und den Koch zurück und begann wieder Anweisungen zu geben. Vor der Tür wurden leichte Männerschritte und Sporenklirren vernehmbar, und der hübsche junge Graf trat ein; sein Schnurrbärtchen hatte schon eine schwärzliche Färbung angenommen, er hatte eine gesunde Gesichtsfarbe, und man sah ihm an, daß er sich bei dem ruhigen Leben in Moskau recht erholt hatte und sich wohl befand.

»Ach, mein lieber Junge! Mir ist ganz wirr im Kopf«, sagte der Alte lächelnd, als ob er sich vor seinem Sohn schämte. »Du könntest mir auch ein bißchen helfen. Ich brauche ja noch Sänger. Musiker habe ich. Aber was meinst du, sollten wir nicht auch die Zigeuner herbestellen? Ihr Soldaten liebt ja so etwas.«

»Ich glaube wirklich, Papa, als Fürst Bagration die Vorbereitungen zu dem Kampf bei Schöngrabern traf, hat er sich damit weniger Mühe und Umstände gemacht, als Sie jetzt«, erwiderte der Sohn lächelnd.

Der alte Graf stellte sich erzürnt.

»Ja, du hast gut reden, versuche es nur mal!«

Der Graf wandte sich an den Koch, der mit klugem, respektvollem Gesicht aufmerksam und freundlich auf Vater und Sohn hinblickte.

»Was meinst du zu solchen jungen Leuten, Feoktist?« sagte er. »Die machen sich über uns alte Kerle lustig.«

»Nun ja, Euer Durchlaucht, die jungen Herren möchten immer nur gut essen; aber wie alles beschafft und zubereitet wird, darüber machen sie sich keine Gedanken.«

»So ist es, so ist es!« erwiderte der Graf, faßte den Sohn vergnügt an beiden Armen und rief: »Weißt du was? Du bist mir gerade recht gelegen gekommen! Nimm gleich den zweispännigen Schlitten und fahre zu Besuchow und sage: ›Graf Ilja Andrejewitsch läßt Sie um Erdbeeren und frische Ananas bitten.‹ Die kann man bei niemand anders bekommen. Er selbst ist nicht da; wende dich also an die Prinzessinnen und bestelle es denen. Und von da, weißt du, fahre nach dem Rasguljai-Platz (der Kutscher Ipat weiß da schon Bescheid) und suche dir da den Zigeuner Ilja, weißt du, den, der damals beim Grafen Orlow im weißen Kosakenrock getanzt hat, und bring ihn zu mir her.«

»Soll ich die Zigeunerinnen auch gleich mitbringen?« fragte Nikolai lachend.

»Du, du!« drohte der Vater.

Unterdessen war mit unhörbaren Schritten Anna Michailowna ins Zimmer getreten; in ihrer Miene prägte sich, wie immer, sorgenvolle Geschäftigkeit und zugleich christliche Sanftmut aus. Obwohl Anna Michailowna den Grafen jeden Tag im Schlafrock traf, wurde er in ihrer Gegenwart jedesmal verlegen und bat wegen seines Kostüms um Entschuldigung.

»Aber das schadet ja gar nichts, mein lieber Graf«, sagte sie und schloß zum Ausdruck ihrer sanften Gesinnung die Augen. »Und zu Besuchow werde ich selbst hinfahren«, fügte sie hinzu. »Pierre ist vor kurzem angekommen, und so werden wir denn alles Gewünschte aus seinen Gewächshäusern erhalten. Ich wollte sowieso mit ihm sprechen. Er hat mir einen Brief von Boris übersandt. Gott sei Dank, Boris ist ja jetzt beim Stab.«

Der Graf freute sich, daß Anna Michailowna es übernahm, einen Teil seiner Aufträge zu erledigen, und gab Befehl, daß der kleine Wagen für sie angespannt werden sollte.

»Sagen Sie doch zu Besuchow, er möchte auch zu dem Festessen kommen. Ich werde seinen Namen in die Subskriptionsliste eintragen. Was hat er denn eigentlich mit seiner Frau?« fragte er.

Anna Michailowna hob die Augen zur Zimmerdecke hinauf, und auf ihrem Gesicht malte sich ein tiefer Kummer.

»Ach, mein Freund, er ist sehr unglücklich«, antwortete sie. »Wenn das richtig ist, was ich gehört habe, so ist es schrecklich. Wie hätten wir uns dergleichen damals träumen lassen, als wir uns so über sein Glück freuten! Und dieser junge Besuchow hat ein so edles, himmlisches Gemüt! Ja, ich beklage ihn von ganzer Seele und will versuchen, ihn zu trösten, soweit es in meinen Kräften steht.«

»Aber was ist denn vorgefallen?« fragten beide Rostows, der ältere und der jüngere.

Anna Michailowna stieß einen tiefen Seufzer aus.

»Dolochow, der Sohn von Marja Iwanowna«, sagte sie in geheimnisvollem Flüsterton, »hat sie, wie es heißt, auf das schlimmste kompromittiert. Pierre hatte ihm den Zutritt zu besseren Kreisen ermöglicht und ihn bei sich in seinem Haus in Petersburg wohnen lassen, und da … Sie ist hierhergekommen, und dieser tolle Mensch ist ihr nachgereist.« Anna Michailowna wollte eigentlich ihre Teilnahme für Pierre zum Ausdruck bringen; aber durch den unwillkürlichen Klang der Stimme und durch ihr halbes Lächeln bekundete sie vielmehr eine gewisse Sympathie mit dem tollen Menschen, wie sie Dolochow genannt hatte. »Es heißt, Pierre selbst sei ganz niedergedrückt von seinem Kummer.«

»Na, sagen Sie ihm aber trotzdem, er möchte in den Klub kommen; das wird ihn zerstreuen. Es wird ein grandioses Diner werden.«

Am andern Tag, dem dritten März, um zwei Uhr nachmittags, erwarteten zweihundertundfünfzig Mitglieder des Englischen Klubs und fünfzig Gäste den Ehrengast, den Helden des österreichischen Feldzuges, den Fürsten Bagration, zum Diner. In der ersten Zeit nach dem Eintreffen der Nachricht von der Schlacht bei Austerlitz war ganz Moskau starr vor Staunen gewesen. Die Russen waren damals so daran gewöhnt, zu siegen, daß bei der Kunde von einer Niederlage die einen es einfach nicht glaubten, andere eine Erklärung für ein so seltsames Ereignis in irgendwelchen außerordentlichen Ursachen suchten. Im Englischen Klub, wo sich alles versammelte, was vornehm und angesehen war und zuverlässige Nachrichten besaß, wurde im Dezember, als die Nachrichten einzulaufen anfingen, vom Krieg und der letzten Schlacht überhaupt nicht gesprochen, wie wenn sich alle verabredet hätten, darüber zu schweigen. Diejenigen Männer, deren Ansichten sonst bei den Gesprächen im Klub maßgebend zu sein pflegten, wie Graf Rastoptschin, Fürst Juri Wladimirowitsch Dolgoruki, Walujew, Graf Markow, Fürst Wjasemski, erschienen nicht im Klub, sondern kamen in ihren Häusern, in den engsten Kreisen miteinander zusammen, und die Moskauer, welche gern nachsprachen, was ihnen andere vorgesprochen hatten (zu dieser Menschenklasse gehörte auch Ilja Andrejewitsch Rostow), blieben eine kurze Zeit ohne Führer und ohne bestimmte Meinung über die Kriegsangelegenheiten. Die Moskauer fühlten, daß da etwas nicht seine Richtigkeit hatte, und daß es schwer war, über diese üblen Nachrichten zu einem zutreffenden Urteil zu gelangen, und hielten es daher für das beste, zu schweigen. Aber nach einiger Zeit erschienen, wie die Geschworenen aus dem Beratungszimmer, so auch jene Matadore wieder, die im Klub den Ton angaben, und nun wurde über die Kriegsereignisse mit deutlichen, bestimmten Ausdrücken gesprochen. Die Ursachen jenes unglaublichen, unerhörten, unmöglichen Ereignisses, daß die Russen geschlagen waren, hatte man nunmehr gefunden; jetzt war alles klargeworden, und an allen Ecken und Enden von Moskau wurde die Sache in dem gleichen Sinn erörtert. Diese Ursachen waren: die Verräterei der Österreicher, die schlechte Verpflegung der Truppen, die Verräterei des Polen Przebyszewski und des Franzosen Langeron, die Unfähigkeit Kutusows und (was man nur leise sagte) die Jugend und Unerfahrenheit des Kaisers, welcher schlechten und geringwertigen Personen Gehör gegeben hatte. Aber die Truppen, die russischen Truppen, hatten sich als ganz vortrefflich erwiesen und Wunder der Tapferkeit verrichtet; darüber war nur eine Stimme. Die Soldaten, die Offiziere, die Generale waren Helden. Aber der größte Held unter den Helden war Fürst Bagration, der sich hohen Ruhm erworben hatte durch den Kampf bei Schöngrabern sowie durch den Rückzug von Austerlitz, wo er allein seine Kolonne in Ordnung zurückgeführt und den ganzen Tag hindurch die Angriffe eines doppelt so starken Feindes angewehrt hatte. Zu dem Resultat, daß man sich in Moskau gerade Bagration zum Helden auserkoren hatte, hatte auch der Umstand mitgewirkt, daß er in Moskau keine Verbindungen besaß und hier fremd war. Man erwies in seiner Person dem schlichten russischen Krieger die schuldige Ehre, dem Soldaten, der ohne Konnexionen und Intrigen einen hohen Rang erreicht hatte; und dazu kam noch, daß Bagrations Name durch die Erinnerungen an den italienischen Feldzug mit dem Namen Suworows verknüpft war. Außerdem waren diese Ehrungen Bagrations die beste Form, um die Mißstimmung über Kutusow und die Unzufriedenheit mit seinem Verhalten zum Ausdruck zu bringen.

»Wenn es keinen Bagration gäbe, müßte man ihn erfinden«, sagte der Witzbold Schinschin, ein Wort Voltaires parodierend. Über Kutusow redete niemand; einige schimpften sogar flüsternd auf ihn und nannten ihn einen höfischen Mantelträger und einen alten Satyr.

In ganz Moskau war ein Ausdruck Dolgorukis in Umlauf: »Wer viel leimt, wird schließlich selbst voll Leim«; man tröstete sich eben mit der Erinnerung an die Siege über so viele frühere Gegner darüber, daß man nun auch selbst einmal besiegt worden war. Auch wiederholte man eine Bemerkung Rastoptschins: Der französische Soldat müsse durch hochtönende Phrasen zum Kampf angefeuert werden; dem deutschen Soldaten müsse man eine logische Auseinandersetzung vortragen und ihn zu der Überzeugung bringen, daß es gefährlicher sei, davonzulaufen als vorwärtszugehen; aber den russischen Soldaten müsse man immer nur zurückhalten und ihn ermahnen: »Nicht zu hitzig!« Überall hörte man neue und wieder andere neue Erzählungen von besonderen Beweisen von Tapferkeit, die unsere Soldaten und Offiziere bei Austerlitz gegeben hätten. Der eine hatte eine Fahne gerettet; ein anderer fünf Franzosen getötet; ein dritter ganz allein fünf Kanonen geladen. Auch von Berg erzählten Leute, die ihn gar nicht kannten, daß er, an der rechten Hand verwundet, den Degen in die linke genommen habe und weiter vorwärts gegangen sei. Von Bolkonski war nicht die Rede, und nur nahe Bekannte von ihm äußerten ihr Bedauern, daß er, mit Hinterlassung einer schwangeren Frau und eines wunderlichen Kauzes von Vater, so früh habe sterben müssen.

III

Am 3. März herrschte in allen Räumen des Englischen Klubs ein lautes Stimmengetöse, und wie wenn Bienen im Frühling schwärmten, wanderten die Mitglieder und Gäste des Klubs hin und her, saßen, standen, traten zusammen und gingen wieder auseinander, die meisten in Uniform oder im Frack, einzelne auch noch im langschößigen Rock und mit gepudertem Kopf. Gepuderte Livreediener in Schuhen und Strümpfen standen an jeder Tür und achteten mit gespannter Aufmerksamkeit auf jede Bewegung der Gäste und Klubmitglieder, um ihre Dienste anzubieten. Die Mehrzahl der Anwesenden waren ältere, angesehene Herren, mit breiten, selbstzufriedenen Gesichtern, dicken Fingern, sicheren Bewegungen und festen Stimmen. Diejenigen Gäste und Mitglieder, welche zu dieser Gattung gehörten, saßen auf ihren bekannten, gewohnten Plätzen und vereinigten sich zu den bekannten, gewohnten Gruppen. Ein kleiner Teil der Anwesenden bestand aus Gästen, deren Erscheinen nur durch diesen besonderen Anlaß herbeigeführt war; dies waren vorwiegend jüngere Leute, darunter Denisow, Rostow und Dolochow, welcher letztere wieder Offizier im Semjonower Regiment war. Auf den Gesichtern der jüngeren Leute, namentlich der Militärs, lag jener Ausdruck geringschätziger Ehrerbietung gegen die älteren Herren, der zu der älteren Generation gewissermaßen sagt: »Wir sind bereit, euch zu achten und zu respektieren; aber vergeßt nicht, daß die Zukunft uns gehört.«

Auch Neswizki war da, als altes Mitglied des Klubs. Pierre, der auf Verlangen seiner Frau sich das Haar hatte wachsen lassen, keine Brille mehr trug und sich modern kleidete, wandelte mit trüber, niedergeschlagener Miene durch die Säle. Auch hier umgab ihn dieselbe gesellschaftliche Atmosphäre wie überall: Die Menschen beugten sich vor seinem Reichtum, und er, schon gewohnt zu herrschen, behandelte sie in zerstreuter, geringschätziger Manier.

Seinen Jahren nach hätte er sich zu den jungen Männern halten müssen; aber aufgrund seines Reichtums und seiner persönlichen Beziehungen gehörte er zu den Kreisen der älteren, vornehmen Herren, und so ging er denn von der einen derartigen Gruppe zur andern. Besonders hochangesehene alte Herren bildeten die Mittelpunkte einzelner Gruppen, und zu solchen Gruppen traten respektvoll auch Unbekannte heran, um jene hervorragenden Persönlichkeiten reden zu hören. Die größten Gruppen hatten sich um den Grafen Rastoptschin, um Walujew und um Naryschkin gebildet. Rastoptschin erzählte, wie die Russen von den fliehenden Österreichern zusammengepreßt worden seien und sich mit dem Bajonett einen Weg durch die Flüchtlinge hätten bahnen müssen.

Walujew teilte vertraulich mit, Uwarow sei aus Petersburg nach Moskau geschickt, um die Meinung der Moskauer über Austerlitz in Erfahrung zu bringen.

In einer dritten Gruppe sprach Naryschkin von einer Sitzung des österreichischen Kriegsrats, in welcher Suworow auf die von den österreichischen Generalen vorgebrachten Dummheiten nur damit geantwortet hätte, daß er wie ein Hahn gekräht habe. Der dabeistehende Schinschin wollte einen Witz daran anknüpfen und bemerkte, Kutusow scheine nicht einmal diese leichte Kunst, wie ein Hahn zu krähen, von Suworow gelernt zu haben; aber die alten Herren blickten den Witzling streng an und gaben ihm damit zu verstehen, daß es an diesem Ort und am heutigen Tag unschicklich sei, in dieser Art über Kutusow zu sprechen.

Graf Ilja Andrejewitsch Rostow kam fortwährend eiligen Ganges und mit geschäftiger Miene in seinen weichen Stiefeln aus dem Speisesaal in den Salon und begrüßte hastig und stets mit der gleichen Redewendung hochgestellte und unbedeutende Persönlichkeiten, die er sämtlich kannte; ab und zu suchte er mit den Augen seinen hübschen, schlanken Sohn, ließ seinen Blick mit stolzer Vaterfreude auf ihm ruhen und nickte ihm zu. Der junge Rostow stand an einem Fenster mit Dolochow zusammen, den er vor kurzem kennengelernt hatte, eine Bekanntschaft, auf die er großen Wert legte. Der alte Graf trat zu ihnen heran und drückte Dolochow die Hand.

»Besuche uns doch einmal in unserm Haus; du bist ja mit meinem Jungen bekannt; ihr seid ja doch zusammen da unten gewesen und habt gemeinsam eure Heldentaten vollführt … Ah, Wasili Ignatjewitsch, guten Tag, lieber Alter …«, redete er einen vorbeigehenden alten Herrn an; aber er kam nicht dazu, seine Begrüßung zu Ende zu sprechen, da in diesem Augenblick alles in Bewegung geriet und ein herbeilaufender Lakai mit erschrockenem Gesicht meldete: »Sie sind gekommen!«

Klingelzeichen ertönten; die Vorstandsmitglieder stürzten nach vorn; die in verschiedenen Zimmern zerstreuten Gäste drängten sich, wie wenn Roggen zusammengeschaufelt wird, in einen Haufen zusammen und nahmen in dem großen Salon bei der Tür des Empfangssaales Aufstellung.

In der Tür, die vom Vorzimmer nach dem Empfangssaal führte, erschien Bagration, ohne Hut und Degen, die er, wie es im Klub Sitte war, beim Portier gelassen hatte. Er hatte jetzt keine Mütze von Lammfell auf dem Kopf und keine Kosakenpeitsche über der Schulter, wie ihn Rostow in der Nacht vor der Schlacht bei Austerlitz gesehen hatte; sondern er trug eine neue, engsitzende Uniform, mit russischen und ausländischen Orden und dem Georgsstern auf der linken Brustseite. Er hatte sich offenbar kurz vor dem Diner das Haar und den Backenbart schneiden lassen, was seine Physiognomie in unvorteilhafter Weise veränderte. Sein Gesicht erinnerte einigermaßen an das Feiertagsgesicht eines Kindes, und das wirkte neben seinen festen, männlichen Zügen sogar ein wenig komisch. Bekleschow und Fjodor Petrowitsch Uwarow, die mit ihm zusammen gekommen waren, blieben in der Tür stehen, um ihn als den vornehmsten Gast vorangehen zu lassen. Bagration wurde verlegen und wollte diese Höflichkeitsbezeigung von seiten der beiden Herren nicht annehmen; so entstand denn in der Tür ein Aufenthalt, schließlich aber ging Bagration doch voran. Verlegen und ungeschickt, namentlich weil er nicht wußte, wo er mit seinen Händen bleiben sollte, schritt er über den Parkettboden des Empfangssaales: Geläufiger und leichter wäre es ihm gewesen, beim Kugelregen über einen Sturzacker zu gehen, wie er das bei Schöngrabern an der Spitze des Kursker Regiments getan hatte. Die Vorstandsmitglieder begrüßten ihn an der ersten Tür und sagten zu ihm ein paar Worte über die Freude, einen so werten Gast bei sich zu sehen; ohne dann seine Antwort abzuwarten, bemächtigten sie sich seiner gleichsam, umringten ihn und geleiteten ihn nach dem Salon. Es war aber unmöglich, durch die Tür des Salons hindurchzukommen, da dort Klubmitglieder und Gäste in dichtem Haufen standen, einander quetschten und sich bemühten, einer über die Schulter des andern hinweg Bagration wie ein seltenes wildes Tier zu betrachten. Graf Ilja Andrejewitsch entwickelte von allen Vorstandsmitgliedern die größte Energie; indem er lachend ein Mal über das andere sagte: »Lassen Sie uns durch, mein Lieber, Platz, Platz!«, drängte er die Menge zurück, führte die drei Gäste in den Salon und ließ sie dort auf dem mittleren Sofa Platz nehmen. Die Matadore, d. h. die vornehmsten Klubmitglieder, umringten nun die Neuangekommenen. Graf Ilja Andrejewitsch drängte sich wieder durch den Schwarm hindurch, verließ den Salon und kehrte einen Augenblick darauf, von einem anderen Vorstandsmitglied begleitet, mit einer großen silbernen Schüssel zurück, die er dem Fürsten Bagration präsentierte. Auf der Schüssel lag ein gedrucktes Gedicht, das zu Ehren des Helden verfaßt war. Als Bagration die Schüssel erblickte, sah er sich erschrocken, wie hilfesuchend, nach allen Seiten um. Aber in den Augen aller las er die Forderung, daß er sich fügen solle. In dem Gefühl, daß er in der Gewalt der ihn Umringenden sei, erfaßte er entschlossen mit beiden Händen die Schüssel und blickte den Grafen, der sie ihm hingehalten hatte, zornig und vorwurfsvoll an. Eins der Vorstandsmitglieder nahm ihm dienstfertig die Schüssel wieder aus den Händen (denn es schien, als beabsichtige er, sie so bis zum Abend zu halten und auch so zu Tisch zu gehen) und lenkte seine Aufmerksamkeit auf das Gedicht. »Ja, ja, ich werde es schon noch lesen!« schien Bagration zu sagen; er richtete seine müden Augen auf das Papier und fing mit aufmerksamer, ernster Miene zu lesen an. Aber da nahm der Verfasser selbst das Gedicht in die Hand und begann es zu rezitieren; Fürst Bagration neigte den Kopf und hörte zu.

»Es danket hohen Ruhm dir Alexanders Reich;
Du schirmst den Zaren uns, der einem Titus gleich.
Ein Schreck bist du dem Feind, ein Mann der edlen Tat,
Ein Cäsar in der Schlacht, ein Weiser im Senat.
Es sah, vom Glück berauscht, selbst er, Napoleon,
Voll Staunen, was im Kampf vermag Bagration,
Und wagt nicht mehr den Streit mit Rußlands Heldenschar ...«

Aber hier rief, ehe der Dichter noch mit dem Gedicht zu Ende gekommen war, der Haushofmeister mit lauter Stimme: »Es ist angerichtet.« Die Tür öffnete sich; aus dem Speisesaal ertönte schmetternd die Polonäse: »Kündet donnernd Sieg, Kanonen! Juble, tapfres Zarenreich!« Graf Ilja Andrejewitsch warf dem Verfasser, der noch weiterlas, einen zornigen Blick zu und verbeugte sich vor Bagration. In der Überzeugung, daß das Diner wichtiger war als das Gedicht, erhoben sich alle, und Bagration ging wieder den übrigen voran zur gedeckten Tafel hin. Man hatte für ihn den vornehmsten Platz vorgesehen, zwischen zwei Herren, die den Vornamen Alexander führten, Bekleschow und Naryschkin, was als Hindeutung auf den Namen des Kaisers einen besonderen Sinn hatte. Die dreihundert Tischgenossen nahmen an der Tafel ihre Plätze nach Rang und Würden ein, so daß die vornehmeren dem Ehrengast am nächsten saßen. Das machte sich ganz von selbst so, gerade wie das Wasser dahin läuft, wo der Boden tiefer liegt.

Vor dem Essen stellte noch Graf Ilja Andrejewitsch dem Fürsten seinen Sohn vor. Bagration erkannte ihn wieder und sagte zu ihm ein paar ungeschickte, wertlose Worte, wie denn alles, was er an diesem Tag sagte, von dieser selben Art war. Aber Graf Ilja Andrejewitsch blickte, während Bagration mit seinem Sohn redete, alle in der Nähe Befindlichen mit stolzer Freude an.

Nikolai Rostow, Denisow und der neue Bekannte des ersteren, Dolochow, hatten ziemlich in der Mitte der Tafel zusammen Platz genommen; ihnen gegenüber saß Pierre neben dem Fürsten Neswizki. Graf Ilja Andrejewitsch saß mit den anderen Vorstandsmitgliedern dem Fürsten Bagration gegenüber und sorgte für dessen leibliches Wohl, indem er in seiner Person die treuherzige Moskauer Gastlichkeit verkörperte.

Die große Mühe, die er sich vorher gegeben hatte, war nicht vergeblich gewesen. Seine beiden Diners (denn es gab eins von Fastenspeisen und eins mit Fleischgerichten) waren großartig; aber völlig beruhigt konnte er bis zum Ende der Mahlzeit doch nicht sein. Er winkte dem Kellermeister zu, erteilte flüsternd den Lakaien Weisungen und erwartete ein jedes der ihm wohlbekannten Gerichte in starker Aufregung. Alles war vorzüglich. Beim zweiten Gang, den riesigen Sterlets (als Ilja Andrejewitsch sie sah, wurde er ganz rot; so freute und genierte er sich), begannen die Lakaien bereits die Pfropfen knallen zu lassen und Champagner einzugießen. Nach dem Fisch, der eine gewisse Sensation gemacht hatte, wechselte Graf Ilja Andrejewitsch mit den andern Vorstandsmitgliedern einen Blick. »Es wird viele Toaste geben; es ist Zeit, daß wir anfangen«, flüsterte er, nahm sein Glas in die Hand und stand auf. Alle schwiegen und warteten auf das, was er sagen würde.

»Auf die Gesundheit Seiner Majestät des Kaisers!« rief er, und in demselben Augenblick füllten sich seine guten Augen mit Tränen der Freude und der Begeisterung. Gleichzeitig setzte das Orchester ein: »Kündet donnernd Sieg, Kanonen!« Alle erhoben sich von ihren Plätzen und schrien: »Hurra!« Auch Bagration rief: »Hurra!« mit demselben Ton, mit dem er es auf dem Schlachtfeld von Schöngrabern gerufen hatte. Die begeisterte Stimme des jungen Rostow war durch alle dreihundert Stimmen hindurchzuhören. Er war dem Weinen nahe. »Auf die Gesundheit Seiner Majestät des Kaisers«, schrie er, »hurra!« Nachdem er sein Glas mit einem Zug geleert hatte, warf er es auf den Boden. Viele folgten seinem Beispiel. Das laute Rufen dauerte eine ganze Weile fort. Als es endlich aufhörte, beseitigten die Diener die Glasscherben, und alle nahmen wieder Platz und setzten, über ihr Schreien lächelnd, ihre Gespräche fort. Graf Ilja Andrejewitsch erhob sich von neuem, warf einen Blick auf den Merkzettel, der neben seinem Teller lag, und brachte einen

Toast aus auf den Helden unseres letzten Feldzuges, den Fürsten Pjotr Iwanowitsch Bagration, und wieder wurden die blauen Augen des Grafen feucht von Tränen. »Hurra!« riefen wieder die Stimmen der dreihundert Tischgenossen, und statt des Orchesters ließen sich jetzt die Sänger vernehmen, die eine von Pawel Iwanowitsch Kutusow komponierte Kantate vortrugen:

»An Rußlands Kraft und Mut
Zerschellt des ungestümen Feindes Wut;
Uns führt auf blut'gem Feld
Zum Sieg Bagration, der werte Held«, usw.

Kaum waren die Sänger fertig, als wieder neue und immer neue Toaste folgten, bei denen Graf Ilja Andrejewitsch immer mehr in die Rührung hineingeriet, und noch mehr Gläser zerschlagen wurden und noch lauter geschrien wurde. Man trank auf das Wohl Bekleschows, Naryschkins, Uwarows, Dolgorukis, Apraxins, Walujews, auf das Wohl des Vorstandes, auf das Wohl des geschäftsführenden Direktors, auf das Wohl aller Klubmitglieder, auf das Wohl aller Gäste des Klubs und endlich speziell auf das Wohl des Arrangeurs dieses Diners, des Grafen Ilja Andrejewitsch. Bei diesem letzten Toast zog der Graf sein Taschentuch heraus, verbarg darin sein Gesicht und weinte heftig.

IV

Pierre saß Dolochow und Nikolai Rostow gegenüber. Wie immer aß er viel und hastig und trank viel. Aber diejenigen, die ihn genauer kannten, sahen, daß an diesem Tag eine große Veränderung mit ihm vorgegangen war. Während des ganzen Diners verhielt er sich schweigsam und ließ entweder, die Augen zusammenkneifend und die Stirn runzelnd, seine Augen rings umherschweifen, oder er blickte mit einer Miene vollständiger Zerstreutheit starr auf einen Punkt und fingerte an seiner Nase umher. Sein Gesicht hatte einen trüben, finsteren Ausdruck. Er schien von dem, was um ihn herum vorging, nichts zu sehen und zu hören und nur über eine einzige, schwere, ja, unlösbare Frage nachzudenken.

Vor diese unlösbare, ihn peinigende Frage war er durch Andeutungen gestellt worden, die ihm die älteste der drei in Moskau wohnenden Prinzessinnen über nahe Beziehungen zwischen seiner Frau und Dolochow gemacht hatte, sowie durch einen anonymen Brief, den er heute vormittag erhalten hatte, und in welchem mit jener gemeinen Witzelei, wie sie eine Eigenheit aller anonymen Briefe ist, gesagt war, er könne doch durch seine Brille recht schlecht sehen, und das Verhältnis zwischen seiner Frau und Dolochow sei nur für ihn allein noch ein Geheimnis. Pierre hatte weder den Andeutungen der Prinzessin noch diesem Brief Glauben geschenkt; aber es war ihm furchtbar, jetzt Dolochow anzusehen, der ihm gegenübersaß. Jedesmal, wenn sein Blick unerwartet den schönen, frechen Augen Dolochows begegnete, hatte Pierre die Empfindung, daß ein garstiger, entsetzlicher Verdacht in seiner Seele rege werde, und wandte sich schnell weg. Indem er sich unwillkürlich an das ganze frühere Verhalten seiner Frau und an ihr Benehmen gegen Dolochow erinnerte, sah Pierre klar, daß das, was in dem Brief gesagt war, wahr sein oder wenigstens wahr scheinen könnte, wenn es sich auf eine andere Frau als gerade die seinige bezöge. Unwillkürlich mußte Pierre daran denken, wie Dolochow, den man nach dem Feldzug dienstlich wieder völlig rehabilitiert hatte, nach Petersburg zurückgekehrt und zu ihm gekommen war. Die freundschaftlichen Beziehungen ausnutzend, in die ihn ehemals die gemeinschaftlichen Zechgelage zu Pierre gebracht hatten, war Dolochow geradezu zu ihm ins Haus gekommen, und Pierre hatte ihn bei sich wohnen lassen und ihm Geld geborgt. Pierre erinnerte sich, wie Helene lächelnd ihr Mißvergnügen darüber ausgesprochen hatte, daß Dolochow bei ihnen im Haus wohnte, und in welcher ungenierten Weise Dolochow ihm gegenüber die Schönheit seiner Frau gepriesen und wie dieser Mensch seit jener Zeit bis zur Ankunft in Moskau sie beide auch nicht für einen Augenblick verlassen hatte.

»Ja, er ist sehr schön«, dachte Pierre. »Ich kenne ihn. Meinen Namen zu entehren und mich auszulachen, würde für ihn gerade deswegen einen besonderen Reiz haben, weil ich mich für ihn bemüht, ihn aufgenommen, ihm geholfen habe. Ich kenne ihn; ich weiß, welch einen pikanten Geschmack dies nach seiner Empfindung seinem Betrug geben müßte – wenn die Sache wahr wäre. Ja, wenn die Sache wahr wäre; aber ich glaube es nicht; ich habe kein Recht, es zu glauben, und kann es nicht glauben.« Er erinnerte sich an den Ausdruck, den Dolochows Gesicht annahm, wenn er manchmal einen Anfall von Grausamkeit bekam, wie damals, als er den Reviervorsteher mit dem Bären zusammengebunden und ins Wasser geworfen hatte, oder wenn er ohne jede Ursache jemand zum Duell herausforderte, oder wenn er mit seiner Pistole das Pferd eines Fuhrmanns totschoß. Dieser selbe Ausdruck lag oft auf Dolochows Gesicht, wenn er ihn, Pierre, anblickte. »Ja, er ist ein Raufbold«, dachte Pierre; »ihm macht es gar nichts aus, einen Menschen zu töten; er muß wohl meinen, daß sich alle vor ihm fürchten, und das muß ihm wohl angenehm sein. Er muß wohl denken, daß auch ich mich vor ihm fürchte.

Und ich fürchte mich auch wirklich vor ihm«, dachte Pierre und merkte bei diesen Gedanken wieder, daß ein entsetzlicher, garstiger Verdacht in seiner Seele rege wurde.

Jetzt saßen nun Dolochow, Denisow und Rostow ihm gegenüber und schienen sehr lustig zu sein. Rostow unterhielt sich vergnügt mit seinen beiden Freunden, von denen der eine ein tüchtiger Husar, der andere ein bekannter Raufbold und Taugenichts war, und warf mitunter einen spöttischen Blick zu Pierre hin, der bei diesem Diner durch sein in sich gekehrtes, zerstreutes Wesen und durch seine massige Gestalt auffiel. Rostow war gegen Pierre etwas gereizt, erstens, weil ihm nach seiner husarenmäßigen Anschauungsweise dieser als reicher Zivilist und als Ehemann einer schönen Frau überhaupt unsympathisch war, und zweitens, weil Pierre bei seiner Versunkenheit und Zerstreutheit ihn nicht erkannt und seine Verbeugung nicht erwidert hatte. Als auf die Gesundheit des Kaisers getrunken wurde, stand Pierre, mit seinen Gedanken beschäftigt, nicht mit auf und griff nicht nach seinem Glas.

»Aber was machen Sie denn?« rief ihm Rostow zu, indem er ihn mit begeisterten und zugleich zornigen Augen anblickte. »Hören Sie denn nicht: ›Auf die Gesundheit Seiner Majestät des Kaisers!‹«

Pierre erhob sich gehorsam mit einem Seufzer und trank sein Glas aus; dann wartete er, bis sich alle wieder setzten, und wandte sich mit seinem gutmütigen Lächeln zu Rostow.

»Ich hatte Sie gar nicht erkannt«, sagte er. Aber Rostow hatte jetzt dafür keinen Sinn; er schrie: »Hurra!«

»Warum erneuerst du denn die Bekanntschaft nicht?« fragte Dolochow Rostow.

»Ach, hol ihn der Henker! Er ist ein dummer Kerl!« erwiderte Rostow.

»Gegen die Ehemänner schöner Frauen muß man sehr liebenswürdig sein«, meinte Denisow.

Pierre hörte nicht, was sie redeten, merkte aber, daß sie von ihm sprachen. Er wandte sich errötend ab.

»Nun, jetzt auf das Wohl der schönen Frauen«, sagte Dolochow und wandte sich, das Glas in der Hand, mit ernster Miene, aber mit einem Lächeln in den Mundwinkeln, an Pierre. »Auf das Wohl der schönen Frauen, mein lieber Pierre, und ihrer Liebhaber.«

Mit niedergeschlagenen Augen trank Pierre aus seinem Glas, ohne Dolochow anzusehen und ohne ihm zu antworten. Ein Lakai, welcher die Kutusowsche Kantate verteilte, legte auch Pierre, als einem der vornehmsten Gäste, ein Exemplar hin. Pierre wollte es nehmen; aber Dolochow bog sich herüber, zog ihm das Blatt aus der Hand und machte sich daran, es zu lesen. Pierre blickte ihn an, seine Pupillen schienen in das Innere der Augen hineinzusinken: Der entsetzliche, garstige Verdacht, der ihn während des ganzen Diners gepeinigt hatte, stieg wieder in ihm auf und gewann über ihn die Herrschaft. Er bog sich mit seinem ganzen dicken Körper über den Tisch hinüber.

»Wie können Sie sich erdreisten, es mir wegzunehmen!« schrie er.

Als Neswizki und Pierres Nachbar zur Rechten diese herausgeschrienen Worte hörten und sahen, auf wen sie sich bezogen, wandten sie sich eilig mit erschrockenen Gesichtern zu Pierre.

»Still doch! Still! Was haben Sie denn?« flüsterten sie ihm bestürzt zu.

Dolochow betrachtete den ihm gegenübersitzenden Pierre mit seinen hellen, vergnügten, grausamen Augen und lächelte dabei, als ob er sagen wollte: »Ja, so, so habe ich es gern.«

»Ich gebe es nicht zurück«, erwiderte er klar und deutlich.

Blaß, mit zitternden Lippen, riß ihm Pierre das Blatt weg.

»Sie ... Sie ... sind ein Nichtswürdiger ...! Ich fordere Sie!« stieß er heraus, schob seinen Stuhl zurück und verließ die Tafel.

In demselben Augenblick, als Pierre dies tat und diese Worte sagte, fühlte er, daß die Frage, die ihn in diesen letzten vierundzwanzig Stunden gequält hatte, die Frage, ob seine Frau schuldig sei, endgültig und zweifellos im bejahenden Sinn entschieden war. Er haßte seine Frau und war für immer von ihr geschieden.

Trotz Denisows Rat, sich in diese Angelegenheit nicht hineinzumischen, erklärte sich Rostow bereit, Dolochows Sekundant zu sein, und besprach nach Tisch mit Neswizki, der Besuchows Sekundant war, die Bedingungen des Duells. Pierre war sogleich nach Hause gefahren; Rostow, Dolochow und Denisow dagegen blieben bis zum späten Abend im Klub sitzen und hörten die Zigeuner und die Sänger an.

»Also auf Wiedersehen morgen im Sokolniki-Wald«, sagte Dolochow, als er von Rostow vor dem Portal des Klubs Abschied nahm.

»Und du bist wirklich ganz ruhig?« fragte Rostow.

Dolochow blieb stehen.

»Ja, siehst du, ich will dir mit wenigen Worten das ganze Geheimnis enthüllen, das es beim Duell gibt. Wenn du ein Duell vorhast, und du machst vorher dein Testament und schreibst zärtliche Briefe an deine Eltern und denkst daran, daß du möglicherweise getötet wirst: dann bist du ein Dummkopf und aller Wahrscheinlichkeit nach verloren. Wenn du dagegen mit dem festen Vorsatz hingehst, den Gegner möglichst schnell und möglichst sicher zu töten, dann ist alles in guter Ordnung. Es ist gerade wie bei der Bärenjagd; da pflegte mir unser Bärenjäger in Kostroma zu sagen: ›Natürlich hat man allen Anlaß, sich vor einem Bären zu fürchten; aber sowie man einen sieht, ist auch die Furcht verschwunden, und die einzige Sorge ist dann, daß er nur nicht auskommt!‹ Na, geradeso geht es auch mir. Auf morgen, mein Lieber!«

Am andern Tag um acht Uhr morgens kamen Pierre und Neswizki nach dem Sokolniki-Wald und fanden dort schon Dolochow, Denisow und Rostow vor. Pierres Miene sah so aus, als wäre er mit irgendwelchen Überlegungen beschäftigt, die mit dem bevorstehenden Kampf gar nichts zu tun hätten. Sein eingefallenes Gesicht hatte eine gelbliche Farbe; er hatte in dieser Nacht offenbar nicht geschlafen. Zerstreut blickte er um sich und runzelte die Stirn, wie man es sonst wohl bei grellem Sonnenlicht tut. Zwei Gedanken beschäftigten ihn ausschließlich: daß seine Frau sich schuldig gemacht habe, woran ihm nach der schlaflosen Nacht nicht der geringste Zweifel mehr geblieben war, und daß Dolochow eigentlich schuldlos sei, da er ja keinerlei Anlaß gehabt habe, die Ehre eines ihm fremden Mannes zu schonen. »Vielleicht hätte ich an seiner Stelle dasselbe getan«, dachte Pierre. »Es ist sogar höchstwahrscheinlich, daß ich dasselbe getan hätte. Wozu also dieses Duell, dieser Mord? Entweder treffe ich ihn oder er mich in den Kopf, in den Ellenbogen, in das Knie. Ich möchte mich am liebsten davonmachen, weglaufen, mich irgendwo verbergen«, fuhr es ihm durch den Kopf. Aber gerade in dem Augenblick, wo ihm diese Gedanken kamen, fragte er mit einer besonders ruhigen, zerstreuten Miene, die den Anwesenden Respekt abnötigte: »Ist's bald so weit? Alles fertig?«

Nun war alles fertig; die Säbel, welche die Barriere bezeichneten, bis zu der die Gegner avancieren sollten, waren in den Schnee gesteckt, die Pistolen geladen. Da trat Neswizki zu Pierre heran.

»Ich würde gegen meine Pflicht verstoßen, Graf«, sagte er in schüchternem Ton, »und mich des Vertrauens und der Ehre nicht würdig zeigen, die Sie mir durch die Erwählung zu Ihrem Sekundanten erwiesen haben, wenn ich Ihnen in diesem bedeutsamen, hochbedeutsamen Augenblick nicht die volle Wahrheit sagte. Ich bin der Ansicht, daß für dieses Duell kein hinreichender Grund vorhanden ist, und daß durch das, was vorgefallen ist, kein Blutvergießen gerechtfertigt wird … Sie hatten unrecht, oder doch nicht durchaus recht; Sie sind heftig geworden …«

»Ach ja, ich habe mich furchtbar dumm benommen«, sagte Pierre.

»Nun, dann erlauben Sie mir, unseren Gegnern Ihr Bedauern auszusprechen«, fuhr Neswizki fort, der, wie die übrigen Teilnehmer an diesem Rekontre (und wie überhaupt alle, die an solchen Affären beteiligt sind), noch nicht glaubte, daß es wirklich zum Zweikampf kommen werde, »und ich bin überzeugt, daß sie sich werden bereitfinden lassen, Ihre Entschuldigung anzunehmen. Sie wissen, Graf, daß es weit edler ist, einen begangenen Fehler einzugestehen, als die Sache bis zu Folgen zu treiben, die nicht wiedergutzumachen sind. Gestatten Sie mir, mit den Gegnern zu reden ... »Nein, was ist da erst noch zu reden!« unterbrach ihn Pierre. »Es ist mir auch so ganz recht ... Ist also alles bereit?« fuhr er fort. »Sagen Sie mir nur, wohin ich gehen und wie ich schießen soll«, fügte er mit einem unnatürlich erscheinenden, sanften Lächeln hinzu.

Er nahm die Pistole in die Hand und erkundigte sich, wie er sie abzudrücken habe, da er bisher noch nie eine Pistole in der Hand gehabt hatte, was er sich schämte einzugestehen. »Ach ja, ganz richtig, ich weiß schon, ich hatte es nur vergessen«, sagte er.

»Von Entschuldigung kann nicht die Rede sein, absolut nicht!« erwiderte Dolochow auf eine Äußerung Denisows, der auch seinerseits einen Versöhnungsversuch unternahm, und begab sich gleichfalls zu dem für das Duell ausgewählten Platz.

Dieser Platz lag etwa achtzig Schritte seitwärts von dem Weg, auf dem sie die Schlitten hatten stehenlassen. Es war eine kleine Lichtung im Fichtenwald, mit Schnee bedeckt, der infolge der warmen Temperatur der letzten Tage taute. Die Gegner standen ungefähr vierzig Schritte voneinander entfernt an den Rändern der Lichtung. Die Sekundanten zählten die Schritte ab und stellten durch ihre Fußspuren, die sich in dem tiefen, weichen Schnee stark ausprägten, kleine Steige her von den Orten, wo die Gegner standen, bis zu Neswizkis und Denisows in den Schnee gesteckten Säbeln, welche die Barriere darstellten und zehn Schritte voneinander entfernt waren. Das Tauwetter und der Nebel der letzten Tage dauerten auch heute noch fort; auf vierzig Schritte war nichts zu sehen. Seit drei Minuten war schon alles bereit; aber dennoch zögerte man noch anzufangen; alle schwiegen.

V

Na, dann wollen wir anfangen«, sagte Dolochow.

»Gut!« erwiderte Pierre, auf dessen Gesicht immer noch dasselbe Lächeln lag.

Der furchtbare Ernst kam jetzt allen zum Bewußtsein. Es war offenbar, daß die so leichthin begonnene Sache jetzt durch nichts mehr aufgehalten werden konnte, sondern bereits, unabhängig von menschlichem Willen, von selbst ihren Lauf nahm und nun durchgeführt werden mußte. Zunächst trat Denisow bis an die Barriere vor und rief:

»Da die Gegner eine Versöhnung abgelehnt haben, so ist es jetzt wohl gefällig, anzufangen. Wollen Sie die Pistolen nehmen und bei dem Wort ›Drei‹ zu avancieren beginnen.«

»Eins! Zwei! Drei!« schrie Denisow grimmig und trat zur Seite.

Die beiden Gegner kamen sich auf den von den Sekundanten getretenen Wegen immer näher und näher und erkannten nun einander in dem Nebel. Sie hatten das Recht, während des Avancierens bis zur Barriere zu schießen, wann ein jeder wollte. Dolochow ging langsam, ohne die Pistole zu erheben, und blickte mit seinen hellen, blitzenden, blauen Augen seinem Gegner ins Gesicht. Sein Mund machte, wie immer, den Eindruck, als lächle er.

Bei dem Wort »Drei« ging Pierre mit schnellen Schritten vorwärts, irrte aber von dem zurechtgetretenen Weg ab und schritt durch den unberührten Schnee. Er hielt die Pistole in der vorgestreckten rechten Hand; es sah aus, als fürchte er, sich mit dieser Pistole selbst zu verletzen. Den linken Arm hielt er geflissentlich nach hinten, weil er sich unwillkürlich versucht fühlte, den rechten Arm mit ihm zu stützen, und wußte, daß das nicht zulässig war. Als er sechs Schritte zurückgelegt und sich von dem Weg in den Schnee verirrt hatte, blickte er zuerst nach seinen Füßen und dann schnell nach Dolochow hin, zog den Finger heran, wie es ihm gezeigt war, und schoß. Da Pierre einen so starken Knall nicht erwartet hatte, fuhr er bei seinem eigenen Schuß zusammen; darauf lächelte er über seine Schreckhaftigkeit und blieb stehen. Der Rauch, der infolge des Nebels besonders dicht war, hinderte ihn im ersten Augenblick, etwas zu sehen; aber der von ihm erwartete Schuß des Gegners erfolgte nicht. Er hörte nur Dolochows eilige Schritte, und aus dem Rauch wurde dessen Gestalt sichtbar. Die eine Hand hielt er gegen seine linke Seite, die andere ließ er herunterhängen und preßte sie fest um die Pistole. Sein Gesicht war blaß. Rostow lief zu ihm hin und sagte etwas zu ihm.

»Nei-ein!« stieß Dolochow zwischen den zusammengepreßten Zähnen hervor. »Nein, es ist nicht zu Ende!« Er machte schwankend und strauchelnd noch einige Schritte bis dicht an den Säbel und fiel dann neben ihm in den Schnee. Seine linke Hand war voll Blut; er wischte es an seinem Rock ab und stützte sich auf sie. Sein Gesicht war blaß und finster und zuckte.

»Kom …«, begann Dolochow, war aber nicht imstande, was er sagen wollte, mit einemmal herauszubringen. »Kommen Sie!« sagte er dann mit Anstrengung.

Pierre, der kaum das Schluchzen zurückhielt, lief auf Dolochow zu und wollte schon den Zwischenraum durchschreiten, der die Barrieren trennte, als Dolochow schrie: »An die Barriere!« Pierre, der nun verstand, was jener gemeint hatte, blieb an dem Säbel stehen, der seine Barriere bildete. Beide waren nur zehn Schritte voneinander entfernt. Dolochow bückte sich mit dem Kopf zum Schnee hinunter, biß gierig in den Schnee hinein, hob den Kopf wieder in die Höhe, rückte sich zurecht, zog die Beine heran, suchte den Schwerpunkt seines Körpers zu stützen und kam so zum Sitzen. Er nahm von dem kalten Schnee in den Mund und sog daran; seine Lippen zitterten, lächelten aber trotzdem; seine Augen blitzten bei der ingrimmigen Anstrengung, mit der er seine letzten Kräfte sammelte. Er hob die Pistole und begann zu zielen.

»Drehen Sie sich seitwärts! Decken Sie sich mit der Pistole!« sagte Neswizki.

»Decken Sie sich!« rief sogar Denisow, der sich nicht halten konnte, seinem Gegner zu.

Pierre stand mit einem sanften Lächeln des Mitleids und der Reue da; hilflos die Arme ausbreitend und die Beine auseinanderspreizend, bot er seine breite Brust Dolochow offen dar und sah ihn traurig an. Denisow, Rostow und Neswizki schlossen unwillkürlich die Augen. Sie hörten gleichzeitig den Schuß und einen zornigen Schrei Dolochows.

»Gefehlt!« schrie Dolochow und sank kraftlos auf den Schnee nieder, mit dem Gesicht nach unten.

Pierre griff sich an den Kopf, wandte sich um und eilte in den Wald; er ging durch den tiefen Schnee und redete unzusammenhängende Worte laut vor sich hin:

»Dumm … dumm! Der Tod … alles Lüge …«, sagte er mit gerunzelter Stirn einmal über das andere.

Neswizki hielt ihn an und brachte ihn nach Hause.

Rostow und Denisow transportierten den verwundeten Dolochow im Schlitten zurück.

Dolochow lag schweigend, mit geschlossenen Augen, im Schlitten und antwortete nicht auf die an ihn gerichteten Fragen. Aber als sie in die Stadt einfuhren, kam er plötzlich zu sich, hob mit Mühe den Kopf in die Höhe und ergriff den neben ihm sitzenden Rostow bei der Hand. Rostow war überrascht durch Dolochows vollständig veränderten, jetzt zärtlichen, schwärmerischen Gesichtsausdruck.

»Nun, wie ist's? Wie fühlst du dich?« fragte Rostow.

»Schlecht! Aber das ist Nebensache, mein Freund«, antwortete Dolochow mit stockender Stimme. »Wo sind wir? Ich weiß schon, in Moskau. An mir ist nichts gelegen; aber ihr wird das den Tod geben; ich habe sie gemordet … Sie wird das nicht überstehen. Nein, das übersteht sie nicht.«

»Wer denn?« fragte Rostow.

»Meine Mutter. Meine Mutter, mein guter Engel, meine angebetete Mutter!« Dolochow brach in Tränen aus und drückte Rostow die Hand.

Als er sich einigermaßen beruhigt hatte, teilte er seinen Begleitern mit, daß er bei seiner Mutter wohne, und daß, wenn seine Mutter ihn jetzt in diesem Zustand erblicke, das ihr Tod sein werde. Er bat Rostow flehentlich, zu ihr zu fahren und sie vorzubereiten.

Rostow fuhr voraus, führte den Auftrag aus und ersah zu seiner größten Verwunderung, daß Dolochow, dieser Frechling und Raufbold Dolochow, in Moskau mit seiner alten Mutter und einer verwachsenen Schwester zusammenlebte und der zärtlichste Sohn und Bruder war.

VI

Pierre war in der letzten Zeit nur selten mir seiner Frau unter vier Augen zusammengewesen. Sowohl in Petersburg als auch in Moskau hatten sie ihr Haus beständig voller Gäste gehabt. In der Nacht nach dem Tag des Duells ging er, wie er das häufig tat, nicht in das Schlafzimmer, sondern blieb in seinem, einst von seinem Vater benutzten, gewaltig großen Arbeitszimmer, demselben Zimmer, in welchem Graf Besuchow gestorben war.

Er legte sich auf das Sofa und wollte einschlafen, um alles Erlebte zu vergessen; aber er konnte keinen Schlaf finden. Es erhob sich auf einmal ein solcher Sturm von Gefühlen, Gedanken und Erinnerungen in seiner Seele, daß er nicht einschlafen, ja nicht einmal stilliegen konnte und vom Sofa aufspringen und mit schnellen Schritten im Zimmer hin und her gehen mußte. Da glaubte er sie vor sich zu sehen, wie er sie in der ersten Zeit nach der Hochzeit gekannt hatte, mit nackten Schultern und müdem, sinnlichem Blick, und sofort trat neben ihr vor sein geistiges Auge das schöne, freche, energische, spöttische Gesicht Dolochows, wie es bei dem Diner gewesen war, und dann das Gesicht desselben Dolochow, blaß, zitternd und schmerzverzerrt, so wie es ausgesehen hatte, als er sich umdrehte und in den Schnee niedersank.

»Was ist denn eigentlich geschehen?« fragte er sich selbst. »Ich habe den Geliebten, ja, den Geliebten meiner Frau niedergeschossen. Ja, das ist geschehen. Aber wie ist das zugegangen? Wie bin ich so weit gekommen?«

»Das kommt daher, daß du sie geheiratet hast«, antwortete eine Stimme in seinem Innern.

»Aber inwiefern trifft mich dabei eine Schuld?« fragte er. »Weil du sie geheiratet hast, ohne sie zu lieben, und weil du dich und sie betrogen hast.« Und nun vergegenwärtigte er sich lebhaft jenen Augenblick nach dem Souper beim Fürsten Wasili, als er die Worte gesprochen hatte, die zuerst gar nicht aus seinem Mund hatten herauskommen wollen: »Ich liebe Sie.« Davon war alles hergekommen. »Ich fühlte schon damals«, dachte er, »ich fühlte schon damals, daß das falsch war, und daß ich kein Recht hatte, so zu sprechen. Und das hat der Ausgang bestätigt.«

Er erinnerte sich an seine Flitterwochen und errötete bei dieser Erinnerung. Besonders lebendig und für ihn schmerzlich und beschämend war die Erinnerung daran, wie er einmal bald nach seiner Hochzeit gegen elf Uhr vormittags im seidenen Schlafrock aus dem Schlafzimmer in sein Arbeitszimmer gekommen war und dort den Oberadministrator vorgefunden hatte, der sich ehrerbietig verbeugt und nach einem Blick auf Pierres Gesicht und auf seinen Schlafrock leise gelächelt hatte, als ob er durch dieses Lächeln seine respektvolle Teilnahme für das Glück seines Chefs zum Ausdruck bringen wollte.

»Und wie oft bin ich auf sie stolz gewesen, bin stolz gewesen auf ihre majestätische Schönheit und auf ihr gesellschaftliches Taktgefühl«, dachte er. »Ich bin stolz darauf gewesen, daß sie ganz Petersburg in meinem Haus empfing, bin stolz gewesen auf ihre Unnahbarkeit und auf ihre Schönheit. Und nun, da sehe ich nun, worauf ich stolz gewesen bin! Ich dachte damals, ich verstände sie nicht. Wie oft, wenn ich mich in ihr Wesen hineinzuversetzen suchte, sagte ich mir, es liege an mir, wenn ich sie und diese stete Ruhe, dieses Befriedigtsein, dieses Fehlen aller besonderen Neigungen und Wünsche nicht verstände; und nun findet das ganze Rätsel seine Lösung durch das furchtbare Wort, daß sie ein sittenloses Weib ist. Jetzt, nachdem ich mir dieses furchtbare Wort gesagt habe, ist alles klargeworden.

Ich besinne mich, wie Anatol einmal zu ihr kam, um Geld von ihr zu borgen, und sie auf die nackten Schultern küßte. Sie gab ihm kein Geld; aber küssen ließ sie sich. Ein andermal versuchte ihr Vater im Scherz, sie eifersüchtig zu machen; aber sie antwortete mit ruhigem Lächeln, sie sei nicht so dumm, eifersüchtig zu sein; ›mag er tun, was er will‹, sagte sie in bezug auf mich. Eines Tages fragte ich sie, ob sie keine Anzeichen von Schwangerschaft fühlte. Sie lachte geringschätzig und erwiderte, sie sei nicht so töricht, sich Kinder zu wünschen, und von mir würde sie nie welche haben.«

Dann erinnerte er sich an die unverhüllte Roheit ihrer Denkungsart und an die Gemeinheit der Ausdrucksweise, die ihr trotz ihrer Erziehung in einer hocharistokratischen Umgebung eigen war. »So ein Schaf bin ich nicht«, »kannst dir ja selbst das Maul dran verbrennen«, »mach, daß du rauskommst!« Das waren ihr geläufige Wendungen. Oft, wenn er sah, welches Wohlgefallen sie bei alten und jungen Männern und Frauen erregte, hatte Pierre gar nicht begreifen können, warum er sie denn nicht liebte. »Ich habe sie nie geliebt«, sagte er sich jetzt. »Ich habe es gewußt, daß sie ein sittenloses Weib ist«, wiederholte er mehrmals im tiefsten Innern, »aber ich wagte nicht, es mir wirklich einzugestehen.«

»Und jetzt dieser Dolochow! Da sitzt er nun im Schnee und zwingt sich zu lächeln und wird vielleicht sterben, indem er meiner Reue gegenüber eine Art von Mannhaftigkeit erheuchelt!«

Pierre war einer von den Menschen, die, trotz ihrer Charakterschwäche in vielem Äußerlichen, sich keinen Vertrauten für ihren Gram suchen. Er verarbeitete das, was ihn bedrückte, allein für sich.

»Sie ist schuldig, ja, sie ist schuldig«, sagte er zu sich. »Aber was hat diese Feststellung für einen Wert? Bin ich frei von Schuld? Warum habe ich mich mit ihr verbunden? Warum habe ich dieses ›Ich liebe Sie‹ zu ihr gesagt, das eine Lüge war, ja, noch etwas Schlimmeres als eine Lüge? Ich bin schuldig und muß die Folgen tragen … Was muß ich denn tragen? Die Schande meines Namens, das Unglück meines Lebens? Ach, das ist alles nur dummes Zeug«, dachte er. »Schande des Namens und Ehre, das sind nur bedingte Begriffe; das hat mit meinem wahren Sein nichts zu tun.«

»Ludwig der Sechzehnte«, fiel ihm ein, »ist hingerichtet worden, weil seine Richter sagten, er sei ein Ehrloser und Verbrecher, und von ihrem Gesichtspunkt aus hatten sie recht, ebenso wie diejenigen recht hatten, die für ihn den Märtyrertod starben und ihn zu den Heiligen zählten. Nachher hat man Robespierre hingerichtet, weil er angeblich ein Despot war. Wer hatte recht? Wer war schuldig? Niemand. Aber solange man am Leben ist, soll man leben; denn morgen ist man vielleicht schon tot, wie ja auch ich vor wenigen Stunden leicht hätte getötet werden können. Und ist es der Mühe wert, sich über ein unglückliches Leben zu grämen, wenn die Lebenszeit, die einem noch übrig ist, im Vergleich mit der Ewigkeit nicht mehr als eine Sekunde beträgt?«

Aber gerade als er meinte, sich durch Erwägungen dieser Art beruhigt zu haben, trat ihm auf einmal wieder ihr Bild vor die Seele, und zwar wie sie in den Augenblicken gewesen war, als er ihr in der allerstärksten Weise seine (unwahre!) Liebe zum Ausdruck gebracht hatte, und er fühlte, wie ihm das Blut zum Herzen stürzte, und mußte wieder aufstehen und sich Bewegung machen und alle Gegenstände, die ihm in die Hände kamen, zerbrechen und zerreißen. »Warum habe ich zu ihr gesagt: ›Ich liebe Sie‹?« wiederholte er immer wieder in seinem Selbstgespräch. Und nachdem er diese Frage wohl zehnmal wiederholt hatte, fiel ihm eine Stelle aus Molière ein: Mais que diable allait-il faire dans cette galère?, und er mußte über sich selbst lachen.

Noch in der Nacht rief er seinen Kammerdiener und befahl ihm zu packen, da er nach Petersburg fahren wolle. Er konnte sich nicht vorstellen, wie er in Zukunft mit ihr reden sollte. Er beschloß, morgen wegzureisen und ihr einen Brief zu hinterlassen, in dem er ihr seine Absicht, sich für immer von ihr zu trennen, mitteilen wollte.

Als am Morgen der Kammerdiener ins Zimmer trat, um den Kaffee zu bringen, lag Pierre, ein aufgeschlagenes Buch in der Hand, auf dem Sofa und schlief.

Er schrak auf und blickte lange verstört um sich, da er sich nicht darüber klarwerden konnte, wo er sich befinde.

»Die Frau Gräfin hat fragen lassen, ob Euer Erlaucht zu Hause sind«, berichtete der Kammerdiener.

Aber noch ehe sich Pierre über die zu erteilende Antwort schlüssig geworden war, trat die Gräfin selbst in einem weißen, silbergestickten Atlas-Morgenrock, das Haar noch unfrisiert (zwei starke Flechten waren diademartig zweimal um ihren reizenden Kopf geschlungen), ruhig und majestätisch ins Zimmer; nur über ihre marmorartige, etwas gewölbte Stirn zog sich eine zornige Falte. Mit ihrer durch nichts zu erschütternden Ruhe unterließ sie es, zu reden, solange der Kammerdiener im Zimmer war. Sie wußte von dem Duell und war gekommen, um mit Pierre darüber zu sprechen. Sie wartete, bis der Kammerdiener den Kaffee hingestellt haben und hinausgegangen sein würde. Pierre blickte schüchtern durch seine Brille zu ihr hin, und wie ein von den Hunden umringter Hase mit angedrückten Ohren angesichts seiner Feinde in seinem Lager liegen bleibt, so versuchte auch er, seine Lektüre fortzusetzen; aber er merkte sofort, daß dies sinnlos und unmöglich sei, und sah sie wieder schüchtern an. Sie setzte sich nicht hin, betrachtete ihn mit geringschätzigem Lächeln und wartete, bis der Kammerdiener hinausgegangen war.

»Was ist nun das wieder? Was haben Sie da getan, frage ich Sie?« begann sie dann in scharfem Ton.

»Ich? Was soll ich getan haben?« erwiderte Pierre.

»Sie sind ja auf einmal ein Held geworden! Nun, antworten Sie, was hatte es mit dem Duell für eine Bewandtnis? Was sollte das heißen? Nun? Ich möchte eine Antwort haben.«

Pierre drehte sich schwerfällig auf dem Sofa herum; er öffnete den Mund, war aber nicht imstande zu antworten.

»Wenn Sie nicht antworten, so will ich es Ihnen sagen«, fuhr Helene fort. »Sie glauben alles, was Ihnen gesagt wird; und da ist Ihnen nun gesagt worden« (Helene lachte), »Dolochow wäre mein Geliebter.« Mit der ihr eigenen abstoßenden Ungeniertheit sprach sie das Wort »Geliebter« geradeso deutlich und selbstverständlich aus wie jedes andere Wort. »Und Sie haben es geglaubt! Nun, was haben Sie jetzt damit bewiesen? Was haben Sie mit diesem Duell bewiesen? Daß Sie ein Narr sind; aber das wußten alle schon sowieso. Und was wird nun die Folge davon sein? Die Folge wird sein, daß ich für ganz Moskau zum Gegenstand des Gespöttes werde; und jeder wird sagen, daß Sie in trunkenem Zustand, wo Sie von sich selbst nichts wußten, einen Mann zum Duell gefordert haben, auf den Sie ohne Grund eifersüchtig sind« (Helene begann immer lauter zu sprechen und wurde immer lebhafter), »und der in jeder Beziehung weit über Ihnen steht …«

»Hm … hm …«, brummte Pierre mit finsterem Gesicht; aber er sah sie nicht an und rührte kein Glied.

»Und welchen Anlaß hatten Sie, zu glauben, daß er mein Geliebter sei? Nun? Weil ich gern mit ihm zusammen bin? Wenn Sie klüger und liebenswürdiger wären, würde ich Ihre Gesellschaft vorziehen.«

»Reden Sie nicht weiter zu mir … Ich bitte Sie darum …«, flüsterte Pierre mit heiserer Stimme.

»Warum sollte ich nicht reden? Ich habe ein Recht zu reden und sage dreist: Es wird selten eine Frau zu finden sein, die bei einem solchen Mann, wie Sie, sich keine Liebhaber anschafft; und ich habe es nicht getan«, sagte sie.

Pierre wollte etwas erwidern, sah sie mit einem seltsamen Blick an, dessen Bedeutung sie nicht verstand, und legte sich wieder hin. Er litt in diesem Augenblick körperlich: Er fühlte eine Beklemmung in der Brust und konnte nicht Atem holen. Er wußte, daß er irgend etwas tun mußte, um diese Schmerzempfindung abzukürzen; aber das, was zu tun ihn die Lust ankam, war gar zu furchtbar.

»Das beste wäre, wenn wir uns voneinander trennten«, stieß er in einzelnen Absätzen heraus.

»Meinetwegen; nur müssen Sie mir dann die nötigen Existenzmittel geben«, erwiderte Helene. »Eine Trennung! Bilden Sie sich nicht ein, daß mich das schreckt!«

Pierre sprang vom Sofa auf und stürzte taumelnd auf sie los.

»Ich schlage dich tot!« schrie er, packte mit einer Kraft, die er selbst noch nicht an sich kannte, die marmorne Tischplatte, tat einen Schritt in der Richtung auf seine Frau zu und holte gegen sie aus.

Helenes Gesicht verzerrte sich in furchtbarer Weise: Sie kreischte auf und sprang von ihm zurück. Die Natur seines Vaters kam bei ihm zum Durchbruch. Pierre fühlte, wie ihn die Raserei packte, und fühlte den Reiz und die Lust dieser Raserei. Er schleuderte die Tischplatte auf den Boden, so daß sie zerbrach, trat mit auseinander gehaltenen Armen auf seine Frau zu und schrie: »Hinaus!« mit so furchtbarer Stimme, daß alle im Haus diesen Schrei hörten und darüber erschraken. Gott weiß, was Pierre in diesem Augenblick noch weiter getan hätte, wenn Helene nicht aus dem Zimmer gelaufen wäre.

*

Eine Woche darauf stellte Pierre seiner Frau eine Vollmacht auf den Nießbrauch seiner sämtlichen in Großrußland gelegenen Güter aus, die die größere Hälfte seines Vermögens bildeten, und reiste allein nach Petersburg.

VII

Zwei Monate waren vergangen, seit die Nachricht von der Schlacht bei Austerlitz und dem Verschwinden des Fürsten Andrei nach Lysyje-Gory gelangt war, und trotz aller durch Vermittlung der Gesandtschaft beförderten Briefe und aller Nachforschungen war sein Leichnam nicht gefunden worden, und auch unter den Gefangenen befand sich Fürst Andrei nicht. Das schlimmste für seine Angehörigen war gerade, daß doch noch eine leise Hoffnung geblieben war: er sei vielleicht von Einwohnern auf dem Schlachtfeld aufgelesen und liege nun möglicherweise genesend oder sterbend irgendwo allein, unter fremden Menschen, nicht imstande, Nachricht von sich zu geben.

In den Zeitungen, aus denen der alte Fürst zuerst von der Niederlage bei Austerlitz erfahren hatte, war, wie immer, nur sehr kurz und unbestimmt gesagt gewesen, die Russen hätten sich nach glänzendem Kampf zurückziehen müssen, und der Rückzug hätte sich in vollständiger Ordnung vollzogen. Der alte Fürst hatte aus dieser offiziellen Nachricht entnommen, daß die Unsrigen geschlagen waren. Eine Woche nach der Zeitung, die die Nachricht von der Schlacht bei Austerlitz gebracht hatte, war ein Brief von Kutusow eingelaufen, der den Fürsten von dem Schicksal benachrichtigte, das seinen Sohn betroffen hatte.

»Ihr Sohn«, schrieb Kutusow, »ist vor meinen Augen mit einer Fahne in der Hand an der Spitze eines Regiments als Held niedergesunken, würdig seines Vaters und seines Vaterlandes. Zu meinem und der ganzen Armee allgemeinem Bedauern ist bis jetzt nicht bekanntgeworden, ob er noch am Leben ist oder nicht. Aber lassen Sie uns an der Hoffnung festhalten, daß Ihr Sohn noch lebt; denn andernfalls würde unter den auf dem Schlachtfeld gefundenen Offizieren, deren Liste mir durch Parlamentäre zugestellt ist, auch er genannt sein.«

Der alte Fürst erhielt diesen Brief spätabends, als er schon allein in seinem Zimmer war; am andern Tag unternahm er, wie gewöhnlich, seinen Morgenspaziergang; aber er war dem Verwalter, dem Gärtner und dem Baumeister gegenüber schweigsam und redete, obgleich er zornig aussah, mit niemand.

Als Prinzessin Marja zur üblichen Zeit zu ihm in sein Zimmer kam, stand er an der Drehbank und drechselte, sah sich aber, wie gewöhnlich, nicht nach ihr um.

»Ah, Prinzessin Marja!« sagte er auf einmal in unnatürlich klingendem Ton und warf den Drehstahl hin. Das Rad drehte sich infolge der Schwungkraft noch eine Weile weiter. Lange haftete der Prinzessin Marja dieses ersterbende Kreischen des Rades im Gedächtnis, da dieser

Ton in ihrer Seele mit dem, was nun folgte, zu einem Eindruck verschmolz.

Prinzessin Marja näherte sich ihrem Vater, blickte ihm ins Gesicht und hatte plötzlich die Empfindung, als ob in ihrem Innern etwas zusammenstürzte. Ihre Augen hörten auf, deutlich zu sehen. Aus dem Gesicht des Vaters, das nicht traurig und niedergeschlagen, sondern grimmig aussah und sich mit Gewalt zwingen wollte, ruhig zu erscheinen, erkannte sie, daß in diesem Augenblick ein furchtbares Unglück über ihrem Haupt hing und auf sie herabzustürzen drohte, das schlimmste Unglück, das es im Leben gibt, ein Unglück, das ihr bisher noch unbekannt geblieben war, ein unfaßbares, nie wiedergutzumachendes Unglück, der Tod eines geliebten Menschen.

»Lieber Vater! Andrei?« fragte sie, und die anmutlose, unbeholfene Prinzessin sah in ihrem Kummer und in ihrer Selbstvergessenheit so unsagbar rührend und lieblich aus, daß der Vater ihren Blick nicht ertragen konnte und sich schluchzend abwandte.

»Ich habe Nachricht erhalten. Unter den Gefangenen ist er nicht; unter den Toten hat man ihn auch nicht gefunden. Kutusow hat geschrieben«, schrie er so laut und scharf, als ob er mit diesem Schreien die Prinzessin hinaustreiben wollte. »Er muß tot sein!«

Die Prinzessin sank nicht zu Boden und bekam keinen Schwindelanfall; blaß war sie schon vorher gewesen. Aber als sie diese Worte hörte, ging in ihrem Gesicht eine Veränderung vor, und in ihren hellen, schönen Augen leuchtete ein besonderer Glanz auf. Es war, als ob eine Freudigkeit, eine Freudigkeit von höherer Art, die mit den Leiden und Freuden dieser Welt nichts gemein habe, den starken Kummer überflutete, von dem ihr Herz erfüllt war. Sie vergaß alle Furcht vor dem Vater, trat zu ihm heran, faßte ihn bei der Hand, zog ihn an sich und legte ihre Arme um seinen hageren, sehnigen Hals.

»Lieber Vater«, sagte sie, »wenden Sie sich nicht von mir weg. Lassen Sie uns zusammen weinen.«

»Diese Schurken, diese Halunken!« schrie der Alte und drehte sein Gesicht von ihr fort. »Vernichten die Armee! Vernichten so viele Menschenleben! Warum und wozu? Geh, geh, und sage es Lisa.«

Die Prinzessin ließ sich kraftlos in einen Lehnsessel neben ihrem Vater sinken und brach in Tränen aus. Sie glaubte ihren Bruder vor sich zu sehen, wie er mit seiner zugleich zärtlichen und hochmütigen Miene von ihr und von Lisa Abschied nahm; sie glaubte ihn vor sich zu sehen, wie er freundlich und spöttisch sich das Heiligenbild um den Hals hängte. »Ob er wohl zum Glauben gelangt ist? Ob er wohl seinen Unglauben bereut hat? Ist er jetzt dort, dort in der Stätte der ewigen Ruhe und Seligkeit?« dachte sie.

»Lieber Vater, sagen Sie mir, wie es geschehen ist«, bat sie weinend.

»Geh nur, geh. Er ist in der Schlacht gefallen, bei der man die besten Männer Rußlands auf die Schlachtbank geführt und Rußlands Ruhm geopfert hat. Gehen Sie, Prinzessin Marja. Geh hin, und sage es Lisa. Ich werde auch kommen.«

Als Prinzessin Marja von ihrem Vater zurückkehrte, saß die kleine Fürstin bei ihrer Handarbeit und schaute ihr mit dem besonderen, nach innen gekehrten, ruhigen, glücklichen Blick entgegen, wie er nur schwangeren Frauen eigen ist. Es war offenbar, daß ihre Augen die Prinzessin Marja gar nicht sahen, sondern in die Tiefe, in ihr eigenes Innere blickten, in ein glückverheißendes Geheimnis, das sich da in ihr vollzog.

»Marja«, sagte sie, indem sie von dem Stickrahmen abrückte und sich zurücklehnte, »gib einmal deine Hand her.«

Sie nahm die Hand der Prinzessin und legte sie sich auf den Leib. Ihre Augen lächelten; sie wartete auf etwas. Die Oberlippe mit dem Schnurrbärtchen zog sich in die Höhe und verharrte mit einem Ausdruck kindlicher Glückseligkeit in dieser Haltung.

Prinzessin Marja kniete vor ihr nieder und verbarg ihr Gesicht in den Kleiderfalten ihrer Schwägerin.

»Da, da! Fühlst du es? Mir ist so sonderbar zumute. Weißt du, Marja, ich werde es sehr lieb haben«, sagte Lisa und blickte sie mit glückstrahlenden Augen an.

Prinzessin Marja konnte den Kopf nicht in die Höhe heben; sie weinte.

»Was ist dir, Marja?«

»Nichts ... Es ist mir nur so bange ... so bange um Andrei«, antwortete sie und trocknete ihre Tränen an dem Knie ihrer Schwägerin ab.

Noch mehrere Male im Lauf dieses Vormittags setzte Prinzessin Marja dazu an, ihre Schwägerin vorzubereiten, und begann dabei jedesmal zu weinen. Die kleine Fürstin, so wenig Scharfblick sie auch besaß, geriet doch in Unruhe über diese Tränen, deren Ursache sie nicht begriff. Sie sagte nichts; aber sie blickte aufgeregt um sich, als ob sie etwas suchte. Vor dem Mittagessen kam in ihr Zimmer der alte Fürst, vor dem sie stets Furcht hatte; sein Gesicht zeigte jetzt eine besondere Unruhe und zornige Erregung, und ohne ein Wort zu sagen, ging er wieder hinaus. Sie blickte die Prinzessin Marja an und versank dann in Gedanken, wobei ihre Augen jenen Ausdruck einer nach innen gerichteten Aufmerksamkeit annahmen, wie er bei schwangeren Frauen häufig ist. Plötzlich brach sie in Tränen aus.

»Habt ihr Nachricht von Andrei?«

»Nein; du weißt, daß noch keine Nachricht dasein kann; aber der Vater beunruhigt sich, und auch mir ist bange.«

»Also es ist nichts gekommen?«

»Nein, nichts«, antwortete Prinzessin Marja und blickte mit ihren leuchtenden Augen ihre Schwägerin fest an.

Sie hatte sich dafür entschieden, ihr nichts zu sagen, und auch ihren Vater überredet, der kleinen Fürstin den Empfang der schrecklichen Nachricht bis zu ihrer bevorstehenden Entbindung zu verheimlichen. Prinzessin Marja und der alte Fürst trugen und verbargen ihren Kummer, ein jeder auf seine Weise. Der alte Fürst wollte nicht mehr hoffen: Er sagte sich, Fürst Andrei sei tot, und obgleich er einen seiner Angestellten nach Österreich schickte, um nach Spuren von seinem Sohn zu suchen, bestellte er doch bereits in Moskau ein Denkmal für ihn, das er in seinem Garten aufstellen wollte, und sagte zu allen, sein Sohn sei im Kampf gefallen. Er bemühte sich, seine frühere Lebensweise unverändert fortzuführen; aber die Kraft versagte ihm: Er ging weniger, aß weniger, schlief weniger und wurde mit jedem Tag schwächer. Prinzessin Marja dagegen hoffte noch. Sie betete für ihren Bruder wie für einen Lebenden und erwartete jeden Augenblick Nachrichten über seine Heimkehr.

VIII

»Liebe Marja«, sagte die kleine Fürstin am Vormittag des 19. März nach dem Frühstück, und die Oberlippe mit dem Schnurrbärtchen zog sich nach alter Gewohnheit in die Höhe; aber wie bei allen Bewohnern dieses Hauses seit dem Tag, wo die schreckliche Nachricht eingetroffen war, in der Art zu lächeln, im Ton der Stimmen, ja selbst in der Besonderheit des Gehens sich das Gefühl des Schmerzes und der Trauer kundgab, so glich sich jetzt auch das Lächeln der kleinen Fürstin der allgemeinen Stimmung an, obgleich sie deren Ursache nicht kannte, und erinnerte dadurch noch um so mehr an die allgemeine Traurigkeit.

»Liebe Marja«, sagte sie, »ich fürchte, daß das heutige ›Breakfast‹, wie euer Koch Foka es nennt, mir nicht gut bekommen ist.«

»Was ist dir denn, mein Herzchen? Du siehst so blaß aus! Ach ja, du bist sehr blaß«, sagte Prinzessin Marja erschrocken, die sofort mit ihren schweren, weichen Schritten zu ihrer Schwägerin geeilt war.

»Euer Durchlaucht, soll ich nicht Marja Bogdanowna holen lassen?« fragte ein gerade anwesendes Stubenmädchen. Marja Bogdanowna war die Hebamme aus der Kreisstadt; sie wohnte schon seit mehr als einer Woche in Lysyje-Gory.

»Das ist vielleicht wirklich das Richtige«, stimmte ihr Prinzessin Marja bei. »Ich will hingehen. Nur Mut, mein Engel!« Sie küßte Lisa und wollte das Zimmer verlassen.

»Ach nein, nein!« Und außer der durch ihren Körperzustand herbeigeführten Blässe malte sich auf dem Gesicht der kleinen Fürstin eine kindliche Furcht vor dem unabwendbaren Leiden. »Nein, es ist der Magen … Du kannst glauben, daß es der Magen ist, Marja; sag doch auch, daß es der Magen ist …« Und die Fürstin weinte, maßlos und eigensinnig wie ein kleines Kind, sogar etwas gekünstelt, und rang die kleinen Hände.

Die Prinzessin lief aus dem Zimmer, um Marja Bogdanowna zu holen.

»Mein Gott, o mein Gott!« hörte sie hinter sich stöhnen.

Sich die kleinen, fleischigen, weißen Hände reibend, kam ihr die Hebamme schon mit ruhiger, selbstbewußter Miene entgegen.

»Marja Bogdanowna, ich glaube, es hat angefangen«, sagte Prinzessin Marja und blickte diese wichtige Person mit weitgeöffneten, erschrockenen Augen an.

»Nun, Gott sei Dank, Prinzessin, erwiderte Marja Bogdanowna, ohne ihre Schritte zu beschleunigen. »Aber Sie als junges Mädchen dürfen davon nichts wissen.«

»Aber wie geht es denn zu, daß der Arzt aus Moskau noch nicht angekommen ist?« sagte die Prinzessin. Auf Lisas und des Fürsten Andrei Wunsch war für den vermutlichen Termin ein Moskauer Geburtshelfer zu kommen ersucht worden, und er wurde nun jeden Augenblick erwartet.

»Nun, das macht nichts, Prinzessin; seien Sie ohne Sorge!« antwortete Marja Bogdanowna. »Es wird auch ohne Arzt alles gutgehen.«

Fünf Minuten darauf hörte die Prinzessin von ihrem Zimmer aus, daß auf dem Korridor etwas Schweres getragen wurde. Sie sah aus der Tür: Mehrere Diener trugen das Ledersofa, das sonst im Zimmer des Fürsten Andrei stand, aus irgendeinem Grund nach dem Schlafzimmer. Auf den Gesichtern der Träger lag eine Art von feierlichem Ernst.

Prinzessin Marja saß allein in ihrem Zimmer und horchte auf die Geräusche im Haus; ab und zu öffnete sie die Tür, wenn jemand vorbeiging, und sah zu, was sich auf dem Korridor zutrug. Einige Frauen gingen mit leisen Schritten nach der einen und nach der andern Seite hin vorüber, blickten sich nach der Prinzessin um und wandten sich von ihr ab. Sie wagte nicht zu fragen, machte die Tür wieder zu, kehrte in ihr Zimmer zurück und setzte sich bald in ihren Lehnstuhl, bald griff sie nach dem Gebetbuch, bald fiel sie vor dem Heiligenschrein auf die Knie. Aber leider mußte sie zu ihrem Erstaunen bemerken, daß das Gebet ihre Aufregung nicht beruhigte. Plötzlich öffnete sich leise die Tür ihres Zimmers, und auf der Schwelle erschien, ein Tuch um den Kopf gebunden, ihre alte Kinderfrau Praskowja Sawischna, die sonst fast nie zu ihr ins Zimmer kam, da der Fürst es verboten hatte.

»Ich bin hergekommen, um ein Weilchen bei dir zu sitzen, liebe Marja«, sagte die Kinderfrau. »Und dann habe ich auch die Trauungskerzen des Fürsten Andrei mitgebracht; die wollte ich vor seinem Schutzheiligen anzünden, liebes Kind«, fügte sie mit einem Seufzer hinzu.

»Ach, wie freue ich mich, daß du gekommen bist, liebe Alte!«

»Gott ist gnädig, mein Herzchen.«

Die Kinderfrau zündete vor dem Heiligenschrein die ringsum mit Gold verzierten Kerzen an und setzte sich mit ihrem Strickstrumpf an die Tür. Prinzessin Marja nahm ein Buch und begann zu lesen. Nur wenn sich Schritte oder Stimmen vernehmen ließen, blickten beide einander an, die Prinzessin erschrocken und fragend, die Kinderfrau beruhigend. Dasselbe Gefühl, welches Prinzessin Marja, in ihrem Zimmer sitzend, empfand, war in allen Teilen des Hauses verbreitet und erfüllte die Herzen aller Hausgenossen. Aufgrund eines Volksglaubens, daß die Gebärerin um so weniger leidet, je weniger Leute von ihren Leiden wissen, waren alle bemüht, sich unwissend zu stellen. Niemand sprach davon, und das Dienstpersonal zeigte auch heute das gewöhnliche gemessene, respektvolle Benehmen und die guten Manieren, die im Haus des Fürsten stets herrschten; aber allen sah man eine bestimmte, gemeinsame Sorge an und eine weiche Stimmung des Herzens und das Bewußtsein, daß sich da jetzt in diesem Augenblick etwas Großes, Unbegreifliches vollzog.

In dem großen Mädchenzimmer war kein Lachen zu hören. Im Dienerzimmer saßen alle schweigend da und hielten sich für irgendeinen Bedarfsfall in Bereitschaft. Die Leute im Gesindehaus hatten Kienspäne und Kerzen angezündet und schliefen nicht. Der alte Fürst ging, mit den Hakken auftretend, in seinem Zimmer auf und ab und schickte Tichon zu Marja Bogdanowna, um sich zu erkundigen, wie es gehe. »Sage nur: ›Der Fürst läßt fragen, wie es geht‹, und dann komm wieder und melde mir, was sie gesagt hat.«

»Melde dem Fürsten, daß die Geburt begonnen hat«, sagte Marja Bogdanowna, indem sie den Abgesandten ernst und bedeutsam anblickte.

Tichon ging zurück und meldete es dem Fürsten.

»Gut«, sagte der Fürst und machte die Tür hinter sich zu; Tichon hörte aus dem Zimmer des Fürsten nicht das geringste Geräusch mehr.

Tichon wartete eine Weile und ging dann hinein, wie wenn er die Kerzen in Ordnung bringen wollte. Als er sah, daß der Fürst auf dem Sofa lag, betrachtete Tichon ihn und sein verstörtes Gesicht, schüttelte den Kopf, trat schweigend zu ihm heran und küßte ihn auf die Schulter; dann ging er wieder hinaus, ohne die Kerzen in Ordnung gebracht und ohne gesagt zu haben, warum er gekommen sei. Der feierlichste, geheimnisvollste Vorgang der Welt fuhr fort sich zu vollziehen. Der Abend verging, die Nacht kam heran. Das Gefühl der Erwartung und die weiche Seelenstimmung gegenüber dem Unbegreiflichen wurde nicht schwächer, sondern steigerte sich noch immer. Niemand schlief.

*

Es war eine von jenen Märznächten, wo der Winter es sich in den Kopf gesetzt zu haben scheint, das Feld zu behaupten, und nun mit verzweifeltem Ingrimm unter heftigem Sturm seinen letzten Schneevorrat herabschüttet. Dem deutschen Arzt aus Moskau, der jeden Augenblick erwartet wurde, waren frische Pferde auf die große Landstraße entgegengeschickt worden, und Reiter mit Laternen waren an der Stelle postiert, wo der Landweg abzweigte, um den Arzt über die holprigen Stellen und Wasserlöcher zu geleiten.

Prinzessin Marja hatte schon längst aufgehört, in dem Buch zu lesen; sie saß schweigend da und richtete ihre glänzenden Augen auf das runzlige, ihr bis in die kleinsten Einzelheiten bekannte Gesicht der Kinderfrau: auf eine graue Haarsträhne, die sich unter dem Tuch hervorgestohlen hatte, und auf das herunterhängende Hautsäckchen unter dem Kinn.

Die Kinderfrau Sawischna erzählte, den Strickstrumpf in den Händen haltend, mit leiser Stimme, ohne ihre eigenen Worte selbst zu hören und zu verstehen, eine Geschichte, die sie schon hundertmal erzählt hatte: wie die selige Fürstin in Kischinew die Prinzessin Marja zur Welt gebracht habe, unter Beihilfe nur einer moldauischen Bäuerin statt einer Hebamme.

»Gott ist gnädig; die Ärzte sind ganz überflüssig«, sagte sie.

Plötzlich drückte ein Windstoß heftig gegen ein Fenster der Stube, aus welchem der Vorsetzrahmen herausgenommen war (auf Anordnung des Fürsten wurde alljährlich, sobald die Lerchen erschienen, in jedem Zimmer ein Vorsetzrahmen entfernt), stieß einen schlecht vorgelegten Riegel auf, blähte den schweren seidenen Vorhang, trieb eine Menge kalter Schneeluft ins Zimmer und blies die Kerze aus. Prinzessin Marja schrak zusammen; die Kinderfrau legte ihren Strickstrumpf hin, ging zum Fenster, bog sich hinaus und suchte den losgerissenen Fensterflügel zu fassen. Der kalte Wind ließ die Enden ihres Kopftuches und die hervorgedrungenen grauen Haarsträhnen flattern.

»Prinzessin, liebe Prinzessin, es kommt jemand in der Allee gefahren!« sagte sie und hielt den Fensterflügel in der Hand, ohne ihn zuzumachen. »Es sind Laternen dabei; gewiß der Doktor ...«

»Ach, Gott sei Dank, Gott sei Dank!« rief Prinzessin Marja. »Ich muß ihm entgegengehen; er versteht kein Russisch.«

Sie warf einen Schal um und eilte dem Ankommenden entgegen. Als sie durch das Vorzimmer ging, sah sie durch ein Fenster, daß eine Equipage und Leute mit Laternen vor dem Portal standen. Sie trat auf den

Treppenflur. Oben, auf dem Geländerpfosten, stand ein Talglicht und tropfte im Zugwind. Der Diener Philipp stand, mit einer Miene höchster Überraschung ein zweites Licht in der Hand, tiefer unten, auf dem ersten Treppenabsatz. Noch weiter unten, hinter der Biegung, waren auf der Treppe sich nähernde Schritte in weichen Stiefeln vernehmbar. Und eine Stimme, die der Prinzessin Marja bekannt schien, sagte etwas.

»Gott sei Dank!« sagte die Stimme. »Und mein Vater?«

»Seine Durchlaucht haben sich zur Ruhe begeben«, antwortete die Stimme des Haushofmeisters Demian, der bereits unten war.

Dann sagte die andere Stimme noch etwas, und Demian antwortete wieder, und nun kamen die Schritte in den weichen Stiefeln schneller auf dem hinter der Biegung nicht sichtbaren Teil der Treppe herauf.

»Das ist Andrei!« dachte Prinzessin Marja. »Nein, es kann nicht sein; das wäre doch zu wunderbar.« Aber in demselben Augenblick, wo sie das dachte, erschien auf dem Treppenabsatz, wo der Diener mit dem Licht stand, das Gesicht und die Gestalt des Fürsten Andrei, im Pelz, mit schneebedecktem Kragen. Ja, er war es, jedoch blaß und mager und mit einem veränderten, seltsam weichen, aber unruhigen Gesichtsausdruck. Nun hatte er das obere Ende der Treppe erreicht und umarmte seine Schwester.

»Ihr habt meinen Brief nicht erhalten?« fragte er. Dann kehrte er wieder um, ohne eine Antwort abzuwarten, die er auch nicht erhalten hätte, da die Prinzessin nicht imstande war zu reden, und stieg mit dem Geburtshelfer, der nach ihm in das Haus getreten war (Fürst Andrei hatte ihn auf der letzten Station getroffen), schnellen Schrittes noch einmal die Treppe hinauf und umarmte seine Schwester zum zweitenmal.

»Welch eine Fügung, liebe Marja«, sagte er, warf Pelz und Stiefel ab und ging nach dem Zimmer seiner Frau.

IX

Die kleine Fürstin lag, ein weißes Häubchen auf dem Kopf, in den Kissen; die Schmerzen hatten gerade aufgehört. Einzelne sich schlängelnde Strähnen ihres schwarzen Haares lagen auf ihren glühenden, schweißbedeckten Wangen. Das rote, reizende Mündchen mit den schwarzen Härchen auf der Oberlippe war geöffnet, und sie lächelte freudig. Fürst Andrei trat ins Zimmer und blieb am Fußende des Sofas, auf dem sie lag, vor ihr stehen. Ihre glänzenden Augen, in deren Blick eine kindliche Furcht und Erregung lag, hefteten sich auf ihn, ohne jedoch ihren Ausdruck zu verändern. »Ich liebe euch alle; ich habe niemandem Böses getan; wofür leide ich? Helft mir doch!« sagte dieser Blick. Sie sah ihren Mann; aber sie begriff nicht, welche Bedeutung es hatte, daß er jetzt vor ihr stand. Fürst Andrei ging um das Sofa herum und küßte sie auf die Stirn.

»Mein Herzchen!« sagte er, ein Kosewort, dessen er sich ihr gegenüber noch nie bedient hatte. »Gott ist gnädig …«

Sie blickte ihn fragend und kindlich vorwurfsvoll an.

»Ich habe Hilfe von dir erwartet, und du tust nichts, hilfst mir nicht; du bist auch wie die andern!« sagten ihre Augen. Sie wunderte sich nicht, daß er gekommen war; sie hatte für seine Ankunft kein Verständnis. Seine Ankunft stand in keiner Beziehung zu ihren Leiden und zu deren Erleichterung. Die Schmerzen setzten von neuem ein, und Marja Bogdanowna riet dem Fürsten Andrei, lieber hinauszugehen.

Der Arzt trat ins Zimmer. Fürst Andrei ging hinaus. Draußen traf er die Prinzessin Marja und trat wieder zu ihr. Sie redeten flüsternd miteinander; aber alle Augenblicke verstummte ihr Gespräch. Sie warteten und horchten.

»Geh hin, lieber Bruder«, sagte Prinzessin Marja.

Fürst Andrei ging wieder zu seiner Frau, setzte sich im Nebenzimmer hin und wartete. Eine Frau kam aus dem Zimmer, in welchem sich die kleine Fürstin befand, mit angstvollem Gesicht heraus und wurde beim Anblick des Fürsten Andrei verlegen. Er bedeckte das Gesicht mit den Händen und saß so mehrere Minuten lang. Ein klägliches, hilfloses, tierisches Stöhnen erscholl durch die Tür. Fürst Andrei stand auf, trat zu der Tür und wollte sie öffnen. Aber sie wurde von jemand festgehalten.

»Es geht jetzt nicht, es geht jetzt nicht«, sagte von innen eine ängstliche Stimme.

Er begann im Zimmer auf und ab zu gehen. Das Geschrei verstummte; es vergingen noch einige Sekunden. Plötzlich erscholl im Nebenzimmer ein furchtbarer Schrei; dieser Schrei konnte ja doch nicht aus ihrem Mund gekommen sein, dachte Fürst Andrei; so konnte sie doch nicht schreien. Fürst Andrei lief zur Tür hin; das Schreien verstummte; er hörte das Quäken eines kleinen Kindes.

»Wozu haben sie ein kleines Kind dorthin gebracht?« dachte Fürst Andrei in der ersten Sekunde. »Ein kleines Kind? Was für ein kleines Kind …? Wozu ist dort ein kleines Kind? Oder ist da ein Kind geboren?«

Da begriff er auf einmal die ganze freudige Bedeutung dieser quäkenden Töne; die Tränen erstickten ihn fast; er stützte sich mit beiden Ellbogen auf das Fensterbrett und weinte schluchzend, so wie Kinder weinen.

Die Tür ging auf. Der Arzt, ohne Rock, mit aufgerollten Hemdsärmeln, blaß und mit zitterndem Unterkiefer, trat aus dem Zimmer. Fürst Andrei wandte sich zu ihm; aber der Arzt blickte ihn wie geistesabwesend an und ging, ohne ein Wort zu sagen, an ihm vorbei. Eine Frau kam herausgelaufen und blieb, als sie den Fürsten Andrei erblickte, zögernd auf der Schwelle stehen. Er ging in das Zimmer seiner Frau hinein. Sie lag tot da, in derselben Haltung, in der er sie fünf Minuten vorher gesehen hatte, und trotz der starr gewordenen Augen und der Blässe der Wangen lag noch derselbe Ausdruck auf diesem reizenden, kindlichen Gesichtchen mit den schwarzen Härchen auf der Oberlippe.

»Ich liebe euch alle und habe niemandem Böses getan; und was habt ihr mit mir gemacht?« sagte ihr reizendes, mitleiderregendes, totes Antlitz.

In der Ecke des Zimmers grunzte und winselte etwas Kleines, Rotes in Marja Bogdanownas weißen, zitternden Händen.

*

Zwei Stunden später ging Fürst Andrei mit leisen Schritten zu seinem Vater in dessen Zimmer. Der Alte wußte schon alles. Er stand dicht an der Tür, und sowie sie sich öffnete, umschlang er schweigend mit seinen steifen, alten Armen den Hals seines Sohnes und schluchzte wie ein Kind.

*

Drei Tage darauf wurde an der Leiche der kleinen Fürstin das Totenamt gehalten, und Fürst Andrei stieg, um von ihr Abschied zu nehmen, die Stufen hinan, auf denen der Sarg stand. Auch im Sarg war ihr Gesicht unverändert, obwohl die Augen nun geschlossen waren. »Ach, was habt ihr mit mir gemacht?« sagte es immer noch, und Fürst Andrei fühlte, daß in seiner Seele gleichsam etwas zerrissen war, daß ihn eine Schuld drückte, die er nicht wiedergutmachen und nicht vergessen konnte. Er war nicht imstande zu weinen.

Der Alte stieg ebenfalls hinauf und küßte das eine wachsartige Händchen der Toten, das still und mit hohem Hohlraum über dem andern lag, und auch zu ihm sagte ihr Gesicht: »Ach, was habt ihr mit mir gemacht, und womit habe ich es verdient?« Und der Alte wandte sich mit grimmiger Miene weg, als er dieses Gesicht erblickte.

*

Wieder fünf Tage später wurde der kleine Fürst Nikolai Andrejewitsch getauft. Die Amme hielt mit dem Kinn die Windeln fest, während der Geistliche mittels einer Gänsefeder die runzeligen, roten Handflächen und Fußsohlen des Knaben salbte.

Taufpate war der Großvater; in größter Furcht, daß er den Kleinen fallen lassen könnte, trug er ihn zitternd um das blecherne verbeulte Taufbecken herum und übergab ihn dann der Patin, der Prinzessin Marja. Fürst Andrei saß in einem Nebenzimmer, voller Angst, daß man ihm seinen Sohn ertränken werde, und wartete auf die Beendigung der heiligen

Handlung. Mit herzlicher Freude sah er das Kind an, als die Kinderfrau es ihm brachte, und nickte beifällig mit dem Kopf, als sie ihm berichtete, daß das in das Taufbecken geworfene Wachsklümpchen mir Haaren des Täuflings nicht untergesunken sei, sondern auf dem Wasser geschwommen habe.

X

Es war dem alten Grafen Rostow durch seine Bemühungen gelungen, Nikolais Beteiligung an dem Duell zwischen Dolochow und Besuchow zu vertuschen, und Nikolai war, statt degradiert zu werden, wie er es erwartet hatte, vielmehr zum Adjutanten beim Generalgouverneur von Moskau ernannt worden. Infolgedessen konnte er nicht mit der übrigen Familie aufs Land fahren, sondern blieb wegen seiner neuen Tätigkeit den ganzen Sommer über in Moskau. Dolochow genas wieder von seiner Verwundung, und Rostow befreundete sich mit ihm während seiner Rekonvaleszenz noch enger als vorher. Dolochow überstand sein Krankenlager in der Wohnung seiner Mutter, die ihn zärtlich und leidenschaftlich liebte. Die alte Marja Iwanowna, die den jungen Rostow wegen seiner freundschaftlichen Zuneigung zu ihrem Fjodor liebgewonnen hatte, sprach häufig mit ihm über ihren Sohn.

»Ja, Graf«, pflegte sie zu sagen, »er hat eine zu edle, reine Seele für die jetzige verderbte Welt. Die Tugend hat niemand gern; die ist allen ein Dorn im Auge. Sagen Sie selbst, Graf, hat etwa dieser Besuchow sich gerecht und ehrenhaft benommen? Fjodor aber in seiner edlen Denkungsweise hat ihn gern gehabt und redet auch jetzt nie etwas Schlechtes von ihm. Diese dummen Streiche in Petersburg (sie haben da mit einem Reviervorsteher irgendeinen Scherz gemacht), die haben die beiden ja doch zusammen ausgeführt. Und doch ist diesem Besuchow nichts dafür passiert; Fjodor hat alles auf seine Schultern genommen. Was hat er nicht alles dafür ertragen müssen! Gewiß, er ist dann rehabilitiert worden; aber das war ja auch gar nicht anders möglich. Ich meine, so tapfere Helden und so treue Söhne des Vaterlandes wie ihn hat es da im Feld nicht viele gegeben. Und nun jetzt dieses Duell! Haben denn diese Leute gar kein menschliches Empfinden, gar kein Ehrgefühl? Zu wissen, daß er mein einziger Sohn ist, und ihn doch zum Duell zu fordern und so geradezu auf ihn zu schießen! Nur gut, daß Gott sich unser erbarmt hat! Und was war der Grund? Nun, wer hat in unserer Zeit keine Liebesaffären? Und dann, wie kann dieser Besuchow nur plötzlich so eifersüchtig sein? Ich möchte meinen, er konnte meinem Sohn ja früher zu verstehen geben, daß ihm dieses Verhältnis nicht zusagte; aber nun hatte es doch schon wer weiß wie lange gedauert. Und dann: Er hat ihn zum Duell herausgefordert, weil er dachte, Fjodor werde sich nicht mit ihm schlagen, weil er ihm Geld schuldig ist. Welch eine niedrige, gemeine Gesinnung! Ich weiß, Sie, mein lieber Graf, haben für Fjodors Wesen Verständnis gewonnen; darum habe ich Sie auch herzlich gern, das können Sie mir glauben. Es sind nur wenige, die für ihn Verständnis haben. Er hat eine so herrliche, himmlische Seele!«

Dolochow selbst redete während seiner Rekonvaleszenz häufig zu Rostow in einer Weise, die man von ihm schlechterdings nicht hätte erwarten können.

»Ich weiß, ich gelte für einen schlimmen Menschen«, sagte er oft; »nun, mag man mich dafür halten. Außer den Menschen, die ich liebe, mag ich von niemand etwas wissen; aber wen ich liebe, den liebe ich so, daß ich mein Leben für ihn hingebe; alle übrigen aber trete ich zu Boden, wenn sie mir im Wege stehen. Ich habe eine ganz prächtige, herrliche Mutter, die ich innig liebe, und zwei, drei Freunde, zu denen auch du gehörst; aber um die anderen Menschen kümmere ich mich nur insoweit, als sie mir nützlich oder schädlich sind. Und fast alle sind sie schädlich, namentlich die Weiber. Ja, mein Bester«, fuhr er fort, »Männer nach meinem Herzen habe ich schon gefunden: liebende, edeldenkende, hochsinnige Männer; aber unter dem Weibervolk bin ich bisher immer nur käuflichen Geschöpfen begegnet; ob es Gräfinnen oder Köchinnen sind, das macht keinen Unterschied. Noch habe ich nie jene himmlische Reinheit und Hingebung angetroffen, die ich beim Weib suche. Wenn ich ein solches Weib fände, würde ich mein Leben für sie hingeben. Aber diese Sorte …« Er machte eine verächtliche Gebärde. »Und glaube mir, wenn ich noch Wert darauf lege, weiterzuleben, so tue ich das nur, weil ich immer noch einem solchen himmlischen Wesen zu begegnen hoffe; diesem werde ich dann meine Wiedergeburt, meine Läuterung, meine Erhebung zu höherer Sphäre zu danken haben. Aber du verstehst mich wohl kaum.«

»O doch, ich verstehe dich sehr wohl«, antwortete Rostow, der von seinem neuen Freund ganz entzückt war.

*

Im Herbst kehrte die Familie Rostow nach Moskau zurück. Zu Anfang des Winters traf auch Denisow wieder in Moskau ein und logierte bei Rostows. Diese erste Zeit des Winters 1806, welche Nikolai Rostow in Moskau verlebte, war eine besonders glückliche und heitere für ihn und für seine ganze Familie. Nikolai brachte eine ganze Menge junger Männer mit in sein Elternhaus. Wjera war eine schöne junge Dame von zwanzig Jahren, Sonja ein sechzehnjähriges Mädchen mit dem ganzen Reiz einer sich eben erschließenden Blume, Natascha ein Mittelding zwischen junger Dame und Kind, bald kindlich komisch, bald mädchenhaft bezaubernd.

In dem Rostowschen Haus hatte sich damals gleichsam eine besondere Liebesatmosphäre gebildet, wie das häufig geschieht, wenn viele nette junge Mädchen in einem Haus sind. Kam ein junger Mann in das Rostowsche Haus und sah er diese jungen, angeregten Mädchengesichter, die immer über etwas (wahrscheinlich über ihre eigene Glückseligkeit) lächelten, und erblickte er dieses muntere, lebhafte Treiben und hörte er dieses nicht gerade tiefsinnige, aber gegen jedermann freundliche, auf jedes Thema, auf jeden Scherz gern eingehende, von stillen Hoffnungen erfüllte Geplauder der weiblichen Jugend und hörte er, wie nach Lust und Laune bald gesungen, bald musiziert wurde: dann bemächtigte sich seiner unfehlbar dieselbe Empfindung, von der die Jugend des Rostowschen Hauses erfüllt war, eine willige Bereitschaft zur Liebe und die Erwartung eines hohen Glückes.

Unter den jungen Männern, die Rostow bei den Seinigen einführte, trat besonders Dolochow hervor, der allen im Haus gut gefiel, mit Ausnahme von Natascha. Über Dolochow hätte sie sich beinahe mit ihrem Bruder veruneinigt. Sie behauptete mit aller Bestimmtheit, er sei ein schlechter Mensch; bei dem Duell mit Besuchow habe dieser recht gehabt und Dolochow unrecht; er sei ein unangenehmer Mensch und gebe sich nicht so, wie er wirklich sei.

»Ich will von gar nichts weiter wissen!« rief sie mit eigensinniger Hartnäckigkeit. »Er ist ein böser, gefühlloser Mensch. Siehst du, da ist dein Denisow; den habe ich ganz gern; er ist ja wohl ein arger Zecher und mag auch sonst noch Fehler haben; aber ich habe ihn doch ganz gern; für den habe ich Verständnis. Ich weiß nicht, wie ich mich da deutlich ausdrükken soll; aber bei Dolochow ist alles überlegt, und das mag ich nicht. Dagegen Denisow …«

»Na, Denisow, das ist doch eine ganz andere Sache«, erwiderte Nikolai und deutete durch seinen Ton an, daß im Vergleich mit Dolochow selbst Denisow eine Null sei. »Man muß wissen, was für eine herrliche Seele dieser Dolochow hat; man muß ihn im Verkehr mit seiner Mutter sehen. So ein edles Herz!«

»Ich weiß nicht, wie es zugeht; aber ich fühle mich in seiner Gegenwart immer unbehaglich. Weißt du auch wohl, daß er in Sonja verliebt ist?«

»Unsinn!«

»Ich bin davon überzeugt. Du wirst es ja sehen.«

Nataschas Vorhersage bewahrheitete sich. Dolochow, der bisher Damengesellschaft nicht gemocht hatte, begann viel in dem Haus zu verkehren, und die Frage, wer denn auf ihn eine solche Anziehungskraft ausübe, konnte sich bald ein jeder (obgleich niemand darüber sprach) dahin beantworten, daß er um Sonjas willen kam. Und wiewohl Sonja nie gewagt hätte, dies auszusprechen, so wußte sie es doch recht wohl und wurde jedesmal, wenn Dolochow erschien, rot wie eine Mohnblume.

Dolochow speiste oft bei Rostows zu Mittag, versäumte nie eine Theatervorstellung, wenn sie dort waren, und besuchte sogar die Backfischbälle des Herrn Jogel, an denen Rostows immer teilnahmen. Er bezeigte Sonja ungewöhnliche Aufmerksamkeit und blickte sie mit solchen Augen an, daß nicht nur sie sich eines tiefen Errötens nicht erwehren konnte, sondern auch die alte Gräfin und Natascha verlegen wurden, wenn sie diesen Blick bemerkten.

Es unterlag keinem Zweifel, daß dieser kraftvolle, eigenartige Mann sich unter der unwiderstehlichen Einwirkung des Zaubers befand, den auf ihn dieses schwarzhaarige, anmutige Mädchen ausübte, das doch einen andern liebte.

Rostow bemerkte zwar, daß etwas Neues zwischen Dolochow und Sonja vorging; aber er machte es sich nicht klar, worin diese neue Beziehung bestand. »Die beiden Mädchen sind immer in irgend jemand verliebt«, dachte er mit Bezug auf Sonja und Natascha. Aber er fühlte sich im Verkehr mit Sonja und Dolochow nicht mehr so behaglich wie früher und begann, seltener zu Hause zu sein.

Seit dem Herbst 1806 wurde wieder allgemein vom Krieg mit Napoleon gesprochen, und zwar mit noch größerem Eifer als im vorhergehenden Jahr. Es war verfügt worden, daß von je tausend Seelen nicht nur zehn Rekruten, sondern auch noch neun Landwehrleute gestellt werden sollten. Überall hörte man Bonaparte verwünschen, und in Moskau war von nichts anderem als von dem bevorstehenden Krieg die Rede. In der Familie Rostow drehte sich das gesamte Interesse für diese Kriegsvorbereitungen nur darum, daß Nikolai erklärt hatte, um keinen Preis in Moskau bleiben zu wollen, und nur das Ablaufen von Denisows Urlaub abwartete, um mit ihm nach den Feiertagen zum Regiment zu reisen. Indessen hinderte ihn die bevorstehende Abreise in keiner Weise daran, sich zu amüsieren, ja, sie bildete für ihn vielmehr einen Ansporn, die Zeit auszunutzen. So verbrachte er denn den größten Teil seiner Zeit außer dem Haus, auf Diners, Abendgesellschaften und Bällen.

XI

Am dritten Weihnachtstag aß Nikolai zu Hause Mittag, was er in der letzten Zeit nur selten getan hatte. Es war dies eine Art von offiziellem Abschiedsdiner, da er mit Denisow gleich nach dem Epiphaniasfest zum Regiment abreisen sollte. An dem Diner nahmen gegen zwanzig Personen teil, darunter Dolochow und Denisow.

Niemals hatte sich im Rostowschen Haus die Liebeslust und die Atmosphäre der Verliebtheit so stark fühlbar gemacht wie in diesen Feiertagen. »Ergreife den Augenblick des Glückes; mache andere in dich verliebt, und verliebe dich selbst! Das ist das einzig Wahre in der Welt; alles übrige ist Torheit. Und das ist das einzige, womit wir uns hier beschäftigen«, sagte diese Atmosphäre gleichsam.

Nachdem Nikolai, wie gewöhnlich, zwei Paar Pferde müde gejagt und es doch nicht fertiggebracht hatte, überall vorzusprechen, wo er Besuche zu machen hatte, und wo zu erscheinen er aufgefordert war, kam er erst unmittelbar vor dem Diner nach Hause. Sowie er eingetreten war, merkte und fühlte er die besondere Spannung der Liebesatmosphäre im Haus; außerdem aber nahm er wahr, daß zwischen einigen Mitgliedern der Tischgesellschaft eine seltsame Verlegenheit herrschte. Ganz besonders aufgeregt waren Sonja, Dolochow und die alte Gräfin, etwas weniger Natascha. Nikolai sagte sich, es müsse sich vor Tisch zwischen Sonja und Dolochow etwas begeben haben, und benahm sich mit dem ihm eigenen Taktgefühl des Herzens während des Diners gegen diese beiden außerordentlich zart und rücksichtsvoll. An demselben Abend, dem dritten Weihnachtsfeiertag, sollte bei dem Tanzlehrer Jogel ein Ball stattfinden, wie Herr Jogel dergleichen öfter an Feiertagen für alle seine dermaligen und früheren Schüler und Schülerinnen zu veranstalten pflegte.

»Nikolai, kommst du auch zu Jogel? Bitte, komm doch hin!« sagte Natascha zu ihm. »Er hat dich noch besonders einladen lassen. Wasili Dmitrijewitsch« (das war Denisow) »kommt auch mit.«

»Wohin würde ich nicht auf Befehl der Komtesse gehen!« sagte Denisow, der im Rostowschen Haus scherzhaft Nataschas Ritter spielte. »Ich bin sogar bereit, den pas de châle zu tanzen.«

»Wenn ich noch Zeit finde!« erwiderte Nikolai. »Ich habe bei Archarows zugesagt; die geben heute eine Abendgesellschaft … Und du?« wandte er sich an Dolochow. Aber kaum hatte er diese Frage gestellt, so merkte er, daß er es nicht hätte tun sollen.

»Ja, vielleicht …«, antwortete Dolochow in kaltem, zornigem Ton mit einem Blick auf Sonja. Dann zog er die Brauen zusammen und sah Nikolai mit ganz demselben Blick an, mit dem er bei dem Diner im Klub Pierre angesehen hatte.

»Da steckt etwas dahinter«, dachte Nikolai und wurde in dieser Vermutung dadurch noch mehr bestärkt, daß Dolochow sogleich nach Tisch aufbrach. Nikolai rief Natascha heraus, die ihm eilig folgte, und fragte sie, was denn eigentlich vorgefallen sei.

»Ich hatte schon selbst Gelegenheit gesucht, mit dir zu reden«, sagte Natascha. »Ich habe es ja gleich gesagt; aber du wolltest mir nicht glauben!« fuhr sie triumphierend fort. »Er hat Sonja einen Antrag gemacht.«

Wie wenig sich Nikolai auch in dieser ganzen Zeit um Sonja gekümmert hatte, so hatte er doch, als er dies hörte, eine Empfindung, als ob in seinem Innern etwas zerrisse. Für ein Mädchen wie Sonja, eine Waise ohne Mitgift, war Dolochow eine anständige, ja in mancher Hinsicht glänzende Partie. Vom Standpunkt der alten Gräfin und der gesellschaftlichen Kreise aus war es unmöglich, ihm eine abschlägige Antwort zu erteilen. Und darum war Nikolais erstes Gefühl, als er von der Sache hörte, eine gewisse Erbitterung gegen Sonja. Er setzte bereits dazu an zu sagen: »Ei, das ist ja prächtig! Da darf sie natürlich an ihr kindisches Versprechen nicht mehr denken, sondern muß den Antrag annehmen«; aber er kam nicht dazu, dies auszusprechen.

»Kannst du dir das vorstellen? Sie hat seinen Antrag abgelehnt, rundweg abgelehnt!« rief Natascha. »Sie hat ihm gesagt, sie liebe einen andern«, fügte sie nach kurzem Stillschweigen hinzu.

»Anders konnte auch meine Sonja nicht handeln«, dachte Nikolai.

»So sehr ihr Mama auch zugeredet hat, sie hat abgelehnt. Und ich weiß, sie ändert ihren Entschluß nicht, wenn sie einmal etwas gesagt hat ...«

»Also Mama hat ihr zugeredet!« sagte Nikolai vorwurfsvoll.

»Ja«, erwiderte Natascha. »Weißt du, lieber Nikolai, sei nicht böse; aber ich weiß, du wirst sie doch nicht heiraten. Ich weiß (ich kann selbst nicht sagen, woher ich diese Überzeugung habe), aber ich weiß bestimmt, daß du sie nicht heiraten wirst.«

»Nun, das kannst du durchaus nicht wissen«, antwortete Nikolai. »Aber ich muß mit ihr reden. Was ist Sonja doch für ein entzückendes Wesen!« fügte er lächelnd hinzu.

»Ja, sie ist ein entzückendes Wesen! Ich werde sie dir herschicken!« Natascha küßte ihren Bruder und lief fort.

Einen Augenblick darauf trat Sonja ein, ängstlich, verlegen und schuldbewußt. Nikolai ging auf sie zu und küßte ihr die Hand. Dies war das erstemal während dieser Anwesenheit Nikolais in Moskau, daß sie unter vier Augen von ihrer Liebe sprachen.

»Sonja«, sagte er, anfangs schüchtern, aber dann immer dreister und dreister. »Wenn Sie seinen Antrag ablehnen, so verscherzen Sie dadurch nicht nur eine glänzende, vorteilhafte Partie; er ist auch persönlich ein vortrefflicher Mensch … er ist mein Freund.«

Sonja unterbrach ihn.

»Ich habe den Antrag bereits abgelehnt«, sagte sie hastig.

»Wenn Sie das mit Rücksicht auf mich getan haben, so befürchte ich, daß auf mir …«

Sonja unterbrach ihn zum zweitenmal; sie sah ihn mit einem flehenden, angstvollen Blick an.

»Nikolai, reden Sie nicht so zu mir!« bat sie.

»Doch, doch, ich muß es sagen. Vielleicht sieht es wie Arroganz von meiner Seite aus; aber doch ist es das beste, alles geradezu zu sagen. Wenn Sie diesen Antrag mit Rücksicht auf mich ablehnen, so muß ich Ihnen die ganze Wahrheit sagen. Ich glaube, daß ich Sie mehr liebe, als ich je ein Mädchen geliebt habe …«

»Das ist mir genug!« unterbrach ihn Sonja errötend.

»Aber ich habe mich schon tausendmal verliebt und werde mich noch tausendmal verlieben, obwohl ich ein solches Gefühl der Freundschaft, des Vertrauens und der Liebe gegen niemand empfinde wie gegen Sie. Ferner bin ich noch zu jung. Und Mama wünscht es nicht. Also, einfach gesagt, ich kann nichts versprechen. Und daher bitte ich Sie, über Dolochows Antrag nachzudenken«, sagte er; es kostete ihn einige Anstrengung, den Namen seines Freundes auszusprechen.

»Reden Sie nicht so zu mir. Ich will nichts. Ich liebe Sie wie einen Bruder, und werde Sie immer so lieben, und weiter habe ich keinen Wunsch.«

»Sie sind ein Engel; ich bin Ihrer nicht wert. Ich fürchte nur, einen Irrtum bei Ihnen zu erregen.«

Nikolai küßte ihr noch einmal die Hand.

XII

Die Bälle bei Herrn Jogel waren die amüsantesten in ganz Moskau. Das sagten die Mütter, wenn sie ihre Backfische beobachteten, die ihre soeben eingelernten Pas gewissenhaft ausführten; das sagten auch die Backfische selbst sowie die halbwüchsigen Jünglinge, die bis zum Umfallen tanzten; das sagten die erwachsenen jungen Mädchen und jungen Herren, die zu diesen Bällen mit herablassender Miene kamen und sich auf ihnen königlich amüsierten. In diesem Jahr waren auf diesen Bällen zwei Ehen zustande gekommen. Die beiden hübschen Prinzessinnen Gortschakow hatten Bewerber gefunden und sich verheiratet, und das hatte den Ruhm dieser Bälle erhöht. Eine besondere Eigentümlichkeit dieser Bälle bestand darin, daß kein Hausherr und keine Hausfrau dabei zugegen war; dafür war der gutmütige Herr Jogel da, der wie eine Feder herumflog und überall nach den Regeln der Kunst seine Kratzfüße machte; von seinen Gästen ließ er sich diese Bälle wie eine Tanzstunde honorieren. Eine weitere Eigentümlichkeit war, daß zu diesen Bällen nur solche Gäste kamen, die tanzen und sich amüsieren wollten, wie das der Wunsch dreizehn- und vierzehnjähriger Mädchen ist, die zum erstenmal lange Kleider tragen. Alle Tänzerinnen, mit seltenen Ausnahmen, waren oder schienen hübsch: so begeistert lächelten sie, und so strahlend leuchteten ihre Augen. Manchmal wurde sogar ein pas de châle von den besten Schülerinnen getanzt, unter denen die allerbeste Natascha war, die sich durch ihre Grazie auszeichnete; aber auf dem heutigen Ball bildeten nur Ekossaisen, Anglaisen und die soeben Mode gewordene Mazurka das Programm. Ein Saal war Herrn Jogel in Besuchows Haus zur Verfügung gestellt worden, und der Ball gestaltete sich nach dem einstimmigen Urteil der Besucher außerordentlich schön. Es waren viele hübsche Mädchen da, und die Rostowschen jungen Damen gehörten zu den hübschesten. Beide waren außerordentlich heiter und glücklich. Sonja, stolz auf den ihr von Dolochow gemachten Antrag, auf den Korb, den sie ihm gegeben hatte, und auf ihre Aussprache mit Nikolai, hatte an diesem Abend schon zu Hause den Kopf gar nicht still halten können, so daß das Stubenmädchen die größte Mühe gehabt hatte, ihr die Zöpfe zu flechten, und jetzt strahlte ihr ganzes Gesicht in kaum zu beherrschender Freude.

Natascha, die nicht minder stolz war, weil sie zum erstenmal ein langes Kleid trug und einen richtigen Ball mitmachte, war noch glückseliger. Beide trugen weiße Mullkleider mit rosa Bändern.

Natascha verliebte sich gleich von dem Augenblick an, wo sie auf den Ball kam. Sie verliebte sich nicht in irgendeinen einzelnen, sondern sie war in alle verliebt. Wen sie gerade ansah, wenn sie um sich blickte, in den verliebte sie sich auch.

Alle Augenblicke kam sie zu Sonja gelaufen und sagte: »Ach, wie schön!«

Nikolai und Denisow gingen im Saal auf und ab und sahen mit gönnerhafter Freundlichkeit dem Tanz zu.

»Wie allerliebst sie ist; sie wird einmal eine wirkliche Schönheit werden«, sagte Denisow.

»Wer?«

»Komtesse Natascha«, antwortete Denisow.

»Und wie sie tanzt! Welche Grazie!« bemerkte er dann wieder nach einer kleinen Pause.

»Aber von wem redest du denn?«

»Von deiner Schwester«, rief Denisow ärgerlich.

Rostow lächelte.

»Mein lieber Graf, Sie sind einer meiner besten Schüler; Sie müssen tanzen«, sagte der kleine Jogel, zu Nikolai herantretend. »Sehen Sie nur, wieviel hübsche Damen da sind.«

Dann wandte er sich mit derselben Bitte an Denisow, der ebenfalls früher sein Schüler gewesen war.

»Nein, liebster Herr Jogel, ich werde als Wanddekoration wirken«, erwiderte Denisow. »Wissen Sie denn nicht mehr, wie schlecht ich Ihren Unterricht benutzt habe?«

»O nicht doch, nicht doch!« beeilte sich Herr Jogel ihn zu trösten. »Sie waren nur unachtsam; aber Sie besaßen schöne Anlagen, jawohl, sehr schöne Anlagen.«

Die Musik begann die neu aufgekommene Mazurka zu spielen. Nikolai konnte Herrn Jogel seine Bitte nicht abschlagen und forderte Sonja auf. Denisow setzte sich zu den alten Damen, stützte sich mit den Armen auf seinen Säbel, trat mit dem Fuß den Takt, erzählte etwas Lustiges, wodurch er die alten Damen zum Lachen brachte, und betrachtete die tanzende Jugend. Herr Jogel und Natascha, die sein Stolz und seine beste Schülerin war, tanzten als erstes Paar. Weich und zart auf seinen mit Schuhen bekleideten Füßchen dahinhüpfend, flog Herr Jogel mit Natascha, die zwar etwas ängstlich war, aber sorgfältig alle Pas ausführte, als erster durch den Saal. Denisow verwandte kein Auge von ihr und klopfte mit dem Säbel den Takt, wobei seine Miene deutlich sagte, wenn er nicht selbst tanze, so sei der Grund nur der, daß er nicht wolle, nicht etwa, daß er nicht könne. Mitten in einer Figur rief er den vorbeigehenden Rostow zu sich heran.

»Aber das ist ja ganz falsch!« sagte er. »Ist denn das die polnische Mazurka? Aber sie tanzt vorzüglich.«

Da Nikolai wußte, daß Denisow sogar in Polen Sensation gemacht hatte durch die Meisterschaft, mit der er die polnische Mazurka tanzte, so ging er schnell zu Natascha hin.

»Geh und fordere Denisow auf. Der kann Mazurka tanzen – wundervoll!« sagte er.

Als Natascha wieder an die Reihe kam, stand sie auf und trippelte in ihren mit Schleifen geschmückten Schuhen schüchtern, eilig und ganz allein quer über den Saal nach der Ecke hin, wo Denisow saß. Sie bemerkte, daß alle nach ihr hinblickten und warteten, was da kommen werde. Nikolai sah, daß Denisow und Natascha lächelnd miteinander stritten, und daß Denisow sich zwar weigerte, aber dabei fröhlich lächelte. Er eilte zu ihnen hin.

»Bitte, kommen Sie doch, Wasili Dmitrijewitsch«, bat Natascha. »Kommen Sie doch, bitte!«

»Ach, dispensieren Sie mich davon, Komtesse!« erwiderte Denisow.

»Na, sträube dich doch nicht so lange, Waska«, sagte Nikolai.

»Gerade wie dem Kater Waska* wird einem hier zugeredet!« antwortete Denisow scherzend.

»Ich will Ihnen dafür auch einen ganzen Abend lang singen«, sagte Natascha.

»So eine Zauberin! Alles kann sie mit mir aufstellen!« erwiderte Denisow und hakte sich den Säbel ab.

Er trat aus den Stühlen heraus, ergriff seine Dame fest bei der Hand, hob den Kopf in die Höhe, setzte den einen Fuß seitwärts und wartete so auf den Takt. Nur wenn er zu Pferd saß, und wenn er Mazurka tanzte, fiel Denisows Kleinheit nicht auf; er erschien dann als der flotte, schneidige Mann, als den er sich selbst fühlte. Auf den Takt wartend, blickte er von der Seite mit neckischer Siegermiene seine Dame an, stampfte plötzlich mit dem einen Fuß auf, sprang elastisch wie ein Ball vom Boden in die Höhe und flog in einer Kreisbahn durch den Saal, indem er seine Dame mit sich zog. So jagte er unhörbar auf einem Bein um die Hälfte des Saales; er sah anscheinend gar nicht die vor ihm stehenden Stühle und stürmte gerade auf sie los; aber auf einmal machte er, mit den Sporen gegen den Boden stoßend und die Beine spreizend, auf den Hacken halt, stand so eine Sekunde lang, stampfte unter gewaltigem Sporenklirren mit den Beinen auf einem Fleck umher, drehte sich schnell herum und flog, mit dem linken Bein gegen das rechte schlagend, wieder im Kreis dahin. Natascha erriet alles, was er zu tun beabsichtigte, und folgte ihm, ohne selbst zu wissen wie, indem sie sich ihm ganz überließ. Bald wirbelte er sie entweder an der rechten oder an der linken Hand herum; bald ließ er sie, vor ihr niederkniend, um sich einen Kreis beschreiben und sprang dann wieder auf und stürmte mit solchem Ungestüm vorwärts, als ob er vorhätte, ohne Atem zu holen, durch alle Zimmer hindurchzurennen; bald blieb er plötzlich wieder stehen und fing wieder eine neue, unerwartete Tour an. Als er schließlich seine Dame vor ihrem Platz flink herumgeschwenkt, sporenklirrend die Hacken zusammengeschlagen und sich vor ihr verbeugt hatte, da war Natascha so benommen, daß sie nicht einmal einen Knicks vor ihm machte. Mit staunender Verwunderung richtete sie die Augen auf ihn und lächelte, als ob sie ihn gar nicht wiedererkennte.

»Was war das nur?« sagte sie vor sich hin.

* Waska ist der Kosename und Lockruf für diese Tiere. Anm. des Übersetzers.

Obwohl Herr Jogel diese Mazurka nicht als die richtige anerkennen wollte, waren doch alle von Denisows Meisterschaft entzückt; die Damen forderten ihn fortwährend auf, und die älteren Herren begannen lächelnd über Polen und die gute alte Zeit zu reden. Denisow, der von der Mazurka ganz rot geworden war und sich mit dem Taschentuch das Gesicht wischte, setzte sich zu Natascha und wich während des ganzen übrigen Balles nicht von ihrer Seite.

XIII

Rostow bekam an den beiden darauffolgenden Tagen Dolochow weder in seinem Elternhaus zu sehen, noch traf er ihn, als er ihn aufsuchen wollte, zu Hause; am dritten Tag erhielt er von ihm einen kurzen Brief:

»Da ich aus dem Dir bekannten Grund in eurem Haus nicht mehr zu verkehren beabsichtige und zur Armee abgehe, so gebe ich heute abend meinen Freunden einen kleinen Abschiedsschmaus; komm in den Englischen Hof.«

So fuhr denn Rostow an diesem Abend vom Theater aus, wo er mit den Seinigen und Denisow gewesen war, gegen zehn Uhr nach dem genannten Hotel. Er wurde sogleich nach dem großen Zimmer geführt, das Dolochow für diese Nacht gemietet hatte; es war das beste des Hotels. Hier drängten sich etwa zwanzig Menschen um einen Tisch, an welchem zwischen zwei Kerzen Dolochow saß. Auf dem Tisch lagen Goldstücke und Banknoten, und Dolochow hielt die Bank. Da Nikolai ihn seit dem Heiratsantrag und Sonjas abschlägiger Antwort noch nicht wiedergesehen hatte, so geriet er bei dem Gedanken, wie die Wiederbegegnung wohl ausfallen werde, in Verlegenheit.

Dolochows heller, kalter Blick traf den eintretenden Rostow, als dieser noch in der Tür war, wie wenn Dolochow schon lange auf ihn gewartet gehabt hätte.

»Wir haben uns lange nicht gesehen«, sagte er. »Ich danke dir, daß du gekommen bist. Ich halte nur noch ein Weilchen Bank; dann kommt der Zigeuner Ilja mit seinem Chor.«

»Ich hatte dich besuchen wollen, habe dich aber nicht zu Hause getroffen«, erwiderte Rostow errötend.

Dolochow antwortete nicht darauf.

»Du kannst pointieren«, sagte er.

Rostow erinnerte sich in diesem Augenblick eines sonderbaren Gesprächs, das er einmal mit Dolochow gehabt hatte. »Nur Dummköpfe spielen auf gut Glück«, hatte Dolochow damals gesagt.

»Oder fürchtest du dich, mit mir zu spielen?« fragte jetzt Dolochow, als ob er Rostows Gedanken erraten hätte, und lächelte dabei.

An der Art dieses Lächelns erkannte Rostow, daß Dolochow sich in derselben Gemütsstimmung befand wie damals bei dem Diner im Klub und auch sonst manchmal, wenn er, anscheinend gelangweilt durch das alltägliche Leben, für nötig hielt, sich durch irgendeine sonderbare, meistens grausame Tat von dieser Langenweile zu befreien.

Rostow hatte eine unbehagliche Empfindung; er suchte nach einem Scherz, mit dem er auf Dolochows Frage antworten könnte, fand aber nicht sofort etwas Passendes. Aber ehe er noch damit zurechtgekommen war, sagte Dolochow, indem er ihm gerade ins Gesicht blickte, langsam und nachdrücklich zu ihm, so daß es alle hören konnten:

»Erinnerst du dich wohl, ich sprach einmal mit dir über das Spiel. Ein Dummkopf, wer auf gut Glück spielen will; beim Spiel muß man seiner Sache gewiß sein. Ich will es einmal damit versuchen.«

»Womit will er es versuchen?« dachte Rostow. »Mit dem guten Glück oder mit der Gewißheit?«

»Spiel lieber nicht!« fügte Dolochow noch hinzu. Dann schlug er mit einem Spiel Karten, von dem er soeben die Enveloppe abgerissen hatte, auf den Tisch und rief: »Bank, meine Herren!«

Er schob das Geld weiter nach vorn und begann die Karten abzuziehen. Rostow saß neben ihm und spielte anfangs nicht mit. Dolochow blickte ihn an.

»Warum spielst du denn nicht?« fragte er ihn.

Und sonderbar: Nikolai fühlte eine Art von heftigem Drang, eine Karte zu nehmen, eine unbedeutende Summe darauf zu setzen und mitzuspielen.

»Ich habe kein Geld bei mir«, erwiderte er.

»Ich kreditiere dir!«

Rostow setzte fünf Rubel auf eine Karte und verlor; er setzte noch einmal und verlor wieder. Dolochow schlug (d. h. gewann) zehn Karten Rostows hintereinander.

»Meine Herren«, sagte Dolochow, nachdem er eine Zeitlang eine Karte nach der anderen abgezogen hatte, »ich bitte Sie, das Geld auf die Karten zu legen; sonst kann ich mich in der Berechnung irren.«

Einer der Spieler erwiderte, er, der Redende, habe doch hoffentlich soviel Kredit.

»Kredit haben Sie schon; aber ich fürchte, mich zu irren. Ich bitte Sie, das Geld auf die Karten zu legen«, antwortete Dolochow. »Du aber geniere dich gar nicht, wenn du auch nichts bei dir hast«, fügte er, zu Rostow gewendet, hinzu. »Wir beide rechnen nachher miteinander ab.«

Das Spiel nahm seinen Fortgang; ein Diener bot unaufhörlich Champagner an.

Alle Karten Rostows wurden geschlagen, und es waren ihm bereits etwa achthundert Rubel als Schuld angeschrieben. Er hatte gerade auf eine Karte als Einsatzbezeichnung achthundert Rubel geschrieben; aber während ihm Champagner präsentiert wurde, besann er sich eines anderen und schrieb wieder seinen gewöhnlichen Satz, zwanzig Rubel, hin.

»Laß doch stehen«, sagte Dolochow, obwohl er anscheinend gar nicht nach Rostow hingesehen hatte. »Du kannst dann leichter wiedergewinnen. Allerdings: gegen andere verliere ich; und deine Karten schlage ich fortwährend. Vielleicht fürchtest du dich vor mir?« fragte er noch einmal.

Rostow gehorchte, blieb bei der Zahl achthundert und setzte auf eine Cœur-Sieben mit einer abgerissenen Ecke, die er vom Fußboden aufgehoben hatte. An das Aussehen dieser Karte erinnerte er sich in späteren Zeiten ganz genau. Er besetzte diese Cœur-Sieben, indem er mit einem Stücken Kreide die Zahl achthundert mit rundlichen, geradestehenden Ziffern daraufschrieb, trank das ihm gereichte, schon etwas warm gewordene Glas Champagner aus und beantwortete Dolochows Frage mit einem Lächeln; dann blickte er nach Dolochows Händen, in denen dieser ein Päckchen Karten hielt, und wartete mit fast ersterbendem Herzschlag auf eine Sieben. Ob die Sieben gewann oder verlor, daß war für Rostow von der allergrößten Bedeutung. Am Sonntag der vergangenen Woche hatte Graf Ilja Andrejewitsch seinem Sohn zweitausend Rubel gegeben, und er, in dessen Art es sonst nie lag, über pekuniäre Schwierigkeiten zu sprechen, hatte ihm gesagt, dieses Geld sei nun das letzte bis zum Mai, und er müsse ihn daher bitten, diesmal recht ökonomisch damit umzugehen. Nikolai hatte geantwortet, er habe auch daran überreichlich und gebe sein Ehrenwort, vor dem Frühjahr kein Geld mehr zu verlangen. Jetzt hatte er von diesem Geld noch zwölfhundert Rubel zu Hause übrig. Folglich bedeutete ein Fehlschlagen der Cœur-Sieben für ihn nicht nur einen Verlust von sechzehnhundert Rubeln, sondern auch die Notwendigkeit, dem gegebenen Wort untreu zu werden. Mit angsterfülltem Herzen blickte er nach Dolochows Händen und dachte: »Na, laß mich schnell auf diese Karte gewinnen, und ich nehme meine Mütze und fahre nach Hause und esse mit Denisow, Natascha und Sonja Abendbrot und nehme ganz bestimmt nie wieder eine Karte in meine Hände.« In diesem Augenblick trat ihm sein häusliches Leben, die Späßchen mit seinem kleinen Bruder Petja, die Gespräche mit Sonja, die Duette mit Natascha, die Pikettpartien mit seinem Vater und sogar sein ruhiges Bett in dem Haus in der Powarskaja-Straße mit solcher Kraft, Klarheit und verlockenden Schönheit vor die Seele, als ob das alles ein längst vergangenes, verlorenes, unschätzbares Glück wäre. Er konnte es gar nicht für möglich halten, daß ein dummer Zufall, der eine Sieben früher nach rechts als nach links fallen ließe, ihn dieses ganzen Glückes, das ihm soeben neu zum Verständnis gekommen war und ihm nun in so schöner Beleuchtung erschien, berauben und ihn in den Abgrund eines Unglücks, wie er es noch nie erlitten, eines gar nicht zu ermessenden Unglücks hinabschleudern sollte. Das konnte doch nicht sein; aber dennoch verfolgte er beklommen jede Handbewegung Dolochows. Diese breitknochigen, roten Hände, mit der starken Behaarung, die aus den Hemdsärmeln sichtbar wurde, legten jetzt das Kartenpäckchen hin und griffen nach dem Champagnerglas, das ihm präsentiert wurde, und nach der Pfeife.

»Also du fürchtest dich nicht, mit mir zu spielen?« fragte Dolochow noch einmal, und als wenn er eine lustige Geschichte erzählen wollte, legte er sich an die Rücklehne des Stuhles zurück und sagte langsam mit einem Lächeln um die Lippen: »Ja, meine Herren, ich habe gehört, daß in Moskau das Gerücht verbreitet ist, ich wäre ein Falschspieler; daher rate ich Ihnen, mir gegenüber vorsichtig zu sein.«

»Na, zieh doch weiter ab!« sagte Rostow.

»Oh, diese Moskauer Klatschschwestern!« fügte Dolochow noch hinzu und griff dann lächelnd wieder nach den Karten.

»Oh, oh, oh!« stöhnte Rostow, beinah schreiend, und hob beide Hände zu seinen Haaren in die Höhe. Die Sieben, die er so notwendig brauchte, hatte ganz oben gelegen, als erste Karte in dem Päckchen. Er hatte mehr verloren, als er bezahlen konnte.

»Aber reiß dir nur nicht die Haare aus!« sagte Dolochow mit einem flüchtigen Blick zu Rostow hin und fuhr fort, die Karten abzuziehen.

XIV

Nach anderthalb Stunden betrachteten die meisten Spieler ihr eigenes Spiel nur noch als Nebensache; das ganze Interesse konzentrierte sich allein auf Rostow. Seine Schuld betrug nicht mehr sechzehnhundert Rubel, sondern es war ihm eine lange Zahlenreihe angeschrieben. Bis zehntausend hatte er sie zusammengezählt; jetzt hatte er die undeutliche Vorstellung, sie möchte wohl schon auf fünfzehntausend angewachsen sein; aber in Wirklichkeit überstieg seine Schuld schon zwanzigtausend Rubel. Dolochow hörte nicht mehr zu, was die anderen erzählten, und erzählte selbst nichts mehr; er verfolgte jede Bewegung, die Rostow mit den Händen machte, und warf ab und zu einen schnellen Blick auf dessen Schuldenverzeichnis. Er hatte sich vorgenommen, das Spiel so lange fortzusetzen, bis Rostows Schuld auf dreiundvierzigtausend angewachsen sein würde. Diese Zahl hatte er deswegen gewählt, weil dreiundvierzig als Summe herauskam, wenn er seine und Sonjas Lebensjahre addierte. Rostow saß, den Kopf auf beide Arme gestützt, an dem vollgeschriebenen, mit Wein begossenen, mit Karten bedeckten Tisch. Das eine qualvolle Gefühl wurde er nicht los: Diese breitknochigen, roten Hände mit der starken Behaarung, die aus den Hemdsärmeln sichtbar wurde, diese Hände, die er zugleich liebte und haßte, hielten ihn in ihrer Gewalt.

»Sechshundert Rubel, As, Paroli, die Neun … Den Verlust wieder einzubringen, ist unmöglich! … Und wie vergnügt hätte ich zu Hause sein können … Der Bube auf paix … Es ist ja gar nicht möglich! Warum tut er mir das nur an?« dachte Rostow und suchte in seinem Gedächtnis. Manchmal besetzte er eine Karte außerordentlich hoch; aber Dolochow weigerte sich, einen solchen Einsatz zu akzeptieren, und bestimmte selbst einen niedrigeren. Nikolai fügte sich ihm und betete bald zu Gott, wie er es auf dem Kampfplatz an der Ennsbrücke getan hatte; bald machte er sich ein Orakel zurecht, daß diejenige Karte, die ihm aus einem Haufen verbogener Karten unter dem Tisch zuerst in die Hände komme, ihn retten werde, bald zählte er, wieviel Schnüre er an seiner Husarenjacke hatte, und besetzte eine Karte, die die gleiche Augenzahl aufwies, mit dem Betrag seines letzten Verlustes; bald blickte er, gleichsam um Hilfe flehend, die Mitspieler an; bald betrachtete er das jetzt völlig kalt erscheinende Gesicht Dolochows und bemühte sich zu ergründen, was in dessen Innerm vorging.

»Er weiß doch, was dieser Verlust für mich zu bedeuten hat; kann er denn wirklich meinen Ruin wollen? Er war ja doch mein Freund; ich habe ihn ja geliebt … Aber auch er kann nichts dafür; was soll er machen, wenn das Glück ihn begünstigt? Und auch ich trage keine Schuld«, sagte er zu sich selbst. »Ich habe nichts Böses getan. Habe ich etwa jemand ermordet, jemand beleidigt, jemandem Übles gewünscht? Womit habe ich denn dieses furchtbare Unglück verdient? Und wann hat es angefangen? Es ist noch gar nicht so lange her, da trat ich an diesen Tisch heran in der Absicht, hundert Rubel zu gewinnen, für meine Mama die Schatulle zu kaufen, die ihr so gefallen hat, und wieder nach Hause zu fahren. Ich war so glücklich, so frei, so froh! Und ich wußte damals nicht einmal, wie glücklich ich war! Wann hat denn das aufgehört, und wann hat dieser neue, furchtbare Zustand begonnen? Durch welches Merkmal war dieser Umschwung gekennzeichnet? Ich habe immer ebenso auf diesem Platz an diesem Tisch gesessen und ebenso Karten ausgesucht und Karten gezogen und nach diesen breitknochigen, gewandten Händen hingeblickt. Wann hat sich das denn vollzogen, und was hat sich eigentlich vollzogen?

Ich bin gesund und kräftig und immer noch derselbe, der ich war, und befinde mich immer noch auf demselben Platz. Nein, es kann nicht sein! Das Ganze wird sich in nichts auflösen!«

Er war rot geworden und in Schweiß geraten, obwohl es im Zimmer nicht heiß war. Sein Gesicht bot einen furchtbaren, kläglichen Anblick, namentlich infolge des vergeblichen Bemühens, ruhig zu scheinen.

Seine Schuld war nun ungefähr bis auf die verhängnisvolle Zahl von Dreiundvierzigtausend gestiegen. Rostow war gerade dabei, eine Karte zurechtzumachen, mit der er ein Paroli von soeben gewonnenen dreitausend Rubeln bieten wollte, da schlug Dolochow mit dem Spiel Karten auf den Tisch, legte es hin, ergriff die Kreide und begann schnell mit seiner deutlichen, kräftigen Handschrift, unter der die Kreide zerbröckelte, Rostows Schuld zusammenzuzählen.

»Soupieren, soupieren! Es ist Zeit! Da sind auch die Zigeuner!« rief er.

Und wirklich traten bereits eine Anzahl von Männern und Frauen mit dunklen Gesichtern aus der Kälte herein und sagten etwas mit ihrer zigeunerhaften Aussprache. Nikolai sah, daß alles zu Ende war; aber er sagte in gleichmütigem Ton:

»Nun? Willst du nicht mehr? Und ich machte gerade eine so schöne Karte zurecht!« Er tat, als interessiere ihn vor allem der Reiz des Spieles selbst.

»Es ist alles zu Ende; ich bin verloren!« dachte er. »Jetzt bleibt mir nichts weiter übrig als eine Kugel in den Kopf.« Aber gleichzeitig sagte er in heiterem Ton:

»Na, noch eine Karte!«

»Gut«, antwortete Dolochow, der mit der Addition fertig war, »gut! Um diese einundzwanzig Rubel«, sagte er und wies auf die Zahl Einundzwanzig, welche einen Überschuß über die runde Zahl Dreiundvierzigtausend bildete. Er nahm das Spiel Karten zur Hand und machte sich bereit, die Karten abzuziehen. Rostow bog gehorsam die Ecke zurück und schrieb statt der ursprünglich beabsichtigten Zahl Sechstausend sorgfältig die Zahl Einundzwanzig hin.

»Das ist mir ganz gleich«, sagte er dabei. »Mich interessiert es nur, zu wissen, ob diese Zehn gewinnen oder verlieren wird.«

Dolochow begann ganz ernst, die Karten abzuziehen. Oh, wie haßte Rostow in diesem Augenblick diese roten Hände mit den kurzen Fingern und der starken Behaarung, die aus den Hemdsärmeln sichtbar wurde, diese Hände, die ihn in ihrer Gewalt hielten … Die Zehn gewann.

»Sie sind mir dreiundvierzigtausend Rubel schuldig, Graf«, sagte Dolochow, stand vom Tisch auf und reckte die Glieder. »Man wird doch ganz müde vom langen Sitzen«, fügte er hinzu.

»Ja, ich bin auch recht müde«, antwortete Rostow.

Dolochow unterbrach ihn, wie wenn er ihm bemerklich machen wollte, daß es sich für ihn nicht schicke, so zu scherzen.

»Wann befehlen Sie, daß ich das Geld in Empfang nehme, Graf?« fragte er.

Rostow wurde dunkelrot und rief Dolochow in ein anderes Zimmer.

»Ich bin nicht imstande, das Ganze sofort zu bezahlen; du wirst ja doch einen Wechsel von mir annehmen«, sagte er.

»Hör mal, Rostow«, erwiderte Dolochow, der ganz unverhohlen lächelte und ihm gerade ins Gesicht blickte, »du kennst das Sprichwort: Glück in der Liebe, Unglück im Spiel. Deine Kusine liebt dich; das weiß ich.«

»Oh, es ist furchtbar, sich so in der Gewalt dieses Menschen zu fühlen«, dachte Rostow. Er wußte, welch ein Schlag die Nachricht von diesem Spielverlust für seinen Vater und für seine Mutter sein würde; er wußte, welch ein Glück es für ihn sein würde, all dieser Scham und all diesem Kummer zu entgehen; und er wußte, daß Dolochow sich bewußt war, ihn von alledem befreien zu können – und nun machte es diesem Menschen noch Vergnügen, mit ihm zu spielen wie die Katze mit der Maus.

»Deine Kusine ...«, wollte Dolochow weiterreden, aber Nikolai unterbrach ihn:

»Meine Kusine hat hiermit nichts zu schaffen, und über sie ist hier nicht zu reden!« schrie er wütend.

»Also wann kann ich das Geld in Empfang nehmen?« fragte Dolochow.

»Morgen«, antwortete Rostow und verließ das Zimmer.

XV

Zu sagen: »morgen« und dabei den Ton des Anstandes zu bewahren, das war nicht schwer; aber dann nach Hause zu fahren, die Schwestern, den Bruder, die Mutter und den Vater wiederzusehen, das Geschehene zu bekennen und um Geld zu bitten, das er nach dem gegebenen Ehrenwort nicht beanspruchen konnte, das war furchtbar.

Zu Hause fand er seine Angehörigen noch munter. Die Jugend des Rostowschen Hauses saß nach der Rückkehr aus dem Theater und nach dem Abendessen am Klavier. Sowie Nikolai in den Saal trat, umfing ihn jene poetische Liebesatmosphäre, die in diesem Winter im Haus herrschte und sich jetzt nach Dolochows Antrag und dem Ball bei Jogel anscheinend über Sonjas und Nataschas Häuptern, wie die Luft vor einem Gewitter, noch mehr verdichtet hatte. Sonja und Natascha standen in den blauen Kleidern, mit denen sie im Theater gewesen waren, am Klavier, glücklich lächelnd, ein paar hübsche Erscheinungen, die sich auch ihres hübschen Aussehens bewußt waren. Wjera spielte mit Schinschin im Salon Schach. Die alte Gräfin, die auf ihren Sohn und auf ihren Mann wartete, war ebendort damit beschäftigt, zusammen mit einer alten adligen Dame, die bei ihnen im Haus wohnte, Patience zu legen. Denisow saß mit blitzenden Augen und wild zerzaustem Haar, das eine Bein nach hinten zurückgestellt, am Klavier, schlug mit seinen kurzen Fingern auf die Tasten, griff Akkorde und sang unter starker Verdrehung der Augen mit seiner nicht besonders starken, heiseren, aber richtig treffenden Stimme ein von ihm verfaßtes Gedicht: »Die Zauberin«, zu dem er eine Melodie zu finden bemüht war.

»O holde Zauberin, welch neuer Drang
Treibt zur Musik mich, die mir fremd schon lang?
Das wirkt die Glut, die du in mir entzündet,
Und die in Liedern sich und Tönen kündet.«

So sang er mit leidenschaftlichem Ausdruck und blitzte die erschrockene, aber glückselige Natascha mit seinen schwarzen Achataugen an.

»Ausgezeichnet! Ganz prachtvoll!« rief Natascha. »Nun noch die zweite Strophe!« Sie hatte Nikolais Eintreten nicht bemerkt.

»Bei ihnen ist alles wie immer«, dachte Nikolai, indem er auch in den Salon sah, wo er Wjera und seine Mutter nebst der alten Dame erblickte.

»Ah, da ist ja auch Nikolai!« rief Natascha und lief auf ihn zu.

»Ist Papa schon zu Hause?« fragte er.

»Wie freue ich mich, daß du gekommen bist!« sagte Natascha, ohne auf seine Frage zu antworten. »Wir sind hier so vergnügt. Wasili Dmitrijewitsch bleibt, um mir einen Gefallen zu tun, noch einen Tag länger hier; weißt du es schon?«

»Nein, Papa ist noch nicht nach Hause gekommen«, sagte Sonja.

»Nikolai, bist du da? Komm doch her zu mir, mein lieber Junge!« rief die Mutter aus dem Salon.

Nikolai ging zur Mutter hin, küßte ihr die Hand, setzte sich schweigend zu ihr an den Tisch und blickte nach ihren Händen hin, die die Karten bald an diesen, bald an jenen Platz legten.

Vom Saal her erscholl Lachen und lustiges Reden; man konnte merken, daß die andern beiden auf Natascha einredeten.

»Na, schön, schön!« rief Denisow. »Jetzt können Sie sich nun nicht mehr weigern. Sie sind uns die Barkarole schuldig, und ich bitte Sie inständig, sie nun zu singen.«

Die Gräfin blickte ihren schweigsamen Sohn an.

»Was ist dir?« fragte sie ihn.

»Ach, gar nichts«, antwortete er, als wenn ihm diese sich immer wiederholende Frage schon langweilig würde. »Kommt Papa bald?«

»Ich meine wohl.«

»Bei ihnen ist alles wie immer. Sie ahnen nichts! Wo soll ich nur bleiben?« dachte Nikolai und ging wieder in den Saal, wo das Klavier stand.

Sonja saß am Klavier und schickte sich an, das Vorspiel der Barkarole zu spielen, an welcher Denisow besonderes Gefallen fand. Natascha machte sich bereit zu singen. Denisow betrachtete sie mit entzückten Augen.

Nikolai begann im Saal auf und ab zu gehen.

»Was hat er bloß davon, sie zum Singen zu veranlassen! Ihr Singen hat ja keinen Wert. Da ist doch kein Vergnügen dabei«, dachte Nikolai.

Sonja griff den ersten Akkord des Vorspiels.

»O Gott, ich bin ein verlorener, ein ehrloser Mensch. Eine Kugel in den Kopf, das ist das einzige, was mir übrigbleibt. Was soll ich mit Gesang!« dachte Nikolai. »Soll ich weggehen? Aber wohin? Es ist ja alles ganz gleich; mögen sie meinetwegen singen!«

Nikolai fuhr fort, mit finsterer Miene im Saal auf und ab zu gehen, und blickte nach Denisow und den jungen Mädchen hin, vermied es aber, ihren Blicken zu begegnen.

»Was fehlt Ihnen denn, lieber Nikolai?« schien Sonjas auf ihn gerichteter Blick zu fragen. Sie hatte sofort gesehen, daß ihm etwas zugestoßen war.

Nikolai wandte sich von ihr ab. Natascha mit ihrem scharfen Spürsinn hatte ebenfalls den Gemütszustand ihres Bruders unverzüglich bemerkt. Bemerkt hatte sie ihn; aber ihr selbst war in diesem Augenblick so fröhlich zumute, sie war so himmelweit von Gram, Kummer und Reue entfernt, daß sie (wie das bei jungen Leuten nicht selten vorkommt) sich absichtlich selbst täuschte. »Nein, ich bin jetzt zu vergnügt, als daß ich mir meine fröhliche Stimmung durch das Mitleid mit fremdem Kummer verderben möchte«, das war ihre Empfindung, und sie sagte sich: »Nein, ich irre mich gewiß; er ist wohl ebenso vergnügt wie ich.«

»Nun, Sonja!« sagte sie und ging ganz in die Mitte des Saales, wo ihrer Meinung nach die Akustik am besten war.

Sie hob den Kopf in die Höhe und ließ die Arme wie leblos herunterhängen, in der Art, wie es die Ballettänzerinnen tun; dann trat sie mit einer energischen Bewegung von den Hacken auf die Zehenspitzen, ging so in der Mitte des Saales ein wenig umher und blieb stehen.

»Sehen Sie wohl, was ich kann?« schien sie als Antwort auf den entzückten Blick Denisows zu sagen, der jede ihrer Bewegungen verfolgte.

»Worüber freut sie sich nur!« dachte Nikolai, indem er seine Schwester anblickte. »Daß sie dieses Treibens nicht überdrüssig wird und sich seiner nicht schämt!«

Natascha setzte mit der ersten Note ein; ihre Kehle weitete sich, die Brust trat hervor, die Augen nahmen einen ernsten Ausdruck an. Sie dachte in diesem Augenblick an niemand und an nichts, und ihrem zu einem Lächeln zurechtgelegten Munde entströmten Töne, wie sie schließlich mit den gleichen Pausen und Intervallen ein jeder hervorbringen kann, die uns aber in tausend Fällen kalt lassen, um uns im tausendundersten zu erschüttern und zu Tränen zu rühren.

In diesem Winter hatte Natascha zum erstenmal ernstliche Gesangstudien betrieben, und namentlich deswegen, weil Denisow von ihrem Gesang entzückt war. Sie sang nun nicht mehr in kinderhafter Weise, ihr Gesang wies nicht mehr jenen komisch wirkenden Eifer auf wie früher; aber sie sang noch nicht gut, wie das alle Sachkundigen sagten, die sie singen hörten, »Eine noch nicht ausgebildete, aber recht schöne Stimme«, sagten alle. Aber sie sagten das gewöhnlich erst eine ziemliche Weile, nachdem ihre Stimme verstummt war. Solange diese unausgebildete Stimme mit dem unregelmäßigen Atemholen und den gezwungenen Übergängen ertönte, sagten selbst die Sachkundigen nichts und überließen sich lediglich dem Genuß dieser unausgebildeten Stimme und wünschten weiter nichts, als sie recht lange zu hören. In ihrer Stimme lag eine mädchenhafte Unberührtheit, eine Unkenntnis der eigenen Kraft und eine noch von keiner Ausbildung beeinflußte samtene Weichheit, Eigenschaften, die mit dem Mangel an eigentlicher Kunstfertigkeit so innig verschmolzen waren, daß es unmöglich schien, etwas an dieser Stimme zu ändern, ohne sie zu verderben.

»Was ist denn mit ihr?« dachte Nikolai, als er ihre Stimme hörte, und öffnete weit die Augen. »Was ist mit ihr vorgegangen?« dachte er. Und plötzlich verlor die ganze Welt für ihn jedes Interesse, und all sein Denken konzentrierte sich auf die Erwartung der folgenden Note, der folgenden musikalischen Phrase, und alles in der Welt ordnete sich in drei Taktteile: »Oh, mio crudele affetto … Eins, zwei, drei … eins, zwei, drei … eins … Oh, mio crudele affetto … Eins, zwei, drei … eins. Ach, wie töricht ist unser ganzes Leben!« dachte Nikolai. »All diese Dinge: Unglück und Geld und Dolochow und Bosheit und Ehre, das ist ja alles nur dummes Zeug … aber hier, das ist das Wahre, das Richtige … Brav, Natascha, du Liebe, Gute! … Wie sie wohl dieses H herausbringen wird? Gut getroffen! Gott sei Dank!« Dabei hatte er selbst (ohne sich dessen bewußt zu werden, daß er mitsang), um dieses H zu verstärken, in der zweiten Stimme die Terz dieser hohen Note gesungen. »O Gott, wie schön! Habe ich es wirklich getroffen? Welch ein Glück!« dachte er.

Oh, in wie schönen Schwingungen bebte diese Terz, und wie begann alles, was in Rostows Seele Gutes vorhanden war, sich zu regen! Und diese gute Regung hatte mit der ganzen Welt nichts zu tun und war höher und edler als die ganze Welt. »Was sind dagegen Spielverluste und Menschen wie Dolochow und Ehrenworte! Alles nur dummes Zeug! Man kann Mord und Diebstahl begehen und doch glücklich sein …«

XVI

Seit langer Zeit hatte Rostow keinen so hohen Genuß von der Musik gehabt wie an diesem Tag. Aber sowie Natascha ihre Barkarole zu Ende gesungen hatte, kam ihm die Wirklichkeit wieder zum Bewußtsein. Ohne ein Wort zu sagen, verließ er den Saal und ging hinunter nach seinem Zimmer. Eine Viertelstunde später kam der alte Graf, vergnügt und zufrieden, aus dem Klub nach Hause. Sobald Nikolai ihn kommen hörte, ging er zu ihm.

»Nun, wie ist's? Hast du dich gut amüsiert?« fragte Ilja Andrejewitsch und lächelte seinem Sohn mit stolzer Vaterfreude zu.

Nikolai wollte schon ja sagen; aber er vermochte es nicht: Er war nahe daran, loszuschluchzen. Der Graf rauchte eine Pfeife an und bemerkte den Zustand seines Sohnes nicht.

»Ach was, es muß sein!« dachte Nikolai mit raschem Entschluß. Und schnell sagte er in einem ganz nachlässigen Ton, bei dem er sich selbst garstig und abscheulich vorkam, wie wenn er um die Kutsche zu Fahrten in der Stadt bäte, zu seinem Vater:

»Papa, ich komme mit einem Anliegen zu Ihnen. Ich hätte es beinahe vergessen. Ich brauche Geld.«

»Na, sieh einmal an!« sagte der Vater, der sich in besonders heiterer Stimmung befand. »Das hatte ich mir doch gleich gedacht, daß du nicht auskommen würdest. Hast du viel nötig?«

»Sehr viel«, antwortete Nikolai errötend und mit einem dummen, lässigen Lächeln, das er sich nachher lange nicht verzeihen konnte. »Ich habe ein bißchen im Spiel verloren, das heißt, eigentlich viel, sogar sehr viel, dreiundvierzigtausend Rubel.«

»Was? An wen? … Du scherzest!« rief der Graf, dessen Hals und Nakken sich auf einmal wie beim Schlagfluß mit dunkler Röte bedeckten, wie das bei alten Leuten nicht selten vorkommt.

»Ich habe versprochen, morgen zu zahlen«, sagte Nikolai.

»Oh, oh!« stöhnte der alte Graf, breitete entsetzt die Arme auseinander und sank kraftlos auf das Sofa nieder.

»Was ist zu machen? So etwas passiert ja schließlich jedem«, sagte der Sohn in leichtfertigem, dreistem Ton, während er sich in seinem Herzen als einen nichtswürdigen Schurken betrachtete, der in seinem ganzen Leben sein Verbrechen nicht mehr werde gutmachen können. Es drängte ihn, seinem Vater die Hände zu küssen, ihn auf den Knien um Verzeihung zu bitten; aber trotzdem sagte er in lässigem und sogar grobem Ton, daß das einem jeden passiere!

Graf Ilja Andrejewitsch schlug, als er seinen Sohn dies sagen hörte, die Augen nieder und geriet in eilfertige Bewegung, als ob er etwas suchte.

»Ja gewiß«, murmelte er vor sich hin. »Aber es wird schwer zu beschaffen sein, fürchte ich, sehr schwer … Das passiert ja schließlich jedem! Ja, ja, das passiert jedem …«

Der Graf streifte mit einem hastigen Blick das Gesicht seines Sohnes und ging aus dem Zimmer. Nikolai war auf Widerstand gefaßt gewesen; aber dies hatte er in keiner Weise erwartet.

»Papa! Lieber Papa!« rief er ihm schluchzend nach und eilte hinter ihm her. »Verzeihen Sie mir!« Er ergriff die Hand seines Vaters, drückte sie an seine Lippen und brach in Tränen aus.

*

Zur selben Zeit, wo Vater und Sohn diese Auseinandersetzung hatten, fand ein nicht minder wichtiges Gespräch zwischen Mutter und Tochter statt. Natascha kam in großer Aufregung zur Mutter gelaufen.

»Mama …! Mama …! Wissen Sie, was er getan hat?«

»Nun, was hat er denn getan?«

»Er hat mir … er hat mir einen Antrag gemacht. Mama! Mama!« rief sie.

Die Gräfin traute ihren Ohren nicht. Denisow hatte einen Antrag gemacht, und wem? Dieser kleinen Krabbe Natascha, die noch vor kurzem mit Puppen gespielt hatte und noch jetzt Stunden nahm.

»Hör auf mit deinen Dummheiten, Natascha!« erwiderte sie, immer noch in der Hoffnung, daß es ein Scherz sei.

»Aber ich bitte Sie, ›Dummheiten‹! Was ich sage, ist voller Ernst!« rief Natascha erregt. »Ich komme her, um zu fragen, was ich tun soll, und da sagen Sie zu mir, ich rede Dummheiten!«

Die Gräfin zuckte die Achseln.

»Wenn Herr Denisow dir wirklich einen Antrag gemacht hat, dann sage ihm, er wäre ein Narr. Punktum.«

»Nein, er ist kein Narr«, entgegnete Natascha ernst und in gekränktem Ton.

»Nun also, was willst du eigentlich? Ihr seid ja jetzt alle verliebt. Nun, wenn du ihn liebst, dann heirate ihn!« sagte die Gräfin, ärgerlich lachend. »Meinetwegen!«

»Nein, Mama, ich liebe ihn nicht; es ist bei mir wohl nicht die richtige Liebe.«

»Nun also, dann sage ihm das.«

»Mama, sind Sie böse? Seien Sie nicht böse, liebe Mama; ich habe ja doch nichts Schlechtes getan.«

»Nein, das hast du nicht, mein Kind. Aber was soll denn nun werden? Wenn du willst, so werde ich hingehen und es ihm sagen«, antwortete die Gräfin lächelnd.

»Nein, ich will es selbst tun; sagen Sie mir nur, wie ich es machen soll. Sie nehmen das so leicht«, fügte sie hinzu, als sie die Mutter lächeln sah. »Aber wenn Sie ihn gesehen hätten, als er mir das sagte! Ich weiß ja, daß er es eigentlich nicht sagen wollte; es fuhr ihm nur so heraus.«

»Nun, eine abschlägige Antwort muß er aber doch erhalten.«

»Ach nein, das möchte ich nicht. Er tut mir so leid! Er ist ein so netter Mensch!«

»Nun, dann nimm seinen Antrag an. Es ist sowieso die höchste Zeit, daß du dich verheiratest«, sagte die Mutter ärgerlich und spöttisch.

»Nein, Mama, er tut mir so leid. Ich weiß nicht, wie ich es ihm sagen soll.«

»Du brauchst gar nichts zu sagen; ich will es ihm selbst mitteilen«, sagte die Gräfin, die es verdroß, daß er sich erlaubt hatte, diesen Backfisch Natascha wie eine erwachsene Dame zu behandeln.

»Nein, um keinen Preis, ich will es selbst tun; aber hören Sie, bitte, an der Tür zu!« Und Natascha lief durch den Salon hindurch wieder in den Saal, wo Denisow noch auf demselben Stuhl am Klavier saß und das Gesicht mit den Händen verbarg.

Bei dem Geräusch ihrer leichten Schritte sprang er auf.

»Natalja«, sagte er, indem er mit schnellen Schritten auf sie zukam. »Entscheiden Sie mein Schicksal. Es liegt in Ihren Händen.«

»Wasili Dmitrijewitsch, Sie tun mir so leid ...! Sie sind ein so prächtiger Mensch ... Aber es kann nicht sein ... das, was Sie sagten ... Aber ich werde Sie immer sehr gern haben.«

Denisow beugte sich über ihre Hand, und sie hörte sonderbare, ihr unverständliche Töne. Sie küßte ihn auf sein schwarzes, krauses, zerzaustes Haar. In diesem Augenblick ließ sich das eilige Rascheln eines Frauenkleides vernehmen, und die Gräfin trat zu ihnen.

»Wasili Dmitrijewitsch, ich danke Ihnen für die Ehre«, sagte die Gräfin; sie war eigentlich nur verlegen; aber Denisow hatte den Eindruck, daß ihre Stimme streng klinge. »Aber meine Tochter ist noch so jung. Und ich hätte auch geglaubt, daß Sie als Freund meines Sohnes sich zuerst an mich wenden würden; dann hätten Sie mich nicht in die Notwendigkeit versetzt, Ihnen eine abschlägige Antwort zu erteilen.«

»Gräfin«, begann Denisow mit niedergeschlagenen Augen und schuldbewußter Miene; er wollte noch etwas sagen, geriet aber ins Stocken.

Natascha vermochte nicht ruhig zu bleiben, als sie ihn in dieser bedauernswerten Lage sah. Sie begann laut zu schluchzen.

»Gräfin, ich muß Sie für den begangenen Fehler um Verzeihung bitten«, fuhr Denisow in abgebrochener Redeweise fort. »Aber ich versichere Ihnen, ich verehre Ihre Tochter und Ihre ganze Familie so, daß ich zwei Leben für sie hingeben würde.« Er blickte die Gräfin an und bemerkte den ernsten, festen Ausdruck ihres Gesichtes. »Nun, dann leben Sie wohl, Gräfin«, sagte er, küßte ihr die Hand und verließ, ohne Natascha anzusehen, mit schnellen, entschlossenen Schritten das Zimmer.

Am andern Tag nahm Rostow an einem Abschiedsfest für Denisow teil, der nun auch nicht einen Tag länger in Moskau bleiben mochte. Dieses Abschiedsfest veranstalteten Denisows sämtliche Moskauer Freunde für ihn bei den Zigeunern, und er konnte sich nachher nicht erinnern, wie er in den Schlitten gelegt worden war und wie er die drei ersten Stationen zurückgelegt hatte.

Nach Denisows Abreise verbrachte Rostow noch zwei Wochen in Moskau, da er auf das Geld warten mußte, das der alte Graf nicht sogleich zusammenbringen konnte. Während dieser Zeit ging er nicht aus dem Haus und hielt sich vorzugsweise in dem Zimmer der jungen Mädchen auf.

Sonja benahm sich gegen ihn noch zärtlicher und hingebungsvoller als früher. Sie schien ihm zeigen zu wollen, daß sein Spielverlust in ihren Augen eine Großtat war, um derentwillen sie ihn jetzt nur noch mehr liebe; aber Nikolai hielt sich jetzt ihrer für unwürdig.

Er schrieb den jungen Mädchen eine Menge Verse und Noten in die Alben, und als er endlich die ganzen dreiundvierzigtausend Rubel hatte abschicken können und Dolochows Quittung erhalten hatte, reiste er, ohne von einem seiner Bekannten Abschied genommen zu haben, ab, um sein Regiment einzuholen, das schon in Polen stand.

ZWEITER TEIL

I

Nachdem Pierre jene Auseinandersetzung mit seiner Frau gehabt hatte, fuhr er nach Petersburg. Auf der Station in Torschok waren keine Pferde zu haben, oder der Postmeister wollte ihm keine geben. Pierre mußte warten. Ohne sich auszukleiden, streckte er sich auf ein ledernes Sofa, vor dem ein runder Tisch stand, legte seine großen, in warmen Stiefeln steckenden Füße auf den Tisch und überließ sich seinen Gedanken.

»Befehlen Sie, daß ich die Koffer hereinbringe? Soll ich das Bett aufschlagen? Befehlen Sie Tee?« fragte der Kammerdiener.

Pierre antwortete nicht, weil er nichts hörte und nichts sah. Er war schon auf der vorigen Station ins Nachdenken hineingeraten und dachte nun immer noch an denselben Gegenstand, an einen so wichtigen Gegenstand, daß er für das, was um ihn herum vorging, gar keine Aufmerksamkeit übrig hatte. Ob er früher oder später nach Petersburg kam, und ob er auf dieser Station einen geeigneten Platz finden werde, um sich zu erholen, oder nicht, das interessierte ihn nicht im geringsten; ja, es war ihm sogar im Vergleich mit den wichtigen Gedanken, die ihn jetzt beschäftigten, ganz gleichgültig, ob er auf dieser Station ein paar Stunden oder sein ganzes Leben werde zubringen müssen.

Der Postmeister, die Frau des Postmeisters, der Kammerdiener und eine Frau, die mit Produkten der Industrie von Torschok, Posamentierwaren und dergleichen, handelte, kamen abwechselnd zu ihm ins Zimmer und boten ihm ihre Dienste an. Ohne die Lage seiner hochgehobenen Beine zu ändern, sah Pierre diese Menschen durch seine Brille an und begriff nicht, worauf ihr Verlangen gerichtet sein konnte, und wie sie alle überhaupt leben, konnten, ohne über die Fragen ins klare gekommen zu sein, die ihn beschäftigten. Es beschäftigten ihn aber immer ein und dieselben Fragen gleich von dem Tag an, als er nach dem Duell aus Sokolniki zurückgekehrt war und die erste qualvolle, schlaflose Nacht verbracht hatte; jetzt aber, bei dem Alleinsein auf der Reise, hielten sie ihn mit ganz besonderer Gewalt in ihrem Bann. Und wenn er auch an irgendwelche anderen Dinge zu denken versuchte, er kehrte doch immer zu diesen selben Fragen zurück, die zu lösen er nicht imstande war, und die er doch, wie unter einem Zwang stehend, nicht umhin konnte sich fortwährend vorzulegen. Es war, als ob in seinem Kopf jene Hauptschraube, die seinem ganzen Leben den Halt gab, überdreht worden wäre. Die Schraube ging nicht weiter hinein, sie ging auch nicht heraus, sondern sie drehte sich, ohne etwas zu fassen, immer in derselben Windung herum, und doch mußte, mußte er sie immerzu herumdrehen.

Der Postmeister kam herein und bat demütig, Seine Erlaucht möge doch nur noch zwei Stündchen warten; nach Ablauf derselben würde er Seiner Erlaucht nötigenfalls Kurierpferde beschaffen, möge für ihn selbst daraus entstehen, was da wolle! Der Postmeister log offenbar und wollte nur von dem Reisenden eine Zuzahlung erlangen.

»Ist dieses Verfahren schlecht oder gut?« fragte sich Pierre. »Für mich ist es gut; für einen andern Reisenden ist es schlecht, und für den Postmeister selbst ist es ein Ding der Notwendigkeit, weil es ihm sonst an den Existenzmitteln mangeln würde. Er erzählte, ein Offizier habe ihn deswegen durchgeprügelt. Nun, der Offizier hat ihn deswegen durchgeprügelt, weil er schnell weiterreisen wollte; und ich habe auf Dolochow deswegen geschossen, weil ich mich für beleidigt hielt; und Ludwig den Sechzehnten haben sie hingerichtet, weil sie ihn für einen Verbrecher hielten; und ein Jahr darauf wurden diejenigen getötet, die ihn hingerichtet hatten, auch mit irgendeiner Begründung. Was ist schlecht? Was ist gut? Was muß man lieben, was hassen? Zu welchem Zweck soll man leben, und was bin ich eigentlich? Was ist das Leben? Was ist der Tod? Was ist es für eine Kraft, von der alles regiert wird?« So fragte er sich.

Und es gab auf keine dieser Fragen eine Antwort, außer einer unlogischen Antwort, die eigentlich gar keine Antwort auf diese Fragen war. Diese Antwort lautete: »Wenn du stirbst, dann haben alle diese Fragen ein Ende. Wenn du stirbst, so wirst du entweder alles erfahren, oder du wirst nicht mehr fragen.« Aber auch das Sterben selbst war etwas so Furchtbares.

Die Händlerin aus Torschok bot ihm mit winselnder Stimme ihre Ware an, namentlich ziegenlederne Pantoffeln. »Ich habe viele hundert Rubel, mit denen ich nichts anzufangen weiß, und sie steht im zerrissenen Pelz da und blickt mich schüchtern an«, dachte Pierre. »Wozu möchte sie denn aber Geld haben? Als ob das Geld auch nur im geringsten zu ihrem Glück und zu ihrem Seelenfrieden beitragen könnte! Kann denn irgend etwas in der Welt bewirken, daß wir, sie und ich, der Gewalt des Bösen und des Todes minder unterworfen sind? Des Todes, der allem ein Ende macht, und der mit Sicherheit heute oder morgen kommen wird, das heißt im Vergleich mit der Ewigkeit: im nächsten Augenblick.« Und er drückte wieder auf die Schraube, die nicht faßte, und die Schraube drehte sich immer in der gleichen Weise auf demselben Fleck.

Sein Diener reichte ihm ein bis zur Hälfte aufgeschnittenes Buch, einen Roman in Briefen, von Madame Souza. Er begann von den Leiden und dem tugendhaften Kampf einer gewissen Amélie de Mansfeld zu lesen.

»Aber warum kämpfte sie denn gegen ihren Verführer«, dachte er, »wenn sie ihn doch liebte? Gott konnte doch nicht in ihre Seele einen Trieb hineingelegt haben, der seinem Willen zuwiderlief. Meine frühere Frau hat nicht gekämpft, und vielleicht hat sie darin recht gehandelt.« – »Keine Wahrheit ist gefunden«, sagte sich Pierre wieder, »keine Wahrheit ist erforscht. Das einzige, was wir wissen können, ist, daß wir nichts wissen. Und das ist nun die höchste Stufe der menschlichen Weisheit!«

Alles in seinem eigenen Innern und um ihn herum erschien ihm wirr, sinnlos und ekelhaft. Aber gerade in diesem Ekel gegen alles, was ihn umgab, fand Pierre einen eigenartigen, aufregenden Genuß.

»Ich bitte Euer Erlaucht untertänigst, für diesen Herrn ein klein wenig Platz zu machen«, sagte der Postmeister, der ins Zimmer trat und einen andern Reisenden mit sich hereinführte, der ebenfalls durch den Mangel an Pferden zu einem unfreiwilligen Aufenthalt genötigt war.

Dieser Reisende war ein untersetzter, breitschultriger, alter Mann, mit gelblicher Hautfarbe, vielen Runzeln und mit grauen, überhängenden Brauen über blitzenden Augen von unbestimmtem Grau.

Pierre nahm die Füße vom Tisch herunter, stand auf und legte sich auf das Bett, das der Kammerdiener für ihn aufgeschlagen hatte; ab und zu warf er einen Blick nach dem neuen Ankömmling hin, der mit müder, finsterer Miene, ohne nach Pierre hinzusehen, unter Beihilfe eines Dieners sich schwerfällig auskleidete und dann einen abgetragenen, mit Nanking überzogenen Schafspelz anlegte und Filzstiefel auf die mageren, knochigen Beine zog. So setzte er sich auf das Sofa, legte seinen sehr großen, in den Schläfen breiten, kurzgeschorenen Kopf gegen die Rücklehne und blickte nun Besuchow an. Der ernste, kluge, durchdringende Ausdruck dieses Blickes überraschte Pierre. Es wurde in ihm der Wunsch rege, mit dem Fremden in ein Gespräch zu kommen; aber als er sich eben mit einer Frage nach dem Weg an ihn wenden wollte, schloß dieser bereits die Augen, faltete die runzligen, alten Hände (an einem Finger der einen Hand steckte ein großer gußeiserner Ring mit der Darstellung einer Alraunwurzel) und blieb nun in dieser Haltung sitzen, ohne sich zu rühren, entweder um sich zu erholen, oder, wie es Pierre vorkam, in ruhiges, tiefes Nachdenken versunken. Der Diener des Reisenden war ebenfalls ein ganz mit Runzeln überdeckter alter Mann von gelblicher Hautfarbe, ohne allen Bart, und zwar hatte er diesen offenbar nicht abrasiert, sondern es war ihm nie einer gewachsen. Behende packte der alte Diener ein Reisekästchen aus, machte den Teetisch zurecht und brachte einen mit siedendem Wasser gefüllten Samowar herein. Als alles fertig war, öffnete der Reisende die Augen, rückte an den Tisch heran und goß sich ein Glas Tee ein; in anderes goß er für den bartlosen Diener ein und reichte es ihm hin. Pierre fühlte eine gewisse Unruhe und ein Verlangen, ja einen unwiderstehlichen Drang, mit diesem Reisenden ein Gespräch anzuknüpfen.

Der Diener brachte sein geleertes, umgestülptes Glas sowie das ihm gegebene Stück Zucker, von dem er nur ein wenig abgebissen hatte, wieder zurück und fragte seinen Herrn, ob er noch etwas wünsche.

»Nein«, antwortete der Reisende. »Gib mir das Buch.«

Der Diener reichte ihm ein Buch, welches Pierre nach seinem Äußeren für ein religiöses hielt, und der Reisende vertiefte sich in die Lektüre desselben. Pierre betrachtete ihn. Auf einmal machte der Reisende, nachdem er ein Lesezeichen hineingelegt hatte, sein Buch wieder zu und legte es beiseite; dann schloß er von neuem die Augen, lehnte sich auf dem Sofa zurück und saß in derselben Haltung da wie vorher. Pierre sah ihn an und hatte nicht Zeit, wieder fortzusehen, als der Alte plötzlich die Augen öffnete und seinen festen, ernsten Blick gerade auf Pierres Gesicht heftete.

Pierre fühlte sich verlegen und wollte diesem Blick ausweichen; aber die glänzenden Augen des alten Mannes übten auf ihn eine unwiderstehliche Anziehungskraft aus.

II

»Wenn ich nicht irre, habe ich das Vergnügen, mit dem Grafen Besuchow zu sprechen«, sagte der Reisende langsam mit lauter Stimme.

Pierre schwieg und blickte den Redenden durch die Brille fragend an.

»Ich habe von Ihnen und von dem Unglück, das Sie betroffen hat, gehört, mein Herr«, fuhr der Reisende fort. (Er legte einen besonderen Ton auf das Wort »Unglück«, wie wenn er sagen wollte: »Jawohl, ein Unglück ist es, mögen Sie es nennen, wie Sie wollen; ich weiß, daß das, was Ihnen in Moskau begegnet ist, ein Unglück war.«) »Ich bedauere Sie sehr deswegen, mein Herr.«

Pierre wurde rot; er nahm hastig die Beine vom Bett herunter und beugte sich mit einem gezwungenen, schüchternen Lächeln zu dem Alten hin.

»Ich habe das nicht aus Neugier Ihnen gegenüber erwähnt, mein Herr, sondern aus sehr wichtigen Gründen.«

Er schwieg eine Weile, ohne seinen Blick von Pierre wegzuwenden, und rückte auf dem Sofa zur Seite, indem er durch diese Bewegung Pierre einlud, sich neben ihn zu setzen. Diesem war es unangenehm, gerade hierüber mit dem alten Mann ein Gespräch zu führen; aber doch gehorchte er ihm unwillkürlich, ging zu ihm hin und setzte sich neben ihn.

»Sie sind unglücklich, mein Herr«, fuhr der Alte fort. »Sie sind jung, und ich bin alt. Ich möchte Ihnen gern hilfreich sein, soweit es in meinen Kräften steht.«

»Sie sind sehr gütig«, erwiderte Pierre mit gezwungenem Lächeln. »Ich bin Ihnen sehr dankbar … Von wo kommen Sie jetzt?«

Das Gesicht des Fremden war nicht freundlich, vielmehr im Gegenteil kalt und streng; aber trotzdem übten die Worte und die Miene dieses neuen Bekannten auf Pierre eine unwiderstehliche Anziehungskraft aus.

»Aber wenn Ihnen das Gespräch mit mir aus irgendwelchen Gründen unangenehm ist«, sagte der Alte, »so bitte ich Sie, es offen zu sagen, mein Herr.«

Und auf einmal überzog ganz überraschend ein väterlich freundliches Lächeln sein Gesicht.

»Ach nein, durchaus nicht; im Gegenteil, ich freue mich sehr, Ihre Bekanntschaft zu machen«, antwortete Pierre. Dabei blickte er noch einmal nach den Händen seines neuen Bekannten und betrachtete den Ring aus größerer Nähe. Er erblickte auf ihm die Alraunwurzel, ein Emblem der Freimaurerei.

»Gestatten Sie mir die Frage«, sagte er, »sind Sie Freimaurer?«

»Ja, ich gehöre zu dieser Bruderschaft«, antwortete der Reisende und schaute seinem Gegenüber immer tiefer und tiefer in die Augen. »Und sowohl in meinem eigenen Namen als auch im Namen der Bruderschaft strecke ich Ihnen die Bruderhand entgegen.«

»Ich fürchte nur«, erwiderte lächelnd Pierre, welcher zwischen dem Vertrauen, das ihm die Persönlichkeit des Freimaurers einflößte, und der Gewohnheit, über die Glaubenssätze der Freimaurer zu spotten, schwankte, »ich fürchte nur, daß ich gar zu weit von einem richtigen Verständnis entfernt bin … wie soll ich mich ausdrücken … ich fürchte, daß meine Anschauungsweise in bezug auf das Weltall der Ihrigen so schroff entgegengesetzt ist, daß wir einander nicht werden verstehen können.«

»Ihre Anschauungsweise ist mir wohlbekannt«, erwiderte der Freimaurer, »und diese Ihre Anschauungsweise, die Sie für ein Produkt Ihrer Geistesarbeit halten und als solche ausgeben, ist die Anschauungsweise der allermeisten Menschen, das bei allen gleiche Resultat des Stolzes, der Trägheit und der Unwissenheit. Nehmen Sie mir das nicht übel, mein Herr; aber wenn ich diese Ihre Anschauungsweise nicht kennen würde, hätte ich gar kein Gespräch mit Ihnen angeknüpft. Ihre Anschauungsweise ist eine traurige Verirrung.«

»Mit demselben Recht kann ich glauben, daß Sie sich im Irrtum befinden«, sagte Pierre mit einem schwachen Lächeln.

»Ich werde nie zu behaupten wagen, daß ich die Wahrheit kenne«, entgegnete der Freimaurer, über dessen bestimmte, feste Redeweise Pierre immer mehr in Erstaunen geriet. »Niemand kann für sich allein zur Wahrheit gelangen; nur Stein auf Stein, unter Mitwirkung aller, durch Millionen von Geschlechtern seit dem Urvater Adam bis auf unsere Zeit, wird jener Tempel errichtet, der eine würdige Stätte Gottes des Allerhöchsten sein soll«, sagte der Freimaurer und schloß die Augen.

»Ich muß Ihnen sagen, ich glaube nicht … ich glaube nicht an Gott«, erwiderte Pierre mit Anstrengung und einem gewissen Bedauern; aber er fühlte die Notwendigkeit, die ganze Wahrheit zu sagen.

Der Freimaurer blickte Pierre aufmerksam an und lächelte, wie ein Reicher, der Millionen besitzt, einem armen Menschen zulächeln würde, der ihm gestände, daß er, der arme Mensch, nicht fünf Rubel habe, die doch zu seinem Glück ausreichend sein würden.

»Ja, Sie kennen Ihn nicht, mein Herr«, sagte der Freimaurer. »Sie können Ihn nicht kennen. Sie kennen Ihn nicht, und darum sind Sie unglücklich.«

»Ja, ja, ich bin unglücklich«, bestätigte Pierre. »Aber was soll ich denn tun?«

»Sie kennen Ihn nicht, mein Herr«, erwiderte der Freimaurer, »und daher sind Sie so unglücklich. Sie kennen Ihn nicht, und doch ist Er hier, Er ist in mir, Er ist in meinen Worten, Er ist in dir und sogar in den frevelhaften Äußerungen, die du soeben tatest!« Seine Stimme hatte einen strengen Klang und bebte.

Er schwieg einen Augenblick und seufzte, sichtlich bemüht, seine Ruhe wiederzugewinnen.

»Wenn Er nicht wäre«, fuhr er dann leise fort, »so würde ich mit Ihnen nicht von Ihm haben reden können, mein Herr. Wovon und von wem haben wir geredet? Wessen Dasein hast du bestritten?« sagte er plötzlich mit schwärmerischem Ernst und gewaltigem Nachdruck. »Wer könnte Ihn erdenken, wenn Er nicht existierte? Woher rührt in deiner Seele die Ahnung, daß es ein solches unbegreifliches Wesen gibt? Wie bist du und die ganze Welt überhaupt zu der Vorstellung von der Existenz eines solchen unbegreiflichen Wesens gekommen, eines allmächtigen, ewigen, in allen seinen Eigenschaften unendlichen Wesens …?«

Er hielt inne und schwieg lange. Pierre konnte und wollte dieses Stillschweigen nicht unterbrechen.

»Er ist; aber Ihn zu begreifen, ist schwer«, begann der Freimaurer von neuem; er blickte jetzt nicht Pierre ins Gesicht, sondern vor sich hin, und seine alten Hände, die sich vor innerer Erregung nicht ruhig halten konnten, schlugen die Blätter des Buches um. »Wenn es sich um einen Menschen handelte, dessen Existenz du in Zweifel zögest, so würde ich diesen Menschen zu dir führen, ihn an der Hand fassen und dir zeigen. Aber wie kann ich, ein armseliger Sterblicher, Seine ganze Allmacht, Seine ganze Ewigkeit und Seine ganze Güte jemandem zeigen, der blind ist oder die Augen schließt, um Ihn nicht zu sehen und nicht zu begreifen, und um sich nicht der eigenen Schändlichkeit und Lasterhaftigkeit in ihrem ganzen Umfang bewußt zu werden?« Er machte eine Pause. »Wer bist du? Was bist du? Du bildest dir ein, weise zu sein, weil du jene frevelhaften Äußerungen hast tun können«, sagte er mit finsterem, verächtlichem Lächeln; »aber in Wirklichkeit bist du einfältiger und unverständiger als ein kleines Kind, das mit den Teilen einer kunstvoll gearbeiteten Uhr spielt und sich erdreistet zu sagen, da es die Bestimmung dieser Uhr nicht verstehe, so könne es auch nicht an einen Meister glauben, der sie gemacht habe. Ja, Ihn zu erkennen ist schwer. Jahrtausendelang, vom Urvater Adam bis auf unsere Zeit, arbeiten wir daran, Ihn zu erkennen, und sind noch immer unendlich weit von der Erreichung dieses Zieles entfernt; aber in Seiner Unbegreifbarkeit sehen wir nur unsere Schwachheit und Seine Erhabenheit.«

Mit bebendem Herzen und leuchtenden Augen blickte Pierre dem Freimaurer ins Gesicht und hörte ihm zu; er unterbrach ihn nicht und fragte ihn nicht; aber er glaubte mit ganzer Seele das, was ihm dieser fremde Mann sagte. Glaubte er nun den Vernunftbeweisen, die in den Worten des Freimaurers enthalten waren, oder glaubte er, wie es Kinder tun, dem Ton der festen Überzeugung, dem herzlichen Klang seiner Rede, dem Zittern der Stimme, das ihn mitunter beinahe am Weitersprechen hinderte, oder diesen blitzenden Greisenaugen, die in derselben unwandelbaren Überzeugung alt geworden waren, oder dieser Ruhe, dieser Festigkeit, diesem Bewußtsein der eigenen Bestimmung, Eigenschaften, die aus dem ganzen Wesen des Freimaurers hervorleuchteten und auf Pierre im Gegensatz zu seiner eigenen Niedergeschlagenheit und Hoffnungslosigkeit einen besonders imponierenden Eindruck machten; jedenfalls hegte er von ganzem Herzen den Wunsch, zu glauben, und empfand ein freudiges Gefühl der Beruhigung, der geistigen Wiedergeburt und der Rückkehr zum Leben.

»Er wird nicht mit dem Verstand begriffen, sondern durch das Leben«, sagte der Freimaurer.

»Ich verstehe nur nicht …«, erwiderte Pierre, der voll Beklommenheit fühlte, daß ein Zweifel in seiner Seele rege wurde. Er fürchtete, daß die Beweise des Freimaurers sich als unklar und unzulänglich herausstellten und er dann nicht imstande wäre, ihm zu glauben. »Ich verstehe nur nicht«, sagte er, »warum der menschliche Verstand nicht fähig sein soll, zu der Erkenntnis zu gelangen, von der Sie reden.«

Der Freimaurer lächelte in seiner milden, väterlichen Weise.

»Die höchste Weisheit und Wahrheit ist gleichsam eine ganz reine Flüssigkeit, die wir in uns aufzunehmen wünschen«, sagte er. »Wenn ich nun ein unreines Gefäß bin und diese reine Flüssigkeit in mich aufnehme, kann ich dann über ihre Reinheit urteilen? Nur durch innere Reinigung meiner selbst kann ich die aufgenommene Flüssigkeit bis zu einem gewissen Grad rein erhalten.«

»Ja, ja, so ist es«, rief Pierre freudig.

»Die höchste Wahrheit beruht nicht auf dem Verstand allein, nicht auf den weltlichen Wissenschaften, wie Physik, Geschichte, Chemie usw., in welche das Verstandeswissen zerfällt. Die höchste Weisheit ist eine einheitliche. Die höchste Weisheit umfaßt nur eine Wissenschaft, die Wissenschaft des Alls, diejenige Wissenschaft, die den ganzen Weltenbau erklärt und den Platz, den darin der Mensch einnimmt. Um diese Wissenschaft in sich aufzunehmen, ist es notwendig, seinen inneren Menschen zu reinigen und zu erneuern, und darum muß man, ehe man zu wissen versucht, vorher glauben und sich vervollkommnen. Und damit wir diese Ziele erreichen können, ist in unsere Seele ein göttliches Licht gelegt, welches Gewissen genannt wird.«

»Ja, ja«, stimmte Pierre bei.

»Betrachte mit den Augen des Geistes deinen inneren Menschen und frage dich selbst, ob du mit dir zufrieden bist. Was hast du dadurch erreicht, daß du dich durch den Verstand allein rühren ließest? Was für ein Mensch bist du? Sie sind jung, mein Herr, Sie sind reich, klug, gebildet. Was haben Sie mit allen diesen Ihnen verliehenen Gütern gemacht? Sind Sie mit sich und mit Ihrem Leben zufrieden?«

»Nein, ich hasse mein Leben«, sprach Pierre mit zusammengezogenen Augenbrauen vor sich hin.

»Du haßt es; so ändere es denn, reinige dich, und in gleichem Maß mit der fortschreitenden Reinigung wirst du die Weisheit erkennen. Werfen Sie einen Blick auf Ihr Leben, mein Herr. Wie haben Sie es verbracht? In tollen Orgien und arger Sittenlosigkeit, indem Sie alles von der Gesellschaft empfingen und ihr nichts zurückgaben. Es ist Ihnen Reichtum zuteil geworden: Wie haben Sie ihn benutzt? Was haben Sie für Ihren Nächsten getan? Haben Sie an die vielen Tausende Ihrer Knechte gedacht, ihnen leiblich und geistig geholfen? Nein. Sie haben den Ertrag ihrer Arbeit dazu benutzt, ein ausschweifendes Leben zu führen. Das ist's, was Sie getan haben. Haben Sie sich eine Stelle im Staatsdienst gesucht, wo Sie Ihrem Nächsten Nutzen bringen könnten? Nein. Sie haben Ihr Leben in Müßiggang hingebracht. Dann haben Sie geheiratet, mein Herr; Sie haben die Verantwortung auf sich genommen, ein junges Weib zu leiten; und was haben Sie getan? Sie haben ihr nicht geholfen, mein Herr, den Weg der Wahrheit zu finden, sondern haben sie in den Abgrund der Lüge und des Unglücks hinabgestürzt. Es hat Sie ein Mensch beleidigt, und Sie haben ihn schwer verwundet. Und da sagen Sie nun, daß Sie Gott nicht kennen, und daß Sie Ihr Leben hassen! Dabei ist nichts verwunderlich, mein Herr!«

Nach diesen Worten legte sich der Freimaurer, wie von dem langen Reden ermüdet, wieder an die Sofalehne zurück und schloß die Augen. Pierre betrachtete sein ernstes, unbewegliches, altes, fast leichenartiges Gesicht und bewegte lautlos die Lippen. Er wollte sagen: »Ja, mein Leben ist ein schändliches, träges, sittenloses gewesen«; aber er wagte nicht, das Stillschweigen zu unterbrechen.

Der Freimaurer hustete heiser und in greisenhafter Art und rief seinen Diener.

»Wie steht's mit Pferden?« fragte er, ohne Pierre anzusehen.

»Es sind Relaispferde gebracht worden«, antwortete der Diener. »Aber wollen Sie sich nicht noch ein Weilchen erholen?«

»Nein, laß anspannen.«

»Er wird doch nicht wegfahren und mich hier alleinlassen, ohne seine Auseinandersetzung völlig zu Ende geführt und mir Hilfe zugesagt zu haben?« dachte Pierre; er stand auf und begann mit gesenktem Kopf, ab und zu nach dem Freimaurer hinblickend, im Zimmer hin und her zu gehen. »Ja, ich habe darüber nicht nachgedacht; aber ich habe in der Tat ein verachtungswürdiges, ausschweifendes Leben geführt. Jedoch gern habe ich dieses Leben nicht gehabt, und ich habe eigentlich nicht so leben wollen«, dachte er. »Aber dieser Mann kennt die Wahrheit, und wenn er wollte, könnte er sie mir enthüllen.«

Pierre wollte dies dem Freimaurer sagen, wagte es aber nicht, Der Reisende packte mit seinen alten Händen, denen diese Tätigkeit offenbar geläufig war, seine Sachen zusammen und knöpfte seinen Schafspelz zu. Als er damit fertig war, wandte er sich an Besuchow und sagte zu ihm in gleichgültig höflichem Ton:

»Wohin reisen Sie jetzt, mein Herr?«

»Ich ...? Ich fahre nach Petersburg«, antwortete Pierre; seine Stimme klang kindlich unsicher. »Ich danke Ihnen. Ich bin in allen Stücken Ihrer Ansicht. Aber glauben Sie nicht, daß ich ein so schlechter Mensch bin. Ich wünsche von ganzer Seele, so zu sein, wie ich nach Ihrer Weisung sein soll. Aber ich habe bisher bei niemand Beihilfe dazu gefunden ... Übrigens bin ich selbst in erster Linie daran schuld. Helfen Sie mir; unterweisen Sie mich; und vielleicht werde ich ...«

Pierre konnte nicht weitersprechen; es folgten nur unartikulierte Töne der Nase, und er wandte sich ab.

Der Freimaurer schwieg lange und schien etwas zu überlegen. »Volle Hilfe kann nur Gott gewähren«, sagte er dann; »aber dasjenige Maß von Hilfe, welches unser Orden zu erweisen vermag, wird er Ihnen zukommen lassen, mein Herr. Sie fahren nach Petersburg; übergeben Sie dies dem Grafen Willarski.« (Er zog ein Taschenbuch heraus und schrieb einige Worte auf ein großes, vierfach zusammengefaltetes Blatt Papier.) »Gestatten Sie mir, Ihnen noch einen Rat zu geben. Wenn Sie nach der Residenz kommen, so widmen Sie die erste Zeit der Einsamkeit und der Selbstprüfung, und begeben Sie sich nicht auf Ihre früheren Lebenswege. Und nun wünsche ich Ihnen glückliche Reise, mein Herr«, schloß er, da er bemerkte, daß sein Diener ins Zimmer trat, »und gutes Gelingen.«

Der Reisende war, wie Pierre aus dem Buch des Postmeisters ersah, Osip Alexejewitsch Basdjejew, einer der bekanntesten Freimaurer und Martinisten, noch aus der Zeit Nowikows her. Noch lange nach der Abreise desselben ging Pierre in dem Passagierzimmer auf und ab: Er legte sich nicht schlafen, er fragte nicht nach Pferden, er überdachte seine lasterhafte Vergangenheit, und von dem Gedanken an seine bevorstehende geistige Wiedergeburt begeistert, malte er sich seine glückselige, vorwurfsfreie, tugendhafte Zukunft aus, deren Herbeiführung ihm so leicht schien. Er war seiner Anschauung nach nur deshalb lasterhaft gewesen, weil er gewissermaßen zufällig vergessen gehabt hatte, wie gut es war, tugendhaft zu sein. Von den früheren Zweifeln war in seiner Seele auch nicht die Spur zurückgeblieben. Er glaubte fest an die Möglichkeit eines Bundes, in welchem sich Menschen mit der Absicht vereinigten, sich gegenseitig auf dem Weg der Tugend zu unterstützen, und als ein solcher Bund erschien ihm der Freimaurerorden.

III

Als Pierre in Petersburg angelangt war, benachrichtigte er niemand von seiner Ankunft, ließ sich nirgends blicken und verbrachte ganze Tage mit der Lektüre des Thomas a Kempis; dieses Buch war ihm von einem unbekannten Absender zugegangen. Wenn Pierre in diesem Buch las, hatte er stets dieselbe Empfindung: Er empfand den ihm bisher noch unbekannten Genuß, an die Möglichkeit einer Erreichung der Vollkommenheit und an die Möglichkeit einer werktätigen Bruderliebe unter den Menschen zu glauben; daß dies beides möglich war, dafür hatte ihm Osip Alexejewitsch die Augen geöffnet. Eine Woche nach seiner Ankunft trat eines Abends der junge polnische Graf Willarski, den Pierre aus dem Petersburger gesellschaftlichen Leben oberflächlich kannte, zu ihm ins

Zimmer, mit derselben offiziellen, feierlichen Miene, mit welcher vor einiger Zeit Dolochows Sekundant zu ihm gekommen war. Nachdem Willarski sorgfältig die Tür hinter sich zugemacht und sich überzeugt hatte, daß außer Pierre niemand im Zimmer war, wandte er sich zu ihm.

»Ich komme mit einem Auftrag und mit einem Anerbieten zu Ihnen, Graf«, sagte er, ohne sich zu setzen. »Eine in unserer Bruderschaft sehr hochgestellte Persönlichkeit hat Ihre Aufnahme unter Wegfall der üblichen Frist befürwortet und mich ersucht, Ihr Bürge zu sein. Ich halte es für meine heilige Pflicht, den Wunsch dieser Persönlichkeit zu erfüllen. Wünschen Sie unter meiner Bürgschaft in die Bruderschaft der Freimaurer einzutreten?«

Der kühle, ernste Ton dieses Mannes, welchen Pierre fast stets auf Bällen, mit einem liebenswürdigen Lächeln auf den Lippen, in der Gesellschaft der glänzendsten Frauen gesehen hatte, war für Pierre überraschend.

»Ja, es ist mein Wunsch«, antwortete Pierre.

Willarski neigte den Kopf.

»Noch eine Frage, Graf«, fuhr er fort, »auf die ich Sie bitte, mir nicht als künftiger Freimaurer, sondern als Ehrenmann (galant homme) mit aller Aufrichtigkeit zu antworten: Haben Sie sich von Ihren früheren Anschauungen befreit, glauben Sie an Gott?«

Pierre dachte nach.

»Ja … ja, ich glaube an Gott«, erwiderte er dann.

»Wenn dem so ist …«, begann Willarski; aber Pierre unterbrach ihn:

»Ja, ich glaube an Gott«, sagte er noch einmal.

»Wenn dem so ist, können wir sogleich hinfahren«, sagte Willarski. »Mein Wagen steht zu Ihren Diensten.«

Auf dem ganzen Weg schwieg Willarski. Auf Pierres Fragen, was er zu tun und wie er zu antworten habe, erwiderte Willarski nur: »Es werden Sie würdigere Brüder, als ich, prüfen; Sie haben weiter nichts zu tun, als die Wahrheit zu sagen.«

Nachdem sie in das Tor eines großen Hauses, wo die Loge ihren Sitz hatte, eingefahren und eine dunkle Treppe hinaufgestiegen waren, traten sie in ein kleines erleuchtetes Vorzimmer, wo sie ohne Beihilfe von Dienerschaft die Pelze ablegten. Aus dem Vorzimmer gingen sie weiter nach einem anderen Zimmer. Ein Mann in sonderbarer Kleidung zeigte sich an der Tür. Willarski trat beim Hereinkommen auf ihn zu, sagte zu ihm etwas auf französisch und ging dann zu einem kleinen Schrank, in welchem Pierre Kleidungsstücke bemerkte, wie er sie vorher noch nie gesehen hatte. Aus diesem Schrank nahm Willarski ein Tuch heraus, legte es Pierre um die Augen und band es hinten mit einem Knoten zusammen, wobei er in schmerzhafter Weise die Haare mit in den Knoten hineinfaßte. Darauf bog er Pierre zu sich heran, küßte ihn, faßte ihn bei der Hand und führte ihn irgendwohin. Die in den Knoten hineingezogenen Haare verursachten Pierre einen starken Schmerz, so daß er unwillkürlich die Stirn runzelte; aber gleichzeitig lächelte er, wie wenn er sich darüber schämte. Seine große Gestalt mit den herunterhängenden Armen, der gerunzelten Stirn und dem lächelnden Mund ging mit unsicheren, schüchternen Schritten hinter Willarski her.

Willarski blieb, nachdem er ihn ungefähr zehn Schritte weit geführt hatte, stehen.

»Was Ihnen jetzt auch begegnen mag«, sagte er, »Sie müssen alles mannhaft ertragen, wenn Sie den festen Entschluß gefaßt haben, in unsere Bruderschaft einzutreten.« (Pierre antwortete bejahend durch eine Neigung des Kopfes.) »Wenn Sie an die Tür klopfen hören, so nehmen Sie sich das Tuch vor den Augen ab«, fügte Willarski hinzu. »Ich wünsche Ihnen Mannhaftigkeit und gutes Gelingen.« Er drückte Pierre die Hand und ging aus dem Zimmer.

Allein geblieben, fuhr Pierre fort in derselben Weise zu lächeln. Ein paarmal bewegte er die Schultern und hob eine Hand zu dem Tuch auf, als ob er es abnehmen wollte, ließ sie dann aber sogleich wieder sinken. Die fünf Minuten, die er so mit verbundenen Augen dastand, erschienen ihm wie eine Stunde. Die Arme schwollen ihm an, die Beine knickten ihm ein; es kam ihm vor, als sei er sehr müde. Er machte die kompliziertesten, verschiedenartigsten Empfindungen durch. Er fürchtete sich vor dem, was mit ihm vorgehen werde, und er fürchtete sich noch mehr, diese Furcht sichtbar werden zu lassen. Er war neugierig, zu erfahren, was man mit ihm vornehmen, was man ihm enthüllen werde; aber vor allem freute er sich, daß nun der Augenblick gekommen war, wo er endlich den Weg zur geistigen Wiedergeburt und zu einem werktätigen, tugendhaften Leben betreten sollte, den Weg zu den Zielen, die seit seinem Zusammentreffen mit Osip Alexejewitsch den Gegenstand seiner schwärmerischen Gedanken bildeten. Da hörte er starke Schläge gegen die Tür. Er nahm die Binde ab und blickte um sich. Im Zimmer herrschte tiefe Finsternis; nur an einer Stelle brannte ein Lämpchen in etwas Weißem. Pierre trat näher hinzu und sah, daß das Lämpchen auf einem schwarzen Tisch stand, auf dem ein aufgeschlagenes Buch lag. Dieses Buch waren die Evangelien, und das Weiße, worin das Lämpchen brannte, war ein Menschenschädel mit seinen Höhlungen und Zähnen. Pierre las die ersten Worte des Johanneischen Evangeliums: »Im Anfang war das Wort, und das Wort war bei Gott«, ging dann um den Tisch herum und erblickte einen großen, offenen, mit irgend etwas angefüllten Kasten. Dieser Kasten war ein Sarg mit Menschenknochen. Das, was er sah, setzte ihn ganz und gar nicht in Erstaunen. Da er in ein völlig neues, von dem früheren ganz verschiedenes Leben einzutreten hoffte, so war er auf lauter ungewöhnliche Dinge gefaßt, auf noch seltsamere als die, welche er jetzt zu sehen bekam. Der Schädel, der Sarg, das Evangelienbuch – es war ihm, als habe er das alles, ja noch weit Stärkeres erwartet. In dem Bemühen, ein Gefühl der Rührung in seiner Seele hervorzurufen, blickte er um sich. »Gott, der Tod, die Liebe, die Verbrüderung aller Menschen«, sagte er bei sich selbst und verband mit diesen Worten unklare, aber frohe und freudige Vorstellungen. Die Tür öffnete sich, und es trat jemand ein.

Pierre erkannte bei dem schwachen Licht, an das sein Auge sich bereits einigermaßen gewöhnt hatte, daß der Eingetretene ein Mann von kleiner Statur war. An der Art, wie er zuerst stehenblieb, war zu merken, daß er vom Hellen ins Dunkle kam; dann näherte er sich mit vorsichtigen Schritten dem Tisch und legte seine kleinen, mit ledernen Handschuhen bekleideten Hände darauf. Dieser Mann trug eine weiße Lederschürze, welche ihm die Brust und einen Teil der Beine bedeckte; um den Hals hatte er eine Art Halsband, und aus dem Halsband erhob sich eine hohe, weiße Krause, die sein längliches, von unten her beleuchtetes Gesicht umrahmte.

Bei einem Geräusch, das Pierre verursachte, wandte sich der Eingetretene zu ihm hin und redete ihn an.

»Warum sind Sie hierhergekommen?« fragte er ihn. »Warum sind Sie, der Sie nicht an die Wahrheit des Lichtes glauben und das Licht nicht sehen, warum sind Sie hierhergekommen? Was wollen Sie von uns? Weisheit, Tugend, Erleuchtung?«

In dem Augenblick, wo die Tür aufgegangen und der unbekannte Mann hereingekommen war, hatte Pierre ein Gefühl der Ängstlichkeit und der Andacht empfunden, ähnlich dem, das er als Kind bei der Beichte gehabt hatte: Er war überzeugt gewesen, er befinde sich hier Auge in Auge einem Mann gegenüber, der ihm hinsichtlich der äußeren Lebensverhältnisse völlig fremd sei und ihm doch kraft der Verbrüderung der Menschen sehr nahestehe. Aber als er sich mit einem Herzklopfen, das ihm fast den Atem benahm, dem »Redner« (so wurde in der Freimaurerei derjenige Bruder genannt, der den »Suchenden« zum Eintritt in die Bruderschaft vorbereitete) näherte, sah er, daß er einen Bekannten, namens Smoljaninow, vor sich hatte. Und dieser Gedanke, daß der Eingetretene ein Bekannter von ihm sei, war ihm peinlich; nach Pierres Empfindung sollte der Eingetretene ihm lediglich Bruder und Führer zur Tugend sein. Lange Zeit war Pierre nicht imstande, ein Wort herauszubringen, so daß der Redner seine Frage wiederholen mußte.

»Ja, ich … ich … habe das Verlangen nach einer geistigen Wiedergeburt«, brachte er endlich mit Mühe heraus.

»Gut«, erwiderte Smoljaninow und fuhr sogleich fort: »Haben Sie einen Begriff von den Mitteln, durch die unser heiliger Orden Ihnen zur Erreichung Ihres Zieles behilflich sein wird?« Er sprach schnell, aber in ruhigem Ton.

»Ich … ich hoffe … auf Führung … und Hilfe … zur geistigen Wiedergeburt«, antwortete Pierre mit zitternder Stimme und in stockender Rede, was sowohl von seiner Aufregung herrührte als auch von der mangelnden Gewöhnung, über abstrakte Gegenstände russisch zu sprechen.

»Was haben Sie von der Freimaurerei für einen Begriff?«

»Ich stelle mir vor, daß die Freimaurerei eine Verbrüderung und Gleichstellung der Menschen ist und die Tugend zum Ziel hat«, antwortete Pierre, der, je länger er sprach, sich um so mehr darüber schämte, daß seine Worte der Feierlichkeit des Augenblicks so wenig entsprachen. »Ich stelle mir vor …«

»Gut«, unterbrach ihn eilig der Redner, der durch diese Antwort offenbar vollständig befriedigt war. »Haben Sie die Mittel zur Erreichung Ihres Zieles in der Religion gesucht?«

»Nein, ich hielt die Religion nicht für wahr und folgte ihr nicht«, antwortete Pierre so leise, daß der Redner ihn nicht verstand und fragte, was er gesagt habe. »Ich war Atheist«, sagte Pierre.

»Sie suchen die Wahrheit, um ihren Gesetzen im Leben zu folgen; folglich suchen Sie Weisheit und Tugend, nicht wahr?« fragte der Redner nach kurzem Stillschweigen.

»Ja, ja«, erwiderte Pierre.

Der Redner räusperte sich, faltete die behandschuhten Hände über der Brust und begann dann:

»Jetzt muß auch ich Ihnen den Hauptzweck unseres Ordens mitteilen, und wenn dieser Zweck mit dem Ihrigen zusammenfällt, dann werden Sie mit Nutzen in unsere Bruderschaft eintreten. Die erste und hauptsächlichste Aufgabe und zugleich die Grundlage unseres Ordens, auf der er fest ruht und die keine menschliche Gewalt zerstören kann, besteht darin, ein gewisses wichtiges Geheimnis zu bewahren und den Nachkommen zu überliefern, ein Geheimnis, das von den allerältesten Zeiten, ja von dem ersten Menschen, auf uns gekommen ist und von dem vielleicht das Schicksal des Menschengeschlechts abhängt. Aber da dieses Geheimnis von der Art ist, daß niemand es erkennen und von ihm Nutzen ziehen kann, wenn er sich nicht durch langdauernde, sorgsame Läuterung seines eigenen Selbst vorbereitet hat, so kann nicht jeder hoffen, schnell in den Besitz dieses Geheimnisses zu gelangen. Daher besteht unsere zweite Aufgabe darin, unsere Mitglieder nach Möglichkeit vorzubereiten, ihr Herz zu bessern, ihren Verstand zu läutern und zu erleuchten, und zwar mit denjenigen Mitteln, die uns von Männern überliefert sind, welche an der Erforschung jenes Geheimnisses gearbeitet haben, und sie auf diese Art zur Aufnahme desselben fähig zu machen. Dadurch, daß wir unsere Mitglieder läutern und bessern, arbeiten wir drittens auch an der Besserung des ganzen Menschengeschlechts, indem wir ihm in unseren Mitgliedern Beispiele der Ehrenhaftigkeit und Tugend vor Augen stellen, und wir bemühen uns so mit allen Kräften, das Böse, das in der Welt herrscht, zu bekämpfen. Denken Sie darüber nach; ich komme dann wieder zu Ihnen.« Er verließ das Zimmer.

»Das Böse, das in der Welt herrscht, zu bekämpfen ...«, wiederholte Pierre für sich und malte sich seine künftige Tätigkeit auf diesem Gebiet aus. Er vergegenwärtigte sich ebensolche Menschen, wie er selbst vor zwei Wochen einer gewesen war, und wandte sich in Gedanken mit einer belehrenden, ermahnenden Ansprache an sie. Er vergegenwärtigte sich lasterhafte, unglückliche Menschen, denen er mit Wort und Tat half; er vergegenwärtigte sich Bedrücker, aus deren Händen er ihre Opfer rettete. Von den drei Aufgaben, die der Redner genannt hatte, hatte die letzte, die Besserung des Menschengeschlechts, für Pierre eine besondere Anziehungskraft. Das wichtige Geheimnis, das der Redner erwähnt hatte, reizte zwar auch seine Neugierde, erschien ihm aber nicht als das Wesentlichste; und auch die zweite Aufgabe, die Läuterung und Besserung des eigenen Selbst, interessierte ihn nur wenig, da er in diesem Augenblick die genußreiche Empfindung hatte, er habe sich von seinen früheren Lastern schon völlig gebessert und sei nun einzig und allein zum Guten bereit.

Nach einer halben Stunde kehrte der Redner zurück, um dem Suchenden die sieben Tugenden mitzuteilen, die, wie er sagte, den sieben Stufen des salomonischen Tempels entsprächen und die ein jeder Freimaurer in sich hegen müsse. Diese Tugenden waren: 1. Verschwiegenheit, Bewahrung des Ordensgeheimnisses, 2. Gehorsam gegenüber den Oberen des Ordens, 3. Sittenreinheit, 4. Menschenliebe, 5. Mannhaftigkeit, 6. Mildtätigkeit und 7. Liebe zum Tod.

»Was die siebente Tugend anlangt«, sagte der Redner, »so müssen Sie sich durch häufiges Nachdenken über den Tod bemühen, dahin zu gelangen, daß er Ihnen nicht mehr als ein furchtbarer Feind, sondern als ein Freund erscheint, der die Seele, nachdem sie sich in den Werken der Tugend abgemüht hat, von diesem elenden Leben befreit und zu der Stätte der Belohnung und der Ruhe führt.«

»Ja, so muß es sein«, dachte Pierre, als nach diesen Worten der Redner wieder von ihm weggegangen war und ihn seinem einsamen Nachdenken überlassen hatte. »So muß es sein; aber ich bin noch so schwach, daß ich mein Leben liebe, dessen Sinn und Bedeutung mir erst jetzt allmählich klarzuwerden beginnt.«

Aber die übrigen fünf Tugenden, auf die sich Pierre, an den Fingern zählend, besinnen konnte, meinte er in seiner Seele vorzufinden: die Mannhaftigkeit und die Mildtätigkeit und die Sittenreinheit und die Menschenliebe und namentlich den Gehorsam, der ihm nicht einmal als eine Tugend, sondern als ein Glück erschien. Er war jetzt sehr froh darüber, dem Zustand unbeschränkter Willensfreiheit entrückt zu werden und sich demjenigen und denen unterzuordnen, die die zweifellose Wahrheit wüßten. Die siebente Tugend hatte Pierre vergessen und konnte sich schlechterdings nicht auf sie besinnen.

Der Redner kehrte zum drittenmal schneller zurück und richtete an Pierre die Frage, ob er immer noch bei seiner Absicht bleibe und entschlossen sei, sich allem zu unterwerfen, was man von ihm verlangen werde.

»Ich bin zu allem bereit«, erwiderte Pierre.

»Ferner muß ich Ihnen noch mitteilen«, sagte der Redner, »daß unser Orden seine Belehrung nicht nur in Worten erteilt, sondern auch durch andere Mittel, die auf denjenigen, der aufrichtig nach Weisheit und Tugend sucht, vielleicht noch stärker wirken als lediglich mündliche Erklärungen. Dieses Gemach hier mit seiner Einrichtung, die Sie sehen, hat Ihrem Herzen, wenn anders dieses aufrichtig sucht, gewiß schon mehr kundgetan, als es bloße Worte vermöchten; und bei weiterer Zulassung werden Ihnen vielleicht noch mehr derartige Offenbarungen zuteil werden. Unser Orden folgt darin dem Vorgang älterer Genossenschaften, die ihre Lehre durch Hieroglyphen mitteilten. Eine Hieroglyphe«, sagte der Redner, »ist ein bildlicher Ausdruck für ein übersinnliches Ding, welches ähnliche Eigenschaften besitzt, wie das bildlich dargestellte.«

Pierre wußte sehr wohl, was Hieroglyphen sind, wagte aber nicht, dies zu sagen. Er hörte dem Redner schweigend zu und merkte an allem, daß nun gleich die Prüfungen beginnen würden.

»Wenn Sie in Ihrem Entschluß fest sind, dann liegt es mir ob, zu Ihrer Einführung zu schreiten«, sagte der Redner und trat dabei näher an Pierre heran. »Zum Zeichen der Mildtätigkeit ersuche ich Sie, mir alle Ihre Wertsachen einzuhändigen.«

»Aber ich habe nichts bei mir«, erwiderte Pierre, welcher glaubte, man verlange von ihm die Herausgabe aller Kostbarkeiten, die er besäße.

»Das, was Sie bei sich haben: Uhr, Geld, Ringe ...«

Pierre zog eilig seine Uhr und seine Geldbörse heraus, konnte aber seinen Trauring lange nicht von dem fleischigen Finger herunterbekommen. Als dies erledigt war, sagte der Freimaurer:

»Zum Zeichen des Gehorsams ersuche ich Sie, sich zu entkleiden.«

Nach Anweisung des Redners zog Pierre den Frack, die Weste und den linken Stiefel aus. Der Freimaurer machte ihm das Hemd über der linken Brust auf; dann bückte er sich und zog ihm am linken Bein die Hose bis über das Knie hinauf. Pierre wollte eilig auch am rechten Bein den Stiefel ausziehen und die Hose aufstreifen, um dem fremden Mann diese Mühe zu ersparen; aber der Freimaurer sagte ihm, das sei nicht erforderlich, und gab ihm einen Pantoffel für den linken Fuß. Ein kindliches Lächeln der Scham, des Zweifels und des Spottes über sich selbst trat unwillkürlich auf Pierres Gesicht. So stand er mit herabhängenden Armen und gespreizten Beinen vor dem Bruder Redner da und wartete auf dessen weitere Anweisungen.

»Und endlich ersuche ich Sie, zum Zeichen der Aufrichtigkeit mir Ihre wichtigste Leidenschaft anzugeben«, sagte dieser.

»Meine Leidenschaft! Ich hatte ihrer eine Menge«, erwiderte Pierre.

»Diejenige Leidenschaft, die mehr als andere Sie auf dem Weg zur Tugend straucheln ließ«, sagte der Freimaurer.

Pierre schwieg ein Weilchen und sann nach.

»Wein? Gutes Essen? Müßiggang? Trägheit? Heftigkeit? Bosheit? Weiber?« So musterte er seine Laster, wägte sie in Gedanken gegeneinander ab und wußte nicht, welches er für das schlimmste halten sollte.

»Die Weiber«, sagte er endlich mit leiser, kaum hörbarer Stimme.

Der Freimaurer rührte sich nicht und schwieg nach dieser Antwort lange. Dann ergriff er das auf dem Tisch liegende Tuch, trat zu Pierre heran und verband ihm wieder die Augen.

»Ich ermahne Sie noch ein letztes Mal: Achten Sie auf sich selbst mit der größten Aufmerksamkeit, legen Sie Ihren Affekten Fesseln an, und suchen Sie das Glück nicht in den Leidenschaften, sondern in Ihrem Herzen. Die Quelle der Glückseligkeit befindet sich nicht außer uns, sondern in uns.«

Pierre fühlte diese erfrischende Quelle der Glückseligkeit, die seine Seele mit freudiger Rührung erfüllte, bereits in sich.

IV

Bald darauf kam zu Pierre in das dunkle Gemach nicht mehr der bisherige Redner, sondern sein Bürge Willarski, den er an der Stimme erkannte. Auf dessen neue Fragen nach der Festigkeit seines Entschlusses antwortete Pierre: »Ja, ja, ich bin willens«, und ging mit einem strahlenden, kindlichen Lächeln, die fleischige Brust entblößt, ungleichmäßig und schüchtern mit einem gestiefelten und einem stiefellosen Fuß auftretend, vorwärts, während Willarski ihm einen Degen gegen die nackte Brust hielt. Er wurde aus diesem Zimmer durch Korridore geleitet, die sich bald zurück, bald wieder vorwärts wanden, und schließlich an die Tür der Loge geführt. Willarski hustete; es wurde ihm durch freimaurerisches Hammerklopfen geantwortet, und die Tür öffnete sich vor ihnen. Eine Baßstimme (Pierres Augen waren immer noch verbunden) richtete Fragen an ihn: wer er wäre, wo und wann er geboren sei usw. Dann führte man ihn wieder irgendwohin, ohne ihm die Binde von den Augen zu nehmen, und redete während des Gehens zu ihm von den Mühseligkeiten seiner Wanderung, womit allegorisch das Erdendasein bezeichnet wurde, von der heiligen Freundschaft, von dem urewigen Baumeister der Welt und von der Mannhaftigkeit, mit der er Mühen und Gefahren ertragen müsse. Bei dieser Wanderung bemerkte Pierre, daß man ihn bald den »Suchenden«, bald den »Leidenden«, bald den »Verlangenden« nannte und dabei in verschiedener Weise mit Hammern und Degen aufklopfte. Während er zu irgendeinem Gegenstand hingeführt wurde, spürte er, daß unter seinen Führern eine Unordnung und Verwirrung entstand. Er hörte, wie die ihn umgebenden Männer flüsternd miteinander stritten, und wie einer von ihnen darauf bestand, er sollte über einen Teppich geführt werden. Darauf ergriffen sie seine rechte Hand und legten sie auf irgend etwas, mit der linken aber mußte er einen Zirkel gegen seine linke Brust setzen, und so ließen sie ihn den Eid der Treue gegen die Gesetze des Ordens leisten, indem er die Worte wiederholen mußte, die ein anderer vorsprach. Dann wurden Kerzen ausgelöscht und Spiritus angezündet, was Pierre an dem Geruch merkte, und man sagte ihm, er werde nun das kleine Licht sehen. Man nahm ihm die Binde ab, und Pierre sah wie im Traum bei dem schwachen Schein der Spiritusflamme mehrere Männer, die, mit ebensolchen Schürzen wie der Redner angetan, ihm gegenüberstanden und Degen auf seine Brust gerichtet hielten. Unter ihnen stand ein Mann in einem weißen, mit Blut befleckten Hemd. Bei diesem Anblick machte Pierre mit der Brust eine Bewegung nach vorn auf die Degen zu, in dem Wunsch, daß diese in seine Brust eindringen möchten. Aber die Degen wichen von ihm zurück, und man legte ihm sogleich wieder die Binde um.

»Jetzt hast du das kleine Licht gesehen«, hörte er einen der Männer sagen. Dann wurden die Kerzen wieder angezündet; man sagte ihm, er solle nun auch das volle Licht sehen; die Binde wurde ihm wieder abgenommen, und mehr als zehn Stimmen sagten zugleich: »Sic transit gloria mundi.«

Allmählich begann Pierre sich zu sammeln und das Zimmer, in dem er war, und die darin befindlichen Menschen zu betrachten. Um einen langen, mit schwarzem Tuch bedeckten Tisch saßen etwa zwölf Männer, alle in derselben Tracht wie die, die er vorher gesehen hatte. Einige von ihnen kannte Pierre von der Petersburger Gesellschaft her. Auf dem Platz des Vorsitzenden saß ein ihm unbekannter junger Mann, mit einem eigenartigen Kreuz um den Hals. Rechts von diesem saß der italienische Abbé, welchen Pierre vor zwei Jahren bei Anna Pawlowna gesehen hatte. Ferner war da noch ein sehr hochgestellter Beamter und ein Schweizer, der früher im Kuraginschen Haus als Erzieher tätig gewesen war. Alle beobachteten ein feierliches Stillschweigen und warteten auf die Worte des Vorsitzenden, der einen Hammer in der Hand hielt. In eine Wand war ein leuchtender Stern eingefügt; auf der einen Seite des Tisches lag ein kleiner Teppich mit verschiedenen bildlichen Darstellungen; auf der andern stand eine Art Altar mit einem Evangelienbuch und einem Totenkopf. Um den Tisch herum standen sieben große Kandelaber, von der Art, wie sie in Kirchen gebraucht werden. Zwei der Brüder führten Pierre zu dem Altar hin, stellten ihm die Füße so, daß sie einen rechten Winkel bildeten, und forderten ihn auf, sich hinzulegen, wobei sie bemerkten, er werfe sich vor dem Tor des Tempels nieder.

»Er muß vorher eine Kelle bekommen«, sagte flüsternd einer der Brüder.

»Ach, bitte, lassen Sie es nur gut sein!« erwiderte ein andrer.

Pierre gehorchte nicht sogleich, sondern blickte mit seinen kurzsichtigen Augen verlegen um sich, und auf einmal befiel ihn ein Zweifel. »Wo bin ich? Was tue ich? Macht man sich auch nicht über mich lustig? Wird mir auch die Erinnerung daran später nicht beschämend sein?« Aber dieser Zweifel dauerte nur einen Augenblick. Pierre blickte in die ernsten Gesichter der ihn umgebenden Männer, er erinnerte sich an alles, was er hier bereits durchgemacht hatte, und sah ein, daß er nicht auf halbem Weg stehenbleiben konnte. Er erschrak über seinen Zweifel, und eifrig bemüht, in seiner Seele das frühere Gefühl der Rührung wieder wachzurufen, warf er sich vor dem Tor des Tempels nieder. Und wirklich kam jenes Gefühl der Rührung wieder über ihn, sogar in noch höherem Grad als vorher. Nachdem er eine Zeitlang gelegen hatte, hieß man ihn aufstehen, band ihm eine ebensolche weiße Lederschürze um, wie sie die andern trugen, gab ihm eine Kelle in die Hand sowie drei Paar Handschuhe, und dann wandte sich der Meister vom Stuhl zu ihm. Er sagte zu ihm, er solle darauf bedacht sein, die Weiße dieses Schurzfelles, welches symbolisch die Charakterfestigkeit und die Sittenreinheit bedeute, nicht zu beflecken; über die Kelle, deren Bedeutung er nicht erklärte, fügte er hinzu, er solle sich bemühen, mit ihr sein eigenes Herz von Fehlern zu reinigen und das Herz des Nächsten nachsichtig zu glätten und zu besänftigen. Darauf sagte er über das erste Paar Männerhandschuhe, ihre Bedeutung könne Pierre noch nicht verstehen; aber er solle sie aufbewahren; über das zweite Paar, gleichfalls Männerhandschuhe, sagte er, er solle sie zu den Versammlungen anziehen, und endlich sagte er über das dritte Paar, ein Paar Frauenhandschuhe: »Lieber Bruder, auch diese Frauenhandschuhe sind für Sie bestimmt. Geben Sie sie derjenigen Frau, die Sie höher achten werden als alle andern. Durch diese Gabe werden Sie derjenigen, die Sie sich als würdige Freimaurerin erlesen werden, die Versicherung geben, daß Ihr Herz rein und lauter ist.« Und nach einer kurzen Pause fügte er hinzu: »Aber gib acht, lieber Bruder, daß diese Handschuhe nicht unreine Hände schmücken.« Als der Meister vom Stuhl diese letzten Worte sprach, hatte Pierre die Empfindung, daß der Vorsitzende in Verlegenheit gerate. Pierre selbst wurde noch mehr verlegen, errötete so, daß ihm die Tränen in die Augen kamen, wie Kinder oft erröten, und begann unruhig um sich zu sehen. Es trat ein unbehagliches Schweigen ein.

Dieses Schweigen wurde von einem der Brüder unterbrochen, welcher Pierre zu dem Teppich führte und ihm aus einem Heft eine Erklärung aller darauf dargestellten Figuren vorzulesen begann: der Sonne, des Mondes, des Hammers, des Richtlotes, der Kelle, des rohen und des kubisch behauenen Steines, der Säule, der drei Fenster usw. Dann wurde ihm sein Platz angewiesen, man zeigte ihm die Erkennungszeichen der Loge, sagte ihm das Losungswort für den Eintritt und gestattete ihm schließlich, sich hinzusetzen. Der Meister vom Stuhl las nun die Satzungen vor. Diese Satzungen waren sehr lang, und Pierre war vor Freude, Aufregung und Verlegenheit nicht imstande, das, was vorgelesen wurde, zu verstehen. Nur auf die letzten Sätze der Satzungen gab er besser acht, und diese prägten sich seinem Gedächtnis ein:

»In unsern Tempeln kennen wir keine anderen Verschiedenheiten«, las der Meister vom Stuhl, »als diejenigen, die zwischen der Tugend und dem Laster bestehen. Hüte dich, irgendeinen Unterschied zu machen, der die Gleichheit stören konnte. Eile dem Bruder zu Hilfe, wer er auch sei; belehre den Irrenden; richte den Gefallenen auf, und hege niemals Groll oder Feindschaft gegen einen Bruder. Sei freundlich und liebreich. Erwecke in allen Herzen die Glut der Tugend. Freue dich über das Glück deines Nächsten, und möge niemals Neid diesen reinen Genuß stören. Verzeihe deinem Feind; räche dich nicht an ihm, es sei denn dadurch, daß du ihm Gutes tust. Wenn du so das höchste Gesetz erfüllst, so wirst du etwas von der urzeitlichen Seelengröße wiedergewinnen, die du verloren hast.«

Er schloß, stand auf, umarmte Pierre und küßte ihn. Mit Freudentränen in den Augen blickte Pierre um sich und wußte gar nicht, was er allen antworten sollte, die ihn umringten, ihn beglückwünschten und zum Teil eine frühere Bekanntschaft erneuerten. Aber er machte zwischen alten und neuen Bekannten keinen Unterschied; in allen diesen Männern sah er nur Brüder und brannte vor Ungeduld, sich mit ihnen gemeinsam ans Werk zu machen.

Der Meister vom Stuhl klopfte mit dem Hammer auf; alle setzten sich auf ihre Plätze, und einer von ihnen las eine ermahnende Ansprache über die Notwendigkeit der Demut vor.

Dann forderte der Meister vom Stuhl die Brüder auf, die letzte ihnen obliegende Pflicht zu erfüllen, und der hohe Beamte, der den Titel »Almosensammler« führte, begann bei den Brüdern umherzugehen. Pierre hätte am liebsten in die Almosenliste alles Geld eingezeichnet, das er verfügbar hatte; aber er fürchtete, dadurch Hochmut zu bekunden, und trug nur ungefähr ebensoviel ein wie die andern.

Die Sitzung wurde geschlossen. Als Pierre nach Hause kam, war ihm zumute, als kehrte er von einer weiten Reise zurück, auf der er Jahrzehnte zugebracht, sich völlig verändert und sich seiner ganzen früheren Lebenseinrichtung und allen seinen ehemaligen Gewohnheiten entfremdet hätte.

V

Am Tag nach der Aufnahme in die Loge saß Pierre bei sich zu Hause, las in einem Buch und bemühte sich in den Sinn eines Quadrates einzudringen, bei dem die eine Seite Gott, die zweite das geistige Element, die dritte das leibliche Element und die vierte die Vereinigung der beiden letzteren bedeutete. Ab und zu riß er sich von dem Buch und dem Quadrat los und machte sich in Gedanken einen neuen Lebensplan zurecht. Gestern war ihm in der Loge gesagt worden, ein Gerücht von dem Duell wäre dem Kaiser zu Ohren gekommen, und Pierre würde daher am besten tun, sich aus Petersburg zu entfernen. So hatte denn Pierre den Entschluß gefaßt, auf seine im Süden gelegenen Güter zu gehen und sich dort mit seinen Bauern zu beschäftigen. In freudiger Stimmung dachte er über dieses neue Leben nach, als unerwartet Fürst Wasili ins Zimmer trat.

»Mein Freund, was hast du denn in Moskau angerichtet? Warum hast du dich mit Helene veruneinigt, mein Lieber? Du befindest dich in einem Irrtum«, sagte Fürst Wasili gleich beim Eintritt. »Ich habe alles in Erfahrung gebracht und kann dir ganz zuverlässig sagen, daß Helene dir gegenüber schuldlos ist, wie Christus den Juden gegenüber.«

Pierre wollte antworten; aber der Fürst ließ ihn nicht zu Wort kommen.

»Und warum hast du dich nicht gerade an mich gewendet, wie an einen guten Freund? Ich bin über alles orientiert und habe Verständnis für alles«, sagte er; »du hast dich benommen, wie es sich für einen Mann schickt, der seine Ehre hochhält; vielleicht bist du etwas zu hastig gewesen, aber darüber wollen wir nicht rechten. Mach dir nur das eine klar: In welche Situation bringst du sie und mich in den Augen der ganzen Gesellschaft und« (dies fügte er mit leiserer Stimme hinzu) »sogar des Hofes? Sie wohnt in Moskau und du hier! Überlege doch nur ruhig, mein Lieber« (er ergriff seine Hand und zog sie in seiner wunderlichen Manier nach unten), »hier liegt ein Mißverständnis vor; ich meine, das mußt du selbst fühlen. Schreib gleich mit mir zusammen einen Brief dann wird sie hierherkommen, und alles wird sich aufklären. Sonst kann, das muß ich dir sagen, die Sache für dich sehr leicht nachteilige Folgen haben, mein lieber Freund.«

Fürst Wasili blickte Pierre ernst und bedeutsam an.

»Ich weiß aus guten Quellen, daß die Kaiserinwitwe an dieser ganzen Angelegenheit lebhaften Anteil nimmt. Du weißt, daß sie gegen Helene sehr gnädig gesinnt ist.«

Pierre hatte schon mehrere Male dazu angesetzt, zu reden; aber einerseits ließ ihn Fürst Wasili nicht dazu kommen, und andererseits hatte Pierre selbst eine gewisse Angst davor, zu seinem Schwiegervater in dem Ton entschiedener Ablehnung und Weigerung zu reden, in welchem zu antworten er doch fest entschlossen war. Außerdem fielen ihm die Worte aus den freimaurerischen Satzungen: »Sei freundlich und liebreich«, ein. Er runzelte die Stirn, errötete, stand auf und setzte sich wieder hin: Er kämpfte mit sich selbst, um sich zu dem zu zwingen, was ihm im Leben am allerschwersten wurde: jemandem etwas Unangenehmes ins Gesicht zu sagen, ihm etwas anderes zu sagen, als was der Betreffende erwartete, mochte er sein, wer er wollte. Er war so daran gewöhnt, sich diesem lässigen, selbstbewußten Ton des Fürsten Wasili zu fügen, daß er auch jetzt fürchtete, er werde nicht imstande sein, diesem Ton zu widerstehen; aber er war sich bewußt, daß von dem, was er jetzt sagen werde, sein ganzes weiteres Lebensschicksal abhänge: ob er auf dem alten, bisherigen Weg weiterwandern oder den neuen Weg einschlagen werde, der ihm in so verlockender Weise von den Freimaurern gezeigt war, und auf dem er die Wiedergeburt zu einem neuen Leben bestimmt zu finden hoffte.

»Nun, mein Lieber«, sagte Fürst Wasili scherzend, »du brauchst bloß ja zu mir zu sagen, dann schreibe ich selbst an sie, und wir schlachten ein gemästetes Kalb.«

Aber Fürst Wasili hatte seine scherzhafte Wendung kaum völlig ausgesprochen, als Pierre mit einer Wut im Gesicht, die an seinen Vater erinnerte, ohne dem Fürsten in die Augen zu sehen, flüsternd sagte:

»Fürst, ich habe Sie nicht aufgefordert, zu mir zu kommen; gehen Sie, bitte, gehen Sie!« Er sprang auf und öffnete ihm die Tür. »Gehen Sie!« wiederholte er; er traute sich selbst nicht und war erfreut über den Ausdruck von Verwirrung und Angst, der auf dem Gesicht des Fürsten Wasili sichtbar wurde.

»Was hast du? Bist du krank?«

»Gehen Sie!« sagte Pierre noch einmal mit zitternder Stimme. Und Fürst Wasili sah sich genötigt wegzugehen, ohne irgendwelche Erklärung empfangen zu haben.

Acht Tage darauf fuhr Pierre, nachdem er von seinen neuen Freunden, den Freimaurern, Abschied genommen und ihnen eine größere Geldsumme als Almosen zurückgelassen hatte, auf seine Güter. Seine neuen Brüder gaben ihm Briefe nach Kiew und Odessa an die dortigen Freimaurer mit und versprachen ihm, an ihn zu schreiben und ihn in seiner neuen Tätigkeit zu leiten.

VI

Pierres Affäre mit Dolochow war vertuscht worden, und trotz der damaligen Strenge des Kaisers hinsichtlich der Duelle hatte die Sache weder für die beiden Gegner noch für ihre Sekundanten üble Folgen gehabt. Aber die skandalöse Vorgeschichte des Duells, die durch Pierres Bruch mit seiner Frau eine Bestätigung fand, sprach sich in der Gesellschaft herum. Pierre, den man mit herablassender Gönnermiene angesehen hatte, solange er ein illegitimer Sohn war, und den man umschmeichelt und gepriesen hatte, als man in ihm einen der besten Heiratskandidaten im ganzen russischen Reich sah, hatte schon nach seiner Heirat, als die jungen Mädchen und die Mütter nichts mehr von ihm zu erwarten hatten, in der Meinung der Gesellschaft stark verloren, um so mehr, da er sich weder darauf verstand noch darauf ausging, sich das Wohlwollen der Gesellschaft zu erwerben. Jetzt nun maß man ihm allein alle Schuld an dem Vorgefallenen bei; man sagte, er sei von einer sinnlosen Eifersucht und leide an ähnlichen Anfallen blutdürstiger Raserei wie sein Vater. Und als nach Pierres Abreise Helene nach Petersburg zurückkehrte, wurde sie nicht nur freudig, sondern auch mit einem Beiklang von Ehrerbietung, der ihrem Unglück galt, von allen ihren Bekannten empfangen. Sobald sich das Gespräch auf ihren Mann wandte, nahm Helene jedesmal eine ernste, würdige Miene an, die sie sich mit dem ihr eigenen Takt zurechtgemacht hatte, ohne eigentlich ihre Bedeutung zu verstehen. Diese Miene besagte, daß Helene entschlossen sei, ihr Unglück zu tragen, ohne zu klagen, und daß ihr Mann ein ihr von Gott gesandtes Kreuz sei. Fürst Wasili sprach seine Meinung offener aus. Wenn von Pierre die Rede war, zuckte er die Achseln und sagte, indem er auf die Stirn deutete:

Halbverrückt! Ich habe es ja immer gesagt.«

»Ich habe es vorhergesagt«, behauptete Anna Pawlowna mit Bezug auf Pierre. »Ich habe es damals gleich gesagt, und früher als alle andern« (sie betonte nachdrücklich ihre Priorität), »daß er ein verdrehter junger Mensch ist, den die zuchtlosen Ideen des Jahrhunderts verdorben haben. Das habe ich schon damals gesagt, als alle noch von ihm entzückt waren und er eben erst aus dem Ausland zurückgekehrt war und einmal bei mir auf einer Abendgesellschaft (besinnen Sie sich wohl noch?) sich als eine Art von Marat aufspielte. Und was ist nun das Ende vom Lied gewesen? Ich war schon damals eine Gegnerin dieser Heirat und habe alles vorhergesagt, was sich dann ereignet hat.«

Anna Pawlowna gab wie früher in ihrem Haus an dienstfreien Tagen Abendgesellschaften, für deren Arrangement sie ein einzigartiges Talent besaß. Denn erstens versammelte sich auf diesen Abendgesellschaften die Creme der wahrhaft guten Gesellschaft, die Quintessenz der Petersburger Intelligenz, wie Anna Pawlowna selbst sagte. Und abgesehen von dieser feinfühligen Auswahl der Gäste zeichneten sich Anna Pawlownas Abendgesellschaften zweitens dadurch aus, daß die Wirtin ihren Gästen dabei jedesmal eine neue, interessante Persönlichkeit wie ein delikates Gericht auftischte, und daß nirgends mit solcher Deutlichkeit und Sicherheit wie auf diesen Abendgesellschaften zum Ausdruck kam, wie die politische Stimmung der loyalen Petersburger Hofgesellschaft war.

Gegen Ende des Jahres 1806, als bereits alle die traurigen Einzelheiten über die Vernichtung der preußischen Armee durch Napoleon bei Jena und Auerstedt und über die Übergabe eines großen Teiles der preußischen Festungen bekanntgeworden waren, als unsere Truppen schon in Preußen eingerückt waren und unser zweiter Krieg mit Napoleon begonnen hatte, gab Anna Pawlowna wieder eine Abendgesellschaft in ihrem Haus. Die Creme der wahrhaft guten Gesellschaft bestand an diesem Abend aus der bezaubernden, unglücklichen, von ihrem Mann verlassenen Helene, aus Mortemart, aus dem entzückenden Fürsten Ippolit, der soeben aus Wien angekommen war, aus zwei Diplomaten, der lieben Tante, einem jungen Mann, dem im Salon die ziemlich vage Bezeichnung: »ein Mann von großen Verdiensten« zuteil wurde, einer neu ernannten Hofdame nebst ihrer Mutter und aus einigen anderen minder bedeutenden Persönlichkeiten.

Diejenige Person, welche Anna Pawlowna an diesem Abend ihren Gästen wie eine neue Delikatesse vorsetzte, war Boris Drubezkoi, der soeben als Kurier von der preußischen Armee eingetroffen war und bei einer sehr hochgestellten Persönlichkeit die Stelle eines Adjutanten bekleidete.

Der Stand des politischen Thermometers, welcher an diesem Abend zur Kenntnis der Gesellschaft gebracht wurde, war folgender: »Wie sehr auch alle Herrscher und Feldherrn Europas zu meiner und unser aller Empörung und Kränkung sich bemühen mögen, diesem Bonaparte Liebenswürdigkeiten zu erweisen, unsere Meinung über Bonaparte kann dadurch nicht verändert werden. Wir werden nicht aufhören, unsere Anschauungen in dieser Hinsicht ungeschminkt zum Ausdruck zu bringen, und können dem König von Preußen und den andern nur sagen: ›Ihr werdet den Schaden davon haben. Tu l'as voulu, George Dandin.‹ Das ist alles, was wir darüber sagen können.« Das war es, was das politische Thermometer auf Anna Pawlownas Abendgesellschaft besagte. Als Boris, der den Gästen vorgestellt werden sollte, in den Salon trat, war schon fast die ganze Gesellschaft beisammen, und das von Anna Pawlowna geleitete Gespräch drehte sich um unsere diplomatischen Beziehungen zu Österreich und um die Aussichten auf ein Bündnis mit diesem Staat.

Boris, der eine elegante Adjutantenuniform trug, in seiner ganzen Erscheinung männlicher geworden war und recht frisch und gesund aussah, trat mit ungezwungenem Benehmen in den Salon, wurde zunächst, wie es sich gehörte, beiseite geführt, um die liebe Tante zu begrüßen, und dann der allgemeinen Gruppe beigesellt.

Anna Pawlowna reichte ihm ihre magere Hand zum Kuß, machte ihn mit einigen ihm noch fremden Personen bekannt und gab ihm bei einer jeden im Flüsterton eine kurze Charakteristik.

»Fürst Ippolit Kuragin, ein allerliebster junger Mann. Herr Krug, Geschäftsträger aus Kopenhagen, ein tiefer Geist.« Und dann schlechthin: »Herr Schitow, ein Mann von großen Verdiensten«, mit Bezug auf den Herrn, dem dieses Etikett verliehen war.

Boris war nach verhältnismäßig kurzer Dienstzeit dank den unablässigen Bemühungen seiner Mutter Anna Michailowna sowie dank seinen eigenen gewandten Manieren und seinem klug zurückhaltenden Wesen bereits in eine sehr vorteilhafte dienstliche Stellung gelangt. Er war Adjutant bei einer hochgestellten Persönlichkeit, hatte einen sehr wichtigen Auftrag nach Preußen gehabt und war soeben von dort als Kurier zurückgekommen. Er hatte sich in jenes ungeschriebene Reglement über die Subordinationsverhältnisse, das ihm in Olmütz so gut gefallen hatte, vollständig eingelebt, jenes Reglement, nach welchem ein Fähnrich sehr viel höher stehen konnte als ein General, und nach welchem zu einer guten Karriere nicht Anstrengung im Dienst, Arbeit, Tapferkeit, Ausdauer erforderlich waren, sondern nur die Kunst, mit denjenigen gut zu verkehren, die die dienstlichen Belohnungen zu verteilen hatten – und er wunderte sich oft selbst über sein schnelles Vorwärtskommen, und wie es möglich war, daß andere sich auf diesen Weg nicht verstanden. Infolge dieser seiner Entdeckung hatten seine ganze Lebensweise, alle seine Beziehungen zu früheren Bekannten, alle seine Pläne für die Zukunft eine vollständige Umänderung erfahren. Er war nicht reich; aber er verwandte sein letztes Geld darauf, sich besser zu kleiden als andere; er hätte lieber auf viele Vergnügungen verzichtet, als daß er es sich erlaubt hätte, auf den Straßen Petersburgs in einem schlechten Wagen zu fahren oder sich in einer alten Uniform sehen zu lassen. Er unterhielt und suchte Verkehr nur mit solchen Leuten, die über ihm standen und ihm daher nützlich sein konnten. Er liebte Petersburg und verachtete Moskau. Die Erinnerung an das Rostowsche Haus und an seine kindische Liebe zu Natascha war ihm peinlich, und seit seiner Abreise zur Armee war er kein einziges Mal mehr bei Rostows gewesen. In Anna Pawlownas Salon anwesend sein zu dürfen, hielt er für eine bedeutende Förderung auf der dienstlichen Laufbahn, und er erfaßte jetzt sofort mit vollem Verständnis die von ihm zu spielende Rolle. Er überließ es zunächst Anna Pawlowna, was an ihm Interessantes sein mochte, zur Reklame für ihn zu benutzen, beobachtete aufmerksam jeden der Anwesenden, schätzte die Vorteile ab, die er von einem jeden haben konnte, und erwog die Möglichkeit, diesem und jenem näherzutreten. Er setzte sich auf den ihm angewiesenen Platz neben die schöne Helene und hörte dem allgemeinen Gespräch zu.

»Wien ist der Ansicht«, sagte der dänische Geschäftsträger, »die Basis des vorgeschlagenen Vertrages sei so unerreichbar, daß man nicht einmal durch eine Reihe der glänzendsten Erfolge würde zu ihr gelangen können, und bezweifelt, daß wir die Mittel hätten, solche Erfolge zu erzielen. Dies ist der authentische Text der Hauptstelle in der Antwort des Wiener Kabinetts.« Und dann fügte er als tiefer Geist mit feinem Lächeln hinzu: »Der Ausdruck des Zweifels kann nur schmeichelhaft sein!«

»Man muß zwischen dem Wiener Kabinett und dem Kaiser von Österreich unterscheiden«, bemerkte Mortemart. »Dem Kaiser von Österreich hat ein solcher Gedanke nie kommen können; es ist nur das Kabinett, das in dieser Weise spricht.«

»Ach, mein lieber Vicomte«, mischte sich hier Anna Pawlowna in das Gespräch. »Europa« (das Gespräch wurde in französischer Sprache geführt, und Anna Pawlowna bediente sich dabei der Aussprache: »l'Urope«, eine besondere Feinheit, die sie meinte sich im Gespräch mit einem Franzosen gestatten zu dürfen), »Europa wird niemals unser aufrichtiger Bundesgenosse sein.«

Hierauf lenkte Anna Pawlowna das Gespräch auf die Mannhaftigkeit und Festigkeit des Königs von Preußen, in der Absicht, Boris zur Beteiligung zu veranlassen.

Boris hatte bisher einem jeden, der sprach, aufmerksam zugehört und gewartet, bis die Reihe an ihn selbst kommen werde, hatte aber dabei gleichzeitig Gelegenheit gefunden, wiederholt seine Nachbarin, die schöne Helene, anzuschauen, welche die Blicke des hübschen jungen Adjutanten mehrmals mit einem Lächeln erwiderte.

Da Anna Pawlowna von der Lage sprach, in der sich Preußen befand, so machte es sich ganz natürlich, daß sie Boris hat, von seiner Reise nach Glogau und von dem Zustand zu erzählen, in dem er das preußische Heer getroffen habe. Boris erzählte in ruhiger Redeweise und in reinem, korrektem Französisch eine Menge interessanter Einzelheiten über die Truppen und über den Hof, vermied es aber während seiner ganzen Erzählung sorgfältig, über die Tatsachen, die er berichtete, seine eigene Meinung zum Ausdruck zu bringen. Eine Zeitlang bildete Boris den Mittelpunkt für die allgemeine Aufmerksamkeit, und Anna Pawlowna merkte, daß er von allen ihren Gästen mit Vergnügen angenommen wurde. Noch größeres Interesse als alle übrigen legte für die Erzählung des jungen Adjutanten Helene an den Tag. Sie befragte ihn mehrmals nach allerlei Einzelheiten seiner Fahrt und schien sich für die Lage der preußischen Armee außerordentlich zu interessieren. Sobald er mit seinen Mitteilungen zu Ende war, wandte sie sich an ihn mit ihrem gewöhnlichen Lächeln:

»Sie müssen mich unbedingt besuchen«, sagte sie zu ihm in einem Ton, als ob dies aus gewissen Gründen, die er nicht wissen dürfe, schlechterdings notwendig sei. »Dienstag zwischen acht und neun Uhr. Sie werden mir damit eine große Freude bereiten.«

Boris versprach, ihren Wunsch zu erfüllen, und wollte ein Gespräch mit ihr beginnen, als Anna Pawlowna die Tante zum Vorwand benutzte, um ihn wegzurufen: diese wünsche eine Auskunft von ihm zu erhalten.

»Sie kennen ja wohl ihren Mann?« sagte Anna Pawlowna, indem sie die Augen einen Augenblick schloß und mit einer traurigen Gebärde nach Helene hindeutete: »Ach, sie ist eine so unglückliche, so reizende Frau! Reden Sie in ihrer Gegenwart nie von ihm; bitte, ja nicht! Es ist ihr zu schmerzlich.«

VII

Als Boris und Anna Pawlowna wieder zu dem allgemeinen Kreis zurückkehrten, unternahm es dort gerade Fürst Ippolit, etwas zur Unterhaltung beizusteuern.

Er bog sich aus seinem Lehnsessel hinaus nach vorn, sagte: »Le roi de Prusse« und brach dann in ein Gelächter aus. Alle wandten sich zu ihm hin.

»Le roi de Prusse?« wiederholte Ippolit noch einmal im Ton der Frage, lachte wieder auf und setzte sich wieder mit ruhiger, ernster Miene in den Fond des Sessels zurück. Anna Pawlowna wartete ein Weilchen, was er weiter sagen würde; aber da Ippolit absolut nichts hinzufügen zu wollen schien, so fing sie an davon zu sprechen, wie der gottlose Bonaparte in Potsdam den Degen Friedrichs des Großen entwendet habe.

»›Es ist der Degen Friedrichs des Großen, den ich …‹«, begann sie die Worte Napoleons zu zitieren; aber Ippolit unterbrach sie, indem er zum drittenmal sagte:

»Le roi de Prusse …« Und dann, sowie die andern sich zu ihm wandten, machte er eine Miene, als ob er um Entschuldigung bäte, und verstummte wieder.

Anna Pawlowna runzelte die Stirn. Mortemart, Ippolits Freund, fragte ihn in entschiedenem Ton:

»Nun also, was ist denn mit dem König von Preußen?«

Ippolit lachte, schien sich aber seines Lachens selbst zu schämen.

»Ach, gar nichts; ich wollte nur sagen …« (Er beabsichtigte, einen Scherz vorzutragen, den er in Wien gehört hatte und den er den ganzen Abend über anzubringen versucht hatte.) »Ich wollte nur sagen, daß es von uns eine Torheit ist, Krieg zu führen pour le roi de Prusse.«

Boris lächelte vorsichtig, so daß sein Lächeln als Ironie oder als Beifallsäußerung für den Witz aufgefaßt werden konnte, je nach der Aufnahme, die der Witz finden werde. Alle lachten.

»Ihr Wortspiel ist sehr schlecht, zwar sehr geistreich, aber ungerecht«, bemerkte Anna Pawlowna und drohte dem Fürsten Ippolit mit ihrem runzligen Finger. »Wir führen nicht Krieg für den König von Preußen, sondern für die Prinzipien der Ordnung und der Gerechtigkeit. Ach, was dieser Fürst Ippolit für ein böser, böser Mensch ist!«

Das Gespräch verstummte den ganzen Abend hindurch keinen Augenblick und drehte sich vorwiegend um Neuigkeiten der Politik. Gegen Ende des Zusammenseins wurde es ganz besonders lebhaft, als man auf die vom Kaiser verliehenen Belohnungen zu sprechen kam.

»Im vorigen Jahr hat doch N. N. eine Tabatiere mit dem Porträt des Kaisers erhalten«, sagte der Mann mit dem tiefen Geist. »Warum sollte S. S. nicht dieselbe Belohnung bekommen können?«

»Ich bitte um Verzeihung«, sagte der andere Diplomat. »Eine Tabatiere mit dem Porträt des Kaisers ist eben eine Belohnung, aber nicht eine Auszeichnung; man könnte eher sagen: ein Geschenk.«

»Es hat aber doch Präzedenzfälle gegeben; ich möchte auf Schwarzenberg verweisen.«

»Nein, es ist unmöglich«, erwiderte der andere.

»Wollen wir wetten? Der Großkordon, das wäre ja etwas ganz anderes ...«

Als sich alle erhoben, um sich zu empfehlen, wandte sich Helene, die den ganzen Abend nur wenig gesprochen hatte, wieder mit derselben Bitte an Boris; sie forderte ihn freundlich und bedeutsam auf, sie am Dienstag zu besuchen.

»Es liegt mir sehr viel daran«, sagte sie lächelnd und blickte dabei Anna Pawlowna an, und diese unterstützte Helenes Wunsch, wobei sie dasselbe trübe Lächeln zeigte, mit welchem sie ihre Worte zu begleiten pflegte, wenn sie von ihrer hohen Gönnerin sprach.

Es schien, als ob an diesem Abend Helene aus einigen Äußerungen, die Boris über das preußische Heer getan hatte, plötzlich die Notwendigkeit erkannt hätte, mit ihm bekanntzuwerden. Sie versprach ihm gewissermaßen, ihm diese Notwendigkeit zu erklären, wenn er am Dienstag zu ihr käme.

Als jedoch Boris am Dienstag abend in Helenes prächtigem Salon erschien, erhielt er keine deutliche Erklärung darüber, warum sein Besuch eigentlich so notwendig gewesen war. Es waren noch andere Gäste da; die Gräfin redete nur wenig mit ihm, und erst beim Abschied, als er ihr die Hand küßte, flüsterte sie ihm plötzlich, und zwar merkwürdigerweise ohne das gewöhnliche Lächeln, zu: »Kommen Sie morgen abend ... zum Diner. Sie müssen kommen ... Kommen Sie.«

Während dieses seines Aufenthalts in Petersburg wurde Boris Hausfreund bei der Gräfin Besuchowa.

VIII

Der Krieg war entbrannt, und der Schauplatz desselben näherte sich den russischen Grenzen. Überall hörte man Verwünschungen gegen Bonaparte, den Feind des Menschengeschlechts, ausstoßen; in den Dörfern wurden die Landwehrleute und Rekruten zusammenberufen, und vom Kriegsschauplatz kamen einander widersprechende Nachrichten, die unwahr waren, wie immer, und daher auf die mannigfachste Weise gedeutet wurden.

Das Leben des alten Fürsten Bolkonski, des Fürsten Andrei und der Prinzessin Marja hatte sich seit dem Jahr 1805 in vieler Hinsicht geändert. Im Jahr 1806 war dem alten Fürsten die Stelle eines Oberkommandierenden der Landwehr übertragen worden, wie solcher Stellen in ganz Rußland acht eingerichtet worden waren. Trotz seiner Altersschwäche, die sich namentlich damals fühlbar gemacht hatte, als er seinen Sohn tot glaubte, hielt sich der alte Fürst nicht für berechtigt, ein Amt abzulehnen, zu dem er durch den Kaiser selbst ernannt worden war, und diese neue Tätigkeit, die sich ihm darbot, diente zu seiner Belebung und Kräftigung. Er war beständig auf Reisen in den drei ihm übertragenen Gouvernements, bewies eine fast pedantische Genauigkeit in der Erfüllung seiner Pflichten, war streng bis zur Grausamkeit gegen seine Untergebenen und kümmerte sich persönlich um die kleinsten Einzelheiten in seinem Amtsbereich. Prinzessin Marja hatte jetzt keine Mathematikstunden mehr bei ihrem Vater; sie kam zwar auch jetzt morgens in sein Zimmer, wenn er zu Hause war, aber in Begleitung der Amme, mit dem kleinen Fürsten Nikolai, wie ihn der Großvater nannte. Der Säugling Fürst Nikolai wohnte mit der Amme und der Kinderfrau Sawischna in den Zimmern der verstorbenen Fürstin, und die Prinzessin Marja verbrachte den größten Teil des Tages in der Kinderstube und suchte, so gut sie es verstand, ihrem kleinen Neffen die Mutter zu ersetzen. Mademoiselle Bourienne liebte, wie es schien, den Knaben ebenfalls leidenschaftlich, und Prinzessin Marja überließ oft, obwohl sie dabei sich selbst beraubte, ihrer Freundin den Genuß, den kleinen Engel, wie sie ihren Neffen nannte, zu warten und mit ihm zu spielen.

In der Kirche von Lysyje-Gory war neben dem Allerheiligsten über der Gruft der kleinen Fürstin eine Kapelle errichtet und in der Kapelle ein in Italien gearbeitetes Marmordenkmal aufgestellt, welches einen Engel darstellte, der seine Flügel auseinanderbreitet und sich anschickt, sich zum Himmel zu erheben. Bei dem Engel war die Oberlippe ein wenig hinaufgezogen, wie wenn er lächeln wollte, und als eines Tages Fürst Andrei und Prinzessin Marja aus der Kapelle herauskamen, gestanden sie einer dem andern, daß das Gesicht dieses Engels sie seltsam an das Gesicht der Verstorbenen erinnerte. Aber was noch seltsamer scheinen konnte, und was Fürst Andrei seiner Schwester nicht sagte, das war, daß in dem Ausdruck, den der Künstler dem Gesicht des Engels zufällig gegeben hatte, Fürst Andrei dieselben sanft vorwurfsvollen Worte zu lesen glaubte, die er damals auf dem Gesicht seiner toten Frau gelesen hatte: »Ach, warum habt ihr das mit mir gemacht …?«

Bald nach der Rückkehr des Fürsten Andrei hatte der alte Fürst seinem Sohn einen Teil des Familienbesitzes als Eigentum zugewiesen: Er hatte ihm das große Gut Bogutscharowo gegeben, das etwa vierzig Werst von Lysyje-Gory entfernt lag. Teils wegen der schmerzlichen Erinnerungen, die sich für ihn an Lysyje-Gory knüpften, teils weil Fürst Andrei sich nicht immer imstande fühlte, das eigenartige Wesen seines Vaters zu ertragen, teils auch, weil es ihm ein Bedürfnis war, allein zu sein, benutzte Fürst Andrei Bogutscharowo es als eigentlichen Wohnort, fing dort an zu bauen und verbrachte dort seine meiste Zeit.

Fürst Andrei hatte sich nach der Schlacht bei Austerlitz fest vorgenommen, nie wieder beim Militär zu dienen; als nun der neue Krieg begann und alle eintreten mußten, übernahm er, um vom aktiven Dienst freizukommen, unter seinem Vater als Vorgesetztem eine dienstliche Tätigkeit bei der Einberufung der Landwehr. Der alte Fürst und sein Sohn hatten nach dem Feldzug von 1805 gleichsam miteinander die Rollen vertauscht. Der alte Fürst, durch seine Beschäftigung neu belebt, erwartete von dem jetzigen Feldzug alles Gute; Fürst Andrei dagegen, der an dem Krieg nicht teilnahm und das in der geheimsten Tiefe seiner Seele bedauerte, sah nur Schlimmes voraus.

Am 26. Februar 1807 hatte der alte Fürst eine Dienstreise durch seinen Distrikt angetreten; Fürst Andrei war, wie meist, wenn sein Vater abwesend war, in Lysyje-Gory geblieben. Der kleine Nikolai war schon seit drei Tagen krank. Die Kutscher, die den alten Fürsten gefahren hatten, waren aus der Stadt zurückgekehrt und hatten Briefe und dienstliche Papiere für den Fürsten Andrei mitgebracht.

Da der Kammerdiener mit den Briefen den jungen Fürsten nicht in seinem Zimmer gefunden hatte, so ging er nach den Räumen der Prinzessin Marja; aber auch dort war er nicht. Es wurde dem Kammerdiener gesagt, der Fürst sei in die Kinderstube gegangen.

»Petja ist mit Papieren gekommen; wenn Euer Durchlaucht sie vielleicht in Empfang nehmen wollen …«, sagte eines der Mädchen, die der Kinderfrau zur Hand gingen, zu dem Fürsten Andrei, der mit finsterem Gesicht auf einem kleinen Kinderstuhl saß und mit zitternden Händen Tropfen aus einem Arzneifläschchen in ein zur Hälfte mit Wasser gefülltes Glas tat.

»Was gibt es?« fragte er ärgerlich, und unvorsichtig mit der Hand zukkend, tat er aus dem Fläschchen zu viel Tropfen in das Glas. Er schüttete das Wasser mit der Arznei aus dem Glas auf den Fußboden und verlangte anderes Wasser. Das Mädchen reichte es ihm.

In dem Zimmer stand das Kinderbett, zwei Truhen, zwei Lehnstühle, ein Tisch, ein Kindertisch und ein Kinderstuhl, eben der, auf welchem

Fürst Andrei saß. Die Fenster waren verhängt, und auf dem Tisch brannte eine einzige Kerze, vor die ein gebundenes Notenheft gestellt war, so daß der Schein nicht auf das Bettchen fiel.

»Lieber Andrei«, sagte Prinzessin Marja von dem Bettchen her, neben dem sie stand. »Es wäre doch besser, noch zu warten … Nachher …«

»Ach, tu mir den Gefallen und rede nicht immer Dummheiten. Du hast so schon immer zu lange gewartet; da siehst du nun, was beim Warten herauskommt«, antwortete Fürst Andrei ärgerlich flüsternd; er legte es offenbar darauf an, seine Schwester zu kränken.

»Lieber Andrei, es ist wirklich besser, ihn nicht aufzuwecken; er ist eingeschlafen«, sagte die Prinzessin in flehendem Ton.

Fürst Andrei stand auf und näherte sich auf den Zehen, mit dem Glas in der Hand, dem Bettchen.

»Oder sollen wir ihn doch nicht wecken?« sagte er unschlüssig.

»Wie du willst … wirklich … ich meine … aber wie du willst«, antwortete Prinzessin Marja ganz verlegen; es war ihr offenbar peinlich, daß ihre Meinung den Ausschlag geben sollte. Sie machte ihren Bruder durch eine Handbewegung auf das Mädchen aufmerksam, das ihn flüsternd hinausrief.

Es war die zweite Nacht, wo sie beide, mit der Pflege des fiebernden Kindes beschäftigt, nicht geschlafen hatten. Diese ganze Zeit über hatten sie, da sie zu ihrem Hausarzt kein Vertrauen hatten und der aus der Stadt herbeigerufene Doktor noch nicht gekommen war, bald dieses, bald jenes Mittel versucht. Erschöpft von Schlaflosigkeit und von Unruhe gequält, legten sie ihr Leid einer dem andern zur Last, machten sich gegenseitig Vorwürfe und veruneinigten sich.

»Petja ist da mit Briefschaften von dem Herrn Vater«, flüsterte das Mädchen.

Fürst Andrei ging hinaus.

»Was soll ich jetzt damit! Hol's der Teufel!« brummte er vor sich hin. Er hörte an, was der Vater ihm mündlich bestellen ließ, nahm die ihm überreichten Papiere und Briefe, darunter auch einen Brief seines Vaters, entgegen und kehrte in die Kinderstube zurück.

»Nun, wie ist's?« fragte Fürst Andrei.

»Immer unverändert; warte doch noch, um Gottes willen. Karl Iwanowitsch sagt immer, Schlaf wäre das beste Mittel«, flüsterte Prinzessin Marja seufzend.

Fürst Andrei trat zu dem Kind und befühlte es. Es glühte.

»Bleibt mir mit eurem Karl Iwanowitsch vom Leib!« Er nahm das Glas, in das er die Tropfen hineingetan hatte, und kam wieder heran.

»Andrei, tu's nicht!« flehte Prinzessin Marja.

Aber er machte ein finsteres Gesicht, auf welchem Ärger und schweres Leid zugleich zum Ausdruck kamen, und beugte sich mit dem Glas zu dem Kind herunter.

»Doch! Ich will es«, sagte er. »Bitte, gib du es ihm.«

Prinzessin Marja zuckte mit den Achseln, nahm aber gehorsam das Glas, rief die Kinderfrau herzu und begann dem Kind die Arznei einzugeben. Das Kind schrie und röchelte. Fürst Andrei runzelte die Stirn, griff sich an den Kopf, ging aus dem Zimmer und setzte sich im Nebenzimmer auf das Sofa.

Die Briefe hielt er immer noch in der Hand. Mechanisch öffnete er den von seinem Vater und fing an zu lesen. Der alte Fürst schrieb auf blauem Papier mit seiner großen, länglichen Handschrift, unter gelegentlicher Verwendung von Abkürzungen, folgendes:

»Eine in diesem Augenblick sehr erfreuliche Nachricht habe ich durch einen Kurier erhalten, wenn es keine Lüge ist. Bennigsen hat, wie es heißt, bei Eylau über Bonaparte eine vollständige Viktoria davongetragen. In Petersburg jubelt alles, und eine Unmenge von Belohnungen sind an das Heer abgegangen. Wenn der Sieger auch ein Deutscher ist, so freue ich mich doch. Was der Bezirkskommandeur von Kortschewa, ein gewisser Chandrikow, macht, ist mir ganz unverständlich. Bis jetzt sind weder die Ergänzungsmannschaften noch der Proviant von dort eingetroffen. Fahre sofort hin und sage ihm, ich würde ihn einen Kopf kürzer machen lassen, wenn nicht binnen einer Woche alles zur Stelle ist. Über die Schlacht bei Preußisch-Eylau erhalte ich in diesem Augenblick noch einen Brief von Petjenka; er hat daran teilgenommen; es ist alles wahr. Wenn sich nicht Leute einmischen, die sich nicht einzumischen haben, dann schlägt diesen Bonaparte sogar ein Deutscher. Es heißt, daß die Franzosen in starker Auflösung fliehen. Hörst du wohl, fahre unverzüglich nach Kortschewa und richte meinen Auftrag aus!«

Fürst Andrei seufzte und erbrach ein anderes Kuvert. Es war ein Brief von Bilibin, zwei Bogen in kleiner Schrift. Er legte ihn, ohne ihn gelesen zu haben, wieder zusammen und las noch einmal das Schreiben seines Vaters durch, das mit den Worten schloß: »Fahre unverzüglich nach Kortschewa und richte meinen Auftrag aus!«

»Nein, entschuldigen Sie, jetzt fahre ich nicht eher, als bis es mit dem Kind besser geworden ist«, dachte er, trat an die Tür und blickte in die Kinderstube hinein.

Prinzessin Marja stand noch immer am Bett und schaukelte das Kind leise.

»Ja, warte mal«, sagte Fürst Andrei zu sich selbst, indem er sich den Inhalt des väterlichen Briefes ins Gedächtnis zurückrief, »er hatte doch noch etwas Unangenehmes geschrieben; was war es doch? Ja, daß die Unsrigen über Bonaparte gerade jetzt gesiegt haben, wo ich nicht bei der Armee bin. Ja, ja, er neckt mich immer. Na, mag er …« Dann begann er Bilibins französischen Brief zu lesen. Er verstand kaum die Hälfte davon und las nur, um wenigstens für ein Weilchen nicht an das denken zu müssen, was schon so lange den ausschließlichen Gegenstand seiner quälenden Gedanken gebildet hatte.

IX

Bilibin befand sich jetzt in der Stellung eines diplomatischen Beamten beim Hauptquartier der Armee und schilderte in diesem Brief den ganzen Feldzug, zwar in französischer Sprache und mit französischen Scherzen und Phrasen, aber mit jener unerschrockenen Selbstverurteilung und Selbstverspottung, die die Russen vor allen anderen Nationen auszeichnet. Bilibin schrieb, seine diplomatische Schweigepflicht werde ihm zur Pein, und er sei glücklich darüber, daß er an dem Fürsten Andrei einen zuverlässigen Freund habe, dem er brieflich all die Galle ausschütten könne, die sich bei ihm, angesichts der Vorgänge beim Heer, angesammelt habe. Der Brief war schon älteren Datums, vor der Schlacht bei Preußisch-Eylau geschrieben.

»Sie wissen, lieber Fürst«, schrieb Bilibin, »daß ich seit unseren großartigen Erfolgen bei Austerlitz die Hauptquartiere nicht mehr verlasse. Ich habe am Krieg entschieden Geschmack gefunden und habe davon großen Vorteil. Was ich in diesen drei Monaten gesehen habe, ist unglaublich.

Ich beginne ab ovo. Der Feind des Menschengeschlechts greift, wie sie wissen, die Preußen an. Die Preußen sind unsere treuen Verbündeten, die uns in drei Jahren nur dreimal betrogen haben. Wir ergreifen für sie Partei. Aber es stellt sich heraus, daß der Feind des Menschengeschlechts sich um unsere schönen Reden nicht im geringsten kümmert, sondern sich in seiner unmanierlichen, rohen Art auf die Preußen stürzt, ohne ihnen Zeit zu lassen, ihre begonnene Parade zu beendigen, sie im Handumdrehen gründlich zusammenhaut und sich im Potsdamer Schloß einquartiert.

›Ich wünsche auf das lebhafteste‹, schreibt der König von Preußen an Bonaparte, ›daß Euer Majestät in meinem Schloß in einer Ihren Wünschen entsprechenden Weise aufgenommen und behandelt werden, und ich habe mich bemüht, zu diesem Zweck alle Maßregeln zu treffen, die die Umstände mir gestatten. Möchte mir dies gelungen sein!‹ Die preußischen Generale können sich in Höflichkeiten gegen die Franzosen gar nicht genugtun und legen bei der ersten Aufforderung die Waffen nieder.

Der Kommandant von Glogau, der zehntausend Mann zu seiner Verfügung hat, fragt bei dem König von Preußen an, was er tun solle, wenn er aufgefordert werde, sich zu ergeben … All das ist Tatsache.

Um es kurz zu machen: Während wir dem Feind durch unsere bloße kriegerische Attitüde zu imponieren gehofft hatten, zeigt es sich, daß wir jetzt allen Ernstes in einen Krieg hineingeraten sind, und was noch schlimmer ist, in einen Krieg an unseren Grenzen avec et pour le roi de Prusse. Unsere Truppen sind schlagfertig; es fehlt uns nur eine Kleinigkeit, nämlich der Oberkommandierende. Da man zu der Überzeugung gelangt ist, daß die Erfolge bei Austerlitz hätten entscheidender sein können, wenn der Oberkommandierende nicht so jung gewesen wäre, so läßt man die achtzigjährigen Generale Revue passieren, und als die Wahl zwischen Prosorowski und Kamenski schwankt, gibt man dem letzteren den Vorzug. Der Oberkommandierende trifft bei uns nach Suworows Manier in einem Bauernschlitten ein und wird mit Freudenrufen und Triumphgeschrei empfangen.

Am 4. kommt der erste Kurier aus Petersburg an. Die Briefsäcke werden in das Arbeitszimmer des Feldmarschalls gebracht, der alles gern selbst macht. Ich werde gerufen, um beim Sortieren der Briefe zu helfen und diejenigen in Empfang zu nehmen, die für die diplomatische Kanzlei bestimmt sind. Der Feldmarschall sieht uns bei unserer Tätigkeit zu und wartet auf die an ihn adressierten Briefschaften. Wir suchen und suchen – es sind keine dabei. Der Feldmarschall wird ungeduldig, macht sich selbst an die Arbeit und findet Briefe des Kaisers an den Grafen T., an den Fürsten W. und an andere Persönlichkeiten. Da bekommt er einen seiner Wutanfälle. Er speit Feuer und Flammen gegen jedermann, bemächtigt sich der Briefe, erbricht sie und liest die des Kaisers, die an andere adressiert sind. ›Ah, so behandelt man mich! Man hat kein Zutrauen zu mir! Ah, es wird befohlen, mich zu beaufsichtigen! Schön, schön! Macht mal alle, daß ihr hinauskommt!‹ Und er setzt sich hin und schreibt den famosen Tagesbefehl an den General Bennigsen:

›Ich bin verwundet und kann nicht reiten, somit auch nicht das Heer kommandieren. Sie haben Ihr geschlagenes Armeekorps nach Pultusk geführt; dort ist es ungedeckt und hat weder Holz noch Furage; daher ist Abhilfe nötig, und da Sie sich gestern schon selbst an den Grafen Buxhöwden gewandt haben, so müssen Sie an den Rückzug nach unserer Grenze denken und diesen heute noch ausführen.‹

›Vom vielen Reiten‹, schreibt er an den Kaiser, ›habe ich mich durchgerieben, was, zu meinen früheren Körperbeschwerden hinzukommend, mich völlig unfähig macht, zu reiten und eine so große Armee zu befehligen, und daher habe ich das Kommando über dieselbe dem rangältesten General nach mir, dem Grafen Buxhöwden, übertragen, den ganzen Stab, und was sonst noch dazugehört, zu ihm geschickt und ihm geraten, wenn das Brot zu Ende sein wird, sich mehr in das Innere Preußens zurückzuziehen, da nur noch für einen Tag Brot übrig ist und bei manchen Regimentern gar keins mehr, wie die Divisionskommandeure Ostermann und Sedmorjezki gemeldet haben; auch bei den Bauern ist alles aufgezehrt. Ich selbst werde bis zu meiner Herstellung im Hospital zu Ostrolenka bleiben. Über dessen Krankenbestand überreiche ich alleruntertänigst einen Rapport und berichte nur noch, daß, wenn die Armee in dem jetzigen Biwak noch vierzehn Tage bleibt, im Frühjahr auch nicht ein Mann mehr gesund sein wird.

Gestatten Sie einem Greis, der sich entehrt fühlt, weil er die große, ruhmvolle Aufgabe nicht hat erfüllen können, zu der er auserwählt war, auf sein Landgut zurückzukehren. Ihre allergnädigste Erlaubnis dazu werde ich hier im Hospital erwarten, um nicht bei der Armee die Rolle eines Schreibers statt der des Oberkommandierenden zu spielen. Mein Ausscheiden aus der Armee wird nicht das geringste Aufsehen machen, da in meiner Person eben nur ein Erblindeter die Armee verläßt. Männer, wie ich einer bin, hat Rußland Tausende.‹

Der Feldmarschall ist aufgebracht über den Kaiser und läßt es uns alle entgelten. Das ist doch durchaus logisch!

Dies ist also der erste Akt der Komödie. Bei den folgenden Akten steigert sich selbstverständlich die Komik und die Spannung. Nach dem Abgang des Feldmarschalls stellt sich heraus, daß wir dem Feind dicht gegenüberstehen und eine Schlacht liefern müssen. Buxhöwden ist nach dem Recht der Anciennität Oberkommandierender; aber der General Bennigsen ist anderer Meinung, um so mehr, da gerade er mit seinem Korps dem Feind am nächsten gegenübersteht und die Gelegenheit benutzen möchte, selbständig eine Schlacht zu liefern. Er liefert sie also.

Dies ist die Schlacht bei Pultusk, die als ein großer Sieg gilt, meiner Ansicht nach aber keineswegs ein solcher ist. Wir Zivilisten haben, wie Sie wissen, eine sehr häßliche Art, darüber zu urteilen, ob eine Schlacht gewonnen oder verloren ist. Wir sagen: ›Wer sich nach der Schlacht zurückgezogen hat, der hat sie verloren‹, und von diesem Standpunkt aus sind wir es, die die Schlacht bei Pultusk verloren haben. Aber obgleich wir uns nach der Schlacht zurückziehen, schicken wir doch nach Petersburg einen Kurier mit einer Siegesnachricht, und der General stellt sich nicht unter Buxhöwdens Kommando, in der Hoffnung, er selbst werde zum Dank für seinen Sieg aus Petersburg den Titel des Oberkommandierenden erhalten. Während dieses Interregnums führen wir eine Reihe außerordentlich interessanter, origineller Manöver aus. Unser Zweck besteht nicht, wie er eigentlich sollte, darin, dem Feind aus dem Weg zu gehen oder ihn anzugreifen, sondern einzig und allein darin, dem General Buxhöwden aus dem Weg zu gehen, der nach dem Recht der Anciennität unser Vorgesetzter sein sollte. Wir verfolgen diesen Zweck mit einer derartigen Energie, daß wir sogar nach Überschreitung eines Flusses, der keine Furten hat, die Brücken verbrennen, um unsern Feind von uns abzuhalten, der zur Zeit nicht Bonaparte, sondern Buxhöwden ist. Einmal fehlte nicht viel daran, daß der General Buxhöwden infolge eines unserer schönen Manöver, das uns vor ihm gerettet hatte, von überlegenen feindlichen Streitkräften angegriffen und überwältigt wurde. Buxhöwden verfolgt uns, wir fliehen vor ihm. Kaum kommt er auf unsere Seite des Flusses herüber, so überschreiten wir den Fluß wieder nach der andern Seite hin. Endlich gelingt es unserem Feind Buxhöwden doch, uns zu fassen, und er greift uns an. Es kommt zu einer scharfen Auseinandersetzung. Die beiden Generale werden heftig gegeneinander. Buxhöwden fordert sogar seinen Gegner zum Duell, und Bennigsen bekommt einen epileptischen Anfall. Aber im kritischen Augenblick bringt der Kurier, der die Nachricht von unserem Sieg bei Pultusk nach Petersburg gebracht hat, uns von dort unsere Ernennung zum Oberkommandierenden zurück, und der erste Feind, Buxhöwden, ist besiegt: Nun können wir an den zweiten denken, an Bonaparte. Aber da erhebt sich in diesem Augenblick gar ein dritter Feind gegen uns, das ›rechtgläubige Kriegsheer‹, das unter lautem Geschrei Brot, Fleisch, Zwieback, Heu, und ich weiß nicht was sonst noch alles, verlangt! Die Magazine sind leer, die Wege unpassierbar. Das rechtgläubige Kriegsheer beginnt zu marodieren, und zwar in einer Weise, von der Sie sich sogar nach den Erfahrungen des letzten Feldzuges nicht im entferntesten eine Vorstellung machen können. Die Hälfte aller Regimenter verwandelt sich in unordentliche Haufen, die das Land durchziehen und alles mit Feuer und Schwert verwüsten. Die Einwohner sind vollständig ruiniert, die Hospitäler von Kranken überfüllt, überall herrscht Hungersnot. Zweimal ist das Hauptquartier von marodierenden Truppen angegriffen worden, und der Oberkommandierende selbst hat sich genötigt gesehen, sich ein Bataillon Soldaten geben zu lassen, um sie zu vertreiben. Bei einem dieser Angriffe sind mir mein leerer Koffer und mein Schlafrock geraubt worden. Der Kaiser will allen Divisionskommandeuren die Berechtigung erteilen, Marodeure erschießen zu lassen; aber ich fürchte sehr, daß dann die eine Hälfte des Heeres genötigt sein wird, die andere zu erschießen.«

Fürst Andrei hatte anfangs nur mit den Augen gelesen; aber dann begann das, was er las (obwohl er wußte, wieweit man Bilibin glauben durfte), ihn unwillkürlich mehr und mehr zu interessieren. Als er jedoch bis zu dieser Stelle gelesen hatte, ballte er den Brief zusammen und warf ihn von sich. Er ärgerte sich nicht sowohl über das, was er in dem Brief las, als vielmehr darüber, daß diese Nachrichten von dem dortigen, ihm jetzt fremden Leben imstande waren, ihn zu erregen. Er schloß für einen Moment die Augen, fuhr sich mit der Hand über die Stirn, als ob er alles Interesse für das Gelesene verscheuchen wollte, und horchte auf das, was in der Kinderstube vorging. Plötzlich glaubte er hinter der Tür einen sonderbaren Laut zu hören. Eine Angst überfiel ihn; er fürchtete, es könne mit dem Kind, während er den Brief las, schlimmer geworden sein. Er näherte sich auf den Zehen der Tür des Kinderzimmers und öffnete sie.

In dem Augenblick, als er eintrat, sah er, daß die Kinderfrau mit erschrockener Miene etwas vor ihm verbarg, und daß Prinzessin Marja nicht mehr bei dem Bettchen stand.

»Lieber Bruder«, hörte er hinter sich Prinzessin Marja flüstern, und er glaubte aus ihrem Ton die Verzweiflung herauszuhören.

Wie das nach langer Schlaflosigkeit und langer Aufregung häufig vorkommt, überfiel ihn eine grundlose Angst; es fuhr ihm der Gedanke durch den Kopf, das Kind sei gestorben. Alles, was er sah und hörte, erschien ihm als eine Bestätigung dieser Befürchtung.

»Es ist alles zu Ende«, dachte er, und kalter Schweiß trat ihm auf die Stirn. Fast besinnungslos näherte er sich dem Bettchen, überzeugt, daß er es leer finden werde, daß das, was die Kinderfrau vor ihm versteckte, das tote Kind gewesen sei. Er schlug die Bettvorhänge auseinander, und lange vermochten seine angstvoll umherirrenden Augen nicht, das Kind zu finden. Endlich sah er es: Der Knabe, dessen Gesichtsfarbe jetzt gut aussah, hatte sich im Schlaf umhergeworfen und lag nun quer im Bett; sein Kopf war ganz vom Kopfkissen heruntergerutscht; die Lippen bewegten sich saugend und schmatzend; das Kind atmete gleichmäßig.

Bei dem Anblick des Knaben freute sich Fürst Andrei so, als ob er ihn bereits verloren gehabt hätte. Er beugte sich herab und suchte, wie ihn das die Schwester gelehrt hatte, mit den Lippen festzustellen, ob das Kind Hitze habe. Die zarte Stirn war feucht; er berührte den Kopf mit der Hand – auch die Haare waren feucht: so stark schwitzte das Kind. Nicht nur, daß es nicht gestorben war, augenscheinlich war sogar die Krisis jetzt überstanden und das Kind in der Genesung begriffen. Er hätte das kleine, hilflose Wesen am liebsten erfaßt, aufgehoben, an seine Brust gedrückt; aber er wagte nicht, dies zu tun. Er stand da, über das Kind gebeugt, und betrachtete sein Köpfchen, seine Ärmchen und die sich unter der Bettdecke abzeichnenden Beinchen. Ein Geräusch wurde neben ihm hörbar, und er bemerkte einen Schatten innerhalb der Vorhänge. Er sah sich nicht danach um, sondern blickte immer nur nach dem Gesicht des Kindes und horchte auf sein gleichmäßiges Atmen. Der dunkle Schatten war Prinzessin Marja, die mit unhörbaren Schritten zu dem Bettchen herangekommen war, den Vorhang aufgehoben und hinter sich wieder hatte niederfallen lassen. Fürst Andrei erkannte sie, ohne nach ihr hinzusehen, und streckte ihr seine Hand hin. Sie drückte sie ihm herzlich.

»Er schwitzt«, sagte Fürst Andrei.

»Ich kam, um dir das zu sagen«, erwiderte sie.

Das Kind bewegte sich im Schlaf ein wenig, lächelte und rieb sich mit der Stirn am Kopfkissen.

Fürst Andrei sah seine Schwester an. Die leuchtenden Augen der Prinzessin Marja glänzten in dem matten Halbdunkel, das hinter den Vorhängen herrschte, noch heller als sonst, da sie voll glückseliger Tränen standen. Sie beugte sich zu ihrem Bruder hin und küßte ihn, wobei der Vorhang ein wenig an ihr hängenblieb. Sie drohten einer dem andern und blieben noch ein Weilchen in der matten Beleuchtung hinter den Vorhängen stehen, wie wenn sie sich von dieser kleinen Welt gar nicht trennen wollten, wo sie drei von der ganzen Menschheit getrennt und geschieden waren. Fürst Andrei war der erste, der von dem Bett zurücktrat; er brachte dabei an dem Musselinvorhang seine Haare in Unordnung.

»Ja, das ist das einzige, was mir jetzt noch geblieben ist«, sagte er mit einem Seufzer.

X

Bald nach seiner Aufnahme in die Bruderschaft der Freimaurer reiste Pierre mit einem vollgeschriebenen Notizbuch, in welchem er alles verzeichnet hatte, was er auf seinen Gütern vornehmen wollte, nach dem Gouvernement Kiew, wo sich der Hauptteil seiner Bauern befand.

Als Pierre in Kiew angekommen war, berief er alle Verwalter in das Hauptkontor und setzte ihnen seine Absichten und Wünsche auseinander. Er sagte ihnen, es sollten unverzüglich die erforderlichen Maßnahmen zur vollständigen Befreiung der Bauern von der Leibeigenschaft getroffen werden. Bis dahin sollten die Bauern nicht mit Arbeit überlastet werden; Frauen, welche kleine Kinder hätten, dürfe man nicht auf Arbeit schicken; man müsse den Bauern in ihrer Wirtschaft Unterstützung zuteil werden lassen; statt der Körperstrafe solle Ermahnung zur Anwendung kommen; auf jedem Gut müßten Krankenhäuser, Armenhäuser und Schulen errichtet werden. Einige von den Verwaltern (manche waren des Lesens und Schreibens nur notdürftig mächtig) bekamen, als sie das alles hörten, einen großen Schreck, weil sie in der Rede den Sinn zu finden glaubten, daß der junge Graf mit ihrer Verwaltung und der Unterschlagung der Einnahmen unzufrieden sei; andere fanden nach Überwindung der ersten Furcht Pierres lispelnde Aussprache und die neuen Worte, die sie noch nie gehört hatten, lächerlich; wieder anderen machte es einfach Vergnügen, den Herrn reden zu hören; und noch andere, die klügsten, zu denen auch der Oberadministrator gehörte, nahmen aus dieser Rede ab, wie man mit dem Herrn umgehen müsse, um die eigenen Ziele zu erreichen.

Der Oberadministrator brachte seine lebhaften Sympathien für Pierres Absichten zum Ausdruck, bemerkte aber, es sei, auch abgesehen von diesen Umgestaltungen, erforderlich, die gesamten Vermögensangelegenheiten zu prüfen und neu zu ordnen, da sie sich in üblem Zustand befänden.

Trotz des gewaltigen Reichtums des alten Grafen Besuchow hatte Pierre, seitdem er diesen Reichtum geerbt hatte und, wie es hieß, sein Jahreseinkommen fünfhunderttausend Rubel betrug, die Empfindung, daß er lange nicht so reich sei wie damals, als er von dem verstorbenen Grafen seine zehntausend Rubel jährlich erhielt. Sein Budget sah, wenn nur die Hauptrubriken berücksichtigt wurden, nach der undeutlichen Vorstellung, die er davon hatte, etwa folgendermaßen aus: An den Vormundschaftsrat wurden, für alle Güter zusammen, ungefähr achtzigtausend Rubel Hypothekenzinsen bezahlt; gegen dreißigtausend kostete die Unterhaltung des in der Nähe von Moskau und des in Moskau gelegenen Hauses und der Lebensunterhalt der Prinzessinnen; etwa fünfzehntausend gingen für Pensionen und ebensoviel für Wohltätigkeitsveranstaltungen drauf; der Gräfin wurden für ihren Lebensunterhalt hundertfünfzigtausend Rubel zugeschickt; an Zinsen für Schulden wurden gegen siebzigtausend bezahlt; der Bau einer angefangenen Kirche hatte in diesen zwei Jahren etwa zehntausend Rubel gekostet; und was noch übrigblieb, ungefähr hunderttausend Rubel, wurde für dies und das verausgabt, er wußte selbst nicht wofür; ja, er sah sich fast jedes Jahr genötigt, neue Schulden zu machen. Außerdem schrieb ihm der Oberadministrator alljährlich bald von Feuersbrünsten, bald von Mißernten, bald von der Notwendigkeit, die Fabriken und Brennereien umzubauen. So war denn die erste Tätigkeit, der sich Pierre widmen mußte, gerade diejenige, zu der er am allerwenigsten Fähigkeit und Neigung besaß: die geschäftliche Tätigkeit.

Pierre »arbeitete« täglich mit dem Oberadministrator; aber er fühlte, daß seine Tätigkeit die Dinge nicht um einen Schritt vorwärtsbrachte. Er fühlte, daß seine Tätigkeit gleichsam unabhängig neben den Dingen herging, nicht einhakte und die Dinge nicht in Bewegung setzte. Der Oberadministrator stellte seinerseits die Dinge im schlimmsten Licht dar und bewies seinem Herrn die Notwendigkeit, Schulden zu bezahlen und die neuen Arbeiten mit den Kräften der leibeigenen Bauern zu unternehmen, wozu Pierre nicht seine Zustimmung gab. Pierre seinerseits verlangte, daß das Werk der Bauernbefreiung in Angriff genommen werde, worauf der Oberadministrator darlegte, daß vorher notwendigerweise die Hypothekenschulden an den Vormundschaftsrat zurückgezahlt werden müßten und daher eine schnelle Ausführung jenes Planes unmöglich sei.

Daß die Ausführung desselben überhaupt unmöglich sei, das sagte der Oberadministrator nicht; er schlug zur Erreichung dieses Zieles den Verkauf von Wäldern im Gouvernement Kostroma, von Ländereien am unteren Lauf der Wolga, sowie den Verkauf des in der Krim gelegenen Gutes vor. Aber alle diese Operationen waren nach der Darstellung des Oberadministrators mit so verwickelten Rechtsgeschäften: Prozessen, Aufhebung des Sequesters, der Requisitionen, Dispensationen usw., verbunden, daß Pierre ganz konfus wurde und nur zu ihm sagte: »Ja, ja, machen Sie es nur so!«

Pierre besaß nicht jene praktische Veranlagung, die es ihm ermöglicht hätte, selbständig, ohne einen Vermittler, diese Arbeit in Angriff zu nehmen, und darum liebte er diese Arbeit auch nicht und stellte sich nur dem Oberadministrator gegenüber so, als ob er sich dafür interessiere. Der Oberadministrator dagegen suchte dem Grafen gegenüber den Anschein zu erwecken, als ob er persönlich diese Arbeit als eine drückende Last empfinde, aber der Ansicht sei, daß sie seinem Herrn großen Nutzen bringe.

In der großen Stadt fand Pierre allerlei Bekannte wieder, und Unbekannte drängten sich dazu, seine Bekanntschaft zu machen; der neu eingetroffene Krösus, der größte Grundbesitzer des Gouvernements, wurde von allen Seiten freudig bewillkommnet. Auch die Versuchungen in bezug auf Pierres Hauptschwäche, diejenige Schwäche, deren er sich bei seiner Aufnahme in die Loge schuldig bekannt hatte, waren so stark, daß er ihnen nicht widerstehen konnte. So kam es, daß er wieder ganz so lebte wie früher in Petersburg: Ganze Tage, Wochen und Monate verbrachte er ohne ernste Tätigkeit, und seine Zeit war mit Abendgesellschaften, Diners, Dejeuners und Bällen so ausgefüllt, daß er gar nicht zur Besinnung kam. Statt des neuen Lebens, das Pierre zu führen gehofft hatte, führte er wieder das frühere, nur in anderer Umgebung.

Pierre gestand sich selbst ein, daß er von den drei Forderungen der Freimaurerei diejenige, die einem jeden Freimaurer vorschrieb, das Musterbild eines sittlichen Wandels zu sein, nicht erfüllte, und daß ihm von den sieben Tugenden zwei vollständig mangelten: Sittenreinheit und Liebe zum Tod. Er tröstete sich damit, daß er dafür eine andere Forderung, an der Verbesserung des Menschengeschlechts zu arbeiten, erfüllte und andere Tugenden besaß: Nächstenliebe und ganz besonders Mildtätigkeit.

Im Frühjahr 1807 beschloß Pierre, wieder nach Petersburg zurückzureisen. Unterwegs beabsichtigte er alle seine Güter zu besuchen und persönlich festzustellen, was von seinen Anordnungen zur Ausführung gelangt war, und in welchem Zustand sich jetzt die vielen Menschen befanden, die ihm von Gott anvertraut waren und die zu beglücken er sich bemühte.

Der Oberadministrator, der der Ansicht war, die Einfälle des jungen Grafen seien sämtlich kaum etwas anderes als Verdrehtheit und ein Schaden sowohl für den Herrn selbst, als auch für ihn, den Oberadministrator, als auch für die Bauern, hatte ihm doch einige Konzessionen gemacht. Er blieb allerdings dabei, die Bauernbefreiung für unmöglich zu erklären; aber er hatte im Hinblick auf die Ankunft des Herrn angeordnet, es solle auf allen Gütern der Bau großer Schulgebäude, Krankenhäuser und Armenhäuser in Angriff genommen werden; auch hatte er überall Empfänge vorbereitet, nicht etwa großartige, feierliche, da er wußte, daß Pierre an solchen kein Gefallen finden würde, sondern einfache, die in religiöser Form die Dankbarkeit der Bauern zum Ausdruck brachten, mit Entgegentragung von Heiligenbildern und Darbringung von Brot und Salz, kurz, Empfänge, von denen er nach seiner Kenntnis des Charakters des Herrn erwarten konnte, daß sie auf diesen wirken und ihn täuschen würden.

Der Frühling des Südens, die bequeme, schnelle Fahrt in einer Wiener Kalesche und das Alleinsein auf der Reise versetzten Pierre in eine frohe, heitere Stimmung. Von den Gütern, auf denen er vorher noch nie gewesen war, erschien ihm eines immer malerischer als das andere; die Bauern machten überall den Eindruck, daß sie sich glücklich fühlten und für die ihnen erwiesenen Wohltaten in rührender Weise dankbar seien. Überall fanden Begrüßungen statt, die zwar Pierre manchmal in Verlegenheit setzten, aber doch in der Tiefe seiner Seele ein Gefühl der Freude erweckten. An einem Ort brachten ihm die Bauern Brot und Salz und ein Bild der Apostel Petrus und Paulus entgegen und baten um die Erlaubnis, zum Zeichen der Liebe und Dankbarkeit für die von ihm empfangenen Wohltaten in der Kirche auf ihre Kosten einen neuen Nebenaltar zu Ehren seiner Schutzheiligen Petrus und Paulus errichten zu dürfen. An einem andern Ort begrüßten ihn Frauen mit Säuglingen auf den Armen und dankten ihm dafür, daß sie nun von den schweren Arbeiten befreit seien. Auf einem dritten Gut empfing ihn der Geistliche mit dem Kreuz, umringt von den Kindern, die er dank der Güte des Grafen jetzt im Lesen, Schreiben und in der Religion unterrichten konnte. Auf allen Gütern erblickte Pierre mit eigenen Augen steinerne, nach einheitlichem Plan teils schon gebaute, teils noch im Bau begriffene Krankenhäuser, Schulen und Armenhäuser, deren Eröffnung für einen nahen Zeitpunkt zu erwarten war. Überall sah Pierre in den von den Verwaltern geführten Büchern, daß die geleisteten Fronarbeiten gegen früher erheblich abgenommen hatten, und bekam für diese Erleichterung rührende Danksagungen von Bauerndeputationen in langen, blauen Kaftanen zu hören.

Nur wußte Pierre nicht, daß in dem Dorf, wo man ihm Brot und Salz dargebracht hatte und einen Altar für Petrus und Paulus bauen wollte, ein lebhafter Handel getrieben und am Peter-und-Pauls-Tag ein Jahrmarkt abgehalten wurde, und daß dieser Altar schon längst von den reichen Bauern des Dorfes errichtet war, von eben jenen Bauern, die vor ihm erschienen, daß aber neun Zehntel der Bauern dieses Dorfes sich in völlig zerrütteten wirtschaftlichen Verhältnissen befanden. Er wußte nicht, daß dieselben Säugerinnen, die auf seine Anordnung nicht mehr zur Fronarbeit geschickt wurden, jetzt in ihren Wohnungen noch schwerere Arbeit zu leisten hatten. Er wußte nicht, daß der Geistliche, der ihm mit dem Kreuz entgegengezogen kam, die Bauern durch Erhebung übermäßiger Gebühren für die Amtshandlungen bedrückte, und daß die um ihn versammelten Schüler ihm von den Eltern nur unter Tränen in seine Schule gegeben und dann für erhebliche Geldsummen wieder freigekauft waren. Er wußte nicht, daß die steinernen, nach einem schönen Plan errichteten Gebäude von seinen eigenen Bauern hergestellt waren und auf diese Art die Fronarbeit vergrößert hatten, deren Abnahme nur auf dem Papier stand. Er wußte nicht, daß dort, wo der Verwalter ihm in seinem Buch zeigte, daß seinem Willen gemäß die Abgaben um ein Drittel ermäßigt seien, die Fronarbeit um die Hälfte vermehrt war. Und daher fühlte sich Pierre von seinen Besuchen auf den Gütern höchst befriedigt und war wieder ganz in die philanthropische Stimmung hineingeraten, in der er Petersburg verlassen hatte, und schrieb an seinen Bruder Lehrmeister, wie er den Meister vom Stuhl nannte, begeisterte Briefe.

»Wie leicht ist es doch, so viel Gutes zu tun; wie geringer Anstrengung bedarf es dazu«, dachte Pierre. »Und wie wenig sind wir auf diese Tätigkeit bedacht!«

Er war glücklich über die ihm bezeigte Dankbarkeit; aber er empfand eine gewisse Beschämung, wenn er sie entgegennahm. Diese Dankbarkeit erweckte in ihm den Gedanken, wieviel mehr er eigentlich noch für diese schlichten, guten Menschen tun könnte.

Der Oberadministrator, ein ebenso ungebildeter wie schlauer Mensch, der den gebildeten, arglosen Grafen vollständig durchschaute und mit ihm spielte wie mit einem Spielzeug, bemerkte sehr wohl die Wirkung, welche die künstlich vorbereiteten Empfänge auf Pierre ausübten, und suchte ihm nun mit größerer Entschiedenheit die Unmöglichkeit und vor allem die Unnötigkeit der Befreiung der Bauern zu beweisen, da diese auch ohne sie vollkommen glücklich seien.

Pierre war im stillen Grund seines Herzens mit dem Oberadministrator darin einverstanden, daß es schwer sei, sich glücklichere Menschen vorzustellen als diese Bauern, und daß niemand wissen könne, wie es ihnen nach der Befreiung gehen werde; aber Pierre glaubte, wenn auch mit innerem Widerstreben, doch auf dem beharren zu sollen, was er für eine Handlung der Gerechtigkeit hielt. Der Oberadministrator versprach, alles, was nur irgend in seinen Kräften stehe, zu tun, um den Willen des Grafen auszuführen; er wußte recht gut, daß der Graf nie imstande sein werde, ihn zu kontrollieren und festzustellen, ob auch wirklich alle Maßregeln zum Verkauf der Wälder und Güter und zur Ablösung der Hypothekenschulden beim Vormundschaftsrat getroffen seien, und daß er nach dem Fortgang der Reformen wahrscheinlich nie fragen und die Wahrheit nie erfahren werde: nämlich daß die neuerrichteten Gebäude leer standen und die Bauern auch fernerhin an Arbeit und Abgaben all das zu leisten hatten, was sie bei anderen Gutsbesitzern leisteten, d. h. alles, was sie überhaupt leisten konnten.

XI

In der glücklichen Stimmung, in welcher Pierre von seiner Reise nach dem Süden zurückkehrte, brachte er eine lange gehegte Absicht zur Ausführung: seinen Freund Bolkonski zu besuchen, den er zwei Jahre lang nicht gesehen hatte.

Bogutscharowo lag in einer flachen Gegend, die keine landschaftlichen Vorzüge aufzuweisen hatte; man sah nur Felder und Tannen- und Birkenwaldungen, von denen große Strecken abgehauen waren. Das Herrenhaus stand am Ende des Dorfes, das sich geradlinig an der Landstraße hinzog; vor dem Herrenhaus befand sich ein Teich, der erst vor kurzem ausgegraben und bis zum Rand mit Wasser gefüllt war; die Ufer waren noch nicht mit Gras bewachsen. Nicht weit vom Haus war ringsum junger Wald angepflanzt, aus welchem einige Fichten hervorragten.

Der Herrenhof bestand aus einer Tenne, den Wirtschaftsgebäuden und Ställen, einem Badehaus, einem Seitengebäude und einem großen, noch im Bau begriffenen, steinernen Haus mit halbkreisförmigem Frontispiz. Um das Haus herum war ein Garten neu angelegt. Die Zäune und Tore waren neu und solide; unter einem Schuppendach standen zwei Feuerspritzen und ein grün angestrichenes Wasserfaß; die Wege waren gerade, die Brücken fest und mit Geländern versehen. Alles machte den Eindruck, daß hier ein sorgsamer Wirt waltete. Leute vom Gut, die dem ankommenden Pierre begegneten und bei denen er sich erkundigte, wo der Fürst wohne, zeigten auf das kleine neue Seitengebäude, das dicht am Rand des Teiches stand. Der alte Anton, der ehemals den Fürsten Andrei als Knaben beaufsichtigt hatte, war Pierre beim Aussteigen aus der Kalesche behilflich, sagte ihm, daß der Fürst zu Hause sei, und führte ihn in ein kleines, reinliches Vorzimmer.

Pierre war durch die Einfachheit und Bescheidenheit des kleinen, allerdings sehr sauberen Häuschens überrascht, da er sich erinnerte, in wie glänzender Umgebung er das letztemal seinen Freund in Petersburg getroffen hatte. Schnell trat er in einen kleinen Saal, der noch nach Fichtenholz roch und noch keinen Kalkbewurf hatte, und wollte noch weiter gehen; aber Anton lief ihm auf den Zehen voraus und klopfte an eine Tür.

»Nun, was gibt's?« fragte eine Stimme in scharfem, unfreundlichem Ton.

»Ein Herr ist zu Besuch gekommen«, antwortete Anton.

»Bitte ihn, zu warten!« Es war zu hören, wie ein Stuhl gerückt wurde.

Schnellen Schrittes ging Pierre auf die Tür zu und stieß fast Gesicht gegen Gesicht mit dem recht alt aussehenden Fürsten Andrei zusammen, der mit finsterer Miene heraustrat. Pierre umarmte ihn, schob die Brille in die Höhe und küßte ihn auf die Wangen; dann betrachtete er ihn aus der Nähe.

»Nun, dich hätte ich wahrhaftig nicht erwartet«, sagte Fürst Andrei. »Ich freue mich sehr.«

Pierre antwortete nicht. Erstaunt und ohne die Augen abzuwenden blickte er seinen Freund an; die Veränderung, die mit diesem vorgegangen war, war ihm gar zu überraschend. Fürst Andreis Worte waren freundlich, und es lag ein Lächeln auf seinen Lippen und auf seinem Gesicht; aber sein Blick war erloschen und tot, und Fürst Andrei vermochte trotz seines sichtlichen Bestrebens nicht, ihm einen frohen, heiteren Glanz zu geben. Nicht daß sein Freund mager, blaß und männlicher geworden war, sondern dieser Blick und die Stirnfalte, die auf langes Nachdenken über ein und denselben Gegenstand schließen ließ, das war's, was dem Ankömmling auffallend und fremd erschien, solange er sich noch nicht daran gewöhnt hatte.

Bei diesem Wiedersehen nach einer so langen Trennung konnte, wie das unter solchen Umständen immer der Fall ist, das Gespräch lange Zeit nicht recht in Gang kommen; es bestand nur aus kurzen Fragen und Antworten über Dinge, die, wie sie beide selbst fühlten, eigentlich denn doch ausführlich behandelt werden mußten. Endlich aber begann das Gespräch doch bei den vorher nur mit abgerissenen Worten erwähnten Gegenständen zu verweilen: bei den bisherigen Erlebnissen, bei den Plänen für die Zukunft, bei Pierres Reise und seiner Tätigkeit, bei den Kriegsereignissen usw. Jenes in sich gekehrte Wesen und jene Niedergeschlagenheit, die Pierre im Blick des Fürsten Andrei bemerkt hatte, machten sich jetzt noch stärker im Lächeln geltend, mit dem er seinem Gast zuhörte, namentlich wenn Pierre mit froher Lebhaftigkeit von Vergangenheit oder Zukunft sprach. Es machte den Eindruck, als ob Fürst Andrei sich gern für das, was Pierre erzählte, interessiert hätte, es aber nicht vermöchte. Pierre begann zu fühlen, daß es unangemessen sei, dem Fürsten Andrei gegenüber eine schwärmerische Begeisterung zu zeigen, hochfliegende Pläne darzulegen und Hoffnungen auf eine schöne, glückliche Zukunft zu äußern. Er schämte sich, alle seine neuen freimaurerischen Ideen auszusprechen, namentlich diejenigen, die durch seine letzte Reise in seiner Seele wieder wachgerufen und neu gekräftigt waren. Er beobachtete eine gewisse Zurückhaltung und fürchtete, gar zu kindlich und vertrauensselig zu erscheinen; gleichzeitig aber verspürte er ein unbezwingbares Verlangen, seinem Freund recht bald zu zeigen, daß er jetzt ein ganz anderer, besserer Pierre sei als früher in Petersburg.

»Ich kann Ihnen gar nicht sagen, wieviel ich in dieser Zeit erlebt habe. Ich erkenne mich selbst kaum wieder.«

»Ja, wir haben uns seitdem beide sehr, sehr verändert«, erwiderte Fürst Andrei.

»Nun, und Sie?« fragte Pierre. »Was haben Sie für Pläne?«

»Pläne?« antwortete Fürst Andrei ironisch. »Was ich für Pläne habe?« Er wiederholte das Wort Pläne, als ob er sich über den Sinn desselben wunderte. »Nun, das siehst du ja; ich baue; im nächsten Jahr will ich ganz hierher übersiedeln.«

Pierre schwieg und betrachtete unverwandt das so alt gewordene Gesicht seines Freundes.

»Nein, der Sinn meiner Frage war ...«, begann er; aber Fürst Andrei unterbrach ihn.

»Was ist von mir zu sagen? Erzähle lieber von dir; erzähle von deiner Reise, von alledem, was du da auf deinen Gütern eingerichtet hast.«

Pierre begann zu erzählen, was er auf seinen Gütern ins Werk gesetzt habe, und bemühte sich dabei, seinen eigenen Anteil an den von ihm durchgeführten Verbesserungen möglichst zurücktreten zu lassen.

Fürst Andrei nahm ihm einige Male vorweg, was er gerade sagen wollte, wie wenn das, was Pierre getan hatte, für ihn eine altbekannte Geschichte wäre und er es ohne jedes Interesse mit anhörte, ja sich sogar über das, was Pierre erzählte, gewissermaßen schämte.

Pierre begann sich in der Gesellschaft seines Freundes unbehaglich, ja in peinlicher Weise bedrückt zu fühlen. Er hörte auf zu reden.

»Weißt du was, mein Bester?« sagte Fürst Andrei, der ebenfalls seinem Gast gegenüber befangen und verlegen war. »Ich bin hier sozusagen wie im Biwak und bin eigentlich nur hergekommen, um nach dem Rechten zu sehen. Ich fahre heute noch zu meiner Schwester zurück. Ich werde dich mit ihr bekanntmachen. Aber du bist ja wohl schon mit ihr bekannt?« sagte er, offenbar bemüht, den Gast zu unterhalten, mit dem er sich durch keinerlei gemeinsames Interesse verbunden fühlte. »Wir wollen nach dem Mittagessen fahren. Und jetzt, möchtest du nicht meinen Gutshof besehen?«

Sie gingen hinaus und wanderten bis zum Mittagessen umher, indem sie miteinander über Neuigkeiten der Politik und über gemeinsame Bekannte sprachen, wie Menschen, die sich recht fernstehen. Mit einigermaßen lebhaftem Interesse redete Fürst Andrei nur von dem Gut, das er neu eingerichtet hatte, und von dem Bau; aber auch hier brach er, als sie auf dem Gerüst standen und er seinem Gast die künftige Einrichtung des Hauses beschrieb, plötzlich mitten im Gespräch ab.

»Aber da ist weiter nichts Interessantes dabei«, sagte er. »Laß uns zu Mittag essen und dann fahren.«

Beim Mittagessen kam das Gespräch auf Pierres Heirat.

»Ich habe mich sehr gewundert, als ich davon hörte«, bemerkte Fürst Andrei.

Pierre errötete, wie immer bei Erwähnung dieses Gegenstandes, und sagte hastig: »Ich werde Ihnen ein andermal erzählen, wie das alles gekommen ist. Aber Sie wissen wohl, daß alles zu Ende ist, und auf immer.«

»Auf immer?« erwiderte Fürst Andrei. »Von nichts in der Welt kann man ›auf immer‹ sagen.«

»Aber Sie wissen, wie das alles ein Ende genommen hat? Haben Sie von dem Duell gehört?«

»Auch das hast du durchgemacht!«

»Ich danke nur Gott, daß ich diesen Menschen nicht getötet habe«, sagte Pierre.

»Wieso?« entgegnete Fürst Andrei. »Einen bösen Hund zu töten, ist sogar eine sehr gute Tat.«

»Nein, einen Menschen zu töten, das ist nicht gut, das ist unrecht …«

»Wieso unrecht?« fragte Fürst Andrei. »Was Recht und Unrecht ist, das zu beurteilen ist dem Menschen nicht gegeben. Die Menschen haben von jeher geirrt und werden immer irren, und in keinem Punkte mehr als in bezug auf das, was sie für Recht und Unrecht halten.«

»Unrecht ist das, was für einen andern Menschen ein Übel ist«, sagte Pierre, der mit Vergnügen wahrnahm, daß Fürst Andrei zum erstenmal seit seiner Ankunft lebhaft wurde und zu reden begann und ihm auseinandersetzen wollte, wodurch er so geworden war, wie er jetzt war.

»Aber wer hat dir gesagt, was für einen andern Menschen ein Übel ist?« fragte er.

»Ein Übel? Ein Übel?« erwiderte Pierre. »Wir alle wissen, was für uns ein Übel ist.«

»Ja, das wissen wir freilich; aber das Übel, welches ich für mich selbst als ein solches erkenne, kann ich einem andern Menschen überhaupt nicht zufügen«, sagte Fürst Andrei, der immer lebhafter wurde und augenscheinlich den Wunsch hatte, dem Freund seine neue Anschauungsweise darzulegen. Er sprach französisch. »Ich kenne im Leben nur zwei wirkliche Übel: Gewissensbisse und Krankheit. Und das einzige Gut, das es gibt, ist das Fehlen dieser beiden Übel. Mich von diesen beiden Übeln nach Möglichkeit freizuhalten und für mich selbst zu leben, darin besteht jetzt meine ganze Weisheit.«

»Aber die Nächstenliebe und die Selbstaufopferung?« widersprach ihm Pierre. »Nein, da kann ich Ihnen nicht zustimmen! Nur so zu leben, daß man nichts Böses tut und nichts zu bereuen braucht, das ist doch zu wenig. Ich habe so gelebt; ich habe nur für mich selbst gelebt und mir dadurch beinahe mein Leben verdorben. Und erst jetzt, wo ich für andere lebe, wenigstens mich bemühe«, korrigierte Pierre sich aus Bescheidenheit, »für andere zu leben, erst jetzt habe ich für das wahre Glück des Lebens Verständnis gewonnen. Nein, ich bin mit Ihnen nicht einverstanden, und auch Sie selbst glauben das gar nicht, was Sie sagen.«

Fürst Andrei blickte Pierre schweigend an und lächelte spöttisch.

»Nun, du wirst ja meine Schwester, Prinzessin Marja, kennenlernen«, sagte er. »Ihr beide werdet gut miteinander harmonieren.« Und nach einer kleinen Pause fuhr er fort: »Vielleicht hast du, was dich selbst betrifft, recht; aber ein jeder lebt auf seine eigene Weise: Du hast nur für dich gelebt und sagst, du hättest dir dadurch beinahe dein Leben verdorben und hättest das wahre Glück erst dann kennengelernt, als du angefangen hättest für andere zu leben. Ich dagegen habe gerade die entgegengesetzte Erfahrung gemacht. Ich lebte für den Ruhm. Nun, was ist denn das Streben nach Ruhm? Es ist doch auch eine Art Liebe zu anderen Menschen, der Wunsch, etwas für sie zu tun, der Wunsch, ihren Beifall zu erlangen. So lebte ich für andere und habe mir mein Leben nicht beinahe, sondern vollständig verdorben. Und ruhiger bin ich erst seit der Zeit geworden, wo ich für mich allein lebe.«

»Aber wie können Sie sagen, daß Sie für sich allein leben?« fragte Pierre, der in Eifer geriet. »Da ist doch Ihr Sohn, und Ihre Schwester, und Ihr Vater!«

»Die sind alle ein Teil von mir selbst; das sind keine ›anderen‹«, erwiderte Fürst Andrei. »Aber die anderen, der Nächste, wie ihr, du und Prinzessin Marja, die anderen Menschen nennt, das ist die Hauptquelle der Irrtümer und des Übels. Der Nächste, das sind auch deine Kiewer Bauern, denen du Gutes tun willst.«

Er blickte Pierre spöttisch an; es war klar, daß er ihn zu einem Disput herausfordern wollte.

»Sie scherzen«, erwiderte Pierre, der immer mehr in Erregung kam. »Was für ein Irrtum oder was für ein Übel kann denn dadurch hervorgerufen werden, daß ich gewünscht habe (wenn auch die Ausführung sehr mangelhaft und schlecht ausfiel), daß ich gewünscht habe, Gutes zu tun, und wenigstens ein bißchen Gutes getan habe? Was kann denn für ein Übel darin liegen, daß unglückliche Menschen, unsere Bauern, Menschen von derselben Art wie wir, die ohne eine andere, bessere Vorstellung von Gott und der Wahrheit aufwachsen und hinsterben, als die ist, die ihnen durch die kirchlichen Zeremonien und die unverständlichen Gebete vermittelt wird, daß die nun in den tröstlichen Glaubenssätzen von einem künftigen Leben, von der Vergeltung, Belohnung, Erquickung unterwiesen werden? Was für ein Übel oder was für ein Irrtum kann denn daraus entstehen, daß ich diesen armen Menschen, die jetzt, wenn einmal eine schwerere Krankheit sie befällt, elend daran zugrunde gehen, ohne daß ihnen jemand hilft, obwohl es doch so leicht ist, ihnen materielle Hilfe zukommen zu lassen, daß ich denen einen Arzt und ein Krankenhaus gebe, und ebenso den Alten eine Stätte, wo sie Pflege finden? Ist es etwa nicht ein greifbarer, zweifelloser Segen, wenn ich dem Bauern und der Bauersfrau mit dem kleinen Kind, die jetzt Tag und Nacht keine Ruhe haben, etwas freie Zeit und Erholung verschaffe?« Pierre sprach schnell und lispelnd. »Und das habe ich getan, wenn auch nur schlecht und in geringem Umfang; aber ich habe doch etwas nach dieser Richtung hin getan, und Sie werden mir nicht den Glauben nehmen können, daß das, was ich getan habe, gut ist; ja, Sie können mir nicht einmal einreden, daß Sie selbst es für schlecht halten. Die Hauptsache aber«, fuhr Pierre fort, »ist dies: Ich weiß jetzt, weiß sicher, daß die Freude, die man davon hat, wenn man Gutes tut, das einzige wahre Glück des Lebens bildet.«

»Ja, wenn du die Frage so stellst ...«, sagte Fürst Andrei, »das ist freilich etwas anderes. Ich baue ein Haus und lege einen Garten an, und du baust Krankenhäuser. Eins wie das andere kann als Zeitvertreib dienen. Aber was recht ist, und was gut ist, darüber zu urteilen überlasse dem, der alles weiß; unsere Sache ist das nicht. Na, aber du möchtest disputieren«, fügte er hinzu. »Schön! Das können wir ja tun!«

Sie standen vom Tisch auf, gingen vor die Haustür und setzten sich dort auf die Plattform der Freitreppe, welche die Stelle einer Veranda vertrat.

»Nun also, dann wollen wir einmal disputieren!« begann Fürst Andrei. »Du sagst: Schulen«, fuhr er fort und bog zählend einen Finger ein, »Unterricht und so weiter; das heißt, du willst ihn« (er wies dabei auf einen Bauer, der, die Mütze ziehend, an ihnen vorbeiging) »aus seinem tierischen Zustand herausführen und geistige Bedürfnisse in ihm erwecken Ich dagegen glaube, daß das einzig mögliche Glück das tierische Glück ist, und gerade dessen willst du ihn berauben. Ich beneide ihn, und du willst ihn in meinen Zustand versetzen, ohne ihm doch die Mittel geben zu können, mit denen ich mir zu helfen suche. Zweitens sagst du: Arbeitserleichterung. Aber meiner Ansicht nach ist die körperliche Arbeit für ihn ebenso eine Notwendigkeit, ebenso eine Existenzbedingung wie für mich und dich die geistige Arbeit. Du und ich, wir können nicht leben, ohne zu denken. Wenn ich mich um zwei oder drei Uhr schlafen lege, so kommen mir allerlei Gedanken, und ich kann nicht einschlafen, ich wälze mich umher und liege wach bis zum Morgen, eben weil ich denke und das Denken nicht lassen kann, gerade wie er nicht das Pflügen und Mähen; sonst geht er in die Schenke oder wird krank. Wie ich seine starke körperliche Arbeit nicht aushalten kann (ich wäre in einer Woche tot davon), so er nicht meine körperliche Untätigkeit: Er würde davon fett werden und sterben. Drittens … was hattest du doch noch gesagt?« Fürst Andrei bog den dritten Finger ein. »Ach ja, Krankenhäuser, Medizin. Also, der Bauer bekommt einen Schlaganfall und liegt im Sterben; du aber läßt ihn zur Ader und bringst ihn wieder in die Höhe. Nun wird er zehn Jahre lang als Krüppel herumwanken und allen zur Last sein. Für ihn wäre es weit besser und einfacher gewesen, wenn du ihn ruhig hättest sterben lassen. Es werden ja andere geboren, und es sind ihrer auch so schon übergenug. Wenn es dir noch leid täte, an ihm einen Arbeiter zu verlieren (denn als solchen sehe ich ihn an); aber nein, aus Liebe zu ihm willst du ihn wiederherstellen, aus Liebe zu ihm. Damit erweist du ihm gar keinen Dienst. Und dann: Was ist das für eine Vorstellung, daß die ärztliche Kunst jemals jemand geheilt hätte! Sie kann nur töten … jawohl!« Er zog finster die Brauen zusammen und wandte sich von Pierre weg.

Fürst Andrei trug seine Ansichten mit solcher Bestimmtheit und Klarheit vor, daß zu merken war, er hatte über diesen Gegenstand schon wiederholt nachgedacht. Er redete gern und schnell, wie jemand, der seit langer Zeit nicht geredet hat. Sein Blick belebte sich um so mehr, je trostloser der Inhalt der Sätze war, die er aussprach.

»Ach, das ist schrecklich, schrecklich!« erwiderte Pierre. »Ich begreife nur nicht, wie man mit solchen Ansichten überhaupt noch weiterleben kann. Auch ich habe solche Augenblicke gehabt, es ist noch gar nicht so lange her, in Moskau und auf der Reise; aber dann fühle ich mich so niedergeschlagen, daß ich eigentlich gar nicht mehr lebe und mir alles widerwärtig ist, ganz besonders ich mir selbst. Dann esse ich nicht und wasche mich nicht … Nun, wie steht es mit Ihnen?«

»Warum sollte ich mich nicht waschen? Das wäre ja unreinlich«, antwortete Fürst Andrei. »Im Gegenteil, man muß darauf bedacht sein, sich das Leben möglichst angenehm zu gestalten. Ich lebe nun einmal, dafür kann ich nichts; also muß ich suchen, mein Leben so gut wie's geht, ohne andere Leute zu inkommodieren, bis zum Tod weiterzuführen.«

»Aber was regt Sie denn dazu an, weiterzuleben, wenn Sie doch solche Anschauungen haben? So dazusitzen, ohne sich zu bewegen, ohne etwas zu unternehmen …«

»Ganz in Ruhe läßt einen das Leben trotzdem nicht. Ich würde froh sein, wenn ich nichts zu tun brauchte; aber es kommt doch immer dies und jenes vor. Neulich erwies mir der hiesige Adel die Ehre, mich zum Adelsmarschall zu wählen: Ich habe es mir kaum vom Hals halten können. Die guten Leute konnten gar nicht begreifen, daß es mir an den dazu erforderlichen Qualitäten fehlt, namentlich an einem gewissen gutmütigen, sorglichen Interesse für triviales Treiben. Ferner dieses Haus hier, das ich mir bauen mußte, um ein eigenes Winkelchen zu besitzen, wo ich meine Ruhe haben kann. Und nun jetzt die Landwehr.«

»Warum dienen Sie nicht in der Armee?«

»Nach Austerlitz?« erwiderte Fürst Andrei finster. »Nein, danke ergebenst; ich habe mir das Wort gegeben, nicht mehr in der aktiven russischen Armee zu dienen. Und ich werde es auch nie wieder tun; und wenn Bonaparte hier bei Smolensk stände und Lysyje-Gory bedrohte, selbst dann würde ich nicht wieder in die russische Armee eintreten.« Und nachdem Fürst Andrei sich beruhigt hatte, fuhr er fort: »Darauf kannst du dich verlassen. Jetzt haben wir nun die Landwehr; mein Vater ist Oberkommandierender des dritten Distrikts, und das einzige Mittel, vom aktiven Dienst freizukommen, war für mich, eine Stellung unter meinem Vater zu übernehmen.«

»Also sind Sie doch im Dienst?«

»Ja.«

Er schwieg eine Weile.

»Welches ist denn nun Ihr Zweck dabei?«

»Das will ich dir sagen. Mein Vater ist einer der trefflichsten Männer seiner Zeit. Aber er wird alt und ist, ich will nicht sagen grausam, aber von zu energischem Charakter. Er ist furchtbar durch seine Gewöhnung an unbegrenzte Macht und jetzt durch diese Amtsgewalt, die der Kaiser den Oberkommandierenden der Landwehr verliehen hat. Wäre ich vor vierzehn Tagen zwei Stunden später gekommen, so hätte er den Schreiber in Juchnow aufhängen lassen«, sagte Fürst Andrei lächelnd. »Ich bekleide also diese amtliche Stellung, weil außer mir niemand einen Einfluß auf meinen Vater hat und ich ihn hier und da vor einer Handlung bewahre, über die er sich nachher quälen würde.«

»Ah, und Ihre Prinzipien? Da sehen Sie ja nun selbst!«

»Ja, aber die Sache liegt denn doch anders, als du sie auffaßt«, entgegnete Fürst Andrei. »Ich wünschte und wünsche diesem Schurken von Schreiber, der den Landwehrleuten die ihnen zukommenden Stiefel unterschlagen hat, nicht im entferntesten etwas Gutes; ich wäre sogar sehr zufrieden gewesen, ihn gehängt zu sehen; aber mir tat mein Vater leid, das heißt also wieder ich mir selbst.«

Fürst Andrei wurde immer lebhafter. Seine Augen bekamen einen fieberhaften Glanz, während er seinem Gast zu beweisen suchte, daß der Grund für sein Handeln nie in einem Wunsch, dem Nächsten Gutes zu tun, gelegen habe.

»Nun, du willst also deinen Bauern die Freiheit schenken«, fuhr er fort. »Das ist ja sehr gut; aber nicht für dich, der du meines Wissens nie jemand hast mit Ruten peitschen und nach Sibirien transportieren lassen, und noch weniger für die Bauern. Wenn man die Bauern schlägt, mit Ruten peitscht und nach Sibirien schickt, so glaube ich, daß sie das absolut nicht als etwas Schlimmes empfinden. In Sibirien führt der Bauer dasselbe tierische Leben weiter, und die wunden Stellen an seinem Körper verheilen, und er ist ebenso glücklich, wie er vorher war. Aber nützlich ist die Bauernbefreiung für diejenigen Grundherren, die bei den jetzigen Verhältnissen moralisch zugrunde gehen, die da tun, was sie nachher bereuen, und dieses Gefühl der Reue zu ersticken suchen, und infolge ihrer Befugnis, gerechte und ungerechte Strafen zu verhängen, hart werden. Das sind die Leute, die mir leid tun und um derentwillen ich die Bauernbefreiung wünschen würde. Du hast vielleicht nicht mit angesehen, was ich mit angesehen habe: wie gute Menschen, die in diesen Überlieferungen einer unbeschränkten Machtbefugnis groß geworden sind, mit den Jahren bei zunehmender Reizbarkeit hart und grausam werden, sich dessen selbst bewußt sind, sich aber doch nicht beherrschen können und sich immer unglücklicher und unglücklicher fühlen.«

Fürst Andrei sagte das mit so tiefer Empfindung, daß Pierre unwillkürlich auf den Gedanken kam, Andrei müsse wohl durch den Hinblick auf seinen Vater zu dieser Ansicht gelangt sein.

Er gab ihm keine Antwort.

»Also diese Leute sind es, die mir leid tun, die Leute, die ihre Menschenwürde, die Ruhe ihres Gewissens, die Reinheit ihrer Seele verlieren; aber kein Bedauern habe ich für den Bauer; wenn du dem auch den Rükken mit Ruten peitschen und das Haar über der Stirn abrasieren läßt, es bleibt doch immer derselbe Rücken und derselbe Kopf.«

»Nein, nein, tausendmal nein!« rief Pierre. »Darin werde ich Ihnen nie beistimmen.«

XII

Am Abend setzten sich Fürst Andrei und Pierre in den Wagen und fuhren nach Lysyje-Gory. Fürst Andrei richtete ab und zu seine Blicke auf Pierre und unterbrach das Stillschweigen durch einzelne Bemerkungen, die zeigten, daß er sich in heiterer Stimmung befand.

Er wies auf die Felder und erzählte ihm von seinen landwirtschaftlichen Verbesserungen.

Pierre schwieg mit finsterer Miene, gab nur einsilbige Antworten und schien ganz in seine Gedanken versunken zu sein.

Der Inhalt seiner Gedanken war, daß Fürst Andrei unglücklich sei, auf einem Irrweg wandle, das wahre Licht nicht kenne, und daß er, Pierre, die Pflicht habe, ihm zu Hilfe zu kommen, ihn zu erleuchten und hinaufzuheben. Aber als er es sich nun zurechtzulegen suchte, wie und was er zu ihm reden solle, sah er sofort voraus, daß Fürst Andrei ihm mit einem einzigen Wort, mit einem einzigen Argument seine ganze Lehre über den Haufen stoßen werde, und er fürchtete sich anzufangen, fürchtete sich, sein teures Allerheiligstes der Möglichkeit einer Verspottung auszusetzen.

»Nein, was haben Sie eigentlich für einen Grund, so zu denken?« begann Pierre plötzlich, indem er den Kopf senkte und die Haltung eines stößigen Ochsen annahm. »Warum denken Sie so? Sie dürfen nicht so denken.«

»So denken? Worüber denn?« fragte Fürst Andrei erstaunt.

»Über das Leben, über die Bestimmung des Menschen. Das dürfen Sie nicht. Ich habe ebenso gedacht, und wissen Sie, was mich gerettet hat? Die Freimaurerei. Nein, lächeln Sie nicht. Die Freimaurerei, das ist nicht eine religiöse, sich nur mit Zeremonien abgebende Sekte, wie auch ich früher glaubte; sondern die Freimaurerei ist die beste, einzige

Form, in welcher die besten, ewigen Seiten der Menschheit zum Ausdruck kommen.«

Und nun begann er dem Fürsten Andrei die Freimaurerei so zu erklären, wie er sie auffaßte. Er sagte, die Freimaurerei sei die Lehre des Christentums, befreit von staatlichen und religiösen Fesseln; eine Lehre der Gleichheit, der Brüderlichkeit und der Liebe.

»Nur innerhalb unserer heiligen Bruderschaft wird im wahren Sinn des Wortes gelebt; alles übrige Leben ist nur ein Traum«, sagte Pierre. »Sie wissen ja selbst, mein Freund, daß außerhalb dieses Bundes alles voll Lüge und Unwahrheit ist, und ich bin ganz Ihrer Ansicht, daß dort einem verständigen, guten Menschen nichts anderes übrigbleibt, als, wie Sie es tun, still das Ende seines Lebens abzuwarten und nur darauf bedacht zu sein, anderen Menschen nicht lästig zu werden. Aber machen Sie sich unsere Grundanschauungen zu eigen, treten Sie in unsere Bruderschaft ein, geben Sie sich uns vertrauensvoll hin, lassen Sie sich von uns leiten, und Sie werden sofort dieselbe Empfindung haben, die auch ich gehabt habe: Sie werden sich als ein Glied jener gewaltigen, unsichtbaren Kette fühlen, deren Anfang sich im Himmel verbirgt.«

Fürst Andrei hörte schweigend und vor sich hinblickend an, was Pierre sagte. Einige Male, wo er wegen des Geräusches des Wagens nicht deutlich verstanden hatte, bat er Pierre, die Worte, die ihm entgangen waren, zu wiederholen. An dem besonderen Glanz, der aus den Augen des Fürsten Andrei leuchtete, und an seinem Stillschweigen merkte Pierre, daß seine Worte nicht vergeblich waren, daß Fürst Andrei ihn nicht unterbrechen wollte und nicht vorhatte, sich über das Gesagte lustig zu machen.

Sie gelangten zu dem über die Ufer getretenen Fluß, den sie auf einer Fähre übersetzen mußten. Die Wagen und die Pferde wurden auf die Fähre gebracht und dort zurechtgestellt, und sie selbst gingen ebenfalls auf die Fähre.

Auf das Geländer gestützt, blickte Fürst Andrei schweigend über die weite Fläche des Wassers hin, die in den Strahlen der untergehenden Sonne blitzte.

»Nun, wie denken Sie darüber?« fragte Pierre. »Warum schweigen Sie?«

»Wie ich darüber denke?« erwiderte Fürst Andrei. »Ich habe dich angehört, und das ist ja alles ganz schön; aber du sagst: ›Tritt in unsere Bruderschaft ein, und wir werden dir den Zweck des Lebens und die Bestimmung des Menschen und die Gesetze, die die Welt regieren, zeigen.‹ Aber wer ist das: ›wir‹? Menschen? Woher wißt ihr denn alles? Woher kommt es denn, daß ich allein das nicht sehe, was ihr seht? Ihr seht auf Erden ein Reich des Guten und der Wahrheit, und ich sehe es nicht.«

Pierre unterbrach ihn.

»Glauben Sie an ein zukünftiges Leben?« fragte er.

»An ein zukünftiges Leben?« wiederholte Fürst Andrei Pierres Worte; aber Pierre ließ ihm nicht Zeit zu antworten und faßte diese Wiederholung als Verneinung auf, um so mehr, da ihm die früheren atheistischen Ansichten des Fürsten Andrei bekannt waren.

»Sie sagen, daß Sie ein Reich des Guten und der Wahrheit auf Erden nicht sehen können. Auch ich habe dieses Reich früher nicht gesehen, und man kann es überhaupt nicht sehen, wenn man meint, daß mit unserem Leben alles zu Ende ist. Auf der Erde, namentlich auf diesem Teil der Erde« (Pierre wies auf das Feld) »gibt es keine Wahrheit; da ist alles Lüge und Schlechtigkeit; aber in der Welt, in der ganzen Welt, da gibt es ein Reich der Wahrheit, und wir sind jetzt Kinder der Erde, aber für alle Ewigkeit Kinder der Welt. Fühle ich denn nicht in meiner Seele, daß ich einen Teil dieses gewaltigen, harmonischen Ganzen bilde? Fühle ich denn nicht, daß ich in dieser ungeheuren, zahllosen Menge von Wesen, in denen sich die Gottheit (oder, wenn Sie es anders nennen wollen, die höchste Kraft) offenbart, ein Zwischenglied, eine Zwischenstufe von niedrigeren Wesen zu höheren bin? Wenn ich diese von der Pflanze zum Menschen führende Stufenleiter sehe, sie deutlich sehe, mit welchem Recht kann ich dann annehmen, daß diese Stufenleiter mit mir abbricht und nicht vielmehr weiter und weiter führt? Ich fühle, daß ich nicht verschwinden kann, wie denn überhaupt nichts auf der Welt verschwindet, sondern immer existieren werde und immer existiert habe. Ich fühle, daß es außer mir noch Geister gibt, Geister, die über mir leben, und daß in dieser Welt Wahrheit herrscht.«

»Ja, das ist die Lehre Herders«, erwiderte Fürst Andrei, »aber, lieber Freund, nicht diese Beweisführung ist es, die mich überzeugt, sondern die Erfahrung von Leben und Tod, die ist imstande zu überzeugen. Überzeugt fühlt man sich, wenn man sieht, wie ein liebes, teures Wesen, mit dem man eng verbunden war, dem gegenüber man eine Schuld auf sich geladen hatte, eine Schuld, die man wiedergutzumachen hoffte« (die Stimme begann ihm zu zittern, und er wandte das Gesicht ab), »… und nun muß man sehen, wie dieses Wesen auf einmal leidet, entsetzliche Qualen leidet und aufhört zu sein … Warum? Es muß, es muß darauf eine Antwort vorhanden sein. Und ich glaube, daß eine Antwort vorhanden ist … Siehst du, das ist's, was zu überzeugen imstande ist; das ist's, was mich überzeugt hat.«

»Nun ja, nun ja!« antwortete Pierre. »Sage ich denn nicht ganz dasselbe?«

»Nein. Meines Erachtens können uns von der Notwendigkeit eines zukünftigen Lebens nicht Beweise überzeugen, sondern nur die eigene Erfahrung: wenn man im Leben Hand in Hand mit einem Menschen geht und dieser Mensch auf einmal *dort im leeren Raum* verschwindet und man selbst vor diesem Abgrund stehenbleibt und hineinschaut. Und ich habe hineingeschaut …«

»Nun also! Sie wissen, daß es ein *Dort* gibt, und daß ein *Jemand* da ist. Das *Dort* ist das zukünftige Leben. Der *Jemand* ist Gott.«

Fürst Andrei antwortete nicht. Der Wagen und die Pferde waren schon längst aus der Fähre an das andere Ufer herausgebracht und die Pferde wieder angespannt, und die Sonne war zur Hälfte untergegangen, und der Abendfrost überzog die Lachen an der Überfahrtstelle mit Eissternchen; aber Pierre und Andrei standen zur Verwunderung der Diener, Kutscher und Fährleute immer noch auf der Fähre und redeten miteinander.

»Wenn es einen Gott und ein zukünftiges Leben gibt«, sagte Pierre, »so gibt es auch Wahrheit und Tugend; und das höchste Glück des Menschen besteht in dem Streben, die Wahrheit und die Tugend zu erreichen. Wir müssen leben, wir müssen lieben, wir müssen glauben, daß wir nicht nur heute und auf diesem Stückchen Erde leben, sondern immer gelebt haben und ewig leben werden, dort, im All« (er wies nach dem Himmel).

Fürst Andrei stand, auf das Geländer der Fähre gelehnt, und hörte seinem Freund zu; dabei blickte er unverwandt in den roten Widerschein der Sonne auf der bläulichen Wasserfläche. Pierre schwieg jetzt. Es herrschte tiefe Stille. Die Fähre lag schon längst ruhig am Ufer, und nur die Wellen der Strömung schlugen mit leisem Geräusch an den Boden der Fähre. Dem Fürsten Andrei kam es vor, als ob dieses Plätschern der Wellen zu Pierres Worten hinzufügte: »Das ist wahr; glaube es nur!«

Fürst Andrei seufzte und schaute mit leuchtendem, kindlichem, freundlichem Blick in Pierres gerötetes, begeistertes Gesicht, auf dem sich aber doch eine gewisse Schüchternheit vor dem geistig überlegenen Freund ausprägte.

»Ja, wenn es doch so wäre!« sagte Fürst Andrei. »Aber komm, wir wollen einsteigen«, fügte er hinzu und blickte beim Hinausgehen aus der Fähre zum Himmel auf, nach welchem Pierre hingewiesen hatte. Zum erstenmal nach Austerlitz erblickte er wieder jenen hohen, ewigen Himmel, den er gesehen hatte, als er auf dem Schlachtfeld von Austerlitz lag, und ein längst eingeschlafenes, gutes Gefühl, das in seiner Seele ruhte, erwachte plötzlich wieder freudig und jugendfrisch. Dieses Gefühl verschwand dann allerdings, sobald Fürst Andrei wieder in seine gewöhnlichen Lebensverhältnisse eintrat; aber er war sich bewußt, daß dieses Gefühl, obwohl er nicht verstand, es weiterzuentwickeln, doch in seiner Seele fortlebte. Die Wiederbegegnung mit Pierre bildete für den Fürsten Andrei eine Epoche, in welcher, mochte sein Leben auch äußerlich dasselbe bleiben, doch in seiner inneren Welt ein neues Leben begann.

XIII

Es dunkelte schon, als Fürst Andrei und Pierre sich dem Haupteingang des Gutshauses von Lysyje-Gory näherten. In diesem Augenblick lenkte Fürst Andrei lächelnd Pierres Aufmerksamkeit auf einen Tumult, der an der Hintertür stattfand. Eine gekrümmte Alte, mit einem Quersack auf der Schulter, und eine Mannsperson von kleinem Wuchs, in schwarzem Anzug und mit langem Haar waren soeben aus dem Tor herausgekommen, stürzten aber, sowie sie die herbeifahrende Kalesche erblickten, Hals über Kopf wieder hinein. Zwei zum Gut gehörige Frauen kamen auf den Hof herausgelaufen, um die beiden zurückzurufen, und alle vier rannten nun, sich häufig nach der Kalesche umblickend, erschrocken in die Hintertür hinein.

»Das sind Marjas Gottesleute«, sagte Fürst Andrei. »Sie haben uns für meinen Vater gehalten. Das ist das einzige, worin Marja unserm Vater nicht gehorcht: Er befiehlt, diese vagabundierenden Wallfahrer wegzujagen; aber sie nimmt sie auf.«

»Was sind denn das: Gottesleute?« fragte Pierre.

Fürst Andrei fand keine Zeit mehr, ihm zu antworten. Die Dienerschaft kam heraus, um die Ankommenden zu empfangen, und er erkundigte sich, wo der alte Fürst wäre und ob er bald erwartet würde.

Der alte Fürst war noch in der Stadt und wurde jeden Augenblick zurückerwartet.

Fürst Andrei führte Pierre in seine eigenen Zimmer, die im Haus seines Vaters stets in voller Ordnung bereit waren, ihn zu empfangen, und begab sich selbst nach der Kinderstube.

»Wir wollen zu meiner Schwester gehen«, sagte Fürst Andrei, als er zu Pierre zurückkam. »Ich habe sie noch nicht gesehen; sie versteckt sich jetzt und sitzt in ihrem Zimmer mit ihren Gottesleuten. Sie wird verlegen werden; aber das ist ihre verdiente Strafe. Und du bekommst dabei die Gottesleute zu sehen. Die Sache ist wirklich interessant, mein Wort darauf.«

»Was sind denn das: Gottesleute?« erkundigte sich Pierre noch einmal.

»Du wirst ja sehen.«

Prinzessin Marja wurde, als sie bei ihr eintraten, wirklich verlegen, und ihr Gesicht bedeckte sich mit roten Flecken. In ihrem behaglichen Zimmer, mit den Lämpchen vor den Heiligenschreinen, saß neben ihr auf dem Sofa hinter dem Samowar ein junger Mensch mit langer Nase und langem Haar, in einer Mönchskutte.

Auf einem Lehnstuhl daneben saß eine runzlige, hagere Alte mit einem sanften Ausdruck in dem kindlichen Gesicht.

»Andrei, warum hast du mich von deinem Kommen nicht vorher benachrichtigt?« sagte die Prinzessin Marja mit sanftem Vorwurf und stellte sich vor ihre Wallfahrer wie eine Glucke vor ihre Küchlein.

»Es ist mir ein großes Vergnügen, Sie zu sehen; ich freue mich sehr«, sagte sie zu Pierre, während er ihr die Hand küßte. Sie hatte ihn schon gekannt, als er noch ein Kind war, und jetzt gewannen ihm seine Freundschaft mit Andrei, sein Unglück mit seiner Frau und vor allem sein gutes, harmloses Gesicht ihr Wohlwollen. Sie blickte ihn mit ihren schönen, leuchtenden Augen an und schien zu sagen: »Ich habe Sie sehr gern; aber bitte, lachen Sie nicht über meine Leutchen hier.« Nachdem sie die ersten Begrüßungsworte gewechselt hatten, setzten sie sich.

»Ah, der liebe, kleine Iwan ist ja auch hier«, sagte Fürst Andrei und deutete lächelnd auf den jungen Wallfahrer.

»Andrei!« rief Prinzessin Marja in flehendem Ton.

»Sie müssen wissen, daß das eine Frau ist«, sagte Andrei zu Pierre auf französisch, wie denn überhaupt die drei untereinander französisch sprachen.

»Andrei, ich bitte dich inständig!« wiederholte Prinzessin Marja.

Es war leicht zu merken, daß sowohl die spöttischen Bemerkungen des Fürsten Andrei über die Wallfahrer als auch die vergeblichen Versuche der Prinzessin Marja, sie in Schutz zu nehmen, eine hergebrachte, feststehende Form des Verkehrs zwischen den beiden waren.

»Aber, liebe Schwester«, sagte Fürst Andrei, »du solltest mir doch im Gegenteil dafür dankbar sein, daß ich meinem Freund Pierre eine Erklärung für deine Intimität mit diesem jungen Mann gebe.«

»Ist es denn wahr?« fragte Pierre interessiert und blickte ernst (wofür ihm Prinzessin Marja besonders dankbar war) durch seine Brille diesem Iwan ins Gesicht, der, als er merkte, daß von ihm die Rede war, seine schlauen Augen von einem zum andern gehen ließ.

Prinzessin Marja war ganz unnötigerweise für »ihre Leutchen« verlegen geworden. Diese selbst zeigten sich ganz und gar nicht ängstlich. Die Alte saß, ohne sich zu rühren, auf ihrem Lehnstuhl; sie hielt die Augen niedergeschlagen, warf aber mitunter schräge Blicke nach den Eingetretenen; ihre Tasse hatte sie, mit dem Boden nach oben, auf die Untertasse gestülpt, das Stückchen Zucker, von dem sie vorher beim Trinken abgebissen hatte, danebengelegt und wartete nun ruhig darauf, daß ihr noch mehr Tee angeboten werde. Iwan trank seinen Tee aus der Untertasse und blickte dabei von unten her mit seinen schlauen, weiberhaften Augen zu den jungen Männern hin.

»Nun, wo bist du denn gewesen? In Kiew?« fragte Fürst Andrei die Alte.

»Jawohl, Väterchen«, antwortete diese redselig. »Gerade zu Weihnachten wurde ich gewürdigt, bei den lieben Heiligen das heilige, himmlische Sakrament zu empfangen. Aber jetzt komme ich aus Kaljasin, Väterchen; da ist großes Heil erschienen …«

»Ging denn der liebe Iwan mit dir zusammen?«

»Ich wandere für mich allein, Wohltäter«, sagte Iwan, der sich Mühe gab, mit tiefer Stimme zu sprechen. »Erst in Juchnow bin ich mit Pelagia zusammengetroffen.«

Pelagia unterbrach ihren Gefährten; sie hatte offenbar die größte Lust zu erzählen, was sie da mitangesehen hatte.

»In Kaljasin, Väterchen, ist großes Heil erschienen.«

»Wieso? Sind neue Reliquien gefunden?« fragte Fürst Andrei.

»Hör doch auf, Andrei!« bat Prinzessin Marja. »Erzähle nicht, Pelagia.«

»Nicht? … Aber Mütterchen, warum soll ich denn nicht erzählen? Ich habe ihn sehr gern. Er ist ein guter Mensch, ein Auserwählter Gottes; ich weiß noch recht gut, wie er, mein Wohltäter, mir einmal zehn Rubel geschenkt hat … Also, als ich in Kiew war, da sagte zu mir ein Verzückter, Kirill … er ist blöden Geistes, aber sehr fromm, ein wahrer Mann Gottes, Sommer und Winter geht er barfuß … also der sagte zu mir: ›Warum wallfahrst du nicht in deiner eigenen Gegend?‹ sagte er. ›Geh nach Kaljasin; da wurde ein wundertätiges Bild der hochheiligen Mutter Gottes gefunden.‹ Als ich das hörte, nahm ich von den lieben Heiligen Abschied und machte mich auf den Weg.«

Alle schwiegen. Nur die Wallfahrerin sprach, in gemessenem Tonfall, wobei sie die Luft in sich hineinzog.

»Ich kam also hin, Väterchen, und da sagten mir die Leute: ›Großes Heil ist erschienen; der hochheiligen Mutter Gottes tröpfelt heiliges Salböl aus dem Bäckchen …‹«

»Nun gut, gut; du kannst ja nachher weitererzählen«, unterbrach Prinzessin Marja errötend die Erzählerin.

»Gestatten Sie eine Frage an die Frau«, sagte Pierre. »Hast du das selbst gesehen?« fragte er.

»Gewiß, Väterchen; ich bin selbst gewürdigt worden, es zu sehen. Auf dem Gesicht der Mutter Gottes war ordentlich so ein Glanz, wie der helle Himmel, und aus dem Bäckchen der Mutter Gottes, da träufelte es nur so, immerzu träufelte es …«

»Aber das ist ja Betrug!« rief Pierre, der der Wallfahrerin aufmerksam zugehört hatte, in seiner Naivität unwillkürlich.

»Ach, Väterchen, was redest du da!« rief Pelagia ganz entsetzt und wandte sich wie um Schutz suchend zu der Prinzessin Marja.

»So wird das Volk betrogen!« sagte Pierre noch einmal.

»Herr Jesus Christus!« rief die Wallfahrerin und bekreuzte sich. »Ach, sage doch so etwas nicht, Väterchen! Da war ein General, der glaubte auch nicht und sagte: ›Die Mönche betrügen das Volk.‹ Und wie er das gesagt hatte, da wurde er sogleich blind. Und da träumte ihm, daß die Mutter Gottes vom Höhlenkloster zu ihm kam und zu ihm sagte: ›Glaube an mich, dann will ich dich heilen.‹ Und da fing er an zu bitten: ›Führt mich zu ihr, führt mich zu ihr!‹ Ich sage dir die reine Wahrheit; ich habe es selbst gesehen. Da brachten sie den Blinden geradewegs zu ihr, und er trat heran und fiel vor ihr nieder und sagte: ›Heile mich! Ich will dir auch alles geben‹, sagte er, ›was mir der Zar verliehen hat.‹ Ich habe es selbst gesehen, Väterchen: Ein Ordensstern war an ihr befestigt. Und wirklich, er wurde wieder sehend. Es ist eine Sünde, so zu sprechen. Dafür schickt Gott seine Strafe«, sagte sie in ermahnendem Ton zu Pierre.

»Was soll denn aber der Ordensstern an dem Muttergottesbild?« fragte Pierre.

»Die Mutter Gottes wird eben zum General befördert sein«, sagte Fürst Andrei lächelnd.

Pelagia wurde auf einmal ganz blaß und schlug die Hände zusammen.

»Väterchen, Väterchen, was begehst du da für eine Sünde! Denke daran, daß du einen Sohn hast!« rief sie, und ihr soeben noch blasses Gesicht überzog sich plötzlich mit dunkler Röte. »Väterchen, Gott möge dir verzeihen, was du da gesagt hast!« Sie bekreuzte sich. »Lieber Herrgott, verzeihe ihm! Mütterchen, was gehen hier für Dinge vor!« wandte sie sich an die Prinzessin Marja. Sie stand auf und machte sich, beinahe weinend, daran, ihr Bündel zurechtzumachen. Man konnte ihr anmerken, daß es ihr einerseits ängstlich und wider das Gewissen war, Wohltaten in einem Haus zu genießen, wo solche Reden geführt wurden, und es ihr andererseits leid tat, jetzt auf die Wohltaten dieses Hauses verzichten zu müssen.

»Aber wie kann euch beiden das nur Vergnügen machen!« sagte Prinzessin Marja. »Warum seid ihr denn zu mir gekommen?«

»Nein, nein, ich mache ja nur Spaß, liebe Pelagia«, sagte Pierre. »Prinzessin, mein Wort darauf, ich hatte die Frau nicht kränken wollen; ich habe es nur so hingeredet. Nimm es dir nicht zu Herzen, ich habe nur gescherzt«, wandte er sich, in dem Wunsch, seine Schuld wiedergutzumachen, mit schüchternem Lächeln an Pelagia. »Ich habe es nicht böse gemeint, und er hat es auch nur so hingeredet, er hat nur gescherzt.«

Pelagia blieb mißtrauisch stehen; aber auf Pierres Gesicht prägte sich eine so aufrichtige Reue aus, und Fürst Andrei blickte so milde und freundlich bald die Wallfahrerin, bald Pierre an, daß sie sich allmählich beruhigte.

XIV

Die Wallfahrerin hatte sich beruhigt, ließ sich wieder zum Reden bringen und erzählte nun lange von dem Vater Amfilochi, der einen so heiligen Lebenswandel geführt hatte, daß seine Hände nach Weihrauch rochen, und weiter erzählte sie, wie bei ihrer letzten Wallfahrt nach Kiew Mönche, mit denen sie bekannt war, ihr die Schlüssel zu den Höhlen gegeben hatten, und wie sie, mit Zwiebacken versehen, zweimal vierundzwanzig Stunden hintereinander in den Höhlen bei den Heiligen zugebracht hatte. »Ich bete bei dem einen und erweise ihm meine Verehrung, und dann gehe ich zu einem andern. Ich schlafe ein bißchen, und dann gehe ich wieder und verrichte meine Andacht. Und eine solche Stille, Mütterchen, ist da, eine Seligkeit, daß man gar nicht wieder an das Tageslicht zurückkehren möchte.«

Pierre hörte ihr aufmerksam und ernsthaft zu. Fürst Andrei verließ das Zimmer. Bald nach ihm ging auch Prinzessin Marja mit Pierre hinaus, den sie in den Salon führte; die Gottesleute ließ sie allein ihren Tee austrinken.

»Sie sind ein sehr guter Mensch«, sagte sie zu ihm.

»Ach, ich hatte die Frau wirklich nicht kränken wollen; ich verstehe diese Empfindungen recht wohl und weiß sie zu schätzen.«

Prinzessin Marja blickte ihn schweigend an und lächelte freundlich.

»Ich kenne Sie ja schon lange und habe Sie lieb wie einen Bruder«, sagte sie dann. »Wie finden Sie Andrei?« fragte sie eilig, ohne ihm Zeit zu lassen, etwas auf ihre freundlichen Worte zu erwidern. »Sein Zustand beunruhigt mich sehr. Es war im Winter mit seiner Gesundheit besser; aber im Frühjahr brach die Wunde wieder auf, und der Arzt meinte, er solle wegreisen und eine Kur gebrauchen. Auch in seelischer Hinsicht habe ich um ihn große Sorge. Er hat nicht einen solchen Charakter wie wir Frauen, daß er sich seinen Kummer durch Klagen erleichtern und ihn ausweinen könnte. Er trägt ihn in seinem Innern eingeschlossen mit sich herum. Heute ist er ja heiter und lebhaft; aber das ist nur die Wirkung Ihrer Ankunft; er ist sonst nur selten so. Wenn Sie ihn doch überreden könnten, ins Ausland zu reisen! Er braucht eine Tätigkeit; dieses gleichmäßige, ruhige Leben richtet ihn zugrunde. Die andern bemerken das nicht; aber ich sehe es.«

Nach neun Uhr abends stürzten die Diener vor das Portal, da sie das Schellengeklingel der herankommenden Equipage des alten Fürsten hörten. Fürst Andrei und Pierre traten ebenfalls hinaus.

»Wer ist das?« fragte der alte Fürst, als er aus dem Wagen stieg und Pierre erblickte.

»Ah, freut mich sehr! Küsse mich!« sagte er, als er erfahren hatte, wer der unbekannte junge Mann war.

Der alte Fürst war guter Laune und behandelte Pierre sehr freundlich.

Vor dem Abendessen kam Fürst Andrei in das Zimmer seines Vaters und fand dort den alten Fürsten in einem hitzigen Disput mit Pierre begriffen. Pierre suchte zu beweisen, daß einmal eine Zeit kommen werde, wo es keine Kriege mehr geben würde. Der alte Fürst bestritt dies, indem er seinen Gegner neckte und foppte, aber ohne sich dabei zu ärgern.

»Laß den Menschen das Blut aus den Adern laufen, und gieße ihnen Wasser hinein; dann wird es keine Kriege mehr geben. Das sind Weiberphantasien, Weiberphantasien«, sagte er; aber er klopfte dabei Pierre freundlich auf die Schulter. Darauf ging er an den Tisch, an welchem Fürst Andrei, der sich offenbar an diesem Gespräch nicht zu beteiligen wünschte, in den Papieren blätterte, die der alte Fürst aus der Stadt mitgebracht hatte. Der alte Fürst trat zu ihm und begann mit ihm von Dienstsachen zu sprechen.

»Der Adelsmarschall Graf Rostow hatte nur die Hälfte der Mannschaften zusammengebracht, die er hatte zusammenbringen sollen. Kam der Mann in die Stadt und ließ sich beikommen, mich zum Diner einzuladen – na, ich habe ihm ein nettes Diner angerichtet ...! Da! Sieh einmal dieses Papier durch ...! Na, mein Sohn«, fuhr er fort, »dein Freund ist ein braver, junger Mann« (er klopfte Pierre auf die Schulter), »ich habe ihn liebgewonnen! Er macht mich warm. Ein anderer redet vernünftig, und doch mag man ihm nicht zuhören; aber dieser hier schwatzt dummes Zeug und macht mich alten Mann warm. Na, nun geht nur, geht«, sagte er. »Vielleicht komme ich noch zum Abendessen und sitze ein Weilchen bei euch. Dann wollen wir weiter disputieren. Freunde dich nur auch mit meiner närrischen Tochter, Prinzessin Marja, an«, rief er dem fortgehenden Pierre noch aus der Tür nach.

Pierre lernte erst jetzt, bei diesem Besuch in Lysyje-Gory, die ganze Bedeutung und Annehmlichkeit seiner Freundschaft mit dem Fürsten Andrei schätzen. Diese Annehmlichkeit kam ihm nicht sowohl in seinem Verhältnis zum Fürsten Andrei selbst, als vielmehr in seinen Beziehungen zu allen Familienmitgliedern und Hausgenossen zur Empfindung. Pierre fühlte sich dem alten, mürrischen Fürsten und der sanften, schüchternen Prinzessin Marja gegenüber, obgleich er beide fast gar nicht kannte, gleich von vornherein wie ein alter Freund. Und auch sie hatten ihn alle bereits liebgewonnen. Nicht nur blickte Prinzessin Marja, deren Herz er durch sein freundliches Benehmen gegen die Wallfahrer gewonnen hatte, ihn mit ganz besonders helleuchtenden Augen an, sondern auch der kleine einjährige Fürst Nikolai, wie ihn der Großvater nannte, lächelte Pierre an und ließ sich von ihm auf den Arm nehmen. Michail Iwanowitsch und Mademoiselle Bourienne sahen ihn mit frohem Lächeln an, wenn er mit dem alten Fürsten ein Gespräch führte.

Der alte Fürst kam zum Abendessen, augenscheinlich um Pierres willen. Er behandelte ihn während der beiden Tage seines Aufenthalts in Lysyje-Gory mit außerordentlicher Freundlichkeit und lud ihn ein, ihn häufiger zu besuchen.

Als Pierre abgefahren war und alle Familienmitglieder zusammenkamen, tauschten sie, wie das immer nach der Abreise eines neuen Bekannten geschieht, ihre Urteile über ihn aus, und, was nur selten vorkommt, alle redeten von ihm nur Gutes.

XV

Als Rostow diesmal vom Urlaub zurückkehrte, kam es ihm zum erstenmal zum vollen Bewußtsein, wie fest und stark die Bande waren, die ihn mit Denisow und dem ganzen Regiment verknüpften.

Als er sich dem Lagerplatz seines Regiments näherte, machte er ein ähnliches Gefühl durch, wie früher bei der Annäherung an das Haus in der Powarskaja-Straße. Als er den ersten Husaren in der aufgeknöpften Uniform seines Regiments erblickte, als er den rothaarigen Dementjew erkannte, als er die Pfosten mit den daran angebundenen Pferden, lauter Füchsen, sah, als Lawrenti erfreut seinem Herrn zurief: »Der Graf ist gekommen!« und der zottige Denisow, der auf seinem Bett gelegen und geschlafen hatte, aus der Erdhütte herausgelaufen kam und ihn umarmte und die Offiziere den Ankömmling umringten: da hatte Rostow dieselbe Empfindung wie damals, als ihn seine Mutter, sein Vater und seine Schwestern umarmten, und die Freudentränen, die ihm in die Kehle kamen, hinderten ihn zu sprechen. Auch das Regiment war ein Haus, ein unwandelbar liebes, teures Haus, ebenso wie das Haus seiner Eltern.

Nachdem er sich beim Regimentskommandeur gemeldet, die Zuweisung zu seiner früheren Eskadron erhalten, wieder einmal den Dejourdienst und das Furagieren durchgemacht, sich in alle die kleinen Regimentsinteressen hineingefunden und sich von neuem an das Gefühl gewöhnt hatte, der Freiheit beraubt und in einen engen, starren Rahmen eingeschmiedet zu sein, da hatte Rostow dieselbe Empfindung wie unter dem Dach des Elternhauses: ein Gefühl der Beruhigung, ein Gefühl, daß er hier einen festen Stand habe, und das freudige Bewußtsein, hier zu Hause, an dem ihm zukommenden Platz zu sein. Hier war nicht jener ganze Wirrwarr der freien Welt, in dem er nicht seinen richtigen Platz fand und sich bei der Wahl irrte; hier war keine Sonja, der gegenüber man sich aussprechen oder auch nicht aussprechen mußte. Hier kam man nicht in die Lage, zu überlegen, ob man da- und dahin fahren oder nicht fahren solle; hier hatte man nicht die Möglichkeit, den ganzen Tag nach Belieben auf die mannigfaltigste Weise auszufüllen; hier gab es nicht jene zahllosen Menschen, von denen ihm einer gerade so nah und so fern stand wie der andere, nicht jene unklaren, unbestimmten pekuniären Beziehungen zum Vater, nicht die schreckliche Erinnerung an die große Summe, die er im Spiel an Dolochow verloren hatte! Hier beim Regiment war alles klar und einfach. Die ganze Welt zerfiel in zwei ungleiche Teile: Der eine Teil war unser Pawlograder Regiment, der andere alles übrige. Und dieses Übrige ging einen nichts an. Im Regiment war einem all und jedes bekannt: wer Leutnant und wer Rittmeister war, wer ein guter und wer ein schlechter Mensch, und vor allen Dingen, wer ein guter und wer ein schlechter Kamerad war. Der Marketender gab Kredit; das Gehalt bekam man alle vier Monate; zu überlegen und zu wählen war nichts; man brauchte nur zu vermeiden, was im Pawlograder Regiment als schlechtes Benehmen angesehen wurde, und, wenn man einen Auftrag bekam, das auszuführen, was klar und deutlich angeordnet und befohlen war; dann war alles gut.

Nachdem Rostow in diese festen Verhältnisse des Regimentslebens von neuem eingetreten war, empfand er eine ähnliche Freude und Beruhigung wie ein Müder, der sich hinlegt, um sich zu erholen. Das Regimentsleben hatte für ihn während dieses Feldzuges insofern noch einen besonderen Reiz, als er nach dem Spielverlust an Dolochow (er konnte sich diesen Fehltritt trotz aller Tröstungen seitens seiner Angehörigen nicht verzeihen) den Vorsatz gefaßt hatte, sich im Dienst nicht so zu verhalten wie früher, sondern, um seine Schuld wiedergutzumachen, musterhaft zu dienen und ein ganz ausgezeichneter Kamerad und Offizier zu sein, das heißt, ein vortrefflicher Mensch, was ihm nur »da draußen« schwer erschien, beim Regiment aber sehr wohl möglich.

*

Nach mannigfachen Rückmärschen und Vormärschen und den Schlachten bei Pultusk und bei Preußisch-Eylau hatte sich unsere Armee bei Bartenstein konzentriert. Man erwartete die Ankunft des Kaisers beim Heer und den Beginn eines neuen Feldzuges.

Das Pawlograder Regiment, das zu demjenigen Teil der Armee gehörte, welcher im Jahr 1805 im Felde gewesen war, hatte sich in Rußland erst wieder komplettieren müssen und war dadurch für die ersten Kämpfe dieses Feldzuges zu spät gekommen. Es war weder bei Pultusk noch bei Preußisch-Eylau dabeigewesen und war nun, nachdem es sich wieder mit der aktiven Armee vereinigt hatte, für die zweite Hälfte des Feldzugs dem Platowschen Korps zugeteilt worden.

Das Platowsche Korps operierte unabhängig von der übrigen Armee. Einige Male kamen die Pawlograder dazu, an Feuergefechten mit dem Feind sich zu beteiligen; sie machten Gefangene und erbeuteten sogar einmal das Gepäck des Marschalls Oudinot. Im April standen die Pawlograder einige Wochen lang bei einem von Grund aus zerstörten, menschenleeren deutschen Dorf, ohne sich vom Fleck zu rühren.

Es kamen Tauwetter und Schmutz, auch wieder Kälte. Die Flüsse waren reißend, die Wege unfahrbar geworden; mehrere Tage lang wurde weder Futter für die Pferde noch Proviant für die Mannschaften geliefert. Da die Zufuhr unmöglich war, zerstreuten sich die Leute über die von den Einwohnern verlassenen Dörfer, um Kartoffeln zu suchen; aber auch davon war wenig zu finden.

Alles war aufgezehrt und die Einwohner fast sämtlich geflüchtet; die wenigen zurückgebliebenen waren ärmer als Bettler, und es war ihnen nichts mehr zu nehmen; ja, statt von ihnen etwas zu bekommen, gaben die sonst so wenig zum Mitleid geneigten Soldaten ihnen oft noch das Letzte, was sie selbst hatten.

Das Pawlograder Regiment hatte bei den Gefechten nur einen Abgang von zwei Verwundeten gehabt; aber infolge von Hunger und Krankheiten verlor es fast die Hälfte seines Bestandes. Wer ins Lazarett kam, dem war der Tod so sicher, daß die Soldaten, welche an Fieber oder an Anschwellungen litten, die von der schlechten Nahrung herkamen, lieber den Dienst weiter ertrugen und sich mit übermenschlicher Anstrengung in Reih und Glied fortschleppten, als daß sie ins Lazarett gingen. Seit Anfang des Frühlings fanden die Soldaten häufig eine aus der Erde herauskommende, spargelähnliche Pflanze, die sie aus nicht recht verständlichem Grund süße Marienwurzel nannten; sie zerstreuten sich über die Wiesen und Felder, um diese süße Marienwurzel (die sehr bitter schmeckte) zu suchen, gruben sie mit den Säbeln aus und aßen sie, obwohl der Genuß dieser schädlichen Pflanze verboten war. Im Frühjahr war bei den Soldaten eine neuartige Krankheit aufgetreten, Anschwellungen der Hände, der Füße und des Gesichtes, und die Ärzte betrachteten als die Ursache dieser Krankheit den Genuß jener Wurzel. Aber trotz des Verbots nährten sich die Pawlograder Husaren von Denisows Eskadron hauptsächlich von der süßen Marienwurzel, weil schon seit länger als einer Woche mit dem letzten Zwiebacksvorrat gespart und pro Mann nur noch ein halbes Pfund ausgegeben wurde und die Kartoffeln der letzten Zufuhr teils erfroren, teils ausgewachsen waren.

Auch die Pferde waren seit länger als einer Woche übel daran: Sie bekamen nur das Stroh von den Hausdächern zu fressen, waren entsetzlich abgemagert und trugen noch ihr Winterhaar, das sich in Klümpchen zusammenballte.

Trotz dieses argen Elends lebten die Soldaten und die Offiziere genauso wie immer. Wie sonst, so traten die Husaren auch jetzt, wenn auch mit blassen, geschwollenen Gesichtern und in zerrissenen Uniformen, zum Appell an, gingen zum Haarkämmen und -schneiden, säuberten die Pferde und die Ausrüstungsgegenstände, schleppten statt des Futters das Stroh von den Dächern herbei und gingen, um ihr Mittagbrot zu essen, zu den Kesseln, von denen sie hungrig wieder aufstanden, wobei sie über ihre garstige Nahrung und über ihren Hunger noch ihre Späßchen machten. Ebenso wie sonst zündeten sich die Soldaten in ihrer dienstfreien Zeit offene Feuer an, um daran nackt zu schwitzen, rauchten ihre Pfeifen, verlasen die ausgewachsenen, fauligen Kartoffeln, kochten sie und erzählten sich Geschichten von den Potjomkinschen und Suworowschen Feldzügen oder Märchen von dem schlauen Alexei oder von dem Popenknecht Nikolai.

Die Offiziere wohnten wie gewöhnlich zu zweit oder zu dritt in den abgedeckten, halbzerstörten Häusern. Die älteren sorgten für die Beschaffung von Stroh und Kartoffeln, überhaupt für die Lebensbedürfnisse der Mannschaften, die jüngeren vergnügten sich wie immer teils mit Kartenspiel (Geld war in Hülle und Fülle da, wenngleich es an Proviant fehlte), teils mit harmlosen Spielen wie »Ring und Nagel«* und Knüttelwerfen. Von dem allgemeinen Gang der Dinge wurde nur wenig gesprochen, teils weil man nichts Positives wußte, teils weil man dunkel ahnte, daß der allgemeine Verlauf des Krieges kein günstiger war.

Rostow wohnte wie früher mit Denisow zusammen, und ihr Freundschaftsbund war seit ihrem Urlaub noch enger und inniger geworden. Denisow sprach nie von Rostows Angehörigen; aber aus der geradezu zärtlichen Freundschaft, die der Vorgesetzte ihm, seinem Untergebenen, bewies, ersah Rostow, daß des alten Husaren unglückliche Liebe zu Natascha zu diesem hohen Grad von Zuneigung mitwirkte. Denisow war offenbar bemüht, Rostow möglichst selten Gefahren auszusetzen und ihn nach Kräften zu behüten, und wenn Rostow aus einem Gefecht heil und unversehrt zurückkam, begrüßte er ihn immer mit ganz besonderer Freude. Auf einem Dienstritt fand Rostow in einem verlassenen, zerstörten Dorf, wohin er gekommen war, um Lebensmittel zu suchen, einen alten Polen und dessen Tochter mit einem Säugling. Sie entbehrten der nö-

* Es kommt darauf an, mit der Spitze eines großköpfigen Nagels in einen auf der Erde liegenden Ring zu treffen. Anmerkung des Übersetzers.

tigsten Kleider, hungerten, konnten das Haus nicht verlassen und hatten keine Mittel, um fortzufahren. Rostow transportierte sie ins Lager, brachte sie in seinem Quartier unter und sorgte einige Wochen lang, bis der alte Mann sich einigermaßen erholt hatte, für ihren Unterhalt. Da machte sich einmal ein Kamerad Rostows, als von Frauen die Rede war, über Rostow lustig und sagte, der sei doch der schlauste von allen; es wäre aber nur in der Ordnung, wenn er nun auch die Kameraden mit der von ihm geretteten hübschen Polin bekanntmachte. Rostow faßte diesen Scherz als Beleidigung auf, bekam einen roten Kopf und sagte dem Offizier so unangenehme Dinge, daß Denisow nur mit Mühe ein Duell zwischen den beiden verhindern konnte. Als der Offizier weggegangen war und Denisow, der selbst Rostows Beziehungen zu der Polin nicht kannte, ihm wegen seiner Heftigkeit Vorwürfe machte, da sagte Rostow zu ihm:

»Schilt mich nur aus ... Aber sie ist mir wie eine Schwester, und ich kann dir nicht beschreiben, wie mich das beleidigt hat ...: weil ... nun, und deshalb ...«

Denisow schlug ihm auf die Schulter und begann, ohne Rostow anzusehen, mit schnellen Schritten im Zimmer auf und ab zu gehen, was er in Augenblicken starker Erregung zu tun pflegte.

»Seid ihr Rostows ein närrisches Volk!« sagte er dabei, und Rostow bemerkte Tränen in seinen Augen.

XVI

Im April versetzte die Nachricht von der Ankunft des Kaisers bei der Armee die Truppen in freudige Erregung. Rostow hatte nicht das Glück, an der Truppenschau teilnehmen zu können, die der Kaiser in Bartenstein abhielt: Die Pawlograder befanden sich auf Vorposten, weit vor Bartenstein.

Sie lagen dort im Biwak. Denisow und Rostow wohnten in einer Erdhütte, die die Soldaten für sie ausgegraben und mit Reisig und Rasen gedeckt hatten. Die Erdhütte war in folgender Weise, die damals in Aufnahme gekommen war, konstruiert: Es wurde ein Graben ausgehoben, etwa ein Meter breit, anderthalb Meter tief und zweieinhalb Meter lang. An dem einen Ende des Grabens wurden Stufen angelegt, und dies war der Zugang; der Graben selbst bildete das Zimmer; in diesem befand sich bei besonderen Günstlingen des Glücks, wie es der Eskadronchef war, an dem fernsten, den Stufen gegenüberliegenden Ende ein auf Pfählen ruhendes Brett, das den Tisch vorstellte. Auf den beiden Langseiten des Grabens war die Erde in einer Breite von zwei Dritteln Meter abgestochen, so daß zwei Betten oder Sofas entstanden. Das Dach war so konstruiert, daß man in der Mitte stehen konnte, und auf den Betten konnte man sogar sitzen, wenn man nahe an den Tisch heranrückte. Bei Denisow, der eine luxuriöse Wohnung hatte, da ihn die Soldaten seiner Eskadron gut leiden konnten, war an der Giebelseite des Daches noch ein Brett angebracht, und in dieses Brett war eine zerbrochene, aber wieder zusammengeklebte Fensterscheibe eingesetzt. Wenn es sehr kalt war, wurde auf die Stufen (in das Wartezimmer, wie Denisow diesen Teil der Hütte nannte) Glut von den Feuern der Soldaten auf einem gebogenen Eisenblech gestellt, und es wurde davon so warm, daß die Offiziere, von denen immer eine ganze Menge bei Denisow und Rostow zu Besuch war, in Hemdsärmeln zu sitzen pflegten.

Im April hatte Rostow eines Tages Dejour gehabt. Gegen acht Uhr morgens kehrte er nach einer schlaflosen Nacht nach Hause zurück, ließ Glut bringen, wechselte die vom Regen durchnäßte Wäsche, sprach sein Gebet, trank Tee, wärmte sich an den Kohlen, legte seine Sachen in seinem Winkelchen und auf dem Tisch in Ordnung, streckte sich in Hemdsärmeln auf dem Rücken aus und schob die Hände unter den Kopf. Die Gesichtshaut brannte ihm von dem Wind, dem er die Nacht über ausgesetzt gewesen war; aber er überließ sich angenehmen Gedanken über die Beförderung, die ihm nächster Tage als Lohn für seinen letzten Rekognoszierungsritt zuteil werden müsse, und wartete auf Denisow, der irgendwohin gegangen war. Rostow wollte gern mit ihm sprechen.

Hinter der Hütte wurde die laut kreischende Stimme Denisows hörbar, der offenbar sehr erregt war. Rostow rückte an das Fenster heran, um zu sehen, mit wem Denisow denn so zusammengeraten sei, und erblickte den Wachtmeister Toptschejenko.

»Ich habe dir doch befohlen, du sollst sie diese Wurzel, diese Marienwurzel, nicht fressen lassen!« schrie Denisow. »Aber ich habe mit eigenen Augen gesehen, wie Lasartschuk welche vom Feld hergebracht hat.«

»Ich habe es verboten, Euer Hochwohlgeboren«, antwortete der Wachtmeister. »Aber sie hören ja nicht.«

Rostow legte sich wieder auf sein Bett und dachte mit innigem Vergnügen: »Mag er sich jetzt abmühen und abplacken; ich habe meine Arbeit hinter mir und kann hier ruhig liegen. Famos!« Durch die Wand hindurch hörte er, daß außer dem Wachtmeister auch noch Lawrenti sprach, jener gewandte, schlaue Bursche Denisows. Lawrenti erzählte etwas von Fuhren, Zwieback und Ochsen, die er gesehen habe, als er weggeritten sei, um Lebensmittel zu beschaffen.

Hinter der Hütte erscholl wieder die sich entfernende, laut schreiende Stimme Denisows; es waren die Worte vernehmbar: »Satteln! Der zweite Beritt!«

»Wohin mögen die reiten?« dachte Rostow.

Fünf Minuten darauf kam Denisow in die Hütte herein, legte sich mit seinen schmutzigen Füßen auf das Bett, rauchte ärgerlich an seiner Pfeife, warf alle seine Sachen unordentlich durcheinander, hing sich die Kosakenpeitsche über die Schulter, band den Säbel um den Leib und schickte sich an, die Hütte zu verlassen. Auf Rostows Frage, wohin er denn wolle, antwortete er zornig und unbestimmt, er habe etwas zu tun.

»Mögen Gott und der Kaiser meine Richter sein!« sagte Denisow beim Hinausgehen, und Rostow hörte, wie hinter der Hütte die Füße mehrerer Pferde durch den Schmutz patschten. Es lag ihm nichts daran, zu erfahren, wohin Denisow ritt. Nachdem er in seiner Ecke warm geworden war, schlief er ein und trat erst gegen Abend aus der Hütte heraus. Denisow war noch nicht zurückgekehrt. Es war ein schöner, klarer Abend geworden. Bei der benachbarten Erdhütte spielten zwei Offiziere und ein Junker Ring und Nagel; unter Gelächter »pflanzten sie Rettiche« in die weiche, schmutzige Erde. Rostow gesellte sich zu ihnen. Mitten im Spiel erblickten die Offiziere einige Fuhrwerke, die sich ihnen näherten; etwa fünfzehn Husaren auf mageren Pferden ritten hinterher. Die von den Husaren eskortierten Fuhrwerke nahmen ihren Weg zu den Pferdebeständen hin, wo sie sogleich von einem großen Schwarm Husaren umringt wurden.

»Na, nun hat Denisow immer den Kopf hängenlassen, und nun ist doch noch Proviant gekommen«, sagte Rostow.

»Wahrhaftig!« riefen die Offiziere. »Na, das ist mal eine Freude für die Soldaten!«

Ein wenig hinter den Soldaten ritt Denisow, begleitet von zwei Infanterieoffizieren zu Pferd, mit denen er ein erregtes Gespräch führte.

Rostow ging ihm entgegen.

»Ich warne Sie, Major«, sagte einer der Infanterieoffiziere, ein kleiner, magerer Mann, der offenbar sehr ergrimmt war.

»Ich habe Ihnen schon mehrmals gesagt, daß ich es nicht wieder herausgebe«, antwortete Denisow.

»Sie werden sich deswegen zu verantworten haben, Major; das ist ja Gewalt – den eigenen Truppen die Transporte wegzunehmen! Unsere Leute haben seit zwei Tagen nichts zu essen gehabt.«

»Meine seit zwei Wochen nicht«, erwiderte Denisow.

»Das ist Raub; Sie werden dafür zur Verantwortung gezogen werden, mein Herr!« sagte der Infanterieoffizier noch einmal mit erhobener Stimme.

»Warum hängen Sie sich an mich wie die Kletten? He?« schrie Denisow, der plötzlich heftig wurde, den Offizieren zu. »Die Verantwortung trage ich, und nicht Sie; und nun schwadronieren Sie mir hier nicht die Ohren voll, oder es passiert Ihnen etwas. Machen Sie, daß Sie wegkommen!«

»Schön, schön!« rief der kleine Offizier, ohne sich einschüchtern zu lassen und ohne wegzureiten. »Straßenraub begehen, ich will Ihnen zeigen, was das zu bedeuten hat ...«

»Zum Teufel, weg mit Ihnen, aber schleunigst! Oder es passiert was!« Denisow wendete sein Pferd zum Offizier hin.

»Schön, schön!« sagte der Offizier in drohendem Ton, wandte sein Pferd und ritt im Trab davon, wobei er auf dem Sattel hin und her gerüttelt wurde.

»Ein Hund auf einem Zaun, ein lebendiger Hund auf einem Zaun!« rief ihm Denisow nach, die stärkste Spötterei eines Kavalleristen über einen reitenden Infanteristen. Dann ritt er zu Rostow heran und lachte auf.

»Ich habe es der Infanterie weggenommen; ich habe ihnen mit Gewalt einen Transport weggenommen!« sagte er. »Na, sollten etwa unsere Leute Hungers sterben?«

Die Fuhrwerke, die zu den Husaren gekommen waren, waren für ein Infanterieregiment bestimmt gewesen; aber Denisow, der von Lawrenti erfahren hatte, daß keine Bedeckungsmannschaft bei diesem Transport war, hatte ihn mit seinen Husaren gewaltsam weggenommen. Nun wurde Zwieback in Menge an die Soldaten verteilt und sogar den anderen Eskadronen davon abgegeben.

Am andern Tag ließ der Regimentskommandeur Denisow zu sich kommen und sagte zu ihm, indem er sich die Hand mit ausgespreizten Fingern vor die Augen hielt: »Ich will die Sache so ansehen; ich weiß von nichts und werde keine Untersuchung anstellen; aber ich rate Ihnen, nach dem Hauptquartier zu reiten und die Geschichte dort beim Proviantamt in Ordnung zu bringen und womöglich zu quittieren, daß Sie soundsoviel Proviant empfangen haben; sonst wird die Forderung dem Infanterieregiment angeschrieben, es wird eine Untersuchung angestellt, und die Sache kann einen üblen Ausgang nehmen.«

Denisow ritt vom Regimentskommandeur geradewegs nach dem Hauptquartier, mit der aufrichtigen Absicht, diesen Rat zu befolgen. Aber am Abend kehrte er zu seiner Erdhütte in einem Zustand zurück, wie ihn Rostow bei seinem Freund noch nie gesehen hatte. Denisow konnte nicht sprechen und kaum Luft bekommen. Als Rostow ihn fragte, was ihm fehle, stieß er nur mit heiserer, schwacher Stimme unverständliche Schimpfworte und Drohungen aus. Erschrocken über Denisows Zustand, riet ihm Rostow, sich auszukleiden und Wasser zu trinken, und schickte nach dem Arzt.

»Mich wegen Raubes vor Gericht stellen – oh! Gib mir noch mehr Wasser! Meinetwegen können sie mich verurteilen; aber Schurken werde ich immer prügeln, ja, das werde ich … Und dem Kaiser werde ich es sagen. Gebt mir Eis«, fügte er hinzu.

Der Regimentsarzt kam und erklärte einen Aderlaß für notwendig. Eine Menge schwarzen Blutes, ein tiefer Teller voll, kam aus Denisows haarigem Arm heraus; dann erst war er imstande zu erzählen, was ihm begegnet war.

»Ich komme also hin«, erzählte Denisow. »Wo ist hier euer Chef?‹ frage ich. Man wies mich zurecht. Ob ich nicht die Güte haben wollte, ein wenig zu warten. ›Ich habe meinen Dienst‹, sage ich. ›Ich bin dreißig Werst hergeritten und habe keine Zeit zu warten; melde mich an.‹ Na schön; da kommt nun dieser Oberspitzbube herein und erlaubt sich ebenfalls, mich zu belehren: ›Das ist Raub!‹ – ›Raub‹, sage ich ihm, ›begeht nicht, wer Proviant nimmt, um seine Soldaten zu ernähren, sondern wer ihn nimmt, um seine eigene Tasche zu füllen.‹ Ob ich nicht gefälligst schweigen wollte. ›Schön‹, sage ich. ›Quittieren Sie‹, sagt er, ›bei dem Intendanten; Ihre Angelegenheit wird vorschriftsmäßig an die höhere Stelle weitergegeben werden.‹ Ich gehe zum Intendanten. Ich trete ein … am Tisch sitzt … Nein, wer? Nun denke mal! Wer ist der Kerl, der uns Hungers sterben läßt?« schrie Denisow und schlug mit der Faust des kranken Armes so heftig auf den Tisch, daß dieser beinahe zusammenbrach und die daraufstehenden Gläser hüpften. »Teljanin!! ›Was?‹ schreie ich. ›Du läßt uns verhungern?!‹ Und damit gab ich ihm eins in die Fresse, und noch eins; es war mir gerade so handgerecht. ›So ein Schuft … so ein Halunke!‹ schrie ich und prügelte auf ihn los. Es war mir eine ordentliche Herzenserleichterung, kann ich sagen«, rief Denisow und fletschte vergnügt und grimmig unter dem schwarzen Schnurrbart seine weißen Zähne. »Ich hätte ihn totgeschlagen, wenn sie ihn mir nicht aus den Händen gerissen hätten.«

»Aber warum schreist du denn so? Beruhige dich doch!« sagte Rostow. »Dein Arm fängt ja wieder an zu bluten. Warte, wir müssen einen neuen Verband machen.«

Denisow wurde noch einmal verbunden und auf das Bett gelegt; er schlief bald ein. Am andern Tag erwachte er in ruhiger, heiterer Stimmung.

Aber am Mittag kam der Regimentsadjutant mit ernster, trüber Miene zu Denisows und Rostows gemeinsamer Erdhütte und überbrachte mit Bedauern ein dienstliches Schreiben vom Regimentskommandeur an den Major Denisow, worin diesem Fragen betreffs des Vorfalls vom vorhergehenden Tag vorgelegt wurden. Der Adjutant teilte mit, die Sache werde voraussichtlich eine recht schlimme Wendung nehmen; es sei eine kriegsgerichtliche Kommission ernannt worden, und bei der jetzt herrschenden Strenge gegen das Marodieren und gegen die Eigenmächtigkeit der einzelnen Truppenteile könne die Sache, im glücklichsten Fall, mit einer Degradation enden.

Von Seiten der Beleidigten war der Hergang folgendermaßen dargestellt worden: Nach der Wegnahme des Provianttransportes sei der Major Denisow, ohne irgendwie dazu aufgefordert zu sein, in betrunkenem Zustand beim Oberproviantmeister erschienen, habe ihn einen Dieb genannt und ihn mit Schlägen bedroht, und als man ihn dann hinausgebracht habe, sei er in das Bureau gestürzt, habe zwei Beamte mit Schlägen übel zugerichtet und dem einen von ihnen den Arm verrenkt.

Auf die erneuten Fragen Rostows erklärte Denisow lachend, es sei leicht möglich, daß ihm dort noch ein anderer unter die Hände gekommen sei; aber das alles sei Unsinn und dummes Zeug; es fiele ihm gar nicht ein, sich vor irgendeinem Gericht zu fürchten, und wenn diese Schurken sich erdreisten sollten, mit ihm anzubinden, so werde er ihnen eine Antwort erteilen, an die sie lange denken würden.

Denisow sprach geringschätzig von dieser ganzen Angelegenheit; aber Rostow kannte ihn zu gut, als daß er nicht hätte bemerken sollen, daß Denisow im stillen, obwohl er es vor anderen zu verbergen suchte, vor dem Gericht bange war und sich ernste Gedanken über diese Sache machte, von der offenbar zu befürchten war, daß sie für ihn üble Folgen haben werde. Alle Tage kamen nun Dienstschreiben mit Anfragen und gerichtliche Vorladungen, und am ersten Mai wurde Denisow angewiesen, seine Eskadron dem rangältesten Offizier nach ihm zu übergeben und im Hauptquartier des Korps zu erscheinen, um sich wegen der Wegnahme des Provianttransportes und wegen der im Proviantamt verübten Gewalttätigkeiten zu verantworten. Am Tage vor diesem Termin unternahm Platow mit zwei Kosakenregimentern und zwei Husareneskadronen eine größere Rekognoszierung gegen den Feind. Denisow ritt, wie immer, mit seiner Tapferkeit paradierend, über die Vorpostenlinie hinaus; da traf ihn die Kugel eines französischen Tirailleurs in die Weichteile des einen Oberschenkels. Vielleicht hätte sich Denisow zu anderer Zeit um einer so leichten Wunde willen nicht vom Regiment entfernt; aber jetzt benutzte er diesen Unfall, meldete nach dem Hauptquartier, daß er zu dem gerichtlichen Termin nicht erscheinen könne, und begab sich ins Lazarett.

XVII

Im Juni fand die Schlacht bei Friedland statt, an welcher die Pawlograder nicht teilnahmen, und gleich darauf wurde der Waffenstillstand verkündigt. Rostow, der die Abwesenheit seines Freundes schmerzlich empfand und seit dessen Weggang keine Nachricht von ihm hatte und sich über den Gang seiner Gerichtssache und um seine Wunde beunruhigte, benutzte den Waffenstillstand und erbat sich Urlaub, um sich im Lazarett nach Denisow umzusehen.

Das Lazarett befand sich in einem kleinen preußischen Städtchen, das zweimal durch russische und französische Truppen verwüstet worden war. Gerade weil es Sommer und draußen auf dem Feld so schön war, bot dieses Städtchen mit den durchlöcherten Dächern, den zerbrochenen Zäunen, den schmutzigen Straßen, den zerlumpten Einwohnern und den betrunkenen und kranken Soldaten, die sich dort umhertrieben, ein besonders trauriges Schauspiel.

In einem steinernen Gebäude, an welchem die Fensterrahmen und Fensterscheiben zum Teil herausgeschlagen waren, war das Lazarett untergebracht. Auf dem Hof, der von Überresten eines zerbrochenen Zaunes umgeben war, gingen und saßen in der Sonne einige blaß und geschwollen aussehende Soldaten mit Verbänden.

Sowie Rostow in die Haustür trat, schlug ihm der Krankenhaus- und Verwesungsgeruch entgegen. Auf der Treppe begegnete er einem russischen Militärarzt mit der Zigarre im Mund. Hinter dem Arzt her kam ein russischer Heilgehilfe.

»Ich kann mich doch nicht zerreißen«, sagte der Arzt. »Komm heut abend zu Makar Alexejewitsch; ich werde dasein.«

Der Heilgehilfe fragte ihn nach etwas.

»Ach, mach das, wie du willst! Es ist ja ganz gleich!« Der Arzt erblickte Rostow, der die Treppe heraufkam. »Was wollen Sie hier, Euer Wohlgeboren?« sagte er. »Was wollen Sie hier? Sie wollen sich wohl, da Sie keine Kugel getroffen hat, hier den Typhus holen? Das ist hier ein Haus der Ansteckung, bester Herr!«

»Wieso?« fragte Rostow.

»Typhus, bester Herr! Wer hereinkommt, stirbt. Nur wir beide, ich und Makjejew« (er zeigte auf den Heilgehilfen), »rackern uns hier noch ab. Von uns Ärzten sind hier schon fünfe weggestorben. Wenn ein neuer hier antritt, so ist er in einer Woche fertig«, sagte der Arzt mit sichtlichem Vergnügen. »Wir haben um preußische Ärzte gebeten; aber unsere Verbündeten haben keine Neigung herzukommen.«

Rostow erklärte ihm, er wünsche einen Husarenmajor Denisow, der hier liege, zu besuchen.

»Weiß nichts von ihm; kenne ich nicht, bester Herr. Bedenken Sie nur: Ich allein habe drei Lazarette mit mehr als vierhundert Kranken! Ein Glück noch, daß wohltätige preußische Damen uns Kaffee und Scharpie schicken, zwei Pfund monatlich; sonst wären wir ganz verloren.« Er lachte. »Vierhundert, bester Herr, und dabei schicken sie mir immer noch neue her. Es sind ja doch wohl vierhundert, nicht wahr?« wandte er sich an den Heilgehilfen. Der Heilgehilfe sah erschöpft aus. Offenbar wartete er mit Ungeduld, ob der redselige Doktor nicht bald weggehen werde.

»Ein Major Denisow«, sagte Rostow noch einmal. »Er ist bei Molitten verwundet worden.«

»Der wird wohl gestorben sein. Nicht wahr, Makjejew?« fragte der Arzt in gleichgültigem Ton den Heilgehilfen.

Der Heilgehilfe jedoch gab keine bejahende Antwort.

»War das so ein langer, mit rötlichem Haar?« fragte der Arzt.

Rostow beschrieb Denisows Äußeres.

»Ja, ja, so einer ist hiergewesen!« rief der Arzt erfreut. »Der ist wahrscheinlich gestorben; übrigens kann ich es ja genauer feststellen lassen; es ist eine Liste bei uns vorhanden. Hast du die Liste, Makjejew?«

»Die Liste ist bei Makar Alexejewitsch«, antwortete der Heilgehilfe. »Aber kommen Sie doch in die Offiziersstuben herein; da können Sie ja selbst sehen, ob der Herr da ist«, fügte er, sich zu Rostow wendend, hinzu.

»Ach, gehen Sie lieber nicht hinein, bester Herr«, sagte der Arzt, »sonst müssen Sie am Ende noch selbst hierbleiben.«

Aber Rostow machte dem Arzt eine Abschiedsverbeugung und bat den Heilgehilfen, ihn zu führen.

»Aber machen Sie mir nachher keine Vorwürfe!« rief ihm der Arzt noch vom Fuß der Treppe aus nach.

Rostow betrat mit dem Heilgehilfen einen Korridor. Der Lazarettgeruch war auf diesem dunklen Korridor so stark, daß Rostow nach seiner Nase griff und einen Augenblick stehenbleiben mußte, um zum Weitergehen Kraft zu sammeln. Auf der rechten Seite öffnete sich eine Tür, und es schob sich ein auf Krücken gehender, hagerer Mann mit gelblicher Hautfarbe heraus; er war barfuß und nur mit Unterzeug bekleidet. Sich an den Türpfosten lehnend, blickte er mit neidisch funkelnden Augen die Vorübergehenden an. Bei einem Blick durch die Tür sah Rostow, daß die Kranken und Verwundeten dort auf dem Fußboden lagen, auf Stroh und Mänteln.

»Darf ich hineingehen und es mir ansehen?« fragte Rostow.

»Was ist daran zu sehen?« erwiderte der Heilgehilfe.

Aber gerade weil der Heilgehilfe ihn augenscheinlich nicht gern hineinließ, trat Rostow in dieses Soldatenzimmer ein. Der Geruch, an den er sich auf dem Korridor schon einigermaßen gewöhnt gehabt hatte, war hier noch stärker. Er nahm sich hier etwas anders aus: Er war schärfer, und es war zu merken, daß er gerade von hier ausging.

In einem langen Zimmer, in das die Sonne durch große Fenster grell hereinschien, lagen die Kranken und Verwundeten in zwei Reihen, mit den Köpfen nach den Wänden zu, so daß in der Mitte ein Durchgang frei blieb. Ein großer Teil von ihnen schlief oder lag in stumpfer Teilnahmslosigkeit da und beachtete die Eintretenden nicht. Diejenigen, die bei klarem Bewußtsein waren, richteten sich sämtlich auf oder hoben wenigstens ihre mageren, gelblichen Gesichter in die Höhe, und alle blickten mit dem gleichen Gesichtsausdruck, in welchem sich die Hoffnung auf Hilfe mit vorwurfsvollem Neid auf fremde Gesundheit paarte, nach Rostow hin. Rostow ging bis in die Mitte des Zimmers, blickte durch die offenstehenden Türen in die beiden danebenliegenden Zimmer hinein und sah auf beiden Seiten dasselbe Bild. Er blieb stehen und schaute schweigend um sich herum. So etwas zu sehen, darauf war er nicht gefaßt gewesen. Dicht vor ihm lag, fast quer über dem Durchgang in der Mitte, auf dem bloßen Fußboden ein Kranker, wahrscheinlich ein Kosak, da sein Kopf den eigenartigen runden Haarschnitt aufwies. Dieser Kosak lag auf dem Rücken, die großen Arme und Beine weit auseinandergespreizt. Sein Gesicht war blaurot, die Augen vollständig verdreht, so daß nur das Weiße sichtbar war, und an seinen nackten Füßen und den noch rot aussehenden Händen traten die geschwollenen Adern wie Stricke hervor. Er schlug fortwährend mit dem Hinterkopf auf den Fußboden und murmelte etwas mit heiserer Stimme, indem er immer dasselbe Wort wiederholte. Rostow horchte auf das, was er sagte, hin und verstand das Wort, das er fortwährend sprach. Dieses Wort war: »Trinken, trinken, trinken!« Rostow blickte um sich und suchte mit den Augen jemand, der den Kranken auf seinen Platz legen und ihm Wasser reichen könnte.

»Wer wartet hier die Kranken?« fragte er den Heilgehilfen.

In diesem Augenblick kam aus dem anstoßenden Zimmer ein Trainsoldat herein, der den Dienst eines Krankenwärters versah, ging mit strammem Schritt auf Rostow zu und machte vor ihm militärisch Front.

»Wünsche Gesundheit*, Euer Hochwohlgeboren!« schrie dieser Soldat mit lauter Stimme und blickte, die Augen herauspressend, Rostow starr an; er hielt ihn offenbar für einen höheren Lazarettbeamten.

* Der vorschriftsmäßige Gruß. Anmerkung des Übersetzers.

»Schaff doch diesen Mann fort, und gib ihm Wasser«, sagte Rostow, auf den Kosaken weisend.

»Zu Befehl, Euer Hochwohlgeboren«, erwiderte der Soldat mit vergnügtem Gesicht; er verwandte noch größere Anstrengung darauf, die Augen herauszudrücken und strammzustehen, rührte sich aber nicht vom Fleck.

»Nein, hier ist nichts auszurichten«, dachte Rostow und schlug die Augen nieder; er wollte schon das Zimmer verlassen, da bemerkte er, daß von der rechten Seite her ein Blick mit besonderer Absichtlichkeit auf ihn gerichtet war, und sah danach hin. Fast ganz in der Ecke saß auf einem Mantel, mit gelbem, skelettartigem, finsterem Gesicht und unrasiertem grauen Bart, ein alter Soldat und blickte Rostow unverwandt an. Der Nebenmann des alten Soldaten auf der einen Seite flüsterte ihm etwas zu und zeigte dabei auf Rostow. Rostow merkte, daß der Alte ihn um etwas zu bitten beabsichtigte. Er trat näher heran und sah, daß der Alte nur das eine Bein gebogen hielt, das andere aber ihm bis über das Knie hinauf fehlte. Der andere Nebenmann des Alten lag etwas weiter von ihm entfernt, ohne sich zu rühren, mit zurückgeworfenem Kopf; es war ein junger Soldat mit einer wachsartigen Blässe auf dem stumpfnasigen, mit Sommersprossen bedeckten Gesicht; die Augen waren ganz unter die Lider verdreht. Rostow warf einen forschenden Blick auf den stumpfnasigen Soldaten, und ein Schauder lief ihm über den Rücken.

»Aber dieser hier ist ja, wie es scheint ...«, wandte er sich an den Heilgehilfen.

»Wir haben schon so gebeten, Euer Wohlgeboren«, sagte der alte Soldat mit zitterndem Unterkiefer. »Schon frühmorgens ist er gestorben. Wir sind ja doch auch Menschen und keine Hunde ...«

»Ich werde gleich Leute herschicken und ihn fortschaffen lassen«, sagte der Heilgehilfe eilig. »Bitte, kommen Sie, Euer Wohlgeboren.«

»Ja, wir wollen gehen, wir wollen gehen«, erwiderte Rostow hastig, und indem er mit niedergeschlagenen Augen und in gekrümmter Haltung sich bemühte, unbemerkt durch die Doppelreihe dieser vorwurfsvoll und neidisch nach ihm hinblickenden Augen hindurchzugehen, verließ er das Zimmer.

XVIII

Den Korridor weiter entlang führte der Heilgehilfe Rostow zu der Offiziersabteilung, die aus drei Zimmern bestand, deren Verbindungstüren geöffnet waren. In diesen Zimmern waren Betten vorhanden; die verwundeten und kranken Offiziere saßen und lagen darauf. Einige gingen, mit Lazarettschlafröcken bekleidet, in den Zimmern umher. Die erste Person, auf welche Rostow in den Offizierszimmern traf, war ein kleines, mageres Männchen mit nur einem Arm, das in Schlafmütze und Lazarettschlafrock, eine kleine Tabakspfeife zwischen den Zähnen, im ersten Zimmer auf und ab ging. Rostow blickte ihn an und suchte in seinem Gedächtnis nach, wo er ihn wohl schon gesehen habe.

»Nun sehen Sie einmal, an was für einem Ort uns Gott wieder zusammenführt«, sagte der kleine Mann. »Tuschin, Tuschin; erinnern Sie sich? Ich transportierte Sie bei Schöngrabern auf einem Geschütz. Aber mir haben sie ein Stückchen vom Leib abgeschnitten; da!« fügte er lächelnd hinzu und deutete auf den leeren Rockärmel. »Sie suchen Wasili Dmitrijewitsch Denisow; der ist unser Wohnungskamerad!« sagte er, als er hörte, zu wem Rostow wollte. »Hier, hier!« und Tuschin führte ihn in eines der anderen Zimmer, aus welchem das Gelächter mehrerer Personen heraustönte.

»Wie ist es nur möglich, hier zu lachen, ja überhaupt nur zu leben?« dachte Rostow, der immer noch den Leichengeruch zu spüren glaubte, den er in der Soldatenabteilung eingeatmet hatte, und immer noch um sich herum die neidischen Blicke sah, die ihn von beiden Seiten begleiteten, und das Gesicht des jungen Soldaten mit den gebrochenen Augen.

Denisow lag im Bett, mit dem Kopf unter der Decke, und schlief, obgleich es bald zwölf Uhr war.

»Ah, Rostow! Guten Tag, guten Tag!« schrie er mit derselben lauten Stimme wie ehemals beim Regiment; aber Rostow merkte an Denisows Gesichtsausdruck, Tonfärbung und Worten mit Betrübnis, daß sich hinter dieser gewöhnlichen Form der Ungezwungenheit und Lebhaftigkeit neue Gedanken, Gedanken trauriger Art, verbargen.

Seine Wunde war trotz ihrer Geringfügigkeit immer noch nicht verheilt, obgleich schon sechs Wochen vergangen waren, seit er sie empfangen hatte. Sein Gesicht hatte dasselbe blasse, gedunsene Aussehen, wie die Gesichter aller Lazarettinsassen. Aber das überraschte Rostow nicht sonderlich; was ihn betroffen machte, war, daß Denisow sich über seinen Besuch nicht zu freuen schien, und daß das Lächeln, mit dem er ihn ansah, etwas Gezwungenes hatte. Denisow erkundigte sich weder nach dem Regiment noch nach dem allgemeinen Gang der Dinge. Sooft Rostow davon zu sprechen anfing, hörte Denisow nicht zu.

Rostow hatte sogar die Empfindung, daß es Denisow unangenehm war, an das Regiment und überhaupt an jenes andere, freie Leben, das sich außerhalb des Lazaretts abspielte, erinnert zu werden. Es schien, daß er sich bemühte, jenes frühere Leben zu vergessen, und sich nur noch für seine Affäre mit den Proviantbeamten interessierte. Auf Rostows Frage, in welchem Stadium sich die Angelegenheit befinde, zog er sogleich unter seinem Kopfkissen ein Schreiben, das er von der Gerichtskommission erhalten hatte, und das Konzept seiner Antwort darauf hervor. Sowie er seine Antwort vorzulesen begann, wurde er lebhaft und machte Rostow besonders auf die Anzüglichkeiten aufmerksam, die er seinen Feinden darin gesagt hatte. Denisows Lazarettgenossen, die bereits angefangen hatten, sich um Rostow als einen neuen Ankömmling aus der freien Welt zu sammeln, gingen allmählich wieder auseinander, als Denisow sein Schriftstück vorzulesen begann. An ihren Gesichtern merkte Rostow, daß alle diese Herren diese ganze Geschichte bereits zu wiederholten Malen gehört hatten, und daß sie ihnen schon langweilig geworden war. Nur Denisows Bettnachbar, ein dicker Ulan, blieb auf seiner Matratze sitzen und rauchte mit finster zusammengezogenen Augenbrauen seine Pfeife, und auch der kleine, einarmige Tuschin hörte weiter zu und schüttelte ab und zu mißbilligend mit dem Kopf. Mitten im Vorlesen unterbrach der Ulan Denisow.

»Meiner Ansicht nach«, sagte er, zu Rostow gewendet, »müßte er einfach ein Gnadengesuch an den Kaiser einreichen. Es heißt, daß jetzt große Belohnungen verteilt werden sollen, und da würde ihm wahrscheinlich verziehen werden …«

»Ich soll den Kaiser um Gnade bitten!« rief Denisow mit einer Stimme, der er die frühere Energie und Heftigkeit zu geben suchte, der man aber nur eine nutzlose Gereiztheit anhörte. »Was soll mir denn verziehen werden? Wenn ich ein Räuber wäre, dann würde ich um Gnade bitten; so aber komme ich vor Gericht, weil ich Räuber entlarvt habe. Mögen sie über mich zu Gericht sitzen; ich fürchte mich vor niemand: Ich habe dem Zaren und dem Vaterland ehrlich gedient und nicht gestohlen! Und da wollen sie mich degradieren und … Hör mal, ich werde das ganz unverblümt schreiben; so werde ich schreiben: ›Wenn ich Staatsgut gestohlen hätte wie gewisse andere Leute‹ …«

»Fein ausgedrückt; das ist nicht zu bestreiten«, sagte Tuschin. »Aber darauf kommt es jetzt nicht an, Wasili Dmitrijewitsch.« Er wandte sich ebenfalls an Rostow. »Man muß sich in der Welt beugen, und das will Wasili Dmitrijewitsch nicht. Der Auditeur hat Ihnen doch gesagt, daß Ihre Sache schlecht steht.«

»Na, meinetwegen kann sie schlecht stehen!« erwiderte Denisow.

»Der Auditeur hat Ihnen doch auch eine Bittschrift verfaßt«, fuhr Tuschin fort; »die brauchen Sie ja nur zu unterschreiben und durch diesen Herrn« (er wies auf Rostow) »abzusenden. Der Herr hat gewiß irgendwelche Verbindungen beim Stab. Eine bessere Gelegenheit können Sie gar nicht finden.«

»Ich habe Ihnen ja gesagt, daß ich mich nicht erniedrigen werde«, unterbrach ihn Denisow und fuhr wieder fort, sein Schriftstück vorzulesen.

Rostow wagte nicht, seinem Freund zuzureden, obgleich ihm sein natürliches Gefühl sagte, daß der von Tuschin und dem andern Offizier angeratene Weg der aussichtsreichste sei, und obgleich er sich glücklich geschätzt hätte, wenn er Denisow hätte hilfreich sein können; aber er kannte Denisows unbeugsamen Willen und sein hitziges Rechtsgefühl nur zu gut.

Als Denisow mit dem Vorlesen seiner bissigen Antwort, das über eine Stunde gedauert hatte, fertig war, sagte Rostow darüber kein Wort und verbrachte den übrigen Teil des Tages in trübster Stimmung, in der Gesellschaft der sich wieder um ihn sammelnden Lazarettgenossen Denisows, indem er erzählte, was er wußte, und die Erzählungen der anderen anhörte. Denisow beobachtete die ganze Zeit hindurch ein finsteres Schweigen.

Spät am Abend machte sich Rostow fertig, um wieder wegzureiten, und fragte Denisow, ob er ihm nichts aufzutragen habe.

»Ja, warte«, antwortete dieser, sah sich nach den Offizieren um, holte unter dem Kopfkissen seine Papiere hervor, ging an ein Fensterbrett, auf dem er ein Schreibzeug stehen hatte, und setzte sich nieder, um zu schreiben.

»Ich sehe ein: Man kann nicht mit dem Kopf durch die Mauer rennen«, sagte er, als er vom Fenster wieder aufstand, und reichte seinem Freund Rostow einen großen Brief. Es war das von dem Auditeur verfaßte, an den Kaiser gerichtete Bittgesuch, in welchem Denisow, ohne die Vergehungen der Proviantbeamten zu erwähnen, einfach um Gnade bat.

»Überreiche das. Ich sehe ein …«

Er sprach den Satz nicht zu Ende und lächelte in einer schmerzlich gezwungenen Weise.

XIX

Nachdem Rostow zum Regiment zurückgekehrt war und dem Kommandeur über den Stand von Denisows Angelegenheit Bericht erstattet hatte, fuhr er mit dem Brief an den Kaiser nach Tilsit.

Am 13. Juni fand die Zusammenkunft der Kaiser von Frankreich und Rußland in Tilsit statt. Boris Drubezkoi hatte den hochgestellten Herrn, in dessen persönlichem Dienst er war, gebeten, dem Gefolge zugeteilt zu werden, das mit nach Tilsit gehen sollte.

»Ich möchte gern den großen Mann sehen«, sagte er und meinte damit Napoleon, den er bisher immer, ebenso wie alle andern Leute, Bonaparte genannt hatte.

»Du meinst Bonaparte?« fragte ihn der General lächelnd.

Boris blickte seinen General fragend an und durchschaute sogleich, daß es sich um eine scherzhafte Prüfung handelte.

»Euer Durchlaucht, ich meine den Kaiser Napoleon«, antwortete er. Der General klopfte ihm lächelnd auf die Schulter.

»Du wirst es einmal weit bringen«, sagte er zu ihm und nahm ihn mit.

Boris befand sich am Tag der Kaiserzusammenkunft mit wenigen anderen mit auf dem Njemen. Er sah das Floß mit den Initialen der beiden Kaisernamen; er sah, wie Napoleon am andern Ufer an der französischen Garde entlanggeritten kam; er sah das nachdenkliche Gesicht Kaiser Alexanders, als dieser schweigend in einer Schenke am Ufer des Njemen saß und auf Napoleons Ankunft wartete; er sah, wie die beiden Kaiser in Kähne stiegen, und wie Napoleon, der früher zum Floß gelangt war, mit schnellen Schritten vorwärtsging und, als er dem Kaiser Alexander begegnete, ihm die Hand reichte, und wie dann beide in dem Pavillon verschwanden. Seit seinem Eintritt in die höheren Sphären hatte Boris es sich zur Regel gemacht, das, was um ihn herum vorging, aufmerksam zu beobachten und sich Notizen darüber aufzuschreiben. Während der Zusammenkunft in Tilsit erkundigte er sich nach den Namen der Persönlichkeiten, die mit Napoleon gekommen waren, nach den Uniformen, die sie trugen, und horchte achtsam auf jedes Wort, das von wichtigen Personen gesprochen wurde. In dem Augenblick, als die Kaiser in den Pavillon traten, sah er nach der Uhr und vergaß nicht, wieder nachzusehen, als Alexander aus dem Pavillon heraustrat. Das Zusammensein hatte eine Stunde und dreiundfünfzig Minuten gedauert: Er notierte sich das gleich an jenem Abend mit anderen Tatsachen, die, wie er sich sagte, eine historische Bedeutung hatten. Da die Suite des Kaisers nur sehr klein war, so war es für jemand, dem es auf eine gute Karriere ankam, eine sehr wichtige Sache, bei der Kaiserzusammenkunft in Tilsit anwesend gewesen zu sein, und jetzt, wo es ihm gelungen war, nach Tilsit zu kommen, fühlte Boris, daß seine Stellung von nun an eine völlig gesicherte sei. Man kannte ihn nicht nur, sondern man beachtete ihn auch und hatte sich daran gewöhnt, ihn zu sehen. Zweimal hatte er Aufträge an den Kaiser selbst auszurichten gehabt, so daß der Kaiser ihn von Ansehen kannte, und die Herren aus der Umgebung des Kaisers sahen Boris nicht mehr, wie früher, als eine unbekannte Erscheinung erstaunt an, sondern sie hätten sich jetzt vielmehr gewundert, wenn er nicht dagewesen wäre.

Boris wohnte mit einem andern Adjutanten, einem polnischen Grafen Zilinski, zusammen. Zilinski hatte seine Erziehung in Paris erhalten, besaß großen Reichtum und war ein leidenschaftlicher Franzosenfreund;

während des Aufenthalts in Tilsit kamen fast täglich nicht wenige französische Offiziere von der Garde und vom Hauptquartier bei Zilinski und Boris zum Frühstück und zum Mittagessen zusammen.

Am 24. Juni gab Graf Zilinski, Boris' Quartiergenosse, seinen französischen Bekannten ein Abendessen. Der vornehmste Gast war dabei ein Adjutant Napoleons; außerdem waren mehrere französische Gardeoffiziere und ein jugendlicher Page Napoleons, ein Abkömmling eines alten französischen Adelsgeschlechtes, zugegen. Gerade an diesem Abend traf Rostow, der, um nicht erkannt zu werden, die Dunkelheit benutzte und Zivilkleidung trug, in Tilsit ein und begab sich nach dem Quartier, wo Zilinski und Boris wohnten.

In Rostows Seele hatte sich, ebenso wie in der ganzen Armee, von der er herkam, in bezug auf Napoleon und die Franzosen, die nun auf einmal aus Feinden Freunde geworden waren, noch keineswegs jener Umschwung vollzogen, der im Hauptquartier und in Boris' Seele bereits vorgegangen war. In der Armee behielten alle diesem Bonaparte und den Franzosen gegenüber immer noch das frühere aus Grimm, Geringschätzung und Furcht gemischte Gefühl bei. Noch unlängst hatte Rostow mit einem Kosakenoffizier des Platowschen Korps debattiert und die Behauptung verfochten, wenn Napoleon gefangengenommen würde, so müsse er nicht als Kaiser, sondern als Verbrecher behandelt werden. Und eben erst hatte Rostow unterwegs, als er mit einem verwundeten französischen Obersten zusammengetroffen war, sich sehr ereifert, indem er diesem zu beweisen suchte, daß ein Friede zwischen dem legitimen Kaiser und dem Verbrecher Bonaparte unmöglich sei. Daher war es für Rostow eine seltsame Überraschung, bei Boris französische Offiziere in jenen selben Uniformen zu erblicken, die er von der Vorpostenkette aus in ganz anderer Weise anzusehen gewohnt war. Als er gleich beim Eintritt in Boris' Quartier eines französischen Offiziers ansichtig wurde, der gerade aus der Tür herauskam, überfiel ihn plötzlich jenes Gefühl kriegerischen Grimmes, das er immer beim Anblick des Feindes empfand. Er blieb auf der Schwelle stehen und fragte auf russisch, ob hier Drubezkoi wohne. Boris, der eine fremde Stimme im Vorzimmer hörte, kam heraus, um zu sehen, wer da sei. Als er Rostow erkannte, nahm sein Gesicht im ersten Augenblick einen ärgerlichen Ausdruck an.

»Ah, du bist es; ich freue mich sehr, dich wiederzusehen; sehr freue ich mich«, sagte er jedoch und trat lächelnd auf ihn zu. Aber Rostow hatte die erste Bewegung in seinem Gesicht bemerkt.

»Ich komme wohl zu ungelegener Zeit«, sagte er in kühlem Ton, »und ich wäre auch nicht gekommen, aber es führt mich eine wichtige Angelegenheit her.«

»Aber nicht doch; ich wundere mich nur, wie du von deinem Regiment auf einmal hierherkommst. – In einem Augenblick stehe ich Ihnen zu Diensten«, antwortete er jemandem, der aus dem Zimmer nach ihm rief.

»Ich sehe, daß ich zu ungelegener Zeit gekommen bin«, sagte Rostow noch einmal.

Der Ausdruck des Ärgers war bereits von Boris' Gesicht verschwunden. Er hatte offenbar überlegt und war sich über sein weiteres Verhalten schlüssig geworden. So faßte er nun mit großer Ruhe Rostow an beiden Händen und führte ihn in das anstoßende Zimmer. Seine Augen blickten Rostow ruhig und fest an, machten aber den Eindruck, als ob sie mit irgend etwas bedeckt seien, als ob sie eine Schutzvorrichtung, die blaue Brille des gesellschaftlichen Lebens, trügen. Das war wenigstens Rostows Empfindung.

»Aber ich bitte dich, höre doch damit auf; du kannst nie ungelegen kommen«, erwiderte Boris.

Boris führte ihn in das Zimmer, wo der Tisch zum Souper gedeckt war, und machte ihn mit den Anwesenden bekannt, indem er Rostows Namen nannte und mitteilte, daß er nicht Zivilist, sondern Husarenoffizier und ein alter Freund von ihm sei.

»Graf Zilinski, Graf N. N., Hauptmann S. S.«, nannte er den Wirt und die Gäste. Rostow blickte die Franzosen finster an, verbeugte sich nur widerwillig und schwieg.

Zilinski empfing dieses neue russische Gesicht offenbar ohne sonderliche Freude in seinem Zirkel und sagte nichts zu Rostow. Boris schien die Gezwungenheit, die durch den neuen Gast in die Gesellschaft gekommen war, nicht zu bemerken und war mit derselben freundlichen Ruhe und jener bildlichen Schutzbrille, mit denen er Rostow empfangen harte, bemüht, das Gespräch zu beleben. Einer der Franzosen wandte sich mit der geläufigen französischen Höflichkeit an den hartnäckig schweigenden Rostow und sagte zu ihm, er wäre wahrscheinlich nach Tilsit gekommen, um den Kaiser zu sehen.

»Nein, ich habe ein Geschäft«, antwortete Rostow kurz.

Rostow war sofort in üble Stimmung geraten, als er das Mißvergnügen auf Boris' Gesicht bemerkt hatte, und wie es mißgestimmten Leuten immer geht, hatte er nun die Vorstellung, daß alle ihn mit unfreundlichen Blicke ansähen und daß er allen störend sei. Auch störte er wirklich alle und blieb als der einzige unbeteiligt an dem allgemeinen Gespräch, das wieder neu in Gang kam. »Warum sitzt denn der eigentlich hier?« fragten die Blicke, die die Tischgenossen auf ihn richteten. Er stand auf und trat zu Boris.

»Aber ich bin dir hier unbequem«, sagte er leise zu ihm. »Komm beiseite, damit wir über meine Angelegenheit reden können, und dann will ich wieder gehen.«

»Aber nicht doch, durchaus nicht«, erwiderte Boris. »Wenn du jedoch müde bist, so komm in mein Zimmer, lege dich hin und ruhe dich aus.«

»Nein, wirklich ...«

Sie gingen in ein kleines Zimmerchen, das Boris als Schlafzimmer benutzte. Rostow begann, ohne sich zu setzen, sogleich in gereiztem Ton, als ob Boris ihn beleidigt hätte, ihm Denisows Angelegenheit zu erzählen, und fragte ihn, ob er imstande und bereit sei, auf seinen General dahin einzuwirken, daß dieser dem Kaiser die Bittschrift übergebe und für Denisow Fürsprache einlege. Bei diesem Gespräch unter vier Augen merkte Rostow, was ihm vorher noch nicht zum Bewußtsein gekommen war, daß es ihm unbehaglich war, Boris in die Augen zu sehen. Boris, der ein Bein über das andere geschlagen hatte und mit der linken Hand leise über die schmalen Finger der rechten hinstrich, hörte Rostow in derselben Weise an, wie ein General den Bericht eines Untergebenen anhört, indem er bald zur Seite blickte, bald durch jene bildliche Schutzbrille hindurch dem sprechenden Rostow gerade in die Augen sah. Dabei hatte Rostow jedesmal ein peinliches Gefühl und schlug die Augen nieder.

»Ich habe von solchen Sachen gehört«, sagte Boris zur Erwiderung, »und weiß, daß der Kaiser in derartigen Fällen sehr streng ist. Ich meine, man sollte sich damit nicht an Seine Majestät wenden. Meiner Ansicht nach ist es ratsamer, das Bittgesuch an den Korpskommandeur zu richten ... Aber ich glaube überhaupt ...«

»Also du willst nichts tun; dann sage es doch offen heraus!« rief Rostow überlaut, ohne dabei Boris anzusehen.

Boris lächelte.

»Im Gegenteil, ich werde tun, was ich kann; ich meinte nur ...«

In diesem Augenblick wurde an der Tür die Stimme Zilinskis vernehmbar, der Boris rief.

»Nun, dann geh zu ihnen, geh, geh ...«, sagte Rostow, lehnte die Teilnahme an dem Souper ab und blieb allein in dem kleinen Zimmerchen; lange ging er hier auf und ab und hörte, wie im Nebenzimmer eine muntere französische Unterhaltung geführt wurde.

XX

Der Tag, an welchem Rostow nach Tilsit kam, war der ungünstigste, den er hätte treffen können, um etwas für Denisow zu tun. Er selbst konnte nicht zu dem General du jour gehen, da er Zivilkleidung, den Frack, trug und ohne Erlaubnis seines Kommandeurs nach Tilsit gekommen war; und auch Boris konnte, selbst wenn er gewollt hätte, dies am Tag nach

Rostows Ankunft nicht tun. An diesem Tag, dem 27. Juni, wurden die Friedenspräliminarien unterzeichnet. Die Kaiser tauschten miteinander Orden aus: Alexander erhielt die Ehrenlegion, Napoleon den Andreasorden erster Klasse; auch war für diesen Tag ein Festessen angesetzt, welches ein Bataillon der französischen Garde einem Bataillon des Preobraschenski-Regiments gab. Die Kaiser sollten diesem Bankett beiwohnen.

Es war Rostow so unbehaglich und unangenehm, mit Boris zu verkehren, daß er, als Boris nach dem Souper zu ihm hereinblickte, sich schlafend stellte und am andern Tag frühmorgens, unter Vermeidung einer nochmaligen Begegnung, das Haus verließ. Im Frack und Zylinderhut trieb sich Nikolai in der Stadt umher; er besah sich die Franzosen und ihre Uniformen sowie die Straßen und Häuser, wo die Kaiser von Rußland und Frankreich wohnten. Auf dem Marktplatz sah er die aufgestellten Tische und die Vorbereitungen zu dem Festessen, auf den Straßen die quer herübergezogenenen Girlanden mit Fahnen in den russischen und französischen Farben und mit den riesigen Initialen A und N. An den Fenstern der Häuser waren ebenfalls Fahnen und Initialen angebracht.

»Boris will mir nicht helfen, und ich mag mich auch gar nicht noch einmal an ihn wenden«, dachte Nikolai. »Soviel steht fest: Zwischen uns ist alles aus. Aber ich will von hier nicht weggehen, ohne für Denisow alles getan zu haben, was in meinen Kräften steht, und vor allem nicht, ohne dem Kaiser den Brief übergeben zu haben. Dem Kaiser?! Hier ist er!« sprach Rostow bei sich und näherte sich unwillkürlich wieder dem Haus, in welchem Alexander wohnte.

Vor diesem Haus standen Reitpferde, und das Gefolge versammelte sich und machte sich offenbar bereit, den Kaiser, der auszureiten beabsichtigte, zu begleiten.

»Jeden Augenblick kann er kommen«, dachte Rostow. »Wenn ich ihm nur den Brief persönlich überreichen und ihm alles sagen könnte! Ob ich wohl wegen des Fracks arretiert würde! Unmöglich! Er würde einsehen, auf wessen Seite das Recht ist. Er versteht alles, weiß alles. Wer kann gerechter und großmütiger sein als er? Na, und selbst, wenn ich dafür arretiert würde, daß ich hier bin, was wäre das für ein Unglück?« dachte er und blickte nach einem Offizier hin, der in das vom Kaiser bewohnte Haus hineinging. »Da gehen ja doch auch andere Leute hinein. Ach was! Es ist alles dummes Zeug. Ich will hingehen und den Brief selbst dem Kaiser überreichen: Die Schuld trägt Drubezkoi, der mich in diese Notlage versetzt hat.« Und plötzlich ging Rostow mit einer Entschlossenheit, die er sich selbst nicht zugetraut hatte, nachdem er noch nach dem Brief in seiner Tasche gefühlt hatte, geradewegs auf das Haus los, wo der Kaiser Quartier genommen hatte.

»Nein, jetzt will ich mir die Gelegenheit nicht wieder entgehen lassen wie damals nach der Schlacht bei Austerlitz«, dachte er, indem er jeden Augenblick dem Kaiser zu begegnen erwartete und fühlte, wie ihm bei diesem Gedanken alles Blut zum Herzen strömte. »Ich will ihm zu Füßen fallen und ihn bitten; er wird mich aufheben, mich anhören und mir sogar noch danken.« – ›Ich bin glücklich, wenn ich Gutes tun kann; aber eine Ungerechtigkeit wiedergutzumachen, das ist das allergrößte Glück‹, so stellte sich Rostow die Worte vor, die der Kaiser zu ihm sagen werde. Und an den dort Stehenden vorbei, die ihn neugierig anblickten, stieg er die Stufen vor dem Portal des Hauses hinan.

Von dem Portal führte im Innern eine breite Treppe geradeaus nach oben; rechts war dort eine geschlossene Tür zu sehen. Unten führte unter der Treppe eine Tür in das Erdgeschoß.

»Zu wem wollen Sie?« fragte ihn jemand.

»Ich möchte einen Brief überreichen, eine Bittschrift an Seine Majestät«, antwortete Nikolai mit zitternder Stimme.

»Eine Bittschrift … Wollen Sie sich an den Offizier du jour wenden; bitte dort!« (Der Redende wies auf die Tür unten.) »Aber Sie werden jetzt von Seiner Majestät nicht empfangen werden.«

Als Rostow diese gleichmütige Stimme hörte, bekam er einen Schreck über sein Vorhaben; der Gedanke, vielleicht im nächsten Augenblick dem Kaiser gegenüberzustehen, hatte für ihn etwas so Verführerisches und eben darum etwas so Furchtbares, daß er nahe daran war, davonzulaufen; aber der Kammerfourier, der ihn soeben in Empfang genommen hatte, öffnete ihm die Tür zu dem Dienstzimmer, und Rostow trat ein.

Ein kleiner, wohlbeleibter Mann von etwa dreißig Jahren, in weißen Beinkleidern, Reitstiefeln und einem augenscheinlich soeben erst angezogenen Batisthemd stand in diesem Zimmer; ein Kammerdiener knöpfte ihm von hinten ein Paar schöne, neue, mit Seide gestickte Hosenträger an, die sonderbarerweise Rostows Aufmerksamkeit erregten. Dieser Mann unterhielt sich mit jemand, der in einem anderen Zimmer war.

»Sie hat eine schöne Gestalt und die ganze Taufrische der Jugend«, sagte er; als er Rostow erblickte, brach er ab und zog die Augenbrauen zusammen.

»Was steht zu Ihren Diensten? Eine Bittschrift?«

»Was gibt es denn?« fragte jemand aus dem anstoßenden Zimmer.

»Noch ein Bittsteller«, antwortete der Mann mit den Hosenträgern.

»Sagen Sie ihm, daß es zu spät ist. Der Kaiser wird gleich herunterkommen; wir müssen wegreiten.«

»Ein andermal, ein andermal, morgen! Jetzt ist es zu spät …«

Rostow drehte sich um und wollte hinausgehen; aber der Mann mit den Hosenträgern hielt ihn zurück.

»Von wem ist denn die Bittschrift? Und wer sind Sie?«

»Von dem Major Denisow«, antwortete Rostow.

»Und wer sind Sie? Offizier?«

»Leutnant, Graf Rostow.«

»Welch eine Dreistigkeit! Überreichen Sie doch die Bittschrift auf dem vorschriftsmäßigen Weg durch die Vorgesetzten! Und nun gehen Sie, gehen Sie!« – Er zog sich die Uniform an, die ihm der Kammerdiener reichte.

Rostow ging wieder auf den Flur hinaus und bemerkte, daß vor dem Portal bereits eine Menge Offiziere und Generäle in voller Paradeuniform standen, an denen er vorbeigehen mußte.

Er verwünschte seine Dreistigkeit und wurde ganz starr bei dem Gedanken, daß er jeden Augenblick dem Kaiser begegnen und in dessen Gegenwart schmählich gescholten und in Arrest geschickt werden könne; er begriff die Ungehörigkeit seines Verhaltens in ihrem ganzen Umfang und empfand darüber ernstliche Reue. In dieser Stimmung schlich sich Rostow mit niedergeschlagenen Augen aus dem Haus, dessen Portal die glänzende Suite in dichtem Schwarm umdrängte, da rief ihn eine ihm bekannt klingende Stimme an, und er fühlte sich von einer Hand festgehalten.

»Nun, lieber Freund, was tun Sie denn hier im Frack?« fragte ihn diese Baßstimme.

Es war ein Kavalleriegeneral, der sich in diesem Feldzug die besondere Gunst des Kaisers erworben hatte, der frühere Kommandeur der Division, bei welcher Rostow stand.

Erschrocken begann Rostow sich zu entschuldigen; aber als er die gutmütige Miene des Generals gewahrte, trat er mit ihm an die Seite, trug ihm in aufgeregtem Ton die ganze Angelegenheit vor und bat ihn, für Denisow, der dem General bekannt war, Fürsprache einzulegen. Als der General Rostow angehört hatte, wiegte er ernst den Kopf hin und her.

»Schade, jammerschade um den braven Menschen; geben Sie den Brief her.«

Kaum hatte Rostow die Angelegenheit Denisows erzählt und den Brief übergeben, als von der Treppe her schnelle Schritte und Sporenklirren ertönten; der General trat von Rostow weg und ging zum Portal. Die Herren der nächsten Umgebung des Kaisers kamen die Treppe herabgeeilt und begaben sich zu ihren Pferden. Der Stallmeister Ainé, derselbe, der bei Austerlitz mit dabeigewesen war, führte das Pferd des Kaisers vor, und nun ließen sich auf der Treppe mit leisem Stiefelknarren Schritte vernehmen, die Rostow sofort erkannte. Er vergaß die Gefahr, erkannt zu werden, trat mit einigen neugierigen Ortsbewohnern dicht an das Portal heran und erblickte wieder nach einer Zwischenzeit von zwei Jahren dieselben von ihm angebeteten Züge, dasselbe Gesicht, denselben Blick, denselben Gang, dieselbe Vereinigung von Majestät und Milde. Und das Gefühl enthusiastischer Liebe zum Kaiser lebte in Rostows Seele wieder mit der früheren Kraft auf. Der Kaiser trug die Uniform des Preobraschenski-Regiments, weiße Lederhosen und hohe Reitstiefel, auf der Brust einen Ordensstern, den Rostow nicht kannte (es war die Ehrenlegion); so trat er vor das Portal, den Hut unter dem Arm haltend und damit beschäftigt, sich den einen Handschuh anzuziehen. Er blieb stehen und blickte um sich, und es war, als ob er alles ringsum mit seinem Blick erleuchtete. Zu einem und dem andern der Generale sagte er ein paar Worte. Auch den ehemaligen Kommandeur von Rostows Division erkannte er, lächelte ihm zu und rief ihn zu sich heran.

Das ganze Gefolge trat zurück, und Rostow sah, daß der General ziemlich lange dem Kaiser etwas vortrug.

Der Kaiser sagte einige Worte zu ihm und ging dann einen Schritt weiter, um zu seinem Pferd zu gelangen. Der Haufe des Gefolges und der Haufe des Straßenpublikums, zu welchem letzteren auch Rostow gehörte, rückte wieder näher an den Kaiser heran. Bei seinem Pferd stehenbleibend und mit der Hand den Sattel anfassend, wandte sich der Kaiser nochmals zum Kavalleriegeneral und sagte laut, augenscheinlich in der Absicht, von allen gehört zu werden:

»Ich kann es nicht, General, und zwar kann ich es deshalb nicht, weil das Gesetz stärker ist als ich.« Dann setzte er den Fuß in den Steigbügel.

Der General neigte ehrerbietig den Kopf; der Kaiser schwang sich auf und ritt im Galopp die Straße entlang. Rostow, der vor Begeisterung kaum von sich selbst wußte, lief mit dem Menschenschwarm hinter ihm her.

XXI

Auf dem Marktplatz, wohin der Kaiser ritt, standen, Front gegen Front, rechts ein Bataillon Preobraschenzen, links ein Bataillon der französischen Garde in Bärenmützen einander gegenüber.

In dem Augenblick, als der Kaiser sich dem einen Flügel der präsentierenden Bataillone näherte, sprengte zu dem entgegengesetzten Flügel eine andere Reiterschar heran, und an ihrer Spitze erkannte Rostow Napoleon. Es konnte kein anderer sein. Er saß auf einem grauen arabischen Pferd von außerordentlich edler Rasse, auf einer karmesinroten, goldgestickten Schabracke, und ritt Galopp; er trug einen kleinen Hut, über der Schulter das Band des Andreasordens, einen offenstehenden blauen Uniformrock und darunter eine weiße Weste. Als er sich dem Kaiser Alexander näherte, lüftete er den Hut, und bei dieser Bewegung konnte es dem Kavalleristenauge Rostows nicht entgehen, daß Napoleon schlecht und unsicher zu Pferde saß. Die beiden Bataillone schrien »Hurra!« und »Vive l'empereur!«. Napoleon sagte etwas zu Alexander. Beide Kaiser stiegen von den Pferden und reichten einander die Hände. Auf Napoleons Gesicht lag ein gekünsteltes, unangenehm wirkendes Lächeln. Alexander sagte mit freundlicher Miene etwas zu ihm.

Obgleich die französischen Gendarmen ihre Pferde hin und her stampfen ließen, um die Menge zurückzudrängen, verfolgte Rostow doch mit unverwandten Blicken jede Bewegung Alexanders und Bonapartes. Auffallend war ihm als etwas Unerwartetes, daß Alexander sich benahm, als wären er und Bonaparte einander gleichgestellt, und daß Bonaparte völlig ungezwungen, als ob eine solche nahe Berührung mit einem Kaiser ihm etwas ganz Natürliches und Gewöhnliches wäre, mit dem russischen Zaren wie ein Gleichgestellter verkehrte.

Alexander und Napoleon gingen samt dem langen Schweif ihres Gefolges zum rechten Flügel des Preobraschenski-Bataillons, gerade auf den Menschenhaufen los, der dort stand. Die Menge befand sich auf einmal unerwarteterweise in solcher Nähe der Kaiser, daß Rostow, der in den ersten Reihen stand, erkannt zu werden fürchtete.

»Sire, ich bitte Sie um die Erlaubnis, dem tapfersten Ihrer Soldaten die Ehrenlegion verleihen zu dürfen«, sagte eine scharfe, klare Stimme, die jeden Buchstaben deutlich aussprach.

Diese Worte kamen aus dem Mund des kleinen Bonaparte, der von unten her dem Kaiser Alexander gerade in die Augen blickte. Alexander hörte aufmerksam an, was Bonaparte ihm sagte, neigte den Kopf und lächelte freundlich.

»Demjenigen, der in diesem letzten Krieg die größte Tapferkeit bewiesen hat«, fügte Napoleon hinzu, indem er jedes Wort mit einer für Rostow empörenden Ruhe und Selbstgewißheit markierte und seinen Blick durch die Reihen der russischen Soldaten schweifen ließ, die in streng militärischer Haltung vor ihm standen, immer noch präsentierten und, ohne sich zu rühren, nach dem Gesicht ihres Kaisers blickten.

»Wollen Euer Majestät mir erlauben, den Obersten um seine Meinung zu fragen?« erwiderte Alexander und trat mit einigen schnellen Schritten zu dem Fürsten Koslowski hin, der das Bataillon kommandierte.

Bonaparte zog unterdessen von seiner kleinen, weißen Hand den Handschuh herunter und warf ihn, da er dabei zerriß, zur Erde. Ein Adjutant stürzte eilig von hinten herzu und hob ihn auf.

»Wem soll es gegeben werden?« fragte Kaiser Alexander den Obersten halblaut auf russisch.

»Wem Euer Majestät befehlen.«

Der Kaiser runzelte unzufrieden die Stirn und sagte, indem er sich umsah: »Ich muß ihm doch eine Antwort geben.«

Koslowski musterte mit festem Blick die Reihen und traf mit diesem Blick auch Rostow.

»Er wird doch nicht gar mich nehmen?« dachte Rostow.

»Lasarew!« kommandierte der Oberst mit finsterer Miene, und der größte der Soldaten, der Flügelmann Lasarew, trat mit strammem Schritt vor.

»Wo willst du hin? Bleib doch da stehen!« wurde ihm, der nicht wußte, wohin er gehen sollte, von seinen Kameraden zugeflüstert. Lasarew blieb stehen und schielte erschrocken zum Obersten hin; sein Gesicht zuckte, wie meistens bei Soldaten, die vor die Front gerufen werden.

Napoleon drehte kaum den Kopf nach rückwärts und hielt nur seine kleine, dicke Hand nach hinten, wie wenn er etwas in Empfang nehmen wollte. Die Herren von seiner Suite errieten sofort, um was es sich handelte, gerieten in eifrige Bewegung, flüsterten miteinander und reichten einander etwas von Hand zu Hand weiter; ein Page, derselbe, welchen Rostow am Abend bei Boris gesehen hatte, lief vor, und indem er sich ehrerbietig über die ausgestreckte Hand beugte und sie auch nicht eine Sekunde zu lange warten ließ, legte er einen Orden an einem roten Band hinein. Napoleon drückte, ohne hinzublicken, zwei Finger zusammen; der Orden befand sich zwischen ihnen. Napoleon trat zu Lasarew heran, der, die Augen hervorpressend, hartnäckig immer noch nur seinen Kaiser ansah, und blickte nach dem Kaiser Alexander hin, um dadurch zu verstehen zu geben, daß das, was er jetzt tue, ein Akt der Liebenswürdigkeit gegen seinen Verbündeten sei. Die kleine, weiße Hand mit dem Orden berührte einen Knopf des Soldaten Lasarew. Und Napoleon schien überzeugt zu sein, daß, wenn seine, Napoleons Hand die Brust dieses Soldaten einer Berührung würdigte, schon allein dadurch dieser Soldat für immer glücklich und vor allen Menschen in der Welt belohnt und ausgezeichnet sei. Napoleon hielt das Kreuz nur an Lasarews Brust, und die Hand wieder sinken lassend, wandte er sich zu Alexander, wie wenn er wüßte, daß das Kreuz an Lasarews Brust haftenbleiben müsse. Und das Kreuz blieb wirklich haften.

Russische und französische dienstfertige Hände ergriffen im selben Augenblick das Kreuz und befestigten es an der Uniform. Lasarew, welcher finster auf den kleinen Mann mit den weißen Händen geblickt hatte, als dieser irgend etwas mit ihm vornahm, sah nun wieder, indem er fortfuhr regungslos das Gewehr zu präsentieren, dem Kaiser Alexander gerade in die Augen, wie wenn er ihn fragen wollte, ob er noch länger da stehen solle, oder ob man ihm befehle, jetzt umherzumarschieren oder vielleicht sonst irgend etwas zu tun. Aber es wurde ihm nichts befohlen, und er blieb ziemlich lange in dieser Haltung stehen, ohne sich zu rühren.

Die Kaiser stiegen zu Pferd und ritten weg. Die Preobraschenzen lösten ihre Reihen auf, mischten sich mit den französischen Gardisten und setzten sich an die für sie bereitstehenden Tische.

Lasarew saß auf dem Ehrenplatz; russische und französische Offiziere umarmten ihn, beglückwünschten ihn und drückten ihm die Hand. Scharen von Offizieren und Ortsbewohnern kamen hinzu, nur um Lasarew zu sehen. Lautes Geschwirr russischer und französischer Gespräche und munteres Gelächter ertönte auf dem Marktplatz um die Tische herum. Zwei Offiziere, lustig und vergnügt, mit geröteten Gesichtern, kamen an Rostow vorüber.

»Was sagst du zu so einer Bewirtung, Bruder? Alles auf Silber!« sagte der eine. »Hast du Lasarew gesehen?«

»Ja, ich habe ihn gesehen.«

»Es heißt, morgen werden die Preobraschenzen den Franzosen ein Essen geben.«

»Nein, was hat dieser Lasarew für ein Glück! Zwölfhundert Francs lebenslängliche Pension!«

»Na, das ist mal eine Mütze, Kinder!« rief ein Preobraschenze, indem er sich die zottige Mütze eines Franzosen aufsetzte.

»Wundervoll! Ganz prächtig!«

»Hast du die Parole gehört?« fragte ein Gardeoffizier einen andern. »Vorgestern hieß sie: Napoleon, Frankreich, Tapferkeit; gestern: Alexander, Rußland, Größe. Einen Tag gibt unser Kaiser die Parole, den andern Tag Napoleon. Morgen wird der Kaiser dem tapfersten französischen Gardisten ein Georgskreuz verleihen. Das geht nicht anders! Er muß die Liebenswürdigkeit in derselben Form erwidern.«

Auch Boris war mit seinem Kameraden Zilinski hingegangen, um sich das Bankett der Preobraschenzen anzusehen. Auf dem Rückweg bemerkte Boris Rostow, der an der Ecke eines Hauses stand.

»Guten Tag, Rostow! Wir haben uns ja heute noch gar nicht gesehen«, sagte er zu ihm und konnte sich nicht enthalten, ihn zu fragen, was ihm fehle: eine so sonderbar finstere, verstörte Miene zeigte Rostows Gesicht.

»Nichts, nichts«, antwortete Rostow.

»Du kommst doch noch einmal zu mir heran?«

»Ja, ich werde kommen.«

Rostow stand lange an der Ecke und betrachtete von weitem die Schmausenden. In seinem Kopf ging eine qualvolle Gedankenarbeit vor, die er schlechterdings nicht imstande war zu einem befriedigenden Ende zu führen. Entsetzliche Zweifel waren in seiner Seele wach geworden. Bald dachte er an Denisow und an dessen veränderten Gesichtsausdruck und schließliche Unterwerfung und an das ganze Lazarett mit all diesen verkrüppelten Soldaten, mit seinem Schmutz und seinen Krankheiten. Er glaubte mit solcher Bestimmtheit, in diesem Augenblick den Leichengeruch des Lazaretts zu spüren, daß er sich umsah, um festzustellen, woher dieser Geruch kommen könne. Bald trat ihm dieser selbstzufriedene Bonaparte mit seiner kleinen, weißen Hand vor die Seele, der jetzt Kaiser war und den der Kaiser Alexander liebte und verehrte. Welchen Zweck hatten denn nun all die abgeschossenen Arme und Beine und die getöteten Menschen? Dann wieder dachte er an den dekorierten Lasarew und an den bestraften und nicht begnadigten Denisow. Er ertappte sich auf so seltsamen Gedanken, daß er über sie geradezu erschrak.

Der Speisengeruch von dem Festessen der Preobraschenzen und der französischen Gardisten und der ihm zum Bewußtsein kommende Hunger weckten ihn aus diesem Zustand der Versunkenheit: Vor seiner Abreise mußte er notwendig etwas essen. Er ging in ein Gasthaus, das er am Morgen bemerkt hatte. In diesem Gasthaus traf er so viele Gäste, namentlich Offiziere, die ebenso wie er in Zivil nach Tilsit gekommen waren, daß er nur mit Mühe zu einem Mittagessen gelangen konnte. Zwei Offiziere, die mit ihm derselben Division angehörten, gesellten sich zu ihm. Es war nur natürlich, daß die Rede auf den Friedensschluß kam. Diese beiden Kameraden Rostows waren, wie der größte Teil der Armee, unzufrieden mit dem Friedensschluß, der auf die Schlacht bei Friedland gefolgt war. Die allgemeine Ansicht war, wir hätten uns nur noch ein Weilchen zu halten brauchen, dann wäre Napoleon verloren gewesen, da er weder Proviant noch Munition mehr für seine Truppen gehabt habe. Nikolai beschäftigte sich schweigend damit, zu essen und vor allem zu trinken. Er hatte allein schon zwei Flaschen Wein geleert. Jene innerliche Gedankenarbeit, die in seinem Kopf in Gang gekommen, aber nicht zum Abschluß gelangt war, quälte ihn noch immer in gleicher Weise. Er fürchtete sich davor, sich seinen Gedanken zu überlassen, und war doch nicht imstande, sich von ihnen loszumachen. Da äußerte einer der beiden Offiziere, es errege einem die Galle, jetzt auf einmal die Franzosen als Freunde ansehen zu müssen; und nun schrie Rostow plötzlich mit einer jähen Heftigkeit los, die durch nichts gerechtfertigt war und daher die Offiziere in das größte Erstaunen versetzte.

»Wie können Sie darüber urteilen, was das beste sein würde!« schrie er mit dunkelrotem Kopf. »Wie können Sie über die Handlungen des Kaisers urteilen? Welches Recht haben wir zu kritisieren? Wir können weder die Absichten noch die Handlungen des Kaisers verstehen!«

»Aber ich habe ja kein Wort vom Kaiser gesagt«, erwiderte der Offizier zu seiner Rechtfertigung; er konnte sich Rostows Jähzorn nur durch die Annahme erklären, daß er betrunken sei.

Aber Rostow hörte gar nicht auf ihn.

»Wir sind keine Diplomaten; wir sind Soldaten und weiter nichts«, fuhr er fort. »Wenn uns befohlen wird, zu sterben, so sterben wir; und wenn man uns bestraft, dann haben wir es eben verdient; uns steht darüber kein Urteil zu. Wenn es unserm Kaiser beliebt, Bonaparte als Kaiser anzuerkennen und mit ihm ein Bündnis zu schließen, dann wird das eben notwendig sein. Aber wenn wir anfangen wollen über alles zu urteilen und alles zu kritisieren, dann bleibt bald nichts Heiliges mehr übrig. Dann kommen wir dahin, zu sagen, daß es keinen Gott und überhaupt nichts gibt!« schrie Nikolai und schlug mit der Faust auf den Tisch; was er da sagte, war sehr unmotiviert nach der Auffassung seiner Tischgenossen, bildete aber das folgerichtige Resultat seines Gedankenganges. »Wir haben einfach, ohne zu überlegen, unsere Pflicht zu tun und mit dem Feind zu kämpfen, weiter nichts!« schloß er.

»Und zu trinken«, fügte einer der Offiziere hinzu, der dem Streit ein Ende zu machen wünschte.

»Jawohl, und zu trinken!« stimmte ihm Nikolai bei. »He, du! Noch eine Flasche!« rief er.

DRITTER TEIL

I

Im Jahre 1808 begab sich Kaiser Alexander zu einer neuen Zusammenkunft mit dem Kaiser Napoleon nach Erfurt, und in den höchsten Petersburger Gesellschaftskreisen wurde viel über die großartige Pracht dieses festlichen Zusammenseins gesprochen.

Im Jahre 1809 war die Annäherung der beiden Weltherrscher, wie man Napoleon und Alexander zu nennen pflegte, bereits so weit fortgeschritten, daß, als Napoleon in diesem Jahr Österreich den Krieg erklärte, ein russisches Korps an die Grenze rückte, um unseren früheren Feind Bonaparte gegen unsern früheren Verbündeten, den Kaiser von Österreich, zu unterstützen; ja, sie war so weit fortgeschritten, daß in den höchsten Kreisen die Möglichkeit einer Heirat zwischen Napoleon und einer der Schwestern Kaiser Alexanders erörtert wurde. Aber neben solchen der äußeren Politik angehörigen Kombinationen richtete sich damals das Interesse der russischen Gesellschaft mit besonderer Lebhaftigkeit auf die inneren Reformen, die zu jener Zeit auf allen Gebieten der Staatsverwaltung durchgeführt wurden.

Unterdessen ging das Leben, das wahre, eigentliche Leben der Menschen, mit seinen materiellen Interessen, wie Gesundheit und Krankheit, Arbeit und Erholung, und mit seinen geistigen Interessen, wie Wissenschaft, Poesie, Musik, Liebe, Freundschaft, Haß, Leidenschaften, dieses Leben ging wie immer unabhängig seinen Gang, unbeeinflußt von der politischen Freundschaft oder Feindschaft mit Napoleon Bonaparte und von allen möglichen Reformen.

*

Fürst Andrei hatte ununterbrochen zwei Jahre lang auf dem Land gelebt.

Alle die Unternehmungen, die Pierre auf seinen Gütern geplant hatte, ohne doch dabei zu einem Resultat zu kommen, da er unaufhörlich von einer Sache zur andern hinübersprang, alle diese Unternehmungen hatte Fürst Andrei, ohne irgend jemandem gegenüber davon viel Wesens zu machen, und ohne auffälligen Aufwand von Mühe auf seinen eigenen Gütern zur Ausführung gebracht.

Er besaß im höchsten Grad jene seinem Freund Pierre abgehende praktische Zähigkeit, mittels deren er ohne übermäßige Kraftentwicklung und Anstrengung eine Sache in Gang brachte und im Gang erhielt.

Auf einem seiner Güter hatte er die Leibeigenen, etwa dreihundert Seelen, zu freien Bauern gemacht (es war dies eines der ersten Beispiele in

Rußland); auf anderen Gütern war die Fronarbeit durch Abgaben ersetzt. Nach Bogutscharowo hatte er auf seine Kosten eine gelernte Hebamme kommen lassen, die nun den Gebärerinnen beistand, und der Geistliche unterrichtete für ein bestimmtes Gehalt die Kinder der Bauern und Gutsleute im Lesen und Schreiben.

Die eine Hälfte seiner Zeit verlebte Fürst Andrei in Lysyje-Gory bei seinem Vater und bei seinem Sohn, der noch in der Obhut der Wärterinnen war, die andere Hälfte im Kloster Bogutscharowo, wie sein Vater dieses Gut nannte. Obwohl Fürst Andrei im Gespräch mit Pierre eine große Gleichgültigkeit gegen alle äußeren Weltereignisse bekundet hatte, verfolgte er doch den Gang der Dinge mit vielem Eifer, ließ sich eine Menge Bücher kommen und bemerkte zu seiner Verwunderung, wenn zu ihm oder zu seinem Vater Leute direkt aus Petersburg, diesem Brennpunkt des gesamten geistigen Lebens, zu Besuch kamen, daß diese Leute über alle Vorgänge der äußeren und inneren Politik bei weitem nicht so gut unterrichtet waren wie er, der ohne Unterbrechung still auf dem Land saß.

Außer seiner Tätigkeit an den Gütern und außer der Lektüre von Büchern mannigfaltigen Inhaltes beschäftigte Fürst Andrei sich in dieser Zeit auch noch mit einer Kritik unserer Kriegführung in den beiden letzten unglücklichen Feldzügen, sowie mit der Ausarbeitung eines Projektes, betreffend eine Umgestaltung unserer militärischen Reglements und Instruktionen.

Im Frühling des Jahres 1809 reiste Fürst Andrei nach den Rjasanschen Gütern seines Sohnes, dessen Vormund er war.

Von der Frühlingssonne angenehm erwärmt, saß er im Wagen und betrachtete das junge Gras und die ersten Blättchen der Birken und die ersten weißen, geballten Frühlingswolken, die an dem klaren, blauen Himmel dahinzogen. Er dachte an nichts, sondern blickte nur fröhlich nach rechts und links.

Er passierte den Fluß auf der Fähre, auf der er vor einem Jahr mit Pierre ein bedeutsames Gespräch geführt hatte. Dann fuhr er durch ein schmutziges Dorf, vorbei an Äckern mit Wintersaat, hinab zu einer Brükke, wo noch Schnee zurückgeblieben war, bergan auf ausgewaschenem Lehmweg, vorbei an langen Streifen von Stoppelfeldern und an Buschwerk, das hier und da schon grün wurde, und hinein in einen Birkenwald, der auf beiden Seiten des Weges lag. Im Wald war es beinahe heiß; der Wind war hier nicht zu spüren. Die Birken, die ganz mit grünen, klebrigen Blättchen übersät waren, rührten sich nicht; aus dem vorjährigen Laub, das den Boden bedeckte, kamen, die trockenen Blätter in die Höhe hebend, das erste grüne Gras und lila Blumen hervor. Kleine Tannen, die hier und da im Birkenwald verstreut standen, erweckten durch ihr immerwährendes mattes Grün die unerfreuliche Erinnerung an den Winter. Die Pferde prusteten, als sie in den Wald hineinkamen, und fingen an augenfällig zu schwitzen.

Der Diener Pjotr sagte etwas zum Kutscher, und der Kutscher antwortete bejahend. Aber die Zustimmung des Kutschers genügte dem Diener offenbar noch nicht: Er wandte sich auf dem Bock zu seinem Herrn um.

»Eure Durchlaucht, wie nett!« sagte er mit respektvollem Lächeln.

»Was sagst du?«

»Es ist alles so nett, Euer Durchlaucht.«

»Was meint er denn?« dachte Fürst Andrei. »Ach so, gewiß den Frühling«, sagte er sich und blickte nach rechts und links. »Wirklich, alles schon grün … wie schnell das gekommen ist! Die Birke fängt schon an, und der Faulbaum, und die Erle … Eine Eiche ist nicht zu sehen. Aber ja, da ist ja eine, eine Eiche.«

Am Rand des Weges stand eine Eiche. Wahrscheinlich zehnmal so alt wie die Birken, die den Wald bildeten, war sie auch zehnmal so dick und noch einmal so hoch wie jede der Birken. Es war ein gewaltiger Baum, den zwei Männer kaum umspannen konnten; viele Äste waren, augenscheinlich schon seit langer Zeit, abgebrochen, die Borke rissig und mit alten, verwachsenen Narben überzogen. Mit ihren großen, plumpen, unsymmetrisch gewachsenen, krummen Armen und Fingern stand sie wie ein alter, ingrimmiger Krüppel, der die ganze Welt haßt und verachtet, mitten unter den lächelnden Birken da. Außer ihr wollten nur die wie toten, immergrünen, kleinen Tannen, die im Wald verstreut standen, sich dem Zauber des Frühlings nicht fügen und weder den Frühling noch die Sonne sehen.

»Frühling und Liebe und Glück!« schien diese Eiche zu sagen. »Daß ihr dieser stets gleichbleibenden, dummen, sinnlosen Täuschung nicht überdrüssig werdet! Immer ein und dasselbe, und immer Täuschung! Es gibt keinen Frühling, keine Sonne, kein Glück! Da! Seht diese niedergedrückten, erstorbenen Tannen an, deren Aussehen immer gleich bleibt! Und seht mich an! Ich habe meine zerbrochenen, verstümmelten Glieder ausgespreizt, wo sie aus mir herausgewachsen sind: aus dem Rücken, aus den Seiten; wie sie herausgewachsen sind, so stehe ich da und glaube nicht an eure Hoffnungen und Täuschungen.«

Fürst Andrei blickte sich beim Weiterfahren durch den Wald mehrmals nach dieser Eiche um, als ob er von ihr etwas erwartete. Blumen und Gras befanden sich auch unter der Eiche; aber sie stand immer in der gleichen Haltung mitten unter ihnen: finster, unbeweglich, häßlich und eigensinnig.

»Ja, sie hat recht, vollkommen recht, diese Eiche«, dachte Fürst Andrei. »Mögen andere, jüngere Leute sich von neuem dieser Täuschung hingeben; aber wir kennen das Leben; unser Leben ist zu Ende!« Eine ganze neue Reihe hoffnungsloser, aber wehmütig-freundlicher Gedanken zog, im Anschluß an den Anblick dieser Eiche, durch die Seele des Fürsten Andrei. Während dieser Reise überdachte er gewissermaßen von neuem sein ganzes Leben und kam zu demselben beruhigenden, hoffnungslosen Ergebnis wie früher: daß er nichts Neues mehr beginnen dürfe, sondern sein Leben zu Ende führen müsse, ohne Übles zu tun, ohne sich aufzuregen und ohne etwas zu wünschen.

II

In vormundschaftlichen Angelegenheiten eines Rjasaner Gutes mußte Fürst Andrei mit dem Adelsmarschall des Kreises persönliche Rücksprache nehmen. Dieser Adelsmarschall war Graf Ilja Andrejewitsch Rostow, und so fuhr denn Fürst Andrei Mitte Mai zu ihm.

Es war schon die heiße Periode des Frühlings eingetreten. Der Wald war bereits voll belaubt; die Wege waren staubig, und es herrschte eine solche Hitze, daß man, wenn man an einem Wasser vorbeifuhr, Lust bekam zu baden.

In mißmutiger Stimmung und damit beschäftigt, alle die geschäftlichen Fragen zu überlegen, die er dem Adelsmarschall vorzulegen hatte, fuhr Fürst Andrei durch die Gartenallee auf das Rostowsche Gutshaus in Otradnoje zu. Von rechts hinter den Bäumen her hörte er fröhliches Geschrei weiblicher Stimmen und erblickte eine Mädchenschar, die von der Seite auf seinen Wagen zugelaufen kam. Den andern voran, dem Wagen am nächsten, lief ein schwarzhaariges, sehr fein und schlank gebautes, schwarzäugiges Mädchen, in einem gelben Kattunkleid, um den Kopf ein weißes Taschentuch gebunden, unter welchem einzelne Strähnen loser Haare hervorquollen. Das junge Mädchen rief etwas nach dem Wagen zu; aber als sie erkannte, daß ein Fremder darin saß, lief sie, ohne ihn anzusehen, lachend wieder zurück.

Eine schmerzliche Empfindung überkam auf einmal den Fürsten Andrei. Es war ein so schöner Tag, die Sonne schien so hell, ringsum war alles so fröhlich; aber diese schlanke, niedliche Person wußte nicht und wollte gar nicht wissen, daß er überhaupt existierte, und fühlte sich zufrieden und glücklich bei ihrem eigenen, wahrscheinlich törichten, aber heiteren, vergnügten Leben. »Worüber freut sie sich so? Woran denkt sie? Sicherlich nicht an militärische Reglements und an die Neuordnung der Verhältnisse der Rjasaner Zinsbauern. Woran denkt sie? Worüber ist sie so glücklich?« fragte sich Fürst Andrei mit unwillkürlich erwachter Neugierde.

Graf Ilja Andrejewitsch lebte im Jahre 1809 in Otradnoje genau ebenso wie früher, das heißt, er veranstaltete Jagden, Theatervorstellungen, Diners und Konzerte, zu denen sich der ganze Adel des Gouvernements einfand. Wie über jeden neuen Gast freute er sich auch über die Ankunft des Fürsten Andrei und veranlaßte ihn beinahe mit Gewalt, über Nacht zu bleiben.

Diesen ganzen Tag über nahmen Fürst Andrei die älteren Herrschaften in Anspruch, nämlich der Hausherr und die Hausfrau und die vornehmsten der Gäste, von denen aus Anlaß des herankommenden Namenstages das Haus des alten Grafen voll war. Fürst Andrei langweilte sich dabei stark, blickte mehrmals zu Natascha hin, die sich mit der übrigen anwesenden Jugend amüsierte und immer über irgend etwas lachte, und fragte sich: »Woran denkt sie? Worüber freut sie sich so?«

Als er am Abend in dem ihm fremden Zimmer allein war, konnte er lange nicht einschlafen. Er las; dann löschte er die Kerze aus und zündete sie wieder an. In dem Zimmer mit den geschlossenen Innenläden war eine schwüle Luft. Er ärgerte sich über diesen dummen alten Kerl (so nannte er Rostow), der ihn durch die Versicherung zurückgehalten hatte, die erforderlichen Papiere seien in der Stadt, seien noch nicht hergeschickt, und er ärgerte sich über sich selbst, daß er dageblieben war.

Fürst Andrei stand auf und trat ans Fenster, um es zu öffnen.

Sowie er die Läden aufgemacht hatte, drang das Mondlicht, als hätte es schon lange am Fenster Wache gestanden und darauf gewartet, ins Zimmer hinein. Er öffnete das Fenster. Es war eine frische, windstille, helle Nacht. Unmittelbar vor dem Fenster stand eine Reihe beschnittener Bäume, die auf der einen Seite schwarz aussahen und auf der andern silbrig beleuchtet waren. Unter den Bäumen befand sich irgendeine saftige, feuchte, krause Pflanzenart, deren Blätter und Stengel stellenweise wie Silber schimmerten. Weiter weg hinter den schwarzen Bäumen war ein Dach sichtbar, das von Tau glänzte, und mehr rechts ein großer, krauser Baum mit Stamm und Ästen von heller, weißer Färbung und über ihm der beinahe volle Mond an dem hellen, fast sternenlosen Frühlingshimmel. Fürst Andrei lehnte sich mit den Ellbogen auf das Fensterbrett und richtete seine Blicke unverwandt nach diesem Himmel.

Das Zimmer des Fürsten Andrei befand sich in der mittleren Etage; auch das darüberliegende Zimmer war bewohnt, und die Insassen schliefen noch nicht. Er hörte oben zwei weibliche Stimmen reden.

»Nur noch ein einziges Mal«, sagte die eine Stimme, welche Fürst Andrei sofort erkannte.

»Aber wann willst du denn eigentlich schlafen?« antwortete die andere Stimme.

»Ich will gar nicht schlafen; ich kann nicht einschlafen; was soll ich machen! Nun also, zum allerletzten Mal!«

Die beiden Stimmen sangen ein Stück einer Melodie, welches das Ende irgendeines Liedes bildete.

»Ach, wie entzückend!«

»Nun, aber jetzt machen wir Schluß; jetzt wird geschlafen!«

»Schlaf du; ich kann nicht schlafen«, antwortete die erste Stimme, die sich dem Fenster genähert hatte. Die betreffende Person bog sich offenbar ganz aus dem Fenster; denn Fürst Andrei hörte das Rascheln ihres Kleides und sogar ihren Atem. Alles war still und regungslos; auch der Mond und der Mondschein und die Schatten. Auch Fürst Andrei scheute sich, eine Bewegung zu machen, um sich nicht als unfreiwilligen Hörer zu verraten.

»Sonja, Sonja!« erscholl wieder die erste Stimme. »Aber wie kannst du nur dabei schlafen! Sieh doch nur, wie reizend alles ist! Ach, wie reizend! So wache doch auf, Sonja!« sagte sie beinahe weinend. »So eine herrliche Nacht hat es ja noch nie, noch nie gegeben!«

Sonja gab verdrossen irgendeine Antwort.

»Nein, sieh doch nur, wie wundervoll der Mond scheint …! Ach, wie entzückend! Komm doch her! Liebste, Beste, komm doch her! Nun, siehst du wohl? So möchte ich mich niederkauern, siehst du wohl, so, und die Hände unter den Knien zusammenlegen, fest, so fest wie möglich, ganz eng und straff, und dann möchte ich losfliegen. Sieh mal: so!«

»Hör auf! Du wirst noch fallen!«

Es war zu hören, daß sie miteinander rangen. Sonja sagte in unzufriedenem Ton: »Es ist ja bald zwei Uhr.«

»Ach, du verdirbst mir immer nur mein Vergnügen. Geh doch, geh doch!«

Wieder wurde alles still; aber Fürst Andrei wußte, daß Natascha immer noch dort saß; er hörte manchmal eine leise Bewegung, mitunter auch einen Seufzer.

»Ach, mein Gott, mein Gott! Wie schön ist das alles!« rief sie plötzlich. »Also jetzt schlafen gehen, wenn's doch einmal sein muß!« Sie schlug das Fenster zu.

»Es ist ganz gleichgültig, ob ich existiere oder nicht!« dachte Fürst Andrei, während er auf ihre Worte lauschte und aus einem nicht recht verständlichen Grund erwartete und fürchtete, daß sie etwas über ihn selbst sagen werde. »Wieder sie! Als wäre es eine besondere Fügung!« dachte er.

In seiner Seele erhob sich unerwarteterweise ein solcher wirrer Schwarm jugendlicher Gedanken und Hoffnungen, die zu seinem ganzen Leben in schroffem Gegensatz standen, daß er sich unfähig fühlte, über seinen Zustand zur Klarheit zu gelangen. Jedoch schlief er sehr bald ein.

III

Am andern Tag nahm Fürst Andrei, ohne abzuwarten, bis die Damen zum Vorschein kämen, nur vom Grafen Abschied und fuhr nach Hause.

Es war schon Anfang Juni, als Fürst Andrei bei der Rückkehr nach Bogutscharowo wieder in denselben Birkenhain einfuhr, in welchem jene alte, krumm gewachsene Eiche so eigenartige, merkwürdige Gedanken in ihm wachgerufen hatte. Die Glöckchen der Pferde klangen jetzt noch dumpfer im Wald als vor anderthalb Monaten; alles war jetzt voll und dicht und schattig; und die durch den Wald verstreuten jungen Tannen störten die allgemeine Schönheit nicht mehr: Dem allgemeinen Charakter des Waldes sich anpassend, trieben auch sie wollige Sprossen von zartgrüner Farbe.

Den ganzen Tag über war es heiß gewesen; jetzt zog sich irgendwo ein Gewitter zusammen; aber vorläufig sandte nur eine kleine Wolke einen Sprühregen auf den Staub des Weges und auf die saftigen Blätter herab. Die linke Seite des Waldes lag im Schatten und war dunkel; die rechte, von der Nässe glänzend, blitzte in der Sonne, indem die Blätter nur leise im Wind schwankten. Alles stand in Blüte; die Nachtigallen schmetterten und flöteten bald nah, bald fern.

»Ja, hier in diesem Wald stand doch jene Eiche, in der ich mein Ebenbild erkannte«, dachte Fürst Andrei. »Ja, wo ist sie nur?« fragte er sich, nach der linken Seite des Weges blickend, und betrachtete bewundernd, ohne es selbst zu wissen, ohne sie zu erkennen, eben jene Eiche, die er suchte. Die alte Eiche, ganz verwandelt, breitete sich jetzt mit ihrem saftigen, dunkelgrünen Laub wie ein Zelt aus und schwelgte, kaum ein Blatt rührend, in den Strahlen der Abendsonne. Weder krumm gewachsene Finger, noch Narben, noch altes Mißtrauen und Leid, nichts derartiges war mehr zu sehen. Quer durch die harte, hundertjährige Borke drangen ohne Äste saftige, grüne Blätter, so daß man kaum glauben mochte, daß diese Greisin sie hervorgebracht habe. »Ja, das ist dieselbe Eiche«, dachte Fürst Andrei, und plötzlich überkam ihn, eigentlich ohne tatsächliche Ursache, ein Frühlingsgefühl der Verjüngung und der Freude. Alle diejenigen Augenblicke seines Lebens, wo wahrhaft gute Empfindungen sein Herz erfüllt hatten, kamen ihm gleichzeitig ins Gedächtnis: Austerlitz mit dem hohen Himmel, und das vorwurfsvolle Antlitz seiner toten Frau, und Pierre auf der Fähre, und das von der Schönheit der Nacht so mächtig erregte junge Mädchen, und diese Nacht selbst und der Mond – das alles war ihm auf einmal wieder gegenwärtig.

»Nein, das Leben ist noch nicht abgeschlossen, wenn man einunddreißig Jahre alt ist«, das war das endgültige, unumstößliche Resultat dieser Gedanken. »Es genügt nicht«, dachte Fürst Andrei, »daß ich selbst weiß, was alles in meiner Seele wohnt; auch alle andern sollen es erfahren: Pierre und dieses junge Mädchen, das in den Himmel fliegen wollte; alle sollen sie mich kennenlernen, damit mein Leben nicht für mich allein dahingehe, und damit sie ihr Leben nicht so abgetrennt und unberührt von dem meinigen führen, und damit mein Leben auf sie alle zurückwirke, und damit sie alle mit mir vereint leben!«

*

Nach der Rückkehr von seiner Reise beschloß Fürst Andrei, im Herbst nach Petersburg zu fahren, und sann sich verschiedene Gründe für diesen Entschluß aus. Er hatte jeden Augenblick eine ganze Reihe logischer Vernunftbeweise zur Verfügung, weshalb er unbedingt nach Petersburg gehen und sogar wieder in den Dienst treten müsse. Ja, es war ihm jetzt ganz unbegreiflich, wie er jemals an der Notwendigkeit, tätigen Anteil am Leben zu nehmen, hatte zweifeln können, gerade wie er einen Monat vorher nicht begriffen hatte, wie ihm der Gedanke in den Sinn kommen könnte, vom Land fortzuziehen. Es schien ihm jetzt ganz klar, daß seine gesamten Lebenserfahrungen nutzlos und vergebliche Mühe sein würden, wenn er sie nicht praktisch verwertete und nicht wieder tätigen Anteil am Leben nähme. Es war ihm jetzt sogar unbegreiflich, wie er früher hatte meinen können (und doch hatte er es aufgrund ebenso armseliger Vernunftbeweise gemeint), daß es seiner unwürdig sei, nach seinen trüben Lebenserfahrungen den Glauben an die Möglichkeit, Nutzen zu stiften, und den Glauben an die Möglichkeit von Glück und Liebe festzuhalten. Jetzt flüsterte ihm seine Vernunft ganz andere Ratschläge zu. Seit seiner Reise hatte Fürst Andrei angefangen, sich auf dem Land zu langweilen, seine früheren Beschäftigungen interessierten ihn nicht mehr, und oft, wenn er allein in seinem Zimmer saß, stand er auf, trat zum Spiegel und blickte lange sein Gesicht an. Dann wandte er sich ab und betrachtete das Porträt der verstorbenen Lisa, die mit à la grecque frisierten Locken ihn freundlich und heiter aus ihrem goldenen Rahmen anblickte. Sie sprach zu ihrem Mann jetzt nicht mehr die früheren furchtbaren Worte; sie blickte ihn harmlos und fröhlich und mit einem Ausdruck von Neugier an. Und Fürst Andrei ging, die Hände auf den Rücken gelegt, lange im Zimmer auf und ab, bald mit finsterer Miene, bald lächelnd, und überließ sich jenen Gedanken, die mit der Vernunft nichts zu tun hatten, die sich mit Worten nicht aussprechen ließen, und die er wie ein Verbrechen geheimhalten zu müssen glaubte, jenen Gedanken, die mit Pierre und mit dem Ruhm und mit dem Mädchen am Fenster und mit der Eiche und mit weiblicher Schönheit und mit der Liebe zusammenhingen und sein ganzes Leben verändert hatten. Und in solchen Augenblicken benahm er sich, wenn jemand zu ihm ins Zimmer trat, besonders trocken, streng und scharf und brachte namentlich in unfreundlicher Weise die Logik zur Anwendung.

»Lieber Bruder«, sagte zum Beispiel einmal Prinzessin Marja, als sie in einem solchen Augenblick hereinkam, »unser kleiner Nikolai kann heute nicht spazierengehen; es ist sehr kalt.«

»Wenn es warm wäre«, erwiderte Fürst Andrei seiner Schwester in trockenem Ton, »dann würde er im bloßen Hemd ausgehen; da es nun aber kalt ist, so muß man ihm warme Kleidung anziehen, die ja eben zu diesem Zweck erfunden ist. Das also folgt daraus, daß es kalt ist, nicht aber, daß er zu Hause bleiben müßte, obwohl doch ein kleines Kind frische Luft braucht.« So redete er mit besonderer Herauskehrung der Logik, wie wenn er für all die geheime, unlogische Geistestätigkeit, die in ihm vorging, einen andern bestrafen wollte.

Prinzessin Marja dachte in solchen Fällen erstaunt, was für ein trockenes Wesen doch die Männer infolge der geistigen Arbeit bekommen.

IV

Fürst Andrei kam im August 1809 in Petersburg an. Es war die Zeit, wo der Ruhm des jungen Speranski auf seiner höchsten Höhe stand, und wo an den von ihm betriebenen Reformen mit dem größten Eifer gearbeitet wurde. Gerade in diesem Monat war der Kaiser bei einer Wagenfahrt aus dem Wagen gefallen, hatte sich den Fuß beschädigt und blieb nun drei Wochen lang in Peterhof, wo er täglich und ausschließlich mit Speranski konferierte. In dieser Zeit wurden nicht nur zwei sehr bedeutsame und in der höheren Gesellschaft Aufregung hervorrufende Ukase über die Aufhebung von Privilegien der Hofchargen und über die Examina für die Ämter der Kollegienassessoren und Staatsräte fertiggestellt, sondern auch eine vollständige Reichsverfassung, durch welche das ganze bestehende Regierungssystem auf gerichtlichem, administrativem und finanziellem Gebiet vom Reichsrat bis zur Dorfgemeinde eine durchgreifende Veränderung erfahren sollte. Jetzt begannen sich jene unklaren liberalen Ideen zu verwirklichen, mit denen Kaiser Alexander den Thron bestiegen hatte, und die er früher mit Hilfe seiner Mitarbeiter Ezartoryski, Rowosilzew, Kotschubei und Stroganow, die er selbst im Scherz seinen Wohlfahrtsausschuß zu nennen pflegte, durchzuführen bemüht gewesen war.

Jetzt waren sie alle zusammen durch zwei Männer ersetzt worden: durch Speranski in Zivilangelegenheiten und durch Araktschejew in Militärangelegenheiten.

Fürst Andrei war bald nach seiner Ankunft in seiner Eigenschaft als Kammerherr bei Hof und zur Cour erschienen. Aber der Kaiser, dem er dabei zweimal vor Augen gekommen war, hatte ihn keines Wortes gewürdigt. Fürst Andrei hatte schon früher immer den Eindruck gehabt, daß er dem Kaiser unsympathisch sei, daß dem Kaiser sein Gesicht und sein ganzes Wesen nicht zusage. In dem kalten, abweisenden Blick, mit dem ihn der Kaiser jetzt angesehen hatte, fand Fürst Andrei eine neue Bestätigung dieser Vermutung. Die Hofleute dagegen erklärten dem Fürsten Andrei gegenüber diese Nichtbeachtung seitens des Kaisers damit, daß Seine Majestät es übel vermerkt habe, daß Bolkonski seit dem Jahr 1805 nicht mehr im Dienst sei.

»Ich weiß selbst nur zu gut, wie machtlos wir unsern Sympathien und Antipathien gegenüberstehen«, dachte Fürst Andrei, »und daher ist gar nicht daran zu denken, daß ich meine Denkschrift über die militärischen Reglements dem Kaiser persönlich überreichen könnte. Aber die Sache wird für sich selbst sprechen.«

Er machte einem alten Feldmarschall, einem Freund seines Vaters, brieflich von seiner Denkschrift Mitteilung. Der Feldmarschall gab ihm eine Stunde an, empfing ihn freundlich und versprach, dem Kaiser darüber zu berichten. Einige Tage darauf erhielt Fürst Andrei die Weisung, sich beim Kriegsminister, dem Grafen Araktschejew, einzufinden.

*

An dem festgesetzten Tag um neun Uhr morgens stellte sich Fürst Andrei im Wartezimmer des Grafen Araktschejew ein.

Persönlich kannte Fürst Andrei den Grafen Araktschejew nicht; er hatte ihn nie gesehen; aber alles, was er von ihm wußte, flößte ihm wenig Achtung vor diesem Mann ein.

»Er ist Kriegsminister«, dachte aber Fürst Andrei, »der Vertrauensmann des Kaisers; um seine persönliche Eigenschaften hat sich niemand zu kümmern. Er hat den Auftrag, meine Denkschrift zu prüfen; folglich ist er der einzige Mensch, der meinen Ideen freie Bahn schaffen kann.« Mit solchen Gedanken wartete Fürst Andrei in dem Wartezimmer des Grafen Araktschejew unter vielen anderen Leuten hohen und niederen Ranges.

Fürst Andrei hatte während seiner Dienstzeit, namentlich in seiner Stellung als Adjutant, viele Wartezimmer hoher Persönlichkeiten zu sehen bekommen und kannte den verschiedenen Charakter dieser Wartezimmer recht genau. Aber das Wartezimmer des Grafen Araktschejew repräsentierte einen ganz besonderen Typus. Auf den Gesichtern der geringeren Personen, die hier darauf warteten, daß sie an die Reihe kämen, Audienz zu erhalten, prägte sich eine gewisse Ängstlichkeit und Unterwürfigkeit aus; bei den höhergestellten Personen kam durchweg ein gemeinsames Gefühl der Unbehaglichkeit zum Ausdruck, das sich unter der Maske der Ungeniertheit und des Spottes über sich selbst, über die eigene Situation und über die Persönlichkeit, bei der man auf die Audienz wartete, zu verbergen suchte. Manche gingen, mit ihren Gedanken beschäftigt, hin und her; andere flüsterten und lachten miteinander, und Fürst Andrei hörte den Spitznamen Sila Andrejewitsch* und die Worte: »Der Onkel wird Ihnen gehörig den Kopf waschen«, die sich auf den Grafen Araktschejew bezogen. Ein General von sehr hohem Rang fühlte sich offenbar dadurch beleidigt, daß er so lange warten mußte; er saß, verächtlich vor sich hinlächelnd, da und legte die Beine bald so, bald so übereinander.

Aber sobald sich die Tür öffnete, zeigte sich auf allen Gesichtern ein und derselbe Ausdruck: der der Furcht. Fürst Andrei bat den diensttuenden Adjutanten schon zum zweitenmal, ihn doch zu melden; aber die Anwesenden blickten ihn spöttisch an, und es wurde ihm gesagt, daß es streng nach der Reihe gehe und er warten müsse, bis er drankomme. Nachdem mehrere andere Personen durch den Adjutanten in das Zimmer des Ministers hineingeführt und wieder herausgeleitet waren, wurde in die schreckliche Tür ein Offizier hineingelassen, der dem Fürsten Andrei durch seine niedergeschlagene, ängstliche Miene auffiel. Die Audienz dieses Offiziers dauerte ziemlich lange. Auf einmal hörte man durch die Tür hindurch das grollende Schelten einer unangenehm klingenden Stimme; der Offizier kam mit blassem Gesicht und zitternden Lippen wieder heraus und ging, sich an den Kopf greifend, durch das Wartezimmer hindurch.

Gleich darauf wurde Fürst Andrei zu der Tür geleitet, und der diensttuende Adjutant flüsterte ihm zu: »Nach rechts, zum Fenster!«

Fürst Andrei trat in das einfach ausgestattete, saubere Arbeitszimmer und erblickte am Tisch einen Mann von etwa vierzig Jahren, mit langer Taille, langem, kurzgeschorenem Kopf, mit dicken Falten auf der Stirn und zusammengezogenen Brauen über braungrünen, stumpfblickenden

* Graf Rasroptschin veröffentlichte ins Jahre 1807 eine Broschüre: »Ein Selbstgespräch auf der Roten Treppe«. In ihr wird als redend der Oberstleutnant a. D. Sila Andrejewitsch Bogatyrjow eingeführt, welcher über die Vorliebe der Russen für französisches Wesen klagt. Anmerkung des Übersetzers.

Augen, und mit einer hängenden roten Nase. Araktschejew wandte den Kopf zu ihm hin, ohne ihn anzusehen.

»Um was bitten Sie?« fragte der Minister.

»Ich bitte um nichts, Euer Erlaucht«, antwortete Fürst Andrei ruhig.

Jetzt richteten sich Araktschejews Augen nach ihm hin.

»Setzen Sie sich«, sagte er. »Fürst Bolkonski?«

»Ich bitte um nichts; aber Seine Majestät der Kaiser haben geruht, Euer Erlaucht eine von mir eingereichte Denkschrift zuzustellen ...«

»Ja, sehen Sie, mein Bester, Ihre Denkschrift habe ich gelesen«, unterbrach ihn Araktschejew; er hatte nur die ersten Worte freundlich gesagt, blickte dem Fürsten Andrei nicht mehr ins Gesicht und geriet immer mehr und mehr in einen mürrischen, geringschätzigen Ton hinein. »Sie schlagen neue Militärreglements vor? Reglements haben wir genug, so viele, daß niemand auch nur die alten alle befolgen kann. Heutzutage schreiben alle Leute Reglements; schreiben ist leichter als handeln.«

»Ich bin gemäß der Weisung Seiner Majestät hergekommen, um mich bei Euer Erlaucht zu erkundigen, welche weitere Folge Sie der von mir eingereichten Denkschrift zu geben beabsichtigen«, sagte Fürst Andrei höflich.

»Ich habe ein Urteil über Ihre Denkschrift abgefaßt und diese dem Komitee übersandt. Ich stimme Ihnen nicht bei«, sagte Araktschejew, stand auf und nahm ein Papier vom Schreibtisch. »Hier!« Er reichte das Blatt dem Fürsten Andrei.

Auf dem Blatt war querüber, mit Bleistift, ohne einen großen Anfangsbuchstaben, unorthographisch und ohne Interpunktionszeichen folgendes geschrieben: »Eine ungründliche Arbeit, weil lediglich Nachahmung, abgeschrieben aus dem französischen Militärreglement und von den bestehenden Bestimmungen ohne Not abweichend.«

»Welchem Komitee ist denn die Denkschrift übergeben?« fragte Fürst Andrei.

»Dem Komitee für Militärgesetzgebung, und es ist von mir beantragt worden, Euer Wohlgeboren als Mitglied zu aggregieren. Aber ohne Gehalt.«

Fürst Andrei lächelte.

»Gehalt wünsche ich auch nicht.«

»Als Mitglied ohne Gehalt«, sagte Araktschejew noch einmal. »Ich habe die Ehre ... He! Ruf den nächsten! Wer ist noch da?« rief er und machte dem Fürsten Andrei eine Verbeugung.

V

Während Fürst Andrei eine Benachrichtigung darüber erwartete, daß er dem Komitee als Mitglied aggregiert sei, erneuerte er alte Bekanntschaften, namentlich mit solchen Persönlichkeiten, von denen er wußte, daß sie Einfluß besaßen und ihm nützlich sein konnten. Es erfüllte ihn jetzt in Petersburg ein ähnliches Gefühl wie damals am Tag vor der Schlacht, als ihn eine unruhige Neugier gequält und ihn unwiderstehlich zu jenen höheren Regionen hingezogen hatte, wo die Zukunft vorbereitet wurde, von der das Schicksal von Millionen Menschen abhing. An dem erbitterten Ingrimm der Partei der Älteren, an der Neugier der Uneingeweihten, an der Zurückhaltung der Wissenden, an dem hastigen Treiben und unruhigen Wesen aller, an der zahllosen Menge von Komitees und Kommissionen (täglich hörte er von der Existenz neuer, ihm bisher unbekannter), an alledem merkte er, daß jetzt, im Jahre 1809, hier in Petersburg gewissermaßen eine gewaltige soziale Schlacht vorbereitet wurde, deren Oberkommandierender eine ihm unbekannte, geheimnisvolle, aber genial erscheinende Persönlichkeit war: Speranski.

Sowohl das Reformwerk selbst, das ihm nur in undeutlichen Umrissen bekannt war, als auch die eigentliche Triebfeder desselben, Speranski, begannen ihn so leidenschaftlich zu interessieren, daß die Angelegenheit des Militärreglements bei ihm sehr bald an die zweite Stelle zurücktreten mußte.

Fürst Andrei befand sich in einer außerordentlich günstigen Lage, durch die ihm eine gute Aufnahme in all den so verschiedenartigen Kreisen der damaligen Petersburger Gesellschaft, auch in den höchsten, gesichert wurde. Die Partei der Reformer empfing ihn freudig und suchte ihn für sich zu gewinnen, erstens, weil er in dem Ruf stand, einen guten Verstand und eine große Belesenheit zu besitzen, und zweitens, weil er durch seine Bauernbefreiung sich bereits die Reputation eines Liberalen erworben hatte. Die Partei der unzufriedenen Alten wandte sich an ihn; einfach weil er der Sohn seines Vaters war, und rechnete aus diesem Grund auf seine Zustimmung bei dem Verdammungsurteil über die Reformen. Die weibliche Gesellschaft, die »Welt«, nahm ihn mit Freuden auf, weil er ein reicher, vornehmer Heiratskandidat war und als eine beinahe neue Persönlichkeit, geschmückt mit dem Nimbus, den ihm die romanhafte Geschichte von seinem vermeintlichen Tod und dem tragischen Ende seiner Frau verlieh, in diesen Kreis trat. Außerdem war bei allen, die ihn früher gekannt hatten, nur eine Stimme darüber, daß er sich in diesen fünf Jahren sehr zu seinem Vorteil verändert habe, milder und männlicher geworden sei, nicht mehr das frühere gekünstelte, hochmütige, spöttische

Wesen zeige, sondern jene Ruhe gewonnen habe, die dem Menschen die Jahre verleihen. Man fing an, von ihm zu sprechen, man interessierte sich für ihn, und alle wünschten mit ihm umzugehen.

Am Tag nach dem Besuch bei dem Grafen Araktschejew war Fürst Andrei auf einer Abendgesellschaft bei dem Grafen Kotschubei. Er erzählte dem Grafen seine Unterredung mit »Sila Andrejewitsch« (auch Kotschubei nannte den Grafen Araktschejew so mit einer Nuance von Spott über dessen Richtung; dieselbe Nuance hatte Fürst Andrei schon in dem Wartezimmer des Kriegsministers herausgefühlt).

»Mein Lieber«, sagte Kotschubei, »auch in dieser Angelegenheit dürfen Sie Michail Michailowitsch Speranski nicht übergehen. Er ist der große Mann, der alles macht. Ich werde es ihm sagen. Er hat mir versprochen, heute abend herzukommen.«

»Was hat denn Speranski mit dem Militärreglement zu schaffen?« fragte Fürst Andrei.

Kotschubei wiegte lächelnd den Kopf hin und her, wie wenn er sich über Bolkonskis Naivität wunderte.

»Ich habe kürzlich mit ihm über Sie gesprochen«, fuhr Kotschubei fort, »über Ihre freien Bauern ...«

»Ja, was haben Sie denn da gemacht, Fürst? Sie haben Ihre Bauern freigelassen?« sagte ein alter, aus der Zeit der Kaiserin Katharina stammender Herr, der sich mit einer Miene geringschätzigen Tadels zu Bolkonski wandte.

»Es handelte sich nur um ein kleines Gut, das nichts einbrachte«, antwortete Bolkonski, der, um den alten Mann nicht unnötig zu ärgern, sich bemühte, ihm gegenüber die Bedeutung seiner Handlungsweise abzuschwächen.

»Sie fürchten wohl, hinter dem Fürsten Bolkonski zurückzubleiben?« sagte der Alte, indem er Kotschubei anblickte.

»Ich begreife nur eines nicht«, fuhr er fort: »Wer wird denn das Land pflügen, wenn man sie freiläßt? Gesetze schreiben ist leicht; aber regieren ist schwer. Das sieht man auch jetzt bei dieser neuen Verordnung: Ich frage Sie, Graf, wer wird denn noch Chef einer Gerichts- oder Verwaltungsbehörde werden, wenn alle erst ein Examen machen müssen?«

»Diejenigen, die das Examen bestehen, möchte ich meinen«, antwortete Kotschubei, schlug ein Bein über das andere und sah sich um.

»Da habe ich in meinem Departement einen Beamten, namens Prjanitschnikow; ein prächtiger Mensch, nicht mit Gold zu bezahlen; aber er ist sechzig Jahre alt; wird der noch Examina machen?«

»Ja, Schwierigkeiten hat die Sache, weil eben die Bildung noch sehr wenig Verbreitung gefunden hat; aber ...«

Graf Kotschubei sprach seinen Satz nicht zu Ende; er erhob sich, faßte den Fürsten Andrei unter den Arm und ging mit ihm einem soeben eintretenden Herrn entgegen. Es war ein hochgewachsener, kahlköpfiger, blonder Mann von etwa vierzig Jahren, mit großer, offener Stirn und ganz ungewöhnlich blasser Farbe des länglichen Gesichts; er trug einen blauen Frack, einen Orden um den Hals und einen andern auf der linken Brustseite. Dies war Speranski. Fürst Andrei erkannte ihn sofort und fühlte in seinem Innern ein Zucken und Zittern, wie das in wichtigen Augenblicken des Lebens häufig vorkommt. Ob es nun Hochachtung war, oder Neid, oder gespannte Erwartung, er wußte es nicht. Die ganze Erscheinung Speranskis hatte etwas Besonderes an sich, woran man ihn sogleich erkennen konnte. Bei niemandem in den Gesellschaftskreisen, in denen Fürst Andrei lebte, hatte er so ruhige, selbstbewußte und dabei doch unbeholfene, anmutlose Bewegungen gesehen; bei niemandem einen so festen und zugleich weichen Blick der halbgeschlossenen und etwas feuchten Augen, ein so konsequent festgehaltenes, bedeutungsloses Lächeln, eine so feine, gleichmäßige, leise Stimme, und vor allem bei niemandem eine so zarte, weiße Farbe des Gesichts und namentlich auch der etwas breiten, ungewöhnlich fleischigen, zarten Hände. Eine solche Blässe und Zartheit des Gesichts hatte Fürst Andrei nur bei Soldaten gesehen, die lange im Hospital gewesen waren. Das also war Speranski, der Staatssekretär und vortragende Rat des Kaisers, den er auch nach Erfurt begleitet hatte, wo er mehrmals mit Napoleon zusammengetroffen war und mit ihm gesprochen hatte.

Speranski ließ seine Augen nicht von einem zum andern laufen, wie man das beim Eintritt in eine große Gesellschaft oft unwillkürlich tut, und beeilte sich nicht, zu reden. Er sprach leise, offenbar in der sicheren Überzeugung, daß man ihm zuhören werde, und blickte nur denjenigen an, mit dem er sprach.

Fürst Andrei achtete mit besonderer Aufmerksamkeit auf jedes Wort und jede Bewegung Speranskis. Wie es vielen Menschen geht, und namentlich solchen, die über ihre Mitmenschen streng zu urteilen pflegen, gab Fürst Andrei, wenn er einer neuen Persönlichkeit begegnete, und nun gar einem Mann wie Speranski, dessen bedeutenden Ruf er kannte, sich immer der Erwartung hin, in dem Betreffenden den Inbegriff menschlicher Vollkommenheit zu finden.

Speranski äußerte gegen Kotschubei sein Bedauern, daß er nicht habe früher kommen können, da er im Palais noch aufgehalten worden sei. Er sagte nicht, daß es der Kaiser gewesen war, der ihn aufgehalten hatte. Auch diese erkünstelte Bescheidenheit entging dem Fürsten Andrei nicht. Als Kotschubei ihm den Fürsten Andrei vorstellte, ließ Speranski langsam seine Augen zu diesem hinübergleiten und betrachtete ihn schweigend mit demselben Lächeln.

»Ich freue mich sehr, Sie kennenzulernen; ich habe von Ihnen gehört; und wer hätte von Ihnen nicht gehört?« sagte er.

Kotschubei sagte einige Worte über den Empfang, den Bolkonski bei Araktschejew gefunden hatte. Speranski lächelte noch mehr als vorher.

»Herr Magnizki, der Direktor des Komitees für Militärgesetzgebung, ist ein guter Freund von mir«, sagte er, indem er jede Silbe und jedes Wort deutlich aussprach, »und wenn Sie es wünschen, kann ich Sie mit ihm bekanntmachen.« (Er machte eine kleine Pause, als ob er zum Schluß dieses Satzes einen Punkt setzte.) »Ich hoffe, Sie werden an ihm einen Mann finden, der sich für alles Vernünftige interessiert und bereit ist, dabei mitzuwirken.«

Um Speranski bildete sich sogleich eine Gruppe; auch der alte Herr, der von seinem Beamten Prjanitschnikow gesprochen hatte, wendete sich mit einer Frage an Speranski.

Fürst Andrei beteiligte sich nicht an dem Gespräch, sondern beobachtete nur alle Bewegungen Speranskis, dieses Mannes, der vor nicht allzu langer Zeit ein unbedeutender Schüler der geistlichen Akademie gewesen war und jetzt in seinen Händen, diesen weißen, fleischigen Händen, das Schicksal Rußlands hielt. Dem Fürsten Andrei imponierte die außerordentliche, geringschätzige Ruhe, mit welcher Speranski dem alten Herrn antwortete. Es machte den Eindruck, als ob er von einer unermeßlichen Höhe herab ein paar leutselige Worte an ihn richtete. Als der alte Herr zu laut zu sprechen begann, bemerkte Speranski lächelnd, jener habe wohl kein zuverlässiges Urteil darüber, ob das, was der Kaiser anordne, nützlich sei oder nicht.

Nachdem Speranski eine Zeitlang in dem allgemeinen Kreis sich an dem Gespräch beteiligt hatte, stand er auf, trat zum Fürsten Andrei und ging mit ihm nach dem andern Ende des Zimmers. Augenscheinlich hielt er es für angemessen, sich mit Bolkonski ganz besonders abzugeben.

»Infolge des lebhaften Gesprächs, in das ich durch diesen ehrenwerten alten Herrn hineingeriet, bin ich noch gar nicht dazu gekommen, Fürst, mit Ihnen zu reden«, sagte er mit einem milden, geringschätzigen Lächeln; durch dieses Lächeln konstatierte er gleichsam, daß er und Fürst Andrei über die Wertlosigkeit jener Leute, mit denen er soeben gesprochen hatte, einer Meinung seien; dieses Benehmen hatte für den Fürsten Andrei etwas Schmeichelhaftes. »Ich kenne Sie schon lange: erstens infolge Ihres Verfahrens mit Ihren Bauern; das ist bei uns das erste Beispiel, und es wäre höchst erwünscht, wenn es recht viele Nachahmer fände;

und zweitens, weil Sie einer der wenigen Kammerherren sind, die sich durch den neuen Ukas über die Privilegien der Hofchargen, der so viel böses Blut gemacht hat, nicht beleidigt gefühlt haben.«

»Ja«, erwiderte Fürst Andrei, »mein Vater wollte nicht, daß ich von diesen Privilegien Vorteil zöge; ich habe meine militärische Laufbahn auf den untersten Stufen begonnen.«

»Ihr Herr Vater, ein Mann der alten Zeit, steht augenscheinlich hoch über der heutigen Generation, die über diese Maßnahme ein Verdammungsurteil fällt, obwohl dadurch doch lediglich die natürliche Gerechtigkeit wiederhergestellt wird.«

»Ich möchte indessen doch meinen, daß auch diese ungünstige Beurteilung nicht ohne eine gewisse Begründung ist«, sagte Fürst Andrei, der gegen die ihm fühlbar werdende Wirkung anzukämpfen suchte, die Speranski auf ihn ausübte.

Es war ihm unangenehm, in allen Punkten mit ihm derselben Meinung zu sein: Er wollte auch einmal widersprechen. Aber während er sonst gewöhnlich leicht und gut sprach, wurde es ihm jetzt im Gespräch mit Speranski schwer, die richtigen Ausdrücke zu finden. Er war zu sehr damit beschäftigt, die Persönlichkeit des berühmten Mannes zu studieren.

»Eine Begründung aus dem Interesse des persönlichen Ehrgeizes, mag sein«, schaltete Speranski leise und ruhig ein.

»Zum Teil doch auch aus dem Staatsinteresse«, entgegnete Fürst Andrei.

»Wie meinen Sie das?« fragte Speranski und schlug langsam die Augen nieder.

»Ich bin ein Verehrer Montesquieus«, sagte Fürst Andrei, »und sein Satz, daß die Grundlage der Monarchien das Ehrgefühl ist, scheint mir unbestreitbar. Und da scheinen mir gewisse Rechte und Privilegien des Adels geeignete Mittel zu sein, um dieses Gefühl lebendig zu erhalten.« Bei dem Zitat von Montesquieu war er unwillkürlich dazu übergegangen, französisch zu sprechen.

Das Lächeln verschwand auf Speranskis weißem Gesicht, wodurch seine Physiognomie noch bedeutend gewann. Der Gedanke, den Fürst Andrei geäußert hatte, interessierte ihn offenbar.

»Wenn Sie die Sache von diesem Gesichtspunkt aus ansehen«, begann er ebenfalls auf französisch; es wurde ihm offenbar schwer, sich dieser Sprache zu bedienen, und er sprach noch langsamer als vorher, wo sie russisch gesprochen hatten, aber auch jetzt mit vollkommener Ruhe.

Er äußerte sich dahin, das Ehrgefühl könne nicht durch Privilegien lebendig erhalten werden, die dem Interesse des Staatsdienstes zuwiderliefen. Das Ehrgefühl sei entweder ein negativer Begriff, so daß es in der Unterlassung tadelnswerter Handlungen bestehe, oder es sei eine Quelle des Wetteifers, so daß es darauf abziele, Anerkennung und Belohnungen, die äußerlichen Kennzeichen der Ehre, zu erlangen.

»Eine solche Institution«, schloß er, »durch welche dieses Ehrgefühl, die Quelle des Wetteifers, lebendig erhalten wird, ist zum Beispiel die Ehrenlegion des großen Kaisers Napoleon, die den Interessen des Dienstes nicht schädlich, sondern förderlich ist, keineswegs aber Privilegien eines Standes oder der Hofchargen.«

»Das erstere bestreite ich nicht; aber es läßt sich nicht leugnen, daß durch die Privilegien der Hofchargen dasselbe Ziel erreicht worden ist«, sagte Fürst Andrei. »Jeder Hofmann hält sich für verpflichtet, die Stellung, die er vermöge seiner Privilegien erhält, würdig auszufüllen.«

»Und doch haben Sie selbst, Fürst, von diesen Privilegien keinen Gebrauch machen können«, erwiderte Speranski und zeigte durch sein Lächeln, daß er den für seinen Gegner ungünstig stehenden Streit durch eine Liebenswürdigkeit abzubrechen wünschte. »Wenn Sie mir die Ehre erweisen wollen, mich am Mittwoch zu besuchen«, fügte er hinzu, »so werde ich nach vorgängiger Rücksprache mit Magnizki Ihnen alles mitteilen, was Sie interessieren kann, und werde außerdem das Vergnügen haben, mich ausführlicher mit Ihnen zu unterhalten.«

Dann schloß er für einen Moment die Augen, verbeugte sich und verließ auf französische Manier, ohne Abschied zu nehmen, möglichst unauffällig den Saal.

VI

In der ersten Zeit seines Aufenthalts in Petersburg fühlte Fürst Andrei, daß der ganze wohlgeordnete Gedankenschatz, den er sich während seines einsamen Lebens mit vieler Mühe zurechtgemacht hatte, durch die kleinlichen Sorgen, die ihn in Petersburg in Anspruch nahmen, völlig in Verwirrung gebracht wurde.

Wenn er am Abend nach Hause kam, so trug er in sein Notizbuch vier oder fünf notwendige Besuche oder Zusammenkünfte ein, bei denen er zu festgesetzten Stunden zu erscheinen hatte. Die durch das Leben erforderte mechanische Tätigkeit, wobei der ganze Tag kunstvoll so eingeteilt wurde, daß überall ein rechtzeitiges Erscheinen möglich war, absorbierte einen großen Teil der eigentlichen Lebensenergie. Er tat nichts, er dachte nicht einmal an etwas und hatte auch gar keine Zeit zum Denken; er konnte nur, was er vorher auf dem Land durchdacht hatte, vortragen, und das tat er allerdings mit gutem Erfolg.

Er wurde sich mitunter zu seinem Mißvergnügen bewußt, daß es ihm begegnet war, an einem und demselben Tag in verschiedenen Gesellschaften ganz dasselbe zu wiederholen. Aber oft war er ganze Tage lang so beschäftigt, daß er keine Zeit hatte, daran zu denken, daß er nichts dachte.

Wie Speranski auf den Fürsten Andrei bei dem ersten Zusammensein in Kotschubeis Haus einen starken Eindruck gemacht hatte, so auch bald darauf am Mittwoch, als Speranski in seiner eigenen Wohnung den Fürsten Andrei allein empfing und lange und vertraulich mit ihm redete.

Fürst Andrei hielt eine so gewaltige Anzahl von Menschen für verächtliche, geringwertige Geschöpfe und trug ein solches Verlangen, in einem andern die lebendige Verkörperung jener Vollkommenheit zu finden, nach der er selbst strebte, daß sich leicht bei ihm die Überzeugung herausbildete, er habe in Speranski dieses Ideal eines vollkommen klugen, sittlich guten Menschen gefunden. Hätte Speranski durch seine Geburt derselben gesellschaftlichen Sphäre angehört wie Fürst Andrei selbst, wäre er ebenso erzogen worden und hätte er in seinem geistigen Leben dieselben Gewohnheiten gehabt, so würde Fürst Andrei bald seine schwachen, menschlichen, nicht heldenhaften Seiten herausgefunden haben; so aber flößte diese ihm fremde logische Denkweise ihm um so größere Hochachtung ein, als er für sie kein völliges Verständnis hatte. Außerdem kokettierte Speranski (ob nun, weil er die Fähigkeiten des Fürsten Andrei schätzte, oder weil er für nötig hielt, ihn für sich zu gewinnen) vor dem Fürsten Andrei mit seinem unparteiischen, ruhig abwägenden Verstand und brachte dem Fürsten Andrei gegenüber jene feine Art der Schmeichelei zur Anwendung, die mit Selbstbewußtsein verbunden ist und darin besteht, stillschweigend anzuerkennen, daß der andere, neben einem selbst, der einzige Mensch sei, der die Fähigkeit besitze, die ganze Dummheit aller übrigen Menschen und die Verständigkeit und Tiefe der Gedanken, die man selbst ausspricht, zu begreifen.

Im Laufe ihrer langen Unterredung am Mittwoch abend gebrauchte Speranski wiederholt Wendungen von folgender Art: »Wenn wir etwas sagen oder tun, was sich über das allgemeine Niveau eingewurzelter Gewohnheiten erhebt, so wird das mißgünstig angesehen«, oder mit einem Lächeln: »Aber wir möchten, daß sowohl die Wölfe satt werden als auch die Schafe heil bleiben«, oder: »Das können die Leute nicht begreifen«, und immer mit demselben Ausdruck, welcher besagte: »Wir, das sind Sie und ich; wir beide wissen, was an den andern dran ist, und wer wir sind.«

Dieses erste lange Gespräch mit Speranski verstärkte lediglich beim Fürsten Andrei die Empfindung, die er schon bei der ersten Begegnung mit ihm gehabt hatte. Er sah in ihm einen klugen Mann, von ernster Gesinnung und gewaltigem Verstand, der durch Energie und Beharrlichkeit zur Macht gelangt war und diese Macht nun ausschließlich zum Wohl Rußlands benutzte. Speranski war in den Augen des Fürsten Andrei genau der Mann, der er, Andrei, selbst so lebhaft zu sein wünschte: ein Mann, der alle Erscheinungen des Lebens mit dem Verstand zu erklären imstande war, nur das, was verständig war, gelten ließ und an alles den Maßstab des Verstandes anzulegen wußte. In Speranskis Darlegungen erschien alles so einfach und so klar, daß Fürst Andrei ihm unwillkürlich in allen Stücken beistimmte. Wenn er widersprach und disputierte, so tat er das nur, weil er absichtlich selbständig zu bleiben und sich den Ansichten Speranskis nicht vollständig unterzuordnen wünschte. Alles war an Speranski, wie es sein sollte; alles war gut und schön; nur eines störte den Fürsten Andrei: Das war Speranskis kalter, spiegelartiger Blick, der kein Eindringen in die Seele gestattete, und seine weiße, zarte Hand, die Fürst Andrei oft unwillkürlich betrachtete, so wie man es gewöhnlich mit den Händen von Machthabern tut. Der spiegelnde Blick und diese zarte Hand hatten eigentümlicherweise die Wirkung, den Fürsten Andrei nervös zu machen. Unangenehm fiel dem Fürsten Andrei auch noch die übermäßige Geringschätzung der anderen Menschen auf, die er bei Speranski wahrnahm, und ferner dessen bunt wechselndes Verfahren bei den Beweisen, die er zur Unterstützung seiner Ansichten vorbrachte. Er gebrauchte, mit Ausnahme von Bildern und Vergleichen, alle möglichen Waffen aus der Rüstkammer des Geistes und ging allzu kühn, wie es dem Fürsten Andrei vorkam, von einer Waffe zur andern über. Bald stellte er sich auf den Boden des praktischen Handelns und brach den Stab über die theoretischen Träumer; bald ergriff er die Geißel des Satirikers und verspottete seine Gegner mit beißender Ironie; bald stellte er sich als strengen Logiker dar; bald schwang er sich in das Reich der Metaphysik hinauf. (Dieser letzten Kampfart bediente er sich bei der Beweisführung besonders oft.) Er spielte dann die Streitfrage in die hohen metaphysischen Regionen hinüber, ließ sich auf die Definitionen des Raumes, der Zeit und des Denkens ein und stieg, nachdem er sich dort mit Widerlegungsgründen versehen hatte, wieder auf den eigentlichen Boden der Debatte herab.

Aber *ein* Zug in Speranskis Geist imponierte dem Fürsten Andrei ganz besonders: Das war dessen zweifelsfreier, unerschütterlicher Glaube an die unbedingte Macht und gesetzmäßige Oberherrschaft des Verstandes. Offenbar konnte in Speranskis Kopf niemals der dem Fürsten Andrei ganz geläufige Gedanke Eingang finden, daß man denn doch nicht alles, was man denkt, auszudrücken vermöge, und niemals wurde bei ihm ein Zweifel rege: »Ist nicht vielleicht alles, was ich denke, und alles, was ich glaube, dummes Zeug?« Und gerade diese Denkweise Speranskis übte auf den Fürsten Andrei die größte Anziehungskraft aus.

Während der ersten Zeit seiner Bekanntschaft mit Speranski hegte Fürst Andrei für ihn ein enthusiastisches Gefühl der Bewunderung, ähnlich dem, das er früher für Bonaparte empfunden hatte. Der Umstand, daß Speranski der Sohn eines Geistlichen war und viele dumme Leute meinten, ihn als linkischen Popensohn und beschränkten Zögling einer geistlichen Anstalt geringschätzen zu dürfen, dieser Umstand veranlaßte den Fürsten Andrei, ihn besonders schonend zu beurteilen, und so wurde die Empfindung, die er ihm gegenüber hatte, unbewußt noch verstärkt.

An jenem ersten Abend, den Bolkonski in Speranskis Haus verlebte, erzählte Speranski, als von der Kommission für Gesetzgebung die Rede war, dem Fürsten Andrei mit bitterer Ironie, diese Kommission bestehe schon hundertfünfzig Jahre lang, habe bereits Millionen gekostet und nichts geleistet, als daß Rosenkampf alle Kapitel einer vergleichenden Zusammenstellung von Gesetzen mit Etiketten beklebt habe. »Das ist die ganze Leistung, für die das Reich Millionen gezahlt hat!« sagte er.

»Wir möchten«, fuhr er dann fort, »gern dem Senat eine neue richterliche Gewalt geben; aber wir haben keine Gesetze. Deshalb ist es für Männer wie Sie, Fürst, jetzt geradezu eine Sünde, sich vom Staatsdienst fernzuhalten.«

Fürst Andrei erwiderte, daß hierzu eine juristische Bildung erforderlich sei, die er nicht besitze.

»Aber die besitzt ja niemand; also haben Sie keinen Grund. Nein, das ist ein Circulus vitiosus, aus dem man mit Gewalt herauskommen muß.«

*

Eine Woche darauf war Fürst Andrei Mitglied des Komitees zur Abfassung des Militärreglements und, was er in keiner Weise erwartet hatte, Abteilungsvorsteher in der Kommission zur Herstellung eines Gesetzbuches. Auf Speranskis Bitte übernahm er den ersten Teil des in der Ausarbeitung begriffenen Bürgerlichen Gesetzbuches und arbeitete mit Hilfe des »Code Napoléon« und des Justinianischen »Corpus juris« an der Fertigstellung des Abschnittes: Das Personenrecht.

VII

Vor ungefähr zwei Jahren, im Jahre 1808, war Pierre, nachdem er von der Reise zur Revision seiner Güter wieder nach Petersburg zurückgekehrt war, ohne es zu wollen, in den Vorstand der Petersburger Freimaurerei gewählt worden. In dieser Eigenschaft veranstaltete er Tafellogen und

Trauerlogen, warb neue Mitglieder und bemühte sich, eine Vereinigung verschiedener Logen zustande zu bringen und Originalurkunden zu erwerben. Er gab aus eigener Tasche Geld zur Ausstattung der Logenräume und erhöhte, soweit er konnte, den Betrag der Almosensammlungen, bei denen die Mehrzahl der Mitglieder sich geizig und säumig zeigte. Das Armenhaus, das der Orden in Petersburg errichtet hatte, erhielt er fast ganz allein aus seinen Mitteln.

Sein Leben verlief dabei in derselben Weise wie früher: unter denselben Genüssen und Ausschweifungen. Er liebte es, gut zu dinieren und stark zu trinken, und obgleich er es für unmoralisch und unwürdig hielt, war er nicht imstande, sich von den Vergnügungen der Junggesellen fernzuhalten, in deren Gesellschaft er lebte.

Trotz der Benommenheit, in die diese Beschäftigungen und diese Genüsse ihn versetzten, begann Pierre dennoch nach Verlauf eines Jahres zu fühlen, daß der Boden der Freimaurerei, auf dem er stand, um so mehr unter seinen Füßen wich, je fester er auf ihm zu fußen bemüht war. Und gleichzeitig fühlte er, daß, je tiefer der Boden unter seinen Füßen wich, es um so weniger von seinem Willen abhing, von diesem Boden loszukommen. Mit seinem Eintritt in die Freimaurerei war es ihm gegangen wie jemandem, der vertrauensvoll einen Fuß auf die ebene Oberfläche eines Sumpfes setzt. Er war mit dem Fuß, den er daraufgesetzt hatte, eingesunken. In dem Wunsch, sich völlig davon zu überzeugen, daß der Boden doch fest sei, hatte er auch den anderen Fuß daraufgesetzt, war mit diesem noch tiefer hineingefahren und watete nun, ohne sich heraushelfen zu können, bis an die Knie im Sumpf.

Osip Alexejewitsch war nicht in Petersburg. (Er hatte sich in der letzten Zeit von den Angelegenheiten der Petersburger Logen zurückgezogen und lebte jetzt ständig in Moskau.) Alle Logenbrüder waren Männer, die Pierre im gewöhnlichen Leben kannte, und es wurde ihm schwer, in ihnen nur Freimaurerbrüder und nicht den Fürsten B. und Iwan Wasiljewitsch D. und andere zu sehen, die er im gewöhnlichen Leben großenteils als schwache, geringwertige Menschen kannte. Unter den freimaurerischen Schürzen und Abzeichen glaubte er bei diesen Leuten ihre Uniformen zu erblicken und die Orden, die im äußeren Leben das Ziel ihres eifrigen Strebens bildeten. Oft, wenn er Almosen sammelte und von zehn Mitgliedern, von denen die Hälfte ebenso reich war wie er, im ganzen nur zwanzig bis dreißig Rubel, noch dazu größtenteils auf Kredit, in der Liste eingetragen fand, mußte Pierre an den Freimaurereid denken, in welchem jeder Bruder sein ganzes Vermögen für den Nächsten hinzugeben versprach; und in seiner Seele wurden Zweifel rege, die er ohne rechten Erfolg zu verscheuchen suchte.

Alle Brüder, die er kannte, teilte er in vier Klassen ein. Zu der ersten Klasse rechnete er diejenigen Brüder, die weder an der eigentlichen Logenarbeit noch an der menschenfreundlichen Tätigkeit der Loge aktiven Anteil nahmen, sondern sich ausschließlich mit den Geheimnissen der Ordenswissenschaft beschäftigten: mit Untersuchungen über die dreifache Benennung Gottes, oder über die drei Urelemente der Dinge, Schwefel, Quecksilber und Salz, oder über die Bedeutung des Quadrates und aller Figuren des salomonischen Tempels. Pierre hegte zwar Achtung vor dieser Klasse der Brüder Freimaurer, zu welcher namentlich die älteren Brüder gehörten und auch, nach Pierres Meinung, Osip Alexejewitsch selbst; aber er teilte ihre Interessen nicht. Seine Herzensneigung galt nicht der mystischen Seite der Freimaurerei.

Zu der zweiten Klasse zählte Pierre sich selbst und die ihm ähnlichen Brüder. Das waren diejenigen, die noch suchten, noch schwankenden Schrittes gingen und noch nicht den geraden deutlichen Weg in der Freimaurerei gefunden hatten, aber ihn zu finden hofften.

Zur dritten Klasse rechnete er diejenigen Brüder (und sie bildeten die größte Zahl), die in der Freimaurerei nichts sahen als äußerliche Formen und Zeremonien und auf die genaue Einhaltung dieser äußeren Formen großen Wert legten, ohne sich um ihren Inhalt und um ihre Bedeutung zu kümmern. Von dieser Art war zum Beispiel Willarski, ja sogar der Meister vom Stuhl der Hauptloge.

Zu der vierten Klasse endlich zählte er eine gleichfalls große Anzahl von Brüdern, namentlich viele, die in der letzten Zeit in die Bruderschaft eingetreten waren. Das waren Leute, die nach Pierres Beobachtungen an nichts glaubten, sich für die Bestrebungen der Freimaurerei nicht interessierten und sich in die Loge nur deswegen hatten aufnehmen lassen, um mit jungen, reichen, durch Konnexionen und Rang einflußreichen Brüdern, deren sehr viele der Loge angehörten, in nähere Beziehung zu kommen.

Pierre begann sich von seiner Tätigkeit unbefriedigt zu fühlen. Es wollte ihm mitunter scheinen, als ob die Freimaurerei, oder wenigstens diejenige Freimaurerei, die er hier kennengelernt hatte, nur in Äußerlichkeiten bestehe. Er ließ sich nicht beikommen, an der Freimaurerei selbst zu zweifeln; aber er argwöhnte, daß die russische Freimaurerei auf einen falschen Weg geraten und von ihrer ursprünglichen Tendenz abgekommen sei. Und darum reiste Pierre gegen Ende des Jahres ins Ausland, um sich in die höheren Geheimnisse des Ordens einweihen zu lassen.

*

Gegen Ende des Sommers 1809 kehrte Pierre wieder nach Petersburg zurück. Durch die Korrespondenz, die unsere Freimaurer mit denen des Auslandes unterhielten, war bekannt geworden, daß Besuchow sich im

Ausland das Vertrauen vieler hochgestellter Persönlichkeiten erworben habe, in viele Geheimnisse eingedrungen und zum höchsten Grad befördert sei und vieles mitbringe, wodurch das Gedeihen der gesamten Freimaurerei in Rußland gefördert werden könne. Die Petersburger Freimaurer kamen sämtlich zu ihm, um sich bei ihm in Gunst zu setzen, und alle gewannen dabei den Eindruck, daß er etwas verberge und für eine besondere Gelegenheit in Bereitschaft setze.

Es wurde eine feierliche Logensitzung des zweiten Grades angesetzt, und Pierre versprach, in dieser Sitzung das mitzuteilen, was er den Petersburger Brüdern von den höchsten Leitern des Ordens auszurichten habe. Die Sitzung war stark besucht. Nach den gewöhnlichen Zeremonien stand Pierre auf und begann seine Rede.

»Liebe Brüder!« begann er, errötend und stotternd, mit dem Manuskript in der Hand. »Es ist nicht genug, daß wir in der Stille der Loge unsere Geheimnisse hüten; wir müssen wirken … wirken. Wir haben uns von Schläfrigkeit überwältigen lassen; aber wir müssen wirken.« Pierre nahm sein Heft und fing an vorzulesen.

»Um die reine Wahrheit auszubreiten und der Tugend zum Sieg zu verhelfen«, las er, »müssen wir die Menschen von Vorurteilen befreien, müssen Grundsätze verbreiten, die mit dem Geist der Zeit im Einklang stehen, und müssen uns der Erziehung der Jugend annehmen. Wir müssen uns durch unzerreißbare Bande mit den verständigsten Männern vereinigen, müssen Aberglauben, Unglauben und Dummheit kühn und zugleich mit Überlegung überwinden und müssen aus der Zahl unserer Anhänger Menschen heranbilden, die durch die Einheitlichkeit des Zieles fest verbunden sind und dadurch Macht und Einfluß besitzen.

Um dieses Ziel zu erreichen, müssen wir der Tugend das Übergewicht über das Laster verschaffen; wir müssen dahin streben, daß der ehrenhafte Mensch schon auf dieser Welt einen lebenslänglichen Lohn für seine Tugend erhalte. Aber bei der Verfolgung dieser hohen Ziele werden wir durch die äußeren politischen Einrichtungen stark behindert. Was sollen wir bei dieser Lage der Dinge tun? Sollen wir die Revolutionen begünstigen, alles umstürzen, Gewalt mit Gewalt vertreiben? Nein, von einem solchen Verfahren sind wir weit entfernt. Jede gewaltsame Reform ist tadelnswert, weil sie das Übel nicht bessern wird, solange die Menschen so bleiben, wie sie sind, und weil die Weisheit nicht der Gewalt bedarf.

Das ganze Streben des Ordens muß darauf gerichtet sein, charakterfeste, tugendhafte Menschen heranzubilden; alle aber müssen verbunden sein durch die Einheitlichkeit des Zieles, welches darin besteht, überall und mit allen Kräften das Laster und die Dummheit zu verfolgen, die Talente und die Tugend zu beschützen, würdige Männer aus dem Staub heraufzuheben und zu Mitgliedern unserer Bruderschaft zu machen. Nur dann wird unser Orden die Macht haben, den Beschützern der Unordnung unmerklich die Hände zu binden und sie zu zügeln und zu leiten, ohne daß sie selbst sich dessen bewußt werden. Mit einem Wort, es ist notwendig, eine allumfassende Regierungsform zu schaffen, welche sich über die ganze Welt ausdehnen muß, ohne doch die bürgerlichen Bande zu zerstören, und bei welcher alle übrigen Regierungen in ihrer gewohnten Ordnung werden fortbestehen und alles wie bisher werden tun können, mit einziger Ausnahme solcher Handlungen, die dem hohen Ziel unseres Ordens widerstreiten, das darin besteht, der Tugend zum Sieg über das Laster zu verhelfen. Dieses Ziel hat sich schon das Christentum gesetzt. Es hat die Menschen gelehrt, weise und gut zu sein und zu ihrem eigenen Heil dem Beispiel und den Mahnungen der besten und weisesten Menschen zu folgen.

Damals, als alles in Finsternis begraben lag, konnte allerdings die Predigt allein als ausreichend betrachtet werden; die Neuheit der Wahrheit verlieh der Wahrheit eine besondere Kraft; aber heutzutage bedürfen wir weit stärkerer Mittel. Jetzt ist erforderlich, daß der Mensch, der sich ja durch das Streben nach Genuß leiten läßt, in der Tugend den Reiz des Genusses finde. Die Leidenschaften auszurotten ist unmöglich; wir müssen nur darauf bedacht sein, sie auf ein edles Ziel zu lenken, und daher ist notwendig, daß ein jeder seine Leidenschaften in den Grenzen der Tugend befriedigen kann, und daß unser Orden ihm dazu die Mittel an die Hand gibt.

Wenn wir erst eine gewisse Zahl würdiger Männer in jedem Staat haben werden und jeder von ihnen wieder ein paar andere heranbilden wird und sie alle eng untereinander verbunden sein werden, dann wird unserm Orden, der im stillen schon so viel für das Wohl der Menschheit getan hat, alles möglich sein, ja, alles.«

Diese Rede machte in der Loge nicht nur einen starken Eindruck, sondern sie rief sogar eine gewaltige Aufregung hervor. Die Mehrzahl der Brüder erblickte in dieser Rede die gefährlichen Ideen des Illuminatentums und nahm Pierres Rede mit einer Kälte auf, die ihn in Staunen versetzte. Der Meister vom Stuhl begann Einwendungen vorzubringen. Pierre entwickelte seine Gedanken mit immer größerer Wärme. Seit langer Zeit hatte keine Sitzung einen so stürmischen Verlauf genommen. Es bildeten sich Parteien: Die einen griffen Pierre an und beschuldigten ihn des Illuminatentums; die andern standen ihm bei. Zum erstenmal drängte sich ihm bei dieser Versammlung überraschend die Tatsache auf, daß die Menschenköpfe von einer unendlichen Mannigfaltigkeit sind, welche bewirkt, daß keine Wahrheit sich auch nur zwei Menschen auf die gleiche Weise darstellt. Sogar diejenigen Mitglieder, die anscheinend auf seiner Seite standen, faßten seine Idee jeder auf seine besondere Art auf, mit Einschränkungen und Abweichungen, denen Pierre nicht zustimmen konnte, da er gerade darauf besonderen Wert legte, seine Idee genau so weiterzuverbreiten, wie er selbst sie auffaßte.

Gegen den Schluß der Sitzung richtete der Meister vom Stuhl in übelwollendem, ironischem Ton an Pierre eine tadelnde Bemerkung: er sei zu hitzig geworden und habe sich bei der Debatte nicht lediglich von Liebe zur Tugend, sondern auch von seiner Kampflust leiten lassen. Pierre gab ihm darauf keine Antwort, sondern fragte nur kurz, ob sein Antrag Annahme finden werde. Es wurde ihm erwidert, dies werde nicht der Fall sein, und Pierre verließ die Loge, ohne die üblichen Formalitäten abzuwarten, und fuhr nach Hause.

VIII

Über Pierre kam nun wieder jene Schwermut, die er so sehr fürchtete. Nachdem er in der Loge seine Rede gehalten hatte, lag er drei Tage lang zu Hause auf dem Sofa; er empfing niemand und besuchte niemand.

In dieser Zeit erhielt er einen Brief von seiner Frau, die ihn inständig um eine Unterredung bat und schrieb, wie sehr sie sich nach ihm sehne und ihm ihr ganzes Leben zu weihen wünsche.

Am Schluß des Briefes teilte sie ihm mit, daß sie in den nächsten Tagen aus dem Ausland wieder in Petersburg eintreffen werde.

Bald nachdem Pierre diesen Brief empfangen hatte, drang ein Bruder Maurer, den Pierre nicht sonderlich schätzte, zu ihm in seine Einsamkeit, leitete das Gespräch auf Pierres eheliche Verhältnisse und sagte ihm in Form eines brüderlichen Rates, seine Strenge gegen seine Frau sei ungerecht, und Pierre verstoße gegen die ersten Grundsätze der Freimaurerei, wenn er der Reuigen nicht verzeihe.

Um dieselbe Zeit schickte seine Schwiegermutter, die Frau des Fürsten Wasili, zu Pierre und ersuchte ihn dringend, sie wenigstens auf ein paar Minuten zu besuchen, da sie mit ihm über eine sehr wichtige Angelegenheit zu reden habe. Pierre sah, daß eine Verabredung gegen ihn bestand und man ihn wieder mit seiner Frau zusammenbringen wollte, und dies war ihm in dem Zustand, in dem er sich jetzt befand, nicht einmal unangenehm. Ihm war alles gleich: Nichts im Leben erschien ihm wichtig, und unter dem Einfluß der Schwermut, die ihn in ihrem Bann hielt, legte er weder auf seine eigene Freiheit Wert noch auf eine hartnäckige Fortsetzung der Bestrafung seiner Frau.

»Niemand hat recht, niemand ist schuldig; also ist auch sie nicht schuldig«, dachte er.

Wenn Pierre nicht sofort seine Zustimmung zu seiner Wiedervereinigung mit seiner Frau aussprach, so unterließ er dies nur deswegen, weil er in dem Zustand von Schwermut, in dem er sich befand, überhaupt nicht die Kraft hatte, irgend etwas zu tun. Wäre seine Frau zu ihm gekommen, so hätte er sie jetzt nicht von sich gewiesen. War es denn im Vergleich mit dem, was ihn beschäftigte, nicht ganz gleichgültig, ob er mit seiner Frau zusammenlebte oder nicht?

Ohne seiner Frau oder seiner Schwiegermutter zu antworten, machte sich Pierre eines Abends reisefertig und fuhr nach Moskau, um Osip Alexejewitsch aufzusuchen. Über diesen Besuch trug Pierre in sein Tagebuch folgendes ein:

»Moskau, den 17. November.

Soeben komme ich von meinem Wohltäter zurück und beeile mich, alles zu notieren, was ich bei ihm gesehen und gehört habe. Osip Alexejewitsch lebt ärmlich und leidet schon seit mehr als zwei, Jahren an einer schmerzhaften Blasenkrankheit. Aber nie hat jemand aus seinem Mund einen Seufzer oder ein Wort der Klage gehört. Er ist vom frühen Morgen bis spät in die Nacht hinein, mit einziger Ausnahme der Zeiten, wo er seine einfachen Mahlzeiten zu sich nimmt, mit wissenschaftlicher Arbeit beschäftigt. Er nahm mich freundlich auf und lud mich ein, mich auf das Bett zu setzen, auf dem er lag; ich machte ihm das Zeichen der Ritter vom Orient und von Jerusalem; er antwortete mir mit demselben Zeichen und befragte mich mit einem milden Lächeln nach dem, was ich in den preußischen und schottischen Logen erfahren und erworben hätte. Ich erzählte ihm alles, so gut ich es vermochte, ich teilte ihm die Leitgedanken mit, die ich in unserer Petersburger Loge in Vorschlag gebracht hatte, und berichtete ihm von der üblen Aufnahme, die ich dabei gefunden hatte, und von dem Bruch, der zwischen mir und den Brüdern erfolgt war. Osip Alexejewitsch schwieg längere Zeit und dachte nach; dann setzte er mir über alles dies seine Ansicht auseinander, die mir in einem Moment die gesamte Vergangenheit und den ganzen in der Zukunft vor mir liegenden Weg beleuchtete. Er setzte mich in Verwunderung durch die Frage, ob ich mich wohl erinnere, worin das dreifache Ziel des Ordens bestehe: 1. in der Bewahrung und Erkenntnis des Geheimnisses, 2. in der Läuterung und Besserung unseres eigenen Selbst, um jenes aufnehmen zu können, und 3. in der Besserung des Menschengeschlechts durch das Streben nach einer solchen Läuterung. Welches sei nun das erste und wichtigste Ziel unter diesen dreien? Gewiß doch die eigene Besserung und Läuterung. Nur nach diesem Ziel seien wir imstande immer zu streben, unabhängig von allen äußeren Umständen.

Aber gleichzeitig verlange gerade dieses Ziel von uns die allergrößte Anstrengung, und daher ließen wir, von unserm Dünkel auf einen Irrweg geleitet, gern dieses Ziel beiseite und nähmen entweder das Geheimnis in Angriff, das wir doch wegen unserer Unreinheit nicht würdig seien in uns aufzunehmen, oder die Besserung des Menschengeschlechts, obgleich wir doch den Menschen in unserer eigenen Person ein Beispiel von Schändlichkeit und Sittenlosigkeit gäben. Das Illuminatentum könne namentlich deswegen nicht als die reine Lehre betrachtet werden, weil es sich zu einer politischen Tätigkeit habe verleiten lassen und in einen falschen Dünkel hineingeraten sei. Aufgrund dieser Anschauung tadelte Osip Alexejewitsch meine Rede und meine ganze Tätigkeit. Ich stimmte ihm in der Tiefe meiner Seele zu. Als das Gespräch sich meinen Familienangelegenheiten zuwandte, sagte er zu mir: ›Die wichtigste Pflicht eines wahren Freimaurers besteht, wie ich Ihnen schon sagte, in der Vervollkommnung des eigenen Selbst. Aber wir denken oft, wir könnten dadurch, daß wir alle Schwierigkeiten des Lebens von uns fernhalten, dieses Ziel leichter erreichen. Das Gegenteil ist richtig, mein Herr! Nur inmitten der Erregungen, die das Leben in der Welt mit sich bringt, können wir die drei Hauptziele erreichen: 1. Selbsterkenntnis; denn der Mensch kann sich selbst nur durch Vergleich erkennen, 2. Vervollkommnung; denn zu dieser gelangt man nur durch Kampf, und 3. die Haupttugend: Liebe zum Tod; denn nur die Widerwärtigkeiten des Lebens können uns von der Wertlosigkeit des Lebens überzeugen und so die uns angeborene Sehnsucht nach dem Tod oder nach einer Wiedergeburt zu einem neuen Leben verstärken.‹ Diese Worte sind um so bemerkenswerter, da Osip Alexejewitsch trotz seiner schweren körperlichen Leiden sich nie durch das Leben bedrückt fühlt, aber den Tod liebt, für den er trotz aller Reinheit und Erhabenheit seines inneren Menschen noch nicht genügend vorbereitet zu sein glaubt. Dann erklärte mir mein edler Freund in vollem Umfang die Bedeutung des großen Quadrates der Schöpfung und wies daraufhin, daß die Dreizahl und die Siebenzahl die Grundlage von allem sind. Er riet mir, mich nicht von der Gemeinschaft mit den Petersburger Brüdern zurückzuziehen und, da ich ja in der Loge nur die Pflichten des zweiten Grades zu erfüllen hätte, nach besten Kräften die Brüder vor den Verlockungen des Dünkels zu bewahren und sie auf den richtigen Weg der Selbsterkenntnis und Vervollkommnung zu leiten. Außerdem riet er mir, zu meinem eigenen Besten vor allen Dingen mich selbst zu beobachten, und gab mir zu diesem Zweck ein Heft, eben das, in welches ich schreibe, und in dem ich auch künftig alle meine Handlungen aufzeichnen werde.«

»Petersburg, den 23. November.

Ich lebe wieder mit meiner Frau zusammen. Meine Schwiegermutter kam in Tränen zu mir und sagte, Helene wäre hier und bäte mich inständig, sie anzuhören; sie sei schuldlos, sie sei unglücklich darüber, daß ich mich von ihr getrennt hätte, und vieles andere. Ich sah voraus, daß, wenn ich in ein Wiedersehen willigte, ich nicht imstande sein würde, ihr die Erfüllung ihres Wunsches länger zu versagen. In meinem Zweifel wußte ich nicht, an wen ich mich um Rat und Hilfe wenden sollte. Wäre mein Wohltäter hier, so hätte er mir das Richtige gesagt. Ich zog mich in mein Zimmer zurück, las die früheren Briefe Osip Alexejewitschs durch, rief mir die Gespräche mit ihm ins Gedächtnis zurück und kam aus alledem zu dem Resultat, daß ich einen Bittenden nicht abweisen darf, und daß ich verpflichtet bin, einem jeden die helfende Hand zu reichen, einem jeden und um wieviel mehr jemandem, der so eng mit mir verbunden ist, und daß ich verpflichtet bin, mein Kreuz zu tragen. Aber wenn ich ihr um der Tugend willen verziehen habe, so soll auch meine Wiedervereinigung mit ihr nur einen geistigen Zweck haben. Das war die Entscheidung, zu der ich gelangte, und das schrieb ich auch an Osip Alexejewitsch. Ich sagte meiner Frau, ich bäte sie, alles Vergangene zu vergessen und mir das zu verzeihen, worin ich etwa ihr gegenüber gefehlt hätte; ich meinerseits hätte ihr nichts zu verzeihen. Es machte mir Freude, ihr das zu sagen. Sie soll nicht erfahren, wie schwer es mir geworden ist, sie wiederzusehen. Ich habe mich in dem großen Haus in den Zimmern des oberen Stockwerks einquartiert und empfinde das beglückende Gefühl der geistigen Wiedergeburt.«

IX

Wie immer, teilte sich auch damals die höhere Gesellschaft, die bei Hof und auf großen Bällen zusammenkam, in mehrere Kreise, von denen ein jeder seine besondere Färbung hatte. Unter diesen Kreisen war der größte der französische Kreis, der durch seine Zusammensetzung die Allianz mit Napoleon zur Anschauung brachte, und an dessen Spitze der Reichskanzler Graf Rumjanzew und der französische Gesandte Graf Caulaincourt standen. In diesem Kreis nahm Helene, seit sie wieder bei ihrem Mann in Petersburg wohnte, eine sehr bedeutende Stellung ein. In ihrem Salon verkehrten die Herren von der französischen Gesandtschaft und eine große Anzahl als geistreich und liebenswürdig bekannter Männer, die dieser Richtung angehörten.

Helene war in Erfurt zur Zeit der berühmten Kaiserzusammenkunft gewesen und hatte diese Beziehungen zu allen napoleonischen Notabilitäten Europas von dort mitgebracht. In Erfurt hatte sie einen glänzenden Erfolg gehabt. Napoleon selbst, dem sie im Theater aufgefallen war, hatte von ihr gesagt: »Ein großartiger Leib!« Über ihren Erfolg als schöne, elegante Frau wunderte Pierre sich nicht, da sie mit den Jahren noch schöner geworden war als früher. Aber etwas anderes setzte ihn in Erstaunen: daß seine Frau in diesen zwei Jahren den Ruf »einer anziehenden, ebenso geistvollen wie schönen Frau« erworben hatte. Der bekannte Fürst von Ligne schrieb ihr acht Seiten lange Briefe; Bilibin hielt seine Witzworte zurück, um sie im Salon der Gräfin Besuchowa zum erstenmal von sich zu geben. In dem Salon der Gräfin Besuchowa empfangen zu werden galt als eine Art von urkundlichem Beleg dafür, daß man ein Mann von Geist sei. Die jungen Männer studierten vor Helenes Abendgesellschaften allerlei Bücher durch, um Stoff zu haben, über den sie in ihrem Salon sprechen könnten, und die Gesandtschaftssekretäre, ja sogar die Gesandten selbst vertrauten ihr diplomatische Geheimnisse an, so daß Helene in gewissem Sinn eine Macht war, Pierre, welcher wußte, daß sie sehr dumm war, empfand mitunter ein seltsames Gefühl von Staunen und Angst, wenn er bei ihren Soireen und Diners zugegen war und dabei über Politik, Poesie und Philosophie gesprochen wurde. Es war ihm bei solchen Gelegenheiten ungefähr wie einem Taschenspieler zumute, der jeden Augenblick erwarten muß, daß ein Betrug zutage kommt. Aber mochte es nun daher kommen, daß gerade eine Portion Dummheit dazu nötig ist, um einen solchen Salon zu halten, oder daher, daß die Betrogenen selbst an dem Betrug Vergnügen fanden: Genug, der Betrug wurde nicht aufgedeckt, und der Ruf der Gräfin Jelena Wasiljewna Besuchowa als einer interessanten, geistvollen Frau stand so unerschütterlich fest, daß sie die ärgsten Plattheiten und Dummheiten sagen konnte und doch alle Leute von jedem ihrer Worte entzückt waren und darin einen tiefen Sinn suchten, von dem sie selbst keine Ahnung hatten.

Pierre war gerade der Gatte, den diese glänzende Weltdame brauchte. Er war ein zerstreuter Sonderling und als Ehemann ein Grandseigneur, der niemand störte und nicht nur den allgemeinen Eindruck des erstklassigen Salons nicht verdarb, sondern der Eleganz und dem Takt seiner Frau durch sein ganz entgegengesetztes Verhalten als vorteilhafter Hintergrund diente. Pierre, der sich in diesen zwei Jahren beständig und angelegentlich nur mit nichtmateriellen Interessen beschäftigt hatte und alles übrige herzlich geringschätzte, redete in den ihm sehr uninteressanten Gesellschaften seiner Frau mit allen in jenem gleichgültigen, lässigen, wohlwollenden Ton, den man sich nicht künstlich aneignen kann, und der eben darum dem Hörer unwillkürlich Achtung abzwingt. Er ging in den Salon seiner Frau wie ins Theater, war mit allen bekannt, sprach allen in gleicher Weise seine Freude aus, sie zu sehen, und ließ alle in gleicher Weise merken, daß sie ihm völlig gleichgültig waren. Manchmal, wenn ihn ein Gespräch interessierte, beteiligte er sich daran und sprach dann ohne Rücksicht darauf, ob die Herren von der Gesandtschaft anwesend waren oder nicht, in seiner lispelnden Manier seine Ansichten aus, die mit dem Ton, der zu der betreffenden Zeit der herrschende war, oft recht wenig harmonierten. Aber das Urteil über den wunderlichen Gatten der distinguiertesten Frau von ganz Petersburg stand bereits so fest, daß niemand seine schroffen Auslassungen ernst nahm.

Unter den vielen jungen Männern, die nach Helenes Rückkehr aus Erfurt täglich in ihrem Haus aus und ein gingen, konnte Boris Drubezkoi, der es in seiner dienstlichen Laufbahn schon recht weit gebracht hatte, als der intimste Freund des Besuchowschen Hauses betrachtet werden. Helene nannte ihn »mein Page« und behandelte ihn wie einen Knaben. Ihr Lächeln im Verkehr mit ihm war dasselbe wie allen gegenüber; aber manchmal hatte Pierre eine unangenehme Empfindung, wenn er dieses Lächeln sah. Boris benahm sich gegen Pierre mit besonderem Respekt, der etwas Würdevolles, Trübes an sich hatte. Diese besondere Nuance der Respektsbezeigung hatte gleichfalls die Wirkung, Pierre zu beunruhigen. Pierre hatte drei Jahre vorher so schwer unter der Kränkung gelitten, die ihm seine Frau angetan hatte, daß er sich jetzt vor der Möglichkeit einer ähnlichen Kränkung erstens dadurch zu retten suchte, daß er nicht der Mann seiner Frau war, und zweitens dadurch, daß er absichtlich jeden Verdacht von vornherein zurückwies.

»Nein, jetzt, wo sie ein Blaustrumpf geworden ist, hat sie den früheren Gelüsten für immer Valet gesagt«, dachte er. »Es hat noch nie ein Beispiel gegeben, daß Blaustrümpfe sinnliche Regungen gehabt hätten«, fügte er im stillen hinzu; aber woher er diese Regel, an die er fest glaubte, eigentlich entnommen hatte, das war nicht zu sagen. Trotzdem jedoch übte Boris' Anwesenheit in dem Salon seiner Frau (und Boris war fast beständig dort) auf Pierre eine merkwürdige physische Wirkung aus: Alle seine Glieder waren wie gefesselt, und seine Bewegungen hörten auf, frei und unbewußt zu sein.

»Eine seltsame Antipathie!« dachte Pierre. »Und früher hat er mir doch sogar ganz gut gefallen!«

In den Augen der Welt war Pierre ein großer Herr, der etwas blinde, komische Gatte einer berühmten Frau, ein intelligenter Sonderling, der nichts Nützliches tat, aber auch niemandem schadete, von Charakter ein braver, guter Mensch. Aber in Pierres Innerem ging während dieser ganzen Zeit ein komplizierter, schwieriger seelischer Entwicklungsprozeß vor, der ihn vieles verstehen lehrte und ihn durch Zweifel hindurch zu schönen Freuden führte.

X

Er führte sein Tagebuch fort und trug in dieser Zeit folgendes ein:

»Den 24. November.

Ich stand um acht Uhr auf und las in der Heiligen Schrift; dann ging ich zum Dienst« (auf den Rat seines edlen Freundes war Pierre in den Staatsdienst getreten, und zwar als Mitglied einer der Kommissionen), »kam zum Mittagessen nach Hause und speiste allein (bei der Gräfin waren viele Gäste, die mir nicht gefielen). Ich aß und trank mäßig und machte nach dem Mittagessen Abschriften einiger Schriftstücke für die Brüder. Am Abend ging ich zu der Gräfin hinunter und erzählte eine komische Geschichte über Herrn B., und erst als alle schon laut lachten, kam es mir zum Bewußtsein, daß ich die Geschichte nicht hätte erzählen sollen.

Jetzt lege ich mich in glücklicher, ruhiger Gemütsstimmung schlafen. Großer Gott, hilf mir, auf Deinen Wegen wandeln, damit ich 1. den Zorn durch Sanftmut und Bedächtigkeit überwinde, 2. die Lüsternheit durch Selbstbeherrschung und Abscheu, 3. mich von nichtigem Treiben fernhalte, ohne doch zu verabsäumen: a) die Tätigkeit im Staatsdienst, b) die Sorge für die Familie, c) den Umgang mit Freunden und d) die wirtschaftliche Tätigkeit.«

»Den 27. November.

Spät aufgestanden; ich hatte nach dem Aufwachen noch lange im Bett gelegen und mich der Trägheit überlassen. Mein Gott! Hilf mir und stärke mich, damit ich auf Deinen Wegen gehen kann. Ich las in der Heiligen Schrift, aber ohne die richtige Empfindung. Es kam Bruder Urusow, und wir unterhielten uns über das nichtige Treiben der Welt. Er erzählte von neuen Plänen des Kaisers. Ich wollte schon anfangen, sie zu tadeln; aber ich dachte noch rechtzeitig an meine Grundsätze und an die Worte meines Wohltäters, daß der richtige Freimaurer ein eifriger Arbeiter im Staatsdienst sein müsse, sobald seine Mitwirkung verlangt werde, und ein ruhiger Beobachter dessen, woran mitzuarbeiten er nicht berufen sei. Meine Zunge ist mein Feind. Die Brüder G., W. und O. besuchten mich; es fand eine Vorbesprechung über die Aufnahme eines neuen Bruders statt. Sie fordern mich auf, dabei die Obliegenheiten des Bruder Redners zu übernehmen. Aber ich fühle mich zu schwach und unwürdig. Dann kam die Rede auf die Erklärung der sieben Säulen und Stufen des Tempels. Sieben Wissenschaften, sieben Tugenden, sieben Laster, sieben Gaben des Heiligen Geistes. Bruder O. setzte das alles in schöner Rede auseinander. Am Abend wurde die Aufnahme vollzogen. Die neue Ausstattung der Räumlichkeiten trug viel zu dem würdigen Eindruck der Feierlichkeit bei. Der Aufgenommene war Boris Drubezkoi. Ich habe ihn vorgeschlagen und bin auch der Bruder Redner gewesen. Ein seltsames Gefühl beunruhigte mich die ganze Zeit über, als ich mit ihm in dem dunklen Gemach war. Ich bemerkte in mir eine Empfindung des Hasses gegen ihn, die ich vergebens zu überwinden suchte. Gerade deshalb wünschte ich aufrichtig, ihn vom Bösen zu retten und ihn auf den Weg der Wahrheit zu leiten; aber die argen Gedanken in betreff seiner wollten nicht von mir weichen. Es schien mir, als bestände seine Absicht beim Eintritt in die Bruderschaft nur darin, mit hochgestellten Männern, die zu unserer Loge gehören, in nähere Beziehung zu treten und ihre Gunst zu gewinnen. Er erkundigte sich einige Male bei mir, ob nicht die Herren N. und S. Mitglieder unserer Loge seien (worauf ich ihm nicht antworten durfte); auch ist er nach meinen Beobachtungen nicht fähig, eine wirkliche Hochachtung gegen unsern heiligen Orden zu empfinden, er ist zu sehr mit seinem äußeren Menschen beschäftigt und zu sehr mit diesem zufrieden, als daß er den Wunsch nach einer geistigen Veredelung hegen könnte; aber von diesen Gründen abgesehen, hatte ich keinen Anlaß, daran zu zweifeln, daß er zur Aufnahme geeignet ist; nur machte er mir den Eindruck, als sei er nicht aufrichtig, und die ganze Zeit über, während ich mit ihm in dem dunklen Gemach unter vier Augen war, schien es mir, als lächle er geringschätzig über das, was ich sagte, und es kam mir wirklich die Lust an, seine nackte Brust mit dem Degen zu durchbohren, den ich gegen sie gerichtet hielt. Ich war nicht imstande, gewandt und schön zu sprechen und konnte mich nicht entschließen, meinen Zweifel den Brüdern und dem Meister vom Stuhl offen mitzuteilen. Oh, großer Baumeister der Natur, hilf mir die richtigen Wege finden, die aus dem Labyrinth der Lüge hinausführen!«

Dahinter waren in dem Tagebuch drei Blätter freigelassen; dann war folgendes eingetragen:

»Ich hatte ein langes, lehrreiches Gespräch unter vier Augen mit Bruder W., der mir den Rat gab, mich an Bruder A. anzuschließen. Es wurde mir trotz meiner Unwürdigkeit vieles enthüllt. Adonai ist der Name des Weltschöpfers. Elohim ist der Name dessen, der alles regiert. Der dritte Name ist unaussprechlich und bedeutet das All. Die Unterredungen mit Bruder W. stärken, erfrischen und kräftigen mich bei der Wanderung auf dem Weg zur Tugend. Wenn er anwesend ist, ist kein Raum für einen Zweifel. Der Unterschied der armseligen Lehre der profanen Wissenschaften von unserer heiligen, alles umfassenden Lehre ist mir klar: Die menschlichen Wissenschaften zergliedern alles, um es zu begreifen; sie töten alles, um es zu betrachten; in der heiligen Wissenschaft unseres Ordens dagegen ist alles einheitlich, alles wird in seiner Zusammengehörigkeit und im Zustand des Lebens erkannt. Die Dreieinigkeit – drei Urelemente der Dinge – Schwefel, Quecksilber und Salz. Der Schwefel ist von öliger und feuriger Beschaffenheit; in Verbindung mit dem Salz ruft er durch seine feurige Natur in dem Salz ein heißes Verlangen hervor, mittels dessen das Salz das Quecksilber anzieht, erfaßt, festhält und mit ihm vereint neue, eigenartige Körper hervorbringt. Das Quecksilber ist eine flüssige, flüchtige, geistige Substanz. – Christus, der Heilige Geist, Er.«

»Den 3. Dezember.

Ich wachte erst spät auf und las in der Heiligen Schrift, aber ohne rechte Empfindung. Dann verließ ich mein Schlafzimmer und ging im Saal auf und ab. Ich wollte nachdenken; aber statt dessen stellte mir meine Einbildungskraft ein Begebnis wieder vor Augen, das schon vier Jahre zurückliegt. Als Herr Dolochow nach meinem Duell mit ihm mir einmal in Moskau begegnete, sagte er zu mir, er hoffe, daß ich mich jetzt trotz der Abwesenheit meiner Gattin in vollständiger Seelenruhe befände. Ich antwortete ihm damals nicht. Jetzt nun erinnerte ich mich an alle Einzelheiten dieser Begegnung und gab ihm im Geist die bösesten, bissigsten Antworten. Erst als ich merkte, daß ich in heftigen Zorn geraten war, kam ich zur Besinnung und verscheuchte diesen Gedanken; aber ich bereute diese Verirrung nicht in hinreichendem Maß. Nachher kam Boris Drubezkoi und begann allerlei Tagesereignisse zu erzählen; ich war gleich von seinem Eintritt an mißgestimmt über seinen Besuch und sagte ihm einige unfreundliche Worte. Er erwiderte etwas darauf. Ich brauste auf und sagte ihm eine Menge Unartigkeiten und sogar Grobheiten. Er schwieg jetzt, und nun erst, wo es zu spät war, erkannte ich den von mir begangenen Fehler. O Gott, ich verstehe schlechterdings nicht, mit ihm umzugehen. Die Ursache davon ist meine Eigenliebe. Ich glaube über ihm zu stehen und werde dadurch weit schlechter als er; denn er zeigt meiner Grobheit gegenüber eine freundliche Nachsicht, ich dagegen nähre gegen ihn eine arge Geringschätzung. O Gott, gib, daß ich in seiner Anwesenheit mehr Erkenntnis für meine Schlechtigkeit habe und mich so benehme, daß auch er davon Nutzen haben kann. Nach dem Mittagessen legte ich mich zum Schlafen hin, und in dem Augenblick, als ich einschlief, hörte ich deutlich eine Stimme, die mir in das linke Ohr sagte: ›Dein Tag.‹

Ich träumte, daß ich im Dunkeln ginge und plötzlich von Hunden umringt sei; aber ich ging ohne Furcht weiter; plötzlich packte mich ein kleiner Hund mit den Zähnen am linken Schenkel und ließ mich nicht los. Ich begann ihn mit den Händen zu würgen. Aber kaum hatte ich ihn losgelassen, als mich ein anderer, größerer, biß. Ich hob ihn in die Höhe, und je höher ich ihn hob, um so größer und schwerer wurde er. Und auf einmal kam Bruder A., faßte mich unter den Arm, nahm mich mit sich fort und führte mich zu einem Gebäude; um in dieses Gebäude hineinzugelangen, mußte man über ein schmales Brett gehen. Ich trat darauf; das Brett bog sich, rutschte ab und fiel, und ich versuchte auf einen Zaun zu klettern, an dessen obere Kante ich nur so eben mit den Händen heranreichte. Nach großen Anstrengungen zog ich meinen Körper so herüber, daß die Beine auf der einen Seite hingen und der Oberkörper auf der andern. Ich blickte um mich und sah, daß Bruder A. auf dem Zaun stand und auf eine große Allee und einen Garten hinwies; und in dem Garten war ein großes, schönes Gebäude. Ich erwachte. Herr Gott, großer Baumeister der Natur! Hilf mir, die Hunde, meine Leidenschaften, abzuschütteln und namentlich die letzte von ihnen, die die Kräfte aller früheren in sich vereinigt, und hilf mir, daß ich in jenen Tempel der Tugend eintrete, dessen Anblick ich im Traum genießen durfte.«

»Den 7. Dezember.

Mir träumte, Osip Alexejewitsch saß bei mir in meinem Haus, und ich freute mich darüber sehr und wollte ihn bewirten. Ich plauderte ohne Unterbrechung mit fremden Leuten, und auf einmal fiel mir ein, daß ihm das nicht gefallen könne, und ich wollte an ihn herantreten und ihn umarmen. Aber sowie ich näher herankam, sah ich, daß sein Gesicht sich verwandelte und jung wurde, und er sagte leise etwas zu mir aus der Ordenslehre, so leise, daß ich es nicht verstehen konnte. Dann gingen wir alle aus dem Zimmer hinaus, und hier begab sich nun etwas Wunderliches: Wir saßen oder lagen auf dem Fußboden. Er sagte etwas zu mir. Aber ich wollte ihm gern meine tiefe Empfindung zeigen und begann, ohne auf seine Reden hinzuhören, mir den Zustand meines inneren Menschen vorzustellen, und wie mich die Gnade Gottes überschattete. Und die Tränen traten mir in die Augen, und es war mir angenehm, daß er das bemerkte. Aber er blickte mich zornig an und sprang, seine Rede abbrechend, auf. Ich wurde ängstlich und fragte, ob das, was er gesagt habe, sich auf mich bezogen hätte; aber er antwortete nichts und zeigte mir wieder ein freundliches Gesicht, und nun befanden wir uns auf einmal in meinem Schlafzimmer, wo das zweischläfrige Bett steht. Er legte sich auf den Rand des Bettes, und in mir wurde ein brennendes Verlangen rege, ihn zu liebkosen und mich ebenfalls dort hinzulegen. Und er fragte mich: ›Sagen Sie wahrheitsgemäß: Welches ist die größte Leidenschaft, die Sie besitzen? Haben Sie sie erkannt? Ich glaube, daß Sie sie schon erkannt haben.‹ Ich wurde über diese Frage verlegen und antwortete, meine größte

Leidenschaft sei die Trägheit. Er schüttelte mißtrauisch den Kopf. Meine Verlegenheit wurde noch größer, und ich antwortete ihm, ich lebte zwar nach seinem Rat wieder mit meiner Frau zusammen, aber wir lebten nicht als Mann und Frau. Darauf erwiderte er, ich dürfe meine Frau meiner Liebkosungen nicht berauben, und gab mir zu verstehen, daß das meine Pflicht sei. Aber ich antwortete, daß ich mich schämte, das zu tun, und auf einmal war alles verschwunden. Und ich wachte auf und mußte an die Worte der Heiligen Schrift denken: ›Das Leben war das Licht der Menschen, und das Licht scheinet in der Finsternis, und die Finsternis hat es nicht begriffen.‹ Osip Alexejewitschs Gesicht war ganz jugendlich und hell gewesen. An diesem Tag erhielt ich einen Brief von meinem Wohltäter, in dem er mir von den Pflichten der Ehe schreibt.«

»Den 9. Dezember.

Ich hatte einen Traum, aus dem ich mit bebendem Herzen erwachte. Mir träumte, ich wäre in Moskau, in meinem Haus, im großen Sofazimmer, und aus dem Salon kam Osip Alexejewitsch zu mir herein. Ich erkannte sofort, daß mit ihm bereits der Vorgang der Wiedergeburt stattgefunden hatte, und eilte ihm entgegen. Ich küßte sein Gesicht und seine Hände; aber er sagte: ›Hast du wohl bemerkt, daß ich ein anderes Gesicht habe?‹ Ich betrachtete ihn, ohne ihn aus meinen Armen zu lassen, und sah, daß sein Gesicht jugendlich war, daß er aber keine Haare auf dem Kopf hatte und seine Gesichtszüge vollständig verändert waren. Ich sagte zu ihm: ›Ich hätte Sie trotzdem erkannt, wenn ich Ihnen zufällig begegnet wäre‹, und dachte dabei: ›Habe ich damit auch die Wahrheit gesagt?‹ Und plötzlich sah ich, daß er wie ein Toter dalag; dann kam er allmählich wieder zu sich und ging mit mir in das große Arbeitszimmer; in der Hand hatte er ein großes Buch, geschrieben, in Folio. Ich sagte zu ihm: ›Das habe ich geschrieben.‹ Und er antwortete mir durch eine Neigung des Kopfes. Ich schlug das Buch auf und fand in ihm auf allen Seiten schöne Zeichnungen. Und ich wußte, daß diese Bilder das Liebesleben der Seele und ihres Geliebten darstellten. Und ich erblickte auf diesen Seiten das schöne Bild eines zu den Wolken auffliegenden Mädchens in durchsichtigem Kleid und mit durchsichtigem Körper. Und ich wußte, daß dieses Mädchen nichts anderes war als eine Darstellung des Hohen Liedes. Und während ich diese Zeichnungen betrachtete, hatte ich das Gefühl, daß ich damit etwas Schlechtes beginge; aber ich konnte mich von ihnen nicht losreißen. O Gott! Hilf mir! O mein Gott! Wenn es Dein Werk ist, daß ich Dir so fern bin, so geschehe Dein Wille; wenn ich dies aber selbst verschuldet habe, so lehre mich, was ich tun soll. Ich muß an meiner Lasterhaftigkeit zugrunde gehen, wenn Du mich ganz verläßt!«

XI

Die finanziellen Verhältnisse der Familie Rostow hatten sich während der zwei Jahre, die sie auf dem Land verlebt hatte, nicht gebessert.

Obwohl Nikolai Rostow, seinem Vorsatz getreu, still bei seinem Regiment in der entlegenen kleinen Garnison weiterdiente und verhältnismäßig wenig Geld ausgab, war doch der ganze Zuschnitt des Lebens in Otradnoje derart, daß die Schulden in jedem Jahr unaufhaltsam wuchsen; ganz besonders wirkte übrigens zu diesem bedauerlichen Resultat auch die Art mit, in welcher Dmitri die Geschäfte führte. Die einzige Rettung, die sich dem alten Grafen noch darbot, war augenscheinlich der Staatsdienst, und so reiste er denn nach Petersburg, um sich eine Stelle zu suchen, und nahm auch gleich seine Familie mit, um während des Stellensuchens gleichzeitig seinen Mädchen, wie er sich ausdrückte, zum letztenmal ein bißchen Amüsement zu verschaffen.

Bald nach der Ankunft der Familie Rostow in Petersburg hielt Berg um Wjeras Hand an, und sein Antrag wurde angenommen.

Obwohl Rostows in Moskau zur besten Gesellschaft gehörten, übrigens ohne selbst zu wissen und darüber nachzudenken, zu welcher Gesellschaft sie gehörten, war doch in Petersburg ihr Gesellschaftskreis ein gemischter und nicht streng begrenzter. In Petersburg waren sie Provinzler, und dieselben Leute, welche die Familie Rostow in Moskau gastfreundlich aufgenommen hatte, ohne ihre Gäste nach deren Zugehörigkeit zu einem bestimmten Gesellschaftskreis zu fragen, trugen nun in Petersburg Bedenken, sich zu der Familie Rostow herabzulassen.

Rostows lebten in Petersburg ebenso gastfrei wie in Moskau, und ihre Soupers bildeten einen Sammelpunkt für die verschiedenartigsten Persönlichkeiten; da kamen Nachbarn aus der Gegend von Otradnoje, alte, unbemittelte Gutsbesitzer mit Töchtern, ein Hoffräulein namens Peronskaja, Pierre Besuchow und der in Petersburg angestellte Sohn eines Kreispostmeisters. Von den männlichen Gästen wurden einige im Rostowschen Haus in Petersburg sehr bald Hausfreunde: erstens Boris, ferner Pierre, den der alte Graf zuerst auf der Straße getroffen und mit sich nach Hause geschleppt hatte, und drittens Berg, der ganze Tage bei Rostows zubrachte und der ältesten Komtesse Wjera alle die Aufmerksamkeiten erwies, die ein junger Mann überhaupt einer jungen Dame erweisen kann, um deren Hand er anzuhalten beabsichtigt.

Berg hatte wirklich etwas dadurch erreicht, daß er allen Leuten seine bei Austerlitz verwundete rechte Hand zeigte und dabei erzählte, wie er den (in Wirklichkeit völlig unnützen) Degen in die Linke genommen habe. Er hatte dieses Ereignis allen mit solcher Beharrlichkeit und mit so bedeutsamem Ernst berichtet, daß alle an die Zweckmäßigkeit und Verdienstlichkeit dieser Tat glaubten und Berg für Austerlitz zwei Auszeichnungen erhielt.

Auch im Finnischen Krieg war es ihm geglückt, sich hervorzutun. Er hatte einen Granatsplitter, der einen Adjutanten in der Nähe des Oberkommandierenden getötet hatte, aufgehoben und diesen Granatsplitter dem hohen Vorgesetzten gebracht. Ebenso wie nach Austerlitz erzählte er auch von diesem Ereignis allen so lange und so beharrlich, daß auch hierbei alle von der Notwendigkeit und Nützlichkeit dieser Handlungsweise überzeugt waren und Berg auch für den Finnländischen Krieg mit zwei Auszeichnungen bedacht wurde. Im Jahre 1809 war er Hauptmann bei der Garde, hatte mehrere Orden und übte in Petersburg einige besonders einträgliche Funktionen aus.

Obgleich einige Ungläubige lächelten, wenn man ihnen gegenüber von Bergs Verdiensten sprach, so mußte doch jeder zugeben, daß Berg ein pflichttreuer, tapferer, bei seinen Vorgesetzten vorzüglich angeschriebener Offizier war, ein ehrenhafter junger Mann, der eine glänzende Laufbahn vor sich hatte und in der Gesellschaft sogar schon jetzt eine gesicherte Stellung einnahm.

Vier Jahre zuvor hatte Berg einmal im Parkett des Theaters in Moskau einen deutschen Kameraden getroffen, diesem Wjera Rostowa gezeigt und zu ihm auf deutsch gesagt: »Die soll meine Frau werden«, und von dem Augenblick an hatte auch sein Entschluß festgestanden, sie zu heiraten. Jetzt nun in Petersburg stellte er Erwägungen an über die Situation der Familie Rostow und über die seinige, gelangte zu dem Resultat, daß der richtige Zeitpunkt gekommen sei, und machte seinen Antrag.

Bergs Antrag wurde zunächst mit einem Erstaunen aufgenommen, das für ihn nicht schmeichelhaft war. Anfangs erschien es den Rostows sonderbar, daß der Sohn eines geringen livländischen Edelmannes um die Hand einer Komtesse Rostowa anhielt; aber die hervorragendste Charaktereigenschaft Bergs bestand in einer so naiven, gutherzigen Selbstgefälligkeit, daß die Rostows unwillkürlich zu dem Gedanken kamen, dies müsse wohl für Wjera eine gute Partie sein, da er selbst so fest davon überzeugt sei, daß das junge Mädchen an ihm eine gute, eine sehr gute Partie mache. Außerdem waren die Vermögensverhältnisse der Rostows stark zerrüttet (das konnte dem Bewerber ja nicht unbekannt sein), und was die Hauptsache war: Wjera war schon vierundzwanzig Jahre alt; sie hatte alle möglichen Bälle und Gesellschaften besucht; aber obwohl sie unstreitig ein schönes, kluges Mädchen war, hatte sich bisher noch niemand um sie beworben. So wurde denn Bergs Antrag angenommen.

»Sehen Sie wohl«, sagte Berg zu seinem Kameraden, den er nur deshalb seinen Freund nannte, weil er wußte, daß alle Menschen Freunde haben. »Sehen Sie wohl, ich habe alles sorgfältig erwogen und würde nicht heiraten, wenn ich nicht alles bedacht hätte und irgend etwas dagegen spräche. Aber es ist alles in Ordnung: Mein Papa und meine Mama sind jetzt versorgt; ich habe ihnen eine Pacht in den Ostseeprovinzen verschafft; und ich werde in Petersburg bei meiner Sparsamkeit ganz gut auskommen, da ich mein Gehalt habe und meine künftige Frau ihr Vermögen. Wir werden ganz gut leben können. Ich heirate nicht um des Geldes willen; das würde ich für eine unanständige Denkungsart halten; aber das ist erforderlich, daß die Frau etwas in die Ehe mitbringt und ebenso der Mann. Ich habe mein Gehalt und sie ihre Konnexionen und einige, wenn auch nicht bedeutende Mittel. Das fällt in unserer Zeit schon einigermaßen ins Gewicht, nicht wahr? Aber die Hauptsache ist doch: Sie ist ein schönes, achtbares Mädchen und liebt mich ...«

Berg errötete und lächelte.

»Ich liebe sie gleichfalls, weil sie einen vortrefflichen Verstand und einen sehr guten Charakter besitzt. Sehen Sie, da ist die andere Schwester ... aus derselben Familie, aber ein ganz anderes Wesen, ein unangenehmer Charakter, auch nicht verständig genug; und sie hat so etwas ... wissen Sie, mir sagt sie nicht zu ... Aber meine Braut ... Nun, kommen Sie nur später zu uns ...«, fuhr Berg fort; er wollte sagen: »zum Mittagessen«, besann sich aber noch eines andern und sagte: »zum Tee«; und dann ließ er schnell einen runden, kleinen Rauchring, den er durch Hindurchstoßen der Zunge bildete, aus dem Mund aufsteigen, wie wenn er seine Glücksträumereien dadurch verkörpern wollte.

Nach dem ersten Erstaunen, das Bergs Antrag bei den Eltern hervorgerufen hatte, geriet die Familie in die in solchen Fällen gewöhnliche festliche, freudige Stimmung; aber diese Freude war keine aufrichtige, sondern eine mehr äußerliche. Aus dem Verhalten der Verwandten hinsichtlich dieser Heirat konnte man eine gewisse Verlegenheit, eine Art Schamgefühl herausmerken. Sie schienen sich gleichsam jetzt zu schämen, daß sie Wjera so wenig liebten und sie so leichten Herzens hingaben. Am verlegensten von allen war der alte Graf. Er wäre wahrscheinlich nicht imstande gewesen, die eigentliche Ursache seiner Verlegenheit deutlich zu bezeichnen; aber diese Ursache war seine pekuniäre Lage. Er wußte schlechterdings nicht, wieviel er noch besaß, wieviel Schulden er hatte, und wieviel er seiner Tochter Wjera würde mitgeben können. Als die Töchter geboren wurden, hatte er einer jeden von ihnen dreihundert Seelen als Mitgift bestimmt; aber das eine dieser Dörfer war bereits verkauft und das andere verpfändet, und da der Zahlungstermin nicht innegehalten war, so mußte auch dieses verkauft werden; ein Gut konnte also Wjera nicht mitgegeben werden. Bares Geld war auch nicht vorhanden.

Berg und Wjera waren schon über einen Monat verlobt, und es war nur noch eine Woche bis zur Hochzeit; aber der Graf war über die Frage der Mitgift mit sich immer noch nicht ins reine gekommen, hatte auch mit seiner Frau noch nicht darüber gesprochen. Bald wollte er Wjera einen Teil des Rjasanschen Gutes geben, bald einen Wald verkaufen, bald Geld auf Wechsel aufnehmen. Einige Tage vor der Hochzeit suchte Berg einmal frühmorgens den Graf in dessen Zimmer auf und bat mit einem liebenswürdigen Lächeln respektvoll seinen künftigen Schwiegervater, ihm mitzuteilen, welche Mitgift Komtesse Wjera erhalten werde. Obwohl der Graf diese Frage schon lange vorhergesehen hatte, setzte sie ihn doch so in Verwirrung, daß er ohne zu überlegen das erste beste antwortete, was ihm in den Mund kam.

»Das gefällt mir, daß du auch an dein Budget denkst, das gefällt mir; nun, du wirst zufrieden sein ...«

Er klopfte Berg auf die Schulter und stand auf, mit dem Wunsch, dieses Gespräch damit abzubrechen. Aber Berg erklärte mit liebenswürdigem Lächeln, wenn er nicht zuverlässig erführe, wieviel Wjera mitbekomme, und nicht wenigstens einen Teil des ihr Zugedachten im voraus erhielte, so sähe er sich genötigt zurückzutreten.

»Denn das werden Sie zugeben, Graf: Wenn ich mich jetzt erdreistete zu heiraten, ohne die sicheren Mittel zum Unterhalt meiner Frau zu haben, so wäre das meinerseits nicht ehrenhaft gehandelt ... Das Gespräch endete damit, daß der Graf, in dem Wunsch, sich großherzig zu zeigen und mit weiteren Forderungen verschont zu werden, einen Wechsel über achtzigtausend Rubel als Mitgift zu geben versprach. Berg lächelte freundlich, küßte den Grafen auf die Schulter und sagte, er sei sehr dankbar, könne aber für das bevorstehende neue Leben nicht die nötigen Einrichtungen treffen, wenn er nicht dreißigtausend Rubel bar erhalte.

»Oder wenigstens zwanzigtausend, Graf«, fügte er hinzu. »Und dann einen Wechsel nur über sechzigtausend.«

»Ja, ja, schön!« erwiderte der Graf hastig. »Aber wenn's dir recht ist, lieber Freund, so will ich dir die zwanzigtausend geben und außerdem einen Wechsel über achtzigtausend. Also abgemacht! Gib mir einen Kuß!«

XII

Natascha war nun sechzehn Jahre alt, und man schrieb jetzt das Jahr 1809, eben das Jahr, bis zu welchem sie vier Jahre vorher bei dem Zusammensein mit Boris an den Fingern gezählt hatte, nachdem sie ihn geküßt hatte. Sie hatte ihn seitdem kein einziges Mal mehr gesehen. Wenn im Gespräch mit Sonja oder der Mutter die Rede auf Boris kam, pflegte Natascha, wie wenn die Sache völlig abgetan wäre, frei heraus zu sagen, daß alles, was früher stattgefunden hätte, nur eine Kinderei gewesen sei, von der es gar nicht der Mühe wert sei zu reden, und die längst vergessen sei. Aber in der geheimsten Tiefe ihres Herzens quälte sie sich mit der Frage, ob die Verabredung mit Boris nur ein Scherz gewesen sei oder ein ernstes, bindendes Versprechen.

In der ganzen Zeit, seit Boris im Jahr 1805 von Moskau zur Armee gereist war, hatte er Rostows nicht besucht. Er war mehrere Male in Moskau gewesen, war auch mitunter nicht weit von Otradnoje vorbeigekommen, hatte sich aber nie bei Rostows blicken lassen.

Natascha kam mitunter auf den Gedanken, Boris vermeide absichtlich ein Wiedersehen mit ihr, und in dieser Vermutung fühlte sie sich bestärkt durch den trüben Ton, in welchem die Eltern von ihm zu sprechen pflegten.

»Heutzutage ist es nicht mehr Sitte, sich an alte Freunde zu erinnern«, sagte die Gräfin einmal, als Boris erwähnt worden war.

Auch Anna Michailowna, die in der letzten Zeit weniger im Rostowschen Haus verkehrte, beobachtete eine eigentümlich würdevolle Haltung und sprach jedesmal mit enthusiastischen Lobeserhebungen von den vortrefflichen Eigenschaften ihres Sohnes und von der glänzenden Laufbahn, in der er begriffen sei. Als Rostows nach Petersburg gezogen waren, machte ihnen Boris einen Besuch.

Während er zu ihnen hinfuhr, befand er sich in ziemlicher Aufregung. Die Erinnerung an Natascha war die poetischste, die ihm seine ganze Vergangenheit darbot. Aber trotzdem fuhr er mit der festen Absicht hin, ihr und den Ihrigen deutlich zu verstehen zu geben, daß die Beziehungen zwischen ihm und Natascha aus der Kinderzeit weder für sie noch für ihn bindend sein könnten. Er hatte dank dem näheren Umgang mit der Gräfin Besuchowa eine glänzende Position in der Gesellschaft, und ebenso dank der Protektion einer hochgestellten Persönlichkeit, deren volles Vertrauen er besaß, eine glänzende Position in dienstlicher Hinsicht, und im stillen keimte bei ihm der Plan, eines der reichsten jungen Mädchen Petersburgs zu heiraten, ein Plan, dessen Verwirklichung sehr wohl im Bereich der Möglichkeiten lag.

Als Boris im Rostowschen Haus in den Salon trat, war Natascha auf ihrem Zimmer. Sobald sie von seiner Ankunft gehört hatte, kam sie errötend in den Salon beinah hereingelaufen; auf ihrem Gesicht strahlte ein mehr als freundliches Lächeln.

Boris hatte noch jene Natascha im Gedächtnis, die er vor vier Jahren gekannt hatte: mit dem kurzen Kleid, den glänzenden Augen unter dem lockigen Haar und dem ausgelassenen, kindlichen Lachen, und daher geriet er, als nun eine ganz andere Natascha ins Zimmer trat, in Verwirrung, und auf seinem Gesicht malte sich staunende Bewunderung. Über diesen Ausdruck seines Gesichts empfand Natascha eine nicht geringe Freude.

»Nun, erkennst du deine frühere kleine Freundin, die wilde Hummel, wieder?« fragte die Gräfin.

Boris küßte Natascha die Hand und erwiderte, er sei erstaunt über die Veränderung, die mit ihr vorgegangen sei. »Wie schön Sie geworden sind!« schloß er.

»Das möchte ich meinen!« antworteten Nataschas lachende Augen.

»Finden Sie, daß Papa älter geworden ist?« fragte sie. Dann setzte sie sich, und ohne sich an dem Gespräch zwischen Boris und der Mutter zu beteiligen, musterte sie schweigend ihren Bräutigam aus der Kinderzeit bis auf die kleinsten Einzelheiten. Er glaubte eine Art von Druck zu fühlen, als dieser freundliche Blick so beharrlich auf seiner Person ruhte, und blickte ab und zu nach ihr hin.

Uniform, Sporen, Halsbinde und Haartracht, alles war bei Boris hübsch modern und comme il faut. Das hatte Natascha sofort bemerkt. Er saß ein wenig zur Seite gewandt auf einem Sessel neben der Gräfin, brachte mit der rechten Hand den schneeweißen Glacéhandschuh an der linken in Ordnung, sprach mit einer besonders feinen Art, die Lippen einzuziehen, über die Vergnügungen der höchsten Petersburger Gesellschaftskreise und gedachte mit einem Anflug freundlichen Spottes der früheren Moskauer Zeiten und der Moskauer Bekannten. Nicht ohne Absicht (Natascha merkte das sehr wohl) erwähnte er, als er von der höchsten Aristokratie sprach, den Ball beim französischen Gesandten, auf dem er gewesen sei, und die Einladungen bei N. N. und S. S.

Natascha saß die ganze Zeit über schweigend da und blickte ihn, den Kopf etwas neigend, von unten her an. Dieser Blick machte Boris immer unruhiger und setzte ihn in Verwirrung. Er sah häufiger zu Natascha hin und stockte in seinen Erzählungen. Er blieb nur zehn Minuten sitzen; dann stand er auf und empfahl sich. Immer noch schauten ihn dieselben neugierigen, herausfordernden und ein wenig spöttischen Augen an.

Nach diesem seinem ersten Besuch sagte sich Boris, daß Natascha auf ihn noch genau dieselbe Anziehungskraft ausübe wie früher, daß er sich aber diesem Gefühl nicht überlassen dürfe, weil eine Heirat mit ihr, einem fast vermögenslosen Mädchen, für seine Karriere verhängnisvoll werden müßte, eine Erneuerung der früheren Beziehungen aber ohne die Absicht einer Heirat eine unehrenhafte Handlungsweise sein würde. Boris faßte daher bei sich den Entschluß, fernere Begegnungen mit Natascha zu vermeiden; aber trotz dieses Entschlusses kam er nach einigen Tagen wieder und begann nun sich häufiger einzustellen und ganze Tage bei Rostows zu verleben. Er war der Ansicht, daß er sich notwendig mit Natascha aussprechen und ihr sagen müsse, sie müßten beide alles Vergangene der Vergessenheit übergeben; sie könne trotz allem nicht seine Frau werden; er habe kein Vermögen, und daher würden ihre Eltern sie ihm nie zur Frau geben. Aber es bot sich ihm nie eine rechte Gelegenheit zu einer Aussprache, und es war ihm auch gar zu peinlich, ihr diese Mitteilung zu machen. Mit jedem Tag fühlte er sich mehr gefesselt. Natascha ihrerseits schien, soweit es die Mutter und Sonja beobachten konnten, in Boris noch ebenso verliebt zu sein wie ehemals. Sie sang ihm seine Lieblingslieder, zeigte ihm ihr Album und veranlaßte ihn, ihr etwas hineinzuschreiben; aber sie ließ nicht zu, daß er von alten Zeiten redete, sondern gab ihm zu verstehen, wie schön die Gegenwart sei. Und täglich, wenn er wegging, war es ihm wie ein Nebel vor den Augen, und er hatte das nicht gesagt, was zu sagen er doch beabsichtigt hatte, und wußte selbst nicht, was er tat, und zu welchem Zweck er kam, und wie das alles enden sollte. Er hörte auf, bei Helene zu verkehren; er erhielt zwar von ihr alle Tage vorwurfsvolle Billetts, verlebte aber trotzdem ganze Tage bei Rostows.

XIII

Eines Abends, als die alte Gräfin unter vielem Seufzen und starkem Räuspern, in Nachthaube und Nachtjacke, ohne ihre falschen Locken, nur mit ihren eigenen armseligen Haarsträhnen, die unter der weißen baumwollenen Nachthaube hervorkamen, auf dem Teppich vor dem Bett kniend unter tiefen Verbeugungen ihr Abendgebet sprach, da knarrte die Tür, und mit Pantoffeln an den bloßen Füßen, ebenfalls in der Nachtjacke und mit Papilloten, kam Natascha hereingelaufen. Die Gräfin sah sich um und runzelte die Stirn. Sie sprach ihr letztes Gebet zu Ende: »Wird vielleicht dieses Lager heute mein Totenbett werden?«, aber ihre Gebetsstimmung war dahin. Natascha, deren Gesicht von lebhafter Erregung gerötet war, blieb, als sie sah, daß die Mutter betete, plötzlich mitten im Lauf stehen, kauerte sich nieder und streckte unwillkürlich die Zunge heraus, wie um sich selbst zu bedrohen. Als sie merkte, daß die Mutter weiterbetete, lief sie auf den Zehen, mit einem Fuß schnell gegen den andern schlitternd, zum Bett hin, warf die Pantoffeln ab und hüpfte auf eben das Lager, von dem die Gräfin gefürchtet hatte, daß es heute ihr Totenbett werden würde. Dieses Lager war ein hohes Federbett mit fünf immer kleiner werdenden Kopfkissen. Natascha sprang hinein, versank ganz darin, rückte nach der Wand hin und begann nun unter der Bettdecke allerlei Mutwillen zu treiben: einmal streckte sie sich lang aus, dann zog sie die gebogenen Knie bis ans Kinn, dann strampelte sie mit den Beinen und lachte fast unhörbar, wobei sie bald den Kopf unter der Decke versteckte, bald nach der Mutter hinblickte. Sobald die Gräfin ihr Gebet beendet hatte, näherte sie sich dem Bett mit strenger Miene; aber als sie sah, daß Natascha mit dem Kopf unter die Decke gekrochen war, lächelte sie in ihrer gutmütigen, nachsichtigen Art.

»Aber, aber!« sagte die Mutter.

»Mama, kann ich ein bißchen mit Ihnen plaudern? Ja?« fragte Natascha. »Nun also, einen Kuß auf das Halsgrübchen, und noch einen, und dann genug!« Sie schlang ihre Arme um den Hals der Mutter und küßte sie unter das Kinn. Im Verkehr mit der Mutter zeigte Natascha zwar äußerlich eine gewisse Derbheit der Manieren; aber sie benahm sich dabei doch taktvoll und geschickt und wußte, wie sie auch die Mutter mit den Händen anfassen mochte, es doch immer so zu tun, daß es der Mutter weder weh tat noch unangenehm oder hinderlich war.

»Nun, worüber willst du denn heute reden?« fragte die Mutter, nachdem sie sich auf den Kissen zurechtgelegt und gewartet hatte, bis Natascha sich zweimal um sich selbst gedreht, die Arme auf die Bettdecke gelegt, eine ernste Miene angenommen hatte und nun still neben ihr unter der Decke lag.

Diese nächtlichen Besuche Nataschas, die vor der Heimkehr des Grafen aus dem Klub stattzufinden pflegten, waren ein ganz besonderes Vergnügen für Mutter und Tochter.

»Worüber willst du denn heute reden? Ich muß dir sagen …«

Natascha hielt der Mutter mit der Hand den Mund zu.

»Sie wollen von Boris reden … Ich weiß«, sagte sie ernsthaft. »Eben deswegen bin ich ja auch gekommen. Reden Sie nicht; ich weiß alles. Aber nein, sagen Sie« (sie nahm die Hand weg), »sagen Sie, Mama: Ist er nicht ein netter Mensch?«

»Natascha, du bist sechzehn Jahre alt; in deinem Alter war ich schon verheiratet. Du sagst, daß Boris nett ist. Er ist sehr nett, und ich habe ihn lieb wie einen Sohn; aber was hast du denn vor? Was denkst du eigentlich? Du hast ihm ganz den Kopf verdreht, das sehe ich wohl …«

Bei diesen Worten blickte die Gräfin zu ihrer Tochter hin. Natascha lag ruhig da und hielt die Augen unverwandt gerade vor sich hin auf eine der Sphinxe gerichtet, die, aus Mahagoniholz geschnitzt, an den Ecken der Bettstelle angebracht waren, so daß die Gräfin nur das Profil ihrer Tochter sah. Nataschas Gesicht überraschte die Gräfin durch seinen auffallend ernsten, nachdenklichen Ausdruck.

Natascha hörte zu und überlegte.

»Nun, und was ist dabei?« fragte sie.

»Du hast ihm ganz den Kopf verdreht«, sagte die Gräfin noch einmal. »Wozu das? Was willst du von ihm? Du weißt, daß du ihn nicht heiraten kannst.«

»Warum nicht?« erwiderte Natascha, ohne ihre Lage zu verändern.

»Weil er zu jung ist, weil er arm ist, weil er mit dir verwandt ist ... weil du selbst ihn gar nicht einmal wahrhaft liebst.«

»Aber warum meinen Sie das?«

»Ich weiß es. Das führt zu nichts Gutem, mein Kind.«

»Aber wenn ich will ...«, begann Natascha.

»Rede nicht solche Torheiten«, sagte die Gräfin.

»Aber wenn ich will ...«

»Natascha, ich bitte dich in allem Ernst ...«

Natascha ließ sie nicht zu Ende sprechen; sie zog die große Hand der Gräfin zu sich heran und küßte sie auf die Oberseite, dann in die Handfläche, dann drehte sie sie wieder herum und küßte sie auf den Knöchel des obersten Gelenkes eines Fingers, dann in die daneben befindliche Vertiefung, dann auf den folgenden Knöchel und so weiter, wobei sie flüsterte: »Januar, Februar, März, April, Mai.« – »Reden Sie doch, Mama; warum schweigen Sie denn? Reden Sie doch«, bat sie und sah ihre Mutter an, die mit zärtlichem Blick ihre Tochter betrachtete und, in diese Betrachtung versenkt, alles vergessen zu haben schien, was sie hatte sagen wollen.

»Das führt zu nichts Gutem, liebes Kind. Nicht alle Leute werden für euer kindliches Freundschaftsverhältnis Verständnis haben; und wenn man sieht, daß er so viel mit dir verkehrt, so kann dir das in den Augen der anderen jungen Männer, die zu uns kommen, schaden, und was die Hauptsache ist: Es ist für ihn eine zwecklose Pein. Er hatte vielleicht schon eine für ihn passende reiche Partie gefunden, und nun kommt er hier um seinen Verstand.«

»Er kommt um seinen Verstand?« fragte Natascha.

»Ich will dir etwas von mir selbst erzählen. Ich hatte einen Vetter ...«

»Ich weiß: Kirill Matwjejewitsch; aber der ist ja doch ein alter Mann?«

»Er ist nicht immer ein alter Mann gewesen. Aber weißt du was, Natascha? Ich werde mit Boris reden. Er soll nicht so oft herkommen ...«

»Warum soll er nicht, wenn er es doch gern tut?«

»Weil ich weiß, daß doch nichts daraus wird.«

»Woher wissen Sie das? Nein, Mama, reden Sie nicht mit ihm. Was sind das für Dummheiten!« rief Natascha im Ton eines Menschen, dem jemand sein Eigentum wegnehmen will. »Nun, wenn ich ihn auch nicht heirate, darum kann er doch herkommen, wenn es ihm und mir Vergnügen macht.« Natascha blickte die Mutter lächelnd an.

»Wenn ich ihn auch nicht heirate; aber bloß so«, sagte sie noch einmal.

»Was meinst du damit, mein Kind?«

»Nun, bloß so. Ich brauche ihn ja nicht zu heiraten, aber ... bloß so.«

»Bloß so, bloß so!« sprach ihr die Gräfin nach und brach plötzlich nach Art alter Frauen in ein gutmütiges Gelächter aus, so daß ihr ganzer Leib schütterte.

»Lachen Sie doch nicht so; hören Sie auf!« rief Natascha. »Das ganze Bett wackelt ja davon. Sie haben furchtbare Ähnlichkeit mit mir; Sie sind gerade so ein lachlustiges Ding wie ich ... Warten Sie mal ...« Sie ergriff beide Hände der Gräfin und küßte an der einen die Vertiefung beim kleinen Finger und den Knöchel desselben, wobei sie sagte: »Juni, Juli«, und küßte dann an der anderen Hand weiter: »August.« – »Mama, ist er sehr in mich verliebt? Wie urteilen Sie darüber? Sind die jungen Männer in Sie auch so verliebt gewesen? Er ist sehr nett, sehr, sehr nett! Nur nicht ganz nach meinem Geschmack: Er ist so schmal wie eine Standuhr ... Verstehen Sie mich nicht ...? Schmal, wissen Sie, grau, hellgrau ...«

»Was redest du für Unsinn!« sagte die Gräfin.

Natascha fuhr fort:

»Verstehen Sie mich wirklich nicht? Nikolai würde mich gleich verstehen ... Besuchow, das ist so ein Blauer, dunkelblau mit Rot, dabei aber viereckig.«

»Mit dem kokettierst du auch«, sagte die Gräfin lachend.

»Nein, er ist ein Freimaurer, wie ich erfahren habe. Er ist ein braver Mensch, dunkelblau mit Rot ... Wie soll ich es Ihnen nur deutlich machen ...«

»Liebe Gräfin«, hörten sie den Grafen vor der Tür sagen. »Schläfst du noch nicht?« Natascha sprang auf, nahm ihre Pantoffeln in die Hand und lief barfuß nach ihrem Zimmer.

Sie konnte lange Zeit nicht einschlafen. Sie dachte immerzu daran, daß niemand all das verstand, was ihr selbst doch so verständlich war: ihre eigenen Empfindungen.

»Ob Sonja?« dachte sie, während sie das schlafende, zusammengerollte Kätzchen mit der dicken, langen Haarflechte betrachtete. »Nein, wie sollte sie das können! Sie ist zu tugendhaft. Sie hat sich in Nikolai verliebt und will nun von nichts weiter wissen. Auch Mama versteht mich nicht. Es ist erstaunlich, wie klug ich bin, und wie … nett sie ist«, fuhr sie fort, indem sie von sich selbst in der dritten Person sprach und sich vorstellte, daß das irgendein sehr kluger Mann, der allerklügste und allerbeste, von ihr sage. »Sie besitzt alle erdenklichen Vorzüge«, fuhr dieser Mann fort, »sie ist klug, außerordentlich nett, ferner schön, außerordentlich schön, und gewandt: Sie schwimmt und reitet vorzüglich; und nun erst die Stimme! Man kann sagen: eine bewundernswerte Stimme!«

Sie sang ihre Lieblingsmelodie aus einer Cherubinischen Oper, lachte vor Freude bei dem Gedanken, daß sie nun gleich einschlafen werde, und rief Dunjascha, damit sie die Kerze auslösche; und wirklich war Dunjascha noch nicht aus dem Zimmer, als Natascha bereits in eine andere, noch glücklichere Welt, die Welt der Träume, übergegangen war, wo alles ebenso schön und wohlig war wie in der Wirklichkeit, aber insofern noch besser, als es andersartig war.

Am andern Tag ließ die Gräfin Boris auf ihr Zimmer bitten und redete mit ihm, und von diesem Tag an stellte er seine Besuche bei Rostows ein.

XIV

Am 31. Dezember, dem Silvesterabend vor Beginn des Jahres 1810, fand bei einem der Großen aus der Zeit der Kaiserin Katharina ein Ball statt. Zu diesem Ball war auch das ganze diplomatische Korps eingeladen, und auch der Kaiser hatte sein Erscheinen zugesagt.

Auf dem Englischen Kai erstrahlte das berühmte Haus des Großwürdenträgers vom Schein unzähliger Lichter. An dem hellerleuchteten Portal war der Fußboden mit rotem Tuch belegt. Dort an der Auffahrt stand Polizei, nicht nur gewöhnliche Gendarmen, sondern der Polizeimeister selbst und ein Dutzend Polizeioffiziere.

Sowie eine Equipage wegfuhr, folgte auch schon wieder eine neue, mit Lakaien in roten Livreen und Federhüten. Aus den Equipagen stiegen Männer in Uniformen, mit Ordenssternen und Ordensbändern; Damen in Atlas und Hermelin stiegen vorsichtig über die geräuschvoll herabgeschlagenen Wagentritte hinab und schritten eilig und lautlos über das Tuch in das Portal hinein.

Fast jedesmal, wenn eine neue Equipage vorfuhr, lief ein Flüstern durch die Menge, und alle nahmen die Mützen ab.

»Der Kaiser …? Nein, ein Minister … ein Prinz … ein Gesandter … Siehst du wohl den Federbusch?« hieß es im Schwarm der Zuschauer.

Einer aus der Menge, der besser gekleidet war als die andern, schien alle Anfahrenden zu kennen und nannte den übrigen die Namen der vornehmsten Großen jener Zeit.

Schon hatte sich der dritte Teil der Gäste zu diesem Ball eingefunden; aber bei Rostows, die ebenfalls eingeladen waren und den Ball besuchen wollten, waren die Damen noch in größter Eile dabei, sich anzukleiden.

Um dieses Balles willen hatten in der Familie Rostow viele Erörterungen stattgefunden, und viele Vorbereitungen waren getroffen worden, und viele Befürchtungen hatten Unruhe erregt: Würden sie auch eine Einladung erhalten, und würden die Kleider rechtzeitig fertig werden, und würde an diesen auch alles nach Wunsch ausgefallen sein?

Mit Rostows zusammen sollte Marja Ignatjewna Peronskaja auf den Ball fahren, eine Freundin und Verwandte der Gräfin, eine hagere, gelbliche Hofdame des alten Hofes, die den Provinzlern Rostow in den höchsten Petersburger Gesellschaftskreisen als Führerin und Ratgeberin diente.

Um zehn Uhr abends sollten Rostows die Hofdame vom Taurischen Garten abholen; aber jetzt waren es schon fünf Minuten vor zehn, und die jungen Mädchen waren noch nicht angekleidet.

Es war der erste große Ball, den Natascha in ihrem Leben besuchte. Sie war an diesem Tag um acht Uhr morgens aufgestanden und hatte sich den ganzen Tag über in fieberhafter Unruhe und Tätigkeit befunden. Alle ihre Kräfte waren vom frühen Morgen an darauf gerichtet gewesen, daß sie alle drei, sie selbst und die Mama und Sonja, auch wirklich recht schön gekleidet wären. Sonja und die Gräfin hatten sich in dieser Hinsicht völlig in Nataschas Hände gegeben. Die Gräfin sollte ein dunkelrotes Samtkleid tragen und die beiden jungen Mädchen weiße Kreppkleider über rosaseidenen Unterkleidern, mit Rosen am Mieder. Die Haare sollten à la grecque frisiert sein.

Alles Wesentliche war bereits getan: Füße, Arme, Hals und Ohren waren schon mit besonderer Sorgfalt ballmäßig gewaschen, parfümiert und gepudert; die durchbrochenen seidenen Strümpfe und die weißen Atlasschuhe mit den Bandschleifen waren schon angezogen, die Frisuren fast fertig. Sonja brachte an ihrem Anzug nur noch die letzten Kleinigkeiten in Ordnung, die Gräfin ebenfalls; aber Natascha, die sich mit allen geschäftig abgemüht hatte, war noch weit zurück. Sie saß noch, mit dem Frisiermantel um die mageren Schultern, vor dem Spiegel. Sonja stand, schon angekleidet, mitten im Zimmer und steckte, mit ihrem feinen Finger so stark zudrückend, daß er ihr weh tat, das unter der Stecknadel knirschende letzte Band fest.

»Nicht so, nicht so, Sonja!« rief Natascha; sie drehte dabei den Kopf, der gerade frisiert wurde, und griff sich dann mit den Händen nach den

Haaren, da das Stubenmädchen, das diese festhielt, sie nicht so schnell hatte loslassen können. »Nicht so die Schleife; komm mal her!«

Sonja kauerte sich vor ihr nieder. Natascha steckte ihr das Band anders.

»Verzeihen Sie, gnädiges Fräulein, aber so kann ich Sie wirklich nicht frisieren«, sagte das Stubenmädchen, das Nataschas Haar in den Händen hatte.

»Ach, mein Gott, gleich, gleich! Siehst du, so, Sonja!«

»Seid ihr bald soweit?« fragte die Gräfin vom Nebenzimmer aus. »Es ist gleich zehn.«

»Im Augenblick! Sind Sie denn fertig, Mama?«

»Ich habe mir nur noch die Toque anzustecken.«

»Tun Sie es ja nicht ohne mich!« rief Natascha. »Sie verstehen das nicht ordentlich.«

»Aber es ist schon zehn Uhr.«

Sie hatten gerechnet, daß sie um halb elf auf dem Ball sein wollten, und nun mußte Natascha sich erst noch anziehen, und dann mußten sie noch nach dem Taurischen Garten fahren.

Sowie die Frisur fertig war, lief Natascha im kurzen Unterkleid, unter dem die Ballschuhe zu sehen waren, und in einer Nachtjacke, die ihrer Mutter gehörte, zu Sonja hin, musterte sie von allen Seiten und eilte dann zur Mutter. Indem sie ihr den Kopf hin und her drehte, steckte sie ihr die Toque fest; sie ließ sich kaum Zeit, ihr einen Kuß auf das graue Haar zu drücken, und lief wieder zu den Stubenmädchen hin, die ihr den Rock des Kreppkleides kürzer nähten.

Denn es war noch ein Hemmnis zu beseitigen: Nataschas Kleiderrock war zu lang. Zwei Mädchen waren damit beschäftigt, ihn kürzer zu nähen, wobei sie eilig die Fäden abbissen. Eine dritte, mit Stecknadeln zwischen den Lippen und Zähnen, kam aus dem Zimmer der Gräfin zu der mithelfenden Sonja gelaufen; die vierte hielt das Kreppkleid, an dem genäht wurde, in der hochgehobenen Hand.

»Mawruscha, bitte, recht schnell, Liebe, Gute!«

»Reichen Sie mir von da den Fingerhut, gnädiges Fräulein!«

»Na, seid ihr endlich soweit?« fragte der Graf hinter der angelehnten Tür. »Was habt ihr aber für schönes Parfüm! Die Peronskaja wartet gewiß schon ungeduldig.«

»Fertig, gnädiges Fräulein«, sagte das eine Stubenmädchen, hob das verkürzte Kreppkleid mit zwei Fingern in die Höhe, indem sie dagegen blies und es schüttelte, wie wenn sie dadurch ihre Freude über die Duftigkeit und Sauberkeit dessen, was sie da hielt, zum Ausdruck bringen wollte.

Natascha machte sich daran, das Kleid anzuziehen.

»Gleich, gleich! Komm jetzt nicht herein, Papa!« rief sie, noch unter dem Krepprock hervor, der ihr Gesicht verdeckte, dem Vater zu, der im Begriff war, die Tür zu öffnen.

Sonja schlug die Tür zu. Eine Minute darauf wurde der Graf hereingelassen. Er war in blauem Frack, Kniestrümpfen und Schuhen, parfümiert und pomadisiert.

»Ach, Papa, wie hübsch du aussiehst! Ganz entzückend!« rief Natascha, die mitten im Zimmer stand und die Falten des Kreppkleides ordnete.

»Erlauben Sie, gnädiges Fräulein, erlauben Sie!« sagte eines der Stubenmädchen, das neben Natascha kniete, das Kleid zurechtzupfte und die Stecknadeln mit der Zunge von einer Seite des Mundes nach der anderen schob.

»Nimm's mir nicht übel!« rief Sonja ganz verzweifelt, indem sie Nataschas Kleid betrachtete, »nimm's mir nicht übel, aber es ist noch zu lang!«

Natascha trat etwas weiter zurück, um sich im Trumeau sehen zu können. Das Kleid war zu lang.

»Bei Gott, gnädiges Fräulein, es ist nicht zu lang«, beteuerte Mawruscha, die auf dem Fußboden hinter Natascha herrutschte.

»Nun, wenn es zu lang ist, nähen wir es noch weiter um; damit sind wir in einer Minute fertig«, sagte die resolute Dunjascha, zog eine Nähnadel aus ihrem Brusttuch und machte sich von neuem auf dem Fußboden an die Arbeit.

In diesem Augenblick trat, in Samtkleid und Toque, mit leisen Schritten, wie verschämt, die Gräfin ins Zimmer.

»Ei, ei! Meine schöne Frau!« rief der Graf. »Sie ist schöner als ihr alle zusammen!« Er wollte sie umarmen; aber sie trat errötend zurück, um sich nichts zerdrücken zu lassen.

»Mama, die Toque muß mehr seitwärts sitzen!« rief Natascha. »Ich werde sie Ihnen zurechtstecken.« Mit diesen Worten lief sie vorwärts auf die Mutter zu; aber die Mädchen, die das Kleid verkürzten, konnten ihr nicht so schnell nachkommen, und es riß ein Stückchen Krepp ab.

»O mein Gott!« rief Natascha erschrocken. »Was war das? Ich kann wahrhaftig nichts dafür …«

»Das tut nichts«, tröstete Dunjascha. »Ich nähe es wieder an; dann sieht es kein Mensch.«

»Ach, wie wunderschön! Mein Prachtkind!« sagte von der Tür aus die eintretende Kinderfrau. »Und unsere liebe Sonja! Nun, das sind einmal zwei allerliebste junge Damen …!«

Um ein Viertel auf elf setzten sich endlich alle in die beiden Equipagen und fuhren fort. Aber sie mußten noch nach dem Taurischen Garten fahren.

Fräulein Peronskaja war schon bereit. Trotz ihres Alters und ihrer Häßlichkeit hatte sie dieselben Zurüstungen mit sich vorgenommen wie die Rostowschen Damen, wiewohl nicht mit solcher Unruhe und Hast (für sie war ein solcher Ball etwas Gewöhnliches); aber sie hatte ihren alten, unschönen Körper ebenso gewaschen, parfümiert und gepudert und sich ebenso sorgsam hinter den Ohren gesäubert; ja es hatte sogar, ganz ebenso wie bei Rostows, die bejahrte Kammerfrau voll Entzücke die Toilette der alten Hofdame bewundert, als diese im gelben Kleid, mit dem Namenszug der Kaiserin als Abzeichen ihrer Stellung, in den Salon getreten war.

Fräulein Peronskaja lobte die Toiletten der Rostowschen Damen. Die Rostowschen Damen ihrerseits lobten den auserlesenen Geschmack und die Eleganz der Toilette der Hofdame, und sorgfältig darauf bedacht, ihre Frisuren und Kleider nicht zu verderben, nahmen sie endlich alle um elf Uhr ihre Plätze in den Equipagen ein und fuhren zum Ball.

XV

Natascha hatte an diesem Tag vom frühen Morgen an auch nicht einen Augenblick lang freie Zeit gehabt und war nicht ein einziges Mal dazu gekommen, über das, was ihr bevorstand, nachzudenken.

In der feuchten, kalten Luft, der Enge und dem Halbdunkel des schaukelnden Wagens stellte sie sich zum erstenmal lebhaft das vor, was ihrer dort, auf dem Ball, in den hellerleuchteten Sälen, wartete: Musik, Blumen, Tänze, der Kaiser, die ganze glänzende Jugend Petersburgs. Das, was ihrer wartete, war so schön, daß sie nicht einmal daran glauben konnte, daß es Wirklichkeit werden würde – so wenig stand es mit ihren jetzigen Empfindungen im Einklang: mit der Kälte, Enge und Dunkelheit des Wagens. Alles das, was ihrer wartete, kam ihr erst dann recht zum Verständnis, als sie über das rote Tuch am Portal gegangen war und nun in den Flur eintrat, den Pelz ablegte und neben Sonja vor der Mutter her zwischen Blumen die hellerleuchtete Treppe hinanstieg. Da erst begann sie zu überlegen, wie sie sich auf dem Ball benehmen müsse, und bemühte sich, das majestätische Wesen anzunehmen, welches sie für ein junges Mädchen auf einem Ball für notwendig erachtete. Aber zu ihrem Glück mußte sie merken, daß ihre Augen unwillkürlich umherliefen; sie vermochte nichts deutlich zu sehen; ihr Puls hatte hundert Schläge in der Minute, und das Blut in ihrem Herzen fing gewaltig zu klopfen an. Sie war nicht imstande, jenes Wesen anzunehmen, durch das sie sich lächerlich gemacht haben würde, und ging vorwärts halb bewußtlos vor Aufregung und mit allen Kräften bemüht, diese Aufregung zu verbergen. Und gerade dies war dasjenige Wesen, das ihr am allerbesten stand. Vor ihnen und hinter ihnen gingen, gleichfalls im Ballanzug, leise miteinander redend, andere Gäste. Die Spiegel auf der Treppe warfen die Bilder der Damen in weißen, blauen und rosa Kleidern, mit Brillanten und Perlen an den entblößten Armen und Hälsen, zurück.

Natascha blickte in die Spiegel, konnte aber darin ihr eigenes Bild nicht aus denen der anderen herausfinden. Alles floß zu einer einzigen glänzenden Prozession zusammen. Beim Eintritt in den ersten Saal wurde Natascha durch das gleichmäßige Getöse der Stimmen, der Schritte und der Begrüßungen ganz betäubt; Licht und Glanz blendeten sie noch mehr als vorher. Der Hausherr und die Hausfrau, die schon seit einer halben Stunde an der Eingangstür standen und zu den Eintretenden immer ein und dieselben Worte sagten: »Wir sind entzückt, Sie zu sehen«, begrüßten ebenso auch Rostows und Fräulein Peronskaja.

Die beiden jungen Mädchen, beide in den gleichen weißen Kleidern, mit den gleichen Rosen im schwarzen Haar, machten in gleicher Weise ihren Knicks; aber unwillkürlich ließ die Hausfrau ihren Blick länger auf der schlanken Natascha ruhen. Sie betrachtete sie mit Interesse und lächelte ihr allein besonders zu, noch über das Lächeln hinaus, das sie als Hausfrau allen zu zeigen hatte. Beim Anblick dieses jungen Mädchens erinnerte sie sich vielleicht an ihre eigene goldene, nie wiederkehrende Mädchenzeit und an ihren ersten Ball. Auch der Hausherr folgte Natascha mit den Augen und fragte den Grafen, welches seine Tochter sei.

»Allerliebst!« sagte er und küßte seine Fingerspitzen.

Im Saal erwarteten die Gäste, an der Eingangstür zusammengedrängt, stehend den Kaiser. Die Gräfin mit den Ihrigen stellte sich in die vordersten Reihen dieser Menge. Natascha hörte und merkte an den Blicken, daß manche der Umstehenden nach ihr fragten und sie betrachteten. Sie wußte, daß sie denen gefiel, die ihr ihre Aufmerksamkeit zuwandten, und diese Wahrnehmung diente dazu, sie einigermaßen zu beruhigen.

»Hier sind manche von derselben Art wie wir und manche, die nicht so gut aussehen wie wir«, dachte sie.

Fräulein Peronskaja nannte der Gräfin die berühmtesten der auf dem Ball anwesenden Persönlichkeiten.

»Dort, das ist der holländische Gesandte, sehen Sie wohl, der Graukopf«, sagte Fräulein Peronskaja, indem sie auf einen alten Herrn mit noch vollem, lockigem, silbergrauem Haar wies, der von Damen umgeben war, die er durch irgendwelche Späße zum Lachen brachte.

»Und da ist sie, die Königin von Petersburg, die Gräfin Besuchowa«, sagte sie und zeigte auf die eintretende Helene. »Wie schön sie ist! Sie gibt

Marja Antonowna nichts nach; sehen Sie nur, wie die jungen und alten Herren ihr den Hof machen. Sie ist beides: schön und klug. Es heißt, daß Prinz« (sie nannte den Namen) »ganz wahnsinnig in sie verliebt ist. Und hier diese zwei Damen, wenn sie auch nicht schön sind, werden sogar noch mehr umschwärmt.« Sie zeigte auf eine Mutter und deren recht häßliche Tochter, die durch den Saal gingen.

»Das junge Mädchen hat viele Millionen«, sagte Fräulein Peronskaja. »Und nun sehen Sie nur diese Anzahl von Bewerbern!«

»Das ist ein Bruder der Gräfin Besuchowa, Anatol Kuragin«, erklärte sie weiter, indem sie auf einen schönen Chevaliergardisten wies, der an ihnen vorbeiging und mit hocherhobenem Kopf über alle Damen weg ins Unbestimmte blickte. »Welch ein schöner Mann! Nicht wahr? Man sagt, er wird dieses reiche Mädchen bekommen. Auch Ihr Verwandter, Drubezkoi, bemüht sich stark um sie. Sie soll Millionen mitbekommen. Gewiß, das ist der französische Gesandte«, antwortete sie mit Bezug auf Caulaincourt auf eine Frage der Gräfin, wer das sei.

»Sehen Sie nur, wie ein regierender Herrscher! Und doch sind die Franzosen so liebenswürdig, so überaus liebenswürdig. Im gesellschaftlichen Leben kann man sich gar nichts Liebenswürdigeres denken. Und da ist auch sie! Nein, die Schönste von allen ist doch unsere Marja Antonowna! Und wie einfach sie angezogen ist! Entzückend! – Und dieser Dicke damit der Brille, das ist ein kosmopolitischer Freimaurer«, sagte Fräulein Peronskaja, auf Besuchow zeigend. »Halten Sie ihn einmal neben seine Frau dort: der reine Hanswurst!«

Pierre schritt, die Menge teilend, vorwärts, indem er seinen dicken Körper hin und her wiegte und so lässig und gutmütig nach rechts und links nickte, als wenn er durch den Menschenschwarm auf einem Markt ginge. An der Art, wie er sich durch die Menge weiterschob, konnte man sehen, daß er jemand suchte.

Natascha freute sich sehr, das bekannte Gesicht Pierres, dieses Hanswurstes, wie ihn Fräulein Peronskaja genannt hatte, zu erblicken; sie wußte, daß Pierre nach ihnen und namentlich nach ihr in der Menge suchte. Pierre hatte ihr versprochen, zu dem Ball zu kommen und ihr Herren vorzustellen.

Aber ehe Pierre noch zu ihnen hingelangt war, blieb er bei einem nur mäßig großen, sehr schönen, brünetten Offizier in weißer Uniform stehen, der am Fenster stand und mit einem andern, hochgewachsenen Herrn mit Ordensstern und Ordensband im Gespräch begriffen war. Natascha erkannte den kleineren jungen Mann in der weißen Uniform auf den ersten Blick: Es war Bolkonski, und es wollte ihr scheinen, als sei er bedeutend jünger, heiterer und schöner geworden.

»Da ist noch ein Bekannter, Mama; sehen Sie ihn? Bolkonski«, sagte Natascha, auf den Fürsten Andrei weisend. »Besinnen Sie sich? Er hat einmal bei uns in Otradnoje eine Nacht logiert.«

»Ah, Sie kennen ihn?« sagte Fräulein Peronskaja. »Ich kann ihn nicht ausstehen. Er hat in den höheren Regionen jetzt großen Einfluß: Er macht sozusagen Regen und Sonnenschein. Und dabei besitzt er einen Hochmut, der grenzenlos ist! Er artet ganz nach seinem Vater. Er hat sich jetzt mit Speranski liiert, und sie verfassen zusammen allerlei Reformprojekte. Sehen Sie nur, wie er mit den Damen verkehrt! Da redet eine mit ihm, und er wendet sich von ihr fort!« sagte sie, empört nach ihm hindeutend. »Ich würde es ihm gehörig geben, wenn er sich gegen mich so benehmen wollte, wie gegen diese Damen.«

XVI

Plötzlich kam alles in Bewegung; ein Gemurmel ging durch die Menge; sie drängte vorwärts, dann teilte sie sich wieder, nach beiden Seiten zurücktretend, und zwischen diesen Reihen trat unter den Klängen des schmetternd einsetzenden Orchesters der Kaiser ein. Hinter ihm gingen der Hausherr und die Hausfrau. Im Gehen verbeugte sich der Kaiser eilig bald nach rechts, bald nach links, wie wenn er über diesen ersten Augenblick der Begrüßung recht schnell hinwegzukommen suchte. Die Musik spielte eine Polonaise, die damals wegen des dazu gedichteten Textes sehr bekannt war. Dieser Text begann: »Edler Kaiser Alexander, den wir voll Entzücken schauen, Kaiserin Jelisaweta, allerholdeste der Frauen ...« Der Kaiser begab sich in den Salon; die Menge strömte zur Tür; einige Personen gingen eilig in den Salon hinein und kehrten bald darauf mit verändertem Gesichtsausdruck von dort zurück. Nun strömte die Menge wieder von der Tür des Salons zurück, da in dieser der Kaiser, im Gespräch mit der Hausfrau, erschien. Ein junger Mann trat mit verlegener Miene auf die Damen zu und bat sie, weiter zurückzutreten; aber einige Damen schienen, nach ihrem Gesichtsausdruck zu urteilen, alle Regeln des gesellschaftlichen Verkehrs vollständig vergessen zu haben und drängten ohne Rücksicht auf ihre dabei zu Schaden kommenden Toiletten vorwärts. Die Herren begannen sich den Damen zu nähern und sich mit ihnen paarweise zur Polonaise aufzustellen.

Alles wich auseinander, und der Kaiser trat, die Hausfrau am Arm führend, aus der Tür des Salons; er schritt mit lächelndem Gesicht einher, ohne den Takt der Musik zu beachten. Hinter ihm kam der Hausherr mit der schönen Fürstin Marja Antonowna Naryschkina, dann die Gesandten, die Minister und verschiedene Generale; Fräulein Peronskaja nannte der Gräfin Rostowa unermüdlich die Namen der Vorübergehenden. Mehr als die Hälfte der auf dem Ball anwesenden Damen hatten Kavaliere und gingen in der Polonaise mit oder waren im Begriff einzutreten. Natascha merkte, daß sie nebst der Mutter und Sonja unter der Minderzahl derjenigen Damen blieb, die nicht zur Polonaise aufgefordert, sondern an die Wand gedrängt wurden. Sie stand da und ließ ihre mageren Arme herunterhängen; ihr noch kaum entwickelter Busen hob sich in gemessenen Zeiträumen, zwischen denen sie den Atem anhielt; mit glänzenden, erschrockenen Augen blickte sie vor sich hin; man konnte ihr ansehen, daß sie darauf wartete, ob ihr die höchste Freude oder das größte Leid zuteil werden würde. Es interessierte sie weder der Kaiser noch all die hohen Persönlichkeiten, auf welche Fräulein Peronskaja hinwies; sie hatte nur einen Gedanken: »Wird denn wirklich niemand zu mir kommen? Werde ich denn wirklich diesen ersten Tanz nicht mittanzen? Werden mich denn wirklich alle diese Herren unbeachtet lassen, die mich jetzt nicht einmal zu sehen scheinen, sondern, wenn sie nach mir hinblicken, es mit einem Ausdruck tun, wie wenn sie sagen wollten: ›Ach, das ist nicht die Richtige; es hat keinen Zweck, da noch hinzublicken!‹ Nein, es ist nicht möglich!« dachte sie. »Sie müssen doch wissen, wie gern ich tanzen möchte, und wie vorzüglich ich tanze, und wieviel Vergnügen es ihnen machen würde, mit mir zu tanzen.«

Die Töne der Polonaise, die ziemlich lange dauerte, bekamen für Nataschas Ohren schon eine traurige Klangfärbung, wie die Erinnerung an etwas unwiederbringlich Verlorenes. Sie kämpfte mit dem Weinen. Fräulein Peronskaja war von ihnen weggegangen. Der Graf befand sich am andern Ende des Saales; die Gräfin, Sonja und sie standen allein wie in einem Wald in dieser fremden Menschenmenge: Niemand kümmerte sich um sie, niemand hatte sie nötig. Fürst Andrei ging mit einer Dame neben ihnen vorbei, erkannte sie aber augenscheinlich nicht. Der schöne Anatol sagte lächelnd etwas zu der Dame, die er führte, und blickte dabei Natascha in derselben Art ins Gesicht, wie man eine Wand anblickt. Boris kam zweimal bei ihnen vorüber, wandte sich aber jedesmal ab. Berg und seine Frau, welche nicht tanzten, traten zu ihnen.

Natascha hatte die Empfindung, daß es etwa Demütigendes habe, wenn sich die Familie hier auf dem Ball so zusammenschließe; als ob es für Familiengespräche nicht andere Orte gäbe als gerade einen Ball. Wjera erzählte ihr etwas von ihrem grünen Kleid; aber Natascha hörte ihr nicht zu und sah sie nicht an.

Endlich blieb der Kaiser neben seiner letzten Dame stehen (er hatte mit drei Damen getanzt); die Musik schwieg. Ein übereifriger Adjutant kam zu Rostows hingelaufen und bat sie, beiseite zu treten, obwohl sie bereits dicht an der Wand standen, und vom Orchester erklangen, noch langsam und piano, aber klar und bestimmt, die Töne eines Walzers mit ihrem lokkenden Rhythmus. Der Kaiser sah sich lächelnd im Saal um. Es verging eine Minute; aber noch niemand tanzte. Ein Adjutant, der das Amt eines Vortänzers versah, trat zur Gräfin Besuchowa und forderte sie auf. Lächelnd hob sie den Arm in die Höhe und legte ihn auf die Schulter des Adjutanten, ohne diesen anzublicken. Der Vortänzer, ein Meister in seinem Fach, schlang im Bewußtsein seiner Kunstfertigkeit mit einer ruhigen, abgemessenen Bewegung seinen Arm fest um seine Dame, flog zuerst mit ihr in einer Glissade am Rand des Kreises hin, ergriff bei der Ecke des Saales ihre linke Hand, drehte seine Tänzerin herum, und nun hörte man durch die immer schneller werdenden Klänge der Musik hindurch nur das taktmäßige Sporenklirren von den flinken, behenden Beinen des Adjutanten, während an einer bestimmten Stelle des Dreivierteltaktes, bei der Schwenkung, das Samtkleid seiner Dame, gleichsam explodierend, sich blähte. Natascha blickte nach dem Paar hin und war nahe daran zu weinen, weil es ihr nicht vergönnt war, diesen ersten Walzer mitzutanzen.

Fürst Andrei in seiner weißen Uniform als Kavallerieoberst, in Strümpfen und Schuhen, stand in den vordersten Reihen des Kreises nicht weit von den Rostowschen Damen und befand sich in angeregter, fröhlicher Stimmung. Der Baron Vierhof redete mit ihm über die auf den nächsten Tag angesetzte erste Sitzung des Reichsrates. Da Fürst Andrei nahe Beziehungen zu Speranski hatte und an den Arbeiten der gesetzgebenden Kommission teilnahm, so war er in der Lage, zuverlässige Mitteilungen über die morgige Sitzung zu machen, über welche sehr verschiedenartige Gerüchte in Umlauf waren. Aber er hörte nicht zu, was ihm Vierhof sagte, und blickte bald nach dem Kaiser, bald nach den Kavalieren, die zu tanzen beabsichtigten, aber sich nicht entschließen konnten, in den Kreis zu treten.

Fürst Andrei beobachtete mit Interesse diese Herren, welche die Anwesenheit des Kaisers so schüchtern machte, und die Damen, die vor Sehnsucht, aufgefordert zu werden, fast vergingen.

Pierre trat an den Fürsten Andrei heran und faßte ihn bei der Hand.

»Sie tanzen ja sonst immer. Es ist eine junge Dame hier, die ich protegiere, ein Fräulein Rostowa; fordern Sie die doch auf«, sagte er.

»Wo ist sie?« fragte Bolkonski. »Pardon«, sagte er, sich zu dem Baron wendend, »wir wollen dieses Gespräch an anderm Ort zu Ende führen; auf einem Ball muß man tanzen.« Er trat aus den Reihen der Zuschauenden heraus und schlug die Richtung ein, die ihm Pierre gewiesen hatte. Nataschas unglückliches, verzweifeltes Gesicht fiel ihm sofort auf. Er erkannte sie, erriet ihre Empfindungen, sagte sich, daß sie wohl auf ihrem ersten Ball sei, erinnerte sich an ihr Gespräch am Fenster und begrüßte mit heiterer Miene die Gräfin Rostowa.

»Gestatten Sie, daß ich Sie mit meiner Tochter bekanntmache«, sagte die Gräfin errötend.

»Ich habe bereits das Vergnügen bekanntzusein, wenn die Komtesse sich meiner erinnert«, erwiderte Fürst Andrei. Mit einer tiefen, höflichen Verbeugung, die zu Fräulein Peronskajas Bemerkung über seine Ungezogenheit im vollsten Widerspruch stand, trat er zu Natascha heran und hob den Arm, um ihre Taille zu umfassen, noch bevor er die Aufforderung zum Tanz vollständig ausgesprochen hatte. Er bat um eine Walzertour. Der angstvolle Ausdruck auf Nataschas Gesicht, der in gleicher Weise bereit war, in Verzweiflung und in Entzücken überzugehen, wich plötzlich einem glückseligen, dankbaren, kindlichen Lächeln.

»Ich habe schon lange auf dich gewartet«, schien dieses vor Glückseligkeit ganz erschrockene Mädchen mit dem Lächeln zu sagen, das hinter den nahestehenden Tränen zum Vorschein kam, und hob ihre Hand auf die Schulter des Fürsten Andrei. Sie waren das zweite Paar, das in den Kreis trat. Fürst Andrei war einer der besten Tänzer seiner Zeit, und Natascha tanzte vorzüglich. Ihre Füßchen in den atlassenen Ballschuhen verrichteten das, was sie zu tun hatten, schnell, leicht und gleichsam unabhängig von Nataschas Willen, und ihr Gesicht strahlte vor Wonne und Glückseligkeit. Ihre entblößten Körperteile waren unschön im Vergleich mit denen der Gräfin Helene: Ihre Schultern waren mager, der Busen unentwickelt, die Arme dünn. Aber Helenes Körper hatten die vielen tausend Blicke, die bereits über ihn hingeglitten waren, sozusagen schon mit einem Lack überzogen; Natascha dagegen sah aus wie ein Mädchen, das man zum erstenmal entblößt hat, und das sich darüber sehr schämen würde, wenn man ihm nicht versichert hätte, daß das notwendigerweise so sein müsse.

Fürst Andrei tanzte überhaupt gern, und in dem Wunsch, recht schnell von den klugen, politischen Gesprächen loszukommen, mit denen sich alle an ihn wandten, und ferner in dem Wunsch, recht schnell jenen ihm widerwärtigen Bann der Verlegenheit zu brechen, in welchen die Gegenwart des Kaisers alles schlug, hatte er sich entschlossen zu tanzen und hatte Natascha gewählt, weil gerade auf diese Pierre ihn hingewiesen hatte, und weil sie das erste schöne weibliche Wesen war, das ihm in die Augen gefallen war; aber sobald er diesen schlanken, geschmeidigen Körper umfaßte und sie sich so nahe an ihm zu bewegen begann und ihn aus solcher Nähe anlächelte, da fühlte er sich von ihrem Reiz wie von einem starken Wein benommen; er kam sich neu belebt und verjüngt vor, als er sie losgelassen hatte, Atem schöpfte und nun dastand und dem Tanz zuschaute.

XVII

Nach dem Fürsten Andrei trat Boris zu Natascha heran, um sie zum Tanz aufzufordern; es kam auch jener Adjutant, der als Vortänzer den Ball eröffnet hatte, und noch viele andere junge Leute, und Natascha, die ihre überzähligen Kavaliere an Sonja abgab, hörte, glückselig und mit gerötetem Gesicht, den ganzen Abend über nicht auf zu tanzen. Sie merkte und sah nichts von dem, was alle auf diesem Ball interessierte. Sie bemerkte nicht, daß der Kaiser lange mit dem französischen Gesandten sprach, daß er sich besonders gnädig mit einer bestimmten Dame unterhielt, daß dieser und jener Prinz dies und das sagte und tat, daß Helene einen großen Erfolg hatte und von irgendeiner hohen Persönlichkeit besonderer Beachtung gewürdigt wurde; sie sah den Kaiser überhaupt nicht und merkte, daß er sich entfernt hatte, erst daran, daß nach seinem Weggang der Ball einen munteren Charakter annahm. Einen der lustigen Kotillons vor dem Souper tanzte Fürst Andrei wieder mit Natascha. Er erinnerte sie an ihr erstes Zusammentreffen in der Allee von Otradnoje und erzählte, wie er in der mondhellen Nacht nicht habe einschlafen können und unfreiwillig ihr Gespräch mitangehört habe. Natascha errötete bei dieser Erinnerung und suchte sich zu rechtfertigen, als ob in diesem Gefühl, bei welchem Fürst Andrei sie, ohne es zu wollen, belauscht hatte, etwas läge, dessen sie sich zu schämen habe.

Wie alle Leute, die in den höheren Kreisen groß geworden sind, freute Fürst Andrei sich jedesmal, wenn er in diesen Kreisen auf etwas traf, was von dem allgemeinen Typus dieser Gesellschaftsschicht abwich. Und von der Art war Natascha, mit ihrer naiven Verwunderung, ihrer harmlosen Freude, ihrer kindlichen Schüchternheit und sogar mit ihren Fehlern im Französischsprechen. Er legte in der Art, wie er sie behandelte und mit ihr redete, eine besondere Zartheit und Behutsamkeit an den Tag. Während er neben ihr saß und mit ihr von den gewöhnlichsten, unbedeutendsten Dingen plauderte, betrachtete er mit innigem Vergnügen das freudige Leuchten ihrer Augen und ihr heiteres Lächeln, ein Ausdruck, der nicht durch die Gegenstände des Gesprächs, sondern durch die innere Glückseligkeit des jungen Mädchens hervorgerufen wurde. Und wenn Natascha aufgefordert wurde, sich lächelnd erhob und tanzend durch den Saal schwebte, so bewunderte Fürst Andrei ganz besonders ihre schüchterne, liebliche Anmut. Mitten im Kotillon kehrte Natascha nach Beendigung einer Figur, noch schweratmend, zu ihrem Platz zurück; da wurde sie schon wieder von einem neuen Kavalier aufgefordert. Sie war müde und glühte und dachte offenbar einen Augenblick daran, abzulehnen; aber gleich darauf legte sie doch wieder mit fröhlichem Gesicht ihre Hand auf die Schulter des Kavaliers und lächelte dem Fürsten Andrei zu.

»Ich würde mich freuen, wenn ich mich erholen und neben Ihnen sitzenbleiben dürfte; aber Sie sehen, wie ich fortwährend aufgefordert werde, und ich freue mich darüber, und es macht mich glücklich, und ich liebe alle Menschen, und Sie haben mit mir Verständnis für das alles«, dies und noch vieles, vieles andere sagte dieses Lächeln. Als der Kavalier sie losließ, hatte Natascha die Aufgabe, durch den Saal zu eilen, um zwei Damen zu der Figur heranzuholen.

»Wenn sie zuerst zu ihrer Kusine geht und dann erst zu einer andern Dame, so soll sie meine Frau werden«, sagte Fürst Andrei, nach ihr hinblickend, bei sich und war selbst von diesem Gedanken ganz überrascht. Sie ging zuerst zu ihrer Kusine.

»Was für ein Unsinn einem doch manchmal durch den Kopf geht!« dachte Fürst Andrei. »Aber soviel ist sicher: Dieses junge Mädchen ist so liebenswürdig und so eigenartig, daß sie hier in Petersburg nicht einen Monat tanzen wird, dann ist sie verheiratet. So ein Mädchen ist hier eine Seltenheit«, dachte er, als Natascha zurückkam, eine Rose, die sich von ihrem Mieder loslöste, in Ordnung brachte und sich wieder neben ihn setzte.

Gegen Ende des Kotillons kam der alte Graf in seinem blauen Frack zu dem tanzenden Paar. Er lud den Fürsten Andrei zu einem Besuch bei sich zu Hause ein und fragte seine Tochter, ob sie sich gut amüsiere. Natascha antwortete ihm zunächst nicht, sondern lächelte ihm nur in einer Weise zu, als ob sie vorwurfsvoll sagte: »Wie kann man nur so fragen?«

»So gut wie noch nie in meinem Leben!« antwortete sie dann, und Fürst Andrei bemerkte, wie sich ihre mageren Arme schnell heben wollten, um den Vater zu umarmen, aber sofort wieder herabsanken. Natascha fühlte sich wirklich so glücklich wie noch nie in ihrem Leben. Sie befand sich auf jener höchsten Stufe des Glückes, wo der Mensch vollkommen gut und edel wird und nicht an die Möglichkeit glaubt, daß es in der Welt auch Schlimmes und Unglück und Kummer gebe.

*

Pierre empfand auf diesem Ball zum erstenmal die Stellung, welche seine Frau in den höheren Gesellschaftskreisen einnahm, als eine Beleidigung für sich selbst. Er war ingrimmig und zerstreut. Quer über seine Stirn zog sich eine breite Falte; am Fenster stehend, blickte er durch seine Brille, ohne überhaupt jemand zu sehen.

Natascha kam, als sie sich zum Souper begab, bei ihm vorbei.

Pierres finsteres, unglückliches Gesicht fiel ihr auf. Sie blieb vor ihm stehen. Sie hätte ihm gern geholfen, ihm gern von dem Übermaß ihres Glückes etwas abgegeben.

»Wie lustig es hier zugeht, Graf«, sagte sie, »nicht wahr?«

Pierre lächelte zerstreut; er hatte offenbar gar nicht verstanden, was sie gesagt hatte.

»Ja, ich freue mich sehr«, erwiderte er.

»Wie kann nur jemand mit etwas unzufrieden sein«, dachte Natascha. »Namentlich ein so guter Mensch wie dieser Besuchow.«

In Nataschas Augen waren alle auf dem Ball Anwesenden insgesamt gute, liebenswürdige, prächtige Menschen und liebten einander von Herzen. Niemand war imstande, einen anderen zu kränken, und somit mußten sie alle glücklich sein.

XVIII

Am andern Tag erinnerte sich Fürst Andrei zwar an den gestrigen Ball; aber er verweilte mit seinen Gedanken nicht lange dabei. »Ja, es war ein recht glänzender Ball. Und es war doch noch etwas … ja, richtig, Fräulein Rostowa ist allerliebst. Sie besitzt so eine eigene Frische, wie man sie sonst in Petersburg nicht findet; dadurch zeichnet sie sich aus.« Das war alles, was er über den gestrigen Ball dachte; und dann trank er Tee und setzte sich an die Arbeit.

Aber da er infolge der schlaflos verbrachten Nacht matt und müde war, ging an diesem Tag die Arbeit nicht recht vonstatten, und Fürst Andrei war außerstande etwas Ordentliches zu schaffen; fortwährend verwarf er (wie er das übrigens nicht selten tat) sofort selbst wieder, was er gemacht hatte, und war froh, als er jemand kommen hörte.

Der Besucher war ein Herr Bizki, der in verschiedenen Kommissionen mitarbeitete und in allen gesellschaftlichen Kreisen Petersburgs verkehrte, ein leidenschaftlicher Anhänger der neuen Ideen und persönlicher Verehrer Speranskis, der eifrigste Neuigkeitsjäger von ganz Petersburg, einer von den Menschen, die sich ihre politische Meinung gerade wie einen Anzug nach der Mode aussuchen, die aber eben darum sich als die eifrigsten Parteigänger ihrer jedesmaligen Richtung gebärden. Geschäftig kam er, nachdem er sich kaum Zeit gelassen hatte, den Hut abzulegen, zum Fürsten Andrei ins Zimmer gelaufen und begann sogleich zu reden. Er hatte soeben Einzelheiten über die am Vormittag dieses Tages stattgefundene Sitzung des Reichsrates gehört, die der Kaiser selbst eröffnet hatte, und erzählte davon in enthusiastischen Ausdrücken. Die Rede des Kaisers war von ganz ungewöhnlicher Art gewesen. Es war eine Rede gewesen, wie sie eigentlich nur konstitutionelle Monarchen halten. »Der Kaiser hat geradezu gesagt, der Reichsrat und der Senat seien *staat-*

liche Körperschaften; er hat gesagt, die Regierung dürfe nicht nach Willkür verfahren, sondern müsse ihrem Handeln *feste Prinzipien* zugrunde legen. Der Kaiser hat gesagt, das Finanzwesen müsse reorganisiert werden, und es solle ein *Rechenschaftsbericht* publiziert werden«, berichtete Bizki, wobei er einzelne Worte stark betonte und in bedeutsamer Weise die Augen weit öffnete.

»Ja, das heutige Ereignis ist der Beginn einer neuen Ära, der größten Ära in unserer Geschichte«, schloß er.

Fürst Andrei hörte den Bericht über die Eröffnung des Reichsrates, die er mit solcher Ungeduld erwartet und der er eine solche Bedeutung beigemessen hatte, und war erstaunt, daß dieses Ereignis jetzt, wo es sich vollzogen hatte, auf ihn gar keinen besonderen Eindruck machte, ja sogar ihm ganz unwichtig erschien. Er hörte Bizkis begeisterte Erzählung mit einem leisen spöttischen Lächeln. Ein überaus einfacher Gedanke ging ihm durch den Kopf: »Was geht das mich und Bizki an? Was haben wir beide davon, daß der Kaiser geruht hat dies und das im Reichsrat zu sagen? Kann mich das etwa glücklicher und besser machen?«

Und diese einfache Erwägung vernichtete plötzlich bei dem Fürsten Andrei das ganze Interesse, das er früher an den im Werk begriffenen Reformen genommen hatte. An diesem selben Tag sollte er bei Speranski dinieren, »im engsten Kreis«, wie ihm der Hausherr bei der Einladung gesagt hatte. Eine solche Einladung zu einem Diner im Familien- und Freundeskreis bei einem Mann, von dem er so begeistert war, hätte noch vor kurzem für den Fürsten Andrei großen Reiz gehabt, um so mehr, da er Speranski bisher noch nie in seiner Häuslichkeit gesehen hatte; aber jetzt hatte er eigentlich gar keine Lust hinzufahren.

Indes betrat Fürst Andrei dennoch zu der Zeit, auf die das Diner angesetzt war, Speranskis eigenes kleines Haus beim Taurischen Garten. Dieses Häuschen zeichnete sich durch eine ganz außerordentliche Sauberkeit aus, die an die Sauberkeit erinnerte, wie sie in Klöstern zu herrschen pflegt. In dem mit Parkett ausgelegten Speisezimmer fand Fürst Andrei, der sich ein wenig verspätet hatte, um fünf Uhr bereits sämtliche Teilnehmer dieses intimen Diners, nähere Bekannte Speranskis, versammelt. Damen waren nicht dabei, außer der kleinen Tochter Speranskis, deren langes Gesicht an den Vater erinnerte, und ihrer Gouvernante. Die Gäste waren: Gervais, Magnizki und Stolypin. Schon als er noch im Vorzimmer war, hörte Fürst Andrei laute Stimmen und helltönendes, deutlich artikuliertes Lachen, ein Lachen ähnlich dem der Schauspieler auf der Bühne. Mit einer Stimme, die der Stimme Speranskis glich, rief jemand deutlich: »Ha … ha … ha …« Fürst Andrei hatte Speranski noch nie lachen hören, und dieses helle, deutliche Lachen des Staatsmannes berührte ihn sonderbar.

Fürst Andrei trat in das Speisezimmer. Die ganze Gesellschaft stand zwischen zwei Fenstern an einem kleinen Tisch mit kalten Vorspeisen. Speranski, in einem grauen Frack mit einem Orden und augenscheinlich noch mit derselben weißen Weste und derselben hohen, weißen Halsbinde, die er in der denkwürdigen Sitzung des Reichsrates getragen hatte, stand mit vergnügtem Gesicht am Tisch und die Gäste um ihn herum. Magnizki erzählte, zu dem Hausherrn gewendet, eine Anekdote; Speranski hörte zu und lachte immer schon im voraus über das, was Magnizki sagen wollte. In dem Augenblick, als Fürst Andrei ins Zimmer trat, wurden gerade wieder Magnizkis Worte durch Gelächter übertönt. Stolypin, der an einem Stück Brot mit Käse kaute, lachte laut und in tiefen Tönen, Gervais leise und zischend und Speranski hell und deutlich.

Speranski reichte, immer noch lachend, dem Fürsten Andrei seine weiße, zarte Hand.

»Ich freue mich sehr, Sie zu sehen, Fürst«, sagte er. »Ein Augenblickchen!« wandte er sich an Magnizki, dessen Erzählung unterbrechend. »Bei uns gilt heute als Gesetz: beim Essen nur vergnügt zu sein und kein Wort von geschäftlichen Dingen zu reden.«

Fürst Andrei hörte und sah mit Erstaunen und schmerzlicher Enttäuschung, wie Speranski lachte. Das war, wie es ihm schien, gar nicht Speranski, sondern ein anderer Mensch. Alles, was ihm vorher an Speranski geheimnisvoll und anziehend erschienen war, war ihm jetzt nur zu klar geworden und hatte für ihn allen Reiz verloren.

Bei Tisch verstummte das Gespräch keinen Augenblick und bestand eigentlich aus einer ununterbrochenen Kette komischer Anekdoten. Kaum hatte Magnizki seine Erzählung beendet, als sich schon ein anderer anheischig machte, etwas noch Komischeres zu erzählen. Die Anekdoten betrafen größtenteils wenn nicht die Staatsverwaltung selbst, so doch die Personen der Beamten. Die völlige Wertlosigkeit der Beamten schien in dieser Gesellschaft so sehr als feststehende Tatsache betrachtet zu werden, daß man glaubte, von dieser Menschenklasse nur mit gutmütiger Ironie sprechen zu dürfen. Speranski erzählte, daß am Vormittag in der Reichsratssitzung ein tauber hochgestellter Beamter auf die Frage nach seiner Meinung beziehungslos geantwortet habe, er sei derselben Meinung. Gervais gab eine längere Geschichte von einer Revision zum besten, bei der der Unverstand aller Beteiligten großartig gewesen sei. Stotternd beteiligte sich nun auch Stolypin an dem Gespräch und begann mit Heftigkeit über die Mißstände des früheren Regimes zu reden, wodurch das Gespräch einen ernsten Charakter anzunehmen drohte. Aber Magnizki machte sich über Stolypins Heftigkeit lustig, und Gervais fiel mit einem Scherz ein: So kam die Unterhaltung wieder in das frühere Fahrwasser der Lustigkeit.

Augenscheinlich liebte es Speranski, sich nach der Arbeit zu erholen und sich im Freundeskreis zu erheitern, und alle seine Gäste kannten diesen seinen Wunsch und waren bemüht, ihn und sich selbst zu amüsieren. Aber diese Heiterkeit schien dem Fürsten Andrei etwas Forciertes zu haben und keine echte zu sein. Der helle Klang von Speranskis Stimme machte ihm einen unangenehmen Eindruck, und das nie verstummende Lachen hatte durch die herauszuhörende Unechtheit für das Gefühl des Fürsten Andrei etwas Verletzendes. Fürst Andrei lachte nicht mit und fürchtete, in dieser Gesellschaft durch sein ernstes Wesen Anstoß zu erregen. Aber niemand bemerkte, daß er nicht mit der allgemeinen Stimmung harmonierte. Alle schienen äußerst vergnügt zu sein.

Er machte ein paarmal den Versuch, sich an dem Gespräch zu beteiligen; aber jedesmal wurde seine Bemerkung wie ein Korkpfropfen aus dem Wasser herausgeworfen. Und mit ihnen zusammen zu scherzen und zu lachen, das bekam er nicht fertig.

Es lag nichts Schlimmes oder Unpassendes in dem, was sie sagten; alles war scharfsinnig und klug und hätte als komisch passieren können; aber ein gewisses Etwas, eben das, was das Salz der Heiterkeit bildet, war nicht vorhanden, ja, sie schienen überhaupt nicht zu wissen, daß es so etwas gab.

Nach dem Essen standen Speranskis Töchterchen und ihre Gouvernante auf. Speranski streichelte das Kind liebkosend mit seiner weißen Hand und küßte es. Auch dieses Benehmen machte auf den Fürsten Andrei den Eindruck des Gekünstelten.

Die Herren blieben nach englischer Sitte am Tisch beim Portwein sitzen. Bei einem Gespräch über Napoleons kriegerische Operationen in Spanien, in deren Bewunderung alle einer Meinung waren, unternahm es Fürst Andrei, ihnen zu widersprechen. Speranski lächelte und erzählte, offenbar in der Absicht, das Gespräch von der Richtung, die es nahm, wieder abzulenken, eine Anekdote, die zu dem Gegenstand des Gespräches nicht in Beziehung stand. Eine kleine Weile waren alle still.

Nachdem sie eine Zeitlang bei Tisch gesessen hatten, korkte Speranski die Weinflasche zu, sagte: »Mit einem guten Wein muß man heutzutage sparsam umgehen«, gab sie dem Diener und stand auf. Alle erhoben sich und gingen, sich ebenso laut weiter unterhaltend, in den Salon. Speranski wurden zwei Briefe überreicht, die ein Kurier gebracht hatte. Er nahm sie und ging damit in sein Arbeitszimmer. Sowie er hinaus war, verstummte die allgemeine Lustigkeit, und die Gäste begannen ruhig und vernünftig miteinander zu reden.

»Nun, jetzt aber eine Deklamation!« rief Speranski, als er wieder aus seinem Arbeitszimmer herauskam. »Er besitzt ein ganz erstaunliches Talent!« sagte er zu dem Fürsten Andrei. Magnizki stellte sich sofort in Positur und trug französische Spottgedichte vor, die er auf einige bekannte Persönlichkeiten Petersburgs verfaßt hatte; mehrmals wurde er dabei durch Beifallklatschen unterbrochen. Nach Beendigung dieser Deklamation trat Fürst Andrei an Speranski heran, um sich zu empfehlen.

»Wohin wollen Sie denn so früh?« fragte Speranski.

»Ich habe für den Abend anderweitig zugesagt …«

Beide schwiegen einen Augenblick. Fürst Andrei blickte aus der Nähe in diese spiegelartigen Augen, die kein Eindringen gestatteten, und es kam ihm lächerlich vor, wie er von Speranski und der ganzen Tätigkeit, die mit dessen Person zusammenhing, etwas hatte erwarten und dem, was Speranski tat, irgendeine Wichtigkeit hatte beimessen können. Dieses artikulierte, unecht heitere Lachen klang dem Fürsten Andrei, nachdem er von Speranski weggefahren war, noch lange in den Ohren.

Als er nach Hause zurückgekehrt war, fing Fürst Andrei an, das Leben, das er in Petersburg während dieser vier Monate geführt hatte, zu überdenken, als ob dieses Leben ihm etwas Neues wäre. Er erinnerte sich an seine eifrige Geschäftigkeit, an seine Bestrebungen, an das Schicksal seines Entwurfes eines Militärreglements, der zur Prüfung entgegengenommen war, und den man einzig und allein deshalb totzuschweigen suchte, weil eine andere, sehr schlechte Arbeit schon fertiggestellt und dem Kaiser vorgelegt war; er erinnerte sich an die Sitzungen des Komitees, zu dessen Mitgliedern auch Berg gehörte; er erinnerte sich, mit welcher Genauigkeit und Ausführlichkeit in diesen Sitzungen alles erörtert worden war, was die Form und den Geschäftsgang der Komiteesitzungen anlangte, und wie kurz man geflissentlich alles das abgetan hatte, was sich auf die Sache selbst bezog. Er erinnerte sich an seine gesetzgeberische Arbeit, erinnerte sich daran, mit welcher Sorgfalt er Artikel der römischen und französischen Gesetzsammlung ins Russische übersetzt hatte, und begann sich vor sich selbst zu schämen. Dann stellte er sich lebhaft sein Gut Bogutscharowo vor und seine Tätigkeit auf dem Land und seine Reise nach Rjasan; er erinnerte sich an seine Bauern, an den Dorfschulzen Dron, hielt in Gedanken mit diesen Leuten das Personenrecht zusammen, das er in Paragraphen eingeteilt hatte, und es kam ihm wunderlich vor, wie er sich so lange mit einer so nutzlosen Arbeit hatte beschäftigen können.

XIX

Am andern Tag fuhr Fürst Andrei aus, um Besuche bei mehreren Familien zu machen, bei denen er noch nicht gewesen war, darunter auch bei Rostows, mit denen er die Bekanntschaft auf dem Silvesterball erneuert hatte. Abgesehen davon, daß er nach den Vorschriften der Höflichkeit diesen letzteren einen Besuch abzustatten hatte, wollte Fürst Andrei auch gern dieses eigenartige, lebhafte junge Mädchen, das ihm eine so angenehme Erinnerung hinterlassen hatte, in ihrer häuslichen Umgebung sehen.

Zu den ersten Familienmitgliedern, die zu dem Besucher in den Salon kamen, gehörte auch Natascha. Sie trug ein blaues Hauskleid, in welchem sie dem Fürsten Andrei noch schöner vorkam als in der Balltoilette. Sie und die ganze Familie Rostow nahmen den Fürsten Andrei wie einen alten Freund schlicht und herzlich auf. Die gesamte Familie, über die Fürst Andrei früher ein ungünstiges Urteil gehabt hatte, schien ihm jetzt aus netten, natürlichen, braven Menschen zu bestehen. Die Gastfreundschaft und Gutherzigkeit des alten Grafen, die in Petersburg besonders angenehm überraschte, wirkte auf den Fürsten Andrei so stark, daß er nicht imstande war, eine Einladung zum Mittagessen abzulehnen. »Ja«, dachte er, »das sind gute, prächtige Menschen. Natürlich haben sie nicht das geringste Verständnis für den Schatz, den sie an Natascha besitzen; aber es sind gute Menschen, die einen vortrefflichen Hintergrund bilden, von dem sich diese hochpoetische, lebensvolle, entzückende Mädchengestalt abhebt!«

Fürst Andrei hatte gleich bei der ersten Begegnung aus Nataschas Wesen herausgefühlt, daß diese in einer ihm ganz fremden Welt lebte, angefüllt mit Freuden, die ihm unbekannt waren, in jener fremden Welt, die damals, in der Allee von Otradnoje und am Fenster in der mondhellen Nacht, als ein beunruhigendes Rätsel vor ihm gestanden hatte. Jetzt stand diese Welt nicht mehr als ein Rätsel vor ihm, sie war ihm nicht mehr fremd, sondern er selbst fand, in sie eintretend, in ihr einen ihm bisher unbekannten Genuß.

Nach Tisch ging Natascha auf des Fürsten Andrei Bitte an das Klavier und begann zu singen. Fürst Andrei stand am Fenster, sprach mit den andern Damen und hörte dem Gesang zu. Aber mitten in einem Satz verstummte Fürst Andrei, da er plötzlich fühlte, daß ihm die Tränen in die Kehle stiegen, was er bisher bei sich für unmöglich gehalten hatte. Er betrachtete die singende Natascha, und in seiner Seele vollzog sich ein neuer, beglückender Vorgang. Fürst Andrei fühlte sich glücklich und gleichzeitig traurig. Er hatte schlechterdings keinen Anlaß zum

Weinen, und doch war er nahe daran, es zu tun. Worüber? Über seine frühere Liebe? Über die kleine Fürstin? Über seine Enttäuschungen? Über seine Hoffnungen für die Zukunft? ... Ja und nein. Die Hauptsache, die ihn beinahe zum Weinen brachte, war der ihm auf einmal lebhaft zum Bewußtsein gekommene furchtbare Kontrast zwischen etwas unendlich Großem, Unbestimmtem, das in ihm war, und etwas Engem, Körperlichem, welches er selbst war und auch sogar sie. Dieser Kontrast war es, der ihn während ihres Gesanges zugleich quälte und erfreute.

Sowie Natascha aufgehört hatte zu singen, trat sie zu ihm und fragte ihn, wie ihm ihre Stimme gefalle. Sowie die Frage heraus war, wurde auch Natascha verlegen, da sie merkte, daß sie danach nicht hätte fragen dürfen. Er blickte sie lächelnd an und erwiderte, ihr Gesang gefalle ihm ebenso wie alles, was sie tue.

Erst am späten Abend fuhr Fürst Andrei von Rostows fort. Er legte sich in gewohnter Weise zu Bett, sah aber bald ein, daß er nicht schlafen könne. Bald saß er bei der wieder angezündeten Kerze auf dem Bett, bald stand er auf, bald legte er sich wieder hin, ohne über seine Schlaflosigkeit im geringsten verdrießlich zu werden – seine Seele war von einem so neuen, freudigen Gefühl erfüllt, als ob er aus einem dumpfigen Zimmer in die freie Gotteswelt hinausgetreten wäre. Der Gedanke, daß er in Fräulein Rostowa verliebt sei, kam ihm gar nicht in den Sinn; er dachte an sie nicht mit dem Verstand, er stellte sie sich nur mit der Einbildungskraft vor, und infolgedessen erschien ihm sein ganzes Leben in einem neuen Licht. »Warum zerquäle ich mich, warum plage ich mich ab in diesem engen, geschlossenen Rahmen, während doch das Leben, das ganze Leben mit allen seinen Freuden offen vor mir daliegt?« fragte er sich selbst. Und zum erstenmal seit langer Zeit begann er glückliche Pläne für die Zukunft zu entwerfen. Er sagte sich, er müsse jetzt für die Erziehung seines Sohnes sorgen und zunächst einen Erzieher für ihn suchen und ihn diesem übergeben; dann müsse er Urlaub nehmen und ins Ausland fahren, um England, die Schweiz und Italien zu besuchen. »Ich muß meine Freiheit genießen, solange ich noch soviel Kraft und Jugendlichkeit in mir fühle«, sagte er zu sich selbst. »Pierre hatte recht: Man muß an die Möglichkeit des Glückes glauben, um glücklich zu sein. Und ich glaube jetzt an diese Möglichkeit. Lassen wir die Toten die Toten begraben; solange man am Leben ist, muß man leben und glücklich sein.«

XX

Eines Morgens kam der Oberst Adolf Berg, mit welchem Pierre, wie überhaupt mit allen Leuten in Moskau und Petersburg, bekannt war, zu ihm; er trug eine funkelnagelneue Uniform und hatte das Haar an den Schläfen ebenso nach vorn gestrichen und pomadisiert, wie es der Kaiser Alexander Pawlowitsch trug.

»Ich war soeben bei der Gräfin, Ihrer Gemahlin, und mußte leider hören, daß sie meine Bitte nicht erfüllen kann. Ich hoffe, bei Ihnen, Graf, mehr Glück zu haben«, sagte er lächelnd.

»Was ist Ihnen gefällig, Oberst? Ich stehe zu Ihren Diensten.«

»Ich bin jetzt mit der Einrichtung meiner neuen Wohnung vollständig fertig, Graf«, teilte ihm Berg mit, offenbar überzeugt, daß es einem jeden eine Freude sein müsse, dies zu hören, »und daher möchte ich gern für meine Bekannten und für die Bekannten meiner Frau so eine kleine Abendgesellschaft veranstalten.« (Er lächelte noch freundlicher.) »Ich wollte die Gräfin und Sie bitten, uns die Ehre zu erweisen, zu einer Tasse Tee und zum Abendbrot zu uns zu kommen.«

Nur die Gräfin Jelena Wasiljewna, die es unter ihrer Würde hielt, mit Leuten wie Bergs gesellschaftlich zu verkehren, konnte so grausam sein, eine solche Einladung auszuschlagen. Berg sprach es mit solcher Offenheit aus, warum er den Wunsch habe, eine kleine, auserlesene Gesellschaft bei sich zu sehen, und warum es ihm angenehm sein würde, wenn sie kämen, und daß ihm für Kartenspiel und andere schlechte Dinge das Geld leid tue, daß er aber für eine gute Gesellschaft auch bereit sei, Ausgaben zu machen – das alles sagte er so offen, daß Pierre es nicht übers Herz brachte, ihm eine abschlägige Antwort zu geben, und zu kommen versprach.

»Nur nicht zu spät, Graf, wenn ich bitten darf; so etwa zehn Minuten vor acht, möchte ich bitten. Wir wollen eine Kartenpartie arrangieren; unser General wird auch dasein. Er ist mir sehr gewogen. Und dann haben wir ein kleines Souper, Graf. Also haben Sie die Liebenswürdigkeit!«

Ganz entgegen seiner Gewohnheit, zu spät zu kommen, fand sich Pierre an diesem Tag statt zehn Minuten vor acht schon um dreiviertel acht bei Bergs ein.

Herr und Frau Berg waren bereits mit allen nötigen Anordnungen für die Abendgesellschaft fertig und zum Empfang der Gäste bereit.

In seinem neuen, sauberen, hellerleuchteten, mit neuen Möbeln ausgestatteten und mit Büsten und Gemälden geschmückten Arbeitszimmer saß Berg mit seiner Frau. Er saß in seiner neuen, zugeknöpften Uniform neben ihr und setzte ihr auseinander, man könne und müsse immer mit Leuten Umgang unterhalten, die über einem ständen, weil man nur dann von dem Umgang Vorteil habe. »Solchen Leuten kann man manches absehen, und man kann sie auch um dies und das bitten. Sieh nur, wie ich von den untersten Stufen an verfahren bin.« (Berg rechnete sein Leben nicht nach Jahren, sondern nach den Avancements.) »Meine ehemaligen Kameraden haben es jetzt noch zu nichts gebracht, und ich vertrete den Regimentskommandeur und habe das Glück, dein Gatte zu sein.« (Er stand auf und küßte seiner Frau die Hand, legte aber, während er zu ihr trat, eine Ecke des Teppichs zurecht, die sich umgeschlagen hatte.) »Und wodurch habe ich alles das erreicht? Hauptsächlich dadurch, daß ich es verstanden habe, meinen Verkehr richtig zu wählen. Es versteht sich von selbst, daß man auch rechtschaffen und pflichttreu sein muß.«

Berg lächelte im Bewußtsein seiner Überlegenheit über so ein beschränktes weibliches Wesen und schwieg dann, weil er sich sagte, daß seine liebe Frau doch eben nur ein beschränktes Weib sei, das kein rechtes Verständnis dafür habe, worin der Wert eines Mannes bestehe. Gleichzeitig lächelte auch Wjera in dem Bewußtsein ihrer Überlegenheit über ihren Mann, der ja ein rechtschaffener, guter Mensch war, aber doch, wie alle Männer nach Wjeras Begriffen, das Leben falsch auffaßte. Berg, nach seiner Frau urteilend, hielt alle Frauen für beschränkt und dumm. Wjera, die nur nach ihrem Mann urteilte und diese Beobachtung verallgemeinerte, war der Ansicht, alle Männer hielten sich allein für klug, verständen aber dabei doch gar nichts und seien hochmütig und egoistisch.

Berg stand auf, umarmte seine Frau vorsichtig, um nicht die Spitzenpelerine zu verdrücken, für die er viel Geld ausgegeben hatte, und küßte sie mitten auf den Mund.

»Ich habe nur den einen Wunsch, daß wir nicht so bald Kinder bekommen«, sagte er infolge einer Gedankenverknüpfung, die ihm selbst nicht zum Bewußtsein kam.

»Ja«, antwortete Wjera, »ich wünsche mir überhaupt keine. Man muß für den gesellschaftlichen Verkehr leben.«

»Genau ebenso eine hatte die Fürstin Jusopowa«, sagte Berg und deutete mit einem glückseligen, gutherzigen Lächeln auf Wjeras Pelerine.

In diesem Augenblick wurde Graf Besuchow gemeldet. Die beiden Ehegatten wechselten miteinander einen selbstzufriedenen Blick, indem ein jeder es sich zurechnete, daß ihnen die Ehre dieses Besuches zuteil wurde.

»Da sieht man, was es nützt, wenn man versteht Bekanntschaften zu machen«, dachte Berg, »und was es nützt, wenn man etwas auf sich hält!«

»Nur, bitte, wenn ich die Gäste unterhalte«, sagte Wjera, »unterbrich mich nicht immer. Ich weiß ganz genau, womit man einen jeden unterhalten muß, und für welche Gesellschaft das eine oder das andere Thema paßt.«

Berg lächelte.

»Allein kannst du es denn doch nicht übernehmen; manchmal ist für Männergesellschaft auch ein Männergespräch nötig.«

Pierre wurde in dem neuen Salon empfangen, in dem man sich nirgends hinsetzen konnte, ohne die Symmetrie, Sauberkeit und Ordnung zu stören, und daher war es sehr begreiflich und keineswegs sonderbar, daß Berg sich zwar in großmütiger Weise bereit erklärte, die Symmetrie der Lehnstühle oder des Sofas um des teuren Gastes willen zu verderben, aber doch, da er selbst in dieser Hinsicht sich augenscheinlich in einer peinlichen Unentschlossenheit befand, die Entscheidung dieser Frage dem Belieben des Gastes anheimstellte. So zerstörte denn Pierre die Symmetrie, indem er sich einen Stuhl heranzog, und nun ließen Berg und Wjera sofort ihre Abendgesellschaft beginnen: Sie unterhielten den Gast und unterbrachen einander abwechselnd.

Wjera, die in ihrem klugen Kopf zu dem Resultat gelangt war, Pierre müsse mit einem Gespräch über die französische Gesandtschaft unterhalten werden, brachte sofort diesen Gegenstand aufs Tapet. Berg aber, der sich sagte, daß auch ein Männergespräch vonnöten sei, unterbrach seine Frau dadurch, daß er die Frage eines Krieges mit Österreich berührte, und ging dann unwillkürlich von dem allgemeinen Gegenstand zu einer Erörterung der Anerbietungen über, die ihm für eine Beteiligung an einem österreichischen Feldzug gemacht waren, sowie zu einer Darlegung der Gründe, weswegen er sie nicht angenommen hatte. Obwohl das Gespräch recht wenig passend war und Wjera sich über die Einmengung eines männlichen Themas ärgerte, fühlten die beiden Gatten mit Vergnügen, daß, trotzdem nur erst ein Gast da war, die »Soiree« einen sehr guten Anfang genommen hatte und jeder anderen Soiree mit Gesprächen, Tee und brennenden Lichtern glich wie ein Ei dem andern.

Bald darauf erschien auch Boris, Bergs alter Kamerad. Er behandelte Berg und Wjera mit einer Nuance von Überlegenheit und Gönnerhaftigkeit. Nach Boris kam ein Oberst mit seiner Frau, dann der General selbst, dann die Familie Rostow, und es war kein Zweifel mehr, daß diese Abendgesellschaft allen andern Abendgesellschaften vollkommen ähnlich wurde. Berg und Wjera konnten ein frohes Lächeln nicht unterdrükken beim Anblick der vielen Verbeugungen und der steten Bewegung im Salon und bei dem Geräusch dieser unzusammenhängenden Gespräche und des Kleiderraschelns. Alles war ebenso wie bei allen andern, namentlich auch die Anwesenheit und das Verhalten des Generals als Ehrenperson: Er lobte die Wohnung, klopfte Berg auf die Schulter und leitete mit väterlicher Eigenmächtigkeit die Herrichtung des Bostontisches. Der General setzte sich zu dem Grafen Ilja Andrejewitsch als dem vornehmsten Gast nach ihm selbst. Die Alten saßen bei den Alten, die Jugend bei der Jugend, die Hausfrau am Teetisch, auf welchem in einem silbernen Körbchen genau ebensolches Gebäck stand, wie es neulich welches auf der Abendgesellschaft bei Panins gegeben hatte – alles war in jeder Hinsicht ebenso wie bei andern Leuten.

XXI

Pierre als einer der angesehensten Gäste mußte sich mit Ilja Andrejewitsch, dem General und dem Obersten an den Bostontisch setzen. Zufällig kam er so zu sitzen, daß er Natascha ins Gesicht sehen konnte, und er war überrascht von der seltsamen Veränderung, die mit ihr seit dem Ball vorgegangen war. Natascha war schweigsam und bei weitem nicht so schön, wie sie auf dem Ball gewesen war; ja, sie wäre geradezu häßlich gewesen, hätte auf ihrem Gesicht nicht ein solcher Ausdruck sanfter Milde und stillen Gleichmuts allem gegenüber gelegen.

»Was ist mit ihr vorgegangen?« dachte Pierre, während er sie betrachtete. Sie saß neben ihrer Schwester am Teetisch und antwortete, als Boris, der sich zu ihr gesetzt hatte, sie etwas fragte, nur wie gezwungen und ohne ihn anzusehen. Nachdem Pierre eine ganze Reihe von Trümpfen heruntergespielt und zur großen Befriedigung seines Partners fünf Stiche gemacht hatte, blickte er, als er gerade die Schritte eines ins Zimmer tretenden neuen Gastes und die Begrüßung desselben gehört hatte, während des Zusammenlegens der Stiche wieder zu Natascha hin.

»Was ist mit ihr vorgegangen?« fragte er sich jetzt mit noch größerem Erstaunen.

Fürst Andrei stand mit einer Miene rücksichtsvoller, zarter Höflichkeit vor ihr und sagte etwas zu ihr. Sie hatte den Kopf in die Höhe gehoben und sah ihn an; ihr Gesicht war ganz rot geworden, und sie bemühte sich offenbar, ihren stoßweise gehenden Atem zu beherrschen. Ein inneres, vorher beinah erloschenes Feuer war in ihr von neuem mit hellem Schein aufgeflammt. Sie war völlig umgewandelt: Soeben noch häßlich, war sie wieder ebenso geworden wie sie auf dem Ball gewesen war.

Fürst Andrei trat zu Pierre, und dieser bemerkte einen neuen, jugendlichen Ausdruck in dem Gesicht seines Freundes.

Pierre wechselte während des Spieles mehrmals seinen Platz, so daß er Natascha bald den Rücken, bald das Gesicht zuwandte, und stellte während des ganzen sechsten Robbers seine Beobachtungen über sie und seinen Freund an.

»Es geht etwas sehr Wichtiges zwischen ihnen vor«, dachte Pierre, und ein freudiges und zugleich bitteres Gefühl versetzte ihn in Erregung und lenkte seine Aufmerksamkeit vom Spiel ab.

Nach Beendigung des sechsten Robbers erhob sich der General und erklärte, unter solchen Umständen sei es unmöglich weiterzuspielen. Pierre wurde frei. Natascha sprach auf der einen Seite mit Sonja und Boris; Wjera redete mit einem feinen Lächeln über irgend etwas mit dem Fürsten Andrei. Pierre trat zu seinem Freund, fragte, ob sie auch nicht etwa Geheimnisse verhandelten, und setzte sich zu ihnen. Wjera hatte, als sie die Aufmerksamkeit des Fürsten Andrei gegen Natascha bemerkte, sich gesagt, bei einer Abendgesellschaft, einer richtigen Abendgesellschaft, müßten unbedingt feine Anspielungen auf Gefühle vorkommen, und einen Augenblick benutzend, wo Fürst Andrei von keiner anderen Seite in Anspruch genommen war, hatte sie mit ihm ein Gespräch über Gefühle im allgemeinen und über ihre Schwester im besonderen angefangen. Bei einem so klugen Mann (denn für einen solchen hielt sie den Fürsten Andrei) hatte sie geglaubt, mit all ihrer diplomatischen Kunst zu Werke gehen zu müssen.

Als Pierre zu ihnen trat, bemerkte er, daß Wjera bei dem Gespräch einen selbstgefälligen Eifer bekundete, Fürst Andrei dagegen (was ihm nur selten begegnete) verlegen zu sein schien.

»Wie denken Sie darüber?« fragte Wjera mit einem feinen Lächeln. »Sie sind ja so außerordentlich scharfsichtig, Fürst, und durchschauen den Charakter der Menschen auf den ersten Blick. Wie denken Sie über Natascha: Ist sie fähig, bei ihren Neigungen Ausdauer zu beweisen? Kann sie so wie andere Frauen« (damit meinte Wjera sich selbst) »einen Menschen einmal liebgewinnen und ihm dann für immer treu bleiben? Denn das halte ich für die wahre Liebe. Wie denken Sie darüber, Fürst?«

»Ich kenne Ihre Schwester zu wenig«, antwortete Fürst Andrei mit einem spöttischen Lächeln, unter dem er seine Verlegenheit verbergen wollte; »als daß ich wagen könnte, eine so subtile Frage zu entscheiden; und dann habe ich die Beobachtung gemacht, daß eine Frau um so beständiger ist, je weniger sie gefällt«, fügte er hinzu und blickte Pierre an, der in diesem Augenblick zu ihnen trat.

»Ja, das ist richtig, Fürst; in unserer Zeit«, fuhr Wjera fort (sie redete von unserer Zeit, wie es beschränkte Leute gern tun, welche glauben, sie hätten mit feinem Urteil Besonderheiten unserer Zeit herausgefunden und die Eigenschaften der Menschen änderten sich mit den Zeiten), »in unserer Zeit hat ein junges Mädchen soviel Freiheit, daß das Vergnügen daran, sich umschwärmt zu sehen, häufig in ihrer Seele alle wahren Empfindungen erstickt. Und ich muß gestehen: Auch Natascha ist dafür sehr empfänglich.« Dieses Zurückkommen auf Natascha ließ den Fürsten wieder mißmutig die Stirn runzeln; er wollte aufstehen, aber Wjera fuhr mit noch feinerem Lächeln fort:

»Ich glaube, kein Mädchen ist so umschwärmt worden wie sie; aber niemals, noch bis auf die letzte Zeit, hat ihr jemand ernstlich gefallen. Das wissen Sie ja auch, Graf«, wandte sie sich an Pierre. »Nicht einmal unser liebenswürdiger Vetter Boris, der, unter uns gesagt, sterblich in sie verliebt war.«

Fürst Andrei machte ein finsteres Gesicht und schwieg.

»Sie sind ja wohl mit Boris befreundet?« fragte ihn Wjera.

»Ja, ich kenne ihn.«

»Er hat Ihnen gewiß von seiner Kindheitsliebe zu Natascha erzählt?«

»Hat denn eine solche bestanden?« fragte Fürst Andrei plötzlich und errötete dabei.

»Ja. Sie wissen: Der vertrauliche Verkehr zwischen Kusin und Kusine führt manchmal zur Liebe; Vetternschaft ist eine gefährliche Nachbarschaft. Nicht wahr?«

»Oh, ohne Zweifel!« erwiderte Fürst Andrei. Er wurde auf einmal in unnatürlicher Weise lebhaft und begann Pierre zu necken: dieser solle in seinem Verkehr mit seinen Moskauer Kusinen nur ja recht vorsichtig sein. Aber mitten in diesem scherzenden Gespräch stand er auf, faßte Pierre unter den Arm und führte ihn beiseite.

»Nun, was gibt es?« fragte Pierre, der mit Erstaunen die seltsame Lebhaftigkeit seines Freundes beobachtete und den Blick wahrnahm, den dieser beim Aufstehen auf Natascha richtete.

»Ich muß mit dir sprechen, notwendig sprechen«, sagte Fürst Andrei. »Du kennst unsere Frauenhandschuhe.« (Er meinte die Handschuhe, die bei den Freimaurern dem neu aufgenommenen Bruder übergeben wurden, damit er sie der ihm geliebten Frau einhändige.) »Ich … Aber nein, ich will ein andermal mit dir davon reden …« Und mit einem seltsamen Glanz in den Augen und mit einer sonderbaren Unruhe in seinen Bewegungen trat Fürst Andrei zu Natascha hin und setzte sich neben sie. Pierre sah, wie Fürst Andrei sie etwas fragte, und wie sie unter tiefem Erröten ihm antwortete.

Aber in diesem Augenblick trat Berg zu Pierre und bat ihn dringend, sich an einer Debatte über die kriegerischen Operationen in Spanien zu beteiligen, die sich zwischen dem General und dem Obersten entsponnen hatte.

Berg war zufrieden und glücklich. Ein Lächeln der Freude wich nicht von seinem Gesicht. Die Abendgesellschaft war sehr gut und ganz von derselben Art wie andere Abendgesellschaften, bei denen er gewesen war. Alles war ebenso: das helltönende Geplauder der Damen, und der Kartentisch, und am Kartentisch der General mit seiner lauten, herausfordernden Stimme, und der Samowar, und das Gebäck; aber eines mangelte noch, etwas, was ihm immer auf den Abendgesellschaften, die er nachzumachen suchte, entgegengetreten war: Es mangelte noch ein lautes Gespräch unter den Männern und ein Streit über irgendeinen wichtigen, ernsten Gegenstand. Ein solches Gespräch hatte nun der General angefangen, und Berg beeilte sich, Pierre zu diesem Gespräch mit heranzuziehen.

XXII

Am folgenden Tag kam Fürst Andrei, da er vom Grafen Ilja Andrejewitsch eingeladen worden war, zu Rostows zum Mittagessen und verlebte bei ihnen den ganzen Rest des Tages.

Alle im Haus merkten, um wessen willen Fürst Andrei kam; auch machte er selbst kein Hehl daraus, sondern suchte die ganze Zeit über mit Natascha zusammenzusein. Nicht nur in der Seele der ängstlichen, aber glücklichen und entzückten Natascha, sondern im ganzen Haus machte sich eine Furcht vor etwas Wichtigem fühlbar, das sich vollziehen wollte. Die Gräfin blickte den Fürsten Andrei mit tiefernsten, traurigen Augen an, wenn er mit Natascha sprach, und begann mit schüchterner Verstellung irgendein gleichgültiges Gespräch, sobald er sich nach ihr hinwandte. Sonja fürchtete sich, von Natascha wegzugehen, und fürchtete sich andrerseits, zu stören, wenn sie bei ihnen bliebe. Natascha wurde ganz blaß vor banger Erwartung, wenn sie ein paar Minuten lang mit ihm unter vier Augen blieb. Sie war überrascht von der Schüchternheit des Fürsten Andrei. Sie fühlte, daß es ihn drängte, ihr etwas zu sagen, und daß er sich doch nicht dazu entschließen konnte.

Als am Abend Fürst Andrei weggefahren war, trat die Gräfin zu Natascha und fragte sie flüsternd: »Nun, wie ist's?«

»Mama, um Gottes willen, fragen Sie mich jetzt nichts; ich kann Ihnen nichts sagen«, antwortete Natascha.

Aber trotzdem lag an diesem Abend Natascha aufgeregt und ängstlich, mit starren Augen, lange im Bett der Mutter. Sie erzählte ihr, daß er sie gelobt habe, und daß er gesagt habe, er wolle ins Ausland reisen, und daß er gefragt habe, wo sie diesen Sommer verleben würden, und daß er sie nach Boris gefragt habe.

»Aber so … so … so ist mir noch nie zumute gewesen!« rief sie. »Es ist mir so seltsam in seiner Gegenwart, immer ist mir in seiner Gegenwart so seltsam; was bedeutet das? Bedeutet das, daß dies das Richtige ist, ja? Mama, schlafen Sie?«

»Nein, liebes Kind, mir ist selbst so seltsam«, antwortete die Mutter. »Aber geh jetzt.«

»Schlafen kann ich ja doch nicht. Eine reine Unmöglichkeit. Mamachen, Mamachen, so ist mir noch nie zumute gewesen«, sagte sie erstaunt und erschrocken über das Gefühl, das sie in ihrer Seele wahrnahm. »Wie hätten wir so etwas denken können!«

Natascha hatte die Vorstellung, schon damals, als sie den Fürsten Andrei zum erstenmal in Otradnoje gesehen hatte, habe sie sich in ihn verliebt. Sie erschrak ordentlich über den seltsamen, unerwarteten Glückszufall, daß der Mann, den sie sich schon damals erwählt hatte (davon war sie fest überzeugt), daß dieser selbe Mann ihr jetzt wieder begegnet war und anscheinend eine Neigung zu ihr empfand.

»Da mußte er nun gerade jetzt, wo wir hier sind, nach Petersburg kommen. Und da mußte er mit uns auf diesem Ball zusammentreffen. Das ist alles eine Fügung des Schicksals. Es ist klar, daß das eine Fügung des Schicksals ist, und daß alles darauf abgezielt hat. Schon damals fühlte ich, sowie ich ihn nur gesehen hatte, in meinem Herzen etwas Besonderes.«

»Was hat er denn zu dir noch gesagt? Was waren denn das für Verse? Sage sie mir doch einmal her …«, sagte die Mutter nachdenklich; die Frage bezog sich auf die Verse, die Fürst Andrei in Naschas Album geschrieben hatte.

»Mama, muß ich mich nicht schämen, daß er Witwer ist?«

»Rede keine Torheit, Natascha. Bete zu Gott. Die Ehen werden im Himmel geschlossen.«

»Liebes, süßes Mamachen, wie ich Sie liebe, und wie glücklich ich bin!« rief Natascha und umarmte ihre Mutter unter Tränen der Freude und der Aufregung.

Zu derselben Zeit saß Fürst Andrei bei Pierre und redete mit ihm über seine Liebe zu Natascha und über seine feste Absicht, sie zu heiraten.

*

An diesem Tag fand bei der Gräfin Jelena Wasiljewna eine Abendgesellschaft statt; der französische Gesandte war da, und der Prinz, der seit kurzem ein häufiger Gast in dem Haus der Gräfin geworden war, und viele der vornehmsten Damen und Herren. Pierre war unten, wanderte durch die Säle und fiel allen Gästen durch sein in sich gekehrtes, zerstreutes Wesen und seine finstere Miene auf.

Pierre spürte seit jenem Ball in seinem Innern wieder das Herannahen eines Anfalles von Hypochondrie und suchte mit verzweifelter Anstrengung dagegen anzukämpfen. Seit der Prinz sich Helenen genähert hatte, war Pierre unerwarteterweise zum Kammerherrn ernannt worden und konnte seitdem in größerer Gesellschaft ein bedrückendes Gefühl der Scham nicht loswerden, und es kamen ihm wieder recht oft die früheren traurigen Gedanken über die Nichtigkeit alles Menschlichen.

Gerade in dieser Zeit nahm er die wechselseitige Neigung zwischen seinem Protegé Natascha und dem Fürsten Andrei wahr, und diese Wahrnehmung diente durch den Gegensatz zwischen seiner eigenen Lage und der seines Freundes noch dazu, seine traurige Gemütsstimmung zu steigern. Er vermied es jedoch nach Kräften, an seine Frau und an Natascha und an den Fürsten Andrei zu denken. Wieder erschien ihm alles nichtig im Vergleich mit der Ewigkeit, wieder drängte sich ihm die Frage auf: »Wozu?« Und tagelang und nächtelang zwang er sich dazu, sich mit freimaurerischen Arbeiten abzumühen, in der Hoffnung, so den herannahenden bösen Geist zu verscheuchen.

Pierre hatte sich um zwölf Uhr aus den Gemächern der Gräfin entfernt und saß nun bei sich oben in einem niedrigen, mit Tabaksrauch erfüllten Zimmer in einem abgetragenen Schlafrock am Tisch und war damit beschäftigt, schottische Originalurkunden abzuschreiben, als jemand zu ihm ins Zimmer trat. Es war Fürst Andrei.

»Ach, Sie sind es«, sagte Pierre mit zerstreuter, mißvergnügter Miene. »Ich bin gerade bei der Arbeit«, fügte er hinzu und zeigte auf sein Heft mit der Miene, mit welcher unglückliche Menschen ihre Arbeit ansehen, durch die sie sich aus dem Elend des Lebens zu retten suchen.

Fürst Andrei blieb mit strahlendem, entzücktem, von neuem Lebensmut zeugenden Gesicht vor Pierre stehen und lächelte ihm mit dem Egoismus des Glücklichen zu, ohne Pierres traurige Miene zu bemerken.

»Nun, Teuerster«, sagte er, »ich wollte schon gestern mit dir sprechen und bin heute ausdrücklich deshalb zu dir gekommen. Noch nie habe ich etwas Ähnliches empfunden. Ich bin verliebt, mein Freund.«

Pierre seufzte plötzlich tief und ließ sich mit seinem schweren Körper neben den Fürsten Andrei auf das Sofa sinken.

»In Natascha Rostowa, ja?« fragte er.

»Ja, ja, in wen denn sonst? Ich hätte so etwas nie geglaubt; aber dieses Gefühl ist stärker als ich. Gestern habe ich mich gemartert und habe Pein ausgestanden; aber auch diese Pein würde ich für alles in der Welt nicht hingeben. Mein früheres Leben war kein wirkliches Leben. Erst jetzt lebe ich wahrhaft; aber ich kann nicht leben ohne sie ... Aber kann sie mich lieben? Ich fürchte, ich bin zu alt für sie ... Aber warum sprichst du nicht?«

»Ich? Ich? Was habe ich Ihnen gesagt?« rief Pierre, indem er aufstand und im Zimmer auf und ab zu gehen begann. »Ich habe immer gedacht, daß es so kommen werde … Dieses Mädchen ist ein solcher Schatz, eine so … Es ist ein ganz seltenes Wesen … Lieber Freund, ich bitte Sie, reflektieren Sie nicht, zweifeln Sie nicht, sondern heiraten Sie, heiraten Sie, heiraten Sie … Und ich bin überzeugt, daß es keinen glücklicheren Menschen geben wird als Sie.«

»Aber sie!«

»Sie liebt Sie.«

»Rede keinen Unsinn …«, sagte Fürst Andrei und blickte Pierre lächelnd in die Augen.

»Sie liebt Sie; ich weiß es«, schrie Pierre ärgerlich.

»Nein, hör mal«, sagte Fürst Andrei, indem er ihn am Arm festhielt. »Kannst du nachfühlen, in welcher Lage ich mich befinde? Ich muß das alles irgend jemandem gegenüber aussprechen.«

»Nun also, also, dann sprechen Sie; ich freue mich sehr«, erwiderte Pierre, und wirklich änderte sich der Ausdruck seines Gesichtes, die Falte auf der Stirn verschwand, und er hörte dem Fürsten Andrei mit heiterer Miene zu. Fürst Andrei schien ein ganz neuer Mensch geworden zu sein und war es auch wirklich. Wo waren seine Melancholie, seine Geringschätzung des Lebens, seine Entmutigung geblieben? Pierre war der einzige Mensch, vor dem er sich aussprechen konnte; aber dafür sagte er diesem nun auch alles, was er nur auf dem Herzen hatte. Bald machte er leichten, kecken Sinnes Pläne für eine lange, lange Zukunft und sprach davon, daß er sein Glück nicht einer Laune seines Vaters zum Opfer bringen könne, daß er entweder seinen Vater zwingen werde, seine Zustimmung zu dieser Ehe zu geben und Natascha zu lieben, oder sich ohne seine Zustimmung behelfen werde; bald wieder erging er sich in Ausdrükken der Verwunderung über dieses Gefühl, das sich seiner bemächtigt hatte, wie über etwas ganz Seltsames, Fremdes.

»Ich hätte es nicht geglaubt, wenn mir jemand gesagt hätte, daß ich so lieben könnte«, sagte Fürst Andrei. »Es ist eine ganz andere Empfindung als die, welche ich früher in mir fühlte. Die ganze Welt ist jetzt für mich in zwei Hälften geteilt: Die eine Hälfte ist sie, und dort ist alles eitel Glück und Hoffnung und Licht; die andre Hälfte, das ist alles, wo sie nicht ist, und da ist alles Mutlosigkeit und Finsternis.«

»Ja, Mutlosigkeit und Finsternis«, wiederholte Pierre. »Ja, ja, das verstehe ich.«

»Ich kann nicht anders, ich muß das Licht lieben; das hängt nicht von meinem Willen ab. Und ich bin sehr glücklich. Verstehst du meinen Zustand? Ich weiß, daß du dich mit mir freust.«

»Ja, das tue ich«, versicherte Pierre und blickte seinen Freund gerührt und traurig an. In je hellerem Licht sich ihm das Schicksal des Fürsten Andrei zeigte, um so dunkler erschien ihm sein eigenes.

XXIII

Zu seiner Heirat bedurfte Fürst Andrei der Zustimmung seines Vaters und reiste aus diesem Grund am andern Tag zu ihm.

Der Vater nahm die Mitteilung des Sohnes äußerlich ruhig auf; aber innerlich war er darüber sehr aufgebracht. Da sein eigenes Leben schon zu Ende ging, so hatte er kein Verständnis dafür, daß andere Leute ihr Leben verändern und noch etwas Neues in dasselbe hineintragen wollten. »Sie sollten mich nur zu Ende leben lassen, wie es mir zusagt; dann könnten sie ja tun, was sie wollen«, sagte der alte Mann zu sich selbst. Dem Sohn gegenüber griff er jedoch zu den diplomatischen Künsten, deren er sich in wichtigen Fällen zu bedienen pflegte. Einen ruhigen Ton annehmend, erörterte er die ganze Angelegenheit.

Erstens sei die Partie, was Verwandtschaft, Reichtum und Vornehmheit anlange, keine glänzende. Zweitens stehe Fürst Andrei nicht mehr in der ersten Jugend und habe eine schwache Gesundheit (diesen Punkt betonte der Alte ganz besonders), und das Mädchen sei doch noch sehr jung. Drittens sei ein Sohn da, den einem so jungen Ding in die Hände zu geben bedenklich sei. »Und endlich viertens«, sagte der Vater, indem er den Sohn spöttisch anblickte, »ich bitte dich: Schiebe die Sache ein Jahr auf; reise ins Ausland, kurier dich aus, suche, wie du es ja beabsichtigst, einen deutschen Erzieher für den Fürsten Nikolai, und dann, wenn deine Liebe oder deine Leidenschaft oder dein Eigensinn, wie du nun es nennen magst, wirklich so groß ist, dann heirate. Das ist mein letztes Wort, hörst du wohl, mein letztes ...«, schloß der Fürst in einem Ton, durch den er zeigen wollte, daß ihn nichts veranlassen könne, seinen Entschluß zu ändern.

Fürst Andrei war sich völlig darüber klar, daß der Alte hoffte, sein Gefühl oder das seiner künftigen Braut werde die einjährige Probezeit nicht aushalten oder er selbst, der alte Fürst, werde bis dahin gestorben sein. Er beschloß, den Willen seines Vaters zu erfüllen, in der Weise, daß er um Nataschas Hand anhielte und die Hochzeit auf ein Jahr verschöbe.

Drei Wochen nach dem letzten Abend, den er bei Rostows verlebt hatte, kehrte Fürst Andrei nach Petersburg zurück.

*

Am Tag nach ihrer Rücksprache mit der Mutter wartete Natascha den ganzen Tag über auf den Fürsten Andrei; aber er kam nicht. Am folgenden und am dritten Tag wiederholte sich dasselbe. Auch Pierre ließ sich nicht blicken, und Natascha, die nicht wußte, daß Fürst Andrei zu seinem Vater gereist war, konnte sich sein Ausbleiben nicht erklären.

So vergingen drei Wochen. Natascha wollte nirgends hingehen und schlich wie ein Schatten, untätig und traurig, durch die Zimmer; abends weinte sie, von niemandem gesehen, und kam nicht in die Schlafstube der Mutter. Fortwährend wurde sie rot, auch war sie sehr reizbar. Sie hatte die Vorstellung, alle Leute wüßten von ihrer Enttäuschung, machten sich über sie lustig oder bedauerten sie. Und so groß auch ihr seelischer Kummer an sich schon war, so wurde die Empfindung ihres Unglücks doch durch den Schmerz über die Kränkung ihres Ehrgefühls noch verstärkt.

Einmal kam sie zu der Gräfin und wollte ihr etwas sagen; aber sie brach plötzlich in Tränen aus. Sie weinte wie ein kleines Kind, das meint, daß ihm Unrecht geschehen sei, weil es gestraft worden ist, ohne selbst zu wissen wofür.

Die Gräfin suchte Natascha zu beruhigen. Zuerst hörte Natascha an, was die Mutter sagte; aber dann unterbrach sie sie plötzlich:

»Sagen Sie nichts weiter, Mama; ich denke gar nicht darüber nach und will gar nicht darüber nachdenken! Er ist eben ohne besonderen Grund gekommen und dann auch wieder ohne besonderen Grund weggeblieben …«

Die Stimme begann ihr zu zittern, und sie war nahe daran, in Tränen auszubrechen; aber sie bezwang sich und fuhr ruhig fort:

»Ich will auch überhaupt nicht heiraten. Und ich fürchte mich vor ihm; ich bin jetzt ganz ruhig geworden, ganz ruhig …«

Am Tag nach diesem Gespräch zog Natascha jenes alte Kleid an, das ihr wegen der vielen vergnügten Morgenstunden, die sie in ihm verlebt hatte, besonders lieb und vertraut war, und begann gleich am frühen Morgen wieder mit ihrer früheren Lebensweise, von der sie nach dem Ball abgekommen war. Nachdem sie Tee getrunken hatte, ging sie in den Saal, den sie wegen seiner starken Resonanz besonders gern hatte, und begann ihre Solfeggien zu singen. Als sie mit der ersten Übungsreihe fertig war, stellte sie sich mitten in den Saal und wiederholte mehrmals ein und denselben musikalischen Satz, der ihr besonders gefiel. Mit Vergnügen horchte sie, als wäre es ihr etwas Überraschendes, auf den Wohllaut, mit dem diese Klänge, melodisch verschmelzend, den ganzen leeren Raum des Saales anfüllten und langsam erstarben, und es wurde ihr auf einmal froh ums Herz. »Was hat es für Zweck, darüber viel nachzudenken; es ist ja auch so alles ganz gut«, sagte sie zu sich selbst und begann im Saal hin und her zu gehen. Sie ging dabei über den schallenden Parkettboden nicht mit einfachen Schritten, sondern trat bei jedem Schritt vom Hakken (sie trug neue Schuhe von ihrer Lieblingsfasson) auf die Spitze, und mit demselben Genuß, wie vorher auf die Töne ihrer Stimme, horchte sie nun auf dieses taktmäßige Klappen des Absatzes und das Knarren der Spitze. Als sie am Spiegel vorbeikam, blickte sie hinein. »Das bin ich!« schien ihr Gesichtsausdruck beim Anblick ihrer eigenen Gestalt zu sagen. »Nun, es ist ja alles gut. Ich brauche keinen Menschen.«

Der Diener wollte hereinkommen, um irgend etwas im Saal aufzuräumen; aber sie ließ ihn nicht herein, machte die Tür wieder hinter ihm zu und setzte ihren Spaziergang fort. Sie kehrte an diesem Morgen wieder zu dem Zustand zurück, in dem sie sich am wohlsten fühlte: Dieser Zustand bestand darin, daß sie sich selbst liebte und von sich selbst entzückt war. »Was für ein reizendes Wesen ist doch diese Natascha!« sagte sie wieder von sich selbst, als ob irgendein Dritter, eine Art Inbegriff aller Männer, spräche. »Sie ist hübsch, hat eine schöne Stimme, ist jung und belästigt niemanden; also laßt sie nur auch in Ruhe.« Aber wenn man sie auch noch so sehr in Ruhe ließ, sie konnte jetzt doch nicht mehr ruhig sein; das fühlte sie sofort.

Im Vorzimmer wurde die Außentür geöffnet; es fragte jemand: »Sind die Herrschaften zu Hause?«, und es wurden Schritte vernehmbar. Natascha blickte in den Spiegel; aber sie sah sich nicht. Sie hörte im Vorzimmer sprechen. Als sie sich dann sah, war ihr Gesicht blaß. Das war »er«. Sie wußte es bestimmt, obwohl sie den Ton seiner Stimme durch die geschlossene Tür nur schwach hatte hören können.

Blaß und erschrocken lief sie in den Salon.

»Mama, Bolkonski ist gekommen«, sagte sie. »Mama, das ist furchtbar, das kann ich nicht ertragen! Ich will diese Pein nicht aushalten! Was soll ich nur tun?«

Die Gräfin hatte noch nicht Zeit gehabt, ihr zu antworten, als schon Fürst Andrei mit ernstem, aufgeregtem Gesicht in den Salon trat. Sobald er Natascha erblickte, begann sein Gesicht zu strahlen. Er küßte der Gräfin und Natascha die Hand und setzte sich auf einen Sessel neben dem Sofa.

»Wir haben so lange nicht das Vergnügen gehabt ...«, begann die Gräfin; aber Fürst Andrei unterbrach sie, indem er die in ihren Worten liegende Frage beantwortete und offenbar eilte, auf den eigentlichen Zweck seines Besuches zu kommen.

»Ich bin diese ganze Zeit her nicht bei Ihnen gewesen, weil ich bei meinem Vater war; ich mußte mit ihm über eine sehr wichtige Angelegenheit Rücksprache nehmen. Erst in dieser Nacht bin ich zurückgekommen«, sagte er und warf dabei einen Blick zu Natascha hin. »Ich muß mit Ihnen sprechen, Gräfin«, fügte er nach einem kurzen Stillschweigen hinzu.

Die Gräfin seufzte schwer und schlug die Augen nieder.

»Ich stehe zu Ihren Diensten«, erwiderte sie.

Natascha wußte, daß sie hinausgehen sollte; aber sie fühlte sich außerstande, dies zu tun: Es schnürte ihr etwas die Kehle zu, und unhöflich, mit weitgeöffneten Augen blickte sie den Fürsten Andrei starr an.

»Wird es jetzt gleich geschehen? Diesen Augenblick … Nein, es kann nicht sein!« dachte sie.

Er sah sie wieder an, und dieser Blick überzeugte sie, daß sie sich nicht getäuscht hatte. Ja, jetzt, in diesem Augenblick hatte sich ihr Schicksal entschieden.

»Geh, Natascha, ich werde dich rufen«, flüsterte ihr die Gräfin zu.

Natascha blickte mit angstvoll flehenden Augen den Fürsten Andrei und ihre Mutter an und ging hinaus.

»Ich bin gekommen, Gräfin, um Sie um die Hand Ihrer Tochter zu bitten«, sagte Fürst Andrei.

Das Gesicht der Gräfin färbte sich dunkelrot; aber sie antwortete eine Zeitlang nicht.

»Ihr Antrag ...«, begann sie dann in würdigem Ton. Fürst Andrei schwieg und blickte ihr in die Augen. »Ihr Antrag … (sie wurde verlegen) »ist uns angenehm, und … ich nehme Ihren Antrag an; ich freue mich sehr. Auch mein Mann wird … wie ich hoffe … Aber es wird von ihr selbst abhängen …«

»Ich werde sie fragen, sobald ich Ihre Einwilligung erlangt habe. Wollen Sie mir Ihre Einwilligung geben?« sagte Fürst Andrei.

»Ja«, antwortete die Gräfin, streckte ihm die Hand hin und drückte, als er sich über ihre Hand beugte, mit einem aus Fremdheit und Herzlichkeit gemischten Gefühl ihre Lippen auf seine Stirn. Sie war willens, ihn wie einen Sohn zu lieben; aber sie fühlte, daß er ihr fremd war und ihr Furcht einflößte. »Ich bin überzeugt, daß mein Mann einverstanden sein wird«, sagte die Gräfin. »Aber Ihr lieber Vater …«

»Mein Vater, dem ich von meiner Absicht Mitteilung machte«, erwiderte Fürst Andrei, »hat zur unerläßlichen Bedingung seiner Einwilligung gemacht, daß die Hochzeit erst in einem Jahr stattfinden solle. Auch hiervon wollte ich Sie in Kenntnis setzen.«

»Natascha ist ja freilich noch sehr jung; aber das ist doch sehr lange.«

»Es war nicht anders möglich, seine Einwilligung zu erlangen«, antwortete Fürst Andrei mit einem Seufzer.

»Ich werde sie Ihnen herschicken«, sagte die Gräfin und verließ das Zimmer.

»Herr, erbarme dich unser«, sagte sie mehrmals vor sich hin, während sie ihre Tochter suchte.

Sonja sagte ihr, daß Natascha im Schlafzimmer sei. Natascha saß auf ihrem Bett, blaß, mit trockenen Augen, blickte nach den Heiligenbildern und flüsterte etwas, wobei sie sich schnell bekreuzte.

»Was ist, Mama …? Was ist?«

»Geh, geh zu ihm. Er hält um deine Hand an«, erwiderte die Mutter, wie es Natascha vorkam, in kaltem Ton. »Geh … geh«, sagte die Mutter noch einmal traurig und vorwurfsvoll zu der davoneilenden Tochter und seufzte schwer.

Natascha wußte gar nicht, wie sie nach dem Salon gekommen war. Als sie in die Tür trat und ihn erblickte, blieb sie stehen. »Ist dieser fremde Mann jetzt wirklich mein alles geworden?« fragte sie sich und antwortete augenblicklich: »Ja, mein alles; er allein ist mir jetzt teurer als alles in der Welt.« Fürst Andrei trat mit gesenkten Augen an sie heran.

»Ich habe Sie von dem Augenblick an liebgewonnen, wo ich Sie zum erstenmal gesehen habe. Darf ich hoffen?«

Er sah sie an, und die ernste Leidenschaftlichkeit, die sich auf ihrem Gesicht ausprägte, überraschte ihn. Ihr Gesicht schien zu sagen:

»Wozu noch fragen? Wozu noch zweifeln an dem, was einem nicht unbekannt sein kann? Wozu noch reden, da man doch nicht mit Worten ausdrücken kann, was man fühlt?«

Sie näherte sich ihm und blieb stehen. Er ergriff ihre Hand und küßte sie.

»Lieben Sie mich?«

»Ja, ja«, antwortete Natascha in einem Ton, als ob sie ärgerlich wäre; dann seufzte sie tief und noch einmal und immer häufiger und brach in Schluchzen aus.

»Warum? Was ist Ihnen?«

»Ach, ich bin so glücklich«, erwiderte sie, durch ihre Tränen lächelnd, beugte sich näher zu ihm, überlegte eine Sekunde lang, als ob sie sich fragte, ob sie das dürfe, und küßte ihn.

Fürst Andrei hielt ihre beiden Hände in den seinen, blickte ihr in die Augen und fand in seiner Seele nicht mehr die frühere Art von Liebe zu ihr. In seiner Seele war plötzlich eine Veränderung vorgegangen: Er fühlte nicht mehr den früheren poetischen, geheimnisvollen Reiz des Verlangens, sondern eine Art von Mitleid mit ihrer weiblichen, kindlichen Schwäche, eine Furcht vor ihrer Hingebung und ihrem rückhaltlosen Vertrauen, ein drükkendes und zugleich beglückendes Bewußtsein der Pflicht, die ihn nun für das ganze Leben mit ihr verband. Dieses jetzige Gefühl war zwar nicht so hell und poetisch wie das frühere, aber dafür ernster und stärker.

»Hat Ihnen Ihre Mama gesagt, daß es nicht vor Ablauf eines Jahres möglich ist?« fragte Fürst Andrei, indem er ihr immer noch in die Augen blickte.

»Bin ich das wirklich, ich, der Backfisch, wie sie mich alle nannten?« dachte Natascha. »Bin ich jetzt wirklich von diesem Augenblick an eine Frau, die gleichstehende Lebensgefährtin dieses fremden, liebenswürdigen, klugen Mannes, den sogar mein Vater hochschätzt? Ist das wirklich wahr? Ist es wirklich wahr, daß ich das Leben jetzt nicht mehr als einen Scherz betrachten darf, daß ich nun eine Erwachsene bin und für jede meiner Handlungen, für jedes meiner Worte verantwortlich? Aber wonach hat er mich denn nur gefragt?«

»Nein«, antwortete sie; aber sie erinnerte sich nicht, wonach er gefragt hatte.

»Verzeihen Sie mir«, sagte Fürst Andrei, »aber Sie sind noch so jung, und ich habe schon so viel im Leben erfahren. Ich bin in Sorge um Sie. Sie kennen sich selbst nicht.«

Natascha hörte mit angestrengter Aufmerksamkeit zu, bemüht, den Sinn seiner Worte zu verstehen; aber sie vermochte es trotzdem nicht.

»Wie schwer mir dieses Jahr auch werden wird, durch das mein Glück einen Aufschub erleidet«, fuhr Fürst Andrei fort, »so werden doch Sie in dieser Zeit die Möglichkeit haben, sich selbst zu prüfen. Ich bitte Sie, nach Ablauf des Jahres mich glücklich zu machen; aber Sie sind frei: Unsere Verlobung wird ein Geheimnis bleiben, und wenn Sie zu der Überzeugung gelangen sollten, daß Sie mich nicht lieben, oder wenn Sie einen andern liebgewinnen sollten ...«, sagte Fürst Andrei mit einem gezwungenen Lächeln.

»Wozu sagen Sie das?« unterbrach ihn Natascha. »Sie wissen, daß ich Sie gleich von dem Tag an geliebt habe, als Sie zum erstenmal nach Otradnoje kamen«, sagte sie, in der festen Überzeugung, daß sie damit die Wahrheit sage.

»Im Laufe dieses Jahres werden Sie sich selbst kennenlernen ...«

»Ein gan–zes Jahr!« rief Natascha plötzlich, die jetzt erst verstand, daß die Hochzeit ein Jahr verschoben werden sollte. »Aber warum denn gleich ein Jahr? Warum denn gleich ein Jahr?« Fürst Andrei begann ihr die Gründe dieses Aufschubes auseinanderzusetzen; aber Natascha hörte ihm nicht zu.

»Und es ist wirklich nicht anders möglich?« fragte sie. Fürst Andrei antwortete nicht; aber sie sah an seinem Gesicht, daß eine Abänderung dieser Entscheidung ausgeschlossen war.

»Das ist zu schrecklich! Nein, das ist zu schrecklich, zu schrecklich!« rief Natascha und fing von neuem an zu schluchzen. »Ich sterbe, wenn ich ein Jahr lang warten soll; das ist unmöglich, das ist zu schrecklich.« Sie blickte ihrem Bräutigam ins Gesicht und sah dort den Ausdruck der Bestürzung und des Mitleids.

»Nein, nein, ich werde alles tun«, sagte sie und hemmte auf einmal ihre Tränen. »Ich bin ja so glücklich!«

Der Vater und die Mutter traten ins Zimmer und segneten Bräutigam und Braut.

Von diesem Tag an verkehrte Fürst Andrei im Rostowschen Hause als Bräutigam.

XXIV

Eine Verlobungsfeier fand nicht statt, und niemandem wurde von Bolkonskis Verlobung mit Natascha Mitteilung gemacht; darauf bestand Fürst Andrei. Er sagte, da er die Ursache des Aufschubes sei, so müsse er auch den ganzen schmerzlichen Druck desselben tragen. Er seinerseits habe sich durch sein Wort lebenslänglich gebunden; er wolle aber nicht, daß Natascha gebunden sei, und lasse ihr volle Freiheit. Wenn sie nach einem halben Jahr fühle, daß sie ihn nicht liebe, so werde sie durchaus berechtigt sein, ihm eine Absage zu erteilen. Selbstverständlich wollten weder die Eltern noch Natascha davon etwas hören; aber Fürst Andrei beharrte auf seinem Entschluß. Er besuchte Rostows täglich, verkehrte aber mit Natascha nicht wie ein Bräutigam: Er nannte sie »Sie« und küßte ihr nur die Hand. Zwischen dem Fürsten Andrei und Natascha hatten sich seit dem Tag, an dem er seinen Antrag gemacht hatte, ganz andere Beziehungen als früher herausgebildet, schlichte, nahe Beziehungen. Es war, als ob die beiden einander bisher noch nicht gekannt hätten. Er sowohl wie sie erinnerten sich jetzt gern daran, wie sie sich gegeneinander benommen hatten, bevor die Verlobung erfolgt war; jetzt fühlten sie sich als ganz andere Wesen: Damals war alles gekünstelt und verstellt gewesen, jetzt war alles schlicht und wahrhaft. Anfangs machte sich in der Familie eine gewisse Verlegenheit im Verkehr mit dem Fürsten Andrei fühlbar; er erschien wie ein Mensch aus einer fremden Welt, und Natascha bemühte sich lange, ihre Angehörigen über das Wesen des Fürsten Andrei aufzuklären, und versicherte allen mit Stolz, er scheine nur ein so besonderer Mensch zu sein, im Grunde sei er von derselben Art wie sie alle, und sie fürchte sich gar nicht vor ihm, und es brauche sich überhaupt niemand vor ihm zu fürchten. Nach einigen Tagen hatte man sich in der Familie an ihn gewöhnt und führte ungeniert in seiner Gegenwart die frühere Lebensweise weiter, an der er selbst teilnahm. Er verstand es, mit dem Grafen über wirtschaftliche Dinge zu reden und mit der Gräfin und Natascha über Toilettenfragen und mit Sonja über Alben und Stickereien. Manchmal sprachen die Mitglieder der Familie Rostow unter sich und auch in Gegenwart des Fürsten Andrei ihre Verwunderung darüber aus, wie alles so gekommen war, und fanden, daß manches entschieden als Vorbereitung und Vorzeichen aufgefaßt werden müsse: der Besuch des Fürsten Andrei in Otradnoje, und ihre Übersiedlung nach Petersburg, und die Ähnlichkeit zwischen Natascha und dem Fürsten Andrei, die die Kinderfrau gleich bei dem ersten Besuch des Fürsten Andrei herausgefunden hatte, und das Zusammentreffen des Fürsten Andrei mit Nikolai im Jahre 1805; und so entdeckten die Hausgenossen noch viele andere Vorbedeutungen auf das, was sich zugetragen hatte.

Im Haus herrschte jetzt jene poetische Langeweile und Schweigsamkeit, die sich immer einzustellen pflegen, wenn eine Braut und ein Bräutigam zugegen sind. Oft, wenn man zusammensaß, schwiegen alle. Mitunter standen die andern sachte auf und gingen hinaus; aber das Brautpaar schwieg, allein zurückgeblieben, doch in derselben Weise weiter. Nur selten sprachen die beiden von der künftigen Gestaltung ihres Lebens. Fürst Andrei hatte eine Scheu, darüber zu reden. Natascha teilte diese Empfindung, wie alle seine Empfindungen, die sie stets erriet. Einmal fragte sie ihn allerlei nach seinem kleinen Sohn. Fürst Andrei errötete, was ihm jetzt häufig begegnete, und was Natascha an ihm besonders gern hatte, und antwortete, sein Sohn werde nicht mit ihnen beiden zusammen leben.

»Warum nicht?« fragte Natascha betroffen.

»Ich kann ihn dem Großvater nicht wegnehmen, und dann ...«

»Wie lieb würde ich ihn haben!« rief Natascha, die sofort den Gedanken erriet, den er nicht aussprach. »Aber ich weiß, Sie wollen jeden Anlaß vermeiden, daß Ihnen und mir Vorwürfe gemacht würden.«

Der alte Graf trat mitunter zum Fürsten Andrei, küßte ihn und fragte ihn um Rat in betreff der Erziehung Petjas oder der dienstlichen Angelegenheiten Nikolais. Die alte Gräfin seufzte nicht selten, wenn sie das Brautpaar anblickte. Sonja fürchtete fortwährend, störend zu sein, und suchte Vorwände, um die Brautleute alleinzulassen, auch wenn es gar nicht in deren Wünschen lag.

Wenn Fürst Andrei sprach (und er war ein sehr geschickter Erzähler), so hörte Natascha, stolz auf ihn, zu; wenn sie selbst redete, so bemerkte sie mit Angst und Freude zugleich, daß er sie aufmerksam und prüfend anschaute. Sie fragte sich zweifelnd: »Was sucht er in mir? Was möchte er mit seinem Blick ergründen? Wie, wenn das, was er mit seinem Blick sucht, gar nicht in mir ist?« Manchmal geriet sie in die ihr eigene ausgelassen fröhliche Stimmung hinein, und dann machte es ihr besondere Freude, zu hören und zu sehen, wie Fürst Andrei lachte. Er lachte selten; aber dafür gab er sich, wenn er einmal lachte, ganz seinem Lachen hin, und jedesmal nach einem solchen herzlichen Lachen fühlte sie sich ihm näher. Natascha wäre völlig glücklich gewesen, wenn sie nicht der Gedanke an die bevorstehende, heranrückende Trennung geängstigt hätte, wie denn auch er bei dem bloßen Gedanken daran blaß wurde und ein Gefühl von Kälte verspürte.

Am Tag vor seiner Abreise aus Petersburg brachte Fürst Andrei Pierre mit, der seit dem Ball kein einziges Mal bei Rostows gewesen war.

Pierre schien zerstreut und verlegen. Er knüpfte ein Gespräch mit der Mutter an. Natascha setzte sich mit Sonja an das Schachtischchen, was den Fürsten Andrei veranlaßte, ihr zu folgen. Er trat zu ihnen beiden hin.

»Sie kennen ja wohl Besuchow schon lange?« fragte er. »Haben Sie ihn gern?«

»Ja, er ist ein prächtiger Mensch, aber sehr komisch.«

Und wie immer, wenn sie von Pierre sprach, begann sie Anekdoten von seiner Zerstreutheit zu erzählen, teils wahre, teils solche, die von Witzbolden über ihn erfunden waren.

»Sie wissen, ich habe ihm unser Geheimnis anvertraut«, sagte Fürst Andrei. »Ich kenne ihn von frühen Jahren her. Er hat ein goldenes Herz. Ich bitte Sie, Natascha«, fuhr er, plötzlich sehr ernst werdend, fort, »ich reise weg, und Gott weiß, was alles vorfallen kann. Sie können aufhören, mich zu lieben … Nun, ich weiß, daß ich davon nicht sprechen soll. Aber um eines bitte ich Sie: Was auch immer Ihnen zustoßen mag, wenn ich nicht hier, bin …«

»Was sollte mir denn zustoßen?«

»Wenn Sie irgendein Kummer befällt«, fuhr Fürst Andrei fort, »ich bitte Sie, und auch Sie, Fräulein Sonja, was auch immer vorfallen mag, wenden Sie sich an ihn, nur an ihn, um Rat und Hilfe. Er ist ein sehr zerstreuter, komischer Mensch, aber er hat ein wahrhaft goldenes Herz.«

Weder die Eltern noch Sonja noch Fürst Andrei selbst konnten vorhersehen, wie der Abschied von ihrem Bräutigam auf Natascha wirken werde. Mit gerötetem Gesicht, in großer Erregung, mit trockenen Augen ging sie an diesem Tag im Haus umher und beschäftigte sich mit den gleichgültigsten Dingen, als hätte sie gar kein Verständnis für das, was ihrer wartete. Sie weinte nicht einmal in dem Augenblick, als er ihr beim Abschied zum letztenmal die Hand küßte.

Sie sagte nur: »Reisen Sie nicht weg!«, und sie sagte das in einem Ton, der ihn veranlaßte, noch einmal ernstlich zu überlegen, ob er nicht wirklich dableiben sollte, und den er nachher lange Zeit nicht vergessen konnte. Auch als er abgereist war, weinte sie nicht; aber sie saß mehrere Tage lang, ohne zu weinen, in ihrem Zimmer, bezeigte für nichts Interesse und sagte nur ab und zu:

»Ach, warum ist er weggefahren!«

Aber zwei Wochen nach seiner Abreise genas sie, ebenso unerwartet für ihre Umgebung, von ihrer seelischen Krankheit und wurde wieder dieselbe Natascha, die sie früher gewesen war, nur mit gleichsam veränderter seelischer Physiognomie, so wie Kinder nach einer langwierigen Krankheit mit einem ganz anderen Gesicht vom Bett aufstehen.

XXV

Der Gesundheitszustand und die Charaktereigenschaften des alten Fürsten Nikolai Andrejewitsch Bolkonski verschlimmerten sich in diesem Jahr, nach der Abreise seines Sohnes, bedeutend. Er wurde noch reizbarer als früher, und die Ausbrüche seines grundlosen Zornes entluden sich größtenteils über die Prinzessin Marja. Er schien geflissentlich alle ihre wunden Punkte zu suchen, um seine Tochter in möglichst grausamer Weise geistig zu quälen. Prinzessin Marja hatte zwei Leidenschaften und daher auch zwei Freuden: ihren kleinen Neffen Nikolenka* und die Religion, und beides waren Lieblingsthemen für die Angriffe und Spötteleien des Fürsten. Womit auch das Gespräch begonnen wurde, er lenkte es mit Vorliebe auf den Aberglauben alter Jungfern oder auf die schädliche Verhätschelung der Kinder. »Du möchtest ihn« (den kleinen Nikolenka) »zu ebenso einer alten Jungfer machen, wie du eine bist; das laß nur bleiben; Fürst Andrei will einen Sohn haben und nicht ein zimperliches Mädchen«, sagte er. Oder er wandte sich an Mademoiselle Bourienne und fragte sie in Gegenwart der Prinzessin Marja, wie ihr unsere Popen und Heiligenbilder gefielen, und machte darüber seine Späße.

Fortwährend fügte er der Prinzessin Marja schmerzliche Kränkungen zu; aber es kostete die Tochter gar keine Anstrengung, ihm zu verzeihen.

Konnte er denn überhaupt ihr gegenüber sich irgendwie schuldig machen, und konnte ihr Vater, der (davon war sie trotz alledem fest überzeugt) sie liebte, ungerecht sein? Und was war denn das eigentlich: die Gerechtigkeit? Die Prinzessin hatte niemals über dieses stolze Wort »Gerechtigkeit« nachgedacht. Alle die komplizierten Gesetze der Menschheit flossen für sie in ein einziges einfaches, klares Gesetz zusammen: in das Gesetz der Liebe und Selbstaufopferung, das uns von Ihm gegeben ist, der aus Liebe für die Menschheit litt, obwohl Er selbst Gott war. Was ging es sie an, ob andere Menschen gerecht oder ungerecht waren? Sie kannte ihre eigene Pflicht: zu leiden und zu lieben; und diese Pflicht erfüllte sie.

* Verkleinerungsform für Nikolai. Anmerkung des Übersetzers.

Als Fürst Andrei im Winter nach Lysyje-Gory gekommen war, war er heiter, sanft und zärtlich gewesen, wie ihn Prinzessin Marja seit langer Zeit nicht gesehen hatte. Sie hatte geahnt, daß mit ihm etwas vorgegangen war; aber er hatte ihr nichts von seiner Liebe gesagt. Vor der Abreise hatte er eine lange Unterredung mit dem Vater gehabt; Prinzessin Marja hatte nicht gewußt, worüber; aber sie hatte bemerkt, daß beide vor der Abreise gegeneinander verstimmt waren.

Bald nach der Abreise des Fürsten Andrei schrieb Prinzessin Marja aus Lysyje-Gory nach Moskau an ihre Freundin Julja Karagina. Prinzessin Marja hätte gern aus dieser Julja und ihrem Bruder Andrei ein Paar gemacht, wie denn junge Mädchen immer dergleichen Pläne schmieden. Julja hatte damals gerade Trauer wegen des Todes ihres Bruders, der in der Türkei gefallen war. Der Brief lautete folgendermaßen:

»Der Kummer ist offenbar unser gemeinsames Los, meine liebe, teure Freundin Julja.

Der Verlust, den Sie erlitten haben, ist so schrecklich, daß ich ihn mir nur als eine besondere Gnade Gottes erklären kann, der aus Liebe Sie und Ihre vortreffliche Mutter prüfen will. Ach, meine Freundin, die Religion, und nur die Religion allein kann uns, ich will nicht sagen trösten, aber doch vor der Verzweiflung bewahren; nur die Religion kann uns das erklären, was der Mensch ohne ihre Beihilfe nicht zu begreifen vermag: warum brave, gute, edle Menschen, die alle erforderlichen Eigenschaften besitzen, um in diesem Leben glücklich zu sein, die niemandem schaden, sondern für das Glück anderer notwendig sind, warum die zu Gott gerufen werden, während Menschen, die schlecht, unnütz, schädlich oder sich selbst und andern eine Last sind, am Leben bleiben. Der erste Todesfall, den ich mit ansah, und den ich niemals vergessen werde, der Tod meiner lieben Schwägerin, hat auf mich diesen Eindruck gemacht. Gerade ebenso wie Sie an das Schicksal die Frage richten, warum Ihr prächtiger Bruder sterben mußte, geradeso fragte ich, weshalb unsere engelgleiche Lisa sterben mußte, die keinem Menschen etwas Böses tat und überhaupt nie andere als gute Gedanken in ihrer Seele hatte. Und jetzt, meine Freundin? Jetzt, wo seitdem erst fünf Jahre vergangen sind, beginne ich bereits mit meinem geringen Verstand einzusehen, weswegen sie sterben mußte, und auf welche Weise dieser Tod nur ein Ausdruck der unendlichen Güte des Schöpfers war, dessen Taten sämtlich, obgleich wir sie größtenteils nicht begreifen, nur Offenbarungen Seiner unendlichen Liebe zu Seinen Kreaturen sind. Vielleicht, so denke ich oft, war sie von zu engelhafter Unschuld, als daß sie die Kraft gehabt hätte, alle Pflichten einer Mutter zu erfüllen. Sie war ohne Tadel in ihrer Eigenschaft als junge Frau; vielleicht wäre sie nicht imstande gewesen, eine ebensolche Mutter zu sein. Jetzt hat sie uns und namentlich dem Fürsten Andrei eine mit dem reinsten Bedauern verbundene Erinnerung hinterlassen und gewiß dort in jener Welt eine Stätte erlangt, die ich für mich selbst nicht zu erhoffen wage. Aber um nicht nur von ihr allein zu sprechen, so hat dieser frühzeitige, schreckliche Todesfall, trotz allen Kummers, den wohltätigsten Einfluß auf mich und auf meinen Bruder ausgeübt. Damals, im Augenblick des Verlustes, konnten mir diese Gedanken nicht kommen; damals hätte ich sie mit Schrecken zurückgewiesen; aber jetzt ist mir das alles ganz klar und unzweifelhaft. Ich schreibe Ihnen, liebe Freundin, dies alles nur, um Sie von der Wahrheit des Spruches im Evangelium zu überzeugen, der für mich zur Lebensregel geworden ist: Es fällt kein Haar von unserm Haupt ohne Seinen Willen. Und Sein Wille wird nur durch Seine unendliche Liebe zu uns bestimmt, und daher kann alles, was nur immer uns zustößt, nur zu unserm Heil gereichen.

Sie fragen, ob wir den nächsten Winter in Moskau verleben werden. Trotz meines lebhaften Wunsches, Sie wiederzusehen, glaube und wünsche ich es nicht. Und Sie werden erstaunt sein zu hören, daß der Grund davon Bonaparte ist. Das hängt so zusammen. Der Gesundheitszustand meines Vaters hat sich merklich verschlechtert; er kann keinen Widerspruch ertragen und ist sehr reizbar. Diese Reizbarkeit tritt, wie Sie wissen, ganz besonders auf dem Gebiet der Politik hervor. Er vermag den Gedanken nicht zu ertragen, daß Bonaparte mit allen Herrschern Europas und insonderheit mit dem unsrigen, dem Enkel der großen Katharina, verkehrt, als ob er ihresgleichen wäre! Wie Sie wissen, interessiere ich mich für Politik nicht im geringsten; aber aus den Äußerungen meines Vaters und seinen Gesprächen mit Michail Iwanowitsch weiß ich alles, was in der Welt vorgeht, und namentlich, welche Ehren diesem Bonaparte erwiesen werden, der, wie es scheint, auf dem ganzen Erdball, nur in Lysyje-Gory noch nicht als großer Mann, geschweige denn als französischer Kaiser, anerkannt wird. Und das kann mein Vater nicht ertragen. Mir scheint, daß mein Vater namentlich infolge seiner politischen Anschauungen, und weil er die heftigen Zusammenstöße voraussieht, die er bei seiner Manier, seine Meinung ohne Rücksicht auf irgend jemand auszusprechen, mit Sicherheit haben würde – mir scheint, daß er aus diesem Grund ungern von einer Reise nach Moskau spricht. Alles, was er dort durch die ärztliche Behandlung gewinnen würde, würde er durch die Debatten über Bonaparte, die sich nicht würden vermeiden lassen, wieder einbüßen. Jedenfalls aber wird sich das sehr bald entscheiden.

Unser Familienleben geht, abgesehen von einem Besuch, den uns mein Bruder Andrei gemacht hat, seinen alten Gang. Er hat sich, wie ich Ihnen schon geschrieben habe, in der letzten Zeit sehr verändert: Nach dem schweren Schlag, der ihn getroffen hat, ist er erst jetzt, in diesem Jahr, seelisch wieder völlig aufgelebt. Er ist wieder so geworden, wie ich ihn als Knaben gekannt habe: gut, zärtlich, ein Mensch mit einem goldenen Herzen, wie ich kein zweites kenne. Wie mir scheint, hat er eingesehen, daß das Leben für ihn noch nicht zu Ende ist. Aber gleichzeitig mit dieser seelischen Umwandlung hat sich sein leiblicher Zustand sehr verschlechtert. Er ist magerer geworden als früher und nervöser. Ich bin um ihn in Sorge und freue mich, daß er diese Reise ins Ausland unternommen hat, die die Ärzte ihm schon längst verordnet hatten. Ich hoffe, daß ihn das wiederherstellen wird.

Sie schrieben mir, daß er in Petersburg für einen der tätigsten, gebildetsten und klügsten jungen Männer gilt. Verzeihen Sie mir diesen Familiendünkel: Ich habe nie daran gezweifelt, daß er das ist. Das Gute, das er hier allen erwiesen hat, von seinen Bauern angefangen bis zu den Edelleuten, ist gar nicht zu zählen. Bei seiner Übersiedelung nach Petersburg ist ihm nur der gebührende Lohn zuteil geworden. Ich wundere mich, auf welche Weise überhaupt Gerüchte aus Petersburg nach Moskau gelangen, und noch dazu so falsche wie das, von dem Sie mir schreiben: über eine angeblich bevorstehende Heirat zwischen meinem Bruder und der kleinen Rostowa. Ich glaube nicht, daß Andrei sich jemals wieder verheiraten wird, und am allerwenigsten mit ihr. Und zwar aus folgenden Gründen: Erstens weiß ich, daß, wenn er auch nur selten von seiner verstorbenen Frau spricht, doch der Kummer über diesen Verlust in seinem Herzen zu tief Wurzel geschlagen hat, als daß er sich jemals entschließen könnte, ihr eine Nachfolgerin und unserm kleinen Engel eine Stiefmutter zu geben; zweitens weil, soviel ich weiß, dieses junge Mädchen nicht zu der Kategorie von Frauen gehört, wie sie dem Fürsten Andrei gefallen können. Ich glaube nicht, daß Fürst Andrei sie zu seiner Frau wählen würde, und sage offen: Ich würde es auch nicht wünschen.

Aber ich bin zu sehr ins Plaudern hineingeraten; ich bin schon am Ende des zweiten Bogens. Leben Sie wohl, meine liebe Freundin; Gott behüte Sie in Seinem heiligen, mächtigen Schutz. Meine liebe Freundin Mademoiselle Bourienne küßt Sie. *Marja.*«

XXVI

In der Mitte des Sommers erhielt Prinzessin Marja unerwartet einen Brief vom Fürsten Andrei aus der Schweiz, in dem er ihr eine seltsame, überraschende Neuigkeit mitteilte. Fürst Andrei gab ihr Kenntnis von seiner Verlobung mit Komtesse Rostowa.

Dieser ganze Brief atmete eine schwärmerische Liebe zu seiner Braut und eine zärtliche Freundschaft und ein herzliches Vertrauen zu seiner Schwester. Er schrieb, er habe noch nie so geliebt, wie er jetzt liebe; erst jetzt habe er für das Leben Verständnis gewonnen und es in seinem Wert erkannt; er bat die Schwester um Verzeihung dafür, daß er bei seinem Besuch in Lysyje-Gory ihr von diesem Entschluß nichts gesagt habe, obwohl er mit dem Vater darüber gesprochen habe. Er habe ihr deswegen nichts gesagt, weil Prinzessin Marja dann den Vater gebeten haben würde, seine Einwilligung zu geben, dadurch den Vater, ohne doch dieses Ziel zu erreichen, gereizt und dann die ganze Last seines Mißvergnügens zu tragen gehabt hätte. »Übrigens«, schrieb er, »war damals die Sache noch nicht so definitiv entschieden wie jetzt. Damals bestimmte mir der Vater eine Wartezeit von einem Jahr, und nun sind schon sechs Monate, die Hälfte der festgesetzten Zeit, vergangen, und ich verharre fester als je bei meinem Entschluß. Wenn mich nicht die Ärzte hier im Bad zurückhielten, so wäre ich selbst schon in Rußland; aber so muß ich meine Rückkehr noch drei Monate aufschieben. Du kennst mich und mein Verhältnis zum Vater. Ich brauche nichts von ihm; ich bin bisher von ihm unabhängig gewesen und werde es immer sein; aber wenn ich etwas wider seinen Willen täte und mir dadurch seinen Zorn zuzöge, während ihm doch vielleicht nur noch so kurze Zeit bei uns zu sein beschieden ist, so würde ich mir dadurch selbst die Hälfte meines Glückes zerstören. Ich schreibe jetzt an ihn einen Brief über eben diesen Gegenstand und bitte Dich, einen günstigen Augenblick abzupassen, ihm den Brief zu übergeben und mich dann zu benachrichtigen, wie er die ganze Sache ansieht, und ob Hoffnung darauf vorhanden ist, daß er in eine Verkürzung der Wartezeit um drei Monate willigt.«

Nach langem Schwanken, Zweifeln und Beten stellte Prinzessin Marja dem Vater den Brief zu. Am folgenden Tag sagte der alte Fürst zu ihr in ruhigem Ton:

»Schreibe deinem Bruder, er möchte warten, bis ich tot bin … Es wird nicht mehr lange dauern. Ich werde ihn bald frei machen …«

Die Prinzessin wollte etwas erwidern; aber der Vater ließ sie nicht zu Wort kommen und redete immer lauter und lauter weiter.

»Heirate nur, heirate nur, mein Söhnchen …! Hast dir eine schöne Verwandtschaft ausgesucht …! Sind wohl sehr kluge Leute, he? Reiche Leute, he? Jawohl, jawohl! Eine nette Stiefmutter wird Nikolenka bekommen! Schreib ihm nur, meinetwegen könnte er gleich morgen Hochzeit machen. Die da wird Nikolenkas Stiefmutter sein, und ich werde die Bourienne heiraten …! Hahaha, er soll auch eine Stiefmutter haben! Nur eins verlange ich: Mehr Weiber mag ich in meinem Haus nicht haben; wenn er heiratet, dann soll er für sich wohnen. Vielleicht wirst du auch zu ihm ziehen?« wandte er sich an Prinzessin Marja. »Nun, in Gottes Namen! Mach, daß du wegkommst; mach, daß du wegkommst!«

Nach diesem Zornesausbruch sprach der Fürst auch nicht ein einziges Mal mehr über diese Angelegenheit. Aber sein zurückgehaltener Ärger darüber, daß sein Sohn nicht höher hinaus wollte, kam in dem Verhältnis des Vaters zur Tochter zum Ausdruck. Zu den früheren beiden Themen, die der Fürst für seine Spötteleien benutzte, trat nun noch ein neues: Äußerungen, daß er seinen Kindern eine Stiefmutter geben wolle. Und zu diesen Äußerungen stimmten seine Liebenswürdigkeiten gegen Mademoiselle Bourienne.

»Warum sollte ich sie nicht heiraten?« sagte er zu seiner Tochter. »Sie wird eine famose Fürstin abgeben!«

Und zu ihrer staunenden Verwunderung nahm Prinzessin Marja seit dieser Zeit wahr, daß ihr Vater wirklich anfing, die Französin mehr und mehr an sich heranzuziehen. Prinzessin Marja schrieb dem Fürsten Andrei, wie der Vater seinen Brief aufgenommen habe; aber sie tröstete den Bruder, indem sie ihm Hoffnung machte, daß es noch gelingen werde, den Vater freundlich zu stimmen.

Nikolenka und seine Erziehung, Andrei und die Religion, das war es, worin Prinzessin Marja ihren Trost und ihre Freude fand; aber außerdem hegte sie, wie denn jeder Mensch seine persönlichen Hoffnungen haben muß, in der geheimsten Tiefe ihrer Seele eine verborgene Sehnsucht und Hoffnung, die für sie in ihrem Leben eine besondere Quelle des Trostes war. Diese tröstliche Sehnsucht und Hoffnung entstammte dem Verkehr mit den Gottesleuten (den Verzückten und den Wallfahrern), die ohne Wissen des Fürsten sie besuchten. Je länger Prinzessin Marja lebte, je mehr sie das Leben aus eigener Erfahrung und durch Beobachtung anderer kennenlernte, um so mehr staunte sie über die Kurzsichtigkeit der Menschen, die hier auf Erden Genuß und Glück suchen und sich abmühen und leiden und kämpfen und einander Böses tun, um dieses unmögliche, eingebildete und sündhafte Glück zu erreichen. »Fürst Andrei«, so dachte sie bei sich, »hat eine Frau geliebt, und sie ist gestorben; nun hat er daran noch nicht genug, er will sein Glück auf eine andere Frau setzen. Der Vater ist nicht einverstanden, weil er für Andrei eine vornehmere, reichere Partie wünscht. Und so kämpfen sie alle und leiden, sie quälen und verderben ihre Seele, ihre unsterbliche Seele, um Güter zu erreichen, deren Dauer doch nicht mehr als einen Augenblick beträgt. Und nicht genug, daß wir das aus uns selbst wissen, es ist auch Christus, der Sohn Gottes, auf die Erde herabgekommen und hat uns gesagt, daß dieses Leben ein schnell vergängliches Leben ist, eine Prüfung; aber trotz alledem klammern wir uns an dieses Leben und meinen in ihm das Glück zu finden. Wie geht es nur zu, daß niemand das begriffen hat?« fragte sich Prinzessin Marja. »Niemand als diese verachteten Gottesleute, die mit dem Quersack auf den Schultern durch die Hintertür zu mir kommen, in Angst, von dem Fürsten gesehen zu werden; und was sie dabei fürchten, ist nicht, daß sie etwas Schlimmes von ihm erleiden könnten, sondern daß sie ihm ein Anlaß werden könnten, eine Sünde zu begehen. Von der Familie, der Heimat und allen Sorgen um irdische Güter sich loszumachen und, durch nichts gebunden, in grobem, hanfenem Kleid, unter fremdem Namen, von Ort zu Ort zu wandern, ohne jemandem Schaden zu tun, sondern für die Menschen betend, sowohl für diejenigen, die uns von ihrer Schwelle wegtreiben, als auch für diejenigen, die uns Schutz gewähren: Das ist die höchste Erkenntnis und das beste Leben!«

Es war da eine Pilgerin namens Fedosjuschka, eine fünfzigjährige, kleine, stille, pockennarbige Frau, die schon mehr als dreißig Jahre lang barfuß und mit Ketten behangen wallfahrtete. Dieser war die Prinzessin Marja besonders zugetan. Als Fedosjuschka einmal im dunklen Zimmer, in dem nur das Lämpchen vor dem Heiligenschrein brannte, allerlei aus ihrem Leben erzählte, da drängte sich der Prinzessin Marja unwiderstehlich die Überzeugung auf, daß Fedosjuschka allein den wahren Weg des Lebens gefunden habe, und es kam ihr der Gedanke, selbst wallfahrten zu gehen. Sobald Fedosjuschka schlafen gegangen war, dachte Prinzessin Marja lange über diese Frage nach und gelangte endlich zu dem Resultat, daß, mochte es auch sonderbar scheinen, es für sie ein Ding der Notwendigkeit sei, zu wallfahrten. Sie vertraute ihre Absicht nur ihrem Beichtvater, dem Mönch Vater Akinsi, an, und der Beichtvater billigte ihr Vorhaben. Unter dem Vorwand, sie wolle einer Wallfahrerin damit ein Geschenk machen, schaffte sich Prinzessin Marja den vollständigen Anzug einer Wallfahrerin an: ein grobes Kleid, Bastschuhe, einen Tuchmantel und ein schwarzes Tuch. Oft trat sie zu der Kommode, die diesen weihevollen Inhalt barg, und blieb davor stehen, in zweifelnder Überlegung, ob wohl schon der richtige Zeitpunkt gekommen sei, um ihr Vorhaben zur Ausführung zu bringen.

Oft, wenn sie die Erzählungen der Pilgerinnen anhörte, geriet sie durch diese einfachen Reden, die den Erzählerinnen bereits mechanisch geworden waren, für sie, die Hörerin, aber einen tiefen Sinn enthielten, dermaßen in Erregung, daß sie nahe daran war, alles im Stich zu lassen und auf und davon zu gehen. In ihrer Phantasie sah sie sich bereits, wie sie mit Fedosjuschka in grobem Gewand, mit Stock und Quersack auf der staubigen Landstraße dahinschritt und ohne Haß, ohne irdische Liebe, ohne Wünsche von einem Heiligen zum andern pilgerte, und schließlich dorthin, wo es kein Leid und kein Seufzen gibt, sondern ewige Freude und Seligkeit.

»Wenn ich an irgendeine Stätte komme, so werde ich da beten; kann ich mich da nicht eingewöhnen und den Ort liebgewinnen, so werde ich weitergehen. Ich werde so lange gehen, bis mir die Füße den Dienst versagen, und dann werde ich mich irgendwo niederlegen und sterben und endlich in jenen ewigen, stillen Hafen gelangen, wo es kein Leid und kein Seufzen gibt!« dachte Prinzessin Marja.

Aber wenn sie dann ihren Vater und namentlich den kleinen Nikolenka ansah, wurde sie in ihrem Vorsatz doch wieder wankend, weinte im stillen und fühlte, daß sie eine große Sünderin war: denn sie liebte ihren Vater und ihren Neffen mehr als den allmächtigen Gott.

VIERTER TEIL

I

Die biblische Überlieferung sagt, daß das Fehlen jeglicher Arbeit, das Nichtstun, ein wesentliches Moment der Glückseligkeit des ersten Menschen vor seinem Sündenfall gewesen sei. Die Liebe zum Müßiggang ist bei dem Menschen auch nach dem Fall dieselbe geblieben; aber es lastet nun auf dem Menschen ein Fluch, und zwar nicht nur insofern, als wir uns nur im Schweiß unseres Angesichtes unser Brot erwerben können, sondern auch insofern, als wir vermöge unserer moralischen Eigenschaften nicht zugleich müßiggehen und in unserer Seele ruhig sein können. Eine geheime Stimme sagt uns, daß wir durch Müßiggang eine Schuld auf uns laden. Könnte der Mensch einen Zustand finden, in dem er müßiginge und doch dabei das Gefühl hätte, ein nützliches Mitglied der menschlichen Gesellschaft zu sein und seine Schuldigkeit zu tun, dann hätte er damit ein Stück der ursprünglichen Glückseligkeit wiedergefunden. Und eines solchen Zustandes, in welchem der Müßiggang pflichtmäßig ist und keinem Tadel unterliegt, erfreut sich ein ganzer Stand: der Militärstand. In diesem pflichtmäßigen, tadelsfreien Müßiggang hat von jeher die hauptsächliche Anziehungskraft des Militärdienstes bestanden, und das wird auch allzeit so bleiben.

Nikolai Rostow genoß diese Glückseligkeit in vollem Umfang; er hatte nach dem Jahr 1807 in dem Pawlograder Regiment weitergedient und kommandierte bereits eine Eskadron desselben, die er von Denisow übernommen hatte.

Er war ein guter, braver Mensch geworden, in seinem Wesen ein bißchen ungehobelt, und seine Moskauer Bekannten hätten ihn wohl ein wenig mauvais genre gefunden; aber seine Kameraden, Untergebenen und Vorgesetzten liebten und achteten ihn, und er fühlte sich mit seinem Leben ganz zufrieden. In der letzten Zeit, im Jahr 1809, fand er immer häufiger in den Briefen von zu Hause Klagen der Mutter über den zunehmenden Verfall der Vermögensverhältnisse, und sie schrieb ihm, es wäre Zeit, daß er nach Hause käme, um seine alten Eltern zu erfreuen und ihnen, wenn möglich, zu einem ruhigen Zustand zu verhelfen.

Wenn Nikolai derartige Briefe las, so überkam ihn immer eine Furcht, man wolle ihn aus dieser Umgebung herausreißen, in welcher er, beschirmt vor allen Wirrsalen des Lebens, ein so stilles, ruhiges Dasein führte. Er sagte sich, daß er früher oder später wieder werde in diesen Pfuhl des Lebens hinein müssen: mit Vermögensverfall und Versuchen,

Besserung zu schaffen, mit Abrechnungen von Verwaltern, mit Zänkereien, Intrigen und Konnexionen, mit dem gesellschaftlichen Leben, mit Sonjas Liebe und mit dem Versprechen, das er ihr gegeben hatte. Das waren alles sehr schwierige, verwickelte Dinge, und so antwortete er denn auf die Briefe der Mutter mit kühlen, französischen Briefen, die nach einem Schema geschrieben waren und mit den Worten »Meine teure Mama« begannen und mit den Worten »Ihr gehorsamer Sohn« schlossen, aber die Frage, wann er zu kommen beabsichtige, mit Stillschweigen übergingen. Im Jahre 1810 erhielt er von seinen Angehörigen einen Brief, in dem sie ihm Nataschas Verlobung mit Bolkonski mitteilten, sowie daß die Hochzeit erst in einem Jahr stattfinden werde, weil der alte Fürst es nicht anders wolle. Durch diese Nachricht wurde Nikolai in Betrübnis und in Empörung versetzt. Erstens tat es ihm leid, Natascha, die er am liebsten von allen seinen Angehörigen hatte, aus dem Haus zu verlieren; und zweitens bedauerte er von seinem Husarenstandpunkt aus, nicht dabeigewesen zu sein, weil er dann diesem Bolkonski auseinandergesetzt haben würde, daß es ganz und gar nicht eine so besondere Ehre für die Familie Rostow sei, mit ihm verwandt zu werden, und daß, wenn er Natascha wirklich liebe, er auch auf die Einwilligung des verrückten Vaters verzichten könne. Er schwankte einen Augenblick, ob er nicht um Urlaub einkommen solle, um Natascha als Braut zu sehen; aber die Manöver rückten heran, und dann kamen ihm auch die Gedanken an Sonja und an all den Wirrwarr dort, und so schob er es denn wieder auf. Aber im Frühling desselben Jahres erhielt er einen Brief von seiner Mutter, den sie ihm ohne Wissen des Grafen geschrieben hatte, und dieser Brief veranlaßte ihn nun doch hinzureisen. Sie schrieb ihm, wenn er nicht hinkäme und sich der geschäftlichen Angelegenheiten annähme, so würde das ganze Gut unter den Hammer und sie alle an den Bettelstab kommen. Der Graf sei so schwach und gutmütig, habe dem Geschäftsführer Dmitri ein solches Vertrauen geschenkt und lasse sich dermaßen von allen Leuten betrügen, daß alles immer schlechter und schlechter gehe. »Um Gottes willen, ich bitte Dich inständig, komm sofort her, wenn Du nicht mich und Deine ganze Familie unglücklich machen willst«, schrieb die Gräfin.

Dieser Brief verfehlte auf Nikolai seine Wirkung nicht. Nikolai besaß jenen gesunden Mittelverstand, der ihm sagte, was seine Schuldigkeit war.

Jetzt mußte er nach Hause fahren; er brauchte ja nicht gleich den Abschied zu nehmen, er konnte sich Urlaub geben lassen. Was er eigentlich, wenn er hinkam, dort tun sollte, das wußte er nicht; aber nachdem er nach dem Mittagessen ausgeschlafen hatte, ließ er seinen grauen Hengst Mars satteln, ein sehr böses Tier, das er lange nicht geritten hatte, und als er auf dem schaumbedeckten Hengst wieder nach Hause gekommen war, teilte er seinem Burschen Lawrenti (dieser frühere Bursche Denisows war bei Rostow geblieben) sowie den Kameraden, die am Abend zu ihm kamen, mit, daß er um Urlaub einkommen und nach seiner Heimat reisen werde. Zwar konnte er sich nur schwer in den seltsamen Gedanken hineinfinden, daß er wegfahren sollte, ohne aus dem Stab erfahren zu haben (was ihn ganz besonders interessierte), ob er für die letzten Manöver die Beförderung zum Rittmeister oder den Annenorden erhalten werde; zwar war es ihm wunderlich, zu denken, daß er abreisen sollte, ohne dem Grafen Goluchowski das rehbraune Dreigespann verkauft zu haben, um welches dieser polnische Graf mit ihm in Unterhandlung stand (Rostow hatte mit Kameraden gewettet, er werde für die Pferde zweitausend Rubel bekommen); zwar schien es ihm unfaßbar, daß ohne ihn der Ball stattfinden sollte, den die Husaren der Panna Przezdecka zu Ehren geben wollten, aus Rivalität mit den Ulanen, die für ihre Panna Brzozowska einen Ball veranstaltet hatten: Aber er wußte, daß er nun einmal aus dieser Welt, wo alles so klar und schön war, dahin fahren mußte, wo ihn nur Unsinn und Verwirrung erwartete. Nach einer Woche kam sein Urlaub. Rostows Kameraden, die Husarenoffiziere, nicht nur von seinem Regiment, sondern von der ganzen Brigade, gaben ihm ein Diner, bei dem in der Subskriptionsliste der Preis für das Gedeck auf fünfzehn Rubel angesetzt war; die Musik wurde von zwei Kapellen und von zwei Chören ausgeführt; Rostow tanzte mit dem Major Basow den Trepak; die betrunkenen Offiziere umarmten ihn, schwenkten ihn in die Luft und ließen ihn dabei hinfallen; die Soldaten der dritten Eskadron schwenkten ihn noch einmal und schrien Hurra. Dann wurde Rostow in einen Schlitten gelegt, und die Kameraden gaben ihm bis zur ersten Station das Geleit.

Bis zur Hälfte des Weges, von Krementschug bis Kiew, waren, wie das immer so geht, alle Gedanken Rostows noch bei den Verhältnissen, von denen er herkam, bei seiner Eskadron; aber als er über die Hälfte hinaus war, vergaß er allmählich das rehbraune Dreigespann und seinen Wachtmeister Doschoiweika und machte sich unruhige Gedanken darüber, was für eine Situation er wohl in Otradnoje vorfinden werde. Je näher er seiner Heimat kam, um so mehr nahmen diese Gedanken an Stärke zu, gerade wie wenn die seelische Empfindung demselben Gesetz wie die Fallgeschwindigkeit der Körper, nach den Quadraten der Entfernungen, unterworfen wäre; auf der letzten Station vor Otradnoje gab er dem Postillion drei Rubel Trinkgeld, und als er endlich angekommen war, lief er wie ein Knabe atemlos die Stufen vor der Tür seines Vaterhauses hinan.

Nachdem der Jubel der ersten Begrüßung vorbei war und Nikolai ein seltsames Gefühl der Enttäuschung über die Wirklichkeit im Vergleich mit dem Erwarteten überwunden hatte (»sie sind ja alle, wie sie immer waren; wozu habe ich mich so beeilt?«), fing er an, sich wieder in seine alten heimatlichen Verhältnisse einzuleben. Der Vater und die Mutter waren unverändert; nur waren sie ein wenig gealtert. Neu war ihm an ihnen eine gewisse Unruhe und eine manchmal hervortretende Uneinigkeit; das war früher nicht der Fall gewesen und war, wie Nikolai bald merkte, eine Folge der üblen pekuniären Lage. Sonja war schon neunzehn Jahre alt. Sie hatte schon aufgehört schöner zu werden und verhieß für die Zukunft nicht mehr, als was sie bereits besaß; aber auch dies war vollauf genügend. Ihr ganzes Wesen atmete seit Nikolais Ankunft Glückseligkeit und Liebe, und die treue unerschütterliche Liebe dieses Mädchens erfüllte ihn mit Freude. Petja und Natascha setzten Nikolai am allermeisten in Erstaunen. Petja war schon ein großer, dreizehnjähriger, hübscher, kluger, lustiger, ausgelassener Junge, dessen Stimme sich schon veränderte. Über Natascha kam Nikolai zuerst lange Zeit nicht aus der Verwunderung heraus und mußte immer lachen, wenn er sie ansah.

»Du bist ganz, ganz anders als früher«, sagte er.

»Wieso? Bin ich häßlicher geworden?«

»Im Gegenteil! Aber was für eine Würde!« antwortete er. »Eine Fürstin!« flüsterte er ihr zu.

»Ja, ja, ja!« erwiderte Natascha erfreut.

Sie erzählte ihm ihren ganzen Roman mit dem Fürsten Andrei, wie er zuerst nach Otradnoje gekommen sei, und zeigte ihm seinen letzten Brief.

»Nun? Freust du dich mit mir?« fragte Natascha. »Ich bin jetzt ganz ruhig und glücklich.«

»Ich freue mich sehr«, antwortete Nikolai. »Er ist ein vortrefflicher Mensch. Nun? Bist du denn sehr verliebt?«

»Wie soll ich mich ausdrücken?« erwiderte Natascha. »Verliebt war ich in Boris, in meinen Gesanglehrer, in Denisow; aber die jetzige Empfindung ist von ganz anderer Art. Ich habe ein Gefühl der Ruhe und der Sicherheit. Ich weiß, daß es keinen besseren Menschen als ihn auf der Welt gibt, und fühle mich jetzt so wohl, so zuversichtlich. Ganz anders als früher ...«

Nikolai sprach ihr sein Mißvergnügen darüber aus, daß die Hochzeit ein Jahr aufgeschoben war; aber Natascha schalt ihn ärgerlich aus und setzte ihm auseinander, daß es nicht anders gehe; es wäre eine schlechte Handlungsweise, wenn sie gegen den Willen des Vaters in die Familie einträte, und sie habe es selbst so gewünscht.

»Du verstehst davon nichts, gar nichts verstehst du davon!« rief sie.

Nikolai machte keine weiteren Entgegnungen, sondern stimmte ihr bei.

Der Bruder wunderte sich oft, wenn er sie betrachtete. Sie sah gar nicht aus wie eine liebende, von ihrem Bräutigam getrennte Braut. Sie zeigte sich in gleichmäßiger Weise ruhig und heiter, ganz wie früher. Nikolai war darüber erstaunt und gelangte infolgedessen sogar dazu, die Verlobung mit Bolkonski mit einem gewissen Mißtrauen anzusehen. Er glaubte nicht daran, daß Nataschas Lebensschicksal bereits entschieden sei, und diese Auffassung war bei ihm um so eher möglich, da er den Fürsten Andrei nie mit ihr zusammen gesehen hatte. Es wollte ihm immer scheinen, als ob bei dieser in Aussicht genommenen Heirat etwas nicht seine Richtigkeit hätte.

»Wozu denn dieser Aufschub? Und warum ist die Verlobung nicht veröffentlicht?« dachte er. Als er einmal mit seiner Mutter über Natascha sprach, fand er zu seinem Erstaunen und teilweise auch zu seiner Genugtuung, daß die Mutter genau ebenso in der Tiefe ihres Herzens sich mit Bezug auf diese Heirat manchmal eines leisen Mißtrauens nicht erwehren konnte.

»Da schreibt er nun«, sagte sie mit jenem geheimen mißgünstigen Gefühl, das eine Mutter stets gegen das künftige Eheglück ihrer Tochter empfindet, und zeigte dabei ihrem Sohn einen Brief des Fürsten Andrei, »da schreibt er nun, er werde nicht vor dem Dezember kommen. Was kann denn das für ein Grund sein, der ihn zurückhält? Wahrscheinlich doch Kränklichkeit! Er hat eine sehr schwache Gesundheit. Aber sage so etwas nicht zu Natascha. Laß dich dadurch nicht täuschen, daß sie heiter ist; das kommt nur daher, daß sie jetzt noch ihre letzte Mädchenzeit auskosten möchte; aber ich weiß, wie ihr jedesmal zumute ist, wenn wir Briefe von ihm bekommen. Indessen, so Gott will, wird ja alles noch gut werden; er ist ein vortrefflicher Mensch.« So schloß die Gräfin übrigens jedesmal, wenn sie sich über den Fürsten Andrei aussprach.

II

In der ersten Zeit nach seiner Ankunft war Nikolai ernst und sogar verdrießlich. Ihn quälte die bevorstehende Notwendigkeit, sich mit diesen dummen Wirtschaftssachen abzugeben, um derentwillen ihn die Mutter hergerufen hatte. Um so schnell wie möglich diese Last vom Herzen loszuwerden, begab er sich am dritten Tag nach seiner Ankunft mit zornig zusammengezogenen Brauen, ohne auf die Frage, wohin er gehe, zu antworten, in das Nebengebäude zum Geschäftsführer Dmitri und forderte von ihm »die Abrechnungen über alles«. Was eigentlich mit diesen »Abrechnungen über alles« gemeint war, daß wußte Nikolai noch weniger als der bestürzte, erschrockene Dmitri. Das Gespräch und Dmitris Rechnungslegung dauerten nicht lange. Der Dorfschulze, sein Gehilfe und der Gemeindeschreiber, die im Vorzimmer des Nebengebäudes warteten, hörten zuerst mit Angst und Schadenfreude, wie die Stimme des jungen Grafen, immer stärker anschwellend, wetterte und donnerte, und wie Schelt- und Drohworte einander überstürzten.

»Du Räuber! Undankbare Kanaille! Tot schlage ich dich, du Hund! Ich bin nicht so wie mein guter Papa ... Bestohlen hast du uns ...« usw.

Und dann sahen diese Leute mit nicht geringerer Schadenfreude und Angst, wie der junge Graf mit kirschrotem Gesicht und blutunterlaufenen Augen den Geschäftsführer Dmitri, den er am Kragen gepackt hatte, aus dem Zimmer schleppte, ihm mit dem Fuß und dem Knie zu passender Zeit zwischen seinen Schimpfworten mit großer Gewandtheit Stöße gegen die Hinterseite versetzte und ihm zuschrie: »Hinaus! Daß du dich hier nie wieder blicken läßt, du Schurke!«

Dmitri flog kopfüber die sechs Stufen vor der Haustür hinab und lief in das Boskett. Dieses Boskett war ein bekannter Zufluchtsort für die Verbrecher in Otradnoje. Dmitri selbst versteckte sich oft in diesem Boskett, wenn er betrunken aus der Stadt kam, und viele Bewohner von Otradnoje, die ihrerseits Anlaß hatten sich vor Dmitri zu verstecken, kannten ebenfalls die rettende Macht dieses Bosketts.

Dmitris Frau und seine Schwägerinnen steckten mit erschrockenen Gesichtern die Köpfe aus der Tür eines anderen Zimmers nach dem Flur hinaus; durch die Tür sah man, daß drinnen ein sauberer Samowar siedete und ein hohes Bett mit einer aus kleinen Tuchstücken zusammengesetzten Steppdecke stand.

Ohne die Frauen zu beachten, ging der junge Graf ganz außer Atem mit festen Schritten an ihnen vorbei und begab sich wieder nach dem herrschaftlichen Haus.

Die Gräfin, die durch die Stubenmädchen sogleich erfahren hatte, was im Nebengebäude vorgefallen war, fühlte einerseits eine gewisse Befriedigung, insofern sie meinte, nun müßten sich ihre Vermögensverhältnisse wieder bessern, andrerseits aber beunruhigte sie sich darüber, wie ihrem Sohn diese Aufregung bekommen werde. Mehrere Male ging sie auf den Zehen an seine Tür und horchte, wie er eine Pfeife nach der andern rauchte.

Am andern Tag rief der alte Graf seinen Sohn beiseite und sagte zu ihm mit schüchternem Lächeln:

»Weißt du, liebster Sohn, du hast dich ganz ohne Grund aufgeregt. Dmitri hat mir alles auseinandergesetzt.«

»Das wußte ich ja«, dachte Nikolai, »daß ich hier in dieser verrückten Welt nie für etwas Verständnis haben werde.«

»Du bist zornig geworden, weil er die siebenhundert Rubel nicht eingetragen hatte. Aber sie sind ja in seinem Buch als Transport angeschrieben, und du hast die andere Seite nicht angesehen.«

»Lieber Papa, er ist ein Schurke und Dieb, das weiß ich. Und was ich getan habe, das habe ich getan. Aber wenn Sie es nicht wollen, werde ich ihm nie wieder etwas sagen.«

»Nicht doch, liebster Sohn« (der Graf war ebenfalls verlegen; er war sich bewußt, daß er das Gut seiner Frau schlecht verwaltet und seinen Kindern gegenüber eine Schuld auf sich geladen hatte, und wußte nicht, wie er das wieder zurechtbiegen könnte), »nicht doch! Ich bitte dich vielmehr, dich der Geschäfte anzunehmen; ich bin ein alter Mann, ich …«

»Nein, lieber Papa; verzeihen Sie mir, wenn ich etwas getan habe, was Ihnen unangenehm ist; ich verstehe von diesen Dingen weniger als Sie.«

»Hol das alles der Teufel: diese Bauern und diese Geldgeschichten und diese Transporte auf der Seite«, dachte er. »Mit Paroli und andern Kunstausdrücken beim Pharao habe ich früher einmal Bescheid gewußt; aber Transport auf der Seite, davon verstehe ich nichts.« Seitdem mischte er sich in die Geschäfte nicht mehr ein. Nur einmal rief die Gräfin ihren Sohn zu sich auf ihr Zimmer, teilte ihm mit, daß sie einen Wechsel von Anna Michailowna über zweitausend Rubel besäße, und fragte ihn, wie er damit zu verfahren gedenke; sie überlasse es ganz ihm.

»Das will ich Ihnen sofort zeigen«, antwortete Nikolai. »Sie haben gesagt, daß es von mir abhängt. Nun, ich kann Anna Michailowna nicht leiden und ihren Boris ebensowenig; aber sie waren mit uns befreundet und sind arm. Also sehen Sie her: so!« Er zerriß den Wechsel; die alte Gräfin aber war über diese Handlungsweise so gerührt, daß sie vor Freude schluchzte. Nach Erledigung dieser Angelegenheit kümmerte sich der junge Rostow um die Geschäftssachen gar nicht mehr, sondern widmete sich mit leidenschaftlichem Interesse dem ihm noch neuen Vergnügen der Hetzjagd, die bei dem alten Grafen in großem Maßstab betrieben wurde.

III

Der Winter rückte schon heran; die Morgenfröste schlugen die vom Herbstregen durchweichte Erde in Bande; schon hatte sich die Wintersaat verfilzt und hob sich hellgrün ab von den Streifen der braun gewordenen, vom Vieh zertretenen Winterstoppel und der hellgelben Sommerstoppel und den roten Streifen von Buchweizen. Die einzelnen Baumwipfel und die Parzellen von Laubholz, die Ende August noch grüne Inseln zwischen den schwarzen Wintersaatfeldern und den Stoppelfeldern bildeten, lagen jetzt als goldige und hellrote Inseln mitten unter den hellgrünen Feldern mit Wintersaat. Der graue Hase hatte schon zur Hälfte neues Haar bekommen; die Fuchsfamilien begannen sich zu zerstreuen, und die jungen Wölfe waren größer als Hunde. Es war die beste Jagdzeit. Die Hunde des eifrigen jungen Jägers Rostow waren nicht nur in guter Form zur Jagd gelangt, sondern zeigten auch schon einen solchen Jagdeifer, daß in einer gemeinsamen Beratung der Jäger beschlossen wurde, den Hunden noch drei Tage Ruhe zu lassen und am 16. September eine Jagd zu veranstalten; und zwar sollte mit einem dichten Eichenwald begonnen werden, wo sich eine noch ungestörte Wolfsfamilie befand.

Auf diesem Punkt befanden sich die Dinge am 14. September.

Diesen ganzen Tag über blieb die Jagdgesellschaft zu Hause; es war ein scharfer Frost; aber gegen Abend ließ die Kälte nach, und es fing an zu tauen. Als am 15. September der junge Rostow in der Frühe, noch im Schlafrock, aus dem Fenster blickte, sah er einen Morgen, wie man sich einen schöneren zur Jagd gar nicht denken konnte: Es war, als ob der Himmel sich in Tau auflöste und bei völliger Windstille sich auf die Erde hinabsenkte. Die einzige Bewegung, die in der Luft vorging, war das leise Niedersinken der mikroskopisch kleinen Dunst- und Nebeltröpfchen. An den kahl gewordenen Zweigen der Bäume im Garten hingen durchsichtige Tropfen und fielen auf die erst kürzlich abgefallenen Blätter herunter. Die Erde im Gemüsegarten hatte einen feuchten, schwarzen Glanz wie Ölsamen und verschwamm in geringer Entfernung mit dem trüben, nassen Nebelschleier. Nikolai trat vor die Haustür auf die feuchte Freitreppe hinaus, auf welche die Stiefel der von draußen Kommenden nicht wenig Schmutz zusammengetragen hatten: Es roch nach welkem Laub und nach Hunden. Die Hündin Milka, schwarzgescheckt, mit breitem Hinterteil und mit großen, schwarzen, vorstehenden Augen, stand, als sie ihn erblickte, auf, streckte sich mit den Hinterbeinen und legte sich wie ein Hase nieder; dann sprang sie plötzlich auf und leckte ihn gerade auf die Nase und den Schnurrbart. Ein anderer Windhund kam, sobald er Nikolai sah, von einem Steig im Blumengarten mit gebogenem Rücken eilig zur Freitreppe gelaufen und rieb sich, die Rute erhebend, an Nikolais Beinen.

»O hoi!« erscholl in diesem Augenblick jener mit Buchstaben nicht wiederzugebende Jägerruf, der den tiefsten Baß und den höchsten Tenor in sich vereinigt, und um die Ecke kam der Hundeaufseher und Oberpikör Daniil, ein schon ergrauter Jäger, mit runzligem Gesicht, das Haar nach ukrainischer Art gleichmäßig rund geschnitten, die zusammengebogene Hetzpeitsche in der Hand und mit jenem Ausdruck von Selbstbewußtsein und von Geringschätzung gegen alles übrige in der Welt, wie man ihn nur bei Jägern findet. Er nahm seine Tscherkessenmütze vor dem Herrn ab und blickte ihn geringschätzig an. Aber der Herr fühlte sich durch diese Geringschätzung nicht gekränkt: Nikolai wußte ja, daß dieser Daniil, der alles verachtete und sich hoch über allem dünkte, doch sein Knecht und sein Jäger war.

»Daniil!« sagte schüchtern Nikolai, welcher merkte, daß ihn beim Anblick dieses Jagdwetters, dieser Hunde und dieses Jägers schon jene unwiderstehliche Jagdlust ergriff, bei der der Mensch alle seine früheren Vorsätze vergißt, wie ein Verliebter in Gegenwart seiner Geliebten.

»Was befehlen Sie, Euer Erlaucht?« fragte Daniil mit seiner Baßstimme, die einem Protodiakonus Ehre gemacht hätte, wenn sie nicht von dem vielen Schreien beim Hetzen so heiser geworfen wäre, und zwei schwarze, glänzende Augen blickten unter der gesenkten Stirn hervor nach dem Herrn, der so plötzlich verstummt war. »Na, kannst es wohl nicht mehr aushalten?« schienen diese beiden Augen zu sagen.

»Ein schöner Tag, was? Wie wär's heute mit einer Hetzjagd, mit einem flotten Ritt?« fragte Nikolai den Jäger und kraulte dabei Milka hinter den Ohren.

Daniil antwortete nicht und zwinkerte mit den Augen.

»Ich habe bei Tagesanbruch Uwarka ausgeschickt, um sie zu verhören«, sagte er nach einem Stillschweigen, das wohl eine Minute gedauert hatte. »Er sagte, sie hätte nach der Remise von Otradnoje gewechselt; da hätten sie geheult.« Das bedeutete: Die Wölfin, die sie beide im Sinn hatten, sei mit ihren Jungen in einen kleinen, rings von Feldern umgebenen Wald bei Otradnoje, zwei Werst von dem Gutshaus entfernt, gelaufen.

»Ich meine, da müßten wir hinreiten!« sagte Nikolai. »Komm doch mal mit Uwarka zu mir.«

»Wie Sie befehlen.«

»Warte also noch mit der Fütterung der Hunde.«

»Sehr wohl.«

Nach fünf Minuten standen Daniil und Uwarka in Nikolais großem Zimmer. Obgleich Daniil nicht von großer Statur war, hatte man doch, wenn man ihn im Zimmer sah, den Eindruck, als sähe man ein Pferd oder einen Bären auf dem gedielten Fußboden zwischen den Möbeln und sonstigen menschlichen Einrichtungsgegenständen. Auch Daniil selbst hatte diese Empfindung und blieb wie gewöhnlich dicht an der Tür stehen; auch gab er sich Mühe, möglichst leise zu sprechen und sich nicht zu bewegen, um in den Zimmern der Herrschaft nichts zu zerbrechen; und ferner suchte er alles das, was er zu sagen hatte, möglichst schnell von sich zu geben, damit er nur ja bald wieder ins Freie käme und nicht mehr die Zimmerdecke, sondern den Himmel über sich hätte.

Nachdem Nikolai sich nach allem erkundigt und dem Oberpikör die Erklärung entlockt hatte, daß von seiten der Hunde nichts im Weg stehe (Daniil hatte selbst Lust zu reiten), befahl er zu satteln. Aber als Daniil gerade hinausgehen wollte, kam schnellen Schrittes Natascha ins Zimmer, noch nicht frisiert und noch nicht angezogen, in ein großes, der Kinderfrau gehöriges Umschlagetuch eingehüllt. Mit ihr zusammen kam auch Petja hereingelaufen.

»Du reitest auf die Jagd?« fragte Natascha. »Das habe ich doch gewußt! Sonja sagte, ihr würdet nicht reiten. Aber ich wußte, daß heute ein so schöner Tag ist, daß man ihn nicht unbenutzt lassen kann.«

»Ja, wir reiten«, antwortete Nikolai widerwillig, der heute, wo er eine ernste Jagd zu veranstalten beabsichtigte, keine Lust hatte, Natascha und Petja mitzunehmen. »Wir reiten, aber nur auf Wolfsjagd; das würde dir langweilig sein.«

»Du weißt doch, daß das für mich das größte Vergnügen ist«, erwiderte Natascha. »Das ist schlecht von dir. Er selbst will reiten und läßt satteln, und uns sagt er nichts davon.«

»Für einen echten Russen gibt es keine Hindernisse!« rief Petja. »Wir reiten mit.«

»Aber du darfst ja gar nicht«, sagte Nikolai, zu Natascha gewendet. »Mama hat gesagt, du solltest es nicht tun.«

»Ich reite doch mit; unter allen Umständen reite ich mit«, sagte Natascha in entschiedenem Ton. »Daniil«, wandte sie sich an den Oberpikör, »laß Pferde für uns satteln und sage zu Michail, er soll mit meiner Koppel reiten.«

Daniil fühlte sich sowieso schon im Zimmer unbehaglich und bedrückt; aber nun gar mit dem gnädigen Fräulein zu tun zu haben, das schien ihm geradezu ein Ding der Unmöglichkeit. Er schlug die Augen nieder und hatte es, wie wenn ihn die Sache nichts anginge, eilig hinauszukommen, wobei er sich sehr in acht nahm, dem gnädigen Fräulein nicht etwa unversehens irgendwie Schaden zu tun.

IV

Der alte Graf, der von jeher eine große Jagd unterhalten, jetzt aber dieses ganze Ressort der Leitung seines Sohnes unterstellt hatte, war an diesem Tag, dem 15. September, infolge des schönen Wetters in sehr vergnügter Stimmung und machte sich ebenfalls fertig, um mitzureiten.

Nach einer Stunde stand die ganze Jagdgesellschaft vor der Haustür bereit. Nikolai ging mit ernster, strenger Miene, die besagte, daß er jetzt keine Zeit habe, sich mit Kindereien abzugeben, an Natascha und Petja vorüber, die ihm etwas sagen wollten. Er revidierte alle Teile der Jagdexpedition, schickte mehrere Koppeln und Jäger voraus, die einen Bogen um die Waldremise beschreiben sollten, setzte sich auf seinen Fuchs Donez, pfiff die Hunde seiner Koppel heran und ritt über die Dreschtenne auf das Feld, das nach der Waldremise zu lag. Das Pferd des alten Grafen, ein fuchsfarbener Wallach mit weißlicher Mähne und weißlichem Schwanz, namens Wiflanka, wurde von dem gräflichen Leibjäger dorthin geführt; der alte Graf selbst sollte in einem leichten Jagdwagen bis zu dem ihm angewiesenen Stand fahren.

Die Zahl der Hetzhunde, die ausgeführt wurden, betrug vierundfünfzig, unter sechs berittenen Pikören und Hundewärtern. An der Jagd nahmen außer der Herrschaft noch acht Jäger teil, welche mehr als vierzig Windhunde mit sich hatten, so daß einschließlich der Koppeln der Herrschaft etwa hundertdreißig Hunde und zwanzig Berittene aufs Feld hinauszogen.

Jeder Hund kannte seinen Herrn und seinen Namen. Jeder Jäger kannte das Jagdhandwerk, seinen Platz und seine Aufgabe. Sowie sie aus dem Gehöft herausgekommen waren, zogen alle ohne Lärm und Gespräch ruhig und gleichmäßig in breitem Schwarm auf dem Weg und über das Feld in Richtung nach dem Wald dahin.

Wie auf einem weichen Teppich schritten die Pferde über das Feld; mitunter, wenn sie Wege kreuzten, platschten sie durch Pfützen. Der Nebel senkte sich immer noch unmerklich und gleichmäßig vom Himmel auf die Erde herab. Die Luft war windstill, warm und lautlos. Nur ab und zu hörte man bald den Pfiff eines Jägers, bald das Schnauben eines Pferdes, bald einen Schlag mit der Hetzpeitsche und das Winseln eines Hundes, der nicht an seinem richtigen Platz gelaufen war.

Nachdem sie etwa eine Werst weit geritten waren, tauchten, dem Rostowschen Jagdzug entgegenkommend, aus dem Nebel fünf Reiter mit Hunden auf. Voran ritt ein frischer, hübscher alter Mann mit großem, grauem Schnurrbart.

»Guten Tag, Onkelchen!« sagte Nikolai, als der Alte ihm näher gekommen war.

»Klar und selbstverständlich! Das hatte ich mir doch gedacht«, begann der Onkel (er war ein entfernter Verwandter und nicht gerade wohlhabender Nachbar der Familie Rostow), »das hatte ich mir doch gedacht, daß du es bei dem Wetter nicht zu Hause aushalten würdest; sehr recht von dir, daß du reitest. Klar und selbstverständlich!« (Dies war eine Lieblingsredensart des Onkels.) »Mach dich nur sofort an die Remise; denn mein Gritschik hat mir gemeldet, daß die Ilagins mit Jägern und Hunden in Korniki sind. Die werden dir, klar und selbstverständlich, die Wolfsfamilie vor der Nase wegnehmen.«

»Ich bin eben auf dem Weg dahin. Aber wie ist's? Wollen wir unsere Meuten zusammentun?« fragte Nikolai.

Die Hetzhunde wurden zu einer Meute vereinigt, und der Onkel und Nikolai ritten nun nebeneinander. Natascha, in Tücher eingehüllt, aus denen ihr lustiges Gesicht mit den glänzenden Augen herausschaute, kam zu ihnen herangaloppiert, gefolgt von ihren unzertrennlichen Begleitern, ihrem Bruder Petja und dem Jäger und Reitknecht Michail, der ihr heute sozusagen als Kinderfrau beigegeben war. Petja lachte über irgend etwas und schlug und riß sein Pferd. Natascha saß geschickt und voll Selbstvertrauen auf ihrem Rappen Arabtschik und parierte das Tier mit sicherer Hand, ohne jede Anstrengung.

Der Onkel blickte mißbilligend auf Petja und Natascha. Er liebte es nicht, eine so ernste Sache wie die Jagd mit Possen zu verquicken.

»Guten Tag, Onkelchen! Wir reiten auch mit!« rief Petja.

»Guten Tag, guten Tag! Aber tretet nur nicht die Hunde«, erwiderte der Onkel in strengem Ton.

»Nikolai, was ist doch mein Trunila für ein reizendes Wesen! Er hat mich wiedererkannt«, sagte Natascha mit Bezug auf ihren Lieblingshund.

»Erstens ist Trunila kein Wesen, sondern ein Jagdrüde«, dachte Nikolai und warf seiner Schwester einen strengen Blick zu, um ihr den Abstand fühlbar zu machen, der sie beide in diesem Augenblick naturgemäß voneinander trennte. Natascha verstand den Sinn dieses Blickes.

»Glauben Sie nur nicht, Onkelchen«, sagte sie, »daß wir jemandem in die Quere kommen werden. Wir werden uns auf unsern Platz stellen und uns nicht rühren.«

»Das ist recht von Ihnen, liebe Komtesse«, erwiderte der Onkel. »Nehmen Sie sich nur in acht, daß Sie nicht vom Pferd fallen«, fügte er hinzu. »Denn, klar und selbstverständlich, festgebunden ist man nicht darauf.«

Nun wurde die Waldremise in einer Entfernung von dreihundert bis vierhundert Schritten sichtbar, und die Piköre näherten sich ihr. Nachdem Rostow mit dem Onkel endgültig darüber Beschluß gefaßt hatte, von wo die Hetzhunde losgelassen werden sollten, wies er seiner Schwester Natascha einen Platz an, wo in keiner Weise zu erwarten war, daß etwas vorbeilaufen werde, und schickte sich dann an, im Bogen oberhalb einer Schlucht herumzureiten.

»Nun, lieber Neffe, du wirst es mit einem starken Wolf zu tun haben«, sagte der Onkel. »Paß nur auf, daß du ihn nicht durchkommen läßt.«

»Wir wollen unser möglichstes tun«, antwortete Rostow. »Karai, füit!« rief er, und dieser Anruf war eine Art von Antwort auf die Worte des Onkels. Karai war ein alter, häßlicher Hund mit zottiger Schnauze, von dem aber bekannt war, daß er es allein mit einem starken Wolf aufnahm. Alle nahmen ihre Plätze ein.

Der alte Graf, der den brennenden Jagdeifer seines Sohnes kannte, hatte sich beeilt, um nicht zu spät zu kommen, und wirklich waren die Piköre noch nicht an Ort und Stelle gelangt, als Ilja Andrejewitsch, vergnügt, mit gerötetem Gesicht und zitternden Wangen, auf seinem von zwei Rappen gezogenen Jagdwagen über die Wintersaat zu dem ihm angewiesenen Platz herbeigefahren kam; nachdem er seinen Pelz zurechtgeschoben und seine Jagdausrüstung angelegt hatte, stieg er auf seinen glatten, wohlgenährten, frommen, braven Wiflanka, der auch schon, wie er selbst, grau geworden war. Wagen und Pferde wurden beiseite geschickt. Graf Ilja Andrejewitsch, der zwar kein passionierter Jäger war, aber doch die Jagdgebräuche genau kannte, ritt in den Saum des Buschwerks hinein, wo er seinen Stand hatte, brachte die Zügel in Ordnung, setzte sich auf dem Sattel zurecht, und als er sich nun bewußt war, fix und fertig zu sein, blickte er lächelnd um sich.

Neben ihm hielt sein Kammerdiener und Leibjäger Semjon Tschekmar, ein altbewährter, aber jetzt unbehilflich gewordener Reiter. Tschekmar hielt drei Wolfshunde an der Koppel, grimmige Tiere, die aber gleichermaßen wie der Gutsherr und dessen Pferd fett geworden waren. Zwei andere, verständige, alte Hunde hatten sich ohne Koppel hingelegt. Etwa hundert Schritte weiter hielt im Saum des Gehölzes ein anderer Leibjäger des Grafen, Mitka, ein tollkühner Reiter und leidenschaftlicher Jäger. Der Graf leerte nach alter Gewohnheit vor der Jagd einen silbernen Becher voll Jagdlikör, aß einen Bissen hinterher und trank dann eine halbe Flasche von seinem Lieblingsbordeaux.

Ilja Andrejewitsch war von der Fahrt und vom Wein etwas rot geworden, und seine von Feuchtigkeit überzogenen Augen hatten einen besonderen Glanz angenommen; wie er so, in seinen Pelz eingewickelt, im Sattel saß, sah er aus wie ein Kind, das man zum Spaziergang zurechtgemacht hat.

Sobald der hagere, hohlwangige Tschekmar seine eigene Jagdausrüstung in Ordnung gebracht hatte, blickte er zu seinem Herrn hin, mit dem er nun schon dreißig Jahre lang wie ein Herz und eine Seele gelebt hatte, und da er dessen vergnügte Stimmung wahrnahm, so erwartete er ein angenehmes Gespräch.

Noch eine dritte Person kam vorsichtig (augenscheinlich hatte ihr dies schon jemand eingeschärft) um eine Waldecke herangeritten und hielt hinter dem Grafen an. Es war dies ein alter Mann mit grauem Bart, in einem Frauenmantel und mit einer hohen Zipfelmütze, ein Narr, der mit einem Frauennamen Nastasja Iwanowna genannt wurde.

»Nun, Nastasja Iwanowna«, flüsterte ihm der Graf, mit den Augen zwinkernd, zu, »scheuche du nur durch das Stampfen deines Pferdes den Wolf zurück; dann wird es dir Daniil gehörig geben.«

»Ich bin selbst ... ein Mann, der sich zu wehren weiß ...«, erwiderte Nastasja Iwanowna.

»Pssst!« zischte der Graf und wandte sich dann zu Semjon.

»Hast du Natalja Iljinitschna gesehen?« fragte er ihn. »Wo ist sie?«

»Die Komtesse ist mit Peter Iljitsch auf der Seite nach der Scharowaja-Steppe zu«, antwortete Semjon lächelnd. »Eine Dame, und hat so großen Jagdeifer!«

»Wunderst du dich nicht auch, wie sie reitet, Semjon? He?« fragte der Graf. »Das würde einem Mann Ehre machen.«

»Gewiß wundere ich mich! So kühn und gewandt!«

»Und wo ist Nikolai? Wohl auf dem Ljadowski-Hügel, wie?« fragte der Graf weiter, immer im Flüsterton.

»Jawohl. Der junge Herr weiß schon, wo er sich hinstellen muß. Und reiten kann er so fein, daß Daniil und ich uns manchmal gar nicht genug wundern können«, sagte Semjon, der recht gut wußte, wie man dem Herrn etwas Angenehmes sagen konnte.

»Er reitet gut, was? Und wie er sich zu Pferde ausnimmt, nicht wahr?«

»Reinweg ein Bild zum Malen! Neulich wurde ein Fuchs aus der Sawarsinskaja-Steppe losgelassen, und der junge Herr holte ihn aus ganz weiter Entfernung ein; staunenswert! Das Pferd ist tausend Rubel wert, und der Reiter ist über alles Lob erhaben. Ja, so einen schneidigen jungen Mann, den kann man lange suchen!«

»Lange suchen ...«, wiederholte der Graf, der es offenbar bedauerte, daß Semjons Lobeserhebungen so schnell zu Ende waren. »Lange suchen«, sagte er, schlug die Schöße seines Pelzes auseinander und holte die Tabaksdose heraus.

»Neulich, als der junge Herr in seiner vollen militärischen Gala aus der Messe kam, da sagte Michail Sidorowitsch ...« Aber Semjon sprach seinen Satz nicht zu Ende; denn man hörte deutlich durch die stille Luft das heulende Gebell von nicht mehr als zwei oder drei jagenden Hunden. Er neigte den Kopf, horchte und machte schweigend dem Herrn ein warnendes Zeichen. »Sie sind auf das Lager gestoßen ...«, flüsterte er, »gerade nach dem Ljadowski-Hügel treiben sie ihn hin.«

Der Graf, welcher ganz vergessen hatte, das Lächeln wieder von seinem Gesicht verschwinden zu lassen, blickte gerade vor sich hin eine Schneise entlang in die Ferne und hielt die Tabaksdose, ohne zu schnupfen, in der Hand. Gleich nach dem Gebell der Hunde ertönte von Daniils tiefklingendem Jagdhorn das Signal: »Wolf gefunden!« Die ganze Meute vereinigte sich mit den drei ersten Hunden, und man konnte hören, wie die Hetzhunde in jener besonderen Art hell aufheulten, die als Zeichen dafür dient, daß sie hinter einem Wolf her sind. Die Piköre hetzten nicht mehr mit Geschrei und Peitschenknallen, sondern sie schrien »Uljulju!«, und aus allen Stimmen klang die Stimme Daniils hervor, bald in tiefem Baß, bald in gellend hohen Tönen. Diese Stimme schien den ganzen Wald anzufüllen, über seine Ränder hinauszudringen und noch fernhin über die Felder zu erklingen.

Nachdem der Graf und sein Leibjäger ein paar Sekunden lang schweigend gelauscht hatten, kamen sie beide zu der Überzeugung, daß die Hunde sich in zwei Meuten geteilt hatten: Die eine, größere, welche mit besonderer Heftigkeit heulte, begann sich zu entfernen; die andere lief im Wald in einiger Entfernung an dem Standort des Grafen vorbei, und bei diesem Teil der Meute war Daniils Uljulju zu hören. Die Töne beider Jagden flossen dann zusammen und verschmolzen miteinander; aber beide entfernten sich.

Semjon seufzte und bückte sich, um einen Koppelriemen in Ordnung zu bringen, in den sich ein junger Hund verwickelt hatte; der Graf seufzte ebenfalls, und da er die Tabaksdose in seiner Hand bemerkte, öffnete er sie und nahm eine Prise. »Zurück!« schrie in diesem Augenblick Semjon einen Hund an, der über den Waldrand hinaustrat. Der Graf schrak zusammen und ließ die Dose fallen. Nastasja Iwanowna stieg vom Pferd und hob sie auf. Der Graf und Semjon sahen ihm dabei zu.

Plötzlich, wie das häufig vorkommt, näherte sich der Lärm der Jagd in überraschender Weise wieder dermaßen, als ob jeden Augenblick die bellenden Hundemäuler und der Uljulju schreiende Daniil unmittelbar vor ihnen auftauchen würden.

Der Graf schaute um sich und erblickte rechts von sich Mitka, der ihn mit hervorquellenden Augen ansah und, die Mütze abnehmend, mit der Hand vor sich hin, nach der andern Seite zu, zeigte.

»Aufpassen!« schrie er in einem Ton, dem man es anmerkte, daß dieses Wort schon lange qualvoll gesucht hatte aus seinem Mund herauszukommen; dann ließ er die Hunde los und sprengte im Galopp auf den Grafen zu.

Der Graf und Semjon ritten schleunigst aus dem Waldsaum heraus und erblickten links von sich einen Wolf, der in weich schaukelnden, ruhigen Sätzen nach einer weiter links von ihnen gelegenen Stelle eben des Waldsaumes hinsprang, an dem sie hielten. Die Hunde heulten wütend auf; rissen sich von der Koppel los und stürmten an den Beinen der Pferde vorbei auf den Wolf los.

Der Wolf hemmte seinen Lauf einen Augenblick, wendete ungeschickt wie jemand, der an Halsbräune leidet, seinen breitstirnigen Kopf den

Hunden zu, machte dann in derselben weich schaukelnden Art noch ein paar Sätze und verschwand, den Schweif hin und her schlenkernd, im Waldrand. In demselben Augenblick brach aus dem gegenüberliegenden Waldrand mit einem Geheul, das wie Weinen klang, anscheinend ratlos erst ein, dann ein zweiter, ein dritter Hund heraus, und nun rannte die ganze Meute über das Feld nach eben der Stelle hin, wo der Wolf in den Wald hineingelaufen war. Hinter den Hunden teilten sich die Haselnußsträucher, und es erschien Daniils Brauner, der von Schweiß ganz schwarz geworden war. Auf seinem langen Rücken saß zu einem Klumpen zusammengeballt, ganz nach vorn gebeugt, Daniil, ohne Mütze, mit rotem, schweißbedecktem Gesicht unter den grauen, zerzausten Haaren.

»Uljuljulju, uljulju!« schrie er. Als er den Grafen erblickte, schossen seine Augen Blitze.

»Schande!« schrie er und drohte mit der aufgehobenen Peitsche nach dem Grafen hin. »Haben den Wolf durchgelassen! Das sind mal Jäger!« Und wie wenn er den verlegenen, erschrockenen Grafen keines weiteren Wortes würdigte, schlug er mit all dem Ingrimm, der eigentlich dem Grafen galt, auf die feuchten Weichen seines braunen Wallachs los und sprengte den Hunden nach. Der Graf stand wie ein bestrafter Schüler da, blickte sich um und suchte durch ein Lächeln bei Semjon Mitleid mit seiner Lage zu erwecken. Aber Semjon war nicht mehr da: Er sprengte im Bogen durch die Büsche und suchte den Wolf von dem dichteren Teil des Waldes abzuschneiden. Dasselbe versuchten von zwei Seiten her auch die Piköre. Aber der Wolf nahm seinen Weg durch die Büsche, ohne daß ihn ein Jäger hätte aufhalten können.

V

Unterdessen hielt Nikolai Rostow an seinem Platz und wartete auf einen Wolf. An dem Näherkommen oder Zurückweichen des Jagdlärms, an dem Ton des Gebells der ihm bekannten Hunde, sowie daran, daß die Stimmen der Piköre lauter oder schwächer klangen, erkannte er, was in der Waldremise vorging. Er wußte, daß sich in dieser Waldremise junge und alte Wölfe befanden; er wußte, daß die Hunde sich in zwei Meuten geteilt hatten, daß sie irgendwo hinter einem Wolf her waren, und daß sich irgend etwas Unerwünschtes zugetragen hatte. Jeden Augenblick erwartete er, daß der Wolf nach seiner Seite kommen werde. Er überlegte sich tausend verschiedene Möglichkeiten, wie und von welcher Seite der Wolf werde angelaufen kommen, und wie er ihn dann hetzen werde. In seiner Seele wechselte Hoffnung mit Verzweiflung ab. Ab und zu wandte er sich an Gott mit der Bitte, doch den Wolf nach seiner Seite herauskommen zu lassen. Er betete in der leidenschaftlichen, aber verschämten Art, in welcher Menschen in Augenblicken einer starken, aber aus nichtiger Ursache hervorgegangenen Erregung zu beten pflegen. »Nun, was kostet es dich«, sagte er zu Gott, »mir diese Liebe zu tun! Ich weiß, daß du groß bist, und daß es Sünde ist, dich um so etwas zu bitten; aber doch bitte ich dich inständig: Gib, daß ein alter Wolf nach meiner Seite herauskommt, und daß Karai vor den Augen des Onkels, der von seinem Stand aus immer hierherblickt, das Tier an der Kehle packt und totbeißt.« Tausendmal in dieser halben Stunde ließ Rostow mit hartnäckiger Ausdauer seinen gespannten, unruhigen Blick über den Waldsaum mit den zwei dünnbelaubten, das Espengebüsch überragenden Eichen hingleiten und über die Schlucht mit dem ausgewaschenen Rand und über die Mütze des Onkels, von dem hinter einem Strauch rechts nur ganz wenig zu sehen war.

»Nein«, dachte Rostow, »dieses Glück wird mir nicht zuteil werden, und es wäre doch für Gott eine Kleinigkeit! Aber es wird mir nicht zuteil werden! Immer habe ich Unglück, beim Kartenspiel und im Krieg und in allem.« Austerlitz und Dolochow tauchten mit großer Deutlichkeit, aber schnell einander ablösend, vor seinem geistigen Blick auf. »Nur einmal in meinem Leben möchte ich einen alten Wolf tothetzen; weiter habe ich keinen Wunsch!« dachte er und strengte Gesicht und Gehör an, indem er nach links und wieder nach rechts blickte und auf die geringsten Veränderungen des Jagdlärmes lauschte.

Wieder einmal blickte er nach rechts und sah, daß über das freie Feld etwas auf ihn zu gelaufen kam. »Nein, es ist wohl nicht möglich!« dachte Rostow schwer aufatmend, wie man aufzuatmen pflegt, wenn etwas längst Erwartetes Wirklichkeit wird. Das größte Glück war gekommen, und in so schlichter Art, ohne Lärm und Glanz und Vorboten. Rostow traute seinen Augen nicht, und dieser Zweifel dauerte länger als eine Sekunde. Der Wolf setzte seinen Lauf fort und sprang schwerfällig über einen Wasserriß, der in seinem Weg lag. Es war ein altes Tier mit grauem Rücken und vollgefressenem, rötlichem Bauch. Der Wolf lief ohne übermäßige Eile, da er offenbar meinte, es sähe ihn niemand. Rostow sah sich, den Atem anhaltend, nach den Hunden um. Sie lagen und standen da, ohne den Wolf zu sehen und ohne irgend etwas zu wittern. Der alte Karai hatte den Kopf zurückgedreht, fletschte, ärgerlich einen Floh suchend, die gelben Zähne und schnappte mit ihnen knackend an den Hinterschenkeln herum.

»Uljuljulju!« flüsterte Rostow mit breitgezogenen Lippen. Die Hunde sprangen, mit den Eisen klirrend, auf und spitzten die Ohren. Karai fuhr schnell noch ein paarmal mit den Zähnen durch das Haar am Hinterschenkel und stand dann gleichfalls auf, spitzte die Ohren und bewegte leise die Rute hin und her, an welcher verfilzte Haarbüschel hingen.

»Loslassen oder nicht loslassen?« sagte Nikolai zu sich selbst in dem Augenblick, als der sich ihm nähernde Wolf nach allen Seiten ziemlich weit vom Wald entfernt war. Plötzlich änderte sich die ganze Physiognomie des Wolfes: Er schrak zusammen, da er die Augen eines Menschen, die er wahrscheinlich noch nie vorher erblickt hatte, auf sich gerichtet sah, und blieb, den Kopf ein wenig nach dem Jäger hinwendend, stehen. »Vorwärts oder rückwärts? Ach was, es ist ganz gleich, vorwärts!« schien er zu sich selbst zu sagen und setzte, ohne sich weiter umzusehen, mit weichen, mäßig schnellen und mäßig großen, aber entschlossenen Sprüngen seinen Lauf fort.

»Uljulju!« schrie Nikolai mit fremdartig klingender Stimme, und sein braves Pferd rannte aus eigenem Antrieb Hals über Kopf bergab, die vom Wasser gerissenen Vertiefungen überspringend, quer zu der Richtung des Wolfes; und noch schneller, das Pferd überholend, stürmten die Hunde dahin. Nikolai hörte seinen eigenen Schrei nicht, fühlte nicht, daß er dahingaloppierte, sah weder die Hunde noch das Terrain, auf dem er ritt; er sah nur den Wolf, der, sein Tempo beschleunigend, ohne die Richtung zu verändern, in einer Bodenrinne lief. Der erste Hund, der sich in der Nähe des Wolfes zeigte, war die schwarzgescheckte Milka mit dem breiten Hinterteil; der Zwischenraum zwischen ihr und dem Verfolgten wurde immer geringer. Näher, immer näher kam sie heran … jetzt war sie schon dicht bei ihm. Aber der Wolf schielte nur ein wenig nach ihr hin, und statt zuzupacken, wie sie es sonst immer tat, hob Milka auf einmal den Schwanz in die Höhe und stemmte sich auf die Vorderbeine.

»Uljuljuljulju!« schrie Nikolai.

Der fuchsrote Ljubim sprang hinter Milka hervor, stürzte sich eifrig auf den Wolf und packte ihn an einer Lende, sprang aber im gleichen Augenblick erschrocken nach der andern Seite hinüber. Der Wolf hatte sich hingesetzt und mit den Zähnen geklappt; nun erhob er sich wieder und lief weiter, von allen Hunden in einer Entfernung von einem Schritt verfolgt, ohne daß sie gewagt hätten, ihm näherzukommen.

»Er entkommt! Nein, das ist doch nicht möglich!« dachte Nikolai, der mit heiserer Stimme fortfuhr zu schreien.

»Karai! Uljulju … !« schrie er und suchte mit den Augen den alten Hund, der jetzt seine einzige Hoffnung bildete. Karai streckte sich aus allen Kräften, soviel er bei seinem Alter nur konnte, und lief, immer nach dem Wolf hinblickend, schwerfällig seitwärts, um ihm den Weg abzuschneiden. Aber wenn man die Schnelligkeit des Wolfes und die Langsamkeit des Hundes zusammenhielt, so war klar, daß Karais Rechnung nicht stimmte. Nikolai erblickte schon ziemlich nahe vor sich diejenige Partie des Waldes, in der der Wolf aller Wahrscheinlichkeit nach Rettung fand, wenn er sie erreichte. Da tauchten plötzlich Hunde und ein Jäger auf, der dem Wolf beinahe gerade entgegen galoppierte. Nun war noch Hoffnung vorhanden. Ein Hund, den Nikolai nicht kannte, ein dunkelgewellter, langgestreckter, junger Rüde von einer fremden Koppel, stürmte hitzig von vorn gegen den Wolf an und hätte ihn beinahe umgerannt. Aber mit einer Schnelligkeit, die man ihm nicht zugetraut hätte, hob sich der Wolf in die Höhe, stürzte sich auf seinen Gegner, schnappte mit den Zähnen zu, und blutend, mit klaffender Flanke, schlug der Hund laut aufwinselnd mit dem Kopf auf die Erde.

»Karai, lieber, guter, alter Karai!« bat Nikolai fast weinend.

Der alte Hund mit den verfilzten Haarklümpchen am Schwanz und an den Schenkeln war, dank dem entstandenen Aufenthalt, bei seinem Versuch dem Wolf den Weg abzuschneiden, diesem schon auf fünf Schritte nahe gekommen. Wie wenn er die Gefahr spürte, schielte der Wolf nach Karai hin, zog den Schwanz noch mehr zwischen die Beine und steigerte die Geschwindigkeit seines Laufes. Aber nun befand sich Karai (Nikolai hatte nur gesehen, daß irgend etwas mit dem Hund vorging) plötzlich auf dem Wolf und rollte mit ihm zusammen über Hals und Kopf in eine vom Wasser ausgewaschene Vertiefung, die sie vor sich hatten.

Der Augenblick, als Nikolai in der Vertiefung die auf dem Wolf sich herumwälzenden Hunde erblickte und zwischen ihnen das graue Fell des Wolfes und sein ausgestrecktes eines Hinterbein und seinen Kopf mit dem angstvollen Ausdruck, den angedrückten Ohren und dem nach Luft schnappenden Maul (Karai hielt ihn an der Kehle gepackt), der Augenblick, als Nikolai das sah, war der glücklichste seines Lebens. Er faßte schon nach dem Sattelbogen, um abzusteigen und dem Wolf den Fangstoß zu geben, als sich auf einmal aus diesem Knäuel von Hunden der Kopf des Wolfes nach oben hindurcharbeitete und dann die Vorderbeine auf den Rand der Vertiefung traten. Der Wolf schnappte mit den Zähnen um sich (Karai hielt ihn nicht mehr an der Kehle), sprang mit den Hinterbeinen aus dem Loch heraus und lief, der Hunde wieder ledig geworden, mit eingeklemmtem Schwanz weiter. Karai kroch mit gesträubtem Haar, wahrscheinlich verwundet oder gequetscht, mühsam aus der Vertiefung heraus.

»Mein Gott! Womit habe ich das verdient?« rief Nikolai in heller Verzweiflung.

Der Jäger des Onkels kam von der andern Seite herangesprengt, um dem Wolf den Weg abzuschneiden, und seine Hunde brachten das Tier wieder zum Stehen, das nun von neuem umringt wurde.

Nikolai, sein Leibjäger, der Onkel und der Jäger des Onkels umschwärmten den Wolf, schrien Uljulju und schickten sich jedesmal an abzusteigen, sobald der Wolf sich auf die Hinterbeine niedersetzte, ritten aber jedesmal weiter, wenn der Wolf die Hunde abschüttelte und nach dem Dickicht zulief, wo er sich Rettung erhoffte.

Gleich zu Anfang dieser Hetze war Daniil, als er das Uljulju-Geschrei hörte, eilig aus dem Wald bis an den Rand geritten. Er hatte gesehen, wie Karai den Wolf packte, und sein Pferd angehalten, in der Meinung, daß die Sache nun beendet sei. Aber als die Jäger nicht abstiegen, der Wolf die Hunde immer wieder abschüttelte und weiterflüchtete, da setzte Daniil seinen Braunen wieder in Bewegung, nicht in der Richtung nach dem Wolf zu, sondern geradewegs nach dem Dickicht hin, um, in derselben Weise wie vorher Karai, dem Wolf den Weg abzuschneiden. Infolge dieses Manövers gelangte er zu dem Wolf in dem Augenblick, als die Hunde des Onkels den Wolf wieder einmal anhielten.

Daniil kam schweigend, den bloßen Dolch in der Linken haltend, herangesprengt und schlug mit der Hetzpeitsche wie mit einem Dreschflegel auf die eingefallenen Flanken seines Braunen los.

Nikolai hatte ihn nicht eher gesehen und gehört, als bis der Braune dicht neben ihm schweratmend vorbeikeuchte; darauf hörte er das Geräusch von dem Fall eines Körpers und sah, daß Daniil bereits mitten unter den Hunden auf dem Hinterteil des Wolfes lag und sich bemühte, ihn an den Ohren zu packen. Allen Beteiligten, den Hunden, den Jägern und dem Wolf, war klar, daß jetzt die Sache zu Ende ging. Der Wolf versuchte, angstvoll die Ohren an den Kopf drückend, sich zu erheben; aber die Hunde hingen von allen Seiten an ihm fest. Daniil richtete sich ein wenig auf und ließ sich dann mit seinem ganzen Gewicht, wie wenn er sich zur Ruhe legen wollte, wieder auf den Wolf niederfallen, wobei er ihn an den Ohren faßte. Nikolai wollte dem Wolf den Fangstoß geben; aber Daniil flüsterte ihm zu: »Nicht doch! Wir wollen ihn knebeln!«, und seine Stellung ändernd, trat er mit dem Fuß auf den Hals des Wolfes. Dem Wolf wurde ein Stock in den Rachen geschoben und mit einem Koppelriemen nach Art eines Zaumes festgebunden; dann wurden ihm auch die Füße zusammengebunden, und Daniil drehte den Wolf ein paarmal von einer Seite auf die andere.

Die Jäger, auf deren Gesichtern sich ihre Ermüdung und zugleich ihre hohe Freude ausprägte, legten den alten Wolf in diesem Zustand lebend auf ein scheuendes, schnaubendes Pferd und brachten ihn, von den ihn umwinselnden Hunden begleitet, nach dem Platz, wo sich alle wieder zusammenfinden sollten. Alle kamen herbeigeritten und herbeigelaufen, um den Wolf zu besehen, der seinen breitstirnigen Kopf mit dem zaumartig im Maul befestigten Stock herabhängen ließ und mit seinen großen, glasigen Augen auf diese ganze Menge von Hunden und Menschen blickte, die ihn umringte. Wenn man ihn berührte, zuckte er mit den zusammengebundenen Beinen und sah alle wild und zugleich einfältig an. Auch Graf Ilja Andrejewitsch kam herbeigeritten und faßte den Wolf an.

»Oh, was für ein gewaltiges Tier!« sagte er. »Ein gewaltiges Tier, nicht wahr?« fragte er den neben ihm stehenden Daniil.

»Jawohl, Euer Erlaucht«, antwortete Daniil und nahm eilig die Mütze ab.

Der Graf dachte dann, wie er den Wolf hatte durchkommen lassen, und was er dabei für ein Rekontre mit Daniil gehabt hatte.

»Aber hör mal, lieber Freund, was kannst du ärgerlich werden!« bemerkte der Graf.

Daniil antwortete nicht und verzog nur verlegen den Mund zu einem kindlich-sanften, freundlichen Lächeln.

VI

Der alte Graf fuhr nach Hause; Natascha und Petja versprachen, ebenfalls bald heimzukehren. Die Jagd wurde fortgesetzt, da es noch früh war. Gegen Mittag wurden die Hetzhunde in eine mit dichtem, jungem Gehölz bewachsene Schlucht hineingeschickt. Nikolai, der auf einem Stoppelfeld hielt, konnte alle seine Jäger übersehen.

Ihm gegenüber lag ein Feld mit Wintersaat, und dort hielt ein Jäger Nikolais für sich allein, in einer Grube hinter einem daraus hervorragenden Haselnußstrauch. Sobald die Hunde in die Schlucht hineingelassen waren, hörte Nikolai das vereinzelte Jagdgebell eines ihm wohlbekannten Hundes, Woltorn; dann schlossen die andern Hunde sich ihm an, indem sie abwechselnd bald sich still verhielten, bald laut jagten. Eine Minute darauf ertönte aus dem ringsum von Feldern umgebenen Buschwald das Signal: »Fuchs gefunden!«, und die ganze Meute jagte in dichtem Schwarm den Abhang hinauf nach dem Wintersaatfeld zu, von Nikolai weg.

Er sah die Hundewärter mit ihren roten Mützen, wie sie an den Rändern der buschigen Schlucht dahinsprengten; er sah sogar die Hunde und erwartete jeden Augenblick, daß der Fuchs auf jener Seite, auf dem Wintersaatfeld, ihm werde sichtbar werden.

Nun setzte sich der Jäger, der in der Grube hielt, in Bewegung und ließ seine Hunde los, und Nikolai erblickte einen Rotfuchs, der eigentümlich niedrig aussah und mit gesträubtem Schwanz eilig über das Wintersaatfeld lief. Die Hunde stürmten zu ihm hin. Nun waren sie ihm nahe, und der Fuchs begann zwischen ihnen kunstvolle Kreise zu beschreiben, immer schneller und schneller, und mit dem buschigen Schweif um sich zu schlagen. Da warf sich ein weißer Hund, welchen Nikolai nicht kannte, auf ihn und nach diesem ein schwarzer, und alles mischte sich durcheinander, und dann standen die Hunde sternförmig, mit den Hinterteilen nach außen, da, fast ohne sich zu rühren. Zu den Hunden sprengten zwei Jäger hin: der eine mit roter Mütze, der andere, ein fremder, in einem langschößigen, grünen Rock.

»Was ist da los?« dachte Nikolai. »Wo kommt dieser Jäger her? Zum Onkel gehört er nicht.«

Die Jäger nahmen den Hunden den Fuchs ab und standen längere Zeit zu Fuß da, ohne ihn an den Sattelriemen zu binden. Neben ihnen standen, an den Zügeln gehalten, die Pferde mit ihren hohen Sattelbögen; die Hunde hatten sich hingelegt. Die Jäger machten heftige Bewegungen mit den Armen und nahmen mit dem Fuchs irgend etwas vor. Da erscholl von dort ein Ton des Jagdhorns, das übliche Signal einer Rauferei.

»Da hat ein Jäger des Herrn Ilagin einen Streit mit unserm Iwan«, sagte Nikolais Leibjäger.

Nikolai schickte den Leibjäger ab, um die Schwester und Petja herbeizurufen, und ritt im Schritt nach dem Platz hin, wo die Piköre die Hunde sammelten. Einige der Jäger sprengten nach dem Ort hin, wo die Schlägerei stattfand.

Nikolai stieg vom Pferd und blieb mit Natascha und Petja, die auch herbeigeritten kamen, bei den Hunden stehen, um auf Nachrichten zu warten, welchen Ausgang die Sache dort nehme. Hinter dem Waldsaum hervor erschien zu Pferd der Jäger, der an der Schlägerei beteiligt gewesen war; den Fuchs hatte er am Sattelriemen hängen; er ritt auf den jungen Herrn zu. Schon von weitem nahm er die Mütze ab und versuchte, respektvoll etwas zu sagen; aber er war blaß und außer Atem, und sein Gesicht hatte einen grimmigen Ausdruck. Das eine Auge war ihm blaugeschlagen; aber das wußte er wahrscheinlich gar nicht.

»Was habt ihr denn da gehabt?« fragte Nikolai.

»Na, so was! Er wird da unsern Hunden ihre Beute wegnehmen! Und gerade meine mausgraue Hündin hatte den Fuchs gegriffen. Komm an, wenn du Streit suchst! Er greift nach dem Fuchs. Ich schlage ihn dem Fuchs um die Ohren. Da hängt er am Sattelriemen. Aber den hier willst du wohl nicht kosten …?« sagte der Jäger, indem er auf seinen Dolch wies; er hatte offenbar die Vorstellung, daß er immer noch mit seinem Feind spräche.

Ohne sich in ein weiteres Gespräch mit dem Jäger einzulassen, bat Nikolai seine Schwester und Petja, hier auf ihn zu warten, und ritt nach der Gegend hin, wo sich diese feindliche Ilaginsche Jagdgesellschaft befand.

Der Sieger in der Schlägerei ritt in den Schwarm der übrigen Jäger hinein und erzählte diesen, die ihn voll Interesse und Neugier umringten, seine Heldentat.

Die Sache war die, daß Herr Ilagin, mit welchem Rostows eine Menge Streitigkeiten und Prozesse hatten, an Orten jagte, die nach alter Tradition der Familie Rostow gehörten, und jetzt, anscheinend absichtlich, seine Leute nach dem freiliegenden Buschwald hatte reiten lassen, wo Rostows jagten, und seinem Jäger erlaubt hatte, unter widerrechtlicher Mitbenutzung fremder Hunde zu hetzen.

Nikolai hatte Herrn Ilagin nie gesehen; aber da er es überhaupt nicht verstand, in seinen Ansichten und Gefühlen den Mittelweg innezuhalten, so haßte er ihn aufgrund der Gerüchte von seiner Frechheit und Eigenmächtigkeit von ganzer Seele und betrachtete ihn als seinen ärgsten Feind. In zorniger Erregung ritt er jetzt zu ihm hin, die Hand fest um den Griff der Hetzpeitsche pressend und völlig bereit, gegen seinen Feind in der energischsten Weise vorzugehen.

Kaum war er um einen vorspringenden Teil des Waldes herumgeritten, als er einen wohlbeleibten Herrn erblickte, der ihm entgegengeritten kam; er trug eine Bibermütze, saß auf einem schönen Rappen und war von zwei Leibjägern begleitet.

Statt eines Feindes fand Nikolai in Herrn Ilagin einen stattlichen, höflichen Herrn, der den lebhaften Wunsch hegte, die Bekanntschaft des jungen Grafen zu machen. Zu Rostow heranreitend lüftete Ilagin seine Bibermütze und sagte, er bedauere das Vorgefallene außerordentlich; er werde Befehl geben, den Jäger zu bestrafen, der sich erlaubt habe, sich in eine fremde Hetzjagd hineinzumischen; er bitte den Grafen um seine Bekanntschaft und biete ihm sein eigenes Terrain zur Jagd an.

Natascha, welche fürchtete, ihr Bruder könne irgend etwas Schreckliches anrichten, war ihm in großer Aufregung in einiger Entfernung nachgeritten. Als sie nun sah, daß die beiden Feinde sich freundlich begrüßten, ritt sie zu ihnen heran. Ilagin hob vor Natascha seine Bibermütze noch mehr in die Höhe und bemerkte mit einem angenehmen Lächeln, die Komtesse gleiche der Göttin Diana sowohl hinsichtlich ihrer Leidenschaft für die Jagd als auch hinsichtlich ihrer Schönheit, von der er schon viel gehört habe.

Um das Verschulden seines Jägers wiedergutzumachen, bat Ilagin seinen neuen Bekannten dringend, doch nach seinem eigenen, eine Werst entfernten Gehege mitzukommen, das er für seinen persönlichen Gebrauch reserviert habe, und in dem es seiner Versicherung zufolge von Hasen wimmelte. Nikolai nahm diese Einladung an, und die nun auf das Doppelte angewachsene Jagdgesellschaft zog weiter.

Um nach dem Ilaginschen Gehege zu gelangen, mußten sie über die Felder reiten.

Die Jäger verteilten sich in gleichmäßigen Abständen, die Herrschaften jedoch ritten zusammen. Der Onkel, Rostow und Ilagin musterten die fremden Hunde, aber nur verstohlen, damit es die andern nicht merkten, und suchten voll Unruhe aus diesen Hunden diejenigen herauszufinden, die sich als Rivalen ihrer eigenen Hunde entpuppen würden.

Rostow war besonders von der Schönheit einer kleinen rotgescheckten Hündin in Ilagins Koppel überrascht. Es war dies ein Tier von reiner Rasse, schmal gebaut, aber mit stählernen Muskeln, mit feiner Schnauze und vorstehenden, schwarzen Augen. Er hatte von dem feurigen Temperament der Ilaginschen Hunde gehört und sah in dieser schönen Hündin eine Rivalin seiner Milka.

Mitten in einem soliden Gespräch über die diesjährige Ernte, welches Ilagin angeknüpft hatte, zeigte Nikolai auf die rotgescheckte Hündin.

»Da haben Sie eine schöne Hündin!« warf er lässig hin. »Ist sie schneidig?«

»Die? O ja, das ist ein braves Tier, fängt gut«, antwortete Ilagin in gleichgültigem Ton mit Bezug auf seine rotgescheckte Jorsa, für die er im vorigen Jahr seinem Nachbar drei Familien Leibeigene gegeben hatte. »Also bei Ihnen, Graf, ist der Erdrusch auch nicht zu rühmen?« fuhr er in dem begonnenen Gespräch fort. Da er es aber für ein Gebot der Höflichkeit hielt, dem jungen Grafen mit gleicher Münze zu zahlen, so musterte Ilagin dessen Hunde und wählte Milka aus, die ihm durch ihren breiten Körperbau in die Augen fiel.

»Eine schöne schwarzgescheckte haben Sie da; vortrefflich gebaut!« sagte er.

»O ja, es geht, sie jagt ganz gut«, antwortete Nikolai. Und im stillen dachte er: »Es sollte nur hier auf dem Feld ein tüchtiger Hase laufen, dann würde ich dir schon zeigen, was das für ein Hund ist!« Und sich zu dem Leibjäger umwendend, sagte er, er werde demjenigen einen Rubel geben, der einen liegenden Hasen auffinde.

»Es ist mir unbegreiflich«, fuhr Ilagin fort, »wie manche Jäger einander um das Wild oder um ihre Hunde beneiden können. Ich will Ihnen sagen, Graf, wie es in dieser Hinsicht mit mir selbst steht. Sehen Sie, mir macht es schon Vergnügen, nur so einen Ritt zu machen; da trifft man dann solche angenehme Gesellschaft … was kann man sich Schöneres denken?« (Er nahm wieder vor Natascha seine Bibermütze ab.) »Aber daß ich die Felle zählen sollte, die ich nach Hause bringe, nein, das ist mir völlig gleichgültig!«

»Ja, gewiß.«

»Oder daß ich mich gekränkt fühlen sollte, wenn ein fremder Hund das Wild greift, und nicht meiner … Ich will mich ja doch nur an dem Anblick der Hetze erfreuen; nicht wahr, Graf? Darum bin ich der Ansicht …«

»Faß ihn!« erscholl in diesem Augenblick der langgezogene Ruf eines Hundeaufsehers, der stehengeblieben war. Er stand auf dem halben Abhang eines Stoppelfeldes, hielt die Hetzpeitsche in die Höhe und wiederholte noch einmal gedehnt: »Fa-aß ih-ihn!« Dieser Ruf und die aufgehobene Hetzpeitsche bedeuteten, daß er einen liegenden Hasen vor sich sah.

»Ah, es scheint, er hat einen Hasen aufgefunden«, sagte Ilagin lässig. »Nun schön, dann lassen Sie uns hetzen, Graf!«

»Ja, wir wollen hinreiten … Was meinen Sie, wollen wir zusammen hetzen?« antwortete Nikolai und warf einen Blick auf Jorsa und auf des Onkels roten Rugai, zwei Rivalen, mit denen er noch nie Gelegenheit gehabt hatte seine Hunde konkurrieren zu lassen. »Aber wenn sie nun meiner Milka eine böse Niederlage bereiten?« dachte er, als er jetzt neben dem Onkel und Ilagin nach der Stelle hinritt, wo der Hase lag.

»Ob es auch wohl ein tüchtiger Hase ist?« fragte Ilagin, während sie auf den Jäger zuritten, der den Hasen aufgefunden hatte, blickte sich unruhig nach seiner Jorsa um und pfiff ihr.

»Nun, und Sie, Michail Nikanorowitsch?« wandte er sich an den Onkel.

Der Onkel ritt mit mürrischem Gesicht neben den beiden andern.

»Wozu soll ich mich da hineinmischen! Eure Hunde haben ja, klar und selbstverständlich, jeder ein ganzes Dorf gekostet; das sind Tausendrubel-Hunde. Laßt eure miteinander wettkämpfen; ich werde zusehen!«

»Rugai! Hierher, hierher!« schrie er. »Rugajuschka!« fügte er, hinzu und brachte unwillkürlich durch dieses Diminutiv seine Zärtlichkeit und die Hoffnung, die er auf diesen roten Hund setzte, zum Ausdruck. Natascha sah und spürte die Aufregung, welche diese beiden alten Männer und ihr Bruder zu verbergen suchten, und wurde selbst ganz aufgeregt.

Der Jäger auf der halben Höhe des Berges stand immer noch mit erhobener Hetzpeitsche da; die Herrschaften ritten im Schritt zu ihm heran; die Hetzhunde, die man fern am oberen Rand des Berges gegen den Himmel sah, zogen in einer von dem Hasen abgewandten Richtung; auch die Jäger, mit Ausnahme der Herrschaften, entfernten sich von ihm. Alles bewegte sich ruhig und langsam.

»Wohin liegt er mit dem Kopf?« fragte Nikolai, als sie sich dem Jäger, der den Hasen entdeckt hatte, auf etwa hundert Schritte genähert hatten.

Aber der Jäger hatte noch nicht Zeit gefunden zu antworten, als der Hase, dem die Sache unheimlich wurde, das Stilliegen aufgab und aufsprang. Die Meute der Hetzhunde, noch an den Koppelriemen, stürmte mit Gebell bergab auf den Hasen los; von allen Seiten eilten die Windhunde, die nicht angekoppelt waren, zu den Hetzhunden und zu dem Hasen hin. Alle diese Jäger, die sich noch soeben nur langsam bewegt hatten, jagten nun über das Feld: Die einen suchten mit dem Ruf: »Halt!« ihre Hunde von einer falschen Richtung abzubringen, die andern mit dem Ruf: »Faß ihn!« den ihrigen die Richtung zu geben und sie anzufeuern. Der ruhige Ilagin, Nikolai, Natascha und der Onkel flogen dahin, ohne selbst zu wissen, wohin und wie; sie sahen nur die Hunde und den Hasen und fürchteten weiter nichts, als auch nur einen Augenblick lang den Gang der Hetzjagd aus den Augen zu verlieren. Der Hase erwies sich als ein großes, kräftiges Tier. Nachdem er aufgesprungen war, lief er nicht sogleich los, sondern bewegte die Ohren und horchte auf das Geschrei und Pferdegetrappel, das auf einmal von allen Seiten ertönte. Dann machte er nicht besonders schnell etwa zehn Sprünge, während deren die Hunde ihm näher kamen, und nun endlich, nachdem er die Gefahr begriffen und die Richtung gewählt hatte, legte er die Ohren an und lief aus Leibeskräften. Er hatte auf dem Stoppelfeld gelegen; aber vor ihm befand sich ein Wintersaatfeld, dessen Boden aufgeweicht war. Die beiden Hunde des Jägers, der den Hasen entdeckt hatte, waren, da sie ihm von allen am nächsten gewesen waren, auch die ersten, die ihn erblickten und sich an die Verfolgung machten; aber sie waren noch weit davon entfernt, ihn einzuholen, als von hintenher an ihnen vorbei Ilagins rotgescheckte Jorsa hervorschoß, sich dem Hasen auf eine Hundelänge näherte, nun ihre Geschwindigkeit ganz gewaltig steigerte, nach dem Schwanz des Hasen schnappte und, in der irrigen Meinung, ihn gefaßt zu haben, Hals über Kopf herumrollte. Der Hase bog den Rücken krumm und lief mit noch größerer Schnelligkeit weiter. An Jorsa vorbei stürmte nun die schwarzgescheckte Milka mit dem breiten Hinterteil vorwärts und begann schnell gegen den Hasen aufzurücken.

»Milka, mein braves Tier!« hörte man Nikolai triumphierend schreien. Es schien, daß Milka im nächsten Augenblick zupacken und den Hasen greifen werde; aber als sie ihn eingeholt hatte, schoß sie an ihm vorbei: Der Hase hatte sich seitwärts geduckt. Nun setzte ihm wieder die schöne Jorsa zu und hing dicht über dem Schwanz des Hasen; um sich nicht wieder zu irren, beabsichtigte sie, wie es schien, nach dem einen Hinterlauf zu fassen.

»Liebste Jorsa! Mein Schätzchen!« rief Ilagin mit weinerlicher, fremdartig klingender Stimme. Jorsa hatte keine Zeit, auf sein Flehen zu achten. Aber gerade in dem Augenblick, wo man erwarten mußte, daß sie den Hasen packen werde, machte er einen Seitensprung auf den Grenzrain zwischen dem Wintersaatfeld und dem Stoppelfeld. Wieder liefen Jorsa und Milka Kopf an Kopf wie ein Zweigespann nebeneinander hinter dem Hasen her; aber auf dem Grenzrain wurde dem Hasen das Laufen leichter, und die Hunde kamen ihm nur ganz allmählich näher.

»Rugai, lieber Rugai! Klar und selbstverständlich!« schrie in diesem Augenblick eine neue Stimme, und Rugai, der rote, bucklige Hund des Onkels, holte, sich abwechselnd streckend und den Rücken krümmend, die beiden ersten Hunde ein, überholte sie, steigerte mit furchtbarer Selbstaufopferung schon dicht bei dem Hasen sein Tempo noch weiter, drängte ihn von dem Grenzrain auf die Wintersaat, unternahm auf dem schmutzigen Wintersaatfeld, wo er bis an die Knie einsank, einen zweiten, noch grimmigeren Ansturm, und nun war nur zu sehen, daß er, den Rücken mit Schmutz besudelt, sich mit dem Hasen zusammen herumkugelte. Ein Stern von Hunden umringte ihn. Eine Minute darauf hielten alle Jäger um die dichtgedrängten Hunde. Nur der glückselige Onkel stieg vom Pferd und schnitt dem Hasen den einen Hinterlauf ab. Er schüttelte den Hasen, damit das Blut abliefe, blickte dann erregt mit umherirrenden Augen um sich, ohne zu wissen, wo er mit seinen Händen und Füßen bleiben sollte, und redete, er wußte selbst nicht mit wem und was. »Das war ein schönes Stückchen … das ist mal ein Hund … alle hat er sie geschlagen, die, welche tausend Rubel, und die, welche einen Rubel gekostet haben. Klar und selbstverständlich«, sagte er ganz außer Atem und blickte grimmig um sich, als ob er jemanden ausschelte, und als ob die Umstehenden sämtlich seine Feinde wären und ihn sämtlich beleidigt hätten und es ihm erst jetzt endlich gelungen wäre, sich zu rechtfertigen. »Da seht ihr, was eure Tausendrubel-Hunde leisten! Klar und selbstverständlich …!«

»Rugai, da hast du einen Lauf!« sagte er und warf dem Hund den abgeschnittenen Hinterlauf des Hasen mit der daranklebenden Erde hin. »Hast es redlich verdient! Klar und selbstverständlich!«

»Sie war übermüdet; dreimal hatte sie ihn allein eingeholt«, sagte Nikolai, ebenfalls ohne zu hören, was ein anderer sagte, und ohne sich darum zu kümmern, ob man ihm zuhörte oder nicht.

»Was ist das für ein Ruhm, von der Seite!« bemerkte Ilagins Leibjäger.

»Ja, wenn einem guten Hund ein Mißgeschick widerfahren ist, dann kann den müde gehetzten Hasen jeder Hofhund greifen«, sagte gleichzeitig Ilagin, der von dem schnellen Ritt und der Erregung ganz rot aussah und fast keine Luft hatte. Und in demselben Augenblick kreischte Natascha vor Freude und Entzücken, ohne dazwischen Atem zu holen, so durchdringend auf, daß den Hörern die Ohren gellten. Sie drückte mit diesem Kreischen dasselbe aus, was die andern Jäger gleichzeitig durch ihr Gespräch zum Ausdruck brachten. Und dieses Kreischen war so sonderbar, daß sie selbst sich dieser wilden Gefühlsäußerung hätte schämen müssen und alle sich darüber höchlichst gewundert haben würden, wenn dies sich zu anderer Zeit zugetragen hätte. Der Onkel band selbst den Hasen an den Sattelriemen, warf ihn mit einer geschickten, energischen Bewegung über das Hinterteil des Pferdes, als ob er durch diesen Schwung beim Hinüberwerfen allen einen Vorwurf machen wollte, setzte sich mit einer Miene, wie wenn er mit niemand weiter reden möge, auf seinen Hellbraunen und ritt für sich allein. Die übrigen, sämtlich verdrossen und sich gekränkt fühlend, brachen gleichfalls auf und waren erst lange nachher imstande, sich wieder zu dem früheren gleichmütigen Wesen zu zwingen. Lange noch blickten sie von Zeit zu Zeit nach dem roten Rugai, der, den buckligen Rücken mit Schmutz bedeckt und mit dem Koppeleisen klirrend, mit der ruhigen Miene des Siegers hinter dem Pferd des Onkels herging.

Nikolai hatte die Empfindung, als besagte die Miene dieses Hundes: »Freilich, ich sehe aus wie jeder andere Hund, solange keine Hetzjagd in Frage steht; aber wenn das der Fall ist, dann nehmt euch zusammen!«

Als eine ziemliche Weile nachher der Onkel zu Nikolai heranritt und ein Gespräch mit ihm anknüpfte, da fühlte sich Nikolai dadurch geschmeichelt, daß der Onkel nach allem Vorgefallenen sich herbeiließ mit ihm zu reden.

VII

Als sich am Abend Ilagin von Rostow verabschiedet hatte, befand sich Nikolai so weit von zu Hause entfernt, daß er den Vorschlag des Onkels annahm, die Hunde und Jäger bei ihm auf seinem kleinen Gut Michailowka übernachten zu lassen.

»Und das beste wäre schon, wenn auch ihr auf eine Weile zu mir herankämt, klar und selbstverständlich«, sagte der Onkel. »Seht mal, es ist feuchtes Wetter; da könntet ihr euch ein bißchen erholen, und die Komtesse könnte dann in einem Wagen nach Hause fahren.«

Auch dieser Vorschlag des Onkels wurde angenommen; es wurde ein Jäger nach Otradnoje geschickt, um einen Wagen zu holen, und Nikolai, Natascha und Petja ritten zum Onkel.

Etwa fünf Leibeigene, Männer und Knaben, kamen auf die vordere Freitreppe herausgelaufen, um ihren Herrn zu empfangen. Dutzende von weiblichen Wesen, alten und jungen, drängten sich von dem hinteren Ausgang her hinzu, um die heranreitenden Jäger zu sehen. Der Anblick Nataschas, einer Dame, eines Fräuleins zu Pferd, steigerte die Neugierde der Gutsleute des Onkels dermaßen, daß viele, ohne sich vor ihr zu scheuen, zu ihr herantraten, ihr in die Augen sahen und laut vor ihren Ohren ihre Bemerkungen über sie machten, als ob sie ein zur Schau gestelltes Wundertier wäre, das kein Mensch ist und nicht hören und verstehen kann, was man von ihm sagt.

»Arinka, sieh nur, sie sitzt auf der Seite! Ganz von allein sitzt sie, und das Kleid baumelt herunter ... Sieh nur, auch ein kleines Jagdhorn hat sie!«

»All ihr lieben Heiligen, auch ein kleines Jagdmesser ...«

»Die reine Tatarin!«

»Wie machst du das bloß, daß du nicht herunterpurzelst?« sagte die dreisteste, sich geradezu an Natascha wendend.

Der Onkel stieg an der Freitreppe seines hölzernen, von einem Garten umgebenen Häuschens vom Pferd, und als er seine Hausleute sah, rief er ihnen gebieterisch zu, wer hier nichts zu tun habe, solle machen, daß er davonkäme, und es solle alles, was zur Aufnahme der Gäste und des Jagdgefolges nötig sei, getan werden.

Alle liefen auseinander. Der Onkel hob Natascha vom Pferd und führte sie an seinem Arm die wackligen Bretterstufen der Freitreppe hinauf. Im Haus zeigten die Balkenwände keinen Kalkbewurf; auch war es nicht sonderlich sauber: Man sah, daß den Bewohnern nicht daran lag, jeden Fleck zu verhüten; aber es war keine gröbere Vernachlässigung wahrnehmbar. Im Flur roch es nach frischen Äpfeln, und es hingen dort Wolfs- und Fuchsfelle.

Durch ein Vorzimmer führte der Onkel seine Gäste in einen kleinen Saal mit einem Klapptisch und roten Stühlen, dann in einen Salon mit einem runden Tisch von Birkenholz und einem Sofa, dann in sein eigenes Zimmer mit einem zerrissenen Sofa, einem abgenutzten Teppich und mit Porträts, welche den Feldmarschall Suworow, den Vater und die Mutter des Hausherrn und ihn selbst in Militäruniform darstellten. In diesem Zimmer machte sich ein starker Geruch nach Tabak und Hunden spürbar. Hier bat der Onkel seine Gäste Platz zu nehmen und zu tun, als ob sie zu Hause wären; er selbst ging hinaus. Rugai mit seinem unsauberen Rücken kam ins Zimmer, legte sich auf das Sofa und begann sich mit Zunge und Zähnen zu reinigen. Aus diesem Zimmer führte ein Korridor weiter, in dem ein Wandschirm mit zerrissenem Bezug sichtbar war. Hinter dem Wandschirm hervor ließ sich Lachen und Flüstern weiblicher Personen vernehmen. Natascha, Nikolai und Petja nahmen, sich in den vorhandenen Raum teilend, auf dem Sofa Platz. Petja stützte sich mit dem Ellbogen auf und war sofort eingeschlafen; Natascha und Nikolai saßen schweigend da. Ihre Gesichter brannten; sie waren sehr hungrig und sehr lustig. Sie sahen einander an (nach der Jagd, hier im Zimmer, hielt Nikolai es nicht mehr für nötig, seiner Schwester gegenüber seine männliche Überlegenheit zu betonen); Natascha blinzelte dem Bruder zu, und nun konnten sich beide nicht mehr lange beherrschen, sondern lachten laut los, ohne daß sie sich noch über einen Grund für dieses Lachen klargeworden wären.

Nach einer kleinen Weile kam der Onkel wieder zurück, jetzt in einem kurzen Rock, blauen Hosen und niedrigen Stiefeln. Und Natascha hatte die Empfindung, daß dieses selbe Kostüm, das ihr wunderlich und komisch erschienen war, wenn der Onkel es in Otradnoje trug, eine ganz vernünftige Tracht sei und in keiner Hinsicht schlechter als ein Überrock oder ein Frack. Der Onkel war ebenfalls vergnügt; er fühlte sich, als Bruder und Schwester wieder lachten, nicht im geringsten beleidigt (es kam ihm gar nicht in den Sinn, daß sie über seine Lebensweise lachen könnten), sondern stimmte selbst in ihr grundloses Gelächter ein.

»Ja, das ist einmal eine junge Komtesse!« sagte er. »Klar und selbstverständlich, so eine habe ich noch nie gesehen.« Dabei reichte er Nikolai eine lange Pfeife; er selbst nahm mit geübtem Griff eine kurze zwischen drei Finger. »Den ganzen Tag hat sie im Sattel gesessen; einem Manne würde es Ehre machen; und dabei ist sie so munter, als wäre gar nichts gewesen!«

Der Onkel war noch nicht lange wieder da, als die Tür von neuem geöffnet wurde, und zwar, wie sich aus dem Geräusch der Schritte erkennen ließ, offenbar von einer barfuß gehenden Frauensperson. Ein großes, reichbesetztes Präsentierbrett in den Händen haltend, trat ein korpulentes, rotwangiges, hübsches Weib von etwa vierzig Jahren, mit einem Doppelkinn und vollen roten Lippen, ins Zimmer. Aus den Blicken, mit denen sie die Gäste ansah, und aus jeder Bewegung ihrer stattlichen Gestalt sprach liebenswürdige Gastfreundschaft, und mit freundlichem Lächeln verbeugte sie sich respektvoll vor ihnen. Trotz ihrer beträchtlichen Körperfülle, die sie zwang, Brust und Leib nach vorn zu stellen und den Kopf nach hinten zu halten, hatte diese Frau, die Wirtschafterin des Onkels, doch einen sehr leichten Gang. Sie trat an den Tisch, stellte das Präsentierbrett darauf, nahm mit ihren weißen, fleischigen Händen geschickt Flaschen, Speisen und sonstiges Zubehör herunter und ordnete alles auf dem Tisch. Als sie damit fertig war, trat sie zurück und stellte sich lächelnd an die Tür. Ihre ganze Erscheinung sagte gleichsam zu Nikolai: »Siehst du wohl, da bin auch ich! Verstehst du jetzt deinen Onkel?« Und wie hätte er ihn nicht verstehen sollen? Ja, nicht nur Nikolai, sondern auch Natascha verstand den Onkel und die Bedeutung seiner zusammengezogenen Brauen und des glücklichen, zufriedenen Lächelns, das in dem Augenblick, als Anisja Fedorowna eintrat, ganz leise um seine Lippen spielte.

Auf dem Präsentierbrett standen: Kräuterbranntwein, Fruchtliköre, eingemachte Pilze, Pfannkuchen aus Roggenmehl mit Buttermilch, Scheibenhonig, moussierender Met, Äpfel, frische und geröstete Nüsse und Nüsse in Honig. Dann brachte Anisja Fedorowna noch Eingemachtes in Honig und Zucker, sowie Schinken und ein frischgebratenes Huhn.

Alles dies stammte aus Anisja Fedorownas Wirtschaft und war von ihren kunstfertigen Händen hergestellt. Alles roch und schmeckte sozusagen nach Anisja Fedorowna und erinnerte an sie durch sein Aussehen. In allem glaubte man eine Widerspiegelung ihrer Fülle, ihrer Sauberkeit, ihrer weißen Haut und ihres angenehmen Lächelns zu sehen.

»Essen Sie doch, gnädiges Fräulein«, sagte sie immer wieder und reichte Natascha bald dieses, bald jenes.

Natascha aß von allem, und es schien ihr, solche Pfannkuchen mit Buttermilch und so aromatisches Eingemachtes und solche Nüsse in Honig und ein solches Huhn habe sie noch nie und nirgends gesehen und gegessen. Anisja Fedorowna ging wieder hinaus.

Rostow und der Onkel tranken nach dem Abendessen ein Gläschen Kirschlikör und unterhielten sich über die heute abgehaltene und über die nächste Jagd, über Rugai und über Ilagins Hunde. Natascha saß mit glänzenden Augen aufrecht auf dem Sofa und hörte ihnen zu. Einige Male machte sie den Versuch, Petja zu wecken, damit er etwas äße; aber er redete nur ein paar unverständliche Worte, offenbar ohne wach zu werden. Natascha fühlte sich so vergnügt und wohl in dieser ihr neuen Umgebung, daß ihre einzige Besorgnis war, der Wagen könne gar zu früh kommen, um sie abzuholen. Nach einem zufällig eingetretenen Stillschweigen, wie das fast immer vorkommt, wenn man Bekannte zum erstenmal als Gäste in seinem Haus hat, sagte der Onkel, wie wenn er damit auf einen Gedanken seiner Gäste antwortete:

»Ja, ja, so verbringe ich hier meinen Lebensrest. Wenn man stirbt, klar und selbstverständlich, kann man doch nichts mitnehmen. Wozu also um des Erwerbs willen sündigen!«

Das Gesicht des Onkels war sehr ernst und sogar schön, während er das sagte. Unwillkürlich erinnerte sich Nikolai dabei an all das, was er von seinem Vater und den Nachbarn Gutes über den Onkel gehört hatte. Der Onkel stand im Gouvernement ringsumher in dem Ruf eines ehrenhaften, uneigennützigen Sonderlings. Man zog ihn hinzu, wo Familienstreitigkeiten zu erledigen waren, machte ihn zum Testamentsvollstrecker, vertraute ihm Geheimnisse an und wählte ihn zum Friedensrichter und zu anderen Vertrauensposten; aber ein wirkliches Amt anzunehmen weigerte er sich hartnäckig; im Herbst und im Frühling ritt er auf seinem hellbraunen Wallach auf den Feldern umher, im Winter saß er zu Hause, im Sommer lag er in seinem schattigen Garten.

»Warum mögen Sie denn nicht ein Amt bekleiden oder beim Militär dienen, lieber Onkel?«

»Das habe ich früher getan; aber ich habe es aufgegeben. Ich tauge nicht dazu, klar und selbstverständlich; ich finde mich dabei nicht zurecht. Das ist euer Geschäft; mein Verstand reicht dazu nicht aus. Ja, mit der Jagd ist das eine andre Sache, klar und selbstverständlich. Macht doch die Tür auf!« rief er. »Warum habt ihr die Tür zugemacht?«

Am Ende des Korridors (den der Onkel »Kolidor« nannte) führte eine Tür in das »leere Jägerzimmer«; so hieß die Stube für die zu den Dienstleuten gehörigen Jäger.

Nackte Füße gingen klatschend schnell über die Dielen, und eine unsichtbare Hand öffnete die Tür zum Jägerzimmer. Nun wurden aus dem Korridor die Töne einer Balalaika deutlich hörbar, die offenbar von einem Meister in dieser Kunst gespielt wurde. Natascha, die schon lange nach diesen Klängen hingehorcht hatte, ging jetzt auf den Korridor hinaus, um sie deutlicher zu hören.

»Das ist mein Kutscher Mitka. Ich habe ihm eine gute Balalaika gekauft; es macht mir Vergnügen«, sagte der Onkel.

Der Onkel hatte ein für allemal die Anordnung getroffen, daß, wenn er von der Jagd zurückkehrte, Mitka in der Jägerstube auf der Balalaika spielte. Der Onkel hörte diese Musik sehr gern.

»Schön, wirklich sehr gut«, bemerkte Nikolai, unwillkürlich in einem etwas lässigen Ton, wie wenn er sich schämte einzugestehen, daß ihm diese Klänge sehr gefielen.

»›Sehr gut‹ sagst du?« entgegnete vorwurfsvoll Natascha, der der Ton, dessen ihr Bruder sich bedient hatte, nicht entgangen war. »Das ist nicht sehr gut, sondern geradezu entzückend!«

Wie ihr die Pilze, der Honig und die Fruchtliköre des Onkels als die besten in der Welt erschienen waren, so erschien es ihr jetzt auch als der höchste Gipfel musikalischen Genusses, dieses Balalaikaspiel anzuhören.

»Noch mehr, bitte, noch mehr!« rief sie durch die Tür, als die Balalaika schwieg. Mitka stimmte das Instrument und ließ dann von neuem flott die Saiten klirrend ertönen: Er spielte »Die Herrin«* mit kunstvollen Läufen und Akkorden. Der Onkel saß da, den Kopf auf die Seite geneigt, und hörte mit leisem Lächeln zu. Die Melodie der »Herrin« wiederholte sich unzählige Male. Ab und zu wurde dazwischen die Balalai-

* Ein bei dem einfachen russischen Volk beliebtes Tanzlied. Anmerkung des Übersetzers.

ka gestimmt, und dann klirrten von neuem dieselben Töne, und die Zuhörer wurden dessen nicht überdrüssig, sondern hatten nur den einen Wunsch, dem Spiel immer noch länger zuzuhören. Anisja Fedorowna trat herein und lehnte sich mit ihrem behäbigen Körper an den Türpfosten.

»Sie haben die Güte zuzuhören?« sagte sie zu Natascha mit einem Lächeln, das mit dem Lächeln des Onkels eine außerordentliche Ähnlichkeit hatte. »Ja, wir haben da einen wahren Virtuosen im Haus«, fügte sie hinzu.

»Da! An dieser Stelle macht er es nicht richtig«, bemerkte auf einmal der Onkel mit einer energischen Handbewegung. »Hier dürfen keine Verschleifungen sein, klar und selbstverständlich; keine Verschleifungen ...«

»Verstehen Sie sich auch darauf?« fragte Natascha.

Der Onkel antwortete nicht, sondern lächelte nur.

»Sieh doch mal nach, liebe Anisja, ob die Saiten an der Gitarre ganz sind. Ich habe sie lange nicht in der Hand gehabt, klar und selbstverständlich; ich habe es so gut wie ganz aufgegeben.«

Anisja Fedorowna ging willig mit ihrem leichten Gang hinaus, um den Auftrag ihres Herrn zu erfüllen, und brachte die Gitarre.

Der Onkel blies, ohne jemand anzusehen, den Staub davon ab, klopfte mit seinen knochigen Fingern auf den Boden der Gitarre, stimmte sie und setzte sich auf seinem Stuhl zurecht. Er ergriff mit einer etwas theatralischen Gebärde, indem er den linken Ellbogen vom Körper abspreizte, die Gitarre oben am Hals und zwinkerte der Wirtschafterin mit den Augen zu. Aber er spielte nicht die »Herrin«, sondern griff einen volltönenden, reinen Akkord und begann dann in sehr ruhigem, gemessenem Tempo, aber fest und sicher das bekannte Lied: »Auf der Straße abends spät eine Maid nach Wasser geht.« Und gleichzeitig hallte in demselben Takt, mit derselben maßvollen Heiterkeit (eben jener Heiterkeit, welche Anisja Fedorownas ganzes Wesen atmete) die Melodie des Liedes in Nikolais und Nataschas Herzen wider. Anisja Fedorowna errötete, lachte, hielt sich ihr Kopftuch vor das Gesicht und verließ das Zimmer. Der Onkel spielte die Melodie mit reinem, akkuratem, kräftigem Vortrag weiter und blickte dabei mit ganz veränderter, entzückter Miene nach der Stelle, von der Anisja Fedorowna soeben weggegangen war. Ein ganz, ganz leises Lachen war auf der einen Seite seines Gesichtes unter dem grauen Schnurrbart wahrzunehmen, namentlich dann, wenn die Melodie einen besonderen Schwung annahm, das Tempo schneller wurde und auf einen kunstvollen Lauf der Schlußakkord folgte.

»Prachtvoll, prachtvoll, Onkelchen; noch mal, noch mal!« rief Natascha, sobald er geendet hatte. Sie sprang von ihrem Platz auf, umarmte den Onkel und küßte ihn. »Nikolai, Nikolai!« rief sie, indem sie sich nach ihrem Bruder umblickte und diesen gleichsam fragte, ob das nicht etwas ganz Wunderbares sei.

Auch diesem gefiel das Spiel des Onkels außerordentlich gut. Der Onkel spielte das Lied zum zweitenmal. Anisja Fedorownas lächelndes Gesicht erschien wieder in der Tür, und hinter ihr wurden noch andere Köpfe sichtbar. »Und der Bursch am Brunnen spricht: ›Schönes Mädchen, eile nicht!‹« spielte der Onkel, vollführte wieder einen geschickten Lauf mit Schlußakkord und machte ein paar rhythmische Bewegungen mit den Schultern.

»Ach ja, ach ja, liebstes, bestes Onkelchen!« bat Natascha in so innig flehendem Ton, als ob ihr Leben davon abhinge.

Der Onkel stand auf, und nun war es, als ob zwei verschiedene Menschen in ihm steckten: Der eine von ihnen, der ernsthafte, lächelte leise über den andern, den lustigen, und der lustige machte in einer naiv gewissenhaften Weise einige einleitende Tanzbewegungen.

»Nun also, liebe Nichte!« rief der Onkel und schwenkte die Hand, mit der er soeben den letzten Akkord gegriffen hatte, nach Natascha zu.

Natascha warf das Umschlagtuch ab, in das sie sich eingehüllt hatte, lief zum Onkel, stellte sich vor ihn hin, stemmte die Hände in die Seiten, machte Bewegungen mit den Schultern und stand dann still.

Wo, wie und wann hatte diese von einer französischen Emigrantin erzogene kleine Komtesse aus der russischen Luft, die sie atmete, diesen Geist eingesogen? Wo nahm sie diese Tanzschritte her, von denen zu erwarten gewesen wäre, daß der pas de châle sie längst verdrängt hatte? Aber dieser Geist und diese Tanzschritte waren eben jene nicht nachzuahmende, nicht zu erlernende russische Eigenart, die der Onkel denn auch von ihr erwartete. Sobald sie sich hingestellt hatte und feierlich-stolz und zugleich listig-vergnügt lächelte, war die Besorgnis, die sich Nikolais und aller Anwesenden zuerst hatte bemächtigen wollen, die Besorgnis, daß sie die Sache nicht richtig machen würde, verschwunden, und alle blickten auf sie mit neugieriger Bewunderung.

Sie machte alles, wie es sich gehörte, so richtig, so vollkommen richtig, daß Anisja Fedorowna, die ihr sofort das für diesen Tanz erforderliche Tuch gereicht hatte, zugleich lachen und weinen mußte beim Anblick dieser schlanken, anmutigen, ihr so fremden, in Samt und Seide aufgewachsenen Komtesse, die doch ganz ebenso zu empfinden verstand wie Anisja und Anisjas Vater und Tante und Mutter und wie jeder Russe.

»Na, meine liebe Komtesse, klar und selbstverständlich«, sagte vergnügt lachend der Onkel, sobald der Tanz zu Ende war. »So eine Nichte lob ich mir! Da müßte man dir bald einen netten, jungen Mann aussuchen, klar und selbstverständlich!«

»Ist schon ausgesucht«, warf Nikolai lächelnd dazwischen.

»Oh!« machte der Onkel verwundert und sah Natascha fragend an. Natascha nickte bejahend mit einem glückseligen Lächeln.

»Und was für einer!« sagte sie. Aber sowie sie das gesagt hatte, tauchte in ihrer Seele eine andere, neue Reihe von Gedanken und Empfindungen auf: »Was bedeutete Nikolais Lächeln, als er sagte: ›Ist schon ausgesucht‹? Freut er sich darüber oder nicht? Er scheint zu denken, daß mein Bolkonski für dieses Vergnügen, das wir uns hier machen, kein Verständnis haben und es nicht billigen würde. Nicht doch, er würde für alles Verständnis haben. Wo mag er jetzt sein?« dachte Natascha, und ihr Gesicht wurde auf einmal ernsthaft. Aber das dauerte nur eine Sekunde. »Ich will nicht daran denken, darf nicht daran denken«, sagte sie zu sich, setzte sich lächelnd wieder zum Onkel hin und bat ihn, noch etwas zu spielen.

Der Onkel spielte noch ein Lied und einen Walzer; dann machte er eine kleine Pause, räusperte sich und stimmte ein Jagdlied an, das er besonders gern mochte:

»Ein Spurschnee ist gefallen,
Das freut mein Jägerherz …«

Der Onkel sang so, wie das Volk singt: mit der naiven, festen Überzeugung, daß der eigentliche Wert eines Liedes in den Worten liegt, daß die Melodie sich ganz von selbst dazufindet, und daß eine Melodie ganz ohne Text überhaupt nicht existiert, sondern die Melodie nur so um des besseren Klanges willen da ist. Ebendeshalb wirkte dieses unbewußte Singen des Onkels überaus angenehm, ähnlich wie das Singen eines Vogels. Natascha war von dem Gesang des Onkels ganz entzückt. Sie nahm sich vor, nicht mehr Harfe zu lernen, sondern nur noch Gitarre zu spielen. Sie bat den Onkel um seine Gitarre und suchte sogleich Begleitakkorde für das Lied.

Gegen zehn Uhr trafen, um Natascha und Petja heimzuholen, ein Jagdwagen, ein Kabriolett und drei Reiter ein. Der als Bote hingeschickte Jäger berichtete, der Graf und die Gräfin hätten gar nicht gewußt, wo sie wohl geblieben sein könnten, und sich sehr beunruhigt.

Petja wurde hinausgetragen und wie ein Toter in das Kabriolett gelegt; Natascha und Nikolai setzten sich in den Jagdwagen.

Der Onkel hüllte Natascha sorgsam ein und nahm von ihr mit einer ganz neuen Art von Zärtlichkeit Abschied. Er gab ihnen zu Fuß das Geleit bis zu einer Brücke, neben der man durch eine Furt fahren mußte, und ordnete an, daß einige Jäger mit Laternen voranritten.

»Lebe wohl, liebe Nichte«, rief ihr eine Stimme aus der Dunkelheit nach, nicht die Stimme, welche Natascha früher gekannt hatte, sondern die, welche gesungen hatte: »Ein Spurschnee ist gefallen.«

In dem Dorf, durch das sie hindurchfuhren, schimmerte rötlicher Lichtschein durch die Fenster, und es roch angenehm nach Rauch.

»Was ist doch Onkelchen für ein prächtiger Mensch!« sagte Natascha, als sie auf die große Landstraße hinauskamen.

»Ja«, antwortete Nikolai. »Ist dir auch nicht kalt?«

»Nein, ich befinde mich ganz ausgezeichnet, ganz ausgezeichnet. Mir ist sehr wohl«, erwiderte Natascha ganz erstaunt.

Lange Zeit schwiegen sie. Die Nacht war dunkel und feucht. Die Pferde waren nicht zu sehen; man hörte nur, wie sie durch den unsichtbaren Schmutz patschten.

Was mochte in dieser kindlichen, empfänglichen Seele vorgehen, die so begierig nach all den mannigfaltigen Eindrücken des Lebens haschte und sie sich zu eigen machte? Wie mochte sich das alles in ihr zurechtlegen? Aber jedenfalls war sie sehr glücklich. Sie näherten sich schon ihrem Haus, da begann sie auf einmal die Melodie des Liedes: »Ein Spurschnee ist gefallen« zu singen, auf die sie sich während der ganzen Fahrt besonnen hatte, und die wiederzufinden ihr nun endlich geglückt war.

»Hast du es herausbekommen?« sagte Nikolai.

»Aber du, woran hast du jetzt gedacht, Nikolai?« fragte Natascha.

Sie fragten einander gern so nach ihren Gedanken.

»Ich?« antwortete Nikolai, sich besinnend. »Ja, jetzt hab ich's; siehst du, zuerst dachte ich, daß Rugai, der rote Hund, doch eigentlich eine große Ähnlichkeit mit dem Onkel hat, und daß, wenn er ein Mensch wäre, er den Onkel immer bei sich behalten würde, und wenn er es nicht wegen seines guten Reitens tun würde, so doch wegen der schönen Einheitlichkeit und Harmonie seines ganzen Wesens. Denn das kann man doch vom Onkel sagen, nicht wahr? Nun, und du?«

»Ich? Warte mal, warte mal. Ja, ich dachte zuerst: Da fahren wir nun und denken, wir werden nach Hause kommen, und dabei fahren wir in Wirklichkeit Gott weiß wohin in dieser Dunkelheit, und auf einmal kommen wir an und sehen, daß wir nicht in Otradnoje sind, sondern in einem Zauberreich. Und dann dachte ich noch … Nein, weiter nichts.«

»Ich weiß schon; gewiß hast du noch an ihn gedacht«, sagte Nikolai lächelnd, was Natascha an dem Ton seiner Stimme erkannte.

»Nein«, antwortete Natascha, wiewohl sie tatsächlich zugleich auch an den Fürsten Andrei gedacht hatte und daran, wie ihm wohl der Onkel gefallen würde. »Aber dann stellte ich mir noch vor, während der ganzen Fahrt stellte ich mir vor, wie hübsch das aussah, als Anisja ins Zimmer trat, wie hübsch …« Nikolai hörte, wie sie ohne eigentlichen Grund hell und glückselig lachte. »Aber weißt du«, setzte sie plötzlich hinzu, »ich weiß, daß ich nie wieder so glücklich und ruhig sein werde wie jetzt.«

»Unsinn, Torheit, dummes Zeug!« erwiderte Nikolai; aber er dachte dabei: »Was für ein prächtiges Mädchen ist doch meine Natascha! Eine zweite solche Freundin habe ich nicht und werde ich nie haben. Wozu muß sie sich verheiraten? Wir beide sollten immerzu so miteinander fahren!«

»Ein prächtiger Mensch ist doch dieser Nikolai«, dachte Natascha.

»Ach, sieh nur! Es ist noch Licht im Salon«, sagte sie und zeigte auf die Fenster des Hauses, die freundlich durch das feuchte, samtige Dunkel der Nacht glänzten.

VIII

Graf Ilja Andrejewitsch hatte sein Amt als Adelsmarschall niedergelegt, weil es mit allzu großen Ausgaben verknüpft war. Aber seine pekuniäre Lage war darum doch nicht besser geworden. Häufig sahen Natascha und Nikolai, daß die Eltern geheime, aufgeregte Unterredungen miteinander hatten, und hörten Äußerungen über einen Verkauf des großen Rostowschen Familienhauses und des bei Moskau gelegenen Landhauses. Der Graf brauchte jetzt, wo er nicht mehr Adelsmarschall war, keinen so großen Verkehr mehr zu unterhalten wie vorher, und das Leben in Otradnoje verlief stiller als in früheren Jahren; aber doch waren das gewaltige Haus und die Nebengebäude noch immer ebenso voll von allerlei Leuten, und am Tisch saßen auch jetzt noch mehr als zwanzig Personen. Es waren dies teils Leute, die zum Haus gehörten und schon lange im Haus lebten und beinah als Familienmitglieder betrachtet wurden, teils solche, bei denen es wenigstens dem Grafen und der Gräfin absolut notwendig schien, sie im Haus wohnen zu lassen. Dazu gehörten der Musiker Dümmler mit seiner Frau, der Tanzlehrer Vogel mit seiner Familie, ein altes Fräulein Bjelowa, und noch viele andere: die Lehrer Petjas, zwei ehemalige Gouvernanten der Töchter, und manche Leute, die es einfach für angenehmer oder für vorteilhafter hielten, bei dem Grafen zu leben als in einer eigenen Wohnung. Es kam nicht mehr ganz soviel Besuch von auswärts wie früher; aber der ganze Zuschnitt der Lebensführung war unverändert geblieben – in andrer Weise konnten sich der Graf und die Gräfin ihr Leben eben gar nicht vorstellen. Es bestand noch derselbe, von Nikolai sogar noch vergrößerte Jagdapparat an Hunden und Jägern; es standen immer noch in den Ställen fünfzig Pferde, zu denen fünfzehn

Kutscher gehörten; zu den Namenstagen wurden wie früher teure Geschenke gemacht und großartige Diners gegeben, zu denen die Adligen des ganzen Kreises eingeladen wurden; unverändert geblieben waren auch des Grafen Whist- und Bostonpartien, bei denen er es den Mitspielern, meist Gutsnachbarn, sehr bequem machte, ihm in die Karten zu sehen, und an jedem Spielabend Hunderte von Rubeln verlor, so daß das Recht, mit dem Grafen Ilja Andrejewitsch Karten zu spielen, allgemein als eine sehr vorteilhafte Leibrente angesehen wurde.

Der Graf steckte in seinen Geldnöten wie in einem großen Jägergarn; er wollte nicht glauben, daß er sich darin verstrickt habe, und verstrickte sich doch mit jedem Schritt mehr und mehr, und fühlte sich weder imstande, das Netz, das ihn umschloß, zu zerreißen, noch es vorsichtig und geduldig zu lösen. Der Gräfin mit ihrem liebenden Herzen entging es nicht, daß das Vermögen ihrer Kinder dahinschwand; sie sagte sich jedoch, der Graf trage keine Schuld; er könne nicht anders sein, als wie ihn die Natur gemacht habe, und leide selbst, obwohl er es verberge, unter dem Bewußtsein, daß ihm und seinen Kindern der Ruin drohe. So suchte sie denn Mittel, dem Notstand abzuhelfen. Von ihrem Frauenstandpunkt aus bot sich ihr nur ein einziges Mittel dar: eine Heirat Nikolais mit einem reichen Mädchen. Sie fühlte, daß dies die letzte Möglichkeit war, und daß, wenn Nikolai die Partie ausschlage, die sie für ihn gefunden hatte, sie von der Hoffnung, ihre Lage zu verbessern, auf immer Abschied nehmen müßten. Diese Partie war Julja Karagina, die Tochter trefflicher, hochachtbarer Eltern, die seit ihrer Kindheit in der Familie Rostow verkehrte und jetzt durch den Tod ihres letzten Bruders sehr reich geworden war.

Die Gräfin schrieb direkt an Frau Karagina nach Moskau, brachte eine Heirat der beiden Kinder in Anregung und erhielt von ihr eine freundliche Antwort. Frau Karagina erwiderte, sie ihrerseits sei einverstanden; es werde davon abhängen, ob ihre Tochter dazu geneigt sei. Frau Karagina sprach den Wunsch aus, Nikolai möchte doch nach Moskau kommen.

Nunmehr äußerte sich die Gräfin ihrem Sohn gegenüber mehrmals mit Tränen in den Augen dahin, jetzt, wo ihre beiden Töchter versorgt seien, habe sie nur noch den einen Wunsch, ihn verheiratet zu sehen. Sie sagte, wenn das geschehen wäre, würde sie sich beruhigt ins Grab legen. Und im Anschluß daran teilte sie ihm mit, daß sie ein vortreffliches Mädchen für ihn ins Auge gefaßt habe, und suchte herauszubekommen, wie er über eine Verheiratung denke.

Bei anderen Gelegenheiten lobte sie Julja und redete ihrem Sohn zu, für die Feiertage nach Moskau zu fahren und sich dort zu amüsieren. Nikolai merkte, worauf solche Reden seiner Mutter hinzielten, und forderte sie einmal bei einem derartigen Gespräch auf, ganz offen zu sein. Da sagte sie ihm unverhohlen, daß alle Hoffnung auf eine Besserung der Verhältnisse jetzt lediglich auf seiner Heirat mit Fräulein Karagina beruhe.

»Aber wenn ich nun ein Mädchen ohne Vermögen liebte, würden Sie dann wirklich von mir verlangen, Mama, daß ich meine Neigung und meine Ehre um des Geldes willen zum Opfer brächte?« fragte er seine Mutter. Für die Grausamkeit, die in dieser Frage lag, hatte er keine Empfindung; ihm lag nur daran, seine edle Gesinnung ins rechte Licht zu stellen.

»Nein, du hast mich nicht richtig verstanden«, erwiderte die Mutter, die nicht recht wußte, wie sie sich herausreden sollte. »Du hast mich nicht richtig verstanden, lieber Nikolai. Ich wünsche nur dein Glück«, fügte sie hinzu, fühlte aber dabei selbst, daß sie die Unwahrheit sagte und sich verwickelte. Sie fing an zu weinen.

»Liebe Mama, weinen Sie nicht, sondern sagen Sie mir nur, daß Sie das wünschen, und Sie wissen, daß ich mein ganzes Leben und alles, was ich habe, hingeben werde, damit Sie ruhig sein können«, sagte Nikolai. »Ich werde alles um Ihretwillen zum Opfer bringen, sogar meine Neigung.«

Aber so wollte die Gräfin die Sache nicht aufgefaßt sehen; ein Opfer von seiten ihres Sohnes wünschte sie nicht; vielmehr hätte sie ihm gern selbst Opfer gebracht.

»Nein, du hast mich nicht richtig verstanden; wir wollen nicht weiter davon reden«, sagte sie und trocknete ihre Tränen.

»Ja, vielleicht liebe ich wirklich ein armes Mädchen«, sagte Nikolai zu sich selbst. »Nun wohl: Soll ich dann meine Neigung und meine Ehre um des Geldes willen zum Opfer bringen? Ich wundere mich, daß Mama mir das hat zumuten können. Darf ich deswegen, weil Sonja arm ist, sie nicht lieben, ihre treue, hingebende Liebe nicht erwidern? Und doch werde ich sicherlich mit ihr glücklicher sein als mit irgendeiner Puppe wie diese Julja. Für das Wohl meiner Angehörigen meine Neigung zum Opfer zu bringen, das werde ich stets vermögen«, sagte er zu sich selbst; »aber ihr befehlen, das kann ich nicht. Wenn ich Sonja liebe, so ist meine Neigung stärker als alles andre und steht mir höher als alles andre.«

Nikolai reiste nicht nach Moskau; die Gräfin sprach nicht wieder mit ihm von der Heirat und nahm mit Betrübnis und mitunter sogar mit einer gewissen Erbitterung deutliche Anzeichen einer immer größer werdenden Annäherung zwischen ihrem Sohn und der vermögenslosen Sonja wahr. Sie machte sich deswegen selbst Vorwürfe, konnte sich aber doch nicht enthalten, Sonja mürrisch und zänkisch zu behandeln; oft schnitt sie ihr ohne Ursache das Wort ab und nannte sie »Sie« und »meine Liebe«. Am meisten ärgerte sich die gute Gräfin über Sonja deswegen, weil diese arme, schwarzäugige Nichte so sanft, so gut, ihren Wohltätern so dankbar ergeben war und an Nikolai mit so treuer, unwandelbarer, aufopfernder Liebe hing, daß es nicht möglich war, ihr irgendwelche Vorwürfe zu machen.

Nikolai verlebte seinen ganzen Urlaub bei seinen Angehörigen. Von dem Bräutigam, dem Fürsten Andrei, traf ein vierter Brief ein, aus Rom, in welchem er schrieb, er würde schon längst auf dem Wege nach Rußland sein, wenn nicht in dem warmen Klima unerwarteterweise seine Wunde wieder aufgebrochen wäre, was ihn zwinge, seine Abreise bis zum Anfang des nächsten Jahres zu verschieben. Natascha war noch ebenso verliebt in ihren Bräutigam, fühlte sich in dieser Liebe noch ebenso ruhig und sicher und war noch ebenso empfänglich für alle Freuden des Lebens; aber gegen Ende des vierten Monats ihrer Trennung von ihrem Bräutigam stellte sich bei ihr doch zuzeiten eine Traurigkeit ein, gegen die sie vergebens ankämpfte. Sie tat sich selbst leid; es tat ihr leid, daß sie diese ganze Zeit so unnütz, ohne daß jemand etwas davon gehabt hätte, dahinleben mußte, diese Zeit, in der sie sich doch so fähig fühlte, zu lieben und geliebt zu werden.

Es herrschte im Rostowschen Hause keine vergnügte Stimmung.

IX

Das Weihnachtsfest kam heran; aber außer einem besonders feierlichen Meßgottesdienst und den förmlichen, langweiligen Gratulationen der Nachbarn und der Gutsleute, außer den neuen Kleidern, welche alle anhatten, gab es nichts Besonderes, wodurch sich diese Tage von anderen unterschieden hätten; und doch machte sich bei einer windstillen Kälte von zwanzig Grad, bei dem hellen, blendenden Sonnenschein am Tag und dem winterlichen Sternenglanz in der Nacht das Bedürfnis fühlbar, in dieser Zeit irgend etwas Besonderes zu unternehmen.

Am dritten Festtag hatten sich nach dem Mittagessen die einzelnen Hausgenossen in ihre Zimmer zurückgezogen. Es war dies die allerlangweiligste Zeit des Tages. Nikolai, der am Vormittag zu einigen Nachbarn gefahren war, um ihnen Besuche abzustatten, schlief im Sofazimmer. Der alte Graf ruhte sich in seiner eigenen Stube aus. Im Salon saß Sonja am runden Tisch und zeichnete und malte ein Stickmuster ab. Die Gräfin legte sich Karten. Der Narr Nastasja Iwanowna saß mit zwei alten Frauen am Fenster und machte ein betrübtes Gesicht. Natascha kam in den Salon herein, trat zu Sonja und sah zu, was sie machte; dann ging sie zu ihrer Mutter und stellte sich schweigend neben sie.

»Warum läufst du so herum, als ob du gar nicht wüßtest, wo du bleiben sollst?« sagte die Mutter zu ihr. »Was fehlt dir denn?«

»Er fehlt mir … Sofort, diesen Augenblick will ich ihn hierhaben«, antwortete Natascha mit blitzenden Augen, ohne zu lächeln.

Die Gräfin hob den Kopf in die Höhe und blickte ihre Tochter aufmerksam an.

»Sehen Sie mich nicht so an, Mama, sehen Sie mich nicht so an; sonst muß ich gleich losweinen.«

»Setz dich her und bleibe ein Weilchen bei mir«, sagte die Gräfin.

»Mama, er fehlt mir. Warum muß ich mich so hinquälen, Mama …?«

Die Stimme versagte ihr, die Tränen stürzten ihr aus den Augen, und um sie zu verbergen, wandte sie sich schnell ab und verließ das Zimmer.

Sie ging ins Nebenzimmer, stand dort eine Zeitlang, mit ihren Gedanken beschäftigt, und begab sich dann in die Mädchenstube. Dort schalt eine alte Kammerfrau auf ein junges Mädchen, das soeben, ganz außer Atem vor Kälte, vom Wirtschaftshof hereingerannt gekommen war.

»Du könntest nun wohl genug herumgetollt haben«, sagte die Alte. »Alles hat seine Zeit.«

»Laß sie doch, Kondratjewna«, sagte Natascha. »Geh nur, Mawruscha, geh nur.«

Nachdem sie so Mawruscha freigemacht hatte, begab sich Natascha durch den Saal ins Vorzimmer. Dort spielten ein alter und zwei junge Diener Karten. Beim Eintritt des gnädigen Fräuleins unterbrachen sie ihr Spiel und standen auf.

»Was könnte ich wohl mit denen anfangen?« dachte Natascha.

»Ach, Nikita, bitte, geh doch hin …« (»Wohin könnte ich ihn nur schikken?« dachte sie.) »Ja, geh doch auf den Wirtschaftshof und hol mir, bitte, einen Hahn; und du, Michail, bring mir etwas Hafer.«

»Ein bißchen Hafer befehlen Sie?« fragte Michail vergnügt und dienstfertig.

»So geh doch, mach schnell«, trieb ihn der Alte an.

»Und du, Fjodor, besorge mir etwas Kreide.«

Als sie am Büfettzimmer vorbeikam, gab sie Befehl, den Samowar hereinzubringen, obwohl dazu gar nicht die richtige Zeit war.

Der Büfettdiener Foka war der ärgste Kribbelkopf im ganzen Haus. Natascha fand ein besonderes Vergnügen darin, zu erproben, wieviel Macht sie über ihn hätte. Er traute ihrem Befehl wegen des Samowars nicht und ging erst fragen, ob es damit auch seine Richtigkeit habe.

»Nein, so ein Fräulein!« sagte Foka vor sich hin und machte, sich verstellend, ein finsteres Gesicht über Natascha.

Niemand im ganzen Haus schickte die Leute so viel hin und her und machte ihnen so viel Arbeit wie Natascha. Sie brachte es nicht fertig, die Leute zu sehen, ohne sie irgendwohin zu schicken. Sie schien probieren zu wollen, ob nicht einer von ihnen über sie ärgerlich werden und den Mund ziehen werde; aber niemandes Befehle führten die Dienstboten so gern und willig aus wie Nataschas. »Was soll ich nur anfangen? Wohin soll ich nur gehen?« dachte Natascha, während sie langsam den Korridor entlangging.

»Nastasja Iwanowna, was werde ich für Kinder bekommen?« fragte sie den Narren, der ihr in seiner Weiberjacke entgegenkam.

»Du wirst Flöhe, Wasserjungfern und Grashüpfer zur Welt bringen«, antwortete der Narr.

»Mein Gott, mein Gott, immer ein und dasselbe! Ach, wo soll ich nur bleiben? Was soll ich nur mit mir anfangen?« Schnell lief sie, mit den Füßen trappsend, die Treppe hinauf zu Herrn Vogel, der mit seiner Frau dort wohnte.

Bei Vogels saßen die beiden Gouvernanten; auf dem Tisch standen Teller mit Rosinen, Mandeln und Walnüssen. Die Gouvernanten unterhielten sich darüber, wo man billiger leben könne, in Moskau oder in Odessa. Natascha setzte sich zu ihnen, hörte ihrem Gespräch mit ernstem, nachdenklichem Gesicht eine Weile zu und stand dann wieder auf.

»Die Insel Madagaskar«, sagte sie vor sich hin. »Ma-da-gas-kar«, wiederholte sie, indem sie jede Silbe deutlich aussprach, und ohne auf die Frage der Madame Schoß, was sie damit sagen wolle, zu antworten, ging sie aus dem Zimmer.

Ihr Bruder Petja war ebenfalls oben: Er fertigte mit dem Diener, der ihm persönlich zugewiesen war, ein Feuerwerk an, das er am Abend abzubrennen beabsichtigte.

»Petja! Petja!« rief sie ihm zu. »Laß mich herunterreiten!«

Petja kam zu ihr hingelaufen und bot ihr seinen Rücken dar. Sie sprang hinauf, umfaßte den Hals des Bruders mit den Armen, und er lief unter kleinen Sprüngen mit ihr davon.

»Nein, ich mag nicht … Madagaskar«, sagte sie, sprang von Petjas Rükken herunter und ging nach unten.

Nachdem sie so gleichsam ihr Reich durchwandert, ihre Macht erprobt und sich überzeugt hatte, daß alle ihr gebührendermaßen gehorchten, das Leben aber trotzdem langweilig war, ging Natascha in den Saal, nahm die Gitarre, setzte sich damit in eine dunkle Ecke hinter einem Schränkchen und griff mit den Fingern an den Baßsaiten umher, um eine Melodie herauszubekommen, an die sie sich aus einer Oper erinnerte, welche sie in Petersburg mit dem Fürsten Andrei zusammen gehört hatte.

Fremde Zuhörer würden gemeint haben, daß die Gitarre dabei nur ein sinnloses Getön von sich gebe; aber in Nataschas Phantasie erstand aus diesen Tönen eine ganze Reihe von Erinnerungen. Sie saß hinter dem Schränkchen und richtete die Blicke auf einen Lichtstreif, der durch die offenstehende Tür des Büfettzimmers fiel, horchte auf ihr eigenes Spiel und überließ sich ihren Erinnerungen. Sie befand sich sozusagen in einem Zustand des Erinnerungslebens.

Sonja ging mit einem Glas in der Hand durch den Saal in der Richtung nach dem Büfettzimmer. Natascha blickte nach ihr und nach der Spalte in der Tür des Büfettzimmers hin und glaubte genau den gleichen Vorgang in ihrer Erinnerung vorzufinden: daß das Licht durch eine Spalte in der Tür des Büfettzimmers fiel und Sonja mit einem Glas in der Hand vorbeiging. »Ja, das hat sich schon früher einmal genauso zugetragen«, dachte Natascha.

»Sonja, was ist das?« rief Natascha und griff wieder mit den Fingern an der untersten Saite umher.

»Ach, du bist hier!« sagte Sonja zusammenfahrend, trat heran und horchte. »Das kenne ich nicht. Soll es einen Sturm vorstellen?« fügte sie schüchtern hinzu, in Furcht, mit ihrer Deutung fehlzugreifen.

»Na, da haben wir's«, dachte Natascha. »Genau ebenso ist sie schon früher einmal zusammengefahren, genauso ist sie damals herangetreten und hat schüchtern gelächelt, damals, als sich das schon früher zutrug, und genau ebenso sagte ich mir damals, daß in ihrem ganzen Wesen etwas fehlt.«

»Nein, es ist der Chor aus dem ›Wasserträger‹; hörst du es nicht?« Natascha sang die Melodie des Chorliedes zu Ende, um Sonja zum Verständnis zu verhelfen. »Wo wolltest du denn hin?« fragte Natascha.

»Ich wollte mir andres Wasser in das Glas gießen. Ich bin mit dem Austuschen des Stickmusters gleich fertig.«

»Du beschäftigst dich fortwährend, und ich verstehe das so ganz und gar nicht«, erwiderte Natascha. »Wo ist denn Nikolai?«

»Ich glaube er schläft.«

»Geh doch hin, Sonja, und wecke ihn«, sagte Natascha. »Sage ihm, ich ließe ihn rufen; er solle mit mir singen.«

Sie saß noch eine Zeitlang da und dachte darüber nach, wie das zusammenhinge, daß das alles sich schon einmal zugetragen habe; aber ohne über diese Frage zur Klarheit gekommen zu sein, und ohne sich über diese Unklarheit weiter zu grämen, versetzte sie sich in ihrer Phantasie wieder in jene Zeit zurück, als sie mit ihm zusammen war und er sie mit Augen voller Liebe anblickte.

»Ach, wenn er doch recht bald käme. Ich habe solche Angst, daß es nie geschehen wird! Und was die Hauptsache ist: Ich werde alt; das ist's! Was jetzt an Empfindungen in mir lebt, wird dann nicht mehr vorhanden sein. Aber vielleicht kommt er heute, kommt vielleicht im nächsten Augenblick. Vielleicht ist er schon gekommen und sitzt dort im Salon. Vielleicht ist er gestern schon gekommen, und ich habe es nur vergessen.« Sie stand auf, legte die Gitarre hin und ging in den Salon.

Alle Familienmitglieder, die Lehrer, die Gouvernanten und die Gäste saßen schon am Teetisch. Die aufwartenden Diener standen um den Tisch herum; aber Fürst Andrei war nicht da. Alles sah genau so aus wie bisher.

»Ah, da ist sie ja!« rief Ilja Andrejewitsch, als er die eintretende Natascha bemerkte. »Nun, dann setz dich hier zu mir.« Aber Natascha blieb neben der Mutter stehen und blickte sich ringsum, als ob sie etwas suchte.

»Mama!« murmelte sie. »Geben Sie ihn mir wieder; geben Sie ihn mir recht, recht schnell wieder, Mama!« Sie hielt wieder nur mit Mühe ein Schluchzen zurück.

Sie setzte sich an den Tisch und hörte den Gesprächen der älteren Leute und Nikolais zu, der ebenfalls zum Tisch gekommen war. »Mein Gott, mein Gott, dieselben Gesichter, dieselben Gespräche, und Papa hält seine Tasse genau so wie immer und bläst genau so wie immer darauf!« dachte Natascha und wurde sich mit Schrecken bewußt, daß in ihrer Seele ein Widerwille gegen alle ihre Angehörigen heranwuchs, dadurch veranlaßt, daß sie immer dieselben blieben.

Nach dem Tee begaben sich Nikolai, Sonja und Natascha in das Sofazimmer, in ihr Lieblingseckchen, wo sie immer ihre allervertraulichsten Gespräche führten.

X

»Geht dir das auch manchmal so«, sagte Natascha zu ihrem Bruder, als sie sich im Sofazimmer hingesetzt hatten, »geht dir das auch manchmal so: Man hat die Vorstellung, es werde nichts mehr geschehen, gar nichts, und alles Gute sei vergangen und vorbei, und es ist einem nicht sowohl langweilig als vielmehr traurig zumute?«

»Und ob mir das so geht!« erwiderte er. »Es ist mir schon vorgekommen, daß alles in schönster Ordnung war und alle Leute vergnügt waren und ich dann auf einmal denken mußte, das sei doch alles furchtbar öde und das beste wäre, wenn alle stürben. Ich war, als ich beim Regiment war, einmal nicht auf die Promenade gegangen, wo die Musik spielte, und da überkam mich plötzlich ein solcher Widerwille …«

»Ach ja, das kenne ich. Ich weiß, ich weiß«, unterbrach ihn Natascha. »Ich war noch ganz klein, da begegnete mir das einmal. Erinnerst du dich, ich wurde einmal wegen Pflaumenabpflückens bestraft, und ihr tanztet alle, und ich saß im Unterrichtszimmer und schluchzte; das werde ich nie vergessen: Ich war traurig, und alle Menschen taten mir leid, ich selbst und alle; alle taten sie mir leid. Und, was die Hauptsache war, ich war unschuldig gewesen. Erinnerst du dich wohl noch?«

»Jawohl, ich erinnere mich«, antwortete Nikolai. »Ich erinnere mich, daß ich nachher zu dir kam und dich trösten wollte, und weißt du: Ich hatte ein Gefühl, als müßte ich mich schämen. Wir waren furchtbar komisch. Ich hatte damals ein Spielzeug, ein ausgestopftes Tier, und das wollte ich dir geben. Besinnst du dich noch?«

»Und besinnst du dich noch«, sagte Natascha mit gedankenvollem Lächeln, wie uns vor langer, langer Zeit, wir waren noch ganz klein, der Onkel in sein Zimmer rief, es war noch im alten Haus, und es war dunkel; wir kamen hin, und auf einmal stand da ...«

»Ein Neger«, fiel Nikolai mit vergnügtem Lächeln ein. »Wie werde ich mich denn daran nicht erinnern? Ich weiß auch heute noch nicht, ob wirklich ein Neger da war oder wir es nur geträumt haben oder jemand es uns erzählt hat.«

»Er war nicht schwarz, sondern grau, erinnerst du dich? Und hatte weiße Zähne. Er stand da und sah uns an ...«

»Erinnern Sie sich auch noch daran, Sonja?« fragte Nikolai.

»Ja, ja, ich erinnere mich auch an so etwas Ähnliches«, antwortete Sonja schüchtern.

»Ich habe nachher nach diesem Neger Papa und Mama gefragt«, sagte Natascha. »Sie sagten, es sei kein Neger dagewesen. Aber du erinnerst dich doch auch daran!«

»Gewiß, ich erinnere mich an seine Zähne, wie wenn es heute gewesen wäre.«

»Wie sonderbar das ist; gerade als ob es uns geträumt hätte. So etwas habe ich gern.«

»Und erinnerst du dich noch, wie wir einmal im Saal mit Ostereiern trudelten, und auf einmal waren da zwei alte Frauen und drehten sich auf dem Teppich herum? War das nun Wirklichkeit oder nicht? Erinnerst du dich, wie schön es war?«

»Ja. Und erinnerst du dich, wie Papa in seinem blauen Pelz auf der Freitreppe mit der Flinte schoß?«

So durchmusterten sie lächelnd mit dem Genuß, den eine nicht greisenhaft-traurige, sondern jugendlich-poetische Rückerinnerung gewährt, die aus der fernsten Vergangenheit noch haftenden Eindrücke, bei denen Traum und Wirklichkeit zusammenfließen. Und sie lachten leise und freuten sich.

Sonja blieb, wie immer, hinter ihnen zurück, obgleich diese Erinnerungen eigentlich ihnen allen dreien gemeinsam waren.

Sonja konnte sich an vieles von dem nicht erinnern, woran sich die beiden andern erinnerten; und auch das, woran sie sich erinnerte, erregte bei ihr nicht jene poetische Empfindung, welche die andern dabei genossen. Sie hatte ihr Vergnügen nur an der Freude der beiden und bemühte sich, eine ähnliche Freude zu zeigen.

Wirklichen Anteil nahm sie erst dann, als erwähnt wurde, wie sie selbst zuerst zu der Familie gekommen sei. Sonja erzählte, wie sie sich vor Nikolai gefürchtet hätte, weil an seinem Jäckchen Schnüre gewesen wären und die Kinderfrau ihr gesagt habe, sie würde an diese Schnüre festgenäht werden.

»Und ich erinnere mich: Mir sagten sie, du wärest unter einem Kohlkopf geboren«, sagte Natascha, »und ich erinnere mich, daß ich das damals nicht zu bezweifeln wagte, obwohl ich wußte, daß es nicht wahr sein konnte; und das war mir ein unheimliches Gefühl.«

Während dieses Gespräches schob sich durch die hintere Tür des Sofazimmers der Kopf eines Stubenmädchens hindurch.

»Gnädiges Fräulein, der Hahn ist gebracht worden«, meldete das Mädchen flüsternd.

»Ich brauche ihn nicht mehr, Polja, laß ihn nur wieder wegbringen«, sagte Natascha.

Als das Gespräch im Sofazimmer im besten Gang war, kam Herr Dümmler herein und ging zu der Harfe, die in einer Ecke stand. Er nahm den Überzug ab, wobei das Instrument einen häßlichen Klang gab.

»Eduard Karlowitsch, bitte, spielen Sie mir doch mein Lieblings-Notturno von Monsieur Field«, rief die alte Gräfin aus dem Salon.

Dümmler griff einen Akkord und sagte, zu Natascha, Nikolai und Sonja gewendet: »Wie nett und friedlich das junge Volk da so zusammensitzt!«

»Ja, wir philosophieren«, antwortete Natascha, sich einen Augenblick nach ihm hinwendend, und fuhr dann in dem Gespräch fort. Es war jetzt von Träumen die Rede.

Dümmler begann zu spielen. Natascha ging leise, auf den Fußspitzen, zum Tisch hin, nahm die Kerze, trug sie hinaus und setzte sich, als sie zurückkam, still wieder auf ihren Platz. Im Zimmer, und besonders bei dem Sofa, auf dem sie saßen, war es dunkel; aber durch die großen Fenster fiel das silberne Licht des Vollmondes auf die Dielen.

»Wißt ihr, ich glaube«, flüsterte Natascha, an Nikolai und Sonja näher heranrückend, als Dümmler schon das Musikstück beendet hatte und nun noch dasaß und leise hier und da eine Saite mit den Fingern berührte, augenscheinlich nicht recht wissend, ob er zu spielen aufhören oder etwas Neues anfangen sollte, »ich glaube, wenn man sich so erinnert und erinnert und immer weiter erinnert, dann bringt man es schließlich in der Erinnerung so weit, daß man sich an das erinnert, was geschehen ist, ehe man noch auf der Welt war.«

»Das ist die Metempsychose, die Seelenwanderung«, sagte Sonja, die in der Schule immer gut gelernt hatte und alles dort Gelernte noch wußte. »Die Ägypter glaubten, unsere Seelen hätten vorher in Tierleibern gesteckt und würden auch wieder in Tierleiber einziehen.«

»Nein, weißt du, das glaube ich nicht, daß wir Tiere gewesen sind«, erwiderte Natascha, immer noch in demselben Flüsterton, obwohl die Musik schon zu Ende war, »aber ich weiß bestimmt, daß wir einmal Engel waren, dort irgendwo, und daß wir auch hier unten waren, und uns daher an alles erinnern ...«

»Darf ich mich zu Ihnen gesellen?« fragte Herr Dümmler, der leise herangetreten war, und setzte sich zu ihnen hin.

»Wenn wir Engel gewesen wären, wodurch hätten wir es dann verdient, so tief zu fallen?« entgegnete Nikolai. »Nein, das ist nicht möglich!«

»Nicht tief! Wer hat dir gesagt, daß das so tief ist ...?« erwiderte Natascha. Und im Ton fester Überzeugung fuhr sie fort: »Und woher ich das weiß, was ich früher gewesen bin? Die Seele ist ja unsterblich ... folglich, wenn ich immer leben werde, so habe ich auch vorher gelebt, von Ewigkeit her gelebt.«

»Ja, aber es fällt uns doch schwer, uns die Ewigkeit vorzustellen«, bemerkte Dümmler, der zwar ursprünglich mit einem Lächeln freundlicher Geringschätzung zu den jungen Leuten getreten war, nun aber ebenso ruhig und ernst redete wie sie.

»Warum soll es so schwer sein, sich die Ewigkeit vorzustellen?« sagte Natascha. »Sie ist heute, wird morgen sein, wird immer sein und war gestern und vorgestern ...«

»Natascha, jetzt kommst du an die Reihe!« rief die Gräfin. »Sing mir etwas! Was sitzt ihr da alle zusammen wie die Verschwörer?«

»Ach, Mama, ich habe eigentlich gar keine Lust«, antwortete Natascha, stand aber doch gleichzeitig auf.

Sie hatten alle, selbst der schon bejahrte Dümmler, keine Lust, das Gespräch abzubrechen und aus dem Eckchen des Sofazimmers herauszukommen; aber Natascha war schon aufgestanden, und Nikolai setzte sich ans Klavier. Natascha stellte sich, wie immer, in die Mitte des Saales, wodurch sie sich den besten Platz für die Resonanz auswählte, und begann das Lieblingslied ihrer Mutter zu singen.

Sie hatte zwar gesagt, daß sie keine Lust zum Singen habe; aber dennoch sang sie lange Zeit vorher und nachher nicht so gut wie gerade an diesem Abend. Graf Ilja Andrejewitsch hörte ihren Gesang von seinem Arbeitszimmer aus, wo er mit dem Geschäftsführer Dmitri eine Besprechung hatte, und wie ein Schüler, der sich beeilt mit seinen Schularbeiten fertigzuwerden, um zum Spielen zu gehen, machte er bei den Weisungen, die er dem Geschäftsführer erteilte, lauter Konfusion und schwieg endlich ganz; und Dmitri stand, gleichfalls zuhörend, schweigend und lächelnd vor dem Grafen. Nikolai verwandte kein Auge von seiner Schwester und holte in Übereinstimmung mit ihr Atem. Sonja dachte beim Zuhören, was für ein gewaltiger Unterschied doch zwischen ihr und ihrer Freundin bestehe, und daß es ihr schlechterdings unmöglich sei, auch nur für eine kleine Weile eine so bezaubernde Wirkung auf andere auszuüben wie ihre Kusine.

Die alte Gräfin saß mit einem glücklichen und zugleich traurigen Lächeln und mit Tränen in den Augen da und wiegte manchmal den Kopf hin und her. Sie dachte sowohl an Natascha als auch an ihre eigene Jugend und konnte nicht von dem Gedanken loskommen, daß in dieser bevorstehenden Verheiratung Nataschas mit dem Fürsten Andrei etwas Unnatürliches und Besorgniserregendes liege.

Dümmler hatte sich neben die Gräfin gesetzt und hörte mit geschlossenen Augen zu.

»Nein, Gräfin«, sagte er endlich, »das ist ja ein Talent, wie man es in ganz Europa nur selten findet. Sie braucht nichts mehr hinzuzulernen; diese Weichheit, diese Zartheit, diese Kraft ...!«

»Ach, wie ich mich um sie ängstige, wie ich mich um sie ängstige!« sagte die Gräfin, ohne zu bedenken, mit wem sie sprach. Ihr mütterliches Gefühl sagte ihr, daß bei Natascha irgendeine Art von Übermaß vorhanden sei und sie infolgedessen nicht glücklich sein werde.

Natascha hatte ihren Gesang noch nicht beendet, als der vierzehnjährige Petja ganz entzückt mit der Nachricht ins Zimmer gelaufen kam, es seien Vermummte gekommen.

Natascha brach plötzlich ab.

»Dummkopf!« rief sie ihrem Bruder zu, lief zu einem Stuhl, ließ sich darauf niederfallen und schluchzte dermaßen, daß sie lange Zeit nicht imstande war damit aufzuhören.

»Es hat nichts zu bedeuten, Mamachen; es hat wirklich nichts zu bedeuten; es kommt nur davon, daß mich Petja so erschreckt hat«, sagte sie und versuchte zu lächeln; aber die Tränen flossen immer noch, und das Schluchzen schnürte ihr die Kehle zu.

Die vermummten Gutsleute, welche Bären, Türken, Schankwirte, Damen vorstellten und sämtlich schrecklich und lächerlich anzusehen waren, brachten kalte Luft und Fröhlichkeit mit sich, drängten sich aber zunächst schüchtern im Vorzimmer zusammen; dann allmählich schoben sie sich, einer sich hinter dem andern versteckend, in den Saal hinein und begannen, anfangs verlegen, dann immer lustiger und zuversichtlicher, ihre Gesänge, Tänze, Reigen und Weihnachtsspiele. Die Gräfin begab sich, nachdem sie die einzelnen Vermummten erkannt und ein wenig über sie gelacht hatte, wieder in den Salon. Graf Ilja Andrejewitsch aber blieb mit strahlendem Lächeln im Saal sitzen und spendete den Spielenden Beifall. Die jungen Leute waren verschwunden, niemand wußte, wohin.

Eine halbe Stunde darauf tauchten im Saal unter den andern Vermummten noch einige neue auf: eine alte Dame im Reifrock; dies war Nikolai. Eine Türkin war in Wirklichkeit Petja. Ein Bajazzo; das war Dümmler. Ein Husar: Natascha, und ein Tscherkesse: Sonja, mit Augenbrauen und Schnurrbart, die mit angebranntem Kork gemalt waren.

Nachdem die Nichtverkleideten ein freundliches Staunen gezeigt, die Vermummten eine Zeitlang nicht erkannt und dann die Verkleidungen gebührendermaßen gelobt hatten, fanden die jungen Leute ihre Kostüme so schön, daß sie für nötig erachteten, sie auch sonst noch jemandem zu zeigen.

Nikolai, der bei der vorzüglichen Schlittenbahn große Lust hatte, alle mit seinem Dreigespann zu fahren, machte den Vorschlag, etwa ein Dutzend von den vermummten Gutsleuten mitzunehmen und zum Onkel zu fahren.

»Nein, wozu wollt ihr den alten Mann stören!« sagte die Gräfin. »Und es ist auch bei ihm so wenig Raum, daß ihr euch kaum umdrehen könntet. Wenn ihr einmal fahren wollt, dann fahrt doch zu Meljukows.«

Frau Meljukowa war Witwe und wohnte mit ihren in verschiedenem Lebensalter stehenden Kindern und deren Gouvernanten und Erziehern vier Werst von Rostows entfernt.

»Hör mal, meine Liebe, das ist ein gescheiter Gedanke von dir«, fiel der alte Graf ein, der ganz vergnügt geworden war. »Wißt ihr was? Ich will mich auch schnell verkleiden und mit euch fahren. Ich werde Pelagia schon amüsieren.«

Aber die Gräfin war dagegen und wollte den Grafen nicht weglassen, weil er doch alle diese Tage Schmerzen im Bein gehabt habe. Das Schlußresultat war: Ilja Andrejewitsch solle nicht mitfahren; aber wenn Luisa Iwanowna (das war Madame Schoß) mit von der Partie sein wolle, dann dürften auch die jungen Mädchen zu Frau Meljukowa fahren. Sonja, die sonst immer so zaghaft und schüchtern war, bestürmte jetzt dringender als alle andern Luisa Iwanowna mit Bitten, ihnen das doch nicht abzuschlagen.

Sonjas Verkleidung war die schönste von allen. Der Schnurrbart und die starken Augenbrauen standen ihr außerordentlich gut. Alle sagten ihr, sie sehe sehr hübsch aus, und sie befand sich in einer ihr sonst fremden, angeregten, tatenlustigen Stimmung. Eine innere Stimme sagte ihr, heute oder nie werde sich ihr Schicksal entscheiden, und sie schien in ihrem Männerkostüm ein ganz anderer Mensch geworden zu sein. Luisa Iwanowna willigte ein, und eine halbe Stunde darauf fuhren vier Schlitten, jeder mit drei Pferden bespannt, unter lustigem Geläut der Glöckchen und Schellen und starkem Quieken und Pfeifen der eisenbeschlagenen Kufen auf dem gefrorenen Schnee, vor der Haustür vor.

Natascha war die erste, die den Ton weihnachtlicher Lustigkeit anschlug, und diese Lustigkeit, die sich von einem auf den andern übertrug, steigerte sich immer mehr und mehr und war auf den höchsten Grad gelangt, als alle in die Kälte hinaustraten und eifrig miteinander redend und einander zurufend, lachend und schreiend sich in die Schlitten verteilten.

Zwei der Dreigespanne waren gewöhnliche Gutspferde; das dritte Dreigespann, welches das besondere Eigentum des alten Grafen war, hatten einen Orlow-Traber in der Deichsel; das vierte, mit einem kleinen, zottigen Rappen als Deichselpferd, gehörte Nikolai. Nikolai, der über sein Kostüm als alte Dame einen durch einen Gurt zusammengehaltenen Husarenmantel angezogen hatte, stand mitten in seinem Schlitten und hielt die Zügel straff. Es war so hell, daß er die im Mondlicht blitzenden Metallplatten an den Köpfen der Pferde und die Augen der Pferde sah, die sich erschrocken nach der Reisegesellschaft umschauten, welche unter dem Schutzdach vor der Haustür, wo es dunkel war, einen solchen Lärm vollführte.

In Nikolais Schlitten nahmen Natascha, Sonja, Madame Schoß und zwei Gutsmädchen Platz; in den Schlitten des alten Grafen stiegen Dümmler mit seiner Frau und Petja; die übrigen beiden füllten die vermummten Gutsleute an.

»Fahr voran, Sachar!« rief Nikolai dem Kutscher seines Vaters zu, um die Möglichkeit zu haben, ihn unterwegs zu überholen.

Der Schlitten des alten Grafen, in welchem Dümmler und seine Fahrtgenossen saßen, fuhr mit einem Aufkreischen der Kufen, als ob sie am Schnee angefroren wären, ab; in tiefem Ton klingelte sein Glöckchen. Die Seitenpferde drängten sich an die Gabeldeichsel und sanken tief in den wie Zucker festen, glänzenden Schnee ein, den sie in Mengen in die Höhe schleuderten.

Nach dem ersten Schlitten fuhr Nikolai ab; dahinter folgten klingelnd und knirschend die übrigen. Anfangs fuhren sie in kurzem Trab auf schmalem Weg. Solange sie am Garten entlangfuhren, legten sich oft die Schatten der kahlen Bäume quer über den Weg und verbargen das helle Licht des Mondes; aber sowie sie über den Garten hinausgekommen waren, erschloß sich auf allen Seiten die unbeweglich daliegende Schneefläche, die ganz vom Mondlicht überflutet war und wie Diamanten, mit einem bläulichen Schimmer, blitzte. Einmal und noch einmal stieß der vorderste Schlitten rumpelnd in ein ausgefahrenes Loch im Weg; und genau dieselben Stöße wiederholten sich beim folgenden Schlitten und bei den übrigen. So zogen sich die Schlitten in langer Reihe einer hinter dem andern dahin und störten keck die ringsum herrschende tiefe Stille.

»Eine Hasenspur, eine Menge Spuren!« erklang Nataschas Stimme in der vom Frost wie zusammengeschmiedeten Luft.

»Wie deutlich alles zu sehen ist, Nikolai!« sagte Sonja.

Nikolai drehte sich nach Sonja um und beugte sich nieder, um aus größerer Nähe ihr Gesicht unterscheiden zu können. Ein ganz neues, allerliebstes Gesichtchen, mit schwarzen Augenbrauen und schwarzem Schnurrbart, das im Mondlicht nah und fern zugleich erschien, blickte ihm aus dem Zobelpelzwerk entgegen.

»Das war doch früher Sonja?« dachte Nikolai. Er rückte mit seinem Gesicht noch etwas näher heran, um sie genauer zu sehen, und lächelte.

»Was haben Sie, Nikolai?«

»Oh, nichts!« antwortete er und wandte sich wieder zu den Pferden hin.

Als sie auf die vielbefahrene große Landstraße hinauskamen, die von den Schlittenkufen geglättet und, was man im Mondschein deutlich sehen konnte, von den Hufeisendornen ganz zerhackt war, da begannen die Pferde ganz von selbst die Zügel auszuziehen und ihren Lauf zu beschleunigen. Das linke Seitenpferd bog den Kopf nach unten und machte Sprünge, von denen die Stränge jedesmal einen Ruck bekamen. Das Deichselpferd wiegte sich hin und her und bewegte die Ohren, als ob es fragen wollte: »Soll ich nun anfangen, oder ist es noch zu früh?« Vorn, schon weit voraus, sah man deutlich gegen den weißen Schnee das schwarze Dreigespann Sachars. Man hörte das sich immer mehr entfernende tieftönende Glöckchen klingen, und wie die Verkleideten in dem Schlitten schrien und lachten und miteinander redeten.

»Na, nun aber, meine lieben Tierchen!« schrie Nikolai; gleichzeitig zupfte er mit der einen Hand an den Zügeln und streckte die andere Hand mit der Peitsche aus.

Und nur aus dem anscheinend stärker entgegenwehenden Wind und den zuckenden Bewegungen der sich ausstreckenden und immer schneller springenden Seitenpferde war zu merken, wie schnell der Schlitten dahinflog.

Nikolai blickte zurück: Mit quiekenden Kufen, unter lautem Geschrei der Kutscher, die die Peitschen schwangen und die Deichselpferde zum Galopp antrieben, suchten die anderen Schlitten mitzukommen. Nikolais Deichselpferd wiegte sich ruhig unter dem Joch hin und her und dachte gar nicht daran, in eine andere Gangart überzugehen; indes merkte man ihm an, daß es seine Schnelligkeit noch erheblich steigern könne, wenn es nötig sein sollte.

Nikolai hatte den ersten Schlitten eingeholt. Sie fuhren eine Anhöhe hinunter und kamen auf einen in bedeutender Breite befahrenen Weg, der an einem Fluß hin über eine Wiese führte.

»Wo fahren wir denn eigentlich?« dachte Nikolai. »Doch wohl über die Schräge Wiese. Aber nein, das ist etwas Neues, was ich noch nie gesehen habe. Das ist nicht die Schräge Wiese und nicht die Djomkina-Höhe, sondern Gott weiß was! Das ist etwas ganz Neues, Zauberhaftes. Na, mag es sein, was es will!« Er schrie die Pferde an und begann den ersten Schlitten zu überholen.

Sachar verhielt seine Pferde ein wenig und wendete sein schon bis an die Brauen mit Reif bedecktes Gesicht zurück.

Nikolai ließ seinen Pferden die Zügel schießen; Sachar streckte beide Arme nach vorn, schnalzte mit der Zunge und ließ auch seinen Pferden volle Freiheit.

»Na, nun nimm dich zusammen, Herr!« rief er.

Noch schneller flogen die Dreigespanne nebeneinander dahin, und geschwind lösten die Beine der galoppierenden Pferde einander ab. Nikolai begann voranzukommen. Sachar hob, ohne die Haltung der ausgestreckten Arme zu verändern, den einen Arm mit den Zügeln in die Höhe.

»Bilde dir nur nichts ein, Herr!« rief er Nikolai zu.

Nikolai ließ nun auch das Mittelpferd in Galopp übergehen und überholte Sachar. Die Pferde überschütteten die Gesichter der Insassen mit feinem, trockenem Schnee; stürmisch ertönte das Läuten und Klingeln; die sich schnell bewegenden Pferdebeine und die Schatten des überholten Dreigespannes bildeten ein wirres Durcheinander. Hier wie dort hörte man die Kufen auf dem Schnee pfeifen und Weiberstimmen kreischen.

Nikolai hielt die Pferde wieder zurück und warf einen Blick um sich. Ringsumher breitete sich immer noch dieselbe, vom Mondlicht tief durchtränkte, zauberhafte Ebene aus, die wie mit Sternen übersät blitzte.

»Sachar ruft, ich solle nach links wenden; aber warum nach links?« dachte Nikolai. »Sind wir denn wirklich auf dem richtigen Weg zu Meljukows, und ist das wirklich Meljukowka? Wir fahren ja Gott weiß wo, und Gott weiß, was mit uns vorgeht aber das, was mit uns vorgeht, ist sehr seltsam und schön.« Er blickte in seinen Schlitten zurück.

»Sieh nur, sein Schnurrbart und seine Wimpern, alles ist ganz weiß«, sagte eines der im Schlitten sitzenden sonderbaren, hübschen, fremden Wesen, das einen feinen schwarzen Schnurrbart und schwarze Augenbrauen hatte.

»Das war doch, wie mir scheint, Natascha«, dachte Nikolai. »Und das da ist Madame Schoß, aber vielleicht auch nicht; aber wer dieser Tscherkesse mit dem Schnurrbart ist, das weiß ich nicht; aber ich liebe dieses Mädchen.«

»Friert euch auch nicht?« fragte er.

Sie antworteten nicht und lachten nur. Dümmler rief etwas von dem hinteren Schlitten her, wahrscheinlich etwas Komisches; aber es war für Nikolai unmöglich, zu verstehen, was er rief.

»Ja, ja«, antworteten lachende Stimmen.

Aber das war ja eine Art von Zauberwald, in welchem dunkle Schatten und ein Geglitzer wie von Diamanten durcheinanderflossen, und da war ja eine lange Reihe von Marmorstufen und silberne Dächer zauberhafter Gebäude, und da erscholl ein durchdringendes Kreischen irgendwelcher wilden Tiere. »Aber wenn das wirklich Meljukowka sein sollte, so ist noch seltsamer, daß wir Gott weiß wo gefahren und doch nach Meljukowka gelangt sind«, dachte Nikolai.

Es war wirklich Meljukowka, und mit Lichtern in den Händen kamen Mädchen und Diener mit vergnügten Gesichtern vor die Haustür gelaufen.

»Wer ist es denn?« wurde dort gefragt.

»Es sind Vermummte von dem gräflichen Gute; ich sehe es an den Pferden«, lautete die Antwort.

XI

Pelagia Danilowna Meljukowa, eine Frau von kräftigem Körperbau und energischem Charakter, saß, mit einer Brille und in einem offenstehenden Kapotrock, im Salon, umgeben von ihren Töchtern, denen sie die Langeweile zu vertreiben suchte. Sie gossen stillschweigend Wachs und betrachteten die Schatten der dabei entstandenen Figuren; da wurden im Vorzimmer die Schritte und die Stimmen der Ankömmlinge vernehmbar.

Die Husaren, Damen, Hexen, Bajazzos und Bären machten sich zuerst im Vorzimmer zurecht, indem sie sich tüchtig räusperten und sich die von der Kälte ganz mit Reif bedeckten Gesichter abwischten, und traten dann in den Saal, wo eilig die Lichter angezündet wurden. Der Bajazzo

Dümmler und die Dame Nikolai eröffneten den Tanz. Umringt von den kreischenden Kindern machten die Vermummten, die ihre Gesichter verbargen und ihre Stimmen verstellten, der Hausfrau ihre Verbeugung und begrüßten sie; dann verteilten sie sich im Saal.

»Ach, aber auch gar nicht zu erkennen! Das ist ja Natascha! Seht nur, wem sieht sie ähnlich? Wirklich, sie erinnert mich an jemand! Und Eduard Karlowitsch, wie schön der aussieht! Ich hatte ihn gar nicht erkannt. Und wie er tanzt! Ach, herrje! Auch eine Art Tscherkesse! Wahrhaftig, das Kostüm steht Sonja wundervoll! Und wer ist denn das noch? Na, da habt ihr uns einmal ein hübsches Vergnügen bereitet! Nikita, Iwan, nehmt doch die Tische weg! Und wir saßen so still und einsam da!« So redeten die größeren Meljukowschcn Töchter.

»Hahaha! … Nein, der Husar! Sieh doch nur den Husaren! Ganz wie ein junger Mann; und die Beine! … Ich kann gar nicht sehen … !« riefen die Kinder.

Natascha, die bei den jungen Meljukows ganz besonders beliebt war, verschwand mit ihnen zusammen nach den hinteren Zimmern, wohin sie sich dann einen Kork und verschiedene Herrenschlafröcke und andere Herrenkleider bringen ließen; nackte Mädchenarme nahmen diese Dinge dem Diener durch die nur ein wenig geöffnete Tür ab. Zehn Minuten darauf gesellte sich das ganze junge Volk der Familie Meljukow zu den Vermummten.

Nachdem Pelagia Danilowna alles Erforderliche angeordnet hatte damit es den Gästen nicht an Raum mangelte und sowohl die Herrschaften als auch die Gutsleute bewirtet würden, ging sie, ohne die Brille abzunehmen, mit einem stillen Lächeln unter den Vermummten umher und sah ihnen aus der Nähe in die Gesichter, aber ohne jemand zu erkennen. Sie erkannte weder die Rostows noch Herrn Dümmler, ja nicht einmal ihre eigenen Töchter, auch nicht die von ihrem seligen Mann herrührenden Schlafröcke und Uniformen, welche sie anhatten.

»Wer ist denn eigentlich die da?« sagte sie, zu ihrer Gouvernante gewendet, indem sie ihrer eigenen Tochter ins Gesicht blickte, die einen Kasanschen Tataren vorstellte. »Doch wohl eine der Rostowschen Damen. Nun, und Sie, Herr Husar, in welchem Regiment dienen Sie?« sagte sie zu Natascha. »Reich dem Türken Obstmarmelade«, sagte sie zu dem Diener, der den Gästen Erfrischungen präsentierte. »Das ist ihnen durch ihr Gesetz nicht verboten.«

Manchmal, wenn sie die sonderbaren, komischen Pas ansah, die die Tänzer ausführten, welche sich ein für allemal gesagt hatten, sie seien Vermummte und würden von niemand erkannt, und daher keine Verlegenheit fühlten, dann hielt sich Pelagia Danilowna das Taschentuch vor das

Gesicht, und ihr ganzer wohlgenährter Körper wurde von jenem unaufhaltsamen, gutmütigen Lachen erschüttert, wie es alten Damen eigen ist.

»Nein, meine Alexandra! Nun sehen Sie nur meine Alexandra!« rief sie.

Nachdem die russischen Tänze und Reigen vorgeführt waren, ließ Pelagia Danilowna alle, die Gutsleute und die Herrschaften, zusammen einen großen Kreis bilden; ein Ring, ein langer Bindfaden und ein Rubelstück wurden gebracht, und es wurden gemeinsame Spiele gespielt.

Nach Verlauf einer Stunde waren sämtliche Kostüme verdrückt und in Unordnung. Die mit Kork gemalten Schnurrbärte und Augenbrauen hatten sich auf den mit Schweiß bedeckten, erhitzten, lustigen Gesichtern verwischt. Pelagia Danilowna begann die Vermummten zu erkennen, erging sich in Äußerungen des Entzückens darüber, wie geschickt die Kostüme hergestellt seien, wie schön sie namentlich den jungen Damen ständen, und dankte allen dafür, daß sie ihr so viel Heiterkeit ins Haus gebracht hätten. Die Gäste wurden zum Abendessen in den Salon gebeten, im Saal wurden Einrichtungen für die Bewirtung der Gutsleute getroffen.

»Nein, im Badehäuschen das Orakel zu befragen, das ist entsetzlich!« bemerkte beim Abendessen ein altes Fräulein, das bei Meljukows wohnte.

»Wieso denn?« fragte die älteste Tochter der Frau Meljukowa.

»Nun, ihr werdet doch nicht hingehen; dazu gehört viel Mut ...«

»Ich gehe hin«, erklärte Sonja.

»Erzählen Sie doch, wie es dem jungen Fräulein ging«, bat die zweite Meljukowsche Tochter.

»Nun ja, da ging also ein Fräulein hin«, erzählte die alte Jungfer, »sie nahm einen Hahn mit und Tischgerät für zwei Personen, alles, wie es sein muß, und setzte sich hin. So saß sie eine Weile; auf einmal hört sie, es kommt etwas gefahren, ein Schlitten kommt mit Glöckchen und Schellen; sie hört Schritte. Es kommt jemand herein, ganz in Menschengestalt, wie ein wirklicher Offizier; er trat zu ihr heran und setzte sich neben sie, zu dem freien Gedeck.«

»Ah! Ah!« rief Natascha und riß vor Schrecken die Augen weit auf.

»Und was tat er dann weiter? Redete er auch?«

»Ja, wie ein Mensch, alles, wie es sich gehört; und er suchte sie zu bereden; aber sie hätte ihn mit Gesprächen bis zum Hahnenschrei beschäftigen müssen; aber sie bekam es mit der Angst, und in der Angst bedeckte sie das Gesicht mit den Händen. Er griff auch wirklich schon nach ihr. Es war nur gut, daß in diesem Augenblick Mädchen aus dem Haus dazugelaufen kamen ...«

»Aber wozu erschrecken Sie mir das junge Volk!« schalt Pelagia Danilowna.

»Mamachen, Sie haben doch selbst einmal das Orakel befragt ...«, sagte eine der Töchter.

»Und wie befragt man denn das Orakel im Speicher?« fragte Sonja.

»Das ist so: Man geht, etwa so wie jetzt, auf den Speicher und horcht. Was man nun gerade hört: Wenn es klopft und pocht, das ist schlecht; aber wenn es klingt, als ob Getreide geschaufelt wird, das bedeutet etwas Gutes; und das trifft dann auch ein.«

»Mamachen, erzählen Sie doch, was Sie im Speicher erlebt haben.«

Pelagia Danilowna lächelte.

»Ach was! Das habe ich schon vergessen ...«, antwortete sie. »Von euch geht ja doch niemand hin.«

»Doch! Ich gehe hin. Pelagia Danilowna, erlauben Sie es mir; ich möchte hingehen«, sagte Sonja.

»Nun meinetwegen, wenn du dich nicht fürchtest.«

»Luisa Iwanowna, darf ich?« fragte Sonja.

Ob sie nun mit dem Ring, dem Bindfaden oder dem Rubelstück spielten oder sich wie jetzt mit Gesprächen unterhielten: Nikolai wich nicht von Sonjas Seite und betrachtete sie mit ganz neuen Augen. Dank diesem mit Kork aufgemalten Schnurrbart schien es ihm, daß er sie heute zum erstenmal vollständig kennenlernte. Sonja war an diesem Abend wirklich so heiter, lebhaft und hübsch, wie Nikolai sie noch nie vorher gesehen hatte.

»Also so ein Mädchen ist sie, und was bin ich für ein Dummkopf gewesen!« dachte er, während er ihre glänzenden Augen und das glückselige, entzückte Lächeln betrachtete, bei dem sich unter dem aufgemalten Schnurrbart Grübchen auf den Wangen bildeten; ein solches Lächeln hatte er an ihr noch nie gesehen.

»Ich fürchte mich vor nichts«, sagte Sonja. »Kann ich jetzt gleich hingehen?« Sie stand auf.

Man beschrieb ihr, wo der Speicher war, gab ihr Anweisung, wie sie sich schweigend hinstellen und horchen müsse, und reichte ihr einen Pelz. Sie zog ihn sich über den Kopf und warf dabei einen Blick nach Nikolai hin.

»Wie reizend dieses Mädchen ist!« dachte er. »Wie konnte ich nur bisher Bedenken haben!«

Sonja ging auf den Korridor hinaus, um sich nach dem Speicher zu begeben. Nikolai trat schnell durch die vordere Haustür auf die dortige Freitreppe, nachdem er vorher geäußert hatte, es sei ihm gar zu heiß. Und es war tatsächlich in den Zimmern eine drückende Schwüle von den vielen Menschen, die sich darin drängten.

Draußen herrschte noch immer dieselbe starre Kälte, und derselbe Mondschein überflutete alles; nur war er noch heller geworden. Die Helligkeit war so stark, und es blitzten so viel Sterne auf dem Schnee, daß man gar keine Lust hatte nach dem Himmel zu blicken und die wirklichen Sterne dagegen unscheinbar aussahen. Am Himmel war es dunkel und öde; auf der Erde war es lustig.

»Ich Dummkopf. Oh, ich Dummkopf! Worauf habe ich bis jetzt gewartet?« dachte Nikolai, lief die Freitreppe hinunter und bog um die Hausecke auf dem Steig, der nach der hinteren Freitreppe führte. Er wußte, daß Sonja hier herauskommen mußte. Auf der Hälfte des Weges nach dem Speicher standen aufgeschichtete Klafter Brennholz, die mit Schnee bedeckt waren und dunklen Schatten warfen; über sie hinweg und seitwärts von ihnen fiel in wirrer Verästelung der Schatten alter, kahler Lindenbäume auf den Schnee und den Steig. Dieser Steig führte zum Speicher. Die Balkenwand des Speichers und das mit Schnee bedeckte Dach desselben glänzten im Mondschein, wie wenn sie aus irgendeinem Edelstein geschnitten wären. Im Garten bekam ein Baum mit lautem Knakken einen Riß; dann war alles wieder völlig still. Die Brust schien nicht Luft einzuatmen, sondern gleichsam ewig junge Kraft und Freude.

Auf den Stufen der Freitreppe, die von dem Mädchenzimmer herkam, ertönten Schritte; sie knirschten laut auf der letzten Stufe, die beschneit war. Nikolai hörte, wie das alte Fräulein sagte:

»Immer geradeaus, immer geradeaus, hier den Steig hinunter, gnädiges Fräulein. Sie dürfen sich nur nicht umsehen.«

»Ich fürchte mich nicht«, antwortete Sonjas Stimme, und auf dem Steig in der Richtung auf Nikolai zu kamen quietschend und pfeifend Sonjas Füßchen in den feinen Schuhen über den Schnee.

Sonja schritt, in ihren Pelz fest vermummt, dahin. Sie war nur noch zwei Schritte von Nikolai entfernt, als sie ihn erblickte; auch sie erblickte ihn nicht in der Gestalt, in der sie ihn sonst zu sehen gewohnt war, und in der er ihr immer ein wenig Angst eingeflößt hatte. Er trug jetzt Frauenkleider; das Haar war ihm wirr und unordentlich geworden, und er lächelte mir einem glückseligen Ausdruck, der für Sonja etwas ganz Neues war. Sie trat schnell an ihn heran.

»Sie ist so ganz verändert, und doch dieselbe«, dachte Nikolai, als er in ihr Gesicht blickte, das vom Mondlicht hell beschienen war. Er schob die Hände unter den Pelz, der ihren Kopf verhüllte, umfaßte diesen, zog ihn an sich heran und küßte sie auf die Lippen, über denen der Schnurrbart gemalt war und die nach gebranntem Kork rochen. Sonja küßte ihn mitten auf den Mund; sie machte ihre kleinen Hände aus dem Pelz los und faßte ihn von beiden Seiten an die Wangen.

»Sonja!« – »Nikolai!« Weiter sagten sie nichts. Sie liefen zusammen zum Speicher hin und kehrten dann ins Haus zurück, ein jeder durch die Tür, durch die er gekommen war.

XII

Als endlich alle sich anschickten, von Pelagia Danilowna wieder nach Hause zu fahren, richtete Natascha, die immer alles sah und bemerkte, es beim Platznehmen so ein, daß Luisa Iwanowna und sie in den Schlitten zu Herrn Dümmler stiegen, Sonja aber zu Nikolai und den Gutsmädchen.

Nikolai veranstaltete jetzt auf dem Rückweg nicht wieder ein Wettfahren, sondern fuhr gleichmäßig dahin, betrachtete bei dem seltsamen Mondschein fortwährend Sonja und suchte bei diesem alles verändernden Licht hinter den falschen Brauen und dem Schnurrbart jene seine frühere und seine jetzige Sonja zu finden, von der er sich nie mehr zu trennen beschlossen hatte. Er betrachtete sie, und als er erkannte, daß sie ganz dieselbe und doch ganz verändert sei, und als der Korkgeruch, den er noch zu spüren meinte und der sich mit der Empfindung des Kusses verbunden hatte, ihn an das kurz vorher Geschehene erinnerte, da zog er mit ganzer Brust die kalte Winterluft in sich hinein; und als er die hinter ihn zurückweichende Erde und den gestirnten Himmel ansah, fühlte er sich wieder in ein Zauberland versetzt.

»Sonja, ist *dir* wohl?« fragte er ab und zu.

»Ja«, antwortete Sonja, »und *dir?*«

Auf der Hälfte des Weges übergab Nikolai dem Kutscher das Amt, die Pferde zu lenken; er selbst aber lief für einen Augenblick zu Nataschas Schlitten hin und stellte sich auf das Trittbrett.

»Natascha«, flüsterte er ihr auf französisch zu, »weißt du, ich bin in betreff Sonjas zu einem Entschluß gelangt.«

»Hast du es ihr gesagt?« fragte Natascha. Ihr ganzes Gesicht strahlte plötzlich vor Freude.

»Ach, wie sonderbar du mit diesem Schnurrbart und diesen Augenbrauen aussiehst, Natascha! Freust du dich?«

»Ich freue mich sehr; sehr freue ich mich! Ich war auf dich schon ordentlich böse. Ich wollte es dir nicht sagen; aber du hast sehr schlecht an ihr gehandelt. Sie hat ein so goldenes Herz, Nikolai. Wie ich mich freue! Ich bin manchmal recht garstig«, fuhr Natascha fort, »aber ich habe mir doch ein Gewissen daraus gemacht, daß ich allein so glücklich war und Sonja nicht. Jetzt bin ich so froh! Nun laufe aber nur wieder zu ihr hin.«

»Nein, laß mich noch einen Augenblick hierbleiben; wie komisch du aussiehst!« sagte Nikolai, der sie immerzu betrachtete und auch an seiner Schwester etwas Neues, Ungewohntes, Liebliches, Entzückendes fand, das er früher an ihr nicht gesehen hatte. »Natascha, es ist alles so zauberhaft, nicht wahr?«

»Ja«, antwortete sie, »du hast sehr recht getan.«

»Hätte ich Natascha früher so gesehen, wie sie jetzt ist«, dachte Nikolai, »so hätte ich sie längst gefragt, was ich tun sollte, und hätte alles getan, was sie mich hätte tun heißen, und alles wäre gut gewesen.«

»Also du freust dich, und ich habe recht getan?«

»Ach ja, sehr recht! Ich habe mich neulich mit Mama darüber gestritten. Mama sagte, Sonja wolle dich kapern. Wie kann man nur so etwas sagen? Ich hätte mich mit Mama beinahe ernstlich gezankt. Und ich werde nie dulden, daß jemand etwas Schlechtes von ihr sagt oder denkt; denn in ihrer Seele wohnt nichts als Gutes.«

»Also ich habe recht getan?« fragte Nikolai noch einmal und betrachtete noch einmal prüfend den Gesichtsausdruck seiner Schwester, um sicher zu sein, ob es auch wahr wäre; dann sprang er mit knarrenden Stiefeln vom Trittbrett herunter und lief wieder zu seinem Schlitten hin. Dort saß immer noch derselbe glückselig lächelnde Tscherkesse mit dem Schnurrbärtchen und den glänzenden Augen und blickte unter der Zobelkappe hervor ihn an; und dieser Tscherkesse war Sonja, und diese Sonja war mit Sicherheit seine künftige glückliche, liebende Frau.

Als sie nach Hause gekommen waren und alle drei der Mutter erzählt hatten, wie sie die Zeit bei Meljukows verbracht hatten, begaben sich die beiden jungen Mädchen auf ihr Zimmer. Nachdem sie sich ausgezogen hatten, ohne jedoch die mit Kork gemalten Schnurrbärte wegzuwischen, saßen sie noch lange da und redeten miteinander von ihrem Glück. Sie sprachen davon, wie sie nach der Verheiratung leben würden, und wie ihre Männer miteinander Freundschaft schließen würden, und wie glücklich sie als Frauen sein würden. Auf Nataschas Tisch standen noch vom Abend her zwei Spiegel, die Dunjascha da bereitgestellt hatte.

»Aber wann, wann wird das alles geschehen? Ich fürchte, niemals ... Es wäre gar zu schön!« sagte Natascha, stand auf und trat zu den Spiegeln hin.

»Setz dich hin, Natascha; vielleicht wirst du ihn sehen«, sagte Sonja.

Natascha zündete die Kerzen an und setzte sich.

»Ich sehe jemand mit einem Schnurrbart«, sagte Natascha, die ihr eigenes Gesicht sah.

»Man darf dabei nicht lachen, gnädiges Fräulein«, ermahnte Dunjascha.

Natascha fand mit Hilfe Sonjas und des Stubenmädchens die richtige Stellung der Spiegel heraus; ihr Gesicht nahm einen ernsten Ausdruck an, und sie verstummte. Lange saß sie so da, blickte auf die Reihe der sich immer weiter entfernenden Kerzen in den Spiegeln und erwartete, aufgrund früher gehörter Erzählungen, in diesem letzten, verschwimmenden, undeutlichen Rechteck bald einen Sarg, bald ihn, den Fürsten Andrei, zu sehen. Aber trotz aller ihrer Bereitwilligkeit, den kleinsten Fleck für das Bild eines Menschen oder auch eines Sarges zu nehmen, sah sie schlechthin gar nichts. Sie begann häufig mit den Augen zu zwinkern und trat von den Spiegeln zurück.

»Warum sehen andere etwas, und ich sehe nichts?« sagte sie. »Nun, setz du dich hin, Sonja; heute mußt du es unbedingt tun«, fuhr sie fort. »Tu es nur für mich. Mir ist heute so bange!«

Sonja setzte sich an die Spiegel, brachte die Stellung in Ordnung und begann hineinzusehen.

»Ja, Fräulein Sonja wird ganz bestimmt etwas sehen«, flüsterte Dunjascha. »Aber Sie lachen ja immer.«

Sonja hörte diese Worte und hörte auch, wie Natascha flüsternd sagte:

»Ich bin auch überzeugt, daß sie etwas sehen wird; sie hat auch im vorigen Jahr etwas gesehen.«

Etwa drei Minuten lang schwiegen sie alle. »Ganz bestimmt ...«, flüsterte Natascha, brachte aber den begonnenen Satz nicht zu Ende, da Sonja plötzlich denjenigen Spiegel, den sie hielt, wegstieß und die Augen mit der Hand bedeckte.

»Ach, Natascha!« sagte sie.

»Hast du etwas gesehen? Hast du etwas gesehen? Was hast du gesehen?« rief Natascha und fing schnell den Spiegel auf, so daß er nicht hinfiel.

Sonja hatte überhaupt nichts gesehen; als sie Natascha sagen hörte: »Ganz bestimmt ...«, hatte sie gerade mit den Augen blinzeln und aufstehen wollen. Denn sie hatte Dunjascha und Natascha nicht dadurch, daß sie tat, als sähe sie etwas, täuschen wollen, und es war ihr lästig geworden, so dazusitzen. Sie wußte selbst nicht, wie und infolge wovon ihr der Schrei entfahren war, als sie die Augen mit der Hand bedeckte.

»Hast du ihn gesehen?« fragte Natascha und ergriff ihre Hand.

»Ja. Warte mal ... ich ... ich habe ihn gesehen«, antwortete Sonja unwillkürlich, wiewohl sie noch nicht einmal wußte, wen Natascha mit dem Wort »ihn« meinte, ob den Fürsten Andrei oder Nikolai.

»Aber warum soll ich denn nicht sagen, daß ich etwas gesehen habe?« ging es ihr schnell durch den Kopf. »Es sehen ja doch andere Mädchen etwas! Und wer kann mir beweisen, ob ich etwas gesehen habe oder nicht?«

»Ja, ich habe ihn gesehen«, sagte sie.

»Wie denn, wie denn? Stand er oder lag er?«

»Nein, ich sah ... Anfangs war lange nichts da, und auf einmal sah ich, daß er dalag.«

»Andrei lag da? Er ist also krank?« fragte Natascha erschrocken und blickte ihre Freundin mit starren Augen an.

»Nein, im Gegenteil, im Gegenteil, sein Gesicht war heiter, und er wandte sich zu mir um.« Und in dem Augenblick, wo sie sprach, glaubte sie selbst, das, was sie berichtete, gesehen zu haben.

»Nun, und dann, Sonja?«

»Dann konnte ich nichts mehr deutlich erkennen; es war etwas Blaues und Rotes da …«

»Sonja! Wann wird er zurückkommen? Wann werde ich ihn wiedersehen? Mein Gott, wie ich mich ängstige, daß ihm oder mir etwas zustößt; um alles ängstige ich mich …«, rief Natascha, und ohne auf Sonjas Tröstungen zu antworten, legte sie sich ins Bett und lag noch lange, nachdem das Licht ausgelöscht war, mit offenen Augen, ohne sich zu rühren, da und blickte nach dem kalten Licht des Mondes, das durch die befrorenen Fensterscheiben drang.

XIII

Einige Tage darauf machte Nikolai seiner Mutter Mitteilung von seiner Liebe zu Sonja und von seinem festen Entschluß, sie zu heiraten. Die Gräfin, die schon längst bemerkt hatte, was zwischen Sonja und Nikolai vorging, und diese Mitteilung erwartet hatte, hörte ihren Sohn schweigend an und erwiderte ihm dann, er könne heiraten, wen er wolle; aber weder sie noch der Vater würden ihm zu einer solchen Ehe ihren Segen geben. Zum erstenmal in seinem Leben fühlte Nikolai, daß seine Mutter mit ihm unzufrieden sei und trotz all ihrer Liebe zu ihm nicht nachgeben werde. Mit kühler Miene, und ohne ihren Sohn anzusehen, ließ sie ihren Mann rufen; als dieser gekommen war, wollte sie ihm kurz und in kaltem Ton in Nikolais Gegenwart mitteilen, um was es sich handelte; aber sie vermochte sich doch nicht zu beherrschen, brach in Tränen des Ingrimms aus und verließ das Zimmer. Der alte Graf begann, in unsicherer Art Nikolai zu ermahnen und ihn zu bitten, er möge doch diese Absicht wieder aufgeben. Nikolai erwiderte, er könne sein gegebenes Wort nicht brechen, und der Vater, der augenscheinlich verlegen war, hörte sehr bald mit dem Zureden auf und ging zur Gräfin. Bei allen Differenzen mit seinem Sohn konnte der Graf das Bewußtsein nicht loswerden, daß er diesem gegenüber durch die von ihm verschuldete Zerrüttung der Vermögensverhältnisse sich vergangen habe, und er war daher außerstande, dem Sohn zu zürnen, wenn dieser sich weigerte, ein reiches Mädchen zu heiraten, und die mitgiftlose Sonja wählte; es kam ihm bei diesem Anlaß nur noch deutlicher zum Gefühl, daß, wenn die Verhältnisse nicht so zerrüttet wären, sich gar keine bessere Frau für Nikolai wünschen ließe als gerade Sonja, und daß an dieser Zerrüttung der Verhältnisse nur er allein die Schuld trage, wegen seines Dmitri und wegen seiner Lebensgewohnheiten, die aufzugeben er nicht die Kraft besitze.

Vater und Mutter redeten über diese Angelegenheit nicht mehr mit dem Sohn; aber einige Tage darauf ließ die Gräfin Sonja zu sich rufen und machte mit einer Härte, die nicht nur dieser überraschend kam, sondern deren auch die Gräfin selbst sich nicht für fähig gehalten hätte, ihrer Nichte den Vorwurf, Nikolai verführt und dadurch ihnen mit Undank gelohnt zu haben. Sonja hörte schweigend mit niedergeschlagenen Augen die harten Worte der Gräfin an und verstand gar nicht, was diese nun eigentlich von ihr verlangte. Sie war bereit, für ihre Wohltäter jedes Opfer zu bringen, wie denn überhaupt der Gedanke der Selbstaufopferung ihre Lieblingsidee war; aber in diesem Fall war sie nicht imstande zu begreifen, wem sie ein Opfer bringen und worin es bestehen solle. Es war ihr gar nicht anders möglich, als die Gräfin und die ganze Familie Rostow zu lieben; aber auch die Liebe zu Nikolai konnte sie sich nicht aus dem Herzen reißen, und sie war fest überzeugt, daß sein Glück von dieser Liebe abhing. So schwieg sie denn traurig und antwortete nicht auf die ihr gemachten Vorwürfe.

Nikolai war, wie er meinte, nicht imstande, diesen Zustand länger zu ertragen, und ging zu seiner Mutter, um sich mit dieser darüber auszusprechen. Zuerst bat er seine Mutter inständig, ihm und Sonja zu verzeihen und in ihre Ehe zu willigen; dann drohte er der Mutter, wenn sie nicht aufhöre, Sonja zu peinigen, so werde er sich mit ihr sofort heimlich verheiraten.

Die Gräfin antwortete ihm mit einer Kälte, die er an ihr noch nie kennengelernt hatte: er sei mündig; Fürst Andrei wolle ja ebenfalls ohne die Einwilligung seines Vaters heiraten, und so könne er ja dasselbe tun; aber sie werde diese Intrigantin niemals als Schwiegertochter anerkennen.

Empört über den Ausdruck »Intrigantin«, erwiderte Nikolai seiner Mutter mit erhobener Stimme, er habe nicht gedacht, daß sie ihm zumuten werde, seine Gefühle für Geld zu verkaufen; wenn dem aber doch so sei, so sage er zum letztenmal … Aber er kam nicht dazu, jenes entscheidende Wort auszusprechen, das seine Mutter nach seinem Gesichtsausdruck mit Schrecken erwartete, und welches vielleicht für immer als peinliche Erinnerung zwischen ihnen gestanden hätte. Er kam nicht dazu, den Satz zu Ende zu sprechen, weil in diesem Augenblick Natascha, die an der Tür gehorcht hatte, mit ernstem, blassem Gesicht ins Zimmer trat.

»Lieber Nikolai, du redest Unsinn; sei still, sei still! Ich sage dir, sei still ...!« rief sie, fast schreiend, um seine Stimme zu übertönen.

»Mama, liebste, teuerste Mama, die Sache hängt ja ganz anders zusammen ... Beste Mama, Sie arme ...«, wandte sie sich an die Mutter, welche in dem Gefühl, daß ein unheilbarer Bruch unmittelbar bevorstehe, ihren Sohn voll Entsetzen ansah, aber aus Hartnäckigkeit und Kampfeseifer nicht nachgeben wollte und konnte.

»Lieber Nikolai, ich will es dir nachher gleich erklären, geh jetzt hinaus; hören Sie mich an, beste Mama!« sagte sie zu der Mutter.

Ihre Worte waren ja sinnlos; aber sie erzielten die Wirkung, die sie mit ihnen beabsichtigte.

Die Gräfin verbarg, krampfhaft aufschluchzend, ihr Gesicht an der Brust der Tochter; Nikolai aber stand auf, griff sich an den Kopf und ging aus dem Zimmer.

Natascha machte es sich zur Aufgabe, das Werk der Versöhnung durchzuführen, und brachte es dahin, daß Nikolai von der Mutter das Versprechen erhielt, Sonja werde rücksichtsvoll behandelt werden, und selbst versprach, nichts ohne Vorwissen der Eltern zu unternehmen.

Mit dem festen Vorsatz, sobald er seine Angelegenheiten beim Regiment geordnet haben würde, den Abschied zu nehmen, nach Hause zurückzukehren und Sonja zu heiraten, reiste Nikolai, in ernster, trüber Stimmung wegen der Mißhelligkeit mit seinen Eltern, aber, wie es ihm wenigstens vorkam, leidenschaftlich verliebt, Anfang Januar wieder zu seinem Regiment.

Nach Nikolais Abreise wurde es im Rostowschen Haus trauriger als je vorher. Die Gräfin erkrankte infolge der seelischen Erregungen.

Sonja war niedergeschlagen, sowohl infolge der Trennung von Nikolai als auch in noch höherem Grad infolge des feindseligen Tones, dessen sich die Gräfin im Verkehr mit ihr nicht enthalten konnte. Der Graf steckte tiefer als je in Sorgen wegen des üblen Zustandes seiner Angelegenheiten, zu dessen Behebung irgendwelche entscheidenden Maßnahmen erforderlich waren. Es mußten notwendig das Haus in Moskau und das Landhaus bei Moskau verkauft werden, und um diesen Verkauf zu bewerkstelligen, mußten sie nach Moskau fahren. Aber der Gesundheitszustand der Gräfin veranlaßte, daß die Abreise von einem Tag zum andern verschoben wurde.

Natascha, welche die erste Zeit der Trennung von ihrem Bräutigam leicht und sogar fröhlich überstanden hatte, wurde jetzt mit jedem Tag aufgeregter und unruhiger. Der Gedanke, daß ihre beste Lebenszeit, die sie auf die Liebe zu ihm hätte verwenden können, nun so unnütz und zwecklos verlorenging, ohne daß jemand etwas davon hatte, dieser Gedanke quälte sie unaufhörlich. Seine Briefe verstimmten sie meistens. Es war ihr kränkend, denken zu müssen, daß, während sie nur in dem Gedanken an ihn lebte, er ein wahres, volles Leben führte, neue Orte und neue Menschen sah, die ihn interessierten. Je frischer und lebhafter seine Briefe waren, um so mehr Verdruß erregten sie ihr. Ihre eigenen Briefe an ihn gewährten ihr keinen Trost, sondern bildeten für sie nur eine widerwärtige Pflicht, bei deren Erfüllung sie sich nicht so geben konnte, wie es ihre Natur war. Sie verstand nicht zu schreiben, weil sie es nicht für möglich hielt, in einem Brief wahrheitsgemäß auch nur den tausendsten Teil dessen zum Ausdruck zu bringen, was sie mit der Stimme, dem Lächeln und dem Blick auszudrücken gewohnt war. Sie schrieb ihm schematisch einförmige, trockene Briefe, denen sie selbst keinen Wert beimaß, und bei denen die Gräfin ihr im unreinen die orthographischen Fehler korrigierte.

Das Befinden der Gräfin wollte sich immer noch nicht bessern; aber ein weiterer Aufschub der Reise nach Moskau war nicht mehr möglich. Es mußte die Aussteuer beschafft und das Haus verkauft werden; dazu kam noch, daß sich erwarten ließ, Fürst Andrei werde sich zuerst in Moskau aufhalten, wo in diesem Winter Fürst Nikolai Andrejewitsch wohnte; ja, Natascha war sogar davon überzeugt, daß ihr Bräutigam bereits dort angekommen sei.

So blieb denn die Gräfin auf dem Land, während der Graf Ende Januar nach Moskau reiste und Sonja und Natascha mitnahm.

FÜNFTER TEIL

I

Pierre hatte nach der Verlobung des Fürsten Andrei mit Natascha auf einmal ohne jeden sichtbaren Grund die Empfindung, daß er sein bisheriges Leben nicht fortsetzen könne. Wie fest er auch von den Wahrheiten überzeugt war, die ihm sein Freund und Wohltäter eröffnet hatte, wie freudenreich ihm auch jene erste Zeit der Begeisterung für die innerliche Arbeit der Selbstvervollkommnung gewesen war, eine Arbeit, der er sich mit dem größten Eifer gewidmet hatte: Nach der Verlobung des Fürsten Andrei mit Natascha und nach dem Tod Osip Alexejewitschs (er erhielt beide Nachrichten fast zu gleicher Zeit) war der ganze Reiz dieses bisherigen Lebens für ihn plötzlich dahin. Was ihm vom Leben blieb, war gleichsam nur ein trockenes Skelett: sein Haus mit der schönen Frau, die eine so glänzende Stellung einnahm und sich jetzt der Gunst einer sehr hohen Persönlichkeit erfreute, die Bekanntschaft mit ganz Petersburg und der Kammerherrndienst mit seinen langweiligen Formalitäten. Und dieses bisherige Leben erschien ihm plötzlich und unerwartet als etwas Garstiges, Widerwärtiges. Er hörte auf, sein Tagebuch zu führen, mied die Gesellschaft seiner Brüder, der Freimaurer, begann wieder den Klub zu besuchen, fing wieder an stark zu trinken, verkehrte wieder in den Kreisen von Junggesellen und begann ein solches Leben zu führen, daß die Gräfin Jelena Wasiljewna für nötig hielt, ihm ernste Vorhaltungen zu machen. Pierre fühlte, daß sie recht hatte, und um seine Frau nicht zu kompromittieren, siedelte er nach Moskau über.

Sobald er in Moskau wieder in sein gewaltiges Haus mit den vertrockneten und vertrocknenden Prinzessinnen und der großen Dienerschaft eingezogen war; sobald er bei einer Fahrt durch die Stadt die Iberische Kapelle mit den zahllosen brennenden Kerzen vor den goldstrotzenden Heiligenbildern und den Kremlplatz mit der unzerfahrenen Schneefläche und die Droschkenkutscher und die elenden, kleinen Hütten in der Siwzew-Wraschek-Straße gesehen hatte; als er die alten Moskauer Herren wiedersah, die nichts weiter wünschten und erstrebten und in größter Seelenruhe ihren Lebensabend verbrachten, und die betagten Moskauer adligen Damen und die Moskauer Bälle und den Moskauer Englischen Klub: da hatte er die Empfindung, daß er daheim sei, im stillen Hafen. Er fühlte sich in Moskau ruhig, warm und behaglich wie in einem alten, schmutzigen Schlafrock.

Die gesamte Moskauer Gesellschaft, von den alten Damen bis herunter zu den Kindern, nahm ihn wie einen altbekannten, längst erwarteten Gast auf, für den ein Platz immer reserviert und bereitgehalten war. Für die besseren Kreise Moskaus war Pierre ein sehr liebenswürdiger, braver, verständiger, heiterer, hochherziger Sonderling, ein zerstreuter, herzensguter russischer Edelmann vom alten Schlag. Seine Geldbörse war immer leer, weil sie für alle offen war.

Billetts zu Benefizvorstellungen, schlechte Gemälde und Statuen, Wohltätigkeitsvereine, Zigeuner, Schulen, Subskriptionslisten für Diners und Gelage, Freimaurer, Kirchen, Bücher: Für niemand und für nichts hatte er eine abschlägige Antwort, und wenn nicht zwei seiner Freunde, die viel Geld von ihm borgten, ihn gewissermaßen unter ihre Vormundschaft genommen hätten, so hätte er alles weggegeben. Im Klub fand kein Diner und kein Abendessen statt, ohne daß er dabeigewesen wäre. Sobald er nach zwei Flaschen Margaux sich auf seinem gewöhnlichen Sofaplatz hingerekelt hatte, sammelte sich ein Kreis von Bekannten um ihn; man plauderte, disputierte und scherzte. Entstand ein ernstlicher Streit, so stellte er schon allein durch sein gutmütiges Lächeln und durch ein wohlangebrachtes Scherzwort den Frieden wieder her. Die freimaurerischen Tafellogen waren öde und langweilig, wenn er nicht daran teilnahm.

Wenn er nach einem Junggesellensouper, den Bitten der lustigen Gesellschaft nachgebend, sich mit seinem gutmütigen, angenehmen Lächeln erhob, um mit ihnen, man kann leicht denken, wohin, zu fahren, so brachen die jungen Leute in ein frohes Jubelgeschrei aus. Auf Bällen tanzte er, wenn es an Herren mangelte. Die jungen Frauen und Mädchen mochten ihn gern, weil er nicht einer einzelnen den Hof machte, sondern gegen alle in gleicher Weise liebenswürdig war, namentlich nach dem Souper. »Il est charmant; il n'a pas de sexe«, sagten sie von ihm.

Pierre war ein Kammerherr a. D., der in Moskau harmlos dahinlebte, ein Mann, wie es deren dort Hunderte gab.

Was hätte er für einen Schreck bekommen, wenn ihm sieben Jahre vorher, als er soeben aus dem Ausland heimgekehrt war, jemand gesagt hätte, er brauche gar nichts Neues zu suchen und zu ersinnen, er werde in dem längst ausgefahrenen, ihm von Ewigkeit her vorausbestimmten Geleis dahinleben und werde, wie auch immer er sich drehen und wenden möge, doch genau ebenso ein Mensch sein, wie alle in seiner Lage. Das wäre ihm ganz unglaublich erschienen! Hatte er denn nicht von ganzem Herzen gewünscht, in Rußland die Republik einzuführen, oder selbst ein Napoleon zu werden, oder ein Philosoph, oder ein Feldherr, der durch seine überlegene Taktik diesen Napoleon besiegte? Hatte er denn nicht den leidenschaftlichen, ihm erfüllbar scheinenden Wunsch gehegt, eine

Wiedergeburt des lasterhaften Menschengeschlechts herbeizuführen und sich selbst zur höchsten Stufe der Vollkommenheit zu bringen? Hatte er denn nicht Schulen und Krankenhäuser gegründet und seinen Leibeigenen die Freiheit geschenkt?

Und statt alles dessen, was war er nun? Der reiche Gatte einer untreuen Ehefrau, ein Kammerherr a. D., ein Mann, der gern gut aß und trank und, wenn er sich nach Tisch den Rock aufgeknöpft hatte, gern ein wenig über die Regierung schimpfte, Mitglied des Moskauer Englischen Klubs und allgemein beliebtes Mitglied der Moskauer Gesellschaft. Er konnte sich lange Zeit nicht mit dem Gedanken befreunden, daß er nun gerade so ein Moskauer Kammerherr a. D. sei wie andere, eine Menschenklasse, die er vor sieben Jahren so tief verachtet hatte.

Manchmal tröstete er sich mit dem Gedanken, daß er diese Lebensweise ja nur für eine kleine Weile, nicht für die Dauer, führen werde; aber dann erschreckte ihn ein anderer Gedanke: daß bereits unzählige Leute, genau so wie er, nur für eine kleine Weile, nicht für die Dauer, mit sämtlichen Zähnen im Mund und dichtem Haar auf dem Kopf in diese Lebensweise und in diesen Klub eingetreten und so lange darin geblieben waren, bis sie keine Zähne und keine Haare mehr hatten.

Wenn er in Augenblicken des Stolzes über seine Lage nachdachte, so wollte es ihm scheinen, daß er ein ganz andersartiger und von denjenigen, die er früher verachtet hatte, grundverschiedener Kammerherr a. D. sei; jenes seien geringwertige, dumme Menschen, die mit ihrer Lage zufrieden seien und sich in ihr ganz wohl befanden; »aber ich«, sagte er sich in solchen Augenblicken des Stolzes, »ich bin auch jetzt stets unzufrieden und habe stets den Wunsch, etwas für die Menschheit zu tun.« In Augenblicken der Bescheidenheit jedoch sagte er sich: »Aber vielleicht haben auch jene meine Schicksalsgenossen alle, ganz ebenso wie ich, gerungen und einen neuen, individuellen Lebensweg gesucht und sind dann, ebenso wie ich, durch die Gewalt der Umstände, der gesellschaftlichen Verhältnisse und ihrer Herkunft, durch jene elementare Gewalt, gegen die der Mensch nichts auszurichten vermag, ebendahin geführt worden wie ich.« Und nachdem er eine Weile in Moskau gelebt hatte, verachtete er jene seine Schicksalsgenossen nicht mehr, sondern begann sie gern zu haben, sie zu achten und sie ebenso wie sich selbst zu bedauern.

Es kamen jetzt nicht mehr über ihn wie früher Augenblicke der Verzweiflung, der Schwermut und des Ekels vor dem Leben; aber jene Krankheit, die sich früher in scharfen Anfallen bekundet hatte, war nur nach innen zurückgedrängt und wich keinen Augenblick von ihm. »Wie geht es in der Welt zu? Warum und wozu das alles?« so fragte er sich verständnislos mehrmals im Laufe jedes Tages, wenn er unwillkürlich über

Sinn und Wert der einzelnen Erscheinungen des Lebens nachzudenken anfing; aber da er aus Erfahrung wußte, daß es auf diese Fragen keine Antworten gab, so suchte er eilig von ihnen loszukommen, griff nach einem Buch oder machte, daß er in den Klub oder zu Apollon Nikolajewitsch kam, um dort Stadtklatsch anzuhören und darüber mitzureden.

»Jelena Wasiljewna, die niemals etwas anderes geliebt hat als ihren eigenen Körper und eines der dümmsten Frauenzimmer auf der ganzen Welt ist«, meditierte Pierre, »gilt den Leuten als der Gipfel der Klugheit und des feinen Geschmackes, und alles beugt sich vor ihr. Napoleon Bonaparte wurde von allen geringgeschätzt, solange er ein wahrhaft großer Mann war, und nachdem er ein kläglicher Komödiant geworden ist, beeifert sich Kaiser Franz, ihm seine Tochter als illegitime Gemahlin anzubieten. Die Spanier senden durch die katholische Geistlichkeit Dankgebete zu Gott empor, weil sie am vierzehnten Juni die Franzosen besiegt haben, und die Franzosen senden durch dieselbe katholische Geistlichkeit Dankgebete empor, weil sie am vierzehnten Juni die Spanier besiegt haben. Meine Brüder, die Freimaurer, schwören einen feierlichen Eid, daß sie stets bereit sein werden, alles für den Nächsten zum Opfer zu bringen; aber bei den Kollekten für die Armen bezahlen sie pro Monat nicht einmal einen Rubel; und Asträa intrigiert gegen die Mannasucher, und sie reißen sich um einen echten schottischen Teppich und um ein Schriftstück, dessen Sinn nicht einmal der versteht, der es verfaßt hat, und von dem niemand einen Nutzen hat. Wir alle bekennen das christliche Gebot, das uns befiehlt, Beleidigungen zu verzeihen und unsern Nächsten zu lieben, ein Gebot, demzufolge wir in Moskau unzählige Kirchen errichtet haben; aber gestern ist ein Deserteur mit der Knute zu Tode geprügelt worden, und ein Diener eben dieses Gesetzes der Liebe und Vergebung, ein Geistlicher, hat dem Soldaten vor der Exekution das Kreuz zum Küssen hingehalten.« So meditierte Pierre; und diese ganze, allgemein verbreitete, von allen zugegebene Lüge und Unwahrhaftigkeit setzte ihn, wie sehr er auch an sie gewöhnt war, dennoch jedesmal wie etwas Neues in Erstaunen. »Ich erkenne diese Lüge und Verwirrung«, dachte er, »aber wie soll ich es anfangen, den Menschen alles das, was ich erkenne, darzulegen? Ich habe es versucht und habe dann immer gefunden, daß auch sie in der Tiefe ihrer Seele dasselbe erkennen wie ich, sich aber bemühen, diese Lüge und Unwahrhaftigkeit nicht zu sehen. Also ist da nichts zu ändern. Aber ich, wie soll ich mich nun dazu stellen?« fragte sich Pierre. Er besaß die unglückliche Eigenschaft vieler Menschen (und sie ist in Rußland besonders häufig): an die Möglichkeit des Guten und der Wahrheit zu glauben und das Böse und die Lüge im Leben zu deutlich zu erkennen, als daß man es über sich gewinnen könnte, an diesem Leben ernsthaften Anteil zu nehmen. Jedes Arbeitsgebiet war in seinen Augen mit Schlechtigkeit und Betrug verbunden. Was auch immer er zu sein versuchen mochte, zu welcher Tätigkeit auch immer er greifen mochte, Schlechtigkeit und Lüge stießen ihn überall ab und versperrten ihm alle Wege des Wirkens. Aber dabei mußte er doch leben, mußte irgendwie beschäftigt sein. Es war eine gar zu schreckliche Empfindung, unter dem steten Druck dieser ungelösten Lebensfragen zu stehen, und so ergab er sich den ersten besten Vergnügungen, um nur jene Fragen zu vergessen. Er besuchte alle möglichen Gesellschaften, trank viel, kaufte Gemälde und baute; und vor allen Dingen las er viel.

Er las, und zwar las er alles, was ihm in die Hände kam, und las mit solcher Gier, daß, wenn er abends nach Hause kam und die Diener ihn noch auskleideten, er schon zum Buch griff und las. Und von der Lektüre ging er zum Schlaf über, und vom Schlaf zum Geplauder in den Salons und im Klub, vom Geplauder zum Schlemmen und zu den Weibern, vom Schlemmen wieder zum Geplauder, zur Lektüre und zum Wein. Das Weintrinken wurde ihm mehr und mehr zu einem physischen und zugleich zu einem geistigen Bedürfnis. Obwohl ihm die Ärzte sagten, daß ihm bei seiner Korpulenz der Weingenuß gefährlich sei, trank er sehr viel. Völlig wohl wurde ihm erst dann, wenn er, ohne sich dessen selbst recht bewußt zu werden, in seinen großen Mund mehrere Gläser Wein hineingestürzt hatte; dann empfand er eine angenehme Wärme im Körper, eine Zärtlichkeit gegen alle, mit denen er in Berührung kam, und eine Bereitwilligkeit, sich mit jedem Gedanken in oberflächlicher Weise abzufinden, ohne auf den eigentlichen Kern desselben einzugehen. Erst nachdem er eine und noch eine zweite Flasche Wein getrunken hatte, gelangte er zu der verschwommenen Vorstellung, daß jener wirre, furchtbare Knoten des Lebens, der ihn vorher erschreckt hatte, doch nicht so furchtbar sei, wie es ihm vorgekommen war. Er sah diesen Knoten zwar auch im Zustand leiser Berauschtheit unaufhörlich von der einen oder andern Seite, mochte er nun plaudern oder Gespräche mitanhören oder nach dem Mittagessen und Abendessen lesen; aber unter der Einwirkung des Weines sagte er sich dann: »Das hat nichts weiter auf sich. Das werde ich schon entwirren. Ich weiß schon, wie ich alles lösen werde; aber jetzt habe ich keine Zeit; später werde ich das alles überdenken!« Aber dieses »Später« kam eben niemals.

Frühmorgens, ehe er etwas genossen hatte, erschienen ihm dann alle diese Fragen wieder ebenso unlösbar und furchtbar wie früher; und er griff eilig nach einem Buch und freute sich, wenn jemand zu ihm kam.

Manchmal erinnerte sich Pierre an eine eigentümliche Beobachtung, von der er früher einmal gehört hatte: daß im Krieg die Soldaten, wenn sie in einer Position beschossen werden und dagegen nichts tun können, sich absichtlich irgendeine Beschäftigung suchen, um die Gefahr leichter zu ertragen. Und es wollte ihm scheinen, daß es alle Menschen ähnlich machten wie solche Soldaten: Sie suchten sich vor den schweren Fragen des Lebens zu retten, der eine durch Ehrgeiz, ein anderer durch Kartenspiel, ein anderer durch Abfassen von Gesetzen, ein anderer durch Weiber, ein anderer durch Spielereien, ein anderer durch Pferde, ein anderer durch die Politik, ein anderer durch den Wein, ein anderer durch Amtstätigkeit. »Da ist nichts wertlos und nichts wichtig; es ist alles gleich: Wenn ich mich nur vor jenen schweren Fragen rette, so gut ich es vermag!« dachte Pierre. »Wenn ich sie nur nicht sehe, diese furchtbaren Dinge!«

II

Zu Anfang des Winters war Fürst Nikolai Andrejewitsch Bolkonski mit seiner Tochter nach Moskau übergesiedelt. Wegen seiner Vergangenheit, seines Verstandes und seiner Originalität, besonders aber infolge des damaligen Abflauens der Begeisterung für die Regierung Kaiser Alexanders und infolge der franzosenfeindlichen, patriotischen Richtung, die damals in Moskau herrschte, wurde Fürst Nikolai Andrejewitsch alsbald ein Gegenstand besonderer Verehrung für die Moskauer und der eigentliche Mittelpunkt der Moskauer Opposition gegen die Regierung.

Der Fürst war im letzten Jahr recht alt geworden. Es traten bei ihm in scharfer Deutlichkeit die Anzeichen des Greisenalters hervor: häufiges, unerwartetes Einschlafen, Vergeßlichkeit für zeitlich ganz naheliegende Ereignisse und ein gutes Gedächtnis für weit zurückliegende, dazu die kindische Eitelkeit, mit der er die Rolle eines Führers der Moskauer Opposition übernommen hatte. Aber trotz alledem: Wenn der alte Mann, namentlich bei Abendgesellschaften in seinem Haus, zum Tee in seinem Pelz und mit seiner gepuderten Perücke erschien und, von jemand dazu angeregt, in bruchstückartiger, zerhackter Manier aus der Vergangenheit erzählte oder in noch kürzerer Form scharf tadelnde Urteile über die Gegenwart abgab, so rief er bei all seinen Gästen das gleiche Gefühl respektvoller Verehrung hervor. Den Besuchern bot dieses gesamte altertümliche Haus ein Schauspiel dar, das ebenso großartig wie angenehm wirkte: mit den gewaltigen Wandspiegeln, mit dem aus einer längst vergangenen Zeit stammenden Mobiliar, mit diesen gepuderten Dienern, mit ihm selbst, diesem barschen, klugen Greis, der dem vorigen Jahrhundert angehörte, und mit seiner sanften Tochter und der hübschen

Französin, die in Ehrerbietung vor ihm vergingen. Aber die Besucher bedachten nicht, daß außer den zwei bis drei Stunden, während deren sie mit den Hausgenossen zusammen waren, der Tag noch etwa zweiundzwanzig Stunden hatte, in denen das verborgene, innere Leben des Hauses weiterging.

Dieses innere Leben war in der letzten Zeit, während des Aufenthalts in Moskau, für die Prinzessin Marja recht drückend geworden. Sie entbehrte hier in Moskau ihre beiden besten Freuden: die Gespräche mit den Gottesleuten und die Einsamkeit. Beides hatte in Lysyje-Gory dazu geholfen, sie frisch zu erhalten; von dem hauptstädtischen Leben dagegen hatte sie keinen Vorteil und keine Freude. In Gesellschaft ging sie nicht: Alle wußten, daß ihr Vater sie nicht von sich ließ, selbst aber wegen seiner Kränklichkeit keine Gesellschaften außer dem Haus besuchen konnte; und so lud man sie denn gar nicht mehr zu Diners und Soupers ein. Die Hoffnung, sich zu verheiraten, hatte Prinzessin Marja ganz aufgegeben. Sie sah, wie kalt und grimmig Fürst Nikolai Andrejewitsch die jungen Männer aufnahm und abfertigte, die manchmal in ihrem Haus erschienen und vielleicht als Bewerber auftreten konnten. Freundinnen hatte Prinzessin Marja keine: Während dieses Aufenthalts in Moskau hatte sie an den beiden, die ihr am nächsten gestanden hatten, Enttäuschungen erlebt. Mademoiselle Bourienne, mit der sie auch früher schon nicht völlig offenherzig hatte verkehren können, war ihr jetzt geradezu zuwider geworden, und sie zog sich aus gewissen Gründen immer mehr von ihr zurück. Und was Julja betraf, die in Moskau wohnte und mit welcher Prinzessin Marja fünf Jahre lang einen ununterbrochenen Briefwechsel unterhalten hatte, so stellte sich jetzt, als Prinzessin Marja wieder persönlich mit ihr zusammenkam, heraus, daß sie ihr ganz fremd, ein grundverschiedenes Wesen geworden war. Julja, die nun infolge des Todes ihrer Brüder eine der reichsten Partien in ganz Moskau geworden war, überließ sich ganz und gar dem Strudel der gesellschaftlichen Vergnügungen. Sie sah sich stets von jungen Männern umringt, die, wie sie meinte, auf einmal zur Erkenntnis ihres wahren Wertes gelangt waren. Julja befand sich in jener Lebensperiode eines bereits alternden Mädchens, in welcher ein solches fühlt, daß jetzt die letzte Möglichkeit einer Verheiratung da ist, und daß sich sein Schicksal jetzt oder nie entscheiden muß. Mit trübem Lächeln dachte Prinzessin Marja an jedem Donnerstag daran, daß sie jetzt an niemand zu schreiben hatte, da Julja (diese Julja, von deren Anwesenheit sie keine Freude hatte) mit ihr an demselben Ort war und sie einander jede Woche sahen. Es ging ihr ähnlich wie jenem alten Emigranten, der darauf verzichtete, die Dame zu heiraten, bei der er mehrere Jahre lang seine Abende verlebt hatte: Prinzessin

Marja bedauerte, daß Julja mit ihr in derselben Stadt wohnte und sie nun niemand hatte, an den sie schreiben konnte. Prinzessin Marja hatte in Moskau niemand, mit dem sie hätte offen reden und dem sie ihr Leid hätte anvertrauen können, und es war damals viel neues Leid zu dem alten noch hinzugekommen.

Der in Aussicht genommene Termin für die Rückkehr des Fürsten Andrei und für seine Verheiratung rückte heran, und der Auftrag, den er ihr erteilt hatte, den Vater darauf vorzubereiten, war nicht ausgeführt worden; ja, die Sache schien im Gegenteil ganz schlimm zu stehen, da schon die bloße Erwähnung der Komtesse Rostowa ausreichte, um den alten Fürsten, der sowieso schon fast immer übler Laune war, ganz außer sich zu bringen.

Als eine neue Quelle des Leides waren in letzter Zeit für die Prinzessin Marja noch die Unterrichtsstunden hinzugekommen, die sie ihrem sechsjährigen Neffen erteilte. Bei ihrem Verkehr mit Nikolenka nahm sie mit Schrecken an sich selbst jene Reizbarkeit wahr, die ein Charakterzug ihres Vaters war. Sie sagte sich immer von neuem, sie müsse sich beim Unterricht ihres Neffen beherrschen und dürfe nicht hitzig werden; aber fast jedesmal, wenn sie sich mit der französischen Fibel und dem Zeigestift hingesetzt hatte, geriet sie in einen solchen Eifer, ihr eigenes Wissen möglichst schnell und möglichst leicht gleichsam in das Kind hineinzugießen, das von vornherein in Angst war, die Tante würde im nächsten Augenblick zornig werden – sie geriet in einen solchen Eifer, daß sie bei der geringsten Unaufmerksamkeit von seiten des Knaben zusammenzuckte, hastig und hitzig wurde, die Stimme erhob und ihn manchmal am Ärmchen schüttelte und in die Ecke stellte. Wenn sie ihn nun in die Ecke gestellt hatte, so begann sie selbst über ihren bösen, schlechten Charakter zu weinen, und Nikolenka, der in unwillkürlichem Nachahmungstrieb ebenfalls schluchzte, kam dann ohne Erlaubnis aus seiner Ecke heraus, ging zu ihr hin, zog ihr die tränenfeuchten Hände vom Gesicht und tröstete sie.

Aber den größten, allergrößten Kummer bereitete der Prinzessin die Reizbarkeit ihres Vaters, die sich immer gegen die Tochter richtete und in der letzten Zeit geradezu zur Grausamkeit ausgeartet war. Hätte er sie gezwungen, ganze Nächte lang vor den Heiligenbildern unter tiefen Verbeugungen zu beten, hätte er sie geschlagen, hätte er ihr befohlen, Holz und Wasser zu schleppen, so wäre es ihr nicht in den Sinn gekommen, ihre Lage für drückend zu halten; aber dieser liebende Peiniger, dessen Grausamkeit eben daher rührte, daß er sie liebte und zur Strafe dafür sich und sie peinigte, legte es nicht nur absichtlich darauf an, sie zu kränken und zu demütigen, sondern er suchte ihr auch noch jedesmal zu beweisen, daß sie immer und an allem schuld sei. In der letzten Zeit war bei ihm eine neue Absonderlichkeit hervorgetreten, die der Prinzessin Marja mehr Qual bereitete als alles andere: das war seine immer mehr wachsende Zuneigung zu Mademoiselle Bourienne. Als er seinerzeit zuerst von der Absicht seines Sohnes, sich wieder zu verheiraten, gehört hatte, da war ihm im ersten Augenblick wie eine Art von Witz der Gedanke gekommen, wenn Andrei heirate, so könne auch er selbst Mademoiselle Bourienne zu seiner Frau machen; aber dieser Gedanke gefiel ihm offenbar mit der Zeit immer besser, und in der letzten Zeit legte er mit einer gewissen Hartnäckigkeit und, wie es der Prinzessin Marja schien, lediglich mit der Absicht, sie zu kränken, eine ganz besondere Freundlichkeit gegen Mademoiselle Bourienne an den Tag und brachte seine Unzufriedenheit mit seiner Tochter dadurch zum Ausdruck, daß er dieser Frau seine Zuneigung bezeigte.

Eines Tages während des Aufenthalts in Moskau küßte der alte Fürst in Gegenwart der Prinzessin Marja (sie war der Ansicht, der Vater tue es absichtlich in ihrer Gegenwart) der Mademoiselle Bourienne die Hand, zog sie an sich heran und umarmte sie zärtlich. Prinzessin Marja wurde dunkelrot und lief aus dem Zimmer. Einige Minuten darauf trat Mademoiselle Bourienne lächelnd bei ihr ein und erzählte mit ihrer wohlklingenden Stimme irgend etwas Lustiges. Prinzessin Marja wischte sich schnell die Tränen ab, ging festen Schrittes auf die Französin zu und schrie sie, offenbar ohne sich dessen selbst bewußt zu werden, mit zorniger Stimme und in einer sich überstürzenden Hast an: »Das ist gemein, unwürdig, herzlos, eine Schwäche so zu mißbrauchen …« Sie ließ ihre Scheltrede unvollendet. »Gehen Sie hinaus aus meinem Zimmer!« schrie sie und brach in Schluchzen aus.

Am andern Tag sagte der Fürst zu seiner Tochter kein einziges Wort; aber es fiel ihr auf, daß er beim Mittagessen befahl, die Speisen sollten zuerst der Mademoiselle Bourienne präsentiert werden. Und als zu Ende des Mittagessens der Diener den Kaffee herumreichte und nach früherer Gewohnheit wieder bei der Prinzessin anfing, geriet der Fürst plötzlich in Wut, warf mit seinem Krückstock nach Philipp und ordnete an, er solle sofort unter die Soldaten gesteckt werden.

»Er hört nicht … zweimal habe ich es gesagt …! Er hört nicht! Sie ist die Erste in diesem Haus; sie ist meine beste Freundin«, schrie der Fürst. »Und wenn du«, schrie er zornig, indem er zum erstenmal an diesem Tag Prinzessin Marja anredete, »und wenn du dir noch einmal erlaubst, wie du dich gestern erdreistet hast, dich ihr gegenüber zu vergessen, so werde ich dir zeigen, wer Herr im Haus ist. Hinaus! Ich will dich nicht eher wiedersehen, ehe du sie nicht um Verzeihung gebeten hast!«

Prinzessin Marja bat ihre Gesellschafterin, ihr zu vergeben, und ebenso bat sie den Vater um Verzeihung für sich und den Diener Philipp, der sie angefleht hatte, ein gutes Wort für ihn einzulegen.

In solchen Augenblicken bildete sich in der Seele der Prinzessin Marja ein Gefühl heraus, das wie eine Art von Stolz auf das von ihr gebrachte Opfer aussah. Und dann traf es sich plötzlich, daß unmittelbar nach einer solchen Szene in ihrer Gegenwart dieser Vater, dessen Benehmen sie innerlich als hart und ungerecht verurteilte, seine Brille suchte, indem er neben ihr umhertastete, ohne sie zu sehen, oder etwas vergaß, was soeben geschehen war, oder mit seinen schwach gewordenen Beinen einen unsicheren Schritt tat und sich umsah, ob auch niemand seine Schwäche bemerkt habe, oder, was das Schlimmste war, beim Mittagessen, wenn keine Gäste da waren, die ihn sonst munter erhielten, plötzlich einschlummerte, die Serviette hinfallen ließ und sich mit seinem zitternden Kopf über den Teller neigte. »Er ist alt und schwach, und ich erdreiste mich, ihn zu verurteilen!« dachte sie in solchen Augenblicken, mit Abscheu gegen sich selbst.

III

Im Jahre 1810 lebte in Moskau ein französischer Arzt namens Métivier, der schnell Mode geworden war. Er war ein schöner Mann, von sehr hohem Wuchs, liebenswürdig wie alle Franzosen und, wie man in Moskau allgemein sagte, als Arzt außerordentlich tüchtig. Er verkehrte in den vornehmsten Häusern nicht als Arzt, sondern wie ein Gleichgestellter.

Fürst Nikolai Andrejewitsch spottete zwar über die medizinische Wissenschaft, hatte aber dennoch in der letzten Zeit auf Mademoiselle Bouriennes Rat diesen Arzt zu sich kommen lassen und sich dann an ihn gewöhnt. Métivier kam etwa zweimal wöchentlich zum Fürsten.

Am Nikolaustag, dem Namenstag des Fürsten, stellte sich ganz Moskau am Portal seines Hauses ein; aber er hatte Befehl gegeben, niemand anzunehmen und nur einige wenige, von denen er der Prinzessin Marja ein Verzeichnis eingehändigt hatte, zum Mittagessen einzuladen.

Métivier, der am Morgen zum Gratulieren kam, hielt sich in seiner Eigenschaft als Arzt für berechtigt, die Absperrung zu durchbrechen, wie er zu der Prinzessin Marja sagte, und ging zum Fürsten hinein. Es traf sich, daß der alte Fürst gerade am Morgen dieses Namenstages besonders schlechter Laune war. Er wanderte den ganzen Morgen durch das Haus, suchte mit allen, die er traf, Händel und stellte sich, als ob er nicht verstände, was sie zu ihm sagten, und als ob sie ihn nicht verständen. Prinzessin Marja kannte diesen Zustand stiller, verbissener Knurrigkeit, der gewöhnlich mit einem Wutausbruch endete, ganz genau und ging den ganzen Morgen über umher, wie wenn eine geladene Flinte mit aufgezogenen Hähnen auf sie gerichtet wäre und sie den unausbleiblichen Schuß erwartete. Die Stunden vor der Ankunft des Arztes waren glücklich vorübergegangen. Nachdem Prinzessin Marja den Arzt hereingelassen hatte, setzte sie sich im Salon mit einem Buch in die Nähe der Tür, von wo aus sie alles hören konnte, was im Zimmer ihres Vaters vorging.

Zuerst hörte sie nur die Stimme Métiviers, dann die Stimme ihres Vaters; dann sprachen beide Stimmen zugleich; beide Flügel der Tür wurden heftig aufgestoßen, und auf der Schwelle erschien Métivier mit seinem vollen, schwarzen Haar, auf dem schönen Gesicht den Ausdruck der Bestürzung, und der Fürst in Nachtmütze und Schlafrock mit wutentstelltem Gesicht und rollenden Augen.

»Du verstehst mich nicht?« schrie der Fürst. »Aber ich durchschaue dich! Du französischer Spion, Sklave Bonapartes, du Spion, hinaus aus meinem Haus! Hinaus, sage ich …!« Er schlug die Tür zu.

Métivier trat, die Achseln zuckend, zu Mademoiselle Bourienne, die auf das Geschrei aus dem Nebenzimmer herbeigelaufen kam.

»Der Fürst ist nicht ganz wohl«, sagte er. »Galle und Blutandrang nach dem Gehirn. Beruhigen Sie sich; ich komme morgen wieder heran.« Er legte einen Finger an die Lippen und entfernte sich eilig.

Durch die geschlossene Tür konnte man hören, wie der Fürst in seinen Pantoffeln hin und her ging und schrie: »Spione, Verräter, überall Verräter! Im eigenen Haus hat man keinen Augenblick Ruhe!«

Nach Métiviers Weggang rief der alte Fürst seine Tochter zu sich, und nun brach die ganze Wucht seines Zornes über sie herein. Sie sei daran schuld, daß der Spion zu ihm gelassen worden sei. Er habe doch gesagt, habe ihr gesagt, es solle niemand vorgelassen und nur diejenigen, die auf der Liste ständen, zum Mittagessen eingeladen werden. Warum sei nun dieser Schurke doch hereingelassen? Sie sei an allem schuld. Wenn er mit ihr zusammenlebe, habe er keinen Augenblick Ruhe und könne nicht ruhig sterben. So zeterte er.

»Nein, mein Kind, wir müssen uns trennen, müssen uns trennen! Das mögen Sie wissen, das mögen Sie wissen! Ich kann das nicht länger ertragen!« rief er und ging aus dem Zimmer. Und als ob er fürchtete, sie könnte die Sache irgendwie nicht ernst genug nehmen, kehrte er noch einmal zu ihr zurück und fügte, indem er eine ruhige Miene anzunehmen suchte, hinzu: »Glauben Sie nicht, daß ich das nur so in einem Augenblick des Zornes zu Ihnen sage; ich bin ganz ruhig und habe es mir wohl überlegt. Und es wird auch geschehen; wir müssen uns trennen; suchen Sie sich einen andern Ort zum Wohnen ...!« Aber er konnte sich doch nicht länger beherrschen, und mit jener Bosheit, deren nur ein Mensch fähig ist, der sein Opfer doch liebt, schüttelte er, offenbar selbst unter seiner Handlungsweise leidend, die Fäuste und schrie ihr zu:

»Wenn sie doch irgendeinen Dummkopf fände, der sie heiratete!« Er schlug die Tür hinter sich zu; dann steckte er noch einmal den Kopf hindurch und rief Mademoiselle Bourienne zu sich, und nun wurde es in seinem Zimmer still.

Um zwei Uhr trafen die sechs Personen ein, die für das Diner auserwählt waren.

Die Gäste – nämlich der bekannte Graf Rastoptschin, Fürst Lopuchin mit seinem Neffen, General Tschatrow, ein alter Kriegskamerad des Fürsten, und zwei jüngere Leute: Pierre und Boris Drubezkoi – erwarteten den alten Fürsten im Salon.

Boris, der vor kurzem auf Urlaub nach Moskau gekommen war, hatte den lebhaften Wunsch gehabt, dem Fürsten Nikolai Andrejewitsch vorgestellt zu werden, und es dermaßen verstanden, sich dessen Gunst zu erwerben, daß der Fürst, während er sonst unverheiratete junge Männer in seinem Haus nicht verkehren ließ, mit ihm eine Ausnahme machte.

Das Haus des Fürsten nahm nicht eigentlich am gesellschaftlichen Leben teil; aber es kam dort ein kleiner Kreis von Männern zusammen, von dem zwar in der Stadt nicht viel gesprochen wurde, zu welchem zugelassen zu werden aber besonders schmeichelhaft war. Das hatte auch Boris vor einer Woche gemerkt, als in seiner Gegenwart der Oberkommandierende den Grafen Rastoptschin auf den Nikolaustag zum Diner eingeladen und dieser ihm erwidert hatte, er könne nicht kommen:

»An diesem Tag begebe ich mich immer zu den Gebeinen des Fürsten Nikolai Andrejewitsch, um ihnen meine Verehrung zu erweisen.«

»Ach ja, ja, richtig«, hatte der Oberkommandierende geantwortet. »Was macht er denn?«

Die kleine Gesellschaft, die sich vor dem Diner in dem altmodischen, hohen, mit alten Möbeln ausgestatteten Salon versammelt hatte, machte den Eindruck eines feierlichen Gerichtstribunals. Alle schwiegen, und wenn sie redeten, so taten sie es nur in gedämpftem Ton. Nun trat Fürst Nikolai Andrejewitsch ein, ernst und schweigsam. Prinzessin Marja schien noch stiller und schüchterner zu sein als gewöhnlich. Die Gäste redeten sie nur ungern an, weil sie sahen, daß sie keine Neigung hatte sich mit ihnen zu unterhalten. Graf Rastoptschin hielt ganz allein das Gespräch im Gang, indem er die letzten Neuigkeiten aus der Stadt und aus der Politik erzählte. Lopuchin und der alte General beteiligten sich am Gespräch nur ab und zu.

Fürst Nikolai Andrejewitsch hörte zu, so wie ein höherer Richter die Berichte anhört, die ihm erstattet werden, und bekundete nur von Zeit zu Zeit durch eine stumme Gebärde oder durch ein kurzes Wort, daß er das, was ihm berichtet wurde, zur Kenntnis nahm. Aus dem Ton des Gesprächs war zu entnehmen, daß keiner das billigte, was im politischen Leben vorging. Es wurden Ereignisse erzählt, welche deutlich zeigten, daß alles einen immer schlechteren Gang nahm; aber bei jeder Erzählung und Kritik war auffallend, daß der Redende jedesmal an demjenigen Punkt entweder selbst innehielt oder von einem andern angehalten wurde, wo die Kritik sich auf die Person des Kaisers zu beziehen begann.

Bei Tisch kam das Gespräch auf die letzte politische Neuigkeit: die Annexion der Länder des Herzogs von Oldenburg durch Napoleon und die gegen Napoleon gerichtete Note, welche die russische Regierung an alle europäischen Höfe gesandt hatte.

»Bonaparte verfährt mit Europa wie ein Pirat mit einem eroberten Schiff«, bemerkte Graf Rastoptschin und wiederholte damit eine Wendung, deren er sich an anderen Stellen bereits mehrmals bedient hatte. »Man kann sich nur über die Langmut oder die Verblendung der Herrscher wundern. Jetzt kommt nun der Papst an die Reihe: Bonaparte, der sich vor nichts mehr zu scheuen scheint, will das Oberhaupt der katholischen Kirche stürzen – und alle schweigen dazu! Der einzige, der gegen die Einziehung der Besitzungen des Herzogs von Oldenburg protestiert hat, ist unser Kaiser, und das ...« Hier brach Graf Rastoptschin ab, da er merkte, daß er an die Grenze gelangt war, bei der die Kritik haltzumachen hatte.

»Es sind ihm andere Besitzungen an Stelle des Herzogtums Oldenburg angeboten worden«, sagte Fürst Nikolai Andrejewitsch. »Gerade wie ich Bauern von Lysyje-Gory nach Bogutscharowo und den Rjasanschen Gütern versetzt habe, so macht er es mit Herzögen.«

»Der Herzog von Oldenburg erträgt sein Unglück mit einer bewundernswerten Charakterstärke und Ergebung«, beteiligte sich Boris respektvoll an dem Gespräch.

Er sagte das deswegen, weil er auf der Fahrt von Petersburg die Ehre gehabt hatte, dem Herzog vorgestellt zu werden. Fürst Nikolai Andrejewitsch sah den jungen Mann so an, als wollte er ihm etwas darauf erwidern; aber er besann sich eines andern, da er ihn dafür denn doch für zu jung erachtete.

»Ich habe unseren Protest in der oldenburgischen Angelegenheit gelesen und bin über die schlechte Form, in der die Note abgefaßt ist, erstaunt gewesen«, sagte Graf Rastoptschin in dem lässigen Ton eines Mannes, der über eine Sache urteilt, in der er gut Bescheid weiß. Pierre blickte den Grafen Rastoptschin mit naiver Verwunderung an und begriff nicht, warum ihn die schlechte Fassung der Note so verdrießen könne.

»Ist es denn nicht ganz gleich, wie die Note geschrieben ist, Graf«, sagte er, »wenn nur ihr Inhalt kräftig und energisch ist?«

»Mein Lieber, mit unseren fünfmalhunderttausend Mann Soldaten ist es eigentlich leicht, einen guten Stil zu schreiben«, erwiderte Graf Rastoptschin. Pierre begriff nun, was dem Grafen Rastoptschin an der Fassung der Note mißfiel.

»Die Sorte der schlechten Schreiber scheint sich gewaltig vermehrt zu haben«, sagte der alte Fürst. »Da in Petersburg schreibt jeder Mensch, und nicht nur Noten; sie schreiben auch neue Gesetze. Mein Andrei hat für Rußland einen ganzen Band neuer Gesetze zusammengeschrieben. Heutzutage schreibt eben jeder!« Er lachte in gekünstelter Art.

Das Gespräch verstummte einen Augenblick; dann zog der alte General dadurch, daß er sich räusperte, die Aufmerksamkeit auf sich.

»Haben Sie schon von den Vorfällen bei den letzten Paraden in Petersburg gehört? Der neue französische Gesandte hat sich in einer unerhörten Weise benommen!«

»Ja, ich habe etwas davon gehört; er hat in Gegenwart Seiner Majestät etwas Ungehöriges gesagt.«

»Seine Majestät lenkte bei der vorletzten Parade die Aufmerksamkeit des Gesandten auf die Grenadierdivision und ihren Parademarsch«, fuhr der General fort, »aber der Gesandte soll gar nicht danach hingesehen, sondern gesagt haben: ›Wir legen bei uns in Frankreich auf solche nutzlosen Äußerlichkeiten keinen Wert.‹ Der Kaiser hat ihm darauf nichts erwidert. Aber bei der folgenden Parade hat er ihn, wie es heißt, nicht ein einziges Mal angeredet.«

Alle schwiegen; über diese Tatsache, die auf den Kaiser persönlich Bezug hatte, durfte keinerlei Kritik ausgesprochen werden.

»Eine freche Sorte!« sagte der Fürst. »Kennen Sie Métivier? Ich habe ihn heute aus meinem Haus gejagt. Er war hier; man hatte ihn zu mir hereingelassen, obwohl ich angeordnet hatte, niemandem den Eintritt zu gestatten«, fügte er mit einem zornigen Blick auf seine Tochter hinzu.

Und nun erzählte er sein ganzes Gespräch mit dem französischen Arzt und führte die Gründe an, die ihn zu der Überzeugung gebracht hatten, daß Métivier ein Spion sei. Obgleich diese Gründe sehr unzulänglich und unklar waren, wandte dennoch niemand etwas dagegen ein.

Nach dem Braten wurde Champagner gereicht. Die Gäste erhoben sich von ihren Plätzen und beglückwünschten den alten Fürsten. Auch Prinzessin Marja trat zu ihm.

Er sah sie mit einem kalten, grimmigen Blick an und hielt ihr seine runzlige, rasierte Wange zum Kuß hin. Der gesamte Ausdruck seines Gesichtes sagte ihr, daß er das Gespräch vom Vormittag keineswegs vergessen habe, daß sein Entschluß in voller Kraft bestehen bleibe, und daß er ihr das nur mit Rücksicht auf die Anwesenheit der Gäste nicht mit Worten ausspreche.

Als alle aus dem Speisezimmer wieder zum Kaffee in den Salon gegangen waren, setzten sich die alten Herren zusammen.

Fürst Nikolai Andrejewitsch wurde nun lebhafter und legte seine Ansicht über den bevorstehenden Krieg dar.

Er sagte, unsere Kriege mit Bonaparte würden so lange einen unglücklichen Verlauf nehmen, als wir Bündnisse mit den Deutschen suchten und uns in die europäischen Angelegenheiten einmischten, in die uns der Tilsiter Friede hineingezogen habe. Wir dürften weder für Österreich noch gegen Österreich Krieg führen. Unsere Politik habe sich ganz auf den Osten zu beschränken, und was Bonaparte beträfe, so sei das einzig Richtige eine starke Truppenmacht an der Grenze und eine feste, energische Politik; dann werde er nie wieder wagen, die russische Grenze zu überschreiten, wie im Jahre 1807.

»Aber wie wäre es denn möglich, daß wir mit den Franzosen Krieg führten, Fürst!« entgegnete Graf Rastoptschin. »Können wir denn gegen unsere Lehrmeister und Abgötter die Waffen erheben? Sehen Sie nur unsere Jugend an, sehen Sie nur unsere Damen an! Die Franzosen sind unsere Abgötter, und Paris ist unser Himmelreich.«

Er begann lauter zu sprechen, offenbar damit alle ihm zuhören möchten:

»Wir tragen französische Kleider, wir denken und fühlen wie Franzosen! Da haben Sie nun diesen Métivier mit einem Fußtritt hinausspediert, weil er ein Franzose und ein Nichtswürdiger ist; aber unsere Damen rutschen vor ihm auf den Knien herum. Gestern war ich auf einer Abendgesellschaft; da waren unter fünf anwesenden Damen drei Katholikinnen, die sich vom Papst besonderen Dispens haben geben lassen, am Sonntag auf Kanevas zu sticken; aber dabei saßen sie beinahe nackt da, wie die Figuren auf den Aushängeschildern der öffentlichen Badehäuser, mit Erlaubnis zu sagen. Ach, wenn ich so unsere jungen Leute ansehe, Fürst, da möchte ich am liebsten den alten Stock Peters des Großen aus der Kunstkammer nehmen und ihnen auf russische Manier den Buckel vollhauen; da sollte ihnen ihre Narrheit wohl vergehen!«

Alle schwiegen. Der alte Fürst sah Rastoptschin lächelnd an und wiegte beifällig den Kopf hin und her.

»Nun, dann leben Sie wohl, Euer Durchlaucht, und halten Sie sich alle Krankheit vom Leib«, sagte Rastoptschin, indem er mit den ihm eigenen schnellen Bewegungen aufstand und dem Fürsten die Hand hinstreckte.

»Lebe wohl, mein Bester; deine Tonart höre ich immer mit großer Freude!« sagte der alte Fürst; er hielt die Hand Rastoptschins in der seinigen fest und hielt ihm die Wange zum Kuß hin. Gleichzeitig mit Rastoptschin hatten sich auch die andern erhoben.

IV

Prinzessin Marja, die mit im Salon gesessen und diese Gespräche und tadelnden Urteile der alten Herren mit angehört hatte, hatte von dem Gehörten nichts verstanden; sie hatte immer nur gedacht, ob auch die Gäste die feindliche Stimmung des Vaters ihr gegenüber nicht bemerkten. Sie hatte nicht einmal die besonderen Aufmerksamkeiten und Liebenswürdigkeiten bemerkt, die Drubezkoi, der schon zum drittenmal bei ihnen im Hause war, während der ganzen Zeit, als sie bei Tisch saßen, ihr erwiesen hatte.

Prinzessin Marja wandte sich mit einem zerstreuten, fragenden Blick zu Pierre, der als letzter der Gäste mit dem Hut in der Hand lächelnd zu ihr trat, als der Fürst bereits hinausgegangen war und sie beide allein im Salon zurückgeblieben waren.

»Darf ich mich noch einen Augenblick zu Ihnen setzen?« fragte er, indem er seinen dicken Körper bequem in einen Sessel neben der Prinzessin Marja sinken ließ.

»Bitte sehr«, antwortete sie; aber ihr Blick fragte: »Sie haben nichts bemerkt?«

Pierre befand sich in der angenehmen Stimmung, die ihn oft nach dem Mittagessen überkam. Er blickte vor sich hin und lächelte leise.

»Kennen Sie diesen jungen Mann schon lange, Prinzessin?« fragte er.

»Welchen jungen Mann?«

»Drubezkoi.«

»Nein, lange kenne ich ihn noch nicht.«

»Nun, und gefällt er Ihnen?«

»O ja, er ist ein angenehmer, junger Mann … Warum fragen Sie mich danach?« erwiderte Prinzessin Marja, dachte aber dabei immer noch an das Gespräch, das sie am Vormittag mit dem Vater gehabt hatte.

»Weil ich eine Beobachtung gemacht habe: Die jungen Männer, die von Petersburg auf Urlaub nach Moskau gehen, verfolgen gewöhnlich nur den Zweck, ein reiches Mädchen zu heiraten.«

»Haben Sie das beobachtet?« fragte Prinzessin Marja.

»Ja«, antwortete Pierre lächelnd, »und dieser junge Mann hat es sich jetzt offenbar zum Grundsatz gemacht, überall da zu sein, wo ein reiches heiratsfähiges Mädchen ist. Ich lese in ihm wie in einem Buch. Er ist jetzt noch unentschlossen, gegen wen er seine Attacke richten soll, ob gegen Sie oder gegen Mademoiselle Julja Karagina. Er ist sehr hinter ihr her.«

»Er verkehrt bei Karagins?«

»Ja, und recht viel. Und kennen Sie auch die neueste Art, wie man einer Dame den Hof macht?« fragte Pierre mit vergnügtem Lächeln; er befand sich augenscheinlich in jener heiteren Stimmung gutmütiger Spottlust, die er sich in seinem Tagebuch so oft zum Vorwurf gemacht hatte.

»Nein«, antwortete Prinzessin Marja.

»Man muß jetzt, um den Moskauer jungen Damen zu gefallen, melancholisch sein. Und er ist im Umgang mit Mademoiselle Karagina sehr melancholisch«, sagte Pierre.

»Wirklich?« erwiderte Prinzessin Marja; sie sah dabei in Pierres gutes Gesicht und dachte unaufhörlich an ihren Kummer. »Es würde mir leichter ums Herz werden«, dachte sie, »wenn ich mich entschlösse, jemandem all das anzuvertrauen, was mich quält. Und gerade diesem Pierre möchte ich gern alles sagen. Er ist so gut und hat eine edle Gesinnung. Es würde mir leichter ums Herz werden. Er würde mir einen Rat geben!«

»Würden Sie ihn heiraten?« fragte Pierre.

»Ach, mein Gott, Graf, es gibt Augenblicke, wo ich bereit wäre, jeden Beliebigen zu heiraten«, erwiderte Prinzessin Marja; die Antwort war ihr wider ihren Willen entfahren, und man hörte ihrer Stimme an, daß ihr die Tränen nahe waren. »Ach, wie schmerzlich ist es, wenn man jemand, der einem nahesteht, liebt und sich dabei sagen muß, daß ...«, fuhr sie mit zitternder Stimme fort, »... daß man für ihn weiter nichts tun kann als sich grämen; wenn man weiß, daß man nichts ändern kann. Dann ist das einzige, was einem übrigbleibt, fortzugehen; aber wohin soll ich gehen?«

»Was haben Sie? Was ist Ihnen, Prinzessin?«

Aber die Prinzessin brach, ohne zu Ende zu sprechen, in Tränen aus.

»Ich weiß nicht, was mit mir heute ist. Hören Sie nicht auf mich; vergessen Sie, was ich Ihnen gesagt habe.«

Pierres ganze Heiterkeit war verschwunden. Er drang mit teilnahmsvollen Fragen in die Prinzessin, bat sie, alles auszusprechen, ihm ihr Leid anzuvertrauen: Aber sie wiederholte nur, sie bitte ihn, zu vergessen, was sie gesagt habe; sie erinnere sich selbst des Gesagten nicht und habe keinen andern Kummer als den, welchen er kenne: den Kummer darüber, daß die Heirat des Fürsten Andrei Vater und Sohn miteinander zu entzweien drohe.

»Haben Sie etwas von der Familie Rostow gehört?« fragte sie, um den Gegenstand des Gespräches zu wechseln. »Es ist mir gesagt, sie würden bald herkommen. Auch meinen Bruder erwarte ich alle Tage. Es wäre mir lieb, wenn das erste Wiedersehen hier stattfände.«

»Und wie sieht er jetzt die Sache an?« fragte Pierre, wobei er unter »er« den alten Fürsten verstand.

Prinzessin Marja schüttelte den Kopf.

»Aber was läßt sich dagegen tun? Von dem Jahr, bis zu dessen Ablauf der Vater die Hochzeit verschoben wissen wollte, sind nur noch einige Monate übrig. Und ich sehe noch gar keine Möglichkeit. Könnte ich meinem Bruder nur über die ersten Augenblicke der Wiederbegegnung mit dem Vater hinweghelfen. Es wäre mir lieb, wenn die Rostows noch vor Andrei hier einträfen. Ich hoffe, daß ich mit ihr gut harmonieren werde. Sie kennen die Familie ja schon lange; sagen Sie mir, Hand aufs Herz, die ganze, lautere Wahrheit: Was ist sie für ein Mädchen, und wie finden Sie sie? Aber die ganze Wahrheit; denn Sie begreifen wohl: Wenn Andrei das gegen den Willen seines Vaters tut, so setzt er so viel aufs Spiel, daß ich gern wissen möchte ...«

Ein unklares, instinktives Gefühl sagte Pierre, daß in diesen vorausgeschickten Redewendungen und den wiederholten Bitten, die ganze Wahrheit zu sagen, eine Abneigung der Prinzessin Marja gegen ihre künftige Schwägerin zum Ausdruck kam, und daß sie im stillen wünschte, Pierre möchte die Wahl des Fürsten Andrei nicht gutheißen. Aber Pierre antwortete aufrichtig, und zwar sprach er mehr seine Empfindung als ein Urteil aus.

»Ich weiß nicht, wie ich Ihre Frage beantworten soll«, erwiderte er und errötete dabei, ohne selbst zu wissen warum. »Ich weiß schlechterdings nicht, was sie für ein Mädchen ist, und bin nicht imstande, ihren Charakter in seinen Einzelheiten zu schildern. Sie ist entzückend; aber woher das eigentlich kommt, das weiß ich nicht. Das ist alles, was ich über sie sagen kann.«

Prinzessin Marja seufzte, und ihre Miene besagte: »Ja, das hatte ich erwartet und gefürchtet.«

»Ist sie klug?« fragte Prinzessin Marja.

Pierre überlegte.

»Ich glaube: nein«, antwortete er; »übrigens doch, ja. Sie legt nur keinen Wert darauf, klug zu sein ... Aber sie ist entzückend, weiter nichts als entzückend.«

Prinzessin Marja schüttelte wieder mißfällig den Kopf.

»Ach, ich wünsche so sehr, sie liebzugewinnen! Sagen Sie ihr das nur, wenn Sie sie früher sehen sollten als ich.«

»Wie ich gehört habe, werden sie in den nächsten Tagen hier eintreffen«, sagte Pierre.

Prinzessin Marja teilte ihm nun noch ihren Plan mit, wie sie, sobald Rostows würden angekommen sein, mit ihrer künftigen Schwägerin in nähere Beziehung treten und sich auch bemühen werde, den alten Fürsten an sie zu gewöhnen.

V

In Petersburg war es Boris nicht gelungen, eine reiche Frau zu bekommen, und so war er denn in derselben Absicht nach Moskau gereist. In Moskau schwankte er, welches von zwei sehr reichen Mädchen er wählen sollte, ob Julja oder Prinzessin Marja. Obgleich ihm Prinzessin Marja trotz ihres unschönen Äußeren anziehender erschien als Julja, fand er es schwierig, ihr den Hof zu machen. Als er das letztemal mit ihr zusammengewesen war, am Namenstag des alten Fürsten, hatte sie bei allen seinen Versuchen, mit ihr von Gefühlen zu reden, schiefe Antworten gegeben und offenbar auf das, was er sagte, gar nicht hingehört.

Im Gegensatz dazu nahm Julja seine Liebenswürdigkeiten gern entgegen, wiewohl auf eine besondere, ihr eigene Manier.

Julja war jetzt siebenundzwanzig Jahre alt. Durch den Tod ihrer Brüder war sie sehr reich geworden. Sie war jetzt geradezu unschön; aber sie meinte nicht nur ebenso hübsch wie früher, sondern noch weit anziehender zu sein. In diesem Irrtum erhielten sie zwei Umstände: erstens war sie eine sehr reiche Partie geworden, und zweitens war sie, je älter sie wurde, um so ungefährlicher für die Männer, und um so unbefangener konnten diese mit ihr verkehren und, ohne irgendwelche Verpflichtungen auf sich zu nehmen, die Soupers, die Soireen und die muntere Gesellschaft genießen, die sich im Karaginschen Haus zu versammeln pflegte. Viele Männer, die sich zehn Jahre vorher gescheut hätten, täglich ein Haus zu besuchen, wo eine siebzehnjährige Tochter war, um sie nicht zu kompromittieren und sich nicht zu binden, kamen jetzt dreist täglich zu ihr und verkehrten mit ihr nicht wie mit einem heiratsfähigen Fräulein, sondern wie mit einer guten Bekannten, die »kein Geschlecht hat«.

Das Karaginsche Haus war in diesem Winter eines der angenehmsten, gastfreisten Häuser in ganz Moskau. Abgesehen von den Soupers und Diners, zu denen Einladungen ergingen, versammelte sich jeden Abend bei Karagins eine große Gesellschaft, namentlich von Herren; es wurde um Mitternacht soupiert, und man saß dann noch bis gegen drei Uhr zusammen. Es fand kein Schlittenkorso, kein Ball, keine Theatervorstellung statt, woran Julja nicht teilgenommen hätte. Sie trug immer die modernsten Toiletten. Aber trotzdem schien Julja von allem enttäuscht zu sein und sagte jedem, sie glaube weder an Freundschaft noch an Liebe, noch an irgendwelche Lebensfreuden mehr und erhoffe Ruhe nur im Jenseits. Sie hatte sich den Ton eines Mädchens zu eigen gemacht, das eine große Enttäuschung zu ertragen gehabt hat, eines Mädchens, das etwa einen geliebten Mann verloren hat oder von ihm grausam betrogen worden ist. Obgleich ihr nichts dergleichen zugestoßen war, sahen ihre Bekannten sie doch als eine solche Schwergeprüfte an, und sie glaubte sogar selbst, sie habe im Leben viel gelitten. Aber diese Melancholie war weder ihr selbst hinderlich, sich auf alle mögliche Art zu amüsieren, noch bildete sie für die jungen Leute, die bei Karagins verkehrten, ein Hindernis, die Zeit vergnüglich zu verbringen. Jeder Gast, der zu ihnen kam, entrichtete zunächst der melancholischen Stimmung der Tochter vom Haus seinen Tribut und vergnügte sich dann an Gesprächen, wie sie in der Gesellschaft üblich sind, am Tanz, an Spielen, bei denen Verstand und Witz zur Geltung kamen, und an Reimturnieren, wie sie bei Karagins Mode waren. Nur einige junge Männer, zu denen auch Boris gehörte, gingen tiefer auf Juljas melancholische Stimmung ein, und mit diesen jungen Männern führte sie dann längere, einsame Gespräche über die Eitelkeit alles irdischen Treibens und zeigte ihnen ihre Alben, welche bildliche Darstellungen traurigen Inhalts sowie Sinnsprüche und Verse gleicher Art enthielten.

Gegen Boris war Julja besonders freundlich: Sie bedauerte ihn, weil ihn das Leben so früh schon enttäuscht habe, bot ihm jene Tröstungen der Freundschaft an, die sie in der Lage war ihm anzubieten, da sie selbst im Leben schon so viel gelitten hatte, und ließ ihn ihre Alben sehen. Boris zeichnete ihr in eines derselben zwei Bäume und schrieb in französischer Sprache dazu: »Ihr Bäume der ländlichen Flur, eure dunklen Zweige schütten Finsternis und Schwermut auf mich herab.«

An einer andern Stelle zeichnete er ein Grabmal mit der Beischrift:

»La mort est secourable et la mort est tranquille.
Ah! Contre les douleurs il n'y a pas d'autre asile.«*

Julja sagte, das sei wunderschön.

»Es liegt etwas so Entzückendes in dem Lächeln der Schwermut«, äußerte sie einmal im Gespräch mit Boris; es war dies eine Stelle, die sie sich wörtlich so aus einem französischen Buch abgeschrieben hatte. »Dieses Lächeln ist ein Lichtstrahl in der Dunkelheit, ein Mittelding zwischen dem Schmerz und der Verzweiflung, welches auf die Möglichkeit eines Trostes hindeutet.«

* Ein Helfer ist der Tod, ein stiller Ruheport;
Er ist für Gram und Leid der einz'ge Zufluchtsort.

Daraufhin schrieb Boris ihr folgende Verse ein:

»Aliment de poison d'une âme trop sensible,
Toi, sans qui le bonheur me serait impossible,
Tendre mélancolie, ah, viens me consoler,
Viens calmer les tourments de ma sombre retraite
Et mêle une douceur secrète
A ces pleurs que je sens couler.«*

Julja spielte ihm auf der Harfe die traurigsten Notturnos. Boris las ihr »Die arme Lisa«** vor und mußte mehrmals im Vorlesen innehalten, da ihm die innere Erregung den Atem benahm. Wenn sie einander in großer Gesellschaft begegneten, so betrachteten Julja und Boris einander als die einzigen Menschen auf der Welt, die gleichgestimmte Seelen hatten und sich wechselseitig verstanden.

Anna Michailowna, welche Karagins häufig besuchte, spielte mit der Mutter Karten und stellte dabei die genauesten Erkundigungen darüber an, was Julja mitbekommen sollte (sie sollte die beiden Güter im Gouvernement Pensa und Wälder im Gouvernement Nischni-Nowgorod als Mitgift erhalten). Mit Ergebung in den Willen der Vorsehung und mit inniger Rührung beobachtete Anna Michailowna den feinfühligen Kummer, welcher ein Band zwischen ihrem Sohn und der reichen Julja bildete.

»Unsere liebe Julja ist doch immer ebenso schwermütig wie liebenswürdig«, sagte sie zu der Tochter. – »Boris sagt, daß ihm in Ihrem Haus die Seele aufgeht; er hat so viele Enttäuschungen zu tragen gehabt und hat ein so tief empfindendes Gemüt«, sagte sie zu der Mutter. – »Ach, lieber Sohn«, sagte sie zu Boris, »welch eine herzliche Zuneigung habe ich in der letzten Zeit für Julja gefaßt; ich kann es dir gar nicht mit Worten schildern! Und wer sollte sie auch nicht lieb haben? Sie ist eine Art von überirdischem Wesen! Ach, Boris, Boris!« Sie schwieg einen Augenblick. »Und wie leid mir ihre Mama tut«, fuhr sie fort; »heute zeigte sie mir Abrechnungen und Berichte, die sie von ihren Verwaltern aus dem Pensaschen erhalten hat (Karagins besitzen dort sehr große Güter), und sie, die Ärmste, muß das alles selbst erledigen und steht so ganz allein da: Da wird sie gewaltig betrogen.«

* Du, Gift zugleich und Kost für Seelen voll Gefühl,
Die du mich mehr beglückst als eitles Weltgewühl,
O sanfte Schwermut, komm und lindre meinen Schmerz,
In düstrer Einsamkeit erfreue du mein Herz,
Und mit geheimer Lust versüße
Die Tränenflut, die ich vergieße.

** Eine sentimentale Novelle von Karamsin, erschienen im Jahre 1792. Anmerkung des Übersetzers.

Boris lächelte ganz leise, als er seine Mutter so sprechen hörte. Ihre naive Schlauheit amüsierte ihn; aber er hörte doch solche Mitteilungen immer aufmerksam an und erkundigte sich mehrmals mit Interesse nach den Besitzungen in den Gouvernements Pensa und Nischni-Nowgorod.

Julja erwartete schon lange einen Antrag von seiten ihres melancholischen Verehrers und war bereit, den Antrag anzunehmen; aber ein gewisses geheimes Gefühl der Abneigung gegen sie und gegen ihren leidenschaftlichen Wunsch sich zu verheiraten und gegen das Gekünstelte ihres ganzen Wesens, sowie ein Gefühl des Schreckens vor dem Verzicht auf die Möglichkeit einer wahren Liebe hielten Boris immer noch zurück. Sein Urlaub näherte sich bereits seinem Ende. Jeden Tag, den Gott werden ließ, brachte Boris von früh bis spät bei Karagins zu, und an jedem Tag sagte er, wenn er abends beim Schlafengehen die Angelegenheit für sich allein durchdachte, zu sich: »Morgen will ich meinen Antrag machen.« Aber wenn er dann am andern Tag wieder bei Julja war und ihr rotes Gesicht sah und ihr fast immer gepudertes Kinn und ihre feuchten Augen und ihren gespannten Gesichtsausdruck, der deutlich besagte, daß er jeden Augenblick bereit war aus der Melancholie sofort in eine erkünstelte Schwärmerei für das Eheglück überzugehen: Dann fühlte sich Boris außerstande, das entscheidende Wort zu sprechen, trotzdem er sich in seinen Gedanken schon längst als den Eigentümer der Pensaschen und Nischni-Nowgoroder Besitzungen betrachtete und über die Verwendung der Einkünfte daraus seine Dispositionen getroffen hatte. Julja bemerkte seine Unschlüssigkeit, und mitunter kam ihr der Gedanke, sie müsse ihm wohl zuwider sein; aber der übliche Selbstbetrug der Frauen spendete ihr dann immer sogleich wieder Trost, und sie sagte sich, er sei nur aus Liebe so schüchtern.

Jedoch begann ihre Melancholie schon in Nervosität überzugehen, und kurz vor dem Termin, an welchem Boris abreisen mußte, brachte sie einen energischen Plan zur Ausführung. Gerade zu dieser Zeit, wo Boris' Urlaub zu Ende ging, erschien Anatol Kuragin in Moskau und selbstverständlich auch im Salon der Karaginschen Damen, und Julja gab auf einmal ihre Melancholie auf, wurde sehr heiter und benahm sich gegen Kuragin sehr liebenswürdig.

»Lieber Sohn«, sagte Anna Michailowna zu Boris, »ich weiß aus guter Quelle, daß Fürst Wasili seinen Sohn nach Moskau geschickt hat, damit er Julja heirate. Ich habe Julja so lieb, daß sie mir leid tun würde. Wie denkst du darüber, lieber Sohn?«

Der Gedanke, leer auszugehen und ausgelacht zu werden und diesen ganzen Monat schweren melancholischen Minnedienstes bei Julja ohne jeden Nutzen verloren zu haben und all die Einkünfte von den Pensaschen und Nischni-Nowgoroder Besitzungen, die er in seinen stillen Überlegungen bereits für diesen und jenen Zweck ordnungsmäßig bestimmt und verwendet hatte, in den Händen eines andern und ganz besonders in den Händen des dummen Anatol zu sehen, dieser Gedanke versetzte Boris in Entrüstung. Er fuhr zu Karagins mit dem festen Vorsatz, seinen Antrag zu machen. Julja empfing ihn mit heiterer, unbefangener Miene, redete in lässiger Manier davon, wie gut sie sich auf dem gestrigen Ball amüsiert habe, und fragte ihn, wann er abreise. Obgleich Boris in der Absicht gekommen war, von seiner Liebe zu reden, und daher vorhatte, zärtlich zu sein, begann er doch in gereiztem Ton von der Unbeständigkeit der Frauen zu sprechen: Die Frauen brächten es mit Leichtigkeit fertig, von Traurigkeit zu Freude überzugehen, und ihre Gemütsstimmung hänge nur davon ab, wer ihnen gerade den Hof mache. Julja nahm das übel und erwiderte, da habe er ganz recht; eine Frau brauche Abwechslung, und immer ein und dasselbe würde einer jeden langweilig.

»Zu diesem Zweck würde ich Ihnen raten ...«, begann Boris in der Absicht, ihr eine Bosheit zu sagen; aber in diesem Augenblick fuhr ihm der peinliche Gedanke durch den Kopf, er könne in die Lage kommen, aus Moskau abreisen zu müssen, ohne trotz so vieler aufgewendeter Mühe seinen Zweck erreicht zu haben (was ihm noch nie auf irgendwelchem Gebiet begegnet war).

Er hielt mitten im Satz inne, schlug die Augen nieder, um den unfreundlichen, gereizten, wankelmütigen Ausdruck ihres Gesichtes nicht zu sehen, und sagte:

»Ich bin ganz und gar nicht in der Absicht hergekommen, mit Ihnen zu streiten. Im Gegenteil ...«

Er warf ihr einen Blick zu, um sich zu überzeugen, ob er fortfahren dürfe. All ihre Gereiztheit war mit einem Schlag verschwunden, und ihre unruhigen, fragenden Augen waren in begieriger Erwartung auf ihn gerichtet. »Ich werde es ja immer so einrichten können, daß ich sie nur selten sehe«, dachte Boris. »Aber ich habe die Sache einmal in Angriff genommen und muß sie nun auch durchführen!« Er wurde dunkelrot, hob die Augen zu ihr auf und sagte:

»Sie kennen meine Gefühle für Sie!«

Mehr zu sagen war eigentlich nicht erforderlich; denn auf Juljas Gesicht strahlte bereits ein Lächeln des Triumphes und des befriedigten Ehrgeizes. Aber sie zwang Boris dazu, ihr alles zu sagen, was bei solchen Gelegenheiten gesagt zu werden pflegt, ihr zu sagen, daß er sie liebe und nie ein Weib mehr geliebt habe als sie. Sie wußte, daß sie das für die Güter im Gouvernement Pensa und die Waldungen im Gouvernement Nischni-Nowgorod verlangen konnte, und sie erhielt, was sie verlangte.

Als Braut und Bräutigam dachten sie nicht mehr an die Bäume, die Dunkelheit und Schwermut über sie herabschütteten, sondern entwarfen Pläne für die künftige Einrichtung eines glänzenden Hauses in Petersburg, machten Visiten und trafen alle Vorbereitungen für eine prunkvolle Hochzeit.

VI

Graf Ilja Andrejewitsch traf Ende Januar mit Natascha und Sonja in Moskau ein. Die Gräfin kränkelte dauernd und konnte nicht mitfahren; und auf ihre Genesung zu warten war nicht möglich: Fürst Andrei wurde täglich in Moskau erwartet; ferner mußte die Aussteuer eingekauft werden; es war notwendig, das Landhaus bei Moskau zu verkaufen, und endlich mußte die Anwesenheit des alten Fürsten in Moskau benutzt werden, um ihm seine künftige Schwiegertochter vorzustellen. Das Rostowsche Haus in Moskau war ungeheizt; auch kamen sie nur auf kurze Zeit, und die Gräfin war nicht dabei: Aus diesen Gründen entschloß sich Ilja Andrejewitsch, in Moskau bei Marja Dmitrijewna Achrosimowa abzusteigen, die ihm schon lange ihre Gastfreundschaft angeboten hatte.

Spätabends kamen die vier Rostowschen Schlitten auf Marja Dmitrijewnas Hof in der Staraja-Konjuschennaja-Straße gefahren. Marja Dmitrijewna wohnte allein: Ihre Tochter war schon verheiratet, und ihre Söhne befanden sich sämtlich in dienstlichen Stellungen.

Sie hielt sich immer noch ebenso aufrecht wie früher, sagte immer noch ebenso geradeheraus, laut und entschieden allen Leuten ihre Meinung und machte gewissermaßen durch ihr ganzes Wesen anderen Menschen Vorwürfe wegen all der Schwächen, Leidenschaften und törichten Neigungen, deren Existenzberechtigung sie nicht anerkannte. Vom frühen Morgen an beschäftigte sie sich in einer bequemen Jacke mit der Hauswirtschaft. Darauf fuhr sie an Festtagen zur Messe und von der Messe nach den Gefängnissen und Kerkern, wo sie eine Tätigkeit ausübte, von der sie zu niemand sprach; an Werktagen empfing sie, nachdem sie sich angekleidet hatte, bei sich zu Hause Bittsteller der verschiedensten Lebensstellungen, deren sich täglich eine Menge bei ihr einfand. Dann aß sie zu Mittag; an ihrem kräftigen, wohlschmeckenden Mittagessen nahmen stets drei bis vier Gäste teil; nach dem Mittagessen spielte sie eine Partie Boston; vor dem Schlafengehen ließ sie sich die Zeitungen und neue Bücher vorlesen, während sie selbst strickte. Besuche machte sie nur ganz selten und ausnahmsweise, und wenn sie es tat, dann nur bei den vornehmsten Persönlichkeiten in der Stadt.

Sie hatte sich noch nicht hingelegt, als Rostows eintrafen und im Vorzimmer die Rolle der Tür knarrte, durch welche Rostows und deren Dienerschaft aus der kalten Luft hereinkamen. Marja Dmitrijewna stand mit ihrer Brille, die sie tief auf die Nase hinabgeschoben hatte, und mit zurückgelegtem Kopf in der Saaltür und blickte die Eintretenden mit ernster, strenger Miene an. Man hätte denken können, sie sei über die Ankömmlinge ärgerlich und werde sie sogleich wieder wegjagen, wenn sie nicht gleichzeitig ihren Dienstboten sorgfältige Anweisungen über die Unterbringung der Gäste und ihres Gepäckes gegeben hätte.

»Ist das hier das Gepäck des Grafen? Das trage dorthin«, sagte sie, ohne jemand zu begrüßen, indem sie auf die Koffer wies. »Die Fräulein kommen dorthin, nach links. Na, was macht ihr da für unnütze Komplimente!« rief sie den Dienstmädchen zu. »Zündet den Samowar an! Du bist voller und hübscher geworden«, bemerkte sie und zog die von der Kälte gerötete Natascha an der Pelzkappe zu sich heran. »Hu, wie kalt bist du!« Und dem Grafen, der herantreten wollte, um ihr die Hand zu küssen, schrie sie zu: »So zieh dir doch nur schnell erst den Pelz aus! Du bist ja wohl ganz durchgefroren. Stellt zum Tee Rum auf den Tisch! Bon jour, Sonja!« sagte sie zu dieser und deutete durch diese französische Begrüßung ihre bei aller Freundlichkeit doch ein wenig geringschätzige Gesinnung gegen Sonja an.

Nachdem alle Ankömmlinge ihre winterlichen Reisehüllen abgelegt und sich von der Reise wieder in Ordnung gebracht hatten, erschienen sie zum Tee, und nun küßte Marja Dmitrijewna alle der Reihe nach.

»Ich freue mich von ganzem Herzen, daß ihr nach Moskau gekommen seid und daß ihr bei mir logiert«, sagte sie. »Es ist hohe Zeit«, fuhr sie mit einem bedeutsamen Blick auf Natascha fort. »Der Alte ist hier, und der Sohn wird von Tag zu Tag erwartet. Ihr müßt euch unter allen Umständen mit dem Alten bekanntmachen. Na, darüber reden wir später noch«, fügte sie hinzu, indem sie Sonja mit einem Blick streifte, welcher besagte, daß sie in deren Gegenwart nicht darüber reden möge. »Nun höre«, wandte sie sich an den Grafen, »was hast du denn für morgen für Wünsche? Wen soll ich dir einladen? Schinschin?« Sie bog einen Finger ein. »Die weinerliche Anna Michailowna? Zwei. Sie hat jetzt ihren Sohn hier bei sich und verschafft ihm eine Frau! Dann Besuchow, nicht wahr? Der ist auch mit seiner Frau hier. Er war ihr weggelaufen; aber sie ist ihm schleunigst nachgereist. Er ist Mittwoch bei mir zu Tisch gewesen. Na, und diese beiden«, sie zeigte auf die jungen Damen, »die werde ich morgen in die Iberische Kapelle führen, und dann wollen wir zu der Ober-Schelmin fahren. Ihr werdet euch ja doch wohl lauter neue Garderobe machen lassen? Nach mir könnt ihr euch darin nicht richten; jetzt werden Ärmel getragen – so! Von *der* Größe! Neulich besuchte mich die junge Prinzessin Irma Wasiljewna: Es sah ganz verdreht aus; als ob sie sich zwei Fässer über die Arme gezogen hätte. Es ist ja jetzt alle Tage eine andere Mode. Na, und du, was hast du für Geschäfte?« wandte sie sich mit strenger Miene zum Grafen.

»Es ist auf einmal alles zusammengekommen«, antwortete der Graf. »Plunderzeug muß ich einkaufen, und dann habe ich hier einen Käufer für das Landhaus vor der Stadt und für das Stadthaus in Aussicht. Wenn Ihre Güte mir das gestatten sollte, so würde ich mir eine passende Zeit aussuchen und auf einen Tag nach Marinskoje hinausfahren und Ihnen solange meine Mädchen aufpacken.«

»Gut, gut; sie werden bei mir wohlbehütet sein. Bei mir sind sie wie im Vormundschaftsrat selbst. Ich werde sie ausführen, wohin es nötig ist, und werde sie nach Bedarf schelten und streicheln«, sagte Marja Dmitrijewna und tippte mit ihrer großen Hand Natascha, die ihr Liebling und Patenkind war, an die Wange.

Am andern Tag führte Marja Dmitrijewna vormittags die beiden jungen Mädchen in die Iberische Kapelle und zu Madame Auber-Chalmé, die vor Marja Dmitrijewna solche Angst hatte, daß sie ihr ihre Putzsachen und Kostüme immer mit Verlust abließ, nur um diese resolute Kundin möglichst schnell wieder loszuwerden. Marja Dmitrijewna bestellte dort fast die ganze Aussteuer. Als sie wieder nach Hause gekommen waren, trieb sie alle außer Natascha aus dem Zimmer und forderte ihren Liebling auf, sich dicht neben ihren Lehnstuhl zu setzen.

»Na, also jetzt wollen wir ein bißchen miteinander reden. Ich wünsche dir Glück zu deinem Bräutigam. Da hast du dir einen recht braven Menschen geangelt! Ich freue mich um deinetwillen; ich kenne ihn von der Zeit her, wo er noch so klein war.« Sie zeigte etwa zwei Fuß von der Erde. Natascha errötete vor Freude. »Ich habe ihn und seine ganze Familie sehr gern. Nun höre zu. Du weißt ja, der alte Fürst Nikolai ist sehr dagegen, daß sein Sohn sich wieder verheiratet. Ein wunderlicher alter Mann! Es versteht sich von selbst: Fürst Andrei ist kein Kind und kann ohne Zustimmung seines Vaters tun, was er will; aber wenn du gegen den Willen des Vaters in die Familie einträtest, so wäre das doch ein übles Ding. Das muß in Frieden und Freundschaft geschehen. Du bist ja klug und wirst wissen, wie du dich zu benehmen hast. Benimm dich herzlich und verständig. Dann wird schon alles gut werden.«

Natascha schwieg, wie Marja Dmitrijewna meinte, aus Schüchternheit; aber in Wirklichkeit war es ihr unangenehm, daß sich jemand in ihr und des Fürsten Andrei Liebesverhältnis einmischte. Dieses Verhältnis erschien ihr als etwas von allen andern menschlichen Verhältnissen derart

Verschiedenes, daß, nach ihrer Auffassung, niemand dafür ein Verständnis haben konnte. Sie liebte und kannte nur den Fürsten Andrei, und er liebte sie und mußte in den nächsten Tagen eintreffen und sie holen. Von weiteren Dingen wollte sie nichts wissen.

»Siehst du wohl, ich kenne ihn schon lange, und auch deine Schwägerin Marja habe ich sehr gern. Man sagt sonst: Schwägerin, Verklägerin; aber diese tut keiner Fliege etwas zuleide. Sie hat mich gebeten, sie mit dir bekanntzumachen. Du wirst morgen mit deinem Vater zu ihr fahren; da schmeichle dich nur recht artig ein: Du bist jünger als sie. Wenn dann dein Bräutigam kommt, so sieht er, daß du schon mit seiner Schwester und mit seinem Vater bekannt bist und sie dich liebgewonnen haben. Hab ich recht oder nicht? So ist es doch wohl am besten?«

»Gewiß, so ist es am besten«, antwortete Natascha ohne rechte Herzensfreudigkeit.

VII

Am folgenden Tag fuhr Graf Ilja Andrejewitsch auf Marja Dmitrijewnas Rat mit Natascha zum Fürsten Nikolai Andrejewitsch. Der Graf schickte sich in recht mißvergnügter Stimmung zu diesem Besuch an: Es war ihm bänglich zumute. Er mußte an seine letzte Begegnung mit dem Fürsten anläßlich der Einberufung der Landwehr denken, wo ihm als Antwort auf seine Einladung zum Diner von dem Fürsten ein sehr scharfer Verweis zuteil geworden war, weil er seine Mannschaften nicht gestellt hatte. Natascha dagegen, die ihr schönstes Kleid angelegt hatte, befand sich in heiterster Gemütsverfassung. »Es ist ja unmöglich, daß sie mich nicht liebgewinnen sollten«, dachte sie; »bis jetzt haben mich immer alle Leute gern gehabt. Und ich bin von Herzen bereit, ihnen alles zuliebe zu tun, was sie nur wünschen mögen, bin willens, ihn zu lieben, weil er der Vater, und sie, weil sie die Schwester ist, so daß sie keinen Grund haben werden, mir ihre Liebe zu verweigern!«

Sie fuhren bei dem alten, finsterblickenden Haus in der Wosdwischenka-Straße vor und traten in den Flur.

»Nun, Gott gebe uns seinen Segen!« sagte der Graf halb im Scherz, halb im Ernst; aber Natascha bemerkte, daß ihr Vater nicht mit seiner sonstigen Ruhe und Gemächlichkeit in das Vorzimmer trat und schüchtern mit leiser Stimme fragte, ob der Fürst und die Prinzessin zu Hause seien.

Nach der Meldung von ihrer Ankunft war bei der Dienerschaft des Fürsten eine gewisse Unruhe und Bestürzung wahrzunehmen. Der Diener, der hineingeeilt war, um die Meldung abzustatten, wurde auf dem

Rückweg von einem andern, alten Diener im Saal angehalten, und sie flüsterten miteinander. Auch kam ein Stubenmädchen in den Saal gelaufen und sagte hastig etwas, worin der Name der Prinzessin vorkam. Endlich kam der alte Diener mit ernster, strenger Miene in das Vorzimmer, in dem die beiden Rostows warteten, und meldete ihnen, der Fürst könne sie nicht empfangen, aber die Prinzessin lasse bitten, auf ihr Zimmer zu kommen.

Die erste, die die Gäste begrüßte, war Mademoiselle Bourienne. Sie befleißigte sich gegen Vater und Tochter ganz besonderer Höflichkeit und führte sie zu der Prinzessin. Die Prinzessin, mit aufgeregtem, erschrockenem, von roten Flecken überdecktem Gesicht, kam mit ihren schweren Schritten ihren Gästen entgegen, indem sie den vergeblichen Versuch machte, unbefangen und erfreut zu erscheinen. Natascha machte beim ersten Blick auf Prinzessin Marja keinen angenehmen Eindruck; sie kam ihr zu geputzt, leichtfertig und eitel vor. Prinzessin Marja war sich dessen nicht bewußt, daß sie schon, ehe sie ihre künftige Schwägerin noch erblickt hatte, aus mehreren Gründen schlecht gegen sie gestimmt gewesen war: weil sie sie unwillkürlich wegen ihrer Schönheit, ihrer Jugend und ihres Glückes beneidete, und weil sie ihr aus Eifersucht die Liebe ihres Bruders nicht gönnte. Abgesehen von diesem unüberwindlichen Gefühl der Abneigung gegen Natascha war Prinzessin Marja in diesem Augenblick auch noch dadurch aufgeregt, daß der Fürst bei der Meldung von der Ankunft der Rostows geschrien hatte, er wolle von ihnen nichts wissen; wenn Prinzessin Marja wolle, so möge sie sie empfangen; in sein Zimmer aber sollten sie nicht hereingelassen werden. Prinzessin Marja hatte bei der Meldung gesagt, sie wolle Rostows empfangen, fürchtete nun aber jeden Augenblick, der Fürst könne irgendeinen Akt der Unhöflichkeit und Feindseligkeit begehen, da ihn die Ankunft der beiden Rostows sehr aufgeregt zu haben schien.

»Nun, liebe Prinzessin, da habe ich Ihnen also meine kleine Heidelerche gebracht«, sagte der Graf mit einer Verbeugung und blickte sich dabei unruhig um, als fürchtete er, der alte Fürst könnte eintreten. »Ich freue mich außerordentlich, daß Sie einander kennenlernen ... Schade, schade, daß der Fürst immer noch unpäßlich ist ...« Und nachdem er noch einige allgemeine Redensarten gemacht hatte, stand er auf. »Wenn Sie erlauben, Prinzessin, überlasse ich Ihnen meine Natascha auf ein Viertelstündchen; ich möchte gern hier ganz in der Nähe einen Besuch machen, auf dem Sobatschja-Platz, bei Anna Semjonowna, und hole meine Tochter dann wieder von hier ab.«

Ilja Andrejewitsch hatte diesen diplomatischen Trick ersonnen, um den künftigen Schwägerinnen eine bessere Möglichkeit zu geben, sich ungeniert miteinander auszusprechen (diesen Grund teilte er nachher seiner Tochter mit), und dann auch, um eine mögliche Begegnung mit dem Fürsten zu vermeiden, vor dem er sich fürchtete. Dies sagte er seiner Tochter nicht; aber Natascha merkte den Grund der ängstlichen Unruhe ihres Vaters und empfand das als eine Kränkung. Sie errötete über die Situation ihres Vaters, ärgerte sich noch mehr eben darüber, daß sie errötet war, und sah nun die Prinzessin mit einem dreisten, herausfordernden Blick an, welcher besagen sollte, sie fürchte sich vor niemand. Die Prinzessin sagte zu dem Grafen, sie freue sich sehr und bitte ihn, nur recht lange bei Anna Semjonowna zu bleiben. Ilja Andrejewitsch entfernte sich.

Prinzessin Marja, welche mit Natascha gern unter vier Augen gesprochen hätte, warf Mademoiselle Bourienne unruhige Blicke zu; aber diese ging trotzdem nicht aus dem Zimmer und plauderte unentwegt von den Moskauer Theatern und sonstigen Vergnügungen. Natascha fühlte sich gekränkt durch die Verlegenheit des Dienstpersonals, die sie vom Vorzimmer aus gemerkt hatte, durch die Unruhe ihres Vaters und durch den gezwungenen Ton der Prinzessin, die ihr (wenigstens schien es Natascha so) eine Gnade damit zu erweisen glaubte, daß sie sie empfing. Und daher war ihr alles zuwider. Prinzessin Marja gefiel ihr nicht; sie kam ihr sehr häßlich in ihrer äußeren Erscheinung sowie heuchlerisch und herzlos vor. Natascha zog sich auf einmal, in geistigem Sinn gesagt, zusammen und nahm unwillkürlich einen lässigen Ton an, dessen Wirkung nur sein konnte, Prinzessin Marja noch mehr abzustoßen. Nachdem das mühsam sich hinschleppende, gekünstelte Gespräch fünf Minuten gedauert hatte, hörten sie, wie sich schnelle Schritte in Pantoffeln näherten. Auf dem Gesicht der Prinzessin Marja malte sich ein jähes Erschrecken; die Tür des Zimmers öffnete sich, und der Fürst, in weißer Nachtmütze und weißem Schlafrock, trat herein.

»Ah, gnädiges Fräulein«, begann er, »gnädiges Fräulein, Komtesse … Komtesse Rostowa, wenn ich nicht irre … ich bitte um Verzeihung, bitte um Verzeihung … Ich wußte nicht, gnädiges Fräulein, bei Gott, ich wußte nicht, daß Sie uns mit Ihrem Besuch beehrten; ich wollte in diesem Kostüm nur zu meiner Tochter kommen. Bitte um Verzeihung … bei Gott, ich wußte nicht«, sagte er noch einmal, das Wort »Gott« stark betonend, in so unnatürlicher, unangenehmer Weise, daß Prinzessin Marja mit niedergeschlagenen Augen dastand und weder ihren Vater noch Natascha anzublicken wagte.

Natascha, die aufgestanden war und einen Knicks gemacht hatte, wußte ebenfalls nicht, was sie tun sollte. Nur Mademoiselle Bourienne lächelte freundlich.

»Ich bitte um Verzeihung, bitte um Verzeihung; bei Gott, ich wußte nicht …«, brummte der Alte, und nachdem er Natascha vom Kopf bis zu den Füßen gemustert hatte, ging er wieder hinaus.

Mademoiselle Bourienne war die erste, die nach diesem Erscheinen des Fürsten die Fassung wiedergewann und über die Krankheit des Fürsten zu sprechen anfing. Natascha und Prinzessin Marja sahen einander schweigend an, und je länger sie einander so anblickten, ohne das zu sagen, was sie eigentlich doch gern gesagt hätten, um so unfreundlicher dachten sie beide voneinander.

Als der Graf wiederkam, freute sich Natascha in unhöflicher Weise über seine Rückkehr und hatte es eilig mit dem Aufbruch: Sie hatte in diesem Augenblick beinahe einen Haß auf die alte, trockene Prinzessin, die ihr eine so unbehagliche Situation bereitet und es fertiggebracht hatte, mit ihr eine halbe Stunde lang zusammenzusein, ohne ein Wort über den Fürsten Andrei zu sagen. »Ich meinerseits konnte doch in Gegenwart dieser Französin nicht anfangen von ihm zu sprechen«, dachte Natascha. Gleichzeitig quälte Prinzessin Marja sich mit ganz demselben Gedanken. Sie hatte gewußt, was sie zu Natascha sagen mußte; aber sie hatte es nicht über sich bringen können, dies zu tun, einerseits weil ihr Mademoiselle Bourienne im Weg war, und dann, weil es ihr, ohne daß sie selbst recht gewußt hätte warum, so überaus peinlich war, von dieser Ehe zu sprechen. Als der Graf bereits aus dem Zimmer heraus war, trat Prinzessin Marja mit schnellen Schritten an Natascha heran, ergriff ihre Hand und sagte mit einem schweren Seufzer:

»Bleiben Sie noch einen Augenblick; ich möchte …«

Natascha blickte mit einem spöttischen Lächeln (sie wußte selbst nicht warum) Prinzessin Marja an.

»Liebe Natalja«, sagte Prinzessin Marja, »ich möchte Ihnen noch sagen, wie sehr ich mich darüber freue, daß mein Bruder in Ihnen sein Glück gefunden hat …«

Sie stockte, da sie fühlte, daß sie die Unwahrheit sprach. Natascha bemerkte dieses Stocken und erriet dessen Ursache.

»Ich glaube, Prinzessin, daß jetzt keine gelegene Zeit ist, um darüber zu sprechen«, erwiderte Natascha, äußerlich gemessen und kühl, aber sie fühlte die nahen Tränen in der Kehle.

»Was habe ich gesagt, was habe ich getan!« dachte sie sowie sie das Zimmer verlassen hatte.

An diesem Tag ließ Natascha beim Mittagessen sehr lange auf sich warten. Sie saß in ihrem Zimmer und weinte wie ein kleines Kind, schluchzend und sich häufig die Nase putzend. Sonja stand neben ihr, beugte sich über sie und küßte sie auf das Haar.

»Natascha, worüber weinst du denn?« sagte sie. »Was gehen dich diese Leute an? Es geht alles vorüber, Natascha.«

»Nein, wenn du wüßtest, wie kränkend es war … als ob ich …«

»Sprich nicht mehr davon, Natascha; du kannst ja nichts dafür; also was kümmert es dich? Gib mir einen Kuß!« tröstete Sonja.

Natascha hob den Kopf in die Höhe, küßte ihre Freundin auf die Lippen und drückte ihr feuchtes Gesicht an deren Körper.

»Ich kann gar nicht sagen, wie es gekommen ist; ich weiß es nicht«, sagte Natascha. »Niemand anders kann dafür; ich bin allein daran schuld. Aber es ist ein furchtbarer Schmerz. Ach, warum kommt er nicht …!«

Mit geröteten Augen kam sie endlich zu Tisch. Marja Dmitrijewna, welche bereits gehört hatte, wie die beiden Rostows vom Fürsten empfangen waren, tat, als bemerke sie Nataschas verstörtes Gesicht nicht, und scherzte in ihrer energischen, lauten Art bei Tisch mit dem Grafen und den andern Gästen.

VIII

Am Abend dieses Tages fuhren Rostows in die Oper, zu welcher Marja Dmitrijewna ihnen Billetts besorgt hatte. Natascha hatte eigentlich gar keine Lust hinzufahren; aber sie durfte Marja Dmitrijewnas Freundlichkeit, die ausschließlich ihr galt, nicht ablehnen. Als sie fertig angekleidet in den Saal kam, um dort auf ihren Vater zu warten, und, sich in dem großen Spiegel betrachtend, sah, daß sie hübsch, sehr hübsch war, da wurde ihr noch trauriger zumute; aber mit der Traurigkeit paarte sich eine süße Liebessehnsucht.

»O Gott, wenn er jetzt hier wäre, dann würde ich ihn nicht so umarmen wie früher, wo ich mich dummerweise, ich weiß nicht wovor, scheute, sondern in einer neuen Art, einfach und natürlich, und ich würde mich an ihn schmiegen und ihn dazu bringen, mich mit jenen suchenden, forschenden Augen anzusehen, mit denen er mich so oft angesehen hat, und dann würde ich ihn dazu bringen, so zu lachen, wie er damals lachte. Und seine Augen! Wie ich sie vor mir sehe, diese Augen!« dachte Natascha. »Und was gehen mich sein Vater und seine Schwester an: Ich liebe ihn, nur ihn, ihn, mit diesem Gesicht und diesen Augen, mit seinem zugleich männlichen und kindlichen Lächeln … Nein, ich will lieber nicht an ihn denken, will diese Zeit über nicht an ihn denken, ihn vergessen, ganz vergessen. Sonst ertrage ich diesen Zustand des Wartens nicht, ich fange gleich an loszuschluchzen.« Sie trat vom Spiegel weg, indem sie sich Gewalt antat, nicht in Tränen auszubrechen. »Wie bringt es Sonja nur fertig, Nikolai so ruhig und gleichmäßig zu lieben und so lange und mit solcher Geduld zu warten!« dachte sie, als sie Sonja erblickte, die, gleichfalls in Toilette, mit dem Fächer in der Hand, eintrat. »Nein, sie hat eine ganz andere Natur als ich. Ich kann das nicht!«

Natascha fühlte sich in diesem Augenblick so weich und zärtlich gestimmt, daß es ihr nicht genügte, zu lieben und sich geliebt zu wissen; sie sehnte sich danach, jetzt, jetzt gleich den geliebten Mann zu umarmen und ihm die Liebesworte zu sagen, von denen ihr Herz voll war, und ebensolche Worte von ihm zu hören. Während sie, neben ihrem Vater sitzend, im Wagen dahinrollte und gedankenvoll nach der befrorenen Fensterscheibe hinblickte, hinter der die Lichter der Laternen flimmernd vorbeihuschten, fühlte sie sich noch stärker von Liebessehnsucht und Traurigkeit ergriffen und vergaß ganz, mit wem und wohin sie fuhr. Der Wagen, in welchem Rostows fuhren, schwenkte nun in die lange Reihe von Equipagen ein und rückte, langsam mit den Rädern über den Schnee hinknirschend, bis zum Theater vor. Hurtig sprangen Natascha und Sonja, ihre Kleider zusammenraffend, heraus; auch der Graf stieg, von den Dienern unterstützt, aus, und zwischen den hineingehenden Damen und Herren und den Zettelverkäufern hindurch begaben sie sich alle drei in den Korridor der Parkettlogen. Durch die angelehnten Türen hindurch waren schon die Klänge der Musik zu hören.

»Natascha, dein Haar …«, flüsterte Sonja.

Der Logenschließer glitt höflich und eilig vor den Damen her und öffnete die Tür der Loge. Die Musik wurde deutlicher vernehmbar; im Rahmen der Tür zeigten sich die strahlend hell erleuchteten Reihen der Logen mit den entblößten Schultern und Armen der Damen und das lärmende, von Uniformen glänzende Parkett. Eine Dame, die in die Nachbarloge eintrat, richtete einen frauenhaft neidischen Blick auf Natascha. Der Vorhang war noch nicht aufgezogen; es wurde erst die Ouvertüre gespielt. Natascha schritt, nachdem sie noch ihr Kleid geordnet hatte, mit Sonja durch die Tür, setzte sich und betrachtete die erleuchteten Reihen der gegenüberliegenden Logen. Das Bewußtsein, welches sie seit langer Zeit nicht mehr gehabt hatte, daß Hunderte von Blicken sich auf ihre nackten Arme und auf ihren nackten Hals richteten, dieses Bewußtsein erregte bei ihr jetzt auf einmal eine halb angenehme, halb unangenehme Empfindung und rief einen Schwarm damit in Zusammenhang stehender Erinnerungen, Wünsche und unruhiger Gedanken hervor.

Die beiden auffällig hübschen Mädchen, Natascha und Sonja, nebst dem Grafen Ilja Andrejewitsch, den man in Moskau lange nicht gesehen hatte, zogen die allgemeine Aufmerksamkeit auf sich. Außerdem hatten alle eine wenn auch unsichere Kenntnis von Nataschas Verlobung mit dem Fürsten Andrei, wußten, daß Rostows seitdem auf dem Land gelebt hatten, und betrachteten nun neugierig die Braut eines der besten Heiratskandidaten in ganz Rußland.

Natascha war, wie ihr alle Bekannten gesagt hatten, auf dem Land noch schöner geworden, und an diesem Abend erschien sie infolge der innerlichen Erregung ganz besonders schön. Sie überraschte durch ihre Lebhaftigkeit und Schönheit, im Verein mit einer großen Gleichgültigkeit gegen ihre ganze Umgebung. Ihre schwarzen Augen blickten auf die Menschenmenge, ohne irgendeinen einzelnen zu suchen, und während der dünne, bis über den Ellbogen entblößte Arm auf der samtenen Brüstung ruhte, schloß und öffnete sich offenbar unbewußt ihre Hand nach dem Takt der Ouvertüre und zerknitterte den Theaterzettel.

»Sieh mal, da ist Fräulein Alenina«, sagte Sonja; »ich glaube, mit ihrer Mutter.«

»Herrje! Michail Kirillowitsch ist noch dicker geworden!« rief der alte Graf erstaunt.

»Seht nur, da ist unsere Anna Michailowna, und mit was für einer Toque!«

»Frau Karagina ist da, mit Julja, und Boris ist auch bei ihnen. Daraus kann man doch gleich sehen, daß die beiden Braut und Bräutigam sind.«

»Drubezkoi hat seinen Antrag gemacht. Es ist sicher, ich habe es heute erfahren«, sagte Schinschin, der in die Rostowsche Loge hereingekommen war.

Natascha schaute nach der Richtung, nach der ihr Vater hinsah, und erblickte Julja, die, eine Perlenschnur um den dicken, roten (wie Natascha wußte: gepuderten) Hals, mit glückstrahlendem Gesicht neben ihrer Mutter dasaß. Hinter ihnen war der glatt frisierte Kopf des schönen Boris sichtbar; Boris lächelte und beugte sich mit dem Ohr zu Juljas Mund hinab. Unter der Stirn hervor blickte er nach Rostows hin und sagte lächelnd etwas zu seiner Braut.

»Sie sprechen von uns, von meiner früheren Beziehung zu ihm!« dachte Natascha. »Boris beschwichtigt gewiß die Eifersucht seiner Braut auf mich; sie machen sich unnütze Sorgen! Wenn sie wüßten, wie gleichgültig sie mir alle sind!«

Dahinter saß, eine grüne Toque auf dem Kopf, mit glücklicher, feierlicher Miene, welche ihre Ergebung in den Willen Gottes zum Ausdruck brachte, Anna Michailowna. In dieser Loge herrschte offenbar jene Stimmung, die durch die Anwesenheit eines Brautpaares hervorgerufen zu werden pflegt, eine Stimmung, die Natascha so gut kannte und so sehr liebte. Sie wandte sich ab, und plötzlich kam ihr all das Demütigende in den Sinn, das der von ihr am Vormittag gemachte Besuch für sie gehabt hatte.

»Was hat er für ein Recht, meiner Aufnahme in seine Familie zu widerstreben? Ach, das beste ist, gar nicht daran zu denken, nicht daran zu denken, ehe er nicht angekommen ist!« sagte sie zu sich selbst und begann nun, die bekannten und unbekannten Gesichter im Parkett zu mustern. Vorn im Parkett, gerade in der Mitte, mit dem Rücken sich gegen die Rampe lehnend, stand Dolochow mit seinem gewaltigen, nach oben hinaufgekämmten Schopf krauser Haare, in persischem Kostüm. Er stand an der sichtbarsten Stelle des ganzen Theaters; aber obwohl er wußte, daß er die Aufmerksamkeit des gesamten Publikums auf sich zog, stand er geradeso ungeniert da, wie wenn er sich in seinem eigenen Zimmer befände. Um ihn standen in dichtem Schwarm die vornehmsten jungen Lebemänner Moskaus, und er nahm unter ihnen augenscheinlich die Stelle des Matadors ein.

Graf Ilja Andrejewitsch stieß lachend die errötende Sonja an, indem er auf ihren ehemaligen Verehrer zeigte.

»Hast du ihn erkannt?« fragte er sie. Dann wandte er sich an Schinschin: »Von wo mag der sich hier wieder eingefunden haben? Er war ja ganz verschwunden, irgendwohin, weit weg.«

»Ganz richtig«, antwortete Schinschin. »Er war im Kaukasus; aber er desertierte dort, wurde, wie es heißt, Minister bei irgendeinem regierenden Fürsten in Persien und ermordete dort den Bruder des Schahs: Na, die Moskauer Damen sind wie verrückt nach ihm! Der Perser Dolochow, das ist jetzt der Clou. Das dritte Wort heißt bei uns jetzt immer Dolochow: Man betrachtet ihn als Ideal; man lädt, wie auf einem Sterlet, Gäste auf ihn ein. Dolochow und Anatol Kuragin haben bei uns allen Damen geradezu die Köpfe verdreht.«

In die benachbarte Loge trat eine schöne Frau von hohem Wuchs, mit einer außerordentlich starken Haarflechte, die volle, weiße Büste sehr tief dekolletiert; um den Hals trug sie eine doppelte Schnur großer Perlen. Es dauerte lange, bis sie, mit ihrem starren seidenen Kleid raschelnd, zum Sitzen kam.

Natascha betrachtete unwillkürlich diesen Hals, diese Schultern, diese Perlen, diese Frisur und bewunderte die Schönheit der Schultern und der Perlen. Während sie bereits zum zweitenmal die Dame musterte, wandte diese sich um, und als ihre Blicke denen des Grafen Ilja Andrejewitsch begegneten, nickte sie ihm zu und lächelte. Dies war die Gräfin Besuchowa, Pierres Frau. Ilja Andrejewitsch, der alle Leute auf der Welt kannte, bog sich hinüber und knüpfte ein Gespräch mit ihr an.

»Sind Sie schon lange in Moskau, Gräfin?« fragte er. »Ich werde mir erlauben herumzukommen und Ihnen die Hand zu küssen. Ich bin in geschäftlichen Angelegenheiten nach Moskau gekommen und habe meine

Mädchen mitgebracht. Die Semjonowa soll ja unvergleichlich spielen«, redete er weiter. »Graf Peter Kirillowitsch hat sich unser immer freundlich erinnert. Ist er hier?«

»Ja, er wollte herkommen«, erwiderte Helene und musterte Natascha mit großer Aufmerksamkeit.

Graf Ilja Andrejewitsch setzte sich wieder auf seinen Platz.

»Sie ist schön, nicht wahr?« fragte er Natascha flüsternd.

»Ganz wunderschön!« erwiderte Natascha. »In die kann sich einer schon verlieben!«

In diesem Augenblick erklangen die letzten Akkorde der Ouvertüre, und der Stab des Kapellmeisters klopfte auf. Im Parkett begaben sich einige Herren, die sich verspätet hatten, eilig auf ihre Plätze, und der Vorhang ging in die Höhe.

Sowie der Vorhang in die Höhe ging, wurde in den Logen und im Parkett alles still, und alle Herren, alte und junge, in Uniformen und in Fracks, alle Damen mit kostbaren Steinen an den nackten Körperteilen richteten in lebhafter Spannung ihre ganze Aufmerksamkeit auf die Bühne. Natascha blickte ebenfalls dorthin.

IX

Auf der Bühne war in der Mitte ein ebener Bretterboden; auf beiden Seiten standen bemalte Pappwände, welche Bäume darstellten; hinten war senkrecht auf dem Bretterboden eine Leinwand ausgespannt. In der Mitte der Bühne saßen Mädchen in roten Miedern und weißen Röcken. Ein sehr dickes Mädchen in einem weißseidenen Kleid saß für sich allein auf einem niedrigen Bänkchen, an welches von hinten eine grüne Pappe angeklebt war. Alle sangen irgend etwas. Als sie mit ihrem Gesang fertig waren, trat die im weißen Kleid an den Souffleurkasten, und zu ihr trat ein Mann in seidenen Hosen, die ihm sehr straff auf den dicken Beinen saßen, mit einer Feder auf dem Hut und einem Dolch im Gürtel, und fing an zu singen und mit den Händen zu gestikulieren.

Nachdem der Mann in den straff sitzenden Hosen gesungen hatte, sang sie. Dann schwiegen sie beide, die Musik spielte, und der Mann berührte mit den Fingern die Hand des Mädchens im weißen Kleid; er wartete offenbar wieder auf den Takt, um nun seinen Part mit ihr zusammen zu beginnen. Sie sangen nun zu zweien, und alle im Theater fingen an zu klatschen und zu schreien; der Mann und das Mädchen auf der Bühne aber, welche Verliebte darstellten, lächelten, gestikulierten mit den Armen und verbeugten sich.

Nach dem Aufenthalt auf dem Land und bei der ernsten Stimmung, in der sich Natascha befand, erschien ihr dies alles sonderbar und verwunderlich. Sie war nicht imstande, dem Gang der Handlung zu folgen, ja nicht einmal ordentlich auf die Musik zu hören; sie sah nur bemalte Pappwände und seltsam ausstaffierte Männer und Frauen, die sich in heller Beleuchtung sonderbar bewegten und sonderbar redeten und sangen; sie wußte zwar, was dies alles vorstellen sollte; aber dies alles war so verschnörkelt, gekünstelt und unnatürlich, daß sie sich halb für die Schauspieler schämte, halb über sie lachen mußte. Sie blickte um sich herum nach den Gesichtern der Zuschauer und suchte auf ihnen dasselbe Gefühl des Spottes und der Verwunderung, welches sie erfüllte; aber alle Gesichter waren aufmerksam auf das gerichtet, was auf der Bühne vorging, und drückten ein, wie es ihr vorkam, gemachtes Entzücken aus. »Gewiß muß das alles so sein«, dachte Natascha. Sie betrachtete abwechselnd bald diese langen Reihen pomadisierter Köpfe im Parkett, bald die halbnackten Damen in den Logen, namentlich ihre Nachbarin Helene, die, fast vollständig unbekleidet, mit stillem, ruhigem Lächeln unverwandt nach der Bühne blickte; und zugleich kam ihr die starke Helligkeit, die durch den ganzen Saal ausgegossen war, und die hohe Temperatur der von der Menschenmenge erwärmten Luft zum Bewußtsein. Natascha geriet allmählich in einen der Berauschtheit ähnlichen Zustand hinein, in dem sie sich seit langer Zeit nicht mehr befunden hatte. Sie wußte nicht mehr, wer sie war und wo sie war und was vor ihren Augen geschah. Sie sah und dachte, und die sonderbarsten Gedanken huschten ihr überraschend und ohne jede Verknüpfung durch den Kopf. Bald kam ihr der Einfall, auf die Rampe zu springen und die Arie, welche die Sängerin da sang, selbst zu singen, bald fühlte sie sich gelockt, einen nicht weit von ihr sitzenden alten Herrn mit dem Fächer anzustoßen, bald sich zu Helene hinüberzubiegen und sie zu kitzeln.

In einem Augenblick, als gerade auf der Bühne alles still geworden war, da eine Arie beginnen sollte, knarrte die Eingangstür des Parketts auf der Seite, wo die Rostowsche Loge war, und es wurden die Schritte eines Herrn, der sich verspätet hatte, hörbar. »Da ist er, Kuragin!« flüsterte Schinschin. Die Gräfin Besuchowa wandte sich um und lächelte dem Eintretenden zu. Natascha schaute dahin, wohin die Augen der Gräfin Besuchowa gerichtet waren, und erblickte einen ungewöhnlich schönen Adjutanten, der mit selbstbewußter, aber zugleich weltmännisch höflicher Miene sich der Loge näherte, in der sie mit den Ihrigen saß. Es war Anatol Kuragin, den sie vor langer Zeit einmal auf einem Ball in Petersburg gesehen und bemerkt hatte. Er trug jetzt die Adjutantenuniform mit Epauletten und Achselschnüren. Seine langsame, forsche Art zu gehen hätte etwas Komisches gehabt, wenn er nicht eine so schöne Erscheinung gewesen wäre und wenn nicht auf seinem hübschen Gesicht ein solcher Ausdruck gutmütiger Zufriedenheit und Heiterkeit gelegen hätte. Trotzdem auf der Bühne gespielt wurde, schritt er ohne Eile, leise mit den Sporen und dem Säbel klirrend, den schönen, parfümierten Kopf frei und hoch tragend, über den Teppich des Ganges dahin. Als er Natascha erblickte, trat er zu seiner Schwester heran, legte die in einem Glacéhandschuh steckende Hand auf die Brüstung ihrer Loge, nickte ihr mit dem Kopf zu, beugte sich zu ihr und fragte sie etwas, wobei er nach Natascha hinwies.

»Ganz allerliebst!« sagte er offenbar mit Bezug auf Natascha, was diese nicht sowohl hörte als aus der Bewegung seiner Lippen abnahm. Dann ging er weiter zur ersten Reihe und setzte sich neben Dolochow, indem er diesen, gegen den sich andere so liebedienerisch benahmen, freundschaftlich und lässig mit dem Ellbogen anstieß. Er zwinkerte ihm vergnügt zu, lächelte ihn an und stemmte den Fuß gegen die Rampe.

»Wie ähnlich Bruder und Schwester einander sind!« sagte der Graf. »Und wie schön alle beide!«

Schinschin begann dem Grafen halblaut ein Skandalgeschichtchen von einer Liebesaffäre zu erzählen, die Kuragin in Moskau gehabt hatte. Natascha hörte auf die Erzählung besonders deshalb hin, weil Anatol von ihr »Ganz allerliebst!« gesagt hatte.

Der erste Akt war zu Ende; im Parkett standen alle auf, mischten sich untereinander, gingen und kamen.

Boris kam in die Rostowsche Loge, nahm in sehr ruhiger Art die Glückwünsche entgegen, richtete mit emporgezogenen Brauen und einem zerstreuten Lächeln an Natascha und Sonja die Bitte seiner Braut aus, sie möchten doch zu ihrer Hochzeit kommen, und ging wieder weg. Natascha hatte heiter und kokett gelächelt, während sie mit eben jenem Boris plauderte und ihm zu seiner Verlobung gratulierte, in den sie früher verliebt gewesen war. In dem Zustand des Berauschtseins, in welchem sie sich befand, erschien ihr das alles als etwas ganz Einfaches und Natürliches.

Die halbnackte Helene saß neben ihr und lächelte allen in gleicher Weise zu, und genau in derselben Weise hatte Natascha Boris zugelächelt.

Helenes Loge füllte sich mit Besuchern und wurde auch von der Parkettseite her von den vornehmsten und geistreichsten Männern umringt, welche, wie es schien, miteinander wetteiferten, aller Welt zu zeigen, daß sie mit ihr bekannt seien.

Kuragin stand während dieses ganzen Zwischenaktes mit Dolochow vorn an der Rampe und blickte nach der Rostowschen Loge hin. Natascha wußte, daß er von ihr sprach, und dies machte ihr Vergnügen. Sie drehte sich sogar so, daß er ihr Profil in der, nach ihrer Ansicht, vorteilhaftesten Stellung sehen konnte. Vor dem Beginn des zweiten Aktes erschien im Parkett auch die schwerfällige Gestalt Pierres, den Rostows seit ihrer Ankunft noch nicht zu sehen bekommen hatten. Sein Gesicht trug einen schwermütigen Ausdruck, und er war noch dicker geworden, seit ihn Natascha zum letztenmal gesehen hatte. Ohne jemand zu beachten, ging er bis zu den vordersten Reihen hindurch. Anatol trat zu ihm und begann mit ihm ein Gespräch, wobei er nach der Rostowschen Loge hinblickte und hindeutete. Sowie Pierre Natascha erblickte, wurde sein Wesen lebhafter, und er ging eilig durch die Bankreihen zu ihrer Loge hin. Als er zu den Rostows hingelangt war, lehnte er sich mit dem Ellbogen auf die Brüstung und redete lange lächelnd mit Natascha. Während ihrer Unterhaltung mit Pierre hörte Natascha in der Loge der Gräfin Besuchowa eine Männerstimme und erkannte, ohne zu wissen woran, daß es Kuragin war. Sie sah sich um und begegnete seinem Blick. Er sah ihr mit einem so entzückten, freundlichen, beinahe lächelnden Blick in die Augen, daß es ihr sonderbar erschien, ihm so nah zu sein, ihn so anzusehen, so sicher zu wissen, daß sie ihm gefiel, und doch nicht mit ihm bekannt zu sein.

Im zweiten Akt stellten die Pappwände Grabmäler vor, und es war ein Loch in der Leinwand, das den Mond vorstellte, und das Licht der Lampen an der Rampe war durch hochgeschobene Schirme gedämpft, und die Trompeten und Kontrabässe spielten in tiefen Tönen, und von rechts und von links kamen viele Leute in schwarzen Mänteln. Diese Leute schwenkten die Arme hin und her und hatten eine Art von Dolchen in den Händen; dann kamen noch einige Leute herbeigelaufen und schickten sich an, jenes Mädchen wegzuschleppen, das vorher ein weißes Kleid angehabt hatte und jetzt ein himmelblaues trug. Sie schleppten sie aber nicht sofort weg, sondern sangen lange mit ihr, und dann schleppten sie sie wirklich weg, und hinter den Kulissen wurde dreimal auf etwas Metallisches geschlagen, und alle fielen auf die Knie und sangen ein Gebet. Mehrmals wurden alle diese Handlungen von begeisterten Beifallsrufen der Zuschauer unterbrochen.

Jedesmal, wenn Natascha während dieses Aktes ins Parkett blickte, sah sie Anatol Kuragin, wie er den Arm über die Rücklehne seines Sessels gelegt hatte und sie betrachtete. Es war ihr eine angenehme Empfindung, zu sehen, daß sie ihn so fesselte, und es kam ihr gar nicht der Gedanke, daß darin etwas Schlechtes liegen könne.

Als der zweite Akt zu Ende war, stand die Gräfin Besuchowa auf, wendete sich nach der Rostowschen Loge hin (ihre Brust war vollständig entblößt), winkte mit einem behandschuhten Finger den alten Grafen zu sich heran, ohne sich um die Herren zu kümmern, die zu ihr in die Loge gekommen waren, und begann, liebenswürdig lächelnd, eine Unterhaltung mit ihm.

»Machen Sie mich doch mit Ihren reizenden jungen Damen bekannt«, sagte sie. »Die ganze Stadt redet von ihnen, und ich kenne sie nicht.«

Natascha stand auf und machte der schönen Gräfin einen Knicks. Das Lob von seiten dieser glänzenden Schönheit machte ihr so viel Vergnügen, daß sie vor Freude errötete.

»Ich will jetzt ebenfalls eine Moskauerin werden«, fuhr Helene fort. »Machen Sie sich denn gar kein Gewissen daraus, solche Perlen in der Einsamkeit des Landlebens zu verbergen?«

Die Gräfin Besuchowa stand verdientermaßen in dem Ruf, eine bezaubernde Frau zu sein. Sie besaß die Fähigkeit, das, was sie gar nicht dachte, doch in einer vertrauenerweckenden Weise auszusprechen und namentlich in einer ganz schlicht und natürlich aussehenden Art Schmeicheleien zu sagen.

»Ja, lieber Graf, erlauben Sie mir, mich Ihrer jungen Damen anzunehmen. Ich bin freilich jetzt nur auf kurze Zeit hier, ebenso wie Sie; aber ich werde mir Mühe geben, Ihre Damen zu amüsieren.« Und mit ihrem gleichmäßigen, schönen Lächeln sagte sie zu Natascha: »Ich habe schon in Petersburg viel von Ihnen gehört und sehr gewünscht, Sie kennenzulernen. Ich habe von Ihnen sowohl durch meinen Pagen Drubezkoi gehört (Sie wissen wohl schon, daß er sich verlobt hat?), als auch durch einen Freund meines Mannes, Bolkonski, den Fürsten Andrei Bolkonski.« Sie legte auf diesen Namen einen besonderen Nachdruck und deutete damit an, daß sie sein Verhältnis zu Natascha kenne. Sie bat noch, der Graf möge, damit sie besser miteinander bekannt würden, einer der jungen Damen erlauben, während des noch übrigen Teiles der Vorstellung bei ihr in ihrer Loge zu sitzen. So ging denn Natascha zu ihr herum.

Im dritten Akt war auf der Bühne ein Palast dargestellt, in dem viele Kerzen brannten und Bilder hingen, die Ritter mit kleinen Bärten darstellten. In der Mitte standen zwei Personen, wahrscheinlich der König und die Königin. Der König gestikulierte mit dem rechten Arm, sang etwas, aber schlecht, offenbar weil er ängstlich war, und setzte sich dann auf seinen karmesinroten Thron. Das Mädchen, das anfangs ein weißes, dann ein himmelblaues Kleid angehabt hatte, war jetzt im bloßen Hemd, mit aufgelöstem Haar, und stand bei dem Thron. Sie sang, zur Königin gewendet, irgend etwas Kummervolles; aber der König winkte streng mit der Hand, und von rechts und links kamen Männer mit nackten Beinen und Frauen mit nackten Beinen herein und fingen alle zusammen an zu tanzen. Dann spielten die Geigen in sehr hohen Tönen sehr lustig; eines der Mädchen, welches recht dicke nackte Beine und magere Arme hatte, sonderte sich von den andern ab, ging halb hinter die Kulissen, schob ihr Mieder zurecht, trat dann in die Mitte und begann zu springen und schnell mit einem Bein auf das andere zu schlagen.

Alle Leute im Parkett klatschten in die Hände und schrien »Bravo«. Dann stellte sich einer der Männer zunächst in eine Ecke. Im Orchester begannen die Zimbeln und Trompeten sehr laut zu spielen, und nun fing dieser nacktbeinige Mann an allein sehr hoch zu springen und mit den Füßen zu trippeln. (Dieser Mann war Duport, der für diese Kunst jährlich sechzigtausend Rubel erhielt.) Alle Leute im Parkett, in den Logen und auf der Galerie klatschten und schrien aus Leibeskräften, und der Mann blieb stehen, lächelte und verbeugte sich nach allen Seiten. Dann tanzten wieder andere Menschen mit nackten Beinen, Männer und Frauen; dann rief wieder der König etwas mit Musikbegleitung, und alle fingen an zu singen. Aber plötzlich brach ein Sturm los; im Orchester erklangen chromatische Tonleitern und Akkorde in der kleinen Septime, und alle fingen an zu laufen und schleppten wieder einen von den Anwesenden hinter die Kulissen, und der Vorhang wurde heruntergelassen. Wieder erhob sich unter den Zuschauern ein furchtbarer Lärm und Tumult, und alle schrien mit entzückten Gesichtern: »Duport! Duport! Duport!« Natascha fand das jetzt nicht mehr sonderbar. Vergnügt und fröhlich lächelnd blickte sie um sich.

»Ist Duport nicht bewundernswert?« fragte Helene, sich zu ihr wendend.

»O gewiß!« antwortete Natascha.

X

In der Pause drang auf einmal ein kalter Luftzug in Helenes Loge; die Tür öffnete sich, und mir gebücktem Kopf und bemüht, niemand anzustoßen, trat Anatol herein.

»Gestatten Sie mir, Ihnen meinen Bruder vorzustellen«, sagte Helene; ihre Augen liefen unruhig zwischen Natascha und Anatol hin und her. Natascha wandte über ihre nackte Schulter hinweg ihr hübsches Köpfchen zu dem schönen Mann hin und lächelte. Anatol, der in der Nähe ebenso schön war wie von weitem, setzte sich zu ihr und sagte, er habe schon längst gewünscht, dieses Vergnügen zu haben, schon seit dem Ball in Petersburg, bei dem er die ihm unvergeßliche Freude gehabt habe, sie zu sehen. Kuragin benahm sich im Verkehr mit Frauen weit verständiger und natürlicher als in Männergesellschaft. Er redete einfach und ohne Scheu, und Natascha fühlte sich seltsam und angenehm dadurch überrascht, daß an diesem Mann, von dem so viel Arges erzählt wurde, nichts Furchtbares zu bemerken war, sondern daß er im Gegenteil in durchaus harmloser, heiterer, gutmütiger Weise lächelte.

Kuragin fragte sie, welchen Eindruck die Vorstellung auf sie mache, und erzählte ihr, bei der vorigen Aufführung sei die Semjonowa während des Spieles hingefallen.

»Wissen Sie, Komtesse«, sagte er, indem er auf einmal zu ihr in einem Ton redete, als wäre sie eine gute, alte Bekannte, »es wird jetzt in unserm Kreis ein Karussell in Kostümen arrangiert; daran sollten Sie teilnehmen: Es wird sehr lustig dabei zugehen. Wir kommen alle immer bei Karagins zusammen. Bitte, kommen Sie auch hin; Sie werden doch? Nicht wahr?« bat er.

Während er das sagte, wendete er seine lächelnden Augen keinen Augenblick von Nataschas Gesicht, Hals und entblößten Armen ab. Natascha wußte mit voller Sicherheit, daß er von ihr entzückt war. Das war ihr eine angenehme Empfindung; aber trotzdem rief seine Gegenwart bei ihr ein unklares Gefühl der Beklommenheit hervor. Wenn sie ihn auch nicht ansah, so fühlte sie doch, daß er ihre Schultern betrachtete, und unwillkürlich suchte sie seinen Blick aufzufangen, damit er ihr lieber in die Augen sehen möchte. Aber wenn sie ihm dann in die Augen sah, so wurde sie sich mit Schrecken bewußt, daß zwischen ihm und ihr jene Schranke der Schamhaftigkeit gar nicht mehr vorhanden war, die sie immer zwischen sich und andern Männern fühlte. Sie fühlte, daß sie (sie wußte selbst nicht, wie es gekommen war) in fünf Minuten diesem Menschen erschreckend nahegetreten war. Wenn sie sich abwandte, so fürchtete sie, er könne sie von hinten an den nackten Armen fassen oder sie auf den Hals küssen. Sie redeten von den allergewöhnlichsten Dingen, aber sie fühlte, daß sie ihm so nahestand, wie sie nie einem Mann gestanden hatte. Natascha sah sich nach Helene und nach ihrem Vater um, als ob sie diese beiden fragen wollte, was das alles zu bedeuten habe; aber Helene war im Gespräch mit einem General begriffen und antwortete nicht auf ihren Blick, und der Blick des Vaters sagte ihr nichts, als was er immer sagte: »Du bist vergnügt; nun, das freut mich.«

Mitunter traten Augenblicke peinlichen Stillschweigens ein, während deren Anatol mit weitgeöffneten Augen sie ruhig und unverwandt betrachtete; in einem solchen Augenblick fragte ihn Natascha, um das Stillschweigen zu unterbrechen, wie ihm Moskau gefalle. Sowie sie das gefragt hatte, errötete sie. Es schien ihr beständig, als tue sie etwas Unpassendes, wenn sie ihn anrede. Anatol lächelte, wie wenn er sie ermutigen wollte.

»Anfangs gefiel es mir wenig; denn was eine Stadt angenehm macht, das sind ja doch hübsche Frauen, nicht wahr? Nun, aber jetzt gefällt es mir sehr«, antwortete er und sah sie bedeutsam an. »Kommen Sie zu unserem Karussell, Komtesse? Bitte, kommen Sie«, fuhr er fort, und indem er die Hand nach ihrem Bukett ausstreckte und die Stimme senkte, fügte er hinzu: »Sie werden die Schönste sein. Kommen Sie, liebe Komtesse, und als Unterpfand geben Sie mir diese Blume.«

Natascha verstand das, was er sagte, nicht in demselben Sinn wie er; aber sie fühlte, daß hinter seinen ihr unverständlichen Worten eine ungehörige Absicht steckte. Sie wußte nicht, was sie darauf erwidern sollte, und wandte sich ab, als ob sie das, was er gesagt hatte, nicht gehört hätte. Aber kaum hatte sie sich abgewandt, so mußte sie wieder denken, daß er da war, hinter ihr, so nahe bei ihr.

»Was macht er jetzt? Ist er verlegen? Aufgebracht? Muß ich mein Benehmen wiedergutmachen?« fragte sie sich selbst. Sie konnte es nicht lange aushalten, so dazusitzen, ohne sich umzuwenden. Sie blickte ihm gerade in die Augen, und seine Nähe und sein ruhiges Selbstgefühl und sein gutmütiges, freundliches Lächeln besiegten sie. Sie lächelte ganz ebenso wie er, während sie ihm gerade in die Augen sah. Und wieder fühlte sie mit Schrecken, daß zwischen ihm und ihr keine Schranke mehr vorhanden war.

Der Vorhang ging wieder in die Höhe. Anatol verließ mit ruhiger, heiterer Miene die Loge. Natascha kehrte zu ihrem Vater in dessen Loge zurück, schon vollständig im Bann der Welt, in der sie sich jetzt befand. Alles, was vor ihren Augen vorging, erschien ihr jetzt bereits als etwas ganz Natürliches; alle früheren Gedanken dagegen, die Gedanken an ihren Bräutigam, an Prinzessin Marja, an das Leben auf dem Land, kamen ihr nicht ein einziges Mal mehr in den Sinn, als ob das alles einer weit, weit zurückliegenden Vergangenheit angehörte.

Im vierten Akt kam ein Teufel vor, welcher so lange sang und die Arme umherschwenkte, bis unter ihm ein Brett weggezogen wurde und er versank. Das war das einzige, was Natascha vom ganzen vierten Akt sah: Sie fühlte sich erregt und unruhig, und die Ursache dieser Unruhe war Kuragin, den sie unwillkürlich beobachtete. Als Rostows das Theater verließen, trat Anatol zu ihnen, rief ihren Wagen heran und half ihnen beim Einsteigen. Als er Natascha diesen Dienst leistete, drückte er ihr den Arm oberhalb des Ellbogens. Natascha blickte sich, aufgeregt und errötend, nach ihm um. Er sah sie zärtlich lächelnd mit glänzenden Augen an.

Erst als sie nach Hause gekommen waren, war Natascha imstande, alles das, was ihr begegnet war, klar zu überdenken, und als ihr dabei Fürst Andrei einfiel, bekam sie auf einmal einen furchtbaren Schreck; in Gegenwart aller stöhnte sie am Teetisch, um den sich alle nach dem Theater versammelt hatten, laut auf und lief errötend aus dem Zimmer.

»Mein Gott, ich bin verloren!« sagte sie zu sich selbst. »Wie konnte ich es nur dahin kommen lassen?« Lange saß sie da, das glühende Gesicht mit den Händen bedeckend, und suchte sich Rechenschaft von dem zu geben, was ihr begegnet war, konnte aber weder das, was ihr begegnet war, noch ihre eigenen Empfindungen begreifen. Alles erschien ihr dunkel, undeutlich und furchtbar. Dort in jenem gewaltig großen, hellerleuchteten Saal, wo Duport in einem kurzen mit Flittern besetzten Jäckchen auf den feuchten Brettern nach dem Klang der Musik mit seinen nackten Beinen herumgesprungen war und junge Mädchen und alte Männer und diese halbnackte Helene mit ihrem ruhigen, stolzen Lächeln voll Entzücken Bravo gerufen hatten, dort, in der Atmosphäre dieser Helene, dort war das alles klar und natürlich gewesen; aber jetzt, wo sie mit sich selbst allein war, erschien es ihr unbegreiflich. »Was hat das zu bedeuten? Was bedeutet diese Furcht, die ich vor ihm empfand? Was bedeuten diese Gewissensbisse, die ich jetzt spüre?« fragte sie sich.

Nur der alten Gräfin, ihrer Mutter, hätte Natascha bei Nacht in deren Bett alles mitteilen können, was ihr Herz bewegte. Sonja (das wußte sie), Sonja mit ihrer strengen, reinen Anschauungsweise würde entweder gar nichts davon begreifen oder über ihr Geständnis einen gewaltigen Schreck bekommen. So suchte denn Natascha für sich allein über das, was sie quälte, zur Klarheit zu gelangen.

»Bin ich der Liebe des Fürsten Andrei unwürdig geworden oder nicht?« fragte sie sich und gab sich mit einem Lächeln der Beruhigung die Antwort: »Was bin ich für eine Törin, so zu fragen! Was ist denn mit mir geschehen? Nichts. Ich habe nichts getan, habe diesen Mann in keiner Weise herausgefordert. Niemand wird etwas erfahren, und ich werde ihn nie mehr wiedersehen«, sagte sie zu sich selbst. »Somit ist klar, daß nichts geschehen ist, und daß ich nichts zu bereuen habe, und daß Fürst Andrei mich auch so, wie ich jetzt bin, lieben kann. Aber wie bin ich denn jetzt? In welchem Zustand befinde ich mich? Ach mein Gott, mein Gott, warum ist er nicht hier?« Natascha beruhigte sich für einen Augenblick; aber dann sagte ihr wieder eine Art von instinktivem Gefühl, daß das zwar alles wahr sei und sich nichts begeben habe, daß aber doch die volle frühere Reinheit ihrer Liebe zum Fürsten Andrei dahin sei. Und nun wiederholte sie sich wieder in Gedanken ihr ganzes Gespräch mit Kuragin und vergegenwärtigte sich das Gesicht und die Gebärden und das zärtliche Lächeln dieses schönen, kecken Menschen in dem Augenblick, wo er ihr den Arm drückte.

XI

Anatol Kuragin lebte in Moskau, weil ihn sein Vater aus Petersburg weggeschickt hatte, wo er die ihm gewährten zwanzigtausend Rubel jährlich verausgabt und noch ebensoviel Schulden dazu gemacht hatte, deren Bezahlung die Gläubiger dann vom Vater verlangten.

Der Vater hatte dem Sohn erklärt, er wolle zum letztenmal die Hälfte seiner Schulden bezahlen, aber nur unter der Bedingung, daß er nach Moskau gehe, dort eine Stellung als Adjutant des Oberkommandierenden übernehme, die er ihm durch seine Bemühungen verschafft hatte, und sich ebendort bemühe, endlich eine gute Partie zu machen. Er hatte ihn auf Prinzessin Marja und auf Julja Karagina hingewiesen.

Anatol hatte sich damit einverstanden erklärt, war nach Moskau gereist und hatte sich dort bei Pierre einquartiert. Pierre hatte ihn zwar zuerst nur ungern bei sich aufgenommen, sich aber dann an ihn gewöhnt. Manchmal fuhr er mit Anatol zu dessen Gelagen mit und gab ihm auch, unter dem unzutreffenden Namen eines Darlehens, Geld.

Anatol hatte, wie Schinschin ganz richtig von ihm gesagt hatte, seit er nach Moskau gekommen war, allen Moskauer Damen die Köpfe verdreht, und zwar namentlich dadurch, daß er sie vernachlässigte und ihnen unverhohlen Zigeunerinnen und französische Schauspielerinnen vorzog, mit deren renommiertester, Mademoiselle Georges, er, wie es hieß, nähere Beziehungen unterhielt. Er ließ kein Gelage bei Danilow und anderen lebenslustigen Patronen Moskaus unbesucht, trank ganze Nächte hindurch, trank alle unter den Tisch und war auf allen Soireen und Bällen der vornehmsten Gesellschaftskreise zu finden. Es wurden mehrere pikante Liebesaffären erzählt, die er mit Moskauer verheirateten Damen gehabt hatte, und er machte auch auf den Bällen einigen den Hof; aber mit den jungen Mädchen, und namentlich mit den reichen in heiratsfähigem Alter, die größtenteils häßlich waren, ließ er sich nicht näher ein, um so weniger, da er, was nur seine nächsten Freunde wußten, sich vor zwei Jahren verheiratet hatte.

Vor zwei Jahren, als Anatols Regiment in Polen stand, hatte ihn ein unbemittelter polnischer Gutsbesitzer gezwungen, seine Tochter zu heiraten. Anatol hatte seine Frau sehr bald wieder verlassen; er hatte sich verpflichtet, seinem Schwiegervater zu bestimmten Terminen Geld zu schikken, und sich dafür das Recht ausbedungen, als ledig zu gelten.

Anatol war stets mit seiner Lage, mit sich selbst und mit den anderen Menschen zufrieden. Er war instinktiv in tiefster Seele davon überzeugt, daß es ihm unmöglich sei, anders zu leben, als er wirklich lebte, und daß er nie in seinem Leben etwas Schlechtes getan habe. Er war nicht imstande, zu überlegen, weder welche Wirkungen seine Handlungen auf andere Menschen ausüben könnten, noch was aus der einen oder andern seiner Handlungen hervorgehen könne. Er war überzeugt, daß, wie die Ente für das Leben im Wasser geschaffen sei, so auch er von Gott so geschaffen sei, daß er eine Jahreseinnahme von dreißigtausend Rubeln haben und stets eine glänzende Stellung einnehmen müsse. Daran glaubte er so fest, daß auch andere, wenn sie ihn ansahen, derselben Überzeugung wurden und ihm weder eine glänzende Stellung in der Gesellschaft noch Geld verweigerten, das er, augenscheinlich ohne die Rückzahlung in Aussicht zu nehmen, dem ersten besten, der ihm in den Weg kam, borgte.

Er war kein Spieler; wenigstens kam es ihm nie darauf an zu gewinnen. Er war nicht eitel; mochte man von ihm denken, was man wollte: Ihm war das völlig gleichgültig. Noch weniger konnte man ihn des Ehrgeizes beschuldigen; er hatte mehrmals seines Vaters Bemühungen zu dessen großem Verdruß dadurch vereitelt, daß er sich seine Karriere verdarb, und machte sich über alle Ehren und Würden lustig. Er war nicht geizig und schlug nie eine an ihn gerichtete Bitte um Geld ab. Das einzige, was er liebte, war das Vergnügen und die Frauen; und da nach seiner Anschauung in diesen Neigungen nichts Unedles lag und er nicht imstande war, zu erwägen, welche Folgen für andere Menschen die Befriedigung dieser seiner Neigungen hatte, so hielt er sich in seinem Herzen für einen tadellosen Menschen, hegte eine aufrichtige Verachtung gegen Schurken und schlechte Kerle und trug mit ruhigem Gewissen seinen Kopf hoch.

Die vergnügungssüchtigen Lebemänner, diese sozusagen männlichen Magdalenen, haben im stillen, gerade wie die weiblichen Magdalenen, die Vorstellung, daß sie frei von Schuld seien, und diese Vorstellung gründet sich bei beiden auf die Hoffnung, daß ihnen Vergebung werde zuteil werden. »Ihr wird alles vergeben, weil sie viel geliebt hat«, heißt es im Evangelium, und so denkt auch der Lebemann, es werde ihm alles vergeben werden, weil er sich viel vergnügt habe.

Dolochow, der nach seiner Verbannung und seinen persischen Abenteuern im Laufe des letzten Jahres wieder in Moskau erschienen war und ein luxuriöses Leben führte, dessen wesentliche Bestandteile Hasardspiel und Gelage bildeten, war in nähere Beziehung zu seinem alten Petersburger Kameraden Kuragin getreten und bediente sich dieser Bekanntschaft zu seinen Zwecken.

Anatol hatte eine aufrichtige Zuneigung zu Dolochow, weil ihm dessen Klugheit und Bravour imponierten. Dolochow dagegen, welchem Anatols Name, Stand und Verbindungen sehr willkommen waren, um reiche junge Leute in seinen Spielzirkel hineinzulocken, nutzte die Bekanntschaft mit Kuragin aus, ohne es diesen merken zu lassen. Auch diente ihm Kuragin, von dem praktischen Zweck ganz abgesehen, als amüsantes Spielzeug; denn einen fremden Willen bald so bald so zu lenken, diese Tätigkeit war ihm schon an sich ein Genuß, eine Gewohnheit und ein Bedürfnis.

Natascha hatte auf Kuragin einen starken Eindruck gemacht. Als er nach dem Theater mit Dolochow soupierte, setzte er diesem in der kunstgemäßen Manier eines Kenners die Schönheit ihrer Arme, ihrer Schultern, ihrer Füße und ihres Haares auseinander und erklärte, er habe vor, eine regelrechte Attacke auf sie zu machen. Was ein solches Benehmen für Folgen haben konnte, das zu überlegen und zu begreifen war Anatol nicht imstande, wie er sich denn niemals darüber klar war, was aus dieser oder jener seiner Handlungen hervorgehen werde.

»Hübsch ist sie, Bruder; aber sie ist nichts für uns«, bemerkte Dolochow.

»Ich will meiner Schwester sagen, sie möchte sie zum Diner einladen«, sagte Anatol. »Was meinst du?«

»Warte lieber, bis sie verheiratet ist …«

»Du weißt«, erwiderte Anatol, »was man so ›ein junges Blut‹ nennt, ist meine besondere Passion; so eine ist immer gleich ganz hin.«

»Du bist schon einmal mit so einem jungen Blut hereingefallen«, entgegnete Dolochow, der von Anatols Heirat Kenntnis hatte. »Sieh dich vor!«

»Na, zweimal kann es ja doch nicht passieren! Nicht wahr?« sagte Anatol, gutmütig lachend.

XII

Am Tag nach diesem Theaterbesuch fuhren Rostows nirgendwohin, und es kam auch niemand zu ihnen. Marja Dmitrijewna hatte mit dem Grafen Ilja Andrejewitsch eine Unterredung, deren Gegenstand sie vor Natascha zu verheimlichen suchte. Indes erriet diese, daß sie von dem alten Fürsten gesprochen und irgendeinen Plan ersonnen hatten, und dies beunruhigte sie und verletzte ihr Ehrgefühl. Sie erwartete jeden Augenblick den Fürsten Andrei und schickte zweimal im Laufe dieses Tages den Hausknecht nach der Wosdwischenka-Straße, um in Erfahrung zu bringen, ob er nicht vielleicht schon angekommen sei. Er war nicht angekommen. Ihre Stimmung war jetzt bedrückter als in den ersten Tagen nach ihrer Ankunft. Zu der Ungeduld und dem trüben Sehnen nach ihrem Bräutigam gesellten sich noch die unangenehme Erinnerung an die Begegnung mit der Prinzessin Marja und mit dem alten Fürsten, sowie eine Angst und Unruhe, deren Ursache ihr nicht bekannt war. Sie hatte immer die Empfindung, als ob entweder ihr Bräutigam überhaupt nie wiederkommen oder ihr noch vor seiner Ankunft irgend etwas Schlimmes widerfahren werde. Sie war nicht wie früher imstande, wenn sie für sich allein war, ruhig und lange an ihn zu denken.

Sobald sie ihre Gedanken auf ihn richtete, mischten sich in die Erinnerung an ihn die Erinnerung an den alten Fürsten, an die Prinzessin Marja und an die letzte Opernvorstellung und an Kuragin. Es drängte sich ihr wieder die Frage auf, ob sie sich auch nicht etwas habe zuschulden kommen lassen, ob sie nicht bereits die Treue gegen den Fürsten Andrei verletzt habe, und immer wieder ertappte sie sich dabei, wie sie sich bis in die kleinsten Einzelheiten jedes Wort, jede Gestikulation, jede Nuance des Mienenspieles auf dem Gesicht dieses Mannes ins Gedächtnis zurückrief, der in ihrer Seele ein ihr unbegreifliches, furchtbares Gefühl zu erwecken verstanden hatte. Nach der Ansicht ihrer Hausgenossen zeigte sich Natascha jetzt lebhafter als sonst; aber in Wirklichkeit war sie bei weitem nicht so ruhig und glücklich wie früher.

Am Sonntag vormittag forderte Marja Dmitrijewna ihre Gäste auf, mit ihr zur Messe in ihre Pfarrkirche, die Kirche zu Mariä Himmelfahrt auf dem Gottesacker, zu gehen.

»Ich kann diese modernen Kirchen nicht leiden«, sagte sie, offenbar stolz auf ihr selbständiges Urteil. »Gott ist überall ein und derselbe. Wir haben bei uns einen sehr braven Popen, der den Gottesdienst in anständiger Art abhält, so recht würdig; und der Diakonus auch. Verleiht denn das der Sache eine größere Heiligkeit, wenn auf dem Chor ganze Gesangskonzerte veranstaltet werden? Ich kann das nicht leiden; das sind törichte Possen, weiter nichts!«

Marja Dmitrijewna hatte die Sonntage gern und verstand es, sie zu feiern. Sonnabends wurde ihr ganzes Haus gescheuert und gesäubert; am Sonntag arbeitete weder sie selbst noch das Gesinde; alle waren festtäglich gekleidet, und alle wohnten der Messe bei. Dem Mittagessen der Herrschaft wurden einige Gerichte hinzugefügt, und das Gesinde erhielt Branntwein und Gänsebraten oder Ferkelbraten. Aber an nichts im ganzen Haus war der Feiertag so deutlich zu merken wie an Marja Dmitrijewnas breitem, ernstem Gesicht, das an diesem Tag einen unveränderlichen, feierlichen Ausdruck annahm.

Als sie nach der Messe im Salon, wo von den Möbeln die Überzüge abgenommen waren, Kaffee getrunken hatten, erhielt Marja Dmitrijewna von einem Diener die Meldung, daß der Wagen bereit sei. Mit ernster Miene erhob sie sich, legte ihr Gala-Umschlagetuch an, welches sie immer bei Visiten trug, und erklärte, sie fahre zu dem Fürsten Nikolai Andrejewitsch Bolkonski, um mit ihm eine Aussprache über Natascha zu haben.

Nachdem Marja Dmitrijewna weggefahren war, stellte sich bei Rostows eine Gehilfin von Madame Chalmé ein, und Natascha, sehr zufrieden über diese Ablenkung ihrer Gedanken, beschäftigte sich in dem Zimmer neben dem Salon mit dem Anprobieren neuer Kleider, nachdem sie die Verbindungstür nach dem Salon zugemacht hatte. Als sie gerade eine vorläufig nur zusammengeheftete, noch ärmellose Taille angezogen hatte und mit zurückgedrehtem Kopf im Spiegel prüfte, wie das Rückenteil saß, da hörte sie im Salon die Stimme ihres Vaters in lebhaftem Gespräch mit einer anderen, weiblichen Stimme, die ihr das Blut ins Gesicht trieb. Dies war Helenes Stimme. Natascha hatte noch nicht Zeit gehabt, die Taille, die sie anprobierte, auszuziehen, als die Tür aufging und die Gräfin Besuchowa ins Zimmer trat, mit einem strahlenden, freundlich-wohlwollenden Lächeln auf dem Gesicht, in einem dunkellila Samtkleid mit hohem Kragen.

»Ah, mein liebes Kind, wie entzückend!« sagte sie zu der errötenden Natascha. »Allerliebst! Nein, das wäre ja unerhört, mein lieber Graf«, wandte sie sich zu dem hinter ihr eintretenden Ilja Andrejewitsch. »Wie kann man in Moskau wohnen und nirgends hingehen? Nein, ich lasse mir von Ihnen keine abschlägige Antwort geben! Heute abend deklamiert bei mir Mademoiselle Georges, und es kommen dazu ein paar Bekannte. Wenn Sie da nicht Ihre schönen jungen Damen zu mir bringen, von denen Mademoiselle Georges in den Schatten gestellt werden wird, dann kündige ich Ihnen die Freundschaft auf. Mein Mann ist nicht da; er ist nach Twer gefahren; sonst hätte ich den hergeschickt, um Sie einzuladen. Sie müssen unbedingt kommen, unbedingt; bitte zwischen acht und neun Uhr.«

Sie nickte der ihr bekannten Modistin zu, die ihr einen respektvollen Knicks machte, und setzte sich auf einen Sessel neben dem Spiegel, wobei sie dem Rock ihres Samtkleides einen malerischen Faltenwurf verlieh. Sie hörte nicht auf, freundlich und heiter zu plaudern, und erging sich fortwährend in Ausdrücken des Entzückens über Nataschas Schönheit. Sie musterte ihre Kleider und lobte sie; auch rühmte sie eines ihrer eigenen Kleider, ein Kleid aus Metallgaze, das sie sich aus Paris hatte kommen lassen, und riet Natascha, sich auch so eines machen zu lassen.

»Indessen, Ihnen steht ja alles gut, meine reizende Kleine«, sagte sie.

Ein Lächeln froher Befriedigung wich während dieses ganzen Gesprächs nicht von Nataschas Gesicht. Sie fühlte sich glücklich und blühte gleichsam auf unter den Lobsprüchen dieser liebenswürdigen Gräfin Besuchowa, die ihr früher als eine so unnahbare, große Dame erschienen war und die ihr jetzt so viel Wohlwollen bezeigte. Natascha war ganz vergnügt geworden und hatte sich beinahe verliebt in diese so schöne, so gutherzige Frau. Helene ihrerseits war wirklich von Natascha entzückt und wünschte ihr ein Vergnügen zu bereiten. Anatol hatte sie gebeten, ihm ein Zusammensein mit Natascha in ihrem Haus zu ermöglichen, und zu diesem Zweck war sie zu Rostows gekommen. Der Gedanke, ihren Bruder mit Natascha zusammenzubringen, amüsierte sie.

Obwohl sie früher gegen Natascha von einem gewissen Groll erfüllt gewesen war, weil diese ihr in Petersburg den netten Boris abspenstig gemacht hatte, dachte sie jetzt daran überhaupt nicht mehr und wünschte in ihrer Weise Natascha von ganzem Herzen Gutes. Als sie von Rostows wieder wegfahren wollte, rief sie ihren Schützling beiseite.

»Gestern war mein Bruder bei uns zum Mittagessen«, sagte sie. »Mein Mann und ich, wir haben uns halb totgelacht: Er aß nichts und seufzte immer nach Ihnen, mein reizendes Kind. Er ist närrisch, geradezu närrisch verliebt in Sie, meine Teure.«

Natascha wurde dunkelrot, als sie dies hörte.

»Wie sie rot wird, wie sie rot wird, die allerliebste Kleine!« fuhr Helene fort. »Sie müssen unbedingt kommen. Wenn Sie jemand lieben, Sie entzückendes Wesen, so ist das noch kein Grund, sich wie eine Nonne von der Welt abzuschließen. Und selbst wenn Sie verlobt sind, bin ich überzeugt, daß Ihr Bräutigam es lieber sehen würde, daß Sie in seiner Abwesenheit in Gesellschaft gehen, als daß Sie vor Langeweile umkommen.«

»Also weiß sie«, dachte Natascha, »daß ich verlobt bin; sie und ihr Mann, Pierre, dieser rechtlich denkende Pierre, haben also davon gesprochen und darüber gelacht. Also ist weiter nichts dabei.« Und wieder erschien ihr das, was ihr vorher schrecklich vorgekommen war, unter Helenes Einwirkung als etwas ganz Einfaches und Natürliches. »Und sie, eine so große Dame, ist so liebenswürdig gegen mich und hat mich offenbar ganz in ihr Herz geschlossen«, dachte Natascha. »Und warum sollte ich mir auch nicht ein Amüsement gönnen?« dachte sie weiter und blickte Helene mit bewundernden, weitgeöffneten Augen an.

Zum Mittagessen kehrte Marja Dmitrijewna zurück, ernst und schweigsam: Sie hatte augenscheinlich bei dem alten Fürsten eine Niederlage erlitten. Sie war von dem stattgefundenen Streit noch zu erregt, als daß sie imstande gewesen wäre, das Geschehene ruhig zu berichten. Auf die Frage des Grafen antwortete sie, es stehe alles gut und sie werde morgen das Nähere mitteilen. Als sie hörte, daß die Gräfin Besuchowa dagewesen sei und Rostows zum Abend eingeladen habe, bemerkte sie:

»Mit der Besuchowa verkehre ich nicht gern und rate auch euch nicht dazu; na aber«, fügte sie, zu Natascha gewendet, hinzu, »wenn du es einmal versprochen hast, dann fahre nur hin; es wird für dich eine Zerstreuung sein.«

XIII

Graf Ilja Andrejewitsch fuhr mit seinen beiden jungen Damen zu der Gräfin Besuchowa. Es waren ziemlich viel Gäste bei der Abendgesellschaft; aber Natascha kannte fast niemand von ihnen. Graf Ilja Andrejewitsch bemerkte mit großem Mißvergnügen, daß diese Gesellschaft vorzugsweise aus solchen Herren und Damen bestand, die durch ihre freien Umgangsformen bekannt waren. Mademoiselle Georges stand, von jungen Männern umringt, in einer Ecke des Salons. Auch einige Franzosen waren da, und unter ihnen Métivier, der seit Helenes Ankunft bei ihr als Hausfreund verkehrte. Graf Ilja Andrejewitsch nahm sich vor, sich nicht an den Kartentisch zu setzen, nicht von seinen Mädchen zu weichen und, sowie Mademoiselle Georges ihren Vortrag beendet haben würde, wieder wegzufahren.

Anatol hatte auf die Ankunft der Rostows augenscheinlich an der Tür gewartet. Sowie er den Grafen begrüßt hatte, trat er sogleich zu Natascha und ging dann hinter ihr her. Bei seinem Anblick hatte sich Nataschas wieder jenes selbe Gefühl bemächtigt wie im Theater, ein Gefühl eitler Freude darüber, daß sie ihm gefiel, und ängstlicher Beklemmung wegen des Fehlens der moralischen Schranken zwischen ihr und ihm.

Helene empfing Natascha sehr herzlich und sprach laut ihr Entzücken über deren Schönheit und Toilette aus. Bald nach der Ankunft der Rostows verließ Mademoiselle Georges das Zimmer, um sich umzukleiden. Im Salon wurden die Stühle in halbkreisförmige Reihen gestellt, und man setzte sich. Anatol rückte für Natascha einen Stuhl zurecht und wollte sich neben sie setzen; aber der Graf, der kein Auge von Natascha verwandte, kam ihm zuvor und nahm den Platz neben ihr selbst ein. Anatol setzte sich hinter sie.

Mademoiselle Georges erschien wieder: Ihre dicken Arme mit den Grübchen darin waren nackt; über die eine Schulter hatte sie einen roten Schal geworfen. Sie trat in den für sie freigelassenen Raum zwischen den Sesseln und blieb dort in einer unnatürlichen Haltung stehen. Ein Flüstern des Entzückens ging durch die Reihen der Anwesenden.

Mademoiselle Georges ließ einen strengen, düsteren Blick über ihr Publikum gleiten und begann französische Verse zu sprechen, in denen von ihrer verbrecherischen Liebe zu ihrem Sohn die Rede war. An einzelnen Stellen erhob sie die Stimme; an anderen flüsterte sie, indem sie den Kopf feierlich in die Höhe hob; wieder an anderen hielt sie inne, röchelte und preßte die Augen heraus.

»Staunenswert, himmlisch, entzückend!« erscholl es von allen Seiten.

Natascha blickte nach der dicken Georges hin; aber sie hörte nichts, sah nichts und verstand nichts von dem, was vor ihr vorging; sie fühlte sich nur wieder von neuem unwiederbringlich in jene seltsame, sinnlose Welt hineinversetzt, die so weit von der Welt entfernt war, in der sie früher gelebt hatte, in jene Welt, in der man nicht wissen konnte, was gut und was böse war, was vernünftig und was unvernünftig. Hinter ihr saß Anatol; sie empfand seine Nähe und erwartete ängstlich irgend etwas.

Nach dem ersten Monolog stand die ganze Gesellschaft auf, umringte Mademoiselle Georges und sprach ihr in begeisterten Ausdrücken ihr Entzücken aus.

»Wie schön sie ist!« sagte Natascha zu ihrem Vater, der mit den anderen zugleich aufgestanden war und durch den Schwarm hindurch zu der Schauspielerin hinstrebte.

»Das finde ich nicht, wenn ich Sie ansehe«, sagte Anatol, der hinter Natascha herging. Er sagte dies in einem Augenblick, wo nur sie ihn hören konnte. »Sie sind reizend … Von dem Augenblick an, wo ich Sie erblickte, habe ich unaufhörlich …«

»Komm her, komm her, Natascha!« rief der Graf, der zurückkehrte, um weiter auf seine Tochter zu achten. »Ja, sie ist sehr schön.«

Natascha trat, ohne ein Wort zu sagen, zu ihrem Vater hin und sah ihn mit erstaunt fragenden Augen an.

Nachdem Mademoiselle Georges mehrere Stücke deklamiert hatte, fuhr sie wieder weg, und die Gräfin Besuchowa lud die Gesellschaft ein, in den Saal zu gehen.

Der Graf wollte aufbrechen; aber Helene bat ihn inständig, ihr nicht den improvisierten Ball zu verderben. Rostows blieben. Anatol forderte Natascha zum Walzer auf und sagte ihr während des Walzers, indem er ihre Taille und ihre Hand drückte, sie sei bezaubernd schön und er liebe sie. Bei der Ekossaise, die sie wieder mit ihm tanzte, sagte er, während sie miteinander allein waren, nichts zu ihr, sondern sah sie nur an. Natascha war im Zweifel, ob sie das, was er ihr beim Walzer gesagt hatte, nicht etwa nur geträumt habe. Am Schluß der ersten Tour drückte er ihr wieder die Hand. Natascha hob ihre ängstlichen Augen zu ihm auf; aber in seinem freundlich lächelnden Blick lag ein Ausdruck solcher Zuversichtlichkeit und Zärtlichkeit, daß sie nicht imstande war, das, was sie ihm zu sagen beabsichtigte, auszusprechen, während sie ihn ansah. Sie schlug die Augen nieder.

»Sagen Sie so etwas nicht zu mir; ich bin verlobt und liebe einen andern«, stieß sie schnell heraus. Dann sah sie ihn wieder an.

Anatol war durch das, was sie zu ihm gesagt hatte, weder in Verwirrung gesetzt noch zeigte er sich gekränkt.

»Reden Sie mir nicht davon. Was geht es mich an?« erwiderte er. »Ich sage weiter nichts, als daß ich wahnsinnig, ganz wahnsinnig in Sie verliebt bin. Was kann ich dafür, daß Sie so bezaubernd schön sind? Aber wir müssen die zweite Tour anfangen.«

Erregt und unruhig blickte Natascha mit weitgeöffneten, ängstlichen Augen um sich und machte den Eindruck, als ob sie heiterer als sonst sei. Fast nichts von dem, was an diesem Abend geschah, kam ihr zum rechten Bewußtsein. Es wurde Ekossaise und Großvater getanzt; ihr Vater redete ihr zu, aufzubrechen; sie bat ihn, noch zu bleiben. Wo auch immer sie war, mit wem auch immer sie sprach, sie fühlte Anatols Blick auf sich gerichtet. Sie erinnerte sich später, daß sie ihren Vater um Erlaubnis gebeten hatte, in das Garderobenzimmer zu gehen, um etwas an ihrem Kleid in Ordnung zu bringen; daß Helene ihr dorthin gefolgt war und lachend zu ihr von der Liebe ihres Bruders gesprochen hatte, und daß sie in dem kleinen Sofazimmer wieder mit Anatol zusammengetroffen war; daß Helene sich unbemerkt entfernt hatte und sie beide miteinander allein geblieben waren und Anatol ihre Hand ergriffen und in zärtlichem Ton gesagt hatte:

»Ich kann nicht zu Ihnen in Ihre Wohnung kommen; aber soll ich Sie denn wirklich niemals mehr wiedersehen? Ich liebe Sie bis zum Wahnsinn. Wirklich niemals?« Er vertrat ihr den Weg und näherte sein Gesicht dem ihrigen.

Seine großen, glänzenden Männeraugen waren den ihrigen so nahe, daß sie nichts sah als diese Augen.

»Natalja?!« flüsterte seine Stimme in fragendem Ton, und Natascha fühlte, daß er ihr schmerzhaft die Hand drückte. »Natalja?!«

»Ich verstehe Sie nicht; ich habe Ihnen nichts zu sagen«, antwortete ihr Blick.

Heiße Lippen drückten sich auf ihre Lippen; im selben Augenblick fühlte sie sich wieder frei und hörte an dem Geräusch von Schritten und dem Rascheln eines Kleides, daß Helene wieder ins Zimmer trat.

Natascha blickte sich nach ihr um; dann richtete sie, errötend und zitternd, einen erschrockenen, fragenden Blick auf Anatol und ging zur Tür.

»Nur noch ein Wort, hören Sie, nur noch ein einziges Wort, um Gottes willen!« bat Anatol.

Sie blieb stehen. Sie wünschte sehnlich, daß er ihr dieses Wort sagen möchte, das ihr zum Verständnis des Vorgefallenen verhülfe und worauf sie ihm dann antworten könnte.

»Natalja, nur noch ein Wort, ein einziges Wort!« sagte er noch einmal; er wußte offenbar nicht, was er sagen sollte, und wiederholte diese Worte so lange, bis Helene zu ihnen herantrat.

Helene kehrte mit Natascha zusammen wieder in den Salon zurück. Rostows blieben nicht zum Souper da, sondern empfahlen sich vorher.

Natascha konnte, als sie nach Hause gekommen war, die ganze Nacht nicht schlafen; es quälte sie die ungelöste Frage, wen sie nun eigentlich liebe, den Fürsten Andrei oder Anatol. Den Fürsten Andrei liebte sie; sie erinnerte sich klar, wie stark ihre Liebe zu ihm gewesen war. Aber auch diesen Anatol liebte sie; das stand außer Zweifel. »Hätte dies alles denn sonst geschehen können?« dachte sie. »Wenn ich nach dem Vorgefallenen, beim Abschied von ihm, sein Lächeln mit einem Lächeln erwidern konnte, wenn ich es bis dahin kommen lassen konnte, so folgt daraus, daß ich ihm vom ersten Augenblick an liebgewonnen habe, und daß er ein guter, schöner, edler Mensch ist, und daß es gar nicht anders möglich war, als daß ich ihn liebgewann.

Was soll ich aber nun anfangen, wenn ich ihn liebe und zugleich auch den andern liebe?« fragte sie sich, ohne auf diese furchtbare Frage eine Antwort zu finden.

XIV

Der Morgen kam heran und brachte das gewöhnliche geschäftige Treiben. Alle standen auf, bewegten sich durcheinander und redeten miteinander; wieder kamen Modistinnen, und wie immer erschien Marja Dmitrijewna und rief zum Tee. Natascha sah mit weitgeöffneten Augen, wie wenn sie jeden auf sie gerichteten Blick auffangen wollte, unruhig einen nach dem andern an und gab sich Mühe, so zu scheinen, wie sie immer gewesen war.

Nach dem Frühstück (dies war ihr die angenehmste Zeit) setzte sich Marja Dmitrijewna in ihren Lehnstuhl und ließ Natascha und den alten Grafen zu sich rufen.

»Na also, meine Freunde«, begann sie, »jetzt habe ich die ganze Sache überdacht, und nun sollt ihr meinen Rat haben. Wie ihr wißt, war ich gestern bei dem Fürsten Nikolai; na ja, ich habe mit ihm geredet … Er ließ sich beikommen, mich anzuschreien. Aber überschreien lasse ich mich nicht! Ich habe ihm gehörig meine Meinung gesagt!«

»Und wie hat er sich dazu gestellt?« fragte der Graf.

»Wie er sich dazu gestellt hat? Er ist ein Querkopf, will auf nichts hören; na, aber wozu sollen wir weiter darüber reden; wir haben das arme Mädchen so schon genug gequält«, sagte Marja Dmitrijewna. »Mein Rat ist nun aber der: Erledigt hier eure Geschäfte und fahrt nach Hause, nach Otradnoje, und wartet dort das weitere ab …«

»Ach nein!« rief Natascha.

»Doch, doch! Fahrt nach Hause und wartet dort das weitere ab«, sagte Marja Dmitrijewna noch einmal. »Wenn der Bräutigam jetzt während eurer Anwesenheit hier eintrifft, so ist ein arger Zank unvermeidlich;

wenn er aber mit dem Alten hier allein ist, so kann er alles mit ihm besprechen und dann zu euch kommen.«

Ilja Andrejewitsch stimmte diesem Vorschlag bei, da er ihn sofort als einen durchaus verständigen erkannte. Wenn der alte Fürst sich milder stimmen ließ, so konnten sie später mit besserer Aussicht auf Erfolg entweder wieder nach Moskau oder auch nach Lysyje-Gory zu ihm fahren; wenn nicht, so konnte eine wider seinen Willen stattfindende Trauung nur in Otradnoje vollzogen werden.

»Das ist durchaus richtig«, sagte er. »Es tut mir nur leid, daß ich ihn überhaupt hier aufgesucht und ihm meine Tochter zugeführt habe.«

»Nicht doch! Das brauchst du dir nicht leid sein zu lassen. Da ihr einmal hier wart, mußtet ihr ihm notwendig eure Aufwartung machen. Aber wenn er nun nicht will, so ist das seine Sache«, erwiderte Marja Dmitrijewna, während sie etwas in ihrem Ridikül suchte. »Die Aussteuer ist ja auch in der Hauptsache fertig; worauf wollt ihr noch warten? Und was noch nicht fertig ist, das schicke ich euch hin. Es tut mir zwar leid, euch nicht länger bei mir zu haben; aber es ist das beste; also reist mit Gott.«

Als sie in ihrem Ridikül gefunden hatte, was sie suchte, reichte sie es Natascha hin; es war ein Brief von Prinzessin Marja.

»Sie schreibt an dich. Wie sie sich mit ihren Gedanken quält, die Ärmste! Sie fürchtet, du könntest denken, daß sie dich nicht lieb hätte.«

»Sie hat mich auch nicht lieb«, entgegnete Natascha.

»Unsinn! Rede nicht so etwas!« rief Marja Dmitrijewna.

»Das soll mir niemand einreden; ich weiß, daß sie mich nicht lieb hat«, erwiderte Natascha dreist, indem sie den Brief hinnahm, und ihr Gesicht nahm den Ausdruck einer kalten, ingrimmigen Entschlossenheit an, wodurch sich Marja Dmitrijewna veranlaßt sah, sie schärfer anzublicken und die Stirn zu runzeln.

»So darfst du nicht antworten, mein Kind«, sagte sie. »Was ich sage, ist die Wahrheit. Du mußt ihr auf ihren Brief eine Erwiderung schreiben.«

Natascha antwortete nicht und ging auf ihr Zimmer, um den Brief der Prinzessin Marja zu lesen.

Prinzessin Marja schrieb, sie sei in Verzweiflung über das zwischen ihnen vorgefallene Mißverständnis. Welches auch die Gefühle ihres Vaters sein möchten, schrieb Prinzessin Marja, so bäte sie doch Natascha zu glauben, daß ihr Herz sie antreibe, sie als die Auserwählte ihres Bruders zu lieben, für dessen Glück sie jedes Opfer zu bringen bereit sei.

»Glauben Sie übrigens nicht«, schrieb sie, »daß mein Vater Ihnen abgeneigt wäre. Er ist ein kranker, alter Mann, mit dem man Nachsicht haben muß; aber er ist gut und großherzig und wird diejenige, die seinen

Sohn glücklich macht, lieben.« Ferner bat Prinzessin Marja, Natascha möchte eine Zeit bestimmen, wo sie einander wiedersehen könnten.

Nachdem Natascha den Brief durchgelesen hatte, setzte sie sich an den Schreibtisch, um eine Antwort zu schreiben. Schnell und mechanisch schrieb sie die Überschrift »Teure Prinzessin!« hin; aber dann hielt sie inne. Was konnte sie nach dem, was gestern geschehen war, noch weiterschreiben? »Ja, ja, das ist alles einmal gewesen, und jetzt ist alles anders«, dachte sie, während sie über den angefangenen Brief gebeugt dasaß. »Ich muß ihm eine Absage schreiben. Muß ich das wirklich? Es ist furchtbar ...!« Und um von diesen entsetzlichen Gedanken loszukommen, ging sie zu Sonja und suchte mit ihr Stoffmuster aus.

Nach dem Mittagessen begab sich Natascha wieder auf ihr Zimmer und nahm von neuem den Brief der Prinzessin Marja zur Hand. »Ist alles wirklich jetzt schon zu Ende?« dachte sie. »Hat sich das alles wirklich so schnell zugetragen und alles Frühere vernichtet?« Sie rief sich ihre Liebe zum Fürsten Andrei in all ihrer früheren Kraft ins Gedächtnis zurück und wurde sich gleichzeitig bewußt, daß sie Kuragin liebte. Sie stellte es sich lebhaft vor, wie sie die Frau des Fürsten Andrei sein würde; sie vergegenwärtigte sich das Bild des Glückes an seiner Seite, das ihre Einbildungskraft ihr so oft schon vorgeführt hatte; und gleichzeitig erinnerte sie sich, vor Aufregung erglühend, an alle Einzelheiten ihres gestrigen Zusammenseins mit Anatol.

»Aber warum könnte nicht beides zugleich sein?« fragte sie sich ab und zu in völliger Geistesverwirrung. »Nur dann würde ich ganz glücklich sein; aber jetzt muß ich wählen und kann nicht glücklich sein, wenn ich einen von beiden entbehren muß. Aber«, dachte sie weiter, »das Geschehene dem Fürsten Andrei zu sagen und es ihm zu verbergen, ist gleich unmöglich. Nur daß, wenn ich es ihm verberge, noch nichts verdorben ist. Kann ich denn wirklich auf immer von diesem Glück der Liebe des Fürsten Andrei Abschied nehmen, von diesem Glück, mit dem ich so lange gelebt habe?«

»Gnädiges Fräulein«, sagte ein Dienstmädchen, das ins Zimmer trat, flüsternd mit geheimnisvoller Miene. »Ein Mann hat mir gesagt, ich möchte Ihnen das hier übergeben.« Das Mädchen reichte ihr einen Brief. »Ich sollte es Ihnen nur ja heimlich ...«, fügte das Mädchen noch hinzu, während Natascha schon gedankenlos mit einer mechanischen Bewegung das Siegel erbrach und den Brief, einen Liebesbrief Anatols, zu lesen anfing, von dem sie, ohne den Inhalt der Worte zu fassen, nur das eine verstand, daß es ein Brief von ihm war, von dem Mann, den sie liebte. »Ja, ich liebe ihn«, sagte sie sich. »Wie hätte sich auch sonst das ereignen können, was sich ereignet hat? Könnte ich etwa sonst einen Liebesbrief von ihm in den Händen halten?«

Mit zitternden Händen hielt Natascha diesen leidenschaftlichen Liebesbrief, welchen Dolochow für Anatol verfaßt hatte, und glaubte beim Lesen in ihm einen Widerhall aller ihrer eigenen Gefühle zu finden.

»Am gestrigen Abend«, begann der Brief, »hat sich mein Geschick entschieden: Ich muß Ihre Liebe gewinnen oder sterben. Einen anderen Ausweg gibt es für mich nicht.« Weiter schrieb Anatol, er wisse, daß ihre Angehörigen sie ihm nicht geben würden; es seien dafür geheime Gründe vorhanden, die er nur ihr allein enthüllen könne; aber wenn sie ihn liebe, so brauche sie nur das eine Wort »Ja« zu sagen, und keine menschliche Macht werde sie beide hindern, glücklich zu sein. Die Liebe überwinde alles. Er werde sie entführen und mit ihr bis ans Ende der Welt gehen.

»Ja, ja, ich liebe ihn!« dachte Natascha, als sie den Brief zum zwanzigsten Male las und in jedem Wort einen besonderen tiefen Sinn suchte.

An diesem Abend fuhr Marja Dmitrijewna auf Besuch zu Archarows und forderte die beiden jungen Mädchen auf mitzukommen. Aber Natascha blieb unter dem Vorwand, daß sie Kopfschmerzen habe, zu Hause.

XV

Als Sonja spät am Abend zurückkam und in Nataschas Zimmer trat, fand sie diese zu ihrer Verwunderung angekleidet auf dem Sofa schlafend. Neben ihr auf dem Tisch lag Anatols geöffneter Brief. Sonja nahm ihn in die Hand und begann ihn zu lesen.

Sie las und blickte die schlafende Natascha an, um auf deren Gesicht eine Erklärung für das, was sie da las, zu suchen, fand aber eine solche Erklärung nicht. Nataschas Gesicht sah still, sanft und glücklich aus. Blaß, vor Angst und Aufregung zitternd, griff sich Sonja nach der Brust, um nicht zu ersticken, setzte sich auf einen Stuhl und brach in Tränen aus.

»Wie ist es nur möglich, daß ich nichts davon gemerkt habe? Wie konnte die Sache sich so weit entwickeln? Hat sie wirklich aufgehört, den Fürsten Andrei zu lieben? Und wie konnte sie diesen Kuragin so weit kommen lassen? Er ist ein Betrüger, ein Schurke; das liegt auf der Hand. Was wird Nikolai, der gute, edle Nikolai, sagen, wenn er das erfährt? Das bedeutete also ihre aufgeregte, entschlossene, gekünstelte Miene vorgestern, gestern und heute!« dachte Sonja. »Aber es ist unmöglich, daß sie diesen Menschen lieben sollte! Gewiß hat sie diesen Brief erbrochen, ohne zu wissen, von wem er kam. Gewiß hat sie sich verletzt gefühlt. Das kann sie nicht tun!«

Sonja wischte sich die Tränen ab, trat wieder zu Natascha hin und betrachtete ihr Gesicht.

»Natascha!« sagte sie kaum hörbar.

Natascha wachte auf und blickte Sonja an.

»Nun, bist du zurückgekommen?«

Sie umarmte ihre Freundin mit jener energischen Zärtlichkeit, wie sie den ersten Augenblicken nach dem Aufwachen eigen ist; aber als sie den Ausdruck der Bestürzung auf Sonjas Gesicht gewahrte, malte sich auch auf ihrem Gesicht Bestürzung und Argwohn.

»Hast du den Brief gelesen, Sonja?« fragte sie.

»Ja«, antwortete Sonja leise.

Natascha lächelte schwärmerisch.

»Nein, ich kann es nicht mehr vor dir verbergen, Sonja!« sagte sie. »Ich kann es nicht mehr vor dir verbergen. Du weißt nun, daß wir uns lieben Sonja, liebste Sonja, er schreibt … Sonja …«

Sonja blickte, als traute sie ihren Ohren nicht, Natascha mit weitgeöffneten Augen an.

»Und Bolkonski?« fragte sie.

»Ach, Sonja, ach, wenn du wüßtest, wie glücklich ich bin!« sagte Natascha. »Du weißt nicht, was Liebe ist …«

»Aber Natascha, ist denn das Frühere alles zu Ende?«

Natascha blickte Sonja mit großen Augen an, als ob sie ihre Frage gar nicht verstände.

»Wie? Du willst dich von dem Fürsten Andrei lossagen?« fragte Sonja.

»Ach, du verstehst ja gar nichts davon; rede doch keine Dummheiten, hör nur mal zu!« rief Natascha, plötzlich ärgerlich werdend.

»Nein, ich kann es nicht glauben«, sagte Sonja wieder. »Ich begreife es nicht. Wie hast du nur ein ganzes Jahr lang einen Mann lieben können, und auf einmal … Du hast ja diesen Menschen nur dreimal gesehen. Natascha, ich glaube dir nicht; du machst Spaß. In drei Tagen alles zu vergessen und so …«

»In drei Tagen!« erwiderte Natascha. »Mir ist, als liebte ich ihn seit hundert Jahren! Mir ist, als hätte ich vor ihm nie einen Menschen geliebt! Du kannst das eben nicht verstehen. Warte mal, Sonja, setz dich her.« Natascha umarmte und küßte sie.

»Ich habe mir sagen lassen, daß dergleichen manchmal vorkommt, und du hast davon gewiß auch gehört; aber erst jetzt habe ich diese Liebe an mir selbst kennengelernt. Es ist etwas ganz anderes, als was ich früher kannte. Sowie ich ihn erblickte, fühlte ich, daß er mein Herr ist und ich seine Sklavin, und daß ich gar nicht anders kann als ihn lieben. Ja, seine Sklavin! Was er mir befiehlt, das tue ich. Du hast dafür kein Verständnis. Was soll ich machen? Was soll ich machen, Sonja?« fragte Natascha mit glückseliger und dabei doch ängstlicher Miene.

»Aber bedenke doch, was du tust«, erwiderte Sonja. »Ich kann das nicht so geschehen lassen. Diese geheime Korrespondenz … Wie konntest du ihn nur so weit kommen lassen?« sagte sie erschrocken und mit einem Abscheu, den sie nur mit Mühe verbarg.

»Ich habe dir schon gesagt«, entgegnete Natascha, »daß ich keinen eigenen Willen mehr habe. Kannst du denn das nicht verstehen: Ich liebe ihn!«

»Aber, ich werde das nicht so weitergehen lassen, ich werde es erzählen!« rief Sonja, und die Tränen stürzten ihr aus den Augen.

»Um Gottes willen, was redest du da! Wenn du es erzählst, bist du meine Feindin!« rief Natascha. »Du willst mein Unglück; du willst, daß man uns trennt …«

Als Sonja diese Angst Nataschas sah, flossen ihr die Tränen noch stärker, aus Scham für ihre Freundin und aus Mitleid mit ihr.

»Aber was ist denn zwischen euch beiden vorgegangen?« fragte sie. »Was hat er zu dir gesagt? Warum kommt er nicht hierher ins Haus?«

Natascha gab auf ihre Fragen keine Antwort.

»Um Gottes willen, Sonja, sage es niemandem, quäle mich nicht«, bat sie. »Du mußt doch wissen, daß man sich in solche Dinge nicht mischen darf. Ich habe es dir offenbart …«

»Aber wozu diese Heimlichkeit? Warum kommt er nicht hierher ins Haus?« fragte Sonja nochmals. »Warum bewirbt er sich nicht offen um deine Hand? Fürst Andrei hat dir ja für solche Fälle völlige Freiheit gelassen. Aber ich traue diesem Menschen nicht: Natascha, hast du wohl auch überlegt, was das für geheime Gründe sein können?«

Natascha blickte Sonja mit erstaunten Augen an. Offenbar trat ihr diese Frage zum erstenmal entgegen, und sie wußte nicht, was sie darauf antworten sollte.

»Was das für Gründe sind, weiß ich nicht. Aber Gründe sind jedenfalls vorhanden!«

Sonja seufzte und wiegte argwöhnisch den Kopf hin und her.

»Wenn Gründe vorhanden wären ...«, begann sie.

Aber Natascha, die ihr Mißtrauen erriet, unterbrach sie erschrocken.

»Sonja, an ihm zu zweifeln ist Sünde! Sünde, Sünde, verstehst du wohl?« rief sie.

»Liebt er dich?«

»Ob er mich liebt?« wiederholte Natascha die Frage mit einem Lächeln des Bedauerns über die geringe Fassungskraft ihrer Freundin. »Du hast ja den Brief gelesen und hast ihn selbst gesehen.«

»Aber, wenn er ein unehrenhafter Mensch ist?«

»Er …! Er ein unehrenhafter Mensch? Wenn du ihn kenntest!« erwiderte Natascha.

»Wenn er ein ehrenhafter Mensch wäre, so müßte er entweder seine Absicht offen kundtun oder darauf verzichten, mit dir weiter zusammenzukommen; und was ich tun werde, wenn du es nicht selbst tun willst, ist dies: Ich werde an ihn schreiben und werde es deinem Papa sagen«, erklärte Sonja in entschlossenem Ton.

»Aber ich kann ohne ihn nicht leben!« rief Natascha.

»Natascha, ich verstehe dich gar nicht. Was redest du nur! So denke doch an deinen Vater und an Nikolai!«

»Ich will von niemandem etwas wissen; ich liebe niemand als ihn. Wie darfst du sagen, er sei unehrenhaft? Weißt du denn nicht, daß ich ihn liebe?« rief Natascha. »Geh hinaus, Sonja! Ich möchte mich mit dir nicht überwerfen, geh hinaus, um Gottes willen, geh hinaus; du siehst, wie schwer ich leide!« rief Natascha gereizt, obwohl sie sich bemühte, ihren zornigen, verzweiflungsvollen Ton zu mäßigen. Aufschluchzend stürzte Sonja aus dem Zimmer hinaus.

Natascha setzte sich an den Schreibtisch, und ohne auch nur einen Augenblick zu überlegen, schrieb sie an Prinzessin Marja jenen Antwortbrief, den sie den ganzen Vormittag über nicht hatte schreiben können. In diesem Brief teilte sie der Prinzessin Marja kurz mit, alle Mißverständnisse zwischen ihnen seien beendet; sie wolle von der hochherzigen Erlaubnis des Fürsten Andrei Gebrauch machen, der ihr bei seiner Abreise volle Freiheit zu handeln gelassen habe, und bitte sie, alles Vorgefallene zu vergessen und ihr zu verzeihen, wenn sie ihr ein Unrecht zugefügt habe; aber sie könne nicht die Frau des Fürsten Andrei werden. Alles dies erschien ihr in diesem Augenblick so leicht und einfach und klar.

*

Auf den Freitag war die Heimreise der Rostows nach ihrem Gut angesetzt; am Mittwoch aber fuhr der Graf mit einem Käufer nach seinem Landhaus in der Nähe der Stadt.

Für den Tag, an dem der Graf abreiste, waren Sonja und Natascha zu einem großen Diner bei Karagins eingeladen, und Marja Dmitrijewna begleitete sie. Bei diesem Diner traf Natascha wieder mit Anatol zusammen, und Sonja bemerkte, daß Natascha einmal mit ihm redete und sich dabei bemühte, von andern nicht gehört zu werden, und daß sie während des ganzen Diners noch aufgeregter war als vorher. Als sie nach Hause zurückgekehrt waren, begann Natascha von selbst ihrer Freundin die Eröffnung zu machen, welche diese erwartete.

»Siehst du wohl, Sonja, du hast allerlei törichtes Zeug über ihn gesagt«, begann Natascha in sanftem Ton, in dem Ton, in dem Kinder reden, wenn sie gern gelobt werden möchten. »Wir haben uns heute miteinander ausgesprochen.«

»Nun, wie steht es denn also? Was hat er gesagt? Wie freue ich mich, Natascha, daß du nicht auf mich böse bist! Sage mir alles, die ganze Wahrheit. Was hat er gesagt?«

Natascha überließ sich einen Augenblick ihren Gedanken.

»Ach, Sonja, wenn du ihn so kenntest, wie ich ihn kenne! Er sagte ... Er fragte mich, in welcher Form ich mit Bolkonski verlobt wäre, und freute sich, als er hörte, daß es von mir abhinge, wieder zurückzutreten.«

Sonja stieß einen traurigen Seufzer aus.

»Aber du hast doch an Bolkonski keine Absage geschickt?« sagte sie.

»Vielleicht habe ich es wirklich getan! Vielleicht ist mit Bolkonski alles zu Ende. Warum denkst du, daß meine Handlungsweise schlecht ist?«

»Ich denke gar nichts; ich verstehe nur nicht ...«

»Warte, Sonja, du wirst alles verstehen. Du wirst sehen, was er für ein Mann ist. Denke nichts Schlechtes, weder von mir noch von ihm.«

»Ich denke von niemandem Schlechtes; ich habe euch alle lieb und bin betrübt, wenn euch Schlimmes begegnet. Aber was soll ich tun?«

Sonja ging nicht auf den zärtlichen Ton ein, in welchem Natascha zu ihr redete. Je weicher und schmeichelnder Nataschas Miene war, um so ernster und strenger wurde Sonjas Gesichtsausdruck.

»Natascha«, sagte sie, »du hast mich gebeten, nicht mit dir darüber zu sprechen, und ich habe es auch nicht getan; jetzt hast du selbst davon angefangen. Natascha, ich traue ihm nicht. Wozu diese Heimlichkeit?«

»Also doch wieder, doch wieder!« unterbrach Natascha sie.

»Natascha, ich ängstige mich um dich.«

»Was fürchtest du denn?«

»Ich fürchte, daß du dich ins Verderben stürzest«, antwortete Sonja in festem Ton und erschrak selbst über das, was sie gesagt hatte.

Nataschas Gesicht nahm wieder einen zornigen Ausdruck an.

»Nun, wenn ich mich denn in mein Verderben stürze, dann will ich es so schnell wie möglich tun. Das ist nicht eure Sache. Den Schaden davon werdet nicht ihr haben, sondern ich. Laß mich, laß mich. Ich hasse dich!«

»Natascha!« rief Sonja erschrocken.

»Ich hasse dich, ich hasse dich! Du bist fürs ganze Leben meine Feindin!«

Natascha lief aus dem Zimmer.

Natascha sprach nicht mehr mit Sonja und wich ihr aus. Sie ging, immer mit dem gleichen Ausdruck aufgeregten Staunens und bedrückenden Schuldbewußtseins, durch die Zimmer und griff bald nach dieser, bald nach jener Beschäftigung, um sie sofort wieder hinzuwerfen.

So schwer es Sonja auch wurde, so beobachtete sie doch ihre Freundin fortwährend, ohne ein Auge von ihr zu wenden.

An dem Tag, der demjenigen vorausging, an welchem der Graf zurückerwartet wurde, bemerkte Sonja, daß Natascha den ganzen Vormittag über im Salon am Fenster saß, als ob sie auf etwas wartete, und daß sie einem vorbeireitenden Offizier, in welchem Sonja Anatol zu erkennen glaubte, ein Zeichen machte.

Sonja begann, ihre Freundin noch schärfer zu beobachten, und bemerkte, daß Natascha während des ganzen Mittagessens und Abends sich in einem seltsamen, unnatürlichen Gemütszustand befand: Sie gab auf Fragen, die an sie gerichtet wurden, schiefe Antworten, begann Sätze, ohne sie zu Ende zu sprechen, und lachte über alles.

Nach dem Tee sah Sonja, daß ein verlegenes Stubenmädchen an Nataschas Tür auf diese wartete. Sonja ließ beide unbehelligt hineingehen, horchte dann aber an der Tür und vernahm, daß wieder ein Brief abgegeben wurde.

Und plötzlich wurde es ihr klar, daß Natascha irgendeinen furchtbaren Plan für den heutigen Abend vorhatte. Sonja klopfte bei ihr an; aber Natascha ließ sie nicht ein.

»Sie will mit ihm fliehen!« dachte Sonja. »Sie ist zu allem fähig. Heute hatte ihr Gesicht einen besonders trüben, entschlossenen Ausdruck. Und als sie gestern von dem Onkel Abschied nahm, brach sie in Tränen aus«, erinnerte sich Sonja. »Ja, es ist sicher, sie will mit ihm fliehen – aber was soll ich tun?« dachte Sonja, die sich jetzt alle Anzeichen ins Gedächtnis zurückrief, aus denen deutlich hervorging, daß Natascha irgend etwas Schreckliches vorhaben müsse. »Der Onkel ist nicht da. Was soll ich tun: an Kuragin schreiben und von ihm eine Erklärung verlangen? Aber wer zwingt ihn, zu antworten? Oder soll ich an Pierre schreiben, wie mir das Fürst Andrei im Fall eines Unglücks aufgetragen hat …? Aber vielleicht hat sie dem Fürsten Andrei wirklich schon eine Absage geschrieben (sie hat gestern einen Brief an Prinzessin Marja abgeschickt) …« Es Marja Dmitrijewna zu sagen, die so große Stücke von Natascha hielt, das war für Sonja ein gar zu schrecklicher Gedanke. »Aber ob nun so oder anders«, dachte Sonja, während sie auf dem dunklen Korridor stand, »jetzt oder nie ist der Augenblick gekommen, wo ich zeigen muß, daß ich die von der Familie empfangenen Wohltaten in dankbarem Gedächtnis bewahre und Nikolai liebe. Nein, und wenn ich drei Nächte lang nicht schlafen sollte, ich weiche nicht aus diesem Korridor und hindere sie mit Gewalt und dulde nicht, daß Schande über die Familie gebracht werde.«

XVI

Anatol war vor einiger Zeit zu Dolochow übergesiedelt. Der Plan, die Komtesse Rostowa zu entführen, war schon vor einigen Tagen von Dolochow entworfen und vorbereitet worden, und an dem Tag, als Sonja an Nataschas Tür gelauscht und beschlossen hatte, ihre Freundin zu überwachen, sollte dieser Plan zur Ausführung gebracht werden. Natascha hatte versprochen, um zehn Uhr zu Kuragin an die Hintertür hinauszukommen. Kuragin sollte sie in einen bereitstehenden dreispännigen Schlitten setzen und mit ihr sechzig Werst weg von Moskau nach dem Dorf Kamenka fahren, wo ein abgesetzter Pope bereitstand, der sie beide trauen sollte. In Kamenka waren Relaispferde bestellt, mit denen sie an die Warschauer Chaussee fahren wollten, und von dort wollten sie sich mit Postpferden so schnell wie möglich ins Ausland begeben.

Anatol besaß einen Paß und einen Reiseschein für die Post, ferner zehntausend Rubel, die ihm seine Schwester gegeben, und zehntausend, die er sich durch Dolochows Vermittlung geborgt hatte.

Die beiden Trauzeugen, ein ehemaliger Gerichtsschreiber Chwostikow, von dessen Beihilfe Dolochow beim Spiel Gebrauch machte, und ein entlassener Husar namens Makarin, ein gutmütiger, schwacher Mensch, der mit grenzenloser Liebe an Kuragin hing, saßen im vordersten Zimmer und tranken Tee.

In seinem großen Wohnzimmer, dessen Wände von unten bis oben mit persischen Teppichen, Bärenfellen und Waffen geschmückt waren, saß Dolochow, mit Stiefeln und in einer Reisejoppe, vor dem offenen Schreibtisch, auf welchem ein Blatt mit Zahlen und mehrere Banknotenpäckchen lagen. Anatol kam in aufgeknöpfter Uniform aus dem Zimmer, in welchem, die Trauzeugen saßen, und ging durch das Wohnzimmer hindurch nach der Hinterstube, wo sein französischer Kammerdiener mit Hilfe anderer Bedienter die letzten Sachen einpackte. Dolochow zählte Geld und machte Notizen.

»Na also«, sagte er, »Diesem Chwostikow müssen wir zweitausend Rubel geben.«

»Na, dann gib sie ihm«, erwiderte Anatol.

»Makarin geht ohne Entgelt für dich durchs Feuer. Na, dann ist die Berechnung fertig«, sagte Dolochow und hielt ihm das Blatt mit den Zahlen hin. »Einverstanden?«

»Ja, selbstverständlich einverstanden«, antwortete Anatol, der offenbar gar nicht auf Dolochow hörte und mit einem steten, unveränderlichen Lächeln vor sich hinblickte.

Dolochow schlug die Klappe des Schreibtisches zu und wandte sich mit einem spöttischen Lächeln zu Anatol.

»Weißt du was?« sagte er. »Gib diese ganze Geschichte auf. Noch ist es Zeit!«

»Du Dummkopf!« erwiderte Anatol. »Rede nicht solchen Unsinn. Wenn du wüßtest ... Weiß der Teufel, ich habe diesmal doch eine ganz eigene Empfindung!«

»Im Ernst, laß es bleiben«, sagte Dolochow. »Mein Rat ist vernünftig. Meinst du etwa, daß das, was du da eingefädelt hast, ein Spaß ist?«

»Ach, diese ewigen Hänseleien! Geh zum Teufel!« rief Anatol, ärgerlich die Stirn runzelnd. »Ich bin wirklich nicht in der Stimmung, deine albernen Späße anzuhören!« Er verließ das Zimmer.

Dolochow lächelte mit einer Art von nachsichtiger Geringschätzung, als Anatol hinausging.

»Warte mal«, rief er ihm nach, »ich scherze nicht; ich rede im Ernst. Komm mal her!«

Anatol kam wieder ins Zimmer und blickte, bemüht, seine Aufmerksamkeit auf diesen Gegenstand zu konzentrieren, Dolochow unverwandt an, dessen Willen er sich offenbar unwillkürlich fügte.

»Hör mir mal zu, ich sage es dir zum letztenmal. Warum sollte ich denn mit dir Scherz treiben? Habe ich dir etwa bei dieser Sache etwas in den Weg gelegt? Wer hat alles für dich arrangiert, einen Popen ausfindig gemacht, dir einen Paß besorgt und Geld beschafft? Alles habe ich getan, ich.«

»Na, dafür bin ich dir auch dankbar. Meinst du, daß ich das nicht anerkenne?« Anatol seufzte und umarmte Dolochow.

»Ich bin dir behilflich gewesen; aber bei alledem muß ich dir doch die Wahrheit sagen: Es ist ein gefährliches und, genau besehen, ein dummes Unternehmen. Na also, du entführst sie, gut. Wird man dir das so einfach durchgehen lassen? Es wird herauskommen, daß du schon verheiratet bist. Vors Kriminalgericht wirst du gestellt werden ...«

»Ach, Dummheiten, Dummheiten!« rief Anatol und runzelte wieder die Stirn. »Ich habe dir die Sache ja doch schon auseinandergesetzt, nicht wahr?« Und mit jener besonderen Vorliebe, die beschränkte Menschen häufig für logische Schlüsse haben, zu denen ihr Verstand noch gerade ausreicht, wiederholte er die Beweisführung, die er seinem Freund Dolochow schon hundertmal vorgetragen hatte: »Ich habe dir die Sache ja doch schon auseinandergesetzt; ich sage so: Wenn die jetzt zu schließende Ehe ungültig ist« (hier bog er einen Finger ein), »dann habe ich natürlich nichts zu verantworten; na, und wenn sie gültig ist, dann ist es auch ganz egal, denn im Ausland wird niemand etwas davon wissen. Na, das ist doch richtig? Dagegen ist doch nichts zu sagen!«

»Im Ernst, laß die Sache bleiben! Du bindest dich nur …«

»Scher dich zum Teufel!« rief Anatol; sich in die Haare greifend ging er in das andere Zimmer, kam aber gleich wieder zurück und setzte sich Dolochow nahe gegenüber auf einen Lehnstuhl, auf den er auch die Beine hinaufzog. »Weiß der Teufel, was ich diesmal für eine Empfindung habe! Was meinst du dazu? Fühle mal, wie mein Herz schlägt!« Er faßte Dolochows Hand und legte sie sich auf das Herz. »Ach! Was für ein Füßchen, lieber Freund, und was für ein Blick! Eine Göttin!! Nicht wahr?«

Dolochow lächelte kalt, und seine schönen, frechen Augen begannen eigentümlich zu glänzen; so blickte er Anatol an, und es war klar, daß er sich noch weiter über ihn amüsieren wollte.

»Na, und wenn das Geld zu Ende ist, was dann?«

»Was dann?« wiederholte Anatol mit ungeheuchelter Verwunderung bei diesem Gedanken an die Zukunft. »Ja, was dann? Das weiß ich nicht zu sagen … Na, wozu sollen wir solchen Unsinn reden!« Er sah nach der Uhr. »Es ist Zeit!«

Er trat in die Tür nach der Hinterstube.

»Na, wird's bald? Ihr trödelt ja hier ewig!« schrie er die Diener an.

Dolochow räumte das Geld vom Tisch weg, gab einem Diener den Befehl, ihnen vor der Abfahrt noch etwas zu essen und zu trinken zu geben, und ging dann in das Zimmer, wo Chwostikow und Makarin saßen.

Anatol legte sich im Wohnzimmer auf das Sofa, stützte sich auf den Ellbogen, lächelte in Gedanken versunken und flüsterte mit seinen schönen Lippen zärtliche Worte vor sich hin.

»Komm her und iß etwas! Und trink auch einen Schluck!« rief ihm Dolochow vom andern Zimmer her zu.

»Ich mag nicht!« antwortete Anatol, ohne sein Lächeln zu unterbrechen.

»Komm nur! Balaga ist auch schon da.«

Anatol stand auf und ging in das Eßzimmer. Balaga war ein bekannter Fuhrherr, der schon seit sechs Jahren mit Dolochow und Anatol in Geschäftsverbindung stand und ihnen mit seinen Wagen zu Diensten war. Oftmals war er mit Anatol, als dessen Regiment noch in Twer stand, abends aus Twer abgefahren, hatte ihn um die Morgendämmerung nach Moskau gebracht und ihn dann in der folgenden Nacht wieder zurückgefahren. Oftmals hatte er Dolochow durch schnelle Fahrt vor Verfolgung in Sicherheit gebracht. Oftmals hatte er sie mit Zigeunern und »sonen Damen«, wie Balaga sich ausdrückte, in der Stadt herumkutschiert. Oftmals hatte er bei solchen Fahrten Menschen überfahren und Droschken umgestoßen, und immer hatten ihm dann »seine Herren«, wie er sie nannte, aus der Klemme geholfen. Gar manches Pferd hatte er, wenn er sie fuhr, zu Tode gejagt. Oftmals hatten sie ihn geprügelt, oftmals ihm Champagner und (sein Lieblingsgetränk!) Madeira zu trinken gegeben, und er wußte von jedem der beiden manchen schlimmen Streich, der einem gewöhnlichen Menschen schon längst die Verbannung nach Sibirien eingetragen hätte. Zu ihren Gelagen zogen sie Balaga häufig mit heran und ließen ihn bei den Zigeunern mittrinken und mittanzen; sie behandelten ihn dabei als Vertrauensmann, und manches Tausend Rubel ihres Geldes war schon durch seine Hände gegangen. Wenn er sie fuhr, riskierte er zwanzigmal im Jahr seine Haut und sein Leben, und die Pferde, die er in ihrem Dienst zugrunde richtete, waren mehr wert, als was sie ihm für die Fahrten bezahlten. Aber er hatte die beiden Herren gern und liebte dieses unsinnige Fahren, achtzehn Werst in der Stunde, und hatte seine Freude daran, eine Droschke umzustoßen und einen Fußgänger zu überfahren und in vollem Galopp durch die Straßen Moskaus dahinzujagen. Es machte ihm Vergnügen, hinter sich den wilden Ruf seiner betrunkenen Fahrgäste: »Schneller, schneller!« zu hören, wo doch eine Steigerung der Geschwindigkeit überhaupt nicht mehr möglich war; es war ihm eine Lust, dem Bauer, der so schon halbtot vor Schreck zur Seite sprang, einen kräftigen Peitschenhieb über den Nacken zu versetzen. »Echte Herren!« dachte er.

Anatol und Dolochow ihrerseits hatten Balaga ebenfalls gern, sowohl wegen seines meisterhaften Fahrens, als auch weil er dieselben Passionen hatte wie sie. Mit anderen Leuten einigte sich Balaga vorher über den Preis, nahm fünfundzwanzig Rubel für eine zweistündige Fahrt und fuhr mit anderen nur selten persönlich, sondern schickte meistens seine Kutscher. Aber mit seinen Herren, wie er sie nannte, fuhr er immer selbst und stellte nie eine Forderung für seine Leistung. Nur kam er so etwa alle paar Monate einmal, wenn er durch die Kammerdiener erfahren hatte, daß Geld vorhanden war, frühmorgens in nüchternem Zustand zu ihnen und bat unter tiefen Verbeugungen, ihm aus der Not zu helfen. Die Herren nötigten ihn dabei immer zum Sitzen.

»Helfen Sie mir, Väterchen Fjodor Iwanowitsch«, oder: »Euer Durchlaucht«, sagte er. »Ich habe so gut wie gar keine Pferde mehr. Schießen Sie mir vor, soviel Sie gerade können, damit ich auf dem Jahrmarkt welche kaufen kann.«

Und dann gaben ihm Anatol und Dolochow, wenn sie bei Geld waren, jeder tausend oder zweitausend Rubel.

Balaga hatte dunkelblondes Haar, ein rotes Gesicht und namentlich einen roten, dicken Hals, eine untersetzte Gestalt, eine aufgestülpte Nase, glänzende kleine Augen und ein kleines Bärtchen; sein Lebensalter mochte etwa siebenundzwanzig Jahre betragen. Er trug einen feinen, blauen, mit Seide gefütterten langen Rock, den er über seinen Halbpelz angezogen hatte.

Er bekreuzte sich vor dem Heiligenbild in der Ecke des Zimmers und trat auf Dolochow zu, indem er ihm seine kleine, schwarze Hand entgegenstreckte.

»Ergebenster Diener, Fjodor Iwanowitsch«, sagte er mit einer Verbeugung.

»Guten Abend, Bruder. Nun, da ist er ja auch.«

»Guten Abend, Euer Durchlaucht«, sagte Balaga zu dem eintretenden Anatol und reichte ihm ebenfalls die Hand.

»Ich frage dich, Balaga«, begann Anatol, indem er ihm die Hand auf die Schulter legte. »Hast du mich lieb oder nicht? Wie? Du sollst mir jetzt einen großen Dienst erweisen … Mit welchen Pferden bist du hergekommen?«

»Wie der Bote bestellt hat, mit euren, mit den wilden Durchgängern«, antwortete Balaga.

»Na, dann höre mal, Balaga! Peitsche das ganze Dreigespann zu Tode; aber sorge dafür, daß wir in drei Stunden da sind. Verstanden?«

»Wenn ich die Pferde totpeitsche, womit sollen wir dann fahren?« erwiderte Balaga, mit den Augen zwinkernd.

»Na, mach keine Späße, sonst zerschlage ich dir die Schnauze!« schrie Anatol auf einmal, ihn grimmig anblickend.

»Wie werde ich denn Späße machen!« sagte der Fuhrherr lächelnd. »Habe ich denn jemals für meine Herren die Pferde geschont? Wir werden fahren, so schnell sie nur irgend laufen können.«

»So ist's recht!« erwiderte Anatol. »Na, setz dich.«

»Jawohl, setz dich hin!« sagte auch Dolochow.

»Ich kann ja stehen, Fjodor Iwanowitsch.«

»Unsinn, setz dich hin und trink!« sagte Anatol und goß ihm ein großes Glas Madeira ein.

Mit glitzernden Augen sah der Fuhrherr nach dem Wein hin.

Nachdem er zuerst um des Anstandes willen abgelehnt hatte, trank er ihn aus und wischte sich mit einem rotseidenen Taschentuch, das er in seiner Mütze liegen hatte, den Mund ab.

»Nun also, wann fahren wir, Euer Durchlaucht?«

»Wir wollen jetzt gleich fahren«, erwiderte Anatol nach einem Blick auf die Uhr. »Gib dir rechte Mühe, Balaga. Wirst du auch zur bestimmten Zeit hinkommen?«

»Das kommt auf die Abfahrt an; wenn wir glücklich abfahren, warum sollten wir nicht zur rechten Zeit hinkommen? Als wir einmal von hier nach Twer fuhren, habe ich dich in sieben Stunden hingebracht. Erinnerst du dich wohl noch, Euer Durchlaucht?«

»Weißt du, ich fuhr einmal zu Weihnachten von Twer nach einem Gut«, sagte Anatol, dessen Gesicht bei dieser Erinnerung ein Lächeln überzog, zu Makarin, der ihn voller Rührung unverwandt anblickte. »Kannst du es glauben, Makarin, der Atem verging uns, so schnell flogen wir dahin. Wir fuhren in einen Zug Bauernschlitten hinein; über zwei Fuhren setzten wir hinüber. Was sagst du dazu?«

»Ja, das waren mal Pferde!« setzte Balaga die Erzählung fort. »Ich hatte damals zwei junge Seitenpferde zu dem hellbraunen Deichselpferd eingespannt«, wandte er sich an Dolochow. »Kannst du es glauben, Fjodor Iwanowitsch, sechzig Werst sausten die Biester nur so dahin; gar nicht zu halten waren sie; die Hände wurden mir starr, denn es war kalt. Ich warf die Zügel hin. ›Halte du sie, Euer Durchlaucht!‹ sagte ich; ich selbst fiel nur so in den Schlitten zurück. Von Antreiben war gar nicht die Rede: Bis zum Ziel waren sie nicht zu halten. In drei Stunden brachten sie uns hin, die Teufelskanaillen. Nur das linke Seitenpferd krepierte daran.«

XVII

Anatol ging aus dem Zimmer und kehrte einige Minuten darauf in einem Pelz zurück, der von einem silbernen Gurt zusammengehalten wurde; auf dem Kopf trug er eine Zobelmütze, die, in kecker Art schief aufgesetzt, sehr gut zu seinem hübschen Gesicht paßte. Er besah sich im Spiegel, trat dann in derselben Haltung, die er vor dem Spiegel eingenommen hatte, vor Dolochow hin und ergriff ein Glas Wein.

»Na, Fjodor, leb wohl; ich danke dir für alles; leb wohl!« sagte Anatol. »Na, ihr Freunde und Kameraden ...«, wandte er sich an Makarin und die andern und überlegte, was er weiter sagen sollte, »Freunde meiner Jugend, lebt wohl!«

Obgleich sie alle mit ihm mitfahren sollten, wollte Anatol offenbar doch diese Anrede an seine Kameraden zu einem rührenden, feierlichen Akt gestalten. Er sprach langsam, mit lauter Stimme, drückte die Brust heraus und schlenkerte mit dem einen Bein.

»Nehmt alle die Gläser in die Hand; auch du, Balaga. Nun, ihr Kameraden und Freunde meiner Jugend, wir haben lustig gelebt, das Leben genossen, wir haben lustig gelebt. Aber wann werden wir uns jetzt wiedersehen? Ich reise ins Ausland. Wir haben das Leben genossen; lebt wohl, Kinder! Auf euer Wohl! Hurra ...!« sagte er, trank sein Glas aus und warf es auf den Boden.

»Bleibe gesund«, sagte Balaga, trank ebenfalls sein Glas aus und wischte sich den Mund mit seinem Taschentuch.

Makarin umarmte seinen geliebten Anatol mit Tränen in den Augen.

»Ach, Fürst, ich bin so traurig, daß ich von dir scheiden soll«, sagte er.

»Abfahren, abfahren!« rief Anatol.

Balaga wollte aus dem Zimmer gehen.

»Nein, warte noch!« sagte Anatol. »Mach die Tür zu; wir müssen uns noch einmal hinsetzen. Seht mal: so!«

Die Tür wurde zugemacht, und alle setzten sich.

»Na, nun vorwärts, Kinder!« sagte Anatol, indem er aufstand.

Der Kammerdiener Joseph reichte ihm den Säbel und ein Reisetäschchen, und alle gingen in das Vorzimmer hinaus.

»Aber wo ist der Pelz?« rief Dolochow. »He, Ignati! Geh schnell zu Matrona Matwjejewna und laß dir den Pelz geben, die Zobelsaloppe. Ich habe mir sagen lassen, wie man es bei Entführungen machen muß«, fuhr er fort, indem er die Augen zusammenkniff. »Sie stürzt also mehr tot als lebendig aus der Haustür, bloß in den Kleidern, die sie im Haus angehabt hat. Wenn man nun da einen Augenblick zögert, dann sind gleich die Tränen da, und sie seufzt nach Papachen und Mamachen und friert und will wieder zurück. Da muß man sie sofort in einen Pelz wickeln und in den Schlitten tragen.«

Der Diener brachte eine Frauensaloppe von Fuchspelz.

»Dummkopf, ich habe dir doch gesagt: den Zobelpelz. He, Matrona! Den Zobelpelz!« schrie er so laut, daß seine Stimme weithin durch alle Zimmer tönte.

Eine schöne, magere, blasse Zigeunerin mit glänzenden, schwarzen Augen und schwarzem, bläulich schimmerndem, krausem Haar kam mit einer Zobelsaloppe über dem Arm herbeigelaufen.

»Schön, schön, ich gebe sie gern her, nimm sie!« sagte sie; es war deutlich, daß es ihr leid tat, die Saloppe hingeben zu sollen, daß sie aber vor ihrem Herrn Angst hatte.

Dolochow nahm, ohne ihr zu antworten, den Pelz hin, hing ihn ihr um und wickelte sie darin ein.

»Siehst du, so mußt du es machen!« sagte er zu Anatol. »Und dann so!« fuhr er fort, indem er ihr den Kragen rings um den Kopf in die Höhe schlug, so daß nur vor dem Gesicht eine kleine Stelle offenblieb. »Und dann so! Siehst du wohl?« Dabei schob er Anatols Kopf an die Öffnung im Kragen heran, aus welcher Matronas Gesicht mit strahlendem Lächeln hervorlugte.

»Na, leb wohl, Matrona«, sagte Anatol und küßte sie. »Ach, mein fideles Leben hier ist nun zu Ende! Grüße Stjoschka von mir. Na, leb wohl! Leb wohl, Matrona; wünsche mit Glück zu meinem Unternehmen.«

»Nun, Gott möge dir viel Glück geben, Fürst!« sagte Matrona mit ihrem zigeunerhaften Beiklang.

Vor der Haustür standen zwei dreispännige Schlitten; zwei junge Kutscher hielten die Pferde. Balaga setzte sich auf den vordersten Schlitten und begann, die Ellbogen hoch in die Höhe hebend, ohne Übereilung die Zügel zu ordnen. Anatol und Dolochow stiegen zu ihm ein. Makarin, Chwostikow und der Kammerdiener setzten sich in den andern Schlitten.

»Fertig? Ja?« fragte Balaga.

»Los!« rief er, indem er sich die Zügel um die Hand wickelte, und der Schlitten schoß den Nikitski-Boulevard hinunter.

»Brr! He, weg da …! Brr …!« riefen Balaga und der junge Gehilfe neben ihm auf dem Kutschersitz; weiter wurde nichts gesprochen. Auf dem Arbatskaja-Platz stieß der Schlitten an eine Equipage, ein Krachen ertönte, man hörte einen Schrei, und der Schlitten flog die Arbat-Straße entlang.

Balaga fuhr den Podnowinski-Boulevard entlang und wieder zurück, mäßigte dabei den Lauf der Pferde und hielt auf der Rückfahrt bei der Kreuzung der Staraja-Konjuschennaja-Straße an. Der Gehilfe sprang hinab, um die Pferde am Zaum zu halten; Anatol und Dolochow traten auf das Trottoir. Als sie sich dem Tor genähert hatten, pfiff Dolochow. Ein Pfiff antwortete ihm, und gleich darauf kam das Stubenmädchen herausgelaufen.

»Kommen Sie herein auf den Hof; hier könnten Sie gesehen werden. Sie wird gleich herauskommen«, sagte sie.

Dolochow blieb am Tor stehen. Anatol folgte dem Stubenmädchen auf den Hof, bog um eine Ecke und lief die Stufen zur Hintertür hinauf.

Gawriil, Marja Dmitrijewnas Wagenlakai, ein Mensch von gewaltigem Wuchs, trat ihm entgegen.

»Bitte, sich zur gnädigen Frau zu bemühen!« sagte der Diener mit tiefer Stimme und vertrat dem Eingetretenen den Rückweg nach der Tür.

»Zu welcher gnädigen Frau? Und wer bist du?« fragte Anatol flüsternd mit stockendem Atem.

»Bitte, kommen Sie; ich habe Befehl, Sie hinzuführen.«

»Kuragin! Zurück!« rief Dolochow. »Verrat! Zurück!«

Dolochow rang bei dem Pförtchen am Tor, wo er stehengeblieben war, mit dem Hausknecht, welcher hinter dem eingetretenen Anatol das Pförtchen zuzuschließen versuchte. Mit äußerster Anstrengung stieß Dolochow den Hausknecht zurück, faßte Anatol, der über den Hof gelaufen kam, am Arm, zog ihn durch das Pförtchen hindurch auf die Straße und lief mit ihm zum Schlitten zurück.

XVIII

Marja Dmitrijewna hatte die verweinte Sonja auf dem Korridor getroffen und sie gezwungen, ihr alles zu gestehen. Nachdem sie ein Billett Nataschas aufgefangen und gelesen hatte, ging sie mit dem Billett in der Hand zu Natascha in deren Zimmer.

»Schändliche, Schamlose!« sagte sie zu ihr. »Ich will gar nichts weiter hören!«

Sie stieß Natascha, die sie mit erschrockenen, aber tränenlosen Augen ansah, zurück, schloß sie ein, befahl dem Hausknecht, die Männer, die heute abend kommen würden, ins Tor herein-, aber nicht wieder hinauszulassen, und dem Diener, diese Männer zu ihr zu führen, und setzte sich dann im Salon hin und erwartete die Entführer.

Als Gawriil mit der Meldung zu ihr kam, daß die beiden angekommenen Männer entronnen seien, stand sie mit finster zusammengezogenen Brauen auf, ging, die Hände auf den Rücken gelegt, lange in den Zimmern auf und ab und überlegte, was nun zu tun sei. Um Mitternacht fühlte sie nach dem Schlüssel in ihrer Tasche und ging nach Nataschas Zimmer. Sonja saß schluchzend auf dem Korridor. »Marja Dmitrijewna«, bat sie, »um Gottes willen, lassen Sie mich zu ihr!« Marja Dmitrijewna schloß, ohne ihr zu antworten, die Tür auf. »Eine garstige, widerwärtige Geschichte!« dachte sie. »In meinem Haus … So eine schändliche Dirne …! Mir tut nur der Vater leid!« Aber sie gab sich Mühe, ihren Zorn zu mäßigen. »So schwer es auch ist, werde ich doch allen befehlen, davon zu schweigen, und dem Grafen die ganze Sache verheimlichen.« Marja Dmitrijewna trat mit festen Schritten ins Zimmer. Natascha lag auf dem Sofa, das Gesicht mit den Händen verbergend, und rührte sich nicht. Sie lag noch in derselben Haltung da, in welcher Marja Dmitrijewna sie verlassen hatte.

»Eine nette Person bist du ja, eine sehr nette Person!« sagte Marja Dmitrijewna. »Gibt sich in meinem Haus Rendezvous mit Liebhabern! Daß du dich verstellst, hat keinen Zweck. Hör zu, wenn ich mit dir rede.« Marja Dmitrijewna faßte sie an den Arm. »Hör zu, wenn ich rede. Du hast dich entehrt wie die niedrigste Dirne. Ich würde mit dir verfahren, wie du es verdienst, wenn mir nicht dein Vater leid täte. Ich werde die Sache nicht bekanntwerden lassen.«

Natascha änderte ihre Lage nicht; nur begann ihr ganzer Körper infolge eines lautlosen, krampfhaften Schluchzens zu zucken, das sie zu erstikken drohte. Marja Dmitrijewna blickte sich nach Sonja um und setzte sich neben Natascha auf das Sofa.

»Sein Glück, daß er mir entgangen ist; aber ich werde ihn schon noch zu finden wissen«, sagte sie mit ihrer derben, kräftigen Stimme. »Hörst du auch wohl, was ich sage?«

Sie schob ihre große Hand unter Nataschas Kopf und drehte ihn mit dem Gesicht zu sich hin. Sowohl Marja Dmitrijewna als auch Sonja erschraken, als sie Nataschas Gesicht erblickten. Ihre Augen waren glänzend und trocken, die Lippen zusammengepreßt, die Wangen eingefallen.

»Lassen Sie mich … was wollen Sie von mir … ich sterbe …«, murmelte sie, riß sich mit einer heftigen Anstrengung von Marja Dmitrijewna los und nahm wieder ihre frühere Lage ein.

»Natalja …!« sagte Marja Dmitrijewna. »Ich meine es gut mit dir. Bleib nur liegen; bleib meinetwegen so liegen, wie du liegst; ich will dich nicht anrühren; nur höre zu … Ich will dir nicht vorhalten, wie schwer du dich vergangen hast. Das weißt du selbst. Na, aber morgen kommt dein Vater zurück; was soll ich dem sagen? Wie?«

Nataschas Körper krümmte sich wieder vor Schluchzen.

»Na, wenn er es nun erfährt und dein Bruder und dein Bräutigam …«

»Ich habe keinen Bräutigam; ich habe ihm abgeschrieben«, rief Natascha.

»Ganz gleich«, fuhr Marja Dmitrijewna fort. »Na also, wenn die es erfahren, was meinst du, werden sie die Sache so hingehen lassen? Deinen Vater kenne ich ja; wenn der nun diesen Burschen zum Duell fordert, ist denn das schön und gut? Wie?«

»Ach, lassen Sie mich doch in Ruhe; warum haben Sie uns gehindert! Ja, warum? Warum? Wer hat Sie darum gebeten?« rief Natascha, indem sie sich auf dem Sofa aufrichtete und Marja Dmitrijewna zornig anblickte.

»Aber was wolltest du denn eigentlich?« rief Marja Dmitrijewna, die nun wieder hitzig wurde. »Hielten wir dich denn etwa eingesperrt? Na, wer hinderte ihn denn, in unserem Haus einen Besuch zu machen? Wozu brauchte er dich denn wie so eine Zigeunerin zu entführen …? Na, und wenn er dich nun entführt hätte, meinst du denn, daß sie ihn nicht gefunden hätten? Dein Vater oder dein Bruder oder dein Bräutigam. Aber er ist ein Schurke, ein Nichtswürdiger, das ist die Sache!«

»Er ist besser als ihr alle!« schrie Natascha, sich wieder aufrichtend. »Wenn ihr uns nicht in den Weg gekommen wäret … Ach, mein Gott, warum, warum! Sonja, womit habe ich das um dich verdient? Geht hinaus …!«

Und sie begann so verzweifelt zu schluchzen, wie die Menschen nur bei solchem Leid weinen, daß sie sich bewußt sind, selbst verschuldet zu haben. Marja Dmitrijewna wollte noch etwas sagen; aber Natascha rief: »Geht hinaus, geht hinaus! Ihr haßt mich alle, ihr verachtet mich!« Und sie ließ sich wieder auf das Sofa zurücksinken.

Marja Dmitrijewna fuhr noch eine Weile fort, auf Natascha einzureden und ihr auseinanderzusetzen, daß die ganze Sache vor dem Grafen geheimgehalten werden müsse, und daß niemand etwas davon erfahren werde, wenn sich nur Natascha anheischig mache, alles aus ihrem Gedächtnis auszulöschen und sich allen zu zeigen, als ob nichts vorgefallen sei. Natascha antwortete nicht. Sie schluchzte auch nicht mehr; aber sie hatte Fieberfrost und Zittern. Marja Dmitrijewna schob ihr ein Kissen unter den Kopf, deckte sie mit zwei Decken zu und brachte ihr selbst Lindenblütentee; aber Natascha blieb alledem gegenüber völlig teilnahmslos.

»Na, mag sie schlafen!« sagte Marja Dmitrijewna und ging aus dem Zimmer in der Meinung, daß sie eingeschlafen sei.

Aber Natascha schlief nicht und blickte mit starren, weitgeöffneten Augen aus dem blassen Gesicht gerade vor sich hin. Diese ganze Nacht über fand sie keinen Schlaf und weinte nicht und redete nicht mit Sonja, die mehrmals aufstand und zu ihr herankam.

Am anderen Tag zur Frühstückszeit kam Graf Ilja Andrejewitsch, wie er versprochen hatte, von seinem Landhaus vor der Stadt zurück. Er war sehr vergnügt: Das Geschäft mit dem Käufer war glücklich erledigt, und nichts hielt ihn jetzt mehr in Moskau zurück, wo er die Trennung von seiner Gattin recht schmerzlich empfand. Marja Dmitrijewna begrüßte ihn und teilte ihm mit, Natascha sei am vorhergehenden Tag ernstlich erkrankt; sie hatten den Arzt holen lassen; aber heute gehe es ihr besser. Natascha blieb den ganzen Vormittag in ihrem Zimmer. Mit zusammengepreßten, aufgesprungenen Lippen und trockenen, starren Augen saß sie am Fenster, blickte unruhig nach den Passanten auf der Straße und wendete sich hastig um, wenn jemand zu ihr ins Zimmer trat. Augenscheinlich wartete sie auf Nachrichten von ihm; sie wartete darauf, daß er entweder selbst kommen oder ihr schreiben werde.

Als der Graf zu ihr hereinkam, drehte sie sich beim Klang seiner Männerschritte unruhig um, und ihr Gesicht nahm den früheren kalten, ja bösen Ausdruck wieder an. Sie stand nicht einmal auf, um ihm entgegenzugehen.

»Was ist dir, mein Engel? Bist du krank?« fragte der Graf.

Natascha schwieg eine Weile.

»Ja, ich bin krank«, antwortete sie dann.

Auf die besorgten Fragen des Grafen, warum sie so niedergeschlagen sei, und ob auch nichts mit dem Bräutigam vorgefallen wäre, versicherte sie ihm, es sei nichts geschehen, und bat ihn, sich nicht zu beunruhigen. Marja Dmitrijewna bestätigte dem Grafen Nataschas Angabe, daß nichts vorgefallen sei. Der Graf zog zwar aus der angeblichen Krankheit und dem verstörten Gemütszustand seiner Tochter sowie aus Sonjas und Marja Dmitrijewnas verlegenen Gesichtern seine Schlüsse und sah klar, daß sich doch in seiner Abwesenheit etwas zugetragen haben müsse; aber der Gedanke, es könne sich mit seiner geliebten Tochter etwas Schimpfliches ereignet haben, war ihm so furchtbar und er liebte so sehr seine heitere Ruhe, daß er es vermied, weitere Fragen zu stellen, sich Mühe gab zu glauben, es sei nichts Besonderes geschehen, und nur bedauerte, daß sie wegen Nataschas Unpäßlichkeit die Rückreise nach ihrem Gut aufschieben mußten.

XIX

Schon seit dem Tag, wo seine Frau nach Moskau gekommen war, hatte Pierre vorgehabt, irgendwohin zu verreisen, nur um nicht mit ihr zusammenzusein. Bald nach der Ankunft der Rostows in Moskau veranlaßte ihn der Eindruck, welchen Natascha auf ihn machte, die Ausführung seiner Absicht zu beschleunigen. Er fuhr nach Twer zu Osip Alexejewitschs Witwe, die schon vor längerer Zeit versprochen hatte, ihm die Papiere ihres verstorbenen Gatten zu übergeben.

Als Pierre nach Moskau zurückkehrte, fand er in seiner Wohnung einen Brief von Marja Dmitrijewna vor, die ihn ersuchte, in einer sehr wichtigen, den Fürsten Andrei und dessen Braut betreffenden Angelegenheit zu ihr zu kommen. Pierre hatte bisher ein Zusammentreffen mit Natascha vermieden. Er war der Meinung, daß er für sie eine stärkere Zuneigung empfinde, als sie ein verheirateter Mann für die Braut seines Freundes hegen dürfe. Und nun führte eine Art von Schicksalsfügung ihn doch beständig mit ihr zusammen.

»Was mag nur vorgefallen sein? Und warum wenden sie sich gerade an mich?« fragte er sich, während er sich anzog, um zu Marja Dmitrijewna zu fahren. »Wenn nur Fürst Andrei recht bald ankäme und sie heiratete!« dachte er auf der Fahrt zu Frau Achrosimowa.

Auf dem Twerskoi-Boulevard rief ihn jemand an.

»Pierre! Bist du schon lange wieder hier?« rief ihm eine bekannte Stimme zu. Pierre hob den Kopf in die Höhe. In einem Schlitten mit zwei grauen Trabern, die das Vorderteil des Schlittens mit Schnee bewarfen, flog Anatol mit seinem steten Begleiter Makarin vorüber. Anatol saß gerade aufgerichtet, in der von der Mode vorgeschriebenen Haltung eines militärischen Elegants: den unteren Teil des Gesichtes vom Biberkragen verhüllt und den Kopf ein wenig nach vorn geneigt. Sein Gesicht war frisch und rosig; der Hut mit dem weißen Federbusch war schräg aufgesetzt und ließ das gekräuselte, pomadisierte und mit feinem Schnee bestreute Haar sehen.

»Wahrhaftig, der da, das ist der wahre Weise!« fuhr es Pierre durch den Kopf. »Er richtet seinen Blick lediglich auf das Vergnügen des gegenwärtigen Augenblicks, ohne darüber hinauszusehen; durch nichts läßt er sich aufregen, und daher ist er immer heiter, zufrieden und ruhig. Was würde ich darum geben, ein solcher Mensch zu sein wie er!« dachte Pierre nicht ohne Neid.

In Marja Dmitrijewnas Vorzimmer sagte der Diener, der ihm den Pelz abnahm, die gnädige Frau lasse ihn zu sich in ihr Schlafzimmer bitten.

Als Pierre die Tür nach dem Saal öffnete, erblickte er Natascha, die mit hagerem, blassem, finstererem Gesicht am Fenster saß. Sie sah sich nach ihm um, zog die Augenbrauen zusammen und verließ mit einer Miene kalter Würde das Zimmer.

»Was ist denn geschehen?« fragte Pierre, als er zu Marja Dmitrijewna hereintrat.

»Nette Geschichten!« antwortete Marja Dmitrijewna. »Achtundfünfzig Jahre bin ich schon auf der Welt; aber eine solche Schande habe ich noch nicht erlebt.«

Und nachdem sie Pierre das Ehrenwort abgenommen hatte, über alles, was er erfahren werde, zu schweigen, teilte ihm Marja Dmitrijewna mit, daß Natascha ihrem Bräutigam ohne Wissen ihrer Eltern abgeschrieben habe, und daß die Ursache dieser Absage Anatol Kuragin sei, mit dem Pierres Frau sie zusammengebracht habe und mit dem sie während der Abwesenheit ihres Vaters habe entfliehen wollen, um sich heimlich mit ihm trauen zu lassen.

Mit offenem Mund und mit hinaufgezogenen Schultern hörte Pierre an, was ihm Marja Dmitrijewna erzählte, und wollte seinen Ohren nicht trauen. Die Braut des Fürsten Andrei, die die leidenschaftliche Liebe ihres Bräutigams besaß, diese früher so allerliebste Natascha Rostowa, gibt einen solchen Bräutigam hin für den Narren Anatol, der schon verheiratet ist (Pierre wußte von dieser geheimen Ehe), und verliebt sich in ihn so, daß sie einwilligt, mit ihm davonzugehen – das konnte Pierre sich nicht vorstellen und nicht begreifen.

Das liebliche Bild, das er von der ihm seit ihrer Kindheit bekannten Natascha in seiner Seele getragen hatte, vermochte er mit der neuen Vorstellung von ihrer niedrigen Denkart, ihrer Torheit und Herzlosigkeit nicht zu vereinigen. Er mußte an seine Frau denken. »Sie sind doch alle von derselben Sorte!« urteilte er im stillen und sagte sich, daß er nicht der einzige sei, dem das unglückliche Los zuteil geworden wäre, mit einer unwürdigen Frau verbunden zu sein. Aber dennoch bemitleidete er den

Fürsten Andrei so tief, daß er hätte weinen mögen; wie schwer mußte sich dieser in seinem Stolz verletzt fühlen! Und je mehr er seinen Freund bemitleidete, mit um so größerer Geringschätzung, ja Empörung dachte er an diese Natascha, die mit einem solchen Ausdruck kalter Würde soeben an ihm vorbei durch den Saal gegangen war. Er wußte nicht, daß Nataschas Seele übervoll war von den Gefühlen der Verzweiflung, Scham und Zerknirschung, und daß sie nichts dafür konnte, wenn ihr Gesicht wider ihren Willen den Ausdruck starrer, kalter Würde zeigte.

»Wie hätte sie sich denn mit ihm trauen lassen können?« erwiderte Pierre auf Marja Dmitrijewnas Mitteilungen. »Trauen lassen konnte er sich nicht; er ist schon verheiratet.«

»Immer besser, immer großartiger!« rief Marja Dmitrijewna. »Ein nettes Bürschchen! So ein Schurke! Und sie wartet auf Nachricht von ihm, wartet seit zwei Tagen! Wenigstens wird sie nun aufhören zu warten; das muß ich ihr mitteilen.«

Nachdem Marja Dmitrijewna von Pierre Näheres über Anatols Heirat gehört und ihrem Zorn über diesen Menschen durch kräftige Schimpfworte Luft gemacht hatte, eröffnete sie ihm, warum sie ihn habe rufen lassen. Sie fürchtete, der Graf oder Bolkonski, der jeden Augenblick eintreffen konnte, würden die Sache, obgleich sie sie ihnen zu verheimlichen beabsichtigte, doch erfahren und dann Kuragin zum Duell fordern; und darum richtete sie an Pierre die Bitte, er möchte in ihrem Namen seinem Schwager befehlen, aus Moskau zu verschwinden und es nicht zu wagen, ihr wieder unter die Augen zu kommen. Pierre versprach ihr, ihren Wunsch zu erfüllen; er hatte erst jetzt die Gefahr begriffen, die sowohl dem alten Grafen als auch Nikolai und dem Fürsten Andrei drohte. Kurz und klar setzte Marja Dmitrijewna ihm auseinander, was sie von Anatol Kuragin verlangte, und entließ ihn dann mit der Aufforderung, in den Salon zu gehen.

»Nimm dich nur recht in acht; der Graf weiß nichts von der Geschichte. Tu, als ob du nichts wüßtest«, sagte sie zu ihm. »Und ich werde jetzt hingehen und ihr sagen, daß das Warten keinen Zweck hat. Bleib doch zum Mittagessen hier, wenn du magst!« rief sie ihm noch nach.

Pierre fand im Salon den alten Grafen. Dieser war verlegen und verstört. An diesem Vormittag hatte ihm Natascha gesagt, daß sie die Verlobung mit Bolkonski aufgelöst habe.

»Es ist ein Leiden, ein wahres Leiden, lieber Freund!« sagte er zu Pierre. »Es ist ein Leiden mit solchen jungen Mädchen, wenn die Mutter nicht dabei ist; es tut mir schon leid, sehr leid, daß ich mit ihnen hergereist bin. Ich will gegen Sie ganz offenherzig sein. Haben Sie es schon gehört: Sie hat ihrem Bräutigam abgeschrieben, ohne irgend jemand vorher zu fragen. Nun ja, allerdings, ich habe mich über diese in Aussicht stehende Heirat nie sonderlich gefreut. Freilich, er ist ein guter, braver Mensch; na, aber gegen den Willen des Vaters wäre es doch kein Glück gewesen, und Natascha findet leicht andere Freier. Aber trotzdem, die Sache hatte nun schon so lange gedauert; und wie konnte sie überhaupt ohne Vorwissen ihres Vaters und ihrer Mutter einen solchen Schritt tun! Jetzt ist sie nun krank, und Gott weiß was sonst noch dahintersteckt! Ja, es ist eine schlimme Aufgabe für einen Vater, junge Mädchen zu hüten, wenn die Mutter abwesend ist ...«

Pierre sah, daß der alte Graf sehr niedergeschlagen war, und versuchte, das Gespräch auf einen andern Gegenstand zu lenken; aber der alte Mann kam doch wieder auf seinen Kummer zurück.

Sonja trat mit aufgeregter Miene in den Salon.

»Natascha ist nicht ganz wohl«, sagte sie. »Sie ist auf ihrem Zimmer und würde gern mit Ihnen sprechen. Marja Dmitrijewna ist bei ihr und bittet Sie ebenfalls, hinzukommen.«

»Ja, Sie sind ja mit Bolkonski gut befreundet; gewiß will sie Sie bitten, ihm etwas zu bestellen oder zu übergeben«, sagte der alte Graf. »Ach mein Gott, mein Gott! Wie schön und gut war doch alles vorher!«

Er griff mit den Händen in sein dünnes, graues Haar an den Schläfen und ging aus dem Zimmer.

Marja Dmitrijewna hatte Natascha davon in Kenntnis gesetzt, daß Anatol bereits verheiratet sei. Aber Natascha hatte ihr nicht glauben wollen und eine Bestätigung dieser Angabe aus Pierres eigenem Mund verlangt. Sonja teilte dies Pierre mit, während sie ihn über den Korridor zu Nataschas Zimmer führte.

Natascha saß mit bleichem, tiefernstem Gesicht neben Marja Dmitrijewna und richtete auf Pierre, schon als dieser noch an der Tür war, aus ihren fieberhaft glänzenden Augen einen fragenden Blick. Sie lächelte nicht zur Begrüßung und winkte ihm nicht zu, sondern blickte ihn nur starr und unverwandt an, und in ihrem Blick lag nur die eine Frage, ob er in bezug auf ihr Verhältnis zu Anatol ihr Freund oder, wie die andern alle, ihr Feind sei. Als eigene Persönlichkeit existierte Pierre für sie offenbar gar nicht.

»Er weiß alles«, sagte Marja Dmitrijewna, zu Natascha gewendet, indem sie auf Pierre zeigte. »Mag er dir sagen, ob ich die Wahrheit gesprochen habe.«

Wie ein angeschossenes, verfolgtes Wild auf die sich nähernden Hunde und Jäger blickt, so blickte Natascha bald den einen, bald den andern an.

»Natalja Iljinitschna«, begann Pierre mit niedergeschlagenen Augen, da er ein tiefes Mitleid mit ihr und einen starken Widerwillen gegen die von ihm zu vollziehende Operation empfand, »ob das wahr oder unwahr ist, das sollte Ihnen eigentlich ganz gleich sein, da …«

»Also ist es unwahr, daß er verheiratet ist!«

»Nein, es ist die Wahrheit.«

»Er ist verheiratet, und schon lange?« fragte sie. »Ihr Ehrenwort?«

Pierre gab ihr sein Ehrenwort.

»Ist er noch hier?« fragte sie schnell.

»Ja, ich habe ihn vorhin eben gesehen.«

Sie war offenbar außerstande zu sprechen und machte mit den Händen Zeichen, daß sie sie alleinlassen möchten.

XX

Pierre blieb nicht zum Mittagessen, sondern fuhr, nachdem er Nataschas Zimmer verlassen hatte, sofort weg. Er fuhr in der Stadt umher, um Anatol Kuragin zu suchen; der Gedanke an diesen Menschen ließ ihm alles Blut zum Herzen strömen und machte es ihm schwer, Atem zu holen. In den Vergnügungslokalen auf den Sperlingsbergen, bei den Zigeunern, bei Comoneno war er nicht. Pierre fuhr in den Klub. Im Klub ging alles in der gewohnten Ordnung: Die Gäste, die sich zum Diner versammelten, saßen gruppenweise zusammen, begrüßten Pierre und unterhielten sich mit Stadtneuigkeiten. Der Diener, der ihn gleichfalls begrüßte und mit seinem Bekanntenkreis und seinen Gewohnheiten vertraut war, meldete ihm, es sei ein Platz für ihn im kleinen Speisesaal reserviert; Fürst Michail Sacharowitsch befinde sich in der Bibliothek, aber Pawel Timofjejewitsch sei noch nicht gekommen. Einer von Pierres Bekannten fragte ihn mitten in einem Gespräch über das Wetter, ob er von der Entführung der Komtesse Rostowa durch Kuragin gehört habe; es werde viel in der Stadt darüber gesprochen; ob etwas Wahres daran sei. Pierre lachte laut auf und erwiderte, es sei der reine Unsinn; er komme eben von Rostows. Er erkundigte sich bei allen seinen Bekannten nach Anatol; der eine sagte ihm, Anatol sei noch nicht gekommen, ein anderer, er werde heute hier im Klub dinieren. Es war für Pierre eine seltsame Empfindung, auf diese ruhige, gleichmütige Menschenmenge hinzublicken, die keine Ahnung davon hatte, was in seiner Seele vorging. Er schlenderte durch den Saal, wartete, bis sich alle eingefunden hatten, die im Klub dinieren wollten, und da Anatol nicht erschienen war, so blieb auch er nicht zum Essen da, sondern fuhr nach seiner Wohnung.

Anatol, den er suchte, speiste an diesem Tag bei Dolochow und beriet mit ihm darüber, wie sich wohl das mißglückte Unternehmen mit besserem Erfolg wiederholen lasse. Unbedingt notwendig erschien ihm zu diesem Zweck eine Zusammenkunft mit der Komtesse Rostowa. So fuhr er denn am Abend zu seiner Schwester, um mit ihr zu besprechen, wie eine solche Zusammenkunft zu ermöglichen sei. Als Pierre, nachdem er vergeblich in ganz Moskau umhergefahren war, nach Hause zurückkehrte, meldete ihm sein Kammerdiener, Fürst Anatol Wasiljewitsch sei bei der Gräfin. Der Salon der Gräfin war voll von Gästen.

Pierre begab sich in den Salon und ging, als er Anatol erblickte, auf diesen zu, ohne seine Frau zu begrüßen, die er nach seiner Rückkehr aus Twer noch nicht wieder gesehen hatte (sie war ihm in diesem Augenblick verhaßter als je zuvor).

»Ah, Pierre«, sagte die Gräfin, zu ihrem Mann herankommend. »Du ahnst nicht, in welcher Gemütsverfassung sich unser Anatol befindet ...«

Sie hielt inne, da sie an dem niedergebeugten Kopf ihres Mannes, an seinen funkelnden Augen und an seinem entschlossenen Gang den ihr wohlbekannten furchtbaren Ausdruck jener Wut und Kraft wahrnahm, die sie nach dem Duell mit Dolochow an sich selbst erfahren hatte.

»Wo Sie sind, da ist Sittenlosigkeit und Unheil«, sagte Pierre zu seiner Frau. »Kommen Sie, Anatol, ich habe mit Ihnen zu reden«, sagte er zu diesem auf französisch.

Anatol blickte seine Schwester an, erhob sich gehorsam und war bereit, Pierre zu folgen. Dieser faßte ihn am Arm, zog ihn zu sich heran und ging zur Tür.

»Wenn Sie sich erlauben, in meinem Salon ...«, flüsterte ihm Helene noch zu; aber Pierre verließ das Zimmer, ohne ihr zu antworten.

Anatol ging in seinem gewöhnlichen, flotten Gang hinter ihm her. Aber auf seinem Gesicht war doch eine gewisse Unruhe wahrzunehmen. Als sie in Pierres Arbeitszimmer gekommen waren, machte dieser die Tür zu und wandte sich zu Anatol, jedoch ohne ihn anzublicken.

»Haben Sie der Komtesse Rostowa die Ehe versprochen und sie entführen wollen?«

»Mein Lieber«, antwortete Anatol auf französisch, und das ganze Gespräch wurde nun in dieser Sprache geführt, »ich halte mich nicht für verpflichtet, auf Fragen zu antworten, die mir in solchem Ton gestellt werden.«

Pierres Gesicht, das schon vorher blaß gewesen war, verzerrte sich nun vor Wut. Er packte mit seiner großen Hand Anatol am Kragen der Uniform und schüttelte ihn so lange von einer Seite zur andern, bis Anatols Gesicht einen genügenden Ausdruck von Angst angenommen hatte.

»Ich habe Ihnen gesagt, daß ich mit Ihnen zu reden habe ...«, stieß Pierre heraus.

»Na, aber, das ist doch ein törichtes Benehmen; nicht?« sagte Anatol und fühlte nach dem Kragenknopf, der mitsamt dem Tuch losgerissen war.

»Sie sind ein Schurke und ein Nichtswürdiger, und ich weiß nicht, was mich abhält, mir das Vergnügen zu bereiten, Ihnen mit diesem Gegenstand hier den Kopf zu zerschmettern«, sagte Pierre, der sich so gekünstelt ausdrückte, weil er französisch sprach.

Er hatte einen schweren Briefbeschwerer in die Hand genommen und drohend in die Höhe gehoben, legte ihn aber eilig wieder auf seinen Platz.

»Haben Sie ihr die Ehe versprochen?«

»Ich ... ich ... ich habe daran überhaupt nicht gedacht; übrigens habe ich es schon deswegen nie versprochen, weil ...«

Pierre unterbrach ihn;

»Haben Sie Briefe von ihr? Haben Sie Briefe?« fragte er und trat dabei dicht an Anatol heran.

Anatol sah ihn an, fuhr sogleich mit der Hand in die Tasche und holte seine Brieftasche heraus.

Pierre nahm den ihm hingereichten Brief und ließ sich, einen ihm im Weg stehenden Tisch wegstoßend, auf das Sofa sinken.

»Ich werde nichts Gewalttätiges begehen; fürchten Sie nichts!« bemerkte er als Antwort auf eine ängstliche Gebärde Anatols.

»Erstens die Briefe«, sagte er dann, wie wenn er für sich eine auswendig gelernte Lektion repetierte. »Zweitens«, fuhr er nach kurzem Stillschweigen fort, indem er wieder aufstand und hin und her zu gehen begann, »zweitens müssen Sie morgen Moskau verlassen.«

»Aber wie kann ich denn ...«

»Drittens«, fuhr Pierre, ohne auf ihn zu hören, fort, »dürfen Sie nie ein Wort über das, was zwischen Ihnen und der Komtesse vorgefallen ist, verlauten lassen. Ich weiß, daß ich Sie daran nicht hindern kann; aber wenn Sie noch einen Funken von Gewissen besitzen ...« Pierre durchmaß einige Male schweigend das Zimmer.

Anatol saß an einem Tisch, zog finster die Brauen zusammen und biß sich auf die Lippen.

»Sie sollten doch endlich einmal begreifen, daß außer Ihrem Vergnügen auch das Glück und die Ruhe anderer Menschen eine gewisse Daseinsberechtigung haben, und daß Sie ein ganzes Leben zerstören, nur um sich zu amüsieren. Vertreiben Sie sich die Zeit mit solchen Weibern wie meine Frau; denen gegenüber sind Sie dazu berechtigt; die wissen, was Sie von ihnen verlangen, und besitzen auch dieselbe Erfahrung im Laster wie Sie und können diese Erfahrung als Waffe gegen Sie gebrauchen. Aber einem unschuldigen jungen Mädchen die Ehe zu versprechen ... sie zu betrügen, zu entführen ... Sie müßten doch begreifen, daß das ebenso gemein ist, wie wenn jemand einen Greis oder ein kleines Kind mißhandelt …!«

Pierre hielt inne und blickte Anatol nicht mehr zornig, sondern nur fragend an.

»Das weiß ich nicht«, erwiderte Anatol, der in demselben Maß mutiger wurde, wie Pierre seinen Zorn bemeisterte. »Das weiß ich nicht und will ich auch gar nicht wissen«, sagte er, ohne Pierre anzusehen, mit einem leisen Zittern des Unterkiefers. »Aber Sie haben mir gegenüber Ausdrücke gebraucht wie ›gemein‹ und dergleichen, und solche Ausdrücke kann ich mir als Mann von Ehre von niemandem gefallen lassen.«

Pierre sah ihn erstaunt an und konnte nicht begreifen, was er eigentlich wollte.

»Und wenn es auch unter vier Augen war«, fuhr Anatol fort, »so kann ich doch nicht …«

»Ach so, Sie wünschen Satisfaktion?« fragte Pierre spöttisch.

»Wenigstens könnten Sie Ihre Ausdrücke wieder zurücknehmen. Nicht wahr? Wenn Sie wollen, daß ich Ihre Wünsche erfülle … Nicht wahr?«

»Ich nehme sie zurück, ich nehme sie zurück«, murmelte Pierre, »und ich bitte Sie um Entschuldigung.« Pierre blickte unwillkürlich nach dem losgerissenen Knopf hin. »Und wenn Sie Geld für die Reise nötig haben …«

Anatol lächelte. Dieses blöde, gemeine Lächeln, das Pierre von seiner Frau her kannte, versetzte ihn in Empörung.

»Eine gemeine, herzlose Sorte!« sagte er vor sich hin und ging aus dem Zimmer.

Am andern Tag reiste Anatol nach Petersburg ab.

XXI

Pierre fuhr zu Marja Dmitrijewna, um ihr von der Erfüllung ihrer Forderungen, namentlich von der Ausweisung Kuragins aus Moskau, Mitteilung zu machen. Er fand das ganze Haus in Angst und Unruhe. Natascha war sehr krank; wie Marja Dmitrijewna ihm unter dem Siegel der Verschwiegenheit mitteilte, hatte sie, nachdem sie erfahren hatte, daß Anatol schon verheiratet sei, in der Nacht sich mit Arsen vergiftet, das sie sich heimlich zu verschaffen gewußt hatte. Aber als sie ein wenig davon hinuntergeschluckt hatte, war ihr doch so bange geworden, daß sie Sonja geweckt und ihr von dem Getanen Kenntnis gegeben hatte. So hatten denn noch rechtzeitig gegen das Gift die nötigen Mittel angewendet werden können, und sie war jetzt außer Gefahr; aber sie war doch so schwach, daß an eine Rückreise aufs Land nicht zu denken war; man hatte lieber einen Boten hingeschickt, um die Gräfin herzurufen. Pierre sah den verstörten Grafen und die verweinte Sonja; aber Natascha bekam er nicht zu sehen.

Er speiste an diesem Tag zu Mittag im Klub, hörte dort von allen Seiten Gespräche über einen mißglückten Versuch, die Komtesse Rostowa zu entführen, und widersprach diesen Behauptungen mit großer Energie, indem er allen versicherte, es sei weiter nichts geschehen, als daß sein Schwager der Komtesse Rostowa einen Antrag gemacht und von ihr einen Korb bekommen habe. Pierre hielt es für seine Pflicht, die ganze Angelegenheit zu verheimlichen und den guten Ruf der Komtesse Rostowa wiederherzustellen.

Mit Beklommenheit wartete er auf die Heimkehr des Fürsten Andrei und fuhr, um sich danach zu erkundigen, täglich zu dem alten Fürsten.

Fürst Nikolai Andrejewitsch hatte durch Mademoiselle Bourienne von all den Gerüchten, die in der Stadt umgingen, Kenntnis und hatte auch den Brief Nataschas an Prinzessin Marja gelesen, in welchem Natascha von der Verlobung zurücktrat. Er erschien heiterer als sonst und wartete mit großer Ungeduld auf die Ankunft seines Sohnes.

Einige Tage nach Anatols Abreise erhielt Pierre ein Billett vom Fürsten Andrei, der ihm seine Ankunft mitteilte und ihn um seinen Besuch bat.

Fürst Andrei hatte gleich im ersten Augenblick nach seinem Eintreffen in Moskau von seinem Vater Nataschas Brief an Prinzessin Marja erhalten, in welchem sie ihrem Bräutigam absagte (diesen Brief hatte Mademoiselle Bourienne der Prinzessin Marja entwendet und dem Fürsten übergeben), und von dem Vater die Geschichte von Nataschas Entführung mit allerlei Zusätzen zu hören bekommen.

Am Abend war Fürst Andrei angekommen, und am Vormittag des folgenden Tages fuhr Pierre zu ihm. Pierre erwartete, ihn etwa in derselben Gemütsverfassung anzutreffen, in der sich Natascha befand, und war daher höchst erstaunt, als er beim Eintritt in den Salon aus dem Arbeitszimmer des alten Herrn die laute Stimme des Fürsten Andrei hörte, der lebhaft über irgendeine Petersburger politische Intrige sprach. Der alte Fürst und noch jemand, welchen Pierre an der Stimme nicht erkannte, unterbrachen ihn mitunter. Prinzessin Marja kam in den Salon, um Pierre zu begrüßen. Sie seufzte und deutete mit den Augen nach der Tür des Arbeitszimmers, in welchem Fürst Andrei sich befand, wodurch sie offenbar ihr Mitgefühl mit seinem Kummer zum Ausdruck bringen wollte; aber Pierre sah an dem Gesicht der Prinzessin Marja, daß sie sich freute, und zwar sowohl über das Geschehene, als auch über die Art, wie ihr Bruder die Nachricht von der Untreue seiner Braut aufgenommen hatte.

»Er hat gesagt, das habe er erwartet«, sagte sie. »Ich weiß, daß sein Stolz ihm nicht erlaubt, seine Gefühle sichtbar werden zu lassen; aber er hat es doch besser, weit besser ertragen, als ich erwartet hatte. Es hat offenbar so sein sollen ...«

»Aber ist denn wirklich alles ganz zu Ende?« fragte Pierre.

Prinzessin Marja sah ihn erstaunt an. Sie begriff gar nicht, wie jemand überhaupt noch so fragen konnte. Pierre ging in das Arbeitszimmer hinein. Fürst Andrei, der sehr verändert aussah und augenscheinlich gesünder geworden war, aber eine neue Querfalte zwischen den Brauen bekommen hatte, stand in Zivilkleidung vor seinem Vater und dem Fürsten Meschtscherski und debattierte mit großer Lebhaftigkeit und unter energischen Handbewegungen. Es war von Speranski die Rede; die Nachricht von seiner plötzlichen Verbannung und seiner angeblichen Verräterei war soeben nach Moskau gelangt.

»Jetzt beschuldigen und verdammen ihn alle diejenigen, die noch vor einem Monat für ihn begeistert waren«, sagte Fürst Andrei, »und nicht minder diejenigen, die nicht imstande waren, seine Ziele zu begreifen. Es ist sehr leicht, über einen in Ungnade Gefallenen den Stab zu brechen und ihm alle von anderen begangenen Fehler zuzuschieben; aber ich sage: Wenn unter der jetzigen Regierung etwas Gutes geschaffen ist, so ist es alles von ihm geschaffen, einzig und allein von ihm ...«

Er hielt inne, da er Pierre erblickte. Sein Gesicht zuckte und nahm sogleich einen finsteren Ausdruck an.

»Und die Nachwelt wird ihm Gerechtigkeit widerfahren lassen«, schloß er und wandte sich dann sofort zu Pierre.

»Nun, wie geht es dir? Du wirst ja immer dicker«, sagte er lebhaft; aber die neu entstandene Falte hatte sich noch tiefer in seine Stirn eingegraben. »Ja, ich bin gesund«, antwortete er auf Pierres Frage und lächelte dabei.

Pierre war sich darüber klar, daß dieses Lächeln besagte: »Ich bin gesund; aber ob ich gesund bin oder nicht, das hat für niemand Interesse.«

Er sprach mit Pierre ein paar Worte über die scheußlichen Wege von der polnischen Grenze an, und daß er in der Schweiz mit Bekannten von Pierre zusammengetroffen sei, und über einen Herrn Dessalles, den er als Erzieher für seinen Sohn aus dem Ausland mitgebracht habe, und nahm dann wieder mit großem Eifer an dem Gespräch über Speranski teil, das die beiden alten Herren inzwischen fortgesetzt hatten.

»Hätte er wirklich Verrat begangen und lägen Beweise vor, daß er mit Napoleon geheime Beziehungen unterhalten hätte, so würde man diese Beweise vor der ganzen Welt veröffentlichen«, sagte er schnell und in lebhafter Erregung. »Ich persönlich liebe Speranski nicht und habe ihn nie geliebt; aber ich liebe die Gerechtigkeit.«

Pierre erkannte jetzt an seinem Freund eine ihm nur zu wohl bekannte Eigenheit wieder: das Bestreben, sich aufzuregen und über eine ihn nicht tiefer berührende Sache zu streiten, lediglich um seine allzu schmerzlichen seelischen Erregungen zu übertäuben.

Sobald sich Fürst Meschtscherski empfohlen hatte, faßte Fürst Andrei Pierre unter den Arm und lud ihn ein, mit ihm in das Zimmer zu gehen, das für ihn eingerichtet war. In dem Zimmer war ein Bett aufgeschlagen; geöffnete Koffer und Mantelsäcke standen auf dem Fußboden. Fürst Andrei trat an einen Koffer heran und holte eine Schatulle hervor. Aus der Schatulle nahm er ein in Papier geschlagenes Päckchen heraus. Alles dies tat er schweigend und sehr schnell. Er richtete sich gerade und räusperte sich. Sein Gesicht war finster, die Lippen zusammengepreßt.

»Verzeih mir, wenn ich dich mit einem Auftrag belästige.«

Pierre merkte, daß Fürst Andrei von Natascha reden wollte, und sein breites Gesicht nahm einen Ausdruck von Mitgefühl und Teilnahme an. Aber über diesen Gesichtsausdruck seines Freundes ärgerte sich Fürst Andrei; er fuhr mit fester, lauter Stimme in unfreundlichem Ton fort: »Ich habe von der Komtesse Rostowa eine Absage erhalten, und es sind mir Gerüchte zu Ohren gekommen von einer Bewerbung deines Schwagers um ihre Hand, oder von etwas Ähnlichem. Ist das wahr?«

»Wahr und auch nicht wahr«, begann Pierre; aber Fürst Andrei unterbrach ihn.

»Da sind ihre Briefe und ihr Porträt«, sagte er.

Er nahm das Päckchen vom Tisch und übergab es Pierre.

»Gib es der Komtesse, wenn du sie siehst.«

»Sie ist sehr krank«, sagte Pierre.

»Also ist sie noch hier?« fragte Fürst Andrei. »Und Fürst Kuragin?« fügte er schnell hinzu.

»Der ist schon lange abgereist. Sie war dem Tod nahe …«

»Ich bedauere ihre Krankheit außerordentlich«, sagte Fürst Andrei. Er lächelte in einer unangenehmen Art, kalt und böse, wie sein Vater.

»Also hat Herr Kuragin die Komtesse Rostowa nicht seiner Hand gewürdigt?« fragte Fürst Andrei.

Er schnob in der Manier seines Vaters mehrmals hörbar mit der Nase.

»Er konnte sie nicht heiraten, weil er schon verheiratet ist«, erwiderte Pierre.

Fürst Andrei lachte in unangenehmer Weise auf, wodurch er wieder an seinen Vater erinnerte.

»Und wo befindet er sich jetzt, dein Schwager? Darf ich das erfahren?« fragte er.

»Er ist nach Petersburg gereist … oder vielmehr, ich weiß es nicht«, antwortete Pierre.

»Nun, es ist ja auch ganz gleichgültig«, sagte Fürst Andrei.

»Bestelle also der Komtesse Rostowa von mir, daß sie vollkommene Freiheit hatte und hat, zu handeln, wie sie will, und daß ich ihr alles Gute wünsche.«

Pierre nahm das Päckchen mit den Briefen in Empfang. Fürst Andrei sah ihn mit starrem Blick an, als besänne er sich, ob er nicht noch irgend etwas zu sagen habe, oder als wartete er, ob Pierre nicht noch etwas sagen wolle.

»Hören Sie, erinnern Sie sich noch an einen Streit, den wir einmal in Petersburg hatten?« sagte Pierre. »Erinnern Sie sich an …«

»Ich erinnere mich«, unterbrach ihn Fürst Andrei hastig. »Ich sagte, man müsse einer gefallenen Frau verzeihen; aber ich habe nicht gesagt, daß ich dazu imstande wäre. Ich kann es nicht.«

»Lassen sich denn diese beiden Dinge auf eine Stufe stellen …?« begann Pierre.

Fürst Andrei fiel ihm ins Wort, indem er in scharfem Ton rief: »Ja, von neuem um ihre Hand bitten, sich großmütig zeigen und mehr von der Art. Ja, das wäre sehr edel; aber ich bin nicht dazu fähig, der Nachfolger dieses Herrn zu werden. Wenn du mein Freund bleiben willst, so sprich nie wieder von dieser … von diesem ganzen Erlebnis. Bitte, laß mich jetzt allein. Also du wirst es abgeben …«

Pierre ging hinaus und begab sich zu dem alten Fürsten und zur Prinzessin Marja.

Der Alte zeigte sich lebhafter als sonst. Prinzessin Marja war genau dieselbe wie immer; aber hinter ihren Äußerungen des Mitgefühls mit ihrem Bruder spürte Pierre doch ihre Freude darüber, daß die Heirat ihres Bruders sich zerschlagen hatte. Indem Pierre so den alten Mann und die Tochter beobachtete, kam er zu der Erkenntnis, welch eine Geringschätzung und welch einen Ingrimm sie beide gegen die Familie Rostow hegten, und daß es ganz unmöglich war, in ihrer Gegenwart auch nur den Namen des Mädchens zu erwähnen, das imstande gewesen war, den Fürsten Andrei um irgendeines andern willen aufzugeben.

Beim Mittagessen kam die Rede auf den Krieg, dessen Herannahen schon nicht mehr zweifelhaft schien. Fürst Andrei sprach fortwährend und stritt bald mit dem Vater, bald mit dem Schweizer Erzieher Dessalles und legte eine ungewöhnliche Lebhaftigkeit an den Tag, deren seelische Ursache Pierre aber nur zu gut kannte.

XXII

Am Abend desselben Tages fuhr Pierre zu Rostows, um seinen Auftrag auszurichten. Natascha lag zu Bett; der Graf war im Klub; so ging denn Pierre, nachdem er die Briefe Sonja übergeben hatte, zu Marja Dmitrijewna, die gespannt war zu erfahren, wie Fürst Andrei die Nachricht aufgenommen habe. Zehn Minuten darauf trat Sonja bei Marja Dmitrijewna ein.

»Natascha will durchaus mit dem Grafen Pjotr Kirillowitsch sprechen«, sagte sie.

»Aber wie soll denn das gemacht werden? Sollst du ihn etwa zu ihr führen? Das Zimmer ist ja gar nicht aufgeräumt«, erwiderte Marja Dmitrijewna.

»Nein, sie hat sich angezogen und ist in den Salon gegangen« sagte Sonja.

Marja Dmitrijewna zuckte nur mit den Achseln.

»Wenn nur erst die Gräfin da wäre!« wandte sie sich an Pierre. »Dieses Mädchen hat mich ganz heruntergebracht. Sei du nur auf deiner Hut und sage ihr nicht alles. Ich habe auch nicht den Mut, sie zu schelten: Sie ist in einer gar zu kläglichen Verfassung!«

Abgemagert, mit blassem, tiefernstem Gesicht (aber ganz und gar nicht beschämt, wie es Pierre erwartet hatte) stand Natascha mitten im Salon. Als Pierre in der Tür erschien, machte sie ein paar hastige Bewegungen, offenbar im Zweifel, ob sie ihm entgegengehen oder ihn dort erwarten sollte.

Pierre ging eilig auf sie zu. Er glaubte, sie werde ihm, wie sonst immer, die Hand reichen; sie aber blieb, nachdem sie nun doch nahe an ihn herangetreten war, schweratmend stehen und ließ die Arme matt herunterhängen, genau in derselben Haltung, in der sie früher in die Mitte des Saales zu treten pflegte, um zu singen, aber jetzt mit völlig anderem Gesichtsausdruck.

»Pjotr Kirillowitsch«, begann sie; sie sprach sehr hastig, »Fürst Bolkonski war Ihr Freund; er ist auch noch Ihr Freund«, verbesserte sie sich (sie hatte die Vorstellung, als ob alles der Vergangenheit angehöre und nichts unverändert geblieben sei). »Er sagte mir damals, ich sollte mich an Sie wenden …« Pierre blickte sie schweigend an und atmete heftig, so daß man seine Nase hörte. Er hatte ihr bisher in seinem Herzen Vorwürfe gemacht und sich bemüht, sie zu verachten; aber jetzt tat sie ihm so leid, daß in seinem Herzen für Vorwürfe kein Raum blieb.

»Er ist jetzt hier; sagen Sie ihm … er möchte mir ver … verzeihen.« Sie hielt inne und begann noch schneller zu atmen, weinte aber nicht.

»Ja … ich will es ihm sagen«, antwortete Pierre, »aber …«

Er wußte nicht, was er weiter sagen sollte.

Natascha erschrak, offenbar weil ihr einfiel, auf welchen Gedanken Pierre vielleicht kommen konnte.

»Nein, ich weiß, daß alles zu Ende ist«, sagte sie hastig. »Nein, das ist für immer unmöglich. Mich quält nur das Böse, das ich ihm angetan habe. Sagen Sie ihm nur, ich bäte ihn, mir zu verzeihen, mir zu verzeihen, mir alles zu verzeihen, was ...« Sie zitterte am ganzen Leib und setzte sich auf einen Stuhl.

Ein Gefühl des Mitleides, so stark, wie er es noch nie empfunden hatte, erfüllte Pierres ganze Seele.

»Ich werde es ihm sagen, ich werde ihm alles noch einmal sagen«, erwiderte Pierre. »Aber ... eines möchte ich gern wissen ...«

»Was möchten Sie wissen?« fragte Nataschas Blick.

»Ich möchte gern wissen, ob Sie diesen ...«, Pierre wußte nicht, wie er Anatol nennen sollte, und errötete bei dem Gedanken an ihn, »ob Sie diesen schlechten Menschen geliebt haben.«

»Nennen Sie ihn nicht schlecht«, erwiderte Natascha. »Aber ich weiß nichts, gar nichts ...«

Sie brach in Tränen aus. Und das Gefühl des Mitleides, der Zärtlichkeit und der Liebe ergriff Pierre noch stärker. Er spürte, wie ihm hinter der Brille die Tränen aus den Augen quollen, und hoffte, daß Natascha es nicht bemerken werde.

»Wir wollen nicht weiter davon reden, liebe Freundin«, sagte er. Durch seinen sanften, zärtlichen, von Herzen kommenden Ton fühlte sich Natascha ganz seltsam berührt.

»Wir wollen nicht davon reden, liebe Freundin; ich werde ihm alles sagen; aber um eines bitte ich Sie: Halten Sie mich für Ihren Freund; und wenn Sie Hilfe oder Rat brauchen oder einfach jemanden, dem Sie Ihr Herz ausschütten möchten – nicht jetzt, sondern wenn es in Ihrer Seele wieder wird hell und klar geworden sein wird –, dann erinnern Sie sich an mich.« Er ergriff ihre Hand und küßte sie. »Ich werde glücklich sein, wenn ich imstande sein sollte ...«

Pierre wurde verlegen.

»Reden Sie nicht so mit mir; das verdiene ich nicht!« rief Natascha und wollte aus dem Zimmer eilen; aber Pierre hielt sie an der Hand zurück.

Er hatte das Glück, daß er ihr noch etwas sagen müsse. Aber als er es sagte, war er selbst über seine eigenen Worte erstaunt.

»Fassen Sie wieder Mut; das ganze Leben liegt noch vor Ihnen«, sagte er zu ihr.

»Vor mir? Nein! Für mich ist alles verloren«, erwiderte sie voll Scham und Zerknirschung.

»Alles verloren?« entgegnete er. »Wäre ich nicht der, der ich bin, sondern der schönste, klügste, beste Mensch auf der Welt, und wäre ich dabei frei, dann würde ich in diesem Augenblick auf den Knien um Ihre Hand und um Ihre Liebe werben.«

Zum erstenmal seit vielen Tagen vergoß Natascha Tränen der Dankbarkeit und Rührung; sie blickte Pierre noch einmal innig an und verließ das Zimmer.

Unmittelbar darauf ging auch Pierre; er lief fast ins Vorzimmer, vermochte kaum die Tränen der Rührung und der Glückseligkeit zurückzuhalten, die ihm die Kehle beengten, und konnte beim Anziehen seines Pelzes lange nicht in die Ärmel hineinfinden. Er setzte sich in seinen Schlitten.

»Wohin befehlen Sie jetzt?« fragte der Kutscher.

»Ja, wohin?« fragte sich Pierre. »Wohin kann ich jetzt fahren? Bin ich jetzt wirklich imstande, nach dem Klub zu fahren oder einen Besuch zu machen?« Alle Menschen erschienen ihm so bedauernswert und arm gegenüber dem Gefühl der Rührung und Liebe, das er empfand, gegenüber jenem weichen, dankbaren Blick, mit dem sie ihn zuletzt durch ihre Tränen hindurch angesehen hatte.

»Nach Hause«, sagte Pierre, und trotz der zehn Grad Kälte schlug er den Bärenpelz über seiner breiten, freudig atmenden Brust auseinander.

Es war kalt und klar. Über den schmutzigen, halbdunklen Straßen, über den schwarzen Dächern wölbte sich der dunkle Sternenhimmel. Sowie Pierre nach dem Himmel blickte, empfand er nicht mehr die demütigende Niedrigkeit alles Irdischen gegenüber der Höhe, in der seine Seele schwebte. Als er aus der engen Straße auf den Arbatskaja-Platz hinausfuhr, erschloß sich seinen Augen in weiter Ausdehnung das Gewölbe des dunklen, von Sternen bedeckten Himmels. Beinahe in der Mitte dieses Himmels, über dem Pretschistenski-Boulevard, stand, rings von Sternen umgeben und umstreut, aber durch seine geringere Entfernung von der Erde, durch sein weißes Licht und durch den langen, nach oben gerichteten Schweif sich von allen abhebend, der gewaltige helle Komet des Jahres 1812, eben der Komet, der, wie man sagte, alle möglichen Schrecknisse und den Untergang der Welt vorherverkündete. Aber in Pierres Seele rief dieser glänzende Stern mit dem langen, leuchtenden Schweif kein banges Gefühl hervor. Im Gegenteil, freudig betrachtete Pierre mit tränenfeuchten Augen dieses helle Gestirn, das, nachdem es mit unsagbarer Geschwindigkeit den unermeßlichen Raum in einer parabolischen Linie durchflogen hatte, nun plötzlich wie ein in die Erdatmosphäre eingedrungener Pfeil dort an einer von ihm ausgewählten Stelle am schwarzen Himmel haltgemacht hatte und festhaftete, seinen Schweif energisch in die Höhe hebend und unter den unzähligen andern glitzernden Sternen mit seinem weißen Licht leuchtend und schimmernd. Pierre hatte die Empfindung, daß dieses Gestirn vollständig mit dem Gefühl harmonierte, das in seiner zu neuem Leben sich erschließenden, von Rührung und Mut erfüllten Seele rege geworden war.

Dritter Band

ERSTER TEIL

I

Zu Ende des Jahres 1811 hatte die Verstärkung der Rüstung und die Zusammenziehung der Streitkräfte des westlichen Europas begonnen, und im Jahre 1812 rückten nun diese Streitkräfte, Millionen von Menschen (wenn man diejenigen mitzählt, die mit dem Transport und der Verpflegung der Armee zu tun hatten), von Westen nach Osten an die Grenzen Rußlands, wo genau ebenso seit dem Jahr 1811 die Streitkräfte Rußlands zusammengezogen waren. Am 12. Juni überschritten die Truppen Westeuropas die Grenzen Rußlands, und der Krieg begann, d. h. es vollzog sich ein der menschlichen Vernunft und der ganzen menschlichen Natur zuwiderlaufendes Ereignis. Millionen von Menschen verübten gegeneinander eine so zahllose Menge von Übeltaten, Betrug, Verrat, Diebstahl, Fälschung von Banknoten und Verteilung der gefälschten, Raub, Brandstiftung und Mord, wie sie die Chronik aller Gerichte der Welt während ganzer Jahrhunderte nicht zusammenstellt; und dabei betrachteten in dieser Zeitperiode die Menschen, die diese Taten verübten, sie gar nicht als Verbrechen.

Wodurch wurde dieses außerordentliche Ereignis herbeigeführt? Welches waren seine Ursachen? Die Historiker sagen mit naiver Zuversichtlichkeit, die Ursachen dieses Ereignisses seien gewesen: das dem Herzog von Oldenburg zugefügte Unrecht, die Verletzung des Kontinentalsystems, die Herrschsucht Napoleons, die Charakterfestigkeit Alexanders, die Fehler der Diplomaten usw.

Somit hätten nur Metternich, Rumjanzew oder Talleyrand zwischen der Cour und dem Rout sich mehr Mühe zu geben und ihre Noten kunstvoller zu redigieren brauchen oder Napoleon hätte nur an Alexander zu schreiben brauchen: »Mein Herr Bruder, ich erkläre mich bereit, dem Herzog von Oldenburg das Herzogtum zurückzugeben« – dann wäre es nicht zum Krieg gekommen.

Es ist begreiflich, daß die Zeitgenossen die Sache so auffaßten. Es ist begreiflich, daß Napoleon meinte, die Ursache des Krieges liege in den Intrigen Englands (wie er das noch auf der Insel St. Helena ausgesprochen hat). Es ist begreiflich, daß die Mitglieder des englischen Parlaments der Ansicht waren, die Ursache des Krieges sei Napoleons Herrschsucht; daß der Herzog von Oldenburg als die Ursache des Krieges die gegen ihn verübte Gewalttat betrachtete; daß die Kaufleute glaubten, die Ursache des Krieges sei das Kontinentalsystem, durch das Europa zugrunde gerichtet werde; daß die alten Soldaten und Generale die Hauptursache des Krieges in der Notwendigkeit suchten, sie wieder einmal zum Kampf zu verwenden, und die Legitimisten in der Notwendigkeit, les bons principes wiederherzustellen; daß die Diplomaten überzeugt waren, alles sei davon hergekommen, daß das Bündnis zwischen Rußland und Österreich im Jahre 1809 vor Napoleon nicht kunstvoll genug verheimlicht worden und das Memorandum Nr. 178 ungeschickt redigiert gewesen sei. Es ist begreiflich, daß diese und noch zahllose andere Dinge, deren Menge durch die unendliche Mannigfaltigkeit der Gesichtspunkte bedingt ist, den Zeitgenossen als Ursachen des Krieges erschienen; aber wir Nachkommen, die wir die gewaltige Größe des stattgefundenen Ereignisses in ihrem ganzen Umfang zu überblicken und die wahre, furchtbare Bedeutung dieses Ereignisses zu würdigen vermögen, wir müssen diese Ursachen für unzulänglich erachten. Für uns ist es unbegreiflich, daß Millionen von Christenmenschen einander deswegen gequält und getötet haben sollten, weil Napoleon herrschsüchtig, Alexander charakterfest, die englische Politik hinterlistig gewesen und der Herzog von Oldenburg seines Eigentums beraubt worden sei. Wir können nicht begreifen, welchen Kausalzusammenhang diese Umstände mit der Tatsache des Mordens und Vergewaltigens haben könnten, wie es zugegangen sein soll, daß infolge der Beraubung eines Herzogs Tausende von Menschen von dem einen Ende Europas die Menschen in den Gouvernements Smolensk und Moskau elend machten und töteten oder von ihnen getötet wurden.

Uns Nachkommen, die wir keine Historiker sind und uns durch die Forschertätigkeit nicht hinreißen lassen und daher jenes Ereignis mit ungetrübtem, gesundem Sinn betrachten, bieten sich Ursachen desselben in unzähliger Menge dar. Je mehr wir uns in die Erforschung der Ursachen vertiefen, in um so größerer Zahl erschließen sie sich uns; nehmen wir eine jede Ursache oder auch eine ganze Reihe von Ursachen für sich besonders, so erscheinen sie uns gleich richtig an und für sich und gleich unrichtig im Hinblick auf ihre Geringfügigkeit gegenüber der Riesenhaftigkeit des Ereignisses und gleich unrichtig im Hinblick auf ihre Unfähigkeit, allein, ohne die Mitwirkung aller andern mit ihnen zusammenfallenden Ursachen, das stattgefundene Ereignis herbeizuführen. Als eine Ursache von gleichem Wert wie Napoleons Weigerung, seine Truppen hinter die Weichsel zurückzuziehen und das Herzogtum Oldenburg herauszugeben, erscheint uns der Wunsch oder die Abneigung des ersten besten französischen Korporals, von neuem in den Militärdienst zu treten; denn hätte er nicht eintreten mögen und ebensowenig ein zweiter und ein dritter und tausend andere Korporale und Soldaten, so wäre Napoleons Heer um so viele Krieger kleiner gewesen, und der Krieg wäre unmöglich gewesen.

Hätte sich Napoleon durch die Forderung, hinter die Weichsel zurückzuweichen, nicht verletzt gefühlt und seinen Truppen nicht den Befehl zum Vorrücken gegeben, so hätte der Krieg nicht stattgefunden; aber wenn alle Sergeanten abgeneigt gewesen wären, von neuem in den Dienst zu treten, so hätte der Krieg ebenfalls nicht stattfinden können. In gleicher Weise hätte es nicht zum Krieg kommen können, wenn England nicht intrigiert und es keinen Herzog von Oldenburg gegeben und Alexander sich nicht beleidigt gefühlt und Rußland keine autokratische Regierung gehabt hätte, und wenn nicht die Französische Revolution gewesen wäre und im Anschluß daran die Diktatur und das Kaiserreich und vorher alles, wodurch die Französische Revolution hervorgerufen wurde, usw., usw. Hätte eine einzige dieser Ursachen gefehlt, so hätte es zu nichts kommen können. Also haben alle diese Ursachen, Milliarden von Ursachen, zusammengewirkt, um das herbeizuführen, was geschehen ist. Und folglich war nichts die ausschließliche Ursache jenes Ereignisses; sondern jenes Ereignis mußte sich nur deswegen vollziehen, weil es sich eben vollziehen mußte. So mußten denn Millionen von Menschen, unter Verleugnung ihrer menschlichen Gefühle und ihrer Vernunft, von Westen nach Osten ziehen und ihresgleichen töten, genau ebenso wie einige Jahrhunderte zuvor Scharen von Menschen von Osten nach Westen gezogen waren und ihresgleichen getötet hatten.

Die Handlungen Napoleons und Alexanders, der beiden Herrscher, von deren Worten es anscheinend abhing, ob das Ereignis stattfinden sollte oder nicht, waren ebensowenig willkürlich wie die Handlung eines jeden Soldaten, der ins Feld zog, weil ihn das Los getroffen hatte oder er ausgehoben worden war. Das konnte nicht anders sein; denn damit der Wille Napoleons und Alexanders (der Männer, von denen das Ereignis anscheinend abhing) in Erfüllung ging, war das Zusammentreffen unzähliger Umstände notwendig, dergestalt, daß beim Fehlen eines dieser Umstände das Ereignis nicht hätte eintreten können. Es war notwendig, daß die Millionen von Menschen, in deren Händen die wirkliche materielle Kraft lag (d. h. die Soldaten, welche schossen oder den Proviant und die Kanonen transportierten), es war notwendig, daß sie sich bereitwillig zeigten, diesen Willen der beiden einzelnen, persönlich schwachen Männer zu erfüllen, und daß sie dazu durch eine zahllose Menge komplizierter, mannigfaltiger Ursachen veranlaßt wurden.

Der Fatalismus ist in der Geschichte zur Erklärung der unvernünftigen Erscheinungen unentbehrlich, d. h. zur Erklärung derjenigen Erscheinungen, deren Vernünftigkeit wir nicht begreifen. Je mehr wir uns bemühen, diese Erscheinungen in der Geschichte mit der Vernunft zu erklären, um so unvernünftiger, unbegreiflicher werden sie für uns.

Jeder Mensch lebt um seiner selbst willen, bedient sich seiner Willensfreiheit zur Erreichung seiner persönlichen Ziele und fühlt mit seinem ganzen Wesen, daß er diese oder jene Handlung im nächsten Augenblick tun oder lassen kann; aber sobald er sie tut, wird diese in einem bestimmten Zeitpunkt ausgeführte Handlung unabänderlich, wird ein Stück Eigentum der Geschichte, in der sie nicht die Bedeutung eines Resultates des freien Willens, sondern die Bedeutung eines vorherbestimmten Ereignisses hat.

Das Leben eines jeden Menschen hat zwei Seiten: ein persönliches Leben, welches um so freier ist, je abstrakter seine Interessen sind, und ein elementares Leben, ein Herdenleben, bei dem der Mensch unweigerlich die ihm vorgeschriebenen Gesetze erfüllt.

Der Mensch lebt mit Bewußtsein um seiner selbst willen; aber unbewußt dient er als Werkzeug zur Erreichung der historischen Ziele der ganzen Menschheit. Die vollendete Handlung ist unabänderlich, und ihre Wirkung, welche zeitlich mit den Wirkungen von Millionen Taten anderer Menschen zusammenfällt, erhält eine historische Bedeutung. Je höher der Mensch auf der sozialen Stufenleiter steht, mit je höhergestellten Menschen er Beziehungen hat, je mehr Macht er über andere Menschen besitzt, um so deutlicher ist zu erkennen, daß alle seine Handlungen vorausbestimmt und unvermeidbar sind.

»Das Herz des Königs ist in Gottes Hand.«*

Ein König ist ein Sklave der Geschichte.

Die Geschichte, d. h. das unbewußte, allgemeine Herdenleben der Menschheit, benutzt jeden Augenblick im Leben der Herrscher für sich als Werkzeug zur Erreichung ihrer Ziele.

*

Obgleich Napoleon im Jahre 1812 mehr als je der Ansicht war, daß es von ihm abhänge, ob er das Blut seiner Völker vergießen wolle oder nicht (wie Alexander in seinem letzten Brief an ihn schrieb), so war er doch nie in höherem Maß als damals jenen unübertretbaren Gesetzen unterworfen, die, während er nach freiem Willen zu handeln meinte, ihn zwangen, für die Allgemeinheit, für die Geschichte eben das zu tun, was sich vollziehen sollte.

Die Menschen des Westens bewegten sich nach Osten, um dort andere Menschen zu töten. Und nach dem Gesetz des Zusammenfallens der Ursachen schoben sich nun diesem Ereignis ganz von selbst Tausende kleiner Ursachen für diese Bewegung und für den Krieg als Stützen unter und trafen mit diesem Ereignis zusammen: die Vorwürfe wegen der Ver-

* Sprüche Sal. 21, 1. Anmerkung des Übersetzers.

letzung des Kontinentalsystems; und der Herzog von Oldenburg; und der Einmarsch der Truppen in Preußen, der nach Napoleons Meinung nur unternommen war, um einen bewaffneten Frieden zu erreichen; und die Kriegslust des französischen Kaisers und seine Gewöhnung an den Krieg, womit die Neigung seines Volkes zusammentraf; und der Reiz, den die Großartigkeit der Vorbereitungen ausübte; und die Kosten dieser Vorbereitungen und das Bedürfnis, sich Vorteile zu verschaffen, durch die diese Kosten wieder ausgeglichen werden könnten; und die verblendenden Ehrenbezeigungen in Dresden; und die diplomatischen Unterhandlungen, die nach der Anschauung der Zeitgenossen mit dem aufrichtigen Wunsch geführt wurden, den Frieden zu erhalten, und die doch nur das Ehrgefühl der einen und der andern Partei verletzten; und Milliarden anderer Ursachen, die sich dem Ereignis, das sich vollziehen sollte, als Stützen unterschoben und mit ihm zusammentrafen.

Wenn der Apfel reif geworden ist und fällt, warum fällt er? Weil er von der Erde angezogen wird? Weil sein Stengel dürr geworden ist? Weil sein Fleisch von der Sonne getrocknet ist? Weil er zu schwer geworden ist? Weil der Wind ihn schüttelt? Oder weil der unten stehende Knabe ihn essen möchte?

Nichts davon ist die Ursache, sondern alles zusammen, nur das Zusammentreffen der Bedingungen, unter denen sich in der lebenden Welt jedes organische, elementare Ereignis vollzieht. Und der Botaniker, welcher findet, daß der Apfel deshalb falle, weil sein Zellgewebe sich zersetze, und mehr dergleichen, hat ebenso recht wie das unten stehende Kind, welches sagt, der Apfel sei deswegen gefallen, weil es ihn habe essen wollen und um sein Fallen gebetet habe. Wer da sagt, Napoleon sei nach Moskau gezogen, weil er dazu Lust gehabt habe, und sei zugrunde gegangen, weil Alexander ihn habe zugrunde richten wollen, der hat genau ebenso recht und unrecht wie derjenige, welcher behauptet, ein Millionen Zentner schwerer Berg, der unterminiert wurde und zusammenstürzte, sei deswegen gefallen, weil der letzte Arbeiter unter ihm zum letztenmal mit der Hacke zugeschlagen habe. Bei historischen Ereignissen sind die sogenannten großen Männer nur die Etiketten, die dem Ereignis den Namen geben; sie stehen aber, ebenso wie die Etiketten, mit dem Ereignis selbst kaum in irgendeinem inneren Zusammenhang.

Jede ihrer Handlungen, die sie als das Resultat ihres freien Willens betrachten und um ihrer eigenen Personen willen getan zu haben meinen, ist im geschichtlichen Sinn nicht ein Akt des freien Willens, sondern steht mit dem ganzen Gang der Geschichte in Verbindung und ist von Ewigkeit her vorausbestimmt.

II

Am 29. Mai brach Napoleon von Dresden auf, wo er drei Wochen zugebracht hatte, umgeben von einem Hofstaat, der aus Fürsten, Herzögen, Königen und sogar einem Kaiser bestand. Vor seiner Abreise sagte Napoleon denjenigen Fürsten, Königen und dem Kaiser, die das verdienten, Liebenswürdigkeiten und schalt die Könige und Fürsten, mit denen er unzufrieden war, aus; er beschenkte die Kaiserin von Österreich mit Perlen und Brillanten, die ihm gehörten, d. h. die er anderen Königen weggenommen hatte, und nahm, wie sein Geschichtsschreiber berichtet, mit einer zärtlichen Umarmung Abschied von der Kaiserin Marie Luise (die für seine Gemahlin galt, obwohl eine andere Gemahlin in Paris zurückgeblieben war), welche über die Trennung tief betrübt war und kaum imstande schien, sie zu ertragen. Trotzdem die Diplomaten noch fest an die Möglichkeit glaubten, den Frieden zu erhalten, und eifrig auf dieses Ziel hinarbeiteten, und trotzdem Kaiser Napoleon selbst an Kaiser Alexander einen Brief schrieb, in welchem er ihn »Mein Herr Bruder« nannte und auf das bestimmteste versicherte, daß er den Krieg nicht wünsche und den Kaiser Alexander immer lieben und hochschätzen werde, reiste er doch zur Armee und erließ auf jeder Station neue Befehle, deren Zweck es war, die Bewegung der Armee von Westen nach Osten zu beschleunigen. Er fuhr, von Pagen, Adjutanten und einer Eskorte umgeben, in einem sechsspännigen Reisewagen auf der Route über Posen, Thorn, Danzig und Königsberg. In jeder dieser Städte empfingen ihn Tausende von Menschen in zitternder Furcht und schwärmerischer Begeisterung.

Die Armee bewegte sich von Westen nach Osten, und unter häufigem Pferdewechsel fuhr er ebendorthin. Am 10. Juni holte er die Armee ein und übernachtete im Wald von Wilkowiski, in einem für ihn vorbereiteten Quartier auf dem Gut eines polnischen Grafen.

Am folgenden Tag fuhr Napoleon, der Armee voraus, in seinem Wagen an den Njemen; dort legte er, um die Stelle des Übergangs zu besichtigen, eine polnische Uniform an und ritt ans Ufer.

Als er auf dem jenseitigen Ufer die Kosaken sah und die weitausgedehnten Steppen, in deren Mitte das »heilige« Moskau lag, die Hauptstadt jenes Reiches, das dem Skythenland glich, in welches einst Alexander von Mazedonien eingedrungen war, da gab Napoleon, für alle unerwartet und gegen alle strategischen und diplomatischen Erwägungen, den Befehl zum Vormarsch, und am folgenden Tag begannen seine Truppen den Njemen zu überschreiten.

Am 12. frühmorgens trat er aus dem Zelt, das an diesem Tag auf dem steilen linken Ufer des Njemen aufgeschlagen war, und betrachtete durch das Fernrohr, wie seine Truppen aus dem Wald von Wilkowiski herausströmten und sich nach den drei Brücken hin verteilten, die über den Njemen geschlagen waren. Die Soldaten wußten von der Anwesenheit des Kaisers, suchten ihn mit den Augen, und sobald sie auf der Anhöhe vor dem Zelt eine von dem Gefolge gesonderte Gestalt in Oberrock und Hut erblickten, warfen sie die Mützen in die Höhe und riefen: »Vive l'empereur!« So kamen sie, ein Regiment nach dem andern, ein unerschöpflicher Strom, aus dem gewaltigen Wald herausgeflutet, der sie bis dahin verborgen hatte, flossen nach den drei Brücken in drei Arme auseinander und zogen zum jenseitigen Ufer hinüber.

»Diesmal werden wir tüchtig vorwärtskommen. Oh, wenn er selbst sich der Sache annimmt, dann kommt Feuer dahinter ... Wahrhaftigen Gottes, da ist er ...! Es lebe der Kaiser ...! Das sind da also die asiatischen Steppen! Ein häßliches Land, das muß man sagen ... Auf Wiedersehen, Beauché; ich werde das schönste Palais in Moskau für dich reservieren ... Auf Wiedersehen! Viel Glück ... Hast du den Kaiser gesehen? Es lebe der Kaiser ...! Wenn er mich zum Statthalter von Indien ernennt, Gerard, dann mache ich dich zum Minister von Kaschmir; darauf kannst du dich verlassen ... Es lebe der Kaiser ...! Diese Schufte von Kosaken, wie sie auskratzen! Es lebe der Kaiser! Da ist er! Siehst du ihn? Ich habe ihn zweimal so nah gesehen, wie dich jetzt. Der kleine Korporal ... Ich habe gesehen, wie er einem von den alten Soldaten das Kreuz der Ehrenlegion gab ... Es lebe der Kaiser ...!« So redeten alte und junge Soldaten miteinander, Leute von ganz verschiedenem Charakter und ganz verschiedener sozialer Stellung. Auf den Gesichtern aller dieser Leute lag derselbe gemeinsame Ausdruck, der Ausdruck der Freude über den Beginn des längst erwarteten Feldzuges, sowie der Ausdruck der Begeisterung und Hingebung für den Mann im grauen Rock, der da auf der Anhöhe stand.

Am 13. Juni ließ sich Napoleon ein kleines arabisches Pferd von reiner Rasse bringen, stieg auf und ritt im Galopp nach einer der Brücken über den Njemen, fortwährend umtost von dem begeisterten Geschrei, das er offenbar nur deswegen ertrug, weil er es den Soldaten nicht gut verbieten konnte, durch dieses Geschrei ihre Liebe zu ihm zum Ausdruck zu bringen; aber dieses Geschrei, das ihn überall begleitete, belästigte ihn und störte ihn in seinen militärischen Überlegungen, die ihn seit seiner Ankunft beim Heer beschäftigten. Er ritt über eine der auf Kähnen schaukelnden Brücken nach dem jenseitigen Ufer, machte dann eine scharfe Wendung nach links und galoppierte in der Richtung auf Kowno weiter, von berittenen Gardejägern eskortiert, die vor ihm hersprengten, um ihm einen Weg durch die Truppen zu bahnen, und vor Begeisterung und Glückseligkeit sich kaum zu lassen wußten. Als er an die breite Wilija gelangt war, machte er neben einem polnischen Ulanenregiment halt, das am Ufer stand.

»Vivat!« schrien mit gleicher Begeisterung auch die Polen, stürzten aus der Front vorwärts und zerdrückten einander fast, um ihn zu sehen.

Napoleon betrachtete den Fluß, stieg vom Pferd und setzte sich auf einen Balken, der am Ufer lag. Auf ein stummes Zeichen wurde ihm ein Fernrohr gereicht; er legte es auf die Schulter eines herbeigeeilten, glückseligen Pagen und musterte nun das jenseitige Ufer. Dann vertiefte er sich in das Studium einer über mehrere Balken ausgebreiteten Landkarte. Ohne den Kopf in die Höhe zu heben, sagte er etwas, und zwei seiner Adjutanten sprengten zu den polnischen Ulanen hin.

»Was hat er gesagt? Was hat er gesagt?« ging ein Fragen durch die Reihen der polnischen Ulanen, als der eine Adjutant zum Regiment gelangt war.

Napoleon hatte befohlen, eine Furt zu suchen und auf das andere Ufer hinüberzugehen. Der polnische Ulanenoberst, ein schöner alter Mann, der vor Aufregung ganz rot geworden war und ins Stottern geriet, fragte den Adjutanten, ob es ihm wohl erlaubt werden würde, mit seinen Ulanen, ohne erst eine Furt zu suchen, den Fluß zu durchschwimmen. Mit sichtlicher Furcht vor einer abschlägigen Antwort, wie ein Knabe, der um die Erlaubnis bittet, ein Pferd besteigen zu dürfen, bat er um die Erlaubnis, vor den Augen des Kaisers den Fluß schwimmend passieren zu dürfen. Der Adjutant erwiderte, der Kaiser werde wahrscheinlich über diesen allerdings unnötigen Eifer nicht ungehalten sein.

Sowie der Adjutant das gesagt hatte, hob der alte schnurrbürtige Offizier mit glückstrahlendem Gesicht und blitzenden Augen seinen Säbel in die Höhe, rief »Vivat!«, befahl den Ulanen, ihm zu folgen, gab seinem Pferd die Sporen und sprengte zum Fluß hin. Grimmig trieb er das sich unter ihm sträubende Tier an, setzte laut klatschend ins Wasser und nahm seine Richtung gerade nach der tiefen Strömung hin. Die Ulaneneskadronen jagten hinter ihm her und ritten ebenfalls in den Fluß hinein. In der Mitte des Flusses war das Wasser kalt und die Strömung sehr stark. Die Ulanen klammerten sich aneinander und glitten von den Pferden. Mehrere Pferde ertranken; es ertranken auch eine Anzahl von Menschen; die übrigen versuchten zu schwimmen, die einen im Sattel sitzend, die andern sich an der Mähne haltend. Sie bemühten sich, vorwärts nach dem jenseitigen Ufer zu schwimmen, und obwohl die Breite des Flusses etwa achthundert Schritt betrug, waren sie lediglich von einem Gefühl des Stolzes darüber erfüllt, daß sie in diesem Fluß unter den Augen jenes Mannes schwammen und ertranken, der da auf dem Balken saß und nicht einmal danach hinsah, was sie taten. Als der zurückgekehrte Adjutant, einen geeigneten Augenblick benutzend, sich erlaubte, die Aufmerksamkeit des Kaisers auf die begeisterte Ergebenheit der Polen für seine Person zu lenken, stand der kleine Mann im grauen Rock auf, rief Berthier zu sich und begann mit ihm am Ufer auf und ab zu gehen, indem er ihm Befehle erteilte und mitunter verdrießlich zu den ertrinkenden Ulanen hinblickte, die seine Aufmerksamkeit ablenkten.

Es war für ihn keine neue Wahrnehmung, daß seine Gegenwart an allen Enden der Welt, von Afrika bis zu den russischen Steppen, die Menschen in Begeisterung versetzte und zu wahnsinniger Selbstaufopferung hinriß. Er ließ sich sein Pferd bringen und ritt wieder nach seinem Quartier.

Es waren trotz der zu Hilfe geschickten Kähne etwa vierzig Ulanen im Fluß ertrunken. Die Mehrzahl der Überlebenden war an das Ufer zurückgetrieben worden, von dem sie losgeschwommen waren. Der Oberst und einige seiner Leute hatten den Fluß durchschwommen und kletterten mühsam am jenseitigen Ufer heraus. Aber kaum waren sie in ihren triefend nassen Kleidern wieder auf festem Boden, als sie »Vivat!« schrien und begeistert nach der Stelle hinblickten, wo Napoleon gestanden hatte, jetzt aber nicht mehr stand; sie fühlten sich in diesem Augenblick hochbeglückt.

Am Abend erließ Napoleon zwei Befehle: Erstens, es sollten möglichst schnell die bereits angefertigten falschen russischen Banknoten herbeigeschafft werden, damit sie in Rußland in Umlauf gesetzt werden könnten, und zweitens, es solle ein Sachse erschossen werden, von dem man einen Brief mit Nachrichten über die Dispositionen bei der französischen Armee aufgefangen hatte. Und zwischen diesen Befehlen gab er noch einen dritten: Der polnische Oberst, der sich ohne Not in den Fluß gestürzt hatte, solle in die Ehrenlegion aufgenommen werden, deren Oberhaupt Napoleon selbst war.

Quos deus vult perdere, dementat. Wen Gott verderben will, den verblendet er.

III

Unterdessen hatte sich der russische Kaiser schon über einen Monat lang in Wilna aufgehalten, Truppenschauen abgehalten und Manöver veranstaltet. Noch war nichts für den Krieg bereit, den doch alle erwarteten und zu dessen Vorbereitung der Kaiser aus Petersburg gekommen war. Ein allgemeiner Operationsplan war nicht vorhanden. Das Schwanken, welcher von all den vorgeschlagenen Plänen denn nun angenommen werden sollte, war nach der einmonatigen Anwesenheit des Kaisers im Hauptquartier nur noch ärger geworden. Von den drei Armeen hatte eine jede ihren besonderen Oberkommandierenden; aber einen gemeinsamen Oberfeldherrn für alle Armeen gab es nicht, und der Kaiser selbst wollte diese Stellung nicht übernehmen.

Je länger der Kaiser in Wilna verweilte, um so weniger bereitete man sich auf den Krieg vor, den zu erwarten man schon müde geworden war. Alle Bemühungen der Personen, die den Kaiser umgaben, schienen lediglich darauf gerichtet zu sein, dem Kaiser einen angenehmen Zeitvertreib zu verschaffen, damit er den bevorstehenden Krieg vergäße.

Nach vielen Bällen und anderen Festlichkeiten, die bei den polnischen Magnaten, bei den Herren vom Hoflager und beim Kaiser selbst stattgefunden hatten, kam im Juni einer der polnischen Generaladjutanten auf den Gedanken, die Gesamtheit der Generaladjutanten solle dem Kaiser ein Diner und einen Ball geben. Dieser Gedanke fand bei allen freudige Aufnahme. Der Kaiser erklärte seine Einwilligung. Die Generaladjutanten brachten durch Subskription das erforderliche Geld zusammen. Eine Dame, von der sich annehmen ließ, daß sie dem Kaiser besonders angenehm sein werde, wurde aufgefordert, auf dem Ball die Obliegenheiten der Wirtin zu übernehmen. Graf Bennigsen, der im Gouvernement Wilna begütert war, bot sein vor der Stadt gelegenes Landhaus für dieses Fest an, und so wurde denn auf den 12. Juni Diner, Ball, Gondelfahrt und Feuerwerk in Sakret, dem Landsitz des Grafen Bennigsen, angesetzt.

An eben dem Tag, an welchem Napoleon Befehl zum Übergang über den Njemen gab und seine Vorhut die russische Grenze überschritt und die Kosaken zurückdrängte, brachte Alexander den Abend in dem Landhaus des Grafen Bennigsen zu, auf dem Ball, den ihm seine Generaladjutanten gaben.

Es war ein heiteres, glänzendes Fest; Sachkundige versicherten, es seien selten so viele schöne Frauen auf einem Platz versammelt gewesen. Unter den russischen Damen, die dem Kaiser von Petersburg nach Wilna gefolgt waren und an diesem Ball teilnahmen, befand sich auch die Gräfin Besuchowa, die durch ihre üppige (man nannte dies: russische) Schönheit die schlanken polnischen Damen in den Schatten stellte. Sie erregte Aufmerksamkeit, und der Kaiser würdigte sie eines Tanzes.

Boris Drubezkoi war gleichfalls auf diesem Ball, als Garçon, wie er sich ausdrückte, da er seine Frau in Moskau gelassen hatte; obgleich er nicht die Stelle eines Generaladjutanten bekleidete, hatte er sich doch mit einer beträchtlichen Geldsumme an der Subskription für den Ball beteiligt. Boris war jetzt ein reicher Mann, der in der allgemeinen Wertschätzung einen hohen Platz einnahm und nicht mehr Protektion suchte, sondern mit den vornehmsten seiner Kameraden auf gleichem Fuß verkehrte. Er hatte Helene, nachdem er sie lange Zeit nicht gesehen hatte, hier in Wilna wiedergetroffen und das Vergangene nicht erwähnt; aber da Helene sich der Gunst einer sehr hohen Persönlichkeit erfreute und Boris sich unlängst verheiratet hatte, so verkehrten sie miteinander wie ein Paar alte, gute Freunde.

Um Mitternacht wurde noch getanzt. Helene, die keinen ihrer würdigen Kavalier gefunden hatte, forderte selbst Boris zur Mazurka auf. Sie saßen als drittes Paar da. Boris betrachtete kaltblütig Helenes glänzende, nackte Schultern, die sich aus dem dunklen, von Goldfäden durchzogenen Gazekleid heraushoben, erzählte Geschichtchen von alten Bekannten und hörte dabei, ohne daß er sich dessen selbst bewußt geworden wäre und ohne daß andere es merkten, keine Sekunde lang auf, den in demselben Saal anwesenden Kaiser zu beobachten. Der Kaiser tanzte nicht; er stand an der Tür und hielt bald diesen, bald jenen mit ein paar freundlichen Worten an, wie nur er sie zu sprechen verstand.

Als die Mazurka begann, sah Boris, daß der Generaladjutant Balaschow, einer der Vertrauten des Kaisers, zu ihm herantrat und wider die Hofetikette in der Nähe des Kaisers stehenblieb, der mit einer polnischen Dame im Gespräch begriffen war. Nachdem er noch eine kleine Weile mit der Dame gesprochen hatte, richtete der Kaiser einen fragenden Blick auf Balaschow, und da er offenbar merkte, daß dieser nur aus wichtigem Grund so handelte, so nickte er der Dame leicht zu und wandte sich zu ihm. Kaum hatte Balaschow angefangen zu reden, als sich Erstaunen auf dem Gesicht des Kaisers malte. Er faßte Balaschow unter den Arm und ging mit ihm quer durch den Saal, wobei er, ohne es zu beachten, einen etwa neun Schritte breiten freien Weg herstellte, indem die Anwesenden vor ihm nach beiden Seiten zurücktraten. Dem achtsamen Boris fiel es auf, was Araktschejew für ein aufgeregtes Gesicht machte, als der Kaiser mit Balaschow durch den Saal ging. Nach dem Kaiser hinschielend und laut durch seine rote Nase schnaufend, drängte sich Araktschejew durch die Menge, als ob er erwartete, daß der Kaiser sich zu ihm wenden werde. Boris durchschaute es, daß Araktschejew auf Balaschow neidisch war und sich darüber ärgerte, daß irgendeine, augenscheinlich wichtige Nachricht durch einen andern als durch ihn selbst dem Kaiser überbracht wurde.

Aber der Kaiser ging mit Balaschow vorüber, ohne Araktschejew zu bemerken, und begab sich durch die Ausgangstür in den illuminierten Garten. Araktschejew, den Degen mit der Hand haltend und zornig um sich blickend, ging in einer Entfernung von zwanzig Schritten hinter ihnen her.

Während Boris fortfuhr, die einzelnen Touren der Mazurka auszuführen, quälte ihn unablässig der Gedanke, was für eine Neuigkeit Balaschow wohl gebracht haben möge, und auf welche Weise er selbst sie früher als andere erfahren könne.

In einer Tour, wo er eine Dame zu wählen hatte, flüsterte er seiner Tänzerin Helene zu, er wolle die Gräfin Potocka holen, die ja wohl nach der Veranda hinausgegangen sei, und über das Parkett hingleitend, lief er bis in die nach dem Garten führende Tür; als er dort den Kaiser gewahrte, der mit Balaschow, auf dem Rückweg in den Saal begriffen, auf die Terrasse kam, blieb er stehen. Der Kaiser näherte sich mit Balaschow der Tür. Boris drückte sich eilig, als wenn er nicht mehr Zeit habe sich zu entfernen, an den Türpfosten und neigte ehrerbietig den Kopf.

Der Kaiser, der mit der Erregung eines persönlich Beleidigten sprach, beendete das Gespräch mit folgenden Worten:

»Ohne Kriegserklärung in Rußland einzurücken! Ich werde erst dann Frieden schließen, wenn kein bewaffneter Feind mehr auf meinem Boden steht.«

Boris hatte den Eindruck, daß es dem Kaiser Vergnügen machte, diese Worte auszusprechen: Er war zufrieden mit der Form, die er gefunden hatte, um seinen Gedanken auszudrücken; aber er war unzufrieden darüber, daß Boris diese Worte gehört hatte.

»Es darf niemand davon wissen!« fügte der Kaiser mit zusammengezogenen Brauen hinzu.

Boris verstand, daß sich diese Bemerkung auf ihn bezog; er schloß die Augen und neigte leicht den Kopf. Der Kaiser ging wieder in den Saal und verweilte noch ungefähr eine halbe Stunde auf dem Ball.

Boris war der erste, der die Nachricht von dem Übergang der französischen Truppen über den Njemen gehört hatte, und er verdankte diesem Umstand die Möglichkeit, einigen hochgestellten Personen zu zeigen, daß ihm vieles bekannt werde, was anderen verborgen bleibe; so gelang es ihm, in der Meinung dieser Personen noch höher zu steigen.

*

Die Nachricht von dem Übergang der Franzosen über den Njemen wirkte nach einem Monat vergeblichen Wartens ganz besonders überraschend, und diese Wirkung wurde noch dadurch gesteigert, daß die Nachricht gerade auf einem Ball eintraf. Der Kaiser hatte im ersten Augenblick nach Empfang dieser Nachricht, in dem frischen Gefühl der Empörung über die ihm zugefügte Beleidigung, jenen nachher berühmt gewordenen Ausdruck gefunden, der ihm selbst sehr gefiel und vollständig seine Empfindung wiedergab. Als er vom Ball nach Hause zurückgekehrt war, ließ der Kaiser um zwei Uhr nachts den Staatssekretär Schischkow holen und befahl ihm, einen Befehl an die Truppen und einen Erlaß an den Feldmarschall Fürsten Saltykow aufzusetzen; in diesem Erlaß sollten (das forderte der Kaiser unbedingt) die Worte angebracht werden, er werde nicht Frieden schließen, solange auch nur noch ein bewaffneter Franzose auf russischem Boden stehe.

Am andern Tag wurde folgender Brief an Napoleon geschrieben:

»Mein Herr Bruder! Ich habe gestern erfahren, daß trotz der Gewissenhaftigkeit, mit der ich meine Verpflichtungen Euer Majestät gegenüber erfüllt habe, Ihre Truppen die Grenzen Rußlands überschritten haben, und empfange soeben aus Petersburg eine Note, in welcher Graf Lauriston mir als Grund dieses Angriffs angibt, Euer Majestät hätten sich seit dem Augenblick, wo Fürst Kurakin seine Pässe verlangt habe, als im Kriegszustand mit mir befindlich betrachtet. Die Gründe, auf welche der Herzog von Bassano seine Weigerung, sie ihm auszuliefern, gestützt hat, hätten mich niemals zu der Annahme kommen lassen, daß dieser Schritt meines Gesandten jemals zum Vorwand eines Angriffs dienen könnte. In der Tat ist dieser Gesandte, wie er das auch selbst erklärt hat, niemals dazu ermächtigt worden, und sobald ich davon Kenntnis erlangt hatte, habe ich ihn unverzüglich wissen lassen, wie sehr ich sein Verhalten mißbilligte, und ihm befohlen, auf seinem Posten zu bleiben. Wenn Euer Majestät nicht die Absicht haben, das Blut unserer Völker wegen eines derartigen Mißverständnisses zu vergießen, und einwilligen, Ihre Truppen aus dem russischen Gebiet zurückzuziehen, so werde ich das Vorgefallene als ungeschehen betrachten, und es wird noch eine Verständigung zwischen uns möglich sein. Im entgegengesetzten Fall, Euer Majestät, werde ich mich gezwungen sehen, einen Angriff zurückzuweisen, der meinerseits durch nichts provoziert worden ist. Noch hängt es von Euer Majestät ab, der Menschheit die Leiden eines neuen Krieges zu ersparen.

Ich bin usw. (gez.) *Alexander.*«

IV

In der Nacht vom 13. zum 14. Juni um zwei Uhr ließ der Kaiser Balaschow zu sich kommen, las ihm seinen Brief an Napoleon vor und befahl ihm, diesen Brief zu überbringen und dem französischen Kaiser persönlich einzuhändigen. Während er Balaschow abfertigte, wiederholte der Kaiser ihm von neuem die Worte, daß er nicht Frieden schließen werde, solange auch nur noch ein bewaffneter Feind auf russischem Boden stehe, und befahl ihm, unter allen Umständen diese Worte dem Kaiser Napoleon mitzuteilen. In den Brief an Napoleon hatte Alexander diese Worte nicht aufgenommen, weil er mit dem ihm eigenen Takt fühlte, daß die Mitteilung dieser Worte unangebracht sei in einem Augenblick, wo der letzte

Versuch, den Frieden zu erhalten, unternommen werde; aber er befahl Balaschow ausdrücklich, sie dem Kaiser Napoleon mündlich zur Kenntnis zu bringen.

Balaschow, der in der Nacht, von einem Trompeter und zwei Kosaken begleitet, ausgeritten war, stieß um die Morgendämmerung in dem Dorf Rykonty auf die französischen Vorposten diesseits des Njemen. Er wurde von französischen Kavalleriewachtposten angehalten. Ein französischer Husarenunteroffizier, in roter Uniform, mit zottiger Fellmütze, rief den heranreitenden Balaschow an und befahl ihm zu halten. Balaschow hielt nicht sofort, sondern ritt im Schritt auf der Landstraße weiter.

Der Unteroffizier zog die Stirn kraus, brummte ein Schimpfwort und kam so nahe an Balaschow herangeritten, daß die Pferde Brust an Brust standen. An den Säbel fassend, schrie er den russischen General grob an und fragte ihn, ob er denn taub sei, daß er nicht höre, was man zu ihm sage. Balaschow nannte seinen Namen und Rang. Der Unteroffizier schickte einen Soldaten zu seinem Offizier.

Ohne Balaschow weiter zu beachten, begann der Unteroffizier mit seinen Kameraden über seine Regimentsangelegenheiten zu sprechen und sah den russischen General gar nicht an.

Es war für Balaschow eine ganz eigentümliche Empfindung, nachdem er sich so lange in nächster Nähe der höchsten Autorität und Machtfülle bewegt hatte, und nachdem er noch vor drei Stunden eine Unterredung mit dem Kaiser gehabt hatte, und da er überhaupt in seiner dienstlichen Stellung gewohnt war, respektiert zu werden – es war für ihn eine ganz eigentümliche Empfindung, sich hier auf russischem Boden in dieser feindlichen und vor allen Dingen respektlosen Art seitens der rohen Gewalt behandelt zu sehen.

Die Sonne begann eben aus Wolken aufzusteigen; in der Luft spürte man den frischen Tau; auf dem Weg wurde aus dem Dorf eine Herde getrieben. Auf den Feldern stiegen die Lerchen eine nach der andern, wie Bläschen im Wasser, trillernd in die Höhe.

Balaschow blickte um sich, während er auf die Ankunft des Offiziers aus dem Dorf wartete. Die russischen Kosaken und der Trompeter auf der einen, die französischen Husaren auf der andern Seite blickten einander ab und zu schweigend an.

Der französische Husarenoberst, der augenscheinlich eben erst aus dem Bett aufgestanden war, kam auf einem schönen, wohlgenährten Grauschimmel, von zwei Husaren begleitet, aus dem Dorf herausgeritten. Der Offizier, die Soldaten und ihre Pferde machten einen stattlichen und eleganten Eindruck.

Es war noch die Anfangszeit des Feldzuges, wo sich die Truppen noch in einem Zustand der Korrektheit befanden, der beinahe dem Zustand bei einer Truppenschau im Frieden glich, nur mit einer leisen Färbung schmucker Kriegsbereitschaft im Anzug, sowie in geistiger Hinsicht mit einer Beimischung von Heiterkeit und Unternehmungslust, Empfindungen, die stets den Anfang von Feldzügen begleiten.

Der französische Oberst unterdrückte nur mit Mühe das Gähnen, war aber höflich und hatte offenbar Verständnis für Balaschows Bedeutung. Er führte ihn an seinen Soldaten vorbei hinter die Vorpostenkette und teilte ihm mit, sein Wunsch, dem Kaiser vorgestellt zu werden, werde wahrscheinlich sofort erfüllt werden, da sich das kaiserliche Quartier, soviel er wisse, in der Nähe befinde,

Sie ritten durch das Dorf Rykonty, vorbei an den Reihen angebundener französischer Husarenpferde, an Schildwachen und Soldaten, die ihrem Obersten die Honneurs erwiesen und neugierig die russische Uniform betrachteten; so gelangten sie hindurch nach der andern Seite des Dorfes. Nach der Angabe des Obersten befand sich in einer Entfernung von zwei Kilometern der Divisionschef; dieser werde Balaschow empfangen und an den Ort seiner Bestimmung führen.

Die Sonne war schon in die Höhe gestiegen und glänzte heiter auf dem hellen Grün.

Kaum waren sie hinter der Schenke eine Anhöhe hinangeritten, als auf der andern Seite vom Fuß der Anhöhe her ein ihnen entgegenkommender Reitertrupp sichtbar wurde. Voran ritt auf einem Rappen, dessen Geschirr in der Sonne glänzte, ein Mann von hoher Statur, mit einem Federhut, schwarzem, lockigem Haar, das ihm bis auf die Schultern hing, in einem roten Mantel, die langen Beine nach vorn gestreckt, wie die Franzosen zu reiten pflegen. Dieser Mann ritt Balaschow im Galopp entgegen: Sein Federbusch und Mantel flatterten im Wind, seine Edelsteine und Tressen blitzten in der hellen Junisonne.

Balaschow war nur noch zwei Pferdelängen von dem Reiter mit den Armbändern, Federn, Halsketten und Goldstickereien entfernt, der mit feierlicher theatralischer Miene auf ihn zugesprengt kam, als Julner, der französische Oberst, ihm respektvoll zuflüsterte: »Der König von Neapel!« Und es war wirklich Murat, der jetzt König von Neapel genannt wurde. Es war völlig unverständlich, warum er König von Neapel sein sollte; aber er wurde so genannt, und er selbst war von dieser seiner hohen Stellung überzeugt und hatte sich darum eine noch feierlichere und wichtigere Miene zu eigen gemacht als früher. Er war so fest davon überzeugt, tatsächlich König von Neapel zu sein, daß, als er am Tag vor seiner Abreise aus Neapel mit seiner Frau in den Straßen Neapels spazierenging und einige Italiener in seiner Nähe schrien: »Es lebe der König!«, er sich mit trübem Lächeln zu seiner Gemahlin wandte und sagte: »Die Unglücklichen, sie wissen nicht, daß ich sie morgen verlasse!«

Aber obwohl er fest davon überzeugt war, König von Neapel zu sein, und den Kummer seiner Untertanen bedauerte, die er verließ, hatte er doch neuerdings, nachdem ihm befohlen war, wieder in den Militärdienst einzutreten, und besonders nach der Begegnung mit Napoleon in Danzig, wo sein hoher Schwager zu ihm gesagt hatte: »Ich habe Sie zum König gemacht, damit Sie nach meiner Weise regieren und nicht nach der Ihrigen«, freudig das ihm wohlbekannte Soldatenhandwerk wieder-aufgenommen. Es ging ihm wie einem Pferd, das gute Nahrung gehabt hat, aber nicht zu fett geworden ist: Nun er sich wieder im Geschirr fühlte, machte er in der Gabeldeichsel vergnügte Sprünge; er putzte sich so bunt und kostbar wie nur möglich heraus und galoppierte fröhlich und zufrieden, ohne selbst zu wissen wohin und wozu, auf den Landstraßen Polens einher.

Als er den russischen General erblickte, warf er mit einer großartigen Gebärde, wie sie einem König wohlsteht, den Kopf mit dem bis auf die Schultern herabwallenden Haar zurück und blickte fragend den französischen Obersten an. Der Oberst teilte Seiner Majestät ehrfurchtsvoll mit, wer Balaschow sei und zu welchem Zweck er gekommen sei; aber den Familiennamen desselben vermochte er nicht ordentlich auszusprechen.

»De Bal-machève!« sagte der König, indem er mit energischer Entschlossenheit die Schwierigkeit überwand, die der Name dem Obersten bereitete. »Sehr erfreut, Ihre Bekanntschaft zu machen, General«, fügte er mit einer herrschermäßigen, gnädigen Handbewegung hinzu.

Aber sobald der König laut und schnell zu sprechen begann, verließ ihn sofort seine gesamte königliche Würde, und er ging, ohne es selbst zu merken, in den Ton gutmütiger Vertraulichkeit über. Er legte seine Hand auf den Widerrist des Pferdes Balaschows.

»Nun, General, wir bekommen Krieg, wie es scheint«, sagte er, wie wenn er eine Lage bedauerte, über die ihm kein Urteil zustände.

»Sire«, antwortete Balaschow, »der Kaiser, mein Gebieter, wünscht den Krieg ganz und gar nicht, wie Euer Majestät ja sehen.« Während des ganzen Gespräches verwendete Balaschow den Titel »Euer Majestät« in allen Kasus, die es nur gibt; diese stete Wiederholung des Titels hatte zwar unvermeidlich etwas Geziertes, verfehlte aber bei jemandem, dem dieser Titel noch etwas Neues war, ihre Wirkung nicht.

Murats Gesicht strahlte vor törichter Befriedigung, während er anhörte, was Balaschow ihm vortrug. Aber Königtum legt Verpflichtungen auf:

Er fühlte die Notwendigkeit, mit dem Gesandten Alexanders über Staatsangelegenheiten wie ein König und wie ein Verbündeter Napoleons zu sprechen. Er stieg vom Pferd, faßte Balaschow unter den Arm, entfernte sich mit ihm einige Schritte von der ehrfurchtsvoll wartenden Suite, begann mit ihm auf und ab zu gehen und versuchte bedeutsame Äußerungen zu tun. Er erinnerte daran, daß Kaiser Napoleon sich durch die Forderung, er solle seine Truppen aus Preußen herausführen, beleidigt gefühlt habe, namentlich da diese Forderung allgemein bekannt geworden und dadurch die Würde Frankreichs verletzt worden sei.

Balaschow erwiderte, daß in dieser Forderung nichts Kränkendes liegen könne, da ... Aber Murat unterbrach ihn.

»Also Sie halten den Kaiser Alexander nicht für den Anstifter des Krieges?« fragte er plötzlich mit einem gutmütig dummen Lächeln.

Balaschow setzte auseinander, weswegen er allerdings annehmen müsse, daß der Urheber des Krieges Napoleon sei.

»Ach, mein lieber General«, unterbrach ihn Murat wieder, »ich wünsche von ganzem Herzen, daß die Kaiser sich miteinander einigen möchten, und daß der gegen meinen Wunsch begonnene Krieg sobald als möglich sein Ende finden möge.« Er sprach in dem Ton, in welchem Diener zu sprechen pflegen, die, trotz des Zankes der Herrschaften unter sich, miteinander gute Freunde zu bleiben wünschen.

Und nun ging er dazu über, sich nach dem Großfürsten zu erkundigen, nach seiner Gesundheit, und gedachte der Zeit in Neapel, die er so lustig und vergnügt mit ihm verlebt habe. Dann auf einmal richtete Murat, wie wenn ihm plötzlich seine königliche Würde wieder einfiele, sich feierlich gerade, nahm die Haltung an, in der er bei der Krönung dagestanden hatte, und sagte, indem er mit der rechten Hand eine Gebärde der Entlassung machte: »Aber ich will Sie nicht länger aufhalten, General; ich wünsche Ihrer Mission einen guten Erfolg!« Und mit seinem wallenden, roten, gestickten Mantel, dem flatternden Federbusch und den glänzenden Juwelen trat er wieder zu seiner Suite hin, die respektvoll auf ihn gewartet hatte.

Balaschow ritt weiter und nahm nach Murats Worten an, daß er sehr bald dem Kaiser Napoleon selbst werde vorgestellt werden. Aber statt daß er zu Napoleon vorgedrungen wäre, wurde er beim nächsten Dorf von den Infanterieposten des Davoutschen Korps wieder ebenso angehalten, wie es in der Vorpostenkette geschehen war, und ein herbeigerufener Adjutant des Korpskommandeurs begleitete ihn in das Dorf zum Marschall Davout.

V

Davout war der Araktschejew des Kaisers Napoleon – kein Feigling wie Araktschejew, aber ebenso diensteifrig und hart und ebensowenig wie jener imstande, seine Anhänglichkeit an den Herrscher anders als durch Härte und Grausamkeit zum Ausdruck zu bringen.

In dem Mechanismus des Staatswesens sind solche Menschen ebenso notwendig wie die Wölfe in der gesamten Einrichtung der Natur; auch sie sind immer vorhanden, kommen immer wieder zum Vorschein und behaupten sich, wie ungehörig es auch scheinen mag, daß sie überhaupt existieren und sich der obersten Regierungsgewalt so nahe befinden. Nur aus dieser Notwendigkeit läßt es sich erklären, daß Araktschejew, ein Mann von solcher Grausamkeit, daß er eigenhändig den Grenadieren die Schnurrbärte ausriß, dabei von so schwachen Nerven, daß er keine Gefahr ertragen konnte, ein Mensch ohne Bildung und ohne höfische Gewandtheit, dennoch so lange bei dem ritterlich edlen, zartfühlenden Alexander einen solchen Einfluß behaupten konnte.

Balaschow traf den Marschall Davout in einem Schuppen, der zu einem Bauernhaus gehörte; der Marschall saß auf einem kleinen Faß und war mit schriftlichen Arbeiten beschäftigt: Er revidierte Rechnungen. Ein Adjutant stand neben ihm. Es wäre mit Leichtigkeit möglich gewesen, ein besseres Unterkommen zu finden; aber der Marschall Davout war einer von den Menschen, die sich absichtlich in die verdrießlichsten Lebensverhältnisse versetzen, um ein Recht zu haben, verdrießlich zu sein. Und zu demselben Zweck arbeiten solche Menschen auch immer eilig und hartnäckig. »Wie kann ich hier an die freundliche Seite des menschlichen Lebens denken, wenn ich, wie Sie sehen, in einem schmutzigen Schuppen auf einem Faß sitzen und arbeiten muß«, sagte seine Miene. Das größte Vergnügen und geradezu ein Bedürfnis ist es für solche Leute, wenn sie mit einem lebensfrohen Menschen zusammenkommen, diesem ihre eigene mürrische, eigensinnige Tätigkeit vorwurfsvoll vor Augen zu halten. Dieses Vergnügen machte sich Davout, als Balaschow zu ihm geführt wurde. Er vertiefte sich noch mehr in seine Arbeit, als der russische General zu ihm hereingeführt wurde, warf zwar durch die Brille einen Blick nach Balaschows Gesicht, das unter der Einwirkung des schönen Morgens und des Gesprächs mit Murat einen frischen, lebhaften Ausdruck zeigte, stand aber nicht auf und rührte sich nicht einmal, sondern zog die Augenbrauen noch finsterer zusammen und lächelte grimmig.

Als er dann auf Balaschows Gesicht den üblen Eindruck wahrnahm, den ein solcher Empfang bei diesem hervorrief, hob er den Kopf in die Höhe und fragte kalt, was er wünsche.

In der Voraussetzung, dieser Empfang könne ihm nur deswegen bereitet werden, weil Davout nicht wisse, daß er Generaladjutant des Kaisers Alexander und sogar dessen Repräsentant dem Kaiser Napoleon gegenüber sei, beeilte sich Balaschow, den Marschall von seinem Stand und seiner bedeutsamen Mission in Kenntnis zu setzen. Aber gegen seine Erwartung wurde Davout, als er diese Mitteilungen hörte, nur noch mürrischer und gröber.

»Wo haben Sie denn Ihren Brief?« fragte er. »Geben Sie ihn her, ich werde ihn dem Kaiser schicken.«

Balaschow erwiderte, er habe Befehl, den Brief persönlich dem Kaiser selbst zu übergeben.

»Die Befehle Ihres Kaisers werden bei Ihrem Heer befolgt; aber hier«, entgegnete Davout, »haben Sie zu tun, was Ihnen gesagt wird.«

Und als ob er den russischen General seine Abhängigkeit von der rohen Gewalt noch mehr empfinden lassen wollte, schickte Davout seinen Adjutanten weg, um den diensttuenden Offizier zu rufen.

Balaschow zog das Kuvert hervor, in dem das Schreiben des Kaisers enthalten war, und legte es auf den Tisch; dieser Tisch bestand aus einer auf zwei Tonnen gelegten Tür, an der noch die ausgerissenen Haspen saßen. Davout nahm den Brief und las die Adresse.

»Sie sind vollkommen berechtigt, mir Achtung zu bezeigen oder zu versagen, wie es Ihnen gut scheint«, sagte Balaschow. »Aber gestatten Sie mir die Bemerkung, daß ich die Ehre habe, die Stellung eines Generaladjutanten Seiner Majestät zu bekleiden.«

Davout blickte ihn schweigend an, und es machte ihm offenbar Vergnügen, auf Balaschows Gesicht eine gewisse Erregung und Verstimmung wahrzunehmen.

»Was Ihnen gebührt, wird Ihnen nicht vorenthalten werden«, antwortete er, schob den Brief in die Tasche und verließ den Schuppen.

Gleich darauf erschien der diensttuende Adjutant des Marschalls, ein Herr de Castré, und führte Balaschow in das für ihn bestimmte Quartier.

Zu Mittag speiste Balaschow an diesem Tag mit dem Marschall in dem Schuppen, an jener über die Fässer gelegten Brettertür.

Am andern Tag ritt Davout frühmorgens weg. Vorher ließ er Balaschow zu sich rufen und sagte ihm mit großem Nachdruck, er ersuche ihn, hierzubleiben und, wenn dazu Befehl kommen sollte, mit der Bagage weiterzugeben und mit niemandem als mit Herrn de Castré zu sprechen.

Nach vier Tagen der Einsamkeit, der Langeweile und des peinlichen Gefühls der Abhängigkeit und Machtlosigkeit, das für ihn deshalb besonders drückend war, weil er ganz vor kurzem selbst zu den Vielvermögenden gehört hatte, und nach mehreren Märschen mit der Bagage des Marschalls und den französischen Truppen, die die ganze Gegend anfüllten, wurde Balaschow endlich nach Wilna gebracht, das jetzt von den Franzosen besetzt war, und zwar unter demselben Schlagbaum hindurch, durch den er vier Tage vorher ausgeritten war.

Am andern Tag kam der kaiserliche Kammerherr de Turenne zu Balaschow und teilte ihm mit, Kaiser Napoleon wolle ihm eine Audienz gewähren.

Vier Tage vorher hatten vor demselben Haus, nach dem Balaschow gebracht wurde, Schildwachen des Preobraschenski-Regiments gestanden; jetzt waren dort zwei französische Grenadiere in blauen auf der Brust aufgeknöpften Uniformen und zottigen Mützen postiert, und eine Eskorte von Husaren und Ulanen und eine glänzende Suite von Adjutanten, Pagen und Generalen standen vor der Haustür um Napoelons Reitpferd und seinen Mamelucken Rustan herum und warteten auf das Herauskommen des Kaisers. Napoleon empfing Balaschow in demselben Haus in Wilna, aus welchem ihn Alexander abgeschickt hatte.

VI

Obwohl Balaschow an höfische Pracht gewöhnt war, überraschte ihn doch der Prunk und die Üppigkeit der napoleonischen Hofhaltung.

Graf Turenne führte ihn in ein großes Wartezimmer, wo viele Generale und Kammerherren warteten, auch viele polnische Magnaten, von denen Balaschow nicht wenige am Hof des russischen Kaisers gesehen hatte. Duroc sagte, der Kaiser Napoleon wolle den russischen General vor seinem Spazierritt empfangen.

Nach einigen Minuten des Wartens kam ein diensttuender Kammerherr aus den inneren Gemächern in das große Wartezimmer und forderte Balaschow mit höflicher Vorbeugung auf, ihm zu folgen.

Balaschow trat in ein kleines Empfangszimmer, aus welchem eine Tür in das Arbeitszimmer führte, in jenes selbe Arbeitszimmer, in welchem der russische Kaiser ihn abgesandt hatte. Dort stand er etwa zwei Minuten wartend da. Auf der andern Seite der Tür ließen sich eilige Schritte vernehmen. Beide Türflügel wurden schnell geöffnet, alles wurde wieder still, und nun ertönten aus dem Arbeitszimmer andere, feste, entschlossene Schritte: Das war Napoleon. Er hatte soeben seine Toilette für den Spazierritt beendet. Er trug einen blauen Uniformrock, der über der weißen, auf den rundlichen Bauch herabreichenden Weste aufgeknöpft war, weiße Lederhosen, welche die fetten Schenkel der kurzen Beine eng umspannten, und Stulpstiefel. Sein kurzgeschnittenes Haar war offenbar eben erst gekämmt; aber ein Haarbüschel fiel in der Mitte über die breite Stirn herab. Der dicke, weiße Hals hob sich in scharfem Farbenkontrast aus dem schwarzen Uniformkragen heraus. Der Kaiser duftete nach Eau de Cologne. Auf seinem jugendlich aussehenden, vollen Gesicht mit dem vortretenden Kinn lag der Ausdruck eines gnädigen, majestätischen, kaiserlichen Grußes.

Er trat schnell ein, bei jedem Schritt ein wenig zuckend, den Kopf etwas nach hinten zurückgeworfen. Seine ganze korpulente, kurze Figur, mit den breiten, dicken Schultern, dem unwillkürlich nach vorn herausgedrückten Brustkasten und Unterleib, hatte jenes präsentable, stattliche Aussehen, wie es bei Vierzigern, die sich nichts abgehen zu lassen brauchen, häufig ist. Außerdem war ihm anzusehen, daß er sich an diesem Tag in recht guter Stimmung befand.

Er nickte mit dem Kopf als Antwort auf Balaschows tiefe, ehrfurchtsvolle Verbeugung, trat nahe an ihn heran und begann sogleich zu reden – wie jemand, dem jede Minute seiner Zeit kostbar ist und der sich nicht dazu herabläßt, seine Reden vorzubereiten, sondern überzeugt ist, daß er immer das, was nötig ist, sagen und dieses gut sagen wird.

»Guten Tag, General!« sagte er. »Ich habe den Brief des Kaisers Alexander erhalten, den Sie überbracht haben, und freue mich sehr, Sie zu sehen.« Er blickte Balaschow mit seinen großen Augen ins Gesicht, sah aber dann sogleich an ihm vorbei.

Augenscheinlich interessierte ihn Balaschows Persönlichkeit nicht im geringsten. Es war klar, daß nur das, was in seinem eigenen Geist vorging, für ihn Interesse hatte. Alles, was außer seiner eigenen Person lag, hatte für ihn keine Bedeutung, weil nach seiner Auffassung alles in der Welt lediglich von seinem Willen abhing.

»Ich wünsche den Krieg nicht und habe ihn nie gewünscht«, sagte er. »Aber man drängt ihn mir auf. Auch *jetzt* noch« (er legte einen besonderen Nachdruck auf das Wort »jetzt«) »bin ich bereit, alle Aufklärungen anzunehmen, die Sie mir geben können.«

Und nun begann er in knapper, klarer Form die Gründe seiner Unzufriedenheit mit der russischen Regierung darzulegen. Aus dem maßvollen, ruhigen, freundlichen Ton, in dem der französische Kaiser sprach, glaubte Balaschow mit Sicherheit schließen zu dürfen, daß er den Frieden wünsche und in Unterhandlungen einzutreten beabsichtige.

»Sire! Der Kaiser, mein Gebieter ...«, begann Balaschow seine längst vorbereitete Rede, als Napoleon seine Auseinandersetzung beendet hatte und den russischen Abgesandten fragend anblickte; aber der Blick der auf ihn gerichteten Augen des Kaisers setzte ihn in Verwirrung. »Sie sind verwirrt, fassen Sie sich!« schien Napoleon gewissermaßen zu sagen, indem er mit ganz leisem Lächeln Balaschows Uniform und Degen betrachtete.

Balaschow hatte seine Fassung wiedergewonnen und begann zu reden. Er sagte, Kaiser Alexander halte den Umstand, daß Kurakin seine Pässe verlangt habe, für keine hinlängliche Ursache zum Krieg; Kurakin habe dies nach seinem eigenen Kopf und ohne die Genehmigung des Kaisers getan; Kaiser Alexander wünsche den Krieg nicht, und mit England bestehe kein geheimes Einverständnis.

»*Noch* nicht«, schob Napoleon dazwischen, und wie wenn er fürchtete, sich von seinem Affekt hinreißen zu lassen, zog er die Augenbrauen zusammen und nickte leicht mit dem Kopf, um dadurch Balaschow zu verstehen zu geben, daß er fortfahren könne.

Nachdem Balaschow alles übrige vorgetragen hatte, was ihm befohlen war, fügte er hinzu, Kaiser Alexander wünsche den Frieden, werde aber nur unter der Bedingung in Unterhandlungen eintreten, daß ... Hier stockte Balaschow: Er hatte die Worte im Gedächtnis, welche Kaiser Alexander nicht in den Brief aufgenommen, deren Einsetzung in den an Saltykow gerichteten Erlaß er aber unbedingt verlangt hatte, und welche zur Kenntnis Napoleons zu bringen auch ihm, Balaschow, vom Kaiser befohlen worden war. Balaschow hatte die Worte im Gedächtnis: »Solange noch ein einziger bewaffneter Feind auf russischem Boden steht«; aber eine Empfindung, in der sich mancherlei Elemente vereinigten, hielt ihn zurück. Er vermochte es nicht, diese Worte auszusprechen, obgleich er es tun wollte. Er stockte und sagte dann: »Unter der Bedingung, daß die französischen Truppen über den Njemen zurückgehen.«

Napoleon bemerkte, daß Balaschow in Verlegenheit geriet, als er die letzten Worte sprach; das Gesicht des Kaisers zuckte, seine linke Wade begann leise zu zittern. Ohne den Platz, wo er stand, zu verlassen, begann er lauter und schneller als vorher zu reden. Während der nun folgenden Rede des Kaisers schlug Balaschow mehrmals die Augen nieder und beobachtete unwillkürlich das Zittern der linken Wade Napoleons, das um so stärker wurde, je mehr er die Stimme erhob.

»Ich wünsche den Frieden nicht weniger als der Kaiser Alexander«, begann er. »Tue ich nicht seit achtzehn Monaten alles mögliche, um ihn zu erhalten? Seit achtzehn Monaten warte ich auf Aufklärungen. Aber was verlangt man von mir, um in Verhandlungen einzutreten?« sagte er, indem er die Stirn runzelte und eine energische fragende Gebärde mit seiner kleinen, weißen, dicken Hand machte.

»Das Zurückgehen der Truppen hinter den Njemen, Majestät«, antwortete Balaschow.

»Hinter den Njemen?« wiederholte Napoleon. »Also jetzt wollen Sie, daß ich hinter den Njemen zurückgehe, nur hinter den Njemen?« fragte er noch einmal und blickte dabei Balaschow gerade ins Gesicht.

Balaschow neigte respektvoll den Kopf.

»Statt der vor vier Monaten gestellten Forderung, daß ich Pommern räumen solle, fordert man also jetzt nur, daß ich hinter den Njemen zurückgehe.« Napoleon wandte sich schnell um und begann im Zimmer auf und ab zu gehen.

»Sie sagen, daß man von mir als Bedingung für die Anknüpfung von Verhandlungen das Zurückgehen hinter den Njemen verlangt; aber genau ebenso hat man von mir vor zwei Monaten das Zurückgehen hinter die Oder und hinter die Weichsel gefordert, und obwohl ich das nicht getan habe, sind Sie jetzt doch bereit zu unterhandeln.«

Er ging schweigend von einer Ecke des Zimmers nach der andern und blieb dann wieder vor Balaschow stehen. Dieser bemerkte, daß Napoleons linke Wade noch schneller zitterte als vorher und daß sich sein Gesicht in seinem strengen Ausdruck gleichsam versteinerte. Dieses Zittern der linken Wade kannte Napoleon an sich. »Das Zittern meiner linken Wade ist bei mir ein bedeutsames Zeichen«, äußerte er gelegentlich.

»Solche Zumutungen wie die, das Land bis zur Oder und Weichsel zu räumen, kann man an den Fürsten eines Landes wie Baden richten, aber nicht an mich«, rief Napoleon fast schreiend und war selbst von dem Klang seiner Stimme überrascht. »Solche Bedingungen würde ich nicht annehmen, selbst wenn ihr mir Petersburg und Moskau bötet. Ihr sagt, ich hätte diesen Krieg begonnen! Aber wer ist denn früher zur Armee gegangen? Der Kaiser Alexander und nicht ich! Und jetzt macht ihr mir den Vorschlag, Unterhandlungen zu beginnen, jetzt, wo ich Millionen ausgegeben habe, wo ihr ein Bündnis mit England geschlossen habt und wo eure Lage eine üble ist. Jetzt macht ihr mir den Vorschlag zu Unterhandlungen! Und welchen Zweck verfolgt denn euer Bündnis mit England? Was hat euch England gegeben?« sagte er schnell. Offenbar beabsichtigte er bei seiner Rede nicht mehr, die Vorteile des Friedensschlusses darzulegen und seine Möglichkeit zu erörtern, sondern nur die Rechtmäßigkeit seines eigenen Verhaltens und seiner Stärke und demgegenüber Alexanders Unrecht und schlimme Fehler zu beweisen.

Der Anfang seiner Rede hatte augenscheinlich den Zweck verfolgt, die Vorteile seiner Lage auseinanderzusetzen und zu zeigen, daß er trotzdem bereit sei, in Verhandlungen einzutreten. Aber nun er ins Sprechen hineingekommen war, vermochte er, je länger er sprach, um so weniger seiner Rede eine bestimmte Richtung zu geben.

Der ganze Zweck seiner Rede war jetzt offenbar nur, sich selbst zu erhöhen und über Alexander Verletzendes zu sagen, das heißt gerade das zu tun, was er am Anfang der Unterredung am allerwenigsten hatte tun wollen.

»Es heißt, Sie hätten mit den Türken Frieden geschlossen?« Balaschow neigte bejahend den Kopf.

»Der Friede ist geschlossen …«, begann er.

Aber Napoleon ließ ihn nicht weiterreden. Er schien allein reden zu wollen und fuhr mit jener Redelust und nervösen Unaufhaltsamkeit zu reden fort, zu welcher verwöhnte Menschen neigen.

»Ja, ich weiß, Sie haben mit den Türken Frieden geschlossen, ohne die Moldau und die Walachei zu erhalten. Und ich hätte Ihrem Kaiser diese Provinzen ebenso gegeben, wie ich ihm Finnland gegeben habe. Ja«, fuhr er fort, »ich hatte es versprochen und hätte dem Kaiser Alexander die Moldau und die Walachei gegeben; und jetzt wird er nun diese schönen Provinzen nicht bekommen. Und doch hätte er sie mit seinem Reich vereinigen und so seine Herrschaft vom Bottnischen Meerbusen bis zu den Donaumündungen ausdehnen können. Katharina die Große hätte nichts Großartigeres erreichen können«, sagte Napoleon, der immer mehr in Hitze geriet, im Zimmer auf und ab ging und Balaschow gegenüber fast dieselben Worte wiederholte, die er in Tilsit zu Alexander selbst gesagt hatte. »Alles das hätte er meiner Freundschaft verdankt. Ach, was für ein schönes Reich, was für ein schönes Reich!« wiederholte er mehrere Male, blieb stehen, holte eine goldene Tabaksdose aus der Tasche, öffnete sie und zog gierig etwas von dem Inhalt mit der Nase ein. »Was für ein schönes Reich hätte das Reich des Kaisers Alexander sein können!«

Er richtete einen mitleidigen Blick auf Balaschow; aber kaum schickte sich dieser an, etwas zu bemerken, als Napoleon ihn wieder hastig unterbrach.

»Was konnte er wünschen und suchen, das er in meiner Freundschaft nicht gefunden hätte …?« sagte er und zuckte dabei verwundert mit den Achseln. »Aber nein, er fand es besser, meine Feinde zu sich heranzuziehen, und wen? wen?« fuhr Napoleon fort. »Männer wie Stein, Armfelt, Bennigsen, Wintzingerode hat er zu sich berufen. Stein ist ein aus seinem Vaterland vertriebener Verräter, Armfelt ein Wüstling und Intrigant, Wintzingerode ein geflüchteter französischer Untertan; Bennigsen hat ein bißchen mehr von einem Soldaten an sich als die andern, aber er ist dabei doch ein unfähiger Mensch, der im Jahre 1807 nicht verstanden hat, etwas zu erreichen, und eigentlich beim Kaiser Alexander schreckliche Erinnerungen erwecken müßte … Nun ja, wenn es noch fähige Menschen wären, dann könnte man sich ihrer ja bedienen«, fuhr Napoleon fort, kaum imstande, mit dem Wort den unaufhörlich in seinem Geist sich bildenden einzelnen Gedanken zu folgen, die ihm als Beweise für sein Recht und für seine Macht (was in seiner Vorstellung dasselbe war) dienten. »Aber auch das ist nicht der Fall: Sie taugen nichts, weder im Krieg noch im Frieden! Barclay, heißt es, ist tüchtiger als die übrigen; aber nach seinen ersten Bewegungen zu urteilen, kann ich das nicht sagen. Und was tun sie denn, was tun sie denn, alle diese Höflinge? Pfuel macht einen Vorschlag, Armfelt bekämpft ihn, Bennigsen prüft ihn nach, und Barclay, dessen Aufgabe es ist, mit den Truppen zu operieren, weiß dann nicht, wozu er sich entschließen soll; so vergeht die Zeit, ohne daß etwas geleistet wird. Nur Bagration ist ein Militär. Viel Verstand hat er nicht; aber er besitzt Erfahrung, Augenmaß und Entschlossenheit ... Und was für eine Rolle spielt Ihr junger Kaiser in dieser häßlichen Gesellschaft? Sie kompromittieren ihn und wälzen ihm die Verantwortung für alles, was geschieht, zu. Ein Herrscher soll sich nur dann beim Heer aufhalten, wenn er selbst ein Feldherr ist«, sagte er, und es war unverkennbar, daß diese Worte geradezu als eine Kränkung gegen die Person des Kaisers Alexander gerichtet waren. Napoleon wußte, wie heiß Alexander ein Feldherr zu sein wünschte.

»Nun ist es schon eine Woche her, daß der Feldzug begonnen hat, und ihr habt nicht einmal verstanden, Wilna zu schützen. Ihr seid in zwei Teile getrennt und aus den polnischen Provinzen vertrieben. Eure Armee murrt.«

»Im Gegenteil, Euer Majestät«, wandte Balaschow ein, der kaum imstande war, alles im Kopf zu behalten, was der Kaiser zu ihm sagte, und nur mit Mühe diesem prasselnden Feuerwerk von Worten folgte. »Die Truppen brennen vor Verlangen ...«

»Ich weiß alles«, unterbrach ihn Napoleon, »ich weiß alles und kenne die Zahl eurer Bataillone ebenso genau wie die der meinigen. Ihr habt keine zweihunderttausend Mann, und ich habe dreimal soviel. Ich gebe Ihnen mein Ehrenwort«, sagte Napoleon, ohne daran zu denken, daß dieses sein Ehrenwort keinen Wert haben konnte, »ich gebe Ihnen mein Ehrenwort, daß ich fünfhundertunddreißigtausend Mann diesseits der Weichsel stehen habe. Die Türken sind für euch keine Hilfe: Sie taugen zu nichts und haben das dadurch bewiesen, daß sie mit euch Frieden geschlossen haben. Und was die Schweden anlangt, so sind sie einmal dazu prädestiniert, von wahnsinnigen Königen regiert zu werden. Ihr früherer König war verrückt; sie haben ihn gewechselt und sich einen andern genommen, diesen Bernadotte, und der hat nun auch gleich den Verstand verloren; denn nur ein Wahnsinniger kann als Schwede ein Bündnis mit Rußland schließen.«

Napoleon lächelte boshaft und führte wieder die Tabaksdose an die Nase.

Auf jeden Satz Napoleons hätte Balaschow etwas zu erwidern gehabt und hätte das gern getan; er machte fortwährend Bewegungen, wie wenn er etwas zu sagen wünschte; aber Napoleon ließ ihn nicht zu Worte kommen. Gegen die Verrücktheit der Schweden wollte Balaschow sagen, daß Schweden eine Insel sei, wenn Rußland als Freund hinter ihm stehe; aber Napoleon fing zornig zu schreien an, um seine Stimme zu übertönen. Napoleon befand sich in jenem Zustand nervöser Erregung, wo man reden und reden und reden muß, nur um sich selbst zu beweisen, daß man recht hat. Balaschows Lage wurde peinlich: Als Abgesandter fürchtete er, seiner Würde etwas zu vergeben, und hielt für notwendig, etwas zu erwidern; aber als Mensch duckte er sich, in geistigem Sinn gesagt, vor diesem maßlosen Zorn, in den Napoleon ohne eigentlichen Grund augenscheinlich hineingeraten war. Er war überzeugt, daß alles das, was Napoleon jetzt sagte, keine weitere Bedeutung habe, und daß dieser selbst, sobald er zur Besinnung komme, sich des Gesagten schämen werde. Balaschow stand mit gesenkten Augen da, blickte danach hin, wie sich Napoleons dicke Beine beim Auf und Abgehen bewegten, und suchte seinem Blick auszuweichen.

»Was können mir diese eure Verbündeten schaden?« sagte Napoleon. »Ich habe ganz andere Verbündete, die Polen; das sind achtzigtausend Mann; die werden wie die Löwen kämpfen. Und bald werden ihrer zweihunderttausend sein.«

Und wahrscheinlich in noch größere Aufregung hineingeratend, weil er sich bewußt war, damit eine offenbare Unwahrheit gesagt zu haben, und weil Balaschow, voll Ergebung in sein Schicksal, in derselben Haltung schweigend vor ihm dastand, drehte er sich bei seiner Wanderung kurz um, kam zurück, trat ganz dicht vor Balaschows Gesicht hin und schrie ihn unter heftigen, schnellen Gestikulationen seiner weißen Hände an:

»Das mögt ihr wissen: Wenn ihr Preußen gegen mich aufwiegelt, so wische ich es von der Landkarte Europas weg«, sagte er mit blassem, wutverzerrtem Gesicht und schlug dabei energisch mit einer seiner kleinen Hände in die andere. »Ja, ich werde euch hinter die Düna und hinter den Dnjepr zurückwerfen und gegen euch jenes Bollwerk wieder aufrichten, dessen Zerstörung zu gestatten Europa verbrecherisch und blind genug war. Ja, so wird es euch ergehen; das ist's, was ihr damit gewonnen habt, daß ihr meine Gegner geworden seid«, sagte er und ging schweigend und mit den dicken Schultern zuckend wieder einige Male im Zimmer hin und her.

Er steckte die Tabaksdose in die Westentasche, nahm sie aber sogleich wieder heraus, hielt sie sich ein paarmal an die Nase und blieb vor Balaschow stehen. Er schwieg, blickte dem Abgesandten spöttisch gerade in die Augen und sagte mit leiser Stimme:

»Und was für ein schönes Reich hätte Ihr Gebieter haben können!«

Balaschow, der es für notwendig hielt, etwas zu erwidern, sagte, Rußland sehe die Dinge nicht in so trübem Licht. Napoleon schwieg, fuhr fort ihn spöttisch anzusehen und hörte augenscheinlich nicht darauf hin, was er sagte. Balaschow bemerkte, in Rußland erwarte man vom Krieg alles Gute. Napoleon nickte freundlich und herablassend mit dem Kopf, wie wenn er sagen wollte: »Ich weiß, Sie müssen pflichtmäßig so sprechen; aber Sie glauben es selbst nicht; ich habe Sie überzeugt.«

Als Balaschow mit seiner Antwort zu Ende war, zog Napoleon wieder die Tabaksdose heraus, schnupfte aus ihr und klopfte, wie als Signal, mit dem Fuß zweimal auf den Boden. Die Tür öffnete sich; ein Kammerherr überreichte dem Kaiser mit ehrfurchtsvoller Verbeugung Hut und Handschuhe, ein anderer das Taschentuch. Ohne die beiden Kammerherren anzusehen, wandte sich Napoleon zu Balaschow:

»Bringen Sie von mir dem Kaiser Alexander die Versicherung«, sagte er, indem er den Hut hinnahm, »daß ich ihm wie früher ergeben bin; ich kenne ihn genau und schätze seine vorzüglichen Eigenschaften sehr hoch. Aber ich will Sie nicht länger aufhalten, General; mein Brief an den Kaiser wird Ihnen zugestellt werden.«

Mit diesen Worten ging Napoleon schnell zur Tür. Aus dem Wartezimmer eilten alle ihm voran und die Treppe hinunter.

VII

Nach allem, was Napoleon zu ihm gesagt hatte, nach jenen Zornausbrüchen und nach den letzten in trockenem Ton gesprochenen Worten: »Ich will Sie nicht länger aufhalten, General; mein Brief wird Ihnen zugestellt werden«, war Balaschow überzeugt, daß Napoleon nicht mehr wünschen werde, ihn zu sehen, ja sogar ein nochmaliges Zusammentreffen mit ihm geflissentlich vermeiden werde, mit ihm, dem beleidigten Abgesandten und vor allen Dingen dem Zeugen seiner unpassenden Heftigkeit. Aber zu seiner Verwunderung empfing Balaschow durch Duroc eine Einladung zur Tafel des Kaisers für denselben Tag.

Bei dem Diner waren noch Bessières, Caulaincourt und Berthier zugegen.

Napoleon begrüßte Balaschow mit heiterer, freundlicher Miene. Von Verlegenheit oder Selbstvorwürfen wegen seines heftigen Wesens am Vormittag war ihm nichts anzumerken; ganz im Gegenteil gab er sich Mühe, Balaschow aufzumuntern. Man sah, daß für Napoleon nach seiner Anschauung die Möglichkeit, Irrtümer und Fehler zu begehen, schon längst nicht mehr existierte, und daß nach seiner Meinung alles, was er tat, gut war, nicht weil es sich mit dem allgemein anerkannten Begriff des Guten deckte, sondern eben weil *er* es tat.

Der Kaiser war nach seinem Spazierritt durch Wilna sehr gut gelaunt. Große Haufen Volkes hatten ihn enthusiastisch begrüßt und geleitet. Aus allen Fenstern der Straßen, durch die er geritten war, waren Teppiche, Fahnen und sein Monogramm ausgehängt gewesen, und die polnischen Damen hatten zu seiner Begrüßung mit den Taschentüchern geweht.

Bei Tisch wies er Balaschow einen Platz neben sich an und behandelte ihn nicht nur freundlich, sondern so, als ob er auch Balaschow zu seinen Hofleuten rechnete, zu denen, die mit seinen Plänen sympathisierten und sich über seine Erfolge naturgemäß freuten. Unter anderen Gesprächsgegenständen fing er auch an über Moskau zu reden und erkundigte sich bei Balaschow nach dieser russischen Residenz, nicht nur in der Art, wie ein wißbegieriger Reisender sich nach einem fremden Ort erkundigt, den er zu besuchen beabsichtigt, sondern gewissermaßen in der Überzeugung, daß Balaschow sich als Russe durch diese Wißbegierde geschmeichelt fühlen müsse.

»Wieviel Einwohner hat Moskau? Wieviel Häuser? Ist es wahr, daß Moskau das heilige Moskau genannt wird? Wieviel Kirchen gibt es in Moskau?« fragte er.

Und auf die Antwort, daß es dort mehr als zweihundert Kirchen gebe, sagte er:

»Wozu denn eine solche Unmenge von Kirchen?«

»Die Russen sind sehr fromm«, antwortete Balaschow.

»Aber eine große Zahl von Klöstern und Kirchen ist immer ein Zeichen der Rückständigkeit eines Volkes«, bemerkte Napoleon und blickte sich nach Caulaincourt um, um zu sehen, wie dieser wohl über die soeben ausgesprochene allgemeine Behauptung urteilte.

Balaschow erlaubte sich respektvoll anderer Meinung zu sein als der französische Kaiser.

»Jedes Land hat seine eigenen Sitten«, sagte er.

»Aber nirgends in Europa gibt es etwas Ähnliches«, entgegnete Napoleon.

»Ich bitte Euer Majestät um Verzeihung«, antwortete Balaschow. »Außer in Rußland gibt es auch in Spanien viele Kirchen und Klöster.«

Diese Antwort Balaschows, die eine Hindeutung auf die Niederlage enthielt, welche die Franzosen unlängst in Spanien erlitten hatten, wurde, als Balaschow von ihr am Hof des Kaisers Alexander berichtet hatte, dort außerordentlich bewundert, während sie jetzt an der Tafel Napoleons sehr wenig gewürdigt wurde und fast unbeachtet vorüberging.

Den gleichgültigen, verwunderten Gesichtern der Herren Marschälle war anzusehen, daß sie nicht begriffen, worin bei diesem Satz eigentlich die Pointe stecken sollte, da doch auf das Vorhandensein einer solchen Balaschows besondere Betonung hinzuweisen schien. »Wenn wirklich eine Pointe darin war, so haben wir sie nicht verstanden, oder sie ist nicht gerade sehr geistreich gewesen«, sagte der Gesichtsausdruck der Marschälle. So wenig wurde diese Antwort gewürdigt, daß Napoleon auf sie überhaupt nicht aufmerksam wurde und an Balaschow die sehr naive Frage richtete, über welche Städte der gerade Weg von Wilna nach Moskau führe. Balaschow, der während des ganzen Diners auf seiner Hut war, antwortete, wie jeder Weg nach Rom führe, so führe auch jeder nach Moskau; es gebe viele Wege, darunter auch den über Poltawa, welchen Karl XII. gewählt habe. Dabei wurde Balaschow unwillkürlich ganz rot vor Freude darüber, daß ihm diese Antwort so gut gelungen sei. Aber er hatte die letzten Worte über Poltawa noch nicht ganz zu Ende gesprochen, als schon Caulaincourt von der Unbequemlichkeit der Landstraße von Petersburg nach Moskau und von seinen Petersburger Erinnerungen zu reden begann.

Als die Tafel aufgehoben war, ging man, um Kaffee zu trinken, in Napoleons Arbeitszimmer, welches vier Tage vorher das Arbeitszimmer des Kaisers Alexander gewesen war. Napoleon setzte sich, nippte ein wenig an seinem Kaffee in der Sèvres-Tasse und lud durch eine Handbewegung Balaschow ein, auf dem Stuhl neben ihm Platz zu nehmen.

Nach dem Mittagessen befindet man sich nicht selten in einer solchen Stimmung, daß man, unbekümmert um alle Vernunftgründe, mit sich selbst zufrieden ist und alle Menschen für seine Freunde hält. In dieser Stimmung war auch Napoleon. Er hatte die Empfindung, daß er von Menschen umgeben sei, die ihn vergötterten, und war überzeugt, daß nach seinem Diner auch Balaschow sein Freund und Verehrer sei. Mit einem freundlichen, ein wenig spöttischen Lächeln wandte er sich zu ihm.

»Wie mir gesagt wurde, ist dies dasselbe Zimmer, in welchem Kaiser Alexander gewohnt hat. Sonderbar, nicht wahr, General?« sagte er, augenscheinlich ohne daran zu zweifeln, daß diese Bemerkung dem Angeredeten nur angenehm sein könne, da aus ihr seine, Napoleons, Überlegenheit über Alexander hervorging.

Balaschow konnte darauf nichts antworten und neigte schweigend den Kopf.

»Ja, in diesem Zimmer haben vor vier Tagen Wintzingerode und Stein Rat gehalten«, fuhr Napoleon mit demselben spöttischen, selbstzufriedenen Lächeln fort. »Was ich nicht begreifen kann«, fügte er hinzu, »ist dies, daß Kaiser Alexander alle meine persönlichen Feinde in seine Nähe gezogen hat. Das begreife ich nicht. Er hat wohl nicht bedacht, daß ich dasselbe tun kann?« sagte er in fragendem Ton zu Balaschow, und dieser Gedanke führte ihn wieder auf die Vorstellungsreihe, bei der er am Vormittag so zornig geworden war; dieser Zorn glühte in seinem Innern noch unter der Asche.

»Er mag sich gesagt sein lassen, daß ich das tun werde«, sagte Napoleon, indem der aufstand und seine Tasse mit der Hand zurückstieß. »Und ich werde auch alle seine Verwandten aus Deutschland vertreiben: die Württemberger und die Badenser und die Weimaraner … jawohl, hinausjagen werde ich sie. Er mag nur ein Asyl für sie in Rußland bereithalten!«

Balaschow neigte den Kopf und deutete durch seine Miene an, daß er sich gern empfehlen möchte und nur zuhöre, weil er eben nicht anders könne als anhören, was zu ihm gesagt werde. Aber Napoleon bemerkte diesen Gesichtsausdruck nicht; er verkehrte mit Balaschow nicht wie mit dem Abgesandten seines Feindes, sondern wie mit jemandem, der ihm jetzt völlig ergeben sei und sich über die Herabsetzung seines früheren Herrn freuen müsse.

»Und warum hat Kaiser Alexander das Kommando über die Truppen übernommen? Was hat das für Zweck? Der Krieg ist *mein* Handwerk; *er* versteht wohl ein Land zu regieren, aber nicht Truppen zu kommandieren. Warum hat er eine so große Verantwortung auf sich genommen?«

Napoleon griff wieder zu seiner Tabaksdose, ging schweigend einige Male im Zimmer auf und ab und trat plötzlich unerwartet an Balaschow heran. Mit freundlicher Miene und mit einer solchen Sicherheit, Schnelligkeit und Natürlichkeit, als ob das, was er tat, nicht nur etwas sehr Wichtiges, sondern auch für Balaschow etwas sehr Angenehmes wäre, hob er die Hand zu dem Gesicht des vierzigjährigen russischen Generals in die Höhe, faßte ihn am Ohr und zog leise daran, wobei er nur mit den Lippen lächelte.

Vom Kaiser am Ohr gezogen zu werden galt am französischen Hof für die größte Ehre und Gnade.

»Nun, Sie sagen ja gar nichts, Sie Bewunderer und Höfling des Kaisers Alexander?« sagte er, als wäre es komisch, in seiner Gegenwart der Höfling und Bewunderer eines anderen zu sein als der seinige, Napoleons.

»Stehen Pferde für den General bereit?« fügte er hinzu und neigte leicht den Kopf als Antwort auf Balaschows Verbeugung. »Geben Sie ihm von meinen Pferden; er hat *weit zu reiten.*«

Das Antwortschreiben, das Balaschow überbrachte, war der letzte Brief Napoleons an Alexander. Alle Einzelheiten der Unterredung wurden dem russischen Kaiser berichtet, und der Krieg begann …

VIII

Nach dem Wiedersehen mit Pierre in Moskau reiste Fürst Andrei nach Petersburg, in Geschäften, wie er seinen Angehörigen sagte, aber in Wirklichkeit, um dort Anatol Kuragin zu treffen, was er für unumgänglich notwendig hielt. Aber Kuragin, nach dem er sich sogleich nach seiner Ankunft in Petersburg erkundigte, war nicht mehr dort. Pierre hatte seinem Schwager mitgeteilt, daß Fürst Andrei auf der Suche nach ihm sei, und Anatol Kuragin hatte sofort von dem Kriegsminister die Weisung erhalten, sich zur Moldau-Armee zu begeben, und war dieser Weisung nachgekommen. Zu derselben Zeit war Fürst Andrei in Petersburg mit seinem ehemaligen Chef Kutusow zusammengetroffen, der ihm immer freundlich gesinnt gewesen war, und dieser hatte ihm den Vorschlag gemacht, mit ihm zur Moldau-Armee zu gehen, zu deren Oberkommandierendem der alte General ernannt war. Nachdem Fürst Andrei seine Zuweisung zum Stab des Hauptquartiers erhalten hatte, reiste er nach der Türkei ab.

An Kuragin zu schreiben und ihm zum Duell zu fordern, hielt Fürst Andrei für unzweckmäßig. Da kein neuerer Grund zum Duell vorlag, so fürchtete Fürst Andrei, durch eine derartige Forderung die Komtesse Rostowa zu kompromittieren, und suchte deshalb eine persönliche Begegnung mit Kuragin, in der Absicht, dabei einen neuen Grund zum Duell zu finden. Aber auch bei der Moldau-Armee gelang es ihm nicht, Kuragin zu treffen, der, unmittelbar nachdem Fürst Andrei dort eingetroffen war, die Rückreise nach Rußland angetreten hatte.

In dem neuen Land und in den neuen Verhältnissen wurde es dem Fürsten Andrei leichter, das Leben zu ertragen. Nach dem Treuebruch seiner Braut, der ihn um so tiefer schmerzte, je sorgfältiger er dessen Wirkung auf sein Gemüt vor allen zu verbergen suchte, war ihm die ganze Lebenssphäre, in der er so glücklich gewesen war, gar zu drückend geworden und noch drückender die Freiheit und Unabhängigkeit, die er früher so hoch geschätzt hatte. Er hing nicht mehr jenen früheren Gedanken nach, die ihm zum erstenmal gekommen waren, als er auf dem Schlachtfeld von Austerlitz zum Himmel emporblickte, und die er gern im Gespräch mit Pierre weiter verfolgt hatte, und mit denen er seine einsamen Stunden in Bogutscharowo und dann in der Schweiz und in Rom ausgefüllt hatte; ja er mied es sogar, sich an diese Gedanken zu erinnern, die ihm eine unendliche, helle Fernsicht erschlossen hatten. Ihn interessierten jetzt nur die nächstliegenden praktischen Beschäftigungen, die mit seinen früheren in keiner Verbindung standen, und nach diesen Beschäftigungen griff er mit um so größerer Gier, je weiter sie von seinen früheren ablagen. Es hatte sich gewissermaßen jenes endlose, ferne, ferne Himmelsgewölbe, das über ihm gestanden hatte, in ein niedriges, eng begrenztes, ihn erdrückendes Gewölbe verwandelt, in welchem zwar alles deutlich sichtbar war, aber nichts Ewiges, Geheimnisvolles Raum fand.

Von den Tätigkeiten, die sich ihm darboten, war der Militärdienst die einfachste und ihm vertrauteste. In der Stellung eines diensttuenden Generals im Stab Kutusows widmete er sich den Geschäften mit hartnäckigem Eifer und setzte Kutusow durch seine Arbeitslust und Sorgfalt in Erstaunen. Nachdem er Kuragin in der Türkei nicht gefunden hatte, hielt Fürst Andrei es nicht für notwendig, ihm wieder nach Rußland nachzujagen; aber soviel wußte er: Mochte es auch noch so lange dauern, bis er Kuragin traf – trotz aller Verachtung, die er gegen diesen Menschen hegte, und trotz aller Beweise, die er sich selbst gegenüber dafür vorbrachte, daß er sich nicht dazu herabwürdigen dürfe, ihm als Gegner gegenüberzutreten, werde er, wenn er ihn einmal träfe, einem inneren Zwang gehorchend ihn fordern, gerade wie ein Hungriger nicht anders kann als sich auf die Speise stürzen. Und dieses Bewußtsein, daß die Beleidigung noch nicht gerächt war, daß der Grimm noch keinen Ausbruch gefunden hatte, sondern ihm auf der Seele lastete, vergiftete dem Fürsten Andrei die künstliche Ruhe, die er sich bei einer mühevollen, anstrengenden und bis zu einem gewissen Grade ehrgeizigen, ruhmsüchtigen Tätigkeit in der Türkei zu eigen zu machen suchte.

Als im Jahre 1812 die Kunde von dem Krieg mit Napoleon nach Bukarest gelangte (wo Kutusow zwei Monate lang gewohnt und alle Tage und Nächte bei seiner Walachin zugebracht hatte), richtete Fürst Andrei an Kutusow die Bitte um seine Versetzung zur Westarmee. Kutusow, der Bolkonskis bereits überdrüssig geworden war, da dessen eifrige Geschäftigkeit gewissermaßen einen Vorwurf für seine eigene Untätigkeit bildete, entließ ihn sehr gern und gab ihm eine Überweisung an Barclay de Tolly mit.

Bevor Fürst Andrei sich zur Armee begab, die sich im Mai in einem Lager an der Drissa befand, fuhr er nach Lysyje-Gory heran, welches dicht an seinem Weg lag, da es nur drei Werst von der großen Smolensker Landstraße entfernt war. Die letzten drei Jahre hatten im Leben des Fürsten Andrei so viele Umwälzungen mit sich gebracht, er hatte so vieles durchdacht, empfunden und gesehen (er war im Westen und im Osten herumgekommen), daß er sich ganz sonderbar überrascht fühlte, als er bei der Einfahrt in Lysyje-Gory wahrnahm, daß hier das Leben genau so wie früher, bis auf die geringsten Einzelheiten genau ebenso dahinfloß. Als er in die Allee und in das steinerne Tor einfuhr, da hatte er die Empfindung, als komme er in ein verzaubertes, schlafendes Schloß. Dieselbe Ehrbarkeit, dieselbe Sauberkeit, dieselbe Stille herrschte in diesem Haus wie ehemals: Da waren noch dieselben Möbel, dieselben Wände, dieselben Geräusche, derselbe Geruch und dieselben furchtsamen Gesichter, nur daß diese etwas älter geworden waren. Prinzessin Marja war noch ganz dasselbe schüchterne, unschöne, alternde Mädchen, das in Furcht und steten seelischen Leiden, ohne Nutzen und Freude, die besten Jahre ihres Lebens hinbrachte. Mademoiselle Bourienne war dieselbe selbstzufriedene, kokette Person, die jede Minute ihres Lebens heiter ausnutzte und für ihre eigene Zukunft die fröhlichsten Hoffnungen hegte; nur war sie, wie es dem Fürsten Andrei vorkam, noch sicherer und zuversichtlicher in ihrem Auftreten geworden. Der Erzieher Dessalles, den er aus der Schweiz mitgebracht hatte, trug einen Rock nach russischem Schnitt und sprach unter arger Entstellung der Sprache russisch mit der Dienerschaft; aber er war immer noch derselbe mäßig kluge, gebildete, tugendhafte, pedantische Erzieher. Der alteFürst hatte sich körperlich nur insofern verändert, als an der einen Seite des Mundes das Fehlen eines Zahnes zu bemerken war; geistig war er ganz derselbe wie früher; nur zeigte er sich noch jähzorniger und glaubte noch weniger an die Wirklichkeit dessen, was in der Welt vorging. Nur Nikolenka war gewachsen und hatte sich sehr verändert: Er hatte rote Wangen und dunkles, lockiges Haar bekommen, und wenn er vergnügt war und lachte, so zog er, ohne es selbst zu wissen, die Oberlippe seines hübschen Mündchens genau ebenso in die Höhe, wie es die verstorbene kleine Fürstin getan hatte. Er war der einzige, der in diesem verzauberten, schlafenden Schloß dem Gesetz der Unveränderlichkeit nicht unterworfen war. Aber obgleich äußerlich alles beim alten geblieben zu sein schien, hatten sich doch die inneren Beziehungen aller dieser Menschen während der Zeit, wo Fürst Andrei sie nicht gesehen hatte, gar sehr verändert. Die Hausgenossen hatten sich in zwei Lager geteilt, die einander fremd und feindlich gegenüberstanden und nur jetzt, solange Fürst Andrei da war, um seinetwegen ihre gewohnte Lebensweise änderten und sich miteinander vertrugen. Zu dem einen Lager gehörten der alte Fürst, Mademoiselle Bourienne und der Baumeister, zu dem andern Prinzessin Marja, Dessalles, Nikolenka und alle Kinderfrauen und Wärterinnen.

Während der Anwesenheit des Fürsten Andrei in Lysyje-Gory aßen alle Hausgenossen zusammen zu Mittag; aber allen war unbehaglich zumute, und Fürst Andrei fühlte, daß er ein Gast war, um dessentwillen eine Ausnahme gemacht wurde, und daß er alle durch seine Gegenwart genierte. Am ersten Tag war Fürst Andrei, der das unwillkürlich fühlte, beim Mittagessen schweigsam, und der alte Fürst, der wohl merkte, daß der Sohn sich nicht frei und natürlich gab, beobachtete gleichfalls ein mürrisches Stillschweigen und zog sich gleich nach Tisch wieder auf sein Zimmer zurück. Als Fürst Andrei am Abend zu ihm ging und, um ihn ein wenig anzuregen, von dem Feldzug des jungen Grafen Kamenski zu erzählen anfing, da begann der alte Fürst unerwarteterweise mit ihm von der Prinzessin Marja zu sprechen und schalt auf sie wegen ihres Aberglaubens und wegen ihrer Lieblosigkeit gegen Mademoiselle Bourienne, die nach seiner Behauptung die einzige war, die ihm eine treue Hingabe bewies.

Der alte Fürst sagte, wenn er krank sei, so sei daran nur Prinzessin Marja schuld; sie quäle und reize ihn absichtlich; auch verderbe sie den kleinen Fürsten Nikolai durch Verhätschelung und durch törichte Redereien. Der alte Fürst wußte sehr wohl, daß er seine Tochter quälte und daß diese ein sehr schweres Leben hatte; aber er wußte auch, daß er nicht anders konnte als sie quälen, und war der Meinung, daß sie das verdiente. »Warum sagt denn Fürst Andrei, der doch sieht, wie es steht, mir nichts von seiner Schwester?« dachte der alte Fürst. »Was denkt er denn eigentlich? Daß ich ein Bösewicht oder ein alter Narr bin und mich ohne Grund von meiner Tochter abgewandt und diese Französin an mich herangezogen habe? Er hat kein Verständnis dafür, und darum ist es nötig, daß ich es ihm erkläre und er meine Gründe hört.« Und so begann er denn die Gründe darzulegen, weshalb er das verdrehte Benehmen seiner Tochter nicht ertragen könne.

»Wenn Sie mich fragen«, erwiderte Fürst Andrei, ohne seinen Vater anzusehen (es war das erstemal in seinem Leben, wo er seinem Vater sagte, daß er ihm unrecht gäbe), »– ich hatte nicht reden wollen, aber wenn Sie mich fragen, so will ich Ihnen über alles dies aufrichtig meine Meinung sagen. Wenn zwischen Ihnen und Marja Verstimmung und Entfremdung bestehen, so vermag ich ihr in keiner Weise die Schuld daran beizumessen; ich weiß, welche Liebe und Verehrung sie für ihren Vater fühlt. Wenn Sie mich fragen«, fuhr Fürst Andrei erregt fort, wie er denn in letzter Zeit immer leicht in Erregung geriet, »so kann ich nur das eine sagen: Wenn eine Entfremdung besteht, so ist die Ursache davon das nichtswürdige Frauenzimmer, das nicht die Gesellschafterin meiner Schwester sein dürfte.«

Der Alte hatte anfangs seinen Sohn mit starren Augen angeblickt und beim Lächeln in einer unnatürlich wirkenden Weise die neue Zahnlükke sichtbar werden lassen, an deren Anblick Fürst Andrei sich noch nicht hatte gewöhnen können.

»Gesellschafterin? Gesellschafterin, mein Teuerster? He? Du hast schon mit deiner Schwester davon gesprochen? He?«

»Lieber Vater, ich wollte mich nicht zum Richter aufwerfen«, erwiderte Fürst Andrei in bitterem, hartem Ton; »aber Sie haben mich aufgefordert, und daher habe ich gesagt und werde ich immer sagen, daß Prinzessin Marja keine Schuld trägt; die Schuld tragen ... die Schuld trägt diese Französin ...«

»Ach, er spricht mich schuldig ... spricht mich schuldig!« sagte der Alte leise und, wie es dem Fürsten Andrei schien, verlegen; aber dann sprang er plötzlich auf und schrie: »Hinaus, hinaus! Laß dich hier nicht wieder blicken ...!«

*

Fürst Andrei wollte sofort abreisen; aber Prinzessin Marja bat ihn, noch einen Tag zu bleiben. An diesem Tag bekam Fürst Andrei den Vater nicht zu sehen, der nicht aus seinem Zimmer ging und niemanden zu sich hereinließ als Mademoiselle Bourienne und Tichon und sich mehrere Male erkundigte, ob sein Sohn schon abgereist sei. Am andern Tag ging Fürst Andrei vor seiner Abreise in die Zimmer seines Sohnes. Er nahm den frischen, gesunden Knaben, der von seiner Mutter das lockige Haar hatte, auf den Schoß und begann ihm das Märchen von Blaubart zu erzählen, versank aber, noch ehe er die Erzählung zu Ende geführt hatte, in seine Gedanken. Während er sein nettes Söhnchen auf dem Schoß hielt, dachte er nicht an das Kind, sondern an sich selbst. Er suchte in seinem Innern ein Gefühl der Reue darüber, daß er seinen Vater erzürnt hatte, ein Gefühl des Bedauerns darüber, daß er (zum ersten Mal in seinem Leben) in Unfrieden von ihm ging, und gewahrte mit Schrecken, daß diese Gefühle in ihm nicht vorhanden waren. Und das Wichtigste war ihm, daß er auch die frühere Zärtlichkeit gegen seinen Sohn vergeblich in sich suchte, die er dadurch, daß er den Knaben liebkoste und auf den Schoß nahm, in sich zu erwecken gehofft hatte.

»Aber erzähle doch weiter!« sagte der Kleine.

Fürst Andrei hob ihn, ohne zu antworten, von seinem Schoß herunter und ging aus dem Zimmer.

Sowie Fürst Andrei seine tägliche Beschäftigung aufgegeben hatte, und namentlich sowie er wieder in die früheren Lebensverhältnisse eingetreten war, in denen er damals gelebt hatte, als er noch glücklich war, hatte ihn sogleich wieder der Lebensüberdruß mit der alten Kraft gepackt, und er beeilte sich nun, möglichst schnell von diesen Erinnerungen wegzukommen und recht bald wieder eine Tätigkeit für sich zu finden.

»Wirst du wirklich abreisen, Andrei?« fragte ihn seine Schwester.

»Gott sei Dank, daß ich fort kann«, erwiderte Fürst Andrei. »Es tut mir sehr leid, daß du es nicht kannst.«

»Warum redest du so!« rief Prinzessin Marja. »Warum redest du so, jetzt, wo du in diesen schrecklichen Krieg gehst und der Vater so alt ist! Mademoiselle Bourienne sagt, er habe nach dir gefragt ...«

Sobald sie hiervon zu sprechen anfing, begannen ihre Lippen zu zittern und die Tränen zu fließen. Fürst Andrei wendete sich von ihr ab und ging im Zimmer hin und her.

»Ach, mein Gott! Mein Gott!« sagte er. »Und wenn man bedenkt, wodurch und durch wen ... durch was für nichtswürdige Kreaturen Menschen unglücklich gemacht werden können!« stöhnte er mit einem Ingrimm, über den Prinzessin Marja erschrak.

Sie verstand, daß er mit den nichtswürdigen Kreaturen nicht nur Mademoiselle Bourienne meinte, durch die sie unglücklich geworden war, sondern auch den Mann, der ihm sein Glück zerstört hatte.

»Andrei, um eines bitte ich dich, flehe ich dich an«, sagte sie, indem sie seinen Ellbogen berührte und ihn mit leuchtenden Augen durch ihre Tränen hindurch anblickte. »Ich verstehe dich« (Prinzessin Marja schlug die Augen nieder). »Glaube nicht, daß Menschen dir Leid bereitet haben. Die Menschen sind nur Seine Werkzeuge.« Sie blickte ein wenig über den Kopf des Fürsten Andrei hinweg, mit dem sicheren, gewohnten Blick, mit dem man nach dem bekannten Platz eines Porträts hinsieht. »Das Leid kommt von Ihm, nicht von Menschen. Die Menschen sind nur Seine Werkzeuge; sie tragen keine Schuld. Wenn es dir scheint, daß sich jemand gegen dich vergangen hat, so vergib und vergiß. Wir haben kein Recht zu strafen. Dann wirst du die Wonne des Verzeihens kosten.«

»Wenn ich ein Weib wäre, so würde ich das tun, Marja. Das ist eine Tugend für Frauen. Aber ein Mann kann und soll nicht vergeben und vergessen«, erwiderte er, und obwohl er bis zu diesem Augenblick nicht an Kuragin gedacht hatte, stieg plötzlich der ganze noch nicht durch Rache gestillte Ingrimm in seinem Herzen wieder in die Höhe.

»Wenn Prinzessin Marja mir schon zuredet, zu verzeihen«, dachte er, »so folgt daraus, daß ich ihn schon längst hätte bestrafen müssen.« Und ohne ihr zu antworten, malte er sich jetzt den frohen, furchtbaren Augenblick aus, wo er mit Kuragin zusammentreffen werde, der, wie er wußte, sich bei der Armee befand.

Prinzessin Marja bat ihren Bruder inständig, doch noch einen Tag zu warten; sie sagte, sie wisse, wie unglücklich der Vater sein werde, wenn

Andrei abreise, ohne sich mit ihm versöhnt zu haben; aber Fürst Andrei erwiderte, er werde wahrscheinlich bald wieder von der Armee zurückkommen; jedenfalls werde er an den Vater schreiben; je länger er jetzt noch bliebe, um so mehr werde sich der Zwist verschärfen.

»Adieu, Andrei. Halte dir gegenwärtig, daß das Leid von Gott kommt und die Menschen nie daran schuld sind«, das waren die letzten Worte, die er von seiner Schwester hörte, als er von ihr Abschied nahm.

»Ja, so muß es zugehen!« dachte Fürst Andrei, als er aus der Allee von Lysyje-Gory hinausfuhr. »Sie, dieses schuldlose, bedauernswerte Wesen, bleibt den Peinigungen des geistesschwach gewordenen alten Mannes ausgesetzt. Dieser selbst fühlt, daß er sich versündigt, ist aber nicht imstande, sich zu ändern. Mein Knabe wächst heran und freut sich seines Lebens, in welchem er ein ebensolcher Mensch werden wird wie alle: ein Betrüger oder ein Betrogener. Ich reise zur Armee, ich weiß selbst nicht, warum, und wünsche jenen von mir verachteten Menschen zu treffen, um ihm die Möglichkeit zu geben, mich zu töten und sich über mich lustig zu machen!« Die Lebensverhältnisse des Fürsten Andrei waren früher dieselben gewesen; aber damals hatten sie alle unter sich eine Verbindung und einen Zusammenhang gehabt, jetzt war alles auseinandergefallen. Nur sinnlose Erscheinungen ohne alle Verknüpfung boten sich eine nach der andern seinem geistigen Auge dar.

IX

Fürst Andrei traf Ende Juni im Hauptquartier ein. Die Truppen der ersten Armee, derjenigen, bei der sich der Kaiser befand, waren in einem befestigten Lager an der Drissa untergebracht; die Truppen der zweiten Armee, welche den Versuch gemacht hatten, sich mit der ersten zu vereinigen, waren zurückgewichen, weil sie, wie es hieß, durch überlegene französische Streitkräfte von jener abgeschnitten worden waren. Alle waren mit dem gesamten Gang, den der Krieg für die russische Armee nahm, unzufrieden; aber an die Gefahr eines Einrückens der Feinde in die russischen Gouvernements dachte niemand; niemand glaubte, daß sich der Krieg noch über die westlichen, polnischen Gouvernements hinaus ausdehnen werde.

Fürst Andrei fand Barclay de Tolly, dem er zugewiesen war, am Ufer der Drissa. Da in der Nähe des Lagers kein größeres Dorf oder Städtchen lag, so hatte sich die ganze gewaltige Menge der Generale und Hofleute, die sich bei der Armee befand, in einem Umkreis von zehn Werst in den besten Häusern der kleinen Dörfchen diesseits und jenseits des Flusses einquartiert. Barclay de Tollys Quartier lag vier Werst von dem des Kaisers entfernt. Er empfing Bolkonski trocken und kühl und sagte ihm mit seiner deutschen Aussprache, er werde dem Kaiser über ihn Meldung machen, damit ihm eine bestimmte Stellung zugewiesen werde; vorläufig ersuche er ihn, bei seinem Stab zu bleiben. Anatol Kuragin, den Fürst Andrei bei der Armee zu finden gehofft hatte, war nicht dort: Er war jetzt wieder in Petersburg; und diese Nachricht war dem Fürsten Andrei angenehm. Der gewaltige Krieg, der sich jetzt abspielte und in dessen Zentrum er sich befand, nahm ihn ganz in Anspruch, und er war froh, auf einige Zeit von der gereizten Stimmung freizukommen, die der Gedanke an Kuragin bei ihm hervorrief. Während der ersten vier Tage, wo niemand von ihm eine Tätigkeit verlangte, ritt Fürst Andrei das ganze befestigte Lager ab und suchte mit Hilfe seiner Kenntnisse und eingehender Gespräche mit Sachkundigen sich eine bestimmte Meinung darüber zu bilden. Aber die Frage, ob dieses Lager vorteilhaft oder unvorteilhaft sei, mochte Fürst Andrei nicht entscheiden. Er hatte aus seiner militärischen Erfahrung bereits die Überzeugung gewonnen, daß im Krieg die mit der tiefsten Gelehrsamkeit ausgedachten Pläne nichts nützen (wie er das bei der Schlacht bei Austerlitz mit angesehen hatte), sondern alles davon abhängt, wie man auf die unerwarteten und gar nicht vorherzusehenden Handlungen des Feindes antwortet, sowie davon, wie und von wem die ganze Sache geleitet wird. Um über diese letzte Frage ins klare zu kommen, suchte Fürst Andrei unter Benutzung seiner Stellung und seiner Bekanntschaften in den Charakter der Heeresleitung, d. h. der an ihr beteiligten Personen und Parteien einzudringen, und gelangte dabei zu folgender Anschauung von der Lage der Dinge.

Als sich der Kaiser noch in Wilna befand, war die Armee in drei Teile geteilt: Die erste Armee kommandierte Barclay de Tolly, die zweite Bagration, die dritte Tormasow. Der Kaiser befand sich bei der ersten Armee, aber nicht in der Eigenschaft eines Oberkommandierenden. In den Tagesbefehlen an die Armeen war nicht gesagt, daß der Kaiser das Kommando führen werde; gesagt war nur, er werde bei der Armee sein. Außerdem war beim Kaiser persönlich nicht der Stab des Oberkommandierenden, sondern der Stab des kaiserlichen Hauptquartiers. Bei ihm befanden sich: der Chef des kaiserlichen Stabes, Generalquartiermeister Fürst Wolkonski, Generale, Flügeladjutanten, Beamte der Diplomatie und eine große Anzahl von Ausländern; aber der Stab der Armee war nicht da. Außerdem waren ohne eigentliches Amt in der Umgebung des Kaisers: der frühere Kriegsminister Araktschejew; Graf Bennigsen, der Rangälteste unter den Generalen; der Großfürst Thronfolger Konstantin Pawlowitsch; der Kanzler Graf Rumjanzew; der ehemalige preußische Minister Stein; der schwedische General Armfelt; Pfuel, der bei der Aufstellung des Feldzugsplanes die Oberleitung gehabt hatte; der Generaladjutant Paulucci, ein sardinischer Emigrant; Wolzogen und viele andere. Obgleich diese Personen sich ohne ein militärisches Amt bei der Armee befanden, übten sie doch vermöge ihrer Stellung einen großen Einfluß aus, und oftmals wußte ein Korpskommandeur oder sogar der Oberkommandierende selbst nicht, in welcher Eigenschaft Bennigsen oder der Großfürst oder Araktschejew oder Fürst Wolkonski über dies und das Fragen stellten und den einen oder andern Rat gaben, und ob eine solche in Form eines Rates gekleidete Weisung von diesen Herren persönlich oder vom Kaiser herrührte, und ob sie somit befolgt werden mußte oder nicht. Aber dies war nur etwas mehr Äußerliches; welche Bedeutung die Anwesenheit des Kaisers und aller dieser Personen in Wirklichkeit hatte, das war vom höfischen Standpunkt aus (und bei Anwesenheit des Kaisers werden alle zu Hofleuten) einem jeden klar. Diese Bedeutung war folgende: Der Kaiser hatte den Titel eines Oberkommandierenden nicht angenommen, traf aber Anordnungen für alle Armeen, und die Männer, die ihn umgaben, waren dabei seine Gehilfen. Araktschejew war ein treuer Vollstrecker der kaiserlichen Befehle, ein Wächter der Ordnung, ein Leibtrabant des Kaisers. Bennigsen besaß im Gouvernement Wilna Güter und machte sozusagen die Honneurs des Gouvernements; er war wirklich ein tüchtiger General, im Rat gut zu gebrauchen und auch insofern nützlich, als man ihn immer in Bereitschaft hatte, um Barclay zu ersetzen. Der Großfürst war da, weil es ihm so beliebte, der ehemalige Minister Stein, weil er bei Beratungen nützliche Dienste leisten konnte und weil Kaiser Alexander seine persönlichen Eigenschaften hoch schätzte. Armfelt war ein grimmiger Hasser Napoleons und ein General, der ein großes Selbstvertrauen besaß, was auf Kaiser Alexander nie seine Wirkung verfehlte. Paulucci war da, weil er im Reden eine große Dreistigkeit und Entschiedenheit an den Tag legte. Die Generaladjutanten waren da, weil sie eben überall zu finden waren, wo sich der Kaiser Alexander von der Zweckmäßigkeit dieses Planes überzeugt hatte und nun die gesamten Operationen leitete. Zu Pfuel gehörte auch Wolzogen, dessen Aufgabe es war, Pfuels Gedanken in verständlicherer Form vorzutragen, als es dieser selbst, ein krasser, selbstbewußter, alle anderen verachtender Stubengelehrter, vermochte.

Außer diesen genannten Personen, teils Russen, teils Ausländer (von denen besonders die Ausländer mit derjenigen Dreistigkeit, die sich die Menschen beim Wirken in fremder Umgebung gern aneignen, alle Tage neue, überraschende Pläne in Vorschlag brachten), waren noch viele Personen zweiten Ranges da, die sich deshalb bei der Armee befanden, weil ihre Chefs dort waren.

Aus all den Meinungen und Reden bei dieser gewaltigen, unruhigen, glänzenden, stolzen Menschenklasse erkannte Fürst Andrei die folgenden Richtungen und Parteien heraus, die ziemlich scharf voneinander gesonderte Unterabteilungen darstellten.

Die erste Partei wurde von Pfuel und seinen Anhängern gebildet, Theoretikern des Krieges, die da glaubten, es gebe eine Wissenschaft des Krieges und in dieser Wissenschaft unveränderliche Gesetze, Gesetze der schrägen Bewegung, der Umgebung usw. Gemäß diesen strikten, von der vermeintlichen Theorie des Krieges vorgeschriebenen Gesetzen verlangten Pfuel und seine Anhänger, die Armeen sollten sich tief in das Innere des Landes zurückziehen, und erblickten in jeder Abweichung von dieser Theorie nur Barbarentum, Mangel an Bildung oder böse Absichten. Zu dieser Partei gehörten die deutschen Prinzen, Wolzogen, Wintzingerode und andere, hauptsächlich Deutsche.

Die zweite Partei stand zu der ersten in schroffem Gegensatz. Wie es gewöhnlich der Fall ist, fehlte es dem einen Extrem gegenüber nicht an Vertretern des anderen Extrems. Die Männer dieser Partei waren diejenigen, die in Wilna verlangt hatten, man solle nach Polen vorrücken und sich durch keinerlei im voraus festgesetzte Pläne in der Bewegungsfreiheit beschränken lassen. Abgesehen davon, daß die Anhänger dieser Partei für kühnes Handeln eintraten, waren sie auch gleichzeitig die Vertreter der nationalen Richtung, was sie bei den Debatten noch einseitiger machte. Dies waren die Russen Bagration, Jermolow, dessen Stern damals im Aufsteigen begriffen war, und einige andere. Damals wurde zuerst das bekannte Witzwort Jermolows kolportiert: Er wolle den Kaiser nur um die eine Gnade bitten, ihn zum Deutschen zu ernennen. Die Männer dieser Partei sagten unter Berufung auf Suworow, man müsse nicht grübeln, nicht die Landkarte mit Stecknadeln bestecken, sondern kämpfen, den Feind schlagen, ihn nicht nach Rußland hineinlassen und dafür sorgen, daß die Truppen nicht mutlos würden.

Zu der dritten Partei, zu welcher der Kaiser das meiste Vertrauen hatte, gehörten Hofleute, die einen Kompromiß zwischen den erstgenannten beiden Richtungen herzustellen suchten. Die Männer dieser Partei, zu der auch Araktschejew, größtenteils aber Zivilisten gehörten, glaubten und sagten, was gewöhnlich Leute sagen, die keine eigene Überzeugung haben, aber doch eine solche zu haben scheinen möchten. Sie sagten, der Krieg verlange ohne Zweifel, namentlich wenn man es mit einem solchen Genie wie Bonaparte zu tun habe (man nannte ihn jetzt wieder Bonaparte), die tiefsinnigsten Kombinationen, eine subtile Kenntnis der Wissenschaft, und auf diesem Gebiet sei Pfuel geradezu genial; aber zugleich müsse man zugeben, daß die Theoretiker oft einseitig seien, und dürfe ihnen deshalb nicht ausschließlich vertrauen, sondern müsse auch auf das hören, was Pfuels Gegner sagten, die Männer der Praxis, die im Kriegswesen Erfahrung hätten, und aus allem die Mitte nehmen. Die Männer dieser Partei befürworteten, man solle dem Pfuelschen Plan gemäß das Lager an der Drissa beibehalten, aber die Bewegungen der anderen Armeen ändern. Obgleich bei dieser Art zu handeln weder das eine noch das andere Ziel erreicht wurde, schien es den Männern dieser Partei dennoch so das beste zu sein.

Die vierte Richtung war die, deren hervorragendster Vertreter der Großfürst Thronfolger war, der die ihm bei Austerlitz widerfahrene Enttäuschung nicht vergessen konnte, wo er wie bei einer Parade in Helm und Koller vor der Garde einhergeritten war in der Erwartung, die Franzosen mit frischem Mut niederzuwerfen, und, da er unvermutet in die vorderste Linie gekommen war, nur mit Mühe sich in der allgemeinen Verwirrung gerettet hatte. Die Männer dieser Partei zeigten in ihren Äußerungen die Vorzüge und die Fehler der Offenherzigkeit. Sie fürchteten Napoleon, sahen in ihm ein Sinnbild der Kraft, in sich ein Sinnbild der Schwäche und sprachen dies unverhohlen aus. Sie sagten: »Dies alles führt zu weiter nichts als zu Unglück, Schande und Verderben! Wir haben Wilna aufgegeben, wir haben Witebsk aufgegeben, wir werden auch die Drissa aufgeben. Das einzig Verständige, das uns zu tun übrigbleibt, ist Frieden zu schließen, und zwar so schnell wie möglich, ehe wir auch noch aus Petersburg verjagt werden!« Diese in den höheren Schichten der Armee stark verbreitete Anschauung fand auch in Petersburg Unterstützung, sowie bei dem Kanzler Rumjanzew, der aus Gründen der Staatsräson gleichfalls für den Frieden war.

Die fünfte Partei waren diejenigen, die sich zu Barclay de Tolly hielten, weil sie, ohne alle seine menschlichen Eigenschaften zu verteidigen, seine Tätigkeit als Kriegsminister und Oberkommandierender hochschätzten. Sie sagten: »Mag er im übrigen sein, wie er will« (so begannen ihre Reden stets), »aber ehrenhaft und tüchtig ist er, und einen besseren haben wir nicht. Man gebe ihm nur eine wirkliche Macht, da ein Krieg ohne einheitliche Leitung nicht mit Erfolg geführt werden kann, und er wird zeigen, was er leisten kann, wie er es in Finnland gezeigt hat. Wenn unsere Armee, ohne Niederlagen zu erleiden, in guter Ordnung und ungeschwächt bis zur Drissa zurückgegangen ist, so verdanken wir das nur Barclay. Wird Barclay jetzt durch Bennigsen ersetzt, so ist alles verloren; denn Bennigsen hat seine Unfähigkeit schon im Jahre 1807 hinreichend gezeigt.« So redeten die Männer dieser Partei.

Die Anhänger der sechsten, Bennigsenschen Partei sagten dagegen, es sei doch niemand tüchtiger und erfahrener als Bennigsen, und wie man sich auch drehen und wenden möge, man komme doch immer wieder auf ihn zurück. »Macht nur jetzt immerzu Fehler!« (Und die Männer dieser Partei bewiesen, daß unser ganzer Rückmarsch zur Drissa die schmachvollste Niederlage und eine ununterbrochene Reihe von Fehlern gewesen sei.) »Je mehr Fehler ihr macht, um so besser; wenigstens werdet ihr dann eher zu der Einsicht kommen, daß es so nicht weitergehen kann«, sagten sie. »Wir brauchen nicht einen Barclay, sondern einen Mann wie Bennigsen, der sich schon im Jahre 1807 bewährt hat und dem Napoleon selbst hat Gerechtigkeit widerfahren lassen; wir brauchen einen Mann, in dessen Hände wir mit frohem Herzen die Macht legen können. Und ein solcher Mann ist einzig und allein Bennigsen.«

Die siebente Partei bildeten Leute, wie sie in der Umgebung von Herrschern, und namentlich von jungen Herrschern, immer zu finden sind, und die in der Umgebung des Kaisers Alexander besonders zahlreich waren: Generale und Flügeladjutanten, die ihm leidenschaftlich ergeben waren und ihn nicht als Kaiser, sondern als Menschen vergötterten, aufrichtig und uneigennützig, wie es Rostow im Jahre 1805 getan hatte, und die an ihm nicht nur alle Tugenden, sondern auch alle Geistesgaben fanden, die ein Mensch nur besitzen kann. Diese Männer waren zwar von der Bescheidenheit des Kaisers entzückt, der auf das Kommando über die Truppen verzichtet hatte, tadelten aber dieses Übermaß von Bescheidenheit und wünschten und verlangten nur das eine: Der vergötterte Kaiser möge, das übermäßige Mißtrauen gegen sich selbst ablegend, offen erklären, daß er sich an die Spitze der Truppen stelle; er möge sich mit dem Generalstab umgeben und, indem er sich erforderlichenfalls mit erfahrenen Theoretikern und Praktikern berate, selbst seine Truppen führen, die nur dadurch auf den höchsten Grad der Begeisterung gebracht werden könnten.

Die achte, größte Gruppe, die ihrer gewaltigen Quantität nach sich zu den andern wie neunundneunzig zu eins verhielt, bestand aus Menschen, die weder den Frieden noch den Krieg wünschten, weder Offensivbewegungen noch ein Defensivlager, weder an der Drissa noch sonstwo, weder Barclay noch den Kaiser, weder Pfuel noch Bennigsen, sondern nur eines, das für sie den Kern des Ganzen bildete: möglichst viel Vorteil und Vergnügen für sich selbst. In dem trüben Gewässer der einander kreuzenden und verwirrenden Intrigen, von denen es im kaiserlichen Hauptquartier wimmelte, war es in vieler Hinsicht möglich, Dinge zu erreichen, deren Erreichung zu anderer Zeit undenkbar gewesen wäre. Der eine, der weiter nichts wünschte, als seine vorteilhafte Stellung nicht zu verlieren, stimmte an dem einen Tag mit Pfuel, am nächsten mit dessen Gegner, und erklärte am dritten Tag, lediglich um sich der Verantwortung zu entziehen und es dem Kaiser recht zu machen, er habe über den betreffenden Gegenstand kein eigenes Urteil. Ein anderer, welcher Vorteile zu erlangen wünschte, lenkte die Aufmerksamkeit des Kaisers dadurch auf sich, daß er das, was der Kaiser tags zuvor als seine eigene Meinung angedeutet hatte, im Kriegsrat mit großem Stimmaufwand vortrug, stritt und schrie und sich auf die Brust schlug und Andersdenkende zum Duell forderte und damit zeigte, daß er bereit sei, sich für das Gemeinwohl zum Opfer zu bringen. Ein dritter forderte einfach zwischen zwei Sitzungen und in Abwesenheit seiner persönlichen Feinde für sich eine Extrabelohnung für seine treuen Dienste, da er wohl wußte, daß jetzt keine Zeit war, die Sache zu prüfen und die Bitte abzuschlagen. Ein vierter kam, anscheinend zufällig, dem Kaiser gerade in solchen Augenblicken vor Augen, wo er den Eindruck machen konnte, als sei er mit Arbeit überlastet. Ein fünfter bewies mit großer Erregung und unter Beibringung mehr oder minder starker und zutreffender Gründe die Richtigkeit oder Unrichtigkeit irgendeiner neu auftretenden Idee, lediglich um ein längst ersehntes Ziel zu erreichen: eine Einladung zur kaiserlichen Tafel. Alle, die zu dieser Partei gehörten, haschten nach Rubeln, Orden und Beförderungen und achteten bei diesen Bestrebungen nur darauf, nach welcher Richtung die Wetterfahne der kaiserlichen Gunst wies. Kaum hatten sie bemerkt, daß diese Wetterfahne sich nach einer bestimmten Seite gewandt hatte, so begann auch dieser ganze Drohnenschwarm beim Heer nach derselben Seite zu blasen, so daß es dem Kaiser um so schwerer wurde, die Fahne wieder nach einer anderen Seite zu drehen. Inmitten der Ungewißheit der Lage und angesichts der ernsten, drohenden Gefahr, die jedem Schritt etwas Beängstigendes, Aufregendes gab, und inmitten dieses Wirbels von Intrigen, von ehrgeizigen Bestrebungen und von mannigfaltigen aufeinanderprallenden Meinungen und Richtungen, und endlich bei der Nationalitätsverschiedenheit aller dieser Personen: Zu alledem steigerte diese achte, größte Partei, deren Mitglieder sich nur mit persönlichen Interessen beschäftigten, noch in hohem Grad die Zerfahrenheit und Unklarheit, die in den öffentlichen Angelegenheiten herrschten. Welche Frage auch immer neu aufgeworfen wurde, der Schwarm dieser Drohnen flog, ehe noch das erste Thema erledigt war, zum neuen herüber, machte durch sein Gesumme die ehrlich debattierenden Stimmen unverständlich und betäubte sie völlig.

Aus allen diesen Parteien bildete sich gerade zu der Zeit, als Fürst Andrei zur Armee kam, noch eine neunte Partei, die ihre Stimme zu erheben begann. Dies war die Partei der alten, vernünftigen Männer, die im Staatswesen Erfahrung besaßen und, ohne eine der sich bekämpfenden Meinungen zu teilen, imstande waren, alles, was beim Stab des Hauptquartiers vorging, vorurteilslos zu betrachten und auf Mittel zu sinnen, um aus dieser Unbestimmtheit, Unentschlossenheit, Verwirrung und Schwäche herauszukommen. Die Männer dieser Partei sagten und glaubten, die Übelstände kämen vorzugsweise davon her, daß der Kaiser mit seinem militärischen Hofstaat bei der Armee anwesend sei. So sei jene schwankende Unsicherheit der Beziehungen, die bei Hof am Platz sein möge, auf die Armee übertragen worden, wo sie nur schädlich wirken könne; der Kaiser müsse regieren, aber nicht die Truppen befehligen; der einzige Ausweg aus dieser Lage sei die Abreise des Kaisers mit seinem Hofstaat von der Armee; schon die bloße Anwesenheit des Kaisers fessele fünfzigtausend Mann, die zur Sicherung seiner Person nötig seien; der schlechteste, aber unabhängige Oberkommandierende werde besser sein als der beste, der durch die Anwesenheit und Obergewalt des Kaisers gebunden sei.

Gerade in der Zeit, als sich Fürst Andrei noch ohne bestimmte Tätigkeit im Lager an der Drissa aufhielt, schrieb der Staatssekretär Schischkow, einer der Hauptvertreter dieser Partei, an den Kaiser einen Brief, welchen Balaschow und Araktschejew mit unterzeichneten. In diesem Brief machte Schischkow von der Erlaubnis Gebrauch, die ihm der Kaiser gegeben hatte, sein Urteil über den allgemeinen Gang der Dinge auszusprechen, und unterbreitete dem Kaiser in aller Ehrfurcht und unter dem Vorwand, es sei erforderlich, daß der Kaiser die hauptstädtische Bevölkerung für den Krieg begeistere, den Vorschlag, die Armee zu verlassen.

Daß er das Volk für den Krieg begeistern und zur Verteidigung des Vaterlandes aufrufen möge, wurde dem Kaiser gegenüber als Vorwand gebraucht, damit er (wie er es auch tat) den Vorschlag, das Heer zu verlassen, annähme. Und dieselbe Begeisterung (insofern sie durch des Kaisers persönliche Anwesenheit in Moskau hervorgerufen war) war nachher die wichtigste Ursache des Sieges Rußlands.

X

Dieser Brief war dem Kaiser noch nicht übergeben worden, als Barclay beim Mittagessen dem Fürsten Andrei mitteilte, der Kaiser wünsche ihn persönlich zu sprechen, um ihn nach dem Stand der Dinge in der Türkei zu befragen; er solle um sechs Uhr abends sich in Bennigsens Quartier einstellen.

An ebendiesem Tag war in dem kaiserlichen Quartier die Nachricht von einer neuen Bewegung Napoleons eingegangen, und man fürchtete, diese Bewegung könne für unsere Armee gefährlich werden (die Nachricht stellte sich aber später als falsch heraus). Und an demselben Vormittag hatte der Oberst Michaud mit dem Kaiser die Befestigungen an der Drissa abgeritten und dem Kaiser bewiesen, daß dieses von Pfuel eingerichtete befestigte Lager, das bisher für ein Meisterstück der Taktik gegolten hatte, an welchem Napoleon seinen Untergang finden müsse, in Wirklichkeit ein Wahnwitz sei und der russischen Armee zum Verderben gereichen werde.

Fürst Andrei ritt nach dem Quartier des Generals Bennigsen, der ein kleines Gutshaus dicht am Fluß bewohnte. Weder Bennigsen noch der Kaiser waren schon anwesend; aber der kaiserliche Flügeladjutant Tschernyschow empfing den Fürsten Andrei und teilte ihm mit, der Kaiser besichtige heute schon zum zweiten Mal mit dem General Bennigsen und dem Marquis Paulucci die Befestigungen des Lagers an der Drissa, an dessen Zweckmäßigkeit starke Zweifel aufgetaucht seien.

Tschernyschow saß, als Fürst Andrei eintrat, mit einem französischen Roman an einem Fenster des ersten Zimmers. Dieses Zimmer hatte wahrscheinlich früher als Tanzsaal gedient; es stand darin noch eine Art Drehorgel, über die ein paar Teppiche geworfen waren, und in einer Ekke stand das Feldbett des Adjutanten Bennigsens. Dieser Adjutant war anwesend. Augenscheinlich ermüdet, sei es von einem Gelage oder vom Arbeiten, saß er auf dem Bett, dessen Überdecke zurückgeschlagen war, im Halbschlummer. Aus diesem Saal führten zwei Türen: die eine geradeaus in einen großen Salon, die andere nach rechts in ein Arbeitszimmer. Aus der ersten Tür waren Stimmen vernehmbar, die deutsch und mitunter auch französisch sprachen. Dort, in dem ehemaligen Salon, war nicht eigentlich ein Kriegsrat versammelt (der Kaiser liebte das Unbestimmte), sondern eine Anzahl von Personen, deren Meinung er angesichts der bevorstehenden Schwierigkeiten zu hören wünschte. Es war dies kein Kriegsrat, sondern sozusagen eine Versammlung von Männern, die ausgewählt waren, um dem Kaiser persönlich Aufklärung über gewisse Fragen zu geben. Zu diesem Pseudo-Kriegsrat waren eingeladen: der schwedische General Armfelt, der Generaladjutant Wolzogen, Wintzingerode, welchen Napoleon einen entflohenen französischen Untertanen genannt hatte, Michaud, Toll, der Freiherr vom Stein, obwohl er überhaupt kein Militär war, und endlich Pfuel selbst, der, wie Fürst Andrei gehört hatte, die Haupttriebfeder der ganzen Aktion war. Fürst Andrei hatte Gelegenheit, ihn genau zu betrachten, da Pfuel bald nach ihm ankam, durch den Saal nach dem Salon ging und ein Weilchen stehenblieb, um ein paar Worte mit Tschernyschow zu sprechen.

Im ersten Augenblick kam Pfuel in seiner schlecht gearbeiteten russischen Generalsuniform, die ihm so wenig paßte, als ob er sich verkleidet hätte, dem Fürsten Andrei bekannt vor, obwohl er ihn nie gesehen hatte. Er erinnerte in seiner Erscheinung an Weyrother und Mack und Schmidt und viele andere deutsche Theoretiker der Strategie, die Fürst Andrei im Jahre 1805 zu sehen Gelegenheit gehabt hatte; aber er repräsentierte den Typus reiner als diese alle. Einen solchen deutschen Theoretiker, der alle die charakteristischen Züge jener Männer in sich vereinigte, hatte Fürst Andrei noch niemals gesehen.

Pfuel war von mäßiger Größe, sehr mager, aber starkknochig, von derbem, gesundem Körperbau, mit breitem Becken und vorstehenden Schulterblättern. Sein Gesicht war sehr runzlig, die Augen lagen tief in den Höhlungen. Die Haare waren vorn an den Schläfen augenscheinlich in Eile mit einer Bürste glattgestrichen, ragten aber hinten in einzelnen Büscheln in die Höhe, was einen komischen Eindruck machte. Unruhig und ärgerlich um sich blickend, trat er in den Saal, als ob er in dem großen Salon, nach dem er hinging, alles mögliche Schlimme erwartete. Mit einer linkischen Bewegung den Degen anhebend, wandte er sich an Tschernyschow und fragte ihn auf deutsch, wo der Kaiser sei. Es lag ihm offenbar daran, möglichst schnell seinen Weg durch die Zimmer zurückzulegen und mit den Verbeugungen und Begrüßungen fertigzuwerden, um sich zur Arbeit an die Landkarte setzen zu können, wo er sich an seinem Platz fühlte. Er nickte rasch mit dem Kopf und lächelte ironisch, als er Tschernyschows Antwort hörte, der Kaiser besichtige die Befestigungen, die er, Pfuel, selbst nach Maßgabe seiner Theorie angelegt hatte. Mit seiner Baßstimme und in jenem barschen Ton, dessen sich selbstbewußte Deutsche gern bedienen, brummte er vor sich hin: »Dummheiten ... die ganze Geschichte haben sie verdorben ... 's wird was Gescheites draus werden.« Fürst Andrei hörte nicht darauf hin und wollte vorbeigehen; aber Tschernyschow stellte ihn Pfuel vor und bemerkte dazu, Fürst Andrei komme aus der Türkei, wo der Krieg so glücklich beendet sei. Pfuel sah nicht sowohl den Fürsten Andrei an als vielmehr über ihn hin und äußerte lächelnd: »Das muß ein schöner taktischer Krieg gewesen sein!« Und verächtlich auflachend ging er weiter nach dem Salon, aus dem die Stimmen herausklangen.

Offenbar war Pfuel, der auch sonst stets zu gereizten, ironischen Äußerungen neigte, an diesem Tag besonders erregt, weil man gewagt hatte, ohne ihn hinzuzuziehen, sein Lager zu besichtigen und zu kritisieren. Fürst Andrei konnte sich, dank seinen Austerlitzer Erinnerungen, schon aufgrund dieser einen kurzen Begegnung mit Pfuel ein klares Bild von dem Charakter dieses Mannes machen. Pfuel war von einem unerschütterlichen, unheilbaren, geradezu fanatischen Selbstbewußtsein erfüllt, wie es eben nur bei den Deutschen vorkommt, und zwar besonders deswegen, weil nur die Deutschen aufgrund einer abstrakten Idee selbstbewußt sind, aufgrund der Wissenschaft, d. h. einer vermeintlichen Kenntnis der vollkommenen Wahrheit. Der Franzose ist selbstbewußt, weil er meint, daß seine Persönlichkeit sowohl durch geistige als durch körperliche Vorzüge auf Männer und Frauen unwiderstehlich bezaubernd wirkt. Der Engländer ist selbstbewußt aufgrund der Tatsache, daß er ein Bürger des besteingerichteten Staates der Welt ist, und weil er als Engländer immer weiß, was er zu tun hat, und weiß, daß alles, was er als Engländer tut, zweifellos das Richtige ist. Der Italiener ist selbstbewußt, weil er ein aufgeregter Mensch ist und leicht sich und andere vergißt. Der Russe ist besonders deswegen selbstbewußt, weil er nichts weiß und auch nichts wissen will, da er nicht an die Möglichkeit glaubt, daß man etwas wissen könne. Aber bei dem Deutschen ist das Selbstbewußtsein schlimmer, hartnäckiger und widerwärtiger als bei allen andern, weil er sich einbildet, die Wahrheit zu kennen, nämlich die Wissenschaft, die er sich selbst ausgedacht hat, die aber für ihn die absolute Wahrheit ist.

Ein solcher Mensch war offenbar Pfuel. Er war im Besitz der Wissenschaft, d. h. einer Theorie der schrägen Bewegung; diese Theorie hatte er sich aus der Geschichte der Kriege Friedrichs des Großen abgeleitet, und alles, was ihm in der neueren Kriegsgeschichte vorkam, erschien ihm als Unsinn, als Barbarei, als wüste Rauferei, wobei von beiden Seiten so viele Fehler begangen seien, daß diese Kriege gar nicht Kriege genannt werden könnten; sie fügten sich nicht in die Theorie und konnten nicht als Objekt der Wissenschaft dienen.

Im Jahre 1806 hatte Pfuel an der Aufstellung des Feldzugsplanes für jenen Krieg mitgearbeitet, der mit Jena und Auerstedt endete; aber in dem Ausgang dieses Krieges sah er nicht den geringsten Beweis für die Unrichtigkeit seiner Theorie. Im Gegenteil waren nach seiner Anschauung die einzige Ursache des ganzen Mißlingens die Abweichungen, die man sich von seiner Theorie gestattet hatte, und mit der ihm eigenen ironischen Freude äußerte er: »Ich sagte ja vorher, daß die ganze Geschichte zum Teufel gehen werde.« Pfuel gehörte zu den Theoretikern, die in ihre Theorie so verliebt sind, daß sie den Zweck der Theorie, ihre Anwendung auf die Praxis, vergessen; in seiner Liebe zur Theorie haßte er jede Praxis und wollte von ihr nichts wissen. Er freute sich sogar über einen Mißerfolg; denn der Mißerfolg, da er von den Abweichungen herrührte, die man sich in der Praxis von der Theorie erlaubt hatte, bewies ihm lediglich die Richtigkeit seiner Theorie.

Die paar Worte, die er vor den Ohren des Fürsten Andrei und Tschernyschows über den jetzigen Krieg hingeworfen hatte, waren in einer Art gesprochen, als wisse er im voraus, daß alles schiefgehen werde, und sei damit gar nicht einmal unzufrieden. Selbst die auf dem Hinterkopf aufstarrenden ungekämmten Haarbüschel und die eilig zurechtgebürsteten Schläfenhaare schienen das gewissermaßen klar und deutlich auszusprechen.

Er ging in das andere Zimmer, den Salon, und es ließen sich von dort sogleich die tiefen, mürrischen Töne seiner Stimme vernehmen.

XI

Kaum hatte Fürst Andrei den hinausgehenden Pfuel mit den Augen bis an die Tür begleitet, als Graf Bennigsen eilig in den Saal trat; er nickte dem Fürsten Andrei zu, gab, ohne stehenzubleiben, seinem Adjutanten einige Befehle und ging in das Arbeitszimmer. Der Kaiser mußte gleich hinter ihm kommen; Bennigsen war ihm schnell vorangeritten, um noch einiges vorzubereiten und dann zum Empfang des Kaisers bereit zu sein. Tschernyschow und Fürst Andrei traten auf die Freitreppe vor der Haustür hinaus. Der Kaiser, dessen Gesicht eine starke Ermüdung bekundete, stieg soeben vom Pferd; der Marquis Paulucci sagte etwas zu ihm. Der Kaiser, den Kopf nach der linken Seite neigend, hörte mit unzufriedener Miene dem Marquis zu, der mit auffälliger Hitze redete. Der Kaiser ging vorwärts und wünschte sichtlich, das Gespräch zu beenden; aber der Italiener, der vor Erregung einen ganz roten Kopf bekommen hatte, vergaß die Regeln des Anstandes und redete, hinter ihm hergehend, immer weiter.

»Was denjenigen anlangt, der zu diesem Lager, dem Lager an der Drissa, geraten hat«, sagte Paulucci gerade in dem Augenblick, als der Kaiser die Stufen hinanstieg, den Fürsten Andrei bemerkte und dessen ihm unbekanntes Gesicht betrachtete. »Was diesen Menschen anlangt, Sire«, fuhr Paulucci, der sich anscheinend gar nicht mehr beherrschen konnte, grimmig fort, »so hat man meines Erachtens für ihn keine andere Wahl als das Irrenhaus oder den Galgen.«

Als ob er die Worte des Italieners gar nicht hörte, wandte der Kaiser, ohne das Ende von dessen Rede abzuwarten, sich gnädig zu Bolkonski, den er inzwischen erkannt hatte.

»Ich freue mich sehr, dich wiederzusehen; geh dort hinein, wo die Versammlung stattfindet, und warte auf mich.«

Der Kaiser ging in das Arbeitszimmer. Ihm folgten Fürst Pjotr Michailowitsch Wolkonski und der Freiherr vom Stein; hinter ihnen wurde die Tür zugemacht. Fürst Andrei machte von der Erlaubnis des Kaisers Gebrauch und ging mit Paulucci, den er von der Türkei her kannte, in den Salon, wo sich die Eingeladenen versammelt hatten.

Fürst Pjotr Michailowitsch Wolkonski versah gleichsam das Amt eines Chefs des kaiserlichen Stabes. Er kam aus dem Arbeitszimmer, breitete im Salon einige Landkarten, die er mitgebracht hatte, auf dem Tisch aus und teilte die Frage mit, über die er die Meinung der versammelten Herren zu hören wünschte. Es handelte sich darum, daß in der Nacht die (sich später als unrichtig erweisende) Nachricht von einer Bewegung der Franzosen eingegangen war, welche eine Umgehung des Lagers an der Drissa zu bezwecken schien.

Zuerst sprach General Armfelt, der zur Vermeidung der bevorstehenden Schwierigkeit unerwarteterweise einen völlig neuen Vorschlag machte: eine Position seitwärts von der Petersburg-Moskauer Straße einzunehmen; in dieser Position sollte dann nach seiner Ansicht die vereinigte Armee den Feind erwarten. Zu erklären war der Vorschlag dieser Position nicht, wenn man nicht Armfelts Wunsch, zu zeigen, daß auch er eine Meinung haben könne, als Erklärung gelten lassen wollte. Es war klar, daß er sich diesen Plan schon lange zurechtgelegt hatte und ihn jetzt vorbrachte nicht sowohl in der Absicht, auf die vorgelegte Frage zu antworten, auf die dieser Plan eben gar keine Antwort enthielt, als vielmehr weil ihm dies eine günstige Gelegenheit schien, um ihn darzulegen. Es war dies ein Vorschlag unter Tausenden, die alle mit gleich viel und gleich wenig innerer Begründung vorgebracht werden konnten, da eben niemand einen Begriff davon hatte, wie der Krieg sich weiter gestalten werde. Einige der Teilnehmer an der Beratung bekämpften Armfelts Meinung, andere verteidigten sie. Der junge Oberst Toll griff die Ansicht des schwedischen Generals am hitzigsten von allen an und holte bei der Debatte aus der Brusttasche ein geschriebenes Heft heraus, das er vorlesen zu dürfen bat. In diesem weitläufig abgefaßten Schriftstück schlug Toll einen anderen Feldzugsplan vor, der von dem Armfeltschen und dem Pfuelschen vollständig verschieden war. Paulucci, der gegen Toll sprach, befürwortete den Vormarsch und Angriff; dies war nach seiner Versicherung das einzige Mittel, das uns aus dieser ungewissen Lage und aus der Mausefalle, in der wir uns befänden (damit meinte er das Lager an der Drissa), befreien könne. Pfuel und Wolzogen, der sein Dolmetscher und in seinen Beziehungen zum Hof seine Brücke war, schwiegen unterdessen. Pfuel beschränkte sich darauf, verächtlich zu schnauben und sich halb abzuwenden, um dadurch zu verstehen zu geben, daß er sich niemals so weit erniedrigen werde, auf solchen Unsinn, wie er ihn jetzt höre, etwas zu erwidern. Und als Fürst Wolkonski, der die Debatte leitete, ihn aufforderte, seine Meinung zu äußern, sagte er nur:

»Wozu werde ich überhaupt noch gefragt? General Armfelt hat eine vortreffliche Position mit ungedecktem Rücken vorgeschlagen. Oder wir können ja auch angreifen, wie es dieser italienische Herr wünscht; sehr schön! Oder uns zurückziehen; auch gut! Wozu werde ich noch gefragt?« sagte er. »Die Herren wissen ja doch alles besser als ich.«

Aber als Wolkonski ihn mit gerunzelter Stirn darauf hinwies, daß er ihn im Namen des Kaisers um seine Meinung frage, stand Pfuel auf und begann, plötzlich lebhaft werdend, zu sprechen:

»Alles haben Sie verdorben, alles in Unordnung gebracht, alle wollten die Sache besser verstehen als ich; und nun kommt man zu mir: ›Wie ist es wiedergutzumachen?‹ Was verdorben ist, ist nicht wiedergutzumachen ... Notwendig ist jetzt, daß genau nach den Prinzipien verfahren wird, die ich dargelegt habe«, sagte er und klopfte dabei mit seinen knochigen Fingern auf den Tisch. »Worin liegt denn die Schwierigkeit? Unsinn! Kinderspiel!«

Er trat an die Karte und begann schnell zu reden, indem er mit seinem trockenen Finger bald hier, bald dort auf die Karte stieß und bewies, daß keine Eventualität die Zweckmäßigkeit des Lagers an der Drissa mindern könne, daß alles vorhergesehen sei, und daß der Feind, wenn er wirklich eine Umgehung versuchen sollte, dabei unvermeidlich seinen Untergang finden werde.

Paulucci, der kein Deutsch verstand, befragte ihn nun auf französisch. Wolzogen kam seinem Chef, der schlecht französisch sprach, zu Hilfe und begann dessen Worte zu übersetzen, konnte aber kaum mit Pfuel mitkommen, der sehr rasch redend bewies, daß alles, geradezu alles, nicht nur was geschehen war, sondern alles, was überhaupt nur hatte geschehen können, in seinem Plan vorgesehen sei, und daß, wenn sich jetzt Schwierigkeiten ergäben, die Schuld lediglich daran liege, daß man seine Weisungen nicht alle genau befolgt habe. Während dieser Beweisführung lachte er einmal über das andere ironisch und brach schließlich mit verächtlicher Miene die Beweisführung ab, wie ein Mathematiker es verschmäht, die einmal bewiesene Richtigkeit eines Satzes noch auf verschiedene Weise nachzuprüfen. Nun trat Wolzogen an seine Stelle und setzte auf französisch Pfuels Ideen weiter auseinander, wobei er von Zeit zu Zeit zu Pfuel sagte: »Nicht wahr, Exzellenz?« Pfuel aber, wie ein bei einer Rauferei hitzig Gewordener schließlich auf seine eigenen Freunde losschlägt, schrie ärgerlich seinen Parteigänger Wolzogen an: »Nun ja, was ist denn da erst noch lange zu erklären?«

Paulucci und Michaud fielen mit vereinten Kräften auf französisch über Wolzogen her. Armfelt wandte sich auf deutsch an Pfuel. Toll erklärte dem Fürsten Wolkonski etwas auf russisch. Fürst Andrei hörte schweigend zu und beobachtete.

Von allen diesen Personen erregte bei dem Fürsten Andrei die größte Teilnahme der erbitterte, hartnäckige, von sinnlosem Selbstgefühl erfüllte Pfuel. Er war von allen hier Anwesenden offenbar der einzige, der nichts für sich begehrte und gegen niemand eine persönliche Feindschaft hegte; er wünschte nur eines: die Verwirklichung seines Planes, der von ihm aufgrund jener Theorie aufgestellt worden war, die er sich in vielen Jahren der Arbeit zurechtgemacht hatte. Er erschien lächerlich, er wirkte unangenehm durch seine Ironie; aber trotzdem flößte er durch seine grenzenlose Hingabe an eine Idee unwillkürlich Achtung ein. Bemerkenswert war auch in den Reden aller mit Ausnahme Pfuels ein gemeinsamer Zug, der im Kriegsrat des Jahres 1805 noch nicht vorhanden gewesen war: Das war eine geradezu panische Furcht vor dem Genie Napoleons, eine Furcht, die man zwar zu verbergen suchte, die aber doch in jeder Äußerung zum Vorschein kam. Man setzte voraus, daß für Napoleon alles möglich sei; man erwartete ihn von allen Seiten, und jeder widerlegte mit dem furchtbaren Namen Napoleon jeden Vorschlag, den ein anderer gemacht hatte. Nur Pfuel schien den Kaiser Napoleon ebenso für einen ungebildeten Barbaren zu halten, wie er es mit allen Gegnern seiner Theorie machte. Aber außer dem Gefühl der Achtung flößte Pfuel dem Fürsten Andrei auch ein Gefühl des Mitleids ein. Aus dem Ton, in welchem die Hofleute mit ihm verkehrten, aus dem, was Paulucci sich erlaubt hatte, dem Kaiser zu sagen, und ganz besonders aus einer gewissen Hoffnungslosigkeit, die in Pfuels eigenen Äußerungen zu spüren war, ließ sich entnehmen, daß die anderen wußten, wie nahe sein Sturz war, und er es wenigstens ahnte. Und trotz seines Selbstgefühls und seiner deutschen mürrischen Ironie wirkte er mitleiderregend mit seinen glattgebürsteten Schläfenhaaren und den am Hinterkopf aufstarrenden Haarbüscheln. Obwohl er es hinter einer gereizten, verächtlichen Miene zu verbergen suchte, befand er sich offenbar in Verzweiflung – in Verzweiflung darüber, daß die einzige Gelegenheit, die Richtigkeit seiner Theorie an einem gewaltigen Experiment zu prüfen und der ganzen Welt zu beweisen, ihm jetzt aus den Händen glitt.

Die Debatten dauerten lange, und je länger sie dauerten, um so hitziger wurde der Streit, bei dem es schließlich zu gegenseitigem Anschreien und zu persönlichen Anzüglichkeiten kam, und um so weniger war es möglich, aus allem Gesagten irgendwelches Gesamtresultat zu ziehen. Fürst Andrei, der dieses in verschiedenen Sprachen geführte Gespräch, diese Vorschläge, Pläne und Widerlegungen und dieses Geschrei mit anhörte, war lediglich von Staunen erfüllt über das, was sie da alle zusammenredeten. Ein Gedanke, der ihm schon längst und oft bei seiner militärischen Tätigkeit gekommen war, daß es keine Kriegswissenschaft und daher auch kein sogenanntes Kriegsgenie gebe und geben könne, dieser Gedanke bekam jetzt für ihn die Sicherheit einer unumstößlichen Wahrheit. »Wie kann es denn«, dachte er, »auf diesem Gebiet eine Theorie und eine Wissenschaft geben, da doch die äußeren Umstände und Verhältnisse unbekannt sind und sich nicht bestimmen lassen, und da sich die Kraft der Kriegführenden noch weniger feststellen läßt? Niemand kann wissen, in welchem Zustand sich unsere und die feindliche Armee morgen befinden wird, und niemand weiß, wieviel Kraft in diesem oder jenem Truppenteil steckt. Manchmal, wenn in der vordersten Linie nicht irgendein Feigling steht, der mit dem Ruf: ›Wir sind abgeschnitten!‹ ausreißt, sondern dafür ein munterer, dreister Bursche, der ›Hurra!‹ schreit, ist eine Abteilung von fünftausend Mann soviel wert wie eine von zehntausend, wie das bei Schöngrabern der Fall war; und dann wieder laufen fünfzigtausend vor achttausend davon wie bei Austerlitz. Was kann es für eine Wissenschaft auf einem Gebiet geben, auf dem, wie bei jeder praktischen Tätigkeit, sich nichts vorherbestimmen läßt und alles von zahllosen Umständen abhängt, deren Bedeutung erst in einem Augenblick klar wird, von dem niemand weiß, wann er eintreten wird? Armfelt sagt, unsere Armee sei abgeschnitten, Paulucci dagegen, wir hätten die französische Armee zwischen zwei Feuer gebracht; Michaud behauptet, die Unbrauchbarkeit des Lagers an der Drissa bestehe darin, daß es den Fluß im Rücken habe, und Pfuel versichert, gerade darin bestehe die Stärke des Lagers. Toll schlägt einen Plan vor und Armfelt einen andern; alle diese Pläne sind gut und alle schlecht, und die Vorteile eines jeden können erst in dem Augenblick sichtbar werden, wo sich das Ereignis vollzieht. Und warum sagen alle: ein Feldherrngenie? Ist denn etwa derjenige, der sich darauf versteht, zur rechten Zeit den Proviant heranbringen und die eine Abteilung nach rechts und die andere nach links marschieren zu lassen, ein Genie? Das kommt nur daher, daß die Feldherren mit Glanz und Macht umkleidet sind und Massen von knechtischen Seelen den Mächtigen schmeicheln, indem sie ihnen die ihnen nicht zukommenden Eigenschaften eines Genies zuschreiben. Im Gegenteil, die besten Generale, die ich gekannt habe, waren beschränkte oder zerstreute Menschen. Der beste von allen ist Bagration; das hat Napoleon selbst anerkannt. Und nun dieser Bonaparte selbst? Ich erinnere mich seines selbstzufriedenen, beschränkten Gesichtsausdruckes auf dem Schlachtfeld von Austerlitz. Ein guter Heerführer bedarf keines Genies und keiner besonderen Vorzüge; im Gegenteil: Es ist erforderlich, daß ihm die höchsten und besten menschlichen Eigenschaften fehlen: Liebe, poetisches Empfinden, Zärtlichkeit, philosophischer, zur Forschung treibender Zweifel. Er muß ein beschränkter Kopf sein, muß fest davon überzeugt sein, daß das, was er tut, von großer Wichtigkeit ist (sonst hält seine Ausdauer nicht vor); nur dann wird er ein tüchtiger Heerführer sein. Schlimm wäre es für ihn, wenn er ein Mensch wäre: wenn er jemanden liebte, Mitleid hätte, überlegte, was gerecht oder ungerecht ist. Es ist begreiflich, daß man schon von alters her aus Liebedienerei gegen die Heerführer die falsche Theorie vom Genie aufgestellt hat; der Grund ist eben, daß sie die Macht in Händen haben. Aber in Wirklichkeit hängt Erfolg und Mißerfolg einer kriegerischen Aktion nicht von ihnen ab, sondern von dem Soldaten, der in Reih und Glied ›Hurra!‹ oder ›Wir sind verloren!‹ schreit. Und nur in Reih und Glied kann man mit der Überzeugung dienen, nützlich zu sein!«

So dachte Fürst Andrei, während er die Debatten mit anhörte, und kam erst wieder recht zu sich, als Paulucci ihn anrief und alle bereits auseinandergingen.

Am andern Tag fragte der Kaiser bei der Revue den Fürsten Andrei, in was für einer Stellung er dienen wolle, und Fürst Andrei degradierte sich für alle Zeit in den Augen der Hofgesellschaft dadurch, daß er nicht darum bat, um die Person des Kaisers bleiben zu dürfen, sondern eine Stelle in der Front zu erhalten.

XII

Vor dem Beginn des Feldzuges hatte Rostow einen Brief von seinen Eltern bekommen, in welchem sie ihn kurz von Nataschas Krankheit und von der Aufhebung ihrer Verlobung mit dem Fürsten Andrei benachrichtigten (als Erklärung dafür gaben sie ihm Nataschas Absage an) und ihn von neuem baten, den Abschied zu nehmen und nach Hause zu kommen. Als Nikolai diesen Brief empfangen hatte, machte er keinen Versuch, den Abschied oder einen Urlaub zu erhalten, sondern schrieb seinen Eltern zurück, er bedaure sehr Nataschas Krankheit und die Aufhebung ihrer Verlobung und werde alles mögliche tun, um den von ihnen geäußerten Wunsch zu erfüllen. An Sonja schrieb er besonders.

»Angebetete Freundin meiner Seele!« schrieb er. »Nichts als die Ehre könnte mich von der Rückkehr nach dem Gut zurückhalten. Aber jetzt, vor dem Beginn des Feldzuges, würde ich mir nicht nur vor allen meinen Kameraden, sondern auch vor mir selbst entehrt vorkommen, wenn ich meiner Pflicht und Vaterlandsliebe mein eigenes Glück vorzöge. Aber dies ist die letzte Trennung. Sei überzeugt, daß ich sofort nach Beendigung des Krieges, wenn ich dann noch am Leben bin und Du mich noch liebst, alles aufgeben und zu Dir eilen werde, um Dich auf immer an mein heißes Herz zu drücken.«

Und wirklich war es nur die Eröffnung des Feldzuges, was Rostow zurückhielt und ihn hinderte, seinem Versprechen gemäß heimzukehren und Sonja zu heiraten. Der Herbst in Otradnoje mit der Jagd und der Winter mit dem Weihnachtsfest und mit Sonjas Liebe eröffneten ihm eine Perspektive auf stille, ländliche Freuden und auf ein ruhiges Leben, Dinge, die er früher nicht gekannt hatte und die jetzt für ihn etwas Lokkendes hatten. »Was will ich mehr?« dachte er. »Eine prächtige Frau, Kinder, eine gute Meute Hetzhunde, zehn, zwölf Koppeln flinke Windhunde, die Wirtschaft, die Nachbarn, die Ämter der ländlichen Selbstverwaltung, zu denen man sich wählen lassen kann ...« Aber jetzt war Krieg, und er mußte beim Regiment bleiben. Und da das nun einmal notwendig war, so war Nikolai Rostow, wie das in seinem Charakter lag, auch mit diesem Leben zufrieden, das er beim Regiment führte, und verstand es, sich dieses Leben angenehm zu machen.

Nachdem Rostow, von seinen Kameraden freudig begrüßt, von seinem Urlaub zurückgekehrt war, wurde er abkommandiert, um Remonten zu holen, und brachte aus Kleinrußland vorzügliche Pferde mit, die ihm selbst viel Freude machten und ihm Lob von seiten seiner Vorgesetzten eintrugen. In seiner Abwesenheit war er zum Rittmeister befördert worden, und als sein Regiment mit verstärktem Bestand auf Kriegstauglichkeit gebracht wurde, erhielt er wieder seine frühere Eskadron.

Der Feldzug begann; das Regiment rückte nach Polen; es wurde doppelter Sold bezahlt; neue Offiziere, neue Mannschaften, neue Pferde trafen ein, und, was die Hauptsache war, es verbreitete sich jene angeregte, heitere Stimmung, die den Anfang eines Krieges zu begleiten pflegt; und Rostow, der sich seiner bevorzugten Stellung im Regiment bewußt war, gab sich ganz den Vergnügungen und Interessen des Soldatenlebens hin, wiewohl er wußte, daß er früher oder später von ihnen werde Abschied nehmen müssen.

Die Truppen zogen sich aus allerlei komplizierten Gründen politischer und strategischer Art von Wilna zurück. Jeder Schritt dieses Rückmarsches wurde im Generalstab von einem vielverschlungenen Spiel der Interessen, Erwägungen und Leidenschaften begleitet. Aber für die Husaren des Pawlograder Regiments war dieser ganze Rückmarsch, der in der besten Jahreszeit und mit hinlänglichem Proviant stattfand, die einfachste und vergnüglichste Sache, die sich nur denken ließ. In gedrückter Stimmung sein, sich beunruhigen, Intrigen spinnen, das konnten nur die Herren im Hauptquartier; aber in der Armee selbst sorgte man sich gar nicht, wohin man marschierte und warum. Wenn man bedauerte, daß es wieder weiter zurückging, so geschah es nur deshalb, weil man von einem Quartier, in das man sich eingelebt hatte, oder von einer hübschen Pani scheiden mußte. Und wenn wirklich einmal einem der Gedanke durch den Kopf ging, daß die Sache schlecht stehe, so gab sich der Betreffende, wie es sich für einen braven Soldaten gehörte, Mühe, heiter zu sein und nicht an den allgemeinen Gang der Dinge zu denken, sondern nur an das, was ihm am nächsten lag. Am Anfang standen sie vergnügt in der Nähe von Wilna, knüpften Bekanntschaften mit den polnischen Grundbesitzern an und erwarteten und überstanden Musterungen durch den Kaiser und andere hohe Vorgesetzte. Dann kam Befehl, nach Swenziany zurückzugehen und den Proviant, den sie nicht mitnehmen konnten, zu vernichten. Swenziany war den Husaren später nur deswegen denkwürdig, weil es ein »besoffenes Lager« gewesen war, wie es in der ganzen Armee genannt wurde, und weil dort viele Beschwerden über die Truppen eingelaufen waren, da sie den Befehl, Proviant zu requirieren, dazu benutzt hatten, als Proviant auch Pferde, Equipagen und Teppiche der polnischen Pans wegzunehmen. Rostow behielt Swenziany deswegen im Gedächtnis, weil er gleich an dem Tag, an dem sie in dieses Städtchen eingerückt waren, den Wachtmeister seines Dienstes hatte entheben müssen und mit den Leuten seiner Eskadron, da sie sämtlich betrunken waren, nicht hatte zurechtkommen können; sie hatten sich nämlich ohne sein Wissen fünf Fässer alten Bieres angeeignet. Von Swenziany marschierten sie weiter und weiter zurück an die Drissa, und nun gingen sie auch von der Drissa wieder zurück und näherten sich bereits den Grenzen des eigentlichen Rußlands.

Am 13. Juli kamen die Pawlograder zum erstenmal dazu, an einem ernsten Gefecht teilzunehmen.

Am 12. Juli, dem Tag vor dem Kampf, brach am Abend ein furchtbares Gewitter mit Sturm und Hagel los. Der Sommer des Jahres 1812 war überhaupt auffällig reich an Gewittern.

Zwei Eskadronen der Pawlograder biwakierten mitten auf einem Roggenfeld, das schon in Ähren gestanden hatte, dann aber vom Vieh und von den Pferden vollständig niedergetreten war. Der Regen goß in Strömen, und Rostow saß mit einem jungen Offizier, namens Iljin, den er protegierte, unter einem eilig aufgeschlagenen Zelt. Ein Offizier ihres Regiments, mit einem langen, durch das Backenhaar verlängerten Schnurrbart, war zum Stab geritten, auf dem Rückweg vom Regen überrascht worden und kehrte nun bei Rostow ein.

»Ich komme vom Stab, Graf«, sagte er. »Haben Sie von Rajewskis Heldentat gehört?«

Der Offizier begann Einzelheiten von dem Kampf bei Saltanowka zu erzählen, die er beim Stab gehört hatte.

Rostow saß mit eingezogenem Hals da, an dem ihm das Wasser entlanglief, rauchte eine Pfeife und hörte unaufmerksam zu, wobei er mitunter zu dem jungen Offizier Iljin hinblickte, der sich dicht an ihn drückte. Dieser Offizier, ein blutjunger Mensch, erst sechzehn Jahre alt, war kürzlich in das Regiment eingetreten und stand jetzt zu Nikolai in demselben Verhältnis, in welchem Nikolai sieben Jahre vorher zu Denisow gestanden hatte. Iljin suchte seinen Gönner Nikolai in allen Stücken zu kopieren und war in ihn verliebt wie ein Mädchen.

Der Offizier mit dem langen Schnurrbart, namens Zdrzinski, erzählte in hochtrabenden Ausdrücken, wie der Damm von Saltanowka zu einem Thermopylai der Russen geworden sei, und wie auf diesem Damm der General Rajewski eine Heldentat ausgeführt habe, die sich denen des Altertums würdig zur Seite stellen könne. Rajewski habe seine beiden Söhne im heftigsten Kugelregen auf den Damm geführt und sei Schulter an Schulter mit ihnen zum Angriff vorgegangen. Rostow hörte die Erzählung an, äußerte aber kein Wort, als ob er Zdrzinskis Enthusiasmus teile, sondern machte im Gegenteil eine Miene, als fühle er sich durch diese Erzählung unangenehm berührt, beabsichtige aber nicht, etwas darauf zu erwidern. Rostow wußte von den Feldzügen der Jahre 1805 und 1807 her aus eigener Erfahrung, daß diejenigen, welche Kriegsereignisse erzählen, immer lügen, wie denn auch er selbst als Erzähler gelogen hatte; und zweitens hatte er soviel Sachkenntnis, um zu wissen, daß im Krieg alles ganz anders zugeht, als wir es uns vorstellen und erzählen können. Und darum gefiel ihm Zdrzinskis Erzählung nicht; auch mißfiel ihm Zdrzinski selbst, der mit seinem über die Backen verlängerten Schnurrbart nach seiner Gewohnheit sich tief über das Gesicht dessen beugte, dem er seine Erzählung vortrug, und es ihm so in dem engen Zelt noch enger machte. Rostow blickte ihn schweigend an. »Erstens«, dachte er, »war auf dem Damm, den sie angriffen, gewiß ein solcher Wirrwarr und ein solches Gedränge, daß, wenn Rajewski auch seine Söhne dort in den Kampf führte, dies doch höchstens auf ein Dutzend Menschen wirken konnte, die dicht bei ihm waren; die übrigen konnten gar nicht sehen, wie und mit wem Rajewski da auf dem Damm ging. Aber auch die, die es sahen, konnten darüber nicht sonderlich in Begeisterung geraten; denn was kümmerten sie sich um Rajewskis zärtliche Vatergefühle, wo es sich um ihre eigene Haut handelte? Und ferner, davon, ob der Damm bei Saltanowka genommen wurde oder nicht, hing das Schicksal des Vaterlandes nicht ab, wie uns das von Thermopylai berichtet wird. Also welchen Zweck hatte es, ein solches Opfer zu bringen? Und weiter: Wozu nahm er seine Kinder in das Kriegsgetümmel mit hinein? Ich würde meinen Bruder Petja nicht mitnehmen, und selbst diesen Iljin, der kein Angehöriger von mir, aber doch so ein guter Junge ist, würde ich irgendwohin zu stellen suchen, wo ihm nichts passieren kann.« So dachte Rostow, während er Zdrzinskis Erzählung anhörte. Aber er sprach seine Gedanken nicht aus: Auch in dieser Hinsicht besaß er bereits hinlängliche Erfahrung. Er wußte, daß diese Erzählung zur Erhöhung unseres Waffenruhms beitrug, und daß er deshalb tun mußte, als zweifle er nicht an ihrer Richtigkeit und Bedeutsamkeit. So machte er es denn auch.

»Aber das ist nicht mehr zu ertragen«, sagte Iljin, der wohl merkte, daß Rostow an Zdrzinskis Gespräch kein Gefallen fand. »Meine Strümpfe und mein Hemd sind völlig durchnäßt, und unten hat sich eine Lache gebildet. Ich werde gehen und ein Obdach suchen. Es scheint, daß der Regen ein wenig nachgelassen hat.«

Iljin ging hinaus; auch Zdrzinski ritt weg.

Nach fünf Minuten kam Iljin, durch den Schmutz patschend, zum Zelt zurückgelaufen.

»Hurra! Komm schnell, Rostow! Ich habe etwas gefunden! Zweihundert Schritte von hier ist eine Schenke, und von den Unsrigen haben sich schon einige da zusammengefunden. Wenigstens werden wir da trocke werden; Marja Henrichowna ist auch da.«

Marja Henrichowna war die Frau des Regimentsarztes, eine junge, hübsche Deutsche, die der Arzt in Polen geheiratet hatte. Entweder weil er nicht über hinreichende Geldmittel verfügte, oder weil er sich nicht gleich in der ersten Zeit seiner Ehe von seiner jungen Frau trennen mochte, führte der Arzt sie überall bei den Märschen des Husarenregiments mit sich herum, und seine Eifersucht bildete ein beliebtes Thema für die Scherze der Husarenoffiziere.

Rostow warf sich den Mantel um, rief seinem Burschen Lawrenti zu, er solle ihnen trockene Kleidung nachbringen, und ging mit Iljin unter dem leiser gewordenen Regen im Abenddunkel, das mitunter durch ferne Blitze erhellt wurde, bald im Schmutz ausgleitend, bald kräftig hindurchpatschend, nach der Schenke hin.

»Rostow, wo bist du?«

»Hier. Was für starke Blitze!« sagten sie zueinander.

XIII

In der Schenke, vor der der Reisewagen des Arztes stand, befanden sich schon fünf Offiziere. Marja Henrichowna, eine üppige, blonde Deutsche, saß, in Jacke und Nachthaube, in der vorderen Ecke auf einer breiten Bank. Hinter ihr auf der Bank schlief ihr Mann, der Doktor. Rostow und Iljin wurden, als sie ins Zimmer traten, mit freudigen Zurufen und munterem Gelächter begrüßt.

»Ei seht mal an! Bei euch scheint es ja fidel herzugehen!« sagte Rostow lachend.

»Na, warum zieht ihr es denn vor, zu gähnen …? Aber nett seht ihr aus; ihr trieft ja nur so! Macht uns unsern Salon nicht naß …! Macht Marja Henrichownas Kleid nicht schmutzig!« antworteten die Anwesenden.

Rostow und Iljin beeilten sich, ein Winkelchen zu finden, wo sie, ohne Marja Henrichownas Schamgefühl zu verletzen, ihre nassen Kleider wechseln könnten. Sie wollten hinter den Verschlag gehen, um sich umzukleiden; aber in dem dort befindlichen kleinen Kämmerchen saßen drei Offiziere, die es vollständig ausfüllten; sie hatten ein Licht auf eine leere Kiste gestellt, spielten Karten und wollten um keinen Preis vom Platz weichen. Marja Henrichowna gab für ein Weilchen ihren Unterrock her, um als Vorhang zu dienen, und hinter diesem Vorhang zogen sich Rostow und Iljin mit Hilfe Lawrentis, der ein Pack Kleider und Wäsche gebracht hatte, die nassen Sachen aus und trockene an.

In dem zerbrochenen Ofen wurde Feuer angezündet. Ein Brett wurde geholt, über zwei Sättel gelegt und mit einer Pferdedecke bedeckt; dann wurde ein kleiner Samowar beschafft, ein Reisekästchen mit Tee, Zucker und einer halben Flasche Rum kam zum Vorschein, und nun bat man Marja Henrichowna, die Wirtin zu machen, und alle drängten sich um sie herum. Der eine bot ihr ein reines Taschentuch an, damit sie sich die reizenden Händchen abtrocknen könne; ein andrer legte ihr seinen Dolman unter die Füßchen, damit sie ihr nicht feucht würden; ein andrer verhängte das Fenster mit einem Mantel, damit es nicht ziehe; ein andrer scheuchte die Fliegen von dem Gesicht des Doktors weg, damit er nicht aufwache.

»Lassen Sie ihn doch«, sagte Marja Henrichowna mit einem schüchternen, glückseligen Lächeln. »Er schläft auch so schon gut nach einer schlaflosen Nacht.«

»Nein, Marja Henrichowna«, antwortete der Offizier. »Man muß dem Doktor kleine Dienste erweisen; dann behandelt er unsereinen vielleicht auch rücksichtsvoll, wenn er einem einmal ein Bein oder einen Arm abschneidet.«

Gläser waren nur drei vorhanden; das Wasser war so schmutzig, daß sich nicht erkennen ließ, ob der Tee stark oder schwach sei, und der Samowar faßte Wasser nur für sechs Gläser. Aber um so angenehmer war es, der Reihe und dem Rang nach sein Glas aus Marja Henrichownas weichen Händchen mit den kurzen, nicht ganz sauberen Nägeln zu empfangen. Alle Offiziere schienen an diesem Abend in Marja Henrichowna verliebt zu sein, oder vielmehr sie waren es wirklich. Sogar diejenigen Offiziere, die in dem Nebenraum Karten spielten, brachen sehr bald ihr Spiel ab, kamen zum Samowar herüber und machten, in den allgemeinen Ton einstimmend, gleichfalls der Doktorenfrau den Hof. Marja Henrichowna, die sich von so vielen vornehmen, höflichen jungen Männern umgeben sah, strahlte vor Glück, wie sehr sie es auch zu verbergen suchte, und obgleich sie jedesmal, wenn sich ihr Mann hinter ihr im Schlaf bewegte, sichtlich verlegen wurde.

Löffel gab es nur einen einzigen; Zucker war reichlich vorhanden; aber es dauerte zu lange, wenn jeder sein Glas umrührte, und deshalb wurde festgesetzt, Marja Henrichowna solle der Reihe nach jedem den Zucker umrühren. Als Rostow sein Glas erhalten und sich Rum hineingegossen hatte, bat er Marja Henrichowna, es umzurühren.

»Aber Sie haben ja gar keinen Zucker darin?« sagte sie. Sie lächelte fortwährend, als ob alles, was sie sagte, und alles, was die andern sagten, sehr komisch wäre und noch irgendeinen Nebensinn hätte.

»An Zucker liegt mir nichts; ich möchte nur, daß Sie mit Ihrem Händchen umrühren.«

Marja Henrichowna willigte ein und suchte den Löffel, dessen sich schon wieder jemand bemächtigt hatte.

»Rühren Sie doch mit Ihrem Fingerchen um, Marja Henrichowna«, sagte Rostow. »Das ist mir noch lieber.«

»Es ist zu heiß!« erwiderte Marja Henrichowna, die vor Vergnügen ganz rot geworden war.

Iljin nahm einen Eimer mit Wasser, goß ein paar Tropfen Rum hinein und brachte ihn zu Marja Henrichowna mit der Bitte, sie möchte mit dem Fingerchen umrühren.

»Dies ist meine Tasse«, sagte er. »Stecken Sie nur Ihr Fingerchen hinein, dann werde ich alles austrinken.«

Als der Samowar leer war, ergriff Rostow die Karten und machte den Vorschlag, sie wollten mit Marja Henrichowna »König und Bettelmann« spielen. Es wurde gelost, wer zu Marja Henrichownas Partei gehören sollte. Als Regel wurde auf Rostows Vorschlag festgesetzt: Wer König werde, solle das Recht haben, Marja Henrichowna das Händchen zu küssen; wer dagegen als Bettelmann zurückbleibe, müsse einen neuen Samowar für den Doktor zurechtmachen, sobald dieser aufwache.

»Aber wenn nun Marja Henrichowna König wird?« fragte Iljin.

»Sie ist auch so schon immer Königin! Und ihre Befehle sind Gesetz.«

Kaum hatte das Spiel begonnen, als sich hinter Marja Henrichowna auf einmal der strubblige Kopf des Doktors erhob. Er hatte schon seit einer ganzen Weile nicht mehr geschlafen, sondern dem Gespräch zugehört, aber offenbar nichts Lustiges, Komisches oder Amüsantes an allem, was da gesagt und getan wurde, gefunden. Seine Miene sah trüb und bedrückt aus. Er begrüßte die Offiziere nicht, kratzte sich den Kopf und bat sie, ihn durchzulassen, da sie ihm den Weg versperrten. Sowie er das Zimmer verlassen hatte, brachen die Offiziere sämtlich in ein lautes Gelächter aus; Marja Henrichowna aber errötete so tief, daß ihr die Tränen in die Augen kamen, wodurch sie allen Offizieren nur noch reizender erschien. Als der Doktor von draußen wieder hereinkam, sagte er zu seiner Frau, die nun nicht mehr so glückselig lächelte und ihn ängstlich anblickte, wie wenn sie ihr Urteil von ihm erwartete, der Regen habe aufgehört und sie müßten sich nun im Reisewagen hinlegen, sonst würde ihnen alles gestohlen.

»Ich werde einen Posten danebenstellen … zwei Posten!« rief Rostow. »Seien Sie unbesorgt, Doktor!«

»Ich werde selbst Wache stehen!« fügte Iljin hinzu.

»Nein, meine Herren, Sie haben sich ausgeschlafen; ich aber habe zwei Nächte kein Auge zugetan«, erwiderte der Doktor und setzte sich mit finsterer Miene neben seine Frau, um zu warten, bis das Spiel zu Ende wäre.

Als die Offiziere sahen, was der Arzt für ein finsteres Gesicht machte, und wie er immer nach seiner Frau hinschielte, wurden sie noch vergnügter, und viele konnten das Lachen nicht unterdrücken, für das sie dann schnell einen glaubhaften Vorwand zu finden suchten. Nachdem der Doktor mit seiner Frau weggegangen und mit ihr in den Reisewagen gestiegen war, legten sich die Offiziere in der Schenke auf den Fußboden und deckten sich mit ihren nassen Mänteln zu; aber sie lagen lange wach da: Bald unterhielten sie sich darüber, wie sich der Doktor geärgert habe und wie lustig die Doktorenfrau gewesen sei, bald lief einer hinaus vor die Haustür und meldete zurück, was in dem Reisewagen vorgehe. Mehrmals wickelte Rostow sich den Kopf ein und versuchte einzuschlafen; aber immer wieder mußte er auf eine Bemerkung hinhören, die irgend jemand machte, das Gespräch begann von neuem, und sie lachten wieder wie die Kinder, lustig und ohne Anlaß.

XIV

Um drei Uhr hatte noch niemand geschlafen, als ein Wachtmeister mit der Order erschien, nach dem Städtchen Ostrowno abzumarschieren.

In derselben Art weiterredend und weiterlachend, begannen die Offiziere sich eilig zurechtzumachen; der Samowar wurde wieder mit schmutzigem Wasser gefüllt und angezündet. Aber Rostow ging, ohne den Tee abzuwarten, zu seiner Eskadron. Es wurde schon hell; der Regen hatte aufgehört, die Wolken hatten sich zerteilt. Es war feucht und kalt, namentlich in den noch nicht ordentlich trocken gewordenen Kleidern. Als Rostow und Iljin in der Dämmerung aus der Schenke heraustraten, warfen sie beide einen Blick in den Reisewagen, dessen Lederverdeck vom Regen glänzte. Unter dem Vorderleder ragten die Füße des Arztes hervor, und in der Mitte des Wagens schimmerte auf einem Kissen das Häubchen der Doktorenfrau; man hörte die Atemzüge der beiden Schlafenden.

»Sie ist wirklich allerliebst!« sagte Rostow zu Iljin, der ihn begleitete.

»Ein ganz entzückendes Weib!« stimmte ihm Iljin mit dem Ernst des Sechzehnjährigen bei.

Eine halbe Stunde darauf stand die Eskadron auf der Landstraße marschbereit. Es erscholl das Kommando: »Aufsitzen!« Die Soldaten bekreuzten sich und schwangen sich auf die Pferde. Rostow, der sich an die Spitze gesetzt hatte, kommandierte: »Marsch!«, und in einem langausgedehnten Zug von vier Mann Breite setzten sich die Husaren in Bewegung; unter lautem Platschen der Hufe auf dem nassen Boden, säbelklirrend und unter leisen Gesprächen zogen sie auf der breiten, mit Birken eingefaßten Landstraße hinter der voranmarschierenden Infanterie und Artillerie dahin.

Die zerrissenen blauvioletten Wolken, die sich beim Aufgang der Sonne rötlich färbten, wurden vom Wind schnell dahingetrieben. Es wurde immer heller und heller. Schon war das krause Krautwerk, das immer die Landstraßen einsäumt, deutlich zu sehen, noch feucht von dem gestrigen Regen; die herunterhängenden, ebenfalls nassen Zweige der Birken schaukelten im Wind hin und her und ließen glänzende Tropfen schräg herunterfallen. Immer deutlicher waren die Gesichter der Soldaten zu erkennen. Rostow ritt mit Iljin, der sich immer neben ihm hielt, an der Seite der Landstraße, zwischen zwei Reihen von Birken.

Während des Feldzuges nahm sich Rostow die Freiheit, statt eines gewöhnlichen Dienstpferdes ein Kosakenpferd zu reiten. Als Kenner und Liebhaber hatte er sich unlängst ein kräftiges, gutes, donisches Pferd angeschafft, fuchsfarben mit weißlicher Mähne und weißlichem Schwanz, ein so schnelles Tier, daß er auf ihm von niemandem überholt wurde. Auf diesem Pferd zu reiten war für Rostow ein wahrer Genuß. Er dachte an das Pferd, an den schönen Morgen, an die Doktorenfrau, aber nicht ein einziges Mal an die bevorstehende Gefahr.

Früher hatte sich Rostow, wenn es in den Kampf ging, gefürchtet; aber jetzt empfand er nicht die geringste Spur von Ängstlichkeit mehr. Daß er sich nicht mehr fürchtete, kam nicht etwa daher, daß er sich an das Feuer gewöhnt hätte (an die Gefahr kann man sich nicht gewöhnen), sondern daher, daß er gelernt hatte, seine Gedanken von der Gefahr abzulenken. Er hatte sich gewöhnt, wenn es in den Kampf ging, an alles mögliche zu denken, nur nicht an das, was anscheinend größeres Interesse erregte als alles andere: an die bevorstehende Gefahr. In der ersten Zeit seines Dienstes hatte er, wie sehr er sich auch Mühe gab und wie energisch er sich auch wegen seiner Feigheit ausschalt, dies nicht erreichen können; aber jetzt hatte sich das mit den Jahren ganz von selbst gemacht. Er ritt jetzt neben Iljin zwischen den Birken dahin, riß zuweilen Blätter von den Zweigen, die ihm unter die Hände kamen, berührte mitunter die Weichen seines Pferdes mit dem Fuß und reichte, ohne sich umzuwenden, die ausgerauchte Pfeife dem hinter ihm reitenden Husaren hin – alles mit so ruhiger, sorgloser Miene, als ob er spazierenritte. Es war ihm ein Schmerz, in das aufgeregte Gesicht Iljins zu blicken, der viel und unruhig redete; er kannte aus Erfahrung jenen qualvollen Zustand der Erwartung und Todesfurcht, indem sich der Kornett befand, und wußte, daß nichts als die Zeit ihm helfen konnte.

Kaum begann die Sonne hinter einer Wolke hervorzukommen und auf einen reinen Streifen des Himmels zu treten, als sich der Wind legte, wie wenn er sich nicht erdreistete, diesen Sommermorgen, der nach dem Gewitter so wunderschön geworden war, zu verderben; es fielen noch Tropfen von den Bäumen, aber jetzt senkrecht – und nun wurde alles still. Die Sonne war jetzt ganz herausgetreten und am Horizont vollständig sichtbar, verschwand dann aber von neuem in einer schmalen, langen Wolke, die über ihr stand. Einige Minuten darauf erschien die Sonne noch glänzender am oberen Rand der Wolke, den sie zerriß. Alles fing an zu glänzen und zu leuchten. Und gleichzeitig mit dem Aufstrahlen dieses Lichtes, wie zur Antwort darauf, ertönten aus der Richtung, nach der sie ritten, mehrere Kanonenschüsse.

Rostow hatte noch nicht Zeit gehabt, zu überlegen und sich ein Urteil darüber zu bilden, wie weit diese Schüsse wohl entfernt sein mochten, als von Witebsk her ein Adjutant des Grafen Ostermann-Tolstoi herbeigesprengt kam mit dem Befehl, im Trab auf der Straße weiter vorzugehen.

Die Eskadron überholte die Infanterie und die Artillerie, die gleichfalls ihr Tempo beschleunigten, ritt bergab und nach Passierung eines leeren, von den Einwohnern verlassenen Dorfes wieder bergauf. Die Pferde begannen sich mit Schaum zu bedecken, die Soldaten bekamen rote Gesichter.

»Halt, richt't euch!« erscholl weiter vorn das Kommando des Divisionsgenerals. »Rechte Schulter vor, im Schritt marsch!« wurde dann vorn kommandiert.

Die Husaren ritten an der Linie unserer Truppen entlang auf den linken Flügel unserer Stellung und machten dort hinter unseren Ulanen halt, die in der ersten Linie standen. Rechts stand russische Infanterie in dichter Kolonne; dies war die Reserve. Über ihr auf einer Anhöhe waren in der vollkommen reinen Luft und der schrägen, hellen Morgenbeleuchtung unmittelbar gegen den Himmel unsere Kanonen sichtbar. Nach vorn zu, jenseits eines Tales, erblickte man feindliche Kolonnen und Kanonen. Im Talgrund war unsere Vorpostenkette zu hören, die bereits in den Kampf eingetreten war und ein lustiges Geknatter mit dem Feind unterhielt.

Diese seit langer Zeit nicht mehr gehörten Klänge riefen bei Rostow wie die heiterste Musik eine fröhliche Stimmung hervor. »Trapp-ta-tapp!« knatterten bald gleichzeitig, bald schnell nacheinander mehrere Schüsse. Dann wurde wieder alles still, und dann war es von neuem, als explodierten Knallerbsen, über die jemand hinginge.

Die Husaren hielten ungefähr eine Stunde auf einem Fleck. Auch eine Kanonade hatte begonnen. Graf Ostermann mit seiner Suite kam hinter der Eskadron vorbeigeritten; er hielt an und sprach einige Worte mit dem Regimentskommandeur und sprengte dann weiter zu den Kanonen auf der Anhöhe.

Gleich nachdem Ostermann weggeritten war, erscholl bei den Ulanen das Kommando: »In Kolonne, zur Attacke – fertig!« Die Infanterie vor ihnen verdoppelte die Tiefe ihrer Abteilungen, um die Kavallerie hindurchzulassen. Mit flatternden Lanzenfähnchen setzten sich die Ulanen in Bewegung und ritten im Trab bergab auf die französische Kavallerie los, die sich links am Fuß der Anhöhe zeigte.

Sobald die Ulanen die Anhöhe hinuntergeritten waren, erhielten die Husaren Befehl, sich hinaufzubegeben, um der Batterie als Deckung zu dienen. Während sie an die Stelle der Ulanen rückten, kamen zischend und pfeifend aus der feindlichen Vorpostenkette Kugeln herübergeflogen, die aber bei der weiten Entfernung nicht trafen.

Dieser gleichfalls seit langer Zeit nicht mehr gehörte Ton wirkte auf Rostow noch freudiger und aufmunternder als die vorher vernommenen Töne der Schüsse. Sich im Sattel aufrichtend, betrachtete er das Schlachtfeld, das von der Anhöhe her frei sichtbar dalag, und nahm mit ganzer Seele an den Bewegungen der Ulanen teil. Die Ulanen jagten dicht an die französischen Dragoner heran; dann entstand dort im Pulverrauch ein Wirrwarr, und nach fünf Minuten sprengten die Ulanen zurück, nicht nach der Stelle hin, wo sie vorher gestanden hatten, sondern mehr nach links. Zwischen den orangefarbenen, auf Füchsen reitenden Ulanen und hinter ihnen waren blaue französische Dragoner auf grauen Pferden in großer Menge sichtbar.

XV

Rostow mit seinem scharfen Jägerauge sah als einer der ersten diese blauen französischen Dragoner, von denen unsere Ulanen verfolgt wurden. Näher und näher kamen die aufgelösten Scharen der Ulanen und der sie verfolgenden französischen Dragoner. Schon konnte man erkennen, wie diese am Fuß der Anhöhe klein erscheinenden Menschengestalten einander einholten, zusammenstießen, die Arme erhoben und die Säbel schwangen.

Rostow verfolgte das, was da vor seinen Augen vorging, wie eine Hetzjagd. Er fühlte instinktmäßig, daß, wenn man jetzt mit den Husaren auf die französischen Dragoner einen Angriff mache, diese nicht standhalten würden; aber wenn man es tun wollte, so mußte es sogleich geschehen, diesen Augenblick; sonst war es bereits zu spät. Er blickte um sich. Ein neben ihm haltender anderer Rittmeister verwandte ebenso wie er kein Auge von dem Kavalleriekampf da unten.

»Andrei Sewastjanowitsch«, sagte Rostow, »wir könnten sie über den Haufen werfen …«

»Es wäre ein kühnes Stück«, antwortete der Rittmeister. »Aber in der Tat …«

Rostow hörte ihn nicht zu Ende, spornte sein Pferd, jagte vor die Front seiner Eskadron und hatte kaum das Kommando zu der beabsichtigten Bewegung gegeben, als auch schon die ganze Eskadron, die dasselbe Gefühl gehabt hatte wie er selbst, hinter ihm losritt. Rostow wußte selbst nicht, wie und warum er das getan hatte. Er hatte das alles in derselben Weise getan, wie er auf der Jagd zu handeln pflegte, ohne zu denken, ohne zu überlegen. Er hatte gesehen, daß die Dragoner nahe waren, daß sie in Unordnung dahinjagten; er hatte sich gesagt, daß sie nicht würden standhalten können; er hatte gewußt, daß es nur diesen einen günstigen Augenblick gab, der nie wiederkehren werde, wenn man ihn jetzt unbenutzt lasse. Die Kugeln hatten so ermunternd um ihn herum gezischt und gepfiffen, das Pferd hatte so eifrig vorwärts verlangt, daß er nicht hatte widerstehen können. Er hatte sein Pferd gespornt, das Kommando gegeben, in demselben Augenblick auch schon das Getrappel seiner ansprengenden Eskadron hinter sich gehört und ritt nun in vollem Trab bergab auf die Dragoner los. Kaum waren sie am Fuß des Berges angelangt, als unwillkürlich ihr Trab in Galopp überging, der immer schneller und schneller wurde, je näher sie ihren Ulanen und den hinter diesen herjagenden französischen Dragonern kamen. Nun waren sie dicht bei den Dragonern. Die vordersten derselben drehten beim Anblick der Husaren um, die weiter hinten befindlichen hielten an. Mit derselben Empfindung, mit der Rostow auf der Jagd dahinsprengte, um einem Wolf den Weg abzuschneiden, ließ er jetzt seinem donischen Pferde völlig die Zügel schießen und jagte schräg auf die aufgelösten Reihen der französischen Dragoner los. Ein Ulan hielt auf der Flucht an; ein anderer, der zu Fuß war, warf sich auf die Erde, um nicht zerdrückt zu werden; ein reiterloses Pferd geriet zwischen die Husaren. Fast alle französischen Dragoner jagten zurück. Rostow wählte sich einen von ihnen, der wie die andern auf einem grauen Pferd saß, aus und sprengte ihm nach. Auf dem Weg stürmte er auf einen Busch los; das gute Pferd trug ihn darüberhin, und kaum hatte sich Nikolai wieder im Sattel zurechtgerückt, als er sah, daß er in wenigen Augenblicken den Feind erreichen werde, den er sich als Ziel ausgesucht hatte. Dieser Franzose, nach seiner Uniform zu urteilen wahrscheinlich ein Offizier, jagte mit zusammengekrümmtem Leib auf seinem grauen Pferd dahin, das er mit dem Säbel antrieb. Im nächsten Augenblick stieß Rostows Pferd mit der Brust gegen das Hinterteil des Pferdes des Offiziers, warf das Tier beinahe über den Haufen, und gleichzeitig hob Rostow, ohne selbst zu wissen warum, den Säbel in die Höhe und führte damit einen Hieb gegen den Franzosen.

In demselben Augenblick, wo Rostow dies tat, war auf einmal die ganze lebhafte Erregung bei ihm verschwunden. Der Offizier fiel vom Pferd, nicht sowohl infolge des Säbelhiebes, der ihm nur leicht den Arm oberhalb des Ellbogens geritzt hatte, als infolge des Stoßes des Pferdes und vor Furcht. Rostow hielt sein Pferd an und suchte mit den Augen seinen Feind, um zu sehen, wen er besiegt habe. Der französische Dragoneroffizier hüpfte mit dem einen Fuß auf der Erde umher, mit dem andern saß er im Steigbügel fest. Ängstlich kniff er die Augen zusammen, wie wenn er jeden Augenblick einen neuen Hieb erwartete, runzelte die Stirn und blickte mit dem Ausdruck des Schreckens von unten zu Rostow hinauf. Sein blasses, kotbespritztes, blondhaariges, jugendliches Gesicht mit dem Grübchen am Kinn und den hellen, blauen Augen paßte ganz und gar nicht auf ein Schlachtfeld und hatte nichts Feindliches: Es war ein ganz einfaches, gewöhnliches Stubengesicht. Noch ehe Rostow mit sich darüber im klaren war, was er mit ihm anfangen solle, rief der Offizier auf französisch: »Ich ergebe mich!« Er machte eilige, vergebliche Versuche, seinen Fuß aus dem Steigbügel loszubekommen, und blickte mit den angstvollen blauen Augen unverwandt zu Rostow hin. Hinzuspringende Husaren machten ihm den Fuß frei und setzten ihn wieder in den Sattel. Die Husaren waren an verschiedenen Stellen eifrig mit gefangenen Dragonern beschäftigt: Einer von diesen war verwundet, wollte aber trotz seines blutigen Gesichtes sein Pferd nicht hingeben; ein anderer saß hinter einem Husaren, den er umfaßt hielt, auf der Kruppe von dessen Pferd;

ein dritter kletterte auf das Pferd eines Husaren, der ihn dabei unterstützte. Von vorn her kam schießend französische Infanterie im Laufschritt heran. Eilig ritten die Husaren mit ihren Gefangenen davon. Rostow, der mit den andern zurückjagte, hatte eine unangenehme Ernpfindung, die ihm das Herz zusammenpreßte. Unklare, verworrene Gedanken, mit denen er noch nicht zurechtkommen konnte, waren durch die Gefangennahme dieses Offiziers und den Säbelhieb, den er ihm versetzt hatte, in ihm rege geworden.

Graf Ostermann-Tolstoi begegnete den zurückkehrenden Husaren, ließ Rostow zu sich rufen, sprach ihm seine Anerkennung aus und sagte, er werde dem Kaiser über seine kühne Tat Bericht erstatten und das Georgskreuz für ihn beantragen. Als Rostow zum Grafen Ostermann gerufen wurde, war er, in dem Bewußtsein, daß er den Angriff ohne Befehl unternommen hatte, fest überzeugt, daß der hohe Vorgesetzte ihn zu sich fordere, um ihn für seine eigenmächtige Handlungsweise zu bestrafen. Daher hätte Rostow über Ostermanns schmeichelhafte Worte und die Verheißung einer Belohnung um so freudiger überrascht sein müssen; aber eben jenes unangenehme, unklare Gefühl rief bei ihm geradezu eine Art von seelischer Übelkeit hervor. »Ja, was quält mich denn eigentlich?« fragte er sich, als er von dem General wieder wegritt. »Sorge um Iljin? Nein, er ist unversehrt. Habe ich mich irgendwie blamiert? Nein, ganz und gar nicht!« Was ihn quälte, war etwas anderes als Reue. »Ja, ja, dieser französische Offizier mit dem Grübchen. Wie deutlich ich mich erinnere, daß mein Arm widerstrebte, als ich ihn zum Hieb aufhob.«

Rostow sah die Gefangenen, welche weiter zurücktransportiert wurden, und ritt zu ihnen hin, um sich seinen Franzosen mit dem Grübchen am Kinn anzusehen. Dieser saß in seiner sonderbaren Uniform jetzt auf einem gewöhnlichen Husarenpferd und warf unruhige Blicke um sich. Seine Armwunde war kaum eine Wunde zu nennen. Er lächelte Rostow gezwungen zu und winkte grüßend mit der Hand. Rostow hatte immer noch dieselbe unbehagliche, peinliche Empfindung.

Diesen ganzen Tag über sowie auch während des folgenden Tages bemerkten Rostows Freunde und Kameraden, daß er zwar nicht traurig, nicht verdrießlich, wohl aber schweigsam, nachdenklich und in sich gekehrt war. Er trank nur ungern mit, suchte allein zu bleiben und war in Gedanken versunken.

Rostow dachte immer an diese seine glänzende Kriegstat, die ihm zu seiner Verwunderung das Georgskreuz eintrug und ihm sogar den Ruf besonderer Tapferkeit verschaffte, und konnte manches dabei schlechterdings nicht begreifen. »Also auch die fürchten sich, und noch mehr als unsereiner!« dachte er. »Also das ist das ganze sogenannte Heldentum? Und habe ich das etwa um des Vaterlandes willen getan? Und worin hat denn er sich schuldig gemacht, der junge Mensch mit dem Grübchen und den blauen Augen? Aber was hatte er für Angst! Er dachte, ich würde ihn töten. Wozu hätte ich ihn denn töten sollen? Die Hand zitterte mir. Und ich bekomme das Georgskreuz. Nichts begreife ich davon, gar nichts!«

Aber während Nikolai in seinem Innern diese Fragen durcharbeitete, ohne sich doch klare Rechenschaft davon geben zu können, was ihn in solche Unruhe versetzte, drehte sich, wie das oft so geht, das Rad seines Glückes auf dienstlichem Gebiet zu seinen Gunsten. Er wurde nach dem Kampf bei Ostrowno befördert, erhielt ein Husarenbataillon, und wenn man zu irgendeiner Verwendung einen tapferen Offizier nötig hatte, so gab man den betreffenden Auftrag ihm.

XVI

Sobald die Gräfin die Nachricht von Nataschas Erkrankung erhalten hatte, kam sie, obwohl sie noch nicht recht gesund und noch sehr schwach war, dennoch mit Petja und allem, was an Hausrat und Dienerschaft erforderlich war, nach Moskau, und die ganze Familie Rostow siedelte von Marja Dmitrijewna in das eigene Haus über und richtete sich zu dauerndem Aufenthalt in Moskau ein.

Nataschas Krankheit war von so ernstem Charakter, daß, zu Nataschas und ihrer Angehörigen Glück, der Gedanke an alles das, was die Ursache ihrer Krankheit war (ihr Verhalten und ihre Absage an ihren Verlobten), dagegen in den Hintergrund treten mußte. Sie war so krank, daß man nicht daran denken konnte, inwieweit sie an allem Geschehenen schuld trug; denn sie aß nicht, schlief nicht, magerte sichtlich ab, hustete und befand sich, wie die Ärzte zu verstehen gaben, in Lebensgefahr. Alle Gedanken mußten einzig und allein darauf gerichtet sein, wie man ihr helfen könne. Die Ärzte besuchten sie bald einzeln, bald, um ein Konsilium zu halten, mehrere zugleich, redeten viel Französisch, Deutsch und Lateinisch, beurteilten ein jeder die Methode des andern sehr abfällig und verschrieben die mannigfachsten Arzneien gegen alle möglichen ihnen bekannten Krankheiten; aber keinem von ihnen kam der einfache Gedanke in den Sinn, daß ihnen die Krankheit, an der Natascha litt, überhaupt nicht bekannt sein konnte, wie denn keine Krankheit, von der ein lebendiger Mensch befallen wird, bekannt sein kann; denn jeder lebendige Mensch hat seine besonderen Eigentümlichkeiten und hat immer eine besondere, ihm speziell eigene, neue, komplizierte, der medizinischen Wissenschaft unbekannte Krankheit, nicht eine Krankheit der Lunge, der Leber, der Haut, des Herzens, der Nerven usw., wie sie in den medizinischen Lehrbüchern beschrieben sind, sondern eine Krankheit, welche in einer der zahllosen Kombinationen von Leiden dieser Organe besteht. Dieser einfache Gedanke konnte aber den Ärzten nicht in den Sinn kommen (ebensowenig wie einem Zauberer der Gedanke in den Sinn kommen kann, daß er nicht imstande ist zu zaubern), weil ihre Lebenstätigkeit darin bestand, Krankheiten zu kurieren, und weil sie dafür Geld erhielten, und weil sie auf diese Tätigkeit die besten Jahre ihres Lebens verwendet hatten. Und (was die Hauptsache war) dieser Gedanke konnte den Ärzten darum nicht kommen, weil sie sahen, daß sie zweifellos von Nutzen waren: Sie waren tatsächlich für alle Mitglieder der Familie Rostow von Nutzen. Sie waren von Nutzen, nicht deshalb, weil sie die Kranke zwangen, allerlei größtenteils schädliche Substanzen hinunterzuschlucken (diese Schädlichkeit war allerdings nur wenig zu spüren, da die schädlichen Substanzen nur in geringer Quantität gereicht wurden), sondern sie waren nützlich, notwendig und unentbehrlich (und dies ist der Grund, weshalb es zu allen Zeiten vermeintliche Heilkundige gegeben hat und geben wird: Zauberer, Homöopathen und Allopathen), weil sie einem seelischen Bedürfnis der kranken Natascha und der Menschen, die sie liebhatten, entgegenkamen. Sie kamen jenem ewigen menschlichen Bedürfnis nach Hoffnung auf Besserung entgegen, dem Bedürfnis nach Mitgefühl und freundlicher Tätigkeit anderer, das der Mensch während des Leidens empfindet. Sie kamen jenem ewigen, menschlichen, beim Kind in der primitivsten Form zu beobachtenden Bedürfnis entgegen, die Stelle streicheln zu lassen, die einen Puff bekommen hat. Wenn das Kind sich stößt oder fällt, so läuft es sofort in die Arme der Mutter oder der Wärterin, damit diese ihm die schmerzende Stelle küssen und streicheln; und wenn das geschieht, so fühlt es davon eine Erleichterung. Dem Kind ist es unglaublich, daß Menschen, die stärker und klüger sind, als es selbst ist, kein Mittel haben sollten, ihm von seinem Schmerz zu helfen. Und die Hoffnung auf Erleichterung und der Ausdruck des Mitgefühls, während die Mutter ihm seine Beule streichelt, trösten das Kind. So waren auch die Ärzte für Natascha dadurch von Nutzen, daß sie gleichsam ihr »Au-au« küßten und streichelten und versicherten, der Schmerz würde sogleich vergehen, wenn der Kutscher nach der Apotheke am Arbatskaja-Platz fahre und für einen Rubel und siebzig Kopeken Pülverchen und Pillen in hübschen Schächtelchen hole, und wenn die Kranke diese Pülverchen genau alle zwei Stunden, nicht früher und nicht später, in abgekochtem Wasser einnehme.

Und was hätten wohl Sonja und der Graf und die Gräfin angefangen, und wie elend würden sie ausgesehen haben, wenn sie nichts für die Kranke zu tun gehabt hätten, wenn nicht diese nach der Uhr einzugebenden Pillen und das laue Getränk und die Hühnerschnitzel gewesen wären und all die übrigen vom Arzt vorgeschriebenen Einzelheiten der Lebensweise, deren Beobachtung allen Familienmitgliedern Beschäftigung und Trost gewährte? Wie hätte der Graf die Krankheit seiner Lieblingstochter ertragen können, wenn er sich nicht gesagt hätte, daß ihn diese Krankheit schon Tausende von Rubeln gekostet habe, und daß er sich noch weitere Tausende nicht würde leid sein lassen, um seiner Natascha dadurch zu helfen, und wenn er sich nicht bewußt gewesen wäre, daß er bei ausbleibender Besserung immer noch mehr Geld daranwenden und sie ins Ausland bringen und dort die berühmtesten Ärzte zu gemeinsamer Beratung zusammenrufen würde, und wenn er nicht die Möglichkeit gehabt hätte, ausführlich zu erzählen, wie Métivier und Feller die Krankheit nicht erkannt hätten, wohl aber Fries, und wie Mudrow sie noch besser definiert habe? Was hätte die Gräfin angefangen, wenn sie nicht hätte die kranke Natascha manchmal ausschelten können, weil diese die Anordnungen des Arztes nicht genau befolgte?

»Auf die Art wirst du nie gesund werden«, sagte sie und vergaß über dem Ärger ihren Kummer, »wenn du dem Arzt nicht gehorchst und nicht pünktlich die Arznei einnimmst! Damit ist nicht zu spaßen; denn es kann sich bei dir eine Pneumonie herausbilden«, sagte die Gräfin, und schon im Aussprechen dieses ihr (und nicht ihr allein) unverständlichen Wortes fand sie einen großen Trost.

Was hätte Sonja angefangen, wenn sie nicht das freudige Bewußtsein gehabt hätte, daß sie in der ersten Zeit drei Nächte hindurch nicht aus den Kleidern gekommen war, um stets bereit zu sein und alle Anordnungen des Arztes genau erfüllen zu können, und daß sie auch jetzt in der Nacht nicht schlief, um nicht die Zeit zu verpassen, zu welcher die nicht allzu schädlichen Pillen aus dem vergoldeten Schächtelchen eingegeben werden mußten? Ja sogar Natascha selbst sagte zwar, ihr könne keine Arznei helfen und das seien lauter Torheiten; aber auch ihr machte es Freude, daß sie immer zu bestimmter Zeit ihre Arznei einnehmen mußte, und es machte ihr Freude, zu sehen, daß die anderen um ihretwillen solche Opfer brachten. Und auch das machte ihr Freude, daß sie mitunter durch Vernachlässigung der ärztlichen Vorschriften zeigen konnte, sie glaube an keine Heilung und lege auf ihr Leben keinen Wert.

Der Arzt kam jeden Tag, fühlte den Puls, besah die Zunge und sagte ein paar Scherzworte, ohne sich um Nataschas bedrückte Miene zu kümmern. Dann ging er in das Nebenzimmer, wohin ihm die Gräfin eilig folgte, und nun nahm er eine ernste Miene an, wiegte gedankenvoll den Kopf hin und her und sagte, es sei allerdings Gefahr vorhanden, aber er hoffe auf die Wirkung dieser letzten Arznei; man müsse abwarten und beobachten; die Krankheit sei mehr seelischer Natur, aber …

Nun schob ihm die Gräfin, die sich bemühte, diese Handlung vor sich selbst und vor dem Arzt zu verbergen, ein Goldstück in die Hand und kehrte dann jedesmal mit beruhigtem Herzen zu der Kranken zurück.

Die Symptome der Krankheit Nataschas bestanden darin, daß sie wenig aß, wenig schlief, viel hustete und stets in trüber Stimmung war. Die Ärzte erklärten, die Kranke dürfe nicht ohne ärztlichen Beistand bleiben, und hielten sie darum in der stickigen Luft der großen Stadt zurück. So fuhren denn Rostows im Sommer 1812 nicht aufs Land.

Trotz der großen Menge der von ihr verschluckten Pillen, Tropfen und Pülverchen aus Büchschen, Fläschchen und Schächtelchen (Madame Schoß, die eine Liebhaberin von solchen Dingen war, hatte sich eine ganze Sammlung davon angelegt) und trotzdem sie das gewohnte Landleben entbehren mußte, behauptete doch ihre jugendliche Natur den Sieg: Über Nataschas Kummer breiteten die Empfindungen, die ihr das seitdem verflossene Stück Leben gebracht hatte, eine Art von schützender Deckschicht; er lastete nun nicht mehr mit so quälendem Druck auf ihrem Herzen, wich allmählich in die Vergangenheit zurück, und Natascha begann sich auch körperlich zu erholen.

XVII

Natascha war nun ruhiger, aber nicht fröhlicher. Sie mied nicht nur alle äußeren Anregungen zur Freude: Bälle, Spazierfahrten, Konzerte, Theater, sondern auch, wenn sie wirklich einmal lachte, waren aus dem Lachen immer die Tränen herauszuhören. Zu singen war sie nicht imstande. Sowie sie zu lachen anfing oder allein für sich zu singen versuchte, kamen ihr die Tränen in die Kehle: Tränen der Reue, Tränen der Erinnerung an jene unwiederbringlich verlorene Zeit der Reinheit, Tränen des Ingrimms darüber, daß sie so ohne Grund und Zweck sich ihr junges Leben zerstört habe, das so glücklich hätte sein können. Lachen und Singen erschienen ihr ganz besonders als eine Art von Frevel gegen ihren Gram. An Koketterie dachte sie überhaupt nicht; hierin brauchte sie sich gar nicht erst irgendeine Zurückhaltung aufzuerlegen. Sie sagte (und das entsprach durchaus ihrem wahren Gefühl), daß ihr in dieser Zeit alle Männer genau so gleichgültig waren wie der Narr Nastasja Iwanowna. Vor ihrer Seele stand gleichsam ein Wachtposten, der jeder Freude streng den Eintritt verbot. Auch war das Interesse für gar manches, was ihr in der früheren sorglosen, hoffnungsreichen Mädchenzeit Vergnügen gemacht hatte, bei ihr erstorben. Am häufigsten und schmerzlichsten erinnerte sie sich an jene Herbstmonate, an die Jagd, an den Onkel und an die Weihnachtszeit, die sie mit Nikolai in Otradnoje verlebt hatte. Was hätte sie nicht darum gegeben, wenn sie auch nur einen einzigen Tag aus jener Zeit noch einmal hätte durchleben können! Aber das war nun für immer zu Ende. Ihre damalige Ahnung, daß jener Zustand der Freiheit und der Empfänglichkeit für alle Freuden ihr nie wiederkehren werde, hatte sie nicht getäuscht. Und doch mußte sie weiterleben.

Es war ihr tröstlich, zu denken, daß sie nicht etwa, wie sie früher gemeint hatte, besser, sondern schlechter, weit schlechter als alle, alle Menschen sei, die auf der Welt lebten. Aber damit war nichts getan. Sie wußte das und fragte sich: »Was nun weiter?« Aber es lag nichts weiter vor ihr; es gab keine Lebensfreude mehr für sie, und doch nahm das Leben seinen Gang. Nataschas Bemühen ging augenscheinlich nur dahin, niemandem zur Last zu sein und niemand zu stören; aber für sich selbst hatte sie keine Wünsche. Von allen ihren Angehörigen zog sie sich zurück, und nur in Gesellschaft ihres Bruders Petja fühlte sie sich wohler; mit ihm war sie lieber zusammen als mit den andern, und manchmal, wenn sie mit ihm unter vier Augen war, lachte sie sogar. Sie verließ das Haus fast gar nicht, und von den Leuten, die zu ihnen zu Besuch kamen, freute sie sich nur über einen Menschen, und das war Pierre. Es war unmöglich, zarter, rücksichtsvoller und zugleich ernster mit jemandem zu verkehren, als es Graf Besuchow mit ihr tat. Natascha empfand unbewußt diese Zartheit seines Benehmens, und daher machte ihr seine Gesellschaft das größte Vergnügen. Aber sie war ihm für seine Zartheit nicht einmal dankbar. Nichts Gutes, was Pierre tat, erschien ihr als Folge einer besonderen Bemühung. Bei Pierre erschien es als etwas so Natürliches, gut gegen alle Menschen zu sein, daß in seiner Güte weiter gar kein Verdienst lag. Mitunter bemerkte Natascha an Pierre eine gewisse Verlegenheit und Unbeholfenheit in ihrer Gegenwart, namentlich wenn er ihr etwas Angenehmes erweisen wollte oder wenn er fürchtete, es könnte im Gespräch irgend etwas bei Natascha schmerzliche Erinnerungen wachrufen. Sie bemerkte das und führte es auf seine allgemeine Herzensgüte und Schüchternheit zurück, die, wie sie meinte, allen gegenüber gewiß die gleiche war wie ihr gegenüber. Nach jenen überraschenden Worten, die er im Augenblick der heftigsten Aufregung nur zu ihrem Trost, wie sie meinte, gesagt hatte: Wenn er frei wäre, so würde er auf den Knien um ihre Hand und um ihre Liebe werben – nach diesen Worten hatte Pierre nie wieder zu Natascha von seinen Gefühlen gesprochen, und es war ihr sicher, daß er jene Worte, die ihr damals so wohltuend gewesen waren, in demselben Sinn gesprochen hatte, wie man eben all solche sinnlosen Worte spricht, um ein weinendes Kind zu trösten. Nicht deshalb, weil Pierre verheiratet war, sondern weil Natascha zwischen sich und ihm im höchsten Grad jene moralische Schranke fühlte, deren Fehlen sie Kuragin gegenüber empfunden hatte, kam ihr nie der Gedanke in den Sinn, daß aus ihrem Verhältnis zu Pierre sich eine Liebe von ihrer oder gar von seiner Seite entwickeln könne, oder auch nur eine Art von zärtlicher, sich offen aussprechender poetischer Freundschaft zwischen Mann und Frau, von der ihr einige Beispiele bekannt waren.

Gegen Ende der Petri-Fasten* kam Agrafena Iwanowna Bjelowa, eine Gutsnachbarin der Rostows, nach Moskau, um den Moskauer Heiligen ihre Verehrung zu bezeigen. Sie machte Natascha den Vorschlag, sich mit ihr zusammen zum Abendmahl vorzubereiten, und Natascha ergriff diesen Gedanken mit großer Freude. Trotz des Verbots der Ärzte, frühmorgens auszugehen, bestand Natascha darauf, sich durch Kirchenbesuch auf die heilige Handlung vorzubereiten, und zwar nicht in der Weise, wie das sonst in der Familie Rostow üblich war, d. h. durch Anhören von drei im Haus abgehaltenen Messen, sondern so, wie es Agrafena Iwanowna tat, d. h. eine ganze Woche lang, und ohne eine einzige Früh-, Mittags- oder Abendmesse zu versäumen.

Der Gräfin gefiel dieser Eifer Nataschas; bei der Erfolglosigkeit der medizinischen Behandlung hoffte sie im stillen, das Gebet werde ihrer Tochter mehr helfen als die Arzneien, und wenn auch mit einiger Besorgnis und verborgen vor dem Arzt, willigte sie in Nataschas Wunsch ein und vertraute sie der Obhut von Agrafena Iwanowna an. Diese kam nun täglich um drei Uhr morgens, um Natascha zu wecken, traf sie aber meistens schon wach, da Natascha ängstlich darauf bedacht war, die Frühmesse nicht zu verschlafen. Eilig wusch sich Natascha, zog demütig ihr schlechtestes Kleid an, legte eine alte Mantille um und ging, in der Morgenkühle fröstelnd, auf die noch menschenleeren, vom Frührot schwach erhellten Straßen hinaus. Auf Agrafena Iwanownas Rat nahm Natascha ihre Vorbereitung nicht in ihrer eigenen Pfarrkirche vor, sondern in einer Kirche, in der nach Angabe dieser frommen Dame ein Geistlicher von besonders strengem, reinem Lebenswandel amtierte. In dieser Kirche waren immer nur sehr wenige Menschen; Natascha und Agrafena Iwanowna stellten sich an ihren gewöhnlichen Platz vor ein Bild der Mutter Gottes, das in die Rückwand der linken Chorestrade eingefügt war, und ein ihr neues Gefühl der Demut gegenüber dem Großen, Unbegreiflichen erfüllte Nata-

* Sie schließen am 28. Juni. Anmerkung des Übersetzers.

scha, wenn sie in dieser ungewohnten Morgenstunde das schwarze, von den davor brennenden Kerzen und dem durch das Fenster dringenden Licht des Morgens beleuchtete Muttergottesbild anblickte und die Liturgie anhörte, der sie sich bemühte mit Verständnis zu folgen. Wenn sie sie verstand, so verschmolz ihr persönliches Empfinden in all seinen Abtönungen mit ihrem Gebet; verstand sie sie aber nicht, so war es ihr noch wonnevoller zu denken, daß der Wunsch, alles zu verstehen, ein verwerflicher Stolz sei, daß es unmöglich sei, alles zu verstehen, und man vielmehr nur glauben und sich Gott hingeben müsse, der (das fühlte sie) in diesem Augenblick in ihrer Seele waltete. Sie bekreuzte sich, verbeugte sich, und wo sie die liturgischen Gebete nicht verstand, da bat sie, in Angst über ihre eigene Schlechtigkeit, Gott nur, ihr alles, alles zu verzeihen und ihr gnädig zu sein. Diejenigen Gebete, denen sie sich mit besonderer Andacht hingab, waren die Reu- und Bußgebete. Kehrte sie dann in früher Morgenstunde nach Hause zurück, zu einer Zeit, wo auf der Straße nur Maurer, die zur Arbeit gingen, und Hausknechte, die die Straße fegten, zu sehen waren und in den Häusern noch alles schlief, dann empfand Natascha ein ihr neues Gefühl: die Hoffnung, daß es ihr gelingen werde, ihre Fehler abzulegen und ein neues, reines, glückliches Leben zu führen.

Während der ganzen Woche, in der sie sich so vorbereitete, wuchs dieses Gefühl bei ihr mit jedem Tag. Und das Glück, das heilige Abendmahl zu empfangen, erschien ihr als ein so großes, daß sie fürchtete, sie werde diesen beseligenden Sonntag gar nicht erleben.

Aber der glückliche Tag kam doch heran, und als Natascha an diesem für sie so denkwürdigen Sonntag im weißen Musselinkleid vom Abendmahl heimkehrte, fühlte sie sich zum erstenmal seit vielen Monaten ruhig und nicht von dem Leben, das ihr noch bevorstand, bedrückt.

Der Arzt, der gerade an diesem Tag einmal wieder kam, betrachtete Natascha mit prüfendem Blick und befahl, mit den letzten Pulvern fortzufahren, die er vierzehn Tage vorher verschrieben hatte.

»Unbedingt damit fortfahren, morgens und abends«, sagte er, offenbar selbst von aufrichtiger Befriedigung über seinen Erfolg erfüllt. »Nur, bitte, noch pünktlicher.«

»Seien Sie ganz beruhigt, Gräfin«, fügte er dann im andern Zimmer scherzend hinzu, indem er das Goldstück geschickt mit den weichen Teilen der Hand festhielt; »sie wird sehr bald wieder singen und Mutwillen treiben. Diese letzte Arznei ist ihr von großem Nutzen gewesen, von außerordentlichem Nutzen. Sie ist ordentlich wiederaufgelebt.«

Die Gräfin, die nicht frei von Aberglauben war, blickte schnell auf ihre Nägel und spuckte darauf, als sie mit heiterem Gesicht in den Salon zurückkehrte.

XVIII

Zu Anfang des Juli verbreiteten sich in Moskau immer bedenklichere Gerüchte über den Gang des Krieges: Es hieß, der Kaiser werde ein Manifest, einen Aufruf an das Volk erlassen und der Kaiser selbst werde von der Armee fortgehen und nach Moskau kommen. Und da bis zum 11. Juli der Aufruf noch nicht eingetroffen war, so gingen ganz arge Übertreibungen betreffs dieser Kundgebung und der Lage Rußlands von Mund zu Mund: Der Kaiser verlasse die Armee deswegen, weil diese sich in Gefahr befinde; Smolensk habe sich ergeben; Napoleon verfüge über eine Million Soldaten, und nur ein Wunder könne Rußland noch retten.

Am 11. Juli, einem Sonnabend, kam das Manifest an, aber es war noch nicht gedruckt; und Pierre, der bei Rostows einen Besuch machte, versprach, am nächsten Tag, Sonntag, zum Mittagessen zu ihnen zu kommen und ein Exemplar mitzubringen, das er von dem Grafen Rastoptschin zu erhalten hoffte.

An diesem Sonntag fuhren Rostows wie gewöhnlich zur Messe nach der Hauskirche der Familie Rasumowski. Es war ein heißer Julitag. Schon um zehn Uhr, als Rostows vor der Kirchtür aus dem Wagen stiegen, waren an vielen Dingen die charakteristischen Merkmale eines solchen Tages wahrzunehmen: an der schwülen Luft, an der Art des Geschreis der fliegenden Händler, an den hellen, grellfarbigen Sommerkleidern der Menge, an den bestaubten Blättern der Bäume des Boulevards, an dem Klang der Musik und den weißen Hosen eines zur Wachtparade vorbeimarschierenden Bataillons, an dem eigenartigen Donnern des Pflasters unter den Wagenrädern und an dem scharfen Glanz der brennenden Sonne. Überall war jene sommerliche Mattigkeit zu spüren, bei der man mit dem gegenwärtigen Zustand halb zufrieden und halb unzufrieden ist, eine Stimmung, die sich an einem hellen, heißen Tag in der Stadt besonders stark fühlbar macht. In der Rasumowskischen Kirche war die ganze vornehme Welt von Moskau, lauter Bekannte der Familie Rostow, anwesend (in diesem Jahr waren, als ob sie irgendein besonderes Ereignis erwarteten, sehr viele reiche Familien, die sonst gewöhnlich auf das Land fuhren, in der Stadt geblieben). Als Natascha neben ihrer Mutter hinter dem Livreediener herging, der ihnen einen Weg durch die Menge bahnte, hörte sie, wie ein junger Mann einem andern mit Bezug auf sie allzu laut zuflüsterte:

»Das ist die Rostowa; Sie wissen schon …«

»Wie mager sie geworden ist; aber hübsch ist sie doch!« erwiderte der andere.

Darauf hörte sie oder meinte zu hören, daß die Namen Kuragin und Bolkonski genannt wurden. Übrigens war das eine Vorstellung, die sie fortwährend hatte. Sie glaubte immer, alle Leute, die sie ansähen, dächten an weiter nichts als an das, was mit ihr vorgefallen war. Voll schweren Leides und mit angsterfülltem Herzen, wie immer in größerer Menschenmenge, ging Natascha in ihrem lila seidenen, mit schwarzen Spitzen garnierten Kleid dahin, so wie eben Frauen zu gehen verstehen: um so ruhiger und stolzer, je mehr ihnen Schmerz und Scham das Herz zerreißen. Sie war überzeugt (und darin irrte sie nicht), daß sie schön war; aber das machte ihr jetzt nicht mehr wie früher Freude. Im Gegenteil bereitete ihr dies in letzter Zeit nur Qual, und ganz besonders an diesem klaren, heißen Sommertag in der Stadt. »Nun ist schon wieder ein Sonntag da, schon wieder eine Woche um«, sagte sie bei sich, in Erinnerung daran, daß sie am vorigen Sonntag in dieser selben Kirche gewesen war, »und immer dasselbe Leben, das kein Leben ist, und immer dieselben mich umgebenden Verhältnisse, in denen ich es früher so leicht fand zu leben. Ich bin schön und jung, und ich weiß, daß ich jetzt gut bin; früher war ich schlecht, aber jetzt bin ich gut, das weiß ich«, dachte sie; »und nun gehen meine besten, allerbesten Jahre unnütz und zwecklos, und ohne daß jemand etwas davon hat, vorüber.« Sie stellte sich neben ihre Mutter und nickte nahe stehenden Bekannten zu. Dann musterte sie nach ihrer Gewohnheit die Toiletten der Damen, tadelte innerlich die nachlässige Haltung einer in der Nähe stehenden Dame sowie deren unpassende Art, sich mit allzu kurzen Bewegungen zu bekreuzen, und mußte mit Schmerz daran denken, daß man über sie abfällig urteile und sie anderen gegenüber dasselbe tue. Und als sie nun die ersten Töne der Messe hörte, da erschrak sie über ihre eigene Schlechtigkeit, erschrak darüber, daß sie ihre frühere Reinheit schon wieder verloren hatte.

Ein alter Geistlicher von wohlgestalteter, sehr sauberer Erscheinung zelebrierte die Messe mit jener milden Feierlichkeit, die auf die Seelen der Andächtigen so erhebend und beruhigend wirkt. Die Tür zum Allerheiligsten schloß sich; langsam zog sich der Vorhang davor; eine geheimnisvolle, ruhige, leise Stimme sagte etwas von dorther. Zu Nataschas eigenem Staunen drängten sich ihr die Tränen in die Augen, und ein schmerzlich freudiges Gefühl erfüllte ihre Seele.

»Lehre mich, was ich tun soll, was ich mit meinem Leben beginnen soll, wie ich mich für alle Zeit bessern kann, für alle Zeit ...!« dachte sie.

Der Diakonus trat heraus an das Lesepult, holte mit weit abgespreiztem Daumen sein langes Haar unter dem Chorrock hervor und brachte es in Ordnung, machte das Zeichen des Kreuzes über seiner Brust und begann laut und feierlich die Worte des Gebetes zu lesen:

»Lasset uns in Frieden zu Gott beten!«

»In Frieden«, dachte Natascha, »alle zusammen, ohne Unterschied des Standes, ohne Feindschaft, sondern durch brüderliche Liebe vereinigt, so wollen wir beten.«

»Um den Frieden von oben und um das Heil unserer Seelen!«

»Um den Frieden der Engel«, betete Natascha, »und der Seelen aller körperlosen Wesen, die über uns leben.«

Als für das Heer gebetet wurde, dachte sie an ihren Bruder und an Denisow. Bei dem Gebet für die Seefahrenden und Reisenden dachte sie an den Fürsten Andrei und betete für ihn und bat Gott, ihr das Böse zu verzeihen, das sie ihrem Verlobten angetan hatte. Als für die gebetet wurde, die uns lieben, betete sie für ihre Angehörigen, für ihren Vater, für ihre Mutter, für Sonja, indem sie sich jetzt zum erstenmal ihrer Schuld ihnen gegenüber in ihrem ganzen Umfang bewußt wurde und die ganze Kraft ihrer Liebe zu ihnen fühlte. Bei dem Gebet für die, die uns hassen, erdachte sie sich Feinde und Hasser, um für sie beten zu können. Zu den Feinden zählte sie die Gläubiger ihres Vaters und alle, welche unerfreuliche Geschäfte mit ihm hatten; auch erinnerte sie sich jedesmal bei dem Gedanken an die Feinde und Hasser an Anatol, der ihr soviel Böses getan hatte, und obgleich er nicht einer war, der sie haßte, so betete sie doch freudigen Herzens für ihn wie für einen Feind. Nur im Gebet fühlte sie sich imstande, klar und ruhig sowohl an den Fürsten Andrei als auch an Anatol zu denken, da ihre Gefühle gegen diese Menschen zu einem Nichts zusammenschrumpften im Vergleich mit ihrem Gefühl der Furcht und Andacht Gott gegenüber. Als für die kaiserliche Familie und den Synod gebetet wurde, verbeugte sie sich besonders tief und bekreuzte sich, indem sie sich sagte, wenn sie etwas nicht verstehe, so dürfe sie darum noch nicht zweifeln, und sie wolle trotzdem den regierenden Synod lieben und für ihn beten.

Nach Beendigung der Fürbitten legte der Diakonus die Stola über der Brust kreuzförmig zusammen und sagte:

»Uns selbst und unsern Leib übergeben wir Christo, unserm Gott.«

»Uns selbst übergeben wir Gott«, wiederholte Natascha in ihrer Seele. »Mein Gott, ich übergebe mich Deinem Willen«, dachte sie. »Nichts will ich, nichts begehre ich; lehre mich, was ich tun soll, wie ich meinen Willen gebrauchen soll! Nimm mich hin, nimm mich hin!« bat Natascha mit inbrünstiger Ungeduld; ohne sich zu bekreuzen, ließ sie die schlanken Arme heruntersinken und schien darauf zu warten, daß gleich im nächsten Augenblick eine unsichtbare Kraft sie erfassen und sie von sich selbst befreien werde, von ihren Schmerzen, Wünschen, Selbstvorwürfen, Hoffnungen und Fehlern.

Die Gräfin richtete während des Gottesdienstes mehrmals ihren Blick nach dem Gesicht ihrer Tochter, auf dem sich eine tiefe Ergriffenheit malte und in dem die Augen hell leuchteten, und betete zu Gott, er möge ihr helfen.

Mitten im Gottesdienst und der Ordnung desselben, welche Natascha genau kannte, nicht entsprechend, brachte der Küster ein Bänkchen herbei, eben dasselbe, auf welches der Geistliche zu Pfingsten niederkniete, um das Festgebet zu lesen, und stellte es vor der Tür des Allerheiligsten auf. Der Geistliche kam mit seinem lila Samtkäppchen bedeckt heraus, strich sich die Haare zurecht und ließ sich mit Anstrengung auf die Knie nieder. Alle taten das gleiche und sahen einander erstaunt an. Es sollte jetzt ein Gebet folgen, das soeben vom Synod eingegangen war, ein Gebet um Rettung Rußlands von dem feindlichen Überfall.

»Allmächtiger Gott! Gott, der Du uns erlöset hast!« begann der Geistliche in jener klaren, schlichten, milden Art, in der nur die slawischen Geistlichen die Gebete lesen und die auf das russische Herz so unwiderstehlich wirkt.

»Allmächtiger Gott! Gott, der Du uns erlöset hast! Blicke heute in Deiner Gnade und Milde auf Deine demütigen Kinder herab, höre uns in Deiner Liebe zur Menschheit, nimm Dich unser an und erbarme Dich unser. Jener Feind, der auf Deiner Erde Unordnung und Verwirrung stiftet und alle Länder in Wüsten verwandeln will, hat sich gegen uns erhoben; jene gesetzlosen Menschen haben sich zusammengetan, um Dein Reich zu zerstören, um Dein teures Jerusalem, Dein geliebtes Rußland zu vernichten, um Deine Tempel zu schänden, Deine Altäre zu stürzen und alles, was uns heilig ist, zu entweihen. Wie lange, o Herr, wie lange sollen die Sünder noch frohlocken, wie lange noch ihre ungesetzliche Macht mißbrauchen?

Herr unser Gott! Erhöre uns, die wir zu Dir beten: Stärke mit Deiner Kraft den allerfrömmsten Selbstherrscher, unsern erhabenen Kaiser und Herrn Alexander Pawlowitsch; gedenke seiner Gerechtigkeit und Milde; vergilt ihm nach seinen Tugenden, und möge er durch sie auch uns erhalten und bewahren, Dein geliebtes Israel. Segne seine Pläne, seine Unternehmungen und seine Taten; befestige mit Deiner allmächtigen Rechten sein Reich und gib ihm den Sieg über seine Feinde, wie Du Moses über Amalek, Gideon über Midian und David über Goliath siegen ließest. Schütze sein Kriegsheer; lehre die Arme derer, die sich in Deinem Namen wappnen, den ehernen Bogen spannen* und umgürte sie mit Deiner Kraft zum Kampf. Nimm Schwert und Schild und erhebe Dich zu

* Aus 2. Sam. 22, 35. Anmerkung des Übersetzers.

unserem Beistand; mögen die, so uns Übles sinnen, zu Schimpf und Schanden werden; mögen sie vor dem Antlitz Deines getreuen Heeres sein wie Staub vor dem Wind und Dein starker Engel sie demütigen und vertreiben; möge ein Netz über sie kommen, ohne daß sie des gewahr werden; mögen sie fallen vor den Füßen Deiner Knechte und unsern Kriegern zur Beute werden! O Herr! Bei Dir ist nichts unmöglich, viele zu retten oder wenige; Du bist Gott, und der Mensch vermag nichts wider Dich.

Gott unserer Väter! Gedenke Deiner Gnade und Barmherzigkeit, die von Ewigkeit her sind; verwirf uns nicht von Deinem Angesicht aus Zorn über unsere Unwürdigkeit, sondern nach der Größe Deiner Gnade und der Fülle Deiner Wohltaten siehe nicht an unsere Übertretungen und Sünden. Schaff in uns ein reines Herz und gib uns einen neuen, rechten Geist; befestige uns alle im Glauben an Dich, stärke uns in der Hoffnung, entzünde in uns eine herzliche Liebe untereinander, rüste uns aus mit Einmütigkeit zur gerechten Verteidigung der Habe, die Du uns und unseren Vätern gegeben hast. Und möge nicht das Zepter der Gottlosen erhöhet werden auf dem Erbe der Frommen!

Herr unser Gott, an den wir glauben und auf den wir vertrauen, verstoße uns nicht aus Deiner Gnade und tue ein Zeichen zu unserem Heil, auf daß die, die uns und unseren wahren Glauben hassen, es sehen und zuschanden werden und untergehen und alle Lande es sehen, daß Dein Name, Herr, Herr ist und wir Deine Kinder sind. Zeige uns, Herr, jetzt Deine Gnade und gewähre uns Rettung; erfreue das Herz Deiner Knechte durch Deine Gnade; strecke unsere Feinde zu Boden und vernichte sie unter den Füßen Deiner Getreuen in Bälde. Denn Du bist der Beistand und die Hilfe und der Sieg derer, die auf Dich bauen, und Dir lobsingen wir, dem Vater und dem Sohn und dem Heiligen Geist, jetzt und immerdar und von Ewigkeit zu Ewigkeit. Amen.«

In dem Zustand seelischer Empfänglichkeit, in welchem sich Natascha befand, wirkte dieses Gebet sehr stark auf sie. Sie hörte jedes Wort von dem Sieg Moses über Amalek und Gideons über Midian und Davids über Goliath und von der Zerstörung »Deines Jerusalems« und betete zu Gott in jener innigen Rührung, von der ihr Herz voll war; aber sie verstand nicht recht, um was sie eigentlich Gott in diesem Gebet anflehte. Von ganzer Seele nahm sie teil an der Bitte um den rechten Geist und um die Befestigung des Herzens im Glauben und in der Hoffnung und um die Entzündung der Liebe im Herzen. Aber sie vermochte nicht darum zu beten, daß ihr ihre Feinde unter die Füße gelegt werden möchten, da sie erst wenige Minuten vorher gewünscht hatte, recht viel Feinde zu haben, um für sie beten zu können. Aber andrerseits konnte sie auch nicht an der

Gerechtigkeit des Gebetes zweifeln, das der Geistliche in so feierlicher Form auf seinen Knien gesprochen hatte. Sie fühlte in ihrer Seele eine andächtige, ängstliche Beklommenheit vor der Strafe, die jeden Menschen für seine Sünden und insonderheit sie selbst für ihre Sünden treffen werde, und bat Gott, ihnen allen und auch ihr zu verzeihen und ihnen allen und auch ihr ein ruhiges, glückliches Leben zu verleihen. Und es war ihr, als werde Gott ihr Gebet erhören.

XIX

Seit dem Tag, wo Pierre bei der Rückkehr von einem Besuch bei Rostows, noch mit dem Gedanken an Nataschas dankbaren Blick beschäftigt, den am Himmel stehenden Kometen betrachtet und gefühlt hatte, daß sich ihm ein neuer Gesichtskreis erschloß, seit diesem Tag war ihm jene Frage, die ihn früher fortwährend gequält hatte, die Frage nach der Vergeblichkeit und Sinnlosigkeit alles irdischen Treibens, nicht mehr entgegengetreten. Diese furchtbare Frage nach dem Warum und dem Wozu, die sich ihm früher mitten in jeder Tätigkeit aufgedrängt hatte, war jetzt für ihn abgelöst worden nicht etwa durch eine andere Frage, auch nicht durch eine Antwort auf die frühere Frage, sondern durch den Gedanken an sie, an Natascha. Mochte er nun wertlose Gespräche anhören oder selbst führen, mochte er von menschlicher Gemeinheit und Torheit lesen oder hören: Er erschrak nicht mehr wie früher, er fragte sich nicht mehr, warum die Menschen sich nur so mühen und sorgen, da doch alles so kurz und ungewiß ist, sondern er erinnerte sich an Natascha in der Gestalt, in der er sie zum letztenmal gesehen hatte, und alle seine Zweifel verschwanden, nicht weil sie ihm jene Frage beantwortet hätte, sondern weil der Gedanke an sie ihn sofort in ein anderes, helles Gebiet der Geistestätigkeit versetzte, auf dem es sich nicht um schuldfrei und schuldig handelte, in das Gebiet der Schönheit und Liebe, um derentwillen es sich der Mühe lohnte zu leben. Welche Gemeinheit auch immer ihm im Menschenleben vorkam, er sagte sich jetzt: »Nun, mag N. N. den Staat und den Kaiser bestehlen und mögen Staat und Kaiser ihn dafür mit Ehren und Würden belohnen: Sie hat mir gestern zugelächelt und mich gebeten wiederzukommen, und ich liebe sie, und niemand wird es jemals erfahren« Und in seiner Seele war es ruhig und hell.

Pierre besuchte Gesellschaften, ganz wie früher, trank ebensoviel und führte dasselbe müßige und zerstreute Leben, weil er außer den Stunden, die er bei Rostows zubrachte, auch die übrige Zeit hinbringen mußte und seine Gewohnheiten sowie die Bekanntschaften, die er in Moskau gemacht hatte, ihn unwiderstehlich zu diesem Leben hinzogen, das ihn in Beschlag genommen hatte. Aber in der letzten Zeit, als vom Kriegsschauplatz immer bedenklichere Gerüchte kamen, und als Nataschas Gesundheit sich besserte und sie nicht mehr bei ihm das frühere Gefühl sorglichen Mitleids erweckte, da begann sich seiner mehr und mehr eine ihm unbegreifliche Unruhe zu bemächtigen. Er fühlte, daß der Zustand, in dem er sich befand, nicht lange dauern konnte, daß eine Katastrophe heranrückte, die sein ganzes Leben verändern mußte, und suchte ungeduldig in allem nach Vorzeichen für diese herannahende Katastrophe. Von einem seiner Freimaurerbrüder wurde er auf folgende, aus der Offenbarung des Johannes entnommene Prophezeiung aufmerksam gemacht, die sich auf Napoleon beziehen sollte.

In der Offenbarung, Kapitel 13, Vers 18, heißt es: »Hier ist Weisheit. Wer Verstand hat, der überlege die Zahl des Tiers; denn es ist eines Menschen Zahl, und seine Zahl ist sechshundertundsechsundsechzig.«

Und in demselben Kapitel, Vers 5: »Und es ward ihm gegeben ein Mund, zu reden große Dinge und Lästerungen, und ward ihm gegeben, daß es mit ihm währte zweiundvierzig Monate lang.«

Wenn man mit den französischen Buchstaben nach Art der hebräischen Zahlenbezeichnung verfährt, bei der die neun ersten Buchstaben die Einer und die folgenden die Zehner bezeichnen, so erhalten sie die folgenden Zahlenwerte:

a	b	c	d	e	f	g	h	i
1	2	3	4	5	6	7	8	9

k	l	m	n	o	p	q	r	s	t	u	v	w	x	y	z
10	20	30	40	50	60	70	80	90	100	110	120	130	140	150	160

Setzt man nun nach Maßgabe dieses Alphabets in dem Ausdruck L'Empereur Napoléon die entsprechenden Zahlen ein, so ergibt sich, daß die Summe dieser Zahlen 666 beträgt* und somit Napoleon jenes Tier ist, von dem die Weissagung in der Offenbarung handelt. Wenn ferner nach demselben Alphabet die Zahlenwerte der Buchstaben in den Worten quarante deux zusammengezählt werden, d. h. des Zeitraumes, der dem Tier gesetzt war, große Dinge und Lästerungen zu reden, so beträgt die Summe dieser Zahlen wieder 666, woraus folgt, daß die Grenze der Macht Napoleons im Jahre 1812 gekommen war, in welchem der französische Kaiser zweiundvierzig Jahre alt wurde. Diese Prophezeiung hatte

* Nein; dagegen würde ein sprachwidriges Le Empereur Napoléon die Summe 666 ergeben. Anmerkung des Übersetzers

für Pierre etwas Frappierendes, und er stellte sich oft die Frage, was denn nun eigentlich der Macht des Tieres, d. h. Napoleons, eine Grenze setzen werde, und versuchte aufgrund derselben Gleichsetzung von Buchstaben und Zahlen eine Antwort auf diese ihn beschäftigende Frage zu finden. Er schrieb als Antwort auf diese Frage die Worte L'Empereur Alexandre und La nation russe hin. Aber die Summe der Zahlen betrug mehr oder weniger als 666. Eines Tages, als er sich wieder einmal mit diesen Berechnungen beschäftigte, schrieb er seinen Namen hin: Comte Pierre Besouhoff; die Summe der Zahlen stimmte nicht. Er änderte die Orthographie, indem er ein z für das s setzte, fügte de oder den Artikel le hinzu, erhielt aber trotzdem nicht das gewünschte Resultat. Da kam ihm der Gedanke in den Sinn, wenn die Antwort auf jene Frage wirklich in seinem Namen stecken solle, so müsse in der Antwort unbedingt seine Nationalität angegeben sein. Er schrieb hin: Le Russe Besuhof und erhielt beim Zusammenzählen der Zahlen die Summe 671. Nur fünf war zuviel; fünf bedeutete e, eben jenes e, das in dem Artikel vor dem Wort Empereur weggelassen war. Indem Pierre nun ganz ebenso, allerdings gegen die Sprachregel, das e wegließ, erhielt er als gesuchte Antwort: L'Russe Besuhof, mit der Summe 666. Diese Entdeckung versetzte ihn in große Aufregung. Wie und durch welche Verknüpfung er mit jenem großen Ereignis, das in der Offenbarung prophezeit ist, in Beziehung stand, das wußte er nicht; aber an dem Vorhandensein einer solchen Verknüpfung zweifelte er auch nicht einen Augenblick. Seine Liebe zu der Komtesse Rostowa, der Antichrist, der Überfall Napoleons, der Komet, die Zahl 666, L'Empereur Napoléon und L'Russe Besuhof: Alles dies zusammen mußte heranreifen, die Hülle sprengen und ihn aus jener verzauberten, wertlosen Welt der Moskauer Gewohnheiten, in denen er sich gefangen fühlte, befreien und zu einer großen Tat und zu einem großen Glück führen.

*

Am Tag vor jenem Sonntag, an welchem in der Kirche das Gebet verlesen wurde, hatte Pierre Rostows versprochen, ihnen von dem Grafen Rastoptschin, mit dem er gut bekannt war, den Aufruf des Kaisers und die letzten Nachrichten von der Armee zu bringen. Als er am Vormittag bei dem Grafen Rastoptschin vorsprach, fand er bei diesem einen soeben von der Armee eingetroffenen Kurier. Dieser Kurier war einer der Moskauer Balltänzer, mit denen Pierre bekannt war.

»Um des Himmels willen, können Sie mir nicht ein bißchen helfen?« fragte ihn der Kurier. »Ich habe eine ganze Reisetasche voll Briefe an Eltern.«

Unter diesen Briefen befand sich ein Brief von Nikolai Rostow an seinen Vater. Pierre nahm diesen Brief. Außerdem gab ihm Graf Rastoptschin den Aufruf des Kaisers an Moskau, der soeben gedruckt war, die letzten Tagesbefehle an die Armee und seinen eigenen letzten Maueranschlag. Als Pierre die Tagesbefehle an die Armee durchsah, fand er in einem von ihnen unter den Nachrichten über Verwundete, Gefallene und Dekorierte den Namen Nikolai Rostows, der für seine im Treffen bei Ostrowno bewiesene Tapferkeit das Georgskreuz vierter Klasse erhalten hatte, und in demselben Tagesbefehl die Ernennung des Fürsten Andrei Bolkonski zum Kommandeur eines Jägerregiments. Obgleich es ihm widerstrebte, Rostows an Bolkonski zu erinnern, so war es ihm doch Herzenssache, ihnen durch die Nachricht von der Dekorierung ihres Sohnes eine Freude zu bereiten; so schickte er denn, während er den Aufruf, den Maueranschlag und die andern Tagesbefehle in die Tasche schob, um sie ihnen zum Mittagessen selbst mitzubringen, jenen einen Tagesbefehl und den Brief ihnen sofort durch einen Boten zu.

Das Gespräch mit dem Grafen Rastoptschin und dessen sorgenvoller Ton und hastiges Wesen, dann die Begegnung mit dem Kurier, der in leichtfertiger Manier davon erzählte, wie schlecht die Dinge beim Heer ständen, ferner die Gerüchte von Spionen, die angeblich in Moskau entdeckt waren, und von einem in Moskau zirkulierenden Zeitungsblatt, in dem gesagt sein sollte, Napoleon habe erklärt, er werde bis zum Herbst in beiden russischen Hauptstädten sein, und endlich das Gespräch über die für den folgenden Tag erwartete Ankunft des Kaisers: Alles dies erweckte bei Pierre mit neuer Kraft jenes Gefühl der Aufregung und Erwartung, das ihn seit dem Erscheinen des Kometen und namentlich seit dem Anfang des Krieges nicht mehr verlassen hatte.

Schon längst war ihm der Gedanke gekommen, in das Heer einzutreten, und er hätte diesen Gedanken auch zur Ausführung gebracht, wenn ihn nicht mehrere Umstände daran gehindert hätten. Erstens seine Zugehörigkeit zur Freimaurergesellschaft, mit der er durch einen Eid verbunden war und die den ewigen Frieden und die Abschaffung des Krieges predigte. Zweitens: Wenn er eine große Menge von Moskauern ansah, die die Uniform angelegt hatten und nun Patriotismus predigten, genierte er sich einigermaßen, einen solchen Schritt zu unternehmen. Die Hauptursache aber, weswegen er seine Absicht, in das Heer einzutreten, nicht zur Ausführung brachte, lag in jener unklaren Vorstellung, daß er, L'Russe Besuhof, in dieser seiner Bezeichnung die Zahl des Tieres 666 an sich trage und also seine Beteiligung an der großen Aufgabe, die Macht des Tieres, welches große Dinge und Lästerungen sprach, zu beendigen, von Ewigkeit her vorausbestimmt sei und er deshalb nichts anderes unternehmen dürfe, sondern abwarten müsse, was sich vollziehen werde.

XX

Bei Rostows waren, wie immer sonntags, ein paar nähere Bekannte zu Tisch; aber Pierre war absichtlich recht früh gekommen, um die Familie noch allein zu treffen.

Er war in diesem Jahr so dick geworden, daß er häßlich gewesen wäre, wenn er nicht einen so hohen Wuchs, einen so derben Gliederbau und eine solche Kraft besessen hätte, daß man ihm die Mühelosigkeit, mit der er sein Gewicht trug, ansehen konnte.

Schnaufend und etwas vor sich hinmurmelnd, stieg er die Treppe hinan. Sein Kutscher hatte, wie schon seit längerer Zeit, gar nicht gefragt, ob er auf ihn warten solle. Er wußte: Wenn der Graf bei Rostows war, so dauerte es bis gegen zwölf Uhr. Die Rostowschen Diener stürzten erfreut auf ihn zu, um ihm Mantel, Stock und Hut abzunehmen; denn nach Klubgewohnheit ließ Pierre auch Stock und Hut im Vorzimmer.

Das erste Familienmitglied, welches er sah, war Natascha. Noch ehe er sie erblickte, hörte er sie, als er im Vorzimmer den Mantel ablegte. Sie sang im Saal Solfeggien. Er wußte, daß sie seit ihrer Krankheit nicht mehr gesungen hatte, und war daher überrascht und erfreut durch den Klang ihrer Stimme. Leise öffnete er die Tür und erblickte Natascha, wie sie in dem lila Kleid, in dem sie zur Messe gewesen war, im Saal hin und her ging und sang. Als er die Tür öffnete, wendete sie ihm beim Gehen gerade den Rücken zu; aber als sie sich kurz umdrehte und sein dickes, erstauntes Gesicht erblickte, errötete sie und trat schnell auf ihn zu.

»Ich wollte probieren, ob ich wieder singen kann«, sagte sie. »Es ist doch wenigstens eine Beschäftigung«, fügte sie wie zur Entschuldigung hinzu.

»Sie tun sehr recht daran«, erwiderte er.

»Wie freue ich mich, daß Sie gekommen sind! Ich bin heute so glücklich!« sagte sie mit der früheren Lebhaftigkeit, die Pierre an ihr schon lange nicht mehr gesehen hatte. »Wissen Sie schon, Nikolai hat das Georgskreuz bekommen. Ich bin so stolz auf ihn!«

»Freilich weiß ich es; ich habe ja den Tagesbefehl hergeschickt. Aber ich will Sie nicht weiter stören«, fügte er hinzu und wollte nach dem Salon weitergehen.

Natascha hielt ihn zurück.

»Graf! Ist das etwas Schlechtes, daß ich singe?« sagte sie und blickte errötend, aber ohne die Augen abzuwenden, Pierre fragend an.

»Nein, wieso denn? Im Gegenteil … Aber warum fragen Sie gerade mich?«

»Ich weiß es selbst nicht«, antwortete Natascha hastig. »Aber ich möchte nichts tun, was Ihnen mißfallen könnte. Ich habe zu Ihnen in allen Dingen ein großes Zutrauen. Sie wissen nicht, wie wichtig Sie für mich geworden sind, wieviel ich Ihnen zu verdanken habe!« Sie sprach schnell und bemerkte nicht, daß Pierre bei diesen Worten errötete. »Ich habe aus demselben Tagesbefehl ersehen, daß er, Bolkonski« (sie sprach diesen Namen eilig und flüsternd aus), »in Rußland ist und wieder im Dienst steht. Was meinen Sie«, sagte sie schnell; sie redete offenbar deswegen so hastig, weil sie fürchtete, ihre Kraft werde nicht vorhalten; »was meinen Sie: Wird er mir jemals verzeihen? Wird er nicht immer gegen mich ein Gefühl des Hasses haben? Was meinen Sie? Wie denken Sie darüber?«

»Ich meine ...«, erwiderte Pierre, »ich meine, er hat Ihnen nichts zu verzeihen ... Wenn ich an seiner Stelle wäre ...«

Eine natürliche Gedankenverknüpfung versetzte ihn in diesem Augenblick wieder in die Zeit zurück, wo er sie getröstet und zu ihr gesagt hatte, wäre er nicht der, der er wirklich wäre, sondern der beste Mensch auf der Welt und dabei frei, so würde er auf den Knien um ihre Hand bitten; und es ergriff ihn dasselbe Gefühl des Mitleids, der Zärtlichkeit und der Liebe, und dieselben Worte drängten sich ihm auf die Lippen. Aber sie ließ ihm nicht Zeit, sie auszusprechen.

»Ja, Sie ... Sie ...«, sagte sie, indem sie das Wort »Sie« mit besonderer Herzlichkeit sprach. »Das ist auch etwas anderes. Einen edleren, großmütigeren, besseren Menschen als Sie habe ich noch nie gekannt, und es kann auch keinen geben. Wenn Sie damals nicht gewesen wären, so weiß ich nicht, was aus mir geworden wäre; und auch wenn ich Sie jetzt nicht hätte ... denn ...«

Ihre Augen füllten sich plötzlich mit Tränen; sie wendete sich ab, hob die Noten zu den Augen hinauf und begann wieder zu singen und im Saal auf und ab zu gehen.

In diesem Augenblick kam Petja aus dem Salon hereingelaufen.

Petja war jetzt ein hübscher, gesund aussehender fünfzehnjähriger Bursche mit dicken, roten Lippen; mit Natascha hatte er ziemlich viel Ähnlichkeit. Er bereitete sich zur Aufnahmeprüfung für die Universität vor, hatte aber in der letzten Zeit mit seinem Kameraden Obolenski zusammen heimlich beschlossen, zu den Husaren zu gehen.

Petja kam zu seinem Namensvetter hereingelaufen, um mit ihm über diese wichtige Angelegenheit zu reden; er hatte ihn gebeten, sich zu erkundigen, ob er wohl bei den Husaren werde angenommen werden.

Pierre ging nach dem Salon zu, ohne auf Petja hinzuhören. Petja faßte ihn an den Arm, um seine Aufmerksamkeit auf sich zu ziehen.

»Nun, wie steht es mit meiner Angelegenheit, Pjotr Kirillowitsch? Ich bitte Sie inständig; Sie sind meine einzige Hoffnung«, sagte er.

»Ja, richtig, deine Angelegenheit. Du wolltest ja wohl zu den Husaren? Ich werde dir Bescheid geben, gewiß. Heute noch, über alles.«

»Nun, wie ist's, mein Lieber? Haben Sie sich das Manifest verschafft?« fragte ihn im Salon der alte Graf. »Die Gräfin war zur Messe bei Rasumowskis und hat da ein neues Gebet mit angehört. Es ist sehr schön gewesen, sagt sie.«

»Ja, ich habe es bekommen«, erwiderte Pierre. »Morgen kommt der Kaiser. Es findet eine außerordentliche Adelsversammlung statt, und es heißt, es soll eine Aushebung von je zehn Mann auf das Tausend veranstaltet werden. Ja, und ich spreche Ihnen meinen Glückwunsch aus.«

»Ja, ja, Gott sei Dank. Nun, und was gibt es Neues von der Armee?«

»Die Unsrigen sind wieder zurückgegangen. Sie stehen schon bei Smolensk, heißt es«, antwortete Pierre.

»Mein Gott, mein Gott!« rief der Graf. »Wo haben Sie denn das Manifest?«

»Den Aufruf? Ach ja!«

Pierre begann in den Taschen nach seinen Papieren zu suchen, konnte sie aber nicht finden. Immer noch an seinen Taschen herumklopfend, küßte er der Gräfin, die eingetreten war, die Hand und sah sich dann unruhig um; er wartete offenbar auf Natascha, die nicht mehr sang, aber trotzdem nicht in den Salon kam.

»Wahrhaftig, ich weiß nicht, wo ich die Papiere gelassen habe«, sagte er.

»Na ja, Sie verlieren aber auch immer alles«, sagte die Gräfin.

Natascha kam mit wehmütig gerührter Miene herein, setzte sich hin und blickte Pierre schweigend an. Sowie sie ins Zimmer trat, strahlte Pierres his dahin finsteres Gesicht, und er blickte, während er fortfuhr nach den Papieren zu suchen, mehrere Male zu ihr hin.

»Weiß der Himmel, ich muß sie zu Hause vergessen haben; ich werde noch einmal zurückfahren. Unter allen Umständen ...«

»Aber, da kommen Sie ja zu spät zum Essen.«

»Ach, und der Kutscher ist ja auch weggefahren.«

Aber Sonja, die ins Vorzimmer gegangen war, um die Papiere dort zu suchen, fand sie in Pierres Hut, wo er sie sorgsam halb hinter das Futter gesteckt hatte. Pierre wollte nun mit dem Vorlesen beginnen.

»Nein, bitte nach Tisch!« sagte der alte Graf, der von dieser Vorlesung offenbar ein großes Vergnügen erwartete.

Bei Tisch wurde auf die Gesundheit des neuen Georgsritters Champagner getrunken, und Schinschin erzählte Stadtneuigkeiten: von der Krankheit der alten Fürstin von Grusien, und daß Métivier aus Moskau verschwunden sei, und daß Leute aus dem Volk zu dem Grafen Rastoptschin (dieser habe die Geschichte selbst erzählt) einen Deutschen gebracht und dem Grafen erklärt hätten, das sei ein Champignon (sie hätten »Spion« sagen wollen); Graf Rastoptschin habe Befehl gegeben, den Champignon wieder laufenzulassen, und den Leuten bedeutet, das sei kein Champignon, sondern ein ganz gewöhnlicher alter deutscher Pilz.

»Ja, man ist jetzt flink mit dem Arretieren bei der Hand!« rief der Graf. »Ich habe der Gräfin auch schon gesagt, sie soll nicht so viel französisch sprechen. Das ist in diesen Zeitläuften nicht angebracht.«

»Aber haben Sie das gehört?« sagte Schinschin. »Fürst Golizyn hat sich einen russischen Lehrer angenommen; er lernt russisch. Es fängt an gefährlich zu werden, wenn man auf der Straße französisch spricht.«

»Na, wie ist denn das, Graf Pjotr Kirillowitsch? Wenn die Landwehr aufgeboten wird, müssen Sie wohl auch zu Pferd steigen?« sagte der alte Graf, zu Pierre gewendet.

Pierre war während des ganzen Diners schweigsam und in Gedanken versunken gewesen. Als er von dem Grafen so angeredet wurde, blickte er ihn an, wie wenn er ihn nicht verstanden hätte.

»Ja, ja, in den Krieg«, sagte er. »Aber nein, was würde ich für ein Krieger sein! Übrigens, es ist alles so sonderbar, so sonderbar! Und ich verstehe mich selbst nicht. Ich weiß nicht, militärische Neigungen liegen mir eigentlich ganz fern, aber niemand kann in unserer jetzigen Zeit garantieren, was er morgen tun wird.«

Nach Tisch setzte sich der Graf gemächlich in einen Lehnstuhl und forderte mit ernstem Gesicht Sonja zum Vorlesen auf, da diese sich hierin einer besonderen Meisterschaft rühmen konnte.

»An unsere erste Residenzstadt Moskau.

Der Feind ist mit großen Streitkräften über die Grenze in Rußland eingedrungen und trachtet, unser geliebtes Vaterland zugrunde zu richten«, las Sonja eifrig mit ihrem hellen Stimmchen. Der Graf schloß die Augen, hörte zu und seufzte an einigen Stellen.

Natascha saß gerade aufgerichtet da und blickte bald ihrem Vater, bald Pierre forschend ins Gesicht.

Pierre fühlte ihren Blick auf sich gerichtet und vermied es, nach ihr hinzusehen. Die Gräfin wiegte bei jedem feierlichen Ausdruck des Manifestes mißbilligend und ärgerlich den Kopf hin und her. Sie entnahm sich aus all diesen Worten nur das eine, daß die Gefahren, die ihrem Sohn drohten, noch nicht so bald zu Ende sein würden. Schinschin, der seinen Mund zu einem spöttischen Lächeln verzogen hatte, stand offenbar auf dem Sprung, sich über das erstbeste lustig zu machen, was zum Spott Anlaß geben würde: über Sonjas Vorlesen, über das, was der Graf sagen würde, ja sogar über den Aufruf selbst, wenn sich kein besserer Gegenstand für seine Spottlust finden sollte.

Nachdem Sonja von den Gefahren gelesen hatte, von denen Rußland bedroht sei, und von den Hoffnungen, die der Kaiser auf Moskau und namentlich auf den altberühmten Adel setze, las sie mit einem Zittern der Stimme, das hauptsächlich durch die gespannte Aufmerksamkeit hervorgerufen wurde, mit der ihr alle zuhörten, die folgenden Worte: »Wir werden nicht zögern, selbst in der Mitte unseres Volkes in dieser Hauptstadt und an anderen Orten unseres Reiches zu erscheinen, um die erforderlichen Beratungen zu veranstalten und die nötigen Anweisungen für alle Verteidiger unseres Vaterlandes zu erteilen, sowohl für diejenigen, die schon jetzt dem Feind den Weg versperren, als auch für diejenigen, die neu eingestellt werden sollen, um ihn überall niederzuwerfen, wo er sich nur zeigen mag. Möge das Verderben, in das er uns zu stürzen gedenkt, sich auf sein eigenes Haupt wenden und das von der Knechtschaft befreite Europa den Namen Rußlands preisen!«

»So ist's recht!« rief der Graf, die feuchten Augen öffnend. Und mehrmals von Schnauben unterbrochen, wie wenn man ihm ein Fläschchen mit starkem Riechsalz unter die Nase hielte, fuhr er fort: »Der Kaiser braucht nur ein Wort zu sagen, so bringen wir alles zum Opfer; nichts soll uns zu teuer sein!«

Schinschin hatte noch nicht Zeit gefunden, den Witz auszusprechen, den er bereits über den Patriotismus des Grafen zurechtgemacht hatte, als Natascha von ihrem Platz aufsprang und zu ihrem Vater hinlief.

»Was habe ich für einen prächtigen Vater!« rief sie und küßte ihn; und dann sah sie wieder nach Pierre hin mit der unbewußten Koketterie, die ihr zugleich mit ihrer Lebhaftigkeit wiedergekehrt war.

»Ei, ist das eine Patriotin!« bemerkte Schinschin.

»Gar nicht Patriotin, sondern einfach ...«, erwiderte Natascha gekränkt. »Ihnen ist alles lächerlich; aber dies ist ganz und gar kein Scherz ...«

»Keine Rede von Scherz!« stimmte der Graf bei. »Wenn der Kaiser nur ein Wort sagt, so kommen wir alle ... Wir sind andere Leute wie diese Deutschen ...«

»Aber haben Sie auch wohl beachtet«, sagte Pierre, »daß es in dem Aufruf heißt: ›um Beratungen zu veranstalten‹?«

»Na, ganz gleich, wozu ...«

In diesem Augenblick trat Petja, auf den niemand geachtet hatte, zum Vater hin und sagte mit hochgerötetem Gesicht, wobei ihm die Stimme fortwährend überschlug, so daß sie bald tief, bald hoch klang: »Aber jetzt, lieber Papa, sage ich Ihnen mit aller Entschiedenheit ... und auch Ihnen, liebe Mama, da mögen Sie sagen, was Sie wollen ... ich sage Ihnen mit aller Entschiedenheit: Lassen Sie mich als Soldat eintreten; denn ich bin nicht imstande ... Ja, das war's, was ich Ihnen sagen wollte!«

Die Gräfin blickte entsetzt zu ihm auf, schlug die Hände über dem Kopf zusammen und wandte sich ärgerlich zu ihrem Mann:

»Das hast du nun mit deinem Gerede angerichtet!« sagte sie.

Aber der Graf hatte sich nach der ersten Aufregung sogleich wieder gefaßt.

»Na, na!« sagte er. »Das ist noch mal ein Krieger! Laß die Dummheiten beiseite; du mußt lernen.«

»Das sind keine Dummheiten, Papa. Fjodor Obolenski ist jünger als ich und geht auch. Und vor allen Dingen, es ist ganz gleich, ich kann jetzt doch nicht lernen, wo ...« Petja hielt inne, wurde dunkelrot und stieß dann heraus: »wo das Vaterland in Gefahr ist.«

»Hör auf, hör auf! Das sind Dummheiten.«

»Aber Sie haben doch selbst gesagt, wir wollten alles zum Opfer bringen.«

»Petja! Ich sage dir, schweig still!« rief der Graf und blickte dabei nach seiner Frau, die ganz blaß mit starren Augen ihren jüngsten Sohn ansah.

»Aber ich sage Ihnen, ich bleibe dabei. Und auch Pjotr Kirillowitsch hier wird Ihnen sagen ...«

»Ich sage dir, das ist lauter dummes Zeug. Ist noch nicht trocken hinter den Ohren und will Soldat werden! Höre, was ich dir sage ...« Der Graf schickte sich an, aus dem Zimmer zu gehen; die Papiere nahm er mit, wahrscheinlich um sie in seinem Zimmer vor dem Schläfchen noch einmal durchzulesen. »Nun, Pjotr Kirillowitsch, kommen Sie mit, rauchen Sie ein bißchen ...«

Pierre war verlegen und unschlüssig. Nataschas ungewöhnlich lebhafte, glänzende Augen, die fortwährend mit einem mehr als bloß freundlichen Ausdruck auf ihn gerichtet waren, hatten ihn in diesen Zustand versetzt.

»Ich danke, ich muß wohl nach Hause ...«

»Nach Hause? Aber Sie wollten doch den Abend über bei uns bleiben ... Sie kommen in letzter Zeit überhaupt so selten zu uns. Und meine Tochter«, sagte der Graf gutherzig, auf Natascha weisend, »ist nur heiter, wenn Sie hier sind.«

»Ja, ich habe etwas vergessen ... Ich muß ganz notwendig nach Hause ... Geschäftliches ...«, sagte Pierre hastig.

»Na, dann also auf Wiedersehen«, sagte der Graf, ging weiter zur Tür und verließ das Zimmer.

»Warum brechen Sie auf? Warum sind Sie so verstimmt? Warum denn?« fragte Natascha Pierre und blickte ihm in freundlich entgegenkommender Art in die Augen.

»Weil ich dich liebe!« wollte er sagen, sagte es aber nicht; er errötete, daß ihm beinah die Tränen kamen, und schlug die Augen nieder.

»Weil es für mich besser ist, wenn ich Sie seltener besuche«, sagte er. »Weil ... Nein, ganz einfach, ich habe Geschäftliches zu erledigen ...«

»Warum wollen Sie weg? Nein, sagen Sie es mir doch ...«, begann Natascha in entschlossenem Ton, verstummte aber plötzlich.

Beide blickten einander erschrocken und verlegen an. Er machte einen Versuch zu lächeln, war aber dazu nicht imstande: Sein Lächeln hatte einen schmerzlichen Ausdruck; er küßte ihr schweigend die Hand und ging.

Pierre nahm sich vor, Rostows nicht mehr zu besuchen.

XXI

Petja ging, nachdem ihm seine Bitte so entschieden abgeschlagen war, auf sein Zimmer, schloß sich dort ein und weinte bitterlich. Zum Tee erschien er schweigend, mit finsterer Miene und verweinten Augen; aber alle taten, als bemerkten sie nichts davon.

Am andern Tag traf der Kaiser ein. Mehrere von der Rostowschen Dienerschaft erbaten sich Urlaub, um hinzugehen und den Zaren zu sehen. An diesem Morgen verbrachte Petja viel Zeit mit seinem Anzug; sein Haar und seinen Hemdkragen machte er so zurecht, wie es bei Erwachsenen üblich war. Vor dem Spiegel nahm er zur Übung eine ernste, grimmige Miene an, gestikulierte und bewegte die Schultern; zuletzt setzte er, ohne jemandem etwas davon zu sagen, die Mütze auf und verließ, um unbemerkt zu bleiben, das Haus durch die Hintertür. Petja hatte vor, geradewegs dahin zu gehen, wo der Kaiser war, und ohne weiteres irgendeinem Kammerherrn (nach Petjas Vorstellung war der Kaiser immer von Kammerherren umgeben) mitzuteilen, daß er, Graf Rostow, trotz seiner Jugend dem Vaterland zu dienen wünsche, daß sein jugendliches Alter kein Hindernis für seine Hingebung an die große Sache bilden dürfe, und daß er bereit sei ... Während Petja sich fertig machte, hatte er sich viele schöne Worte zurechtgelegt, die er dem Kammerherrn sagen wollte.

Petja rechnete auf einen Erfolg seiner Bitte an den Kaiser namentlich deswegen, weil er noch so jung war (er stellte es sich sogar schon im voraus vor, wie alle über sein jugendliches Alter erstaunt sein würden); zugleich aber wollte er doch durch das Arrangement seines Hemdkragens, durch seine Frisur und durch seinen gemessenen, langsamen Gang sich als einen schon älteren Menschen darstellen. Aber je weiter er ging und je mehr die in immer dichteren Scharen dem Kreml zuströmende Volksmenge seine Aufmerksamkeit in Anspruch nahm, um so mehr vergaß er es, jene ehrbare, gemessene Haltung zu beobachten, wie sie den Erwachsenen eigen ist. Als er sich dem Kreml näherte, hatte er schon seine Not, nicht zu arg gequetscht zu werden, und stemmte mit entschlossener, drohender Miene die Arme in die Seiten. Aber im Troizkija-Tor drückten trotz all seiner Entschlossenheit die Menschen, die wahrscheinlich nicht wußten, in welcher patriotischen Absicht er nach dem Kreml ging, ihn dermaßen gegen die Mauer, daß er sich fügen und stehenbleiben mußte, während die Equipagen laut donnernd durch das Torgewölbe hineinfuhren. Um Petja herum standen eine Frau mit ihrem Diener, zwei Kaufleute und ein verabschiedeter Soldat. Nachdem Petja eine Weile im Torweg gestanden hatte, wollte er, ohne abzuwarten, bis die Equipagen sämtlich vorbeigefahren sein würden, früher als die andern weitergehen und begann kräftig mit den Ellbogen zu arbeiten; aber die Frau, die ihm im Weg stand und gegen die er zuerst seine Ellbogen in Tätigkeit setzte, schrie ihn ärgerlich an:

»Aber Herrchen, du stößt einen ja! Du siehst doch, daß alle noch stehenbleiben. Wie kannst du dich da vordrängen!«

»Wir werden schon alle weitergehen; nur Geduld!« sagte der Diener, begann nun ebenfalls mit den Ellbogen zu arbeiten und drückte Petja in einen übelriechenden Winkel des Torwegs hinein.

Petja wischte sich mit den Händen den Schweiß ab, der ihm das Gesicht bedeckte, und suchte den vom Schweiß weich gewordenen Hemdkragen in Ordnung zu bringen, den er zu Hause so schön nach Art der Erwachsenen zurechtgelegt hatte.

Er fühlte, daß sein Äußeres nicht mehr sehr präsentabel war, und fürchtete, wenn er in dieser Gestalt vor die Kammerherren hinträte, so würden sie ihn nicht zum Kaiser lassen. Aber sich zurechtzumachen und sich an einen andern Platz zu begeben, war bei dem Gedränge ein Ding der Unmöglichkeit. Einer der vorbeifahrenden Generale war ein Bekannter der Familie Rostow. Petja wollte ihn schon um seinen Beistand bitten, sagte sich dann aber doch, daß das seiner männlichen Würde nicht angemessen sei. Als alle Equipagen vorübergefahren waren, drängte die Menge nach und trug auch Petja mit hinein auf den großen Platz, der ganz von Menschen angefüllt war. Nicht nur auf dem Platz selbst, sondern auch auf den Böschungen und auf den Dächern, überall standen Menschen. Sobald Petja auf den Platz gelangt war, hörte er in voller Deutlichkeit die Glockenklänge, die den ganzen Kreml erfüllten, und das fröhliche Redegesumme der Volksmenge.

Als alles sich zurechtgeschoben hatte, stand man auf dem Platz eine Zeitlang etwas weniger eng; aber auf einmal entblößten sich alle Köpfe, und alles stürzte irgendwohin nach vorn. Petja wurde so arg gedrückt, daß er nicht atmen konnte, und alle schrien: »Hurra! Hurra! Hurra!« Petja hob sich auf den Zehen in die Höhe, stieß und kniff seine Vordermänner, konnte aber nichts weiter sehen als die Menschen, die ihn umgaben.

Auf allen Gesichtern lag der gleiche Ausdruck der Rührung und der Begeisterung. Eine Kaufmannsfrau, die neben Petja stand, schluchzte laut, und die Tränen rollten ihr aus den Augen.

»Väterchen, Schutzengel, Wohltäter!« rief sie unaufhörlich und wischte sich mit den Fingern die Tränen weg.

»Hurra!« wurde auf allen Seiten geschrien.

Einen Augenblick lang blieb die Menge auf einer Stelle stehen; aber dann stürmte sie wieder vorwärts.

Petja, der kaum von sich selbst wußte, biß die Zähne zusammen, riß mit einem Ausdruck tierischer Wildheit die Augen weit auf und stürzte vorwärts, indem er mit den Ellbogen um sich stieß und Hurra! schrie, als wäre er ohne weiteres bereit, im nächsten Augenblick sich selbst und alle andern zu töten; neben ihm stürzten Leute mit ebenso tierisch wilden Gesichtern vorwärts und schrien gleichfalls Hurra.

»Da sieht man, was für ein hohes Wesen ein Kaiser ist!« dachte Petja. »Nein, ihm selbst darf ich meine Bitte nicht vortragen; das wäre doch gar zu kühn!« Trotzdem arbeitete er sich mit immer gleicher Heftigkeit weiter nach vorn hindurch und erblickte hinter dem Rücken seiner Vordermänner hervor bereits den freien Raum, auf dem ein Weg mit rotem Tuch belegt war; aber in diesem Augenblick wich die Menge in wellenförmiger Bewegung zurück (vorn stießen Polizisten diejenigen zurück, die sich gar zu nah an den Zug herandrängten: Der Kaiser ging vom Palais nach der Uspenski-Kathedrale), und Petja erhielt unerwartet einen solchen Stoß in die Seite gegen die Rippen und wurde so zusammengepreßt, daß ihm auf einmal vor den Augen alles dunkel wurde und er das Bewußtsein verlor. Als er wieder zu sich kam, hielt ihn ein Mann geistlichen Standes, mit einem Büschel grauer Haare hinten am Kopf, in dem abgetragenen, langen, blauen Rock eines kirchlichen Beamten, wahrscheinlich ein Küster, mit einer Hand unter der Achsel, mit der andern schützte er ihn gegen die andringende Menge.

»Ihr habt ja den jungen Herrn erdrückt!« sagte der Küster.

»Ist das eine Zucht …! Sachte, sachte … Erdrückt habt ihr ihn, geradezu erdrückt!«

Der Kaiser war vorbeigekommen und in die Uspenski-Kathedrale gegangen. Nun floß die Menge wieder einigermaßen auseinander, und der Küster führte Petja, der ganz blaß aussah und nur schwach atmete, zur Kaiserkanone* hin. Einige mitleidige Seelen sprachen ihr Bedauern über

* Sie ist 5,3 m lang und steht vor der Kaserne am Senatsplatz. Anmerkung des Übersetzers.

Petjas Unfall aus, und auf einmal wandte sich der ganze Menschenschwarm zu ihm hin, und es entstand um ihn ein starkes Gedränge. Die zunächst Stehenden suchten ihm hilfreich zu sein, knöpften ihm den Rock auf, setzten ihn auf den Sockel der Kanone und schalten auf diejenigen, die ihn so gedrückt hatten.

»So kann man ja einen Menschen totdrücken! Was soll denn das vorstellen! Das ist ja Mord! Seht bloß mal, wie blaß der nette Junge geworden ist, weiß wie ein Laken!« so redeten sie durcheinander.

Petja erholte sich bald wieder, die Farbe kehrte in sein Gesicht zurück, der Schmerz verging, und um ihn für diese zeitweilige Unannehmlichkeit zu trösten, gab man ihm einen Platz auf der Kanone, von wo aus er hoffen konnte, den Kaiser zu sehen, der bei der Rückkehr aus der Kirche hier vorbeikommen mußte. Petja dachte jetzt gar nicht mehr daran, seine Bitte vorzutragen. Wenn er ihn nur zu sehen bekam, auch dann schon wollte er sich für hochbeglückt halten!

Während des Gottesdienstes in der Uspenski-Kathedrale (man verband dabei eine Feier anläßlich der Ankunft des Kaisers mit einem Dankfest wegen des Friedensschlusses mit der Türkei) zerstreute sich die Menge zum Teil, und es erschienen laut schreiende Händler mit Kwas, Pfefferkuchen und Mohn, von welchem letzteren Petja ein besonderer Liebhaber war, und man hörte Gespräche alltäglichen Inhalts. Eine Kaufmannsfrau zeigte ihren Schal, der ihr in dem Gedränge zerrissen war, und erzählte, wieviel sie seinerzeit dafür gegeben habe; eine andere sprach davon, daß alle Seidenstoffe jetzt so teuer geworden seien. Der Küster, Petjas Retter, setzte einem Beamten auseinander, was für eine Menge von Geistlichen heute neben dem hochwürdigsten Metropoliten beim Gottesdienst mitwirke; dabei bediente er sich mehrere Male der Wendung »unter Assistenz des Klerus«, die Petja nicht verstand. Zwei junge Bürgersöhne scherzten mit ein paar Landmädchen, welche Nüsse knackten.

Aber keines von diesen Gesprächen vermochte jetzt Petjas Interesse zu erregen, nicht einmal die Späßchen mit den jungen Mädchen, die doch sonst für Petja, wie überhaupt für junge Leute in seinem Alter, einen besonderen Reiz hatten; er saß auf seinem erhöhten Sitz, der Kanone, von dem Gedanken an den Kaiser und an seine Liebe zu ihm noch immer ebenso aufgeregt wie vorher. Der Umstand, daß zu dem Gefühl der Begeisterung sich noch das Gefühl des Schmerzes und der Furcht bei der argen Zusammenpressung gesellt hatte, dieser Umstand diente dazu, das Bewußtsein von der hohen Bedeutung dieses Momentes bei ihm noch zu verstärken.

Plötzlich ertönten von der Uferstraße her Kanonenschüsse (es wurde zur Feier des Friedensschlusses mit den Türken geschossen), und die

Menge stürzte hastig dorthin, um zuzusehen, wie geschossen wurde. Petja wollte ebenfalls hinlaufen; aber der Küster, der den jungen Herrn unter seine Obhut genommen hatte, ließ ihn nicht weg. Das Schießen war noch nicht zu Ende, als aus der Uspenski-Kathedrale schnellen Schrittes mehrere Offiziere, Generale und Kammerherren herauskamen und darauf minder schnell noch einige andere Herren. Wieder flogen die Mützen von den Köpfen, und diejenigen, die weggelaufen waren, um die Kanonen zu sehen, kamen wieder zurückgerannt. Endlich kamen noch vier Herren, in Uniform und mit Ordensbändern, aus dem Portal der Kathedrale heraus, »Hurra! Hurra!« schrie die Menge von neuem.

»Welcher ist es? Welcher ist es?« fragte Petja die Umstehenden mit weinerlicher Stimme; aber niemand gab ihm Antwort, alle waren zu sehr mit ihrer Begeisterung beschäftigt. So wählte sich denn Petja einen von diesen vier Herren aus, den er durch die Freudentränen, die ihm in den Augen standen, allerdings nicht deutlich sehen konnte, konzentrierte auf ihn, obgleich es gar nicht der Kaiser war, seine ganze Begeisterung, schrie wie wütend Hurra und nahm sich vor, morgen, es koste, was es wolle, Soldat zu werden.

Die Menge lief hinter dem Kaiser her, begleitete ihn bis zum Palais und begann sich dann zu zerstreuen. Es war schon spät, und Petja hatte nichts gegessen, und der Schweiß floß ihm in Strömen am Körper herab; aber er ging nicht nach Hause, sondern stand mit der zwar kleiner gewordenen, aber immer noch recht beträchtlichen Volksmenge während des Diners des Kaisers vor dem Palais, blickte nach den Fenstern hinauf und beneidete in gleichem Grad die hohen Würdenträger, die beim Portal vorfuhren, um sich zu dem kaiserlichen Diner zu begeben, und die Kammerlakaien, die an der Tafel aufwarteten und mitunter an den Fenstern vorüberhuschten.

An der Tafel sagte Walujew nach einem Blick durch das Fenster zum Kaiser:

»Das Volk hofft immer noch, Euer Majestät zu sehen.«

Die Tafel war bereits au Ende, der Kaiser stand, noch mit dem Verzehren eines Biskuits beschäftigt, auf und trat auf den Balkon hinaus. Das Volk, und Petja mitten darunter, stürzte nach dem Balkon hin.

»Schutzengel! Väterchen! Hurra! Wohltäter ...!« schrie das Volk, darunter auch Petja; und wieder weinten viele Frauen vor Glückseligkeit, sowie, wenn auch in etwas geringerem Maße, einige Männer, auch Petja.

Ein ziemlich großes Stück von dem Biskuit, das der Kaiser in der Hand hielt, brach ab, fiel auf das Geländer des Balkons und von dem Geländer auf die Erde. Ein Kutscher in ärmellosem Wams, der am nächsten dabeistand, stürzte auf dieses Stück Biskuit los und ergriff es. Einige aus der

Menge warfen sich auf den Kutscher. Als der Kaiser dies bemerkte, ließ er sich einen Teller mit Biskuits reichen und begann, die Biskuits vom Balkon herunterzuwerfen. Die Äderchen in Petjas Augen füllten sich mit Blut; durch die Gefahr, erdrückt zu werden, wurde seine Aufregung noch gesteigert; er stürzte sich auf die Biskuits. Er wußte nicht warum; aber er mußte, mußte ein Biskuit aus den Händen des Kaisers haben und durfte sich durch nichts hindern lassen. Er stürzte auf eine alte Frau los, die nach einem Biskuit griff, und stieß sie um. Aber die Alte gab sich, obgleich sie auf der Erde lag, noch nicht besiegt: Sie griff von neuem nach dem Biskuit, kam aber mit den Armen nicht hin; denn Petja stieß mit seinem Knie ihren Arm beiseite, packte das Biskuit, und als wenn er fürchtete, damit zu spät zu kommen, schrie er mit bereits heiser gewordener Stimme eilig von neuem: »Hurra!«

Der Kaiser trat wieder hinein, und darauf begann der größte Teil der Menge auseinanderzugehen.

»Ich habe es ja gleich gesagt, daß wir noch warten müßten; und das ist denn auch das Richtige gewesen«, sagten die Leute an verschiedenen Stellen mit vergnügten Gesichtern.

So glücklich sich Petja auch fühlte, so kam es ihm doch gar zu traurig vor, gleich nach Hause zu gehen und sich sagen zu müssen, daß nun der ganze Genuß dieses Tages zu Ende sei. Daher begab er sich aus dem Kreml nicht nach Hause, sondern zu seinem Kameraden Obolenski, der auch fünfzehn Jahre alt war und ebenfalls in ein Regiment eintreten wollte. Als er dann nach Hause zurückgekehrt war, erklärte er mit aller Bestimmtheit und Festigkeit, wenn man ihn nicht eintreten ließe, so werde er davonlaufen. Und am andern Tag fuhr Graf Ilja Andrejewitsch, obwohl er noch nicht völlig eingewilligt hatte, dennoch aus, um sich zu erkundigen, wie man Petja irgendwo möglichst gefahrlos unterbringen könne.

XXII

Am Vormittag des 15. Juli, also zwei Tage nach diesen Ereignissen im Kreml, hielt vor dem Slobodski-Palais eine zahllose Menge von Equipagen.

Die Säle waren voll Menschen. Im ersten Saal waren die Adligen, sämtlich in Uniform, im zweiten die Kaufleute, bärtige Männer in blauen Kaftanen, mit Medaillen geschmückt. In dem Saal, in welchem die Adelsversammlung stattfand, herrschte lautes Stimmengewirr und lebhafte Bewegung. An einem großen Tisch saßen unter dem Porträt des Kaisers auf hochlehnigen Stühlen die allervornehmsten Persönlichkeiten; die meisten Adligen aber gingen im Saal hin und her.

Alle diese Adligen, dieselben Leute, die Pierre täglich bald im Klub, bald in ihren Häusern sah, alle trugen sie Uniformen: teils solche aus der Zeit der Kaiserin Katharina, teils solche aus Kaiser Pauls Zeit, teils die neuen von Alexander eingeführten, teils auch die gewöhnlichen Adelsuniformen; und diese gemeinsame Eigenschaft des Uniformiertseins verlieh all den alten und jungen, höchst verschiedenartigen, wohlbekannten Persönlichkeiten ein gleichartiges, seltsam-phantastisches Aussehen. Besonders auffallend sahen die halbblinden, zahnlosen, kahlköpfigen Greise aus, die teils von gelblichem Fett aufgedunsen, teils runzlig und mager waren. Sie saßen größtenteils auf ihren Plätzen und schwiegen, und wenn sie umhergingen und redeten, so schlossen sie sich an irgendwelche jüngeren Leute an. Ebenso wie auf den Gesichtern der Volksmenge, die Petja auf dem Platz im Kreml gesehen hatte, waren auch auf all diesen Gesichtern zwei zueinander in starkem Gegensatz stehende Züge wahrnehmbar: einerseits die allgemeine Erwartung von etwas Feierlichem, andrerseits die gewöhnlichen, alltäglichen Interessen: für die Bostonpartie, für die Leistungen des Koches Pjotr, für das Befinden der teuren Gattin Sinaida Dmitrijewna usw.

Pierre, der schon vom frühen Morgen an in eine unbequeme, ihm zu eng gewordene Adelsuniform eingezwängt war, bewegte sich gleichfalls in dem Adelssaal und seinen Nebenräumen. Er war in lebhafter Erregung: Die ungewöhnliche Zusammenberufung nicht nur des Adels, sondern auch der Kaufmannschaft (der Stände, états généraux) rief bei ihm eine ganze Reihe von Gedanken an den Contrat social und die Französische Revolution wieder wach, Gedanken, mit denen er sich seit langer Zeit nicht mehr beschäftigt hatte; die aber in seiner Seele tief eingegraben waren. Die Worte, die ihm in dem Aufruf besonders bemerkenswert erschienen waren, nämlich daß der Kaiser zum Zweck der *Beratung* mit seinem Volk in der Residenz erscheinen werde, diese Worte bestärkten ihn noch in seiner Ansicht. Und in der Annahme, daß in diesem Sinne ein wichtiges, von ihm längst erwartetes Ereignis herannahe, ging er umher, sah aufmerksam um sich, hörte nach den Gesprächen hin, fand aber nirgends eine Äußerung der Gedanken, die ihn beschäftigten.

Das Manifest des Kaisers wurde vorgelesen und rief große Begeisterung hervor; dann verteilten sich alle in lebhaftem Gespräch. Außer den alltäglichen Unterhaltungsgegenständen hörte Pierre Gespräche darüber, wo die Adelsmarschälle beim Eintritt des Kaisers stehen sollten, wann man dem Kaiser einen Ball geben könne, ob man sich jetzt nach Kreisen ordnen oder die Adligen des ganzen Gouvernements ungeteilt bleiben sollten usw.; aber sowie die Rede auf den Krieg und auf den

Zweck dieser Adelsversammlung kam, wurden die Äußerungen unsicher und schwankend; ein jeder wollte lieber hören als reden.

Ein Mann in mittleren Jahren, von stattlicher, hübscher Figur, in der Uniform eines Marineoffiziers a. D., sprach in einem der Nebensäle, und es drängten sich viele um ihn herum. Auch Pierre trat zu dem dichten Ring, der sich um den Redner gebildet hatte, und begann zuzuhören. Graf Ilja Andrejewitsch, der in seinem Wojewodenkaftan aus der Zeit der Kaiserin Katharina mit freundlichem Lächeln durch die Menge wandelte, in der er mit allen bekannt war, trat gleichfalls zu dieser Gruppe und hörte zu, indem er, wie immer, wenn er zuhörte, gutmütig lächelte und zum Zeichen, daß er mit dem Redenden einer Meinung sei, beifällig mit dem Kopf nickte. Der Marineoffizier a. D. sprach mit großer Dreistigkeit; das war aus dem Gesichtsausdruck seiner Zuhörer zu ersehen, sowie daraus, daß mehrere Herren, die Pierre als besonders loyale, stille Männer kannte, sich mißbilligend von ihm entfernten oder ihren Widerspruch äußerten. Pierre drängte sich bis in die Mitte der Gruppe, hörte zu und überzeugte sich, daß der Redende tatsächlich ein Fortschrittsmann war, aber in einem ganz andern Sinn, als es Pierres eigener Anschauungsweise entsprach. Der Marineoffizier sprach mit dem bei Edelleuten häufigen besonders klangvollen, singenden Bariton, mit einem angenehm klingenden Schnarren des r und mit Unterdrückung einzelner Konsonanten, in dem Ton, mit dem er »Orrroanz« (Ordonnanz), die »Pfeife!« und Ähnliches gerufen haben mochte. Man hörte seiner Redeweise an, daß er gewohnt war, lustig zu leben und zu kommandieren.

»Was geht uns das an, daß die Smolensker dem Kaiser Landwehrleute angeboten haben? Haben uns etwa die Smolensker etwas zu sagen? Wenn der verehrliche Adel des Gouvernements Moskau es für nötig befindet, so kann er Seiner Majestät dem Kaiser seine Ergebenheit auch durch andere Mittel zum Ausdruck bringen. Haben wir etwa die Landwehr von achtzehnhundertsieben vergessen? Dabei haben nur die Federfuchser ihr Schäfchen geschoren, die Diebe und Räuber …«

Graf Ilja Andrejewitsch lächelte süß und nickte zustimmend.

»Und dann, sind etwa unsere Landwehrleute dem Staat von Nutzen gewesen? Ganz und gar nicht! Nur unsere Gutswirtschaft ist dadurch ruiniert worden. Da ist eine Rekrutenaushebung denn doch noch besser … Der Landwehrmann, der aus dem Krieg zu uns zurückkommt, ist weder Soldat noch Bauer, sondern einfach ein Liederjan. Der Adel wird sein eigenes Leben nicht schonen; wir werden uns selbst Mann für Mann einfinden, wir bringen noch die Rekruten mit, und dann braucht der Kaiser nur zu befehlen, so gehen wir alle für ihn in den Tod!« fügte der Redner enthusiastisch hinzu.

Ilja Andrejewitsch mußte wiederholt den Speichel hinunterschlucken der ihm vor Vergnügen im Mund zusammenfloß, und stieß Pierre an; aber Pierre wollte gern gleichfalls reden. Er drängte sich nach vorn, ohne noch selbst zu wissen, warum er eigentlich so erregt war und was er sagen wollte. Aber kaum hatte er den Mund geöffnet, um zu reden, als ein Senator, ein völlig zahnloser, alter Mann mit klugem, zornig erregtem Gesicht, der nahe bei dem Redner stand, Pierre unterbrach. Sichtlich gewöhnt, sich an Debatten zu beteiligen und Streitfragen zu behandeln, begann er mir leiser, aber vernehmlicher Stimme:

»Ich bin der Ansicht, verehrter Herr«, sagte der Senator wispernd, wie eben Leute ohne Zähne reden, »daß wir nicht hierhergerufen sind, um ein Urteil darüber abzugeben, was für den Staat im gegenwärtigen Augenblick zweckmäßiger ist, Rekrutierung oder Landwehr. Sondern wir sind hierhergerufen, um auf den Aufruf zu antworten, mit dem uns Seine Majestät der Kaiser beehrt hat. Darüber zu urteilen, was zweckmäßiger sei, Rekrutierung oder Landwehr, das überlassen wir der höchsten Stelle …«

Nun hatte Pierre auf einmal den Weg gefunden, auf dem er seiner Erregung Luft machen konnte. Er war wütend auf diesen Senator, der diesen Formalismus und diese Beschränktheit der Anschauungsweise in die Behandlung der dem Adel gestellten Aufgaben hineinbrachte. Pierre ging weiter nach vorn und unterbrach ihn. Er wußte selbst nicht, was er sagen würde; aber er begann lebhaft, wobei er sich ab und zu mit französischen Ausdrücken half und eine Art von Schriftrussisch sprach.

»Verzeihen Sie, Euer Exzellenz«, begann er (Pierre war mit diesem Senator ganz gut bekannt, hielt es aber hier für notwendig, mit ihm in offizieller Form zu verkehren). »Obgleich ich dem Herrn …« (Pierre stockte; er wollte sagen: à mon très honorable préopinant) »dem Herrn … den ich nicht die Ehre habe zu kennen, nicht beistimme, so bin ich doch der Ansicht, daß der Stand der Adligen nicht nur zusammenberufen ist, um seine Sympathie und Begeisterung zum Ausdruck zu bringen, sondern auch um ein Urteil über die Maßregeln abzugeben, durch die dem Vaterland geholfen werden kann. Ich bin der Ansicht«, fuhr er, immer mehr in Eifer geratend, fort, »daß der Kaiser sogar unzufrieden sein würde, wenn er an uns weiter nichts fände als Eigentümer von Bauern, die wir ihm hingeben, und … und chair à canon, Kanonenfutter, wozu wir uns selbst anbieten, aber keine Rat… Rat… Ratgeber.«

Viele entfernten sich von dieser Gruppe, da sie das geringschätzige Lächeln des Senators sahen und merkten, daß Pierre fortschrittliche Ansichten aussprach; nur Ilja Andrejewitsch war mit Pierres Rede zufrieden, wie er auch mit den Reden des Marineoffiziers und des Senators zufrieden gewesen war und überhaupt immer mit derjenigen Rede zufrieden war, die er soeben gehört hatte.

»Ich bin der Ansicht, daß, bevor wir in die Erörterung dieser Fragen eintreten«, fuhr Pierre fort, »wir den Kaiser fragen sollten, wir ehrerbietigst Seine Majestät bitten sollten, uns … communiquer, mitzuteilen, wieviel Truppen wir haben, und in welchem Zustand sich unsere Truppen befinden, und daß wir dann …«

Aber Pierre konnte seinen Satz nicht zu Ende sprechen, da auf einmal von drei Seiten gleichzeitig Gegner über ihn herfielen. Am heftigsten griff ihn ein alter Bekannter von ihm an, der ihm sonst immer freundlich gesinnt gewesen war und manche Partie Boston mit ihm gespielt hatte, Stepan Stepanowitsch Adraxin. Stepan Stepanowitsch trug an diesem Tag Uniform, und mochte es nun von der Uniform herkommen oder von irgendwelchen anderen Ursachen, genug, Pierre sah heute einen ganz anderen Menschen vor sich. Stepan Stepanowitsch, auf dessen Gesicht sich auf einmal ein greisenhafter Jähzorn zeigte, schrie Pierre an:

»Erstens möchte ich Sie darauf aufmerksam machen, daß wir gar kein Recht haben, dem Kaiser eine solche Frage vorzulegen, und zweitens, selbst wenn der russische Adel ein derartiges Recht hätte, so könnte der Kaiser uns doch keine Antwort geben. Die Truppen bewegen sich entsprechend den Bewegungen des Feindes; die Truppen vermindern sich und nehmen wieder zu …«

Hier unterbrach den redenden Adraxin eine andere Stimme; es war die Stimme eines Mannes von mittlerer Statur und von ungefähr vierzig Jahren, welchen Pierre in früheren Zeiten bei den Zigeunern gesehen hatte und als unredlichen Kartenspieler kannte, und der jetzt gleichfalls einen Angriff auf Pierre unternahm; auch er hatte in der Uniform ein ganz verändertes Aussehen.

»Wir haben auch gar keine Zeit, lange hin und her zu reden«, sagte dieser Edelmann; »wir müssen handeln: Der Krieg ist bereits in Rußland. Unser Feind kommt, um Rußland zu vernichten, die Gräber unserer Väter zu schänden, unsere Weiber und Kinder wegzuschleppen.« Der Edelmann schlug sich auf die Brust. »Wir alle werden uns erheben; alle, Mann für Mann, werden wir mitgehen, alle werden wir für unser Väterchen, den Zaren, kämpfen!« schrie er und riß die blutunterlaufenen Augen weit auf. Aus der Menge erschollen einige Beifallsrufe. »Wir sind Russen und werden unser Blut zur Verteidigung des Glaubens, des Thrones und des Vaterlandes nicht sparen. Aber unnützes Geschwätz müssen wir beiseite lassen, wenn wir wahre Söhne des Vaterlandes sind. Wir werden Europa zeigen, wie Rußland sich zur Verteidigung Rußlands erhebt!« schrie der Edelmann.

Pierre wollte etwas erwidern; aber er kam nicht zu Wort. Auch sagte er sich, daß seine Worte, ganz ohne Rücksicht auf ihren Inhalt, weit weniger zu hören sein würden als die Worte des erregten Edelmannes.

Ilja Andrejewitsch brachte hinter der Gruppe seinen Beifall zum Ausdruck. Einige andere Zuhörer machten am Schluß dieser Tirade mit energischer Gebärde eine halbe Wendung, so daß sie dem Redner die Schulter zukehrten, und sagten:

»Hört, hört! So ist es! Ja, so ist es!«

Pierre wollte sagen, daß er durchaus bereit sei, sein Geld, seine Bauern und sich selbst zum Opfer zu bringen, daß man aber doch zunächst den Stand der Dinge kennen müsse, um wirksame Hilfe bringen zu können. Indessen er konnte nicht zu Wort kommen. Viele Stimmen schrien und sprachen zugleich, so daß Ilja Andrejewitsch gar nicht Zeit fand, allen Redenden zuzunicken, und die Gruppe vergrößerte sich, teilte sich, sammelte sich wieder und zog sich in ihrer Gesamtheit unter lebhaftem Stimmengewirr in den großen Saal hinein, zu dem großen Tisch. Und nicht nur, daß es Pierre nicht gelang zu reden, man unterbrach ihn sogar in recht grober Weise, wies ihn zurück und wandte sich wie von einem gemeinsamen Feind von ihm ab. Das kam nicht daher, daß man mit dem Inhalt seiner Rede unzufrieden gewesen wäre (den hatte man nach der großen Menge von Reden, die auf die seinige gefolgt waren, bereits vergessen), sondern die Menge brauchte zu ihrer Begeisterung einen greifbaren Gegenstand der Liebe und einen greifbaren Gegenstand des Hasses. Und dieser letztere war Pierre geworden. Viele Redner hatten bereits nach dem erregten Edelmann gesprochen, und alle in demselben Ton. Nicht wenige von ihnen hatten schön und eigenartig geredet.

So hatte der Herausgeber des »Russischen Boten« Glinka (man hatte ihn erkannt und in der Menge gerufen: »Ein Schriftsteller, ein Schriftsteller!«) gesagt, man müsse die Hölle mit der Hölle besiegen; er habe ein Kind gesehen, das beim Leuchten der Blitze und beim Rollen des Donners gelächelt habe; aber wir würden es nicht machen wie dieses Kind.

»Ja, ja, beim Rollen des Donners!« hatte in den hinteren Reihen jemand beifällig wiederholt.

Die Menge näherte sich nun dem großen Tisch, an welchem in ihren Uniformen mit breiten Ordensbändern ergraute, kahlköpfige, siebzigjährige Magnaten saßen, die Pierre fast alle in ihrer eigenen Häuslichkeit im Verkehr mit ihren Hausnarren oder in den Klubs am Bostontisch oft gesehen hatte. Die Menge umringte den Tisch, ohne daß ihr Stimmengewirr aufgehört hätte. Einer aus ihr nach dem andern hielt eine Rede, manchmal sprachen auch zwei zugleich; die andrängende Menge preßte die Redner von hinten gegen die hohen Lehnen der Stühle. Diejenigen, die hinter den Redenden standen, paßten auf, was etwa der Redner nicht mit hinreichender Vollständigkeit sagte, und beeilten sich, das Ausgelassene hinzuzufügen. Andere wühlten, trotz der Hitze und Enge, in ihrem Gehirnkasten umher, um irgendeinen Gedanken darin zu finden, und sputeten sich dann, ihn auszusprechen. Die alten Magnaten, mit denen Pierre bekannt war, saßen still da und blickten sich bald nach diesem, bald nach jenem um, und der Gesichtsausdruck der meisten von ihnen besagte weiter nichts, als daß ihnen sehr heiß war. Pierre jedoch fühlte sich erregt, und das allen gemeinsame Bestreben, zu zeigen, daß ihnen kein Opfer zu groß sei, dieses mehr im Ton und in den Mienen als in den Worten der Redenden zum Ausdruck gelangende Bestreben hatte sich auch ihm mitgeteilt. Er wollte die vorher von ihm ausgesprochenen Ansichten nicht verleugnen; aber er fühlte sich gewissermaßen schuldig und wünschte sich zu rechtfertigen.

»Ich habe nur gesagt, daß es zweckmäßig wäre, bevor wir Opfer bringen, uns Kenntnis davon zu verschaffen, was denn eigentlich erforderlich ist«, rief er mit einem Versuch, die anderen Stimmen zu überschreien.

Ein alter Herr in seiner nächsten Nähe blickte sich nach ihm um; indes wurde seine Aufmerksamkeit sofort wieder durch ein Geschrei abgelenkt, das sich an der anderen Seite des Tisches erhob.

»Ja, Moskau wird sich nicht ergeben! Es wird die Retterin werden!« rief jemand.

»Er ist der Feind der Menschheit!« rief ein anderer. »Gestatten Sie mir zu reden … Meine Herren, Sie erdrücken mich ja …!«

XXIII

In diesem Augenblick trat schnellen Schrittes Graf Rastoptschin in den Saal, in Generalsuniform, ein Ordensband um die Schulter, mit seinem vorstehenden Kinn und den rasch umherblickenden Augen. Der Haufe der Adligen trat auseinander, und Rastoptschin blieb vor ihnen stehen.

»Seine Majestät der Kaiser wird sogleich hier sein«, sagte er. »Ich komme soeben von ihm. Ich bin der Ansicht, daß in der Lage, in der wir uns befinden, lange Erörterungen nicht am Platze sind. Der Kaiser hat geruht, uns und die Kaufmannschaft zusammenzurufen. Von dort werden die Millionen fließen« (er wies nach dem Saal der Kaufleute hin), »uns aber fällt es zu, die Landwehr zu stellen und uns selbst dabei nicht zu schonen … Das ist das wenigste, was wir tun können!‹

Nun begannen die Beratungen, aber nur unter den Magnaten, die am Tisch saßen. Die ganze Beratung verlief mehr als ruhig. Es machte sogar einen trübseligen Eindruck, als nach all dem vorhergegangenen Gerede und Geschrei sich nun einzeln die Stimmen der Greise vernehmen ließen, von denen der eine sagte: »Ich stimme bei«, ein anderer zur Abwechslung: »Ich bin derselben Meinung«, usw.

Der Sekretär wurde beauftragt, den Beschluß des Moskauer Adels niederzuschreiben: Die Moskauer brachten, ebenso wie die Smolensker, zehn Mann von je tausend Seelen dar, samt vollständiger Ausrüstung. Die Herren Beisitzer erhoben sich wie mit einem Gefühl der Erleichterung, schoben polternd die Stühle zurück und gingen, um sich die Füße zu vertreten, im Saal umher, wobei sie den einen oder den andern unter den Arm faßten und sich mit ihm unterhielten.

»Der Kaiser, der Kaiser!« ging plötzlich ein Ruf durch die Säle, und die ganze Menge stürzte nach dem Eingang zu.

Auf dem schnell gebildeten breiten Gang, den rechts und links dichte Wände von Adligen einsäumten, betrat der Kaiser den Saal. Auf allen Gesichtern malte sich respektvolle, ängstliche Neugier. Pierre stand ziemlich fern und war nicht imstande, genau zu verstehen, was der Kaiser sagte. Aus dem, was er hörte, entnahm er nur, daß der Kaiser von der Gefahr sprach, in der sich der Staat befinde, und von den Hoffnungen, die er auf den Moskauer Adel setze. Dem Kaiser antwortete eine andere Stimme, die ihm den soeben gefaßten Beschluß des Adels mitteilte.

»Meine Herren!« sagte die zitternde Stimme des Kaisers.

Einen Augenblick lang ging eine Bewegung und ein Flüstern durch die Menge; dann wurde wieder alles still, und Pierre hörte deutlich die so angenehm menschlich klingende, gerührte Stimme des Kaisers, welche sagte:

»Ich habe nie an dem Eifer des russischen Adels gezweifelt. Aber heute hat er meine Erwartungen übertroffen. Ich danke Ihnen im Namen des Vaterlandes. Meine Herren, lassen Sie uns handeln; die Zeit ist sehr kostbar …«

Der Kaiser schwieg; die Menge drängte sich um ihn herum, und von allen Seiten erschollen enthusiastische Ausrufe.

»Ja, sehr kostbar … Das ist ein Kaiserwort!« sagte schluchzend vom Hintergrund her die Stimme Ilja Andrejewitschs, der nichts ordentlich gehört, aber alles auf seine Art verstanden hatte.

Aus dem Saal des Adels begab sich der Kaiser in den Saal der Kaufleute. Er verweilte dort ungefähr zehn Minuten. Pierre mit einigen andern sah den Kaiser, als dieser aus dem Saal der Kaufmannschaft mit Tränen der Rührung in den Augen herauskam. Wie man nachher erfuhr, hatte der Kaiser seine Ansprache an die Kaufleute kaum begonnen gehabt, als ihm die Tränen aus den Augen gestürzt waren; mit zitternder Stimme hatte er dann zu Ende gesprochen. Als Pierre den Kaiser sah, trat dieser gerade, von zwei Kaufleuten begleitet, aus dem Saal. Den einen kannte Pierre: Es war ein dicker Branntweinpächter; der andere war der Bürgermeister, mit magerem, gelblichem Gesicht und schmalem Bart. Beide weinten. Dem Mageren standen die Tränen nur in den Augen; aber der dicke Branntweinpächter schluchzte wie ein Kind und wiederholte fortwährend:

»Euer Majestät, nimm unser Leben und unser Vermögen!«

Pierre hatte in diesem Augenblick keine andere Empfindung als den Wunsch, zu zeigen, daß ihm kein Opfer zu groß und er bereit sei, alles hinzugeben. Er machte sich gewissermaßen Vorwürfe wegen seiner Rede mit der konstitutionellen Tendenz und suchte nach einer Gelegenheit, das wiedergutzumachen. Als er erfuhr, daß Graf Mamonow ein Regiment stelle, erklärte Besuchow dem Grafen Rastoptschin sofort, er werde tausend Mann geben und die Unterhaltungskosten tragen.

Der alte Rostow konnte seiner Frau das, was sich begeben hatte, nicht ohne Tränen erzählen, erklärte sofort seine Einwilligung zu Petjas Bitte und fuhr selbst hin, um dessen Einschreibung zu bewirken.

Am folgenden Tag reiste der Kaiser wieder ab. Alle die Adligen, die an der Versammlung teilgenommen hatten, zogen ihre Uniformen aus, machten es sich wieder bei sich zu Hause und in den Klubs bequem, gaben unter vielem Räuspern ihren Verwaltern die nötigen Anweisungen über die Landwehr und wunderten sich über das, was sie getan hatten.

ZWEITER TEIL

I

Napoleon begann den Krieg mit Rußland, weil er nicht anders konnte als nach Dresden gehen, nicht anders konnte als sich durch die ihm erwiesenen Ehren und Huldigungen verblenden lassen, nicht anders konnte als eine polnische Uniform anziehen und sich der Einwirkung des zu Unternehmungen verlockenden Junimorgens überlassen, und weil er Kurakin und später Balaschow gegenüber seinen Jähzorn nicht zu beherrschen imstande war.

Alexander lehnte alle Verhandlungen ab, weil er sich persönlich gekränkt fühlte. Barclay de Tolly gab sich alle Mühe, das Heer so gut wie möglich zu führen, um seine Pflicht zu erfüllen und den Ruhm eines großen Feldherrn zu verdienen. Rostow sprengte zum Angriff auf die Franzosen los, weil er den Wunsch nicht unterdrücken konnte, über das offene Feld hin zu galoppieren. Und genau ebenso handelten nach Maßgabe ihrer persönlichen Eigenschaften, Gewohnheiten, Verhältnisse und Ziele all die zahllosen an diesem Krieg beteiligten Personen. Sie fürchteten sich, rühmten sich, freuten sich, waren unzufrieden und räsonierten, alles in der Meinung, sie wüßten, was sie täten, und täten es um ihrer selbst willen; und doch waren sie sämtlich unfreiwillige Werkzeuge der Geschichte und verrichteten eine ihnen selbst verborgene, uns aber verständliche Arbeit. Das ist das unabänderliche Los aller Wirkenden und Handelnden, und sie sind um so unfreier, je höher sie auf der Stufenleiter menschlicher Ehren und Würden stehen.

Jetzt sind die Männer, die im Jahre 1812 mitgewirkt haben, längst von ihren Plätzen abgetreten, ihre persönlichen Interessen sind spurlos verschwunden, und nur die geschichtlichen Resultate jener Zeiten liegen vor unsern Augen.

Sobald wir es aber als eine innere Notwendigkeit betrachten, daß die Völker Europas unter Napoleons Führung in das Innere Rußlands eindrangen und dort umkamen, wird die ganze, in sich widerspruchsvolle, sinnlose, grausame Tätigkeit der an diesem Krieg beteiligten Menschen für uns verständlich.

Die Vorsehung ließ alle diese Menschen, die ihre eigenen Ziele zu erreichen trachteten, zur Herbeiführung eines einzigen gewaltigen Resultates zusammenwirken, von dem kein Mensch, weder Napoleon noch Alexander und noch weniger irgendein anderer der an diesem Krieg Beteiligten, die geringste Ahnung hatte.

Jetzt ist uns klar, was im Jahre 1812 der Grund des Unterganges der französischen Armee war. Niemand wird bestreiten, daß den Untergang der Truppen Napoleons zwei Ursachen herbeiführten: einerseits der Umstand, daß die Franzosen in später Jahreszeit ohne Vorbereitungen auf einen Winterfeldzug in das Innere Rußlands eindrangen, und andererseits der Charakter, den der Krieg infolge der Einäscherung russischer Städte und der Erweckung des russischen Volkshasses gegen den Feind annahm. Damals aber sah niemand voraus, was jetzt einleuchtend erscheint: daß nur auf diesem Weg eine Armee von acht mal hunderttausend Mann, die beste auf der Welt und geführt von dem besten Feldherrn, bei dem Zusammenstoß mit der halb so starken, unerfahrenen, von unerfahrenen Führern befehligten russischen Armee vernichtet werden konnte. Und dies sah nicht nur niemand voraus, sondern es waren sogar alle Anstrengungen von seiten der Russen beständig darauf gerichtet, das zu verhindern, wodurch allein Rußland gerettet werden konnte; und von seiten der Franzosen waren trotz Napoleons Erfahrung und seines sogenannten Feldherrngenies alle Anstrengungen darauf gerichtet, zu Ende des Sommers Moskau zu erreichen, d. h. gerade das zu tun, was zu ihrem Untergang führen mußte.

In den Geschichtswerken über das Jahr 1812 sprechen die französischen Schriftsteller gern davon, daß es dem Kaiser Napoleon nicht entgangen sei, wie gefährlich die große Ausdehnung seiner Operationslinie war, daß er eine Schlacht gesucht habe, daß seine Marschälle ihm geraten hätten, bei Smolensk haltzumachen, und was dergleichen Behauptungen mehr sind, durch die bewiesen werden soll, daß man die Gefährlichkeit des Feldzuges schon damals erkannte; und mit noch größerem Eifer reden die russischen Schriftsteller davon, daß gleich bei Beginn des Feldzuges der Plan eines Skythenkrieges bestanden habe, also der Plan, Napoleon in das Innere Rußlands hineinzulocken, und der eine schreibt diesen Plan Pfuel zu, ein anderer irgendeinem Franzosen, ein dritter Tolly, ein vierter dem Kaiser Alexander selbst, wobei sie sich auf Memoiren, Projekte und Briefe berufen, in denen sich tatsächlich Hindeutungen auf diese Art der Kriegführung finden. Aber alle diese Hindeutungen, aus denen man schließen könnte, daß jemand auf französischer oder russischer Seite das später Geschehene vorausgesehen habe, werden jetzt nur deswegen hervorgeholt, weil die Ereignisse ihnen recht gegeben haben. Wären die Ereignisse nicht eingetreten, so wären diese Hindeutungen vergessen, wie jetzt Tausende und Millionen von entgegengesetzten Hindeutungen und Voraussagungen vergessen sind, die damals in Umlauf waren, aber keine Bestätigung fanden. Über den Ausgang eines jeden größeren Ereignisses, das sich zu vollziehen im Begriff ist, gibt es immer so viele Voraussagungen, daß, es mag enden, wie es will, sich immer Leute finden werden, die sagen können: »Ich habe schon damals gesagt, daß es so kommen werde«, wobei dann ganz vergessen wird, daß unter den zahllosen Voraussagungen sich auch solche völlig entgegengesetzten Inhaltes befunden haben.

Die Annahme, Napoleon habe die Gefahr, die in der großen Ausdehnung seiner Operationslinie lag, erkannt, und die Russen ihrerseits hätten den Feind absichtlich in das Innere Rußlands hineingelockt, diese Annahme gehört augenscheinlich zu dieser Kategorie, und nur mit großer Gewaltsamkeit können die Geschichtsschreiber dem Kaiser Napoleon solche Erwägungen und den russischen Heerführern solche Pläne zuschreiben. Alle Tatsachen widersprechen einer solchen Annahme durchaus. Auf seiten der Russen bestand nicht nur während des ganzen Verlaufes des Krieges kein Wunsch, die Franzosen in das Innere Rußlands hineinzulocken, sondern sie haben im Gegenteil alles getan, um die Feinde bei ihrem ersten Eindringen in Rußland aufzuhalten; und Napoleon fürchtete nicht nur keine üblen Folgen von der großen Ausdehnung seiner Operationslinie, sondern freute sich vielmehr über jeden Schritt, den er vorwärts tat, wie über einen Triumph und suchte, abweichend von seiner Praxis in seinen früheren Feldzügen, nur mit sehr geringem Eifer eine Schlacht.

Ganz zu Anfang des Feldzuges waren unsere Heere getrennt, und das einzige Ziel, nach dem wir strebten, bestand darin, sie zu vereinigen, obgleich doch, wenn der Plan war, sich zurückzuziehen und den Feind in das Innere des Landes zu locken, die Vereinigung der Heere dafür keinen Vorteil brachte. Kaiser Alexander befand sich bei der Armee, um sie zur Verteidigung jedes Fußbreites russischen Landes zu begeistern, nicht etwa um einen Rückzug zu leiten. Nach Pfuels Plan wurde ein gewaltiges Lager an der Drissa eingerichtet und ein weiterer Rückzug nicht in Aussicht genommen. Wegen eines jeden Schrittes nach rückwärts machte der Kaiser dem Oberkommandierenden Vorwürfe. Nicht nur der Brand von Moskau, sondern auch schon, daß man den Feind bis Smolensk kommen ließ, erschien dem Kaiser ganz unfaßbar, und da die Armeen nun vereinigt waren, zeigte er sich sehr aufgebracht darüber, daß Smolensk eingeäschert und dem Feind überlassen und nicht vor seinen Mauern eine Hauptschlacht geliefert worden war.

So dachte der Kaiser; die russischen Heerführer aber und alle Russen waren noch unzufriedener darüber, daß die Unsrigen in das Innere des Landes zurückwichen.

Nachdem Napoleon unsere Heere getrennt hatte, rückte er in das Innere des Landes vor und ließ mehrere Gelegenheiten, eine Schlacht zu liefern, unbenutzt. Im August war er in Smolensk und hatte keinen andern Gedanken, als weiter vorzudringen, obwohl, wie wir jetzt wissen, dieses Vorrücken für ihn zweifellos verderblich war.

Die Tatsachen zeigen mit völliger Klarheit, daß weder Napoleon in dem Marsch nach Moskau eine Gefahr vorhersah, noch Alexander und die russischen Heerführer damals an ein Hereinlocken Napoleons dachten, sondern vielmehr das gerade Gegenteil erstrebten. Wenn Napoleon immer tiefer ins Land hineinzog, so wurde das nicht durch irgendeinen Verlockungsplan herbeigeführt (an die Möglichkeit eines solchen glaubte überhaupt niemand), sondern es war das Resultat des sehr komplizierten Zusammenwirkens von allerlei Intrigen, Absichten und Wünschen der am Krieg Beteiligten, die nicht ahnten, was nach dem Willen der Vorsehung geschehen sollte und was die einzige Rettung Rußlands war. Alles nahm einen unerwarteten Gang. Am Anfang des Feldzuges waren unsere Heere getrennt. Wir bemühten uns, sie zu vereinigen, in der offenbaren Absicht, eine Schlacht zu liefern und den Vormarsch des Feindes aufzuhalten; aber indem wir bei diesem Streben nach Vereinigung eine Schlacht mit dem stärkeren Feind vermieden und unwillkürlich im spitzen Winkel zurückgingen, führten wir die Franzosen bis Smolensk. Aber nicht genug damit, daß wir im spitzen Winkel zurückgingen, weil die Franzosen zwischen unsern beiden Armeen vordrangen: Dieser Winkel wurde auch noch spitzer, und wir zogen noch weiter weg, weil Barclay de Tolly, ein unpopulärer Deutscher, von Bagration, der unter sein Kommando treten sollte, gehaßt wurde, und weil Bagration, der die zweite Armee befehligte, sich bemühte, die Vereinigung mit Barclay möglichst lange hinauszuschieben, um sich nicht unter dessen Oberbefehl stellen zu müssen. Bagration hielt die Vereinigung, obwohl alle leitenden Persönlichkeiten in ihr das Hauptziel sahen, lange Zeit hin, weil er nach seiner Angabe der Ansicht war, er werde auf diesem Marsch sein Heer in Gefahr bringen, und es sei für ihn das Vorteilhafteste, mehr links und mehr südwärts auszuweichen, da er dabei den Feind in der Flanke und im Rücken beunruhigen und seine eigene Armee in der Ukraine komplettieren könne. Indessen scheint er diese Begründung nur ersonnen zu haben, weil er keine Lust hatte, sich dem verhaßten und im Dienstrang ihm nachstehenden Deutschen Barclay unterzuordnen.

Der Kaiser befand sich beim Heer, um dieses zu begeistern; aber seine Anwesenheit und seine Unschlüssigkeit und die enorme Menge von Ratgebern und Plänen beraubten die erste Armee aller Tatkraft, und die Armee ging zurück.

Es war nun die Absicht, in dem Lager an der Drissa stehenzubleiben; aber unerwarteterweise gelang es dem energischen Paulucci, der selbst gern ein Oberkommando gehabt hätte, den Kaiser Alexander umzustimmen; Pfuels ganzer Plan wurde verworfen und die Oberleitung Barclay übertragen. Aber da Barclay doch kein rechtes Vertrauen einflößte, so beschränkte man seine Macht. Die Heere wurden zerstückelt; es mangelte an einer einheitlichen Leitung; Barclay war unpopulär; aber aus diesem Wirrwarr, der Zerstückelung der Heere und der Unpopularität des deutschen Oberkommandierenden, ergaben sich zwei Folgen: Erstens wurde man zaghaft und suchte eine Schlacht zu vermeiden, der man nicht hätte aus dem Weg zu gehen brauchen, wenn die Armeen vereint gewesen wären und ein anderer als Barclay das Kommando gehabt hätte; und zweitens wuchs die Mißstimmung gegen die Deutschen immer mehr und mehr, und der patriotische Geist regte sich immer kräftiger.

Endlich verließ der Kaiser die Armee, und als einzigen und plausibelsten Vorwand für sein Fortgehen wählte man den Gedanken aus, er müsse das Volk in den Hauptstädten dazu begeistern, den Volkskrieg zu beginnen. Und diese Reise des Kaisers nach Moskau verdreifachte die Kraft des russischen Heeres.

Der Kaiser verließ die Armee, um den Oberkommandierenden nicht mehr im Alleinbesitz der Macht zu beschränken, und hoffte, daß dieser nun entscheidendere Maßnahmen ergreifen werde; aber die Situation des Oberkommandierenden wurde nur noch verwickelter und seine Macht noch geringer. Bennigsen, der Großfürst und ein Schwarm von Generaladjutanten blieben bei der Armee, um alle Schritte des Oberkommandierenden zu beobachten und ihn zu energischem Handeln anzutreiben, und Barclay, der sich unter der Aufsicht aller dieser »Augen des Kaisers« noch unfreier fühlte als vorher, wurde noch vorsichtiger, wo es sich um entscheidende Schritte handelte, und vermied eine Schlacht.

Barclay war für Vorsicht. Der Thronfolger machte Anspielungen, es sei wohl Verrat im Spiele, und verlangte eine Hauptschlacht. Lubomirski, Bronnizki, Wlozki und andere von derselben Art brachten diesen ganzen Spektakel auf eine solche Höhe, daß Barclay unter dem Vorwand, es müßten dem Kaiser Papiere überbracht werden, die polnischen Generaladjutanten nach Petersburg schickte und mit Bennigsen und dem Großfürsten in offene Fehde trat.

Bei Smolensk vereinigten sich endlich die beiden Heere, so wenig es auch Bagration gewünscht hatte.

Bagration fuhr in einer Equipage bei dem Haus vor, in welchem Barclay wohnte. Barclay legte seine Schärpe an, kam ihm entgegen und stattete ihm, als dem älteren im Rang, Rapport ab. Bagration stellte sich trotz seines höheren Ranges in einem Wettstreit der Hochherzigkeit unter Barclays Befehl; aber obwohl er das getan hatte, vertrug er sich mit ihm noch weniger als früher. Auf Befehl des Kaisers erstattete Bagration diesem persönlich Bericht. Er schrieb an Araktschejew: »Möge der Kaiser es mir nicht übelnehmen; aber ich kann mit dem Minister« (er meinte Barclay) »schlechterdings nicht zusammen dienen. Ich bitte Sie um alles in der Welt, schicken Sie mich irgendwohin, meinetwegen nur als Regimentskommandeur; aber hier kann ich nicht bleiben. Auch wimmelt das ganze Hauptquartier von Deutschen, so daß ein Russe da nicht leben kann und auch nichts Vernünftiges auszurichten vermag. Ich habe gemeint, ich könnte hier ehrlich dem Kaiser und dem Vaterland dienen; aber bei Licht besehen stellt sich heraus, daß ich Barclay diene. Ich muß gestehen, daß ich dazu keine Lust habe.« Der Schwarm der Bronnizkis, Wintzingerodes und ähnlicher Männer vergiftete die wechselseitigen Beziehungen der Oberkommandierenden noch mehr, und das Resultat war eine noch geringere Einmütigkeit des Zusammenwirkens. Man hatte vor, die Franzosen vor Smolensk anzugreifen, und es wurde ein General hingeschickt, um die Positionen zu besichtigen. Dieser General, der Barclay haßte, ritt zu einem ihm befreundeten Korpskommandeur, verlebte bei ihm einen ganzen Tag, kehrte zu Barclay zurück und gab ein in allen Punkten ungünstiges Urteil über das Schlachtfeld ab, das er gar nicht gesehen hatte.

Während sich allerlei Streitereien und Intrigen über das künftige Schlachtfeld abspielten und wir die Franzosen suchten, uns aber über ihren Standort irrten, schlugen die Franzosen die Division Newjerowskis, auf die sie gestoßen waren, zurück und rückten bis an die Mauern von Smolensk heran.

Wir sahen uns genötigt, eine von uns nicht erwartete Schlacht bei Smolensk anzunehmen, um unsere Verbindungen zu retten. Die Schlacht wurde geliefert. Tausende wurden auf der einen und auf der andern Seite getötet.

Smolensk wurde gegen den Willen des Kaisers und des ganzen Volkes aufgegeben. Aber die von ihrem eigenen Gouverneur getäuschten Einwohner zündeten ihre Stadt an und zogen, völlig ruiniert, nach Moskau: so wurden sie zum Vorbild für alle Russen. Sie dachten immer nur an die erlittenen Verluste und schürten den Haß gegen den Feind. Napoleon zog weiter, wir wichen immer mehr zurück, und so wurde eben das erreicht, wodurch Napoleon besiegt werden sollte.

II

Am Tag nach der Abreise seines Sohnes ließ Fürst Nikolai Andrejewitsch die Prinzessin Marja zu sich rufen.

»Nun also, bist du jetzt zufrieden?« sagte er zu ihr. »Du hast mich mit meinem Sohn entzweit! Bist du nun zufrieden? Das fehlte dir ja wohl nur noch! Bist du nun zufrieden ...? Mir ist das ein Schmerz, ein großer Schmerz. Ich bin alt und schwach. Aber du hast es so gewollt. Na, nun freue dich, freue dich!«

Hierauf bekam Prinzessin Marja ihren Vater eine ganze Woche lang nicht zu sehen. Er war krank und verließ sein Zimmer nicht.

Zu ihrer Verwunderung bemerkte Prinzessin Marja, daß der alte Fürst während dieser Krankheit auch Mademoiselle Bourienne nicht zu sich ließ. Nur Tichon pflegte ihn.

Nach einer Woche kam der Fürst wieder aus seinem Zimmer heraus und begann wieder seine frühere Lebensweise, indem er sich besonders eifrig mit seinen Bauten und mit den Gärten beschäftigte; die früheren Beziehungen zu Mademoiselle Bourienne hatte er vollständig abgebrochen. Seine Miene und sein kalter Ton gegenüber der Prinzessin Marja sagten gleichsam zu ihr: »Da siehst du nun; du hattest dir etwas ausgesonnen über Beziehungen, die ich zu dieser Französin hätte, und es dem Fürsten Andrei vorgelogen und mich mit ihm entzweit. Nun siehst du, daß ich weder dich noch die Französin nötig habe.«

Die eine Hälfte des Tages verbrachte Prinzessin Marja bei Nikolenka, bei dessen Unterrichtsstunden sie zuhörte und den sie selbst im Russischen und in der Musik unterrichtete; auch unterhielt sie sich viel mit Dessalles. Die andere Hälfte des Tages verlebte sie bei ihren Büchern und mit der hochbejahrten Kinderfrau und mit den Gottesleuten, die manchmal durch die Hintertür zu ihr kamen.

Über den Krieg dachte Prinzessin Marja so, wie Frauen eben über den Krieg zu denken pflegen. Sie ängstigte sich um ihren Bruder, der mit dabei war, und schauderte vor der ihr unfaßbaren Grausamkeit, die die Menschen trieb, einander zu töten; aber für die Bedeutung dieses Krieges hatte sie kein Verständnis: Er schien ihr ein Krieg von derselben Art zu sein wie alle früheren. Sie verstand die Bedeutung dieses Krieges nicht, obwohl Dessalles, mit dem sie oft sprach und der an dem Gang des Krieges ein leidenschaftliches Interesse nahm, sich Mühe gab, ihr seine eigenen Kombinationen auseinanderzusetzen, und obwohl die Gottesleute, die sie besuchten, alle auf ihre Art mit Schrecken von den umgehenden Gerüchten über den Einfall des Antichrists erzählten, und obwohl Julja, die jetzige Fürstin Drubezkaja, die wieder mit ihr in Briefwechsel getreten war, ihr aus Moskau patriotische Briefe schrieb.

»Ich schreibe Ihnen russisch, meine liebe Freundin«, schrieb Julja, »weil ich einen Haß gegen alle Franzosen und gleichermaßen auch gegen ihre Sprache habe, die ich nicht hören und nicht reden mag ... Wir sind hier in Moskau alle voll Entzücken und Enthusiasmus für unsern angebeteten Kaiser.

Mein armer Mann erträgt Mühen und Hunger in jüdischen Schenken; aber die Nachrichten, die ich von ihm erhalte, tragen noch mehr zu meiner Begeisterung bei.

Sie haben gewiß von der heldenmütigen Tat Rajewskis gehört, der die Arme um seine beiden Söhne schlang und sagte: ›Ich will mit ihnen umkommen; aber wir werden nicht wanken und nicht weichen!‹ Und wirklich, obgleich der Feind noch einmal so stark war als wir, sind wir nicht gewichen. Wir verbringen die Zeit, so gut wir können; Krieg ist eben Krieg. Die Fürstinnen Alma und Sofja sitzen tagelang mit mir zusammen, und wir unglücklichen Strohwitwen führen beim Scharpiezupfen schöne Gespräche; nur Sie, liebe Freundin, fehlen uns dabei …«, usw.

Prinzessin Marja vermochte die ganze Bedeutung dieses Krieges besonders deshalb nicht zu verstehen, weil der alte Fürst nie von ihm sprach, ihn ignorierte und sich bei Tisch über Dessalles lustig machte, wenn dieser vom Krieg redete. Der Ton des Fürsten war dabei so ruhig und sicher, daß Prinzessin Marja, ohne viel zu überlegen, ihm glaubte.

Den ganzen Juli über war der alte Fürst außerordentlich tätig und sogar lebhaft. Er ließ noch einen neuen Garten anlegen und ein Wohnhaus für Gutsleute bauen. Das einzige, worüber sich Prinzessin Marja beunruhigte, war, daß er so wenig schlief und, von seiner Gewohnheit, in seinem Arbeitszimmer zu schlafen, abgehend, den Ort für sein Nachtlager alle Tage wechselte. Bald befahl er, sein Feldbett in der Galerie aufzuschlagen; bald blieb er im Salon auf dem Sofa oder auf einem Lehnstuhl sitzen und schlummerte unausgekleidet, während ihm nicht Mademoiselle Bourienne, sondern der Bursche Pjotr vorlas; bald brachte er die Nacht im Eßzimmer zu.

Am ersten August lief der zweite Brief vom Fürsten Andrei ein. In dem ersten Brief, der bald nach der Abreise des Fürsten Andrei angekommen war, hatte dieser seinen Vater demütig gebeten, ihm zu verzeihen, was er ihm zu sagen sich erlaubt hatte, und ihm seine Huld wieder zuzuwenden. Auf diesen Brief hatte der alte Fürst mit einem freundlichen Brief geantwortet und seitdem die Französin von sich ferngehalten. Der zweite Brief des Fürsten Andrei war aus der Gegend von Witebsk geschrieben, nach der Besetzung dieser Stadt durch die Franzosen, und enthielt eine kurze Schilderung des ganzen Feldzuges, die durch eine gezeichnete Kartenskizze erläutert war, und Kombinationen über den weiteren Gang des Feldzuges. In diesem Brief stellte Fürst Andrei seinem Vater die Unzuträglichkeiten vor, die die Lage seines Wohnortes in solcher Nähe des Kriegsschauplatzes und gerade auf der Linie der Truppenmarsche für ihn haben könne, und riet ihm, nach Moskau überzusiedeln.

Bei Tisch erwähnte an diesem Tag Dessalles, es verlaute, daß die Franzosen schon in Witebsk eingerückt seien; dabei fiel dem alten Fürsten wieder der Brief des Fürsten Andrei ein.

»Ich habe vom Fürsten Andrei heute einen Brief bekommen«, sagte er zur Prinzessin Marja. »Hast du ihn nicht gelesen?«

»Nein, lieber Vater«, antwortete die Prinzessin erschrocken.

Sie konnte den Brief nicht gelesen haben, von dessen Ankunft sie nicht einmal gehört hatte.

»Er schreibt von diesem Krieg«, sagte der Fürst mit jenem ihm zur Gewohnheit gewordenen geringschätzigen Lächeln, mit dem er immer von dem gegenwärtigen Krieg sprach.

»Die Nachrichten werden gewiß sehr interessant sein«, sagte Dessalles. »Der Fürst ist in der Lage, genau orientiert zu sein …«

»Ach ja, sehr interessant!« fügte auch Mademoiselle Bourienne hinzu.

»Gehen Sie hin, und holen Sie ihn mit«, wandte sich der alte Fürst an Mademoiselle Bourienne. »Sie wissen, auf dem kleinen Tisch, unter dem Briefbeschwerer.«

Mademoiselle Bourienne sprang freudig auf.

»Nein, nein!« rief er, die Stirn runzelnd. »Geh du hin, Michail Iwanowitsch!«

Michail Iwanowitsch stand auf und ging nach dem Arbeitszimmer. Aber kaum war er hinausgegangen, als der alte Fürst unruhig um sich blickte, die Serviette hinwarf und selbst ging.

»Nichts verstehen sie; sie bringen mir nur alles in Unordnung.«

Während er draußen war, sahen Prinzessin Marja, Dessalles, Mademoiselle Bourienne und selbst Nikolenka einander schweigend an. Eiligen Schrittes kehrte der alte Fürst, von Michail Iwanowitsch begleitet, zurück; er brachte den Brief und einen Bauplan mit, legte aber beides neben sich hin, ohne den Brief jemandem bei Tisch zum Lesen zu geben.

Nachdem sie in den Salon gegangen waren, gab er den Brief der Prinzessin Marja, breitete den Plan des neuen Gebäudes vor sich aus, heftete seine Augen darauf und befahl der Prinzessin, den Brief vorzulesen. Als Prinzessin Marja dies getan hatte, blickte sie ihren Vater fragend an. Er betrachtete seinen Plan und war augenscheinlich ganz in seine Gedanken versunken.

»Wie denken Sie darüber, Fürst?« erlaubte sich endlich Dessalles zu fragen.

»Ich? Ich?« erwiderte der Fürst, als wäre es ihm unangenehm, aus seinen Gedanken aufgestört zu werden; er wandte die Augen nicht von seinem Bauplan ab.

»Gut möglich, daß der Kriegsschauplatz uns so nahe kommt, daß …«

»Ha-ha-ha! Der Kriegsschauplatz!« unterbrach ihn der Fürst. »Ich habe Ihnen schon gesagt und wiederhole es: Der Kriegsschauplatz ist Polen, und über den Njemen wird der Feind nie vordringen.«

Erstaunt blickte Dessalles den Fürsten an, der vom Njemen sprach, während doch der Feind bereits am Dnjepr stand; aber Prinzessin Marja, der die geographische Lage des Niemens nicht gegenwärtig war, hielt das, was ihr Vater sagte, für wahr.

»Sobald der Schnee schmilzt, werden sie in den polnischen Sümpfen versinken. Sie können sie jetzt nur nicht sehen«, sagte der Fürst; er dachte offenbar an den Feldzug des Jahres 1807, der nach seiner Vorstellung erst ganz vor kurzem stattgefunden hatte. »Bennigsen hätte nur früher in Preußen einrücken sollen; dann hätte die Sache eine andere Wendung genommen ...«

»Aber, Fürst«, wandte Dessalles schüchtern ein, »in dem Brief ist von Witebsk die Rede ...«

»Was? In dem Brief? Ja ...«, erwiderte der Fürst mißmutig. »Ja ... ja ...« Sein Gesicht nahm plötzlich einen finsteren Ausdruck an. Er schwieg eine Weile. »Ja, er schreibt, die Franzosen seien geschlagen worden; an welchem Fluß war es doch?«

Dessalles schlug die Augen nieder.

»Der Fürst schreibt davon nichts«, antwortete er leise.

»Schreibt davon nichts? Na, aus den Fingern habe ich es mir doch nicht gesogen.«

Alle schwiegen lange.

»Ja ... ja ... Nun, Michail Iwanowitsch«, sagte er plötzlich, indem er den Kopf in die Höhe hob und auf den Bauplan zeigte, »setz mir mal auseinander, wie du das umändern willst ... Michail Iwanowitsch trat zu dem Plan hin; der Fürst sprach mit ihm ein paar Worte über den Plan des neuen Gebäudes, dann warf er der Prinzessin Marja und dem Erzieher Dessalles einen zornigen Blick zu und ging in sein Zimmer.

Prinzessin Marja hatte den verlegenen, erstaunten Blick, welchen Dessalles auf ihren Vater gerichtet hatte, wohl bemerkt, und auch sein Schweigen war ihr aufgefallen; jetzt war sie überrascht, daß ihr Vater den Brief des Sohnes auf dem Tisch im Salon vergessen hatte. Aber sie fürchtete sich, Dessalles nach dem Grund seiner Verlegenheit und seines Schweigens zu fragen; ja, sie fürchtete sich sogar, daran auch nur zu denken.

Am Abend kam, vom Fürsten geschickt, Michail Iwanowitsch zu Prinzessin Marja, um den Brief des Fürsten Andrei zu holen, den der Vater im Salon vergessen hatte. Prinzessin Marja übergab ihm den Brief. Obgleich es sie Überwindung kostete, entschloß sie sich doch, Michail Iwanowitsch zu fragen, was ihr Vater tue.

»Der Fürst ist immer sehr eifrig beschäftigt«, erwiderte Michail Iwanowitsch mit einem respektvollen, aber etwas spöttischen Lächeln, bei dessen Anblick Prinzessin Marja ganz blaß wurde. »Er beunruhigt sich wegen des neuen Wohngebäudes. Vorhin hat er ein wenig gelesen; aber jetzt« (hier ließ Michail Iwanowitsch die Stimme sinken) »sitzt er am Schreibtisch und beschäftigt sich wahrscheinlich mit dem Testament.« (In der letzten Zeit war es eine Lieblingsbeschäftigung des Fürsten, die Papiere zurechtzumachen, die er nach seinem Tod hinterlassen wollte und die er sein Testament nannte.)

»Und wird Alpatytsch nach Smolensk geschickt?« fragte Prinzessin Marja.

»Gewiß; er wartet schon lange auf seine Abfertigung.«

III

Als Michail Iwanowitsch mit dem Brief in das Zimmer des Fürsten zurückkehrte, saß dieser am offenen Schreibtisch; er hatte die Brille aufgesetzt und die Augen durch einen Schirm geschützt; auch die Kerzen waren durch Schirme abgeblendet. In der weit weggestreckten Hand hielt er einige Papiere, die er in einer etwas feierlichen Haltung las; es waren dies seine Remarques, wie er sie nannte, die nach seinem Tod dem Kaiser zugestellt werden sollten.

Als Michail Iwanowitsch eintrat, hatte dem Fürsten die Erinnerung an jene Zeit, wo er das geschrieben hatte, was er jetzt las, die Tränen in die Augen gelockt. Er nahm den Brief aus Michail Iwanowitschs Hand entgegen, steckte ihn in die Tasche, legte die Papiere weg und rief den schon lange wartenden Verwalter Alpatytsch herein.

Auf einem Blättchen Papier hatte der Fürst sich notiert, was Alpatytsch in Smolensk kaufen sollte; nun ging er im Zimmer auf und ab, neben dem an der Tür wartenden Alpatytsch immer vorbei, und erteilte diesem seine Aufträge.

»Erstens Briefpapier, hörst du wohl? Acht Buch, hier, nach Probe; mit Goldschnitt … da ist die Probe; es soll genauso sein. Dann Lack, Siegellack, von der Art, wie es Michail Iwanowitsch auf einen Zettel geschrieben hat.«

Er war einen Augenblick stehengeblieben, nahm aber nun seine Wanderung wieder auf und blickte auf seinen Merkzettel.

»Dann gibst du dem Gouverneur persönlich den Brief über die letztwillige Verfügung ab.«

Ferner waren noch Riegel für die Türen des neuen Gebäudes nötig, genau von der Fasson, die der Fürst selbst ausgesonnen hatte. Und es mußte ein solider Pappkasten bestellt werden zur Verpackung des Testaments.

Die Erteilung der Aufträge an Alpatytsch hatte schon mehr als zwei Stunden gedauert; aber noch immer ließ ihn der Fürst nicht fort. Er setzte sich hin, dachte nach, schloß dabei die Augen und schlummerte ein.

»Nun, geh nur, geh nur! Wenn noch etwas nötig ist, werde ich dich rufen lassen.«

Alpatytsch verließ das Zimmer. Der Fürst trat wieder an seinen Schreibtisch, blickte in ihn hinein, berührte mit der Hand seine Papiere, schloß wieder zu und setzte sich an den Tisch, um den Brief an den Gouverneur zu schreiben.

Es war schon spät, als er den Brief siegelte und aufstand. Er hätte nun gern geschlafen, wußte aber, daß er nicht einschlafen werde und daß ihm im Bett die schlimmsten Gedanken kommen würden. Er rief Tichon und ging mit ihm durch die Zimmer, um ihm zu zeigen, wo sein Bett für diese Nacht aufgeschlagen werden solle. Beim Umhergehen prüfte er jedes Winkelchen.

Überall schien es ihm schlecht; aber am schlechtesten war sein gewohntes Sofa in seinem Zimmer. Dieses Sofa war ihm furchtbar, wahrscheinlich wegen der bedrückenden Gedanken, von denen er, während er dort gelegen hatte, gequält worden war. Nirgends war es gut; aber verhältnismäßig am besten war noch ein Winkel im Sofazimmer, hinter dem Klavier: Dort hatte er noch nie geschlafen.

Tichon trug mit einem Diener das Bett dorthin und begann es aufzustellen.

»Nicht so, nicht so!« schrie der Fürst und rückte es selbst eine Spanne weit aus der Ecke heraus und dann wieder näher heran.

»Nun, endlich habe ich alles erledigt; jetzt kann ich mich ausruhen«, dachte der Fürst und ließ sich von Tichon auskleiden.

Während dieser Prozedur runzelte er ärgerlich die Stirn wegen der Anstrengung, die es ihn kostete, sich den Schlafrock und die Beinkleider ausziehen zu lassen, ließ sich, als alles fertig war, schwerfällig auf das Bett sinken und schien etwas zu überlegen, während er verächtlich auf seine gelben, dürren Beine blickte. Aber er überlegte nichts, sondern zögerte nur angesichts der ihm bevorstehenden Mühe, diese Beine aufzuheben und sich im Bett zurechtzulegen. »Ach, wie schwer das alles ist! Ach, wenn diese Mühen doch bald zu Ende wären und ihr mich davonließet!« dachte er. Die Lippen zusammenpressend machte er endlich diese Anstrengung und legte sich hin. Aber kaum lag er, als auf einmal das ganze Bett unter ihm im Takt vorwärts und rückwärts zu gehen anfing, gleichsam schweratmend und stoßend. Das begegnete ihm fast jede Nacht. Er machte die Augen, die er soeben geschlossen hatte, wieder auf.

»Keine Ruhe! Verdammte Bande!« brummte er im Zorn gegen irgend jemand. »Ja, ja, es war noch etwas Wichtiges; etwas sehr Wichtiges hatte ich mir für die Nacht im Bett verspart. Die Riegel? Nein, von denen habe ich gesagt. Nein, es war etwas anderes, etwas im Salon. Prinzessin Marja hatte irgendwelchen Unsinn geschwatzt. Dessalles, dieser Dummkopf, hatte etwas gesagt. Etwas in der Tasche ... Ich komme nicht darauf.«

»Tichon, wovon haben wir bei Tisch gesprochen?«

»Vom Fürsten Andrei ...«

»Schweig! Schweig!« Der Fürst klatschte mit der Hand auf den Tisch. »Ja, ich weiß, es war da ein Brief vom Fürsten Andrei. Prinzessin Marja las ihn vor. Dessalles sagte etwas von Witebsk. Jetzt will ich ihn lesen.«

Er ließ sich den Brief aus seiner Tasche holen, das Tischchen mit der Limonade und der nach Art eines Taues gewundenen Wachskerze an das Bett rücken, setzte die Brille auf und begann zu lesen. Jetzt erst, in der Stille der Nacht, bei dem schwachen Licht, das unter dem grünen Lampenschirm hervordrang, verstand er beim Lesen des Briefes zum erstenmal dessen ernsten Sinn.

»Die Franzosen in Witebsk; in vier Tagesmärschen können sie bei Smolensk sein; vielleicht sind sie schon da. Tichon!« Tichon sprang auf. »Nein, es ist nicht nötig, nicht nötig!« rief der Alte.

Er schob den Brief unter den Leuchter und schloß die Augen. Und vor seinem geistigen Blick stand die Donau, der helle Mittag, das Schilfdikkicht, das russische Lager, und er, ein junger General, ohne eine einzige Falte im Gesicht, frisch, heiter und rotwangig, tritt in das bunte Zelt Potjomkins, und ein brennendes Gefühl des Neides gegen den Günstling erfüllt ihn jetzt noch in gleicher Stärke wie damals. Und er erinnert sich an jedes Wort, das damals bei der ersten Begegnung mit Potjomkin gesprochen wurde. Und er glaubt, eine kleine, dicke, üppige Frau mit gelblichem, fettem Gesicht vor sich zu sehen, die Kaiserin; alles ist ihm gegenwärtig: ihr Lächeln, ihre Worte, als sie ihn zum erstenmal in liebenswürdiger Art empfing. Und er erinnert sich an das Gesicht derselben Kaiserin auf dem Katafalk und an den Streit, den er damals an ihrem Sarg mit Subow hatte um das Recht, herantreten und ihr die Hand küssen zu dürfen.

»Ach, könnte ich nur recht schnell, recht schnell in jene Zeiten zurückkehren, und wäre nur die ganze Gegenwart recht bald, recht bald zu Ende! Wenn sie mich nur alle in Ruhe ließen!«

IV

Lysyje-Gory, das Gut des Füsten Nikolai Andrejewitsch Bolkonski, lag sechzig Werst von Smolensk entfernt, Ostwärts, und drei Werst von der Straße nach Moskau.

An dem Abend, an welchem der Fürst dem Verwalter Alpatytsch seine Aufträge erteilte, ließ Dessalles die Prinzessin Marja bitten, ihn zu empfangen, und teilte ihr mit, da der Fürst sich nicht ganz wohl befinde und keine Maßnahmen für seine Sicherheit treffe, aus dem Brief des Fürsten Andrei sich aber ergebe, daß ein Verbleiben in Lysyje-Gory nicht ungefährlich sei, so rate er ihr ganz ergebenst, selbst einen durch Alpatytsch zu befördernden Brief an den Gouverneur in Smolensk zu schreiben, mit der Bitte, sie von dem Stand der Dinge und dem Maß der Gefahr, welcher Lysyje-Gory ausgesetzt sei, in Kenntnis zu setzen. Den Brief an den Gouverneur hatte Dessalles für die Prinzessin Marja schon selbst geschrieben; sie unterschrieb ihn, und er wurde dem Verwalter übergeben mit der Weisung, ihn dem Gouverneur einzuhändigen und, wenn Gefahr bestehe, so schnell wie möglich zurückzukehren.

Nachdem Alpatytsch alle Aufträge empfangen hatte, trat er, von seinen Hausleuten begleitet, auf dem Kopf einen weißen Kastorhut, ein Geschenk des Fürsten, in der Hand so wie der Fürst einen Stock, aus dem Haus, um in den mit einem ledernen Verdeck versehenen und mit drei rehbraunen Pferden bespannten Reisewagen zu steigen.

Der Klöppel des Glöckchens war festgebunden und die Schellen mit Papier umwickelt. Der Fürst erlaubte niemandem in Lysyje-Gory mit Geläut zu fahren. Aber Alpatytsch hatte bei einer weiteren Fahrt an dem Glöckchen und den Schellen sein Vergnügen. Seine Untergebenen, der Dorfschreiber, der Buchführer, die Leuteköchin, die herrschaftliche Köchin, zwei alte Frauen, der Laufbursche, die Kutscher und mehrere andere Gutsleute, begleiteten ihn hinaus.

Seine Tochter packte mehrere Federkissen mit Baumwollbezug in den Wagen, zum Anlehnen und zum Daraufsitzen. Seine alte Schwägerin schob verstohlen ein Bündelchen hinein. Einer der Kutscher faßte ihn unter den Arm und half ihm beim Einsteigen.

»Na, na, Weiberbagage! Diese Weiber, diese Weiber!« brummte Alpatytsch schnaubend und hastig vor sich hin, geradeso wie der Fürst zu reden pflegte, und setzte sich in den Wagen.

Nachdem Alpatytsch dem Dorfschreiber die letzten Weisungen betreffs der auszuführenden Arbeiten erteilt hatte (hierbei kopierte er den Fürsten nicht mehr), nahm er den Hut von seinem kahlen Kopf und bekreuzte sich dreimal.

»Wenn da etwas los ist … dann komm doch gleich zurück, Jakow Alpatytsch; um Christi willen, denk an uns und habe mit uns Mitleid!« rief seine Frau, die damit auf die Gerüchte über den Gang des Krieges und die Nähe des Feindes hindeutete.

»Weiber, Weiber, Weiberbagage!« murmelte Alpatytsch und fuhr los. Er betrachtete rings um sich die Felder, die teils mit schon gelb gewordenem Roggen, teils mit dichtem, noch grünem Hafer bestanden waren, teils noch schwarz dalagen, da das zweite Umpflügen eben erst begonnen hatte.

Alpatytsch blickte während des Fahrens nach den langen Streifen der Roggenfelder hin, auf denen man an einzelnen Stellen schon angefangen hatte zu schneiden, freute sich über die außerordentlich gute Ernte an Sommergetreide in diesem Jahr, machte seine wirtschaftlichen Berechnungen über Aussaat und Ernte und rekapitulierte die Aufträge des Fürsten, um nur nichts zu vergessen.

Nachdem die Pferde unterwegs zweimal gefüttert waren, kam Alpatytsch am Abend des 4. August in der Stadt an.

Auf dem Weg war er Wagenzügen und Truppen begegnet und hatte andere überholt. Als er sich Smolensk näherte, hatte er in der Ferne schießen gehört, sich aber darüber nicht weiter aufgeregt. Am stärksten hatte es ihn befremdet, daß er in der Nähe von Smolensk ein prächtiges Haferfeld sah, das Soldaten abmähten, offenbar als Futter, und auf dem Truppen lagerten; durch diesen Umstand fühlte sich Alpatytsch befremdet, vergaß ihn aber doch bald wieder, da er an seine eigenen Angelegenheiten zu denken hatte.

Alle Interessen in Alpatytschs Leben hatten sich schon seit mehr als dreißig Jahren ausschließlich innerhalb des Willensbereiches des Fürsten bewegt, und aus diesem Kreis war er nie hinausgekommen. Alles, was sich nicht auf die Erfüllung der Befehle des Fürsten bezog, hatte für Alpatytsch kein Interesse, ja existierte für ihn überhaupt nicht.

Nachdem Alpatytsch am 4. August abends in Smolensk angekommen war, fuhr er jenseits des Dnjepr in der Gatschenskaja-Vorstadt bei der Herberge des Gastwirtes Ferapontow vor, bei dem er schon seit vielen Jahren einzukehren gewohnt war. Ferapontow hatte vor zwölf Jahren durch Alpatytschs freundliche Vermittlung dem Fürsten einen Wald abgekauft, einen Holzhandel begonnen und besaß jetzt in der Gouvernementshauptstadt ein Haus, eine Herberge und einen Mehlladen. Ferapontow war ein dicker Bauer von vierzig Jahren, mit schwarzem Haar, rotem Gesicht, dicken Lippen, dicker, wulstiger Nase und ebensolchen Wulsten über den schwarzen, zusammengezogenen Augenbrauen, und einem dicken Bauch.

Er stand in Weste und baumwollenem Hemd bei seinem Laden, der nach der Straße hinaus lag. Als er Alpatytsch erblickte, trat er auf ihn zu.

»Sei willkommen, Jakow Alpatytsch. Unsere Leute hier gehen aus der Stadt weg, und du kommst herein«, sagte der Herbergswirt.

»Wieso denn aus der Stadt weg?« fragte Alpatytsch.

»Ja, ich sage es ja auch: Die Leute sind dumm. Alle fürchten sie sich vor den Franzosen.«

»Weibergeschwätz, Weibergeschwätz!« erwiderte Alpatytsch.

»Das ist meine Ansicht auch, Jakow Alpatytsch. Ich sage: Es ist Befehl gegeben worden, ihn nicht hereinzulassen; also kann man sich auch darauf verlassen. Ja, und die Bauern verlangen drei Rubel für eine Fuhre ... die Unchristen!«

Jakow Alpatytsch hatte nur unaufmerksam zugehört. Er ließ sich einen Samowar bringen, den Pferden Heu geben, und nachdem er seinen Tee getrunken hatte, legte er sich schlafen.

Die ganze Nacht über marschierten auf der Straße Truppen an der Herberge vorbei. Am andern Tag zog Alpatytsch ein Kamisol an, das er immer nur in der Stadt trug, und machte seine Geschäftsgänge. Es war ein sonniger, schon von acht Uhr an heißer Vormittag. »Ein prachtvoller Tag für die Getreideernte!« dachte Alpatytsch. Von außerhalb der Stadt her hörte man schon vom frühen Morgen an schießen.

Von acht Uhr an gesellte sich zu den Gewehrschüssen auch Kanonendonner. Auf den Straßen war viel Volk, das es eilig hatte, hierhin und dorthin zu laufen, auch viele Soldaten; aber die Droschken fuhren ebenso wie sonst immer, und die Kaufleute standen in ihren Ladentüren, und in den Kirchen wurde Gottesdienst gehalten. Alpatytsch ging in verschiedene Läden, auf die Bureaus mehrerer Behörden, auf die Post und zum Gouverneur. Auf den Bureaus, in den Läden und auf der Post sprachen alle Menschen von der Armee und vom Feind, der schon die Stadt angriff; alle fragten sich gegenseitig, was sie tun sollten, und jeder suchte den anderen zu beruhigen.

Bei dem Haus des Gouverneurs fand Alpatytsch eine große Menge Volks, eine Anzahl Kosaken und einen Reisewagen, der dem Gouverneur gehörte. Auf den Stufen vor der Haustür begegnete er zwei Edelleuten, von denen er den einen kannte. Der ihm bekannte Edelmann, ein früherer Bezirkshauptmann, redete sehr hitzig.

»Die Sache ist ja doch kein Spaß!« sagte er. »Gut noch, wenn einer alleinsteht. Wenn er dann auch arm ist, so hat er doch nur für sich zu sorgen; aber wenn so eine Familie aus dreizehn Köpfen besteht und das ganze Vermögen dahin ist, was dann ...? Nun haben sie es glücklich dahin gebracht, daß wir alle ruiniert sind; was soll man von einer Obrigkeit, die sich so verhält, denken …? Aufhängen lassen würde ich alle diese Schurken, wenn's auf mich ankäme …«

»Aber, aber, was reden Sie? Es wird Ihnen noch übel bekommen!« sagte der andere.

»Was scher ich mich darum; mögen sie es hören! Sind wir denn Hunde, daß wir uns so behandeln lassen müßten?« sagte der ehemalige Bezirkshauptmann und erblickte, als er sich umsah, Alpatytsch.

»Ah, Jakow Alpatytsch! Was willst du denn hier?«

»Auf Befehl Seiner Durchlaucht zu dem Herrn Gouverneur«, antwortete Alpatytsch, indem er stolz den Kopf in die Höhe hob und die Hand vorn in die Brust steckte, was er immer tat, wenn er den Fürsten erwähnte. »Der Fürst hat mir befohlen, über den Stand der Dinge Erkundigungen einzuziehen«, fügte er hinzu.

»Na, da will ich dir gleich etwas sagen«, schrie der Gutsbesitzer. »Durch die Schuld dieser Bande ist es so weit gekommen, daß jetzt nicht einmal eine Fuhre zu haben ist, nichts …! Da sind sie, hörst du wohl?« fuhr er fort und zeigte nach der Seite, von der das Schießen herübertönte.

»Die Behörden sind schuld daran, daß wir alle zugrunde gehen … die Schurken!« sagte er noch einmal und stieg die Stufen hinab.

Kopfschüttelnd trat Alpatytsch ins Haus und ging die Treppe hinauf. Im Wartezimmer befanden sich Kaufleute, Frauen, Beamte, die schweigend einander ansahen. Die Tür des Arbeitszimmers öffnete sich; alle erhoben sich von ihren Plätzen und drängten nach vorn. Aus der Tür kam eilig ein Beamter heraus, redete ein paar Worte mit einem Kaufmann, rief einem dicken Beamten mit einem Orden am Hals zu, er möge ihm folgen, und verschwand wieder durch die Tür, augenscheinlich bemüht, allen sich auf ihn richtenden Blicken und beabsichtigten Fragen zu entgehen. Alpatytsch stellte sich unter die Vordersten, und als der Beamte das nächste Mal hereinkam, schob er die Hand vorn in den zugeknöpften Rock, wandte sich zu dem Beamten und hielt ihm die beiden Briefe hin.

»An den Herrn Baron Asch vom General en chef Fürsten Bolkonski«, sagte er mit solcher Feierlichkeit und Wichtigkeit, daß der Beamte sich zu ihm hinwendete und ihm die Briefe abnahm.

Einige Minuten darauf wurde Alpatytsch von dem Gouverneur empfangen, der hastig zu ihm sagte:

»Bestell dem Fürsten und der Prinzessin, daß mir nichts bekannt gewesen ist; ich habe nach höheren Befehlen gehandelt. Hier, nimm das mit!« Er gab Alpatytsch ein gedrucktes Blatt. »Übrigens, da der Fürst krank ist, so möchte ich ihnen raten, nach Moskau überzusiedeln. Ich fahre selbst sogleich dorthin.

Bestelle …«

Aber der Gouverneur konnte den Satz nicht zu Ende sprechen; denn ein mit Staub und Schweiß bedeckter Offizier trat eilig herein und begann, ihm etwas auf französisch zu sagen. Jäher Schrecken malte sich auf dem Gesicht des Gouverneurs.

»Geh nur«, sagte er zu Alpatytsch, indem er ihm mit dem Kopf zunickte, und richtete einige Fragen an den Offizier.

Gespannte, ängstliche, hilflose Blicke richteten sich auf Alpatytsch, als er aus dem Arbeitszimmer des Gouverneurs heraustrat. Unwillkürlich auf die jetzt schon nahen und immer lauter klingenden Schüsse hinhorchend, beeilte er sich, wieder nach seiner Herberge zu kommen. Auf dem Blatt, das ihm der Gouverneur gegeben hatte, stand folgendes:

»Ich versichere Ihnen, daß der Stadt Smolensk noch nicht die geringste Gefahr bevorsteht und daß sie wahrscheinlich von einer solchen überhaupt nicht bedroht werden wird. Ich rücke von der einen und Fürst Bagration von der andern Seite heran, um uns vor Smolensk zu vereinigen; diese Vereinigung wird am 22. vollzogen werden, und beide Heere werden mit vereinten Kräften ihre Landsleute in dem Ihnen anvertrauten Gouvernement beschützen, bis es ihren Anstrengungen gelungen sein wird, die Feinde des Vaterlandes von ihnen wegzutreiben, oder bis ihre tapferen Reihen bis auf den letzten Mann gefallen sein werden. Sie sehen hieraus, daß Sie durchaus berechtigt sind, die Bewohner von Smolensk zu beruhigen; denn wer von zwei so tapferen Heeren verteidigt wird, kann sich ihres Sieges versichert halten. (Amtliches Schreiben Barclay de Tollys an den Zivilgouverneur von Smolensk, Baron Asch, 1812.)«

Das Volk huschte unruhig in den Straßen umher.

Wagen, die mit Stühlen, Schränken und Küchengerät hochbepackt waren, kamen fortwährend aus den Torwegen der Häuser herausgefahren und fuhren dann die Straßen entlang. Vor dem Haus neben dem Ferapontowschen standen mehrere Fuhrwerke, und die Weiber nahmen mit vielem Gerede und mit vielem Heulen Abschied. Der Hofhund sprang bellend vor den angeschirrten Pferden hin und her.

Alpatytsch begab sich mit eiligerem Schritte, als es sonst in seiner Gewohnheit lag, auf den Hof und ging geradewegs unter das Schuppendach zu seinen Pferden und seinem Wagen. Der Kutscher schlief. Er weckte ihn, befahl ihm anzuspannen und ging ins Haus auf den Flur. Aus dem Zimmer der Wirtsleute war das Weinen eines Kindes, das laute, krampfhafte Schluchzen einer Frau und die heisere, zornig schreiende Stimme Ferapontows zu hören. Die Köchin lief, als Alpatytsch eintrat, ganz verstört wie eine geängstigte Henne im Flur umher.

»Halbtot hat er sie geschlagen … seine Frau! So furchtbar hat er sie geschlagen, durch das ganze Zimmer hat er sie geschleppt …!«

»Weswegen denn?« fragte Alpatytsch.

»Sie bat ihn, er möchte sie mit einem Wagen fortschaffen. ›Ich muß doch als Mutter für die Familie sorgen‹, sagte sie. ›Schaff mich fort; morde mich nicht mit den kleinen Kindern! Alle Leute‹, sagte sie, ›sind schon weggefahren; wozu bleiben wir noch hier?‹ sagte sie. Und da hat er sie geprügelt. Furchtbar hat er sie geprügelt, und in der Stube umhergeschleppt hat er sie!«

Alpatytsch nickte wie zustimmend zu diesen Worten mit dem Kopf und ging, da er nichts weiter davon hören mochte, zu dem der Stube der Wirtsleute gegenüberliegenden Zimmer hin, in welchem er seine Einkäufe liegen hatte.

»Du Bösewicht, du Mörder!« schrie in diesem Augenblick eine magere, blasse Frau mit einem kleinen Kind auf dem Arm und mit heruntergerissenem Kopftuch, welche aus der Tür herausgestürzt kam und die Treppe hinunter auf den Hof lief.

Hinter ihr her kam Ferapontow aus dem Zimmer; als er Alpatytsch erblickte, schob er sich seine Weste zurecht, brachte sein Haar in Ordnung, gähnte und ging hinter Alpatytsch her in dessen Zimmer.

»Willst du denn schon abfahren?« fragte er.

Ohne auf die Frage zu antworten und ohne sich nach dem Wirt umzuwenden, suchte Alpatytsch die eingekauften Sachen zusammen und fragte, wieviel er ihm für das Quartier schuldig wäre.

»Wir berechnen uns schon noch miteinander! Nun, bist du beim Gouverneur gewesen?« fragte Ferapontow. »Was hast du denn für Bescheid bekommen?«

Alpatytsch antwortete, daß der Gouverneur ihm nichts Bestimmtes gesagt habe.

»Können wir uns etwa bei unserem Geschäft davonmachen?« sagte Ferapontow. »Und bis Dorogobusch gibt man für eine Fuhre sieben Rubel. Ich sage ja: Die Kerle sind die reinen Unchristen!« Dann fuhr er fort: »Seliwanow, der hat es am Donnerstag gut getroffen; er hat sein Mehl an die Armee für neun Rubel den Sack verkauft. Na, wie ist's? Willst du noch Tee trinken?« fügte er hinzu.

Während die Pferde angespannt wurden, tranken Alpatytsch und Ferapontow zusammen Tee und unterhielten sich über den Getreidepreis, über die Ernte und über das gute Erntewetter.

»Das Schießen ist doch stiller geworden«, sagte Ferapontow, nachdem er drei Tassen Tee getrunken hatte, und stand auf. »Gewiß haben die Unsrigen gesiegt. Es war ja auch angekündigt worden, sie würden den Feind nicht hereinlassen. Ja, ja, ein starkes Heer! Und neulich hieß es, Matwjei Iwanowitsch Platow habe sie in die Marina getrieben und so gegen achtzehntausend an einem Tag ersäuft.«

Alpatytsch nahm seine Einkäufe zusammen, übergab sie dem eintretenden Kutscher und bezahlte dem Wirt, was er schuldig war. Man hörte vom Torweg her, wie der Reisewagen hinausfuhr: Die Räder rasselten, die Hufe klapperten, die Schellen klingelten.

Der Mittag war schon lange vorüber; die eine Hälfte der Straße lag im Schatten, die andere war hell von der Sonne beschienen. Alpatytsch warf einen Blick durch das Fenster und ging zur Tür. Auf einmal erscholl ein seltsamer Laut: ein fernes Pfeifen und ein ferner Schlag, und gleich darauf ertönte das ineinanderfließende Getöse einer gewaltigen Kanonade, von der die Fenster erzitterten.

Alpatytsch trat auf die Straße hinaus; auf der Straße liefen zwei Männer nach der Brücke zu. Von verschiedenen Stellen her hörte man das Pfeifen und Einschlagen der Kanonenkugeln und das Platzen der Granaten, die in der Stadt niederfielen. Aber diese Töne waren viel weniger zu vernehmen und zogen die Aufmerksamkeit der Einwohner in weit geringerem Grad auf sich als der Donner der Kanonade, der von außerhalb her nach der Stadt herübertönte. Es war dies das Bombardement, das Napoleon um fünf Uhr aus hundertunddreißig Geschützen auf die Stadt hatte eröffnen lassen. Anfänglich begriff das Volk die Bedeutung dieses Bombardements noch nicht.

Der Schall der niederfallenden Granaten und Kanonenkugeln erweckte zunächst nur Neugier. Ferapontows Frau, die bis dahin immer noch unter dem Schuppendach geheult hatte, wurde still, kam mit dem Kind auf dem Arm zum Torweg hinaus, blickte schweigend auf das Volk und horchte nach den ungewohnten Tönen hin.

Auch die Köchin und der Ladendiener kamen ans Tor. Alle bemühten sich mit fröhlicher Neugier, die über ihre Köpfe hinfliegenden Geschosse mit den Augen zu verfolgen. Um die Straßenecke herum kamen einige Männer in lebhaftem Gespräch.

»Das hat einmal eine Wucht!« sagte der eine. »Das Dach und die Dekke hat es kurz und klein geschlagen.«

»Und die Erde hat es aufgewühlt wie ein Schwein«, fügte der andre hinzu. »Ja, das ist etwas Großartiges; da hat er uns einmal recht aufgemuntert!« bemerkte er lachend. »Sei nur froh, daß du noch beiseite sprangst; sonst hättest du etwas abbekommen.«

Die Volksmenge wandte sich zu diesen Männern. Sie blieben stehen und erzählten, daß dicht neben ihnen Kanonenkugeln in ein Haus eingeschlagen wären. Unterdessen flogen unaufhörlich andere Geschosse, bald mit schnellem, mürrischem Sausen Kanonenkugeln, bald mit angenehm klingendem Pfeifen Granaten, über die Köpfe der Volksmenge hin; aber kein einziges Geschoß fiel in der Nähe nieder; alle flogen drüber weg. Alpatytsch setzte sich in seinen Wagen; der Wirt stand am Tor.

»Was hast du da zu suchen?« schrie er der Köchin zu, die mit aufgestreiften Ärmeln, im roten Unterrock, die nackten Ellbogen hin und her bewegend, nach der Straßenecke gegangen war, um zu hören, was da erzählt wurde.

»Erstaunlich, erstaunlich!« sagte sie einmal über das andere. Aber als sie die Stimme des Wirtes hörte, kam sie, den aufgeschürzten Unterrock zurechtziehend, wieder zurück.

Wieder, aber diesmal sehr nahe, pfiff etwas wie ein von oben nach unten herabfliegender Vogel; Feuer blitzte mitten auf der Straße auf; ein Knall ertönte, und die Straße wurde von Rauch verdunkelt.

»Du Biest von Kugel, was richtest du da an?« schrie der Wirt und lief zu der Köchin hin.

In dem gleichen Augenblick fingen auf verschiedenen Seiten Weiber kläglich zu heulen an; das kleine Kind weinte erschrocken los; schweigend und mit bleichen Gesichtern drängte sich das Volk um die Köchin. Aus diesem Schwarm heraus waren die Schmerzenslaute und Klagen der Köchin deutlich vernehmbar.

»O weh, ach, ach, liebe Leute! Meine lieben, guten Leute! Laßt mich nicht sterben! Meine lieben, guten Leute!«

Fünf Minuten darauf war niemand mehr auf der Straße. Die Köchin, der ein Granatsplitter die Hüfte zerrissen hatte, hatte man in die Küche getragen. Alpatytsch, sein Kutscher, Ferapontows Frau mit ihren Kindern und der Hausknecht saßen im Keller und horchten. Der Donner der Geschütze, das Pfeifen der Geschosse und das klägliche Gestöhn der Köchin, welches alle andern Laute übertönte, verstummten keinen Augenblick. Die Wirtin schaukelte bald ihr kleines Kind hin und her und redete ihm beruhigend zu, bald fragte sie flüsternd einen jeden, der in den Keller kam, wo ihr Mann sei, der auf der Straße geblieben war. Der Ladendiener, der ebenfalls in den Keller kam, teilte ihr mit, ihr Mann sei mit vielen anderen Leuten in die Kathedrale gegangen, wo das wundertätige Muttergottesbild von Smolensk ausgestellt worden sei.

Als es zu dämmern begann, wurde die Kanonade schwächer. Alpatytsch ging aus dem Keller hinaus und trat in die Haustür. Der vorher klare Abendhimmel war ganz mit Rauch überzogen. Und durch diesen Rauch schimmerte die junge, hochstehende Mondsichel seltsam hindurch. Seit der frühere furchtbare Geschützdonner schwieg, schien über der Stadt Ruhe zu lagern, die nur durch ein scheinbar durch die ganze Stadt verbreitetes Geräusch von Schritten, von Gestöhn, von fernem Geschrei und vom Knistern der Feuersbrünste unterbrochen wurde. Das Stöhnen der Köchin war jetzt verstummt. Auf zwei Seiten erhoben sich schwarze Rauchsäulen von Feuersbrünsten und zerteilten sich oben. Auf der Straße gingen und liefen, nicht in geordneten Reihen, sondern wie Ameisen aus einem zerstörten Haufen, Soldaten in verschiedenen Uniformen und nach verschiedenen Richtungen. Vor Alpatytschs Augen liefen einige von ihnen auf Ferapontows Hof. Alpatytsch trat in den Torweg. Irgendein Regiment, das hastig und sich drängend zurückging, versperrte die Straße.

»Die Stadt wird dem Feinde überlassen werden; fahren Sie weg, fahren Sie weg«, sagte zu ihm ein Offizier, der ihn bemerkt hatte; dann wandte er sich sogleich zu den Soldaten und schrie sie an:

»Ich will euch lehren, auf die Höfe zu laufen!«

Alpatytsch kehrte in das Haus zurück, rief den Kutscher und sagte ihm, daß sie jetzt fahren wollten. Hinter Alpatytsch und dem Kutscher traten auch alle Hausgenossen Ferapontows aus dem Haus. Als sie den Rauch und sogar das Feuer der Brände sahen, das jetzt in der hereinbrechenden Dunkelheit sichtbar wurde, erhoben die Weiber, die bis dahin geschwiegen hatten, auf einmal ein lautes Klagen und Jammergeschrei. Wie um ihnen zu sekundieren, erscholl ein gleiches Geschrei am andern Ende der Straße. Alpatytsch und der Kutscher brachten mit zitternden Händen die verwirrten Zügel und Stränge der Pferde unter dem Schuppendach in Ordnung.

Als Alpatytsch aus dem Tor herausfuhr, sah er, daß in Ferapontows offenstehendem Laden ein Dutzend Soldaten unter lauten Gesprächen ihre Brotbeutel und Tornister mit Weizenmehl und Sonnenblumenkernen füllten. In demselben Augenblick trat, von der Straße kommend, Ferapontow herein. Als er die Soldaten erblickte, wollte er sie zunächst heftig anschreien; aber plötzlich hielt er inne, griff sich in die Haare und brach in eine Art von schluchzendem Lachen aus.

»Schleppt alles weg, Kinder! Laßt es nicht diesen Teufeln in die Hände fallen!« schrie er, griff selbst nach einigen Säcken und warf sie auf die Straße.

Einige von den Soldaten liefen erschrocken hinaus, andere aber fuhren fort einzusacken. Als Ferapontow den reisefertigen Alpatytsch erblickte, wandte er sich zu ihm.

»Es ist zu Ende mit Rußland!« schrie er. »Alpatytsch, es ist zu Ende! Ich will selbst alles anzünden. Es ist zu Ende!« Damit lief Ferapontow auf den Hof.

Auf der Straße zogen, sie in ihrer ganzen Breite versperrend, ununterbrochen Soldaten vorüber, so daß Alpatytsch nicht abfahren konnte und sich gezwungen sah zu warten. Ferapontows Frau saß mit ihren Kindern gleichfalls auf einem Bauernwagen und wartete darauf, daß sie würde herausfahren können.

Es war schon völlige Nacht. Am Himmel standen die Sterne, und ab und zu schimmerte der meist vom Rauch verhüllte junge Mond hindurch. Wo sich der Weg zum Dnjepr hinabsenkte, mußten die Fuhrwerke Alpatytschs und der Wirtin, die sich langsam zwischen den Reihen der Soldaten und den andern Wagen fortbewegten, wieder stillhalten. Nicht weit von der Straßenkreuzung, wo die Fuhrwerke hielten, brannten in der Querstraße ein Haus und mehrere Budenläden. Das Feuer war schon heruntergebrannt. Bald schien die Flamme zu ersterben und sich in dem schwarzen Rauch zu verlieren, bald schlug sie auf einmal wieder hell empor und beleuchtete mit seltsamer Deutlichkeit die Gesichter der Menschen, die dichtgedrängt an der Straßenkreuzung standen. Vor dem Feuer huschten schwarze Menschengestalten vorbei, und durch das nie verstummende Knistern der Glut hindurch hörte man reden und schreien. Alpatytsch, der von seinem Wagen heruntergestiegen war, weil er sah, daß dieser so bald doch nicht weiterkommen könne, bog in die Querstraße ein, um sich den Brand anzusehen. Soldaten liefen unaufhörlich an dem Feuer vorbei irgendwohin und wieder zurück, und Alpatytsch sah, wie zwei derselben und mit ihnen ein Mann in einem Friesmantel aus dem Brand brennende Balken über die Straße nach einem Nachbargrundstück schleppten; andere trugen Arme voll Heu.

Alpatytsch trat zu einem großen Menschenhaufen hin, der gegenüber einem hohen, lichterloh brennenden Speicher Posten gefaßt hatte. Alle Wände waren vom Feuer ergriffen, die Hinterwand hatte sich schief gezogen, das Bretterdach war zusammengeknickt, die Balken brannten. Offenbar wartete die Menge auf den Augenblick, wo das Dach herunterstürzen werde. Auf eben dieses bevorstehende Ereignis wartete auch Alpatytsch.

»Alpatytsch!« rief auf einmal den alten Mann eine bekannte Stimme an.

»Väterchen, Euer Durchlaucht!« antwortete Alpatytsch, der sofort die Stimme seines jungen Fürsten erkannt hatte.

Fürst Andrei, in den Mantel gehüllt, hielt auf einem Rappen hinter dem Menschenhaufen und blickte Alpatytsch an.

»Wie kommst du denn hierher?« fragte er.

»Euer … Euer Durchlaucht«, stieß Alpatytsch heraus und begann zu schluchzen. »Euer … Euer … sind wir denn wirklich verloren? Der Vater …«

»Wie kommst du hierher?« fragte Fürst Andrei noch einmal. Die Flamme loderte in diesem Augenblick hell auf und ließ Alpatytsch das blasse, ausgemergelte Gesicht seines jungen Herrn deutlich erkennen. Er erzählte, wozu er hierher gesandt sei, und daß er jetzt Mühe habe fortzukommen.

»Wie ist das, Euer Durchlaucht? Sind wir wirklich verloren?« fragte er wieder.

Fürst Andrei zog, ohne ihm eine Antwort zu geben, sein Notizbuch heraus, hob das Knie in die Höhe und schrieb mit Bleistift auf einem ausgerissenen Blatt. Er schrieb an seine Schwester:

»Smolensk wird dem Feind überlassen werden. In einer Woche wird Lysyje-Gory von den Franzosen besetzt sein. Fahrt sofort nach Moskau. Antworte mir sogleich, wann ihr abfahrt; schicke die Antwort durch besonderen Boten nach Uswjasch.«

Nachdem er dies geschrieben und das Blatt dem alten Verwalter eingehändigt hatte, setzte er ihm mündlich auseinander, wie die Abreise des Fürsten, der Prinzessin und des Sohnes nebst seinem Lehrer bewerkstelligt werden und wie und wohin ihm sogleich Antwort gesandt werden solle. Er war mit seinen Anweisungen noch nicht fertig, als ein Stabsoffizier zu Pferde, von einem Gefolge begleitet, zu ihm heransprengte.

»Sie sind Oberst?« schrie der Stabsoffizier mit deutscher Klangfarbe und mit einer Stimme, die dem Fürsten Andrei bekannt vorkam. »In Ihrer Gegenwart werden Häuser angezündet, und Sie stehen ruhig dabei? Was soll das heißen? Sie werden sich dafür zu verantworten haben!« schrie Berg, der jetzt Gehilfe des Chefs des Stabes des stellvertretenden Stabschefs des Kommandeurs des linken Flügels der Infanterie der ersten Armee war, »ein sehr angenehmer Posten, der die Blicke auf sich zieht«, wie sich Berg auszudrücken pflegte.

Fürst Andrei blickte ihn an und fuhr, ohne ihm zu antworten, in seinem Gespräch mit Alpatytsch fort:

»Bestelle also, daß ich bis zum zehnten auf Antwort warten werde; sollte ich aber am zehnten noch nicht die Nachricht erhalten haben, so werde ich selbst alles stehen und liegenlassen und nach Lysyje-Gory kommen.«

»Ich habe Ihnen das nur deshalb gesagt, Fürst«, sagte Berg, der inzwischen den Fürsten Andrei erkannt hatte, zu seiner Entschuldigung, »weil es meine Pflicht ist, die mir erteilten Befehle auszuführen; denn diese führe ich immer auf das genaueste aus. Bitte, nehmen Sie mir nichts übel.«

Es krachte etwas im Feuer. Die Flamme beruhigte sich für einen Augenblick. Schwarze Rauchwolken wälzten sich unter dem Dach hervor. Noch einmal krachte es furchtbar im Feuer, und etwas Großes, Wuchtiges stürzte herab.

»Hu-hu-hu!« heulte die Menge auf und begleitete damit den Einsturz des Speicherdaches. Von dem verbrennenden Getreide verbreitete sich ein Geruch, wie wenn Kuchen gebacken würde. Die Flamme loderte wieder in die Höhe und erleuchtete die freudig erregten und zugleich erschöpften Gesichter der Menschen, die um den Brand herumstanden.

Der Mann im Friesmantel reckte die Arme in die Höhe und rief:

»Prächtig, Kinder! Das Feuer hat schon gefaßt! Prächtig!«

»Es ist der Hausbesitzer selbst«, sagten einige aus der Menge.

»Nun also«, schloß Fürst Andrei sein Gespräch mit Alpatytsch, »dann bestelle alles, wie ich es dir gesagt habe«, und ohne zu Berg, der schweigend neben ihm geblieben war, ein Wort der Antwort zu sagen, trieb er sein Pferd an und ritt in die Querstraße.

V

Von Smolensk aus zogen sich die russischen Truppen immer weiter zurück, und die Feinde folgten ihnen. Am 10. August kam das Regiment, das Fürst Andrei befehligte, auf der großen Straße an dem Weg vorüber, der nach Lysyje-Gory abzweigte. Schon seit mehr als drei Wochen herrschten Hitze und Trockenheit. Täglich zogen am Himmel krause Wolken hin, die ab und zu die Sonne verdeckten; aber zum Abend klärte es sich immer wieder auf, und die Sonne ging in braunrotem Dunst unter. Nur in der Nacht erfrischte starker Tau die Erde. Das noch auf dem Feld stehende Getreide verdorrte und fiel aus. Die Sümpfe waren ausgetrocknet. Das Vieh, das auf den von der Sonne verbrannten Wiesen keine Nahrung fand, brüllte vor Hunger. Nur nachts und in den Wäldern, solange der Tau sich noch hielt, war es kühl. Aber auf der großen Landstraße, auf der die Truppen marschierten, merkte man selbst bei Nacht und in den Wäldern nichts von dieser Abkühlung. In dem Sandstaub des mehr als eine Spanne tief zertretenen und aufgewühlten Weges war kein Tau zu spüren. Sowie es morgens dämmerte, wurde der Marsch angetreten. Lautlos bewegte sich alles in dem weichen, dunstigen, bei Nacht nicht abgekühlten, heißen Staub vorwärts, in den die Wagen und die Geschütze bis an die Naben, die Fußgänger bis an die Knöchel einsanken. Ein Teil dieses Sandstaubes wurde durch die Füße und Räder zusammengeknetet; aber ein anderer Teil stieg in die Höhe, stand als Wolke über den Truppen und setzte sich in den Augen, den Haaren, den Ohren, den Nasenlöchern und ganz besonders in den Lungen der Menschen und Tiere fest, die auf diesem Weg dahinzogen. Je höher die Sonne stieg, um so höher erhob sich auch diese Staubwolke, und durch diesen feinen, heißen Staub hindurch konnte man in die Sonne, auch wenn sie nicht von Wolken verhüllt war, mit bloßem Auge hineinsehen. Die Sonne erschien als ein großer, purpurner Ball. Wind war nicht vorhanden, und die Menschen erstickten fast in dieser unbeweglichen Luft. Auf dem Marsch banden sie sich Tücher um Nase und Mund. Kam man zu einem Dorf, so stürzten alle zu dem Ziehbrunnen hin. Man schlug sich um das Wasser und trank es bis auf den schmutzigen Grund aus.

Fürst Andrei kommandierte ein Regiment, und seine Zeit und sein Interesse waren hinreichend damit ausgefüllt, daß er sein Regiment in guter Ordnung hielt, für das Wohlergehen seiner Leute sorgte und die notwendigen Befehle empfing und erteilte. Der Brand von Smolensk und die Räumung dieser Stadt bildeten für des Fürsten Andrei gesamte Anschauungsweise eine Epoche. Ein neues Gefühl des Hasses gegen den Feind ließ ihn seinen eigenen Kummer vergessen. Er widmete sich völlig der Tätigkeit für sein Regiment, sorgte treu für seine Mannschaft und für seine Offiziere und war gegen sie freundlich. Im Regiment wurde er »unser Fürst« genannt; man war stolz auf ihn und liebte ihn. Aber gut und freundlich war er nur gegen die Angehörigen seines Regiments, gegen Timochin und Leute von dessen Art, gegen völlig neue Menschen aus einer fremden Sphäre, gegen Menschen, die von seiner Vergangenheit nichts wissen und nichts verstehen konnten; aber sowie er mit einem seiner früheren Kameraden aus dem Stab zusammentraf, kehrte er sofort wieder alle Stacheln heraus und nahm einen boshaften, spöttischen, geringschätzigen Ton an. Alles, was in ihm die Erinnerung an die Vergangenheit wachrief, stieß ihn ab, und daher war sein Bestreben, wo er mit dieser seiner früheren Welt in Berührung kam, lediglich darauf gerichtet, sich nichts Unrechtes zuschulden kommen zu lassen und seine Pflicht zu erfüllen.

Allerdings erschien dem Fürsten Andrei alles in trübem, düsterem Licht, namentlich nachdem Smolensk, das man nach seiner Ansicht hätte verteidigen können und verteidigen müssen, am 6. August geräumt war, und nachdem sich für seinen kranken Vater die Notwendigkeit ergeben hatte, zu flüchten und das so sehr geliebte Lysyje-Gory der Plünderung preiszugeben, das er selbst gebaut und mit Einwohnern besiedelt hatte; aber trotzdem war Fürst Andrei dank seiner Stellung als Regimentskommandeur imstande, an einen anderen Gegenstand zu denken, der mit allgemeinen Fragen in gar keinem Zusammenhang stand: eben an sein Regiment. Am 10. August kam die Heeresabteilung, zu der sein Regiment gehörte, an Lysyje-Gory seitwärts vorbei. Fürst Andrei hatte zwei Tage vorher die Nachricht erhalten, daß sein Vater, sein Sohn und seine Schwester nach Moskau abgereist seien. Obgleich Fürst Andrei unter diesen Umständen nun eigentlich in Lysyje-Gory nichts mehr zu tun hatte, entschloß er sich mit der ihm eigenen Passion, in seinem Gram zu wühlen, dennoch, einen Abstecher dorthin zu machen.

Er ließ sich ein frisches Pferd satteln und ritt, von der marschierenden Kolonne seitlich abbiegend, nach seinem väterlichen Gut, wo er geboren war und seine Kindheit verlebt hatte. Als er an dem Teich vorbeikam, an dem sonst immer Dutzende von Weibern unter munterem Geschwätz ihre Wäsche mit den Holzschlegeln klopften und spülten, bemerkte er, daß niemand am Teich war und das losgerissene Floß, halb vom Wasser überspült, schief mitten auf dem Teich schwamm. Fürst Andrei ritt zu dem Wächterhäuschen hin. Bei dem steinernen Eingangstor war kein Mensch zu sehen, und die Tür stand offen. Die Gartenwege waren schon mit Unkraut bewachsen, und Kälber und Pferde gingen im englischen Garten umher. Fürst Andrei ritt nach den Treibhäusern: Die Glasscheiben waren zerbrochen, von den Bäumen in Kübeln manche umgeworfen, andere vertrocknet. Er rief nach dem Gärtner Taras; aber niemand antwortete. Als er dann um die Treibhäuser herum nach dem Vorplatz bog, sah er, daß der Lattenzaun völlig zerstört und die Pflaumen mitsamt den Zweigen von den Bäumen heruntergerissen waren. Ein alter Bauer (Fürst Andrei hatte ihn in seiner Kindheit manchmal am Tor gesehen) saß auf einer grünen Bank und flocht Bastschuhe.

Er war taub und hatte nicht gehört, daß Fürst Andrei herangeritten kam. Er saß auf derselben Bank, auf der sonst der alte Fürst immer gern gesessen hatte; neben ihm hing der Bast auf den Zweigen einer umgeknickten, vertrockneten Magnolie.

Fürst Andrei ritt nach dem Haus hin. Mehrere Linden in dem alten Garten waren umgehauen; eine scheckige Stute mit ihrem Fohlen ging dicht vor dem Haus zwischen den Rosenstöcken umher. Am Haus waren die Fensterläden geschlossen. Nur ein einziges Fenster unten war offen. Ein Gutsjunge, der den Fürsten Andrei erblickte, lief schnell ins Haus hinein; Alpatytsch, der seine Familie fortgeschickt hatte, war allein in Lysyje-Gory zurückgeblieben; er saß im Haus und las die Heiligenlegenden. Sobald er von der Ankunft des Fürsten Andrei erfuhr, kam er, noch mit der Brille auf der Nase und sich im Gehen den Rock zuknöpfend, eilig aus dem Haus, trat auf den Fürsten zu, brach, ohne ein Wort zu sagen, in Tränen aus und küßte dem Fürsten Andrei das Knie.

Dann wandte er sich, ärgerlich über seine eigene Schwäche, ab und begann ihm über den Stand der Dinge Bericht zu erstatten. Alle Kostbarkeiten und Wertgegenstände waren nach Bogutscharowo gebracht. Auch das Korn, etwa hundert Tschetwert, war dorthin transportiert; das Heu hatten die Soldaten genommen, auch hatten sie das noch unreife, nach Alpatytschs Angabe in diesem Jahr ungewöhnlich gute Sommergetreide abgemäht. Die Bauern waren zugrunde gerichtet; die meisten waren ebenfalls nach Bogutscharowo gezogen; ein kleiner Teil war zurückgeblieben.

Fürst Andrei fragte, ohne seinen Bericht zu Ende zu hören:

»Wann sind mein Vater und meine Schwester abgereist?« Er meinte damit, wann sie nach Moskau gefahren wären.

Alpatytsch, welcher glaubte, die Frage beziehe sich auf die Abreise nach Bogutscharowo, antwortete, sie seien am 7. abgereist, begann wieder ausführlich von Wirtschaftsangelegenheiten zu sprechen und erbat sich Instruktionen.

»Befehlen Sie, daß den Truppen Hafer gegen Quittung abgelassen wird? Wir haben noch sechshundert Tschetwert übrig«, fragte Alpatytsch.

»Was soll ich ihm darauf antworten?« dachte Fürst Andrei, während er auf den in der Sonne glänzenden Kahlkopf des alten Mannes blickte und aus dem Gesichtsausdruck desselben entnahm, daß dieser sich des Unzeitgemäßen dieser Fragen selbst sehr wohl bewußt war und nur fragte, um seinen eigenen Kummer zu übertäuben.

»Ja, ja, laß nur ab«, erwiderte er.

»Wenn Sie im Garten Unordnung bemerkt haben«, sagte Alpatytsch, »so wollen Sie deswegen nicht zürnen: Es war unmöglich, es zu verhüten; drei Regimenter sind hier durchgezogen und haben hier übernachtet, namentlich auch Dragoner. Ich habe die Namen und Titel der Kommandeure aufgeschrieben, um Beschwerden einzureichen.«

»Nun, und was wirst du selbst denn jetzt anfangen? Wirst du hierbleiben, wenn der Feind kommt?« fragte ihn Fürst Andrei.

Alpatytsch wandte sein Gesicht dem Fürsten Andrei zu, blickte ihn an und hob plötzlich mit feierlicher Gebärde die Hände zum Himmel.

»Er ist mein Beschützer; Sein Wille geschehe!« sagte er.

Ein Haufe von Bauern und Gutsleuten kam barhäuptig über die Wiese und näherte sich dem Fürsten Andrei.

»Nun, dann leb wohl!« sagte Fürst Andrei und beugte sich zu Alpatytsch hinunter. »Geh nur auch fort und nimm mit, was du kannst; die Leute laß auf das Rjasansche Gut oder auf das bei Moskau gehen.«

Alpatytsch drückte sich gegen das Bein des Fürsten und schluchzte. Fürst Andrei schob ihn behutsam zurück, trieb sein Pferd an und galoppierte die Allee hinunter.

Auf dem Vorplatz bei den Treibhäusern saß immer noch ebenso teilnahmslos wie vorher, einer Fliege auf dem Antlitz eines teuren Verstorbenen vergleichbar, der Alte und klopfte an dem Leisten eines Bastschuhes herum, und zwei kleine Mädchen, die Kleiderschöße voll Pflaumen, die sie von den in den Treibhäusern gezogenen Bäumchen abgerissen hatten, kamen von dort gelaufen und stießen gerade auf den Fürsten Andrei. Als sie den jungen Herrn erblickten, ergriff das ältere Mädchen, auf dessen Gesicht sich der Schreck deutlich ausprägte, ihre jüngere Kameradin bei der Hand und versteckte sich mit ihr hinter einer Birke, ohne sich Zeit zu nehmen, einige dabei hingefallene grüne Pflaumen aufzusammeln.

Mit ängstlicher Eile wendete sich Fürst Andrei von ihnen ab, damit sie nicht merken möchten, daß er sie gesehen hatte. Diese hübsche ältere Kleine, die einen solchen Schreck bekommen hatte, tat ihm leid. Er fürchtete sich, sie anzusehen, hatte aber gleichzeitig ein unwiderstehliches Verlangen, es zu tun. Ein neues, tröstliches, beruhigendes Gefühl war über ihn gekommen, als er beim Anblick dieser Mädchen die Existenz anderer, ihm völlig fremder und doch ebenso berechtigter menschlicher Interessen erkannt hatte, wie es diejenigen waren, die ihn beschäftigten. Diese beiden kleinen Mädchen hatten offenbar nur den einen leidenschaftlichen Wunsch, diese grünen Pflaumen davonzutragen und aufzuessen, ohne dabei ertappt zu werden, und Fürst Andrei wünschte mit ihnen ihrem Unternehmen ein gutes Gelingen. Er konnte sich doch nicht enthalten, noch einmal nach den beiden hinzublicken. Sich bereits in Sicherheit glaubend, sprangen sie aus ihrem Versteck hervor, und mit den hellen Stimmchen lustig zwitschernd und die Kleiderschöße in die Höhe haltend, liefen sie schnell und munter mit ihren verbrannten, nackten Füßchen durch das Gras der Wiese dahin.

Fürst Andrei hatte es als eine Erfrischung empfunden, daß er für eine Weile aus dem Bereich des Staubes der großen Landstraße, auf der die Truppen marschierten, herausgekommen war. Aber nicht weit von Lysyje-Gory bog er wieder in die große Straße ein und erreichte sein Regiment an einem Rastplatz, bei dem Damm eines kleinen Teiches. Es war zwei Uhr nachmittags. Die Sonne, ein roter Ball in dem Staub, brannte und stach unerträglich auf dem Rücken durch den schwarzen Rock hindurch. Der Staub, der sich noch nicht vermindert hatte, schwebte unbeweglich über den lagernden Truppen, deren Redegesumm weithin zu hören war. Kein Lüftchen rührte sich. Als Fürst Andrei auf den Damm ritt, wehte ihm vom Teich her eine leise Kühlung und der Geruch von Schlamm und Wasserpflanzen entgegen. Ein Verlangen zu baden kam ihn an, mochte das Wasser auch noch so schmutzig sein. Er blickte nach dem Teich hin, von welchem Geschrei und Gelächter herübertönte. Der kleine, trübe, mit grünen Wasserpflanzen durchwachsene Teich war augenscheinlich um einen Fuß gestiegen und überflutete den Damm, weil er ganz voll war von einer Menge nackter, weißer, darin umherplätschernder Soldatenleiber mit ziegelroten Händen, Gesichtern und Hälsen. All dieses nackte, weiße Menschenfleisch plätscherte unter Lachen und Kreischen in dieser schmutzigen Pfütze umher, wie Karauschen, die in eine Gießkanne zusammengepfercht sind. Dieses Plätschern zeugte von Frohsinn und Heiterkeit und machte eben dadurch einen um so schmerzlicheren Eindruck.

Ein junger, blonder Soldat von der dritten Kompanie (Fürst Andrei kannte ihn sogar), mit einem kleinen Riemen unterhalb der Wade, bekreuzte sich und trat dann ein paar Schritte zurück, um einen ordentlichen Anlauf zu nehmen und sich ins Wasser zu stürzen; ein anderer, ein schwarzhaariger, immer strubbliger Unteroffizier, stand bis über die Hüften im Wasser, zuckte wohlig mit dem muskulösen Körper und prustete vergnügt, indem er sich mit seinen schwarzbehaarten Händen Wasser über den Kopf schüttete. Man hörte, wie die Soldaten einander klatschende Schläge versetzten, kreischten und juchzten.

An den Ufern und auf dem Damm und im Teich, überall sah man weißes, gesundes, muskulöses Fleisch. Der rotnasige Offizier Timochin trocknete sich auf dem Damm mit einem Handtuch ab und genierte sich, als er den Fürsten erblickte; indes entschloß er sich doch, ihn anzureden.

»Das tut wohl!« sagte er. »Euer Durchlaucht sollten es auch tun!«

»Es ist gar zu schmutzig«, erwiderte Fürst Andrei, die Stirn runzelnd.

»Wir werden es sofort für Sie reinigen.« Und noch nicht angekleidet lief Timochin hin, um die Reinigung anzuordnen.

»Der Fürst will baden.«

»Welcher? Unser Fürst?« fragten mehrere Soldaten, und alle gerieten so in Hast und Eifer, daß Fürst Andrei sie nur mit Mühe beruhigen konnte. Es war ihm der Gedanke gekommen, sich lieber in der Scheune des Müllers mit Wasser zu begießen.

»Menschenfleisch, chair à canon, Kanonenfutter!« dachte er, als er seinen eigenen nackten Körper ansah, und schauderte zusammen, nicht sowohl vor Kälte, als vielmehr infolge eines ihm selbst nicht recht verständlichen Widerwillens und Schreckens, den er beim Anblick dieser gewaltigen Menge von Menschenleibern, die in dem schmutzigen Teich umherplätscherten, empfunden hatte.

*

Am 7. August schrieb Fürst Bagration von seinem an der Smolensker Landstraße gelegenen Marschquartier Michailowka aus den folgenden Brief:

»Gnädiger Herr Graf Alexei Andrejewitsch!«

(Er schrieb an Araktschejew, wußte aber, daß auch der Kaiser seinen Brief lesen werde, und überlegte daher, soweit er dazu imstande war, jedes seiner Worte.)

»Ich meine, der Minister wird bereits berichtet haben, daß Smolensk dem Feind überlassen ist. Es ist schmerzlich und tief betrübend, daß man einen so wichtigen Platz ohne zwingenden Grund aufgegeben hat, und die ganze Armee ist darüber in Verzweiflung. Ich meinerseits habe den Minister persönlich und zuletzt auch schriftlich auf das allerdringlichste gebeten; aber nichts vermochte Eindruck auf ihn zu machen. Ich schwöre Ihnen bei meiner Ehre, daß Napoleon sich in einer solchen Sackgasse befand wie nie vorher, und daß er Smolensk nicht hätte nehmen, wohl aber die Hälfte seiner Armee verlieren können. Unsere Truppen haben sich so tapfer geschlagen wie nie vorher und werden das auch künftig tun. Ich habe mit fünfzehntausend Mann länger als fünfunddreißig Stunden standgehalten und die Feinde geschlagen; aber er hat nicht einmal vierzehn Stunden dableiben wollen. Das ist eine Schmach und Schande für unsere Armee, und er selbst täte meines Erachtens am besten, aus der Welt zu gehen. Wenn er berichtet, daß unser Verlust groß sei, so ist das eine Unwahrheit; vielleicht gegen viertausend Mann, nicht mehr, und auch das nicht; aber wenn es auch zehntausend wären, so wäre nichts darüber zu sagen ... es ist eben Krieg. Aber dafür hat der Feind eine Unmenge von Leuten verloren.

Was wäre es denn für uns für eine Anstrengung gewesen, noch zwei Tage dazubleiben? Schließlich wären die Franzosen von selbst abgezogen, weil sie kein Wasser für die Mannschaften und für die Pferde hatten. Er hatte mir sein Wort gegeben, nicht wegzugehen; aber auf einmal schickte er mir seine Disposition, daß er in der Nacht aufbrechen werde. Auf die Art ist eine ordentliche Kriegführung unmöglich, und wir können den Feind bald nach Moskau hinführen ...

Es geht das Gerücht, daß Sie an Frieden denken. Gott behüte uns jetzt vor einem Friedensschluß! Wenn Sie nach all diesen Opfern und nach einem so sinnlosen Rückzug Frieden schließen wollten, würden Sie ganz Rußland gegen sich aufbringen, und jeder von uns würde es für eine Schande halten, die Uniform zu tragen. Da es einmal so weit gekommen ist, müssen wir uns auch schlagen, solange Rußland kann und solange wir Truppen auf den Beinen haben.

Das Kommando muß einer haben, nicht zwei. Ihr Minister ist vielleicht brauchbar dazu, ein Ministerium zu verwalten, aber als General ist er nicht etwa nur mäßig, sondern geradezu jammervoll; und einem solchen Mann hat man das Schicksal unseres ganzen Vaterlandes in die Hände gelegt ... Wahrhaftig, ich verliere den Verstand vor Ärger; verzeihen Sie mir, daß ich so dreist schreibe. Das ist klar: Wer da rät, den Minister die Armee kommandieren zu lassen und Frieden zu schließen, der liebt den Kaiser nicht und wünscht uns allen den Untergang. Also ich gebe Ihnen den guten Rat: Setzen Sie die Landwehr in Bereitschaft. Denn der Minister führt in der meisterhaftesten Art und Weise unsere fremden Gäste hinter sich her nach der Hauptstadt. Das größte Mißtrauen erweckt bei der ganzen Armee der Herr Flügeladjutant Wolzogen. Man sagt, er stehe mehr auf Napoleons Seite als auf der unsrigen, und doch ist er es, der den Minister in allem berät. Ich bin gegen ihn nicht nur höflich, sondern gehorche ihm sogar wie ein Korporal, obwohl ich einen höheren Dienstrang habe. Das ist schmerzlich für mich; aber aus Liebe zu meinem Kaiser und Wohltäter gehorche ich. Mir tut nur der Kaiser leid, daß er seine prächtige Armee solchen Menschen anvertraut. Stellen Sie sich vor, daß wir durch unsern Rückzug mehr als fünfzehntausend Mann infolge von Erschöpfung und in den Hospitälern verloren haben; wenn wir angegriffen hätten, wäre das nicht geschehen. Ich bitte Sie um alles in der Welt: Was wird unsere Mutter Rußland dazu sagen, daß wir uns so feige zeigen, und warum vertrauen wir unser braves, opferfreudiges Vaterland diesem Gesindel an und erfüllen das Herz eines jeden Untertanen mit Haß und Beschämung? Wovor brauchen wir denn Angst zu haben, und wen haben wir zu fürchten? Ich kann nichts dafür, daß der Minister unentschlossen, feige, unverständig und langsam ist und alle möglichen schlechten Eigenschaften besitzt. Die ganze Armee ist darüber unglücklich, schimpft auf ihn und wünscht ihm den Tod.«

VI

Man kann die Erscheinungen des sozialen Lebens, wie nach unzähligen anderen Einteilungsprinzipien, so auch danach einteilen, ob bei ihnen der Inhalt oder die Form vorwiegt. Zu diesen letzteren ist, im Gegensatz zu dem Leben auf dem Land, in den Provinzialstädten, ja selbst in Moskau, das Leben in Petersburg zu zählen, und ganz besonders das Leben in den Salons.

Dieses Leben unterliegt keinen Veränderungen. Seit dem Jahr 1805 hatten wir mit Bonaparte Frieden geschlossen und von neuem Streit bekommen, hatten Staatsverfassungen geschaffen und wieder aufgehoben; aber der Salon Anna Pawlownas und der der Gräfin Besuchowa waren genau dieselben geblieben, die sie, der eine sieben, der andere fünf Jahre vorher, gewesen waren. Ganz in derselben Weise wie früher sprach man bei Anna Pawlowna mit verständnisloser Verwunderung von Bonapartes Erfolgen und sah sowohl in diesen Erfolgen als auch in der Nachgiebigkeit der europäischen Monarchen gegen ihn lediglich das Resultat einer boshaften Verschwörung, deren einziger Zweck es sei, denjenigen Kreis der Hofgesellschaft, dessen Repräsentantin Anna Pawlowna war, zu ärgern und zu beunruhigen. Und die gleiche Unveränderlichkeit wies auch der Salon der schönen Helene auf, welche sogar Rumjanzew selbst seiner Besuche würdigte und für eine Frau von bemerkenswertem Verstand erklärte: Hier sprach man im Jahr 1812 genauso wie im Jahre 1808 mit Enthusiasmus von der großen Nation und dem großen Mann und bedauerte lebhaft unseren Bruch mit Frankreich, der nach der Ansicht der Personen, die sich in Helenes Salon versammelten, baldigst durch einen Friedensschluß beendet werden müsse.

In der letzten Zeit, nach der Rückkehr des Kaisers von der Armee, hatte sich dieser beiden einander gegenüberstehenden Salonkreise eine gewisse Erregung bemächtigt, und es waren mehrmals Demonstrationen des einen Kreises gegen den andern erfolgt; aber die Richtung der beiden Kreise war unverändert geblieben. In Anna Pawlownas Kreis fanden von Franzosen nur eingefleischte Legitimisten Aufnahme, und der Patriotismus bekundete sich in der Forderung, man solle nicht mehr das französische Theater besuchen, und in der Entrüstung darüber, daß die Unterhaltung dieser Schauspielertruppe ebensoviel koste wie die Unterhaltung eines ganzen Armeekorps. Die Ereignisse auf dem Kriegsschauplatz verfolgte man mit lebhaftestem Interesse und kolportierte die für unsere Armee günstigsten Gerüchte. In Helenes Kreis dagegen, der französisch gesinnt war und auch Rumjanzew zu seinen Mitgliedern zählte, wurde den Gerüchten über die Grausamkeit des Feindes und die Greuel des Krieges widersprochen und alle Versuche Napoleons, eine Aussöhnung herbeizuführen, anerkennend gewürdigt. In diesem Kreis schalt man auf diejenigen, die zu verfrühten Maßnahmen geraten hatten, so zu einer Verlegung des Hofes und der unter dem Protektorat der Kaiserinmutter stehenden weiblichen Erziehungsanstalten nach Kasan. Überhaupt wurde in Helenes Salon der ganze Krieg als eine leere Demonstration aufgefaßt, die sehr bald durch den Friedensschluß ein Ende finden werde, und es herrschte die Anschauung Bilibins, der jetzt in Petersburg Helenes Hausfreund war (jeder geistreiche Mann mußte in ihrem Salon verkehren), daß der Streit nicht durch das Pulver, sondern durch diejenigen, die es erfunden hätten, erledigt werde. In diesem Kreis machte man sich in ironischer und sehr geistreicher Weise, jedoch mit großer Vorsicht, über den Moskauer Enthusiasmus lustig, von welchem zugleich mit der Rückkehr des Kaisers Nachrichten nach Petersburg gelangt waren.

In Anna Pawlownas Kreis dagegen war man von diesem Enthusiasmus entzückt und sprach von den Moskauern wie Plutarch von den Patrioten des Altertums. Fürst Wasili, der immer noch dieselben hohen Ämter bekleidete, bildete das Verbindungsglied zwischen den beiden Kreisen. Er verkehrte, wie er sich ausdrückte, sowohl bei seiner guten Freundin Anna Pawlowna als auch in dem Diplomatensalon seiner Tochter, und bei dem beständigen Hin- und Herwechseln von einem Lager in das andere verwirrte er sich oft und sagte bei Helene etwas, was er bei Anna Pawlowna hätte sagen sollen, und umgekehrt.

Bald nach der Rückkehr des Kaisers beteiligte sich Fürst Wasili bei Anna Pawlowna an einem Gespräch über die Kriegsangelegenheiten, tadelte dabei Barclay de Tolly auf das schärfste, war sich aber noch nicht klar darüber, wer am zweckmäßigsten zum Oberkommandierenden zu ernennen sei. Ein anderer Gast, bekannt unter der Bezeichnung »ein Mann von großen Verdiensten«, erzählte, er habe heute gesehen, wie der zum Befehlshaber der Petersburger Landwehr ernannte Kutusow sich im Kameralhof an einer Beratung über die Einstellung der Wehrleute beteiligt habe, und knüpfte daran vorsichtig die Vermutung, daß Kutusow wohl der Mann sein könne, der allen Anforderungen entsprechen werde.

Anna Pawlowna lächelte trübe und bemerkte, Kutusow habe dem Kaiser bisher immer nur Unannehmlichkeiten bereitet.

»Ich habe in der Adelsversammlung geredet und geredet«, fiel ihr Fürst Wasili ins Wort, »aber man wollte nicht auf mich hören. Ich habe gesagt, seine Wahl zum Befehlshaber der Landwehr werde dem Kaiser nicht gefallen. Aber sie hörten nicht darauf.

Es herrscht eine wahre Manie, zu frondieren«, fuhr er fort. »Und gegen wen? Und das kommt alles daher, daß wir den dummen Enthusiasmus der Moskauer nachäffen wollen«, sagte Fürst Wasili, der für einen Augenblick vergaß, daß man sich bei Helene über den Enthusiasmus der Moskauer lustig machen, bei Anna Pawlowna aber von ihm entzückt sein mußte. Aber er kam sogleich wieder in das richtige Geleise. »Nun, paßt sich das etwa, daß Graf Kutusow, der älteste General in Rußland, im Kameralhof sitzt? Den Oberbefehl zu bekommen wird ihm ja doch nicht gelingen. Kann denn etwa zum Oberkommandierenden ein Mann ernannt werden, der nicht zu Pferde sitzen kann, der bei Beratungen einschläft und dessen unmoralischer Lebenswandel allgemein bekannt ist? Ein nettes Renommee hat er sich in Bukarest gemacht! Von seinen Eigenschaften als General will ich nicht reden; aber kann denn in einem solchen Augenblick zum Oberkommandierenden ein Mensch ernannt werden, der altersschwach und blind ist? Jawohl, geradezu blind. Ein blinder General, das wird sich vorzüglich machen! Er sieht gar nichts. Es wird das reine Blindekuhspiel werden ... Absolut nichts sieht er!«

Niemand hatte etwas darauf zu entgegnen.

Am 24. Juli war dies vollständig richtig. Aber am 29. Juli wurde Kutusow in den Fürstenstand erhoben. Diese Erhebung konnte ja nun freilich auch die Bedeutung haben, daß man sich von ihm freizumachen wünschte, und darum war das Urteil des Fürsten Wasili noch nicht als unrichtig erwiesen, wiewohl er sich jetzt nicht mehr beeilte es auszusprechen. Aber am 8. August wurde ein Komitee, bestehend aus dem Generalfeldmarschall Saltykow, Araktschejew, Wjasmitinow, Lopuchin und Kotschubei, berufen, welches über die Kriegsangelegenheiten ein Gutachten abgeben sollte. Und dieses Komitee kam zu dem Schluß, die Mißerfolge seien auf die Vielköpfigkeit der Oberleitung zurückzuführen; und obgleich den Personen, die das Komitee bildeten, die Abneigung des Kaisers gegen Kutusow bekannt war, brachte das Komitee dennoch nach kurzer Beratung die Ernennung Kutusows zum Oberkommandierenden in Vorschlag. Und noch an demselben Tag wurde Kutusow zum unumschränkten Oberkommandierenden der Armee und des ganzen von den Truppen besetzten Gebietes ernannt.

Am 9. August traf Fürst Wasili bei Anna Pawlowna wieder mit dem Mann von großen Verdiensten zusammen. Der Mann von großen Verdiensten bemühte sich sehr um Anna Pawlownas Gunst, weil er den Wunsch hatte, zum Kurator eines weiblichen Erziehungsinstitutes ernannt zu werden. Fürst Wasili trat mit der Miene eines glücklichen Siegers ins Zimmer, mit der Miene eines Mannes, der das Ziel seiner Wünsche erreicht hat.

»Nun, Sie kennen gewiß schon die große Neuigkeit. Fürst Kutusow ist Feldmarschall. Alle Meinungsverschiedenheiten in der Oberleitung haben nun ein Ende. Ich bin so glücklich, so froh!« sagte Fürst Wasili. »Das ist endlich einmal ein Mann!« fügte er hinzu und blickte alle im Salon Anwesenden ernst und bedeutungsvoll an.

Der Mann von großen Verdiensten konnte trotz seines Wunsches, die Stelle zu bekommen, sich nicht enthalten, den Fürsten Wasili an das Urteil zu erinnern, das dieser vor kurzem ausgesprochen hatte. (Dies war unhöflich, sowohl gegen den Fürsten Wasili in Anna Pawlownas Salon als auch gegen Anna Pawlowna, welche diese Neuigkeit ebenso freudig begrüßt hatte; aber er konnte sich eben nicht beherrschen.)

»Aber, Fürst, es heißt doch, er sei blind«, bemerkte er, um damit den Fürsten Wasili an dessen eigene Worte zu erinnern.

»Sagen Sie das nicht; der sieht schon genug!« erwiderte Fürst Wasili schnell mit tiefer Stimme und einem besonderen Räuspern, mit jener Stimme und jenem Räuspern, womit er alle Schwierigkeiten aus dem Weg zu räumen gewohnt war.

»Sagen Sie das nicht; der sieht schon genug«, wiederholte er. »Und worüber ich mich besonders freue, das ist, daß der Kaiser ihm unumschränkte Gewalt über alle Armeen und den gesamten Kriegsschauplatz gegeben hat. Das ist eine Macht, wie sie noch nie ein Oberkommandierender besessen hat; er ist geradezu ein zweiter Herrscher«, schloß er mit einem siegesfrohen Lächeln.

»Gott gebe dazu seinen Segen!« sagte Anna Pawlowna.

Der Mann von großen Verdiensten, der in der höfischen Gesellschaft noch ein Neuling war, wollte gern Anna Pawlowna dadurch etwas Angenehmes erweisen, daß er für eine von ihr früher ausgesprochene Ansicht einen Beleg beibrachte, und äußerte daher:

»Es heißt, der Kaiser habe Kutusow diese Macht nur ungern übertragen. Er soll rot geworden sein wie ein junges Mädchen, dem man Lafontaines ›Jaconde‹ vorliest, als er zu ihm sagte: ›Der Herrscher und das Vaterland übertragen Ihnen dieses ehrenvolle Amt.‹«

»Mag sein, daß sein Herz nicht dabei beteiligt war«, sagte Anna Pawlowna.

»O nein, nein!« fiel Fürst Wasili mit der Wärme eines eifrigen Verteidigers ein. Jetzt durfte er nicht mehr dulden, daß jemand von Kutusow etwas Nachteiliges sagte. Nach des Fürsten Wasili Ansicht war Kutusow nicht nur selbst ein vortrefflicher Mensch, sondern er wurde auch von allen vergöttert. »Nein, das ist unmöglich; der Kaiser hat ihn schon früher außerordentlich zu schätzen gewußt«, sagte er.

»Gott gebe nur«, sagte Anna Pawlowna, »daß Fürst Kutusow tatsächlich eine so umfassende Amtsgewalt erhalten hat und sich von *niemandem* Knüttel in die Räder werfen läßt.«

Fürst Wasili verstand sofort, auf wen das ging: »von niemandem«. Er bemerkte flüsternd:

»Ich weiß bestimmt, daß Kutusow als unerläßliche Bedingung verlangt hat, der Thronfolger dürfe nicht bei der Armee sein. Wissen Sie, was er zum Kaiser gesagt hat?«

Und Fürst Wasili führte die Worte an, die Kutusow angeblich zum Kaiser gesagt hatte: »Ich kann ihn nicht bestrafen, wenn er etwas schlecht macht, und nicht belohnen, wenn er etwas gut macht.«

»Oh, er ist ein überaus kluger Kopf, der Fürst Kutusow; ich kenne ihn seit langer Zeit«, fügte Fürst Wasili hinzu.

»Es heißt sogar«, sagte der Mann von großen Verdiensten, der noch keinen höfischen Takt besaß, »der durchlauchtige Fürst habe zur unerläßlichen Bedingung gemacht, daß der Kaiser selbst nicht zur Armee komme.«

Sowie er das gesagt hatte, wendeten sich im gleichen Augenblick Fürst Wasili und Anna Pawlowna von ihm weg und blickten einander traurig mit einem Seufzer über seine Naivität an.

VII

Während dies in Petersburg vorging, hatten die Franzosen bereits Smolensk passiert und rückten Moskau immer näher. Napoleons Geschichtsschreiber Thiers sagt in dem Bemühen, seinen Helden zu rechtfertigen, ebenso wie die anderen Geschichtsschreiber Napoleons, Napoleon sei wider seinen Willen zu den Mauern Moskaus hingeleitet worden. Er hat in demselben Maß recht, in welchem alle Geschichtsschreiber recht haben, die die historischen Ereignisse aus dem Willen eines einzelnen Menschen zu erklären suchen; er hat in demselben Maß recht, in welchem die russischen Geschichtsschreiber recht haben, welche behaupten, Napoleon sei durch die Kunst der russischen Heerführer nach Moskau gelockt worden. Hier kommt außer dem Gesetz der Retrospektivität (der rückschauenden Betrachtung), nach welchem alles Vorhergehende als eine Vorbereitung auf das stattgefundene Ereignis aufgefaßt wird, noch die Wechselseitigkeit in Betracht, durch welche die ganze Sache verwirrt wird. Wenn ein guter Schachspieler eine Partie verloren hat, so wird er fest überzeugt sein, daß der Verlust der Partie von einem Fehler herrührt, den er begangen hat, und wird diesen Fehler in den Anfangsstadien des Spieles suchen; aber er vergißt dabei, daß bei jeder seiner Kombinationen, im Verlauf des ganzen Spieles, ihm ebensolche Fehler begegnet sind, und daß kein einziger Zug völlig korrekt gewesen ist. Der Fehler, auf den er seine Aufmerksamkeit richtet, scheint ihm nur deswegen bemerkenswert, weil der Gegner ihn ausgenutzt hat. Und um wieviel komplizierter als eine Schachpartie ist nun noch das Spiel des Krieges, das unter bestimmten zeitlichen Bedingungen vor sich geht, und wo nicht etwa ein einziger Wille leblose Maschinen lenkt, sondern alles das Resultat zahlloser Zusammenstöße der mannigfaltigsten selbständigen Willensregungen ist?

Nach Smolensk suchte Napoleon eine Schlacht bei Dorogobusch, dann bei Wjasma, dann bei Zarewo-Saimischtsche; aber infolge des Zusammentreffens zahlloser Umstände war es den Russen nicht möglich, früher als bei Borodino, 112 Werst von Moskau, eine Schlacht anzunehmen. Von Wjasma aus traf Napoleon die Anordnungen für den direkten Marsch nach Moskau.

»Moskau, die asiatische Hauptstadt dieses großen Reiches, die heilige Stadt der Völker Alexanders, Moskau mit seinen unzähligen Kirchen in Gestalt chinesischer Pagoden«, dieses Moskau ließ der Phantasie Napoleons keine Ruhe. Bei dem Marsch von Wjasma nach Zarewo-Saimischtsche ritt Napoleon auf seinem isabellfarbenen, anglisierten Paßgänger, begleitet von einer Abteilung seiner Garde, von seiner Leibwache, seinen

Pagen und Adjutanten. Der Stabschef Berthier war zurückgeblieben, um einen von der Kavallerie eingebrachten russischen Gefangenen zu verhören. Im Galopp holte er, von dem Dolmetscher Lelorgne d'Ideville begleitet, Napoleon ein und hielt mit vergnügtem Gesicht sein Pferd an.

»Nun?« fragte Napoleon.

»Ein Platowscher Kosak sagt, das Platowsche Korps vereinige sich jetzt mit der großen Armee; Kutusow sei zum Oberkommandierenden ernannt worden. Ein sehr intelligenter, redseliger Mensch!«

Napoleon lächelte, befahl, den Kosaken auf ein Pferd zu setzen und zu ihm zu bringen; er wünsche selbst mit ihm zu reden. Einige Adjutanten sprengten davon, und eine Stunde darauf kam Lawrenti, Denisows Leibeigener, den er seinem Freund Rostow überlassen hatte, in seiner Burschenjacke, auf einem französischen Kavalleriepferd, mit schlauem, betrunkenem, vergnügtem Gesicht zu Napoleon herangeritten. Napoleon hieß ihn, neben ihm herzureiten, und begann ihn zu befragen:

»Sie sind Kosak?«

»Jawohl, Kosak, Euer Wohlgeboren.«

»Der Kosak«, sagt Thiers, der diese Episode in sein Werk aufgenommen hat, »der nicht wußte, in welcher Gesellschaft er sich befand (denn in Napoleons einfacher äußerer Erscheinung lag nichts, woraus eine orientalische Phantasie auf die Anwesenheit eines Monarchen hätte schließen können), unterhielt sich mit dem Kaiser in der zutraulichsten Weise über die Angelegenheiten des gegenwärtigen Krieges.« Der Hergang war dieser gewesen: Lawrenti hatte sich tags zuvor betrunken, für seinen Herrn kein Mittagessen beschafft, war mit Ruten gepeitscht und in ein Dorf geschickt worden, um Hühner zu holen; dort hatte er im Eifer des Marodierens es an Vorsicht fehlen lassen und war von den Franzosen gefangengenommen worden. Lawrenti war einer jener lümmelhaften, frechen, mit allen Hunden gehetzten Bedienten, die es für ihre Pflicht halten, stets schändlich und pfiffig zu handeln, die ihrem augenblicklichen Herrn zu jedem Dienst bereit sind und die die Schwächen der Vornehmen, namentlich Eitelkeit und Kleinlichkeit, schlau zu erraten verstehen.

Als Lawrenti in Napoleons Gesellschaft geriet, dessen Persönlichkeit er mit großer Sicherheit und Leichtigkeit erkannte, wurde er nicht im mindesten verlegen und war nur aus allen Kräften darauf bedacht, sich die Gunst dieses neuen Gebieters zu erwerben.

Er wußte sehr genau, daß dies Napoleon selbst war, und die Gegenwart Napoleons vermochte ihn nicht in höherem Grad in Verwirrung zu setzen als die Gegenwart Rostows oder des Wachtmeisters, der die Ruten in der Hand hielt; denn er besaß nichts, was ihm der Wachtmeister oder Napoleon hätten wegnehmen können.

Er schwatzte munter alles hin, was unter den Offiziersburschen geredet worden war, und vieles davon war zutreffend. Aber als ihn Napoleon fragte, ob die Russen meinten, sie würden den Bonaparte besiegen, oder nicht, da kniff Lawrenti die Augen zusammen und überlegte.

Er sah hierin eine feine List, wie denn Leute von Lawrentis Schlag immer in allem eine List sehen, zog die Augenbrauen zusammen und schwieg eine Weile.

»Das ist nämlich so«, sagte er endlich nachdenklich: »Wenn eine Schlacht geliefert wird, das heißt bald, dann siegt ihr. Das ist sicher. Na, aber wenn drei Tage vergehen, von heute an, na, dann zieht es sich mit der Schlacht noch länger hin.«

Dem Kaiser wurde dies folgendermaßen übersetzt: »Wenn die Schlacht innerhalb dreier Tage geliefert wird, so werden die Franzosen sie gewinnen; wird sie aber erst später geliefert, so kann niemand den Ausgang vorher wissen.« So verdolmetschte es Lelorgne d'Ideville lächelnd. Napoleon lächelte nicht, wiewohl er offenbar bester Laune war, und ließ sich diese Worte noch einmal wiederholen.

Lawrenti hatte das gemerkt, und um dem Kaiser ein Vergnügen zu machen, redete er weiter, indem er tat, als kennte er ihn nicht.

»Wir wissen, daß ihr einen Bonaparte habt, der alle in der Welt verhauen hat; na, aber mit uns wird das denn doch eine andere Sache sein ...«, fügte er hinzu, ohne selbst zu wissen, wie es zuging, daß schließlich auf einmal in seinen Worten ein großsprecherischer Patriotismus zum Vorschein kam.

Der Dolmetscher übersetzte dem Kaiser diese Worte ohne den letzten Satz, und Bonaparte lächelte. »Der junge Mann brachte den mächtigen Herrscher, der sich mit ihm unterhielt, zum Lächeln«, sagt Thiers. Nachdem Napoleon schweigend einige Schritte weitergeritten war, wandte er sich an Berthier und sagte, er möchte gern die Wirkung kennenlernen, die auf diesen Sohn der donischen Steppe die Nachricht ausüben würde, daß der Mann, mit dem er, dieser Sohn der donischen Steppe, rede, der Kaiser selbst sei, eben jener Kaiser, der seinen unsterblichen Siegernamen auf die Pyramiden geschrieben habe.

Es wurde dem Kosaken diese Eröffnung gemacht.

Lawrenti, dem es nicht entging, daß dies geschah, um ihn zu verblüffen, und daß Napoleon erwartete, er werde einen Schreck bekommen, stellte sich, um es seinem neuen Gebieter zu Dank zu machen, sofort höchst erstaunt und wie betäubt, riß die Augen auf und schnitt dasselbe Gesicht, das er gewöhnlich machte, wenn er abgeführt wurde, um gepeitscht zu werden. »Kaum hatte«, sagt Thiers, »Napoleons Dolmetscher dem Kosaken diese Mitteilung gemacht, als dieser, von einer Art Erstarrung ergriffen, kein Wort mehr herausbrachte und beim Weiterreiten die Augen unverwandt auf diesen Eroberer gerichtet hielt, dessen Name durch die Steppen des Ostens hindurch bis zu ihm gedrungen war. Seine ganze Redseligkeit war plötzlich gehemmt, um einem Gefühl schweigender, naiver Bewunderung Platz zu machen. Napoleon beschenkte ihn und befahl, ihn freizulassen wie einen Vogel, den man seinen heimatlichen Fluren zurückgibt.«

Napoleon ritt weiter, in Gedanken an jenes Moskau versunken, das seine Einbildungskraft so lebhaft beschäftigte; der Vogel aber, den man seinen heimatlichen Fluren zurückgegeben hatte, galoppierte zu den russischen Vorposten hin und legte sich schon im voraus all das zurecht, was sich zwar nicht begeben hatte, was er aber seinen Kameraden erzählen wollte. Das hingegen, was ihm wirklich begegnet war, beabsichtigte er nicht zu erzählen, namentlich deshalb, weil es nach seinem Urteil nicht erzählenswert war. Er ritt an die Kosaken heran, erkundigte sich, wo sich sein Regiment befinde, das zum Platowschen Korps gehörte, und fand noch an demselben Abend seinen Herrn Nikolai Rostow wieder, der in Jankowo in Quartier lag und gerade zu Pferd stieg, um mit Iljin einen Spazierritt durch die umliegenden Dörfer zu machen. Er ließ seinem Burschen Lawrenti ein frisches Pferd geben und nahm ihn mit.

VIII

Prinzessin Marja war nicht in Moskau und nicht außer Gefahr, wie Fürst Andrei glaubte.

Nach Alpatytschs Rückkehr aus Smolensk war es, als ob der alte Fürst plötzlich aus dem Schlaf erwachte. Er befahl, aus den Dörfern die Landwehrleute zusammenzurufen und zu bewaffnen, und schrieb an den Oberkommandierenden einen Brief, in welchem er ihm mitteilte, daß er entschlossen sei, bis zum Äußersten in Lysyje-Gory auszuharren und sich zu verteidigen, wobei er es seinem Ermessen anheimstellte, ob er seinerseits Maßregeln zur Verteidigung von Lysyje-Gory treffen wolle oder nicht, wo möglicherweise einer der ältesten russischen Generale gefangengenommen oder getötet werden würde. Auch seinen Hausgenossen kündigte er an, daß er in Lysyje-Gory bleiben werde.

Aber während er selbst in Lysyje-Gory bleiben wollte, ordnete er an, daß die Prinzessin und Dessalles nebst dem kleinen Fürsten nach Bogutscharowo und von da nach Moskau reisen sollten. Prinzessin Marja, beängstigt durch die fieberhafte Tätigkeit ihres Vaters, die an Stelle seiner früheren Mattigkeit getreten war und ihm den Schlaf raubte, konnte sich nicht entschließen, ihn allein zu lassen, und wagte zum erstenmal in ihrem Leben, ihm ungehorsam zu sein. Sie weigerte sich abzufahren, und es entlud sich infolgedessen über sie ein furchtbares Ungewitter seines Zornes. Er zählte ihr aus der Vergangenheit allerlei Geschehnisse auf, bei denen in Wirklichkeit er es gewesen war, der ihr schweres Unrecht getan hatte; aber in dem Bemühen, sie zu beschuldigen, sagte er, sie habe ihn zu Tode gequält, sie habe ihn mit seinem Sohn entzweit, habe gegen ihn einen häßlichen Verdacht gehegt, habe es sich zur Lebensaufgabe gemacht, ihm sein Leben zu vergiften. Dann wies er sie aus seinem Zimmer, indem er ihr noch sagte, wenn sie hierbleibe, so sei ihm das ganz gleichgültig; er wolle von ihrer Existenz nichts mehr wissen, warne sie aber, sich nicht etwa zu erkühnen, ihm wieder vor Augen zu kommen. Daß er, entgegen ihren Befürchtungen, nicht befahl, sie gewaltsam wegzuschaffen, sondern ihr nur verbot, ihm vor Augen zu kommen, dieser Umstand freute Prinzessin Marja. Sie erkannte darin einen Beweis dafür, daß er im geheimsten Grunde seiner Seele darüber froh war, daß sie dablieb und nicht wegfuhr.

Am Vormittag des nächsten Tages legte, nachdem Nikolenka abgereist war, der alte Fürst seine Uniform an und machte sich fertig, um zum Oberkommandierenden zu fahren. Die Kutsche stand schon vor dem Portal. Prinzessin Marja sah, wie er in voller Uniform und mit allen seinen Orden aus dem Haus trat und in den Garten ging, um eine Musterung der bewaffneten Bauern und Gutsleute abzuhalten. Prinzessin Marja saß am Fenster und horchte auf seine Stimme, die aus dem Garten herübertönte. Da kamen plötzlich aus der Allee mehrere Leute mit erschrockenen Gesichtern auf das Haus zugelaufen.

Prinzessin Marja lief vor die Haustür, den Blumensteig entlang und in die Allee hinein. Dort bewegte sich ihr ein großer Haufe von Landwehrmännern und Gutsleuten entgegen, und inmitten dieses Haufens hielten mehrere Männer den kleinen Greis in seiner Uniform und mit seinen Orden unter den Armen gefaßt und schleppten ihn in dieser Weise vorwärts. Prinzessin Marja lief zu ihm hin, konnte aber bei dem Spiel des Lichtes, das in kleinen, beweglichen Kreisen durch den Schatten der Lindenallee fiel, sich zunächst über die Veränderung, die in diesem Gesicht vorgegangen war, nicht klarwerden. Das einzige, was sie sah, war, daß an die Stelle des früheren strengen, entschlossenen Ausdruckes seines Gesichtes ein Ausdruck von Schüchternheit und Fügsamkeit getreten war. Als er seine Tochter erblickte, bewegte er die kraftlosen Lippen und röchelte. Es war nicht möglich, zu verstehen, was er wollte. Die Männer hoben ihn auf ihre Arme, trugen ihn in sein Zimmer und legten ihn auf jenes Sofa, vor dem er sich in der letzten Zeit so sehr gefürchtet hatte.

Der Arzt, der gerufen wurde und noch in derselben Nacht kam, nahm einen Aderlaß vor und erklärte, daß den Fürsten auf der rechten Seite der Schlag getroffen habe.

Aber in Lysyje-Gory zu bleiben wurde immer gefährlicher, und so wurde denn der Fürst am Tag nach dem Schlaganfall nach Bogutscharowo transportiert. Der Arzt fuhr mit ihm.

Als sie in Bogutscharowo ankamen, war Dessalles mit dem kleinen Fürsten schon nach Moskau abgereist.

Etwa eine Woche lang lag der alte Fürst immer in demselben Zustand, ohne daß es besser oder schlechter geworden wäre, vom Schlag gelähmt in Bogutscharowo in dem neuen Haus, das Fürst Andrei gebaut hatte. Der alte Fürst war ohne rechtes Bewußtsein; er lag da wie ein entstellter Leichnam. Unaufhörlich murmelte er etwas und bewegte zuckend die Augenbrauen und die Lippen; aber man konnte nicht erkennen, ob er für das, was um ihn herum vorging, Verständnis hatte oder nicht. Nur eines sah man mit Sicherheit: daß er litt und das Bedürfnis hatte, noch irgend etwas zum Ausdruck zu bringen. Aber was dies war, das konnte niemand erkennen: ob es irgendeine Laune des Kranken und Halbirrsinnigen war, ob es sich auf den Gang der großen Ereignisse oder auf Familienangelegenheiten bezog.

Der Arzt sagte, die von ihm bekundete Unruhe habe weiter nichts zu bedeuten und sei auf physische Ursachen zurückzuführen; aber Prinzessin Marja glaubte (und der Umstand, daß durch ihre Anwesenheit seine Unruhe immer gesteigert wurde, diente ihr als Bestätigung ihrer Vermutung), daß er ihr etwas sagen wolle.

Augenscheinlich litt er sowohl körperlich als auch seelisch. Hoffnung auf Genesung war nicht vorhanden. Ihn zu transportieren war unmöglich. Was hätte geschehen sollen, wenn er unterwegs gestorben wäre? »Wäre es nicht das beste, wenn das Ende käme, das gänzliche Ende?« dachte Prinzessin Marja manchmal. Sie beobachtete ihn Tag und Nacht, fast ohne zu schlafen, und (so furchtbar es ist, dies auszusprechen) beobachtete ihn oft nicht mit der Hoffnung, Symptome der Besserung, sondern mit dem Wunsch, Symptome des herannahenden Endes zu finden.

Wie furchtbar es auch der Prinzessin war, sich dieses Wunsches bewußt zu werden, aber er war in ihrer Seele vorhanden. Und was ihr noch schrecklicher war, das war dies, daß seit der Krankheit ihres Vaters (sogar vielleicht schon früher, vielleicht schon damals, als sie in Erwartung irgendwelchen Unheils bei ihm in Lysyje-Gory geblieben war) in ihrer Seele alle jene persönlichen Wünsche und Hoffnungen, die sie schon längst für entschlafen und vergessen gehalten hatte, wieder erwacht waren. Gedanken, die ihr seit Jahren nicht mehr in den Sinn gekommen waren, Gedanken an ein freies Leben ohne Furcht vor dem Vater, ja sogar Gedanken an die Möglichkeit von Liebe und glücklichem Familienleben erfüllten jetzt wie Versuchungen des Teufels beständig ihre Phantasie. Eine Frage drängte sich ihr trotz alles Bemühens, sie abzuwehren, immer wieder auf: die Frage, wie sie nun, nach dem zu erwartenden Ereignis, sich ihr Leben einrichten werde. Dies waren Versuchungen des Teufels, und Prinzessin Marja wußte das. Sie wußte, daß die einzige Schutzwaffe gegen den Versucher das Gebet war, und sie versuchte zu beten. Sie nahm die beim Gebet übliche Haltung an, blickte nach den Heiligenbildern hin und sprach die Worte des Gebetes; aber zu beten vermochte sie nicht. Sie fühlte, daß sie jetzt in eine andere Welt hineinkam, in eine Welt irdischer, freier Tätigkeit, ganz entgegengesetzt jener geistigen Welt, in der sie bisher eingeschlossen gewesen war und in der sie ihren besten Trost im Gebet gefunden hatte. Sie vermochte nicht zu beten und nicht zu weinen; irdische Sorgen hatten sich ihrer bemächtigt.

In Bogutscharowo zu bleiben wurde gefährlich. Von allen Seiten hörte man Nachrichten über das Heranrücken der Franzosen, und in einem Dorf fünfzehn Werst von Bogutscharowo war das Gutshaus von französischen Marodeuren ausgeraubt worden.

Der Arzt bestand darauf, der Fürst müsse weitertransportiert werden; der Adelsmarschall schickte einen Beamten zu Prinzessin Marja, der ihr dringend riet, sobald als möglich abzureisen; der Bezirkshauptmann kam persönlich nach Bogutscharowo und empfahl ihr dasselbe, indem er bemerkte, die Franzosen ständen nur noch vierzig Werst entfernt, in den Dörfern seien bereits französische Proklamationen in Umlauf, und wenn die Prinzessin nicht mit ihrem Vater bis zum 15. abreise, könne er für nichts einstehen.

Die Prinzessin faßte den Entschluß, am 15. abzureisen. Die Sorge für die Vorbereitungen und das Erteilen von Weisungen, die ein jeder sich von ihr erbat, nahmen sie den ganzen vorhergehenden Tag über in Anspruch. Die Nacht vom 14. auf den 15. verbrachte sie wie gewöhnlich, ohne sich auszukleiden, in einem Zimmer neben dem, in welchem der Fürst lag. Mehrmals, wenn sie aufwachte, hörte sie sein Ächzen und Murmeln und das Knarren der Bettstelle und die Schritte Tichons und des Arztes, die ihn herumdrehten. Einigemal horchte sie an der Tür, und es kam ihr vor, als ob er heute lauter murmelte als sonst und häufiger herumgedreht werden mußte. Sie konnte nicht schlafen, ging wiederholt an die Tür, horchte und wäre gern hineingegangen, konnte sich aber doch nicht entschließen, es zu tun. Obgleich er nicht sprechen konnte, sah und wußte Prinzessin Marja doch, wie unangenehm ihm jede Bekundung von Besorgnis um ihn war. Sie merkte, wie unzufrieden er sich von ihrem Blick abwandte, wenn sie ihn manchmal unwillkürlich länger ansah. Sie wußte, daß es ihn aufregen werde, wenn sie jetzt in der Nacht, zu so ungewohnter Zeit, zu ihm hereinkomme.

Aber nie war es ihr so schmerzlich, nie so furchtbar gewesen wie jetzt, daß sie ihn verlieren sollte. Sie erinnerte sich an ihr ganzes Zusammenleben mit ihm und fand in jedem seiner Worte, in jeder seiner Handlungen einen Ausdruck seiner Liebe zu ihr. Mitunter drängten sich mitten in diesen Erinnerungen in ihre Phantasie jene Versuchungen des Teufels ein, Gedanken daran, wie es nach dem Tod ihres Vaters sein werde, und wie sich ihr neues, freies Leben gestalten werde. Aber voll Abscheu wies sie diese Gedanken von sich. Gegen Morgen wurde der Fürst still, und Prinzessin Marja schlief ein.

Sie erwachte spät. Jene Aufrichtigkeit, die dem Erwachenden eigen ist, stellte ihr klar vor Augen, womit sie sich in Wirklichkeit während der Krankheit des Vaters am meisten beschäftigt hatte. Sie horchte nach dem hin, was hinter der Tür vorging, und als sie das Ächzen des Vaters hörte, sagte sie sich mit einem Seufzer, daß alles unverändert sei.

»Aber was ist denn das für eine Veränderung, auf die ich warte? Was habe ich denn gewünscht? Ich wünsche seinen Tod«, rief sie voll Empörung über sich selbst.

Sie kleidete sich an, wusch sich, sprach ihr Gebet und trat vor die Haustür. Dort standen, noch ohne Bespannung, die Wagen, auf die das Gepäck aufgeladen wurde.

Es war ein warmer, grauer Morgen. Prinzessin Marja blieb vor der Haustür stehen; sie war immer noch tief erschrocken über die Schlechtigkeit ihres Herzens und suchte ihre Gedanken in Ordnung zu bringen, ehe sie zu ihrem Vater hineinging.

Der Arzt kam heraus und trat zu ihr.

»Es geht ihm heute etwas besser«, sagte er. »Ich habe Sie gesucht. Es ist einzelnes von dem, was er sagt, zu verstehen; der Kopf ist klarer. Kommen Sie! Er ruft nach Ihnen ...«

Das Herz begann der Prinzessin Marja bei dieser Mitteilung so stark zu schlagen, daß sie ganz blaß wurde und sich an die Tür lehnen mußte, um nicht umzufallen. Ihn zu sehen, mit ihm zu sprechen, ihm unter die Augen zu kommen, gerade jetzt, wo ihr ganzes Herz von diesen furchtbaren, verbrecherischen Versuchungen erfüllt war, das erschien ihr, bei aller Freude, als eine schreckliche Pein.

»Kommen Sie«, sagte der Arzt.

Prinzessin Marja ging zu ihrem Vater hinein und trat an sein Bett. Er lag auf dem Rücken da; der Oberkörper war hochgelegt; die kleinen, knochigen, mit bläulichen, knotigen Adern überzogenen Hände lagen auf der Bettdecke; das linke Auge war geradeaus gerichtet, das rechte schielte; die Augenbrauen und die Lippen waren regungslos. Seine ganze Gestalt sah überaus mager, klein und jammervoll aus. Sein Gesicht schien ganz zusammengetrocknet zu sein, die Gesichtszüge sahen wie verschwommen aus. Prinzessin Marja küßte ihm die Hand. Mit seiner linken Hand drückte er die ihrige so stark, daß sie daraus ersah, er habe schon lange auf sie gewartet. Er zog ihre Hand an sich heran, und seine Augenbrauen und Lippen begannen sich ungeduldig und ärgerlich zu bewegen.

Sie blickte ihn erschrocken an und bemühte sich zu erraten, was er von ihr wollte. Als sie, ihre Stellung ändernd, so an ihn herangerückt war, daß sein linkes Auge ihr Gesicht sah, beruhigte er sich für einige Sekunden und sah sie unverwandt an. Dann kamen seine Lippen und seine Zunge in Bewegung; Laute wurden vernehmbar, und er begann zu reden, wobei er sie schüchtern und flehend anblickte, offenbar in der Besorgnis, daß sie ihn nicht verstehe.

Prinzessin Marja spannte ihre Aufmerksamkeit aufs äußerste an und blickte ihm ins Gesicht. Die komischen Bemühungen, mit denen er seine Zunge herumdrehte, zwangen die Prinzessin Marja, die Augen niederzuschlagen, und nur mit Mühe unterdrückte sie das Schluchzen, das ihr in der Kehle aufstieg. Er sagte etwas und wiederholte seine Worte mehrere Male. Prinzessin Marja war nicht imstande, sie zu verstehen; aber sie versuchte zu erraten, was er sagte, und wiederholte die von ihm gesprochenen Laute in fragendem Ton mit ihren Ergänzungen.

»Lei… lei… he… he…«, wiederholte er mehrmals.

Es war unmöglich, diese Laute zu verstehen. Der Arzt glaubte, den Sinn zu erraten, und fragte: »Sollen wir den Leib noch mehr heben?« Er schüttelte verneinend mit dem Kopf und wiederholte wieder dasselbe …

»Ein Leid drückt Ihr Herz?« riet und fragte Prinzessin Marja.

Er stieß einen unartikulierten Laut der Bejahung aus, erfaßte ihre Hand und drückte sie gegen verschiedene Stellen seiner Brust, wie wenn er den richtigen Platz für sie suchen wollte.

»Immer Gedanken! An dich … Gedanken …« Er sprach jetzt, wo er überzeugt war, verstanden zu werden, weit besser und deutlicher als vorher.

Prinzessin Marja drückte ihren Kopf auf seine Hand und bemühte sich, ihr Schluchzen und ihre Tränen zu verbergen.

Er strich ihr mit der Hand über das Haar.

»Ich habe die ganze Nacht über nach dir gerufen …«, sagte er.

»Wenn ich das gewußt hätte …«, erwiderte sie durch ihre Tränen hindurch. »Ich scheute mich, hereinzukommen.«

Er drückte ihr die Hand.

»Hast du nicht geschlafen?«

»Nein, ich habe nicht geschlafen«, antwortete Prinzessin Marja und schüttelte verneinend den Kopf.

Unwillkürlich den Vater nachahmend, redete sie jetzt in ähnlicher Weise wie er: Sie bemühte sich, mehr durch Zeichen zu sprechen, und bewegte anscheinend ebenfalls nur mit Mühe die Zunge.

»Mein liebes Kind …« oder »Mein Liebling …« (Prinzessin Marja konnte es nicht genau verstehen; aber nach dem Ausdruck seines Blickes zu urteilen, hatte er sicherlich ein zärtliches Kosewort gesprochen, wie er es sonst nie über seine Lippen gebracht hatte.) »Warum bist du nicht gekommen?«

»Und ich habe seinen Tod gewünscht!« dachte Prinzessin Marja.

Er schwieg ein Weilchen.

»Ich danke dir … liebe Tochter, mein gutes Kind … für alles, für alles … verzeih mir … ich danke dir … verzeih mir … ich danke dir …!« Und Tränen rannen ihm aus den Augen. »Ruft doch Andrei«, sagte er auf einmal, und eine Art von kindlicher Schüchternheit und Unsicherheit prägte sich bei diesen Worten auf seinem Gesicht aus.

Er schien selbst zu wissen, daß sein Verlangen keinen Sinn hatte. So kam es wenigstens der Prinzessin Marja vor.

»Ich habe einen Brief von ihm erhalten«, antwortete sie.

Er blickte sie erstaunt und schüchtern an.

»Wo ist Andrei denn?«

»Er ist beim Heer, lieber Vater, in Smolensk.«

Er schloß die Augen und schwieg lange. Dann nickte er bejahend mit dem Kopf wie zur Antwort auf seine Zweifel und zur bekräftigenden Versicherung, daß er jetzt alles verstanden habe und sich an alles erinnere, und öffnete wieder die Augen.

»Ja«, sagte er leise, aber deutlich. »Rußland ist verloren! Sie haben es zugrunde gerichtet!«

Er fing wieder an zu schluchzen, und die Tränen rannen ihm aus den Augen. Prinzessin Marja konnte sich nicht länger beherrschen und weinte ebenfalls, indem sie sein Gesicht ansah.

Er schloß von neuem die Augen. Sein Schluchzen brach auf einmal ab. Er machte mit der Hand ein Zeichen nach den Augen zu, und Tichon, der dieses Zeichen verstand, wischte ihm die Tränen weg.

Dann machte er die Augen auf und sagte etwas, was lange Zeit niemand verstehen konnte; endlich verstand es Tichon als der einzige und teilte es den andern mit. Prinzessin Marja hatte den Sinn seiner Worte in denjenigen Vorstellungskreisen gesucht, denen das angehörte, was er eine Minute vorher gesagt hatte. Nacheinander hatte sie gedacht, er rede von Rußland, oder vom Fürsten Andrei, oder von ihr, oder von seinem Enkel, oder von seinem Tod. Und aus diesem Grund hatte sie den Sinn seiner Worte nicht erraten können.

»Zieh dein weißes Kleid an; das sehe ich gern«, hatte er gesagt.

Als sie erfuhr, daß er dies gesagt habe, begann sie noch lauter zu schluchzen. Der Arzt faßte sie unter den Arm, führte sie aus dem Zimmer auf die Terrasse und redete ihr zu, sie möchte sich beruhigen und sich mit den Vorbereitungen zur Abreise beschäftigen.

Nachdem Prinzessin Marja das Zimmer des Fürsten verlassen hatte, fing er wieder an, von seinem Sohn, vom Krieg und vom Kaiser zu reden, zuckte ärgerlich mit den Augenbrauen, zwang seine heisere Stimme zu lautem Sprechen und erlitt zum zweiten- und letztenmal einen Schlaganfall.

Prinzessin Marja war auf der Terrasse stehengeblieben. Das Wetter hatte sich aufgeklärt; es war sonnig und heiß geworden. Sie konnte nichts begreifen, denken und fühlen als ihre leidenschaftliche Liebe zu ihrem Vater, eine Liebe, von der sie, wie es ihr schien, bis zu diesem Augenblick gar nicht gewußt hatte, daß sie in dieser Stärke in ihrer Seele vorhanden war. Schluchzend lief sie in den Garten, auf den vom Fürsten Andrei angelegten und mit jungen Linden eingesäumten Steigen hinunter zum Teich.

»Und ich … ich … ich habe seinen Tod gewünscht! Ja, ich habe gewünscht, daß es recht bald zu Ende sein möchte … Ich wollte zur Ruhe kommen … Aber was wird aus mir werden? Was habe ich von der Ruhe, wenn er nicht mehr ist!« murmelte Prinzessin Marja hörbar vor sich hin, während sie mit schnellen Schritten durch den Garten ging und die Hände gegen die Brust preßte, aus der ein krampfhaftes Schluchzen hervorbrach.

Als sie im Garten ringsherum gegangen und so wieder zum Haus zurückgelangt war, sah sie Mademoiselle Bourienne mit einem ihr unbekannten Herrn ihr entgegenkommen. (Mademoiselle Bourienne war in Bogutscharowo geblieben und hatte von dort nicht wegfahren wollen.) Dieser Herr war der Adelsmarschall des Kreises, der persönlich zur Prinzessin kam, um ihr die unbedingte Notwendigkeit einer schleunigen Abreise vorzustellen. Prinzessin Marja hörte, was er zu ihr sagte, verstand es aber nicht. Sie führte ihn ins Haus, lud ihn ein, zu frühstücken, und setzte sich mit ihm hin. Dann aber entschuldigte sie sich bei ihm und ging an die Tür des alten Fürsten. Der Arzt kam mit aufgeregtem Gesicht zu ihr heraus und sagte, sie könne jetzt nicht hereinkommen.

»Gehen Sie, Prinzessin, gehen Sie, gehen Sie!«

Prinzessin Marja ging wieder in den Garten und setzte sich unten am Abhang, beim Teich, an einer Stelle, wo niemand sie sehen konnte, ins Gras. Sie wußte nicht, wie lange sie dort gesessen haben mochte, als eilige weibliche Schritte, die auf dem Steig herankamen, sie wieder zur Besinnung brachten. Sie stand auf und sah, daß ihr Stubenmädchen Dunjascha herbeigelaufen kam, augenscheinlich um ihr etwas zu sagen, und plötzlich, wie wenn sie beim Anblick ihrer Herrin erschrecken würde, stehenblieb.

»Bitte, kommen Sie, Prinzessin … der Fürst …«, sagte Dunjascha mit fast versagender Stimme.

»Sogleich, ich komme, ich komme …«, antwortete die Prinzessin, ohne dem Mädchen Zeit zu lassen, ihr vollständig mitzuteilen, was sie ihr zu sagen hatte, und lief nach dem Haus, wobei sie es vermied, Dunjascha anzusehen.

»Prinzessin, was geschieht, ist Gottes Wille; Sie müssen sich auf alles gefaßt machen«, sagte der Adelsmarschall, der ihr bei der Haustür begegnete.

»Lassen Sie mich; es ist nicht wahr!« schrie sie ihn heftig an.

Der Arzt wollte sie aufhalten. Sie stieß ihn zurück und lief zur Tür des Krankenzimmers. »Warum wollen mich diese Leute, die so erschrockene Gesichter machen, aufhalten? Was habe ich mit ihnen zu schaffen? Und was tun sie hier?« Sie öffnete die Tür und erschrak über das helle Tageslicht in diesem bisher halbdunklen Zimmer. In dem Zimmer waren mehrere Frauen, auch die alte Kinderfrau. Alle traten von dem Bett zurück und machten der Prinzessin Platz. Er lag ganz wie sonst auf dem Bett; aber die strenge Miene seines ruhigen Gesichtes hielt die Prinzessin Marja an der Schwelle des Zimmers zurück.

»Nein, er ist nicht gestorben; es ist nicht möglich!« sagte sie zu sich und trat zu ihm heran; sie überwand den Schrecken, der sie überkommen hatte, und drückte ihre Lippen an seine Wange. Aber im selben Augenblick fuhr sie auch von ihm zurück. Die ganze Kraft der Zärtlichkeit, die sie in ihrem Herzen gegen ihn empfunden hatte, war momentan verschwunden und hatte einem Gefühl des Grauens vor dem, was da vor ihr war, Platz gemacht. »Nein, er ist nicht mehr! Er ist nicht mehr; und hier, an derselben Stelle, wo er war, ist nun etwas Fremdes, Feindliches, ein furchtbares, beängstigendes, abstoßendes Geheimnis!« Prinzessin Marja verbarg das Gesicht in den Händen und fiel in die Arme des Arztes, der sie auffing.

In Tichons und des Arztes Gegenwart wuschen die Weiber das, was ehemals Fürst Bolkonski gewesen war, banden ein Tuch um den Kopf, damit der Mund nicht in geöffneter Stellung erstarre, und banden mit einem anderen Tuch die sich spreizenden Beine zusammen. Dann zogen sie dem Toten seine Uniform mit den Orden an und legten den kleinen, zusammengetrockneten Körper auf den Tisch. Gott weiß, wer die Sorge dafür übernommen hatte und wann alles besorgt worden war; aber alles war wie von selbst geschehen: Am Abend war ein Sarg da, um welchen ringsherum Kerzen brannten; auf dem offenen Sarg lag eine Decke; auf den Fußboden war Wacholderreisig gestreut; unter den verschrumpften Kopf des Toten war ein gedrucktes Gebet gelegt, und in der Ecke saß ein Küster, der Psalmen las.

So wie um ein totes Pferd herum die anderen Pferde scheuen, sich drängen und schnauben, so drängte sich im Salon um den Sarg eine Menge Volk, teils Angehörige des Hauses, teils fremde Leute, der Adelsmarschall, der Dorfschulze und Weiber, und alle bekreuzten sich erschrocken mit starren Augen und verneigten sich und küßten die kalte, starre Hand des alten Fürsten.

IX

Über das Gut Bogutscharowo hatte, ehe Fürst Andrei sich dort einen Wohnsitz geschaffen hatte, von jeher die Herrschaft so gut wie keine Aufsicht ausgeübt, und die Bauern von Bogutscharowo hatten einen ganz anderen Charakter als die von Lysyje-Gory. Sie unterschieden sich von ihnen auch durch die Sprache, durch die Kleidung und durch die Gebräuche. Sie wurden Steppenbauern genannt. Der alte Fürst lobte sie wegen ihrer Ausdauer bei der Arbeit, wenn sie nach Lysyje-Gory kamen, um bei der Ernte zu helfen oder Teiche und Kanäle auszugraben, hatte sie aber wegen ihrer Wildheit nicht gern.

Auch dadurch, daß in letzter Zeit Fürst Andrei in Bogutscharowo gewohnt und mancherlei Neues eingeführt, namentlich Krankenhäuser und Schulen gebaut und den Pachtzins ermäßigt hatte, auch dadurch waren ihre Sitten nicht gemildert, sondern im Gegenteil jener Charakterzug, den der alte Fürst Wildheit nannte, nur noch verstärkt worden. Unter ihnen waren immer irgendwelche unklaren Redereien im Gange: bald von einer bestehenden Absicht, sie alle zu den Kosaken auszuheben, bald von einem neuen Glauben, zu dem man sie bekehren wolle, bald von irgendeiner Proklamation des Zaren, bald von einem Eid des Kaisers Pawel Petrowitsch im Jahre 1797 (sie behaupteten, es sei damals ein Erlaß über die Bauernbefreiung erschienen, aber die Edelleute hätten die Sache vereitelt), bald von Pjotr Feodorowitsch, der in sieben Jahren den Thron besteigen werde, und unter dessen Regierung alle frei sein würden und alles so schlicht zugehen werde, daß es keine Adligen mehr geben werde.

Die Gerüchte vom Krieg und von Bonaparte und von seinem Eindringen verbanden sich in ihren Köpfen mit ebenso unklaren Vorstellungen vom Antichrist, dem Weltende und der völligen Freiheit.

In der Gegend um Bogutscharowo herum lagen lauter große Dörfer, teils fiskalische, teils herrschaftliche. Es wohnten aber in dieser Gegend nur sehr wenige Gutsbesitzer; auch gab es dort nur sehr wenige Gutsleute und nur wenig Menschen, die lesen und schreiben konnten, und in dem Leben der Bauern dieser Gegend machten sich deutlicher und stärker als anderwärts jene geheimnisvollen Strömungen des russischen Volkslebens spürbar, deren Ursachen und Bedeutung den Zeitgenossen vielfach unerklärlich sind. Zu den Erscheinungen dieser Art gehörte auch eine fünfundzwanzig Jahre vorher unter den Bauern dieser Gegend hervorgetretene Bewegung, die auf die Übersiedelung nach irgendwelchen »warmen Flüssen« hinzielte. Hunderte von Bauern, darunter auch die von Bogutscharowo, begannen auf einmal ihr Vieh zu verkaufen und mit ihren Familien irgendwohin nach Südosten zu ziehen. Wie die Vögel irgendwohin über die Meere fliegen, so strebten diese Leute mit Weib und Kind dorthin, nach Südosten, wo niemand von ihnen vorher gewesen war. In ganzen Karawanen brachen sie auf; einige hatten sich losgekauft, die meisten entflohen; und so fuhren und gingen sie dorthin, zu den warmen Flüssen. Viele wurden bestraft und nach Sibirien geschickt; viele starben unterwegs an Kälte und Hunger; viele kehrten aus eigenem Entschluß zurück; und die ganze Bewegung legte sich von selbst, geradeso wie sie ohne sichtbaren Grund entstanden war. Aber die tiefen Unterströmungen hörten bei diesem eigentümlichen Menschenschlag nicht auf zu fließen und sammelten neue Kraft, um sich später nach irgendwelcher Richtung hin in ebenso sonderbarer und unerwarteter und zugleich in ebenso schlichter, natürlicher, kraftvoller Weise wieder zu betätigen. Jetzt, im Jahre 1812, konnte, wer in enger Berührung mit dem Volk lebte, leicht merken, daß diese Unterströmungen stark wirkten und ihr Hervorbrechen nahe bevorstand.

Alpatytsch, der einige Zeit vor dem Hinscheiden des alten Fürsten nach Bogutscharowo gekommen war, hatte bemerkt, daß im Volk eine Erregung im Gange war und daß, im Gegensatz zu dem, was in der Gegend von Lysyje-Gory in einem Umkreis von sechzig Werst geschah, wo alle Bauern fortzogen (und den Kosaken ihre Dörfer zur Verwüstung überließen), in dieser Steppengegend von Bogutscharowo die Bauern Beziehungen mit den Franzosen unterhielten, von diesen allerlei Flugschriften bekamen, die dann von Hand zu Hand gingen, und in ihren Wohnsitzen blieben. Er wußte durch Gutsleute, die ihm zugetan waren, daß ein in der Bauernschaft sehr einflußreicher Bauer, namens Karp, der neulich mit einer fiskalischen Fuhre weggewesen war, bei der Rückkehr die Nachricht mitgebracht hatte, die Kosaken plünderten die Dörfer, aus denen die Einwohner weggezogen seien, die Franzosen dagegen tasteten nichts in ihnen an. Er wußte, daß ein anderer Bauer gestern sogar aus dem Dorf Wislouchowo, wo die Franzosen standen, ein Flugblatt eines französischen Generals mitgebracht hatte, in welchem den Einwohnern erklärt wurde, wenn sie dablieben, werde ihnen nichts Übles geschehen, und für alles, was man von ihnen requiriere, würden sie Zahlung erhalten. Zum Beweis dessen hatte der Bauer aus Wislouchowo hundert Rubel in Banknoten mitgebracht (er wußte nicht, daß sie unecht waren), die ihm für Heu im voraus gezahlt waren.

Endlich, und das war das Allerwichtigste, wußte Alpatytsch, daß an eben dem Tag, an welchem er dem Dorfschulzen befohlen hatte, die nötigen Fuhren für den Transport des Gepäcks der Prinzessin zusammenzubringen, morgens im Dorf eine Gemeindeversammlung stattgefunden hatte, in welcher beschlossen worden war, nicht fortzuziehen, sondern zu warten. Unterdessen aber war es die höchste Zeit geworden. Der Adelsmarschall hatte am Todestag des Fürsten, am 15. August, die Prinzessin Marja auf das dringendste ersucht, noch an demselben Tag abzureisen, da das Bleiben gefährlich werde. Nach dem 16., hatte er gesagt, könne er keinerlei Verantwortung mehr übernehmen. Er selbst war gleich am Todestag des Fürsten abends wieder abgefahren, hatte aber versprochen, am andern Tag zur Beerdigung wiederzukommen. Aber er konnte am andern Tag nicht kommen, da nach den ihm zugegangenen Nachrichten die Franzosen unerwarteterweise vorgerückt waren und er kaum noch Zeit hatte, seine Familie und seine wertvollste Habe von seinem Gut wegzuschaffen.

Seit mehr als zwanzig Jahren bekleidete in Bogutscharowo das Amt eines Dorfschulzen ein gewisser Dron, den der alte Fürst gern mit der Verkleinerungsform Dronuschka genannt hatte.

Dron war einer von jenen körperlich und geistig kräftigen Bauern, die, wenn sie in die Jahre gelangt sind, wo ihnen der Bart wächst, von da an nun auch, ohne sich in ihrem Äußern irgendwie zu verändern, bis zum Alter von sechzig oder siebzig Jahren leben, ohne ein einziges graues Haar oder eine Zahnlücke, als Sechzigjährige noch ebenso aufrecht und kräftig, wie sie als Dreißigjährige waren.

Dron war bald nach der Auswanderung zu den warmen Flüssen, an der er sich ebenso wie die andern beteiligt hatte, zum Dorfschulzen in Bogutscharowo ernannt worden und hatte seitdem dreiundzwanzig Jahre lang dieses Amt tadellos verwaltet. Die Bauern fürchteten sich vor ihm mehr als vor dem Herrn selbst. Die Herrschaft, sowohl der alte als auch der junge Fürst und der Verwalter, wußten seinen Wert zu schätzen und nannten ihn scherzhaft den Minister. Während der ganzen Zeit seiner Amtsführung war Dron kein einziges Mal betrunken oder krank gewesen; niemals, weder nach schlaflosen Nächten, noch nach Arbeiten irgendwelcher Art, zeigte er die geringste Müdigkeit, und obwohl er nicht lesen und schreiben konnte, vergaß er niemals einen Geldposten oder ein Pud Mehl bei den gewaltigen Wagenladungen, die er verkaufte, und wußte ganz genau, wieviel Garbenmandel sich auf jedem Acker der Feldflur von Bogutscharowo befanden.

Diesen Dron also ließ Alpatytsch, nachdem er aus dem verwüsteten Lysyje-Gory angekommen war, am Begräbnistag des Fürsten zu sich rufen und befahl ihm, zwölf Pferde für die Equipagen der Prinzessin und achtzehn Fuhren für das aus Bogutscharowo mitzunehmende Gepäck bereitzustellen. Obgleich die Bauern auf Pachtzins gesetzt waren, konnte doch nach Alpatytschs Meinung die Ausführung dieses Befehles auf keine Schwierigkeiten stoßen, da in Bogutscharowo zweihundertdreißig Familien lebten und die Bauern wohlhabend waren. Aber nachdem der Dorfschulze Dron den Befehl angehört hatte, schlug er schweigend die Augen nieder. Alpatytsch nannte ihm einige Bauern, die er kannte, und befahl ihm, von diesen die Pferde und Fuhren zu requirieren.

Dron antwortete, diese Bauern hätten ihre Pferde unterwegs. Alpatytsch nannte ihm andere Bauern. Auch diese hatten nach Drons Angabe keine Pferde zur Verfügung: Manche Pferde seien mit fiskalischen Fuhren weg; andere seien entkräftet; vielen Bauern seien auch die Pferde aus Mangel an Futter krepiert. Es war nach Drons Meinung überhaupt nicht möglich, Pferde zu beschaffen, weder für das Gepäck noch für die Equipagen.

Alpatytsch blickte den Dorfschulzen forschend an und zog die Augenbrauen zusammen. Wie Dron ein Muster von einem Dorfschulzen war, so hatte auch Alpatytsch nicht vergebens die Güter des Fürsten zwanzig Jahre lang verwaltet und war ein Muster von einem Verwalter. Er war im höchsten Grade befähigt, instinktiv die Bedürfnisse und Wünsche des Volkes, mit dem er zu tun hatte, zu erkennen, und eben darum war er ein so vorzüglicher Verwalter. Als er Dron anblickte, erkannte er sofort, daß Drons Antworten nicht dessen eigene Anschauung zum Ausdruck brachten, sondern die allgemeine Stimmung der Bauernschaft von Bogutscharowo, von der sich der Dorfschulze beeinflussen ließ. Zugleich aber wußte Alpatytsch auch, daß der reich gewordene und bei der Bauernschaft verhaßte Dron nicht anders konnte, als zwischen den beiden Lagern, dem der Herrschaft und dem der Bauernschaft, zu schwanken. Dieses Schwanken bemerkte Alpatytsch an Drons Blick, und darum trat er, die Stirne runzelnd, ganz nahe an ihn heran.

»Hör mal, Dronuschka«, sagte er, »mach mir da keinen Wind vor. Seine Durchlaucht Fürst Andrei Nikolajewitsch selbst hat mir befohlen, die ganze Einwohnerschaft wegzuschicken und sie mit dem Feind nicht in Berührung kommen zu lassen; auch besteht darüber ein Befehl des Zaren. Wer hierbleibt, ist ein Verräter am Zaren. Hörst du wohl?«

»Ich höre«, erwiderte Dron, ohne die Augen aufzuschlagen.

Alpatytsch begnügte sich mit dieser Antwort nicht.

»Ei, ei, Dron, das wird euch schlimm bekommen!« sagte er, den Kopf hin und her wiegend.

»Es steht in Euren Händen!« antwortete Dron traurig.

»Na, Dron, nun hör aber mal auf!« sagte Alpatytsch, nahm die Hand heraus, die er vorn in den Rock gesteckt hatte, und wies mit feierlicher Gebärde auf den Boden unter Drons Füßen. »Ich sehe nicht nur quer durch dich hindurch, sondern auch unter dir drei Ellen tief in die Erde hinein.« Dabei blickte er nach dem Boden unter Drons Füßen.

Dron wurde ängstlich, warf einen verstohlenen Blick nach Alpatytsch hin und schlug die Augen wieder nieder.

»Hör nun auf, Unsinn zu reden, und sage den Leuten, sie sollen sich fertigmachen, ihre Wohnungen zu verlassen und nach Moskau zu gehen, und sie sollen morgen früh die Fuhren für das Gepäck der Prinzessin stellen; du selbst aber geh nicht in die Gemeindeversammlung. Hast du gehört?«

Dron warf sich auf einmal Alpatytsch zu Füßen.

»Jakow Alpatytsch, entlaß mich aus meinem Amt! Nimm mir die Schlüssel ab; entlaß mich, um Christi willen!«

»Hör auf!« sagte Alpatytsch in strengem Ton. »Ich sehe unter dir drei Ellen tief in die Erde«, wiederholte er, weil er wußte, daß seine Meisterschaft in der Bienenzucht, seine ausgezeichnete Kenntnis der besten Saatzeit für den Hafer und die Kunst, mit der er es verstanden hatte, zwanzig Jahre lang es dem alten Fürsten zu Dank zu machen, ihm schon längst den Ruf eines Zauberers eingetragen hatten, und daß den Zauberern die Fähigkeit zugeschrieben wird, drei Ellen tief unter einem Menschen in die Erde hineinzusehen.

Dron stand auf und wollte etwas sagen; aber Alpatytsch unterbrach ihn:

»Was ist euch denn in den Kopf gefahren? He? Was denkt ihr euch eigentlich? He?«

»Was soll ich mit diesem Volk anfangen?« erwiderte Dron. »Sie sind ganz außer Rand und Band. Ich habe ihnen schon gesagt ...«

»Das scheint mir allerdings«, sagte Alpatytsch. »Trinken sie?« fragte er kurz.

»Ganz außer Rand und Band sind sie, Jakow Alpatytsch; schon das zweite Faß Branntwein haben sie herangeschleppt.«

»Also höre nun: Ich fahre zum Bezirkshauptmann, und du mach den Leuten bekannt, sie sollen ihre Torheiten lassen und die Fuhren stellen.«

»Zu Befehl«, antwortete Dron.

Weiter setzte ihm Jakow Alpatytsch nicht zu. Er war lange genug bei diesem Volk Verwalter gewesen, um zu wissen, daß das wichtigste Mittel zur Erzielung des Gehorsams darin besteht, die Leute nicht merken zu lassen, daß man einen Ungehorsam von ihrer Seite für möglich hält. Nachdem Jakow Alpatytsch von Dron dieses gehorsame »Zu Befehl« erreicht hatte, begnügte er sich damit, obwohl er nicht nur an dem Gehorsam zweifelte, sondern beinahe überzeugt war, daß ohne Hilfe einer Abteilung Militär die Lieferung der Fuhren nicht durchzusetzen sein werde.

Und wirklich waren am Abend die Fuhren nicht zur Stelle. Im Dorf hatte wieder beim Krug eine Gemeindeversammlung stattgefunden, und in dieser war beschlossen worden, die Pferde in den Wald zu treiben und keine Wagen herauszugeben. Ohne der Prinzessin hiervon etwas zu sagen, befahl Alpatytsch, von den aus Lysyje-Gory gekommenen Wagen seine eigenen Sachen abzuladen und diese Pferde für die Equipagen der Prinzessin bereitzuhalten; er selbst aber fuhr zur Obrigkeit.

X

Nach dem Begräbnis ihres Vaters schloß sich Prinzessin Marja in ihrem Zimmer ein und ließ niemand zu sich. Das Stubenmädchen kam an die Tür und sagte, Alpatytsch sei gekommen, um sich von ihr Befehle in betreff der Abreise zu erbitten. (Dies war noch vor Alpatytschs Gespräch mit Dron.) Prinzessin Marja richtete sich ein wenig vom Sofa auf, auf dem sie lag, und sagte durch die verschlossene Tür hindurch, sie werde nie wegfahren und nirgendshin und bitte, man möge sie in Ruhe lassen.

Die Fenster des Zimmers, in welchem Prinzessin Marja lag, gingen nach Westen hinaus. Sie lag auf dem Sofa mit dem Gesicht nach der Wand zu und fingerte an den Knöpfen des ledernen Kissens herum; sie sah nichts als dieses Kissen, und ihre unklaren Gedanken waren immer nur auf einen Punkt gerichtet: Sie dachte an die Unwiederbringlichkeit dessen, was ihr der Tod geraubt hatte, und an die Schlechtigkeit ihres eigenen Herzens, die sie bis jetzt nicht gekannt hatte und die erst während der Krankheit ihres Vaters zutage getreten war. Sie wollte beten, aber sie wagte es nicht; sie wagte nicht in der seelischen Verfassung, in der sie sich befand, sich an Gott zu wenden. In diesem Zustand lag sie lange da.

Die Sonne war nach dieser Seite des Hauses herumgegangen und beleuchtete nun mit ihren schrägfallenden abendlichen Strahlen durch die geöffneten Fenster hindurch das Zimmer und einen Teil des Saffiankissens, auf das Prinzessin Marja hinblickte. Dadurch wurde der Gang ihrer Gedanken auf einmal gehemmt. Ohne sich dessen selbst recht bewußt zu werden, richtete sie sich in die Höhe, strich sich das Haar zurecht, stand auf und trat zum Fenster; unwillkürlich zog sie die frische, kühle Luft des klaren, aber windigen Abends tief ein.

»Ja, jetzt kannst du dich gemächlich des Abends freuen! Er ist nicht mehr auf der Welt, niemand stört dich«, sagte sie zu sich selbst; sie ließ sich auf einen Stuhl sinken und legte den Kopf auf das Fensterbrett. Vom Garten her rief jemand sie mit zärtlicher, leiser Stimme und küßte sie auf den Kopf. Sie blickte auf. Es war Mademoiselle Bourienne in einem schwarzen Kleid mit Trauerbesatz. Sie war leise an Prinzessin Marja herangetreten, hatte sie seufzend geküßt und war dann sogleich in Tränen ausgebrochen. Prinzessin Marja sah sie an. Alle die früheren heftigen Szenen mit ihr und ihre Eifersucht gegen sie kamen ihr ins Gedächtnis; aber sie erinnerte sich auch, wie ihr Vater in der letzten Zeit sein Verhalten gegen Mademoiselle Bourienne geändert hatte, sie nicht mehr hatte sehen mögen, und wie ungerecht also die Vorwürfe gewesen waren, die sie der Französin in ihrem Herzen gemacht hatte. »Und steht es etwa mir, mir, die ich seinen Tod gewünscht habe, zu, jemand zu verurteilen?« dachte sie.

Prinzessin Marja stellte sich lebhaft die Lage der Französin vor, die in der letzten Zeit von dem Verkehr mit ihr ausgeschlossen war und dabei doch von ihr abhing und in einem fremden Haus lebte. Und sie bemitleidete sie, blickte sie freundlich fragend an und streckte ihr die Hand hin. Laut weinend begann Mademoiselle Bourienne sogleich diese Hand zu küssen und von dem Leid zu sprechen, das die Prinzessin betroffen habe, wobei sie sich selbst als Teilnehmerin an diesem Leid darstellte. Sie sagte, ihr einziger Trost in diesem Leid sei, daß die Prinzessin ihr erlaube, es mit ihr zu teilen; alle früheren Mißverständnisse müßten angesichts dieses großen Leides in ein Nichts verschwinden; sie fühle sich allen gegenüber rein, und »er« sehe von dort oben ihre Liebe und Dankbarkeit. Die Prinzessin hörte ihr zu, ohne den Sinn ihrer Worte zu verstehen; aber sie blickte sie manchmal an und lauschte auf den Ton ihrer Stimme.

»Ihre Lage ist doppelt schrecklich, liebe Prinzessin«, fuhr Mademoiselle Bourienne nach einem kurzen Stillschweigen fort. »Ich verstehe es, daß Sie nicht imstande gewesen sind, an sich selbst zu denken, und auch jetzt noch nicht dazu imstande sind; aber ich fühle mich durch meine Liebe zu Ihnen verpflichtet, dies zu tun … Ist Alpatytsch bei Ihnen gewesen? Hat er mit Ihnen über die Abreise gesprochen?« fragte sie.

Prinzessin Marja antwortete nicht. Sie verstand gar nicht, wer abreisen sollte und wohin die Reise gehen sollte. Konnte man denn jetzt irgend etwas vornehmen, jetzt an irgend etwas anderes denken? War nicht alles ganz gleichgültig? Sie antwortete nicht.

»Wissen Sie auch wohl, liebe Marja«, sagte Mademoiselle Bourienne, »wissen Sie auch wohl, daß wir uns in Gefahr befinden, daß wir von den Franzosen umringt sind? Wegzureisen ist jetzt gefährlich. Wenn wir abfahren, so geraten wir fast mit Sicherheit in Gefangenschaft, und Gott weiß ...«

Prinzessin Marja blickte ihre Gesellschafterin an, ohne zu verstehen, was diese sagte.

»Ach, wenn jemand wüßte, wie gleichgültig mir jetzt alles, alles ist«, sagte sie. »Natürlich möchte ich jetzt um keinen Preis von ihm wegfahren ... Alpatytsch hat mir etwas von Abreise gesagt ... Reden Sie mit ihm; ich kann nichts und will nichts, nichts ...«

»Ich habe mit ihm geredet; er hofft, daß wir morgen noch werden abreisen können; aber ich meine, es würde jetzt das beste sein, hierzubleiben«, sagte Mademoiselle Bourienne. »Denn, sagen Sie selbst, liebe Marja, es wäre doch schrecklich, wenn wir unterwegs den Soldaten oder den aufrührerischen Bauern in die Hände fielen.«

Mademoiselle Bourienne zog aus ihrem Ridikül eine nicht auf gewöhnlichem russischen Papier gedruckte Proklamation des französischen Generals Rameau, in der es hieß, die Einwohner möchten ihre Häuser nicht verlassen, es werde ihnen seitens der französischen Behörden der nötige Schutz zuteil werden, und reichte sie der Prinzessin hin.

»Ich glaube, es wäre am besten, sich an diesen General zu wenden«, sagte Mademoiselle Bourienne, »und ich bin überzeugt, daß Ihnen die schuldige Achtung erwiesen werden wird.«

Prinzessin Marja las das Blatt, und ein tränenloses Schluchzen ließ ihr Gesicht zusammenzucken.

»Durch wen haben Sie dieses Blatt erhalten?« fragte sie.

»Wahrscheinlich hat man aus meinem Namen ersehen, daß ich Französin bin«, erwiderte Mademoiselle Bourienne errötend.

Prinzessin Marja stand mit dem Blatt in der Hand vom Fenster auf, ging mit blassem Gesicht aus dem Zimmer und begab sich in das frühere Arbeitszimmer des Fürsten Andrei.

»Dunjascha, rufe mir Alpatytsch oder Dron oder sonst jemand!« sagte Prinzessin Marja. »Und sage zu Amalia Karlowna, sie möchte nicht zu mir hereinkommen«, fügte sie hinzu, als sie die Stimme der Französin hörte. »Ich will so schnell wie möglich abreisen! So schnell wie möglich!« sagte sie, tief erschrocken bei dem Gedanken, daß sie, wenn sie dabliebe, in die Gewalt der Franzosen geraten könne.

Wenn Fürst Andrei erführe, daß sie in die Gewalt der Franzosen geraten wäre! Wenn sie, die Tochter des Fürsten Nikolai Andrejewitsch Bolkonski, sich genötigt sähe, den Herrn General Rameau um seinen Schutz zu bitten und sich von ihm Wohltaten erweisen zu lassen! Dieser Gedanke versetzte sie in Schrecken, ließ sie zusammenfahren, erröten und eine ihr bisher noch unbekannte Aufwallung von Zorn und Stolz empfinden. Alles, was ihre Lage Drückendes und namentlich Unwürdiges hatte, trat ihr lebhaft vor Augen. »Sie, die Franzosen, werden in diesem Haus ihr Quartier aufschlagen; der Herr General Rameau wird sich das Zimmer des Fürsten Andrei zu seinem Logis aussuchen; er wird zu seiner Unterhaltung Andreis Briefe und Papiere durchstöbern und lesen. Mademoiselle Bourienne wird ihm die Honneurs von Bogutscharowo machen. Mir wird man aus Gnade und Barmherzigkeit ein Zimmerchen anweisen. Die Soldaten werden das frische Grab des Vaters aufwühlen, um ihn der Ordenskreuze und Ordenssterne zu berauben; sie werden mir von ihren Siegen über die Russen erzählen, werden heuchlerisch mit meinem Gram Mitleid bekunden ...«, dachte Prinzessin Marja. Es entsprach das nicht ihrer eigenen Denkweise, sondern sie fühlte sich gewissermaßen verpflichtet, in der Art ihres Vaters und ihres Bruders zu denken. Ihr persönlich war es völlig gleichgültig, wo sie blieb und was aus ihr wurde; aber sie fühlte sich gleichzeitig als Vertreterin ihres verstorbenen Vaters und des Fürsten Andrei. Unwillkürlich dachte und empfand sie in deren Art zu denken und zu empfinden. Was diese beiden jetzt sagen und tun würden, eben dasselbe glaubte auch sie tun zu müssen. Hier in dem Arbeitszimmer des Fürsten Andrei bemühte sie sich, sich in seine Anschauungen zu versetzen, und überdachte in diesem Sinn ihre Lage.

Die Forderungen des wirklichen Lebens, von denen sie geglaubt hatte, sie seien mit dem Tod des Vaters abgetan, drängten sich ihr plötzlich mit neuer, noch unbekannter Kraft auf und nahmen sie in Anspruch.

Mit erregtem, gerötetem Gesicht ging sie im Zimmer hin und her und schickte bald nach Alpatytsch, bald nach Michail Iwanowitsch, bald nach Tichon, bald nach Dron. Dunjascha, die Kinderfrau und die sämtlichen Stubenmädchen wußten nicht zu sagen, inwieweit Mademoiselle Bouriennes Angaben richtig seien. Alpatytsch war nicht anwesend; er war zur Kreisbehörde gefahren. Der herbeigerufene Baumeister Michail Iwanowitsch erschien bei der Prinzessin Marja mit verschlafenen Augen und konnte ihr nichts sagen. Mit ganz demselben zustimmenden Lächeln, mit dem er fünfzehn Jahre lang sich gewöhnt hatte auf die Äußerungen des alten Fürsten zu antworten, ohne eine eigene Meinung auszusprechen, antwortete er auf die Fragen der Prinzessin Marja, so daß es unmöglich war, aus seinen Antworten etwas Bestimmtes zu entnehmen. Und der alte Kammerdiener Tichon mit dem abgemagerten, verfallenen Gesicht, das das Gepräge untröstlichen Leides trug, antwortete auf alle Fragen der Prinzessin Marja: »Zu Befehl«, und konnte, wenn er sie anblickte, kaum das Schluchzen unterdrücken.

Endlich trat der Dorfschulze Dron ins Zimmer, verbeugte sich tief vor der Prinzessin und blieb am Türpfosten stehen.

Prinzessin Marja ging durch das Zimmer auf ihn zu und trat vor ihn hin.

»Dronuschka«, begann sie; sie sah in ihm, ohne im geringsten zu zweifeln, einen Freund, schon in Erinnerung daran, daß er ihr vor seiner jährlichen Fahrt zum Jahrmarkt nach Wjasma jedesmal eine bestimmte Sorte Pfefferkuchen mitbrachte, die er ihr dann lächelnd überreichte. »Dronuschka, jetzt, nach unserm Unglück ...«, sagte sie und verstummte, da sie nicht imstande war weiterzusprechen.

»Wir stehen alle in Gottes Hand«, sagte er mit einem Seufzer. Beide schwiegen eine Weile.

»Dronuschka, Alpatytsch ist irgendwohin weggefahren; ich habe niemand, an den ich mich wenden könnte; ist das richtig, was mir gesagt wird, daß ich nicht mehr wegfahren kann?«

»Warum solltest du nicht mehr wegfahren können, Euer Durchlaucht? Wegfahren kann man schon«, antwortete Dron.

»Es ist mir gesagt, es wäre gefährlich wegen des Feindes. Lieber Dron, ich allein vermag nichts und verstehe nichts und habe niemand zu meinem Beistand. Ich möchte unter allen Umständen in der Nacht oder morgen früh wegfahren.«

Dron schwieg. Mit gesenktem Kopf blickte er unter den Brauen hervor die Prinzessin Marja an.

»Es sind keine Pferde zu haben«, erwiderte er. »Ich habe es auch schon zu Jakow Alpatytsch gesagt.«

»Warum denn nicht?« fragte die Prinzessin.

»Das kommt alles von der Heimsuchung, die uns Gott gesandt hat«, antwortete Dron. »Viele Pferde sind für die Truppen requiriert, und viele sind krepiert: Es ist ein schlimmes Jahr. Es ist kein Futter für die Pferde da, und man kann froh sein, wenn man nur selbst nicht Hungers stirbt! Drei Tage lang sitzen die Leute schon ohne Nahrung da. Es ist nichts vorhanden; sie sind völlig ruiniert.«

Prinzessin Marja hatte aufmerksam angehört, was er zu ihr gesagt hatte.

»Die Bauern sind ruiniert? Haben sie kein Getreide mehr?« fragte sie.

»Sie verhungern geradezu«, antwortete Dron. »Von den Pferden ganz zu schweigen ...«

»Aber warum hast du das denn nicht schon früher gesagt, Dronuschka? Kann man ihnen denn nicht helfen? Ich werde alles tun, was in meinen Kräften steht ...«

Es war der Prinzessin Marja ein seltsamer Gedanke, daß es jetzt, in diesem Augenblick, wo ein solches Leid ihre Seele erfüllte, reiche und arme Menschen geben konnte, die Reichen aber den Armen nicht sollten helfen können. Sie hatte einmal gehört und wußte unklar, daß es herrschaftliches Getreide gibt und daß den Bauern unter Umständen davon etwas gegeben wird. Sie wußte auch, daß weder ihr Bruder noch ihr Vater den Bauern in der Not eine derartige Bitte abgeschlagen haben würden; sie fürchtete nur, hinsichtlich dieser Getreideverteilung an die Bauern, die sie anordnen wollte, nicht die richtigen Worte zu treffen. Sie freute sich, daß sich ihr ein Anlaß zu einer ernsten Tätigkeit darbot, zu einer Tätigkeit von der Art, daß sie sich keinen Vorwurf zu machen brauchte, wenn sie um ihretwillen ihr Leid zeitweilig vergaß. Sie fing an, den Dorfschulzen eingehend über die Not der Bauern zu befragen, und ob herrschaftliches Getreide in Bogutscharowo vorhanden sei.

»Wir haben doch wohl herrschaftliches Getreide, das meinem Bruder gehört?« fragte sie.

»Das herrschaftliche Getreide ist noch vollständig unangerührt«, sagte Dron mit einem gewissen Stolz. »Unser Fürst hat befohlen, nichts zu verkaufen.«

»Gib es den Bauern; gib ihnen, soviel sie nötig haben; ich erlaube es dir im Namen meines Bruders«, sagte Prinzessin Marja.

Dron antwortete nicht, sondern stieß nur einen tiefen Seufzer aus.

»Verteile dieses Getreide unter sie, wenn es für sie ausreicht. Verteile alles. Ich befehle es dir, im Namen meines Bruders; sage ihnen: Was uns gehört, das gehört auch ihnen. Es ist uns für sie kein Opfer zu groß. Das sage ihnen.«

Dron blickte die Prinzessin, während sie sprach, unverwandt an.

»Entlaß mich aus meinem Amt, Mütterchen, ich bitte dich um Gottes willen; befiehl, daß mir die Schlüssel genommen werden«, sagte er. »Dreiundzwanzig Jahre lang habe ich das Amt verwaltet und nichts Unrechtes getan; entlaß mich, um Gottes willen!«

Prinzessin Marja verstand nicht, was er von ihr wollte und warum er um seine Entlassung bat. Sie antwortete ihm, sie habe nie an seiner Ergebenheit gezweifelt und sei bereit, für ihn und für die Bauern alles zu tun, was in ihren Kräften stehe.

XI

Eine Stunde darauf kam Dunjascha zu der Prinzessin mit der Nachricht, Dron sei gekommen, und alle Bauern hätten sich, wie die Prinzessin befohlen habe, beim Speicher versammelt und wünschten mit der Herrin zu reden.

»Aber ich habe sie ja gar nicht herbestellt«, erwiderte Prinzessin Marja. »Ich habe nur zu Dron gesagt, er möchte Getreide an sie verteilen.«

»Befehlen Sie nur um Gottes willen, die Leute fortzujagen, liebste, beste Prinzessin, und gehen Sie nicht zu ihnen hin. Es ist alles nur Hinterlist«, sagte Dunjascha. »Sobald Jakow Alpatytsch zurückkommt, können wir abfahren … Aber lassen Sie sich nicht mit diesen Leuten ein …«

»Wieso denn Hinterlist?« fragte die Prinzessin erstaunt.

»Ja, das weiß ich; hören Sie nur auf mich, ich bitte Sie herzlich. Hier, Sie können ja auch die Kinderfrau fragen. Es heißt, die Bauern wollen nicht von hier wegziehen, wie Sie es befohlen haben.«

»Was du da redest, stimmt nicht. Ich habe gar nicht befohlen, daß sie wegziehen sollen …«, erwiderte Prinzessin Marja. »Ruf mir doch einmal Dron her.«

Dron kam und bestätigte Dunjaschas Worte: Die Bauern seien gekommen, wie die Prinzessin befohlen habe.

»Aber ich habe sie doch gar nicht herbestellt«, sagte die Prinzessin. »Du hast gewiß meinen Auftrag nicht richtig an sie ausgerichtet. Ich habe nur gesagt, du solltest ihnen Getreide geben.«

Dron gab keine Antwort, sondern seufzte nur.

»Wenn Sie befehlen, werden die Bauern wieder fortgehen«, sagte er endlich.

»Nein, nein, ich werde zu ihnen hingehen«, erwiderte Prinzessin Marja.

Obwohl Dunjascha und die Kinderfrau ihr sehr davon abrieten, ging Prinzessin Marja vor die Haustür hinaus. Dron, Dunjascha, die Kinderfrau und Michail Iwanowitsch folgten ihr.

»Die Bauern denken wahrscheinlich, daß ich sie durch das Angebot von Getreide zum Hierbleiben veranlassen will, selbst aber fortfahre und sie der Willkür der Franzosen preisgebe«, dachte Prinzessin Marja. »Ich will ihnen Wohnungen auf dem Gut bei Moskau und monatliche Unterstützungen versprechen; ich bin überzeugt, daß Andrei an meiner Stelle noch mehr für sie tun würde«, dachte sie, während sie in der Dämmerung zu der Menge hinging, die auf dem Anger beim Speicher stand.

Die Menge geriet in Bewegung und drängte sich zusammen; die Mützen wurden schnell abgenommen. Mit niedergeschlagenen Augen und sich mit den Füßen in ihr Kleid verwickelnd, trat Prinzessin Marja nahe an sie heran. Es waren so viele verschiedenartige alte und junge Augen auf sie gerichtet, und es waren so viele verschiedene Gesichter da, daß Prinzessin Marja kein einziges Gesicht klar sah; sie fühlte die Notwendigkeit, zu allen zugleich zu sprechen, wußte aber nicht, wie sie das anstellen sollte. Aber das Bewußtsein, daß sie die Vertreterin ihres Vaters und ihres Bruders sei, verlieh ihr auch jetzt wieder Kraft, und kühn begann sie ihre Rede.

»Ich freue mich sehr, daß ihr gekommen seid«, sagte Prinzessin Marja, ohne die Augen aufzuschlagen, und fühlte dabei, wie schnell und stark ihr das Herz schlug. »Dron hat mir gesagt, der Krieg habe euch zugrunde gerichtet. Das ist unser gemeinsames Leid, und es wird mir kein Opfer zu groß sein, um euch zu helfen. Ich selbst werde wegfahren, weil es hier gefährlich ist … und der Feind nahe ist … und weil … Ich gebe euch alles, meine Freunde, und bitte euch, alles zu nehmen, unser ganzes Getreide, damit ihr keinen Mangel leidet. Und wenn euch gesagt sein sollte, daß ich euch das Getreide gebe, um euch zum Hierbleiben zu bewegen, so ist das unrichtig. Im Gegenteil bitte ich euch, mit eurer ganzen Habe nach unserem Gut bei Moskau zu ziehen, und ich nehme es auf mich und verspreche euch, daß ihr dort keine Not leiden sollt. Es wird euch Unterkommen und Getreide gegeben werden.«

Die Prinzessin hielt inne; aus der Menge waren nur Seufzer zu hören.

»Ich tue das nicht von mir aus«, fuhr die Prinzessin fort, »ich tue es im Namen meines seligen Vaters, der euch ein guter Herr gewesen ist, sowie an Stelle meines Bruders und seines Sohnes.«

Sie hielt wieder inne. Niemand unterbrach das Schweigen.

»Das Leid ist uns allen gemeinsam, und wir wollen alles, was wir haben, miteinander teilen. Alles, was mein ist, gehört euch«, sagte sie und ließ ihren Blick über die Gesichter der vor ihr Stehenden hinschweifen.

Alle blickten sie mit dem gleichen Ausdruck an, dessen Bedeutung ihr unverständlich blieb. War es nun Neugier oder Ergebenheit und Dankbarkeit, oder Angst und Mißtrauen, aber der Ausdruck auf allen Gesichtern war ein und derselbe.

»Wir danken bestens für Ihre Güte; aber das herrschaftliche Getreide nehmen, das dürfen wir nicht«, sagte eine Stimme aus dem Hintergrund.

»Aber warum denn nicht?« fragte die Prinzessin.

Niemand antwortete, und als Prinzessin Marja die Menge anschaute, bemerkte sie, daß jetzt alle Augen, denen sie begegnete, sich sofort zu Boden richteten.

»Aber warum wollt ihr denn das nicht?« fragte sie noch einmal.

Es erfolgte wieder keine Antwort.

Der Prinzessin wurde dieses Schweigen peinlich; sie versuchte den Blick irgendeines der Bauern aufzufangen.

»Warum redet ihr nicht?« wandte sie sich an einen alten Mann, der auf seinen Stock gestützt vor ihr stand. »Sprich doch, wenn du glaubst, daß ihr sonst noch etwas nötig habt. Ich werde alles tun«, sagte sie.

Sie hatte seinen Blick aufgefangen; er aber, wie wenn er darüber ärgerlich wäre, ließ nun den Kopf ganz sinken und murmelte:

»Damit sind wir nicht einverstanden. Getreide brauchen wir nicht.«

»Sollen wir denn alles im Stich lassen? Damit sind wir nicht einverstanden; damit sind wir nicht einverstanden ... Dazu geben wir unsere Zustimmung nicht. Wir bedauern dich, aber dazu geben wir unsere Zustimmung nicht. Fahr du nur selbst weg, allein ...«, wurde von verschiedenen Seiten aus der Menge gerufen.

Und wieder zeigte sich auf allen Gesichtern dieser Menge ein und derselbe Ausdruck, und jetzt war es bereits sichtlich nicht der Ausdruck der Neugier oder der Dankbarkeit, sondern der Ausdruck ingrimmiger Entschlossenheit.

»Ihr habt mich gewiß nicht verstanden«, sagte Prinzessin Marja mit einem trüben Lächeln. »Warum wollt ihr nicht wegziehen? Ich verspreche, euch Wohnung und Lebensunterhalt zu geben. Hier dagegen wird euch der Feind zugrunde richten ...«

Aber ihre Stimme wurde durch die Stimmen der Menge übertönt.

»Damit sind wir nicht einverstanden! Mögen sie uns zugrunde richten! Dein Getreide nehmen wir nicht; wir geben unsere Zustimmung nicht!«

Prinzessin Marja bemühte sich von neuem, den Blick irgendeines der Bauern aufzufangen; aber kein einziger Blick war auf sie gerichtet; die Augen aller vermieden es offenbar, den ihrigen zu begegnen. Es wurde ihr seltsam und unheimlich zumute.

»Sieh mal an, wie schlau sie uns zu überreden sucht, daß wir als ihre Sklaven mitziehen sollen! Unsere Häuser sollen wir zerstören und in die Knechtschaft wandern. Na so was! ›Ich will euch Getreide geben!‹ sagt sie.« So hörte sie in der Menge reden.

Prinzessin Marja senkte den Kopf, trat aus dem Kreis heraus und ging wieder ins Haus. Nachdem sie dem Dorfschulzen den Befehl gegeben hatte, für morgen Pferde zur Abreise zu beschaffen, begab sie sich in ihr Zimmer und blieb dort mit ihren Gedanken allein.

XII

Lange saß Prinzessin Marja in dieser Nacht in ihrem Zimmer am offenen Fenster und hörte das laute Reden der Bauern, von dem einzelne Laute aus dem Dorf herüberklangen; aber sie dachte nicht an die Bauern. Sie fühlte, daß, soviel sie auch über die Bauern nachdenken mochte, sie doch zu keinem Verständnis dieser Menschen kommen werde. Sie dachte jetzt immer nur an eines: an ihr Leid, das jetzt nach der Unterbrechung, die durch die Sorge um die Gegenwart herbeigeführt war, für sie schon ein Stück der Vergangenheit geworden war. Sie vermochte jetzt schon daran zurückzudenken, zu weinen und zu beten. Mit Sonnenuntergang hatte sich der Wind gelegt. Die Nacht war still und frisch. Kurz vor Mitternacht verstummten auch die Gespräche der Bauern; ein Hahn krähte; hinter den Linden stieg der Vollmond herauf; ein frischer, weißer Nebeltau erhob sich, und im Dorf sowie im Herrenhaus herrschte tiefe Stille.

Bilder aus der letzten Vergangenheit traten ihr eines nach dem andern vor die Seele: Bilder aus der Krankheit ihres Vaters und von seinen letzten Augenblicken. Und mit einer Art von wehmütiger Freude verweilte sie jetzt bei diesen Vorstellungen und wehrte nur das ein letzte Bild mit Grauen von sich ab, das Bild seines Todes, das auch nur mit der Einbildungskraft in dieser stillen, geheimnisvollen Stunde der Nacht anzuschauen sie sich unfähig fühlte. Und diese Bilder stellten sich ihr in solcher Klarheit und so mit allen Einzelheiten ausgestattet dar, daß sie ihr bald als Wirklichkeit, bald als Vergangenheit, bald als Zukunft erschienen.

Einmal tauchte deutlich in ihrer Erinnerung der Augenblick auf, als ihn der Schlag gerührt hatte und die Männer, die ihn unter die Arme gefaßt hatten, ihn aus dem Garten von Lysyje-Gory herausschleppten und er mit kraftloser Zunge etwas murmelte und mit den grauen Augenbrauen zuckte und sie unruhig und schüchtern ansah.

»Er hat mir schon damals das sagen wollen, was er mir an seinem Todestag gesagt hat«, dachte sie. »Die ganze Zeit über hat er das im Sinn gehabt, was er mir nachher ausgesprochen hat.« Und da kam ihr mit allen Einzelheiten jene Nacht in Lysyje-Gory ins Gedächtnis, am Tag vor dem Schlaganfall, jene Nacht, wo sie, ein Unheil ahnend, gegen seinen Willen bei ihm geblieben war. Sie hatte nicht schlafen können, war in der Nacht auf den Zehen nach unten gegangen, hatte sich der Tür nach dem Blumenzimmer genähert, in welchem für diese Nacht das Bett ihres Vaters aufgeschlagen war, und hatte auf seine Stimme gelauscht. Er hatte in mattem, müdem Ton mit Tichon gesprochen. Von der Krim hatte er etwas gesagt und von den warmen Nächten und von der Kaiserin. Es war ihm offenbar Bedürfnis gewesen, etwas zu reden. »Warum hat er mich nicht rufen lassen? Warum hat er mir nicht erlaubt, Tichons Stelle einzunehmen?« hatte Prinzessin Marja damals gedacht und dachte sie auch jetzt. »Nun wird er zu niemandem jemals mehr all das aussprechen, womit sich seine Seele beschäftigte. Nun wird niemals mehr für ihn und für mich der Augenblick wiederkehren, wo er mir, und nicht dem alten Kammerdiener, alles, was er wollte, hätte sagen können und ich ihn gehört und verstanden hätte. Warum bin ich damals nicht in sein Zimmer hineingegangen?« dachte sie. »Vielleicht hätte er mir schon damals das gesagt, was er mir nachher an seinem Todestag gesagt hat. Auch damals, in dem Gespräch mit Tichon, hat er zweimal nach mir gefragt. Er wünschte mich zu sehen, und ich stand dort hinter der Tür. Es war für ihn etwas Peinliches, Trauriges, mit Tichon zu reden, der ihn nicht verstand. Ich erinnere mich, daß er mit ihm von Lisa wie von einer Lebenden zu reden anfing (er hatte vergessen, daß sie gestorben war) und Tichon ihn daran erinnerte, daß sie gestorben sei, und er dann schrie: ›Dummkopf!‹ Es war ihm peinlich. Ich hörte hinter der Tür, wie er sich ächzend auf das Bett legte und laut rief: ›Mein Gott!‹ Warum bin ich damals nicht hineingegangen? Was hätte er mir tun können? Was hatte ich zu verlieren? Vielleicht wäre er schon damals freundlich geworden und hätte dieses Wort zu mir gesagt.« Und Prinzessin Marja sprach laut das Kosewort aus, das er an seinem Todestag zu ihr gesagt hatte: »Mein Liebling!« Sie wiederholte das Wort mehrere Male und brach in Tränen aus, die ihr das Herz erleichterten. Sie sah jetzt sein Gesicht vor sich. Es war nicht das Gesicht, daß sie gekannt hatte, solange sie sich erinnern konnte, und das sie immer nur von weitem gesehen hatte, sondern jenes schüchterne, schwache Gesicht, das sie zum erstenmal mit all seinen Runzeln und kleinen Einzelheiten erblickt hatte, als sie sich zu seinem Mund niederbeugte, um zu hören, was er sagte.

»Mein Liebling!« wiederholte sie.

»Was hat er gedacht, als er dieses Wort sprach? Und was mag er jetzt denken?« Diese Frage kam ihr plötzlich in den Sinn, und gleichsam als Antwort darauf sah sie ihn vor sich mit dem Ausdruck, den sein mit dem weißen Tuch umbundenes Gesicht im Sarg getragen hatte. Und jener Schreck, der sie damals gepackt hatte, als sie ihn berührte und inneward, daß das nicht mehr er war, sondern etwas Geheimnisvolles, Abstoßendes, dieser Schreck ergriff sie auch jetzt. Sie wollte an etwas anderes denken, wollte beten; aber sie vermochte nichts davon zu tun. Mit großen, weitgeöffneten Augen blickte sie nach dem Mondlicht und den Schatten und erwartete jeden Augenblick, sein totes Gesicht zu sehen, und fühlte sich von der Stille, die um das Haus und im Haus herrschte, gleichsam in Fesseln geschmiedet.

»Dunjascha!« flüsterte sie. »Dunjascha!« schrie sie dann laut mit wilder Stimme und stürzte, sich aus dem Bann dieser Stille losreißend, nach dem Mädchenzimmer hin, wo ihr die Kinderfrau und die Stubenmädchen erschrocken entgegengelaufen kamen.

XIII

Am 17. August machten Rostow und Iljin, von dem soeben aus der Gefangenschaft zurückgekehrten Lawrenti und einer Husarenordonnanz begleitet, von ihrem Quartier Jankowo aus, das fünfzehn Werst von Bogutscharowo entfernt lag, einen Spazierritt, um ein neues Pferd, das sich Iljin gekauft hatte, zu probieren und in Erfahrung zu bringen, ob nicht in den Dörfern Heu vorhanden sei.

Bogutscharowo befand sich seit drei Tagen zwischen den beiden feindlichen Armeen, so daß gleich die russische Nachhut und die französische Vorhut sich dort einfinden konnte; und darum wollte Rostow als sorglicher Eskadronchef den Franzosen die etwa in Bogutscharowo vorhandene Furage vorwegnehmen.

Rostow und Iljin waren in heiterster Stimmung. Auf dem Weg nach Bogutscharowo, das, wie sie wußten, ein fürstliches Gut mit einem Herrenhaus war, und wo sie unter einer zahlreichen Dienerschaft auch hübsche Mädchen zu finden hofften, befragten sie bald Lawrenti über Napoleon und lachten über seine Erzählungen, bald ritten sie um die Wette, um Iljins Pferd auf die Probe zu stellen.

Rostow wußte nicht und ahnte nicht, daß dieses Dorf, wohin er ritt, ein Gut eben jenes Bolkonski sei, der mit seiner Schwester verlobt gewesen war.

An dem Abhang vor Bogutscharowo veranstalteten Rostow und Iljin zum letztenmal einen Wettritt, und Rostow, der vor Iljin einen Vorsprung erlangt hatte, sprengte als der erste in die Dorfstraße von Bogutscharowo herein.

»Du hast gewonnen!« sagte Iljin, der ganz rot geworden war.

»Ja, ich habe immer gewonnen; als wir vorhin auf der Wiese um die Wette ritten, habe ich gewonnen und nun jetzt hier«, antwortete Rostow und streichelte mit der Hand sein schaumbedecktes donisches Pferd.

»Aber ich auf meiner französischen Stute, Euer Erlaucht«, sagte Lawrenti, der hinter ihnen ritt (er bezeichnete damit das schlechte Wagenpferd, auf dem er saß), »hätte Sie überholt; ich wollte Sie nur nicht beschämen!«

Sie ritten im Schritt an einen Speicher heran, bei dem eine große Menge von Bauern stand.

Einige von den Bauern nahmen die Mützen ab; andere betrachteten, ohne die Mützen abzunehmen, die Heranreitenden. Zwei alte Bauern, beide von langer Gestalt, mit runzligen Gesichtern und dünnen Bärten, kamen aus dem Krug heraus und näherten sich lächelnd und schwankend, indem sie unharmonisch ein Lied sangen, den Offizieren.

»Na, liebe Leute«, sagte Rostow lachend, »wie ist's? Habt ihr Heu?«

»Wie die beiden einander gleichen!« bemerkte Iljin.

»Unsre lus… lus… lust'ge Kumpa… pa…«, sang einer der Bauern mit glückseliger Miene.

Aus der Menge trat ein Bauer heraus und kam zu Rostow heran.

»Von welcher Partei seid ihr?« fragte er.

»Wir sind Franzosen«, antwortete Iljin lachend. »Und dies hier ist Napoleon selbst«, sagte er, auf Lawrenti weisend.

»Ihr seid also doch wohl Russen?« fragte der Bauer.

»Sind viele Truppen von eurem Heer hier in der Gegend?« fragte ein anderer, kleiner Bauer, der zu ihm trat.

»Jawohl, viele, sehr viele!« antwortete Rostow. »Aber warum habt ihr euch denn hier versammelt?« fügte er hinzu. »Ihr habt wohl einen Festtag, wie?«

»Die Ältesten haben sich in Gemeindeangelegenheiten versammelt«, antwortete der Bauer und ging wieder von ihm weg. In diesem Augenblick erschienen auf dem Weg, der vom Herrenhaus herführte, zwei Frauenspersonen und ein Mann, der einen weißen Hut trug, und gingen eilig auf die Offiziere zu.

»Die im rosa Kleid gehört mir; daß mir keiner ins Gehege kommt!« sagte Iljin, als er Dunjascha bemerkte, die mutig auf ihn zulief.

»Uns wird sie gehören, uns!« sagte Lawrenti, die Augen zusammenkneifend, zu Iljin.

»Nun, meine Schöne, was wünschst du?« fragte Iljin lächelnd.

»Die Prinzessin läßt fragen, von welchem Regiment die Herren sind, und wie sie heißen.«

»Das hier ist Graf Rostow, der Eskadronchef, und ich bin euer gehorsamster Diener.«

»Kumpa… pa… nei …!« sang der betrunkene Bauer; er lächelte glückselig und sah Iljin an, der mit dem Mädchen eine Unterhaltung anknüpfte. Hinter Dunjascha her trat Alpatytsch an Rostow heran, nachdem er schon in weiter Entfernung den Hut abgenommen hatte.

»Ich bin so kühn, Sie zu belästigen, Euer Erlaucht«, sagte er respektvoll, aber doch mit einiger Geringschätzung, die sich auf das jugendliche Alter dieses Offiziers bezog; auch hatte er die Hand vorn in die Brust gesteckt. »Meine Herrin, die Tochter des am 15. dieses Monats verschiedenen Generals en chef Fürsten Nikolai Andrejewitsch Bolkonski, befindet sich infolge der Roheit dieser Leute« (er wies auf die Bauern) »in einer schwierigen Lage und bittet Sie, sich zu ihr zu bemühen … Wäre es Ihnen vielleicht gefällig«, fuhr Alpatytsch mit trübem Lächeln fort, »ein wenig zur Seite zu reiten; es ist peinlich, hier in Gegenwart dieser …« Alpatytsch zeigte auf die beiden betrunkenen alten Bauern, die sich hinter ihnen herumbewegten wie Bremsen um ein Pferd.

»Aha …! Alpatytsch … Aha, Jakow Alpatytsch … Schön, schön! Nimm's nur nicht übel! Schön, schön!« sagten die Bauern und lachten ihn fröhlich an.

Rostow betrachtete die beiden Betrunkenen und lächelte.

»Oder vielleicht macht dieses Schauspiel Euer Erlaucht Vergnügen?« sagte Jakow Alpatytsch mit ruhiger, ernster Miene und zeigte mit derjenigen Hand, die er nicht in die Brust gesteckt hatte, auf die beiden Alten.

»Nein, dabei ist wenig Vergnügen«, antwortete Rostow und ritt zur Seite. »Um was handelt es sich denn eigentlich?« fragte er.

»Ich bin so frei, Euer Erlaucht zu melden, daß das hiesige grobe Volk die Herrin nicht vom Gut fortlassen will und die Pferde auszuspannen droht, so daß, obgleich seit dem frühen Morgen alles gepackt ist, Ihre Durchlaucht nicht abreisen kann.«

»Nicht möglich!« rief Rostow.

»Ich habe die Ehre, Ihnen die reine Wahrheit zu berichten«, erklärte Alpatytsch.

Rostow stieg vom Pferd, übergab es der Ordonnanz und ging mit Alpatytsch nach dem Haus zu. Unterwegs erkundigte er sich nach den Einzelheiten der Vorgänge. Das gestrige Anerbieten der Prinzessin, den Bauern Getreide zu geben, und ihre Gespräche mit Dron und der Bauernmenge hatte wirklich die Sache dermaßen verdorben, daß Dron endgültig die Schlüssel abgegeben und sich den Bauern angeschlossen hatte und nicht mehr erschienen war, wenn Alpatytsch ihn rufen ließ, und daß am Morgen, als die Prinzessin befohlen hatte anzuspannen, um wegzufahren, die Bauern in einem großen Schwarm zum Speicher gezogen waren und erklärt hatten, sie würden die Prinzessin nicht aus dem Dorf hinauslassen; es sei ein hoher Befehl ergangen, daß niemand seinen Wohnsitz verlassen solle, und sie würden die Pferde wieder ausspannen. Alpatytsch war mehrmals zu ihnen hinausgegangen und hatte ihnen Vorhaltungen gemacht; aber sie hatten ihm geantwortet (am meisten hatte Karp gesprochen; Dron hatte sich im Haufen gehalten und nicht blicken lassen), sie dürften die Prinzessin nicht weglassen; es sei darüber ein hoher Befehl ergangen. Die Prinzessin möge nur ruhig dableiben; dann würden sie ihr wie bisher dienen und in allem gehorchen.

In dem Augenblick, als Rostow und Iljin auf der Landstraße herangaloppiert kamen, hatte Prinzessin Marja trotz aller Gegenvorstellungen von seiten Alpatytschs, der Kinderfrau und der Dienstmädchen gerade Befehl zum Anspannen gegeben und fortfahren wollen; aber als man die herbeisprengenden Kavalleristen gesehen hatte, hatte man sie für Franzosen gehalten, die Kutscher waren davongelaufen, und die Weiber hatten im Haus ein großes Geheul erhoben.

»Väterchen! Du bist unser Retter! Dich hat uns Gott gesandt!« riefen die Weiber jetzt kläglich, als Rostow durch die Vorhalle ging.

Prinzessin Marja saß verstört und kraftlos im Saal, als Rostow zu ihr hereingeführt wurde. Sie hatte kein Verständnis dafür, wer er war, und warum er da war, und was aus ihr werden würde. Aber als sie sein russisches Gesicht erblickte und an der Art seines Eintretens und den ersten Worten, die er sprach, ihn als einen Mann ihres eigenen Standes erkannte, da schaute sie ihn mit ihrem tiefen, leuchtenden Blick an und begann mit stockender, vor Aufregung zitternder Stimme zu reden. Rostow fand gleich im ersten Augenblick diese Begegnung außerordentlich romantisch. »Ein schutzloses, von schwerem Leid niedergebeugtes Mädchen, ganz allein, der Willkür roher, aufrührerischer Bauern preisgegeben! Und welch eine seltsame Fügung des Schicksals hat mich hierhergeführt!« dachte Rostow, während er ihr zuhörte und sie ansah. »Und welch eine Sanftmut, welch ein Adel in ihren Zügen und in dem Ausdruck ihres Gesichtes«, dachte er weiter beim Anhören ihrer schüchternen Erzählung.

Als sie berichtete, daß dies alles sich am Tag nach der Beerdigung ihres Vaters zugetragen habe, fing ihre Stimme an zu beben. Sie wandte sich ab; dann aber schien sie zu fürchten, Rostow könne ihre Worte als einen Versuch, ihn zu rühren, auffassen, und blickte ihn ängstlich an. Rostow hatte Tränen in den Augen. Prinzessin Marja bemerkte dies und sah ihn dankbar mit jenem ihr eigenen leuchtenden Blick an, der einen jeden die Unschönheit ihres Gesichtes vergessen ließ.

»Ich kann gar nicht sagen, Prinzessin, wie glücklich es mich macht, daß ich zufällig hierhergekommen bin und imstande sein werde, Ihnen meine Dienstwilligkeit zu beweisen«, sagte Rostow, sich erhebend. »Bitte, fahren Sie ab, und ich stehe Ihnen mit meiner Ehre dafür, daß niemand wagen wird, Ihnen Unannehmlichkeiten zu bereiten, wenn Sie mir nur erlauben wollen, Sie zu geleiten.« Er verbeugte sich so ehrerbietig, wie man es vor Damen aus kaiserlichem Blut zu tun pflegt, und ging zur Tür.

Durch seinen besonders ehrerbietigen Ton schien Rostow andeuten zu wollen, daß, obwohl er es für ein hohes Glück halte, die Bekanntschaft der Prinzessin gemacht zu haben, er doch ihr Unglück nicht dazu benutzen wolle, um ihr in aufdringlicher Weise näherzutreten.

Prinzessin Marja verstand diese Absicht seines Tones und wußte sie zu würdigen.

»Ich bin Ihnen sehr, sehr dankbar«, sagte sie zu ihm auf französisch. »Aber ich hoffe, daß dies alles nur ein Mißverständnis gewesen ist und niemand dabei eine Schuld trifft.« Plötzlich brach sie in Tränen aus. »Entschuldigen Sie mich«, sagte sie.

Rostow verbeugte sich mit finsterem Gesicht noch einmal tief vor ihr und verließ das Zimmer.

XIV

Nun, wie steht's? Ist deine Prinzessin nett? Nein, Bruder, meine im rosa Kleid ist ein entzückendes Wesen; sie heißt Dunjascha …«

Aber hier warf Iljin einen Blick auf Rostows Gesicht und verstummte. Er sah, daß sein Held und Vorgesetzter sich in einer ganz anderen Gemütsverfassung befand.

Rostow sah sich grimmig nach Iljin um und ging, ohne ihm zu antworten, mit schnellen Schritten in der Richtung nach dem Dorf weiter.

»Ich werde es ihnen zeigen, ich werde es ihnen gehörig geben, diesen Räubern!« sagte er vor sich hin.

Alpatytsch konnte mit einer Art von schleifendem Schritt, um nicht geradezu Trab zu laufen, Rostow nur mit Mühe einholen.

»Was haben Sie für einen Entschluß gefaßt?« fragte er, als er ihn erreicht hatte.

Rostow blieb stehen und trat auf einmal mit geballten Fäusten drohend auf Alpatytsch zu.

»Entschluß? Was für einen Entschluß? Alter Dummkopf!« schrie er ihn an. »Warum hast du denn ruhig zugesehen? He? Die Bauern revoltieren, und du verstehst nicht mit ihnen fertigzuwerden? Du bist selbst so ein Verräter! Ich kenne euch; das Fell werde ich euch allen abziehen …« Und wie wenn er seinen Vorrat an Heftigkeit vorzeitig zu verschwenden fürchtete, ließ er Alpatytsch stehen und ging schnell vorwärts.

Alpatytsch unterdrückte seine Empfindlichkeit über die ihm zugefügte Beleidigung, eilte mit seinem schleifenden Gang hinter Rostow her und begann ihm seine Auffassung der Sachlage auseinanderzusetzen. Er sagte, die Bauern seien so hartnäckig und verstockt, daß es im jetzigen Augenblick unvernünftig sein würde, ihnen schroff entgegenzutreten, wenn man nicht ein Kommando Soldaten zur Verfügung habe; es würde vielleicht das beste sein, vorher ein solches Kommando holen zu lassen.

»Ich werde ihnen ein Kommando Soldaten zeigen! Bin selbst ein Kommando Soldaten! Ich werde ihnen schon schroff entgegentreten!« rief Nikolai wie ein Unsinniger; er konnte kaum atmen vor sinnloser, tierischer Wut und vor dem Verlangen, diese Wut an jemand auszulassen.

Ohne darüber nachzudenken, was er eigentlich tun wollte, ging er ohne weiteres mit schnellem, entschlossenem Schritt auf den Menschenhaufen los. Und je näher er demselben kam, um so stärker wurde bei Alpatytsch das Gefühl, daß dieses unvernünftige Verfahren doch am Ende zu einem guten Resultat führen könne. Dieselbe Empfindung hatten auch die Bauern, als sie Rostows schnellen, festen Gang und entschlossenen, finsteren Gesichtsausdruck wahrnahmen.

Nachdem die Husaren in das Dorf gekommen waren und Rostow sich zu der Prinzessin begeben hatte, war in der Menge Verlegenheit und Zwiespalt entstanden. Einige Bauern hatten gesagt, die Angekommenen seien Russen, und es sei zu befürchten, daß sie sich der Prinzessin annehmen würden, wenn man ihr hinderlich wäre abzureisen. Derselben Ansicht war auch Dron gewesen; aber sowie er sie ausgesprochen hatte, waren Karp und andere Bauern heftig über den bisherigen Dorfschulzen hergefallen.

»So viele Jahre lang hast du die Bauernschaft geschunden und ausgesogen!« hatte ihn Karp angeschrien. »Dir ist ja natürlich alles gleich. Du gräbst deinen Geldkasten aus und nimmst ihn mit weg; was kümmert es dich, ob unsere Häuser zerstört werden oder nicht!«

»Es ist doch Befehl gekommen, es soll alles in Ordnung bleiben, und niemand soll seinen Wohnsitz verlassen; nicht das geringste darf weggeschafft werden. Danach muß es gehen!« hatte ein anderer gerufen.

»Dein Sohn war an der Reihe, Soldat zu werden«, hatte auf einmal ein kleiner Alter, hastig redend, den früheren Dorfschulzen angegriffen. »Aber dein dicker Junge hat dir wohl leid getan, und du hast statt seiner meinem Iwan den Kopf scheren lassen. Na, warte nur, wir werden dich noch einmal vor Gott verklagen!«

»Ja, ja, wir werden dich vor Gott verklagen!«

»Ich habe nie etwas zum Schaden der Bauernschaft getan«, hatte Dron gesagt.

»Nie etwas zum Schaden der Bauernschaft getan! Einen Bauch hast du dir angemästet!«

Auch die beiden betrunkenen langen Bauern hatten in ihrer Weise mit hineingeredet.

Sobald sich Rostow, von Iljin, Lawrenti und Alpatytsch begleitet, der Menge näherte, trat Karp heraus und ihm entgegen; er hatte die Finger in seinen Gurt gesteckt und lächelte leise. Dron dagegen zog sich in die hinteren Reihen zurück, und der Haufe schloß sich dichter zusammen.

»He! Wer ist hier bei euch der Dorfschulze?« rief Rostow, schnellen Schrittes auf die Menge zugehend.

»Der Dorfschulze? Was wollen Sie von dem ...?« fragte Karp.

Aber er hatte noch nicht ganz ausgesprochen, als ihm die Mütze auf die Erde flog und ihm der Kopf infolge des starken Schlages zur Seite hing.

»Die Mützen herunter, ihr Verräter!« schrie Rostow mit kräftiger Stimme. »Wo ist der Dorfschulze?« schrie er wütend noch einmal. »Den Dorfschulzen ruft er; er ruft nach dem Dorfschulzen ... Dron Sacharytsch, Sie ruft er!« hörte man hier und dort eilig und kleinlaut sagen, und die Mützen verschwanden von den Köpfen.

»Wir dürfen uns doch nicht gegen den hohen Befehl, der gekommen ist, auflehnen; wir müssen auf Ordnung halten«, sagte Karp, und im gleichen Augenblick ließen sich einige Stimmen aus dem Hintergrund vernehmen:

»Was die Alten beschlossen haben, das tun wir. Was haben wir mit euch Offizieren zu schaffen?«

»Räsonieren wollt ihr? Rebellion! Ihr Räuber, ihr Verräter!« brüllte Rostow wütend mit entstellter Stimme und packte Karp am Kragen. »Bindet ihn, bindet ihn!« schrie er, obgleich niemand da war, der ihn hätte binden können, als Lawrenti und Alpatytsch.

Lawrenti indessen lief zu Karp hin und faßte ihn von hinten bei den Armen.

»Befehlen Sie, unsere Leute vom Berg herzurufen?« rief er.

Alpatytsch wandte sich an die Bauern und rief zwei von ihnen mit Namen auf, mit dem Auftrag, Karp zu binden. Die Bauern traten gehorsam aus dem Haufen heraus und banden ihre Gürtel ab.

»Wo ist der Dorfschulze?« rief Rostow.

Dron trat mit finsterem, blassem Gesicht aus dem Haufen heraus.

»Du bist der Dorfschulze? Binde ihn, Lawrenti!« rief Rostow, als ob auch dieser Befehl auf kein Hindernis stoßen könnte.

Und wirklich machten sich noch zwei Bauern daran, Dron zu binden, der, als ob er ihnen behilflich sein wollte, seinen Gürtel abband und ihnen hinreichte.

»Hört mal alle zu, was ich sage!« wandte sich Rostow an die Bauern. »Sofort marsch nach Hause mit euch, und daß ich keinen Ton mehr von euch höre!«

»Na aber, wir haben doch niemandem etwas zuleide getan! Wir haben ja doch nur aus Dummheit ... Wir haben bloß eine Torheit begangen ... Ich habe gleich gesagt, daß sich das nicht gehörte«, redeten die Bauern, die nun einander wechselseitig Vorwürfe machten.

»Seht ihr wohl, ich habe euch gewarnt!« sagte Alpatytsch, der wieder in die Rechte seines Amtes eintrat. »Das war nicht hübsch von euch, Kinder!«

»Wir haben's ja nur aus Dummheit getan, Jakow Alpatytsch!« antworteten mehrere, und die Menge begann sogleich auseinanderzugehen und sich im Dorf zu verteilen.

Die beiden gebundenen Bauern wurden in das Gutsgebäude gebracht. Die beiden Betrunkenen gingen hinter ihnen her.

»Na ja, da sieht man, wie es dir bekommen ist!« sagte einer von ihnen, zu Karp gewendet.

»Darf man denn aber auch so zu der Herrschaft sprechen? Was war denn das für ein Einfall von dir? Du Dummkopf!« stimmte ihm der andere bei. »Ein rechter Dummkopf bist du, wahrhaftig!«

Zwei Stunden darauf standen die Wagen auf dem Hof des Gutshauses von Bogutscharowo; die Bauern trugen eifrig die Sachen der Herrschaft heraus und verluden sie auf die Wagen, und Dron, der auf den Wunsch der Prinzessin Marja aus dem Verschlag, in den man ihn eingesperrt hatte, herausgelassen war, stand auf dem Hof und gab den Bauern dabei Anweisungen.

»Lege sie nicht so schlecht hin«, sagte einer der Bauern, ein großer Mensch mit rundem, lächelndem Gesicht, der aus den Händen eines Stubenmädchens eine Schatulle in Empfang genommen hatte und sie nun mit einem andern Bauern zusammen verpackte. »Sie hat ja doch auch ein schönes Stück Geld gekostet. Wenn du sie so schmeißt, das verträgt sie nicht, und so unter dem Strick, da scheuert sie sich. So etwas kann ich nicht leiden. Es muß alles ehrlich und nach der Ordnung zugehen. Siehst du, so, unter die Matte, und nun decke noch Heu darüber; so ist es gut!«

»Seht mal, Bücher und Bücher!« sagte ein anderer Bauer, der die Bibliotheksschränke des Fürsten Andrei mit heraustrug. »Stoß nicht an! Aber die haben ein Gewicht, Kinder; das sind mal tüchtige Bücher!«

»Ja, wer die geschrieben hat, der muß fleißig zu Hause gesessen haben!« bemerkte mit bedeutsamem Blinzeln der große Bauer mit dem runden Gesicht, indem er auf die obenauf liegenden Lexika wies.

*

Rostow, der der Prinzessin seine Bekanntschaft nicht aufdrängen wollte, ging nicht weiter zu ihr, sondern blieb im Dorf und wartete dort auf ihre Abfahrt. Sobald die Wagen der Prinzessin Marja aus dem Tor des Gutshauses herausfuhren, setzte sich Rostow zu Pferd und begleitete sie so bis zu dem von unseren Truppen besetzten Weg, fünfzehn Werst von Bogutscharowo. In Jankowo, im Herbergshaus, nahm er von ihr respektvoll Abschied und erlaubte sich zum erstenmal, ihr die Hand zu küssen.

»Aber ich bitte Sie«, antwortete er errötend auf die Danksagungen der Prinzessin Marja für ihre Rettung (wie sie seine Tat nannte). »Jeder Landreiter hätte dasselbe getan. Wenn wir nur mit Bauern zu kämpfen hätten, so hätten wir die Feinde nicht so weit ins Land hineinkommen lassen«, sagte er, sich beschämt fühlend und bemüht, das Gespräch auf einen andern Gegenstand zu bringen. »Ich bin glücklich darüber, daß ich Gelegenheit gehabt habe, Sie kennenzulernen. Leben Sie wohl, Prinzessin; ich wünsche Ihnen Glück und Trost und würde mich freuen, wenn ich Ihnen später einmal unter glücklicheren Verhältnissen wiederbegegnen sollte. Wenn Sie mich nicht zum Erröten zwingen wollen, so bitte danken Sie mir nicht.«

Aber wenn ihm die Prinzessin auch nicht mehr mit Worten dankte, so dankte sie ihm durch den ganzen Ausdruck ihres von Erkenntlichkeit und innigem Gefühl strahlenden Gesichtes. Sie konnte ihm nicht glauben, daß sie keinen Anlaß hätte, ihm zu danken. Im Gegenteil war es ihr unzweifelhaft, daß, wenn er nicht gewesen wäre, ihr durch die aufrührerischen Bauern und durch die Franzosen das Verderben sicher gewesen sei, und daß er, um sie zu retten, sich den augenscheinlichsten, furchtbarsten Gefahren ausgesetzt habe; und noch weniger zweifelhaft war ihr, daß er ein Mann von hochherziger, edler Gesinnung war, der ihre Lage und ihren Kummer zu würdigen verstand. Seine guten, ehrlichen Augen, die sich mit Tränen gefüllt hatten, als sie, selbst weinend, mit ihm von ihrem Verlust sprach, kamen ihr nicht aus dem Sinn.

Als sie von ihm Abschied genommen hatte und allein geblieben war, fühlte sie auf einmal Tränen in ihren Augen, und es drängte sich ihr, nicht mehr zum erstenmal, die Frage auf, ob sie nicht etwa diesen Mann liebe.

Dunjascha, die mit der Prinzessin in demselben Wagen saß, bemerkte bei der Weiterfahrt nach Moskau mehrmals, daß die Prinzessin, obwohl ihre Lage keineswegs eine erfreuliche war, den Kopf aus dem Wagenfenster heraussteckte und wehmütig und zugleich freudig lächelte.

»Nun, was tut es, wenn ich ihn auch wirklich liebe?« dachte Prinzessin Marja.

Wie sehr sie sich auch schämte, es sich einzugestehen, daß sie ihrerseits zuerst einen Mann liebgewonnen habe, der ihre Liebe vielleicht nie erwidern werde, so tröstete sie sich doch mit dem Gedanken, daß ja niemand etwas davon erfahren werde, und daß sie ja nichts Böses tue, wenn sie bis zum Ende ihres Lebens, ohne jemandem etwas davon zu sagen, den Mann liebe, dem als dem ersten und einzigen sich ihre Neigung zugewendet habe.

Sie mußte an seine teilnahmsvollen Blicke und Worte denken, und dann schien es ihr mitunter nicht unmöglich, daß sie noch einmal glücklich werden könne. Das waren die Augenblicke, in denen Dunjascha bemerkte, daß sie lächelnd aus dem Wagenfenster blickte.

»Und daß er nach Bogutscharowo kommen mußte, und gerade in einem solchen Augenblick!« dachte Prinzessin Marja. »Und daß seine Schwester sich von dem Fürsten Andrei lossagen mußte!« Und in alledem sah Prinzessin Marja den Willen der Vorsehung.

Der Eindruck, den Prinzessin Marja auf Rostow gemacht hatte, war ein sehr angenehmer. Sooft er sich an sie erinnerte, wurde ihm fröhlich zumute, und wenn die Kameraden, die von seinem Abenteuer in Bogutscharowo gehört hatten, ihn neckten, er sei nach Heu ausgeritten und habe sich eines der reichsten heiratsfähigen Mädchen Rußlands gefischt, so wurde er ärgerlich. Er wurde namentlich deswegen ärgerlich, weil der Gedanke an eine Heirat mit der sanften Prinzessin Marja, die ihm so gut gefiel und ein so gewaltiges Vermögen besaß, ihm wider seinen Willen schon mehrmals durch den Kopf gegangen war. Für sich persönlich konnte Nikolai gar keine bessere Frau wünschen als Prinzessin Marja; auch würde die Gräfin, seine Mutter, über diese Heirat glücklich sein, da auf diese Weise die Verhältnisse seines Vaters in Ordnung kommen würden; und endlich würde sogar (das fühlte Nikolai) auch Prinzessin Marja dadurch glücklich werden.

Aber Sonja? Und sein Wort, das er ihr gegeben hatte? Und eben dies war der Grund, weswegen sich Rostow ärgerte, wenn er mit der Prinzessin Bolkonskaja geneckt wurde.

XV

Nachdem Kutusow den Oberbefehl über die Armee übernommen hatte, erinnerte er sich auch an den Fürsten Andrei und sandte ihm den Befehl, nach dem Hauptquartier zu kommen.

Fürst Andrei traf in Zarewo-Saimischtsche gerade an dem Tag und gerade zu der Tageszeit ein, als Kutusow die erste Truppenschau abhielt. Fürst Andrei hielt im Dorf bei dem Haus des Geistlichen an, vor welchem die Equipage des Oberkommandierenden stand, setzte sich auf ein Bänkchen am Torweg und wartete auf den Durchlauchtigen, wie Kutusow jetzt von allen genannt wurde. Auf dem Feld außerhalb des Dorfes ertönten bald die Klänge der Regimentskapellen, bald das Geschrei einer gewaltigen Menge von Stimmen, die dem neuen Oberkommandierenden Hurra zuriefen. Ebendort am Torweg, etwa zehn Schritt vom Fürsten Andrei entfernt, standen, die Abwesenheit des Durchlauchtigen sich zunutze machend und das schöne Wetter genießend, zwei Offiziersburschen sowie ein Kurier und ein Haushofmeister. Ein schwarzhaariger, kleiner Husarenoberstleutnant mit starkem Schnurr- und Backenbart kam zum Torweg geritten und fragte, indem er den Fürsten Andrei anblickte, ob hier der Durchlauchtige wohne und ob er bald kommen werde.

Fürst Andrei antwortete ihm, er gehöre nicht zum Stab des Durchlauchtigen und sei selbst soeben erst gekommen. Der Husarenoberstleutnant wandte sich an einen der eleganten Burschen, und der Bursche des Oberkommandierenden sagte ihm mit jener besonderen Art von Geringschätzung, mit welcher die Burschen hoher Chefs mit Offizieren reden:

»Was? Der Durchlauchtige? Er wird wahrscheinlich gleich kommen. Was wünschen Sie denn?«

Der Husarenoberstleutnant lächelte über diesen Ton des Burschen in seinen Schnurrbart hinein, stieg vom Pferd, gab es seiner Ordonnanz und trat zu Bolkonski, dem er eine leichte Verbeugung machte. Bolkonski ruckte auf der Bank zur Seite. Der Husarenoberstleutnant setzte sich neben ihn.

»Warten Sie auch auf den Oberkommandierenden?« fragte der Ankömmling. »Es heißt ja, daß niemandem der Zutritt zu ihm versagt wird. Gott sei Dank! Bisher, bei den Wurstmachern, war das ein reines Elend! Es hatte schon seinen guten Grund, wenn Jermolow darum bat, zum Deutschen befördert zu werden. Jetzt wird es vielleicht auch den Russen möglich sein, ein Wort zu reden. Weiß der Teufel, was die Herren für Geschichten gemacht haben: Immer haben wir zurückgehen müssen, immer zurückgehen! Haben Sie den Feldzug mitgemacht?« fragte er.

»Ich hatte nicht nur das Vergnügen, an dem Rückzug teilzunehmen«, antwortete Fürst Andrei, »sondern es war mir auch beschieden, bei diesem Rückzug alles zu verlieren, was mir teuer war: abgesehen von meinen Gütern und meinem Vaterhaus auch meinen Vater selbst, der vor Gram gestorben ist. Ich bin aus dem Gouvernement Smolensk.«

»Ah ...! Sie sind Fürst Bolkonski? Ich freue mich sehr, Sie kennenzulernen. Oberstleutnant Denisow, bekannter unter dem Namen Waska«, sagte Denisow, drückte dem Fürsten Andrei die Hand und blickte ihm aufmerksam und mit einem außerordentlich gutherzigen Ausdruck ins Gesicht. »Ja, ich habe davon gehört«, sagte er teilnahmsvoll. Und nachdem er ein Weilchen geschwiegen hatte, fuhr er fort: »Da haben wir nun den Skythenkrieg. Alles ganz schön, nur nicht für diejenigen, die den Schaden davon persönlich zu spüren bekommen. Also Sie sind Fürst Andrei Bolkonski?« Er wiegte den Kopf hin und her. »Sehr erfreut, Fürst, sehr erfreut, Ihre Bekanntschaft zu machen«, fügte er nochmals mir trübem Lächeln hinzu und drückte ihm noch einmal die Hand.

Fürst Andrei kannte Denisow aus Nataschas Erzählungen von ihrem ersten Freier. Diese zugleich süße und traurige Erinnerung führte ihn wieder zu jenen schmerzlichen Empfindungen zurück, die ihm schon lange nicht mehr zum Bewußtsein gekommen waren, aber immer noch in seiner Seele lebten. In der letzten Zeit hatten so viele andere, so ernste Eindrücke auf ihn eingewirkt (die Preisgabe von Smolensk, sein Besuch in Lysyje-Gory, die tags zuvor erhaltene Nachricht von dem Tod seines Vaters) und er hatte so viele schmerzliche Empfindungen durchmachen müssen, daß ihm diese Erinnerungen schon lange nicht mehr gekommen waren und jetzt, wo sie kamen, bei weitem nicht mit ihrer früheren Stärke auf ihn wirkten. Auch für Denisow gehörte diese Reihe von Erinnerungen, die der Name Bolkonski bei ihm wachrief, einer fernen, romantischen Vergangenheit an, als er nach dem Abendessen und nach Nataschas Gesang, ohne selbst recht zu wissen, wie es zuging, dem fünfzehnjährigen Mädchen einen Heiratsantrag gemacht hatte. Er lächelte bei der Erinnerung an jene Zeit und an seine Liebe zu Natascha und ging sofort zu dem Gegenstand über, der ihn jetzt leidenschaftlich und ausschließlich beschäftigte. Es war dies ein Feldzugsplan, den er sich beim Vorpostendienst während des Rückzuges ausgesonnen hatte. Er hatte diesen Plan Barclay de Tolly vorgelegt und wollte ihn jetzt zu Kutusows Kenntnis bringen. Der Plan gründete sich darauf, daß die Operationslinie der Franzosen zu weit ausgedehnt sei, und lief darauf hinaus, wir müßten, statt in der Front zu operieren und den Franzosen den Weg zu versperren (oder gleichzeitig mit diesen Operationen), gegen ihre Verbindungen operieren. Er begann dem Fürsten Andrei seinen Plan auseinanderzusetzen.

»Sie können diese ganze Linie nicht halten. Das ist unmöglich; ich stehe dafür, daß ich sie durchbreche. Geben Sie mir fünfhundert Mann, und ich durchbreche sie; das ist ganz sicher. Streifkorps, das ist das einzige hier zweckmäßige System.«

Denisow stand auf und erläuterte dem Fürsten Bolkonski seinen Plan unter lebhaften Gestikulationen. Mitten in seine Darlegungen hinein ertönte von dem Platz der Truppenschau her das Hurrarufen des Heeres. Es klang jetzt noch unharmonischer und über einen weiteren Raum ausgedehnt als vorher und floß mit der Musik und dem Gesang von Liedern zusammen. Im Dorf hörte man Pferdegetrappel und Schreien.

»Jetzt kommt er selbst!« rief ein Kosak, der am Tor stand. »Er kommt!«

Bolkonski und Denisow traten an das Tor, wo eine Abteilung Soldaten, die Ehrenwache, Aufstellung genommen hatte, und erblickten Kutusow, der auf einem kleinen Braunen die Dorfstraße entlanggeritten kam. Eine gewaltige Suite von Generalen ritt hinter ihm, Barclay fast an seiner Seite; eine Menge von Offizieren lief hinter ihnen und um sie her und schrie Hurra.

Ihm voraus sprengten mehrere Adjutanten in den Hof hinein. Kutusow stieß ungeduldig sein Pferd in die Weichen, einen Paßgänger, der in weichem Gang seinen schweren Reiter trug, und legte unaufhörlich, mit dem Kopf nickend, die Hand an die weiße Chevaliergarde-Mütze (mit rotem Besatz und ohne Schirm), die er trug. Als er zu der salutierenden

Ehrenwache gekommen war, prächtigen, strammen, großenteils mit Orden geschmückten Grenadieren, musterte er sie ein Weilchen schweigend mit dem aufmerksam prüfenden Blick des Vorgesetzten und wandte sich dann zu der ihn umgebenden Schar der Generale und Offiziere. Sein Gesicht nahm auf einmal einen feinen, klugen Ausdruck an; er zuckte mit einer Gebärde der Verwunderung die Achseln.

»Und mit solchen Prachtkerlen geht man immer nur rückwärts und rückwärts!« sagte er. »Nun, auf Wiedersehen, General«, fügte er hinzu und trieb sein Pferd ins Tor, an dem Fürsten Andrei und Denisow vorüber.

»Hurra! Hurra! Hurra!« schallte es hinter ihm her.

Seit Fürst Andrei ihn zum letztenmal gesehen hatte, war Kutusow noch dicker, fetter, schwammiger geworden. Aber das ihm bekannte weiße Auge und die Narbe und der Ausdruck von Müdigkeit in seinem Gesicht und in seiner ganzen Gestalt waren unverändert geblieben. Er trug einen Uniform-Oberrock; über der Schulter hing an einem dünnen Riemen die Peitsche. Schwerfällig zusammengesunken und hin und her schwankend saß er auf seinem munteren Pferdchen. »Fü… fü… fü…«, pfiff er ganz leise, während er auf den Hof ritt. Auf seinem Gesicht prägte sich die Freude aus, die man empfindet, wenn man lästigen Repräsentationspflichten genügt hat und sich nun auszuruhen und zu erholen gedenkt. Er zog den linken Fuß aus dem Steigbügel, bog sich mit dem ganzen Oberkörper nieder, brachte, vor Anstrengung die Stirn runzelnd, das linke Bein mit Mühe auf den Sattel, stemmte sich mit dem Knie auf, ächzte und ließ sich in die Arme der Kosaken und Adjutanten sinken, die ihn auffingen.

Er richtete sich gerade und blickte mit seinen zusammengekniffenen Augen um sich; den Fürsten Andrei sah er an, aber offenbar ohne ihn zu erkennen; dann schritt er mit seinem gleitenden Gang der Freitreppe zu. »Fü… fü… fü…«, pfiff er wieder und sah sich noch einmal nach dem Fürsten Andrei um. Der Eindruck, den er von dem Gesicht des Fürsten Andrei empfangen hatte, verband sich, wie das bei Greisen oft vorkommt, erst nach einigen Sekunden mit der Erinnerung an seine Persönlichkeit.

»Ah, guten Tag, Fürst; guten Tag, mein Lieber. Komm nur mit …«, sagte er mit müder Stimme, indem er sich umsah, und stieg schwerfällig die Freitreppe hinan, die unter seinem Gewicht knarrte.

Er knöpfte sich den Rock auf und setzte sich auf ein Bänkchen, das auf der Plattform stand.

»Nun, was macht der Vater?«

»Gestern habe ich die Nachricht von seinem Tod erhalten«, antwortete Fürst Andrei kurz.

Kutusow blickte den Fürsten Andrei mit erschrockenen, weitgeöffneten Augen an; dann nahm er die Mütze ab und bekreuzte sich:

»Sei ihm das Himmelreich beschieden! Gottes Wille geschehe an uns allen!« Er seufzte schwer aus tiefster Brust und schwieg eine Weile. »Ich habe ihn herzlich geliebt und geschätzt und teile deinen Schmerz von ganzer Seele.«

Er umarmte den Fürsten Andrei, drückte ihn an seine fette Brust und hielt ihn lange fest. Als er ihn dann losließ, sah Fürst Andrei, daß Kutusows aufgeschwemmte Lippen zitterten und ihm die Tränen in den Augen standen. Kutusow seufzte und faßte mit beiden Händen nach der Bank, um aufzustehen.

»Komm zu mir, komm, wir wollen noch miteinander reden«, sagte er.

Aber in diesem Augenblick stieg Denisow, der sich vor seinem hohen Vorgesetzten ebensowenig fürchtete wie vor dem Feind, obgleich die Adjutanten an der Freitreppe ihn mit zornigem Flüstern zurückzuhalten suchten, sporenklirrend die Stufen hinan und trat auf die Plattform. Kutusow, der immer noch die Arme auf die Bank gestemmt hielt, blickte ihn unzufrieden an.

Denisow nannte seinen Namen und erklärte, er habe Seiner Durchlaucht eine Sache von großer Wichtigkeit für das Wohl des Vaterlandes mitzuteilen. Kutusow betrachtete ihn mit müdem Blick, nahm mit einer ärgerlichen Gebärde die Hände wieder in die Höhe, legte sie über dem Bauch zusammen und fragte: »Für das Wohl des Vaterlandes? Nun, was denn also? Sprich!« Denisow wurde rot wie ein junges Mädchen (dieses Erröten nahm sich auf dem schnurrbärtigen, alten Trinkergesicht ganz seltsam aus) und begann dreist seinen Plan einer Durchbrechung der feindlichen Operationslinie zwischen Smolensk und Wjasma auseinanderzusetzen. Denisow hatte in diesen Gegenden gelebt und kannte das Terrain genau. Sein Plan schien zweifellos gut zu sein, namentlich nach der Überzeugungsfreudigkeit zu urteilen, mit der er sprach. Kutusow sah auf seine Füße und blickte sich mitunter nach dem Hof des benachbarten Bauernhauses um, als wenn er von dort etwas Unangenehmes erwartete. Wirklich erschien aus dem Bauernhaus, nach dem er hinschaute, während der Auseinandersetzung Denisows ein General mit einer Mappe unter dem Arm.

»Nun?« sagte Kutusow mitten in Denisows Darlegung hinein. »Schon fertig?«

»Jawohl, Euer Durchlaucht«, erwiderte der General.

Kutusow wiegte den Kopf hin und her, als ob er sagen wollte: »Wie kann nur ein einziger Mensch das alles schaffen?« und fuhr fort Denisow zuzuhören.

»Ich gebe mein Ehrenwort als russischer Offizier«, sagte Denisow, »daß ich die Verbindung Napoleons durchbrechen werde.«

»Wie ist der Oberintendant Kirill Andrejewitsch Denisow mit dir verwandt?« unterbrach ihn Kutusow.

»Er ist mein Onkel, Euer Durchlaucht.«

»So, so! Wir waren befreundet«, sagte Kutusow heiter. »Schön, schön, mein Lieber; bleibe nur hier beim Stab; wir wollen morgen weiter darüber reden.«

Er nickte Denisow zu, wandte sich von ihm weg und streckte die Hand nach den Papieren aus, die ihm Konownizyn gebracht hatte.

»Ist es Euer Durchlaucht nicht gefällig, sich ins Zimmer zu bemühen?« fragte der diensttuende General in unzufriedenem Ton. »Es ist erforderlich, daß Euer Durchlaucht Terrainpläne ansehen und einige Papiere unterschreiben.«

Ein Adjutant, der aus der Tür trat, meldete, daß in dem Quartier alles bereit sei. Aber Kutusow, der offenbar erst dann ins Zimmer gehen wollte, wenn er mit allem fertig sein würde, runzelte die Stirn.

»Nein, mein Lieber, laß mir ein Tischchen hierherbringen; ich werde die Sachen hier ansehen«, erwiderte er. »Geh du nicht fort«, fügte er, zu dem Fürsten Andrei gewendet, hinzu.

Fürst Andrei blieb auf der Freitreppe, so daß er den Bericht des diensttuenden Generals mit anhörte.

Während dieses Berichtes vernahm Fürst Andrei hinter der Haustür das Geflüster von Frauenstimmen und das Knistern eines seidenen Frauenkleides. Bei mehrmaligem Hinblicken nach dieser Richtung bemerkte er hinter der Tür eine volle, rotwangige, hübsche Frau in einem rosa Kleid und einem lila seidenen Kopftuch, die mit einer Schüssel offenbar auf den Eintritt des Oberkommandierenden wartete. Kutusows Adjutant erklärte dem Fürsten Andrei flüsternd, dies sei die Hausfrau, die Gattin des Popen, die Seiner Durchlaucht Brot und Salz zu überreichen beabsichtige; ihr Mann habe den Durchlauchtigen in der Kirche mit dem Kreuz empfangen, und sie wolle ihn nun im Haus begrüßen. »Ein sehr hübsches Frauchen«, fügte der Adjutant lächelnd hinzu. Bei diesen Worten sah sich Kutusow um. Er hörte den Bericht des diensttuenden Generals (der Hauptgegenstand desselben war eine Kritik der Position bei Zarewo-Saimischtsche) in derselben Weise an, wie er soeben Denisow und wie er sieben Jahre vorher die Debatten im Kriegsrat bei Austerlitz angehört hatte. Er hörte augenscheinlich nur deswegen, weil er Ohren hatte, die, obwohl in dem einen von ihnen ein Stückchen Schiffseil steckte, nicht umhinkonnten zu hören; aber es war klar, daß nichts von alledem, was ihm der diensttuende General sagen konnte, imstande war, ihn in Verwunderung zu setzen oder sein Interesse zu erregen, daß er vielmehr alles, was ihm gesagt wurde, vorherwußte und es nur deswegen anhörte, weil er es eben anhören mußte, gerade wie man in der Kirche die Liturgie anhören muß. Alles, was Denisow gesagt hatte, war gescheit und vernünftig gewesen; was der diensttuende General sagte, war noch gescheiter und vernünftiger; aber es war klar, daß Kutusow Wissen und Verstand geringschätzte und etwas anderes für wichtiger hielt, wonach er alle Fragen entscheiden zu müssen glaubte, etwas anderes, was mit Wissen und Verstand nichts zu tun hatte. Fürst Andrei beobachtete aufmerksam den Gesichtsausdruck des Oberkommandierenden, und der einzige Ausdruck, den er dabei wahrnehmen konnte, war ein Ausdruck von Langeweile sowie ein Ausdruck von Neugier, was wohl das Geflüster der Frauenstimme hinter der Tür zu bedeuten habe, und der Wunsch, den Anstand zu wahren. Es war augenscheinlich, daß Kutusow Verstand und Wissen und sogar das patriotische Gefühl, das Denisow an den Tag gelegt hatte, geringschätzte, aber nicht etwa gegenüber seinem eigenen Verstand, Gefühl und Wissen (denn diese suchte er gar nicht zu zeigen), sondern einem andern Moment gegenüber. Er schätzte sie gering gegenüber seinem Alter und seiner Lebenserfahrung. Die einzige eigene Willensäußerung, die bei diesem Rapport von Kutusow ausging, erfolgte, als es sich um das Marodieren der russischen Truppen handelte. Der diensttuende General legte gegen Ende seines Rapportes dem Durchlauchtigen ein Schriftstück zur Unterschrift vor, in dem auf die Beschwerde eines Gutsbesitzers hin angeordnet wurde, es sollten mehrere Kommandeure wegen Abmähens grünen Hafers zur Verantwortung gezogen werden.

Nachdem Kutusow den Bericht hierüber angehört hatte, schmatzte er mit den Lippen und wiegte den Kopf hin und her.

»In den Ofen damit ... ins Feuer!« sagte er. »Und ich will dir ein für allemal sagen, mein Lieber: Alle solche Beschwerden ins Feuer! Mögen die Soldaten mit Gesundheit das Getreide abmähen und das Holz verbrennen! Ich befehle das weder noch erlaube ich es; aber bestrafen kann ich dafür niemand. Ohne das geht es nun einmal nicht. Wo Holz gehauen wird, fliegen die Späne.« Er blickte noch einmal in das Schriftstück hinein. »O diese deutsche Peinlichkeit!« sagte er kopfschüttelnd.

XVI

»Nun, jetzt ist alles erledigt«, sagte Kutusow, nachdem er das letzte Schriftstück unterschrieben hatte. Er erhob sich schwerfällig, reckte die Falten seines dicken, weißen Halses zurecht und schritt mit heiter gewordenem Gesicht auf die Tür zu.

Die Popenfrau, der alles Blut ins Gesicht gestiegen war, griff nach ihrer Schüssel, die sie, trotzdem alles schon so lange vorbereitet war, bisher immer noch nicht hatte überreichen können. Mit einer tiefen Verneigung bot sie sie Kutusow dar.

Dieser kniff die Augen zusammen, lächelte, faßte die Popenfrau unter das Kinn und sagte:

»Was für eine schöne Frau! Danke, mein Täubchen!«

Er holte aus der Hosentasche einige Goldstücke und legte sie auf die Schüssel. »Nun, wie geht es dir?« fragte er sie und begab sich nach der für ihn eingerichteten guten Stube. Die Popenfrau lächelte, so daß die Grübchen auf ihren roten Bäckchen sichtbar wurden, und ging hinter ihm her in die Stube. Der Adjutant kam zum Fürsten heraus auf die Freitreppe und lud ihn zum Frühstück ein; nach einer halben Stunde wurde Fürst Andrei wieder zu Kutusow gerufen. Kutusow hatte noch denselben aufgeknöpften Rock an und lag auf einem Lehnstuhl. In der Hand hielt er ein französisches Buch, das er beim Eintritt des Fürsten Andrei, nachdem er das Papiermesser als Zeichen hineingelegt hatte, zumachte. Es waren »Die Schwanenritter« von Madame de Genlis, wie Fürst Andrei auf dem Umschlag las.

»Nun, setz dich, setz dich hierher; wir wollen noch miteinander reden«, sagte Kutusow. »Es ist traurig, sehr traurig. Aber vergiß nicht, mein Lieber, daß ich dir ein Vater bin, ein zweiter Vater ...«

Fürst Andrei erzählte Kutusow alles, was er von dem Tod seines Vaters wußte und was er in Lysyje-Gory gesehen hatte, als er durchkam.

»So weit ... so weit haben sie es gebracht!« stieß Kutusow plötzlich aufgeregt hervor; augenscheinlich machte er sich nach der Erzählung des Fürsten Andrei ein klares Bild von dem Zustand, in dem sich Rußland befand.

»Wartet nur, laßt mir nur Zeit!« fügte er mit ingrimmigem Gesichtsausdruck hinzu; und offenbar in dem Wunsch, dieses Gespräch, das ihn aufregte, nicht fortzusetzen, sagte er: »Ich habe dich gerufen, um dich bei mir zu behalten.«

»Ich danke Euer Durchlaucht«, antwortete Fürst Andrei. »Aber ich fürchte, daß ich nicht mehr für den Stab tauge.« Er sagte das mit einem Lächeln, welches Kutusow nicht entging.

»Die Hauptsache ist«, fügte Fürst Andrei hinzu, »ich habe mich an das Regiment gewöhnt, ich habe meine Offiziere liebgewonnen, und es scheint auch, daß die Leute mich gern haben. Es würde mir leid tun, wenn ich das Regiment verlassen müßte. Wenn ich auf die Ehre verzichte, in Ihrer näheren Umgebung zu bleiben, so wollen Sie überzeugt sein ...«

Ein kluger, gutherziger und zugleich fein spöttischer Ausdruck leuchtete auf Kutusows dickem Gesicht auf. Er unterbrach Bolkonski.

»Es tut mir leid; ich hätte dich gern bei mir gehabt; aber du hast recht, ganz recht. Hier können wir Männer der Tat nicht brauchen. Ratgeber gibt es immer in Mengen, aber Männer der Tat nicht. Die Regimenter würden anders beschaffen sein, wenn all die vielen Ratgeber so bei den Regimentern dienten wie du. Ich erinnere mich deiner von Austerlitz her. Ich erinnere mich, ich erinnere mich an dich, wie du die Fahne nahmst«, sagte Kutusow, und ein freudiges Erröten überzog das Gesicht des Fürsten Andrei bei dieser Erinnerung.

Kutusow zog ihn am Arm zu sich heran und hielt ihm die Wange zum Kuß hin, und wieder sah Fürst Andrei in den Augen des alten Mannes Tränen. Obgleich Fürst Andrei wußte, daß Kutusow überhaupt leicht weinte, und daß seine besondere Freundlichkeit und Zärtlichkeit gegen ihn aus dem Wunsch hervorging, Teilnahme für seinen Verlust zu zeigen, so war ihm diese Erinnerung an Austerlitz doch angenehm und schmeichelhaft.

»Geh mit Gott deinen Weg. Ich weiß, dein Weg wird der Weg der Ehre sein.« Er schwieg einen Augenblick. »Es tat mir leid, daß ich dich in Bukarest nicht bei mir behalten konnte; ich mußte dich fortschicken.« Und den Gesprächsgegenstand wechselnd begann Kutusow vom türkischen Krieg und vom Friedensschluß mit der Türkei zu reden. »Ja, es sind mir nicht wenig Vorwürfe gemacht worden«, sagte er, »sowohl wegen des Krieges als auch wegen des Friedensschlusses … aber es ist alles zur rechten Zeit geschehen. Alles kommt rechtzeitig für den, der zu warten versteht.« (Er zitierte dieses Sprichwort französisch.) »Ratgeber aber gab es auch dort nicht weniger als hier«, fuhr er fort, indem er auf die Ratgeber zurückkam, ein Gegenstand, der ihn offenbar lebhaft beschäftigte. »O die Ratgeber, die Ratgeber!« sagte er. »Wenn ich auf die alle hätte hören wollen, so hätten wir dort in der Türkei weder Frieden geschlossen noch den Krieg gut beendet. Immer soll es recht schnell gehen; aber das Schnelle stellt sich gerade als das Langsame heraus. Wenn Kamenski nicht gestorben wäre, so wäre er zugrunde gegangen. Er stürmte mit dreißigtausend Mann Festungen. Eine Festung zu nehmen ist nicht schwer; schwer ist's dagegen, einen Feldzug zu gewinnen. Dazu aber ist es nicht nötig, zu stürmen und zu attackieren; sondern dazu sind nur Geduld und Zeit erforderlich. Kamenski schickte gegen Rustschuk Soldaten; ich brachte nur diese beiden Mittel, Geduld und Zeit, zur Anwendung und habe doch mehr Festungen genommen als Kamenski und habe die Türken dahin gebracht, daß sie Pferdefleisch aßen.« Er wiegte den Kopf hin und her. »Und das werden die Franzosen auch tun; verlaß dich auf mein Wort!«

rief Kutusow in starker Erregung und schlug sich gegen die Brust. »Ich werde sie dahin bringen, daß sie Pferdefleisch essen.« Seine Augen hatten sich wieder mit Tränen überzogen.

»Aber eine Schlacht anzunehmen wird doch notwendig sein?« fragte Fürst Andrei.

»Wenn es alle wollen, dann wird es wohl notwendig werden; da ist dann eben nichts zu machen … Aber glaube mir, mein Lieber: Es gibt nichts Stärkeres als diese beiden Streiter: Geduld und Zeit; die bringen alles zustande. Aber die sind nicht nach dem Geschmack der Ratgeber; das ist das Malheur. Und was die einen wollen, das wollen die andern wieder nicht. Was soll man da machen?« fragte er, offenbar eine Antwort erwartend. »Ja, was würdest du anordnen?« fragte er noch einmal, und aus seinem Auge leuchtete tiefer, klarer Verstand. »Ich will dir sagen, was man tun muß«, redete er weiter, da Fürst Andrei trotzdem nicht antwortete. »Ich werde dir sagen, was man tun muß und was ich tun werde. Wenn du Bedenken hast, mein Lieber« (hier schwieg er einen Augenblick), »so halte dich zurück«, sagte er wieder mit einem französischen Sprichwort. »Nun lebe wohl, lieber Freund; vergiß nicht, daß ich von ganzem Herzen an deinem Verlust teilnehme und daß ich für dich nicht der Durchlauchtige, nicht der Fürst und nicht der Oberkommandierende bin, sondern ein Vater. Wenn du etwas wünschst, so wende dich direkt an mich. Lebe wohl, mein Lieber!«

Er umarmte und küßte ihn noch einmal. Fürst Andrei war noch nicht aus der Tür hinaus, als Kutusow einen Seufzer der Erleichterung ausstieß und wieder nach dem angefangenen Roman der Madame Genlis, »Die Schwanenritter«, griff.

Wie es zuging und woher es kam, das konnte sich Fürst Andrei nicht erklären; aber nach diesem Gespräch mit Kutusow kehrte er zu seinem Regiment zurück mit einem Gefühl der Beruhigung hinsichtlich des allgemeinen Ganges der Dinge und hinsichtlich des Mannes, dem die Oberleitung anvertraut war. Je mehr er sich von dem Fehlen jedes persönlichen Momentes bei diesem alten Mann überzeugte, bei dem gewissermaßen statt der Leidenschaften nur die gewohnheitsmäßigen Formen der Leidenschaften und statt des Verstandes, der die Ereignisse gruppiert und daraus Schlüsse zieht, nur die Fähigkeit einer ruhigen Beobachtung des Ganges der Ereignisse geblieben war, um so beruhigter war er darüber, daß alles so geschehen werde, wie es geschehen müsse. »Er wird nichts Eigenes leisten: keine neuen Ideen, keine großartigen Unternehmungen«, dachte Fürst Andrei; »aber er wird alles anhören, sich alles einprägen, alles an den richtigen Platz stellen, nichts Nützliches verhindern und nichts Schädliches zulassen. Er versteht, daß es etwas Stärkeres, Größeres gibt als seinen Willen, nämlich den unhemmbaren Gang der Ereignisse; und er versteht, sie zu sehen, ihre Bedeutsamkeit zu erkennen und angesichts dieser Bedeutsamkeit auf ein Mitwirken bei diesen Ereignissen und auf einen persönlichen, andere Ziele verfolgenden Willen zu verzichten. Die Hauptsache aber«, dachte Fürst Andrei, »weswegen man ihm Vertrauen schenken kann, ist, daß er ein Russe ist, trotz des Romans der Genlis und trotz der französischen Sprichwörter, und daß seine Stimme zitterte, als er sagte: ›So weit haben sie es gebracht!‹, und daß er zu schluchzen anfing, als er davon sprach, daß er sie dahin bringen werde, Pferdefleisch zu essen.«

Ebenso wie Fürst Andrei urteilten über Kutusow alle, wenn auch großenteils nur in sehr unklarer Weise, und auf dieser Beurteilung beruhte auch die einmütige und allgemeine Billigung, welche die dem Wunsch des Volkes entsprechende, den höfischen Anschauungen zuwiderlaufende Wahl Kutusows zum Oberkommandierenden fand.

XVII

Nach der Abreise des Kaisers von Moskau floß das Moskauer Leben wieder in der früheren gewohnten Ordnung dahin, und dieses Leben war wieder ein so alltägliches geworden, daß es einem schwerfiel, sich an die vorhergegangenen Tage enthusiastischer patriotischer Begeisterung wie an etwas wirklich Geschehenes zu erinnern und zu glauben, daß Rußland tatsächlich in Gefahr sei, und daß die Mitglieder des Englischen Klubs zugleich Söhne des Vaterlandes seien, die sich vor keinem Opfer scheuten. Das einzige, was an die gehobene patriotische Stimmung erinnerte, die bei der Anwesenheit des Kaisers überall in Moskau geherrscht hatte, war das Einfordern der Opferspenden an Mannschaften und an Geld, die, sobald sie einmal zugesagt waren, in gesetzliche, offizielle Form gebracht worden waren und nun notwendigerweise geliefert werden mußten.

Mit dem immer näheren Heranrücken des Feindes an Moskau wurde bei den Moskauern die Auffassung ihrer Lage keineswegs ernster, sondern im Gegenteil noch leichtsinniger, wie das stets bei Menschen der Fall ist, die eine große Gefahr herannahen sehen. Bei der Annäherung einer Gefahr reden in der Seele des Menschen immer zwei Stimmen gleich stark: Die eine mahnt verständig, der Mensch solle das wahre Wesen der Gefahr erwägen und auf Mittel zur Rettung sinnen; die andere sagt noch verständiger, es sei zu lästig und schrecklich, an die Gefahr zu denken, da es doch nicht in der Macht des Menschen stehe, alles vorherzusehen und sich aus dem allgemeinen Gang der Dinge zu retten, und daher sei es das beste, sich von dem Schrecklichen abzuwenden, solange es noch nicht herangekommen sei, und an Angenehmes zu denken. Ist der Mensch für sich allein, so hört er meist auf die erste Stimme, in Gesellschaft dagegen auf die zweite. So war es auch jetzt mit den Einwohnern Moskaus. Seit langer Zeit hatte man sich in Moskau nicht so amüsiert wie in diesem Jahr.

Rastoptschins Flugblätter, oben mit der Abbildung einer Schenke, eines Schankwirtes und des Moskauer Kleinbürgers Karpuschka Tschigirin, »der, zur Landwehr eingezogen, ein Gläschen Schnaps zuviel trinkt und, als er hört, Bonaparte wolle nach Moskau kommen, in Zorn gerät, mörderlich auf alle Franzosen schimpft, aus der Schenke herausgeht und unter dem Adlerwappen eine Ansprache an das sich um ihn versammelnde Volk hält«, wurden ganz in derselben Weise gelesen und kritisiert wie die letzten Reimspiele von Wasili Lwowitsch Puschkin.

Im Klub versammelte man sich in einem bestimmten Eckzimmer, um diese Flugblätter zu lesen, und manchen gefiel es, daß Karpuschka sich über die Franzosen lustig machte und sagte, sie bekämen vom Kohlessen einen aufgeblähten Leib, von Grütze platzten sie auseinander, und an russischer Krautsuppe erstickten sie; sie seien sämtlich Zwerge, und ein einziges altes Weib werfe ihrer drei mit der Heugabel weg. Manche dagegen billigten diesen Ton nicht und sagten, daß sei unwürdig und dumm. Man sprach davon, daß Rastoptschin die Franzosen und sogar auch alle andern Ausländer aus Moskau weggeschafft habe, weil sich unter ihnen Spione und Agenten Napoleons befunden hätten; aber man sprach davon namentlich, um bei dieser Gelegenheit ein Witzwort weiterzuverbreiten, dessen sich Rastoptschin bei ihrer Wegschaffung bedient hatte. Die Ausländer sollten zu Schiff nach Nischni transportiert werden, und Rastoptschin hatte zu ihnen auf französisch gesagt: »Gehen Sie in sich, gehen Sie in dieses Schiff, und sorgen Sie dafür, daß es Ihnen nicht ein Nachen des Charon werde.« Man sprach davon, daß bereits alle Gerichts- und Verwaltungsbehörden aus Moskau fortgeschafft seien, und schloß einen Witz von Schinschin daran an, daß schon allein dafür Moskau dem Kaiser Napoleon dankbar sein müsse. Man erzählte, dem reichen Mamonow komme sein Regiment auf achthunderttausend Rubel zu stehen, und Besuchow habe für seine Landwehrleute noch mehr ausgegeben; aber das beste an Besuchows Handlungsweise sei doch, daß er selbst die Uniform anziehen und vor dem Regiment einherreiten werde, ohne für die Plätze der Zuschauer, die ihn dabei sehen möchten, ein Entree zu erheben.

»Aber Sie haben doch auch mit niemand Erbarmen«, sagte Julja Drubezkaja, indem sie mit ihren schlanken, ringgeschmückten Fingern ein Häufchen Scharpie zusammenstrich und zusammendrückte.

Julja beabsichtigte, am nächsten Tag von Moskau wegzufahren, und gab eine Abschiedssoiree.

»Besuchow est ridicule«, fuhr sie fort; »aber er ist ein so braver, netter Mensch. Ein sonderbares Vergnügen, so caustique zu sein!«

»Geldstrafe!« rief ein junger Mann in Landwehruniform, den Julja »mon chevalier« zu nennen pflegte und der mit ihr nach Nischni fahren wollte.

In Juljas Gesellschaften, wie in vielen anderen Moskaus, sollte einer gemeinsamen Festsetzung gemäß nur russisch gesprochen werden, und wer dagegen verstieß und französische Ausdrücke gebrauchte, bezahlte eine Geldstrafe zum Besten des Opferfonds.

»Und noch eine zweite Geldstrafe für den Gallizismus«, sagte ein russischer Schriftsteller, der gleichfalls im Salon anwesend war. »›Ein Vergnügen, zu sein‹ ist nicht russisch.«

»Sie haben mit niemand Erbarmen«, fuhr Julja, zu dem Landwehroffizier gewendet, fort, ohne zunächst auf die Bemerkung des Schriftstellers einzugehen. »Für caustique bin ich straffällig und werde ich bezahlen; und für das Vergnügen, Ihnen die Wahrheit gesagt zu haben, bin ich sogar bereit, noch etwas dazuzuzahlen. Für Gallizismen aber« (hier wandte sie sich an den Schriftsteller) »kann ich nicht verantwortlich gemacht werden; ich habe weder das Geld noch die Zeit dazu, mir wie Fürst Golizyn einen Lehrer zu nehmen und russisch zu lernen. Aber da ist er ja selbst!« unterbrach sie sich. »Quand on … Nein, nein«, wandte sie sich an den Landwehroffizier, »Sie sollen mich nicht noch einmal fangen. Wenn man von der Sonne spricht, sieht man ihre Strahlen«, sagte sie mit dem liebenswürdigen Lächeln der Hausfrau zu dem eintretenden Pierre. »Wir haben soeben von Ihnen gesprochen«, fuhr sie mit der den Weltdamen eigenen Gewandtheit im Lügen fort. »Wir sagten, daß Ihr Regiment gewiß noch besser sein wird als das Mamonowsche.«

»Ach, reden Sie mir nicht von meinem Regiment«, antwortete Pierre, indem er der Wirtin die Hand küßte und sich neben sie setzte. »Mein Regiment ist mir schon ganz zuwider geworden.«

»Sie werden es doch wohl gewiß selbst kommandieren?« fragte Julja und warf dem Landwehroffizier einen schlauen, spöttischen Blick zu.

Aber der Landwehroffizier war in Pierres Gegenwart nicht mehr so caustique und brachte durch seine Miene seine Verwunderung darüber zum Ausdruck, was denn Juljas Lächeln zu bedeuten habe. Trotz seiner Zerstreutheit und Gutmütigkeit unterdrückte Pierres Persönlichkeit von vornherein jeden Versuch, in seiner Gegenwart über ihn zu spotten.

»Nein«, antwortete Pierre lachend, indem er seinen großen, dicken Körper betrachtete. »Es würde den Franzosen doch gar zu leicht sein, mich zu treffen, und dann fürchte ich auch, daß ich gar nicht aufs Pferd hinaufkomme.«

Nachdem Julja und ihre Gäste eine Reihe von anderen Personen durchgehechelt hatten, kamen sie auch auf die Familie Rostow zu sprechen.

»Die Verhältnisse der Familie sind, wie es heißt, sehr schlecht«, sagte Julja. »Und er, der Graf selbst, ist so unverständig. Rasumowskis wollten ihm sein hiesiges Haus und sein Landhaus vor der Stadt abkaufen; aber die Sache zieht sich immer noch hin, weil er zu viel fordert.«

»Nicht doch, es scheint, daß der Verkauf in diesen Tagen zustande kommen wird«, sagte jemand. »Wiewohl es jetzt geradezu sinnlos ist, in Moskau etwas zu kaufen.«

»Wieso?« fragte Julja. »Meinen Sie wirklich, daß für Moskau Gefahr besteht?«

»Warum reisen Sie denn weg?«

»Ich? Eine sonderbare Frage. Ich reise weg, weil … nun, weil alle wegreisen, und dann … ich bin keine Jeanne d'Arc und keine Amazone.«

»Nun ja, ja.«

»Reichen Sie mir doch, bitte, noch ein paar Läppchen herüber.«

»Wenn er richtig zu wirtschaften verstände, so könnte er alle seine Schulden bezahlen«, nahm der Landwehroffizier das Gespräch über den alten Grafen Rostow wieder auf.

»Ein guter alter Mann, aber ein armer Tropf. Und warum wohnen sie denn so lange hier? Sie wollten ja schon längst auf das Land ziehen. Natalja ist ja doch wohl jetzt wieder gesund?« fragte Julja mit schlauem Lächeln den neben ihr sitzenden Pierre.

»Sie erwarten den jüngeren Sohn«, antwortete Pierre. »Er war bei Obolenskis Kosaken eingetreten und nach Bjelaja Zerkow gereist. Da wird das Regiment formiert. Aber jetzt haben die Eltern seine Versetzung in mein Regiment veranlaßt und erwarten ihn jeden Tag. Der Graf wollte schon längst wegziehen; aber die Gräfin läßt sich um keinen Preis darauf ein, von Moskau wegzugehen, ehe nicht der Sohn ankommt.«

»Ich habe Rostows vorgestern bei Archarows gesehen. Natalja ist wieder recht hübsch geworden, auch heiterer. Sie sang ein gefühlvolles Lied. Wie leicht doch bei manchen Menschen alles vorübergeht!«

»Was geht vorüber?« fragte Pierre unwillig.

Julja lächelte.

»Wissen Sie, Graf, solche Ritter wie Sie kommen sonst nur in den Romanen von Madame Souza vor.«

»Was soll ich denn für ein Ritter sein? Wieso?«

»Nun, lassen Sie es gut sein, lieber Graf; c'est la fable de tout Moscou. Je vous admire, ma parole d'honneur.«

»Strafe, Strafe!« rief der Landwehroffizier.

»Nun, meinetwegen. Aber man kann ja gar nicht mehr reden; recht öde!«

»Was ist das Stadtgespräch von ganz Moskau?« fragte Pierre ärgerlich und stand auf.

»Lassen Sie es gut sein, Graf. Das wissen Sie ja!«

»Nichts weiß ich«, erwiderte Pierre.

»Ich weiß, daß Sie mit Natalja in freundschaftlichem Verhältnisse standen, und darum ... Ich meinerseits habe mich immer mehr zu Wjera hingezogen gefühlt. Die liebe Wjera!«

»Nein, Fürstin«, fuhr Pierre unwillig fort. »Ich habe ganz und gar nicht die Rolle eines Ritters der Komtesse Rostowa übernommen und bin schon beinahe einen Monat lang nicht bei ihnen gewesen. Aber ich begreife die Grausamkeit nicht ...«

»Qui s'excuse, s'accuse«, sagte Julja lächelnd und machte mit der Hand, in der sie die Scharpie hielt, eine bedeutsame Geste. Und um das letzte Wort zu behalten, wechselte sie sogleich das Thema der Unterhaltung. »Was sagen Sie dazu? Ich habe heute gehört, die arme Marja Bolkonskaja ist gestern in Moskau angekommen. Sie wissen wohl schon, daß sie ihren Vater verloren hat?«

»Oh! Ist es möglich! Wo ist sie? Ich würde sie gern aufsuchen«, sagte Pierre.

»Ich bin gestern den Abend über bei ihr gewesen. Sie fährt heute oder morgen früh mit ihrem Neffen auf ihr Landgut hier in der Nähe.«

»Nun, und wie geht es ihr?« fragte Pierre.

»Nur mäßig; sie ist sehr traurig. Aber wissen Sie, wer sie gerettet hat? Es ist ein vollständiger Roman. Nikolai Rostow. Sie war umringt, man wollte sie ermorden, mehrere ihrer Leute waren schon verwundet. Da eilte er herbei und rettete sie ...«

»Also noch ein Roman!« rief der Landwehroffizier. »Diese allgemeine Flucht ist entschieden in Szene gesetzt, damit alle alten Jungfern unter die Haube kommen. Numero eins Catiche, Numero zwei die Prinzessin Bolkonskaja.«

»Wissen Sie, ich glaube wahrhaftig, sie ist un petit peu amoureuse du jeune homme.«

»Strafe, Strafe, Strafe!«

»Aber wie kann man das überhaupt auf russisch sagen?«

XVIII

Als Pierre nach Hause zurückkehrte, wurden ihm zwei Rastoptschinsche Flugblätter überreicht, die an diesem Tag erschienen waren.

In dem ersten war gesagt, das Gerücht, Graf Rastoptschin habe verboten, daß die Einwohner Moskau verließen, sei unwahr; im Gegenteil freue sich Graf Rastoptschin darüber, daß die adligen Damen und Kaufmannsfrauen aus Moskau wegreisten; es werde nun weniger Furcht und weniger Neuigkeitskrämerei in der Stadt geben. Dann hieß es in dem Flugblatt weiter: »Aber ich verbürge mich mit meinem Kopf dafür, daß der Bösewicht nicht nach Moskau hineingelangen wird.« Aus diesen Worten ersah Pierre zum erstenmal klar, daß die Franzosen in Moskau einziehen würden. Im zweiten Flugblatt wurde mitgeteilt, unser Hauptquartier befinde sich in Wjasma; Graf Wittgenstein habe die Franzosen besiegt; aber da viele Einwohner den Wunsch hätten, sich zu bewaffnen, so würden für sie im Zeughaus Waffen bereitgehalten: Säbel, Pistolen, Gewehre; diese würden den Einwohnern für billigen Preis abgelassen. Der Ton dieser Flugblätter war nicht mehr so scherzhaft wie in den früheren Gesprächen Tschigirins. Pierre wurde durch diese Flugblätter sehr nachdenklich gestimmt. Die furchtbare Gewitterwolke, die er mit aller Kraft seiner Seele herbeirief und die ihn zugleich unwillkürlich mit Schrecken erfüllte, rückte offenbar näher.

»Soll ich in den Militärdienst eintreten und zur Armee gehen oder abwarten?« Diese Frage legte sich Pierre zum hundertsten Mal vor. Er nahm ein Spiel Karten, das in seinem Zimmer auf dem Tisch lag, und schickte sich an, Patience zu legen.

»Wenn diese Patience aufgeht«, sagte er zu sich selbst, als er die Karten gemischt hatte und sie nun in der Hand hielt und nach oben sah, »wenn sie aufgeht, so bedeutet das … ja, was bedeutet das?«

Er war sich noch nicht darüber schlüssig geworden, was das bedeuten sollte, als er vor der Tür seines Zimmers die Stimme der ältesten Prinzessin hörte, welche fragte, ob sie hereinkommen dürfe.

»Dann bedeutet es, daß ich zur Armee gehen soll«, beendete Pierre seine Überlegung. »Herein, herein!« rief er dann, sich nach der Prinzessin hinwendend.

Nur die älteste Prinzessin, die mit der langen Taille und dem versteinerten Gesicht, lebte noch in Pierres Haus; die beiden jüngeren hatten sich verheiratet.

»Verzeihen Sie, Kusin, daß ich zu Ihnen komme«, sagte sie aufgeregt und in vorwurfsvollem Ton. »Wir müssen doch endlich einen bestimmten Entschluß fassen. Was soll denn nun mit uns eigentlich werden? Die ganze bessere Gesellschaft hat Moskau verlassen, und das Volk rebelliert. Warum bleiben wir denn noch hier?«

»Im Gegenteil, es scheint ja doch alles gut zu stehen, liebe Kusine«, erwiderte Pierre mit jener gewohnheitsmäßigen Scherzhaftigkeit, die er sich im Verkehr mit ihr zu eigen gemacht hatte, da es ihn der Prinzessin gegenüber immer verlegen machte, die Rolle eines Wohltäters zu spielen.

»Jawohl, gut zu stehen! Wenn Sie das ›gut stehen‹ nennen! Mir hat Warwara Iwanowna heute erst erzählt, was für Heldentaten unsere Truppen verrichten! Geradezu stolz kann man darauf sein! Und auch das Volk ist schon ganz rebellisch geworden und gehorcht nicht mehr; sogar mein Mädchen fängt an grob zu werden. Auf die Art wird es bald dahin kommen, daß sie uns prügeln. Auf den Straßen kann man schon gar nicht mehr gehen. Und was die Hauptsache ist: Heute oder morgen werden die Franzosen kommen; worauf warten wir da noch? Ich habe nur die eine Bitte, Kusin«, sagte die Prinzessin, »ordnen Sie an, daß ich nach Petersburg fahren kann; mag ich im übrigen sein, wie ich will, aber unter der Herrschaft Bonapartes zu leben, dazu bin ich nicht imstande.«

»Aber beruhigen Sie sich doch, liebe Kusine! Woher schöpfen Sie denn Ihre Nachrichten? Im Gegenteil ...«

»Ich für meine Person unterwerfe mich Ihrem Napoleon nicht. Mögen andere Leute tun, was sie wollen ... Wenn Sie das nicht anordnen wollen ...«

»Aber ich will es ja tun; ich werde sofort Befehl geben.«

Die Prinzessin war offenbar ärgerlich, daß sie nun niemand hatte, auf den sie zornig sein konnte. Etwas vor sich hinflüsternd, setzte sie sich auf einen Stuhl.

»Aber Sie sind da falsch berichtet«, sagte Pierre. »In der Stadt ist alles ruhig, und es ist keinerlei Gefahr vorhanden. Sehen Sie, hier habe ich es diesen Augenblick gelesen.« Pierre zeigte der Prinzessin die Flugblätter. »Der Graf schreibt, er verbürge sich mit seinem Kopf dafür, daß der Feind nicht nach Moskau hineingelangen werde.«

»Ach, Ihr Graf, dieser Graf!« begann die Prinzessin heftig, »dieser Heuchler, dieser Bösewicht, der selbst das Volk zur Rebellion angestiftet hat! Hat er nicht in diesen dummen Flugblättern geschrieben, man solle jeden Verdächtigen, wer er auch sei, beim Schopf nach der Polizei schleppen? Solche Dummheit! Wer einen solchen festnehme, dem solle Ehre und Ruhm zuteil werden. Soweit treibt er die Liebenswürdigkeit gegen das Volk! Warwara Iwanowna hat mir gesagt, das Volk hätte sie beinahe totgeschlagen, weil sie auf der Straße französisch gesprochen habe ...«

»Ja, das ist nun einmal nicht anders ... Aber Sie nehmen sich alles zu sehr zu Herzen«, sagte Pierre und begann seine Patience zu legen.

Trotzdem die Patience aufging, begab sich Pierre nicht zur Armee, sondern blieb in dem leer gewordenen Moskau, immer in derselben Unruhe und Unentschlossenheit, und erwartete mit einem aus Furcht und Freude gemischten Gefühl den Eintritt von irgend etwas Schrecklichem.

Am nächsten Tag gegen Abend reiste die Prinzessin ab, und zu Pierre kam sein Oberadministrator mit der Nachricht, das Geld, das Pierre zur Ausrüstung seines Regiments verlangt habe, könne nur dadurch beschafft werden, daß eines der Güter verkauft werde. Überhaupt stellte ihm der Oberadministrator vor, daß dieser ganze Aufwand für das Regiment ihn mit Notwendigkeit ruinieren werde. Pierre verbarg, während er die Darlegung seines Beamten anhörte, nur mit Mühe ein Lächeln.

»Nun, dann muß es eben verkauft werden«, antwortete er. »Was ist zu machen? Zurücktreten kann ich jetzt nicht!«

Je schlechter sich die Lage aller Dinge und speziell seiner eigenen Verhältnisse gestaltete, um so mehr freute sich Pierre; denn um so deutlicher war es, daß die von ihm erwartete Katastrophe herannahte. Es war jetzt fast niemand von Pierres Bekannten mehr in der Stadt. Julja war abgereist, desgleichen Prinzessin Marja. Von seinen näheren Bekannten waren nur Rostows dageblieben; aber diese besuchte Pierre nicht.

An diesem Tag fuhr er, in der Absicht, sich zu zerstreuen, nach dem Dorf Woronzowo, um sich einen großen Luftballon anzusehen, welchen der Mechaniker Leppich zur Vernichtung des Feindes baute, sowie einen Probeballon, der am folgenden Tag aufgelassen werden sollte. Der große Ballon war noch nicht fertig; aber er wurde, wie Pierre erfuhr, auf Wunsch des Kaisers gebaut. Der Kaiser hatte über diesen Luftballon an den Grafen Rastoptschin folgendes geschrieben:

»Sobald Leppich fertig sein wird, bilden Sie ihm für seine Gondel eine Bemannung aus zuverlässigen, intelligenten Leuten, und schicken Sie einen Kurier an den General Kutusow, um ihn zu benachrichtigen. Ich habe ihm bereits von der Sache Kenntnis gegeben. Bitte, schärfen Sie Leppich ein, recht achtsam auf den Ort zu sein, wo er sich das erstemal niederläßt, damit er sich nicht irrt und nicht den Feinden in die Hände fällt. Unter allen Umständen muß er bei seinen Bewegungen sich mit dem General en chef im Einverständnis halten.«

Als Pierre auf dem Rückweg von Woronzowo über den Bolotnaja-Platz gefahren war, sah er bei der Richtstätte eine Menge Menschen, hielt an und stieg aus dem Wagen. Es hatte die Auspeitschung eines der Spionage beschuldigten französischen Koches stattgefunden. Die Exekution war soeben beendigt, und der Henker band einen kläglich stöhnenden, dikken Mann mit rötlichem Backenbart, in blauen Strümpfen, von der Bank los; neben dem Gezüchtigten lag dessen grünes Kamisol. Ein anderer Delinquent, ein hagerer, blasser Mensch, stand ebendort. Beide waren, nach ihren Gesichtern zu urteilen, Franzosen. Mit nicht minder angstvollem, schmerzlich verzerrtem Gesicht, wie das des hageren Franzosen war, drängte sich Pierre durch die Menge.

»Was geht hier vor? Wer ist das? Wofür wird er bestraft?« fragte er.

Aber die Aufmerksamkeit der Menge, die aus Beamten, Kleinbürgern, Kaufleuten, Bauern und Frauen in Pelerinen und Pelzen bestand, richtete sich mit solchem Eifer auf das, was auf der Richtstätte vorging, daß ihm niemand Antwort gab. Der dicke Mann erhob sich, zog mit finsterem Gesicht die Schultern zusammen und begann, offenbar bestrebt, seine Festigkeit zu zeigen, ohne um sich zu blicken, sein Kamisol anzuziehen; aber plötzlich fingen ihm die Lippen an zu zucken, und er weinte los, indem er sich über seinen eigenen Mangel an Selbstbeherrschung ärgerte, so wie erwachsene, sanguinische Menschen zu weinen pflegen. Die Menge begann laut zu sprechen: wie es Pierre vorkam, um in sich selbst das Gefühl des Mitleids zu übertäuben.

»Es ist der Koch eines Fürsten …«

»Nun, Musje, die russische Sauce schmeckt, wie es scheint, den Franzosen zu sauer … du hast wohl stumpfe Zähne davon bekommen?« fragte ein neben Pierre stehender runzliger Kanzlist, als der Franzose weinte.

Der Kanzlist blickte sich um, offenbar in Erwartung einer beifälligen Aufnahme seines Scherzes. Einige lachten; andere fuhren fort, ängstlich nach dem Henker hinzublicken, der den zweiten entkleidete.

Pierre schnaufte mehrmals durch die Nase, runzelte die Stirn, drehte sich schnell um und ging zu seinem Wagen zurück; während des Gehens und Einsteigens brummte er unaufhörlich etwas vor sich hin. Bei der Weiterfahrt zuckte er mehrmals zusammen und schrie so laut auf, daß der Kutscher ihn fragte:

»Was befehlen Sie?«

»Wohin fährst du denn?« schrie Pierre den Kutscher an, als dieser auf den Lubjanskaja-Platz fuhr.

»Sie haben befohlen zum Oberkommandierenden«, antwortete der Kutscher.

»Dummkopf! Rindvieh!« beschimpfte Pierre seinen Kutscher, was bei ihm nur selten vorkam. »Nach Hause habe ich befohlen; und fahr schneller, du Tölpel!«

»Noch heute muß ich abreisen«, sprach Pierre vor sich hin.

Beim Anblick des gezüchtigten Franzosen und der Menge, die die Richtstätte umdrängte, hatte er sich mit solcher Entschiedenheit gesagt, er könne nicht länger in Moskau bleiben und müsse heute noch zur Armee abgehen, daß es ihm schien, er habe entweder dem Kutscher schon davon gesagt, oder dieser müsse es von selbst wissen.

Als Pierre nach Hause gekommen war, teilte er seinem Oberkutscher Ewstafjewitsch, der alles wußte, alles verstand und in Moskau eine allbekannte Persönlichkeit war, mit, daß er diese Nacht nach Moschaisk zur Armee abreisen werde, und befahl ihm, seine Reitpferde dorthin zu schicken. Indessen konnte alles dies an diesem Tag nicht mehr zur Ausführung gebracht werden, und daher mußte Pierre auf Ewstafjewitschs Vorstellungen hin seine Abreise auf den folgenden Tag verschieben, um den Relaispferden Zeit zu lassen, sich vorher auf den Weg zu machen.

Am 24. August klärte sich das bisher schlechte Wetter auf, und am Nachmittag dieses Tages reiste Pierre aus Moskau ab. Als er in der Nacht in Perchuschkowo die Pferde wechselte, erfuhr er, daß an diesem Abend ein großer Kampf stattgefunden habe. Man erzählte ihm, hier in Perchuschkowo habe die Erde von dem Kanonendonner gezittert. Auf Pierres Frage, wer gesiegt habe, konnte ihm niemand eine Antwort geben. (Es war dies das Treffen vom 24. bei Schewardino.) Bei Tagesanbruch näherte sich Pierre dem Städtchen Moschaisk.

In allen Häusern von Moschaisk waren Truppen einquartiert, und in der Herberge, wo Pierre von seinem Reitknecht und seinem Kutscher empfangen wurde, war in den Zimmern kein Platz; alles war voll von Offizieren.

In Moschaisk und hinter Moschaisk standen und marschierten überall Truppen. Auf allen Seiten erblickte man Infanterie, Kavallerie, namentlich Kosaken, Trainfuhrwerke, Munitionswagen und Kanonen. Pierre beeilte sich, möglichst schnell mit seinem Wagen vorwärtszukommen, und je weiter er sich von Moskau entfernte und je tiefer er in dieses Truppenmeer eindrang, um so mehr bemächtigte sich seiner eine unruhige Erregung und ein neues, ihm noch unbekanntes, freudiges Gefühl. Es war ein Gefühl ähnlich dem, welches er im Slobodski-Palais bei der Ankunft des Kaisers empfunden hatte, ein Gefühl, als müsse er notwendig etwas unternehmen und etwas zum Opfer bringen. Mit einer angenehmen Empfindung wurde er sich bewußt, daß alles, worin die Menschen ihr Glück suchen, Lebensgenüsse, Reichtum, ja das Leben selbst, im Vergleich zu etwas anderem nur wertloser Kehricht sei, den man mit Vergnügen wegwerfen könne. Über dieses andere, Höhere konnte sich Pierre freilich keine Rechenschaft geben, und er versuchte auch gar nicht, darüber ins klare zu kommen, für wen und für was alle erdenklichen Opfer zu bringen ihm so besonders reizvoll erschien. Es beschäftigte seine Gedanken nicht dasjenige, für das er Opfer bringen wollte, sondern es war ihm das Opferbringen selbst ein neues, frohes Gefühl.

Am 24. hatte der Kampf bei der Schanze von Schewardino stattgefunden; am 25. wurde weder von der einen noch von der andern Seite auch nur ein einziger Schuß abgefeuert; am 26. fand die Schlacht bei Borodino statt.

Welchen Zweck hatte es, daß die Schlachten bei Schewardino und bei Borodino angeboten und angenommen wurden, und wie ging es dabei zu? Zu welchem Zweck wurde die Schlacht bei Borodino geliefert? Weder für die Franzosen noch für die Russen hatte sie den geringsten Sinn. Ihr nächstes Resultat war und mußte sein: für uns Russen, daß wir den Untergang Moskaus beschleunigten (den wir doch über alles in der Welt fürchteten), und für die Franzosen, daß sie den Untergang ihrer Armee beschleunigten (den sie gleichfalls über alles in der Welt fürchteten). Daß dies das Resultat sein mußte, war schon damals vollkommen klar, und dennoch bot Napoleon diese Schlacht an, und Kutusow nahm sie an.

Wenn die Heerführer sich hätten durch Gründe der Vernunft leiten lassen, so hätte, möchte man meinen, es dem Kaiser Napoleon klar sein müssen, daß er nach Zurücklegung von zweitausend Werst durch die Annahme einer Schlacht, bei der er aller Wahrscheinlichkeit nach den vierten Teil seiner Armee verlieren mußte, sich in das sichere Verderben stürzte; und ebenso klar mußte es Kutusow sein, daß, wenn er eine Schlacht annahm und gleichfalls den vierten Teil seiner Armee zu verlieren riskierte, er unfehlbar den Verlust von Moskau herbeiführte. Für Kutusow war dies mathematisch sicher, so wie sicher ist, daß, wenn ich im Damespiel einen Stein weniger habe und nun anfange abzutauschen, ich die Partie verliere; ich darf eben unter solchen Umständen nicht abtauschen.

Wenn mein Gegner sechzehn Steine hat und ich vierzehn, so bin ich nur um ein Achtel schwächer als er; wenn ich dann aber dreizehn Steine abtausche, so ist er dreimal so stark wie ich.

Vor der Schlacht bei Borodino verhielten sich unsere Streitkräfte zu denen der Franzosen annähernd wie fünf zu sechs, nach der Schlacht aber wie eins zu zwei, d. h. vor der Schlacht hatten wir hunderttausend Mann gegen hundertzwanzigtausend, nach der Schlacht dagegen fünfzigtausend gegen hunderttausend. Und trotzdem nahm der kluge, erfahrene Kutusow die Schlacht an. Napoleon aber, der geniale Feldherr, wie man ihn nennt, bot diese Schlacht an, die ihn ein Viertel seiner Armee kostete, und infolge deren seine Operationslinie sich noch weiter ausdehnte. Wenn man behauptet, Napoleon habe gemeint, er werde durch die Besetzung Moskaus, wie seinerzeit durch die Besetzung Wiens, den Feldzug beendigen, so lassen sich gegen diese Ansicht viele Beweise vorbringen. Erzählen doch Napoleons Geschichtsschreiber selbst, er habe schon nach der Einnahme von Smolensk haltmachen wollen, die Gefahren seiner ausgedehnten Stellung erkannt und gewußt, daß die Besetzung Moskaus nicht das Ende des Feldzuges sein werde, da er von Smolensk an gesehen habe, in welchem Zustand man ihm die russischen Städte zurückließ, und er auf die wiederholten Äußerungen seines Wunsches, in Unterhandlungen einzutreten, keine Antwort erhalten habe.

Indem Kutusow und Napoleon die Schlacht bei Borodino anboten und annahmen, handelten sie willenlos und vernunftlos. Aber die Historiker haben diesem Verfahren nachträglich, nachdem die Ereignisse sich vollzogen hatten, schlau ersonnene Gründe untergeschoben, welche als Beweise für die Voraussicht und Genialität der beiden Feldherrn dienen sollten, während diese doch in Wirklichkeit von allen willenlosen Werkzeugen der Weltereignisse die sklavischsten und willenlosesten Faktoren gewesen sind.

Die Alten haben uns meisterhafte Heldengedichte hinterlassen, in denen es die Helden sind, auf die sich das gesamte Interesse konzentriert, und wir können uns immer noch nicht an den Gedanken gewöhnen, daß für unsere Periode der Menschheitsentwicklung eine solche Geschichtsanschauung sinnlos ist.

Als Antwort auf die andere Frage, wie die Schlacht bei Borodino und die ihr vorhergehende bei Schewardino geliefert wurden, existiert gleichfalls eine sehr bestimmte und allgemein bekannte, aber völlig unrichtige Darstellung. Alle Geschichtsschreiber schildern die Sache in folgender Weise.

Die russische Armee habe auf ihrem Rückzug von Smolensk sich die günstigste Position für eine Hauptschlacht gesucht und eine solche Position bei Borodino gefunden.

Die Russen hätten diese Position vor der Schlacht befestigt, links von der Heerstraße, die von Moskau nach Smolensk führt, beinah im rechten Winkel zu ihr, von Borodino bis Utiza, an eben der Stelle, wo nachher die Schlacht stattgefunden habe.

Vor dieser Position sei zur Beobachtung des Feindes auf dem Hügel von Schewardino ein befestigtes Vorwerk angelegt worden. Am 24. habe Napoleon die Befestigung angegriffen und genommen, am 26. aber die ganze russische Armee angegriffen, die in der Position auf dem Feld von Borodino gestanden habe.

So heißt es bei allen Geschichtsschreibern, und diese ganze Darstellung ist völlig unrichtig, wovon sich jeder leicht überzeugen kann, der sich die Mühe gibt, in das Wesen der Sache einzudringen.

Die Russen haben nicht die beste Position gesucht, sondern sind im Gegenteil auf ihrem Rückzug an vielen Positionen vorbeigekommen, welche besser gewesen wären als die von Borodino. Sie haben bei keiner dieser Positionen haltgemacht; sowohl weil Kutusow keine Position einnehmen wollte, die er nicht selbst ausgesucht hatte, als auch weil das Verlangen nach einer Völkerschlacht sich noch nicht mit hinreichender Stärke bekundet hatte, als auch weil Miloradowitsch mit der Landwehr noch nicht herangekommen war, und aus zahllosen anderen Gründen. Tatsache ist, daß die früheren Positionen stärker waren, und daß die Position von Borodino (diejenige, in der die Schlacht wirklich geliefert worden ist) nicht nur nicht stark, sondern überhaupt in keiner Hinsicht in höherem Grade eine *Position* war, als jeder andere Ort im russischen Reich, in den man aufs Geratewohl eine Stecknadel auf der Landkarte hineinstecken könnte.

Die Russen haben nicht nur die Position auf dem Feld von Borodino, im rechten Winkel links von der Heerstraße (d. h. den Ort, wo die Schlacht stattfand), nicht befestigt, sondern auch vor dem 25. August 1812 nie daran gedacht, daß an diesem Ort eine Schlacht stattfinden könne. Als Beweis dafür dient erstens der Umstand, daß nicht nur am 25. an diesem Ort keine Befestigungen vorhanden waren, sondern sogar die am 25. begonnenen auch am 26. noch nicht beendigt waren. Ein zweiter Beweis ist die Lage der Schanze von Schewardino; die Schanze von Schewardino hat vor der Position, in der die Schlacht angenommen wurde, keinen Sinn. Warum wurde diese Schanze stärker befestigt als alle andern Punkte? Und warum wurden, als man sie am 24. bis in die späte Nacht hinein verteidigte, alle Anstrengungen erschöpft und sechstausend Mann geopfert? Zur Beobachtung des Feindes wäre eine Kosakenpatrouille ausreichend gewesen. Drittens: Als Beweis dafür, daß man die Position, in der die Schlacht stattfand, nicht vorher in Aussicht genommen hatte und daß die Schanze von Schewardino nicht ein Vorwerk dieser Position war, dient der Umstand, daß Barclay de Tolly und Bagration bis zum 25. August der Überzeugung waren, die Schanze von Schewardino sei der linke Flügel der Position, und daß Kutusow selbst in seinem unmittelbar nach der Schlacht geschriebenen Bericht die Schanze von Schewardino den linken Flügel der Position nennt. Erst lange nachher, als Berichte über die Schlacht bei Borodino in Muße abgefaßt wurden, ersann man (wahrscheinlich um die Fehler des Oberkommandierenden, der nun einmal tadellos dastehen sollte, zu verdecken) die unrichtige, sonderbare Behauptung, die Schanze von Schewardino habe als Vorwerk gedient (obwohl sie doch in Wirklichkeit nur ein befestigter Punkt des linken Flügels gewesen war) und die Schlacht bei Borodino sei von uns in einer vorher ausgewählten, befestigten Position angenommen worden (während sie doch in Wirklichkeit auf einem ganz unerwarteten und beinahe unbefestigten Terrain stattfand).

Der wirkliche Hergang war offenbar der folgende. Die Russen wählten sich eine Position am Fluß Kolotscha, der die große Heerstraße nicht in einem rechten, sondern in einem spitzen Winkel schneidet, so daß sich der linke Flügel bei Schewardino befand, der rechte in der Nähe des Dorfes Nowoje Selo und das Zentrum bei Borodino, an dem Zusammenfluß der Kolotscha und Woina. Jedem, der das Schlachtfeld von Borodino betrachtet und sich dabei den Gedanken an den wirklichen Hergang der Schlacht fernhält, muß es einleuchten, daß diese durch die Kolotscha gedeckte Position für eine Armee zweckmäßig war, die die Absicht hatte, einen auf der Straße von Smolensk nach Moskau vorrükkenden Feind aufzuhalten.

Napoleon, der am 24. nach Walujewo vorgeritten war, sah nicht (wie es in den geschichtlichen Darstellungen heißt) die sich von Utiza nach Borodino erstreckende Position der Russen (er konnte diese Position nicht sehen, weil sie nicht existierte) und sah nicht ein Vorwerk der russischen Armee, sondern er stieß bei der Verfolgung der russischen Nachhut auf den linken Flügel der russischen Position, auf die Schanze von Schewardino, und führte, was die Russen nicht erwartet hatten, seine Truppen über die Kolotscha. Und die Russen, die nicht mehr Zeit fanden, eine Hauptschlacht zu beginnen, gingen mit ihrem linken Flügel aus der Position, die sie einzunehmen beabsichtigt hatten, zurück und nahmen eine neue Position ein, welche vorher nicht in Aussicht genommen und nicht befestigt war. Dadurch, daß Napoleon auf die andere Seite der Kolotscha, links von der Heerstraße, herüberging, verschob er die ganze bevorstehende Schlacht von rechts nach links (von russischer Seite gesehen) und übertrug sie auf das Feld zwischen Utiza, Semjonowskoje und Borodino (auf dieses Feld, welches für unsere Position keine größeren Vorteile bot als jedes andere Feld in Rußland), und auf diesem Feld fand dann die ganze Schlacht am 26. statt. Die Kartenskizze auf der folgenden Seite gibt in groben Umrissen den Plan der ursprünglichen und der nachherigen wirklichen Aufstellung.*

Wäre Napoleon nicht am Abend des 24. an die Kolotscha geritten und hätte er nicht Befehl gegeben, noch gleich am Abend die Schanze anzugreifen, sondern hätte er den Angriff erst am andern Morgen begonnen, so würde niemand daran zweifeln, daß die Schanze von Schewardino

* Tolstois Skizze ist in manchen Punkten nicht genau. Hervorgehoben sei, daß bei der »wirklichen Stellung der Franzosen« der linke Flügel, d. h. das Korps des Vizekönigs, jenseits der Kolotscha zu beiden Seiten der Heerstraße stand. Anmerkung des Übersetzers.

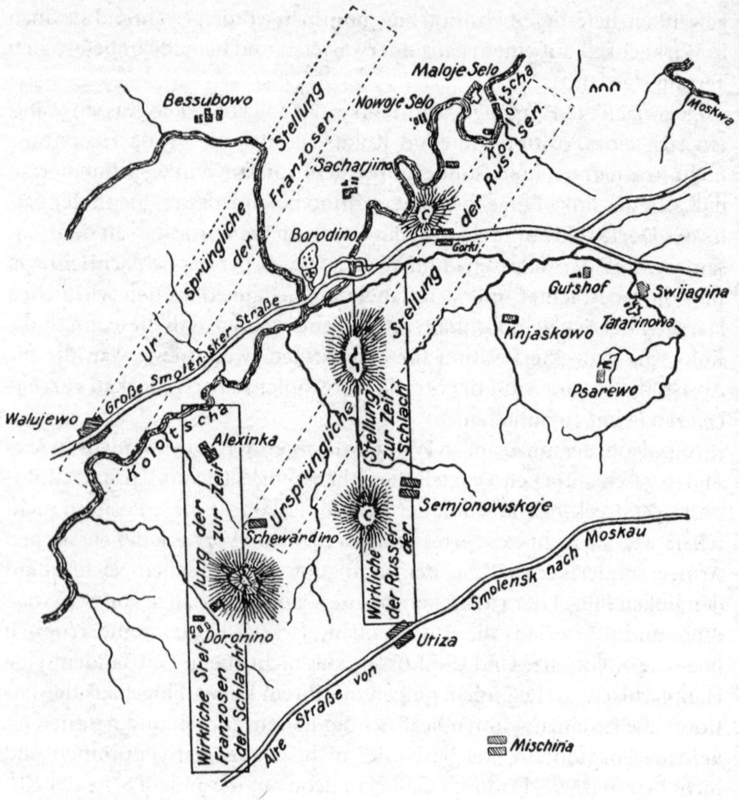

der linke Flügel unserer Position war, und die Schlacht hätte dann in der Weise stattgefunden, wie die Russen es erwartet hatten. In diesem Fall hätten die Russen die Schanze von Schewardino, ihren linken Flügel, wahrscheinlich noch hartnäckiger verteidigt, hätten Napoleon im Zentrum oder von rechts her angegriffen, und es hätte am 25. die Hauptschlacht in der Position stattgefunden, die im voraus in Aussicht genommen und befestigt war. Da aber der Angriff auf unsern linken Flügel noch am Abend nach dem Rückzug unserer Arrieregarde stattfand, d. h. unmittelbar nach dem Kampf bei Gridnewa, und da die russischen Heerführer keine Lust oder keine Zeit mehr hatten, noch damals, am Abend des 24., die Hauptschlacht anzufangen, so war die erste und wichtigste Aktion bei der Schlacht von Borodino schon am 24. verloren, und dies führte augenscheinlich auch zum Verlust der am 26. gelieferten Schlacht.

Nach dem Verlust der Schanze von Schewardino befanden wir uns am Morgen des 25. auf dem linken Flügel ohne Position und sahen uns in die Notwendigkeit versetzt, unseren linken Flügel zurückzubiegen und ihn eilig da zu befestigen, wo er gerade hingekommen war.

Aber nicht genug daran, daß am 26. August die russischen Truppen nur unter dem Schutz schwacher, unvollendeter Befestigungen standen: Der Nachteil dieser Stellung wurde noch dadurch vergrößert, daß die russischen Heerführer, die die vollendete Tatsache (den Verlust der Position auf dem linken Flügel und die Verschiebung des ganzen künftigen Schlachtfeldes von rechts nach links) nicht recht eingestehen wollten, in ihrer ausgedehnten Position vom Dorf Nowoje Selo bis Utiza stehenblieben und infolgedessen sich genötigt sahen, ihre Truppen während der Schlacht von rechts nach links zu verschieben. Auf diese Weise hatten die Russen während der ganzen Schlacht der gegen unsern linken Flügel gerichteten französischen Armee gegenüber nur halb so starke Streitkräfte. (Die Unternehmungen Poniatowskis gegen Utiza und Uwarows gegen den linken Flügel der Franzosen bildeten besondere Operationen, die mit dem gesamten Gang der Schlacht nichts zu tun hatten.)

Die Schlacht bei Borodino fand also durchaus nicht in der Weise statt, wie die Geschichtsschreiber sie darstellen, die sich bemühen, die Fehler unserer Heerführer zu verdecken, und dadurch den Ruhm des russischen Heeres und Volkes schmälern. Die Schlacht bei Borodino fand nicht in einer ausgewählten, befestigten Position mit nur etwas geringeren Streitkräften auf seiten der Russen statt; sondern die Schlacht bei Borodino wurde infolge des Verlustes der Schanze von Schewardino von den Russen auf einem offenen, beinahe unbefestigten Terrain angenommen, mit Streitkräften, die nur halb so stark waren wie die der Franzosen, also unter Verhältnissen, unter denen man nicht nur nicht erwarten konnte, daß man sich zehn Stunden lang schlagen und die Schlacht unentschieden gestalten könne, sondern nicht einmal, daß man imstande sein werde, drei Stunden lang die Armee vor völliger Auflösung und Flucht zu bewahren.

XX

Am 25. August morgens fuhr Pierre aus Moschaisk fort. Auf dem Weg, der aus der Stadt einen steilen Berg hinab an einer rechtsstehenden Kirche vorbeiführte, in welcher zum Gottesdienst geläutet und Messe gehalten wurde, stieg Pierre aus dem Wagen und ging zu Fuß. Hinter ihm kam ein Kavallerieregiment, die Sänger voran, den Berg herunter; ihm entgegen zog eine Reihe von Bauernwagen mit Verwundeten von dem gestrigen Kampf bergan. Die bäuerlichen Fuhrleute liefen, die Pferde anschreiend und mit den Peitschen schlagend, von einer Seite nach der andern. Die Wagen, auf deren jedem drei bis vier verwundete Soldaten lagen und saßen, fuhren stuckernd über die Steine, die, auf den steilen Weg hingeworfen, eine Art Pflaster bildeten. Die mit Lappen verbundenen Verwundeten, blasse Gestalten mit zusammengepreßten Lippen und finster zusammengezogenen Augenbrauen, wurden in den Wagen heftig in die Höhe geschleudert und umhergeworfen und suchten sich an den Wagenleitern zu halten. Fast alle betrachteten mit naiver, kindlicher Neugier Pierres weißen Hut und grünen Frack.

Pierres Kutscher schrie ärgerlich die Fuhrleute des Zuges mit den Verwundeten an, sie sollten sich an einer Seite des Weges halten. Das Kavallerieregiment mit den Sängern, das den Berg herunterkam, näherte sich dem Wagen Pierres und verengte den Weg. Pierre blieb stehen und drückte sich ganz an den Rand des Weges, der hier in den Berg hineingegraben war. Die Sonne, die den Abhang des Berges erleuchtete, reichte mit ihren Strahlen nicht in die Tiefe des Hohlweges hinein; hier war es kalt und feucht; aber über Pierres Haupt breitete sich der helle Augustmorgen aus, und heiter erklang das Glockengeläute. Ein Wagen mit Verwundeten machte am Rand des Weges dicht neben Pierre halt. Der Fuhrmann lief in seinen Bastschuhen keuchend von vorn zu seinem Wagen zurück und schob Steine unter die ungeschienten Hinterräder; dann machte er sich daran, das Geschirr seines stillstehenden Pferdchens in Ordnung zu bringen.

Ein alter verwundeter Soldat mit verbundener Hand, der hinter dem Wagen herging, faßte den Wagen mit seiner heilen Hand an und betrachtete Pierre.

»Nun, wie ist's, Landsmann? Werden wir hier einquartiert werden? Wie? Oder müssen wir noch bis Moskau?« fragte er.

Pierre war so in seine Gedanken versunken, daß er die Frage nicht verstand. Er blickte bald nach dem Kavallerieregiment hin, das jetzt dem Wagenzug der Verwundeten begegnete, bald nach jenem Wagen, neben dem er stand und auf dem zwei Verwundete saßen und ein dritter lag, und es schien ihm, daß hier, bei diesen Leuten, die Lösung der Frage, die ihn beschäftigte, vorliege.

Einer der beiden Soldaten, die auf dem Wagen saßen, war augenscheinlich an der Backe verwundet. Sein ganzer Kopf war mit Lappen umwickelt und die eine Backe zur Größe eines Kinderkopfes angeschwollen. Mund und Nase waren ihm ganz zur Seite geschoben. Dieser Soldat blickte nach der Kirche hin und bekreuzte sich. Der zweite, ein junger Bursche, Rekrut, blondhaarig und so weiß, als ob er überhaupt kein Blut in seinem schmalen Gesicht hätte, blickte Pierre mit einem starren, gutmütigen Lächeln an. Der dritte lag mit dem Rücken nach oben da; sein Gesicht war nicht zu sehen. Die Kavalleriesänger zogen dicht neben dem Wagen vorüber:

»Liebes Mädchen, ach, wie gerne
Küßt' ich deinen roten Mund;
Doch du weilst in weiter Ferne …«,

sangen sie ein Soldatentanzlied.

Und wie eine Begleitstimme, aber in einer andern Art von Fröhlichkeit, mischte sich in den Gesang der metallische Klang des Geläutes von oben her. Und wieder in einer anderen Art von Fröhlichkeit übergossen die warmen Sonnenstrahlen den oberen Teil des gegenüberliegenden Abhangs. Aber am Fuß der Böschung, bei dem Wagen mit den Verwundeten, neben dem keuchenden Pferdchen, bei welchem Pierre stand, war es feucht, dunkel und traurig.

Der Soldat mit der geschwollenen Backe warf den Kavalleriesängern einen ärgerlichen Blick zu.

»Ach, diese Gecken!« sagte er vorwurfsvoll.

»Heute habe ich nicht nur Soldaten, sondern auch Bauern bei den Truppen gesehen! Auch die Bauern müssen jetzt mit«, sagte der Soldat, der hinter dem Bauernwagen stand, indem er sich mit einem trüben Lächeln an Pierre wandte. »Jetzt wird kein Unterschied gemacht … Mit dem ganzen Volk will man über sie herfallen; mit einem Wort: Moskau. Man will ein Ende machen.«

So unklar dies auch klang, so verstand Pierre doch alles, was der Soldat sagen wollte, und nickte zustimmend mit dem Kopf.

Der Weg war nun wieder frei geworden; Pierre ging weiter bis an den Fuß des Berges, stieg dann wieder auf und setzte seine Fahrt fort.

Während der Fahrt hielt er nach beiden Seiten des Weges Ausschau und suchte nach bekannten Gesichtern, erblickte aber überall nur unbekannte Angehörige verschiedener Waffengattungen, die mit gleichmäßiger Verwunderung seinen weißen Hut und grünen Frack musterten.

Nachdem er ungefähr vier Werst gefahren war, traf er den ersten Bekannten und begrüßte ihn erfreut. Es war dies ein höherer Militärarzt. Er kam in einer Britschke, auf der neben ihm noch ein junger Kollege saß, Pierre entgegengefahren und ließ, sobald er Pierre erkannte, den Kosaken, der als Kutscher auf dem Bock saß, anhalten.

»Graf! Euer Erlaucht! Wie kommen Sie hierher?« fragte der Arzt.

»Nun, ich wollte mir die Sache einmal ansehen …«

»Ja, ja, zu sehen wird es schon etwas geben …«

Pierre stieg aus, trat zu dem gleichfalls ausgestiegenen Arzt und knüpfte ein Gespräch mit ihm an, indem er ihm seine Absicht, an der Schlacht teilzunehmen, auseinandersetzte.

Der Arzt riet ihm, sich direkt an den Durchlauchtigen zu wenden.

»Warum wollen Sie sich während der Schlacht an irgendeiner obskuren Stelle herumdrücken?« sagte er, nachdem er mit seinem jungen Kollegen einen Blick gewechselt hatte. »Der Durchlauchtige kennt Sie ja doch und wird Sie freundlich aufnehmen. Also machen Sie es nur so, bester Freund«, sagte der Arzt.

Der Arzt schien sehr müde zu sein und es sehr eilig zu haben.

»Wenn Sie meinen … Noch eins wollte ich Sie fragen: Wo ist denn eigentlich unsere Position?« fragte Pierre.

»Unsere Position?« erwiderte der Arzt. »Das schlägt nicht in mein Fach. Fahren Sie durch Tatarinowa hindurch; da wird an irgend etwas Großem gegraben. Steigen Sie da auf den Hügel: Von da werden Sie schon alles sehen.«

»Von da sieht man es? Wenn Sie die Güte hätten …«

Aber der Arzt unterbrach ihn und trat wieder zu seiner Britschke.

»Ich würde Sie gern hinbringen; aber bei Gott, ich stecke so weit in der Arbeit« (er zeigte auf seine Kehle); »ich muß schleunigst zum Korpskommandeur. Es ist bei uns eine tolle Wirtschaft … Sie wissen, Graf, morgen wird eine Schlacht geliefert; auf unsere hunderttausend Mann sind mindestens zwanzigtausend Verwundete zu rechnen. Und unsere Tragbahren, Betten, Heilgehilfen und Ärzte reichen nicht für sechstausend. Bauernwagen haben wir ja zehntausend; aber es ist doch auch sonst manches nötig. Da muß ich mich tüchtig tummeln.«

Pierre fühlte sich von dem seltsamen Gedanken erschüttert, daß von jenen Tausenden lebensfrischer, gesunder, junger und alter Menschen wahrscheinlich zwanzigtausend dazu bestimmt waren, verwundet oder getötet zu werden, vielleicht viele gerade von denen, die er gesehen hatte und die mit heiterer Verwunderung seinen Hut betrachtet hatten.

»Sie werden vielleicht morgen sterben; warum denken sie an etwas anderes als an den Tod?« sagte er zu sich selbst. Und durch irgendwelche geheime Gedankenverknüpfung traten ihm der Abstieg von dem Berg bei Moschaisk und die Bauernwagen mit den Verwundeten und das Glokkenläuten und die schrägen Strahlen der Sonne und der Gesang der Kavalleristen lebhaft vor die Seele.

»Die Kavalleristen ziehen in die Schlacht und begegnen einer Menge von Verwundeten und denken auch nicht einen Augenblick an das, was ihrer wartet, sondern reiten vorbei und blinzeln den Verwundeten mit den Augen zu. Zwanzigtausend Mann unserer Truppen sind dazu bestimmt, verwundet oder getötet zu werden; und doch wundern sie sich noch über meinen Hut! Seltsam!« So dachte Pierre, während er nach Tatarinowa weiterfuhr.

Vor dem Gutshaus, links von der Heerstraße, standen Equipagen, Packwagen, Schildwachen und eine Menge Offiziersburschen. Hier war das Quartier des Durchlauchtigen. Aber als Pierre ankam, war der Durchlauchtige nicht anwesend, auch fast niemand von den Stabsoffizieren. Sie waren alle bei einem Bittgottesdienst. Pierre fuhr weiter nach Gorki.

Als er auf die Anhöhe kam, auf der das Dorf lag, und in die kleine Dorfgasse hineinfuhr, erblickte er zum erstenmal bäuerliche Landwehrleute, mit Kreuzen an den Mützen, in weißen Hemden; unter lautem Reden und Lachen verrichteten sie schweißbedeckt, aber mit großer Munterkeit, rechts von der Heerstraße an einem großen, mit Gras bewachsenen Hügel eine Arbeit.

Einige von ihnen stachen mit Spaten Erde von dem Hügel ab; andere fuhren diese Erde in Schubkarren auf Bohlen weg; wieder andere standen dabei, ohne etwas zu tun.

Zwei Offiziere standen auf dem Hügel und gaben ihnen die erforderlichen Anweisungen. Als Pierre diese Bauern erblickte, die offenbar noch an ihrem neuen Soldatenstand ihre Freude hatten, mußte er wieder an die verwundeten Soldaten in Moschaisk denken, und es wurde ihm verständlich, was der Soldat damit gemeint hatte, als er sagte, mit dem ganzen Volk wolle man über sie herfallen. Der Anblick dieser auf dem Schlachtfeld arbeitenden bärtigen Bauern, mit den wunderlich plumpen Stiefeln, den schweißigen Hälsen und den, wenigstens bei manchen, aufgeknöpften schrägen Hemdkragen, aus denen die sonnengebräunte Haut über den Schlüsselbeinen zum Vorschein kam, dieser Anblick wirkte auf Pierre stärker als alles das, was er bisher über den Ernst und die Bedeutsamkeit des gegenwärtigen Augenblicks gesehen und gehört hatte.

XXI

Pierre stieg aus seinem Wagen und ging, an den arbeitenden Landwehrleuten vorüber, auf den Hügel hinauf, von dem aus nach der Angabe des Arztes das Schlachtfeld sichtbar sein sollte.

Es war elf Uhr morgens. Die Sonne stand etwas links hinter Pierre und beleuchtete in der reinen, durchsichtigen Luft hell das gewaltige, einem ansteigenden Amphitheater gleichende Panorama, das vor ihm lag.

In diesem Amphitheater schlängelte sich, es durchschneidend, die große Smolensker Heerstraße nach links hinauf. Sie ging durch ein Dorf mit einer weißen Kirche, das ungefähr fünfhundert Schritt vor dem Hügel und niedriger als dieser lag (dies war Borodino), zog sich unterhalb des Dorfes über eine Brücke und dann bergauf, bergab in Windungen immer höher und höher nach dem Dorf Walujewo, das in einer Entfernung von etwa sechs Werst sichtbar war. Dort hatte Napoleon sein Quartier. Hinter Walujewo verschwand die Straße in dem gelb werdenden Wald am Horizont. In diesem aus Birken und Fichten bestehenden Wald glänzte, rechts von der Richtung der Straße, fern in der Sonne das Kreuz und der Glockenturm des Klosters Kolozkoi. In dieser ganzen bläulichen Ferne, rechts und links vom Wald und von der Straße, waren an verschiedenen Stellen rauchende Wachfeuer und, in unbestimmten Umrissen, Massen unserer und feindlicher Truppen zu sehen. Zur Rechten, am Lauf der Kolotscha und der Moskwa entlang, war das Terrain schluchtenreich und bergig. Zwischen diesen Schluchten wurden in der Ferne das Dorf Bessubowo und näher das Dorf Sacharjino sichtbar. Nach links hin war das Terrain ebener; dort waren Kornfelder, und man sah ein abgebranntes, rauchendes Dorf, Semjonowskoje.

Alles, was Pierre rechts und links sah, hatte so wenig Eigenartiges, daß weder die linke noch die rechte Seite des Terrains völlig der Vorstellung entsprach, die er sich davon gemacht hatte. Überall waren statt des Schlachtfeldes, das er zu sehen erwartet hatte, nur Felder, Wälder, Lichtungen, Truppen, rauchende Wachfeuer, Dörfer, Hügel und Bäche; und soviel er auch suchte und forschte, so vermochte er doch in dieser natürlichen Örtlichkeit keine Position zu finden, ja, er vermochte nicht einmal unsere Truppen von den feindlichen zu unterscheiden.

»Ich muß einen Sachkundigen fragen«, dachte er und wandte sich an einen Offizier, der neugierig seine unmilitärische, große Gestalt betrachtete.

»Gestatten Sie eine Frage«, sagte Pierre zu dem Offizier. »Was ist das hier vorn für ein Dorf?«

»Burdino; oder wie heißt es?« antwortete der Offizier und wandte sich zugleich mit dieser Frage an einen Kameraden.

»Borodino«, erwiderte der andere korrigierend.

Der Offizier, der sich offenbar über die Gelegenheit zu einem Gespräch freute, trat näher an Pierre heran.

»Sind das dort welche von den Unsrigen?« fragte Pierre.

»Ja, und da weiterhin sind auch Franzosen«, antwortete der Offizier. »Da sind sie, da kann man sie sehen.«

»Wo? Wo?« fragte Pierre.

»Man kann sie mit bloßem Auge sehen. Dort!«

Der Offizier wies mit der Hand auf die rauchenden Wachfeuer, die links jenseits des Flusses sichtbar waren, und auf seinem Gesicht zeigte sich jener strenge, ernste Ausdruck, den Pierre auf den Gesichtern vieler gesehen hatte, denen er begegnet war.

»Ah, das sind die Franzosen! Und dort?« Pierre zeigte nach links auf einen Hügel hin, bei dem Truppen sichtbar waren.

»Das sind welche von den Unsrigen.«

»So, so, von den Unsrigen! Und dort?« Pierre wies nach einem andern fernen Hügel mit einem großen Baum hin, neben einem Dorf, das in einer Schlucht sichtbar war. Auch dort rauchten Wachfeuer, und es war etwas Schwarzes zu sehen.

»Das ist wieder er, Bonaparte«, sagte der Offizier. Es war die Schanze von Schewardino. »Gestern war der Hügel noch von uns besetzt, aber jetzt ist er in seinen Händen.«

»Welches ist denn nun eigentlich unsere Position?«

»Unsere Position?« antwortete der Offizier mit einem Lächeln der Befriedigung. »Darüber kann ich Ihnen genaue Auskunft geben, weil ich fast alle unsere Befestigungen angelegt habe. Dort, sehen Sie wohl, ist unser Zentrum bei Borodino, da!« Er zeigte auf das im Vordergrund liegende Dorf mit der weißen Kirche. »Dort ist der Übergang über die Kolotscha. Da, sehen Sie, wo noch in der Niederung die Schwaden von gemähtem Heu liegen, da ist die Brücke. Das ist unser Zentrum. Unsere rechte Flanke ist dort« (er zeigte scharf nach rechts, fern nach einer Schlucht); »dort ist die Moskwa, und da haben wir drei Schanzen gebaut, sehr starke Schanzen. Unsere linke Flanke …«, hier hielt der Offizier inne. »Sehen Sie, es wird schwer sein, Ihnen das klarzumachen … Gestern war unsere linke Flanke dort, in Schewardino; sehen Sie, da, wo die Eiche steht; aber jetzt haben wir unsern linken Flügel zurückgenommen; jetzt ist er dort; sehen Sie dort das Dorf und den Rauch; das ist Semjonowskoje. Und dann hier«, er zeigte auf die Rajewski-Schanze. »Aber die Schlacht wird schwerlich dort stattfinden. Daß er seine Truppen hierher über die Kolotscha geführt hat, ist nur ein Täuschungsversuch; er wird wahrscheinlich rechts von der Moskwa herumgehen. Na, mag die Schlacht nun stattfinden, wo es sei: Es werden viele von uns morgen beim Sammeln fehlen!«

Ein alter Unteroffizier war während dieser Auseinandersetzung an den Offizier herangetreten und wartete schweigend, bis sein Vorgesetzter aufhören würde zu reden; aber an dieser Stelle unterbrach er ihn, sichtlich unzufrieden mit der letzten Äußerung des Offiziers.

»Es müssen Schanzkörbe geholt werden«, sagte er in sehr ernstem Ton.

Der Offizier schien verlegen zu werden, wie wenn er sich bewußt würde, daß man zwar daran denken dürfe, wie viele morgen fallen würden, daß es aber unangemessen sei, davon zu reden.

»Nun ja, schicke wieder die dritte Kompanie«, erwiderte er hastig.

»Und Sie, was haben Sie denn für eine Stellung? Sie sind doch nicht Arzt?«

»Nein, ich bin ohne äußeren Anlaß hergekommen«, antwortete Pierre.

Damit ging er wieder bergab, an den Landwehrleuten vorbei.

»Ach, diese verdammten Kerle!« sagte der Offizier, der ihm folgte, vor sich hin, hielt sich die Nase zu und lief an den Arbeitenden vorbei.

»Da sind sie ...! Sie bringen sie, sie kommen ... Da sind sie ... sie werden gleich heran sein!« riefen auf einmal viele Stimmen, und Offiziere, Soldaten und Landwehrleute liefen auf der Heerstraße vorwärts.

Von Borodino her stieg eine kirchliche Prozession den Berg hinan. Allen voran marschierte auf der staubigen Straße in Reih und Glied eine Abteilung Infanterie, mit abgenommenen Tschakos, die Gewehre nach unten gekehrt. Hinter der Infanterie ertönte kirchlicher Gesang.

Soldaten und Landwehrleute liefen, Pierre überholend, ohne Kopfbedeckung den Kommenden entgegen.

»Sie bringen das Mütterchen! Unsere Beschützerin ...! Die Iberische Mutter Gottes ...«

»Das Smolensker Mütterchen!« korrigierte ein anderer.

Die Landwehrleute, sowohl diejenigen, die im Dorf gewesen waren, als auch diejenigen, die an der Batterie gearbeitet und nun schleunigst ihre Spaten hingeworfen hatten, liefen der Prozession entgegen.

Hinter dem Bataillon, das auf der staubigen Straße marschierte, gingen Geistliche in Meßgewändern, ein hochbejahrter Priester in Mönchstracht, die niederen Kirchenbeamten und die Sänger. Hinter ihnen trugen Soldaten und Offiziere ein großes, eingerahmtes Muttergottesbild mit schwarzem Antlitz. Dies war das Muttergottesbild, das aus Smolensk mitgenommen war und seitdem bei der Armee mitgeführt wurde. Hinter und vor dem Bild, ringsherum, auf allen Seiten gingen und liefen Scharen von Soldaten mit entblößten Köpfen und verbeugten sich bis zur Erde.

Als die Prozession oben auf dem Berg angelangt war, machte sie mit dem Bild halt; die Leute, die es auf Handtüchern getragen hatten, wurden abgelöst; die Kirchendiener zündeten die Weihrauchfässer von neuem an, und der Gottesdienst begann. Die heißen Strahlen der Sonne fielen senkrecht von oben herab; ein schwacher, frischer Lufthauch spielte mit den Haaren der entblößten Köpfe und mit den Bändern, mit denen das heilige Bild geschmückt war; der Gesang klang nur leise unter freiem

Himmel. Eine gewaltige Menge von Offizieren, Soldaten und Landwehrleuten umringte mit entblößten Häuptern das Bild. Hinter dem zelebrierenden Geistlichen und dem Küster standen auf einem gesäuberten Platz die Personen höheren Ranges. Ein kahlköpfiger General mit dem Georgskreuz am Hals stand gerade hinter dem Rücken des Geistlichen und wartete, ohne sich zu bekreuzen (er war offenbar ein Deutscher), geduldig auf die Beendigung des Bittgottesdienstes, welchen mit anzuhören er für notwendig erachtete, wahrscheinlich um den Patriotismus des russischen Volkes zu steigern. Ein anderer General stand in kriegerischer Haltung da, machte mit der Hand vor der Brust eine schüttelnde Bewegung und blickte sich rings um. Unter diesem Häufchen der Vornehmen erkannte Pierre, der in dem Haufen der Bauern stand, mehrere Bekannte; aber er blickte nicht nach ihnen hin; seine ganze Aufmerksamkeit wurde durch den ernsten Ausdruck der Gesichter bei dieser Schar von Soldaten und Landwehrmännern in Anspruch genommen, die einer wie der andere mit heißer Andacht nach dem Muttergottesbild hinblickten. Sowie die bereits recht müde gewordenen Küster (sie sangen schon das zwanzigste Gebet) matt und gewohnheitsmäßig anstimmten: »Errette deine Knechte aus ihrer Not, Mutter Gottes«, und der Geistliche und der Diakonus einfielen: »Denn wir alle nehmen unsere Zuflucht zu dir, unserem festen Schutz und unserer Fürsprecherin«, da leuchtete auf allen Gesichtern wiederum jenes selbe Bewußtsein der Feierlichkeit des herannahenden Augenblicks, das er unterhalb des Moschaisker Berges und oft nachher auf vielen, vielen Gesichtern, die ihm an diesem Vormittag begegnet waren, gesehen hatte; und immer häufiger wurden die Köpfe gesenkt, die Haare zurückgeschüttelt; immer häufiger erschollen Seufzer und beim Bekreuzen Schläge gegen die Brust.

Die Menge, die das heilige Bild umringte, bildete plötzlich eine Gasse und preßte Pierre zusammen. Es ging jemand auf das Bild zu, wahrscheinlich eine sehr hohe Persönlichkeit, nach der Eile zu urteilen, mit der alle vor ihm zur Seite traten.

Es war Kutusow, der die Position abgeritten hatte; nun kam er, auf dem Rückweg nach Tatarinowa begriffen, zu dem Gottesdienst. Pierre erkannte ihn sogleich an seiner eigenartigen, sich von allen andern unterscheidenden Gestalt.

Einen langen Rock an dem enorm dicken Körper, mit gekrümmtem Rücken, den grauhaarigen Kopf entblößt, mit dem ausgelaufenen, weißen Auge in dem aufgedunsenen Gesicht: So trat Kutusow mit seinem gleitenden, schaukelnden Gang in den Kreis hinein und blieb hinter dem Geistlichen stehen. Er bekreuzte sich mit Bewegungen, die ihm augenscheinlich sehr geläufig waren, berührte mit der Hand die Erde und senkte, schwer seufzend, seinen grauen Kopf. Hinter Kutusow standen Bennigsen und die Suite. Trotz der Anwesenheit des Oberkommandierenden, der die Aufmerksamkeit aller vornehmen Persönlichkeiten auf sich lenkte, beteten die Landwehrleute und Soldaten weiter, ohne auf ihn zu achten.

Als der Gottesdienst zu Ende war, trat Kutusow an das Muttergottesbild heran, ließ sich schwerfällig auf die Knie nieder, beugte sich zur Erde und bemühte sich dann bei seiner Korpulenz und Schwäche lange vergebens wieder aufzustehen. Die Muskeln seines grauen Kopfes zuckten vor Anstrengung. Endlich kam er in die Höhe, küßte in kindlich naiver Weise die Lippen vorstreckend das Bild und verbeugte sich wieder, indem er mit der Hand die Erde berührte. Die Generalität folgte seinem Beispiel, darauf traten die Offiziere und nach ihnen, einander drängend, tretend und stoßend, mit erregten Gesichtern und keuchendem Atem die Soldaten und Landwehrleute heran.

XXII

Hin und her schwankend infolge des Gedränges, das ihn erfaßt hatte, sah sich Pierre rings um.

»Graf! Pjotr Kirillowitsch! Wie kommen Sie hierher?« rief eine Stimme.

Pierre blickte nach der Richtung hin. Boris Drubezkoi, sich mit der Hand die Knie reinigend, die er sich, wahrscheinlich gleichfalls beim Küssen des Muttergottesbildes, beschmutzt hatte, kam lächelnd auf Pierre zu. Boris war elegant gekleidet, mit einer Nuance von feldzugsmäßigem Kriegertum; er trug einen langen Rock und über der Schulter eine Peitsche, ganz ebenso wie Kutusow.

Unterdessen war Kutusow zum Dorf hingegangen und hatte sich im Schatten des nächsten Hauses auf eine Bank gesetzt, die ein Kosak schnell herbeigebracht und ein anderer eilig mit einem Teppich bedeckt hatte. Eine große, glänzende Suite umgab den Oberbefehlshaber.

Das heilige Bild bewegte sich, von einer großen Menschenschar begleitet, weiter. Pierre blieb etwa dreißig Schritte von Kutusow entfernt im Gespräch mit Boris stehen. Er machte diesem von seiner Absicht Mitteilung, an der Schlacht teilzunehmen und vorher die Position zu besichtigen.

»Machen Sie das so«, sagte Boris: »Ich werde hier im Lager Ihnen gegenüber den Hausherrn spielen. Die Schlacht werden Sie am besten von da aus sehen, wo sich Graf Bennigsen befinden wird. Ich gehöre zu seiner Suite und werde ihm von Ihrem Wunsch Meldung machen. Wenn Sie aber die Position abreiten wollen, so kommen Sie mit uns mit: Wir reiten sogleich nach der linken Flanke. Und wenn wir zurück sind, so möchte ich Sie um die Freundlichkeit bitten, bei mir zu übernachten; wir arrangieren dann eine kleine Kartenpartie. Sie kennen ja doch wohl Dmitri Sergejewitsch? Er liegt dort im Quartier.« Boris zeigte auf das dritte Haus in Gorki.

»Aber ich möchte gern auch die rechte Flanke sehen; ich höre, daß sie sehr stark ist«, erwiderte Pierre. »Ich würde am liebsten von der Moskwa an die ganze Position abreiten.«

»Nun, das können Sie ja später noch; die Hauptsache ist doch die linke Flanke …«

»Also schön. Und wo ist das Regiment des Fürsten Bolkonski? Können Sie mir das nicht zeigen?« fragte Pierre.

»Andrei Nikolajewitschs Regiment? Wir kommen daran vorbei; ich werde Sie zu ihm führen.«

»Was hat es denn mit der linken Flanke für eine Bewandtnis?« fragte Pierre.

»Ihnen die Wahrheit zu sagen, unter uns, unsere linke Flanke befindet sich in einem ganz wunderlichen Zustand«, antwortete Boris, indem er vertraulich die Stimme senkte. »Graf Bennigsen hatte etwas ganz anderes vorgeschlagen. Er hatte jenen Hügel dort in ganz anderer Weise befestigen wollen; aber …« (Boris zuckte mit den Achseln) »dem Durchlauchtigen schien es nicht, oder man hatte ihm etwas eingeredet. Er hat ja …« Boris sprach nicht zu Ende, weil in diesem Augenblick Kaisarow, ein Adjutant Kutusows, auf Pierre zukam. »Ah! Paisi Sergejewitsch«, sagte Boris, sich mit harmlosem Lächeln zu Kaisarow wendend.

»Ich versuche eben, dem Grafen unsere Position zu erläutern. Es ist erstaunlich, wie der Durchlauchtige die Pläne der Franzosen mit solcher Sicherheit hat durchschauen können!«

»Sie meinen die linke Flanke?« fragte Kaisarow.

»Gewiß, gerade die. Unsere linke Flanke ist jetzt sehr stark, außerordentlich stark.«

Obgleich Kutusow den Stab von allen überflüssigen Anhängseln gesäubert hatte, hatte Boris es doch verstanden, sich auch nach den Veränderungen, dic Kutusow vorgenommen hatte, im Hauptquartier zu behaupten. Er hatte sich an den Grafen Bennigsen angeschlossen. Graf Bennigsen, wie alle Vorgesetzten, bei denen sich Boris bisher befunden hatte, hielt den jungen Fürsten Drubezkoi für einen überaus wertvollen Menschen.

In der Oberleitung der Armee bestanden zwei scharf geschiedene Parteien: die Partei Kutusows und die des Generalstabschefs Bennigsen. Boris gehörte zu dieser letzteren Partei, und niemand verstand es so gut wie er, während er äußerlich Kutusow eine devote Verehrung zollte, dabei doch zu verstehen zu geben, daß der Alte nichts mehr leiste und alles von Bennigsen geleitet werde. Jetzt war nun der entscheidende Augenblick gekommen, wo die Schlacht geliefert werden sollte, und Boris spekulierte so: Entweder werde dieser Tag Kutusow vernichten und die Macht in Bennigsens Hände übergehen lassen, oder wenn Kutusow wirklich die Schlacht gewinnen sollte, so müsse man zu verstehen geben, daß es eigentlich Bennigsen sei, der alles gemacht habe. In jedem Fall werde am morgigen Tag eine Menge von Auszeichnungen erfolgen, und neue Persönlichkeiten würden in den Vordergrund treten. Infolgedessen befand sich Boris an diesem ganzen Tag in lebhafter Erregung.

Nach Kaisarow traten noch mehrere andere Bekannte an Pierre heran, und er hatte genug zu tun, auf die Fragen nach Moskau zu antworten, mit denen sie ihn überschütteten, und anzuhören, was sie ihm erzählten. Auf allen Gesichtern prägte sich eine unruhige Spannung aus. Aber Pierre hatte den Eindruck, daß der Grund der Erregung, die viele dieser Gesichter zeigten, mehr in Fragen des persönlichen Erfolges lag, und es wollte ihm jener andere Ausdruck von Erregung nicht aus dem Gedächtnis kommen, der ihm auf anderen Gesichtern entgegengetreten war und der nicht von Fragen persönlichen Charakters, sondern von den allgemeinen Fragen des Lebens und des Todes geredet hatte. Kutusow bemerkte die Gestalt Pierres und die Gruppe, die sich um ihn gesammelt hatte.

»Rufen Sie ihn zu mir«, sagte Kutusow.

Ein Adjutant überbrachte den Wunsch des Durchlauchtigen, und Pierre ging auf die Bank zu. Aber noch vor ihm trat an Kutusow ein Gemeiner von der Landwehr heran. Es war Dolochow.

»Wie kommt denn der hierher?« fragte Pierre.

»Das ist so ein Racker, der schlängelt sich überall durch!« wurde ihm geantwortet. »Er ist degradiert worden und möchte sich jetzt wieder hinaufarbeiten. Er hat irgendwelche Projekte eingereicht und sich auch nachts in die feindliche Vorpostenlinie geschlichen … Ein forscher Kerl ist er jedenfalls …!«

Pierre nahm den Hut ab und verbeugte sich respektvoll vor Kutusow.

»Ich habe mir gesagt: Wenn ich mit einer Meldung zu Euer Durchlaucht komme, so werden Sie mich vielleicht fortweisen oder auch sagen, daß Ihnen das, was ich melde, bereits bekannt sei; aber auch dann würde ich mich nicht gekränkt fühlen …«, sagte Dolochow.

»So, so.«

»Aber wenn ich recht habe, so werde ich dem Vaterland, für das ich mein Leben hinzugeben bereit bin, Nutzen bringen.«

»So … so …«

»Und wenn Euer Durchlaucht einen Menschen nötig haben, dem sein Fell nicht leid tun würde, so bitte ich Sie, sich meiner zu erinnern … Vielleicht, daß ich Euer Durchlaucht einmal einen Dienst erweisen kann.«

»So … so …«, wiederholte Kutusow und blickte mit dem zusammengekniffenen Auge lächelnd nach Pierre hin.

In diesem Augenblick trat Boris mit der ihm eigenen höfischen Gewandtheit neben Pierre in die Nähe des Oberkommandierenden und sagte zu Pierre mit der ungezwungensten Miene und wie in Fortsetzung eines begonnenen Gespräches:

»Die Landwehrleute haben extra zu morgen reine, weiße Hemden angezogen, um sich auf den Tod vorzubereiten. Welch ein Heroismus, Graf!«

Zweifellos beabsichtigte Boris, indem er das zu Pierre sagte, von dem Durchlauchtigen gehört zu werden. Er wußte, daß Kutusow diese Worte beachten werde, und wirklich wandte sich der Durchlauchtige zu ihm mit der Frage:

»Was sagst du da von der Landwehr?«

»Sie haben sich auf den morgigen Tag, auf den Tod, dadurch vorbereitet, daß sie weiße Hemden angezogen haben.«

»Ah …! Ein wunderbares, unvergleichliches Volk!« sagte Kutusow und wiegte, die Augen zudrückend, den Kopf hin und her. »Ein unvergleichliches Volk!« wiederholte er mit einem Seufzer.

»Wollen Sie Pulver riechen?« sagte er zu Pierre. »Ja, es ist ein angenehmer Geruch. Ich habe die Ehre, ein Anbeter Ihrer Gemahlin zu sein; befindet sie sich wohl? Mein Quartier steht zu Ihren Diensten.«

Und wie das häufig bei alten Leuten der Fall ist, begann Kutusow sich zerstreut umzusehen, als ob er alles vergessen hätte, was er hatte sagen und tun wollen.

Nachdem ihm offenbar das eingefallen war, wonach er gesucht hatte, winkte er Andrei Sergejewitsch Kaisarow, den Bruder seines Adjutanten, zu sich heran.

»Wie … wie lauteten doch die Verse von Marin?« sagte er zu ihm. »Ja, wie lauteten sie doch? Er hatte ein Gedicht auf Gerakow verfaßt:

›Lehrer im Kadettenkorps
Wirst du werden, eitler Tor …‹

Sage doch, sage doch!« Er war offenbar bereit, loszulachen.

Kaisarow sagte das Gedicht her; Kutusow lächelte und nickte im Takt der Verse mit dem Kopf.

Als Pierre von Kutusow zurückgetreten war, näherte sich ihm Dolochow und ergriff seine Hand.

»Ich freue mich sehr, Ihnen hier zu begegnen, Graf«, sagte er laut und in besonders energischem, feierlichem Ton, ohne sich wegen der Gegenwart Fremder zu genieren: »Niemand weiß, wem unter uns beschieden ist, den morgigen Tag zu überleben; da freue ich mich heute über die Gelegenheit, Ihnen zu sagen, daß ich die zwischen uns entstandenen Mißverständnisse bedaure und wünschen möchte, daß Sie keine feindliche Gesinnung mehr gegen mich hegten. Ich bitte Sie, mir zu verzeihen.«

Pierre blickte ihn lächelnd an, ohne recht zu wissen, was er ihm antworten sollte. Dolochow, dem die Tränen in die Augen getreten waren, umarmte Pierre und küßte ihn.

Boris sagte etwas zu seinem General, und Graf Bennigsen wandte sich an Pierre und stellte ihm anheim, ob er mit ihm die Linie entlangreiten wolle.

»Es wird Sie interessieren«, sagte er.

»O gewiß, außerordentlich«, antwortete Pierre.

Eine halbe Stunde darauf ritt Kutusow nach Tatarinowa weiter, und Bennigsen mit seiner Suite, unter der sich nun auch Pierre befand, ritt die Positionslinie ab.

XXIII

Bennigsen ritt von Gorki auf der großen Heerstraße nach der Brücke hinunter, die der Offizier von dem Hügel aus Pierre als das Zentrum der Position gezeigt hatte und bei der am Ufer Schwaden frischgemähten, duftenden Heus lagen. Dann ritten sie über die Brücke nach dem Dorf Borodino; von dort wendeten sie sich links und ritten an einer gewaltigen Menge von Truppen und Kanonen vorbei zu einem hohen Hügel hin, auf welchem Landwehrleute schanzten. Es war dies die damals noch namenlose Schanze, die später die Benennung Rajewski-Schanze oder Hügelbatterie erhielt.

Pierre wandte dieser Schanze keine besondere Aufmerksamkeit zu. Er ahnte nicht, daß diese Stelle für ihn die denkwürdigste des ganzen Schlachtfeldes von Borodino werden sollte. Dann ritten sie durch eine Schlucht nach Semjonowskoje, wo die Soldaten die letzten Balken der Häuser und Scheunen wegschleppten. Hierauf ging es weiter bergab und bergauf und durch ein zertretenes, wie vom Hagel niedergeschlagenes Roggenfeld auf einem Weg, den die Artillerie neu über den Acker gebahnt hatte, nach den Pfeilschanzen, an denen damals ebenfalls noch gearbeitet wurde.

Auf den Pfeilschanzen hielt Bennigsen an und blickte nach vorn nach der (gestern noch uns gehörigen) Schanze von Schewardino, auf der einige Reiter sichtbar waren. Die Offiziere sprachen die Vermutung aus, daß dort Napoleon oder Murat sei. Alle blickten gespannt nach diesem Reitertrupp hinüber. Pierre blickte ebenfalls hin und suchte zu erraten, wer von diesen kaum sichtbaren Menschen wohl Napoleon sein möchte. Endlich ritt der Trupp von dem Hügel herab und verschwand.

Bennigsen wandte sich an einen General, der sich ihm näherte, und begann ihm die ganze Stellung unserer Truppen zu erklären. Pierre hörte Bennigsens Worte und strengte alle seine Geisteskräfte an, um die eigentliche Idee der bevorstehenden Schlacht zu begreifen, merkte jedoch zu seinem Leidwesen, daß seine geistigen Fähigkeiten dazu nicht ausreichten. Er verstand nichts. Bennigsen beendete seine Auseinandersetzung, und als er bemerkte, daß Pierre zuhörte, wendete er sich an ihn mit der Frage: »Das interessiert Sie wohl nicht sonderlich?«

»O doch, im Gegenteil, es ist mir höchst interessant!« erwiderte Pierre nicht ganz wahrheitsgemäß.

Von den Pfeilschanzen ritten sie noch weiter nach links auf einem Weg, der sich durch dichten, niedrigen Birkenwald schlängelte. Mitten in diesem Wald sprang vor ihnen ein brauner Hase mit weißen Läufen auf den Weg und geriet, erschrocken über das Getrappel so vieler Pferde, dermaßen in Verwirrung, daß er lange auf dem Weg vor ihnen herlief, wodurch er allgemeine Aufmerksamkeit und großes Gelächter erregte; erst als einige der Reiter ihn heftig anschrien, warf er sich zur Seite und verschwand im Dickicht. Nachdem sie im Wald etwa zwei Werst zurückgelegt hatten, kamen sie auf eine Lichtung hinaus, auf der die Truppen des Tutschkowschen Korps standen, das die linke Flanke decken sollte.

Hier am äußersten linken Flügel sprach Bennigsen lange und in erregtem Ton und traf eine, wie es Pierre schien, in taktischer Hinsicht wichtige Anordnung. Vor dem Standort der Truppen Tutschkows befand sich eine Anhöhe. Diese Anhöhe war nicht von Truppen besetzt. Bennigsen tadelte laut diesen Fehler und sagte, es sei sinnlos, eine Höhe, die die ganze Umgegend beherrsche, unbesetzt zu lassen und die Truppen dahinter an ihrem Fuß aufzustellen. Mehrere Generale äußerten sich in demselben Sinn; namentlich einer redete mit soldatischer Heftigkeit davon, die Truppen hätten dort ihren Platz geradezu auf einer Schlachtbank erhalten. Bennigsen befahl, auf seine Verantwortung, die Truppen auf die Höhe vorzuschieben.

Diese Anordnung auf der linken Flanke ließ Pierre noch mehr an seiner Befähigung zweifeln, militärische Dinge zu verstehen. Als er mit angehört hatte, was Bennigsen und die Generale sagten, die die Aufstellung der Truppen am Fuß der Anhöhe tadelten, hatte er sie vollständig verstanden und sich ihrer Meinung angeschlossen; aber eben deshalb konnte er nicht begreifen, wie derjenige, der sie dort am Fuß der Anhöhe aufgestellt hatte, einen so augenfälligen, groben Fehler habe begehen können.

Pierre wußte nicht, daß diese Truppen dort nicht aufgestellt waren, um die Position zu verteidigen, wie Bennigsen meinte, sondern um an dieser versteckten Stelle im Hinterhalt zu stehen, d. h. um unbemerkt zu bleiben und plötzlich auf den heranrückenden Feind loszustürzen. Bennigsen wußte das nicht und schob die Truppen, seinen besonderen Ideen entsprechend, vor, ohne dem Oberkommandierenden etwas davon zu sagen.

XXIV

Der Abend dieses Tages, des 25. August, war hell und klar. Fürst Andrei lag, auf den Arm gestützt, in einem halbzerstörten Schuppen des Dorfes Knjaskowo, am äußersten Rand dieses Dorfes, in welchem sein Regiment lagerte. Durch ein Loch der arg beschädigten Wand blickte er nach einer am Zaun entlang stehenden Reihe dreißigjähriger Birken, deren untere Äste abgehauen waren, nach einem Ackerfeld mit auseinandergerissenen Hafermandeln und nach einem Gebüsch, wo die Feuer rauchten, an denen die Soldaten kochten.

Obwohl Fürst Andrei jetzt die Empfindung hatte, sein Leben beenge und drücke ihn und sei für niemand von Wert, so war er dennoch, gerade wie sieben Jahre vorher bei Austerlitz, am Vorabend der Schlacht unruhig und aufgeregt.

Die Befehle für die morgige Schlacht hatte er erhalten und die seinigen erteilt. Zu tun hatte er nichts mehr. Aber seine Gedanken, ganz einfache, klare und daher besonders schreckliche Gedanken, ließen ihm keine Ruhe. Er wußte, daß die morgige Schlacht furchtbarer werden mußte als alle, an denen er bisher teilgenommen hatte, und zum erstenmal in seinem Leben trat ihm die Möglichkeit seines Todes, ohne jede Beziehung auf irdische Dinge, ohne einen Gedanken daran, wie sein Tod auf andere Menschen wirken werde, sondern lediglich in Beziehung auf ihn selbst, auf seine Seele, mit Lebhaftigkeit, fast mit Gewißheit, einfach und furchtbar vor Augen. Und von der Höhe dieser Vorstellung herab sah er plötzlich alles, was ihn früher gequält und beschäftigt hatte, wie von einem kalten, weißen Lieht beleuchtet, ohne Schatten, ohne Perspektive, ohne scharfe Umrisse. Sein ganzes Leben erschien ihm wie ein Guckkasten, in den er lange durch ein Glas und bei künstlicher Beleuchtung hineingeblickt hatte. Jetzt sah er diese schlecht hingemalten Bilder auf einmal ohne Glas, bei hellem Tageslicht. »Ja, ja, da sind sie, die Truggestalten, die mich aufgeregt und entzückt und gequält haben«, sagte er zu sich selbst, während er in seiner Erinnerung die Hauptbilder seines Lebens-Guckkastens musterte und sie jetzt bei diesem kalten, weißen Licht betrachtete, das der Gedanke an den Tod über alles breitete. »Da sind sie, diese grob hingestrichenen Figuren, die sich als etwas Schönes, Geheimnisvolles darstellten. Ruhm, Gemeinwohl, Liebe zum Weib, Vaterland, wie groß und erhaben erschienen mir diese Bilder und von wie tiefem Sinn erfüllt! Und das alles steht nun so nüchtern, blaß und grob vor mir, bei dem kalten, weißen Licht jenes Morgens, der nun, das fühle ich, für mich heraufsteigt.« Die drei schmerzlichsten Ereignisse seines Lebens beschäftigten ihn ganz besonders: seine Liebe zu jenem Mädchen, der Tod seines Vaters und die französische Invasion, welche halb Rußland überflutete. »Die Liebe ...! dieses Mädchen, in dem ich so viele geheimnisvolle Kräfte zu erkennen glaubte! Jawohl; ich habe dieses Mädchen geliebt, habe romantische Pläne geschmiedet über ein Leben voll Liebe und Glück an ihrer Seite! O ich artiger Knabe!« sagte er ingrimmig laut vor sich hin. »Jawohl, ich habe an eine ideale Liebe geglaubt, kraft deren sie mir während des ganzen Jahres meiner Abwesenheit die Treue bewahren werde. Ich meinte, sie werde, nach Art des zärtlichen Täubchens in der Fabel, von mir getrennt sich vor Sehnsucht verzehren. Aber es stellte sich heraus, daß das alles weit nüchterner war ... Furchtbar nüchtern war das alles und ekelhaft!

So hat auch mein Vater in Lysyje-Gory alles gebaut und eingerichtet und gemeint, das sei sein Stück Land, seine Erde, seine Luft, seine Bauern; und da kam nun dieser Napoleon, und ohne von meines Vaters Existenz zu wissen, stieß er ihn wie ein Holzklötzchen aus dem Weg und richtete ihm sein Lysyje-Gory und sein ganzes Leben zugrunde. Prinzessin Marja sagt freilich, das sei eine von oben gesandte Prüfung. Aber welchen Zweck soll eine Prüfung haben, wenn der zu Prüfende, mein Vater, nicht mehr existiert und nie mehr existieren wird? Niemals mehr wird er existieren! Er existiert nicht mehr. Also wen betrifft da diese Prüfung? – Das Vaterland, der Untergang Moskaus! Und mich wird morgen ein Franzose töten, oder vielleicht nicht einmal ein Franzose, sondern einer von unseren eigenen Leuten, wie ja auch gestern ein Soldat sein Gewehr dicht bei meinem Ohr abschoß; und die Franzosen werden kommen und mich bei den Beinen und beim Kopf nehmen und in eine Grube werfen, damit mein Leichnam ihnen nicht die Luft verdirbt; und es werden sich neue Lebensverhältnisse herausbilden, die anderen Leuten ebenso gewöhnlich vorkommen werden wie mir die meinigen, und ich werde nichts von ihnen wissen und werde nicht mehr existieren.«

Er blickte nach der Reihe von Birken hin, deren regungslos hängendes, gelblichgrünes Laub und weiße Rinde in der Sonne glänzten. »Sterben …! Nun gut, mag ich morgen fallen … Mag ich aufhören zu existieren … Mag alles dies weiterbestehen, ich aber nicht mehr sein!« Er stellte sich sein Fehlen inmitten dieses Lebens mit voller Deutlichkeit vor. Und diese Birken mit ihrem Licht und Schatten, und diese krausen Wolken, und dieser Rauch der Lagerfeuer, alles dies rings um ihn her nahm in seinen Augen eine andere Gestalt an und erschien ihm als etwas Furchtbares, Drohendes. Ein kalter Schauder lief ihm den Rücken entlang.

Vor dem Schuppen wurden Stimmen vernehmbar.

»Wer ist da?« rief Fürst Andrei.

Der rotnasige Hauptmann Timochin, der ehemals Dolochows Kompaniechef gewesen, jetzt aber bei dem Mangel an Offizieren Bataillonskommandeur geworden war, trat schüchtern in den Schuppen. Hinter ihm kamen der Regimentsadjutant und der Zahlmeister herein.

Fürst Andrei stand schnell auf, hörte an, was diese drei ihm Dienstliches zu berichten hatten, erteilte ihnen noch einige Weisungen und war gerade dabei, sie zu entlassen, als sich vor dem Schuppen eine ihm bekannte lispelnde Stimme hören ließ.

»Hol's der Teufel!« sagte dort jemand, der sich offenbar an etwas gestoßen hatte.

Fürst Andrei sah aus dem Schuppen hinaus und erblickte Pierre, der zu ihm kam und über eine auf der Erde liegende Stange so gestolpert war, daß er beinahe hingefallen wäre. Fürst Andrei hatte überhaupt wenig Freude darüber, wenn er mit Angehörigen seines Gesellschaftskreises zusammentraf, und besonders unangenehm war es ihm jetzt, Pierre wiederzusehen, dessen Anblick ihm alle die schweren Augenblicke ins Gedächtnis zurückrief, die er während seines letzten Aufenthaltes in Moskau durchlebt hatte.

»Ah, sieh da!« sagte er. »Wie kommst du hierher? Dich hätte ich hier nicht zu sehen erwartet.«

Während er dies sagte, lag in seinen Augen und in seinem gesamten Gesichtsausdruck mehr als bloße Gleichgültigkeit: Es spiegelte sich darin eine Art von Feindseligkeit wider, die Pierre sofort bemerkte. Dieser war in sehr angeregter Gemütsstimmung zu dem Schuppen gekommen; aber als er den Gesichtsausdruck des Fürsten Andrei wahrnahm, fühlte er sich verlegen und unbehaglich.

»Wissen Sie … ich bin ohne besonderen Grund hergekommen … weil es mir interessant ist«, sagte Pierre, der dieses Wort »interessant« an diesem Tag schon recht oft gebraucht hatte. »Ich wollte die Schlacht mit ansehen.«

»Ja, ja; aber was sagen denn die Brüder Freimaurer über den Krieg? Wie soll er verhütet werden?« fragte Fürst Andrei spöttisch. Und dann fuhr er in ernstem Ton fort: »Nun, wie steht es in Moskau? Was machen die meinigen? Sind sie endlich in Moskau angekommen?«

»Ja, sie sind angekommen. Julja Drubezkaja sagte es mir. Ich wollte sie besuchen, fand sie aber nicht mehr in ihrem Haus. Sie waren nach dem Landhaus hinausgezogen.«

XXV

Die Offiziere wollten sich empfehlen; aber Fürst Andrei, der anscheinend mit seinem Freund nicht gern unter vier Augen zusammensein mochte, lud sie ein, noch ein Weilchen dazubleiben und mit ihm Tee zu trinken. Nicht ohne Verwunderung betrachteten die Offiziere Pierres kolossale, dicke Gestalt und hörten seine Erzählungen über Moskau und über die Aufstellung unseres Heeres, die er hatte abreiten dürfen. Fürst Andrei schwieg, und sein Gesicht war so unfreundlich, daß Pierre sich mehr an den gutmütigen Bataillonskommandeur Timochin als an Bolkonski wendete.

»Du hast also die Aufstellung unserer Truppen verstanden?« unterbrach ihn Fürst Andrei.

»Ja, aber doch nur bis zu einem gewissen Grade«, erwiderte Pierre. »Als Nichtmilitär kann ich nicht sagen, daß ich sie vollständig verstanden hätte; aber ich meine doch, so im großen und ganzen.«

»Nun, dann bist du klüger als sonst jemand«, sagte Fürst Andrei.

»Oh, oh!« rief Pierre erstaunt und blickte den Fürsten Andrei durch seine Brille an. »Nun, und was sagen Sie zu der Ernennung Kutusows?« fragte er.

»Ich habe mich über diese Ernennung sehr gefreut. Weiter wüßte ich darüber nichts zu sagen«, antwortete Fürst Andrei.

»Und dann sagen Sie doch: Welche Meinung haben Sie über Barclay de Tolly? In Moskau wurde alles mögliche über ihn geredet. Wie urteilen Sie über ihn?«

»Frage nur diese Herren hier«, erwiderte Fürst Andrei und wies auf die Offiziere.

Pierre blickte Timochin fragend mit jenem herablassenden Lächeln an, das einem jeden im Verkehr mit diesem unwillkürlich auf die Lippen trat.

»Wir haben aufgeatmet, Euer Erlaucht, als der Durchlauchtige das Kommando übernahm«, sagte Timochin schüchtern, indem er dabei fortwährend nach seinem Regimentskommandeur hinblickte.

»Wieso denn?« fragte Pierre.

»Ja, zum Beispiel nur in bezug auf Holz und Futter möchte ich mir zu bemerken erlauben. Als wir uns von Swenziany zurückzogen, da kam der Befehl: ›Daß ihr euch nicht untersteht, ein Stück Holz oder ein Bündel Heu oder sonst was dort anzurühren!‹ Aber da wir zurückgingen, fiel es doch bloß dem Feind in die Hände, nicht wahr, Euer Durchlaucht?« wandte er sich an seinen Chef, den Fürsten Andrei. »Aber trotzdem: ›Daß ihr euch nicht untersteht!‹ In unserem Regiment wurden zwei Offiziere wegen derartiger Dinge vor das Kriegsgericht gestellt. Na, aber als der Durchlauchtige das Kommando übernahm, da wurde die Sache gleich ganz anders. Wir atmeten auf …«

»Warum hatte Barclay de Tolly es denn verboten?«

Timochin blickte verlegen um sich, da er nicht wußte, wie und was er auf eine solche Frage antworten sollte. Pierre wandte sich mit derselben Frage an den Fürsten Andrei.

»Nun, um den Landstrich, den wir dem Feind preisgaben, nicht zu verwüsten«, antwortete Fürst Andrei mit bitterem Spott. »Das ist ja logisch sehr schön begründet: Man darf den Truppen nicht erlauben, im Land zu plündern und sich an das Marodieren zu gewöhnen. Ja, und in Smolensk hat er durchaus korrekt erwogen, daß die Franzosen uns umgehen könnten und größere Streitkräfte besäßen. Aber das konnte er nicht begreifen«, rief Fürst Andrei in plötzlich hervorbrechendem Ingrimm mit hoher Stimme, »das konnte er nicht begreifen, daß wir dort zum erstenmal für die russische Erde kämpften, daß in den Truppen ein solcher Geist steckte, wie ich ihn noch nie kennengelernt hatte, daß wir zwei Tage hintereinander die Franzosen zurückgeschlagen hatten, und daß dieser Erfolg unsere Kräfte verzehnfachte. Er befahl den Rückzug, und alle Anstrengungen und Verluste waren vergeblich gewesen. Verrat lag ihm ganz fern. Er bemühte sich, alles so gut wie nur irgend möglich zu machen; er überdachte alles: Aber eben deshalb taugt er nichts. Gerade deshalb taugt er in diesem Zeitpunkt nichts, weil er alles so gründlich und genau überlegt, wie es eben in der Natur eines jeden Deutschen liegt. Wie kann ich es dir nur deutlich machen, was ich meine … Nun, denke dir, dein Vater hat einen deutschen Diener, und das ist ein vortrefflicher Diener, der alles, was dein Vater braucht, ihm besser leistet, als du es könntest, und den du beruhigt seinen Dienst verrichten läßt; aber wenn dein Vater todkrank ist, dann schickst du trotzdem den Diener weg und wirst mit deinen ungeübten, ungeschickten Händen deinen Vater besser pflegen und sein Wohlbefinden besser befördern als der geschickte Diener, der ihm ein Fremder ist. So stand es auch mit Barclay. Solange Rußland heil und gesund war, konnte ihm der Fremde dienen und war ein vortrefflicher Minister; aber jetzt, wo es in Gefahr ist, bedarf es der Dienste eines Angehörigen, eines Blutsverwandten. In eurem Klub ist man auf den Gedanken gekommen, Barclay wäre ein Verräter! Dadurch, daß man ihn jetzt ungerechterweise als einen Verräter bezeichnet, bewirkt man nur, daß er später, wenn man sich dieses unzutreffenden Vorwurfes schämen wird, aus einem Verräter plötzlich zu einem Helden oder zu einem Genie werden wird; und dies wird noch weniger gerecht sein. Er ist ein ehrlicher Deutscher von peinlicher Genauigkeit.«

»Man sagt aber doch, er sei ein geschickter Feldherr«, wandte Pierre ein.

»Ich verstehe nicht, was das heißt: ein geschickter Feldherr«, antwortete Fürst Andrei spöttisch.

»Ein geschickter Feldherr«, sagte Pierre, »nun, das ist ein solcher, der alle Möglichkeiten vorhersieht ... einer, der die Pläne des Gegners errät.«

»Das ist unmöglich«, erwiderte Fürst Andrei, wie wenn dies eine längst entschiedene Sache wäre.

Pierre sah ihn erstaunt an.

»Aber«, wandte er ein, »man sagt doch, der Krieg habe Ähnlichkeit mit dem Schachspiel.«

»Ja«, sagte Fürst Andrei, »nur mit dem kleinen Unterschied, daß man beim Schachspiel über jeden Zug so lange nachdenken kann, als es einem beliebt, daß man dort zeitlich nicht beschränkt ist, und dann noch mit dem Unterschied, daß der Springer immer stärker ist als der Bauer und zwei Bauern immer stärker als einer, im Krieg aber ein Bataillon manchmal stärker ist als eine Division und manchmal schwächer als eine Kompanie. Das Stärkeverhältnis von Truppenkörpern kann niemand vorher beurteilen. Glaube mir«, sagte er, »wenn etwas von den Anordnungen des Generalstabes abhinge, dann würde ich dort sein und Anordnungen treffen; aber statt dessen habe ich die Ehre, hier zu dienen, bei der Truppe, hier mit diesen Herren zusammen, und ich bin der Ansicht, daß der Ausgang des morgigen Tages tatsächlich von uns abhängen wird und nicht von den Generalstäblern ... Von der Position und von der Bewaffnung hat der Erfolg niemals abgehangen und wird er niemals abhängen, nicht einmal von der Zahl, am allerwenigsten aber von der Position.«

»Aber wovon denn?«

»Von dem Gefühl, das in mir, in ihm« (er zeigte auf Timochin), »in jedem Soldaten steckt.«

Fürst Andrei sah Timochin an, der einen erschrockenen, verständnislosen Blick nach seinem Kommandeur hinwarf. Im Gegensatz zu seiner bisherigen zurückhaltenden Schweigsamkeit schien Fürst Andrei jetzt sich in starker Erregung zu befinden. Er vermochte sich offenbar nicht so weit zu beherrschen, daß er die Gedanken hätte unausgesprochen lassen können, die ihm unwillkürlich zuströmten.

»Eine Schlacht gewinnt derjenige, der fest entschlossen ist, sie zu gewinnen. Warum haben wir die Schlacht bei Austerlitz verloren? Unsere Verluste und die der Franzosen waren einander fast gleich; aber wir sagten uns sehr früh, daß wir die Schlacht verloren hätten, und verloren sie nun wirklich. Wir sagten uns dies aber deshalb, weil es für uns keinen rechten Zweck hatte, dort zu kämpfen; wir wollten weiter nichts als möglichst schnell vom Schlachtfeld wegkommen. ›Wir haben verloren‹, sagten wir uns; ›nun, dann wollen wir davonlaufen!‹ und wir liefen davon. Hätten wir uns das bis zum Abend nicht gesagt, so wäre die Sache vielleicht ganz anders gekommen. Aber morgen werden wir uns das nicht sagen. Du sprichst von unserer Position, meinst, der linke Flügel sei schwach, der rechte zu weit ausgedehnt«, fuhr er fort; »das alles ist Unsinn und hat keinen Wert. Sondern was steht uns morgen bevor? Hundert Millionen der verschiedenartigsten Zufälligkeiten, deren augenblickliches Resultat sein wird, daß von den Feinden oder den Unsrigen welche davonlaufen und daß dieser oder jener getötet wird; aber was jetzt getan wird, das ist alles nur Spielerei. Die Sache ist die, daß die Herren, mit denen du die Position abgeritten hast, den gesamten Gang der Dinge nicht nur nicht fördern, sondern sogar hemmen. Sie sind nur mit ihren eigenen, kleinen, persönlichen Interessen beschäftigt.«

»In einem solchen Augenblick?« sagte Pierre vorwurfsvoll.

»In einem solchen Augenblick«, wiederholte Fürst Andrei Pierres Worte mit starker Betonung. »Für sie ist das nur ein Augenblick, in dem man seinem Rivalen eine Grube graben und noch ein neues Kreuzchen oder Bändchen erhalten kann. Meine Ansicht über den morgigen Tag ist diese: Hunderttausend Russen und hunderttausend Franzosen sind zusammengekommen, um miteinander zu kämpfen; und dieser Kampf wird mit Sicherheit stattfinden, und wer am grimmigsten kämpfen und sich am wenigsten schonen wird, der wird siegen. Und wenn du es hören willst, so will ich dir sagen: Mag geschehen, was da will, und mögen die Herren da oben noch so viel Verwirrung anrichten, wir werden morgen die Schlacht gewinnen. Morgen, mag geschehen, was da will, werden wir die Schlacht gewinnen!«

»Das ist die Wahrheit, Euer Durchlaucht; das ist zuverlässig die Wahrheit!« sagte Timochin. »Wer wird sich jetzt schonen? Die Soldaten in meinem Bataillon (können Sie das glauben?) haben heute keinen Branntwein getrunken. ›Das paßt für einen solchen Tag nicht‹, sagen sie.«

Alle schwiegen. Die Offiziere standen auf. Fürst Andrei ging mit ihnen vor den Schuppen hinaus und gab dem Adjutanten die letzten Befehle. Als die Offiziere sich entfernt hatten, trat Pierre wieder zum Fürsten Andrei hin und wollte eben ein Gespräch beginnen, als in geringer Entfernung von dem Schuppen auf dem Weg der Hufschlag von drei Pferden erscholl. Fürst Andrei blickte nach der Richtung hin und erkannte Wolzogen und Clausewitz, von einem Kosaken begleitet. Da sie ziemlich nahe vorbeiritten und ihr Gespräch fortsetzten, so hörten Pierre und Fürst Andrei unwillkürlich folgende Sätze:

»Man muß dem Krieg eine weitere räumliche Ausdehnung geben. Diese Ansicht kann ich nicht genug betonen«, sagte der eine.

»Gewiß«, antwortete eine andere Stimme. »Da der Zweck nur der ist, den Feind zu schwächen, so kann auf die Verluste, welche Privatpersonen dabei erleiden, keine Rücksicht genommen werden.«

»Ganz richtig«, erwiderte die erste Stimme.

»Jawohl, dem Krieg eine weitere räumliche Ausdehnung geben!« sprach Fürst Andrei, zornig durch die Nase schnaubend, jene Worte nach, als sie vorübergeritten waren. »Mein Vater und mein Sohn und meine Schwester haben in Lysyje-Gory den Schaden davon gehabt. Aber das ist ihm völlig gleichgültig. Siehst du, das ist das, was ich dir sagte: Diese deutschen Herren werden morgen die Schlacht nicht gewinnen, sondern nur nach Kräften Schaden anrichten, weil ihr Kopf nur mit Erwägungen angefüllt ist, die keine leere Eierschale wert sind, in ihrem Herzen aber das fehlt, was einzig und allein für morgen notwendig ist: das Gefühl, das in Timochin lebt. Ganz Europa haben sie diesem Napoleon überlassen, und dann sind sie hergekommen, um uns zu unterweisen … prächtige Lehrmeister!« Seine Stimme hatte wieder einen kreischenden Ton angenommen.

»Sie glauben also, daß wir die morgige Schlacht gewinnen werden?« fragte Pierre.

»Ja, ja«, antwortete Fürst Andrei zerstreut. »Aber eins würde ich anordnen«, begann er wieder, »wenn ich die Macht dazu hätte: keine Gefangenen zu machen. Was hat es denn für einen Sinn, Gefangene zu machen? Das ist eine Handlung der Ritterlichkeit. Die Franzosen haben mein Haus zerstört und wollen nach Moskau marschieren, um diese Stadt zu zerstören. Sie haben mir schweres Leid zugefügt und tun es noch jeden Augenblick. Sie sind meine Feinde; sie sind allesamt nach meiner Auffassung Verbrecher. Und ebenso denkt Timochin und die ganze Armee. Sie müssen bestraft werden. Wenn sie meine Feinde sind, so können sie nicht meine Freunde sein, trotz allem, was sie da in Tilsit gesagt haben.«

»Ja, ja«, erwiderte Pierre und blickte den Fürsten Andrei mit glänzenden Augen an, »ich bin vollständig Ihrer Ansicht.«

Jene Frage, die ihn seit dem Berg von Moschaisk im Laufe dieses ganzen Tages beunruhigt hatte, schien ihm jetzt ihre völlig klare Beantwortung gefunden zu haben. Er verstand jetzt den ganzen Sinn und die ganze Bedeutung dieses Krieges und der bevorstehenden Schlacht. Alles, was er an diesem Tag gesehen hatte, alle die ernsten, finsteren Mienen, die an seinem Auge vorbeigezogen waren, erhielten für ihn jetzt eine neue Beleuchtung. Er verstand jene (wie man sich in der Physik ausdrückt) latente Wärme des patriotischen Empfindens, welche in allen diesen Menschen steckte, die er gesehen hatte, und durch welche es ihm klar wurde, warum alle diese Menschen ruhig und gewissermaßen leichtsinnig sich auf den Tod vorbereiteten.

»Keine Gefangenen machen«, fuhr Fürst Andrei fort. »Das ist das einzige Mittel, um den ganzen Krieg umzugestalten und ihm einen minder grausamen Charakter zu geben. So aber haben wir immer den Krieg wie ein Spiel behandelt, und das ist falsch und töricht; wir spielen die Edelmütigen usw. Dieser Edelmut und diese Empfindsamkeit erinnern an eine Dame, der übel wird, wenn sie ein Kalb schlachten sieht: Sie hat ein so gutes Herz, daß sie kein Blut sehen kann; aber sie ißt dieses selbe Kalb mit Appetit, wenn es mit Sauce zugerichtet ist. Man schwatzt uns soviel vor von dem Recht, das im Krieg gelte, von Ritterlichkeit, vom Verhandeln durch Parlamentäre, von Schonung der Unglücklichen usw. Alles Unsinn! Ich habe im Jahre 1805 diese Ritterlichkeit und dieses Parlamentärwesen mit angesehen: Man hat uns hinters Licht geführt, und wir haben den Gegnern das gleiche getan. Man plündert fremde Häuser, setzt falsches Papiergeld in Umlauf und, was das Schlimmste ist, tötet meine Kinder und meinen Vater, und dabei redet man noch von dem im Krieg gültigen Recht und von Edelmut gegen die Feinde. Das Richtige ist: keine Gefangenen machen, sondern die Feinde töten und selbst in den Tod gehen! Wer durch so viele Leiden wie ich auf diesen Standpunkt gelangt ist …«

Obgleich Fürst Andrei von sich selbst glaubte, daß es ihm ganz gleich sei, ob die Feinde nun auch noch Moskau nähmen wie vorher Smolensk, mußte er doch auf einmal infolge eines plötzlichen Krampfes, der seine Kehle befiel, in seiner Rede innehalten. Er ging ein paarmal schweigend auf und ab; aber seine Augen glänzten fieberhaft und seine Lippen zitterten, als er wieder weitersprach:

»Wenn diese Sucht, im Krieg den Edelmutigen zu spielen, in Verruf käme, so würden wir nur in solchen Fällen in den Krieg ziehen, wo sein Zweck es wert ist, daß man um seinetwillen in den sicheren Tod geht. Dann würde kein Krieg deswegen geführt werden, weil Pawel Iwanowitsch den Michail Iwanowitsch beleidigt hat. Sondern wenn Krieg geführt würde, wie jetzt, so würde es ein wirklicher Krieg sein. Auch die seelische Beteiligung der Truppen würde dann eine andere sein als jetzt. Dann wären alle diese Westfalen und Hessen, die Napoleon mit sich führt, ihm nicht nach Rußland gefolgt, und wir wären nicht nach Österreich und Preußen gezogen, um dort zu kämpfen, ohne selbst zu wissen warum. Der Krieg ist keine Liebenswürdigkeit, sondern die garstigste Handlung im menschlichen Leben; das muß man sich klarmachen und ihn nicht als Spiel betreiben. Ernsten, strengen Sinnes muß man diese furchtbare Notwendigkeit hinnehmen. Alles kommt darauf an, die Unwahrhaftigkeit fernzuhalten und den Krieg als Krieg zu behandeln und nicht als Spielerei. Jetzt aber ist der Krieg das Lieblingsamüsement müßiger, leichtsinniger Menschen. Der Militärstand ist der geachtetste.

Und was ist das Wesen des Krieges? Was ist beim Kriegshandwerk zum Erfolg nötig? Wie beschaffen sind die Sitten des Militärs? Der Zweck des Krieges ist der Mord; die Mittel des Krieges sind Spionage, Verrat, Anstiftung zum Verrat, der Ruin der Einwohner, die ausgeplündert oder bestohlen werden, um die Armee zu versorgen, Betrug und Lüge, die als Kriegslist bezeichnet werden; die Sitten des Militärstandes sind: jener Mangel an persönlicher Freiheit, welcher Disziplin heißt, Müßiggang, Roheit, Grausamkeit, Unzucht, Trunksucht. Und trotzdem ist dies der höchste, allgemein geachtete Stand. Alle Herrscher, mit Ausnahme des Kaisers von China, tragen militärische Uniform, und demjenigen Soldaten, der die meisten Menschen getötet hat, werden die größten Belohnungen erteilt.

Da kommen sie nun zusammen, wie wir es morgen tun werden, um sich gegenseitig zu morden, und töten viele tausend Menschen oder machen sie zu Krüppeln, und dann halten sie Dankgottesdienste dafür ab, daß sie so viele Menschen gemordet haben (sie pflegen die Zahl sogar noch zu übertreiben), und verkünden ihren Sieg, in der Überzeugung, daß ihr Verdienst um so größer sei, je mehr Menschen sie gemordet haben. Wie kann nur Gott vom Himmel her das mit ansehen und mit anhören?« rief Fürst Andrei mit hoher, kreischender Stimme. »Ach, liebster Freund, in der letzten Zeit ist mir das Leben recht schwer geworden. Ich merke, daß ich zu weit in der Erkenntnis vorgedrungen bin. Aber es ist dem Menschen nicht zuträglich, von dem Baum der Erkenntnis des Guten und Bösen zu essen ... Nun, es wird ja nicht mehr lange dauern!« fügte er hinzu.

»Aber du wirst müde sein, und auch für mich ist es Zeit, daß ich mich hinlege. Reite nach Gorki«, sagte Fürst Andrei plötzlich.

»O nein, nicht doch!« antwortete Pierre und blickte ihn mit erschrokkenen, mitleidigen Augen an.

»Reite nur, reite!« wiederholte Fürst Andrei. »Vor einer Schlacht muß man ausschlafen.«

Er trat schnell an Pierre heran und umarmte und küßte ihn.

»Lebe wohl, geh!« rief er. »Ob wir uns wiedersehen werden? Wohl kaum.« Er wandte sich hastig um und ging in den Schuppen hinein.

Es war schon dunkel, und Pierre vermochte nicht zu unterscheiden, ob der Gesichtsausdruck des Fürsten Andrei grimmig oder zärtlich war.

Er stand noch ein Weilchen schweigend da und überlegte, ob er ihm nachgehen oder nach Hause reiten sollte. »Nein, er bedarf meiner nicht!« sagte er sich schließlich. »Aber ich weiß, daß dies unser letztes Zusammensein war.« Er seufzte schwer und ritt nach Gorki zurück.

Als Fürst Andrei in den Schuppen zurückgekehrt war, legte er sich auf seine Decke; aber er konnte nicht einschlafen.

Er schloß die Augen. Mancherlei Bilder, die einander ablösten, traten ihm vor die Seele. Bei einem von ihnen verweilte er lange und gern. Er erinnerte sich mit großer Deutlichkeit an einen Abend in Petersburg. Natascha erzählte ihm mit lebhaft erregtem Gesicht, wie sie sich im vorhergehenden Sommer beim Pilzesuchen in einem großen Wald verirrt hatte. Sie schilderte ihm bunt durcheinander die Einsamkeit des Waldes und ihre Empfindungen und ihr Gespräch mit dem Bienenvater, den sie getroffen hatte; dabei unterbrach sie sich alle Augenblicke in ihrer Erzählung, indem sie sagte: »Nein, ich kann nicht erzählen; ich erzähle gar zu ungeschickt; nein, Sie verstehen mich nicht«, obwohl Fürst Andrei sie wiederholt durch die Versicherung, daß er sie verstehe, zu beruhigen suchte und auch wirklich alles verstand, was sie sagen wollte. Natascha war unzufrieden mit ihrer eigenen Darstellung: Sie meinte, daß jenes leidenschaftliche, romantische Gefühl, das an jenem Tag ihr Herz erfüllt hatte und das sie jetzt zu schildern versuchte, nicht klar zum Ausdruck käme. »Dieser alte Mann war so allerliebst, und es war so dunkel im Wald … und er hatte so gute Augen … Nein, ich verstehe nicht zu erzählen!« sagte sie errötend und erregt. Auf des Fürsten Andrei Lippen trat jetzt jenes selbe fröhliche Lächeln wie damals, als er ihr in die Augen blickte. »Ich verstand sie«, dachte er. »Und ich verstand sie nicht nur, sondern ich liebte auch die Kraft, die Lauterkeit, die Offenheit ihrer Seele, liebte diese Seele, die gleichsam von dem Körper zusammengehalten wurde, liebte sie so stark, so glückselig.« Und plötzlich erinnerte er sich daran, wie seine Liebe ein Ende genommen hatte. »Diesem Menschen lag an alledem nichts. Er sah und verstand nichts davon. Er sah in ihr nur ein hübsches, frisches Mädchen, das aber doch nicht wert sei, daß er sein Schicksal mit dem ihrigen verbinde. Und ich …? Und er ist immer noch am Leben und vergnügt.«

Fürst Andrei sprang auf, wie wenn ihn jemand mit einem glühenden Eisen angerührt hätte, und begann wieder vor dem Schuppen auf und ab zu gehen.

XXVI

Am 25. August, dem Tag vor der Schlacht bei Borodino, trafen der Palastpräfekt des Kaisers der Franzosen, Herr de Bausset, und der Oberst Fabvier, der erstere aus Paris, der zweite aus Madrid, bei dem Kaiser Napoleon in seinem Quartier in der Nähe von Walujewo ein.

Nachdem Herr de Bausset sich in die Hofuniform umgekleidet hatte, befahl er, die Kiste, die er für den Kaiser mitgebracht hatte, vor ihm herzutragen, und betrat die vordere Abteilung von Napoleons Zelt, wo er sich mit dem Öffnen und Auspacken der Kiste beschäftigte und sich dabei mit den ihn umringenden Adjutanten Napoleons unterhielt.

Fabvier war nicht in das Zelt hineingegangen, sondern im Gespräch mit einigen ihm bekannten Generalen am Eingang stehengeblieben.

Der Kaiser Napoleon war noch nicht aus seinem Schlafzimmer zum Vorschein gekommen und noch nicht mit seiner Toilette fertig. Schnaubend und stöhnend drehte er sich bald mit dem dicken Rücken, bald mit der haarigen, fetten Brust unter der Bürste hin und her, mit welcher ein Kammerdiener ihm den Leib frottierte. Ein anderer Kammerdiener, der ein Fläschchen mit dem Finger beinahe zuhielt, besprengte den wohlgepflegten Körper des Kaisers mit Eau de Cologne und machte dabei ein Gesicht, das zu besagen schien, er sei der einzige Mensch, welcher wisse, wieviel Eau de Cologne gespritzt werden müsse und wohin. Napoleons kurzes Haar war feucht und lag ungeordnet auf der Stirn. Aber sein Gesicht drückte, trotz seiner Gedunsenheit und gelblichen Farbe, physisches Wohlbehagen aus: »Immer weiter, immer kräftig!« sagte er wiederholt, indem er sich zusammenbog und stöhnte, zu dem Kammerdiener, der ihn frottierte. Ein Adjutant trat in das Schlafzimmer, um dem Kaiser zu melden, wieviel Gefangene bei dem gestrigen Kampf gemacht worden seien, blieb, nachdem er seinen Bericht erstattet hatte, an der Tür stehen und wartete auf die Erlaubnis, sich entfernen zu dürfen. Napoleon hatte die Augenbrauen zusammengezogen und blickte den Adjutanten von unten her an.

»Keine Gefangenen!« wiederholte er die Worte des Adjutanten. »Sie lassen sich niedermachen. Um so schlimmer für die russische Armee«, sagte er. »Immer weiter, immer kräftig!« befahl er wieder dem Kammerdiener, indem er seine fetten Schultern krümmte und hinhielt.

»Gut, gut! Lassen Sie Herrn de Bausset und Fabvier eintreten«, sagte er mit einem Kopfnicken zu dem Adjutanten.

»Zu Befehl, Sire!« antwortete der Adjutant und verschwand durch die Tür des Schlafzimmers.

Die beiden Kammerdiener kleideten Seine Majestät hurtig an, und in der blauen Gardeuniform betrat er mit festen, schnellen Schritten den vorderen Raum.

Bausset war in diesem Augenblick eilig damit beschäftigt, das Geschenk der Kaiserin, das er mitgebracht hatte, noch gerade vor dem Eintritt des Kaisers auf zwei Stühlen aufzustellen. Aber der Kaiser war so unerwartet schnell mit seinem Anzug fertig geworden und aus seinem Schlafzimmer herausgekommen, daß der Palastpräfekt nicht Zeit genug gehabt hatte, um die geplante Überraschung vollständig zu inszenieren.

Napoleon bemerkte sofort, was Bausset tat, und erriet, daß dieser noch nicht fertig war. Er wollte ihn nicht des Vergnügens berauben, ihm die Überraschung zu bereiten; daher tat er, als sähe er ihn gar nicht und rief Fabvier zu sich heran. Napoleon hörte, streng die Stirn runzelnd, an, was Fabvier über die Tapferkeit und Ergebenheit der französischen Truppen berichtete, die am andern Ende Europas bei Salamanca gekämpft hatten; sie hätten nur einen Gedanken gehabt, sich ihres Kaisers würdig zu zeigen, und nur eine Furcht: ihn nicht zu befriedigen. Das Resultat der Schlacht war traurig gewesen. Napoleon machte, während Fabvier sprach, ironische Bemerkungen, als habe er auch gar nicht erwartet, daß die Sache in seiner Abwesenheit hätte anders gehen können.

»Ich muß das in Moskau wiedergutmachen«, sagte Napoleon. »Auf Wiedersehen!« fügte er hinzu und rief Herrn de Bausset heran, der unterdessen bereits mit dem Arrangement der Überraschung fertig geworden war, indem er einen Gegenstand auf die Stühle gestellt und mit einer Decke verhüllt hatte.

Er verbeugte sich tief, mit jener höfischen französischen Körperbewegung, wie sie nur die alten Diener der Bourbonen auszuführen verstanden, trat heran und überreichte dem Kaiser einen Brief.

Napoleon wandte sich heiter zu ihm und zupfte ihn am Ohr.

»Sie haben sich beeilt; das freut mich sehr. Nun, was sagt Paris?« fragte er; seine vorher strenge Miene hatte plötzlich einer sehr vergnügten Platz gemacht.

»Sire, ganz Paris bedauert Ihre Abwesenheit«, antwortete Bausset pflichtgemäß.

Obgleich Napoleon wußte, daß Bausset dies oder etwas Ähnliches sagen mußte, und obgleich er in Augenblicken ruhiger Überlegung sich sagte, daß dies eine Unwahrheit sei, so machte ihm diese Antwort doch Vergnügen. Er würdigte ihn nochmals eines Zupfens am Ohr.

»Ich bedaure sehr, es herbeigeführt zu haben, daß Ihre Reise eine so weite geworden ist«, sagte er.

»Sire, ich habe auch nichts Geringeres erwartet, als Sie an den Toren Moskaus zu finden«, erwiderte Bausset.

Napoleon lächelte und blickte, zerstreut den Kopf hebend, nach rechts hin. Der Adjutant trat schleifenden Schrittes mit der goldenen Tabaksdose heran und präsentierte sie dem Kaiser. Napoleon nahm sie hin.

»Ja, das hat sich gut für Sie getroffen«, bemerkte er, indem er die geöffnete Dose an die Nase hielt. »Sie reisen ja gern; nun, in drei Tagen werden Sie Moskau zu sehen bekommen. Sie haben wohl nicht erwartet, daß Sie nach dieser asiatischen Residenz kommen würden. Sie machen eine vergnügliche Reise.«

Bausset verneigte sich zum Dank dafür, daß der Kaiser diese seine (ihm selbst bisher unbekannte) Neigung zum Reisen zu beachten geruhte.

»Nun, was ist das da?« fragte Napoleon, da er bemerkte, daß alle seine Hofleute nach dem mit der Decke verhüllten Gegenstand hinblickten.

Bausset machte mit höfischer Gewandtheit, ohne den Rücken zu zeigen, mit einer halben Wendung zwei Schritte zurück, zog gleichzeitig die Decke fort und sagte:

»Ein Geschenk der Kaiserin für Euer Majestät.«

Es war ein von Gerard in hellen Farben gemaltes Porträt eines Knaben, des Sohnes, der dem Kaiser Napoleon von der österreichischen Kaisertochter geboren war und der aus einem nicht recht verständlichen Grund allgemein der König von Rom genannt wurde.

Ein sehr hübscher, lockiger Knabe, mit einem Blick, der mit dem des Jesuskindes auf dem Bild der Sixtinischen Madonna Ähnlichkeit hatte, war abgebildet, wie er Bilboquet spielte. Die Kugel in seiner einen Hand wurde durch den Erdball dargestellt, das Fangstäbchen in der andern durch ein Zepter.

Es war nicht ganz verständlich, was der Maler eigentlich damit hatte ausdrücken wollen, daß er den sogenannten König von Rom darstellte, wie er den Erdball mit einem Stäbchen durchbohrte; aber diese Allegorie schien, wie allen, die das Bild in Paris gesehen hatten, so auch dem Kaiser Napoleon offenbar vollkommen klar, und sie gefiel ihm außerordentlich.

»Der König von Rom!« sagte er, indem er mit einer anmutigen Handbewegung auf das Bild wies. »Ein wundervolles Bild!«

Mit der den Italienern eigenen Fähigkeit, den Gesichtsausdruck willkürlich zu ändern, nahm er, während er an das Porträt herantrat, die Miene nachdenklicher Zärtlichkeit an. Er war sich bewußt, daß das, was er jetzt sagte und tat, ein Stück Weltgeschichte war. Und für das Beste, was er jetzt tun könne, erachtete er es, trotz seiner erhabenen Größe, infolge deren sein Sohn mit der Erdkugel Fangball spielte, und in bewußtem Gegensatz zu dieser Größe die schlichteste väterliche Zärtlichkeit zu zeigen. Seine Augen umzogen sich wie mit einem Schleier; er trat näher heran, sah sich nach einem Stuhl um (dienstfertige Hände brachten den Stuhl eiligst herbei und stellten ihn zweckmäßig hin) und setzte sich dem Porträt gegenüber. Eine Handbewegung von seiner Seite, und alle gingen auf den Zehen hinaus und überließen den großen Mann sich selbst und seinen Empfindungen.

Nachdem er ein Weilchen dagesessen und, ohne selbst recht zu wissen warum, die rauhe Oberfläche der Lichtstellen des Porträts betastet hatte, stand er auf und rief wieder Bausset und den diensttuenden Adjutanten zu sich. Er gab Befehl, das Porträt vor das Zelt zu bringen, damit die alte Garde, welche um sein Zelt herum lagerte, nicht des Glückes beraubt werde, den König von Rom, den Sohn und Erben ihres vergötterten Kaisers, zu sehen.

Wie er es erwartet hatte, stießen, während er mit dem dieser Ehre gewürdigten Herrn de Bausset frühstückte, vor dem Zelt die Offiziere und Soldaten der alten Garde, die sich um das Porträt sammelten, laute Rufe der Begeisterung aus.

»Es lebe der Kaiser! Es lebe der König von Rom! Es lebe der Kaiser!« riefen sie enthusiastisch.

Nach dem Frühstück diktierte Napoleon in Baussets Gegenwart seinen Armeebefehl.

»Kurz und energisch!« sagte Napoleon und las die ohne Unterbrechung und ohne Korrekturen diktierte Proklamation selbst laut durch. Der Befehl lautete:

»Soldaten! Da habt ihr die Schlacht, nach der ihr so lange verlangt habt. Der Sieg wird von euch abhängen. Er ist uns notwendig; er wird uns alles verschaffen, was wir brauchen: bequeme Winterquartiere und eine baldige Rückkehr in das Vaterland. Haltet euch so, wie ihr euch bei Austerlitz, bei Friedland, bei Witebsk und bei Smolensk gehalten habt. Möge die späteste Nachwelt der an diesem Tag von euch verrichteten Heldentaten mit Stolz gedenken. Und möge man von einem jeden von euch rühmen: Er hat in der großen Schlacht unter den Mauern von Moskau mitgekämpft!«

»Unter den Mauern von Moskau!« wiederholte Napoleon. Dann forderte er den reiselustigen Herrn de Bausset auf, ihn auf seinem Spazierritt zu begleiten, und trat aus dem Zelt, vor dem die Pferde gesattelt standen.

»Euer Majestät sind zu gütig«, erwiderte Bausset auf die Einladung des Kaisers, mitzureiten; er hätte am liebsten geschlafen, konnte auch nicht ordentlich reiten und fürchtete sich davor.

Aber Napoleon nickte dem eifrigen Reisenden mit dem Kopf zu, und Bausset mußte mitreiten. Als Napoleon aus dem Zelt trat, wurde das Geschrei der Gardisten vor dem Bild seines Sohnes noch lauter. Napoleon zog die Augenbrauen zusammen.

»Nehmt ihn fort«, sagte er, indem er mit einer ebenso anmutigen wie majestätischen Handbewegung auf das Bild wies. »Es ist noch zu früh für ihn, ein Schlachtfeld zu sehen.«

Bausset schloß die Augen, senkte den Kopf und seufzte tief, indem er auf diese Weise andeutete, daß er die Worte des Kaisers verstanden habe und zu würdigen wisse.

XXVII

Diesen ganzen Tag, den 25. August, brachte Napoleon, wie seine Geschichtsschreiber berichten, zu Pferde zu, indem er das Terrain besichtigte, die ihm von seinen Marschällen unterbreiteten Pläne kritisierte und seinen Generalen persönlich Befehle erteilte.

Die ursprüngliche Aufstellungslinie der russischen Truppen an der Kolotscha entlang war zerstört, und ein Teil dieser Linie, namentlich die linke Flanke der Russen, war infolge der am 24. erfolgten Wegnahme der Schanze von Schewardino zurückgezogen worden. Dieser Teil der Linie war unbefestigt und nicht mehr durch den Fluß geschützt; auch war es der einzige Teil der russischen Linie, vor dem sich ein einigermaßen offenes, ebenes Terrain ausbreitete. Für jeden Militär und Nichtmilitär war es klar, daß die Franzosen diesen Teil der Linie angreifen mußten. Anscheinend bedurfte es dazu nicht erst umständlicher Überlegungen, nicht einer solchen sorglichen, geschäftigen Tätigkeit von seiten des Kaisers und seiner Marschälle und ganz und gar nicht jener besonderen höheren Eigenschaft, der sogenannten Genialität, die man dem Kaiser Napoleon so gern zuschreibt; aber die Geschichtsschreiber, die dieses Ereignis später geschildert haben, und die Männer, die damals die Umgebung Napoleons bildeten, und er selbst dachten darüber anders.

Napoleon ritt über das Feld hin, betrachtete tiefsinnig die Örtlichkeit und nickte für sich selbst bald befriedigt mit dem Kopf, bald wiegte er ihn zweifelnd hin und her. Den ihn umgebenden Generalen teilte er den tiefsinnigen Gedankengang, der ihn zu seinen Entschlüssen führte, nicht mit; diese bekamen nur die schließlichen Resultate in Form von Befehlen zu hören. Nachdem Napoleon den Vorschlag Davouts, des sogenannten Herzogs von Eggmühl, angehört hatte, die linke russische Flanke zu umgehen, erwiderte er, daß sei nicht erforderlich, ohne seine Gründe für diese Ablehnung anzugeben. Zu dem Vorschlag des Generals Compans dagegen (der die Pfeilschanzen angreifen sollte), seine Division durch den Wald zu führen, erklärte Napoleon seine Zustimmung, obgleich der sogenannte Herzog von Elchingen, d. h. Ney, sich die Bemerkung erlaubte, der Marsch durch den Wald sei gefährlich und könne die Division in Unordnung bringen.

Nachdem Napoleon die Örtlichkeit gegenüber der Schanze von Schewardino gemustert hatte, dachte er eine Zeitlang schweigend nach und bezeichnete dann die Punkte, an denen bis zum folgenden Tag zwei Batterien zur Beschießung der russischen Befestigungen angelegt werden sollten, und die Stellen, wo neben ihnen die Feldartillerie aufgestellt werden sollte.

Nachdem er diese und andere Befehle erteilt hatte, kehrte er in sein Quartier zurück, und unter seinem Diktat wurde die Disposition der Schlacht niedergeschrieben.

Diese Disposition, von der die französischen Geschichtsschreiber mit enthusiastischer Bewunderung und die andern mit großem Respekt reden, lautete folgendermaßen:

»Bei Tagesanbruch eröffnen die beiden neuen Batterien, die während der Nacht in der von dem Herzog von Eggmühl besetzten Ebene angelegt werden, das Feuer auf die beiden gegenüberliegenden feindlichen Batterien.

Gleichzeitig rückt der Chef der Artillerie des ersten Korps, General Pernetti, mit den dreißig Geschützen der Division Compans und allen Haubitzen der Divisionen Dessaix und Friant vor, eröffnet das Feuer und überschüttet die feindliche Batterie mit Granaten. Gegen diese Batterie werden somit operieren:

	24 Geschütze der Gardeartillerie,
	30 Geschütze der Division Compans,
	8 Geschütze der Divisionen Friant und Dessaix.
In Summa	62 Geschütze.

Der Chef der Artillerie des dritten Korps, General Foucher, stellt alle Haubitzen des dritten und achten Korps, zusammen 16, auf den Flanken der Batterie auf, welche Auftrag hat, die links gelegene Befestigung zu beschießen, was gegen diese im ganzen 40 Geschütze ergibt.

General Sorbier hat sich bereitzuhalten, um auf den ersten Befehl mit allen Haubitzen der Gardeartillerie gegen die eine oder die andere Befestigung vorzurücken.

Während der Kanonade schlägt Fürst Poniatowski die Richtung nach dem Dorf Utiza, durch den Wald, ein und umgeht die feindliche Position.

General Compans marschiert durch den Wald, um sich der ersten Befestigung zu bemächtigen.

Nachdem die Schlacht in dieser Weise eingeleitet ist, werden weitere Befehle dem Verhalten des Feindes entsprechend gegeben werden.

Die Kanonade auf dem linken Flügel beginnt, sobald die Kanonade des rechten Flügels gehört wird. Die Schützen der Division Morand und der Divisionen des Vizekönigs eröffnen ein starkes Feuer, sobald sie wahrnehmen, daß der Angriff des rechten Flügels begonnen hat.

Der Vizekönig bemächtigt sich des Dorfes Borodino und geht auf den dortigen drei Brücken hinüber, indem er in gleicher Höhe mit den Divisionen Morand und Gérard marschiert, die unter seinem Oberbefehl die Richtung auf die Redoute nehmen und in die Linie der übrigen Truppen einrücken.

Alles dies muß in guter Ordnung ausgeführt werden (le tout se fera avec ordre et méthode), wobei die in Reserve stehenden Truppen nach Möglichkeit zu schonen sind.

Im kaiserlichen Lager bei Moschaisk, den 6. September 1812.«

Diese recht unklar und verworren abgefaßte Disposition (wenn man es sich erlauben darf, ohne die übliche heilige Scheu vor Napoleons Genialität seinen Anordnungen gegenüberzutreten) enthielt vier Punkte, vier Anordnungen. Keine dieser Anordnungen konnte ausgeführt werden, keine ist ausgeführt worden.

In der Disposition war erstens gesagt, die Batterien, die an der von Napoleon ausgewählten Stelle errichtet werden würden, nebst Pernettis und Fouchers Geschützen, die sich mit ihnen in eine Linie zu stellen hätten, im ganzen 102 Geschütze, sollten das Feuer eröffnen und die russischen Pfeilschanzen und die Redoute mit Geschossen überschütten. Dies konnte nicht ausgeführt werden, da von den Punkten aus, die Napoleon bezeichnet hatte, die Geschosse nicht bis zu den russischen Schanzen hinreichten und diese 102 Geschütze so lange vergeblich feuerten, bis der zunächst befindliche Kommandeur sie gegen Napoleons Befehl vorrücken ließ.

Die zweite Anordnung bestand darin, Poniatowski solle die Richtung nach dem Dorf durch den Wald einschlagen und die linke Flanke der Russen umgehen. Der Grund, weshalb dies nicht ausgeführt werden konnte und nicht ausgeführt wurde, war, daß Poniatowski, als er die Richtung nach dem Dorf durch den Wald einschlug, dort auf Tutschkow stieß, der ihm den Weg versperrte, so daß er die russische Position nicht umgehen konnte und nicht umging.

Die dritte Anordnung war: General Compans marschiert in den Wald, um sich der ersten Befestigung zu bemächtigen. Die Division Compans bemächtigte sich der ersten Befestigung nicht, sondern wurde zurückgeschlagen, weil sie beim Austritt aus dem Wald sich erst unter dem Kartätschenfeuer ordnen mußte, was Napoleon nicht bedacht hatte.

Die vierte Anordnung lautete: Der Vizekönig bemächtigt sich des Dorfes (Borodino) und geht auf den dortigen drei Brücken hinüber, indem er in gleicher Höhe mit den Divisionen Morand und Gérard marschiert (von denen nicht gesagt war, wohin und wann sie sich in Bewegung setzen sollten), die unter seinem Oberbefehl die Richtung auf die Redoute nehmen und in die Linie der übrigen Truppen einrücken. Soviel sich, wenn nicht aus diesem sinnlosen Satz selbst, so doch aus den Versuchen entnehmen läßt, die der Vizekönig unternahm, um die ihm erteilten Weisungen auszuführen, sollte er durch Borodino von links her gegen die Redoute vorrücken und die Divisionen Morand und Gérard gleichzeitig von der Front her. Alles dies kam ebensowenig zur Ausführung wie die übrigen Punkte der Disposition, und konnte auch nicht zur Ausführung kommen. Als der Vizekönig durch Borodino hindurchmarschiert war, wurde er an der Kolotscha zurückgeschlagen und konnte nicht weiter vordringen; und auch die Divisionen Morand und Gérard nahmen die Redoute nicht, sondern wurden zurückgeschlagen, und die Redoute wurde erst gegen Ende der Schlacht von der Kavallerie genommen (ein unerhörtes Ereignis, das Napoleon wohl nicht vorhergesehen hatte).

Somit wurde von den Anordnungen der Disposition keine einzige ausgeführt, und es konnte auch keine ausgeführt werden. In der Disposition war aber noch gesagt, nachdem die Schlacht in dieser Weise eingeleitet sein werde, würden weitere Befehle dem Verhalten des Feindes entsprechend gegeben werden, und daher könnte man glauben, es seien während der Schlacht alle erforderlichen Anordnungen von Napoleon getroffen worden; dies geschah jedoch nicht und konnte nicht geschehen, weil sich Napoleon während der ganzen Dauer der Schlacht so weit von ihr entfernt befand, daß (wie es sich herausstellte) er über den Gang des Kampfes nicht orientiert sein und keine während des Kampfes von ihm getroffene Anordnung ausgeführt werden konnte.

XXVIII

Viele Geschichtsschreiber sagen, die Franzosen hätten die Schlacht bei Borodino deshalb nicht gewonnen, weil Napoleon den Schnupfen gehabt habe; hätte er keinen Schnupfen gehabt, so wären seine Anordnungen während der Schlacht noch genialer gewesen, und Rußland wäre zugrunde gegangen, und die Welt hätte ein ganz anderes Gesicht bekommen. Für Geschichtsschreiber, welche behaupten, der Wille eines einzelnen Menschen, Peters des Großen, habe bewirkt, daß sich das russische Reich bildete, und der Wille eines einzelnen Menschen, Napoleons, sei die Ursache davon gewesen, daß Frankreich sich aus einer Republik in ein Kaiserreich verwandelte und die französischen Truppen in Rußland eindrangen, für solche Geschichtsschreiber ist der Schluß von zwingender Beweiskraft, daß Rußland deswegen ein mächtiger Staat geblieben sei, weil Napoleon am 26. August am Schnupfen gelitten habe.

Wenn es von Napoleons Willen abhing, die Schlacht bei Borodino zu liefern oder nicht zu liefern, und wenn es von seinem Willen abhing, die und die oder eine andere Anordnung zu treffen, so ist klar, daß ein Schnupfen, der auf die Äußerung seines Willens von Einfluß war, die Ursache der Rettung Rußlands werden konnte und daß daher jener Kammerdiener, der am 24. vergessen hatte, dem Kaiser die wasserdichten Stiefel zu reichen, der Retter Rußlands war. Bei einer solchen Art zu denken, ist dieser Schluß zweifellos richtig; ebenso richtig wie jener Schluß Voltaires, der scherzend (wiewohl er selbst nicht recht wußte, worüber er sich dabei eigentlich lustig machte) behauptete, die Bartholomäusnacht habe sich infolge einer Magenverstimmung Karls IX. ereignet. Denjenigen Leuten jedoch, die nicht zugeben, daß die Bildung des russischen Reiches auf den Willen eines einzelnen Menschen, Peters des Großen, und die Entstehung des französischen Kaiserreichs und der Beginn des Krieges mit Rußland auf den Willen eines einzelnen Menschen, Napoleons, zurückzuführen sei, solchen Leuten erscheint jener Schluß nicht nur als ein unrichtiger und unverständiger, sondern auch als ein dem ganzen Wesen der Menschheit zuwiderlaufender. Auf die Frage, welches die Ursache der geschichtlichen Ereignisse sei, bietet sich eine andere Antwort dar, nämlich folgende: Der Gang der Weltereignisse ist von oben vorherbestimmt und hängt von dem Zusammentreffen aller Willensäußerungen der an diesen Ereignissen beteiligten Menschen ab, und der Einfluß von Männern wie Napoleon auf den Gang dieser Ereignisse ist nur ein äußerlicher und eingebildeter.

Wie seltsam auch auf den ersten Blick die Annahme erscheinen mag, daß die Bartholomäusnacht, zu der Karl IX. den Befehl gab, nicht das Resultat seines Willens gewesen sei, sondern es ihm nur so geschienen habe, als habe er ihre Veranstaltung befohlen, und daß die Niedermetzelung von achtzigtausend Menschen bei Borodino nicht das Resultat des Willens Napoleons gewesen sei, obwohl er doch die Befehle über den Beginn und weiteren Gang des Kampfes erteilte, sondern es ihm nur so vorgekommen sei, als befehle er dies – wie seltsam auch diese Annahme erscheinen mag, so befiehlt uns doch die menschliche Würde, die uns sagt, daß jeder von uns, wenn nicht in höherem, so doch jedenfalls in nicht geringerem Grade ein Mensch ist als jeder Napoleon, diese Lösung der Frage als die richtige anzuerkennen, und die geschichtlichen Forschungen bringen für diese Annahme die reichste Bestätigung.

In der Schlacht bei Borodino hat Napoleon auf niemand geschossen und niemand getötet. Alles dies haben die Soldaten getan. Folglich ist nicht er es gewesen, der die vielen Menschen getötet hat.

Die Soldaten der französischen Armee gingen bei Borodino in diesen mörderischen Kampf nicht infolge des Befehles Napoleons, sondern von ihrem eigenen Verlangen getrieben. Die ganze Armee, Franzosen, Italiener, Deutsche, Polen, hungrig, abgerissen und durch die langen Märsche erschöpft, sagte sich angesichts eines Heeres, das ihnen den Weg nach Moskau versperrte, der Wein sei nun einmal abgezogen und müsse getrunken werden. Hätte Napoleon ihnen jetzt verboten, sich mit den Russen zu schlagen, so würden sie ihn getötet haben und darauf in den Kampf mit den Russen gegangen sein, weil das eben für sie ein Ding der Notwendigkeit war.

Als sie Napoleons Armeebefehl anhörten, der ihnen als Trost für Verstümmelung und Tod in Aussicht stellte, die Nachwelt werde davon reden, daß auch sie bei der Schlacht unter den Mauern von Moskau dabeigewesen seien, da riefen sie:

»Es lebe der Kaiser!«, geradeso wie sie beim Anblick des Porträts des Knaben, der den Erdball mit einem Bilboquetstäbchen durchbohrte, »Es lebe der Kaiser!« gerufen hatten, und geradeso wie sie es bei jedem Unsinn getan haben würden, den er zu ihnen gesagt hätte. Es blieb ihnen nichts weiter übrig, als »Es lebe der Kaiser!« zu rufen und in den Kampf zu gehen, um als Sieger in Moskau Nahrung und Erholung zu finden. Somit haben sie nicht infolge von Napoleons Befehl ihresgleichen getötet.

Auch leitete Napoleon in Wirklichkeit nicht den Gang der Schlacht, da ja von seiner Disposition nichts zur Ausführung kam und er während der Schlacht nicht wußte, was weiter vorn vorging. Also war auch die Art und Weise, wie die Menschen einander töteten, nicht ein Resultat von Napoleons Willen, sondern gestaltete sich, unabhängig von ihm, nach dem Willen der Hunderttausende von Menschen, die an dem allgemeinen Kampf teilnahmen. Napoleon *glaubte* nur, es vollziehe sich alles nach seinem Willen. Und darum hat die Frage, ob Napoleon den Schnupfen gehabt habe oder nicht, für die Geschichte kein größeres Interesse als die Frage nach dem Schnupfen des letzten Trainsoldaten.

Napoleons Schnupfen am 26. August hatte um so geringere Bedeutung, da die Behauptung mancher Geschichtsschreiber, Napoleons Schnupfen habe es verschuldet, daß seine Disposition und seine Anordnungen während der Schlacht nicht so gut ausgefallen seien wie seine früheren Dispositionen und Anordnungen, vollständig unzutreffend ist.

Die hier oben angeführte Disposition war in keiner Weise schlechter, sondern sogar besser als alle früheren Dispositionen, nach denen er

Schlachten gewonnen hatte; und die vermeintlichen Anordnungen während der Schlacht waren gleichfalls nicht schlechter als die früheren, sondern genau von derselben Art wie immer. Diese Disposition und diese Anordnungen scheinen nur deswegen schlechter als die früheren zu sein, weil die Schlacht bei Borodino die erste war, die Napoleon nicht gewann. Die schönsten, tiefsinnigsten Dispositionen und Anordnungen scheinen alle recht schlecht, und jeder Taktiker kritisiert sie mit bedeutsamer Miene, wenn die Schlacht dabei nicht gewonnen ist; und die schlechtesten Dispositionen und Anordnungen scheinen sehr gut, und ernste Männer beweisen in ganzen Bänden die Vortrefflichkeit dieser schlechten Dispositionen und Anordnungen, wenn dabei die Schlacht gewonnen ist.

Die Disposition, die Weyrother vor der Schlacht bei Austerlitz aufgestellt hatte, war ein Muster von Vollkommenheit in derartigen Entwürfen; aber dennoch ist sie getadelt worden, getadelt eben wegen ihrer Vollkommenheit, wegen des allzu tiefen Eingehens auf Einzelheiten.

Napoleon erfüllte in der Schlacht bei Borodino seine Aufgabe als Repräsentant der höchsten Gewalt ebensogut und noch besser als in den andern Schlachten. Er tat nichts, was für den Gang der Schlacht nachteilig gewesen wäre; er stimmte unter den ihm vorgetragenen Meinungen den verständigeren zu; er richtete keine Verwirrung an, geriet nicht in Widerspruch mit sich selbst, erschrak nicht und lief nicht vom Schlachtfeld davon, sondern führte mit dem ihm eigenen hervorragenden Taktgefühl und mit seiner großen Kriegserfahrung ruhig und würdig seine Rolle als scheinbarer Oberleiter durch.

XXIX

Als Napoleon die Linie zum zweitenmal abgeritten und sorgsam revidiert hatte und zu seinem Zelt zurückgekehrt war, sagte er:

»Die Schachfiguren sind aufgestellt; morgen beginnt das Spiel.«

Er ließ sich Punsch bringen und Bausset herbeirufen und begann mit ihm ein Gespräch über Paris, über einige Veränderungen, die er in dem Hofstaat der Kaiserin vorzunehmen beabsichtigte, und setzte den Palastpräfekten durch sein gutes Gedächtnis für alle möglichen kleinen Einzelheiten der Hofverhältnisse in Erstaunen.

Er interessierte sich für allerlei Kleinigkeiten, scherzte über Baussets Reiselust und plauderte in lässigem Ton, so wie es wohl ein berühmter, mit seinem Metier vertrauter, von Selbstbewußtsein erfüllter Operateur tut, während er sich die Ärmel aufstreift und die Schürze vorbindet und den Kranken auf dem Lager festbinden läßt. »Alles, was getan werden muß«, denkt er, »habe ich klar und bestimmt im Kopf und in den Händen. Sobald es nötig sein wird, ans Werk zu gehen, werde ich es so gut machen, wie es kein anderer kann; aber jetzt kann ich scherzen, und je mehr ich scherze und je ruhiger ich bin, um so vertrauensvoller und ruhiger mögt ihr sein, und um so mehr mögt ihr mein Genie bewundern.«

Nachdem Napoleon sein zweites Glas Punsch getrunken hatte, ging er in seinen Schlafraum, um sich vor der ernsten Arbeit, die ihm, wie er meinte, für den nächsten Tag bevorstand, auszuruhen.

Aber seine Gedanken waren dermaßen mit dieser ihm bevorstehenden Arbeit beschäftigt, daß er nicht schlafen konnte, und trotzdem der Schnupfen infolge der feuchten Abendluft schlimmer geworden war, kam er um drei Uhr nachts, sich laut schneuzend, wieder in die größere Abteilung des Zeltes. Er erkundigte sich, ob die Russen abgezogen seien. Es wurde ihm geantwortet, die feindlichen Wachfeuer befänden sich immer noch an denselben Stellen. Er nickte befriedigt mit dem Kopf.

Der diensttuende Adjutant trat in das Zelt.

»Nun, Rapp, glauben Sie, daß wir heute gute Geschäfte machen werden?« fragte ihn der Kaiser.

»Ohne allen Zweifel, Sire«, erwiderte Rapp.

Napoleon blickte ihn prüfend an.

»Erinnern Sie sich, Sire«, fuhr Rapp fort, »was Sie bei Smolensk zu mir zu sagen geruhten: ›Der Wein ist abgezogen; nun muß man ihn trinken.‹«

Napoleon zog die Augenbrauen zusammen und saß lange schweigend da, den Kopf in die Hände gestützt.

»Mein armes Heer!« sagte er plötzlich. »Es ist seit Smolensk sehr zusammengeschmolzen. Das Glück ist eine richtige Dirne, Rapp; das habe ich immer gesagt, und nun fange ich an, es zu erfahren. Aber die Garde, Rapp, die Garde ist doch unversehrt geblieben?« sagte er in fragendem Ton.

»Ja, Sire«, antwortete Rapp.

Napoleon nahm eine Pastille, steckte sie in den Mund und sah nach der Uhr. Schläfrig fühlte er sich nicht; bis zum Morgen war es noch lange hin; wie sollte er die Zeit verbringen? Noch weitere Anordnungen zu treffen war nicht möglich, da bereits alles angeordnet und jetzt in der Ausführung begriffen war.

»Ist an die Garderegimenter Zwieback und Reis ausgeteilt worden?« fragte er in strengem Ton.

»Ja, Sire.«

»Auch Reis?«

Rapp antwortete, er habe den Befehl des Kaisers, den Reis betreffend, weitergegeben; aber Napoleon schüttelte unzufrieden den Kopf, wie wenn er nicht glaubte, daß sein Befehl ausgeführt sei. Ein Diener trat ein mit Punsch. Napoleon ließ für Rapp ein zweites Glas bringen und trank schweigend einzelne Schlucke aus dem seinigen.

»Ich habe weder Geschmack noch Geruch«, sagte er, indem er an dem Glas roch. »Dieser Schnupfen ennuyiert mich recht. Da reden die Leute nun von der medizinischen Wissenschaft. Eine nette Wissenschaft, die nicht einmal einen Schnupfen heilen kann! Corvisart hat mir diese Pastillen gegeben; aber sie helfen gar nichts. Was können die Ärzte denn kurieren? Kurieren läßt sich überhaupt keine Krankheit. Unser Körper ist eine Maschine zum Leben. Für diesen Zweck ist er eingerichtet; das ist seine Natur. Man lasse im Körper das Leben einfach in Ruhe, damit es sich darin selbst schützt; dann wird es mehr ausrichten, als wenn man es durch Überfüllung mit Medikamenten lähmt. Unser Körper ist gleichsam eine vorzügliche Uhr, die eine bestimmte Zeitlang gehen kann; aber der Uhrmacher besitzt nicht die Fähigkeit, sie zu öffnen; er kann sie nur tastend und mit verbundenen Augen behandeln … Unser Körper ist eine Maschine zum Leben. Das ist die Sache!«

Und da er nun anscheinend in das Definieren, eine seiner Lieblingsbeschäftigungen, hineingeraten war, stellte er auf einmal unerwarteterweise noch eine andere Definition auf.

»Wissen Sie, Rapp«, fragte er, »was die Kriegskunst ist? Die Kunst, in einem bestimmten Augenblick stärker zu sein als der Feind, weiter nichts.«

Rapp gab keine Antwort.

»Morgen werden wir mit Kutusow zu tun haben«, sagte Napoleon. »Nun, wir wollen sehen. Erinnern Sie sich noch: Er kommandierte in Braunau eine Armee, setzte sich aber in drei Wochen nicht ein einziges Mal aufs Pferd, um die Befestigungen zu besichtigen. Nun, wir wollen sehen!«

Er warf einen Blick auf die Uhr. Es war erst vier. Schlafen mochte er nicht; der Punsch war ausgetrunken, und zu tun war nichts mehr. Er stand auf, ging auf und ab, zog einen warmen Oberrock an, setzte den Hut auf und trat aus dem Zelt hinaus. Die Nacht war dunkel und feucht; eine kaum spürbare Feuchtigkeit senkte sich von oben herab. Wachfeuer brannten trübe in der Nähe, bei der französischen Garde, und schimmerten in der Ferne durch den Rauch bei der russischen Linie. Durch die überall herrschende Stille hörte man deutlich das dumpfe Geräusch und Getrappel der französischen Truppen, die sich bereits in Bewegung setzten, um ihre Position einzunehmen.

Napoleon ging vor dem Zelt hin und her, betrachtete die Feuer, horchte auf das Getrappel, und als er bei einem großen Gardisten mit zottiger Mütze vorbeikam, der bei dem kaiserlichen Zelt Posten stand und beim Erscheinen des Kaisers wie ein schwarzer Pfahl sich geradereckte, blieb Napoleon vor ihm stehen.

»Seit welchem Jahr bist du im Dienst?« fragte er in jenem derb-freundlichen Soldatenton, in dem er immer mit den Soldaten verkehrte und den er daher gut zu treffen wußte.

Der Soldat antwortete ihm.

»Ah, einer von den alten! Habt ihr in eurem Regiment Reis bekommen?«

»Jawohl, Euer Majestät.«

Napoleon nickte mit dem Kopf und entfernte sich von ihm.

*

Um halb sechs Uhr ritt Napoleon nach dem Dorf Schewardino. Es fing an, hell zu werden; der Himmel hatte sich aufgeklart; nur im Osten lagerte eine einzelne dunkle Wolke. Die verlassenen Wachfeuer glimmten im schwachen Morgenlicht.

Von rechts her ertönte ein einzelner dumpfer Kanonenschuß; der Schall verbreitete sich und erstarb dann in der allgemeinen Stille. Es vergingen einige Minuten. Dann ertönte ein zweiter, ein dritter Schuß; die Luft geriet in eine schwankende Bewegung; ein vierter und ein fünfter erschollen mit einem gewissermaßen feierlichen Klang irgendwo in der Nähe rechts.

Noch waren die ersten Schüsse nicht verhallt, als noch andere und immer wieder andere ertönten, deren Klänge zusammenflossen und einander unterbrachen.

Napoleon ritt mit seiner Suite nach der Schanze von Schewardino und stieg vom Pferd. Das Spiel begann.

XXX

Nachdem Pierre vom Fürsten Andrei nach Gorki zurückgekehrt war, befahl er dem Reitknecht, die Pferde bereitzuhalten und ihn am andern Morgen früh zu wecken, und schlief dann hinter der Halbwand in dem Winkelchen, das ihm Boris überlassen hatte, sofort ein.

Als er am andern Morgen erwachte, war niemand mehr in dem Häuschen anwesend. Die Scheiben in den kleinen Fenstern zitterten. Der Reitknecht stand vor ihm und rüttelte ihn.

»Euer Erlaucht, Euer Erlaucht, Euer Erlaucht …«, rief der Reitknecht, indem er ihn beharrlich an der Schulter schüttelte; er sah ihn dabei gar nicht an und hatte offenbar schon die Hoffnung verloren, ihn noch wach zu bekommen.

»Was ist? Hat es angefangen? Ist es Zeit?« fragte Pierre, als er zu sich gekommen war.

»Hören Sie nur das Schießen«, sagte der Reitknecht, ein ehemaliger Soldat. »Die Herren sind schon alle weg; der Durchlauchtige selbst ist schon längst vorbeigeritten.«

Pierre kleidete sich schnell an und lief vor die Haustür. Draußen war es hell, frisch, tauig und vergnüglich. Die Sonne, die soeben hinter einer Wolke hervorbrach, von der sie bis dahin verdeckt gewesen war, ergoß ihre zur Hälfte noch von der Wolke gebrochenen Strahlen über die Dächer der gegenüberliegenden Straßenseite hin auf den betauten Staub des Weges, auf die Wände und Fenster der Häuser, auf die Zäune und auf Pierres Pferde, die bei dem Haus standen. Der Kanonendonner war hier draußen deutlicher zu hören. Auf der Straße trabte ein Adjutant mit einem Kosaken vorüber.

»Es ist Zeit, Graf, es ist Zeit!« rief der Adjutant.

Pierre befahl dem Reitknecht, ihm die Pferde nachzubringen, und ging zu Fuß auf der Straße nach dem Hügel, von dem er tags zuvor das Schlachtfeld betrachtet hatte. Auf diesem Hügel befand sich eine Anzahl von Militärs; man konnte das französische Gespräch der Stabsoffiziere hören und sah Kutusows grauen Kopf mit der weißen, rotbesetzten Mütze und dem in den Schultern versinkenden Nacken. Kutusow schaute durch ein Fernrohr nach vorn, die große Landstraße entlang.

Als Pierre die Stufen hinangestiegen war, die zu dem Hügel hinaufführten, blickte er gleichfalls nach vorn und stand starr vor Entzücken über die Schönheit dieses Schauspiels. Es war dasselbe Panorama, das er am vorhergehenden Tag von diesem Hügel aus mit lebhaftem Interesse betrachtet hatte; aber jetzt war dieses ganze Terrain von Truppen und den Rauchwolken der Schüsse bedeckt, und die schrägen Strahlen der hellen Sonne, die links hinter Pierre emporstieg, breiteten in der reinen Morgenluft ein scharfes Licht mit einem goldig-rötlichen Schimmer darüber aus und ließen lange, dunkle Schatten entstehen. Die fernen Wälder, die das Panorama abschlossen, sahen aus, als wären sie aus einem kostbaren gelblichgrünen Stein geschnitten, und zeichneten sich mit der geschweiften Umrißlinie ihrer Wipfel am Horizont ab; und zwischen ihnen zog sich hinter Walujewo die große Smolensker Landstraße dahin, die ganz mit Truppen bedeckt war. Mehr in der Nähe lagen goldig schimmernde Felder und kleine grüne Gehölze. Überall, geradeaus und rechts und links, waren Truppen zu sehen. Alles war voller Leben, großartig, überraschend; aber was den allergrößten Eindruck auf Pierre machte, das war der Anblick des Schlachtfeldes selbst, des Dorfes Borodino und des schluchtenreichen Terrains zu beiden Seiten der Kolotscha.

Über der Kolotscha, über Borodino und zu beiden Seiten dieses Dorfes, besonders links, da wo zwischen sumpfigen Ufern die Woina sich in die Kolotscha ergießt, lag jener Nebel, der beim Hervortreten der hellen Sonne zergeht, auseinanderfließt, das Licht hindurchläßt und allem, was durch ihn hindurch sichtbar wird, zauberhafte Farben und Umrisse verleiht. Zu diesem Nebel gesellte sich der Rauch der Schüsse, und in diesem Nebel und Rauch blitzten überall die Reflexe des Morgenlichtes: hier auf dem Wasser, da im Tau, dort an den Bajonetten der Truppen, die sich an den Ufern und in Borodino drängten. Durch diesen Nebel hindurch wurde die weiße Kirche von Borodino sichtbar, stellenweise auch Hausdächer, dichte Massen von Soldaten, grüne Munitionskästen, Geschütze. Und alles dies bewegte sich oder schien sich zu bewegen, weil Nebel und Rauch über diesen ganzen Raum sachte hinzogen. Wie in diesen von Nebel bedeckten Niederungen bei Borodino, so entstanden auch außerhalb dieses Terrains, höher hinauf und namentlich nach links hin, auf der ganzen Linie, bei den Wäldern und auf den Feldern, in den Niederungen und auf den Anhöhen, fortwährend, gleichsam von selbst aus dem Nichts, bald einzeln bald gruppenweise, bald selten bald häufig, Rauchballen von Kanonenschüssen; anschwellend, sich ausdehnend, aufwirbelnd, zusammenfließend erfüllten sie den ganzen weiten Raum.

Diese Rauchwolken von den Schüssen und, so sonderbar es klingen mag, der Schall der Schüsse bildeten den Hauptreiz dieses Schauspiels.

Puff! Plötzlich erschien eine rundliche, dichte, aus den Farben Lila, Grau und Milchweiß bestehende Rauchwolke, und bum! ertönte einen Augenblick darauf der zu dieser Rauchwolke gehörige Schall.

Puff, puff! Es erhoben sich zwei Rauchwolken, stießen zusammen und flossen ineinander; und bum, bum! bestätigte der Schall das, was das Auge gesehen hatte.

Pierre sah sich wieder nach der ersten Rauchwolke um, die, als er die Augen von ihr abgewandt hatte, ein rundliches, dichtes Bällchen gewesen war; aber jetzt befanden sich an ihrer Stelle bereits mehrere Klumpen von seitwärts ziehendem Rauch; und puff … (mit einer Pause), puff, puff! erschienen noch drei, noch vier andere Rauchwolken, und auf jede von ihnen antworteten in denselben Abständen bum … bum, bum! schöne, volle, kräftige Töne. Bald schien es, als ob diese Rauchwolken davonzögen, bald, als ob sie stillständen und die Wälder, Felder und glänzenden Bajonette an ihnen vorbeiliefen. Zur Linken auf den Feldern und in den Gebüschen bildeten sich unaufhörlich diese großen Rauchwolken mit ihrem feierlichen Hall, und in größerer Nähe in den Niederungen und bei den Wäldern stiegen von Flintenschüssen kleine Rauchwölkchen empor, die nicht dazu gelangten, eine Kugelgestalt anzunehmen, jedoch gleichfalls von einem wenn auch nur mäßigen Schall gefolgt waren. Trach-ta-

ta-tach, knatterte das Flintenfeuer, zwar häufig, aber unregelmäßig und ärmlich im Vergleich zu den Kanonenschüssen.

Pierre wäre gern dort gewesen, wo diese Rauchwolken, diese blitzenden Bajonette, diese Bewegung und diese Töne waren. Er sah sich nach Kutusow und seinem Gefolge um, um seine eigene Empfindung mit der der andern zu vergleichen. Alle blickten sie ganz so wie er und, wie es ihm schien, mit demselben Gefühl vorwärts nach dem Schlachtfeld hin. Auf allen Gesichtern leuchtete jetzt jene »latente Wärme« der Empfindung, die Pierre gestern bemerkt hatte und über die er nach seinem Gespräch mit dem Fürsten Andrei vollständig ins klare gekommen war.

»Reite hin, mein Lieber, reite hin; Christus sei mit dir!« sagte Kutusow, ohne die Augen von dem Schlachtfeld wegzuwenden, zu einem neben ihm stehenden General.

Nachdem er den Befehl gehört hatte, ging dieser General an Pierre vorbei nach der Stelle hin, wo sich der Abstieg von dem Hügel befand.

»Zur Übergangsstelle!« antwortete der General kühl und ernst auf die Frage eines Stabsoffiziers, wohin er sich begebe.

»Da will ich auch hin, da will ich auch hin!« dachte Pierre und ging hinter dem General her.

Der General bestieg das Pferd, das ihm ein Kosak vorführte. Pierre begab sich zu seinem Reitknecht, der seine Pferde hielt. Er befragte diesen, welches das frommste sei, stieg hinauf, hielt sich an der Mähne, drückte die Hacken der auswärts gedrehten Füße gegen den Leib des Pferdes und sprengte so, obgleich er fühlte, daß ihm die Brille herunterrutschte und daß er nicht imstande war, die Hände von der Mähne und den Zügeln wegzunehmen, hinter dem General her, wodurch er bei den Stabsoffizieren, die ihm von dem Hügel aus nachsahen, ein Lächeln hervorrief.

XXXI

Der General, hinter welchem Pierre herjagte, wandte sich, sobald er an den Fuß des Berges gelangt war, scharf nach links, und Pierre, der ihn aus den Augen verloren hatte, sprengte in die Reihen einer vor ihm her marschierenden Infanteriekolonne hinein. Er versuchte, bald nach vorn, bald nach rechts, bald nach links sich wieder hinauszuarbeiten; aber überall waren Soldaten mit gleichmäßig ernsten Gesichtern, denen man es ansah, daß die Gedanken dieser Menschen mit einer nicht unmittelbar sichtbaren, aber wichtigen Sache beschäftigt waren. Alle blickten sie mit dem gleichen unwillig fragenden Ausdruck nach diesem dicken Menschen mit dem weißen Hut hin, der sie ohne vernünftigen Grund in Gefahr brachte, von seinem Pferd getreten zu werden.

»Warum reiten Sie denn da mitten im Bataillon?« schrie ihn einer an. Ein anderer stieß Pierres Pferd mit dem Kolben, und Pierre, der sich an den Sattelbogen drückte und nur mit Mühe sein scheuendes Pferd zu halten vermochte, jagte nach vorn aus der Truppe hinaus, wo freier Raum war.

Vor ihm war eine Brücke, und an der Brücke standen andere Soldaten und schossen. Pierre ritt zu ihnen heran. So gelangte er, ohne sich selbst darüber klarzuwerden, zu der Kolotscha-Brücke, die zwischen Gorki und Borodino lag und die die Franzosen jetzt in dem ersten Teil der Schlacht (nach der Besetzung von Borodino) angriffen. Pierre sah, daß vor ihm eine Brücke war und daß auf beiden Seiten der Brücke und auf der Wiese, wo das Heu in Schwaden lag, Soldaten irgend etwas taten; aber trotz des keinen Augenblick verstummenden Schießens, das an dieser Stelle stattfand, glaubte er keineswegs, daß dies hier wirklich das Schlachtfeld sei. Er hörte nicht die Töne der auf allen Seiten vorüberpfeifenden Flintenkugeln und der über ihn wegfliegenden Kanonenkugeln; er sah nicht den jenseits des Flusses stehenden Feind und bemerkte lange Zeit die Getöteten und Verwundeten nicht, obgleich viele nicht weit von ihm entfernt fielen. Mit einem Lächeln, das nicht von seinem Gesicht wich, blickte er umher.

»Was hat denn der da vor der Linie umherzureiten?« schrie ihn wieder einer an.

»Nach links reiten! Nach rechts reiten!« wurde ihm zugerufen.

Pierre ritt nach rechts und stieß unvermutet mit einem ihm bekannten Adjutanten des Generals Rajewski zusammen. Dieser Adjutant warf Pierre einen zornigen Blick zu und schickte sich offenbar an, ihn gleichfalls anzuschreien; aber nachdem er ihn erkannt hatte, nickte er ihm freundlich zu.

»Wie kommen Sie denn hierher?« sagte er und ritt weiter.

Pierre, der das Gefühl hatte, daß er hier nicht hingehöre und hier nichts anfangen könne, und wieder jemandem hinderlich zu sein fürchtete, ritt dem Adjutanten nach.

»Was geht denn hier vor? Kann ich mit Ihnen mitreiten?« fragte er.

»Sofort, sofort!« antwortete der Adjutant, sprengte zu einem dicken Obersten hin, der auf der Wiese stand, überbrachte ihm einen Auftrag und wandte sich dann erst zu Pierre.

»Warum sind Sie denn hierhergekommen, Graf?« fragte er ihn lächelnd. »Aus lauter Wißbegierde?«

»Jawohl«, antwortete Pierre.

Aber der Adjutant wendete sein Pferd und ritt weiter.

»Hier steht es ja, Gott sei Dank, gut«, sagte er. »Aber auf dem linken Flügel bei Bagration ist ein schrecklicher Kampf im Gange.«

»Wirklich?« fragte Pierre. »Wo ist denn das?«

»Reiten Sie mit mir dort auf den Hügel. Von uns aus können Sie es sehen. Bei uns in der Batterie ist es noch erträglich«, sagte der Adjutant. »Wie ist's? Kommen Sie mit?«

»Ja, ich komme mit Ihnen«, antwortete Pierre und sah sich suchend nach seinem Reitknecht um.

Erst jetzt erblickte Pierre zum erstenmal Verwundete, die sich teils zu Fuß fortschleppten, teils auf Bahren getragen wurden. Auf jener selben kleinen Wiese mit den duftenden Heuschwaden, über die er tags zuvor geritten war, lag quer über den Schwaden unbeweglich ein Soldat; der Kopf, von dem der Tschako herabgefallen war, hing in unnatürlicher Haltung herunter.

»Warum ist denn der Mann nicht aufgehoben?« wollte Pierre fragen; aber als er das finstere Gesicht des Adjutanten sah, der nach derselben Seite hinblickte, hielt er inne.

Pierre hatte seinen Reitknecht nicht gefunden und ritt mit dem Adjutanten durch die Niederung in einem Hohlweg nach dem Rajewski-Hügel. Sein Pferd blieb hinter dem des Adjutanten zurück und versetzte ihm in gleichmäßigem Tempo schüttelnde Stöße.

»Sie sind das Reiten wohl nicht gewöhnt, Graf?« fragte der Adjutant.

»Nein, ich bin kein besonderer Reiter; aber das Pferd springt auch so eigentümlich«, antwortete Pierre verwundert.

»Ah, ah! Es ist ja verwundet«, sagte der Adjutant. »Das rechte Vorderbein, über dem Knie. Gewiß von einer Kugel. Ich gratuliere Ihnen, Graf, zur Feuertaufe.«

Nachdem sie in dichtem Pulverrauch durch das sechste Korps geritten waren, hinter der Artillerie, die, nach vorn gezogen, aus ihren Geschützen ein betäubendes Feuer unterhielt, gelangten sie zu einem kleinen Wald. In dem Wald war es kühl und still, und es roch herbstlich. Pierre und der Adjutant stiegen von den Pferden und gingen zu Fuß bergauf.

»Ist der General hier?« fragte der Adjutant, als sie an die oberste Kuppe gelangt waren.

»Eben war er noch hier; er ist dorthin geritten«, antworteten ihm die Soldaten und wiesen dabei nach rechts.

Der Adjutant sah sich nach Pierre um, als wüßte er nicht, was er nun mit ihm anfangen sollte.

»Lassen Sie sich durch mich von nichts abhalten«, sagte Pierre. »Ich werde auf die Kuppe hinaufsteigen; darf ich?«

»Ja, steigen Sie nur hinauf; von da ist alles zu sehen, und es ist nicht besonders gefährlich. Ich hole Sie nachher wieder ab.«

Pierre ging zu der Batterie hinauf, und der Adjutant ritt weiter. Sie sahen einander nicht mehr wieder, und erst lange nachher erfuhr Pierre, daß dem Adjutanten an diesem Tag ein Arm weggerissen worden war.

Die Kuppe, auf die Pierre hinaufstieg, war jene berühmte Schanze, die nachher bei den Russen unter dem Namen »Hügelbatterie« oder »Rajewski-Batterie« und bei den Franzosen unter dem Namen »die große Redoute«, »die verhängnisvolle Redoute«, »die Redoute des Zentrums« bekannt wurde, jener Ort, um den herum sehr bedeutende Truppenmassen aufgestellt waren und den die Franzosen für den wichtigsten Punkt der Position hielten.

Diese Redoute bestand aus einer Kuppe, bei der auf drei Seiten Gräben gezogen waren. Auf dem von den Gräben eingeschlossenen Platz standen zehn feuernde Kanonen, die in die Öffnungen der Wälle vorgezogen waren.

In einer Linie mit der Kuppe standen auf beiden Seiten noch andere Kanonen, die ebenfalls unaufhörlich schossen. Ein wenig hinter den Kanonen war Infanterie aufgestellt. Als Pierre diese Kuppe betrat, glaubte er in keiner Weise, daß dieser mit kleinen Gräben umschlossene Raum, auf dem ein paar Kanonen standen und schossen, der wichtigste Punkt des Schlachtfeldes sei.

Im Gegenteil schien es ihm, daß dieser Platz (gerade deshalb, weil er selbst sich dort befand) einer der bedeutungslosesten des Schlachtfeldes sei.

Nachdem Pierre auf die Kuppe gekommen war, setzte er sich am Ende des Grabens nieder, der die Batterie umschloß, und betrachtete mit einem unwillkürlichen frohen Lächeln das, was um ihn herum vorging. Ab und zu stand er, immer mit demselben Lächeln, auf und ging in der Batterie umher, wobei er sich bemühte, den Soldaten nicht hinderlich zu sein, die die Geschütze luden und zurechtschoben und fortwährend mit Kartuschbeuteln und Geschossen an ihm vorbeiliefen. Die Kanonen dieser Batterie schossen unaufhörlich eine nach der andern mit betäubendem Krachen und hüllten alles ringsumher in Pulverdampf.

Im Gegensatz zu der Beklommenheit, die sich bei den Infanteristen der Bedeckung fühlbar machte, herrschte hier auf der Batterie, wo eine kleine Anzahl von Menschen von den andern durch einen Graben abgegrenzt und getrennt und ganz von ihrer Tätigkeit in Anspruch genommen war, eine gleichmäßige, allgemeine Lebhaftigkeit und ein Gefühl, als ob sie alle eine Familie bildeten.

Das Erscheinen der unmilitärischen Gestalt Pierres mit seinem weißen Hut hatte diese Leute anfangs überrascht und ihr Mißfallen erregt. Die

Soldaten, die an ihm vorbeikamen, schielten erstaunt und sogar scheu nach seiner Figur hin. Der Artillerieoberst, ein älterer, großer, langbeiniger, pockennarbiger Mann, kam, wie wenn er die Wirkung des am Ende der Reihe stehenden Geschützes beobachten wollte, in Pierres Nähe und musterte ihn neugierig.

Ein blutjunger Offizier mit rundem Gesicht, noch völlig Kind und offenbar eben erst aus dem Kadettenkorps entlassen, der mit großem Eifer bei den beiden ihm überwiesenen Kanonen Anordnungen erteilte, wandte sich mit strenger Miene zu Pierre.

»Mein Herr, gestatten Sie, daß ich Sie ersuche, aus dem Weg zu gehen«, sagte er. »Hier dürfen Sie nicht stehen.«

Auch die Soldaten sahen Pierre mißbilligend an und schüttelten die Köpfe.

Aber als alle sich allmählich überzeugt hatten, daß dieser Mensch mit dem weißen Hut nichts Übles tat, sondern entweder friedlich auf der Böschung des Walles saß oder schüchtern lächelnd und vor den Soldaten höflich zur Seite tretend in der Batterie unter den Schüssen so ruhig umherwanderte wie auf einem Boulevard, da ging nach und nach das Gefühl mißgünstiger Verwunderung über ihn in ein freundliches, scherzhaftes Interesse über, ähnlich dem, das die Soldaten für ihre Tiere hegen: für die Hunde, Hähne, Ziegen und sonstigen Tiere, die bei den Truppen gehalten werden. Diese Soldaten nahmen nun Pierre unverzüglich in ihre Familie auf, betrachteten ihn als den Ihrigen und gaben ihm einen Spitznamen. »Unser gnädiger Herr« nannten sie ihn und lachten vergnügt über ihn untereinander.

Eine Kanonenkugel wühlte zwei Schritte von Pierre entfernt die Erde auf. Er klopfte sich von den Kleidern die Erde ab, die ihm die Kugel daraufgespritzt hatte, und blickte lächelnd um sich.

»Fürchten Sie sich denn gar nicht, gnädiger Herr? Wahrhaftig wunderbar!« wandte sich ein stämmiger Soldat mit rotem Gesicht an Pierre und zeigte, vergnügt grinsend, seine kräftigen, weißen Zähne.

»Nun, fürchtest du dich denn etwa?« fragte Pierre.

»Aber gewiß!« antwortete der Soldat. »So eine Kugel hat kein Mitleid. Wenn die auf einen niederquatscht, drückt sie einem die Därme heraus. Da muß man sich schon fürchten«, sagte er lachend.

Einige Soldaten blieben mit vergnügten, freundlichen Gesichtern bei Pierre stehen. Sie schienen von vornherein erwartet zu haben, daß er anders reden werde wie alle anderen Leute, und die Entdeckung, daß dem wirklich so war, freute sie.

»Wir sind nun einmal Soldaten. Aber so ein vornehmer Herr, das ist erstaunlich! So einen vornehmen Herrn findet man selten!«

»An die Plätze!« rief der junge Offizier den Soldaten zu, die sich um Pierre angesammelt hatten.

Dieser junge Offizier verrichtete seinen Dienst offenbar erst zum ersten oder zweiten Mal und benahm sich deshalb den Soldaten und den Vorgesetzten gegenüber mit besonderer Akkuratesse und Förmlichkeit.

Das stetig rollende Donnern der Kanonenschüsse und das Knattern des Gewehrfeuers verstärkte sich über das ganze Feld hin, und namentlich zur Linken, da, wo sich die Pfeilschanzen Bagrations befanden; aber wegen des Rauches der Schüsse war von Pierres Standplatz aus fast nichts zu sehen. Außerdem nahm die Beobachtung dieses sozusagen Familienkreises, den die von allen andern abgetrennten Leute in der Batterie bildeten, Pierres ganze Aufmerksamkeit in Anspruch. Die erste unwillkürlich freudige Erregung, die der Anblick und die Töne des Schlachtfeldes bei ihm hervorgerufen hatten, war jetzt, namentlich nach dem Anblick des allein auf der Wiese liegenden Soldaten, von einem anderen Gefühl abgelöst worden. Während er jetzt auf der Böschung des Grabens saß, beobachtete er die ihn umgebenden Personen.

Um zehn Uhr waren bereits gegen zwanzig Mann aus der Batterie weggetragen; zwei Geschütze waren zerschossen, und immer häufiger fielen in der Batterie Kanonenkugeln nieder und kamen summend und pfeifend von fernher Flintenkugeln hereingeflogen. Aber die Leute in der Batterie schienen das gar nicht zu bemerken; auf allen Seiten waren heitere Gespräche und Scherze zu hören.

»Eine gefüllte!« schrie ein Soldat mit Bezug auf eine Granate, die pfeifend herbeigeflogen kam.

»Sie kommt nicht hierher! Zur Infanterie!« fügte lachend ein anderer hinzu, als er bemerkte, daß die Granate vorüberflog und in die Reihen der Bedeckungsmannschaft einschlug.

»Das ist wohl eine gute Bekannte von dir, daß du dich so verbeugst?« sagte ein anderer Soldat lachend zu einem Bauern, der sich beim Vorbeifliegen einer Kanonenkugel duckte.

Einige Soldaten sammelten sich am Wall und betrachteten, was da vorn, beim Feind, geschah.

»Auch die Vorpostenkette haben sie zurückgenommen, siehst du wohl; sie sind zurückgegangen«, sagten sie, über den Wall hinüberweisend.

»Kümmert euch um das, was ihr zu tun habt!« schrie sie ein alter Unteroffizier an. »Wenn sie zurückgegangen sind, dann müssen wir ihnen von hinten nachhelfen.«

Der Unteroffizier faßte einen der Soldaten von hinten an den Schultern und stieß ihn mit dem Knie. Die Umstehenden lachten.

»An das fünfte Geschütz! Rückt es vor!« wurde von der einen Seite gerufen.

»Zugleich, alle mit einemmal, wie die Schiffsknechte!« schrien die Soldaten fröhlich, während sie die Kanone vorschoben.

»Ei, sieh mal, die hätte unserm gnädigen Herrn beinah den Hut vom Kopf geschlagen«, rief der Spaßmacher mit dem roten Gesicht, sich über Pierre lustig machend, und zeigte lachend seine Zähne. »Ach, du ungeschicktes Ding!« fügte er vorwurfsvoll für die Kugel hinzu, die auf ein Rad und auf das Bein eines Menschen gefallen war.

»Nun, ihr Füchse? Kommt ihr geschlichen?« redete ein anderer lachend die Landwehrleute an, die in gebückter Haltung in die Batterie kamen, um den Verwundeten zu holen.

»Was macht ihr denn für Gesichter? Euch schmeckt wohl die Grütze nicht? Ach, ihr Maulaffen, ihr steht ja wie die Holzklötze da!« riefen die Soldaten den Landwehrleuten zu, die vor dem Soldaten mit dem abgeschossenen Bein unschlüssig stehenblieben.

»Ja, ja, Kinderchen!« neckte man die Bauern. »Das will euch nicht gefallen!«

Pierre bemerkte, daß nach jeder einschlagenden Kanonenkugel, nach jedem Verlust die allgemeine Lebhaftigkeit und Fröhlichkeit immer mehr aufflammte.

Wie aus einer heranziehenden Gewitterwolke, so zuckten auf den Gesichtern aller dieser Menschen (gleichsam dem, was sich da vollzog, zum Trotz) immer häufiger und immer heller die Blitze eines verborgen brennenden Feuers auf.

Pierre blickte nicht mehr nach vorn auf das Schlachtfeld und hatte kein Interesse mehr daran, zu erfahren, was dort geschah; er war ganz in die Beobachtung dieses immer mehr und mehr auflodernden Feuers vertieft, das, wie er fühlte, ganz ebenso auch in seiner eigenen Seele brannte.

Um zehn Uhr zog sich die feindliche Infanterie, die der Batterie gegenüber in den Büschen und an dem Flüßchen Kamenka gestanden hatte, zurück. Man konnte von der Batterie aus sehen, wie sie an ihm entlang zurückliefen und dabei ihre Verwundeten auf den Flinten trugen. Ein General mit seiner Suite kam auf die Kuppe, redete ein paar Worte mit dem Obersten, warf Pierre einen ärgerlichen Blick zu und stieg dann wieder hinunter, nachdem er noch der Infanterie, die als Bedeckung hinter der Batterie stand, befohlen hatte, sich hinzulegen, um den Kugeln weniger ausgesetzt zu sein. Bald darauf hörte man bei der Infanterie rechts von der Batterie Trommeln und Kommandorufe und konnte von der Batterie aus sehen, wie die Reihen der Infanterie sich vorwärts in Marsch setzten.

Pierre blickte über den Wall. Ein einzelnes Gesicht fiel ihm besonders in die Augen. Es war dies ein Offizier, der mit seinem blassen, jugendlichen Gesicht, den Degen gesenkt haltend, vor seinen Leuten rückwärts ging und sich dabei unruhig umblickte.

Die Reihen der Infanteristen verschwanden im Pulverdampf; man hörte ihr langgezogenes Geschrei und häufiges Gewehrfeuer. Einige Minuten darauf kam eine Menge von Verwundeten, zu Fuß oder auf Tragbahren, von dort zurück. In die Batterie schlugen die Kanonenkugeln noch häufiger ein. Einige Soldaten, die getroffen waren, lagen da, ohne weggeschafft zu werden. Die Mannschaft bewegte sich in noch lebhafterer Geschäftigkeit um die Kanonen. Niemand kümmerte sich mehr um Pierre. Ein paarmal wurde er zornig angeschrien, weil er im Weg wäre. Der Oberst, der ein sehr finsteres Gesicht machte, ging mit großen, schnellen Schritten von einem Geschütz zum andern. Der junge Offizier, dessen Gesicht sich noch mehr gerötet hatte, erteilte den Soldaten seine Befehle mit noch größerem Eifer. Die Soldaten tummelten sich hurtig, reichten die Geschosse hin, luden und erfüllten ihre Aufgabe mit stolzem Selbstbewußtsein. Sie gingen so elastisch wie auf Sprungfedern.

Die Gewitterwolke war herangerückt, und hell brannte auf allen Gesichtern jenes Feuer, dessen Aufflammen Pierre verfolgt hatte. Er stand neben dem Obersten. Der junge Offizier kam zu dem Obersten herangelaufen, die Hand am Tschako.

»Ich habe die Ehre zu melden, Herr Oberst, daß nur noch acht Ladungen vorhanden sind. Befehlen Sie, das Feuer fortzusetzen?«

»Kartätschen!« schrie der Oberst nach einem Blick über den Wall, ohne auf die Frage zu antworten.

Plötzlich begab sich etwas: Der junge Offizier stöhnte auf, krümmte sich zusammen und setzte sich auf die Erde wie ein im Flug geschossener Vogel. Pierre hatte die Empfindung, daß sich vor seinen Augen alles in seltsamer Weise verwandle, undeutlich und trübe werde.

In rascher Folge kamen Kanonenkugeln pfeifend geflogen und schlugen in die Brustwehr, in die Mannschaft und in die Geschütze ein. Pierre, der früher nicht auf diese Töne hingehört hatte, hörte jetzt weiter nichts als sie. Seitwärts von der Batterie, zur Rechten, liefen Soldaten mit Hurrageschrei nicht vorwärts, sondern zurück, wie es Pierre vorkam.

Eine Kanonenkugel schlug gerade in den Rand des Walles, bei dem Pierre stand, schüttete eine Menge Erde herunter, huschte vor seinen Augen wie ein schwarzer Ball vorbei und klatschte in demselben Augenblick in etwas hinein. Die Landwehrleute, die gerade in die Batterie hereinkommen wollten, liefen wieder zurück.

»Alle mit Kartätschen!« schrie der Oberst.

Ein Unteroffizier kam zu ihm gelaufen und flüsterte ihm ängstlich zu (in der Art, wie bei einem Diner der Haushofmeister dem Hausherrn meldet, daß von der gewünschten Sorte Wein nichts mehr da ist), es sei keine Munition mehr vorhanden.

»Die Halunken, was machen sie mir für Geschichten!« schrie der Oberst, sich zu Pierre umwendend.

Das Gesicht des Obersten war rot und von Schweiß bedeckt; seine finster blickenden Augen blitzten.

»Lauf zur Reserve und hole die Munitionskästen!« schrie er, indem er zornig mit seinem Blick Pierre vermied und sich an seinen Untergebenen wandte.

»Ich werde hingehen«, sagte Pierre.

Ohne ihm zu antworten, ging der Oberst mit großen Schritten nach der andern Seite.

»Nicht schießen! Warten!« rief er.

Der Unteroffizier, dem befohlen war, Munition zu holen, stieß mit Pierre zusammen.

»Ach, gnädiger Herr, das ist für dich hier nicht der richtige Platz«, sagte er und lief bergab.

Pierre lief ihm nach, indem er im Bogen die Stelle umging, wo der junge Offizier saß.

Eine Kugel, eine zweite, eine dritte flogen über ihn hin und schlugen vor ihm, neben ihm, hinter ihm ein. Pierre lief hinunter. »Wohin laufe ich eigentlich?« fragte er sich auf einmal, als er schon zu den grünen Munitionskästen gekommen war. Er blieb stehen, unschlüssig, ob er zurück- oder vorwärtsgehen solle. Plötzlich warf ihn ein furchtbarer Stoß rückwärts auf die Erde. In demselben Augenblick beleuchtete ihn der Glanz eines großen Feuers, und gleichzeitig erscholl ein betäubendes, in den Ohren dröhnendes Donnern, Krachen und Pfeifen.

Als Pierre wieder zu sich kam, saß er auf der Erde, auf die er sich mit den Händen stützte; der Munitionskasten, neben dem er gestanden hatte, war nicht mehr da; nur angekohlte grüne Bretter und Lappen lagen auf dem versengten Gras umher, und das eine Pferd jagte, mit den Trümmern der Gabeldeichsel um sich schlagend, von ihm weg, das andere lag, ebenso wie Pierre selbst, auf der Erde und stieß ein durchdringendes, langgezogenes Kreischen aus.

XXXII

Pierre, der vor Angst nicht wußte, was er tat, sprang auf und lief auf die Batterie zurück, als nach dem einzigen Zufluchtsort vor all den Schrekken, die ihn umgaben.

In dem Augenblick, als Pierre in die Verschanzung hineintrat, bemerkte er, daß in der Batterie kein Schießen mehr zu hören war, daß aber irgendwelche Leute da irgend etwas taten. Pierre begriff nicht sogleich, was das für Leute waren. Er erblickte den alten Obersten, der, ihm die Rückseite zuwendend, auf dem Wall lag, als ob er da unten etwas betrachtete, und sah, wie ein Soldat, dessen er sich von vorhin erinnerte, sich von Leuten, die ihn am Arm hielten, loszureißen suchte und dabei schrie: »Brüder ...!« Und so sah er noch manches Seltsame.

Aber er hatte es sich in seinen Gedanken noch nicht zurechtgelegt, daß der Oberst tot war und daß der Soldat, der da »Brüder!« rief, gefangengenommen wurde, und daß vor seinen Augen ein anderer Soldat mit dem Bajonett von hinten erstochen wurde, als, unmittelbar nachdem er in die Verschanzung hereingelaufen war, ein hagerer, gelblicher Mann mit schweißbedecktem Gesicht, in blauer Uniform, mit dem Degen in der Hand, auf ihn zugelaufen kam und ihm etwas zuschrie. Pierre, der sich instinktiv gegen den Stoß wehrte, da sie unversehens gegeneinanderrannten, streckte die Hände vor und packte diesen Menschen (es war ein französischer Offizier) mit der einen Hand an der Schulter, mit der andern an der Kehle. Der Offizier ließ seinen Degen fallen und ergriff Pierre am Kragen.

Ein paar Sekunden lang starrten sie beide mit erschrockenen Augen ein jeder das ihm fremde Gesicht des andern an, und beide waren in Zweifel darüber, was sie taten und was sie nun tun sollten. »Hat er mich gefangengenommen oder ich ihn?« dachte jeder von ihnen. Aber offenbar neigte der französische Offizier mehr zu der Auffassung, daß er gefangengenommen sei, da Pierres starke Hand unter der Einwirkung der unwillkürlichen Furcht ihm immer fester und fester die Kehle zusammendrückte. Der Franzose wollte etwas sagen, als plötzlich ganz niedrig, unmittelbar über ihren Köpfen, mit furchtbarem Pfeifen eine Kanonenkugel hinflog; es schien Pierre, als sei dem französischen Offizier der Kopf abgerissen: So schnell hatte dieser den Kopf niedergebeugt.

Pierre hatte ebenfalls den Kopf geduckt und die Arme sinken lassen. Ohne weiter daran zu denken, wer den andern gefangengenommen habe, liefen sie beide weg, der Franzose in die Batterie zurück, Pierre bergab. Er stolperte dabei über Tote und Verwundete, die ihm, wie es ihm vorkam, nach den Beinen griffen. Aber er war noch nicht an den Fuß der Anhöhe gelangt, als ihm dichte Scharen russischer Soldaten im Laufschritt entgegenkamen, die stolpernd, fallend und schreiend, fröhlich und stürmisch zur Batterie hinaufliefen. (Es war dies jener Angriff, den sich Jermolow zum Ruhm anrechnete, indem er behauptete, nur seiner Tapferkeit und seinem Glück sei es möglich gewesen, diese Großtat auszuführen, jener Angriff, bei dem er, wie es heißt, die Georgskreuze, die er in der Tasche hatte, auf die Hügelkuppe warf.)

Die Franzosen, welche die Batterie eingenommen hatten, flüchteten. Unsere Truppen jagten mit Hurrageschrei den Feind so weit von der Batterie weg, daß es schwer wurde, sie von der Verfolgung wieder abzubringen.

Von der Batterie wurden die Gefangenen weggeführt, darunter ein verwundeter französischer General, den viele russische Offiziere umringten. Scharen von Verwundeten, die Pierre teils kannte, teils nicht kannte, Russen und Franzosen, mit schmerzverzerrten Gesichtern, gingen und krochen von der Batterie weg oder wurden auf Bahren fortgetragen. Pierre betrat wieder die Verschanzung auf der Kuppe, wo er länger als eine Stunde geweilt hatte; aber aus jenem Familienkreis, in den er Aufnahme gefunden hatte, fand er niemand mehr vor. Es lagen dort viele Tote, die er nicht kannte. Aber einige erkannte er. Der junge Offizier saß, immer noch in gleicher Weise zusammengekrümmt, am Rand des Walles in einer Blutlache da. Der Soldat mit dem roten Gesicht zuckte noch; aber niemand schaffte ihn fort.

Pierre lief hinunter.

»Nein, jetzt werden sie damit aufhören; jetzt werden sie erschrecken über das, was sie getan haben!« dachte er, während er ziellos hinter den vielen Tragbahren herging, die vom Schlachtfeld fortgetragen wurden.

Aber die vom Rauch verhüllte Sonne stand noch hoch, und vorn und namentlich auf dem linken Flügel, bei Semjonowskoje, wütete im Pulverrauch noch immer der Kampf; und das Getöse der Kanonenschüsse und des Kleingewehrfeuers wurde nicht nur nicht schwächer, sondern verstärkte sich immer mehr, wie wenn ein Mensch in vollster Verzweiflung mit Aufbietung seiner letzten Kraft schreit.

XXXIII

Der Hauptkampf in der Schlacht bei Borodino spielte sich auf einem Raum von dreitausend Schritten zwischen dem Dorf Borodino und den Pfeilschanzen Bagrations ab. (Außerhalb dieses Raumes wurde auf der einen Seite um Mittag von Uwarows Kavallerie eine Demonstration unternommen, und auf der andern Seite, hinter dem Dorf Utiza, fand ein

Zusammenstoß Poniatowskis mit Tutschkow statt; aber dies waren abgesonderte und unbedeutende Aktionen im Vergleich mit dem, was in der Mitte des Schlachtfeldes vorging.) Auf dem Feld zwischen Borodino und den Pfeilschanzen, bei dem Wald, auf einem offenen und von beiden Seiten sichtbaren Terrain, wurde der Hauptkampf in der einfachsten Weise ohne alle List geliefert.

Die Schlacht begann von beiden Seiten mit einer Kanonade aus mehreren hundert Geschützen.

Dann, als der Pulverrauch das ganze Feld bedeckte, setzten sich in diesem Rauch von rechts her (vom französischen Standpunkt aus) die beiden Divisionen Dessaix und Compans gegen die Pfeilschanzen und von links her die Regimenter des Vizekönigs gegen Borodino in Bewegung.

Von der Schanze bei Schewardino, auf der Napoleon stand, waren die Pfeilschanzen in gerader Linie eine Werst, Borodino mehr als zwei Werst entfernt; daher konnte Napoleon nicht sehen, was dort vorging, um so weniger, da der Rauch, der zu dem Nebel hinzugekommen war, die ganze Örtlichkeit verhüllte. Die Soldaten der Division Dessaix, die die Richtung nach den Pfeilschanzen einschlugen, waren nur so lange sichtbar, bis sie in die Schlucht hinabstiegen, die sie von den Pfeilschanzen trennte. Sobald sie in die Schlucht hinabgestiegen waren, wurde der Pulverrauch von den Kanonen- und Flintenschüssen auf den Pfeilschanzen so dicht, daß er den ganzen Aufstieg auf der andern Seite der Schlucht bedeckte. Durch den Rauch hindurch bemerkte man dort zwar flüchtig etwas Schwarzes, wahrscheinlich Menschen, und mitunter das Blitzen von Bajonetten. Aber ob sie sich bewegten oder stillstanden, ob es Franzosen oder Russen waren, das ließ sich von der Schanze von Schewardino aus nicht erkennen.

Die Sonne ging hell und klar auf und schien mit ihren schrägen Strahlen dem Kaiser Napoleon, der unter der vorgehaltenen Hand hervor nach den Pfeilschanzen blickte, gerade ins Gesicht. Der Rauch hatte sich vor den Schanzen ausgebreitet, und bald schien es, daß der Rauch, bald daß die Truppen sich bewegten. Mitunter wurde zwischen den Schüssen das Geschrei von Menschen vernehmbar; aber was sie dort taten, konnte man nicht wissen.

Auf dem Hügel stehend blickte Napoleon durch das Fernrohr und sah in dem kleinen Kreis, den ihm das Fernrohr zeigte, Rauch und Menschen, manchmal seine eigenen Leute, manchmal Russen; aber sobald er wieder mit bloßem Auge hinschaute, wußte er nicht, wo sich das, was er gesehen hatte, befand.

Er stieg von dem Hügel hinunter und begann vor ihm auf und ab zu gehen.

Mitunter blieb er stehen, horchte nach dem Schießen hin und betrachtete das Schlachtfeld.

Weder von der Stelle unten, wo er stand, noch auch von dem Hügel, wo jetzt mehrere seiner Generale Stellung genommen hatten, ja nicht einmal von den Pfeilschanzen selbst, auf denen sich jetzt zugleich oder abwechselnd bald Russen, bald Franzosen befanden, Tote, Verwundete und Lebende, erschrockene oder rasende Soldaten: Von keiner dieser Stellen aus war es möglich, das, was an diesem Platz geschah, zu verstehen. Im Laufe mehrerer Stunden erschienen an dieser Stelle unter nie verstummendem Kanonen- und Gewehrfeuer bald Russen, bald Franzosen, bald Infanterie, bald Kavallerie; sie erschienen, fielen, schossen, stießen aufeinander, ohne zu wissen, was sie miteinander anfangen sollten, schrien und liefen wieder zurück.

Vom Schlachtfeld kamen unaufhörlich zu Napoleon Adjutanten und Ordonnanzen, die von seinen Marschällen abgeschickt waren, mit Meldungen über den Gang des Kampfes herangesprengt; aber alle diese Meldungen waren falsch: erstens weil es in der Hitze des Gefechts unmöglich ist, zu sagen, was in einem bestimmten Augenblick vorgeht; zweitens weil viele Adjutanten gar nicht bis zu dem wirklichen Kampfplatz hingeritten waren, sondern nur berichteten, was sie von andern gehört hatten; drittens weil, während der Adjutant die zwei, drei Werst zurücklegte, die ihn von Napoleon trennten, sich oft die Umstände geändert hatten und die Nachricht, die er überbrachte, bereits falsch geworden war. So z. B. kam von dem Vizekönig ein Adjutant mit der Nachricht herbeigesprengt, Borodino sei genommen, und die Brücke über die Kolotscha befinde sich in den Händen der Franzosen. Der Adjutant fragte den Kaiser, ob er befehle, daß die Truppen hinübergingen. Napoleon befahl, sie sollten sich auf dem jenseitigen Ufer ordnen und dann warten. Aber nicht nur in dem Augenblick, als Napoleon diesen Befehl gab, sondern bereits nachdem der Adjutant eben erst von Borodino weggeritten war, hatten die Russen die Brücke schon in eben jenem Zusammenstoß wiedergenommen und verbrannt, bei welchem Pierre gleich zu Anfang der Schlacht gegenwärtig gewesen war.

Ein Adjutant, der von den Pfeilschanzen mit blassem, erschrockenem Gesicht herbeigaloppierte, meldete dem Kaiser, der Angriff sei zurückgeschlagen, Compans verwundet, Davout gefallen; aber dabei waren die Pfeilschanzen von einem andern Truppenteil in dem Augenblick genommen worden, wo dem Adjutanten gesagt worden war, die Franzosen seien zurückgeschlagen, und Davout war am Leben und hatte nur eine leichte Quetschung. Aufgrund solcher notwendigerweise falschen Meldungen traf nun Napoleon seine Anordnungen, die entweder bereits ausgeführt waren, ehe er sie erteilt hatte, oder nicht ausgeführt werden konnten und somit auch nicht ausgeführt wurden.

Die Marschälle und Generale, die sich in geringerer Entfernung vom Schlachtfeld befanden, aber ebenso wie Napoleon nicht am Kampf teilnahmen und nur ab und zu an die Feuerzone heranritten, trafen, ohne Napoleon zu fragen, ihre Anordnungen und erteilten ihre Befehle darüber, wohin und von wo aus geschossen werden und wohin die Kavallerie reiten und die Infanterie marschieren solle. Aber auch ihre Anordnungen wurden, ebenso wie die Napoleons, nur in sehr geringem Maße und nur selten zur Ausführung gebracht. Größtenteils geschah das Gegenteil von dem, was sie befohlen hatten. Soldaten, denen befohlen war vorzurücken, liefen, wenn sie in Kartätschenfeuer gerieten, zurück; Soldaten, denen befohlen war, an ihrem Platz stehenzubleiben, liefen, wenn sie gegenüber unerwartet Russen erscheinen sahen, manchmal zurück, manchmal aber stürzten sie auch vorwärts auf sie los, und die Kavallerie sprengte ohne Befehl den fliehenden Russen nach. So jagten zwei Kavallerieregimenter durch die Schlucht bei Semjonowskoje; kaum aber waren sie auf die Höhe gelangt, als sie umkehrten und in voller Karriere zurücksprengten. Ebenso war es mit den Bewegungen der Infanterie, die manchmal ganz und gar nicht dahin marschierte, wohin ihr zu marschieren befohlen war. Alle Anordnungen darüber, wohin und wann die Kanonen vorgerückt werden, wann die Soldaten zum Schießen vorgeschickt werden sollten, wann die Kavallerie das russische Fußvolk niederreiten solle, alle diese Anordnungen trafen die nächstbeteiligten Abteilungskommandeure, die sich bei den Truppen befanden, ohne Ney, Davout und Murat, geschweige denn Napoleon zu befragen. Sie fürchteten nicht, für die Nichtbefolgung eines Befehls oder für eine eigenmächtige Anordnung zur Verantwortung gezogen zu werden, da es sich in der Schlacht um das handelt, was dem Menschen das Teuerste ist, das eigene Leben. Und da die Rettung manchmal im Zurückweichen, manchmal im Vorwärtslaufen zu liegen scheint, so handelten diese Menschen, die sich mitten in der Hitze des Kampfes befanden, eben nach der Eingebung des Augenblicks. In Wirklichkeit aber hatten alle diese Vor- und Rückwärtsbewegungen keine Erleichterung und Änderung in der Lage der Truppen zur Folge. Alle ihre gegenseitigen Angriffe zu Fuß und zu Pferd taten ihnen fast gar keinen Schaden; Schaden, d. h. Tod und Verstümmelung, brachten ihnen die Kanonen- und Flintenkugeln, die überall in diesem Raum umherflogen, auf dem sich diese Menschen hin und her bewegten. Sobald diese Menschen aus dem Raum zurückwichen, in dem die Kanonen- und Flintenkugeln umherflogen, ordneten die Kommandeure, die hinten stehengeblieben waren, sie sofort von neuem, stellten die

Disziplin wieder her und führten sie vermöge dieser Disziplin wieder in den Bereich des Feuers zurück, in welchem sie unter der Einwirkung der Todesfurcht die Disziplin wieder verloren und sich nach ihren zufälligen Eingebungen umherbewegten.

XXXIV

Napoleons Generale, Davout, Ney und Murat, die sich in der Nähe dieser Feuerzone befanden und sogar manchmal in sie hineinritten, führten mehrmals gewaltige, wohlgeordnete Truppenmassen in diese Feuerzone hinein. Aber im Gegensatz zu dem, was in allen früheren Schlachten unweigerlich geschehen war, kehrten statt der erwarteten Nachricht über die Flucht des Feindes die wohlgeordneten Truppenmassen von dort als aufgelöste, von Schrecken erfüllte Scharen zurück. Die Generale ordneten sie von neuem; aber der Menschen wurden immer weniger. Gegen Mittag schickte Murat zu Napoleon seinen Adjutanten mit der Bitte um Verstärkung.

Napoleon saß am Fuß des Hügels und trank Punsch, als Murats Adjutant zu ihm heransprengte und versicherte, die Russen würden geschlagen werden, wenn Seine Majestät noch eine Division geben wolle.

»Verstärkung?« fragte Napoleon in strengem Ton und mit erstaunter Miene, als hätte er nicht recht verstanden, was der Adjutant gesagt hatte, und blickte den Adjutanten scharf an, einen schönen jungen Mann mit langem, lockigem, schwarzem Haar, ebenso wie Murat das Haar trug.

»Verstärkung!« dachte Napoleon. »Wie kann er denn Verstärkung verlangen, obwohl er doch die Hälfte der Armee unter seinem Kommando und nur einen schwachen, unbefestigten Flügel der Russen sich gegenüber hat!«

»Sagen Sie dem König von Neapel«, fuhr Napoleon in strengem Ton fort, »daß es noch nicht Mittag ist und ich mein Schachbrett noch nicht klar überblicke. Gehen Sie!«

Der schöne junge Adjutant mit dem langen Haar, der die Hand nicht vom Hut genommen hatte, jagte mit einem schweren Seufzer wieder dahin, wo die Menschen gemordet wurden.

Napoleon stand auf, rief Caulaincourt und Berthier zu sich und begann mit ihnen über Dinge zu sprechen, die mit der Schlacht nichts zu tun hatten.

Mitten in dem Gespräch, das den Kaiser zu interessieren anfing, fiel Berthiers Blick auf einen General mit Gefolge, der auf einem schweißbedeckten Pferd zu dem Hügel herangesprengt kam. Es war Belliard. Er sprang vom Pferd, ging mit schnellen Schritten auf den Kaiser zu und begann keck mit lauter Stimme die Notwendigkeit der Entsendung von Verstärkungen zu beweisen. Er schwor bei seiner Ehre, daß die Russen verloren seien, wenn der Kaiser noch eine Division gäbe.

Napoleon zuckte die Achseln und setzte, ohne zu antworten, seinen Spaziergang fort. Belliard fing an, zu den Generalen der kaiserlichen Suite, die ihn umringten, laut und lebhaft zu reden.

»Sie sind sehr erregt, Belliard«, sagte Napoleon, als er sich dem General wieder näherte. »In der Hitze des Kampfes kann man sich leicht irren. Reiten Sie zurück, sehen Sie sich den Stand der Sache nochmals an, und kommen Sie dann wieder zu mir.«

Belliard war noch nicht aus dem Gesichtskreis verschwunden, als von einer andern Seite ein neuer Abgesandter vom Schlachtfeld herangaloppiert kam.

»Nun, was gibt es?« fragte Napoleon; seinem Ton war anzuhören, daß die unaufhörlichen Belästigungen ihn reizten.

»Sire, der Prinz ...«, begann der Adjutant.

»Bittet um Verstärkung?« unterbrach ihn Napoleon mit zorniger Miene.

Der Adjutant neigte bejahend den Kopf und begann seinen Bericht; aber der Kaiser wandte sich von ihm weg, machte zwei Schritte, blieb stehen, drehte sich um und rief Berthier zu sich.

»Ich muß die Reserven hergeben«, sagte er, indem er die Arme ein wenig auseinanderbreitete. »Wen soll ich hinschicken? Wie denken Sie darüber?« wandte er sich an Berthier, an diesen »Gänserich, den ich zum Adler gemacht habe«, wie er später von ihm gesagt hat.

»Schicken Euer Majestät doch die Division Claparède«, sagte Berthier, der alle Divisionen, Regimenter und Bataillone im Kopf hatte.

Napoleon nickte zustimmend mit dem Kopf.

Der Adjutant sprengte zu der Division Claparède hin, und nach einigen Minuten brach die junge Garde, die hinter dem Hügel postiert war, von ihrem Standplatz auf. Napoleon blickte schweigend nach dieser Richtung hin.

»Nein«, wandte er sich wieder an Berthier, »ich kann Claparède nicht schicken. Schicken Sie die Division Friant.«

Es war zwar keinerlei Vorteil damit verbunden, wenn statt Claparède die Division Friant geschickt wurde, ja, es wurde sogar eine augenscheinliche Hemmung und Verzögerung dadurch herbeigeführt, daß jetzt Claparède erst wieder zurückgehalten und statt seiner Friant geschickt werden mußte; aber der Befehl wurde ausgeführt. Napoleon wurde sich dessen nicht bewußt, daß er seinen Truppen gegenüber jetzt selbst jene Rolle des Arztes spielte, der durch seine Medikamente stört, eine Rolle, die er so richtig erkannt und verurteilt hatte.

Die Division Friant verschwand, ebenso wie die andern, im Rauch des Schlachtfeldes. Von verschiedenen Seiten kamen immer noch Adjutanten herbeigesprengt, und alle sagten wie auf Verabredung ein und dasselbe. Alle baten um Verstärkungen; alle sagten, die Russen behaupteten sich in ihren Stellungen und unterhielten ein Höllenfeuer (un feu d'enfer), durch das die französische Armee zusammenschmelze.

Napoleon saß, in tiefes Nachdenken versunken, auf einem Feldstuhl.

Herr de Bausset, dem das Reisen soviel Vergnügen machte und der seit dem Morgen nichts gegessen hatte und hungrig geworden war, trat an den Kaiser heran und erkühnte sich, Seine Majestät ehrerbietigst zum Frühstücken aufzufordern.

»Ich hoffe, daß ich Euer Majestät jetzt schon zum Sieg gratulieren kann«, fügte er hinzu.

Napoleon schüttelte schweigend den Kopf. In der Voraussetzung, daß sich diese Verneinung auf den Sieg und nicht auf das Frühstück beziehe, erlaubte sich Herr de Bausset respektvoll scherzend zu bemerken, daß es keine Gründe in der Welt gebe, durch die sich jemand am Frühstücken hindern zu lassen brauche, wenn die Möglichkeit dazu vorhanden sei.

»Machen Sie, daß Sie wegkommen«, sagte Napoleon auf einmal finster und wandte sich von ihm ab.

Ein seliges Lächeln, in welchem sich Bedauern, Reue und Enthusiasmus vereinigten, erstrahlte auf dem Gesicht des Herrn de Bausset, und mit schleifendem Gang begab er sich zu den Generalen.

Napoleon empfand ein Gefühl peinlicher Beängstigung, wie ein Spieler, der immer Glück gehabt hat, der, wenn er sein Geld sinnlos wagte, immer gewonnen hat und der nun plötzlich, gerade wo er seiner Meinung nach alle Chancen des Spieles vorausberechnet hatte, merkt, daß, je mehr er sein Verfahren überdacht hat, er um so sicherer verlieren wird.

Die Truppen waren dieselben, die Generale dieselben; es waren dieselben Vorbereitungen, dieselbe Disposition, derselbe kurze und energische Armeebefehl; er selbst war derselbe, das wußte er; er wußte, daß er jetzt sogar weit erfahrener und geschickter war als früher; selbst der Feind war derselbe wie bei Austerlitz und Friedland – aber der zu furchtbarem Schlag ausholende Arm sank, wie durch einen Zauber, kraftlos nieder.

Alle jene früheren Hilfsmittel, die sonst unausbleiblich von Erfolg gekrönt gewesen waren: die Konzentrierung der Batterien auf einen Punkt und der Angriff der Reserven zur Durchbrechung der feindlichen Linie und die Attacke der Kavallerie von Eisenmännern, hommes de fer, alle diese Hilfsmittel waren heute bereits zur Anwendung gebracht, und doch war nicht nur kein Sieg errungen, sondern es kamen sogar von allen Seiten immer dieselben Nachrichten von getöteten und verwundeten Generalen, von der Notwendigkeit der Entsendung von Verstärkungen, von der Unmöglichkeit, die Russen zu schlagen, und von der Auflösung der Truppen.

Früher hatte er immer nur zwei, drei Anordnungen zu treffen, zwei, drei Sätze zu sprechen gebraucht, und dann waren die Marschälle und Adjutanten mit Glückwünschen und heiteren Gesichtern herangesprengt und hatten von den Siegestrophäen Meldung gemacht: daß ganze Truppenmassen gefangen, Haufen von feindlichen Fahnen und Feldzeichen und eine Menge von Kanonen erbeutet seien; und dann hatte Murat nur um die Erlaubnis gebeten, seine Kavallerie ausschicken zu dürfen, um die Bagage des Feindes wegzunehmen. So war das bei Lodi, Marengo, Arcole, Jena, Austerlitz, Wagram usw. usw. gewesen. Jetzt aber ging mit seinen Truppen etwas Seltsames vor.

Trotz der Nachricht von der Einnahme der Pfeilschanzen sah Napoleon, daß es ein anderes, ganz anderes Ding war als in all seinen früheren Schlachten. Er sah, daß die Empfindung, die ihn erfüllte, auch bei allen Männern seiner Umgebung vorhanden war, und das waren doch Leute, die aus vielen Schlachten Erfahrung hatten. Alle Gesichter waten trübe; jeder vermied es, dem andern ins Gesicht zu blicken. Nur Bausset brachte es fertig, die Bedeutung dessen, was da vorging, nicht zu verstehen. Napoleon aber wußte bei seiner langen Kriegserfahrung sehr wohl, was das zu bedeuten hatte, daß nach achtstündigem Kampf trotz aller Anstrengungen die Schlacht von dem Angreifer nicht gewonnen war. Er wußte, daß damit die Schlacht beinahe verloren war und daß die geringste Zufälligkeit jetzt, wo der Ausgang der Schlacht auf des Messers Schneide stand, ihn und sein Heer vernichten konnte.

Als er nun diesen ganzen seltsamen russischen Feldzug vor seinem geistigen Auge vorüberziehen ließ, in welchem keine Schlacht gewonnen und zwei Monate lang keine Fahne, keine Kanone erbeutet, keine Truppenabteilung gefangengenommen war, als er die Gesichter seiner Umgebung betrachtete, die ihre Niedergeschlagenheit zu verbergen suchten, und die Meldungen darüber hörte, daß die Russen immer noch standhielten: Da ergriff ihn ein schreckliches Gefühl, wie es einen manchmal im Traum überfällt, und es kamen ihm allerlei unglückliche Möglichkeiten in den Sinn, die sein Verderben herbeiführen konnten. Die Russen konnten über seinen linken Flügel herfallen; sie konnten sein Zentrum durchbrechen; eine tollgewordene Kanonenkugel konnte ihn selbst töten. All dergleichen war möglich. In seinen früheren Schlachten hatte er nur die Möglichkeiten überdacht, die zum Erfolg führen konnten; aber jetzt trat ihm eine zahllose Menge unglücklicher Möglichkeiten vor die Seele, und er glaubte eine jede von ihnen erwarten zu müssen. Ja, es war wie im Traum, wo jemand glaubt, es komme ein Mörder auf ihn los; und nun holt er im Traum mit aller Kraft zu einem furchtbaren Schlag aus, der nach seiner Überzeugung den Feind vernichten muß; auf einmal aber fühlt er, daß sein Arm kraftlos und schwach wie ein Lappen niedersinkt, und wird in seiner Hilflosigkeit von jäher Angst vor dem unentrinnbaren Verderben gepackt.

Es war die Nachricht von dem Angriff der Russen auf den linken Flügel des französischen Heeres, die dieses beängstigende Gefühl bei Napoleon hervorrief. Schweigend saß er am Fuß des Hügels auf seinem Feldstuhl, den Kopf niedergebeugt, die Ellbogen auf die Knie gelegt. Berthier trat zu ihm und fragte, ob er nicht die Line abreiten wolle, um sich von dem Stand der Dinge zu überzeugen.

»Was? Was sagen Sie?« erwiderte Napoleon. »Ja, lassen Sie mir ein Pferd bringen.«

Er setzte sich auf und ritt nach Semjonowskoje.

In dem nur langsam sich auseinanderziehenden Pulverdampf sah Napoleon auf der ganzen Strecke, die er durchritt, Pferde und Menschen in Blutlachen liegen, bald einzeln, bald haufenweise. Einen solchen Greuel, eine solche Unmenge von Getöteten auf einem so kleinen Raum hatte weder Napoleon noch einer seiner Generale je gesehen. Der Donner der Geschütze, der nun schon zehn Stunden lang ununterbrochen angedauert hatte und das Ohr peinigte, erhöhte noch den Eindruck dieses Anblicks, ähnlich wie die Musik bei lebenden Bildern. Napoleon ritt auf die Höhe von Semjonowskoje hinauf und erblickte durch den Pulverdampf Reihen von Soldaten in Uniformen, deren Farbe seinem Auge fremd erschien. Es waren Russen.

Die Russen standen in dichten Reihen hinter Semjonowskoje und dem Hügel, und ihre Geschütze donnerten und rauchten unaufhörlich in ihrer Linie. Eine Schlacht war das nicht mehr; es war ein fortdauerndes Morden, das weder den Russen noch den Franzosen zu einem Vorteil verhelfen konnte. Napoleon hielt sein Pferd an und versank wieder in dieselben trüben Gedanken, aus denen ihn vorher Berthier aufgeweckt hatte; er konnte das Werk nicht hemmen, das da vor seinen Augen und um ihn herum vollbracht wurde, und von dem man meinte, es werde von ihm geleitet und hänge von ihm ab, und dieses Werk erschien ihm zum erstenmal infolge des Mißerfolges als etwas Unnötiges und Furchtbares.

Einer der Generale, die zu Napoleon herangeritten waren, erlaubte sich, ihn zu bitten, ob er nicht die alte Garde ins Gefecht schicken wolle. Ney und Berthier, die neben Napoleon hielten, wechselten einen Blick miteinander und lächelten geringschätzig über den absurden Vorschlag dieses Generals.

Napoleon senkte den Kopf und schwieg lange.

»Achthundert Lieues von Frankreich entfernt werde ich meine Garde nicht dem Verderben preisgeben«, sagte er, wendete sein Pferd und ritt nach Schewardino zurück.

XXXV

Kutusow saß an derselben Stelle, an der ihn Pierre am Morgen gesehen hatte, auf der mit einem Teppich bedeckten Bank; den grauen Kopf hielt er tief hinabgebeugt; sein schwerer Körper war in sich zusammengesunken. Er traf keine eigenen Anordnungen, sondern gab nur zu dem, was ihm vorgeschlagen wurde, seine Zustimmung oder lehnte es ab.

»Ja, ja, tut das nun«, antwortete er auf mancherlei Vorschläge. »Ja, ja, reite einmal hin, mein Lieber, und sieh dir die Sache an«, sagte er bald zu dem, bald zu jenem aus seiner Umgebung. Oder er sagte: »Nein, das ist nicht nötig; wir wollen lieber noch warten.« Er hörte die ihm erstatteten Meldungen an und gab Befehle, wenn es seine Untergebenen verlangten; aber während er die Berichte anhörte, schien er sich nicht für den Inhalt dessen, was ihm gesagt wurde, zu interessieren, sondern für etwas anderes: für den Gesichtsausdruck und Ton der Meldenden. Aus einer langjährigen Kriegserfahrung wußte er und war darüber mit seinem alten Kopf ins klare gekommen, daß es für einen einzelnen Menschen unmöglich ist, Hunderttausende, die auf Leben und Tod kämpfen, zu leiten, und daß der Ausgang der Schlachten nicht durch die Anordnungen des Oberkommandierenden, nicht durch das Terrain, auf dem die Truppen stehen, nicht durch die Zahl der Kanonen und der getöteten Menschen entschieden wird, sondern durch jene eigenartige Kraft, die man den Geist des Heeres nennt; und diese Kraft beobachtete er und leitete sie, soweit das in seiner Macht lag.

Der allgemeine, dauernde Ausdruck in Kutusows Gesicht war der einer ruhigen, gesammelten Aufmerksamkeit und Spannung, die aber nur mit Mühe über die Müdigkeit des alten, schwachen Körpers den Sieg davontrug.

Um elf Uhr vormittags wurde ihm gemeldet, daß die von den Franzosen eroberten Pfeilschanzen wieder zurückgewonnen seien, daß aber Fürst Bagration verwundet wäre. Kutusow stöhnte auf und wiegte bedauernd den Kopf hin und her.

»Reite zu dem Fürsten Pjotr Iwanowitsch hin und erkundige dich genau, was und wie …«, befahl er einem Adjutanten und wandte sich dann sofort an den hinter ihm stehenden Prinzen von Württemberg: »Belieben Euer Hoheit das Kommando der zweiten Armee zu übernehmen.«

Bald nachdem der Prinz weggeritten war, und zwar so bald nachher, daß er noch nicht nach Semjonowskoje gelangt sein konnte, kehrte der Adjutant des Prinzen von ihm zurück und meldete dem Durchlauchtigen, der Prinz bitte um Truppen.

Kutusow runzelte die Stirn und schickte an Dochturow den Befehl, das Kommando der zweiten Armee zu übernehmen; den Prinzen aber ließ er bitten, zu ihm zurückzukehren, da er ihn, wie er sagte, in diesen kritischen Augenblicken doch nicht entbehren könne.

Als die Nachricht gebracht wurde, Murat sei gefangengenommen, und die Stabsoffiziere Kutusow beglückwünschten, lächelte er.

»Warten Sie, meine Herren«, sagte er. »Die Schlacht ist gewonnen, und die Gefangennahme Murats ist dabei weiter nichts Besonderes. Aber wir wollen lieber mit der Freude noch warten.«

Indessen schickte er doch einen Adjutanten aus, der mit dieser Nachricht bei den Truppen umherreiten sollte.

Als vom linken Flügel Schtscherbinin herangesprengt kam, um zu melden, daß die Franzosen die Pfeilschanzen und das Dorf Semjonowskoje eingenommen hätten, stand Kutusow, der aus den vom Schlachtfeld herüberschallenden Tönen und aus Schtscherbinins Miene erriet, daß dieser keine gute Nachricht bringe, auf, wie wenn er sich die Füße vertreten wollte, faßte Schtscherbinin unter den Arm und führte ihn beiseite.

»Reite hin, mein Lieber«, sagte er zu Jermolow, »und sieh einmal zu, ob sich da nichts tun läßt.«

Kutusow befand sich in Gorki, im Zentrum der russischen Position. Der Angriff, den Napoleon auf unseren linken Flügel gerichtet hatte, war mehrere Male zurückgeschlagen worden.

Im Zentrum waren die Franzosen nicht über Borodino hinaus vorgerückt. Auf unserer rechten Flanke hatte Uwarows Kavallerie die Franzosen in die Flucht getrieben.

Zwischen zwei und drei Uhr hörten die Angriffe der Franzosen auf. Auf den Gesichtern aller, die vom Schlachtfeld kamen, und derjenigen, die um ihn herumstanden, las Kutusow den Ausdruck einer auf den höchsten Grad gelangten Spannung. Kutusow war mit dem seine Erwartungen übersteigenden Erfolg des Tages zufrieden. Aber die physischen Kräfte ließen den alten Mann im Stich; mehrmals sank sein Kopf, wie wenn er plötzlich hinunterfiele, tief herab, und er schlummerte ein. Man brachte ihm sein Mittagessen.

Der Flügeladjutant Wolzogen, eben der, welcher, als er bei dem Fürsten Andrei vorbeiritt, gesagt hatte, man müsse dem Krieg eine weitere räumliche Ausdehnung geben, und welchen Fürst Bagration so grimmig haßte, dieser traf, während Kutusow seine Mahlzeit einnahm, bei ihm ein. Wolzogen kam von Barclay mit der Meldung über den Gang der Dinge auf dem linken Flügel. Nachdem Barclay de Tolly die Scharen der zurückfliehenden Verwundeten und den aufgelösten Zustand der Truppen hinter der Front gesehen und alle Umstände der Lage erwogen hatte, hatte er sich als verständiger Mann gesagt, die Schlacht sei verloren, und seinen Liebling Wolzogen mit dieser Nachricht zum Oberkommandierenden geschickt.

Kutusow kaute mit Mühe an einem gebratenen Huhn und sah Wolzogen mit zusammengekniffenen, vergnügten Augen an.

Lässig die Beine nach dem Reiten wieder geradestreckend, ein etwas geringschätziges Lächeln auf den Lippen, so näherte sich Wolzogen dem Oberkommandierenden und berührte leichthin mit der Hand den Mützenschirm.

Er zeigte im Verkehr mit dem Durchlauchtigen eine gewisse affektierte Nachlässigkeit, welche besagen sollte, daß er als hochgebildeter Militär es den Russen überlassen müsse, aus diesem alten, unbrauchbaren Mann einen Götzen zu machen, selbst aber recht wohl wisse, mit wem er zu tun habe. »Der alte Herr« (wie die Deutschen in ihrem Kreis Kutusow nannten) »macht es sich recht bequem«, dachte Wolzogen, und mit einem strengen Blick auf die vor Kutusow stehenden Teller begann er dem alten Herrn die Lage der Dinge auf dem linken Flügel so auseinanderzusetzen, wie es ihm Barclay befohlen und wie er selbst sie gesehen und aufgefaßt hatte.

»Alle Punkte unserer Position sind in den Händen des Feindes, und sie wiederzugewinnen ist ausgeschlossen, da wir keine Truppen haben; sie fliehen, und es ist keine Möglichkeit, sie zum Stehen zu bringen«, meldete er.

Kutusow hörte auf zu kauen und starrte Wolzogen erstaunt an, als ob er gar nicht verstände, was dieser zu ihm gesagt hatte. Als Wolzogen die Erregung des alten Herrn bemerkte, fügte er lächelnd hinzu:

»Ich hielt mich nicht für berechtigt, Euer Durchlaucht das, was ich gesehen habe, vorzuenthalten. Die Truppen befinden sich in voller Auflösung …«

»Das haben Sie gesehen? Das haben Sie gesehen?« schrie Kutusow mit finster zusammengezogenen Augenbrauen. Er stand schnell auf und trat auf Wolzogen zu. »Wie können Sie … wie können Sie es wagen …«

Er machte drohende Bewegungen mit den zitternden Händen; die Stimme versagte ihm vor Erregung. »Wie können Sie es wagen, mein Herr, so etwas mir, mir zu sagen! Sie wissen gar nichts. Bestellen sie dem General Barclay von mir, daß seine Nachrichten falsch sind und daß der wahre Gang der Schlacht mir, dem Oberkommandierenden, besser bekannt ist als ihm.«

Wolzogen wollte etwas erwidern, aber Kutusow unterbrach ihn.

»Der Feind ist auf dem linken Flügel zurückgeschlagen und auf dem rechten Flügel besiegt. Wenn Sie schlecht gesehen haben, mein Herr, so dürfen Sie sich nicht erlauben, zu reden, was Sie nicht wissen. Reiten Sie zum General Barclay hin, und bestellen Sie ihm, ich hätte die feste Absicht, morgen den Feind anzugreifen«, sagte Kutusow in strengem Ton.

Alle schwiegen; man hörte nur das schwere Keuchen des alten Oberkommandierenden, der ganz außer Atem gekommen war.

»Überall zurückgeschlagen, wofür ich Gott und unserem tapferen Heer danke. Der Feind ist besiegt, und morgen werden wir ihn von der heiligen russischen Erde vertreiben«, sagte Kutusow, indem er sich bekreuzte. Plötzlich aber schluchzte er auf, da ihm die Tränen kamen.

Wolzogen zuckte die Achseln, zog die Lippen schief und trat schweigend zur Seite, höchst erstaunt über diese dünkelhafte Verblendung des alten Herrn.

»Ah, da ist er ja, mein Held!« sagte Kutusow zu einem wohlgenährten, hübschen, schwarzhaarigen General, der in diesem Augenblick oben auf dem Hügel erschien. Es war Rajewski, der den ganzen Tag an dem wichtigsten Punkt des Schlachtfeldes von Borodino zugebracht hatte.

Rajewski meldete, daß die Truppen standhaft ihre Stellungen behaupteten und die Franzosen nicht mehr anzugreifen wagten.

Als Kutusow ihn angehört hatte, sagte er auf französisch:

»Sie glauben also nicht *wie die andern,* daß wir genötigt wären uns zurückzuziehen?«

»Im Gegenteil, Euer Durchlaucht; bei unentschiedenen Schlachten bleibt immer der Hartnäckigste Sieger«, erwiderte Rajewski, »und meine Ansicht …«

»Kaisarow!« rief Kutusow seinen Adjutanten herbei. »Setz dich hin und schreib den Befehl für morgen. Und du«, wandte er sich an einen andern, »reite die Linie entlang und mache bekannt, daß morgen wir es sein werden, die angreifen.«

Während Kutusow noch das Gespräch mit Rajewski weiterführte und den Armeebefehl diktierte, kehrte Wolzogen von Barclay zurück und meldete, der General Barclay de Tolly lasse um eine schriftliche Bestätigung des Befehles bitten, den der Feldmarschall erteilt habe.

Ohne Wolzogen anzusehen, ordnete Kutusow die schriftliche Ausfertigung des Befehles an, die der frühere Oberkommandierende mit gutem Grund zu haben wünschte, um aller persönlichen Verantwortung enthoben zu sein.

Und vermöge jener unbestimmbaren, geheimen Verbindungskanäle, die bewirken, daß im ganzen Heer ein und dieselbe Stimmung besteht, der sogenannte Geist des Heeres, der das wichtigste Moment im Krieg bildet, vermöge jener Kanäle wurden Kutusows Worte und sein Befehl zur Schlacht für den morgigen Tag gleichzeitig an allen Enden des Heeres bekannt.

Was an den letzten Enden dieser Kanäle bekannt wurde, das waren keineswegs die Worte oder der Befehl selbst. Die Reden, die an den verschiedenen Enden des Heeres von Mund zu Mund weitergegeben wurden, hatten sogar nicht die geringste Ähnlichkeit mit dem, was Kutusow wirklich gesagt hatte; wohl aber verbreitete sich der Sinn seiner Worte überallhin, weil das, was Kutusow gesagt hatte, nicht aus verschmitzten Überlegungen hervorgegangen war, sondern aus dem Gefühl, das in der Seele des Oberkommandierenden ebenso lebendig war wie in der Seele eines jeden Russen.

Und sobald sie erfahren hatten, daß wir morgen angreifen würden, und von den höchsten Stellen der Armee eine Bestätigung dessen gehört hatten, was sie so gern glaubten, da fühlten sich diese erschöpften, wankenden Leute getröstet und ermutigt.

XXXVI

Das Regiment des Fürsten Andrei gehörte zu den Reservetruppen, die bis ein Uhr hinter Semjonowskoje untätig in starkem Artilleriefeuer standen. Nach ein Uhr wurde das Regiment, das schon mehr als zweihundert Mann verloren hatte, nach einem zertretenen Haferfeld vorgezogen, in den Zwischenraum zwischen Semjonowskoje und der Hügelbatterie, auf welchem an diesem Tag Tausende von Menschen getötet wurden und auf den nach ein Uhr das verstärkte, konzentrierte Feuer mehrerer hundert feindlicher Geschütze gerichtet wurde.

Ohne sich von seinem Platz zu rühren und ohne einen einzigen Schuß zu tun, verlor das Regiment hier noch ein Drittel seiner Leute. Von vorn und namentlich von rechts her donnerten in dem Rauch, der sich gar nicht mehr zerteilte, die Kanonen, und aus diesem geheimnisvollen Rauchmeer, von dem das ganze Terrain nach dem Feind zu bedeckt war, flogen unaufhörlich mit schnellem Zischen Kanonenkugeln sowie mit langsamerem Pfeifen Granaten herüber. Manchmal, wie wenn den Truppen eine Erholung gegönnt werden sollte, verging eine Viertelstunde, innerhalb deren alle Kanonenkugeln und Granaten über sie hinwegflogen; aber manchmal wurden in einer einzigen Minute eine Menge Leute aus dem Regiment getroffen und ohne Unterbrechung Tote weggeschleppt und Verwundete wegtransportiert.

Mit jeder neuen Kugel, welche traf, wurde für diejenigen, die noch nicht getötet waren, die Wahrscheinlichkeit, daß sie am Leben bleiben würden, immer geringer. Das Regiment stand in Bataillonskolonnen mit Abständen von dreihundert Schritten; aber trotz dieser Abstände befanden sich alle Soldaten dauernd unter der Einwirkung einer und derselben Stimmung. Alle Leute des Regiments waren gleichmäßig schweigsam und finster. Nur selten war in den Reihen ein Gespräch zu hören, und ein solches Gespräch verstummte jedesmal, wenn das Getöse einer einschlagenden Kanonenkugel und der Ruf: »Tragbahren!« erschollen. Die meiste Zeit über saßen die Soldaten des Regiments nach dem Befehl der Offiziere auf der Erde. Der eine hatte seinen Tschako abgenommen, nahm sorgsam das gefaltete Futter auseinander und legte es ebenso sorgsam wieder zusammen; ein anderer zerrieb trockenen Lehm in den Händen zu Pulver und putzte damit sein Bajonett; ein anderer machte sein Lederzeug geschmeidig und zog die Schnalle des Bandeliers fester; ein anderer brachte seine Fußlappen sorgfältig in Ordnung, indem er sie neu umwickelte, und zog sich die Stiefel wieder an. Manche bauten Häuschen aus den Erdschollen des Ackers oder machten kleine Geflechte aus Strohhalmen. Alle schienen in diese Beschäftigungen ganz vertieft zu sein. Wenn Kameraden verwundet oder getötet wurden, wenn eine Reihe von Tragbahren vorbeikam, wenn die Unsrigen von einem Vorstoß zurückkehrten, wenn durch den Rauch hindurch große Massen von Feinden sichtbar wurden, dann schenkte niemand diesen Vorgängen irgendwelche Beachtung. Wenn dagegen unsere Artillerie oder Kavallerie vorging oder ein Vorrücken unserer Infanterie zu bemerken war, dann hörte man von allen Seiten beifällige Bemerkungen. Die größte Aufmerksamkeit erregten aber ganz nebensächliche Ereignisse, die auf die Schlacht gar keinen Bezug hatten. Es war, als ob der Geist dieser seelisch gemarterten Menschen in der Aufmerksamkeit auf diese gewöhnlichen alltäglichen Ereignisse eine gewisse Erholung fände. Eine Batterie fuhr vor der Front des Regiments vorbei, und vor einem Munitionswagen trat das Seitenpferd über den Strang. »He! He! Das Seitenpferd ...! Bringt es doch in Ordnung! Es fällt sonst noch ... Ach, sie sehen es nicht ...!« riefen im ganzen Regiment die Soldaten zugleich aus den Reihen. Ein andermal zog ein kleines braunes Hündchen die allgemeine Aufmerksamkeit auf sich, das Gott weiß woher gekommen sein mochte und nun mit steif erhobenem Schwanz vor der Front umhertrabte, plötzlich aber, als eine Kanonenkugel in der Nähe einschlug, aufwinselte, den Schwanz einkniff und nach der Seite fortstürzte. Lautes Lachen und vergnügtes Kreischen erscholl durch das ganze Regiment. Indessen dauerten derartige Zerstreuungen immer nur einen Augenblick; die Leute aber warteten nun schon mehr als acht Stunden ohne Nahrung und ohne Beschäftigung, unaufhörlich vom Tod bedroht, und die blassen, finsteren Gesichter wurden immer blasser und finsterer.

Fürst Andrei, der ebenso finster und blaß aussah wie alle Soldaten seines Regiments, ging, die Hände auf den Rücken gelegt, mit gesenktem Kopf auf einer Wiese neben dem Haferfeld von einem Rain zum andern auf und ab. Zu tun und zu befehlen hatte er nichts. Alles machte sich von selbst. Die Getöteten wurden hinter die Front geschleppt, die Verwundeten fortgetragen, die Reihen schlossen sich wieder zusammen. Wenn Soldaten austraten, so kamen sie sogleich eilig wieder zurück. Anfangs war Fürst Andrei, da er es für seine Pflicht hielt, den Mut der Mannschaft zu beleben und ihnen ein gutes Beispiel zu geben, in den Reihen hin und her gegangen; aber er hatte sich bald überzeugt, daß die Soldaten keiner Belehrung und Mahnung von seiner Seite bedurften. Alle Kräfte seiner Seele waren, wie bei jedem Soldaten, unbewußt darauf gerichtet, die Gedankentätigkeit von der schrecklichen Lage, in der sie sich befanden, abzulenken. Bald schleppte er beim Hin- und Herwandern auf der Wiese mit den Füßen, machte das Gras strubblig und betrachtete den Staub, der seine Stiefel bedeckte; bald ging er mit großen Schritten und versuchte in die Fußtapfen zu treten, die die Mäher auf der Wiese hinterlassen hatten; bald zählte er seine Schritte und stellte Berechnungen darüber an, wie oft er von einem Rain bis zum andern gehen müsse, um eine Werst zurückzulegen; bald streifte er von den am Rain wachsenden Wermutstauden die Blüten ab, zerrieb sie in den Händen und sog ihren kräftigen, aromatisch bitteren Duft mit der Nase ein. Von der ganzen gestrigen Gedankenarbeit war nichts zurückgeblieben. Er dachte an nichts. Mit müdem Ohr horchte er immer auf dieselben beiden verschiedenen Töne, das Pfeifen der fliegenden Geschosse und das Donnern der Schüsse, betrachtete die ihm schon langweilig gewordenen Gesichter der Mannschaft des ersten Bataillons und wartete. »Da ist eine … die kommt wieder zu uns!« dachte er, während er auf das sich nähernde Pfeifen eines Dinges horchte, das aus der undurchdringlichen Rauchregion herüberkam. »Eine, eine zweite! Noch eine! Hat sie getroffen?« Er blieb stehen und blickte über die Reihen hin. »Nein, sie ist darüberhin geflogen. Aber diese hier hat getroffen.« Er nahm seine Wanderung wieder auf und bemühte sich, große Schritte zu machen, um mit sechzehn Schritten bis zu dem Rain zu gelangen.

Ein Pfeifen und ein Schlag! Fünf Schritte von ihm entfernt hatte eine Kanonenkugel die trockene Erde aufgewühlt und war darin verschwunden. Ein kalter Schauder lief ihm unwillkürlich über den Rücken. Er blickte wieder über die Reihen hin. Wahrscheinlich hatte die Kugel viele niedergerissen; beim zweiten Bataillon hatten sich die Soldaten zu einem großen Haufen zusammengedrängt.

»Herr Adjutant!« rief er. »Verbieten Sie den Leuten, sich so zusammenzudrängen.«

Der Adjutant erfüllte seinen Auftrag und trat dann zum Fürsten Andrei heran. Von der andern Seite kam der Bataillonskommandeur herbeigeritten.

»Vorgesehen!« erscholl der ängstliche Ruf eines Soldaten, und wie ein Vögelchen, das in schnellem Flug pfeift und zwitschert und sich dann auf die Erde setzt, klatschte zwei Schritte vom Fürsten Andrei entfernt neben dem Pferd des Bataillonskommandeurs mit nur mäßigem Geräusch eine Granate nieder. Als erstes äußerte das Pferd seine Empfindungen: Ohne danach zu fragen, ob es passend oder unpassend sei, seine Furcht zu zeigen, schnaubte es, bäumte sich, so daß es den Major beinah abgeworfen hätte, und jagte nach der Seite davon. Der Schrecken des Pferdes teilte sich auch den Menschen mit.

»Hinlegen!« rief der Adjutant und warf sich auf die Erde.

Fürst Andrei blieb unschlüssig stehen. Die Granate drehte sich wie ein Kreisel rauchend zwischen ihm und dem am Boden liegenden Adjutanten an der Scheidegrenze des Ackers und der Wiese neben einem Wermutstrauch.

»Ist das wirklich der Tod?« dachte Fürst Andrei. Mit einem ganz neuen Gefühl des Neides blickte er nach den vom Tod nicht bedrohten Grasbüscheln und Wermutstauden und beobachtete das Rauchstreifchen, das aus dem sich drehenden schwarzen Ball sich herausschlängelte. »Ich kann nicht sterben, ich will nicht sterben, ich liebe das Leben, ich liebe dieses Gras, die Erde, die Luft ...« So dachte er, und zugleich fiel ihm ein, daß viele Blicke auf ihn gerichtet waren.

»Schämen Sie sich, Herr Adjutant!« sagte er. »Was für ein ...«

Er sprach nicht zu Ende. In demselben Augenblick ertönte eine Explosion, ein Klirren und Pfeifen von Splittern, wie wenn ein Fensterrahmen zerbräche, ein betäubender Pulverqualm verbreitete sich, Fürst Andrei wurde zur Seite geschleudert und fiel, den einen Arm in die Höhe hebend, auf die Brust.

Einige Offiziere liefen zu ihm hin. Aus der rechten Seite des Unterleibes strömte Blut und breitete sich auf dem Gras zu einem großen Fleck aus. Die herbeigerufenen Landwehrmänner blieben mit ihrer Tragbahre hinter den Offizieren stehen. Fürst Andrei lag auf der Brust; sein Gesicht war in das Gras gesunken; er atmete schwer und röchelnd.

»Nun, was steht ihr? Kommt heran!«

Die Bauern traten hinzu und faßten ihn an den Schultern und Beinen; aber er begann kläglich zu stöhnen, und nachdem sie einen Blick miteinander gewechselt hatten, ließen sie ihn wieder zurücksinken.

»Faßt an, legt ihn darauf; das hilft nichts!« rief eine Stimme.

Sie faßten ihn zum zweitenmal an und legten ihn auf die Tragbahre.

»O Gott, o Gott! Das ist ja entsetzlich ... Der ganze Unterleib! Da ist's aus! O Gott!« äußerte dieser und jener von den Offizieren.

»Ein Haarbreit an meinem Ohr summte sie vorbei«, sagte der Adjutant.

Die Bauern rückten die Tragbahre auf ihren Schultern zurecht und setzten sich auf dem von ihnen ausgetretenen Steig eilig nach dem Verbandsplatz in Bewegung.

»Geht doch im Tritt ...! He ...! Ihr Bauernvolk!« rief ein Offizier, packte die Bauern, die ungleich gingen und die Bahre dadurch erschütterten, an den Schultern und brachte sie so wieder zum Stehen.

»Fjodor, halte Tritt, paß auf, Fjodor!« sagte der Vordermann.

»Ja, ja, so! So ist's gut!« antwortete vergnügt der Hintermann, nachdem er in Tritt gekommen war.

»Euer Durchlaucht ... Was ist Ihnen, Fürst?« sagte der herbeigeeilte Timochin mit zitternder Stimme und blickte auf die Tragbahre.

Fürst Andrei schlug die Augen auf und schaute aus der Tragbahre heraus, in die sein Kopf tief hineingesunken war, nach dem Redenden hin, ließ dann aber die Lider wieder sinken.

*

Die Landwehrleute trugen den Fürsten Andrei nach dem Wald, wo die Fuhrwerke standen und der Verbandsplatz eingerichtet war. Der Verbandsplatz bestand aus drei am Rand des Birkenwaldes aufgeschlagenen Zelten, mit zurückgeklappten Vorderwänden. In dem Birkenwald standen die Fuhrwerke und Pferde. Die Pferde fraßen Hafer aus ihren Futterbeuteln; eine Menge von Sperlingen hatte sich bei ihnen eingefunden und suchte am Boden die verschütteten Körner auf. Krähen, die das Blut witterten, flatterten ungeduldig krächzend auf den Birken umher. Um die Zelte herum, auf einem Raum von mehr als zwei Desjatinen, lagen, saßen und standen blutbefleckte Menschen in mannigfaltigen Uniformen. Rings um die Verwundeten standen mit traurigen Mienen in gespannter Aufmerksamkeit Scharen von Landwehrleuten, welche die Tragbahren hergebracht hatten; vergeblich versuchten die Offiziere, die hier auf Ordnung zu halten hatten, sie von diesem Ort wegzujagen. Ohne auf die Offiziere zu hören, blieben sie, auf die Tragbahren gestützt, stehen und blickten unverwandt, als ob sie sich über den schwerverständlichen Sinn dieses Schauspiels klarzuwerden suchten, nach dem hin, was da vor ihren Augen vorging. Aus den Zelten hörte man bald lautes, grimmiges Schreien, bald klägliches Stöhnen. Ab und zu kamen Heilgehilfen von dort herausgelaufen, um Wasser zu holen, und bezeichneten dann auch diejenigen, die hereingetragen werden sollten. Die Verwundeten, die bei den Zelten darauf warteten, daß sie an die Reihe kämen, röchelten, stöhnten, weinten, schrien, schimpften und baten um Branntwein. Manche redeten irre. Den Fürsten Andrei, als einen Regimentskommandeur, trugen die Landwehrleute, durch die noch unverbundenen Verwundeten hinschreitend, näher an eines der Zelte heran und blieben, in Erwartung weiterer Weisungen, dort stehen. Fürst Andrei öffnete die Augen und konnte lange Zeit nicht begreifen, was um ihn herum vorging. Die Wiese, der Wermutstrauch, der Acker, der schwarze, sich drehende Ball und sein leidenschaftlicher Ausbruch von Liebe zum Leben kamen ihm ins Gedächtnis. Zwei Schritte von ihm stand, laut redend und dadurch die allgemeine Aufmerksamkeit auf sich ziehend, auf einen Ast gestützt, mit verbundenem Kopf ein großgewachsener, schöner, schwarzhaariger Unteroffizier. Er hatte Schußwunden im Kopf und im Bein. Um ihn hatte sich, begierig seinen Worten lauschend, ein Haufe von Verwundeten und Trägern versammelt.

»Als wir sie von da wegjagten«, rief der Soldat, indem er rings um sich blickte, wobei seine schwarzen, funkelnden Augen nur so blitzten, »da haben sie alles hingeschmissen, und ihren König selbst haben wir gefangengenommen. Wenn bloß da gerade die Reserven gekommen wären, dann wäre von den Feinden auch nicht so viel übriggeblieben, Jungens, das kann ich euch bestimmt sagen …«

Wie alle, die den Erzähler umgaben, sah auch Fürst Andrei ihn mit leuchtenden Augen an und fühlte, daß eine tröstliche Empfindung sich in ihm regte. »Aber ist denn nicht jetzt alles gleich?« dachte er. »Wie wird es dort sein, und was hat mir das Leben hier geboten? Warum tat es mir so leid, vom Leben scheiden zu müssen? Es war in diesem Leben etwas, das ich nicht verstand und auch jetzt noch nicht verstehe.«

XXXVII

Einer der Ärzte, dessen Schürze und kleine Hände mit Blut befleckt waren, und der in der einen Hand zwischen dem kleinen Finger und dem Daumen, um sie nicht schmutzig zu machen, eine Zigarre hielt, trat aus dem Zelt heraus. Er hob den Kopf in die Höhe und blickte nach den Seiten hin, aber über die Verwundeten hinweg. Offenbar wollte er sich einen Augenblick erholen. Nachdem er eine Zeitlang den Kopf nach rechts und nach links gedreht hatte, seufzte er und senkte die Augen.

»Ja, ja, gleich«, erwiderte er auf die Frage eines Heilgehilfen, der ihn auf den Fürsten Andrei aufmerksam machte, und ordnete an, daß er in das Zelt gebracht werden sollte.

In der Schar der wartenden Verwundeten erhob sich ein Murren.

»Na ja, auch in jener Welt werden die vornehmen Herren gewiß den Vorzug haben«, sagte einer.

Fürst Andrei wurde hereingetragen und auf einen soeben erst freigewordenen Tisch gelegt, von dem der Heilgehilfe noch irgend etwas abspülte. Fürst Andrei konnte nicht im einzelnen unterscheiden, was im Zelt vorhanden war. Darauf zu achten, machte ihm das klägliche Stöhnen, das von verschiedenen Seiten ertönte, sowie der qualvolle Schmerz in seiner Hüfte, seinem Unterleib und seinem Rücken unmöglich. Alles, was er um sich sah, floß für ihn in das eine Gesamtbild nackter, blutiger Menschenkörper zusammen, die das ganze niedrige Zelt auszufüllen schienen, geradeso wie einige Wochen vorher an jenem heißen Augusttag ebensolche Körper den schmutzigen Teich an der Smolensker Landstraße ausgefüllt hatten. Ja, das war dasselbe Menschenfleisch, jenes Kanonenfutter, chair à canon, dessen Anblick ihn schon damals, wie eine Vorbedeutung auf dieses jetzige Schauspiel, hatte zusammenschaudern lassen.

In dem Zelt befanden sich drei Tische. Zwei von ihnen waren besetzt; auf den dritten wurde Fürst Andrei gelegt. Eine Weile ließ man ihn allein, und unwillkürlich blickte er nach dem hin, was auf den beiden anderen Tischen geschah. Auf dem nächststehenden Tisch saß ein Tatar, wahrscheinlich ein Kosak, nach der Uniform zu urteilen, die neben dem Tisch auf den Boden geworfen war. Vier Soldaten hielten ihn fest. Ein Arzt mit einer Brille schnitt etwas an seinem braunen, muskulösen Rücken.

»Uch, uch, uch …!« grunzte der Tatar; plötzlich aber hob er sein dunkles Gesicht mit den breiten Backenknochen und der aufgestülpten Nase in die Höhe, fletschte die weißen Zähne, suchte heftig zuckend sich loszureißen und stieß ein durchdringendes, langgezogenes Winseln aus.

Auf dem andern Tisch, um den sich viele Menschen drängten, lag ein großer, wohlgenährter Mann mit zurückgeworfenem Kopf auf dem Rücken; sein lockiges Haar, die Farbe desselben und die Form seines Kopfes kamen dem Fürsten Andrei seltsam bekannt vor. Mehrere Heilgehilfen lehnten sich diesem Mann auf die Brust und hielten ihn fest. Sein eines weißes, großes, fleischiges Bein zuckte unaufhörlich fieberhaft zitternd in schnellen Bewegungen. Er schluchzte und schluckte krampfhaft. Zwei Ärzte, von denen der eine blaß war und zitterte, nahmen mit dem andern, rot aussehenden Bein dieses Menschen schweigend etwas vor. Als der bebrillte Arzt mit dem Tataren fertig war, dem dann ein Mantel übergeworfen wurde, wischte er sich die Hände ab und trat zum Fürsten Andrei.

Er blickte dem Fürsten Andrei forschend ins Gesicht und wandte sich eilig ab.

»Entkleiden! Was steht ihr da?« rief er den Heilgehilfen ärgerlich zu.

Die allererste, fernste Kindheit kam dem Fürsten Andrei ins Gedächtnis, als der Heilgehilfe mit aufgestreiften Ärmeln ihm eilig die Knöpfe aufmachte und ihm die Kleider abzog. Der Arzt beugte sich tief über die Wunde, sondierte sie und seufzte schwer. Dann gab er jemandem ein Zeichen, und ein qualvoller Schmerz im Innern des Leibes raubte dem Fürsten Andrei das Bewußtsein. Als er wieder zu sich kam, waren die zerschmetterten Knochen aus der Hüfte herausgenommen, die Fleischfetzen abgeschnitten und die Wunde verbunden. Man spritzte ihm Wasser ins Gesicht. Sobald Fürst Andrei die Augen aufschlug, beugte sich der Arzt über ihn, küßte ihn schweigend auf die Lippen und trat eilig von ihm weg.

Nach dem überstandenen Leiden durchströmte den Fürsten Andrei ein Wonnegefühl, wie er es schon seit langer Zeit nicht mehr empfunden hatte. Die schönsten, glücklichsten Augenblicke seines Lebens, namentlich aus der fernsten Kindheit, wenn man ihn ausgezogen und in sein Bettchen gelegt hatte und die Wärterin ihn in Schlaf sang und er, den Kopf in die Kissen vergrabend, sich in dem bloßen Bewußtsein des Lebens glücklich fühlte, diese Augenblicke boten sich seinem geistigen Blick dar, und zwar nicht wie etwas Vergangenes, sondern wie Wirklichkeit.

Um jenen Verwundeten, dessen Kopfumrisse dem Fürsten Andrei so bekannt vorgekommen waren, waren die Ärzte eifrig beschäftigt; sie hoben ihn auf und redeten ihm beruhigend zu.

»Zeigen Sie mir … Oooooh! Oh! Oooooh!« erscholl sein von Schluchzen unterbrochenes, angstvolles Stöhnen, dem man es anhörte, daß er vom Schmerz überwältigt war.

Als Fürst Andrei dieses Stöhnen hörte, hätte er am liebsten losgeweint. Ob nun, weil er im Begriff war, eines ruhmlosen Todes zu sterben, oder deshalb, weil es ihm ein Schmerz war, vom Leben scheiden zu müssen, oder infolge dieser Erinnerungen an seine unwiederbringliche Kindheit, oder deshalb, weil er litt und andere Menschen litten und dieser Mensch so kläglich neben ihm stöhnte: Genug, es drängte ihn, kindliche, gutherzige, beinahe freudige Tränen zu vergießen.

Man zeigte dem Verwundeten sein abgeschnittenes Bein, das noch mit dem Stiefel bekleidet und von geronnenem Blut bedeckt war.

»Oh! Oooooh!« schluchzte er wie ein Weib.

Der Arzt, der vor dem Verwundeten gestanden und dem Fürsten Andrei dessen Gesicht verdeckt hatte, trat zur Seite.

»Mein Gott! Was ist das? Wie kommt der hierher?« fragte sich Fürst Andrei.

In dem unglücklichen, schluchzenden, kraftlosen Menschen, dem soeben das Bein amputiert worden war, hatte er Anatol Kuragin erkannt. Die Heilgehilfen umfingen diesen stützend mit den Armen, und einer hielt ihm ein Glas Wasser hin, dessen Rand Anatol aber mit seinen zitternden, geschwollenen Lippen

nicht fassen konnte. Anatol schluchzte heftig. »Ja, das ist er; ja, dieser Mensch steht in irgendeiner nahen, schmerzlichen Beziehung zu mir«, dachte Fürst Andrei, der das, was er vor sich hatte, noch nicht klar begriff. »Worin besteht die Verbindung dieses Menschen mit meiner Kindheit, mit meinem Leben?« fragte er sich, fand aber keine Antwort darauf. Plötzlich jedoch trat eine neue, unerwartete Erinnerung aus einer reinen, lieblichen, kindlichen Welt dem Fürsten Andrei vor die Seele. Er erinnerte sich an Natascha in der Gestalt, wie er sie zum erstenmal auf dem Ball im Jahre 1810 gesehen hatte, mit dem dünnen Hals, den schmächtigen Armen, mit dem zur Freude und zum Entzücken bereiten, ängstlichen, glücklichen Gesicht, und eine zärtliche Liebe zu ihr erwachte noch lebendiger und stärker als je zuvor in seiner Seele. Jetzt fiel ihm auch die Verbindung ein, die zwischen ihm und diesem Menschen bestand, der durch die Tränen hindurch, die seine verschwollenen Augen anfüllten, ihn trüb anblickte. Fürst Andrei erinnerte sich an alles, und sein glückliches Herz wurde von aufrichtigem Mitleid, von herzlicher Liebe zu diesem Menschen erfüllt.

Er konnte sich nicht mehr halten und vergoß milde, liebevolle Tränen über die Menschen, über sich selbst und über ihre und seine Verirrungen.

»Mitleid, Liebe zu unsern Brüdern, zu denen, die uns lieben; Liebe zu denen, die uns hassen, Liebe zu unsern Feinden; ja, jene Liebe, die Gott auf Erden gepredigt hat, jene Liebe, die mich Prinzessin Marja lehren wollte und die ich nicht verstand: Das ist's, weswegen es mir leid tat, aus dem Leben scheiden zu müssen; das ist das, was ich noch zu tun vor mir hatte, wenn ich am Leben geblieben wäre. Aber jetzt ist es zu spät. Das weiß ich!«

XXXVIII

Der furchtbare Anblick des mit Leichen und Verwundeten bedeckten Schlachtfeldes (im Verein mit der drückenden Benommenheit seines Kopfes und mit der Nachricht, daß zwanzig seiner besten Generale gefallen oder verwundet seien, und mit dem Bewußtsein der Kraftlosigkeit seines früher so starken Armes) hatte eine unerwartete Wirkung auf Napoleon hervorgebracht, der es gewöhnlich liebte, die Getöteten und Verwundeten zu betrachten, weil er dabei seiner Meinung nach seine Geistesstärke erprobte. An diesem Tag jedoch war jene Geistesstärke, die er an sich als einen besonderen Vorzug und als einen Beweis seiner Größe betrachtete, von dem entsetzlichen Anblick des Schlachtfeldes überwältigt worden. Er war eilig vom Schlachtfeld wieder weggeritten und nach dem Hügel von Schewardino zurückgekehrt. Mit gelbem, verschwollenem Gesicht, trüben Augen, geröteter Nase und heiserer Stimme saß er schwerfällig auf seinem Feldstuhl und horchte unwillkürlich, ohne die Augen zu erheben, auf die Töne des Geschützfeuers. In peinlicher Unruhe wartete er auf das Ende jenes Werkes, bei dem er sich für einen Mitwirkenden hielt, das er aber nicht imstande war aufzuhalten. Ein persönliches menschliches Gefühl gewann bei ihm für einen kurzen Augenblick die Oberhand über jenes künstliche Phantom des Lebens, dem er so lange gedient hatte. Er übertrug die Leiden und den Tod, die er auf dem Schlachtfeld gesehen hatte, in Gedanken auf sich selbst. Der schwere Druck, den er im Kopf und in der Brust empfand, erinnerte ihn an die Möglichkeit, daß Leiden und Tod auch ihn treffen könnten. Was er in diesem Augenblick für sich begehrte, das war nicht Moskau, nicht Sieg, nicht Ruhm (was brauchte er noch Ruhm!). Das einzige, was er jetzt begehrte, war Erholung, Ruhe und Freiheit.

Als er vorhin auf der Höhe von Semjonowskoje war, hatte ihm der Kommandeur der Artillerie vorgeschlagen, einige Batterien auf diesen Höhen aufzustellen, um das Feuer auf die bei Knjaskowo dichtgedrängt stehenden russischen Truppen zu verstärken. Napoleon hatte seine Zustimmung gegeben und befohlen, es solle ihm berichtet werden, welche Wirkung diese Batterien ausübten. Nun kam ein Adjutant herbeigeritten, um zu melden, daß dem Befehl des Kaisers gemäß zweihundert Geschütze auf die Russen gerichtet seien, die Russen aber trotzdem unverändert standhielten.

»Unser Feuer reißt sie reihenweis nieder; aber sie halten dennoch stand«, meldete der Adjutant.

»Sie wollen noch mehr davon!« erwiderte Napoleon heiser.

»Sire?« fragte der Adjutant, der nicht deutlich verstanden hatte.

»Sie wollen noch mehr davon«, wiederholte Napoleon stirnrunzelnd mit rauher, zischender Stimme. »Lassen Sie es ihnen verabfolgen.«

Auch ohne seinen Befehl hätte sich das vollzogen, was in Wirklichkeit gar nicht ein Produkt seines Willens war und was er nur anordnete, weil er meinte, daß man von ihm Befehle erwarte. Und nun versetzte er sich wieder in seine künstliche Welt mit dem Phantom von Größe und begann wieder (wie das Pferd, das auf den schrägen Schaufeln der Tretmaschine geht, sich einbildet, etwas in seinem eigenen Interesse zu tun), gehorsam die grausame, traurige, schwere, unmenschliche Rolle zu spielen, zu der er prädestiniert war.

Und nicht allein in dieser Stunde und an diesem Tag waren der Geist und das Gewissen dieses Mannes verdunkelt, der schwerer als alle anderen bei diesem Werk Mitwirkenden an der Last dessen, was sich vollzog, zu tragen hatte; nein, niemals, bis an sein Lebensende nicht, hat er für das Gute, Schöne und Wahre und für die Bedeutung seiner eigenen Taten ein Verständnis besessen. Diese Taten standen eben in zu schroffem Widerspruch zum Guten und Wahren und waren zu weit von aller Menschlichkeit entfernt, als daß er ihre Bedeutung hätte verstehen können. Er konnte seine Taten nicht verleugnen, die von der halben Welt gepriesen wurden, und so mußte er denn das Wahre und Gute und alles Menschliche verleugnen.

Nicht nur an diesem Tag zählte er bei seinem Ritt über das mit Toten und Verstümmelten besäte Schlachtfeld, das er für sein Werk hielt, wieviel Russen auf einen Franzosen kamen, und fand in seltsamer Selbsttäuschung Anlaß sich zu freuen, weil auf einen Franzosen fünf Russen kamen; nicht nur an diesem Tag schrieb er in einem Brief nach Paris: »Das Schlachtfeld war herrlich«, weil auf ihm fünfzigtausend Leichen lagen. Sondern auch auf der Insel St. Helena, in der Stille der Einsamkeit, wo er, wie er sagte, seine Muße der Darstellung seiner großen Taten zu widmen beabsichtigte, schrieb er folgendes:

»Der Krieg gegen Rußland hätte verdient, der populärste aller Kriege der Neuzeit zu sein: Es war ein Krieg, der für die gesunde Vernunft und die wahren Lebensinteressen, für die Ruhe und Sicherheit aller geführt wurde; sein Zweck war ein rein friedlicher, konservativer.

Es handelte sich um ein großes Ziel: das Ende aller Wagestücke und den Beginn der Sicherheit. Ein neuer Horizont, neue Aufgaben waren im Begriff sich zu erschließen, die lediglich auf das Glück und Wohlergehen aller gerichtet waren. Das europäische System war gegründet; es kam nur noch darauf an, es zu organisieren.

Sobald ich in betreff dieser wichtigen Punkte befriedigt und nach allen Seiten hin gesichert gewesen wäre, hätte auch ich meinen Kongreß und meine heilige Allianz gehabt. Es sind dies Ideen, die man mir gestohlen hat. In dieser Vereinigung großer Herrscher hätten wir unsere Interessen wie Mitglieder einer einzigen Familie besprochen und den Völkern über unsere gesamte Verwaltung Rechnung gelegt.

Auf diese Weise wäre Europa in kurzer Zeit tatsächlich nur ein einziges Volk gewesen, und jedermann hätte sich, mochte er reisen, wohin er wollte, immer in dem gemeinsamen Vaterland befunden. Ich hätte verlangt, daß das Recht der Schiffahrt auf den Flüssen einem jeden zustehe, die Meere Gemeinbesitz seien und die großen stehenden Heere künftig auf eine bloße Leibwache der Herrscher reduziert würden.

Sobald ich nach Frankreich, in den Schoß des großen, starken, herrlichen, gesicherten, ruhmvollen Vaterlandes, zurückgekehrt gewesen wäre, hätte ich eine Proklamation erlassen, des Inhalts: Seine Grenzen sollten unveränderlich sein, jeder künftige Krieg einen lediglich defensiven Charakter tragen und jede weitere Vergrößerung als antinational betrachtet werden. Ich hätte meinem Sohn einen Anteil an der Herrschaft gegeben; meine Diktatur wäre zu Ende gewesen, und seine konstitutionelle Regierung hätte begonnen.

Paris wäre die Hauptstadt der Welt geworden und die Franzosen für alle Nationen ein Gegenstand des Neides!

Meine Mußestunden und meine alten Tage hätte ich dann in Gemeinschaft mit der Kaiserin während der Regierungslehrzeit meines Sohnes dazu benutzt, gemächlich wie ein richtiges Paar Landedelleute im eigenen Wagen alle Winkel des Reiches zu besuchen, Beschwerden entgegenzunehmen, Ungerechtigkeiten zu beseitigen und überall und an allen Orten großartige Gebäude zu errichten und Wohltaten auszustreuen.«

Er, den die Vorsehung zu der traurigen, unfreien Rolle eines Henkers der Völker prädestiniert hatte, bildete sich ein, das Ziel seiner Handlungen sei das Wohl der Völker gewesen, und er hätte das Schicksal vieler Millionen leiten und ihnen durch seine Herrschaft Wohltaten erweisen können!

»Von den vierhunderttausend Mann, die die Weichsel überschritten«, schreibt er weiter über den russischen Krieg, »waren die Hälfte Österreicher, Preußen, Sachsen, Polen, Bayern, Württemberger, Mecklenburger, Spanier, Italiener, Neapolitaner. Die kaiserliche Armee im engeren Sinn bestand zu einem Drittel aus Holländern, Belgiern, Bewohnern der Rheinufer, Piemontesen, Schweizern, Genfern, Toskanern, Römern, Bewohnern der zweiunddreißigsten Militärdivision, Bremens, Hamburgs usw.; sie zählte kaum hundertvierzigtausend Mann französischer Zunge. Der russische Feldzug hat dem eigentlichen Frankreich nicht fünfzigtausend Mann gekostet. Die russische Armee hat auf dem Rückzug von Wilna nach Moskau und in den verschiedenen Schlachten viermal soviel verloren als die französische Armee; der Brand von Moskau hat hunderttausend Russen das Leben gekostet, die in den Wäldern vor Kälte und Entbehrungen gestorben sind; und endlich hat die russische Armee auf ihrem Marsch von Moskau bis zur Oder ebenfalls an den Unbilden der Jahreszeit zu leiden gehabt; bei ihrer Ankunft in Wilna zählte sie nur noch fünfzigtausend Mann und in Kalisch kaum noch achtzehntausend.«

Er bildete sich ein, der Krieg mit Rußland habe nach seinem Willen stattgefunden; aber kein Schrecken über das, was sich da vollzogen hatte, erschütterte seine Seele. Kühn nahm er die ganze Verantwortung für dieses Geschehnis auf sich, und sein verdunkelter Geist erblickte eine Entschuldigung in dem Umstand, daß sich unter den Hunderttausenden umgekommener Menschen weniger Franzosen als Hessen und Bayern befunden hatten.

XXXIX

Viele, viele Tausende von Menschen lagen tot in verschiedenen Körperhaltungen und Uniformen auf den Feldern und Wiesen, die den Herren Dawydow und fiskalischen Bauern gehörten, auf jenen Feldern und Wiesen, auf denen jahrhundertelang die Bauern der Dörfer Borodino, Gorki, Schewardino und Semjonowskoje Getreide gebaut und ihr Vieh geweidet hatten. Auf den Verbandsplätzen waren in einer Ausdehnung von einer Desjatine das Gras und die Erde mit Blut getränkt. Scharen von verwundeten und nichtverwundeten Soldaten verschiedener Truppenteile strömten mit verstörten Gesichtern auf der einen Seite zurück nach Moschaisk, auf der andern Seite zurück nach Walujewo. Andere Scharen marschierten, ermüdet und hungrig, unter Führung ihrer Befehlshaber vorwärts. Wieder andere blieben auf ihren Plätzen stehen und fuhren fort zu schießen.

Über dem ganzen Feld, das vorher in der Morgensonne mit den blitzenden Bajonetten und den kleinen Rauchwölkchen einen so heiteren, schönen Anblick dargeboten hatte, lagerte jetzt ein Nebel von Feuchtigkeit und Rauch, und ein eigentümlicher säuerlicher Geruch nach Salpeter und Blut machte sich spürbar. Regenwolken zogen sich zusammen, und es fielen einzelne Tropfen herab auf die Getöteten und die Verwundeten, auf die angsterfüllten, ermatteten, unschlüssigen Menschen. Und es war, als wollte dieser leise Regen sagen: »Genug, genug, ihr Menschen! Hört auf! Kommt zur Besinnung! Was tut ihr?«

Auf der einen wie auf der andern Seite begann bei den Mannschaften, die durch den Mangel an Nahrung und Erholung entkräftet waren, sich in gleicher Weise der Zweifel zu regen, ob sie einander noch länger vernichten sollten, und auf allen Gesichtern konnte man diese Unschlüssigkeit wahrnehmen, und in der Seele eines jeden erhob sich gleichmäßig die Frage: »Wozu und für wen soll ich noch morden und mich morden lassen? Mordet, wen ihr wollt; tut, was ihr wollt; aber ich will nicht mehr mittun!« Dieser Gedanke bildete sich gegen Abend in der Seele eines jeden heraus. Es schien nicht unmöglich, daß im nächsten Augenblick alle diese Menschen von Entsetzen ergriffen werden würden über das, was sie taten, alles von sich werfen und nach irgendeiner beliebigen Richtung davonlaufen würden.

Aber obgleich gegen Ende der Schlacht die Menschen sich bereits der ganzen Entsetzlichkeit ihres Tuns bewußt wurden und froh gewesen wären aufzuhören, so fuhr dennoch eine unfaßbare, geheimnisvolle Macht immer noch fort, sie zu leiten, und die schweißtriefenden, auf ein Drittel zusammengeschmolzenen Artilleristen trugen mitten in Blut und Pulverrauch, ob auch vor Müdigkeit stolpernd und keuchend, immer noch Geschosse herbei, luden, richteten, legten die Lunten an: Und die Kanonenkugeln flogen noch ebenso schnell und furchtbar von jeder Seite zur andern hinüber und zermalmten Menschenleiber, und es dauerte jenes schreckliche Werk fort, das sich nicht nach menschlichem Willen vollzieht, sondern nach dem Willen dessen, der die Menschen und die Welten lenkt.

Wer die Auflösung hinter der Front der russischen Armee betrachtet hätte, der hätte sagen müssen, daß die Franzosen nur noch eine geringe Anstrengung hätten zu machen brauchen, und die russische Armee wäre vernichtet worden; und wer den Zustand hinter der Front der Franzosen betrachtet hätte, der hätte sagen müssen, daß die Russen nur noch eine geringe Anstrengung hätten zu machen brauchen, und die Franzosen wären zugrunde gerichtet gewesen. Aber weder die Franzosen noch die Russen machten diese Anstrengung, und die Flamme des Kampfes erlosch langsam.

Die Russen machten diese Anstrengung nicht, weil sie von vornherein nicht die Angreifer gewesen waren. Zu Anfang der Schlacht hatten sie lediglich auf dem Weg nach Moskau gestanden und diesen versperrt, und am Ende der Schlacht standen sie noch genau ebenso wie zu Anfang. Aber selbst wenn der Zweck der Russen darin bestanden hätte, die Franzosen zu schlagen, so konnten sie doch diese letzte Anstrengung nicht machen, weil alle ihre Truppen sich in geschwächtem Zustand befanden und es keinen einzigen Teil des Heeres gab, der in der Schlacht nicht hätte gelitten gehabt, und die Russen zwar in ihren Stellungen geblieben waren, aber die Hälfte ihres Heeres verloren hatten.

Den Franzosen mit ihrer Erinnerung an all ihre Siege in den letzten fünfzehn Jahren, mit ihrem festen Glauben an die Unbesiegbarkeit Napoleons, mit ihrem Bewußtsein, daß ein Teil des Schlachtfeldes in ihrer Gewalt war und sie nur ein Viertel ihrer Leute verloren hatten und noch die zwanzigtausend Mann starke Garde unangerührt besaßen, den Franzosen wäre es ein leichtes gewesen, diese Anstrengung zu machen. Und die Franzosen, die das russische Heer mit der Absicht angegriffen hatten, es aus seiner Stellung hinauszuwerfen, hätten diese Anstrengung machen müssen; denn solange die Russen noch genau so wie vor der Schlacht den Weg nach Moskau versperrten, war das Ziel der Franzosen nicht erreicht, und alle ihre Anstrengungen und Verluste waren vergeblich gewesen. Aber die Franzosen machten diese Anstrengung nicht. Manche Geschichtsschreiber sagen, Napoleon hätte nur seine unangerührte alte Garde hinzugeben brauchen, dann wäre die Schlacht gewonnen gewesen. Darüber zu reden, was geschehen wäre, wenn Napoleon seine Garde hingegeben hätte, das ist ganz dasselbe, wie wenn man darüber reden wollte, was geschehen würde, wenn im Herbst der Frühling anbräche. Das konnte einfach nicht geschehen. Es stand nicht etwa so, daß Napoleon seine Garde nicht hingab, weil er es nicht tun wollte, sondern es war ihm unmöglich, dies zu tun. Alle Generale, Offiziere und Soldaten der französischen Armee wußten, daß es unmöglich war, dies zu tun, weil der gesunkene Geist des Heeres es nicht gestattete.

Und nicht Napoleon allein machte jenes traumähnliche Gefühl durch, daß der zu furchtbarem Schlag ausholende Arm kraftlos niedersinkt, sondern alle Generale und alle Soldaten der französischen Armee, mochten sie nun am Kampf teilgenommen haben oder nicht, hatten nach allen Erfahrungen der früheren Schlachten (wo es immer nur des zehnten Teiles der heutigen Anstrengungen bedurft hatte, um den Feind zum Fliehen zu bringen) gleichmäßig eine Empfindung des Schrecken vor diesem Feind, der, nachdem er die Hälfte seiner Truppen verloren hatte, am Ende der Schlacht noch ebenso drohend dastand wie beim Beginn. Die moralische Kraft der angreifenden französischen Armee war erschöpft. Die Russen hatten bei Borodino nicht jenen Sieg errungen, der nach erbeuteten, an Stangen genagelten Zeugstücken, Fahnen genannt, und nach dem Raum, auf dem die Truppen gestanden haben und stehen, beurteilt wird, sondern jenen moralischen Sieg, der den Gegner von der geistigen Überlegenheit seines Feindes und von seiner eigenen Kraftlosigkeit überzeugt. Wie ein wütendes Tier, das im vollen Ansturm eine tödliche Wunde empfangen hat, fühlte das französische Invasionsheer, daß ihm der Untergang sicher war; aber es konnte nicht anhalten, ebenso wie das nur halb so starke russische Heer nichts anderes tun konnte, als ihm ausweichen. Nach dem ihm einmal erteilten Anstoß konnte sich das französische Heer noch bis Moskau weiterbewegen; aber dort mußte es ohne neue Anstrengungen von seiten des russischen Heeres zugrunde gehen, da es an der tödlichen bei Borodino empfangenen Wunde verblutete. Die direkte Folge der Schlacht bei Borodino war die Flucht Napoleons aus Moskau ohne neue Ursachen, der Rückzug auf der alten Smolensker Straße, die Vernichtung des fünfhunderttausend Mann starken Invasionsheeres und der Untergang des Napoleonischen Frankreich, auf das zum erstenmal bei Borodino der Arm eines an Geist und Mut überlegenen Gegners niedergefallen war.

DRITTER TEIL

I

Dem menschlichen Verstand ist die absolute Stetigkeit einer Bewegung unbegreiflich. Begreiflich werden dem Menschen die Gesetze irgendeiner Bewegung nur dann, wenn er willkürlich herausgegriffene Einzelteile dieser Bewegung betrachtet. Aber gerade aus dieser willkürlichen Teilung der stetigen Bewegung in unterbrochene Einzelteile entspringt der größte Teil der menschlichen Irrtümer.

Bekannt ist ein sogenannter Sophismus der Alten, nach welchem Achilles nie eine vor ihm einherkriechende Schildkröte einholen könne, obwohl Achilles zehnmal so schnell laufe als die Schildkröte: Denn während Achilles die Strecke zurücklege, die ihn von der Schildkröte trenne, durchwandere die Schildkröte vor ihm her ein Zehntel dieser Strecke; Achilles durchmesse nun dieses Zehntel, aber die Schildkröte unterdes ein Hundertstel, und so weiter bis ins Unendliche. Diese Aufgabe erschien den Alten als unlösbar. Die Sinnlosigkeit der Folgerung (daß Achilles nie die Schildkröte einholen könne) rührte nur von der willkürlichen Ansetzung gesonderter Einzelteile der Bewegung her, während sich doch die Bewegung sowohl des Achilles als auch der Schildkröte in stetiger Weise vollzog.

Wenn wir immer kleinere und kleinere Einzelteile der Bewegung nehmen, so nähern wir uns der Lösung der Frage nur, erreichen sie aber niemals. Nur wenn wir eine unendlich kleine Größe und eine von ihr aufsteigende geometrische Progression ansetzen und die Summe dieser Progression nehmen, erreichen wir die Lösung der Frage. Ein neuer Zweig der Mathematik, der die Kunst gelehrt hat, mit unendlich kleinen Größen zu operieren, gibt jetzt auch bei anderen, komplizierteren Fragen der Bewegung Antwort auf Fragen, die früher unlösbar schienen.

Dieser neue, den Alten unbekannte Zweig der Mathematik, der bei der Erörterung von Fragen der Bewegung unendlich kleine Größen ansetzt, d. h. solche, bei denen die wichtigste Eigenschaft der Bewegung (absolute Stetigkeit) wiederhergestellt wird, korrigiert eben dadurch jenen unvermeidlichen Fehler, den der menschliche Verstand notwendigerweise begeht, wenn er statt einer stetigen Bewegung gesonderte Einzelteile der Bewegung betrachtet.

Bei der Erforschung der Gesetze der historischen Bewegung zeigt sich völlig der gleiche Vorgang.

Die aus einer unzähligen Menge menschlicher Willensäußerungen resultierende Bewegung der Menschheit vollzieht sich in stetiger Folge.

Die Gesetze dieser Bewegung zu verstehen ist das Ziel der Geschichtsforschung. Aber um die Gesetze der stetigen Bewegung der Summe aller menschlichen Willensäußerungen zu begreifen, setzt der menschliche Verstand willkürliche, gesonderte Einzelteile an. Dabei bedient sich die Geschichtsforschung zweier Methoden. Die eine Methode besteht darin, willkürlich eine Reihe stetiger Ereignisse herauszugreifen und diese Reihe von den andern gesondert zu betrachten, obwohl es doch den Anfang irgendeines Ereignisses nicht gibt und nicht geben kann, sondern immer ein Ereignis in stetiger Folge sich aus dem andern entwickelt. Die zweite Methode besteht darin, die Handlungen eines einzelnen Menschen, eines Herrschers, eines Feldherrn, als die Summe der Willensäußerungen aller Menschen zu betrachten, obwohl doch diese Summe menschlicher Willensäußerungen niemals in der Tätigkeit einer einzelnen historischen Person zum Ausdruck kommt.

Die Geschichtswissenschaft macht in ihrer Weiterentwicklung beständig immer kleinere und kleinere Einzelteile zum Gegenstand der Betrachtung und bemüht sich, auf diesem Weg der Wahrheit näherzukommen. Aber mögen die Einzelteile, die die Geschichtswissenschaft annimmt, auch noch so klein sein, wir fühlen doch, daß die Ansetzung eines von einem andern gesonderten Einzelteiles, nämlich die Ansetzung des Anfanges irgendeiner Erscheinung und die Annahme, daß die Willensäußerungen aller Menschen in den Taten einer einzelnen historischen Person zum Ausdruck kommen, von vornherein unrichtig ist.

Jede Schlußfolgerung der Geschichte zerfällt, ohne die geringste Anstrengung von seiten der Kritik, wie ein Staubgebilde, ohne etwas Bleibendes zu hinterlassen, einfach dadurch, daß die Kritik einen größeren oder kleineren gesonderten Einzelteil zum Gegenstand der Prüfung macht; und dazu hat sie stets ein Recht, da der herausgegriffene historische Einzelteil stets auf Willkür beruht.

Nur wenn wir einen unendlich kleinen Einzelteil (das Differential der Geschichte, d. h. die gleichartigen Bestrebungen der Menschen) zum Gegenstand der Betrachtung machen und uns auf die Integralrechnung verstehen (die Kunst, die Summe dieser unendlich kleinen Einzelteile zu berechnen), nur dann können wir hoffen, zu einem Verständnis der Gesetze der Geschichte zu gelangen.

*

Die ersten fünfzehn Jahre des neunzehnten Jahrhunderts weisen in Europa eine ungewöhnliche Bewegung von Millionen von Menschen auf. Die Menschen verlassen ihre gewohnten Beschäftigungen, streben von einem Ende Europas nach dem andern, berauben und töten sich wechselseitig, triumphieren und verzweifeln; der ganze Gang des Lebens ändert sich für einige Jahre und bietet das Bild einer verstärkten Bewegung, die zuerst wächst und dann wieder schwächer wird. Da fragt sich der menschliche Geist: Welches war die Ursache dieser Bewegung, oder nach welchen Gesetzen hat sich diese Bewegung vollzogen?

Bei der Beantwortung dieser Frage tragen uns die Geschichtsschreiber die Reden und Taten von ein paar Dutzend Leuten in einem Gebäude von Paris vor und bezeichnen diese Reden und Taten mit dem Wort Revolution; dann geben sie uns eine ausführliche Lebensbeschreibung Napoleons und einiger Menschen, die teils auf seiner Seite standen, teils ihm feindlich gesinnt waren, erzählen uns von der Einwirkung dieser Männer aufeinander und sagen: Daraus ist diese Bewegung entstanden, und das sind ihre Gesetze.

Aber der menschliche Verstand weigert sich nicht nur, diese Erklärung für richtig zu halten, sondern sagt geradezu, daß das bei dieser Erklärung angewandte Verfahren falsch ist, weil bei dieser Erklärung eine schwächere Erscheinung als Ursache einer stärkeren aufgefaßt wird. Vielmehr war es die Summe der menschlichen Willensäußerungen, die sowohl die Revolution als auch den Kaiser Napoleon hervorgebracht hat, und nur die Summe dieser Willensäußerungen war es, die jene Erscheinungen trug und dann vernichtete.

»Aber«, sagt die Geschichtsforschung, »jedesmal, wenn Eroberungen stattgefunden haben, hat es Eroberer gegeben; und jedesmal, wenn sich Staatsumwälzungen zugetragen haben, hat es große Männer gegeben.« Darauf erwidert der menschliche Verstand: Gewiß, jedesmal, wenn Eroberer auftraten, hat es auch Kriege gegeben; aber das beweist nicht, daß die Eroberer die Ursache der Kriege gewesen wären und daß es möglich wäre, die Gesetze des Krieges in der persönlichen Tätigkeit eines einzelnen Menschen zu finden. Jedesmal, wenn ich bei einem Blick auf meine Uhr wahrnehme, daß der Zeiger sich der Zehn nähert, höre ich, daß in der nahen Kirche die Glocken zu läuten anfangen; aber darum bin ich noch nicht berechtigt zu schließen, daß die Stellung des Zeigers die Ursache der Bewegung der Glocken ist.

Jedesmal, wenn ich die Bewegung der Lokomotive sehe, höre ich den Ton der Dampfpfeife und sehe, wie sich das Ventil öffnet und die Räder sich bewegen; aber dies gibt mir noch kein Recht zu folgern, daß das Pfeifen und die Bewegung der Räder die Ursachen der Bewegung der Lokomotive wären.

Die Bauern sagen, im Spätfrühling wehe deswegen ein kalter Wind, weil dann die Knospen der Eiche aufbrechen, und tatsächlich weht in jedem Frühling ein kalter Wind zu der Zeit, wo die Eiche zu blühen beginnt. Aber obgleich mir die Ursache des beim Aufblühen der Eiche wehenden kalten Windes unbekannt ist, kann ich doch nicht den Bauern darin zustimmen, daß die Ursache des kalten Windes in dem Aufbrechen der Eichenknospen zu suchen sein sollte; denn die Kraft des Windes liegt außerhalb der Wirkungssphäre der Knospen. Ich sehe nur ein Zusammentreffen von Umständen, wie es bei jeder Erscheinung des Lebens vorkommt, und sehe, daß, mag ich den Zeiger der Uhr, das Ventil und die Räder der Lokomotive und die Knospen der Eiche auch noch so genau beobachten, ich dadurch die Ursache des Glockengeläutes und der Bewegung der Lokomotive und des Frühlingswindes nicht erkennen werde. Zu diesem Zweck muß ich vielmehr meinen Standpunkt als Beobachter vollständig ändern und die Gesetze für die Bewegung des Dampfes, der Glocke und des Windes studieren. Ebendasselbe muß auch die Geschichtsforschung tun. Versuche nach dieser Richtung hin sind bereits unternommen.

Um die Gesetze der Geschichte zu studieren, müssen wir in dem Gegenstand der Betrachtung einen vollständigen Wechsel vornehmen, müssen die Herrscher, Minister und Generale beiseite lassen und die gleichartigen, unendlich kleinen Triebkräfte untersuchen, durch welche die Massen sich leiten lassen. Niemand kann sagen, bis zu welchem Grade es dem Menschen beschieden ist, auf diesem Weg zu einem Verständnis der Gesetze der Geschichte zu gelangen; aber soviel ist klar, daß nur auf diesem Weg die Möglichkeit liegt, die Gesetze der Geschichte zu erfassen, und daß auf diesem Weg der menschliche Verstand noch nicht den millionsten Teil der Anstrengungen aufgewandt hat, denen sich die Historiker unterzogen haben, um uns die Taten von allerlei Herrschern, Feldherren und Ministern zu erzählen und uns ihre eigenen Gedanken über diese Taten darzulegen.

II

Die Streitkräfte von zwölf verschiedensprachigen Völkern Europas brechen in Rußland ein. Das russische Heer und die Einwohnerschaft weichen unter Vermeidung eines Zusammenstoßes bis Smolensk zurück, und von Smolensk bis Borodino. Das französische Heer eilt mit beständig wachsendem Drang nach Moskau, dem Ziel seiner Bewegung. Sein Drang nimmt mit der Annäherung an das Ziel zu, so wie die Schnelligkeit eines fallenden Körpers wächst, je mehr er sich der Erde nähert. Hinter sich hat es mehrere tausend Werst eines hungrigen, feindlichen

Landes, vor sich nur noch gegen hundert Werst, die es von seinem Ziel trennen. Das fühlt jeder Soldat des napoleonischen Heeres, und das Invasionsheer bewegt sich ganz von selbst, kraft des ihm innewohnenden Dranges, weiter.

In dem russischen Heer entbrennt, je mehr es sich zurückzieht, der Ingrimm gegen den Feind immer heftiger; infolge des Zurückweichens konzentriert es sich und wächst. Bei Borodino findet der Zusammenstoß statt. Weder das eine noch das andere Heer wird vernichtet; aber das russische Heer weicht unmittelbar nach dem Zusammenstoß mit derselben Notwendigkeit zurück, mit der eine Kugel nach dem Zusammenprallen mit einer anderen zurückrollt, die ihr mit größerer Wucht entgegengekommen ist; und mit derselben Notwendigkeit (wiewohl sie bei dem Zusammenstoß viel von ihrer Kraft verloren hat) rollt die eilig laufende andere Kugel, das Invasionsheer, noch eine Strecke weiter.

Die Russen ziehen sich hundertundzwanzig Werst zurück, bis hinter Moskau; die Franzosen erreichen Moskau und machen dort halt. In den darauffolgenden fünf Wochen findet kein Kampf statt. Die Franzosen rühren sich nicht. Gleich einem tödlich verwundeten Tier, das verblutend seine Wunden leckt, bleiben sie fünf Wochen lang in Moskau, ohne etwas zu unternehmen; dann fliehen sie plötzlich, ohne daß irgendeine neue Ursache hinzugekommen wäre, zurück. Sie schlagen die Kalugaer Heerstraße ein; selbst nach einem Sieg, da ja wieder bei Malo-Jaroslawez das Schlachtfeld in ihrem Besitz geblieben war, lassen sie sich auf keinen ernsten Kampf mehr ein, sondern fliehen immer schneller nach Smolensk zurück, über Smolensk hinaus, über die Beresina, über Wilna hinaus, und immer weiter.

Am Abend des 26. August waren sowohl Kutusow als auch die ganze russische Armee überzeugt, daß die Schlacht bei Borodino von den Russen gewonnen sei. Das schrieb Kutusow auch an den Kaiser. An die Truppen ließ er den Befehl ergehen, sie sollten sich zu einem neuen Kampf vorbereiten, um den Feind völlig niederzuschlagen, nicht weil er jemand hätte täuschen wollen, sondern weil er, wie jeder andere Russe, der an der Schlacht teilgenommen hatte, des festen Glaubens war, daß der Feind besiegt sei.

Aber noch an demselben Abend und dann am folgenden Tag kam eine Nachricht nach der andern von den unerhörten Verlusten, von dem Verlust des halben Heeres; und eine neue Schlacht erschien als physisch unmöglich.

Es war einfach unmöglich, eine Schlacht zu liefern, ehe nicht neue Rekognoszierungen angestellt, die Verwundeten aufgesammelt, die Munition ergänzt, die Toten gezählt, neue Kommandeure an Stelle der gefallenen ernannt waren und die Soldaten sich sattgegessen und ausgeschlafen hatten. Dazu rückte gleich nach der Schlacht, schon am andern Morgen, das französische Heer kraft jenes Dranges, der jetzt noch sozusagen in umgekehrter Proportion der Quadrate der Entfernungen gewachsen war, wie von selbst auf das russische Heer los. Kutusow hatte beabsichtigt, am andern Tag anzugreifen, und dasselbe wünschte die ganze Armee. Aber um anzugreifen, dazu genügt nicht der Wunsch, es zu tun; es muß auch die Möglichkeit, es zu tun, vorhanden sein, und an dieser Möglichkeit fehlte es. Es war unbedingt notwendig, einen Tagesmarsch zurückzugehen, dann ebenso notwendig, einen zweiten zurückzugehen und einen dritten, und als schließlich am 1. September die Armee sich Moskau näherte, da verlangte, trotzdem das Gefühl in den Reihen der Truppen sich dagegen sträubte, doch die Macht der Verhältnisse, daß die Truppen auch noch hinter Moskau zurückgingen. Und sie gingen noch einen, den letzten, Tagesmarsch zurück und überließen Moskau dem Feind.

Leute, die sich gewöhnt haben zu denken, daß die Kriegs- und Schlachtpläne von den Feldherren in derselben Weise entworfen werden, in der ein jeder von uns, in seinem Arbeitszimmer bei der Landkarte sitzend, sich die Anordnungen zurechtlegt, die er in dieser oder jener Schlacht getroffen haben würde, diese Leute mögen nun mancherlei Fragen aufwerfen: warum Kutusow bei dem Rückzug nicht so und so verfahren sei, warum er nicht vor Fili eine günstige Position besetzt habe, warum er nicht gleich von vornherein, Moskau beiseite lassend, auf die Kalugaer Heerstraße zurückgegangen sei, usw. Wer so zu denken gewohnt ist, kennt nicht oder vergißt die unvermeidlichen Umstände und Verhältnisse, unter denen die Tätigkeit eines jeden Oberkommandierenden stets vor sich geht. Die Tätigkeit des Feldherrn entspricht nicht im entferntesten der Vorstellung, die wir uns von ihr machen, wenn wir bequem und ungestört in unserm Arbeitszimmer sitzen und den Gang eines Feldzuges nachprüfen, wobei wir dann die Truppenzahl auf der einen und auf der andern Seite kennen und mit der Örtlichkeit vertraut sind und unseren Kombinationen einen bestimmten Moment als Ausgangspunkt zugrunde legen. Der Oberkommandierende befindet sich nie in jenen den Anfang eines Ereignisses bildenden Umständen und Verhältnissen, von denen aus wir stets das Ereignis betrachten. Er steht immer mitten in einer sich bewegenden Reihe von Ereignissen, dergestalt, daß er niemals, in keinem Augenblick, imstande ist, die volle Tragweite eines sich vollziehenden Ereignisses zu ermessen. Das Ereignis wächst unmerklich, von einem Augenblick zum andern, zu seiner Bedeutung heran, und in jedem Augenblick dieses konsequenten, stetigen Heranwachsens des Ereignisses befindet sich der Oberkommandierende im Mittelpunkt eines höchst komplizierten Durcheinanderwirkens von Intrigen, Sorgen, Abhängigkeit, Amtsgewalt, Projekten, Ratschlägen, Drohungen und Täuschungen und sieht sich fortwährend genötigt, auf eine zahllose Menge ihm vorgelegter, einander stets widersprechender Fragen Antwort zu erteilen.

Gelehrte Militärschriftsteller sagen uns mit dem größten Ernst, Kutusow habe schon lange vor Fili die Truppen auf die Kalugaer Straße führen müssen; es habe ihm sogar jemand ein solches Projekt vorgelegt. Aber dem Oberkommandierenden liegen, besonders in schwieriger Lage, nicht ein Projekt, sondern immer Dutzende von Projekten gleichzeitig vor. Und jedes dieser Projekte, die sich alle auf die Regeln der Strategie und Taktik gründen, widerspricht den andern. Nun könnte man meinen, die Aufgabe des Oberkommandierenden bestehe nur darin, aus diesen Projekten eines auszuwählen. Aber auch das zu tun ist er nicht imstande. Die Ereignisse und die Zeit warten nicht. Nehmen wir an, es sei ihm vorgeschlagen worden, am 28. nach der Kalugaer Straße hinüberzugehen; aber in diesem Augenblick kommt ein Adjutant von Miloradowitsch herangesprengt und fragt, ob er jetzt sogleich mit den Franzosen kämpfen oder zurückgehen soll. Es muß ihm sofort, in diesem Augenblick, ein Befehl erteilt werden. Der Befehl zum Rückzug aber macht es uns unmöglich, die Schwenkung nach der Kalugaer Straße auszuführen. Und gleich nach dem Adjutanten fragt der Intendant an, wohin der Proviant geschafft werden soll, und der Chef des Lazarettwesens, wohin er die Verwundeten bringen lassen soll; und ein Kurier aus Petersburg bringt einen Brief des Kaisers, der von einer Preisgabe Moskaus nichts wissen will; und der Rivale des Oberkommandierenden, der dessen Stellung zu untergraben sucht (solche Rivalen gibt es immer, und nicht einen, sondern mehrere), bringt ein neues Projekt in Vorschlag, das zu dem Plan, nach der Kalugaer Straße hinüberzugehen, in diametralem Gegensatz steht; und die erschöpften Kräfte des Oberkommandierenden selbst verlangen Schlaf und Stärkung; und ein bei der Verteilung von Anerkennungen übergangener angesehener General kommt, um sich zu beschweren; und die Einwohner bitten um Schutz; und ein zur Besichtigung des Terrains ausgesandter Offizier kommt zurück und meldet das gerade Gegenteil von dem, was ein vor ihm abgeschickter Offizier berichtet hat; und ein Kundschafter, ein Gefangener und ein General, der eine Rekognoszierung vorgenommen hat, schildern die Stellung der feindlichen Armee alle drei in verschiedener Weise. Leute, die diese unvermeidlichen Begleitumstände der Tätigkeit eines jeden Oberkommandierenden nicht kennen oder nicht an sie denken, halten uns z. B. die Stellung unserer Truppen bei Fili vor und setzen dabei voraus, daß der Oberkommandierende am 1. September in der Lage gewesen sei, die Frage der Preisgabe oder Verteidigung Moskaus völlig frei zu entscheiden, während doch in Wirklichkeit bei der Stellung der russischen Armee fünf Werst von Moskau diese Frage überhaupt nicht mehr existierte. Wann war denn eigentlich diese Frage entschieden worden? Schon an der Drissa und bei Smolensk und am fühlbarsten am 24. bei Schewardino und am 26. bei Borodino und an jedem Tag, in jeder Stunde und Minute des Rückzuges von Borodino nach Fili.

III

Die russische Armee hatte den Rückzug von Borodino ausgeführt und stand jetzt bei Fili. Jermolow, den Kutusow ausgesandt hatte, um die Position zu besichtigen, kam zurück und berichtete dem Oberkommandierenden, in dieser Position könne keine Schlacht geliefert werden, der Rückzug sei ein Ding der Notwendigkeit. Kutusow blickte ihn schweigend an.

»Reich mal deine Hand her«, sagte er dann, und nachdem er sie so gedreht hatte, daß er den Puls fühlen konnte, bemerkte er: »Du bist krank, mein Lieber. Überlege, was du sprichst.«

Kutusow konnte den Gedanken noch nicht fassen, daß es möglich sein sollte, sich ohne Kampf hinter Moskau zurückzuziehen.

Auf dem Poklonnaja-Berg, sechs Werst von dem Dorogomilowskaja-Tor in Moskau entfernt, stieg Kutusow aus dem Wagen und setzte sich auf eine Bank am Rand des Weges. Eine große Schar von Generalen sammelte sich um ihn. Graf Rastoptschin, der aus Moskau gekommen war, gesellte sich zu ihnen. Diese ganze glänzende Gesellschaft, die sich in mehrere Gruppen geteilt hatte, redete unter sich über die Vorteile und Nachteile der Position, über die Stellung der Truppen, über die vorgeschlagenen Pläne, über den Zustand Moskaus und überhaupt über militärische Dinge. Alle hatten die Empfindung, daß dies ein Kriegsrat sei, obwohl sie nicht zu einem solchen berufen waren und die Versammlung nicht diesen Namen führte. Alle Gespräche beschränkten sich auf das Gebiet der gemeinsamen Fragen. Und wenn jemand doch einem andern persönliche Neuigkeiten mitteilte oder sich nach solchen erkundigte, so sprach man darüber im Flüsterton und ging sogleich wieder zu den gemeinsamen Fragen über; von einem Scherz, einem Lachen oder auch nur von einem Lächeln war bei allen diesen Männern nichts zu bemerken. Alle waren offenbar mit Anstrengung bemüht, sich der ernsten Situation angemessen zu benehmen. Und jede Gruppe, die unter sich ein Gespräch führte, suchte sich in der Nähe Kutusows zu halten, dessen

Bank den Mittelpunkt dieser Gruppen bildete, und jeder sprach absichtlich so laut, daß der Oberkommandierende ihn hören konnte. Dieser hörte zu und fragte manchmal nach dem, was um ihn herum gesprochen wurde, beteiligte sich aber selbst nicht an dem Gespräch und drückte keine Meinung aus. Großenteils wandte er sich, wenn er auf das Gespräch irgendeiner Gruppe hingehört hatte, mit enttäuschter Miene ab, als ob sie gar nicht über das gesprochen hätten, was er zu hören wünschte. Die einen sprachen von der gewählten Position und kritisierten dabei nicht sowohl die Position selbst als die geistigen Fähigkeiten derjenigen, die sie ausgesucht hatten; andere bewiesen, daß der Fehler schon weiter zurückliege und wir schon vorgestern eine Schlacht hätten annehmen müssen; wieder andere sprachen von der Schlacht bei Salamanca, von welcher ein soeben eingetroffener Franzose, namens Crossard, der spanische Uniform trug, mancherlei erzählte. (Dieser Franzose erörterte mit einem der deutschen Prinzen, die in der russischen Armee dienten, die Belagerung von Saragossa und hielt es für möglich, Moskau in gleicher Weise zu verteidigen.) In einer vierten Gruppe äußerte sich Graf Rastoptschin dahin, er sei bereit, mit der freiwilligen Moskauer Landwehr vor den Mauern der Hauptstadt zu sterben, müsse aber doch sein Bedauern darüber aussprechen, daß man ihn so lange in Unkenntnis gelassen habe, da, wenn er die wahre Lage früher gekannt hätte, manches anders gekommen wäre. Eine fünfte Gruppe, welche tiefsinnige strategische Kombinationen zutage brachte, sprach über die Richtung, die unsere Truppen nun einschlagen müßten. In einer sechsten Gruppe wurde purer Nonsens geredet. Kutusows Miene wurde immer sorgenvoller und trüber. Aus allen diesen Gesprächen ersah er nur eines: Moskau zu verteidigen war physisch unmöglich, im vollen Sinn des Wortes, d. h. es war dermaßen unmöglich, daß, wenn ein unverständiger Oberkommandierender befohlen hätte, eine Schlacht zu liefern, ein Wirrwarr entstanden und eine Schlacht doch nicht geliefert wäre, und zwar deshalb nicht, weil alle höheren Kommandeure diese Position für unbrauchbar erachteten und in ihren Gesprächen nur die Frage erörterten, was sich nach dem zweifellosen Verlassen dieser Position ereignen werde. Wie konnten denn die Kommandeure ihre Truppen auf ein Schlachtfeld führen, das sie für ungeeignet hielten? Auch die Offiziere niedrigeren Ranges und selbst die Soldaten, die ja ebenfalls urteilen, glaubten, daß die Position schlecht sei, und konnten daher nicht mit Zuversicht in den Kampf gehen. Wenn Bennigsen auf der Verteidigung dieser Position bestand und andere sie noch diskutierten, so hatte dies keine sachliche Bedeutung mehr, sondern diente nur als Vorwand zu Streit und Intrige. Das durchschaute Kutusow.

Bennigsen, der die Position ausgesucht hatte, betonte mit großer Heftigkeit seinen russischen Patriotismus (was Kutusow nicht ohne Stirnrunzeln anhören konnte) und bestand darauf, Moskau müsse verteidigt werden. Dem alten Kutusow war Bennigsens Absicht dabei sonnenklar: im Fall des Mißlingens der Verteidigung die Schuld auf Kutusow zu schieben, der die Truppen ohne Schlacht bis an die Sperlingsberge geführt habe; im Fall des Erfolges das Verdienst für sich in Anspruch zu nehmen; im Fall der Ablehnung seines Vorschlages sich von dem Verbrechen der Preisgabe Moskaus reinzuwaschen. Aber was jetzt den alten Mann beschäftigte, das war nicht diese Intrige, sondern eine einzige, furchtbare Frage, auf die er von niemand eine Antwort hörte. Er fragte sich jetzt nur: »Ist es wirklich meine Schuld, daß Napoleon bis Moskau gekommen ist, und wann habe ich den Fehler begangen? Wann war der entscheidende Augenblick? Gestern, als ich an Platow den Befehl zum Rückzug schickte, oder vorgestern abend, als ich mich nicht mehr wachhalten konnte und diesem Bennigsen befahl, die nötigen Anordnungen zu treffen? Oder schon früher? Aber wann, wann ist diese furchtbare Entscheidung gefallen? Moskau muß preisgegeben werden. Die Truppen müssen sich zurückziehen, und der Befehl dazu muß erteilt werden.« Diesen schrecklichen Befehl zu erteilen schien ihm gleichbedeutend mit der Niederlegung des Kommandos über die Armee. Und abgesehen davon, daß er die Macht liebte und an sie gewöhnt war (es reizte ihn die allgemeine Verehrung, die dem Fürsten Prosorowski gezollt worden war, unter dem er in der Türkei gestanden hatte), war er auch überzeugt, daß er zum Retter Rußlands prädestiniert und nur deswegen, gegen den Willen des Kaisers und auf den Wunsch des Volkes, zum Oberkommandierenden erkoren war. Er war überzeugt, daß er allein unter diesen schwierigen Verhältnissen imstande war, sich an der Spitze der Armee zu behaupten, und daß er allein in der ganzen Welt ohne Schauder dem unbesiegbaren Napoleon gegenüberzustehen vermochte; und er erschrak bei dem Gedanken an den Befehl, den er nun geben mußte. Aber irgendeine Entscheidung mußte er treffen; er mußte diesen um ihn herum geführten Gesprächen, welche einen allzu freien Charakter anzunehmen begannen, ein Ende machen.

Er rief die höchsten Generale zu sich heran.

»Mein Kopf, mag er nun gut oder schlecht sein, kann nur von sich selbst Rat annehmen«, sagte er, stand von der Bank auf und fuhr nach Fili, wo seine übrigen Wagen hielten.

IV

In der geräumigen, sogenannten guten Stube des Bauern Andrei Sawostjanow versammelte sich um zwei Uhr der Kriegsrat. Eine Anzahl von Bauern sowie die Weiber und Kinder der großen Bauernfamilie hatten sich in der geringeren Stube, die auf der andern Seite des Flures lag, zusammengedrängt. Nur eine Enkelin Andreis, die sechsjährige Malascha, die der Durchlauchtige beim Teetrinken freundlich gestreichelt und mit einem Stück Zucker beschenkt hatte, war in der großen Stube auf dem Ofen geblieben. Schüchtern und vergnügt betrachtete Malascha vom Ofen aus die Gesichter, Uniformen und Ordenskreuze der Generale, die einer nach dem andern in die Stube traten und sich in der vorderen Ekke auf den breiten Bänken unter den Heiligenbildern niederließen. Das Großväterchen selbst, wie Malascha für sich im stillen Kutusow nannte, saß getrennt von ihnen in einem dunklen Winkel hinter dem Ofen. Tief in seinen Feldstuhl hineingesunken, saß er da, räusperte sich unaufhörlich und hatte fortwährend damit zu tun, seinen Rockkragen in Ordnung zu bringen, der, obwohl aufgeknöpft, ihn doch am Hals zu drükken schien. Die Eintreffenden traten einer nach dem andern an den Feldmarschall heran; einigen drückte er die Hand, anderen nickte er zu. Der Adjutant Kaisarow wollte den Vorhang an dem Fenster Kutusow gegenüber aufziehen; aber Kutusow winkte ihm ärgerlich mit der Hand ab, und Kaisarow begriff, daß der Durchlauchtige sein Gesicht nicht sehen lassen wollte.

Um den Bauerntisch aus Tannenholz, auf welchem Landkarten, Pläne, Bleistifte und Schreibpapier lagen, hatten sich so viele Personen versammelt, daß die Offiziersburschen noch eine Bank hereinbringen und an den Tisch stellen mußten. Auf diese Bank setzten sich von den Angekommenen: Jermolow, Kaisarow und Toll. Gerade unter den Heiligenbildern saß auf dem vornehmsten Platz, mit dem Georgskreuz am Hals, mit blassem, kränklichem Gesicht und mit seiner hohen Stirn, die in den Kahlkopf überging, Barclay de Tolly. Er quälte sich schon seit dem vorhergehenden Tag mit einem Fieberanfall herum und litt gerade jetzt an heftigem Schüttelfrost. Neben ihm saß Uwarow und teilte ihm mit leiser Stimme (sie sprachen alle in dieser Weise) unter lebhaften Gestikulationen etwas mit. Der kleine, rundliche Dochturow hörte mit hinaufgezogenen Brauen, die Hände über dem Bauch gefaltet, aufmerksam zu. Auf der andern Seite saß, den breiten Kopf mit den kühn geschnittenen Zügen und den blitzenden Augen auf den Arm stützend, Graf Ostermann-Tolstoi und schien ganz in seine Gedanken versunken zu sein. Rajewski drehte, mit einem Ausdruck von Ungeduld, seine schwarzen Haare an den Schläfen mit einer ihm geläufigen Fingerbewegung zu Ringeln und blickte bald nach Kutusow, bald nach der Eingangstür hin. Auf dem energischen, hübschen, gutmütigen Gesicht Konownizyns glänzte ein freundliches, schlaues Lächeln. Er hatte Malaschas Blick aufgefangen und machte ihr nun mit den Augen Zeichen, über die die Kleine lächeln mußte.

Alle warteten auf Bennigsen, der unter dem Vorwand einer erneuten Besichtigung der Position erst noch sein opulentes Diner beendete. Man wartete von vier bis sechs auf ihn und trat während dieser ganzen Zeit nicht in die Beratung ein, sondern führte nur mit leiser Stimme Gespräche über fremdartige, nebensächliche Dinge.

Erst als Bennigsen in die Stube trat, kam Kutusow aus seiner Ecke heraus und rückte an den Tisch heran, jedoch nur so weit, daß sein Gesicht nicht von den auf dem Tisch stehenden Kerzen beleuchtet wurde.

Bennigsen eröffnete die Beratung mit der Frage: »Sollen wir die alte, heilige Hauptstadt Rußlands ohne Kampf aufgeben oder sie verteidigen?« Ein langes, allgemeines Stillschweigen folgte. Alle Gesichter waren finster geworden, und in der Stille war nur Kutusows ärgerliches Räuspern und Husten zu hören. Die Augen aller blickten auf ihn hin. Auch Malascha richtete ihre Blicke auf das Großväterchen. Sie war ihm am nächsten und sah, wie sein Gesicht sich mit Runzeln bedeckte: Es sah aus, als ob er anfangen wollte zu weinen. Aber dies dauerte nicht lange.

»Die alte, heilige Hauptstadt Rußlands!« begann er plötzlich, indem er in ärgerlichem Ton Bennigsens Worte wiederholte und dadurch auf den falschen Beiklang dieser Worte hinwies. »Gestatten mir, Euer Erlaucht, Ihnen zu sagen, daß diese Frage für einen Russen keinen Sinn hat.« (Er warf sich mit seinem schweren Körper nach vorn.) »Eine solche Frage darf man nicht stellen, und eine solche Frage hat keinen Sinn. Die Frage, um derentwillen ich diese Herren gebeten habe zusammenzukommen, ist eine rein militärische. Die Frage ist diese: Die Rettung Rußlands beruht auf der Armee; ist es nun vorteilhafter, den Verlust der Armee und Moskaus durch Annahme einer Schlacht zu riskieren oder Moskau ohne Kampf preiszugeben? Das ist die Frage, über die ich Ihre Meinung hören möchte.« (Er ließ sich gegen die Lehne des Sessels zurücksinken.)

Die Debatte begann. Bennigsen gab sein Spiel noch nicht verloren. Indem er die Ansicht Barclays und anderer von der Unmöglichkeit, eine Verteidigungsschlacht bei Fili anzunehmen, als richtig gelten ließ, schlug er, von russischem Patriotismus und von Liebe zu Moskau durchdrungen, vor, die Truppen in der Nacht von der rechten nach der linken Flanke hinüberzuführen und am andern Tag gegen den rechten Flügel der Franzosen zu kämpfen. Die Meinungen gingen auseinander; es wurde für und gegen diesen Vorschlag gestritten. Jermolow, Dochturow und Rajewski stimmten dem Plan Bennigsens bei. Ob sich diese Generale nun durch das Gefühl leiten ließen, daß vor der Preisgabe der Hauptstadt ein Opfer gebracht werden müsse, oder durch andere, persönliche Erwägungen, das bleibe dahingestellt; jedenfalls schienen sie nicht zu begreifen, daß der vorliegende Ratschlag an dem unvermeidlichen Gang der Dinge nichts ändern konnte und daß in Wirklichkeit Moskau schon jetzt preisgegeben war. Die übrigen Generale begriffen dies und redeten, indem sie die Frage nach dem Schicksal Moskaus beiseite ließen, über die Richtung, die das Heer bei seinem Rückzug einschlagen müsse. Malascha, die unverwandten Blickes die Dinge beobachtete, die da vor ihren Augen vorgingen, faßte die Bedeutung des Kriegsrates anders auf. Es schien ihr, daß es sich nur um einen persönlichen Streit zwischen dem Großväterchen und dem Langrock handelte, wie sie Bennigsen nannte. Sie sah, daß diese beiden sich jedesmal ärgerten, wenn sie miteinander sprachen, und nahm in ihrem Herzen für das Großväterchen Partei. Mitten in dem Gespräch nahm sie wahr, daß das Großväterchen dem andern einen schnellen, listigen Blick zuwarf, und bemerkte gleich darauf zu ihrer Freude, daß das Großväterchen, durch das, was er dem Langrock gesagt hatte, diesem einen gehörigen Hieb versetzt haben mußte; denn dieser wurde auf einmal ganz rot und ging zornig in der Stube auf und ab. Was so auf Bennigsen gewirkt hatte, war das Urteil gewesen, das Kutusow in ruhigem Ton und mit leiser Stimme über die Vorteile und Nachteile des Bennigsenschen Planes ausgesprochen hatte, also über den Plan, die Truppen in der Nacht von der rechten nach der linken Flanke hinüberzuführen zum Zweck eines Angriffs auf den rechten Flügel der Franzosen.

»Ich, meine Herren«, hatte Kutusow zum Schluß gesagt, »kann den Plan des Grafen nicht billigen. Veränderungen der Stellung der Truppen in geringer Entfernung vom Feind sind stets gefährlich, und durch die Kriegsgeschichte wird diese meine Anschauung bestätigt. So zum Beispiel …« (Kutusow schien beim Suchen nach einem Beispiel nachzudenken und sah Bennigsen mit hellem, harmlosem Blick an.) »Ja, nehmen wir zum Beispiel die Schlacht bei Friedland, die der Graf wohl noch gut im Gedächtnis hat; diese Schlacht hatte nur deshalb einen … einen nicht ganz glücklichen Ausgang, weil unsere Truppen in zu geringem Abstand vom Feind ihre Stellung änderten …«

Diesen Worten folgte ein Stillschweigen, das etwa eine Minute dauerte, aber allen sehr lang erschien.

Die Debatte begann von neuem; aber es traten oft Pausen ein, und es machte sich das Gefühl geltend, daß man eigentlich nichts mehr zu sagen habe.

Als wieder einmal eine solche Pause eintrat, seufzte Kutusow schwer auf, wie wenn er sich anschickte zu reden. Alle blickten zu ihm hin.

»Nun wohl, meine Herren! Ich sehe, daß ich derjenige sein werde, der die zerschlagenen Töpfe bezahlen muß«, sagte er. Und sich langsam erhebend trat er an den Tisch. »Meine Herren, ich habe Ihre Meinungen gehört. Einige von Ihnen werden mit mir nicht einverstanden sein. Aber ich ...« Er hielt inne. »Kraft der Gewalt, die mein Kaiser und das Vaterland in meine Hände gelegt haben, gebe ich den Befehl zum Rückzug.«

Gleich darauf gingen die Generale mit jener feierlichen, schweigsamen Zurückhaltung auseinander, mit der man sich nach einem Begräbnis voneinander trennt.

Einige von ihnen machten mit gedämpfter Stimme und ganz anderer Tonhöhe, als diejenige war, mit der sie bei der Beratung gesprochen hatten, dem Oberkommandierenden noch diese und jene Mitteilungen.

Malascha, die schon längst von den Ihrigen zum Abendessen erwartet wurde, stieg vorsichtig rückwärts von ihrer Lagerstätte herab, indem sie sich mit den nackten Füßchen an die Absätze des Ofens anklammerte; dann wand sie sich zwischen den Beinen der Generale hindurch und schlüpfte aus der Tür.

Nachdem Kutusow die Generale entlassen hatte, saß er lange, den Kopf in die Hand gestützt, am Tisch und überdachte immer ein und dieselbe furchtbare Frage:

»Wann, wann hat denn die Waage sich so geneigt, daß Moskaus Preisgabe notwendig wurde? Wann ist dasjenige geschehen, wodurch diese Frage entschieden wurde, und wer ist schuld daran?«

»Das hatte ich nicht erwartet!« sagte er zu dem Adjutanten Schneider, der (es war schon spät in der Nacht) zu ihm in die Stube trat. »Das hatte ich nicht erwartet! Das hatte ich nicht gedacht!«

»Euer Durchlaucht sollten sich Ruhe gönnen!« bemerkte Schneider.

»Aber trotzdem! Sie werden doch noch Pferdefleisch fressen, wie die Türken!« rief Kutusow, ohne zu antworten, und schlug mit seiner fleischigen Faust auf den Tisch. »Das werden sie tun, wenn nur ...«

V

Völlig verschieden von der Handlungsweise Kutusows war bei einem gleichzeitigen Vorgang, der noch wichtiger war als der kampflose Rückzug der Armee, nämlich bei der Räumung Moskaus durch die Einwohner und der Einäscherung dieser Stadt, die Tätigkeit Rastoptschins, der uns als Urheber dieses Vorganges bezeichnet wird.

Dieser Vorgang, die Räumung und Einäscherung Moskaus, war ebenso unausbleiblich wie der kampflose Rückzug der Truppen bis hinter Moskau nach der Schlacht bei Borodino.

Jeder Russe hätte das, was geschah, vorhersagen können, nicht aufgrund von Vernunftschlüssen, sondern aufgrund jenes Gefühls, das in uns liegt und in unsern Vätern gelegen hat.

Seit den Tagen von Smolensk hatte sich in allen Städten und Dörfern der russischen Erde ohne irgendwelche Einwirkung des Grafen Rastoptschin und seiner Flugblätter ganz dasselbe begeben, was sich dann auch in Moskau begab. Das Volk erwartete sorglos den Feind; es revoltierte nicht, riß niemand in Stücke, sondern erwartete ruhig sein Schicksal, da es in sich die Kraft fühlte, im schwierigsten Augenblick das herauszufinden, was es tun müsse. Und sobald der Feind heranrückte, gingen die reicheren Elemente der Bevölkerung unter Zurücklassung ihrer Habe davon; die Ärmeren blieben zurück und verbrannten und vernichteten das Zurückgelassene.

Das Bewußtsein, daß dies damals so geschehen mußte und zu allen Zeiten so geschehen muß, lag und liegt in der Seele eines jeden Russen, und dieses Bewußtsein und, was noch mehr ist, das bestimmte Vorgefühl, daß Moskau in die Gewalt des Feindes kommen werde, war in den Kreisen der höheren russischen Gesellschaft Moskaus im Jahre 1812 lebendig. Diejenigen, die von Moskau schon im Juli und zu Anfang August wegzogen, zeigten dadurch, daß sie dies erwarteten. Und wenn die Wegziehenden ihre Häuser und die Hälfte ihrer Habe zurückließen und nur mitnahmen, was sich leicht transportieren ließ, so war diese Handlungsweise eine Folge jenes verborgenen (latenten) Patriotismus, der nicht durch Phrasen, nicht durch Tötung der eigenen Kinder zur Rettung des Vaterlandes und durch andere derartig unnatürliche Taten zum Ausdruck zu kommen sucht, sondern sich unauffällig, schlicht, wie eine unwillkürliche Funktion des Organismus betätigt und eben darum immer die stärksten Wirkungen hervorbringt.

»Es ist eine Schande, vor der Gefahr davonzulaufen; nur Feiglinge fliehen aus Moskau!« wurde ihnen vorgehalten, und Rastoptschin rief ihnen in seinen Flugblättern mit allem Nachdruck zu, daß es eine schmähliche Handlungsweise sei, aus Moskau wegzuziehen. Jedoch die Einwohner schämten sich zwar, Feiglinge genannt zu werden, und schämten sich, wegzuziehen; aber sie zogen trotzdem weg, weil sie eben das Bewußtsein hatten, daß es so sein müsse. Und warum zogen sie weg? Es ist nicht anzunehmen, daß sie sich hätten in Angst versetzen lassen durch das, was Rastoptschin, um zur Verteidigung Moskaus anzuregen, über Greueltaten mitteilte, die Napoleon in unterworfenen Ländern verübt habe. Vorzugsweise und zuerst zogen reiche, gebildete Leute weg, die sehr wohl wußten, daß Wien und Berlin unversehrt geblieben waren und daß dort die Einwohner während der Besetzung durch Napoleon eine sehr vergnügliche Zeit mit den bezaubernden Franzosen verlebt hatten, von denen damals auch in Rußland die Männer und ganz besonders die Damen entzückt waren.

Sie zogen weg, weil ein Russe sich überhaupt nicht die Frage vorlegen konnte, ob es unter der Herrschaft der Franzosen in Moskau gut oder schlecht sein werde. Für einen Russen war es eben schlechthin unmöglich, unter der Herrschaft der Franzosen zu leben: Das war das Schlimmste, was es auf der Welt gab. Sie zogen sowohl vor der Schlacht bei Borodino als auch mit noch größerer Eile nach der Schlacht bei Borodino weg, ohne sich um die Aufrufe zur Verteidigung der Stadt zu kümmern, und trotzdem der Oberkommandierende von Moskau bekanntmachen ließ, er beabsichtige, das heilige Bild der Iberischen Muttergottes durch die Straßen tragen zulassen, und trotz der Luftballons, durch die die Franzosen vernichtet werden sollten, und trotz all des Unsinns, den Rastoptschin in seinen Flugblättern schrieb. Sie sagten sich, um mit dem Feind zu kämpfen, dazu sei die Armee da, und wenn diese dazu nicht imstande sei, so könnten sie selbst nicht mit ihren Fräulein Töchtern und mit ihrer Dienerschaft auf die Drei Berge ziehen, um gegen Napoleon zu streiten, sondern sie müßten wegziehen, so schmerzlich es ihnen auch wäre, ihre Habe der Vernichtung preiszugeben. Sie zogen weg, ohne an die großartige Bedeutung dieses Ereignisses zu denken: daß eine so riesenhafte, reiche Residenz von den Einwohnern verlassen und mit Sicherheit eingeäschert werde (denn leere Häuser nicht zu demolieren und anzuzünden, das liegt nicht im Charakter des russischen Volkes); sie zogen weg, ein jeder aus eigenem Trieb, und dabei vollzog sich, eben infolge ihres Wegzuges, jenes großartige Ereignis, das für alle Zeit der schönste Ruhm des russischen Volkes bleiben wird. Jene vornehme Dame, die schon im Juni mit ihren Mohren und Hausnarren von Moskau nach ihrem Gut im Gouvernement Saratow aufbrach, in der unbestimmten Empfindung, daß sie keine Untertanin dieses Bonaparte sein könne, und trotz der Besorgnis, auf Befehl des Grafen Rastoptschin zurückgehalten zu werden, jene Dame hat in schlichter, natürlicher Weise bei dem großen Werk mitgewirkt, durch welches Rußland gerettet wurde. Graf Rastoptschin aber, der vielfach die Wegziehenden schmähte und doch selbst die Behörden fortschaffen ließ; der dem betrunkenen Gesindel unbrauchbare Waffen verabfolgte; der bald Heiligenbilder in den Straßen herumtragen ließ, bald dem Metropoliten Awgustin verbot, Reliquien und Bilder aus den Kirchen herauszubringen; der zur Verhinderung des Fortzuges alle Privatfuhrwerke in Moskau mit Beschlag belegte und doch den von Leppich gebauten Luftballon auf hundertsechsunddreißig Wagen wegtransportieren ließ; der einerseits Andeutungen machte, daß er Moskau einäschern werde, und später erzählte, wie er sein eigenes Haus angezündet habe, andrerseits eine Proklamation an die Franzosen erließ, in der er ihnen mit feierlichen Worten den Vorwurf machte, sie hätten seine Kleinkinderbewahranstalt zerstört; der bald den Ruhm der Einäscherung Moskaus für sich in Anspruch nahm, bald seine Beteiligung dabei in Abrede stellte; der bald dem Volk befahl, alle Spione zu fangen und zu ihm zu bringen, bald deswegen das Volk schalt; der alle Franzosen aus Moskau wegschaffte und dabei doch gerade Madame Auber-Chalmé, die den Mittelpunkt der ganzen französischen Kolonie in Moskau gebildet hatte, in der Stadt bleiben ließ; der den bejahrten, allgemein geachteten Postdirektor Klutscharew, ohne daß ihm ein spezielles Verschulden nachgewiesen werden konnte, arretieren und in die Verbannung transportieren ließ; der das Volk aufforderte, sich auf den Drei Bergen zu versammeln, um gegen die Franzosen zu kämpfen, und dann, um von diesem Volk loszukommen, ihm einen Menschen zur Ermordung preisgab und selbst durch den hinteren Ausgang seines Hauses sich davonmachte; der bald sagte, er werde das Unglück Moskaus nicht überleben, bald in die Alben französische Verse über seine Beteiligung an dieser Tat schrieb*: Dieser Mann hatte kein Verständnis für die Bedeutung des Ereignisses, das sich da vollzog, sondern wollte nur selbst etwas tun, andere in Erstaunen versetzen, etwas Patriotisches, Heldenhaftes ausführen, jubelte ausgelassen wie ein Knabe über das großartige, unvermeidliche Ereignis der Räumung und Einäscherung Moskaus und suchte mit seiner Kinderhand die gewaltige, ihn mit sich fortreißende nationale Stimmung bald zu befördern, bald aufzuhalten.

VI

Helene, die mit dem Hof von Wilna nach Petersburg zurückgekehrt war, befand sich in einer schwierigen Lage.

In Petersburg hatte sie die besondere Protektion eines großen Herrn genossen, der eines der höchsten Ämter im Staat bekleidete. In Wilna aber war sie in nähere Beziehungen zu einem jungen ausländischen Prinzen getreten. Als sie nun nach Petersburg zurückgekehrt war, befan-

* Je suis né Tartare, Je voulus être Romain. Les Français m'appelèrent barbare, Les Russes George Dandin.	Obgleich von Herkunft recht und schlecht Tatar, Hätt ich als großer Römer gern gegolten; Doch ward von den Franzosen ich Barbar Und von den Russen George Dandin gescholten.

Anmerkung des Verfassers.

den sich beide, der Prinz und der hohe Würdenträger, ebendort, machten beide ihre Rechte geltend, und Helene stand nun vor einer Aufgabe, die ihr bisher in ihrer Laufbahn noch nicht vorgekommen war: zu beiden ihr bisheriges nahes Verhältnis aufrechtzuerhalten und keinen von ihnen zu verletzen.

Indes, was einer andern Frau schwer oder selbst unmöglich erschienen wäre, das kostete der Gräfin Besuchowa keine lange Überlegung; augenscheinlich erfreute sie sich nicht ohne Grund des Rufes, eine außerordentlich kluge Frau zu sein. Hätte sie versucht, ihr Tun zu verheimlichen und sich durch Schlauheit aus der unbequemen Lage herauszuwickeln, so würde sie gerade dadurch, daß sie sich in dieser Weise schuldig bekannt hätte, ihre Sache verdorben haben; aber Helene schlug ein ganz entgegengesetztes Verfahren ein. Wie ein wahrhaft großer Geist, der alles kann, was er will, stellte sie sich von vornherein auf den Standpunkt, daß sie im Recht sei (was sie übrigens aus voller Überzeugung glaubte) und alle andern im Unrecht.

Als sich der junge ausländische Prinz zum erstenmal erlaubte, ihr Vorwürfe zu machen, hob sie ihren schönen Kopf stolz in die Höhe, wendete sich mit einer halben Drehung zu ihm hin und sagte in bestimmtem, festem Ton:

»Da sieht man den Egoismus und die Grausamkeit der Männer! Ich habe auch nichts anderes erwartet. Die Frauen opfern sich für die Männer und leiden, und das ist dann ihr Lohn! Mit welchem Recht verlangen Sie, Monseigneur, von mir Rechenschaft über meine Freundschaftsverhältnisse und über meine Neigungen? Das ist ein Mann, der mir mehr als ein Vater gewesen ist.«

Der Prinz wollte etwas erwidern; aber Helene ließ ihn nicht zu Wort kommen.

»Nun ja«, sagte sie, »vielleicht hegt er gegen mich andere als nur väterliche Gefühle; aber das ist doch für mich noch kein Grund, ihm meine Tür zu verschließen. Ich bin ja doch kein Mann, daß ich so undankbar sein sollte. Lassen Sie sich sagen, Monseigneur, daß ich über alles, was meine innersten Empfindungen angeht, nur Gott und meinem Gewissen Rechenschaft ablege«, schloß sie, berührte mit der Hand ihre bebende schöne Brust und schaute nach oben.

»Aber um des Himmels willen, hören Sie mich doch nur an ...«

»Heiraten Sie mich, und ich werde Ihre Sklavin sein.«

»Aber das ist doch unmöglich.«

»Sie mögen nicht zu mir herabsteigen; Sie ...«, sagte Helene und brach in Tränen aus.

Der Prinz suchte sie zu beruhigen; Helene aber sagte schluchzend, wie wenn sie von ihrer Erregung hingerissen wäre, nichts könne sie hindern, eine andere Ehe einzugehen; dafür gebe es Beispiele (damals gab es solcher Beispiele allerdings erst wenige; aber sie nannte Napoleon und andere hohe Personen); sie sei nie die Frau ihres Mannes gewesen; sie sei geopfert worden.

»Aber die Gesetze, die Religion ...«, wandte der Prinz, schon nachgebend, ein.

»Die Gesetze, die Religion ... Wozu wären die denn erfunden, wenn sie so etwas nicht bewerkstelligen könnten!« erwiderte Helene.

Der hohe Herr war erstaunt, daß eine so einfache Erwägung ihm nicht in den Sinn gekommen war, und wandte sich mit der Bitte um Rat an die frommen Brüder von der Gesellschaft Jesu, mit denen er in nahen Beziehungen stand.

Einige Tage darauf wurde bei einem der reizenden Feste, die Helene in ihrem Landhaus auf dem Kamenny Ostrow gab, ihr ein »kurzröckiger« Jesuit, ein bereits älterer Mann mit schneeweißem Haar und schwarzen blitzenden Augen, vorgestellt, der bezaubernde Monsieur de Jobert; dieser sprach lange mit ihr im Garten, beim Schein der Illumination und den Klängen der Musik, über die Liebe zu Gott, zu Christus, zum Herzen der Muttergottes und über die Tröstungen, die die einzig wahre katholische Religion in diesem und im künftigen Leben gewähren könne. Helene war gerührt, und einige Male standen ihr und Herrn de Jobert die Tränen in den Augen, und die Stimme bebte ihnen. Der beginnende Tanz, zu welchem ein Kavalier Helene aufzufordern kam, unterbrach ihr Gespräch mit dem künftigen Berater ihres Gewissens; aber am folgenden Tag kam Herr de Jobert abends allein zu Helene, und seitdem sprach er häufig bei ihr vor.

Eines Tages führte er die Gräfin in die katholische Kirche, wo sie vor einem Altar, zu dem man sie geleitete, niederkniete. Der bezaubernde, wenn auch bereits bejahrte Franzose legte ihr die Hände auf den Kopf, und wie sie selbst nachher erzählte, fühlte sie etwas wie das Wehen eines frischen Windes, das ihr in die Seele drang. Man erklärte ihr, daß dies »die Gnade« gewesen sei.

Dann führte man ihr einen »langrockigen« Abbé zu; er hörte ihre Beichte und erteilte ihr die Absolution. Am folgenden Tag brachte man ihr ein Kästchen, in welchem sich eine Hostie befand, und ließ es ihr da, zum Gebrauch im Haus. Nach einigen weiteren Tagen erfuhr Helene zu ihrem großen Vergnügen, daß sie jetzt in die wahre katholische Kirche eingetreten sei, daß nächster Tage der Papst selbst von ihr erfahren und ihr ein gewisses Schriftstück zusenden werde.

Alles, was in dieser Zeit um sie her und mit ihr vorging, alle diese Aufmerksamkeit, die so viele kluge Männer ihr zuwandten und die sich in so angenehmen, feinen Formen bekundete, und der Zustand der Taubenreinheit, in dem sie sich jetzt befand (sie trug während dieser ganzen Zeit weiße Kleider mit weißen Bändern): Alles dies bereitete ihr Vergnügen; aber trotz des Vergnügens, das sie empfand, ließ sie auch nicht einen Augenblick lang ihr Ziel aus den Augen. Und wie es immer so zugeht, daß im Punkt der Schlauheit der Dumme dem Klügeren überlegen ist, so war es auch in diesem Fall. Helene hatte es durchschaut, daß die Absicht aller dieser schönen Reden und geschäftigen Bemühungen vor allem darin bestand, nach ihrer Bekehrung zum Katholizismus von ihr Geld für die Jesuitenanstalten zu erlangen (darüber hatte man ihr bereits Andeutungen gemacht); aber bevor sie Geld hergab, bestand sie darauf, daß jene verschiedenen Operationen, durch die sie, wie es hieß, von ihrem Mann freikommen könnte, vorgenommen werden sollten. Nach ihrer Anschauung bestand das Wesen einer jeden Religion nur darin, bei der Befriedigung der menschlichen Wünsche auf die Beobachtung gewisser Anstandsregeln zu halten. Und in dieser Absicht verlangte sie bei einem dieser Gespräche mit ihrem Beichtvater energisch von ihm eine Antwort auf die Frage, inwieweit sie noch durch ihre Ehe gebunden sei.

Sie saßen im Salon am Fenster. Es dämmerte. Blumenduft drang herein. Helene trug ein weißes, an Brust und Schultern durchschimmerndes Kleid. Der wohlgenährte Abbé mit seinem dicken, glattrasierten Kinn, dem angenehmen, kräftigen Mund und den weißen Händen, die er sanftmütig auf den Knien gefaltet hielt, saß Helene nahe gegenüber, richtete mit einem feinen Lächeln um die Lippen ab und zu einen Blick stillen Entzückens über ihre Schönheit nach ihrem Gesicht und legte seine Ansicht über die Frage dar, welche sie beide beschäftigte. Helene blickte, unruhig lächelnd, nach seinem lockigen Haar und den glatt rasierten, vollen Backen mit den schwärzlichen Bartspuren und erwartete in jedem Augenblick, daß das Gespräch eine andere Wendung nehmen werde. Aber obgleich es dem Abbé augenscheinlich ein Genuß war, seine schöne Partnerin anzusehen, nahm doch die Ausübung seiner Berufstätigkeit sein Interesse zu sehr in Anspruch.

Der Gedankengang, den dieser Gewissensrat entwickelte, war folgender: »Ohne die Bedeutung dessen, was Sie taten, zu kennen, haben Sie das Gelübde der ehelichen Treue einem Mann gegeben, der seinerseits, indem er in die Ehe eintrat, ohne an die religiöse Bedeutung der Ehe zu glauben, einen Religionsfrevel beging. Diese Ehe hatte nicht die doppelte hohe Bedeutung, die sie hätte haben sollen. Aber trotzdem band Sie Ihr Gelübde. Sie haben sich von Ihrem Mann getrennt. Was haben Sie damit begangen? Eine läßliche Sünde oder eine Todsünde? Eine läßliche Sünde, weil Sie ohne böse Absicht so gehandelt haben. Wenn Sie jetzt mit der Absicht, Kinder zu haben, in eine neue Ehe träten, so könnte Ihre Sünde verziehen werden. Aber die Frage zerfällt wieder in zwei Unterfragen: erstens ...«

»Aber ich denke«, bemerkte plötzlich Helene, der dies langweilig zu werden begann, mit ihrem bezaubernden Lächeln, »daß mich jetzt, nachdem ich zu der wahren Religion übergetreten bin, nicht mehr eine Verpflichtung binden kann, die mir vorher die falsche Religion auferlegt hat.«

Der Gewissensrat war erstaunt darüber, mit welcher Einfachheit und Selbstverständlichkeit das Ei des Kolumbus vor ihm hingestellt wurde. Er war entzückt über die überraschend schnellen Fortschritte seiner Schülerin; aber er vermochte sich von dem Gebäude kunstvoller Deduktionen, das er mit so viel Aufwand von Geist und Mühe errichtet hatte, nicht zu trennen.

»Verständigen wir uns, Gräfin«, sagte er lächelnd und begann die Schlußfolgerung seines Beichtkindes zu widerlegen.

VII

Helene war sich darüber klar, daß vom geistlichen Standpunkt aus die Erledigung der Sache leicht und einfach war und daß ihre Berater nur deshalb Schwierigkeiten machten, weil sie Bedenken hatten, wie die weltliche Gewalt die Sache ansehen werde.

Daher sagte sich Helene, daß es erforderlich sei, in der Gesellschaft die Sache vorzubereiten. Sie erweckte die Eifersucht des alten Würdenträgers und sagte ihm dann dasselbe, was sie ihrem andern Galan gesagt hatte, d. h. sie erklärte, das einzige Mittel, Rechte auf sie zu gewinnen, bestehe darin, sie zu heiraten. Der bejahrte hochgestellte Herr war über diesen Vorschlag, eine Frau zu heiraten, deren Mann noch lebte, im ersten Augenblick ebenso überrascht wie der junge Prinz. Aber Helenes unerschütterliche Überzeugung, daß dies ebenso einfach und natürlich sei, wie wenn sich ein Mädchen verheirate, wirkte auch auf ihn. Wäre an Helene selbst auch nur das geringste Anzeichen von Schwanken, Scham oder Verheimlichung zu merken gewesen, so wäre ihr Spiel ohne Zweifel verloren gewesen; aber nicht nur mangelte es vollständig an solchen Anzeichen von Verheimlichung und Scham, sondern sie erzählte sogar ganz im Gegenteil mit großer Harmlosigkeit und gutmütiger Naivität ihren guten Freunden (und dazu gehörte ganz Petersburg), daß ihr sowohl der Prinz als auch der hohe Würdenträger Heiratsanträge gemacht hätten und daß sie beide sehr gern habe und fürchte, den einen oder den andern zu verletzen.

Augenblicklich verbreitete sich in Petersburg das Gerücht, nicht etwa daß Helene sich von ihrem Mann scheiden lassen wolle (wäre dies der Inhalt des Gerüchtes gewesen, so hätten sich gewiß sehr viele gegen ein so gesetzwidriges Vorhaben ausgesprochen), sondern geradezu, daß die unglückliche, interessante Helene sich im Zweifel befinde, welchen von zwei Bewerbern sie heiraten solle. Die Frage war also nicht mehr darauf gerichtet, ob das überhaupt möglich sei, sondern nur darauf, welche Partie größere Vorteile biete und wie der Hof die Sache ansehen werde. Allerdings gab es einige verstockte Menschen, die sich nicht zu der Höhe dieser Anschauung erheben konnten und in diesem Vorhaben eine Beschimpfung des Sakramentes der Ehe erblickten; aber es waren ihrer nur wenige, und sie schwiegen; die meisten sprachen lebhaft interessiert von dem Glück, das der schönen Helene zufalle, und erörterten die Frage, welche Partie die bessere sei. Darüber aber, ob es recht oder unrecht sei, bei Lebzeiten des Gatten einen andern zu heiraten, redeten sie überhaupt nicht; denn diese Frage war für Leute, die klüger waren als Hinz und Kunz (wie man sich ausdrückte), offenbar längst entschieden, und wer an der Richtigkeit der Entscheidung der Frage gezweifelt hätte, der hätte damit lediglich seine eigene Beschränktheit und seine Unfähigkeit, in den Kreisen der besseren Gesellschaft zu leben, an den Tag gelegt.

Nur Marja Dmitrijewna Achrosimowa, die in diesem Sommer nach Petersburg gekommen war, um einen ihrer Söhne wiederzusehen, erlaubte sich, ihrer Ansicht, die zu der der Gesellschaft in starkem Gegensatz stand, unverhohlenen Ausdruck zu geben. Als sie mit Helene auf einem Ball zusammentraf, hielt sie sie mitten im Saal an und sagte, während ein allgemeines Stillschweigen eintrat, mit ihrer derben, kräftigen Stimme zu ihr: »Bei euch hier heiratet man ja wohl jetzt zum zweitenmal, während der erste Mann noch lebt. Denkst du vielleicht, daß du damit eine neue Erfindung gemacht hast? Das haben andre schon vor dir getan, meine Verehrteste! In allen« (hier bediente sie sich eines sehr kräftigen Ausdrucks) »machen Sie es so.« Und nach diesen Worten ging Marja Dmitrijewna, indem sie sich mit einer ihr geläufigen drohenden Gebärde ihre weiten Ärmel aufstreifte und mit strengen Blicken um sich sah, weiter durch den Saal.

Aber obwohl man sich vor Marja Dmitrijewna fürchtete, betrachtete man sie in Petersburg doch als eine Art von weiblichem Hanswurst und beachtete daher von dem, was sie gesagt hatte, nur das eine derbe Wort und kolportierte dieses flüsternd in der Stadt, in der Meinung, daß in diesem Wort der ganze geistige Gehalt jener Äußerung stecke.

Fürst Wasili, der in der letzten Zeit besonders häufig vergaß, was er früher gesagt hatte, und hundertmal ein und dasselbe wiederholte, sagte jedesmal, wenn er mit seiner Tochter zusammentraf:

»Helene, ich möchte dir ein paar Worte sagen.« Dabei führte er sie beiseite und zog in seiner absonderlichen Manier ihre Hand nach unten. »Ich habe Wind bekommen von gewissen Plänen in betreff … Du weißt schon. Nun, mein liebes Kind, du weißt, daß mein Vaterherz sich freut, daß du … Du hast so viel gelitten … Aber, mein liebes Kind … frage nur dein Herz um Rat. Das ist alles, was ich dir sagen kann.«

Und um seine Erregung, die bei ihm jedesmal die gleiche war, zu verbergen, drückte er seine Wange an die Wange seiner Tochter und ging dann von ihr weg.

Bilibin, der sich das Renommee eines außerordentlich klugen Mannes zu bewahren gewußt hatte und ein uneigennütziger Freund Helenes war, einer von jenen Freunden, wie sie stets in der Umgebung vielbewunderter Frauen zu finden sind, von jenen Freunden, bei denen es ausgeschlossen ist, daß sie jemals in die Rolle von Liebhabern übergehen, Bilibin sprach einmal seiner Freundin Helene gegenüber im engeren Freundeskreis seine Ansicht über diese ganze Angelegenheit aus.

»Hören Sie, Bilibin«, hatte Helene gesagt und dabei mit ihrer weißen, ringgeschmückten Hand seinen Frackärmel berührt; sie nannte solche Freunde wie Bilibin immer mit dem Familiennamen. »Sagen Sie mir aufrichtig, wie wenn Sie mit einer Schwester sprächen: Was soll ich tun? Welchen von beiden soll ich nehmen?«

Bilibin zog die Haut über den Augenbrauen zusammen, legte seine Lippen zu einem Lächeln zurecht und überlegte ein Weilchen.

»Überraschend kommt mir diese Frage nicht; das wissen Sie«, erwiderte er. »Als Ihr wahrer Freund habe ich über Ihre Angelegenheit nachgedacht und immer wieder nachgedacht. Sehen Sie, wenn Sie den Prinzen heiraten« (dies war der junge Mann), Bilibin bog einen Finger ein, »so verlieren Sie für immer die Möglichkeit, den andern zu heiraten, und erregen außerdem das Mißfallen des Hofes. (Wie Sie wissen, existiert da so eine Art von Verwandtschaft.) Heiraten Sie dagegen den alten Grafen, so verschönern Sie ihm seine letzten Lebenstage, und wenn Sie dann die Witwe des großen N. N. sind, so begeht der Prinz keine Mesalliance mehr, wenn er Sie heiratet.« Hierauf zog Bilibin die Hautfalten auf der Stirn wieder auseinander.

»Das nenne ich einen wahren Freund!« sagte Helene mit strahlender Miene und berührte noch einmal mit der Hand Bilibins Ärmel. »Aber die Sache ist die, daß ich sie beide liebe und keinem von ihnen Schmerz bereiten möchte. Ich möchte für beide mein Leben hingeben, um sie glücklich zu machen.«

Bilibin zuckte die Achseln, um damit zu verstehen zu geben, daß für solches Leid auch er keine Hilfe wisse.

»Ein Hauptweib!« dachte er. »Das heißt klipp und klar aussprechen, um was es sich handelt. Am liebsten wäre sie mit allen dreien zugleich verheiratet.«

»Aber sagen Sie«, fuhr er laut fort, da er infolge seines fest begründeten Renommees nicht fürchtete, sich durch eine so naive Frage zu blamieren, »wie sieht denn Ihr Mann die Sache an? Ist er damit einverstanden?«

»Oh, er liebt mich so sehr!« antwortete Helene, die aus einem nicht recht verständlichen Grund sich einbildete, Pierre liebe sie ebenfalls. »Er ist für mich zu allem bereit.«

Bilibin zog die Stirnhaut zusammen, um anzudeuten, daß sich ein Witzwort vorbereitete.

»Sogar zur Scheidung!« sagte er.

Helene lachte.

Zu denjenigen, die sich erlaubten, an der gesetzlichen Zulässigkeit der in Aussicht genommenen Wiederverheiratung zu zweifeln, gehörte auch Helenes Mutter, die Fürstin Kuragina. Sie wurde beständig von Neid auf ihre Tochter gequält, und jetzt, wo ihr der Anlaß des Neides besonders naheging, da es sich um eine Herzenssache handelte, ließ ihr der Gedanke, daß ihre Tochter ihre Absicht erreichen könnte, keine Ruhe. Sie befragte einen russischen Geistlichen, ob eine Scheidung und Wiederverheiratung bei Lebzeiten des Mannes möglich sei, und der Geistliche erklärte ihr, daß das unmöglich sei, und zeigte ihr auch zu ihrer Freude eine Stelle im Evangelium, wo die Eingehung einer zweiten Ehe bei Lebzeiten des Mannes ausdrücklich verboten wird.

Mit diesen Argumenten bewaffnet, die ihr unwiderleglich schienen, fuhr die Fürstin zu ihrer Tochter, und zwar frühmorgens, um sie allein zu treffen.

Helene hörte die Einwendungen ihrer Mutter mit einem milden, spöttischen Lächeln an.

»Es steht ja geradezu in der Schrift: ›Wer eine Abgeschiedene freiet …‹«, sagte die alte Fürstin.

»Ach, Mama, reden Sie doch keine Torheiten. Sie verstehen ja davon gar nichts. In meiner Stellung habe ich Pflichten«, erwiderte Helene auf französisch; sie ging absichtlich vom Russischen zum Französischen über, weil es ihr, wenn sie russisch sprach, immer so vorkam, als sei ihre Sache doch einigermaßen mißlich.

»Aber, liebes Kind …«

»Ach, Mama, begreifen Sie denn nicht, daß der Heilige Vater, der das Recht hat, Dispens zu erteilen …«

In diesem Augenblick trat die Gesellschaftsdame, die Helene sich hielt, ein und meldete, Seine Hoheit sei im Saal und wünsche sie zu sprechen.

»Nein, sagen Sie ihm, daß ich ihn nicht sehen will und auf ihn wütend bin, weil er nicht Wort gehalten hat.«

»Gräfin, für jede Sünde gibt es ein Erbarmen«, sagte eintretend ein blonder junger Mann mit langem Gesicht und langer Nase.

Die alte Fürstin stand respektvoll auf und knickste. Der junge Mann, der hereingekommen war, schenkte ihr keine Beachtung. Die Fürstin nickte ihrer Tochter zu und ging mit gleitendem Gang zur Tür.

»Nein, sie hat recht«, dachte die alte Fürstin, deren Überzeugungen sämtlich durch das Erscheinen Seiner Hoheit in Trümmer gefallen waren. »Sie hat recht; aber wie haben wir nur in unserer Jugend, die nun unwiederbringlich dahin ist, darüber in Unkenntnis sein können! Und es wäre doch so einfach gewesen«, dachte die alte Fürstin, als sie in ihren Wagen stieg.

Anfang August hatte sich Helenes Angelegenheit völlig geklärt, und sie schrieb an ihren Mann, von dem sie annahm, daß er sie sehr liebe, einen Brief, in dem sie ihm mitteilte, daß sie Herrn N. N. zu heiraten beabsichtige und zur einzig wahren Religion übergetreten sei; sie bat ihn, alle für die Scheidung unumgänglichen Formalitäten zu erledigen, über die ihm der Überbringer dieses Briefes nähere Auskunft geben werde.

»Und nun bitte ich Gott, mein Freund, Sie unter Seinen heiligen, starken Schutz zu nehmen. Ihre Freundin Helene.«

Dieser Brief wurde in Pierres Haus zu der Zeit abgegeben, als er sich auf dem Schlachtfeld von Borodino befand.

VIII

Nachdem Pierre zum zweitenmal, schon gegen Ende der Schlacht bei Borodino, von der Rajewskischen Batterie hinuntergelaufen war, schlug er mit mehreren Soldatentrupps durch einen Hohlweg die Richtung nach Knjaskowo ein und gelangte zu dem Verbandsplatz. Als er dort das Blut sah und das Schreien und Stöhnen hörte, ging er, sich unter die Soldatenhaufen mischend, eilig weiter.

Das einzige, was Pierre jetzt aus aller Kraft seiner Seele wünschte, war, so schnell wie nur möglich von den furchtbaren Eindrücken loszukommen, unter denen er diesen Tag verlebt hatte, zu den gewöhnlichen Lebensverhältnissen zurückzukehren und ruhig in seinem Zimmer in seinem Bett einzuschlafen. Er fühlte, daß er nur in seinen gewöhnlichen Lebensverhältnissen imstande sein werde, sich selbst und alles, was er gesehen und erlebt hatte, zu verstehen. Aber diese gewöhnlichen Lebensverhältnisse waren eben nicht vorhanden.

Kanonen- und Flintenkugeln pfiffen zwar hier auf dem Weg, den er verfolgte, nicht umher; aber im übrigen war es ringsum dasselbe Bild wie dort auf dem Schlachtfeld. Da war derselbe Ausdruck des Leidens, der Erschöpfung und manchmal eines seltsamen Gleichmutes auf den Gesichtern, dasselbe Blut, dieselben Soldatenmäntel, dieselben Töne des zwar entfernten, aber trotzdem noch Schrecken erregenden Schießens; außerdem schwüle Luft und arger Staub.

Nachdem Pierre etwa drei Werst auf der großen Straße nach Moschaisk zurückgelegt hatte, setzte er sich am Rand derselben nieder.

Die Dämmerung senkte sich auf die Erde hinab, und der Donner der Geschütze verstummte. Den Kopf auf den Arm gestützt, legte sich Pierre hin; so lag er lange und blickte nach den Schatten, die sich in der Dunkelheit an ihm vorbeibewegten. Alle Augenblicke kam es ihm vor, als ob mit furchtbarem Pfeifen eine Kanonenkugel auf ihn herabgeflogen käme; dann fuhr er zusammen und richtete sich ein wenig auf. Wieviel Zeit er so zugebracht haben mochte, dafür hatte er kein Bewußtsein. Um Mitternacht ließen sich drei Soldaten, nachdem sie Reisig herbeigeschleppt hatten, in seiner Nähe nieder und begannen ein Feuer anzumachen.

Immer nach Pierre hinschielend, brachten die Soldaten ihr Feuer in Gang, stellten einen Feldkessel mit Wasser darüber, brockten Zwieback hinein und taten Speck dazu. Der angenehme Geruch des appetitlichen, fetten Essens vermischte sich mit dem Geruch des Rauches. Pierre richtete sich auf und seufzte. Die drei Soldaten aßen, ohne sich um ihn zu kümmern, und redeten untereinander.

»Was bist du denn eigentlich für einer?« wandte sich plötzlich einer von ihnen zu Pierre; er meinte mit dieser Frage offenbar noch etwas anderes, was auch Pierre sofort verstand, nämlich: »Wenn du mitessen willst, so wollen wir dir etwas abgeben; aber sage vorher, ob du auch ein ordentlicher Mensch bist.«

»Ich? Ich?« erwiderte Pierre, der die Notwendigkeit fühlte, seine gesellschaftliche Stellung möglichst zu verkleinern, um dadurch den Soldaten näherzurücken und verständlicher zu werden. »Ich bin eigentlich Landwehroffizier; ich habe nur meine Leute nicht bei mir; ich bin mit ihnen in den Kampf gekommen, und da bin ich von ihnen getrennt worden.«

»Na, nun sieh mal an!« sagte einer von den Soldaten.

Ein anderer Soldat wiegte den Kopf hin und her.

»Na gut, wenn du magst, iß von unserer Zwiebacksuppe!« sagte der erste und reichte Pierre seinen hölzernen Löffel, nachdem er ihn vorher abgeleckt hatte.

Pierre setzte sich ans Feuer und aß von der Zwiebacksuppe im Kessel, und diese Suppe erschien ihm schmackhafter als alle Gerichte, die er je gegessen hatte. Während er, über den Kessel gebeugt, gierig große Löffel voll herausholte und einen nach dem andern kaute und hinunterschluckte und sein Gesicht im Schein des Feuers deutlich zu sehen war, betrachteten ihn die Soldaten schweigend.

»Sag doch mal, wo willst du denn hin?« fragte ihn wieder einer von ihnen.

»Ich will nach Moschaisk.«

»Du bist wohl ein Herr?«

»Ja.«

»Und wie heißt du?«

»Pjotr Kirillowitsch.«

»Na, Pjotr Kirillowitsch, dann komm mit; wir wollen dich hinbringen.«

In völliger Dunkelheit gingen die Soldaten mit Pierre nach Moschaisk.

Die Hähne krähten schon, als sie nach Moschaisk gelangten und den steilen Berg bei der Stadt hinaufzusteigen begannen. Pierre ging mit den Soldaten mit, ohne daran zu denken, daß seine Herberge am Fuß des Berges lag und er schon an ihr vorbei war. Bei dem Zustand der Verstörtheit, in dem er sich befand, würde er sich überhaupt nicht mehr daran erinnert haben, wenn ihm nicht auf halber Höhe des Berges sein Reitknecht begegnet wäre, der sich nach der Stadt begeben hatte, um dort nach ihm zu suchen, und nun auf dem Rückweg nach ihrer Herberge war. Der Reitknecht erkannte Pierre an seinem weißen Hut, der durch die Dunkelheit schimmerte.

»Euer Erlaucht!« rief er. »Wir waren schon ganz verzweifelt. Und Sie sind zu Fuß? Wohin gehen Sie denn, wenn ich fragen darf?«

»Ach ja!« antwortete Pierre.

Die Soldaten waren stehengeblieben.

»Na, hast du einen von deinen Leuten gefunden?« fragte einer von ihnen. »Na, dann adje, Pjotr Kirillowitsch, so heißt du ja wohl.«

»Adje, Pjotr Kirillowitsch«, sagten auch die beiden andern.

»Adieu!« antwortete Pierre und schlug mit seinem Reitknecht die Richtung nach der Herberge ein.

»Ich muß ihnen wohl etwas geben!« dachte Pierre und griff in die Tasche. »Nein, das ist nicht das richtige«, sagte ihm eine innere Stimme.

In den Stuben der Herberge war kein Platz; sie waren sämtlich besetzt. Pierre ging auf den Hof, legte sich in seinen Wagen und hüllte den Kopf in den Mantelkragen.

IX

Kaum hatte Pierre seinen Kopf auf das Kissen gelegt, als er fühlte, daß er einschlief; aber plötzlich hörte er fast ebenso deutlich, wie wenn es Wirklichkeit wäre, das Bum, bum, bum der Kanonenschüsse, das Aufklatschen der Geschosse, das Stöhnen und Schreien, roch Blut und Pulver und fühlte sich von Schauder und Todesfurcht ergriffen. Erschrokken öffnete er die Augen und hob den Kopf aus dem Mantel in die Höhe. Auf dem Hof war alles still. Nur am Tor ging, durch den Schmutz patschend, ein Offiziersbursche und redete mit dem Hausknecht. Über Pierres Kopf schüttelten sich auf der dunklen Unterseite des Bretterdaches die Tauben, die durch die Bewegung, welche Pierre gemacht hatte, aufgestört worden waren. Über den ganzen Hof war jener friedliche, auf Pierre in diesem Augenblick angenehm wirkende, kräftige Herbergsgeruch nach Heu, Dünger und Teer verbreitet. Zwischen zwei schwarzen Schuppendächern war der reine, mit Sternen übersäte Himmel sichtbar.

»Gott sei Dank, daß das alles vorbei ist!« dachte Pierre und hüllte seinen Kopf wieder ein. »Oh, wie entsetzlich ist die Furcht, und in wie schmählicher Art habe ich mich ihr überlassen! *Sie* dagegen, *sie* waren die ganze Zeit über bis zu Ende ruhig und fest«, dachte er.

Sie, damit meinte Pierre die Soldaten, sowohl die, welche in der Batterie gewesen waren, als auch die, welche ihm zu essen gegeben hatten, als auch die, welche vor dem Heiligenbild gebetet hatten. *Sie*, diese seltsamen Menschen, die er bisher noch gar nicht gekannt hatte, *sie* schieden sich jetzt in seinem Denken klar und scharf von allen andern Menschen.

»Soldat sein, einfacher Soldat«, dachte Pierre, wieder einschlafend. »In diese Lebensgemeinschaft mit seiner ganzen Persönlichkeit eintreten, sich von den Empfindungen und Anschauungen durchdringen lassen, durch die sie zu den Menschen gemacht werden, die sie sind. Aber wie soll man es anstellen, all dieses Überflüssige und Teuflische, die ganze Bürde dieses äußeren Menschen von sich zu werfen? Es war einmal eine Zeit, wo ich ein solcher Mensch hätte werden können. Ich konnte meinem Vater weglaufen, wenn es mir beliebte. Und noch nach dem Duell mit Dolochow war es möglich, daß man mich zur Strafe unter die Soldaten steckte.« Vor Pierres Geist huschte die Erinnerung an das Diner im Klub vorüber, bei dem er Dolochow gefordert hatte, und an seinen edlen alten Freund in Torschok. Und da stand ihm auf einmal eine feierliche Tafelloge vor Augen. Diese Loge fand im Englischen Klub statt. Und jemand, den er kannte und der ihm nahestand und teuer war, saß am Ende des Tisches. Ja, das war er! Das war sein edler Freund!

»Aber ist er denn nicht gestorben?« dachte Pierre. »Ja, er ist gestorben; aber ich wußte nicht, daß er wieder lebt. Wie leid hat es mir getan, daß er starb, und wie freue ich mich jetzt, daß er wieder am Leben ist!« An der einen Seite des Tisches saßen Anatol, Dolochow, Neswizki, Denisow und andere dieser Art (diese Menschenklasse war im Geist des träumenden Pierre ebenso deutlich von anderen geschieden, wie die Klasse derjenigen, die er *sie* nannte), und diese Leute, Anatol, Dolochow usw., schrien und sangen laut; aber durch ihr Geschrei hindurch war die Stimme des edlen Freundes vernehmbar, die unermüdlich redete, und der Klang seiner Worte war ebenso eindrucksvoll und ebenso ununterbrochen wie das Getöse des Schlachtfeldes; aber dieser Klang war angenehm und tröstlich. Was der edle Freund sagte, verstand Pierre nicht; aber er wußte (auch über die Kategorie, in welche diese Gedanken hineingehörten, war er sich im Traum völlig klar), daß derselbe vom Guten sprach, von der Möglichkeit, ein solcher Mensch zu sein, wie sie es waren. Und sie mit ihren schlichten, gutherzigen, festen Gesichtern umringten den edlen Mann von allen Seiten. Aber so gutherzig sie waren, so sahen sie doch Pierre nicht an; sie kannten ihn nicht. Pierre hätte gern ihre Aufmerksamkeit auf sich gelenkt und etwas gesagt. Er begann sich aufzurichten; aber in demselben Augenblick wurden ihm die Beine nackt und kalt.

Er schämte sich und suchte mit der Hand seine Beine zu bedecken, von denen tatsächlich der Mantel heruntergeglitten war. Einen Augenblick lang, während er den Mantel wieder zurechtlegte, öffnete Pierre die Augen und erblickte dieselben beiden Schuppen und die Pfosten und den Hof; aber alles war jetzt von einem bläulichen Lieht erhellt und mit schimmerndem Tau oder Reif überzogen.

»Es wird Tag«, dachte Pierre. »Aber das kümmert mich nicht. Ich muß zu Ende hören und verstehen, was mein edler Freund sagt.« Er hüllte wieder den Kopf in den Mantel; aber weder die Tafelloge noch der edle Freund waren mehr da; was zurückgeblieben war, das waren nur Gedanken, die in Worten ihren deutlichen Ausdruck fanden, Gedanken, die jemand aussprach oder die Pierre selbst dachte.

Sooft sich Pierre später an diese Gedanken erinnerte, war er, obgleich sie durch die Eindrücke des letzten Tages hervorgerufen waren, dennoch überzeugt, daß ein außer ihm Befindlicher sie ihm gesagt habe. Er meinte, er würde im Wachen niemals imstande gewesen sein, so zu denken und seine Gedanken so auszudrücken.

»Was dem Menschen am schwersten wird«, sagte die Stimme, »das ist, die eigene Freiheit den Geboten Gottes unterzuordnen. Die Einfalt ist der Gehorsam gegen Gott; von Gott loszukommen ist unmöglich. Und *sie* sind einfältigen Herzens. Sie reden nicht, sondern sie handeln. Das gesprochene Wort ist Silber, das nicht gesprochene ist Gold. Solange der Mensch den Tod fürchtet, vermag er nichts in seine Gewalt zu bekommen; aber wer den Tod nicht fürchtet, dem gehört alles. Gäbe es kein Leid, so würde der Mensch keine Schranken für sich kennen und würde sich selbst nicht kennen. Das Schwerste«, fuhr Pierre im Traum zu denken oder zu hören fort, »besteht darin, daß man es versteht, in seiner Seele das wahre Wesen aller Dinge zu vereinigen. Zu vereinigen?« fragte Pierre sich selbst. »Nein, nicht zu vereinigen. Vereinigen kann man die Gedanken nicht; aber umspannen kann man alle diese Gedanken; das ist's, worauf es ankommt! Ja, wir müssen alles umspannen, alles umspannen!« wiederholte Pierre bei sich mit innerlichem Wohlgefühl, da er sich bewußt war, daß gerade durch dieses Wort und nur durch dieses Wort sich das ausdrücken ließ, was er ausdrücken wollte, und dies die einzige Lösung für die Frage war, die ihn quälte.

»Ja, wir müssen alles umspannen; es ist hohe Zeit.«

»Wir müssen anspannen; es ist hohe Zeit, Euer Erlaucht! Euer Erlaucht!« rief eine Stimme. »Wir müssen anspannen; es ist hohe Zeit zum Anspannen.«

Es war die Stimme des Reitknechtes, der Pierre weckte. Die Sonne schien Pierre gerade ins Gesicht. Er erblickte den schmutzigen Hof der Herberge, in dessen Mitte Soldaten beim Ziehbrunnen ihre mageren Pferde tränkten und aus dessen Tor Fuhrwerke hinausfuhren. Mit Widerwillen wendete sich Pierre von diesem Bild ab, und indem er die Augen wieder schloß, ließ er sich schnell auf den Sitz des Wagens zurücksinken. »Nein, ich mag das nicht sehen, mag davon nichts verstehen; ich will das verstehen, was sich mir im Traum erschlossen hat. Noch eine Sekunde, und ich hätte alles verstanden. Was soll ich denn tun? Alles umspannen; aber wie ist das zu machen?« Und Pierre wurde sich mit Schrecken bewußt, daß der ganze Sinn und Inhalt dessen, was er im Traum gesehen und gedacht hatte, in Trümmer gefallen war.

Der Reitknecht, der Kutscher und der Hausknecht erzählten ihm, es sei ein Offizier gekommen mit der Nachricht, daß die Franzosen gegen Moschaisk heranrückten; die Unsrigen zögen schon ab.

Pierre stand auf, befahl, daß angespannt werden und der Wagen ihm nachkommen solle, und ging zu Fuß durch die Stadt.

Die Truppen marschierten hinaus und ließen gegen zehntausend Verwundete in der Stadt zurück. Diese Verwundeten waren teils auf den Höfen und an den Fenstern der Häuser zu sehen, teils drängten sie sich auf den Straßen. Auf den Straßen hörte man um die Wagen, die zum Transport der Verwundeten bestimmt waren, Geschrei und Schimpfworte;

selbst an Schlägereien fehlte es nicht. Als Pierres Wagen ihn eingeholt hatte, nahm Pierre einen ihm bekannten verwundeten General mir zu sich und fuhr mit ihm zusammen nach Moskau. Unterwegs hörte Pierre, sein Schwager und Fürst Andrei seien tot.

X

Am 30. August kam Pierre wieder in Moskau an. Kaum hatte er den Schlagbaum passiert, als ihm ein Adjutant des Grafen Rastoptschin begegnete.

»Wir suchen Sie überall«, sagte der Adjutant. »Der Graf muß Sie notwendig sprechen. Er läßt Sie bitten, in einer sehr wichtigen Angelegenheit unverzüglich zu ihm zu kommen.«

Ohne erst nach seinem Haus heranzufahren, nahm sich Pierre eine Droschke und fuhr zum Oberkommandierenden von Moskau.

Graf Rastoptschin war erst diesen Morgen von seinem Landhaus in Sokolniki nach der Stadt gekommen. Sein Vorzimmer und sein Wartezimmer waren voll von Beamten, die teils von ihm hinbestellt waren, teils aus eigenem Antrieb gekommen waren, um Befehle einzuholen. Wasiltschikow und Platow hatten den Grafen bereits gesprochen und ihm erklärt, eine Verteidigung Moskaus sei ein Ding der Unmöglichkeit; die Stadt werde dem Feind überlassen werden. Diese Nachricht wurde allerdings der Hauptmasse der Einwohner vorenthalten; aber die höheren Beamten, die Chefs der verschiedenen Behörden, wußten ebensogut wie Graf Rastoptschin selbst, daß Moskau in die Hände des Feindes fallen werde; und so kamen sie denn, um die Verantwortung von sich abzuwälzen, alle zu ihm als dem Oberkommandierenden von Moskau mit der Anfrage, wie sie sich in den ihnen unterstellten Ressorts zu verhalten hätten.

In dem Augenblick, als Pierre das Wartezimmer betrat, kam gerade ein Kurier, der von der Armee eingetroffen war, aus dem Arbeitszimmer des Grafen heraus.

Auf die Fragen, mit denen sich die Anwesenden an ihn wandten, machte der Kurier nur eine hoffnungslose Geste mit der Hand und ging durch das Zimmer hindurch.

Während Pierre in dem Wartezimmer wartete, betrachtete er rings um sich mit müden Augen die verschiedenen alten und jungen Militärs und Zivilbeamten, die sich im Zimmer befanden. Alle schienen unzufrieden und unruhig zu sein. Pierre trat an eine Gruppe von Beamten heran, von denen ihm einer bekannt war. Die Beamten fuhren, nachdem sie sich mit Pierre begrüßt hatten, in ihrem Gespräch fort.

»Wenn wir sie hinausschicken und dann wieder zurückkommen lassen, so ist ja dabei an sich kein Schade; aber in einer solchen Lage kann man für nichts die Verantwortung übernehmen«, bemerkte einer von ihnen.

»Aber sehen Sie nur, hier schreibt er doch …«, begann ein anderer und zeigte auf ein gedrucktes Blatt, das er in der Hand hielt.

»Das ist etwas anderes. Für das Volk ist so etwas nötig«, erwiderte der erste.

»Was ist denn das?« fragte Pierre.

»Ein neues Flugblatt.«

Pierre nahm es in die Hand und las:

»Der durchlauchtige Fürst ist, um sich schneller mit denjenigen Truppen zu vereinigen, die demnächst zu ihm stoßen werden, durch Moschaisk hindurchgezogen und hat in einer festen Stellung haltgemacht, wo der Feind Mühe haben wird, ihn anzugreifen. Von hier aus sind achtundvierzig Geschütze nebst der zugehörigen Munition an ihn abgegangen, und der Durchlauchtige erklärt, er werde Moskau bis zum letzten Blutstropfen verteidigen und sei bereit, nötigenfalls sogar in den Straßen der Stadt zu kämpfen. Macht euch darüber keine Gedanken, Brüder, daß die Behörden ihre Tätigkeit eingestellt haben: Es war notwendig, sie wegzuschaffen; aber wir werden schon noch mit dem Bösewicht ins Gericht gehen! Wenn es so weit ist, brauche ich tüchtige Männer aus Stadt und Land. Ich werde zwei Tage vorher einen Aufruf erlassen; aber jetzt ist es noch nicht an der Zeit, daher schweige ich. Als Waffe ist ein Beil gut; auch ein Spieß ist nicht übel; am besten aber ist eine dreizinkige Heugabel, denn so ein Franzose ist nicht schwerer als eine Roggengarbe. Morgen nachmittag werde ich das Bild der Iberischen Muttergottes nach dem Katharinenhospital zu den Verwundeten bringen lassen. Da wollen wir das Wasser weihen; dann werden sie schneller gesund werden. Ich bin jetzt auch wieder gesund; ich hatte ein schlimmes Auge; aber jetzt kann ich wieder mit beiden sehen.«

»Aber ich habe doch von militärischer Seite gehört«, bemerkte Pierre, »daß ein Kampf in der Stadt unmöglich sei und daß die Position …«

»Na ja, davon sprechen wir ja eben«, unterbrach ihn der erste Beamte.

»Und was bedeutet das hier: ›Ich hatte ein schlimmes Auge; aber jetzt kann ich wieder mit beiden sehen‹?« fragte Pierre.

»Der Graf hatte ein Gerstenkorn«, erwiderte der Adjutant lächelnd, »und er beunruhigte sich sehr darüber, als ich ihm sagte, es kämen viele Leute, um sich zu erkundigen, wie es ihm gehe. Aber wie ist es denn mit Ihnen, Graf?« fragte der Adjutant Pierre unvermittelt und lächelte dabei. »Wir haben gehört, es hätte bei Ihnen häusliche Zwistigkeiten gegeben, und die Gräfin, Ihre Frau Gemahlin …«

»Ich weiß von nichts«, antwortete Pierre gleichmütig. »Was haben Sie denn gehört?«

»Na ja, wissen Sie, die Leute denken sich so etwas oft geradezu aus. Ich sage ja auch nur, daß ich es gehört habe.«

»Was haben Sie denn gehört?«

»Nun, es heißt«, erwiderte der Adjutant, wieder mit demselben Lächeln, »die Gräfin, Ihre Frau Gemahlin, habe vor, ins Ausland zu reisen. Wahrscheinlich ist das dummes Zeug ...«

»Kann sein«, antwortete Pierre, zerstreut um sich blickend. »Aber wer ist denn das da?« fragte er und wies auf einen kleinen, alten Mann in einem langen, sauberen, blauen Rock, mit schneeweißem Bart, ebensolchen Augenbrauen und frischer Gesichtsfarbe.

»Der? Das ist ein Kaufmann, das heißt ein Restaurateur, Wereschtschagin. Sie haben vielleicht die Geschichte von der Proklamation gehört.«

»Ah, also das ist dieser Wereschtschagin!« sagte Pierre, indem er das feste, ruhige Gesicht des alten Kaufmanns betrachtete und darin nach einem Zug suchte, der auf Hochverrat hindeuten könnte.

»Er selbst ist das nicht. Das ist der Vater dessen, der die Proklamation geschrieben hat«, erwiderte der Adjutant. »Jener selbst, der junge Mann, sitzt im Gefängnis, und es wird ihm voraussichtlich schlecht ergehen.«

Ein alter Herr mit einem Ordensstern und ein andrer, ein deutscher Beamter, mit einem Ordenskreuz am Hals, traten zu der in Unterhaltung begriffenen Gruppe heran.

»Sehen Sie«, sagte der Adjutant, »das ist eine verwickelte Geschichte. Es tauchte damals, so vor zwei Monaten, diese Proklamation auf. Dem Grafen wurde darüber Bericht erstattet. Er ordnete die Anstellung einer Untersuchung an. Gawriil Iwanowitsch hier hat die Untersuchung geführt; die Proklamation hatten genau dreiundsechzig Personen in Händen gehabt. Er kommt also zu einem: ›Von wem haben Sie sie bekommen?‹ ›Von dem und dem.‹ Nun geht er zu diesem: ›Von wem haben Sie sie erhalten?‹ und so weiter. So kam man schließlich zu Wereschtschagin ... einem Kaufmannssöhnchen, das ein bißchen an den Wissenschaften herumgerochen hat; wissen Sie, so ein ›charmanter junger Mann‹«, sagte der Adjutant lächelnd. »Er wird also gefragt: ›Von wem hast du die Proklamation bekommen?‹ Und die Hauptsache war, wir wußten, von wem er sie bekommen hatte. Er konnte sie von keinem andern bekommen haben als vom Postdirektor. Aber zwischen den beiden bestand, wie sich zeigte, eine Verabredung. Er sagte: ›Von niemandem; ich habe sie selbst verfaßt.‹ Man bedrohte ihn, man redete ihm gütlich zu; er blieb dabei: ›Ich habe sie selbst verfaßt.‹ Es wurde dies also dem Grafen gemeldet. Der Graf ließ ihn zu sich bringen. ›Von wem hast du die Proklamation erhalten?‹ ›Ich habe sie selbst verfaßt.‹ Nun, Sie kennen ja den Grafen!« sagte der Adjutant mit einem stolzen, vergnügten Lächeln. »Er geriet in einen furchtbaren Zorn; aber denken Sie auch nur: eine solch freche, hartnäckige Verlogenheit!«

»Aha! Dem Grafen lag daran, daß der junge Wereschtschagin den Postdirektor Klutscharew angäbe; ich verstehe!« sagte Pierre.

»Das war durchaus nicht erforderlich«, erwiderte der Adjutant mit erschrockener Miene. »Klutscharew hatte schon ohnedies genug auf dem Kerbholz und ist darüber auch in die Verbannung geschickt worden. Aber die Sache war die: Der Graf war über das Verhalten des jungen Mannes im höchsten Grade empört. ›Wie kannst du die Proklamation verfaßt haben?‹ sagte er zu ihm. Er nahm die ›Hamburger Zeitung‹ vom Tisch. ›Da steht sie ja! Du hast sie nicht verfaßt, sondern übersetzt, und zwar schlecht übersetzt, weil du Dummkopf nicht ordentlich französisch kannst.‹ Aber was meinen Sie wohl? ›Nein‹, sagte er, ›ich habe gar keine Zeitung gelesen; ich habe die Proklamation selbst verfaßt.‹ ›Nun, wenn es wirklich so ist, dann bist du ein Hochverräter, und ich werde dich vor Gericht stellen, und du wirst gehängt werden. Sage: Von wem hast du sie bekommen?‹ ›Ich habe gar keine Zeitungen zu sehen bekommen; ich habe sie selbst verfaßt.‹ Dabei blieb er. Der Graf ließ auch den Vater hinzurufen; aber der junge Mensch beharrte bei seiner Aussage. So wurde er denn vor Gericht gestellt und verurteilt, ich glaube, zu Zwangsarbeit. Jetzt kommt nun der Vater her, um für ihn um Gnade zu bitten. Aber an dem Jungen ist nichts dran! Wissen Sie, so ein Kaufmannssöhnchen, ein Modenarr, der den Mädchen die Köpfe verdreht; hat irgendwo ein paar Vorlesungen gehört und bildet sich nun wer weiß was darauf ein. Was das für ein Früchtchen ist, können Sie auch daraus sehen: Sein Vater hat hier ein Restaurant an der Kamenny-Brücke, und in diesem Restaurant befindet sich ein großes Bild, das Gott als Weltherrscher darstellt, wie er in der einen Hand das Zepter hält und in der andern die Weltkugel; und da hat der junge Mensch dieses Bild auf einige Tage in seine Wohnung genommen, und was hat er gemacht? Er hat einen Schurken von Maler gefunden …«

XI

Mitten in diesem neuen Gespräch wurde Pierre zum Oberkommandierenden gerufen.

Pierre trat in das Arbeitszimmer des Grafen Rastoptschin. Dieser rieb sich gerade die finster gerunzelte Stirn und die Augen mit der Hand. Ein Mann von kleinem Wuchs redete mit ihm, verstummte aber bei Pierres Eintritt und ging hinaus.

»Ah, guten Tag, Sie großer Krieger!« sagte Rastoptschin, sobald dieser Mann gegangen war. »Wir haben von Ihren Heldentaten gehört. Aber darum handelt es sich jetzt nicht. Unter uns, mein Lieber: Sind Sie Freimaurer?« fragte Graf Rastoptschin in strengem Ton, als ob das etwas Schlimmes wäre, er aber trotzdem beabsichtige, Gnade walten zu lassen. Pierre schwieg. »Mein Lieber, ich bin gut unterrichtet; aber ich weiß, daß zwischen Freimaurern und Freimaurern ein Unterschied ist, und ich hoffe, daß Sie nicht zu denen gehören, die unter dem Vorwand, sie wollten die Menschheit retten, es auf das Verderben Rußlands absehen.«

»Ja, ich bin Freimaurer«, antwortete Pierre.

»Nun also, sehen Sie wohl, mein Lieber. Ich meine, es wird Ihnen nicht unbekannt geblieben sein, daß die Herren Speranzki und Magnizki dahin geschickt sind, wo sie hingehören; dasselbe ist auch mit Herrn Klutscharew geschehen und mit manchen andern, die unter dem Vorwand, sie wollten den Tempel Salomonis wieder aufbauen, den Tempel ihres eigenen Vaterlandes zu zerstören suchten. Sie können sich wohl denken, daß ich zu diesem Verfahren meine Gründe habe und daß ich den hiesigen Postdirektor nicht hätte in die Verbannung schicken können, wenn er nicht ein gefährlicher Mensch wäre. Jetzt ist zu meiner Kenntnis gelangt, daß Sie ihm zur Abreise aus der Stadt Ihren Wagen geschickt und sogar Papiere von ihm zur Aufbewahrung übernommen haben. Ich bin Ihnen wohlgesinnt und wünsche Ihnen nichts Schlechtes, und da Sie nur halb so alt sind wie ich, so möchte ich Ihnen den väterlichen Rat geben, allen Verkehr mit solchen Leuten abzubrechen und selbst sobald wie möglich diese Stadt zu verlassen.«

»Aber worin besteht denn Klutscharews Verschulden, Graf?« fragte Pierre.

»Es genügt, wenn ich das weiß, und es steht Ihnen nicht zu, mich danach zu fragen«, schrie Rastoptschin.

»Wenn er beschuldigt wird, Proklamationen Napoleons verbreitet zu haben, so ist das doch noch nicht bewiesen«, sagte Pierre, ohne Rastoptschin anzublicken, »und was Wereschtschagin anlangt …«

»Das ist eben der Punkt!« unterbrach ihn plötzlich Rastoptschin mit finsterer Miene und mit noch lauterer Stimme als vorher. »Wereschtschagin ist ein Hochverräter und Aufwiegler, der seine verdiente Strafe erhalten wird«, sagte Rastoptschin mit jener ingrimmigen Wut, welche manche Leute bei der Erinnerung an erlittene Kränkungen zu überkommen pflegt. »Aber ich habe Sie nicht rufen lassen, um Ihr Urteil über meine Handlungen zu vernehmen, sondern um Ihnen einen Rat zu geben, oder einen Befehl, wenn Sie es so nennen wollen. Ich ersuche Sie, den Verkehr mit solchen Herren wie Klutscharew abzubrechen und die

Stadt zu verlassen. Ich werde den Leuten solche Torheiten schon austreiben, mag es sein, wer da will.« Aber hier mochte es ihm doch zum Bewußtsein kommen, daß er Besuchow, dem noch kein Verschulden nachgewiesen war, zu heftig angeschrien hatte, und so fügte er denn, indem er freundlich Pierres Hand ergriff, hinzu: »Wir stehen am Vorabend eines Unglückes für unsere Stadt, und ich habe keine Zeit dazu, allen denen, die mit mir zu tun haben, Liebenswürdigkeiten zu sagen. Der Kopf ist mir manchmal ganz wirbelig. Nun also, mein Lieber, was werden Sie tun, Sie für Ihre eigene Person?«

»Gar nichts«, antwortete Pierre; er hob immer noch nicht die Augen in die Höhe und änderte auch seine nachdenkliche Miene nicht.

Der Graf zog ein finsteres Gesicht.

»Einen freundschaftlichen Rat möchte ich Ihnen geben, mein Lieber. Machen Sie, daß Sie möglichst schnell von hier wegkommen; das ist alles, was ich Ihnen zu sagen habe. Es wird Ihnen nützlich sein, wenn Sie meine Worte beherzigen. Leben Sie wohl, mein Lieber. Ach ja«, rief er Pierre noch nach, als dieser schon in der Tür war, »ist das wahr, daß die Gräfin in die Klauen der frommen Männer von der Gesellschaft Jesu geraten ist?«

Pierre gab keine Antwort; mit so grimmiger, zorniger Miene, wie man sie noch nie an ihm gesehen hatte, verließ er Rastoptschin.

Als er nach Hause kam, senkte sich schon die Abenddämmerung herab. Etwa acht Personen verschiedenster Art kamen an diesem Abend zu ihm, um mit ihm zu sprechen: der Sekretär eines Komitees, der Oberst seines Regiments, der Oberadministrator, der Haushofmeister und mehrere Bittsteller. Alle trugen ihm Anliegen materieller Art vor, und er sollte darüber seine Entscheidung geben. Pierre verstand nichts von dem, was sie sagten, interessierte sich für diese Dinge auch gar nicht und gab auf alle Fragen nur solche Antworten, durch die er am ehesten diese Leute loszuwerden hoffen konnte. Als sie ihn endlich alleingelassen hatten, öffnete er den Brief seiner Frau und las ihn.

»*Sie,* die Soldaten auf der Batterie … Fürst Andrei gefallen … Der alte Mann … Die Einfalt ist der Gehorsam gegen Gott … Wir müssen leiden … Das wahre Wesen aller Dinge … Wir müssen alles umspannen … Meine Frau will sich verheiraten … Man muß vergessen und verstehen …«, so wirbelten die Gedanken in seinem Kopf umher. Er trat an sein Bett, warf sich unausgekleidet darauf und schlief sofort ein.

Als er am andern Morgen aufwachte, kam der Haushofmeister, um ihm zu melden, es sei, vom Grafen Rastoptschin expreß geschickt, ein Polizeibeamter dagewesen und habe sich erkundigt, ob Graf Besuchow schon abgereist sei oder bald abreisen werde.

Ungefähr zehn Personen, die ihn in allerlei geschäftlichen Angelegenheiten zu sprechen wünschten, warteten auf ihn im Salon. Pierre kleidete sich eilig an; aber statt sich zu den Wartenden zu begeben, ging er nach der Hintertür und von dort durch das Tor hinaus.

Von diesem Augenblick an bekam ihn bis zum Ende der Zerstörung Moskaus trotz aller Nachforschungen niemand von seinen Hausgenossen mehr zu sehen, und niemand wußte, wo er geblieben war.

XII

Die Familie Rostow blieb bis zum 1. September, also bis zum Tag vor dem Einrücken des Feindes in Moskau, in der Stadt.

Nachdem Petja in das Obolenskische Kosakenregiment eingetreten und nach Bjelaja Zerkow abgegangen war, wo dieses Regiment formiert wurde, lebte die Gräfin in einer beständigen Angst. Der Gedanke, daß ihre beiden Söhne sich im Krieg befinden und sich beide aus dem Schutz ihrer mütterlichen Flügel entfernt hätten und heute oder morgen einer von ihnen oder vielleicht sogar beide zugleich (wie die drei Söhne einer ihr befreundeten Dame) getötet werden könnten, dieser Gedanke drängte sich ihr zum erstenmal jetzt in diesem Sommer mit grausamer Klarheit auf. Sie versuchte Nikolai loszubekommen, damit er zu ihr zurückkehre; sie wollte selbst zu Petja hinreisen und ihn bei irgendeinem Regiment in Petersburg unterbringen; aber das eine wie das andere stellte sich als unmöglich heraus. Petja konnte in keiner andern Weise zurückkehren, als entweder mit seinem Regiment oder durch Versetzung in ein anderes aktives Regiment. Nikolai befand sich irgendwo bei der Armee und hatte nach seinem letzten Brief, in welchem er eingehend seine Begegnung mit Prinzessin Marja geschildert hatte, nichts mehr von sich hören lassen. Die Gräfin schlief keine Nacht ordentlich, und wenn sie wirklich einschlief, so träumte ihr, ihre Söhne seien gefallen. Nach vielen Beratungen und Unterhandlungen hatte der Graf endlich ein Mittel ausfindig gemacht, um die Gräfin zu beruhigen. Er veranlaßte, daß Petja aus dem Obolenskischen Regiment in das Regiment Besuchows versetzt wurde, das in der Nähe von Moskau formiert wurde. Obgleich Petja im Militärdienst blieb, hatte infolge dieser Versetzung die Gräfin doch den Trost, wenigstens den einen Sohn wieder unter ihren Flügeln zu sehen, und hoffte, es nun mit ihrem Petja so einrichten zu können, daß sie ihn nicht mehr von sich zu lassen brauchte und er immer nur in solchen dienstlichen Stellungen verwendet würde, wo er nie in eine Schlacht hineingeraten könnte. Solange Nikolai allein in Gefahr gewesen war, hatte die Gräfin die Empfindung gehabt (und sie hatte sich sogar deswegen ernstlich gescholten), daß ihr Ältester ihr lieber sei als alle ihre übrigen Kinder; aber nun ihr Jüngster, der Wildfang, der immer schlecht gelernt und alles im Haus zerbrochen und die Geduld aller auf eine harte Probe gestellt hatte, Petja, dieser Petja mit seiner Stupsnase, seinen munteren, schwarzen Augen, seiner frischen Gesichtsfarbe und dem erst ganz schwach hervorsprießenden Flaum auf den Backen, nun ihr Petja unter diese großen, schrecklichen, grausamen Männer gegangen war, die dort solche Schlachten lieferten und daran eine Art von Vergnügen fanden: Jetzt schien es der Mutter, als fühle sie für ihn mehr, weit mehr Liebe als für all ihre andern Kinder. Je näher der Zeitpunkt heranrückte, zu welchem der sehnlich erwartete Petja nach Moskau zurückkehren sollte, um so mehr stieg die Unruhe der Gräfin. Sie dachte schon, all ihr Warten auf dieses Glück sei vergeblich. Nicht nur Sonjas Anwesenheit, sondern auch die ihrer geliebten Natascha, ja sogar die ihres Mannes machte die Gräfin nervös. »Was kümmere ich mich um sie alle; ich will niemand haben als meinen Petja«, dachte sie.

In den letzten Tagen des August erhielten Rostows einen zweiten Brief von Nikolai. Er schrieb aus dem Gouvernement Woronesch, wohin er geschickt war, um Pferde zu holen. Aber dieser Brief beruhigte die Gräfin nicht. Jetzt, wo sie den einen Sohn außer Gefahr wußte, ängstigte sie sich noch mehr um Petja.

Obgleich fast alle Bekannten der Familie Rostow schon vom 20. August an einer nach dem andern Moskau verlassen und alle der Gräfin zugeredet hatten, so schnell wie möglich wegzureisen, wollte sie doch von Abreise nichts hören, solange nicht ihr Kleinod, ihr vergötterter Petja, zurückgekehrt wäre. Am 28. August kam Petja an. Die krankhaft leidenschaftliche Zärtlichkeit, mit der die Mutter ihn behandelte, behagte dem sechzehnjährigen Offizier nicht. Obwohl die Mutter ihre Absicht, ihn nun nicht wieder aus dem Schutz ihrer Flügel wegzulassen, vor ihm verbarg, durchschaute Petja doch ihr Vorhaben, und da er instinktiv befürchtete, im Verkehr mit der Mutter selbst weichlich und sozusagen ein altes Weib zu werden (so dachte er darüber), so benahm er sich gegen sie kühl, mied sie und hielt sich während seines Aufenthalts in Moskau ausschließlich an die Gesellschaft Nataschas, für die er von jeher eine ganz besondere, beinahe verliebte, brüderliche Zärtlichkeit gehegt hatte.

Infolge der gewöhnlichen Lässigkeit des Grafen war am 28. August noch nichts zur Abreise in Ordnung, und die Fuhrwerke, die sie von den im Rjasanschen und bei Moskau gelegenen Gütern zum Transport des gesamten Hausrates erwarteten, kamen erst am 30. an.

In der Zeit vom 28. bis zum 31. August war ganz Moskau in geschäftiger Tätigkeit und unruhiger Bewegung. Täglich wurden Tausende von Verwundeten aus der Schlacht bei Borodino durch das Dorogomilowskaja-Tor hereingebracht und dann in der Stadt verteilt, und Tausende von Fuhrwerken mit Einwohnern und ihrer Habe fuhren aus den andern Toren hinaus. Trotz der Flugblätter Rastoptschins, und zwar entweder unabhängig von ihnen oder gerade infolge derselben, wurden die widersprechendsten und seltsamsten Neuigkeiten in der Stadt ausgestreut. Der eine sagte, es sei verboten worden, daß irgend jemand abreise; ein anderer im Gegenteil erzählte, alle Heiligtümer seien aus den Kirchen entfernt worden und alle Einwohner sollten mit Gewalt weggeschickt werden; ein anderer sagte, es habe nach Borodino noch eine Schlacht stattgefunden, in der die Franzosen geschlagen seien, ein anderer dagegen, das ganze russische Heer sei vernichtet; wieder jemand sprach von der Moskauer Landwehr, die, mit der Geistlichkeit voran, auf die Drei Berge ziehen werde; ein anderer erzählte als Heimlichkeit, daß dem Metropoliten Awgustin verboten worden sei, die Stadt zu verlassen, und daß man eine Anzahl von Verrätern verhaftet habe, und daß die Bauern revoltierten und die Wegfahrenden ausplünderten, usw., usw. Das waren ja freilich nur Redereien; aber tatsächlich hatten sowohl die Wegfahrenden als auch die Zurückbleibenden (wiewohl der Kriegsrat in Fili, in dem die Preisgabe Moskaus beschlossen wurde, noch nicht stattgefunden hatte) sämtlich die Empfindung, wenn sie sie auch nicht aussprachen, daß Moskau jedenfalls dem Feind werde überlassen werden und daß man so schnell wie möglich sich selbst davonmachen und seine Habe retten müsse. Sie fühlten, daß alles auf einmal zusammenstürzen und anders werden würde; aber bis zum 1. September hatte sich noch nichts geändert. Wie der Verbrecher, der zum Tode geführt wird, weiß, daß er in ganz kurzer Zeit sterben wird, aber doch noch die Dinge um sich herum betrachtet und die schief sitzende Mütze zurechtschiebt, so setzte auch Moskau unwillkürlich seine gewohnte Lebensweise fort, obgleich es wußte, daß die Zeit des Unterganges nahe sei, wo alle die Lebensverhältnisse, an die man sich gewöhnt hatte, zerstört werden würden.

Während dieser drei Tage, die der Besetzung Moskaus vorhergingen, befand sich die ganze Familie Rostow in unruhiger Tätigkeit von mancherlei Art. Das Haupt der Familie, Graf Ilja Andrejewitsch, fuhr fortwährend in der Stadt umher und sammelte von überallher die umlaufenden Gerüchte; zu Hause erteilte er nur ganz allgemeine, oberflächliche, hastige Weisungen über die Vorbereitungen zur Abreise.

Die Gräfin sah beim Einpacken der Sachen zu, war mit allem unzufrieden und ging hinter Petja her, der ihr beständig auswich; sie war ordentlich eifersüchtig auf Natascha, mit der er die ganze Zeit über zusammen war. Sonja war die einzige, die praktisch tätig war und für das Einpacken der Sachen sorgte. Aber Sonja war in dieser ganzen letzten Zeit recht traurig und schweigsam. Nikolais Brief, in welchem er von der Prinzessin Marja sprach, hatte die Gräfin zu Kombinationen freudiger Art angeregt, die sie denn auch in Sonjas Gegenwart ausgesprochen hatte: Sie hatte geäußert, in dem Zusammentreffen der Prinzessin Marja mit Nikolai sehe sie eine Fügung Gottes.

»Damals«, sagte die Gräfin, »als Bolkonski Nataschas Bräutigam war, bin ich nie so recht froh gewesen; aber daß unser lieber Nikolai die Prinzessin heiraten möchte, das habe ich immer gewünscht, und ich habe eine Ahnung, daß es so kommen wird. Ach, wie gut wäre das, wie gut!«

Sonja sagte sich selbst, daß dies die Wahrheit sei und daß eine Heirat Nikolais mit einem reichen Mädchen für die Familie Rostow die einzige Möglichkeit bilde, ihre Verhältnisse wieder zu ordnen, und daß die Prinzessin eine solche gute Partie sei. Aber für sie selbst war das tief schmerzlich. Trotz ihres Kummers jedoch, oder vielleicht gerade infolge ihres Kummers, nahm sie die schwere Aufgabe auf sich, beim Zusammensuchen und Einpacken der Sachen alles Nötige anzuordnen, und war ganze Tage lang ununterbrochen damit beschäftigt. Und wenn der Graf und die Gräfin irgendeinen Befehl erteilen wollten, so wandten sie sich damit an Sonja.

Petja und Natascha hingegen waren ihren Eltern nicht nur nicht behilflich, sondern fielen sogar meistenteils allen im Haus lästig und störten nur. Fast den ganzen Tag über hörte man die beiden im Haus herumlaufen, schreien und ohne Anlaß lachen. Sie lachten und freuten sich keineswegs, weil sie eine Ursache zum Lachen gehabt hätten; sondern sie waren nun einmal in heiterer, fröhlicher Stimmung, und darum war alles, was ihnen vorkam, für sie ein Grund zur Freude und zum Lachen. Petja war vergnügt, weil er, der das Elternhaus als ein Knabe verlassen hatte, nun als ein tüchtiger junger Mann (wie ihm alle sagten) zurückgekehrt war; er war vergnügt, weil er sich zu Hause befand und weil er von Bjelaja Zerkow, wo er nicht so bald hätte hoffen können, an einer Schlacht teilzunehmen, nach Moskau gekommen war, wo in den nächsten Tagen ein Kampf stattfinden sollte; und ganz besonders war er vergnügt, weil es auch Natascha war, deren Gemütsstimmungen er immer zu teilen pflegte. Natascha aber war vergnügt, weil sie allzulange traurig gewesen war und jetzt durch nichts mehr an die Ursache ihrer Traurigkeit erinnert wurde, und weil sie gesund war. Und dann war sie noch deswegen vergnügt, weil sie jemanden hatte, der von ihr entzückt war; denn daß andere Leute von ihr entzückt waren, das war sozusagen das Öl an den Rädern, dessen Nataschas Lebensmaschine bedurfte, um sich frei zu bewegen; und Petja war von ihr entzückt. Die Hauptsache aber war: Sie waren vergnügt, weil der Krieg vor den Mauern Moskaus stand und weil dicht vor dem Tor eine Schlacht geliefert werden sollte, und weil Waffen verteilt wurden, und weil alle Leute irgendwohin wegliefen und wegfuhren, und weil überhaupt etwas Ungewöhnliches vorging, was den Menschen immer in eine freudige Stimmung versetzt, namentlich wenn er noch jung ist.

XIII

Sonnabend, den 31. August, ging im Rostowschen Haus alles drunter und drüber. Alle Türen waren geöffnet, alle Möbel hinausgetragen oder von ihren Plätzen gerückt, die Spiegel, die Bilder abgenommen. In den Zimmern standen Kisten; Heu, Packpapier und Bindfäden lagen auf dem Fußboden umher. Die Bauern und Gutsleute, die die Sachen hinaustrugen, gingen mit schweren Schritten über das Parkett. Auf dem Hof standen dichtgedrängt Bauernwagen, teils bereits hoch beladen und verschnürt, teils noch leer.

Die Stimmen und Schritte der zahlreichen Dienerschaft und der mit den Fuhrwerken gekommenen Bauern erschollen lärmend sowohl auf dem Hof als auch im Haus. Der Graf war schon frühmorgens weggefahren, man wußte nicht wohin. Die Gräfin, die von dem Treiben Kopfschmerzen bekommen hatte, lag in dem Sofazimmer mit Essigumschlägen auf dem Kopf. Petja war nicht zu Hause; er war zu einem Kameraden gegangen, mit dem zusammen er von der Landwehr zur aktiven Armee überzugehen beabsichtigte. Sonja half im Saal beim Einpacken des Kristalls und des Porzellans. Natascha saß in ihrem wüst aussehenden Zimmer auf dem Fußboden zwischen bunt durcheinander hingeworfenen Kleidern, Bändern und Schärpen; regungslos auf den Boden blickend, hielt sie ein altes Ballkleid in den Händen, eben jenes schon unmodern gewordene Kleid, in dem sie zum erstenmal auf einem Petersburger Ball gewesen war.

Natascha hatte sich geschämt, im Haus müßig zu sein, während alle so eifrig beschäftigt waren, und im Laufe des Vormittags mehrmals versucht, sich an der Arbeit zu beteiligen; aber sie hatte kein rechtes seelisches Interesse an dieser Tätigkeit gehabt, und es lag nun einmal in ihrer Natur, daß sie nichts tun konnte, was sie nicht von ganzem Herzen und aus aller Kraft tat. Sie hatte ein Weilchen neben Sonja gestanden, welche gebeugt Porzellan einpackte, und ihr helfen wollen; aber sie hatte sehr bald damit wieder aufgehört und war auf ihr Zimmer gegangen, um ihre eigenen Sachen zu packen. Anfangs hatte es ihr Vergnügen gemacht, dies und das von ihren Kleidern und Bändern den Stubenmädchen zu schenken; aber dann, als es nun doch nötig geworden war, das übrige einzupacken, hatte sie das langweilig gefunden.

»Liebe Dunjascha, du wirst einpacken, ja? Ja?« Und als Dunjascha ihr gern versprochen hatte, alles zu besorgen, hatte Natascha sich auf den Fußboden gesetzt, das alte Ballkleid in die Hände genommen und war in Gedanken versunken, aber in Gedanken an ganz andere Dinge als an die, welche jetzt ihr Interesse hätten in Anspruch nehmen sollen. Aus ihrer Versunkenheit wurde sie geweckt durch ein Gespräch der Mädchen im anstoßenden Mädchenzimmer und durch den Schall ihrer eiligen Schritte, die sich vom Mädchenzimmer nach der Hintertür bewegten. Natascha stand auf und blickte durch das Fenster. Auf der Straße stand eine lange Reihe von Wagen und Verwundeten.

Stubenmädchen, Diener, die Haushälterin, die Kinderfrau, Köche, Kutscher, Reitknechte und Küchenjungen standen am Tor und betrachteten die Verwundeten.

Natascha warf sich ein weißes Taschentuch über das Haar, hielt es mit beiden Händen an den Zipfeln fest und ging auf die Straße hinaus.

Die ehemalige Haushälterin, die alte Mawra Kusminitschna, löste sich von dem Haufen ab, der am Tor stand, ging an einen Bauernwagen heran, der mit einem Verdeck aus Matte versehen war, und redete mit dem darin liegenden jungen, blassen Offizier. Natascha trat einige Schritte näher heran und blieb dann schüchtern stehen; sie hielt immer noch ihr Tuch fest und hörte zu, was die Haushälterin sagte.

»Aber haben Sie denn so gar niemand hier in Moskau?« fragte Mawra Kusminitschna. »Sie würden doch in irgendeinem Privathaus mehr Bequemlichkeit haben … Gleich zum Beispiel hier bei uns. Die Herrschaft fährt weg.«

»Ich weiß nicht, ob das erlaubt ist«, antwortete der Offizier mit schwacher Stimme. »Da ist der Kommandeur dieses Transportes … fragen Sie den.« Er zeigte auf einen dicken Major, der auf der Straße an der Wagenreihe entlang nach dem hinteren Ende zurückging.

Natascha blickte mit erschrockenen Augen in das Gesicht des verwundeten Offiziers und ging sogleich auf den Major zu.

»Dürfen einige von den Verwundeten in unserm Haus bleiben?« fragte sie.

Der Major legte lächelnd die Hand an den Mützenschirm.

»Wen möchten Sie denn gern haben, Mamsellchen?« sagte er und kniff lächelnd die Augen zusammen.

Natascha wiederholte ruhig ihre Frage, und obwohl sie immer noch ihr Tuch an den Zipfeln hielt, waren doch ihr Gesicht und ihr ganzes Wesen so ernst, daß der Major aufhörte zu lächeln; nachdem er zunächst ein Weilchen überlegt hatte, wie wenn er sich selbst fragte, ob das zulässig sei, antwortete er bejahend.

»O ja, warum denn nicht? Das geht schon«, sagte er.

Natascha machte ihm eine leichte Verbeugung mit dem Kopf und kehrte mit schnellen Schritten zu Mawra Kusminitschna zurück, die über den Offizier gebeugt dastand und mit mitleidiger Teilnahme zu ihm redete.

»Es geht; er hat gesagt, es geht!« flüsterte Natascha ihr zu.

Der Wagen mit dem Offizier bog in den Rostowschen Hof ein, und nun fuhren Dutzende von Wagen mit Verwundeten auf die Einladung der Städter in der Powarskaja-Straße auf die Höfe und vor die Haustüren. Natascha fand augenscheinlich Gefallen an diesen von den gewöhnlichen Lebensverhältnissen abweichenden Beziehungen zu unbekannten Menschen. Sie und Mawra Kusminitschna veranlaßten möglichst viele Wagen mit Verwundeten auf ihren Hof zu fahren.

»Wir müssen aber doch dem Papa davon Mitteilung machen«, meinte Mawra Kusminitschna.

»Ach was, das ist gar nicht nötig! Für den einen Tag siedeln wir in den Salon über. Dann können wir ihnen unsern ganzen Teil der Wohnung überlassen.«

»Aber Fräulein, was haben Sie für Einfälle! Aber auch wenn wir sie in das Nebengebäude und in die ofenlose Stube und in das Zimmer der Kinderfrau einquartieren wollen, auch dann müssen wir fragen.«

»Nun, dann werde ich fragen.«

Natascha lief ins Haus und ging auf den Zehen durch die halbgeöffnete Tür in das Sofazimmer, aus dem ein Geruch von Essig und Hoffmannstropfen herausdrang.

»Schlafen Sie, Mama?«

»Ach, wie werde ich denn schlafen!« antwortete die Gräfin, die soeben eingeschlafen war und nun aufwachte.

»Liebste Mama!« sagte Natascha, indem sie vor der Mutter niederkniete und ihr Gesicht nahe an das der Mutter hielt. »Bitte, verzeihen Sie mir; es soll nie wieder geschehen; ich habe Sie aufgeweckt. Mawra Kusminitschna schickt mich her; es sind Verwundete gebracht worden, Offiziere. Erlauben Sie es? Es fehlt an Unterkunft für sie; ich weiß ja, daß Sie es erlauben …«, sagte sie schnell in einem Atem.

»Was für Offiziere? Wer ist gebracht worden? Ich verstehe dich nicht«, antwortete die Gräfin.

Natascha lachte, und auch auf dem Gesicht der Gräfin zeigte sich ein schwaches Lächeln.

»Ich wußte ja, daß Sie es erlauben würden … Dann werde ich es also auch so bestellen.«

Natascha küßte ihre Mutter, sprang auf und lief aus der Tür.

Im Saal traf sie ihren Vater, der mit üblen Nachrichten nach Hause zurückgekehrt war.

»Wir sind viel zu lange hiergeblieben!« sagte er mit unwillkürlich hervorbrechendem Ärger. »Der Klub ist geschlossen, und die Polizei verläßt die Stadt.«

»Papa, Sie sind doch damit einverstanden, daß ich Verwundete ins Haus aufgenommen habe?« sagte Natascha zu ihm.

»Selbstverständlich«, antwortete der Graf zerstreut. »Aber jetzt handelt es sich um andere Dinge, und ich muß dich bitten, dich jetzt nicht mit Torheiten abzugeben, sondern beim Einpacken zu helfen; wir müssen morgen abfahren, jawohl, abfahren.«

Auch dem Haushofmeister und der Dienerschaft erteilte der Graf denselben Befehl. Beim Mittagessen erzählte auch Petja, der nach Hause gekommen war, seine Neuigkeiten.

Er berichtete, es seien heute im Kreml an das Volk Waffen verteilt worden, und obgleich es in dem Rastoptschinschen Flugblatt geheißen habe, er werde zwei Tage vorher einen Aufruf erlassen, sei doch bereits fest angeordnet worden, daß das ganze Volk morgen mit den Waffen auf die Drei Berge kommen solle; dort werde eine große Schlacht geliefert werden.

Mit Angst und Schrecken betrachtete die Gräfin das vergnügte, erregte Gesicht ihres Sohnes, während er das erzählte. Sie wußte, daß, wenn sie ihn auch nur mit einem Wort bäte, nicht mit in diese Schlacht zu gehen (auf die er sich, wie sie sah, freute), er etwas von Männern, von Ehre, von Vaterland sagen werde, so etwas Sinnloses, Männliches, Hartnäckiges, worauf sie nichts würde erwidern können, und daß damit ihre Sache vollends verdorben sein würde. Daher griff sie zu einem andern Mittel: In der Hoffnung, es so einrichten zu können, daß ihre Abreise schon vorher stattfände und sie dann Petja als Beschützer und Verteidiger mitnähmen, sagte sie zu Petja nichts, sondern rief nach dem Mittagessen den Grafen zu sich und flehte ihn unter Tränen an, sie recht bald wegzuschaffen, wenn es möglich wäre, noch in dieser Nacht. Mit der Schlauheit, die den Frauen die Liebe unwillkürlich eingibt, sagte sie, die bisher eine vollständige Furchtlosigkeit bekundet hatte, sie werde vor Angst sterben, wenn sie nicht noch heute nacht abreisten. Und sie fürchtete jetzt wirklich ohne Verstellung alles, auch das Schlimmste.

XIV

Madame Schoß, die einen Besuch bei ihrer Tochter gemacht hatte, steigerte noch die Furcht der Gräfin durch Erzählung dessen, was sie in der Mjasnizkaja-Straße bei einem Branntweinladen mit angesehen hatte. Als sie beim Rückweg durch diese Straße kam, hatte sie wegen einer betrunkenen Volksmenge, die bei dem Laden tobte, nicht hindurchkommen können. Sie hatte sich eine Droschke genommen und war auf dem Umweg durch eine Seitengasse nach Hause gefahren, und der Droschkenkutscher hatte ihr erzählt, das Volk habe die Fässer in dem Branntweinladen zerschlagen; das sei so befohlen worden.

Nach dem Mittagessen machten sich bei Rostows alle Hausgenossen eilig und mit größtem Eifer daran, die Sachen einzupacken und die sonstigen Vorbereitungen für die Reise zu treffen. Der alte Graf, der sich auf einmal gleichfalls der Sache annahm, ging fortwährend vom Hof ins Haus und wieder zurück, indem er die an sich schon eilenden Leute sinnlos anschrie und zu noch größerer Eile anzutreiben versuchte. Petja erteilte auf dem Hof Anweisungen. Sonja wußte infolge der einander widersprechenden Befehle des Grafen nicht mehr, was sie tun sollte, und war ganz wirr im Kopf geworden. Die Leute liefen schreiend, streitend und lärmend in den Zimmern und auf dem Hof umher. Plötzlich machte sich auch Natascha mit der Leidenschaftlichkeit, die ihr bei allem eigen war, ans Werk. Anfangs begegnete ihre Einmischung in die Arbeit des Packens starkem Mißtrauen. Die Leute meinten, sie treibe doch nur Possen, und wollten nicht auf sie hören; aber hartnäckig und leidenschaftlich verlangte sie, daß man ihr gehorche, wurde zornig, weinte beinahe, daß man nicht nach ihrem Willen tat, und erreichte schließlich doch, daß man ihr Vertrauen schenkte. Ihre erste Heldentat, die ihr gewaltige Anstrengungen kostete, aber auch ihre Autorität begründete, war das Einpacken der Teppiche. Der Graf hatte im Haus wertvolle Gobelins und persische Teppiche in ziemlicher Menge. Als Natascha sich ans Werk machte, standen im Saal zwei offene Kisten: Die eine war fast bis oben mit Porzellan vollgepackt, die andere mit Teppichen. Eine Menge Porzellan stand noch auf Tischen daneben, und aus der Geschirrkammer wurde immer noch mehr herbeigetragen. Es mußte eine neue, dritte Kiste angefangen werden, und es waren schon ein paar Leute weggegangen, um eine zu holen.

»Warte mal, Sonja, wir schaffen es mit dem Packen auch so«, sagte Natascha.

»Es geht nicht, Fräulein; wir haben es schon versucht«, wandte der Büfettdiener ein.

»Nein, warte doch, bitte, warte mal!«

Damit begann Natascha hurtig aus der Kiste die in Papier gewickelten Schüsseln und Teller herauszunehmen.

»Die Schüsseln müssen hierher, zwischen die Teppiche«, sagte sie.

»Wir wollen Gott danken, wenn wir nur allein die Teppiche in drei Kisten hineinbekommen«, meinte der Büfettdiener.

»Nein, bitte, warte mal.« Und Natascha begann schnell und geschickt das Geschirr zu sortieren. »Das soll nicht mit«, sagte sie mit Bezug auf die Kiewer Teller. »Dies ja; das soll zwischen die Teppiche gelegt werden«, sagte sie von dem sächsischen Porzellan.

»Aber so hör doch auf, Natascha; laß es gut sein; wir werden das Packen schon besorgen«, sagte Sonja vorwurfsvoll.

»Ja, ja, Fräulein«, stimmte auch der Haushofmeister bei.

Aber Natascha hörte nicht darauf; sie nahm alle Sachen heraus und entschied dahin: Die schlechteren Teppiche für den Hausgebrauch und das überflüssige Geschirr sollten überhaupt nicht mitgenommen werden. Als alles herausgenommen war, begannen sie von neuem einzupacken. Und wirklich: Nach Ausscheidung fast aller geringen Sachen, die des Mitnehmens nicht wert waren, bekamen sie alles Wertvolle in zwei Kisten hinein. Nur wollte der Deckel der Teppichkiste nicht zugehen. Man hätte etwas von den Sachen wieder herausnehmen können; aber Natascha bestand auf ihrem Kopf. Sie packte auf die eine, dann auf eine andere Weise, drückte die Sachen zusammen, ließ den Büfettdiener und Petja, den sie zu der Arbeit des Einpackens mit herangezogen hatte, auf den Deckel drücken und machte selbst verzweifelte Anstrengungen.

»Hör doch auf, Natascha«, sagte Sonja zu ihr. »Ich sehe ein, daß du mit deiner Art zu packen recht gehabt hast; aber nimm doch einen, den obersten, heraus.«

»Nein, das will ich nicht!« schrie Natascha, indem sie mit der einen Hand das aufgegangene Haar an dem schweißbedeckten Gesicht festhielt und mit der andern die Teppiche zusammenpreßte. »So drücke doch, Petja, drücke! Wasiljewitsch, drücke!« rief sie. Die Teppiche ließen sich noch etwas zusammendrücken, und der Deckel ging zu. Natascha klatschte in die Hände und jauchzte vor Freude; die Tränen stürzten ihr aus den Augen. Aber das dauerte nur einen Augenblick. Sofort machte sie sich an eine andere Arbeit und fand nun schon bei den andern volles Vertrauen, und der Graf wurde nicht ärgerlich, wenn ihm gesagt wurde, Natascha Iljinitschna habe einen seiner Befehle abgeändert, und die Gutsleute kamen zu Natascha, um zu fragen, ob eine Fuhre hinlänglich beladen sei und sie sie verschnüren sollten oder nicht. Die Arbeit machte dank Nataschas Anordnungen gute Fortschritte: Die entbehrlichen Sachen wurden zurückgelassen und die wertvollen recht eng gepackt.

Aber wie geschäftig auch alle waren, so wurde es doch schon spät in der Nacht, und noch war nicht alles eingepackt. Die Gräfin hatte sich schon zur Ruhe gelegt, und der Graf verschob die Abreise auf den nächsten Tag und ging gleichfalls zu Bett.

Sonja und Natascha schliefen unausgekleidet im Sofazimmer.

In dieser Nacht wurde noch ein Verwundeter durch die Powarskaja-Straße gefahren, und Mawra Kusminitschna, die am Tor stand, suchte zu veranlassen, daß er zu Rostows hereingebracht würde. Dieser Verwundete war nach Mawra Kusminitschnas Ansicht ein sehr vornehmer Mann. Er wurde in einer Kalesche gefahren, der durch das Vorderleder und das aufgeschlagene Verdeck vollständig geschlossen war. Auf dem Bock saß neben dem Kutscher ein alter, würdig aussehender Kammerdiener. Dahinter fuhren in einem Bauernwagen ein Arzt und zwei Soldaten.

»Bitte, kommen Sie doch zu uns, seien Sie so gut! Die Herrschaft reist ab, das ganze Haus ist leer«, sagte die Alte, sich an den bejahrten Diener wendend.

»Es ist eine schlimme Sache«, antwortete der Kammerdiener seufzend, »wir glauben kaum, daß wir ihn bis an unser Ziel bringen! Wir haben ein eigenes Haus hier in Moskau; aber es ist weit, und es wohnt auch jetzt niemand darin.«

»Nun, dann bitte kommen Sie zu uns; bei unserer Herrschaft ist alles reichlich vorhanden; bitte schön!« sagte Mawra Kusminitschna. »Steht es mit dem Herrn denn so schlimm?«

»Wir fürchten, wir bringen ihn nicht lebend bis zu unserm Haus. Ich muß den Arzt fragen, ob er hierbleiben soll.«

Der Kammerdiener stieg vom Bock und ging zu dem Bauernwagen hin.

»Schön«, sagte der Arzt.

Der Kammerdiener trat wieder an die Kalesche heran, blickte hinein, wiegte bedenklich den Kopf hin und her, befahl dem Kutscher, auf den Hof zu fahren, und ließ den Wagen neben Mawra Kusminitschna halten.

»Herr Jesus Christus!« rief sie beim Anblick des Verwundeten.

Mawra Kusminitschna schlug vor, den Verwundeten in das Hauptgebäude zu tragen.

»Die Herrschaft wird nichts dagegen haben«, sagte sie.

Aber das Hinauftragen auf die Treppe mußte vermieden werden, und daher wurde der Verwundete in das Nebengebäude getragen und in dem bisherigen Zimmer der Madame Schoß einquartiert. Dieser Verwundete war Fürst Andrei Bolkonski.

XV

Moskaus letzter Tag brach an. Es war ein Sonntag mit schönem, klarem Herbstwetter. Wie auch sonst immer an Sonntagen wurde in allen Kirchen zur Messe geläutet. Es schien, als habe noch niemand ein Verständnis dafür, was der Stadt bevorstand.

Nur zwei Anzeichen im sozialen Leben deuteten daraufhin, in welcher Lage sich Moskau befand: das Treiben der ärmeren Bevölkerung und die Preise mancher Gegenstände. Ein gewaltiger Haufe von Fabrikarbeitern, Gutsleuten und Bauern, vermischt mit Beamten, Seminaristen und Adligen, zog an diesem Tag frühmorgens auf die Drei Berge hinaus. Nachdem die Leute dort eine Weile gestanden, vergeblich auf Rastoptschin gewartet und die Überzeugung erlangt hatten, daß Moskau dem Feind überlassen werden würde, kehrten sie in die Stadt zurück und zerstreuten sich in die Schenken und Speisewirtschaften. Die Preise wiesen an diesem Tag gleichfalls auf die Lage der Dinge hin. Die Preise für Waffen, Bauernwagen und Pferde sowie der Kurs des Goldes stiegen immer höher, wogegen der Kurs des Papiergeldes und die Preise für feinere Waren immer mehr sanken. Gegen Mittag kam es vor, daß Fuhrleute für das Herausschaffen teurer Waren, z. B. besserer Tuche, aus der Stadt die Hälfte der Waren erhielten und für ein Bauernpferd fünfhundert Rubel bezahlt wurden; Möbel aber, Spiegel und Bronzen wurden umsonst weggegeben.

In dem alten, soliden Rostowschen Haus machte sich dieser Zerfall der bisherigen Lebensverhältnisse nur wenig fühlbar. In bezug auf die Leute kam weiter nichts vor, als daß in der Nacht von der großen Dienerschaft drei Mann heimlich davongingen, ohne indes etwas zu stehlen; und was die Veränderungen im Wert mancher Dinge anlangte, so stellte sich heraus, daß die dreißig Fuhrwerke, die von den Gütern hereingekommen waren, einen gewaltigen Reichtum repräsentierten, um welchen Rostows von vielen beneidet wurden; man bot ihnen für diese Fuhrwerke enorme Summen Geldes. Ja, am Abend des vorhergehenden Tages und frühmorgens am 1. September kamen, von den verwundeten Offizieren geschickt, Burschen und Diener auf den Rostowschen Hof, und auch die Verwundeten selbst, die bei Rostows und in den Nachbarhäusern einquartiert waren, schleppten sich hin und flehten die Rostowschen Leute an, ihnen doch zu erwirken, daß sie ein Fuhrwerk bekämen, um Moskau verlassen zu können. Der Haushofmeister, an den sie sich mit solchen Bitten wandten, hatte zwar mir den Verwundeten alles Mitleid, schlug aber die Bitten rundweg ab, indem er sagte, er wage nicht einmal, dem Grafen davon Meldung zu machen. Wie leid ihm auch die zurückbleibenden Verwundeten täten, so sei es doch klar, daß, wenn man ein Fuhrwerk bewilligte, man auch ein zweites nicht wohl abschlagen könne; und so würden schließlich alle hingegeben werden, auch die eigenen Equipagen der Herrschaft. Dreißig Fuhrwerke würden ja auch gar nicht ausreichen, um alle Verwundeten in Sicherheit zu bringen, und bei dem allgemeinen Unglück müsse ein jeder auch für sich und für seine Familie sorgen. So dachte der Haushofmeister für seinen Herrn.

Als Graf Ilja Andrejewitsch am Morgen des 1. September aufgewacht war, ging er leise, um die Gräfin nicht zu wecken, die erst gegen Morgen eingeschlafen war, aus dem Schlafzimmer und trat in seinem lilaseidenen Schlafrock auf die Freitreppe hinaus. Die verschnürten Fuhrwerke standen auf dem Hof, die Kutschen bei der Freitreppe. Der Haushofmeister stand in der Nähe und redete mit einem alten Offiziersburschen und einem jungen blassen Offizier mit verbundenem Arm. Als der Haushofmeister den Grafen erblickte, machte er dem Offizier und dem Burschen ein bedeutsames, energisches Zeichen, daß sie weggehen möchten.

»Nun, wie steht's? Alles bereit, Wasiljewitsch?« fragte der Graf. Er rieb sich seinen kahlen Kopf, blickte den Offizier und den Burschen gutmütig an und nickte ihnen zu. Der Graf hatte überhaupt stets seine Freude daran, neue Gesichter zu sehen.

»Es kann sofort angespannt werden, wenn Euer Erlaucht befehlen.«

»Nun, das ist ja prächtig. Die Gräfin wird auch bald aufwachen, und dann wollen wir in Gottes Namen fahren! Was wünschen Sie, mein Herr?« wandte er sich an den Offizier. »Sind Sie bei mir im Haus?«

Der Offizier trat näher heran. Sein blasses Gesicht wurde auf einmal von einer hellen Röte übergossen.

»Graf, tun Sie mir den großen Gefallen und erlauben Sie mir, um Gottes willen, mir irgendwo auf einem Ihrer Fuhrwerke ein Plätzchen zu suchen. Sachen habe ich keine bei mir. Wenn es auch auf einem Bauernwagen ist; mir ganz gleich.«

Der Offizier hatte noch nicht ausgesprochen, als sich der Bursche mit derselben Bitte für seinen Herrn an den Grafen wandte.

»O gewiß, jawohl, jawohl«, sagte der Graf eilig. »Es freut mich, freut mich sehr. Wasiljewitsch, ordne das Nötige an; laß da einen oder zwei Wagen leer machen; nun ja, da … schön … soviel wie nötig …«, sagte der Graf, sich bei seinem Befehl recht unbestimmter Ausdrücke bedienend.

Aber in demselben Augenblick machte der Ausdruck heißer Dankbarkeit, der auf das Gesicht des Offiziers trat, gewissermaßen den vom Grafen erteilten Befehl unwiderruflich. Der Graf blickte um sich; auf dem Hof, im Tor, an den Fenstern des Nebengebäudes waren Verwundete und Burschen sichtbar. Alle sahen sie nach dem Grafen hin und setzten sich nach der Freitreppe zu in Bewegung.

»Darf ich Euer Erlaucht bitten, mit nach der Galerie zu kommen? Ich möchte um Ihre Befehle bitten, wie es da mit den Bildern gehalten werden soll«, sagte der Haushofmeister.

Der Graf ging mit ihm ins Haus und wiederholte ihm seinen Befehl, Verwundeten, die mitfahren zu dürfen baten, solle dies bewilligt werden.

»Nun, warum denn nicht? Man kann ja etwas herunternehmen«, fügte er leise und gewissermaßen heimlich hinzu, als ob er fürchtete, von jemand gehört zu werden.

Um neun Uhr wachte die Gräfin auf, und Matrona Timofjejewna, ihr ehemaliges Stubenmädchen, das jetzt bei der Gräfin sozusagen das Amt eines Polizeiinspektors versah, kam, um ihrer früheren Herrin zu melden, daß Marja Karlowna höchst entrüstet sei und daß die Sommerkleider der jungen Damen unmöglich hiergelassen werden könnten. Auf ihre Frage, warum denn Madame Schoß entrüstet sei, erfuhr die Gräfin dann, der Koffer der Madame Schoß sei vom Wagen wieder heruntergenommen worden; es sollten alle Fuhren wieder aufgeschnürt, die Sachen abgeladen und Verwundete hineingesetzt werden, die der Graf in seiner Gutmütigkeit mitzunehmen befohlen habe. Die Gräfin befahl, ihren Mann zu ihr zu bitten.

»Was hat das zu bedeuten, mein Freund, ich höre, daß die Sachen wieder abgeladen werden?«

»Weißt du, liebe Frau, ich wollte es dir eben sagen … meine liebe Gräfin … Da ist ein Offizier zu mir gekommen; die Verwundeten bitten, ihnen ein paar Wagen zu überlassen. Die Sachen lassen sich ja alle wieder beschaffen; aber wie traurig wäre es für diese armen Menschen, wenn sie hierbleiben müßten, überlege das einmal! Wahrhaftig! Wir haben da Offiziere in unserm Haus, wir haben sie ja selbst zu uns eingeladen … Weißt du, ich glaube, wahrhaftig, liebe Frau, siehst du wohl, liebe Frau … mögen sie doch die Wagen benutzen … mit uns hat es ja keine Not.«

Der Graf sagte das schüchtern, so wie er stets sprach, wenn es sich um Geldsachen handelte. Die Gräfin ihrerseits kannte diesen Ton recht gut, dessen sich der Graf immer bediente, wenn er irgend etwas vorhatte, wodurch der finanzielle Ruin der Kinder beschleunigt wurde, etwa den Bau einer Galerie oder eines Gewächshauses oder die Einrichtung eines Haustheaters oder eines Hausorchesters; die Gräfin kannte diesen Ton und hielt es für ihre Pflicht, immer gegen das anzukämpfen, was der Graf in diesem schüchternen Ton vorbrachte.

Sie nahm also ihre unterwürfige, weinerliche Miene an und sagte zu ihrem Mann: »Höre einmal, Graf, du hast es schon dahin gebracht, daß wir für das Haus nichts bekommen, und nun willst du auch noch unsere ganze bewegliche Habe, die Habe unserer Kinder, zugrunde richten. Du hast ja doch selbst gesagt, daß die Sachen in unserm Hause einen Wert von hunderttausend Rubeln haben. Ich für meine Person, mein Freund, bin darin mit dir nicht einverstanden, durchaus nicht einverstanden. Nimm es mir nicht übel. Für die Verwundeten ist die Regierung da. Die wird schon wissen, was zu tun ist. Sieh nur: Da drüben bei Lopuchins ist schon gestern alles, geradezu alles weggeschafft. So machen es alle vernünftigen Leute. Nur wir sind die Dummen. Habe doch wenigstens mit den Kindern Mitleid, wenn du mit mir schon keines hast.«

Der Graf schwenkte resigniert die Arme und ging, ohne ein Wort zu sagen, aus dem Zimmer.

»Papa, worüber haben Sie sich denn gestritten?« fragte ihn Natascha, die nach ihm in das Zimmer der Mutter gekommen war und ihm nun in den Salon folgte.

»Über nichts! Was geht es dich an!« antwortete der Graf ärgerlich.

»Aber ich habe es doch gehört«, sagte Natascha. »Warum will Mama es denn nicht?«

»Was geht es dich an?« schrie der Graf.

Natascha trat von ihm weg ans Fenster und überließ sich ihren Gedanken.

»Papa, Berg kommt bei uns vorgefahren«, sagte sie, durch das Fenster blickend.

XVI

Berg, der Rostowsche Schwiegersohn, war schon Oberst, war mit dem Wladimir- und dem Anna-Orden am Halse dekoriert und bekleidete immer noch denselben ruhigen, angenehmen Posten als Gehilfe des Stabschefs des Gehilfen der ersten Abteilung des Stabschefs des zweiten Armeekorps.

Er kam am 1. September von der Armee nach Moskau.

Zu tun hatte er in Moskau eigentlich nichts; aber er hatte wahrgenommen, daß alle sich von der Armee Urlaub nach Moskau geben ließen, ohne daß er wußte, was sie dort täten, und so hielt er es denn gleichfalls für nötig, sich in häuslichen und Familienangelegenheiten Urlaub geben zu lassen.

Berg fuhr in seinem sauberen Kutschwägelchen, das mit zwei wohlgenährten Hellbraunen bespannt war (genau solchen, wie sie ein gewisser Fürst besaß), vor dem Haus seines Schwiegervaters vor. Aufmerksam blickte er auf den Hof nach den Fuhrwerken hin, zog, als er die Stufen vor der Haustür hinanstieg, sein reines Taschentuch heraus und band einen Knoten hinein.

Aus dem Vorzimmer ging Berg mit schleifendem, ungeduldigem Gang in den Salon, umarmte dort den Grafen, küßte Natascha und Sonja die Hand und erkundigte sich eilig nach dem Befinden der Mama.

»Wie könnte sie sich jetzt wohlbefinden? Nun, aber erzähle doch«, sagte der Graf, »was macht die Armee? Ziehen sie sich zurück, oder wird noch eine Schlacht geliefert werden?«

»Nur der allmächtige Gott, Papa«, antwortete Berg, »kann über das Schicksal unseres Vaterlandes entscheiden. Die Armee glüht von heroischem Mut, und jetzt sind die geistigen Leiter derselben, um mich so auszudrücken, zur Beratung zusammengetreten. Was geschehen wird, ist noch unbekannt. Aber von dem ganzen russischen Heer kann ich Ihnen sagen, Papa: Ein so heldenmütiger Geist, ein so wahrhaft antiker Mannesmut, wie sie … wie es« (verbesserte er sich) »ihn in diesem Ringen am sechsundzwanzigsten gezeigt oder bewiesen hat, läßt sich gar nicht mit würdigen Worten schildern. Ich sage Ihnen, Papa« (er schlug sich ebenso gegen die Brust, wie das vor kurzem in seiner Gegenwart ein russischer General getan hatte, der von der Schlacht erzählte; freilich tat Berg es etwas zu spät, da er sich bei den Worten »das russische Heer« hätte gegen die Brust schlagen müssen), »ich sage Ihnen wahrheitsgemäß: Wir Offiziere brauchten nicht nur die Soldaten nicht anzufeuern, sondern wir konnten sogar nur mit Mühe diese, diese … ja, diese mannhaften, des Altertums würdigen Heldentaten mäßigen«, sagte er in schnellfließender Rede. »General Barclay de Tolly hat sein Leben überall vor der Front der Truppen aufs Spiel gesetzt, kann ich Ihnen sagen. Unser eigenes Korps war am Abhang eines Berges aufgestellt. Sie können sich vorstellen, wie es da herging!«

Und nun erzählte Berg alles, was ihm von den verschiedenen Erzählungen, die er diese Zeit her gehört hatte, im Gedächtnis war. Natascha sah ihn unverwandt an, als ob sie auf seinem Gesicht über irgend etwas ins klare zu kommen suchte; dieser Blick machte Berg verlegen.

»Ein solcher Heroismus, wie ihn die russischen Truppen an den Tag gelegt haben, läßt sich überhaupt gar nicht beschreiben, gar nicht genug rühmen«, fuhr Berg fort; er blickte dabei zu Natascha hin und lächelte ihr in Erwiderung auf ihren hartnäckigen Blick zu, als ob er sie damit bestechen wollte. »Es ist ein schönes Wort: ›Rußland ist nicht in Moskau, es ist in den Herzen seiner Söhne!‹ Nicht wahr, Papa?« sagte Berg.

In diesem Augenblick kam die Gräfin mit müdem mißvergnügtem Gesicht vom Sofazimmer in den Salon. Eilfertig sprang Berg auf, küßte ihr die Hand, erkundigte sich nach ihrem Befinden und blieb, durch bedauerndes Hin- und Herwiegen des Kopfes seine Teilnahme zum Ausdruck bringend, bei ihr stehen.

»Ja, Mama, das sage ich Ihnen aus tiefster Seele: Es sind schwere, traurige Zeiten für jeden Russen. Aber wozu beunruhigen Sie sich so? Sie werden noch rechtzeitig fortkommen.«

»Ich verstehe gar nicht, was die Leute machen«, sagte die Gräfin, sich zu ihrem Mann wendend. »Es wurde mir soeben gesagt, es sei noch nichts bereit. Es müßte doch jemand das Erforderliche anordnen. Schade, daß wir Dmitri nicht hier haben. Wir werden ja nie fertig!«

Der Graf wollte etwas erwidern, beherrschte sich aber offenbar. Er stand von seinem Stuhl auf und ging zur Tür.

In diesem Augenblick zog Berg, wohl um sich die Nase zu putzen, sein Taschentuch heraus; als er dabei den Knoten erblickte, wurde er nachdenklich und wiegte ernst und trübe den Kopf hin und her.

»Ich habe eine große Bitte an Sie, Papa«, sagte er.

»Hm?« erwiderte der Graf und blieb stehen.

»Ich kam soeben an dem Jusupowschen Haus vorbei«, sagte Berg lächelnd. »Da kam der Verwalter, den ich kenne, herausgelaufen und fragte mich: ›Wollen Sie nicht etwas kaufen?‹ Ich ging hinein, wissen Sie, nur so aus Neugierde, und da fand ich ein Näh- und Putztischchen. Sie wissen, daß Wjera sich eines wünschte und daß wir uns darüber stritten.« (Berg war, als er von dem Näh- und Putztischchen zu sprechen angefangen hatte, unwillkürlich in einen Ton freudiger Erregung über seine kluge Benutzung der Umstände übergegangen.) »Und so allerliebst ist das Tischchen! Zum Herausziehen und mit einem englischen Geheimfach, wissen Sie. Und Wjera hat sich schon lange so ein Tischchen gewünscht. Also möchte ich sie damit überraschen. Nun habe ich bei Ihnen eine solche Menge Bauern auf dem Hof gesehen. Bitte, geben Sie mir einen davon zum Transport des Tischchens; ich will es ihm gut bezahlen und …«

Der Graf runzelte die Stirn und räusperte sich.

»Wenden Sie sich mit Ihrer Bitte an die Gräfin; ich habe hier nichts anzuordnen.«

»Wenn es irgendwie Umstände macht, so ist es ja nicht nötig«, sagte Berg. »Es wäre mir nur um Wjeras willen sehr lieb gewesen.«

»Ach, schert euch alle zum Teufel, jawohl zum Teufel!« schrie der alte Graf. »Mir ist der Kopf ganz wirbelig.«

Mit diesen Worten ging er aus dem Zimmer. Die Gräfin brach in Tränen aus.

»Ja, ja, Mama, es sind recht schwere Zeiten!« sagte Berg.

Natascha war mit dem Vater zugleich hinausgegangen; anfangs ging sie wie in schwerem Nachdenken hinter ihm her, aber dann lief sie nach unten.

Auf der Freitreppe stand Petja, der damit beschäftigt war, die Leute, die aus Moskau wegfahren sollten, zu bewaffnen. Auf dem Hof standen immer noch wie vorher die beladenen, bespannten Fuhrwerke. Nur zwei Fuhrwerke waren leer gemacht, und auf eines von ihnen stieg, von seinem Burschen unterstützt, ein Offizier hinauf.

»Weißt du, warum?« fragte Petja seine Schwester.

Natascha verstand, was er meinte: ob sie wüßte, warum der Vater und die Mutter sich gestritten hätten. Sie gab ihm keine Antwort.

»Weil Papa alle Fuhrwerke für die Verwundeten hergeben wollte«, sagte Petja. »Wasiljewitsch hat es mir gesagt. Meiner Ansicht nach …«

»Meiner Ansicht nach«, rief Natascha auf einmal fast schreiend, indem sie ihr zorniges Gesicht zu Petja hinwandte, »meiner Ansicht nach ist das eine Schändlichkeit, eine Gemeinheit, eine … ich weiß gar nicht, wie ich es nennen soll. Sind wir denn etwa Deutsche?«

Die Kehle zitterte ihr von krampfhaftem Schluchzen; aus Furcht, sie werde sich nicht halten können und die ganze Ladung ihres Ingrimms nutzlos verpuffen, drehte sie sich um und lief eilig die Treppe hinauf.

Berg saß bei der Gräfin und tröstete sie in der respektvollen Weise eines jüngeren Familienmitgliedes. Der Graf ging mit der Pfeife in der Hand im Zimmer auf und ab, als plötzlich Natascha mit einem Gesicht, das von zorniger Erregung ganz entstellt aussah, wie ein Sturmwind ins Zimmer hereinstürzte und mit schnellen Schritten auf die Mutter zutrat.

»Das ist eine Schändlichkeit, eine Gemeinheit!« rief sie. »Es ist unmöglich, daß Sie das befohlen haben.«

Berg und die Gräfin blickten sie verständnislos und erschrocken an. Der Graf blieb auf seiner Wanderung am Fenster stehen und horchte auf.

»Mama, das darf nicht sein!« rief sie. »Sehen Sie nur einmal auf den Hof; sie sollen hierbleiben!«

»Was hast du? Von wem redest du? Was willst du denn?«

»Von den Verwundeten rede ich! Das darf nicht sein, liebe Mama; das wäre ja unerhört … Nein, liebe, beste Mama, das ist nicht das Richtige; verzeihen Sie mir, bitte, liebe Mama … Liebe Mama, was haben wir von den Sachen, die wir mitnehmen könnten! Sehen Sie nur einmal auf den Hof … Liebe Mama …! Das kann nicht sein …!«

Der Graf stand am Fenster und horchte, ohne das Gesicht umzuwenden, auf Nataschas Worte hin. Plötzlich schnob er hörbar durch die Nase und hielt sein Gesicht dicht an das Fenster.

Die Gräfin blickte ihre Tochter an, sah, wie deren Gesicht von Scham über das Verhalten ihrer Mutter übergossen war, sah Nataschas Aufregung, begriff, weshalb ihr Mann sich jetzt nicht nach ihr umsehen mochte, und schaute mit verlegener Miene rings um sich.

»Ach, tut meinetwegen, was ihr wollt! Als ob ich jemanden hinderte!«

sagte sie in einem Ton, als wolle sie sich doch nicht gleich mit einemmal völlig ergeben.

»Liebe Mama, beste Mama, verzeihen Sie mir!«

Aber die Gräfin schob die Tochter von sich und trat an den Grafen heran.

»Mein Lieber, ordne du nur alles an, wie du es für nötig hältst; ich verstehe ja nichts davon«, sagte sie, schuldbewußt die Augen niederschlagend.

»Hier ist einmal wirklich das Ei klüger gewesen als die Henne«, sagte der Graf unter Tränen glückseliger Freude und umarmte seine Frau, die froh war, ihr von Scham übergossenes Gesicht an seiner Brust verbergen zu können.

»Lieber Papa, liebe Mama, darf ich es anordnen? Darf ich?« fragte Natascha. »Das Notwendigste werden wir trotzdem mitnehmen können.«

Der Graf nickte ihr bejahend zu, und Natascha lief mit solcher Geschwindigkeit wie früher beim »Greifen«-Spielen durch den Saal ins Vorzimmer und die Treppe hinunter auf den Hof.

Die Leute versammelten sich um Natascha und vermochten an den seltsamen Befehl, den sie ihnen überbrachte, nicht eher zu glauben, als bis der Graf selbst, zugleich im Namen seiner Frau, den Befehl bestätigte, daß alle Fuhrwerke den Verwundeten eingeräumt, die Kisten aber in die Vorratsräume gebracht werden sollten. Als sie den Befehl richtig erfaßt hatten, machten sich die Leute mit sichtlicher Freude und emsiger Geschäftigkeit an die neue Arbeit. Der Dienerschaft erschien dies jetzt ganz und gar nicht seltsam, ja, sie hatte im Gegenteil das Gefühl, es könne gar nicht anders sein, gerade wie es eine Viertelstunde vorher keinem von ihnen seltsam erschienen war, daß die Verwundeten zurückgelassen und die Sachen mitgenommen werden sollten, sondern sie dies für selbstverständlich gehalten hatten.

Alle Hausgenossen nahmen mit großem Eifer, wie wenn sie es wiedergutmachen wollten, daß sie dies nicht früher getan hatten, die neue Aufgabe in Angriff, die Verwundeten auf den Fuhrwerken unterzubringen. Die Verwundeten kamen aus ihren Zimmern herausgekrochen und umringten mit blassen, aber freudigen Gesichtern die Fuhrwerke. Auch nach den Nachbarhäusern war das Gerücht gedrungen, daß hier Fuhrwerke zu haben seien, und so begannen auch aus anderen Häusern Verwundete zu Rostows auf den Hof zu kommen. Viele der Verwundeten baten, die Sachen nicht herunterzunehmen, sondern sie nur obendrauf zu setzen. Aber das einmal begonnene Werk des Abladens der Sachen ließ sich nicht mehr hemmen; auch war es ganz gleich, ob alles dagelassen wurde oder nur die Hälfte. Auf dem Hof standen die noch nicht weggeräumten Kisten mit Bronzen, Gemälden, Spiegeln und Geschirr umher, die am vorhergehenden Abend bis in die Nacht hinein so eifrig gepackt waren, und immer suchte und fand man noch eine Möglichkeit, auch dies und das noch abzuladen und immer noch einen Wagen nach dem andern für die Verwundeten zu bestimmen.

»Vier können wir noch mitnehmen; ich will gern mein Fuhrwerk dazu hergeben«, sagte der Verwalter. »Aber wohin mit den letzten?«

»Nehmt nur den Wagen mit meiner Garderobe«, sagte die Gräfin. »Dunjascha kann sich zu mir in die Kutsche setzen.«

Auch der Garderobewagen wurde noch dazugenommen, und da noch Platz blieb, wurde er nach einem der Nachbarhäuser geschickt, um auch von dort noch Verwundete zu holen. Alle Familienmitglieder und die Dienerschaft waren in heiterer Erregung. Natascha befand sich in einer so lebhaften, feierlich-glückseligen Gemütsstimmung, wie sie sie seit langer Zeit nicht mehr gekannt hatte.

»Wo sollen wir die denn festbinden?« fragten die Leute, die vergebens eine Kiste an das schmale Hinterbrett eines der Kutschwagen heranpaßten. »Wenigstens einen Bauernwagen müßten wir doch für die Sachen behalten.«

»Was ist denn darin?« fragte Natascha.

»Die Bücher des Grafen.«

»Laßt die Kiste nur hier; Wasiljewitsch wird sie wegstellen; die braucht nicht mit.«

In der Britschke waren alle Plätze besetzt; es wurde überlegt, wo denn nun Petja sitzen sollte.

»Er kann auf dem Bock sitzen. Nicht wahr, du steigst auf den Bock, Petja?« rief Natascha.

Auch Sonja war unablässig tätig; aber ihre Geschäftigkeit hatte gerade das entgegengesetzte Ziel wie die Nataschas: Sonja räumte die Sachen beiseite, die dableiben sollten, machte auf Wunsch der Gräfin ein Verzeichnis davon und suchte soviel wie möglich mitzunehmen.

XVII

Gegen zwei Uhr standen die vier Rostowschen Equipagen bepackt und angespannt vor der Haustür. Die Fuhrwerke mit den Verwundeten fuhren eines nach dem andern vom Hof.

Die Kalesche, in welcher Fürst Andrei lag, erregte, als er an der Freitreppe vorbeifuhr, die Aufmerksamkeit Sonjas, die mit Hilfe eines Stubenmädchens in der gewaltig großen, hohen Kutsche, die vor der Haustür hielt, einen Sitz für die Gräfin zurechtmachte.

»Wessen Kalesche ist denn das?« fragte Sonja, indem sie den Kopf aus dem Kutschfenster steckte.

»Haben Sie das noch nicht gehört, Fräulein?« antwortete das Stubenmädchen. »Die gehört dem verwundeten Fürsten, der bei uns übernachtet hat und nun auch mit uns fährt.«

»Aber wer ist es denn? Wie heißt er?«

»Es ist unser gewesener Bräutigam, Fürst Bolkonski«, erwiderte das Stubenmädchen seufzend. »Es heißt, er ist dem Tod nahe.«

Sonja sprang aus der Kutsche und lief zur Gräfin hin. Die Gräfin ging, schon zur Reise angekleidet, mit Hut und Schal, müde im Salon auf und ab und wartete auf die Hausgenossen, damit sie sich alle vor der Abreise bei geschlossenen Türen für einen Augenblick hinsetzten und beteten. Natascha war nicht im Zimmer.

»Mama«, sagte Sonja. »Fürst Andrei ist hier, tödlich verwundet. Er fährt mit uns.«

Erschrocken öffnete die Gräfin weit die Augen, ergriff Sonja bei der Hand und blickte um sich.

»Und Natascha?« fragte sie.

Sowohl für Sonja als auch für die Gräfin hatte diese Nachricht im ersten Augenblick nur in einer Beziehung Wichtigkeit. Sie kannten beide ihre Natascha, und die Angst vor der Wirkung, die diese Nachricht auf sie ausüben würde, übertäubte bei ihnen das Mitgefühl für den Mann, den sie beide gern gehabt hatten.

»Natascha weiß es noch nicht; aber er wird mit uns mitfahren«, sagte Sonja.

»Du sagst, er ist tödlich verwundet?«

Sonja nickte mit dem Kopf.

Die Gräfin umarmte sie und brach in Tränen aus.

»Die Wege des Herrn sind unerforschlich«, dachte sie und wurde sich bewußt, daß in allem, was jetzt geschah, sich eine allmächtige Hand fühlbar zu machen begann, die bisher den Blicken der Menschen verborgen gewesen war.

»Nun, Mama, es ist alles fertig. Wovon redet ihr denn da noch?« fragte Natascha, die mit lebhaft erregtem Gesicht ins Zimmer gelaufen kam.

»Oh, von nichts«, antwortete die Gräfin. »Nun, wenn alles fertig ist, dann wollen wir fahren.«

Sie beugte sich über ihren Ridikül, um ihre Verwirrung zu verbergen. Sonja umarmte Natascha und küßte sie.

Natascha blickte sie fragend an.

»Was hast du? Was ist denn vorgefallen?«

»Nichts … gar nichts …«

»Etwas sehr Schlimmes für mich? Was ist es denn?« fragte Natascha, die ein feines Gefühl besaß.

Sonja seufzte und gab keine Antwort. Der Graf, Petja, Madame Schoß, Mawra Kusminitschna und Wasiljewitsch traten in den Salon, und nachdem die Türen geschlossen waren, setzten sich alle hin und saßen so, schweigend und ohne einander anzusehen, einige Sekunden lang.

Der Graf stand zuerst auf und bekreuzte sich, laut seufzend, vor dem Heiligenbild. Alle andern taten dasselbe. Dann umarmte der Graf Mawra Kusminitschna und Wasiljewitsch, die in Moskau blieben, und klopfte sie, während sie nach seiner Hand griffen und ihn auf die Schulter küßten, leise auf den Rücken, wobei er undeutlich ein paar freundliche Worte zu ihrer Beruhigung sagte.

Die Gräfin begab sich in das Betzimmer, und Sonja fand sie dort auf den Knien vor den hier und da an den Wänden zurückgebliebenen Heiligenbildern. (Diejenigen Bilder, die durch langjährige Familientraditionen einen besonderen Wert hatten, waren mitgenommen worden.)

An der Freitreppe und auf dem Hof nahmen diejenigen Dienstboten, welche mit wegreisten (Petja hatte sie mit Dolchen und Säbeln bewaffnet; sie hatten die Hosen in die Stiefel gesteckt und sich mit Lederriemen und Leibbinden fest umgürtet), Abschied von denen, die zurückblieben.

Wie es beim Abreisen immer geht, war vieles vergessen oder an falscher Stelle untergebracht, und recht lange standen zwei Diener rechts und links von dem geöffneten Kutschenschlag und dem niedergelassenen Tritt bereit, um der Gräfin beim Einsteigen zu helfen, während Mädchen mit Kissen und Bündeln aus dem Haus zu den Kutschen, der Kalesche und der Britschke und wieder zurück liefen.

»Nein, diese Menschen, ihre Zerstreutheit und Vergeßlichkeit legen sie doch ihr Leben lang nicht ab!« sagte die Gräfin. »Du weißt doch, daß ich so nicht sitzen kann.«

Dunjascha preßte die Zähne zusammen und sprang, ohne zu antworten, mit verdrossenem Gesicht in die Kutsche, um den Sitz umzuändern.

»Ach ja, dieses Volk!« stimmte der Graf seiner Frau bei und wiegte den Kopf hin und her.

Der alte Kutscher Jefim (mit einem andern zu fahren konnte sich die Gräfin unter keinen Umständen entschließen) saß hoch auf seinem Bock und sah sich nach dem, was hinter ihm geschah, gar nicht einmal um. Aus dreißigjähriger Erfahrung wußte er, daß es noch eine ganze Weile dauerte, his man ihm sagen würde: »Nun, dann in Gottes Namen!« und daß, wenn das gesagt war, man ihn noch zweimal halten ließ und Leute zurückschickte, um vergessene Sachen zu holen, und daß er darauf noch einmal halten mußte und die Gräfin selbst den Kopf aus dem Kutschfenster heraussteckte und ihn um Jesu Christi willen bat, wo es bergab ginge, nur ja recht vorsichtig zu fahren. Das alles wußte er, und daher wartete er geduldig auf das, was da kommen sollte, geduldiger als seine Pferde, von denen namentlich das linke, ein Fuchs namens »Falke«, mit dem Huf schlug und auf dem Mundstück kaute. Endlich waren alle zum Sitzen gekommen; der Wagentritt wurde zusammengeklappt und an den Wagen hinaufgeschlagen, die Wagentür geschlossen; es wurde noch nach einer Schatulle geschickt; die Gräfin bog sich hinaus und erteilte dem Kutscher die unvermeidliche Ermahnung. Dann nahm Jefim langsam seinen Hut vom Kopf und bekreuzte sich. Der Reitknecht, der auf einem der Pferde saß, und alle Dienstboten taten das gleiche. »In Gottes Namen!« sagte Jefim und setzte seinen Hut wieder auf. »Vorwärts!« Der Reitknecht trieb sein Pferd an. Das rechte Deichselpferd legte sich in das Kummet, die hohen Wagenfedern knackten, und der Wagenkasten setzte sich in schaukelnde Bewegung. Der Lakai sprang, während der Wagen schon fuhr, auf den Bock. Die Kutsche bekam, als sie vom Hof auf das holperige Pflaster fuhr, ein paar kräftige Stöße, desgleichen die andern Equipagen, und nun bewegte sich der Zug die Straße hinauf. In den Kutschen, der Kalesche und der Britschke bekreuzten sich alle nach der gegenüberliegenden Kirche hin. Was von dem Dienstpersonal in Moskau zurückblieb, ging zu beiden Seiten der Equipagen, um ihnen das Geleit zu geben.

Natascha hatte selten ein so freudiges Gefühl empfunden wie jetzt, wo sie neben der Gräfin in der Kutsche saß und nach den langsam vorüberziehenden Häusermauern des halbverödeten, beunruhigten Moskau hinblickte. Ab und zu steckte sie den Kopf aus dem Kutschfenster hinaus und blickte bald zurück, bald nach vorn nach dem langen Wagenzug mit Verwundeten, der vor ihnen herfuhr. Fast ganz an der Spitze desselben war das hochgeschlagene Verdeck der Kalesche des Fürsten Andrei sichtbar. Sie wußte nicht, wer sich in diesem Wagen befand; aber jedesmal, wenn sie den Bereich ihres Zuges musterte, suchte sie mit den Augen nach dieser Kalesche. Sie wußte, daß er beinahe ganz vorn war.

Auf dem Kudrinskaja-Platz trafen aus der Nikitskaja-Straße, der Prjesnenskaja-Straße und dem Podnowinski-Boulevard noch mehrere solcher Züge wie der Rostowsche zusammen, und in der Sadowaja-Straße mußten die Equipagen und die andern Fuhrwerke schon in zwei Reihen nebeneinander fahren.

Als sie um den Sucharew-Turm herumfuhren, rief Natascha, die schnell und neugierig die vorbeifahrenden und vorbeigehenden Leute betrachtete, plötzlich freudig und erstaunt aus:

»Herrgott! Mama, Sonja, seht mal, das ist er!«

»Wer? Wer?«

»Seht nur, wahrhaftigen Gottes, Besuchow!« sagte Natascha, bog sich aus dem Kutschfenster und blickte nach einem hochgewachsenen, dicke Mann, der zwar einen Kutscherrock trug, dem Gang und der Haltung nach aber entschieden ein verkleideter Edelmann war. In Begleitung eines bartlosen, kleinen, alten Mannes, mit gelblicher Gesichtsfarbe, in einem Friesmantel, ging er eben unter das Gewölbe des Sucharew-Turmes.

»Wahrhaftig, Besuchow, in einem langen Kaftan, mit irgendeinem alten Mann. Wahrhaftig«, sagte Natascha, »seht nur, seht nur!«

»Aber nein, das ist er nicht. Wie kannst du nur solchen Unsinn reden!«

»Mama«, rief Natascha, »ich lasse mir den Kopf abschneiden, wenn er es nicht ist. Ich will es Ihnen beweisen. Halt, halt!« rief sie dem Kutscher zu.

Aber der Kutscher konnte nicht anhalten, weil aus der Mjeschtschanskaja-Straße andere Equipagen und gewöhnliche Fuhrwerke herausgefahren kamen und deren Kutscher ihm zuschrien, er solle weiterfahren und andere nicht aufhalten.

Wirklich erblickten nun alle Rostows, wiewohl in erheblich größerer Entfernung als vorher, Pierre oder einen Menschen, der diesem außerordentlich ähnlich war, in einem Kutscherrock, wie er mit gesenktem Kopf und ernstem Gesicht neben einem kleinen, bartlosen, alten Mann, der wie ein Diener aussah, auf der Straße ging. Der Alte bemerkte, daß sich ein Gesicht aus der Kutsche hinausbog und nach ihnen hinsah; respektvoll berührte er Pierre am Ellbogen, sagte ihm etwas und zeigte auf die Kutsche. Pierre verstand längere Zeit nicht, was sein Gefährte zu ihm sagte; so vertieft war er offenbar in seine Gedanken. Als er endlich verstanden hatte, blickte er nach der ihm gewiesenen Richtung hin, und als er Natascha erkannte, ging er sofort in demselben Augenblick, dem ersten Impuls folgend, schnell auf die Kutsche zu. Aber nachdem er etwa zehn Schritte zurückgelegt hatte, fiel ihm offenbar etwas ein, und er blieb stehen.

Nataschas Gesicht, das sich aus dem Kutschfenster bog, strahlte von spöttischer Freundlichkeit.

»Pjotr Kirillowitsch, kommen Sie doch her! Wir haben Sie ja erkannt! Das ist ja erstaunlich!« rief sie und streckte ihm die Hand entgegen. »Wie kommen Sie hierher? Und warum sehen Sie so aus?«

Pierre ergriff die hingestreckte Hand und küßte sie unbeholfen während des Fahrens, da die Kutsche sich weiterbewegte.

»Was ist denn mit Ihnen vorgegangen, Graf?« fragte die Gräfin in verwundertem, mitleidigem Ton.

»Was vorgegangen ist? Warum ich hier bin? Fragen Sie mich nicht«, erwiderte Pierre und blickte dann wieder zu Natascha hin, deren strahlender, freudiger Blick ihn (das fühlte er, auch während er sie nicht ansah) mit seinem Zauber umfing.

»Was haben Sie denn vor? Bleiben Sie etwa in Moskau?« fragte Natascha.

»In Moskau?« erwiderte er fragend. »Ja, ich bleibe in Moskau. Leben Sie wohl.«

»Ach, ich wollte, ich wäre ein Mann; dann bliebe ich bestimmt mit Ihnen hier. Ach, wie schön das wäre!« sagte Natascha. »Mama, wenn Sie es erlauben, bleibe ich hier.«

Pierre blickte Natascha zerstreut an und wollte etwas sagen; aber die Gräfin ließ ihn nicht zu Worte kommen:

»Wie wir gehört haben, sind Sie bei der Schlacht dabeigewesen?« fragte sie.

»Ja, ich bin dort gewesen«, antwortete Pierre. »Morgen wird wieder eine Schlacht stattfinden …«, begann er; aber Natascha unterbrach ihn:

»Aber was ist denn mit Ihnen vorgegangen, Graf? Sie sehen so ganz verändert aus …«

»Ach, fragen Sie mich nicht, fragen Sie mich nicht; ich weiß es selbst nicht. Morgen … Aber nein! Leben Sie wohl, leben Sie wohl«, murmelte er; »es ist eine schreckliche Zeit!«

Er trat von der Kutsche zurück und ging auf das Trottoir.

Natascha blieb noch lange so aus dem Kutschfenster gebeugt und schaute mit einem strahlenden, heiteren, freundlichen und ein wenig spöttischen Lächeln zu ihm hin.

XVIII

Seit Pierre am vorhergehenden Tag aus seinem Haus verschwunden war, wohnte er in der leerstehenden Wohnung des verstorbenen Basdjejew. Das war folgendermaßen zugegangen.

Als Pierre an dem Tag, der auf seine Rückkehr nach Moskau und sein Gespräch mit Graf Rastoptschin folgte, des Morgens aufgewacht war, konnte er lange nicht darüber ins klare kommen, wo er sich eigentlich befand und was man von ihm wollte. Als ihm unter den Namen anderer Personen, die im Wartezimmer darauf warteten, vorgelassen zu werden, auch gemeldet wurde, daß jener Franzose auf ihn warte, der den Brief der Gräfin Helene überbracht hatte, da überkam ihn plötzlich jenes Gefühl der Verwirrung und Hoffnungslosigkeit, dem er so oft und so leicht unterworfen war. Er hatte auf einmal die Vorstellung, jetzt sei alles zu Ende, alles in Verwirrung, alles zugrunde gerichtet, niemand sei schuldlos, niemand schuldig, die Zukunft könne nichts Gutes mehr bieten, und es gebe aus dieser Lage keinen Ausgang. Gezwungen lächelnd und etwas vor sich hinmurmelnd, setzte er sich bald in einer Haltung völliger Hilflosigkeit auf das Sofa, bald stand er wieder auf, ging an die Tür und sah durch die Spalte in das Wartezimmer, bald kehrte er mit einer resignierten Handbewegung zurück und griff nach einem Buch. Der Haushofmeister kam zum zweitenmal, um ihm zu melden, daß der Franzose, der den Brief von der Gräfin gebracht habe, dringend bäte, ihn, wenn auch nur auf einen Augenblick, zu empfangen, und daß jemand von der Witwe Osip Alexejewitsch Basdjejews gekommen sei mit der Bitte, doch die Bücher in Empfang zu nehmen, da Frau Basdjejewa selbst aufs Land gefahren sei.

»Ach ja, sogleich, warte einen Augenblick ... oder nein! Nein, geh nur und sage, ich würde sogleich kommen«, sagte Pierre zu dem Haushofmeister.

Aber kaum war der Haushofmeister aus dem Zimmer, als Pierre seinen Hut nahm, der auf dem Tisch lag, und sein Arbeitszimmer durch die Hintertür verließ. Auf dem Korridor war niemand. Pierre durchschritt ihn in seiner ganzen Länge bis zur Treppe und stieg, die Stirn runzelnd und sie mit beiden Händen reibend, bis zum ersten Absatz hinunter. Der Portier stand beim Vorderportal. Von dem Absatz, zu dem Pierre hinuntergestiegen war, führte eine andere Treppe nach dem hinteren Ausgang. Hierher ging Pierre und trat auf den Hof hinaus. Niemand sah ihn. Aber sowie er durch das Tor auf die Straße kam, erblickten ihn die Kutscher, die dort mit ihren Equipagen hielten, sowie der Hausknecht und nahmen vor ihm die Mützen ab. Als er ihre Blicke auf sich gerichtet fühlte, machte es Pierre wie der Strauß, der seinen Kopf in einen Busch steckt, um nicht gesehen zu werden: Er senkte den Kopf und ging mit beschleunigtem Schritt die Straße hinunter.

Von allen den Tätigkeiten, die ihn an diesem Morgen in Anspruch nehmen wollten, erschien ihm als die wichtigste die Sichtung der Bücher und Papiere Osip Alexejewitsch Basdjejews.

Er nahm die erste Droschke, die er fand, und befahl dem Kutscher, nach den Patriarchenteichen zu fahren, wo das Haus der verwitweten Frau Basdjejewa lag.

Während er unaufhörlich die von überallher sich vorwärtsbewegenden Wagenzüge der aus Moskau flüchtenden Einwohner betrachtete und sich mit seinem dicken Körper zurechtrückte, um nicht aus der klappernden, alten Droschke herauszurutschen, empfand Pierre dasselbe freudige Gefühl wie ein Schüler, der aus der Schule davongelaufen ist. In dieser Stimmung ließ er sich mit dem Kutscher in ein Gespräch ein.

Der Kutscher erzählte ihm, heute würden im Kreml Waffen verteilt werden, und morgen werde man das ganze Volk aus dem Dreibergen-Tor hinaustreiben, und da werde dann eine große Schlacht stattfinden.

Als Pierre zu den Patriarchenteichen gekommen war, suchte er sich Basdjejews Haus, in dem er seit langer Zeit nicht gewesen war. Er trat zu dem Pförtchen neben dem Tor. Gerasim, jener selbe gelbliche, bartlose Alte, den Pierre vor fünf Jahren in Torschok als Osip Alexejewitschs Begleiter gesehen hatte, kam auf sein Klopfen herbei.

»Ist jemand von der Herrschaft zu Hause?« fragte Pierre.

»Wegen der Zustände, die jetzt hier herrschen, ist Sofja Danilowna mit den Kindern nach dem Gut im Torschokschen gereist, Euer Erlaucht.«

»Ich möchte doch hineingehen; ich muß die Bücher sichten«, sagte Pierre.

»Bitte, treten Sie näher; Makar Alexejewitsch, der Bruder des verstorbenen Herrn (Gott gebe ihm das Himmelreich!), ist hiergeblieben; aber wie Sie wissen, ist er schwachsinnig«, sagte der alte Diener.

Makar Alexejewitsch war, wie Pierre wußte, der halbverrückte, dem Trunk ergebene Bruder von Osip Alexejewitsch.

»Ja, ja, ich weiß. Wir wollen hineingehen«, sagte Pierre und ging ins Haus.

Ein großer, kahlköpfiger, rotnasiger, alter Mann, in einem Schlafrock, mit Überschuhen auf den bloßen Füßen, stand im Vorzimmer; als er Pierre erblickte, murmelte er ärgerlich etwas vor sich hin und ging hinaus auf den Korridor.

»Er besaß einen großen Verstand, ist aber jetzt, wie Sie sehen, schwachsinnig geworden«, sagte Gerasim. »Ist es Ihnen gefällig, in das Arbeitszimmer zu gehen?« Pierre nickte mit dem Kopf. »Das Arbeitszimmer ist in demselben Zustand geblieben, in dem es versiegelt wurde. Sofja Danilowna hat befohlen, wenn jemand, von Ihnen geschickt, herkäme, ihm die Bücher zu verabfolgen.«

Pierre trat in eben jenes Arbeitszimmer, in das er bei Lebzeiten seines edlen Freundes mit solchem Bangen eingetreten war. Das Zimmer, das jetzt verstaubt aussah und seit Osip Alexejewitschs Tode unberührt geblieben war, machte einen noch düsteren Eindruck als früher.

Gerasim öffnete einen Fensterladen und verließ auf den Fußspitzen das Zimmer. Pierre ging im Zimmer umher, trat an den Schrank, in dem die Manuskripte lagen, und nahm eines der einstmals hochwichtigen Heiligtümer des Freimaurerordens heraus. Es waren dies schottische Akten im Original, mit Bemerkungen und Erläuterungen von der Hand seines verstorbenen Freundes. Er setzte sich an den verstaubten Schreibtisch, legte die Handschriften vor sich hin, schlug sie auf, machte sie wieder zu und schob sie schließlich von sich weg, stützte den Kopf auf den Arm und überließ sich seinen Gedanken.

Gerasim blickte mehrere Male behutsam in das Zimmer hinein und sah, daß Pierre immer noch in derselben Haltung dasaß. So waren mehr als zwei Stunden vergangen. Nun erlaubte sich Gerasim, an der Tür ein Geräusch zu machen, um Pierres Aufmerksamkeit auf sich zu lenken. Aber dieser hörte ihn nicht.

»Befehlen Sie, daß ich die Droschke wegschicke?«

»Ach ja«, antwortete Pierre, der nun zur Besinnung kam und rasch aufstand. »Höre mal«, sagte er, indem er Gerasim an einen Rockknopf faßte und von oben bis unten mit schwärmerischen, feucht glänzenden Augen ansah, »höre mal, weißt du, daß morgen eine Schlacht stattfinden wird?«

»Die Leute haben es gesagt«, antwortete Gerasim.

»Ich bitte dich, niemandem zu sagen, wer ich bin. Und führe mir einen Auftrag aus ...«

»Ich stehe zu Ihren Diensten«, sagte Gerasim. »Befehlen Sie etwas zu essen?«

»Nein, ich habe einen anderen Wunsch. Ich brauche einen Anzug, wie ihn geringe Leute tragen, und eine Pistole«, sagte Pierre und errötete plötzlich.

»Zu Befehl«, erwiderte Gerasim, nachdem er einen Augenblick nachgedacht hatte.

Den ganzen übrigen Teil dieses Tages verbrachte Pierre ganz allein in dem Arbeitszimmer seines Freundes; wie Gerasim hörte, ging er unruhig von einer Ecke nach der andern und redete dabei mit sich selbst. In demselben Zimmer übernachtete er auch; es war dort ein Nachtlager für ihn zurechtgemacht.

Gerasim nahm mit der langjährigen Übung eines Dieners, der in seinem Leben schon viele Wunderlichkeiten an seinen Herrschaften zu sehen bekommen hatte, Pierres Übersiedelung ohne Verwunderung auf und war anscheinend ganz damit zufrieden, daß er wieder jemand hatte, dem er dienen konnte. Noch an demselben Abend beschaffte er, ohne auch nur sich selbst die Frage vorzulegen, was das für einen Zweck habe, für Pierre einen Kaftan und eine Mütze und versprach, am andern Tag die gewünschte Pistole zu besorgen. Makar Alexejewitsch kam an diesem Abend zweimal, mit seinen Überschuhen schlurrend, an die Tür, blieb dort stehen und blickte Pierre wie forschend an. Aber sobald Pierre sich zu ihm hinwandte, schlug er beschämt und ärgerlich die Schöße seines Schlafrocks übereinander und entfernte sich eilig. Als Pierre gerade in dem Kutscherrock, den ihm Gerasim besorgt und ausgebrüht hatte, mit diesem unterwegs war, um sich beim Sucharew-Turm eine Pistole zu kaufen, traf er die Familie Rostow.

XIX

Am 1. September spätabends gab Kutusow den Befehl, die russischen Truppen sollten sich durch Moskau hindurch auf die Straße nach Rjasan zurückziehen.

Die ersten Abteilungen setzten sich noch in der Nacht in Bewegung. Diese Abteilungen, die in der Nacht marschierten, hatten es nicht eilig und zogen ruhig und langsam dahin; aber diejenigen Truppen, die bei Tagesanbruch aufbrachen, erblickten, als sie sich der Dorogomilowski-Brücke näherten, vor sich dichtgedrängte Truppenmassen, die eilig über die Brücke zogen, jenseits derselben hinaufmarschierten und die Straßen und Gassen verstopften, und ebenso hinter sich endlose nachdrängende Massen. Und nun bemächtigte sich der Soldaten eine unbegründete Hast und Unruhe. Alles stürzte vorwärts nach der Brücke zu, auf die Brücke, in die Furten und in die Kähne. Kutusow ließ sich durch Hinterstraßen führen und gelangte so auf die andre Seite der Moskwa.

Am 2. September um zehn Uhr morgens waren auf dem freien Raum in der Dorogomilowskaja-Vorstadt nur noch die Truppen der Arrieregarde zurückgeblieben. Das Gros der Armee befand sich bereits jenseits der Moskwa und hinter Moskau.

Zu derselben Zeit, am 2. September um zehn Uhr morgens, stand Napoleon unter seinen Truppen auf dem Poklonnaja-Berg und betrachtete die Szenerie, die sich da vor seinen Augen auftat. Vom 26. August bis zum 2. September, von der Schlacht bei Borodino bis zum Einzug des Feindes in Moskau, herrschte an jedem Tag dieser unruhvollen, denkwürdigen Woche jenes außerordentlich schöne Herbstwetter, über das die Menschen immer erstaunt sind: wo die niedrigstehende Sonne mehr wärmt als im Frühling; wo alles in der dünnen, reinen Luft so glänzt, daß es in die Augen beißt; wo die Brust vom Einatmen der duftigen Herbstluft stark und frisch wird; wo sogar die Nächte warm sind, und wo in diesen dunklen, warmen Nächten unaufhörlich, den Menschen zum Schreck und zur Freude, Schwärme goldener Sterne herabfallen.

Am 2. September um zehn Uhr morgens war solches Wetter.

Der Glanz des Morgens war zauberhaft. Vom Poklonnaja-Berg aus gesehen, lag Moskau weit ausgebreitet da, mit seinem Fluß, seinen Gärten und Kirchen; wie es so mit seinen Kuppeln in den Strahlen der Sonne nach Art der Sterne zitterte, schien ihm ein eigenartiges Leben innezuwohnen.

Beim Anblick dieser seltsamen Stadt mit den noch nie gesehenen Formen einer ungewöhnlichen Architektur empfand Napoleon jene mit einem gewissen Neid verbundene, unruhige Neugier, welche die Menschen beim Anblick der Formen eines ganz andersartigen, fremden Landes empfinden. In dieser Stadt pulsierte offenbar ein starkes, eigenartiges Leben. Aus jenen undefinierbaren Anzeichen, an denen man schon aus weiter Entfernung unfehlbar einen lebenden Körper von einem toten unterscheidet, ersah Napoleon vom Poklonnaja-Berg aus das Vibrieren des Lebens in dieser Stadt und fühlte gleichsam das Atmen dieses großen, schönen Leibes.

Jeder Russe, der Moskau sieht, hat die Empfindung, daß diese Stadt eine Art von Mutter ist; jeder Ausländer, der Moskau sieht und sich der mütterlichen Stellung dieser Stadt nicht bewußt wird, muß wenigstens für ihren weiblichen Charakter eine Empfindung haben; und diese Empfindung hatte auch Napoleon.

»Da ist sie endlich, diese berühmte asiatische Stadt mit den unzähligen Kirchen, das heilige Moskau! Es war auch Zeit!« sagte Napoleon, stieg vom Pferd, befahl, einen Plan dieser Stadt vor ihm auszubreiten, und rief den Dolmetscher Lelorgne d'Ideville zu sich.

»Eine vom Feind besetzte Stadt gleicht einem Mädchen, das seine Ehre verloren hat«, dachte er (wie er es auch Tutschkow gegenüber in Smolensk ausgesprochen hatte). Und von diesem Gesichtspunkt aus betrachtete er die vor ihm liegende orientalische Schönheit, die er noch nie gesehen hatte. Es kam ihm selbst seltsam vor, daß sein langgehegter Wunsch, der ihm unerfüllbar erschienen war, nun doch endlich seine Verwirklichung gefunden hatte. In dem hellen morgendlichen Licht betrachtete er bald die Stadt, bald den Plan, stellte nach dem Plan die Einzelheiten fest, und das Bewußtsein, nun der Besitzer dieser Stadt zu sein, hatte für ihn etwas Beunruhigendes und Beängstigendes.

»Aber konnte es denn überhaupt anders kommen?« dachte er. »Da liegt sie, diese Hauptstadt, zu meinen Füßen und erwartet ihr Schicksal. Wo mag jetzt Alexander sein, und was mag er denken? Eine seltsame, eine schöne, eine majestätische Stadt! Und auch dieser Augenblick ist seltsam und majestätisch! Was mögen sie nach diesem Erfolg von mir denken?« dachte er mit Bezug auf seine Truppen. »Da ist sie, die Belohnung für alle diese Kleingläubigen«, dachte er, indem er sich nach den Herren seiner Umgebung und nach den heranrückenden und sich aufstellenden Truppen umblickte. »Ein einziges Wort von mir, eine Bewegung meiner Hand, und diese alte Residenz der Zaren hat aufgehört zu existieren. Aber meine Gnade ist immer bereit, sich zu den Besiegten herabzulassen. Ich muß großmütig und wahrhaftig groß sein … Aber nein, es ist wohl gar nicht wahr, daß ich vor Moskau bin«, ging es ihm plötzlich durch den Kopf. »Indes da liegt die Stadt ja zu meinen Füßen, und die Sonnenstrahlen spielen und zittern auf ihren goldenen Kuppeln und Kreuzen. Aber ich werde sie schonen. Auf die alten Denkmäler der Barbarei und des Despotismus werde ich die großen Worte ›Gerechtigkeit‹ und ›Gnade‹ schreiben … Das wird den Kaiser Alexander am allerpeinlichsten berühren; das weiß ich.« (Napoleon hatte die Vorstellung, daß die hauptsachliche Bedeutung dessen, was sich jetzt vollzog, in einem persönlichen Kampf zwischen ihm und Alexander bestand.) »Von den Höhen des Kreml … ja, das ist der Kreml, ja …! werde ich ihnen gerechte Gesetze geben; ich werde ihnen zeigen, worin die wahre Zivilisation besteht, und werde es dahin bringen, daß die Geschlechter der Bojaren den Namen ihres Eroberers mit Liebe und Verehrung nennen. Ich werde der Deputation sagen, daß ich den Krieg nicht gewollt habe und nicht will; daß ich nur gegen die lügenhafte Politik ihres Hofes Krieg geführt habe; daß ich den Kaiser Alexander liebe und achte, und daß ich in Moskau bereit bin, Frieden zu schließen, wofern die Bedingungen desselben meiner sowie meiner Völker würdig sind. Ich will das Kriegsglück nicht zur Erniedrigung ihres verehrten Kaisers benutzen. ›Bojaren!‹ werde ich ihnen sagen, ›ich will den Krieg nicht, ich will den Frieden und das Wohlergehen aller meiner Untertanen.‹ Übrigens weiß ich vorher, daß ihre Gegenwart meinen Gedanken Schwung verleihen wird und ich zu ihnen reden werde, wie ich stets rede: klar, feierlich, edel. Aber ist es wirklich wahr, daß ich vor Moskau bin? Ja, da ist es!«

»Man führe die Bojaren zu mir!« wandte er sich an seine Suite.

Ein General mit glänzendem Gefolge sprengte sogleich davon, um die Bojaren herbeizuholen.

Es vergingen zwei Stunden. Napoleon hatte gefrühstückt und stand wieder an demselben Platz auf dem Poklonnaja-Berg und wartete auf die Deputation. Seine Rede an die Bojaren hatte er sich im Kopf schon klar zurechtgelegt. Diese Rede war voll Würde und edler Größe, wenigstens nach Napoleons Begriffen.

Von der Großmut, mit der er in Moskau zu verfahren beabsichtigte, ließ er sich unwillkürlich selbst begeistern. In Gedanken setzte er schon bestimmte Tage zu Reunions im Zarenpalast fest, wobei die russischen Großen sich mit den Großen des französischen Kaisers zusammenfinden sollten. In Gedanken ernannte er einen Gouverneur, einen Mann, der es verstehen werde, die Bevölkerung zu gewinnen. Da er gehört hatte, daß es in Moskau viele Wohltätigkeitsanstalten gebe, so beschloß er in Gedanken, alle diese Anstalten mit seinen Gnadenbeweisen zu überschütten. Er dachte, wie es in Afrika für ihn nötig gewesen sei, mit einem Burnus angetan in einer Moschee zu sitzen, so sei es auch in Moskau erforderlich, sich gnädig zu zeigen wie die Zaren. Und wie denn kein Franzose sich etwas Rührendes denken kann ohne eine Redewendung wie: ›Meine teure, meine zärtliche, meine arme Mutter‹, so nahm, um die Herzen der Russen vollends zu rühren, Napoleon sich vor, an allen diesen Anstalten mit großen Buchstaben die Inschrift anbringen zu lassen: ›Meiner teuren Mutter gewidmet‹. »Nein, einfach: ›Haus meiner Mutter‹«, beschloß er aber dann bei sich. »Aber bin ich wirklich vor Moskau?« dachte er. »Ja, da liegt ja die Stadt vor mir. Aber warum dauert es denn so lange, bis die Deputation aus der Stadt erscheint?«

Unterdessen fand unter denjenigen Generalen und Marschällen der kaiserlichen Suite, die weiter hinten standen, im Flüsterton eine aufgeregte Beratung statt. Diejenigen, die abgesandt waren, um eine Deputation herbeizuholen, waren mit der Nachricht zurückgekehrt, Moskau sei öde, und alle Einwohner hätten zu Wagen oder zu Fuß die Stadt verlassen. Die Gesichter der beratschlagenden Herren waren blaß und erregt. Was sie ängstigte, war nicht sowohl der Umstand, daß Moskau von seinen Einwohnern verlassen sei (so wichtig auch dieses Ereignis erschien), als vielmehr die Sorge, wie man dies dem Kaiser mitteilen solle, wie man, ohne Seine Majestät in jene schreckliche Lage zu versetzen, die die Franzosen le ridicule nennen, es ihm beibringen könne, daß er vergeblich so lange auf die Bojaren gewartet habe und daß es in der Stadt zwar noch Scharen von Betrunkenen, aber sonst niemand mehr gebe. Einige meinten, man müsse um jeden Preis so etwas wie eine Deputation zusammenbringen; andere bekämpften diese Ansicht und traten dafür ein, man solle den Kaiser behutsam und klug vorbereiten und ihm dann die Wahrheit mitteilen.

»Es wird doch nötig sein, es ihm zu sagen«, wurde bei der Suite geäußert. »Aber, meine Herren …«

Die Lage war um so schwieriger, da der Kaiser, während er über seine großmütigen Absichten nachdachte, geduldig vor dem Stadtplan auf und ab ging und zuweilen unter der vorgehaltenen Hand hervor den nach Moskau führenden Weg überschaute und heiter und stolz lächelte.

»Nein, es ist doch unmöglich …«, hieß es unter Achselzucken wieder bei der Suite; aber niemand wagte, das furchtbare Wort, das allen vorschwebte, auszusprechen: le ridicule.

Inzwischen war der Kaiser von dem vergeblichen Warten müde geworden, fühlte auch mit seinem Instinkt als Schauspieler, daß der erhabene Augenblick, da er sich zu sehr in die Länge zog, viel von seiner Erhabenheit zu verlieren begann; daher gab er ein Zeichen mit der Hand. Ein einzelner Schuß der Signalkanone erscholl, und die Truppen, die Moskau von verschiedenen Seiten umgaben, rückten durch das Twersche, das Kalugasche und das Dorogomilowskaja-Tor in die Stadt ein. Schneller und schneller, eines das andere überholend, im Laufschritt und im Trab, bewegten sich die Regimenter vorwärts, verschwanden in den Wolken des von ihnen aufgerührten Staubes und erfüllten die Luft mit dem verworrenen Getöse ihres Geschreis.

Mitgerissen von der Bewegung der Truppen ritt Napoleon mit ihnen bis zum Dorogomilowskaja-Tor; aber dort hielt er wieder an, stieg vom Pferd und ging, auf die Deputation wartend, lange am Kamerkolleschski-Wall auf und ab.

XX

Moskau aber war öde. Es waren noch Menschen in der Stadt, da ungefähr der fünfzigste Teil aller früheren Einwohner zurückgeblieben war; aber die Stadt war öde. Sie war öde wie ein absterbender, weisellos gewordener Bienenstock.

In einem weisellos gewordenen Bienenstock ist kein Leben mehr, obwohl er bei oberflächlicher Betrachtung ebenso lebendig erscheint wie andere. Ebenso munter tummeln sich in den heißen Strahlen der Mittagssonne Bienen um den weisellosen Stock wie um die andern, lebendigen Stöcke; ebenso riecht er von weitem nach Honig; ebenso kommen aus ihm Bienen herausgeflogen. Aber man braucht nur aufmerksamer darauf zu achten, so merkt man, daß in diesem Stock kein Leben mehr ist. Die Bienen fliegen anders als bei den lebendigen Stöcken, und ein anderer Geruch und ein anderes Geräusch treten dem Imker entgegen. Wenn der Imker an die Wand des kranken Korbes klopft, so vernimmt er nicht die frühere sofortige, gemeinsame Antwort, den zischenden Ton vieler Tausende von Bienen, die drohend den Hinterleib erheben und mit schnellen Flügelschlägen diesen frischen, lebensvollen Laut hervorbringen; sondern es antwortet ihm nur ein vereinzeltes Summen, das dumpf an verschiedenen Stellen des öde gewordenen Korbes erschallt. Aus dem Flugloch strömt nicht wie früher der aromatische Geruch des Honigs und des Giftes, auch nicht die Wärme, die durch das Vollsein erzeugt wird; sondern mit dem Geruch des Honigs vereinigt sich ein Geruch nach Leere und Fäulnis. Bei dem Flugloch sind nicht mehr jene Wachen zu finden, die zur Verteidigung des Stockes ihr Leben hinzugeben bereit waren, den Hinterleib in die Höhe hoben und Alarm gaben. Es fehlt jener gleichmäßige, leise Ton, das Geräusch der Arbeit, das wie das Brodeln siedenden Wassers klingt, und man hört nur unharmonische, vereinzelte Töne, Zeichen der Unordnung. In den Stock fliegen mit scheuer Gewandtheit schwarze, längliche Raubbienen hinein und kommen mit Honig bedeckt wieder heraus; sie stechen nicht, sondern entfliehen vor Gefahren. Früher flogen Bienen nur mit Trachten herein und leer hinaus; jetzt kommen sie mit Trachten herausgeflogen. Der Imker öffnet die untere Klappe und sieht in den unteren Teil des Korbes hinein. Statt der früheren bis auf den Boden herabhängenden, schwarzen, friedlich arbeitenden Ketten kräftiger Bienen, die einander bei den Füßen hielten und unter dem ununterbrochenen Geräusch der Arbeit das Wachs ausreckten, irren einige verschrumpfte Bienen nach verschiedenen Richtungen schläfrig und zwecklos am Boden und an den Wänden des Stockes umher. Während sonst der Fußboden sauber mit Leim überzogen und durch Wehen mit den Flügeln ausgefegt war, liegen jetzt dort Wachsbröckchen, Exkremente von Bienen, sowie halbtote, kaum noch die Beinchen bewegende Bienen, und ganz tote, die nicht weggeräumt sind.

Der Imker öffnet den oberen Deckel und sieht in den Kopf des Bienenstocks hinein. Von den dichten Scharen von Bienen, die sonst auf allen Höhlungen der Waben saßen und die Brut wärmten, ist nichts mehr zu sehen. Der kunstvolle, komplizierte Bau der Waben ist zwar noch vorhanden, aber nicht mehr in dem Zustand jungfräulicher Reinheit wie früher. Alles ist vernachlässigt und beschmutzt. Schwarze Raubbienen schlüpfen hurtig und verstohlen durch die Bauten; die im Stock einheimischen Bienen, die zusammengetrocknet, kürzer geworden, matt und gewissermaßen gealtert aussehen, wandern langsam umher, ohne einem Eindringling zu wehren und ohne mehr etwas zu begehren; sie haben sozusagen das Bewußtsein des Lebens verloren. Drohnen, Hornissen, Hummeln und Schmetterlinge stoßen einfältig im Flug gegen die Wände des Bienenstockes. Hier und da läßt sich zwischen den Waben mit toter Brut und Honig mitunter ein zorniges Brummen hören. An einer Stelle bemühen sich zwei Bienen aus alter Gewohnheit und Erinnerung, den gemeinsamen Wohnsitz, den Bienenstock, zu reinigen, indem sie, sich über ihre Kräfte anstrengend, eine tote Biene oder Hummel hinausschleppen, ohne selbst recht zu wissen, wozu sie das tun. In einer anderen Ecke kämpfen zwei alte Bienen lässig miteinander oder reinigen oder füttern sich gegenseitig, ohne sich darüber klar zu sein, ob sie einander feind oder freund sind. An einer dritten Stelle fällt ein dichtgedrängter Haufe von Bienen über irgendein Opfer her und schlägt und würgt es; und die ermattete oder getötete Biene fällt langsam und leicht wie eine Feder hinunter, oben auf den Haufen der schon daliegenden Leichen. Der Imker wendet zwei der mittleren Waben um, um das Nest zu sehen. Statt der früheren, dichten, schwarzen Massen von tausend und abertausend Bienen, die Rücken an Rücken saßen und das hohe Geheimnis der Arterhaltung hüteten, sieht er nur einige hundert kümmerliche, halbtote, in Lethargie versunkene, übriggebliebene Bienen. Die andern sind, ohne es selbst zu merken, gestorben, während sie auf dem Heiligtum saßen, das sie hüteten und das nun nicht mehr ist; ein Geruch nach Fäulnis und Tod geht von ihnen aus. Nur einige bewegen sich noch, richten sich auf, fliegen matt umher und setzen sich ihrem Feind auf die Hand, vermögen aber nicht mehr, ihn zu stechen und dadurch zu sterben; die übrigen, die toten, fallen wie Fischschuppen leicht hinunter. Der Imker schließt den Deckel, macht mit Kreide ein Zeichen an den Stock und wählt sich dann später eine Zeit, um ihn zu entleeren und auszubrennen.

So öde war Moskau, als Napoleon, müde, beunruhigt und finster, beim Kamerkolleschski-Wall auf und ab ging und auf die Erfüllung jener zwar nur äußerlichen, aber nach seinen Begriffen unerläßlichen Forderung des Anstandes wartete: auf die Entsendung einer Deputation.

Nur in einigen Straßen Moskaus setzten die Menschen, gedankenlos die alten Gewohnheiten beibehaltend, ihr bisheriges Treiben fort, ohne selbst zu verstehen, was sie taten.

Als man dem Kaiser mit der erforderlichen Vorsicht mitgeteilt hatte, daß Moskau von den Einwohnern verlassen sei, warf er demjenigen, der ihm diese Meldung erstattete, einen zornigen Blick zu, wandte sich ab und setzte schweigend seine Wanderung fort.

»Der Wagen soll vorfahren«, befahl er.

Er setzte sich mit dem diensttuenden Adjutanten hinein und fuhr in die Vorstadt. »Moskau von den Einwohnern verlassen! Welch ein außerhalb aller Berechnungen liegendes Ereignis!« sagte er zu sich selbst.

Er fuhr nicht in die Stadt, sondern ließ bei einer Herberge in der Dorogomilowskaja-Vorstadt halten.

Der Theatercoup war mißglückt.

XXI

Die russischen Truppen zogen von zwei Uhr nachts bis zwei Uhr mittags durch Moskau hindurch, und ihnen schlossen sich die letzten der wegfahrenden Einwohner und Verwundeten an.

Das schlimmste Gedränge bei diesem Marsch der Truppen fand bei der Kamenny-, der Moskworezki- und der Jauski-Brücke statt.

Während die Truppen, die sich um den Kreml herum in zwei Kolonnen gespalten hatten, sich auf der Moskworezki- und auf der Kamenny-Brücke drängten, machten sich sehr viele Soldaten den Aufenthalt und das Gewühl zunutze, kehrten von den Brücken um und schlüpften verstohlen und stillschweigend an der Wasili-Blaschenny-Kirche vorbei oder durch das Borowizkija-Tor zurück bergauf nach dem Roten Platz;

denn ein gewisser Instinkt sagte ihnen, daß man sich dort ohne Mühe fremdes Gut aneignen könne. Die Menschenmenge, die den Basar in allen seinen Haupt- und Nebengängen erfüllte, war so groß, wie sie überall da zu sein pflegt, wo billige Waren zu haben sind. Aber es fehlten die heuchlerisch-freundlichen, lockenden Stimmen der Verkäufer, es fehlten die umherwandernden Händler und der bunte Schwarm kauflustiger Weiber; man sah nur die Uniformen und Mäntel von Soldaten, die ohne Gewehre schweigsam teils mit Lasten von den Ladenreihen fortgingen, teils ohne Lasten sich dorthin begaben. Die Kaufleute und Ladendiener, deren nur sehr wenige da waren, bewegten sich verstört zwischen den Soldaten, öffneten und schlossen ihre Läden und brachten selbst mit Hilfe von Trägern ihre Waren irgendwohin weg. Auf dem Platz beim Basar standen Tambours und schlugen Appell. Aber der Ton der Trommel veranlaßte die plündernden Soldaten nicht wie früher, sich da zu sammeln, wohin er sie rief, sondern vielmehr weiter von der Trommel wegzulaufen. Zwischen den Soldaten konnte man in den Läden und Gängen Männer bemerken, die an ihren grauen Röcken und rasierten Köpfen als Sträflinge kenntlich waren. Zwei Offiziere, von denen der eine eine Schärpe über der Uniform trug und auf einem abgemagerten dunkelgrauen Pferd saß, der andere einen Mantel anhatte und zu Fuß war, standen an der Ecke der Iljinka-Straße und redeten miteinander. Ein dritter Offizier kam zu ihnen herangesprengt.

»Der General hat befohlen, die Soldaten sofort unter allen Umständen sämtlich von den Läden fortzutreiben. Dieses Benehmen ist ja unerhört! Die Hälfte der Leute ist von der Truppe weggelaufen!«

»Wohin willst du da …? Wo wollt ihr da hin?« schrie er drei Infanteristen an, die ohne Gewehre, die Mantelschöße ein wenig anhebend, nach den Läden zu an ihm vorbeischlüpfen wollten. »Halt, ihr Kanaillen!«

»Ja, versuchen Sie nur, die zusammenzubekommen!« erwiderte einer der beiden andern Offiziere. »Die kriegt man nicht zusammen. Wir müßten schneller marschieren, damit uns die letzten nicht davongehen; das ist das einzige Mittel!«

»Wie sollen wir schneller marschieren? Wir haben dort haltmachen müssen; auf der Brücke ist ein furchtbares Gedränge; man kommt nicht vom Fleck. Oder sollen wir eine Postenkette aufstellen, damit die letzten nicht davonlaufen?«

»Gehen Sie doch einmal hin und jagen Sie sie hinaus!« rief der höchste der Offiziere.

Der Offizier mit der Schärpe stieg vom Pferd, rief einen Tambour heran und ging mit ihm zusammen unter die Arkaden. Ein Haufe Soldaten machte schleunigst, daß er davonkam. Ein Kaufmann mit roten Pusteln auf den Backen neben der Nase und mit einem ruhigen, festen, berechnenden Gesichtsausdruck trat eilig und in gezierter Manier unter lebhaften Gestikulationen auf den Offizier zu.

»Euer Wohlgeboren«, sagte er, »haben Sie die Gewogenheit und beschützen Sie uns. Auf eine Kleinigkeit soll es uns nicht ankommen; mit dem größten Vergnügen; wenn es Ihnen beliebt, bringe ich sofort, sagen wir, zwei Stücke Tuch heraus, Tuch für einen vornehmen Herrn; mit dem größten Vergnügen; denn wir sehen das ja ein. Aber dies hier, was stellt das vor? Das ist ja der reine Raub! Bitte, haben Sie die Güte! Wenn Sie eine Wache hinstellen wollten, damit man wenigstens die Möglichkeit hätte, den Laden zuzumachen.«

Es drängten sich noch ein paar andere Kaufleute um den Offizier herum.

»Ach was! Unnützes Gebelfer!« sagte einer von ihnen, ein hagerer Mann mit strengem Gesichtsausdruck. »Wem der Kopf abgeschnitten wird, der weint nicht um sein Haar. Mag doch jeder von der Ware nehmen, was ihm gefällt!« Er machte eine energische Handbewegung, als sei ihm das alles gleichgültig, und wendete sich um, so daß er dem Offizier die Seite zukehrte.

»Ja, du hast gut reden, Iwan Sidorowitsch!« sagte der erste Kaufmann ärgerlich. »Bitte, haben Sie die Güte, Euer Wohlgeboren!«

»Was redest du!« rief der Hagere. »Ich habe hier in drei Läden für hunderttausend Rubel Ware. Aber beschützen kann ich die ja doch nicht, da unser Heer abzieht. Ach, ihr Menschen, ihr Menschen! Gottes allmächtigen Willen werdet ihr mit euren schwachen Händen nicht hemmen!«

»Bitte, haben Sie die Güte, Euer Wohlgeboren«, sagte der erste Kaufmann mit einer tiefen Verbeugung.

Der Offizier stand zweifelnd, was er tun sollte, und auf seinem Gesicht malte sich seine Unschlüssigkeit.

»Ach, was geht mich das an!« rief er plötzlich und ging mit schnellen Schritten vorwärts durch die Ladenreihe hin.

Aus einem offenstehenden Laden war Schlägerei und Schimpfen zu hören, und als der Offizier sich ihm näherte, wurde gerade ein Mann in grauem Kittel und mit rasiertem Kopf aus der Tür hinausgeworfen.

Dieser Mensch schlüpfte in gebückter Haltung an den Kaufleuten und dem Offizier vorbei. Der Offizier fuhr die Soldaten an, die sich in dem Laden befanden. Aber in diesem Augenblick erscholl ein furchtbares Geschrei vieler Menschen von der Moskworezki-Brücke her, und der Offizier lief auf den Platz.

»Was gibt es? Was gibt es?« fragte er; aber der eine seiner Kameraden sprengte schon in der Richtung nach dem Geschrei davon, an der Wasili-Blaschenny-Kirche vorbei.

Der Offizier stieg zu Pferd und ritt ihm nach. Als er zur Brücke kam, sah er zwei abgeprotzte Kanonen dastehen, Infanterie, die über die Brükke marschierte, einige umgeworfene Bauernwagen, erschrockene Gesichter von Einwohnern und lachende Soldatengesichter. Neben den Kanonen stand ein zweispänniges Fuhrwerk. Hinter den Hinterrädern dieses Fuhrwerkes drängten sich vier Windhunde mit Halsbändern zusammen. Auf dem Fuhrwerk lag ein ganzer Berg von Sachen, und ganz obendrauf, neben einem Kinderstühlchen, das die Beine nach oben streckte, saß eine Frau, die ein durchdringendes, verzweifeltes Jammergeschrei ausstieß. Die Kameraden erzählten dem Offizier, weshalb die Menge so gekreischt habe und das Weib so jammere. General Jermolow sei angeritten gekommen, habe gesehen, daß die Brücke durch Haufen von Einwohnern versperrt sei, und erfahren, daß infolgedessen die Soldaten sich in den Läden zerstreuten; da habe er befohlen, ein paar Geschütze abzuprotzen, als ob er auf die Brücke schießen lassen wolle. Die Menge habe, einander halbtot drückend, unter entsetzlichem Geschrei und Gedränge die Brükke geräumt, so daß die Truppen nun hinübermarschieren könnten.

XXII

Die Stadt selbst war unterdessen öde geworden. Auf den Straßen war kaum noch ein Mensch zusehen. Die Haustore und Kaufläden waren sämtlich geschlossen; an einzelnen Stellen, wo sich Schenken befanden, ertönte vereinzeltes Schreien oder Gesang von Betrunkenen. Niemand fuhr auf den Straßen, und nur selten hörte man die Schritte von Fußgängern. In der Powarskaja-Straße war es völlig still und einsam. Auf dem großen Hof des Rostowschen Hauses lagen Heuüberbleibsel und Mist von den weggefahrenen Gespannen, und keine Menschenseele war zu sehen. Im Innern des Hauses, in welchem fast die ganze bewegliche Habe der Familie Rostow zurückgeblieben war, befanden sich zwei Menschen im großen Salon. Dies waren der Hausknecht Ignati und der Laufbursche Mischka, Wasiljewitschs Enkel, den man bei seinem Großvater in Moskau gelassen hatte. Mischka hatte das Klavier geöffnet und spielte auf diesem mit einem Finger. Der Hausknecht stand, die Arme in die Seiten stemmend und vergnügt lächelnd, vor dem großen Spiegel.

»Das kann ich mal fein! Nicht wahr, Onkelchen Ignati?« sagte der Junge und begann auf einmal mit beiden Händen auf die Tasten zu schlagen.

»Ja, du bist ein Tausendsassa!« antwortete Ignati und wunderte sich gleichzeitig darüber, wie sein Gesicht im Spiegel immer mehr und mehr lächelte.

»So eine unverschämte Bande! Das muß ich sagen, so eine unverschämte Bande!« rief hinter ihnen eine Stimme; Mawra Kusminitschna war leise in den Salon getreten. »Steht so ein dickmäuliger Kerl da und fletscht die Zähne! Dazu seid ihr auch gerade da! Noch nirgends ist aufgeräumt, und Wasiljewitsch kann sich vor Müdigkeit kaum mehr auf den Beinen halten. Na wartet!«

Ignati hörte auf zu lächeln, schob seinen Gürtel zurecht und ging mit niedergeschlagenen Augen gehorsam aus dem Zimmer.

»Tantchen, ich werde nur ganz leise …«, sagte der Junge.

»Ich werde es dir geben mit ›nur ganz leise‹, du Galgenstrick!« rief Mawra Kusminitschna und holte nach ihm mit der Hand aus. »Geh und mach für deinen Großvater den Samowar zurecht.«

Mawra Kusminitschna wischte den Staub ab, machte das Klavier zu, verließ mit einem schweren Seufzer das Zimmer und schloß die Tür zu.

Als sie auf den Hof hinauskam, überlegte sie, wohin sie jetzt gehen sollte: ob zu Wasiljewitsch in das Nebengebäude, um Tee zu trinken, oder in die Vorratsräume, um dort die Sachen der Herrschaft in Ordnung zu stellen.

Auf der stillen Straße ließen sich rasche Schritte hören. Die Schritte hielten am Pförtchen beim Torweg an; die Klinke klapperte unter einer Hand, die das Pförtchen zu öffnen versuchte.

Mawra Kusminitschna ging zu dem Pförtchen hin.

»Zu wem wünschen Sie?«

»Zu dem Grafen; zum Grafen Ilja Andrejewitsch Rostow.«

»Wer sind Sie denn?«

»Ich bin Offizier. Ich möchte gern den Grafen sprechen«, sagte eine angenehme, russische Stimme, die offenbar einem Herrn aus gutem Stand angehörte.

Mawra Kusminitschna öffnete das Pförtchen. Auf den Hof trat ein etwa achtzehnjähriger Offizier mit einem runden Gesicht, dessen ganzer Schnitt mit dem Rostowschen eine große Ähnlichkeit aufwies.

»Sie sind abgereist, lieber Herr! Gestern nachmittag sind sie abgereist«, sagte Mawra Kusminitschna freundlich.

Der junge Mann, der im Pförtchen stand, schnalzte mit der Zunge, anscheinend unentschlossen, ob er eintreten sollte oder nicht.

»Ach, wie ärgerlich!« sagte er. »Wäre ich doch gestern … Ach, wie schade!«

Unterdessen betrachtete Mawra Kusminitschna aufmerksam und teilnahmsvoll in dem Gesicht des jungen Mannes die ihr wohlbekannten Züge des Rostowschen Geschlechts sowie den zerrissenen Mantel und die schiefgetretenen Stiefel, die er trug.

»Was wünschten Sie denn von dem Grafen?« fragte sie.

»Ja nun ... was ist zu machen?« sagte der junge Mann mißmutig und griff nach dem Pförtchen, als beabsichtige er wieder wegzugehen.

Aber er blieb wieder unschlüssig stehen.

»Sehen Sie mal«, sagte er plötzlich, »ich bin ein Verwandter des Grafen, und er ist immer sehr gut gegen mich gewesen. Jetzt nun, wie Sie wohl sehen« (er warf mit einem gutmütigen, fröhlichen Lächeln einen Blick auf seinen Mantel und auf seine Stiefel), »bin ich ganz abgerissen, und Geld habe ich auch keines;

da wollte ich den Grafen bitten ...«

Mawra Kusminitschna ließ ihn nicht ausreden.

»Bitte, warten Sie ein Augenblickchen, lieber Herr; nur ein kurzes Augenblickchen!« sagte sie.

Und als der Offizier wieder die Hand von dem Pförtchen wegnahm, wandte Mawra Kusminitschna sich um und ging, so schnell sie mit ihren alten Beinen konnte, nach dem hinteren Teil des Hofes, wo sie im Nebengebäude wohnte.

Während Mawra Kusminitschna nach ihrem Zimmer lief, ging der Offizier mit gesenktem Kopf auf dem Hof auf und ab und betrachtete, leise lächelnd, seine zerrissenen Stiefel. »Wie schade, daß ich den Onkel nicht getroffen habe! Aber eine prächtige alte Frau ist das! Wo sie wohl hingelaufen sein mag? Und wie könnte ich wohl erfahren, durch welche Straßen ich auf dem nächsten Weg mein Regiment einholen kann, das jetzt wahrscheinlich schon nach der Rogoschskaja-Straße gelangt ist?« dachte unterdessen der junge Offizier. Da kam Mawra Kusminitschna mit schüchterner, aber zugleich entschlossener Miene um die Ecke herum wieder auf den Hof; in der Hand trug sie ein zusammengefaltetes kariertes Tüchelchen. Sie war noch ein paar Schritte von dem Offizier entfernt, da schlug sie das Tuch auseinander, holte eine weiße Fünfundzwanzigrubelnote daraus hervor und reichte sie eilig dem Offizier hin.

»Wenn Seine Erlaucht der Graf zu Hause wäre, so hätte er sicherlich als Verwandter ... Aber vielleicht darf ich jetzt ...«

Mawra Kusminitschna wurde verlegen und stockte. Aber der Offizier nahm ohne Ziererei und ohne Hast die Banknote hin und bedankte sich bei Mawra Kusminitschna.

»Wenn der Graf zu Hause wäre ...«, sagte diese noch einmal, immer in einem Ton, als ob sie um Entschuldigung bäte. »Christus sei mit Ihnen, lieber Herr! Gott behüte Sie!« Sie verbeugte sich und begleitete ihn bis zum Pförtchen.

Der Offizier eilte lächelnd und den Kopf schüttelnd, wie wenn er über sich selbst lachte, fast im Trab die leeren Straßen hinunter, um sein Regiment bei der Jauski-Brücke einzuholen.

Mawra Kusminitschna aber stand noch lange mit feuchten Augen an dem geschlossenen Pförtchen, wiegte nachdenklich den Kopf hin und her, und ein warmes Gefühl mütterlicher Zärtlichkeit und Teilnahme für den ihr unbekannten jungen Offizier erfüllte ihr Herz.

XXIII

Aus einem noch nicht fertiggebauten Haus der Warwarka-Straße, in dessen Erdgeschoß sich eine Schenke befand, erscholl Geschrei und Gesang Betrunkener. In einem kleinen, schmutzigen Zimmer saßen auf Bänken um Tische herum etwa zehn Fabrikarbeiter. Sie waren sämtlich betrunken und von Schweiß bedeckt, hatten trübe Augen und sangen aus voller Kehle und mit weitgeöffnetem Mund ein Lied. Sie sangen unharmonisch, ohne daß sich einer um den andern kümmerte, mit Mühe und Anstrengung, augenscheinlich nicht etwa, weil sie große Lust zum Singen gehabt hätten, sondern nur um zu zeigen, daß sie bummelten und betrunken waren. Einer von ihnen, ein großer, blonder Bursche in einem saubern, langen, blauen Rock, stand neben den Sitzenden. Sein Gesicht mit der feinen, geraden Nase wäre schön gewesen, wenn er nicht diese schmalen, eingezogenen, sich unaufhörlich bewegenden Lippen und diese trüben, finsteren, starren Augen gehabt hätte. Er stand neben den Sängern und schwenkte, offenbar sich irgend etwas Besonderes dabei denkend, seinen rechten bis an den Ellbogen durch Aufstreifen des Ärmels nackten, weißen Arm feierlich und linkisch hin und her, wobei er die schmutzigen Finger in unnatürlicher Manier auseinanderspreizte. Der Ärmel an diesem Arm rutschte fortwährend herunter, und der Bursche streifte ihn dann mit der linken Hand sorgsam wieder auf, als ob es eine besondere Wichtigkeit habe, daß dieser weiße, von Adern überzogene, umhergeschwenkte Arm unbedingt nackt sei. Mitten während des Singens erschollen im Flur und auf der Freitreppe heftige Scheltworte und Schläge. Der lange Bursche machte eine energische Bewegung mit dem Arm.

»Aufhören!« schrie er befehlend. »Da ist Schlägerei, Kinder!« Und indem er fortwährend seinen Ärmel aufstreifte, ging er auf die Freitreppe hinaus.

Die Fabrikarbeiter folgten ihm. Diese Leute, die an diesem Vormittag unter der Führung des langen Burschen in der Schenke tranken, hatten dem Schankwirt Leder aus der Fabrik gebracht, und dafür war ihnen Branntwein gegeben worden. Die Gesellen aus den benachbarten Schmieden hatten den fröhlichen Lärm gehört und geglaubt, die Schenke werde gewaltsam geplündert; daher wollten sie nun ebenfalls in das Lokal eindringen. Auf der Freitreppe war es zur Schlägerei gekommen.

Der Schankwirt prügelte sich in der Tür mit einem Schmied, und in dem Augenblick, als die Fabrikarbeiter herauskamen, riß sich der Schmied von dem Schankwirt los und fiel dabei mit dem Gesicht auf das Pflaster.

Ein andrer Schmied, der in die Tür eindringen wollte, warf sich mit der Brust gegen den Schankwirt.

Der Bursche mit dem aufgestreiften Ärmel schlug im Gehen dem Schmied, der sich in die Tür drängte, ins Gesicht und schrie wild.

»Kinder! Sie schlagen die Unsrigen!«

In diesem Augenblick erhob sich der erste Schmied von der Erde, strich mit den Fingern durch das Blut auf seinem zerschlagenen Gesicht und schrie mit weinerlicher Stimme:

»Hilfe! Mörder …! Sie schlagen einen Menschen tot! Brüder, helft!«

»Ach herrje, herrje, einen Menschen haben sie totgeschlagen!« kreischte ein Weib, das aus dem Tor des Nachbarhauses herauskam. Ein Haufe Menschen sammelte sich um den blutigen Schmied.

»Hast du noch nicht genug daran, die Leute beraubt und ihnen das Hemd vom Leib genommen zu haben«, sagte jemand, zu dem Schankwirt gewendet, »daß du auch noch einen Menschen totschlägst? Du Mörder!«

Der lange Bursche stand auf der Freitreppe und richtete seine trüben Augen bald nach dem Schankwirt, bald nach den Schmieden hin, wie wenn er überlegte, mit wem er sich jetzt schlagen solle.

»Mörder!« schrie er auf einmal den Schankwirt an. »Bindet ihn, Kinder!«

»Na ja, du wirst mich binden lassen! Einen Kerl wie mich!« schrie der Schankwirt und wehrte die auf ihn Eindringenden ab. Dann riß er sich die Mütze vom Kopf und warf sie auf die Erde. Und wie wenn diese Handlung irgendeine geheime, drohende Bedeutung hätte, blieben die Fabrikarbeiter, die den Schankwirt umringten, unschlüssig stehen.

»Ich weiß recht gut, was Vorschrift ist, lieber Freund! Ich gehe zur Polizei. Denkst du, ich gehe nicht hin? Mit Gewalt über andere Menschen herzufallen, das ist heutzutage niemandem erlaubt!« rief der Schankwirt und hob seine Mütze auf.

»Wollen hingehen, gut! Wollen hingehen, gut!« riefen einander der lange Bursche und der Schankwirt abwechselnd zu, und beide gingen zusammen die Straße entlang.

Der mit Blut befleckte Schmied ging neben ihnen her. Die Fabrikarbeiter und allerlei unbeteiligtes Volk folgte ihnen redend und schreiend.

An der Ecke der Maroseika-Straße, bei einem großen Haus, dessen Fensterläden geschlossen waren und an dem das Aushängeschild eines Schuhmachermeisters angebracht war, standen etwa zwanzig Schuhmacher, magere, kraftlose Gestalten, mit niedergeschlagenem Gesichtsausdruck, in langen Kitteln oder zerrissenen Röcken.

»Er soll dem Volk Löhnung zahlen, wie es sich gehört!« sagte ein magerer Geselle mit dünnem Bart und finster zusammengezogenen Brauen. »Aber er hat uns das Blut ausgesogen, und damit soll nun die Sache abgetan sein. An der Nase hat er uns herumgeführt, uns zum besten gehalten, eine ganze Woche lang. Und jetzt, nachdem er uns in die größte Not gebracht hat, hat er selbst sich davongemacht.«

Als der redende Geselle den Volkshaufen und den blutbefleckten Mann sah, brach er ab, und alle Schuhmacher schlossen sich eilig und neugierig dem dahinziehenden Schwarm an.

»Wohin gehen denn die Leute?«

»Das ist doch klar; zur Obrigkeit gehen sie.«

»Haben denn die Unsrigen wirklich nicht gesiegt?«

»Was denkst du dir bloß! Hör nur, was die Leute sagen.«

Es folgten Fragen und Antworten. Der Schankwirt benutzte das Anwachsen des Menschenhaufens, löste sich von der Menge und kehrte nach seiner Schenke zurück.

Der lange Bursche bemerkte das Verschwinden seines Feindes, des Schankwirts, gar nicht; mit dem nackten Arm gestikulierend, hörte er nicht auf zu reden und lenkte dadurch die allgemeine Aufmerksamkeit auf sich. Er war es, um den sich die Menge ganz besonders herumdrängte, in der Hoffnung, von ihm eine Aufklärung der sie beunruhigenden Zweifel zu erhalten.

»Der wird uns zeigen, was Vorschrift ist und was Gesetz ist! Dazu ist die Obrigkeit eingesetzt. Habe ich nicht recht, rechtgläubige Brüder?« sagte der lange Bursche mit leisem Lächeln. »Er denkt wohl, es ist keine Obrigkeit mehr da? Ohne Obrigkeit geht es nicht. Da würden viele zu rauben anfangen.«

In der Menge redeten die Leute bunt durcheinander: »Wozu spricht der von solcher Lappalie ...! Wie ist es? Also wird Moskau wirklich aufgegeben werden ...! Ach, das haben sie dir aus Spaß gesagt, und du hast es geglaubt. Unsere Truppen, die herkommen, sind eine gewaltige Menge. Darum haben sie den Feind bis hierher gelassen ... Dazu ist die Obrigkeit da ... Hört nur, was das Volk sagt!« Bei diesen letzten Worten wies man auf den langen Burschen hin.

An der Mauer von Kitaigorod, der Innenstadt, umgab ein anderer, kleinerer Trupp Menschen einen Mann, der einen Friesmantel trug und ein Blatt Papier in der Hand hielt.

»Ein Erlaß! Ein Erlaß wird vorgelesen! Ein Erlaß wird vorgelesen!« wurde bei dem großen Schwarm gerufen, und das Volk strömte zum Vorleser hin.

Der Mann im Friesmantel las ein Flugblatt vom 31. August vor. Als die

Menge ihn umringte, schien er verlegen zu werden; aber auf die Forderung des langen Burschen hin, der sich bis zu ihm durchgedrängt hatte, begann er, mit einem leichten Zittern in der Stimme, das Flugblatt noch einmal von Anfang an vorzulesen.

»Ich werde morgen früh zu dem durchlauchtigen Fürsten fahren«, las er (»zu dem Durchlauchtigen!« wiederholte der lange Bursche feierlich, wobei sein Mund lächelte, während die Brauen sich zusammenzogen), »um mich mit ihm zu besprechen, mit ihm gemeinsam zu handeln und unsere Truppen bei der Vernichtung der schändlichen Feinde zu unterstützen; auch wir werden uns dabei beteiligen, ihnen die Jacke ...«, fuhr der Vorleser fort und hielt einen Augenblick inne (»Habt ihr es gehört?« rief der Bursche triumphierend. »Der wird ihnen schon ihren Lohn geben ...«), »die Jacke vollzuhauen und diese ungebetenen Gäste zum Teufel zu schicken. Ich werde um Mittag zurückkommen, und dann wollen wir ans Werk gehen; wir werden uns dranmachen, es den Bösewichtern gehörig besorgen und die Sache ein für allemal erledigen.«

Diese letzten Worte wurden von dem Vorleser unter vollständigem Stillschweigen gelesen. Der lange Bursche ließ traurig den Kopf hängen. Es war klar, daß diese letzten Worte bei niemand Anklang fanden. Namentlich die Worte: »Ich werde um Mittag zurückkommen«, erregten offenbar sogar ein starkes Mißvergnügen bei dem Vorleser und bei den Zuhörern. Das Denken des Volkes war auf einen hohen Ton gestimmt; dies aber war doch gar zu einfach und mit einer unangebrachten Verständlichkeit gesagt; das war von der Art, wie es ein jeder von ihnen auch hätte sagen können; so durfte mithin nicht ein Erlaß reden, der von der höchsten Obrigkeit ausging.

Alle standen in gedrücktem Schweigen da. Der lange Bursche arbeitete mit den Lippen und wiegte sich hin und her.

»Sollen wir den fragen ...? Ist er das selbst ...? Ja, der wird auch gerade auf unsere Bitte hören ...! Was ist dabei ...? Er wird es uns schon sagen ...«, hörte man auf einmal in den hintersten Reihen der Volksmenge reden, und die allgemeine Aufmerksamkeit wandte sich dem Wagen des Polizeimeisters zu, der, von zwei Dragonern zu Pferd eskortiert, auf den Platz gefahren kam.

Der Polizeimeister war an diesem Morgen auf Befehl des Grafen ausgefahren, um die Barken auf der Moskwa in Brand zu stecken, und hatte anläßlich dieses Auftrages von den Eigentümern eine große Summe Geldes eingeheimst, die sich augenblicklich in seiner Tasche befand; als er den Volkshaufen sah, der sich auf ihn zu bewegte, ließ er den Kutscher anhalten.

»Was ist das für eine Zusammenrottung?« schrie er die vordersten an, die sich einzeln und schüchtern seinem Wagen näherten.

»Was ist das für eine Zusammenrottung? frage ich euch«, wiederholte der Polizeimeister, da er keine Antwort erhalten hatte.

»Diese Leute, Euer Wohlgeboren«, sagte der Kanzlist im Friesmantel, »diese Leute, Euer Wohlgeboren, wünschten gemäß der Aufforderung Seiner Erlaucht des Grafen dem Vaterland zu dienen, ohne ihr Leben zu schonen; es ist keineswegs ein Aufruhr, wie ihn Seine Erlaucht der Graf verboten hat …«

»Der Graf ist nicht weggefahren, er ist hier; und was euch betrifft, so werden die nötigen Anordnungen getroffen werden«, sagte der Polizeimeister. »Fahr zu!« sagte er zum Kutscher.

Die Menge blieb stehen, drängte sich um diejenigen, die die Worte des Polizeimeisters gehört hatten, und blickte dem davonfahrenden Wagen nach.

Der Polizeimeister sah sich in diesem Augenblick ängstlich um, sagte seinem Kutscher etwas, und die Pferde griffen noch schneller aus.

»Wir sind betrogen, Kinder! Er soll uns zum Grafen selbst hinführen!« rief der lange Bursche.

»Laßt ihn nicht weg, Kinder! Der Graf soll uns Rechenschaft geben! Haltet ihn auf!« riefen viele Stimmen, und das Volk rannte dem Wagen nach.

Die Menge gelangte hinter dem Polizeimeister her mit lärmendem Gerede nach der Lubjanka-Straße.

»Na ja, die vornehmen Herren und die Kaufleute sind weggefahren, und wir müssen dafür zugrunde gehen. Sind wir denn Hunde? Wie?« Dergleichen wurde immer häufiger in der Menge gerufen.

XXIV

Am Abend des 1. September kehrte Graf Rastoptschin nach seinem Zusammensein mit Kutusow nicht in der besten Stimmung nach Moskau zurück. Er fühlte sich gekränkt und beleidigt, weil er keine Einladung zum Kriegsrat erhalten hatte und weil Kutusow sein Anerbieten, sich an der Verteidigung der Hauptstadt zu beteiligen, gar keiner Beachtung gewürdigt hatte; auch war er erstaunt über die neue Anschauung, die ihm im Lager entgegengetreten war, wonach die Frage nach der Ruhe in der Hauptstadt und der patriotischen Gesinnung ihrer Einwohner nicht etwa nur als eine sekundäre, sondern als eine völlig gleichgültige und unerhebliche betrachtet wurde. In dieser Stimmung also kehrte Graf Rastoptschin nach Moskau zurück. Nachdem er zu Abend gegessen hatte, legte er sich unausgekleidet auf das Sofa und wurde nach Mitternacht durch einen Kurier geweckt, der ihm einen Brief von Kutusow überbrachte. Kutusow schrieb darin, da die Truppen sich hinter Moskau auf die Rjasansche Straße zurückzögen, so möchte der Graf einige Polizeibeamte abschicken, um die Truppen durch die Stadt hindurchzuführen. Diese Nachricht war für Rastoptschin keine Neuigkeit. Nicht erst seit der Begegnung mit Kutusow am vorhergehenden Tag auf dem Poklonnaja-Berg, sondern schon seit der Zeit unmittelbar nach der Schlacht bei Borodino, als alle Generale, die nach Moskau kamen, einstimmig sagten, es sei unmöglich, eine Schlacht zu liefern, und als auf seine, des Grafen Anordnung schon allnächtlich fiskalisches Eigentum weggeschafft wurde und die Hälfte der Einwohner wegzog, schon seitdem hatte Graf Rastoptschin gewußt, daß Moskau preisgegeben werden würde; aber nichtsdestoweniger überraschte und kränkte es den Grafen, daß ihm diese Nachricht in Form eines einfachen Billetts, in Verbindung mit einem Befehl Kutusows mitgeteilt und ihm noch dazu bei Nacht, in der Zeit des ersten Schlafes, zugestellt wurde.

Als Graf Rastoptschin in der Folgezeit Aufklärungen über seine Tätigkeit während dieser Periode gab, hat er in seinen Memoiren an mehreren Stellen geschrieben, er habe damals zwei wichtige Ziele verfolgt: die Ruhe in Moskau aufrechtzuerhalten und die Einwohner zum Wegzug zu veranlassen. Läßt man diese zwiefache Absicht gelten, so erscheint jede einzelne Handlung Rastoptschins als tadelfrei. Warum wurden die Moskauer Heiligtümer, die Waffen, die Patronen, das Pulver, die Getreidevorräte nicht aus der Stadt geschafft? Warum wurden Tausende von Einwohnern durch die Vorspiegelung, Moskau werde dem Feind nicht überlassen werden, getäuscht und zugrunde gerichtet? Um die Ruhe in der Hauptstadt aufrechtzuerhalten, antwortet die Aufklärung des Grafen Rastoptschin. Warum wurden ganze Ballen wertloser Akten aus den Bureaus der Behörden und Leppichs Luftballon und andere Dinge wegtransportiert? Um die Stadt leer zurückzulassen, antwortet die Aufklärung des Grafen Rastoptschin. Man braucht nur als wahr anzunehmen, daß das ruhige Verhalten des Volkes irgendwie in Frage gestellt war, und jede Handlung des Grafen Rastoptschin wird gerechtfertigt erscheinen.

Alle Schreckenstaten seiner Gewaltherrschaft suchten ihre Begründung nur in seiner Sorge um das ruhige Verhalten des Volkes.

Aber worauf gründete sich die Furcht des Grafen Rastoptschin hinsichtlich des ruhigen Verhaltens des Volkes in Moskau im Jahre 1812? Welcher Grund lag vor, eine Neigung zu Aufruhr in der Stadt vorauszusetzen? Die meisten Einwohner waren weggezogen; die auf dem Rückzug befindlichen Truppen erfüllten Moskau. Wie war unter solchen Umständen zu erwarten, daß das Volk einen Aufruhr veranstalten werde?

Weder in Moskau noch überhaupt in ganz Rußland ist bei der Invasion des Feindes etwas vorgekommen, was mit Aufruhr irgendwelche Ähnlichkeit gehabt hätte. Am 1. und 2. September waren über zehntausend Menschen in Moskau zurückgeblieben; aber abgesehen von einem Volkshaufen, der sich auf dem Hof des Oberkommandierenden von Moskau versammelte und den er selbst durch sein Verfahren dorthin zu kommen veranlaßt hatte, tat sich das Volk nirgends zusammen. Offenbar wäre eine Aufregung beim Volk noch weniger zu erwarten gewesen, wenn nach der Schlacht bei Borodino, als die Preisgabe Moskaus bereits sicher oder wenigstens wahrscheinlich war, Graf Rastoptschin, statt das Volk durch Austeilung von Waffen und durch Flugblätter zu erregen, Maßregeln zur Wegschaffung aller Heiligtümer, des Pulvers, der Munition und der fiskalischen Gelder getroffen und dem Volk geradeheraus gesagt hätte, daß man die Stadt dem Feind überlassen werde.

Rastoptschin, ein phantastischer, sanguinischer Mensch, der sich immer in den höchsten Verwaltungskreisen bewegt hatte, besaß zwar patriotisches Empfinden, aber nicht das geringste Verständnis für das Volk, das er zu leiten beabsichtigte. Gleich von der Zeit an, als der Feind in Smolensk eingerückt war, hatte sich Rastoptschin in Gedanken die Rolle eines Leiters des nationalen Empfindens der Stadt Moskau, dieses »Herzens von Rußland«, zurechtgelegt. Er meinte nicht nur (wie das jeder höhere Verwaltungsbeamte meint), die äußeren Handlungen der Einwohner von Moskau zu leiten, sondern glaubte auch ihre Stimmung mittels seiner Aufrufe und Flugblätter lenken zu können, die in einer possenhaften Sprache geschrieben waren, welche das Volk im Mund seiner Standesgenossen geringachtet und für die es kein Verständnis hat, wenn es sie von Höherstehenden vernimmt. Die schöne Rolle eines Leiters des nationalen Empfindens gefiel dem Grafen Rastoptschin dermaßen, und er hatte sich so in sie hineingelebt, daß die Notwendigkeit, diese Rolle aufzugeben, die Notwendigkeit der Preisgabe Moskaus ohne jeden heroischen Effekt, ihn in Bestürzung versetzte und er plötzlich den Boden unter den Füßen verlor und schlechterdings nicht wußte, was er nun tun sollte. Obwohl er von der bevorstehenden Preisgabe Moskaus wußte, mochte er im Innersten seiner Seele bis zum letzten Augenblick nicht daran glauben und tat nichts nach dieser Richtung hin. Die Einwohner zogen gegen seinen Wunsch weg. Wenn die Behörden auswanderten, so geschah das nur auf Verlangen der Beamten, denen der Graf ungern nachgab. Er selbst interessierte sich lediglich für die Rolle, die er sich zurechtgemacht hatte. Wie das häufig bei Menschen vorkommt, die mit einer lebhaften Phantasie begabt sind, wußte er zwar schon längst, daß Moskau dem Feind werde überlassen werden, wußte es aber nur mit dem

Verstand, ohne daß er imstande gewesen wäre, im Innersten seiner Seele daran zu glauben und sich mit der Phantasie in diese neue Lage hineinzuversetzen.

Seine ganze eifrige, energische Tätigkeit (inwieweit sie nützlich war und auf das Volk wirkte, ist eine andere Frage) war nur darauf gerichtet, bei den Einwohnern jenes Gefühl zu erwecken, das in ihm selbst lebendig war: einen patriotischen Haß gegen die Franzosen und Selbstvertrauen.

Aber als der Krieg seine wahren, geschichtlichen Dimensionen annahm, als es unzureichend war, seinen Franzosenhaß nur durch Worte auszudrücken, und unmöglich, es durch eine Schlacht zu tun, als das Selbstvertrauen sich gerade bei der Frage der Verteidigung Moskaus als nutzlos erwies, als die ganze Bevölkerung, wie ein Mann, ihre Habe im Stich ließ und aus Moskau hinausströmte und durch diese negative Handlung die ganze Kraft ihres nationalen Empfindens an den Tag legte: Da wurde die Rolle, die sich Rastoptschin ausgesucht hatte, auf einmal sinnlos. Er hatte plötzlich das Gefühl, daß er allein dastehe, schwach und lächerlich sei und keinen Boden unter den Füßen habe …

Als er aus dem Schlaf aufgeweckt worden war und das in kühlem, befehlendem Ton abgefaßte Billett Kutusows erhalten hatte, geriet Rastoptschin in um so größere Entrüstung, je mehr er sich schuldig fühlte. In Moskau war alles zurückgeblieben, was gerade ihm anvertraut war, alles fiskalische Eigentum, das wegschaffen zu lassen seine Pflicht gewesen wäre. Alles jetzt noch wegzuschaffen, dazu war keine Möglichkeit.

»Wer ist nun schuld daran, wer hat es so weit kommen lassen?« fragte er sich. »Selbstverständlich ich nicht. Bei mir war alles bereit; ich hielt Moskau in fester Hand. Nun sieht man, wohin sie es gebracht haben! Die Schurken, die Verräter!« dachte er, ohne es sich so recht klarzumachen, wer denn diese Schurken und Verräter seien, aber in dem Gefühl, daß er diese Verräter, wer es auch immer sei, hassen müsse, die an der schiefen, lächerlichen Lage, in der er sich jetzt befand, die Schuld trügen.

Diese ganze Nacht über erteilte Rastoptschin Befehle, da man von allen Seiten Moskaus zu ihm kam, um solche von ihm einzuholen. Seine nähere Umgebung hatte den Grafen noch nie so finster und reizbar gesehen.

»Euer Erlaucht, es ist jemand aus dem Majoratsdepartement da; der Direktor läßt um Verhaltungsmaßregeln bitten … Aus dem Konsistorium, vom Senat, von der Universität, aus dem Findelhaus; der Vikar hat hergeschickt und läßt fragen … Wie befehlen Sie, daß es mit der Feuerwehr gehalten wird …? Der Gefängnisinspektor … Der Inspektor aus dem Irrenhaus …« Die ganze Nacht über wurde dem Grafen einer nach dem andern gemeldet.

Auf alle diese Anfragen gab der Graf kurze, ärgerliche Antworten, aus denen seine Auffassung der Lage ersichtlich war: daß es keinen Zweck mehr habe, jetzt noch Befehle zu erteilen, daß das ganze so sorgsam von ihm vorbereitete Werk nun von jemand zerstört sei, und daß dieser Jemand die ganze Verantwortung für alles werde zu tragen haben, was jetzt vorgehen werde.

»Na, sage diesem Tölpel«, antwortete er auf die Anfrage aus dem Majoratsdepartement, »er soll hierbleiben und seine Akten bewachen.«

»Na, was fragst du für Unsinn über die Feuerwehr? Wenn sie Pferde haben, mögen sie nach Wladimir fahren. Nichts den Franzosen dalassen.«

»Euer Erlaucht, der Inspektor aus dem Irrenhaus ist da; was befehlen Sie?«

»Was ich befehle? Das Personal mag sämtlich davongehen, weiter nichts … Und die Verrückten sollen sie in die Stadt freilassen. Wenn bei uns Verrückte Armeen kommandieren, so ist es Gottes Wille, daß auch diese frei seien.«

Auf die Frage wegen der Sträflinge, die im Gefängnis saßen, schrie der Graf den Inspektor zornig an:

»Was? Ich soll dir wohl zwei Bataillone zur Eskorte geben? Habe ich nicht! Laß sie raus, abgemacht!«

»Euer Erlaucht, es sind auch politische darunter: Mjeschkow, Wereschtschagin.«

»Wereschtschagin! Ist der noch nicht aufgehängt?« rief Rastoptschin. »Bring ihn zu mir her.«

XXV

Um neun Uhr vormittags, als die russischen Truppen schon durch Moskau hindurchzogen, kam niemand mehr, um Anordnungen des Grafen einzuholen. Wer wegziehen konnte, zog von selbst weg, und die Zurückbleibenden trafen selbst Entscheidung darüber, was sie tun sollten.

Der Graf hatte befohlen, seinen Wagen anzuspannen, um nach Sokolniki zu fahren, und saß nun finster und schweigsam, mit gelblichem Gesicht und mit zusammengelegten Händen in seinem Arbeitszimmer.

Jeder hohe Verwaltungsbeamte hat in ruhigen, nicht stürmischen Zeiten die Vorstellung, daß nur infolge seiner Anstrengungen sich die ganze ihm unterstellte Bevölkerung bewegt, und in diesem Gefühl seiner Unentbehrlichkeit findet jeder hohe Verwaltungsbeamte den hauptsächlichsten Lohn seiner Mühe und Arbeit. Es ist ja auch begreiflich, daß, solange das Meer der Weltgeschichte ruhig ist, der Verwaltungsbeamte, der von seinem schwachen Kahn aus sich mit einer Stange gegen das Schiff des Volkes stemmt und selbst sich mit Händen und Füßen bewegt, glauben muß, das Schiff, gegen das er sich stemmt, bewege sich infolge seiner Anstrengungen. Aber es braucht sich nur ein Sturm zu erheben, das Meer unruhig zu werden und das Schiff sich von selbst zu bewegen, so wird ein Verharren in diesem Irrtum unmöglich. Das Schiff geht unabhängig in mächtiger Fahrt vorwärts, die Stange reicht nicht mehr an das sich bewegende Schiff heran, und der hohe Beamte geht auf einmal aus seiner Stellung als Machthaber und als Quelle der Kraft in die eines nichtigen, unnützen, schwachen Menschen über.

Rastoptschin empfand dies, und das war es, was ihn so reizbar machte.

Der Polizeimeister, den die Volksmenge angehalten hatte, trat zu dem Grafen ins Zimmer, und mit ihm zugleich der Adjutant, welcher meldete, daß der Wagen bereitstehe. Beide sahen bleich aus. Nachdem der Polizeimeister über die Ausführung seines Auftrags Bericht erstattet hatte, teilte er dem Grafen mit, daß eine große Volksmenge draußen auf dem Hof stehe und ihn zu sehen wünsche.

Rastoptschin stand, ohne ein Wort zu erwidern, auf, begab sich mit schnellen Schritten in seinen luxuriös ausgestatteten, hellen Salon, trat an die Balkontür und griff nach der Klinke; aber er ließ sie wieder los und ging an ein Fenster, von dem aus er die ganze Volksmenge besser sehen konnte. Der lange Bursche stand unter den vordersten und redete etwas mit ernster Miene und beständigen Gestikulationen. Der Schmied mit dem blutigen Gesicht stand in finsterer Haltung neben ihm. Durch die geschlossenen Fenster war das dumpfe Stimmengewirr zu hören.

»Ist der Wagen bereit?« fragte Rastoptschin, vom Fenster zurücktretend.

»Jawohl, Euer Erlaucht«, antwortete der Adjutant.

Rastoptschin trat wieder an die Balkontür.

»Aber was wollen sie denn eigentlich?« fragte er den Polizeimeister.

»Euer Erlaucht, sie sagen, sie hätten sich auf Ihren Befehl versammelt, um gegen die Franzosen zu ziehen, und dann schrien sie etwas von Verrat. Aber die Volksmenge ist gewalttätig, Euer Erlaucht. Ich bin nur mit Mühe von ihr losgekommen. Ich erlaube mir den Vorschlag, Euer Erlaucht ...«

»Sie können gehen; ich weiß ohne Sie, was ich zu tun habe«, schrie Rastoptschin ärgerlich.

Er stand an der Balkontür und blickte auf die Menge hinunter. »Das haben sie nun aus Rußland gemacht! Das haben sie aus mir gemacht!« dachte er und fühlte, wie in seinem Herzen ein unbändiger Ingrimm gegen jemand aufstieg, dem die Schuld an allem Geschehenen beigemessen werden könnte. Wie das bei hitzigen Menschen oft vorkommt, hatte sich der Zorn seiner schon bemächtigt, während er immer noch nach einem Gegenstand für denselben suchte. »Da ist sie nun, diese Bande, die Hefe des Volkes«, dachte er, indem er auf die Volksmenge hinblickte, »der Pöbel, den sie durch ihre Dummheit aufgewiegelt haben. Dieser Pöbel braucht ein Opfer«, ging es ihm durch den Kopf, als er den gestikulierenden langen Burschen ansah. Und dieser Gedanke kam ihm deshalb in den Kopf, weil er selbst ein solches Opfer, einen Gegenstand für seinen Zorn, brauchte.

»Ist der Wagen bereit?« fragte er noch einmal.

»Jawohl, Euer Erlaucht. Was befehlen Sie in betreff Wereschtschagins? Er wartet an der Freitreppe«, antwortete der Adjutant.

»Ah!« rief Rastoptschin, wie von einem plötzlichen Einfall überrascht.

Schnell riß er die Tür auf und trat mit entschlossenen Schritten auf den Balkon hinaus. Die Gespräche verstummten sofort; die Mützen wurden abgenommen, und alle Augen richteten sich nach oben zu dem draußen stehenden Grafen.

»Guten Tag, Kinder!« sagte der Graf schnell und laut. »Ich danke euch, daß ihr gekommen seid. Ich werde sofort zu euch nach unten kommen; aber vor allen Dingen müssen wir mit einem Bösewicht fertigwerden. Wir müssen einen Bösewicht bestrafen, der schuld daran ist, daß Moskau zugrunde geht. Wartet einen Augenblick auf mich!«

Der Graf kehrte ebenso schnell wieder in sein Zimmer zurück und schlug die Tür kräftig hinter sich zu.

Durch die Menge lief ein beifälliges Gemurmel der Befriedigung. »Seht ihr wohl, er wird schon mit allen Bösewichtern fertigwerden! Und du sagtest, er wäre ein heimlicher Franzose ... er wird ihnen schon ihren Lohn geben!« sagten die Leute, als wollten sie sich untereinander wegen ihres mangelnden Zutrauens Vorwürfe machen.

Einige Minuten darauf trat aus dem Hauptportal eilig ein Offizier heraus, gab den dort stehenden Dragonern einen Befehl, und diese nahmen zum Zeichen des Gehorsams eine stramme Haltung an. Die Menge strömte in Spannung vom Balkon zur Freitreppe hin. Rastoptschin trat mit schnellen Schritten und zorniger Miene aus dem Haus auf die Freitreppe hinaus und warf einen raschen Blick um sich, wie wenn er jemand suchte.

»Wo ist er?« fragte der Graf.

In demselben Augenblick, in dem er das sagte, sah er, wie um die Ecke des Hauses zwischen zwei Dragonern ein junger Mensch herumkam, mit langem, dünnem Hals und halb abrasiertem, halb von Haar bedecktem Kopf. Dieser junge Mann trug einen kurzen, mit blauem Tuch überzogenen Pelz von Fuchsfell, der ehemals elegant gewesen war, jetzt aber sehr abgenutzt aussah, und schmutzige Sträflingshosen von Hanfleinwand, die in ungeputzte, schiefgetretene, dünne Stiefel hineingesteckt waren. An den dünnen, schwachen Beinen hingen schwere Fußfesseln, die den unsicheren Gang des jungen Mannes noch mehr erschwerten.

»Ah!« machte Rastoptschin. Er wandte seinen Blick von dem jungen Mann im Fuchspelz schnell ab und sagte, indem er auf die unterste Stufe der Freitreppe wies: »Stellt ihn hierher!«

Der junge Mann trat, mit den Fußfesseln klirrend, schwerfällig auf die ihm angewiesene Stufe, drehte, indem, er mit einem Finger den ihn kneifenden Kragen des Pelzes festhielt, den langen Hals zweimal hin und her und legte seufzend mit einer demütigen Gebärde seine schmalen, an körperliche Arbeit offenbar nicht gewöhnten Hände vor dem Leib zusammen.

Einige Sekunden, während deren der junge Mensch sich auf der Stufe zurechtstellte, vergingen unter Stillschweigen. Nur in den hinteren Reihen der nach einem Punkt hindrängenden Menge hörte man Räuspern, Stöhnen, Stoßen und das Geräusch hin und her tretender Füße.

Rastoptschin, der gewartet hatte, bis der junge Mensch auf dem angewiesenen Platz stand, zog finster die Brauen zusammen und rieb sich mit der Hand das Gesicht.

»Kinder!« sagte Rastoptschin mit metallisch klingender, volltönender Stimme, »dieser Mensch, Wereschtschagin, das ist der Schurke, durch den Moskau zugrunde geht.«

Der junge Mensch in dem kurzen Fuchspelz stand in demütiger Haltung da, die Hände vor dem Leib zusammengelegt, die ganze Gestalt ein wenig zusammengekrümmt. Sein abgemagertes, durch den rasierten Kopf entstelltes jugendliches Gesicht mit dem hoffnungslosen Ausdruck war zu Boden gesenkt. Bei den ersten Worten des Grafen hatte er langsam den Kopf erhoben und von unten nach dem Grafen hingeblickt, als wollte er ihm etwas sagen oder wenigstens seinen Blick auffangen. Aber Rastoptschin sah ihn nicht an. An dem langen, dünnen Hals des jungen Mannes schwoll die Ader hinter dem Ohr wie ein Strick an und färbte sich bläulich, und plötzlich wurde sein Gesicht rot.

Alle Augen waren auf ihn gerichtet. Er blickte nach der Volksmenge hin, und wie wenn der Ausdruck, den er auf den Gesichtern der Leute wahrnahm, seine Hoffnung ein wenig belebt hätte, lächelte er traurig und schüchtern; dann lies er den Kopf wieder sinken und stellte sich mit den Füßen auf der Stufe zurecht.

»Er hat seinen Zaren und sein Vaterland verraten, er hat sich diesem Bonaparte hingegeben, er allein unter allen Russen hat dem Namen eines Russen Schande gemacht, und durch seine Schuld geht Moskau zugrunde«, sagte Rastoptschin mit gleichmäßiger, scharfer Stimme; plötzlich aber sah er schnell auf Wereschtschagin hinunter, der immer noch in derselben demütigen Haltung dastand. Wie wenn dieser Anblick ihn in Empörung versetzt hätte, hob er den Arm in die Höhe und rief, zum Volk gewendet, fast schreiend:

»Vollstreckt selbst an ihm das Urteil! Ich übergebe ihn euch!«

Das Volk schwieg und drängte sich nur noch enger aneinander. So dicht einander zu berühren, diese verdorbene, stickige Luft zu atmen, sich nicht bewegen zu können und auf etwas Unbekanntes, Unbegreifliches, Furchtbares zu warten, das wurde unerträglich. Diejenigen, die sich in den vorderen Reihen befanden und alles, was vor ihnen vorging, gesehen und gehört hatten, standen alle mit angstvoll aufgerissenen Augen und offenem Mund da und hielten unter Anspannung aller ihrer Kräfte mit ihrem Rücken den Andrang ihrer Hintermänner auf.

»Schlagt ihn nieder …! Möge der Verräter umkommen und nicht länger den Namen eines Russen verunehren!« schrie Rastoptschin. »Schlagt ihn nieder! Ich befehle es!«

Durch die Menge, die nicht sowohl die Worte als den zornigen Klang der Stimme Rastoptschins gehört hatte, ging ein Ton wie ein Stöhnen; sie bewegte sich vorwärts, blieb dann aber wieder stehen.

»Graf!« sagte inmitten des wieder eingetretenen momentanen Schweigens Wereschtschagin mit schüchterner und zugleich etwas theatralisch klingender Stimme. »Graf, nur Gott, der über uns ist …« Er hatte den Kopf aufgerichtet, und von neuem füllte sich die dicke Ader an seinem dünnen Hals mit Blut, und eine schnelle Röte trat auf sein Gesicht und verschwand wieder.

Er kam nicht dazu, das, was er sagen wollte, zu Ende zu sprechen.

»Schlagt ihn nieder! Ich befehle es!« schrie Rastoptschin, der auf einmal ebenso blaß wurde wie Wereschtschagin.

»Blank ziehen!« schrie der Offizier den Dragonern zu und zog selbst den Säbel aus der Scheide.

Eine zweite, noch stärkere Welle ging durch die Volksmenge dahin, setzte, als sie zu den ersten Reihen gelangt war, die vorn Stehenden in Bewegung und trug sie schaukelnd bis dicht an die Stufen der Freitreppe. Der lange Bursche stand mit gleichsam versteinertem Gesichtsausdruck, den Arm regungslos erhoben, neben Wereschtschagin.

»Haut zu!« sagte, beinahe flüsternd, der Offizier zu den Dragonern.

Und einer von den Soldaten versetzte mit wutentstelltem Gesicht Wereschtschagin plötzlich mit der flachen Klinge einen Hieb über den Kopf.

»Ah!« schrie Wereschtschagin vor Überraschung kurz auf, indem er sich erschrocken umblickte und nicht zu begreifen schien, warum man ihm das tat. Ein ähnliches Stöhnen der Überraschung und des Schrecks lief durch die Menge. »O mein Gott!« rief jemand in klagendem Ton.

Aber unmittelbar nach diesem Ausruf der Überraschung, den Wereschtschagin unwillkürlich ausgestoßen hatte, schrie er kläglich vor Schmerz auf, und dieser Schrei war sein Verderben. Jene bereits dem Höchstdruck ausgesetzte Schranke menschlichen Gefühls, durch die bisher noch die Menge zurückgehalten war, wurde nun augenblicklich durchbrochen. Das Verbrechen war begonnen; jetzt mußte es auch durchgeführt werden. Das klagende Stöhnen des Vorwurfs wurde übertäubt von dem drohenden Zorngebrüll der Menge. Wie die letzte, siebente Meereswoge, die die Schiffe zerschmettert, so wälzte sich von den hinteren Reihen her diese letzte Woge unwiderstehlich heran, gelangte bis zu den vordersten Reihen, schlug auf sie nieder und verschlang alles. Der Dragoner, der dem Unglücklichen den ersten Schlag versetzt hatte, wollte noch einmal zuschlagen. Wereschtschagin stürzte mit einem Angstschrei, die Arme zum Schutz über den Kopf haltend, auf die Volksmenge zu. Der lange Bursche, gegen den er prallte, umklammerte Wereschtschagins dünnen Hals mit seinen Händen und fiel, einen wilden Schrei ausstoßend, mit ihm zusammen unter die Füße der brüllenden Menge, die sich über sie warf.

Die einen schlugen und zerrten Wereschtschagin, die andern den langen Burschen. Und das Geschrei der gequetschten Menschen und derjenigen, die den langen Burschen zu retten suchten, diente nur dazu, die Wut der Menge noch zu steigern. Lange konnten die Dragoner den blutüberströmten, halbtot geschlagenen Fabrikarbeiter nicht befreien. Und lange konnten, trotz der fieberhaften Eile, mit der die Menge das einmal begonnene Werk zu Ende zu führen suchte, diejenigen, die Wereschtschagin schlugen, würgten und zerrten, ihn nicht töten; denn die Menge preßte sie von allen Seiten zusammen, schwankte dabei, sie in ihrer Mitte fest umschlossen haltend, wie eine einzige Masse von einer Seite zur andern und ließ ihnen weder die Möglichkeit, ihn vollends zu töten, noch auch, ihn loszulassen.

»Schlagt ihn doch mit dem Beil! Zu, zu ...! Habt ihr ihn erwürgt? Der Verräter! Hat seinen Herrn Jesus Christus verraten ...! Er lebt noch ... Der hat ein zähes Leben ...! Wie die Taten, so der Lohn. Mit dem Beil ...! Ist er denn noch lebendig?«

Erst als das Opfer sich nicht mehr wehrte und sein Schreien in ein gleichmäßiges, langgezogenes Röcheln übergegangen war, begann die Menge eilig um den daliegenden, blutbefleckten Leichnam herum Platz zu machen. Ein jeder trat heran, betrachtete, was geschehen war, und drängte mit einer Miene des Schreckens, des Vorwurfs und des Staunens zurück.

»O mein Gott! Das Volk ist doch wie ein wildes Tier! Wer kann dagegen aufkommen?« wurde in der Menge geredet. »Und es ist ein so junger Mensch … gewiß aus dem Kaufmannsstand. Ja, dieses Volk, dieses Volk …! Sie sagen, es ist nicht der richtige … Gewiß wird es nicht der richtige sein … O Gott …! Sie haben noch einen andern zerhauen; es heißt, er ist kaum noch am Leben … Ach, dieses Volk …! Fürchtet sich vor keiner Sünde …« So redeten jetzt dieselben Menschen, die soeben noch mit gerast hatten, und betrachteten mit schmerzlich klagender Miene den toten Körper mit dem bläulich gewordenen, von Blut und Staub beschmutzten Gesicht und dem zerschlagenen langen, dünnen Hals.

Ein diensteifriger Polizeibeamter, der es ungehörig fand, daß ein Leichnam auf dem Hof Seiner Erlaucht liege, befahl den Dragonern, den Körper auf die Straße zu schleppen. Die beiden Dragoner ergriffen ihn an den verunstalteten Beinen und zogen ihn nach draußen. Der blutige, von Staub verunreinigte, rasierte Kopf an dem langen Hals schleifte, sich drehend, auf der Erde. Das Volk drängte sich von dem Leichnam weg.

In dem Augenblick, als Wereschtschagin hingefallen war und die Menge sich mit wildem Geheul um ihn gedrängt und über dem Niedergesunkenen bin und her geschwankt hatte, war Rastoptschin plötzlich blaß geworden, und statt nach dem hinteren Ausgang zu gehen, wo ihn sein Wagen erwartete, ging er, ohne selbst zu wissen, wohin er ging und warum er das tat, mit gesenktem Kopf schnellen Schrittes den Korridor entlang, der nach den Zimmern des unteren Stockwerks führte. Das Gesicht des Grafen war bleich, und er vermochte nicht, seinen wie im Fieber zitternden Unterkiefer still zu halten.

»Euer Erlaucht, hierher … Wohin belieben Euer Erlaucht zu gehen …? Hierher, bitte!« sagte hinter ihm her ein Diener mit ängstlich zitternder Stimme.

Graf Rastoptschin war nicht imstande, etwas zu erwidern; gehorsam machte er kehrt und schlug die ihm gewiesene Richtung ein. An der Hintertür stand sein Wagen. Das ferne Getöse der brüllenden Menge war auch hier noch zu hören. Graf Rastoptschin setzte sich eilig in den Wagen und befahl dem Kutscher, ihn nach seinem Landhaus in Sokolniki zu fahren.

Als er in die Mjasnizkaja-Straße einbog und das Geschrei der Volksmenge nicht mehr hörte, begann er sich über sich selbst zu ärgern. Mit Verdruß dachte er jetzt an die Beängstigung und Aufregung, die er vor seinen Untergebenen hatte merken lassen. »Der Pöbel ist schrecklich, geradezu scheußlich«, dachte er auf französisch. »Sie sind wie die Wölfe, die man auch nur durch Fleisch zur Ruhe bringen kann.« »Graf, nur Gott, der über uns ist …« Diese Worte Wereschtschagins fielen ihm auf einmal ein, und ein unangenehmes Gefühl der Kälte lief ihm den Rükken entlang. Aber dieses Gefühl war nur ein momentanes, und Graf Rastoptschin lächelte sofort geringschätzig über sich selbst. »Ich hatte andere Pflichten«, dachte er. »Ich mußte das Volk beruhigen. Es sind schon gar manche Opfer um des Gemeinwohls willen umgekommen und werden noch viele umkommen.« Und nun dachte er über die allgemeinen Pflichten nach, die er gegen seine Familie, gegen die seiner Obhut anvertraute Hauptstadt und gegen sich selbst hatte, d. h. nicht gegen Fjodor Wasiljewitsch Rastoptschin persönlich (er war der Ansicht, daß Fjodor Wasiljewitsch Rastoptschin sich für das Gemeinwohl aufopfere), sondern gegen sich als den Oberkommandieren von Moskau, den Repräsentanten der Staatsgewalt und den Bevollmächtigten des Zaren. »Wäre ich weiter nichts als Fjodor Wasiljewitsch, so wäre mir eine ganz andere Richtlinie für mein Verhalten vorgezeichnet; so aber mußte ich das Leben und die Würde des Oberkommandierenden beschützen.«

Jetzt, wo er auf den weichen Federn der Equipage leise geschaukelt wurde und die furchtbaren Laute der Volksmenge nicht mehr hörte, beruhigte Rastoptschin sich physisch, und wie das immer so geht, lieferte ihm, gleichzeitig mit der physischen Beruhigung, der Verstand auch Gründe für die Beruhigung der Seele. Der Gedanke, welcher dem Grafen zur Beruhigung verhalf, war nicht neu. Seit die Welt steht und die Menschen einander totschlagen, begeht nie ein Mensch ein Verbrechen gegen einen Mitmenschen, ohne sich durch ebendiesen Gedanken zu beruhigen. Dieser Gedanke ist das vermeintliche Gemeinwohl.

Einem Menschen, der nicht von Leidenschaft befallen ist, ist dieses Gemeinwohl niemals bekannt; aber ein Mensch, der ein Verbrechen begeht, weiß immer ganz genau, worin dieses Gemeinwohl besteht. Und Rastoptschin wußte es jetzt.

Weit entfernt, daß er sich in seinen Reflexionen Vorwürfe über die von ihm begangene Tat gemacht hätte, fand er vielmehr allen Grund, mit sich selbst zufrieden zu sein, weil er es so geschickt verstanden hatte, diese gute Gelegenheit zu benutzen: einen Verbrecher zu bestrafen und gleichzeitig das Volk zu beruhigen.

»Wereschtschagin war gerichtet und zum Tod verurteilt«, dachte Rastoptschin (allerdings war Wereschtschagin vom Senat nur zu Zwangsarbeit verurteilt worden). »Er war ein Verräter und Staatsfeind; ich durfte ihn nicht unbestraft lassen, und so erreichte ich denn mit einem Schlag zweierlei: Ich beruhigte das Volk, indem ich ihm ein Opfer preisgab, und bestrafte einen Verbrecher.«

Als der Graf nach seinem Landhaus gekommen war und sich nun dort mit seinen häuslichen Angelegenheiten beschäftigte, beruhigte er sich vollständig.

Eine halbe Stunde darauf fuhr er in schnellem Trab über das Feld von Sokolniki; an das, was geschehen war, dachte er nicht mehr; er erwog und überlegte nur, was nun weiter kommen werde. Er fuhr jetzt zur Jauski-Brücke, wo sich, wie ihm gesagt war, Kutusow befand.

Graf Rastoptschin legte sich in Gedanken die zornigen, spitzen Vorwürfe zurecht, die er Kutusow wegen der von diesem begangenen Täuschung zu machen beabsichtigte. Er wollte es diesem alten, höfisch schlauen Fuchs schon zu verstehen geben, daß die Verantwortung für all das Unglück, das aus der Preisgabe der Hauptstadt und dem Zusammenbruch Rußlands (wie Rastoptschin dachte) hervorgehen werde, einzig und allein auf seinen vor Altersschwäche allen Verstandes baren Kopf falle. Während Rastoptschin so im voraus überlegte, was er zu Kutusow sagen wollte, rückte er zornig in seinem Wagen hin und her und blickte ärgerlich nach rechts und links.

Das Feld von Sokolniki war menschenleer. Nur am Rand desselben, bei dem Armenhaus und dem Irrenhaus, waren kleine Gruppen von Menschen in weißen Anzügen zu sehen sowie einige einzelne Leute derselben Art, die über das Feld gingen und irgend etwas schrien und lebhaft mit den Armen gestikulierten.

Einer von ihnen kam von der Seite herangelaufen, um dem Wagen des Grafen Rastoptschin den Weg abzuschneiden. Graf Rastoptschin selbst und sein Kutscher und die Dragoner, alle sahen sie mit einem unklaren Gefühl von Schrecken und Neugier nach diesen freigelassenen Irren und besonders nach dem, der zu ihnen herangelaufen kam.

Auf seinen langen, mageren Beinen hin und her schwankend, lief dieser Irrsinnige in seinem flatternden Kittel aus Leibeskräften vorwärts, ohne die Augen von Rastoptschin wegzuwenden; dabei schrie er ihm mit heiserer Stimme etwas zu und machte ihm Zeichen, daß er anhalten möchte. Das mit ungleichmäßigen Bartflocken bewachsene, finstere, feierlich ernste Gesicht des Irren war mager und gelblich. Die schwarzen, achatartigen Pupillen in den safrangelben Augäpfeln liefen unruhig umher.

»Warte mal! Halt an, sage ich!« schrie er mit durchdringender Stimme und fügte dann ganz außer Atem noch etwas mit großem Nachdruck und heftigen Armbewegungen hinzu.

Nun hatte er den Wagen erreicht und lief neben ihm her.

»Dreimal haben sie mich totgeschlagen, und dreimal bin ich von den Toten auferstanden. Sie haben mich gesteinigt und gekreuzigt ... Ich werde auferstehen ... auferstehen ... auferstehen. Sie haben meinen Leib zerstückelt. Das Reich Gottes wird zerstört werden ... Dreimal werde ich es zerstören, und dreimal werde ich es wieder aufrichten!« schrie er immer lauter und lauter.

Graf Rastoptschin wurde plötzlich ebenso blaß wie vorhin, als die Menge sich auf Wereschtschagin gestürzt hatte. Er wandte sich weg. Der Wagen jagte dahin, so schnell die Pferde nur laufen konnten; aber noch lange hörte Graf Rastoptschin hinter sich das sinnlose, verzweifelte Schreien und sah vor seinen Augen das erstaunte, erschrockene, blutbefleckte Gesicht des Verräters im kurzen Pelzrock.

So frisch diese Erinnerung auch noch war, so fühlte Rastoptschin doch schon jetzt, daß sie tief, tief in sein Herz gegraben war. Er fühlte schon jetzt deutlich, daß die blutige Spur dieser Erinnerung nie vernarben werde, sondern diese furchtbare Erinnerung vielmehr bis an sein Lebensende in seinem Herzen fortdauern werde, je länger, um so schmerzlicher und peinvoller. Er glaubte jetzt den Klang seiner eigenen Worte zu hören: »Haut ihn nieder! Ihr steht mir dafür mit eurem Kopf!« »Warum habe ich diese Worte gesprochen? Sie sind mir nur so unversehens in den Mund gekommen. Ich hätte sie ungesprochen lassen können«, dachte er, »dann wäre alles Weitere nicht geschehen.« Er sah das erschrockene und darauf plötzlich einen grimmigen Ausdruck annehmende Gesicht des Dragoners, der dann zugeschlagen hatte, und den Blick stillschweigenden, schüchternen Vorwurfs, den dieser junge Mensch im Fuchspelz auf ihn gerichtet hatte. »Aber ich habe das nicht um meinetwillen getan. Ich mußte so handeln. Der Pöbel, der Verräter, das Gemeinwohl«, dachte er.

An der Jauski-Brücke drängten sich die Truppen immer noch. Es war heiß. Kutusow saß mit finsterer, niedergeschlagener Miene auf einer Bank bei der Brücke und spielte mit der Peitsche im Sand, als geräuschvoll eine Equipage zu ihm herangefahren kam. Ein Mann in Generalsuniform, einen Hut mit Federbusch auf dem Kopf, mit unstet umherlaufenden, halb zornigen, halb ängstlichen Augen trat an Kutusow heran und redete ihn französisch an. Es war Graf Rastoptschin. Er sagte Kutusow, er sei hergekommen, weil die Hauptstadt Moskau nicht mehr existiere und es nur noch eine Armee gebe.

»Es wäre anders gekommen, wenn Euer Durchlaucht mir nicht gesagt hätten, daß Sie Moskau nicht, ohne eine Schlacht zu liefern, preisgeben würden; dann hätte sich alles dies nicht ereignet!« sagte er.

Kutusow blickte Rastoptschin an, und wie wenn er den Sinn der an ihn gerichteten Worte nicht verstände, bemühte er sich mit Anstrengung, auf dem Gesicht des mit ihm Redenden etwas Besonderes, das etwa in diesem Augenblick darauf geschrieben wäre, zu lesen. Rastoptschin wurde verlegen und verstummte. Kutusow wiegte sachte den Kopf hin und her, und ohne seinen forschenden Blick von Rastoptschins Gesicht wegzuwenden, sagte er leise:

»Ja, ich werde Moskau dem Feind nicht überlassen, ohne eine Schlacht geliefert zu haben.«

Ob nun Kutusow, als er diese Worte sprach, an etwas ganz anderes dachte, oder ob er sie absichtlich sagte, obwohl er wußte, daß sie sinnlos waren, jedenfalls gab Graf Rastoptschin darauf keine Antwort und trat eilig von Kutusow zurück. Und seltsam: Der Oberkommandierende von Moskau, der stolze Graf Rastoptschin, nahm eine Peitsche in die Hand, ging zur Brücke hin und machte sich laut schreiend daran, die Fuhrwerke, die sich dort zusammendrängten, auseinanderzutreiben.

XXVI

Um vier Uhr nachmittags rückten Murats Truppen in Moskau ein. Voran ritt eine Abteilung Württemberger Husaren, dahinter folgte zu Pferd mit einer großen Suite der König von Neapel selbst.

Ungefähr in der Mitte des Arbatskaja-Platzes, nahe bei der Nikola-Jawlenny-Kirche, hielt Murat an und erwartete Nachrichten von der Vorhut über den Zustand, in dem sich die städtische Festung, »le Kremlin«, befinde.

Um Murat sammelte sich ein kleines Häufchen von Einwohnern Moskaus, die in der Stadt zurückgeblieben waren. Alle betrachteten mit scheuer Verwunderung den sonderbaren, mit Federn und Gold geschmückten Heerführer mit seinem lang herabwallenden Haar.

»Na, ist das er selbst, der ihr Zar? Er sieht ja nicht übel aus!« wurde leise geäußert.

Der Dolmetscher ritt auf den Volkshaufen zu.

»Nehmt die Mützen ab … die Mützen ab!« ermahnten sich die Leute untereinander.

Der Dolmetscher wandte sich an einen alten Hausknecht und fragte ihn, ob es noch weit bis zum Kreml sei. Der Hausknecht, der erstaunt nach der ihm fremden polnischen Klangfarbe hinhorchte und die Sprache des Dolmetschers nicht als Russisch erkannte, verstand nicht, was zu ihm gesagt wurde, und versteckte sich hinter den anderen.

Murat ritt an den Dolmetscher heran und befahl ihm, zu fragen, wo sich die russischen Truppen befanden. Einer der Russen verstand, wonach er gefragt wurde, und nun antworteten dem Dolmetscher plötzlich mehrere Stimmen zugleich. Ein französischer Offizier kam von der Vorhut zu Murat geritten und meldete, daß das Festungstor verrammelt sei und wahrscheinlich dort ein Hinterhalt liege. »Schön«, sagte Murat, und sich zu einem der Herren von der Suite wendend, gab er

Befehl, vier leichte Geschütze vorrücken zu lassen und das Tor zu beschießen.

Die Artillerie kam im Trab aus der Kolonne herausgefahren, die hinter Murat marschierte, und durchquerte den Arbatskaja-Platz. Nachdem sie dann bis zum Ende der Wosdwischenka-Straße gefahren war, machte sie halt und stellte sich auf dem dortigen Platz auf. Einige französische Offiziere trafen bei den Geschützen die erforderlichen Anordnungen, stellten sie in angemessenen Abständen auf und betrachteten den Kreml durch ein Fernrohr.

Im Kreml ertönte das Vespergeläut, und diese Klänge machten die Franzosen stutzig. Sie glaubten, dies sei ein Aufruf zu den Waffen. Einige Infanteristen liefen unter Anführung eines Offiziers auf das Kutafjewskija-Tor zu. Das Tor war mit Balken und Holzplatten verstellt. Zwei Flintenschüsse ertönten aus dem Tor, als der Offizier mit seinen Leuten sich ihm näherte. Der General, der bei den Kanonen hielt, rief dem Offizier einige Kommandoworte zu, und der Offizier lief mit seinen Soldaten zurück.

Es ertönten aus dem Tor noch drei Schüsse.

Einer dieser Schüsse streifte das Bein eines französischen Soldaten, und ein seltsames Geschrei einiger weniger Stimmen ließ sich hinter der Verrammelung hören. Auf den Gesichtern der Franzosen, des Generals, der Offiziere und der Soldaten, trat gleichzeitig wie auf Kommando an die Stelle des bisherigen heiteren, ruhigen Ausdrucks der energische, gespannte Ausdruck der Bereitschaft zu Kampf und Leiden. Für sie alle, vom Marschall herunter bis zum letzten Gemeinen, war dieser Ort nicht die Wosdwischenka- und die Mochowaja-Straße, das Kutafjewskija- und das Troizkija-Tor, sondern eine neue Stätte eines wahrscheinlich blutigen Kampfes. Und alle bereiteten sich auf diesen Kampf vor. Die Rufe aus dem Tor waren verstummt. Bei den Geschützen bliesen die Artilleristen die glimmenden Lunten an. Der Offizier kommandierte: »Feuer!« und zwei pfeifende Töne der Blechbüchsen ertönten nacheinander. Die Kartätschkugeln schlugen gegen die Steinquadern des Tores, die Balken und Holzplatten, und zwei Rauchwolken stiegen auf dem Platz auf.

Einige Augenblicke, nachdem das Prasseln der Kugeln an dem steinernen Kreml verstummt war, erscholl ein seltsamer Ton über den Köpfen der Franzosen. Ein gewaltiger Dohlenschwarm erhob sich über den Mauern und kreiste unter lautem Kreischen und dem Lärm vieler tausend Flügel in der Luft herum. Zugleich mit diesem Geräusch ertönte der einzelne Schrei einer menschlichen Stimme im Tor, und aus dem Rauch erschien eine Menschengestalt, ohne Mütze, in einem Kaftan. Sie hielt eine Flinte in der Hand und zielte auf die Franzosen. »Feuer!« kommandierte der Artillerieoffizier zum zweitenmal, und gleichzeitig erschollen ein Flintenschuß und zwei Kanonenschüsse. Wieder verhüllte Rauch das Tor.

Hinter der Verrammelung rührte sich nichts mehr, und die französischen Infanteristen mit ihren Offizieren gingen zu dem Tor hin. Im Tor lagen drei Verwundete und vier Tote. Zwei Personen in Kaftanen waren unten an den Mauern entlang nach der Snamenka-Straße entflohen.

»Schafft das weg!« sagte ein Offizier und zeigte auf die Balken und die Leichen. Und die Franzosen warfen, nachdem sie auch die Verwundeten getötet hatten, die Leichen über die Festungsmauer hinab.

Wer diese Menschen waren, das wußte niemand. Es wurde mit Bezug auf sie nur gesagt: »Schafft das weg!«, und dann wurden sie weggeräumt und hinausgeworfen, damit sie keinen üblen Geruch verbreiteten. Nur Thiers hat ihrem Andenken einige wohlklingende Zeilen gewidmet: »Diese armseligen paar Menschen waren in die heilige Feste eingedrungen, hatten sich einiger Gewehre aus dem Arsenal bemächtigt und schossen nun (diese armseligen paar Menschen) auf die Franzosen. Einige von ihnen wurden niedergehauen, und der Kreml wurde von ihrer Gegenwart gereinigt.«

An Murat wurde zurückgemeldet, daß der Weg freigemacht sei. Die Franzosen rückten durch das Tor ein und lagerten sich auf dem Senatsplatz. Aus den Fenstern des Senatsgebäudes warfen die Soldaten Stühle auf den Platz hinaus und zündeten davon Feuer an.

Andere Abteilungen zogen durch den Kreml hindurch und quartierten sich in der Maroseika-, der Lubjanka- und der Pokrawka-Straße ein. Wieder andere schlugen ihre Quartiere in der Wosdwischenka-, der Snamenka-, der Nikolskaja- und der Twerskaja-Straße auf. Überall aber glich die Art der Unterkunft der Franzosen, da sie die Hausbesitzer nicht vorfanden, nicht Quartieren, wie Truppen sie sonst in Städten haben, sondern einem Lager, nur daß dieses Lager eben in einer Stadt aufgeschlagen war.

Die französischen Soldaten rückten zwar in abgerissener Kleidung, hungrig, ermattet und auf die Hälfte ihrer ursprünglichen Zahl reduziert in Moskau ein, aber doch immer noch in guter Ordnung. Sie bildeten ein ermüdetes, erschöpftes, aber noch kampffähiges, bedrohliches Heer. Aber ein Heer waren sie nur bis zu dem Augenblick, wo sie sich in die Quartiere verteilten. Sowie sie sich in die verlassenen reichen Häuser verteilt hatten, war das Heer für immer vernichtet, und was nun da war, waren weder Zivilisten noch Soldaten, sondern ein Mittelding, sogenannte Marodeure. Als fünf Wochen später dieselben Leute wieder aus Moskau auszogen, bildeten sie kein Heer mehr. Es war eine Schar Marodeure, von denen ein jeder im Tornister oder auf einem der Wagen eine Menge Sachen mit sich führte, die ihm wertvoll schienen und von denen er sich nicht trennen mochte. Ein jeder dieser Menschen sah beim Auszug aus Moskau nicht mehr wie früher sein Ziel darin, Eroberungen zu machen, sondern nur darin, das Erworbene festzuhalten. Wie ein Affe, der die Hand in den engen Hals eines Kruges gesteckt und eine Handvoll Nüsse gefaßt hat, die Faust nicht aufmacht, um das Ergriffene nicht zu verlieren, und dadurch sein Verderben herbeiführt, so mußten die Franzosen offenbar beim Auszug aus Moskau deswegen zugrunde gehen, weil sie ihren Raub mit sich schleppten und ebensowenig imstande waren, sich seiner zu entäußern, wie der Affe imstande ist, die Hand mit den Nüssen aufzumachen. Zehn Minuten nach dem Einrücken eines jeden französischen Regimentes in irgendeinen Stadtteil Moskaus gab es keinen Soldaten und keinen Offizier mehr. Durch die Fenster der Häuser konnte man Leute in Militärmänteln und Militärstiefeletten sehen, die lachend durch die Zimmer gingen; in den Kellern, in den Speisekammern wirtschafteten ebensolche Leute unter den Vorräten herum; auf den Höfen öffneten ebensolche Leute die Tore der Schuppen und Ställe oder schlugen sie ein; in den Küchen zündeten sie Feuer an, kneteten mit aufgestreiften Ärmeln, buken und kochten; sie erschreckten die Frauen und Kinder, brachten sie durch Späßchen zum Lachen und liebkosten sie. Solcher Leute war überall, in den Läden und in den Häusern, eine große Menge vorhanden; aber ein Heer gab es nicht mehr.

Noch an demselben Tag ließen die obersten französischen Heerführer einen Befehl nach dem andern ergehen: Es solle den Truppen verboten werden, sich durch die Stadt zu zerstreuen; es solle ihnen streng verboten werden, sich gegen die Einwohner gewalttätig zu benehmen und zu marodieren; es solle noch an diesem Abend ein allgemeiner Appell abgehalten werden; aber trotz all solcher Maßregeln ergossen sich die Leute, die vorher ein Heer gebildet hatten, nach allen Seiten in der reichen, mit Vorräten und anderen guten Dingen wohlausgestatteten, menschenleeren Stadt. Wie eine hungrige Herde über ein kahles Feld in geschlossenem Trupp dahinzieht, aber sich sogleich unaufhaltsam auflöst, sowie sie auf eine fette Weide stößt, so löste sich auch das Heer in der reichen Stadt unaufhaltsam auf.

Einwohner gab es in Moskau so gut wie keine, und die Soldaten strömten vom Kreml, in den sie zuerst eingezogen waren, ungehemmt nach allen Richtungen der Windrose auseinander und versickerten dort wie Wasser im Sand. Wenn Kavalleristen in ein Kaufmannshaus kamen, in dem die Besitzer ihre ganze Habe zurückgelassen hatten, und dort nicht nur Ställe für ihre Pferde, sondern auch sonst alles reichlich fanden, so gingen sie doch noch nach nebenan, um lieber ein anderes Haus in Benutzung zu nehmen, das ihnen noch besser vorkam. Viele okkupierten mehrere Häuser zugleich und schrieben mit Kreide daran, von wem sie in Besitz genommen seien, und stritten und schlugen sich sogar darum mit anderen Abteilungen. Ohne sich ordentlich einquartiert zu haben, liefen die Soldaten wieder auf die Straße, um sich die Stadt zu besehen, und rannten, da sie hörten, daß alles verlassen sei, nach solchen Orten, wo sie umsonst Kostbarkeiten erlangen konnten. Die Kommandeure gingen umher, um diesem Treiben der Soldaten zu steuern, wurden aber unwillkürlich selbst mit hineingezogen. In den Magazinen der Wagenfabriken waren eine Anzahl von Equipagen zurückgeblieben, und die Generale drängten sich dort herum und suchten sich Kaleschen und Kutschen aus. Die zurückgebliebenen Einwohner luden die höheren Offiziere ein, bei ihnen Wohnung zu nehmen, in der Hoffnung, sich dadurch vor Plünderung zu schützen. Die Reichtümer waren unermeßlich, so daß gar kein Ende abzusehen war; überall lagen um diejenigen Stadtgegenden herum, die von den Franzosen besetzt waren, noch andere, undurchsuchte, unbesetzte Gegenden, in denen es nach der Meinung der Franzosen noch mehr Reichtümer gab. Und Moskau sog in immer weiterer Ausdehnung die Franzosen in sich hinein. Wie infolge davon, daß man Wasser auf trockene Erde gießt, sowohl das Wasser als auch die trockene Erde verschwindet, so hörten infolge davon, daß das hungrige Heer in die reiche, menschenleere Stadt einrückte, sowohl das Heer als auch die reiche Stadt zu existieren auf, und das Resultat war, wie in jenem Fall Schmutz, so in diesem Feuersbrünste und Marodeurwesen.

*

Die Franzosen schrieben den Brand Moskaus »dem trotzigen Patriotismus Rastoptschins« zu, die Russen dem Ingrimm der Franzosen. In Wirklichkeit hat es Ursachen für den Brand Moskaus in dem Sinn, daß man für diesen Brand eine oder mehrere Personen verantwortlich machen könnte, nicht gegeben, und es konnte solche auch nicht geben. Moskau brannte ab, weil es in Verhältnisse hineingeraten war, in denen jede hölzerne Stadt abbrennen muß, ganz gleich, ob in ihr hundertdreißig schlechte Feuerspritzen vorhanden sind oder nicht. Moskau mußte abbrennen, weil die Einwohner weggezogen waren, und zwar war dies so unausbleiblich, wie ein Haufe Hobelspäne abbrennen muß, wenn mehrere Tage lang Feuerfunken auf ihn niederregnen. Eine hölzerne Stadt, in welcher trotz der Anwesenheit der Einwohner, denen die Häuser gehören, und trotz der Tätigkeit der Polizei fast täglich Brände vorkommen, muß notwendig abbrennen, wenn in ihr keine Einwohner vorhanden sind, sondern Truppen in ihr wohnen, die ihre Pfeifen rauchen, auf dem

Senatsplatz von den Senatsstühlen offene Feuer anzünden und sich zweimal am Tag etwas zu essen kochen. Es brauchen nur in Friedenszeiten Truppen in den Dörfern einer bestimmten Gegend in Quartier zu liegen, so steigt sofort die Zahl der Brände in dieser Gegend. Um wieviel mehr muß die Wahrscheinlichkeit von Bränden in einer von den Einwohnern verlassenen, hölzernen Stadt steigen, in welcher ein fremdes Heer haust? Der trotzige Patriotismus Rastoptschins und der Ingrimm der Franzosen trugen daran keine Schuld. Moskau ist abgebrannt infolge der Tabakspfeifen, infolge der Küchen, infolge der offenen Feuer, infolge der Nachlässigkeit der feindlichen Soldaten, die ja in fremden Häusern sehr erklärlich war. Wenn aber auch wirklich Brandstiftungen vorkamen (was sehr zweifelhaft ist, da niemand einen Anlaß zu Brandstiftung hatte, sondern eine solche Tat ihm jedenfalls Sorge und Gefahr brachte), so kann man doch die Brandstiftungen nicht für die Ursache halten, da auch ohne Brandstiftungen das Resultat das gleiche gewesen wäre.

Wie verführerisch es auch für die Franzosen war, Rastoptschin der Brutalität zu beschuldigen, oder für die Russen, den Bösewicht Bonaparte zu beschuldigen oder, in späterer Zeit, die heroische Fackel ihrem eigenen Volk in die Hand zu legen, so kann man sich doch der Einsicht nicht verschließen, daß eine solche unmittelbare Ursache des Brandes nicht vorhanden sein konnte, weil Moskau eben abbrennen mußte, wie jedes Dorf, jede Fabrik, jedes Haus abbrennen muß, wenn die Eigentümer wegziehen und es geschehen lassen, daß fremde Leute darin allein hausen und sich ihre Grütze kochen. Moskau ist von seinen Einwohnern eingeäschert worden; das ist richtig; aber nicht von denjenigen Einwohnern, die in der Stadt zurückgeblieben, sondern von denen, die fortgezogen waren. Moskau blieb, als es vom Feind besetzt war, nur deswegen nicht unversehrt, wie Berlin, Wien und andere Städte, weil seine Einwohner, statt den Franzosen Brot und Salz darzubringen und die Stadtschlüssel zu überreichen, die Stadt verlassen hatten.

XXVII

Die am 2. September sich nach allen Seiten ausbreitende und sofort versickernde Überflutung Moskaus durch die Franzosen erreichte denjenigen Stadtteil, in welchem Pierre jetzt wohnte, erst gegen Abend.

Pierre befand sich, nachdem er die zwei letzten Tage in der Einsamkeit und in ganz ungewöhnlicher Weise verlebt hatte, in einem Zustand, der dem Wahnsinn nahekam. Ein Gedanke, den er nicht loswerden konnte, beherrschte ihn vollständig. Er wußte selbst nicht, wie und wann es so gekommen war; aber dieser Gedanke beherrschte ihn jetzt dermaßen, daß er sich an nichts aus der Vergangenheit mehr erinnerte und nichts von der Gegenwart begriff; alles, was er sah und hörte, zog an ihm vorbei wie ein Traumgebilde.

Pierre hatte sich aus seinem Haus nur in der Absicht entfernt, sich von dem vielverschlungenen Wirrwarr der Anforderungen des Lebens zu befreien, von jenem Wirrwarr, der ihn erfaßt hatte und in dem er sich bei seinem jetzigen Zustand nicht zurechtzufinden imstande war. Er war in die Wohnung Osip Alexejewitschs gefahren unter dem Vorwand, die Bücher und Papiere des Verstorbenen zu sichten, in Wirklichkeit aber nur, weil er sich aus dem wilden Tumult des Lebens in einen ruhigen Hafen flüchten wollte und mit der Erinnerung an Osip Alexejewitsch sich in seiner Seele die Vorstellung von einer Welt ewiger, ruhiger, erhabener Gedanken verband, in vollstem Gegensatz zu dem unruhigen Wirrwarr, in den er sich hineingezogen fühlte. Er hatte in dem Arbeitszimmer Osip Alexejewitschs einen stillen Zufluchtsort gesucht und wirklich dort einen solchen gefunden. Als er sich in der Totenstille dieses Zimmers an dem bestaubten Schreibtisch des Verstorbenen niedergelassen und den Kopf auf die Arme gestützt hatte, da waren ihm ruhig und ernst, eine nach der andern, die Erinnerungen an die letzten Tage vor die Seele getreten, besonders an die Schlacht bei Borodino und an jenes für ihn unüberwindliche Gefühl der eigenen Nichtigkeit und Falschheit gegenüber der Wahrhaftigkeit, Schlichtheit und Kraft jener Menschenklasse, die sich seiner Seele unter der Bezeichnung »sie« eingeprägt hatte. Als er von Gerasim aus seiner Versunkenheit geweckt worden war, da war ihm der Gedanke gekommen, an der, wie er wußte, beabsichtigten Verteidigung Moskaus durch das Volk teilzunehmen. Und zu diesem Zweck hatte er sogleich Gerasim gebeten, ihm einen Kaftan und eine Pistole zu verschaffen, und ihm mitgeteilt, er habe vor, mit Verheimlichung seines Namens im Haus Osip Alexejewitschs zu bleiben. Dann war ihm im Laufe des ersten, einsam und untätig verbrachten Tages (Pierre hatte wiederholentlich vergebens versucht, seine Aufmerksamkeit auf die freimaurerischen Manuskripte zu konzentrieren) mehrmals in undeutlicher Gestalt ein Gedanke durch den Kopf gegangen, der ihn auch schon früher beschäftigt hatte, der Gedanke an die kabbalistische Bedeutung seines Namens in Verbindung mit dem Namen Bonapartes; aber dieser Gedanke, daß er, L'Russe Besuhof, dazu prädestiniert sei, der Macht »des Tieres« ein Ziel zu setzen, war ihm nur erst wie eine flüchtige Idee gekommen, wie sie einem oft ohne Anlaß und ohne Folge durch den Kopf huschen.

Als Pierre sich den Kaftan gekauft hatte (lediglich in der Absicht, an der Verteidigung Moskaus durch das Volk teilzunehmen) und der Familie

Rostow begegnet war und Natascha zu ihm gesagt hatte: »Sie bleiben hier? Ach, wie schön ist das!«, da war in seiner Seele der Gedanke aufgeblitzt, daß es wirklich schön wäre, selbst im Fall der Besetzung Moskaus durch den Feind, wenn er in der Stadt bliebe und das ausführte, wozu er prädestiniert sei.

Am folgenden Tag ging er, ganz erfüllt von dem Gedanken, sich selbst nicht zu schonen und in keinem Stücke »ihnen« nachzustehen, vor das Dreibergen-Tor hinaus. Aber als er sich überzeugt hatte, daß Moskau nicht verteidigt werden würde, und nach Hause zurückgekehrt war, da fühlte er plötzlich, daß das, was ihm vorher nur als Möglichkeit vor Augen gestanden hatte, jetzt eine unvermeidliche Notwendigkeit geworden war. Er mußte unter Verheimlichung seines Namens in Moskau bleiben und in Napoleons Nähe zu kommen und ihn zu töten suchen, um entweder umzukommen oder das Elend von ganz Europa zu beenden, das nach Pierres Ansicht einzig und allein von Napoleon herrührte.

Pierre kannte alle Einzelheiten des Attentats, das ein deutscher Student im Jahre 1809 in Wien auf Bonaparte unternommen hatte, und wußte, daß dieser Student erschossen worden war. Aber die Gefahr, der er bei der Ausführung seiner Absicht sein Leben aussetzte, reizte ihn nur noch mehr.

Zwei gleich starke Gefühle waren es, die in Pierres Seele als Triebfedern zu dieser beabsichtigten Tat wirkten. Das erste war das Gefühl des Bedürfnisses, angesichts des allgemeinen Unglücks Opfer zu bringen und mit zu leiden, jenes Gefühl, unter dessen Einwirkung er am 25. nach Moschaisk gefahren war und sich mitten in den heißesten Kampf hineinbegeben hatte und jetzt aus seinem Haus geflohen war und unter Verzicht auf den gewohnten Luxus und die Bequemlichkeiten des Lebens unausgekleidet auf einem harten Sofa schlief und dieselbe Kost genoß wie Gerasim; das zweite war jenes undefinierbare, spezifisch russische Gefühl der Geringschätzung alles Konventionellen und Erkünstelten, alles mit der niedrigen Seite der menschlichen Natur Zusammenhängenden, alles dessen, was der Mehrzahl der Menschen als das höchste Erdenglück gilt. Zum erstenmal hatte Pierre dieses eigentümliche, bezaubernde Gefühl im Slobodski-Palais kennengelernt, als er auf einmal zu dem Bewußtsein gekommen war, daß Reichtum, Macht, Leben, kurz alles, was die Menschen mit solchem Eifer zu erwerben und zu bewahren suchen, wenn es überhaupt einen Wert hat, nur insofern einen Wert besitzt, als ein Genuß darin liegt, all dies von sich zu werfen.

Es war dies jenes Gefühl, von welchem getrieben der freiwillige Rekrut die letzte Kopeke vertrinkt, der Betrunkene ohne jeden sichtbaren Anlaß Spiegel und Fensterscheiben zerschlägt, obwohl er weiß, daß dies ihn sein letztes Geld kosten wird; jenes Gefühl, von welchem getrieben der Mensch durch die Ausführung von Taten, die im vulgären Sinn unverständig sind, gleichsam seine persönliche Macht und Kraft auf die Probe stellt, indem er dadurch das Vorhandensein eines höheren, außerhalb der menschlichen Lebensverhältnisse stehenden Gerichtes über Leben und Tod offenbar macht.

Schon von dem Tag an, an welchem Pierre zum erstenmal im Slobodski-Palais dieses Gefühl kennengelernt hatte, hatte er sich beständig unter der Einwirkung desselben befunden; aber erst jetzt fand er in ihm seine volle Befriedigung. Außerdem wurde im jetzigen Augenblick Pierre auch durch das, was er bereits nach dieser Richtung hin getan hatte, in seiner Absicht bestärkt und der Möglichkeit eines Zurücktretens beraubt. Seine Flucht aus seinem Haus und sein Kaftan und die Pistole und die den Rostows gegenüber von ihm abgegebene Erklärung, daß er in Moskau bleiben werde, alles dies hätte nicht nur jeden Sinn verloren, sondern wäre auch albern und lächerlich geworden (und in dieser Hinsicht war Pierre sehr empfindlich), wenn er nach alledem, ebenso wie die andern, Moskau verlassen hätte.

Pierres physischer Zustand entsprach, wie das ja immer der Fall zu sein pflegt, seinem seelischen. Die ungewohnte, grobe Nahrung, der Branntwein, den er in diesen Tagen getrunken hatte, das Entbehren des Weines und der Zigarren, die schmutzige, nicht gewechselte Wäsche, die fast schlaflosen beiden Nächte, die er auf dem kurzen Sofa ohne Federbetten verbracht hatte, alles dies erhielt ihn in einem Zustand reizbarer Erregung, der dem Wahnsinn nahekam.

*

Es war schon zwei Uhr nachmittags. Die Franzosen waren bereits in Moskau eingerückt. Pierre wußte das; aber statt zu handeln, dachte er nur an sein Vorhaben und überlegte alle die kleinen und kleinsten Einzelheiten, die damit verbunden sein würden. Und zwar war das, was er sich in seinen Träumereien lebhaft vergegenwärtigte, nicht eigentlich der Akt der Ermordung selbst oder der Tod Napoleons; wohl aber stellte er sich mit außerordentlicher Klarheit und mit einer Art von traurigem Genuß seinen eigenen Untergang und seine heldenmütige Mannhaftigkeit vor.

»Ja, ich muß mich opfern, einer für alle; ich muß es ausführen oder zugrunde gehen!« dachte er. »Ja, ich will hingehen … und dann auf einmal … Mit der Pistole oder mit dem Dolch?« überlegte er. »Aber darauf kommt es nicht an. ›Nicht ich, sondern die Hand der Vorsehung vollstreckt an dir die Todesstrafe‹, werde ich sagen.« (So legte sich Pierre die Worte zurecht, die er bei der Ermordung Napoleons sprechen wollte.) »Nun wohl, packt mich und richtet mich hin!« sprach Pierre weiter bei sich mit trauriger, aber fest entschlossener Miene und ließ den Kopf sinken.

Während Pierre, mitten im Zimmer stehend, solche Überlegungen anstellte, öffnete sich die Tür des Arbeitszimmers, und auf der Schwelle erschien die völlig verwandelte Gestalt des vorher immer so schüchternen Makar Alexejewitsch.

Sein Schlafrock stand offen. Sein Gesicht war gerötet und entstellt. Augenscheinlich war er betrunken.

Als er Pierre erblickte, wurde er im ersten Augenblick verlegen; aber als er dann auch auf Pierres Gesicht eine gewisse Verlegenheit wahrnahm, machte ihn das sofort dreister, und er kam auf seinen dünnen, schwankenden Beinen bis in die Mitte des Zimmers.

»Die andern haben den Mut verloren«, sagte er in vertraulichem Ton mit heiserer Stimme. »Aber ich sage: Ich ergebe mich nicht. Ja, so sage ich ... ist's nicht recht so, mein Herr?«

Er überlegte ein Weilchen, und als er dann die Pistole auf dem Tisch erblickte, ergriff er sie auf einmal mit ungeahnter Geschwindigkeit und lief damit auf den Korridor hinaus.

Gerasim und der Hausknecht, die hinter ihm hergegangen waren, hielten ihn auf dem Flur an und versuchten, ihm die Pistole abzunehmen. Pierre, der auf den Korridor hinaustrat, betrachtete voll Mitleid und Ekel diesen halbverrückten Alten.

Vor Anstrengung die Stirn runzelnd, hielt Makar Alexejewitsch die Pistole fest und schrie mit heiserer Stimme; offenbar glaubte er, sich in einer erhabenen Situation zu befinden.

»Zu den Waffen! Zum Entern! Bilde dir nichts ein, du wirst sie mir nicht wegnehmen!« schrie er.

»Lassen Sie es doch gut sein, bitte, lassen Sie es doch gut sein! Haben Sie die Güte; bitte, lassen Sie doch! Nun, bitte, gnädiger Herr ...!« sagte Gerasim und suchte behutsam Makar Alexejewitsch an den Ellbogen nach einer Tür hin zu drehen.

»Wer bist du? Bist du Bonaparte?« schrie Makar Alexejewitsch.

»Aber das ist nicht hübsch von Ihnen, gnädiger Herr. Bitte, kommen Sie ins Zimmer; da können Sie sich ausruhen. Bitte, geben Sie das Pistölchen her!«

»Weg, verächtlicher Sklave! Rühre mich nicht an! Siehst du das da?« rief Makar Alexejewitsch und schüttelte die Pistole. »Zum Entern!«

»Faß zu!« flüsterte Gerasim dem Hausknecht zu.

Sie ergriffen Makar Alexejewitsch bei den Armen und schleppten ihn zur Tür hin.

Häßliches Gepolter der Ringenden und das heisere, atemlose Geschrei des Betrunkenen erfüllten den Flur.

Plötzlich erscholl ein neuer durchdringender Schrei einer Frauenstimme von der Haustür her, und die Köchin kam auf den Flur gelaufen.

»Da sind sie! O Gott, o Gott! Wahrhaftig, sie sind da! Vier Mann, zu Pferde!« rief sie.

Gerasim und der Hausknecht ließen Makar Alexejewitsch los, und in dem nun still gewordenen Korridor hörte man deutlich, wie mehrere Hände an die Haustür pochten.

XXVIII

Pierre, der sich die Meinung zurechtgemacht hatte, er dürfe vor Ausführung seiner Absicht weder seinen Stand noch seine Kenntnis des Französischen merken lassen, stand in der halbgeöffneten Korridortür und hatte vor, sofort zu verschwinden, sobald die Franzosen hereinkämen. Aber die Franzosen kamen herein, und Pierre ging trotzdem nicht von der Tür fort: Eine unbezwingliche Neugier hielt ihn fest.

Es waren ihrer zwei: der eine ein Offizier, ein schöner Mann von hohem Wuchs und mutigem Aussehen, der andre offenbar ein Gemeiner oder ein Bursche, untersetzt, mager, von der Sonne verbrannt, mit eingefallenen Backen und stumpfem Gesichtsausdruck. Der Offizier, der sich auf einen Stock stützte und ein wenig hinkte, ging voran. Nachdem er einige Schritte getan hatte, schien er mit sich darüber ins reine gekommen zu sein, daß dieses Quartier gut für ihn passe; er blieb stehen, wandte sich zu dem in der Tür stehenden Soldaten zurück und rief ihm mit lauter Kommandostimme zu, sie sollten die Pferde hereinbringen. Nachdem er dies erledigt hatte, strich sich der Offizier mit einer forschen Gebärde, indem er den Ellbogen hoch aufhob, den Schnurrbart zurecht und legte die Hand an die Mütze.

»Guten Tag, allerseits!« sagte er auf französisch und blickte vergnügt lächelnd rings um sich.

Niemand antwortete.

»Sind Sie der Hausherr?« wandte er sich an Gerasim.

Gerasim sah den Offizier erschrocken und fragend an.

»Quartier, Quartier, Logis«, fuhr der Offizier fort und betrachtete den kleinen Menschen von oben bis unten mit einem leutseligen, gutmütigen Lächeln. »Die Franzosen sind gute Kerle. Weiß Gott! Sie sollen sehen, Alterchen: Wir werden uns schon vertragen«, fügte er hinzu und klopfte dem erschrockenen, schweigsamen Gerasim auf die Schulter.

»Nun? Sagen Sie mal, spricht denn hier im Haus kein Mensch französisch?« redete er weiter, sah sich rings um, und seine Blicke begegneten den Blicken Pierres. Pierre zog sich von der Tür zurück.

Der Offizier wandte sich wieder an Gerasim. Er verlangte, Gerasim solle ihm die Zimmer im Haus zeigen.

»Der Herr ist nicht da … ich verstehe Sie nicht …«, sagte Gerasim, bemühte sich aber dabei, seine Worte dadurch verständlicher zu machen, daß er sie in verdrehter Weise aussprach.

Der französische Offizier breitete, dicht vor Gerasim hintretend, lächelnd die Arme auseinander und gab dadurch zu verstehen, daß auch er ihn nicht verstände; dann ging er, leicht hinkend, zu der Tür hin, an welcher Pierre stand. Pierre wollte weggehen, um sich vor ihm zu verbergen; aber in diesem Augenblick sah er, wie sich die Küchentür öffnete und Makar Alexejewitsch mit der Pistole in der Hand sich von dort hereinbog. Mit der den Wahnsinnigen eigenen Schlauheit betrachtete Makar Alexejewitsch den Franzosen, hob dann die Pistole in die Höhe und zielte.

»Zum Entern!« schrie der Betrunkene und fingerte an der Pistole herum, um sie abzudrücken. Der französische Offizier wandte sich auf den Schrei um, und in demselben Augenblick stürzte sich Pierre auf den Betrunkenen. In dem Augenblick, als Pierre die Pistole faßte und nach oben drehte, hatte Makar Alexejewitsch endlich mit den Fingern den Abzug gefunden, und es ertönte ein betäubender Schuß, der alle Anwesenden in Pulverdampf hüllte. Der Franzose wurde blaß und stürzte zur Tür zurück.

Pierre vergaß seinen Vorsatz, nicht merken zu lassen, daß er des Französischen mächtig sei, riß dem Betrunkenen die Pistole aus der Hand und warf sie beiseite; dann lief er zu dem Offizier hin und redete ihn auf französisch an.

»Sie sind nicht verwundet?« fragte er.

»Ich glaube nicht«, antwortete der Offizier, indem er an sich herumtastete. »Diesmal bin ich glücklich davongekommen«, fügte er hinzu und deutete auf den abgeschlagenen Kalkbewurf an der Wand. »Was ist das für ein Mensch?« fragte er, Pierre streng ansehend.

»Ich bin wirklich in Verzweiflung über diesen Vorfall«, erwiderte Pierre schnell, ohne an seine Rolle zu denken. »Er ist ein Narr, ein Unglücklicher, der nicht wußte, was er tat.«

Der Offizier trat zu Makar Alexejewitsch hin und packte ihn am Kragen.

Makar Alexejewitsch machte die Lippen auseinander, wie wenn er einschliefe, schwankte hin und her und lehnte sich gegen die Wand.

»Mordbube, das sollst du mir büßen!« sagte der Franzose und zog seine Hand wieder zurück. »Wir sind milde nach dem Sieg; aber Verräter finden bei uns keine Gnade«, fügte er mit finsterem, feierlichem Ernst in der Miene und mit einer hübschen, energischen Handbewegung hinzu.

Pierre fuhr fort, den Offizier auf französisch zu bitten, er möchte doch diesen betrunkenen, geistesschwachen Menschen nicht zur Verantwortung ziehen. Der Franzose hörte ihn schweigend an, ohne seine finstere Miene zu ändern; aber plötzlich wandte er sich lächelnd zu Pierre hin. Er betrachtete ihn einige Sekunden lang schweigend. Sein schönes Gesicht nahm einen theatralischen Ausdruck zärtlicher Rührung an, und er streckte ihm die Hand hin.

»Sie haben mir das Leben gerettet! Sie sind ein Franzose«, sagte er.

Für einen Franzosen war diese Schlußfolgerung zwingend. Eine große, edle Tat vollbringen, das konnte nur ein Franzose, und ihm das Leben zu retten, ihm, Herrn Ramballe, Kapitän im dreizehnten Regiment Chevauleger, das war ohne Zweifel eine sehr große, edle Tat.

Aber mochte diese Schlußfolgerung auch noch so zwingend und die sich darauf gründende Überzeugung des Offiziers noch so fest sein, so hielt es Pierre doch für nötig, seine falsche Vorstellung zu zerstören.

»Ich bin Russe«, sagte er schnell.

»Papperlapapp! Machen Sie mir nichts weis!« erwiderte der Franzose lächelnd und bewegte einen Finger vor seiner Nase hin und her. »Sie werden mir sehr bald erzählen, wie es damit steht. Ich bin entzückt, hier einen Landsmann zu treffen. Nun also, was werden wir mit diesem Menschen anfangen?« fügte er, zu Pierre gewendet, hinzu, den er schon wie einen guten Kameraden behandelte.

Die Miene und der Ton des französischen Offiziers besagten ungefähr: Selbst wenn Pierre kein Franzose sein sollte, so könne er doch, nachdem er einmal diese Benennung, die höchste in der ganzen Welt, erhalten habe, sie nicht ablehnen. Auf die letzte Frage antwortend, setzte Pierre noch einmal auseinander, wer Makar Alexejewitsch sei, und erzählte, daß kurz vor ihrer Ankunft dieser betrunkene, geistesschwache Mensch sich unversehens der geladenen Pistole bemächtigt habe, die man ihm so schnell noch nicht habe wieder wegnehmen können, und bat, von einer Strafe für seine Tat abzusehen.

Der Franzose drückte die Brust heraus und machte eine Handbewegung, deren sich kein Kaiser zu schämen gehabt hätte.

»Sie haben mir das Leben gerettet! Sie sind ein Franzose. Sie bitten mich um seine Begnadigung? Ich bewillige sie Ihnen. Man führe diesen Menschen fort!« sagte der französische Offizier schnell und energisch, faßte dann Pierre, den er zum Dank für die Rettung seines Lebens zum Franzosen befördert hatte, unter den Arm und ging mit ihm in die Wohnung.

Die Soldaten, die sich auf dem Hof befunden hatten, waren, als sie den Schuß gehört hatten, in den Flur gekommen, um zu fragen, was geschehen sei, und um sich zwecks Bestrafung der Schuldigen zur Verfügung zu stellen; aber der Offizier wies sie in strengem Ton zurück.

»Wenn ich euch brauche, werde ich euch rufen«, sagte er.

Die Soldaten gingen wieder hinaus. Der Bursche, der unterdessen schon Zeit gefunden hatte, in der Küche einen Besuch zu machen, trat an den Offizier heran.

»Kapitän, sie haben hier Suppe und Hammelkeule in der Küche«, sagte er. »Soll ich es Ihnen bringen?«

»Ja, und auch Wein«, erwiderte der Kapitän.

XXIX

Als der französische Offizier und Pierre zusammen in die Wohnung hineingegangen waren, hielt Pierre es für seine Pflicht, dem Kapitän nochmals zu versichern, daß er nicht Franzose sei, und wollte sich dann von ihm entfernen; aber der französische Offizier wollte davon nichts hören. Er war dermaßen höflich, liebenswürdig, gutmütig und seinem Lebensretter dermaßen aufrichtig dankbar, daß Pierre es nicht übers Herz brachte, ihm eine abschlägige Antwort zu erteilen, und sich mit ihm zusammen im Salon, dem ersten Zimmer, in das sie eingetreten waren, niedersetzte. Auf Pierres Versicherung, daß er nicht Franzose sei, zuckte der Kapitän, der offenbar nicht begriff, wie jemand eine so schmeichelhafte Benennung ablehnen könne, nur die Achseln und sagte, wenn Pierre denn durchaus für einen Russen gelten wolle, so habe er weiter nichts dagegen; er bleibe aber trotzdem mit ihm in gleicher Weise lebenslänglich durch das Gefühl der Dankbarkeit für die Lebensrettung verbunden.

Wäre dieser Mensch auch nur im geringsten mit der Fähigkeit begabt gewesen, die Gefühle anderer Leute zu verstehen, und hätte er von Pierres Empfindungen etwas geahnt, so wäre Pierre wahrscheinlich von ihm fortgegangen; aber die muntere Verständnislosigkeit dieses Menschen für alles, was nicht er selbst war, übte auf Pierre einen eigenen Reiz aus.

»Also entweder Franzose oder russischer Fürst inkognito«, sagte der Franzose mit einem Blick auf Pierres feine, wenn auch schmutzige Wäsche und auf den Ring an seinem Finger. »Ich verdanke Ihnen mein Leben und biete Ihnen meine Freundschaft an. Weder eine Beleidigung noch einen ihm geleisteten Dienst vergißt ein Franzose jemals. Ich biete Ihnen meine Freundschaft an. Weiter sage ich nichts.«

In dem Klang der Stimme, in dem Ausdruck des Gesichtes und in den Handbewegungen dieses Offiziers lagen so viel Gutherzigkeit und Edelmut (im französischen Sinne), daß Pierre das Lächeln des Franzosen unwillkürlich mit einem Lächeln erwiderte und die ihm hingestreckte Hand drückte.

»Kapitän Ramballe vom dreizehnten Chevauleger-Regiment, Ritter der Ehrenlegion für die Schlacht am siebenten«, stellte er sich vor und verzog dabei die Lippen unter dem Schnurrbart zu einem selbstzufriedenen Lächeln, das er nicht unterdrücken konnte. »Würden Sie wohl die Güte haben, mir jetzt auch zu sagen, mit wem ich die Ehre habe, mich so angenehm zu unterhalten, statt mit der Kugel dieses Narren im Leib im Lazarett zu liegen?«

Pierre erwiderte, er dürfe seinen Namen nicht nennen, und wollte errötend anfangen, von den Gründen zu sprechen, die ihm dies verboten; aber der Franzose unterbrach ihn eilig.

»Lassen Sie gut sein!« sagte er. »Ich verstehe Ihre Gründe; Sie sind Offizier, vielleicht ein höherer Offizier. Sie haben gegen uns die Waffen getragen. Aber das geht mich jetzt nichts an. Ich verdanke Ihnen mein Leben. Das genügt mir. Ich bin ganz der Ihrige. Sie sind Edelmann?« fügte er mit einem leisen Beiklang von fragendem Ton hinzu. Pierre neigte den Kopf. »Wollen Sie mir gefälligst Ihren Taufnamen nennen? Ich werde keine weiteren Fragen stellen. Monsieur Pierre, sagen Sie. Vortrefflich; das ist alles, was ich zu wissen wünsche.«

Als das Hammelfleisch, Rührei, ein Samowar, Branntwein und Wein gebracht waren (letzteren hatten die Franzosen selbst mitgebracht; er stammte aus einem russischen Keller), da forderte Ramballe Pierre auf, an diesem Mittagessen teilzunehmen, und begann unverzüglich selbst mit dem Appetit und der Geschwindigkeit eines gesunden, hungrigen Menschen zu essen, indem er eilig mit seinen kräftigen Zähnen kaute, fortwährend vor Vergnügen schmatzte und dabei bemerkte: »Ausgezeichnet, ganz vorzüglich!« Sein Gesicht rötete sich und überzog sich mit Schweißtröpfchen. Pierre war hungrig und beteiligte sich sehr gern an der Mahlzeit. Morel, der Bursche, brachte eine Kasserolle mit warmem Wasser und stellte die Rotweinflasche hinein. Außerdem brachte er eine Flasche mit Kwas, die er zur Probe aus der Küche mitgenommen hatte. Dieses Getränk war den Franzosen schon bekannt, und sie hatten ihm einen besonderen Namen gegeben. Sie nannten es Schweine-Limonade, und Morel rühmte diese Schweine-Limonade, die er in der Küche gefunden hatte. Aber da der Kapitän den Wein zur Verfügung hatte, der bei einer Wanderung durch Moskau seine Beute geworden war, so überließ er den Kwas dem Burschen Morel und hielt sich seinerseits an den Bordeaux. Er wickelte die Flasche bis an den Hals in eine Serviette und goß sich und Pierre Wein ein. Der gestillte Hunger und der genossene Wein machten den Kapitän noch lebhafter, und so redete er denn während des Mittagessens ununterbrochen.

»Ja, mein lieber Monsieur Pierre, ich fühle mich verpflichtet, eine stattliche Kerze dafür in eine Kirche zu stiften, daß Sie mich vor diesem Rasenden gerettet haben. Wissen Sie, ich habe schon genug von diesen Dingern, den Kugeln, im Leib. Da ist eine« (er zeigte auf seine Seite), »die habe ich bei Wagram bekommen. Und eine zweite bekam ich bei Smolensk.« (Er wies auf eine Narbe, die er an der Wange hatte.) »Und dann dieses Bein, das nicht ordentlich gehen will, wie Sie sehen. Das habe ich bei der großen Schlacht vom siebenten an der Moskwa abbekommen. Donnerwetter, war das schön! Das war sehenswert; es war ein richtiges Feuermeer. Sie haben es uns sauer gemacht; Sie können sich dessen rühmen, alle Wetter! Aber, mein Ehrenwort, trotz des Hustens, den ich mir dabei geholt habe, wäre ich auf der Stelle bereit, die Geschichte noch einmal von vorn durchzumachen. Ich bedaure jeden, der das nicht gesehen hat.«

»Ich bin dabeigewesen«, sagte Pierre.

»Ah, wirklich? Nun, um so besser«, redete der Franzose weiter. »Sie sind tüchtige Feinde; das muß man Ihnen lassen. Die große Schanze hat sich gut gehalten, Himmelsapperment! Für die haben Sie uns einen gehörigen Preis bezahlen lassen. Drei Attacken auf diese Schanze habe ich mitgemacht, so wahr ich hier sitze. Dreimal waren wir schon bei den Kanonen, und dreimal wurden wir niedergeworfen wie Pappsoldaten. Oh, das war mal schön, Monsieur Pierre! Ihre Grenadiere waren großartig, Schwerenot noch mal! Ich habe gesehen, wie sie sechsmal hintereinander ihre Reihen wieder schlossen und marschierten, als ob sie auf der Parade wären. Die schönen Menschen! Unser König von Neapel (und der ist ein Kenner auf diesem Gebiet) rief: ›Bravo!‹ … Ja, ja, ihr seid ebensolche Soldaten wie wir«, fügte er nach kurzem Stillschweigen lächelnd hinzu. »Um so besser, um so besser, Monsieur Pierre. Furchtbar in der Schlacht, galant« (hier zwinkerte er ihm lächelnd zu) »gegen schöne Damen; so sind die Franzosen, Monsieur Pierre; nicht wahr?«

Der Kapitän war von einer so naiven, gutmütigen Heiterkeit und einer so ungetrübten Selbstzufriedenheit, daß Pierre, der ihn heiter ansah, beinahe selbst mit den Augen zu zwinkern anfing. Wahrscheinlich brachte das Wort »galant« den Kapitän auf den Gedanken an die Situation in Moskau.

»Apropos, sagen Sie doch, ist es wahr, daß alle Frauen Moskau verlassen haben? Eine wunderliche Idee! Was hatten sie denn zu fürchten?«

»Würden die französischen Damen nicht auch Paris verlassen, wenn die Russen dort einzögen?« fragte Pierre.

»Ha, ha, ha!« lachte der Franzose lustig, wie ein echter Sanguiniker, und klopfte Pierre auf die Schulter. »Da haben Sie einen guten Witz gemacht. Paris? Ja, Paris, Paris …«

»Paris ist die Hauptstadt der Welt«, sagte Pierre, den angefangenen Satz des andern ergänzend.

Der Kapitän blickte Pierre an. Er hatte die Gewohnheit an sich, mitten im Gespräch innezuhalten und mit lachenden, freundlichen Augen vor sich hin zu sehen.

»Nun, wenn Sie mir nicht gesagt hätten, daß Sie Russe sind, hätte ich gewettet, daß Sie ein Pariser wären. Sie haben so etwas Undefinierbares, dieses …« Und nachdem er dieses Kompliment gesagt hatte, blickte er schweigend vor sich hin.

»Ich bin in Paris gewesen; ich habe dort mehrere Jahre gelebt«, sagte Pierre.

»Oh, das merkt man Ihnen leicht an. Paris …! Wer Paris nicht kennt, der ist ein Wilder. Einen Pariser erkennt man auf zwei Meilen. Paris, das ist Talma, die Duchesnois, Potier, die Sorbonne, die Boulevards«, und da er bemerkte, daß der Schluß gegen das Vorhergehende etwas abfiel, fügte er rasch hinzu: »Es gibt nur ein Paris in der Welt. Sie sind in Paris gewesen und sind Russe geblieben. Nun, das tut meiner Hochachtung für Sie keinen Eintrag.«

Infolge des genossenen Weines und infolge davon, daß er mehrere Tage in der Einsamkeit und in trüben Gedanken verlebt hatte, empfand Pierre unwillkürlich ein gewisses Vergnügen an der Unterhaltung mit diesem heitern, gutherzigen Menschen.

»Um wieder auf Ihre Damen zurückzukommen«, sagte der Franzose, »es heißt ja, sie seien sehr schön. Welche verdrehte Idee, davonzugehen und sich in den Steppen zu vergraben, während die französische Armee in Moskau ist! Welch eine schöne Gelegenheit haben sie verpaßt, Ihre Damen. Ihre Bauern, ja, das ist etwas anderes; aber Sie, die Gebildeten, Sie sollten uns doch besser kennen. Wir haben Wien, Berlin, Madrid, Neapel, Rom, Warschau, alle Hauptstädte der Welt eingenommen. Wir werden gefürchtet, aber geliebt. Es macht einem jeden Freude, uns näher kennenzulernen. Und dann der Kaiser …« begann er; aber Pierre unterbrach ihn.

»Der Kaiser …«, wiederholte Pierre, und sein Gesicht nahm plötzlich einen trüben, verlegenen Ausdruck an. »Ist denn der Kaiser wirklich …«

»Der Kaiser? Der Kaiser ist die Großmut, die Gnade, die Gerechtigkeit, die Ordnung, das Genie in eigener Person; das ist der Kaiser. Das sage ich Ihnen, ich, Kapitän Ramballe. Ich versichere Ihnen, ich war sein Feind, noch vor acht Jahren war ich sein Feind. Mein Vater, ein Graf, war Emigrant. Aber er hat mich besiegt, dieser Mann. Er hat mich gepackt. Ich habe nicht widerstehen können, als ich sah, wie er Frankreich groß machte und mit Ruhm schmückte. Als ich begriff, was er wollte, als ich sah, daß er uns auf Lorbeeren bettete, sehen Sie, da habe ich mir gesagt: ›Das ist ein Souverän!‹ und habe mich ihm zu eigen gegeben. So ist das! Ja, mein Lieber, er ist der größte Mann aller vergangenen und kommenden Jahrhunderte.«

»Ist er in Moskau?« fragte Pierre stotternd und machte dabei ein Gesicht wie ein Verbrecher.

Der Franzose sah Pierres Verbrechergesicht an und lächelte.

»Nein, noch nicht; er wird erst morgen seinen Einzug halten«, sagte er und fuhr dann in seiner Erzählung fort.

Ihr Gespräch wurde durch ein Geschrei mehrerer Stimmen am Tor und durch den Eintritt Morels unterbrochen, der dem Kapitän zu melden kam, Württemberger Husaren seien gekommen und wollten ihre Pferde auf demselben Hof unterbringen, auf dem schon die Pferde des Kapitäns ständen; besondere Schwierigkeit entstände dadurch, daß die Husaren nicht verständen, was ihnen gesagt würde.

Der Kapitän ließ sich den ältesten Unteroffizier hereinrufen und fragte ihn in strengem Ton, zu welchem Regiment er gehöre, wer ihr Kommandeur sei, und mit welchem Recht er sich erlaube, ein Quartier in Anspruch zu nehmen, das bereits belegt sei. Auf die ersten beiden Fragen nannte der Deutsche, der nur schlecht Französisch verstand, sein Regiment und seinen Kommandeur; aber die letzte Frage verstand er nicht und antwortete, indem er in sein Deutsch verunstaltete französische Worte hineinmengte, er sei der Quartiermacher des Regiments, und es sei ihm vom Kommandeur befohlen, in dieser Straße alle Häuser der Reihe nach mit Beschlag zu belegen. Pierre, der Deutsch konnte, übersetzte dem Kapitän das, was der Deutsche sagte, und übermittelte die Antwort des Kapitäns auf deutsch dem Württemberger Husaren. Nachdem der Deutsche verstanden hatte, was zu ihm gesagt wurde, gab er nach und führte seine Leute fort. Der Kapitän trat auf die Freitreppe hinaus und erteilte mit lauter Stimme Befehle.

Als er wieder in das Zimmer zurückkehrte, saß Pierre immer noch auf demselben Platz, auf dem er vorher gesessen hatte, den Kopf auf die Arme gestützt. Sein Gesicht drückte einen tiefen Schmerz aus. Er litt wirklich in diesem Augenblick schwer. Als der Kapitän hinausgegangen und Pierre allein geblieben war, hatte er auf einmal wieder seine Gedanken gesammelt und war sich der Lage, in der er sich befand, bewußt geworden. Nicht daß Moskau von den Feinden besetzt war, auch nicht, daß diese glücklichen Sieger in der Stadt die Herren spielten und ihn gönnerhaft behandelten, nicht das war es, was ihn in diesem Augenblick quälte, so schwer er es auch empfand. Was ihn quälte, war das Bewußtsein seiner eigenen Schwäche. Die paar Gläser Wein, die er getrunken hatte, und das Gespräch mit diesem gutherzigen Menschen hatten die düster grübelnde Stimmung zerstört, in der Pierre die letzten Tage verbracht hatte und die zur Ausführung seiner Absicht unumgänglich notwendig war. Die Pistole und der Dolch und der Kaftan waren bereit, und Napoleon hielt morgen seinen Einzug. Pierre hielt die Ermordung des Bösewichtes noch für ebenso nützlich und verdienstvoll wie vorher; aber er fühlte, daß er diese Tat jetzt nicht zur Ausführung bringen werde. Warum, das wußte er nicht; aber er hatte gewissermaßen eine Ahnung, daß er seine Absicht nicht verwirklichen werde. Er kämpfte gegen das Bewußtsein seiner Schwäche an, fühlte aber unklar, daß er sie nicht überwinden könne und daß das frühere düstere Gebäude von Gedanken an Rache, Mord und Selbstaufopferung bei der ersten Berührung durch einen beliebigen Menschen wie ein Kartenhaus zusammenfiel.

Der Kapitän trat, leicht hinkend und etwas vor sich hin pfeifend, ins Zimmer.

Das Geplauder des Franzosen, das vorher für Pierre amüsant gewesen war, erschien ihm jetzt widerwärtig. Auch das Liedchen, das dieser pfiff, und sein Gang und die Gebärde, mit der er sich den Schnurrbart drehte, alles wirkte jetzt auf Pierre wie eine Beleidigung. »Ich will sofort weggehen und kein Wort mehr mit ihm reden«, dachte Pierre. Er dachte das und blieb trotzdem auf demselben Fleck sitzen. Ein seltsames Gefühl der Schwäche hielt ihn an seinem Platz wie angeschmiedet fest; er wollte aufstehen und fortgehen, konnte es aber nicht.

Der Kapitän dagegen schien sehr vergnügt zu sein. Er ging ein paarmal im Zimmer auf und ab. Seine Augen glänzten, und sein Schnurrbart zuckte leise, als ob er still für sich über einen amüsanten Gedanken lächelte.

»Ein prächtiger Mensch, der Oberst, dieser Württemberger«, sagte er auf einmal. »Er ist ja ein Deutscher, aber ein braver Kerl trotz alledem. Aber freilich ein Deutscher.« (Er setzte sich Pierre gegenüber.) »Apropos, Sie können also Deutsch?«

Pierre sah ihn schweigend an.

»Wie sagt man für asile auf deutsch?«

»Asile?« wiederholte Pierre. »Asile heißt auf deutsch ›Unterkunft‹.«

»Wie sagen Sie?« fragte der Kapitän rasch und mißtrauisch.

»›Unterkunft‹«, sagte Pierre noch einmal.

»›Onterkoff‹«, sprach der Kapitän nach und blickte Pierre einige Sekunden lang mit lachenden Augen an. »Die Deutschen sind armselige Tröpfe! Nicht wahr, Monsieur Pierre?« fragte er.

»Nun, wie ist's? Noch eine Flasche von diesem Moskauer Bordeaux, nicht wahr? Morel wärmt uns noch ein Fläschchen. Morel!« rief der Kapitän vergnügt.

Morel brachte Kerzen und noch eine Flasche Wein. Der Kapitän betrachtete Pierre jetzt im Hellen und war augenscheinlich betroffen über das verstörte Gesicht desselben. Mit dem Ausdruck aufrichtiger Betrübnis und Teilnahme im Gesicht trat er an Pierre heran und beugte sich über ihn.

»Aber wir sind traurig?« sagte er und berührte Pierres Arm.

»Sollte ich Sie irgendwie gekränkt haben? Nein, sagen Sie aufrichtig: Haben Sie etwas gegen mich? Oder vielleicht grämen Sie sich über die Lage?«

Pierre gab ihm keine Antwort, sah ihm aber freundlich in die Augen. Dieser Ausdruck von Teilnahme berührte ihn angenehm.

»Mein Ehrenwort! Ganz abgesehen davon, daß ich Ihnen Dank schulde, hege ich eine wahre Freundschaft für Sie. Kann ich etwas für Sie tun? Verfügen Sie ganz über mich. Auf Leben und Tod. Das sage ich Ihnen, Hand aufs Herz«, sagte er und schlug sich auf die Brust.

»Ich danke Ihnen«, erwiderte Pierre.

Der Kapitän sah Pierre prüfend an, ebenso wie er ihn angesehen hatte, als er sich hatte sagen lassen, wie asile auf deutsch hieße, und plötzlich leuchtete sein Gesicht auf.

»Ah, dann trinke ich also auf unsere Freundschaft!« rief er fröhlich und goß zwei Gläser voll Wein.

Pierre nahm das vollgeschenkte Glas und trank es aus. Auch Ramballe leerte das seinige, drückte Pierre noch einmal die Hand und stützte sich in nachdenklicher, melancholischer Haltung mit dem Ellbogen auf den Tisch.

»Ja, mein teurer Freund, das sind die Launen des Schicksals«, begann er. »Wer hätte mir das vorhergesagt, daß ich Soldat und Dragonerkapitän im Dienst Bonapartes sein würde, wie wir ihn ehemals nannten. Und nun bin ich doch mit ihm hier in Moskau. Ich muß Ihnen sagen, lieber Freund«, fuhr er in dem trübseligen, gemessenen Ton jemandes fort, der sich anschickt, eine lange Geschichte zu erzählen, »daß unsere Familie eine der ältesten Frankreichs ist.«

Und mit der leichten, harmlosen Offenherzigkeit des Franzosen erzählte der Kapitän Pierre die Geschichte seiner Vorfahren und vieles aus seiner Kindheit, seiner Jugend und seinem Mannesalter und unterrichtete ihn über seine sämtlichen Verwandtschafts-, Vermögens- und Familienverhältnisse. Selbstverständlich spielte »meine arme Mutter« in dieser Erzählung eine große Rolle.

»Aber alles das ist nur die äußere Szenerie des Lebens; der eigentliche Kern des Lebens ist doch die Liebe! Die Liebe! Nicht wahr, Herr Pierre?« sagte er, lebhaft werdend. »Noch ein Glas!«

Pierre trank wieder aus und goß sich ein drittes Glas ein.

»Oh«, rief der Kapitän, »die Weiber, die Weiber!« Und Pierre mit feuchtschimmernden Augen anblickend, begann er von der Liebe und seinen Liebesabenteuern zu reden.

Diese Abenteuer waren, seiner Darstellung nach, sehr zahlreich gewesen, und das konnte man im Hinblick auf das selbstgefällige, hübsche Gesicht des Offiziers und die schwärmerische Begeisterung, mit der er von den Frauen sprach, auch gern glauben. Zwar trugen alle Liebesgeschichten Ramballes jenen charakteristischen Zug von Unsauberkeit an sich, in welchem die Franzosen den ausschließlichen Reiz und die Poesie der Liebe sehen; aber der Kapitän erzählte seine Geschichten mit einer solchen aufrichtigen Überzeugung davon, daß er allein alle Reize der Liebe erfahren und kennengelernt habe, und schilderte die Frauen in so verlockenden Farben, daß Pierre ihm mit Interesse zuhörte.

Es war offenbar, daß die Liebe, die für den Franzosen eine solche Wichtigkeit besaß, weder jene Liebe einfachster, niedriger Art war, wie sie Pierre einst für seine Frau empfunden hatte, noch auch jene von ihm selbst unterdrückte romantische Liebe, die er für Natascha empfand (diese beiden Arten von Liebe schätzte Ramballe in gleicher Weise gering: Die erstere war ihm die Liebe der Fuhrleute, die andere die Liebe der Einfaltspinsel); die Liebe, die der Franzose so hoch schätzte, bestand vornehmlich in einer Verkünstelung der Beziehungen zum Weib und in einer Häufung von Ungeheuerlichkeiten, die nach seiner Ansicht dem Gefühl erst den rechten Reiz gaben.

So erzählte der Kapitän eine rührende Geschichte von seiner Liebe zu einer bezaubernden fünfunddreißigjährigen Marquise und zugleich zu einem entzückenden, unschuldigen siebzehnjährigen jungen Mädchen, der Tochter der bezaubernden Marquise. Der Kampf der Großmut zwischen Mutter und Tochter, der damit geendet hatte, daß die Mutter, sich selbst zum Opfer bringend, ihrem Liebhaber ihre Tochter zur Frau angeboten hatte, versetzte selbst jetzt noch, wo dies eine weit zurückliegende Erinnerung war, den Kapitän in starke Aufregung. Dann erzählte er eine Geschichte, bei der der Gatte die Rolle des Liebhabers und er, der Liebhaber, die Rolle des Gatten gespielt hatte, und einige komische Begebnisse aus seinen souvenirs d'Allemagne, wo die Leute für asile »Unterkunft« sagen und die Ehemänner Sauerkraut essen und die jungen Mädchen gar zu blond sind.

Das letzte Erlebnis in Polen endlich, das dem Kapitän noch frisch im Gedächtnis haftete und das er mit lebhaften Gestikulationen und heißem Gesicht erzählte, bestand darin, daß er einem Polen das Leben gerettet hatte (überhaupt waren in den Erzählungen des Kapitäns Lebensrettungen ein immer wiederkehrendes Moment) und dieser Pole ihm seine bezaubernde Gattin, eine Pariserin ihrem ganzen geistigen Wesen nach, anvertraut hatte, während er selbst in französische Dienste getreten war. Der Kapitän war glücklich gewesen; die bezaubernde Polin hatte mit ihm entfliehen wollen; aber von Edelsinn geleitet, hatte der Kapitän dem Gatten die Frau zurückgegeben und dabei zu ihm gesagt: »Ich habe Ihnen das Leben gerettet und rette jetzt Ihre Ehre!« Als der Kapitän diese Worte anführte, wischte er sich die Augen und schüttelte sich, als wollte er sich einer Schwäche erwehren, die ihn bei dieser rührenden Erinnerung überkam.

Während Pierre die Erzählungen des Kapitäns anhörte, ging es ihm, wie das in später Abendzeit und nach Weingenuß nichts Seltenes ist: Er folgte allem, was der Kapitän sagte, und verstand alles, verfolgte aber gleichzeitig eine Reihe persönlicher Erinnerungen, die auf einmal aus nicht recht verständlichem Grund vor sein geistiges Auge traten. Und während er die Liebesgeschichten des Franzosen anhörte, mußte er auf einmal, für ihn selbst überraschend, an seine eigene Liebe zu Natascha denken, und indem er im Geist die einzelnen Bilder dieser Liebe sich wieder vergegenwärtigte, verglich er sie im stillen mit Ramballes Erzählungen. Er folgte der Erzählung von dem Kampf des Pflichtgefühls mit der Liebe und glaubte gleichzeitig alle, selbst die kleinsten Einzelheiten seiner letzten Begegnung mit dem Gegenstand seiner Liebe beim Sucharew-Turm vor sich zu sehen. Damals hatte diese Begegnung ihm keinen besonderen Eindruck gemacht; er hatte sogar seitdem nicht ein einziges Mal wieder daran gedacht; aber jetzt schien es ihm, daß diese Begegnung etwas sehr Bedeutsames und Poetisches gehabt habe.

Er glaubte jetzt die Worte zu hören, die sie damals gesprochen hatte: »Pjotr Kirillowitsch, kommen Sie doch her; ich habe Sie erkannt!« Er glaubte ihre Augen vor sich zu sehen und ihr Lächeln und ihr Reisehäubchen und eine Haarsträhne, die sich daraus hervorgestohlen hatte. Und in alledem fand er etwas Zartes, Rührendes.

Als der Kapitän seine Erzählung von der bezaubernden Polin beendet hatte, wandte er sich an Pierre mit der Frage, ob er selbst schon einmal ein ähnliches Gefühl der Selbstaufopferung und des Neides gegen den legitimen Gatten kennengelernt habe.

Durch diese Frage herausgefordert, hob Pierre den Kopf in die Höhe und fühlte das unabweisbare Bedürfnis, die Gedanken, die ihn beschäftigten, auszusprechen; er begann dem Franzosen auseinanderzusetzen, wie er die Liebe zum Weib etwas anders auffasse. Er sagte, daß er sein ganzes Leben lang nur ein einziges weibliches Wesen geliebt habe und noch liebe, und daß dieses Wesen ihm nie angehören könne.

»Ei der Tausend!« sagte der Kapitän.

Dann legte ihm Pierre dar, daß er dieses Mädchen seit dessen frühster Jugend geliebt habe; aber er habe nicht an sie zu denken gewagt, weil sie zu jung gewesen sei und er selbst ein illegitimer Sohn ohne Namen. Später aber, als ihm ein Name und Reichtum zugefallen sei, habe er deswegen nicht gewagt an sie zu denken, weil er sie zu sehr geliebt und zu hoch über alles in der Welt und erst recht über sich selbst gestellt habe.

Als Pierre bis zu diesem Punkt seiner Erzählung gelangt war, richtete er an den Kapitän die Frage, ob er ihn auch wohl verstehe.

Der Kapitän machte eine Gebärde, die besagte: Selbst wenn er ihn nicht verstehen sollte, bitte er ihn doch fortzufahren.

»Platonische Liebe, Nebeldunst …«, murmelte er vor sich hin.

War es nun der genossene Wein oder das Bedürfnis, sich offen auszusprechen, oder der Gedanke, daß dieser Mensch keine der handelnden Personen seiner Geschichte kenne oder jemals kennenlernen werde: Genug, eines hiervon oder alles zusammen löste Pierre die Zunge. Und mit lispelnder Sprache, die feuchtglänzenden Augen irgendwohin in die Ferne gerichtet, erzählte er seine ganze Geschichte: von seiner Heirat, und von Nataschas Liebe zu seinem besten Freund, und von ihrem Treubruch und von all seinen harmlosen Beziehungen zu ihr. Durch Ramballes Fragen veranlaßt, erzählte er auch, was er anfangs verheimlicht hatte: von seiner Stellung in der Gesellschaft; ja, er nannte dem Kapitän sogar seinen Namen.

Was dem Kapitän in Pierres Erzählung am allermeisten imponierte, das war, daß dieser reich war, zwei Paläste in Moskau besaß, dies alles aber im Stich gelassen hatte und, statt aus Moskau wegzugehen, unter Verheimlichung seines Namens und Standes in der Stadt geblieben war.

Es war schon späte Nacht, als sie beide zusammen auf die Straße hinaustraten. Die Nacht war warm und hell. Links vom Haus leuchtete der Feuerschein des ersten in Moskau ausgebrochenen Brandes, an der Petrowka-Straße. Rechts stand hoch am Himmel die junge Mondsichel, und auf der dem Mond entgegengesetzten Seite hing jener helle Komet, den Pierre in seiner Seele mit seiner Liebe in eine geheimnisvolle Beziehung brachte. Am Tor standen Gerasim, die Köchin und zwei Franzosen. Man hörte ihr Lachen und das Gespräch, das sie miteinander führten, obwohl sie ihre Sprache wechselseitig nicht verstanden. Sie schauten nach dem Feuerschein hin, der über der Stadt sichtbar war.

Der kleine, ferne Brand in der gewaltigen Stadt hatte weiter nichts Besorgniserregendes.

Der Anblick des hohen Sternenhimmels, des Mondes, des Kometen und des Feuerscheins erfüllte Pierres Seele mit freudiger Rührung. »Ah, wie schön das ist! Was will ich noch weiter?« dachte er. Da fiel ihm auf einmal sein Vorhaben ein, und der Kopf wurde ihm schwindlig, eine Schwäche kam über ihn, so daß er sich an den Zaun lehnen mußte, um nicht zu fallen.

Ohne von seinem neuen Freund Abschied zu nehmen, ging Pierre mit unsicheren Schritten vom Tor weg, legte sich, als er in sein Zimmer gekommen war, auf das Sofa und schlief sofort ein.

XXX

Nach dem Feuerschein des ersten, am 2. September ausgebrochenen Brandes blickten die zu Fuß und zu Wagen flüchtenden Einwohner und die sich zurückziehenden Truppen von verschiedenen Wegen aus und mit verschiedenen Empfindungen hin.

Die Rostowsche Wagenkolonne stand in dieser Nacht in Mytischtschi, zwanzig Werst von Moskau entfernt. Sie waren am 1. September erst so spät von Moskau abgefahren und hatten den Weg von Fuhrwerken und Truppen dermaßen versperrt gefunden, und es waren so viele Sachen vergessen worden, nach denen erst noch Leute hatten zurückgeschickt werden müssen, daß die Familie sich dafür entschieden hatte, in dieser Nacht nur fünf Werst von Moskau entfernt zu übernachten. Am andern Morgen waren sie erst spät aufgewacht, und es hatte wieder so viel Aufenthalt gegeben, daß sie nur bis Groß-Mytischtschi kamen. Gegen zehn Uhr quartierten sich die Familie Rostow und die mit ihr zusammen fahrenden Verwundeten sämtlich in den Höfen und Bauernhäusern dieses großen Dorfes ein. Die Dienstboten und Kutscher der Familie Rostow und die Burschen der Verwundeten sorgten zunächst für ihre Herrschaften, aßen dann selbst Abendbrot, fütterten die Pferde und gingen darauf hinaus auf die Freitreppe.

In dem Nachbarhaus lag ein verwundeter Adjutant Rajewskis, dem eine Hand zerschmettert war, und der furchtbare Schmerz, den er auszustehen hatte, zwang ihn, unaufhörlich kläglich zu stöhnen, und dieses Stöhnen klang in der dunklen Herbstnacht geradezu entsetzlich. Die erste Nacht hatte dieser Adjutant in demselben Gutshof zugebracht, wo auch die Familie Rostow übernachtet hatte. Aber die Gräfin hatte gesagt, sie habe wegen dieses Stöhnens kein Auge zutun können, und war in Mytischtschi lieber in das schlechteste Bauernhaus gezogen, um nur etwas weiter von diesem Verwundeten entfernt zu sein.

Einer der Offiziersburschen bemerkte im Dunkel der Nacht einen zweiten, kleinen Feuerschein, der ihnen bisher durch einen an der Einfahrt stehenden hohen Kutschwagen verdeckt gewesen war. Einen zweiten: Denn ein anderer war schon lange sichtbar gewesen, und alle wußten, daß da Klein-Mytischtschi brannte, das von den Mamonowschen Kosaken angezündet war.

»Seht mal, Leute, da ist noch ein Brand«, sagte der Bursche.

Alle wandten ihre Aufmerksamkeit diesem Feuerschein zu.

»Es hieß ja, die Mamonowschen Kosaken hätten Klein-Mytischtschi in Brand gesteckt.«

»Das soll Klein-Mytischtschi sein? Nein, das ist nicht Klein-Mytischtschi; das ist weiter.«

»Seht nur, gerade als ob es in Moskau wäre.«

Zwei von den Leuten stiegen die Freitreppe herab, gingen um die Kutsche herum und setzten sich da auf den Wagentritt.

»Das ist weiter links, gewiß. Mytischtschi liegt ja dort, und dies ist nach einer ganz andern Seite zu.«

Es gesellten sich noch einige Dienstboten zu den ersten hinzu.

»Sieh mal, wie es aufflammt!« sagte einer. »Das Feuer ist in Moskau, Leute; entweder in der Suschtschewskaja- oder in der Rogoschskaja-Stadt.«

Niemand antwortete auf diese Bemerkung. Eine lange Zeit blickten alle diese Leute schweigend nach der um sich greifenden Flamme des neuen, fernen Brandes hin.

Der alte gräfliche Kammerdiener (so wurde er genannt), Daniil Terentjitsch, trat zu der Menschengruppe hin und rief einen jungen Diener an.

»Was hast du hier zu suchen, Schlingel! Der Graf ruft, und kein Mensch ist da; mach, daß du hinkommst, leg die Kleider zusammen.«

»Ich bin ja nur gelaufen, Wasser holen«, antwortete dieser.

»Was meinen Sie denn, Daniil Terentjitsch? Ob das Feuer wohl in Moskau ist?« fragte einer der Lakaien.

Daniil Terentjitsch antwortete nicht, und lange Zeit herrschte wieder allgemeines Schweigen. Hin und her wogend breitete sich der Feuerschein immer weiter und weiter aus.

»O Gott, erbarme dich …! Der Wind und die Trockenheit …«, sagte wieder jemand.

»Seht nur, wie es wächst! O Gott! Da sieht man ja die Dohlen! Gott sei uns Sündern gnädig!«

»Sie werden es ja wohl löschen.«

»Wer wird es löschen?« sagte auf einmal Daniil Terentjitsch, der bis dahin geschwiegen hatte; er sprach ruhig und langsam. »Es ist Moskau, liebe Brüder, unser liebes Mütterchen.« Die Stimme versagte ihm, und er brach plötzlich in ein greisenhaftes Schluchzen aus.

Und als ob alle nur hierauf gewartet hätten, um zu begreifen, welche Bedeutung dieser Feuerschein für sie hatte, wurden nun auf einmal ringsum Seufzer und betende Ausrufe laut; und dazwischen hörte man den alten gräflichen Kammerdiener schluchzen.

XXXI

Der Kammerdiener ging wieder zurück und berichtete dem Grafen, daß Moskau brenne. Der Graf zog seinen Schlafrock an und ging hinaus, um danach zu sehen. Mit ihm zugleich gingen Sonja und Madame Schoß hinaus, die sich noch nicht ausgezogen hatten. Nur Natascha und die Gräfin blieben im Zimmer. (Petja war nicht mehr bei der Familie; er war bei seinem Regiment, das nach Troiza marschierte.)

Die Gräfin brach in Tränen aus, als sie die Nachricht von dem Brand Moskaus hörte. Natascha, die blaß, mit starren Augen auf der Bank unter den Heiligenbildern saß (auf demselben Fleck, wohin sie sich bei der Ankunft gesetzt hatte), beachtete die Worte des Vaters gar nicht. Sie horchte auf das nie verstummende Stöhnen des Adjutanten, das drei Häuser weit zu hören war.

»Ach, wie furchtbar!« sagte Sonja, die durchfroren und erschrocken vom Hof zurückkam. »Ich glaube, ganz Moskau brennt; es ist ein entsetzlicher Feuerschein! Natascha, sieh nur, jetzt kann man es schon von hier, vom Fenster aus, sehen«, sagte sie zu ihrer Kusine, offenbar in dem Wunsch, sie irgendwie zu zerstreuen.

Aber Natascha blickte sie an, als verstände sie gar nicht, wozu sie aufgefordert worden war, und richtete wieder ihre Augen starr nach der Ofenecke. Sie befand sich in diesem Zustand der Betäubung seit dem Morgen dieses Tages, seit dem Augenblick, wo Sonja, zum Erstaunen und Verdruß der Gräfin, unbegreiflicherweise für nötig gehalten hatte, Natascha davon Mitteilung zu machen, daß Fürst Andrei verwundet sei und sich in dieser ihrer Wagenkolonne befinde. Die Gräfin war auf Sonja so zornig geworden, wie das nur selten bei ihr vorkam. Sonja hatte geweint und um Verzeihung gebeten; jetzt suchte sie gewissermaßen ihre Schuld wiedergutzumachen, indem sie beständig ihrer Kusine Freundliches zu erweisen suchte.

»Sieh nur, Natascha, wie furchtbar es brennt«, sagte Sonja.

»Was brennt?« fragte Natascha. »Ach ja, Moskau.«

Und anscheinend in der Absicht, Sonja nicht durch eine Weigerung zu kränken und möglichst schnell von ihr loszukommen, bog sie ihren Kopf zum Fenster hin und schaute in der Weise irgendwohin, daß sie vom Feuer offenbar nichts sehen konnte; dann setzte sie sich wieder in ihrer früheren Stellung hin.

»Aber du hast es ja nicht gesehen?«

»Doch, wirklich, ich habe es gesehen«, antwortete sie in einem Ton, als bäte sie flehentlich, sie doch in Ruhe zu lassen.

Die Gräfin und Sonja sahen beide klar, daß Natascha gegen Moskau und gegen den Brand von Moskau und gegen alles, was sich begeben mochte, jetzt völlig gleichgültig war.

Der Graf ging wieder hinter die Halbwand und legte sich schlafen. Die Gräfin trat zu Natascha heran, berührte mit dem Handrücken den Kopf derselben, wie sie das zu tun pflegte, wenn ihre Tochter krank war; dann berührte sie ihre Stirn mit den Lippen, als wollte sie feststellen, ob sie Fieber habe, und küßte sie.

»Du bist ja ganz kalt geworden? Du zitterst ja am ganzen Körper? Du solltest dich hinlegen«, sagte sie.

»Hinlegen? Schön, ich werde mich hinlegen. Ich will mich gleich hinlegen«, antwortete Natascha.

Seit Natascha am Morgen dieses Tages erfahren hatte, daß Fürst Andrei schwerverwundet sei und mit ihnen mitfahre, hatte sie nur im ersten Augenblick viele Fragen gestellt: wohin er fahre, wie er verwundet sei, ob gefährlich, und ob sie ihn sehen dürfe. Es war ihr geantwortet worden, sie dürfe ihn nicht sehen, er sei schwer, aber nicht lebensgefährlich verwundet. Sie hatte das, was man ihr sagte, offenbar nicht geglaubt; aber da sie überzeugt war, sie werde, wenn sie auch noch so viel frage, doch immer dieselben Antworten erhalten, hatte sie zu fragen und zu reden aufgehört. Während der ganzen Fahrt hatte Natascha mit großen Augen, deren Ausdruck die Gräfin so gut kannte und so sehr fürchtete, ohne sich zu rühren in der Wagenecke dagesessen, und ebenso saß sie nun jetzt auf der Bank, auf die sie sich bei der Ankunft gesetzt hatte. Die Gräfin wußte, daß Natascha jetzt etwas überlegte, im stillen einen Entschluß faßte oder schon gefaßt hatte; aber was es für ein Entschluß war, das wußte sie nicht, und das ängstigte und quälte sie.

»Natascha, zieh dich aus, mein Kind; leg dich auf mein Bett.« Nur für die Gräfin war ein Bett in einer Bettstelle zurechtgemacht worden; Madame Schoß und die beiden jungen Mädchen mußten auf dem Fußboden auf Heu schlafen.

»Nein, Mama, ich will mich hier auf den Fußboden legen«, erwiderte Natascha ärgerlich, ging zum Fenster und öffnete es.

Das Stöhnen des Adjutanten war bei geöffnetem Fenster noch deutlicher zu hören. Sie steckte den Kopf in die feuchte Nachtluft hinaus, und die Gräfin sah, wie ihr dünner Hals vor Schluchzen zuckte und gegen den Fensterrahmen schlug. Natascha wußte, daß derjenige, der da so stöhnte, nicht Fürst Andrei war. Sie wußte, daß Fürst Andrei unter demselben Dach lag, unter dem sie sich alle befanden, in einer andern Stube auf der andern Seite des Flures; aber doch konnte sie sich bei diesem furchtbaren, unaufhörlichen Stöhnen des Schluchzens nicht erwehren. Die Gräfin wechselte mit Sonja einen Blick.

»Leg dich hin, mein Täubchen; leg dich hin, liebes Kind!« sagte die Gräfin und berührte leise mit der Hand Nataschas Schulter. »Leg dich doch hin.«

»Ach ja ... Ich will mich gleich hinlegen, jetzt gleich«, erwiderte Natascha und entkleidete sich so hastig, daß sie dabei die Bänder der Unterröcke zerriß.

Nachdem sie die Kleider abgeworfen und die Nachtjacke angezogen hatte, setzte sie sich mit untergeschlagenen Beinen auf das Lager, das auf dem Fußboden zurechtgemacht war, warf ihren kurzen, dünnen Zopf über die Schulter nach vorn und begann ihn umzuflechten. Ihre dünnen, langen, geübten Finger lösten behende den Zopf, flochten ihn dann wieder und steckten ihn auf. Nataschas Kopf drehte sich mit den gewohnten Bewegungen bald nach der einen, bald nach der andern Seite; aber ihre wie im Fieber weitgeöffneten Augen blickten unbeweglich geradeaus. Als sie mit ihrer Nachttoilette fertig war, ließ sie sich sachte auf das Laken nieder, das über das Heu gebreitet war, und zwar am Rand, nahe bei der Tür.

»Leg dich doch in die Mitte, Natascha«, sagte Sonja.

»Ich liege schon hier«, erwiderte Natascha. »Legt ihr euch doch da hin«, fügte sie ärgerlich hinzu und vergrub ihr Gesicht in das Kissen.

Die Gräfin, Madame Schoß und Sonja zogen sich schnell aus und legten sich hin. Nur das Lämpchen vor den Heiligenbildern brannte im Zimmer; aber draußen verbreitete der Brand von Klein-Mytischtschi aus einer Entfernung von zwei Werst her eine ziemliche Helligkeit. Aus der Schenke, die an derselben Straße schräg gegenüberlag und von den Mamonowschen Kosaken übel zugerichtet war, erscholl das wüste nächtliche Geschrei des gemeinen Volkes; dazu hörte man unaufhörlich das Stöhnen des Adjutanten.

Lange horchte Natascha auf die Geräusche, die aus dem Innern des Zimmers und von draußen an ihr Ohr drangen, und rührte sich nicht. Zuerst hörte sie, wie ihre Mutter betete und seufzte, und wie die Bettstelle unter ihr knarrte, ferner das wohlbekannte pfeifende Schnarchen der

Madame Schoß und Sonjas leises Atmen. Dann rief die Gräfin Natascha an. Natascha antwortete ihr nicht.

»Sie schläft wohl schon, Mama«, sagte Sonja leise.

Die Gräfin schwieg ein Weilchen und rief dann noch einmal; aber nun antwortete ihr niemand mehr.

Bald darauf hörte Natascha das gleichmäßige Atmen der Mutter. Natascha rührte sich nicht, obgleich ihr kleiner, nackter Fuß, der aus der Bettdecke herausgekommen war, auf dem bloßen Fußboden fror.

Wie wenn es ein Triumphlied über alle anstimmte, begann in einer Ritze ein Heimchen zu zirpen. In der Ferne krähte ein Hahn; in der Nähe antwortete ihm ein anderer. Das Geschrei in der Schenke war verstummt; nur das Stöhnen des Adjutanten war noch ebenso zu hören. Natascha richtete sich halb auf.

»Sonja, schläfst du? Mama!« flüsterte sie.

Niemand antwortete. Natascha stand langsam und vorsichtig auf, bekreuzte sich und schritt behutsam mit ihren schmalen, biegsamen, nackten Sohlen über den schmutzigen, kalten Fußboden. Die Dielen knarrten. Schnell trippelnd lief sie wie ein Kätzchen einige Schritte und ergriff die kalte Türklinke.

Es kam ihr vor, als klopfe etwas Schweres in gleichmäßigen Schlägen gegen alle Wände des Hauses: Dies war ihr eigenes Herz, das vor Furcht halbtot war und vor Angst und Liebe zu zerspringen drohte.

Sie öffnete die Tür, schritt über die Schwelle und trat auf den feuchten, kalten Lehmboden des Flures. Die Kälte, die sie umfing, erfrischte sie. Weitertastend berührte sie mit dem nackten Fuß einen schlafenden Menschen, trat über ihn hinweg und öffnete die Tür zu der Stube, in welcher Fürst Andrei lag. In dieser Stube war es dunkel. In der hinteren Ecke, bei einem Bett, in dem etwas lag, stand auf einer Bank ein mit großer Schnuppe brennendes Talglicht.

Schon vom Morgen an, wo sie von der Verwundung des Fürsten Andrei und von seiner Anwesenheit gehört hatte, hatte sie sich gesagt, sie müsse ihn sehen. Sie machte sich nicht klar, zu welchem Zweck dies notwendig sei; aber da sie wußte, daß dieses Wiedersehen schmerzlich sein werde, war sie um so mehr von der Notwendigkeit desselben überzeugt.

Den ganzen Tag über hatte sie nur von der Hoffnung gelebt, daß sie ihn in der Nacht sehen werde. Aber jetzt, da dieser Augenblick herangekommen war, überkam sie eine Angst vor dem, was sie sehen werde. Wie mochte er entstellt sein? Was mochte von ihm übriggeblieben sein? War er so beschaffen, wie man sich den Adjutanten nach seinem nie verstummenden Stöhnen vorstellen mußte? Ja, ganz so, meinte sie, mußte er beschaffen sein. Er war in ihrer Einbildung eine Verkörperung dieses furchtbaren Stöhnens. Als sie in der Ecke eine undeutliche Masse erblickte und seine unter der Bettdecke hochgestellten Knie für seine Schultern nahm, stellte sie sich einen furchtbaren Körper vor und blieb erschrokken stehen. Aber von einer unwiderstehlichen Kraft fühlte sie sich weitergetrieben. Vorsichtig tat sie einen Schritt und noch einen und befand sich nun in der Mitte der kleinen, von Menschen und Sachen ganz angefüllten Stube. Auf der Bank unter den Heiligenbildern lag noch ein anderer Mensch (es war Timochin), und auf dem Fußboden noch zwei andere (dies waren der Arzt und der Kammerdiener).

Der Kammerdiener richtete sich halb auf und flüsterte etwas. Timochin, den sein verwundetes Bein heftig schmerzte, schlief nicht und blickte mit großen Augen auf die seltsame Erscheinung des Mädchens in dem weißen Hemd, der Nachtjacke und der Nachtmütze. Durch die schlaftrunkene, erschrockene Frage des Kammerdieners: »Was wünschen Sie? Warum kommen Sie hierher?« fühlte sich Natascha nur veranlaßt, schneller zu dem hinzugehen, was da in der Ecke lag. Wie entsetzlich entstellt, wie menschenunähnlich dieser Körper auch sein mochte, sie mußte ihn sehen. Sie ging an dem Kammerdiener vorbei; die verbrannte Schnuppe des Talglichtes fiel herab, und sie erblickte deutlich den Fürsten Andrei, der, die Arme auf der Bettdecke ausgestreckt, dalag und ebenso aussah, wie sie ihn immer gesehen hatte.

Er sah ebenso aus wie immer; aber das glühende Gesicht, die glänzenden Augen, die voll Entzücken auf sie gerichtet waren, und besonders der kinderhaft zarte Hals, der aus dem zurückgeschlagenen Hemdkragen herauskam, verliehen ihm ein besonders unschuldiges, kindliches Aussehen, das sie in dieser Weise noch nie an ihm gesehen hatte. Sie trat zu ihm und ließ sich mit einer jugendlich raschen, geschmeidigen Bewegung auf die Knie nieder.

Er lächelte und streckte ihr die Hand entgegen.

XXXII

Sieben Tage waren vergangen, seit Fürst Andrei auf dem Verbandsplatz des Schlachtfeldes von Borodino wieder zu sich gekommen war. Diese ganze Zeit über hatte er sich fast beständig im Zustand der Bewußtlosigkeit befunden. Das starke Fieber und eine Entzündung der verletzten Därme mußten nach Ansicht des Arztes, der mit dem Verwundeten mitfuhr, dessen Tod herbeiführen. Aber am siebenten Tag nahm Fürst Andrei mit Genuß ein Stückchen Brot mit Tee zu sich, und der Arzt konstatierte, daß das Fieber nachgelassen hatte.

Am Morgen war Fürst Andrei zum Bewußtsein gekommen. In der ersten Nacht nach der Abfahrt aus Moskau war es ziemlich warm gewesen, und man hatte den Fürsten Andrei die Nacht über im Wagen belassen; in Mytischtschi aber verlangte der Verwundete selbst, man möchte ihn aus dem Wagen herausnehmen und ihm Tee geben. Der Schmerz, den ihm der Transport in das Bauernhaus verursachte, erpreßte ihm ein lautes Stöhnen und ließ ihn wieder das Bewußtsein verlieren. Als er auf das Feldbett gelegt worden war, lag er lange mit geschlossenen Augen da, ohne sich zu rühren. Dann öffnete er sie und flüsterte leise: »Wie ist es mit dem Tee?« Es überraschte den Arzt, daß der Kranke an solche kleinen Bedürfnisse des Lebens dachte. Er fühlte ihm den Puls und bemerkte zu seinem Erstaunen und Mißvergnügen, daß der Puls besser war. Ein Mißvergnügen empfand er darüber insofern, weil er aufgrund seiner Erfahrung fest überzeugt war, daß Fürst Andrei unter keinen Umständen am Leben bleiben könne und, wenn er jetzt nicht sterbe, nach einiger Zeit nur unter um so größeren Schmerzen sterben werde. Zusammen mit dem Fürsten Andrei wurde auch ein Major seines Regiments transportiert, der sich ihm in Moskau angeschlossen hatte, eben jener Timochin mit der roten Nase; er war in derselben Schlacht bei Borodino am Bein verwundet worden. Mit beiden fuhren der Arzt, der Kammerdiener des Fürsten, sein Kutscher und zwei Burschen. Dem Fürsten Andrei wurde der Tee gebracht. Er trank begierig; mit den fieberhaft glänzenden Augen blickte er vor sich hin nach der Tür, als ob er etwas zu verstehen oder sich an etwas zu erinnern suchte.

»Ich mag nicht mehr. Ist Timochin da?« fragte er.

Timochin kroch auf der Bank näher zu ihm heran.

»Hier bin ich, Euer Durchlaucht.«

»Wie steht es mit der Wunde?«

»Mit meiner? Leidlich. Aber Sie?«

Fürst Andrei überließ sich wieder seinen Gedanken, als ob er sich auf etwas besinnen wollte.

»Kann ich nicht ein Buch bekommen?« fragte er.

»Was für ein Buch?«

»Das Evangelium. Ich habe keins.«

Der Arzt versprach, ihm eines zu beschaffen, und befragte den Fürsten eingehend über sein Befinden. Fürst Andrei antwortete mit Widerstreben, aber vernünftig auf alle Fragen des Arztes und sagte dann, sie sollten ihm eine Polsterrolle unterlegen; so sei es ihm unbequem und mache ihm großen Schmerz. Der Arzt und der Kammerdiener hoben den Mantel in die Höhe, mit dem er zugedeckt war; die Stirn runzelnd infolge des starken Geruches des faulenden Fleisches, den die

Wunde verbreitete, besahen sie diese furchtbare Stelle des Körpers. Der Arzt war mit irgend etwas sehr unzufrieden, änderte etwas ab und drehte den Verwundeten herum, wobei dieser wieder aufstöhnte, vor Schmerz das Bewußtsein verlor und zu phantasieren begann. Er redete immer davon, man solle ihm recht schnell jenes Buch beschaffen und dort unterlegen.

»Das macht euch doch keine Mühe!« sagte er. »Ich habe keins; bitte, besorgt es mir doch; legt es mir einen Augenblick unter«, bat er in kläglichem Ton.

Der Arzt ging auf den Flur hinaus, um sich die Hände zu waschen.

»Ach, was seid ihr für gewissenlose Menschen, weiß Gott!« sagte der Arzt zu dem Kammerdiener, der ihm Wasser über die Hände goß. »Da habe ich bloß mal einen Augenblick nicht hingesehen, und gleich ... Er muß ja solche Schmerzen haben, daß ich mich wundere, wie er sie überhaupt aushält.«

»Aber wir haben ihm doch etwas untergelegt, mein Gott, mein Gott!« erwiderte der Kammerdiener.

Als Fürst Andrei an diesem Tag zum erstenmal das Bewußtsein erlangt hatte, war er darüber ins klare gekommen, wo er sich befand und was mit ihm vorging, und hatte sich erinnert, daß er verwundet war, und hatte, als der Wagen in Mytischtschi hielt, den Wunsch ausgesprochen, in das Haus gebracht zu werden. Dann hatte er infolge des Schmerzes beim Hereintragen wieder die Besinnung verloren, war zum zweitenmal in der Stube zu sich gekommen, hatte Tee getrunken, sich abermals in Gedanken alles, was mit ihm vorgegangen war, wiederholt und sich mit besonderer Lebhaftigkeit jenen Augenblick auf dem Verbandsplatz vergegenwärtigt, als ihm beim Anblick der Leiden eines von ihm nicht geliebten Mannes jene neuen, glückverheißenden Gedanken gekommen waren. Und diese Gedanken, obgleich in undeutlicher, unbestimmter Form von neuem auftauchend, hatten nun wieder von seiner Seele Besitz ergriffen. Er hatte sich erinnert, daß er jetzt ein neues Glück besaß und daß dieses Glück manches mit dem Evangelium gemein hatte. Deshalb hatte er um das Evangelium gebeten. Aber die üble Lage, die man seiner Wunde gegeben hatte, und das neue Herumdrehen hatten seine Gedanken wieder in Verwirrung gebracht; und als er zum drittenmal wieder zu sich kam, war es schon tiefe Nacht. Alle um ihn herum schliefen. Auf der andern Seite des Flures zirpte ein Heimchen; auf der Straße schrie und sang jemand; die Schaben liefen raschelnd auf dem Tisch, an den Heiligenbildern und an den Wänden hin; eine dicke Fliege stieß mitunter im Flug an sein Kopfkissen und kreiste um das Talglicht, das neben ihm stand und mit einer großen Schnuppe brannte.

Sein Geist befand sich nicht in normalem Zustand. Der gesunde Mensch umfaßt gewöhnlich mit seiner Denkkraft, mit seinem Empfinden, mit seinem Gedächtnis gleichzeitig eine zahllose Menge von Gegenständen; aber er besitzt die Macht und Fähigkeit, eine einzelne bestimmte Reihe von Gedanken oder Erscheinungen auszuwählen und auf diese Reihe seine ganze Aufmerksamkeit zu konzentrieren. Der gesunde Mensch reißt sich im Augenblick des tiefsten Nachdenkens davon los, um einem Eintretenden ein höfliches Wort zu sagen, und kehrt dann wieder zu seinen Gedanken zurück. Aber der Geist des Fürsten Andrei befand sich in dieser Hinsicht nicht in normalem Zustand. Alle seine geistigen Kräfte waren tätiger und klarer als je; aber sie wirkten unabhängig von seinem Willen. Die verschiedenartigsten Gedanken und Vorstellungen erfüllten ihn gleichzeitig. Manchmal begann sein Denken plötzlich zu arbeiten, und zwar mit einer Energie, Klarheit und Tiefe, mit der es in gesunden Tagen nie zu arbeiten imstande gewesen war; aber auf einmal brach es mitten in seiner Arbeit ab, indem irgendeine unerwartete Vorstellung an seine Stelle trat, und Fürst Andrei besaß dann nicht die Kraft, zu dem ersten Gedanken zurückzukehren.

»Ja, es hat sich mir ein neues Glück erschlossen, das dem Menschen nicht entrissen werden kann«, dachte er, während er in der halbdunklen, stillen Stube lag und mit fieberhaft weitgeöffneten, starren Augen vor sich hin blickte. »Ein Glück, das außerhalb der materiellen Kräfte liegt, außerhalb der materiellen, äußeren Einwirkungen auf den Menschen, ein Glück der Seele allein, das Glück der Liebe! Begreifen kann dieses Glück jeder Mensch; aber es erschaffen und vorschreiben, das konnte nur Gott allein. Aber wie hat Gott dieses Gesetz vorgeschrieben? Und warum gerade der Sohn ...?«

Plötzlich aber riß dieser Gedankengang ab, und Fürst Andrei hörte (ohne daß er gewußt hätte, ob er es nur in seinen Fieberphantasien oder in Wirklichkeit hörte) eine Art von leiser, flüsternder Stimme, die unablässig im Takt wiederholte: »Pitti-pitti-pitti«, und dann: »i ti-ti«, und wieder »i pitti-pitti-pitti«, und wieder: »i ti-ti.« Und damit gleichzeitig fühlte Fürst Andrei wie bei den Tönen dieser flüsternden Musik über seinem Gesicht, gerade über der Mitte, sich ein seltsames, lustiges Gebäude aus dünnen Nadeln oder Spänchen erhob. Er fühlte, daß er, obgleich es ihm schwer wurde, sorgsam das Gleichgewicht bewahren müsse, damit das Bauwerk, das da emporwuchs, nicht zusammenstürze; aber es stürzte trotzdem zusammen und erhob sich dann langsam wieder bei den Klängen der gleichmäßig flüsternden Musik. »Es dehnt sich! Es dehnt sich! Es dehnt sich aus und wächst immer mehr«, sagte Fürst Andrei zu sich selbst. Und gleichzeitig damit, daß er dieses Flüstern hörte und fühlte, wie das Gebäude aus Nadeln immer breiter und höher wurde, sah Fürst Andrei in einzelnen Augenblicken auch die von einem roten Hof umgebene Flamme des Talglichts und hörte das Rascheln der Schaben und das Summen der Fliege, die gegen das Kopfkissen und gegen sein Gesicht prallte. Und jedesmal, wenn die Fliege sein Gesicht berührte, rief sie dort ein Gefühl des Brennens hervor; gleichzeitig aber wunderte er sich darüber, daß die Fliege mitten in den Bereich des Gebäudes hineinstürmte, das sich auf seinem Gesicht erhob, dieses jedoch dabei nicht in Trümmer fiel. Außerdem aber war da noch etwas Wichtiges. Dies war etwas Weißes an der Tür, die Statue einer liegenden Sphinx, die ihn gleichfalls quälte.

»Aber vielleicht ist das mein Hemd auf dem Tisch«, dachte Fürst Andrei, »und dies hier sind meine Beine, und das da die Tür; aber warum dehnt sich alles und wächst in die Höhe, i pitti-pitti-pitti i ti-ti … i pitti-pitti-pitti … Genug, hör auf, bitte, laß doch!« bat Fürst Andrei jemanden ängstlich. Und auf einmal tauchten jener Gedanke und jenes Gefühl wieder mit außerordentlicher Klarheit und Stärke auf.

»Ja, die Liebe«, dachte er wieder mit völliger Klarheit, »aber nicht jene Liebe, die um irgendeines Lohnes willen, zu irgendeinem Zweck oder aus irgendeinem Grund liebt, sondern jene Liebe, die ich zum erstenmal damals empfunden habe, als ich, dem Tod nahe, meinen Feind erblickte und doch auf einmal Liebe zu ihm fühlte. Ich habe jene Liebe in mir gefühlt, die das wahre Wesen der Seele bildet und die keines besonderen Gegenstandes bedarf. Auch jetzt empfinde ich dieses beglückende Gefühl … Den Nächsten lieben, die Feinde lieben. Alles lieben, Gott lieben in allen Erscheinungen. Einen Menschen, der einem teuer ist, lieben, das kann man mit menschlicher Liebe; einen Feind aber kann man nur mit göttlicher Liebe lieben. Und deshalb habe ich auch eine solche Freude empfunden, als ich fühlte, daß ich jenen Menschen liebte. Was mag aus ihm geworden sein? Ob er wohl noch lebt …?

Wenn man mit menschlicher Liebe liebt, so kann man von der Liebe zum Haß übergehen; aber die göttliche Liebe kann sich nicht verändern. Nichts, auch der Tod nicht, nichts kann sie zerstören. Sie ist das wahre Wesen der Seele. Aber wie viele Menschen habe ich in meinem Leben gehaßt! Und von allen Menschen habe ich niemand mehr geliebt und niemand mehr gehaßt als sie.« Und er vergegenwärtigte sich auf das lebhafteste Natascha, nicht in der Art, wie er sie sich früher vergegenwärtigt hatte, nur mit ihrem Reiz, der ihn entzückt hatte; sondern jetzt zum erstenmal schaute er mit seinem geistigen Blick ihre Seele. Und er verstand nun ihr Gefühl und ihre Leiden und ihre Scham und ihre Reue. Jetzt zum erstenmal verstand er die ganze Grausamkeit seines Bruches mit ihr.

»Könnte ich sie nur noch ein einziges Mal sehen. Ein einziges Mal in diese Augen sehen und ihr sagen ...«

»I pitti-pitti-pitti i ti-ti i pitti-pitti ... Bum!« prallte die Fliege an. Und seine Aufmerksamkeit übertrug sich plötzlich auf eine andere, aus Wirklichkeit und Wahn gemischte Welt, in der etwas Besonderes vorging. In dieser Welt wuchs immer noch dasselbe Gebäude in die Höhe, ohne einzustürzen; immer noch in gleicher Weise dehnte sich etwas aus; in gleicher Weise brannte das Licht mit einem roten Hof dieselbe Sphinx (oder war es sein Hemd?) lag bei der Tür; aber außer alledem knarrte etwas, es roch nach frischer Luft, und eine neue weiße Sphinx, eine stehende Sphinx erschien in der Tür. Und der Kopf dieser Sphinx zeigte das blasse Gesicht und die glänzenden Augen eben jener Natascha, an die er soeben gedacht hatte.

»Oh, wie beängstigend sind diese unaufhörlichen Fieberphantasien!« dachte Fürst Andrei und versuchte, dieses Gesicht aus seiner Einbildung zu verscheuchen. Aber dieses Gesicht stand mit der Kraft der Wirklichkeit vor ihm, und dieses Gesicht näherte sich ihm. Fürst Andrei wollte in die frühere Welt des reinen Denkens zurückkehren; aber er vermochte es nicht, und der Fieberwahn zog ihn in seinen Bann. Die leise, flüsternde Stimme setzte ihr gleichmäßiges Zischeln fort; es würgte ihn etwas, es dehnte sich etwas aus, und das seltsame Gesicht stand vor ihm. Fürst Andrei nahm all seine Kraft zusammen, um zur Besinnung zu kommen; er bewegte sich ein wenig, und plötzlich sauste es ihm in den Ohren, vor den Augen wurde es ihm dunkel, und wie ein Mensch, der im Wasser versinkt, verlor er das Bewußtsein.

Als er wieder zu sich kam, lag Natascha, jene lebendige Natascha, die er sich gedrängt fühlte am meisten von allen Menschen auf der Welt mit jener neuen, reinen, göttlichen Liebe zu lieben, die sich ihm jetzt erschlossen hatte, diese Natascha lag vor ihm auf den Knien. Er begriff, daß dies die lebendige, wirkliche Natascha war, und er war darüber nicht erstaunt, sondern freute sich nur im stillen. Natascha, die wie angeschmiedet auf den Knien lag (sie konnte kein Glied rühren), blickte ihn angstvoll an und hielt das Schluchzen zurück. Ihr Gesicht war blaß und regungslos. Nur im unteren Teil desselben war ein Zittern bemerkbar.

Fürst Andrei stieß einen Seufzer der Erleichterung aus, lächelte und streckte ihr die Hand hin.

»Sie hier?« sagte er. »Wie glücklich mich das macht!«

Natascha rückte mit einer schnellen, aber behutsamen Bewegung auf den Knien näher zu ihm heran, ergriff vorsichtig seine Hand, beugte sich mit dem Gesicht über sie und küßte sie mehrmals, aber so, daß sie sie kaum mit den Lippen berührte.

»Verzeihen Sie mir!« sagte sie flüsternd, hob den Kopf in die Höhe und blickte ihn an. »Verzeihen Sie mir!«

»Ich liebe Sie«, erwiderte Fürst Andrei.

»Verzeihen Sie mir ...!«

»Was hätte ich Ihnen zu verzeihen?« fragte Fürst Andrei.

»Verzeihen Sie mir, was ich ... was ich getan habe«, flüsterte Natascha kaum hörbar mit stockender Stimme und bedeckte seine Hand, sie kaum mit den Lippen berührend, mit noch zahlreicheren Küssen.

»Ich liebe dich mehr und mit einer besseren Liebe als ehemals«, sagte Fürst Andrei und hob mit der Hand ihr Gesicht so in die Höhe, daß er ihr in die Augen sehen konnte.

Diese Augen, die voll glückseliger Tränen standen, blickten ihn schüchtern und mitleidig, freudig und liebevoll an. Nataschas mageres, blasses Gesiebt mit den geschwollenen Lippen war mehr als unschön, es sah geradezu entstellt aus. Aber Fürst Andrei sah dieses Gesicht nicht; er sah nur die leuchtenden Augen, die wirklich schön, sehr schön waren. Da hörten sie, daß hinter ihnen gesprochen wurde.

Der Kammerdiener Pjotr, der jetzt seine Schlaftrunkenheit ganz überwunden hatte, hatte den Arzt geweckt. Timochin, der die ganze Zeit über vor Schmerz in seinem Bein nicht hatte schlafen können, hatte schon lange alles, was da vorging, mit angesehen, seine unbekleideten Körperteile sorgsam in das Laken gehüllt und sich auf seiner Bank zusammengekrümmt.

»Was ist denn das?« sagte der Arzt, indem er sich von seinem Lager halb aufrichtete. »Bitte, gehen Sie weg, Fräulein!«

Gleichzeitig klopfte ein Dienstmädchen an die Tür, das von der Gräfin geschickt war, die ihre Tochter vermißt hatte.

Wie eine Nachtwandlerin, die man mitten in ihrem Schlaf aufgeweckt hat, so ging Natascha aus dem Zimmer, und als sie in ihre Stube zurückgekehrt war, sank sie schluchzend auf ihr Lager.

*

Seit diesem Tag wich Natascha während der ganzen weiteren Reise der Familie Rostow an allen Rastorten und in allen Nachtquartieren nicht von der Seite des verwundeten Bolkonski, und der Arzt mußte zugeben, daß er von einem Mädchen weder eine solche Energie noch eine solche Geschicklichkeit in der Pflege eines Verwundeten erwartet hätte.

So furchtbar auch der Gräfin der Gedanke erschien, Fürst Andrei könne (was nach dem Urteil des Arztes sehr wahrscheinlich war) während der Reise in den Armen ihrer Tochter sterben, so konnte sie dieser doch nicht entgegen sein. Obgleich bei dem jetzigen nahen Verhältnis zwischen dem verwundeten Fürsten Andrei und Natascha der Gedanke nicht fern lag, es werde im Fall der Genesung das frühere Verlöbnis vielleicht wiederhergestellt werden, sprach doch niemand hierüber, am allerwenigsten Natascha und Fürst Andrei: Die Frage, ob Leben oder Tod, die, noch unentschieden, nicht nur über Bolkonski, sondern auch über Rußland schwebte, drängte alle anderen Pläne beiseite.

XXXIII

Pierre wachte am 3. September erst sehr spät auf. Der Kopf tat ihm weh; die Kleider, in denen er, ohne sich auszuziehen, geschlafen hatte, waren ihm am Leib lästig; und in der Seele hatte er das undeutliche Gefühl, am vorhergehenden Tag etwas getan zu haben, dessen er sich schämen müsse. Diese Handlung war das gestrige Gespräch mit Kapitän Ramballe.

Die Uhr zeigte elf; aber draußen schien es noch merkwürdig düster zu sein. Pierre stand auf, rieb sich die Augen, und als er die Pistole mit dem geschnitzten Schaft erblickte, die Gerasim wieder auf den Schreibtisch gelegt hatte, besann er sich, wo er sich befand und was er gerade an diesem Tag vor sich hatte.

»Habe ich etwa schon die Zeit verpaßt?« dachte Pierre. »Nein, er wird seinen Einzug in Moskau doch wohl nicht vor zwölf Uhr halten.«

Pierre vermied es absichtlich, über das, was ihm bevorstand, nachzudenken, sondern beeilte sich, so schnell wie möglich zu handeln.

Nachdem er seinen Anzug in Ordnung gebracht hatte, nahm er die Pistole in die Hand und schickte sich an fortzugehen. Aber da kam ihm zum erstenmal der Gedanke, auf welche Weise er die Waffe auf der Straße tragen solle; in der Hand war es jedenfalls nicht möglich. Sogar unter dem weiten Kaftan ließ sich die große Pistole schwer verbergen. Weder im Gürtel noch unter dem Arm konnte er sie so unterbringen, daß sie nicht zu bemerken gewesen wäre. Außerdem war die Pistole abgeschossen, und Pierre war noch nicht dazu gekommen, sie wieder zu laden. »Nun, ganz gleich, dann mit dem Dolch«, dachte Pierre bei sich, obwohl er bei früheren wiederholten Überlegungen, wie seine Absicht auszuführen sei, sich gesagt hatte, der Hauptfehler des Studenten habe im Jahre 1809 darin bestanden, daß er Napoleon mit einem Dolch habe töten wollen. Aber wie wenn Pierres Hauptabsicht nicht darin bestanden hätte, die beabsichtigte Tat auszuführen, sondern darin, sich selbst den Beweis zu liefern, daß er von seinem Unternehmen nicht zurücktrete und alles zur Ausführung desselben Erforderliche tue, nahm Pierre eilig den stumpfen, schartigen Dolch in grüner Scheide, den er zugleich mit der Pistole beim Sucharew-Turm gekauft hatte, und verbarg ihn unter seiner Weste.

Nachdem er einen Gurt um seinen Kaftan gebunden und die Mütze aufgesetzt hatte, ging er, darauf bedacht, kein Geräusch zu machen und dem Kapitän nicht zu begegnen, durch den Korridor und trat auf die Straße hinaus.

Die Feuersbrunst, nach der er am Abend des vorhergehenden Tages mit so geringem Interesse hingesehen hatte, war über Nacht erheblich gewachsen. Moskau brannte schon auf verschiedenen Seiten. Es brannten gleichzeitig die Wagenmagazine, der Stadtteil Samoskworetschje, der Basar, die Powarskaja-Straße, die Barken auf der Moskwa und der Holzmarkt bei der Dorogomilowski-Brücke.

Pierres Weg ging durch allerlei Seitengassen nach der Powarskaja-Straße und von dort nach dem Arbatskaja-Platz zu der Nikola-Jawlenny-Kirche, bei der er sich in Gedanken schon längst eine Stelle ausersehen hatte, wo er die Tat vollbringen wollte. Bei den meisten Häusern waren die Tore und Fensterläden geschlossen. Die Straßen und Gassen waren fast menschenleer. In der Luft roch es nach Brand und Rauch. Mitunter traf Pierre auf Russen mit unruhig-scheuen Gesichtern und auf Franzosen, die mitten auf dem Straßendamm gingen und in ihrem Äußern den Eindruck machten, als ob sie nicht in städtischen Quartieren, sondern in einem Lager lägen. Die einen wie die andern blickten Pierre erstaunt an. Abgesehen von seinem großen Wuchs und seiner Korpulenz und abgesehen von dem düster verschlossenen, leidenden Ausdruck seines Gesichtes und seiner gesamten Erscheinung betrachteten die Russen ihn deswegen, weil sie nicht begriffen, welchem Stand dieser Mensch angehören könne; die Franzosen aber folgten ihm mit erstaunten Blicken namentlich deswegen, weil Pierre, im Gegensatz zu allen andern Russen, die ängstlich und neugierig nach den Franzosen hinsahen, ihnen keinerlei Beachtung schenkte. Am Tor eines Hauses hielten drei Franzosen, die dort mit Russen sprachen, ohne von diesen verstanden zu werden, Pierre mit der Frage an, ob er Französisch könne.

Pierre schüttelte verneinend den Kopf und ging weiter. In einer andern Seitengasse schrie ihn ein Posten an, der bei einem Munitionswagen stand, und erst bei drohend wiederholtem Anruf und bei dem Geräusch des Gewehrs, das der Posten schußfertig in die Hand nahm, verstand Pierre, daß er im Bogen nach der andern Seite der Straße herumgehen solle. Er hörte und sah nichts, was um ihn vorging. Wie einen furchtbaren, ihm fremden Gegenstand, so trug er seine Absicht eilig und ängstlich in sich und fürchtete, durch die Erfahrung der vorhergehenden Nacht belehrt, fortwährend, er könnte sie irgendwie verlieren. Aber es war ihm nicht beschieden, seine Stimmung heil und unversehrt bis zu dem Ort zu bringen, wohin er strebte. Indes, auch wenn ihn nichts unterwegs aufgehalten hätte, so wäre eine Ausführung seiner Absicht doch schon deshalb unmöglich gewesen, weil Napoleon schon mehr als vier Stunden vorher von der Dorogomilowskaja-Vorstadt über den Arbatskaja-Platz nach dem Kreml geritten war und jetzt in der düstersten Gemütsverfassung im Arbeitszimmer des Zaren im Kremlpalast saß und ausführliche, ins einzelne gehende Befehle erließ in betreff der Maßnahmen, die unverzüglich zur Löschung des Brandes, zur Verhinderung des Plünderns und zur Beruhigung der Einwohner ergriffen werden sollten. Aber Pierre wußte das nicht; ausschließlich mit dem beschäftigt, was ihm bevorstand, quälte er sich hiermit, so wie sich eben Menschen quälen, die sich hartnäckig eine unmögliche Tat vorgenommen haben, unmöglich nicht wegen irgendwelcher ihr innewohnenden Schwierigkeiten, sondern weil sie der gesamten Natur der betreffenden Menschen widerstreitet; er quälte sich mit der Besorgnis, er werde im entscheidenden Augenblick schwach werden und infolgedessen die Achtung vor sich selbst verlieren.

Obgleich er nichts um sich herum sah und hörte, fand er doch instinktiv seinen Weg und irrte sich nicht in den Seitengassen, die ihn nach der Powarskaja-Straße führten.

Je mehr sich Pierre der Powarskaja-Straße näherte, um so stärker wurde der Rauch; es wurde sogar warm von der Glut der Feuersbrunst. Ab und zu sah man über die Hausdächer weg, wie die feurigen Flammenzungen sich in die Höhe schlängelten. Hier waren mehr Leute auf den Straßen, und diese Leute befanden sich in größerer Unruhe. Aber obgleich Pierre merkte, daß etwas Außerordentliches um ihn herum vorging, gab er sich doch keine Rechenschaft darüber, daß er zum Brand hinging. Während er einen Fußsteig verfolgte, der über einen großen, unbebauten Platz führte, welcher auf der einen Seite an die Powarskaja-Straße und auf der andern an die Gärten des Fürsten von Grusien stieß, hörte Pierre plötzlich neben sich das verzweifelte Schluchzen eines Weibes. Wie aus dem Schlaf erwachend, blieb er stehen und hob den Kopf in die Höhe.

Neben dem Fußsteig lagen auf dem trockenen, staubigen Gras Haufen von Hausrat: Federbetten, ein Samowar, Heiligenbilder und Kästen. Bei den Kasten saß auf der Erde eine ältere, hagere Frau, mit langen, vorstehenden Oberzähnen, in einer schwarzen Pelerine, mit einer Haube auf dem Kopf. Diese Frau weinte herzzerbrechend, wobei sie fortwährend mit dem Kopf schüttelte und vor sich hin sprach. Zwei Mädchen, im Alter von zehn bis zwölf Jahren, mit schmutzigen, kurzen Kleidchen und Pelerinen, blickten mit dem Ausdruck verständnislosen Staunens auf den blassen, erschrockenen Gesichtern ihre Mutter an. Ein kleinerer Knabe von etwa sieben Jahren, in einem langen Kittel und mit einer Mütze, die ihm nicht gehörte und viel zu groß war, weinte in den Armen einer alten Kinderfrau. Ein barfüßiges, schmutziges Dienstmädchen saß auf einem Kasten; sie hatte ihren hellblonden Zopf aufgelöst, rupfte die angebrannten Haare und roch daran. Der Gatte, ein untersetzter, etwas buckliger Mann in Beamtenuniform, mit radförmig geschnittenem Backenbart und glattgekämmtem Schläfenhaar, das unter der sehr gerade aufgesetzten Mütze zum Vorschein kam, rückte mit starrer Miene die Kästen, die einer auf dem andern standen, auseinander und zog unter ihnen einige Kleidungsstücke hervor.

Als die Frau Pierre erblickte, warf sie sich ihm beinahe zu Füßen.

»Ach, liebe Menschen, rechtgläubige Christen, rettet, helft! Helfen Sie mir doch, bester Mann ...! Wenn mir doch jemand helfen wollte!« rief sie schluchzend. »Mein kleines Mädchen ...! Mein Töchterchen ...! Mein jüngstes Töchterchen haben sie dagelassen! ... Sie ist verbrannt! Oooh! Habe ich sie dazu gehegt und ... Oooh!«

»So hör doch auf, Marja Nikolajewna«, sagte der Ehemann leise zu seiner Frau, offenbar nur, um sich vor dem fremden Mann zu rechtfertigen. »Gewiß hat deine Schwester sie mitgenommen; wo sollte sie denn auch sonst sein!« fügte er hinzu.

»Du Holzklotz! Du Bösewicht!« schrie die Frau grimmig, und ihr Schluchzen brach plötzlich ab. »Du hast kein Herz; mit deinem eigenen Kindchen hast du kein Mitleid. Ein anderer hätte sie aus dem Feuer geholt. Aber du bist ein Holzklotz, kein Mensch und kein Vater. Sie sind ein edler Mensch«, wandte sich die Frau, hastig redend und dabei schluchzend, an Pierre. »Es brannte nebenan, und das Feuer sprang zu uns über. Das Dienstmädchen schrie: ›Es brennt!‹ Eilig rafften wir etwas von unseren Sachen zusammen. So wie wir waren, stürzten wir aus dem Haus. Da liegt das, was wir noch fassen konnten: die Bilder der Heiligen und mein Aussteuerbett; alles andere ist verloren! Ich griff nach den Kindern, da war meine kleine Katja nicht da! Oooh! O Gott ...!« Sie schluchzte wieder los. »Mein liebes Kindchen! Sie ist verbrannt, ist verbrannt!«

»Wo ist sie denn zurückgeblieben? Wo?« fragte Pierre.

An dem Ausdruck seines lebhafter werdenden Gesichtes merkte die Frau, daß sie von diesem Mann Hilfe erhoffen konnte.

»Väterchen, bester Herr!« rief sie und faßte ihn an die Beine. »Sie mein Wohltäter, verschaffen Sie wenigstens meinem Herzen Ruhe ... Aniska, du garstiges Geschöpf, geh und zeig den Weg!« rief sie dem Dienstmädchen zu; in ihrer zornigen Erregung öffnete sie den Mund sehr weit und ließ durch diese Bewegung ihre langen Zähne noch weiter sichtbar werden.

»Zeig mir den Weg, zeig mir den Weg; ich ... ich will tun, was ich kann«, sagte Pierre hastig und mit stockendem Atem.

Das schmutzige Dienstmädchen kam von ihrem Kasten herbei, steckte ihren Zopf auf und ging seufzend mit ihren plumpen, nackten Füßen auf dem Fußsteig voran. Pierre war auf einmal gleichsam aus einer schweren Betäubung wieder zum Leben erwacht. Er reckte den Kopf höher; seine Augen leuchteten mit einem frischen Glanz auf, und mit schnellen Schritten ging er hinter dem Dienstmädchen her, holte sie ein und betrat die Powarskaja-Straße. Über der ganzen Straße lagerte eine schwarze Rauchwolke. Stellenweise schlugen züngelnde Flammen aus dieser Wolke hervor. Ein dichter Haufe Volks drängte sich vor der Brandstätte. Mitten auf der Straße stand ein französischer General und sagte etwas zu denen, die ihn umgaben. Von dem Mädchen geleitet, gelangte Pierre nahe an die Stelle heran, wo der General stand; aber französische Soldaten hielten ihn zurück.

»Hier geht's nicht durch!« schrie einer von ihnen ihm zu.

»Kommen Sie hier, Onkelchen«, rief das Mädchen; »wir wollen durch die Seitengasse bei Nikolins durchgehen.«

Pierre kehrte um und folgte ihr, mitunter in Sprüngen, um ihr nachzukommen. Das Mädchen rannte die Straße entlang, wendete sich nach links in eine Seitengasse, lief an drei Häusern vorbei und wendete sich dann nach rechts in einen Torweg.

»Jetzt sind wir gleich da«, sagte sie.

Sie lief über den Hof, öffnete ein Pförtchen in einem Bretterzaun und wies, stehenbleibend, ihrem Begleiter ein kleines hölzernes Nebengebäude, das in vollen Flammen stand. Die eine Seite desselben war eingestürzt, die andere brannte, und das Feuer schlug hell aus den Fensteröffnungen und aus dem Dach hervor.

Als Pierre durch das Pförtchen getreten war, schlug ihm eine solche Gluthitze entgegen, daß er unwillkürlich stehenblieb.

»Welches … welches ist euer Haus?« fragte er.

»O-o-ch!« heulte das Mädchen und wies auf das Nebengebäude. »Das da, das da war unsere Wohnung. Du bist verbrannt, unser Schätzchen! Katja, mein liebes Goldkind, o-och!« heulte Aniska beim Anblick des Brandes los, da sie es für notwendig hielt, auch ihre Gefühle zum Ausdruck zu bringen.

Pierre näherte sich dem Nebengebäude; aber die Hitze war so stark, daß er unwillkürlich einen Bogen um dasselbe beschrieb und sich nun neben einem großen Haus befand, das erst an einer Seite, am Dach, brannte und um welches herum es von Franzosen wimmelte. Pierre begriff zunächst nicht, was diese Franzosen machten, die etwas schleppten; aber als er einen Franzosen vor sich sah, der einen Russen niederen Standes mit der flachen Klinge des Seitengewehrs schlug und ihm einen Fuchspelz wegnahm, da ging ihm eine Ahnung auf, daß hier geraubt und geplündert wurde; aber er hatte keine Zeit, bei diesem Gedanken länger zu verweilen.

Das Krachen und Poltern der einstürzenden Wände und Decken, das Knistern und Zischen der Flammen, das erregte Geschrei der Volksmenge, der Anblick der in steter Bewegung begriffenen, teils schwarzen, sich dicht zusammenballenden, teils hellen aufflatternden Rauchwolken, der leuchtenden Feuerfunken und der hier roten, kompakten, garbenförmigen, dort goldenen Schuppen gleichenden, an den Wänden umherspielenden Flammen, die Empfindung der Hitze und des Rauchs und der Schnelligkeit der Vorgänge: Dies alles versetzte Pierre in jene Erregung, die eine Feuersbrunst gewöhnlich hervorruft. Diese Wirkung war bei Pierre deswegen besonders stark, weil er sich jetzt auf einmal beim Anblick dieses Brandes von den Gedanken befreit fühlte, die ihn noch soeben schwer bedrückt hatten. Er fühlte sich jung, heiter, beweglich und energisch. Er war um das Nebengebäude herum nach der Seite gelaufen, die nach dem Haus zu gelegen war, und wollte schon in denjenigen Teil desselben eindringen, der noch stand, als gerade über seinem Kopf mehrere Personen etwas schrien und unmittelbar darauf das krachende Aufschlagen eines schweren Gegenstandes ertönte, der neben ihm niederfiel.

Pierre blickte um sich und sah in den Fenstern des Hauses Franzosen, die einen Kommodenkasten hinausgeworfen hatten, der mit Metallgegenständen angefüllt war. Andere französische Soldaten, die unten standen, traten zu dem Kasten hin.

»Na, was will denn der hier noch?« schrie einer der Franzosen Pierre an.

»Es ist ein Kind in diesem Haus. Habt ihr hier kein Kind gesehen?« sagte Pierre französisch.

»Was redet der denn noch lange? Scher dich fort!« riefen andere, und einer der Soldaten, der offenbar fürchtete, Pierre könnte sich einfallen lassen, ihnen die Silber- und Bronzesachen, die in dem Kasten waren, wegzunehmen, trat in drohender Haltung auf ihn zu.

»Ein Kind?« schrie der Franzose von oben. »Ich habe im Garten etwas plärren gehört. Vielleicht ist es dem sein Bengel gewesen. Man muß sich doch auch menschlich zeigen. Wir sind ja alle Menschen ...«

»Wo ist das Kind? Wo ist es?« fragte Pierre.

»Da! Da!« schrie ihm der Franzose aus dem Fenster zu und zeigte nach dem Garten, der hinter dem Haus lag. »Warten Sie, ich werde herunterkommen.«

Und wirklich sprang eine Minute darauf der Franzose, ein schwarzäugiger junger Kerl mit einem eigenartigen Fleck auf der Wange, nur in Hemd und Hose aus einem Fenster des Erdgeschosses heraus, klopfte Pierre auf die Schulter und lief mit ihm nach dem Garten.

»Sputet euch, ihr da!« rief er seinen Kameraden zu. »Es fängt an heiß zu werden.«

Nachdem der Franzose mit Pierre hinter das Haus gelaufen war, wo sie auf einen mit Sand bestreuten Weg kamen, zupfte er seinen Begleiter am Arm und zeigte nach einem Rondell. Unter einer Bank lag ein dreijähriges Mädchen in einem rosa Kleid.

»Da ist Ihr Bengel. Ah, es ist ein kleines Mädchen; na, auch gut«, sagte der Franzose. »Auf Wiedersehen, Dicker. Man muß doch auch menschenfreundlich sein. Wir sind alle sterblich, nicht wahr?« Und der Franzose mit dem Fleck auf der Wange lief zu seinen Kameraden zurück.

Fast atemlos vor Freude eilte Pierre zu der Kleinen hin und wollte sie auf den Arm nehmen. Aber als das skrofulöse, der Mutter ähnliche, unangenehm aussehende Kind den fremden Mann erblickte, schrie es auf und versuchte wegzulaufen. Pierre jedoch ergriff es und hob es auf den Arm; die Kleine kreischte wütend und verzweifelt auf und suchte mit ihren kleinen Händchen Pierres Arme von ihrem Körper loszureißen und mit ihrem rotzigen Mund hineinzubeißen. Pierre wurde von einem Gefühl des Schreckens und des Ekels ergriffen, ähnlich dem Gefühl, das er bei der Berührung mancher kleinen Tiere zu empfinden pflegte. Aber er überwand sich, um das Kind nicht niederzusetzen und dazulassen, und lief mit ihm zu dem großen Haus zurück. Aber auf demselben Weg konnte er nicht mehr zurückkehren: Das Dienstmädchen Aniska war nicht mehr da. Mit einem aus Mitleid und Ekel gemischten Gefühl das Kind, das jämmerlich schluchzte und sich naß gemacht hatte, möglichst zart an sich drückend, lief er durch den Garten, um einen andern Ausgang zu suchen.

XXXIV

Als Pierre über Höfe und durch Gassen gelaufen und mit seiner Last zu dem Garten des Fürsten von Grusien an der Ecke der Powarskaja-Straße zurückgelangt war, erkannte er im ersten Augenblick den Ort gar nicht wieder, von dem er ausgegangen war, um das Kind zu holen; so dichtgedrängt voll war er von allerlei Menschen und von Hausgerät, das aus den Häusern herausgeschleppt war. Außer den russischen Familien, die sich mit ihrer Habe vor dem Feuer hierher gerettet hatten, waren auch einige französische Soldaten in verschiedenartiger Bekleidung da. Pierre achtete nicht auf sie. Er suchte möglichst schnell die Beamtenfamilie wiederzufinden, in der Absicht, der Mutter das Kind zu übergeben und dann wieder wegzugehen, um noch andere zu retten. Es war ihm zumute, als müsse er noch recht viel tun und so schnell wie möglich. Von der Hitze und dem Laufen warm geworden, empfand er in diesem Augenblick noch stärker jenes Gefühl der Jugendlichkeit, Frische und Energie, das ihn vorhin ergriffen hatte, als er sich aufmachte, um das Kind zu retten. Das kleine Mädchen war jetzt still geworden; mit den Händchen sich an Pierres Kaftan festhaltend, saß sie auf seinem Arm und blickte wie ein scheues Tierchen um sich. Pierre sah sie von Zeit zu Zeit an und lächelte ihr zu. Er glaubte einen Zug rührender Unschuld auf diesem ängstlichen, kränklichen Gesichtchen zu sehen.

Weder der Beamte noch seine Frau befanden sich mehr an der früheren Stelle. Pierre ging mit schnellen Schritten durch die Menge und musterte die verschiedenen Gesichter, die ihm vorkamen. Unwillkürlich erregte eine grusinische oder armenische Familie seine Aufmerksamkeit; diese Familie bestand aus einem schönen, sehr alten Mann von orientalischem Gesichtstypus, der einen neu überzogenen Schafspelz und neue Stiefel trug, einer alten Frau von demselben Typus und einer jungen Frau. Diese noch sehr junge Person erschien Pierre als ein Ideal orientalischer Schönheit, mit ihren scharfen, bogenförmigen, schwarzen Brauen und dem länglichen, schönen Gesicht von außerordentlich zarter Hautfarbe, wiewohl ohne jeden Ausdruck. Mitten unter dem unordentlich umherliegenden Hausrat und zwischen der Volksmenge auf dem Platz erinnerte sie in ihrer kostbaren Atlaspelerine und dem lila Tuch, das sie um den Kopf geschlungen hatte, an eine zarte Treibhauspflanze, die auf den Schnee hinausgeworfen ist. Sie saß auf einem Kleiderbündel etwas hinter der Alten und blickte mit den regungslosen, großen, schwarzen, länglichen, langbewimperten Augen auf die Erde. Offenbar kannte sie ihre Schönheit und war um deswillen in Besorgnis. Dieses Gesicht machte auf Pierre einen starken Eindruck, und trotz seiner Eile sah er sich, während er an dem Zaun entlangging, mehrmals nach ihr um. Als er an das Ende des Zaunes gelangt war und doch die Gesuchten nicht gefunden hatte, blieb er stehen und blickte sich um.

Pierres Gestalt war jetzt, wo er das Kind auf dem Arm trug, noch auffälliger als vorher, und es sammelten sich mehrere Russen um ihn, Männer und Frauen.

»Hast du jemand verloren, lieber Mann?« – »Sie sind wohl einer von den Vornehmen, wie?« – »Wessen Kind ist denn das?« so wurde er von Verschiedenen gefragt.

Pierre antwortete, das Kind gehöre einer Frau in einer schwarzen Pelerine, die mit ihren Kindern an dieser Stelle gesessen habe, und fragte, ob sie keiner kenne und wisse, wohin sie gegangen sei.

»Das wird gewiß ein Kind von Frau Anferowa sein«, sagte ein alter Diakonus, zu einem pockennarbigen Weib gewendet. »Herr, erbarme dich, Herr, erbarme dich«, fügte er wie in der Kirche in seinen gewohnten Baßtönen hinzu.

»Ach, wo wird es Frau Anferowa ihres sein!« erwiderte das Weib. »Die Anferows sind schon am Morgen weggefahren. Es gehört entweder Marja Nikolajewna oder der Frau Iwanowa.«

»Er sagt: ›Eine Frau‹, und Marja Nikolajewna ist doch eine Dame«, wendete ein Gutsknecht ein.

»Ihr werdet sie wohl kennen: Sie hat lange Zähne und ist mager«, sagte Pierre.

»Das ist Marja Nikolajewna. Die sind in den Garten gegangen, als diese Wölfe hier ankamen«, sagte die Alte, auf die französischen Soldaten weisend.

»Herr, erbarme dich«, fügte der Diakonus wieder hinzu.

»Gehen Sie nur da hindurch; da sind sie. Ja, die ist es. Sie hat die ganze Zeit gejammert und geweint«, sagte wieder die Alte. »Ja, die ist es. Sehen Sie, dorthin müssen Sie gehen!«

Aber Pierre hörte nicht auf das Weib hin. Er beobachtete schon seit einigen Sekunden mit unverwandten Augen das, was einige Schritte von ihm entfernt vorging. Seine Blicke waren auf die armenische Familie und auf zwei französische Soldaten gerichtet, die sich den Armeniern näherten. Einer von diesen Soldaten, ein kleiner, beweglicher Kerl, trug einen blauen Mantel, der mit einem Strick umgürtet war; auf dem Kopf hatte er eine Schlafmütze, und seine Füße waren nackt. Der andere, der Pierres Aufmerksamkeit ganz besonders erregte, war ein langer, gebückt gehender, blonder, hagerer Mensch mit langsamen Bewegungen und einem idiotischen Gesichtsausdruck. Dieser trug einen Kapottmantel von Fries, blaue Hosen und große, zerrissene Reiterstiefel. Der kleinere Franzose, der mit dem blauen Mantel und ohne Stiefel, sagte, sobald er an den Armenier herangekommen war, ein paar Worte und griff dabei sofort nach den Beinen des alten Mannes; dieser begann unverzüglich, sich eilig die Stiefel auszuziehen. Der andere, der im Kapottmantel, blieb vor der schönen Armenierin stehen und blickte sie, die Hände in den Taschen, ohne ein Wort zu sagen und ohne sich zu regen, an.

»Nimm hin, nimm das Kind!« sagte Pierre gebieterisch und hastig zu dem Weib und hielt ihr das Kind hin. »Gib es ihnen, gib es ihnen!« rief er überlaut, setzte das aufschreiende Mädchen auf die Erde und blickte wieder nach den Franzosen und der armenischen Familie hin.

Der alte Mann saß schon barfuß da. Der kleinere Franzose hatte ihm bereits den zweiten Stiefel ausgezogen und schlug nun mit einem Stiefel an den andern. Der Alte sagte schluchzend etwas; aber Pierre sah dies nur mit flüchtigem Blick; seine ganze Aufmerksamkeit war auf den Franzosen im Kapottmantel gerichtet, der in diesem Augenblick mit langsamem, schaukelndem Gang auf die junge Frau zutrat, die Hände aus den Taschen zog und nach ihrem Hals griff.

Die schöne Armenierin hatte noch immer in derselben Haltung dagesessen, ohne sich zu regen, die langen Wimpern niedergeschlagen, und schien nicht gesehen und gemerkt zu haben, was der Soldat mit ihr vorhatte.

Während Pierre laufend die wenigen Schritte zurücklegte, die ihn von den beiden Franzosen trennten, hatte der lange Marodeur im Kapottmantel der Armenierin schon das Geschmeide, das sie am Hals trug, weggerissen, und die junge Frau griff mit den Händen nach ihrem Hals und stieß einen gellenden Schrei aus.

»Laß die Frau in Ruhe!« schrie Pierre mit heiserer, wütender Stimme, packte den langen, krummrückigen Soldaten an den Schultern und schleuderte ihn zur Seite.

Der Soldat fiel zu Boden, erhob sich wieder und lief davon. Aber sein Kamerad warf die Stiefel hin, schickte sich an, sein Seitengewehr zu ziehen, und ging in drohender Haltung auf Pierre los.

»Hoho! Keine Dummheiten!« rief er.

Pierre befand sich in einem jener Wutanfälle, in denen er keine Überlegung mehr kannte und seine Kräfte sich verzehnfachten. Er stürzte sich auf den barfüßigen Franzosen, und ehe dieser noch Zeit gehabt hatte, sein Seitengewehr zu ziehen, hatte er ihn bereits niedergeworfen und schlug mit den Fäusten auf ihn los. Die umstehende Menge ließ beifällige Rufe vernehmen; in demselben Augenblick aber erschien um die Ecke herum eine reitende Patrouille französischer Ulanen. Die Ulanen ritten im Trab zu Pierre und dem Franzosen hin und umringten sie. Von dem, was nun weiter geschah, hatte Pierre nachher so gut wie keine Erinnerung mehr. Er erinnerte sich nur, daß er jemanden geschlagen hatte, daß er geschlagen worden war, und daß er zuletzt das Gefühl gehabt hatte, als ob ihm die Hände zusammengebunden wurden und eine Anzahl französischer Soldaten um ihn herum stand und ihm die Kleider durchsucht wurden.

»Er hat einen Dolch, Leutnant«, das waren die ersten Worte, die Pierre wieder verstand.

»Ah, eine Waffe«, sagte der Offizier und wandte sich an den barfüßigen Soldaten, der mit Pierre zusammen festgenommen war. »Es ist gut; das kannst du alles dem Kriegsgericht auseinandersetzen«, sagte der Offizier. Dann wandte er sich an Pierre mit der Frage: »Sie da, sprechen Sie französisch?«

Pierre blickte mit blutunterlaufenen Augen um sich, ohne zu antworten. Sein Gesicht mußte wohl einen schrecklichen Anblick bieten; denn der Offizier gab flüsternd einen Befehl, und es sonderten sich noch vier Ulanen von dem Trupp ab und nahmen zu beiden Seiten Pierres Stellung.

»Sprechen Sie französisch?« wiederholte der Offizier seine Frage, hielt sich aber in einiger Entfernung von ihm. »Ruft den Dolmetscher her.«

Aus der Truppe kam ein kleines Männchen in russischer Zivilkleidung hervorgeritten. Am Anzug und an der Sprache erkannte Pierre ihn sofort als einen Franzosen aus einem Moskauer Ladengeschäft.

»Er sieht nicht aus wie ein Mann aus dem Volk«, sagte der Dolmetscher zu dem Offizier, nachdem er Pierre gemustert hatte.

»Mir macht er ganz den Eindruck, als ob er einer der Brandstifter wäre«, antwortete der Offizier. »Fragen Sie ihn doch, was er ist«, fügte er hinzu.

»Wer seid du?« fragte der Dolmetscher in sehr schlechtem Russisch. »Du muß antworten dem Obrigkeit.«

»Ich werde euch nicht sagen, wer ich bin. Ich bin euer Gefangener. Führt mich weg«, sagte Pierre auf einmal auf französisch.

»Ah, ah!« sagte der Offizier und machte ein finsteres Gesicht. »Nun also weiter, marsch!«

Um die Ulanen hatte sich ein Haufe Menschen geschart. Am nächsten bei Pierre stand die pockennarbige Frau mit dem kleinen Mädchen; als die Patrouille sich wieder in Bewegung setzte, ging sie nebenher.

»Wohin bringen sie dich denn, lieber Mann?« sagte sie. »Und wo soll ich denn das kleine Mädchen lassen, wenn es denen nicht gehört?«

»Was will diese Frau?« fragte der Offizier.

Pierre war wie betrunken. Dieser verzückte Zustand steigerte sich noch beim Anblick des kleinen Mädchens, das er gerettet hatte.

»Was sie will?« antwortete er. »Sie bringt mir meine Tochter, die ich soeben aus den Flammen gerettet habe ... Adieu!« Und ohne selbst zu wissen, wie er dazu gekommen war, diese zwecklose Lüge auszusprechen, schritt er mit entschlossenem, feierlichem Gang zwischen den Franzosen einher.

Diese französische Patrouille war eine von denen, die auf Durosnels Anordnung durch verschiedene Straßen Moskaus geschickt waren, um dem Plündern Einhalt zu tun, und namentlich um die Brandstifter abzufassen, die nach einer an diesem Tag bei den höheren französischen Kommandostellen allgemein aufgekommenen Meinung die Urheber der Feuersbrünste waren. Bei ihrem weiteren Ritt durch einige Straßen nahm die Patrouille noch fünf verdächtige Russen fest; einen Ladenbesitzer, zwei

Seminaristen, einen Bauern und einen herrschaftlichen Diener, und ferner mehrere Plünderer. Aber von allen Verdächtigen erschien als der Verdächtigste Pierre. Als sie alle für die Nacht nach einem großen Haus am Subowski-Wall transportiert waren, in dem die Hauptwache eingerichtet war, wurde Pierre unter strenger Bewachung in einem gesonderten Raum untergebracht.

Vierter Band

ERSTER TEIL

I

In Petersburg führten damals in den höchsten Kreisen die Parteien ihre verwickelten Kämpfe untereinander mit noch größerer Hitze und Heftigkeit als sonst je: die Partei Rumjanzews, die der Franzosen, die der Kaiserin-Mutter Maria Feodorowna, die des Großfürsten-Thronfolgers und andere; und übertönt wurden diese Kämpfe noch, wie immer, durch das Blasen der höfischen Drohnen. Aber das ruhige, üppige, nur mit blassen Schattenbildern des wirklichen Lebens beschäftigte Petersburger Leben ging dabei seinen altgewohnten Gang, und wer in diesem Leben steckte, für den bedurfte es großer Anstrengungen, um sich der Gefahr und der schwierigen Lage bewußt zu werden, in der sich das russische Volk befand. Da waren dieselben Courempfänge und Bälle, dasselbe französische Theater, dieselben Interessen der einzelnen Hofhaltungen, dieselben Interessen des Dienstes, dieselben Intrigen. Nur in den allerhöchsten Kreisen gab man sich Mühe, der Schwierigkeit der gegenwärtigen Lage eingedenk zu sein. Geflüsterte Erzählungen gingen von Mund zu Mund, wie grundverschieden voneinander die beiden Kaiserinnen unter diesen so schwierigen Umständen sich benahmen. Die Kaiserin-Mutter Maria Feodorowna hatte in ihrer Besorgnis für das Wohl der unter ihrem Patronat stehenden Wohltätigkeits- und Erziehungsanstalten Anordnungen über die Verlegung aller dieser Institute nach Kasan getroffen, und die Sachen derselben waren bereits gepackt. Die Kaiserin Jelisaweta Alexejewna dagegen hatte auf die Frage, welche Anordnungen sie zu treffen geruhe, mit dem ihr eigenen russischen Patriotismus erwidert, über Staatsanstalten könne sie nichts anordnen, da dies nur dem Kaiser zustehe; und auf die Frage, was sie persönlich zu tun gedenke, hatte sie geantwortet, sie werde die letzte sein, die Petersburg verließe.

Bei Anna Pawlowna fand am 26. August, gerade am Tag der Schlacht bei Borodino, eine Abendgesellschaft statt, deren Glanzpunkt die Vorlesung eines Briefes sein sollte, den der hochwürdigste Metropolit bei Übersendung des Bildes des heiligen Sergius an den Kaiser geschrieben hatte. Dieser Brief galt als ein Muster patriotischer geistlicher Beredsamkeit. Vorlesen sollte ihn kein Geringerer als Fürst Wasili, der als vorzüglicher Vorleser berühmt war und auch der Kaiserin des öfteren vorlas. Die vollendete Kunst fand man bei seinem Vorlesen darin, daß er laut und halb singend sprach und die Worte bald in kläglich heulendem, bald in zärtlich murrendem Ton herausbrachte, ohne jede Rücksicht auf ihren

Sinn, so daß, ganz wie es der Zufall wollte, auf das eine Wort das Heulen und auf das andere das Murren traf. Diese Vorlesung hatte, wie alle Abendgesellschaften bei Anna Pawlowna, eine politische Bedeutung. Es wurden an diesem Abend einige wichtige Persönlichkeiten erwartet, die wegen ihres fortgesetzten Besuches des französischen Theaters zu einem Gefühl der Scham gebracht und zu patriotischer Gesinnung angeregt werden sollten. Es waren schon recht viele Gäste versammelt; aber Anna Pawlowna sah in ihrem Salon gerade diejenigen noch nicht, auf die es ihr ankam, und darum verschob sie die Vorlesung noch und brachte Gespräche allgemeinen Inhalts in Gang.

Die Tagesneuigkeit war in Petersburg augenblicklich die Krankheit der Gräfin Besuchowa. Die Gräfin war vor einigen Tagen plötzlich erkrankt, hatte mehrere Gesellschaften, deren Zierde sie sonst zu sein pflegte, nicht besucht, und es verlautete, sie empfange niemanden und habe sich diesmal nicht den Petersburger medizinischen Zelebritäten, von denen sie sich sonst behandeln ließ, sondern einem italienischen Arzt anvertraut, der sie unter Anwendung eines neuen, ungewöhnlichen Mittels behandle.

Jedermann wußte sehr wohl, daß die Krankheit der reizenden Gräfin von der Schwierigkeit herkam, zwei Männer zugleich zu heiraten, und daß die von dem Italiener eingeleitete Behandlung in der Beseitigung dieser Schwierigkeit bestand; aber in Anna Pawlownas Gegenwart wagte niemand dergleichen anzudeuten, ja, es schien überhaupt niemand etwas davon zu wissen.

»Es heißt, die arme Gräfin befinde sich sehr schlecht. Der Arzt sagt, es sei Bräune.«

»Bräune? Oh, das ist eine schreckliche Krankheit!«

»Man sagt, die beiden Nebenbuhler hätten sich aus Anlaß dieser Bräune miteinander versöhnt ...«

Das Wort »Bräune« wurde mit großem Genuß immer wieder gebraucht.

»Der alte Graf soll sich ja ganz rührend benehmen. Er hat wie ein Kind geweint, als ihm der Arzt sagte, daß die Krankheit gefährlich sei.«

»Oh, das würde ein schrecklicher Verlust sein. Sie ist eine so entzückende Frau.«

»Sie sprechen von der armen Gräfin?« sagte Anna Pawlowna, die zu dieser Gruppe hinzutrat. »Ich habe zu ihr geschickt und mich erkundigen lassen; es wurde mir geantwortet, es ginge ihr ein wenig besser. Oh, sie ist ohne Zweifel die reizendste Frau von der Welt«, fuhr Anna Pawlowna fort und lächelte dabei über ihre eigene Schwärmerei. »Wir gehören ja verschiedenen Parteien an; aber das hindert mich nicht, sie zu achten, wie sie es verdient. Sie ist sehr unglücklich«, fügte Anna Pawlowna hinzu.

Ein unvorsichtiger junger Mann, welcher glaubte, Anna Pawlowna lüfte mit diesen Worten ein ganz klein wenig den Schleier des Geheimnisses, der über der Krankheit der Gräfin liege, erlaubte sich, seine Verwunderung darüber auszusprechen, daß sich die Gräfin, statt renommierte Ärzte zu Rate zu ziehen, von einem Scharlatan behandeln lasse, der ihr womöglich gefährliche Mittel gebe.

»Ihre Nachrichten mögen besser sein als die meinigen«, fiel Anna Pawlowna schnell in giftigem Ton über den unerfahrenen jungen Mann her. »Aber ich weiß aus guter Quelle, daß dieser Arzt ein sehr gelehrter, sehr geschickter Mann ist. Er ist der Leibarzt der Königin von Spanien.«

Nachdem Anna Pawlowna auf diese Weise den jungen Mann abgetrumpft hatte, wandte sie sich an Bilibin, der in einer anderen Gruppe über die Österreicher sprach. Er hatte die Stirnhaut in Falten gelegt und war anscheinend gerade dabei, sie wieder glattzuziehen, um etwas Geistreiches zu sagen.

»Ich finde, daß das allerliebst ist«, sagte er mit Bezug auf das diplomatische Schriftstück, mit welchem die von Wittgenstein, dem »Helden von Petersburg« (wie man ihn in dieser Stadt nannte), erbeuteten Fahnen nach Wien geschickt worden waren.

»Was denn? Was meinen Sie?« wandte sich Anna Pawlowna zu ihm und stellte so das erforderliche Stillschweigen her, damit der geistreiche Ausspruch, den sie bereits kannte, das gebührende Gehör finde.

Und Bilibin zitierte wörtlich folgende Stelle aus der von ihm selbst redigierten diplomatischen Depesche:

»Der Kaiser sendet die österreichischen Fahnen zurück, befreundete und verirrte Fahnen, die er abseits vom richtigen Weg gefunden hat.« Als Bilibin zu Ende gesprochen hatte, zog er seine Stirn wieder glatt.

»Allerliebst, allerliebst!« äußerte Fürst Wasili.

»Das heißt vielleicht: auf dem Weg nach Warschau«, bemerkte plötzlich Fürst Ippolit laut.

Alle blickten ihn an, ohne zu verstehen, was er damit sagen wollte. Auch Fürst Ippolit selbst sah mit heiterer Verwunderung umher. Er verstand ebensowenig wie die anderen, was die von ihm gesprochenen Worte bedeuteten. Er hatte während seiner diplomatischen Karriere zu wiederholten Malen die Beobachtung gemacht, daß ein paar in dieser Manier plötzlich hingeworfene Worte für sehr geistreich angesehen wurden, und so hatte er denn aufs Geratewohl diese Worte gesprochen, die ihm gerade in den Mund gekommen waren. »Vielleicht kommt es sehr geistreich heraus«, dachte er; »und wenn nicht, so werden die andern da schon wissen, es sich zurechtzulegen.« Gerade in dem Augenblick aber, als ein unbehagliches Stillschweigen herrschte, trat jene nicht patriotisch genug gesinnte Persönlichkeit ein, auf welche Anna Pawlowna zum Zweck eines Bekehrungsversuches wartete; Anna Pawlowna drohte dem Fürsten Ippolit lächelnd mit dem Finger, lud den Fürsten Wasili ein, an den Tisch zu kommen, stellte ihm zwei Kerzen zurecht, legte ihm ein beschriebenes Blatt hin und bat ihn, anzufangen. Alles wurde still.

»Allergnädigster Kaiser und Herr!« las Fürst Wasili in strengem Ton und warf einen Blick auf sein Publikum, wie wenn er fragen wollte, ob jemand etwas hiergegen zu bemerken habe. Aber es bemerkte niemand etwas hiergegen. »Die erste Residenzstadt Moskau, das neue Jerusalem, wird *ihren* Gesalbten empfangen« (er legte auf einmal einen starken Ton auf das Wort »ihren«), »wie eine Mutter ihre treuen Söhne in ihre Arme schließt, und durch die hereingebrochene Finsternis den glänzenden Ruhm deiner Herrschaft vorherschauend, singt sie voll Entzücken: Hosianna, gelobt sei, der da kommt!«

Fürst Wasili sprach diese letzten Worte in weinerlichem Ton.

Bilibin betrachtete aufmerksam seine Nägel, und viele der Zuhörer zeigten eine ängstliche Verlegenheit, wie wenn sie fragen wollten, was sie denn eigentlich begangen hätten. Anna Pawlowna flüsterte schon im voraus, wie ein altes Weib beim Abendmahlsgebet, die darauffolgenden Worte: »Mag auch der übermütige, freche Goliath …«

Fürst Wasili fuhr fort:

»Mag auch der übermütige, freche Goliath die Schrecken des Todes von Frankreichs Grenzen nach den Gauen Rußlands tragen: Der demütige Glaube, diese Schleuder des russischen David, wird unversehens seinem blutdürstigen Stolz das Haupt zerschmettern. Dieses Bild des heiligen Sergius, der von alters her das Wohl unseres Vaterlandes behütet hat, bringen wir Eurer Kaiserlichen Majestät dar. Es ist mir ein tiefer Schmerz, daß meine ermattenden Kräfte es mir unmöglich machen, mich an dem Anblick Dero huldvollsten Antlitzes zu erquicken. Heiße Gebete sende ich zum Himmel, daß der Allmächtige den Stamm der Gerechten erhöhen und Euer Majestät Wünsche zum Heile erfüllen möge.«

»Welch eine Kraft! Welch ein Stil!« riefen die Zuhörer; das Lob galt dem Verfasser und dem Vorleser.

Von diesem Schreiben begeistert, redeten Anna Pawlownas Gäste noch lange von der Lage des Vaterlandes und stellten allerlei Vermutungen über den Ausgang der Schlacht auf, die in diesen Tagen geliefert werden mußte.

»Sie werden sehen«, sagte Anna Pawlowna, »daß wir morgen, am Geburtstag des Kaisers, Nachricht erhalten. Ich habe eine gute Ahnung.«

II

Anna Pawlownas Ahnung ging wirklich in Erfüllung. Am folgenden Tag, während des Gottesdienstes, der anläßlich des Geburtstages des Kaisers im Palais stattfand, wurde Fürst Wolkonski aus der Kirche herausgerufen und ihm ein Brief des Fürsten Kutusow übergeben. Es war der Bericht, den Kutusow am Tag der Schlacht in Tatarinowa geschrieben hatte. Kutusow meldete, die Russen seien keinen Schritt zurückgewichen; die Franzosen hätten weit größere Verluste gehabt als wir; er berichte dies in Eile vom Schlachtfeld, noch ehe er die letzten Nachrichten habe sammeln können. Somit war es ein Sieg. Und sogleich, noch vor dem Verlassen des heiligen Raumes, wurde dem Schöpfer für seine Hilfe und für den Sieg Dank gesagt.

Anna Pawlownas Ahnung war in Erfüllung gegangen, und in der Stadt herrschte den ganzen Vormittag über eine frohe Feststimmung. Alle betrachteten den Sieg als feststehende Tatsache, und manche redeten sogar schon von der Gefangennahme des Kaisers Napoleon selbst, von seiner Absetzung und der Wahl eines neuen Oberhauptes für Frankreich.

Fern vom Kriegsschauplatz und in dem ganzen Milieu des Hoflebens können die Ereignisse nicht leicht mit ihrer gesamten Wucht und Kraft wirken. Unwillkürlich gruppieren die Ereignisse von allgemeiner Bedeutung sich um irgendeine zufällige Einzelheit. So bildete jetzt die Hauptfreude der Hofgesellschaft in gleichem Maße unser Sieg und der Umstand, daß die Nachricht von diesem Sieg gerade am Geburtstag des Kaisers eingetroffen war. Das war gewissermaßen eine wohlgelungene Geburtstagsüberraschung. In Kutusows Bericht war auch von den russischen Verlusten die Rede, und es waren darunter Tutschkow, Bagration und Kutaisow genannt. Und auch die traurige Seite des großen Ereignisses gruppierte sich in den Kreisen der Petersburger Gesellschaft unwillkürlich um ein einzelnes Ereignis: den Tod Kutaisows. Alle hatten ihn gekannt, der Kaiser hatte ihn gern gemocht, er war ein junger, interessanter Mann gewesen. Wenn sich zwei an diesem Tag trafen, so lauteten die ersten Worte stets:

»Welch ein wunderbares Zusammentreffen! Gerade während des Gottesdienstes! Und welch ein Verlust, der Tod Kutaisows! Ach, wie schade!«

»Was habe ich Ihnen über Kutusow gesagt?« sagte Fürst Wasili jetzt mit dem Stolz eines Propheten. »Ich habe immer gesagt: Er ist der einzige, der Napoleon zu besiegen vermag.«

Aber am folgenden Tag gingen keine Nachrichten von der Armee ein, und die allgemeine Stimmung wurde unruhig. Die Hofleute litten daran, daß der Kaiser unter der Ungewißheit litt, in der er sich befand.

»Der Kaiser befindet sich in rechter Sorge!« sagten die Hofleute und priesen Kutusow nicht mehr, wie sie das kurz vorher getan hatten, sondern schalten auf ihn, weil er an der Unruhe des Kaisers schuld war. Fürst Wasili lobte an diesem Tag seinen Schützling Kutusow nicht mehr, sondern beobachtete mit Stillschweigen, wenn man in seiner Gegenwart von dem Oberkommandierenden sprach. Außerdem kam am Abend dieses Tages noch eine furchtbare Neuigkeit hinzu, wie wenn sich alles vereinigte, um die Einwohner von Petersburg in Aufregung und Unruhe zu versetzen: Die Gräfin Besuchowa war plötzlich an jener schrecklichen Krankheit gestorben, deren Namen man mit solchem Behagen ausgesprochen hatte. Offiziell hieß es in den höheren Gesellschaftskreisen allgemein, die Gräfin Besuchowa sei an einem furchtbaren Bräuneanfall gestorben; aber in intimeren Kreisen erzählte man sich Einzelheiten von folgender Art: Der Leibarzt der Königin von Spanien habe der Gräfin kleine Dosen eines Medikaments zur Herbeiführung einer bestimmten Wirkung verschrieben; Helene aber habe aus Kummer darüber, daß der alte Graf einen Verdacht gegen sie hegte, und darüber, daß ihr Mann, dieser unglückliche, ausschweifende Pierre, ihr nicht geantwortet hatte, eine gewaltige Dosis des ihr verschriebenen Medikaments auf einmal genommen und sei, ehe man ihr habe Hilfe bringen können, unter Qualen gestorben. Weiter wurde erzählt, Fürst Wasili und der alte Graf hätten den Italiener zur Verantwortung ziehen wollen; aber dieser habe solche Zuschriften vorgelegt, die die unglückliche Verstorbene an ihn gerichtet hatte, daß die beiden sofort von ihm abgelassen hätten.

Das allgemeine Gespräch drehte sich ausschließlich um drei traurige Ereignisse: die peinliche Ungewißheit des Kaisers, den Tod Kutaisows und den Tod Helenes.

Drei Tage nach Kutusows Bericht kam nach Petersburg ein Gutsbesitzer aus Moskau, und nun verbreitete sich durch die ganze Stadt die Nachricht von der Übergabe Moskaus an die Franzosen. Das war furchtbar! In welcher peinlichen Lage befand sich der Kaiser! Kutusow war ein Verräter, und Fürst Wasili äußerte bei den Kondolenzbesuchen, die ihm anläßlich des Todes seiner Tochter gemacht wurden, über den früher von ihm gepriesenen Kutusow (es war bei der Trauer sehr verzeihlich, daß er vergaß, was er früher gesagt hatte): Etwas anderes habe man von diesem blinden, ausschweifenden Greis auch nicht erwarten können.

»Ich wundere mich nur, wie man einem solchen Mann das Schicksal Rußlands hat anvertrauen mögen«, sagte er.

Solange diese Nachricht noch nicht offiziell war, konnte man noch an ihr zweifeln; aber am nächsten Tag ging vom Grafen Rastoptschin folgende Meldung ein:

»Ein Adjutant des Fürsten Kutusow hat mir einen Brief überbracht, in welchem er von mir Polizeioffiziere verlangt, um die Armee auf die Straße nach Rjasan zu führen. Er sagt, er müsse zu seinem Schmerz Moskau dem Feind überlassen. Majestät! Dieser Schritt Kutusows entscheidet das Schicksal der Hauptstadt und Ihres Reiches. Rußland wird erschaudern, wenn es die Preisgabe der Stadt erfährt, in der sich die majestätische Größe Rußlands verkörpert und die die Asche Ihrer Ahnherren birgt. Ich folge der Armee. Ich habe alles fortschaffen lassen; mir bleibt nichts übrig, als über das Schicksal meines Vaterlandes zu weinen.«

Als der Kaiser diesen Bericht empfangen hatte, schickte er den Fürsten Wolkonski mit folgendem Schreiben an Kutusow:

»Fürst Michail Ilarionowitsch! Seit dem 29. August habe ich von Ihnen keine Nachrichten. Inzwischen habe ich vom 1. September über Jaroslawl von dem Oberkommandierenden von Moskau die traurige Mitteilung erhalten, daß Sie den Entschluß gefaßt haben, mit der Armee Moskau zu verlassen. Sie werden sich selbst vorstellen können, welchen Eindruck diese Nachricht auf mich gemacht hat, und mein Erstaunen wird durch Ihr Schweigen noch gesteigert. Ich sende den Generaladjutanten Fürsten Wolkonski mit diesem Schreiben zu Ihnen, um von Ihnen Näheres über den Zustand der Armee und über die Ursachen, die Sie zu einem so betrübenden Entschluß gebracht haben, zu erfahren.«

III

Neun Tage nach der Preisgabe Moskaus kam ein Abgesandter Kutusows mit der offiziellen Meldung dieses Ereignisses nach Petersburg. Dieser Abgesandte war der Franzose Michaud, der kein Russisch konnte, aber, wie er selbst von sich sagte, trotz seiner fremden Abstammung von ganzem Herzen und von ganzer Seele Russe war.

Der Kaiser empfing den Abgesandten sofort in seinem Arbeitszimmer, im Palais auf Kamenny Ostrow. Michaud, der Moskau vor dem Feldzug nie gesehen hatte, fühlte sich doch tief ergriffen, als er »vor unserm allergnädigsten Souverän« (wie er später geschrieben hat) mit der Nachricht von dem Brand Moskaus erschien, »dessen Flammen seinen Weg beleuchtet hatten«.

Obgleich der Kummer des Herrn Michaud wohl aus einer andern Quelle floß als der der Russen, hatte Michaud doch, als er in das Arbeitszimmer des Kaisers hereingeführt wurde, eine so traurige Miene, daß der Kaiser ihn sogleich fragte:

»Bringen Sie mir trübe Nachrichten, Oberst?«

»Sehr trübe, Sire«, antwortete Michaud und schlug seufzend die Augen nieder, »die Nachricht von der Räumung Moskaus.«

»Ist meine alte Hauptstadt wirklich dem Feind ohne Kampf überlassen worden?« fragte der Kaiser schnell, und eine plötzliche Röte überzog sein Gesicht.

Michaud berichtete ehrerbietig, was ihm Kutusow zu berichten aufgetragen hatte, nämlich daß es unmöglich gewesen sei, bei Moskau eine Schlacht zu liefern, und daß, da nur die Wahl geblieben sei zwischen dem Verlust der Armee und Moskaus oder dem Verlust von Moskau allein, der Feldmarschall sich für das letztere habe entscheiden müssen.

Der Kaiser hörte schweigend zu, ohne Michaud anzusehen.

»Ist der Feind in die Stadt eingezogen?« fragte er.

»Ja, Sire, und die Stadt liegt augenblicklich in Asche. Als ich sie verließ, stand sie vollständig in Flammen«, antwortete Michaud in festem Ton; aber als er den Kaiser anblickte, erschrak er über das, was er getan hatte.

Der Kaiser atmete schwer und schnell; seine Unterlippe zitterte, und seine schönen, blauen Augen wurden auf einmal feucht von Tränen.

Aber dies dauerte nur einen Augenblick. Dann machte der Kaiser ein finsteres Gesicht, als schelte er sich selbst wegen seiner Schwäche, und wandte sich, den Kopf erhebend, mit fester Stimme zu Michaud:

»Aus allem, was uns widerfährt, Oberst, sehe ich«, sagte er, »daß die Vorsehung große Opfer von uns fordert … Ich bin bereit, mich in allen Stücken dem Willen Gottes zu unterwerfen. Aber sagen Sie mir, Michaud, in welchem Zustand haben Sie die Armee verlassen, die ohne Kampf meine alte Hauptstadt aufgegeben hat? Haben Sie an ihr keine Entmutigung wahrgenommen?«

Als Michaud sah, daß sich sein allergnädigster Souverän beruhigt hatte, beruhigte er sich gleichfalls; aber auf die bestimmte, sachliche Frage des Kaisers, die eine bestimmte Antwort verlangte, konnte er in der Geschwindigkeit keine Antwort zurechtlegen.

»Sire, wollen Sie mir erlauben, Ihnen als redlicher Soldat alles frei heraus zu sagen?« erwiderte er, um Zeit zu gewinnen.

»Das verlange ich stets, Oberst«, antwortete der Kaiser. »Verbergen Sie mir nichts; ich will unbedingt die volle Wahrheit wissen.«

»Sire!« sagte Michaud mit einem feinen, kaum bemerkbaren Lächeln um die Lippen, da er inzwischen damit fertiggeworden war, seiner Antwort die Form eines harmlosen, ehrerbietigen Wortspieles zu geben. »Sire! Als ich die Armee verließ, war sie in allen ihren Gliedern, von den Führern herab bis zum letzten Soldaten, ohne Ausnahme von einer großen, gewaltigen Furcht und Besorgnis erfüllt …«

»Was sagen Sie?« unterbrach ihn der Kaiser und runzelte finster die Stirn. »Meine Russen sollten sich durch das Unglück niederbeugen lassen …? Niemals!«

Darauf hatte Michaud nur gewartet, um sein Wortspiel anzubringen.

»Sire«, sagte er, in ehrerbietigem Ton mit den Ausdrücken spielend, »was sie fürchten ist nur dies: Euer Majestät könnten in der Güte Ihres Herzens sich überreden lassen, Frieden zu schließen. Sie brennen vor Kampflust«, sagte dieser Bevollmächtigte des russischen Volkes, »und vor Begier, Euer Majestät durch Hingabe ihres Lebens ihre Ergebenheit zu beweisen …«

»Ah«, sagte der Kaiser beruhigt und klopfte mit freundlich glänzenden Augen Michaud auf die Schulter. »Sie beruhigen mich, Oberst.«

Der Kaiser senkte den Kopf und schwieg eine kleine Weile.

»Nun wohl, kehren Sie zur Armee zurück«, fuhr er dann fort, indem er sich in seiner ganzen Größe aufrichtete und sich mit einer freundlichen, majestätischen Handbewegung zu Michaud wandte, »und sagen Sie unseren tapferen Truppen, sagen Sie allen meinen guten Untertanen, überall, wo Sie durchkommen, daß, wenn ich keinen Soldaten mehr haben sollte, ich mich selbst an die Spitze meiner lieben Edelleute, meiner braven Bauern stellen und so alle Hilfsquellen meines Reiches bis auf die letzten zur Verwendung bringen werde. Mein Reich bietet mir deren noch viele, mehr, als meine Feinde denken«, sagte der Kaiser, der in immer größere Begeisterung geriet. »Sollte es aber wirklich im Buch der göttlichen Vorsehung geschrieben stehen«, fuhr er fort, indem er seine schönen, sanften, in echter Empfindung leuchtenden Augen gen Himmel richtete, »daß meine Dynastie aufhören soll, auf dem Thron meiner Ahnen zu herrschen, dann will ich nach Erschöpfung aller Hilfsmittel, die zu meiner Verfügung stehen, mir lieber den Bart so lang wachsen lassen« (der Kaiser zeigte mit der Hand auf die Mitte der Brust) »und mit dem Geringsten meiner Bauern Kartoffeln essen, als daß ich die Schande meines Vaterlandes und meines teuren Volkes, dessen Opfermut ich zu schätzen weiß, durch meine Unterschrift bestätigen sollte …«

Nachdem der Kaiser diese Worte mit erregter Stimme gesprochen hatte, wandte er sich um, wie wenn er Michaud die Tränen verbergen wollte, die ihm in die Augen getreten waren, und ging in die Tiefe seines Zimmers, wo er einige Augenblicke stehenblieb. Dann kehrte er mit großen Schritten zu Michaud zurück und drückte ihm mit einem kräftigen Griff den Arm unterhalb des Ellbogens. Das schöne, sanfte Antlitz des Kaisers rötete sich, und aus seinen Augen leuchteten Entschlossenheit und Zorn.

»Oberst Michaud, vergessen Sie nicht, was ich Ihnen hier sage; vielleicht werden wir uns eines Tages mit Vergnügen daran erinnern … Entweder Napoleon oder ich«, sagte der Kaiser, indem er seine Brust berührte. »Wir können nicht mehr nebeneinander herrschen. Ich habe ihn kennengelernt; er wird mich nicht mehr täuschen.«

Der Kaiser runzelte die Stirn und schwieg. Als Michaud diese Worte hörte und den Ausdruck fester Entschlossenheit in den Augen des Kaisers wahrnahm, da fühlte er, »der trotz seiner fremden Abstammung von ganzem Herzen und von ganzer Seele Russe war«, sich in diesem feierlichen Augenblick enthusiasmiert von allem, was er vernommen hatte (wie er später sagte), und gab sowohl seinen eigenen Empfindungen als auch den Empfindungen des russischen Volkes, als dessen Bevollmächtigten er sich betrachtete, mit folgenden Worten Ausdruck:

»Sire! Euer Majestät ratifizieren in diesem Augenblick den Ruhm der Nation und das Heil Europas.«

Der Kaiser entließ Michaud mit einem Neigen des Kopfes.

IV

Wir, die wir nicht damals gelebt haben, als halb Rußland erobert war und die Bewohner Moskaus nach fernen Gouvernements flüchteten und ein Landwehraufgebot nach dem andern sich zur Verteidigung des Vaterlandes erhob, wir stellen uns unwillkürlich vor, alle Russen, jung und alt, wären zu jener Zeit mit nichts anderem beschäftigt gewesen als damit, sich aufzuopfern, das Vaterland zu retten oder über sein Unglück zu weinen. Die Erzählungen und Schilderungen aus jener Zeit reden alle ohne Ausnahme nur von der Opferwilligkeit, der Vaterlandsliebe, der Verzweiflung, dem Gram und der Heldenhaftigkeit der Russen. In Wirklichkeit aber verhielt sich das anders. Jene Vorstellung haben wir nur deswegen, weil wir von der Vergangenheit nur die allgemeinen welthistorischen Bestrebungen jener Zeit sehen und nicht alle die persönlichen, menschlichen Interessen, welche die Leute hatten. Und doch wird in Wirklichkeit das allgemeine Streben durch die persönlichen Interessen der Gegenwart in solchem Maß an Bedeutung übertroffen, daß es sich durch diese hindurch niemals fühlbar macht und überhaupt nicht zu bemerken ist. Der größte Teil der damals lebenden Menschen wandte dem allgemeinen Gang der Dinge gar keine Aufmerksamkeit zu, sondern ließ sich nur durch die persönlichen Interessen der Gegenwart leiten. Und die Tätigkeit gerade dieser Menschen war in jener Zeit das nützlichste.

Diejenigen dagegen, die den allgemeinen Gang der Dinge zu verstehen suchten und mit Selbstaufopferung und Heldenhaftigkeit dabei mitwirken wollten, waren die nutzlosesten Mitglieder der Gesellschaft; sie sahen alles verkehrt, und alles, was sie taten, um zu nützen, stellte sich als nutzloser Unsinn heraus, wie Pierres und Mamonows Regimenter, die die russischen Dörfer ausplünderten, und die Scharpie, welche die Damen zupften und die nie bis zu den Verwundeten gelangte, usw. Sogar wo Leute in dem Wunsch, ihr Licht leuchten zu lassen und ihre Gefühle zum Ausdruck zu bringen, über die derzeitige Lage Rußlands redeten, trugen ihre Reden entweder den Charakter der Heuchelei und Lüge oder den Charakter nutzloser Krittelei und Bosheit gegen andere, denen sie Dinge zur Last legten, an denen niemand schuld sein konnte. Bei historischen Ereignissen zeigt sich klarer als sonstwo, wie richtig das Verbot ist, vom Baum der Erkenntnis zu essen. Nur die unbewußte Tätigkeit bringt Früchte, und diejenigen Menschen, die bei einem historischen Ereignis eine Rolle spielen, verstehen niemals dessen Bedeutung. Wenn sie sie zu begreifen versuchen, wird ihre Tätigkeit unfruchtbar.

Die Bedeutung des Ereignisses, das sich damals in Rußland vollzog, kam den Leuten um so weniger zum Bewußtsein, je näher sie daran beteiligt waren. In Petersburg und in den von Moskau weit entfernt liegenden Gouvernements beweinten Männer in Landwehruniform und vornehme Damen Rußland und die Hauptstadt und sprachen von Selbstaufopferung usw.; aber in der Armee, die sich hinter Moskau zurückzog, redete und dachte man fast gar nicht an Moskau, und niemand schwur beim Anblick des Brandes von Moskau den Franzosen Rache; sondern man dachte an die demnächst fällige Rate der Löhnung, an das nächste Quartier, an die Marketenderin Matroschka und ähnliche Dinge.

Ohne daß er die Absicht gehabt hätte, sich aufzuopfern, sondern rein zufällig, weil der Krieg gerade ausgebrochen war, während er im Dienst stand, beteiligte sich Nikolai Rostow aus größter Nähe und andauernd an der Verteidigung des Vaterlandes und blickte daher ohne Verzweiflung und ohne finstere Grübeleien auf das hin, was damals in Rußland vorging. Wenn man ihn gefragt hätte, wie er über die derzeitige Lage Rußlands denke, so würde er geantwortet haben, daran zu denken sei nicht seine Sache; dazu seien Kutusow und andere Leute da; er für seine Person habe nur gehört, daß die Regimenter komplettiert werden würden und daß die Kämpfe wohl noch recht lange dauern würden und daß es unter den jetzigen Verhältnissen kein Wunder sein werde, wenn er in ein paar Jahren ein Regiment bekäme.

Bei dieser seiner Auffassung der Dinge nahm er die Nachricht, daß er nach Woronesch abkommandiert werden sollte, um Remonten für die Division zu holen, nicht nur ohne Bekümmernis darüber auf, daß er der Beteiligung an dem nächsten Kampf verlustig gehe, sondern sogar mit dem größten Vergnügen, das er nicht verhehlte und für welches seine Kameraden das vollste Verständnis besaßen.

Einige Tage vor der Schlacht bei Borodino erhielt Nikolai die nötigen Gelder und Papiere und fuhr, nachdem er seine Husaren vorausgeschickt hatte, mit der Post nach Woronesch.

Nur wer so etwas persönlich durchgemacht hat, d. h. mehrere Monate ohne Unterbrechung in der Atmosphäre des militärischen, kriegerischen Lebens verbracht hat, nur der kann das Wonnegefühl begreifen, das Nikolai durchströmte, als er allmählich aus dem Umkreis hinausgelangte, bis zu welchem die Truppen mit ihren Furagerequisitionen, ihren Proviantfuhren und ihren Lazaretten reichten. Als er in Gegenden kam, wo es keine Soldaten, keine Trainwagen, keine schmutzigen Spuren von Feldlagern gab, und die Dörfer mit den Bauern und Bauernfrauen sah und die Gutshäuser und die Felder mit weidendem Vieh und die Stationshäuser mit den verschlafenen Posthaltern, da empfand er eine solche Freude, wie wenn er dies alles zum erstenmal sähe. Worüber er sich aber besonders lange wunderte und freute, das waren die Frauen, junge, gesunde Frauen, die nicht eine jede ein Dutzend courschneidender Offiziere um sich hatten, sondern sich freuten und sich geschmeichelt fühlten, wenn der durchreisende Offizier mit ihnen scherzte.

In heiterster Gemütsstimmung langte Nikolai bei Nacht in einem Gasthof in Woronesch an und bestellte sich allerlei, was er bei der Armee lange hatte entbehren müssen. Am andern Tag rasierte er sich hübsch sauber, zog die Paradeuniform an, die er seit geraumer Zeit nicht getragen hatte, und fuhr zu den Behörden, um sich zu melden.

Der Landwehrkommandeur war ein Zivilbeamter mit Generalsrang, ein alter Herr, der offenbar an seiner jetzigen militärischen Stellung und Tätigkeit sein Vergnügen hatte. Er empfing Nikolai ärgerlich, da er der Ansicht war, hierin bestehe das militärische Wesen, und richtete mit großer Wichtigtuerei eine Menge Fragen an ihn, als ob er ein Recht dazu besäße und als stände es ihm zu, billigend und tadelnd den gesamten Gang der Kriegführung zu kritisieren. Aber Nikolai war so heiter und vergnügt, daß er sich darüber nur amüsierte.

Vom Landwehrkommandeur fuhr er zum Gouverneur. Der Gouverneur war ein kleiner, lebhafter Mann, sehr freundlich und von schlichtem, einfachem Wesen. Er bezeichnete Nikolai die Gestüte, in denen er Pferde bekommen konnte, empfahl ihm einen Pferdehändler in der Stadt sowie einen Gutsbesitzer zwanzig Werst von der Stadt entfernt, bei denen gute Pferde zu finden seien, und erklärte sich zu jeder Hilfe bereit.

»Sind Sie ein Sohn des Grafen Ilja Andrejewitsch? Meine Frau war mit Ihrer Frau Mutter sehr befreundet. Donnerstags pflegen wir Gäste bei uns zu sehen; heute ist gerade Donnerstag; bitte, besuchen Sie uns doch ganz ohne Umstände«, sagte der Gouverneur, als Nikolai sich empfahl.

Sofort nachdem er vom Gouverneur zurück war, nahm Nikolai sich einen Postwagen, setzte sich mit seinem Wachtmeister hinein und fuhr zwanzig Werst weit nach dem Gestüt zu dem Gutsbesitzer. In dieser ersten Zeit seines Aufenthaltes in Woronesch erschien ihm alles leicht ausführbar und vergnüglich, und es ging auch, wie das so zu sein pflegt, wenn man selbst guter Laune ist, alles gut und glücklich vonstatten.

Der Gutsbesitzer, zu welchem Nikolai fuhr, war ein alter Junggeselle, früherer Kavallerist, Pferdekenner, Jäger, Besitzer wundervoller Pferde, einer Teppichfabrik und eines hübschen Vorrates von hundertjährigem Gewürzbranntwein und altem Ungarwein.

Nach ganz kurzer Verhandlung kaufte Nikolai für sechstausend Rubel siebzehn auserlesene Hengste, als Renommierstücke seiner Remonte, wie er sich ausdrückte. Nachdem er dort zu Mittag gespeist und ein bißchen viel von dem Ungarwein getrunken hatte, küßte er sich herzlich mit dem Gutsbesitzer, mit dem er schon auf du und du stand, und fuhr auf dem schauderhaften Weg in vergnügtester Stimmung zurück, wobei er den Postknecht fortwährend zu schnellem Fahren antrieb, um zu der Abendgesellschaft beim Gouverneur noch zur rechten Zeit zu kommen.

Nachdem er sich kaltes Wasser über den Kopf gegossen, sich umgekleidet und sich parfümiert hatte, erschien er beim Gouverneur zwar etwas spät, aber mit der üblichen Redensart: »Besser spät als gar nicht.«

Es war kein Ball, und es war auch nicht vorher angekündigt, daß getanzt werden würde; aber alle wußten, daß Katerina Petrowna auf dem Klavier Ekossaisen und Walzer spielen und man danach tanzen werde, und alle waren, da sie darauf gerechnet hatten, in Balltoilette erschienen.

Das Leben in dieser Provinzstadt war im Jahre 1812 genau das gleiche wie sonst immer, nur mit dem Unterschied, daß es infolge der Anwesenheit vieler reicher Familien aus Moskau reger und munterer war und daß, wie in allem, was damals in Rußland vorging, sich auch hierin eine eigene Art von flottem Schwung bemerkbar machte, eine Neigung, alles auf die leichte Schulter zu nehmen, und dann noch mit dem Unterschied, daß die alltäglichen Gespräche, die zu führen den Menschen ein Bedürfnis ist und die sich früher um das Wetter und um gemeinsame Bekannte gedreht hatten, jetzt von Moskau, dem Heer und Napoleon handelten.

Die Gesellschaft, die sich bei dem Gouverneur zusammengefunden hatte, war die feinste von Woronesch.

Es waren viele Damen da, auch einige, die Nikolai von Moskau her kannte; an Männern war aber niemand anwesend, der mit dem Ritter des Georgskreuzes, mit dem Remonte-Husarenoffizier und zugleich mit jenem gutherzigen, wohlerzogenen Grafen Rostow irgendwie hätte konkurrieren können. Unter den Männern befand sich ein gefangener italienischer Offizier der französischen Armee; und Nikolai hatte die Empfindung, daß die Anwesenheit dieses Gefangenen seine eigene Bedeutung als russischer Held noch mehr erhöhte. Dieser Italiener war gewissermaßen eine Siegestrophäe. Und Nikolai hatte nicht nur selbst diese Empfindung, sondern es schien ihm auch, daß alle andern den Italiener mit gleichen Gedanken ansahen. Nikolai benahm sich gegen diesen Offizier freundlich, jedoch mit Würde und Zurückhaltung.

Sobald Nikolai in seiner Husarenuniform eingetreten war, einen Geruch nach Parfüm und Wein verbreitet und die Redensart »Besser spät als gar nicht« mehrmals selbst gebraucht und mehrmals von andern gehört hatte, umringte man ihn von allen Seiten, alle Blicke richteten sich auf ihn, und er hatte gleich von vornherein das Gefühl, daß er die Stellung des allgemeinen Lieblings einnahm, eine Stellung, die ihm ja in einer Provinzstadt gebührte und die ihm stets erwünscht war, jetzt aber nach der langen Entbehrung geradezu einen berauschenden Genuß gewährte. Nicht nur auf den Stationen, in den Herbergen und in der Teppichfabrik des Gutsbesitzers hatte es weibliche Wesen in dienender Stellung gegeben, die sich durch seine Aufmerksamkeiten geschmeichelt fühlten, sondern auch hier auf der Abendgesellschaft des Gouverneurs war, wie es Nikolai vorkam, eine große, große Menge jugendlicher Frauen und hübscher Mädchen anwesend, die mit Ungeduld nur darauf warteten, daß Nikolai ihnen seine Beachtung zuwende. Die Frauen und Mädchen kokettierten mit ihm, und die alten Herrschaften beschäftigten sich gleich von diesem ersten Tag an mit Überlegungen, wie sie diesen flotten Schlingel von Husar mit einer Frau versorgen und zu einem gesetzten Mann machen könnten. Zu diesen letzteren gehörte die Frau des Gouverneurs selbst, welche den jungen Rostow wie einen nahen Verwandten empfing und ihn mit »Nikolai« und »du« anredete.

Katerina Petrowna begann wirklich, Ekossaisen und Walzer zu spielen, und man fing an zu tanzen. Hierbei versetzte Nikolai die gesamte Gesellschaft dieser Provinzler durch seine Gewandtheit in noch größeres Entzücken. Er erregte sogar das Erstaunen aller durch seine eigenartig lässige Manier zu tanzen. Nikolai war selbst einigermaßen verwundert über die Art, in der er an diesem Abend tanzte. In Moskau hatte er nie so getanzt und würde eine so übermäßig lässige Manier zu tanzen sogar für unpassend und unfein gehalten haben; hier aber fühlte er das Bedürfnis, alle Anwesenden durch etwas Ungewöhnliches in Erstaunen zu versetzen, was sie für den üblichen Brauch der Residenzen halten sollten, der ihnen in der Provinz noch unbekannt geblieben sei.

Den ganzen Abend über wandte Nikolai seine Aufmerksamkeit am meisten einer blauäugigen, üppigen, anmutigen Blondine zu, der Frau eines Beamten der Gouvernementsverwaltung. Mit jener naiven Überzeugung lebenslustiger junger Männer, daß fremde Frauen für sie geschaffen seien, wich Rostow nicht von der Seite dieser Dame und benahm sich, wie infolge einer Art von Verschwörung mit ihr, freundschaftlich gegen ihren Mann, als wüßten sie, ohne miteinander darüber gesprochen zu haben, ganz genau, wie vorzüglich sie zueinander paßten, d. h. er, Nikolai, und die Frau dieses Mannes. Der Mann dagegen schien diese Überzeugung nicht zu teilen und suchte gegen Rostow einen verdrossenen Ton anzuschlagen. Aber Nikolais gutherzige Naivität war so grenzenlos, daß der Mann manchmal unwillkürlich in Nikolais Heiterkeit einstimmte. Gegen das Ende der Gesellschaft jedoch wurde, je mehr sich das Gesicht der Frau rötete und belebte, das Gesicht ihres Mannes um so trüber und ernster; es sah aus, als hätten sie beide zusammen nur ein bestimmtes Quantum von Lebhaftigkeit und als nähme diese in demselben Maße bei dem Mann ab, in welchem sie bei der Frau wüchse.

V

Nikolai saß mit einem vergnügten Lächeln, das nicht von seinem Gesicht wich, etwas zusammengekrümmt auf seinem Sessel, beugte sich nahe zu der schönen Blondine hin und machte ihr Komplimente, die er aus der Mythologie entnahm.

Während er in forscher Manier die Lage seiner in eng anliegenden Reithosen steckenden Beine wechselte, einen Parfümduft verbreitete und wohlgefällig seine Dame und seine eigene Gestalt und namentlich die schönen Formen seiner Füße in den knappen Stiefeln betrachtete, sagte er zu der Blondine, er beabsichtige hier in Woronesch eine junge Frau zu entführen.

»Darf man fragen, wen?«

»Ein reizendes, göttliches Wesen. Die Augen« (Nikolai sah die Dame an, mit der er sprach) »himmelblau, ein Mündchen wie Korallen, ein schneeweißer Teint« (er blickte nach ihren Schultern), »die Gestalt einer Diana …«

Der Gatte trat zu ihnen und fragte verstimmt seine Frau, worüber sie sprächen.

»Ah! Nikita Iwanowitsch!« sagte Nikolai und stand höflich auf.

Und wie wenn er wünschte, daß auch Nikita Iwanowitsch an seinen Späßen teilnehmen möchte, machte er auch ihm von seiner Absicht, eine Blondine zu entführen, Mitteilung.

Der Gatte lächelte grimmig, die Gattin vergnügt. Die gute Frau Gouverneur näherte sich ihnen mit mißbilligender Miene.

»Anna Ignatjewna möchte mit dir sprechen, Nikolai«, sagte sie und sprach dabei die Worte »Anna Ignatjewna« mit einem solchen Ton, daß Rostow sofort merkte, Anna Ignatjewna müsse eine sehr angesehene Dame sein. »Komm, Nikolai. Du gestattest doch, daß ich dich so nenne?«

»Aber natürlich, liebe Tante. Wer ist denn das?«

»Anna Ignatjewna Malwinzewa. Sie hat von ihrer Nichte gehört, daß du sie gerettet hast … Rätst du es nun?«

»Ach, wie viele habe ich nicht schon da im Krieg gerettet!« erwiderte Nikolai.

»Ihre Nichte ist die Prinzessin Bolkonskaja. Sie hält sich hier in Woronesch bei ihrer Tante auf. Oho, wie rot du geworden bist! Solltest du etwa …«

»Bewahre! Fällt mir nicht ein, liebe Tante.«

»Nun, schön, schön … Oh, du bist der Richtige!«

Die Frau Gouverneur führte ihn zu einer großen, sehr korpulenten alten Dame mit einer blauen Toque, die soeben ihre Kartenpartie mit den höchstgestellten Persönlichkeiten der Stadt beendet hatte. Dies war Frau Malwinzewa, die Tante der Prinzessin Marja mütterlicherseits, eine reiche, kinderlose Witwe, die in Woronesch ihren ständigen Wohnsitz hatte. Sie stand und berechnete das Ergebnis des Spieles, als Rostow zu ihr trat. Mit ernster, würdevoller Miene kniff sie die Augen zusammen und sah ihn an, fuhr aber fort, den General auszuschelten, der ihr ihr Geld abgewonnen hatte.

»Ich freue mich sehr, mein Lieber«, sagte sie dann und streckte ihm die Hand hin. »Bitte, besuchen Sie mich in meinem Haus.«

Sie sprach noch einige Worte über Prinzessin Marja und deren verstorbenen Vater, den Frau Malwinzewa offenbar nicht hatte leiden können, erkundigte sich, was Nikolai von dem Fürsten Andrei wisse, der sich augenscheinlich gleichfalls nicht ihrer Gunst erfreute, und darauf entließ ihn die würdige Dame, indem sie ihn noch einmal zu einem Besuch einlud.

Nikolai sagte zu und errötete wieder, als er ihr seine Schlußverbeugung machte. Bei der Erwähnung der Prinzessin Marja hatte Rostow ein ihm selbst unverständliches Gefühl der Verlegenheit, ja der Angst empfunden.

Als er von Frau Malwinzewa zurückgetreten war, wollte er wieder zum Tanz zurückkehren; aber die kleine Frau Gouverneur legte ihr rundliches Händchen auf seinen Ärmel, sagte, sie müsse ein paar Worte mit ihm sprechen, und führte ihn in das Sofazimmer, das die darin Anwesenden sofort verließen, um die Frau Gouverneur nicht zu stören.

»Weißt du, mein Lieber«, sagte die Frau Gouverneur mit einem ernsten Ausdruck in ihrem kleinen, gutmütigen Gesicht, »das wäre eine passende Partie für dich. Ist es dir recht, daß ich für dich werbe?«

»Wen meinen Sie denn, liebe Tante?« fragte Nikolai.

»Die Prinzessin Marja meine ich. Katerina Petrowna sagt allerdings, du solltest Lilli nehmen; aber das ist meines Erachtens nicht das Richtige. Die Prinzessin. Ist es dir recht? Ich bin überzeugt, deine Mama wird es mir Dank wissen. Wahrhaftig, was ist das für ein entzückendes Mädchen! Und sie ist gar nicht so häßlich.«

»Durchaus nicht«, erwiderte Nikolai, wie wenn er sich beleidigt fühlte. »Ich, liebe Tante, mache es, wie es sich für einen Soldaten schickt: Lange bitten tue ich um nichts, und was ich kriegen kann, nehme ich«, sagte er, ehe er noch recht überlegt hatte, was er sprach.

»Also verstehe wohl: Es ist kein Scherz.«

»Gewiß nicht, gewiß nicht.«

»Ja, ja«, sagte die Frau Gouverneur vor sich hin. »Und noch eins, mein Lieber, unter uns. Du bist zu sehr um die andere herum, die Blonde. Ihr Mann ist schon ganz verdrießlich, kannst du glauben ...«

»Aber nein doch, ich bin ja mit ihm gut Freund«, erwiderte Nikolai in der Einfalt seines Herzens. Er konnte sich gar nicht denken, daß etwas, was für ihn selbst ein so vergnüglicher Zeitvertreib war, einem andern mißfallen könnte.

Beim Abendessen jedoch fiel ihm plötzlich ein: »Was habe ich aber da zu der Frau Gouverneur für eine Dummheit gesagt! Sie wird wirklich die Werbung ins Werk setzen, und Sonja ... Und als er sich am Schluß bei der Frau Gouverneur empfahl und diese lächelnd noch einmal zu ihm sagte: »Also, vergiß es nicht!«, da führte er sie beiseite.

»Hören Sie ... um Ihnen die Wahrheit zu sagen, liebe Tante ...«

»Was gibt es denn, was gibt es denn, lieber Freund? Komm, wir wollen uns da hinsetzen.«

Nikolai empfand plötzlich den Wunsch und das Bedürfnis, alle seine intimsten Gedanken, Gedanken, die er weder seiner Mutter noch seiner Schwester noch einem Freund mitgeteilt haben würde, dieser ihm fast fremden Frau auszusprechen. Wenn Nikolai sich in späterer Zeit an diesen Anfall unmotivierter, unerklärlicher Offenherzigkeit erinnerte, so kam es ihm vor (wie einem das immer so vorkommt), als hätte ihn da nur so eine dumme Laune angewandelt, und doch hatte dieser Anfall von Offenherzigkeit, im Verein mit anderen, kleinen Ereignissen, für ihn und für seine ganze Familie die bedeutsamsten Folgen.

»Sehen Sie, liebe Tante, Mama hatte schon lange den Wunsch, ich möchte ein reiches Mädchen heiraten; aber mir widersteht schon dieser bloße Gedanke: eine Geldheirat.«

»Jawohl, das kann ich verstehen«, sagte die Frau Gouverneur.

»Aber freilich, die Prinzessin Bolkonskaja, das ist eine andere Sache. Erstens (ich will Ihnen die Wahrheit sagen) gefällt sie mir sehr; sie ist so recht nach meinem Herzen; und dann, nachdem ich ihr in solcher Lage, in so sonderbarer Weise begegnet war, da kam mir oft der Gedanke: Das ist höhere Fügung. Bedenken Sie nur: Mama hatte schon längst gerade hieran gedacht; aber es hatte sich früher nie so getroffen, daß ich mit ihr zusammengekommen wäre; wie das ja oft so geht: Wir trafen uns eben nicht. Und solange meine Schwester Natascha mit ihrem Bruder verlobt war, da konnte ich ja natürlich nicht daran denken, sie zu heiraten. Und nun mußte ich ihr gerade zu der Zeit begegnen, wo Nataschas Verlobung gelöst war; ja, und seitdem habe ich immer … Ja, also das ist es. Ich habe mit niemandem davon gesprochen und werde es auch nie tun; Sie sind der einzige Mensch, dem ich es sage.«

Die Frau Gouverneur drückte ihm dankbar den Arm.

»Aber kennen Sie meine Kusine Sonja? Ich liebe sie; ich habe ihr versprochen, sie zu heiraten, und werde sie heiraten … Also sehen Sie, daß von jener andern Sache nicht die Rede sein kann«, sagte Nikolai stokkend und errötend.

»Mein Lieber, mein Lieber, was sind das für Gedanken! Sonja hat ja doch nichts, und du hast selbst gesagt, daß die Vermögensverhältnisse deines Vaters in üblem Zustand sind. Und deine Mama? Das würde ihr Tod sein. Das ist das eine; und zweitens Sonja selbst: Wenn sie wirklich ein Mädchen ist, das ein gutes Herz hat, was würde denn das für sie für ein Leben sein? Die Mutter in Verzweiflung, die materielle Lage hoffnungslos … Nein, mein Lieber, das müßt ihr beide einsehen, du und Sonja.«

Nikolai schwieg. Er hörte diese Gründe nicht ungern.

»Aber trotz alledem kann nichts daraus werden, liebe Tante«, sagte er nach kurzem Stillschweigen mit einem Seufzer. »Und ob auch die Prinzessin mich nehmen wird? Sie hat ja jetzt auch Trauer. Da ist wohl nicht daran zu denken!«

»Aber meinst du denn, daß ich deine Heirat für die allernächste Zeit in Aussicht genommen habe? Es muß alles seine Art haben«, sagte die Frau Gouverneur.

»Was sind Sie für eine eifrige Ehestifterin, liebe Tante«, sagte Nikolai und küßte ihr das rundliche Händchen.

VI

Als Prinzessin Marja nach ihrer Begegnung mit Rostow nach Moskau gekommen war, hatte sie dort ihren Neffen mit seinem Erzieher und einen Brief vom Fürsten Andrei vorgefunden, der ihnen empfahl, nach Woronesch zur Tante Malwinzewa zu ziehen. Die Sorgen wegen des Umzuges, die Unruhe über den Bruder, die Gestaltung ihres Lebens in dem neuen Wohnsitz, die neuen Gesichter, die sie um sich sah, die Erziehung ihres Neffen, alles dies übertäubte in der Seele der Prinzessin Marja jenes ihr als Versuchung erscheinende Gefühl, von dem sie während der Krankheit ihres Vaters und nach dessen Tod und ganz besonders nach der Begegnung mit Rostow gepeinigt worden war. Sie war traurig: Der Schmerz, den der Verlust ihres Vaters in ihrer Seele hervorgerufen hatte und zu dem sich noch der Kummer über das Unglück Rußlands gesellte, machte sich jetzt, wo sie seitdem einen Monat in ruhigen Lebensverhältnissen verbracht hatte, immer stärker bei ihr fühlbar. Sie war in Angst: Der Gedanke an die Gefahren, denen ihr Bruder ausgesetzt war, der einzige ihr nahestehende Mensch, der ihr noch geblieben war, quälte sie beständig. Sie sorgte und mühte sich mit der Erziehung ihres Neffen, für die es ihr nach ihrer sich stets erneuernden Überzeugung an der nötigen Befähigung mangelte. Aber im tiefsten Grunde ihres Herzens hatte sie doch ein Gefühl des Friedens mit sich selbst, ein Gefühl, das aus dem Bewußtsein entsprang, daß sie jene persönlichen, mit Rostows Erscheinen verknüpften Träumereien und Hoffnungen erstickt hatte, die sich in ihrem Innern hatten erheben wollen.

Am Tage nach ihrer Abendgesellschaft machte die Frau Gouverneur bei Frau Malwinzewa einen Besuch und besprach ihre Pläne mit der Tante, indem sie hinzufügte, an eine formelle Verlobung sei ja zwar unter den jetzigen Verhältnissen nicht zu denken; immerhin könne man jedoch die jungen Leute zusammenführen und ihnen Gelegenheit geben, einander näher kennenzulernen. Und als sie die Zustimmung der Tante erlangt hatte, brachte sie in Gegenwart der Prinzessin Marja das Gespräch auf Rostow, lobte ihn und erzählte, wie er bei Erwähnung der Prinzessin ganz rot geworden sei. Prinzessin Marja hatte hierbei nicht sowohl eine freudige als vielmehr eine schmerzliche Empfindung: Mit ihrem inneren Frieden war es aus, und wieder regten sich Wünsche, Zweifel, Selbstvorwürfe und Hoffnungen.

In den zwei Tagen, die von dieser Mitteilung bis zu Rostows Besuch vergingen, dachte Prinzessin Marja unaufhörlich darüber nach, wie sie sich Rostow gegenüber verhalten solle. Bald entschied sie sich dafür, wenn er der Tante seinen Besuch machen würde, nicht in den Salon zu gehen, weil es bei ihrer tiefen Trauer für sie nicht passend sei, Besuch zu empfangen; bald wieder dachte sie, dies könnte doch nach allem, was er für sie getan hatte, unartig erscheinen. Dann kam ihr der Gedanke, ihre Tante und die Frau Gouverneur hätten wohl gewisse Absichten in bezug auf sie und Rostow, wie ihr denn die Blicke und Worte der beiden Damen mitunter diese Vermutung zu bestätigen schienen; und dann wieder meinte sie, daß nur sie in ihrer Schlechtigkeit so etwas von den beiden denken könne: Sie müßten sich ja notwendig sagen, daß in ihrer Lage, wo sie die Trauerpleureusen noch nicht abgelegt habe, eine solche Werbung sowohl für sie als auch für das Andenken ihres Vaters beleidigend sei. Indem sie den Fall setzte, daß sie zu ihm in den Salon gehen werde, überlegte sie die Worte, die er ihr und sie ihm sagen werde; und bald erschienen ihr diese Worte zu kalt im Hinblick auf ihr beiderseitiges Verhältnis, bald gar zu vielsagend. Eines aber fürchtete sie bei dem Wiedersehen am allermeisten: nämlich daß sie, sobald sie ihn erblicken würde, verlegen werden und dadurch ihre Gefühle verraten werde.

Aber als am Sonntag nach der Messe der Diener im Salon meldete, Graf Rostow sei gekommen, war der Prinzessin keine Verlegenheit anzumerken; nur eine leichte Röte trat auf ihre Wangen, und ihre Augen leuchteten in einem neuen, hellen Glanz.

»Sie haben ihn schon gesehen, liebe Tante?« fragte Prinzessin Marja in ruhigem Ton und wußte selbst nicht, wie sie es fertigbrachte, äußerlich so ruhig und ungezwungen zu sein.

Als Rostow ins Zimmer trat, senkte die Prinzessin für einen Augenblick den Kopf, als wollte sie dem Gast Zeit lassen, die Tante zu begrüßen; dann hob sie gerade in dem Augenblick, als Rostow sich zu ihr wandte, den Kopf wieder in die Höhe und begegnete mit leuchtenden Augen seinem Blick. Mit einer ebenso würdevollen wie anmutigen Bewegung erhob sie sich freudig lächelnd ein wenig von ihrem Platz, streckte ihm ihre schmale, zarte Hand entgegen und sagte einige Worte mit einer Stimme, in der zum erstenmal neue, frauenhafte, aus dem Innern kommende Töne erklangen. Mademoiselle Bourienne, die im Salon anwesend war, sah die Prinzessin Marja mit verständnislosem Staunen an. Obwohl sie die geschickteste Kokette war, hätte selbst sie bei der Begegnung mit einem Mann, dem sie hätte gefallen wollen, nichts besser machen können.

»Entweder steht Schwarz ihr besonders gut, oder sie ist wirklich, ohne daß ich es bemerkt habe, so viel hübscher geworden. Und was die Hauptsache ist: dieser Takt und diese Anmut«, dachte Mademoiselle Bourienne.

Wäre Prinzessin Marja in diesem Augenblick imstande gewesen zu denken, so hätte sie sich noch mehr als Mademoiselle Bourienne über die Veränderung gewundert, die mit ihr vorgegangen war.

In dem Augenblick, wo sie dieses angenehme, geliebte Gesicht wieder erblickt hatte, war eine Art von neuer Lebenskraft in ihr erwachsen und trieb sie, ohne daß ihr eigener Wille dabei in Frage gekommen wäre, zu reden und zu handeln. Ihr Gesicht war von dem Moment an, wo Rostow eingetreten war, auf einmal wie verwandelt. Wie an den gravierten, buntbemalten Seitenflächen einer Laterne die komplizierte, feine, kunstvolle Arbeit, die vorher grob, dunkel und sinnlos erschien, plötzlich in ungeahnter, überraschender Schönheit sichtbar wird, sobald man innen das Licht anzündet: so verwandelte sich auf einmal das Gesicht der Prinzessin Marja. Zum erstenmal machte sich all jene rein geistige, innerliche Arbeit, mit der sie bisher ihr Leben ausgefüllt hatte, nach außen hin bemerkbar. All ihre innerliche, sich selbst nie genügende Arbeit, ihre Leiden, ihr Streben nach dem Guten, ihre Demut, ihre Liebe, ihre Selbstaufopferung, alles dies leuchtete jetzt in diesen glänzenden Augen, in diesem leisen Lächeln, in jedem Zug ihres zarten Gesichtes.

Rostow sah alles dies mit solcher Klarheit und Deutlichkeit, als ob er ihr ganzes Leben kannte. Er fühlte, daß das Wesen, das er da vor sich sah, ein ganz andersartiges, besseres war als alle die, denen er bisher begegnet war, und vor allen Dingen besser als er selbst.

Das Gespräch hatte den einfachsten, unbedeutendsten Inhalt. Sie redeten vom Krieg, wobei sie unwillkürlich, wie alle Leute, ihren Kummer über dieses Ereignis übertrieben; sie redeten von ihrer letzten Begegnung (jedoch suchte Nikolai hier das Gespräch auf einen andern Gegenstand zu bringen); sie redeten von der guten Frau Gouverneur, von Nikolais Angehörigen und von den Angehörigen der Prinzessin Marja.

Prinzessin Marja sprach nicht von ihrem Bruder und lenkte das Gespräch auf eine andere Bahn, sooft die Tante von Andrei zu reden begann. Über das Unglück Rußlands konnte sie offenbar in gekünstelten Wendungen reden; aber ihr Bruder stand ihrem Herzen zu nahe, als daß sie in einem oberflächlichen Gespräch von ihm hätte reden mögen oder reden können. Nikolai bemerkte dies, wie er denn überhaupt mit einer ihm sonst nicht innewohnenden scharfsinnigen Beobachtungsgabe all die feinen Charakterzüge der Prinzessin Marja bemerkte; und durch die Wahrnehmung dieser Charakterzüge wurde er in seiner Überzeugung, daß sie ein ganz besonderes, außerordentliches Wesen sei, nur noch mehr bestärkt. Es ging ihm ganz ebenso wie der Prinzessin Marja: Wenn jemand zu ihm von Prinzessin Marja sprach, und sogar wenn er nur an sie dachte, wurde er rot und verlegen; aber in ihrer Gegenwart fühlte er sich vollkommen frei und redete dann ganz und gar nicht das, was er sich vorher zurechtgelegt hatte, sondern das, was ihm im Augenblick, und immer durchaus passend, in den Sinn kam.

Bei diesem kurzen Besuch nahm Nikolai, wie man das so zu machen pflegt, wo Kinder sind, in einem Augenblick des Stillschweigens seine Zuflucht zu dem kleinen Sohn des Fürsten Andrei; er liebkoste ihn und fragte ihn, ob er Husar werden wolle. Er nahm den Knaben auf den Arm, schwenkte ihn lustig umher und blickte dabei Prinzessin Marja an. Diese verfolgte mit gerührtem, glücklichem, ängstlichem Blick ihren geliebten Knaben in den Händen des geliebten Mannes. Auch diesen Blick bemerkte Nikolai, und wie wenn er dessen Bedeutung verstände, errötete er vor Vergnügen und küßte den Kleinen gutherzig und fröhlich.

Prinzessin Marja machte wegen ihrer Trauer keine Besuche, Nikolai aber hielt es nicht für passend, bei ihr und ihrer Tante häufiger zu erscheinen; aber die Frau Gouverneur setzte ihre Tätigkeit als Vermittlerin dennoch fort: Sie machte Nikolai Mitteilung, wenn Prinzessin Marja etwas Schmeichelhaftes über ihn gesagt hatte, und umgekehrt, und drängte schließlich darauf, Nikolai möchte sich der Prinzessin erklären. Zum Zweck dieser Erklärung veranstaltete sie ein Zusammentreffen der beiden jungen Leute beim Bischof vor der Messe.

Rostow sagte der Frau Gouverneur zwar, er werde der Prinzessin Marja keine Erklärung machen, versprach aber doch hinzukommen.

Wie Rostow in Tilsit sich nicht erlaubt hatte, daran zu zweifeln, daß das, was von allen als gut betrachtet wurde, auch wirklich gut war, so machte er es auch jetzt: Nach einem kurzen, aber ernstgemeinten Kampf mit sich selbst, ob er sein Leben nach seinem eigenen Urteil einrichten oder sich den Verhältnissen fügsam unterwerfen solle, wählte er das letztere und überließ sich jener Macht, von der er sich unwiderstehlich fortgezogen fühlte, ohne zu wissen, wohin. Er wußte: Wenn er der Prinzessin Marja seine Gefühle entdeckte, trotzdem er Sonja ein Versprechen gegeben hatte, so war das eine Handlungsweise, wie er sie als Gemeinheit zu bezeichnen pflegte; und er wußte, daß er eine Gemeinheitnie begehen werde. Aber er wußte auch (oder wenn er es nicht wußte, so fühlte er es wenigstens in tiefster Seele), daß, wenn er sich jetzt der Macht der Verhältnisse und der Menschen, die ihn leiteten, überließ, er damit nichts Schlechtes tat, wohl aber etwas höchst Bedeutungsvolles, etwas so Bedeutungsvolles, wie er es noch nie in seinem Leben getan hatte.

Nach seiner Wiederbegegnung mit Prinzessin Marja war zwar seine äußere Lebensweise dieselbe geblieben, aber alles, was ihm früher Vergnügen gemacht hatte, hatte nun für ihn seinen Reiz verloren, und er dachte häufig an Prinzessin Marja; aber nie dachte er an sie in derselben Weise, wie er an alle anderen jungen Damen, mit denen er im gesellschaftlichen Verkehr bekannt geworden war, ohne Ausnahme gedacht hatte, auch nicht in der Weise, wie er es lange Zeit, und in einer gewissen Periode mit schwärmerischem Entzücken, in bezug auf Sonja getan hatte. Eine jede dieser jungen Damen hatte er, wenn er an sie dachte, sich als seine künftige Frau vorgestellt, wie das ja fast jeder ehrenhafte junge Mann tut, und hatte ihr in seinen Gedanken gleichsam alle Stücke des Ehelebens anprobiert: das weiße Morgenkleid, die Frau beim Samowar, den Wagen der gnädigen Frau, die Kinderchen, Mama und Papa, das Verhältnis der Kinder zu ihr, usw., usw., und dieses Ausmalen der Zukunft hatte ihm Vergnügen gemacht; aber wenn er an Prinzessin Marja dachte, die man zu seiner Frau machen wollte, so konnte er sich in keiner Hinsicht eine Vorstellung von seinem künftigen Eheleben machen. Und mochte er es noch so sehr versuchen, so kam doch stets ein unharmonisches, unnatürliches Bild heraus. Es wurde ihm dabei nur beklommen ums Herz.

VII

Die schreckliche Kunde von der Schlacht bei Borodino, von unseren Verlusten an Toten und Verwundeten, und die noch schrecklichere Kunde von dem Verlust Moskaus gelangten nach Woronesch Mitte September. Prinzessin Marja, die von der Verwundung ihres Bruders nur aus den Zeitungen wußte und keine bestimmten Nachrichten über ihn hatte, beabsichtigte, wie Nikolai hörte (selbst hatte er sie nicht gesehen), wegzureisen und den Fürsten Andrei zu suchen.

Bei der Nachricht von der Schlacht bei Borodino und der Preisgabe Moskaus wurde Rostow nicht etwa von Verzweiflung, Ingrimm, Rachlust und ähnlichen Gefühlen ergriffen, wohl aber wurde ihm auf einmal alles in Woronesch langweilig und widerwärtig, und er fühlte sich bedrückt und unbehaglich. Alle Gespräche, die er zu hören bekam, schienen ihm verstellt; er wußte nicht, welche Anschauung er über alles Vorgegangene haben solle, und fühlte, daß erst beim Regiment ihm alles wieder klar werden würde. Er beschleunigte den Abschluß der Pferdekäufe und geriet seinem Burschen und dem Wachtmeister gegenüber oft in Zorn, ohne daß diese ihm dazu Veranlassung gegeben hätten.

Einige Tage vor Rostows Abreise sollte im Dom ein Dankgottesdienst anläßlich des von den russischen Truppen errungenen Sieges abgehalten werden, und auch Nikolai nahm an dieser Feierlichkeit teil. Er stand nicht weit hinter dem Gouverneur und beobachtete während des Gottesdienstes eine gemessene, dienstliche Haltung, dachte aber an die verschiedenartigsten Dinge. Als die kirchliche Handlung beendet war, rief die Frau Gouverneur ihn zu sich heran.

»Hast du die Prinzessin gesehen?« sagte sie und wies mit dem Kopf auf eine Dame in Schwarz, die an der Chorestrade stand.

Nikolai erkannte Prinzessin Marja sofort, nicht sowohl an ihrem Profil, von dem unter dem Hut ein Teil sichtbar war, als an dem Gefühl von zarter Rücksicht, banger Teilnahme und herzlichem Mitleid, das ihn sogleich überkam. Prinzessin Marja, augenscheinlich ganz in ihre Gedanken versunken, war gerade dabei, vor dem Verlassen der Kirche die letzten Bekreuzungen auszuführen.

Erstaunt betrachtete Nikolai ihr Gesicht. Es war dasselbe Gesicht, das er früher gesehen hatte, und es zeigte denselben allgemeinen Ausdruck feinsinniger, innerlicher, geistiger Arbeit; aber jetzt lag darauf eine ganz andere Beleuchtung. Ein rührender Ausdruck von Trauer, Andacht und Hoffnung war über dieses Gesicht gebreitet. Wie Nikolai es auch sonst in ihrer Gegenwart zu machen pflegte, folgte er seiner Eingebung: Ohne abzuwarten, ob die Frau Gouverneur ihm raten würde, zu ihr hinzugehen, und ohne sich selbst zu fragen, ob es gut und passend sei, wenn er sie hier in der Kirche anrede, trat er an sie heran und sagte, er habe von ihrem Kummer gehört und nehme von ganzer Seele an ihm teil. Kaum hatte sie seine Stimme vernommen, als plötzlich eine helle Röte ihr Gesicht überzog, auf dem sich nun gleichzeitig Trauer und Freude malte.

»Ich wollte Ihnen nur eines sagen, Prinzessin«, sagte Rostow, »nämlich daß, wenn Fürst Andrei nicht mehr am Leben wäre, dies sicher sofort in den Zeitungen gestanden hätte, da er ja Regimentskommandeur ist.«

Die Prinzessin sah ihn an, ohne seine Worte zu verstehen, aber erfreut über den Ausdruck mitleidsvoller Teilnahme, der auf seinem Gesicht lag.

»Und ich kenne so viele Beispiele davon, daß eine von einem Granatsplitter herrührende Wunde« (diese Art der Verwundung war in den Zeitungen angegeben worden) »entweder sofort tödlich oder im Gegenteil sehr leicht ist«, sagte Nikolai. »Man muß hoffen, daß der günstige Fall vorliegt, und ich bin überzeugt …«

Prinzessin Marja unterbrach ihn:

»Oh, das wäre ja auch furcht…«, begann sie, konnte aber vor Aufregung nicht zu Ende sprechen; mit einer anmutigen Bewegung (anmutig wie alles, was sie in seiner Anwesenheit tat) neigte sie den Kopf, blickte ihn dankbar an und ging ihrer Tante nach.

Am Abend dieses Tages ging Nikolai nicht in Gesellschaft, sondern blieb zu Hause, um einige Abrechnungen mit Pferdeverkäufern zum Abschluß zu bringen. Als er mit diesen geschäftlichen Angelegenheiten fertig war, war es schon zu spät, um noch irgendwohin zu gehen, und noch zu früh, um sich schlafen zu legen, und so ging denn Nikolai lange allein in seinem Zimmer auf und ab und überdachte sein Leben, was bei ihm nur selten vorkam.

Prinzessin Marja hatte ihm bei Smolensk einen angenehmen Eindruck gemacht. Daß er sie damals in so eigenartiger Lage gefunden hatte und daß er gerade auf sie früher einmal von seiner Mutter als auf eine reiche Partie hingewiesen worden war, diese beiden Umstände hatten ihn veranlaßt, ihr besondere Aufmerksamkeit zuzuwenden. In Woronesch war dieser Eindruck während seines Aufenthaltes nicht nur ein angenehmer, sondern auch ein sehr starker gewesen. Nikolai war überrascht gewesen von jener eigenartigen seelischen Schönheit, die er diesesmal an ihr wahrnahm. Indessen hatte er doch Anstalten getroffen, um abzureisen, und es war ihm nicht in den Sinn gekommen, es zu bedauern, daß er durch die Abreise aus Woronesch der Möglichkeit, die Prinzessin zu sehen, verlustig ging. Aber das heutige Zusammentreffen mit Prinzessin Marja in der Kirche hatte (das fühlte Nikolai) sein Herz doch tiefer ergriffen, als er es für möglich gehalten hätte, und tiefer, als er es um seiner Ruhe willen hätte wünschen mögen. Dieses blasse, feine, traurige Gesicht, dieser leuchtende Blick, diese ruhigen, anmutigen Bewegungen und ganz besonders die tiefe, rührende Trauer, die in allen ihren Zügen zum Ausdruck kam, dies alles versetzte ihn in seelische Erregung und erweckte seine Teilnahme. Bei Männern konnte Rostow es nicht leiden, wenn das Gesicht auf ein höheres geistiges Leben schließen ließ (deshalb mochte er auch den Fürsten Andrei nicht gern); er nannte das geringschätzig Philosophie und Träumerei; aber Prinzessin Marja übte gerade in dieser Trauer, aus der die ganze Tiefe dieses ihm fremden Geisteslebens ersichtlich wurde, auf ihn eine unwiderstehliche Anziehung aus.

»Ein wunderbares Mädchen muß sie sein! Geradezu ein Engel!« sagte er zu sich selbst. »Warum bin ich nicht frei? Warum habe ich mich mit Sonja übereilt?« Und unwillkürlich verglich er in Gedanken beide miteinander: bei der einen ein Mangel und bei der andern ein Reichtum an den Geistesgaben, die er selbst nicht besaß und eben darum so hochschätzte. Er versuchte, sich vorzustellen, was geschehen würde, wenn er frei wäre. Auf welche Weise würde er ihr dann einen Antrag machen und sie seine Frau werden? Nein, er konnte sich das nicht vorstellen. Es wurde ihm seltsam ums Herz, und er konnte sich davon kein klares Bild machen. Von dem Leben mit Sonja zusammen hatte er sich schon längst ein Zukunftsbild entworfen, und alles war dabei einfach und klar, namentlich deswegen, weil er Sonjas ganzes Inneres kannte und sich danach alles in Gedanken zurechtgelegt hatte; aber ein künftiges Zusammenleben mit Prinzessin Marja vermochte er sich nicht vorzustellen, weil er sie nicht verstand, sondern sie nur liebte.

Die Zukunftsträumereien über Sonja hatten etwas Heiteres, es war wie ein Spiel mit Spielzeug. Aber an Prinzessin Marja zu denken, das war immer etwas Schweres.

»Wie sie betete!« dachte er, sich erinnernd. »Man sah, daß ihre ganze Seele mit dem Gebet beschäftigt war. Ja, das ist jenes Gebet, das Berge versetzt, und ich bin überzeugt, daß ihr Gebet Erhörung finden wird. Warum bete ich denn nicht um das, was ich wünsche?« fiel ihm ein. »Was wünsche ich denn? Die Freiheit, die Loslösung von Sonja. Ja, sie hat recht«, dachte er in Erinnerung an das, was die Frau Gouverneur zu ihm gesagt hatte; »wenn ich sie heirate, so führt das nur zum Ruin. Zerrüttung der Verhältnisse, Mamas Gram … Ruin, furchtbarer Ruin. Und ich liebe sie auch nicht, liebe sie nicht so, wie es nötig wäre. Mein Gott! Rette mich aus dieser furchtbaren Lage, aus der ich keinen Ausweg sehe!« begann er auf einmal zu beten. »Ja, das Gebet versetzt Berge; aber man muß glauben und darf auch nicht so beten, wie wir, Natascha und ich, als Kinder beteten, der Schnee möchte zu Zucker werden, worauf wir dann auf den Hof liefen, um zu probieren, ob der Schnee auch wirklich zu Zucker geworden war. Nein, das war Torheit; aber jetzt bete ich nicht um Possen«, sagte er, stellte die Pfeife in die Ecke und trat mit gefalteten Händen vor das Heiligenbild. Und durch die Erinnerung an Prinzessin Marja in Rührung versetzt, begann er so zu beten, wie er lange nicht gebetet hatte. Die Tränen traten ihm in die Kehle und in die Augen; da öffnete sich die Tür, und Lawrenti trat mit irgendwelchen Sachen aus Papier ein.

»Esel! Warum kommst du, wenn du nicht gerufen wirst!« sagte Nikolai und änderte schnell seine Haltung.

»Vom Gouverneur«, sagte Lawrenti mit schläfriger Stimme. »Ein Kurier ist angekommen; da sind Briefe für Sie.«

»Na, gut, danke; du kannst gehen!«

Nikolai nahm die beiden Briefe. Der eine war von seiner Mutter, der andere von Sonja. Er erkannte die Absenderinnen an der Handschrift und erbrach zuerst Sonjas Brief. Aber kaum hatte er einige Zeilen gelesen, als sein Gesicht blaß wurde und seine Augen sich vor Schreck und Freude weit öffneten.

»Nein, es ist nicht möglich!« sprach er laut vor sich hin.

Unfähig, auf einem Fleck stillzusitzen, begann er, mit dem Brief in der Hand, im Zimmer auf und ab zu gehen und ihn dabei zu lesen. Er überflog den Brief mit den Augen, las ihn dann einmal und noch einmal und blieb, die Schultern in die Höhe ziehend und die Arme auseinanderbreitend, mitten im Zimmer mit offenem Mund und starren Augen stehen. Um was er soeben gebetet hatte in der Überzeugung, daß Gott sein Gebet erhören werde, das war in Erfüllung gegangen; aber Nikolai war darüber so erstaunt, als ob dies etwas ganz Außerordentliches wäre und als ob er es nie erwartet hätte und als ob gerade die schnelle Erfüllung seines Wunsches ein Beweis dafür wäre, daß dies nicht von Gott herrühre, zu dem er gebetet hatte, sondern von einem gewöhnlichen Zufall.

Der Knoten, welcher Rostows Freiheit fesselte und ihm unlösbar erschienen war, der war durch diesen Brief Sonjas gelöst worden, durch diesen Brief, der nach Nikolais Ansicht durch keinen besonderen Anlaß hervorgerufen worden und in keiner Weise zu erwarten gewesen war. Sie schrieb, die letzten traurigen Ereignisse, namentlich daß Rostows in Moskau fast ihr gesamtes Vermögen verloren hätten, und der wiederholt ausgesprochene Wunsch der Gräfin, Nikolai möchte die Prinzessin Bolkonskaja heiraten, und sein langes Stillschweigen und sein kühles Benehmen in der letzten Zeit, dies alles zusammen habe sie zu dem Entschluß gebracht, ihn von seinem Versprechen zu entbinden und ihm seine völlige Freiheit wiederzugeben.

»Es wäre mir ein gar zu schmerzlicher Gedanke«, schrieb sie, »daß ich die Ursache des Kummers oder der Zwietracht in einer Familie sein sollte, von der ich so viele Wohltaten genossen habe, und meine Liebe kennt kein anderes Ziel, als zu dem Glück der Menschen, die ich liebe, beizutragen. Darum bitte ich Sie inständig, Nikolai, sich für frei anzusehen und überzeugt zu sein, daß Sie trotz alledem niemand stärker und aufrichtiger lieben kann als Ihre Sonja.«

Beide Briefe waren aus Troiza. Der andere Brief war von der Gräfin. Sie schilderte darin die letzten Tage in Moskau, die Abreise, die Feuersbrunst und den Verlust der ganzen Habe. In diesem Brief schrieb die Gräfin unter anderm auch, daß unter den Verwundeten, die mit ihnen gefahren seien, sich auch Fürst Andrei befinde. Sein Zustand sei sehr gefährlich gewesen; aber jetzt sage der Arzt, es sei etwas mehr Hoffnung. Sonja und Natascha seien seine Pflegerinnen und gäben darin keiner Krankenwärterin etwas nach.

Mit diesem Brief begab sich Nikolai am andern Tag zu Prinzessin Marja. Weder Nikolai noch Prinzessin Marja sagten auch nur ein Wort darüber, welche Bedeutung wohl der Ausdruck »Natascha ist seine Pflegerin« haben könne; aber dank diesem Brief war Nikolai der Prinzessin Marja auf einmal viel nähergerückt und gewissermaßen in ein verwandtschaftliches Verhältnis zu ihr getreten.

Am andern Tag gab Rostow der Prinzessin Marja, die nach Jaroslawl reiste, eine Strecke weit das Geleit und reiste einige Tage darauf selbst zu seinem Regiment ab.

VIII

Sonjas Brief an Nikolai, der ihm die Erfüllung seines Gebetes brachte, war in Troiza geschrieben. Die Veranlassung dazu war folgende. Der Gedanke, daß Nikolai ein reiches Mädchen heiraten müsse, beschäftigte die alte Gräfin immer mehr und mehr. Sie wußte, daß Sonja das Haupthindernis für diesen Plan war. Und so war denn Sonjas Leben im Haus der Gräfin in der letzten Zeit, namentlich nach jenem Brief Nikolais, in welchem er seine Begegnung mit Prinzessin Marja in Bogutscharowo geschildert hatte, immer schwerer und schwerer geworden. Die Gräfin ließ keine Gelegenheit unbenutzt, Anspielungen zu machen, die für Sonja kränkend und verletzend waren.

Aber einige Tage vor der Abreise aus Moskau hatte die Gräfin, durch alles Vorgefallene aus dem seelischen Gleichgewicht gebracht und in Aufregung versetzt, Sonja zu sich gerufen und diesmal, statt ihr Vorwürfe zu machen und Forderungen zu stellen, sie unter Tränen gebeten, sie möchte doch ein Opfer bringen und alles, was für sie getan sei, dadurch vergelten, daß sie ihr Verhältnis zu Nikolai löse.

»Ich werde nicht eher Ruhe haben, ehe du mir das nicht versprochen hast«, sagte sie.

Sonja brach in ein krampfhaftes Schluchzen aus und antwortete unter strömenden Tränen, sie werde alles tun und sei zu allem bereit; aber ein bestimmtes Versprechen gab sie nicht und konnte sich in ihrem Herzen nicht entschließen, das zu tun, was von ihr verlangt wurde. Daß es ihre Pflicht war, Opfer zu bringen für das Glück der Familie, von der sie Unterhalt und Erziehung erhalten hatte, das wußte sie. Für das Glück anderer Menschen Opfer zu bringen, daran war Sonja gewöhnt. Ihre Stellung in diesem Haus war eine derartige, daß sie nur durch Opfer, die sie brachte, zeigen konnte, was an ihr Gutes war, und so hatte sie sich denn daran gewöhnt, Opfer zu bringen, und tat es gern. Aber bisher war sie stets, wenn sie Opfer brachte, sich mit freudiger Genugtuung bewußt gewesen, daß sie eben durch diese Handlungsweise ihren Wert in ihren eigenen Augen und in den Augen anderer Menschen erhöhte und Nikolais würdiger wurde, den sie über alles in der Welt liebte; jetzt jedoch sollte ihr Opfer gerade darin bestehen, daß sie auf das verzichtete, was für sie den ganzen Lohn der gebrachten Opfer, den gesamten Inhalt ihres Lebens bildete. Und zum erstenmal in ihrem Leben empfand sie ein bitteres Gefühl gegen diese Menschen, die ihr nur darum so viel Wohltaten erwiesen hatten, um sie nun um so grausamer zu peinigen; zum erstenmal empfand sie Neid gegen Natascha, die nie etwas Ähnliches durchzumachen hatte, nie Opfer zu bringen brauchte, sondern immer nur andere Menschen um ihretwillen Opfer bringen ließ und doch von allen geliebt wurde. Und zum erstenmal fühlte Sonja, wie aus ihrer stillen, reinen Liebe zu Nikolai plötzlich eine leidenschaftliche Empfindung heranwuchs, eine Empfindung, welche mächtiger wurde als alle Grundsätze und alle Tugend und alle Religiosität; und unter der Einwirkung dieser Empfindung antwortete Sonja, die durch ihre abhängige Lebensstellung unwillkürlich sich ein verstecktes Wesen zu eigen gemacht hatte, der Gräfin in allgemeinen, unbestimmten Ausdrücken, ging in der nächsten Zeit Gesprächen mit ihr aus dem Weg und entschied sich dafür, ein Wiedersehen mit Nikolai abzuwarten, um ihn bei diesem Wiedersehen nicht etwa freizugeben, sondern ihn im Gegenteil für immer an sich zu ketten.

Die Sorgen und Schrecken der letzten Tage des Aufenthalts der Familie Rostow in Moskau hatten in Sonjas Seele die traurigen Gedanken, die sie bedrückten, übertäubt. Sie hatte sich gefreut, daß sie sich durch praktische Tätigkeit vor ihnen retten konnte. Als sie aber von der Anwesenheit des Fürsten Andrei in ihrem Haus erfuhr, da überkam sie trotz alles aufrichtigen Mitleides, das sie für ihn und für Natascha empfand, doch ein freudiges Gefühl bei dem abergläubischen Gedanken, Gott wolle nicht, daß sie von Nikolai getrennt werde. Sie wußte, daß Natascha nur den Fürsten Andrei geliebt hatte und ihn noch immer liebte. Sie wußte, daß diese beiden jetzt, wo das Schicksal sie unter so furchtbaren Verhältnissen wieder zusammengeführt hatte, einander wieder von neuem liebgewinnen würden und daß dann Nikolai die Prinzessin Marja wegen der Verwandtschaft, die dann zwischen ihnen bestehen werde, nicht werde heiraten können. Trotz allen Schreckens über die Ereignisse der letzten Tage in Moskau und der ersten Reisetage machte dieses Gefühl, dieses Bewußtsein, daß die Vorsehung in ihre persönlichen Angelegenheiten eingriff, Sonja froh und heiter.

Im Troiza-Kloster machten Rostows auf ihrer Reise den ersten Rasttag.

In dem Hospiz des Klosters waren ihnen drei große Zimmer angewiesen, von denen eines Fürst Andrei innehatte. Es ging dem Verwundeten an diesem Tag bedeutend besser. Natascha saß bei ihm. In dem anstoßenden Zimmer saßen der Graf und die Gräfin und unterhielten sich respektvoll mit dem Prior, der ihnen als seinen alten Bekannten und als freigebigen Gönnern des Klosters einen Besuch machte. Auch Sonja saß in diesem Zimmer, und es quälte sie die Neugier, was wohl Fürst Andrei und Natascha miteinander reden mochten. Sie hörte durch die Tür ihre Stimmen. Da öffnete sich die Tür zu dem Zimmer des Fürsten Andrei. Natascha kam mit erregter Miene von dort herein; ohne den Mönch zu bemerken, der sich zu ihrer Begrüßung erhob und den weiten Ärmel an seinem rechten Arm zurückschlug, um ihr den Segen zu erteilen, trat sie auf Sonja zu und ergriff sie bei der Hand.

»Was hast du, Natascha? Komm her«, sagte die Gräfin.

Natascha trat herzu, um den Segen zu empfangen, und der Prior ermahnte sie, sich im Gebet um Hilfe an Gott und den Schutzheiligen des Klosters zu wenden.

Sowie der Prior hinausgegangen war, faßte Natascha ihre Freundin bei der Hand und ging mit ihr in das leere Zimmer.

»Sonja, ja? Wird er am Leben bleiben?« sagte sie. »Sonja, wie glücklich ich bin! Und wie unglücklich ich bin! Sonja, mein Täubchen, es ist alles wieder wie ehemals. Wenn er nur am Leben bliebe! Aber er kann nicht am Leben bleiben … weil … weil …« Natascha brach in Tränen aus.

»Ja, ja, das habe ich gewußt! Gott sei Dank!« rief Sonja. »Er wird am Leben bleiben!«

Sonja war in nicht geringerer Aufregung als Natascha, sowohl wegen der Angst und des Kummers der Freundin als auch wegen ihrer eigenen Gedanken, die sie zu niemandem aussprach. Sie schluchzte und küßte Natascha und redete ihr tröstend zu. »Wenn er nur am Leben bliebe!« dachte sie. Nachdem die beiden Freundinnen eine Weile geweint, miteinander geredet und sich die Tränen abgewischt hatten, gingen sie an die Tür des Fürsten Andrei. Natascha öffnete behutsam die Tür und sah ins Zimmer hinein. Sonja stand neben ihr bei der halbgeöffneten Tür.

Fürst Andrei lag mit hochgerichtetem Oberkörper auf drei Kissen. Sein blasses Gesicht war ruhig, die Augen geschlossen, und man sah, daß er gleichmäßig atmete.

»Ach, Natascha!« sagte Sonja auf einmal, kaum einen Schrei unterdrückend, ergriff ihre Kusine bei der Hand und trat von der Tür zurück.

»Was ist? Was ist?« fragte Natascha.

»Das ist ganz das … ganz das … sieh nur …«, sagte Sonja mit blassem Gesicht und zitternden Lippen.

Natascha machte leise die Tür wieder zu und trat mit Sonja an das Fenster. Sie verstand noch nicht, was diese meinte.

»Erinnerst du dich wohl«, sagte Sonja mit tiefernster, ängstlicher Miene, »erinnerst du dich wohl, wie ich für dich in den Spiegel sah … in Otradnoje, in den Weihnachtstagen … erinnerst du dich noch, was ich da sah …«

»Ja, ja«, erwiderte Natascha mit weitgeöffneten Augen; sie erinnerte sich dunkel, daß Sonja damals etwas vom Fürsten Andrei gesagt hatte, den sie hatte daliegen sehen.

»Erinnerst du dich?« fuhr Sonja fort. »Ich habe es damals gesehen und zu allen gesagt, zu dir und zu Dunjascha. Ich sah, wie er auf einem

Bett lag«, sagte sie und machte bei jeder Einzelheit eine Armbewegung mit aufgehobenem Finger, »und wie er die Augen geschlossen hielt und wie er mit einer Decke, gerade mit einer rosa Decke, zugedeckt war und wie er die Hände gefaltet hatte.« Und in dem Maße, wie sie die von ihr jetzt eben gesehenen Einzelheiten beschrieb, wurde sie immer fester in der Überzeugung, daß sie dieselben Einzelheiten auch damals gesehen habe.

In Wirklichkeit hatte sie damals überhaupt nichts gesehen, sondern von dem, was ihr in den Sinn kam, erzählt, daß sie es gesehen habe; aber das, was sie sich damals ausgedacht hatte, erschien ihr jetzt als ebenso tatsächlich wie jedes andere Ereignis, an das sie sich erinnerte. Und nicht etwa, daß sie sich nur an das erinnert hätte, was sie damals gesagt hatte, nämlich daß er sich nach ihr umgesehen und gelächelt habe und mit etwas Rotem zugedeckt gewesen sei; vielmehr war sie fest überzeugt, daß sie schon damals gesehen und gesagt habe, er habe unter einer rosa Dekke, gerade unter einer rosa Decke, gelegen und seine Augen seien geschlossen gewesen.

»Ja, ja, gerade eine rosa Decke war es«, sagte Natascha, die sich jetzt gleichfalls zu erinnern glaubte, daß damals eine rosa Decke erwähnt worden war, und erblickte gerade darin ein besonders auffälliges, geheimnisvolles Moment der Prophezeiung.

»Aber was mag das denn zu bedeuten haben?« sagte Natascha nachdenklich.

»Ach, ich weiß es nicht; wie seltsam und außerordentlich das alles doch ist!« sagte Sonja und griff sich an den Kopf.

Einige Minuten darauf klingelte Fürst Andrei, und Natascha ging zu ihm hinein; Sonja aber, die eine Erregung und Rührung empfand, wie sie bei ihr nur selten vorkam, blieb am Fenster stehen und dachte über die Seltsamkeit dieser Vorgänge nach.

*

An diesem Tag bot sich eine Gelegenheit, Briefe zur Armee zu schicken, und die Gräfin schrieb an ihren Sohn.

»Sonja«, sagte die Gräfin und hob den Kopf von ihrem Brief auf, als ihre Nichte an ihr vorbeiging. »Sonja«, fuhr sie mit leiser, zitternder Stimme fort, »willst du nicht an Nikolai schreiben?«

Und in dem Blick ihrer müden, durch die Brille schauenden Augen las Sonja alles, was die Gräfin mit diesen Worten meinte. Es lag in diesem Blick eine flehende Bitte, und Furcht vor einer abschlägigen Antwort, und ein Gefühl der Scham darüber, daß sie bitten mußte, und die Absicht, im Fall der Weigerung zu einem unversöhnlichen Haß überzugehen.

Sonja trat zur Gräfin hin, kniete vor ihr nieder und küßte ihr die Hand. »Ja, ich werde an ihn schreiben, Mama«, sagte sie.

Sonja war durch alles an diesem Tag Geschehene weich gestimmt, erregt und gerührt, namentlich durch die geheimnisvolle Erfüllung des Spiegelorakels, die sie soeben mit Augen gesehen hatte. Jetzt, wo sie wußte, daß infolge der Erneuerung des Verhältnisses zwischen Natascha und dem Fürsten Andrei Nikolai die Prinzessin Marja nicht heiraten konnte, fühlte sie mit Freude, daß jene Stimmung der Selbstaufopferung, die ihr eine liebe Gewohnheit war, wieder von ihrer Seele Besitz ergriff. Und mit Tränen in den Augen und mit dem freudigen Bewußtsein, daß sie eine Handlung des Edelmutes ausführe, schrieb sie, einige Male von Tränen unterbrochen, die ihre samtenen, schwarzen Augen wie mit einem Nebel überzogen, jenen rührenden Brief, bei dessen Empfang Nikolai so überrascht gewesen war.

IX

Auf der Hauptwache, wohin Pierre gebracht worden war, behandelten ihn der Offizier und die Soldaten, die ihn arretiert hatten, feindselig, aber zugleich mit einem gewissen Respekt. Man konnte aus ihrem Benehmen gegen ihn noch ihre Ungewißheit darüber herausmerken, was er wohl für einer sein mochte, ob vielleicht eine hochgestellte Persönlichkeit, sowie eine Feindseligkeit infolge ihres noch frischen persönlichen Kampfes mit ihm.

Aber als am Morgen des nächsten Tages die Ablösung kam, da merkte Pierre, daß er für die neue Wachmannschaft, den Offizier und die Soldaten, nicht mehr die Bedeutung besaß, die er für diejenigen besessen hatte, von denen er festgenommen worden war. Und wirklich sah die Wachmannschaft des nächsten Tages in diesem großen, dicken Menschen mit dem gewöhnlichen Kaftan nicht mehr das eigenartige Individuum, das sich so grimmig mit den Plünderern und den Soldaten von der Patrouille herumgeschlagen und die hochtrabende Redensart von der Rettung eines Kindes geäußert hatte, sondern lediglich Nummer siebzehn derjenigen Russen, die für irgend etwas, was sie begangen hatten, gemäß höherem Befehl festgenommen waren und in Gewahrsam gehalten wurden. Und wenn ihnen wirklich etwas an Pierre auffiel, so war es nur seine feste, ernst-nachdenkliche Miene und sein Französisch; denn darüber wunderten sich die Franzosen allerdings, daß er sich so gut auf französisch ausdrückte.

Trotzdem wurde Pierre noch an demselben Tag mit den andern als verdächtig Arretierten zusammengebracht, da man das besondere Zimmer, das er zunächst innegehabt hatte, für einen Offizier benötigte.

Die Russen, die mit Pierre zusammen gefangengehalten wurden, gehörten sämtlich der niedrigsten Bevölkerungsschicht an. Und alle hielten sie sich, da sie in Pierre einen vornehmen Herrn erkannten, von ihm fern, um so mehr, da er französisch sprach.

Mit einer schmerzlichen Empfindung hörte Pierre, daß sie sich über ihn lustig machten.

Am nächsten Tag gegen Abend erfuhr Pierre, daß alle diese Arrestanten, und mit ihnen aller Wahrscheinlichkeit nach auch er, wegen Brandstiftung vor Gericht gestellt werden sollten. Am dritten Tag wurde Pierre mit den andern in ein Haus transportiert, wo ein französischer General mit weißem Schnurrbart, zwei Obersten und noch einige andere Franzosen mit Binden am Arme saßen. Mit jener scheinbar über alle menschliche Schwäche erhabenen Peinlichkeit und Akkuratesse, mit welcher Angeklagte gewöhnlich behandelt werden, wurden an Pierre, ebenso wie an die andern, allerlei Fragen gerichtet: wer er sei, wo er gewesen sei, was er beabsichtigt habe usw.

Diese Fragen, die das wahre Wesen der Sache unberührt ließen und zur Klarstellung desselben nicht das geringste beitrugen, hatten, wie alle Fragen, die in Gerichtsverhandlungen gestellt werden, nur den Zweck, gleichsam die Rinne aufzustellen, in der nach dem Wunsch der Richter die Antworten des Angeklagten fließen sollten, damit er zu dem von ihnen gewünschten Ziel, d. h. zur Verurteilung, hingeleitet werde. Sobald er anfing, etwas zu sagen, was für dieses Ziel nicht taugte, wurde die Rinne weggenommen, und nun mochte das Wasser fließen, wohin es wollte. Außerdem hatte Pierre dasselbe Gefühl, das der Angeklagte in allen Gerichtsverhandlungen hat: ein Gefühl der Verwunderung, weshalb ihm alle diese Fragen gestellt wurden. Es kam ihm so vor, als bediene man sich dieses Manövers mit der untergestellten Rinne nur aus Herablassung oder aus einer Art von Höflichkeit. Er wußte, daß er sich in der Gewalt dieser Menschen befand, daß nur die Gewalt ihn hierhergebracht hatte, daß nur die Gewalt ihnen ein Recht gab, Antworten auf ihre Fragen zu verlangen, daß der einzige Zweck, zu dem dieses Richterkollegium gebildet war, darin bestand, ihn schuldig zu finden. Da also die Gewalt da war und der Wunsch, ihn schuldig zu finden, da war, so bedurfte es gar nicht erst des Manövers mit den Fragen und mit der Gerichtsverhandlung. Es war offensichtlich, daß alle Antworten dazu dienen sollten, ihn schuldig erscheinen zu lassen. Auf die Frage, was er getan habe, als er festgenommen wurde, antwortete Pierre in etwas pathetischer Weise, er habe ein Kind, das er aus den Flammen gerettet habe, zu den Eltern gebracht. Warum er auf die Plünderer losgeschlagen habe? Pierre antwortete, er habe ein Weib verteidigt; ein angegriffenes Weib zu verteidigen sei die

Pflicht eines jeden Mannes, und … Hier unterbrach man ihn: Das gehöre nicht zur Sache. Warum er sich auf dem Hof des brennenden Hauses aufgehalten habe, wo ihn die Zeugen gesehen hätten? Er erwiderte, er sei ausgegangen, um zu sehen, was in Moskau vorginge. Wieder unterbrach man ihn: Er sei nicht gefragt worden, wozu er ausgegangen sei, sondern warum er sich in der Nähe des Brandes aufgehalten habe. Wer er sei? Dies war eine Wiederholung der ersten Frage, auf die er erwidert hatte, er könne diese Frage nicht beantworten. Er antwortete auch diesmal, das könne er nicht sagen.

»Schreiben Sie das nieder«, sagte der General mit dem weißen Schnurrbart und der gesunden roten Hautfarbe zu dem Protokollführer. Und zu Pierre gewendet fügte er in strengem Ton hinzu: »Schlimm, sehr schlimm.«

Am vierten Tag brachen Feuersbrünste am Subowski-Wall aus.

Pierre wurde mit dreizehn anderen nach der Krimfurt in die Wagenremise eines Kaufmannshauses gebracht. Auf dem Weg durch die Straßen konnte Pierre kaum atmen in dem Rauch, der, wie es schien, über der ganzen Stadt lagerte. Auf verschiedenen Seiten waren Brände zu sehen. Pierre verstand damals noch nicht, welche Bedeutung der Brand von Moskau hatte, und blickte mit Schrecken auf alle diese Feuersbrünste.

In der Wagenremise dieses Hauses an der Krimfurt verbrachte Pierre noch vier Tage und erfuhr im Laufe dieser Zeit aus den Gesprächen der französischen Soldaten, daß alle hier Inhaftierten täglich die Entscheidung des Marschalls zu erwarten hätten. Welchen Marschalls, das konnte Pierre aus den Äußerungen der Soldaten nicht entnehmen. Den Soldaten erschien der Marschall offenbar als ein sehr hohes und einigermaßen geheimnisvolles Mitglied der Obergewalt.

Diese ersten Tage bis zum 8. September, an welchem Tag die Gefangenen zum zweiten Verhör geführt wurden, waren für Pierre am schwersten zu ertragen.

X

Am 8. September kam in die Remise zu den Gefangenen ein Offizier, und zwar von sehr hohem Rang, nach dem Respekt zu urteilen, den ihm die Wachmannschaft erwies. Dieser Offizier, wahrscheinlich einer vom Stab, rief, mit einem Verzeichnis in der Hand, alle Russen bei Namen auf; wobei er Pierre so bezeichnete: »Der, der seinen Namen nicht angibt.« Gleichgültig und lässig ließ er seinen Blick über die Gefangenen hinschweifen und befahl dem Wachoffizier, dafür zu sorgen, daß sie gewaschen, gekämmt und ordentlich gekleidet seien, wenn sie zum Marschall geführt würden. Eine Stunde darauf erschien eine Kompanie Soldaten, und Pierre wurde mit den andern dreizehn auf das Jungfernfeld gebracht. Es war, nachdem es vorher geregnet hatte, ein klarer, sonniger Tag geworden, und die Luft war ungewöhnlich rein. Der Rauch breitete sich nicht unten aus, wie an dem Tag, als Pierre von der Hauptwache am Subowski-Wall weggeführt wurde, sondern stieg in der klaren Luft säulenförmig in die Höhe. Feuer von Bränden war nirgends sichtbar; aber Rauchsäulen erhoben sich auf allen Seiten, und ganz Moskau, alles, was Pierre nur sehen konnte, war eine einzige Brandstätte. Ringsum sah man leere Hausstellen mit Öfen und Schornsteinen und an einzelnen Orten die ausgebrannten Mauern steinerner Häuser. Pierre blickte nach den Brandstätten hin und erkannte die ihm so wohlbekannten Stadtteile nicht wieder. Hier und da standen Kirchen, die verschont geblieben waren. Der Kreml war nicht zerstört; seine Türme leuchteten aus der Ferne weiß herüber, darunter der mächtige Glockenturm Iwan Weliki. In der Nähe glänzte fröhlich die Kuppel des Nowodjewitschi-Klosters, und das Geläut erklang von dorther an diesem Tag besonders hell. Bei diesem Geläut erinnerte sich Pierre daran, daß Sonntag war und Mariä Geburt. Aber niemand schien dieses Fest feiern zu wollen: Überall sah man nur die Verwüstung des Brandes, und von der russischen Bevölkerung zeigten sich nur hier und da zerlumpte, ängstliche Gestalten, die sich beim Anblick der Franzosen versteckten.

Rußlands Mutterstadt war augenscheinlich zerstört und vernichtet; aber es drängte sich Pierre die Wahrnehmung auf, daß nach Vernichtung der russischen Lebensordnung in dieser zerstörten Mutterstadt sich eine eigenartige, ganz andere Ordnung, die feste französische Ordnung, etabliert hatte. Er merkte das beim Anblick dieser flott und munter in regelmäßigen Reihen marschierenden Soldaten, die ihn nebst den anderen Arrestanten eskortierten; er merkte es beim Anblick eines höheren französischen Beamten, der ihnen in einer zweispännigen, von einem Soldaten gelenkten Kalesche begegnete. Er merkte es an den lustigen Klängen einer Regimentsmusik, die von der linken Seite des Feldes herübertönte, und namentlich war es ihm durch jene Liste zum Gefühl und zum Verständnis gekommen, nach welcher der an diesem Morgen erschienene französische Offizier die Gefangenen aufgerufen hatte. Pierre war nur durch eine Patrouille arretiert und dann mit soundsoviel anderen Menschen zuerst nach dem einen, dann nach einem anderen Ort transportiert worden; man hätte meinen mögen, daß er vergessen oder mit andern verwechselt werden konnte. Aber nein: Seine Antworten, die er beim Verhör gegeben hatte, hatte man ihm unter der Bezeichnung: »Der,

der seinen Namen nicht angibt« angeschrieben. Und unter dieser Bezeichnung, die ihm fürchterlich war, transportierten ihn jetzt die Soldaten irgendwohin, mit der auf ihren Gesichtern zu lesenden zweifellosen Überzeugung, daß er und die übrigen Gefangenen die richtigen Personen seien und nach dem richtigen Ort geführt würden. Pierre kam sich wie ein winziges Spänchen vor, das in die Räder einer ihm unbekannten, aber regelrecht arbeitenden Maschine hineingeraten war.

Pierre wurde mit den anderen Arrestanten nach der rechten Seite des Jungfernfeldes gebracht, nicht weit vom Kloster, nach einem großen, weißen Haus mit einem gewaltigen Garten. Es war das Haus des Fürsten Schtscherbatow, in welchem Pierre früher gesellschaftlich viel verkehrt hatte und wo jetzt, wie er aus dem Gespräch der Soldaten erfuhr, der Marschall Herzog von Eggmühl wohnte.

Sie wurden zur Haustür geführt und einzeln in das Haus hineingeleitet. Pierre kam dabei als sechster an die Reihe. Durch eine Glasgalerie, einen Flur und ein Vorzimmer, lauter Räumlichkeiten, die Pierre wohl kannte, wurde er in ein langes, niedriges Arbeitszimmer geführt, an dessen Tür ein Adjutant stand.

Davout saß am Ende des Zimmers an einem Tisch; er trug eine Brille. Pierre trat nahe an ihn heran. Davout hob die Augen nicht in die Höhe: Er war offenbar damit beschäftigt, sich aus einem vor ihm liegenden Aktenstück zu informieren. Mit leiser Stimme fragte er: »Wer sind Sie?«

Pierre schwieg, weil er nicht imstande war, ein Wort herauszubringen. Davout war für Pierre nicht einfach nur ein französischer General, sondern ein durch seine Grausamkeit berüchtigter Mensch. Pierre blickte in das kalte Gesicht Davouts, der, wie ein strenger Lehrer, sich dazu verstand, eine Weile Geduld zu haben und auf die Antwort zu warten, und sagte sich, daß jeder Augenblick des Zögerns ihm das Leben kosten könne; aber er wußte nicht, was er sagen sollte. Dasselbe zu sagen, was er bei dem ersten Verhör gesagt hatte, dazu konnte er sich nicht entschließen; aber seinen Namen und Stand anzugeben schien ihm gefährlich und beschämend. Pierre schwieg. Aber ehe er noch zu einem Entschluß gekommen war, hob Davout den Kopf in die Höhe, schob die Brille auf die Stirn, kniff die Augen zusammen und blickte Pierre forschend an.

»Ich kenne diesen Menschen«, sagte er in gemessenem, kaltem Ton, der offenbar darauf berechnet war, Pierre in Angst zu versetzen.

Der kalte Schauer, der vorher Pierre den Rücken entlanggelaufen war, erfaßte jetzt seinen Kopf, und Pierre hatte ein Gefühl, als würde ihm dieser in einem Schraubstock zusammengepreßt.

»Sie können mich nicht kennen, General«, sagte er, »ich habe Sie noch nie gesehen ...«

»Es ist ein russischer Spion«, unterbrach ihn Davout, zu einem andern General gewendet, der im Zimmer anwesend war, den aber Pierre bisher nicht bemerkt hatte.

Davout wendete sich von ihm ab. Mit unerwartet lauter, erregter Stimme sagte Pierre auf einmal schnell: »Nein, Monseigneur« (es war ihm plötzlich eingefallen, daß Davout Herzog war), »nein, Monseigneur, Sie können mich nicht kennen. Ich bin Landwehroffizier und habe Moskau nicht verlassen.«

»Ihr Name?« fragte Davout wieder.

»Besuchow.«

»Was beweist mir, daß Sie nicht lügen?«

»Monseigneur!« rief Pierre nicht in beleidigtem, sondern in bittendem Ton.

Davout hob die Augen in die Höhe und richtete einen prüfenden Blick auf Pierre. Einige Sekunden lang sahen sie einander an, und dieser Blick war Pierres Rettung. Durch diesen Blick bildeten sich, ohne alle Rücksicht auf Krieg und Gericht, zwischen diesen beiden Menschen menschliche Beziehungen. Beide machten in dieser kurzen Spanne Zeit eine unzählige Menge von Empfindungen durch, ohne sich derselben eigentlich klar bewußt zu werden, und kamen zu der Erkenntnis, daß sie beide Kinder der Menschheit, daß sie Brüder seien.

Vorhin, als Davout nur den Kopf von seiner Liste erhoben hatte, in der die Handlungen von Menschen und das Leben von Menschen mit Nummern bezeichnet waren, da war Pierre für ihn beim ersten Blick nur ein Gegenstand gewesen, und er hätte ihn können erschießen lassen, ohne sich aus dieser Untat ein Gewissen zu machen; aber jetzt erblickte er in ihm schon einen Menschen. Er überlegte einen Augenblick lang.

»Wie können Sie mir die Wahrheit dessen, was Sie mir sagen, beweisen?« fragte er kalt.

Pierre dachte an Ramballe und nannte dessen Regiment und Namen sowie die Straße, in der das betreffende Haus lag.

»Sie sind nicht das, wofür Sie sich ausgeben«, sagte Davout wieder.

Pierre begann mit zitternder, stockender Stimme Beweise für die Richtigkeit seiner Angabe vorzubringen.

Aber in diesem Augenblick trat ein Adjutant ein und meldete dem Marschall etwas.

Davouts Gesicht strahlte bei der Nachricht, die ihm der Adjutant überbrachte, plötzlich auf, und er knöpfte sich die Uniform zu. Offenbar hatte er Pierre vollständig vergessen.

Als der Adjutant ihn an den Gefangenen erinnerte, machte er ein finsteres Gesicht und sagte, indem er mit dem Kopf nach Pierre hindeutete, man solle ihn abführen. Aber wohin er abgeführt werden sollte, das wußte Pierre nicht: ob in die Remise zurück oder nach dem bereits zurechtgemachten Richtplatz, den ihm seine Schicksalsgefährten, als sie über das Jungfernfeld gingen, gezeigt hatten.

Er drehte den Kopf zurück und sah, daß der Adjutant den Marschall noch nach etwas fragte.

»Jawohl, selbstverständlich!« antwortete Davout; aber was mit dem »Jawohl« gemeint war, das wußte Pierre nicht.

Pierre hatte kein Bewußtsein, wie und wie lange und wohin er ging. In einem Zustand völliger Stumpfheit und Benommenheit, ohne etwas um sich herum zu sehen, bewegte er mit den andern zusammen die Füße, bis alle stillstanden, und stand dann gleichfalls still. Diese ganze Zeit über hatte er nur einen einzigen Gedanken im Kopf: Wer, wer war es denn nun eigentlich, der ihn zum Tod verurteilt hatte? Nicht jene Männer, die ihn in der Kommission verhört hatten; von denen hatte keiner es gewollt und auch augenscheinlich keiner die Berechtigung dazu gehabt. Auch nicht Davout, der ihn so menschlich angeblickt hatte. Noch eine Minute, und Davout hätte eingesehen, daß sie Unrecht taten; aber diese Minute hatte der eintretende Adjutant unterbrochen. Auch dieser Adjutant hatte offenbar nichts Böses beabsichtigt; aber warum war er gerade jetzt hereingekommen? Wer war es also eigentlich, der ihn hinrichtete, tötete, des Lebens beraubte, ihn, Pierre, mit allen seinen Erinnerungen, Bestrebungen, Hoffnungen und Ideen? Wer tat das? Pierre sagte sich, daß es niemand tat.

Es war der Gang der Dinge, das Zusammentreffen der Umstände.

Der Gang der Dinge tötete ihn, ihn, Pierre, und raubte ihm das Leben und alles und vernichtete ihn.

XI

Von dem Hause des Fürsten Schtscherbatow wurden die Gefangenen geradewegs das Jungfernfeld hinuntergeführt, links vom Nowodjewitschi-Kloster, nach einem umzäunten Gemüsegarten, in dem ein Pfahl stand. Hinter dem Pfahl befand sich eine große Grube mit frisch ausgegrabener Erde, und um die Grube und den Pfahl herum stand im Halbkreis eine große Menge Menschen. Diese Menge bestand aus einigen wenigen Russen und einer großen Anzahl napoleonischer Soldaten, die sich außerdienstlich eingefunden hatten: Deutsche, Italiener und Franzosen in mannigfaltigen Uniformen. Rechts und links von dem Pfahl standen in Reih und Glied französische Truppen, in blauen Uniformen, mit roten Epauletten, mit Stiefeletten und Tschakos.

Die Gefangenen wurden in derselben Ordnung aufgestellt, in der sie in der Liste aufgeführt waren (Pierre stand als sechster), und in die Nähe des Pfahles geführt. Plötzlich wurden auf beiden Seiten mehrere Trommeln geschlagen, und Pierre hatte das Gefühl, als ob ihm mit diesem Ton ein Stück seiner Seele weggerissen werde. Er verlor die Fähigkeit, Gedanken und Vorstellungen zu bilden; er konnte nur noch sehen und hören. Und nur einen Wunsch hatte er: daß das Schreckliche, das geschehen mußte, recht bald geschehen mochte. Er sah nach seinen Leidensgefährten hin und betrachtete sie.

Die beiden Männer am Anfang der Reihe waren Zuchthäusler mit rasiertem Kopf, der eine groß und hager, der andere muskulös, mit plattgedrückter Nase und schwarzem, struppigem Bart. Der dritte war ein herrschaftlicher Diener, ungefähr fünfunddreißig Jahre alt, mit ergrauendem Haar und wohlgenährtem, fleischigem Körper. Der vierte war ein Bauer, ein sehr schöner Mann mit breitem, dunkelblondem Bart und schwarzen Augen. Der fünfte war ein Fabrikarbeiter, der einen Kittel trug, ein magerer, etwa achtzehnjähriger Bursche mit gelblichem Teint.

Pierre hörte die Franzosen sich darüber beraten, wie sie die Verurteilten erschießen sollten, ob jedesmal einen oder jedesmal zwei. »Jedesmal zwei«, entschied der oberste Offizier kalt und ruhig. In den Reihen der Soldaten entstand eine Bewegung, und es war zu merken, daß sich alle beeilten; und zwar beeilten sie sich nicht so, wie man sich beeilt, eine allen verständliche Aufgabe auszuführen, sondern so, wie man sich beeilt, eine nicht zu umgehende, aber unangenehme und unbegreifliche Aufgabe zu erledigen.

Ein französischer Beamter mit einer Schärpe trat an den rechten Flügel der in einer Reihe aufgestellten Verbrecher und verlas das Urteil in russischer und in französischer Sprache.

Dann traten zwei Paar Franzosen zu den Verbrechern hin und nahmen auf Befehl des Offiziers die beiden Zuchthäusler, die am Anfang der Reihe standen. Die Zuchthäusler gingen zu dem Pfahl hin, blieben dort stehen und blickten, während die Säcke gebracht wurden, schweigend um sich, so wie ein angeschossenes Wild den herannahenden Jäger anblickt. Der eine bekreuzte sich fortwährend; der andere kratzte sich den Rücken und machte mit den Lippen eine Bewegung, die wie ein Lächeln aussah. Die Soldaten banden ihnen eilig die Augen zu, zogen ihnen die Säcke über den Kopf und banden sie an den Pfahl.

Zwölf Schützen mit Gewehren traten in gleichmäßigem, festem Schritt aus den Reihen heraus und stellten sich acht Schritte von dem Pfahl entfernt auf. Pierre wandte sich ab, um das, was nun kommen sollte, nicht zu sehen. Plötzlich erscholl ein Knattern und Krachen, das ihm lauter als der furchtbarste Donner vorkam, und er sah sich um. Er erblickte eine Rauchwolke und sah, wie die Franzosen mit blassen Gesichtern und zitternden Händen bei der Grube etwas taten. Dann wurden zwei andere hingeführt. Ganz ebenso, mit denselben Augen blickten auch diese beiden bei allen umher und flehten vergeblich nur mit den Blicken schweigend um Schutz; offenbar begriffen sie nicht, was ihnen bevorstand, und glaubten es nicht. Sie konnten es nicht glauben, weil sie allein wußten, welchen Wert das Leben für sie hatte, und daher nicht begriffen und nicht glaubten, daß man es ihnen nehmen könnte.

Pierre wollte es nicht sehen und wandte sich wieder ab; aber wieder schlug ein Schall wie eine furchtbare Explosion an sein Ohr, und gleich nach diesem Schall sah er Rauch und Blut und die blassen, verstörten Gesichter der Franzosen, die wieder bei dem Pfahl irgend etwas vornahmen, wobei sie mit zitternden Händen einander stießen. Schweratmend blickte Pierre um sich, als ob er fragen wollte: »Was bedeutet nur das alles?« Und dieselbe Frage lag auch in all den Blicken, die dem seinigen begegneten.

Auf den Gesichtern aller Russen und aller französischen Soldaten und Offiziere, auf allen Gesichtern ohne Ausnahme las er dieselbe Angst, dasselbe Entsetzen und denselben Kampf, die sein Herz erfüllten. »Aber wer tut denn das nun eigentlich? Sie leiden doch alle darunter ebenso wie ich. Wer tut es denn? Ja, wer?« Diese Frage blitzte eine Sekunde lang in seinem Geist auf.

»Die Schützen vom sechsundachtzigsten Regiment, vortreten!« rief jemand. Es wurde der fünfte, der neben Pierre stand, geholt, er allein. Pierre begriff nicht, daß er gerettet war, daß er und alle übrigen nur hierhergeführt waren, um der Hinrichtung beizuwohnen. Mit immer wachsendem Grauen, ohne etwas von Freude oder Beruhigung zu verspüren, blickte er auf das, was da vorging, hin. Der fünfte war der Fabrikarbeiter im Kittel. Sowie die Soldaten ihn anrührten, sprang er voll Entsetzen zurück und klammerte sich an Pierre. Pierre fuhr zusammen und riß sich von ihm los. Der Fabrikarbeiter war nicht imstande zu gehen. Die Soldaten faßten ihn unter die Arme und schleppten ihn, wobei er etwas Unverständliches schrie. Als sie ihn zum Pfahl hingebracht hatten, verstummte er plötzlich. Er schien auf einmal etwas eingesehen zu haben. Ob er nun eingesehen hatte, daß sein Schreien nutzlos sei, oder ob er einzusehen glaubte, daß diese Menschen doch unmöglich vorhaben könnten, ihn zu töten, jedenfalls stand er am Pfahl, wartete darauf, daß ihm wie den andern die Augen verbunden würden, und blickte wie ein angeschossenes Wild mit glänzenden Augen um sich.

Pierre brachte es diesmal nicht mehr fertig, sich wegzuwenden und die Augen zu schließen. Seine Neugier und seine Aufregung hatten bei diesem fünften Mord den höchsten Grad erreicht, und dasselbe war augenscheinlich bei der ganzen Zuschauermenge der Fall. Ebenso wie die andern schien auch dieser fünfte ruhig: Er schlug die Schöße seines Arbeitskittels übereinander und scheuerte sich mit dem einen nackten Bein am andern.

Als ihm die Augen verbunden wurden, schob er selbst den Knoten am Hinterkopf zurecht, weil er ihn drückte; als man ihn dann gegen den blutigen Pfahl lehnen wollte, ließ er sich gegen ihn zurückfallen, und da ihm diese Stellung unbequem war, verbesserte er sie, stellte die Füße gleichmäßig nebeneinander und lehnte sich ruhig an. Pierre verwandte kein Auge von ihm, so daß ihm auch nicht die kleinste Bewegung entging.

Jedenfalls ertönte jetzt das Kommando, und jedenfalls krachten nach dem Kommando die Schüsse aus acht Gewehren. Aber so sehr sich Pierre nachher auch daran zu erinnern suchte, er hatte nicht den leisesten Ton von den Schüssen vernommen. Er hatte nur gesehen, wie aus irgendeinem Grund der Fabrikarbeiter plötzlich in den Stricken zusammensank, wie sich an zwei Stellen Blut zeigte, wie sich die Stricke unter der Last des in ihnen hängenden Körpers lockerten, wie der Arbeiter in unnatürlicher Weise den Kopf sinken ließ, das eine Bein unterschob und in eine sitzende Stellung zusammenknickte. Pierre lief nach dem Pfahl hin, ohne daß ihn jemand zurückgehalten hätte. Um den Arbeiter waren Menschen mit verstörten, bleichen Gesichtern beschäftigt, etwas zu tun. Einem alten, schnurrbärtigen Franzosen zitterte der Unterkiefer, als er die Stricke losband. Der Körper sank zu Boden. Die Soldaten schleppten ihn unbeholfen und eilig hinter den Pfahl und stießen ihn in die Grube.

Offenbar waren alle, ohne irgendwie daran zu zweifeln, sich dessen bewußt, daß sie Verbrecher waren, die die Spuren ihres Verbrechens so schnell wie möglich beseitigen mußten.

Pierre blickte in die Grube und sah den Fabrikarbeiter darin liegen: Die Knie waren nach oben gebogen, bis nahe an den Kopf heran, die eine Schulter höher hinaufgezogen als die andere. Und diese Schulter hob und senkte sich krampfhaft und gleichmäßig. Aber schon warfen die Spaten Erde in Menge über den ganzen Körper. Einer der Soldaten schrie in einem Ton, in dem sich Zorn, Grimm und Schmerz mischten, Pierre an, er solle zurückgehen. Aber Pierre verstand ihn gar nicht; er blieb an der Grube stehen, und niemand trieb ihn von dort weg.

Als die Grube dann zugeschüttet war, ertönte ein Kommando. Pierre wurde wieder auf seinen Platz geführt; die französischen Truppen, die auf beiden Seiten des Pfahls mit der Front nach diesem hin gestanden hatten, machten eine halbe Schwenkung und begannen in gleichmäßigem Schritt an dem Pfahl vorbeizumarschieren. Die Schützen, die bei der

Exekution geschossen hatten und innerhalb des Kreises standen, begaben sich, während ihre Kompanien an ihnen vorbeimarschierten, im Laufschritt an ihre Plätze.

Gedankenlos blickte Pierre jetzt nach diesen Schützen hin, die paarweise aus dem Kreis herausliefen. Alle außer einem waren wieder in ihre Kompanien eingetreten. Nur ein junger Soldat stand immer noch mit leichenblassem Gesicht der Grube gegenüber auf dem Fleck, von dem aus er geschossen hatte; der Tschako war ihm weit nach hinten gerutscht, das Gewehr hielt er gesenkt. Er taumelte wie ein Betrunkener und machte bald ein paar Schritte vorwärts, bald rückwärts, um seinem Körper, der zu fallen drohte, eine Stütze zu geben. Ein alter Soldat, ein Unteroffizier, lief aus Reih und Glied zu ihm, faßte den jungen Soldaten an der Schulter und zog ihn in die Kompanie herein. Der Haufe der zuschauenden Russen und Franzosen begann sich zu verteilen. Alle gingen schweigend mit gesenkten Köpfen.

»Nun wird ihnen die Lust zu Brandstiftungen schon vergehen!« sagte einer der Franzosen.

Pierre wandte sich nach dem Sprecher um und sah, daß es ein Soldat war, der sich, so gut es ging, über das Geschehene trösten wollte, es aber doch nicht vermochte. Ohne noch etwas hinzuzufügen, machte er eine Handbewegung, als würfe er etwas hinter sich, und ging weiter.

XII

Nach der Exekution wurde Pierre von den andern Inhaftierten abgesondert und allein in einer kleinen verwüsteten und beschmutzten Kirche untergebracht.

Gegen Abend kam ein Unteroffizier von der Wache mit zwei Soldaten in die Kirche und kündigte Pierre an, er sei begnadigt und komme jetzt in die Baracken der Kriegsgefangenen. Ohne zu verstehen, was zu ihm gesagt wurde, stand Pierre auf und ging mit den Soldaten mit. Er wurde nach den Baracken gebracht, die oberhalb des Feldes aus angebrannten Dielen, Balken und Brettern errichtet waren, und in eine derselben hineingeführt. In der fast völligen Dunkelheit umringten ihn etwa zwanzig Menschen. Er sah sie an, ohne zu begreifen, was das für Menschen waren, warum sie da waren und was sie von ihm wollten. Er hörte die Worte, die sie zu ihm sagten; aber er konnte nichts daraus entnehmen und folgern, da er ihren Sinn nicht ordentlich verstand. Er antwortete zwar auf das, wonach er gefragt wurde; aber er machte sich kein Bild von demjenigen, der seine Antwort hörte, und dachte gar nicht daran, wie seine Antwort aufgenommen werden mochte. Er blickte die Gesichter und Gestalten an, und alle erschienen ihm in gleicher Weise unverständlich.

Von dem Augenblick an, wo Pierre diese furchtbaren Mordtaten mit angesehen hatte, die von Menschen ausgeführt wurden, die das gar nicht nach eigenem Willen taten, war gleichsam aus seiner Seele die Triebfeder herausgerissen, die alles zusammenhielt und dem ganzen Leben verlieh, und nun war alles zu einem Haufen wertlosen Gerümpels zusammengefallen. In seinem Innern war, obgleich er sich darüber keine Rechenschaft gab, der Glaube an eine vernünftige Einrichtung der Welt und an die menschliche Seele und an seine eigene Seele und an Gott vernichtet. Diesen Zustand hatte Pierre schon früher durchgemacht, aber nie in solcher Stärke wie jetzt. Wenn ihn früher solche Zweifel befallen hatten, so war die Quelle dieser Zweifel ein eigenes Verschulden seinerseits gewesen. Und Pierre hatte dann in tiefster Seele die Empfindung gehabt, daß er die Möglichkeit einer Rettung aus dieser Verzweiflung und diesen Zweifeln in sich selbst besaß. Aber jetzt fühlte er, daß nicht ein eigenes Verschulden die Ursache davon war, daß die Welt vor seinen Augen zusammengestürzt und nur wertlose Trümmer übriggeblieben waren. Er fühlte, daß es nicht in seiner Macht lag, zum Glauben an das Leben zurückzukehren.

Um ihn herum standen im Dunkeln Menschen; es mußte sie wohl etwas an ihm sehr interessieren. Sie erzählten ihm etwas, fragten ihn nach etwas und führten ihn dann irgendwohin, und er befand sich endlich in einer Ecke der Baracke neben einer Anzahl von Menschen, die herüber und hinüber miteinander redeten und lachten.

»Und nun seht mal, liebe Brüder: derselbe Prinz, welcher ...«, sagte ein Märchenerzähler in der gegenüberliegenden Ecke der Baracke; auf das Wort »welcher« legte er einen ganz besonderen Nachdruck.

Schweigend und ohne sich zu rühren saß Pierre an der Wand auf dem Stroh und hielt die Augen bald geöffnet, bald geschlossen. Aber sowie er die Augen schloß, sah er vor sich das entsetzliche, gerade durch seinen einfältigen Ausdruck besonders entsetzliche Gesicht des Fabrikarbeiters und die in ihrer Unruhe noch entsetzlicheren Gesichter der unfreiwilligen Mörder. Und er öffnete die Augen wieder und blickte gedankenlos in der Dunkelheit um sich.

Neben ihm saß zusammengekrümmt ein kleiner Mensch, dessen Anwesenheit Pierre zuerst an dem starken Schweißgeruch wahrnahm, der von ihm bei jeder Bewegung ausging. Dieser Mensch nahm in der Dunkelheit irgend etwas mit seinen Füßen vor, und obwohl Pierre sein Gesicht nicht sah, hatte er doch das Gefühl, daß dieser Mensch ihn unverwandt anblickte. Genauer in der Dunkelheit hinsehend, erkannte Pierre, daß der Mensch sich das Schuhzeug auszog. Und die Art, in der er das tat, erweckte Pierres Interesse.

Nachdem er die Schnüre abgewickelt hatte, mit denen das eine Bein umwunden war, legte er sie sorgsam zusammen und nahm sogleich das andere Bein in Angriff, hielt aber dabei seinen Blick auf Pierre gerichtet. Während dann die eine Hand jene Schnüre anhängte, war die andere schon dabei, das andere Bein aufzuwickeln. Nachdem der Mann auf diese Weise sorgfältig mit geschickten, zweckmäßigen, ohne Zögern aufeinanderfolgenden Bewegungen sich seines Schuhzeugs entledigt hatte, hängte er es an Pflöcke, die über seinem Kopf an der Wand angebracht waren, holte ein Messerchen hervor, schnitt irgend etwas ab, klappte das Messerchen wieder zusammen und schob es unter das Kopfkissen; dann setzte er sich bequemer hin, umfaßte seine hochgezogenen Knie mit beiden Händen und blickte Pierre gerade an. Pierre hatte ein angenehmes Gefühl der Beruhigung und Befriedigung bei diesen zweckmäßigen Bewegungen, bei dieser wohleingerichteten Wirtschaft in der Ecke, sogar bei dem Geruch dieses Menschen, und sah ihn auch seinerseits mit unverwandten Augen an.

»Sie haben auch wohl schon viel Schlimmes erlebt, gnädiger Herr? Wie?« fragte der kleine Mensch auf einmal.

In dem singenden Ton des Menschen lag so viel schlichte Freundlichkeit, daß Pierre ihm schon antworten wollte; aber der Unterkiefer begann ihm zu zittern, und er fühlte, daß ihm die Tränen kamen. Der kleine Mensch jedoch fuhr gleich in demselben Augenblick, ohne ihm Zeit dazu zu lassen, seine Gemütsbewegung zu zeigen, in demselben angenehmen Ton fort.

»Ei was, mein lieber Falke, laß den Kopf nicht hängen«, sagte er in jener zärtlich singenden, freundlichen Art, in der die alten Frauen in Rußland zu reden pflegen. »Laß den Kopf nicht hängen, lieber Freund; das Leben ist lang, und das Leid währt nur ein Stündchen. Ja gewiß, so ist das, mein Lieber. Und hier, wo wir jetzt sind, geschieht uns ja, Gott sei Dank, nichts Böses. Es gibt auch bei den Franzosen gute und schlechte Menschen.« Während er noch so sprach, bog er sich mit einer geschmeidigen Bewegung nach vorn, so daß er kniete, stand dann auf und ging hüstelnd weg; wohin, konnte Pierre nicht sehen.

»Ei sieh mal, du Schelm, bist du gekommen?« hörte Pierre vom andern Ende der Baracke her dieselbe freundliche Stimme sagen. »Bist du gekommen, du Schelm? Hast du an mich gedacht? Na, na, nun laß nur gut sein!«

Der Soldat wehrte ein Hündchen ab, das an ihm in die Höhe sprang, kehrte zu seinem Platz zurück und setzte sich wieder hin. In der Hand hatte er etwas, was in einen Lappen gewickelt war.

»Hier, essen Sie, gnädiger Herr!« sagte er, indem er wieder zu dem früheren respektvollen Ton zurückkehrte; er schlug den Lappen auseinander und reichte Pierre einige gebratene Kartoffeln hin. »Zum Mittagessen haben wir Suppe gehabt. Aber die Kartoffeln sind ausgezeichnet!«

Pierre hatte den ganzen Tag über noch nichts gegessen, und die Kartoffeln rochen ihm höchst angenehm. Er dankte dem Soldaten und begann zu essen.

»Aber so ißt du?« sagte der Soldat lächelnd und nahm eine von den Kartoffeln. »Sieh mal, so mußt du es machen!«

Er holte das Taschenmesser wieder hervor, zerschnitt die Kartoffel auf seiner flachen Hand in zwei gleiche Teile, bestreute sie mit Salz aus dem Lappen und hielt sie Pierre hin.

»Die Kartoffeln sind ausgezeichnet«, sagte er noch einmal. »Iß sie nur so!«

Es kam Pierre vor, als habe er noch nie ein wohlschmeckenderes Gericht als dieses genossen.

»Nein, mir ist nichts besonders Schlimmes widerfahren«, sagte Pierre. »Aber warum haben sie diese Unglücklichen erschossen …! Der letzte war erst gegen zwanzig Jahre alt.«

»Sst … sst …«, machte der kleine Mensch. »So etwas darf man hier nicht sagen …«, fügte er schnell hinzu, und wie wenn die Worte in seinem Munde immer fertig und bereit wären und ohne sein Zutun herausflatterten, fuhr er fort: »Wie hängt denn das zusammen, gnädiger Herr? Sind Sie so ohne Grund in Moskau geblieben?«

»Ich dachte nicht, daß sie so schnell kommen würden. Ich bin aus Versehen dageblieben«, antwortete Pierre.

»Aber wie haben sie dich denn gefangengenommen, mein lieber Falke? Aus deinem Haus heraus?«

»Nein, ich war gegangen, um mir die Feuersbrunst anzusehen, und da haben sie mich gegriffen und wegen Brandstiftung über mich Gericht gehalten.«

»Menschliches Gericht weiß von Wahrheit nicht«, schaltete der kleine Mensch ein.

»Und du, bist du schon lange hier?« fragte Pierre, während er die letzte Kartoffel kaute.

»Ich? Am vorigen Sonntag nahmen sie mich im Hospital in Moskau gefangen und brachten michhierher.«

»Was bist du denn, Soldat?«

»Ja, vom Apscheroner Regiment. Ich war schwerkrank am Fieber. Kein Mensch hatte uns gesagt, wie es draußen stand. Wir lagen unser zwanzig Mann da. Wir wußten von nichts und ahnten nichts.«

»Sag mal, ist es dir ein Schmerz, hier zu sein?« sagte Pierre.

»Wie sollte es mir nicht ein Schmerz sein, lieber Falke? Ich heiße Platon, mit dem Familiennamen Karatajew«, fügte er hinzu, offenbar in der Absieht, wenn Pierre ihn anreden wollte, es ihm zu erleichtern. »Im Dienst hatten sie mir den Beinamen ›Falke‹ gegeben. Wie sollte es mir nicht ein Schmerz sein, lieber Falke? Moskau, das ist die Mutter aller unserer Städte. Wie sollte es einem nicht ein Schmerz sein, das zu sehen? Aber der Wurm nagt am Kohl und kommt doch selbst früher um als der; so pflegten die alten Leute zu sagen«, fügte er schnell hinzu.

»Wie war das? Was sagtest du da?« fragte Pierre.

»Ich?« erwiderte Karatajew. »Ich sagte: ›Der Mensch denkt, Gott lenkt.‹« Er glaubte wirklich, er habe das gesagt, und wiederholte das Gesagte; dann fuhr er sogleich fort: »Haben Sie auch ein Erbgut, gnädiger Herr? Und ein Haus? Gewiß alles im Überfluß! Und auch eine Frau? Und sind Ihre alten Eltern noch am Leben?« fragte er.

Und obgleich Pierre es in der Dunkelheit nicht sehen konnte, so merkte er doch, daß die Lippen des Soldaten sich bei diesen Fragen zu einem leisen, freundlichen Lächeln verzogen. Und dann war es diesem offenbar ein Schmerz zu hören, daß Pierre keine Eltern und besonders keine Mutter mehr habe.

»Man sagt wohl: mit der Frau in bester Eintracht, mit der Schwiegermutter auf freundlichem Fuß. Alles schön und gut; aber niemand ist doch liebevoller als die eigene Mutter!« sagte er. »Nun, und haben Sie Kinderchen?« fragte er weiter.

Pierres verneinende Antwort betrübte ihn offenbar wieder, und er bemerkte eilig:

»Nun, Sie und Ihre Frau sind ja noch jung; so Gott will, werden Sie schon noch welche bekommen. Nur hübsch einträchtig zusammenleben!«

»Ach, jetzt ist ja doch alles gleich«, sagte Pierre unwillkürlich.

»Ja, ja, mein Bester«, erwiderte Platon, »vor Armut und Gefängnis ist kein Mensch sicher.«

Er setzte sich bequemer zurecht, räusperte sich und schickte sich offenbar zu einer längeren Erzählung an.

»Ja, also, mein lieber Freund, ich wohnte damals noch bei uns zu Hause«, begann er. »Wir hatten ein schönes Erbgut, viel Land, die Bauern leben nicht schlecht, und es war unser eigenes Haus, Gott sei Dank. Mit sechs Mann ging der Vater zum Mähen. Wir hatten ein schönes Leben und hielten uns als rechte Christen. Da begab es sich …«

Und nun erzählte Platon Karatajew eine lange Geschichte, wie er einmal in einen fremden Wald gefahren sei, um Holz zu holen, und wie ihn der Waldaufseher dabei betroffen habe und wie er durchgeprügelt und vor Gericht gestellt und unter die Soldaten gesteckt worden sei.

»Aber siehst du, mein lieber Falke«, fuhr er fort, und zwar in verändertem Ton, da er lächelte, »sie gedachten es böse mit mir zu machen, und es wurde doch gut. Mein Bruder hätte Soldat werden müssen, wenn ich es nicht für meine Sünde geworden wäre. Und mein jüngerer Bruder hatte schon fünf Kinderchen, während ich, siehst du wohl, nur eine Frau zurückließ, als ich Soldat wurde. Wir hatten ein kleines Mädchen gehabt; aber das hatte Gott noch vor meiner Soldatenzeit wieder zu sich genommen. Da kam ich nun einmal nach Hause, auf Urlaub, weißt du. Und da sah ich: Sie lebten noch besser als früher. Der Hof voll Vieh, im Haus die Weiber, zwei Brüder standen auswärts in Arbeit. Nur Michail, der jüngste, war zu Hause. Und da sagte der Vater: ›Mir sind alle meine Kinder gleich lieb; jeder Finger, den man sich abhackt, tut gleich weh. Wenn sie Platon damals nicht zu den Soldaten genommen hätten, dann hätte Michail gehen müssen.‹ Und dann, kannst du das glauben?, rief er uns alle zusammen und stellte uns vor die Heiligenbilder hin. ›Michail‹, sagte er, ›komm her und verneige dich tief vor deinem Bruder, und du, Weib, verneige dich auch, und ihr auch, ihr Enkelkinder. Versteht ihr wohl, warum?‹ sagte er. Ja, ja, so ist das, mein lieber Freund. Das Schicksal sucht sich immer den Richtigen. Aber wir räsonieren beständig: Das ist nicht gut, und das ist nicht recht. Unser Glück, lieber Freund, ist wie ein Zugnetz im Wasser: Wenn man's schleppt, bauscht es sich auf, daß man sich Wunder was für Hoffnungen macht, und zieht man's dann heraus, so ist nichts drin. Ja, so ist das.«

Platon setzte sich auf seinem Stroh anders zurecht.

Nachdem er ein Weilchen geschwiegen hatte, stand er auf.

»Nun, ich denke mir, du möchtest schlafen«, sagte er und begann sich schnell zu bekreuzen, wobei er sprach:

»Herr Jesus Christus, heiliger Nikola, Frola und Lawra! Herr Jesus Christus, heiliger Nikola, Frola und Lawra! Herr Jesus Christus, erbarme dich unser und rette uns!« schloß er, verbeugte sich bis zur Erde, seufzte und setzte sich wieder auf das Stroh. »Ja, so ist das. Gott, laß mich schlafen wie ein Stein und morgen frisch wie 'n Kuchen sein«, sagte er, legte sich hin und zog den Mantel über sich.

»Was hast du denn da für ein Gebet gesprochen?« fragte Pierre.

»Was?« erwiderte Platon, der schon im Begriff war einzuschlafen. »Was ich gesprochen habe? Ich habe gebetet. Betest du denn nicht?«

»Doch, ich bete auch«, antwortete Pierre. »Aber was hast du da gesagt: Frola und Lawra?«

»Aber natürlich!« erwiderte Platon schnell. »Es ist doch ein Pferde-Festtag. Man muß sich auch des Viehes erbarmen … Ei sieh mal, du Schelm, hat er sich da zusammengerollt! Hat sich gewärmt, der Racker!« fuhr er fort, da er den Hund an seinen Füßen fühlte. Darauf drehte er sich wieder um und schlief sofort ein. Draußen ertönte irgendwo in der Ferne Jammern und Schreien, und durch die Ritzen der Baracke konnte man den Feuerschein sehen; aber in der Baracke war es still und dunkel.

Pierre konnte lange Zeit nicht einschlafen, sondern lag mit offenen Augen in der Dunkelheit auf seinem Platz da, horchte auf das gleichmäßige Schnarchen des neben ihm liegenden Platon und fühlte, daß in seiner Seele die vorhin zertrümmerte Welt jetzt in neuer Schönheit auf neuer, unerschütterlicher Grundlage sich wieder erhob.

XIII

In der Baracke, in die Pierre gebracht worden war und in der er dann vier Wochen verlebte, befanden sich als Gefangene drei Offiziere, dreiundzwanzig Gemeine und zwei Beamte.

Sie alle standen, wenn Pierre später an diese Zeit zurückdachte, ihm nur wie in einem Nebel vor Augen; Platon Karatajew jedoch blieb ihm für immer die lebhafteste und teuerste Erinnerung, eine Verkörperung alles Guten, harmonisch Abgestimmten und Tüchtigen, was im Wesen des russischen Volkes liegt. Als Pierre am andern Tag beim Morgengrauen seinen Nachbar erblickte, fand er seinen ersten Eindruck der Tüchtigkeit und Harmonie voll bestätigt. Und zwar trug dazu in eigentümlicher Weise das Vorherrschen der rundlichen Formen in Platons äußerer Erscheinung bei: Seine ganze Figur, in dem mit einem Strick umgürteten französischen Mantel, der Uniformmütze und den Bastschuhen, hatte etwas Rundliches. Sein Kopf war vollkommen rund, der Rücken, die Brust, die Schultern waren rundlich, sogar die Arme, die er immer so hielt, als ob er jeden Augenblick etwas umfassen wollte; auch sein angenehmes Lächeln und seine großen, braunen, zärtlich blickenden Augen waren rundlich.

Platon Karatajew mußte über fünfzig Jahre alt sein, nach seinen Erzählungen von den Feldzügen zu urteilen, die er vor langer Zeit als Soldat mitgemacht hatte. Er selbst wußte nicht, wie alt er war, und vermochte schlechterdings nicht, es genauer anzugeben. Aber seine leuchtend weißen, kräftigen Zähne, die sämtlich als zwei Halbkreise sichtbar wurden, sobald er lachte (was er oft tat), waren noch alle gut und heil; in seinem Bart und auf seinem Kopf fand sich noch kein einziges graues Haar, und sein ganzer Körper machte den Eindruck der Biegsamkeit und ganz besonders der Festigkeit und Ausdauer.

Sein Gesicht trug trotz der kleinen, rundlichen Runzeln das Gepräge der Harmlosigkeit und Jugendlichkeit; seine Stimme war angenehm und hatte etwas Singendes. Die Haupteigentümlichkeit seiner Redeweise aber bestand in einer frischen Natürlichkeit und in den gesunden Gedanken. Offenbar dachte er nie an das, was er gesagt hatte und noch sagen wollte, und daher lag in der Schnelligkeit und Treuherzigkeit, mit der er sprach, eine ganz besondere unwiderstehliche Überzeugungskraft.

Seine physischen Kräfte und seine Gelenkigkeit waren in der ersten Zeit seiner Gefangenschaft so erstaunlich, daß es schien, als wisse er gar nicht, was Müdigkeit und Krankheit seien. An jedem Tag sagte er abends, wenn er sich hinlegte: »Gott, laß mich schlafen wie ein Stein und morgen frisch wie 'n Kuchen sein«; und wenn er morgens aufstand, so zog er immer in gleicher Weise mit den Schultern und sagte: »Legte mich ermüdet nieder, neugestärkt erwach ich wieder, reck und strecke meine Glieder.« Und in der Tat brauchte er sich abends nur hinzulegen, um sofort wie ein Stein zu schlafen, und morgens sich nur ein wenig zu recken, um sogleich, ohne eine Sekunde Zeitverlust, sich an irgendeine Arbeit machen zu können, wie Kinder sofort nach dem Aufstehen ihr Spielzeug zur Hand nehmen. Er verstand alles zu machen, zwar nicht sehr gut, aber auch nicht schlecht. Er buk, kochte, nähte, hobelte und flickte Stiefel. Er war immer beschäftigt, und nur am späten Abend gestattete er es sich, Gespräche zu führen, was er sehr liebte, und Lieder zu singen. Er sang seine Lieder nicht so, wie es Sänger tun, die wissen, daß man ihnen zuhört; sondern er sang, wie die Vögel singen, offenbar, weil es ihm ebensosehr Bedürfnis war, diese Töne ausströmen zu lassen, wie man manchmal das Bedürfnis verspürt, sich zu recken oder umherzugehen. Und diese Töne waren stets von einer beinahe weiblichen Feinheit und Zartheit und hatten etwas Wehmütiges, und sein Gesicht nahm dabei immer einen sehr ernsten Ausdruck an.

Seitdem er in Gefangenschaft geraten war und sich wieder den Bart wachsen ließ, hatte er offenbar alles Fremde, Soldatische, das ihm angelernt worden war, wieder von sich geworfen und war unvermerkt zu seinem früheren ländlichen, bäuerlichen Wesen zurückgekehrt.

»Wenn der Soldat auf Urlaub nach Haus kommt, trägt er das Hemd wieder über den Hosen«, sagte er.

Von seiner Soldatenzeit sprach er nicht gern, obwohl er sich nicht beklagte und oft hervorhob, daß er in seiner ganzen Dienstzeit kein einziges Mal körperlich bestraft worden sei. Wenn er erzählte, so trug er vorzugsweise seine alten und ihm augenscheinlich besonders teuren Erinnerungen aus seinem Bauernleben vor. Die sprichwörtlichen Redensarten, mit denen er seine Rede ausstaffierte, waren nicht jene größtenteils unanständigen, kecken Wendungen, deren sich die Soldaten gern bedienen, sondern es waren dies Aussprüche, wie sie im Volk umgehen, Aussprüche, die, außer allem Zusammenhang betrachtet, recht unbedeutend erscheinen, aber plötzlich den Wert einer tiefen Weisheit bekommen, wenn sie an der richtigen Stelle angeführt werden.

Nicht selten sagte er etwas, das dem, was er vorher gesagt hatte, völlig entgegengesetzt war, und doch war das eine sowohl wie das andere richtig. Er sprach gern und sprach gut und schmückte seine Rede mit Koseworten und Sinnsprüchen, die er, wie Pierre meinte, sich selbst ersann; aber der Hauptreiz seiner Erzählungen lag darin, daß bei seiner Darstellung die einfachsten Ereignisse, manchmal dieselben Ereignisse, die auch Pierre, ohne sie weiter zu beachten, mitangesehen hatte, den Charakter einer würdevollen Schönheit erhielten. Gern hörte er zu, wenn einer der Soldaten abends Märchen erzählte (es waren immer ein und dieselben); aber am liebsten hörte er Erzählungen aus dem wirklichen Leben. Wenn er solche Erzählungen anhörte, lächelte er fröhlich, schaltete Bemerkungen ein und stellte Fragen, mit denen er darauf abzielte, sich die Schönheit dessen, was erzählt wurde, recht klarzumachen. Neigungen, Freundschaft und Liebe in dem Sinne, wie Pierre diese Empfindungen auffaßte, kannte Karatajew gar nicht; aber er liebte alles, womit ihn das Leben zusammenführte, und benahm sich liebevoll gegen alles, besonders gegen die Menschen, nicht gegen irgendwelche bestimmten Menschen, sondern gegen diejenigen Menschen, die er gerade vor sich hatte. Er liebte seinen Hund, er liebte seine Kameraden und die Franzosen, er liebte Pierre, der sein nächster Nachbar war; aber Pierre fühlte, daß Karatajew trotz all seiner freundlichen Zärtlichkeit gegen ihn (durch die er unwillkürlich dem höheren geistigen Leben Pierres den schuldigen Tribut abstattete) sich auch nicht einen Augenblick über die Trennung von ihm grämen würde. Und Pierre begann Karatajew gegenüber dasselbe Gefühl zu hegen.

Platon Karatajew war für alle übrigen Gefangenen ein ganz gewöhnlicher Soldat; sie nannten ihn »Falke« oder Plaroscha, foppten ihn gutmütig und schickten ihn zu Besorgungen aus. Aber für Pierre blieb er allezeit das, als was er ihm am ersten Abend erschienen war: die ideale, harmonisch abgerundete, ewige Verkörperung des Geistes der Einfalt und Wahrheit.

Platon Karatajew wußte nichts auswendig als sein Gebet. Wenn er seine Reden führte, so schien er am Anfang derselben nicht zu wissen, was er am Schluß sagen werde.

Wenn Pierre manchmal, überrascht durch den Inhalt seiner Rede, ihn bat, das Gesagte zu wiederholen, so war Platon nicht imstande, sich an das zu erinnern, was er einen Augenblick vorher gesagt hatte, ebensowenig wie er es vermochte, Pierre aus seinem Lieblingslied einzelne Stellen zu rezitieren. In diesem Lied kam vor: »Heimat« und »Birkenwäldchen« und »mir ist weh«; aber wenn er nur solche Worte anführen sollte, so kam nichts Vernünftiges heraus. Er verstand die Bedeutung der Worte nicht, sobald sie aus dem Zusammenhang herausgerissen waren, und konnte sie auch nicht verstehen. Jedes seiner Worte und jede seiner Handlungen war das Produkt einer ihm unbekannten wirkenden Kraft, und diese Kraft war sein Leben. Sein Leben aber hatte (und das war seine eigene Anschauung) als Sonderleben keinen Sinn und Wert. Sinn und Wert hatte es nur als Teil eines Ganzen, jenes Ganzen, das er beständig als solches fühlte. Seine Worte und Handlungen entströmten seinem innern Wesen ebenso gleichmäßig, notwendig und selbsttätig, wie der Duft sich von einer Blume loslöst. Er konnte weder den Wert noch die Bedeutung einer Handlung oder eines Wortes begreifen, wenn man sie aus ihrem Zusammenhang herausnahm.

XIV

Sobald Prinzessin Marja von Nikolai die Nachricht erhalten hatte, daß ihr Bruder sich mit Rostows in Jaroslawl befinde, beschloß sie sofort, trotz alles Abredens von seiten der Tante, hinzufahren, und sogar mit ihrem Neffen. Ob dies schwer oder leicht, möglich oder unmöglich war, danach fragte sie nicht und wollte es gar nicht wissen: Sie sagte sich, es sei ihre Pflicht, nicht nur selbst bei ihrem vielleicht sterbenden Bruder zu sein, sondern auch alles mögliche zu tun, um ihm seinen Sohn zuzuführen; und so traf sie denn die nötigen Vorbereitungen. Wenn Fürst Andrei ihr nicht selbst eine Nachricht hatte zugehen lassen, so erklärte Prinzessin Marja sich dies damit, daß er wohl zu schwach sei, um zu schreiben, oder damit, daß er vielleicht meine, diese lange Reise sei für sie und seinen Sohn zu beschwerlich und zu gefährlich.

Nach Verlauf einiger Tage machte sich Prinzessin Marja auf den Weg. Ihre Beförderungsmittel bestanden aus der gewaltigen fürstlichen Kutsche, in welcher sie nach Woronesch gefahren war, einer Britschke und einem Bagagewagen. Mit ihr fuhren Mademoiselle Bourienne, Nikolenka mit seinem Erzieher, die alte Kinderfrau, drei Dienstmädchen, Tichon, ein junger Lakai und ein Heiduck, den ihr die Tante mitgegeben hatte.

Auf dem gewöhnlichen Weg über Moskau zu fahren, daran war gar nicht zu denken, und so mußte denn Prinzessin Marja den sehr langen

Umweg über Lipezk, Rjasan, Wladimir und Schuja einschlagen, und dieser Weg war, weil es überall an Postpferden mangelte, sehr schwierig und in der Gegend von Rjasan, wo sich (wie es hieß) Franzosen gezeigt hatten, sogar gefährlich.

Während dieser schwierigen Reise waren Mademoiselle Bourienne, Dessalles und die Dienerschaft erstaunt über die Energie und seelische Festigkeit der Prinzessin Marja. Sie legte sich später als alle andern schlafen, stand früher als alle andern auf, und keinerlei Schwierigkeiten vermochten sie aufzuhalten. Dank ihrer Tatkraft und Energie, die auch auf ihre Gefährten anregend wirkte, näherten sie sich gegen Ende der zweiten Woche Jaroslawl.

In der letzten Zeit ihres Aufenthalts in Woronesch hatte Prinzessin Marja das schönste Glücksgefühl ihres Lebens empfunden. Ihre Liebe zu Rostow quälte und beunruhigte sie nicht mehr. Diese Liebe erfüllte ihre ganze Seele und war ein untrennbarer Teil ihres eigenen Selbst geworden, und sie kämpfte nicht mehr gegen diese Liebe an. In der letzten Zeit hatte Prinzessin Marja, obgleich sie es sich nie mit klaren, bestimmten Worten sagte, die Überzeugung gewonnen, daß sie geliebt wurde und liebte. Davon hatte sie sich bei ihrer letzten Begegnung mit Nikolai überzeugt, als dieser zu ihr gekommen war, um ihr mitzuteilen, daß ihr Bruder bei Rostows sei. Nikolai hatte mit keinem Wort darauf hingedeutet, daß jetzt (im Fall der Genesung des Fürsten Andrei) die früheren Beziehungen zwischen diesem und Natascha vielleicht wiederhergestellt werden würden; aber Prinzessin Marja hatte an seinem Gesicht gesehen, daß er dies dachte und glaubte. Und trotzdem war sein rücksichtsvolles, zartes, liebenswürdiges Benehmen ihr gegenüber unverändert geblieben; ja noch mehr: er schien sich sogar darüber zu freuen, daß nun das Verwandtschaftsverhältnis, in das er mit Prinzessin Marja treten werde, ihm erlaubte, seiner freundschaftlichen Liebe zu ihr (wie Prinzessin Marja manchmal dachte) einen freieren Ausdruck zu geben. Prinzessin Marja wußte, daß sie zum ersten- und letztenmal in ihrem Leben liebte, und war überzeugt, daß sie geliebt wurde, und fühlte sich glücklich und ruhig in diesem wechselseitigen Verhältnis.

Aber dieses Glück der einen Seite ihres Seelenlebens hinderte sie nicht, den Kummer um ihren Bruder in seiner vollen Gewalt zu empfinden; ja im Gegenteil, die geistige Ruhe, die sie nach dieser einen Richtung hin empfand, ermöglichte es ihr noch mehr, sich völlig ihrem Gefühl für ihren Bruder hinzugeben. Dieses Gefühl war im Augenblick ihrer Abreise von Woronesch so stark, daß ihre Reisegenossen beim Anblick ihres abgematteten, verzweifelten Gesichts überzeugt waren, sie werde sicher unterwegs krank werden; aber gerade die Schwierigkeiten und Sorgen der

Reise, denen sich Prinzessin Marja mit solcher Energie widmete, retteten sie für einige Zeit vor ihrem Kummer und verliehen ihr Kraft.

Wie das während einer Reise immer so zu gehen pflegt, dachte Prinzessin Marja nur an die Reise selbst und vergaß darüber den Zweck der Reise. Aber als sie sich Jaroslawl näherten und sich ihr wieder der Gedanke an das aufdrängte, was ihr möglicherweise bevorstand, und nicht erst in einigen Tagen, sondern am Abend dieses selben Tages, da stieg die Aufregung der Prinzessin Marja auf den höchsten Grad. Der Heiduck war vorausgeschickt worden, um in Jaroslawl Erkundigungen einzuziehen, wo Rostows Quartier genommen hätten und in welchem Zustand sich Fürst Andrei befinde; und als er nun am Schlagbaum die große einfahrende Kutsche empfing, da erschrak er beim Anblick des entsetzlich blassen Gesichtes der Prinzessin, die sich aus dem Wagenfenster zu ihm hinauslehnte.

»Ich habe alles in Erfahrung gebracht, Euer Durchlaucht: Rostows wohnen am Markt, im Haus des Kaufmanns Bronnikow. Es ist nicht weit von hier, ganz dicht an der Wolga«, sagte der Heiduck.

Prinzessin Marja blickte ängstlich fragend nach seinem Gesicht und begriff nicht, warum er nicht auf die Hauptfrage antwortete: wie es ihrem Bruder gehe. Mademoiselle Bourienne stellte diese Frage für die Prinzessin.

»Was macht der Fürst?« fragte sie.

»Seine Durchlaucht wohnen mit ihnen in demselben Haus.«

»Also ist er doch am Leben«, dachte die Prinzessin und fragte leise: »Und wie geht es ihm?«

»Die Leute sagen: Er befindet sich immer noch in demselben Zustand.«

Was das bedeutete: »immer noch in demselben Zustand«, danach wollte die Prinzessin nicht fragen; sie warf nur einen kurzen, unauffälligen Blick nach dem siebenjährigen Nikolenka hin, der vor ihr saß und sich über die fremde Stadt freute; dann ließ sie den Kopf sinken und hob ihn nicht eher wieder in die Höhe, als bis die schwere Kutsche polternd, schütternd und schaukelnd noch eine Strecke weitergefahren war und dann hielt. Rasselnd wurde der Wagentritt heruntergeschlagen.

Der Wagenschlag wurde geöffnet. Links war Wasser, ein großer Fluß, rechts eine Haustür mit Stufen davor; auf den Stufen standen Leute von der Dienerschaft und ein rotwangiges junges Mädchen mit einem großen schwarzen Zopf, das, wie es der Prinzessin Marja vorkam, in einer unangenehm gezwungenen Manier lächelte (es war Sonja). Die Prinzessin lief im Haus die Treppe hinauf, das junge Mädchen mit dem gezwungenen Lächeln sagte: »Hier, hier!«, und die Prinzessin befand sich im Vorzimmer einer alten Dame vom orientalischen Typus gegenüber, die ihr mit einem gerührten Gesichtsausdruck schnell entgegenkam. Es war die alte Gräfin. Sie umarmte Prinzessin Marja und küßte sie.

»Mein liebes Kind!« sagte sie. »Ich kenne und liebe Sie schon lange.«

Trotz all ihrer Aufregung merkte Prinzessin Marja doch, daß dies die Gräfin war, und fühlte, daß sie ihr etwas erwidern mußte. Ohne selbst zu wissen, wie sie es fertigbrachte, sagte sie zu ihr einige höfliche französische Worte in demselben Ton, in dem sie angeredet worden war, und fragte dann: »Wie geht es ihm?«

»Der Arzt sagt, es sei keine Gefahr vorhanden«, antwortete die Gräfin; aber während sie das sagte, richtete sie gleichzeitig die Augen nach oben, und in dieser Gebärde lag ein Ausdruck, der ihren Worten widersprach.

»Wo ist er? Kann ich ihn sehen? Ja?« fragte die Prinzessin.

»Sogleich, Prinzessin, sogleich, meine Liebe! Und das ist sein Sohn?« sagte die Gräfin, sich zu Nikolenka wendend, der soeben mit Dessalles eintrat. »Wir haben hier alle Platz; das Haus ist geräumig. Ach, was für ein allerliebster Knabe!«

Die Gräfin führte die Prinzessin in den Salon. Sonja war in einem Gespräch mit Mademoiselle Bourienne begriffen. Die Gräfin liebkoste den Knaben. Der alte Graf trat ins Zimmer und begrüßte die Prinzessin. Der alte Graf hatte sich außerordentlich verändert, seit die Prinzessin ihn zum letztenmal gesehen hatte. Damals war er ein frischer, heiterer, selbstbewußter alter Herr gewesen; jetzt machte er den Eindruck eines bemitleidenswerten, innerlich gebrochenen Menschen. Während er mit der Prinzessin sprach, blickte er beständig um sich, wie wenn er alle fragen wollte, ob er sich auch richtig benehme. Nach der Zerstörung Moskaus und dem Verlust seines Vermögens hatte er, aus seinem gewohnten Geleis herausgeworfen, offenbar das Bewußtsein seiner Position verloren und fühlte, daß er keine rechte Stelle mehr im Leben hatte.

Trotzdem Prinzessin Marja nur den einen Wunsch hatte, recht schnell ihren Bruder zu sehen, und es als peinlich empfand, daß Rostows in einem solchen Augenblick mit ihr ein Gespräch führten und heuchlerischerweise ihren Neffen lobten, bemerkte sie doch alles, was um sie herum geschah, und fühlte die Notwendigkeit, sich zunächst der neuen Ordnung des Hauses, in das sie eingetreten war, zu fügen. Sie wußte, daß all dies nun einmal nicht zu umgehen war, und es war ihr lästig; aber sie zürnte den Rostows deswegen nicht.

»Dies ist meine Nichte«, sagte der Graf, indem er Sonja vorstellte. »Sie kennen sie wohl noch nicht, Prinzessin?«

Die Prinzessin wandte sich zu ihr, suchte das feindliche Gefühl, das in ihrem Herzen gegen dieses Mädchen aufstieg, zu unterdrücken und küßte sie. Aber sie fühlte sich beklommen, weil die Stimmung all der Menschen, die sie umgaben, so sehr weit von den Empfindungen ablag, die ihre eigene Seele erfüllten.

»Wo ist er?« fragte sie noch einmal, sich an alle zugleich wendend.

»Er ist unten; Natascha ist bei ihm«, antwortete Sonja und errötete dabei. »Es ist schon jemand hingeschickt, um zu fragen, ob Sie zu ihm können. Aber ich meine, Sie werden müde sein von der Reise, Prinzessin?«

Der Prinzessin traten vor Verdruß die Tränen in die Augen. Sie wandte sich ab und wollte eben die Gräfin wieder fragen, wo es zu ihm hinginge, als in der Tür leichte, eilige, sozusagen fröhliche Schritte sich hören ließen. Die Prinzessin sah sich um und erblickte Natascha, die beinahe laufend hereinkam, jene Natascha, die ihr bei der nun schon weit zurückliegenden Begegnung in Moskau so wenig gefallen hatte.

Aber sowie die Prinzessin dieser Natascha ins Gesicht blickte, erkannte sie auch, daß dies eine aufrichtige Teilnehmerin an ihrem Kummer und darum ihre Freundin war. Sie eilte ihr entgegen, umarmte sie und weinte an ihrer Schulter.

Natascha hatte beim Fürsten Andrei am Kopfende seines Lagers gesessen, war, sobald sie von der Ankunft der Prinzessin Marja gehört hatte, leise mit jenen schnellen und, wie es der Prinzessin Marja vorkam, gewissermaßen fröhlichen Schritten aus seinem Zimmer gegangen und zu ihr geeilt.

Als sie ins Zimmer hereingelaufen kam, trug ihr aufgeregtes Gesicht nur *einen* Ausdruck, den Ausdruck der Liebe, der grenzenlosen Liebe zu ihm, zu der Prinzessin Marja, zu jedem, der dem geliebten Mann nahestand, den Ausdruck des Schmerzes und der Teilnahme für andere und des leidenschaftlichen Wunsches, sich selbst aufzuopfern, um ihnen zu helfen. Es war offensichtlich, daß Natascha in diesem Augenblick keinen Gedanken an sich und an ihr Verhältnis zu ihm in ihrer Seele hatte.

Die feinfühlige Prinzessin hatte dies alles beim ersten Blick in Nataschas Gesicht erkannt und weinte nun mit schmerzlichem Genuß an ihrer Schulter.

»Kommen Sie, Marja, wir wollen zu ihm hingehen«, sagte Natascha und führte sie in ein anderes Zimmer.

Prinzessin Marja hob ihr Gesicht in die Höhe, trocknete sich die Augen und wandte sich zu Natascha. Sie fühlte, daß sie von dieser alles erfahren und so alles verstehen werde.

»Wie …«, begann sie ihre Frage, hielt aber plötzlich inne.

Sie sagte sich, daß hier nicht mit Worten gefragt und geantwortet werden könne, sondern Nataschas Gesicht und Augen alles deutlicher und mit mehr Empfindung sagen würden.

Natascha sah sie an, schien aber in Angst und Zweifel zu sein, ob sie ihr alles, was sie wußte, sagen sollte oder nicht; sie hatte die Empfindung, als könne sie diesen leuchtenden Augen gegenüber, die bis in den tiefsten Grund des Herzens drangen, nicht umhin, die ganze Wahrheit, sowie sie sie kannte, auszusprechen. Nataschas Lippen fingen auf einmal an zu zucken, häßliche Falten bildeten sich um ihren Mund, und aufschluchzend verbarg sie ihr Gesicht in den Händen.

Prinzessin Marja verstand das alles.

Aber sie hoffte doch immer noch und fragte mit Worten, an die sie selbst nicht glaubte: »Aber wie steht es mit seiner Wunde? Und in welchem Zustand befindet er sich überhaupt?«

»Sie … Sie werden es sehen«, antwortete Natascha, außerstande, noch etwas hinzuzufügen.

Sie saßen beide eine Zeitlang unten in einem Zimmer neben dem Krankenzimmer, um mit dem Weinen aufzuhören und dann mit ruhigen Gesichtern zu ihm hineinzugehen.

»Welchen Gang hat denn die Krankheit genommen? Ist es schon länger her, daß es mit ihm so schlecht steht? Wann ist *das* eingetreten?« fragte Prinzessin Marja.

Natascha erzählte, in der ersten Zeit habe infolge des fieberhaften, leidenden Zustandes Gefahr bestanden; aber im Troiza-Kloster sei dies vorübergegangen, und der Arzt habe nur noch vor dem Eintreten des kalten Brandes Besorgnis gehabt. Aber auch diese Gefahr sei geschwunden. Als sie nach Jaroslawl gekommen wären, habe die Wunde zu eitern begonnen (Natascha wußte mit Eiterung und dergleichen sehr gut Bescheid), und der Arzt habe gesagt, die Eiterung werde wohl einen normalen Verlauf nehmen. Dann habe sich Fieber eingestellt. Der Arzt habe gesagt, dieses Fieber sei nicht besonders gefährlich.

»Aber vor zwei Tagen«, berichtete Natascha weiter, »trat auf einmal *das* ein …« (Sie hielt mit Anstrengung das Schluchzen zurück.) »Ich weiß nicht, woher es gekommen ist; aber Sie werden sehen, in welchen Zustand er geraten ist.«

»Ist er schwach geworden? Abgemagert?« fragte die Prinzessin.

»Nein, das nicht, aber schlimmer. Sie werden ja sehen. Ach, Marja, er ist zu gut, zu gut; er kann nicht, kann nicht am Leben bleiben, weil …«

XV

Als Natascha mit einem geschickten, ihr bereits geläufig gewordenen Griff die Tür zum Zimmer des Fürsten Andrei öffnete und die Prinzessin vor sich eintreten ließ, da fühlte Prinzessin Marja schon, wie ihr das Schluchzen in die Kehle steigen wollte. Soviel sie sich auch vorbereitet und sich zu beruhigen versucht hatte, so war sie doch überzeugt, daß sie nicht imstande sein werde, bei dem Wiedersehen mit ihm die Tränen zurückzuhalten.

Prinzessin Marja glaubte verstanden zu haben, was Natascha mit den Worten: »Vor zwei Tagen trat auf einmal *das* ein«, hatte sagen wollen. Sie meinte, daß dies bedeuten sollte, er sei auf einmal weich geworden, und diese Weichheit und Rührung sei ein Anzeichen des nahen Todes. Als sie sich der Tür näherte, hatte sie schon im Geist Andreis Gesicht vor sich zu sehen geglaubt, so wie sie es in der Kindheit gekannt hatte, zärtlich, sanft, voll Rührung, wie sie es aber in späterer Zeit nur selten an ihm gesehen hatte, wo es dann eben deshalb immer besonders stark auf sie gewirkt hatte. Sie war überzeugt gewesen, daß er leise, zärtliche Worte zu ihr sprechen werde, so wie es der Vater vor seinem Tod getan hatte, und daß sie das nicht werde ertragen können, sondern an seinem Lager in Schluchzen ausbrechen werde. Aber ob früher oder später, es mußte sein, und sie trat ins Zimmer. Das Schluchzen rückte ihr immer näher an die Kehle, während sie mit ihren kurzsichtigen Augen immer deutlicher seine Gestalt unterschied und seine Züge zu erkennen suchte; und da sah sie auf einmal sein Gesicht, und ihre Blicke trafen einander.

Er lag auf einem Sofa, von Kissen umgeben, in einem mit Eichhornpelz gefütterten Schlafrock. Er war mager und blaß. In der einen seiner mageren, durchsichtig weißen Hände hielt er ein Taschentuch, mit der anderen berührte er, leise die Finger bewegend, den schmalen Schnurrbart, der ihm jetzt ohne Pflege lang gewachsen war. Seine Augen blickten nach den Eintretenden hin.

Als Prinzessin Marja sein Gesicht sah und ihre Blicke einander begegneten, mäßigte sie die Schnelligkeit ihres Ganges und fühlte, daß ihre Tränen auf einmal versiegten und ihr Schluchzen abbrach. Nachdem sie den Ausdruck seines Gesichtes und Blickes erfaßt hatte, wurde sie auf einmal befangen und fühlte sich schuldig.

»Aber inwiefern habe ich mich denn schuldig gemacht?« fragte sie sich.

»Deine Schuld besteht darin, daß du lebst und an einen Lebenden denkst, während ich ...«, antwortete sein kalter, strenger Blick. In diesem tiefen Blick, mit welchem Fürst Andrei nicht aus sich heraus, sondern in sich hinein sah, lag beinahe etwas Feindseliges, als Fürst Andrei ihn langsam auf seine Schwester und auf Natascha richtete.

Die Geschwister küßten sich, indem sie einander zugleich die Hand drückten, wie sie das zu tun pflegten.

»Guten Abend, Marja, wie kommst du denn hierher?« sagte er mit einer Stimme, die so gleichmütig und fremdartig war wie sein Blick.

Hätte er voller Verzweiflung geschrien und gewinselt, so wäre Prinzessin Marja darüber weniger erschrocken gewesen als über den Klang dieser Stimme.

»Und auch Nikolenka hast du mitgebracht?« fuhr er ebenso gleichmütig und langsam fort; es kostete ihn augenscheinlich eine Anstrengung, sich zu erinnern.

»Wie steht es denn jetzt mit deinem Befinden?« fragte Prinzessin Marja; sie war selbst erstaunt darüber, daß sie redete.

»Danach mußt du den Arzt fragen, meine Liebe«, erwiderte er. Dann machte er offenbar wieder eine neue Anstrengung, um freundlich zu sein, und sagte auf französisch, nur mit dem Mund (es war klar, daß er das, was er sagte, überhaupt nicht dachte):

»Ich danke dir, meine Liebe, daß du hergekommen bist.«

Prinzessin Marja drückte ihm die Hand. Er runzelte bei ihrem Händedruck leise die Stirn. Er schwieg, und sie wußte nicht, was sie sagen sollte. Sie verstand nun, was mit ihm vor zwei Tagen geschehen war. In seinen Worten, in seinem Ton und namentlich in diesem Blick, diesem kalten, beinahe feindseligen Blick, machte sich eine bei einem noch lebenden Menschen entsetzliche Abkehr von allem Irdischen fühlbar. Alles, was mit dem Leben zusammenhing, verstand er offenbar nur mit Mühe; aber dabei merkte man, daß ihm das Verständnis hierfür nicht deshalb mangelte, weil er der Fähigkeit zu verstehen beraubt gewesen wäre, sondern weil er etwas anderes verstand, etwas, was die Lebenden nicht verstanden und nicht verstehen konnten und was ihn jetzt vollständig in Anspruch nahm.

»Ja, sieh, wie seltsam uns das Schicksal wieder zusammengeführt hat!« sagte er, das Stillschweigen unterbrechend, und wies dabei auf Natascha. »Sie pflegt mich immer.«

Prinzessin Marja hörte ihn, hatte aber kein Verständnis für das, was er sagte. Er, der zartfühlende, rücksichtsvolle Fürst Andrei, wie konnte er das in Gegenwart des Mädchens, das er liebte und das ihn liebte, sagen! Wenn er dächte, daß er am Leben bleiben werde, so hätte er das nicht in einem solchen kalten, kränkenden Ton gesagt. Wenn er nicht den Tod mit Sicherheit vor Augen sähe, so hätte er doch Mitleid mit ihr haben müssen und hätte das nicht in ihrer Gegenwart gesagt. Für sein Verhalten gab es nur eine Erklärung: daß ihm alles dies gleichgültig war, gleichgültig deswegen, weil sich ihm etwas anderes, Höheres erschlossen hatte.

Das Gespräch war kühl und unzusammenhängend und kam alle Augenblicke ins Stocken.

»Marja ist über Rjasan gefahren«, sagte Natascha.

Fürst Andrei beachtete es nicht, daß sie seine Schwester mit dem Vornamen nannte. Natascha aber, die es in seiner Gegenwart zum erstenmal getan hatte, wurde sich dessen bewußt.

»Nun, was ist dabei?« sagte er.

»Es war ihr erzählt worden, daß ganz Moskau niedergebrannt sei, vollständig eingeäschert, und dass … Natascha hielt inne: Sie durfte nicht weiterreden; er machte offenbar alle Anstrengungen, um zuzuhören, brachte es aber nicht zustande.

»Ja, es ist niedergebrannt, wie man sagt«, erwiderte er. »Das ist sehr traurig.« Er blickte vor sich hin und strich gedankenlos mit den Fingern seinen Schnurrbart zurecht.

»Und du, Marja, bist mit dem Grafen Nikolai zusammengetroffen?« sagte er auf einmal, sichtlich mit dem Wunsch, den beiden etwas Angenehmes zu sagen. »Er hat hierher geschrieben, er habe dich sehr liebgewonnen«, fuhr er in ruhigem, harmlosem Ton fort, offenbar unfähig, die Bedeutung, welche seine Worte für Lebende hatten, in ihrem ganzen Umfang zu ermessen. »Wenn du ihn ebenfalls liebgewännest, so wäre es sehr gut; dann solltet ihr euch heiraten«, fügte er etwas schneller hinzu, als wenn er nach diesen Worten lange gesucht hätte und sich nun freute, sie endlich gefunden zu haben.

Prinzessin Marja hörte seine Worte; aber sie hatten für sie keine andere Bedeutung, als daß sie ihr bewiesen, wie furchtbar fern er jetzt allem stand, was mit dem Leben zusammenhing.

»Wozu sollen wir von mir sprechen!« erwiderte sie ruhig und blickte zu Natascha hin.

Natascha fühlte ihren Blick auf sich gerichtet, sah sie aber nicht an. Wieder schwiegen sie alle.

»Andrei, willst …«, sagte Prinzessin Marja auf einmal mit bebender Stimme, »willst du Nikolenka sehen? Er hat die ganze Zeit her von dir gesprochen.«

Fürst Andrei lächelte zum erstenmal ganz leise; aber Prinzessin Marja, die sein Gesicht so gut kannte, merkte zu ihrem Schrecken, daß dies nicht ein Lächeln der Freude, der Zärtlichkeit für seinen Sohn war, sondern ein Lächeln stillen, milden Spottes darüber, daß Prinzessin Marja das ihrer Meinung nach letzte Mittel anwandte, um ihn aus seiner Teilnahmslosigkeit aufzurütteln.

»Ja, ich werde mich sehr freuen, ihn zu sehen. Ist er gesund?«

*

Nikolenka sah, als man ihn zu seinem Vater brachte, diesen erschrocke an, weinte aber nicht, weil keiner der andern weinte. Fürst Andrei küßte ihn und wußte augenscheinlich nicht, was er mit ihm reden sollte.

Als Nikolenka wieder hinausgeführt war, trat Prinzessin Marja noch einmal zu ihrem Bruder heran, küßte ihn und brach, da sie sich nicht mehr beherrschen konnte, in Tränen aus.

Er blickte sie starr an.

»Weinst du um Nikolenka?« fragte er.

Unter Tränen nickte Prinzessin Marja bestätigend mit dem Kopf.

»Marja, du kennst doch das Evang...« Aber er brach plötzlich ab.

»Was sagst du?«

»Nichts, nichts. Zum Weinen ist hier kein Anlaß«, sagte er, indem er sie mit demselben kalten Blick ansah.

*

Als Prinzessin Marja in Tränen ausgebrochen war, hatte er recht wohl verstanden, daß ihre Tränen dem Knaben galten, der als Waise zurückbleiben werde. Sich Gewalt antuend hatte er versucht, zu den Interessen des Lebens zurückzukehren und sich auf den Standpunkt der beiden Mädchen zu versetzen.

»Ja, ihnen muß das traurig vorkommen«, hatte er gedacht. »Und wie einfach ist es doch!«

»Die Vögel unter dem Himmel säen nicht und ernten nicht; aber euer Vater nähret sie doch«, hatte er zu sich selbst gesagt und dasselbe auch zur Prinzessin sagen wollen. »Aber nein«, hatte er dann gedacht, »sie würden es auf ihre Art verstehen, sie würden es nicht verstehen! Das können sie nicht verstehen, daß alle diese Gefühle, auf die sie einen solchen Wert legen, alle diese unsere Gedanken, die uns so wichtig scheinen, hohl und nichtig sind. Wir können einander nicht verstehen!« Und so hatte er geschwiegen.

*

Der kleine Sohn des Fürsten Andrei war jetzt sieben Jahre alt; er konnte kaum lesen und wußte überhaupt noch nichts. Nach diesem Tag machte er in seinem Leben gar vieles durch, erwarb Kenntnisse, Beobachtungsfähigkeit und Erfahrung. Aber wenn er damals schon alle diese nachher erworbenen Fähigkeiten besessen hätte, so hätte er doch die ganze Bedeutung der Szene, die er zwischen seinem Vater, der Prinzessin Marja und Natascha sich abspielen sah, nicht besser und tiefer verstehen können, als er sie jetzt verstand. Er hatte alles verstanden, ging ohne zu weinen aus dem Zimmer, trat schweigend zu Natascha heran, die hinter ihm her das Zimmer verlassen hatte, und blickte sie schüchtern mit seinen nachdenklichen, schönen Augen an; seine hinaufgezogene rote Oberlippe zuckte, er schmiegte sich mit dem Kopf an sie und brach in Tränen aus.

Seit diesem Tag vermied er seinen Erzieher Dessalles, vermied er die Gräfin, die ihn immer liebkoste, und saß entweder still für sich allein, oder er trat schüchtern an Prinzessin Marja und Natascha heran, welche letztere er, wie es schien, noch mehr liebgewonnen hatte als seine Tante, und liebkoste sie leise und verlegen.

Als Prinzessin Marja von dem Fürsten Andrei herauskam, hatte sie alles das, was Nataschas Gesicht ihr gesagt hatte, völlig verstanden. Sie sprach mit Natascha nicht mehr von der Hoffnung auf Rettung seines Lebens. Sie löste sich mit ihr auf dem Platz an seinem Sofa ab und weinte nicht mehr; aber sie betete unablässig, indem sie ihre Seele zu Gott dem Ewigen, Unbegreiflichen hinwandte, der jetzt (das fühlte sie) über dem Haupt eines sterbenden Menschen gegenwärtig war.

XVI

Fürst Andrei wußte nicht nur, daß er sterben werde, sondern er fühlte auch, daß er jetzt schon im Sterben begriffen und bereits halb gestorben war. Er war sich bewußt, allem Irdischen entfremdet zu sein, und fühlte eine seltsame freudige Leichtigkeit des Daseins. Ohne Ungeduld und Unruhe erwartete er das, was ihm bevorstand. Jenes Drohende, Ewige, Unbekannte und Ferne, dessen Gegenwart er während seines ganzen Lebens fortwährend empfunden hatte, war ihm jetzt nahegerückt, und infolge jener seltsamen Leichtigkeit des Daseins, deren er sich erfreute, vermochte er es beinahe mit der Denkkraft und dem Empfindungsvermögen zu erfassen …

Früher hatte er sich vor dem Ende des Lebens gefürchtet. Zweimal hatte er dieses entsetzlich quälende Gefühl der Todesfurcht durchgemacht, und jetzt hatte er für dieses Gefühl gar kein Verständnis mehr.

Zum erstenmal hatte er dieses Gefühl damals gehabt, als die Granate sich vor ihm wie ein Kreisel drehte und er das zertretene Feld und die Sträucher und den Himmel ansah und wußte, daß da vor ihm der Tod war. Als er aber dann nach seiner Verwundung wieder zu sich kam und sich plötzlich in seiner Seele, wie von dem lastenden Druck des Lebens befreit, jene Blume der ewigen, freien, von diesem Leben unabhängigen Liebe erschloß, da fürchtete er den Tod nicht mehr und dachte nicht mehr an ihn.

Je mehr er in jenen Stunden leidvoller Einsamkeit und teilweisen Irreredens, die er nach seiner Verwundung durchlebte, sich in das neue Element der ewigen Liebe hineindachte, das sich ihm erschlossen hatte, um so mehr entfremdete er sich, ohne es selbst zu merken, dem irdischen Leben. Alles und alle lieben, stets sich selbst um der Liebe willen zum Opfer bringen, das hieß niemanden lieben, das hieß an diesem irdischen Leben nicht teilhaben. Und je mehr er sich von diesem Element der Liebe durchdringen ließ, um so mehr wandte er sich vom Leben ab und um so vollständiger zerstörte er jene furchtbare Schranke, die, wenn jene Liebe nicht vorhanden ist, zwischen dem Leben und dem Tod steht. Sooft er in jener ersten Zeit daran dachte, daß er werde sterben müssen, sagte er zu sich selbst: »Nun schön, um so besser!«

Aber dann kam jene Nacht in Mytischtschi, in der sein Zustand zwischen Fieberphantasien und Klarheit hin und her schwankte und auf einmal die vor ihm stand, nach der ihn verlangt hatte, und er ihre Hand an seine Lippen drückte und stille, frohe Tränen vergoß; nach dieser Nacht stahl sich die Liebe zu diesem einen Weib unvermerkt in sein Herz und verknüpfte ihn wieder mit dem Leben. Und freudige und unruhige Gedanken wurden in ihm rege. Wenn er sich an jenen Augenblick auf dem Verbandsplatz erinnerte, wo er Kuragin erblickt hatte, so vermochte er nun jenes Gefühl der Liebe bei sich nicht wieder wachzurufen; es quälte ihn die Frage, ob dieser Mann wohl noch am Leben sei. Und er wagte nicht, sich danach zu erkundigen.

Seine Krankheit nahm ihren physischen Verlauf; der Vorgang aber, den Natascha mit den Worten bezeichnete: »Es trat auf einmal *das* bei ihm ein«, trug sich zwei Tage vor der Ankunft der Prinzessin Marja zu. Zu seiner eigenen Überraschung wurde Fürst Andrei sich dessen bewußt, daß er noch Wert auf das Leben legte, in welchem ihm die Möglichkeit der Liebe zu Natascha winkte, und es folgte nun ein letzter seelischer Kampf zwischen dem Leben und dem Tod, wobei der Tod den Sieg davontrug, ein letzter, schließlich überstandener Anfall von Furcht vor dem Unbekannten.

Es war am Abend. Er befand sich, wie gewöhnlich nach dem Mittagessen, in einem leichten Fieberzustand, und seine Gedanken waren außerordentlich klar. Sonja saß am Tisch. Er war eingeschlummert. Plötzlich überkam ihn eine glückselige Empfindung.

»Ah, sie muß hereingekommen sein«, dachte er.

Und wirklich saß auf Sonjas Platz Natascha, die soeben mit unhörbaren Schritten ins Zimmer getreten war.

Seit der Zeit, wo sie seine Pflege übernommen hatte, hatte er immer diese physische Empfindung für ihre Nähe gehabt. Sie saß auf einem Lehnsessel, so daß sie ihm die Seite zuwendete und durch ihre Gestalt ihm als Schirm gegen das Licht der Kerze diente, und strickte einen Strumpf. (Sie hatte das Strumpfstricken gelernt, seit Fürst Andrei einmal zu ihr gesagt hatte, niemand verstehe sich so gut darauf, Kranke zu pflegen, wie die alten Kinderfrauen, welche Strümpfe strickten; in dem Strumpfstricken liege etwas Beruhigendes.) Ihre schlanken Finger hantierten schnell mit den Nadeln, die mitunter aneinanderschlugen, und das nachdenkliche Profil ihres herabgebeugten Gesichtes war ihm deutlich sichtbar. Bei einer zufälligen Bewegung, die sie machte, rollte das Knäuel von ihren Knien herunter. Sie schrak zusammen, blickte sich zum Fürsten Andrei um, verdeckte die Kerze mit der Hand, bog sich mit einer behutsamen, geschmeidigen, geschickten Bewegung nieder, hob das Knäuel auf und setzte sich wieder in ihrer früheren Haltung hin.

Er betrachtete sie, ohne sich zu rühren, und sah, daß es ihr nach dieser ihrer Bewegung Bedürfnis war, mit ganzer Brust Atem zu holen, daß sie dies aber absichtlich unterließ und recht vorsichtig aus- und einatmete.

Im Troiza-Kloster hatten sie über die Vergangenheit gesprochen, und er hatte zu ihr gesagt, wenn er am Leben bliebe, so würde er lebenslänglich Gott für seine Verwundung danken, die ihn wieder mit ihr zusammengeführt habe; aber seitdem hatten sie nie mehr über die Zukunft geredet.

»Kann es sein, oder ist es unmöglich?« dachte er jetzt, während er sie ansah und auf das leise Klirren der stählernen Nadeln lauschte. »Hat mich das Schicksal wirklich nur darum in so seltsamer Weise wieder mit ihr zusammengeführt, damit ich nun doch sterbe …? Hat sich mir die Wahrheit des Lebens wirklich nur dazu erschlossen, damit ich doch in der Unwahrhaftigkeit weiterlebe? Ich liebe sie mehr als alles in der Welt. Aber was soll ich dagegen tun, wenn ich sie doch liebe?« sagte er zu sich und stöhnte auf einmal unwillkürlich auf, wie er sich das in seiner Leidenszeit angewöhnt hatte.

Sowie Natascha diesen Laut hörte, legte sie den Strumpf auf den Tisch, bog sich näher zu ihm hin und trat, als sie seine leuchtenden Augen bemerkte, mit einem leichten Schritt zu ihm und beugte sich über ihn.

»Sie schlafen nicht?«

»Nein, ich betrachte Sie schon lange; ich fühlte es, als Sie hereinkamen. Niemand gibt mir, wie Sie, diese weiche Stille, dieses Licht. Ich möchte geradezu weinen vor Freude.«

Natascha neigte sich noch näher zu ihm. Ihr Gesicht strahlte vor frohem Entzücken.

»Natascha, ich liebe Sie zu sehr, mehr als alles in der Welt.«

»Und ich?« Sie wandte sich einen Augenblick ab. »Warum denn zu sehr?«

»Warum zu sehr …? Nun, was sagt Ihnen Ihr Herz, was glauben Sie im tiefsten Herzen: Werde ich am Leben bleiben? Was meinen Sie?«

»Ich bin überzeugt davon, fest überzeugt!« rief Natascha laut und ergriff mit einer leidenschaftlichen Bewegung seine beiden Hände.

Er schwieg ein Weilchen.

»Wie schön wäre das!« sagte er dann, nahm ihre Hand und küßte sie.

Natascha war glücklich und erregt; aber sogleich fiel ihr auch ein, daß ein solches Gespräch für ihn nicht gut sei und er Ruhe brauche.

»Aber Sie haben nicht geschlafen«, sagte sie, die Äußerungen ihrer Freude unterdrückend. »Geben Sie sich Mühe, einzuschlafen; ich bitte Sie darum.«

Er drückte ihr die Hand und ließ sie dann los. Natascha ging wieder zu der Kerze und setzte sich so hin, wie sie vorher gesessen hatte. Zweimal sah sie sich nach ihm um; seine Augen leuchteten ihr entgegen. Sie stellte sich eine Aufgabe an ihrem Strumpf und nahm sich vor, sich nicht eher wieder nach ihm umzusehen, ehe sie diese nicht beendet habe.

Wirklich schloß er bald darauf die Augen und schlief ein. Er schlief nicht lange und erwachte auf einmal, von kaltem Schweiß bedeckt und in großer Unruhe.

Beim Einschlafen hatte er fortwährend an das gedacht, woran er diese ganze Zeit her gedacht hatte: an das Leben und den Tod. Und mehr an den Tod. Diesem fühlte er sich näher.

»Die Liebe? Was ist die Liebe?« hatte er gedacht.

»Die Liebe hindert den Tod. Die Liebe ist das Leben. Alles, alles, was ich verstehe, verstehe ich nur dadurch, daß ich liebe. Alles ist und existiert nur dadurch, daß ich liebe. Alles ist nur durch die Liebe miteinander verknüpft. Die Liebe ist Gott, und wenn ich sterbe, so bedeutet das, daß ich, ein Teilchen der Liebe, zu der gemeinsamen, ewigen Quelle zurückkehre.« Diese Gedanken erschienen ihm tröstlich. Aber doch waren es eben nur Gedanken. Es mangelte ihnen etwas; sie hatten etwas einseitig Persönliches, Verstandesmäßiges an sich; es war keine objektive Augenscheinlichkeit da. So befand er sich denn in Unruhe und Unklarheit. Er schlief ein.

Er träumte. Er liegt in demselben Zimmer, in dem er in Wirklichkeit lag; aber er ist nicht verwundet, sondern gesund. Viele verschiedene Personen, unbedeutende, gleichgültige Personen, stellen sich bei ihm ein. Er redet mit ihnen, disputiert mit ihnen über irgendeinen gleichgültigen Gegenstand. Sie schicken sich an, wegzugehen. Es kommt ihm unklar zum Bewußtsein, daß alles dies nichtig ist und er andere, wichtigere Sorgen hat; aber dennoch redet er weiter, wertlose Witzworte, durch die er die Leute in Erstaunen versetzt. Allmählich verschwinden alle diese Personen eine nach der andern, und an die Stelle alles dessen, was bisher da war, tritt nun eine einzige Frage, die Frage des Verschließens der Tür. Er steht auf und geht zu der Tür hin, um den Riegel vorzuschieben und sie zuzuschließen. Davon, ob er sie noch rechtzeitig zuschließen kann oder nicht, hängt alles ab, alles. Er geht, er beeilt sich, seine Füße bewegen sich nicht, und er sieht ein, daß es ihm nicht gelingen wird, die

Tür rechtzeitig zu verschließen; aber dennoch strengt er krampfhaft alle seine Kräfte an. Und eine qualvolle Angst packt ihn. Und diese Angst ist die Todesangst: Draußen vor der Tür steht Es. Aber in dem Augenblick, wo er kraftlos und unbeholfen einherschleichend die Tür erreicht, drückt dieses furchtbare Es schon von außen gegen die Tür und pocht ungestüm dagegen. Etwas Unmenschliches, der Tod, pocht an die Tür, und er, Andrei, muß sie zuhalten. Er erfaßt die Tür und strengt seine letzten Kräfte an, um sie, da es zum Zuschließen zu spät ist, wenigstens zuzuhalten. Aber seine Kräfte sind zu schwach und zu unbeholfen, und die Tür, gegen die das Entsetzliche drückt, öffnet sich. Aber sie schließt sich wieder.

Noch einmal drückt Es von außen dagegen. Die letzten, übermenschlichen Anstrengungen sind vergeblich, und nun haben sich beide Türflügel geräuschlos geöffnet. Es ist eingetreten, und dieses Es ist der Tod. Und er, Andrei, ist gestorben.

Aber in demselben Augenblick, als er gestorben war, kam es dem Fürsten Andrei zum Bewußtsein, daß er nur schlafe, und in demselben Augenblick, als er gestorben war, machte er eine starke Anstrengung und erwachte.

»Ja, das war der Tod. Ich bin gestorben, ich bin erwacht. Ja, der Tod ist ein Erwachen!« Dieser Gedanke leuchtete auf einmal in seinem Geist auf, und der Vorhang, der bis dahin das Unbekannte verborgen hatte, hob sich vor seinem geistigen Blick in die Höhe. Es war ihm, als sei die bisher in seinem Innern gefesselte Kraft nun frei geworden, und er fühlte jene eigentümliche Leichtigkeit, die ihn von da an nicht mehr verließ.

Als er, von kaltem Schweiß bedeckt, wieder zu sich kam und sich auf dem Sofa bewegte, trat Natascha zu ihm und fragte ihn, wie er sich befinde. Er antwortete ihr nicht, sondern blickte sie, ohne sie zu verstehen, mit einem seltsamen Blick an.

Dies war es, was sich mit ihm zwei Tage vor der Ankunft der Prinzessin Marja zugetragen hatte. Seit diesem Tag hatte das Zehrfieber, wie der Arzt sagte, einen schlimmen Charakter angenommen; aber Natascha legte auf das, was der Arzt sagte, keinen Wert; sie sah diese furchtbaren seelischen Symptome, die ihr minder zweifelhaft waren.

Seitdem hatte für den Fürsten Andrei zugleich mit dem Erwachen aus dem Schlaf das Erwachen aus dem Leben begonnen. Und im Verhältnis zu der Dauer des Lebens erschien ihm dieses letzte Erwachen nicht langsamer als das Erwachen aus dem Schlaf im Verhältnis zu der Dauer des Traumes.

Es lag nichts Furchtbares und Schreckliches in diesem entsprechend langsamen Erwachen.

Seine letzten Tage und Stunden verliefen in der gewöhnlichen, natürlichen Weise. Auch Prinzessin Marja und Natascha, die nicht von seinem Lager wichen, fühlten das. Sie weinten nicht und schauderten nicht und waren sich in der letzten Zeit dessen bewußt, daß sie nicht mehr ihn (denn er selbst existierte nicht mehr, er war schon von ihnen gegangen), sondern nur die nächstliegende Erinnerung an ihn, seinen Körper, pflegten. Die Empfindungen der beiden Mädchen waren so tief und stark, daß die äußere, furchtbare Seite des Todes auf beide nicht wirkte und sie es nicht nötig fanden, ihren Schmerz anzureizen. Sie weinten weder im Krankenzimmer noch außerhalb desselben und sprachen auch nie von dem Kranken untereinander. Sie fühlten beide, daß sie unvermögend waren, dem, was sie empfanden, mit Worten Ausdruck zu geben.

Beide sahen sie, wie er immer tiefer und tiefer, langsam und ruhig von ihnen hinwegsank in einen unbekannten Abgrund, und beide wußten, daß das so sein mußte und daß es gut so war.

Ein Geistlicher hörte seine Beichte und reichte ihm das Abendmahl; alle traten zu ihm heran, um von ihm Abschied zu nehmen. Als sein Sohn zu ihm gebracht wurde, berührte er ihn mit den Lippen, wandte sich dann aber ab, nicht weil es ihm zu ergreifend und schmerzlich gewesen wäre (Prinzessin Marja und Natascha verstanden das recht wohl), sondern nur weil er annahm, das sei alles, was man von ihm verlange; aber als ihm gesagt wurde, er möchte den Knaben doch auch noch segnen, da tat er auch dies noch und blickte um sich, als wollte er fragen, ob er vielleicht noch etwas tun müßte.

Als die letzten Zuckungen des Körpers eintraten, den der Geist schon verlassen hatte, waren Prinzessin Marja und Natascha bei ihm.

»Es ist wohl zu Ende!« sagte Prinzessin Marja, als der Körper schon einige Minuten regungslos vor ihnen dagelegen hatte und zu erkalten begann. Natascha trat hinzu, blickte in die toten Augen und beeilte sich, sie zuzudrücken. Sie drückte sie zu, küßte sie aber nicht, sondern sank andächtig nieder bei dem Körper, der die nächste Erinnerung an ihn selbst war.

»Wohin ist er gegangen? Wo ist er jetzt ...?« dachte sie.

Als der Leichnam gewaschen und angekleidet im Sarg auf dem Tisch lag, traten alle an ihn heran, um Abschied zu nehmen, und alle weinten.

Nikolenka weinte vor schmerzlicher Verständnislosigkeit, die ihm das Herz zerriß. Die Gräfin und Sonja weinten aus Mitleid mit Natascha und darüber, daß er nun dahin war. Der alte Graf weinte darüber, daß, wie er fühlte, auch für ihn die Zeit herannahte, wo er denselben furchtbaren Schritt werde tun müssen.

Natascha und Prinzessin Marja weinten jetzt ebenfalls; aber sie weinten nicht aus persönlichem Gram, sondern infolge der andächtigen Rührung, von der ihre Seelen ergriffen waren angesichts des schlichten, erhabenen Mysteriums des Todes, das sich vor ihren Augen vollzogen hatte.

ZWEITER TEIL

I

Der menschliche Verstand vermag die Gesamtheit der Ursachen der Erscheinungen nicht zu begreifen. Aber das Bedürfnis, nach diesen Ursachen zu forschen, liegt in der Seele des Menschen. Da nun der menschliche Verstand in die zahllose Menge und mannigfaltige Verschlingung der die Erscheinungen begleitenden Umstände, von denen ein jeder, für sich betrachtet, als Ursache erscheinen kann, einzudringen nicht imstande ist, so greift er nach dem erstbesten, verständlichsten Moment, das mit einer Erscheinung in Berührung steht, und sagt: Das ist die Ursache. Bei geschichtlichen Ereignissen, wo den Gegenstand der Untersuchung Handlungen von Menschen bilden, erscheint als ein solches Moment, das sich zuallererst darbietet, der Wille der Götter, demnächst der Wille derjenigen Personen, die bei dem betreffenden Ereignis auf dem sichtbarsten Platz stehen, der Helden der Geschichte. Aber man braucht nur in das Wesen eines historischen Ereignisses einzudringen, d.h. in die Tätigkeit der gesamten Masse der Menschen, die an dem Ereignis beteiligt gewesen sind, um sich zu überzeugen, daß der Wille eines Helden der Geschichte, weit entfernt die Tätigkeit der Massen zu lenken, vielmehr selbst beständig von ihnen gelenkt wird. Es könnte nun scheinen, als sei es gleichgültig, ob man die Bedeutung eines geschichtlichen Ereignisses in der einen oder in der andern Weise auffaßt. Aber zwischen dem, welcher sagt, die Völker des Westens seien nach dem Osten gezogen, weil Napoleon das gewollt habe, und dem, welcher sagt, dies sei deshalb geschehen, weil es geschehen mußte, besteht derselbe Unterschied, der zwischen denjenigen Menschen bestand, welche behaupteten, die Erde stehe fest und die Planeten bewegten sich um sie herum, und denjenigen, welche sagten, sie wüßten nicht, wodurch die Erde gehalten werde, sie wüßten aber, daß es Gesetze gebe, durch die die Bewegung der Erde sowohl als auch der andern Planeten regiert werde. Für ein historisches Ereignis gibt es keine anderen Ursachen und kann es keine anderen Ursachen geben als die einzige Ursache aller Ursachen. Aber es gibt Gesetze, welche die Ereignisse regieren, Gesetze, die wir teils nicht kennen, teils tastend fühlen. Die Aufdeckung dieser Gesetze ist nur dann möglich, wenn wir völlig darauf verzichten, die Ursachen in dem Willen eines einzelnen Menschen zu suchen, geradeso wie die Aufdeckung der Gesetze der Bewegung der Planeten erst dann möglich wurde, als die Menschen auf die Vorstellung vom Feststehen der Erde verzichteten.

*

Nach der Schlacht bei Borodino, der Besetzung Moskaus durch den Feind und dem Brand dieser Stadt betrachten die Geschichtsforscher als das wichtigste Ereignis des Krieges von 1812 den Marsch des russischen Heeres von der Rjasaner Straße nach der Kalugaer Straße und zu dem Lager bei Tarutino, den sogenannten Flankenmarsch hinter Krasnaja-Pachra. Den Ruhm dieser genialen Tat schreiben sie verschiedenen Personen zu und streiten darüber, wem derselbe rechtmäßig zukommt. Auch ausländische Geschichtsforscher, sogar französische, erkennen die Genialität der russischen Heerführer an, wenn sie von diesem Flankenmarsch sprechen. Aber warum die Kriegsschriftsteller, und in ihrem Gefolge alle Leute, annehmen, daß dieser Flankenmarsch eine besonders tiefsinnige Erfindung eines einzelnen Mannes gewesen sei, durch die Rußland gerettet und Napoleon ins Verderben gestürzt worden sei, das ist sehr schwer zu begreifen. Erstens ist schwer zu begreifen, worin denn das Tiefsinnige und Geniale dieses Marsches liegen soll; denn um einzusehen, daß die beste Stellung für eine Armee (wenn sie nicht angegriffen wird) da ist, wo sich die beste Verpflegungsmöglichkeit bietet, dazu bedarf es keiner großen geistigen Anstrengung; und ein jeder, selbst ein dummer Junge von dreizehn Jahren, konnte sich ohne Mühe sagen, daß im Jahre 1812 die vorteilhafteste Stellung für die Armee nach dem Rückzug von Moskau auf der Kalugaer Straße war. Somit ist nicht zu begreifen erstens, durch welche Vernunftschlüsse die Geschichtsforscher dazu gelangen, in diesem Manöver etwas Tiefsinniges zu sehen. Zweitens ist noch schwerer zu begreifen, worin die Geschichtsforscher eigentlich den großen Vorteil dieses Manövers für die Russen und seine Verderblichkeit für die Franzosen sehen; denn dieser Flankenmarsch hätte unter anderen vorhergehenden, begleitenden und nachfolgenden Umständen für das russische Heer verderblich und für das französische vorteilhaft werden können. Wenn von dem Zeitpunkt an, wo dieser Marsch erfolgte, die Lage des russischen Heeres sich besser gestaltete, so folgt daraus keineswegs, daß dieser Marsch die Ursache davon gewesen wäre.

Dieser Flankenmarsch hätte leicht für die russische Armee nicht nur nutzlos, sondern sogar verderblich sein können, wenn nicht außerdem mancherlei andere Umstände zusammengetroffen wären. Was wäre geschehen, wenn Moskau nicht abgebrannt wäre? Wenn Murat die Russen nicht aus den Augen verloren hätte? Wenn Napoleon nicht in Untätigkeit verharrt wäre? Wenn die russische Armee nach Bennigsens und Barclays Rat bei Krasnaja-Pachra eine Schlacht geliefert hätte? Was wäre geschehen, wenn die Franzosen die Russen angegriffen hätten, als diese jenseits der Pachra marschierten? Was wäre geschehen, wenn später Napoleon bei dem Anmarsch auf Tarutino die Russen auch nur mit dem zehnten

Teil der Energie angegriffen hätte, die er bei Smolensk aufgewandt hatte? Was wäre geschehen, wenn die Franzosen ihren Marsch nach Petersburg gelenkt hätten? Bei all diesen Eventualitäten konnte die Nützlichkeit des Flankenmarsches in verhängnisvolle Schädlichkeit umschlagen.

Drittens, das Unbegreifliche ist dies, daß die Männer, die die Geschichte studieren, absichtlich nicht sehen wollen, daß man den Flankenmarsch nicht auf einen einzelnen Urheber zurückführen kann, daß ihn nie jemand vorausgesehen hat, daß dieses Manöver, gerade wie der Rückzug in Fili, zur Zeit der Ausführung nie jemandem in seiner Totalität vor Augen gestanden hat, sondern sich Schritt für Schritt, Stück für Stück, Moment für Moment aus einer zahllosen Menge der verschiedensten Umstände herausentwickelt und sich erst dann in seiner Totalität dargestellt hat, als es ausgeführt war und der Vergangenheit angehörte.

Bei dem Kriegsrat in Fili war bei den hohen russischen Militärs der vorherrschende Gedanke der als selbstverständlich erscheinende Rückzug in gerader Richtung nach rückwärts, d. h. auf der Straße nach Nischni-Nowgorod. Als Beweis dafür kann der Umstand dienen, daß die Mehrzahl der Stimmen im Kriegsrat in diesem Sinn abgegeben wurde, und ganz besonders die bekannte Besprechung, die der Oberkommandierende nach dem Kriegsrat mit Lanskoi, dem Intendanten des Verpflegungswesens, hatte. Lanskoi berichtete dem Oberkommandierenden, daß der Proviant für die Armee vorzugsweise an der Oka entlang, in den Gouvernements Tula und Kaluga, zusammengebracht sei und daß im Fall des Rückzuges nach Nischni-Nowgorod die Proviantvorräte von der Armee durch den großen Okafluß getrennt sein würden, über den in der ersten Zeit des Winters die Überfahrt unmöglich sei. Dies war das erste Anzeichen für die Notwendigkeit, von der geraden Richtung nach Nischni-Nowgorod abzuweichen, die vorher als die natürlichste erschienen war. Die Armee hielt sich mehr südlich, an der Rjasaner Straße, und näher an ihren Vorräten. In der Folge veranlaßten die Untätigkeit der Franzosen, die das russische Heer sogar aus den Augen verloren hatten, die Sorgen um die Verteidigung der Tulaer Gewehrfabrik und vor allem der Vorteil, den Vorräten dadurch näher zu kommen, dies alles veranlaßte die Russen, noch weiter südlich, auf die Tulaer Straße, abzubiegen. Als das Heer in einer gewagten Bewegung jenseits der Pachra auf die Tulaer Straße gelangt war, beabsichtigten die russischen Heerführer, bei Podolsk zu bleiben, und kein Mensch dachte daran, eine Position bei Tarutino einzunehmen; aber eine zahllose Menge von Umständen und das Wiedererscheinen der französischen Truppen, die vorher das russische Heer aus den Augen verloren hatten, und allerlei Projekte für eine Schlacht und hauptsächlich die große Menge von Proviant in Kaluga bewogen unsere Armee, noch weiter nach Süden abzuschwenken und mitten in ihr Verpflegungsgebiet hinein nach Tarutino zu gehen, von der Tulaer auf die Kalugaer Straße. Geradeso wie auf die Frage, wann Moskau preisgegeben wurde, keine Antwort gegeben werden kann, ebensowenig ist dies möglich auf die Frage, wann und von wem der Beschluß gefaßt worden ist, nach Tarutino zu ziehen. Erst als die Truppen bereits infolge unzähliger Differentialkräfte nach Tarutino gelangt waren, erst da begannen die Menschen sich einzureden, daß sie dies gewollt und lange vorhergesehen hätten.

II

Der berühmte Flankenmarsch bestand nur darin, daß das russische Heer, das bisher immer nach der dem Angriff entgegengesetzten Richtung in gerader Linie zurückgewichen war, nun, nachdem der Angriff der Franzosen aufgehört hatte, von der ursprünglich eingeschlagenen geraden Richtung abwich und, da es keinen Verfolger mehr hinter sich sah, naturgemäß sich nach der Seite hinwandte, wohin es sich durch den Überfluß an Proviant gezogen fühlte.

Stellt man sich keine genialen Heerführer an der Spitze der russischen Armee vor, sondern denkt man sich, die Armee wäre ohne alle Leitung gewesen, so hätte auch eine solche Armee nichts anderes tun können als wieder in der Richtung auf Moskau marschieren, und zwar in einem Bogen nach der Seite zu, wo mehr Proviant und eine reichere Gegend waren.

Dieser Übergang von der Straße nach Nischni-Nowgorod auf die Rjasaner, Tulaer und Kalugaer Straße war dermaßen natürlich, daß auch die Marodeure der russischen Armee nach derselben Richtung davonliefen und von Petersburg aus an Kutusow die Weisung erging, mit dem Heer gerade nach dieser Richtung zu marschieren. Als Kutusow sich bereits in Tarutino befand, ging ihm ein beinah im Ton eines Verweises gehaltenes Schreiben des Kaisers zu, in welchem dieser es mißbilligte, daß Kutusow die Armee auf die Rjasaner Straße geführt hatte, und ihm dieselbe Stellung gegenüber von Kaluga anwies, in welcher er sich schon in dem Augenblick befand, als der Brief des Kaisers in seine Hände kam.

Die Kugel, d. h. das russische Heer, welche in der Richtung des Stoßes zurückgerollt war, den sie während des ganzen Feldzuges und zuletzt in der Schlacht bei Borodino empfangen hatte, nahm, als die Kraft des Stoßes aufgehört hatte und sie keine neuen Stöße mehr empfing, diejenige Lage ein, die für sie die natürliche war.

Kutusows Verdienst bestand nicht in irgendeinem genialen strategischen Manöver, wie man es zu nennen pflegt, sondern darin, daß er allein die Bedeutung des sich vollziehenden Ereignisses begriff. Er allein begriff schon damals die Bedeutung der Untätigkeit der Franzosen; er allein verblieb beharrlich bei der Behauptung, daß die Schlacht bei Borodino ein Sieg gewesen sei; er allein, für den doch (möchte man meinen) seine Stellung als Oberkommandierender einen Anreiz zur Offensive hätte bilden sollen, er allein verwandte alle seine Kraft darauf, die russische Armee von nutzlosen Schlachten zurückzuhalten.

Das bei Borodino angeschossene Wild lag irgendwo in der Gegend, wo es der davoneilende Jäger verlassen hatte; aber ob es noch lebte, ob es noch Kraft hatte oder sich nur verstellte, das wußte der Jäger nicht. Plötzlich ließ sich ein Stöhnen dieses Wildes vernehmen.

Das Stöhnen dieses verwundeten Wildes, der französischen Armee, durch welches dieses seine tödliche Verwundung verriet, war die Sendung Lauristons in Kutusows Lager mit dem Friedensangebot.

Napoleon, der, wie stets, überzeugt war, daß nicht das gut sei, was allgemein für gut gehalten wurde, sondern das, was ihm gerade in den Kopf kam, schrieb an Kutusow mir den erstbesten Wendungen, die ihm einfielen, die aber gar keinen vernünftigen Sinn hatten:

»Fürst Kutusow«, schrieb er, »ich schicke einen meiner Generaladjutanten zu Ihnen, um mit Ihnen mehrere wichtige Dinge zu besprechen. Ich bitte Euer Durchlaucht, dem, was er Ihnen sagen wird, Glauben zu schenken, namentlich wenn er Ihnen die Gefühle der Hochachtung und besonderen Wertschätzung ausdrücken wird, die ich seit langer Zeit für Ihre Person hege. Dies ist der Zweck dieses Briefes. Ich bitte Gott, Fürst Kutusow, daß er Sie unter seinen heiligen, hohen Schutz nehme.

Moskau, den 3. Oktober 1812. Gezeichnet: *Napoleon*«

»Die Nachwelt würde mir fluchen, wenn man von mir glaubte, ich hätte als der erste ein Abkommen irgendeiner Art herbeigeführt. So denkt tatsächlich mein ganzes Volk«, antwortete Kutusow und wandte fortdauernd all seine Kraft daran, die Truppen vom Angriff zurückzuhalten.

In dem Monat, währenddessen das französische Heer in Moskau plünderte und das russische Heer ruhig im Lager bei Tarutino stand, vollzog sich eine Veränderung in dem Kräfteverhältnis der beiden Heere, sowohl was die Stimmung der Truppen als auch was ihre Zahl anlangte, eine Veränderung, infolge deren sich herausstellte, daß das Übergewicht an Kraft auf seiten der Russen war. Obgleich der Zustand und die Quantität des französischen Heeres den Russen unbekannt waren, wurde sofort durch eine zahllose Menge von Momenten deutlich, daß nun die Offensive geboten war. Solche Momente waren: die Sendung Lauristons; und der Überfluß an Proviant in Tarutino; und die von allen Seiten einlaufenden Nachrichten über die Untätigkeit und Zuchtlosigkeit der Franzosen; und die Komplettierung unserer Regimenter durch Rekruten; und das gute Wetter; und die lange Erholung, die den russischen Soldaten vergönnt gewesen war; und die bei den Truppen infolge der Erholung sich gewöhnlich entwickelnde Ungeduld, die Aufgabe zu erfüllen, um derentwillen alle versammelt sind; und die Neugier, zu erfahren, was in der französischen Armee vorgehe, die man so lange aus dem Gesicht verloren hatte; und die Kühnheit, mit der jetzt die russischen Vorposten um die in Tarutino stehenden Franzosen umherstreiften; und die Nachrichten von den leichten Siegen der Bauern und Freischärler über die Franzosen; und der Neid, der dadurch erweckt wurde; und das Verlangen nach Rache, das ein jeder im Grunde seiner Seele bewahrt hatte, solange die Franzosen in Moskau waren; und vor allem das unklare, aber in der Seele eines jeden keimende Bewußtsein, daß das Kräfteverhältnis sich jetzt geändert hatte und das Übergewicht sich auf unserer Seite befand. Das faktische Kräfteverhältnis hatte sich geändert, und der Angriff war notwendig geworden. Und ebenso prompt, wie in einer Uhr das Glockenspiel erklingt, sobald der Zeiger einen vollen Kreis beschrieben hat, machte sich auch sofort in den höchsten Sphären, der faktischen Veränderung der Kräfte entsprechend, eine verstärkte Bewegung bemerkbar, ein Summen ließ sich hören, und das Glockenspiel ließ seine Musik ertönen.

III

Die russische Armee wurde einerseits von Kutusow und seinem Stab, andrerseits vom Kaiser von Petersburg aus geleitet. In Petersburg war, noch vor Eingang der Nachricht von der Preisgabe Moskaus, ein detaillierter Plan für den ganzen Krieg ausgearbeitet und dem Oberkommandierenden Kutusow als Anweisung zugeschickt worden. Obgleich bei der Aufstellung dieses Planes die Voraussetzung zugrunde gelegen hatte, daß Moskau noch in unseren Händen sei, wurde er dennoch vom Stab gutgeheißen und zur Ausführung akzeptiert. Kutusow schrieb nur zurück, Diversionen auf große Entfernungen seien immer schwer durchführbar. Zur Beseitigung der auftretenden Schwierigkeiten wurden neue Instruktionen geschickt sowie Personen, die Kutusows Tätigkeit überwachen und darüber berichten sollten.

Außerdem wurde jetzt in der russischen Armee der ganze Stab reorganisiert. Die Stellen Bagrations, der gefallen war, und Barclays, der sich gekränkt zurückgezogen hatte, wurden neu besetzt. Mit größtem Ernst wurde erwogen, was wohl besser sei; A. an die Stelle von B. zu setzen und B. an die Stelle von D. oder umgekehrt D. an die Stelle von A. usw., als ob, außer der Freude für die Herren A. und B., davon irgend etwas abgehangen hätte.

Im Stab der Armee nahm infolge der Feindschaft Kutusows mit seinem Generalstabschef Bennigsen und infolge der Anwesenheit der Vertrauenspersonen des Kaisers und infolge dieses Stellenwechsels das mannigfach verschlungene Intrigenspiel der Parteien noch eifriger seinen Fortgang als vorher: A. suchte die Stellung des B. zu untergraben, D. die des C. usw., in allen möglichen Permutationen und Kombinationen. Bei solchen Versuchen, einander zu schaden, hatten alle diese Intriganten hauptsächlich das Ziel, auf die Kriegführung mehr Einfluß zu gewinnen; aber der Krieg nahm unabhängig von ihnen seinen Gang genau so, wie er gehen mußte, d. h. sein Gang traf nie mit den Klügeleien dieser Menschen zusammen, sondern resultierte aus den faktischen Beziehungen der Massen zueinander. Alle diese ausspintisierten Pläne, die sich kreuzten und wechselseitig verwirrten, stellten in den höchsten Sphären nur einen treuen Reflex dessen dar, was sich vollziehen mußte.

»Fürst Michail Ilarionowitsch!« schrieb der Kaiser unter dem 2. Oktober an Kutusow, der diesen Brief nach der Schlacht bei Tarutino erhielt. »Seit dem 2. September befindet sich Moskau in den Händen der Feinde. Ihre letzten Berichte sind vom 20., und während dieser ganzen Zeit wurde nichts unternommen, um dem Feind Widerstand zu leisten und die altehrwürdige Residenz zu befreien, ja Ihren letzten Berichten zufolge sind Sie sogar noch weiter zurückgewichen. Schon ist Serpuchow von einer feindlichen Abteilung besetzt, und Tula mit seiner berühmten, für die Armee so unentbehrlichen Fabrik ist in Gefahr. Aus den Berichten des Generals Wintzingerode ersehe ich, daß ein feindliches Korps von zehntausend Mann auf der Straße nach Petersburg marschiert. Ein anderes von mehreren tausend Mann rückt gleichfalls nach Dmitrow vor. Ein drittes hat sich auf der Wladimirschen Straße in Bewegung gesetzt. Ein viertes, ziemlich beträchtliches, steht zwischen Rusa und Moschaisk. Napoleon selbst hat sich bis zum 25. noch in Moskau befunden. Da nach allen diesen Nachrichten der Feind seine Kräfte durch starke Abkommandierungen zersplittert hat und Napoleon selbst mit seiner Garde noch in Moskau ist, sollten da wirklich die Ihnen gegenüberstehenden feindlichen Kräfte so beträchtlich sein und Ihnen nicht gestatten, die Offensive zu ergreifen? Mit Wahrscheinlichkeit kann man vielmehr annehmen, daß der Feind Sie mit Abteilungen oder höchstens Korps verfolgt, die weit schwächer sind als die Ihnen anvertraute Armee. Man sollte meinen, unter Benutzung dieser Umstände könnten Sie den Feind, der Ihnen an Kräften nachsteht, vorteilhaft angreifen und ihn entweder vernichten oder wenigstens dadurch, daß Sie ihn zum Rückzug zwingen, einen erheblichen Teil der jetzt vom Feind besetzten Gouvernements wieder in unsern Besitz bringen und gleichzeitig von Tula und unseren übrigen weiter nach dem Innern zu gelegenen Städten die Gefahr abwenden. Sie werden die Verantwortung dafür zu tragen haben, wenn es dem Feind möglich sein sollte, ein beträchtliches Korps in der Richtung nach Petersburg zur Bedrohung dieser Hauptstadt zu detachieren, in welcher nicht viele Truppen zurückbleiben konnten; denn wenn Sie entschlossen und energisch handeln wollen, so besitzen Sie in der Ihnen anvertrauten Armee alle Mittel, um dieses neue Unglück abzuwenden. Vergessen Sie nicht, daß Sie dem tiefgekränkten Vaterland noch für den Verlust Moskaus Rechenschaft schuldig sind. Sie kennen aus Erfahrung meine Bereitwilligkeit, Sie zu belohnen. Diese meine Bereitwilligkeit wird keine Minderung erleiden; aber ich und Rußland sind berechtigt, von Ihrer Seite diejenige Energie und Anstrengung und diejenigen Erfolge zu erwarten, die Ihre hervorragenden geistigen Gaben, Ihre militärischen Talente und die Tapferkeit der von Ihnen geführten Truppen uns verheißen.«

Aus diesem Brief geht hervor, daß ein Reflex des faktischen Kräfteverhältnisses auch schon nach Petersburg gelangt war; aber während dieser Brief unterwegs war, hatte Kutusow die unter seinem Kommando stehende Armee nicht mehr vom Angriff zurückhalten können, und es war bereits eine Schlacht geliefert worden.

Am 2. Oktober hatte ein Kosak namens Schapowalow, der sich auf einem Patrouillenritt befand, mit seinem Gewehr einen Hasen erlegt und einen andern angeschossen. Bei der Verfolgung des angeschossenen Hasen geriet Schapowalow in eine entfernte Partie des Waldes und stieß auf den linken Flügel der Muratschen Armee, die dort ohne alle Vorsichtsmaßregeln lagerte. Der Kosak erzählte nachher lachend seinen Kameraden, daß er beinah den Franzosen in die Hände gefallen sei; ein Kornett, der diese Erzählung mit anhörte, machte dem Kommandeur davon Mitteilung.

Der Kosak wurde herbeigerufen und ausgefragt; die Kosakenkommandeure wollten diese Gelegenheit dazu benutzen, dem Feind Pferde wegzunehmen; aber einer von ihnen, der mit höheren Offizieren bekannt war, teilte die Sache einem General vom Stab mit. In der letzten Zeit war im Stab der Armee die Situation eine höchst gespannte. Jermolow war einige Tage vorher zu Bennigsen gekommen und hatte ihn dringend gebeten, all seinen Einfluß beim Oberkommandierenden aufzubieten, damit endlich ein Angriff gemacht werde.

»Wenn ich Sie nicht kennte«, hatte Bennigsen geantwortet, »so würde ich denken, daß Sie das, um was Sie bitten, in Wirklichkeit gar nicht wünschen. Ich brauche nur zu irgend etwas zu raten, so tut der Durchlauchtige bestimmt das Gegenteil.«

Die Nachricht des Kosaken, die durch ausgesandte Patrouillen bestätigt wurde, bewies endgültig, daß das Ereignis nunmehr reif sei. Die straffgespannte Saite löste sich, das Uhrwerk surrte, das Glockenspiel erklang. Trotz all seiner scheinbaren Amtsgewalt, trotz seines Verstandes, seiner Erfahrung und Menschenkenntnis konnte Kutusow angesichts einer Denkschrift Bennigsens, der auch an den Kaiser persönlich einen Bericht geschickt hatte, und des ihm von den Generalen einmütig ausgesprochenen Wunsches und des von ihm vermuteten Wunsches des Kaisers und der Nachricht des Kosaken die unvermeidlich gewordene Bewegung nicht mehr aufhalten und erteilte den Befehl zu etwas, was er für nutzlos und schädlich hielt – er gab zu der sich vollziehenden Tatsache seinen Segen.

IV

Bennigsens Denkschrift und die Nachricht des Kosaken über den ungedeckten linken Flügel der Franzosen waren nur die letzten Anzeichen dafür, daß nun notwendigerweise der Befehl zum Angriff gegeben werden mußte, und der Angriff wurde auf den 5. Oktober angesetzt.

Am 4. morgens unterschrieb Kutusow die Schlachtdisposition. Toll las sie Jermolow vor und ersuchte ihn, die weiteren Anordnungen zu treffen.

»Schön, schön, aber jetzt habe ich keine Zeit«, erwiderte Jermolow und ging aus dem Zimmer.

Die von Toll entworfene Disposition war sehr schön. Ebenso wie in der Disposition für die Schlacht bei Austerlitz, wenn auch nicht in deutscher Sprache, stand darin geschrieben:

»Die erste Kolonne marschiert da- und dahin, die zweite Kolonne marschiert da- und dahin usw.« Und alle diese Kolonnen gelangten auf dem Papier zur bestimmten Zeit an ihren Platz und vernichteten den Feind. Es war, wie in allen Dispositionen, alles wunderschön ausgedacht, und wie in allen Dispositionen kam keine einzige Kolonne zur richtigen Zeit an den richtigen Platz.

Als die Disposition in der erforderlichen Anzahl von Exemplaren fertig war, wurde ein Offizier gerufen und zu Jermolow geschickt, um ihm die Papiere zum Zwecke der Ausführung der Anweisungen zu übergeben. Der junge Chevaliergardist, ein Ordonnanzoffizier Kutusows, stolz darauf, daß ihm ein so wichtiger Auftrag erteilt war, begab sich nach Jermolows Quartier.

»Er ist weggeritten«, antwortete Jermolows Bursche.

Der Chevaliergarde-Offizier ging zu einem General, den Jermolow häufig zu besuchen pflegte.

»Er ist nicht hier, und der General ist auch nicht hier«, hieß es.

Der Offizier setzte sich zu Pferde und ritt zu einem andern General.

»Er ist nicht da, er ist weggeritten.«

»Wenn ich nur nicht für die Verzögerung verantwortlich gemacht werde! Eine dumme Geschichte!« dachte der Offizier. Er ritt im ganzen Lager umher. Der eine sagte ihm, er habe gesehen, wie Jermolow mit anderen Generalen vorbeigeritten sei, wisse aber nicht, wohin; ein anderer meinte, er werde jetzt wahrscheinlich wieder zu Hause sein. Der Offizier suchte, ohne sich Zeit zum Mittagessen zu lassen, bis sechs Uhr abends; aber Jermolow war nirgends zu finden, und niemand wußte, wo er war. Nachdem der Offizier hastig bei einem Kameraden ein paar Bissen gegessen hatte, ritt er wieder weiter, zur Vorhut, zu Miloradowitsch. Miloradowitsch war gleichfalls nicht zu Hause; aber dort wurde ihm gesagt, Miloradowitsch sei auf einem Ball beim General Kikin, und Jermolow werde höchstwahrscheinlich auch dort sein.

»Aber wo ist denn das?«

»Dort, in Jetschkino«, sagte ein Kosakenoffizier und wies nach einem fernen Gutshaus.

»Aber wie können sie denn da sein, außerhalb der Postenkette!«

»Es sind heute zwei von unseren Regimentern nach der Postenkette geschickt worden; da wird heute ein Gelage veranstaltet, großartig! Zwei Musikkapellen sind dabei und drei Sängerchöre!«

Der Offizier ritt über die Vorpostenkette hinaus nach Jetschkino. Als er sich dem Gutshaus näherte, hörte er schon von weitem die fröhlichen Klänge eines von den Soldaten im Chor gesungenen Tanzliedes.

»Auf den Au-en … auf den Au-en …«, klang es ihm entgegen; dazu wurde gepfiffen; mitunter wurde die Melodie durch fröhliches Geschrei übertönt. Dem Offizier wurde von diesen Klängen heiter zumute; aber gleichzeitig regte sich bei ihm die Furcht, er werde Vorwürfe erhalten, weil er den wichtigen, ihm eingehändigten Befehl erst so spät überbringe. Es war schon acht Uhr vorbei. Er stieg vom Pferd und trat in die Haustür des großen, unversehrt gebliebenen herrschaftlichen Gebäudes, das in der Mitte zwischen den Russen und den Franzosen lag. Im Vorzimmer und im Büfettzimmer hantierten Lakaien eifrig mit Weinen und

Speisen. Unter den Fenstern standen die Sänger. Der Offizier wurde in eine Tür geführt, und nun erblickte er plötzlich die höchsten Generale der Armee alle zusammen, darunter auch die große, auffallende Gestalt Jermolows. Alle Generale hatten die Uniformröcke aufgeknöpft, standen in einem Halbkreis und lachten laut mit geröteten, vergnügten Gesichtern. In der Mitte des Saales tanzte ein General, ein kleiner, schöner Mann mit rotem Gesicht, flott und gewandt den Bauerntanz Trepak.

»Hahaha! Nein, dieser Nikolai Iwanowitsch! Hahaha!«

Der Offizier sagte sich, wenn er in diesem Augenblick mit dem wichtigen Befehl einträte, würde er seine Schuld verdoppeln, und wollte warten; aber einer der Generale hatte ihn bereits erblickt und machte, als er den Grund seines Kommens erfahren hatte, Jermolow Mitteilung. Jermolow trat mit finsterem Gesicht aus der Gruppe heraus zu dem Offizier hin, hörte ihn an und nahm, ohne ein Wort zu ihm zu sagen, das Papier von ihm entgegen.

»Denkst du, daß er so zufällig vom Haus weggeritten ist?« sagte an diesem Abend ein Kamerad vom Stab zu dem Chevaliergarde-Offizier mit Bezug auf Jermolow. »Das ist ein schlaues Manöver, alles Absicht. Konownizyn soll unter die Räder gebracht werden. Paß mal auf, morgen wird es einen netten Wirrwarr geben!«

V

Am folgenden Tag ließ sich der hinfällige Kutusow frühmorgens wekken, verrichtete sein Gebet, kleidete sich an und setzte sich in seine Kalesche mit der unangenehmen Empfindung, eine Schlacht leiten zu müssen, die er nicht billigte; so fuhr er von Letaschowka, fünf Werst hinter Tarutino, nach der Stelle, wo sich die angreifenden Kolonnen sammeln sollten. Beim Fahren schlief Kutusow abwechselnd ein und wachte wieder auf und horchte, ob nicht von rechts her Schießen zu hören sei und der Kampf begonnen habe. Aber es war noch alles still. Es begann eben erst die Morgendämmerung des feuchten, trüben Herbsttages. Als Kutusow sich Tarutino näherte, bemerkte er Kavalleristen, die ihre Pferde über den Weg herüber, auf dem sein Wagen fuhr, zur Tränke führten. Er sah sie aufmerksam an, ließ den Wagen halten und fragte sie, von welchem Regiment sie wären. Die Kavalleristen gehörten zu einer Kolonne, die schon längst weit vorn sein und im Hinterhalt liegen sollte. »Vielleicht ein Mißverständnis«, dachte der alte Oberkommandierende. Aber beim Weiterfahren erblickte er Infanterieregimenter, bei denen die Gewehre zusammengestellt und die Soldaten in Unterhosen mit Grützekochen und

Holzholen beschäftigt waren. Er ließ einen Offizier herbeirufen. Der Offizier berichtete, ein Befehl zum Ausrücken sei nicht eingegangen.

»Nicht einge…«, begann Kutusow, schwieg aber sofort wieder und befahl; den höchsten Offizier zu rufen. Er stieg aus dem Wagen und ging mit gesenktem Kopf und keuchendem Atem schweigend auf und ab und wartete. Als der Gerufene, der Generalstabsoffizier Eychen, erschien, wurde Kutusow dunkelrot, nicht weil dieser Offizier an dem Irrtum schuld gewesen wäre, sondern weil er ein würdiger Gegenstand war, gegen den sich der Ausbruch seines Zornes richten konnte. Und nun geriet der alte Mann in jenen bei ihm mitunter vorkommenden Wutzustand, in dem er sich vor Zorn auf der Erde wälzen konnte, fuhr zitternd und keuchend auf Eychen los, drohte ihm mit den Fäusten und schrie und schimpfte mit den gröbsten Ausdrücken. Ein anderer, zufällig dazukommender Offizier, ein Hauptmann Brosien, den nicht die geringste Schuld traf, mußte das gleiche über sich ergehen lassen.

»Was ist das da auch noch für eine Kanaille? Erschießen müßte man diese Menschen! Die Schurken!« rief er mit heiserer Stimme und machte schwankend heftige Bewegungen mit den Armen.

Er empfand einen physischen Schmerz. Er, der Oberkommandierende, der Durchlauchtige, dem alle versicherten, nie habe jemand in Rußland eine so große Macht besessen wie er, ihn hatte man in eine solche Situation gebracht, ihn lächerlich gemacht vor dem ganzen Heer. »Vergeblich habe ich also so eifrig um einen guten Ausgang des heutigen Tages gebetet, vergeblich in der Nacht gewacht und alles überlegt!« dachte er bei sich. »Als ich noch ein junger Offizier war, hätte niemand gewagt, sich in dieser Weise über mich lustig zu machen … Aber jetzt!« Er empfand einen physischen Schmerz wie von einer körperlichen Züchtigung und konnte sich nicht enthalten, diesen Schmerz durch zorniges, grimmiges Schreien zum Ausdruck zu bringen; aber bald schwand seine Kraft dahin, er blickte um sich, wurde sich dessen bewußt, daß er gar vieles gesagt hatte, was nicht schön gewesen war, setzte sich wieder in seinen Wagen und fuhr schweigend zurück.

Nachdem er seinen Zorn über jene beiden ausgeschüttet hatte, folgte kein neuer Anfall mehr; die Augen ein wenig zusammenkneifend hörte Kutusow an, wie sich die einzelnen rechtfertigten und verteidigten (Jermolow selbst ließ sich vor ihm erst am folgenden Tag blicken), und wie Bennigsen, Konownizyn und Toll darauf drangen, daß dieselbe Bewegung, die jetzt mißlungen war, am nächsten Tag ausgeführt werden möchte. Und Kutusow mußte wieder seine Zustimmung geben.

VI

Am Abend des folgenden Tages versammelten sich die Truppen an den ihnen bezeichneten Plätzen und rückten in der Nacht aus. Es war eine Herbstnacht mit dunkelvioletten Wolken, aber ohne Regen. Die Erde war feucht, jedoch nicht aufgeweicht, und die Truppen marschierten ohne Geräusch, nur das Klirren der Artillerie war mitunter leise zu hören. Laute Gespräche zu führen, Tabak zu rauchen und Feuer zu schlagen war verboten; die Pferde wurden vom Wiehern zurückgehalten. Die Heimlichkeit des Unternehmens steigerte seinen Reiz noch. Die Mannschaften marschierten in fröhlicher Stimmung. Einige Kolonnen machten halt in der Meinung, an der richtigen Stelle angelangt zu sein, stellten die Gewehre zusammen und lagerten sich auf der kalten Erde; andere, die Mehrzahl, marschierten die ganze Nacht hindurch, gelangten aber ohne Zweifel nicht dahin, wohin sie hätten gelangen sollen.

Graf Orlow-Denisow mit seinen Kosaken (die unbedeutendste Abteilung von allen) war der einzige, der an seinen Bestimmungsort gelangte, und zwar zur richtigen Zeit. Diese Abteilung machte am Rand eines Waldes halt, bei einem Fußweg, der von dem Dorf Stromilowa nach dem Dorf Dmitrowskoje führte.

Vor Tagesanbruch wurde Graf Orlow, der eingeschlafen war, geweckt: Man brachte einen Überläufer aus dem französischen Lager zu ihm. Es war ein polnischer Unteroffizier von Poniatowskis Korps. Dieser Unteroffizier setzte auf polnisch auseinander, er sei deswegen übergelaufen, weil man ihn im Dienst gekränkt habe; er hätte schon längst Offizier sein müssen, da er der Tapferste von allen sei, und deshalb habe er jene verlassen und wolle sich nun an ihnen rächen. Er sagte, Murat habe in dieser Nacht sein Lager eine Werst von ihnen entfernt, und wenn man ihm hundert Mann mitgebe, so könne er ihn lebend gefangennehmen. Graf Orlow-Denisow beriet sich mit seinen Kameraden. Das Anerbieten war zu verlockend, als daß man es hätte von der Hand weisen mögen. Alle erboten sich, mitzureiten, alle rieten zu einem Versuch. Nach vielem Hin- und Herstreiten und langen Überlegungen wurde beschlossen, Generalmajor Grekow mit zwei Kosakenregimentern sollte mit dem Unteroffizier hinreiten.

»Nun, aber vergiß nicht«, sagte Graf Orlow-Denisow zu dem Unteroffizier, als er ihn von sich ließ: »Hast du gelogen, so lasse ich dich aufhängen wie einen Hund; hast du die Wahrheit gesagt, so bekommst du hundert Dukaten.«

Der Unteroffizier setzte sich, ohne eine Miene zu verziehen und ohne auf diese Ankündigung ein Wort zu antworten, zu Pferde und ritt mit

Grekow und dessen Leuten, die sich schnell fertiggemacht hatten, davon. Sie verschwanden im Wald. Graf Orlow trat, nachdem er von Grekow Abschied genommen hatte, aus dem Wald heraus und begann, sich etwas zusammenkrümmend infolge der Kälte des dämmernden Morgens und erregt durch das auf eigene Verantwortung unternommene Wagnis, das feindliche Lager, das jetzt bei der beginnenden Helle undeutlich sichtbar wurde, und die niedergebrannten Wachfeuer zu betrachten. Rechts vom Grafen Orlow-Denisow mußten auf dem freien Abhang sich unsere Kolonnen zeigen. Graf Orlow blickte dorthin; aber trotzdem sie aus weiter Entfernung wahrnehmbar gewesen wären, war nichts von ihnen zu sehen. Im französischen Lager schien es dem Grafen Orlow-Denisow lebendig zu werden, und sein mit sehr guten Augen begabter Adjutant bestätigte ihm dies.

»Ach, es ist wahrhaftig zu spät«, sagte Graf Orlow, nach dem Lager hinschauend.

Wie das oft so geht, wenn wir jemand, dem wir Vertrauen geschenkt haben, nicht mehr mit Augen sehen, war es ihm plötzlich völlig klar und sicher geworden, daß dieser Unteroffizier ein Betrüger sei, gelogen habe und den ganzen Angriffsplan durch das Fehlen dieser beiden Regimenter zerstöre, die er Gott weiß wohin führen werde. Als ob es überhaupt möglich wäre, aus einer solchen Masse von Truppen den Oberkommandierenden herauszugreifen!

»Wahrhaftig, er hat gelogen, dieser Schurke!« sagte der Graf.

»Man kann sie noch zurückholen«, bemerkte jemand aus der Suite, dem ebenso wie dem Grafen Orlow-Denisow beim Anblick des Lagers Bedenken in betreff des Unternehmens aufgestiegen waren.

»Ja? Wirklich …? Wie denken Sie darüber? Oder sollen wir sie lassen? Oder nicht?«

»Befehlen Sie, sie zurückzuholen?«

»Ja, wir wollen sie zurückholen!« sagte nach einem Blick auf die Uhr Graf Orlow plötzlich in entschiedenem Ton. »Es wird zu spät; es ist ja schon ganz hell.«

Der Adjutant jagte durch den Wald hinter Grekow her, und dieser kehrte denn auch zurück. Graf Orlow-Denisow aber, der sowohl durch dieses rückgängig gemachte Unternehmen als auch durch das vergebliche Warten auf die Infanteriekolonnen, die sich immer noch nicht zeigen wollten, und durch die Nähe des Feindes in Aufregung geraten war (alle Leute seiner Abteilung hatten dasselbe Gefühl), entschloß sich nun, anzugreifen.

Flüsternd kommandierte er: »Aufsitzen!« Die Mannschaften ordneten sich, bekreuzten sich … »Mit Gott!«

»Hurraaaaa!« schallte es durch den Wald, und eine Eskadron nach der andern, wie Nüsse, die aus einem Sack geschüttelt werden, flogen die Kosaken fröhlich mit eingelegten Lanzen über den Bach auf das Lager los.

Ein einziger erschrockener, verzweifelter Aufschrei des ersten Franzosen, der die Kosaken erblickte – und alles, was im Lager war, ließ Kanonen, Gewehre und Pferde im Stich und lief, noch halb im Schlaf, unangezogen, davon, wohin einen jeden die Füße trugen.

Hätten die Kosaken die Franzosen verfolgt, ohne sich um das zu kümmern, was hinter ihnen und um sie herum war, so hätten sie Murat und alle seine Leute gefangengenommen. Die Offiziere wollten das auch. Aber es war nicht möglich, die Kosaken vom Fleck wegzubekommen, da sie zu eifrig waren, im Lager Beute und Gefangene zu machen. Niemand hörte auf einen Befehl. Es wurden gleich dort im Lager fünfzehnhundert Gefangene gemacht und achtunddreißig Geschütze und mehrere Fahnen erbeutet sowie das, was den Kosaken das Wichtigste war, Pferde, Sättel, Decken und allerlei andre Dinge. Das alles mußte nach ihren Begriffen erst erledigt werden: Man mußte sich einen möglichst großen Anteil von den Gefangenen und den Geschützen zueignen, die Beute teilen, ein gewaltiges Geschrei dabei machen und sich sogar untereinander prügeln; mit alledem hatten die Kosaken hinlänglich zu tun.

Die Franzosen kamen, als sie sich nicht mehr verfolgt sahen, wieder zur Besinnung, sammelten sich abteilungsweise und fingen an zu schießen. Orlow-Denisow wartete immer noch auf die Infanteriekolonnen und griff nicht weiter an.

Unterdessen waren gemäß der Disposition: »Die erste Kolonne marschiert usw.« die vermißten Infanteriekolonnen, die zu Bennigsens Truppen gehörten, nach Tolls Direktiven ordnungsgemäß ausgerückt und, wie das stets der Fall ist, irgendwohin gelangt, aber nicht nach dem ihnen angewiesenen Ort. Und wie das stets der Fall ist, fingen die Mannschaften, die so munter ausmarschiert waren, nun heim Haltmachen an, verdrossen zu werden; Äußerungen der Unzufriedenheit wurden vernehmbar; sie merkten, daß Konfusion entstanden war; es wurde nach einer andern Richtung zurückmarschiert. Die hin und her sprengenden Adjutanten und Generale schrien, ereiferten sich, zankten, sagten, daß das eine ganz falsche Stelle sei und sie zu spät gekommen seien, schalten jemand aus usw., und schließlich ergaben sich alle drein und marschierten nur, um irgendwohin zu kommen. »Irgendwohin werden wir schon kommen!« Und sie kamen auch wirklich irgendwohin, aber die meisten nicht an die richtige Stelle, und einige, die an die richtige Stelle kamen, verspäteten sich dermaßen, daß sie nun ohne jeden Nutzen hinkamen, lediglich um beschossen zu werden. Toll, der in dieser Schlacht dieselbe

Rolle spielte wie Weyrother bei Austerlitz, jagte eifrig von einer Stelle zur andern und fand, daß überall alles den verkehrten Gang ging. So kam er zu dem Korps des Generals Bagowut herangesprengt, das, als es schon ganz hell war, sich noch im Wald befand, während es doch schon längst da vorn bei Orlow-Denisow hätte sein sollen. Erregt und erbittert darüber, daß alles nicht stimmte, ritt Toll, der sich sagte, es müsse doch jemand die Schuld daran tragen, zu dem Korpskommandeur heran und machte ihm in strengem Ton Vorwürfe, wobei er ihm unter anderm sagte, er verdiene, dafür erschossen zu werden. Bagowut, ein alter, erfahrener, ruhiger General, der aber gleichfalls durch das wiederholte Haltmachen, den Wirrwarr und die einander widersprechenden Befehle in eine gereizte Stimmung hineingekommen war, geriet zur Verwunderung aller ganz gegen seinen sonstigen Charakter in Wut und sagte Toll recht unangenehme Dinge.

»Ich lasse mir von niemandem Vorhaltungen machen, und mit meinen Soldaten zu sterben verstehe ich ebensogut wie jeder andere«, sagte er und marschierte mit einer einzigen Division vorwärts.

Als er auf das freie Feld in den Schußbereich der Franzosen kam, überlegte der tapfere Bagowut nicht lange, ob es nützlich oder schädlich sei, wenn er in diesem Augenblick und mit einer einzigen Division sich in einen Kampf einließe, sondern marschierte geradeaus und führte seine Truppen in das feindliche Feuer. Gefahr, Kanonen- und Flintenkugeln, das gerade war es, was er in seiner zornigen Gemütsverfassung brauchte. Eine der ersten Kugeln tötete ihn; die folgenden streckten eine Menge von Soldaten nieder. Und seine Division stand eine Zeitlang nutzlos im feindlichen Feuer.

VII

Inzwischen sollte von der Front her eine andere Kolonne auf die Franzosen losgehen; aber bei dieser Kolonne befand sich Kutusow. Er wußte ganz genau, daß bei dieser gegen seinen Willen unternommenen Schlacht nichts als Konfusion herauskommen werde, und hielt, soweit das in seiner Macht lag, die Truppen zurück. Er rückte nicht vor.

Schweigend ritt er auf seinem grauen Pferdchen umher und antwortete lässig auf die Vorschläge zum Angreifen.

»Ja, das Wort ›Angreifen‹ führt ihr immer im Mund; aber ihr seht nicht ein, daß wir uns gar nicht darauf verstehen, komplizierte Manöver auszuführen«, sagte er zu Miloradowitsch, der ihn um die Erlaubnis bat, vorrücken zu dürfen.

»Wir haben es heute morgen nicht verstanden, Murat lebendig gefangenzunehmen und zur rechten Zeit am Platz zu sein; jetzt ist nichts mehr zu machen!« antwortete er einem andern.

Als ihm gemeldet wurde, daß im Rücken der Franzosen, wo nach den Berichten der Kosaken vorher niemand gewesen war, jetzt zwei Bataillone Polen ständen, schielte er nach rückwärts zu Jermolow hin, mit dem er seit dem gestrigen Tag noch nicht gesprochen hatte.

»Na ja, sie verlangen die Erlaubnis zum Angriff und legen mir allerlei Projekte vor; aber wenn man losschlagen will, dann ist nichts bereit, und der gewarnte Feind trifft seine Maßnahmen.«

Jermolow kniff die Augen zusammen und lächelte leise, als er diese Worte hörte. Er merkte, daß für ihn das Gewitter vorbeigezogen war und daß Kutusow es mit dieser Anspielung genug sein lassen werde.

»Da macht er sich auf meine Kosten lustig«, sagte Jermolow leise und stieß mit dem Knie den neben ihm haltenden Rajewski an.

Bald darauf ritt Jermolow vor zu Kutusow und meldete respektvoll:

»Wir haben noch nicht den richtigen Augenblick verpaßt, Euer Durchlaucht; der Feind ist nicht abgezogen – wenn Sie den Angriff befehlen. Sonst wird die Garde heute nicht einmal den Pulverrauch zu sehen bekommen.«

Kutusow sagte nichts; aber als ihm gemeldet wurde, daß Murats Truppen zurückwichen, befahl er, vorzurücken, machte jedoch nach je hundert Schritten dreiviertel Stunden lang halt.

Die ganze Schlacht bestand nur in dem, was Orlow-Denisows Kosaken getan hatten; die übrigen Truppen hatten nur nutzlos mehrere hundert Mann verloren.

Infolge dieser Schlacht erhielt Kutusow einen Orden mit Brillanten, Bennigsen ebenfalls Brillanten und hunderttausend Rubel; auch den andern wurden ihrem Rang entsprechende Belohnungen zuteil, und nach dieser Schlacht wurden noch weitere Personalveränderungen im Stab vorgenommen.

»Da haben wir's; es ist eben gegangen, wie es bei uns immer geht: alles verkehrt!« sagten nach der Schlacht bei Tarutino die russischen Offiziere und Generale, geradeso, wie es sie auch heutzutage sagen und damit meinen, daß da irgendein Dummkopf verkehrt handelt und sie selbst es ganz anders machen würden. Aber die Leute, die so reden, verstehen entweder nichts von der Sache, über die sie sprechen, oder sie täuschen sich selbst absichtlich. Jede Schlacht (die bei Tarutino, die bei Borodino, die bei Austerlitz, kurz jede) vollzieht sich nicht so, wie das ihre Planer vorausgesetzt haben. Das liegt in der Natur der Dinge.

Eine unzählige Menge freier Kräfte (denn nirgends ist der Mensch freier als bei einer Schlacht, wo es sich um Leben und Tod handelt) wirkt auf den

Gang einer Schlacht ein, und dieser Gang kann nie im voraus bekannt sein und fällt nie mit der Richtung irgendeiner einzelnen Kraft zusammen.

Wenn viele Kräfte gleichzeitig und nach verschiedenen Richtungen auf irgendeinen Körper einwirken, so kann die Richtung der Bewegung dieses Körpers nicht mit einer einzelnen dieser Kräfte zusammenfallen, sondern sie wird immer die mittlere kürzeste Richtung sein, das, was man in der Mechanik die Diagonale des Parallelogramms der Kräfte nennt.

Wenn wir in den Darstellungen der Historiker, namentlich der französischen, finden, daß bei ihnen Kriege und Schlachten sich nach einem im voraus festgesetzten Plan abspielen, so ist der einzige Schluß, den wir daraus ziehen können, der, daß diese Darstellungen falsch sind.

Die Schlacht bei Tarutino erreichte offenbar nicht das Ziel, welches Toll im Auge hatte: die Truppen ordnungsmäßig nach der vorher entworfenen Disposition kämpfen zu lassen, auch nicht das Ziel, welches Graf Orlow haben konnte: Murat gefangenzunehmen, oder das Ziel, welches Bennigsen und andere Persönlichkeiten haben konnten: eine sofortige Vernichtung des ganzen Korps, oder das Ziel des Offiziers, der in den Kampf zu kommen und sich auszuzeichnen wünschte, oder das des Kosaken, der noch mehr Beute machen wollte, als ihm zu machen gelungen war, usw. Aber wenn das Ziel in dem bestand, was sich in der Folge wirklich vollzog und was damals der gemeinsame Wunsch aller Russen war, in der Vertreibung der Franzosen aus Rußland und der Vernichtung ihrer Armee, dann muß es einem jeden völlig einleuchtend sein, daß die Schlacht bei Tarutino gerade infolge ihres programmwidrigen Verlaufs genau das war, was in dieser Periode des Feldzuges erfordert wurde. Es ist schwer oder vielmehr unmöglich, irgendeinen Ausgang dieser Schlacht zu ersinnen, der zweckentsprechender gewesen wäre als derjenige, den sie in Wirklichkeit gehabt hat. Bei einer minimalen Anstrengung, trotz der größten Verwirrung und bei ganz unbedeutendem Verlust wurden die größten Resultate im ganzen Feldzug erzielt, wurde der Übergang vom Rückzug zum Angriff ermöglicht, die Schwäche der Franzosen aufgedeckt und jener Anstoß gegeben, auf den das napoleonische Heer nur wartete, um seine Flucht zu beginnen.

VIII

Napoleon zieht nach dem glänzenden Sieg de la Moskova in Moskau ein; ein Zweifel an diesem Sieg ist ausgeschlossen, da das Schlachtfeld im Besitz der Franzosen bleibt. Die Russen ziehen sich zurück und geben ihre Hauptstadt preis. Moskau, mit Proviant, Waffen, allem möglichen Gerät und unermeßlichen Reichtümern angefüllt, ist in den Händen Napoleons. Das russische Heer, das nur halb so stark ist wie das französische, macht im Laufe eines Monats nicht einen einzigen Versuch anzugreifen. Napoleons Lage ist die glänzendste. Um sich mit doppelt so großen Streitkräften auf die Überreste der russischen Armee zu stürzen und sie zu vernichten sowie um sich einen vorteilhaften Frieden auszubedingen oder im Fall der Ablehnung einen drohenden Marsch in der Richtung auf Petersburg zu unternehmen, um ferner selbst im Fall eines Mißgeschicks nach Smolensk oder nach Wilna zurückzukehren oder in Moskau zu bleiben, mit einem Wort: um die glänzende Lage, in der sich das französische Heer damals befand, zu behaupten, dazu bedurfte es, sollte man meinen, keiner besonderen Genialität. Dazu brauchte er nur das Einfachste und Leichteste zu tun: Er mußte das Heer vom Plündern zurückhalten, mußte Winterkleidung bereithalten, welche sich in Moskau für die ganze Armee in hinreichender Menge beschaffen ließ, und mußte die Lebensmittel, die nach dem Zeugnis französischer Historiker in Moskau auf mehr als ein halbes Jahr für das ganze Heer vorhanden waren, in ordnungsmäßiger Weise sammeln. Napoleon, obwohl er nach der Versicherung der Historiker das genialste aller Genies war und die Macht besaß, das Heer nach seinem Willen zu lenken, tat dennoch nichts von alledem.

Und nicht genug, daß er nichts von alledem tat, er verwendete sogar seine Macht dazu, von all den Wegen, die sich ihm für sein Handeln darboten, den allertörichtesten und allerverderblichsten auszuwählen. Napoleon konnte mancherlei tun: Er konnte in Moskau überwintern, konnte nach Petersburg gehen oder nach Nischni-Nowgorod oder zurück, und zwar entweder mehr nördlich oder mehr südlich (auf dem Weg, den später Kutusow einschlug); aber man konnte sich nichts Törichteres und für das ganze Heer Verderblicheres ausdenken als das, was er wirklich tat: bis zum Oktober in Moskau zu bleiben, wobei er die Truppen in der Stadt plündern ließ, dann, indem er nach längerem Schwanken eine Garnison zurückließ, Moskau zu verlassen, gegen Kutusow anzurücken, keine Schlacht zu beginnen, den Weg nach rechts einzuschlagen, bis Malo-Jaroslawez zu marschieren, die Gelegenheit, durchzubrechen, wieder unbenutzt zu lassen und endlich nicht den Weg zu wählen, auf welchem dann Kutusow marschierte, sondern nach Moschaisk zurückzumarschieren und dann weiter auf der verwüsteten Smolensker Heerstraße. Und daß dies wirklich das Törichteste und Verderblichste war, haben die Folgen gezeigt. Mögen die geschicktesten Strategen unter der Annahme, Napoleon habe beabsichtigt, sein Heer zugrunde zu richten, den Versuch machen, eine andere Reihe von Handlungen zu ersinnen, die mit solcher Sicherheit und so unabhängig von allem, was die russischen Truppen nur unternehmen mochten, die französische Armee so vollständig vernichtet hätte, wie das, was Napoleon wirklich getan hat.

Das hat der geniale Napoleon getan. Aber zu sagen, Napoleon habe seine Armee zugrunde gerichtet, weil er dies gewollt habe oder weil er sehr dumm gewesen sei, wäre genau ebenso ungerecht wie zu sagen, Napoleon habe seine Truppen nach Moskau geführt, weil er dies gewollt habe und weil er sehr klug und genial gewesen sei.

In dem einen wie in dem andern Fall fiel eben nur seine persönliche Tätigkeit, die keine größere Kraft besaß als die persönliche Tätigkeit eines jeden Soldaten, mit jenen Gesetzen zusammen, nach denen sich das Ereignis vollzog.

Durchaus falsch stellen uns die Historiker (lediglich weil Napoleons Handlungsweise durch die Folgen sich als unrichtig herausstellte) die Sache so dar, als hätten Napoleons geistige Fähigkeiten in Moskau eine Verminderung erlitten. Genau wie vorher und wie nachher im Jahre 1813 wandte er all seinen Verstand und seine Geisteskräfte an, um das zu tun, was für ihn selbst und für seine Armee das beste wäre. Napoleons Tätigkeit in dieser Zeit ist nicht minder staunenswert als in Ägypten, in Italien, in Österreich und in Preußen. Wir haben keine zuverlässige Kenntnis darüber, bis zu welchem Grade Napoleons Genialität in Ägypten das wirkende Moment war, wo vierzig Jahrhunderte auf seine Größe herabblickten; denn all diese Großtaten sind uns nur von Franzosen geschildert worden. Wir können uns kein zuverlässiges Urteil über seine Genialität in Österreich und Preußen bilden, da wir die Zeugnisse über seine dortige Tätigkeit aus französischen und deutschen Quellen schöpfen müssen und die unbegreifliche Kapitulation ganzer Armeekorps ohne Kampf und starker Festungen ohne Belagerung die Deutschen geneigt machen muß, die Genialität des Siegers anzuerkennen, weil ihnen nur auf diese Weise der Verlauf des in Deutschland geführten Krieges erklärlich scheint. Wir aber haben, Gott sei Dank, keinen Grund, ihn für ein Genie zu erklären, um eigene Schande zu verdecken. Wir haben für die Berechtigung, die Sache klar und unbefangen zu betrachten, einen hohen Preis bezahlt, und wir werden uns diese Berechtigung nicht nehmen lassen.

Seine Tätigkeit in Moskau war ebenso erstaunlich und genial wie überall. Er erließ Befehle auf Befehle und entwarf Pläne auf Pläne, von seinem Einzug in Moskau bis zu seinem Auszug. Durch die Abwesenheit der Einwohner und das Ausbleiben einer Deputation, ja selbst durch den Brand von Moskau ließ er sich nicht beirren. Nichts verlor er aus dem Auge: weder das Wohl seiner Armee noch die Tätigkeit des Feindes noch das Wohl der Völker Rußlands noch die Leitung der Angelegenheiten von Paris noch die diplomatische Erwägung der künftigen Friedensbedingungen.

IX

Was die Kriegführung anbelangte, so gab Napoleon sogleich nach dem Einzug in Moskau dem General Sebastiani strengen Befehl, die Bewegungen der russischen Armee zu verfolgen; er sendete Truppenabteilungen auf verschiedenen Wegen aus und beauftragte Murat damit, Kutusow ausfindig zu machen. Ferner traf er sorgsame Anordnungen über die Befestigung des Kreml; ferner entwarf er auf der ganzen Karte von Rußland einen genialen Plan für einen künftigen Feldzug.

In diplomatischer Hinsicht ließ Napoleon den ausgeplünderten und zerlumpten Hauptmann Jakowlew zu sich kommen, der nicht wußte, wie er glücklich aus Moskau herauskommen sollte, und setzte ihm eingehend seine ganze Politik und seine Großmut auseinander. Dann schrieb er einen Brief an den Kaiser Alexander, in welchem er es für seine Pflicht hielt, seinem Freund und Bruder mitzuteilen, daß Rastoptschin in Moskau schlechte Anordnungen getroffen habe, und schickte Jakowlew mit diesem Brief nach Petersburg. Auch dem alten Tutolmin machte er eingehende Mitteilungen über seine Ansichten und über seine Großmut und sendete diesen ebenfalls zum Zweck von Verhandlungen nach Petersburg.

In bezug auf die Rechtspflege wurde sogleich nach den Bränden Befehl erteilt, die Schuldigen ausfindig zu machen und zu bestrafen. Und der Bösewicht Rastoptschin wurde dadurch bestraft, daß befohlen wurde, seine Häuser in Brand zu stecken.

In administrativer Hinsicht wurde Moskau mit einer Kommunalverwaltung beschenkt. Es wurden eine Munizipalität eingesetzt und folgende Bekanntmachung erlassen:

»Einwohner Moskaus!

Schmerzliches Unglück hat euch betroffen; aber Seine Majestät der Kaiser und König will demselben ein Ziel setzen. Furchtbare Exempel haben euch gelehrt, wie er Ungehorsam und Verbrechen bestraft. Strenge Maßnahmen sind ergriffen, um der Zuchtlosigkeit ein Ende zu machen und die öffentliche Sicherheit wiederherzustellen. Eine aus eurer Mitte gewählte väterliche Verwaltungsbehörde wird eure Munizipalität oder städtische Selbstregierung bilden. Diese Behörde wird für euch, für eure Bedürfnisse, für euer Wohl Sorge tragen. Die Mitglieder werden an einer roten Schärpe kenntlich sein, die sie über der Schulter tragen werden, und der Bürgermeister wird außerdem noch einen weißen Gürtel haben. Außerhalb ihrer Amtstätigkeit jedoch werden sie nur eine rote Binde um den linken Arm tragen.

Eine städtische Polizei ist in der bisherigen Form eingerichtet, und dank ihrer Tätigkeit herrscht bereits eine bessere Ordnung. Die Regierung hat zwei Generalkommissare oder Polizeimeister ernannt und zwanzig Kommissare oder Reviervorsteher, die in allen Revieren der Stadt angestellt sind. Ihr werdet sie an einer weißen Binde erkennen, die sie um den linken Arm tragen werden. Mehrere Kirchen verschiedener Religionsbekenntnisse sind geöffnet, und es wird in ihnen unbehindert Gottesdienst stattfinden. Täglich kehren mehr von euren Mitbürgern in ihre Wohnungen zurück, und es sind Befehle erlassen, daß sie in denselben die Hilfe und den Schutz finden, auf die das Unglück einen Anspruch hat. Dies sind die Mittel, welche die Regierung angewandt hat, um die Ordnung wiederherzustellen und euch eure Lage zu erleichtern. Aber um dies zu erreichen, ist erforderlich, daß ihr eure Bemühungen mit den ihrigen vereinigt, daß ihr, wenn möglich, die Leiden, die ihr erduldet habt, vergeßt, daß ihr euch der Hoffnung auf ein freundlicheres Los in der Zukunft hingebt, daß ihr davon überzeugt seid, daß ein schmählicher Tod mit Sicherheit diejenigen erwartet, die sich an euren Personen und an der euch verbliebenen Habe vergreifen, und endlich, daß ihr nicht daran zweifelt, daß euch und eurer Habe aller Schutz zuteil werden wird – denn dies ist der Wille des größten und gerechtesten aller Monarchen. Soldaten und Einwohner, welcher Nation ihr auch angehören mögt! Stellt das öffentliche Vertrauen, die Quelle des Glückes eines jeden Staates, wieder her; lebt wie Brüder; gewährt einander wechselseitig Hilfe und Schutz; vereinigt euch, um die Absichten der Übelgesinnten zu vereiteln; gehorcht den militärischen und bürgerlichen Obrigkeiten: Und bald werden eure Tränen zu fließen aufhören.«

In bezug auf die Verpflegung des Heeres ordnete Napoleon an, alle Truppen sollten der Reihe nach requirierend durch Moskau ziehen, um sich Proviant zu verschaffen, damit auf diese Weise die Armee für die kommende Zeit versorgt sei.

In religiöser Hinsicht befahl Napoleon, die Popen zurückzurufen und den Gottesdienst in den Kirchen wiederaufzunehmen.

Um den Handel zu heben und die Verproviantierung der Armee zu erleichtern, wurde überall der nachstehende Aufruf angeschlagen:

»Ihr friedlichen Einwohner Moskaus, Handwerker und Arbeiter, die das Unglück veranlaßt hat, die Stadt zu verlassen, und ihr Bauern, die eine unbegründete Furcht noch auf den Feldern von der Stadt fernhält, höret! Die Ruhe kehrt in diese Hauptstadt zurück, und die Ordnung wird in ihr wiederhergestellt. Eure Landsleute kommen dreist aus ihren Zufluchtsorten hervor, da sie sehen, daß ihnen nichts Übles geschieht. Jede Gewalttat, die gegen sie und ihr Eigentum verübt wird, findet unverzügliche Bestrafung. Seine Majestät der Kaiser und König läßt ihnen seinen Schutz angedeihen und hält niemanden von euch für seinen Feind außer denen, die sich seinen Anordnungen widersetzen. Er will euren Leiden ein Ende machen und euch euren Heimstätten und euren Familien wiedergeben. Geht auf seine wohltätigen Absichten ein und kommt ohne jede Besorgnis zu uns. Ihr Einwohner! Kehrt vertrauensvoll in eure Behausungen zurück; ihr werdet schnell die Mittel finden, euch alles zu beschaffen, was ihr nötig habt! Ihr Handwerksmeister und arbeitsamen Gesellen! Kommt wieder zurück zu eurem Handwerk: Die Häuser, die Läden, die Schutzwachen erwarten euch, und für eure Arbeit werdet ihr die euch zukommende Bezahlung erhalten! Und endlich ihr, ihr Bauern, kommt aus den Wäldern heraus, in denen ihr euch aus Angst verborgen habt; kehrt furchtlos in eure Hütten zurück, in der festen Zuversicht, daß ihr Schutz finden werdet. Es sind Verkaufsstellen in der Stadt eingerichtet, wohin die Bauern bringen können, was sie von ihren Vorräten und Feldfrüchten nicht für sich selbst gebrauchen. Die Regierung hat folgende Maßregeln getroffen, um ihnen einen freien Verkauf zu sichern: 1. Vom heutigen Tag an können die Bauern und die Einwohner der Umgegend Moskaus ohne jede Gefahr ihre Produkte, von welcher Art sie auch sein mögen, in die Stadt bringen, nach den beiden festgesetzten Verkaufsstellen, nämlich nach der Mochowaja-Straße und auf den Ochotny-Markt. 2. Diese Produkte werden ihnen zu demjenigen Preis abgekauft werden, über den sich der Käufer und der Verkäufer untereinander einigen; wenn jedoch der Verkäufer den von ihm geforderten angemessenen Preis nicht erhält, so wird es dem Verkäufer freistehen, seine Ware wieder nach seinem Dorf mitzunehmen, und niemand darf ihn daran unter irgendeinem Vorwand hindern. 3. Am Sonntag und Mittwoch einer jeden Woche soll großer Markttag sein; zu diesem Zweck wird eine hinlängliche Menge von Truppen dienstags und sonnabends auf allen großen Landstraßen in einer solchen Entfernung von der Stadt postiert werden, daß sie die betreffenden Fuhren beschützen kann. 4. Dieselben Maßnahmen werden ergriffen werden, damit die Bauern mit ihren Fuhrwerken und Pferden auf dem Rückweg in keiner Weise behindert werden. 5. Es werden unverzüglich Mittel zur Anwendung gebracht werden, um die gewöhnlichen Märkte wiederherzustellen. Ihr Bewohner der Stadt und der Dörfer, und ihr, ihr Arbeiter und Handwerker, zu welcher Nation ihr auch gehören mögt! Es ergeht an euch die Aufforderung, die väterlichen Absichten Seiner Majestät des Kaisers und Königs ausführen zu helfen und mit ihm zur Förderung des Gemeinwohls mitzuwirken. Bringt ihm Ehrerbietung und Vertrauen entgegen und zögert nicht, euch mit uns zu vereinigen!«

Um die Stimmung des Heeres und der Bevölkerung zu heben, wurden fortwährend Truppenschauen abgehalten und Belohnungen und Anerkennungen verliehen. Der Kaiser ritt durch die Straßen und sprach tröstend mit den Einwohnern, und trotz seiner umfänglichen Beschäftigung mit Staatsangelegenheiten besuchte er persönlich die auf seinen Befehl eingerichteten Theater.

Was die Wohltätigkeit, die schönste Tugend gekrönter Häupter, anlangt, so tat Napoleon gleichfalls alles, was er nur irgend vermochte. An den Wohltätigkeitsanstalten ließ er die Inschrift anbringen: Maison de ma mère, indem er durch dieses Verfahren die zärtliche Gesinnung des Sohnes und die erhabene Tugend des Monarchen zugleich zum Ausdruck brachte. Er besuchte das Findelhaus, hielt den von ihm geretteten Waisen seine weißen Hände zum Abküssen hin und unterhielt sich huldvoll mit Tutolmin. Dann ließ er, wie das Thiers mit rhetorisch schönen Worten berichtet, seinen Truppen die Löhnung in dem falschen russischen Papiergeld auszahlen, das er hatte herstellen lassen. Derselbe Schriftsteller berichtet auch: »Um der Anwendung dieser Maßregeln durch eine seiner selbst und der französischen Armee würdige Handlung einen besonderen Glanz zu verleihen, ließ er an die Abgebrannten Unterstützungen verteilen. Aber da die Lebensmittel zu kostbar waren, als daß man sie an Angehörige eines fremden Volkes, die größtenteils feindlich gesinnt waren, hätte weggeben können, so zog Napoleon es vor, ihnen Geld zukommen zu lassen, damit sie sich Lebensmittel anderweitig beschafften, und ließ Papierrubel an sie verteilen.«

Was die Disziplin der Armee betrifft, so ergingen fortwährend Befehle über strenge Bestrafung von Nachlässigkeit in Erfüllung der Dienstpflicht und über die Verhinderung des Plünderns.

X

Aber sonderbar: Alle diese Anordnungen, Bemühungen und Pläne, die keineswegs schlechter waren als andere, die in ähnlichen Fällen von ihm ausgegangen waren, berührten gar nicht den Kern der Sache und bewegten sich wie Zeiger eines Uhrzifferblattes, das von dem Mechanismus losgelöst ist, willkürlich und zwecklos, ohne auf die Räder einzuwirken.

In militärischer Hinsicht wurde der geniale Feldzugsplan, von welchem Thiers sagt, Napoleons Genie habe niemals etwas Tieferes, Kunstvolleres, Bewundernswerteres ersonnen, und von welchem dieser Historiker, sich in eine Polemik mit Herrn Fain einlassend, beweist, daß seine Konzipierung nicht auf den 4., sondern auf den 15. Oktober anzusetzen sei – dieser geniale Plan wurde nie zur Ausführung gebracht und konnte nie zur Ausführung gebracht werden, weil er keine Berührungspunkte mit der Wirklichkeit hatte. Die Befestigung des Kreml, um derentwillen »die Moschee«, wie Napoleon die Wasili-Blaschenny-Kirche nannte, niedergerissen werden mußte, erwies sich als vollständig zwecklos. Die Anlegung von Minen unter dem Kreml machte lediglich die Erfüllung des Wunsches des Kaisers beim Wegzug von Moskau möglich, den Kreml in die Luft zu sprengen, d. h. die Diele zu schlagen, auf die das Kind gefallen war. Die Verfolgung des russischen Heeres, die für Napoleon einen Gegenstand besonderer Sorge bildete, bot eine unerhörte Erscheinung dar. Die französischen Heerführer hatten die sechzigtausend Mann starke russische Armee aus den Augen verloren, und nur, nach Thiers' Ausdruck, der Geschicklichkeit und, wie man vielleicht auch hier sagen könnte, der Genialität Murats gelang es, diese sechzigtausend Mann starke russische Armee wie eine Stecknadel wiederzufinden.

In diplomatischer Hinsicht erreichte Napoleon geradezu gar nichts dadurch, daß er dem alten Tutolmin und dem Hauptmann Jakowlew (dessen Streben hauptsächlich darauf gerichtet war, zu einem Mantel und zu einem Fuhrwerk zu gelangen) seine Großmut und seine Gerechtigkeit darlegte. Denn Alexander empfing diese Abgesandten nicht und gab auf ihre Mission keine Antwort.

Was die Rechtspflege anlangt, so brannte nach der Hinrichtung der vermeintlichen Brandstifter die andere Hälfte von Moskau ab.

In administrativer Hinsicht tat die Einsetzung einer Munizipalität der Plünderung keinen Einhalt und brachte nur einigen Personen Vorteil, welche Mitglieder dieser Munizipalität waren und unter dem Vorwand, die Ordnung aufrechtzuerhalten, Moskau plünderten oder ihre eigene Habe vor der Plünderung bewahrten.

In religiöser Hinsicht wurden, während in Ägypten sich die Sache durch den Besuch einer Moschee so leicht hatte in Ordnung bringen lassen, hier keinerlei Resultate erzielt. Zwei oder drei Geistliche, die man in Moskau aufgetrieben hatte, versuchten Napoleons Wunsch zu erfüllen; aber den einen von ihnen ohrfeigte ein französischer Soldat während des Gottesdienstes, und in betreff eines andern erstattete ein französischer Beamter folgenden Bericht: »Der Priester, den ich ausfindig gemacht und aufgefordert hatte, wieder mit dem Messelesen anzufangen, reinigte die Kirche und schloß sie zu. Aber gleich in derselben Nacht sind von neuem die Türen eingeschlagen, die Vorhängeschlösser zerbrochen, die Bücher zerrissen und anderer Unfug verübt worden.«

Was den Handel betrifft, so blieb der Aufruf an die arbeitsamen Handwerker und an alle Bauern ganz erfolglos. Arbeitsame Handwerker gab es nicht, und die Bauern fingen diejenigen Kommissare, die ihre Fahrten mit diesem Aufruf zu weit ausdehnten, auf und schlugen sie tot.

Was den Versuch anlangt, das Volk und die Truppen durch Theatervorstellungen zu belustigen, so gelang auch dieser nicht. Die im Kreml und in Posnjakows Haus eingerichteten Theater mußten sogleich wieder geschlossen werden, da die Schauspieler und Schauspielerinnen ausgeplündert wurden.

Die Wohltätigkeit erzielte gleichfalls nicht die gewünschten Resultate. Moskau war voll von falschem und echtem Papiergeld, aber dieses hatte keinen Wert. Die Franzosen, welche Beute suchten, sahen es nur auf Gold ab. Und nicht nur das falsche Papiergeld, das Napoleon so huldvoll an die Unglücklichen hatte verteilen lassen, war wertlos, sondern auch das Silber wurde unter seinem Wert gegen Gold abgegeben.

Aber die überraschendste Erscheinung bei dieser Unwirksamkeit der von höchster Stelle ausgehenden Anordnungen war damals die Erfolglosigkeit der Bemühungen Napoleons, dem Plündern Einhalt zu tun und die Disziplin wiederherzustellen.

Hier einiges aus der amtlichen Korrespondenz militärischer Behörden:

»Die Plünderungen in der Stadt dauern fort trotz des Befehls, sie zu verhindern. Die Ordnung ist noch nicht wiederhergestellt, und es ist kein einziger Kaufmann da, der in gesetzlicher Weise Handel triebe. Nur die Marketender wagen es, Waren zum Verkauf zu stellen, und das sind geraubte Gegenstände.«

»Ein Teil meines Bezirkes wird immer noch von den Soldaten des dritten Korps ausgeraubt; nicht damit zufrieden, den Unglücklichen, die sich in die Keller geflüchtet haben, das wenige, das ihnen noch geblieben ist, zu entreißen, begehen sie sogar die Barbarei, sie mit Säbelhieben zu verwunden, wovon ich mehrere Beispiele gesehen habe.«

»Nichts Neues, als daß die Soldaten sich erlauben, zu stehlen und zu plündern. Den 9. Oktober.«

»Das Stehlen und Plündern dauert fort. Es befindet sich in unserm Bezirk eine Diebesbande, zu deren Festnahme starke Detachements erforderlich sein werden. Den 11. Oktober.«

»Der Kaiser ist höchst unzufrieden, daß trotz des strengen Befehls, dem Plündern Einhalt zu tun, man fortwährend Trupps marodierender Gardisten sieht, die nach dem Kreml zurückkehren. – Bei der alten Garde ist Zuchtlosigkeit und Raublust gestern, in der letzten Nacht und heute wieder in stärkerem Grade hervorgetreten als je vorher. Der Kaiser sieht mit Bedauern, daß die Elitesoldaten, die mit der Bewachung seiner

Person betraut sind und dem Heer ein Vorbild guter Zucht sein sollten, in ihrer Insubordination so weit gehen, die für die Armee eingerichteten Keller und Magazine zu erbrechen. Andere haben sich so weit vergessen, den Schildwachen und den wachhabenden Offizieren den Gehorsam zu verweigern, sie zu beschimpfen und zu schlagen.«

»Der Oberhofmarschall beklagt sich lebhaft«, schrieb der Gouverneur, »daß trotz wiederholter Verbote die Soldaten immer noch in allen Höfen und selbst unter den Fenstern des Kaisers ihre Bedürfnisse verrichten.«

Bei diesem Heer, das, wie eine ungehütet sich zerteilende Herde, mit den Füßen die Nahrung zertrat, durch die es sich hätte vor dem Hungertod retten können, wurde die Zersetzung und Verderbnis mit jedem weiteren Tag des Aufenthalts in Moskau schlimmer. Aber es zog nicht ab.

Erst dann eilte es fort, als es auf einmal infolge des Abfangens von Transporten auf der Smolensker Heerstraße und infolge der Schlacht bei Tarutino von panischem Schrecken ergriffen war.

Diese Nachricht von der Schlacht bei Tarutino, welche Napoleon unerwartet bei einer Truppenschau erhielt, war es, die bei ihm den Wunsch hervorrief, die Russen zu bestrafen, wie Thiers sich ausdrückt, und so gab er denn den Befehl zum Abzug, den das ganze Heer verlangte.

Bei der Flucht aus Moskau schleppten die Soldaten dieses Heeres alles mit sich, was sie geraubt hatten. Auch Napoleon führte seinen eigenen Tresor mit. Als er die Menge von Fuhrwerken erblickte, durch die die Armee unbeweglich gemacht wurde, erschrak er zwar, wie Thiers sagt; aber trotz seiner Kriegserfahrung befahl er nicht, alle entbehrlichen Wagen zu verbrennen, wie er das beim Anmarsch auf Moskau mit den Fuhrwerken eines Marschalls hatte machen lassen. Er betrachtete diese Kaleschen und Kutschen, in denen die Soldaten fuhren, und äußerte, das sei ganz gut, diese Wagen könne man zum Transport von Proviant, von Kranken und Verwundeten verwenden.

Die Lage des ganzen Heeres glich der Lage eines verwundeten Wildes, das sein Verderben ahnt und nicht weiß, was es tut. Die kunstvollen Manöver und Pläne Napoleons und seines Heeres vom Einzug in Moskau bis zur Vernichtung dieses Heeres studieren heißt ganz dasselbe wie die Bedeutung der letzten Sprünge und Zuckungen eines tödlich verwundeten Wildes studieren. Sehr häufig rennt das verwundete Tier, wenn es ein Geräusch hört, dem Jäger vor den Schuß, läuft vorwärts, rückwärts und beschleunigt selbst sein Ende. Eben dasselbe tat Napoleon unter dem Druck, den sein ganzes Heer auf ihn ausübte. Bei dem Geräusch der Schlacht von Tarutino schrak das Wild zusammen und stürzte vorwärts in den Schußbereich hinein, rannte auf den Jäger zu, kehrte wieder um und lief endlich, wie jedes Wild, auf dem unvorteilhaftesten, gefährlichsten Weg, aber auf der bekannten, alten Spur zurück.

Napoleon, der uns als der Leiter dieser ganzen Bewegung erscheint (wie die Wilden die geschnitzte Figur am Schiffsschnabel für die Kraft hielten, von der das Schiff bewegt werde), glich während der ganzen Zeit dieser seiner Tätigkeit einem Kind, das die Bändchen anfaßt, die im Innern des Wägelchens angebracht sind, und sich einbildet, das Wägelchen zu lenken.

XI

Am 6. Oktober frühmorgens war Pierre aus der Baracke herausgegangen und nach seiner Rückkehr an der Tür stehengeblieben, wo er mit einem langgestreckten, kurz- und krummbeinigen Hündchen von bläulichgrauer Farbe spielte, das um ihn herumsprang. Dieser Hund lebte bei ihnen in der Baracke und lag die Nacht über bei Karatajew, lief aber manchmal irgendwohin in die Stadt und kehrte dann wieder zurück. Er hatte wahrscheinlich nie jemandem gehört, war auch jetzt herrenlos und hatte keinen Namen. Die Franzosen nannten ihn Azor; der Soldat, der immer die Märchen erzählte, nannte ihn Femgalka, Karatajew und andere nannten ihn »Grauer«, manchmal auch »Strolch«. Daß er niemandem gehörte, keinen ordentlichen Namen führte, keiner Rasse angehörte und nicht einmal eine bestimmte Farbe hatte, grämte ihn nicht im geringsten. Sein buschiger Schweif stand fest und rundlich nach oben wie ein Helmbusch; seine krummen Beine leisteten ihm so gute Dienste, daß er oft, wie wenn er es verschmähte, sie alle vier zu gebrauchen, graziös das eine Hinterbein in die Höhe hob und sehr geschickt und schnell auf drei Pfoten lief. Alles war für ihn ein Anlaß, vergnügt zu sein. Bald wälzte er sich winselnd vor Freude auf dem Rücken, bald wärmte er sich mit ernster, nachdenklicher Miene in der Sonne; bald trieb er Mutwillen, indem er mit einem Holzspänchen oder mit einem Strohhalm spielte.

Pierres Kleidung bestand jetzt aus einem schmutzigen, zerrissenen Hemd, dem einzigen Überrest seiner früheren Kleidung, einer Soldatenhose, die er sich um des besseren Warmhaltens willen auf Karatajews Rat an den Knöcheln mit Bindfaden zusammengebunden hatte, einem Kaftan und einer Bauernmütze. Körperlich hatte er sich während dieser Zeit sehr verändert. Er sah nicht mehr dick aus, obgleich man ihm noch ebenso wie vorher die in seinem Geschlecht erbliche Derbheit und Kraft ansah. Ein Bart bedeckte den unteren Teil seines Gesichtes; das lang gewordene, wirre, von Läusen wimmelnde Kopfhaar hatte jetzt das Aussehen einer krausen Mütze. Der Ausdruck seiner Augen war fest und ruhig, aber dabei frisch und lebhaft, ein Ausdruck, wie ihn Pierres Blick früher nie gehabt hatte. An die Stelle seiner früheren Schlaffheit, die sich auch in seinem Blick bekundet hatte, war jetzt eine energische, zum Handeln und zum Widerstand bereite Spannkraft getreten. Seine Füße waren nackt.

Pierre blickte bald hinunter auf das Feld, über welches an diesem Morgen Fuhrwerke und Reiter hinzogen, bald über den Fluß hinüber in die Ferne, bald nach dem Hündchen, das sich stellte, als wolle es ihn ernstlich beißen, bald nach seinen nackten Füßen, die er mit einem eigenartigen Vergnügen bald so, bald anders hinstellte, wobei er seine schmutzigen, großen, dicken Zehen hin und her bewegte. Und jedesmal, wenn er seine nackten Füße ansah, lief über sein Gesicht ein Lächeln heiterer Befriedigung. Der Anblick dieser nackten Füße rief ihm alles das ins Gedächtnis, was er in der letzten Zeit durchlebt und erkannt hatte, und diese Erinnerung war ihm angenehm.

Das Wetter war schon seit mehreren Tagen still und klar, mit leichten Morgenfrösten – der sogenannte Altweibersommer.

Die Luft war, wo die Sonne schien, warm, und diese Wärme nebst der stärkenden Frische des Morgenfrostes, der in der Luft noch zu spüren war, wirkte sehr angenehm.

Auf allem, auf fernen und nahen Gegenständen, lag jener zauberhafte Kristallglanz, der nur dieser Herbstzeit eigen ist. In der Ferne waren die Sperlingsberge sichtbar, mit dem Dorf, der Kirche und dem großen, weißen Haus. Die kahlen Bäume und der Sand und die Steine und die Dächer der Häuser und die grüne Kirchturmspitze und die Ecken des fernen weißen Hauses, das alles hob sich außerordentlich deutlich, in ganz scharfen Linien in der reinen Luft ab. In der Nähe sah Pierre die ihm wohlbekannten Ruinen eines halbverbrannten Herrenhauses, in welchem Franzosen wohnten, und die noch dunkelgrünen Fliederbüsche, die an der Einfriedigung entlang wuchsen. Und selbst dieses trümmerhafte, rauchgeschwärzte Haus, das bei trübem Wetter durch seine Häßlichkeit etwas Abstoßendes hatte, machte jetzt bei dem hellen Sonnenschein und der stillen Luft einen schönen, gewissermaßen beruhigenden Eindruck.

Ein französischer Korporal, den Rock häuslich-bequem aufgeknöpft, auf dem Kopf eine Zipfelmütze, zwischen den Zähnen eine kurze Pfeife, kam um eine Ecke der Baracke herum und trat, freundlich mit den Augen zwinkernd, zu Pierre heran.

»Was für ein prächtiger Sonnenschein! Nicht wahr, Monsieur Kirill?« (So wurde Pierre von allen Franzosen genannt.) »Der reine Frühling!«

Der Korporal lehnte sich an die Tür und bot Pierre seine Pfeife an, obgleich er sie ihm schon oftmals angeboten und Pierre jedesmal dankend abgelehnt hatte.

»Das wäre ein schönes Marschwetter ...«, begann er.

Pierre fragte ihn, was über das Ausrücken verlaute, und der Korporal erzählte ihm, es seien schon beinahe alle Truppen im Abmarsch begriffen, und es müsse heute ein Befehl über die Gefangenen kommen. In der Baracke, in welcher Pierre untergebracht war, lag ein Soldat namens Sokolow, todkrank, und Pierre sagte dem Korporal, es müßten für diesen Soldaten die nötigen Anordnungen getroffen werden. Der Korporal erwiderte, Pierre könne darüber beruhigt sein; dafür seien mobile und stationäre Lazarette vorhanden, und es würde schon in betreff der Kranken das Erforderliche angeordnet werden; überhaupt seien die Vorgesetzten im voraus auf alles bedacht, was möglicherweise eintreten könne.

»Und dann, Monsieur Kirill, brauchen Sie ja nur dem Kapitän ein Wort zu sagen. Wissen Sie, das ist ein prächtiger Mann; der vergißt nie etwas. Sagen Sie es dem Kapitän, wenn er seinen Rundgang macht. Ihnen zuliebe tut er alles.«

Der Kapitän, von dem der Korporal sprach, unterhielt sich oft lange mit Pierre und erwies ihm alle möglichen Freundlichkeiten.

»›Siehst du, St. Thomas‹, sagte er neulich zu mir, ›Kirill, das ist ein Mann, der eine gute Bildung besitzt und französisch spricht; er ist ein vornehmer Russe, der Unglück gehabt hat; aber er ist ein tüchtiger Mensch. Und er versteht etwas. Wenn er einen Wunsch hat, dann mag er es mir sagen; ich werde ihm nichts abschlagen. Siehst du, wenn man selbst studiert hat, dann liebt man die Bildung und die gebildeten Menschen.‹ Das erzähle ich Ihnen aus Freundschaft wieder, Monsieur Kirill. Bei der Affäre neulich, wenn Sie da nicht eingegriffen hätten, dann hätte die Sache ein schlimmes Ende genommen.«

Nachdem der Korporal noch ein Weilchen geplaudert hatte, ging er weg. (Der neuliche Vorfall, dessen der Korporal Erwähnung getan hatte, war eine Schlägerei zwischen Gefangenen und Franzosen gewesen, bei der es Pierre gelungen war, seine Kameraden zu besänftigen.) Einige Gefangene hatten Pierres Gespräch mit dem Korporal gehört und erkundigten sich nun sofort, was der Korporal gesagt habe. Während Pierre seinen Kameraden berichtete, was ihm der Korporal über den Abmarsch mitgeteilt hatte, näherte sich der Tür der Baracke ein französischer Soldat von hagerer Gestalt, mit gelblicher Hautfarbe, in zerlumpter Kleidung. Nachdem er mit einer schnellen, schüchternen Bewegung die Finger zum Zeichen des Grußes an die Stirn gehoben hatte, wandte er sich an Pierre und fragte ihn, ob in dieser Baracke ein Soldat Platoche wohne, dem er den Auftrag gegeben habe, ihm ein Hemd zu nähen.

Eine Woche vorher war den Franzosen Leder und Leinwand geliefert worden, und sie hatten dieses Material den gefangenen Soldaten übergeben, damit sie ihnen daraus Stiefel machten und Hemden nähten.

»Es ist fertig, es ist fertig, mein lieber Falke!« sagte Karatajew, der, ein sauber zusammengelegtes Hemd in der Hand, heraustrat.

Weil es so warmes Wetter war und um bei der Arbeit unbehindert zu sein, hatte Karatajew nur Hosen und ein zerrissenes Hemd an, das so schwarz wie Erde aussah. Die Haare hatte er sich, wie das Handwerker zu tun pflegen, mit einem Baststreifen zusammengebunden, und sein rundliches Gesicht sah dadurch noch rundlicher und freundlicher aus.

»Versprechen und Halten ziemt Jungen und Alten. Wie ich gesagt habe: ›Zum Freitag‹, so habe ich es auch gemacht«, sagte Platon lächelnd und faltete das von ihm verfertigte Hemd auseinander.

Der Franzose blickte unruhig um sich, und wie wenn er sein Bedenken überwunden hätte, warf er schnell seinen Uniformrock ab und zog das Hemd an. Unter dem Rock hatte er kein Hemd angehabt; er trug auf dem nackten, gelben, hageren Körper nur eine lange, schmierige, geblümte, seidene Weste. Er fürchtete offenbar, die Gefangenen, die ihn ansähen, könnten über ihn lachen, und steckte eilig den Kopf in das Hemd hinein. Aber keiner der Gefangenen sagte ein Wort.

»Siehst du wohl, es paßt, gleich auf den ersten Hieb«, sagte Platon und zupfte das Hemd zurecht.

Nachdem der Franzose Kopf und Arme durchgesteckt hatte, betrachtete er, ohne die Augen zu erheben, das Hemd an seinem Leib und prüfte die Nähte.

»Na ja, mein lieber Falke, eine Schneiderwerkstatt ist ja hier nicht, und ordentliches Handwerkszeug habe ich auch nicht; und man pflegt zu sagen: Ohne Werkzeug kann man nicht einmal eine Laus totschlagen«, sagte Platon mit vergnügtem Lächeln und hatte offenbar selbst seine Freude an seiner Arbeit.

»Schön, schön, danke; aber du mußt von der Leinwand noch etwas übrigbehalten haben«, sagte der Franzose.

»Es wird dir noch besser sitzen, wenn du es auf den bloßen Leib anziehst«, sagte Karatajew, der fortfuhr, sich über sein Machwerk zu freuen. »Es wird dir gute Dienste leisten und eine angenehme Empfindung machen …«

»Danke, danke, Alterchen; nun die Reste …«, wiederholte der Franzose lächelnd, zog eine Banknote heraus und gab sie Karatajew. »Aber die Reste …«

Pierre merkte, daß Platon nicht verstehen wollte, was der Franzose sagte, und sah die beiden an, ohne sich einzumischen. Karatajew bedankte sich für das Geld und hörte nicht auf, liebevoll seine Arbeit zu betrachten. Der Franzose beharrte auf seinem Verlangen nach Herausgabe der Reste und bat Pierre, das, was er gesagt hatte, zu übersetzen.

»Was kann er denn mit den Resten anfangen?« erwiderte Karatajew. »Für uns aber würden sich prächtige Fußlappen daraus machen lassen. Na, wenn er sie durchaus will, meinetwegen!«

Und mit plötzlich verändertem, traurig gewordenem Gesicht holte Karatajew hinter seiner Hemdbrust ein Päckchen Zeugschnitzel hervor und reichte es, ohne hinzublicken, dem Franzosen hin. »Schade, schade!« sagte Karatajew und ging zurück. Der Franzose sah die Leinwand ein Weilchen an, überlegte, richtete einen fragenden Blick auf Pierre, und Pierres antwortender Blick schien ihm etwas zu sagen.

»Platoche, hör mal, Platoche«, rief der Franzose auf einmal errötend mit schriller Stimme. »Behalte das für dich!« Und damit reichte er ihm die Reste hin, wandte sich um und ging weg.

»Na, da sieht man's!« sagte Karatajew, den Kopf hin und her wiegend. »Es heißt immer, die seien keine Christen; aber sie haben doch auch eine Seele. Die Alten haben ganz recht, wenn sie sagen: Schweißige Hand ist freigebig, aber trockene Hand ist geizig. Er ist selbst nackt und bloß und hat doch noch etwas weggegeben.«

Karatajew schwieg ein Weilchen und betrachtete, nachdenklich lächelnd, die Leinwandreste.

»Aber prächtige Fußlappen können wir uns daraus machen, lieber Freund«, sagte er und kehrte in die Baracke zurück.

XII

Vier Wochen waren vergangen, seit Pierre in Gefangenschaft geraten war. Obwohl die Franzosen ihm anheimgestellt hatten, aus der Soldatenbaracke in die der Offiziere überzusiedeln, war er doch in derjenigen geblieben, in die er am ersten Tag gekommen war.

In dem zerstörten und verbrannten Moskau machte Pierre fast das Äußerste an Entbehrungen durch, was ein Mensch ertragen kann; aber dank seiner starken Konstitution und seiner guten Gesundheit, deren er sich bisher nicht bewußt geworden war, und besonders dank dem Umstand, daß diese Entbehrungen so unmerklich an ihn herangetreten waren, daß sich gar nicht sagen ließ, wann sie eigentlich angefangen hatten, ertrug er seine Lage nicht nur leicht, sondern sogar in freudiger Stimmung. Und namentlich hatte er gerade in dieser Zeit jene seelische Ruhe und Zufriedenheit mit sich selbst erlangt, nach der er früher vergebens gestrebt hatte. Lange hatte er in seinem Leben auf den verschiedensten Wegen nach dieser Seelenruhe und inneren Harmonie gesucht, die ihn bei den Soldaten in Borodino so in Erstaunen versetzt hatte: Er hatte sie in der Philanthropie gesucht, in der Freimaurerei, in den Zerstreuungen des gesellschaftlichen Lebens, im Wein, in heldenhaften Taten der Selbstaufopferung, in der romantischen Liebe zu Natascha; er hatte sie gesucht auf dem Weg des Denkens – und hatte bei all diesem Suchen und Versuchen nur Täuschungen erlebt. Und nun hatte er, ohne daran zu denken, diese seelische Ruhe und innere Harmonie erreicht lediglich durch die Schrekken des Todes, durch Entbehrungen und durch das, was er aus Karatajews Wesen gelernt hatte.

Jene entsetzlichen Minuten, die er während der Hinrichtung durchlebt hatte, hatten gleichsam für immer aus seinem Denk- und Erinnerungsvermögen die aufregenden Gedanken und Empfindungen fortgespült, die ihm früher so wichtig erschienen waren. Es kam ihm jetzt kein Gedanke an Rußland in den Kopf oder an den Krieg oder an die Politik oder an Napoleon. Er war sich darüber klar, daß ihn alles dies nichts anging, daß er nicht den Beruf und daher auch nicht die Fähigkeit hatte, über all dies zu urteilen. »Der Sommer ist nicht Rußlands Verbündeter«, wiederholte er sich einen Satz, den er von Karatajew gehört hatte, und dieser Satz übte auf ihn eine seltsam beruhigende Wirkung aus. Unbegreiflich und geradezu lächerlich erschien ihm jetzt seine Absicht, Napoleon zu töten, und seine Berechnungen über die kabbalistische Zahl und über das Tier der Apokalypse. Seine Erbitterung gegen seine Frau und seine Besorgnis, daß sie seinen Namen beschimpfen könne, kamen ihm jetzt nicht nur gegenstandslos, sondern komisch vor. Was ging es ihn an, daß diese Frau dort irgendwo ein Leben führte, wie es ihr zusagte? Was konnte jemandem und speziell ihm daran liegen, ob die Franzosen erfuhren oder nicht erfuhren, daß der Name ihres Gefangenen Graf Besuchow war?

Jetzt erinnerte er sich häufig an ein Gespräch, das er einmal mit dem Fürsten Andrei gehabt hatte, und war mit diesem völlig derselben Ansicht, nur daß er den Gedanken des Fürsten Andrei ein wenig anders auffaßte. Fürst Andrei hatte gemeint und gesagt, das Glück sei nur etwas Negatives, hatte dies aber mit einem Beiklang von Bitterkeit und Ironie ausgesprochen, als wenn er, indem er das sagte, noch einen andern Gedanken ausspräche, nämlich den, daß das ganze uns eingepflanzte Streben nach dem positiven Glück uns nur zu dem Zweck eingepflanzt sei, damit es unbefriedigt bliebe und uns peinigte. Pierre aber erkannte jenen Satz ohne jeden Hintergedanken als richtig an. Das Fehlen des Leides, die Befriedigung der Bedürfnisse und als Folge davon die Freiheit in der Wahl der Beschäftigungen, d. h. in der Art der Lebensführung, das stellte sich ihm jetzt als das zweifellos höchste Glück des Menschen dar. Erst hier und erst jetzt lernte Pierre zum erstenmal im vollen Umfang den Genuß des Essens schätzen, wenn er hungerte, den Genuß des Trinkens, wenn er durstete, den Genuß des Schlafens, wenn er müde war, den Genuß der Wärme, wenn ihn fror, den Genuß des Gespräches mit einem Menschen, wenn ihn verlangte, mit jemandem zu reden und eine menschliche Stimme zu hören. Die Befriedigung der Bedürfnisse (gute Nahrung, Reinlichkeit, Freiheit) erschien ihm jetzt, wo er alles dies entbehren mußte, als das vollkommene Glück, und die Wahl der Beschäftigung, d. h. die Art der Lebensführung, erschien ihm jetzt, wo diese Wahl für ihn so beschränkt war, als eine ganz leichte Sache. Er bedachte dabei nicht, daß ein Überfluß von Annehmlichkeiten des Lebens die ganze Glücksempfindung über die Befriedigung der Bedürfnisse vernichtet und daß eine weitgehende Freiheit in der Wahl der Beschäftigungen, jene Freiheit, die ihm in seinem Leben seine Bildung, sein Reichtum und seine gesellschaftliche Stellung gewährt hatten, sowohl die Wahl der Beschäftigungen unendlich erschwert als auch sogar das Bedürfnis nach einer Beschäftigung und die Möglichkeit einer solchen vernichtet.

Alle Zukunftsgedanken Pierres richteten sich jetzt auf die Zeit, wo er wieder frei sein würde. Aber doch dachte er später und sein ganzes Leben lang mit Entzücken an diesen Monat der Gefangenschaft, an diese nie wiederkehrenden starken, freudigen Empfindungen und ganz besonders an jene völlige seelische Ruhe, an jene vollkommene innere Freiheit, die er nur in dieser Zeit genossen hatte.

Als er am ersten Tag seines dortigen Aufenthalts frühmorgens aufgestanden und in der Dämmerung aus der Baracke herausgetreten war und die zunächst noch dunklen Kuppeln und Kreuze des Nowodjewitschi-Klosters sah und den kalten Tau auf dem staubigen Gras und die Kuppen der Sperlingsberge und das waldige Ufer, das sich an den Windungen des Flusses hinzog und in der violetten Ferne verschwand; als er die Berührung der frischen Luft empfand und das Geschrei der von Moskau her über das Feld fliegenden Dohlen hörte; und als dann auf einmal im Osten ein Licht aufflammte und der Rand der Sonne feierlich hinter einer Wolke hervor aufstieg und die Kuppeln und die Kreuze und der Tau und die Ferne und der Fluß, alles in der fröhlichen Beleuchtung aufschimmerte, da empfand Pierre ein neues, ihm bis dahin noch unbekanntes Gefühl der Freude und der Lebenskraft.

Dieses Gefühl, ein Gefühl der Bereitschaft zu allem, ein Gefühl der seelischen Spannkraft, fand noch eine weitere Stütze an der hohen Meinung, die sich bald nach seinem Einzug in die Baracke bei seinen Kameraden über ihn herausgebildet hatte. Wegen seiner Sprachkenntnisse und wegen des Respektes, den ihm die Franzosen bezeigten und wegen seines schlichten, einfachen Wesens, und weil er alles, um was er gebeten wurde, willig hingab (er erhielt als Offizier drei Rubel wöchentlich), und wegen seiner Körperkraft, von der sich die Soldaten überzeugten, wenn er Nägel in die Wand der Baracke hineindrückte, und wegen der Sanftmut, die er im Verkehr mit den Kameraden bewies, und wegen seiner ihnen unbegreiflichen Fähigkeit, dazusitzen und zu denken, ohne sich zu rühren und ohne etwas zu tun: Aus allen diesen Gründen erschien Pierre den Soldaten als ein geheimnisvolles, höheres Wesen. Dieselben Eigenschaften, die in der Welt, in der er früher gelebt hatte, wenn sie ihm auch nicht geradezu nachteilig gewesen waren, doch immerhin ein unangenehmes Aufsehen erregt hatten, seine übermäßige Kraft, seine Gleichgültigkeit gegen allen Komfort, seine Zerstreutheit, seine Schlichtheit, diese selben Eigenschaften trugen ihm hier unter diesen Menschen beinahe das Ansehen eines Helden ein. Und Pierre hatte die Empfindung, daß diese Meinung, die man von ihm hegte, ihm die Pflicht auferlegte, sich ihrer wert zu zeigen.

XIII

In der Nacht vom 6. zum 7. Oktober begann der Ausmarsch der Franzosen: Die Küchen und Baracken wurden abgebrochen, die Fuhrwerke beladen, und die Truppen- und Wagenzüge setzten sich in Bewegung.

Um sieben Uhr morgens stand die französische Eskorte in marschmäßiger Ausrüstung, mit Tschakos, Gewehren, Tornistern und großen Brotbeuteln vor den Baracken, und ein lebhaftes französisches Gespräch, mit Schimpfworten untermischt, war auf der ganzen Linie im Gange.

In der Baracke waren alle bereit, angekleidet, umgürtet, beschuht, und warteten nur auf den Befehl, herauszugehen. Nur der kranke Soldat Sokolow saß blaß und abgemagert, mit blauen Ringen um die Augen, allein, ohne Schuhe und ohne ordentliche Kleidung auf seinem Platz, blickte mit seinen infolge der Magerkeit stark hervortretenden Augen fragend seine Kameraden an, die ihm keine Aufmerksamkeit zuwandten, und stöhnte leise in gleichmäßigen Zwischenräumen. So zu stöhnen veranlaßte ihn offenbar nicht sowohl körperlicher Schmerz (er litt an der Ruhr) als die Furcht und Sorge, allein zurückgelassen zu werden.

Pierre (er trug Schuhe, die ihm Karatajew aus Packleder, von einem Teeballen herrührend, gemacht hatte, welches ihm ein Franzose gebracht hatte, damit er ihm davon seine Stiefel besohlte, und hatte sich einen Strick als Gurt um den Leib gebunden) trat zu dem Kranken und kauerte sich vor ihm hin.

»Nun, Sokolow, sie gehen ja nicht ganz weg! Sie haben hier ein Lazarett. Leicht möglich, daß es dir besser gehen wird als uns«, sagte Pierre.

»O mein Gott! Das ist mein Tod! O mein Gott!« stöhnte der Soldat lauter.

»Ich will sie gleich noch fragen«, sagte Pierre, stand auf und ging nach der Tür der Baracke hin.

In dem Augenblick, als Pierre sich der Tür näherte, kam von außen, von zwei Soldaten begleitet, jener Korporal heran, der tags zuvor Pierre seine Pfeife angeboten hatte. Auch der Korporal und die Soldaten waren in marschmäßiger Ausrüstung, mit Tornistern und Tschakos, an denen die Schuppenketten zugeknöpft waren; dadurch sahen ihre wohlbekannten Gesichter ganz verändert aus.

Der Korporal kam zur Tür, um sie auf Befehl des vorgesetzten Offiziers zu schließen. Vor dem Ausmarsch mußten die Gefangenen nachgezählt werden.

»Korporal, was wird mit dem Kranken geschehen?« begann Pierre.

Aber in dem Augenblick, wo er das sagte, stieg ihm ein Zweifel auf, ob das auch wirklich der ihm wohlbekannte Korporal sei oder ein anderer, unbekannter Mensch: So ganz anders als sonst sah der Korporal in diesem Augenblick aus. Außerdem begann in dem Augenblick, als Pierre dies sagte, von zwei Seiten her plötzlich ein lauter Trommelwirbel. Der Korporal runzelte zu Pierres Worten die Stirn, stieß ein paar sinnlose Schimpfworte aus und schlug die Tür zu. In der Baracke wurde es halbdunkel; von zwei Seiten her wirbelten mit scharfem Klang die Trommeln und übertönten das Stöhnen des Kranken.

»Da ist es … Da ist es wieder!« sagte sich Pierre, und unwillkürlich lief ihm ein kalter Schauder den Rücken entlang. In dem veränderten Gesicht des Korporals, in dem Ton seiner Stimme, in dem aufregenden, betäubenden Rasseln der Trommeln erkannte Pierre jene geheimnisvolle, mitleidslose Macht, die die Menschen zwang, gegen ihren eigenen Willen ihresgleichen zu morden, jene Macht, deren Wirkung er bei der Hinrichtung wahrgenommen hatte. Ein Versuch, dieser Macht auszuweichen, ihr zu entrinnen, sich mit Bitten oder Vorstellungen an die Menschen zu wenden, die dieser Macht als Werkzeuge dienten, war nutzlos. Das wußte Pierre jetzt. Es war nichts anderes möglich, als zu warten und zu dulden. Pierre ging nicht mehr zu dem Kranken hin und sah sich nicht mehr nach ihm um. Schweigend, mit finsterem Gesicht stand er an der Tür der Baracke.

Als die Tür der Baracke geöffnet wurde und die Gefangenen wie eine Hammelherde, einander drückend und quetschend, sich in dem Ausgang drängten, arbeitete sich Pierre durch sie nach vom hindurch und trat zu eben jenem Kapitän hin, der nach der Versicherung des Korporals gern bereit war, Pierre alles zu Gefallen zu tun. Der Kapitän war gleichfalls in marschmäßiger Ausrüstung, und aus seiner kalten Miene schien gleichfalls jene geheimnisvolle Macht herauszuschauen, die Pierre in den Worten des Korporals und in dem Gerassel der Trommeln wiedererkannt hatte.

»Einer hinter dem andern, immer einer hinter dem andern!« sagte, streng die Stirn runzelnd, der Kapitän, indem er die sich an ihm vorbeidrängenden Gefangenen musterte.

Pierre wußte, daß sein Versuch vergeblich sein werde; aber er trat doch an ihn heran.

»Nun, was gibt's?« fragte der Offizier und warf ihm einen kalten Blick zu, als ob er ihn nicht erkenne.

Pierre sagte etwas von dem Kranken.

»Er wird schon gehen können, hol's der Teufel!« erwiderte der Kapitän. »Einer hinter dem andern, einer hinter dem andern«, sprach er weiter, ohne Pierre anzusehen.

»Nein, nein, er liegt schon im Sterben …«, begann Pierre.

»Machen Sie, daß Sie fortkommen!« schrie der Kapitän wütend mit finsterem Gesicht.

»Dram-da-da-dam, dam-dam«, rasselten die Trommeln. Und Pierre sah ein, daß die geheimnisvolle Macht diese Menschen schon vollständig in ihren Bann geschlagen hatte und daß es nutzlos war, jetzt noch irgend etwas zu sagen.

Die gefangenen Offiziere wurden von den gefangenen Gemeinen gesondert und erhielten Befehl, voranzugehen. Die Offiziere, zu denen auch Pierre gehörte, waren an Zahl etwa dreißig, die Gemeinen gegen dreihundert.

Die gefangenen Offiziere, die aus anderen Baracken herausgelassen wurden, waren Pierre sämtlich fremd; sie waren weit besser gekleidet als er und blickten ihn in seinen Schuhen mißtrauisch und verwundert an. Nicht weit von Pierre ging ein dicker Major mit gedunsenem, gelblichem, ärgerlichem Gesicht, der sich bei seinen mitgefangenen Kameraden offenbar allgemeinen Respektes erfreute; er trug einen langen Kasanschen Rock, der mit einem Handtuch umgürtet war. Die eine Hand, in der er den Tabaksbeutel hielt, hatte er in die Brust gesteckt; mit der andern stützte er sich auf ein Pfeifenrohr. Keuchend und schnaufend brummte er allerlei vor sich hin und schalt auf alle, weil er der Meinung war, daß sie ihn alle stießen und daß sie alle eilten, obwohl kein Anlaß zur Eile wäre, und daß sie sich alle über etwas wunderten, obwohl es gar nichts zu wundern gäbe. Ein anderer, kleiner, magerer Offizier knüpfte mit allen Gespräche an, indem er Vermutungen darüber anstellte, wohin sie wohl heute geführt würden und wie weit sie wohl an diesem Tag kommen würden. Ein Beamter, in Intendanturuniform und Filzstiefeln, lief nach allen Seiten umher, betrachtete das abgebrannte Moskau und teilte allen laut seine Beobachtungen darüber mit, was niedergebrannt sei und zu welchem Stadtteil dies oder das, was noch sichtbar war, gehöre. Ein dritter Offizier, seiner Aussprache nach von polnischer Herkunft, stritt sich mit dem Intendanturbeamten herum und bewies ihm, daß er sich mit der Identifizierung der Stadtteile von Moskau irre.

»Worüber streitet ihr denn?« sagte der Major ärgerlich. »Ob das nun die Nikola-Kirche ist oder die Wlas-Kirche, das ist ja ganz gleich; ihr seht ja, es ist alles niedergebrannt; das genügt ... Warum stoßen Sie mich denn? Haben Sie denn nicht Raum genug auf dem Weg?« wandte er sich zornig an seinen Hintermann, der ihn gar nicht gestoßen hatte.

»Oh, oh, oh! Was haben sie da getan!« riefen aber trotzdem die Gefangenen, die nach der Brandstätte hinschauten, bald hier, bald dort. »Das ganze Samoskworetschje, und Subowo, und da im Kreml ... Seht nur, die halbe Stadt ist weg. Ich habe es euch ja gleich gesagt, daß das ganze Samoskworetschje abgebrannt ist; seht ihr wohl, so ist es auch!«

»Na, ihr wißt ja, daß alles verbrannt ist; was ist da noch viel zu reden!« sagte der Major.

Als sie durch Chamowniki hindurchgingen, einen der wenigen nicht niedergebrannten Stadtteile Moskaus, und an einer Kirche vorbeikamen, drängte sich der ganze Haufe der Gefangenen auf einmal nach der einen Seite hinüber, und es erschollen Ausrufe des Entsetzens und des Abscheus.

»Nein, diese Schurken! Solche Unchristen! Wahrhaftig, es ist eine Leiche, eine Leiche ... Sie haben sie mit etwas beschmiert.«

Auch Pierre ging näher zu der Kirche heran, wo sich der Gegenstand befand, durch den diese Ausrufe veranlaßt wurden, und sah undeutlich, daß da etwas an die Kirchenmauer gelehnt war. Aus den Worten seiner Kameraden, die besser sahen als er, konnte er entnehmen, daß dieser Gegenstand ein menschlicher Leichnam war, der aufrecht an die Mauer gestellt und im Gesicht mit Ruß bemalt war.

»Geht zu! Donnerwetter ...! Ordentlich in Reihen gehen ... Dreißigtausend Teufel ...!« schimpften die eskortierenden französischen Soldaten und trieben den Haufen der Gefangenen, die den Leichnam betrachteten, in erneutem Ingrimm mit ihren Seitengewehren auseinander.

XIV

Durch die Gassen von Chamowniki gingen die Gefangenen allein mit ihrer Eskorte und den hinterherfahrenden Fuhrwerken, die den Soldaten der Eskorte gehörten; aber als sie aus den Gassen heraus zu den Proviantmagazinen kamen, stießen sie mitten auf einen gewaltigen, mit Privatfuhrwerken gemischten Zug Artillerie, der eng zusammengedrängt sich weiterschob.

Dicht bei der Brücke machten die Gefangenen mit ihrer Eskorte halt und warteten, bis der vor ihnen vorbeifahrende Zug hinüber war. Von der Brücke aus erschloß sich den Gefangenen nach hinten und nach vorn ein Ausblick auf endlose Reihen anderer in Bewegung begriffener Züge. Rechts, dort, wo die Kalugaer Landstraße sich am Neskutschny-Park herumzieht, um dann in der Ferne zu verschwinden, zogen sich endlose Reihen von Truppen und Fuhrwerken hin. Dies waren die Truppen des Beauharnaisschen Korps, die am frühesten von allen aufgebrochen waren; nach hinten zu, auf der Uferstraße und über die Kamenny-Brücke, zogen sich die Truppen und Fuhrwerke Neys hin.

Die Truppen Davouts, zu denen die Gefangenen gehörten, gingen über die Krimfurt-Brücke und waren schon zum Teil auf die Kalugaer Straße gelangt. Aber die Fuhrwerke bildeten eine so lange Reihe, daß die letzten Fuhrwerke Beauharnais' noch nicht aus Moskau auf die Kalugaer Straße gelangt waren, als die Tete der Neyschen Truppen schon aus der Bolschaja-Ordynka-Straße herauskam.

Als die Gefangenen die Krimfurt-Brücke überschritten hatten, rückten sie immer nur ein paar Schritte vor, machten dann wieder halt und rückten wieder ein wenig weiter, und von allen Seiten drängten immer mehr Wagen und Menschen heran. Nachdem sie mehr als eine Stunde gebraucht hatten, um die paar hundert Schritte zurückzulegen, die die Brücke von der Kalugaer Straße trennten, und zu dem Platz gelangt waren, wo die Straßen des Stadtteils Samoskworetschje mit der Kalugaer Straße zusammentreffen, machten die Gefangenen, in einen Haufen zusammengedrängt, halt und mußten mehrere Stunden lang an diesem Kreuzpunkt stehenbleiben. Von allen Seiten ertönte wie Meeresrauschen ein unaufhörliches Rollen von Rädern und Trappeln von Füßen sowie ein fortwährendes zorniges Schreien und Schimpfen. Gegen die Mauer eines ausgebrannten Hauses gedrückt, stand Pierre da und horchte auf dieses Getöse, das in seiner Einbildungskraft mit den Tönen der vorher gehörten Trommeln zusammenfloß.

Einige von den gefangenen Offizieren waren, um besser sehen zu können, auf die Mauer des ausgebrannten Hauses, bei der Pierre stand, hinaufgeklettert.

»Diese Bande! Nein, diese Bande!« sagten sie. »Auch auf die Kanonen haben sie eine Menge Sachen heraufgepackt! Sieh nur, Pelze! Ja, was haben die Racker alles geraubt …! Was hat denn der da hinten, auf dem Bauernwagen? Das ist ja von einem Heiligenbild, ganz bestimmt! Das sind da gewiß Deutsche. Auch ein russischer Bauer, wahrhaftigen Gottes …! Ach, diese Schufte …! Sieh nur, der da hat sich so schwer bepackt, daß er kaum gehen kann! Na so was, auch Kutschwagen haben sie mitgenommen! Da, der hat sich auf seine Koffer heraufgesetzt. Ach herrje! Da fangen sie an, sich zu prügeln …«

»Hau ihm nur ordentlich in die Fresse, immer in die Fresse! Sonst kannst du bis zum Abend warten und kommst nicht weiter. Sieh mal, seht mal … das gehört gewiß dem Napoleon selbst. Ei, was für prächtige Pferde! Mit Monogramm und Krone. Das ist ein zusammenlegbares Zelt. Der hat einen Sack fallen lassen und merkt es nicht. Da prügeln sie sich schon wieder … Ein Weib mit einem kleinen Kind, ein hübsches Frauenzimmer. Na ja, natürlich, dich werden sie schon vorbeilassen … Seht bloß, es ist kein Ende abzusehen. Russische liederliche Frauenzimmer, wahrhaftig, liederliche Frauenzimmer. Wie gemächlich die da in ihren Kutschen sitzen.«

Wieder trieb, wie bei der Kirche in Chamowniki, die gemeinsame Neugier mit der Macht einer starken Welle alle Gefangenen zur Straße hin, und Pierre sah dank seinem hohen Wuchs über die Köpfe der andern hinweg das, was die Neugier der Gefangenen so reizte. In drei Kutschen, die zwischen den Munitionswagen fuhren, saßen, eng aneinandergedrängt, grellfarbig geputzte, geschminkte Weiber, die mit schrillen Stimmen laut untereinander redeten.

Von dem Augenblick an, wo Pierre das Auftreten der geheimnisvollen Macht wahrgenommen hatte, erschien ihm nichts mehr seltsam oder schrecklich: weder der Leichnam, der zum Amüsement mit Ruß bemalt war, noch diese Weiber, die in eine unbekannte Ferne eilten, noch die Brandstätte von Moskau. Alles, was Pierre jetzt sah, machte auf ihn fast gar keinen Eindruck, wie wenn seine Seele, sich zu einem schweren Kampf vorbereitend, sich weigerte, Eindrücke aufzunehmen, durch die ihre Kraft geschwächt werden könnte.

Der Zug der Frauen war vorübergefahren. Dahinter folgten wieder in langer Reihe Bauernwagen, Soldaten, Trainwagen; Soldaten, Pulverwagen, Kutschen; Soldaten, Munitionswagen, Soldaten; hier und da Weiber.

Pierre sah nicht die einzelnen Menschen, sondern er sah ihre Bewegung.

Alle diese Menschen und Pferde schienen von einer unsichtbaren Macht weitergetrieben zu werden. Alle kamen sie im Laufe der Stunde, während deren Pierre sie beobachtete, aus verschiedenen Straßen herausgeströmt, von ein und demselben Wunsch erfüllt: schnell vorwärtszukommen. Alle stießen einander im Gedränge, wurden dann einer wie der andere zornig und fingen an, sich zu prügeln: Sie fletschten die weißen Zähne, zogen die Augenbrauen zusammen, warfen sich wechselseitig dieselben Schimpfworte an den Kopf, und auf allen Gesichtern lag ein und derselbe Ausdruck kräftiger Energie und kalter Grausamkeit, jener Ausdruck, der am Morgen dieses Tages, als die Trommeln wirbelten, Pierre auf dem Gesicht des Korporals aufgefallen war.

Der Abend nahte schon heran, als der Führer der Eskorte seine Mannschaft zusammentreten ließ und unter heftigem Schreien und Zanken sich in den Wagenzug hineindrängte und die Gefangenen endlich, von allen Seiten eingeschlossen, auf die Kalugaer Straße kamen.

Sie marschierten nun sehr schnell, ohne auszuruhen, und machten erst halt, als die Sonne schon unterzugehen anfing. Die Wagenzüge kamen einer nach dem andern heran, und die Leute trafen ihre Vorbereitungen zum Nachtlager. Alle machten den Eindruck, als seien sie ärgerlich und unzufrieden. Lange Zeit war von verschiedenen Seiten her Schimpfen, grimmiges Schreien und Schlägerei zu hören. Eine Kutsche, die hinter der Eskorte fuhr, war gegen ein der Eskorte gehöriges Fuhrwerk gefahren und hatte dieses mit der Deichsel durchstoßen. Eine Anzahl von Soldaten kam von verschiedenen Seiten zu dem Fuhrwerk gelaufen; die einen schlugen die vor die Kutsche gespannten Pferde auf die Köpfe, um sie wegzuwenden, begannen mit ihren Widersachern eine Schlägerei, und Pierre sah, daß ein Deutscher dabei mit einem Seitengewehr schwer am Kopf verwundet wurde.

Es schien, als empfänden alle diese Menschen jetzt, wo sie in der kalten Dämmerung des Herbstabends mitten auf dem Feld haltgemacht hatten, das gleiche unangenehme Gefühl der wiederkehrenden Besinnung nach der Hast, die sie alle beim Aufbruch ergriffen hatte, und nach dem eiligen Marsch, dessen Ziel so unklar war. Nachdem sie jetzt haltgemacht hatten, schien es ihnen allen zum Bewußtsein zu kommen, daß es noch ungewiß sei, wohin sie gingen, und daß ihnen auf diesem Marsch viel Not und Mühe drohte. Die Gefangenen wurden von der Eskorte an diesem Rastort noch schlechter behandelt als beim Aufbruch. An diesem Rastort bestand zum erstenmal die Fleischration, die den Gefangenen geliefert wurde, aus Pferdefleisch.

Jedem einzelnen Mann der Eskorte, von den Offizieren bis zum geringsten Soldaten, war eine Art von persönlicher Erbitterung gegen jeden der Gefangenen anzumerken, die ganz unerwartet an die Stelle des bisherigen freundschaftlichen Verhältnisses getreten war.

Diese Erbitterung wuchs noch, als sich beim Durchzählen der Gefangenen herausstellte, daß in der Hast und Unruhe des Aufbruchs aus Moskau ein russischer Soldat, der Leibweh simuliert hatte, entlaufen war. Pierre sah, wie ein Franzose einen russischen Soldaten mit Schlägen übel zurichtete, weil dieser sich zu weit vom Weg entfernt hatte, und hörte, wie sein Freund, der Kapitän, einen Unteroffizier wegen der Flucht des russischen Soldaten schalt und ihm mit dem Kriegsgericht drohte. Und als der Unteroffizier sich zu rechtfertigen suchte, der Soldat sei krank gewesen und habe nicht weitergehen können, antwortete der Offizier, es sei befohlen, jeden Zurückbleibenden zu erschießen. Pierre fühlte, daß jene Schicksalsmacht, die bei der Hinrichtung so schwer auf ihm gelastet hatte, während der Gefangenschaft aber nicht mehr bemerkbar gewesen war, jetzt wieder sein ganzes Dasein beherrschte. Es war ihm ängstlich zumute; aber er fühlte, daß, je größere Anstrengungen die Schicksalsmacht aufwandte, um ihn zu erdrücken, in demselben Maße auch in seiner Seele eine widerstandsfähige Lebenskraft heranwuchs und erstarkte.

Pierre aß zum Abend eine Roggenmehlsuppe mit Pferdefleisch und unterhielt sich mit den Kameraden.

Weder Pierre noch sonst jemand von den Kameraden redete über das, was sie in Moskau gesehen hatten, oder über das grobe Benehmen der Franzosen oder über den Befehl zum Erschießen, der ihnen verkündet war; alle waren, sozusagen der verschlimmerten Lage zum Trotz, besonders lebhaft und heiter. Sie sprachen von persönlichen Erinnerungen und komischen Szenen, die sie auf dem Marsch gesehen hatten, vermieden aber Gespräche über die gegenwärtige Lage.

Die Sonne war schon lange untergegangen. Helle Sterne blitzten hier und da am Himmel auf; der rote Schimmer des aufgehenden Vollmondes, ähnlich dem Widerschein einer Feuersbrunst, verbreitete sich über einen Teil des Himmelsgewölbes, und die gewaltige rote Kugel schwankte wunderbar in dem grauen Nebel hin und her. Es begann, hell zu werden. Der Abend war bereits zu Ende, aber die Nacht hatte noch nicht begonnen. Pierre stand auf und ging von seinen neuen Kameraden weg zwischen den Wachfeuern hindurch nach der andern Seite der Landstraße, wo, wie ihm gesagt worden war, die gefangenen gemeinen Soldaten lagerten. Er wollte gern mit ihnen ein paar Worte reden. Auf der Landstraße hielt ihn ein französischer Posten an und befahl ihm, umzukehren.

Pierre ging zurück, aber nicht zu dem Wachfeuer, zu den Kameraden, sondern zu einem Fuhrwerk, von dem die Pferde ausgespannt waren und bei dem sich niemand befand. Mit untergeschlagenen Beinen setzte er sich neben einem Rad des Fuhrwerks auf die kalte Erde, saß mit gesenktem Kopf, ohne sich zu rühren, lange da und hing seinen Gedanken nach. So verging mehr als eine Stunde. Niemand störte ihn. Plötzlich lachte er mit seinem behäbigen, gutmütigen Lachen so laut auf, daß von verschiedenen Seiten die Menschen erstaunt nach diesem augenscheinlich allein dasitzenden Mann hinblickten, der so sonderbar lachte.

»Ha, ha, ha!« lachte Pierre und sagte dann laut zu sich selbst: »Der Soldat hat mich nicht durchgelassen. Sie haben mich gefangengenommen und eingesperrt. Sie halten mich gefangen. Wer ist das: mich? Mich? Mich, meine unsterbliche Seele! Ha, ha, ha …! Ha, ha, ha …!« lachte er, und die Tränen kamen ihm in die Augen.

Jemand stand auf und näherte sich ihm, um zu sehen, worüber dieser sonderbare, große Mensch so allein für sich lachen möge. Pierre hörte auf zu lachen, stand auf, ging von dem Neugierigen weiter weg und blickte um sich.

Das ungeheure, endlose Biwak, vorher von dem Geräusch der knisternden Wachfeuer und der redenden Menschen erfüllt, war still geworden; die roten Flammen der Wachfeuer waren heruntergebrannt und verblaßt. Hoch am hellen Himmel stand der Vollmond. Die außerhalb des Lagerraumes gelegenen Wälder und Felder, die vorher nicht zu sehen gewesen waren, ließen sich jetzt erkennen, und noch weiter hin zeigte sich die helle, im Mondlicht schwankende, lockende, endlose Ferne. Pierre schaute zu dem tiefen Himmel auf, zu den dahinwandelnden, flimmernden Sternen. »Und all das ist mein, und all das ist in mir, und all das bin ich!« dachte er. »Und all das haben sie gefangengenommen und in eine aus Brettern zusammengeschlagene Baracke eingesperrt!« Er lächelte und ging zu seinen Kameraden, um sich schlafen zu legen.

XV

In der ersten Zeit des Oktobers kam zu Kutusow noch ein Parlamentär mit einem Brief Napoleons, der ein Friedensangebot enthielt; dieser Brief war zum Zweck der Täuschung aus Moskau datiert, während Napoleon in Wirklichkeit sich schon nicht mehr weit vor Kutusow auf der alten Kalugaer Heerstraße befand. Kutusow antwortete auf diesen Brief ebenso wie auf den ersten, den ihm Lauriston überbracht hatte: Von Frieden könne keine Rede sein.

Kurz darauf ging von Dolochows Freikorps, das links von Tarutino marschierte, die Meldung ein, in Fominskoje hätten sich Truppen gezeigt; diese Truppen beständen aus der Division Broussier, und die Division könne, da sie von den andern Truppen getrennt sei, leicht vernichtet werden. Die Soldaten und Offiziere verlangten wieder ein aktives Vorgehen. Die Generale vom Stab, erregt durch die Erinnerung an den leichten Sieg bei Tarutino, drangen in Kutusow, er möge der von Dolochow gegebenen

Anregung Folge leisten. Kutusow hielt jeden Angriff für unnötig. Das Resultat war das nach Lage der Sache notwendige: Man schlug einen Mittelweg ein; es wurde nach Fominskoje ein kleines Detachement geschickt, das gegen Broussier einen Angriff machen sollte.

Durch einen sonderbaren Zufall erhielt diesen, wie sich in der Folge zeigte, besonders schwierigen, wichtigen Auftrag Dochturow, eben jener bescheidene, kleine Dochturow, von dem uns niemand berichtet hat, daß er Schlachtpläne entworfen habe, vor den Regimentern einhergeflogen sei, zur Anfeuerung der Truppen Georgskreuze in eine vom Feind eroberte Batterie geworfen habe usw., jener Dochturow, von dem man glaubte und sagte, daß es ihm an Scharfblick und Entschlossenheit mangele, aber doch jener selbe Dochturow, den wir in allen Kriegen der Russen mit den Franzosen von Austerlitz bis zum Jahre 1813 überall da kommandieren sehen, wo die Situation eine schwierige ist. Bei Austerlitz bleibt er als der Letzte am Damm von Aujesd, wo er die Regimenter sammelt und rettet, was noch zu retten ist, während alles flieht und umkommt und kein einziger General bei der Arrieregarde zu sehen ist. Obwohl er am Fieber leidet, geht er mit zwanzigtausend Mann nach Smolensk, um diese Stadt gegen die ganze Armee Napoleons zu verteidigen. In Smolensk ist er in der Fieberhitze kaum ein wenig am Malachowskischen Tor eingeschlummert, als ihn die gegen Smolensk eröffnete Kanonade aufweckt; und Smolensk hält sich einen ganzen Tag. Als in der Schlacht bei Borodino Bagration gefallen war und die Truppen unseres linken Flügels furchtbare Verluste gehabt hatten und die französische Artillerie ihre gesamte Kraft dorthin richtete, da wird kein anderer dorthin geschickt, sondern gerade Dochturow, dem es an Scharfblick und Entschlossenheit mangelt, und Kutusow beeilt sich, den Fehler, den er dadurch begangen hatte, daß er soeben schon einen andern dorthin geschickt hatte, wiedergutzumachen. Und der kleine, stille Dochturow reitet hin, und Borodino wird das schönste Ruhmesblatt des russischen Heeres. Viele Helden sind uns in Versen und in Prosa geschildert; aber über Dochturow hören wir kaum ein Wort.

Und nun wird Dochturow wieder dorthin geschickt, nach Fominskoje, und von da nach Malo-Jaroslawez, nach dem Ort, wo der letzte Kampf mit den Franzosen stattfindet, nach dem Ort, von dem augenscheinlich schon der Untergang des französischen Heeres beginnt, und wieder werden uns in dieser Periode des Feldzuges viele Genies und Helden geschildert; aber wieder wird über Dochturow kein Wort gesagt oder nur sehr wenig oder in zweifelndem Ton. Gerade dieses Schweigen über Dochturow beweist deutlicher als alles andere den Wert dieses Mannes.

Es ist natürlich, daß jemand, der den Gang einer Maschine nicht versteht, beim Anblick ihrer Tätigkeit meint, der wichtigste Teil der Maschine sei das Spänchen, das zufällig in sie hineingeraten ist und nun in ihr herumwirtschaftet und ihren Gang stört. Wer die Konstruktion der Maschine nicht kennt, kann nicht begreifen, daß nicht dieses Spänchen, welches den Mechanismus hemmt und verdirbt, sondern jenes kleine Übertragungszahnrad, das sich geräuschlos herumdreht, einer der wichtigsten Teile der Maschine ist.

Am 10. Oktober, gerade an dem Tag, als Dochturow die Hälfte des Weges nach Fominskoje zurückgelegt hatte und in dem Dorf Aristowo haltmachte und alle Vorbereitungen traf, um den ihm erteilten Auftrag aufs genaueste auszuführen, war das ganze französische Heer in seinem krampfartig hin und her zuckenden Marsch bis zu Murats Position gelangt, anscheinend in der Absicht, dort eine Schlacht zu liefern, schwenkte nun aber plötzlich ohne Anlaß nach rechts auf die neue Kalugaer Straße ab und rückte in Fominskoje ein, wo bis dahin nur Broussier gelagert hatte. Dochturow hatte zu dieser Zeit unter seinem Kommando außer dem Dolochowschen Freikorps auch noch die beiden kleinen Abteilungen von Figner und Seslawin.

Am Abend des 11. Oktober kam Seslawin nach Aristowo zu seinem Vorgesetzten mit einem gefangenen französischen Gardisten. Der Gefangene sagte aus, die Truppen, die an diesem Tag in Fominskoje eingerückt wären, bildeten die Vorhut der ganzen großen Armee; auch Napoleon sei dabei, und die ganze Armee habe schon vor fünf Tagen Moskau verlassen. An demselben Abend erzählte ein Gutsknecht, der aus Borowsk gekommen war, er habe den Einmarsch des gewaltigen Heeres in die Stadt mit angesehen. Kosaken von Dolochows Abteilung meldeten, sie hätten französische Gardetruppen auf der Straße nach Borowsk marschieren sehen. Aus allen diesen Nachrichten ging klar hervor, daß dort, wo man eine Division zu finden gemeint hatte, sich jetzt die ganze französische Armee befand, die von Moskau aus eine unerwartete Richtung eingeschlagen hatte: auf der alten Kalugaer Straße. Dochturow wollte nichts unternehmen, da ihm unter diesen Umständen nicht klar war, worin seine Pflicht bestehe. Es war ihm befohlen worden, Fominskoje anzugreifen. Aber in Fominskoje war vorher nur Broussier gewesen; jetzt war dort die ganze französische Armee. Jermolow wollte nach eigenem Ermessen handeln; aber Dochturow bestand darauf, er müsse einen Befehl vom Durchlauchtigen haben. Man beschloß, Meldung an den Stab zu schicken.

Hierzu wurde ein verständiger Offizier namens Bolchowitinow ausgewählt, der sowohl eine schriftliche Meldung überbringen als auch mündlich über die ganze Sache berichten sollte. Kurz vor Mitternacht erhielt Bolchowitinow den Brief und den mündlichen Auftrag und sprengte, von einem Kosaken mit Reservepferden begleitet, davon zum Generalstab.

XVI

Es war eine dunkle, warme Herbstnacht. Schon seit vier Tagen regnete es. Nachdem Bolchowitinow zweimal die Pferde gewechselt und in anderthalb Stunden dreißig Werst auf der mit zähem Schmutz bedeckten Landstraße zurückgelegt hatte, langte er nach ein Uhr in Letaschowka an. Er stieg bei einem Bauernhaus ab, an dessen geflochtener Umzäunung eine Tafel mir der Aufschrift: »Generalstab« hing, gab sein Pferd seinem Begleiter und trat in den dunklen Flur.

»Ich muß aufs schnellste den diensttuenden General sprechen! Etwas sehr Wichtiges!« sagte er zu jemandem, der sich in der Dunkelheit des Flures schnaufend erhob.

»Der General ist am Abend sehr krank gewesen; er hat schon drei Nächte nicht geschlafen«, flüsterte die Stimme eines Burschen, der auf das Wohl seines Herrn bedacht war. »Wecken Sie doch zunächst den Hauptmann.«

»Etwas sehr Wichtiges, vom General Dochturow‹, sagte Bolchowitinow und trat in die Tür, die er tastend gefunden und geöffnet hatte.

Der Bursche ging ihm voran und machte sich daran, jemanden zu wecken.

»Euer Wohlgeboren, Euer Wohlgeboren! Ein Kurier!«

»Was? Was? Von wem?« fragte eine verschlafene Stimme.

»Von Dochturow und von Alexei Petrowitsch. Napoleon ist in Fominskoje«, sagte Bolchowitinow; er konnte in der Dunkelheit den, der ihn fragte, nicht sehen, vermutete aber nach dem Klang der Stimme, daß es nicht Konownizyn sei.

Der Mann, der da geweckt worden war, gähnte und reckte sich.

»Ich möchte ihn nicht gern wecken«, sagte er und tastete dabei nach etwas. »Er ist recht krank! Und vielleicht sind es bloße Gerüchte.«

»Hier ist die Meldung«, erwiderte Bolchowitinow. »Ich habe Befehl, sie unverzüglich dem diensttuenden General zu übergeben.«

»Warten Sie, ich will Licht anzünden. Wo verkramst du denn immer das Feuerzeug, nichtswürdiger Kerl?« sagte der Mann, nachdem er sich noch einmal gereckt hatte, zu dem Burschen; es war Schtscherbinin, Konownizyns Adjutant. »Ich habe es gefunden«, fügte er dann hinzu.

Der Bursche schlug Feuer; Schtscherbinin tastete nach dem Leuchter.

»Ach, diese gräßlichen Kerle von Burschen!« sagte er empört.

Bei dem Schein der Funken erblickte Bolchowitinow das jugendliche Gesicht Schtscherbinins, der ein Talglicht in der Hand hielt, und in der vorderen Ecke des Zimmers noch einen schlafenden Menschen. Dies war Konownizyn.

Als der Schwefelfaden an dem Zunder zuerst mit blauer, dann mit roter Flamme angebrannt war, zündete Schtscherbinin das Talglicht an, wobei die Schaben, die daran genagt hatten, vom Leuchter flüchteten, und betrachtete den Boten. Bolchowitinow war über und über beschmutzt, und als er sich mit dem Ärmel abwischte, beschmierte er sich das ganze Gesicht.

»Wer schickt denn die Meldung?« fragte Schtscherbinin, indem er den Brief hinnahm.

»Die Nachricht ist zuverlässig«, sagte Bolchowitinow. »Die Gefangenen und die Kosaken und die Kundschafter, alle sagen sie einhellig dasselbe aus.«

»Na, dann hilft es nichts, dann muß ich ihn wecken«, sagte Schtscherbinin, stand auf und trat zu dem Schlafenden hin, der eine Nachtmütze auf dem Kopf hatte und mit einem Mantel zugedeckt war. »Pjotr Petrowitsch!« sagte er. (Konownizyn rührte sich nicht.) »Eine Stabsangelegenheit!« fügte er lächelnd hinzu, da er wußte, daß diese Worte ihn sicher wecken würden.

Und in der Tat hob sich der Kopf mit der Nachtmütze sofort in die Höhe. Auf Konownizyns hübschem, energischem Gesicht mit den fieberhaft geröteten Backen verblieb noch einen Augenblick lang der Ausdruck, den ihm die von der Wirklichkeit weit abliegenden Traumvorstellungen verliehen hatten; aber dann fuhr er auf einmal zusammen, und sein Gesicht nahm die gewöhnliche feste Miene an.

»Nun, was gibt es? Von wem?« fragte er sofort, aber ohne Hast, und blinzelte mit den Augen wegen des Lichtes.

Nachdem Konownizyn die Meldung des Offiziers angehört hatte, erbrach er den Brief und las ihn durch. Kaum war er damit fertig, als er die in wollenen Strümpfen steckenden Beine auf den Lehmboden herunterließ und anfing, sich die Stiefel anzuziehen. Dann nahm er die Nachtmütze ab, strich sich das Haar an den Schläfen glatt und setzte die Uniformmütze auf.

»Bist du schnell hergeritten? Komm mit zum Durchlauchtigen.«

Konownizyn hatte sofort erkannt, daß die ihm überbrachte Nachricht von hoher Wichtigkeit war und keine Zögerung zuließ. Ob die Sache günstig oder ungünstig war, daran dachte er nicht, diese Frage legte er sich nicht vor. Das interessierte ihn nicht. Die ganze kriegerische Tätigkeit betrachtete er nicht mit dem Verstand, dem Urteilsvermögen, sondern mit einem andern Teil des Geistes. Er hegte in tiefster Seele die feste, unausgesprochene Überzeugung, daß alles gutgehen werde, daß man sich aber nicht darauf verlassen und noch weniger davon sprechen dürfe, sondern einfach das Seinige zu tun habe. Und er tat das Seinige und widmete dieser Pflichterfüllung seine gesamte Kraft.

Pjotr Petrowitsch Konownizyn, der ebenso wie Dochturow gewissermaßen nur um des Anstandes willen in die Liste der sogenannten »Helden des Jahres 1812« zu Barclay, Najewski, Jermolow, Platow, Miloradowitsch u. a. aufgenommen worden ist, stand ebenso wie Dochturow in dem Ruf eines Menschen von sehr beschränkten Fähigkeiten und Kenntnissen und hatte ebenso wie Dochturow nie Schlachtpläne entworfen, sich aber stets da befunden, wo die Situation am schwierigsten war; er schlief, seit er zum diensttuenden General ernannt war, immer bei offener Tür und hatte Befehl gegeben, daß jeder Bote ihn wecken solle; beim Kampf setzte er sich immer dem feindlichen Feuer aus, so daß Kutusow ihm deswegen Vorwürfe machte und Bedenken trug, ihn aufs Schlachtfeld zu schicken. Er war ebenso wie Dochturow eines jener unauffälligen Zahnräder, die, ohne zu rasseln und Lärm zu machen, den wichtigsten Teil der Maschine bilden.

Als Konownizyn aus der Stube in die feuchte, dunkle Nacht hinaustrat, runzelte er die Stirn, teils weil sein Kopfschmerz ärger wurde, teils weil ihm ein unangenehmer Gedanke durch den Kopf ging, nämlich in welche Aufregung dieses ganze Nest hoher Generalstabsoffiziere durch diese Nachricht geraten werde, ganz besonders Bennigsen, der seit Tarutino auf Kutusow wütend war; wie sie Vorschläge machen, miteinander streiten, Befehle erlassen und wieder abändern würden. Und dieses Vorgefühl war ihm unangenehm, obwohl er wußte, daß es ohne das nun einmal nicht ging.

Und wirklich begann Toll, zu dem er sich begeben hatte, um ihm die neue Nachricht mitzuteilen, sogleich, dem General, der mit ihm zusammen wohnte, seine Ideen auseinanderzusetzen, und Konownizyn, der schweigend und müde zuhörte, mußte ihn daran erinnern, daß sie zum Durchlauchtigen gehen müßten.

XVII

Kutusow schlief, wie alle alten Leute, in der Nacht nur wenig. Bei Tag schlummerte er oft unerwartet ein; bei Nacht aber lag er unausgekleidet auf seinem Bett, konnte meistens nicht schlafen und dachte nach.

So lag er auch jetzt auf seinem Bett, den schweren, großen, unförmigen Kopf in die dicke, weiche Hand gestützt, und überließ sich seinen Gedanken, während er sein einziges Auge geöffnet hielt und in die Dunkelheit hineinblickte.

Seit ihn Bennigsen mied, der mit dem Kaiser korrespondierte und im Stab am meisten Macht besaß, war Kutusow beruhigter in bezug darauf, daß man ihn nebst den Truppen wieder dazu zwingen könne, an nutzlosen Angriffsunternehmungen teilzunehmen. Die Lehre der Schlacht bei Tarutino und des ihr vorhergehenden Tages, die Kutusow in schmerzlicher Erinnerung hatte, konnte, wie er meinte, doch auch nicht wirkungslos bleiben.

»Sie müssen doch begreifen, daß wir durch ein angriffsweises Vorgehen nur verlieren können. Geduld und Zeit, das sind meine Streiter!« dachte Kutusow. Er wußte, daß man einen Apfel nicht abreißen darf, solange er noch grün ist. Er wird schon von selbst fallen, sobald er reif ist; reißt man ihn aber grün ab, so verdirbt man den Apfel und den Baum und bekommt von der herben Säure stumpfe Zähne. Als erfahrener Jäger wußte er, daß das Wild verwundet war, so schwer verwundet, wie die ganze russische Kraft es nur hatte zustande bringen können; aber ob tödlich oder nicht, diese Frage war noch unentschieden. Jetzt war Kutusow aufgrund der Sendungen Lauristons und Berthémys und aufgrund der Meldungen der Freischärler fast völlig davon überzeugt, daß die Wunde tödlich war. Aber es waren noch wirkliche Beweise notwendig; diese mußten abgewartet werden.

»Sie möchten gern hinlaufen und sehen, wie schwer die Verwundung ist. Wartet doch, dann werdet ihr es schon sehen. Immer nur Manöver, immer nur Angriffe!« dachte er. »Zu welchem Zweck? Immer nur, um sich hervorzutun! Als ob bei dem Kämpfen ein Vergnügen wäre. Sie sind wie die Kinder, von denen man nie ordentlich herausbekommt, wie es bei einer Sache zugegangen ist, weil sie alle nur beweisen wollen, wie gut sie zu kämpfen verstehen. Aber darauf kommt es jetzt nicht an.

Und was für künstliche Manöver mir alle diese Leute vorschlagen! Wenn sie zwei, drei Möglichkeiten erwogen haben« (er dachte dabei an den allgemeinen Kriegsplan, den man ihm aus Petersburg geschickt hatte), »dann bilden sie sich ein, sie hätten alle erwogen. Aber die sämtlichen Möglichkeiten sind unzählig!«

Die ungelöste Frage, ob die dem Feind bei Borodino beigebrachte Wunde tödlich sei oder nicht, hing schon einen ganzen Monat lang über Kutusows Haupt. Einerseits hatten die Franzosen Moskau besetzt. Andrerseits hatte Kutusow in tiefster Seele das zweifellose Gefühl, jener furchtbare Schlag, bei dem er mit allen Russen seine gesamten Kräfte angestrengt hatte, müsse tödlich sein. Aber auf jeden Fall waren noch Beweise erforderlich, und auf diese wartete er schon einen Monat lang, und je weiter die Zeit vorschritt, um so ungeduldiger wurde er. Wenn er so in seinen schlaflosen Nächten auf seinem Bett lag, so tat er dasselbe, was die jungen Generale taten, dasselbe, was er ihnen zum Vorwurf machte. Er erwog alle möglichen Eventualitäten ebenso wie die jüngeren Leute, nur mit dem Unterschied, daß er auf diese Hypothesen nichts aufbaute und daß er solcher Eventualitäten nicht zwei oder drei, sondern Tausende sah. Je länger er nachdachte, um so mehr boten sich ihm dar. Er erwog jede Art von Märschen, die die napoleonische Armee unternehmen konnte, die ganze Armee oder ihre einzelnen Teile: nach Petersburg zu, gegen ihn, um ihn herum; er erwog (was er am meisten fürchtete) auch die Möglichkeit, daß Napoleon ihn mit seiner eigenen Waffe bekämpfen und in Moskau bleiben könne, um ihn zu erwarten. Kutusow erwog sogar einen Rückmarsch der napoleonischen Armee in der Richtung nach Medyn und Juchnow; aber das einzige, was er nicht vorhersehen konnte, war das, was wirklich erfolgte: jenes sinnlose, krampfhafte Hin- und Herrennen des französischen Heeres während der ersten elf Tage nach seinem Abzug aus Moskau, ein Hin- und Herrennen, durch welches das ermöglicht wurde, worauf Kutusow trotz aller günstigen Anzeichen damals noch nicht zu hoffen wagte: die vollständige Vernichtung der Franzosen.

Die Meldungen Dolochows über die Division Broussier, die von Freischärlern gebrachten Nachrichten über die Nöte der Armee Napoleons, die Gerüchte über Vorbereitungen zum Aufbruch aus Moskau, alles hatte zur Bestätigung der Vermutung gedient, daß die französische Armee zerrüttet sei und sich anschicke zu fliehen. Aber es war dies doch eben nur eine Vermutung, die nur Jüngeren wichtig erscheinen konnte, aber nicht einem alten Mann wie Kutusow. Er mit seiner fünfzigjährigen Erfahrung wußte, welchen Wert man Gerüchten beimessen durfte; er wußte, wie sehr die Menschen, wenn sie etwas wünschen, dazu neigen, alle Nachrichten so zu gruppieren, daß sie das Gewünschte zu bestätigen scheinen, und wußte, daß die Menschen unter solchen Umständen gern alles ihren Wünschen Widersprechende weglassen. Und je mehr er selbst die Flucht der Franzosen wünschte, um so weniger wagte er daran zu glauben. Diese Frage nahm alle seine Geisteskräfte in Anspruch. Alles übrige waren für ihn nur gewohnheitsmäßige Mittel, die Zeit auszufüllen. Solche gewohnheitsmäßige Ausfüllung der Zeit, eine Konzession, die er dem Leben machte, waren seine Gespräche mit den Offizieren des Generalstabes, seine Briefe an Madame Stahl, die er von Tarutino aus schrieb, die Lektüre von Romanen, die Verteilung von Belohnungen, die Korrespondenz mit Petersburg usw. Aber der Untergang der Franzosen, den er allein voraussah, war sein höchster, einziger Wunsch.

In der Nacht vom 11. zum 12. Oktober lag er, auf den Arm gestützt, da und dachte darüber nach.

Im Nebenzimmer regte sich etwas, und es wurden Tolls, Konownizyns und Bolchowitinows Schritte vernehmbar.

»Wer ist da? Herein! Was gibt es Neues?« rief ihnen der Feldmarschall zu. Während der Lakai eine Kerze anzündete, berichtete Toll über den Inhalt der Meldung.

»Wer hat die Meldung gebracht?« fragte Kutusow mit einem Gesicht, von dessen kaltem, strengem Ausdruck Toll, als die Kerze brannte, überrascht war.

»An der Richtigkeit der Meldung kann kein Zweifel sein, Euer Durchlaucht.«

»Ruf den Boten herein, ruf ihn herein!«

Kutusow saß auf dem Bett; das eine Bein ließ er herunterhängen; sein großer Bauch ruhte auf dem andern, untergeschlagenen Bein. Er kniff sein sehendes Auge zusammen, um den Boten besser sehen zu können, wie wenn er in dessen Gesichtszügen eine Antwort auf die Frage lesen wollte, die ihn beschäftigte.

»Sag mal, mein Lieber, sag mal«, redete er Bolchowitinow mit seiner leisen, altersschwachen Stimme an und hielt das Hemd über der Brust zusammen, das auseinandergegangen war. »Komm her, komm ganz nah heran. Was hast du mir denn da für Nachrichten gebracht? Wie? Napoleon ist aus Moskau abgezogen? Ist es wirklich so? Wie?«

Bolchowitinow begann von Anfang an ausführlich alles, was ihm aufgetragen war, zu berichten.

»Mach schneller, schneller, quäle mich nicht«, unterbrach ihn Kutusow.

Bolchowitinow erzählte alles und schwieg dann in Erwartung eines ihm zu erteilenden Befehles. Nun wollte Toll etwas sagen; aber Kutusow ließ ihn nicht zu Wort kommen. Er schien reden zu wollen; aber plötzlich überzog sich sein Gesicht mit Runzeln und Falten; er machte gegen Toll hin eine ablehnende Handbewegung und wandte sich nach der entgegengesetzten Seite, nach derjenigen Ecke der Stube, wo eine Menge schwärzlicher Heiligenbilder hing.

»O Herr, mein Schöpfer! Du hast unser Gebet erhört …«, sagte er mit zitternder Stimme, indem er die Hände faltete. »Rußland ist gerettet. Ich danke dir, Herr!« Und er brach in Tränen aus.

XVIII

Von dem Eintreffen dieser Nachricht an bis zum Ende des Feldzuges besteht Kutusows Tätigkeit ausschließlich darin, durch seine Amtsgewalt, durch List und Bitten seine Truppen von nutzlosen Angriffen, Manövern und Zusammenstößen mit dem Feind, dessen Verderben sowieso besiegelt war, zurückzuhalten. Dochturow geht nach Malo-Jaroslawez, Kutusow aber zaudert mit dem Gros der Armee und gibt Befehl zur Räumung Kalugas, weil es ihm sehr wohl möglich scheint, sich hinter diese Stadt zurückzuziehen.

Kutusow zieht sich überall zurück; der Feind aber flieht, ohne den Rückzug des Gegners abzuwarten, nach der entgegengesetzten Seite.

Die Geschichtsschreiber Napoleons beschreiben uns sein kunstvolles Manöver gegen Tarutino und Malo-Jaroslawez und stellen Vermutungen darüber auf, was geschehen sein würde, wenn es Napoleon gelungen wäre, nach den reichen südlichen Gouvernements durchzudringen.

Aber um gar nicht davon zu reden, daß ihn ja nichts hinderte, nach diesen südlichen Gouvernements zu ziehen, da die russische Armee ihm freien Weg ließ, so vergessen die Historiker, daß Napoleons Armee durch nichts zu retten war, weil sie schon damals die nicht zu behebenden Ursachen des Verderbens in sich trug. Diese Armee, die in Moskau so überreichen Proviant vorgefunden hatte und nicht imstande gewesen war, ihn sich zu erhalten, sondern ihn unter die Füße getreten hatte, diese Armee, die, als sie nachher nach Smolensk kam, die Lebensmittel, statt sie ordnungsmäßig zu verteilen, zuchtlos raubte, weshalb hätte diese Armee sich im Gouvernement Kaluga besser benehmen sollen, wo doch ebensolche Russen wohnten wie in Moskau und wo das Feuer dieselbe Eigenschaft besaß, das, was man anzündete, zu zerstören?

Die Armee konnte nirgends besser werden. Seit der Schlacht bei Borodino und der Plünderung Moskaus trug sie bereits sozusagen die chemischen Keime der Zersetzung in sich.

Die Soldaten dieser ehemaligen Armee flüchteten mit ihren Anführern, ohne selbst zu wissen, wohin, und hatten (Napoleon und jeder Soldat) nur *einen* Wunsch: so schnell als möglich für ihre Person aus der verzweifelten Lage herauszukommen, deren sie sich alle, wenn auch nur unklar, bewußt waren.

Nur dies war der Grund, weshalb bei dem Kriegsrat in Malo-Jaroslawez, wo die Generale taten, als berieten sie, und allerlei Meinungen vorbrachten, das zuletzt ausgesprochene Votum des Marschalls Mouton, eines schlichten Soldaten, alle zum Schweigen brachte; dieser sagte nämlich das, was alle dachten: Man müsse so schnell wie möglich davonzukommen suchen. Niemand, auch Napoleon nicht, konnte gegen diesen Satz, von dessen Richtigkeit alle überzeugt waren, etwas einwenden.

Aber obgleich sie alle wußten, daß sie suchen mußten davonzukommen, blieb es ihnen doch noch ein beschämendes Gefühl, daß sie genötigt seien zu fliehen. Und es bedurfte eines äußeren Anstoßes, um dieses Gefühl der Scham zu überwältigen. Und dieser Anstoß erfolgte zur rechten Zeit. Es war das, was die Franzosen als le Hourra de l'Empereur bezeichneten.

Am Tag nach dem Kriegsrat tat Napoleon, als wolle er die Truppen und die Stätte der vorangegangenen und der bevorstehenden Schlacht besichtigen, und ritt mit einer Suite von Marschällen und mit einer Eskorte mitten zwischen den Linien der Truppenstellung umher. Kosaken, die nach Beute umherschweiften, stießen auf den Kaiser selbst und hätten ihn beinahe gefangengenommen. Wenn die Kosaken bei dieser Gelegenheit Napoleon nicht gefangennahmen, so rettete ihn ebendasselbe, was den Franzosen zum Verderben gereichte: das Trachten nach Beute; denn sowohl in Tarutino als auch an dieser Stelle stürzten sich die Kosaken, ohne sich um die Menschen zu kümmern, auf die Beute. Ohne dem Kaiser Beachtung zuzuwenden, machten sie sich über die Beute her, und Napoleon fand Zeit zu entkommen.

Wenn nun die »Söhne des Don« die Möglichkeit hatten, den Kaiser selbst mitten in seiner Armee zum Gefangenen zu machen, so war einleuchtend, daß nichts weiter zu tun war, als möglichst schnell auf dem nächsten bekannten Weg zu fliehen. Napoleon, der sich mit seinem vierzigjährigen Embonpoint nicht mehr so beweglich und unternehmungslustig fühlte wie früher, verstand diesen Fingerzeig. Und unter der Einwirkung der Furcht, die er vor den Kosaken bekommen hatte, schloß er sich sofort der Ansicht Moutons an und erteilte, wie die Historiker sagen, den Befehl zum Rückzug auf die Smolensker Straße.

Daraus, daß Napoleon sich der Ansicht Moutons anschloß und die Truppen zurückmarschierten, folgt nicht, daß er dies befohlen hat, sondern daß diejenigen Kräfte, die auf die ganze Armee wirkten und ihr die Richtung nach der Moschaisker Straße gaben, gleichzeitig auch auf Napoleon ihre Wirkung ausübten.

XIX

Wenn ein Mensch sich auf einer Wanderung befindet, so setzt er sich in Gedanken immer ein Ziel für diese Wanderung. Um tausend Werst zurücklegen zu können, muß der Mensch notwendig die Vorstellung haben, daß am Ende der tausend Werst ihn irgend etwas Gutes erwartet. Es ist die Vorstellung von einem Gelobten Land nötig, damit man die Kraft zu einer langen Wanderung aufbringen kann.

Das Gelobte Land war bei dem Eindringen der Franzosen in Rußland Moskau, bei ihrem Abzug die Heimat. Aber die Heimat war zu fern, und jemand, der tausend Werst zu gehen hat, muß sich unbedingt, ohne an das Endziel zu denken, sagen können: »Heute komme ich, wenn ich vierzig Werst marschiert sein werde, zu einem Rastort und Nachtlager«; und beim ersten Tagesmarsch verdeckt dieser Rastort das Endziel und zieht alle Wünsche und Hoffnungen auf sich. Und die Bestrebungen, die beim einzelnen Menschen zutage treten, machen sich bei einer großen Menge immer in vergrößertem Maßstab geltend.

Für die Franzosen, die auf der alten Smolensker Straße zurückgingen, war das Endziel, die Heimat, zu weit entfernt, und das nächste Ziel, dasjenige, auf welches sich, durch die große Menge in gewaltiger Proportion gesteigert, alle Wünsche und Hoffnungen richteten, war Smolensk. Nicht etwa, weil die Soldaten gewußt hätten, daß in Smolensk viele Lebensmittel und frische Truppen seien, oder weil ihnen das gesagt worden wäre (die höheren Führer und Napoleon selbst wußten vielmehr, daß dort nur wenig Proviant vorhanden war), sondern weil nur dies ihnen Kraft zum Marschieren und zur Ertragung der gegenwärtigen Leiden geben konnte, strebten sie alle, die Wissenden sowohl als die Nichtwissenden, in gleicher Selbsttäuschung nach Smolensk wie nach einem Gelobten Land.

Nachdem die Franzosen auf die große Heerstraße gelangt waren, eilten sie mit überraschender Energie und erstaunlicher Schnelligkeit dem Ziel zu, das sie sich in Gedanken gesetzt hatten. Außer dieser Ursache, der Gemeinsamkeit des Strebens, welche die Haufen der Franzosen zu einem Ganzen verband und ihnen eine gewisse Energie verlieh, war noch eine andere Ursache vorhanden, die sie zusammenhielt. Diese Ursache bestand in ihrer Menge. Ihre gewaltige Masse zog durch ihre eigene Kraft, wie nach dem physikalischen Gesetz der Anziehung, die einzelnen Atome, d.h. die Menschen, an sich. Sie bewegten sich vermöge ihrer hunderttausendköpfigen Masse vorwärts, die ihnen den Charakter eines eigenen ganzen Staates verlieh.

Jeder einzelne unter ihnen hatte nur einen Wunsch: sich gefangenzugeben und dadurch von allen Schrecken und Leiden loszukommen. Aber erstens zog die Kraft des gemeinsamen Hinstrebens nach dem Ziel Smolensk einen jeden in derselben Richtung fort; und zweitens konnte sich doch ein Armeekorps nicht einer Kompanie gefangengeben, und obgleich die Franzosen jede geeignete Gelegenheit benutzten, um sich voneinander zu trennen und sich unter dem unbedeutendsten anständigen

Vorwand gefangenzugeben, so fanden sich doch nicht immer Vorwände. Schon allein durch ihre Zahl und das schnelle Marschieren in eng geschlossenen Haufen wurde ihnen diese Möglichkeit genommen und es den Russen nicht nur schwer, sondern geradezu unmöglich gemacht, diese Bewegung zu hemmen, auf welche die gesamte Energie dieser großen Masse von Franzosen gerichtet war. Eine mechanische Zerreißung des Körpers konnte den sich vollziehenden Zersetzungsprozeß nicht über eine bestimmte Grenze hinaus beschleunigen.

Ein Schneeball kann nicht in einem einzigen Augenblick schmelzen. Es gibt ein bestimmtes Zeitmaß, unter welchem keine Anstrengungen der Wärme den Schnee zum Schmelzen bringen können. Im Gegenteil, je höher die Wärme ist, um so fester wird der verbleibende Schnee.

Von den russischen Heerführern hatte niemand als Kutusow dafür Verständnis. Sobald die Flucht der französischen Armee eine bestimmte Richtung angenommen hatte, nämlich auf der Straße nach Smolensk, da verwirklichte sich das, was Konownizyn in der Nacht vom 11. zum 12. Oktober vorhergesehen hatte. Alle höheren Führer der Armee wollten sich auszeichnen, die Franzosen abschneiden, umgehen, gefangennehmen, zurückwerfen, und alle verlangten sie den Angriff.

Kutusow allein gebrauchte alle seine Kräfte (aber diese Kräfte sind bei jedem Oberkommandierenden sehr gering) dazu, sich einem Angriff zu widersetzen.

Wir sagen heute: Wozu sollten die Russen eine Schlacht liefern und den Franzosen den Weg versperren und ihre eigenen Leute verlieren und die Unglücklichen in unmenschlicher Weise niedermetzeln, wozu alles das, da ja auf dem Weg von Moskau bis Wjasma auch ohne Schlacht ein Drittel dieses Heeres wegschmolz? Dergleichen konnte Kutusow seinen Generalen nicht sagen; aber er holte aus dem Schatz der Weisheit seines Alters Erwägungen hervor, von denen er meinte, daß sie sie würden verstehen können, und sprach ihnen von einer goldenen Brücke; aber sie machten sich über ihn lustig, schwärzten ihn an und gebärdeten sich gar grimmig und mutig angesichts des tödlich verwundeten Wildes.

Bei Wjasma konnten Jermolow, Miloradowitsch, Platow und andere, die sich in der Nähe der Franzosen befanden, dem Verlangen nicht widerstehen, zwei französische Armeekorps abzuschneiden und zurückzuwerfen. An Kutusow schickten sie, um ihn von ihrer Absicht zu benachrichtigen, statt der Meldung in einem Kuvert einen Bogen weißes Papier.

Und trotz aller Bemühungen Kutusows, die Truppen zurückzuhalten, griffen unsere Truppen dennoch an und versuchten, dem Feind den Weg zu versperren. Infanterieregimenter gingen, wie erzählt wird, mit Musik und Trommelschlag zum Angriff vor und töteten und vernichteten Tausende von Menschen.

Aber was den Versuch des Abschneidens anlangte, so schnitten sie niemanden ab und warfen niemanden zurück. Und das französische Heer, das durch die Gefahr nur an Festigkeit gewonnen hatte, setzte, gleichmäßig schmelzend, seinen verderbenbringenden Weg nach Smolensk fort.

DRITTER TEIL

I

Die Schlacht bei Borodino mit den beiden darauffolgenden Ereignissen, nämlich der Besetzung Moskaus und der Flucht der Franzosen, ohne daß neue Schlachten stattgefunden hätten, ist eine der lehrreichsten Erscheinungen der Weltgeschichte.

Alle Geschichtsschreiber sind darüber einig, daß, bei Kollisionen der Staaten und Völker, durch die Kriege sich der Grad ihrer äußeren Tatkraft bekundet und daß unmittelbar infolge der größeren oder geringeren kriegerischen Erfolge die politische Bedeutung der Staaten und Völker wächst oder abnimmt.

Wie seltsam auch die geschichtlichen Darstellungen klingen mögen, daß irgendein König oder Kaiser infolge eines Zwistes mit einem andern Kaiser oder König ein Heer sammelte, dem Heer des Feindes eine Schlacht lieferte, den Sieg davontrug, drei-, fünf- oder zehntausend Menschen tötete und infolgedessen den Staat und das ganze Volk von mehreren Millionen Menschen unterwarf, und wie unbegreiflich es auch sein mag, weshalb das Volk durch die Niederlage des Heeres allein, also eines Hundertstels der gesamten Volkskraft, sich zur Unterwerfung gezwungen sah: so bestätigen doch alle Tatsachen der Geschichte, soweit sie uns bekannt ist, die Richtigkeit des Satzes, daß größere oder kleinere Erfolge des Heeres des einen Volkes gegen das Heer des anderen Volkes die Ursachen oder wenigstens sehr bedeutsame Symptome der Zunahme oder Abnahme der Kraft der Völker sind. Das Heer hat den Sieg davongetragen, und sogleich erweitern sich die Rechte des siegreichen Volkes auf Kosten des besiegten. Das Heer hat eine Niederlage erlitten, und sogleich wird das Volk je nach dem Grad der Niederlage dieser und jener Rechte beraubt und bei einer vollständigen Niederlage seines Heeres vollständig unterworfen.

So ist es nach dem Zeugnis der Geschichte von den ältesten Zeiten bis auf unsere Zeit gewesen. Alle Kriege Napoleons dienen zur Bestätigung dieses Satzes. Nach dem Maß der Niederlage der österreichischen Truppen verlor Österreich von seinen Rechten und wuchsen die Rechte und Kräfte Frankreichs. Der Sieg der Franzosen bei Jena und Auerstedt vernichtete die selbständige Existenz Preußens.

Aber nun auf einmal die Ereignisse des Jahres 1812: Die Franzosen trugen in der Nähe von Moskau einen Sieg davon, nahmen Moskau ein, und darauf, ohne daß neue Schlachten stattgefunden hätten, hörte nicht etwa Rußland auf zu existieren, sondern mit der sechshunderttausend Mann starken Armee und demnächst mit dem Napoleonischen Frankreich war es zu Ende. Der geschichtlichen Regel zuliebe die Tatsachen zu verdrehen und zu sagen, das Schlachtfeld von Borodino sei in den Händen der Russen geblieben oder es hätten nach der Einnahme von Moskau noch Schlachten stattgefunden, durch die Napoleons Heer vernichtet sei, geht nicht an.

Nach dem Sieg der Franzosen bei Borodino hat nicht nur keine Hauptschlacht, sondern überhaupt kein irgendwie bedeutender Kampf mehr stattgefunden, und doch hörte die französische Armee auf zu existieren. Was bedeutet das? Stammte dieses Beispiel aus der Geschichte Chinas, so könnten wir sagen, diese Erscheinung sei nicht historisch beglaubigt (das gewöhnliche Schlupfloch der Historiker, wenn etwas nicht auf ihren Leisten paßt), und wenn es sich um einen kurzen Zusammenstoß handelte, bei dem nur geringe Truppenmengen beteiligt gewesen wären, so könnten wir diese Erscheinung als eine Ausnahme betrachten; aber dieses Ereignis vollzog sich vor den Augen unserer Väter, für welche es sich um den Fortbestand oder Untergang des Vaterlandes handelte, und dieser Krieg war der größte von allen bekannten Kriegen.

Die Periode des Feldzuges des Jahres 1812 von der Schlacht bei Borodino bis zur Vertreibung der Franzosen hat bewiesen, daß ein gewonnener Schlachtensieg keineswegs die Eroberung des Landes zur notwendigen Folge hat, ja nicht einmal ein zuverlässiges Merkmal der Eroberung ist, und daß die Kraft, die das Schicksal der Völker entscheidet, nicht in den Eroberern liegt, auch nicht einmal in den Armeen und in den Schlachten, sondern in etwas anderem.

Die französischen Geschichtsschreiber, welche die Lage des französischen Heeres vor dem Auszug aus Moskau schildern, suchen uns zu überzeugen, daß alles bei der großen Armee in guter Ordnung gewesen sei mit Ausnahme der Kavallerie, der Artillerie und des Trains; es habe eben an Furage zur Ernährung der Pferde und des Hornviehs gefehlt. Diesem Mangel habe nicht abgeholfen werden können, weil die Bauern der Umgegend ihr Heu verbrannt hätten, statt es den Franzosen abzulassen.

Danach hätte also die gewonnene Schlacht deswegen nicht die gewöhnlichen Resultate gehabt, weil die Bauern Karp und Wlas, die nach dem Abzug der Franzosen mit ihren Fuhrwerken nach Moskau kamen, um in der Stadt zu rauben, und überhaupt persönlich keine heldenhaften Gefühle an den Tag legten, samt der ganzen übrigen zahllosen Menge solcher Bauern nicht für das gute Geld, das man ihnen bot, ihr Heu nach Moskau brachten, sondern es lieber verbrannten.

*

Stellen wir uns zwei Männer vor, die sich duellieren, und zwar mit Degen, nach allen Regeln der Fechtkunst; der Kampf hat schon eine ziemliche Weile gedauert; da fühlt plötzlich einer der beiden Gegner, daß er verwundet ist; er weiß, daß die Sache kein Scherz ist, sondern es sich um sein Leben handelt; so wirft er denn den Degen weg, ergreift den ersten besten Knüttel, der ihm in die Hand kommt, und beginnt, mit diesem um sich zu schlagen. Stellen wir uns nun aber weiter vor, daß der Gegner, der in so verständiger Weise das beste und einfachste Mittel zur Erreichung seines Zieles angewandt hat, zugleich für die Traditionen des Rittertums begeistert ist und deshalb den wahren Hergang verheimlichen und behaupten wollte, er habe nach allen Regeln der Kunst mit dem Degen gesiegt. Man kann sich denken, was für ein Wirrwarr und was für eine Unklarheit die Folge einer solchen Darstellung des stattgehabten Duells sein würde.

Der Fechter, der einen Kampf nach den Regeln der Kunst forderte, waren die Franzosen; der Gegner, der den Degen wegwarf und dafür zum Knüttel griff, waren die Russen; die Leute, die alles nach den Regeln der Fechtkunst zu erklären suchen, sind die Historiker, die über dieses Ereignis geschrieben haben.

Mit dem Brand von Smolensk hatte ein Krieg begonnen, der von den Traditionen aller früheren Kriege durchaus abwich. Die Einäscherung von Städten und Dörfern, der Rückzug nach den Schlachten, der Schlag bei Borodino und dann wieder der Rückzug, der Brand von Moskau, die Jagd auf Marodeure, das Abfangen der Transporte, der Freischärlerkrieg, alles dies waren Abweichungen von den Regeln.

Napoleon fühlte das, und von dem Augenblick an, wo er sich in Moskau in regelrechter Fechterhaltung hingestellt hatte und sah, daß der Gegner statt des Degens einen Knüttel gegen ihn erhob, hörte er nicht auf, sich bei Kutusow und Kaiser Alexander darüber zu beschweren, daß der Krieg gegen alle Regeln geführt werde (als ob es Regeln für die Tötung von Menschen gäbe). Aber trotz der Beschwerden der Franzosen über die Verletzung der Regeln und trotzdem manche hochgestellten Russen sich gewissermaßen genierten, mit dem Knüttel zu kämpfen, und lieber nach allen Regeln der Kunst sich in Quart- oder Terzlage hingestellt oder einen kunstvollen Ausfall in der Prime gemacht hätten usw.: trotz alledem erhob sich der Knüttel des Volkskrieges in all seiner drohenden, imposanten Kraft, und ohne nach jemandes Geschmack oder irgendwelchen Regeln zu fragen, sondern in dummer Einfalt, aber in zweckmäßiger Weise, ohne viel Bedenken, hob und senkte er sich immer wieder und schlug so lange auf die Franzosen los, bis das ganze Invasionsheer vernichtet war.

Und Heil dem Volk, das nicht, wie die Franzosen im Jahre 1813, nach allen Regeln der Kunst salutiert, den Degen umwendet und den Griff desselben anmutig und höflich dem großmütigen Sieger darbietet, sondern in der schweren Prüfungsstunde, ohne danach zu fragen, wie andere Völker in ähnlichen Fällen nach Regeln gehandelt haben, schlicht und einfach den ersten besten Knüttel ergreift, der ihm vor die Hand kommt, und mit ihm so lange zuschlägt, bis in seiner Seele das Gefühl der Erbitterung und Rachsucht von dem Gefühl der Verachtung und des Mitleids abgelöst wird.

II

Eine der handgreiflichsten und vorteilhaftesten Abweichungen von den sogenannten Regeln der Kriegskunst ist der Kampf vereinzelter Menschen gegen Menschen, die sich zu Haufen zusammengeschlossen haben. Derartige Kämpfe treten im Krieg stets auf, sobald dieser den Charakter eines Volkskriegs annimmt. Diese Kampfart besteht darin, daß nicht Haufen gegen Haufen vorgehen, sondern die Menschen sich voneinander trennen, einzeln angreifen und sofort fliehen, sobald sie von größeren Streitkräften angegriffen werden, dann aber, sobald sich eine Gelegenheit bietet, selbst wieder zum Angriff übergehen. So haben es die Guerillas in Spanien gemacht, so die Gebirgsbewohner im Kaukasus, und so auch die Russen im Jahre 1812.

Einen derartigen Krieg nannte man Freischarenkrieg und glaubte, mit dieser Benennung seinen Begriff fest umschrieben zu haben. Indessen richtet sich ein solcher Krieg nicht nur nach keinen Regeln, sondern er widerstreitet geradezu einer bekannten und als unfehlbar anerkannten taktischen Regel. Diese Regel besagt, der Angreifer müsse seine Truppen konzentrieren, um im Augenblick des Kampfes stärker zu sein als der Gegner.

Der Freischarenkrieg (der, wie die Geschichte beweist, immer erfolgreich ist) widerstreitet dieser Regel geradezu.

Dieser Widerspruch kommt daher, daß die Kriegswissenschaft die Kraft der Truppen für identisch hält mit ihrer Zahl. Die Kriegswissenschaft sagt: Je größer die Truppenzahl, um so größer die Kraft. Les gros bataillons ont toujours raison.

Die Kriegswissenschaft, die so spricht, hat Ähnlichkeit mit der Mechanik, wenn diese bei der Beurteilung von Kräften nur ihre Massen berücksichtigen und sagen wollte, die Kräfte seien einander gleich oder ungleich, weil ihre Massen gleich oder ungleich seien.

In Wirklichkeit aber ist die Kraft (das Quantum der geleisteten Bewegung) das Produkt aus der Masse und der Geschwindigkeit.

Bei der Kriegführung ist die Kraft der Truppen in ähnlicher Weise das Produkt aus der Masse und noch etwas anderem, einem unbekannten x.

Die Kriegswissenschaft, die in der Geschichte eine zahllose Menge von Beispielen dafür findet, daß die Masse der Truppen sich nicht mit der Kraft deckt und daß kleine Abteilungen große besiegt haben, erkennt in unklarer Weise die Existenz dieses unbekannten Faktors an und sucht ihn bald in einer geometrischen Aufstellung der Truppen, bald in der Bewaffnung, bald (und dies ist das Gewöhnlichste) in der Genialität der Heerführer. Aber die Einsetzung aller dieser Werte des Faktors liefert keine Resultate, die sich mit den geschichtlichen Tatsachen in Übereinstimmung befänden.

Und doch braucht man sich nur von dieser zugunsten der Helden üblich gewordenen falschen Anschauung über die Wirksamkeit der Anordnungen der höchsten Kommandeure im Krieg freizumachen, um dieses unbekannte x zu finden.

Dieses x ist der Geist des Heeres, d. h. das größere oder geringere Verlangen aller zum Heer gehörigen Menschen, zu kämpfen und sich Gefahren zu unterziehen; und dieses Verlangen ist völlig unabhängig davon, ob die Menschen unter dem Kommando genialer oder nichtgenialer Führer kämpfen, in drei oder in zwei Linien, mit Knütteln oder mit Gewehren, die dreißigmal in einer Minute schießen. Diejenigen Menschen, die das größte Verlangen zu kämpfen haben, werden auch immer die für den Kampf vorteilhaftesten Umstände zu finden wissen.

Der Geist des Heeres ist der Multiplikator der Masse, der als Produkt die Kraft ergibt. Den Wert des Geistes des Heeres, dieses unbekannten Multiplikators, zu bestimmen und auszudrücken ist die Aufgabe der Wissenschaft.

Diese Aufgabe wird erst dann lösbar sein, wenn wir aufhören, die Begleitumstände, unter denen die Kraft in die Erscheinung tritt, als da sind die Anordnungen des Heerführers, die Bewaffnung usw., willkürlich als den Multiplikator zu betrachten und für das ganze Unbekannte x einzusetzen, und vielmehr diese unbekannte Größe in ihrer Totalität als das anerkennen, was sie ist, nämlich als das größere oder geringere Verlangen zu kämpfen und sich Gefahren auszusetzen. Erst dann können wir hoffen, daß es uns, indem wir die bekannten historischen Tatsachen durch Gleichungen ausdrücken, aufgrund einer Vergleichung des relativen Wertes dieser unbekannten Größe möglich sein wird, die unbekannte Größe selbst zu bestimmen.

Zehn Mann, zehn Bataillone oder zehn Divisionen haben mit fünfzehn Mann, Bataillonen oder Divisionen gekämpft und sie besiegt, d. h. alle ohne Rest getötet oder gefangengenommen, und selbst dabei vier verloren; es sind also auf der einen Seite vier, auf der andern fünfzehn vernichtet worden. Folglich waren die vier gleich den fünfzehn, folglich $x = 15y$. Folglich $x : y = 15 : 4$. Diese Gleichung ergibt nicht den Wert einer unbekannten Größe; aber sie ergibt das Verhältnis zwischen zwei unbekannten Größen. Bringt man nun allerlei herausgegriffene historische Einheiten (Schlachten, Feldzüge, Kriegsperioden) in die Form solcher Gleichungen, so ergeben sich Zahlenreihen, in denen bestimmte Gesetze vorhanden sein müssen, die man aufdecken kann.

Die taktische Regel, daß man beim Angriff in geschlossenen Massen kämpfen müsse, beim Rückzug dagegen getrennt, dient unbewusst lediglich zur Bestätigung der Wahrheit, daß die Kraft eines Heeres von seinem Geist abhängt. Um Menschen in das feindliche Feuer zu führen, ist meist ein höherer, eben nur durch Massenbewegung zu erzielender Grad von Disziplin erforderlich, als um Angreifer von sich abzuwehren. Aber diese Regel, bei der der Geist des Heeres außer acht gelassen wird, erweist sich nicht selten als unrichtig und widerspricht in besonders auffälliger Weise der Wirklichkeit da, wo sich ein starker Aufschwung oder Niedergang des Geistes der Kämpfenden zeigt: bei allen Volkskriegen.

Als die Franzosen sich im Jahre 1812 zurückzogen, hätten sie sich nach der taktischen Regel getrennt verteidigen müssen; aber sie drängten sich in Haufen zusammen, weil der Geist des Heeres dermaßen gesunken war, daß nur die Masse das Heer zusammenhielt. Die Russen dagegen hätten nach der taktischen Regel in geschlossener Masse angreifen sollen; in Wirklichkeit aber teilten sie sich, weil ihr Geist so gehoben war, daß selbst einzelne ohne Befehl auf die Franzosen losschlugen und keines Zwanges dazu bedurften, um sich Mühen und Gefahren zu unterziehen.

III

Der sogenannte Freischarenkrieg begann mit dem Einzug des Feindes in Smolensk.

Ehe noch der Freischarenkrieg von unserer Regierung offiziell gutgeheißen war, waren schon Tausende der Feinde (Nachzügler, Marodeure, Furageure) von den Kosaken und Bauern getötet worden, die diese Leute ebenso selbstverständlich niederschlugen, wie Hunde einen verlaufenen tollen Hund totbeißen. Denis Dawydow mit seinem feinen russischen Instinkt war der erste, der die Bedeutung dieses furchtbaren Knüttels begriff, dieses Knüttels, der, ohne nach den Regeln der Kriegskunst zu fragen, die Franzosen vernichtete, und ihm gebührt der Ruhm, den ersten Schritt zur Legalisierung dieser Methode der Kriegführung getan zu haben.

Am 24. August wurde Dawydows erstes Freikorps gebildet, und bald nach diesem bildeten sich viele andere. Je länger der Feldzug dauerte, um so mehr wuchs die Zahl dieser Freischaren.

Die Freischärler vernichteten die große Armee stückweise. Sie sammelten die abgefallenen Blätter, die sich von selbst von dem vertrockneten Baum, dem französischen Heer, losgelöst hatten, und schüttelten diesen Baum auch manchmal. Im Oktober, als die Franzosen in der Richtung auf Smolensk zu flohen, gab es solche Scharen zu Hunderten, und zwar von sehr verschiedener Größe und sehr verschiedenem Charakter. Es gab Freischaren, die alle Einrichtungen eines Heeres übernommen hatten, mit Infanterie, Artillerie, Generalstab und allerlei Annehmlichkeiten des Lebens; es gab solche, die nur aus Kavallerie, aus Kosaken, bestanden; es gab kleine, die aus Fußvolk und Reiterei gemischt waren; es gab solche, die aus Bauern und Gutsbesitzern bestanden und von denen weiter niemand etwas wußte. Da war ein Küster Anführer einer Schar und machte im Laufe eines Monats mehrere hundert Gefangene; da war eine Schulzenfrau Wasilissa, die Hunderte von Franzosen totschlug.

Das letzte Drittel des Oktobers bildete den Höhepunkt des Freischarenkriegs. Die erste Periode dieses Krieges, wo die Freischärler noch selbst über ihre Kühnheit erstaunt waren, jeden Augenblick fürchteten, von den Franzosen erwischt und umringt zu werden und, ohne abzusatteln und fast ohne je von den Pferden herunterzukommen, sich in den Wäldern verbargen, jeden Augenblick eines Angriffs gewärtig, diese Periode war schon vorüber. Jetzt hatte diese Art der Kriegführung bereits eine bestimmte Gestalt angenommen, und alle waren sich darüber klar, was man gegen die Franzosen unternehmen könne und was nicht. Jetzt hielten nur noch die Anführer derjenigen Korps, welche nach den Regeln der Kriegskunst, mit Generalstäben, in weiterer Entfernung von den Franzosen einherzogen, vieles für unmöglich; die kleinen Freischaren dagegen, die ihre Tätigkeit schon vor längerer Zeit begonnen und sich die Franzosen aus der Nähe angesehen hatten, hielten gar manches für möglich, woran die Anführer größerer Korps nicht einmal zu denken wagten. Die Kosaken und Bauern aber, die zwischen den Franzosen umherschlichen, waren der Ansicht, daß jetzt schon geradezu alles möglich sei.

Am 22. Oktober befand sich Denisow, der eine Freischar kommandierte, mit seinen Leuten auf der höchsten Höhe leidenschaftlicher Begeisterung für diese Art des Krieges. Seit dem frühen Morgen war er mit seiner Abteilung auf dem Marsch gewesen. Er war den ganzen Tag über durch die Wälder, die an der großen Heerstraße lagen, einem großen französischen Transport von Kavalleriesachen und russischen Gefangenen gefolgt, der sich von den anderen Truppen getrennt hatte und unter starker Bedeckung, wie durch Kundschafter und Gefangene bekanntgeworden war, in der Richtung auf Smolensk dahinzog. Von diesem Transport hatten nicht nur Denisow und Dolochow Kenntnis erlangt (der letztere befehligte gleichfalls eine kleine Freischar und verfolgte nicht weit von Denisow dieselbe Richtung), sondern auch die Befehlshaber größerer Korps mit Generalstäben; alle wußten sie von diesem Transport und leckten sich, wie Denisow sagte, schon die Lippen danach. Zwei von diesen Befehlshabern größerer Korps, der eine ein Pole, der andere ein Deutscher, hatten fast gleichzeitig zu Denisow geschickt, und jeder von ihnen hatte ihn aufgefordert, mit seiner Abteilung zu ihm zu stoßen, um vereint den Transport zu überfallen.

»Nein, Bruder, dazu bin ich selbst Manns genug«, sagte Denisow, nachdem er diese Zuschriften gelesen hatte, und schrieb dem Deutschen zurück, obwohl er den lebhaften Wunsch hege, unter einem so ausgezeichneten, berühmten General zu dienen, müsse er sich dieses Glück doch versagen, da er sich bereits unter den Oberbefehl des polnischen Generals gestellt habe. Dem polnischen General aber schrieb er dasselbe, indem er ihn benachrichtigte, daß er schon unter das Kommando des Deutschen getreten sei.

Bei dieser Erledigung der beiden Anträge war Denisows Absicht, ohne jenen höheren Befehlshabern davon Mitteilung zu machen, im Verein mit Dolochow den Transport mit seinen geringen Streitkräften anzugreifen und zur Beute zu machen. Der Transport zog am 22. Oktober vom Dorf Mikulino nach dem Dorf Schamschewo. Auf der linken Seite des Weges von Mikulino nach Schamschewo zogen sich große Wälder hin, die an manchen Stellen bis dicht an den Weg heranreichten, an anderen vom Weg eine Werst und mehr zurückwichen. Durch diese Wälder war Denisow den ganzen Tag über mit seiner Schar geritten, bald tief in ihr Inneres eintauchend, bald an den Saum herauskommend, aber ohne je die dahinziehenden Franzosen aus den Augen zu verlieren. Am Morgen hatten nicht weit von Mikulino, da, wo der Wald dicht an den Weg herantrat, Kosaken von Denisows Freischar zwei im Schmutz steckengebliebene französische Trainwagen mit Kavalleriesätteln erbeutet und in den Wald gebracht. Von da an bis zum Abend war die Freischar, ohne anzugreifen, dem Marsch der Franzosen gefolgt. Man mußte sie, ohne sie zu erschrecken, ruhig nach Schamschewo gelangen lassen und dann nach erfolgter Vereinigung mit Dolochow, der gegen Abend zu einer Beratung nach einem Waldwächterhäuschen im Wald eine Werst von Schamschewo kommen sollte, bei Tagesanbruch von zwei Seiten völlig überraschend über sie herfallen und sie alle mit einemmal niedermachen oder gefangennehmen.

Im Rücken, zwei Werst von Mikulino, dort, wo der Wald dicht an den Weg herantrat, waren sechs Kosaken zurückgelassen, die sogleich Meldung bringen sollten, falls sich neue französische Kolonnen zeigten.

Vor Schamschewo sollte in derselben Weise Dolochow den Weg rekognoszieren, damit man wisse, in welcher Entfernung sich noch andere französische Truppen befänden. Bei dem Transport vermutete man fünfzehnhundert Mann. Denisow hatte zweihundert Mann, und Dolochow mochte ebensoviel haben. Aber durch diese numerische Überlegenheit ließ Denisow sich nicht abschrecken. Nur eines mußte er noch wissen: was für Truppen es eigentlich waren; und zu diesem Zweck mußte Denisow eine »Zunge« fangen, d. h. einen Mann von der feindlichen Kolonne. Bei dem Überfall am Morgen auf die Trainwagen war alles so eilig zugegangen, daß sie die bei den Wagen befindlichen Franzosen alle niedergemacht und nur einen wegen Erschöpfung hinter der Kolonne zurückgebliebenen Knaben, einen Tambour, gefangengenommen hatten, der aber nichts Zuverlässiges darüber aussagen konnte, aus was für Truppen die Kolonne bestehe.

Noch einen zweiten Überfall zu unternehmen hielt Denisow für gefährlich, um nicht die ganze Kolonne zu alarmieren, und darum hatte er einen bei seiner Freischar befindlichen Bauern Tichon Schtscherbaty abgesandt, der, wenn es möglich wäre, wenigstens einen der vorausgeschickten französischen Quartiermeister wegfangen sollte.

IV

Es war ein warmer, regnerischer Herbsttag. Himmel und Horizont hatten ein und dieselbe Farbe, die Farbe trüben Wassers. Bald war es, als senkte sich ein Nebel herab, bald auf einmal fiel ein schräger, kräftiger Regen.

Auf einem mageren Vollblut mit eingefallenen Weichen ritt Denisow, in Filzmantel und Schaffellmütze, von denen das Wasser herunterlief. Ebenso wie das Pferd, das den Kopf schief hielt und die Ohren andrückte, kniff auch er bei dem schrägen Regen das Gesicht zusammen und spähte aufmerksam nach vorn. Sein mager gewordenes, von einem dichten, kurzen, schwarzen Bart bedecktes Gesicht trug einen ärgerlichen Ausdruck.

Neben ihm ritt, gleichfalls in Filzmantel und Schaffellmütze, auf einem wohlgenährten, kräftigen donischen Pferd ein Kosaken-Jesaul*, Denisows Gehilfe.

* = Hauptmann, Rittmeister. Anmerkung des Übersetzers.

Der Jesaul Lowaiski war ein langer, blonder Mensch, flach wie ein Brett, mit weißem Gesicht, schmalen, hellen Augen und ruhigem, selbstbewußtem Ausdruck in Gesicht und Haltung. Obgleich man nicht sagen konnte, worin eigentlich die Besonderheit des Pferdes und des Reiters bestand, so wurde einem doch beim ersten Blick auf den Jesaul und Denisow klar, daß Denisow sich naß und unbehaglich fühlte und ein Mensch war, der auf einem Pferd saß, daß dagegen der Jesaul sich in so ruhiger, gemächlicher Stimmung befand wie immer und nicht ein Mensch war, der auf einem Pferd saß, sondern ein Mensch, der mit dem Pferd zusammen ein einziges Wesen von verdoppelter Kraft bildete.

Ein wenig vor ihnen ging ein Bauer, der ihnen als Wegweiser diente, in einem grauen Kaftan und mit einer weißen Zipfelmütze, völlig durchnäßt.

Nahe hinter ihnen ritt auf einem mageren, schlanken Kirgisenpferdchen mit langem Schweif und gewaltiger Mähne und mit blutig gerissenem Maul ein junger Offizier in einem blauen französischen Mantel.

Neben ihm ritt ein Husar, der hinter sich auf der Kruppe des Pferdes einen Knaben, in einer zerrissenen französischen Uniform und mit einer blauen Mütze, sitzen hatte. Der Knabe hielt sich mit seinen vor Kälte roten Händen an dem Husaren fest, schlenkerte mit seinen nackten Füßen, um sie zu erwärmen, und blickte mit hochgezogenen Brauen erstaunt um sich. Dies war der am Morgen gefangengenommene französische Tambour.

Dahinter folgten in langem Zug, je drei oder vier nebeneinander, auf dem schmalen, ausgefahrenen Waldweg Husaren und dann Kosaken, teils in Filzmänteln, teils in französischen Mänteln, teils in Pferdedekken, die sie sich über den Kopf geworfen hatten. Die Pferde, Füchse sowohl wie Braune, sahen von dem Regenwasser, das an ihnen herablief, sämtlich wie Rappen aus. Die Hälse der Pferde erschienen infolge der durchnäßten Mähnen auffällig schlank. Ein dichter Dampf stieg von den Pferden in die Höhe. Die Kleidung und die Sättel und die Zügel, alles war naß, schlüpfrig und weich, ebenso wie auch der Erdboden und die abgefallenen Blätter, mit denen der Weg bedeckt war. Die Menschen saßen zusammengekauert da, darauf bedacht, sich nicht zu bewegen, um das Wasser, das bis auf den Körper durchgedrungen war und sich unter dem Gesäß, an den Knien und am Hals gesammelt hatte, zu wärmen und kein neues, kaltes hineinzulassen. In der Mitte zwischen den langen Reihen der Kosaken polierten die beiden Trainwagen mit ihren französischen Pferden und vorgespannten gesattelten Kosakenpferden über die Baumstümpfe und Äste weg und plätscherten in dem Wasser, das die Geleise füllte.

Denisows Pferd geriet, heim Umgehen einer Pfütze auf dem Weg, zu weit zur Seite und quetschte ihm das Knie gegen einen Baum.

»Ha, du Satan!« rief Denisow grimmig und schlug zähnefletschend das Pferd dreimal mit der Peitsche, wobei er sich und seine Kameraden mit Schmutz bespritzte.

Denisow war übler Laune, sowohl wegen des Regens als auch vor Hunger (seit dem Morgen hatte niemand von ihnen etwas gegessen), namentlich aber weil von Dolochow immer noch keine Nachrichten da waren und weil der Mann, den er abgesandt hatte, um eine »Zunge« zu fangen, nicht zurückgekehrt war.

»Eine solche Gelegenheit, einen Transport zu überfallen, kommt so leicht nicht wieder. Den Überfall allein auszuführen ist zu riskant, und schiebe ich die Sache auf einen andern Tag auf, so nimmt mir eines der größeren Freikorps die Beute vor der Nase weg«, dachte Denisow und blickte unausgesetzt nach vorn, in der Hoffnung, den erwarteten Boten von Dolochow zu erblicken.

Als sie auf einen Durchhau gekommen waren, durch den man weit nach rechts sehen konnte, hielt Denisow an.

»Da kommt jemand geritten«, sagte er.

Der Jesaul sah nach der Richtung hin, nach welcher Denisow zeigte.

»Es sind zwei, ein Offizier und ein Kosak. Aber es ist nicht *mutmaßlich*, daß es der Oberstleutnant selbst ist«, sagte der Jesaul, der gern Worte gebrauchte, die den Kosaken nicht mundgerecht sind.

Die Reiter, die einen Abhang herunterritten, verschwanden ihnen aus den Augen und wurden erst nach einigen Minuten wieder sichtbar. Voran ritt in müdem Galopp, das Pferd mit der Peitsche antreibend, ein Offizier, mit zerzaustem Haar, durch und durch naß; die Hose hatte sich ihm bis über die Knie hinaufgeschoben. Hinter ihm trabte, in den Steigbügeln stehend, ein Kosak. Der Offizier, ein ganz junges Bürschchen, mit breitem Gesicht von frischer, gesunder Farbe und mit lebhaften, fröhlichen Augen, sprengte zu Denisow heran und überreichte ihm einen durchnäßten Brief.

»Vom General«, sagte der Offizier. »Verzeihen Sie, daß der Brief nicht ganz trocken ist.«

Denisow nahm mit finsterem Gesicht den Brief in Empfang und brach ihn auf.

»Da haben nun alle gesagt, es sei gefährlich, sehr gefährlich«, sagte der Offizier zu dem Jesaul gewandt, während Denisow den ihm überbrachten Brief las. »Übrigens hatten wir, ich und Komarow« (er zeigte auf den Kosaken), »unsere Vorbereitungen getroffen. Wir haben jeder zwei Pistolen … Aber was ist denn das?« fragte er, als er den französischen Tambour erblickte. »Ein Gefangener? Sind Sie denn schon in einem Kampf gewesen? Darf ich mit ihm reden?«

»Rostow! Petja!« rief in diesem Augenblick Denisow, der den Brief mit den Augen überflogen hatte. »Aber warum hast du denn nicht gesagt, wer du bist?« Und Denisow wandte sich lächelnd um und streckte dem Offizier die Hand entgegen.

Der Offizier war Petja Rostow.

Auf dem ganzen Weg hatte Petja sich darauf vorbereitet, wie er in einer eines Erwachsenen und Offiziers würdigen Weise, ohne auf die frühere Bekanntschaft hinzudeuten, sich Denisow gegenüber benehmen wollte. Aber sobald Denisow ihm zulächelte, strahlte Petja sofort über das ganze Gesicht, errötete vor Freude und vergaß den dienstlichen Ton, auf den er sich vorbereitet hatte: Er fing an zu erzählen, wie er an den Franzosen vorbeigeritten sei und wie er sich darüber gefreut habe, daß ihm ein solcher Auftrag erteilt sei, und daß er schon an der Schlacht bei Wjasma teilgenommen habe und daß sich dort ein Husar besonders ausgezeichnet habe.

»Nun, ich freue mich, dich wiederzusehen«, unterbrach ihn Denisow, und sein Gesicht nahm wieder einen ernsten Ausdruck an.

»Michail Feoklitytsch«, wandte er sich an den Jesaul. »Das ist wieder von dem Deutschen. Der junge Mann hier dient bei ihm.«

Und Denisow erzählte dem Jesaul den Inhalt des soeben überbrachten Schreibens, der in der erneuten Aufforderung des deutschen Generals bestand, sich zum Zweck eines Überfalls auf den Transport mit ihm zu vereinigen.

»Wenn wir ihn morgen nicht nehmen, schnappt er ihn uns vor der Nase fort«, schloß er.

Während Denisow mit dem Jesaul sprach, brachte Petja, der über Denisows kalten Ton betroffen war und befürchtete, an diesem Ton sei der Zustand seiner Hose schuld, unter dem Mantel, so daß es niemand bemerken sollte, seine hinaufgerutschte Hose in Ordnung, wobei er sich alle Mühe gab, eine möglichst militärische Miene zu machen.

»Werde ich von Euer Hochwohlgeboren noch einen Befehl erhalten?« sagte er zu Denisow, indem er die Hand an den Mützenschirm legte und wieder zu dem Spiel »Adjutant und General« zurückkehrte, auf das er sich vorbereitet hatte. »Oder soll ich bei Euer Hochwohlgeboren bleiben?«

»Einen Befehl?« erwiderte Denisow nachdenklich. »Aber darfst du denn bis morgen hierbleiben?«

»Ach, bitte, bitte … Darf ich bei Ihnen bleiben?« rief Petja.

»Was hast du eigentlich für einen Befehl vom General? Sollst du gleich wieder zurückkommen?« fragte Denisow.

Petja errötete.

»Er hat nichts befohlen; ich denke, ich darf?« erwiderte er in fragendem Ton.

»Nun gut«, antwortete Denisow.

Und sich zu seinen Untergebenen wendend, ordnete er an, die Freischar solle sich nach dem bestimmten Rastort beim Wächterhäuschen im Wald begeben; der Offizier auf dem Kirgisenpferd aber (dieser hatte die Obliegenheiten eines Adjutanten) solle hinreiten, um Dolochow aufzusuchen und zu hören, ob er am Abend kommen werde. Denisow selbst beabsichtigte, mit dem Jesaul und Petja an den Waldsaum zu reiten, der nach Schamschewo zu lag, um diejenige Stelle des französischen Nachtlagers, gegen die sich am nächsten Tag der Angriff richten sollte, in Augenschein zu nehmen.

»Nun, Alterchen«, wandte er sich an den Bauern, der ihnen als Wegweiser diente, »führe uns nach Schamschewo.«

V

Der Regen hatte aufgehört; nur der Nebel senkte sich herab, und von den Zweigen der Bäume fielen Wassertropfen. Denisow, der Jesaul und Petja ritten schweigend hinter dem Bauern mit der Zipfelmütze her, der, mit seinen auswärts gesetzten, in Bastschuhen steckenden Füßen leicht und geräuschlos über die Wurzeln und die nassen Blätter hinschreitend, sie nach dem Waldsaum hinführte.

Als sie auf einen mäßigen Abhang gelangt waren, hielt der Bauer einen Augenblick an, blickte um sich und schlug die Richtung nach einer Stelle ein, wo die Baumwand minder dicht war. Bei einer großen Eiche, die ihr Laub noch nicht abgeworfen hatte, blieb er stehen und winkte die andern geheimnisvoll mit der Hand zu sich heran.

Denisow und Petja ritten zu ihm hin. Von der Stelle, wo der Bauer stehengeblieben war, konnte man die Franzosen sehen. Gleich vor dem Wald zog sich von der halben Höhe des Abhangs ein Sommerfeld nach unten. Rechts, jenseits einer steilen Schlucht, war ein kleines Dörfchen und ein nur mäßig großes Gutshaus sichtbar, mit zerstörten Dächern. In diesem Dörfchen und in dem Gutshaus und auf dem ganzen Abhang drüben, in dem Garten, bei den Ziehbrunnen, am Teich und auf dem ganzen Weg, der von der Brücke nach dem Dorf hinaufführte, waren in einer Entfernung von nicht mehr als fünf- bis sechshundert Schritt in dem wallenden Nebel Haufen von Menschen sichtbar. Es war deutlich zu hören, wie sie in einer nicht russischen Sprache die Pferde anschrien, welche sich mühsam mit den Fuhrwerken den Berg hinaufarbeiteten, und wie sie in derselben Sprache auch einander zuriefen.

»Bringt den Gefangenen her«, sagte Denisow leise, ohne die Augen von den Franzosen wegzuwenden.

Der Husar stieg vom Pferd, hob den Knaben herunter und kam mit ihm zu Denisow. Denisow wies auf die Franzosen hin und richtete an den Knaben mehrere Fragen, was dies und das für Truppen wären. Der Knabe, der seine frierenden Hände in die Taschen gesteckt hatte, blickte Denisow ängstlich mit hinaufgezogenen Brauen an; trotz seiner augenscheinlichen Bereitwilligkeit, alles zu sagen, was er wußte, verwirrte er sich in seinen Antworten und bejahte nur, was ihn Denisow fragte. Denisow wandte sich stirnrunzelnd von ihm weg und begann dem Jesaul seine Meinung auseinanderzusetzen.

Petja, der mit schnellen Bewegungen den Kopf nach allen Seiten drehte, betrachtete bald den Tambour, bald Denisow, bald den Jesaul, bald die Franzosen in dem Dorf und auf dem Weg und war darauf bedacht, daß ihm nichts irgendwie Wichtiges entginge.

»Mag Dolochow kommen oder nicht, wir müssen den Transport nehmen! Wie?« sagte Denisow, in dessen Augen es vergnügt funkelte.

»Das Terrain ist günstig«, erwiderte der Jesaul.

»Die Infanterie schicken wir durch die Niederung, durch die Sümpfe«, fuhr Denisow fort. »Die schleichen sich an den Garten heran. Und Sie reiten mit den Kosaken dort herum« (Denisow zeigte auf den Wald hinter dem Dorf), »und ich mit meinen Husaren hier herum. Und auf das Zeichen durch einen Schuß …«

»Durch den Grund wird es nicht möglich sein; da ist es moorig«, sagte der Jesaul. »Da bleiben die Pferde stecken; wir müssen weiter links herumreiten …«

Während sie das halblaut miteinander besprachen, knallte unten im Grund vom Teich her ein Schuß; ein weißes Rauchwölkchen wurde bald sichtbar; ein zweiter Schuß folgte, und von den Franzosen her, die sich auf halber Höhe des Berges befanden, ertönte ein hundertstimmiger Schrei, anscheinend ein Freudenschrei. Im ersten Augenblick wichen Denisow und der Jesaul zurück. Sie waren so nahe, daß sie die Ursache dieser Schüsse und dieses Schreiens zu sein glaubten. Aber die Schüsse und das Schreien hatten ihnen nicht gegolten. Unten, durch die Sümpfe, lief ein Mann in roten Hosen. Auf ihn hatten die Franzosen offenbar geschossen, und auf ihn hatte sich auch das Geschrei bezogen.

»Das ist ja unser Tichon!« sagte der Jesaul.

»Wahrhaftig, er ist es«, sagte Denisow. »So ein nichtswürdiger Kerl!«

»Er kommt davon!« sagte der Jesaul, die Augen zusammenkneifend.

Der Mann, den sie Tichon nannten, lief an das Flüßchen und plumpste so hinein, daß das Wasser nach allen Seiten hoch aufspritzte; nachdem er dann für einen Augenblick verschwunden war, arbeitete er sich, ganz schwarz vom Wasser, auf allen vieren heraus und lief weiter. Die Franzosen, die hinter ihm hergelaufen waren, blieben stehen.

»Na, ein geschickter Kerl!« bemerkte der Jesaul.

»So ein Racker!« murmelte Denisow mit der gleichen ärgerlichen Miene vor sich hin. »Was er nur bis jetzt gemacht haben mag?«

»Wer ist das?« fragte Petja.

»Das ist unsere Schleichpatrouille. Ich hatte ihn ausgeschickt, um uns eine ›Zunge‹ zu verschaffen.«

»Ah so«, sagte Petja schon bei Denisows ersten Worten und nickte mit dem Kopf, als ob er alles verstände, obwohl er in Wirklichkeit gar nichts verstand.

*

Tichon Schtscherbaty war einer der unentbehrlichsten Leute in der Freischar. Er war ein Bauer aus Pokrowskoje bei Gschatj. Als Denisow am Anfang seiner Unternehmungen nach Pokrowskoje kam und, wie immer, sich den Schulzen kommen ließ und ihn fragte, was ihm über die Franzosen bekannt sei, antwortete der Schulze, wie alle Schulzen, als wollte er sich verteidigen, sie wüßten reinweg von gar nichts. Aber als Denisow ihm auseinandergesetzt hatte, sein Zweck sei, die Franzosen zu schlagen, und ihn fragte, ob nicht umherschweifende Franzosen zu ihnen gekommen seien, da sagte der Schulze, »Mirodeure« seien allerdings mehrmals dagewesen; aber bei ihnen im Dorf habe sich nur ein einziger Mann mit diesen Dingen abgegeben, Tichon Schtscherbaty.

Denisow ließ Tichon rufen, lobte ihn wegen seiner Tatkraft und sagte ihm in Gegenwart des Schulzen einige Worte über die Treue gegen den Zaren und das Vaterland und über den Haß gegen die Franzosen; von diesen Gefühlen müßten die Söhne des Vaterlandes erfüllt sein.

»Wir tun den Franzosen nichts Schlimmes«, erwiderte Tichon, der offenbar bei diesen Worten Denisows ängstlich geworden war. »Wir haben bloß so zum Spaß mit den Jüngelchen ein bißchen herumgespielt. ›Mirodeure‹ haben wir allerdings ein paar Dutzend totgeschlagen; aber sonst haben wir nichts Schlimmes getan …«

Als am andern Tag Denisow, ohne noch an diesen Bauern zu denken, aus Pakrowskoje auszog, wurde ihm gemeldet, Tichon habe sich bei der Freischar eingestellt und gebeten, bei ihr bleiben zu dürfen. Denisow befahl, ihn zu behalten.

Anfangs verrichtete Tichon allerlei grobe Arbeit: Er zündete die Wachfeuer an, holte Wasser, häutete Pferde ab usw.; bald aber bekundete er große Lust und Fähigkeit zum Freischärlerkrieg. Er ging nachts auf Beute aus und brachte jedesmal französische Kleidungsstücke und Waffen mit zurück, und wenn es ihm befohlen wurde, so brachte er auch Gefangene. Denisow befreite Tichon von den groben Arbeiten, nahm ihn bei Patrouillenritten mit sich und aggregierte ihn der Kosakenabteilung.

Tichon ritt nicht gern, sondern ging immer zu Fuß, blieb aber nie hinter den Reitern zurück. Seine Bewaffnung bestand aus einer Muskete, die er mehr zum Scherz trug, einer Pike und einem Beil; letzteres benutzte er mit derselben Geschicklichkeit wie ein Wolf seine Zähne, mit denen er gleich leicht einen Floh aus dem Fell herausholt und dicke Knochen zerbeißt. Tichon spaltete ebenso sicher, kräftig ausholend, mit seinem Beil einen Balken, wie er, das Beil am Eisen fassend, dünne, glatte Holzpflökke fabrizierte und Löffel schnitzte. In Denisows Freischar nahm Tichon eine eigentümliche Ausnahmestellung ein. Wenn es erforderlich war, etwas besonders Schwieriges und Widerwärtiges auszuführen, einen Wagen mit der Schulter aus dem Schmutz herauszubringen, ein Pferd am Schwanz aus dem Sumpf herauszuziehen, ein Pferd abzuhäuten, mitten unter die Franzosen zu schleichen, an einem Tag fünfzig Werst zu gehen, dann wiesen alle lachend auf Tichon.

»Was kann es dem Kerl schaden? Der hat ja die reine Pferdenatur«, sagten sie von ihm.

Einmal hatte ein Franzose, den Tichon gefangengenommen hatte, mit der Pistole auf ihn geschossen und ihn in die Weichteile des Rückens getroffen. Diese Wunde, welche Tichon nur mit Branntwein, innerlich und äußerlich, behandelte, wurde der Gegenstand der lustigsten Scherze für die ganze Freischar, und auf diese Scherze ging Tichon selbst gern ein.

»Na, Bruder, nun wirst du so was wohl nicht wieder tun? Das hat dich wohl ganz kaputtgemacht?« sagten die Kosaken lachend zu ihm.

Tichon tat, als ob er sich ärgerte, indem er absichtlich den Mund verzog und Grimassen schnitt, und schimpfte auf die Franzosen in den komischsten Ausdrücken. Dieser Vorfall hatte auf Tichon nur die Wirkung, daß er nach seiner Verwundung nur noch selten Gefangene einbrachte.

Tichon war der nützlichste und tapferste Mann in der ganzen Freischar. Niemand entdeckte häufiger als er Gelegenheiten zu Überfällen, niemand fing und tötete mehr Franzosen; und infolgedessen war er der Hanswurst aller Kosaken und Husaren und spielte selbst gern diese Rolle. Jetzt war Tichon von Denisow schon in der vorhergehenden Nacht nach Schamschewo geschickt worden, um eine »Zunge« zu holen. Aber ob nun deswegen, weil er an einem Franzosen nicht genug gehabt hatte, oder weil er in der Nacht die Zeit verschlafen hatte, genug, er hatte sich bei Tag mitten zwischen die Franzosen ins Gebüsch geschlichen und war, wie das Denisow von der Anhöhe aus mit angesehen hatte, von ihnen entdeckt worden.

VI

Nachdem Denisow noch ein Weilchen mit dem Jesaul über den morgigen Überfall gesprochen hatte, zu dem er jetzt, wo er die Franzosen so nahe vor sich sah, endgültig entschlossen zu sein schien, wendete er sein Pferd und ritt zurück.

»Nun, Bruder, jetzt wollen wir hinreiten und uns trocknen«, sagte er zu Petja.

Als sie in die Nähe des Waldwächterhäuschens kamen, hielt Denisow an und spähte in den Wald hinein. Im Wald zwischen den Bäumen ging mit großen, leichten Schritten, auf langen Beinen, mit langen, schlenkernden Armen ein Mann dahin, der eine Jacke, Bastschuhe und einen Kasanschen Hut trug, ein Gewehr auf der Schulter hielt und im Gürtel ein Beil stecken hatte. Als dieser Mann Denisow erblickte, warf er eilig etwas ins Gebüsch; dann nahm er seinen nassen Hut ab, dessen Krempen schlaff herunterhingen, und trat auf den Anführer zu. Das war Tichon. Sein von Pockennarben und Runzeln überdecktes Gesicht mit den kleinen, schmalen Augen strahlte vor heiterer Selbstzufriedenheit. Er hob den Kopf hoch in die Höhe und schaute Denisow unverwandt an, wie wenn er das Lachen unterdrücken müßte.

»Na, wo hast du denn so lange gesteckt?« fragte Denisow.

»Wo ich gesteckt habe? Ich war gegangen, Franzosen zu holen«, antwortete Tichon dreist und schnell mit seiner heiseren, aber volltönenden Bassstimme.

»Warum hast du dich denn bei Tag hingeschlichen? Du Rindvieh! Na also, hast du keinen gegriffen …«

»Gegriffen habe ich schon einen«, erwiderte Tichon.

»Wo ist er denn?«

»Ich hatte ihn ganz früh gegriffen, noch in der Morgendämmerung«, fuhr Tichon fort und stellte seine flachen, auswärts gedrehten Füße in den Bastschuhen recht breitbeinig hin, »und brachte ihn auch in den Wald. Aber da sah ich, daß er nichts taugte. Ich dachte: Na, ich will noch einmal runtergehen und einen anderen, besseren greifen.«

»Ein nichtswürdiger Kerl, wahrhaftig«, sagte Denisow zu dem Jesaul. »Warum hast du denn den ersten nicht hergebracht?«

»Wozu sollte ich den erst noch herbringen?« fiel Tichon ärgerlich und hastig ein. »Er war ja nicht zu gebrauchen. Ich weiß ja doch, was ihr für welche haben müßt.«

»So ein Racker …! Na, und weiter?«

»Ich ging also, um einen andern zu holen«, fuhr Tichon fort. »Ich schlich mich in den Wald und legte mich so hin.« Tichon legte sich plötzlich mit großer Gewandtheit auf den Bauch, um mimisch darzustellen, wie er das gemacht habe. »Da kam auch gerade einer herangegangen«, fuhr er fort. »Ich bekam ihn so zu packen.« Tichon sprang schnell und geschickt auf. »›Komm mal mit‹, sagte ich zu ihm, ›zum Oberst.‹ Da erhob er ein furchtbares Geschrei, und es kamen ihrer viere herzugelaufen. Sie stürzten sich mit ihren Säbelchen auf mich. Ich aber trat ihnen so mit dem Beil entgegen. ›Was wollt ihr?‹ rief ich. ›Christus sei euch gnädig!‹« so schrie Tichon, indem er mit den Armen umherfuhr, drohend die Augenbrauen zusammenzog und die Brust herausdrückte.

»Ja, ja, wir haben es vom Abhang aus mit angesehen, wie du durch die Pfützen davonranntest«, sagte der Jesaul und kniff seine blitzenden Augen zusammen.

Petja hatte die größte Lust zu lachen; aber er sah, daß sich alle andern das Lachen verbissen. Er ließ seine Augen schnell von Tichons Gesicht zu den Gesichtern des Jesauls und Denisows wandern, ohne zu verstehen, was das alles bedeutete.

»Spiel nur nicht den Narren«, sagte Denisow, sich ärgerlich räuspernd. »Warum hast du den ersten nicht hergebracht?«

Tichon kratzte sich mit der einen Hand den Rücken, mit der andern den Kopf; auf einmal verzog sich sein ganzes Gesicht zu einem strahlenden, dummen Lächeln, wobei eine Zahnlücke sichtbar wurde (daher hatte er auch den Beinamen Schtscherbaty bekommen: der mit der Zahnlücke). Denisow lächelte, und Petja brach in ein lustiges Lachen aus, in welches auch Tichon selbst mit einstimmte.

»Ach, er war ja ganz unbrauchbar«, sagte Tichon. »Die Kleider, die er anhatte, waren ganz schlecht; wozu sollte ich ihn da erst herbringen? Und dabei war er noch grob, Euer Wohlgeboren. ›Was?‹ sagte er. ›Ich bin selbst der Sohn eines Generals; ich gehe nicht mit‹, sagte er.«

»Du Rindvieh!« sagte Denisow. »Ich mußte ihn doch ausfragen ...«

»Ich habe ihn ja selbst ausgefragt«, sagte Tichon. »Er sagte: ›Ich weiß nicht Bescheid. Unsere Leute‹, sagte er, ›sind zwar eine große Menge, aber taugen tun sie allesamt nichts‹, sagte er. ›Sie haben‹, sagte er, ›nur hohe Titel. Ruft ordentlich Hurra‹, sagte er, ›dann nehmt ihr sie alle gefangen‹«, schloß Tichon und blickte Denisow vergnügt und fest in die Augen.

»Ich werde dir hundert gesalzene Hiebe aufzählen lassen, dann wird es dir schon vergehen, den Narren zu spielen«, sagte Denisow in strengem Ton.

»Warum denn so böse?« erwiderte Tichon. »Ich habe mir ja doch eure Franzosen ordentlich angesehen. Laß es nur erst dunkel werden, dann hole ich dir welche von der Sorte, wie du sie gern hast, meinetwegen drei Stück.«

»Na, wollen weiterreiten«, sagte Denisow und ritt, zornig die Stirn runzelnd und schweigend, nach dem Wächterhäuschen hin.

Tichon ging hinter ihnen her, und Petja hörte, wie die Kosaken mit ihm und über ihn wegen irgendwelcher Stiefel lachten, die er ins Gebüsch geworfen haben sollte.

Als die Heiterkeit, welche Tichons Worte und sein Lächeln bei ihm hervorgerufen hatten, vorbei war und Petja sich für einen Augenblick darüber klar wurde, daß dieser Tichon einen Menschen getötet hatte, überkam ihn eine gedrückte Stimmung. Er sah sich nach dem gefangenen Tambour um, und es war ihm, als bekäme er einen Stich ins Herz. Aber dieses unangenehme Gefühl dauerte nur einen Augenblick. Er hielt für notwendig, den Kopf höher zu heben, sich Mut zu machen und den Jesaul mit ernster Miene über das morgige Unternehmen zu befragen, um der Gesellschaft, in der er sich befand, nicht unwürdig zu sein.

Der abgesandte Offizier kam Denisow noch unterwegs mit der Nachricht entgegen, Dolochow werde baldigst persönlich kommen, und auf seiner Seite sei alles in Ordnung.

Jetzt wurde Denisow auf einmal vergnügt und rief Petja zu sich.

»Nun erzähle mir von deinen bisherigen Erlebnissen«, sagte er.

VII

Als Petja seine Angehörigen und Moskau verlassen hatte, war er bei seinem Regiment eingetreten und bald darauf Ordonnanz bei einem General geworden, der eine größere Abteilung befehligte. Seit seiner Beförderung zum Offizier und namentlich seit seinem Eintritt in die aktive Armee, mit der er an der Schlacht bei Wjasma teilgenommen hatte, befand sich Petja fortwährend in einem Zustand glückseliger Erregung und Freude darüber, daß er nun ein Erwachsener sei, und war stets mit enthusiastischem Eifer darauf bedacht, keine Gelegenheit vorübergehen zu lassen, wo er sich als wahrer Held zeigen könnte. Er war sehr glücklich über das, was er bei der Armee sah und erlebte, hatte aber trotzdem immer die Vorstellung, daß gerade dort, wo er nicht war, jetzt die wahren, großen Heldentaten verrichtet würden. Und so strebte er denn immer dorthin zu kommen, wo er augenblicklich nicht war.

Als am 21. Oktober sein General den Wunsch aussprach, jemanden zu Denisows Abteilung zu schicken, da bat Petja so inständig, ihn dazu zu verwenden, daß der General es ihm nicht abschlagen konnte. Aber der General erinnerte sich an Petjas sinnloses Verhalten in der Schlacht bei Wjasma, wo er, statt auf dem Weg dahin zu reiten, wohin man ihn geschickt hatte, zur Vorpostenkette in den Schußbereich der Franzosen gesprengt war und dort zweimal seine Pistole abgeschossen hatte; deshalb verbot ihm der General bei der Abfertigung ausdrücklich, sich an irgendwelchen Unternehmungen Denisows zu beteiligen. Aus diesem Grund war Petja rot und verlegen geworden, als Denisow ihn gefragt hatte, ob er dableiben dürfe. Bis sie aus dem Innern des Waldes an den Saum gelangten, war Petja noch der Ansicht gewesen, er müsse in strenger Erfüllung seiner Pflicht sofort zurückkehren. Aber als er die Franzosen erblickte und Tichon sah und vernahm, daß der Angriff in der Nacht bestimmt stattfinden werde, da ging er nach Art junger Leute schnell von einer Ansicht zur andern über und sagte sich nun, sein General, den er bis dahin sehr hochgeschätzt hatte, sei doch eigentlich ein unbedeutender Wicht, ein Deutscher, Denisow dagegen sei ein Held, und der Jesaul sei ein Held, und Tichon sei ein Held, und er müsse sich schämen, wenn er sie in einem so schweren Augenblick verließe.

Die Abenddämmerung brach schon an, als Denisow, Petja und der Jesaul bei dem Wächterhäuschen ankamen. Im Halbdunkel sah man die gesattelten Pferde und die Kosaken und Husaren, die auf einer Lichtung Hütten aus Zweigen bauten, und ein rotleuchtendes Feuer, das sie, damit die Franzosen den Rauch nicht sähen, in einer Schlucht des Waldes angezündet hatten. Im Flur des kleinen Häuschens zerhieb ein Kosak mit aufgestreiften Ärmeln Hammelfleisch. In dem Häuschen selbst waren drei Offiziere von Denisows Freischar, die sich aus einer Tür einen Tisch herstellten. Petja zog sich die nassen Kleider aus, gab sie zum Trocknen und machte sich dann sogleich daran, den Offizieren bei der Errichtung des Eßtisches zu helfen.

In zehn Minuten war der Tisch fertig und mit einer Serviette gedeckt. Auf dem Tisch standen Schnaps, eine Flasche Rum, Weißbrot, gebratenes Hammelfleisch und Salz.

Als Petja mit den Offizieren am Tisch saß und mit den Fingern, an denen das Fett entlanglief, das appetitlich duftende, fette Hammelfleisch zerriß, befand er sich in einem kindlich schwärmerischen Zustand zärtlicher Liebe zu allen Menschen und war infolgedessen auch der Überzeugung, daß die andern Menschen ihn in gleicher Weise liebten.

»Also wie denken Sie darüber, Wasili Fedorowitsch?« wandte er sich an Denisow. »Es ist doch wohl nichts dabei, wenn ich einen Tag bei Ihnen bleibe?« Und ohne die Antwort abzuwarten, beantwortete er sich seine Frage selbst: »Es ist mir ja befohlen, mich zu erkundigen; nun, das tue ich ja doch auch … Stellen Sie mich nur an den … an den wichtigsten Platz … Es liegt mir nichts an äußerer Anerkennung … Aber ich möchte gern …«

Petja preßte die Zähne aufeinander, blickte um sich, zuckte mit dem hochgereckten Kopf und schwenkte den einen Arm.

»An den wichtigsten Platz …«, wiederholte Denisow lächelnd.

»Oder, bitte, übergeben Sie mir das Kommando ganz; ich möchte gar zu gern kommandieren«, fuhr Petja fort. »Es kostet Sie ja nur ein Wort … Ah, Sie möchten ein Messer?« wandte er sich an einen Offizier, der sich ein Stück Hammelbraten abschneiden wollte.

Und er reichte ihm sein Taschenmesser hin. Der Offizier lobte das Messer.

»Bitte, behalten Sie es doch. Ich habe noch eine ganze Menge davon …«, sagte Petja errötend. »Mein Gott, das habe ich ja ganz vergessen …«, rief er plötzlich. »Ich habe Rosinen, vorzügliche Rosinen, wissen Sie, solche ohne Kerne. Wir haben einen neuen Marketender, der sehr gute Ware führt. Ich habe zehn Pfund gekauft. Ich bin gewöhnt, etwas Süßes zu essen. Mögen Sie welche …?« Und Petja lief auf den Flur zu seinem Kosaken und holte eine Tasche herein, in welcher etwa fünf Pfund Rosinen waren. »Essen Sie, meine Herren, essen Sie.«

»Können Sie nicht eine Kaffeemaschine gebrauchen?« wandte er sich an den Jesaul. »Ich habe bei unserm Marketender eine ganz ausgezeichnete gekauft! Er führt vorzügliche Sachen. Und er ist ein ehrlicher Mensch. Das ist die Hauptsache. Ich werde sie Ihnen zuschicken, unter allen Umständen. Und vielleicht sind Ihnen die Feuersteine ausgegangen, haben sich abgenutzt; das kommt ja nicht selten vor. Ich habe welche mitgenommen; ich habe hier« (er zeigte auf die Tasche) »hundert Stück bei mir. Ich habe sie sehr billig gekauft. Nehmen Sie doch, bitte, soviel Sie mögen, oder auch alle …«

Aber plötzlich bekam er einen Schreck, ob er auch nicht gar zu viel schwatze, und hielt errötend inne.

Er suchte in seinem Gedächtnis nach, ob er auch wohl nicht noch irgendwelche anderen Dummheiten begangen habe. Und indem er die Erinnerungen des heutigen Tages durchmusterte, kam ihm der Gedanke an den kleinen französischen Tambour in den Sinn. »Wir haben es hier so gut; aber wie mag es ihm gehen? Wo mögen sie ihn gelassen haben? Ob sie ihm wohl etwas zu essen gegeben haben? Und ob ihm auch niemand etwas zuleide getan hat?« dachte er. Aber da er sich bewußt war, über die Feuersteine zuviel geschwatzt zu haben, so scheute er sich jetzt, von dem Knaben zu reden.

»Ob ich wohl danach fragen darf?« dachte er. »Aber sie werden sagen: ›Er hat mit dem Knaben Mitleid, weil er selbst noch ein Knabe ist.‹ Aber morgen werde ich ihnen zeigen, was ich für ein Knabe bin! Muß ich mich schämen, wenn ich danach frage?« dachte Petja. »Na, ganz egal!« Und sofort sagte er, indem er errötete und die Offiziere ängstlich ansah, ob wohl auf ihren Gesichtern ein spöttischer Ausdruck erscheinen werde:

»Könnte vielleicht der Knabe hereingerufen werden, der heute gefangengenommen wurde? Und etwas zu essen bekommen … vielleicht …«

»Ja, der arme Junge«, erwiderte Denisow, der offenbar in dieser Anregung nichts fand, dessen Petja sich zu schämen hätte. »Wir wollen ihn hereinrufen. Vincent Bosse heißt er. Wir wollen ihn rufen.«

»Ich werde ihn rufen«, sagte Petja.

»Das tu, das tu. Der arme Junge«, sagte Denisow noch einmal.

Petja stand schon an der Tür, als Denisow das sagte. Aber er wand sich zwischen den Offizieren hindurch und trat dicht an Denisow heran.

»Erlauben Sie mir, Sie zu küssen, Sie Lieber, Guter«, sagte er. »Ach wie wunderschön! Wie wunderschön!«

Er küßte Denisow und lief auf den Hof.

»Bosse! Vincent!« rief Petja, an der Tür stehenbleibend.

»Wen rufen Sie, gnädiger Herr?« fragte eine Stimme aus der Dunkelheit.

Petja antwortete, er rufe den kleinen Franzosen, der heute gefangengenommen worden sei.

»Ah! Den Wessenni?« sagte der Kosak.

Seinen Namen Vincent hatten die Kosaken bereits in Wessenni umgewandelt, und die andern Soldaten und die Bauern in Wissenja. Bei beiden Umgestaltungen floß die Erinnerung an den Frühling* mit der Vorstellung der Jugendlichkeit des Knaben zusammen.

»Er hat sich da ans Feuer gesetzt, um sich zu wärmen. He, Wessenni! Wissenja! Wissenja!« ertönten in der Dunkelheit Stimmen, die den Ruf weitergaben; Gelächter schloß sich daran an. »Das ist ein fixer kleiner Bursche«, sagte ein Husar, der neben Petja stand. »Wir haben ihm vorhin zu essen gegeben; er hatte einen gewaltigen Hunger!«

In der Dunkelheit wurden Schritte vernehmbar, und mit den nackten Füßen durch den Schmutz patschend, näherte sich der Tambour der Tür.

»Ah, da bist du ja!« sagte Petja auf französisch. »Willst du etwas essen? Habe keine Furcht; es wird dir nichts zuleide getan«, fügte er hinzu und berührte mit schüchterner Freundlichkeit den Arm des Knaben. »Komm herein, komm herein.«

»Danke, Monsieur«, antwortete der Tambour mit zitternder, fast kindlicher Stimme und wischte sich die schmutzigen Füße an der Schwelle ab.

Petja hätte dem kleinen Tambour gern noch vieles gesagt; aber er wagte es nicht. Verlegen und unschlüssig stand er neben ihm auf dem Flur. Dann griff er in der Dunkelheit nach seiner Hand und drückte sie ihm.

* Russisch *wesna*. Anmerkung des Übersetzers.

»Tritt ein, tritt ein«, sagte er noch einmal zärtlich flüsternd.

»Ach, was könnte ich wohl noch für ihn tun?« sagte Petja bei sich, öffnete die Tür und ließ den Knaben an sich vorbei hineingehen.

Als der Tambour in die Stube getreten war, nahm Petja in einiger Entfernung von ihm Platz, da er seiner Würde etwas zu vergeben glaubte, wenn er ihm seine Aufmerksamkeit zuwendete. Er tastete nur in der Tasche nach seinem Geld und war im Zweifel, ob er sich schämen müßte, wenn er es dem Tambour gäbe.

VIII

Denisow ließ dem Tambour Schnaps und Hammelfleisch geben und ihm einen russischen Kaftan anziehen, da er beabsichtigte, ihn nicht mit den anderen Gefangenen wegzuschicken, sondern bei der Freischar zu behalten. Aber Petjas Aufmerksamkeit wurde von dem Knaben durch die Ankunft Dolochows abgelenkt. Petja hatte bei der Armee viel von Dolochows Tapferkeit und Grausamkeit den Franzosen gegenüber erzählen hören, und daher blickte er, seit Dolochow in die Stube getreten war, unverwandt zu ihm hin und nahm eine immer forschere Haltung an, indem er mit dem hochgereckten Kopf zuckte, um auch einer solchen Gesellschaft, wie es die Dolochows war, nicht unwürdig zu erscheinen.

Dolochows Äußeres überraschte ihn in eigentümlicher Weise durch seine Einfachheit.

Denisow trug einen Kosakenrock, einen Vollbart und auf der Brust ein Bild des heiligen Nikolaus des Wundertäters, und seine Art zu reden und sein gesamtes Benehmen entsprachen durchaus der Besonderheit seiner Lage. Dolochow dagegen, der früher einmal in Moskau persische Tracht getragen hatte, sah jetzt ganz wie der eleganteste Gardeoffizier aus. Sein Gesicht war sauber rasiert; er trug einen wattierten Gardeuniformrock mit dem Georgskreuz im Knopfloch und eine einfache, gerade aufgesetzte Uniformmütze. Er legte in einer Ecke der Stube seinen nassen Filzmantel ab, trat dann, ohne jemanden zu begrüßen, zu Denisow und begann sogleich, sich nach dem geplanten Unternehmen zu erkundigen. Denisow erzählte ihm von den Absichten, die die großen Korps auf diesen Transport hätten, und von Petjas Sendung und was er den beiden Generalen geantwortet habe. Dann erzählte Denisow alles, was er über die Lage der französischen Abteilung wußte.

»Nun ja. Aber wir müssen wissen, wie viele Truppen und was für Truppen es sind«, sagte Dolochow. »Es ist notwendig, daß jemand hinreitet. Ohne genau zu wissen, wie viele es sind, dürfen wir uns nicht in einen

»Sprich nicht russisch«, flüsterte Dolochow schnell zurück, und in demselben Augenblick erscholl in der Dunkelheit der Anruf: »Qui vive?«, und der Hahn eines Gewehres knackte.

Das Blut stieg Petja ins Gesicht, und er griff nach seiner Pistole.

»Lanciers vom sechsten Regiment«, antwortete Dolochow, ohne den Gang seines Pferdes zu beschleunigen oder zu verlangsamen.

Auf der Brücke stand die schwarze Gestalt einer Schildwache.

»Die Parole!«

Dolochow hielt das Pferd zurück und ritt im Schritt.

»Sagen Sie doch, ist Oberst Gérard hier?« fragte er.

»Die Parole!« sagte die Schildwache noch einmal, ohne auf die Frage zu antworten, und vertrat ihnen den Weg.

»Wenn ein Offizier seine Runde macht, fragen die Schildwachen nicht nach der Parole …«, rief Dolochow, plötzlich auffahrend, und ritt auf die Schildwache los. »Ich frage Sie, ob der Oberst hier ist.«

Und ohne die Antwort des beiseite tretenden Postens abzuwarten, ritt Dolochow im Schritt bergan.

Als er den schwarzen Schatten eines quer über den Weg gehenden Menschen bemerkte, hielt Dolochow diesen Menschen an und fragte ihn, wo der Kommandeur und die Offiziere seien. Der Mann, ein Soldat mit einem Sack auf der Schulter, blieb stehen, trat nahe an Dolochows Pferd heran, berührte es mit der Hand und erzählte schlicht und freundlich, der Kommandeur und die Offiziere seien weiter oben auf der Anhöhe, rechts, auf dem Hof der Ferme, wie er das Gutshaus nannte.

Sie verfolgten den Weg weiter, wobei sie auf beiden Seiten von den Wachfeuern her französische Gespräche hörten. Dann bog Dolochow in den Hof des Gutshauses ein. Nachdem er das Tor passiert hatte, stieg er vom Pferd und näherte sich einem großen, hell lodernden Wachfeuer, um welches herum eine Anzahl von Menschen saßen, die in lauter Unterhaltung begriffen waren. In einem Kessel kochte etwas, und ein Soldat, in einem blauen Mantel und mit einer Zipfelmütze, kniete, vom Feuer hell beleuchtet, davor und rührte darin mit einem Ladestock.

»Ach, das ist ein zähes Tier; das wird gar nicht weich zu kriegen sein«, sagte einer der Offiziere, die auf der gegenüberliegenden Seite des Wachfeuers im Schatten saßen.

»Er wird die Kaninchen schon Mores lehren« (eine französische Redensart), sagte ein anderer lachend.

Beide verstummten und spähten in die Dunkelheit hinein, als sie das Geräusch der Schritte Dolochows und Petjas vernahmen, die mit ihren Pferden auf das Wachfeuer zukamen.

»Guten Abend, meine Herren!« sagte Dolochow laut und deutlich.

Die Offiziere im Schatten hinter dem Wachfeuer kamen in Bewegung, und einer von ihnen, ein Mann von hohem Wuchs, mit langem Hals, ging um das Feuer herum und trat auf Dolochow zu.

»Sind Sie es, Clément?« fragte er. »Wo kommen Sie denn her, hol Sie ...« Aber er sprach nicht zu Ende, da er seinen Irrtum gewahr wurde, begrüßte nun, leise die Stirn runzelnd, Dolochow wie einen Unbekannten und fragte ihn, womit er ihm dienen könne,

Dolochow erzählte, er und sein Kamerad suchten ihr Regiment wieder einzuholen, und fragte, indem er sich an alle zusammen wandte, ob die Offiziere nicht etwas vom sechsten Regiment wüßten. Niemand wußte etwas, und es kam Petja so vor, als ob die Offiziere anfingen, ihn und Dolochow mit feindseligen, argwöhnischen Blicken zu betrachten. Einige Sekunden lang schwiegen alle.

»Wenn Sie auf die Abendsuppe gerechnet haben, so sind Sie zu spät gekommen«, sagte eine Stimme hinter dem Wachfeuer hervor mit verhaltenem Lachen.

Dolochow antwortete, sie seien satt und müßten noch in der Nacht weiterreiten. Er gab die Pferde an den Soldaten ab, der im Kessel rührte, und kauerte sich bei dem Wachfeuer neben dem Offizier mit dem langen Hals hin. Dieser Offizier blickte Dolochow unverwandt an und fragte ihn noch einmal, von welchem Regiment er wäre. Dolochow antwortete nicht, als ob er die Frage nicht gehört hätte, rauchte ein kurzes französisches Pfeifchen an, das er aus der Tasche geholt hatte, und fragte die Offiziere darüber aus, in welchem Maße die vor ihnen liegende Straße vor Kosaken sicher sei.

»Diese Räuber sind überall«, antwortete ein Offizier hinter dem Wachfeuer hervor.

Dolochow bemerkte, die Kosaken seien nur für solche Nachzügler, wie ihn und seinen Kameraden, zu fürchten; größere Abteilungen zu überfallen würden die Kosaken ja wohl nicht wagen, fügte er in fragendem Ton hinzu. Niemand antwortete etwas darauf.

»Nun, jetzt wird er doch endlich aufbrechen«, dachte Petja, der bei dem Wachfeuer stand und das Gespräch mit anhörte, jeden Augenblick. Aber Dolochow nahm das abgebrochene Gespräch wieder auf und erkundigte sich geradezu, wieviel Mann bei ihnen in jedem Bataillon seien, wieviel Bataillone sie hätten und wieviel Gefangene. Als er nach den russischen Gefangenen fragte, die bei der Abteilung waren, sagte er:

»Ein widerwärtiges Geschäft, diese Leichname hinter sich her zu schleppen. Das beste wäre, die ganze Bande totzuschießen.« Und er schlug ein lautes, so sonderbares Gelächter auf, daß Petja meinte, die

Franzosen würden nun sofort den Betrug erkennen, und unwillkürlich einen Schritt vom Wachfeuer zurücktrat.

Niemand antwortete auf Dolochows Worte und auf sein Lachen, und ein französischer Offizier, dessen Gesicht bisher nicht zu sehen gewesen war (er lag in seinen Mantel eingemummt da), richtete sich halb auf und flüsterte einem Kameraden etwas zu. Dolochow stand auf und rief den Soldaten mit den Pferden.

»Ob wohl die Pferde gebracht werden oder nicht?« dachte Petja und trat unwillkürlich näher an Dolochow heran.

Die Pferde wurden gebracht.

»Adieu, meine Herren«, sagte Dolochow.

Petja wollte gleichfalls Adieu sagen, vermochte aber keine Silbe herauszubringen. Die Offiziere sprachen flüsternd miteinander. Dolochow hatte lange damit zu tun, auf sein Pferd hinaufzukommen, das nicht stand; dann ritt er im Schritt aus dem Tor hinaus. Petja ritt hinter ihm her; gern hätte er sich umgedreht, um zu sehen, ob die Franzosen ihnen nachliefen oder nicht; aber er wagte es nicht.

Als sie auf die Landstraße gekommen waren, ritt Dolochow nicht zurück aufs Feld, sondern die Straße entlang durch das Dorf. An einer Stelle hielt er an und horchte. »Hörst du?« sagte er. Petja erkannte die Klänge russischer Stimmen und erblickte neben einigen Wachfeuern die dunklen Gestalten der russischen Gefangenen. Dann ritten Dolochow und Petja zu der Brücke hinab und an der Schildwache vorüber, die, ohne ein Wort zu sagen, mürrisch auf der Brücke umherging, und gelangten in den Grund, wo die Kosaken sie erwarteten.

»Nun, jetzt lebe wohl. Bestelle an Denisow: beim Morgengrauen, beim ersten Schuß«, sagte Dolochow und wollte davonreiten; aber Petja griff mit der Hand nach ihm und hielt ihn fest.

»Nein!« rief er. »Was sind Sie für ein Held! Ach, wie prächtig, wie herrlich das alles ist! Wie liebe ich Sie!«

»Gut, gut«, sagte Dolochow.

Aber Petja ließ ihn nicht los, und Dolochow bemerkte in der Dunkelheit, daß Petja sich zu ihm hinbog. Er wollte ihn küssen. Dolochow küßte ihn, lachte auf, wandte sein Pferd und verschwand in der Dunkelheit.

X

Als Petja zu dem Wächterhäuschen zurückkam, fand er Denisow im Flur. Denisow, sehr aufgeregt, unruhig und ärgerlich über sich selbst, daß er Petja fortgelassen hatte, wartete auf ihn.

»Gott sei Dank!« rief er. »Na, Gott sei Dank!« wiederholte er, während er Petjas enthusiastischen Bericht anhörte. »Hol dich der Teufel; ich habe um deinetwillen nicht schlafen können«, fuhr er fort. »Na, Gott sei Dank; nun leg dich nur zur Ruhe. Wir wollen bis zum Morgen noch ein bißchen schlafen.«

»Ja … nein«, antwortete Petja. »Ich bin noch gar nicht schläfrig. Und dann kenne ich auch mich selbst: Wenn ich erst einmal einschlafe, dann bin ich nicht so leicht wieder wach zu bekommen. Und dann bin ich auch gewohnt, vor einem Kampf nicht zu schlafen.«

Petja saß noch eine Weile in der Stube, erinnerte sich mit großer Freude an die Einzelheiten seines Rittes und malte sich lebhaft aus, was der morgige Tag bringen werde. Als er dann bemerkte, daß Denisow eingeschlafen war, stand er auf und ging hinaus.

Draußen war es noch ganz dunkel. Der Regen hatte aufgehört, aber es fielen noch Tropfen von den Bäumen. In der Nähe des Wächterhäuschens waren die schwarzen Formen der von den Kosaken errichteten Hütten und der zusammengebundenen Pferde zu erkennen. Hinter dem Häuschen hoben sich schwarz die beiden Fuhrwerke ab, bei denen ebenfalls Pferde standen, und in der Schlucht glühte rot das heruntergebrannte Feuer. Die Kosaken und Husaren schliefen nicht alle: Hier und da hörte man zwischen dem Klang der fallenden Regentropfen und dem nahen Geräusch des Kauens der Pferde leise, beinahe flüsternde Stimmen.

Petja trat aus dem Flur hinaus, spähte in der Dunkelheit umher und trat zu den Fuhrwerken hin. Unter den Fuhrwerken schnarchte jemand, und um sie herum standen, ihren Hafer kauend, gesattelte Pferde. In der Dunkelheit erkannte Petja sein eigenes Pferd, das er Karabach* nannte, obwohl es ein kleinrussisches Pferd war, und trat zu ihm hin.

»Nun, Karabach, morgen wollen wir Ehre einlegen«, sagte er, roch an den Nüstern des Tieres und küßte es.

»Sie schlafen nicht, gnädiger Herr?« sagte ein Kosak, der unter dem einen Fuhrwerk saß.

»Nein. Ah … du heißt ja wohl Lichatschow? Ich bin eben erst zurückgekommen. Wir waren zu den Franzosen geritten.«

Und nun erzählte Petja dem Kosaken ausführlich nicht nur von seinem Ritt, sondern auch warum er mitgeritten sei und warum er der Ansicht sei, daß man besser daran tue, sein Leben aufs Spiel zu setzen, als so aufs Geratewohl etwas zu unternehmen.

»Na, nun sollten Sie sich aber schlafen legen«, meinte der Kosak.

* Eine kaukasische Pferderasse. Anmerkung des Übersetzers.

»Nein, ich bin es so gewohnt«, antwortete Petja. »Sind denn vielleicht die Feuersteine an euren Pistolen abgenutzt? Ich habe welche mitgebracht. Brauchst du welche? Du kannst von mir bekommen.«

Der Kosak schob sich ein wenig unter dem Fuhrwerk hervor, um Petja mehr aus der Nähe anzusehen.

»Das kommt daher, weil ich gewohnt bin, in allen Dingen sorgsam zu verfahren«, sagte Petja. »Manche Leute handeln unbedacht, blind drauflos, ohne Vorbereitung, und dann nachher bereuen sie es. Das liegt nicht in meinem Wesen.«

»Das ist recht«, sagte der Kosak.

»Ja, da fällt mir noch etwas ein: Bitte, lieber Mann, schleife mir doch meinen Säbel; er ist nicht mehr recht ...« (Aber Petja scheute sich zu lügen: Der Säbel war noch nie geschliffen worden.) »Kannst du das machen?«

»Warum nicht? Das kann ich schon.«

Lichatschow stand auf, kramte in einem Bündel herum, und bald darauf hörte Petja den kriegerischen Klang von Stahl und Wetzstein. Er stieg auf das Fuhrwerk hinauf und setzte sich auf den Rand desselben. Der Kosak unter dem Fuhrwerk schliff den Säbel.

»Sage mal, schlafen die Leute?« fragte Petja.

»Manche schlafen, manche aber auch nicht.«

»Nun, und wie ist es mit dem Jungen?«

»Wessenni? Der liegt da auf dem Flur. Die Angst macht müde. Er war froh, sich hinlegen zu können.«

Darauf schwieg Petja längere Zeit und horchte auf die Geräusche, die vernehmbar waren. In der Dunkelheit ertönten Schritte, und es zeigte sich eine schwarze Gestalt.

»Was schleifst du denn da?« fragte ein Mann, der zu dem Fuhrwerk herankam.

»Ich schleife dem Herrn da seinen Säbel.«

»Das ist vernünftig«, sagte der Mann, welchen Petja für einen Husaren hielt. »Habt ihr hier einen Becher?«

»Ja, da bei dem Rad.«

Der Husar nahm den Becher.

»Es wird wohl bald hell werden«, sagte er gähnend und ging irgendwohin.

Petja hätte wissen müssen, daß er sich im Wald, bei Denisows Freischar, eine Werst von der Landstraße entfernt befand, daß er auf einem den Franzosen abgenommenen Fuhrwerk saß, um welches herum Pferde angebunden waren, daß unter ihm der Kosak Lichatschow saß und ihm den Säbel schliff, daß der große schwarze Fleck rechts ein Wächterhäuschen war und der rote, helle Fleck unten links ein niedergebranntes Wachfeuer, daß der Mensch, der herbeikam und sich einen Becher holte, ein Husar war, der trinken wollte; aber er wußte das alles nicht und wollte es nicht wissen. Er war in einem Zauberreich, in dem nichts der Wirklichkeit ähnlich war. Der große schwarze Fleck war vielleicht wirklich ein Wächterhäuschen; vielleicht aber war es auch eine Höhle, die tief in das Innere der Erde hineinführte. Der rote Fleck war vielleicht ein Feuer, vielleicht aber auch das Auge eines riesigen Ungeheuers. Vielleicht saß er jetzt wirklich auf einem Fuhrwerk; gut möglich aber auch, daß er nicht auf einem Fuhrwerk saß, sondern auf einem furchtbar hohen Turm, so hoch, daß, wenn man herunterfiel, man bis zur Erde einen ganzen Tag, einen ganzen Monat flog, immerzu flog und flog und niemals nach unten kam. Vielleicht saß unter dem Fuhrwerk einfach der Kosak Lichatschow; gut möglich aber auch, daß dies der bravste, tapferste, wunderbarste, vortrefflichste Mensch auf der Welt war, dessen Namen niemand kannte. Vielleicht war da wirklich ein Husar vorbeigekommen und in das Tal hinabgegangen, um sich Wasser zu holen; vielleicht aber auch war er, der soeben aus den Augen verschwunden war, vollständig verschwunden und existierte nicht mehr.

Was Petja jetzt auch hätte sehen mögen, er hätte sich über nichts gewundert. Er war in einem Zauberreich, in dem alles möglich war.

Er blickte zum Himmel auf. Der Himmel war ebenso zauberhaft wie die Erde. Über den Wipfeln der Bäume zogen Wolken schnell dahin, wie wenn sie die Sterne sichtbar machen wollten. Manchmal schien es, als ob es da oben klar würde und sich der schwarze, reine Himmel zeigte; dann wieder schien es, als ob diese schwarzen Flecke dunkle Wolken wären. Manchmal schien es, als ob der Himmel sich über Petjas Kopf hoch, hoch hinaufhöbe, und dann wieder, als ob er sich ganz und gar herabsenkte, so daß man ihn mit der Hand greifen könnte.

Petja schloß die Augen und wiegte sich hin und her.

Regentropfen fielen klatschend. Es wurde leise gesprochen. Die Pferde fingen an zu wiehern und einander zu schlagen. Es schnarchte jemand.

»Schsch, schsch, schsch, schsch …«, zischte der Säbel beim Schleifen, und auf einmal hörte Petja eine harmonische Orchestermusik, die eine ihm unbekannte, feierlich süße Hymne spielte. Petja war musikalisch, ebenso wie Natascha und mehr als Nikolai; aber er hatte nie Musikunterricht gehabt und nie an Musik gedacht; daher hatten die Weisen, die ihm so unerwartet in den Sinn kamen, schon als etwas ganz Neues für ihn einen besonderen Reiz. Die Musik spielte immer lauter und lauter. Die Melodie schwoll an und ging von einem Instrument auf das andere über. Es entstand das, was man eine Fuge nennt, wiewohl Petja nicht den geringsten Begriff davon hatte, was eine Fuge ist. Jedes Instrument, bald eines, das wie eine Geige, bald eines, das wie eine Trompete klang (aber schöner und reiner als wirkliche Geigen und wirkliche Trompeten), jedes Instrument spielte seinen Part und floß, ehe es noch die Melodie zu Ende gebracht hatte, mit einem andern zusammen, das beinahe das gleiche spielte, und mit einem dritten und einem vierten, und alle flossen sie in eins zusammen und trennten sich wieder und flossen von neuem zusammen, bald zu einer feierlichen Kirchenmusik, bald zu einem großartig schmetternden Siegeslied.

»Ach ja, ich träume das nur«, sagte sich Petja, und der Kopf fiel ihm vornüber. »Das ist alles nur in meinen Ohren. Aber vielleicht ist es eine von mir selbst komponierte Musik. Nun, noch einmal! Vorwärts, meine Musik! Nur zu ...!«

Er schloß die Augen. Und von verschiedenen Seiten, anscheinend aus weiter Ferne, erklangen zitternd die Töne, taten sich zusammen, trennten sich, flossen ineinander, und wieder vereinigte sich alles zu demselben süßen, feierlichen Hymnus.

»Ach, wie entzückend das ist! Es tönt, so viel ich will und wie ich will«, sagte Petja zu sich selbst. Er versuchte, dieses gewaltige Orchester von Instrumenten zu leiten.

»Jetzt leiser, leiser, wie ersterbend!« Und die Töne gehorchten ihm. »Jetzt voller, heiterer! Noch, noch freudiger!« Und aus einer unbekannten Tiefe stiegen anschwellende, feierliche Klänge herauf. »Jetzt soll die Vokalmusik einfallen«, befahl Petja. Und aus der Ferne ließen sich zuerst Männerstimmen, dann Frauenstimmen vernehmen. Die Stimmen schwollen in gleichmäßiger, feierlicher Kraftsteigerung an. Mit Beklommenheit und Freude zugleich horchte Petja auf ihren außerordentlichen Wohllaut.

Der Gesang floß mit einem triumphierenden Siegesmarsch zusammen, und die Tropfen fielen klingend hernieder, und »schsch, schsch, schsch ...« zischte der Säbel, und die Pferde schlugen einander und wieherten; aber dies alles störte die Musik nicht, sondern fügte sich in sie ein.

Petja wußte nicht, wie lange dies dauerte: Er war entzückt und wunderte sich fortwährend über sein Entzücken und bedauerte, daß er niemanden daran teilnehmen lassen konnte. Die freundliche Stimme Lichatschows weckte ihn.

»Der Säbel ist fertig, Euer Wohlgeboren; nun können Sie einen Franzosen damit der Länge nach durchspalten.«

Petja kam zur Besinnung.

»Es wird schon hell; wahrhaftig, es wird hell!« rief er.

Die vorher unsichtbaren Pferde waren bis zu den Schwänzen sichtbar geworden, und durch die kahlen Zweige erschien eine wäßrige Helligkeit. Petja schüttelte sich, sprang auf, zog einen Rubel aus der Tasche und gab ihn Lichatschow; dann probierte er mit einem Schwung den Säbel und steckte ihn in die Scheide.

»Da ist auch der Kommandeur«, sagte Lichatschow.

Denisow war aus dem Wächterhäuschen herausgetreten, rief Petja an und hieß ihn sich fertigmachen.

XI

Schnell suchte sich im Halbdunkel ein jeder von der Mannschaft sein Pferd, band es los, zog den Sattelgurt straff, und dann ordneten sie sich abteilungsweise. Denisow stand bei dem Wächterhäuschen und gab die letzten Befehle. Das Fußvolk der Freischar, mit hundert Beinen durch die Nässe patschend, zog voran, um die Landstraße einzuschlagen, und verschwand in dem Nebel, der dem Tagesanbruch vorherging, schnell zwischen den Bäumen. Der Jesaul erteilte den Kosaken noch einen Befehl. Petja hielt sein Pferd am Zügel und wartete ungeduldig auf den Befehl zum Aufsitzen. Sein Gesicht, das er sich mit kaltem Wasser gewaschen hatte, und besonders die Augen brannten ihm wie Feuer, ein Frösteln lief ihm über den Rücken, und durch seinen ganzen Körper ging ein schnelles, gleichmäßiges Zittern.

»Nun, ist bei euch alles bereit?« sagte Denisow. »Mein Pferd!«

Das Pferd wurde gebracht. Denisow wurde auf den Kosaken zornig, weil der Sattelgurt zu schlaff sei; unter heftigen Schimpfreden auf ihn stieg er auf. Petja griff nach dem Steigbügel. Das Pferd wollte ihn seiner Gewohnheit nach ins Bein beißen; aber Petja, der sein Gewicht gar nicht fühlte, sprang schnell in den Sattel, warf noch einen Blick nach den Husaren, die hinter ihm in der Dunkelheit anritten, und sprengte zu Denisow hin.

»Wasili Fedorowitsch, Sie werden mir doch irgendeinen Auftrag geben? Ich bitte Sie dringend … inständig …«, sagte er.

Denisow hatte, wie es schien, Petjas Existenz ganz vergessen gehabt. Er sah sich nach ihm um.

»Ich bitte dich nur um eines«, sagte er in strengem Ton. »Gehorche mir und mische dich in nichts hinein.«

Auf dem ganzen Weg sprach Denisow kein Wort mehr mit Petja und ritt schweigend dahin. Als sie an den Saum des Waldes gelangten, fing es auf dem Feld schon an, merklich hell zu werden. Denisow sprach flüsternd etwas mit dem Jesaul, und darauf ritten die Kosaken an Petja und Denisow vorbei. Als sie alle vorbei waren, trieb Denisow sein Pferd an und ritt bergab. Sich auf die Hinterteile setzend und gleitend, stiegen die Pferde mit ihren Reitern in den Grund hinab. Petja ritt neben Denisow. Das Zittern in seinem ganzen Körper nahm immer mehr zu. Es wurde immer heller und heller; nur der Nebel verbarg die ferneren Gegenstände. Als sie unten angelangt waren, blickte Denisow zurück und nickte dann einem neben ihm haltenden Kosaken mit dem Kopf zu.

»Das Signal!« sagte er.

Der Kosak hob den einen Arm in die Höhe; ein Schuß krachte. Und in demselben Augenblick erscholl vorn der Hufschlag dahinjagender Pferde, Schreien von verschiedenen Seiten und noch mehr Schüsse.

In dem Augenblick, als die ersten Töne der Hufschläge und des Geschreis vernehmbar wurden, versetzte Petja seinem Pferd einen Schlag mit der Peitsche, ließ ihm die Zügel und jagte, ohne auf Denisow zu hören, der ihm nachschrie, im Galopp vorwärts. Er hatte die Empfindung, als sei es plötzlich in dem Augenblick, wo der Schuß gefallen war, völlig hell wie am Mittag geworden. Er sprengte auf die Brücke zu. Vor ihm auf der Landstraße jagten die Kosaken dahin. Auf der Brücke stieß er mit einem zurückgebliebenen Kosaken zusammen und sprengte weiter. Vorn liefen irgendwelche Menschen (wahrscheinlich waren es Franzosen) von der rechten Seite der Landstraße nach der linken hinüber. Einer fiel unter den Füßen von Petjas Pferd in den Schmutz.

Bei einem Bauernhaus drängten sich mehrere Kosaken zusammen und taten irgend etwas. Aus der Mitte des Haufens erscholl ein furchtbarer Schrei. Petja jagte zu diesem Haufen hin, und das erste, was er sah, war ein Franzose, der den Schaft einer gegen ihn gerichteten Pike gepackt hielt; das Gesicht des Franzosen war blaß, und sein Unterkiefer zitterte.

»Hurra ...! Kinder ... Wir haben gesiegt ...«, schrie Petja, ließ dem aufgeregten Pferd die Zügel und jagte auf der Dorfstraße vorwärts.

Vorn waren Schüsse zu hören. Kosaken, Husaren und zerlumpte russische Gefangene kamen von beiden Seiten der Landstraße eilig herbei und schrien alle laut und mißtönend etwas, was Petja nicht verstehen konnte. Ein kräftiger, mutiger Franzose, ohne Kopfbedeckung, in einem blauen Mantel, mit rotem, finsterem Gesicht, verteidigte sich mit dem Bajonett gegen mehrere Husaren. Als Petja herangesprengt kam, war der Franzose bereits gefallen. »Wieder zu spät gekommen!« fuhr es Petja durch den Kopf, und er jagte dorthin, von wo die vielen Schüsse ertönten. Die Schüsse wurden auf dem Hof des Gutshauses abgefeuert, wo Petja in der vergangenen Nacht mit Dolochow gewesen war. Die Franzosen hatten dort hinter dem geflochtenen Zaun in dem dicht mit Gebüsch bewachsenen Garten Stellung genommen und schossen auf die Kosaken, die sich am Tor zusammendrängten. Als Petja an das Tor heranritt, erblickte er im Pulverdampf Dolochow, der mit blassem, grünlichem Gesicht seinen Leuten etwas zuschrie.

»Nach der Seite herumreiten! Auf das Fußvolk warten!« rief er gerade in dem Augenblick, als Petja sich ihm näherte.

»Warten ...? Hurra ...!« schrie Petja und sprengte, ohne auch nur einen Augenblick zu zaudern, nach der Stelle hin, von wo die Schüsse ertönten und wo der Pulverdampf am dichtesten war.

Eine Salve erscholl, Kugeln pfiffen, sowohl solche, die nichts trafen, als auch solche, die gegen irgend etwas anklatschten. Die Kosaken und Dolochow jagten hinter Petja her in das Hoftor hinein. Die Franzosen, die in dem dichten, wogenden Rauch steckten, warfen teils die Waffen weg und liefen aus den Büschen heraus den Kosaken entgegen, teils liefen sie bergab nach dem Teich zu. Petja sprengte auf seinem Pferd über den Hof des Gutshauses; aber statt die Zügel festzuhalten, schwenkte er seltsam und schnell beide Arme und glitt immer weiter vom Sattel auf die eine Seite. Das Pferd rannte auf ein Wachfeuer zu, das im Morgenlicht schwelte, prallte zurück, und Petja fiel schwer auf die feuchte Erde nieder. Die Kosaken sahen, wie seine Arme und Beine hastig zuckten, obgleich sein Kopf sich nicht bewegte. Eine Kugel hatte ihn in den Kopf getroffen.

Der höchste bei dieser Abteilung befindliche französische Offizier kam mit einem weißen Tuch am Degen hinter dem Haus hervor zu Dolochow und erklärte, daß sie sich ergäben. Dolochow verhandelte mit ihm, stieg dann vom Pferd und trat zu Petja hin, der regungslos mit ausgebreiteten Armen dalag.

»Der ist fertig«, sagte er mit finsterem Gesicht und ging nach dem Tor, dem herbeireitenden Denisow entgegen.

»Tot?!« schrie Denisow auf, als er schon von weitem sah, in welcher Art Petjas Körper dalag, eine Lage, die ihm nur zu gut bekannt war und zweifellos auf den Tod schließen ließ.

»Der ist fertig«, sagte Dolochow noch einmal, als ob es ihm ein besonderes Vergnügen machte, diese Worte auszusprechen, und begab sich schnell zu den Gefangenen, um welche sich die Kosaken in eiliger Tätigkeit drängten. »Wir nehmen sie nicht mit!« rief er Denisow zu.

Denisow antwortete nicht; er ritt zu Petja heran, stieg vom Pferd und wandte mit zitternden Händen Petjas mit Blut und Schmutz beflecktes, schon erblaßtes Gesicht zu sich hin.

»Ich bin gewöhnt, etwas Süßes zu essen. Vorzügliche Rosinen; nehmen Sie sie alle«, diese Worte Petjas fielen ihm ein. Und die Kosaken blickten sich erstaunt nach den einem Hundegebell ähnlichen Lauten um, mit denen Denisow sich schnell abwandte, an den Zaun trat und sich an ihm festhielt.

Unter den von Denisow und Dolochow befreiten russischen Gefangenen befand sich auch Pierre Besuchow.

XII

In betreff derjenigen Abteilung von Gefangenen, zu welcher Pierre gehörte, war während ihres ganzen Marsches von Moskau an seitens der französischen Behörde keine neue Verfügung eingegangen. Diese Abteilung befand sich am 22. Oktober nicht mehr mit denjenigen Truppen und Wagenzügen zusammen, mit denen sie aus Moskau ausgezogen war. Während der ersten Tagesmärsche war hinter ihr ein Wagenzug mit Zwieback gefahren: Die eine Hälfte desselben hatten die Kosaken erbeutet, die andere Hälfte hatte den Gefangenentransport überholt und war weit voraus. Von den zu Fuß gehenden Kavalleristen, die ursprünglich vor dem Gefangenentransport marschiert waren, war auch nicht ein Mann mehr da; sie waren sämtlich verschwunden. An die Stelle der Artillerie, die auf den ersten Tagesmärschen vorn sichtbar gewesen war, waren jetzt die langen Wagenzüge des Marschalls Junot getreten, die von westfälischen Truppen eskortiert wurden. Hinter den Gefangenen fuhr ein Wagenzug mit Kavalleriesachen.

Von Wjasma an marschierte das französische Heer, das früher in drei Teilen marschiert war, in einem einzigen Haufen. Die Symptome der Zersetzung, welche Pierre schon am ersten Rastort nach Moskau wahrgenommen hatte, hatten jetzt den höchsten Grad erreicht.

Die Landstraße, auf der sie marschierten, war zu beiden Seiten mit Pferdekadavern eingefaßt; Soldaten in zerrissener Kleidung, die von verschiedenen Truppenteilen zurückgeblieben waren, schlossen sich in stetem Wechsel bald an die marschierende Kolonne an, bald blieben sie wieder hinter ihr zurück.

Einige Male während des Marsches hatte es falschen Alarm gegeben; die Soldaten der Eskorte hatten die Gewehre erhoben, geschossen und waren Hals über Kopf, einander drängend, davongerannt; dann aber hatten sie sich wieder geordnet und sich wechselseitig wegen der grundlosen Furcht ausgeschimpft.

Diese drei zusammen marschierenden Abteilungen, das Kavalleriedepot, das Gefangenendepot und der Wagenzug Junots, bildeten immer noch eine Art von besonderem Ganzen, obwohl ein jedes der drei schnell zusammengeschmolzen war.

Von dem Kavalleriedepot, welches anfangs aus hundertzwanzig Wagen bestanden hatte, waren jetzt nicht mehr als sechzig übrig; die anderen waren teils von den Feinden erbeutet, teils im Stich gelassen. Von dem Wagenzug Junots waren ebenfalls mehrere Fuhrwerke zurückgelassen oder von den Feinden erbeutet. Drei Fuhrwerke waren von Nachzüglern des Davoutschen Korps überfallen und geplündert worden. Aus den Gesprächen der Deutschen erfuhr Pierre, daß diesem Wagenzug eine größere Eskorte beigegeben war als dem Gefangenentransport und daß einer ihrer Kameraden, ein deutscher Gemeiner, auf direkten Befehl des Marschalls erschossen worden war, weil man bei ihm einen dem Marschall gehörigen silbernen Löffel gefunden hatte. Am meisten aber war von den drei Abteilungen das Gefangenendepot zusammengeschmolzen. Von den dreihundertdreißig Mann, die aus Moskau ausgezogen waren, waren jetzt kaum noch hundert übrig. Noch mehr als durch die Sättel des Kavalleriedepots und den Wagenzug Junots fühlten sich die eskortierenden Soldaten durch die Gefangenen beschwert und belästigt. Was die Sättel und Junots Löffel anlangte, so begriffen die Soldaten, daß diese Dinge noch zu etwas nutz sein konnten; aber wozu hungernde und frierende Soldaten ebenso frierende und hungernde Russen bewachen und beaufsichtigen mußten, die ermattet unterwegs zurückblieben und dann dem Befehl gemäß erschossen wurden, das war ihnen unbegreiflich, und diese Obliegenheit war ihnen widerwärtig. Die Soldaten der Eskorte schienen in der traurigen Lage, in der sie sich selbst befanden, sich nicht dem Gefühl des Mitleids mit den Gefangenen, das in ihnen versteckt lag, überlassen zu wollen, um dadurch ihre eigene Lage nicht noch mehr zu verschlimmern, und gingen darum mit ihnen besonders barsch und streng um.

Als in Dorogobusch die eskortierenden Soldaten die Gefangenen in einen Pferdestall eingeschlossen hatten und dann selbst fortgegangen waren, um ihre eigenen Magazine zu plündern, hatten mehrere von den Gefangenen die Stallwand untergraben und das Weite gesucht, waren aber von den Franzosen wieder aufgegriffen und erschossen worden.

Die frühere, beim Auszug aus Moskau eingeführte Ordnung, daß die gefangenen Offiziere von den Gemeinen gesondert gingen, war schon längst geschwunden; alle, die gehen konnten, gingen zusammen, und Pierre hatte sich schon am dritten Marschtag wieder zu Karatajew und dem bläulichgrauen Hund gesellt, der sich Karatajew zu seinem Herrn erwählt hatte.

Karatajew war am dritten Tag nach dem Auszug aus Moskau wieder von jenem Fieber befallen worden, an dem er in dem Moskauer Lazarett krank gelegen hatte, und je schwächer Karatajew wurde, um so mehr hielt sich Pierre von ihm fern. Pierre wußte nicht, wie es zuging; aber er mußte sich, seit Karatajew anfing, schwach zu werden, Zwang antun, um zu ihm zu gehen. Wenn er sich ihm näherte und das leise Stöhnen hörte, mit dem Karatajew sich gewöhnlich an den Rastorten niederlegte, und den jetzt stärker werdenden Geruch spürte, den Karatajew ausströmte, dann ging Pierre oft so weit wie möglich von ihm weg und dachte nicht mehr an ihn.

In der Gefangenschaft, in der Baracke, hatte Pierre nicht sowohl mit dem Verstand, als vielmehr mit seinem ganzen Wesen und Leben erkannt, daß der Mensch geschaffen sei, um glücklich zu sein, daß das Glück in ihm selbst liege, in der Befriedigung der natürlichen menschlichen Bedürfnisse, und daß alles Unglück nicht vom Mangel, sondern vom Überfluß herkomme. Aber jetzt, in diesen drei letzten Marschwochen, hatte er noch eine neue, tröstliche Wahrheit erkannt: Er hatte erkannt, daß es auf der Welt nichts Furchtbares gebe. Er hatte erkannt, daß, wie es auf der Welt keinen Zustand gebe, in dem der Mensch glücklich und vollkommen frei wäre, so es auch keinen Zustand gebe, in dem er unglücklich und unfrei wäre. Er hatte erkannt, daß eine Grenze der Leiden und eine Grenze der Freiheit vorhanden sei und daß diese Grenze sehr nahe liege; daß der Mensch, der es als ein Leiden empfindet, wenn auf seinem Rosenbett ein einziges Blättchen umgeknickt ist, gerade ebenso leide, wie er jetzt litt, wenn er auf der nackten, feuchten Erde schlief und die eine Seite seines Körpers kalt, die andere warm war; daß, wenn er ehemals seine engen Ballschuhe anzog, er genauso gelitten habe wie jetzt, wo er bereits vollständig barfuß ging (sein Schuhzeug war längst hinüber) und seine Füße mit wunden Stellen und Schorf bedeckt waren. Er erkannte, daß er damals, als er, vermeintlich nach seinem eigenen Willen, seine Frau geheiratet hatte, nicht freier gewesen sei als jetzt, wo man ihn für die Nacht in einem Pferdestall einschloß. Von allem, was in späterer Zeit auch er selbst Leiden nannte, was er aber zur Zeit kaum empfand, waren das Schlimmste die nackten, wunden, mit Schorf überzogenen Füße. Das Pferdefleisch war schmackhaft und nahrhaft; der Salpetergeschmack des Pulvers, das statt des Salzes verwendet wurde, war sogar angenehm; die Kälte war nicht übermäßig, und bei Tag auf dem Marsch war es immer warm, und in der Nacht hatten sie die Wachfeuer; die Läuse, die an ihm fraßen, wärmten seinen Körper. Nur eins war in der ersten Zeit schwer zu ertragen: Das waren die Füße.

Als Pierre am zweiten Marschtag beim Wachfeuer die Verletzungen an seinen Füßen besah, hielt er es für unmöglich, mit diesen Füßen weiterzugehen; aber als alle sich erhoben, ging auch er, nur ein wenig hinkend, und nachher, als er warm geworden war, sogar ohne Schmerz, obgleich am Abend seine Füße noch schrecklicher aussahen. Aber er sah sie gar nicht näher an und dachte an andere Dinge.

Erst jetzt begriff Pierre, welche gewaltige Lebenskraft dem Menschen innewohnt und welch ein Segen die ihm verliehene Fähigkeit, seine Aufmerksamkeit abzulenken, für ihn ist, eine Fähigkeit, die dem Sicherheitsventil an Dampfkesseln gleicht, das den überflüssigen Dampf hinausläßt, sobald seine Spannung ein bestimmtes Maß übersteigt.

Er hatte weder gesehen noch gehört, wie die zurückgebliebenen Gefangenen erschossen wurden, obgleich über hundert von ihnen schon auf diese Weise umgekommen waren. Er dachte nicht an Karatajew, der von Tag zu Tag schwächer wurde und offenbar bald demselben Schicksal verfallen mußte. Noch weniger dachte Pierre an sich selbst. Je schwieriger seine Lage sich gestaltete, je schrecklicher die Zukunft war, um so weiter von seinem jetzigen Zustand abliegende Gedanken, Erinnerungen und Vorstellungen freudiger und beruhigender Art kamen ihm in den Sinn.

XIII

Am 22. Oktober ging Pierre gegen Mittag auf der schmutzigen, schlüpfrigen Landstraße bergan und blickte nach seinen Füßen und den Unebenheiten des Weges. Ab und zu betrachtete er die ihm wohlbekannte Menschenmenge, die ihn umgab; dann wandte er seinen Blick wieder seinen Füßen zu. Das eine wie das andere gehörte in gleicher Weise zu ihm und war ihm vertraut. Der bläuliche, krummbeinige Hund, der sogenannte Graue, lief fröhlich an der Seite des Weges; mitunter drückte er zum Beweis seiner Geschicklichkeit und seiner zufriedenen Stimmung die eine Hinterpfote gegen den Leib und hüpfte auf dreien und dann wieder auf allen vieren und stürzte mit Gebell auf die Krähen los, die auf den Kadavern saßen. Der Graue war vergnügter und sah glatter aus als in Moskau. Auf allen Seiten lag Fleisch von verschiedenen Wesen, vom Menschenfleisch bis zum Pferdefleisch, in verschiedenen Stadien der Zersetzung, und die Wölfe wagten sich wegen der marschierenden Menschen nicht heran, so daß der Graue fressen konnte, soviel er nur irgend mochte.

Es regnete seit dem Morgen, und jedesmal, wenn man meinte, nun sei es vorbei und der Himmel werde sich aufheitern, setzte nach einer kurzen Pause der Regen noch stärker ein. Die vom Regen durchtränkte Landstraße nahm kein Wasser mehr in sich auf, und in den Wagengeleisen rieselten kleine Bäche.

Pierre warf im Gehen mitunter einen Blick nach rechts und links, auch zählte er die Schritte, indem er nach je drei Schritten einen Finger einbog. Sich an den Regen wendend, sagte er in seinem Innern: »Nur zu, nur zu; mach's nur immer ärger!«

Er meinte, er denke an nichts; aber seine Seele war in irgendeinem Teil ihrer fernsten Tiefe mit hehren, tröstlichen Gedanken beschäftigt. Es war dies der feinste geistige Extrakt aus seinem gestrigen Gespräch mit Karatajew.

Als Pierre tags zuvor im Nachtbiwak bei einem erlöschenden Feuer zu sehr gefroren hatte, war er aufgestanden und zu dem nächsten, besser brennenden Feuer gegangen. Bei dem Feuer, zu dem er gekommen war, saß Platon; er hatte sich mitsamt dem Kopf in einen Mantel wie in ein Meßgewand eingehüllt und erzählte den Soldaten mit seiner ausdauernden, angenehmen, aber schwachen und kränklichen Stimme eine Geschichte, die Pierre schon kannte. Es war bereits Mitternacht. Dies war die Zeit, wo Karatajew sich gewöhnlich von seinem Fieberanfall erholte und besonders lebhaft war. Als Pierre zu dem Wachfeuer kam und Platons schwache, kränkliche Stimme hörte und sein von dem Feuer hell beleuchtetes, mitleiderregendes Gesicht sah, da fühlte er eine Art von unangenehmem Stechen im Herzen. Er erschrak über sein Mitleid mit diesem Menschen und wollte wieder fortgehen; aber ein anderes Wachfeuer war nicht da, und so setzte sich denn Pierre bei diesem hin und versuchte, Platon nicht anzusehen.

»Nun, wie geht es mit deiner Gesundheit?« fragte er.

»Was kommt auf die Gesundheit an? Macht dir auch 'ne Krankheit Not, Gott schickt nicht sogleich den Tod«, erwiderte Karatajew und kehrte sofort wieder zu der begonnenen Erzählung zurück.

»Also, lieber Bruder«, fuhr Platon mit einem Lächeln auf dem mageren, blassen Gesicht und einem besonders freudigen Glanz in den Augen fort. »Also, lieber Bruder ...«

Pierre kannte diese Geschichte schon lange; Karatajew hatte sie ihm allein schon etwa sechsmal erzählt, und immer mit einem besonderen Gefühl der Freude. Aber so gut er sie auch kannte, so hörte er jetzt doch zu, als wäre es etwas ganz Neues, und das stille Entzücken, das offenbar die Seele des erzählenden Karatajew erfüllte, ging auch auf Pierre über. Die Geschichte handelte von einem alten Kaufmann, der ehrbar und gottesfürchtig mit seiner Familie lebte und einmal mit einem Bekannten, einem reichen Kaufmann, nach dem Makarijew-Kloster zur Messe fuhr.

Die beiden Kaufleute kehrten in einer Herberge ein und legten sich schlafen, und am andern Tag wurde der Bekannte des Kaufmanns ermordet und beraubt aufgefunden. Ein blutiges Messer fand man unter dem

Kopfkissen des alten Kaufmanns. Der Kaufmann wurde vor Gericht gestellt, mit Knutenhieben gezüchtigt und, nachdem ihm die Nasenlöcher aufgerissen waren (»wie es sich gehört, alles nach der Ordnung«, sagte Karatajew), zur Zwangsarbeit nach Sibirien verschickt.

An dieser Stelle von Karatajews Erzählung war Pierre jetzt dazugekommen, und Karatajew fuhr fort: »Also, lieber Bruder, nach diesem Ereignis waren nun zehn Jahre oder noch mehr vergangen. Der alte Mann lebte als Sträfling. Wie es sich gehört, fügte er sich in alles und tat nichts Übles. Nur um seinen Tod betete er zu Gott. Also gut. Da waren sie einmal in einer Nacht zusammen, die Sträflinge, geradeso wie wir jetzt; und der alte Mann war auch dabei. Und da kam das Gespräch darauf, wofür ein jeder seine Strafe leide, womit er sich gegen Gott versündigt habe. Sie fingen an zu erzählen: Der hatte einen Menschen ermordet, der zwei, der hatte Feuer angelegt, der war so mir nichts dir nichts desertiert. Da fragten sie nun auch den alten Mann: ›Wofür leidest du denn deine Strafe, Großväterchen?‹ ›Ich, meine lieben Brüder‹, sagte er, ›leide Strafe für meine Sünden und für die Sünden der Menschheit. Ich habe keinen Menschen gemordet und habe kein fremdes Gut genommen; ich habe immer meinen bedürftigen Mitmenschen von dem Meinigen gegeben. Ich war Kaufmann, meine lieben Brüder, und besaß großen Reichtum.‹ So und so, und er erzählte ihnen, wie alles hergegangen war, alles der Reihe nach. ›Ich beklage mich nicht über mein Schicksal‹, sagte er. ›Gott hat mich heimgesucht. Nur um meine Frau und die Kinder tut es mir leid‹, sagte er. Und da brach der alte Mann in Tränen aus. Nun traf es sich zufällig, daß unter den Anwesenden auch eben jener Mensch war, der den Kaufmann ermordet hatte. ›Wo ist das gewesen, Großväterchen?‹ sagte er. ›Wann, in welchem Monat?‹ So fragte er ihn über alles aus. Und da wurde ihm weh ums Herz. Er ging so auf den alten Mann zu, und auf einmal, baff, warf er sich ihm zu Füßen. ›Um meinetwillen bist du ins Unglück geraten, lieber Alter‹, sagte er. ›Ich sage die reine Wahrheit, Kinder‹, sagte er, ›dieser Mann leidet völlig unschuldig. Ich selbst‹, sagte er, ›habe jene Tat begangen und dir, während du schliefst, das Messer unter den Kopf geschoben. Verzeih mir, Großväterchen‹, sagte er, ›um Christi willen.‹«

Karatajew schwieg, blickte mit freudigem Lächeln ins Feuer und schob die Holzscheite zurecht.

»Und da sagte der alte Mann: ›Gott wird dir verzeihen; wir sind alle vor Gott Sünder‹, sagte er. ›Ich leide für meine Sünden.‹ Und er weinte bitterlich. Und denke dir, mein lieber Falke«, sagte Karatajew, und das entzückte Lächeln auf seinem Gesicht strahlte immer heller und heller, wie wenn in dem, was er jetzt erzählen wollte, der Hauptreiz und der eigentliche Wert der Erzählung läge, »und denke dir, mein lieber Falke: Dieser Mörder zeigte sich selbst bei der Obrigkeit an. ›Ich habe‹, sagte er, ›sechs Menschen gemordet‹ (er war ein großer Bösewicht) ›aber am meisten bereue ich das, was ich diesem alten Mann angetan habe. Er soll nicht mehr um meinetwillen weinen.‹ Er legte ihnen alles dar; sie schrieben ein Papier und schickten es an den gehörigen Ort. Das war weit weg, und es dauerte lange, bis Prozeß und Gericht stattgefunden hatten und bis sie alle Papiere geschrieben hatten, wie es bei den Behörden sein muß. Die Sache ging bis zum Zaren. Endlich kam ein Befehl vom Zaren: Der Kaufmann solle freigelassen werden, und es solle ihm eine Entschädigung gegeben werden, so hoch, wie sie ihm das Gericht zuerkannt habe. Also dieses Papier war gekommen, und nun fing man an, den alten Mann zu suchen: ›Wo ist der alte Mann, der unschuldig bestraft worden ist? Es ist ein Papier vom Zaren gekommen!‹ Da suchten sie nun.« Karatajews Unterkiefer zitterte. »Aber Gott hatte ihn schon erlöst; er war gestorben. Ja, so war das, mein lieber Falke«, schloß Karatajew seine Erzählung und blickte lange, schweigend und lächelnd, vor sich hin.

Nicht diese Erzählung selbst, sondern ihr verborgener Sinn und die schwärmerische Freude, in der Karatajews Gesicht bei dieser Erzählung erglänzte, und die verborgene Bedeutung dieser Freude, das war's, was jetzt Pierres Seele mit einer starken, wenn auch unklaren Freudenempfindung erfüllte.

XIV

»An die Plätze!« rief plötzlich eine Stimme. Unter den Gefangenen und den eskortierenden Soldaten entstand eine freudige Erregung, eine Erwartung von etwas Beglückendem, Feierlichem. Von allen Seiten erschollen Kommandorufe, und zur Linken erschienen, im Trab an den Gefangenen vorbeireitend, Kavalleristen in guter Montur auf guten Pferden. Auf allen Gesichtern lag jener Ausdruck von Spannung, wie ihn die Menschen beim Herannahen hoher Machthaber zu zeigen pflegen. Die Gefangenen drängten sich in einen Haufen zusammen; man stieß sie vom Weg herunter; die Soldaten stellten sich in Reih und Glied.

»Der Kaiser! Der Kaiser! Der Marschall! Der Herzog!« wurde bei den Franzosen gerufen.

Und kaum war die wohlgenährte Eskorte vorbeigesprengt, als rasselnd eine mit vier Grauschimmeln bespannte Kutsche vorbeifuhr. Pierre sah einen Augenblick lang das ruhige, schöne, dicke weiße Gesicht eines

Mannes mit dreieckigem Hut. Es war einer der Marschälle. Der Blick des Marschalls fiel auf Pierres große, auffällige Gestalt, und den Ausdruck, mit dem der Marschall die Brauen zusammenzog und das Gesicht wegwandte, deutete sich Pierre als Mitleid und als den Wunsch, dieses Mitleid zu verbergen.

Der General, der das Depot führte, trieb sein mageres Pferd an und sprengte mit rotem, erschrockenem Gesicht der Kutsche nach. Einige Offiziere traten zusammen, und viele Soldaten umringten diese Gruppe. Alle Gesichter hatten einen erregten, gespannten Ausdruck.

»Was hat er gesagt? Was hat er gesagt?« hörte Pierre sie fragen.

Während der Marschall vorbeifuhr, hatten sich die Gefangenen in einen Haufen zusammengedrängt, und Pierre hatte Karatajew erblickt, den er an diesem Vormittag noch nicht gesehen hatte. Karatajew saß, in seinen Mantel gehüllt, auf der Erde und lehnte sich an eine Birke. Auf seinem Gesicht leuchtete außer jenem Ausdruck freudiger Rührung, den es gestern bei der Erzählung von dem unschuldigen Leiden des Kaufmanns gezeigt hatte, noch ein Ausdruck stiller Feierlichkeit.

Karatajew blickte Pierre mit seinen guten, runden Augen an, die jetzt von Tränen verschleiert waren, und wollte ihn augenscheinlich mit diesem Blick zu sich rufen, um ihm etwas zu sagen. Aber Pierre fürchtete zu sehr für sich selbst. Er tat, als hätte er Karatajews Blick nicht gesehen, und ging eilig weg.

Als die Gefangenen sich wieder in Bewegung setzten, blickte Pierre zurück. Karatajew saß noch am Rand des Weges bei der Birke, und zwei Franzosen standen neben ihm und sprachen miteinander. Pierre sah sich nicht wieder um. Er ging, ein wenig hinkend, den ansteigenden Weg weiter.

Von hinten, von der Stelle her, wo Karatajew saß, erscholl ein Schuß. Pierre hörte diesen Schuß deutlich; aber in dem Augenblick, wo er ihn hörte, erinnerte er sich, daß er mit einer Berechnung, die er vor dem Vorbeifahren des Marschalls begonnen hatte, noch nicht fertig war, nämlich mit einer Berechnung, wieviel Tagesmärsche sie noch bis Smolensk vor sich hätten. Und er begann zu rechnen. Die beiden französischen Soldaten, von denen der eine ein abgeschossenes, noch rauchendes Gewehr in der Hand hielt, liefen an Pierre vorbei. Sie waren beide blaß, und auf ihren Gesichtern (der eine von ihnen warf Pierre einen scheuen Blick zu) lag ein ähnlicher Ausdruck wie der, welchen Pierre an dem jungen Soldaten bei der Hinrichtung gesehen hatte. Pierre sah den Soldaten an und erinnerte sich, daß dieser Soldat vor zwei Tagen sein Hemd, das er am Wachfeuer hatte trocknen wollen, verbrannt hatte und von seinen Kameraden ausgelacht worden war.

Hinter dem Zug, von der Stelle her, wo Karatajew gesessen hatte, begann der Hund zu heulen. »So ein dummes Tier; worüber heult es denn?« dachte Pierre.

Die Mitgefangenen, die neben Pierre gingen, sahen sich ebensowenig wie er nach der Stelle um, von der der Schuß ertönt war und nun das Geheul des Hundes erscholl; aber ein tiefernster Ausdruck lag auf allen Gesichtern.

XV

Das Kavalleriedepot und die Gefangenen und der Wagenzug des Marschalls machten in dem Dorf Schamschewo halt. Alles drängte sich in Haufen um die Wachfeuer. Pierre trat an ein Wachfeuer heran, aß ein Stück gebratenes Pferdefleisch, legte sich mit dem Rücken nach dem Feuer zu und schlief sofort ein. Er schlief wieder in derselben Weise wie in Moschaisk nach der Schlacht bei Borodino.

Wieder flossen vor seiner Seele Ereignisse der Wirklichkeit mit Traumgebilden zusammen, und wieder legte jemand, ob nun er selbst oder jemand anders, ihm Gedanken dar, und es waren sogar dieselben Gedanken wie in Moschaisk.

»Das Leben ist alles. Das Leben ist Gott. Alles verändert sich, bewegt sich, und diese Bewegung ist Gott. Und solange Leben da ist, ist man sich auch mit Wonne der Gottheit in sich bewußt. Das Leben lieben heißt Gott lieben. Das Schwerste und Beseligendste von allem ist, dieses Leben bei eigenen Leiden, bei unschuldigen Leiden zu lieben.«

»Karatajew!« Unwillkürlich mußte er an diesen denken.

Und plötzlich trat ihm, wie er leibte und lebte, der längst vergessene, milde, alte Lehrer vor die Seele, der ihn in der Schweiz in der Geographie unterrichtet hatte. »Sieh her«, sagte der alte Mann, indem er ihm einen Globus zeigte. Dieser Globus war eine lebendige, wallende Kugel, die keine bestimmten Dimensionen hatte. Die ganze Oberfläche der Kugel bestand aus Tropfen, die fest aneinandergedrückt waren. Und alle diese Tropfen bewegten sich und veränderten ihre Plätze, und bald flossen mehrere in einen zusammen, bald teilte sich einer in viele. Jeder Tropfen war bemüht, sich auszubreiten, möglichst viel Raum einzunehmen; aber andere, die das gleiche Streben hatten, preßten ihn zusammen, vernichteten ihn manchmal, vereinigten sich aber auch manchmal mit ihm zu einem Ganzen.

»Sieh, das ist das Leben«, sagte der alte Lehrer.

»Wie einfach und klar das ist«, dachte Pierre. »Wie ist es nur zugegangen, daß ich das früher nicht gewußt habe!«

In der Mitte ist Gott, und jeder Tropfen strebt danach, sich auszubreiten, um Ihn in möglichst großen Dimensionen widerzuspiegeln. Und der Tropfen wächst und fließt mit andern zusammen und wird zusammengepreßt und verschwindet von der Oberfläche und geht in die Tiefe und taucht wieder empor. Ein solcher Tropfen war auch Karatajew; er ist auseinandergeflossen und verschwunden. »Hast du verstanden, mein Kind?« sagte der Lehrer.

»Hast du verstanden, Donnerwetter!« schrie eine Stimme, und Pierre erwachte.

Er richtete sich auf und setzte sich hin. An dem Wachfeuer hockte ein Franzose, der soeben einen russischen Soldaten weggestoßen hatte, und briet sich am Ladestock ein Stück Fleisch. Er hatte sich die Ärmel aufgestreift, und seine sehnigen, haarigen, roten Arme mit den kurzen Fingern drehten geschickt den Ladestock. Sein braunes, finsteres Gesicht mit den zusammengezogenen Brauen war im Schein der glühenden Kohlen deutlich zu sehen.

»Dem kann das ganz egal sein!« brummte er, sich schnell nach einem andern französischen Soldaten umwendend, der hinter ihm stand. »Weg mit dem Schuft!«

Der Soldat, der den Ladestock drehte, warf Pierre einen finsteren Blick zu. Pierre wandte sich ab und blickte längere Zeit in die Dunkelheit hinein. Ein gefangener russischer Soldat, eben der, welchen der Franzose weggestoßen hatte, saß dort nicht weit von dem Wachfeuer auf der Erde und tätschelte etwas mit der Hand. Schärfer hinsehend, erkannte Pierre das bläulichgraue Hündchen, das mit dem Schwanz wedelnd neben dem Soldaten saß.

»Nun? Bist du auch hergekommen?« sagte Pierre. »Ja, ja, Pla…«, begann er, sprach aber nicht zu Ende.

Vor seinem geistigen Auge tauchten plötzlich gleichzeitig mehrere miteinander zusammenhängende Erinnerungen auf: an den Blick, mit dem Platon ihn angesehen hatte, als er unter dem Baum saß, und an den Schuß, der an dieser Stelle ertönt war, und an das Geheul des Hundes, und an die Verbrechergesichter der beiden Franzosen, die an ihm vorbeigelaufen waren, und an das abgeschossene, rauchende Gewehr, und dazu kam der Gedanke, daß Karatajew an diesem Rastort fehlte, und er war schon nahe daran, zu begreifen, daß Karatajew getötet worden sei: Aber gerade in diesem Augenblick stieg in seiner Seele (Gott weiß, wodurch hervorgerufen) die Erinnerung an einen Abend empor, den er mit einer schönen Polin im Sommer auf dem Balkon seines Hauses in Kiew verlebt hatte. Und ohne die Eindrücke des heutigen Tages zusammenzufassen und ein Fazit daraus zu ziehen, schloß Pierre die Augen, und das

Bild der sommerlichen Landschaft floß zusammen mit der Erinnerung an ein Bad und an die flüssige, wallende Kugel, und er ließ sich in irgendein Gewässer hineinsinken, so daß das Wasser über seinem Kopf zusammenschlug.

Vor Sonnenaufgang weckten ihn laute, rasch aufeinanderfolgende Schüsse und Rufe. Einige Franzosen liefen an Pierre vorbei.

»Die Kosaken!« schrie einer von ihnen, und einen Augenblick darauf sah Pierre eine Schar russischer Gesichter um sich.

Lange konnte er nicht begreifen, was mit ihm vorging. Von allen Seiten hörte er Freudenrufe seiner Kameraden.

»Brüder! Liebe Landsleute! Teure Freunde!« riefen alte Soldaten unter Tränen und umarmten die Kosaken und Husaren.

Die Husaren und Kosaken umringten die Gefangenen und boten ihnen eifrig dies und das an, der eine Kleider, ein anderer Stiefel, ein anderer Brot. Pierre saß mitten unter ihnen; er schluchzte und konnte kein Wort hervorbringen; er umarmte den ersten Soldaten, der ihm nahe kam, und küßte ihn weinend.

*

Dolochow stand bei dem Gutshaus, dessen Dach zertrümmert war, am Tor und ließ eine Schar entwaffneter Franzosen an sich vorüberziehen. Die Franzosen, die durch alles Vorgefallene in starker Aufregung waren, redeten laut untereinander; aber wenn sie bei Dolochow vorbeikamen, der sich leicht mit der Peitsche gegen die Stiefel schlug und sie mit seinem kalten, gläsernen, nichts Gutes verkündenden Blick ansah, dann verstummte ihr Gespräch. Auf der andern Seite stand ein Kosak Dolochows und zählte die Gefangenen, indem er die Hunderte mit einem Kreidestrich am Tor notierte.

»Wieviel sind es jetzt?« fragte Dolochow den Kosaken, der die Gefangenen zählte.

»Im dritten Hundert«, antwortete der Kosak.

»Einer hinter dem andern, einer hinter dem andern!« sagte Dolochow auf französisch, der sich diesen Ausdruck von den Franzosen zu eigen gemacht hatte, und während seine Augen die vorübergehenden Gefangenen musterten, leuchtete in ihnen ein grausamer Glanz auf.

Denisow ging mit finsterem Gesicht und mit abgenommener Mütze hinter den Kosaken her, die Petja Rostows Leiche nach der Grube trugen, die im Garten gegraben war.

XVI

Vom 28. Oktober an, wo stärkerer Frost einsetzte, nahm die Flucht der Franzosen zwar insofern einen tragischeren Charakter an, als die Mannschaften vor Kälte erstarrten und sich dann an den Wachfeuern halbtot brieten, während der Kaiser, die Könige und Herzöge, in Pelze gehüllt, die Fahrt in ihren Kutschen mit dem geraubten Gut fortsetzten; aber in seinem Wesen erfuhr der Prozeß der Flucht und der Zersetzung der französischen Armee keine Veränderung.

Von Moskau bis Wjasma waren von den 73 000 Mann der französischen Armee, die Garde nicht mitgezählt, die während des ganzen Krieges nichts anderes getan hafte als zu plündern, 36 000 Mann übriggeblieben (von dem Abgang kamen nicht mehr als 5 000 Mann auf Verluste in Kämpfen). Dies war das erste Glied einer Progression, aus welchem sich die folgenden mit mathematischer Gewißheit bestimmen ließen. Die Proportion, in der die französische Armee zusammenschmolz und dahinschwand, blieb dieselbe auf den Strecken von Moskau bis Wjasma, von Wjasma bis Smolensk, von Smolensk bis zur Beresina, von der Beresina bis Wilna, ohne daß der höhere oder geringere Grad der Kälte, der Verfolgung, der Sperrung des Weges und aller sonstigen Momente, einzeln genommen, darauf einen Einfluß gehabt hätte. Hinter Wjasma marschierten die Franzosen nicht mehr in drei Kolonnen, sondern drängten sich in einen Haufen zusammen, und das blieb so bis zum Ende. Berthier schrieb an seinen Herrn folgendes (es ist bekannt, welche Abweichungen von der Wahrheit höhere Kommandeure sich bei Schilderung der Lage der Armee zu erlauben pflegen):

»Ich halte es für meine Pflicht, zu Euer Majestät Kenntnis zu bringen, in welchem Zustand sich Ihre Truppen bei den verschiedenen Armeekorps befinden, welche ich in der Lage gewesen bin, während der letzten zwei oder drei Tage an verschiedenen Stellen des Marsches zu beobachten. Sie sind beinahe in Auflösung begriffen. Die Zahl der Soldaten, die den Fahnen folgen, beträgt bei allen Regimentern höchstens ein Viertel; die übrigen gehen einzeln auf eigene Hand nach verschiednen Richtungen, in der Hoffnung, Lebensmittel zu finden, und um sich der Disziplin zu entziehen. Allgemein betrachten sie Smolensk als den Platz, wo sie sich werden erholen können. In den letzten Tagen sah man viele Soldaten ihre Patronen und Waffen wegwerfen. Welches auch immer die weiteren Absichten Eurer Majestät sein mögen, so verlangt jedenfalls unter diesen Umständen das Interesse Ihres Dienstes, daß die Armee wieder in Smolensk gesammelt und von mancherlei Ballast befreit werde: von kampfunfähigen Leuten, also Kavalleristen ohne Pferde und Soldaten ohne Waffen, sowie von unnützem Train und von einem Teil des Artilleriematerials, da dieses mit den wirklichen Streitkräften nicht mehr im richtigen Verhältnis steht. Überdies sind einige Ruhetage mit guter Verpflegung für die durch Hunger und Anstrengung erschöpften Soldaten notwendig; viele sind in den letzten Tagen auf dem Marsch und in den Biwaks gestorben. Dieser Zustand verschlimmert sich fortwährend und gibt Anlaß zu der Befürchtung, daß, wenn ihm nicht baldigst abgeholfen wird, wir die Truppen bei einem Kampf nicht mehr in der Hand haben. Den 9. November, 30 Werst von Smolensk«.

Als die Franzosen sich in die Stadt Smolensk hineingestürzt hatten, die ihnen als das Gelobte Land vor Augen gestanden hatte, schlugen sie einander um des Proviants willen tot und plünderten ihre eigenen Magazine; nachdem dann alles ausgeraubt war, flohen sie weiter.

Alle zogen weiter, ohne selbst zu wissen, wohin sie marschierten und zu welchem Zweck. Noch weniger als die andern wußte dies das Genie Napoleons, da niemand ihm Befehle erteilte. Aber trotzdem behielten er und seine Umgebung ihre bisherigen Bräuche bei: Erlasse, Briefe, Rapporte und Tagesbefehle wurden geschrieben; sie nannten einander Sire, mein Vetter, Fürst von Eggmühl, König von Neapel usw. Aber die Befehle und Rapporte standen nur auf dem Papier; nichts kam ihnen gemäß zur Ausführung, weil eben nichts ausgeführt werden konnte, und obwohl sie einander Majestät und Hoheit und Vetter titulierten, so hatten sie doch alle die Empfindung, daß sie klägliche, schändliche Menschen waren, die viel Böses getan hatten und nun dafür büßen mußten. Und obwohl sie sich stellten, als sorgten sie für die Armee, so dachte doch ein jeder von ihnen nur an sich und daran, wie er am schnellsten davonkommen und sich retten könnte.

XVII

Die Operationen der russischen und französischen Truppen während des Rückzuges von Moskau bis zum Njemen gleichen einem Blindekuhspiel, bei dem den beiden Spielenden die Augen verbunden werden und der eine ab und zu mit einem Glöckchen klingelt, um dem Greifenden von seinem Aufenthaltsort Kenntnis zu geben. Anfangs setzt derjenige, nach dem gefahndet wird, das Glöckchen häufig in Tätigkeit, ohne seinen Feind zu fürchten; aber wenn es ihm dann schlechtgeht, dann bemüht er sich, unhörbar zu gehen, flüchtet vor seinem Feind und läuft oft, in der Meinung, ihm zu entrinnen, ihm geradezu in die Arme.

Anfangs, in der ersten Periode des Marsches auf der Kalugaer Straße, machten sich die napoleonischen Truppen noch bemerkbar; später aber, als sie die Smolensker Straße erreicht hatten, flohen sie davon, indem sie den Klöppel des Glöckchens mit der Hand andrückten, und liefen oft, während sie zu entkommen wähnten, geradezu auf die Russen los.

Bei der Schnelligkeit, mit der die Franzosen flohen und die Russen hinter ihnen her waren, und der dadurch bewirkten Erschöpfung der Pferde kam das wichtigste Mittel, um eine annähernde Kenntnis der Stellung des Feindes zu gewinnen, in Wegfall: die Kavalleriepatrouillen. Außerdem konnten infolge des häufigen, schnellen Stellungswechsels beider Armeen Nachrichten, auch wenn man solche hatte, nicht zur rechten Zeit eintreffen. Wenn am Zweiten die Nachricht kam, daß die feindliche Armee am Ersten irgendwo gewesen sei, so hatte am Dritten, wo man etwas gegen sie hätte unternehmen können, diese Armee schon wieder zwei Tagesmärsche zurückgelegt und befand sich in einer ganz anderen Stellung.

Die eine Armee floh, die andere verfolgte. Hinter Smolensk boten sich den Franzosen viele verschiedene Wege dar, und man hätte meinen mögen, die Franzosen wären während ihres viertägigen Aufenthaltes in dieser Stadt in der Lage gewesen, in Erfahrung zu bringen, wo der Feind sei, sich einen nützlichen Plan zurechtzulegen und etwas Neues zu unternehmen. Aber nach der viertägigen Rast liefen ihre Haufen wieder weder nach rechts noch nach links, sondern ohne alle Manöver und ohne alle Überlegung auf der schlechtesten Straße von allen, der alten Straße nach Krasnoje und Orscha, weiter: auf den Spuren, die sie bei ihrem Einmarsch hinterlassen hatten.

Die Franzosen, die den Feind vom Rücken her und nicht von vorn erwarteten, flohen in einem langen Zug, der sich mit manchen Lücken über einen Raum von vierundzwanzig Marschstunden ausdehnte. Allen voraus floh der Kaiser, dann die Könige, dann die Herzöge. Die russische Armee, welche glaubte, Napoleon werde sich rechts wenden und über den Dnjepr gehen, was das einzig Vernünftige war, bog gleichfalls nach rechts ab und gelangte auf die große Straße nach Krasnoje. Und hier stießen, wie beim Blindekuhspiel, die Franzosen auf unsere Vorhut. Bei dem unerwarteten Anblick des Feindes gerieten die Franzosen in Verwirrung, machten vor Überraschung und Schreck halt, flohen aber dann weiter, indem sie die hinter ihnen kommenden Kameraden im Stich ließen. Hier zogen nun die einzelnen Abteilungen der Franzosen, wie wenn sie bei den russischen Truppen Spießruten liefen, drei Tage lang eine nach der andern bei diesen vorbei, zuerst die des Vizekönigs, dann die Davouts, dann die Neys. Alle ließen sie einander im Stich und ebenso ihre ganze

Bagage, ihre Artillerie, verloren die Hälfte der Mannschaft und entkamen nur dadurch, daß sie in mehreren Nächten nach rechts hin im Halbkreis um die Russen herumgingen. Ney, der als letzter marschierte (weil er trotz der unglücklichen Lage der Franzosen oder gerade infolge derselben die Diele hatte schlagen wollen, auf die sie gefallen waren, und sich damit aufgehalten hatte, die Mauern von Smolensk in die Luft zu sprengen, die doch niemand störten), Ney, der mit seinem ursprünglich zehntausend Mann starken Korps als letzter marschierte, gelangte zu Napoleon mit nur tausend Mann, nachdem er alle übrigen Mannschaften und alle Kanonen verloren und bei Nacht heimlich mit Benutzung von Waldwegen den Übergang über den Dnjepr bewerkstelligt hatte.

Von Orscha setzten sie ihre Flucht auf der Wilnaer Straße fort, indem sie genau in derselben Weise weiter mit der verfolgenden Armee Blindekuh spielten. An der Beresina gab es wieder Verwirrung, viele ertranken, viele ergaben sich; aber diejenigen, die mit Not und Mühe über den Fluß hinübergekommen waren, flohen weiter. Ihr höchster Befehlshaber hüllte sich in seinen Pelz, setzte sich in einen Schlitten und jagte, seine Kameraden verlassend, allein davon. Wer konnte, floh gleichfalls; wer das nicht konnte, ergab sich oder kam um.

XVIII

Man möchte meinen, in dieser Periode des Feldzuges, bei der Flucht der Franzosen, wo sie alles taten, was nur möglich war, um sich zugrunde zu richten, und wo in keiner Bewegung dieser Menschenschar, vom Einschwenken auf die Kalugaer Straße bis zur Flucht des Führers dieser Armee, der geringste Sinn und Verstand steckte, man möchte meinen, in dieser Periode des Feldzuges sei es den Historikern, die es lieben, die Taten der Massen auf den Willen eines einzelnen Mannes zurückzuführen, nun doch unmöglich, diesen Rückzug in ihrem Sinn darzustellen. Aber nein. Berge von Büchern haben die Historiker über diesen Feldzug geschrieben, und überall ist die Rede von Napoleons Anordnungen und tiefsinnigen Plänen als von Manövern, durch die er das Heer geleitet habe, und von den genialen Anordnungen seiner Marschälle.

Der Rückzug von Malo-Jaroslawez, während Napoleon doch der Weg nach einem reichen Landstrich offenstand und er die Möglichkeit hatte, die Parallelstraße einzuschlagen, auf der ihn nachher Kutusow verfolgte, dieser nachteilige Rückzug durch eine verwüstete Gegend wird uns als das Resultat von allerlei tiefsinnigen Erwägungen erklärt. Auf ebensolche tiefsinnigen Erwägungen wird sein Rückzug von Smolensk nach

Orscha zurückgeführt. Dann wird uns sein Heldenmut bei Krasnoje geschildert, wo er anscheinend sich anschickte, eine Schlacht anzunehmen und sie selbst zu kommandieren, mit einem birkenen Spazierstock umherging und sagte: »Nun habe ich lange genug das Amt des Kaisers ausgefüllt; es ist an der Zeit, daß ich den Posten eines Generals übernehme.« Und trotzdem floh er gleich darauf weiter und überließ die auseinandergeratenen Teile seines Heeres, die sich hinter ihm befanden, ihrem Schicksal.

Dann wird uns die Geistesgröße der Marschälle geschildert, namentlich Neys, eine Geistesgröße, die darin bestand, daß er bei Nacht auf einem Umweg durch den Wald den Übergang über den Dnjepr bewerkstelligte und ohne seine Fahnen, ohne seine Artillerie und mit nur einem Zehntel seiner Truppen nach Orscha flüchtete.

Und endlich stellen uns die Historiker die schließliche Abreise des großen Kaisers von seiner heldenmütigen Armee als etwas Großes, Geniales dar. Sogar diese letzte Handlung, darin bestehend, daß er sich davonmachte, eine Handlung, die die menschliche Sprache als den höchsten Grad der Gemeinheit bezeichnet, deren man jedes Kind sich schämen lehrt, auch diese Handlung erhält in der Sprache der Historiker ihre Rechtfertigung.

Da, wo es nicht mehr möglich ist, die so dehnbaren Gummifäden der historischen Beurteilung noch weiter auszurecken, weil die betreffende Handlung aufs klarste alledem zuwiderläuft, was die ganze Menschheit gut und gerecht nennt, da erscheint bei den Historikern als Retter der Begriff der Größe. Die Größe schließt, wie es scheint, die Möglichkeit aus, den Maßstab des Guten und Bösen anzulegen. Für einen Großen gibt es nichts Böses. Es gibt keine Untat, die man einem großen Mann als Schuld anrechnen könnte.

»Das ist groß!« sagen die Historiker, und da gibt es weder gut noch böse mehr, sondern nur groß und nicht groß. Groß ist gut, nicht groß ist böse. Die Größe ist nach der Anschauung der Historiker eine Eigenschaft gewisser besonderer Wesen, die sie Helden nennen. Und Napoleon, der sich, in einen warmen Pelz vermummt, nach Hause davonmachte, weg nicht nur von seinen Kameraden, sondern von den Menschen, die er (nach seiner Meinung) dorthin geführt hatte, Napoleon hatte die Empfindung, daß seine Handlungsweise groß sei, und sein Gewissen war ruhig.

»Vom Erhabenen« (und er sah in sich etwas Erhabenes) »zum Lächerlichen ist nur ein Schritt«, hat er gesagt. Die ganze Welt sagt seit fünfzig Jahren fortwährend: »Erhaben! Groß! Napoleon der Große!« Aber vom Erhabenen zum Lächerlichen ist nur ein Schritt!

Und niemand kommt auf den Gedanken, daß, wenn man eine Größe als existierend zugibt, die mit dem Maßstab des Guten und Bösen nicht meßbar ist, man damit nur seine eigene Nichtigkeit und unmeßbare Kleinheit zugibt.

Für uns, denen Christus den Maßstab des Guten und Bösen gegeben hat, gibt es nichts Unmeßbares. Und es gibt keine Größe, wo nicht Schlichtheit, Herzensgüte und Wahrhaftigkeit ist.

XIX

Welcher Russe hätte nicht, sooft er die Darstellungen der letzten Periode des Feldzuges von 1812 las, ein peinliches Gefühl des Ärgers, der Unzufriedenheit und der Unklarheit empfunden? Wer hätte sich nicht folgende Fragen vorgelegt:

Woher kam es, daß nicht alle Franzosen gefangengenommen oder vernichtet wurden, obgleich alle drei Armeen sie in überlegener Zahl umringten und obgleich die in der Auflösung begriffenen, hungernden und frierenden Franzosen sich haufenweise ergaben und obgleich (wie uns die Geschichte erzählt) die Absicht der Russen eben darin bestand, alle Franzosen aufzuhalten, abzuschneiden und gefangenzunehmen?

Woher kam es, daß das russische Heer, welches, als es den Franzosen an Zahl nachstand, ihnen die Schlacht bei Borodino lieferte, woher kam es, daß dieses selbe Heer nun, als es die Franzosen von drei Seiten einschloß und die Absicht hatte, sie gefangenzunehmen, dieses Ziel nicht erreichte? Besitzen die Franzosen wirklich eine so gewaltige Überlegenheit über uns, daß wir, trotzdem wir sie mit numerisch stärkeren Streitkräften einschlossen, sie nicht schlagen konnten? Wie ist das zugegangen?

Die Geschichte, d. h. das, was man mit diesem Namen benennt, sagt uns in Beantwortung dieser Fragen, das sei daher gekommen, daß Kutusow und Tormasow und Tschitschagow und der und der nicht die und die Manöver ausgeführt hätten.

Aber warum führten sie diese Manöver nicht aus? Und wenn sie daran schuld waren, daß das gesteckte Ziel nicht erreicht wurde, warum wurden sie nicht vor Gericht gestellt und hingerichtet? Aber selbst wenn man zugibt, daß Kutusow, Tschitschagow usw. die Schuld an dem strategischen Mißerfolg der Russen trugen, so bleibt es doch unbegreiflich, weshalb unter den Verhältnissen, in denen sich die russischen Truppen bei Krasnoje und an der Beresina befanden (in beiden Fällen waren die Russen in der Überzahl), nicht das französische Heer mitsamt den Marschällen, den Königen und dem Kaiser gefangengenommen wurde, wenn anders die Absicht der Russen darin bestand.

Die von den russischen Kriegshistorikern gegebene Erklärung dieser sonderbaren Erscheinung, Kutusow habe den Angriff gehindert, ist deswegen unrichtig, weil wir wissen, daß Kutusows Wille bei Wjasma und bei Tarutino die Truppen nicht vom Angriff zurückzuhalten vermochte.

Warum wurde das russische Heer, das mit schwächeren Kräften bei Borodino den Sieg über den Feind errang, der damals auf der Höhe seiner Kraft stand, bei Krasnoje und an der Beresina trotz seiner Überzahl von den zerrütteten Haufen der Franzosen besiegt?

Wenn die Absicht der Russen darin bestand, Napoleon und die Marschälle abzuschneiden und gefangenzunehmen, und nicht nur diese Absicht nicht erreicht wurde, sondern alle Versuche, sie zu erreichen, jedesmal auf die schmählichste Weise vereitelt wurden, so wird diese letzte Periode des Feldzuges ganz zu Recht von den Franzosen als eine Reihe von Siegen und ganz zu Unrecht von den russischen Historikern als siegreich für die Russen dargestellt.

Die russischen Kriegshistoriker, soweit sie meinen, daß die Logik für sie verbindlich ist, gelangen unwillkürlich, trotz aller lyrischen Ergüsse über Mannhaftigkeit und Hingebung, zu dem Schluß und Bekenntnis, daß der Rückzug der Franzosen von Moskau eine Reihe von Siegen Napoleons und von Niederlagen Kutusows ist. Aber auch wenn wir den nationalen Ehrgeiz ganz aus dem Spiel lassen, fühlen wir, daß dieser Schluß an und für sich einen Widerspruch enthält, da die Reihe der Siege der Franzosen sie zur völligen Vernichtung, dagegen die Reihe der Niederlagen der Russen sie zur gänzlichen Vernichtung des Feindes und zur Befreiung ihres Vaterlandes führte.

Die Quelle dieses Widerspruches liegt darin, daß die Historiker, welche diese Ereignisse unter Zugrundelegung der Briefe der Herrscher und Generale, der Berichte, Rapporte, Pläne usw. studieren, für diese letzte Periode des Krieges des Jahres 1812 unrichtigerweise eine Absicht voraussetzen, die niemals bestanden hat, nämlich die Absicht, Napoleon samt seinen Marschällen und seiner Armee abzuschneiden und gefangenzunehmen.

Diese Absicht hat nie bestanden und konnte nicht bestehen, weil sie keinen Sinn hatte und ihr Erreichen vollkommen unmöglich war.

Diese Absicht hatte keinen Sinn, erstens weil die zerrüttete Armee Napoleons, so schnell sie nur konnte, aus Rußland floh, d. h. eben das tat, was jeder Russe nur wünschen konnte. Welchen Zweck konnte es haben, allerlei Operationen gegen die Franzosen auszuführen, die so schon so schnell flohen, wie sie nur konnten?

Zweitens war es sinnlos, sich Leuten in den Weg zu stellen, die ihre gesamte Energie auf die Flucht richteten.

Drittens war es sinnlos, Opfer an eigenen Leuten zu bringen zum Zweck der Vernichtung der französischen Truppen, die schon ohne äußere Ursachen in solcher Progression zugrunde gingen, daß sie ohne jede Versperrung des Weges nicht mehr Mannschaften über die Grenze bringen konnten, als sie im Dezember wirklich hinübergebracht haben, d. h. ein Hundertstel des ganzen Heeres.

Viertens war der Wunsch, den Kaiser, die Könige und Herzöge gefangenzunehmen, sinnlos, da die Gefangennahme dieser Leute die weiteren Schritte Rußlands im höchsten Grade erschwert hätte, wie das die geschicktesten Diplomaten jener Zeit, J. Maistre und andere, anerkannt haben. Noch sinnloser war der Wunsch, die französischen Armeekorps gefangenzunehmen, während doch die eigenen Truppen bis Krasnoje auf die Hälfte zusammengeschmolzen waren und man den gefangenen Armeekorps ein paar Divisionen als Eskorte hätte zuteilen müssen und während doch die eigenen Soldaten nicht immer ihre vollen Rationen erhielten und die bereits früher gefangengenommenen Feinde Hungers starben.

Der ganze tiefsinnige Plan, Napoleon und seine Armee abzuschneiden und gefangenzunehmen, war dasselbe, wie wenn ein Gärtner, um das Vieh aus dem Garten herauszutreiben, das ihm seine Beete zertritt, an das Tor liefe und das Vieh auf den Kopf schlüge. Das einzige, was man zur Entschuldigung einer solchen Handlungsweise des Gärtners sagen könnte, wäre, daß er sehr aufgeregt gewesen sei. Aber von den Urhebern jenes Projektes ließ sich auch dies nicht sagen, da sie selbst von dem Zertreten der Beete keinen Schaden hatten.

Aber abgesehen davon, daß ein Abschneiden Napoleons und seiner Armee sinnlos war, war es auch unmöglich.

Unmöglich war es deswegen, weil, wie schon die Bewegungen von Kolonnen auf eine Entfernung von fünf Werst in einer einzigen Schlacht sich erfahrungsmäßig niemals mit den Plänen decken, so auch die Wahrscheinlichkeit, daß Tschitschagow, Kutusow und Wittgenstein rechtzeitig an einem festgesetzten Punkt zusammentreffen würden, äußerst gering war, ja geradezu der Unmöglichkeit gleichkam. Und so dachte darüber auch Kutusow, der schon damals, als ihm der Plan zuging, sich dahin äußerte, Diversionen auf weite Entfernungen brächten nicht die gewünschten Resultate.

Zweitens war es unmöglich, weil, um das Beharrungsvermögen aufzuheben, mit welchem sich Napoleons Heer rückwärts bewegte, außerordentlich viel mehr Truppen erforderlich gewesen wären, als die Russen besaßen.

Drittens war dies deswegen unmöglich, weil der militärische Ausdruck »abschneiden« keinen Sinn hat. Abschneiden kann man ein Stück Brot, aber nicht eine Armee. Eine Armee abzuschneiden, ihr den Weg zu versperren, ist unmöglich, weil es ringsumher immer noch viel Raum gibt, wo sie mit einem Umweg gehen kann, und weil auch die Nacht da ist, in der man nicht gesehen wird; davon könnten sich die militärischen Gelehrten schon aus den Beispielen der Kämpfe bei Krasnoje und an der Beresina überzeugen. Gefangennehmen aber kann man niemanden, wenn nicht derjenige, den man gefangennimmt, damit einverstanden ist, so wie es unmöglich ist, eine Schwalbe zu greifen, obwohl man sie fassen kann, wenn sie sich einem auf die Hand setzt. Gefangennehmen kann man jemanden, der sich, wie die Deutschen, nach den Regeln der Strategie und Taktik ergibt. Aber die französischen Truppen hielten das mit vollem Recht nicht für zweckmäßig, da der gleiche Tod durch Hunger und Kälte sie auf der Flucht und in der Gefangenschaft erwartete.

Viertens aber, und das ist der Hauptgrund, war es deswegen unmöglich, weil, seit die Welt steht, noch nie ein Krieg unter so furchtbaren Umständen geführt worden ist wie der vom Jahre 1812 und die russischen Truppen bei der Verfolgung der Franzosen alle ihre Kräfte anstrengten und nicht mehr leisten konnten, ohne sich selbst zugrunde zu richten.

Bei dem Marsch der russischen Armee von Tarutino nach Krasnoje stellte sich ein Abgang von fünfzigtausend Mann an Kranken und Nachzüglern heraus, das ist eine Zahl, die der Einwohnerschaft einer großen Gouvernementshauptstadt gleichkommt. Die Armee verlor die Hälfte ihres Bestandes ohne Schlachten.

Und von dieser Periode des Feldzuges, wo die Truppen ohne Stiefel und Pelze, bei mangelhafter Verpflegung, ohne Branntwein, monatelang im Schnee und bei fünfzehn Grad Kälte übernachteten; wo der Tag nur sieben bis acht Stunden dauerte und im übrigen Nacht war, in welcher die Wirkung der Disziplin aufhört; wo die Mannschaften nicht wie in einer Schlacht nur auf einige Stunden in die Zone des Todes hineingeführt wurden, in welcher es keine Disziplin gibt, sondern monatelang jeden Augenblick mit dem Tod des Verhungerns und Erfrierens kämpfen mußten; wo in einem Monat die Hälfte der Armee umkam: Von dieser Periode des Feldzuges erzählen uns die Historiker, wie Miloradowitsch einen Flankenmarsch dorthin und dorthin und Tormasow einen solchen dorthin und dorthin hätte unternehmen sollen und wie Tschitschagow seine Truppen dorthin und dorthin hätte führen sollen (im Schnee, der bis über die Knie reichte) und wie dieser und jener den Feind zurückwarf und abschnitt usw., usw.

Die dem Heer angehörigen Russen, von denen die Hälfte starb, taten alles, was sie tun konnten und mußten, um ein der Nation würdiges Ziel zu erreichen, und konnten nichts dafür, daß andere Russen, die in ihren warmen Stuben saßen, unausführbare Pläne entwarfen.

Dieser ganze seltsame, jetzt unbegreiflich erscheinende Widerspruch zwischen dem wirklich Geschehenen und der geschichtlichen Darstellung rührt nur daher, daß die Historiker, die diese Ereignisse dargestellt haben, eine Geschichte der schönen Empfindungen und Äußerungen dieses und jenes Generals geschrieben haben, aber nicht eine Geschichte der Ereignisse.

Ihnen erscheinen irgendwelche Aussprüche Miloradowitschs und die Auszeichnungen, die diesem und jenem General zuteil wurden, und die Pläne und Vorschläge solcher Leute sehr interessant; aber für die fünfzigtausend Menschen, die in den Lazaretten und Gräbern zurückblieben, interessieren sie sich überhaupt nicht, weil dies keinen Gegenstand ihres Studiums bildet.

Und doch braucht man nur das Studium der Rapporte und der allgemeinen Kriegspläne beiseite zu lassen und in die Bewegung jener Hunderttausende von Menschen einzudringen, die an den Ereignissen direkt und unmittelbar beteiligt waren: Und alle die Fragen, die vorher unlösbar schienen, finden plötzlich in überaus leichter, einfacher Weise ihre unzweifelhafte Lösung.

Eine Absicht, Napoleon und seine Armee abzuschneiden, hat niemals existiert, außer in der Phantasie von etwa einem Dutzend Menschen. Diese Absicht konnte nicht existieren, weil sie sinnlos und ihre Erreichung unmöglich war.

Die Nation hatte nur eine Absicht: ihr Land von den Eindringlingen zu säubern. Diese Absicht ist erreicht worden, erstens ganz von selbst, da die Franzosen flohen und daher weiter nichts nötig war, als diese Bewegung nicht aufzuhalten; zweitens wurde diese Absicht erreicht durch die Wirksamkeit des Volkskrieges, der die Franzosen vernichtete, und drittens dadurch, daß das große russische Heer den Franzosen auf dem Fuß folgte, bereit, Gewalt anzuwenden, falls die Flucht der Franzosen zum Stillstand käme.

Das russische Heer mußte wirken wie die Peitsche auf ein laufendes Tier. Und der erfahrene Treiber wußte, daß es am vorteilhaftesten ist, die Peitsche hoch zu halten und mit ihr zu drohen, nicht aber das laufende Tier mit ihr auf den Kopf zu schlagen.

VIERTER TEIL

I

Wenn der Mensch ein Tier sterben sieht, so ergreift ihn Entsetzen: Ein Leben, wie es ihm selbst innewohnt und ihn zu dem macht, was er ist, wird da vor seinen Augen vernichtet und hört auf zu sein. Aber wenn das sterbende Wesen ein Mensch ist und ein geliebter Mensch, dann empfindet man, außer dem Entsetzen über die Vernichtung eines Lebens, in der Seele einen Riß und eine Wunde, die, ebenso wie eine leibliche Wunde, manchmal den Tod herbeiführt, manchmal zwar wieder heilt, aber immer schmerzhaft bleibt und sich vor jeder äußeren Berührung scheut, durch die sie wieder gereizt werden könnte.

Nach dem Tod des Fürsten Andrei hatten Natascha und Prinzessin Marja beide in gleicher Weise diese Empfindung. Seelisch gebeugt und niedergedrückt von der drohend über ihnen hängenden Wolke des Todes, wagten sie nicht, dem Leben ins Antlitz zu schauen. Vorsichtig hüteten sie ihre offenen Wunden vor verletzenden, schmerzlichen Berührungen. Alles mögliche: eine schnell auf der Straße vorüberfahrende Equipage, die mahnende Mitteilung, daß es Zeit sei, zum Mittagessen zu kommen, die Anfrage des Stubenmädchens, welches Kleid sie bereitmachen solle, und als das Schlimmste eine Äußerung unaufrichtiger, lauer Teilnahme, all dergleichen reizte in schmerzhafter Weise die Wunde, erschien ihnen als eine Kränkung, störte die notwendige Stille, in der sie beide auf den ersten, furchtbaren Chorgesang lauschten, den sie mit ihren Seelen immer noch zu hören glaubten, und hinderte sie, in jene geheimnisvollen, unendlichen Fernen hineinzublicken, die sich ihnen für einen Augenblick erschlossen hatten.

Nur wenn sie beide miteinander allein waren, fühlten sie sich sicher vor schmerzlichen Verletzungen. Sie redeten nur wenig miteinander und immer nur über ganz unwichtige Gegenstände. Eine wie die andere vermied es in gleicher Weise, irgend etwas zu erwähnen, was auf die Zukunft hindeutete.

Bei dem, was sie sagten, die Voraussetzung zugrunde zu legen, daß sie noch eine Zukunft vor sich hatten, das erschien ihnen als eine Beleidigung gegen sein Andenken. Noch vorsichtiger vermieden sie in ihren Gesprächen alles, was auf den Verstorbenen Bezug haben konnte. Sie hatten das Gefühl, daß das, was sie durchlebt und empfunden hatten, sich nicht mit Worten ausdrücken lasse. Sie hatten das Gefühl, daß, wenn sie mit Worten Einzelheiten seines Lebens erwähnten, dadurch die Erhabenheit und Heiligkeit des Mysteriums verletzt werde, das sich vor ihren Augen vollzogen hatte.

Indem sie so in ihren Reden beständig Zurückhaltung übten, fortwährend sorgsam alles vermieden, wodurch das Gespräch auf ihn hingelenkt werden konnte, immer von allen Seiten her an der Grenze dessen, was nicht gesagt werden durfte, haltmachten, trat ihnen das, was sie empfanden, noch reiner und klarer vor die Seele.

Aber eine reine, volle Trauer ist ebenso unmöglich wie eine reine, volle Freude. Zuerst von den beiden erfuhr dies Prinzessin Marja. Infolge ihrer Stellung als alleinige, unabhängige Herrin ihres Schicksals und als Vormund und Erzieherin ihres Neffen wurde sie durch das Leben aus jener Welt der Trauer herausgerissen, in der sie die ersten zwei Wochen hindurch gelebt hatte. Sie hatte von Verwandten Briefe erhalten, auf die sie antworten mußte; das Zimmer, in dem Nikolenka untergebracht war, erwies sich als feucht, und er begann zu husten; Alpatytsch kam nach Jaroslawl mit geschäftlichen Abrechnungen sowie mit dem Vorschlag und Rat, Prinzessin Marja möge nach Moskau in das Haus in der Wosdwischenka-Straße ziehen, das unversehrt geblieben war und nur geringer Reparaturen bedurfte. Das Leben blieb nicht stehen, und Prinzessin Marja konnte sich seinen Anforderungen nicht entziehen. So schwer es ihr wurde, aus jener Welt einsamer Beschaulichkeit, in der sie bisher gelebt hatte, herauszutreten, so sehr sie es bedauerte und sich gewissermaßen schämte, Natascha allein zu lassen: Die Sorgen des Lebens verlangten ihre tätige Teilnahme, und sie konnte nicht umhin, sich ihnen zu widmen. Sie sah mit Alpatytsch die Rechnungen durch, konferierte mit Dessalles über ihren Neffen und traf Anordnungen und Vorbereitungen für ihre Übersiedelung nach Moskau.

Natascha blieb allein und begann auch ihrerseits, der Prinzessin Marja aus dem Weg zu gehen, seit diese sich mit den Vorbereitungen zu ihrem Umzug beschäftigte.

Prinzessin Marja machte der Gräfin den Vorschlag, ihr Natascha nach Moskau mitzugeben, und Mutter und Vater erklärten sich freudig damit einverstanden, da sie sahen, daß die körperlichen Kräfte ihrer Tochter von Tag zu Tag mehr abnahmen, und der Meinung waren, eine Ortsveränderung und eine Behandlung durch Moskauer Ärzte würde ihr Nutzen bringen.

»Ich reise nirgends hin«, antwortete Natascha, als sie ihr von diesem Vorschlag Mitteilung machten. »Laßt mich nur, bitte, ganz in Ruhe!« Und damit lief sie aus dem Zimmer, nur mühsam die Tränen nicht sowohl des Grams als des Ärgers und Ingrimms zurückhaltend.

Seit Natascha sich von der Prinzessin Marja verlassen und in ihrem Gram allein fühlte, saß sie den größten Teil des Tages über allein in ihrem

Zimmer mit hinaufgezogenen Beinen in einer Sofaecke, zerriß oder zerknetete etwas mit ihren schlanken, nervös zuckenden Fingern und blickte starr und regungslos nach irgendeinem Gegenstand hin, auf den sich ihre Augen einmal geheftet hatten. Diese Einsamkeit machte sie matt und war ihr eine Qual; aber trotzdem war sie ihr geradezu notwendig. Sowie jemand zu ihr ins Zimmer trat, stand sie schnell auf, änderte die Richtung und den Ausdruck ihres Blickes, griff nach einem Buch oder einer Näharbeit und wartete offenbar mit Ungeduld darauf, daß der, welcher sie gestört hatte, wieder hinausginge.

Es war ihr stets so zumute, als werde sie im nächsten Augenblick das verstehen und durchdringen, worauf ihr geistiger Blick mit furchtbarer, ihre Kräfte übersteigender Anstrengung fragend gerichtet war.

Gegen Ende des Dezembers saß Natascha eines Tages in einem schwarzen Wollkleid, den Zopf nachlässig in einen Kauz zusammengesteckt, mager und blaß, mit hinaufgezogenen Beinen in ihrer Sofaecke, knitterte nervös die Enden ihres Gürtels zusammen und breitete sie wieder auseinander und blickte unverwandt nach der Türnische.

Sie schaute dahin, wohin er fortgegangen war, nach dem jenseitigen Leben. Und das jenseitige Leben, an das sie früher nie gedacht hatte und das ihr früher so fern, so unwahrscheinlich vorgekommen war, erschien ihr jetzt näher, vertrauter, verständlicher als das diesseitige Leben, in welchem alles entweder Öde und Verwüstung oder Leid und Kränkung war.

Sie schaute dorthin, wo sie wußte, daß er war; aber sie konnte ihn nicht anders sehen als in der Gestalt, die er hier gehabt hatte. Sie sah ihn wieder so, wie er in Mytischtschi, in Troiza und in Jaroslawl gewesen war.

Sie sah sein Gesicht, hörte seine Stimme und wiederholte seine Worte und die Worte, die sie zu ihm gesprochen hatte, und ersann sich manchmal für sich und für ihn neue Worte, die sie beide damals hätten sagen können.

Er hatte vor ihr gelegen, auf seinem Lehnstuhl in seinem samtenen Pelz, den Kopf auf die magere, blasse Hand gestützt, die Brust furchtbar eingesunken, die Schultern hochgezogen, die Lippen fest zusammengepreßt; die Augen hatten geglänzt, und auf seiner bleichen Stirn hatte sich eine Falte zusammengezogen und war dann wieder verschwunden. Sein eines Bein hatte ein ganz klein wenig gezittert. Natascha hatte gewußt, daß er mit einem qualvollen Schmerz rang. »Was hat es für eine Bewandtnis mit diesem Schmerz? Wozu ist dieser Schmerz da? Was fühlt der Kranke? Wie tut es ihm weh?« hatte Natascha gedacht. Er hatte bemerkt, daß ihre Aufmerksamkeit auf ihn gerichtet war, hatte die Augen in die Höhe gehoben und, ohne daß er gelächelt hätte, zu reden begonnen.

»Eines ist schrecklich«, hatte er gesagt, »sich für das ganze Leben mit einem leidenden Menschen zu verbinden. Das ist eine lebenslängliche Qual.« Und er hatte sie mit einem prüfenden Blick angeschaut. Natascha hatte, wie sie das immer tat, so auch damals geantwortet, ehe sie das, was sie antworten wollte, überdacht hatte; sie hatte gesagt: »Das kann ja nicht so bleiben, das wird nicht so bleiben; Sie werden wieder gesund werden, ganz gesund.«

Jetzt sah sie ihn wieder vor sich und durchlebte noch einmal von Anfang alles, was sie damals empfunden hatte. Sie erinnerte sich an den langen, traurigen, ernsten Blick, mit dem er sie bei diesen ihren Worten angeschaut hatte, und verstand, welch ein Vorwurf und welch eine Verzweiflung in diesem langen Blick gelegen hatte.

»Ich stimmte ihm darin zu«, sagte Natascha jetzt zu sich selbst, »daß es schrecklich wäre, wenn er immer leidend bliebe. Meine Antwort damals hatte nur den Sinn, daß es für ihn schrecklich sein würde, und er faßte sie anders auf. Er glaubte, es würde für mich schrecklich sein. Er hatte damals noch den Wunsch, weiterzuleben, und fürchtete sich vor dem Tod. Und ich habe ihm so plump, so dumm geantwortet. Das habe ich nicht gemeint. Ich meinte etwas ganz anderes. Wenn ich gesagt hätte, was ich wirklich meinte, so hätte ich gesagt: Selbst wenn er immerzu im Sterben läge, immerzu vor meinen Augen dahinstürbe, so würde ich dennoch glücklich sein im Vergleich mit dem, was ich jetzt bin. Jetzt ist nichts und niemand mehr da. Hat er wohl gewußt, wie ich dachte? Nein. Er hat es nicht gewußt und wird es nie erfahren. Und jetzt läßt sich das nie, nie wiedergutmachen.« Und nun sprach er wieder zu ihr dieselben Worte; aber jetzt antwortete ihm Natascha in ihrer Phantasie anders. Sie unterbrach ihn und sagte: »Schrecklich für Sie, aber nicht für mich. Sie wissen, daß ohne Sie mir das Leben leer und öde ist; mit Ihnen zu leiden ist für mich das schönste Glück.« Und er ergriff ihre Hand und drückte sie so, wie er sie an jenem furchtbaren Abend vier Tage vor seinem Tod gedrückt hatte. Und in ihrer Phantasie sagte sie ihm jetzt noch andere zärtliche Liebesworte, die sie ihm damals hätte sagen können. »Ich liebe dich …! Dich … Ich liebe dich, liebe dich …«, sagte sie, indem sie die Hände krampfhaft zusammendrückte und die Zähne mit grausamer Anstrengung aufeinanderpreßte. Und ein süßer Gram überkam sie, und schon traten ihr die Tränen in die Augen; aber auf einmal fragte sie sich, wem sie das alles sage, wo er sei und was er jetzt sei. Und wieder wurde alles von einem trockenen, harten Zweifel verhüllt, und wieder schaute sie mit nervös zusammengezogenen Brauen im Geist dahin, wo er war. Und da, da war es ihr, als durchdringe sie das Geheimnis. Aber gerade in dem Augenblick, als das Unbegreifliche sich ihr schon zu offenbaren schien, traf ein lautes Klappern der Türklinke schmerzlich ihr Ohr. Eilig und ohne Vorsicht, mit einem ängstlichen, ihr sonst fremden Gesichtsausdruck trat das Stubenmädchen Dunjascha ins Zimmer.

»Bitte, kommen Sie recht schnell zum Papa«, sagte Dunjascha mit eigentümlich erregter Miene. »Ein Unglück … es ist ein Brief gekommen über Petja Iljitsch«, stieß sie schluchzend hervor.

II

Außer dem allgemeinen Gefühl der Entfremdung gegen alle Menschen empfand Natascha in dieser Zeit ein besonderes Gefühl der Entfremdung gegen die Mitglieder ihrer eigenen Familie. Alle ihre Angehörigen: der Vater, die Mutter, Sonja, waren ihr so gewohnte, alltägliche Erscheinungen, daß alle Worte und Gefühle derselben ihr wie eine Profanierung jener Welt vorkamen, in der sie in der letzten Zeit gelebt hatte, und sie benahm sich gegen sie nicht nur gleichgültig, sondern befand sich ihnen gegenüber in einer feindseligen Stimmung. Sie hatte gehört, was Dunjascha über Petja Iljitsch und ein Unglück gesagt hatte, es aber nicht verstanden.

»Was ist da bei denen für ein Unglück geschehen, was kann bei ihnen überhaupt für ein Unglück vorkommen? Bei denen nimmt ja alles seinen alten, gewohnten, ruhigen Gang«, sagte sich Natascha in Gedanken.

Als sie in den Saal trat, kam der Vater eilig aus dem Zimmer der Gräfin heraus. Sein Gesicht war von Falten überzogen und feucht von Tränen. Augenscheinlich war er aus jenem Zimmer herausgelaufen, um den Tränen, die ihn zu ersticken drohten, freien Lauf zu lassen. Als er Natascha erblickte, machte er mit beiden Armen eine Gebärde der Verzweiflung und brach in ein schmerzliches, krampfhaftes Schluchzen aus, bei dem sich sein rundes, weiches Gesicht verzerrte.

»Pe… Petja … Geh hinein, geh hinein, sie ruft nach dir …« Und wie ein Kind aufschluchzend, ging er hastig mit kleinen Schritten auf seinen schwach gewordenen Beinen auf einen Stuhl zu, fiel beinah auf ihn nieder und bedeckte sein Gesicht mit den Händen.

Auf einmal lief gleichsam ein elektrischer Strom durch Nataschas ganzes Wesen. Eine Art von furchtbarem, schmerzhaftem Schlag traf ihr Herz. Sie empfand einen entsetzlichen Schmerz; es war ihr, als wäre in ihrem Innern etwas von ihr losgerissen und als sei sie dem Tod nahe. Aber gleich nach diesem Schmerz fühlte sie eine Befreiung von dem Verbot zu leben, das auf ihr gelastet hatte. Als sie den Vater sah und durch die Tür einen schrecklichen, lauten Schrei der Mutter hörte, hatte sie augenblicklich sich und ihren Gram vergessen.

Sie lief auf den Vater zu; der aber winkte ihr matt mit der Hand ab und wies auf die Tür der Mutter. Prinzessin Marja, blaß, mit zitternder Kinnlade, kam aus der Tür, ergriff Natascha bei der Hand und sagte etwas zu ihr. Natascha sah sie nicht und hörte sie nicht. Mit schnellen Schritten trat sie in die Tür, blieb, wie im Kampf mit sich selbst, einen Augenblick stehen und lief dann zu ihrer Mutter hin.

Die Gräfin lag in seltsamer, unbequemer Haltung ausgestreckt auf einem Lehnstuhl und schlug mit dem Kopf gegen die Wand. Sonja und die Stubenmädchen hielten sie an den Armen.

»Ruft Natascha, ruft Natascha!« schrie die Gräfin. »Es ist nicht wahr, es ist nicht wahr … Er lügt … Ruft Natascha!« schrie sie und stieß die Umstehenden von sich. »Geht alle fort, es ist nicht wahr! Er soll tot sein? Hahaha …! Es ist nicht wahr!«

Natascha kniete sich mit dem einen Bein auf den Lehnstuhl, beugte sich über die Mutter, umarmte sie, hob sie mit überraschender Kraft in die Höhe, drehte das Gesicht der Mutter zu sich hin und schmiegte sich an sie.

»Mamachen …! Täubchen …! Hier bin ich, du Liebe, Gute. Mamachen …«, flüsterte sie ihr zu, ohne auch nur eine Sekunde lang zu schweigen.

Sie ließ die Mutter nicht los, rang zärtlich mit ihr, forderte Kissen und Wasser und knöpfte und riß ihr das Kleid auf.

»Du Liebe, Gute, Täubchen … Liebstes Mamachen …«, flüsterte sie unaufhörlich, küßte ihr den Kopf, die Hände, das Gesicht und fühlte, wie ihr selbst die Tränen stromweise aus den Augen liefen und sie an Nase und Wangen kitzelten.

Die Gräfin drückte die Hand der Tochter, schloß die Augen und wurde für einen Augenblick ruhig. Plötzlich aber erhob sie sich mit einer Schnelligkeit, die ihr sonst nicht eigen war, sah verstört um sich, und als sie Natascha erblickte, begann sie aus Leibeskräften deren Kopf zusammenzudrücken. Dann wandte sie Nataschas Gesicht, das sich vor Schmerz in Falten verzogen hatte, zu sich und blickte lange hinein.

»Natascha, du hast mich lieb«, sagte sie in leisem, zutraulichem Flüsterton. »Natascha, du wirst mich nicht täuschen? Du wirst mir die ganze Wahrheit sagen?«

Natascha sah sie mit Augen, die in Tränen schwammen, an, und auf ihrem Gesicht lag nur eine Bitte um Verzeihung und um Liebe.

»Mamachen, du Liebe, Gute«, sagte sie noch einmal und strengte alle Kraft ihrer Liebe an, um nach Möglichkeit das Übermaß des Kummers, der die Mutter erdrückte, dieser abzunehmen und es auf die eigenen Schultern zu laden.

Aber die Mutter, die es durchaus nicht für möglich halten wollte, daß sie selbst lebe, während ihr geliebter, blühender Junge tot sei, rettete sich aus der Wirklichkeit, mit der sie in hoffnungslosem Kampf rang, wieder in die Welt des Irrsinns.

Natascha hatte später keine Erinnerung dafür, wie dieser Tag und diese Nacht und der folgende Tag und die folgende Nacht vergangen waren. Sie schlief nicht und wich ihrer Mutter nicht von der Seite. Nataschas beharrliche, geduldige Liebe hielt gleichsam die Gräfin ununterbrochen fest umschlungen, nicht in dem Sinn, als ob sie sie zu belehren oder zu trösten versuchte, sondern als wollte sie sie auffordern, zum Leben zurückzukehren.

In der dritten Nacht beruhigte sich die Gräfin für ein Weilchen, und Natascha schloß die Augen, stützte den Arm auf die Lehne des Sessels, auf dem sie saß, und legte den Kopf in die Hand. Das Bett knarrte; Natascha öffnete die Augen. Die Gräfin saß aufrecht auf dem Bett und sprach leise vor sich hin.

»Wie freue ich mich, daß du gekommen bist, lieber Sohn. Du wirst müde sein; möchtest du Tee?« Natascha trat zu ihr. »Du bist hübscher und männlicher geworden«, fuhr die Gräfin fort und ergriff die Tochter bei der Hand.

»Mamachen, was sprechen Sie da!«

»Natascha, er lebt nicht mehr, er lebt nicht mehr.«

Die Gräfin umarmte ihre Tochter und begann zum erstenmal zu weinen.

III

Prinzessin Marja hatte ihre Abreise aufgeschoben. Sonja und der Graf versuchten, Natascha abzulösen; aber dies war ihnen nicht möglich. Sie sahen, daß Natascha die einzige war, die die Mutter vor wahnsinniger Verzweiflung zu bewahren vermochte. Drei Wochen lang wohnte Natascha mit ihrer Mutter zusammen, ohne sie je zu verlassen; sie schlief auf einem Lehnstuhl im Zimmer der Mutter, gab ihr zu trinken und zu essen und redete fortwährend mit ihr; sie redete, weil schon allein der zärtliche, liebkosende Klang ihrer Stimme für die Gräfin etwas Beruhigendes hatte.

Die seelische Wunde der Mutter konnte nicht heilen. Petjas Tod hatte ihr die Hälfte ihrer Lebenskraft geraubt. Als sie die Nachricht von Petjas Tod empfangen hatte, war sie eine frische, rüstige Fünfzigerin gewesen; einen Monat darauf trat sie aus ihrem Zimmer als eine fast abgestorbene Greisin, die am Leben keinen Anteil mehr nahm. Aber durch dieselbe

Wunde, die der Gräfin die halbe Lebenskraft entrissen hatte, durch diese neue Wunde war Natascha wieder zum Leben erweckt worden.

Mit einer seelischen Wunde, die von einer Verletzung sozusagen des geistigen Leibes herrührt, ist es dieselbe Sache wie mit einer körperlichen Wunde. So sonderbar es auch scheinen mag: Nachdem die Wunde gleichsam in der Tiefe der Seele zu bluten aufgehört hat und ihre Ränder sich geschlossen haben, heilt sie, wie eine körperliche, allein durch die von innen hervordrängende Lebenskraft.

Ebenso heilte Nataschas Wunde. Sie hatte gemeint, ihr Leben sei abgeschlossen. Aber plötzlich zeigte ihr die Liebe zur Mutter, daß der Kern ihres Lebens, die Liebe, in ihr noch lebendig war. Die Liebe war wieder erwacht und mit ihr auch das Leben.

Die letzten Tage des Fürsten Andrei hatten um Natascha und Prinzessin Marja ein Band geschlungen. Das neue Unglück brachte sie einander noch näher. Prinzessin Marja hatte ihre Abreise aufgeschoben und in den letzten drei Wochen Natascha wie ein krankes Kind gewartet und gepflegt. Die letzten Wochen, welche Natascha im Zimmer der Mutter verbracht hatte, hatten ihre physischen Kräfte arg mitgenommen.

Eines Tages bemerkte Prinzessin Marja um die Mittagszeit, daß Natascha in einem Fieberschauer zitterte; sie nahm sie mit sich auf ihr Zimmer und veranlaßte sie, sich dort auf ihr Bett zu legen. Natascha legte sich auch hin; aber als Prinzessin Marja die Vorhänge heruntergelassen hatte und nun hinausgehen wollte, rief Natascha sie zu sich heran.

»Ich mag nicht schlafen, Marja; setz dich doch ein Weilchen zu mir.«

»Du bist müde; versuche nur zu schlafen.«

»Nein, nein. Warum hast du mich hierhergebracht? Sie wird nach mir fragen.«

»Es geht ihr ja doch bedeutend besser. Sie hat heute so lieb und gut gesprochen«, sagte Prinzessin Marja.

Natascha lag auf dem Bett und betrachtete in dem Halbdunkel des Zimmers das Gesicht der Prinzessin.

»Hat sie Ähnlichkeit mit ihm?« dachte Natascha. »Ja, sie hat mit ihm Ähnlichkeit und auch wieder nicht. Aber sie ist ein besonderes, fremdes, ganz neuartiges, mir unbekanntes Wesen. Und sie hat mich gern. Wie mag es nur in ihrem Herzen aussehen? In ihrem Herzen wohnt gewiß nur Gutes. Aber wie mag sie über mich denken? Wie mag sie mich beurteilen? Ja, sie ist ein herrliches Wesen!«

»Marja«, sagte sie schüchtern und zog deren Hand zu sich heran. »Marja, halte mich nicht für schlecht. Nein? Marja, Täubchen! Wie lieb ich dich habe! Wir wollen gute Freundinnen sein, recht gute Freundinnen.«

Und Natascha umarmte Prinzessin Marja und bedeckte ihre Hände und ihr Gesicht mit Küssen. Prinzessin Marja fühlte sich durch diesen Gefühlsausbruch Nataschas beschämt und beglückt.

Von diesem Tag an bildete sich zwischen Prinzessin Marja und Natascha jene leidenschaftliche, zärtliche Freundschaft heraus, wie sie nur zwischen Frauen vorkommt. Sie küßten sich fortwährend, wechselten zärtliche Worte miteinander und verbrachten die meiste Zeit zusammen. Ging die eine hinaus, so wurde die andere unruhig und beeilte sich, sich ihr wieder zuzugesellen. Sie befanden sich beide untereinander in größerem Einklang als jede einzelne mit sich selbst. Das Gefühl, das zwischen ihnen bestand, war stärker als bloße Freundschaft; eine jede von ihnen fühlte geradezu, daß sie eigentlich nur bei Anwesenheit der andern wahrhaft leben könne.

Manchmal schwiegen sie ganze Stunden lang; manchmal begannen sie, wenn sie schon in den Betten lagen, noch miteinander zu reden und redeten so bis zum Morgen. Sie sprachen größtenteils von der fernen Vergangenheit. Prinzessin Marja erzählte von ihrer Kindheit, von ihrer Mutter, ihrem Vater, von ihrer Gedankenwelt; und Natascha, die sich früher mit ruhiger Verständnislosigkeit von diesem Leben der Ergebung und Demut und von der Poesie christlicher Selbstverleugnung abgewandt hatte, lernte jetzt, wo sie sich durch das Band der Liebe mit Prinzessin Marja verknüpft fühlte, auch die Vergangenheit der Prinzessin Marja lieben und diese ihr vorher unverständliche Seite des Lebens verstehen. Sie beabsichtigte nicht, Demut und Selbstverleugnung ihrem eigenen Charakter beizugesellen, da sie andere Freuden zu suchen gewohnt war; aber sie begriff und liebte nun an andern diese ihr bisher unverständliche Tugend. Und auch der Prinzessin Marja erschloß sich, wenn sie Nataschas Erzählungen von ihrer Kindheit und ersten Mädchenzeit anhörte, eine ihr bisher unverständliche Seite des Lebens, der Glaube an das Leben und an den Genuß des Lebens.

Wie früher sprachen sie auch jetzt nie von »ihm«; sie hatten die Vorstellung, daß sie durch Worte sich an der Erhabenheit des Gefühls, das in ihren Herzen lebte, versündigen würden; aber dieses Schweigen über ihn hatte die Wirkung, daß sie, ohne selbst sich dessen bewußt zu werden, seiner allmählich vergaßen.

Natascha wurde so mager und blaß und ihre Körperkräfte nahmen dermaßen ab, daß alle beständig von ihrer Gesundheit sprachen; und ihr war dies angenehm. Manchmal aber überkam sie plötzlich eine Angst nicht nur vor dem Tod, sondern auch vor Krankheit, Schwäche, Verlust ihrer Schönheit, und unwillkürlich betrachtete sie dann aufmerksam ihren nackten Arm und erschrak über seine Magerkeit, oder sie musterte morgens im Spiegel ihr langgezogenes und, wie es ihr vorkam, mitleiderweckendes Gesicht. Sie hatte die Vorstellung, das müsse so sein, war aber doch traurig darüber.

Einmal ging sie schnell die Treppe hinauf und kam dabei stark außer Atem. Sofort ersann sie sich noch eine Verrichtung unten und lief dann von dort noch einmal nach oben, um ihre Kraft auf die Probe zu stellen und sich zu beobachten.

Ein andermal rief sie nach Dunjascha, und ihre Stimme kam dabei ins Zittern. Sie rief sie noch einmal, obgleich sie schon ihre Schritte hörte, und zwar mit dem Brustton, mit dem sie sang, und horchte, was er für einen Klang habe.

Sie wußte es nicht und hätte es nicht geglaubt: aber durch die Schlammschicht, die ihre Seele bedeckte und ihr undurchdringlich schien, kamen schon von unten dünne, zarte, junge Grasspitzen hindurch, von denen zu erwarten war, daß sie sich bald fester verwurzeln und mit ihren lebensfrischen Trieben den Kummer, welcher Natascha niederdrückte, so überdecken würden, daß er bald nicht mehr zu sehen und zu merken sein würde. Die Wunde heilte von innen heraus.

Ende Januar reiste Prinzessin Marja nach Moskau, und der Graf bestand darauf, daß Natascha mit ihr fahren sollte, um die dortigen Ärzte zu konsultieren.

IV

Nach dem Zusammenstoß bei Wjasma, wo Kutusow das Verlangen seines Heeres, den Feind zurückzuwerfen, abzuschneiden usw., nicht hatte zügeln können, ging der weitere Marsch der fliehenden Franzosen und der sie verfolgenden Russen ohne Kämpfe vor sich. Die Flucht war so eilig, daß die russische Armee, die die Franzosen verfolgte, ihnen nicht nachkommen konnte und die Pferde der Kavallerie und Artillerie den Dienst versagten und die Nachrichten über die Bewegungen der Franzosen stets unzuverlässig waren.

Die Mannschaften des russischen Heeres waren durch dieses ununterbrochene Marschieren, täglich vierzig Werst, so erschöpft, daß sie nicht schneller vorwärts konnten.

Um den Grad der Erschöpfung der russischen Armee zu begreifen, braucht man sich nur die Bedeutung der Tatsache klarzumachen, daß die russische Armee, die aus Tarutino in einer Stärke von hunderttausend Mann ausgerückt war und an Verwundeten und Gefallenen während des ganzen Marsches von Tarutino nicht mehr als fünftausend Mann, an Gefangenen nicht hundert verloren hatte, in Krasnoje nur noch fünfzigtausend Mann stark anlangte.

Der schnelle Marsch der Russen hinter den Franzosen her wirkte auf die russische Armee genau ebenso aufreibend wie die Flucht auf die Franzosen. Der Unterschied war nur der, daß die russische Armee nach ihrem eigenen Willen marschierte, ohne daß sie das Verderben zu fürchten gehabt hätte, wie es als drohende Wolke über der französischen Armee hing, und darin, daß die zurückbleibenden Maroden bei den Franzosen in die Hände des Feindes fielen, während die zurückbleibenden Russen in ihrer Heimat waren. Die Hauptursache für die Verringerung des napoleonischen Heeres war die Schnelligkeit des Marsches, und als zweifelloser Beweis dafür dient die entsprechende Verringerung der russischen Truppen.

Kutusows ganze Tätigkeit war, wie dies auch bei Tarutino und Wjasma der Fall gewesen war, nur darauf gerichtet, soweit es in seiner Macht stand, diese für die Franzosen unheilvolle Bewegung nicht zu hemmen (wie es die Herrschaften in Petersburg und die russischen Generale bei der Armee wollten), sondern sie zu fördern und die Bewegung der eigenen Truppen zu erleichtern.

Seit sich aber bei den Truppen eine starke Erschöpfung fühlbar machte und die gewaltigen Menschenverluste eintraten, die eine Folge des schnellen Marschierens waren, hatte Kutusow außer dem oben angegebenen Grund noch einen zweiten, der ihn veranlaßte, die Bewegungen der Truppen zu verlangsamen und abzuwarten. Der Zweck der russischen Truppen war die Verfolgung der Franzosen. Der Weg, den die Franzosen einschlugen, war unbekannt; je näher auf den Fersen daher unsere Truppen den Franzosen folgten, eine um so größere Strekke hatten sie zurückzulegen. Nur wenn sie in einiger Entfernung folgten, war es möglich, durch Benutzung des kürzesten Weges die Franzosen abzuschneiden. Alle die kunstvollen Manöver, die die Generale in Vorschlag brachten, liefen auf Truppenverschiebungen und Vergrößerung der Märsche hinaus, während doch das einzig vernünftige Ziel darin bestand, diese Märsche zu verkleinern. Und auf dieses Ziel war während des ganzen Feldzuges von Moskau bis Wilna Kutusows Tätigkeit gerichtet, nicht etwa nur gelegentlich und zeitweilig, sondern mit solcher Konsequenz, daß er es auch nicht ein einziges Mal aus den Augen verlor.

Kutusow wußte nicht mit dem Verstand oder durch die Wissenschaft, sondern er wußte und fühlte mit seinem ganzen russischen Wesen, was jeder russische Soldat fühlte: daß die Franzosen besiegt waren, daß die Feinde flohen und daß man sie hinausbegleiten mußte; zugleich aber fühlte er in vollem Einklang mit den Soldaten die ganze drückende Last dieses hinsichtlich der Schnelligkeit und der Jahreszeit unerhörten Marsches.

Aber die Generale, namentlich die nichtrussischen, die den Wunsch hatten sich auszuzeichnen, irgend jemanden in Erstaunen zu versetzen, zu irgendeinem Zweck irgendeinen Herzog oder König gefangenzunehmen, diese Generale waren jetzt, wo doch jeder Kampf widerlich und sinnlos war, der Ansicht, gerade jetzt sei die richtige Zeit, um eine Schlacht zu liefern und irgend jemanden zu besiegen. Kutusow zuckte nur die Achseln, wenn sie ihm einer nach dem andern allerlei Projekte zu Manövern mit diesen schlecht beschuhten, der Pelze entbehrenden, halb verhungerten Soldaten vorlegten, die in einem Monat ohne Schlachten auf die Hälfte zusammengeschmolzen waren und mit denen man, selbst wenn sich die weitere Verfolgung unter den günstigsten Umständen vollzog, bis zur Grenze noch eine weitere Strecke zu durchmessen hatte als die bisher zurückgelegte.

Ganz besonders trat dieses Streben, sich auszuzeichnen und zu manövrieren, zurückzuwerfen und abzuschneiden, dann hervor, wenn die russischen Truppen auf die der Franzosen stießen.

So war dies bei Krasnoje der Fall, wo man eine der drei französischen Kolonnen zu finden erwartet hatte und auf Napoleon selbst mit dem ganzen Heer stieß. Trotz aller Mittel, die Kutusow anwandte, um diesem verderblichen Zusammenstoß auszuweichen und seine Truppen zu schonen, kam es doch zu einer drei Tage dauernden Bekämpfung der aufgelösten Scharen der Franzosen durch die erschöpften Soldaten der russischen Armee.

Toll hatte eine schriftliche Disposition verfaßt: »Die erste Kolonne marschiert usw.« Und wie immer verlief nichts der Disposition gemäß. Prinz Eugen von Württemberg beschoß die vorbeilaufenden Scharen der Franzosen von einem Berg aus und forderte Verstärkungen, die er aber nicht erhielt. Die Franzosen flüchteten in den Nächten um die Russen herum, zerstreuten sich, verbargen sich in den Wäldern und arbeiteten sich, ein jeder so gut er konnte, weiter vorwärts.

Miloradowitsch, der geäußert hatte, von den ökonomischen Angelegenheiten seiner Abteilung wolle er nichts wissen, er, der niemals zu finden war, wenn man ihn brauchte, der Ritter ohne Furcht und Tadel, wie er sich selbst gern nannte, ein Freund von Unterhandlungen mit den Franzosen, schickte Parlamentäre, forderte zur Ergebung auf; verlor die Zeit und tat nicht, was ihm befohlen war.

»Ich schenke euch diese Kolonne, Kinder«, sagte er, indem er an seine Truppen heranritt und den Kavalleristen die Franzosen zeigte.

Und die Kavalleristen ritten auf ihren Pferden, die sich kaum bewegen konnten und die sie mit den Sporen und Säbeln antreiben mußten, im Trab mühsam zu der ihnen geschenkten Kolonne, d. h. zu einem Haufen halb erfrorener, halb verhungerter Franzosen, hin, und die geschenkte Kolonne streckte die Waffen und ergab sich, was sie schon längst gewollt hatte.

Bei Krasnoje wurden sechsundzwanzigtausend Mann gefangengenommen und Hunderte von Geschützen erbeutet sowie auch ein Stock, den man einen Marschallstab nannte, und man stritt darüber, wer sich dabei besonders ausgezeichnet habe, und war mit dem Resultat zufrieden; nur bedauerte man sehr, daß man nicht Napoleon oder wenigstens einen Helden zweiten Ranges, einen Marschall, gefangengenommen hatte, und machte sich deswegen gegenseitig Vorwürfe; ganz besonders aber richteten sich die Vorwürfe gegen Kutusow.

Diese Leute, die sich von ihren Leidenschaften bestimmen ließen, waren nur blinde Vollstrecker des so traurigen Gesetzes der Notwendigkeit; aber sie hielten sich für Helden und meinten, das, was sie ausgeführt hatten, sei die würdigste, edelste Tat. Sie beschuldigten Kutusow und sagten, er habe sie gleich vom Beginn des Feldzuges an dann gehindert, Napoleon zu besiegen; er sei nur auf die Befriedigung seiner Leidenschaften bedacht und habe nicht aus Polotnjanyje Sawody weggehen wollen, weil er sich dort behaglich gefühlt habe; er habe bei Krasnoje den Marsch gehemmt, weil er auf die Kunde von Napoleons Anwesenheit vollständig den Kopf verloren gehabt habe; man könne vermuten, daß er sich im Einverständnis mit Napoleon befinde, von ihm gekauft sei*, usw. usw.

Und nicht genug, daß die Zeitgenossen, von ihren Leidenschaften hingerissen, so sprachen, auch die Nachwelt und die Geschichte haben Napoleon einen »großen Mann« genannt; Kutusow aber haben die Ausländer als einen schlauen, ausschweifenden, schwächlichen, höfisch gesinnten alten Mann bezeichnet, die Russen als einen wankelmütigen, unentschlossenen Menschen, als eine Art Strohmann, der nur durch seinen russischen Namen nützlich gewirkt habe.

V

In den Jahren 1812 und 1813 beschuldigte man Kutusow geradezu, grobe Fehler begangen zu haben. Der Kaiser war mit ihm unzufrieden. Und in einem Geschichtswerk, das unlängst auf allerhöchsten Befehl verfaßt worden ist, wird gesagt, Kutusow sei ein schlauer, höfischer Lügner gewe-

* Vgl. Wilsons Aufzeichnungen. Anmerkung des Verfassers.

sen, der vor dem Namen Napoleon Angst gehabt und durch seine Fehler bei Krasnoje und an der Beresina die russischen Truppen des Ruhmes einer völligen Besiegung der Franzosen beraubt habe.*

Das ist das Schicksal nicht der »großen Männer« von der Art, wie sie der russische Verstand nicht anerkennt, sondern das Schicksal jener seltenen, immer einsam dastehenden Männer, die, den Willen der Vorsehung erkennend, ihm ihren eigenen, persönlichen Willen unterordnen. Haß und Geringschätzung seitens der Menge sind die Strafe dieser Männer dafür, daß sie für die höchsten Gesetze Verständnis gehabt haben.

Für die russischen Geschichtsschreiber (es ist sonderbar und schrecklich zu sagen) ist Napoleon, dieses nichtigste aller Werkzeuge der Geschichte, dieser Mann, der nie und nirgends, nicht einmal in der Verbannung etwas von Menschenwürde hat blicken lassen, Napoleon ist für sie ein Gegenstand des Entzückens und der Begeisterung; er ist »ein großer Mann«. Kutusow dagegen, der vom Anfang bis zum Ende seiner Tätigkeit im Jahre 1812, von Borodino bis Wilna, kein einziges Mal, durch keine Handlung und kein Wort sich selbst untreu wurde, der ein in der Geschichte seltenes Beispiel von Selbstverleugnung und von der Fähigkeit, in der Gegenwart die zukünftige Bedeutung eines Ereignisses zu erkennen, bietet, Kutusow wird von ihnen als ein unschlüssiger, kläglicher Mensch geschildert, und wenn sie von Kutusow und dem Jahr 1812 reden, so klingt es immer, als schämten sie sich ein bißchen.

Und doch ist es schwer, eine historische Persönlichkeit zu finden, deren Tätigkeit mit solcher Unwandelbarkeit beständig auf dasselbe Ziel gerichtet gewesen wäre. Es ist schwer, ein würdigeres und in höherem Grad mit dem Willen der ganzen Nation im Einklang befindliches Ziel zu ersinnen. Noch schwerer ist es, in der Geschichte ein zweites Beispiel zu finden, wo das Ziel, das sich eine historische Persönlichkeit gesetzt hat, in einer so vollkommenen Weise erreicht worden wäre wie das Ziel, auf dessen Erreichung die gesamte Tätigkeit Kutusows im Jahre 1812 gerichtet war.

Kutusow sprach nie von vierzig Jahrhunderten, die von den Pyramiden herabsähen, von den Opfern, die er dem Vaterland bringe, von dem, was er zu vollbringen beabsichtige oder schon vollbracht habe; er sprach überhaupt nicht über sich, er schauspielerte nicht, er erschien stets als ein ganz einfacher, gewöhnlicher Mensch und redete die einfachsten, gewöhnlichsten Dinge. Er schrieb Briefe an seine Töchter und

* Vgl. in Bogdanowitschs Geschichte des Jahres 1812 die Charakteristik Kutusows und die Erörterung über die unbefriedigenden Resultate der Kämpfe bei Krasnoje. Anmerkung des Verfassers.

an Madame Stahl, las Romane, liebte die Gesellschaft schöner Frauen, scherzte mit den Generalen, den Offizieren und Soldaten und widersprach niemals denen, die ihm etwas beweisen wollten. Als Graf Rastoptschin auf der Jauski-Brücke zu Kutusow herangefahren kam und ihm den persönlichen Vorwurf machte, er sei an dem Untergang Moskaus schuld, und sagte: »Sie haben ja doch versprochen, Moskau nicht preiszugeben, ohne eine Schlacht geliefert zu haben!«, da antwortete Kutusow: »Ich werde auch Moskau nicht ohne Schlacht preisgeben«, obwohl Moskau bereits preisgegeben war. Als Araktschejew im Auftrag des Kaisers zu ihm kam und sagte, man müsse Jermolow zum Befehlshaber der Artillerie ernennen, antwortete Kutusow: »Das habe ich selbst soeben gesagt«, obgleich er einen Augenblick vorher etwas ganz anderes gesagt hatte. Was machte er sich daraus, er, der inmitten der verständnislosen ihn umgebenden Menge der einzige war, der damals die ganze gewaltige Bedeutung jenes Ereignisses begriff, was machte er sich daraus, ob Graf Rastoptschin das Unglück der Hauptstadt sich selbst oder ihm zur Last legte? Und noch weniger interessierte es ihn, wer zum Befehlshaber der Artillerie ernannt wurde.

Dieser alte Mann war durch die Erfahrung seines Lebens zu der Überzeugung gelangt, daß nicht Gedanken und die zu ihrem Ausdruck dienenden Worte es sind, wodurch die Menschen in Bewegung gesetzt werden, und so sprach er denn nicht nur in den oben genannten Fällen, sondern fortwährend ganz sinnlose Worte, die ersten besten, die ihm einfielen.

Aber dieser selbe Mann, der mit seinen Worten so lässig umging, hat während seiner ganzen Tätigkeit kein einziges Mal ein Wort gesagt, das nicht mit jenem einzigen Ziel in Übereinstimmung gewesen wäre, nach dessen Erreichung im ganzen Verlauf des Krieges sein Streben ging. Mit sichtlichem Widerstreben, mit der schmerzlichen Überzeugung, daß man ihn doch nicht verstehen werde, sprach er wiederholentlich unter den verschiedensten Umständen seinen Gedanken aus. Um mit der Schlacht bei Borodino zu beginnen, mit welcher seine Mißhelligkeiten mit seiner Umgebung ihren Anfang nahmen, so war er der einzige, welcher sagte, die Schlacht bei Borodino sei ein Sieg; und dies hat er sowohl mündlich als auch in seinen Rapporten und Berichten bis an sein Lebensende wiederholt. Er war der einzige, welcher sagte, der Verlust Moskaus sei nicht der Verlust Rußlands. Auf Lauristons Friedensanerbietungen antwortete er, ein Friede sei unmöglich; so denke das ganze Volk. Er allein sagte während des Rückzuges der Franzosen, alle unsere Manöver seien unnötig; alles mache sich ganz von selbst besser, als wir es nur wünschen könnten; man müsse dem Feind eine goldene

Brücke bauen; weder die Schlacht bei Tarutino noch die bei Wjasma noch die bei Krasnoje sei nötig gewesen; man müsse noch Truppen haben, wenn man an die Grenze komme; für zehn Franzosen gebe er noch keinen einzigen Russen hin.

Und er allein, dieser Höfling, wie man ihn uns darstellt, er, der angeblich Araktschejew belog, in der Absieht, dem Kaiser zu gefallen, er allein, dieser Höfling, sagte in Wilna, obgleich er sich dadurch die Ungnade des Kaisers zuzog, eine weitere Kriegführung im Ausland sei nutzlos und schädlich.

Aber seine Aussprüche allein würden nicht beweisen, daß er damals die Bedeutung des Ereignisses erfaßte. Seine Taten, alle ohne die geringste Abweichung, sind sämtlich auf ein und dasselbe dreifache Ziel gerichtet: erstens, alle seine Kräfte zum Zweck eines Zusammenstoßes mit den Franzosen anzuspannen; zweitens, sie zu besiegen, und drittens, sie aus Rußland zu vertreiben, unter möglichster Erleichterung der Leiden des Volkes und des Heeres.

Er, dieser Zauderer Kutusow, dessen Devise Geduld und Zeit war, der Feind alles entschiedenen Handelns, er lieferte die Schlacht bei Borodino, nachdem er die Vorbereitungen zu ihr mit einer beispiellosen Feierlichkeit ausgestattet hatte. Er, dieser Kutusow, der bei der Schlacht bei Austerlitz vor dem Beginn derselben sagte, sie werde verloren werden, er behauptete bei Borodino, trotzdem die Generale versicherten, die Schlacht sei verloren, und obwohl man nie von einem Beispiel dafür gehört hat, daß ein Heer sich nach einer gewonnenen Schlacht hätte zurückziehen müssen, er allein behauptete im Gegensatz zu allen bis zu seinem Lebensende, die Schlacht bei Borodino sei ein Sieg. Er allein bestand während des ganzen Rückzuges der Franzosen darauf, keine Schlachten zu liefern, da sie nun nutzlos seien, und keinen neuen Krieg zu beginnen und die Grenzen Rußlands nicht zu überschreiten.

Die Bedeutung jenes Ereignisses zu verstehen ist heutzutage (wenn man nur nicht der Tätigkeit der Massen Ziele unterschiebt, die nur in den Köpfen von etwa einem Dutzend Menschen existierten) eine leichte Sache, da das ganze Ereignis mit seinen Folgen klar vor uns liegt.

Aber auf welche Weise vermochte es damals dieser alte Mann, allein, im Widerspruch zu der Meinung aller, die Bedeutung der bei diesem Ereignis sich äußernden nationalen Idee mit solcher Sicherheit zu erkennen, daß er dieser Idee auch nicht ein einziges Mal während seiner ganzen Tätigkeit untreu wurde?

Die Quelle dieser ungewöhnlichen Einsicht in den Sinn dessen, was sich da vollzog, lag in jenem nationalen Empfinden, das er in seiner ganzen Reinheit und Kraft in sich trug.

Nur durch die Erkenntnis, daß dieses Empfinden in Kutusow lebendig war, wurde das Volk veranlaßt, auf so seltsame Weise den in Ungnade gefallenen alten Mann gegen den Willen des Zaren zum Repräsentanten des Nationalkrieges zu erwählen. Und nur dieses Empfinden war es, was ihn auf jene höchste Höhe des Menschentums stellte, von der herab er als Oberkommandierender alle seine Kräfte nicht darauf richtete, Menschen zu töten und zu vernichten, sondern sie zu retten und zu schonen.

Diese schlichte, bescheidene und darum wahrhaft majestätische Gestalt ließ sich nicht in jene lügenhafte Form eines europäischen Heros, eines vermeintlichen Lenkers der Menschen bringen, in jene Form, die die Geschichtsschreibung ersonnen hat.

Für einen Lakaien kann es keinen wahrhaft großen Mann geben, weil ein Lakai seinen eigenen Begriff von Größe hat.

VI

Der 5. November war der erste Tag der sogenannten Schlacht bei Krasnoje. Am Spätnachmittag, als schon (nach vielen Streitigkeiten und Fehlern der Generale, die nicht an ihre Bestimmungsorte gelangt waren, und nachdem Adjutanten mit Gegenbefehlen hierhin und dorthin geschickt waren) klar geworden war, daß der Feind überall floh und eine Schlacht nicht stattfinden könne und nicht stattfinden werde, ritt Kutusow von Krasnoje nach Dobroje, wohin an diesem Tag das Hauptquartier verlegt war.

Es war ein heller Frosttag. Kutusow ritt mit einer großen Suite von Generalen, die mit ihm unzufrieden waren und hinter seinem Rücken zischelten, auf seinem wohlgenährten Schimmelchen nach Dobroje. Auf dem ganzen Weg drängten sich Gruppen von Franzosen, die an diesem Tag gefangengenommen waren, um die Wachfeuer, um sich zu wärmen; es waren ihrer an diesem Tag siebentausend eingebracht worden. Nicht weit von Dobroje stand am Weg neben einer langen Reihe französischer Geschütze ohne Bespannung ein gewaltiger Haufe Gefangener in lärmendem Gespräch, alle in abgerissener Kleidung und mit Verbänden und Vermummungen, die sie sich aus dem, was ihnen zur Hand gewesen war, hergestellt hatten. Bei der Annäherung des Oberkommandierenden verstummte das Gespräch, und alle Augen richteten sich auf Kutusow, der in seiner weißen Mütze mit rotem Besatz und in seinem wattierten Mantel, der über seinen gewölbten Schultern einen großen Buckel bildete, langsam auf dem Weg hinritt. Einer der Generale berichtete ihm, wo die Geschütze erbeutet und die französischen Soldaten gefangengenommen seien.

Kutusow schien von ernsten Gedanken in Anspruch genommen zu sein und hörte nicht auf das, was der General sagte. Unzufrieden kniff er die Augen zusammen und betrachtete aufmerksam und unverwandt die Gestalten der Gefangenen, die einen besonders kläglichen Anblick boten. Großenteils waren die französischen Soldaten durch erfrorene Nasen und Backen entstellt; fast alle hatten rote, geschwollene, eiternde Augen.

Ein Häufchen Franzosen stand dicht an der Landstraße, und zwei von ihnen (das Gesicht des einen war ganz mit Beulen und Schorfkrusten bedeckt) zerrissen mit den Händen ein Stück rohes Fleisch. Es lag etwas Schreckliches, Tierisches in dem huschenden Blick, den sie nach den Vorbeireitenden hinwarfen, und in dem grimmigen Ausdruck, mit dem der Soldat mit den Schorfkrusten Kutusow ansah; aber er wandte sich sofort wieder ab und setzte seine Tätigkeit fort.

Kutusow sah diese beiden französischen Soldaten lange aufmerksam an; er runzelte die Stirn, kniff die Augen noch mehr zusammen und wiegte nachdenklich den Kopf hin und her. An einer andern Stelle bemerkte er einen russischen Soldaten, der lachend einem Franzosen auf die Schulter klopfte und freundlich zu ihm redete. Kutusow wiegte wieder mit demselben Ausdruck den Kopf.

»Was sagst du?« fragte er den General, der immer noch in seiner Meldung fortfuhr und die Aufmerksamkeit des Oberkommandierenden auf die erbeuteten französischen Feldzeichen lenken wollte, die vor der Front des Preobraschenski-Regimentes standen.

»Ah, die Feldzeichen!« sagte Kutusow, der sich augenscheinlich nur mit Mühe von dem Gegenstand losriß, der seine Gedanken beschäftigte.

Zerstreut blickte er um sich. Tausende von Augen schauten von allen Seiten auf ihn hin; alles war gespannt, was er nun sagen werde.

Vor dem Preobraschenski-Regiment hielt er an, stieß einen schweren Seufzer aus und schloß die Augen. Einer der Herren aus der Suite gab den Soldaten, die die Feldzeichen hielten, einen Wink, sie möchten nähertreten und die Feldzeichen mit den Schäften rings um den Oberkommandierenden aufstellen. Kutusow schwieg einige Sekunden; dann fügte er sich offenbar ungern dem Zwang, den ihm seine Stellung auferlegte, hob den Kopf in die Höhe und begann zu reden. Scharen von Offizieren umringten ihn. Er ließ einen aufmerksamen Blick über den Kreis der Offiziere hingleiten, von denen er eine Anzahl erkannte.

»Ich danke euch allen!« sagte er, sich zu den Soldaten und dann wieder zu den Offizieren wendend. In der Stille, die um ihn herum herrschte, waren seine langsam gesprochenen Worte deutlich zu hören. »Ich danke euch allen für eure schweren, treuen Dienste. Der Sieg ist ein vollständiger, und Rußland wird euch nicht vergessen. Ihr habt euch ewigen Ruhm erworben!«

Er schwieg eine Weile und blickte um sich.

»Beuge, beuge ihm den Kopf«, sagte er zu einem Soldaten, der einen französischen Adler hielt und ihn zufällig vor der Fahne der Preobraschenzen senkte. »Tiefer, tiefer, jawohl, so! Hurra, Kinder!« rief er, zu den Soldaten gewendet, mit einer schnellen Bewegung des Kinnes.

»Hurra-ra-ra!« brüllten Tausende von Stimmen.

Während die Soldaten schrien, krümmte sich Kutusow auf dem Sattel zusammen, beugte den Kopf herunter, und sein einziges Auge leuchtete in einem milden, anscheinend etwas spöttischen Glanz.

»Ich will euch was sagen, Brüder«, begann er von neuem, als das Geschrei verstummt war.

Seine Stimme und seine Miene hatten sich plötzlich verändert: Jetzt sprach nicht mehr der Oberkommandierende, sondern es redete ein schlichter, alter Mann, der jetzt seinen Kameraden offenbar etwas sehr Notwendiges mitzuteilen wünschte.

In der Schar der Offiziere und in den Reihen der Soldaten ging eine Bewegung vor, um deutlicher zu hören, was er jetzt sagen werde.

»Ich will euch was sagen, Brüder. Ich weiß, ihr habt es jetzt schwer; aber was ist zu machen! Habt nur Geduld; es dauert ja nicht mehr lange. Wenn wir unsere Gäste werden hinausbegleitet haben, dann können wir uns erholen. Der Zar wird euch eure Dienste nicht vergessen. Ihr habt es schwer; aber ihr seid doch wenigstens in der Heimat; diese jedoch … seht, wie weit es mit ihnen gekommen ist!« sagte er, auf die Gefangenen weisend. »Sie sind elender als die elendesten Bettler! Solange sie stark und mächtig waren, haben wir alle Kraft darangesetzt, um sie zu besiegen; aber jetzt können wir mit ihnen Mitleid haben und sie schonen. Sie sind ja doch auch Menschen. Nicht wahr, Kinder?«

Er schaute rings um sich, und als er in allen Blicken, die unverwandt mit respektvoller Verwunderung auf ihn gerichtet waren, Zustimmung zu seinen Worten las, da leuchtete auf dem Gesicht des alten Mannes immer heller und heller ein mildes Lächeln auf, bei dem sich sternförmige Runzeln um die Mundwinkel und um die Augen bildeten. Er schwieg ein Weilchen und senkte den Kopf, wie wenn er unentschlossen wäre, ob er noch mehr sagen solle. Plötzlich fügte er, den Kopf in die Höhe hebend, hinzu:

»Aber auch das möchte ich noch sagen: Wer hat sie geheißen, zu uns kommen? Es geschieht ihnen ganz recht; jagt sie …« Hier am Schluß bediente er sich einer recht unanständigen, volkstümlichen Redewendung.

Und die Peitsche schwingend, sprengte er im Galopp, zum erstenmal im ganzen Feldzug, fort von den fröhlich lachenden, Hurra! rufenden Soldaten, die nun ihre Reihen auflösten.

Die Worte, die Kutusow gesprochen hatte, waren von den Truppen kaum verstanden worden. Es wäre wohl niemand imstande gewesen, den Inhalt der zuerst feierlichen und gegen den Schluß gutmütig altväterischen Ansprache des Feldmarschalls wiederzugeben; aber es war nicht nur der herzliche Sinn dieser Ansprache verstanden worden, sondern dasselbe Gefühl erhabener Feierlichkeit im Verein mit einer mitleidigen Gesinnung gegen die Feinde und dem Bewußtsein, sich im Recht zu befinden, dasselbe Gefühl, das in dem altväterischen, gutmütigen Schimpfwort, und zwar gerade in diesem, seinen Ausdruck gefunden hatte, dieses selbe Gefühl lag auch in der Seele eines jeden Soldaten und äußerte sich durch ein Freudengeschrei, das lange nicht verstummen wollte. Als dann einer der Generale sich an den Oberkommandierenden mit der Frage wandte, ob er den Wagen befehle, brach Kutusow, im Begriff zu antworten, unerwartet in Schluchzen aus: Er befand sich offenbar in starker Erregung.

VII

Am 8. November, dem letzten Tag der Kämpfe bei Krasnoje, brach schon das Abenddunkel herein, als die Truppen an den Ort kamen, wo sie übernachten sollten. Der ganze Tag war still und kalt gewesen, mit leichtem Schneefall; zum Abend klärte es sich nun auf. Durch die Schneeflöckchen hindurch wurde der blauschwarze Sternenhimmel sichtbar, und die Kälte nahm zu.

Ein Musketierregiment, das in einer Stärke von dreitausend Mann aus Tarutino ausmarschiert war, kam jetzt, nur noch neunhundert Mann stark, als eines der ersten an dem für das Nachtlager in Aussicht genommenen Ort an, in einem Dorf an der großen Heerstraße. Die Quartiermeister, die das Regiment empfingen, erklärten, alle Bauernhäuser seien voll von kranken und toten Franzosen, von Kavalleristen und hohen Offizieren. Nur ein einziges Häuschen sei für den Regimentskommandeur vorhanden.

Der Regimentskommandeur ritt zu seinem Quartier hin. Das Regiment zog durch das Dorf hindurch und stellte bei den äußersten Häusern an der Heerstraße die Gewehre zusammen.

Wie ein großes Ameisenvolk machte sich das Regiment an die Arbeit, das Nachtlager und die Abendmahlzeit herzurichten. Ein Teil der Soldaten zerstreute sich, bis an die Knie im Schnee, in einem rechts vom Dorf gelegenen Birkenwald, und sogleich erscholl im Wald der Klang der Beile und Seitengewehre, das Krachen zerbrochener Äste und fröhliche Stimmen. Ein anderer Teil war rings um den Mittelpunkt des Biwaks, den die Fuhrwerke des Regiments und die in einem Haufen zusammenstehenden Pferde bildeten, eifrig damit beschäftigt, die Kessel und den Zwieback hervorzuholen und den Pferden Futter zu geben. Ein dritter Teil hatte sich im Dorf verteilt, richtete Quartiere für die höheren Offiziere ein, trug die in den Häusern liegenden Leichen von Franzosen hinaus und schleppte Bretter, trockenes Holz und Dachstroh weg, um Wachfeuer anzuzünden, und Flechtwerk von Zäunen, um daraus Schutzwände herzustellen.

Etwa fünfzehn Soldaten rüttelten am Rand des Dorfes, außerhalb des Bereiches der Häuser, mit fröhlichem Geschrei an der hohen geflochtenen Wand einer Scheune, von der bereits das Dach abgenommen war.

»Na nun, jetzt, alle mit einemmal, legt euch dagegen!« riefen mehrere Stimmen, und in der Dunkelheit der Nacht schwankte die große, mit Schnee bestäubte, geflochtene Wand mit frostigem Knistern hin und her. Immer häufiger knackten die unteren Pfosten, und endlich stürzte die Wand mitsamt den Soldaten, die sich dagegengestemmt hatten, zu Boden. Es erscholl ein lautes, derb fröhliches Schreien und Lachen.

»Nun zu zweien anfassen! Reicht mal einen Hebebaum her! So ist's recht! Wo willst du denn da hin?«

»Nun also, alle zusammen ... Wartet mal, Kinder ...! Mit Gesang.«

Alle schwiegen, und eine mäßig starke, samtartige, angenehme Stimme stimmte ein Lied an. Am Ende der dritten Strophe, gleichzeitig mit dem Ausklingen des letzten Tones, schrien zwanzig Stimmen zusammen: »Uuuu! Sie rührt sich! Alle zusammen! Immer kräftig zufassen, Kinder ...!« Aber trotz der gemeinsamen Anstrengungen bewegte sich die Wand nur wenig vom Fleck, und in dem Stillschweigen, das nun eintrat, hörte man schweres Keuchen.

»Heda, ihr von der sechsten Kompanie! Ihr Kerle! Ihr Racker! Helft uns mal ... Wir tun euch auch schon mal wieder einen Gefallen.«

Etwa zwanzig Mann von der sechsten Kompanie, die gerade in das Dorf gingen, vereinigten sich mit denen, die die Wand fortzuschleppen suchten; und die zehn Meter lange und zwei Meter breite Wand bewegte sich, indem sie sich krumm zog und den keuchenden Soldaten die Schultern zerdrückte und zerschnitt, auf der Dorfstraße vorwärts.

»So geh doch zu, vorwärts ...! Fällt der Kerl hin, na so was ...! Was bleibst du denn stehen, du ...« Lustige, derbe Schimpfworte erschollen unaufhörlich.

»Was fällt euch denn ein?« rief auf einmal jemand, der auf die Träger zugelaufen kam, im Ton des Vorgesetzten. »Dadrin sind die Herren, der General selbst ist im Haus, und ihr verfluchten Kerle macht hier mit euren Schimpfereien solchen Spektakel. Na wartet, ich will euch lehren!« schrie der Feldwebel, und ausholend versetzte er dem erstbesten Soldaten, den er vor sich hatte, einen Schlag in den Rücken. »Könnt ihr euch denn nicht ruhig verhalten?«

Die Soldaten verstummten. Der Soldat, den der Feldwebel geschlagen hatte, wischte sich hustend das Gesicht, das bei dem Stoß gegen die geflochtene Wand ganz blutig geworden war.

»Na, dieser Satan, gleich so zu hauen! Die ganze Fresse hat er mir blutig gemacht«, sagte der Soldat schüchtern, als der Feldwebel weggegangen war.

»Das schmeckt dir wohl nicht?« spöttelte ein andrer, und ihre Stimmen dämpfend gingen die Soldaten weiter.

Sobald sie aus dem Dorf hinaus waren, redeten sie wieder ebenso laut wie vorher und spickten ihre Gespräche wieder mit denselben zwecklosen Schimpfworten.

In dem Bauernhaus, an dem die Soldaten vorbeigekommen waren, hatten sich die höheren Offiziere versammelt, und es war beim Tee ein lebhaftes Gespräch über den vergangenen Tag und über die für den nächsten Tag in Aussicht genommenen Manöver im Gange. Es bestand die Absicht, einen Flankenmarsch nach links zu machen, den Vizekönig abzuschneiden und gefangenzunehmen.

Als die Soldaten die Wand nach ihrem Lagerplatz hingeschleppt hatten, brannten schon auf verschiedenen Seiten die Kochfeuer. Das Holz knisterte, der Schnee schmolz, und die dunklen Schatten der Soldaten huschten in dem ganzen Raum, den das Biwak einnahm, auf dem niedergetretenen Schnee hierhin und dorthin.

Beile und Seitengewehre waren überall an der Arbeit. Alles geschah ohne jeden Befehl. Es wurde Holz als Vorrat für die Nacht herangeschleppt; Reisighütten wurden für die Offiziere gebaut; in den Kesseln kochte das Abendessen; Gewehre und Munition wurden in Ordnung gebracht.

Die geflochtene Wand, die die achte Kompanie herangeschleppt hatte, wurde auf der Nordseite halbkreisförmig aufgestellt und mit Stangen gestützt; vor ihr wurde ein Feuer angezündet. Der Zapfenstreich erklang, die Soldaten wurden durchgezählt, aßen zu Abend und lagerten sich zur Nachtruhe um ihre Feuer. Manche besserten ihr Schuhzeug aus, andere rauchten ihre Pfeife, wieder andere entkleideten sich vollständig und brühten sich die Läuse aus.

VIII

Man könnte glauben, unter diesen schlimmen, beinah undenkbar schlimmen Verhältnissen, in denen sich damals die russischen Soldaten befanden, ohne warmes Schuhzeug, ohne Pelze, ohne Dach über dem Kopf, im Schnee bei achtzehn Grad Kälte, sogar ohne das erforderliche Quantum Proviant, da dieser nicht immer der Armee nachkommen konnte, man könnte glauben, die Soldaten hätten das traurigste, kläglichste Schauspiel bieten müssen.

Aber im Gegenteil: Niemals, selbst unter den besten materiellen Verhältnissen nicht, hatte das Heer einen fröhlicheren, muntereren Eindruck gemacht. Dies kam daher, daß jeder Tag aus dem Heer alles ausschied, was schlaff oder schwach zu werden anfing. Alles, was körperlich oder seelisch schwach war, war schon längst zurückgeblieben; zur Stelle waren nur die tüchtigsten Elemente des Heeres, die kräftigsten an Geist und Körper.

Bei der achten Kompanie, die sich die schöne Schutzwand errichtet hatte, hatten sich besonders viel Leute gesammelt. Auch zwei Feldwebel hatten sich zu ihnen gesetzt, und ihr Wachfeuer brannte heller als die andern. Für das Recht, im Schutz der geflochtenen Wand zu sitzen, forderten sie eine Beisteuer an Holz.

»Sieh da, Makjejew, wo kommst du denn her …« (Hier folgte ein arges Schimpfwort.) »Hattest du dich verkrümelt, oder hatten dich die Wölfe gefressen? Hol mal Holz!« rief ein Soldat mit rotem Gesicht und rotem Haar, der vor dem Rauch die Augen zukniff und blinzelte, aber trotzdem nicht vom Feuer wich. »Na, oder geh du, Krähe, und hol Holz!« wandte er sich an einen andern Soldaten. Der Rote war nicht Unteroffizier, nicht einmal Gefreiter; aber er war ein kräftiger Mensch, und daher kommandierte er diejenigen, die schwächer waren als er. Der zuletzt Angeredete, ein magerer, kleiner Soldat, mit spitzer, kleiner Nase, den sie Krähe nannten, stand gehorsam auf und war im Begriff fortzugehen, um den Auftrag auszuführen; aber in diesem Augenblick trat in den Lichtkreis des Wachfeuers die schlanke, schöne Gestalt eines jungen Soldaten, der eine Last Holz trug.

»Gib her. Das ist ja schön!«

Das Holz wurde zerkleinert und auf Glut gelegt; dann bliesen die Soldaten mit dem Mund hinein und wehten mit den Schößen der Mäntel, bis die Flamme zu zischen und zu knistern anfing. Sich heransetzend, zündeten sie ihre Pfeifen an. Der junge, schöne Soldat, der das Holz gebracht hatte, stemmte die Arme in die Seiten und begann hurtig und behende, mit seinen frierenden Beinen auf dem Fleck umherzutanzen.

»Ach, wenn ich so als Musketier im schönen, kalten Tau marschier«, sang er dazu, und es klang, als ob er bei jeder Silbe des Liedes das Schlukken hätte.

»He, du! Die Sohlen fliegen dir weg!« rief der Rote, da er bemerkte, daß dem Tänzer an dem einen Stiefel die Sohle herabhing. »Ja, das Tanzen ruiniert die Stiefel.«

Der Tänzer hielt inne, riß die herunterbaumelnde Sohle ab und warf sie ins Feuer.

»Da hast du recht, Bruder«, sagte er, setzte sich hin, holte aus dem Tornister ein Stück blaues französisches Tuch hervor und wickelte es sich um den Fuß. »Ganz steifgefroren waren mir die Beine«, fügte er hinzu und streckte die Beine zum Feuer hin.

»Wir werden bald neue Stiefel geliefert bekommen. Es heißt, wenn wir die Feinde alle totgeschlagen haben, bekommen wir jeder zwei Paar.«

»Nun seh einer an, der Hundesohn, der Petrow, ist auch zurückgeblieben«, sagte der Feldwebel der Kompanie.

»Ich habe es ihm schon lange angemerkt«, äußerte ein andrer Soldat.

»Freilich, so ein elendes Menschchen …«

»In der dritten Kompanie, heißt es, haben gestern beim Appell neun Mann gefehlt.«

»Na, sag selbst, wenn du dir die Füße erfroren hast, wie willst du dann gehen?«

»Ach was, redet nicht dummes Zeug!« sagte der Feldwebel.

»Du hast wohl auch Lust, zurückzubleiben?« sagte ein alter Soldat vorwurfsvoll zu demjenigen, der darauf hingedeutet hatte, daß er sich die Füße erfroren habe.

»Was denkst du denn eigentlich?« sagte auf einmal, sich hinter dem Wachfeuer aufrichtend, mit weinerlicher, zitternder Stimme der Soldat mit der spitzen Nase, der Krähe genannt wurde. »Wer von vornherein voll und kräftig war, der wird dabei mager, und wer von vornherein mager war, der stirbt. So zum Beispiel ich. Ich kann nicht mehr«, sagte er plötzlich in entschlossenem Ton, sich an den Feldwebel wendend. »Ordne an, daß ich ins Lazarett komme; ich habe schreckliches Gliederreißen; sonst muß ich eben auch zurückbleiben …«

»Na, es wird schon gehen, es wird schon gehen«, erwiderte der Feldwebel ruhig. Der kleine Soldat schwieg, und das Gespräch nahm seinen Fortgang.

»Heute sind doch eine solche Menge gefangene Franzosen eingebracht worden; aber Stiefel hatte, man kann geradezu sagen, kein einziger ordentliche an, kaum etwas, was den Namen Stiefel verdient«, begann einer der Soldaten ein neues Thema.

»Die Kosaken haben ihnen allen die Stiefel ausgezogen. Heute räumten die Kosaken für ihren Oberst ein Bauernhaus auf und trugen die toten Franzosen hinaus. Es war ein Jammer, das anzusehen, Kinder«, erzählte der Tänzer. »Sie raubten die Leichen aus; da lebte einer noch, ihr könnt mir's glauben, und redete etwas in seiner Sprache.«

»Aber ein sauberes Volk ist es, Kinder«, sagte der erste wieder. »Weiß wie Birkenrinde; und tapfere Leute sind es, das muß man sagen, vornehme Leute.«

»Na ja, was meinst du? Bei denen werden sie aus allen Ständen zum Militär genommen.«

»Aber sie verstehen gar nichts von unserer Sprache«, sagte der Tänzer mit verwundertem Lächeln. »Ich sagte zu einem: ›Aus welchem Land bist du?‹ Aber er redete etwas auf seine Art. Ein schnurriges Volk!«

»Wißt ihr, das ist doch ganz wunderbar, Brüder«, fuhr der fort, der sich über die weiße Hautfarbe der Feinde gewundert hatte, »da haben mir die Bauern bei Moschaisk gesagt, als sie angefangen hätten, die Toten wegzuräumen, da, wo die Schlacht gewesen ist, also da sagten sie: ›Denk dir bloß‹, sagten sie, ›da hatten ihre Toten nun einen ganzen Monat lang gelegen. Und doch‹, sagten sie, ›waren ihre Toten wie Papier so weiß und sauber und rochen nicht ein bißchen.‹«

»Woher kam das? Wohl von der Kälte?« fragte einer.

»Ja, du bist ein Schlauer! Von der Kälte! Damals war es ja doch heiß. Wenn es von der Kälte käme, dann würden unsere Leute doch ebensowenig verfault sein. ›Aber‹, sagten sie, ›wenn man zu einem von Unsern kam, da war er ganz verwest und voller Würmer. Wir haben sie‹, sagten sie, ›in Tücher geschlagen, uns mit dem Gesicht abgewendet und sie so weggezogen: Es war nicht zum Aushalten. Aber ihre‹, sagten sie, ›waren wie Papier so weiß und rochen nicht ein bißchen.‹«

Alle schwiegen eine kleine Weile.

»Das kommt gewiß von der Nahrung«, sagte der Feldwebel. »Die haben Herrenkost gefressen.«

Niemand erwiderte etwas darauf.

»Und dann erzählten mir noch diese Bauern bei Moschaisk, wo die Schlacht gewesen ist, es wären die Bauern von zehn Dörfern zusammengetrieben worden, und zwanzig Tage lang wären sie gefahren und hätten doch nicht alle Leichen zusammenbekommen. ›Na, und die Wölfe!‹ sagten sie.

»Ja, das war eine wirkliche Schlacht«, sagte der alte Soldat. »Das ist etwas, woran man lange denken kann. Aber alles, was nachher gekommen ist, war bloß unnütze Quälerei für die Mannschaften.«

»Das ist richtig, Onkelchen. Vorgestern liefen wir auf sie los. Denk mal, sie ließen uns gar nicht erst herankommen. Flink warfen sie die Gewehre weg und fielen auf die Knie. ›Pardon!‹ riefen sie. Und das ist nur so ein einzelnes Beispiel. Platow, so wird erzählt, hat den Polion selbst zweimal gefangengenommen. Aber er kannte das Zauberwort nicht. Er hatte ihn schon gefangen und hielt ihn in den Händen, da verwandelte er sich in einen Vogel und flog davon; weg war er. Und ihn zu töten ist auch keine Möglichkeit.«

»Ja, im Schwindeln bist du stark, Kiselew. Ich staune immer über dich.«

»Wieso im Schwindeln? Es ist die reine Wahrheit.«

»Wenn ich's auf meine Art machen könnte, ich würde ihn, sowie ich ihn gefangen hätte, in die Erde eingraben, und dann an den Galgen. Was hat der für viele Menschen zugrunde gerichtet!«

»Jedenfalls werden wir ein Ende machen; er soll nicht davonkommen«, sagte der alte Soldat gähnend.

Das Gespräch verstummte; die meisten legten sich zur Ruhe.

»Nein, die Sterne, diese Unmenge! Sieh nur, die Weiber haben die Leinwand ausgelegt«, sagte ein Soldat, die Milchstraße betrachtend.

»O Gott, o Gott!«

»Das bedeutet ein fruchtbares Jahr, Kinder.«

»Wir werden noch Holz brauchen.«

»Den Rücken wärmt man sich, und der Bauch erfriert einem. Wunderlich!«

»Was stößt du denn? Ist denn das Feuer für dich allein da? Was? Seh bloß einer, wie der Mensch sich hingeflätzt hat.«

Bei dem nun eingetretenen Stillschweigen hörte man das Schnarchen einiger Schläfer; die andern drehten sich so und so herum und wärmten sich, nur selten ein paar Worte miteinander wechselnd. Von einem etwa hundert Schritte entfernten Wachfeuer tönte vielstimmiges, heiteres Lachen herüber.

»Hört mal, wie fidel sie in der fünften Kompanie sind«, sagte ein Soldat. »Und was für eine Menge Menschen da ist!«

Ein Soldat stand auf und ging zur fünften Kompanie hin.

»Das gibt's was zu lachen«, sagte er, als er zurückkam. »Es haben sich da zwei Franzosen eingefunden. Der eine ist ganz erfroren; aber der andre ist ein forscher Kerl; es ist zum Erstaunen. Er singt Lieder.«

»Oh, da wollen wir hin und es uns ansehen.«

Mehrere Soldaten begaben sich zur fünften Kompanie.

IX

Die fünfte Kompanie hatte ihren Platz unmittelbar am Wald. Ein gewaltiges Wachfeuer brannte hell mitten im Schnee und beleuchtete die vom Reif beschwerten Zweige der Bäume.

Um Mitternacht hörten die Soldaten der fünften Kompanie im Wald Schritte im Schnee und das Knacken von Zweigen.

»Kinder, ein Bär«, sagte einer der Soldaten.

Alle hoben die Köpfe in die Höhe und horchten, und aus dem Wald traten in den hellen Lichtkreis des Wachfeuers zwei seltsam gekleidete menschliche Gestalten, die sich aneinander festhielten.

Es waren zwei Franzosen, die sich im Wald versteckt gehalten hatten. Sie traten an das Wachfeuer heran und sagten mit heiserer Stimme etwas in einer den Soldaten unverständlichen Sprache. Der eine war von hohem Wuchs, trug eine Offiziersmütze und schien ganz entkräftet zu sein. Als er an das Wachfeuer herangekommen war, wollte er sich hinsetzen, fiel aber auf die Erde. Der andere, ein kleiner, stämmiger Gemeiner, der sich ein Tuch um die Backen gebunden hatte, war kräftiger. Er hob seinen Kameraden auf, zeigte auf seinen eigenen Mund und sagte etwas dabei. Die Soldaten umringten die Franzosen, legten dem Kranken einen Mantel unter und brachten beiden Grütze und Schnaps.

Der entkräftete französische Offizier war Ramballe, der andre mit dem Tuch um den Kopf sein Bursche Morel.

Als Morel Schnaps getrunken und einen Kessel voll Grütze gegessen hatte, wurde er plötzlich von einer krankhaften Lustigkeit ergriffen und begann zu den Soldaten, die ihn nicht verstanden, ohne Unterbrechung zu reden. Ramballe lehnte das Essen ab, lag schweigend auf den Ellbogen gestützt am Feuer und blickte ohne jedes Zeichen von Teilnahme mit seinen geröteten Augen auf die russischen Soldaten. Ab und zu ließ er ein gedehntes Stöhnen vernehmen und schwieg dann wieder. Morel zeigte auf die Schultern seines Gefährten und suchte den Soldaten deutlich zu machen, daß das ein Offizier sei und daß er der Erwärmung bedürfe. Ein russischer Offizier, der zu dem Wachfeuer trat, schickte zu dem Obersten und ließ fragen, ob er vielleicht einen französischen Offizier zu sich ins Haus nehmen wolle, damit dieser sich erwärme; und als der Abgeschickte zurückkehrte und meldete, der Oberst habe befohlen, den Offizier hinzubringen, forderte der russische Offizier den kranken Ramballe auf, hinzugehen. Dieser stand auf und wollte gehen; aber er schwankte und wäre gefallen, wenn ihn nicht ein danebenstehender Soldat gestützt hätte.

»Nun? Du tust es wohl auch nicht wieder?« sagte ein Soldat zu Ramballe mit spöttischem Augenzwinkern.

»Ach, du Schafskopf! Was redest du da für unpassendes Zeug! So ein Bauer, der richtige Bauer!« So erschollen von vielen Seiten die Vorwürfe gegen den Soldaten, der sich die Spöttelei erlaubt hatte.

Die Soldaten umringten Ramballe; zwei von ihnen bildeten aus ihren Armen einen Sitz, auf den er gehoben wurde, und trugen ihn nach dem Bauernhaus. Ramballe schlang seine Arme um die Hälse der Soldaten und sagte, während sie ihn trugen, in kläglichem Ton auf französisch:

»O ihr tapferen Soldaten, o meine guten, guten Freunde! Ihr seid noch Menschen! O ihr tapferen Soldaten, ihr meine guten Freunde!« Und er lehnte sich wie ein Kind gegen die Schulter des einen Soldaten.

Unterdessen saß Morel, von den Soldaten umringt, auf dem besten Platz.

Morel, der kleine, stämmige Franzose mit entzündeten, tränenden Augen, hatte sich nicht nur nach Weiberart ein Tuch über die Uniformmütze gebunden, sondern trug auch einen schlechten Weiberpelz. Er war augenscheinlich etwas betrunken, umarmte den neben ihm sitzenden Soldaten und sang mit heiserer, abgebrochener Stimme ein französisches Lied. Die Soldaten sahen ihn an und hielten sich die Seiten vor Lachen.

»Na zu, na zu, bring es mir auch bei, ja? Ich werde es schnell lernen. Ja?« sagte der spaßlustige Sänger, welchen Morel umarmte.

»Vive Henri quatre. Vive ce roi vaillant!« sang Morel und zwinkerte mit dem einen Auge. »Ce diable à quatre …«

»Wiwarikà! Wif ceruwaru! Cidjablakà …«, wiederholte der Soldat, den Arm schwenkend, und hatte wirklich die Melodie erfaßt.

»Sieh mal, wie geschickt! Ho-ho-ho-ho-ho!« erscholl von vielen Seiten ein derbes, fröhliches Lachen.

Morel runzelte zwar die Stirn, lachte aber gleichfalls.

»Na, vorwärts, noch mehr, noch mehr!«

»Qui eut le triple talent
De boire, de battre
Et d'être an vert galant.«

»Das klang auch sehr schön. Na, nun du, Saletajew!«

»Kü …«, brachte Saletajew mühsam heraus. »Kü-ü-ü …«, begann er, die Silbe dehnend und mit Anstrengung den Mund breit ziehend, »letriptala de bu de ba i detrawagala«, sang er.

»Ei, vorzüglich! Du bist ja der reine Franzose, das muß man sagen! Hoho-ho-ho …! Na, wie ist's? Möchtest du noch essen?«

»Gib ihm nur noch Grütze; der hat einen solchen Hunger gehabt, daß er so bald nicht satt wird.«

Es wurde ihm nochmals Grütze gereicht, und lachend machte sich Morel an den dritten Kessel voll. Ein vergnügtes Lächeln lag auf den Gesichtern aller jungen Soldaten, die Morel anblickten. Die alten Soldaten, die es für unpassend hielten, sich mit solchen Torheiten abzugeben, lagen auf der andern Seite des Wachfeuers, richteten sich aber auch manchmal auf den Ellbogen auf und sahen lächelnd zu Morel hin.

»Sie sind auch Menschen«, sagte einer von ihnen und wickelte sich in seinen Mantel. »Auch der Wermut hat seine Wurzel, auf der er wächst.«

»O Gott, o Gott, wie sternenklar! Zum Erstaunen! Das gibt Kälte …«

Alles wurde still. Als wüßten sie, daß sie jetzt niemand sah, trieben die Sterne am dunklen Himmel ihre Spiele. Bald hell aufflammend, bald trüber werdend, bald zusammenzuckend, führten sie geschäftig miteinander flüsternde Gespräche über irgend etwas Freudiges, aber Geheimnisvolles.

X

Die französischen Truppen schmolzen gleichmäßig in mathematisch regelmäßiger Progression zusammen. Und jener Übergang über die Beresina, über den so viel geschrieben worden ist, war nur eine der Zwischenstufen in der Vernichtung des französischen Heeres und keineswegs die entscheidende Katastrophe des Feldzuges. Wenn über die Beresina so viel geschrieben worden ist und noch geschrieben wird, so kam das von seiten der Franzosen nur daher, daß auf den eingestürzten Beresinabrücken die bis dahin über einen größeren Zeitraum verteilten Leiden, die die französische Armee auszuhalten hatte, sich plötzlich in einen Moment zusammendrängten zu einem tragischen Schauspiel, das allen im Gedächtnis blieb. Von seiten der Russen aber ist über die Beresina nur deshalb so viel geredet und geschrieben worden, weil in weiter Entfernung vom Kriegsschauplatz, in Petersburg, ein Plan ausgearbeitet war, und zwar von Pfuel, Napoleon an der Beresina in einer strategischen Falle zu fangen. Jedermann war überzeugt, daß alles sich in Wirklichkeit genau so abspielen werde, wie es im Plan stand, und daher behauptete man nachher hartnäkkig, daß gerade der Übergang über die Beresina den Untergang der Franzosen herbeigeführt habe. In Wirklichkeit aber waren die Folgen des Überganges über die Beresina für die Franzosen hinsichtlich des Verlustes an Geschützen und Gefangenen weit weniger unheilvoll als die Kämpfe bei Krasnoje, wie das die Zahlen beweisen.

Die einzige Bedeutung des Überganges über die Beresina besteht darin, daß dieser Übergang in augenfälliger und zweifelloser Weise die Unrichtigkeit aller Abschneidungspläne und die Richtigkeit des einzig möglichen, sowohl von Kutusow als auch von sämtlichen Truppen (von der Masse) geforderten Verfahrens bewies: nämlich dem Feind lediglich zu folgen. Der Haufe der Franzosen lief mit stets wachsender Geschwindigkeit vorwärts und wandte alle seine Energie auf die Erreichung dieses Zieles. Er lief wie ein verwundetes Wild, und es war ihm unmöglich, auf seinem Weg haltzumachen. Das bewies nicht sowohl die Einrichtung des Überganges wie der Zug über die Brücken. Als die Brücken eingestürzt waren, da liefen massenhaft Soldaten, nachdem sie ihre Waffen weggeworfen hatten, sowie was sich an Einwohnern von Moskau und Frauen mit Kindern in dem Zug der Franzosen befand, alle unter der Einwirkung des Beharrungsvermögens, statt sich zu ergeben, vorwärts, in die Kähne und in das eiskalte Wasser.

Dieses Streben war ganz vernünftig. Die Lage der Fliehenden und der Verfolger war gleich übel. Blieb man nun bei den Seinigen, so hoffte ein jeder in der Not auf die Hilfe eines Kameraden und hatte unter den Seinigen einen bestimmten Platz, der ihm gehörte. Ergab sich aber jemand den Russen, so befand er sich in derselben kümmerlichen Lage, stellte sich aber auf eine niedrigere Stufe, wenn es bei der Befriedigung der Lebensbedürfnisse mit anderen teilen hieß. Hatten auch die Franzosen keine zuverlässigen Nachrichten darüber, daß die Hälfte der Gefangenen, mit denen die Russen nichts anzufangen wußten, trotz alles guten Willens derselben, sie zu retten, vor Kälte und Hunger umgekommen war, so ahnten sie doch, daß es sicher so sei. Die mitleidigsten, franzosenfreundlichsten russischen Kommandeure und die in russischen Diensten stehenden Franzosen konnten nichts für die Gefangenen tun. Die Not, in der sich das russische Heer selbst befand, war die Ursache, weshalb die Franzosen zugrunde gingen. Es ging doch nicht an, den hungrigen, frierenden Soldaten, die man notwendig brauchte, Brot und Kleidung wegzunehmen, um sie den Franzosen zu geben, die einem zwar keinen Schaden taten, nicht gehaßt wurden und keine Schuld trugen, aber einfach überflüssig waren. Manche taten selbst dies; aber das war eben nur eine Ausnahme.

Hinter ihnen war der sichere Untergang; vor ihnen winkte noch Hoffnung. Die Schiffe waren verbrannt; es gab keine andere Rettung als durch gemeinsame Flucht; und so waren denn auf diese gemeinsame Flucht alle Kräfte der Franzosen gerichtet.

Je weiter die Franzosen flohen, je kläglicher die Reste ihres Heeres wurden, namentlich nach dem Übergang über die Beresina, auf den man an gewissen russischen Stellen infolge des Petersburger Planes besondere Hoffnungen gesetzt hatte, um so heftiger entbrannten die Leidenschaften der russischen Kommandeure, die sich untereinander und namentlich den Oberkommandierenden Kutusow beschuldigten. Da sie annahmen, daß das Mißlingen des Petersburger Beresinaplanes ihm zur Last gelegt werde, so brachten sie es immer deutlicher zum Ausdruck, wie unzufrieden sie mit ihm waren und wie gering sie ihn schätzten, und machten sich immer unverhohlener über ihn lustig. Dies äußerte sich selbstverständlich in respektvoller Form, in einer Form, bei der Kutusow nicht einmal fragen konnte, wessen man ihn eigentlich beschuldigte und warum. Sie sprachen nicht ernst mit ihm; wenn sie ihm eine Meldung erstatteten und seine Entscheidung einholten, so machten sie eine Miene, als ob sie eine traurige Zeremonie erfüllten; hinter seinem Rücken aber blinzelten sie einander zu und suchten ihn auf Schritt und Tritt zu täuschen.

Alle diese Leute betrachteten es, eben deswegen, weil sie ihn nicht verstehen konnten, als eine ausgemachte Sache, daß mit dem Alten nicht zu reden sei, daß er niemals die ganze Gedankentiefe ihrer Pläne begreifen werde, daß er ihnen immer nur seine Phrasen (denn sie hielten es nur für Phrasen) zur Antwort geben werde: von der goldenen Brücke und daß man nicht mit einem Haufen von Landstreichern über die Grenze ziehen dürfe usw. All das hatten sie schon von ihm zu hören bekommen. Und alles, was er sagte, zum Beispiel, daß man auf den Proviant warten müsse, daß die Mannschaften keine Stiefel hätten, das alles klang so gewöhnlich, alles dagegen, was sie selbst vorschlugen, war so kunstvoll und verständig, daß es für sie keinem Zweifel unterlag, daß er ein alter Dummkopf, sie aber geniale Heerführer waren, die leider der Befehlsgewalt entbehrten.

Besonders nachdem die Armee Wittgensteins, dieses hochangesehenen Admirals, des »Helden von Petersburg«, dazugestoßen war, erreichten diese Stimmung und das Geklatsch der Generalstäbler den höchsten Grad. Kutusow sah dies alles, zuckte aber nur seufzend die Achseln. Nur einmal nach dem Übergang über die Beresina wurde er ärgerlich und schrieb an Bennigsen, der an den Kaiser einen separaten Bericht eingesandt hatte, folgenden Brief:

»Aus Anlaß Ihrer Krankheitsanfälle wollen Eure Hohe Exzellenz sogleich nach Empfang dieses Schreibens sich nach Kaluga begeben und dort die weiteren Befehle und Bestimmungen Seiner Kaiserlichen Majestät abwarten.«

Aber gleich nach Bennigsens Beseitigung kam zur Armee der Großfürst Konstantin Pawlowitsch, der schon den Anfang des Feldzuges mitgemacht hatte und damals auf Kutusows Veranlassung die Armee hatte verlassen müssen. Als der Großfürst jetzt wieder bei der Armee erschien, machte er dem Oberkommandierenden Kutusow Mitteilung davon, daß der Kaiser mit den geringen Erfolgen unserer Waffen und der Langsamkeit der Bewegungen unzufrieden sei; der Kaiser beabsichtige, in den nächsten Tagen persönlich zur Armee zu kommen.

Der alte Mann, der im Hofleben ebensoviel Erfahrung besaß wie im Kriegsleben, dieser Kutusow, der im August desselben Jahres gegen den Willen des Kaisers zum Oberkommandierenden gewählt worden war, er, der den Großfürsten-Thronfolger von der Armee entfernt hatte, er, der kraft seiner Befehlsgewalt im Gegensatz zu dem Willen des Kaisers die Preisgabe Moskaus angeordnet hatte, dieser Kutusow erkannte jetzt sofort, daß seine Zeit um sei, daß er seine Rolle ausgespielt habe und daß er diese vermeintliche Befehlsgewalt nicht mehr besitze. Und nicht nur aus den Verhältnissen bei Hof erkannte er das. Er sah außerdem, daß die kriegerische Aktion, bei der er seine Rolle gespielt hatte, beendet war, und fühlte, daß er seinen Auftrag erfüllt habe. Und ferner empfand er gerade in dieser selben Zeit in seinem alten Körper eine große physische Müdigkeit und das dringende Bedürfnis physischer Erholung.

XI

Am 29. November zog Kutusow in Wilna ein, in sein gutes Wilna, wie er es nannte. Zweimal in seinerdienstlichen Laufbahn war er in Wilna Gouverneur gewesen. In dem reichen, unversehrt gebliebenen Wilna fand Kutusow, abgesehen von manchem Komfort, den er schon so lange hatte entbehren müssen, alte Freunde und Erinnerungen. Und sofort warf er alle Sorgen um Krieg und Politik von sich und überließ sich dem gewohnten, gleichmäßigen Leben, soweit die um ihn herum brodelnden Leidenschaften ihm dazu die Ruhe ließen, als ob alles, was jetzt in der Weltgeschichte geschehen war und demnächst geschehen sollte, ihn gar nicht berührte.

Tschitschagow, der so leidenschaftlich wie kaum ein anderer die Forderung erhob, man müsse den Feind abschneiden und zurückwerfen, Tschitschagow, der ursprünglich eine Diversion nach Griechenland, dann eine solche nach Warschau hatte machen wollen, aber schlechterdings nie Lust hatte, dahin zu gehen, wohin zu gehen ihm befohlen wurde, Tschitschagow, der durch die Kühnheit seiner Ausdrucksweise dem Kaiser gegenüber bekannt war, Tschitschagow, der Kutusow dadurch eine Wohltat erwiesen zu haben glaubte, daß er im Jahre 1811, als er abgeschickt war, um ohne Kutusows Vorwissen mit der Türkei Frieden zu schließen, und sich von dem bereits erfolgten Abschluß des Friedens überzeugt hatte, dem Kaiser gegenüber anerkannte, das Verdienst des Friedensschlusses gehöre Kutusow, derselbe Tschitschagow war der erste, der Kutusow in Wilna am Schloß, wo dieser Wohnung nehmen wollte, begrüßte. Tschitschagow, der die Marineinterimsuniform mit dem kurzen Seitengewehr trug und die Mütze unter dem Arm hielt, überreichte Kutusow den Frontrapport und die Stadtschlüssel. Das geringschätzig-respektvolle Verhalten der jüngeren Leute dem kindisch gewordenen Alten gegenüber brachte auch Tschitschagow, der von den gegen Kutusow erhobenen Beschuldigungen bereits Kenntnis erlangt hatte, durch sein ganzes Benehmen im höchsten Grade zum Ausdruck.

Im Gespräch mit Tschitschagow sagte Kutusow zu ihm unter anderm, die ihm bei Borisow vom Feind weggenommenen Equipagen nebst dem Tafelgeschirr seien unversehrt und würden ihm wieder zugestellt werden.

»Sie wollen mir wohl damit sagen, daß ich keine Teller hätte. Ich bin im Gegenteil in der Lage, Ihnen hinreichend Geschirr zur Verfügung zu stellen, selbst wenn Sie große Diners geben wollen«, sagte Tschitschagow auffahrend; da er selbst es stets bei jedem Wort darauf anlegte, seine Überlegenheit zu zeigen, so setzte er bei Kutusow dasselbe voraus.

Kutusow lächelte in seiner feinen, scharfen Art und erwiderte achselzuckend: »Ich meine nur das, was ich sage.«

In Wilna ließ Kutusow dem Willen des Kaisers zuwider den größten Teil der Truppen haltmachen. Wie die Herren aus seiner nächsten Umgebung sagten, führte er während seines Aufenthalts in Wilna ein recht ausschweifendes Leben, so daß seine Körperkräfte sehr abnahmen. Nur ungern befaßte er sich mit den Angelegenheiten des Heeres, überließ alles seinen Generalen und widmete sich, während er den Kaiser erwartete, allerlei Vergnügungen und Zerstreuungen.

Der Kaiser, der mit seiner Suite (dem Grafen Tolstoi, dem Fürsten Wolkonski, Araktschejew und anderen) am 7. Dezember von Petersburg abgereist war, langte am 11. Dezember in Wilna an und fuhr in seinem Reiseschlitten direkt nach dem Schloß. Vor dem Schloß standen trotz der starken Kälte etwa hundert Generale und Stabsoffiziere in voller Paradeuniform und eine Ehrenwache des Semjonower Regiments.

Ein Kurier, der mit einem schweißbedeckten Dreigespann dem Kaiser zum Schloß vorausgejagt war, rief: »Er kommt!« Konownizyn stürzte in den Flur, um es Kutusow zu melden, der in der kleinen Portiersloge wartete.

Einen Augenblick darauf trat die dicke, große Gestalt des Alten, in voller Paradeuniform, die Brust mit all seinen Orden bedeckt, den Bauch mit der Schärpe umspannt, in wiegendem Gang auf die Freitreppe heraus. Kutusow setzte seinen Feldmarschallhut auf, nahm die Handschuhe in die Hand, stieg seitwärts mit Mühe die Stufen hinab und ließ sich unten den zur Überreichung an den Kaiser fertiggestellten Rapport geben.

Ein Rennen, ein Flüstern, noch ein in höchster Eile vorbeifliegendes Dreigespann – und alle Augen richteten sich auf den heranjagenden Schlitten, in welchem man schon die Gestalten des Kaisers und Wolkonskis erkennen konnte.

Alles dies versetzte einer fünfzigjährigen Gewöhnung zufolge den alten General physisch in starke Erregung; besorgt und eilig tastete er an sich herum und rückte seinen Hut zurecht, und in dem Augenblick, als der Kaiser, aus dem Schlitten steigend, die Augen zu ihm aufhob, nahm er eine gerade, straffe Haltung an, überreichte den Rapport und begann in gemessenem, einschmeichelndem Ton zu reden.

Der Kaiser sah Kutusow mit einem schnellen Blick vom Kopf bis zu den Füßen an, machte einen Augenblick lang ein finsteres Gesicht, überwand sich aber sofort, trat auf ihn zu, breitete die Arme aus und umarmte den alten General. Sowohl weil Kutusow von jeher bei solchen Anlässen gerührt zu werden pflegte, als auch weil er diesmal seine stillen Gedanken dabei hatte, wirkte diese Umarmung auf ihn wie gewöhnlich: Er fing an zu schluchzen.

Der Kaiser begrüßte die Offiziere und die Semjonower Ehrenwache und ging, nachdem er dem alten Mann noch einmal die Hand gedrückt hatte, mit ihm ins Schloß hinein.

Als er mit dem Feldmarschall unter vier Augen war, sprach ihm der Kaiser seine Unzufriedenheit mit der Langsamkeit der Verfolgung und mit den bei Krasnoje und an der Beresina von ihm begangenen Fehlern aus und teilte ihm seine Ideen über den bevorstehenden Feldzug im Ausland mit. Kutusow machte weder Einwendungen noch Bemerkungen. Sein Gesicht zeigte dieselbe gedankenlos gehorsame Miene, mit der er sieben Jahre vorher die Befehle des Kaisers auf dem Schlachtfeld von Austerlitz angehört hatte.

Als Kutusow aus dem Zimmer des Kaisers heraustrat und mit seinem schwerfälligen, gleitenden Gang, den Kopf tief gesenkt, durch den Saal ging, veranlaßte ihn eine Stimme stehenzubleiben.

»Euer Durchlaucht«, sagte jemand.

Kutusow hob den Kopf in die Höhe und sah lange dem Grafen Tolstoi in die Augen, der mit einem kleinen Gegenstand auf einer silbernen Schale vor ihm stand. Kutusow schien nicht zu verstehen, was man von ihm wollte.

Auf einmal war es, als ob er zu sich käme; ein ganz leises Lächeln huschte über sein aufgedunsenes Gesicht, und mit einer tiefen, ehrfurchtsvollen Verbeugung nahm er den Gegenstand, der auf der Schale lag. Es war das Georgskreuz erster Klasse.

XII

Am folgenden Tag fand beim Feldmarschall Diner und Ball statt, welche der Kaiser mit seiner Anwesenheit beehrte. Dem Feldmarschall war das Georgskreuz erster Klasse verliehen, und der Kaiser erwies ihm die höchsten Ehren; aber dennoch wußten alle, daß der Kaiser mit ihm unzufrieden war. Der Anstand wurde gewahrt, und der Kaiser gab das erste Beispiel dazu; aber einem jeden war bekannt, daß dem Alten an vielem die Schuld gegeben wurde und daß er zu nichts taugte. Als auf dem Ball Kutusow nach dem alten, aus der Zeit der Kaiserin Katharina stammenden Brauch beim Eintritt des Kaisers in den Ballsaal ihm die erbeuteten Feldzeichen zu Füßen legen ließ, runzelte der Kaiser unfreundlich die Stirn und sprach ein paar Worte vor sich hin, die manche als »Alter Komödiant!« verstanden.

Die Unzufriedenheit des Kaisers mit Kutusow wuchs in Wilna noch namentlich dadurch, daß Kutusow die Bedeutung des bevorstehenden Feldzuges offenbar nicht begreifen wollte oder nicht begreifen konnte.

Als am Vormittag des folgenden Tages der Kaiser zu den bei ihm versammelten Offizieren die Äußerung tat: »Sie haben nicht nur Rußland gerettet, Sie haben Europa gerettet«, da sagten sich bereits alle, daß der Krieg noch nicht beendet war.

Kutusow war der einzige, der das nicht begreifen wollte; er sprach offen seine Meinung dahin aus, ein neuer Krieg könne Rußlands Lage nicht verbessern und seinen Ruhm nicht erhöhen; er könne nur seine Lage verschlechtern und es von der hohen Stufe des Ruhmes herabziehen, auf der es jetzt stehe. Er bemühte sich, dem Kaiser die Unmöglichkeit der Aufbringung neuer Truppen zu beweisen; er sprach von der schwierigen Lage der Bevölkerung, von der Möglichkeit eines Mißerfolges usw.

Bei solcher Denkart erschien der Feldmarschall naturgemäß nur als Hindernis und Hemmschuh für den bevorstehenden Krieg.

Zur Vermeidung von Zusammenstößen mit dem Alten fand sich von selbst ein Ausweg, der darin bestand, daß, wie bei Austerlitz und wie es am Anfang des Feldzuges mit Barclay geschehen war, dem Oberkommandierenden, ohne ihn durch einen Gewaltakt in Aufregung zu versetzen und ohne ihm darüber eine Erklärung zu geben, der Boden der Befehlsgewalt, auf dem er stand, unter den Füßen weggezogen und diese Befehlsgewalt dem Kaiser selbst übertragen wurde.

Zu diesem Zweck wurde der Stab allmählich umgestaltet, die ganze sachliche Bedeutung des Kutusowschen Stabes auf ein Nichts reduziert und auf den Kaiser übertragen. Toll, Konownizyn und Jermolow erhielten andere Stellungen. Alle sagten laut, der Feldmarschall sei recht schwach geworden und seine Gesundheit zerrüttet.

Seine Gesundheit mußte schwach sein, damit man seine Stelle dem geben konnte, der ihn ersetzen sollte. Und seine Gesundheit war auch wirklich schwach.

Wie es sich ganz natürlich und einfach und allmählich gemacht hatte, daß Kutusow aus der Türkei nach Petersburg in den Kameralhof gekommen war, um die Landwehr zu organisieren, und dann zur Armee, gerade in dem Augenblick, als er dort notwendig war, genau ebenso natürlich, allmählich und einfach machte es sich jetzt, wo Kutusows Rolle ausgespielt war, daß an seinen Platz ein neuer Mann trat, ein Mann, wie ihn die Zeit verlangte.

Der Krieg von 1812 sollte außer seiner nationalen, jedem russischen Herzen teuren Bedeutung auch noch eine andere, europäische Bedeutung haben.

Der Bewegung der Völker von Westen nach Osten sollte eine Bewegung der Völker von Osten nach Westen folgen, und für diesen neuen Krieg war ein neuer Feldherr erforderlich, der andere Eigenschaften und Anschauungen besaß als Kutusow und sich von anderen Beweggründen leiten ließ.

Alexander I. war für die Bewegung der Völker vom Osten nach dem Westen und für die Wiederherstellung der Grenzen der Reiche ebenso notwendig, wie Kutusow für die Rettung und den Ruhm Rußlands notwendig gewesen war.

Kutusow hatte kein Verständnis für die Bedeutung der Worte: Europa, Gleichgewicht, Napoleon. Er konnte kein Verständnis dafür haben. Der Repräsentant des russischen Volkes, der Russe, hatte, nachdem der Feind vernichtet, Rußland befreit war und die höchste Stufe seines Ruhmes erreicht hatte, als Russe nichts mehr zu tun. Dem Repräsentanten des Nationalkrieges blieb nun nichts weiter übrig, als zu sterben. Und er starb.

XIII

Pierre empfand, wie das meistens so zu gehen pflegt, die ganze Schwere der physischen Entbehrungen und Anstrengungen, die er in der Gefangenschaft durchgemacht hatte, erst, als diese Anstrengungen und Entbehrungen ein Ende genommen hatten. Nach seiner Befreiung aus der Gefangenschaft reiste er nach Orjol, wurde am dritten Tag nach seiner Ankunft, als er sich gerade anschickte, nach Kiew zu fahren, krank und mußte in Orjol drei Monate lang das Bett hüten; er hatte, wie die Ärzte sagten, das Gallenfieber. Trotzdem ihn die Ärzte behandelten, ihn zur Ader ließen und ihm allerlei Medizin zu trinken gaben, wurde er dennoch wieder gesund.

Alles, was ihm in der Zeit von seiner Befreiung bis zu seiner Krankheit begegnet war, hatte bei ihm fast gar keinen Eindruck zurückgelassen. Er erinnerte sich nur an das feuchte, trübe Wetter, bald mit Regen, bald mit Schnee, an eine innerliche physische Mattigkeit, einen Schmerz in den Beinen und in der Seite; er erinnerte sich an den allgemeinen Eindruck, den der Anblick so vielen menschlichen Unglücks und Leidens auf ihn gemacht hatte; er erinnerte sich an die ihm lästige Neugier der Offiziere und Generale, die ihn nach allerlei befragten, an die Mühe, die er gehabt hatte, einen Wagen und Pferde aufzutreiben, und ganz besonders erinnerte er sich an seine damalige Unfähigkeit zu denken und zu fühlen. Am Tage seiner Befreiung hatte er Petja Rostows Leiche gesehen. An demselben Tag hatte er erfahren, daß Fürst Andrei nach der Schlacht bei Borodino noch länger als einen Monat gelebt und erst kürzlich in Jaroslawl bei Rostows gestorben sei. An demselben Tag hatte Denisow, der ihm diese Nachricht mitgeteilt hatte, im Gespräch auch des Todes Helenens gedacht, von dem er voraussetzte, daß er Pierre schon längst bekannt sei. All dies war Pierre damals nur sonderbar erschienen; er hatte das Gefühl gehabt, daß er nicht imstande sei, die Bedeutung aller dieser Nachrichten zu begreifen. Er hatte sich damals beeilt, nur so schnell wie möglich aus den Gegenden, wo die Menschen einander töteten, wegzufahren nach irgendeinem stillen Zufluchtsort und dort seine Gedanken zu sammeln, sich zu erholen und all das Neue und Seltsame zu durchdenken, was er in dieser Zeit erfahren hatte. Aber sowie er nach Orjol gekommen war, war er krank geworden. Als er von seiner Krankheit wieder zur Besinnung kam, sah er zwei seiner Leute um sich, die aus Moskau gekommen waren, Terenti und Wasili, sowie die älteste Prinzessin, die in Jelez, auf einem Gut Pierres, wohnte und auf die Nachricht von seiner Befreiung und seiner Krankheit zu ihm gereist war, um ihn zu pflegen.

Während seiner Genesung entwöhnte sich Pierre nur allmählich von der ihm bereits zur Gewohnheit gewordenen Lebensweise der letzten Monate und gewöhnte sich wieder daran, daß ihn am Morgen niemand weitertrieb, daß ihm niemand sein warmes Bett wegnahm und daß ihm mit Sicherheit sein Mittagessen, sein Tee und sein Abendessen bevorstanden. Aber im Traum sah er sich noch lange als Gefangenen mit jener ganzen Umgebung. Ebenso allmählich gelangte Pierre zum Verständnis jener Nachrichten, die er nach seiner Befreiung aus der Gefangenschaft erfahren hatte: vom Tod des Fürsten Andrei, vom Tod seiner Frau, von der Vernichtung der Franzosen.

Das frohe Gefühl der Freiheit, jener vollen, unentreißbaren, dem Menschen innewohnenden Freiheit, deren er sich zum erstenmal nach dem Ausmarsch aus Moskau am ersten Rastort bewußt geworden war, erfüllte Pierres Seele während seiner Rekonvaleszenz. Er wunderte sich darüber, daß diese innerliche, von äußeren Umständen unabhängige Freiheit sich jetzt wie zum Überfluß und zum Luxus noch mit einer äußerlichen Freiheit umgab. Er war allein in der fremden Stadt, ohne Bekannte. Niemand verlangte etwas von ihm; nirgends lud man ihn ein. Alles, was er wünschte, hatte er; der Gedanke an seine Frau, der ihn früher fortwährend gepeinigt hatte, war in seinem Kopf nicht mehr vorhanden, da auch sie selbst nicht mehr existierte.

»Ach, wie schön, wie herrlich!« sagte er zu sich, wenn man ihm den sauber gedeckten Tisch mit der appetitlich riechenden Bouillon heranrückte oder wenn er sich am Abend in sein weiches, reines Bett legte oder wenn er sich erinnerte, daß seine Frau und die Franzosen nicht mehr waren. »Ach, wie schön, wie herrlich!«

Und nach alter Gewohnheit stellte er sich die Frage: »Nun, und was jetzt? Was werde ich jetzt tun?« Und sogleich gab er sich selbst die Antwort: »Nichts. Ich werde leben. Ach, wie herrlich!«

Das, womit er sich früher immer gequält hatte, was er beständig gesucht hatte, nämlich ein Lebensziel, existierte jetzt für ihn gar nicht. Nicht in dem Sinne, daß dieses gesuchte Lebensziel nur jetzt augenblicklich für ihn zufällig nicht existiert hätte, sondern er fühlte, daß es ein solches Lebensziel nicht gab und nicht geben konnte. Und gerade dieses Fehlen eines Lebenszieles verlieh ihm jenes volle, freudige Bewußtsein der Freiheit, das ihn jetzt beglückte. Er konnte kein Lebensziel haben, weil er jetzt den Glauben hatte, nicht den Glauben an irgendwelche Grundsätze oder Worte oder Ideen, sondern den Glauben an den lebendigen, stets zu fühlenden Gott. Vorher hatte er Ihn in Zielen gesucht, die er sich selbst gesetzt hatte. Dieses Suchen nach einem Ziel war nur ein Suchen nach Gott gewesen. Und plötzlich hatte er in seiner Gefangenschaft nicht durch Worte, nicht durch Vernunftschlüsse, sondern durch das unmittelbare Gefühl das erkannt, was ihm schon vor langer Zeit die Kinderfrau gesagt hatte, daß Gott hier und da und überall sei. Er hatte in der Gefangenschaft erkannt, daß Gott in Karatajew größer, unendlicher und unbegreiflicher sei als in dem Baumeister des Weltalls, von dem die Freimaurer redeten. Es war ihm zumute wie jemandem, der das, was er sucht, dicht neben sich vor seinen Füßen findet, nachdem er lange seine Sehkraft angestrengt hat, um in die Ferne zu blicken. Er hatte sein ganzes Leben lang hierhin und dorthin gespäht, über die Köpfe der ihn umgebenden Menschen weg, und das

Richtige wäre gewesen, ohne besondere Anstrengung der Augen einfach vor sich hin zu schauen.

Er hatte es vorher nicht verstanden, in irgend etwas das Große, Unbegreifliche und Unendliche zu sehen. Er hatte nur gefühlt, daß es irgendwo sein müsse, und nach ihm gesucht. In allem Nahen, Begreiflichen hatte er nur das Begrenzte, Kleinliche, Irdische, Sinnlose gesehen. Er hatte sich mit einem geistigen Fernrohr bewaffnet und in die Ferne geschaut, dahin, wo dieses Kleinliche, Irdische, in den Nebel der Ferne gehüllt, ihm groß und unendlich erschien, nur weil es nicht deutlich sichtbar war. So waren ihm das westeuropäische Leben, die Politik, die Freimaurerei, die Philosophie, die Philanthropie erschienen. Aber auch in jene Ferne war damals, in den Augenblicken, die er seine Schwäche nannte, sein Geist eingedrungen, und er hatte dort dasselbe Kleinliche, Irdische, Sinnlose gesehen. Jetzt aber hatte er gelernt, das Große, Ewige und Unendliche in allem zu sehen, und warf darum ganz natürlich, um es zu sehen und seinen Anblick zu genießen, jenes Fernrohr weg, durch das er bisher über die Köpfe der Menschen hinweggesehen hatte, und betrachtete freudig um sich herum das ewig sich verändernde, ewig große, unbegreifliche und unendliche Leben. Und in je größerer Nähe er sich die Gegenstände für sein Schauen wählte, um so ruhiger und glücklicher wurde er. Die furchtbare Frage nach dem Warum, die früher alle Bauwerke seines Verstandes zerstört hatte, existierte jetzt für ihn nicht mehr. Jetzt hatte er für diese Frage nach dem Warum in seiner Seele immer die einfache Antwort bereit: weil es einen Gott gibt, jenen Gott, ohne dessen Willen kein Haar von eines Menschen Haupt fällt.

XIV

Pierre hatte sich in seinem äußeren Wesen fast gar nicht verändert. Dem Anschein nach war er noch ganz derselbe, der er früher gewesen war. Ebenso wie früher war er zerstreut und schien sich nicht mit dem, was er vor Augen hatte, sondern mit etwas Eigenem, Besonderem zu beschäftigen. Der Unterschied zwischen seinem früheren und seinem jetzigen Zustand bestand darin, daß er früher, wenn er vergessen hatte, was vor ihm war oder was man zu ihm sagte, mit schmerzlich gerunzelter Stirn gleichsam den erfolglosen Versuch machte, etwas von ihm weit Entferntes zu erkennen. Jetzt dagegen war er zwar gleichfalls oft achtlos gegen das, was man ihm sagte und was vor ihm war; aber jetzt schaute er mit einem leisen, gewissermaßen spöttischen Lächeln das an, was vor ihm war, und hörte das an, was man ihm sagte, obwohl er offenbar etwas ganz anderes sah und hörte. Früher hatten ihn die Leute für einen zwar guten, aber unglücklichen Menschen angesehen und sich deshalb unwillkürlich von ihm ferngehalten; jetzt spielte beständig ein Lächeln der Lebensfreude um seinen Mund, und in seinen Augen leuchteten die Anteilnahme an dem Ergehen der andern und die Frage: »Seid ihr auch wohl ebenso zufrieden wie ich?« Und die Leute fühlten sich wohl im Verkehr mit ihm.

Früher hatte er viel geredet, war beim Reden heftig geworden und hatte wenig zugehört; jetzt ließ er sich nur selten durch das Gespräch hinreißen und verstand es, so zuzuhören, daß die Leute ihm gern ihre innersten Geheimnisse offenbarten.

Die Prinzessin, die ihn nie hatte leiden können und, seit sie sich ihm nach dem Tod des alten Grafen verpflichtet fühlte, eine besonders feindliche Gesinnung gegen ihn gehegt hatte, merkte zu ihrem Ärger und zu ihrer Verwunderung nach einem kurzen Aufenthalt in Orjol, wohin sie mit der Absieht gekommen war, ihm zu zeigen, daß sie es trotz seiner Undankbarkeit für ihre Pflicht halte, ihn zu pflegen – die Prinzessin merkte bald, daß sie ihn gern hatte. Pierre bemühte sich in keiner Weise um die Zuneigung der Prinzessin. Er betrachtete sie nur mit einem neugierigen Interesse. Früher hatte die Prinzessin die Empfindung gehabt, daß in dem Blick, mit dem er sie ansah, Gleichgültigkeit und Spott lägen, und sie hatte, wie anderen Leuten gegenüber, so auch ihm gegenüber eine Verteidigungsstellung angenommen und nur die streitbare Seite ihres Wesens herausgekehrt; jetzt dagegen fühlte sie, daß er sich sozusagen bis zu den innersten Partien ihres Seelenlebens durchgegraben hatte, und so zeigte sie ihm denn, anfangs noch mit Mißtrauen, dann aber mit wirklicher Dankbarkeit, die verborgenen guten Seiten ihres Charakters.

Der listigste Mensch hätte sich nicht geschickter in das Vertrauen der Prinzessin einstehlen können, als es Pierre dadurch tat, daß er die Erinnerungen an die beste Zeit ihrer Jugend bei ihr wachrief und eine freundliche Teilnahme dafür bekundete. Und doch bestand Pierres ganze List nur darin, daß er sein eigenes Vergnügen suchte, indem er in der verbitterten, vertrockneten und in ihrer Art hochmütigen Prinzessin menschliche Empfindungen weckte.

»Ja, er ist ein sehr, sehr braver Mensch, wenn er sich unter dem Einfluß guter Menschen befindet, solcher Menschen wie ich«, sagte die Prinzessin zu sich selbst.

Die Veränderung, die mit Pierre vorgegangen war, beobachteten in ihrer Weise auch seine Diener Terenti und Wasili. Sie fanden, daß er weit leutseliger geworden sei. Wenn Terenti seinem Herrn beim Auskleiden behilflich gewesen war und ihm gute Nacht gewünscht hatte, so zögerte er oft mit dem Hinausgehen, blieb mit den Stiefeln und Kleidern in der

Hand stehen und wartete, ob sich der Herr nicht in ein Gespräch mit ihm einlassen wollte. Und meist hielt Pierre ihn noch zurück, wenn er merkte, daß Terenti Lust hatte, noch ein wenig zu reden.

»Na, sag doch mal … ja, sag mal, wie habt ihr euch denn eigentlich Essen beschafft?« fragte er dann wohl.

Und dann begann Terenti eine Erzählung von der Zerstörung Moskaus und von dem seligen Grafen und stand lange mit den Kleidern da und redete und redete; manchmal hörte er auch an, was Pierre erzählte, und ging dann mit dem angenehmen Bewußtsein, daß der Herr ihm nahestehe und ihm freundlich gesinnt sei, ins Vorzimmer hinaus.

Der Arzt, welcher Pierre behandelte und der ihn täglich besuchte, hielt es zwar, wie das für Ärzte obligatorisch ist, für seine Pflicht, sich den Anschein zu geben, als sei ihm jede Minute um der leidenden Menschheit willen kostbar, saß aber trotzdem stundenlang bei Pierre und erzählte ihm seine Lieblingsgeschichten und seine Beobachtungen über das Benehmen der Kranken im allgemeinen und der Damen im besonderen.

»Ja, mit einem solchen Mann sich zu unterhalten, das ist ein Vergnügen«, sagte er. »Das ist eine andere Sache, wie wenn man unsere Leute hier aus der Provinz vor sich hat.«

In Orjol wohnten einige gefangene französische Offiziere, und der Arzt brachte einen von ihnen, einen jungen Italiener, mit sich zu Pierre.

Dieser Offizier kam von da an häufig zu Pierre, und die Prinzessin mußte oft über die zärtlichen Gefühle lachen, die der Italiener für Pierre an den Tag legte. Der Italiener fühlte sich offenbar nur dann glücklich, wenn er zu Pierre kommen und sich mit ihm unterhalten und ihm von seiner Vergangenheit, von seinem häuslichen Leben und von seiner Zuneigung zu ihm erzählen und ihm gegenüber seiner Erbitterung gegen die Franzosen und speziell gegen Napoleon freien Lauf lassen konnte.

»Wenn alle Russen Ihnen auch nur ein wenig ähnlich sind«, sagte er zu Pierre, »so ist es geradezu ein Frevel, mit einem Volk, wie das Ihrige, Krieg zu führen. Sie, die Sie so viel von den Franzosen erlitten haben, hegen nicht einmal einen Groll gegen diese Menschen.«

Und diese leidenschaftliche Zuneigung des Italieners hatte sich Pierre jetzt nur dadurch erworben, daß er in ihm die besseren Triebe seiner Seele angeregt und daran seine Freude gehabt hatte.

Gegen Ende von Pierres Aufenthalt in Orjol kam sein alter Bekannter, der Freimaurer Graf Willarski, zu ihm, derselbe Willarski, der ihn im Jahre 1807 in die Loge eingeführt hatte. Willarski war mit einer reichen Russin verheiratet, die große Güter im Gouvernement Orjol besaß, und bekleidete in der Stadt interimistisch ein Amt im Proviantwesen.

Als Willarski erfahren hatte, daß Besuchow in Orjol sei, kam er, obwohl er nie näher mit ihm bekannt gewesen war, zu ihm und ließ es nicht an jenen Freundschaftsbezeigungen fehlen, die gewöhnlich Menschen einander erweisen, welche sich in der Wüste treffen. Willarski langweilte sich in Orjol und war glücklich, wieder einmal mit einem Menschen aus seiner Sphäre und, wie er annahm, mit den gleichen Interessen zusammenzukommen.

Aber zu seiner Verwunderung bemerkte Willarski bald, daß Pierre dem, was er selbst für das wahre und echte Leben hielt, sehr fernstand und, wie er bei sich selbst Pierres Wesen charakterisierte, in Apathie und Egoismus versunken war.

»Sie vernachlässigen sich, lieber Freund«, sagte er zu ihm.

Trotzdem hatte Willarski an dem Umgang mit Pierre jetzt mehr Vergnügen als früher und besuchte ihn täglich. Für Pierre dagegen, wenn er Willarski ansah und ihm zuhörte, war es ein seltsamer, schwer faßlicher Gedanke, daß er selbst vor gar nicht so langer Zeit ein ebensolcher Mensch gewesen sein sollte.

Willarski war verheiratet, hatte Kinder und war durch die Verwaltung der Güter seiner Frau, durch seinen Dienst und durch die Sorge für seine Familie stark beschäftigt. Er war aber der Ansicht, daß alle diese Beschäftigungen nur Hindernisse für das wahre Leben und sämtlich nur geringwertig seien, weil sie nur auf sein und seiner Familie persönliches Wohl abzielten. Militärische, administrative, politische und freimaurerische Angelegenheiten nahmen beständig sein Interesse in hohem Grad in Anspruch. Pierre machte keinen Versuch, ihn von seiner Anschauung abzubringen, erlaubte sich auch nicht, ein tadelndes Urteil auszusprechen, sondern betrachtete mit seinem jetzt stets ruhigen, fröhlichen, etwas spöttischen Lächeln diesen seltsamen, ihm so wohlbekannten Typus.

In seinem Verkehr mit Willarski, mit der Prinzessin, mit dem Arzt und mit allen Leuten, mit denen er jetzt zu tun hatte, zeigte Pierre einen neuen Charakterzug, der ihm die Zuneigung aller erwarb: die Anerkennung der Berechtigung eines jeden Menschen, in seiner eigenen Weise zu denken, zu empfinden und die Dinge anzuschauen, und die Anerkennung der Unmöglichkeit, jemanden durch Worte zu einer andern Überzeugung zu bringen. Diese berechtigte Eigentümlichkeit eines jeden Menschen, die früher auf Pierre die Wirkung gehabt hatte, ihn in Aufregung zu versetzen und gereizt zu machen, bildete jetzt die Grundlage des teilnehmenden Interesses, das er den Menschen zuwandte. Der mitunter geradezu diametrale Widerspruch, in welchem die Ansichten der Menschen mit ihrem Leben und untereinander standen, machte ihm Freude und rief bei ihm ein mildes, spöttisches Lächeln hervor.

In praktischen Dingen fühlte Pierre jetzt zu seiner Überraschung, daß er einen Schwerpunkt besaß, an dem es ihm früher gefehlt hatte. Früher hatte jede Geldangelegenheit, namentlich Bitten um Geld, die bei seinem großen Reichtum sehr oft an ihn gerichtet wurden, ihn in die schlimmste Aufregung und Ratlosigkeit versetzt. »Soll ich geben oder nicht?« hatte er sich in solchen Fällen gefragt. »Ich habe es, und er sagt, er brauche es nötig. Aber ein andrer sagt, er brauche es noch nötiger. Wer braucht es nun am nötigsten? Und vielleicht sind sie beide Betrüger?« Aus all solchen Zweifeln hatte er früher keinen Ausgang finden können und allen gegeben, solange er etwas zu geben hatte. Und in ganz ebensolchen Zweifeln hatte er sich früher bei jeder sein Vermögen betreffenden Frage befunden, wenn ihm der eine sagte, er müsse es so, und der andere, er müsse es anders machen.

Jetzt fand er zu seinem Erstaunen, daß es in all diesen Fragen keine Zweifel und Bedenken mehr für ihn gab. Es hatte jetzt in seinem Innern ein Richter seinen Sitz genommen, der nach gewissen, ihm selbst unbekannten Gesetzen entschied, was Pierre tun und nicht tun solle.

Er war in Geldsachen ebenso gleichgültig wie früher; aber jetzt wußte er mit unzweifelhafter Sicherheit, was er tun mußte und was nicht. Zum erstenmal funktionierte dieser neue Richter anläßlich der Bitte eines gefangenen französischen Obersten, der zu Pierre kam, ihm viel von seinen Heldentaten erzählte und zum Schluß die Bitte oder beinahe die Forderung an ihn richtete, ihm viertausend Francs zu geben, damit er sie seiner Frau und seinen Kindern schicken könne. Pierre schlug ihm dies ohne die geringste Mühe und Anstrengung ab und wunderte sich hinterdrein, wie einfach und leicht das vonstatten gegangen war, was ihm früher als eine unlösbar schwere Aufgabe erschienen war. Zu derselben Zeit aber, als er dem Obersten eine abschlägige Antwort gab, sagte er sich, er müsse notwendig eine List gebrauchen, um vor seiner Abreise aus Orjol den italienischen Offizier zu bewegen, Geld von ihm anzunehmen, dessen er augenscheinlich sehr bedürftig war.

Ein neuer Beweis dafür, daß sein Blick für praktische Dinge an Festigkeit gewonnen hatte, war ihm die Entscheidung, die er in der Frage der Schulden seiner Frau und in der Frage der Wiederherstellung oder Nichtwiederherstellung der Moskauer Häuser und der Landhäuser traf.

Der Oberadministrator war zu ihm nach Orjol gekommen, und Pierre hatte mit ihm eine allgemeine Berechnung seiner veränderten Einkünfte angestellt. Der Brand Moskaus hatte ihn nach dem ungefähren Überschlag des Oberadministrators etwa zwei Millionen Rubel gekostet.

Um diese Verluste wieder einzubringen, legte der Oberadministrator ihm einen Anschlag vor, bei welchem trotz dieser Verluste seine Einnahmen nicht abnehmen, sondern sogar steigen würden, wenn er es ablehne, die von der Gräfin hinterlassenen Schulden zu bezahlen, wozu er nicht verpflichtet sei, und wenn er darauf verzichte, die Moskauer Häuser und die Landhäuser wiederherzustellen, die ihn jährlich achtzigtausend Rubel kosteten und nichts einbrächten.

»Ja, ja, das ist richtig«, sagte Pierre, fröhlich lächelnd. »Ich brauche weder das eine noch das andere zu tun. Ich bin dann also durch die Zerstörung Moskaus bedeutend reicher geworden.«

Aber im Januar kam der Haushofmeister Saweljitsch aus Moskau, erzählte ihm von den Zuständen in Moskau und von einem Kostenvoranschlag, den ihm der Baumeister für die Wiederherstellung der Häuser und der Landhäuser gemacht hatte, und redete davon wie von einer entschiedenen Sache. Um dieselbe Zeit erhielt Pierre Briefe aus Petersburg von dem Fürsten Wasili und anderen Bekannten. In diesen Briefen war von den Schulden seiner Frau die Rede. Und Pierre gelangte zu der Überzeugung, daß der Plan, der ihm vom Oberadministrator vorgelegt war und der ihm so gut gefallen hatte, doch nicht das Richtige sei und daß er zur Erledigung der Angelegenheiten seiner Frau nach Petersburg fahren und in Moskau bauen müsse. Warum das notwendig sei, das wußte er nicht; aber er wußte mit aller Bestimmtheit, daß es notwendig sei. Seine Einnahmen verminderten sich infolge dieses Entschlusses um drei Viertel. Aber es war notwendig; das fühlte er.

Willarski reiste nach Moskau, und sie verabredeten, zusammen zu fahren.

Pierre hatte schon während der ganzen Zeit seiner Rekonvaleszenz in Orjol ein Gefühl der Freude, der Freiheit und der Lebenslust empfunden; aber als er bei dieser Reise sich in der freien Welt fand und Hunderte von neuen Gesichtern sah, da wurde diese Empfindung noch stärker. Während der ganzen Reise empfand er die Freude eines Schülers in den Ferien. Alle Leute: den Postillion, den Postmeister, die Bauern auf der Landstraße und in den Dörfern, alle sah er mit neuen Augen an. Die Anwesenheit und die Bemerkungen Willarskis, der beständig über die Armut in Rußland, über die Rückständigkeit hinter Europa und den Mangel an Bildung klagte, hatten nur die Wirkung, Pierres Freude noch zu erhöhen. Dort, wo Willarski die Starrheit des Todes sah, erblickte Pierre eine überaus mächtige Lebenskraft, jene Kraft, die im Schnee auf dieser gewaltigen Fläche das Leben dieses unverdorbenen, besonderen, eigenartigen Volkes unterhielt. Er widersprach seinem Reisegefährten nicht, sondern lächelte fröhlich beim Zuhören, als sei er mit ihm einverstanden; er sagte sich, daß diese erheuchelte Zustimmung das kürzeste Mittel sei, um Dispute zu vermeiden, bei denen doch nichts herauskommen konnte.

XV

Wie es schwer zu erklären ist, warum und wozu die Ameisen nach Zerstörung ihres Haufens umherrennen, die einen von dem Haufen weg, Körnchen, Eier und Leichname mit sich schleppend, die andern nach dem Haufen zurück, warum sie sich stoßen, einander überholen, sich miteinander schlagen: Ebenso schwer würde es sein, die Ursachen zu erklären, durch welche die Russen nach dem Abzug der Franzosen veranlaßt wurden, sich an jener Stelle wieder umherzudrängen, die vorher Moskau genannt worden war. Aber wie man bei Betrachtung der um einen zerstörten Haufen wimmelnden Ameisen trotz der vollständigen Vernichtung des Haufens dennoch aus der zähen Ausdauer, der Energie und der zahllosen Menge der sich eifrig tummelnden Insekten deutlich ersehen kann, daß bei aller sonstigen Zerstörung doch etwas Unzerstörbares, Immaterielles erhalten geblieben ist, worauf gerade die eigentliche Kraft des Ameisenhaufens beruht: So war auch Moskau im Oktober, trotzdem es dort keine Behörden, keine Kirchen, keine Reichtümer, keine Häuser mehr gab, immer noch dasselbe Moskau, das es im August gewesen war. Alles war zerstört außer jenem immateriellen, aber mächtigen und unzerstörbaren Bestandteil seines Wesens.

Die Beweggründe, durch die nach der Räumung Moskaus seitens des Feindes die Leute veranlaßt wurden, von allen Seiten dorthin zu strömen, waren sehr mannigfaltige persönliche und in der ersten Zeit großenteils solche von niederer, animalischer Art. Nur ein Beweggrund war allen gemeinsam: das Streben nach dem Ort, der früher Moskau geheißen hatte, um dort dies oder das zu tun.

Nach einer Woche waren in Moskau bereits fünfzehntausend Einwohner, nach zwei Wochen fünfundzwanzigtausend usw. Immer wachsend und wachsend erreichte diese Zahl im Herbst 1813 eine Höhe, welche noch über die Bevölkerungsziffer des Jahres 1812 hinausging.

Die ersten Russen, die wieder nach Moskau kamen, waren Kosaken des Wintzingerodeschen Korps, Bauern aus den Nachbardörfern und Einwohner, die aus Moskau geflüchtet waren und sich in der Umgegend verborgen gehalten hatten. Die Russen, die nach dem zerstörten Moskau kamen, fanden die Stadt geplündert und begannen nun gleichfalls zu plündern. Sie setzten fort, was die Franzosen getan hatten. Die Bauern kamen mit langen Reihen von Wagen nach Moskau, um alles nach ihren Dörfern hinauszuschaffen, was in Moskau auf den Straßen und in den zerstörten Häusern umherlag. Die Kosaken nahmen, was sie nur konnten, nach ihren Lagern mit; die Hausbesitzer suchten alles zusammen, was sie in andern Häusern fanden, und brachten es in ihre eigenen, unter dem Vorwand, es sei ihr Eigentum.

Aber nach den ersten Plünderern kamen andere und wieder andere, und das Plündern wurde mit jedem Tag, je mehr die Zahl der Plünderer zunahm, schwieriger und nahm festere Formen an.

Die Franzosen hatten Moskau zwar fast ohne Bewohner vorgefunden, aber doch ausgestattet mit dem gesamten Apparat einer Stadt, deren Organismus ordnungsmäßig funktioniert, mit den mannigfaltigen Einrichtungen des Handels, des Handwerks, des Luxus, der staatlichen Verwaltung, der Religion. Dieser Apparat war beim Einzug der Franzosen ohne Leben; aber er existierte noch. Da waren Budenreihen, Kaufläden, Magazine, Speicher, Basare, größtenteils mit Waren gefüllt; da waren Fabriken und Werkstätten; da waren Paläste und reiche Häuser, angefüllt mit Gegenständen des Luxus; da waren Krankenhäuser, Gefängnisse, Amtslokale, große und kleine Kirchen. Je länger die Franzosen blieben, um so mehr verschwand dieser Apparat des städtischen Lebens, und gegen das Ende ihres dortigen Aufenthalts war alles eine ununterbrochene, gleichmäßige, leblose Stätte der Plünderung geworden.

Die Plünderung durch die Franzosen verminderte, je länger sie dauerte, in um so höherem Grade die Reichtümer Moskaus und die Kräfte der Plünderer. Die Plünderung durch die Russen, mit welcher die Wiederbesetzung der Hauptstadt durch die Russen begann, stellte, je länger sie dauerte und je mehr Menschen sich daran beteiligten, um so schneller den Reichtum Moskaus und das regelmäßige Leben der Stadt wieder her.

Außer den Plünderern strömten von allen Seiten, wie das Blut zum Herzen, nach Moskau Menschen von mannigfaltigster Art, herbeigezogen teils durch Neugier, teils durch die Dienstpflicht, teils durch ihren Vorteil: Hausbesitzer, Geistliche, hohe und niedere Beamte, Handelsleute, Handwerker, Bauern.

Nach einer Woche wurden die Bauern, die mit leeren Wagen angefahren kamen, um Sachen fortzuschaffen, bereits von der Behörde angehalten und genötigt, Leichen aus der Stadt hinauszuschaffen. Andere Bauern, die von dem Mißgeschick ihrer Genossen gehört hatten, kamen in die Stadt mit Getreide, Hafer und Heu und unterboten einander mit dem geforderten Preis so, daß er niedriger war als vorher. Täglich kamen neue Genossenschaften von Zimmerleuten in der Hoffnung auf guten Verdienst nach Moskau, und überall wurden neue Häuser gebaut und alte, durch das Feuer beschädigte, repariert. Die Kaufleute eröffneten wieder ihren Handel in den Buden. Garküchen und Herbergen wurden in nur angebrannten Häusern eingerichtet. Die Geistlichkeit nahm den Gottesdienst in vielen vom Feuer verschonten Kirchen wieder auf. Opferwillige brachten Ersatzstücke für die geraubten Kirchengegenstände. Die Beamten in ihren kleinen Bureaus bedeckten ihre Tische mit Tuch und füllten ihre Schränke mit Akten. Die höchste Behörde und die Polizei trafen Anordnungen darüber, wie mit der von den Franzosen zurückgelassenen Habe zu verfahren sei. Die Besitzer derjenigen Häuser, in denen sich viele von den Franzosen aus anderen Häusern zusammengetragene und dann dort zurückgelassene Sachen befanden, klagten, es sei eine Ungerechtigkeit, alle diese Sachen nach dem Facettenpalast im Kreml zu schaffen; andere wieder erklärten, da die Franzosen aus verschiedenen Häusern Sachen an einen Ort zusammengebracht hätten, so sei es ungerecht, nun dem Hauswirt alle die Sachen zuzusprechen, die in seinem Haus gefunden seien. Man schimpfte auf die Polizei; man bestach sie; man stellte für verbrannte fiskalische Gegenstände Kostenanschläge zum zehnfachen Wert auf; man forderte Unterstützungen. Graf Rastoptschin schrieb seine Proklamationen.

XVI

Ende Januar kam Pierre in Moskau an und nahm in dem unversehrt gebliebenen Seitengebäude Wohnung. Er besuchte den Grafen Rastoptschin und mehrere Bekannte, die nach Moskau zurückgekehrt waren, und beabsichtigte, am dritten Tag nach Petersburg zu fahren. Alle jubelten über den Sieg; alles wimmelte in der zerstörten und wiederauflebenden Hauptstadt von neuem Leben. Alle freuten sich über Pierres Rettung; alle wünschten ihn zu sehen, und alle fragten ihn aus über das, was er erlebt hatte. Pierre fühlte sich gegen alle Menschen, mit denen er zusammenkam, außerordentlich freundlich gestimmt; aber unwillkürlich war er jetzt allen Menschen gegenüber auf der Hut, um sich in keiner Weise zu binden. Auf alle Fragen, die an ihn gerichtet wurden, wichtige oder ganz unwichtige (so wenn er gefragt wurde, wo er wohnen werde oder ob er bauen werde oder wann er seine Reise nach Petersburg anzutreten beabsichtige oder ob er aus Gefälligkeit ein Kästchen mitnehmen wolle), auf alle solche Fragen antwortete er: »Ja, vielleicht« oder »Ich denke« usw.

Über die Familie Rostow hörte er, daß sie in Kostroma sei, und der Gedanke an Natascha kam ihm nur selten, und wenn er ihm kam, so nur als eine angenehme Erinnerung an etwas längst Vergangenes. Er fühlte sich frei, nicht nur von weltlichen Beschränkungen, sondern auch von diesem Gefühl, das, wie er jetzt meinte, nur etwas absichtlich Angenommenes gewesen war.

Am dritten Tag nach seiner Ankunft in Moskau erfuhr er von Drubezkois, daß Prinzessin Marja in Moskau sei. Der Gedanke an den Tod des Fürsten Andrei, an seine Leiden und letzten Tage hatte Pierre häufig beschäftigt und kam ihm jetzt mit neuer Lebendigkeit in den Sinn. Nachdem er beim Mittagessen erfahren hatte, daß Prinzessin Marja in Moskau sei und in ihrem nicht abgebrannten Haus in der Wosdwischenka-Straße wohne, fuhr er an demselben Abend zu ihr hin.

Auf dem Weg zu Prinzessin Marja dachte er unaufhörlich an den Fürsten Andrei, an seine Freundschaft mit ihm, an die verschiedenen Begegnungen, die er mit ihm gehabt hatte, und namentlich an die letzte in Borodino.

»Sollt er wirklich in der ingrimmigen Stimmung gestorben sein, in der er sich damals befand? Sollte sich ihm wirklich vor dem Tod nicht der Sinn des Lebens erschlossen haben?« dachte Pierre. Er erinnerte sich an Karatajew und dessen Tod und stellte unwillkürlich einen Vergleich zwischen diesen beiden Männern an, die voneinander so verschieden waren und doch auch zugleich einander so ähnlich in bezug auf die Liebe, die er zu beiden gehegt hatte, sowie darin, daß sie beide gelebt hatten und beide gestorben waren.

In der ernstesten Gemütsverfassung gelangte Pierre zu dem Haus des alten Fürsten. Dieses Haus war unversehrt geblieben. Man sah an ihm Spuren von Beschädigung; aber der Gesamtcharakter des Hauses war derselbe wie früher. Ein alter Diener empfing Pierre mit tiefernster Miene, wie wenn er dem Besucher zu verstehen geben wollte, daß der Tod des Fürsten in die Ordnung des Hauses keine Störung hineingebracht habe, und teilte ihm mit, die Prinzessin habe sich in ihre Gemächer zurückgezogen; sie empfange sonntags.

»Melde mich nur; vielleicht werde ich doch angenommen«, erwiderte Pierre.

»Zu Befehl«, antwortete der Diener. »Haben Sie die Güte, in das Porträtzimmer zu treten.«

Einige Minuten darauf kamen der Diener und Dessalles zu Pierre herein. Dessalles meldete ihm von der Prinzessin, sie freue sich sehr, ihn wiederzusehen, und bitte ihn, wenn er ihr diese Formlosigkeit nicht übelnehmen wolle, zu ihr nach oben in ihr Zimmer zu kommen.

In einem niedrigen Zimmerchen, das nur von einer einzigen Kerze erleuchtet war, saß die Prinzessin, und bei ihr noch eine schwarzgekleidete Dame. Pierre erinnerte sich, daß die Prinzessin sich immer Gesellschafterinnen gehalten habe; aber was für Personen diese Gesellschafterinnen gewesen waren, das wußte Pierre nicht, dafür hatte er keine Erinnerung. »Das ist eine Gesellschafterin«, dachte er bei einem Blick auf die Dame in Schwarz.

Die Prinzessin stand schnell auf, kam ihm entgegen und reichte ihm die Hand, die er küßte.

»Ja«, sagte sie, indem sie sein so verändertes Gesicht betrachtete, »so sehen wir uns nun wieder. Er hat auch in der letzten Zeit häufig von Ihnen gesprochen«, fuhr sie fort und ließ ihre Augen von Pierre zu der Gesellschafterin mit einer Verlegenheit hinübergleiten, die Pierre einen Augenblick stutzig machte.

»Ich habe mich so gefreut, als ich von Ihrer Rettung hörte«, fügte sie hinzu. »Das war die einzige freudige Nachricht, die wir seit langer Zeit erhalten hatten.«

Wieder blickte die Prinzessin noch unruhiger auf die Gesellschafterin hin und wollte etwas sagen; aber Pierre unterbrach sie.

»Sie können sich leicht denken, daß ich nichts von ihm wußte«, sagte er. »Ich glaubte, er wäre gefallen. Alles, was ich erfuhr, erfuhr ich von anderen, aus dritter Hand. Ich weiß nur, daß er zufällig zur Rostowschen Familie kam. Welch eine Fügung!«

Pierre sprach schnell und lebhaft. Als er einmal nach dem Gesicht der Gesellschafterin hinsah, bemerkte er, daß ihr Blick aufmerksam und freundlich auf ihn gerichtet war, und hatte, wie das oft während eines Gespräches vorkommt, aus nicht recht klarem Grund die Empfindung, daß diese schwarzgekleidete Gesellschafterin ein liebes, gutes, prächtiges Wesen sei, durch das er sich in seinem vertraulichen Gespräch mit Prinzessin Marja nicht stören zu lassen brauche.

Aber als er die letzten Worte über die Rostowsche Familie sagte, prägte sich die Verlegenheit noch stärker auf dem Gesicht der Prinzessin Marja aus. Sie ließ ihre Augen wieder von Pierres Gesicht zu dem der Dame in Schwarz hinüberwandern und sagte: »Sie erkennen sie wohl nicht?«

Pierre blickte noch einmal in das blasse, feine Gesicht der Gesellschafterin mit den schwarzen Augen und dem eigenartigen Mund. Etwas Liebes, längst Vergessenes und mehr als bloß Angenehmes schaute ihn aus diesen aufmerksamen Augen an.

»Aber nein, es ist nicht möglich«, dachte er. »Dieses ernste, hagere, blasse, alt aussehende Gesicht! Das kann sie nicht sein. Es ist nur eine Ähnlichkeit, die an sie erinnert.« Aber in diesem Augenblick sagte Prinzessin Marja: »Natascha.« Und das Gesicht mit den aufmerksamen Augen lächelte mit Mühe und Anstrengung, wie eine verrostete Tür sich öffnet, und aus dieser sich öffnenden Tür duftete ihm plötzlich jenes längst vergessene Glück entgegen, an das er nicht mehr gedacht hatte, und namentlich jetzt nicht. Dieser Duft umfing ihn und nahm ihn völlig in seinen Bann. Als sie lächelte, konnte kein Zweifel mehr sein: Es war Natascha, und er liebte sie.

Gleich im ersten Augenblick gab Pierre unwillkürlich sowohl ihr als auch der Prinzessin Marja und vor allem sich selbst Kenntnis von diesem ihm selbst bisher unbekannten Geheimnis. Er errötete vor Freude und schmerzlichem Leid. Er wollte seine Erregung verbergen; aber je mehr er sie zu verbergen suchte, um so deutlicher, deutlicher selbst als durch die bestimmtesten Worte, sagte er sich und ihr und der Prinzessin Marja, daß er sie liebe.

»Nein, das hat keinen tieferen Grund, das kommt nur von der Überraschung her«, dachte Pierre. Aber kaum versuchte er, das begonnene Gespräch mit Prinzessin Marja fortzusetzen, da mußte er wieder Natascha ansehen, und eine noch stärkere Röte überzog sein Gesicht und eine noch stärkere freudige und bange Aufregung nahm von seiner Seele Besitz. Er verwirrte sich in seinen Worten und verstummte mitten in der Rede.

Pierre hatte Natascha nicht beachtet, weil er in keiner Weise erwartet hatte, sie hier zu sehen; und er hatte sie nicht erkannt, weil die Veränderung, die mit ihr vorgegangen war, seit er sie nicht mehr gesehen hatte, eine ganz gewaltige war. Sie war mager und blaß geworden. Aber nicht dies war es, was sie unkenntlich machte: Er hatte sie im ersten Augenblick, als er eintrat, deswegen nicht erkennen können, weil auf diesem Gesicht, in dessen Augen früher immer ein verborgenes Lächeln der Lebenslust geleuchtet hatte, jetzt, als er eintrat und sie zum erstenmal ansah, auch nicht der geringste Schimmer eines Lächelns gelegen hatte; nur die Augen waren dagewesen, die aufmerksamen, guten, traurig fragenden Augen.

Pierres Verlegenheit rief bei Natascha nicht die gleiche Empfindung hervor, sondern nur ein Gefühl der Freude, das leise ihr ganzes Gesicht erhellte.

XVII

»Sie wohnt als mein Gast bei mir«, sagte Prinzessin Marja. »In den nächsten Tagen kommen auch der Graf und die Gräfin. Die Gräfin befindet sich in einem schrecklichen Zustand. Aber auch Natascha selbst muß sich ärztlich behandeln lassen. Die Eltern haben sie mit Gewalt mit mir hergeschickt.«

»Ja, gibt es wohl eine Familie, die nicht ihr eigenes Leid hätte?« sagte Pierre, zu Natascha gewendet. »Sie wissen, es geschah gerade an dem Tag, als wir befreit wurden. Ich habe ihn gesehen. Was war er für ein allerliebster Junge!«

Natascha sah ihn an; als Antwort auf seine Worte öffneten sich nur ihre Augen noch weiter und leuchteten auf.

»Was könnte man da zum Trost sagen oder ersinnen?« fuhr Pierre fort. »Nichts. Warum mußte ein so prächtiger, lebensfrischer Junge sterben?«

»Ja, ohne Glauben wäre es in unserer Zeit schwer, zu leben«, sagte Prinzessin Marja.

»Ja, ja. Das ist eine tiefe Wahrheit«, unterbrach Pierre sie schnell.

»Warum ist das schwer?« fragte Natascha und blickte Pierre aufmerksam in die Augen.

»Warum das schwer ist?« erwiderte Prinzessin Marja. »Schon der bloße Gedanke an das, was uns dort erwartet ...«

Natascha hörte nicht zu Ende, was Prinzessin Marja sagen wollte, sondern richtete wieder einen fragenden Blick auf Pierre.

»Und auch deswegen«, fuhr Pierre fort, »weil nur derjenige, der an einen Gott glaubt, der über uns waltet, einen solchen Verlust tragen kann, wie der der Prinzessin und ... der Ihrige.«

Natascha öffnete schon den Mund, in der Absicht, etwas zu sagen, hielt aber plötzlich inne. Pierre drehte sich hastig von ihr weg und wandte sich an Prinzessin Marja mit der Frage nach den letzten Lebenstagen seines Freundes.

Pierres Verlegenheit war jetzt fast ganz verschwunden; aber zugleich fühlte er, daß seine ganze frühere Freiheit verschwunden war. Er fühlte, daß es für jedes seiner Worte, für jede seiner Handlungen jetzt einen Richter gab, dessen Urteil ihm wertvoller war als das Urteil aller Menschen in der Welt. Wenn er jetzt sprach, so suchte er während des Sprechens sich über den Eindruck klarzuwerden, den seine Worte auf Natascha hervorbrachten. Er sprach nicht absichtlich so, daß es ihr gefallen sollte; aber bei allem, was er sagte, beurteilte er sich selbst von ihrem Gesichtspunkt aus.

Prinzessin Marja begann nur ungern, wie das immer so der Fall zu sein pflegt, von dem Zustand zu sprechen, in dem sie den Fürsten Andrei vorgefunden hatte. Aber Pierres Fragen und sein lebhafter, unruhiger Blick und sein vor Erregung zuckendes Gesicht brachten sie allmählich dazu, auf Einzelheiten einzugehen, die sie sich scheute, sich ins Gedächtnis zurückrufen, wenn sie mit ihren Gedanken allein war.

»Ja, ja, gut so, gut so ...«, sagte Pierre, der sich mit seinem ganzen Körper zu Prinzessin Marja vorbeugte und mit gespannter Aufmerksamkeit ihrer Erzählung folgte. »Ja, ja; also er war ruhiger und milder geworden? Er hat stets mit aller Kraft seiner Seele so eifrig nach dem einen Ziel gestrebt, ein vollkommen guter Mensch zu sein, daß er den Tod nicht zu fürchten brauchte. Die Fehler, die er hatte, wenn er überhaupt solche hatte, entsprangen nicht aus seinem Wesen. Also er war milder geworden?« sagte Pierre. »Welch ein Glück, daß er Sie wiedergesehen hat«, sagte er zu Natascha, indem er sich plötzlich zu ihr wandte und sie mit Augen, die voll Tränen standen, anblickte.

Nataschas Gesicht zuckte. Sie zog die Brauen zusammen und senkte einen Augenblick lang die Augen. Eine Weile schwankte sie, ob sie reden sollte oder nicht.

»Ja, es war ein Glück«, sagte sie mit leiser Bruststimme; »für mich war es sicherlich ein Glück.« Sie schwieg einen Augenblick. »Und er … er … er sagte, er habe es gerade in dem Augenblick gewünscht, als ich zu ihm gekommen wäre.«

Die Stimme versagte ihr. Sie errötete, preßte die Hände auf den Knien zusammen und hob dann auf einmal, sich augenscheinlich dazu zwingend, den Kopf in die Höhe und begann schnell zu sprechen.

»Ich wußte nichts, als wir aus Moskau wegfuhren. Ich hatte nicht gewagt, nach ihm zu fragen. Und auf einmal sagte mir Sonja, daß er mit uns zusammen führe. Ich hatte keinen klaren Gedanken und konnte mir nicht vorstellen, in welchem Zustand er sich befinden mochte; nur sehen mußte ich ihn und bei ihm sein«, sagte sie zitternd und nur mühsam atmend.

Und ohne sich unterbrechen zu lassen, erzählte sie, was sie noch nie jemandem erzählt hatte: alles, was sie in jenen drei Wochen ihrer Reise und des Aufenthalts in Jaroslawl durchlebt hatte.

Pierre hörte ihr mit offenem Mund zu und wandte die Augen, die ihm voll Tränen standen, nicht von ihr weg. Während er ihr zuhörte, dachte er weder an den Fürsten Andrei noch an den Tod noch an das, was sie erzählte. Er hörte ihr zu und bemitleidete sie nur wegen des Schmerzes, den sie jetzt beim Erzählen empfand.

Die Prinzessin runzelte die Stirn, um die Tränen zurückzuhalten, setzte sich neben Natascha und hörte zum erstenmal die Geschichte dieser letzten Tage der Liebe ihres Bruders und Nataschas.

Für Natascha war diese ihr zugleich qualvolle und freudenreiche Erzählung offenbar ein Bedürfnis.

Sie erzählte in buntem Durcheinander die unbedeutendsten Einzelheiten und die tiefsten Seelengeheimnisse und schien gar nicht enden zu können. Mehrmals wiederholte sie dasselbe.

Durch die Tür hindurch wurde die Stimme Dessalles' vernehmbar, der fragte, ob Nikolenka hereinkommen dürfe, um gute Nacht zu sagen.

»Das ist alles, ja, das ist alles«, sagte Natascha.

Sie stand in dem Augenblick, als Nikolenka hereinkam, schnell auf, eilte fast laufend zur Tür, stieß sich mit dem Kopf an der Tür, die mit einer

Portiere verhängt war, und stürzte mit einem Stöhnen halb des physischen Schmerzes, halb des Grames aus dem Zimmer.

Pierre blickte nach der Tür, durch die sie hinausgegangen war, und begriff nicht, woher es kam, daß er auf einmal in der ganzen Welt so allein geblieben war.

Prinzessin Marja weckte ihn aus seiner Zerstreutheit und lenkte seine Aufmerksamkeit auf ihren Neffen, der ins Zimmer getreten war.

Das Gesicht Nikolenkas, das mit dem seines Vaters Ähnlichkeit hatte, wirkte bei der weichen, gerührten Stimmung, in der sich Pierre in diesem Augenblick befand, auf ihn so stark, daß er, nachdem er den Knaben geküßt hatte, eilig aufstand, sein Taschentuch ergriff und zum Fenster trat. Er wollte sich der Prinzessin Marja empfehlen; aber sie hielt ihn zurück.

»Nicht doch; Natascha und ich, wir gehen oft erst um drei Uhr schlafen; bitte, bleiben Sie noch. Ich werde Abendbrot bringen lassen. Gehen Sie nach unten; wir kommen sogleich nach.«

Bevor Pierre das Zimmer verließ, sagte die Prinzessin noch zu ihm:

»Das ist das erste Mal, daß sie so von ihm gesprochen hat.«

XVIII

Pierre wurde in das erleuchtete, große Speisezimmer geführt; einige Minuten darauf hörte er Schritte, und die Prinzessin und Natascha traten ins Zimmer. Natascha war ruhig, obgleich jetzt wieder ein tiefernster Ausdruck, ohne die Spur eines Lächelns, auf ihrem Gesicht lag. Prinzessin Marja, Natascha und Pierre hatten alle drei in gleicher Weise jenes Gefühl der Unbehaglichkeit, das gewöhnlich auf ein beendetes ernstes, herzliches Gespräch folgt. Das vorige Gespräch fortzusetzen ist unmöglich; von unbedeutenden Dingen zu reden schämt man sich, und ganz zu schweigen ist einem unangenehm, weil man gern reden möchte und dieses Schweigen einem daher wie Verstellung vorkommt. Sie gingen schweigend zu Tisch. Die Diener rückten die Stühle ab und wieder heran. Pierre faltete die kalte Serviette auseinander, und entschlossen, das Stillschweigen zu brechen, blickte er Natascha und Prinzessin Marja an. Beide waren offenbar gleichzeitig mit ihm zu demselben Entschluß gekommen: In den Augen beider leuchtete ein Gefühl der Zufriedenheit mit dem Leben und das Geständnis, daß es außer dem Kummer auch Freude auf der Welt gibt.

»Trinken Sie ein Gläschen Branntwein, Graf?« sagte Prinzessin Marja, und diese Worte verscheuchten mit einemmal die Schatten der Vergangenheit. »Erzählen Sie uns doch etwas von sich«, fuhr sie fort. »Die Leute erzählen ja über Sie die unglaublichsten Wundergeschichten.«

»Ja«, erwiderte Pierre mit jenem mild spöttischen Lächeln, das ihm jetzt zur Gewohnheit geworden war. »Sogar mir selbst erzählen die Leute über mich Wundergeschichten, von denen ich mir nicht einmal etwas habe träumen lassen. Marja Abramowna hat mich zu sich eingeladen und mir in einem fort erzählt, was mir begegnet sei oder hätte begegnen sollen. Stepan Stepanowitsch hat mich ebenfalls belehrt, und zwar über die Art, wie ich erzählen müsse. Überhaupt habe ich bemerkt, daß es eine sehr gemächliche Situation ist, ein interessanter Mensch zu sein (ich bin nämlich jetzt ein interessanter Mensch): Man lädt mich ein und erzählt mir etwas.«

Natascha lächelte und wollte etwas sagen; aber die Prinzessin ließ sie nicht zu Wort kommen.

»Es ist uns erzählt worden«, sagte Prinzessin Marja, »Sie hätten in Moskau zwei Millionen Rubel verloren. Ist das wahr?«

»Ich bin vielmehr dreimal so reich geworden«, antwortete Pierre.

Obgleich die Schulden seiner Frau und die Notwendigkeit zu bauen seine Verhältnisse geändert hatten, so fuhr Pierre doch fort, auseinanderzusetzen, daß er dreimal so reich geworden sei.

»Daß ich gewonnen habe, ist zweifellos«, sagte er. »So gleich die Freiheit …«, begann er ganz ernst; aber er änderte seine Absicht und fuhr nicht fort, da es ihm vorkam, als sei dieses Gesprächsthema doch gar zu egoistisch.

»Sie bauen?«

»Ja, Saweljitsch will es so.«

»Sagen Sie doch: Sie wußten noch nichts von dem Tod der Gräfin, als Sie hier in Moskau blieben?« sagte Prinzessin Marja, errötete aber in demselben Augenblick, da sie sich bewußt wurde, daß, indem sie diese Frage so unmittelbar nach seiner Bemerkung über die von ihm wiedererlangte Freiheit an ihn richtete, sie seinen Worten einen Sinn beilegte, den sie vielleicht nicht hatten.

»Nein«, antwortete Pierre, den offenbar die Deutung nicht genierte, welche Prinzessin Marja dem gab, was er von seiner Freiheit gesagt hatte. »Ich erfuhr es in Orjol, und Sie können sich gar nicht vorstellen, einen wie starken Eindruck diese Nachricht auf mich machte. Wir waren keine musterhaften Gatten«, fügte er schnell hinzu, als er Natascha ansah und auf ihrem Gesicht eine neugierige Spannung bemerkte, wie er sich wohl über seine Frau äußern werde, »aber dieser Todesfall hat mich tief erschüttert. Wenn zwei Menschen miteinander in Zwietracht leben, tragen sie immer beide schuld daran. Und die eigene Schuld bekommt auf einmal ein furchtbares Gewicht, wenn der andere nicht mehr lebt. Und dann, ein solcher Tod … ohne Freunde, ohne Tröstung. Sie tut mir sehr,

sehr leid«, schloß er und nahm mit Genuß eine freudige Zustimmung auf Nataschas Gesicht wahr.

»Ja, da sind Sie ja wieder Junggeselle und ein Heiratskandidat«, sagte Prinzessin Marja.

Pierre wurde plötzlich dunkelrot und bemühte sich lange Zeit, Natascha nicht anzusehen. Als er sich endlich wieder dazu entschloß, war ihr Gesicht kalt, streng und sogar, wie es ihm vorkam, verächtlich.

»Aber Sie haben doch wirklich Napoleon gesehen und mit ihm gesprochen, wie man uns erzählt hat?« fragte Prinzessin Marja.

Pierre lachte auf.

»Kein einziges Mal, niemals. Alle Leute bilden sich immer ein, gefangensein wäre dasselbe wie bei Napoleon zu Besuch sein. Ich habe ihn nicht gesehen, ja nicht einmal etwas von ihm gehört. Ich war in weit schlechterer Gesellschaft.«

Das Abendessen war beendet, und Pierre, der anfangs nicht hatte von seiner Gefangenschaft erzählen mögen, geriet nun doch allmählich ins Erzählen hinein.

»Aber das ist doch richtig, daß Sie hierblieben, um Napoleon zu töten?« fragte ihn Natascha mit leisem Lächeln. »Ich habe es mir damals gleich gedacht, als wir Sie beim Sucharew-Turm trafen; besinnen Sie sich?«

Pierre gestand, daß das richtig sei, und von dieser Frage an ließ er sich, durch weitere Fragen der Prinzessin Marja und namentlich Nataschas geleitet, allmählich und unvermerkt dazu bringen, eingehende Mitteilungen über seine Erlebnisse zu machen.

Anfangs erzählte er mit jener mild spöttischen Anschauungsweise, die er jetzt für die Menschen und insonderheit für sich selbst an sich hatte; als er aber dann zu der Schilderung der Greuel und Leiden kam, die er mitangesehen hatte, wurde er, ohne es selbst zu merken, warm und sprach mit der verhaltenen Erregung eines Menschen, der starke Eindrücke in der Erinnerung noch einmal durchlebt.

Prinzessin Marja blickte mit mildem Lächeln bald auf Pierre, bald auf Natascha. Sie sah in dieser ganzen Erzählung nur Pierre und seine Herzensgüte. Natascha hatte den Kopf in die Hand gestützt und folgte, ohne sich auch nur einen Augenblick ablenken zu lassen, der Erzählung Pierres, wobei ihr Gesichtsausdruck sich beständig im Einklang mit dem Gehörten änderte; sie durchlebte offenbar mit ihm in Gedanken alles, was er erzählte. Nicht nur ihr Blick, sondern auch ihre Ausrufe und die kurzen Fragen, die sie stellte, zeigten Pierre, daß sie aus dem, was er erzählte, gerade das heraushörte, was er sagen wollte. Augenscheinlich verstand sie nicht nur das, was er erzählte, sondern auch das, was er mit

Worten gern ausgedrückt hätte, ohne es doch zu können. Sein Erlebnis mit dem kleinen Kind und der jungen Frau, bei dem er gefangengenommen worden, erzählte Pierre folgendermaßen: »Es war ein schreckliches Schauspiel: verlassene Kinder, manche im Feuer … In meiner Gegenwart wurde ein Kind gerettet … Frauen, denen Plünderer ihre Sachen raubten, den Schmuck vom Hals rissen …« Pierre errötete und stockte. »Da kam eine Patrouille und arretierte alle Männer, die nicht zu den Plünderern gehörten, auch mich.«

»Sie erzählen gewiß nicht alles; Sie haben gewiß etwas getan …«, sagte Natascha und schwieg einen Augenblick, »etwas Gutes.«

Pierre erzählte weiter. Bei der Schilderung der Hinrichtung wollte er über die furchtbaren Einzelheiten hinweggehen; aber Natascha verlangte, er solle nichts auslassen.

Pierre wollte anfangen, von Karatajew zu erzählen (er war schon vom Tisch aufgestanden und ging auf und ab, wobei Natascha ihm mit den Augen folgte), hielt aber inne.

»Nein«, sagte er, »Sie können doch nicht begreifen, was ich von diesem närrischen Menschen, der nicht einmal lesen und schreiben konnte, alles gelernt habe.«

»Nicht doch, nicht doch, erzählen Sie nur«, sagte Natascha. »Wo ist er denn jetzt?«

»Er ist erschossen worden, fast vor meinen Augen.«

Und Pierre begann, von der letzten Zeit ihres Rückzuges zu erzählen, von Karatajews Krankheit (seine Stimme zitterte hierbei fortwährend) und von seinem Tod.

Pierre erzählte seine Erlebnisse in einer Weise, wie er sie sich selbst noch nie in der Erinnerung wieder vergegenwärtigt hatte. Er fand jetzt in allem, was er durchlebt hatte, gewissermaßen einen neuen Sinn. Jetzt, wo er dies alles Natascha erzählte, empfand er jenen seltenen Genuß, welchen Frauen durch die Art ihres Zuhörens einem Mann gewähren können, nicht die sogenannten geistreichen Frauen, deren Streben beim Zuhören entweder danach geht, sich das Gehörte einzuprägen, um ihren Verstand zu bereichern und dasselbe bei Gelegenheit wieder vorzubringen, oder danach, das Erzählte gegen ihren eigenen geistigen Besitz zu halten und so schnell wie möglich kluge Äußerungen darüber von sich zu geben, die sie sich in ihrer kleinen Verstandeswirtschaft zurechtmachen; sondern Pierre empfand den Genuß, welchen echte Frauen gewähren können, Frauen, die mit der Fähigkeit begabt sind, das Beste, was in den Darlegungen eines Mannes enthalten ist, herauszufinden und in sich aufzunehmen. Natascha war, ohne sich dessen selbst bewußt zu sein, ganz Ohr: Es entging ihr kein Wort, kein Schwanken der Stimme, kein

Blick, kein Zucken eines Gesichtsmuskels, keine Handbewegung Pierres. Im Flug fing sie das kaum ausgesprochene Wort auf und trug es geradewegs in ihr geöffnetes Herz; sie erriet den geheimen Sinn der ganzen seelischen Arbeit Pierres.

Prinzessin Marja folgte der Erzählung und interessierte sich für sie; aber sie sah jetzt etwas anderes, was ihre ganze Aufmerksamkeit in Anspruch nahm: Sie sah für Natascha und Pierre die Möglichkeit der Liebe und des Glückes. Und dieser Gedanke, der ihr jetzt zum erstenmal kam, erfüllte ihre Seele mit Freude.

Es war drei Uhr nachts. Die Diener kamen mit traurig-ernsten Gesichtern, um die Kerzen zu wechseln; aber niemand beachtete sie.

Pierre hatte seine Erzählung beendet. Natascha blickte ihn immer noch mit lebhaften, glänzenden Augen unverwandt und aufmerksam an, als wünschte sie, auch noch das übrige zu verstehen, das er vielleicht nur nicht ausgesprochen hatte. Pierre sah ab und zu mit verschämter, glückseliger Verlegenheit zu ihr hin und überlegte, was er jetzt sagen könnte, um das Gespräch auf einen andern Gegenstand zu bringen. Prinzessin Marja schwieg. Keiner von ihnen dachte daran, daß es drei Uhr in der Nacht und Zeit zum Schlafengehen sei.

»Da reden nun die Menschen immer von Unglück und Leiden«, sagte Pierre. »Aber wenn jemand jetzt gleich, diesen Augenblick, zu mir sagte: ›Willst du bleiben, was du vor der Gefangenschaft warst, oder all dies noch einmal von Anfang an durchleben?‹, bei Gott, ich würde noch einmal Gefangenschaft und Pferdefleisch wählen. Wenn uns etwas aus dem gewohnten Geleise wirft, so denken wir, alles sei verloren; und dabei beginnt doch nur etwas Neues, Gutes. Solange Leben da ist, gibt es auch Glück. Die Zukunft kann noch viel, viel Gutes bringen. Das sage ich Ihnen«, schloß er, zu Natascha gewendet.

»Ja, ja«, sagte sie, auf etwas ganz anderes antwortend, »auch ich würde nichts anderes wünschen, als alles noch einmal von Anfang an zu durchleben.« Pierre blickte sie aufmerksam an.

»Ja, und weiter nichts!« fügte Natascha bekräftigend hinzu.

»Das kann nicht richtig sein, das kann nicht richtig sein«, rief Pierre. »Ich kann nichts dafür, daß ich lebe und leben will; und so ist es auch mit Ihnen.«

Auf einmal ließ Natascha den Kopf auf die Arme sinken und brach in Tränen aus.

»Was ist dir, Natascha?« fragte Prinzessin Marja.

»Nichts, nichts.« Sie lächelte durch ihre Tränen hindurch Pierre zu. »Gute Nacht, es ist Zeit, schlafen zu gehen.«

Pierre stand auf und empfahl sich.

Prinzessin Marja und Natascha redeten, wie immer, im Schlafzimmer noch eine Weile miteinander. Sie sprachen von dem, was Pierre erzählt hatte. Über Pierre selbst sprach Prinzessin Marja ihre Meinung nicht aus. Auch Natascha sprach nicht von ihm.

»Nun, gute Nacht, Marja«, sagte Natascha. »Weißt du, was ich oft fürchte? Wir reden nicht von ihm« (dem Fürsten Andrei), »als fürchteten wir, unserer Empfindung dadurch etwas von ihrer Erhabenheit zu nehmen, und gelangen dadurch schließlich dazu, ihn zu vergessen.«

Prinzessin Marja seufzte schwer und erkannte durch diesen Seufzer Nataschas Bemerkung als richtig an; aber mit Worten stimmte sie ihr nicht zu.

»Ist es denn möglich, ihn zu vergessen?« erwiderte sie.

»Mir hat es heute so wohl getan, alles zu erzählen«, sagte Natascha. »Es war mir peinlich und schmerzlich, tat mir aber doch wohl, sehr wohl. Ich bin überzeugt, daß er ihn wirklich geliebt hat. Darum habe ich es ihm auch erzählt … Es schadet doch nichts, daß ich es ihm erzählt habe?« fragte sie plötzlich errötend.

»Daß du es Pierre erzählt hast? O nein! Was ist das für ein prächtiger Mensch!« sagte Prinzessin Marja.

»Weißt du, Marja«, sagte Natascha auf einmal mit einem schelmischen Lächeln, das Prinzessin Marja auf ihrem Gesicht seit langer Zeit nicht gesehen hatte. »Er ist, ich möchte sagen, so rein und glatt und frisch geworden, wie wenn er aus dem Bad käme; verstehst du, wie ich es meine? Im geistigen Sinn. Nicht wahr?«

»Ja«, erwiderte Prinzessin Marja. »Er hat sehr gewonnen.«

»Und der kurze Oberrock und das kurzgeschnittene Haar; wirklich, ganz wie aus dem Bad … wie Papa manchmal …«

»Ich begreife es, daß er« (Fürst Andrei) »niemanden so sehr geliebt hat wie ihn«, sagte Prinzessin Marja.

»Ja, und dabei ist er von ihm so verschieden. Man sagt ja, Männer können nur dann miteinander befreundet sein, wenn sie voneinander ganz verschieden sind. Das muß wohl richtig sein. Er ist ihm doch ganz unähnlich, in allem, nicht wahr?«

»Ja, und doch ist er ein prächtiger Mensch.«

»Nun, gute Nacht«, antwortete Natascha.

Und das schelmische Lächeln blieb, wie in Selbstvergessenheit, noch lange auf ihrem Gesicht.

XIX

Pierre konnte in dieser Nacht lange nicht einschlafen. Er ging im Zimmer auf und ab, bald die Stirn runzelnd, wie wenn er irgend etwas Schwieriges überlegte, bald plötzlich die Achseln zuckend und zusammenfahrend, bald glückselig lächelnd.

Er dachte an den Fürsten Andrei, an Natascha, an die Liebe dieser beiden, und war bald eifersüchtig auf Nataschas Vergangenheit, bald machte er sich wegen dieser Eifersucht Vorwürfe, bald verzieh er es sich. Es war schon sechs Uhr morgens, und er ging immer noch im Zimmer auf und ab.

»Nun, was ist da zu machen? Wenn es doch nun einmal nicht anders geht? Was ist da zu machen? Dann muß es also geschehen«, sagte er zu sich selbst, kleidete sich schnell aus und legte sich ins Bett, glückselig und aufgeregt, aber frei von Zweifeln und von Unentschlossenheit.

»Mag auch dieses Glück noch so seltsam, noch so unmöglich scheinen, ich muß alles tun, damit sie meine Frau wird«, sagte er sich.

Noch vor ein paar Tagen hatte Pierre seine Abreise nach Petersburg auf den Freitag angesetzt. Als er am Donnerstag aufwachte, trat Saweljitsch zu ihm, um sich Befehle wegen des Packens der Sachen für die Reise zu erbitten.

»Nach Petersburg? Was ist mit Petersburg? Wer soll nach Petersburg reisen?« fragte er sich unwillkürlich, wiewohl nur im stillen. »Ja, so etwas hatte ich ja vor längerer Zeit vor; ehe sich dies noch begab, hatte ich wirklich aus irgendeinem Grund vor, nach Petersburg zu reisen«, fiel ihm ein. »Weshalb auch nicht? Vielleicht fahre ich wirklich hin. Wie gut er ist, wie aufmerksam, wie er an alles denkt!« dachte er weiter, indem er Saweljitschs altes Gesicht ansah. »Und was für ein angenehmes Lächeln!« dachte er.

»Nun, wie ist's? Willst du noch immer nicht frei werden, Saweljitsch?« fragte Pierre.

»Was hätte ich von der Freiheit, Euer Erlaucht? Ich habe bei dem alten Herrn Grafen (Gott schenke ihm das Himmelreich) ein gutes Leben gehabt, und Sie haben mir ja auch nie etwas zuleide getan.«

»Nun, und deine Kinder?«

»Die Kinder werden auch gern in demselben Stand bleiben, Euer Erlaucht; bei solchen Herren kann man schon leben.«

»Nun, und meine Erben?« fragte Pierre. »Ich könnte mich ja auf einmal verheiraten … Das wäre nicht unmöglich«, fügte er mit einem unwillkürlichen Lächeln hinzu.

»Ich bin so frei zu sagen: Das wäre sehr gut, Euer Erlaucht.«

»Ja, das denkt er sich so leicht«, dachte Pierre. »Er weiß nicht, wie schrecklich und gefährlich das ist. Man handelt dabei entweder zu früh oder zu spät … Es ist schrecklich!«

»Wie befehlen Sie? Belieben Sie morgen zu reisen?« fragte Saweljitsch.

»Nein, ich möchte es noch eine Weile aufschieben. Ich werde es dir dann schon sagen. Nimm es mir nicht übel, daß ich dir unnütz Umstände gemacht habe«, sagte Pierre, und als er Saweljitschs Lächeln sah, dachte er: »Wie sonderbar ist es doch, daß er nicht weiß, daß mir jetzt Petersburg ganz gleichgültig ist und vor allen Dingen erst das Wichtigste zur Entscheidung gebracht werden muß. Übrigens weiß er es sicherlich und verstellt sich nur. Oh ich ihm wohl etwas davon sage? Wie mag er es auffassen?« dachte Pierre. »Nein, später einmal.«

Beim Frühstück teilte Pierre der Prinzessin mit, daß er gestern bei Prinzessin Marja gewesen sei. »Denken Sie sich nur, wen ich da getroffen habe: Natascha Rostowa.«

Die Prinzessin tat, als hielte sie diese Nachricht für etwas ebenso Gewöhnliches, wie wenn Pierre sagte, er habe Anna Semjonowna gesehen.

»Kennen Sie sie?« fragte Pierre.

»Ich habe die Prinzessin gelegentlich gesehen«, antwortete sie. »Ich habe gehört, sie sei dem jungen Rostow als Braut zugedacht. Das wäre für die Rostowsche Familie ein rechtes Glück; denn sie sollen ja völlig ruiniert sein.«

»Nein, ich meine, ob Sie die junge Gräfin Rostowa kennen.«

»Ich habe damals nur von einer Skandalgeschichte gehört. Sehr bedauerlich.«

»Nein«, dachte Pierre, »entweder versteht sie mich nicht, oder sie verstellt sich. Das beste ist schon, ich sage auch ihr nichts davon.«

Auch die Prinzessin hatte für Pierre gesorgt, indem sie ihm Reiseproviant zurechtgemacht hatte.

»Wie gut sie alle sind«, dachte Pierre, »daß sie jetzt, wo sie doch aller Wahrscheinlichkeit nach kein Interesse mehr dafür haben, sich noch mit all dergleichen abgeben. Und alles mir zuliebe; das ist doch erstaunlich.«

An demselben Tag kam der Polizeimeister zu Pierre und forderte ihn auf, er möchte doch einen Bevollmächtigten nach dem Facettenpalast schicken, um die Sachen in Empfang zu nehmen, die heute an die Eigentümer verteilt werden sollten.

»Na, und auch der hier«, dachte Pierre, als er dem Polizeimeister ins Gesicht sah, »was ist das für ein prächtiger, schöner Offizier und was für ein guter Mensch! *Jetzt* gibt er sich noch mit solchen Lappalien ab. Und da sagen die Leute, er sei nicht ehrenhaft und lasse sich etwas in die Hand drücken. Dummes Zeug! Übrigens, warum sollte er auch nicht etwas annehmen? Das hängt mit seiner ganzen Erziehung zusammen. Und es machen es ja auch alle so. Und so ein angenehmes, gutmütiges Gesicht hat er, und er lächelt, wenn er mich ansieht.«

Zum Mittagessen fuhr Pierre zur Prinzessin Marja.

Während er zwischen den Brandstätten der Häuser durch die Straßen fuhr, war er erstaunt über die Schönheit dieser Ruinen. Die Schornsteine der Häuser und die trümmerhaften Mauern, die in ihrem pittoresken Aussehen an den Rhein und das Kolosseum erinnerten, zogen sich in langen Reihen, einander bald so, bald anders verdeckend, durch die eingeäscherten Stadtteile hin. Alle Leute, bei denen er vorbeikam: die Droschkenkutscher und ihre Fahrgäste, die Zimmerleute, welche Fachwerk errichteten, die Hökerfrauen und Ladenbesitzer, alle sahen Pierre mit heiteren, strahlenden Gesichtern an und schienen zu sagen: »Aha, da ist er! Wollen mal sehen, was daraus wird.«

Beim Eintritt in das Haus der Prinzessin Marja überkam ihn ein Zweifel, ob es auch wirklich richtig sei, daß er gestern hier gewesen sei und Natascha gesehen und mit ihr gesprochen habe. »Vielleicht habe ich mir das nur so ausgesonnen. Vielleicht komme ich herein und bekomme niemanden zu sehen.« Aber kaum war er ins Zimmer getreten, als er auch schon in seinem ganzen Wesen, an dem sofortigen Verlust seiner Freiheit, ihre Gegenwart empfand. Sie trug dasselbe schwarze Kleid mit weichen Falten und dieselbe Frisur wie tags zuvor; aber doch war sie eine ganz andere. Hätte sie gestern, als er ins Zimmer trat, so ausgesehen, so hätte er sie auch nicht einen Augenblick verkennen können.

Sie sah ebenso aus, wie er sie gekannt hatte, als sie beinah noch ein Kind und dann die Braut des Fürsten Andrei war. Ein heiterer, fragender Glanz leuchtete aus ihren Augen; ihr Gesicht trug einen freundlichen und eigentümlich schelmischen Ausdruck.

Pierre speiste mit den Damen zu Mittag und hätte den ganzen Abend bei ihnen gesessen; aber Prinzessin Marja und Natascha fuhren zum Abendgottesdienst und Pierre mit ihnen.

Am andern Tag kam Pierre schon früh, speiste wieder dort und blieb den ganzen Abend da. Obwohl Prinzessin Marja und Natascha über seinen Besuch augenscheinlich erfreut waren, und obwohl Pierres gesamtes Lebensinteresse sich jetzt auf dieses Haus konzentrierte, hatten sie doch gegen Abend alle Themata erschöpft, und das Gespräch ging fortwährend von einem nichtigen Gegenstand zu einem andern ebenso nichtigen über und stockte oft vollständig.

Pierre blieb an diesem Abend bis zu so später Stunde sitzen, daß Prinzessin Marja und Natascha einander Blicke zuwarfen und offenbar darauf warteten, ob er denn noch nicht bald gehen werde. Pierre sah das, war aber nicht imstande, wegzugehen. Es war ihm peinlich, und er fühlte sich unbehaglich; aber doch saß und saß er, weil er schlechterdings nicht imstande war, aufzustehen und wegzugehen.

Prinzessin Marja, die davon kein Ende absah, erhob sich zuerst, indem sie über Migräne klagte, und schickte sich an, gute Nacht zu sagen.

»Also Sie fahren morgen nach Petersburg?« fragte sie.

»Nein, ich fahre nicht«, erwiderte Pierre rasch im Ton der Verwunderung und gewissermaßen, als ob er sich gekränkt fühlte. »Ja, nein, nach Petersburg? Ja, morgen; aber ich nehme noch nicht Abschied. Ich komme noch einmal heran, wenn Sie mir etwa Aufträge mitgeben wollen.« Er stand vor der Prinzessin Marja und war ganz rot geworden; aber er ging nicht weg.

Natascha reichte ihm die Hand und ging hinaus. Prinzessin Marja dagegen, statt zu gehen, ließ sich auf einen Sessel nieder und schaute mit ihrem leuchtenden, tiefen Blick Pierre ernst und prüfend an. Die Müdigkeit, die sie vorher so deutlich zum Ausdruck gebracht hatte, war jetzt vollständig verschwunden. Sie stieß einen schweren, langen Seufzer aus, als wenn sie sich auf ein langes Gespräch vorbereitete.

Alle Verlegenheit und Unbehaglichkeit Pierres war mit Nataschas Entfernung sofort vergangen und eine aufgeregte Lebhaftigkeit an deren Stelle getreten. Hurtig rückte er seinen Sessel nahe zu Prinzessin Marja heran.

»Ja, ich wollte gern mit Ihnen reden«, sagte er, als ob er auf ihren Blick wie auf Worte antwortete. »Prinzessin, helfen Sie mir. Was soll ich tun? Darf ich hoffen? Prinzessin, liebe Freundin, hören Sie mich an. Ich weiß alles. Ich weiß, daß ich ihrer nicht würdig bin; ich weiß, daß es jetzt unmöglich ist, ihr davon zu sprechen. Aber ich will ihr Bruder sein. Nein, das nicht, das will ich nicht sein, das kann ich nicht ...«

Er hielt inne und rieb sich mit den Händen Gesicht und Augen.

»Sehen Sie«, fuhr er fort und strengte sich offenbar gewaltsam an, zusammenhängend zu reden. »Ich weiß nicht, seit wann ich sie liebe. Aber ich habe nur sie, sie allein geliebt mein ganzes Leben lang und liebe sie so, daß ich mir ein Leben ohne sie nicht vorzustellen vermag. Sie jetzt um ihre Hand zu bitten wage ich nicht; aber der Gedanke, daß sie vielleicht die meine werden könnte und daß ich diese Möglichkeit ... Möglichkeit ... unbenutzt lasse, dieser Gedanke ist schrecklich. Sagen Sie, kann ich hoffen? Sagen Sie, was soll ich tun? Liebe Prinzessin!« sagte er nach einer kurzen Pause, indem er ihre Hand berührte, da sie nicht antwortete.

»Ich denke über das, was Sie mir gesagt haben, nach«, antwortete Prinzessin Marja. »Und da möchte ich Ihnen dies sagen: Sie haben ganz recht, daß jetzt mit ihr von Liebe zu reden ...«

Die Prinzessin hielt inne. Sie hatte sagen wollen: »daß jetzt mit ihr von Liebe zu reden unmöglich ist«, aber sie hielt inne, weil sie seit zwei Tagen an der Veränderung, die plötzlich mit Natascha vorgegangen war, sah, daß Natascha sich ganz und gar nicht beleidigt fühlen würde, wenn Pierre zu ihr von seiner Liebe spräche, sondern vielmehr nichts sehnlicher wünschte.

»Jetzt mit ihr davon zu reden ... geht nicht an«, sagte Prinzessin Marja aber trotzdem.

»Aber was soll ich denn tun?«

»Legen Sie die Sache in meine Hände«, erwiderte Prinzessin Marja. »Ich weiß ...«

Pierre blickte ihr gespannt in die Augen.

»Nun? Nun?« sagte er.

»Ich weiß, daß sie Sie liebt ... Sie liebgewinnen wird«, verbesserte sie sich.

Kaum hatte sie diese Worte gesprochen, als Pierre aufsprang und in größter Aufregung ihre Hand ergriff.

»Woher meinen Sie das? Sie meinen, daß ich hoffen darf? Sie meinen?!«

»Ja, das meine ich«, erwiderte Prinzessin Marja lächelnd. »Schreiben Sie an die Eltern und legen Sie die Sache in meine Hände. Ich werde es ihr sagen, sobald es tunlich ist. Ich selbst wünsche es, und mein Herz sagt mir, daß es zum guten Ende kommen wird.«

»Nein, es ist nicht möglich! Wie glücklich ich bin! Aber es ist nicht möglich ... Wie glücklich ich bin! Nein, es ist nicht möglich!« rief Pierre und küßte der Prinzessin Marja die Hände.

»Reisen Sie nur nach Petersburg; das ist das beste. Und ich werde Ihnen dann schreiben«, sagte sie.

»Nach Petersburg reisen? Ja, gut, ich werde hinreisen. Aber morgen darf ich doch noch zu Ihnen kommen?«

Am nächsten Tag erschien Pierre, um Abschied zu nehmen. Natascha war weniger lebhaft als an den vorhergehenden Tagen; aber an diesem Tag hatte Pierre, wenn er ihr manchmal in die Augen sah, eine Empfindung, als ob er selbst verschwinde und weder er noch sie mehr daseien, sondern nichts dasei als ein einziges Gefühl des Glücks. »Ist es denn wahr? Nein, es ist nicht möglich«, sagte er sich bei jedem Blick, jeder Bewegung, jedem Wort von ihr, die seine Seele mit Freude erfüllten.

Als er ihr Lebewohl sagte und ihre schmale, magere Hand ergriff, hielt er sie unwillkürlich etwas länger in der seinigen.

»Soll wirklich diese Hand, dieses Gesicht, diese Augen, dieser ganze mir noch fremde Schatz weiblicher Reize, soll das alles wirklich fürs ganze Leben mein sein, mein gewohntes Besitztum, ebenso wie ich selbst es für mich bin? Nein, es ist nicht möglich ...!«

»Leben Sie wohl, Graf«, sagte sie laut zu ihm. Und flüsternd fügte sie hinzu: »Ich werde Ihrer Rückkehr gern entgegensehen.«

Und diese einfachen Worte und der Blick und der Gesichtsausdruck, von denen sie begleitet waren, bildeten zwei Monate lang für Pierre den Gegenstand unerschöpflicher Erinnerungen, Ausdeutungen und Zukunftsträumereien. »›Ich werde Ihrer Rückkehr gern entgegensehen …‹ Ja, ja, wie hat sie doch gesagt? ›Ich werde Ihrer Rückkehr gern entgegensehen.‹ Ach, was bin ich glücklich! Was ist das für ein Zustand! Was bin ich glücklich!« sagte Pierre zu sich selbst.

XX

In Pierres Seele ging jetzt nichts dem Ähnliches vor, was in ihr unter ganz ähnlichen Umständen bei seiner Bewerbung um Helene vorgegangen war.

Er wiederholte jetzt nicht wie damals mit einem schmerzlichen Gefühl der Beschämung in Gedanken die Worte, die er gesprochen hatte; er sagte nicht bei sich: »Ach, warum habe ich nicht lieber das gesagt, und warum, ja warum habe ich gesagt: ›Ich liebe Sie‹?« Jetzt dagegen wiederholte er sich in der Erinnerung jedes Wort, das sie und er gesagt hatten, und vergegenwärtigte sich dabei alle Einzelheiten des Gesichtsausdruckes und des Lächelns und wollte nichts hinzufügen oder davon abnehmen: Er wollte es sich nur wiederholen. Von einem Zweifel, ob sein Vorhaben gut oder schlecht sei, war in seiner Seele jetzt auch nicht die leiseste Spur vorhanden. Nur ein furchtbarer Zweifel kam ihm mitunter in den Sinn: »Träume ich auch nicht etwa das alles nur? Hat sich Prinzessin Marja auch nicht geirrt? Bin ich auch nicht zu stolz und zu selbstgewiß? Ich glaube jetzt an einen guten Ausgang, und da wird nun auf einmal (wie das ja auch nach der Abrede geschehen soll) Prinzessin Marja mit ihr davon reden, und sie wird lächelnd antworten: ›Wie sonderbar! Er hat sich offenbar geirrt. Weiß er denn nicht, daß er nur ein Mensch, weiter nichts als ein Mensch ist, und ich? … Ich bin ja etwas ganz anderes, Höheres.‹«

Das war der einzige Zweifel, der ihm häufig aufstieg. Auch Pläne machte er jetzt keine. Das bevorstehende Glück erschien ihm so unglaublich groß, daß, wenn dieses in Erfüllung ging, nichts mehr weiter kommen konnte. Dann war alles erreicht.

Eine fröhliche Verrücktheit, deren sich Pierre nicht für fähig gehalten hatte, war in überraschender Weise über ihn gekommen. Es kam ihm vor, als liege der ganze Sinn und Zweck des Lebens nicht nur für ihn allein, sondern für die ganze Welt ausschließlich in seiner Liebe und in der

Möglichkeit ihrer Gegenliebe. Manchmal kam es ihm vor, als interessierten sich alle Menschen nur für einen Gegenstand: für sein künftiges Glück. Manchmal kam es ihm vor, als freuten sich alle ebenso wie er selbst und gäben sich nur Mühe, diese Freude zu verbergen und sich zu stellen, wie wenn sie mit anderen Interessen beschäftigt wären. In jedem Wort und in jeder Bewegung sah er eine Anspielung auf sein Glück. Oft setzte er die Menschen, denen er begegnete, in Verwunderung durch seine bedeutsamen, auf ein geheimes Einverständnis hinweisenden, glücklichen Blicke und lächelnden Mienen. Wenn er aber dann einsah, daß die Menschen von seinem Glück ja nichts wissen konnten, so bedauerte er sie von ganzer Seele und empfand den Wunsch, ihnen irgendwie klarzumachen, daß alles das, womit sie sich abgäben, vollständiger Unsinn und lauter dummes Zeug sei, nicht wert, daß sich jemand darum kümmere.

Wenn ihn jemand dazu anregen wollte, ein Amt zu übernehmen, oder wenn die Leute irgendwelche allgemeinen Staatsangelegenheiten erörterten oder über den Gang des Krieges debattierten, wobei sie der Ansicht waren, daß von einem glücklichen oder unglücklichen Ausgang dieses geschichtlichen Ereignisses das Glück aller Menschen abhinge: dann hörte er mit einem milden, mitleidigen Lächeln zu und setzte die Leute, die mit ihm sprachen, durch seine seltsamen Bemerkungen in Erstaunen. Aber sowohl diejenigen, die ihm den wahren Sinn und Zweck des Lebens, d. h. sein Liebesgefühl, zu verstehen schienen, als auch jene Unglücklichen, die augenscheinlich kein Verständnis dafür hatten: Alle Menschen standen während dieser Periode seines Lebens so hell durch das in ihm strahlende Gefühl beleuchtet vor ihm, daß er ohne die geringste Mühe sofort, wenn er mit irgend jemandem zusammenkam, an ihm alles wahrnahm, was er Gutes und Liebenswürdiges besaß.

Während er die finanziellen Angelegenheiten seiner verstorbenen Frau ordnete und ihre Papiere durchsah, empfand er für ihr Gedächtnis kein anderes Gefühl als das des Mitleids, weil sie das Glück nicht kennengelernt hatte, das er jetzt kannte. Fürst Wasili, der jetzt besonders stolz war, da er ein neues Amt und einen neuen Orden erhalten hatte, erschien ihm als ein rührender, gutherziger, bedauernswerter alter Mann.

Pierre erinnerte sich später oft an diese Zeit glückseliger Verrücktheit. An allen Urteilen, die er sich über Menschen und Dinge in dieser Periode gebildet hatte, hielt er nachher für immer fest. Nicht nur, daß er sich in der Folgezeit von diesen Anschauungen über Menschen und Dinge nicht lossagte; er griff sogar, wenn sich einmal in seinem Innern Zweifel und Widerspruch regte, vertrauensvoll auf die Anschauungen zurück, die er in dieser Zeit der Verrücktheit gehabt hatte, und diese Anschauungen erwiesen sich immer als die richtigen.

»Vielleicht«, dachte er, »machte ich damals den Eindruck eines sonderbaren, lächerlichen Menschen; aber ich war damals nicht so verrückt, wie ich zu sein schien. Im Gegenteil, ich war damals klüger und scharfsinniger als sonst je und verstand alles, was zu verstehen im Leben der Mühe wert ist, weil … ja weil ich glücklich war.«

Pierres Verrücktheit bestand darin, daß er nicht wie früher auf persönliche Gründe wartete, um einzelne Menschen zu lieben, d. h. auf bestimmte gute Eigenschaften der Betreffenden, sondern ein Herz voll Liebe hatte und, indem er die Menschen ohne solche besonderen Gründe liebte, nun völlig ausreichende Gründe fand, um derentwillen sie geliebt zu werden verdienten.

XXI

Seit jenem ersten Abend, an dem Natascha nach Pierres Weggang mit vergnügtem, etwas spöttischem Lächeln zu Prinzessin Marja gesagt hatte, er sehe ganz aus, wie wenn er aus dem Bad käme, und eine Bemerkung über seinen kurzen Oberrock und sein kurzgeschnittenes Haar gemacht hatte, seit diesem Augenblick war etwas bis dahin Verborgenes und ihr selbst Unbekanntes, aber Unüberwindliches in Nataschas Seele erwacht.

Alles: ihr Gesicht, ihr Gang, ihr Blick, ihre Stimme, alles hatte sich auf einmal an ihr verändert. Eine ihr selbst unerwartete Lebenskraft und frohe Hoffnungen auf Glück waren emporgetaucht und verlangten befriedigt zu werden. Seit dem ersten Abend schien Natascha alles vergessen zu haben, was sie bekümmert hatte. Sie hatte seitdem nicht ein einziges Mal mehr über ihren Zustand geklagt, kein Wort mehr über die Vergangenheit gesagt und scheute sich nicht mehr, heitere Pläne für die Zukunft zu entwerfen. Sie redete wenig von Pierre; aber sobald Prinzessin Marja seiner Erwähnung tat, flammte ein längst erloschener Glanz in ihren Augen auf und ein eigenartiges Lächeln spielte um ihre Lippen.

Die Veränderung, die mit Natascha vorgegangen war, hatte anfangs Prinzessin Marja in Erstaunen versetzt; aber als sie die Bedeutung derselben erkannt hatte, fühlte sie sich durch diese Veränderung gekränkt. »Hat sie meinen Bruder wirklich so wenig geliebt, daß sie ihn so schnell hat vergessen können?« dachte Prinzessin Marja, wenn sie für sich allein über die eingetretene Veränderung nachdachte. Aber sobald sie mit Natascha zusammen war, zürnte sie ihr nicht und machte ihr keine Vorwürfe. Die neuerwachte Lebenskraft, die Nataschas Wesen erfüllte, war offenbar so wenig einzudämmen und war ihr selbst so unerwartet gekommen, daß Prinzessin Marja in Nataschas Gegenwart die Empfindung hatte, sie sei nicht berechtigt, ihr Vorwürfe zu machen, auch nicht einmal in Gedanken.

Natascha überließ sich so völlig und mit solcher Offenherzigkeit diesem neuen Gefühl, daß sie gar kein Hehl daraus machte, daß sie jetzt nicht traurig, sondern freudig und heiter gestimmt sei.

Als Prinzessin Marja nach der nächtlichen Aussprache mit Pierre zum Schlafzimmer kam, hatte Natascha sie an der Schwelle erwartet.

»Hat er gesprochen? Ja? Hat er gesprochen?« fragte sie einmal über das andere.

Auf Nataschas Gesicht lag ein freudiger und zugleich rührender Ausdruck, der wegen ihrer Freude um Verzeihung bat.

»Ich wollte an der Tür horchen; aber ich wußte ja, daß du es mir sagen würdest.«

Wie verständlich und rührend auch für Prinzessin Marja der Blick war, mit dem Natascha sie ansah, und wie leid es ihr auch tat, sie in solcher Aufregung zu sehen, so hatten doch Nataschas Worte im ersten Augenblick für Prinzessin Marja etwas Verletzendes. Sie dachte an ihren Bruder und seine Liebe.

»Aber was ist zu tun? Sie kann nicht anders«, sagte sich Prinzessin Marja.

Und mit trauriger, etwas strenger Miene teilte sie Natascha alles mit, was Pierre ihr gesagt hatte. Als Natascha hörte, daß er vorhabe, nach Petersburg zu reisen, war sie darüber erstaunt.

»Nach Petersburg!« rief sie, als könnte sie das gar nicht verstehen.

Aber als sie den traurigen Gesichtsausdruck der Prinzessin Marja sah, erriet sie den Grund ihrer Betrübnis und brach plötzlich in Tränen aus.

»Marja«, sagte sie, »unterweise mich, was ich tun soll; ich möchte nicht schlecht sein. Was du mir sagen wirst, das werde ich tun; unterweise mich …«

»Liebst du ihn?«

»Ja«, flüsterte Natascha.

»Worüber weinst du denn? Ich nehme an deinem Glück von Herzen teil«, sagte Prinzessin Marja, die um dieser Tränen willen ihrer Freundin schon ihre Freude ganz verziehen hatte.

»Es wird nicht so bald geschehen, erst später. Denke nur, welches Glück, wenn ich seine Frau sein werde und du Nikolai heiratest!«

»Natascha, ich habe dich schon früher gebeten, davon nicht zu reden. Wir wollen von dir sprechen.«

Beide schwiegen eine kleine Weile.

»Aber warum fährt er denn nur nach Petersburg?« sagte Natascha auf einmal und gab sich schnell selbst die Antwort darauf: »Gewiß, gewiß, es wird so sein müssen … Nicht wahr, Marja? Es muß so sein …«

Epilog

I

Sieben Jahre waren vergangen. Das aufgeregte Meer der europäischen Geschichte war in seine Ufer zurückgetreten und schien still geworden zu sein; aber die geheimnisvollen Kräfte, die die Menschheit in Bewegung setzen (geheimnisvoll deshalb, weil die Gesetze, durch die ihre Bewegung bestimmt wird, uns unbekannt sind), fuhren in ihrer Tätigkeit fort.

Trotzdem die Oberfläche des Meeres der Geschichte regungslos dazuliegen schien, bewegte sich dennoch die Menschheit weiter, ebenso ununterbrochen, wie sich die Zeit bewegt. Mannigfaltige Gruppierungen innerhalb der Menschheit bildeten sich und zerfielen; es bereiteten sich Ursachen vor, die zur Neubildung und zum Zerfall von Staaten und zu Verschiebungen von Nationen führten.

Das Meer der Geschichte strömte nicht wie früher stoßweise von einem Ufer zum andern, sondern tobte in der Tiefe. Die historischen Persönlichkeiten wurden nicht wie früher von den Wellen von einem Ufer zum andern getragen; jetzt schienen sie auf einem und demselben Fleck herumgewirbelt zu werden. Die historischen Persönlichkeiten, die früher die Bewegung der Massen an der Spitze von Heeren durch Befehle zu Kriegen, Märschen und Schlachten widergespiegelt hatten, taten dies jetzt durch politische und diplomatische Erörterungen, Gesetze und Verträge.

Diese Tätigkeit der historischen Persönlichkeiten nennen die Geschichtsschreiber Restauration.

Wenn sie die Tätigkeit dieser historischen Persönlichkeiten schildern, die nach ihrer Meinung die Ursache von dem waren, was sie Restauration nennen, so fällen die Geschichtsschreiber über sie ein strenges Verdammungsurteil. Alle bekannten Persönlichkeiten jener Zeit, von Alexander und Napoleon bis zu Madame de Staël, Photius, Schelling, Fichte, Chateaubriand usw., müssen vor diesem strengen Gerichtshof vorbeipassieren und werden freigesprochen oder verurteilt, je nachdem sie an dem »Fortschritt« oder an der »Restauration« mitgewirkt haben.

Auch in Rußland hat, nach der Darstellung dieser Historiker, in dieser Periode der Geschichte eine Restauration stattgefunden, und als den Haupturheber dieser Restauration bezeichnen sie Alexander I., eben den Alexander I., der, nach der Darstellung derselben Historiker, der Haupturheber der liberalen Ära zu Anfang seiner Regierung und der Haupturheber der Rettung Rußlands war.

In der jetzigen russischen Literatur gibt es, vom Gymnasiasten bis zum gelehrten Historiker, keinen Menschen, der nicht auf Alexander wegen seiner ungerechten Handlungen in dieser Periode seiner Regierung einen Stein würfe.

»Er hätte so und so handeln müssen. In jenem Fall hat er gut gehandelt, aber in jenem andern schlecht. Am Anfang seiner Regierung und im Jahre 1812 hat er sich vortrefflich benommen; aber er hat schlecht gehandelt, als er Polen eine Verfassung gab, die Heilige Allianz aufrichtete, Araktschejew mit einer solchen Macht ausstattete, Golizyn und den Mystizismus und nachher Schischkow und Photius begünstigte. Er hat schlecht gehandelt, indem er sich mit dem Dienstbetrieb des Heeres abgab und indem er das Semjonower Regiment kassierte« usw.

Man müßte zehn Bogen vollschreiben, um alle die Vorwürfe aufzuzählen, die die Historiker, gestützt auf ihre Kenntnis vom wahren Wohl der Menschheit, gegen ihn richten.

Welchen Wert haben diese Vorwürfe?

Jene Handlungen, für welche die Historiker Alexander I. loben, als da sind: die liberalen Anfänge seiner Regierung, der Kampf mit Napoleon, die von ihm im Jahre 1812 bewiesene Festigkeit, entspringen sie nicht denselben Quellen (nämlich der Eigenart des Blutes, der Erziehung und des Lebens, wodurch die Persönlichkeit Alexanders zu dem gemacht wurde, was sie war), aus denen auch diejenigen Handlungen entspringen, um derentwillen die Historiker ihn tadeln, als da sind: die Heilige Allianz, die Wiederherstellung Polens, die Restauration der zwanziger Jahre?

Worin besteht denn der eigentliche Kern dieser Vorwürfe?

Darin, daß eine solche geschichtliche Persönlichkeit wie Alexander I., eine Persönlichkeit, die auf der höchsten überhaupt möglichen Stufe menschlicher Macht stand, gleichsam im Brennpunkt des blendenden Lichtes aller auf ihn konzentrierten Strahlen der Geschichte; eine Persönlichkeit, die jenen von der Macht nun einmal unzertrennlichen Einwirkungen der Intrigen, der Täuschungen, der Schmeichelei, der Selbstverblendung im denkbar stärksten Grad ausgesetzt war; eine Persönlichkeit, die in jedem Augenblick ihres Lebens fühlte, daß die Verantwortung für alles, was in Europa geschah, auf ihr lastet; und eine nicht erdichtete Persönlichkeit, sondern eine Persönlichkeit von Fleisch und Blut wie jeder Mensch, mit eigenen persönlichen Gewohnheiten, Leidenschaften und Bestrebungen nach dem Guten, Schönen und Wahren – der Kern jener Vorwürfe liegt darin, daß diese Persönlichkeit vor fünfzig Jahren nicht etwa sittlich schlecht war (diesen Vorwurf erheben die Historiker nicht), sondern über das Wohl der Menschheit nicht diejenigen Anschauungen hatte, die heutzutage ein Professor besitzt, der sich von Jugend auf mit der Wissenschaft beschäftigt, d. h. mit dem Lesen von Büchern, dem Anhören von Vorlesungen und dem Eintragen des Inhalts dieser Bücher und Vorlesungen in ein Heft, aus dem er dann selbst Vorlesungen hält.

Aber selbst wenn wir annehmen, daß Alexander vor fünfzig Jahren sich mit seinen Ansichten über das, worin das Wohl der Völker besteht, im Irrtum befunden habe, so müssen wir notgedrungen annehmen, daß nach Verlauf einiger Zeit auch der Historiker, welcher über Alexander den Stab bricht, sich mit seiner Ansicht über das, was das Wohl der Menschheit bildet, genau ebenso als im Irrtum befangen erweisen wird. Diese Annahme ist um so natürlicher und notwendiger, da wir bei Durchmusterung der Weltgeschichte sehen, daß die Ansicht über das, worin das Wohl der Menschheit besteht, sich mit jedem Jahr, mit jedem neuen Schriftsteller ändert, so daß das, was zu gewisser Zeit als ein Segen betrachtet worden ist, zehn Jahre darauf als ein Unheil erscheint, und umgekehrt. Und damit noch nicht genug; wir finden in der Geschichte gleichzeitig ganz entgegengesetzte Ansichten darüber, was ein Segen und was ein Unheil war: Die einen rechnen die Verleihung einer Konstitution an Polen und die Errichtung der Heiligen Allianz Alexander zum Verdienst an, die andern machen ihm beides zum Vorwurf.

Von der Tätigkeit Alexanders und Napoleons dürfen wir nicht sagen, daß sie nützlich oder schädlich gewesen sei, da wir nicht sagen können, wofür sie nützlich und wofür sie schädlich war. Wenn diese Tätigkeit jemandem nicht gefällt, so gefällt sie ihm nur deswegen nicht, weil sie mit seinem beschränkten Begriff über das, was das Heil der Menschen ausmacht, nicht zusammenfällt. Ob mir nun die unversehrte Erhaltung meines Vaterhauses in Moskau im Jahre 1812 als das wahre Heil erscheint oder der Ruhm der russischen Waffen oder die Blüte der Petersburger Universität und anderer Universitäten oder die Freiheit Polens oder die Machtstellung Rußlands oder das europäische Gleichgewicht oder eine gewisse Art von europäischer Aufklärung, der sogenannte Fortschritt: In jedem Fall muß ich bekennen, daß die Tätigkeit einer jeden historischen Persönlichkeit außer diesen Zielen noch andere, allgemeinere und mir unfaßbare Ziele hatte.

Aber nehmen wir an, die sogenannte Wissenschaft fände eine Möglichkeit, alle Gegensätze miteinander zu versöhnen, und besäße für die historischen Persönlichkeiten und Ereignisse einen unveränderlichen Maßstab des Guten und Schlechten.

Nehmen wir an, Alexander hätte in jeder Hinsieht anders verfahren können. Nehmen wir an, er hätte gemäß der Vorschrift seiner jetzigen Tadler, der Leute, die in ihrem Professorendünkel das Endziel der Entwicklung der Menschheit zu kennen meinen, alles nach jenem Programm von Nationalität, Freiheit, Gleichheit und Fortschritt einrichten können (ein anderes Programm scheint es ja gar nicht zu geben), das ihm seine jetzigen Tadler an die Hand gegeben hätten. Nehmen wir an, dieses

Programm läge im Bereich der Möglichkeit und wäre bis ins einzelne ausgearbeitet und Alexander hätte nach ihm gehandelt. Was wäre dann aus der Tätigkeit aller der Männer geworden, die die damalige Richtung der Regierung bekämpften, aus dieser Tätigkeit, die nach der Meinung der Historiker eine gute und nützliche war? Diese Tätigkeit wäre überhaupt nicht vorhanden gewesen; es wäre kein Leben vorhanden gewesen; nichts wäre vorhanden gewesen.

Wenn man annimmt, das menschliche Leben könne durch den Verstand regiert werden, so wird damit die Möglichkeit des Lebens aufgehoben.

II

Nimmt man an, wie es die Historiker tun, daß die großen Männer die Menschheit zur Erreichung bestimmter Ziele hinleiten, welche entweder in der Größe Rußlands oder Frankreichs oder im europäischen Gleichgewicht oder in der Verbreitung revolutionärer Ideen oder im allgemeinen Fortschritt oder in sonst etwas bestehen, so ist es unmöglich, die Erscheinungen der Geschichte ohne die Begriffe »Zufall« und »Genie« zu erklären.

Wenn das Ziel der europäischen Kriege zu Anfang des jetzigen Jahrhunderts in der Größe Rußlands bestand, so konnte dieses Ziel ohne jeden vorhergehenden Krieg und ohne Invasion erreicht werden. Wenn das Ziel die Größe Frankreichs war, so ließ sich dieses Ziel ohne Revolution und ohne Kaiserreich erreichen. Wenn das Ziel die Verbreitung von Ideen war, so hätte das die Buchdruckerkunst weit besser ausgeführt als die Soldaten. Wenn das Ziel in dem Fortschritt der Zivilisation bestand, so liegt die Vermutung nahe, daß es außer der Vernichtung von Menschen und ihrer Habe noch andere, zweckmäßigere Wege zur Verbreitung der Zivilisation gibt.

Warum hat sich denn alles so begeben und nicht anders? Weil es sich so begeben hat.

»Der Zufall hat die Lage geschaffen, das Genie hat sie benutzt«, sagt die Geschichte. Aber was ist Zufall? Was ist Genie?

Die Worte »Zufall« und »Genie« bezeichnen nichts wirklich Existierendes und lassen sich darum auch nicht definieren. Diese Worte bezeichnen nur einen gewissen Grad des Verständnisses der Erscheinungen. Ich weiß nicht, warum diese oder jene Erscheinung eintritt, und bin der Meinung, daß ich es nicht wissen kann; daher verzichte ich darauf, es zu wissen, und sage: Zufall. Ich sehe eine Kraft, die eine Wirkung hervorbringt, die zu den gewöhnlichen menschlichen Fähigkeiten in keinem Verhältnis steht; ich verstehe nicht, woher das kommt, und sage: Genie.

Einer Hammelherde muß derjenige Hammel, der vom Schäfer jeden Abend zur Fütterung in eine besondere Hürde getrieben wird und noch einmal so dick wird wie die anderen, als ein Genie erscheinen. Und der Umstand, daß allabendlich gerade dieser Hammel nicht in den gemeinsamen Schafstall, sondern in eine besondere Hürde kommt und dort seinen Hafer erhält, und daß dieser, gerade dieser von Fett strotzende Hammel zum Essen geschlachtet wird, muß als eine merkwürdige Vereinigung der Genialität mit einer ganzen Reihe außerordentlicher Zufälligkeiten erscheinen.

Aber die Hammel brauchen sich nur von der Vorstellung freizumachen, daß alles, was mit ihnen vorgeht, lediglich zur Erreichung der Zwecke geschieht, welche ihnen selbst vorschweben; sie brauchen nur anzunehmen, daß die mit ihnen sich zutragenden Begebnisse auch andere, ihnen unverständliche Zwecke haben können: und sie werden sofort in dem, was mit dem besonders gemästeten Hammel vorgeht, die Einheitlichkeit und Folgerichtigkeit erkennen. Und wenn sie auch nicht verstehen werden, zu welchem Zweck er gemästet wurde, so werden sie doch wenigstens einsehen, daß alles, was mit dem Hammel vorging, nicht ohne eine leitende Absicht geschah, und werden weder den Begriff »Zufall« noch den Begriff »Genie« mehr nötig haben.

Erst wenn wir darauf verzichten, einen nahen, begreifbaren Zweck erkennen zu wollen, und zugeben, daß der Endzweck für uns unfaßbar ist, erst dann werden wir die Zweckmäßigkeit in dem Leben der weltgeschichtlichen Persönlichkeiten erkennen, und es wird uns die Ursache jener von ihnen hervorgebrachten Wirkung, die zu den gewöhnlichen menschlichen Fähigkeiten in keinem Verhältnis steht, klar werden, und wir werden der Worte »Zufall« und »Genie« entraten können.

Wir brauchen nur anzuerkennen, daß uns der Zweck des Hin- und Herwogens der europäischen Völker unbekannt ist und wir nur die Tatsachen kennen, welche in einem vielfachen Morden bestanden, zuerst in Frankreich, dann in Italien, in Afrika, in Preußen, in Österreich, in Spanien, in Rußland, und daß die Bewegung von Westen nach Osten und wieder von Osten nach Westen den Kern und Zweck dieser Ereignisse bildet: und wir werden nicht mehr nötig haben, in den Charakteren Napoleons und Alexanders eine alles überragende Ausnahme und eine Genialität zu sehen, ja, wir werden uns diese Persönlichkeiten sogar als ganz ebensolche Menschen vorstellen müssen wie alle übrigen; und wir werden nicht mehr nötig haben, die kleinen Ereignisse, durch welche diese Männer zu dem gemacht wurden, was sie waren, für Zufälligkeiten zu erklären, sondern es wird uns vielmehr deutlich sein, daß alle diese kleinen Ereignisse notwendig waren.

Haben wir so auf eine Erkenntnis des Endzwecks verzichtet, so werden wir klar einsehen, daß, wie man zu keiner Pflanze andere, besser zu ihr passende Blüten und Samen ersinnen kann als die, welche sie wirklich hervorbringt, man ebensowenig zwei andere Menschen ersinnen kann, deren ganze Vergangenheit in solchem Grad, bis in die kleinsten Einzelheiten hinein, der Bestimmung entspräche, die zu erfüllen ihnen oblag.

III

Die eigentliche fundamentale Idee der europäischen Ereignisse zu Anfang dieses Jahrhunderts ist die kriegerische Massenbewegung der europäischen Völker von Westen nach Osten und dann von Osten nach Westen. Den Anfang machte die Bewegung von Westen nach Osten. Damit die Völker des Westens jene kriegerische Bewegung nach Moskau ausführen konnten, die sie wirklich ausgeführt haben, war mehreres notwendig: 1. daß sie sich zu einer kriegerischen Gruppe von solcher Größe zusammentaten, daß sie imstande war, den Zusammenstoß mit der kriegerischen Gruppe des Ostens auszuhalten, 2. daß sie sich von allen hergebrachten Traditionen und Bräuchen lossagten und 3. daß sie bei Ausführung ihrer kriegerischen Bewegung einen Mann an ihrer Spitze hatten, der all die Betrügereien, Räubereien und Mordtaten, die diese Bewegung notwendigerweise begleiten mußten, sowohl für seine eigene Person als auch für sie auf sein Gewissen nehmen konnte.

Die Französische Revolution bildet den Ausgangspunkt: Nun zerfällt die alte Gruppierung, deren Größe nicht ausreichend war; die alten Bräuche und Traditionen schwinden; Schritt für Schritt bilden sich neue Maßstäbe und neue Bräuche heraus, und es entwickelt sich der Mann, der dazu bestimmt ist, an der Spitze der kommenden Bewegung zu stehen und die ganze Verantwortung für alles, was sich vollziehen soll, auf seinen Schultern zu tragen.

Ein Mann ohne Überzeugungen, ohne feste Gewohnheiten, ohne Traditionen, ohne Namen, nicht einmal von französischer Herkunft, wird durch die, wie es scheinen möchte, seltsamsten Zufälle zwischen allen Parteien, welche Frankreich in Aufruhr versetzten, hindurch vorwärtsgeschoben und, ohne daß er sich einer von ihnen anschlösse, an eine hervorragende Stelle befördert.

Die Unwissenheit seiner Kameraden, die Schwäche und Geringwertigkeit der Gegner, die wie Aufrichtigkeit aussehende Lügenhaftigkeit und die glänzende, selbstbewußte Beschränktheit dieses Menschen bringen ihn an die Spitze einer Armee. Die vortreffliche Zusammensetzung der Truppen der italienischen Armee, die Unlust der Gegner, sich auf einen Kampf einzulassen, seine knabenhafte Dreistigkeit und Zuversichtlichkeit verhelfen ihm zu kriegerischem Ruhm. Eine zahllose Menge sogenannter Zufälle kommt ihm überall zustatten. Die Ungnade, in die er bei den Regierenden in Frankreich fällt, dient ihm zum Vorteil. Seine Versuche, dem Weg, für den er prädestiniert ist, untreu zu werden, gelingen nicht: Er wird nicht nach Rußland in den Dienst übernommen, auch eine Anstellung in der Türkei erreicht er nicht. Während der Kämpfe in Italien befindet er sich mehrmals am Rand des Verderbens und wird jedesmal auf unerwartete Weise gerettet. Die russischen Truppen, also gerade diejenigen, die seinen Ruhm zu vernichten imstande sind, betreten infolge verschiedener diplomatischer Erwägungen Westeuropa nicht, solange er dort ist.

Bei seiner Rückkehr aus Italien findet er die Regierung in Paris in einem Zersetzungsprozeß begriffen, bei welchem die Männer, die in eine solche Regierung hineingeraten, unausbleiblich zerrieben werden und zugrunde gehen. Und ganz von selbst zeigt sich ihm ein Ausweg aus dieser gefährlichen Lage: Dieser Ausweg besteht in der sinnlosen, jedes Grundes entbehrenden Expedition nach Afrika. Und wieder kommen ihm dieselben sogenannten Zufälle zustatten. Das unzugängliche Malta ergibt sich ohne einen Kanonenschuß; die unvorsichtigsten Anordnungen werden von Erfolg gekrönt. Die feindliche Flotte, die später nicht einmal einen Kahn durchläßt, läßt eine ganze Armee hindurchfahren. In Afrika wird gegen die fast waffenlosen Einwohner eine ganze Reihe von Schändlichkeiten begangen. Und die Menschen, die diese Schändlichkeiten begehen, und besonders ihr Anführer, sind der Überzeugung, das sei schön, das sei ein Ruhm, das gleiche den Taten Cäsars und Alexanders von Mazedonien, und das sei gut.

Jenes Ideal von Ruhm und Größe, das darin besteht, daß man keine der eigenen Taten für sittlich schlecht hält, sondern im Gegenteil auf jedes Verbrechen, das man begangen hat, stolz ist, indem man ihm eine unbegreifliche, übernatürliche Bedeutung beilegt, dieses Ideal, das in Zukunft für diesen Menschen und seine Gefolgsleute der Leitstern sein soll, gelangt in Afrika zu schrankenloser Ausbildung. Alles, was er tut, gelingt ihm. Von der ansteckenden Pest bleibt er verschont. Die Grausamkeit der Ermordung der Gefangenen wird ihm nicht als Schuld angerechnet. Seine knabenhaft unvorsichtige, unbegründete, ehrlose Abfahrt aus Afrika, wo er seine Kameraden in der Not zurückläßt, wird ihm als ein Verdienst ausgelegt, und wieder läßt ihn die feindliche Flotte zweimal entschlüpfen. Als er, schon völlig betäubt von den Verbrechen, die er mit solchem Glück begangen hat, auf seine Rolle wohl vorbereitet, ohne jeden sichtbaren Zweck nach Paris kommt, hat jene Zersetzung der republikanischen Regierung, die ihn ein Jahr vorher hätte vernichten können, nun gerade den höchsten Grad erreicht, und seine Anwesenheit kann, da er dem Parteitreiben fernsteht, ihm jetzt nur zu weiterem Aufsteigen behilflich sein.

Er hat keinen bestimmten Plan; er fürchtet alles; aber die Parteien klammern sich an ihn und verlangen seine Mitwirkung.

Er allein mit seinem Ideal von Ruhm und Größe, wie es sich in Italien und Ägypten herausgebildet hat, mit seiner unsinnigen Selbstvergötterung, mit seiner Dreistigkeit im Begehen von Verbrechen, mit seiner wie Aufrichtigkeit aussehenden Lügenhaftigkeit, er allein ist imstande, das, was geschehen soll, auf sein Gewissen zu nehmen.

Er ist nötig für den Platz, der seiner wartet, und darum wird er, fast ohne daß er es gewollt hätte, trotz seiner Unentschlossenheit, trotz aller Fehler, die er begeht, und trotzdem es ihm an einem Plan mangelt, in eine Verschwörung hineingezogen, deren Zweck die Usurpation der höchsten Macht ist, und diese Verschwörung wird von Erfolg gekrönt.

Man drängt ihn in eine Sitzung der Machthaber. Erschrocken will er fliehen, da er sich für verloren hält; er fingiert eine Ohnmacht; er redet sinnlose Dinge, die ihn hätten ins Verderben stürzen müssen. Aber die Machthaber Frankreichs, früher so scharfsinnig und stolz, sind jetzt, in dem Bewußtsein, daß ihre Rolle ausgespielt ist, noch verlegener als er und reden in ganz anderer Weise, als wie sie hätten reden müssen, um die Macht in Händen zu behalten und ihn zu vernichten.

Ein »Zufall«, Millionen von »Zufällen« legen die Macht in seine Hände, und alle Menschen wirken, wie wenn sie sich verschworen hätten, zur Befestigung dieser Macht mit. »Zufälle« machen die Charaktere der damaligen Machthaber Frankreichs ihm gefügig; »Zufälle« gestalten den Charakter Pauls I. so, daß dieser seine hohe Stellung anerkennt; ein »Zufall« ruft eine Verschwörung gegen ihn hervor, die, statt ihm zu schaden, im Gegenteil zur Befestigung seiner Macht dient. Ein »Zufall« gibt ihm Enghien in die Hände und veranlaßt ihn ohne vorhergehenden Plan dazu, diesen zu töten und eben dadurch, wirkungsvoller als durch alle andern Mittel, die Menge zu überzeugen, daß er das Recht auf seiner Seite habe, da er die Macht hat. Ein »Zufall« bewirkt, daß er zu einer Expedition nach England, die offenbar sein Verderben herbeigeführt hätte, zwar all seine Kraft anstrengt, diese Absicht aber doch niemals ausführt, sondern unversehens Mack und seine Österreicher überfällt, die sich ohne Kampf ergeben. »Zufall« und »Genialität« verleihen ihm den Sieg bei

Austerlitz, und alle Menschen, nicht nur die Franzosen, sondern auch das ganze übrige Europa mit Ausnahme Englands, welches auch an den kommenden Ereignissen sich nicht beteiligt, alle Menschen erkennen nun »zufällig«, trotz ihres früheren Entsetzens und Abscheus vor seinen Verbrechen, seine hohe Stellung und den Titel, den er sich gegeben hat, und sein Ideal von Größe und Ruhm an, ein Ideal, das allen als etwas Schönes und Vernünftiges erscheint.

Als wollten sie einen Vorversuch machen und sich auf die bevorstehende Bewegung vorbereiten, streben die Westmächte zu wiederholten Malen in den Jahren 1805, 1806, 1807, 1809 nach dem Osten, mit immer stärkerer Wucht und wachsender Masse. Im Jahre 1811 fließt die Menschengruppe, die sich in Frankreich gebildet hat, mit den mitteleuropäischen Völkern zu einer einzigen, gewaltigen Gruppe zusammen. Gleichzeitig mit der Vergrößerung dieser Menschengruppe entwickelt sich die Kraft des an der Spitze dieser Bewegung stehenden Mannes, alles zu verantworten. In der zehnjährigen Vorbereitungszeit, die der großen Bewegung vorangeht, kommt dieser Mann mit allen gekrönten Häuptern Europas zusammen. Die gedemütigten Herren der Welt können dem sinnlosen napoleonischen Ideal von Ruhm und Größe kein vernünftiges Ideal gegenüberstellen. Wetteifernd suchen sie ihm ihre Nichtigkeit zu zeigen. Der König von Preußen schickt seine Gemahlin hin, damit sie die Gnade des großen Mannes erschmeichle; der Kaiser von Österreich erachtet es als eine besondere Huld, daß dieser Mensch die Kaisertochter in sein Ehebett nimmt; der Papst, der Hüter des Heiligtums der Völker, wirkt dienstbereit mit seiner Religion zur Erhöhung des großen Mannes mit. Nicht sowohl Napoleon selbst bereitet sich auf die Durchführung seiner Rolle vor, als vielmehr bereitet ihn seine ganze Umgebung darauf vor, die ganze Verantwortung für alles, was geschieht und noch geschehen soll, zu übernehmen. Jede seiner Handlungen, Übeltaten und unwürdigen Betrügereien, was er nur tut, alles nimmt in der Darstellung seiner Umgebung sofort die Form einer Großtat an. Das schönste Fest, das die Deutschen für ihn ersinnen können, ist die Feier der Schlacht von Jena und Auerstedt. Und nicht nur er ist groß, sondern groß sind auch seine Vorfahren, seine Brüder, seine Stiefsöhne und Schwäger. Es geschieht alles, um ihn der letzten Verstandeskraft zu berauben und ihn zu seiner furchtbaren Rolle vorzubereiten. Und da er selbst bereit ist, sind auch seine Streitkräfte bereit.

Das Invasionsheer strebt nach Osten und erreicht sein Endziel, Moskau. Die Hauptstadt ist eingenommen, das russische Heer schlimmer zugerichtet als jemals die feindlichen Heere in den früheren Kriegen von Austerlitz bis Wagram. Aber an Stelle jener »Zufälle« und jener »Genialität«, die ihn bisher so konsequent in einer ununterbrochenen Reihe von Erfolgen zu dem vorherbestimmten Ziel geführt haben, erscheint nun auf einmal eine zahllose Menge entgegengesetzter »Zufälle«, von dem Schnupfen bei Borodino bis zu den Frösten und dem Funken, der Moskau in Brand setzt, und an Stelle der »Genialität« erscheinen beispiellose Dummheit und Gemeinheit.

Das Invasionsheer flieht, kehrt wieder zurück, flieht wieder, und alle »Zufälle« sind jetzt beständig nicht mehr zu seinen Gunsten, sondern zu seinen Ungunsten.

Nun vollzieht sich eine Gegenbewegung von Osten nach Westen, die mit der vorhergehenden Bewegung von Westen nach Osten eine merkwürdige Ähnlichkeit hat. Dieselben Versuche einer Bewegung von Osten nach Westen gehen in den Jahren 1805, 1807 und 1809 der großen Bewegung voraus; dieselbe Bildung einer Gruppe von gewaltigen Dimensionen; derselbe Anschluß der in der Mitte wohnenden Völker an die Bewegung; dasselbe Schwanken in der Mitte des Weges und dieselbe Beschleunigung der Geschwindigkeit, je mehr man sich dem Ziel nähert.

Paris, das äußerste Ziel, ist erreicht. Napoleons Herrschaft und Heer ist vernichtet. Napoleon selbst hat keinen gesunden Verstand mehr; alle seine Handlungen sind offenbar kläglich und widerlich; aber wieder tritt ein unerklärlicher »Zufall« ein: Die Verbündeten hassen Napoleon, in dem sie den Urheber ihrer Leiden sehen; der Macht und Herrschaft beraubt, arger Übeltaten und schändlicher Ränke überführt, hätte er von ihnen ebenso angesehen werden sollen wie zehn Jahre vorher und ein Jahr nachher: als ein außerhalb des Gesetzes stehender Räuber. Aber infolge eines seltsamen »Zufalls« sieht ihn niemand so an. Seine Rolle ist noch nicht ausgespielt. Den Menschen, den sie zehn Jahre vorher und ein Jahr nachher für einen außerhalb des Gesetzes stehenden Räuber erachten, schicken sie nach einer nur zwei Tagesreisen von Frankreich entfernten Insel, die sie ihm als Besitztum überweisen, geben ihm eine Leibwache und zahlen ihm, niemand weiß, wofür, Millionen Geldes aus.

IV

Die Bewegung der Völker beginnt in ihre Ufer zurückzutreten. Die Wogen der großen Bewegung haben sich gelegt, und auf dem still gewordenen Meer bilden sich Strudel, in denen die Diplomaten herumgetrieben werden; dabei bilden sie sich ein, daß gerade sie es sind, die die Bewegung zur Ruhe gebracht haben.

Aber das still gewordene Meer erhebt sich plötzlich von neuem. Die Diplomaten meinen, daß sie, ihre Mißhelligkeiten, die Ursache dieses neuen Andranges der Kräfte seien; sie erwarten einen Krieg zwischen ihren Herrschern; die Lage scheint ihnen in unlösbarer Weise verwikkelt. Aber die Woge, deren Annäherung sie fühlen, kommt nicht von der Seite, von der sie sie erwarten. Es erhebt sich noch einmal dieselbe Woge, mit demselben Ausgangspunkt der Bewegung, Paris. Es findet von Westen her ein letzter Rückschlag der Bewegung statt, ein Rückschlag, der dazu bestimmt ist, die unlösbar scheinenden diplomatischen Schwierigkeiten zu lösen und der kriegerischen Bewegung dieser Periode ein Ende zu machen.

Der Mann, der Frankreich verödet hat, kommt allein, ohne Verschworene, ohne Soldaten nach Frankreich. Jeder Polizist kann ihn verhaften; aber infolge eines seltsamen »Zufalls« tut dies niemand, im Gegenteil empfangen alle mit Begeisterung den Menschen, den sie einen Tag vorher verflucht haben und einen Monat später wieder verfluchen werden.

Dieser Mensch ist noch notwendig, um die Verantwortung für den letzten Akt des Zusammenspiels zu tragen.

Der Akt ist beendet.

Die Rolle ist endgültig ausgespielt. Der Schauspieler erhält die Weisung, sich auszukleiden und die Schminke von den Backen und den Spießglanz aus den Augenbrauen zu waschen: Man bedarf seiner nicht mehr.

Und nun vergehen mehrere Jahre, während deren dieser Mensch auf seiner Insel in der Einsamkeit sich selbst eine klägliche Komödie vorspielt und intrigiert und lügt, um seine Handlungen zu rechtfertigen, wo diese Rechtfertigung doch nicht mehr nötig ist, und der ganzen Welt zeigt, was das für ein Ding war, das die Menschen für eine lebendige Kraft hielten, während in Wirklichkeit eine unsichtbare Hand es leitete.

Nachdem das Drama zu Ende gespielt war und der Schauspieler sein Kostüm abgelegt hatte, zeigte ihn uns der Leiter der Aufführung.

»Seht nun, woran ihr geglaubt habt! Das ist er! Seht ihr jetzt, daß nicht er euch in Bewegung gesetzt hat, sondern ich?«

Aber lange Zeit haben die Menschen dies nicht verstanden, da ihre Augen sich durch die Kraft der Bewegung hatten täuschen lassen.

Eine noch größere Konsequenz und innere Notwendigkeit weist das Leben Alexanders I. auf, derjenigen Persönlichkeit, die an der Spitze der Gegenbewegung von Osten nach Westen stand.

Welcher Eigenschaften bedurfte der Mann, der, alle andern in den Schatten stellend, an der Spitze dieser Bewegung von Osten nach Westen stehen sollte?

Er mußte Gerechtigkeitsgefühl besitzen; er mußte Interesse haben für die Angelegenheiten Europas, ein Interesse, das nicht durch andere, kleinliche Interessen abgelenkt und getrübt wurde; er mußte an sittlicher Größe seine Standesgenossen, die Herrscher jener Zeit, überragen; er mußte ein mildes, anziehendes Wesen haben; er mußte einen persönlichen Groll gegen Napoleon hegen. Und dies alles findet sich bei Alexander I.; dies alles ist durch zahllose sogenannte »Zufälle« in seinem vorhergehenden Leben vorbereitet; durch seine Erziehung und durch die liberalen Anfänge seiner Regierung und durch die ihn umgebenden Ratgeber und durch Austerlitz und Tilsit und Erfurt.

Während des nationalen Krieges bleibt diese Persönlichkeit untätig, da sie nicht erforderlich ist. Aber sowie sich die Notwendigkeit eines allgemeinen europäischen Krieges zeigt, erscheint diese Persönlichkeit im gegebenen Augenblick auf ihrem Platz, vereinigt die Völker Europas und führt sie zum Ziel.

Das Ziel ist erreicht. Nach dem letzten Krieg von 1815 befindet sich Alexander auf dem höchsten Gipfel menschlicher Macht. Welchen Gebrauch macht er von dieser Macht?

Alexander I., er, der Europa den Frieden wiedergegeben hat, der Mann, dessen Streben von seiner Jugend an nur auf das Glück seiner Völker gerichtet ist, der erste Urheber liberaler Neuerungen in seinem Vaterland, erkennt jetzt, wo er anscheinend die allergrößte Macht und damit die Möglichkeit besitzt, seine Völker glücklich zu machen, zu gleicher Zeit, wo Napoleon in der Verbannung kindische, lügenhafte Pläne entwirft, wie er die Menschheit beglücken würde, wenn er die Macht hätte – Alexander I. erkennt, nachdem er seinen Beruf erfüllt und die Hand Gottes an sich gefühlt hat, plötzlich die Nichtigkeit dieser vermeintlichen Macht, wendet sich von ihr ab, legt sie in die Hände von Leuten, die er verachtet und die verächtlich sind, und sagt nur: »Nicht uns, nicht uns, sondern Deinem Namen sei die Ehre! Ich bin auch nur ein Mensch wie ihr; laßt mich wie ein Mensch leben und an meine Seele und an Gott denken.«

*

Wie die Sonne und jedes Ätheratom eine in sich abgeschlossene Kugel und zugleich nur ein Atom des in seiner Riesenhaftigkeit für den Menschen unfaßbaren Alls ist, so trägt auch jede Persönlichkeit ihren Zweck in sich selbst, muß aber gleichzeitig den allgemeinen Zwecken dienen, die den Menschen unfaßbar sind.

Eine auf einer Blume sitzende Biene hat ein Kind gestochen. Und das Kind fürchtet nun die Biene und sagt, der Zweck der Bienen bestehe darin, die Menschen zu stechen. Der Dichter erfreut sich an dem Anblick der Biene, die aus einem Blütenkelch trinkt, und sagt, der Zweck der Bienen bestehe darin, den Blütenduft einzusaugen. Der Imker, welcher sieht, daß die Biene Blütenstaub sammelt und in den Korb trägt, sagt, der Zweck der Biene bestehe in der Bereitung des Honigs. Ein andrer Imker, der das Leben des Bienenschwarmes genauer studiert, sagt, die Biene sammle den Blütenstaub zur Ernährung der jungen Bienen und zur Hervorbringung einer Königin, und ihr Zweck bestehe in der Fortpflanzung der Art. Der Botaniker bemerkt, daß die Biene, die mit dem Blütenstaub einer zweihäusigen Pflanze auf einen Stempel hinüberfliegt, diesen befruchtet, und der Botaniker sieht darin den Zweck der Biene. Ein anderer, der die Wanderung der Pflanzen beobachtet, sieht, daß die Biene zu dieser Wanderung mitwirkt; dieser neue Beobachter kann sagen, daß der Zweck der Biene hierin bestehe. Aber der Endzweck der Biene wird weder durch jenen ersten noch durch den zweiten noch durch den dritten Zweck noch durch sonst einen erschöpft, den der menschliche Geist zu entdecken imstande ist. Zu je größerer Höhe der menschliche Geist bei der Entdekkung dieser Zwecke sich erhebt, um so deutlicher wird ihm die Unfaßbarkeit des Endzwecks.

Der Mensch kann es über die Beobachtung der wechselseitigen Beziehungen zwischen dem Leben der Biene und anderen Lebenserscheinungen nicht hinausbringen. Und dasselbe gilt von den Zwecken der historischen Persönlichkeiten und der Völker.

V

Die Hochzeit Nataschas, die im Jahre 1813 den Grafen Besuchow heiratete, war das letzte freudige Ereignis in der alten Familie Rostow. In demselben Jahr starb Graf Ilja Andrejewitsch, und wie das meist so zu gehen pflegt, zerfiel mit seinem Tod die frühere Familie.

Die Ereignisse des letzten Jahres: der Brand von Moskau und die Flucht aus dieser Stadt, der Tod des Fürsten Andrei und Nataschas Verzweiflung, der Tod Petjas, der Gram der Gräfin, alles dies war Schlag auf Schlag auf das Haupt des alten Grafen gefallen. Es hatte den Anschein, daß er die volle Bedeutung aller dieser Ereignisse nicht begriff und sich nicht imstande fühlte, sie zu begreifen; er beugte in geistigem Sinn sein altes Haupt, als ob er neue Schläge erwartete und erbäte, die ihn vollends vernichten sollten. Er schien bald ängstlich und zerstreut, bald in unnatürlicher Weise lebhaft und unternehmend.

Nataschas Hochzeit hatte ihn durch die damit verbundenen Äußerlichkeiten eine Zeitlang beschäftigt. Er bestellte die Diners und Soupers und wollte offenbar heiter erscheinen; aber seine Heiterkeit teilte sich nicht wie früher anderen mit, sondern erweckte im Gegenteil nur Mitleid bei denen, die ihn kannten und liebten.

Nachdem Pierre mit seiner jungen Frau abgereist war, wurde der alte Graf still und begann, über eine innere Unruhe zu klagen. Einige Tage darauf wurde er krank und mußte sich zu Bett legen. Gleich in den ersten Tagen seiner Krankheit merkte er trotz aller Tröstungen seitens der Ärzte, daß er nicht wieder aufstehen werde. Die Gräfin brachte, ohne sich auszukleiden, zwei Wochen in einem Lehnstuhl am Kopfende seines Bettes zu. Jedesmal, wenn sie ihm seine Arznei reichte, küßte er ihr schluchzend, ohne ein Wort zu sagen, die Hand. Am letzten Tag bat er unter heißen Tränen seine Frau und seinen abwesenden Sohn um Verzeihung wegen der Zerrüttung der Vermögensverhältnisse – die größte Schuld, deren er sich bewußt war. Nachdem er das Abendmahl und die Letzte Ölung empfangen hatte, verschied er still, und am folgenden Tag füllte sich die Rostowsche Mietwohnung mit einer Schar von Bekannten, welche kamen, um dem Verstorbenen die letzte Ehre zu erweisen. Alle diese Bekannten, die so oft in seinem Haus diniert und getanzt und sich so oft über ihn lustig gemacht hatten, sagten jetzt mit der gleichen Empfindung eines inneren Selbstvorwurfes und der Rührung, wie wenn sie sich vor jemandem rechtfertigen wollten: »Ja, mag man sagen, was man will, aber ein prächtiger Mensch war er doch. Solche Leute findet man heutzutage gar nicht mehr … Und wer hat nicht seine Schwächen?«

Gerade zu der Zeit, als die Angelegenheiten des Grafen dermaßen in Verwirrung waren, daß man sich keine Vorstellung davon machen konnte, wie das alles enden würde, wenn es noch ein Jahr so fortginge, gerade zu der Zeit war er nun plötzlich gestorben.

Nikolai befand sich mit den russischen Truppen in Paris, als die Nachricht vom Tod seines Vaters zu ihm gelangte. Er reichte sofort seinen Abschied ein, nahm, ohne diesen abzuwarten, Urlaub und reiste nach Moskau. Der Vermögensstand war einen Monat nach dem Tod des Grafen völlig klargestellt, und alle waren erstaunt über den riesigen Gesamtbetrag der verschiedenen kleinen Schulden, von deren Existenz niemand auch nur eine Ahnung gehabt hatte. Die Schulden waren doppelt so groß als das Vermögen.

Die Verwandten und Freunde rieten Nikolai, auf die Erbschaft zu verzichten. Aber Nikolai sah in dem Verzicht auf die Erbschaft eine Art von Vorwurf gegen den Vater, dessen Andenken ihm heilig war, und wollte darum von einem Verzieht nichts hören, sondern übernahm die Erbschaft mit der Verpflichtung, die Schulden zu bezahlen.

Die Gläubiger hatten so lange geschwiegen, da sie sich bei Lebzeiten des Grafen durch jene undefinierbare, aber starke Einwirkung gebunden fühlten, die seine maßlose Herzensgüte auf sie ausübte; nun aber reichten sie auf einmal sämtlich ihre Forderungen ein. Es entstand, wie das meistens so geht, geradezu eine Art von Wettrennen, wer zuerst Geld bekäme, und gerade diejenigen Leute, die, wie der Geschäftsführer Dmitri und andre, Wechsel in den Händen hatten, die ihnen ohne Äquivalent geschenkt waren, bestanden jetzt am hartnäckigsten auf schneller Befriedigung. Sie wollten Nikolai keine Frist geben, ihm keine Zeit zur finanziellen Erholung vergönnen; und diejenigen, die den alten Mann geschont hatten, der an ihrem Verlust schuld war, falls überhaupt ein Verlust in Frage kam, die fielen jetzt mitleidslos über den jungen Erben her, der doch zweifellos keine Schuld ihnen gegenüber trug und die Bezahlung der Schulden nur aus gutem Herzen auf sich genommen hatte.

Keine einzige der finanziellen Unternehmungen Nikolais gelang; das Gut wurde bei der Subhastation für den halben Wert verkauft, und ein großer Teil der Schulden blieb unbezahlt. Nikolai nahm von seinem Schwager Besuchow dreißigtausend Rubel, die dieser ihm anbot, an, um davon diejenigen Schulden zu bezahlen, die er als aus wirklichen Leistungen herrührende anerkannte. Und um für die verbleibenden Schulden nicht ins Gefängnis gesetzt zu werden, womit ihm die Gläubiger drohten, trat er wieder in den Dienst.

Zur Armee, wo er bei der ersten eintretenden Vakanz Regimentskommandeur geworden wäre, konnte er deswegen nicht wieder gehen, weil die Mutter sich jetzt an den Sohn als an das Letzte klammerte, das ihr im Leben noch Freude machte; daher zog er die ihm so liebgewordene Uniform aus und nahm in Moskau eine Stelle bei der Zivilverwaltung an, obwohl er nur ungern in dieser Stadt im Kreis der Menschen blieb, die ihn von früher her kannten, und gegen den Zivildienst eine Abneigung hatte. Mit seiner Mutter und Sonja zog er in eine kleine Wohnung in der Siwzew-Wraschek-Straße.

Natascha und Pierre lebten damals in Petersburg, ohne von Nikolais Lage eine klare Vorstellung zu haben. Nikolai, der von seinem Schwager Geld geliehen hatte, bemühte sich, ihm seine ärmlichen Verhältnisse zu verheimlichen. Nikolais Lage war namentlich darum eine so üble, weil er mit seinen zwölfhundert Rubeln Gehalt nicht nur sich, Sonja und die Mutter erhalten mußte, sondern auch die Mutter so erhalten mußte, daß sie nicht merkte, daß sie arm waren. Die Gräfin hatte kein Verständnis dafür, daß es möglich sei, ohne den Luxus zu leben, an den sie seit ihrer Kindheit gewöhnt war; und ohne zu begreifen, wie schwer das ihrem Sohn wurde, verlangte sie bald einen Wagen, den sie nicht hatten, um eine Bekannte holen zu lassen, bald ein teures Gericht für sich und Wein für den Sohn, bald Geld, um Natascha, Sonja und Nikolai selbst mit Geschenken zu überraschen.

Sonja führte die Hauswirtschaft, pflegte ihre Tante, las ihr vor, ertrug ihre Launen und ihre versteckte Abneigung und half Nikolai dabei, der alten Gräfin die dürftige Lage zu verheimlichen, in der sie sich befanden. Nikolai fühlte sich tief, tief in Sonjas Schuld für alles, was sie an seiner Mutter tat, und bewunderte ihre Geduld und Hingebung; aber er suchte sich von ihr fernzuhalten.

Er machte es ihr im Herzen gewissermaßen zum Vorwurf, daß sie gar zu vollkommen war und er gar keinen Grund fand, ihr Vorwürfe zu machen. Sie besaß alles, weswegen man Menschen hochschätzt, aber nur wenig von dem, was ihn hätte dazu bringen können, sie zu lieben. Und er fühlte, daß seine Liebe zu ihr um so geringer wurde, je mehr seine Hochachtung für sie stieg. Er betrachtete jenen Brief als maßgebend für sich, in welchem sie ihm seine Freiheit zurückgegeben hatte, und verhielt sich jetzt ihr gegenüber so, als wäre das, was zwischen ihnen geschehen war, schon längst vergessen und könne sich unter keinen Umständen erneuern.

Nikolais Lage wurde immer schlechter. Der Gedanke, von seinem Gehalt etwas zu erübrigen, erwies sich als eine Schimäre. Statt etwas zu erübrigen, geriet er vielmehr dadurch, daß er die Wünsche seiner Mutter befriedigte, in eine Menge von kleinen Schulden hinein. Und er sah keinen Ausweg aus dieser Lage. Der Gedanke an eine Heirat mit einer reichen Erbin, wozu ihm seine weiblichen Verwandten zuredeten, war ihm zuwider. An eine zweite Art, in der seine Lage sich vielleicht bald bessern konnte, nämlich durch den Tod seiner Mutter, dachte er überhaupt nicht. Er hatte keinen Wunsch mehr, keine Hoffnung mehr und empfand im tiefsten Innern seiner Seele eine Art von bitterem, düsterem Genuß dabei, seine traurige Lage ohne Murren zu ertragen. Seine früheren Bekannten mit ihren Ausdrücken des Bedauerns und ihren Anerbietungen von Hilfe, die für ihn etwas Beleidigendes hatten, suchte er zu vermeiden; er gönnte sich keine Zerstreuung und Aufheiterung; selbst zu Hause nahm er keine ordentliche Beschäftigung vor, sondern legte nur in Gemeinschaft mit seiner Mutter Karten, ging schweigend im Zimmer auf und ab und rauchte eine Pfeife nach der andern. Er schien geflissentlich in seiner Seele die düstere Stimmung zu nähren, in welcher allein er sich fähig fühlte, seine Lage zu ertragen.

VI

Zu Anfang des Winters kam Prinzessin Marja nach Moskau. Durch die in der Stadt umgehenden Gerüchte erfuhr sie von der bedrängten Lage der Familie Rostow sowie daß »der Sohn sich für die Mutter aufopfere«, wie in der Stadt gesagt wurde.

»Ich habe auch nichts anderes von ihm erwartet«, sagte Prinzessin Marja bei sich selbst und empfand eine große Freude darüber, daß ihr Urteil über den von ihr geliebten Mann eine neue Bestätigung fand. In Erinnerung an ihre freundschaftlichen und beinahe verwandtschaftlichen Beziehungen zu der ganzen Familie hielt sie es für ihre Pflicht, ihnen einen Besuch zu machen. Aber wenn sie dann an ihre Beziehungen zu Nikolai in Woronesch dachte, so scheute sie sich wieder, es zu tun. Endlich tat sie sich doch mit großer Anstrengung Gewalt an und fuhr einige Wochen nach ihrer Ankunft in der Stadt zu Rostows hin.

Nikolai war der erste, den sie in der Wohnung zu sehen bekam, da man zu der Gräfin nur durch sein Zimmer gelangen konnte. Sowie Nikolai die Prinzessin erblickte, nahm sein Gesiebt statt eines Ausdrucks der Freude, den sie zu sehen erwartet hatte, einen Ausdruck von Kälte, Förmlichkeit und Stolz an, den sie auf ihm früher noch nie wahrgenommen hatte. Nikolai erkundigte sich nach ihrem Befinden, geleitete sie zu seiner Mutter, saß dort etwa fünf Minuten bei ihnen und verließ dann das Zimmer.

Als die Prinzessin aus dem Zimmer der Gräfin wieder herauskam, trat ihr Nikolai wieder entgegen und gab ihr mit besonderer Feierlichkeit und Förmlichkeit das Geleit in das Vorzimmer.

Auf eine Bemerkung, die sie über das Befinden der Gräfin machte, erwiderte er kein Wort. »Was geht Sie das an? Lassen Sie mich in Ruhe!« sagte sein Blick.

»Und wozu läuft sie überall umher? Was will sie bei uns? Ich kann diese Damen und all diese Liebenswürdigkeiten nicht ausstehen!« sagte er, offenbar außerstande, seinen Ärger zu unterdrücken, laut in Sonjas Gegenwart, sobald die Equipage der Prinzessin vom Haus weggefahren war.

»Aber wie können Sie nur so reden, Nikolai!« sagte Sonja, die ihre Freude kaum verbergen konnte. »Sie ist doch so gut, und Mama hat sie so gern.«

Nikolai antwortete nichts und hätte am liebsten überhaupt nicht wieder von der Prinzessin gesprochen. Aber seit diesem Besuch begann die alte Gräfin, alle Tage ein paarmal von ihr zu sprechen.

Die Gräfin lobte sie, verlangte von ihrem Sohn, daß er ihr einen Gegenbesuch mache, und sprach den Wunsch aus, sie häufiger zu sehen; aber dabei wurde sie doch jedesmal übler Laune, wenn sie von ihr redete.

Nikolai gab sich Mühe zu schweigen, sooft die Mutter von der Prinzessin sprach; aber durch sein Schweigen geriet sie in gereizte Stimmung.

»Sie ist ein höchst achtbares, vortreffliches Mädchen«, sagte sie, »und du mußt ihr einen Gegenbesuch machen. Auf die Art bekommst du doch wenigstens einmal einen Menschen zu sehen; sonst langweilst du dich ja doch nur hier bei uns, meine ich.«

»Aber ich habe ja gar nicht den Wunsch, Menschen zu sehen, liebe Mama.«

»Früher warst du gern mit Menschen zusammen, und jetzt heißt es nun: ›Ich habe gar nicht den Wunsch!‹ Ich verstehe dich wahrhaftig nicht, lieber Sohn. Bald langweilst du dich, bald willst du auf einmal niemanden sehen.«

»Aber ich habe ja gar nicht gesagt, daß ich mich langweile.«

»Gewiß tust du das, und du hast selbst gesagt, daß du die Prinzessin nicht einmal sehen möchtest. Sie ist ein höchst achtbares Mädchen und hat dir immer gefallen; aber jetzt kommen nun auf einmal irgendwelche Ideen zum Vorschein. Aber mir wird ja aus allem ein Geheimnis gemacht.«

»Ganz und gar nicht, liebe Mama.«

»Wenn ich dich noch bäte, irgend etwas Unangenehmes zu tun; aber ich bitte dich ja doch nur, eine Visite zu machen. Das erfordert schon die bloße Höflichkeit, sollte man meinen … Nun, ich habe dich darum gebeten und werde mich jetzt nicht mehr in die Sache hineinmischen, wenn du Geheimnisse vor deiner Mutter hast.«

»Na, wenn Sie es denn wünschen, werde ich den Besuch machen.«

»Mir für meine Person ist es ganz gleichgültig; ich wünsche es nur um deinetwillen.«

Nikolai seufzte, biß sich auf den Schnurrbart und begann, Karten zu legen, in der Absicht, die Aufmerksamkeit der Mutter auf einen andern Gegenstand abzulenken.

Am nächsten, am dritten und am vierten Tag wiederholte sich immer dasselbe Gespräch.

Nach ihrem Besuch bei Rostows und dem unerwartet kühlen Empfang, den sie bei Nikolai gefunden hatte, gestand sich Prinzessin Marja, daß sie recht gehabt hatte, wenn sie nicht hatte als die erste bei Rostows einen Besuch machen wollen.

»Ich habe auch nichts anderes erwartet«, sagte sie zu sich selbst, indem sie ihren Stolz zu Hilfe rief: »Ich habe mit ihm nichts zu schaffen und hatte nur die alte Dame sehen wollen, die immer gut gegen mich gewesen ist und der ich zu großem Dank verpflichtet bin.«

Aber sie war nicht imstande, sich durch diese Erwägungen Beruhigung zu verschaffen: Ein Gefühl, das mit Reue Ähnlichkeit hatte, quälte sie, sooft sie sich an ihren Besuch erinnerte. Trotzdem sie fest entschlossen war, Rostows nicht mehr zu besuchen und diesen ganzen Vorfall zu vergessen, fühlte sie sich dauernd in einer unbestimmten Situation. Und wenn sie sich fragte, was es denn eigentlich sei, was sie quäle, so mußte sie bekennen, daß dies ihr Verhältnis zu Rostow war. Sein kühler, höflicher Ton entsprang nicht seiner wahren Empfindung gegen sie (das wußte sie); sondern dieser Ton verbarg etwas. Was das war, darüber mußte sie zur Klarheit gelangen, und sie fühlte, daß sie vorher nicht werde ruhig sein können.

Gegen die Mitte des Winters saß sie einmal im Unterrichtszimmer und hörte bei dem Unterricht ihres Neffen zu, als ihr der Besuch Rostows gemeldet wurde. Mit dem festen Entschluß, ihr Geheimnis nicht zu verraten und ihre Verlegenheit nicht merken zu lassen, ließ sie Mademoiselle Bourienne rufen und betrat mit ihr zugleich den Salon.

Beim ersten Blick auf Nikolais Gesicht sah sie, daß er nur gekommen war, um eine Pflicht der Höflichkeit zu erfüllen, und nahm sich fest vor, sich desselben Tones zu bedienen, in welchem er mit ihr verkehrt hatte.

Sie sprachen über das Befinden der Gräfin, über gemeinsame Bekannte, über die letzten Kriegsnachrichten, und als die vom Anstand erforderten zehn Minuten vorbei waren, nach denen ein Gast aufstehen darf, erhob sich Nikolai, um sich zu empfehlen.

Die Prinzessin hatte unter Mademoiselle Bouriennes Beihilfe das Gespräch sehr gut im Gange gehalten; aber gerade im letzten Augenblick, als er aufstand, war sie so müde davon, über Dinge zu reden, die ihr ganz gleichgültig waren, und der Gedanke, warum doch ihr allein so wenig Freude im Leben beschieden sei, beschäftigte sie dermaßen, daß sie in einem Anfall von Zerstreutheit, die leuchtenden Augen gerade vor sich hin gerichtet, dasaß, ohne sich zu bewegen, und gar nicht bemerkte, daß er aufstand.

Nikolai sah sie an, und in der Absicht, so zu tun, als bemerke er ihre Zerstreutheit nicht, sprach er ein paar Worte mit Mademoiselle Bourienne und blickte dann wieder nach der Prinzessin hin. Sie saß noch ebenso regungslos da, und auf ihrem zarten Gesicht prägte sich ihr inneres Leid aus. Ein warmes Mitleid mit ihr wurde auf einmal in ihm rege, und er hatte die unklare Empfindung, daß er vielleicht selbst die Ursache des Kummers sei, den ihr Gesicht erkennen ließ. Er wollte ihr behilflich sein, ihr etwas Angenehmes sagen; aber er mochte nichts zu ersinnen, was er ihr sagen könnte.

»Leben Sie wohl, Prinzessin«, sagte er.

Sie kam zu sich, wurde dunkelrot und seufzte schwer.

»Ach, verzeihen Sie«, sagte sie, wie aus einem Traum erwachend. »Wollen Sie schon aufbrechen, Graf? Nun, leben Sie wohl! Aber das Kissen für die Gräfin?«

»Warten Sie einen Augenblick; ich will es sogleich holen«, sagte Mademoiselle Bourienne und verließ das Zimmer.

Beide schwiegen und blickten einander von Zeit zu Zeit an.

»Ja, Prinzessin«, sagte Nikolai endlich mit trübem Lächeln, »es ist, als wäre es gestern gewesen, und doch, wieviel Wasser ist seitdem den Berg hinuntergeflossen, seit wir uns zum erstenmal in Bogutscharowo sahen. In welcher unglücklichen Lage glaubten wir damals alle zu sein; aber ich würde viel darum geben, wenn ich jene Zeit wieder zurückbringen könnte; indes, sie ist unwiederbringlich dahin.«

Die Prinzessin schaute ihm, während er das sagte, mit ihrem leuchtenden Blick unverwandt in die Augen. Es war, als gäbe sie sich Mühe, einen geheimen Sinn seiner Worte zu verstehen, der ihr über sein Gefühl für sie Aufschluß geben sollte.

»Ja, ja«, erwiderte sie. »Aber Sie haben keinen Grund, Graf, um die Vergangenheit zu trauern. Wie ich Ihr Leben jetzt kenne, werden Sie sich seiner stets mit Freuden erinnern können, da die Selbstaufopferung, die Sie jetzt betätigen …«

»Ich kann Ihr Lob nicht annehmen«, unterbrach er sie hastig. »Im Gegenteil, ich mache mir fortwährend Vorwürfe … Aber das ist ein uninteressantes, unerfreuliches Thema.«

Und sein Blick nahm wieder den früheren förmlichen, kühlen Ausdruck an. Aber die Prinzessin sah jetzt bereits wieder in ihm denselben Mann, den sie kannte und liebte, und redete jetzt nur mit diesem Mann.

»Ich meinte, Sie würden mir erlauben, Ihnen das zu sagen«, erwiderte sie. »Ich bin in so nahe Beziehung zu Ihnen gekommen … zu Ihnen und Ihrer Familie gekommen, und daher meinte ich, Sie würden den Ausdruck meiner Teilnahme nicht für unschicklich ansehen; aber ich habe mich geirrt.« Ihre Stimme begann plötzlich zu zittern. »Ich weiß nicht, warum«, fuhr sie fort, nachdem sie wieder etwas Kraft gesammelt hatte, »aber Sie waren früher anders und …«

»Warum?« (Er legte auf dieses Wort einen besonderen Nachdruck.) »Dafür gibt es tausend Gründe. Ich danke Ihnen, Prinzessin«, sagte er leise. »Es wird mir manchmal recht schwer.«

»Also deshalb! Also deshalb!« sagte in der Seele der Prinzessin Marja eine innere Stimme. »Nein, ich habe an ihm nicht nur diese heitere, gute, offene Miene, nicht nur das schöne Äußere liebgewonnen; ich habe sein edles, festes, selbstloses Herz erkannt«, sagte sie zu sich selbst. »Ja, er ist jetzt arm, und ich bin reich … Ja, nur deshalb … Ja, wenn das nicht wäre …« Und indem sie seiner früheren Zärtlichkeit gedachte und jetzt in sein gutes, trauriges Gesicht blickte, verstand sie auf einmal den Grund seiner Kälte.

»Warum denn, Graf? Warum?« rief sie plötzlich ganz laut und trat unwillkürlich auf ihn zu. »Warum? Sagen Sie es mir. Sie müssen es mir sagen.« (Er schwieg.) »Ich verstehe Ihren Beweggrund nicht, Graf«, fuhr sie fort. »Aber es bedrückt mich und … Ich bekenne es Ihnen. Sie wollen mich aus irgendeinem Grund Ihrer früheren Freundschaft berauben. Und das ist mir schmerzlich.« (Die Tränen standen ihr in den Augen, und auch ihrer Stimme war es anzuhören, wie nahe ihr das Weinen war.) »Ich habe so wenig Glück in meinem Leben gehabt, daß jeder Verlust ein schwerer Schlag für mich ist … Verzeihen Sie mir, leben Sie wohl.« Sie brach plötzlich in Tränen aus und eilte zur Tür.

»Prinzessin! Bleiben Sie, um Gottes willen!« rief er, bemüht, sie zurückzuhalten. »Prinzessin!«

Sie wandte sich um. Einige Sekunden lang blickten sie schweigend einander in die Augen, und was ihnen vorher so fern, so unmöglich erschienen war, wurde jetzt plötzlich etwas Nahes und Mögliches und Notwendiges.

VII

Im Herbst des Jahres 1814 heiratete Nikolai Prinzessin Marja und zog mit seiner jungen Frau, mit seiner Mutter und mit Sonja nach Lysyje-Gory, um dort dauernd zu wohnen.

In vier Jahren hatte er, ohne das Gut seiner Frau zu verkaufen, die noch verbliebenen Schulden getilgt und, da ihm eine kleine Erbschaft von einer Kusine zugefallen war, auch seinem Schwager Pierre das Darlehen zurückbezahlt.

Nach weiteren zwei Jahren, im Jahre 1820, hatte Nikolai seine finanziellen Verhältnisse derart gebessert, daß er noch ein kleines, neben Lysyje-Gory gelegenes Gut hinzukaufte und in Unterhandlungen wegen des Rückkaufes des väterlichen Gutes Otradnoje stand, was ein Lieblingswunsch von ihm war.

Nachdem er notgedrungen angefangen hatte, sich mit der Landwirtschaft abzugeben, war er bald in eine solche Leidenschaft für diese Tätigkeit hineingeraten, daß sie seine liebste und beinahe einzige Beschäftigung wurde. Nikolai war ein einfacher Landwirt; Neuerungen liebte er nicht, namentlich nicht die englischen, die damals Mode wurden; über theoretische Schriften, die die Landwirtschaft behandelten, machte er sich lustig; von Fabriken, kostspieligen Produktionsweisen, Aussaat teurer Getreidearten mochte er nichts wissen und beschäftigte sich überhaupt nicht mit einem einzelnen Teil der Landwirtschaft besonders. Er hatte immer einzig und allein das ganze Gut im Auge und nicht irgendeinen besonderen Teil desselben. Auf dem Gut aber bildeten für ihn den Hauptgegenstand des Interesses nicht der Stickstoff und Sauerstoff, die sich im Boden und in der Luft befinden, auch nicht ein besonderer Pflug und Dünger, sondern das wichtigste Werkzeug, vermittels dessen der Stickstoff und der Sauerstoff und der Dünger und der Pflug wirken, das heißt der Arbeiter, der Bauer. Als Nikolai sich der Landwirtschaft widmete und in ihre einzelnen Gebiete einzudringen begann, zog der Bauer seine besondere Aufmerksamkeit auf sich; der Bauer erschien ihm nicht nur als ein Werkzeug, sondern als der Zweck und gewissermaßen als der zuverlässigste Richter. Er begann damit, den Bauer zu studieren, indem er zu verstehen suchte, was dieser für Bedürfnisse habe und was er für schlecht und für gut halte, und er stellte sich nur so, als ob er Anordnungen träfe und Befehle erteilte, während er in Wirklichkeit nur von den Bauern deren Methoden und ihre Ausdrucksweise und ihre Urteile über das, was gut und was schlecht sei, lernte. Und erst als er die Neigungen und Bestrebungen der Bauern begriffen hatte, erst als er gelernt hatte in ihrer Weise zu reden und den geheimen Sinn ihrer Rede zu verstehen, erst als er sich mit ihnen verwandt fühlte, erst dann begann er, sie dreist zu regieren, d. h. in bezug auf die Bauern eben die Pflicht zu erfüllen, deren Erfüllung von ihm verlangt wurde. Und Nikolais Wirtschaft brachte die glänzendsten Resultate.

Als Nikolai die Verwaltung des Gutes übernahm, machte er gleich von vornherein, ohne darin Fehler zu begehen, durch eine Art von Instinkt zu Vögten, Schulzen und Schulzengehilfen gerade diejenigen Leute, welche die Bauern selbst gewählt haben würden, wenn sie hätten wählen dürfen, und er brauchte seine Beamten nie zu wechseln. Bevor er die chemischen Eigenschaften des Düngers studierte und bevor er sich auf Debet und Kredit einließ (wie er spöttisch zu sagen pflegte), verschaffte er sich Kenntnis von der Größe des Viehstandes bei den Bauern und vergrößerte ihn mit allen möglichen Mitteln. Die Bauernfamilien unterstützte er in weitgehendster Art, gestattete aber nicht, daß sie sich teilten. Die Trägen, die Liederlichen sowie in gleicher Weise die Schwächlinge verfolgte er und suchte sie aus der Bauernschaft wegzutreiben.

Bei der Aussaat und bei der Heu- und Getreideernte paßte er in ganz gleicher Weise auf seine eigenen Felder und auf die der Bauern auf. Und bei wenigen Landwirten waren die Felder so früh und so gut gesät und abgeerntet und der Ertrag so groß wie bei Nikolai.

Mit den Gutsleuten hatte er nicht gern zu schaffen; er nannte sie Schmarotzer, und wie allgemein gesagt wurde, ließ er ihnen zu viel Willen und verwöhnte sie; sobald irgendeine Anordnung in betreff eines

Gutsknechtes zu treffen war, namentlich wenn eine Bestrafung notwendig wurde, zeigte er sich unentschlossen und fragte alle Leute im Haus um Rat; nur wenn sich die Möglichkeit bot, statt eines Bauern einen Gutsknecht zu den Soldaten zu geben, tat er dies ohne jedes Schwanken. Dagegen lag ihm bei allen Anordnungen, die sich auf die Bauern bezogen, jeder Zweifel stets fern; er wußte, daß jede seiner Anordnungen den Beifall all seiner Bauern mit Ausnahme vielleicht eines oder einiger weniger finden werde.

Er erlaubte sich ebensowenig, lediglich deshalb jemandem eine Arbeit aufzubürden oder ihn zu bestrafen, weil ihm das so beliebt hätte, wie ihn deshalb zu erleichtern und zu belohnen, weil das sein eigener persönlicher Wunsch gewesen wäre. Er hätte nicht zu sagen gewußt, worin der Maßstab dessen, was er tun und nicht tun mußte, eigentlich bestand; aber dieser Maßstab war in seiner Seele fest und unwandelbar vorhanden.

Oftmals sagte er, wenn er sich über einen Mißerfolg oder über eine Unordnung ärgerte: »Mit unserm russischen Volk ist doch aber auch gar nichts anzufangen«, und bildete sich ein, er könne den Bauer nicht leiden.

Aber dabei liebte er dieses »unser russisches Volk« und sein Wesen und Leben mit aller Kraft seiner Seele, und nur darum vermochte er jene einzig richtige Betriebsart und Methode der Landwirtschaft zu verstehen und sich anzueignen, durch die er so gute Resultate erzielte.

Gräfin Marja war eifersüchtig auf ihren Mann wegen dieser seiner Liebe zur Landwirtschaft und bedauerte, daß sie an dieser Liebe nicht teilnehmen konnte; aber sie hatte nun einmal kein Verständnis für die Freuden und Verdrießlichkeiten, die ihm diese ihr fernliegende, fremde Welt bereitete. Sie konnte nicht begreifen, warum er so außerordentlich lebhaft und glücklich war, wenn er beim Tagesgrauen aufgestanden war, den ganzen Morgen auf dem Feld oder auf der Tenne zugebracht hatte und nun vom Säen oder von der Heu- oder Getreideernte zu ihr heimkehrte, um mit ihr Tee zu trinken. Sie begriff nicht, worüber er so entzückt war, wenn er mit Begeisterung von dem reichen, wirtschaftlich tüchtigen Bauern Matwjei Jermischin erzählte, der die ganze Nacht über mit seiner Familie Garben gefahren habe, und daß noch bei keinem andern das Getreide geerntet sei, bei ihm aber schon die fertigen Schober daständen. Sie begriff nicht, weshalb er, vom Fenster zum Balkon hin und her gehend, so vergnügt unter dem Schnurrbart lächelte und die Augen zusammenkniff, wenn auf die aufgegangene, trocken dastehende Hafersaat ein warmer, dichter Regen niederfiel, oder warum er, wenn bei der Heu- oder Getreideernte eine drohende Gewitterwolke vom Wind weggetrieben wurde, mit rotem, glühendem, schweißtriefendem Gesicht und mit einem Geruch von Wermut und Bitterkraut im Haar von der Wiese oder Tenne nach Hause kam, sich vergnügt die Hände rieb und sagte: »Na, nun noch ein schöner Tag, dann ist meines und das der Bauern alles drin.«

Noch weniger konnte sie es begreifen, warum er trotz seines guten Herzens und trotz seiner steten Bereitwilligkeit, ihren Wünschen entgegenzukommen, fast in Verzweiflung geriet, wenn sie ihm Bitten von Bauersfrauen oder Bauern übermittelte, die sich an sie gewandt hatten, um Befreiung von diesen und jenen Arbeiten zu erlangen, warum er, der gutherzige Nikolai, es ihr hartnäckig abschlug und sie ärgerlich bat, sich nicht in Dinge zu mischen, von denen sie nichts verstehe. Sie fühlte, daß er eine besondere Welt für sich hatte, die er leidenschaftlich liebte, eine Welt mit Gesetzen, für die sie kein Verständnis hatte.

Wenn sie manchmal in dem Bemühen, ihn zu verstehen, sich ihm gegenüber in dem Sinn äußerte, er erwerbe sich doch ein großes Verdienst dadurch, daß er seinen Untergebenen so viel Gutes tue, dann wurde er ärgerlich und antwortete: »Das ist grundfalsch. So etwas ist mir nie in den Sinn gekommen. Um ihres Wohles willen tue ich nicht das geringste. Das ist alles poetische Verstiegenheit und Weibergeschwätz, dieses ganze Wohl des Nächsten. Was ich will, ist, daß unsere Kinder nicht betteln zu gehen brauchen; ich muß für unser Vermögen sorgen, solange ich noch das Leben habe; das ist die ganze Sache. Und dazu ist Ordnung nötig, ist Strenge nötig … So steht's!« sagte er und ballte in lebhaftem Affekt die Faust. »Und Gerechtigkeit, versteht sich«, fügte er hinzu. »Denn wenn der Bauer nichts anzuziehen hat und hungert und nur ein einziges kümmerliches Pferd besitzt, dann kann er weder für sich noch für mich etwas erarbeiten.«

Und wahrscheinlich gerade deswegen, weil Nikolai nicht im entferntesten glaubte, daß er etwas um anderer willen, aus Tugend tue, brachte alles, was er unternahm, gute Frucht: Sein Vermögen wuchs schnell; Bauern aus der Nachbarschaft kamen zu ihm mit der Bitte, er möchte sie kaufen, und noch lange nach seinem Tod behielt die Bauernschaft seine Verwaltung des Gutes in gutem Andenken. »Das war ein Gutsherr! Zuerst kamen bei ihm immer die Bauern und dann erst er selbst. Na, und Unordnung duldete er keine. Kurz: ein Gutsherr, wie er sein muß!«

VIII

Das einzige, worüber Nikolai bei seiner Tätigkeit als Gutsherr mitunter eine peinliche, quälende Empfindung hatte, war sein Jähzorn im Verein mit seiner alten Husarengewohnheit, ohne weiteres zuzuschlagen. In der ersten Zeit hatte er darin nichts Anstößiges gefunden; aber im zweiten Jahr seiner Ehe änderte sich auf einmal seine Ansicht über diese Art der Bestrafung.

Eines Tages im Sommer war der Dorfschulze aus Bogutscharowo gekommen, der Nachfolger des verstorbenen Dron; Nikolai hatte ihn rufen lassen, weil ihm an allerlei Betrügereien und Nachlässigkeiten die Schuld gegeben wurde. Nikolai ging zu ihm vor die Haustür hinaus, und schon nach den ersten Antworten des Schulzen hörte man im Flur Schreien und den Schall von Schlägen. Als Nikolai zum Frühstück nach Hause zurückkehrte, trat er auf seine Frau zu, die an ihrem Stickrahmen saß und den Kopf tief auf ihre Arbeit hinabbeugte, und begann ihr, wie das seine Gewohnheit war, alles zu erzählen, was ihn an diesem Morgen beschäftigt hatte, unter anderm auch die Geschichte mit dem Schulzen von Bogutscharowo. Gräfin Marja, die die Lippen zusammenpreßte und abwechselnd rot und blaß wurde, saß immer noch in der gleichen Haltung mit gesenktem Kopf da und antwortete nichts auf die Mitteilungen ihres Mannes.

»So ein frecher Schurke«, sagte dieser, indem er bei der bloßen Erinnerung von neuem hitzig wurde. »Na, er hätte mir sagen sollen, daß er betrunken war; denn ich hatte es nicht gesehen. Aber was ist dir, Marja?« fragte er plötzlich.

Gräfin Marja hob den Kopf in die Höhe und wollte etwas sagen; aber hastig ließ sie ihn wieder sinken und schloß die Lippen.

»Was ist dir? Was hast du, liebes Kind?«

Die unschöne Gräfin wurde jedesmal schön, wenn sie weinte. Sie weinte nie vor Schmerz oder vor Ärger, sondern immer nur aus Traurigkeit und Mitleid. Und wenn sie weinte, bekamen ihre leuchtenden Augen einen unwiderstehlichen Reiz.

Sobald Nikolai sie an der Hand faßte, war sie nicht mehr imstande, sich zu beherrschen, und brach in Tränen aus.

»Nikolai, ich habe es gesehen … Er hat sich ja vergangen; aber du … warum hast du … Nikolai!« Sie verbarg ihr Gesicht in den Händen.

Nikolai erwiderte nichts, wurde dunkelrot, trat von ihr zurück und begann, schweigend im Zimmer auf und ab zu gehen. Er verstand, worüber sie weinte; aber er vermochte ihr nicht so auf der Stelle in seinem Herzen zuzugeben, daß eine Handlungsweise, an die er von Kindheit gewöhnt war und die er für etwas allgemein Übliches hielt, schlecht sein sollte. »Das ist Weichlichkeit, Weibergerede; oder hat sie doch recht?« fragte er sich selbst. Bevor er sich selbst auf diese Frage eine Antwort gegeben hatte, blickte er noch einmal in ihr schmerzerfülltes, liebevolles Gesicht und sah nun auf einmal ein, daß sie recht hatte; ja, er hatte die Vorstellung, als sei er sich seines Unrechtes schon längst bewußt gewesen.

»Marja‹, sagte er leise, indem er zu ihr hinging, »das soll nie wieder vorkommen; ich gebe dir mein Wort. Nie wieder«, sagte er noch einmal mit zitternder Stimme wie ein Knabe, der um Verzeihung bittet.

Die Tränen strömten der Gräfin noch reichlicher aus den Augen. Sie ergriff die Hand ihres Mannes und küßte sie.

»Nikolai, wann hast du denn die Kamee entzweigemacht?« fragte sie, um das Gespräch auf einen andern Gegenstand zu bringen, und betrachtete seine Hand, an der ein Ring mit einem Laokoonskopf steckte.

»Heute; auch bei dieser Geschichte. Ach, Marja, erinnere mich nicht mehr daran.« Er wurde wieder ganz rot. »Ich gebe dir mein Ehrenwort, daß es nicht wieder vorkommen wird. Und dies hier«, fügte er hinzu, indem er auf den zerbrochenen Ring wies, »soll mir eine Erinnerung für das ganze Leben sein.«

Jedesmal wenn ihm von da an bei scharfen Auseinandersetzungen mit Dorfschulzen und Verwaltern das Blut in den Kopf stieg und die Hände sich zur Faust ballen wollten, drehte Nikolai den zerschlagenen Ring an seinem Finger und schlug die Augen vor dem Menschen nieder, der ihn zornig gemacht hatte. Aber ein paarmal im Jahre vergaß er sich doch, und dann ging er zu seiner Frau, legte ein Geständnis ab und gab ihr von neuem das Versprechen, daß es nun das letztemal gewesen sein sollte.

»Marja, du verachtest mich gewiß«, sagte er zu ihr. »Ich verdiene es.«

»Geh doch weg, geh so schnell wie möglich weg, wenn du dich außerstande fühlst, dich zu beherrschen«, sagte die Gräfin Marja traurig, indem sie ihren Mann zu trösten suchte.

In der adligen Gesellschaft der Gouvernements achtete man Nikolai zwar, mochte ihn aber nicht besonders leiden. Für die Standesangelegenheiten des Adels interessierte er sich nicht, und deswegen hielten ihn manche für stolz, andere für dumm. Im Sommer verging ihm die ganze Zeit von der Frühlingsaussaat bis zur Ernte in der Tätigkeit für seine Wirtschaft. Im Herbst widmete er sich mit demselben geschäftlichen Ernst, mit dem er seine Wirtschaft besorgte, der Jagd und zog mit seinen Hunden und Jägern auf ein, zwei Monate von zu Hause fort. Im Winter reiste er auf den andern Dörfern umher oder beschäftigte sich mit Lektüre. Seine Lektüre bildeten Bücher, vorzugsweise geschichtliche, deren er sich jährlich eine Anzahl für eine bestimmte Summe schicken ließ. Er stellte sich, wie er sich ausdrückte, eine ernste Bibliothek zusammen und hatte es sich zur Regel gemacht, alle die Bücher, die er kaufte, durchzulesen. Mit wichtiger Miene saß er in seinem Zimmer bei dieser Lektüre, die er sich ursprünglich gleichsam wie eine Pflicht auferlegt hatte, die ihm aber dann eine gewohnte Beschäftigung geworden war, ihm eine besondere Art von Vergnügen gewährte und ihm das angenehme Bewußtsein verlieh, daß er sich mit ernsten Dingen beschäftige. Mit Ausnahme der Reisen, die er in geschäftlichen Angelegenheiten unternahm, brachte er im Winter die meiste Zeit zu Hause zu, im engen Zusammenleben mit seiner Familie und voll eifrigen Interesses für all die kleinen Beziehungen zwischen der Mutter und den Kindern. Seiner Frau trat er immer näher und entdeckte in ihr täglich neue geistige Schätze.

Sonja lebte seit Nikolais Verheiratung mit in seinem Haus. Noch vor der Hochzeit hatte Nikolai seiner Frau alles erzählt, was zwischen ihm und Sonja vorgekommen war, und zwar in der Weise, daß er sich selbst als schuldig hinstellte und Sonja lobte. Er hatte Prinzessin Marja gebeten, gegen seine Kusine freundlich und gut zu sein. Gräfin Marja erkannte in vollem Umfang die Schuld, die ihr Mann auf sich geladen hatte; auch hatte sie die Empfindung, daß sie selbst Sonja gegenüber sich schuldig gemacht habe; sie glaubte, ihr Vermögen habe auf Nikolais Wahl Einfluß gehabt, konnte Sonja in keiner Hinsicht einen Vorwurf machen und hatte die beste Absicht, sie zu lieben; aber trotzdem liebte sie sie nicht, ja, sie fand sogar häufig in ihrer Seele gegen Sonja böse Gefühle vor, die sie nicht zu unterdrücken vermochte.

Eines Tages sprach sie mit ihrer Freundin Natascha über Sonja und über ihre eigene Ungerechtigkeit gegen dieselbe.

»Weißt du was?« sagte Natascha. »Du hast ja so viel im Evangelium gelesen; da gibt es eine Stelle, die akkurat auf Sonja paßt.«

»Welche denn?« fragte Gräfin Marja erstaunt.

»›Wer hat, dem wird gegeben; wer aber nicht hat, dem wird genommen‹, besinnst du dich? Sonja ist so eine, die nicht hat; warum?, das weiß ich nicht. Es fehlt ihr vielleicht an Egoismus, ich weiß das nicht; aber es wird ihr genommen, und so ist ihr denn alles genommen worden. Sie tut mir manchmal schrecklich leid; ich habe früher lebhaft gewünscht, Nikolai möchte sie heiraten; aber ich hatte immer so eine Art Ahnung, daß nichts daraus werden würde. Sie ist eine taube Blüte; weißt du, wie an einer Erdbeerstaude. Manchmal tut sie mir leid; aber manchmal denke ich, daß sie es nicht so empfindet, wie wir es empfinden würden.«

Gräfin Marja setzte ihr zwar auseinander, daß diese Worte im Evangelium anders zu verstehen seien, stimmte aber, wenn sie Sonja ansah, der von Natascha gegebenen Erklärung bei. Auch schien es wirklich, daß

Sonja sich durch ihre Lage nicht bedrückt fühlte und sich mit ihrer Bestimmung als taube Blüte völlig ausgesöhnt habe. Sie schätzte, wie es schien, nicht sowohl die Menschen als vielmehr die ganze Familie. Wie eine Katze hatte sie sich nicht in die Menschen eingelebt, sondern in das Haus. Sie pflegte die alte Gräfin, liebkoste und hätschelte die Kinder und war stets bereit, die kleinen Dienste zu leisten, zu denen sie befähigt war; aber man nahm das alles unwillkürlich mit wenig Dank hin.

Das Gutshaus von Lysyje-Gory war neu gebaut worden, aber keineswegs so großartig, wie es bei dem verstorbenen Fürsten gewesen war.

Das Bauwerk selbst, noch in der Zeit der Not begonnen, war mehr als einfach. Das gewaltige Gebäude, das auf dem alten Steinfundament errichtet war, war von Holz, nur von innen mit Kalk beworfen. Geräumig war es ja; aber die Fußböden bestanden nur aus ungestrichenen Dielen und das Mobiliar aus ganz einfachen, harten Sofas und Sesseln, aus Stühlen und Tischen, die von den eigenen Tischlern aus eigenen Birken gearbeitet waren. Das Haus enthielt auch Stuben für die Dienerschaft und Abteilungen für Gäste. Rostowsche und Bolkonskische Verwandte kamen manchmal nach Lysyje-Gory zu Besuch, und zwar mit den ganzen Familien, mit sechzehn Pferden und einem vielköpfigen Dienstpersonal, und wohnten dort monatelang. Außerdem stellten sich viermal im Jahr, zu den Namens- und Geburtstagen des Hausherrn und der Hausfrau, Gäste bis zu hundert Personen auf einen bis zwei Tage ein. Während der übrigen Zeit des Jahres nahm das Leben seinen ungestörten, regelmäßigen Verlauf mit den gewöhnlichen Beschäftigungen und Mahlzeiten: Tee, Frühstück, Mittagessen und Abendessen, alles aus den häuslichen Vorräten.

IX

Es war am Tag vor dem Winter-Nikolausfest, am 5. Dezember 1820. In diesem Jahr war Natascha mit ihren Kindern und ihrem Mann seit dem Anfang des Herbstes bei ihrem Bruder zu Besuch. Pierre war jedoch in besonderen persönlichen Angelegenheiten nach Petersburg gefahren; er hatte gesagt, auf drei Wochen, war aber jetzt schon die siebente Woche dort. Man erwartete ihn jeden Augenblick zurück.

Am 5. Dezember war, außer der Familie Besuchow, bei Rostows auch noch ein alter Freund Nikolais zu Besuch, der General a. D. Wasili Fedorowitsch Denisow.

Nikolai wußte, was ihm am 6., seinem Namenstag, bevorstand, zu welchem die Gäste von allen Seiten eintreffen würden: Er mußte sein gestepptes Jackett ablegen, den Oberrock sowie enge Stiefel mit schmalen Spitzen anziehen, in die neue Kirche fahren, die er hatte bauen lassen, dann die Glückwünsche entgegennehmen, den Gästen einen Imbiß anbieten und eine Unterhaltung über die Adelswahlen und den Erdrutsch führen. Aber den vorhergehenden Tag hielt er sich für berechtigt, noch in gewohnter Weise zu verleben. Vor dem Mittagessen revidierte er die Rechnungen des Vogtes aus dem Dorf im Rjasanschen über das Gut des Neffen seiner Frau, schrieb zwei Geschäftsbriefe und machte einen Inspektionsgang nach der Tenne und dem Vieh- und Pferdehof. Nachdem er noch vorbeugende Anordnungen gegen eine allgemeine Betrunkenheit getroffen hatte, die für morgen aus Anlaß des hohen Festtages zu erwarten war, ging er zum Mittagessen und nahm, ohne daß er Zeit gehabt hätte, noch mit seiner Frau ein paar Worte allein zu sprechen, an dem langen Tisch mit zwanzig Gedecken Platz, an dem bereits alle Hausgenossen versammelt waren. An dem Tisch saßen seine Mutter, das alte Fräulein Bjelowa, das mit dieser zusammen wohnte, seine Frau, seine drei Kinder, die Gouvernante, der Erzieher, der Neffe mit seinem Erzieher, Sonja, Denisow, Natascha, ihre drei Kinder, deren Gouvernante und der alte Michail Iwanowitsch, der bei dem verstorbenen Fürsten Baumeister gewesen war und nun in Lysyje-Gory im Ruhestand lebte.

Gräfin Marja saß am entgegengesetzten Ende des Tisches. Sowie ihr Mann sich an seinen Platz setzte, merkte sie an der Gebärde, mit der er die Serviette ergriff und hastig die vor ihm stehenden Gläser anders rückte, sofort, daß er verstimmt war, wie das oft bei ihm vorkam, namentlich vor der Suppe und wenn er unmittelbar aus der Wirtschaft zum Essen kam. Gräfin Marja kannte diese Stimmung an ihm sehr wohl, und wenn sie selbst guter Laune war, so wartete sie ruhig, bis er seine Suppe gegessen hatte, begann dann erst mit ihm zu reden und brachte ihn zu dem Eingeständnis, daß seine üble Stimmung keinen vernünftigen Grund gehabt habe. Aber heute vergaß sie das sonst von ihr beobachtete Verfahren vollständig; es war ihr schmerzlich, daß er ohne Anlaß auf sie böse war, und sie fühlte sich unglücklich. Sie fragte ihn, wo er gewesen sei. Er antwortete. Sie fragte weiter, ob er in der Wirtschaft alles in Ordnung gefunden habe. Er runzelte wegen ihres gekünstelten Tones unfreundlich die Stirn und gab eine hastige Antwort.

»Ich habe mich also nicht geirrt«, dachte Gräfin Marja. »Und warum mag er nur böse auf mich sein?« Aus dem Ton, in dem er ihr geantwortet hatte, hörte Gräfin Marja eine Mißstimmung gegen sich heraus sowie den Wunsch, das Gespräch abzubrechen. Sie fühlte selbst, daß ihre Worte unnatürlich klangen; aber sie konnte sich nicht enthalten, noch ein paar Fragen zu tun.

Das Tischgespräch wurde bald ein allgemeines und lebhaftes, wozu besonders Denisow beitrug, und Gräfin Marja sprach nicht mehr mit ihrem Mann. Als sie vom Tisch aufstanden und zu der alten Gräfin hingingen, um ihr zu danken, reichte Gräfin Marja ihrem Mann die Hand, küßte ihn und fragte ihn, weswegen er auf sie böse sei.

»Du hast immer so sonderbare Ideen; es fällt mir gar nicht ein, böse zu sein«, erwiderte er.

Aber aus dem Wort »immer« hörte Gräfin Marja die Antwort heraus: »Ja, ich bin böse und will es nicht sagen.«

Nikolai lebte mit seiner Frau so einträchtig, daß selbst Sonja und die alte Gräfin, die aus Eifersucht Mißhelligkeiten zwischen den beiden ganz gern gesehen hätten, keinen Vorwand zu einem Vorwurf finden konnten; aber auch zwischen diesen Gatten kamen Augenblicke von Feindseligkeit vor. Manchmal, und zwar gerade nach Zeiten glücklicher Harmonie, überkam sie beide auf einmal ein Gefühl der Entfremdung und Feindseligkeit; dieses Gefühl zeigte sich am häufigsten während der Schwangerschaften der Gräfin Marja. Jetzt befanden sie sich gerade in einem solchen Zeitabschnitt.

»Nun, messieurs et mesdames«, sagte Nikolai laut und, wie es schien, heiter (Gräfin Marja hatte die Empfindung, als spräche er absichtlich in dieser Weise, um sie zu kränken). »Ich bin seit sechs Uhr auf den Beinen. Morgen werde ich ja freilich aushalten müssen; aber heute möchte ich mich noch ein wenig zurückziehen, um mich auszuruhen.«

Und ohne noch weiter mit Gräfin Marja zu sprechen, begab er sich in das kleine Sofazimmer und legte sich dort nieder.

»Ja, so macht er es immer«, dachte Gräfin Marja. »Mit allen redet er, nur mit mir nicht. Ich sehe, sehe klar, daß ich ihm zuwider bin. Besonders in diesem Zustand.« Sie betrachtete ihren hohen Unterleib und im Spiegel ihr gelblich blasses, mager gewordenes Gesicht, in welchem die Augen größer erschienen als sonst je.

Und alles wurde ihr widerwärtig: Denisows Schreien und Lachen und Nataschas Gespräche und ganz besonders der Blick, den Sonja ihr eilig zuwarf. Wenn Gräfin Marja sich in gereizter Stimmung befand, suchte sie immer zuerst irgendwelche Schuld bei Sonja.

Nachdem sie noch ein Weilchen bei den Gästen gesessen hatte, ohne von dem, was diese sprachen, etwas zu verstehen, ging sie leise hinaus und begab sich in das Kinderzimmer.

Die Kinder fuhren auf Stühlen nach Moskau und forderten sie auf, mitzufahren. Sie setzte sich hin und spielte für kurze Zeit mit; aber der Gedanke an ihren Mann und dessen grundlose Verstimmung quälte sie ohne Unterlaß. Sie stand auf und ging, mühsam nur mit den Fußspitzen auftretend, nach dem kleinen Sofazimmer.

»Vielleicht schläft er nicht, und ich kann mich mit ihm aussprechen«, sagte sie zu sich selbst. Der kleine Andrei, ihr ältester Knabe, ging, ihren Gang nachahmend, auf den Fußspitzen hinter ihr her. Gräfin Marja bemerkte ihn nicht.

»Liebe Marja, ich glaube, er schläft; er ist so angegriffen«, sagte Sonja zu ihr im großen Sofazimmer; Gräfin Marja hatte die Empfindung, Sonja müsse ihr aber auch überall begegnen. »Daß ihn Andrei nur nicht aufweckt.«

Gräfin Marja sah sich um und bemerkte hinter sich den kleinen Andrei. Sie fühlte, daß Sonja recht hatte; und gerade darum stieg ihr das Blut in den Kopf, und es kostete ihr Mühe, ein scharfes Wort zu unterdrücken. Sie erwiderte nichts, und um ihr nicht zu gehorchen, machte sie mit der Hand dem Kleinen ein Zeichen, er solle keinen Lärm machen, dürfe aber doch hinter ihr hergeben, und näherte sich der Tür. Sonja ging durch die andre Tür hinaus. Aus dem Zimmer, in welchem Nikolai schlief, ertönte sein gleichmäßiges Atmen, das seine Frau bis in die kleinsten Nuancen kannte. Während sie so sein Atmen hörte, glaubte sie seine glatte, schöne Stirn vor sich zu sehen und seinen Schnurrbart und sein ganzes Gesicht, das sie so oft in der Stille der Nacht, wenn er schlief, lange betrachtet hatte. Plötzlich regte sich Nikolai und räusperte sich. Und in demselben Augenblick rief der kleine Andrei durch die ein wenig geöffnete Tür: »Papachen, hier steht Mamachen!« Gräfin Marja wurde blaß vor Schreck und machte dem Knaben ein Zeichen, daß er still sein solle. Er schwieg, und dieses für Gräfin Marja furchtbare Schweigen dauerte ungefähr eine Minute. Sie wußte, wie unangenehm es ihrem Mann war, wenn man ihn weckte. Da ließ sich hinter der Tür ein neues Räuspern und eine Bewegung vernehmen, und Nikolais Stimme sagte in mißvergnügtem Ton:

»Nicht eine Minute Ruhe wird einem gegönnt. Bist du da, Marja? Warum hast du ihn denn hergebracht?«

»Ich war nur hergekommen, um nachzusehen … Ich hatte nicht bemerkt, daß er … Verzeih …«

Nikolai hustete eine Weile und schwieg. Gräfin Marja ging von der Tür weg und führte ihr Söhnchen nach dem Kinderzimmer. Fünf Minuten darauf lief die kleine, schwarzäugige, dreijährige Natascha, des Vaters Liebling, die von ihrem Bruder gehört hatte, Papa schlafe und Mama sei im Sofazimmer, zu dem Vater hin, ohne daß die Mutter es merkte. Die schwarzäugige Kleine knarrte dreist mit der Tür, ging auf ihren dicken Beinchen mit energischen, kleinen Schritten zum Sofa hin, und nachdem sie die Lage des Vaters betrachtet hatte, der, ihr den Rücken zuwendend, schlief, hob sie sich auf den Zehen in die Höhe und küßte die Hand des

Vaters, die unter seinem Kopf lag. Nikolai drehte sich um; sein Gesicht zeigte ein Lächeln liebevoller Zärtlichkeit.

»Natascha, Natascha!« flüsterte Gräfin Marja erschrocken von der Tür her. »Papachen will schlafen.«

»Nein, Mama, er will nicht schlafen«, antwortete die kleine Natascha im Ton fester Überzeugung. »Er lacht ja.«

Nikolai nahm die Beine vom Sofa herunter, richtete sich auf und nahm sein Töchterchen auf den Arm.

»Komm doch herein, Marja«, sagte er zu seiner Frau.

Gräfin Marja kam ins Zimmer und setzte sich neben ihren Mann.

»Ich hatte vorhin gar nicht bemerkt, daß Andrei hinter mir herlief«, sagte sie schüchtern. »Ich war nur so ohne eigentlichen Zweck hergekommen.«

Nikolai, der auf dem einen Arm seine Tochter hielt, blickte seine Frau an, und als er auf ihrem Gesicht einen Ausdruck von Schuldbewußtsein wahrnahm, umschlang er sie mit dem andern Arm und küßte sie auf das Haar.

»Darf ich Mama küssen?« fragte er Natascha.

Natascha lächelte verschämt.

»Noch mal!« sagte sie mit befehlender Gebärde und zeigte auf die Stelle, wo Nikolai seine Frau geküßt hatte.

»Ich weiß nicht, weswegen du meinst, daß ich schlechter Laune wäre«, sagte Nikolai als Antwort auf die Frage, die, wie er wußte, seine Frau innerlich beschäftigte.

»Du kannst dir gar nicht vorstellen, wie unglücklich und vereinsamt ich mir vorkomme, wenn du so bist. Ich denke immer …«

»Marja, hör auf, das sind ja Torheiten. Schämen solltest du dich«, sagte er heiter.

»Ich denke immer, du kannst mich nicht lieben; ich bin so häßlich … immer schon … und nun jetzt … in diesem Zu…«

»Ach, was bist du komisch! Man pflegt doch zu sagen: Man liebt einen nicht, weil er schön ist, sondern weil man ihn liebt, ist er einem der Schönste. Nur leichtfertige Weiber liebt man deswegen, weil sie schön sind. Und liebe ich denn überhaupt meine Frau? Das ist nicht Liebe, sondern so etwas, ich weiß nicht, wie ich es dir verdeutlichen soll. Wenn du nicht bei mir bist und wenn wir etwas miteinander haben, dann fühle ich mich wie verloren und bin zu nichts fähig. Sieh mal, liebe ich etwa meinen Finger? Lieben tue ich ihn nicht; aber versuche einmal, ihn mir abzuschneiden.«

»Nein, mit mir ist es anders; aber ich verstehe dich. Also du bist nicht böse auf mich?«

»Furchtbar böse«, antwortete er lächelnd, stand auf, strich sich die Haare zurecht und begann, im Zimmer auf und ab zu gehen.

»Weiß du, Marja, woran ich gedacht habe?« sagte er; jetzt, wo die Versöhnung vollzogen war, fing er sofort an, in Gegenwart seiner Frau laut zu denken. Er fragte nicht erst, ob sie auch bereit sei, ihn anzuhören; das war ihm ganz gleich. Es war ihm ein Gedanke gekommen, also mußte er ihn auch ihr mitteilen. Und so erzählte er ihr denn, er beabsichtige, Pierre zuzureden, daß er doch bis zum Frühling bei ihnen bleiben möchte.

Gräfin Marja hörte ihn an, machte ihre Bemerkungen dazu und begann nun auch, ihrerseits laut zu denken. Ihre Gedanken bezogen sich auf die Kinder.

»Wie doch schon das Weib in ihr zu erkennen ist«, sagte sie auf französisch, indem sie auf die kleine Natascha wies. »Ihr werft uns Frauen immer Mangel an Logik vor. Da siehst du nun unsere Logik. Ich sage: ›Papa will schlafen‹, und sie antwortet: ›Nein, er lacht.‹ Und sie hatte recht«, sagte die Gräfin Marja, glücklich lächelnd.

»Jawohl, jawohl!«

Und Nikolai nahm sein Töchterchen auf seinen starken Arm, hob sie hoch in die Höhe, setzte sie auf seine Schulter, indem er ihre Beinchen mit dem Arm umschlang, und ging so mit ihr im Zimmer auf und ab. Die Gesichter des Vaters und der Tochter hatten beide den gleichen Ausdruck glückseliger Gedankenlosigkeit.

»Weißt du, du kannst doch auch ungerecht sein; du liebst dieses Kind zu sehr«, sagte Gräfin Marja flüsternd auf französisch.

»Ja, aber was ist da zu tun? Ich gebe mir Mühe, es nicht merken zu lassen …«

In diesem Augenblick wurde vom Flur und vom Vorzimmer her das Geräusch der Rolle an der Haustür und der Schall von Schritten vernehmbar; es klang gerade, wie wenn jemand ankäme.

»Es ist jemand gekommen.«

»Ich glaube bestimmt, daß es Pierre ist. Ich will hingehen und nachsehen«, sagte Gräfin Marja und verließ das Zimmer.

In ihrer Abwesenheit erlaubte sich Nikolai, sein Töchterchen im Galopp rings im Zimmer herumreiten zu lassen. Als er außer Atem gekommen war, hob er das lachende Kind schnell herunter und drückte es an seine Brust. Seine Sprünge erinnerten ihn an das Tanzen, und beim Anblick des runden, glückseligen Kindergesichtchens dachte er daran, wie die jetzige kleine Natascha wohl dann aussehen werde, wenn er als schon älterer Mann sie in die Gesellschaft führen und (wie manchmal sein verstorbener Vater mit seiner Tochter den Danilo Kupor vorgeführt hatte) mit ihr eine Mazurka tanzen werde.

»Er ist es, er ist es, Nikolai«, sagte Gräfin Marja, als sie einige Minuten darauf ins Zimmer zurückkehrte. »Jetzt ist aber Frau Natascha lebendig geworden. Du hättest ihr Entzücken sehen sollen, und wie er sogleich seine Schelte dafür bekam, daß er so lange weggeblieben war. Nun komm schnell, komm! Trennt euch endlich einmal voneinander«, sagte sie und blickte lächelnd das kleine Mädchen an, das sich an den Vater schmiegte.

Nikolai ging hinaus, sein Töchterchen an der Hand führend. Gräfin Marja blieb noch einen Augenblick im Sofazimmer zurück.

»Nie, nie hätte ich geglaubt«, flüsterte sie vor sich hin, »dass ich so glücklich sein könnte.« Auf ihrem Gesicht lag ein strahlendes Lächeln; aber in demselben Augenblick seufzte sie, und eine stille Traurigkeit prägte sich in ihrem tiefen Blick aus, als gäbe es außer dem Glück, das sie jetzt empfand, noch ein anderes, in diesem Leben unerreichbares Glück, an das sie in diesem Augenblick unwillkürlich denken mußte.

X

Natascha hatte sich im Jahre 1813 zu Beginn des Frühlings verheiratet und hatte im Jahre 1820 schon drei Töchter und einen Sohn, den sie sich sehr gewünscht hatte und jetzt selbst nährte. Sie war voller und breiter geworden, so daß man in dieser kräftigen Mutter nur schwer die frühere schlanke, bewegliche Natascha wiedererkannte. Ihre Gesichtszüge waren bestimmter geworden und trugen den Ausdruck ruhiger Milde und Klarheit. Auf ihrem Gesicht lag nicht wie früher dieses beständig brennende Feuer der Lebhaftigkeit, das ihren besonderen Reiz gebildet hatte. Jetzt sah man bei ihr oft nur Gesicht und Leib, und von der Seele war nichts zu sehen. Man sah nur das kräftige, schöne, fruchtbare Weib. Sehr selten flammte jetzt bei ihr das frühere Feuer wieder auf. Das geschah nur dann, wenn, wie jetzt, ihr Mann zurückkehrte oder wenn eines der Kinder wieder gesund wurde oder wenn sie im Gespräch mit Gräfin Marja des Fürsten Andrei gedachte (mit ihrem Mann sprach sie nie von ihm, da sie vermutete, daß er auf das Andenken des Fürsten Andrei eifersüchtig sei), und sehr selten, wenn irgend etwas sie zufällig dazu verlockte, wieder einmal zu singen, was sie seit ihrer Verheiratung fast ganz aufgegeben hatte. Und in diesen seltenen Augenblicken, wo das frühere Feuer in ihrem voll erblühten, schönen Körper wieder aufflammte, war sie noch anziehender als ehemals.

Seit ihrer Verheiratung lebte Natascha mit ihrem Mann bald in Moskau, bald in Petersburg, bald auf dem Land in der Nähe von Moskau, bald bei ihrer Mutter, d. h. bei Nikolai. In der Gesellschaft sah man die junge Gräfin Besuchowa wenig, und diejenigen, die sie dort sahen, waren nicht sonderlich von ihr entzückt. Sie zeigte sich nicht freundlich und liebenswürdig. Nicht eigentlich, daß Natascha die Einsamkeit geliebt hätte (sie wußte nicht recht, ob sie sie liebte oder nicht, es schien ihr aber eher, daß sie sie nicht liebte); aber da sie mit den Schwangerschaften, den Entbindungen und dem Nähren der Kinder viel zu tun hatte und an jedem Augenblick des Lebens ihres Mannes Anteil nahm, so konnte sie diesen Anforderungen nur durch einen Verzicht auf das gesellschaftliche Leben gerecht werden. Alle, die Natascha vor ihrer Verheiratung gekannt hatten, wunderten sich über die mit ihr vorgegangene Veränderung wie über etwas Außerordentliches. Nur die alte Gräfin begriff mit ihrem mütterlichen Instinkt, daß Nataschas ganzes früheres temperamentvolles Benehmen seinen Ursprung nur in dem Verlangen gehabt hatte, einen Mann und eine Familie zu besitzen (wie sie das in Otradnoje einmal nicht sowohl im Scherz als vielmehr in vollem Ernst laut ausgesprochen hatte), und wunderte sich über die Verwunderung der Leute, die für Nataschas Wesen kein Verständnis hatten, und erklärte wiederholentlich, sie habe immer gewußt, daß Natascha ein Muster von einer Gattin und Mutter werden würde.

»Sie geht nur zu weit in ihrer Liebe zu ihrem Mann und zu ihren Kindern«, sagte die Gräfin. »Das wird ja geradezu töricht.«

Natascha befolgte nicht jene goldene Regel, die von klugen Leuten, namentlich von den Franzosen gepredigt wird und besagt, ein Mädchen, das sich verheiratet, dürfe sich nicht vernachlässigen, dürfe seine Talente nicht brachliegen lassen, müsse sich noch mehr als in seiner Mädchenzeit mit seinem Äußern beschäftigen und müsse den Mann ebenso an sich zu fesseln suchen wie vor der Ehe. Natascha dagegen hatte sofort alle ihre Reizmittel beiseite geworfen, von denen bei ihr das wirkungsvollste der Gesang war. Und eben deswegen, weil dieser ein so starkes Reizmittel war, hatte sie ihn aufgegeben. Sie verwendete weder auf ihr äußeres Benehmen Achtsamkeit noch auf taktvolle Ausdrucksweise beim Reden noch darauf, sich ihrem Mann in den vorteilhaftesten Stellungen zu zeigen, noch auf ihre Toilette noch darauf, ihren Mann nicht durch ihre Ansprüche zu beschränken. Sie tat das volle Gegenteil von diesen Regeln. Sie hatte das Gefühl, daß die Reizmittel, zu deren Anwendung sie früher der Instinkt hingeleitet hätte, jetzt nur lächerlich sein würden in den Augen ihres Mannes, dem sie sich vom ersten Augenblick an völlig hingegeben hatte, d. h. mit ganzer Seele, ohne ihm auch nur in ein Winkelchen derselben den Einblick zu versagen. Sie hatte das Gefühl, daß ihre Verbindung mit ihrem Mann nicht durch jene poetischen Empfindungen unverbrüchlich bewahrt werde, die ihn zu ihr hingezogen hatten, sondern durch etwas anderes, das sich nicht recht definieren ließ, aber fest war wie die Verbindung ihrer eigenen Seele mit dem Körper.

Sich Locken zu brennen, eine moderne *robe ronde* anzuziehen und Liebeslieder zu singen, um ihren Mann zu sich heranzuziehen, das wäre ihr ebenso seltsam vorgekommen, wie wenn sie sich hätte schmükken wollen, um ihr eigenes Wohlgefallen zu erregen. Sich zu schmükken, um anderen zu gefallen, das hätte ihr vielleicht wirklich Freude gemacht (sie wußte es nicht); aber sie hatte schlechterdings keine Zeit dazu. Und der Hauptgrund, weshalb sie sich weder mit dem Gesang noch mit ihrer Toilette noch mit dem sorgsamen Abwägen ihrer Worte beschäftigte, lag eben darin, daß sie absolut keine Zeit hatte, sich damit zu beschäftigen.

Bekanntlich besitzt der Mensch die Fähigkeit, sich ganz in einen Gegenstand zu versenken, mag dieser auch noch so unbedeutend erscheinen, und es gibt keinen so unbedeutenden Gegenstand, der, wenn man ihm seine gesamte Aufmerksamkeit zuwendet, nicht ins Grenzenlose wüchse.

Der Gegenstand, in den sich Natascha vollständig versenkte, war die Familie, d. h. ihr Mann, den sie so festhalten mußte, daß er ungeteilt ihr und dem Haus gehörte, sowie ihre Kinder, die sie tragen, gebären, nähren und erziehen mußte.

Und je mehr sie, nicht mit dem Verstand, sondern mit ihrer ganzen Seele und ihrem ganzen Wesen, in den Gegenstand eindrang, der sie beschäftigte, um so mehr wuchs dieser Gegenstand unter ihrer Aufmerksamkeit und um so geringer und schwächer erschienen ihr ihre Kräfte, so daß sie sie alle auf ein und dieselbe Aufgabe konzentrierte und es ihr trotzdem nicht gelang, alles das auszuführen, was ihr notwendig schien.

Dispute und Debatten über die Rechte der Frauen, über das Verhältnis der Ehegatten, über die Freiheit und Rechte derselben gab es damals gerade ebenso wie heutzutage, wenn man diese Dinge auch noch nicht, wie jetzt, »Fragen« nannte; aber für diese Fragen interessierte sich Natascha nicht, ja, sie verstand nicht das geringste von ihnen.

Diese Fragen existierten damals, wie es auch jetzt der Fall ist, nur für diejenigen Leute, die in der Ehe lediglich ein Vergnügen sehen, das die Ehegatten einander bereiten, d. h. nur den Ausgangspunkt der Ehe, aber nicht ihre ganze Bedeutung, die in der Familie besteht.

Diese Erörterungen und die heutigen »Fragen« haben eine gewisse Ähnlichkeit mit der Frage, wie man vom Mittagessen einen möglichst großen Genuß haben kann: Für Menschen, denen der Zweck des Mittagessens die Ernährung und der Zweck der Ehe die Familie ist, existierten sie damals nicht und existieren sie jetzt nicht.

Wenn der Zweck des Mittagessens die Ernährung des Körpers ist, so wird derjenige, der zwei Mittagessen mit einemmal verzehrt, vielleicht ein größeres Vergnügen erzielen, aber den Zweck nicht erreichen, da der Magen die beiden Mittagessen nicht zu verdauen vermag.

Wenn der Zweck der Ehe die Familie ist, so wird derjenige, der viele Frauen und Männer zu haben begehrt, vielleicht viel Vergnügen erlangen, in keinem Fall aber wird er eine Familie haben.

Ist der Zweck des Mittagessens die Ernährung und der Zweck der Ehe die Familie, so gibt es nur *eine* Lösung der ganzen Frage, nämlich diese: Man darf nicht mehr essen, als der Magen verdauen kann, und man darf nicht mehr Frauen und Männer haben, als für die Familie erforderlich ist, d. h. eine Frau und einen Mann. Natascha hatte das dringende Verlangen nach einem Mann gehabt. Ein solcher war ihr zuteil geworden. Und durch den Mann erlangte sie eine Familie. Und sich einen andern, besseren Mann zu wünschen, dazu sah sie gar keine Veranlassung; sondern da alle Kraft ihrer Seele darauf gerichtet war, diesem Mann und dieser Familie zu dienen, so konnte sie sich nicht vorstellen, was sein würde, wenn es anders wäre, und sah auch gar nicht, was für ein Interesse sie hätte, sich dergleichen vorzustellen.

Natascha liebte im allgemeinen den gesellschaftlichen Verkehr nicht; aber um so mehr Wert legte sie auf den Verkehr mit ihren Angehörigen: der Gräfin Marja, ihrem Bruder, ihrer Mutter und Sonja. Sehr gern verkehrte sie mit den Menschen, zu denen sie ungekämmt, im Negligé, mit ihren großen Schritten aus dem Kinderzimmer hingelaufen kommen konnte, um ihnen mit hocherfreutem Gesicht eine Windel mit einem gelben Fleck statt eines grünen zu zeigen und die tröstliche Versicherung zu hören, daß es jetzt mit dem Kind weit besser gehe.

Natascha gab auf ihr Verhalten so wenig acht, daß ihre Kleider, ihre Haartracht, ihre unbedacht hingesprochenen Worte und ihre Eifersucht (sie war eifersüchtig auf Sonja, auf die Gouvernante, auf jedes schöne und unschöne weibliche Wesen) ein gewöhnlicher Stoff zu Scherzen für alle ihre Angehörigen waren. Die allgemeine Anschauung war die, daß Pierre unter dem Pantoffel seiner Frau stehe, und dies war auch tatsächlich der Fall. Gleich in den ersten Tagen ihrer Ehe hatte Natascha ihre Forderungen formuliert. Pierre war sehr erstaunt gewesen über diese ihm ganz neue Auffassung seiner Frau, daß jede Minute seines Lebens ihr und der Familie gehöre. Pierre war erstaunt gewesen über diese Forderung, hatte sich aber dadurch geschmeichelt gefühlt und sich ihr gefügt.

Pierres Unterwürfigkeit bestand darin, daß er nicht wagte, einer andern Frau den Hof zu machen oder auch nur lächelnd mit ihr zu reden, nicht wagte, ohne besonderen Anlaß, nur um die Zeit auszufüllen, zum

Diner in einen Klub zu fahren, nicht wagte, für Launen Geld auszugeben, nicht wagte, für längere Zeit zu verreisen, außer in geschäftlichen Angelegenheiten, zu denen seine Frau auch seine Beschäftigung mit den Wissenschaften rechnete, von denen sie nichts verstand, denen sie aber einen hohen Wert beimaß. Zum Entgelt dafür hatte Pierre das Recht, bei sich zu Hause nicht nur über sich selbst, sondern auch über die ganze Familie nach seinem Belieben zu verfügen. Natascha hatte sich im Haus ihrem Mann gegenüber die Stellung einer Sklavin angewiesen; und das ganze Haus ging auf den Fußspitzen, wenn Pierre arbeitete, d.h. in seinem Zimmer las oder schrieb. Pierre brauchte nur eine Vorliebe für irgend etwas zum Ausdruck zu bringen, und das, was er gern hatte, wurde dauernd beobachtet. Er brauchte nur einen Wunsch merken zu lassen, und Natascha sprang auf und lief weg, um ihn zu erfüllen.

Das ganze Haus wurde nur von den angeblichen Befehlen des Mannes regiert, d.h. von Pierres Wünschen, die Natascha zu erraten suchte. Die Lebensweise, der Wohnort, die Bekanntschaften, die gesellschaftlichen Beziehungen, Nataschas Beschäftigungen, die Erziehung der Kinder, das alles richtete sich nicht nur nach Pierres ausgesprochenem Willen, sondern Natascha bemühte sich auch, das zu erraten, was die Konsequenz der Gedanken sein konnte, die Pierre gesprächsweise geäußert hatte. Und sie traf mit großer Sicherheit das, worin der eigentliche Kern von Pierres Wünschen bestand, und hatte sie es einmal erraten, so hielt sie an dem einmal gewählten standhaft fest. Wenn dann Pierre selbst einmal seinem Wunsch untreu werden wollte, so bekämpfte sie ihren Mann mit seinen eigenen Waffen.

Ein Beispiel: In einer schweren Zeit, die in Pierres Gedächtnis für immer als denkwürdig haftete, nämlich nach der Geburt des ersten, schwächlichen Kindes, als sie nacheinander drei Ammen hatten nehmen müssen und Natascha vor Verzweiflung krank geworden war, da hatte ihr Pierre einmal von einem ihm völlig einleuchtenden Gedanken Rousseaus über die Widernatürlichkeit und Schädlichkeit der Ammen Mitteilung gemacht. Beim folgenden Kind setzte nun Natascha trotz des Widerspruchs ihrer Mutter, der Ärzte und ihres Mannes selbst, welche ihr das Selbstnähren als ein damals unerhörtes und für schädlich angesehenes Verfahren verwehren wollten, ihren Willen durch und nährte seitdem alle ihre Kinder selbst.

Recht häufig kam es in Augenblicken der Erregung vor, daß Mann und Frau sich stritten; aber wenn der Streit vorbei war, dann begegnete Pierre noch lange nachher zu seinem freudigen Erstaunen nicht nur in den Worten seiner Frau, sondern auch in ihren Handlungen eben jenem Gedanken, gegen den sie angekämpft hatte. Und er begegnete nicht nur diesem Gedanken wieder, sondern fand ihn auch gereinigt von all den überflüssigen Zutaten, mit denen er selbst ihn entstellt hatte, als er ihn in der Hitze des Streites aussprach.

Jetzt nach sieben Jahren des Ehelebens hatte Pierre das frohe, festbegründete Bewußtsein, daß er kein schlechter Mensch war, und er hegte diese Überzeugung deswegen, weil er sich selbst in seiner Frau widergespiegelt sah. In seinem eigenen Innern war nach seiner Empfindung alles Gute und Schlechte miteinander vermischt und verdunkelte sich gegenseitig. Aber in seiner Frau spiegelte sich nur das wider, das wahrhaft gut war; alles nicht völlig Gute kam in Wegfall. Und diese Widerspiegelung vollzog sich nicht mittels des logischen Denkens, sondern auf einem andern, geheimnisvollen, direkten Weg.

XI

Vor zwei Monaten hatte Pierre, der damals schon bei Rostows zu Besuch war, einen Brief vom Fürsten Fjodor erhalten, worin dieser ihn bat, nach Petersburg zu kommen zum Zweck der Beratung wichtiger Fragen, welche die Mitglieder eines Vereins in Petersburg beschäftigten, bei dessen Gründung Pierre in hervorragender Weise mitgewirkt hatte.

Als Natascha diesen Brief gelesen hatte, wie sie denn alle Briefe ihres Mannes las, redete sie ihm selbst zu, nach Petersburg zu fahren, so schwer es ihr auch fallen mußte, von ihm getrennt zu sein. Allem, was mit der geistigen, abstrakten Tätigkeit ihres Mannes zusammenhing, legte sie, ohne ein Verständnis dafür zu besitzen, eine gewaltige Wichtigkeit bei und befürchtete beständig, ihrem Mann bei dieser Tätigkeit ein Hemmnis zu sein. Auf Pierres schüchternen, fragenden Blick nach dem Durchlesen dieses Briefes antwortete sie mit der Bitte, er möchte doch hinfahren und ihr nur sicher die Zeit seiner Rückkehr angeben. Und so wurde ihm denn auf vier Wochen Urlaub erteilt.

Von der Zeit an, wo Pierres Urlaub abgelaufen war (es war jetzt zwei Wochen her), befand sich Natascha in steter Angst, Bekümmernis und Aufregung.

Denisow, der aus Unzufriedenheit mit den derzeitigen Zuständen als General den Abschied genommen hatte, war in diesen letzten zwei Wochen zu Besuch gekommen und betrachtete Natascha mit Staunen und Betrübnis, wie man das unähnliche Porträt eines einstmals geliebten Menschen betrachtet. Eine niedergeschlagene, müde Miene, schiefe, unpassende Antworten, Gespräche über die Kinderstube, das war alles, was er von der ehemaligen Zauberin sah und hörte.

Natascha war diese ganze Zeit über traurig und reizbar, namentlich wenn ihre Mutter, ihr Bruder, Sonja oder Gräfin Marja, um sie zu trösten, sich bemühten, Pierre zu entschuldigen und Gründe für sein langes Ausbleiben zu ersinnen.

»Alle seine hohen Ideen, die zu nichts führen, und alle diese törichten Vereine, das sind lauter Dummheiten, lauter Possen«, so sprach Natascha von denselben Dingen, an deren große Wichtigkeit sie doch sonst so fest glaubte.

Und dann ging sie in das Kinderzimmer, um ihr einziges Söhnchen Petja zu nähren. Niemand war imstande, ihr so viel Beruhigendes, Vernünftiges zu sagen wie dieses drei Monate alte kleine Wesen, wenn es an ihrer Brust lag und sie die Bewegungen seines Mündchens fühlte und das Schnaufen seines Näschens hörte. Dieses kleine Wesen sagte ihr: »Du bist ärgerlich, du bist eifersüchtig, du möchtest dich an ihm rächen, du ängstigst dich; aber ich hier bin ja er selbst. Ich hier bin er selbst ...« Und darauf war nichts zu erwidern. Das war die Wahrheit, die volle Wahrheit.

Natascha nahm in diesen zwei Wochen der Unruhe so oft ihre Zuflucht zu dem Kleinen, um dort Beruhigung zu finden, und sie machte sich so viel mit ihm zu schaffen, daß sie ihm ein Übermaß von Nahrung gab und er krank wurde. Sie bekam einen großen Schreck über seine Krankheit; gleichzeitig aber war es gerade dies, was sie nötig hatte. Während sie das Kind pflegte, ertrug sie die Unruhe um ihren Mann leichter.

Sie war gerade dabei, den Kleinen zu nähren, als das Geräusch von Pierres Reiseschlitten an der Haustür hörbar wurde und die Kinderfrau, die schon wußte, womit sie ihrer gnädigen Frau eine Freude machen konnte, mit strahlendem Gesicht in die Tür trat.

»Ist er gekommen?« fragte Natascha schnell im Flüsterton; sie scheute sich, eine Bewegung zu machen, um nicht das Kind, das eingeschlafen war, zu wecken.

»Ja, er ist gekommen, Mütterchen«, flüsterte die Kinderfrau.

Das Blut stieg Natascha ins Gesicht, und ihre Füße machten unwillkürlich eine Bewegung; aber aufspringen und weglaufen, das durfte sie nicht. Der Kleine öffnete wieder seine Äuglein und sah sie an. »Da bist du ja«, schien er zu sagen und schmatzte wieder träge mit den Lippen.

Nachdem Natascha ihm sachte die Brust entzogen hatte, schaukelte sie ihn ein wenig hin und her, übergab ihn der Kinderfrau und ging mit schnellen Schritten zur Tür. Aber an der Tür blieb sie noch einmal stehen, als empfände sie Gewissensbisse darüber, in ihrer Freude das Kind zu schnell verlassen zu haben, und sah sich um. Die Kinderfrau hob gerade mit hochgehobenen Ellbogen das Kind über das Bettgeländer.

»Gehen Sie nur, gehen Sie nur, Mütterchen, seien Sie ganz beruhigt, gehen Sie nur«, flüsterte die Kinderfrau lächelnd mit der Vertraulichkeit, die zwischen ihr und ihrer gnädigen Frau herrschte.

Und Natascha lief mit leichten Schritten nach dem Vorzimmer.

Denisow, der gerade, eine kurze Pfeife rauchend, aus Nikolais Zimmer in den Saal kam, erkannte jetzt zum erstenmal Natascha wieder. Ein helles, glänzendes, freudiges Licht schien sich in Strömen von ihrem verklärten Gesicht zu ergießen.

»Er ist gekommen!« rief sie ihm im Vorbeilaufen zu, und Denisow hatte die Empfindung, daß er selbst über Pierres Ankunft entzückt sei, obwohl er ihn nicht besonders leiden konnte.

Als Natascha in das Vorzimmer hineingestürzt kam, erblickte sie eine hohe Gestalt in einem Pelz, die sich den Gurt abband. »Er ist es, er ist es! Wahrhaftig! Da ist er!« sagte sie bei sich, flog auf ihn zu, umarmte ihn und drückte seinen Kopf an ihre Brust. Dann hielt sie ihn von sich ab und blickte ihm in das bereifte, rote, glückliche Gesicht. »Ja, er ist es, glücklich und zufrieden ...«

Da fielen ihr plötzlich alle die Qualen des Wartens ein, die sie in den letzten zwei Wochen durchgemacht hatte; die auf ihrem Gesicht strahlende Freude verschwand; sie runzelte die Stirn, und ein Strom von Vorwürfen und bösen Worten ergoß sich über Pierre.

»Ja, dir geht es wohl, du bist höchst vergnügt, du hast dich amüsiert ... Aber wie ist es mir gegangen? Wenn du doch wenigstens mit den Kindern Mitleid hättest; ich nähre, und da ist mir vor Aufregung die Milch verdorben. Petja war todkrank. Aber du bist höchst vergnügt. Ja, du bist vergnügt ...«

Pierre wußte, daß er sich nichts vorzuwerfen hatte, da es ihm nicht möglich gewesen war, früher zu kommen; er wußte, daß dieser Zornesausbruch von ihrer Seite ungehörig war, und wußte, daß er in zwei Minuten vorüber sein werde; und was die Hauptsache war, er wußte, daß er selbst froh und vergnügt war. Er hätte lächeln mögen, wagte aber gar nicht daran zu denken.

Er machte ein klägliches, erschrockenes Gesicht und krümmte sich zusammen.

»Ich konnte nicht eher. Wirklich nicht. Aber wie geht es Petja?«

»Jetzt ist es ja leidlich, komm nur. Daß du so gar kein Gewissen hast! Wenn du hättest sehen können, wie es mir ging, als du fort warst, was ich für Pein ausgestanden habe ...«

»Du bist doch gesund?«

»Komm, komm«, sagte sie, ohne seine Hand loszulassen. Und sie gingen in ihre Zimmer.

Als Nikolai und seine Frau kamen, um Pierre aufzusuchen, war er im Kinderzimmer, hielt den Säugling, der aufgewacht war, auf seiner gewaltig großen rechten Hohlhand und tätschelte ihn. Auf dem breiten Gesicht des Kindes mit dem offenstehenden, zahnlosen Mündchen lag ein fröhliches Lächeln. Der Sturm hatte sich schon längst gelegt, und heller, heiterer Sonnenschein glänzte auf dem Gesicht Nataschas, die mit inniger Rührung ihren Mann und ihr Söhnchen betrachtete.

»Und hast du mit dem Fürsten Fjodor alles zu deiner Zufriedenheit besprochen?« fragte Natascha.

»Ja, ganz nach Wunsch.«

»Sieh nur, wie er ihn gerade hält.« (Natascha meinte den Kopf des Kindes.) »Aber einen schönen Schreck hat er mir mit seiner Krankheit eingejagt ... Und hast du die Fürstin gesehen? Ist es wahr, daß sie eine Liebschaft mit diesem (du weißt schon) hat?«

»Ja, kannst du dir das vorstellen ...«

In diesem Augenblick traten Nikolai und Gräfin Marja ins Zimmer. Ohne seinen Sohn aus den Händen zu lassen, beugte Pierre sich nieder, um beide zu küssen, und antwortete auf ihre Fragen. Aber obwohl im Gespräch viele interessante Mitteilungen von der einen und von der andern Seite zu machen waren, war es doch zweifellos, daß das Kind in dem Mützchen, mit dem wackelnden Köpfchen, Pierres ganze Aufmerksamkeit in Anspruch nahm.

»Wie allerliebst!« sagte Gräfin Marja, indem sie das Kind betrachtete und mit ihm spielte. »Siehst du, das verstehe ich nicht, Nikolai«, wandte sie sich an ihren Mann, »daß du für das Entzückende dieser allerliebsten kleinen Wesen so gar kein Verständnis hast.«

»Ich verstehe es einmal nicht, ich bringe es nicht fertig«, erwiderte Nikolai und sah das Kind mit einem kalten Blick an. »Ein Stück Fleisch, weiter nichts. Komm, Pierre.«

»Die Hauptsache bleibt doch, daß er ein so überaus zärtlicher Vater ist«, sagte Gräfin Marja, um ihren Mann zu entschuldigen, »aber erst, wenn sie schon so ungefähr ein Jahr alt sind ...«

»Nein, Pierre gibt eine vorzügliche Kinderfrau ab«, sagte Natascha. »Er sagt, seine Hand wäre geradezu für das Gesäß eines kleinen Kindes geschaffen. Seht sie nur einmal an.«

»Na, nur nicht allein dazu«, sagte Pierre lachend, faßte das Kind anders und übergab es der Kinderfrau.

XII

Wie in jeder richtigen Familie, so lebten auch im Gutshaus von Lysyje-Gory mehrere völlig verschiedene Elemente zusammen, die, indem ein jedes, ohne seine Besonderheit aufzugeben, den andern mancherlei Konzessionen machte, zu einem harmonischen Ganzen verschmolzen. Jedes Ereignis, das sich im Haus zutrug, war in Freude oder Leid für alle diese Elemente in gleicher Weise wichtig; aber jedes Element hatte seine völlig eigenen, von den andern unabhängigen Gründe, über irgendein Ereignis froh oder betrübt zu sein.

So war auch Pierres Ankunft ein frohes, wichtiges Ereignis und übte in diesem Sinn auf alle seine Wirkung aus.

Die Dienstboten, die die zuverlässigsten Richter der Herrschaft sind, weil sie nicht nach Reden und Gefühlsäußerungen, sondern nach den Handlungen und der gesamten Lebensweise urteilen, freuten sich über Pierres Ankunft, weil sie wußten, daß während seiner Anwesenheit Graf Rostow nicht mehr täglich durch die Wirtschaft gehen und heiterer und gutmütiger sein werde, und dann auch deshalb, weil jeder von ihnen reiche Geschenke zum Festtag erwarten durfte.

Die Kinder und Gouvernanten freuten sich über Besuchows Ankunft, weil niemand sie so zu dem gemeinsamen geselligen Leben mit heranzog wie Pierre. Er allein konnte auf dem Klavier jene berühmte Ekossaise spielen (übrigens sein einziges Stück), nach der man, wie er versicherte, alle möglichen Tänze tanzen konnte; und dann hatte er gewiß auch Geschenke für alle mitgebracht.

Nikolenka, jetzt ein fünfzehnjähriger, magerer, kränklicher, kluger Knabe mit blondem, lockigem Haar und schönen Augen, freute sich, weil Onkel Pierre, wie er ihn nannte, der Gegenstand seiner Bewunderung und leidenschaftlichen Liebe war. Niemand hatte dem Knaben eine besondere Liebe zu Pierre einzuprägen gesucht, und er hatte ihn nur selten gesehen. Seine Erzieherin, Gräfin Marja, wandte alle Mittel, die in ihrer Macht standen, an, um Nikolenka dahin zu bringen, daß er ihren Mann ebenso liebhaben möchte, wie sie ihn liebte; und Nikolenka hatte seinen Onkel ja auch wirklich lieb, aber doch mit einer ganz leisen Nuance von Geringschätzung. Pierre dagegen vergötterte er. Er wollte nicht Husar werden und das Georgskreuz bekommen wie Onkel Nikolai; er wollte gelehrt, klug und gut werden wie Pierre. Sobald Pierre zugegen war, lag auf dem Gesicht des Knaben immer ein freudiger Glanz, und er errötete und konnte kaum atmen, wenn Pierre ihn anredete. Er ließ sich kein Wort von dem, was Pierre sagte, entgehen und rief sich dann nachher mit Dessalles oder auch für sich allein jedes Wort Pierres ins Gedächtnis zurück und suchte sich über den Sinn desselben klarzuwerden. Pierres früheres Leben, sein Unglück vor dem Jahr 1812 (wovon er sich aus einzelnen Äußerungen, die er gehört hatte, eine unklare, poetische Vorstellung zurechtgemacht hatte), seine Abenteuer in Moskau, seine Gefangenschaft, Platon Karatajew (über den er von Pierre manches gehört hatte), seine Liebe zu Natascha (zu der der Knabe gleichfalls eine ganz besondere Liebe hegte) und vor allen Dingen seine Freundschaft mit seinem Vater, auf den Nikolenka sich nicht mehr besinnen konnte, alles dies machte Pierre für ihn zu einem Helden und zu einem Gegenstand heiliger Scheu.

Aus abgerissenen Reden über seinen Vater und Natascha, aus der besonderen Erregung, mit welcher Pierre über den Verstorbenen sprach, aus der vorsichtigen, ehrfurchtsvollen Zärtlichkeit, mit der Natascha seiner Erwähnung tat, hatte sich der Knabe, der soeben anfing, etwas von Liebe zu ahnen, eine Vorstellung zurechtgemacht, daß sein Vater Natascha geliebt und, als er starb, seinem Freund vermacht habe. Dieser Vater aber, für den der Knabe keine Erinnerung mehr hatte, erschien ihm wie eine Gottheit, von der er sich kein Bild machen dürfe und an die er nur mit stockendem Herzschlag und mit Tränen der Trauer und des Entzükkens dachte. Und auch er war glücklich über Pierres Ankunft.

Die Gäste freuten sich, daß Pierre wieder da war, weil er jede Gesellschaft zu beleben und in ihr das Gefühl der Zusammengehörigkeit zu erwecken verstand.

Die erwachsenen Hausgenossen, von seiner Frau ganz zu schweigen, waren froh über die Heimkehr des Freundes, bei dessen Anwesenheit man leichter und behaglicher lebte.

Die alten Damen freuten sich sowohl über die Geschenke, die er mitbringen werde, als auch ganz besonders darüber, daß Natascha nun wieder werde frischer und lebendiger sein.

Pierre kannte diese verschiedenen Gesichtspunkte recht wohl, von denen aus die verschiedenen Elemente ihn betrachteten, und beeilte sich, einem jeden zukommen zu lassen, was derselbe erwartete.

Pierre, der zerstreuteste, vergeßlichste Mensch auf der Welt, hatte diesmal nach einem von seiner Frau zusammengestellten Verzeichnis alles gekauft und nichts vergessen, weder die Aufträge ihrer Mutter und ihres Bruders noch die Geschenke zum Feiertag noch das Kleid für Fräulein Bjelowa noch das Spielzeug für die Neffen und Nichten. In der ersten Zeit seiner Ehe war ihm diese Forderung seiner Frau, das, was er einzukaufen übernommen hatte, auch wirklich alles zu besorgen, ohne etwas zu vergessen, recht sonderbar vorgekommen, und ihr ernstlicher Verdruß, als er bei seiner ersten Reise alles vergessen hatte, hatte ihn höchlichst überrascht. Aber in der Folge hatte er sich daran gewöhnt. Da er wußte, daß

Natascha ihm für ihre eigene Person keine Aufträge gab und für andere nur dann, wenn er sich selbst dazu anbot, so fand er jetzt zu seiner eigenen Überraschung ein kindliches Vergnügen an diesen Einkäufen von Geschenken für das ganze Haus und vergaß dabei nie jemanden. Wenn er sich Vorwürfe Nataschas zuzog, so war es nur dafür, daß er Überflüssiges gekauft und zu hohe Preise bezahlt hatte. Die Mehrzahl der Hausgenossen war der Ansicht, daß zu allen bisherigen Fehlern Pierres, wie Unordnung und Nachlässigkeit (Pierre selbst hielt dies freilich für Vorzüge), Natascha noch den Geiz hinzuzugesellen suche.

Von dem Tag an, wo Pierre angefangen hatte, einen großen Haushalt zu führen und eine Familie zu unterhalten, die große Ausgaben erforderte, bemerkte er zu seiner Verwunderung, daß er nur halb soviel verbrauchte wie früher und daß seine finanziellen Verhältnisse, die in der letzten Zeit, namentlich durch die Schulden seiner ersten Frau, stark zerrüttet gewesen waren, sich wieder zu bessern anfingen.

Das Leben kam ihm jetzt billiger zu stehen, weil es an eine bestimmte Ordnung gebunden war: Den teuren Luxus, der darin bestand, so zu leben, daß man seine Lebensweise jeden Augenblick ändern konnte, erlaubte sich Pierre nicht mehr, und er hatte auch nicht die geringste Sehnsucht danach. Er fühlte, daß seine Lebensweise jetzt ein für allemal bis zu seinem Tod fest geregelt sei und daß es gar nicht in seiner Macht stehe, sie zu ändern, und daß deshalb diese Lebensweise billiger sei.

Pierre packte mit vergnügtem, lachendem Gesicht seine Einkäufe aus.

»Was sagst du hierzu?« sagte er, während er, wie ein Kommis, ein Stück Zeug auseinanderschlug.

Natascha saß ihm gegenüber; sie hatte ihr ältestes Töchterchen auf dem Schoß und ließ ihre glänzenden Augen schnell zwischen ihrem Mann und dem, was er vorzeigte, hin und her gehen.

»Das ist für Fräulein Bjelowa? Wunderschön.« (Sie befühlte die Qualität.) »Das kostet wohl einen Rubel die Elle?«

Pierre nannte den Preis.

»Das ist teuer«, sagte Natascha. »Wie sich die Kinder freuen werden, und Mama! Aber für mich hättest du das nicht kaufen sollen«, fügte sie hinzu, vermochte aber doch nicht ein Lächeln zu unterdrücken, als sie den goldenen, mit Perlen besetzten Kamm betrachtete, wie sie damals gerade Mode wurden.

»Adele wollte mir abreden: ›Sie kaufen und kaufen!‹ sagte sie«, berichtete Pierre.

»Wann werde ich denn den tragen?« Natascha steckte ihn sich ins Haar. »Wenn wir unsere kleine Marja in Gesellschaft führen werden; vielleicht trägt man dann wieder solche. Nun, dann komm.«

Sie faßten ihre Geschenke zusammen und gingen zuerst in das Kinderzimmer, dann zu der alten Gräfin.

Die Gräfin war schon über sechzig Jahre alt. Sie hatte graues Haar und trug eine Haube, die ihr ganzes Gesicht mit einer Rüsche umrahmte. Ihr Gesicht war runzlig, die Oberlippe eingeschrumpft, die Augen blickten trübe.

Nachdem ihr Sohn und ihr Mann so schnell hintereinander gestorben waren, hatte sie die Empfindung, sie sei ein Wesen, das nur so zufällig auf der Welt vergessen sei und keinen Sinn und Zweck mehr habe. Sie aß und trank, schlief und wachte; aber sie lebte eigentlich nicht. Das Leben machte ihr keinen Eindruck. Sie verlangte vom Leben nichts als Ruhe, und diese Ruhe konnte sie nur im Tod finden. Aber bis der Tod kam, mußte sie leben, d. h. ihre Lebenskräfte gebrauchen. Es trat bei ihr im höchsten Grad eine Eigenheit hervor, die man bei sehr kleinen Kindern und sehr alten Leuten wahrnehmen kann. Es war in ihrem Leben kein äußerer Zweck zu sehen; sichtbar war bei ihr nur das Bedürfnis, ihre mancherlei Neigungen und Fähigkeiten zu üben. Sie mußte essen, schlafen, denken, reden, weinen, arbeiten, sich ärgern usw., lediglich weil sie einen Magen, ein Gehirn, Muskeln, Nerven und eine Leber hatte. Alles dies tat sie, ohne durch eine äußere Einwirkung dazu veranlaßt zu sein, nicht so, wie das Menschen tun, die in voller Lebenskraft stehen, wo man über dem Zweck, den sie selbst verfolgen, den andern Zweck, der in dem Gebrauch der vorhandenen Kräfte besteht, nicht wahrnimmt. Sie redete nur, weil es ihr ein physisches Bedürfnis war, mit der Lunge und der Zunge zu arbeiten. Sie weinte wie ein Kind, weil es ihr ein Bedürfnis war, die Flüssigkeit aus den Augen und der Nase loszuwerden, usw. Wo Leute, die in voller Lebenskraft stehen, einen Zweck haben, da benutzte sie offenbar nur eine Gelegenheit.

So zeigte sich bei ihr morgens, namentlich wenn sie am vorhergehenden Abend etwas Fettes gegessen hatte, das Bedürfnis, sich zu ärgern, und dann wählte sie sich dazu als die nächste Gelegenheit Fräulein Bjelowas Taubheit.

Sie sagte zu ihr irgend etwas leise vom andern Ende des Zimmers her.

»Heute scheint es etwas wärmer zu sein, meine Liebe«, sagte sie flüsternd.

Und wenn dann Fräulein Bjelowa antwortete: »Gewiß, sie sind angekommen«, so brummte sie ärgerlich vor sich hin: »Mein Gott, wie taub und dumm!«

Eine andre Gelegenheit bot sich durch ihren Schnupftabak, der ihr bald zu trocken, bald zu feucht, bald schlecht gerieben vorkam. Nach diesen Gemütserregungen ergoß sich ihr die Galle ins Gesicht, und ihre Stubenmädchen wußten schon an sicheren Vorzeichen voraus, wann Fräulein Bjelowa wieder taub und der Tabak wieder zu feucht und das Gesicht der alten Gräfin wieder gelb sein werde. Ebenso wie es ihr ab und zu Bedürfnis war, ihre Galle ein wenig arbeiten zu lassen, so mußte sie auch von Zeit zu Zeit die ihr noch verbliebenen Fähigkeiten in Tätigkeit setzen, z. B. die Denkfähigkeit, und dazu bot die Patience eine geeignete Gelegenheit. Wenn sie das Bedürfnis hatte, zu weinen, so war der verstorbene Graf ein passender Gegenstand. Wenn sie das Bedürfnis hatte, sich zu beunruhigen, so fand sie dazu Gelegenheit bei Nikolai und seiner Gesundheit. Verlangte es sie, spitze, giftige Reden zu führen, so war dazu Gräfin Marja ein stets bereiter Anlaß. Verspürte sie das Bedürfnis, ihr Sprechorgan zu üben (dies war meist gegen sieben Uhr abends der Fall, nachdem sie zum Zweck der Verdauung sich in der dunklen Stube eine Weile ausgeruht hatte), so zog sie die Gelegenheit an den Haaren herbei, immer dieselben Geschichten denselben Zuhörern zu erzählen.

Über diesen Zustand der alten Dame waren alle Hausgenossen sich klar, wiewohl nie jemand darüber sprach und alle sich aufs eifrigste bemühten, diese ihre Bedürfnisse zu befriedigen. Nur selten fand dieses gemeinsame Verständnis für den Zustand der alten Gräfin seinen Ausdruck in einem traurigen, leise lächelnden Blick, den Nikolai, Pierre, Natascha und Gräfin Marja miteinander wechselten.

Aber diese Blicke sagten außerdem noch etwas anderes. Sie sagten, daß die alte Gräfin ihre Lebensarbeit bereits beendet habe, daß das, was man jetzt von ihr sehe, nur eine Ruine sei, daß auch sie selbst alle einmal so sein würden und daß sie sich ihr gern fügten, sich gern überwänden, um diesem teuren Wesen gefällig zu sein, das einstmals ebenso lebensvoll gewesen sei wie sie selbst und jetzt ein so klägliches Schauspiel biete. »Memento mori«, sagten diese Blicke.

Unter allen Hausbewohnern waren es nur ganz schlechte und dumme Menschen und die kleinen Kinder, die das nicht verstanden und sich von der alten Gräfin fernhielten.

XIII

Als Pierre und seine Frau in den Salon kamen, befand sich die Gräfin in jenem gewohnheitsmäßigen Zustand, in dem es ihr ein Bedürfnis war, sich mit geistiger Arbeit, d. h. mit der Grande Patience, zu beschäftigen. Sie sagte zwar gewohnheitsmäßig die Worte, die sie immer sagte, wenn Pierre oder ihr Sohn zurückkamen: »Endlich, endlich, mein Lieber; wir haben dich ungeduldig erwartet. Nun, Gott sei Dank, daß du wieder da bist!«, und auch als ihr die Geschenke überreicht wurden, gebrauchte sie andere, ebenso gewohnheitsmäßige Redewendungen: »Noch mehr als über das Geschenk freue ich mich über die Gesinnung des Gebers. Ich danke dir, daß du mich alte Frau so bedacht hast«; aber trotzdem war es augenscheinlich, daß Pierres Kommen ihr in diesem Augenblick unangenehm war, weil es ihre Aufmerksamkeit von der noch nicht fertig gelegten Grande Patience ablenkte. Sie beendete die Patience und machte sich dann erst an die Geschenke. Diese Geschenke bestanden aus einem schön gearbeiteten Futteral für Spielkarten, aus einer hellblauen, mit einem Deckel versehenen Sevrestasse, auf welcher Hirtinnen dargestellt waren, und aus einer goldenen Tabaksdose mit einem Porträt des Grafen, das Pierre in Petersburg von einem Miniaturmaler hatte malen lassen. (Dies hatte sich die Gräfin schon lange gewünscht.) Sie hatte jetzt keine Lust zu weinen, und daher sah sie das Porträt gleichgültig an und beschäftigte sich mehr mit dem Futteral.

»Ich danke dir, mein Lieber; du hast mir eine große Freude gemacht«, sagte sie, wie sie immer sagte. »Aber das beste ist doch, daß du dich selbst wieder mitgebracht hast. Es war hier auch schon eine ganz tolle Wirtschaft; schelte nur deine Frau ordentlich aus. Was das nur vorstellen sollte? Wie eine Irrsinnige hat sie sich benommen, während du weg warst. Sie sah nichts und hörte nichts«, sagte sie, auch dies waren gewohnheitsmäßige Wendungen. »Sieh nur, Anna Timofjejewna, was für ein schönes Futteral uns mein Schwiegersohn mitgebracht hat.«

Fräulein Bjelowa rühmte die Geschenke und zeigte sich entzückt von dem Kleiderstoff.

Pierre, Natascha, Nikolai, Gräfin Marja und Denisow hatten allerdings den Wunsch, vieles miteinander zu besprechen, was sie in Gegenwart der Gräfin nicht wohl besprechen konnten, nicht weil sie ihr etwas hätten verheimlichen wollen, sondern weil sie mit ihren Kenntnissen auf vielen Gebieten so zurückgeblieben war, daß, wenn man anfing, in ihrer Gegenwart über irgend etwas zu reden, man ihre störend eingeschobenen Fragen beantworten und ihr von neuem auseinandersetzen mußte, was ihr schon ein paarmal auseinandergesetzt worden war: daß der und der gestorben sei, der und der sich verheiratet habe, was ihr immer wieder entfiel. Aber trotz dieses Wunsches saßen sie wie gewöhnlich im Salon beim Tee um den Samowar herum, und Pierre antwortete auf die Fragen der Gräfin, die für sie selbst keinen Zweck hatten und auch sonst niemanden interessierten: daß Fürst Wasili recht gealtert aussehe und Gräfin Marja Alexejewna ihm Grüße und Empfehlungen aufgetragen habe usw.

Ein derartiges Gespräch, das für niemanden Interesse hatte, aber sich doch nicht vermeiden ließ, wurde während der ganzen Zeit des Teetrinkens geführt. Um den runden Tisch mit dem Samowar, bei welchem Sonja saß, hatten sich alle erwachsenen Mitglieder der Familie versammelt. Die Kinder, ihre Erzieher und Gouvernanten waren schon mit dem Teetrinken fertig, und ihre Stimmen klangen aus dem anstoßenden Zimmer herüber. Beim Tee saßen alle auf ihren gewohnten Plätzen: Nikolai hatte sich beim Ofen an einem kleinen Tischchen niedergelassen, wohin ihm sein Tee gebracht wurde. Die alte Jagdhündin Milka, eine Tochter der ersten Milka, mit vollständig ergrautem Gesicht, aus dem die großen, schwarzen Augen noch schärfer hervortraten, lag auf einem Stuhl neben ihm. Denisow, dessen krauses Kopfhaar, Schnurrbart und Backenbart schon zur Hälfte grau geworden waren, saß in seinem aufgeknöpften Generalsrock neben Gräfin Marja. Pierre saß zwischen seiner Frau und der alten Gräfin. Er erzählte allerlei Dinge, von denen er wußte, dass sie die alte Dame interessieren konnten und ihr verständlich waren. Er sprach von äußerlichen Ereignissen in der Gesellschaft und von Leuten, die ehemals den Kreis der Altersgenossen der alten Gräfin gebildet hatten, Leute, die ehemals ein wirklicher, lebendiger, besonderer Kreis gewesen waren, die aber jetzt, größtenteils in der Welt zerstreut, ebenso wie die alte Gräfin, ihren Lebensrest mit einer Ährenlese von dem, was sie im Leben gesät hatten, hinbrachten. Aber gerade diese Leute, ihre Altersgenossen, und nur sie, erschienen der alten Gräfin als die wahre und wirkliche Welt. An Pierres Lebhaftigkeit merkte Natascha, daß seine Reise interessant gewesen war und er Lust hatte, viel zu erzählen, aber in Gegenwart der Gräfin nicht zu reden wagte. Denisow, der kein Mitglied der Familie war und darum für Pierres Vorsicht kein Verständnis besaß, außerdem aber, als Mißvergnügter, sich sehr für die Vorgänge in Petersburg interessierte, suchte Pierre fortwährend zu allerlei Mitteilungen zu veranlassen, bald über die Geschichte mit dem Semjonower Regiment, die sich soeben zugetragen hatte, bald über Araktschejew, bald über die Bibelgesellschaft. Manchmal ließ sich Pierre hinreißen und begann zu erzählen; aber jedesmal lenkten Nikolai und Natascha ihn wieder zurück zu Berichten über das Befinden des Fürsten Iwan und der Gräfin Marja Antonowna.

»Na, wie steht es denn? Dauert denn dieser ganze Unfug mit Goßner und der Frau Tatarinowa immer noch fort?« fragte Denisow.

»Ob er noch fortdauert?« rief Pierre. »Er steht in vollerer Blüte als jemals. Die Bibelgesellschaft hat jetzt die ganze Regierungsgewalt in Händen!«

»Was soll das heißen, lieber Freund?« fragte die Gräfin, die mit ihrem Tee fertig war und nun augenscheinlich einen Anlaß suchte, um sich nach dem Imbiß ein wenig zu ärgern. »Was sagst du da: die Regierungsgewalt? Das verstehe ich nicht.«

»Ja, wissen Sie, Mama«, mischte sich Nikolai hinein, welcher wußte, wie man so etwas in die Sprache der Mutter übersetzen mußte, »da hat Fürst Alexander Nikolajewitsch Golizyn eine Gesellschaft gegründet und besitzt dadurch einen großen Einfluß, wie man sagt.«

»Araktschejew und Golizyn«, sagte Pierre unvorsichtig, »die stellen jetzt die ganze Regierung dar. Eine nette Regierung! Überall sieht sie Verschwörung, vor allem und jedem hat sie Furcht.«

»Wie? Dem Fürsten Alexander Nikolajewitsch soll etwas vorzuwerfen sein? Das ist ein höchst achtungswerter Mann. Ich bin ihm damals bei Marja Antonowna begegnet«, sagte die Gräfin in einem Ton, als ob sie sich beleidigt fühlte; und noch mehr beleidigt dadurch, daß alle schwiegen, fuhr sie fort: »Heutzutage ist es Mode geworden, einen jeden zu kritisieren. Eine christliche Gesellschaft, was ist daran Schlechtes?« Damit stand sie auf (alle andern erhoben sich gleichfalls) und schritt mit strenger Miene in das Sofazimmer zu ihrem Tisch.

In das peinliche Schweigen, das hierauf eingetreten war, tönten aus dem Nachbarzimmer das Gelächter und die munteren Reden der Kinder herein. Offenbar befanden sich die Kinder in einer besonderen freudigen Erregung.

»Fertig, fertig!« hörte man aus allen Stimmen heraus das lustige Kreischen der kleinen Natascha.

Pierre wechselte mit Gräfin Marja und Nikolai einen Blick (seine Frau sah er fortwährend an) und lächelte glückselig.

»Das ist eine prächtige Musik!« sagte er.

»Da wird wohl Anna Makarowna mit einem Strumpf fertiggeworden sein«, bemerkte Gräfin Marja.

»Ach, da geh ich hin und seh zu«, rief Pierre, indem er aufsprang. »Weißt du«, sagte er, an der Tür stehenbleibend, zu seiner Frau, »warum ich diese Musik so besonders gern habe? Das ist das erste, woraus ich ersehe, daß alles gut steht. Da kam ich also heute an, und je näher ich dem Haus kam, um so größer wurde meine Beklommenheit. Als ich in das Vorzimmer kam, hörte ich, wie der kleine Andrei über irgend etwas aus vollem Hals lachte; na also, da wußte ich, daß alles in Ordnung war ...«

»Ich kenne dieses Gefühl, ich kenne es«, bestätigte Nikolai. »Aber ich für meine Person darf nicht hineingehen; denn die Strümpfe werden ja ein Geschenk, mit dem ich überrascht werden soll.«

Pierre ging zu den Kindern, und das Lachen und Schreien wurde noch stärker.

»Nun, Anna Makarowna«, hörte man Pierre sagen, »stellen Sie sich hier in die Mitte, und dann werde ich kommandieren: eins, zwei, und wenn ich sage: drei ... Du, stell du dich hierher! Warte, du kriegst auf die

Hände! Nun, eins, zwei ...«, rief Pierre; es war ganz still geworden. »Drei!« Und ein entzücktes Durcheinanderschreien der Kinderstimmen erhob sich in dem Zimmer. »Zwei, zwei Strümpfe!« riefen die Kinder.

Die Kinderfrau Anna Makarowna pflegte nach einer ihr bekannten geheimen Methode immer zwei Strümpfe zugleich zu stricken und, wenn sie fertig waren, in Gegenwart der Kinder einen aus dem andern herauszuziehen.

XIV

Bald darauf kamen die Kinder, um gute Nacht zu sagen. Nachdem die Kinder jedem einen Kuß gegeben, die Erzieher und Gouvernanten sich verbeugt hatten, verließen sie das Zimmer. Nur Dessalles und sein Zögling blieben zurück. Der Erzieher forderte seinen Zögling flüsternd auf, mit nach unten zu kommen.

»Nein, Monsieur Dessalles, ich möchte meine Tante um die Erlaubnis bitten, noch bleiben zu dürfen«, antwortete Nikolenka Bolkonski, gleichfalls flüsternd.

»Liebe Tante«, sagte der Knabe, indem er zu Gräfin Marja hintrat, »erlauben Sie mir, noch hierzubleiben.«

Auf seinem Gesicht lag der Ausdruck inständiger Bitte und schwärmerischer Erregung. Gräfin Marja sah ihn an und wandte sich zu Pierre.

»Wenn Sie hier sind, kann er sich immer gar nicht losreißen«, sagte sie zu ihm.

»Ich werde ihn Ihnen sogleich nach unten bringen, Monsieur Dessalles. Gute Nacht!« sagte Pierre, reichte dem Schweizer die Hand und wandte sich lächelnd an den Knaben: »Wir beide haben einander noch gar nicht recht gesehen. Marja, wie ähnlich er wird«, fügte er, zu Gräfin Marja gewendet, hinzu.

»Dem Vater?« fragte der Knabe, der dunkelrot geworden war und Pierre von unten herauf mit begeisterten, glänzenden Augen anblickte.

Pierre nickte ihm zu und fuhr in der Erzählung fort, die die Kinder vorhin unterbrochen hatten. Gräfin Marja arbeitete an einer Kanevasstickerei; Natascha blickte ihren Mann an, ohne ein Auge von ihm abzuwenden. Nikolai und Denisow standen auf, forderten Pfeifen, rauchten, ließen sich Tee von Sonja geben, die demütig und geduldig beim Samowar saß, und fragten Pierre aus. Der lockige, kränkliche Knabe mit seinen glänzenden Augen saß, von niemandem beachtet, in einem Winkel; er wandte seinen lockigen Kopf auf dem schlanken Hals, der aus dem zurückgeschlagenen Hemdkragen hervorkam, nach der Seite hin, wo Pierre saß, zuckte mitunter zusammen und flüsterte etwas vor sich hin: Offenbar befand er sich in dem Bann einer neuen, starken Empfindung.

Das Gespräch drehte sich um jenen Klatsch über die derzeitigen höchsten Persönlichkeiten der Regierung, in welchem die meisten Menschen das wichtigste Interesse der inneren Politik sehen. Denisow, der wegen des Mißerfolges in seiner dienstlichen Laufbahn mit der Regierung unzufrieden war, hörte mit Vergnügen von all den Dummheiten, die seiner Meinung nach jetzt in Petersburg begangen wurden, und machte zu Pierres Mitteilungen in starken, scharfen Ausdrücken seine Bemerkungen.

»Früher mußte man ein Deutscher sein, jetzt muß man mit Frau Tatarinowa und mit Frau Krüdener tanzen und Eckartshausen und die Bruderschaft lesen! Oh! Am liebsten würde ich unsern schneidigen Bonaparte wieder loslassen; dann sollten ihnen wohl alle diese Dummheiten vergehen. Na, das ist denn doch unerhört, daß dem Gemeinen Schwarz das Semjonower Regiment gegeben wird!« rief er.

Nikolai war zwar frei von Denisows Neigung, alles schlecht zu finden, hielt es aber gleichfalls für ein sehr verdienstvolles, wichtiges Werk, die Regierung zu kritisieren, und war der Ansieht, die Ernennung des Herrn A. zum Minister des und des Ressorts und die Entsendung des Herrn B. als Generalgouverneur da und dahin und die und die Äußerung des Kaisers und die und die Erklärung des Ministers, das seien alles sehr wichtige Dinge. Und er hielt es für erforderlich, sein Interesse dafür an den Tag zu legen, und befragte Pierre über all dergleichen. Und infolge der Fragen, die Nikolai und Denisow stellten, kam das Gespräch aus dem Geleise des gewöhnlichen Klatsches über die höchsten Regierungskreise nicht heraus.

Aber Natascha, die alle Gebärden und Gedanken ihres Mannes kannte, sah, daß dieser sich schon längst vergeblich bemühte, das Gespräch in eine andere Bahn zu bringen und die Idee auszusprechen, die ihm ganz besonders am Herzen lag, eben die Idee, um derentwillen er nach Petersburg gefahren war, um dort mit seinem neuen Freund, dem Fürsten Fjodor, zu konferieren, und so kam sie ihm denn mit der Frage zu Hilfe, was er eigentlich mit dem Fürsten Fjodor zusammen vorhabe.

»Ja, worüber habt ihr denn verhandelt?« fragte Nikolai.

»Immer über denselben Gegenstand«, erwiderte Pierre und blickte rings um sich. »Jeder sieht, daß die Dinge einen so schlimmen Gang nehmen, daß man es nicht so weitergehen lassen darf, und es die Pflicht jedes ehrenhaften Mannes ist, dem nach Kräften entgegenzuwirken.«

»Was können denn die ehrenhaften Männer dabei tun?« erwiderte Nikolai und zog die Stirn ein wenig zusammen. »Was ist dabei zu machen?«

»Die Sache ist die …«

»Wir wollen in mein Zimmer gehen«, sagte Nikolai.

Natascha, die schon längst erwartet hatte, daß man sie rufen werde, um den Kleinen zu nähren, hörte den Ruf der Kinderfrau und ging ins Kinderzimmer. Gräfin Marja ging mit ihr. Die Männer begaben sich in Nikolai Rostows Zimmer, und Nikolenka Bolkonski ging, ohne daß sein Onkel es bemerkte, auch mit und setzte sich in den Schatten, an den Schreibtisch beim Fenster.

»Na also, was werden Sie denn tun?« fragte Denisow.

»Immer Phantastereien«, sagte Nikolai.

»Die Sache ist die«, begann Pierre; er setzte sich nicht hin, sondern ging bald im Zimmer auf und ab, bald wieder blieb er stehen; beim Reden lispelte er und gestikulierte lebhaft mit den Armen. »Die Sache ist die. In Petersburg steht es so: Der Kaiser kümmert sich um nichts. Er hat sich ganz dem Mystizismus in die Arme geworfen.« (Mystizismus verzieh Pierre niemandem.) »Er verlangt nur nach Ruhe, und diese Ruhe können ihm nur diese Männer ohne Treue und Gewissen verschaffen, die skrupellos alles niederschlagen und ersticken: Magnizki, Araktschejew und diese ganze Sorte … Du wirst zugeben: Wenn du selbst dich nicht mit der Wirtschaft abgäbest und nur deine Ruhe haben wolltest, so würdest du deinen Zweck um so schneller erreichen, je strenger ein Vogt wäre«, sagte er, sich zu Nikolai wendend.

»Na, wozu sagst du das!« antwortete Nikolai.

»So geht nun alles zugrunde. In den Gerichten blüht das Bestechungsunwesen; beim Heer regiert nur der Stock; immer nur Exerzieren, dazu die Militärkolonien; das Volk wird gequält, die Bildung unterdrückt. Alles, was jung und ehrenhaft ist, richten sie zugrunde. Jedermann sieht, daß es so nicht weitergehen kann. Alles ist zu straff gespannt und muß mit Notwendigkeit reißen«, sagte Pierre, wie das, seit es überhaupt Regierungen gibt, die Menschen stets im Hinblick auf die Handlungen irgendeiner Regierung sagen. »Ich habe ihnen in Petersburg meine Meinung gesagt …«

»Wem?« fragte Denisow.

»Nun, ihr wißt schon, wem«, antwortete Pierre, indem er den beiden unter der gesenkten Stirn hervor einen bedeutsamen Blick zuwarf. »Dem Fürsten und ihnen allen. Ich habe ihnen gesagt: ›Zu wetteifern in Wohltätigkeit und in Verbreitung von Bildung, das ist ja alles ganz schön, selbstverständlich. Ein schönes Ziel, zweifellos; aber unter den jetzigen Umständen ist noch anderes vonnöten.‹«

In diesem Augenblick bemerkte Nikolai die Anwesenheit seines Neffen; sein Gesicht verfinsterte sich, und er ging auf ihn zu.

»Warum bist du hier?«

»Warum sollte er nicht? Laß ihn doch hierbleiben«, sagte Pierre und hielt seinen Schwager am Arm zurück; dann fuhr er fort: »Ich habe ihnen gesagt: ›Das genügt nicht; jetzt ist noch anderes vonnöten. Ihr steht da und wartet darauf, daß im nächsten Augenblick die zu straff gespannte Saite springt; alle warten auf die unausbleibliche Revolution. Aber was nottut, ist, daß wir mit möglichst vielen aus dem Volk und in möglichst engem Zusammenschluß einander die Hände reichen, um gegen die allgemeine Katastrophe anzukämpfen. Alle jungen, kräftigen Elemente werden nach jener Seite hinübergezogen und verdorben. Den einen verlocken die Weiber, den andern die Ehrenstellen, den dritten die Eitelkeit und das Geld, und so gehen sie in jenes Lager über. Unabhängige, freie Männer, wie ihr und ich, gibt es gar nicht mehr.‹ Ich habe ihnen gesagt: ›Erweitert den Umfang des Vereins; das Losungswort soll nicht allein Tugend heißen, sondern Unabhängigkeit und Tatkraft.‹«

Nikolai hatte von seinem Neffen abgelassen, ärgerlich seinen Stuhl an eine andere Stelle gerückt und sich darauf gesetzt; während er zuhörte, was Pierre sagte, hatte er sich unzufrieden geräuspert und ein immer finstereres Gesicht gemacht.

»Und welchen Zweck verfolgt denn diese Tatkraft?« rief er. »Und welche Stellung nehmt ihr der Regierung gegenüber ein?«

»Das will ich dir sagen: die Stellung von Helfern. Der Bund braucht kein geheimer zu sein, wenn die Regierung ihn gestattet. Er ist nicht nur der Regierung nicht feindlich, sondern im Gegenteil ein Bund echt konservativ gesinnter Männer, ein Bund von Gentlemen im vollen Sinn dieses Wortes. Nur damit nicht ein Pugatschew kommt, um meine und deine Kinder zu morden, und damit Araktschejew mich nicht in eine Militärkolonie schickt, nur darum reichen wir einander die Hände, und unser einziger Zweck ist das allgemeine Wohl und die allgemeine Sicherheit.«

»Ja, aber dieser Bund ist ein geheimer, folglich ist er regierungsfeindlich und schädlich und kann nur Böses hervorbringen.«

»Wieso? Hat etwa der Tugendbund, der Europa gerettet hat« (damals verstieg man sich noch nicht zu dem Gedanken, daß Rußland Europa gerettet habe), »irgendein Unheil angerichtet? Der Tugendbund ist die Liebe, die gegenseitige Hilfe; er ist das, was Christus am Kreuz gepredigt hat ...«

Natascha, die mitten während dieses Gesprächs ins Zimmer gekommen war, betrachtete mit lebhafter Freude ihren Mann. Sie freute sich nicht über das, was er sagte. Das interessierte sie nicht einmal, weil es ihr schien, daß das alles außerordentlich einfach sei und sie das alles schon längst wisse (das schien ihr deshalb so, weil sie den Boden, auf welchem diese Anschauungen gewachsen waren, Pierres ganze Seele, so genau kannte); sondern sie freute sich beim Anblick seiner Lebhaftigkeit und Begeisterung.

Mit noch größerer Freude und Begeisterung hafteten an Pierres Gestalt die Blicke des von allen vergessenen Knaben mit dem schlanken Hals, der aus dem zurückgeschlagenen Hemdkragen hervorragte. Jedes Wort Pierres setzte sein Herz in hellere Glut, und mit nervösen Bewegungen der Finger zerbrach er, ohne es selbst zu bemerken, die Siegellackstangen und Federn, die ihm auf dem Schreibtisch seines Onkels in die Hände kamen.

»Es ist ganz und gar nicht so, wie du meinst; ich will dir sagen, was es mit dem deutschen Tugendbund für eine Bewandtnis hatte und mit dem, den ich in Vorschlag bringe.«

»Na, mein Bester, für die Wurstmacher mag das ja ganz gut sein, dieser Tugendbund; aber ich habe kein Verständnis für ihn und mag seinen Namen gar nicht aussprechen«, ließ sich Denisow in lautem, entschiedenem Ton vernehmen. »Daß alles scheußlich und greulich ist, das ist auch meine Ansicht; bloß für den Tugendbund habe ich kein Verständnis. Der gefällt mir schon deshalb nicht, weil er sich als Rebellion* bezeichnet. Das ist meine bescheidene Meinung.«

Pierre lächelte, Natascha lachte laut auf, Nikolai aber zog die Augenbrauen noch finsterer zusammen und wollte Pierre beweisen, daß keine Revolution zu befürchten sei und die ganze Gefahr, von der er spreche, nur in seiner Einbildung existiere. Pierre bewies das Gegenteil, und da seine geistigen Kräfte stärker und gewandter waren, so fühlte Nikolai, daß er bei der Debatte den kürzeren zog. Dies brachte ihn noch mehr auf, da er in tiefster Seele, nicht aufgrund von Vernunftschlüssen, sondern aufgrund von etwas, was stärker war als Vernunftschlüsse, die zweifellose Überzeugung hatte, daß seine Ansicht die richtige sei.

»Ich will dir etwas sagen«, hob er an, indem er aufstand; er versuchte mit nervösen Bewegungen seine Pfeife in die Ecke zu stellen, ließ sie aber schließlich hinfallen. »Beweisen kann ich dir das nicht. Du sagst, es sei bei uns alles schlecht und es komme eine Revolution; ich sehe davon nichts. Aber du sagst, ein Eid habe nur einen bedingten Wert, und darauf antworte ich dir: Du weißt, daß du mein bester Freund bist; aber wenn ihr einen geheimen Bund bildet und anfangt, euch der Regierung, mag sie sein, wie sie will, zu widersetzen, so weiß ich, daß es meine Pflicht ist, ihr zu gehorchen. Und sollte mir Araktschejew gleich diesen Augenblick be-

* *bunt* heißt im Russischen die Rebellion. Anmerkung des Übersetzers.

fehlen, mit einer Eskadron gegen euch loszureiten und euch niederzuhauen, ich würde, ohne mich eine Sekunde lang zu bedenken, losreiten. Darüber magst du nun denken, wie du willst.«

Nach diesen Worten trat ein unbehagliches Schweigen ein. Natascha war die erste, die wieder zu reden anfing: Sie verteidigte ihren Mann und fiel über ihren Bruder her. Ihre Verteidigung war ja nur schwach und ungeschickt, erreichte aber doch ihren Zweck. Das Gespräch kam wieder in Gang, und zwar nun nicht mehr in dem unangenehm feindseligen Ton, in welchem Nikolai die letzten Worte gesprochen hatte.

Als alle aufstanden, um zum Abendessen zu gehen, trat Nikolenka Bolkonski zu Pierre heran; er war blaß, und seine Augen glänzten und leuchteten.

»Onkel Pierre … Sie … nein … Wenn Papa noch lebte, würde er mit Ihnen derselben Ansicht sein?« fragte er.

Pierre begriff sofort, welch eine eigenartige, selbständige, komplizierte, starke Arbeit des Empfindungs- und Denkvermögens in der Seele dieses Knaben während ihres Gesprächs vorgegangen sein mußte, und indem er sich schnell alles vergegenwärtigte, was er gesagt hatte, ärgerte er sich, daß der Knabe es mit angehört hatte. Indes mußte er ihm doch eine Antwort geben.

»Ich glaube, ja«, sagte er mit innerem Widerstreben und verließ das Zimmer.

Der Knabe senkte den Kopf und schien jetzt erst zu bemerken, was er auf dem Schreibtisch angerichtet hatte. Er wurde dunkelrot und trat an seinen Onkel Nikolai Rostow heran.

»Verzeih mir, Onkel; ich habe das hier gemacht … ohne Absicht«, sagte er und wies auf die zerbrochenen Siegellackstangen und Federn.

Nikolai zuckte ärgerlich zusammen.

»Gut, gut«, erwiderte er und warf die Bruchstücke des Siegellacks und der Federn unter den Tisch.

Er hielt offenbar nur mit Mühe den in ihm aufsteigenden Zorn zurück und wandte sich von ihm ab.

»Du hattest hier überhaupt nichts zu suchen«, sagte er.

XV

Beim Abendessen handelte das Gespräch nicht mehr von Politik und Geheimbünden, sondern vielmehr von einem für Nikolai höchst angenehmen Gegenstand: von Erinnerungen an das Jahr 1812. Darauf hatte Denisow das Gespräch gebracht, und Pierre zeigte sich dabei ganz besonders liebenswürdig und unterhaltend. So trennten sich alle in der freundschaftlichsten Stimmung.

Nach dem Abendessen ging Nikolai in sein Zimmer, entkleidete sich dort und gab dem Verwalter, der auf ihn lange gewartet hatte, seine Befehle; dann begab er sich im Schlafrock ins Schlafzimmer, wo er seine Frau noch am Schreibtisch traf: sie schrieb etwas.

»Was schreibst du, Marja?« fragte Nikolai.

Gräfin Marja errötete. Sie fürchtete, daß das, was sie schrieb, bei ihrem Mann kein Verständnis und keinen Beifall finden werde.

Sie hätte es ihm gern verborgen, was sie schrieb; aber gleichzeitig freute sie sich auch darüber, daß er sie dabei getroffen hatte und sie es ihm nun sagen mußte.

»Es ist ein Tagebuch, Nikolai«, sagte sie und reichte ihm ein blaues Heftchen, das zum Teil mit ihren festen, großen Schreibzügen gefüllt war.

»Ein Tagebuch?« erwiderte Nikolai mit einem leisen Anflug von Spott und nahm das Heft in die Hand.

Darin stand auf französisch folgendes geschrieben:

»Den 4. Dezember. Heute wollte Andrei« (der älteste Sohn), »nachdem er aufgewacht war, sich nicht anziehen, und Mademoiselle Luise ließ mich rufen. Er war unartig und eigensinnig. Ich versuchte es mit Drohungen; aber er wurde nur noch halsstarriger. Da nahm ich die Erledigung der Sache ganz auf mich, wandte mich von ihm weg und begann, mit der Kinderfrau die andern Kinder zurechtzumachen, ihm aber sagte ich, daß ich ihm böse sei. Er schwieg lange, als wenn er erstaunt wäre; dann sprang er aus dem Bett, kam im bloßen Hemd zu mir gelaufen und schluchzte so heftig, daß ich ihn lange Zeit nicht beruhigen konnte. Offenbar war ihm das allerschmerzlichste, daß er mich betrübt hatte. Nachher am Abend, als ich ihm sein Zettelchen gab, küßte er mich und begann wieder, kläglich zu weinen. Durch Zärtlichkeit kann man bei ihm alles erreichen.«

»Was ist denn das: sein Zettelchen?« fragte Nikolai.

»Ich habe angefangen, den älteren Kindern jeden Abend kleine Zensuren zu geben, wie sie sich aufgeführt haben.«

Nikolai blickte in die leuchtenden Augen, die ihn anschauten, und fuhr fort zu blättern und zu lesen. In dem Tagebuch war alles aus dem Kinderleben aufgezeichnet, was der Mutter bemerkenswert erschienen war, weil es auf den Charakter der Kinder schließen ließ oder auf allgemeine Ideen über Erziehungsmethoden hinleitete. Es waren größtenteils ganz geringfügige Kleinigkeiten; aber weder die Mutter faßte sie so auf noch auch der Vater, als er jetzt zum erstenmal dieses Kindertagebuch las.

Unter dem 5. Dezember war notiert:

»Dmitri war bei Tisch unartig. Der Papa befahl, er sollte nichts von der süßen Speise bekommen. So geschah es auch; aber er sah die andern, während sie aßen, so kläglich und gierig an. Ich meine, daß eine Bestrafung durch Entziehung der süßen Speise nur die Gier entwickelt. Ich will das doch auch Nikolai sagen.«

Nikolai legte das Büchlein hin und blickte seine Frau an, deren leuchtende Augen auf ihn mit der stillen Frage gerichtet waren, ob das Tagebuch seinen Beifall habe oder nicht. Es war kein Zweifel darüber möglich, daß Nikolai nicht nur das Tagebuch billigte, sondern auch seine Frau aufrichtig bewunderte.

»Vielleicht braucht man das nicht in so pedantischer Weise zu machen; vielleicht ist es sogar überhaupt nicht nötig«, dachte Nikolai; aber diese unermüdliche, stetige geistige Anstrengung, deren Ziel nur das sittliche Wohl der Kinder war, erregte seine Bewunderung. Wäre er imstande gewesen, sich seiner eigenen Empfindungen klar bewußt zu werden, so würde er gefunden haben, daß die wichtigste Grundlage, auf der seine feste, zärtliche, stolze Liebe zu seiner Frau ruhte, immer dieses Gefühl der Bewunderung für ihr Seelenleben war, für diese hohe sittliche Welt, in der seine Frau stets lebte und die ihm selbst beinah unzugänglich war.

Er war stolz darauf, daß sie so klug und gut war, sah ein, daß er auf geistigem Gebiet hinter ihr zurückstand, und freute sich um so mehr darüber, daß sie mit ihrer Seele nicht nur ihm gehörte, sondern sogar einen Teil seines eigenen Ich bildete.

»Das hat meinen vollen Beifall, meinen vollen Beifall, liebe Frau«, sagte er mit wichtiger Miene, und nach kurzem Stillschweigen fügte er hinzu: »Aber ich habe mich heute schlecht benommen. Du warst nicht in meinem Zimmer. Ich hatte einen Streit mit Pierre und wurde dabei etwas heftig. Aber es war auch nicht zum Aushalten. Er ist ja das reine Kind. Ich weiß nicht, was aus ihm werden sollte, wenn ihn Natascha nicht noch im Zaum hielte. Kannst du dir vorstellen, warum er nach Petersburg gereist war? Sie haben da so eine Art Bund gestiftet ...«

»Ja, ich weiß«, fiel Gräfin Marja ein. »Natascha hat es mir erzählt.«

»Na, also du weißt es«, fuhr Nikolai fort, der bei der bloßen Erinnerung an den Streit wieder hitzig wurde. »Er wollte mir beweisen, daß es die Pflicht jedes ehrenhaften Mannes sei, der Regierung entgegenzutreten, während doch Eid und Pflicht ... Schade, daß du nicht dabei warst. Und da fielen sie alle über mich her, auch Denisow und Natascha ... Natascha ist überhaupt eine zu komische Person. Sie hält ihn ja gehörig unter dem Pantoffel; aber sowie es zu einer Debatte kommt, hat sie gar keine eigenen Gedanken, sie redet geradezu mit Pierres eigenen Worten«, fügte Nikolai hinzu, da er jener unwiderstehlichen Neigung unterlag, die uns dazu verführt, gerade die Menschen, die uns die liebsten sind und uns am nächsten stehen, abfällig zu beurteilen.

Nikolai vergaß dabei, daß man Wort für Wort dasselbe, was er von Natascha sagte, auch von ihm selbst im Verhältnis zu seiner Frau sagen konnte.

»Ja, das habe ich auch bemerkt«, erwiderte Gräfin Marja.

»Als ich ihm sagte, Pflicht und Eid ständen höher als alles andre, fing er an, Gott weiß was zu beweisen. Schade, daß du nicht dabei warst; was hättest du dazu gesagt?«

»Meiner Ansicht nach hast du vollständig recht«, sagte Gräfin Marja. »Das habe ich auch zu Natascha gesagt. Pierre sagt, alle hätten jetzt schwer zu leiden, würden gepeinigt, gerieten auf Abwege, und es sei unsere Pflicht, unserm Nächsten zu helfen. Natürlich hat er recht; aber er vergißt, daß wir noch andere, nähere Pflichten haben, auf die uns Gott selbst hingewiesen hat, und daß wir zwar unsere eigene Person aufs Spiel setzen dürfen, aber nicht unsere Kinder.«

»Na ja, siehst du, genau dasselbe habe ich ihm auch gesagt«, rief Nikolai einfallend, der sich wirklich einbildete, dasselbe gesagt zu haben. »Aber sie blieben bei ihrem Satz, daß die Liebe zum Nächsten und das Christentum usw. … Und das alles in Nikolenkas Gegenwart, der sich da ins Zimmer eingeschlichen hatte und alles zerbrach.«

»Ach ja, weißt du, Nikolai, Nikolenka macht mir so oft Sorge«, sagte Gräfin Marja. »Er ist ein ganz eigenartiger Charakter. Und ich fürchte, daß ich über der Beschäftigung mit meinen eigenen Kindern ihm nicht genug Teilnahme zuwende. Wir alle haben hier Kinder, jeder im Haus hat seine Familie, nur er hat niemanden. Er ist immer allein mit seinen Gedanken.«

»Nun, ich möchte doch meinen, daß du keinen Grund hast, dir seinetwegen Vorwürfe zu machen. Alles, was nur die zärtlichste Mutter für ihren Sohn tun kann, hast du für ihn getan und tust du noch für ihn. Und ich freue mich darüber natürlich. Er ist ein prächtiger, ganz prächtiger Junge. Heute hörte er in einer Art von Selbstvergessenheit zu, was Pierre sagte. Und denke mal: Als wir hinausgehen wollen zum Abendbrot, da sehe ich, daß er auf meinem Schreibtisch alles kurz und klein gebrochen hat; und er sagte es auch sofort. Ich habe noch nie bemerkt, dass er die Unwahrheit gesagt hätte. Ein prächtiger, ganz prächtiger Junge!« sagte Nikolai noch einmal, dem der Knabe im Grunde des Herzens nicht sympathisch war, der aber immer gern hervorhob, daß er ein prächtiger Junge sei.

»Ich bin ihm doch kein Ersatz für eine Mutter«, sagte Gräfin Marja. »Ich fühle meine Unzulänglichkeit, und das ist mir ein Schmerz. Er ist ein wunderbarer Knabe; aber ich bin um ihn in großer Sorge. Es wäre für ihn nützlich, wenn er Gesellschaft hätte.«

»Nun, es dauert ja nicht mehr lange; im nächsten Sommer bringe ich ihn nach Petersburg«, antwortete Nikolai. »Ja, Pierre ist von jeher ein Phantast gewesen und wird immer einer bleiben«, fuhr er fort, indem er auf das Gespräch zurückkam, das sie in seinem Zimmer geführt hatten; dieses Gespräch hatte ihn offenbar sehr erregt. »Na, was gehen mich alle diese Dinge an, daß Araktschejew ein schlechter Mensch sein soll usw.? Was habe ich mich um all dergleichen damals geschert, als ich mich verheiratete und so viel Schulden hatte, daß meine Gläubiger mich ins Loch stecken wollten, und dazu die Mutter, die das nicht sehen und begreifen konnte? Und dann nachher, als ich dich hatte und die Kinder und die Wirtschaft. Bin ich denn etwa zu meinem Vergnügen vom Morgen bis zum Abend in der Wirtschaft und im Kontor tätig? Nein, ich weiß, daß ich arbeiten muß, um meine Mutter zu versorgen, um dir meine Schuld zurückzuzahlen und um die Kinder nicht als solche Bettler zurückzulassen, wie ich einer war.«

Gräfin Marja hätte ihm gern gesagt, der Mensch lebe nicht vom Brot allein und er lege diesen materiellen Dingen eine zu große Wichtigkeit bei; aber sie wußte, daß es keinen Zweck und keinen Nutzen hatte, das zu sagen. Sie ergriff nur seine Hand und küßte sie. Er faßte diese Handlung seiner Frau als ein Zeichen dafür, daß sie seine Anschauungen billige und teile, und nachdem er ein Weilchen schweigend nachgedacht hatte, fuhr er fort, seine Gedanken laut zu äußern.

»Weißt du, Marja«, sagte er, »heute ist Ilja Mitrofanowitsch« (dies war der Geschäftsführer) »von dem Gut im Tambowschen angekommen und berichtet, daß für den Wald schon achtzigtausend Rubel geboten sind.«

Und nun sprach Nikolai mit lebhafter Erregung von der Möglichkeit, in sehr kurzer Zeit Otradnoje wieder zurückzukaufen. »Wenn ich noch so zehn Jahre lebe, werde ich die Kinder in vorzüglichen Verhältnissen zurücklassen.«

Gräfin Marja hörte ihrem Mann zu und verstand alles, was er ihr sagte. Sie wußte, daß, wenn er in dieser Weise laut dachte, er sie manchmal fragte, was er gesagt habe, und ärgerlich wurde, wenn er merkte, daß sie an andere Dinge gedacht hatte. Aber sie mußte sich sehr zum Zuhören zwingen, da sie für das, was er sagte, gar kein Interesse hatte. Während sie ihn anblickte, hatte sie zwar nicht eigentlich andere Gedanken, aber andere Empfindungen. Sie empfand eine demütige, zärtliche Liebe zu diesem Mann, von dem sie wußte, daß er niemals Verständnis für alles das haben werde, wofür sie selbst Verständnis hatte; und es war, als liebe sie ihn deswegen noch stärker, mit einer Beigabe leidenschaftlicher Zärtlichkeit. Außer diesem Gefühl, das sie ganz erfüllte und sie hinderte, in alle Einzelheiten der Pläne ihres Mannes einzudringen, huschten ihr noch Gedanken durch den Kopf, die mit dem, was er sagte, nichts gemein hatten. Sie dachte an ihren Neffen (die Erzählung ihres Mannes von der Aufregung desselben bei Pierres Auseinandersetzungen hatte auf sie einen starken Eindruck gemacht), und es traten ihr mancherlei Züge seines zarten, empfindsamen Charakters vor die Seele; und bei dem Gedanken an ihren Neffen mußte sie dann auch an ihre eigenen Kinder denken. Sie verglich nicht den Neffen mit ihren Kindern, aber sie verglich ihr Gefühl für den einen mit ihrem Gefühl für die andern und fand zu ihrer Betrübnis, daß ihrem Gefühl für Nikolenka ein gewisser Mangel anhaftete.

Es kam ihr, wie auch sonst manchmal, der Gedanke, dieser Unterschied möge wohl vom Lebensalter herrühren; aber sie fühlte sich ihm gegenüber schuldig und gelobte sich im Herzen, sich zu bessern und das Unmögliche zu tun, d. h. in diesem Leben ihren Mann und ihre Kinder und Nikolenka und alle ihre Nächsten so zu lieben, wie Christus die Menschheit geliebt hat. Die Seele der Gräfin Marja strebte immer dem Unendlichen, Ewigen, Vollkommenen zu und konnte darum niemals völlig ruhig sein. Auch jetzt trat auf ihr Gesicht der tiefernste Ausdruck eines verborgenen schweren Leides der vom Körper beschwerten Seele.

Nikolai blickte sie an. »Mein Gott«, dachte er, »was soll aus uns werden, wenn sie stirbt! Und wenn ihr Gesicht so aussieht, kommen mir die schlimmsten Ahnungen!« Er trat vor das Heiligenbild und sprach das Abendgebet.

XVI

Als Natascha mit ihrem Mann allein geblieben war, sprach sie gleichfalls mit ihm so, wie nur Mann und Frau miteinander sprechen, d. h. indem einer des andern Gedanken mit außerordentlicher Klarheit und Schnelligkeit erkennt und ihm ebenso die seinigen mitteilt, auf einem Weg, der allen Regeln der Logik zuwiderläuft, ohne das Mittel der Urteile, Schlüsse und Beweisführungen, vielmehr auf eine ganz besondere Weise. Natascha war dermaßen daran gewöhnt, mit ihrem Mann in dieser Art zu reden, daß ein logischer Gedankengang von seiten Pierres ihr als sicherstes Merkmal dafür diente, daß zwischen ihr und ihrem Mann irgend etwas nicht richtig war. Wenn er zu beweisen und vernunftgemäß und ruhig zu sprechen anfing, und wenn sie dann selbst, unwillkürlich seinem Beispiel folgend, dasselbe tat, so wußte sie, daß dies mit Sicherheit zu einem Streit führte.

Von dem Augenblick an, wo sie miteinander allein geblieben waren und Natascha mit weitgeöffneten, glückseligen Augen leise zu ihm herangetreten war, auf einmal schnell seinen Kopf gefaßt und an ihre Brust gedrückt und gesagt hatte: »Jetzt gehörst du ganz mir, ganz mir! Nun kannst du mir nicht davon!«, von diesem Augenblick an hatte dieses Gespräch begonnen, das allen Gesetzen der Logik zuwiderlief, ihnen schon deshalb zuwiderlief, weil gleichzeitig über ganz verschiedene Gegenstände gesprochen wurde. Und diese gleichzeitige Erörterung vieler Dinge tat der Klarheit des Verständnisses in keiner Weise Eintrag, ja, sie war sogar das sicherste Zeichen dafür, daß die beiden Gatten einander vollständig verstanden.

Wie im Traum alles unrichtig, sinnlos und widerspruchsvoll ist, mit Ausnahme des Gefühls, das dem Traum zugrunde liegt, so waren auch bei diesem Gedankenaustausch, der allen Gesetzen der Vernunft widersprach, folgerichtig und klar nicht die gesprochenen Sätze, sondern das zugrunde liegende Gefühl.

Natascha erzählte ihrem Mann von der Lebensweise ihres Bruders und was für ein trauriges Leben sie während der Abwesenheit ihres Mannes geführt habe, eigentlich gar kein Leben, und daß ihre Liebe zu Marja noch stärker geworden sei und daß Marja in jeder Hinsicht besser sei als sie. Indem Natascha das sagte, erkannte sie aufrichtig Marjas höheren Wert an; aber gleichzeitig verlangte sie doch von Pierre, er solle sie dieser und allen anderen Frauen vorziehen und solle ihr gerade jetzt, nachdem er in Petersburg so viele Frauen gesehen habe, dies von neuem versichern.

In Erwiderung auf Nataschas Mitteilungen erzählte ihr Pierre, wie unerträglich es ihm in Petersburg gewesen sei, Abendgesellschaften mitzumachen und mit Damen bei Tisch zu sitzen. »Ich habe es ganz verlernt, mich mit Damen zu unterhalten«, sagte er. »Es ist mir geradezu langweilig. Und noch dazu, da ich so sehr beschäftigt war.«

Natascha blickte ihn unverwandt an und fuhr fort:

»Marja ist ein entzückendes Wesen! Wie sie die Kinder versteht! Gerade als ob sie nur ihre Seelen sähe. Gestern z. B. war der kleine Dmitri unartig ...«

»Was hat der für eine überraschende Ähnlichkeit mit seinem Vater!« bemerkte Pierre, seine Frau unterbrechend.

Natascha durchschaute sofort, warum er diese Bemerkung über die Ähnlichkeit des kleinen Dmitri mit Nikolai gemacht hatte: Die Erinnerung an seinen Streit mit seinem Schwager war ihm unangenehm, und er wollte gern Nataschas Meinung darüber hören.

»Es ist eine Schwäche Nikolais«, sagte sie, »daß er um keinen Preis einer Ansicht zustimmt, wenn sie nicht allgemein angenommen ist. Du dagegen, das weiß ich, legst gerade Wert darauf, neue Bahnen zu erschließen.« Diese letzten Worte waren die Wiederholung eines Ausdrucks, den Pierre einmal gebraucht hatte.

»Nein«, erwiderte Pierre, »die Hauptsache ist dies: Für Nikolai sind Gedanken und Überlegungen eine Spielerei, eigentlich nur ein Mittel, um die Zeit hinzubringen. Da sammelt er sich nun eine Bibliothek und hat es sich zum Grundsatz gemacht, kein neues Buch zu kaufen, ehe er nicht das zuletzt gekaufte durchgelesen hat. Schriften von Sismondi, Rousseau und Montesquieu«, fügte Pierre lächelnd hinzu. »Du weißt ja, wie ich ihn …«, begann er, um das Gesagte herabzumildern; aber Natascha unterbrach ihn und gab ihm dadurch zu verstehen, daß das nicht nötig sei.

»Du meinst also, daß die Gedanken für ihn nur eine Spielerei sind …«

»Ja, und für mich ist alles übrige Spielerei. Ich habe während der ganzen Zeit in Petersburg alle Menschen nur wie im Traum gesehen. Wenn mich ein Gedanke beschäftigt, so ist mir alles übrige Spielerei.«

»Ach, wie schade, daß ich nicht mit angesehen habe, wie du die Kinder begrüßt hast«, sagte Natascha. »Welche hat sich denn am meisten gefreut? Gewiß Lisa?«

»Ja«, antwortete Pierre und fuhr fort, von dem zu sprechen, was ihn beschäftigte. »Nikolai sagt, wir sollten nicht denken. Aber darauf zu verzichten ist mir unmöglich. Ich will gar nicht davon reden, daß ich in Petersburg die Empfindung hatte (dir kann ich das ja sagen), ohne meine Bemühung würde alles auseinanderfallen und jeder eine Partei für sich bilden. Aber mir ist es gelungen, sie alle zu vereinigen; und dann ist ja auch meine Idee so einfach und so klar. Ich sage ja nicht, daß wir gegen dies und das Widerstand leisten sollen. Wir könnten ja irren. Sondern ich sage: Reicht euch die Hände, ihr, die ihr das Gute liebt, und laßt uns nur dieses eine Panier haben: werktätige Tugend. Fürst Sergei ist ein prächtiger Mensch und ein kluger Mensch.«

Natascha hätte nicht daran gezweifelt, daß Pierres Idee eine große Idee sei; nur ein Umstand machte sie betroffen, nämlich daß er ihr Mann war. »Kann ein so bedeutender und für die menschliche Gesellschaft so unentbehrlicher Mensch wirklich zugleich mein Mann sein? Wie kann das zugegangen sein?« Gern hätte sie ihm diesen Zweifel ausgesprochen. »Wo sind eigentlich die Leute zu finden, die imstande wären, ein Urteil darüber abzugeben, ob er wirklich so viel klüger ist als alle andern?« fragte sie sich und musterte in Gedanken alle diejenigen Menschen, welche Pierre besonders hochschätzte. Keinen von diesen Menschen schätzte er, nach seinen Erzählungen zu urteilen, so hoch wie seinen einstigen Leidensgenossen Platon Karatajew.

»Weißt du, woran ich denke?« sagte sie. »An Platon Karatajew. Wie würde der sich dazu stellen? Würde er dir jetzt zustimmen?«

Pierre wunderte sich über ihre Frage nicht im mindesten. Er verstand den Gedankengang seiner Frau.

»Platon Karatajew?« erwiderte er und dachte nach, offenbar ernstlich bemüht, sich von Karatajews Urteil über diesen Gegenstand eine Vorstellung zu bilden. »Er würde es nicht verstehen; übrigens vielleicht doch.«

»Ich liebe dich schrecklich!« sagte Natascha auf einmal. »Schrecklich, schrecklich liebe ich dich!«

»Nein, er würde mir nicht zustimmen«, sagte Pierre, nachdem er eine Weile überlegt hatte. »Was seinen Beifall haben würde, das wäre unser Familienleben. Er wollte in allem so gern Einklang und Glück und Ruhe sehen, und ich hätte ihm mit Stolz unsere Familie gezeigt. Du sprachst vom Getrenntsein; aber du glaubst gar nicht, was für eine besondere Empfindung ich für dich habe, wenn wir getrennt sind ...«

»Vielleicht, daß du mich noch ...«, begann Natascha.

»Nein, das nicht. Ich liebe dich stets, und mehr zu lieben ist unmöglich; aber dies ist etwas Besonderes ... Nun ja ...« Er sprach nicht zu Ende, weil ihre Blicke, die sich trafen, das übrige ergänzten.

»Was die Leute für Dummheiten reden«, sagte Natascha auf einmal, »von den Flitterwochen und daß die erste Zeit die glücklichste sei. Im Gegenteil, jetzt ist die beste Zeit. Wenn du nur nicht so oft fortreistest! Erinnerst du dich wohl noch, wie heftig wir uns manchmal gestritten haben? Und immer hatte ich unrecht. Jawohl, immer ich. Und worüber wir uns gestritten haben, darauf kann ich mich gar nicht einmal mehr besinnen.«

»Es war immer derselbe Grund«, erwiderte Pierre lächelnd, »Eifer...«

»Sprich es nicht aus; ich mag es nicht hören!« rief Natascha, und ein kalter, böser Glanz leuchtete in ihren Augen auf. »Hast du sie gesehen?« fügte sie nach kurzem Stillschweigen hinzu.

»Nein; und wenn ich sie gesehen hätte, so würde ich sie nicht wiedererkannt haben.«

Sie schwiegen einen Augenblick.

»Ach, weißt du? Als du in Nikolais Zimmer sprachst, habe ich dich betrachtet«, begann Natascha wieder zu sprechen; sie bemühte sich offenbar, die Wolke zu verscheuchen, die sich an dem reinen Himmel gezeigt hatte. »Ihr seid euch ähnlich wie ein Ei dem andern, du und der Junge.« (So nannte sie ihr Söhnchen.) »Ach, ich muß zu ihm gehen ... Seine Zeit ist gekommen ... Aber es tut mir leid, fortzugehen.«

Sie schwiegen wieder einige Sekunden. Dann wandten sie sich plötzlich gleichzeitig einander zu und begannen zu reden, Pierre voll Begeisterung und voll Zufriedenheit mit dem Erreichten, Natascha mit stillem, glückseligem Lächeln. Sobald sie merkten, daß sie durcheinandersprachen, hielten sie beide inne, und jeder wollte den andern zuerst reden lassen.

»Was wolltest du sagen? Sprich doch, sprich!«

»Nein, sprich du; ich habe weiter nichts, nur Dummheiten«, sagte Natascha.

Pierre sagte nun das, wozu er angesetzt hatte. Es war die Fortsetzung seiner Mitteilungen über seine Erfolge in Petersburg, mit denen er so zufrieden war. Es schien ihm in diesem Augenblick, daß er dazu berufen sei, der gesamten sozialen Entwicklung in Rußland und in der ganzen Welt eine neue Richtung zu geben.

»Ich wollte nur sagen, daß alle Ideen, die einen gewaltigen Erfolg haben, immer einfach sind. Meine ganze Idee besteht darin: Wenn die lasterhaften Menschen sich zusammenschließen und dadurch eine Macht werden, so müssen die ehrenhaften Menschen dasselbe tun. Wie einfach, nicht wahr?«

»Ja.«

»Und was wolltest du sagen?«

»Ich? Ach nichts, nur Dummheiten.«

»Nein, sag es doch.«

»Es sind ja nur Torheiten«, sagte Natascha, deren Lächeln noch heller und strahlender wurde. »Ich wollte nur etwas von unserm kleinen Petja sagen: Heute als die Kinderfrau zu mir trat, um ihn mir abzunehmen, da lachte er, kniff die Augen zu und drückte sich an mich; er dachte gewiß, daß er sich versteckte. Er ist zu allerliebst. Da! Jetzt schreit er. Nun, dann gute Nacht!« Sie verließ das Zimmer.

*

Zu derselben Zeit brannte unten in Nikolenka Bolkonskis Schlafzimmer wie immer ein Lämpchen (der Knabe fürchtete die Dunkelheit, und man hatte ihm diese Schwäche nicht abgewöhnen können). Dessalles schlief mit hochliegendem Oberkörper auf seinen vier Kissen, und seine römische Nase gab gleichmäßige Schnarchtöne von sich. Der Knabe war soeben, von kaltem Schweiß bedeckt, aufgewacht, saß mit weitgeöffneten Augen auf seinem Bett und blickte vor sich hin. Ein schrecklicher Traum hatte ihn geweckt. Er hatte im Traum sich und Pierre mit Helmen auf dem Kopf gesehen, mit solchen Helmen, wie sie in seiner Ausgabe des Plutarch abgebildet waren. Er und Onkel Pierre zogen vor einem gewaltigen Heer einher. Dieses Heer bestand aus weißen, schrägen Linien, die die Luft nach Art jener Spinnenfäden erfüllten, die im Herbst herumfliegen und die Herr Dessalles *fils de la Vierge* nannte. Vor ihnen beiden her schwebte der Ruhm, von ähnlicher Beschaffenheit wie diese Fäden, nur etwas kräftiger. Sie beide, er und Pierre, schwebten leicht und freudig immer weiter und näherten sich immer mehr ihrem Ziel. Auf einmal begannen die Fäden, durch die sie vorwärts bewegt wurden, kraftlos zu werden und sich zu verwirren; sie fühlten sich beide schwerer. Und plötzlich stand Onkel Nikolai Iljitsch in strenger, drohender Haltung vor ihnen.

»Habt ihr das getan?« sagte er, indem er auf die zerbrochenen Siegellackstangen und Federn hinwies. »Ich habe euch liebgehabt; aber ich habe Befehl von Araktschejew erhalten und werde den ersten, der noch weiter vordringt, töten.« Nikolenka blickte sich nach Pierre um; aber Pierre war nicht mehr da. Pierre war jetzt zu seinem Vater, dem Fürsten Andrei, geworden, und der Vater hatte keine Gestalt und Form; aber er war da, und bei seinem Anblick fühlte Nikolenka, wie ihn die Liebe schwach machte: Er hatte die Empfindung, als ob er keine Kraft, keine Knochen, keinen innern Halt mehr hätte. Der Vater streichelte und bedauerte ihn. Aber Onkel Nikolai Iljitsch rückte ihnen immer näher. Eine furchtbare Angst packte den Knaben, und er erwachte.

»Mein Vater«, dachte er. »Mein Vater« (obgleich im Haus zwei wohlgetroffene Porträts vorhanden waren, stellte Nikolenka sich den Fürsten Andrei niemals in menschlicher Gestalt vor), »mein Vater war bei mir und hat mich gestreichelt. Er hat mich gelobt, er hat Onkel Pierre gelobt. Alles, was er mir sagt, werde ich tun. Mucius Scävola hat seine Hand ins Feuer gehalten und verbrennen lassen. Aber warum sollte sich nicht auch in meinem Leben etwas Ähnliches begeben? Ich weiß, sie wollen, daß ich lernen soll. Ich werde auch lernen. Aber es wird einmal die Zeit kommen, wo ich zu lernen aufhören werde, und dann werde ich handeln. Ich bitte Gott nur um eines, daß er mich in ähnliche Lagen bringe wie die Männer im Plutarch; dann werde ich ebenso handeln; dann werde ich noch besser handeln. Alle Menschen werden mich kennen, alle werden mich lieben, alle werden mich bewundern.« Und plötzlich fühlte er, wie ein Schluchzen ihm die Brust beengte, und er brach in Tränen aus.

»Sind Sie nicht wohl?« fragte Dessalles.

»Mir fehlt nichts«, antwortete Nikolenka und legte sich auf das Kissen.

»Er ist so gut und freundlich, und ich habe ihn lieb«, dachte er mit Bezug auf Dessalles. »Und Onkel Pierre? Oh, welch ein großartiger Mann! Und mein Vater? Mein Vater! Mein Vater! Ja, ich werde so handeln, daß auch er mit mir zufrieden sein wird …«